GOLDMANN

W0381950

Buch

Im Mittelpunkt dieser großen Familiensaga steht der Herrensitz Oxmoon auf der Halbinsel Gower in Wales. Über Generationen, von dem glanzvollen Jahrzehnt vor dem ersten Weltkrieg bis in die Gegenwart, zieht er jedes Mitglied der Familie Godwin in seinen Bann – ein Schauplatz von Intrigen, Liebesleidenschaft, Haß und Glück. Er zwingt den Bruder zum Kampf mit dem Bruder, stachelt den Sohn gegen den Vater auf und bestimmt die Wege der Frauen

Jedem Erben, dem Oxmoon zufällt, wird es zur Herausforderung, aber nicht jeder ist seiner Aufgabe gewachsen. So spiegelt sich in dem Verfall des Herrensitzes der Abstieg einer Familie von Reichtum und gesellschaftlichem Ansehen zu den nüchternen Verhältnissen von heute wider. Der kühne Versuch, den Niedergang aufzuhalten, beschleunigt ihn nur, und doch wird Oxmoon in einer veränderten Welt überleben.

Autorin

Susan Howatch ist gebürtige Engländerin, ging 1964 nach Amerika und lebt jetzt wieder in England. Sie schrieb höchst erfolgreiche Gesellschaftsromane, mit denen sie auch im deutschen Sprachraum weithin bekannt wurde. Außer dem vorliegenden Band ist von ihr als Goldmann-Taschenbuch 6606 der Roman »Die Sünden der Väter« erschienen, als Goldmann-Paperback 32505 der Roman »Teuflische Liebe«.

Susan
Howatch

Der Zauber von Oxmoon

Roman

GOLDMANN VERLAG

Ungekürzte Ausgabe
Aus dem Englischen von Wilm W. Elwenspoek, Helmut Kossodo,
Werner Peterich und Hermann Stiehl
Titel der 1984 erschienenen Originalausgabe:
The Wheel of Fortune
Originalverlage: Hamish Hamilton Ltd., London,
und Simon and Schuster, New York

Die Zitate aus dem von Ernst Gegenschatz und Olof Gigon
übertragenen »Trost der Philosophie« des Boethius sind der
im Artemis Verlag, Zürich und München, erschienenen Ausgabe
entnommen

Der Goldmann Verlag
ist ein Unternehmen der Verlagsgruppe Bertelsmann

Made in Germany · 1. Auflage · 9/88
© 1984 der Originalausgabe bei Leaftree Ltd., London
© 1985 der deutschsprachigen Ausgabe
beim Albrecht Knaus Verlag GmbH, München und Hamburg
Umschlagentwurf: Design Team München
Umschlagfoto: The Image Bank, München
Druck: Elsnerdruck, Berlin
Verlagsnummer: 9123
MV · Herstellung: Sebastian Strohmaier
ISBN 3-442-09123-3

Zur Erinnerung an
meinen Onkel, Jack Watney,
1916–1983

Inhalt

Erster Teil
Robert
1913

«Ich kenne den vielgestaltigen Glanz, mit dem jenes Wunderwesen Fortuna denen, die es zu täuschen trachtet, schmeichelnde Freundschaft heuchelt, bis es sie unverhofft verläßt und mit unerträglichem Schmerz niederschlägt.» BOETHIUS, Trost der Philosophie

Erstes Kapitel

I

Wie verführerisch doch Jugenderinnerungen sind! Meine Cousine Ginevra sagte einmal, sie werde nie vergessen, wie sie mit mir in Oxmoon unter den Kronleuchtern tanzte, während das Orchester «An der schönen blauen Donau» spielte. Frauen sind immer so romantisch. Das war ich selbst einmal, aber ich habe mich gefangen. Eine rationale Veranlagung schließt zwangsläufig eine romantische Weltanschauung aus, und nur die Versager dieser Welt können es sich leisten, auf eine rationale Veranlagung zu verzichten.

Niemand hätte mich einen Versager nennen können. Ich habe stets alles Zweitklassige verabscheut; wenn ich mich auf einen Wettbewerb einlasse, muß ich Erster sein, und jedesmal, wenn ich Erster bin, bewege ich mich einen weiteren Schritt von jenem Desaster fort, jener Katastrophe, die auf meinen Tanz mit Ginevra, meiner Ginette, unter den Kronleuchtern von Oxmoon folgte, während das Orchester «An der schönen blauen Donau» spielte.

Doch als rational denkender Mensch konnte ich natürlich nicht die Tragödie einer Jugendliebe betrauern wie ein liebeskranker Jüngling, der irgendeinem verlorenen Arkadien nachweint. Ich gebe zu, ich hatte meine gefühlsschwangeren Momente, aber die überdauerten selten den Sonnenaufgang, das Frühstück und den Leitartikel in der *Times*. Das Überwinden einer fehlgeschlagenen Romanze ist schließlich für jeden mit nur ein wenig Willenskraft und Selbstachtung Begabten eine bloße Frage der Geisteshaltung.

Ich rief mir diese bewiesene Tatsache ins Gedächtnis zurück, als ich an jenem Maimorgen des Jahres 1913 den Leitartikel bezüglich des Marconi-Skandals überflog und mir sodann bewußt wurde, daß ich von dem gerade Gelesenen kein Wort mitbekommen hatte. Ohne besondere geistige Anteilnahme einen Artikel über finanzielle Machenschaften zu überfliegen, ist verzeihlich – es gibt nichts Langweiligeres als die Hochfinanz mit ihren Verfilzungen. Doch sozusagen verständnislos einen Artikel über die idiotischen finanziellen Machenschaften von Isaacs und Lloyd George zu lesen, deutete auf eine an einen Zustand der Gestörtheit grenzende Geistesabwesenheit hin.

Ich interessierte mich für Politik, besonders für die der Liberalen. Ich bewunderte Premierminister Asquith sehr, aber Lloyd George, sein Finanzminister, war der Waliser, an dem ich besonders interessiert war. Daß meine Aufmerksamkeit jetzt von den neuesten Schlagzeilen über seine Geschichte davonwanderte, war über alle Maßen beunruhigend, und nachdem ich mir vorgenommen hatte, unverzüglich nach einer neuen Mätresse Ausschau zu halten, schickte ich mich an, den Artikel noch einmal zu lesen. Eine längere Enthaltsamkeit in Sachen fleischlicher Befriedigung – ein zu keiner Zeit wünschenswerter Zustand – hatte offenbar zu einer Depression geführt, die meine Konzentrationsfähigkeit beeinträchtigte, und es mußten sofortige Gegenmaßnahmen ergriffen werden.

Gerade in diesem Augenblick kam mein Diener Bennett lautlos mit der Morgenpost herein. Ich atmete erleichtert auf, denn ich konnte jetzt die Frage zurückstellen, weshalb ich das Interesse an fleischlichen Dingen verloren hatte, und einer Überprüfung der blank polierten Oberfläche meines wohlgeordneten Privatlebens auf irgendwelche Flecken hin aus dem Wege gehen, die aller Logik nach sich darauf gar nicht befinden sollten. Frohgemut legte ich die *Times* beiseite, griff nach dem Brieföffner und schlitzte die Umschläge auf, die zu meiner Ablenkung vor mir lagen.

Ich machte aus der Post vier Stapel: Einladungen, persönliche Mitteilungen, Rechnungen und Unwichtiges – alles Geschäftliche ging unten an meine Kanzlei. Die Einladungen waren lästig, mußten aber zum größten Teil angenommen werden. Ein noch junger Anwalt mit grenzenlosem Ehrgeiz mußte jede Möglichkeit zum Kennenlernen von wichtigen Leuten wahrnehmen, aber wieviel unterhaltsamer wäre das Leben, wenn diese wichtigen Leute auch noch ein wenig interessant wären! Doch Langeweile in gesellschaftlichen Angelegenheiten ist dem Übergebildeten ein unausweichliches Risiko, und der Überehrgeizige muß sie erdulden mit christlicher Ergebung, wie meine Mutter gesagt haben würde.

Soviel zu den Einladungen. Zu den persönlichen Mitteilungen gehörten ein typisch langweiliger Brief von meiner Mutter – meine Mutter war eine gute Frau, aber sie hatte eine so provinzielle Einstellung –, ein serviles Gekritzel von einem meiner zahlreichen lästigen Geschwister, aber noch immer nichts von meinem Vater. Das war schade, aber offenbar konnte er sich nicht für eine seiner «kleinen Touren» nach London freimachen. Der Rest der Korrespondenz, das sah ich schon, während ich Briefpapier von unterschiedlicher Üppigkeit entfaltete, bestand aus Liebesbriefen. Wäre ich eitel gewesen, hätte ich mich durch diese Aufmerksamkeiten geschmeichelt gefühlt, doch ich wußte sehr wohl, daß diese Damen der Gesellschaft mich in meiner Anwaltsperükke samt Robe nur als einen Mythos sahen. Keine Frau hatte mich je gesehen, wie ich wirklich war, keine Frau außer meiner Cousine Ginevra vor langer Zeit in jenem verlorenen Paradies, das wir in Oxmoon teilten.

Soviel über die persönlichen Briefe. Ich wandte mich den Rechnungen zu und fand sie unangenehm, aber nicht unangemessen. Ich neigte nicht zur Ausschweifung, die ich als Kennzeichen eines niederen Intellekts erachte. Ich spielte nicht und überhäufte auch nicht Varieté-Tänzerinnen mit teuren Geschmeiden. Lebte ich auch nicht wie ein Mönch, so hielt ich mir doch nie eine Mätresse; meine Mätressen wurden, gewöhnlich sehr stilvoll, von ihren entgegenkommenden Ehegatten ausgehalten. Mir war klar, bald würde ich heiraten müssen zwecks Beförderung der politischen Karriere, die ich im Auge hatte, aber da ich natürlich reich zu heiraten gedachte, würde mein Bankkonto kaum leiden, wenn ich den erforderlichen Schritt zum Altar tat. Ich beabsichtigte auch, in die Aristokratie einzuheiraten, aber nicht in die verarmte Aristokratie, wie charmant ihre Vertreterinnen auch sein mochten. Der Mensch lebt nicht vom Charme allein, und ein ehrgeiziger Mann braucht zum Leben nichts dringender als Reichtum, gute gesellschaftliche Verbindungen und spürbaren politischen Einfluß. Man muß in diesen Dingen rational vorgehen, und rational sein muß nicht heißen, gefühllos zu sein. Ich hatte die beste Absicht, meine zukünftige Gattin zu mögen, wer immer sie auch sein mochte, und ich vertraute durchaus darauf, daß wir recht gut miteinander auskommen würden. Aus Liebe zu heiraten mochte romantisch sein, aber ich hielt dies für das Kennzeichen eines disziplinlosen Privatlebens. Romantik ist das Opiat der Unbefriedigten; sie nimmt ihnen den Schmerz ihres ungeordneten zweitklassigen Lebens. Bei mir war alles geordnet, und ich war nie zweitklassig, und so bedurfte ich keiner Opiate, genausowenig wie ich meiner Cousine Ginevra bedurfte, meiner Ginette, die jetzt seit fünfzehn Jahren verheiratet war und noch immer glücklich und zufrieden in New York lebte.

Soviel über die Rechnungen. Ich wandte mich dem Unwichtigen zu und entdeckte nicht nur Reklameschriften und Bittbriefe, sondern auch leidenschaftliche Ergüsse verwirrter weiblicher Wesen, die offenbar glaubten, ich wollte meine zukünftige politische Karriere durch eine Rede zugunsten des Frauenstimmrechts ruinieren. Ich überantwortete diesen Wortschwall dem Papierkorb, schob die Einladungen, Rechnungen und persönlichen Briefe in die entsprechenden

Ablagefächer meines Schreibtisches und holte tief Luft. Mein Tag würde gleich beginnen. Mein Leben war wohlgeordnet. Ich war gesund, wohlhabend und äußerst erfolgreich in meinem Beruf, und wenn ich nicht glücklich war, dann war ich ein Narr.

Ich war kein Narr, also mußte ich glücklich sein.

Ich *war* glücklich. Das Leben war aufregend, verlockend, eine ständig funkelnde Herausforderung. Als erstes mußte ich hinuntergehen, mit meinem Sekretär und meinen Ko-Anwälten sprechen, die neuen Schriftsätze durchsehen, die eingetroffen waren. Dann würde ich eine Droschke nehmen und zum Old Bailey fahren, wo ich eine höchst charmante Frau verteidigte, die mir unter Tränen versichert hatte, es sei reiner Zufall gewesen, daß sie ausgerechnet drei Tage, bevor ihr Mann eines so unangenehmen Todes starb, Arsen gekauft hatte; ich konnte das zwar nicht glauben, aber die Geschworenen würden da anders denken – wenn ich mit ihnen fertig war. Später würde ich auswärts essen. Die McKennas gaben eine politische Dinnerparty, und ich hatte gehört, Lloyd George sei auch geladen; meine junge Gastgeberin Pamela würde mich groß herausstellen, und als Gegenleistung würde ich mich leutselig und charmant geben und jedes Gähnen unterdrücken, während die Damen endlos über die Hochzeit von Prinzessin Viktoria Luise schwatzten. Aber wenn die Damen sich zurückgezogen hatten und der Portwein auf den Tisch kam, würde das eigentliche Geschäft des Abends beginnen.

Wir würden über Politik sprechen; ich würde respektvolles Schweigen bewahren, wenn sich Lloyd George über die Abtrennung von Wales ausließ – doch falls er mich um meine Meinung bat, würde ich einige wohlabgewogene Worte parat haben. Dann würde jemand sagen, wie sehr einem doch die Suffragetten auf die Nerven gingen, und ein anderer würde sagen, die meisten Frauen überhaupt gingen einem auf die Nerven, und Lloyd George und ich würden einander ansehen, zwei Waliser im Land unserer Oberherren, und uns fragen, wie englische Gentlemen sich je der Mühe unterziehen konnten sich fortzupflanzen.

Dann würde wieder Portwein eingeschenkt werden und wir würden über die Türkei und Bulgarien und den deutschen Kaiser und die Schlachtschiffe reden, bis es der Anstand erforderte, sich wieder zu den Damen im Salon zu begeben und über Caruso, die Melba und die steigenden Preise der präraffaelitischen Gemälde zu plaudern. Ich würde vor elf gehen; jemand würde mich bestimmt zu Brooks' oder einen anderen Club einladen, aber ich würde mich in mein Büro zurückziehen und bis spät in die Nacht arbeiten, um sicher zu sein, daß ich meinen Prozeß am nächsten Tag gewann. Wenn ich ins Bett ging, würde ich erschöpft sein, zu erschöpft, um wach zu liegen und rührseligen Gedanken nachzuhängen, doch wenn ich um sechs Uhr erwachte, würde ein neuer fesselnder Tag auf mich warten – denn ich war ein solcher Glückspilz, stets ein Günstling Fortunas, und ich hatte alles, was ich mir wünschte, alles bis auf das Leben, das ich mit der Frau führen wollte, die ich nie haben konnte, aber was bedeuteten solch sentimentale Sehnsüchte, wenn ich so glücklich war, der Erfolg in Person und immer und in allem der Erste?

Ich sagte mir, ich könne nicht unglücklich sein, weil das logisch gesehen unmöglich war. Doch dann erinnerte ich mich jener griechischen Philosophen, die alle äußerst vernünftig und rational waren und mit unerbittlicher Logik auf eine Wahrheit hin argumentierten, von der sich dann herausstellte, daß sie keine Wahrheit, sondern eine Absurdität war. Zenon hatte bewiesen, daß alles auf der Welt fest und unwandelbar ist. Heraklit hatte bewiesen, daß sich alles auf der Welt ständig veränderte, und beide hatten für ihre Ansichten einwandfreie Beweise geliefert. Aber die Wirklichkeit hatte, wie Demokrit später darzulegen versuchte, die ganze Zeit anderswo gelegen.

Ich sah eine chaotische Welt von unendlicher Komplexität, in der die Vernunft ohnmächtig war, und wich instinktiv vor ihr zurück. Ich war seit langem zu der Auffassung gelangt, daß ein erfolgreiches Leben wie ein wohlgeordnetes Spiel war, das, wie alle Spiele, seine Regeln hatte. Man wuchs heran, lernte die Regeln, spielte sein erwähltes Spiel und gewann. Nur darum ging es im Leben. Jeder Narr wußte das.

Aber welches war das Wesen des von mir erwählten Spiels? Und wie war ich überhaupt zu diesem speziellen Spiel gekommen? Und angenommen, es war das falsche Spiel? Und wenn es das falsche Spiel war, was hatte es dann für einen Sinn, es zu gewinnen? Und wenn das Gewinnen sinnlos war, worum drehte sich dann mein Leben? Und wenn ich nicht wußte, worum sich mein Leben drehte, bedeutete dies dann, daß mein Leben in Unordnung war, und wenn mein Leben in Unordnung war, bedeutete dies dann, daß ich ein Versager war? Und worin hatte ich versagt und wie konnte ich es wiedergutmachen, wenn ich keine Ahnung hatte, worin ich versagt hatte?

In der Diele läutete das Telephon.

«Ich bin nicht da!» rief ich Bennett zu, als er aus der Anrichte kam.

Das Läuten hörte auf. Bennett war an den Apparat gegangen. Da hörte ich ihn sagen: «Einen Augenblick, Mr. Godwin, ich dachte, er sei schon gegangen, aber vielleicht –»

Ich sprang auf und stürzte in die Diele.

«Papa?» sagte ich in die Sprechmuschel hinein, als Bennett zur Seite getreten war. «Ist etwas passiert?» In Oxmoon gab es kein Telephon, und ich dachte bei dem unerwarteten Gespräch unwillkürlich an irgendeine Familienkatastrophe, aber meine Sorge war unbegründet. Mein Vater hatte mir seine bevorstehende «kleine Tour» nach London brieflich angekündigt, aber der Brief war offenbar in die Irre gegangen; er war am Abend zuvor recht spät in seinem Club eingetroffen, und da er dort keine Nachricht von mir vorfand, rief er mich nun an, um zu hören, wann wir uns treffen konnten.

«. . . und ich habe eine höchst erstaunliche Neuigkeit für dich, Robert.»

Einen verwirrten Augenblick lang fragte ich mich, ob meine Mutter vielleicht schwanger war. Meine Eltern lebten unter dem Zwang, sich fortzupflanzen, und waren das einzige mir bekannte Ehepaar, das seine Silberhochzeit mit solch undiszipliniertem Eifer gefeiert hatte, daß neun Monate später ein Kind angekommen war.

«. . . und ich weiß nicht, ob ich es dir jetzt am Telephon sagen oder warten soll, bis wir uns sehen.»

«Mein Gott – es ist doch nichts mit Mama, oder?»

«Was? Nein, nein, ihr geht es gut, ganz blendend, sie läßt dir viele Grüße bestellen und so weiter –»

«Was ist es dann? Was ist geschehen?»

«Nun, es hat mit Ginevra zu tun. Sie – Hallo? Robert?»

«Ja, ich bin noch da. Sprich weiter.»

«Was?»

«WAS IST MIT GINEVRA?»

«Nun, du brauchst nicht zu schreien, Robert! Ich mag ja über fünfzig sein, aber ich bin noch nicht taub!»

«Also ich glaube, ich verliere gleich den Verstand. Liebster, bester Papa, würdest du die Güte haben, mir so schnell wie möglich zu sagen –»

«Es geht um Ginevras Mann. Er ist tot, Robert. Sie kommt nach Hause.»

2

In meinen Träumen sagte ich immer zu ihr: «Bring mich zurück nach Oxmoon, dem Oxmoon unserer Kindheit. Bring mich zurück nach Oxmoon und laß es wieder lebendig werden.»

Wie verführerisch waren in der Tat meine Jugenderinnerungen, und mit zunehmendem Alter wurden sie immer verlockender, bis sie den goldenen Glanz eines Märchens erhielten. Wenn Romantik das

Opiat der Unbefriedigten ist, dann ist Nostalgie gewiß das Opiat der Desillusionierten, all jener, deren Träume sich erfüllen und die dann feststellen, daß sie in einem Alptraum leben. Die Gegenwart mag unlenkbar sein, vollgestopft mit Fragen, auf die es keine Antwort gibt, und die Zukunft mag unvorstellbar sein, verdunkelt durch Zweifel und Ungewißheit, aber die Vergangenheit zeichnet sich immer klarer ab, ist keineswegs tot, sondern läuft parallel zur Gegenwart weiter und erscheint mir in der Erinnerung oft wirklicher als die Wirklichkeit meines alltäglichen Lebens im Jahre 1913.

Am Anfang meines Lebens standen meine Eltern, die selbst kaum mehr als Kinder waren, und in Oxmoon, bei meinen Eltern, war dieses schmuddelige kleine Mädchen, das mit mir sprach, mich kniff, mit mir spielte, mir einen Klaps gab, mir beim Gehenlernen half und sich ganz allgemein nützlich machte. Sie war etwas untersetzt und eitel wie ein Pfau; sie stand immer auf den Zehenspitzen, um im Spiegel ihre Ringellöckchen zu betrachten. Während meiner ersten Lebensjahre konnte ich ihren vollen Namen nicht aussprechen, aber sie war großzügig und gestattete mir, eine Abkürzung zu gebrauchen, eine Gunst, die sie keinem anderen erwies.

Ich scheine immer gewußt zu haben, daß sie nicht meine Schwester war. «Du bist nicht meine Schwester, oder?» sagte ich einmal zu ihr, nur um sicherzugehen, und sie rief aus: «Um Gottes willen, nein!» und war höchst beleidigt. Ich wußte, sie mochte Schwestern nicht. Später sagte sie: «Ich bin Bobbys Cousine.» Als ich sie daraufhin fragte, wie das denn sein könne, da mein Vater doch so viel älter sei als sie, wurde sie patzig: «Stell keine Fragen, dann lügt man dich auch nicht an.» Was bedeutete, daß sie selbst nicht genau Bescheid wußte.

Ich dachte, wenn das stimmte, dann müßte sie meinen Vater eigentlich «Cousin Bobby» nennen, aber mein Vater, der alle Hände voll zu tun hatte, um seinen heruntergekommenen Landbesitz wieder in Ordnung zu bringen, hatte nicht die Zeit, sich mit solch unbedeutenden Fragen der Familienetikette aufzuhalten. Später, als sie den Alptraum der ersten Jahre in Oxmoon überstanden hatte, achtete meine Mutter strenger auf das, «was sich gehört», doch auch dann nannte Ginette ihren Vormund nicht «Cousin», so daß die genauere Art und Weise unserer Verwandtschaft nie in den Vordergrund rückte.

Schließlich fand ich heraus, daß ihr Vater und mein Großvater Halbbrüder gewesen waren; ihr Vater, Kind einer zweiten Ehe, war zwanzig Jahre jünger gewesen, was bedeutete, daß er eher der Generation seines Neffen, meines Vaters, angehörte als der seines Halbbruders, meines Großvaters. Er hatte seine frühe Kindheit in Oxmoon verbracht, und später, noch lange nachdem er in die Midlands gezogen war, waren er und mein Vater gute Freunde geblieben. Mein Vater hatte sich sogar Geld bei ihm geliehen, als mit dem Wiederaufbau des Gutes Oxmoon begonnen wurde, so daß die Bande der Zuneigung, die sie verknüpften, wohl stark geblieben waren; daß sie das Geldleihen unbeschädigt überstanden hatten, zeigte sich, als mein Großonkel in seinem Testament meinen Vater zum Vormund der kleinen Ginevra bestimmte. Einen Monat später war er an Typhus gestorben, und mit seiner jungen Witwe, die ein ermüdendes Geschöpf gewesen sein muß, ging es bergab, und sie brachte es schließlich fertig, sich auf der nächstbesten malerischen Chaiselongue zu Tode zu hungern.

Ich war neun Monate alt, als Ginette zu uns kam, und Oxmoon war damals kaum bewohnbar. Meine Eltern taten so, als nähmen sie das ganze Haus in Anspruch, aber in Wirklichkeit bewohnten sie nur drei Räume im Erdgeschoß. Doch trotz dieser eingeschränkten Verhältnisse kam es meinen Eltern nie in den Sinn, für Ginette irgendwelche anderen Verfügungen zu treffen, und sie behandelten sie stets so, als wäre sie ihre eigene Tochter. Für meinen Vater war angesichts seiner Zuneigung zu ihrem verstorbenen Vater etwas anderes auch gar nicht denkbar, und für meine Mutter war es gewiß schon eine rein moralische Verpflichtung.

«Ich Ärmste!» sagte Ginette später, als sie über ihr Los nachdachte. «Aber was tut's – alle großen Heldinnen sind schöne Waisen und ihrem Schicksal überlassen, und eines steht fest: ich werde eine Heldin, wenn ich erwachsen bin.»

«Kann ich ein Held werden?»

«Na ja, du kannst's ja versuchen. Aber du mußt dich schon anstrengen.»

Ich erinnere mich an diesen Augenblick sehr genau. Meine Eltern hatten inzwischen wieder von dem ganzen Haus Besitz ergriffen, aber wir hatten die Kinderzimmerregion verlassen, um dem Geruch von gekochter Milch und nassen Windeln zu entrinnen, und gingen in den Gemüsegarten, um die Erdbeerbeete heimzusuchen. Ginette trug eine weiße Schürze mit einem Eierfleck darauf, und in ihren beiden Strümpfen waren Löcher. Sie muß damals etwa acht Jahre alt gewesen sein.

«Ich glaube nicht, daß aus dir je eine Heldin wird», sagte ich, verärgert über ihren Pessimismus, was mein Heldenpotential betraf.

«Na, du bist ganz schön frech! Da bin ich hier ständig edel und widme dir meine ganze Zeit, obwohl du zwei Jahre jünger und ein

Junge bist und mich immer nur wild machst! Ha, wenn ich keine Heldin wäre, würde ich das gar nicht tun. Ich glaube, ich bin wunderbar.»

Wir labten uns stumm an den Erdbeeren, doch schließlich sagte ich: «Helden müssen doch Heldinnen heiraten, oder?»

«Natürlich. Aber ich glaube, ich werde nie heiraten. Denk nur an all die gräßlichen, stinkenden Babies, die man dann hätte!»

Wir erschauerten.

«Freundschaft ist das Beste», sagte ich, «und Freundschaft für immer, denn dann kann kein Baby kommen und sie verderben.» Und als ich ihre Hand erfaßte, lachte sie, und wir rannten gemeinsam den Pfad entlang zu unserem geheimen Platz im Wald.

Wir waren, als meine Schwester Celia noch ganz klein war, zu dem Schluß gelangt, daß Babies keineswegs wünschenswert seien. Dummerweise kam in unserer Familie alle achtzehn Monate ein neues Baby an, aber bis auf Celia überlebte zu unserer Erleichterung keines. Charlotte erlag mit einem Jahr den Masern. William starb schon eine Woche nach seiner Geburt, und Pamela wurde nur ein halbes Jahr alt. Nur Celia gedieh wie Unkraut und quengelte um uns herum und versuchte uns überallhin zu folgen, doch ich nahm keine Notiz von ihr. Ich war der männliche Erstgeborene, und ich kam zuerst. Das war eine Tatsache des Kinderzimmerlebens, so unverrückbar wie ein Naturgesetz.

«Erster zu sein ist am besten, nicht wahr?» fragte ich meinen Vater, als wir Hand in Hand an dem verfallenen Normannenturm vorbei durch den Wald gingen, und er lächelte, als er antwortete: «Manchmal!» Wie ich mit acht Jahren wohl wußte, hieß das soviel wie: «Ja, immer.»

«Erster zu sein ist am besten, nicht wahr?» sagte ich zu meiner Mutter nach meinem achten Geburtstag im Wirtschafterinnenzimmer, als sie beschloß, mein Taschengeld um einen Halfpenny in der Woche zu erhöhen. In der durch diese Geste geschaffenen leutseligen Atmosphäre hielt ich es für an der Zeit, eine Bestätigung meines privilegierten Status zu erlangen.

«Was, Kind?»

«Ich sagte, Erstgeborener ist am besten, nicht wahr?»

«Nun, das kommt darauf an», sagte meine Mutter. «Ich war die zweite in meiner Familie, und ich dachte immer, *ich* sei die Beste – aber dann hat mich mein Vater schrecklich verwöhnt und mir Ideen in den Kopf gesetzt, die meinem Stand gar nicht entsprachen. Ich glaube, eine Zeitlang war ich ein ganz gräßliches kleines Mädchen.»

Da wurde ich mir zum ersten Mal des verwirrendsten Unterschieds zwischen meinen Eltern bewußt. Mein Vater sagte mir, was ich hören wollte, und meine Mutter sagte mir, was ich ihrer Ansicht nach hören sollte. Groll kam auf. Ich schmollte. Als einen Monat später Lion geboren wurde, wußte ich sofort, daß ich empört war.

Ich wartete darauf, daß er starb, merkte aber bald, daß dies kein Baby war, das mir den Gefallen tun würde, sich auf den Kirchhof von Penhale zurückzuziehen. Ich versuchte ihn zu ignorieren, stellte aber fest, daß er nicht das Baby war, das sich, wie Celia, ignorieren ließ. Er war riesig und herrisch. Er brüllte, bis er aller Aufmerksamkeit hatte. Meine Mutter begann sich meiner Ansicht nach sehr töricht zu benehmen. Ich war empörter denn je.

«Mein lieber Robert», sagte meine Mutter, als sie mitangehört hatte, wie ich gegenüber Olwen, dem Kindermädchen, erklärte, ich hätte nicht die Absicht, der Taufe beizuwohnen, «ich glaube, es ist Zeit, daß wir mal ein kleines Gespräch miteinander führen.»

Meine Mutter war bekannt für ihre «kleinen Gespräche». Ihre kleinen Gespräche mit Dienstboten wurden im Wirtschafterinnenzimmer geführt, und ihre kleinen Gespräche mit den Kindern fanden oben in dem großen Schlafzimmer statt, das aus Tradition dem Herren des Hauses und seiner Gattin gehörte. Meine Mutter hatte dort einen Tisch, an dem sie ihre Näharbeiten verrichtete, doch wenn sie ein schwieriges Gespräch zu führen hatte, saß sie immer an ihrem Frisiertisch und gab vor, sich mit einer Neuanordnung der Töpfchen, Schalen und Etuis zu beschäftigen, die unterhalb des dreiteiligen Spiegels aufgereiht waren. Meine Mutter blickte sich selten zu ihrem jeweiligen Opfer um, während sie sprach, sondern beobachtete es ständig in den gewinkelten Spiegeln.

«So, mein lieber Robert», sagte sie, während sie eine Schale mit Nadeln leerte und diese mit mathematischer Präzision in ein neues Nadelkissen steckte, «ich weiß, du hältst dich für einen kleinen Märchenprinzen, aber weil ich dich liebe und nur das Beste für dich will –» ein kurzer Blick in den Spiegel – «halte ich es für an der Zeit, daß dir jemand mal da und dort den Kopf zurechtrückt. Erstens: du bist kein Prinz, und zweitens –» hier drehte sich meine Mutter um und sah mich direkt an – «wir leben nicht in einem Märchen, Robert.»

Sie hielt inne, damit ich das richtig erfassen konnte. Ich begnügte mich damit, meine rebellischste Miene aufzusetzen, hütete mich aber, auch nur einen Ton von mir zu geben.

«Auch ich habe das Leben einmal für ein Märchen gehalten», fuhr meine Mutter fort, weiter die Nadeln umordnend. «Das ging so, bis ich sechzehn war und nach Oxmoon kam – und dann, als ich sah, wie das Leben wirklich war, da zürnte ich meinen Eltern, weil sie mich nicht darauf vorbereitet hatten. Aber –» wieder ein Blick zu mir in den Spiegel – «jetzt ist nicht der rechte Augenblick, um mit dir darüber zu sprechen, was dein Vater und ich bei seiner Mutter und Mr. Bryn-Davies alles erdulden mußten. Dazu bist du noch zu klein. Vorerst mag es genügen, wenn ich dir sage, daß die Welt sehr böse ist und daß man sich sehr anstrengen muß, wenn man ein anständiges Leben führen will – und du willst doch ein anständiges Leben führen, Robert, nicht wahr? Leute, die keine Selbstdisziplin besitzen, die ständig Sklaven ihrer eigenen Schwächen sind, müssen zwangsläufig ein unglückliches Leben führen. Ich möchte sogar behaupten –» meine Mutter war noch immer eifrig mit dem Umstecken der Nadeln beschäftigt – «daß unweigerlich allen denen eine Tragödie bevorsteht, die keine Grenzen ziehen können.»

«Ja, Mama.» Man schüchterte mich nicht so leicht ein, aber jetzt war ich eingeschüchtert – nicht durch den altvertrauten Hinweis auf das Ziehen moralischer Grenzlinien, sondern durch die Erwähnung des großen unerwähnbaren Themas: meine Großmutter und Mr. Bryn-Davies. War ich auch erst acht Jahre alt, so wußte ich doch, daß Oxmoon nicht immer ein ländliches Paradies gewesen war, in dem kleine Kinder frohgemut durch den Gemüsegarten schlenderten und sich an den Erdbeeren gütlich taten.

«Also müssen wir stets ein moralisch unschönes Verhalten ablehnen», fuhr meine Mutter fort, während sie den Rest der Nadeln aus der Schale schüttete und zwischen zwei Riechfläschchen anordnete, «und zu den unschönen Verhaltensweisen, Robert, zählen Neid und Eifersucht. Neid und Eifersucht sind böse Empfindungen. Sie können einen Menschen zerstören. Und ich dulde sie nicht in meinem Haus – denn *hier habe ich meine Maßstäbe* –» an dieser Stelle sah mich meine Mutter wieder direkt an – *«und hier ziehe ich die Grenze.»*

Ich machte den Mund auf und wollte sagen: «Ich bin nicht eifersüchtig!» Aber es kam kein Wort heraus. Ich blickte zu Boden.

«Gut, gut!» sagte meine Mutter freundlich, als sie sah, daß ich ihre Predigt voll erfaßt hatte. «Ich weiß, du bist ein braver, intelligenter Junge, und ich bin sicher, daß du in Zukunft lieb zu Lionel bist – und zu Celia.»

Ich ging wütend hinaus. Als ich meinen Vater traf, sagte ich: «Mama war sehr grob zu mir, und ich wäre sehr dankbar, Sir, wenn Sie ihr sagen könnten, sie soll in Zukunft nicht mehr so gräßlich zu mir sein.» Aber mein Vater war kurz angebunden: «Ich will kein Wort gegen deine Mutter hören. Nimm dich zusammen und hör auf, dich wie ein verwöhntes Kind zu benehmen.»

Ich rannte davon und versteckte mich in der Waschküche in einem Korb. Mir war klar, daß mein Vater, der üblicherweise kein böses Wort zu mir sagte, von meiner Mutter zur Strenge verpflichtet worden war, während meine gewöhnlich recht liebevolle Mutter zu einer feindseligen Einstellung gebracht worden war durch ihr unvernünftiges Verlangen, den kleinen Jungen mit mir auf eine Stufe zu stellen. Ich hatte das Gefühl, einer ungeheuerlichen Ungerechtigkeit unterworfen zu werden. Mein sollte die Rache sein: ich schwor, es ihnen heimzuzahlen.

Nachdem ich die Waschküche verlassen hatte, schlenderte ich ums Haus herum zur Terrasse, wo zwei Gutsarbeiter damit beschäftigt waren, im Wohnzimmerfenster eine neue Scheibe einzusetzen. Die alte hatte einen Sprung bekommen, als eine Seemöwe auf dem Rückweg zur Küste, die in einer Meile Entfernung hinter den Rhossili Downs lag, in unangemessener Eile dagegengeflogen war. Als die Arbeiter sich entfernt hatten, blieb ich noch da und betrachtete nachdenklich die neue Scheibe. Dann holte ich aus dem Gartenhäuschen einen Krocketball, ging zur Terrasse zurück und blickte mich rasch um. Es schien niemand in Sicht zu sein, doch unglücklicherweise reflektierte die neue Scheibe das Licht, so daß ich das Dienstmädchen nicht sah, das im Zimmer dahinter den Tisch deckte. Als ich den Krocketball durch das Fenster warf, ließ es sechs Teller fallen und rannte schreiend zu meiner Mutter.

Meine Mutter ging zu meinem Vater, und mein Vater verlor die Beherrschung. Das war für mich ein großer Schock, denn ich hatte gar nicht gewußt, daß er eine Beherrschung besaß, die er verlieren konnte. Dann verprügelte er mich. Das war ein noch größerer Schock, denn er hatte mich noch nie geschlagen; er sagte immer, Gewaltanwendung sei ihm ein Greuel. Schließlich rief er meine Mutter, und als er zu ihr sagte, es sei höchste Zeit, daß ich auf die Schule geschickt würde, war meine Mutter einverstanden.

Ich schrie. Ich sagte, sie wollten mich loswerden, damit Lion der Erste und Beste sein könnte. Ich sagte ihnen, sie machten da einen großen Fehler und würden es noch bitter bereuen.

«Was für ein Unsinn!» sagte mein Vater, noch immer ungeheuer wütend, aber meine Mutter, die ich für so unerbittlich gehalten hatte, kniete neben mir nieder und sagte: «Aber, aber! Du hast doch die ganze Zeit gewußt, daß du nach Briarwood kommst, wenn du acht bist – du kannst doch jetzt nicht sagen, du würdest fortgeschickt, um Lion Platz zu machen!»

Doch ich wich von ihr zurück. Sie war für Lion verantwortlich, und Lion war für meine Demütigung verantwortlich. Ich wandte mich meinem Vater zu, und da verschwand der gewalttätige Fremde auf wunderbare Weise, als er mich hochhob und in die Arme nahm. Er sagte nur: «Mach dir Lions wegen keine Sorgen», und da wußte ich, daß in seinen Augen der Erstgeborene immer noch der Beste war trotz all meiner Bosheit, da wußte ich, daß nichts wichtig war, außer man war der Erste und blieb der Erste, immer und immer wieder.

«Ich werde der beste Schüler sein, den Briarwood je gesehen hat», sagte ich zu ihm, «und du wirst stolzer auf mich sein, als du je auf jemanden stolz sein kannst.» Und so wurde ich dem Trachten nach Vortrefflichkeit verpflichtet und geradewegs auf den Weg zur Katastrophe geschickt.

3

«Es geht um Ginevras Mann. Er ist tot, Robert. Sie kommt nach Hause», sagte mein Vater dreiundzwanzig Jahre später, und meine sofortige Reaktion war: Diesmal werde ich der Erste sein. Diesmal werde ich gewinnen.

«Das ist wirklich eine erstaunliche Neuigkeit! Nun, das wird ja ein interessantes Wiedersehen geben.» Ich war vor Gefühlsüberschwang nicht ganz bei mir. Ich mußte mich an die Wand lehnen, um nicht zu schwanken. «Wann kommt sie denn?»

«Ich weiß es nicht. Ich zeige dir ihr Telegramm, wenn wir uns heute abend treffen...» Mein Vater sprach noch weiter, aber ich hörte kaum hin. Ich war mir nur gerade noch bewußt, daß ich mich mit ihm im Savile nach meiner Abendgesellschaft verabredete. Als das Gespräch beendet war, herrschte Stille in der Diele, aber in der Erinnerung hörte ich im Ballsaal von Oxmoon im Glanz der Kronleuchter das Orchester spielen.

Ich dachte an meine Mutter, die vor langer Zeit gesagt hatte: «Wir leben nicht im Märchen, Robert.» Doch wer wollte jetzt behaupten, daß mein eigenes privates Märchen nicht wahr werden würde? Wenn ich bekam, was ich wollte – und gewöhnlich bekam ich es –, dann würde ich endlich nach Oxmoon zurückkehren, dem Oxmoon meiner Kindheit, und Ginette würde abermals mein Leben teilen in diesem verlorenen Paradies meiner Träume.

Diese Aussicht versetzte mich in einen solch euphorischen Zustand, daß ich mich schon fragte, ob ich wieder zum Romantiker würde, doch glücklicherweise trat da mein gesunder Menschenverstand dazwischen, und ich hielt mich zurück. Dies war eine Situation, die Sorgfalt, Berechnung und einen klaren Kopf erforderte. Der verschmähte Held, der sich noch immer leidenschaftlich nach seiner verlorenen Liebe sehnte, mochte ganz gut in eine französische Farce passen, war aber nicht die Rolle, die ich in der Öffentlichkeit zu spielen wünschte.

Der Gedanke an eine Rolle erinnerte mich an meinen Beruf, und eine Stunde später, in Perücke und Robe, war ich wieder in die mir vertraute Rolle des Helden von Old Bailey geschlüpft.

Aber die ganze Zeit über dachte ich an Ginette.

4

Ich überlebte einen Tag, der mich üblicherweise an den Rand der Erschöpfung gebracht hätte, und traf kurz nach elf Uhr abends klaren Kopfes im Club meines Vaters ein. Der Gedanke an eine verwitwete Ginette war ein starkes Stimulans. Ich war aufgeladen mit Nostalgie, prickelnder Neugierde, sexuellem Verlangen und Ungeduld. Das war eine gefährliche Mischung, und als ich auf der Suche nach meinem Vater durch die Clubräume schritt, wollte mich die Furcht beschleichen, ich könnte vor Erregung vibrieren wie so ein launischer elektrischer Apparat, aber glücklicherweise führten alle Bekannten, denen ich begegnete, meine Anspannung auf meinen Prozeßerfolg zurück.

Als ich schließlich die Ecke erreichte, in der mein Vater auf mich wartete, sah ich, daß er Lion bei sich hatte. Ich setzte eine gefällige Miene auf und wappnete mich mit Toleranz.

«Ich höre, du hast deinen Fall gewonnen, Robert», sagte mein Vater voller Begeisterung. «Herzlichen Glückwunsch!»

«Danke. Hallo, Lion.»

«Hallo, Robert – ich kann dir gar nicht sagen, wie stolz ich darauf bin, mit dir verwandt zu sein. Ich bin in der Bank eine Berühmtheit, nur weil ich dein Bruder bin!» Er seufzte vor kindlicher Bewunderung, ein hirnloser gutmütiger erwachsener Jüngling, dem ich gelegentlich eine gewisse Zuneigung entgegenzubringen vermochte. Die Vorstellung, daß ich je die Energie aufgebracht hatte, auf ihn eifersüchtig zu sein, war einfach unglaublich. Ich streckte ihm wohlwollend die Hand hin, damit er sie drücken konnte.

«Nun, Lion», sagte mein Vater freundlich, als noch einige weitere Banalitäten ausgetauscht worden waren, «ich will dich nicht länger aufhalten – du sagst, das Aufstehen fällt dir morgens schwer, da willst du sicher vor Mitternacht im Bett sein.»

Aber Lion wollte noch Näheres über den Prozeß hören, und so vergingen zehn Minuten, bis er bereit war, sich verabschieden zu lassen.

«Doch aufregend, das mit Ginevra, was?» sagte er, als er schon im Gehen war. «Wunderbar, sie wiederzusehen!»

Ich lächelte höflich und enthielt mich jeglicher Bemerkung, doch schon Sekunden später sagte ich zu meinem Vater im beiläufigsten mir gerade zur Verfügung stehenden Ton: «Laß mich doch mal das Telegramm sehen, das sie geschickt hat.»

Die Nachricht war fast kriminell weitschweifig. Ich bin zu der Auffassung gelangt, daß es Frauen verboten werden müßte, Telegramme aufzugeben; sie sind ihrer Natur nach unfähig zur knappen Formulierung in einer Situation, die geistige Disziplin verlangt.

IHR LIEBEN, ergoß es sich aus dieser solcherart beklagenswerten Nachricht, ETWAS ZU SCHRECKLICHES IST GESCHEHEN STOP ICH WEISS KAUM WIE ICH ES IN WORTE FASSEN SOLL ABER CONOR IST TOT UND ICH KANN ES NOCH IMMER NICHT GLAUBEN OBWOHL ICH DABEI WAR STOP ER MUSS IN IRLAND BEGRABEN WERDEN DESHALB BRINGE ICH IHN SOFORT DORTHIN STOP ICH KANN OHNEHIN NICHT HIER BLEIBEN ES IST NICHT MÖGLICH STOP ICH SCHREIBE VON DUBLIN AUS STOP ICH WILL NICHTS ALS HEIMKEHREN NACH OXMOON STOP SEHNE MICH DANACH EUCH ALLE WIEDERZUSEHEN STOP HERZLICHST GINEVRA.

«Typisch», sagte ich. «Sie gibt ein Vermögen für ein Telegramm aus und bringt es fertig, alle wichtigen Details ihrer Notlage wegzulassen. Sie scheint anzunehmen, wir wissen durch telepathische Intuition, wann sie nach Wales zu kommen gedenkt.»

«Aber Robert, sei nicht so streng. Das arme Kind ist offensichtlich etwas verwirrt!»

«Das wäre durchaus verzeihlich. Aber sich so unklar auszudrükken! Aber, na ja, wir erfahren wohl Näheres, wenn ihr Brief eintrifft. Was sagt denn Mama dazu?»

«Nun, sie dachte natürlich zuerst – genau wie ich übrigens auch – an dich.»

Ich trank einen Schluck von dem vor mir stehenden Brandy, ehe ich in meinem, wie ich hoffte, umgänglichsten Ton erwiderte: «Da hat dich meine Mutter wohl nach London geschickt, um herauszufinden, was in mir vorgeht. Vielleicht bist du, wenn du zurückfährst, so freundlich und erinnerst sie daran, daß ich einunddreißig bin und es nicht gern sehe, wenn meine Mutter sich um meine Privatangelegenheiten kümmert.»

Mein Vater reagierte betroffen. Ich bedauerte sofort, daß ich das gesagt hatte, aber er gab mir keine Gelegenheit, diese aus Notwehr gesprochenen Worte zurückzunehmen. Mit einer Höflichkeit, die mich beschämte, sagte er: «Es tut mir leid, wenn du den Eindruck hättest, wir mischten uns in dein Privatleben ein, Robert. Das ist nicht der Fall. Wir denken nur an dich.»

«Entschuldige bitte. Ich habe mich schlecht ausgedrückt. Ich habe einen anstrengenden Tag hinter mir, und –»

«Angesichts dessen, was damals geschah, müssen wir uns einfach Sorgen machen. Und natürlich weißt du wohl, daß wir seit einiger Zeit in zunehmendem Maße um dich besorgt sind.»

«Lieber Papa, nur weil ich mir nicht die Zeit nehme, zu heiraten und einen Hausstand zu gründen –»

«Ich habe dich nicht kritisiert, Robert. Ich wollte, du wärst nicht so schnell beleidigt.»

«Ich bin nicht beleidigt! Aber die Vorstellung, daß ihr, du und Mama, euch um mich sorgt, wo ich eine so blendende Karriere mache und das Leben in vollen Zügen genieße, die kann ich einfach nicht ertragen!»

«Deine Mutter und ich glauben beide, wenn du nur nach Oxmoon zurückkommen könntest –»

«Bitte – ich weiß, das ist ein schmerzliches Thema –»

«Es ist so, als wärst du verlorengegangen. Manchmal glaube ich, es ist nicht gut, wenn jemand zu gebildet ist – oder zuviel Erfolg hat. Das schneidet ihn von seinen Wurzeln ab.»

«Ich bin keineswegs abgeschnitten. Oxmoon ist mein Zuhause und wird es immer sein, aber fürs erste muß ich in London bleiben. Ich muß vor Gericht meinen Lebensunterhalt verdienen und werde bald eine politische Laufbahn verfolgen – und vergiß nicht: du warst es, der wollte, daß ich in die Politik gehe!»

«Ich wollte nur, daß du Abgeordneter in unserem Wahlkreis wirst. War dumm von mir. Ich hätte auf Margaret hören sollen, als sie sagte, du wärst erst zufrieden, wenn du Premierminister bist.»

«Und warum nicht Premierminister?»

«Erfolg in diesem Maße behindert das Glücklichsein. Sieh dir Asquith an. Warum trinkt er? Ich möchte nicht, daß du als ein solcher Trinker endest.»

«Asquith ist kein Trinker. Er spricht stark dem Alkohol zu, aber das ist ein Unterschied.»

«Für mich nicht», sagte mein Vater mit einem Blick auf sein noch unberührtes Glas, «und für deine Mutter auch nicht.»

Wir schwiegen beide. Es gab nichts, was ich hätte sagen können. Mein Vater war der Sohn eines Trinkers und hatte eine schlimme

Kindheit erduldet, über die er nie sprach. Ein vernünftiges Gespräch über das Trinken war für ihn unmöglich.

Schließlich sagte ich: «Wir sind recht weit vom Thema Ginette abgekommen.»

«Nein, das gehört alles zusammen, wir sprechen noch immer über deine Zwangsvorstellungen, Robert», sagte mein Vater in drängendem Ton und beugte sich dabei im Sessel vor, «denk bitte nicht, ich wüßte nicht, was es heißt, von der Vergangenheit verfolgt zu werden, aber du mußt alles daransetzen, das zu überwinden, geradeso wie ich alles getan habe, um die Erinnerung an meine Eltern und Owain Bryn-Davies zu überwinden.»

«Ganz recht, aber kommen wir nicht wieder vom Thema ab? Ich will mal versuchen, dieses walisische Darumherumreden durch ein wenig angelsächsische Unverblümtheit zu beenden. Du und Mama, ihr befürchtet offenbar, meine jugendliche Leidenschaft für Ginette werde wieder erwachen und mich zu irgendeiner romantischen Handlungsweise bringen, die ihr nur als katastrophal ansehen könntet. Schön. Dann seid beruhigt und laßt euch versichern, daß ich nicht die Absicht habe, Ginette zu erobern, sowie sie ihren Fuß wieder auf walisischen Boden setzt.»

«Und danach?»

«Papa, ich bin kein Prophet, ich bin Anwalt. Ich verschwende keine Zeit mit Spekulationen über die Zukunft auf der Basis ungenügender Anhaltspunkte.»

«Natürlich, aber –»

«Die einzige feststehende Tatsache im Augenblick ist die, daß Ginette jetzt für mich eine Fremde ist. Wer weiß, was ich von ihr halte, wenn wir uns wiedersehen? Keiner weiß es, kann es wissen, und deshalb ist meines Erachtens jeder Versuch, eine derartige Frage zu beantworten, höchst müßig.»

«Gewiß, aber trotzdem –»

«Fahr unbesorgt wieder nach Hause und sag Mama, daß ich nicht mehr an Märchen glaube – und sag ihr auch –» jetzt sprach ich mit besonderem Nachdruck – «daß ich trotz dieser recht dramatischen Umstände durchaus die Absicht habe, mich wie ein reifer und intelligenter Mensch zu benehmen.»

Doch die ganze Zeit, während ich in so löblich-vernünftiger Weise sprach, lauschte ich der Stimme in meinem Innern, die Ginette zuflüsterte, was sie ihr in meinen Träumen so oft zugeflüstert hatte: «Bring mich zurück nach Oxmoon, dem Oxmoon meiner Kindheit. Bring mich zurück nach Oxmoon und mach es wieder lebendig.»

5

«Freundschaft ist für immer und ewig!» sagte das Kind Ginette in jenem verlorenen Paradies Oxmoon, als ich mit keinem Rivalen um ihre Zuneigung zu kämpfen hatte. «Ich frage mich, ob du ermessen kannst, wie glücklich du bist, einen Freund wie mich zu haben.»

Ich konnte es ermessen. Während meiner ersten Monate auf der Schule hatte ich viele heimwehkranke Nächte damit verbracht, daß ich mir vorstellte, wie sie mit Gwen de Bracy oder Angela Stourham spielte und mich dabei vergaß. Wenn man acht Jahre alt ist und einen Freund von zehn hat, dann verfolgt einen ständig die Angst, durch interessantere Altersgenossen verdrängt zu werden.

«Ganz gleich, wie lange ich fort bin auf der Schule, ich werde bei dir immer zuerst kommen, ja?» fragte ich, um jeden durch meine Abwesenheit ausgelösten lauernden Zweifel auszuschalten.

«Immer. Ach, komm, leih mir einen Penny, ja, ich will ein paar von diesen Bonbons kaufen.»

Wir waren in Penhale, zwei Meilen von Oxmoon entfernt, und statteten dem Dorfladen einen unserer regelmäßigen Besuche ab. Ich erinnere mich, als ich so im behaglichen Dunkel des Ladeninneren stand und all diese Gläser mit Süßigkeiten betrachtete, da dachte ich: das vollkommene Glück ist, wenn ich von der Schule heimkehre und alles unverändert vorfinde, Ginette noch mit den Löchern in den Strümpfen und den Flecken auf der Schürze, die Gläser im Dorfladen wie immer auf unsere Begierde wartend.

«Ich wünschte, es könnte immer so sein», sagte ich, als wir, an unseren Süßigkeiten lutschend, nach Hause gingen.

«Ich nicht. Ich finde allmählich Gefallen an dem Gedanken, groß zu werden und zu heiraten, wie Bobby und Margaret. Sie lachen immer und benehmen sich, als wäre die Ehe ganz lustig.»

«Aber denk doch an all die Babies!»

«Vielleicht sind die auch ganz lustig.»

Ich schwieg. Meine ablehnende Einstellung zu kleinen Kindern hatte sich nicht geändert, wenn ich jetzt auch darauf achtete, dies vor meinen Eltern zu verbergen. Ich war zurückhaltend, aber höflich zu Celia. Ich heuchelte für Lion ein erhabenes Interesse. Aber ich konnte mir noch immer nicht vorstellen, echte Begeisterung für ein mir verschwistertes Wesen aufzubringen.

Da kam, zwei Jahre nach Lion, John zur Welt.

Lion war wütend. Das gefiel mir automatisch, und von Anfang an tätschelte ich Johns Kopf, wenn ich zu meinen regelmäßigen Besuchen ins Kinderzimmer kam. Dies entzückte meine Mutter, aber Lion wurde wild und versuchte mir den Weg zur Wiege zu versperren, indem er mir mit seinen kleinen Fäusten gegen die Knie schlug. Meine Mutter wurde böse auf ihn. Ihr Streit war höchst befriedigend.

Schließlich wurde ich mir zu meiner Überraschung bewußt, daß ich mich wirklich für den Kleinen zu interessieren begann. Er war aufgeweckt. Er begann früh zu sprechen, eine Tatsache, die die Kommunikation erleichterte. Obwohl wir in einem Teil von Wales wohnten, in dem englisch gesprochen wurde, war Walisisch doch die Muttersprache meines Vaters, und weil er wünschte, daß seine Kinder zweisprachig aufwüchsen, hatte meine Mutter immer walisisch sprechende Kindermädchen eingestellt. Doch obwohl wir alle mit rudimentären Kenntnissen der walisischen Umgangssprache aufwuchsen, war aus irgendwelchen Gründen John der einzige, der sich wirklich zweisprachig entwickelte. Dies beeindruckte mich. Nach Celia und Lion, die beide dumm waren, hatte ich nicht mit der Ankunft eines intelligenten Bruders gerechnet. Später brachte ich ihm als Intelligenztest ein paar Buchstaben bei und stellte fest, daß er eifrig lernte, doch ehe wir weiter in die Welt des Lesens und Schreibens eindringen konnten, mußte ich mein erstes Trimester in der Public School antreten, und unsere Unterrichtsstunden fielen aus. Doch als ich in den Weihnachtsferien aus Harrow zurückkam, wartete John schon an der Tür auf mich, strahlend vor Heldenverehrung.

Da war jemand, der schon in frühem Alter begriffen hatte, daß der Erstgeborene der Beste war. Meine private Meinung von Geschwistern wurde einer kleinen, aber bedeutsamen Revision unterzogen.

«Ich glaube, dieses Kind könnte sich ganz gut entwickeln», sagte ich zu Ginette, während er uns in den Ferien voller Eifer zu Diensten war.

«Ist er nicht ein Schatz? So ganz anders als der gräßliche Lion. Wirklich, ich begreife nicht, was Margaret an diesem Monster findet. Wenn ich je etwas so Gewöhnliches und Dummes zur Welt bringe, habe ich hoffentlich den Mut, es zu ertränken.»

Sie war fünfzehn, ich dreizehn. Unser Altersunterschied wurde deutlicher, aber ich merkte es nicht. In meinen Augen war sie noch immer meine Ginette, und Paradies, das war für mich noch immer, nach Oxmoon zurückzukehren, wo sie auf mich wartete und mich willkommen hieß; Paradies, das war über die Downs zu reiten oder ans Meer zu wandern oder über den Shipway genannten Dammweg zu klettern, wo vor langer Zeit Mr. Owain Bryn-Davies ertrunken und meine Großmutter verrückt geworden war und mein

Vater alle möglichen Schrecknisse mitangesehen hatte, die jetzt zu einem Lokalmythos erhoben worden waren; Paradies war, über solche weit zurückliegenden Melodramen zu lachen und zu sagen, wie komisch es doch war, daß die verrückte alte Großmama je die Rolle der tragischen Heldin gespielt hatte. Wir lachten, lachten, und Paradies war Lachen zusammen mit Ginette in Oxmoon, während wir auf dem Rasen Krocket spielten, und Paradies war das Lachen zu unterdrücken, wenn ich in der Kirche versuchte, sie im falschen Augenblick zum Kichern zu bringen, und Paradies, das war Lachen über ihren letzten dreibändigen Roman, den sie so romantisch fand, und Lachen auch, als sie versuchte, mir deswegen Ohrfeigen zu geben, und Lachen, als wir bei der Hundehetzjagd der West-Gower-Jagdgesellschaft mitritten, Lachen, Lachen, Lachen von Llangennith bis Porteynon, von Penrich bis Oxwich, von Penhale bis Rhossili, von Llanmadoc Hill bis Cefn Bryn, und Paradies, das war die ganze Halbinsel Gower, sechzehn Meilen Himmel auf Erden nach Westen über die Öde des Industriegebiets von Swansea ins Meer hinausragend, und die Herrlichkeit von Gower war Oxmoon – und die Herrlichkeit von Oxmoon war Ginette.

Ich sah es so klar vor mir, dieses verlorene Paradies, den blauen Himmel, die Stoppelfelder, die Stille der üppigen Glockenblumenwälder, das Purpur des Heidekrauts auf den Downs, das strahlende Meer, die schimmernden Sandflächen. Ich erinnere mich sogar des Goldtons der Flechten an den Bruchsteinmauern und der rosigen Streifen im Gestein auf dem Gipfel der Rhossili Downs und des rauhen Grases in den Sandlöchern von Llangennith. Ich erinnere mich des Viehs, das zum Markt getrieben wurde auf den staubigen weißen Landstraßen, und der Schafe, die auf den Downs weideten; ich höre noch die Lerchen singen, höre, wie der Kirchturm von Penhale eine wolkenlose Mittagsstunde schlägt. Das alles schien so unveränderbar. Ich glaubte, nichts könnte sich je verändern. Und dann, im Juni 1896, kurz nach meinem 14. Geburtstag, erhielt ich in Harrow einen Brief von meinem Vater.

«Mein lieber Robert», schrieb er, «nur ein paar Zeilen, um Dir mitzuteilen, daß wir etwas Unruhe mit Ginevra hatten. Um es ganz kurz zu machen: Sie versuchte, mit einem Cousin der Kinsellas durchzubrennen, aber er ist jetzt fort, und Ginevra ist bei den Applebys, wo sie sich erholt. Ich fürchte, sie ist im Augenblick böse auf uns, aber ich bin sicher, das dauert nicht lange, also mach Dir keine Sorgen – es war in Wirklichkeit nur ein Sturm im Wasserglas, und es ist nichts passiert. Ich verbleibe wie immer Dein Dich liebender Vater, R. G.»

Ich war zuerst so benommen, daß ich zu keiner Reaktion fähig war. Ich saß nur da und starrte den Brief an. Ich war mir natürlich inzwischen bewußt geworden, daß sich Ginette zur Frau entwickelte in einer nur zu deutlich sichtbaren Weise, aber ich hatte mir seit langem gesagt, das freundschaftlichste sei, dies nicht zur Kenntnis zu nehmen; mir tat jeder Mensch aufrichtig leid, der zu einer Frau heranwachsen mußte. Doch der Gedanke, daß sie nun alt genug sein könnte, um sich fleischlich für das andere Geschlecht zu interessieren, war mir nie gekommen. Ich fand diese Vorstellung sowohl gräßlich wie widerwärtig, doch noch viel gräßlicher und widerwärtiger war mir das Wissen, daß sie sich in dieser Beziehung mit einem anderen als mir eingelassen hatte – überhaupt eingelassen haben konnte. Ich hatte mich in Sicherheit geglaubt, bis sie achtzehn war und sich das Haar hochsteckte – dann war ich sechzehn und konnte mich, wenn die Pubertät es erlaubte, als zukünftiger Ehegatte präsentieren, ohne daß sie lachte oder mich ungläubig ansah. Doch jetzt war ich noch so jung, daß ich kaum einen Anspruch auf sie erheben konnte, ohne lächerlich zu erscheinen. Ich war noch nicht einmal ganz über den Stimmbruch hinaus. Ich war zu dünn. Nichts paßte mir mehr. Ich hatte mir gesagt, das Überstehen der Adoleszenz sei eine reine Frage der Geisteshaltung, doch als ich nun die gänzlich unfertige Natur meines Äußeren betrachtete, war ich verzweifelt. Wie konnte ich es mit einem ausgewachsenen Mann aufnehmen, der räuberische Absichten an den Tag legte? Die ganze Zukunft war zu einem Alptraum geworden.

In meiner Not las ich den Brief noch einmal in der Hoffnung, ich könnte etwas falsch interpretiert haben, und diesmal schien mir die Nachricht so unvorstellbar, daß ich mich ernstlich fragte, ob mein Vater den Verstand verloren hatte. Theoretisch war das nur zu plausibel. Ich erinnerte mich an meine Großmutter, die, in einem Irrenhaus in Swansea eingesperrt, nur einmal im Jahr nach Hause zurückkehren durfte, und gleich darauf, ehe ich noch an mich halten konnte, schrieb ich schon einen Gewißheit erheischenden Brief an meine Mutter.

«Liebe Mama», schrieb ich, entschlossen, meine Panik unter einem rationalen, normalen Briefstil zu verbergen, «ich habe gerade einen höchst ungewöhnlichen Brief von Papa erhalten. Darin scheint er mitzuteilen, daß Ginette Oxmoon verlassen hat und jetzt in All-Hallows Court ist. Gibt es da vielleicht ein Mißverständnis? Ginette hält

Sir William Appleby für einen alten Langweiler und Lady Appleby für völlig vertrocknet, und was diese Memme von Timothy betrifft, so sind Ginette und ich der Ansicht, daß man ihn durch eine Mangel drehen und dabei genug Wasser herausbekommen könnte, um einen Brunnen zu füllen. Wie kann sie bei solchen Leuten wohnen wollen? Ich vermute, da sagt mir jemand nicht ganz die Wahrheit.

Habt Ihr sie vor die Tür gesetzt, weil Ihr glaubt, sie hätte ihre Jungfräulichkeit verloren? Falls ja, so seid mit allem Respekt versichert, daß Ihr da im Irrtum seid: Sie würde sie nie verlieren. Die Heldinnen dieser öden Romane, die sie liest, achten darauf immer höchst gewissenhaft, und Ginette ist sich wohl bewußt, daß ‹gefallene Mädchen› unweigerlich zu einem tragischen Schicksal verurteilt sind. (Bitte, entschuldigt jedes vielleicht anstößige Wort in diesem Zusammenhang und schreibt es meiner mangelnden Erfahrung im schriftlichen Umgang mit solchen Themen zu.)

Außerdem – wie könnte irgendein Cousin der Kinsellas jünger als sechzig Jahre sein? Ich wußte gar nicht, daß sie irgendwelche Verwandte haben, abgesehen von einigen Iren, mit denen sie hinterm Berg halten.

Liebe Mama, bitte, glaub mir: Selbst wenn Ginette anstößigem Verhalten huldigen würde, müßte es doch gewiß rein physisch unmöglich sein, daß sie ihre Jungfräulichkeit an einen Mann von über sechzig verliert, und daß sie ihre Jungfräulichkeit an einen Iren gleich welchen Alters verliert, ist einfach unvorstellbar. Bitte, bitte, schreib mir und sag mir, was eigentlich vorgeht. Dein Dich immer liebender Sohn ROBERT.»

Dann schrieb ich einige fieberhafte Zeilen an Ginette, in denen ich sie bat, mich sofort über das Mysterium aufzuklären, aber es war meine Mutter, die mir postwendend antwortete; von Ginette hörte ich nichts. Meine Mutter schrieb in ruhigem Konversationston: «Mein lieber Robert, es tut mir so leid, daß Du Dir solche Sorgen machst. Das hatte Dein Vater gewiß nicht beabsichtigt, als er Dir schrieb, doch ihm fällt es, obwohl er sich sehr bemüht, schwer, für unangenehme Dinge eine klare oder, wie man fast sagen könnte, angelsächsische Ausdrucksweise zu finden. Das ist weder ein Fehler noch eine Tugend, sondern lediglich ein Rassenunterschied, den wir erkennen und akzeptieren müssen. Aber laß mich Dir die Situation erklären.

Laß mich Dir als erstes versichern, daß nichts Außergewöhnliches geschehen ist. Leider kommen, wie ich fürchte, solche Vorfälle nur zu häufig vor, wenn ein junges Mädchen so schön ist wie Ginevra und dazu Erbin eines Vermögens von dreißigtausend Pfund. Zum zweiten laß mich Dich dahingehend aufklären, daß das Entlaufen nichts Besonderes hatte. Der Mann war, wie Du richtig vermutest, ein irischer Verwandter der Kinsellas, aber Du hattest unrecht mit der Annahme, er müsse über sechzig sein. Er war vierundzwanzig, groß, dunkelhaarig und gutaussehend, doch nachdem ich das gesagt habe, muß ich hinzufügen, daß er nach englischen Maßstäben kein Gentleman war, und ich zweifle nicht daran, daß er nur eines im Sinne hatte, als er in unseren entlegenen Winkel von Wales kam und diese schon alternden entfernten, aber wohlhabenden Verwandten besuchte. Man konnte ihm ansehen, daß er ein Abenteurer war, und natürlich hat er nicht lange gebraucht, um herauszufinden, daß Ginevra eine vermögende Erbin ist.

Wir lernten ihn bei den Mowbrays kennen, aber wenn nicht dort, dann wäre es anderswo gewesen – sogar Lady de Bracy hätte ihn wahrscheinlich in Penhale Manor empfangen, schon aus Höflichkeit seinen Verwandten gegenüber, die so völlig untadelig und angesehen sind. Als wir ihn trafen, sah ich sofort, daß Ginevra von ihm angetan war, und gleichzeitig sah ich, daß der junge Mann ‹der Falsche› war, wie mein Vater zu sagen pflegte. Ich sagte danach zu Deinem Vater: ‹Das ist ein junger Mann, den wir nicht nach Oxmoon einladen werden›, und Dein Vater war da ganz meiner Meinung.

Kurz nach der Begegnung mit dem jungen Mr. Kinsella kam es zu einem höchst unglückseligen Zwischenfall. Ich mußte verreisen – Du wirst Dich erinnern, daß ich Dir kürzlich von Staffordshire aus schrieb, nachdem das Baby der armen Tante May gestorben war. Natürlich ist es ungewöhnlich, daß ich von zu Hause fort bin, da ich nicht gern fortgehe, aber May schrieb mir einen so sehnsüchtigen Brief, daß ich das Gefühl hatte, meine schwesterlichen Pflichten zu verletzen, wenn ich sie nicht für ein paar Tage besuchte. Ich hätte Ginevra mitnehmen sollen, aber ich wußte, May wollte außer mir niemanden bei sich haben, und außerdem glaubte ich, Miss Sale würde keine Mühe haben, über Ginevra zu wachen. Miss Sale mochte ihre Fehler als Gouvernante haben, aber sie war immer eine gewissenhafte Anstandsdame gewesen, und ich hatte volles Vertrauen zu ihr.

Was kann ich sagen, außer daß mein Vertrauen falsch angebracht war? Es kam zu heimlichen Begegnungen auf den Downs. Ich kann das nicht gänzlich Ginevra zum Vorwurf machen. Der junge Conor Kinsella ist so der Mann, der selbst die frömmste Nonne auf Abwege führen könnte, aber als ich zurückkam und – was nicht ausbleiben konnte – feststellte, was vorging, war ich natürlich sehr zornig, desgleichen Dein Vater. (Da er sehr mit den Problemen des Gutes beschäftigt ist, hatte auch er ganz auf Miss Sales Kompetenz vertraut.)

Dein Vater und ich sagten Ginevra, wir könnten ihr nicht gestatten, Mr. Kinsella wiederzusehen, und dies führte, wie ich zu meinem Bedauern sagen muß, zu einigen höchst unschönen Worten, die zwischen uns dreien gewechselt wurden. Das war der Abend, an dem Ginevra sich davonstahl und nach Porteynon zu den Kinsellas fuhr, wo sie dann Steine gegen ein Fenster warf, hinter dem, wie sie glaubte, ihr Geliebter wohnte. Es war jedoch das Zimmer von Miss Bridget. Es folgten weitere häßliche Szenen. Es ist überflüssig, Dir alles ausführlich zu berichten, deshalb sage ich nur, daß sich Ginevra anschließend so gedemütigt und elend fühlte, daß es das beste schien, ihr vorzuschlagen, eine Zeitlang anderswo zu bleiben. Als sie diesen Vorschlag dankbar annahm, wandte ich mich an Maud Appleby, und Ginevras Umzug nach All-Hallows Court wurde dann ganz rasch arrangiert.

Warum sollte sie bei solchen Leuten wohnen, fragst Du in so bedauernswert unhöflichem Ton. Ich werde es Dir sagen. Es wird immer schwieriger und mit immer mehr Verantwortung verbunden sein, sich um Ginevra zu kümmern, und ich glaubte, Bobby und ich hätten nicht das Recht, irgendwo anders um Hilfe zu bitten. Da Sir William ihr Pate ist, ist es nichts weniger als seine moralische Pflicht, uns zu helfen, diese Krise zu überwinden.

Dein Vater hat mit Mr. Kinsella gesprochen und ihm Geld angeboten, damit er geht, aber zu unserer großen Überraschung hat er keinen Penny angenommen. Dies hätte uns vielleicht beeindruckt, wenn er nicht hoch und heilig versichert hätte, er habe sich zu keiner Zeit unschicklich benommen. Natürlich versuchte er nur seine Haut zu retten – zweifellos sagte er sich, wenn er Geld von uns annähme, käme dies in den Augen seiner wohlhabenden Verwandten einem Schuldbekenntnis gleich, aber ich fürchte, die arme Ginevra muß es schwer getroffen haben, als sie hörte, daß er alle seine Annäherungsversuche abgestritten hatte. Wir können jetzt nur hoffen und darum bitten, daß sie aus dieser Erfahrung eine Lehre zieht und etwas klüger ist, wenn sie es mit dem unvermeidlichen nächsten Glücksjäger zu tun bekommt.

Soviel zu Mr. Kinsella. Alle Klatschbasen von Gower wetzen natürlich ihre Zungen, doch glaube nichts, wenn Du etwas hörst, was mit dem eben Gesagten nicht übereinstimmt.

Du hattest völlig recht mit Deiner Annahme, was Ginevras Jungfräulichkeit betrifft; es mag Dich bekümmern, daß, wie nicht zu vermeiden, ihr Ruf gelitten hat, aber Du darfst versichert sein, daß sie nicht rettungslos gezeichnet ist durch diese zwar düstere, aber keineswegs katastrophale Affäre. (Deine Bemerkungen zu diesem Thema waren etwas eigenartig, aber ich weiß, Du hast versucht, Dich mit Anstand auszudrücken, und alles in allem hast Du das in Anbetracht Deiner Jugend, glaube ich, recht gut gemacht. In Zukunft jedoch solltest Du in einem Brief an eine Frau nicht von den fleischlichen Fähigkeiten eines Herrn sprechen. Das tut man einfach nicht.)

Und jetzt muß ich diesen Brief schließen. Ich kann nur hoffen, daß ich Dir bis zu einem gewissen Grad die Besorgnis genommen habe, unter der Du durch ungenügende Information gelitten hast, aber solltest Du noch eine Frage zu diesem unglücklichen Vorfall haben, so schreib mir bitte sofort, damit ich Dich beruhigen kann. Inzwischen schicke ich Dir viele Grüße, und indem ich hinzufüge, daß ich mich danach sehne, Dich wiederzusehen, verbleibe ich, lieber Robert, Deine Dich liebende MAMA.»

6

Der Name Conor Kinsella ließ mich nicht mehr los. Ich erinnere mich, daß ich ihn niederschrieb und, als ich ihn anstarrte, dachte, was für ein finsterer Name das doch war, so anders, so glatt und doch so aggressiv, mit dem Akzent auf der ersten Silbe jedes Wortes, so daß das harte C und das harte K doppelt betont schienen, lautmalende Zwillingsgeschosse, gefolgt vom sanften Gewell leichter Konsonanten und Vokale. Die Kinsellas von Porteynon, ein älteres Junggesellentrio von einem Bruder und zwei Schwestern, stammten von einem irischen Piraten ab, dem einzigen Überlebenden eines Schiffbruchs im achtzehnten Jahrhundert vor der Küste der Rhossili Bay, und die wilde, gesetzlose Halbinsel Gower der Zeit vor hundert Jahren war genau der Ort, an dem ein wilder, gesetzloser Ire sich niederlassen und zu Hause fühlen konnte.

Bei dem Gedanken an die Vergangenheit sah ich sofort Conor Kinsella als irischen Piraten, der in mein Heim und Haus einbrach und sich nahm, was von Rechts wegen mein war. Das Faß meines volkstümlichen Wortschatzes auskratzend, fand ich für ihn Ausdrükke wie Schuft und Lump, Taugenichts, Wüstling und Schweinehund, doch während ich ihn noch auf diese Weise heruntermachte, war ich mir bewußt, daß da irgendwo auf der Welt ein Mann aus Fleisch und Blut war, zehn Jahre älter als ich, der aß und trank, der schlief und atmete und sich rasierte, der fluchte und sein Geld zählen mußte, der wahrscheinlich seiner Mutter zu ihrem Geburtstag Blumen schenkte und vielleicht sogar auf dem Weg zur Kirche gebrechlichen alten Damen über die Straße half.

Genauer gesagt: ich wußte nichts über Conor Kinsella. Doch als ich ihm schließlich begegnete, erkannte ich ihn sofort, nicht nur weil er genau der düsteren Beschreibung meiner Mutter entsprach, sondern weil ich spürte, daß er wie Ginette war, und da ich sie kannte, erkannte ich auch ihn sofort.

Mir ist nicht ganz klar, wieso ich wußte, daß er erneut in ihr Leben treten würde. Vielleicht lag es daran, daß sie selbst dessen so sicher war.

«Er hat hoch und heilig versichert, er holt mich», sagte sie. «Er hat mir gesagt, er geht nach Amerika, um dort Geld zu verdienen, und dann kommt er zurück und setzt mich auf sein Pferd, und wir reiten in den Sonnenuntergang hinein und heiraten und leben dann glücklich und zufrieden bis ans Ende unserer Tage.»

«Ich wußte gar nicht, daß Leute solchen Blödsinn reden. Du hast ihm doch nicht geglaubt, oder?»

«Doch. Er hat das genauso gemeint.»

Wir waren in All-Hallows Court, dem Haus der Applebys, drei Meilen von Oxmoon entfernt, auf der Grenze zwischen den Gemeinden Penhale und Llangennith. Das Haus, bedeutend kleiner als Oxmoon, war das, was wir in Süd-Wales eine «squarsonage» nennen, das heißt ein Mittelding zwischen dem Haus eines «parson», eines Pfarrers, und der Residenz eines «squire», eines Landadligen, und sein Name wurde (zweifellos irrtümlich) auf eine Entstellung von «Hail Mary» – Heil Dir, Maria – zurückgeführt, die letzten Worte einer Gruppe von Katholiken, die während der Reformation niedergemetzelt wurden von einer Bande von Strandräubern, die zuviel geschmuggelten Brandy getrunken hatten. Die Applebys waren selber irgendwann einmal Schmuggler und Strandräuber gewesen, doch mit der Zeit wurden sie respektabel und stellten dem Dorf Penhale mehrere Pfarrvikare; das hieß, sie schmuggelten noch immer, gaben aber die Strandräuberei auf. Wahrscheinlich, wie meine Mutter gesagt haben würde, weil sie das Gefühl hatten, irgendwo die Grenze ziehen zu müssen.

«Ich verstehe das einfach nicht», sagte ich zu Ginette. «Wie konntest du dich nur so schrecklich benehmen?»

Sie fing an zu weinen. Ich war entgeistert. Ich war es nicht gewohnt, sie in Tränen aufgelöst zu sehen, denn hatte sie auch immer dem Glauben gehuldigt, Weinen sei notwendiges Attribut der leidenschaftlichen Natur einer Heldin, so hatten diese Tränen doch gar nichts mehr mit ihrer üblichen Zurschaustellung von Gefühl zu tun. Sie standen ihr in den Augen und liefen ihr die Wangen hinunter, und während ich noch zusah, ließ sie verzweifelt den Kopf sinken.

«Aber Ginette, Ginette –» Ich wußte nicht, was ich tun sollte. Wir umarmten uns nie. Ich war nach einem Verhaltenskodex erzogen worden, demzufolge es sehr weichlich war, wenn ein Junge eine spontane Geste der Zuneigung machte. Also setzte ich mich nur neben sie auf die Fensterbank und schlug das einzige mir möglich erscheinende Heilmittel vor. «Komm zurück nach Oxmoon.»

«Das kann ich nicht. Es hat einen schrecklichen Streit gegeben. Haben sie dir das nicht gesagt?»

«Aber sie haben dir doch verziehen!»

«Ich habe aber ihnen nicht verziehen. Sie waren gräßlich Conors wegen; sie haben gesagt, er sei nicht, was er zu sein scheint, aber das war es ja gerade: er war es. Er war wirklich. Aber sonst war nichts wirklich. Ich hatte in einem Märchen gelebt.» Sie schneuzte sich in ein nicht ganz sauberes Taschentuch, ehe sie mit etwas zittriger Stimme hinzufügte: «Ich will nicht mehr in einem Märchen leben.»

«Du lebst aber bestimmt in einem Märchen, wenn du glaubst, dieser Bursche meldet sich noch einmal!»

«Er kommt bestimmt. Und ich werde ihn heiraten.»

«Aber das kannst du doch nicht! Was ist mit mir? Du kannst mich doch nicht vergessen, als gäbe es mich nicht mehr!»

Sie sah mich hilflos an. «Es tut mir leid, es ist, als sprächen wir nicht einmal mehr die gleiche Sprache.»

«Aber du hast gesagt, ich käme bei dir immer zuerst!»

«Das hat ja auch gestimmt», sagte sie. «Du warst von Anfang an da, du warst Teil des Zaubers von Oxmoon, und du wirst in meinen Gedanken immer bei mir sein, immer, bis zum Ende meines Lebens.» Sie ließ wieder verzweifelt den Kopf sinken. Ich versuchte ihre Hand zu erfassen, als hätte ich sie zu den Erdbeerbeeten zurückführen können, dem Symbol unseres verlorenen Paradieses, aber sie sprang auf und rannte schluchzend aus dem Zimmer.

Ich war allein.

7

Sie kam tatsächlich nach Oxmoon zurück, aber nur zu einem gelegentlichen Besuch in Begleitung von Lady Appleby und Timothy, dem Sohn der Applebys, der gerade Cambridge hinter sich gebracht hatte. Die Anwesenheit Timothys ärgerte mich, denn ich hielt ihn für einen Einfaltspinsel, und noch mehr ärgerte es mich, daß Ginette, die ihn einmal als eine vom Laternenanzünder vergessene Laterne bezeichnet hatte, über jeden seiner dämlichen Witze kicherte.

«Du machst dir doch nichts aus Timothy, oder?» fragte ich sie einmal, als wir, was selten vorkam, allein waren.

«Um Gottes willen, nein!» sagte sie. «Aber er ist ganz amüsant, und es ist nett, einen älteren Freund zu haben, der in der Welt herumgekommen ist.»

Im Herbst schickte man sie nach Deutschland zu einem sechsmonatigen Aufenthalt in einem Mädchenpensionat, doch sie war kaum zurück, als sie und Timothy im März 1898 ihre Verlobung bekanntgaben. Ich war in Harrow, aber mein Vater schrieb mir, meine Mutter schrieb mir, und diesmal schrieb mir sogar Ginette, um mir die Neuigkeit mitzuteilen. Ihr Brief traf zuerst ein.

«Darling Robert», schrieb sie. Die Jahre hatten sie gelehrt, sich überschwenglich auszudrücken, und ich wußte, daß sie um so überschwenglicher wurde, je erregter sie war. «Etwas einfach zu Himmlisches ist geschehen: ich werde mich verloben!!! Mit Timothy!!! Ich bin so aufgeregt, daß ich kaum die Feder aufs Papier bringe, aber natürlich mußte ich es Dir sofort mitteilen, denn schließlich bist Du für mich etwas Besonderes und wirst es immer sein, wirklich der beste Cousin zweiten Grades, den je ein Mensch hatte, und ich bin sicher, wenn *Du* einmal heiratest, dann werde ich wahnsinnig eifersüchtig sein und mit den Zähnen knirschen und ihr die Augen auskratzen wollen!

Nun sei mir nicht allzu böse, Robert – ein Mädchen muß irgendwann heiraten, weißt Du, und Onkel William und Tante Maud wollten mich dann doch nicht für die Saison in die Gesellschaft schicken, weil Timothy sich so leidenschaftlich um mich bemühte und sie glaubten, es sei himmlisch, wenn ich ihn heiratete, und da gefiel ihnen wohl die Vorstellung nicht, daß ich in London vielleicht lauter verführerische Männer treffe, und ehrlich gesagt, ich habe mir auch nicht viel daraus gemacht, denn ich hatte genug von verführerischen Männern, die versprachen, mich ewig zu lieben, und dann spurlos verschwanden.

Bobby und Margaret sind begeistert, sie waren wirklich beide einfach wundervoll, und der liebe Bobby sagt, er gibt für mich in Oxmoon einen Ball, wenn ich achtzehn werde im nächsten Monat, also eile aus Harrow herbei, denn ich kann es einfach nicht erwarten, Dich wiederzusehen! Unsterbliche Liebe, Dein in alle Ewigkeit, GINETTE.»

Ich hatte mich kaum von diesem süßlichen Überschwang erholt, als der Brief meines Vaters eintraf. Nachdem er mir die bevorstehende Verlobung mitgeteilt hatte, schrieb er: «Ich persönlich bin überzeugt, daß dies für Ginevra die bestmögliche Lösung ist, und wenn Du hier bist, sprechen wir darüber und ich sage Dir, warum. Benimm Dich inzwischen wie ein Gentleman und tu nichts, dessentwegen ich mich für Dich schämen müßte – aber ich habe volles Vertrauen, daß Dein Verhalten wie immer beispielhaft sein wird. Dein Dich immer liebender Vater R. G.»

Dieser Brief schien nicht alles zu sagen. Ich las ihn noch einmal und noch einmal und fühlte mich immer verzweifelter. Ich brauchte sofortige Tröstung; der Hinweis auf noch folgende Erklärungen, verbunden mit der Ermahnung, mich wie ein Gentleman zu benehmen, stürzte mich nur tiefer ins Elend. Ich wollte, daß mir jemand sagte: «Ja, du mußt erschüttert sein», und mir, wenn schon kein Heilmittel, so doch wenigstens einen Weg in die Resignation wies.

Der Brief meiner Mutter traf zwei Tage später ein.

«Mein lieber Robert», schrieb sie, «gewiß wird Dich die Nachricht von Ginevras Verlobung erschüttert haben. Aber versuche ruhig zu sein. Es *ist* eine schwierige Situation, doch es *gibt* manches, was für die Verlobung spricht. Das Dir zu erklären muß ich Deinem Vater überlassen. Es ist nicht Sache einer Mutter, zu ihren Söhnen über die Dinge der Welt zu sprechen.

Gewiß bist Du enttäuscht, daß Dein Vater nicht ausführlicher geschrieben hat, aber in den Dingen der Welt ist ein Gespräch besser als ein Austausch von Briefen. Auch überfällt Deinen Vater ein Unbehagen, wenn er lange Briefe auf englisch schreiben muß. Vergiß nicht, daß er keine so erstklassige Bildung genossen hat wie Du, und versuche zu verstehen, wie sensibel er auf diesem Gebiet ist. Es war schlimm für ihn, als er mit dreizehn Jahren von der Schule genommen wurde, weil sein Vater die Rechnungen nicht mehr bezahlen konnte oder wollte, und später war es schrecklich für ihn, als kein Tutor in einem Haus bleiben wollte, das so sehr von Unmoral und Verderbnis geprägt war. Noch einmal, sei ruhig. Und hab Mut. Denk daran, alles geht vorüber, selbst die gräßlichsten Dinge. Glaub mir. Ich weiß es. Ich sende Dir meine herzlichsten Grüße, lieber Robert, und verbleibe jetzt und immer Deine Dich liebende MAMA.»

8

Zwei Wochen später, in den Osterferien, kehrte ich nach Oxmoon zurück, und am Morgen nach meiner Ankunft ging mein Vater mit mir in die Bibliothek, einem langen, etwas unordentlichen Raum, der beherrscht wurde von der ledergebundenen Büchersammlung, die mein Vorfahr Robert Godwin der Erneuerer im achtzehnten Jahrhundert angeschafft hatte. Mein Vater, der die Bibliothek als Büro benutzte, las nur Zeitschriften, wenn er Muße hatte; er schlug nie ein Buch auf. Meine Mutter las *Mrs. Beetons Buch der Hauswirtschaftsführung* und gelegentlich erbauliche Traktate, von denen sie glaubte, sie könnten für die Dienstboten geeignet sein. Mit anderen Worten, meine Eltern waren der lebendige Beweis dafür, daß man im Leben Erfolg haben kann, ohne in den Genuß besonderer Bildung gekommen zu sein.

«Setz dich, Robert», sagte mein Vater und deutete auf den Stuhl neben seinem Schreibtisch, während er selbst vor dem Kamin stehen blieb.

Mein Vater war ein hochgewachsener Mann, und er sah aus wie der Held, der er war. Ich kann mich an keine Zeit erinnern, zu der ich nicht gewußt hätte, daß er ein Held war, ein Mann, der sein heruntergekommenes Erbe gerettet, alle möglichen Widrigkeiten überwunden und sich landauf, landab in Gower den Ruf eines gerechten Gutsherrn, eines fleißigen Landwirts und hingebungsvollen Familienvaters erworben hatte. Damals, zwei Monate vor meinem sechzehnten Geburtstag, war er erst sechsunddreißig Jahre alt, drei Jahre älter als meine Mutter, doch während er mich in der Bibliothek ansah, dachte ich weder an sein noch jugendliches Alter noch an sein heldisches Aussehen, welches mir so vertraut war, daß ich es für gegeben hinnahm, sondern an seinen Mangel an Bildung, auf den mich meine Mutter kurz zuvor hingewiesen hatte.

Mein Vater war ein Gentleman, Angehöriger einer anglowalisischen Familie, die seit vielen hundert Jahren in Gower ansässig war, doch in diesem Augenblick sah ich ihn plötzlich mit den englischen Augen, die ich mir in Harrow mit solchem Eifer erwarb, und ich wurde mir zum ersten Mal bewußt, wie schwierig es sein würde, ihn in dem konventionellen Rahmen des englischen Klassensystems unterzubringen. Seine sportlich-rustikale Kleidung war nach bestem englischen Geschmack, aber die Art, wie er sie trug, hatte etwas Fremdartiges. Engländer neigen dazu, weniger auf elegante als auf schäbige Weise salopp zu erscheinen. Dann hatte er nicht die richtigen Hände; seine Hände sprachen von früherer harter Arbeit und nicht von den müßigen Beschäftigungen eines Gentleman. Seine Stimme jedoch war die hervorstechendste Anomalie in seiner Gentlemanerscheinung, auffälliger noch als der altmodische Bart, den sich ein englischer Gentleman wahrscheinlich schon vor Jahren abrasiert hätte. Er hatte einen ländlichen Akzent. Im achtzehnten Jahrhundert hätte man das kaum zur Kenntnis genommen bei einem Gentleman aus der Provinz, der selten nach London kam, aber wir waren jetzt fast im zwanzigsten Jahrhundert, und mein Vater sprach Englisch nicht so, wie es hätte gesprochen werden sollen. Sein Akzent, das merkwürdige Zwittergebilde der Halbinsel Gower, in dem gewissermaßen die Grafschaft Devon das Land Wales allmählich überlagert, war nicht stark betont, war nicht mehr als eine durchgehende walisische Modulation verbunden mit devonschen Vokalen, aber er genügte, um ihn als Besonderheit abzustempeln in einer Gesellschaft, in der jedermann irgendwo eingestuft wird, sobald er den Mund aufmacht. Mein Vater war ein Waliser, der in einem kleinen Winkel von England lebte, den Geschichte und Geographie gemeinsam hinter die walisische Grenze verbannt hatten, und in seinem englischen Walisertum spiegelte sich Oxmoon wider, englisch und doch nicht englisch, walisisch und doch nicht walisisch, ein kulturelles und stammesmäßiges Verwirrspiel, ausgestattet mit einer gewinnend-freundlichen Eigenart.

«Nun, Robert», sagte mein Vater, so gewinnend, so freundlich, so sehr bemüht, mir in jeder Weise zu helfen, «laß mich dir erklären, warum ich diese Verlobung billige, die dir so gar nicht gefällt. Es ist so: Ein Mädchen wie Ginevra, ein schönes Mädchen, eine reiche Erbin, wie man so sagt, lebt in ständiger Gefahr, sobald es flügge wird – und oft genug schon vorher. Ich brauche dich nicht daran zu erinnern, was mit Conor Kinsella geschehen ist. Nun, eine frühe Eheschließung mit einem passenden jungen Mann ist das Beste, was einem Mädchen wie Ginevra widerfahren könnte, insbesondere einem Mädchen, das sich schon auf abträgliche Weise ins Gerede gebracht hat.»

«Ja, aber –»

«Glaub mir, Ginevra könnte es schlimmer treffen – viel schlimmer. Das jetzt ist eine gute Verbindung. Gesellschaftlich sind die Applebys über jeden Zweifel erhaben, und ich bin überzeugt, Ginevra wird die Zukunft genießen, die Timothy ihr bieten kann – ein reizvolles Gesellschaftsleben, aufgeteilt zwischen London und Gower. Außerdem haben die beiden viele gemeinsame Freunde und Bekannte, und es steht außer Zweifel, daß eine Ehe bessere Chancen hat, wenn die Partner aus dem gleichen Milieu kommen. Im übrigen finden sie Gefallen aneinander. Ich wüßte wirklich nicht, weshalb sie nicht gut miteinander auskommen sollten.»

«Du hast ja völlig recht, aber –»

«Ich weiß, woran du jetzt denkst. Du fragst dich, wie sie glücklich sein kann mit einem nicht besonders gutaussehenden jungen Mann, der eine Brille trägt und der Schmetterlinge sammelt, anstatt Kricket zu spielen. Nun, das Glück ist von vielgestaltiger Art, Robert. Er wird sie glücklich machen, weil er ihr einen sicheren, respektablen Status als verheiratete Frau gibt. Und wenn sie eine aufregendere Art von Glück wünscht, kann sie sich später anderswo umsehen.»

Ich starrte ihn an. «Das verstehe ich nicht.»

«Nein. Nun, das ist der Lauf der Welt, Robert. Ein Mädchen wie Ginevra wird gewiß jenes Leben vorziehen, das in unserer Gesellschaft nur verheiratete Frauen führen können.»

Ich starrte ihn weiter an. «Aber wenn Frauen verheiratet sind, dann müssen sie doch noch immer das Spiel mitspielen und sich an die Regeln halten!»

«Ich spreche nicht von den Regeln Gottes – wir wissen alle, wie die lauten. Ich spreche von den Regeln der Gesellschaft, und da gibt es Regeln zum fleischlichen Verhalten genauso wie Regeln zum Essen bei Tisch. Der Unterschied ist, daß die Leidenschaft wichtiger ist als Tischmanieren, und wenn du gegen die Regeln der Leidenschaft verstößt, kannst du zu Brei gemacht werden.» Er blickte noch immer in den Kamin. Dann drehte er sich um und schritt zum Fenster. Als er die Hände in die Taschen schob, sah ich, daß sie zu Fäusten geballt waren.

«Leidenschaft . . . fleischliches Verlangen . . .» Er schien auf einen vulgären Ausdruck zuzusteuern, doch schließlich umging er jede angelsächsische Unverblümtheit, und als er dann weitersprach, wurde ich mir bewußt, daß er in die elliptische, aber altehrwürdige Ausdrucksweise zurückgefallen war, die von der Bibel sanktioniert wurde. Er war eingefangen nicht nur in seinem Walisertum, sondern auch in den verbalen Zwängen seiner Generation. «Fleischliche Erkenntnis erlangen, das ist wie Schwimmen im Meer», sagte er schließlich sehr behutsam. «Das Meer ist so verlockend, man kann so herrlich darin schwimmen, aber das darf man nur, wenn es gefahrlos ist. Oft ertrinken Menschen im Meer, und manche Küsten sind sehr gefährlich . . . wie die Küste von Gower.»

Auf dem Weg zurück zum Schreibtisch blieb er stehen und sah auf den tintenbefleckten Löscher. «Wie du weißt», sagte er, «habe ich einmal einen Menschen ertrinken sehen. Ich habe mitangesehen, wie ein Mann ertrank und eine Frau den Verstand verlor. Und irgendwann einmal –» mein Vater hob langsam den Blick und sah mich an – «werde ich dir von meiner Mutter und Owain Bryn-Davies erzählen müssen.»

Ich hatte viel zu große Achtung vor ihm, als daß ich ihn hätte fragen mögen, welcher Zusammenhang denn zwischen diesen alten Familiengespenstern und Ginettes katastrophaler Verlobung bestand, und dann zog er sich – wie üblich – von dem Thema zurück, ohne weiter darauf einzugehen.

«Also, nimm dich in acht vor diesem verlockenden Meer», sagte er, und bei diesen Worten mußte ich daran denken, wie sehr er doch Waliser war, der Wahrheiten des Lebens in Metaphern einhüllte und sie mir dann auf einem Mythenteller präsentierte. «Sei so vorsichtig, wie ich es war – und noch bin.» Er hielt inne. Seine tiefblauen Augen blickten unnatürlich hell, und als er mich wiederum fest ansah, konnte ich nicht fortblicken. «Eine gute Ehefrau ist die einzige Lösung», sagte er. «Alles andere ist das Risiko des Ertrinkens nicht wert. Merke bitte, daß ich nicht nur sage, die Ehe ist die Lösung, denn wenn du dir die falsche Frau aussuchst, ist sie überhaupt keine Lösung. Es gibt keine schlimmere Hölle auf Erden als eine schlechte Ehe. Meine Eltern – ja, ich muß dir eines Tages von ihnen erzählen, wenn du etwas mehr von der Welt gesehen hast. Sie hielten sich nicht an die Regeln, weißt du – weder an Gottes Regeln noch an die der Gesellschaft –, und indem sie die Regeln brachen, wurden sie beide vernichtet.»

Es trat eine Pause ein, während der sich im Zimmer nichts bewegte außer den Flammen im Kamin.

«Deshalb», fuhr mein Vater dann fort, plötzlich mit seinem freundlichsten Lächeln die Stimmung wechselnd, «bin ich sicher, du begreifst jetzt, wie gefährlich das Leben für Ginevra sein könnte und daß wir alles in unserer Macht Stehende tun müssen, um ihre Zukunft dadurch zu gewährleisten, daß wir sie dazu ermutigen, eine gute Ehe zu schließen.»

«Ja, natürlich braucht sie einen Ehegatten, der sich um sie kümmert, das ist mir völlig klar, aber was mich betrifft, gibt es da nur eine einzige mögliche Lösung. Ich bin mir zwar bewußt, daß ich zur Zeit noch etwas jung bin, aber –»

«Ich gebe zu», sagte mein Vater, «daß ich schon mit neunzehn Jahren geheiratet habe und daß sich dies als das Glücklichste herausstellte, was mir je widerfahren ist, aber ich fürchte, ich könnte nicht erlauben, daß du heiratest, solange du noch keine Zwanzig bist.»

«Aber das ist jetzt ein Notfall!»

«Das glaube ich nicht. Ich erkenne an, daß du zu Ginevra eine große Zuneigung empfindest, aber du solltest deinerseits anerkennen, daß es eine geschwisterliche ist.»

«O nein, das ist sie nicht!»

«Es tut mir leid. Ich weiß, du bist eifersüchtig. Ich weiß, du bist unglücklich, seit sie Oxmoon verlassen hat. Ich weiß, das alles ist für dich ein Alptraum, aber du mußt versuchen, erwachsen zu werden, vernünftig zu sein und zu akzeptieren, daß dies etwas ist, das du nicht ändern kannst.»

Das empörte mich über alle Maßen. «Ich möchte ihn umbringen!» rief ich voller Wut. «Das würde schon etwas ändern!»

Im nächsten Augenblick drückte mich mein Vater mit dem Gesicht auf die Schreibtischplatte, und die Szene war mit schrecklicher Geschwindigkeit in Gewalttätigkeit ausgeartet.

9

Er tat das nie. Er schlug mich nie. Ich schrie empört auf, und der Schrei lähmte ihn. Fünf Sekunden lang hielt er mich in eisernem Griff fest, doch dann, mit einem kurzen, schweren Einatmen, ließ er meinen Arm los, den er mir hinter dem Rücken gekrümmt hatte. Während er sich von mir entfernte, sagte er: «Sag so etwas nie, nie wieder.» Er sprach walisisch, aber da es ein einfacher Satz war, verstand ich die Worte. Einen Augenblick später jedoch, als er sich bewußt wurde, daß er die falsche Sprache gebraucht hatte, wiederholte er den Befehl auf englisch. Es war ein gebrochenes Englisch, der Versuch eines Ausländers, sich in einer fremden Sprache auszudrücken. Ich war zutiefst erschrocken.

«Wir sprechen in Oxmoon nicht von Totschlag», sagte mein Vater.

«Verzeih mir, ich habe das nicht so gemeint.»

«Du solltest dich schämen – dich wieder wie ein verzogenes Kind zu benehmen – und dabei hast du noch die Frechheit, von Heirat zu reden! Es wird lange dauern, bis *du* zum Ehemann taugst, weiß Gott – zur Zeit gehörst du noch ins Kinderzimmer!»

«Es tut mir leid, aber ich bin so schrecklich unglücklich –»

«UNGLÜCKLICH! Sprich mir nicht davon, du weißt gar nicht, was das ist! Mein Gott, als ich so alt war wie du –»

«Entschuldige, entschuldige, bitte, sei mir nicht mehr böse, bitte –»

«Dann setz dich jetzt an den Tisch und hör auf zu jammern. So, schon besser. Jetzt nimm ein Blatt Papier und schreib, was ich dir diktiere.» Mein Vater zögerte, ehe er mit den angemessenen Pausen fortfuhr: «Meine liebe Ginette, ich muß mich entschuldigen, daß ich Dir nicht schon früher meine besten Wünsche zu Deiner Verlobung gesandt habe, aber ich freue mich schon darauf, das Ereignis zusammen mit Dir bei Deinem Geburtstagsball in Oxmoon feiern zu können. Schließlich wäre ich ein schlechter Freund, wenn ich Dein Glück nicht mit Dir teilen könnte! Ich werde auch noch an Timothy schreiben, um ihm zu gratulieren, aber richte ihm inzwischen meine herzlichsten Grüße aus. Ich hoffe, Ihr werdet beide sehr glücklich. Dein Dich liebender . . . oder wie sonst du immer deine Briefe an sie abschließt.»

Ich schrieb zu Ende. Mein Vater las den Brief über meine Schulter hinweg durch und sagte: «Ja, gut so», aber aus einem Impuls heraus kritzelte ich unter meinen Namen noch ein Postskriptum: «Halt mir bei dem Ball einen Walzer frei!»

Mir ging es um einen Walzer nicht deshalb, weil ich sie dabei in den Armen halten konnte, sondern weil ich wußte, daß sie Walzer am meisten liebte, und wollte, daß sie sich an den Tanz mit mir immer erinnerte.

«Na ja, mir ist's gleich», sagte ich, während mein Vater den Brief versiegelte. «Soll sie heiraten, wen sie will. Unsere Freundschaft wird jede Ehe überdauern.»

Mein Vater sagte nur: «Selbst wenn du älter wärst, hätten deine Mutter und ich einer Heirat mit ihr nie zugestimmt. Sie ist zu verführerisch, und du bist zu eifersüchtig. Sie würde dich sehr unglücklich machen.»

Ich war unglücklich genug, und dabei hatte mein Unglück kaum begonnen.

10

Der große Ball zur Feier von Ginettes Verlobung und ihrem achtzehnten Geburtstag fand am 23. April 1898 statt. Damals begann endlich mein Leben. Die vorausgegangenen fünfzehn Jahre und zehn Monate waren für mich nur so etwas wie ein Vorspiel im Theater gewesen.

Ganz Gower kam nach Oxmoon, denn inzwischen waren meine Eltern bekannt für ihre großzügige Gastlichkeit. Sie war ihre Schwäche. Jeder mußte schließlich nach harter Arbeit und strenger Pflicht einmal ausspannen, und meine Eltern waren in mancher Hinsicht ein sehr normales junges victorianisches Ehepaar. Meine Mutter liebte das, was sie «kleine Dinnerparties für vierundzwanzig Personen» nannte, aber ihr englisches Talent zur Machtausübung und ihr unerbittlicher Blick für das Detail waren erst richtig befriedigt, wenn sie Bälle für hundert Personen geben konnte. Mein Vater mit seiner walisischen Neigung zur Gastfreundschaft ergriff die Chance, einmal jene

Sparsamkeit hintanzustellen, die zu üben er so lange gezwungen gewesen war, und sich auf den verlockenden Weg der Extravaganz zu begeben. Das Ergebnis ihrer beider Bemühungen zur gastlichen Bewirtung ihrer Nachbarn war ein hemmungsloser sybaritischer Luxus, der mit überwältigender militärischer Präzision zelebriert wurde.

Ich hatte zunächst nur ganz kurz in Erscheinung treten wollen; mir lag nicht nur nichts daran, Ginette zusammen mit ihrem Verlobten zu sehen, sondern ich hatte in meiner Not auch noch einen jener Augenblicke, da mich die trübsten Aspekte des Heranwachsens überwältigten. Wieder einmal hatte ich einen «Schuß» gemacht; ich sah lächerlich aus in meinem Abendanzug, und als ich vor dem Spiegel stand, glaubte ich, noch nie einen unattraktiveren Jüngling gesehen zu haben. Ich hatte sogar einen Pickel am Kinn. Ich hatte normalerweise nie Pickel. Ich glaubte nicht daran. Aber jetzt mußte ich daran glauben, und gleich darauf fiel mir die häßliche Farbe meines Haars auf. Als Kind hatte mein Haar einen blassen Goldton gehabt, der sehr gut aussah. Jetzt war es schmutzig-braun und eklig. Meine Augen waren blau, aber nicht leuchtend blau wie die meines Vaters, sondern wäßrig blau, gräßlich nichtssagend. Ich sagte mir plötzlich, daß ich nur zweitrangig aussähe. Ich würde nie klassisch schön sein. Eine große Niedergeschlagenheit erfaßte mich. Verzweiflung schlug über mir zusammen.

Da kam meine Mutter herein, die wissen wollte, wie weit ich war, und als sie mich sah, sagte sie nur: «Nein, das geht nicht», und nahm mich mit in ihr Zimmer, wo mein Vater, blondhaarig, klassisch schön und jeder Zoll ein Held, es irgendwie fertigbrachte, selbst in Hosenträgern elegant auszusehen.

Er lieh mir einen von seinen Abendanzügen, und das Leben begann weniger hoffnungslos zu erscheinen. Schließlich wagte ich mich hinunter. Das Haus schien unter einer starken Emotion zu vibrieren, und die glanzvolle Aura war so überwältigend, daß ich mir zuerst nicht bewußt wurde, daß diese starke Emotion in mir selbst beschlossen lag und keine geheimnisvolle Ausstrahlung der Wände war. Alle wichtigen Räume waren mit Blumen aus dem Garten und den Gewächshäusern geschmückt. Im Ballsaal wehte der saubere, reine Duft von Lilien zu mir herüber von den Blumenarrangements rings um das Podium, auf dem die Herren vom Orchester eifrig ihre Instrumente stimmten. Kein Amateurtrio fiedelte da sein Repertoire herunter, wann immer ganz Gower in Oxmoon tanzte; meine Eltern ließen ein Dutzend erstklassiger Musiker eigens aus London kommen. Ich blickte zu den Kronleuchtern hinauf. Jedes Stück Kristall war frisch geputzt, jede abgebrannte Kerze ersetzt worden. Der Raum war voller Spiegel. Vielleicht hatte der Robert Godwin der Regentschaftszeit von Versailles geträumt, und als ich so in dem Ballsaal stand – später sollte ich mir bewußt werden, daß es doch ein recht kleiner, provinzieller Raum war –, erblickte ich in diesen Spiegeln das Bild des Märchenprinzen aus meinem persönlichen Mythos.

Die Gäste trafen allmählich ein. Das Orchester fing an zu spielen. Der Raum begann von Gesprächen zu summen, und ich blieb noch da, sprach immer wieder in Gedanken ihren Namen, als könnte ich sie dadurch vom Klippenrand ihrer großen Katastrophe zurückholen und uns beide dem glücklichen Ausgang eines traditionellen Kindermärchens zuführen.

Ich war in der Halle, als sie endlich zusammen mit den Applebys eintraf. Durch die offene Eingangstür sah ich die Kutsche vorfahren, und obwohl ich mich in den Ballsaal zurückziehen wollte, um so zu tun, als wäre ich kaum an ihrem Kommen interessiert, trugen mich meine Füße durch die Tür und zur Auffahrt hinaus.

Ich sah sie, und zum ersten Mal in meinem Leben war ich alt genug, um weibliche Vollkommenheit zu erkennen. Ich wurde an die Silberpokale erinnert, die ich auf der Schule einheimste auf meiner zwanghaften Suche nach Auszeichnung. Sie war ein erster Preis. Sie wartete darauf, dem Mann zuerkannt zu werden, der der Erste war, und als ich mir dessen schließlich bewußt wurde, wußte ich auch, daß ich sie haben mußte: Ich wußte, ich mußte sie erringen.

Wie es die Gesetze des Märchens vorschreiben, wurde ich sofort verwandelt. Die lange, mühsame Reise durch die Pubertät wurde so abrupt beendet, als hätte meine gute Fee einen Zauberstab erhoben, und in jenem Augenblick lag die Kindheit für immer hinter mir, und es zählte nur noch das Mannestum.

«Robert! Ach, ist das nicht aufregend! *Was* für ein Geburtstagsgeschenk . . .» Sie rauschte weiter, auf strahlend erhabene Weise blind für meine Verwandlung, und verschwand im Ballsaal. Ich stellte fest, daß ich mich hinsetzen mußte. Dann stellte ich fest, daß ich nicht sitzen bleiben konnte, sondern aufstehen mußte. Ich war außer mir. Alles an berühmten Liebesgedichten, die ich bis dahin als kitschig und sentimental abgetan hatte, strömte mir durchs Hirn, bis selbst den Rhythmen der jambischen Pentameter eine mystische Bedeutung innezuwohnen schien. Gleich dem Verfasser des Buchs der Offenbarung war ich mir eines neuen Himmels und einer neuen Erde bewußt. Ich stürzte davon und rannte ihr in den Ballsaal nach.

«Ginette, Ginette –»

Sie hörte mich. Sie wandte träge den Kopf und winkte mir lässig mit dem Fächer zu. «Keine Sorge, ich hab's nicht vergessen!» rief sie. «Der erste Walzer nach dem Souper ist für dich!» Und sie tanzte in Sir William Applebys Armen davon.

Nun verging eine Zwischenzeit, von der ich nur annehmen kann, daß ich sie mit den Mädchen tanzend zubrachte, mit denen zu tanzen man von mir erwartete, in der von mir erwarteten Haltung. Ich muß mich einigermaßen normal benommen haben, denn niemand erkundigte sich besorgt nach meiner gesundheitlichen Verfassung. Habe ich beim Souper etwas gegessen? Möglicherweise. Ich erinnere mich ganz dunkel, von einem Glas Champagner getrunken, das Glas aber halb geleert abgestellt zu haben, weil ich fürchtete, vor Euphorie überzuschnappen.

«O schön, das ist dein Walzer, Robert, ja? Gott sei Dank, jetzt kann ich mich entspannen! Ich denke an Aschenputtel, wie ermüdend das für sie gewesen sein muß, zu allen ein strahlendes Gesicht zu machen ... O Gott, Robert, ich bin völlig erledigt, sieht man mir das an? Ich bin so aufgeregt, daß ich gar nicht weiß, wie das weitergehen soll – vielleicht bin ich sogar schon tot, und das ist jetzt so, wie es im Himmel ist ... Oh, horch nur – Johann Strauß – ja, das ist der Beweis, ich *bin* im Himmel! Komm, Robert, was ist mit dir? Komm, tanzen wir!»

Und das war der Augenblick, als wir zusammen unter den Kronleuchtern in Oxmoon tanzten, während das Orchester «An der schönen blauen Donau» spielte.

«Oh, das ist wie im Paradies!» rief Ginette aus. Sie sprach damit Wort für Wort aus, was ich dachte, blickte aber ständig an mir vorbei zu den Türen des Ballsaals hinüber, als könnte sie es kaum erwarten, alldem zu entfliehen. «Ich werde an diesen Augenblick immer und ewig denken.»

«Ich werde mich daran bis an meinen letzten Tag erinnern, Ginette. Ginette, warte auf mich, du mußt warten, bis ich –»

«Was? Ich kann dich nicht verstehen!» Das Orchester war zu einem neuen Satz übergewechselt, und als wir vor dem Podium vorüberwirbelten, bemerkte ich abermals, daß sie über meine Schulter zu den Türen hinsah.

«Ich sagte, du sollst auf mich warten, weil ich –»

Sie ließ mich los. Das Orchester spielte noch immer «An der schönen blauen Donau», doch als sie mitten durch den Ballsaal rannte, hörten alle Paare zu tanzen auf und blickten zu ihr hin. Sie lief schnell und anmutig, ihre Füße schienen kaum den Boden zu berühren, und dann war da plötzlich ein Blitzen von Edelsteinen, als sie ihren Ring abstreifte, ihn beiseite warf und ihr Verlöbnis dem Vergessen anheimgab.

Er wartete auf sie auf der Türschwelle. Wie ich bereits erwähnte, hatte ich keine Mühe, Conor Kinsella zu erkennen. Er lächelte jenes für ihn kennzeichnende charmante irische Lächeln, und als sie sich in seine Arme warf, küßte er sie mit erstaunlicher Vertrautheit auf den Mund.

Das Orchester verstummte. Keiner rührte sich. Eine große Stille senkte sich auf den Ballsaal herab, und dann verdunkelten sich für mich die Spiegelwände, die Kronleuchter verloren ihr Licht, und mein Märchen wurde zu Asche und verpestete die festlich parfümierte Luft.

Zweites Kapitel

I

Soviel über romantische Schwärmerei. Später schätzte ich mich glücklich, daß mir diese frühe Erfahrung Immunität verlieh und ich nie wieder von solch irrationalem Verhalten geplagt wurde.

Nach dem Ball ging das Leben weiter. Ich gebe zu, ich fragte mich damals, wie das möglich sei, aber es war es, und bald arbeitete sich der natürliche Selbsterhaltungstrieb des Menschen wieder in den Vordergrund meines Denkens. Mir wurde ganz plötzlich klar, daß niemand wissen durfte, wie mir eigentlich zumute war. Bei dem bloßen Gedanken, jemand könnte mich bemitleiden, brach mir der Schweiß aus. Ich hatte schreckliche Visionen von einer Zukunft, in der meine unerwiderte Liebe mich zum Gespött von ganz Gower machte, und ich wurde mir bewußt – nicht ohne von Panik erfaßt zu werden –, daß ich solcher Demütigung nur entgehen konnte, wenn ich mit eiserner Willenskraft meine Gefühle hinter der Fassade einer quasi brüderlichen Freundschaft verbarg. Folgte ich dieser Linie, konnte ich mir ein gewisses Maß von Kummer erlauben, denn das wurde dann von mir erwartet, aber ich durfte es auf keinen Fall zu weit treiben; ich mußte weiter essen und trinken, mit Leuten reden und meinen alltäglichen Pflichten nachkommen. Schließlich würde ich so tun müssen, als hätte ich alles überwunden, und das würde die schwerste Herausforderung überhaupt sein, doch schon allein mein Stolz erforderte es, daß mir das Spiel gelang.

Ich begann eine Reihe angemessener Bemerkungen einzuüben, mit denen ich später meine Eltern täuschen konnte. «Ginette? O ja, ich hatte mir da vielleicht etwas eingebildet – komisch, wenn man jetzt so daran zurückdenkt ...» Endlose Szenen in diesem endlosen Gleichgültigkeitsspiel gingen mir durch den Kopf. Ich war von meiner Vorstellungskraft beeindruckt, doch leider nützte sie mir gar nichts, wenn sie mir das Bild von Ginette zusammen mit Kinsella lieferte. Meine Phantasie, die mir normalerweise nie viel zu schaffen machte, war mir jetzt eine Qual. Desgleichen meine Sexualität. Alles zusammen störte mir den Schlaf, verlieh mir ein schwindsüchtiges Aussehen und trug dazu bei, die große Illusion des Verzichts zu zerstören, die ich mit allen Kräften vermitteln wollte.

Inzwischen, während ich noch im Netz meines Jünglingsalptraums zappelte, hatte Kinsella die allgemeine lähmende Verblüffung ausgenutzt, um sie zu Pferde nach Swansea zu bringen, unserer nächsten größeren Stadt, und dann per Bahn nach Schottland, wo die laxen Ehebestimmungen schon seit langem den heimlich Liebenden zugute kamen. Dort hatte er sie geheiratet, der Tatsache zum Trotz, daß sie unter Amtsvormundschaft gestellt worden war, und sie hatten sich der Verfolgung durch das Gesetz entzogen, indem sie mit der Fähre von Stranraer nach Larne in Irland gefahren waren. Eine Woche später waren sie dann von Cork aus nach Amerika weitergereist.

Es wurde viel darüber geredet, wie Ginettes Vermögen zu sichern sei, doch das hörte auf, sobald die, die es gut mit ihr meinten, anerkennen mußten, daß sie an ihrem Schicksal nichts mehr ändern konnten. Man nahm die Katastrophe als *fait accompli* hin und machte das Beste daraus. Niemand wußte, womit Kinsella seinen Lebensunterhalt verdiente, doch später, als die Verbindung wiederhergestellt war, deuteten Ginettes Briefe auf ein Leben im Überfluß hin, ohne irgendwelche Anzeichen einer in den Kulissen lauernden apokalyptischen Rache des Schicksals.

Timothy Appleby wurde auf eine Weltreise geschickt, damit er sich von der Katastrophe erholen konnte, und erlebte alle möglichen Abenteuer, bevor er in Kapstadt eine reiche Witwe kennenlernte und sich in Rhodesien niederließ, um dort die Schmetterlinge Afrikas zu erforschen. Ginettes Treulosigkeit war zweifellos das Beste, was ihm hatte widerfahren können, doch je öfter ich Leute sagen hörte, wie gut er doch davongekommen sei, desto mehr fragte ich mich, wie Ginette ihn so schmählich behandeln konnte. Die Situation war gewiß unnormal gewesen, doch daß sie sich bewußt mit einem Mann eingelassen hatte, der ihr nichts bedeutete, war für mich weiterhin ein Rätsel, und als wir uns später auf eine rein platonische Korrespondenzebene begeben hatten, bat ich sie geradeheraus, sich dazu zu äußern. Als Antwort erhielt ich einen für sie charakteristischen Brief voller romantischer Übertreibung und femininen Geflatters, dem ich entnahm, daß sie sich noch immer mit Schuldgefühlen plagte.

«... ja, ich weiß, ich habe mich benommen wie eine *Schlange,* und glaub mir, ich werde den armen Timothy bis ans Ende meiner Tage auf dem Gewissen haben, aber die Wahrheit ist ganz einfach die, daß ich verrückt war. Tante Maud hat mich verrückt gemacht, sie hat alle Briefe von Conor an mich abgefangen und mir Keuschheit gepredigt und mich in dieses gräßliche deutsche Internat geschickt, das wie ein Gefängnis war – schlimmer noch: wie ein Kloster –, so daß ich schließlich nur noch eine Rettung wußte, nämlich Heiraten, und der einzige Mann (so glaubte ich wenigstens), der mich heiraten wollte, war Timothy. Ich wußte, ich würde auch dann noch einen Teil des Jahres in All-Hallows verbringen müssen, aber zumindest wäre ich dann meine eigene Herrin und nicht Tante Mauds Gefangene gewesen, und ich hätte immerhin den größten Teil des Jahres in London verbringen können, wo ich alle möglichen interessanten Leute getroffen und eine himmlische Zeit gehabt hätte.

Deshalb also beschloß ich, Timothy zu heiraten. Ich hatte keine Möglichkeit, Conor zu schreiben, und ich hatte (dafür sorgte Tante Maud) alle Hoffnung aufgegeben, von ihm wieder etwas zu hören.

Und da – meine Verlobung war gerade angekündigt worden – gelang es Conor endlich, meiner Gefängnisaufseherin einen Streich zu spielen. Er schickte aus Irland einen ganz außergewöhnlichen Herrn namens Mr. O'Flaherty herüber, der sich als Gelegenheitsgärtner ausgab und der mir einen Brief zuschmuggelte, indem er das Zweite Hausmädchen verführte – o Gott, ich kann Dir nicht sagen, wie romantisch das war, und für das Hausmädchen war das auch eine aufregende Zeit –, und dann erzählte ich Mr. O'Flaherty von dem bevorstehenden Ball in Oxmoon, und Conor sandte mir daraufhin eine Nachricht: Ich sollte das Notwendigste packen und alles bei dem Zweiten Hausmädchen lassen, das es dann zu Mr. O'Flaherty bringen würde, der in All-Hallows neben der verfallenen Kapelle wartete – ach, ich war einfach *hin* vor Aufregung, und als das Orchester ‹An der schönen blauen Donau› spielte und ich sah, daß Conor tatsächlich gekommen war, da wundere ich mich heute noch, daß ich nicht in Deinen Armen ohnmächtig wurde. Zumindest kann ich, wenn ich sterbe, sagen, ich habe *gelebt*. Aber was für ein Alptraum war das, bis Conor kam – Gott sei Dank habe ich es überlebt, Gott sei Dank kann mich die gräßliche alte Vergangenheit nicht mehr berühren.»

Jahre später, als sie und Kinsella England ihren ersten und letzten Besuch abstatteten, fragte ich sie: «Wenn All-Hallows eine solche Hölle für dich war, weshalb bist du dann nicht nach Oxmoon zurückgekommen?»

«Aber Darling!» rief sie aus, als wundere sie sich über meine Begriffsstutzigkeit. «Margaret wäre genauso schlimm gewesen wie Tante Maud! Kannst du dir nicht all die Predigten vorstellen von wegen irgendwo die Grenze ziehen und das Schickliche tun?» Und wir lachten beide, nur zwei platonische Freunde, nur Cousins zweiten Grades oder wie man das nannte, nur zwei Freunde, die Spielgefährten gewesen waren vor langer Zeit in einem kleinen walisischen Landhaus weit im Hinterland, doch ich begehrte sie damals genauso heftig wie früher, und obwohl ich meine Gefühle verbarg, wußte ich doch, daß sie sich nicht verändert hatten. Es war, als wären sie in mir eingefroren worden durch den Schock ihres plötzlichen Davonrennens; es war, als würde ich, was meine innersten Empfindungen betraf, noch immer unter den Kronleuchtern von Oxmoon tanzen, während das Orchester «An der schönen blauen Donau» spielte.

Dies hätte romantisch sein sollen. Doch in Wirklichkeit – in der Wirklichkeit, mit der ich fertig werden mußte, als ich sechzehn war –, stellte sich das sowohl unpassend wie auch verwirrend dar. Ich hatte inzwischen genügend Romane gelesen und wußte, daß ein Held in meiner Lage seiner verlorenen Liebe in untadeliger Keuschheit nachzutrauern und vielleicht in Afrika Großwild zu jagen hatte, um sich seiner Gefühle zu entledigen, aber ich interessierte mich weder für die Großwildjagd noch, wie ich bald zu meinem Entsetzen feststellte, für den Zustand der Keuschheit.

Es dauerte einige Monate, bis ich mir dessen bewußt wurde, doch als ich in den Sommerferien nach Hause zurückkehrte, wurde mir klar, daß ich mich mit Ginettes dauernder Abwesenheit abfinden mußte. Anders ausgedrückt: Zum ersten Mal in meinem Leben mußte ich anerkennen, daß ich auf der Verliererseite war.

Ich wußte nicht, wo ich anfangen sollte. Dann wurde ich mir allmählich bewußt, daß ich diese neue Welt der Fleischlichkeit erobern und beweisen wollte, daß ich noch immer fähig war, der Erste zu sein. An dieser Stelle hätte ich mich meinem Vater anvertrauen sollen, doch zweierlei hielt mich davor zurück. Zum einen war ich so versessen darauf, gegenüber Ginette den Gleichgültigen zu spielen, daß ich vor jedem Gespräch zurückscheute, das meine wahren Gefühle verraten hätte, und zum anderen konnte ich mich noch so deutlich daran erinnern, daß mein Vater von dem gefährlichen Meer der Fleischlichkeit gesprochen und gesagt hatte, eine gute Ehe sei die einzige Lösung.

Ich kämpfte einen stummen Kampf, allein, ratlos, hilflos, bis ich eines Morgens früh aufstand und beim Hinuntergehen ein sehr junges Hausmädchen antraf, das den Fußboden des Wohnzimmers polierte. Sofort erinnerte ich mich des vom rechten Wege abgekommenen Hausmädchens von All-Hallows, von dem in Ginettes jüngstem Brief die Rede gewesen war, und sofort erkannte ich, welche Möglichkeiten sich dem mysteriösen Mr. O'Flaherty eröffnet hatten. Eines führte, wie dies, fürchte ich, so oft geschieht, zum anderen – kurzum, ich drängte, sie gab nach, und wir verloren beide unsere Unschuld. Ich war schon wieder auf der Schule, als mein Vater sich gezwungen sah, sie finanziell abzufinden, und ich war noch immer auf der Schule, als sie zur Erleichterung aller Beteiligten eine Fehlgeburt hatte und nach Australien auswanderte, doch als ich in den Weihnachtsferien nach Hause zurückkehrte, erlebte ich einen höchst unangenehmen Empfang.

Meine Mutter war es, die die Sache herausgefunden hatte. Ihre eisige Miene war schon schlimm genug, das schlimmste aber war, daß mein Vater sich einfach nicht zu helfen wußte. Er war wie geschlagen. Sein verwirrter Ausdruck, sein schmerzhaft stockender Versuch, mich zurechtzuweisen, seine Verzweiflung – das alles zusammen war mir mehr Strafe als ein Wutausbruch, und in tiefer Scham bat ich ihn um Verzeihung.

«Ich werde ein anderer, Sir, das schwöre ich», fügte ich zerknirscht hinzu, und in diesem erbaulichen Ton der Reue endete das Gespräch, doch ich wußte, als ich ihn verließ, daß meine Probleme ungelöst blieben. Ich fragte mich gerade in meiner Verzweiflung, ob ich den Dorfarzt heimlich um irgendeine Medizin bitten sollte, die meine fleischlichen Neigungen unterdrückte, und versuchte mir gerade eine bis zum Grab sich erstreckende, bei kalten Bädern im Zölibat zu verbringende Zukunft vorzustellen – denn wenn ich Ginette nicht heiraten konnte, konnte ich natürlich nie heiraten –, als Lion an die Tür bumste und rief, meine Mutter wolle mich sprechen.

Sie nähte gerade eine Bluse für Celia, und ihr Arbeitstisch war mit verschiedenen Materialien bedeckt, aber sie saß, wie ich vermutet hatte, an ihrem Frisiertisch vor dem dreiteiligen Spiegel. Ihre Knopfdose stand offen vor ihr, und sie war auf der Suche nach einem passenden Knopf für die Bluse.

«Setz dich, Robert», sagte sie ohne aufzublicken. «Ich habe gerade mit deinem Vater gesprochen.»

Ich setzte mich. Der Stuhl stand genau so, daß ich in allen drei Spiegeln zu sehen war, und als ich diese enervierende Multiplikation meines schuldbewußten Bildes bemerkte, bekam ich ein flaues Gefühl in der Magengegend.

«Dein Vater», sagte sie, eifrig in den Knöpfen wühlend, «kann sich sehr beredt ausdrücken, doch wenn ein Gespräch von schmerzlicher Art ist, fällt es ihm oft schwer, die richtigen Worte zu finden. Ich habe dir davon schon gesprochen und diese Besonderheit auf sein walisisches Temperament zurückgeführt, aber wir dürfen auch nie vergessen, daß er weder von seiner walisischen Mutter noch von seinem walisischen Kindermädchen in der englischen Sprache erzogen wurde und daß er in angespannten Situationen leichter in ihrer Sprache als in der unseren denkt.»

Ein raschelndes Wühlen in den Knöpfen. Ein kurzer Blick in den einen Spiegel.

«Deshalb dachte ich», fuhr meine Mutter ruhig fort, «es ist gut, wenn ich einen Augenblick mit dir spreche, um . . . dir zu verdeutlichen, was dein Vater dir sagen wollte, für den Fall, daß du vielleicht etwas verwirrt bist.» Sie hielt inne, blickte in alle drei Spiegel und wandte sich dann wieder den Knöpfen zu, ehe sie hinzusetzte: «Ich will jetzt kurz mit dir über deine Großmutter und Mr. Bryn-Davies reden – dein Vater hat das Thema, glaube ich, noch nicht ausführlich zur Sprache gebracht.»

Ich war so verblüfft, daß es einen Augenblick dauerte, bis ich ein «Nein, Mama» herausbrachte.

«Nun, das ist ganz gut so. Dein Vater muß am besten wissen, wann er dir die ganze Geschichte erzählt, aber ich glaube, ein paar Worte dazu von mir können nicht schaden, zumal die Sache ein wenig . . . mit dem zu tun hat, was ich dir sagen will.» Sie spielte mit einem großen roten Knopf. Dann tat sie ihn beiseite und fuhr in dem gleichen ruhigen Ton fort: «Ich will mit deiner Großmutter anfangen. Vielleicht überrascht es dich, wenn ich dir sage, daß ich deine arme Großmama wegen ihrer Liaison mit Mr. Bryn-Davies nicht gänzlich verdamme. Sie hat ihn geliebt. Ihr Mann hatte sie übel behandelt. Sie hatte gewiß ein wenig Glück verdient. Natürlich war ihr Verhalten unmoralisch und falsch, das ist klar, aber –» hier beschloß meine

Mutter, mich direkt anzusehen – «jeder auf dieser Welt ist Versuchungen unterworfen, und da nur sehr wenige Menschen Heilige sind, kann es den meisten nicht immer gelingen, so zu leben, wie sie sollten. Deshalb war Großmamas Fehltritt in diesem Sinne verzeihlich; sie war in erster Linie der menschlichen Schwäche schuldig. Aber der Hauptfehler deiner Großmama war –» meine Mutter sortierte zwei weitere rote Knöpfe aus – «daß sie nicht versuchte, wenigstens den Schein zu wahren. Eine heimliche Liaison ohne großes Aufsehen wäre gesellschaftlich akzeptabel gewesen. Die öffentliche Zurschaustellung als Dirne hat sie vernichtet. Denk daran, Robert. Kein Aufsehen, darauf kommt es an. Und das hat nichts mit Moral zu tun. Es ist eine Frage des guten Geschmacks, des gesunden Menschenverstands und der Rücksichtnahme auf die, die du liebst und die dich lieben. Habe ich mich deutlich ausgedrückt?»

«Ich . . .»

«Es gibt geradeso Maßstäbe der Unmoral, wie es Maßstäbe der Moral gibt, Robert. Sorge dafür, daß deine immer hoch sind. Vielleicht wird kein Heiliger aus dir – ich weiß gar nicht einmal, ob ich gern einen Heiligen zum Sohn hätte –, aber zumindest wirst du ein geordnetes, zivilisiertes Privatleben führen. Ja, und natürlich – aber das brauche ich wohl kaum hinzuzufügen – natürlich gehört zu einem geordneten Privatleben nicht, daß du Dienstboten der Familie verführst und den Eltern, die dich lieben, große Unannehmlichkeiten bereitest. Es wird keine Verführungen unter dem Dach dieses Hauses mehr geben, Robert. Hier ziehe ich die Grenze. Was du anderswo tust, ist allein deine Sache, und ich will davon auch gar nichts erfahren – du solltest deinen Vater um weiteren Rat in dieser Frage bitten, und wenn du das tust, dann bestehe darauf, daß er sich genau ausdrückt. Es steht einer Mutter nicht zu, ihrem Sohn in Dingen von fleischlicher Natur Ratschläge zu erteilen.»

Eine kurze Pause. Dann sagte ich: «Nein, natürlich nicht, Mama.»

Wir blickten uns eine vielsagende Sekunde lang in dem dreiteiligen Spiegel an, dann brachte ich schließlich ein «Danke» hervor.

«Oh, du brauchst mir nicht zu danken», sagte meine Mutter. «Ich erläutere nur, was dein Vater dir schon gesagt hat – oder gesagt haben würde, wenn er nicht im Zustand der Erregung mit sprachlichen Schwierigkeiten zu kämpfen hätte.»

Das Gespräch war beendet. Zuerst war ich mir nur eines ungeheuren Gefühls der Dankbarkeit bewußt – sie hatte mich von einem lebenslangen Umgang mit kalten Bädern freigesprochen –, doch danach schälte sich bei mir eine eher ambivalente Einstellung heraus. Ich erkannte, daß sie in irgendeinem für mich noch nicht genau definierbaren Wettbewerb einen sehr guten ersten Platz errungen hatte, während mein Vater nur als Zweiter durchs Ziel gegangen war, und diese Erkenntnis, die ich instinktmäßig abstreiten wollte, die anzuerkennen mich aber der Intellekt zwang, lief meinen tief eingeprägten Glaubensvorstellungen zuwider, nicht nur, was meine Eltern, sondern auch was die Geschlechter betraf. In der Welt, in der ich mich am wohlsten fühlte, waren die Männer immer die Ersten und die Besten, Helden waren immer wichtiger als Heldinnen, und der Vater, der mich vergötterte, konnte nichts Falsches tun. Doch meine Mutter hatte mir unwissentlich das Fenster zu einer anderen Welt geöffnet, der Welt, die Ginette mir gezeigt hatte, als sie mit Kinsella auf und davon gegangen war, der Welt, von der ich insgeheim wußte, daß ich sie noch würde beherrschen müssen, und gleichzeitig fürchtete, sie nie zu meiner Befriedigung beherrschen zu können. In meiner Furcht, dort nur ein Zweiter zu sein, grollte ich dieser Welt, und vor allem grollte ich den Frauen, die sie mir gezeigt hatten. Ich liebte Ginette noch immer – aber es gab Augenblicke, da ich sie auch haßte. Ich liebte meine Mutter – aber es gab Zeiten, da ich ihr so sehr grollte, daß ich kaum ein höfliches Wort herausbrachte, wenn ich sie anredete.

Die verständnisvolle Einstellung meiner Mutter hätte mich ihr näherbringen sollen, doch als ich erwachsen war, stellte ich fest, daß wir einander fremd wurden. Wir waren immer höflich zueinander, aber nichts von Bedeutung wurde zwischen uns ausgesprochen, und später, als mein großer beruflicher Erfolg mich zu dem Glauben verführte, ich hätte die wirkliche Welt gemeistert, wandelte sich meine Einstellung – aus Groll wurde wohlwollende Geringschätzung. Arme Mama, dachte ich, so unansehnlich, so rundlich, so provinziell – was wußte sie vom Leben, wo sie seit ihrem sechzehnten Lebensjahr kaum aus ihrer hinterwäldlerischen Umgebung herausgekommen war? Die einzige Krise, die sie zu überwinden gehabt hatte, war eingetreten, als ihre Schwiegermutter sich entschloß, mit einem Schafzüchter «in Sünde» zusammen zu leben, und selbst diese kleine Unangemessenheit war aus der Welt geschafft worden durch meinen Vater, der den Helden gespielt und seine Mutter regelmäßig in ihrer Anstalt in Swansea besucht hatte.

Mein Vater hatte mir nie die ganze Geschichte von seiner Mutter und Owain Bryn-Davies erzählt, doch je älter und weltgewandter ich wurde, desto weniger interessierte ich mich für dieses allenfalls amüsante Melodrama aus victorianischer Zeit, das man, dessen war ich sicher, an edwardianischen Maßstäben gemessen als eher harmlos eingeschätzt haben würde. Als ich auf die Dreißig zuging und es mit der Verteidigung von Verbrechern der übelsten Sorte zu tun bekam, erlangte ich bald eine innere Verfassung, in der mich kein menschliches Verhalten mehr erschüttern konnte, schon gar nicht ein kleiner indiskreter Ehebruch in Süd-Wales in den achtziger Jahren, und als mein Vater mir nach der Beerdigung meiner Großmutter sagte, meine Mutter habe ihn gedrängt, mir von der Vergangenheit zu erzählen, konnte ich nur mit Mühe ein Gähnen unterdrücken und eine Miene höflichen Interesses aufsetzen.

«Es soll genauso sein, wie du es wünschst, Papa», sagte ich. «Wenn du darüber sprechen willst, höre ich dir gern zu, aber du solltest dich nicht durch Mama zu einer Handlungsweise bringen lassen, die du eigentlich nicht verfolgen möchtest.»

«Deine Mutter glaubt, du könntest mir helfen», sagte mein Vater. «Mir lassen die Erinnerungen manchmal keine Ruhe.»

Wir schlenderten quer über die Heide zum Gipfel der Rhossili Downs. Es war ein bewölkter Wintertag, der eigentlich nicht zu einem Spaziergang anregte, doch nach der mit der Beerdigung meiner Großmutter verbundenen seelischen Belastung hatten wir beide das Bedürfnis nach frischer Luft. Ich war achtundzwanzig, betrachtete mich aber als weltläufig genug, um älter zu wirken; mein Vater war achtundvierzig, hatte aber das Glück, jünger auszusehen; wir hatten ein Stadium erreicht, in dem wir gelegentlich für Brüder gehalten wurden.

«Ja, ich muß es dir erzählen», sagte mein Vater. «Ich muß es.»

Wir schritten weiter schweigend über die Heide. Ich wartete ab, doch als nichts geschah, übernahm ich automatisch meine professionelle Rolle dessen, der der Wahrheit ans Tageslicht hilft.

«Wie waren sie denn?» Ich wollte ihm mit dieser ganz direkten Frage weiterhelfen.

«Wie sie waren?» Mein Vater schien verblüfft. «Oh, sie waren alle liebe Menschen – meine Mutter, mein Vater, Bryn-Davies . . . Ja, sie waren alle sehr liebe und reizende Menschen.» Er blieb stehen und blickte zum Horizont, und während ich noch beobachtete, wie er erblaßte, fuhr er mit leiser Stimme fort: «Das war natürlich gerade das Schreckliche. Es war nicht wie in einem Melodrama, wo man die Bösewichter erkennt, sowie sie die Bühne betreten. Nein, so war es gar nicht.»

«Dann waren sie drei ganz normale Menschen?»

«Ja, sie waren drei ganz normale Menschen», sagte mein Vater, «die nur nicht wußten, wo man die Grenze zieht.»

Ich unterdrückte einen Seufzer angesichts dieses neuerlichen Beweises des Einflusses, den die victorianischen Mittelschichtvorstellungen meiner Mutter auf ihn ausübten. Nur die Mittelschicht – und hier vor allem das Element der Neureichen – machte es sich zur professionellen Aufgabe, das zu tun, «was sich gehört», und irgendwo moralische «Grenzen» zu ziehen. Jeder Mensch mit irgendwelcher Erziehung tat, was sich gehört, ohne lange darüber nachzudenken, und überließ das Ziehen von Grenzen den Geistlichen, die zu moralischen Linienziehern ausgebildet waren.

«Es war alles eine große Tragödie», sagte mein Vater. «Meine arme Mutter, sie war so schön. Mein Vater war nicht sehr gut zu ihr.»

«Weil er ein Trinker war?»

«Er war ein ganz großartiger Mensch», fuhr mein Vater fort, als hätte ich kein Wort gesagt, «und so lieb zu Kindern. Ich war sein Augapfel. Auch Bryn-Davies war freundlich zu mir. Interessanter Bursche. Kraftvolle Persönlichkeit. Wenn man ihn nur einen Schafzüchter nennt, erweckt man keine rechte Vorstellung von ihm.»

Ich beschloß, ein wenig angelsächsische Unverblümtheit zu riskieren. «Aber du mußt doch einen Zorn auf Bryn-Davies gehabt haben, als er Oxmoon übernahm, nachdem dein Vater am Alkohol gestorben war. Es muß dich doch empört haben, daß er hier ganz frei und ungeniert mit deiner Mutter zusammen lebte und dir dein Erbteil vorenthielt.»

«Es war alles eine Tragödie», wiederholte mein Vater. «Eine Tragödie.»

Ich gab es auf. Wir schritten weiter über die Downs dahin.

«Und nachher», sagte mein Vater, «nachdem Bryn-Davies sich mit den Gezeiten geirrt hatte und auf dem Shipway ertrunken war, da war alles so schwierig mit meiner Mutter, aber Margaret war da ganz wunderbar, die Stärke selbst, und sie hat dieses Heim ausfindig gemacht, wo die Nonnen zu den Geistesgestörten so freundlich waren. Manchmal habe ich mich gefragt, ob meine Mutter nicht öfter nach Hause kommen sollte, aber Margaret sagte, nein, nur zu Weihnachten. Margaret zog da die Grenze, und natürlich hatte sie recht – denn es geschehen schreckliche Dinge –» mein Vater war bleich im Gesicht, mit blutlosen Lippen, und seine Augen sahen Szenen, die ich nicht einmal erahnen konnte – «wenn Menschen es nicht fertigbringen, die Grenze zu ziehen.»

Ich erwiderte nichts. Es folgte ein längeres Schweigen, aber schließlich bedankte er sich dafür, daß ich ihm so geduldig zugehört hatte, und sagte, er sei froh, daß er so mit mir habe reden können.

Doch wie wir beide wohl wußten, hatte er mir noch immer nichts gesagt.

2

Als ich Ginette in meinem Brief zu Weihnachten von diesem Gespräch erzählte, schrieb sie mir zurück: «Armer Bobby, aber was ich einfach nicht fassen kann, ist, daß er und Margaret ein solches Geheimnis aus der Vergangenheit machen, wo doch jedem mit unserer Erfahrung klar ist, was da vor sich ging: Der trunksüchtige Ehemann bekam immer wieder Lust, seine Frau zu schlagen, die Frau stürzte sich in reiner Notwehr in eine Leidenschaft, und der Liebhaber, der sowohl böse wie habgierig war, schnappte sich nicht nur die Ehefrau, sondern auch alles Vermögen, das er kriegen konnte, als der Ehemann an Leberversagen starb. Gott, solch schauerliche Sachen passieren alle Tage – und wie immer sind es die armen, unschuldigen Kinder, die dabei am meisten zu leiden haben. Es ist wirklich ein Wunder, daß manche das überhaupt überleben, und wenn sie überleben, dann können sie von Glück sagen, wenn sie dadurch nicht fürs Leben gezeichnet sind!»

Als ich diesen Absatz ihres Briefes las, kam in mir zum ersten Mal die Vermutung auf, daß mein Vater kein makelloser Held, sondern ein Mensch war, der schweren seelischen Schaden erlitten hatte.

3

Auch ich hatte seelischen Schaden erlitten, obwohl ich das damals nicht zugab. Ich hatte solchen Erfolg in der Welt genossen, daß ein Versagen auf privater Ebene unvorstellbar war; der Gedanke, daß irgend etwas nicht stimmen könnte, kam mir gar nicht.

Es wäre anmaßend, wollte ich meine schulischen Leistungen in Harrow erwähnen, deshalb möge es genügen, wenn ich feststelle, daß man davon ausging, ich würde ein blendendes Examen machen, als ich nach Oxford ging, um klassische Philologie zu studieren. Dies machte das Leben etwas langweilig; der Erfolg büßt an Reiz ein, wenn zu seiner Erlangung nicht genügend Anstrengung erforderlich ist, und nachdem ich meinen Zeitgenossen, meinen Tutoren und den verschiedenen weiblichen Wesen in meinem Bekanntenkreis gezeigt hatte, daß ich überall kam, sah und siegte, gestand ich mir mein Gelangweiltsein ein, indem ich mich nach einer neuen Herausforderung umsah, die das Leben amüsanter machte. Ich hatte gerade das zweite Jahr auf dem Balliol College hinter mir, als ein Freund mich zu sich nach Schottland einlud und ich zum ersten Mal die Berge sah.

Es gibt auch in Wales viele Berge, aber die hohen sind im Norden, und da meine Eltern nie in Urlaub fuhren, kannte ich von Wales wenig mehr als die Halbinsel Gower und von England wenig mehr als die Londoner City, Oxford und Harrow. Es gibt keine Berge in Gower, nur die sanften Hügel der Downs, und obwohl mich die spektakulären Felsklippen an der Küste seit jeher anzogen, waren sie doch so gefährlich, daß mein Vater mir stets verboten hatte, sie zu erklettern.

Nun jedoch wurde mir eine Herausforderung geboten, die zu akzeptieren niemand mir verboten hatte, und ich wußte, ich mußte auf diese Berge steigen. Ich mußte hinaufgelangen. Ich mußte gewinnen. Ich war gefangen.

Während der nächsten Monate trieb ich meine Eltern zur Verzweiflung, verdarb mir fast meine Karriere in Oxford und entging nur ganz knapp dem Tod. Da wurde mir zum ersten Mal bewußt, daß etwas in meinem Leben falsch gelaufen war; ich erkannte, daß mein Erster-sein-Wollen in der akademischen Laufbahn zu einem gutartigen Auswuchs meiner Persönlichkeit, in der Bergsteigerei aber zu einem Krebsgeschwür geführt hatte. Ich erholte mich davon, doch erst, als das Geschwür aus meinem Leben herausgeschnitten war. Ich gab das Bergsteigen auf.

«Ich werde nie wieder hierherkommen», sagte ich zu dem Arzt, der mich im Krankenhaus von Fort William behandelte nach dem Unfall, bei dem drei meiner besten Freunde ums Leben gekommen waren. «Ich werde nie wieder auf einen Berg steigen.»

«Das sagen sie alle», sagte der Arzt, «und zum Schluß kommen sie alle wieder.»

Aber ich war sicher, daß ich es würde lassen können; es gab eine Leere in meinem Leben, aber ich glaubte zu sehen, wie sie auszufüllen war. Ich mußte den Widersacher bekämpfen, den ich auf den Bergen ausgemacht hatte, den einen Widersacher, der mich beständig faszinierte. Es war der Tod. Der Tod hatte den Kampf um meine drei Freunde und beinahe den um mich gewonnen. Doch jetzt war ich derjenige, der gewinnen würde – und ich würde gewinnen, indem ich den Tod immer wieder überlistete.

Ich mußte mich damals für die Arena entscheiden, auf der ich meine Kämpfe am besten austragen konnte. Ich spielte mit dem Gedanken, Arzt zu werden, sagte mir aber dann, daß ich mich dazu mit dem Studium zu vieler Gebiete befassen müsse, für die ich mich wenig interessierte. Mich interessierte der Tod, nicht die Krankheit. Darauf zog ich die Jurisprudenz in Betracht, und ich sah sofort, daß diese beträchtliche Vorteile bot. Sie fügte sich nicht nur in meine klassische Bildung ein, sondern sie war auch ein Beruf, der meinen Weg ins öffentliche Leben fördern konnte, und da ich wußte, daß mein Vater davon träumte, ich könnte ins Parlament kommen, sah ich hier eine Möglichkeit, seinen wie meinen Ehrgeiz zu befriedigen.

Als ältester Sohn war ich der Erbe von Oxmoon, doch da mein Vater noch recht jung war und ich ihm allenfalls in vorgerücktem Alter würde nachfolgen können, ergab sich für mich die Notwendigkeit, bis dahin für ein Auskommen zu sorgen. Ich hatte außerdem das ganz natürliche Verlangen nach finanzieller Unabhängigkeit, und niemand konnte bestreiten, daß ein junger, entschlossener Anwalt bei Gericht alle Möglichkeiten hatte.

Ich schloß in Oxford mein Examen in klassischer Philologie und Jurisprudenz mit der besten Note ab und wurde 1906 vom Middle Temple als plädierender Anwalt zugelassen. Meiner Familie gegenüber gab ich es als reinen Zufall aus, daß ich es mit der Strafverteidigung zu tun bekam; ich verschwieg, wie sehr ich mich bemüht hatte, mit einem berühmten Kronanwalt in Verbindung zu treten, und diesen mehr oder weniger hypnotisiert hatte, damit er mich als seinen Hilfsanwalt einstellte; ich sagte nichts davon, daß ich mir gerade ihn als Herrn und Meister ausgesucht hatte, weil viele seiner Mandanten Gefahr liefen, gehenkt zu werden. Während ich für ihn arbeitete, lernte ich alle nicht-plädierenden Anwälte von Bedeutung kennen, und bald bekam ich einige private Fälle zugeschoben. Im Gegensatz zu vielen vor Gericht auftretenden Anwälten brauchte ich nicht viele Jahre ohne «eigene» Fälle vor Gericht zuzubringen. Ich nutzte jede sich mir bietende Gelegenheit aus, und wenn sich keine bot, schaffte ich mir eine. Meine Karriere hatte begonnen.

Natürlich behauptete ich, es sei reiner Zufall, daß ich schließlich der Verteidiger von Mördern wurde, die auf keinen Freispruch hoffen konnten, aber in Wirklichkeit strebte ich bewußt die hoffnungslosen Fälle an, weil der Sieg über den Tod in einem schwierigen Fall größere Befriedigung verschaffte als in einem leichten. Ich gab mich dabei nonchalant, sagte, Mordprozesse seien eher langweilig, aber im stillen kostete ich jede Minute aus, die ich beim Kampf vor Gericht verbrachte. Ich liebte die Erregung und das Drama und den ewigen Schatten des Galgens; ich liebte die Turnierkämpfe mit dem Tod; ich liebte den Sieg, der bedeutete, daß ich Menschen rettete, die ohne mein Geschick dem Tod überantwortet worden wären. Mit dem Tod zu wetteifern, das hieß, wie ich im Gebirge gelernt hatte, zu wissen, daß man lebte.

Daran änderte auch der Umstand nichts, daß bisweilen, wie sich dies nicht vermeiden ließ, der Tod die Oberhand behielt. Einige meiner Klienten starben am Galgen, so wie meine drei Freunde im Gebirge gestorben waren, doch das machte den nächsten Kampf nur um so spannender und erhöhte meine Befriedigung, wenn die Klienten, die mehr Glück hatten, gerettet werden konnten.

Die Arbeit wurde mir zur Zwangsvorstellung. Obwohl ich es nicht wahrhaben wollte, litt ich abermals an einem Persönlichkeitskrebs, und allmählich nahm ich die vertrauten Symptome wahr, die fanatische Hingabe, das Vernachlässigen anderer Betätigungen, das nachlassende Interesse an fleischlichen Freuden, die Abkapselung der Seele. Ich stellte sogar fest, daß ich meinen Eintritt in die Politik hinausschob. Westminster war nicht Old Bailey. Dort warf kein Galgen seinen Schatten.

Dann rettete ich eines Tages einen Klienten, den ich verabscheute und den ich für schuldig hielt, und da fragte ich mich plötzlich nicht nur, was ich tat, sondern sah die Antwort nur zu deutlich vor mir. Ich verschwendete meine Zeit damit, Zwangsvorstellungen zu befriedigen, deren ich nicht Herr werden konnte. Der Krebs hatte mich wieder gepackt, und ich wußte, ich mußte ihn herausschneiden, wenn ich überleben wollte.

Das war der Augenblick, als ich erkannte, daß manche Krebsgeschwüre so tief nach innen wuchern, daß kein Chirurgenmesser sie entfernen kann. Mein Krebs hatte mich jetzt so im Griff, daß ich nicht wußte, wie ich ihn entfernen sollte, ohne dabei den Verstand zu verlieren; ich hatte das Gefühl, am Rand eines Nervenzusammenbruchs zu wandeln, doch während ich mir ein Leben vorzustellen versuchte, in dem Gewinnen und Erster sein nicht mehr zählten, sah ich, weit fort und unerreichbar, jenseits des Abgrunds der Vergangenheit und hinter den Mauern der Gegenwart, die mich umschlossen, die Welt, in der ich, das wußte ich, Frieden finden konnte. Ich sah die Straße nach Oxmoon, sah das Oxmoon meiner Kindheit, und Ginette war wieder bei mir in ihrer fleckigen Schürze, und wir stibitzten zusammen Erdbeeren im Gemüsegarten. Ich sah eine Welt, in der Gewinnen oder Verlieren mir nichts mehr bedeuteten, weil ich mit Ginettes Hand in meiner Hand immer zufrieden war, und als ich diese Welt sah, wußte ich, daß sie allein meinen Krebs zu heilen vermochte, weil sie allein mich nach Oxmoon zurückbringen und dieses verlorene Paradies meiner Träume wiederauferstehen lassen konnte.

Doch Ginette schrieb weiterhin regelmäßig von ehelicher Glückseligkeit an der Seite von Conor Kinsella. Seit wir zu den Takten der «Schönen blauen Donau» getanzt hatten, waren fünfzehn Jahre vergangen, und sie lebte noch immer «glücklich bis ans Ende ihrer Tage» in New York, und obwohl ich mich immer wieder fragte, wie ich sie zurückgewinnen könnte, konnte ich doch nichts tun. Ich war machtlos, und als ich mir eingestand, daß ich absolut unfähig war, etwas an meinem Dasein zu ändern, hatte ich das Gefühl, dazu verdammt zu sein, «unglücklich bis ans Ende meiner Tage» in London zu leben – reich, berühmt und erfolgreich und doch als Verlierer, als Verlorener und einsam.

4

Ich erwachte plötzlich mitten in der Nacht, und mein erster bewußter Gedanke war: Sie kommt heim.

Unter Verwendung einer Metapher, die Cicero schätzte, sagte ich mir, daß das Rad der Fortuna endlich Conor Kinsella nach unten gedreht und ausgelöscht und mich wieder ins Leben zurückgebracht hatte.

Ich zündete die Gasheizung an, und sogleich durchströmte eine sinnliche Wärme mein kaltes, strenges, maskulines Schlafzimmer. Ich zog den Vorhang zur Seite. Die Rasenflächen unterhalb des King's Bench Walk breiteten sich in starkem weißen Mondlicht aus, und in der Ferne, jenseits des Embankment, schimmerte der Fluß unter den Sternen auf. Ich stand da, gefangen von dieser Vision eines erotischen, verzauberten London, und während ich noch der Nacht lauschte, hörte ich die Glocken von St. Clement Dane von fern die halbe Stunde schlagen.

Ich ließ den Vorhang zurückfallen, wandte mich vom Fenster ab und beschloß, einen langen, abgeklärten Blick in die unmittelbare Zukunft zu tun. Morgen – das hieß praktisch heute – würde ich zu einem verlängerten Wochenende nach Oxmoon fahren. Am Tag darauf würde Ginette an Bord des irischen Dampfers in Swansea eintreffen zu einem Aufenthalt von unbestimmter Dauer auf der Halbinsel Gower. Wir würden uns treffen, würden vielleicht ein- oder zweimal Zeit zu einem leidenschaftslosen privaten Gespräch haben und uns dann wieder trennen; auf mich wartete ein weiterer wichtiger Fall vor Gericht, und ich mußte nach London zurückkehren, um mich darauf vorzubereiten. Während der nächsten zwölf Monate würde es zweifellos zu weiteren Begegnungen kommen, und wenn alles gutging, würde sich unsere platonische Beziehung wiederherstellen lassen.

Danach würde ich warten und sehen müssen, wie sich meine Aussichten entwickelten, aber ganz offensichtlich war natürlich, daß ich jetzt nicht über Oxmoon hereinbrechen konnte wie ein liebeskranker Ritter in mittelalterlichen Sagen, um der Dame meines Herzens zu Füßen zu fallen und sie zu bitten, mich auf der Stelle zu heiraten. Ich konnte mir nichts vorstellen, was Ginette mehr irritiert hätte, besonders eine trauernde Ginette, die ihren Mann unter noch unbekannten, aber anscheinend tragischen Umständen verloren hatte.

Wie in dem Telegramm angekündigt, hatte sie meinen Eltern zwar geschrieben, aber noch immer nicht das Geheimnis von Kinsellas Tod gelüftet; sie hatte sogar darum gebeten, man möge sie nicht danach fragen. Nachdem sie ihr Leben in New York in erstaunlicher Eile abgebrochen hatte, war sie kaum eine Woche nach Kinsellas Tod mit ihren beiden Söhnen nach Irland gefahren, und nach der Beerdigung hatte sie ihre Söhne zeitweilig in der Obhut der Familie ihres Mannes zurückgelassen, während sie sich nach Wales begab. Den Grund für diese Entscheidung teilte sie meinen Eltern in ihrem Brief nicht mit. Vielleicht hielt sie es für besser, wenn die Jungen bei der Familie ihres Vaters blieben und nicht in ein Milieu hineingerieten, in dem ihr Vater nicht besonders angesehen gewesen war; vielleicht hatte sie nur eine Zeitlang allein sein wollen; vielleicht spielten beide Gründe dabei eine Rolle – doch wie dem auch immer war: sie sollte am Morgen des 20. Juni, es war ein Freitag, allein in Swansea eintreffen, und sie hatte darum gebeten, daß sie am Kai niemand abholte außer dem Chauffeur meines Vaters mit dem Familienautomobil.

«Ich will mir einen Traum erfüllen», schrieb sie mir, auf den kurzen, förmlichen Beileidsbrief antwortend, den ich ihr nach Dublin geschickt hatte. «Ich habe davon geträumt, ich komme nach Oxmoon heim, und die ganze Familie erwartet mich auf den Eingangsstufen – es war wie auf einer alten Photographie. Ich konnte sogar die Sepiatöne erkennen! Also, hol mich bitte nicht am Schiff ab. Sei zusammen mit den anderen in Oxmoon und mach, daß mein Traum wahr wird.»

Ich suchte ihren Brief, fand ihn und las ihn noch einmal.

Also hatte auch Ginette ihren Traum von einer Rückkehr nach Oxmoon.

Die Glocken von St. Clement erklangen wieder leise in der Nachtluft, und draußen vor dem Fenster wurde der Himmel schon langsam heller, aber ich fand keinen Schlaf. Ciceros Metapher vom Rad der Fortuna ließ mich nicht los, und ich ging zu den Bücherregalen und fand den Band aus der Feder jenes späteren Philosophen, der die alte Metapher aufgegriffen hatte zum Verständnis der Menschen des Mittelalters, die von Cicero nur wenig gewußt hatten. Von König Alfred bis Chaucer, von Dante bis zu einer ganzen Reihe anderer Literaten des Kontinents war das mittelalterliche Europa von Boethius fasziniert gewesen, der in seinem *Trost der Philosophie* vom düsteren Rad des Schicksals geschrieben hatte.

«Ich kenne den vielgestaltigen Glanz, mit dem jenes Wunderwesen Fortuna denen, die es zu täuschen trachtet, schmeichelnde Freundschaft heuchelt, bis es sie unverhofft verläßt und mit unerträglichem Schmerz niederschlägt.»

Ich dachte an Ginette, die mich um Kinsellas willen im Ballsaal von Oxmoon verlassen hatte.

Doch nun sprach das Schicksal, sprach Fortuna selbst; das Ungeheuer traf die klassische Feststellung über sein berüchtigtes Rad. «Ich habe dich mit meinen Schätzen gehegt ... jetzt beliebt es mir, die Hand zurückzuziehen ... Beständigkeit ist unserem Wesen fremd. Dies ist unsere Macht, dies ununterbrochene Spiel spielen wir, wir drehen das Rad in kreisendem Schwunge, wir freuen uns, das Tiefste mit dem Höchsten, das Höchste mit dem Tiefsten zu tauschen. Steige aufwärts, wenn es dir gefällt, aber unter der Bedingung, daß du es nicht für ein Unrecht hältst, herabzusteigen, wenn es die Regel meines Spiels fordert.»

Ich sah mich einem neuen Widersacher im Spiel des Lebens gegenüber. Den Tod hatte das Schicksal abgelöst. Ich ritt endlich auf seinem Rad nach oben, doch diesmal wollte ich, einmal dort, auch oben bleiben. Ich wollte das Rad des Schicksals überwinden, wollte Fortuna meinen Willen aufzwingen.

Eine Vielzahl erotischer Bilder ging mir durch den Sinn. Doch dann, als ich mir sagte, wie angemessen es sei, daß man sich das Schicksal als Fortuna, als eine Frau, vorstellte, legte ich mich wieder zu Bett und träumte von Eroberung.

5

Wie immer, wenn ich nach Hause fuhr, ließ ich Bennett in meiner Londoner Wohnung zurück. Es wäre anmaßend gewesen, einen Diener nach Oxmoon mitzunehmen, wo sich unter dem Regiment meiner Mutter Hemden von selbst zu waschen, zu stärken und zu bügeln schienen und der Diener meines Vaters sich sofort um jedes Detail kümmerte, das der Wäscherin oder der allgegenwärtigen

Nadel meiner Mutter entgangen war. Bennett, ein Cockney, hatte nichts dagegen, in London zurückzubleiben. Gewiß genoß er es, daß er einmal nicht die *Times* glätten und all die anderen kleinen Riten ausführen mußte, die das Leben zusammen mit mir so öde machen mußten. Während er mir eine perfekt gepackte Reisetasche für Oxmoon überreichte, nahm ich mir vor, seinen Lohn zu erhöhen.

Mein Bruder Lion hatte damit gedroht, mich auf der Zugfahrt nach Swansea zu begleiten, aber glücklicherweise hatte ihn die Bank, wo er seinen Lebensunterhalt zu verdienen vorgab, gerade in dieser Woche entlassen, und er war bereits nach Gower zurückgeeilt, um seiner Lieblingsbeschäftigung nachzugehen: dem Müßiggang in angenehmer Umgebung.

Um der Gerechtigkeit willen muß ich hinzufügen, daß Lion nicht etwa verdorben war, sondern nur ein junger Mann von dreiundzwanzig Jahren von begrenztem Intellekt und naiver Geisteshaltung. Meines Erachtens sind solche Menschen viel besser für das Leben auf dem Lande geeignet und sollten Orten wie London fern bleiben.

Aber war auch Lion nicht da, so reiste ich an diesem Tage doch nicht allein nach Swansea. Mein Lieblingsbruder John erwartete mich schon auf dem Bahnhof Paddington; er hatte vor kurzem in Oxford sein Abschlußexamen gemacht und sich ein paar Tage bei Freunden in London erholt. Das Studium war beendet, er hatte seine Zimmer aufgegeben und alle seine Sachen bereits nach Gower geschickt. Er befand sich also in jenem angenehmen Zwischenstadium, da eine erfolgreiche Lebensphase abgeschlossen ist und die andere erst noch beginnen muß, und er machte den Eindruck, als finde er diesen Zustand recht erfreulich. Da er in Oxford einige aristokratische Kommilitonen kennengelernt hatte, war er jetzt noch erfüllt von den Freuden der Londoner gesellschaftlichen Saison, die er von Belgrave Square aus genossen hatte.

«Na, was macht die dekadente Aristokratie», sagte ich, als wir uns auf dem Bahnsteig begrüßten.

«Du hörst dich ja an wie ein Anarchist!» Er lachte, um mir zu zeigen, daß er das nicht so meinte, aber ich vermutete, daß er doch ein klein wenig schockiert war. John hätte weder etwas für Anarchisten übrig gehabt, noch hätte er etwas von Dekadenz unter der Aristokratie wissen wollen, denn in unserer Familie stellte John den endgültigen Triumph der Wertvorstellungen der neureichen Mittelschicht dar, für die meine Mutter hartnäckig eintrat. Mit offenbar unerschöpflicher Tugend widmete er sein Leben der Aufgabe, bestimmte Grenzen zu ziehen und zu tun, was sich gehörte.

Er war einundzwanzig, zehn Jahre jünger als ich, besser aussehend als ich, aber nicht ganz so groß. Er konnte es weder sportlich noch akademisch mit mir aufnehmen. Dies bedeutete, daß irgendwelche Eifersucht meinerseits völlig unangebracht gewesen wäre, und in der Tat hatte ich mich nie bemüßigt gefühlt, andere als wohlwollende Gefühle zu hegen gegenüber diesem intelligenten Bruder, der sich in meiner Gegenwart immer so respektvoll benahm, doch gelegentlich – vielleicht einmal alle zwei, drei Jahre – fragte ich mich, wie er es fertigbrachte, *mir* gegenüber keine Eifersuchtsgefühle zu hegen. Lion war überhaupt keine Konkurrenz. Auch Edmund nicht, mein dritter Bruder, der, zwei Jahre jünger als John, nur ein matter Abklatsch von Lion war. Mein vierter Bruder Thomas war zur Zeit noch zu jung, als daß man ihn hätte ernst nehmen können, schien aber keine großen Geistesgaben zu besitzen. Aber John hatte Verstand und war, wie ich wußte, ehrgeizig und genau der junge Mann, der es einem älteren Bruder neiden mochte, daß dieser immer der Erste war. Er schien dieses Dilemma jedoch irgendwie gelöst zu haben, denn ich merkte ihm an, daß er mich noch immer mit seiner Heldenverehrung umgab. Vielleicht sagte er sich auch nur, daß sich Eifersucht einfach nicht gehörte.

«Schön, dich wiederzusehen, Robert! Scheint eine Ewigkeit zu sein seit dem letzten Mal – aber ich weiß natürlich, wie ungewöhnlich stark beschäftigt du warst –»

«Ich sollte eigentlich nie so beschäftigt sein, daß ich mir die Gelegenheit zu einem vernünftigen Gespräch entgehen lasse», erwiderte ich sogleich. Ich fühlte mich schuldig – obwohl er sich seit einigen Tagen in London aufhielt, war es mir nicht möglich gewesen, mich mit ihm zu treffen. «Es sind die Narren, nicht die intelligenten Menschen, auf die ich gern verzichte.»

John schien erleichtert. «Da wir gerade von Narren sprechen – ich nehme an, du weißt, daß Lion entlassen worden ist? Ich habe ihn letztes Wochenende auf einem Ball gesehen, und er sagte mir, er finde das ganz aufregend. Er war ziemlich benebelt und versuchte irgendeiner verheirateten Frau den Pariser Tango beizubringen.»

«Du hast wohl einen weiten Bogen um ihn gemacht.»

«Den weitestmöglichen. Ich habe eine Stunde lang mit drei ältlichen Langweilern über den Marconi-Skandal gesprochen und nur gehofft, daß mich niemand fragt, ob Lionel Godwin ein Verwandter von mir ist.»

Wir fanden ein leeres Erster-Klasse-Abteil und entlohnten die Gepäckträger. Wir nahmen einander gegenüber Platz, und John kam noch einmal auf den Marconi-Skandal zurück und meinte, es sei absolut erforderlich, daß in der Politik eine strenge Moral herrsche.

«Unbedingt», sagte ich, und um ihn vom Thema Moral abzubringen, das ihn so sehr beschäftigte, fügte ich hinzu: «Soviel über Politik. Jetzt erzähl mal von dir. Interessante Mädchen kennengelernt in der letzten Zeit?»

John mochte Mädchen. Seit einigen Jahren wartete ich darauf, daß er mich zu dem wichtigen Thema vorehelicher fleischlicher Befriedigung um Rat fragte, aber offenbar hatte mein Vater seinen Vortrag über das schimmernde Meer der Fleischlichkeit jetzt aufpoliert, denn die Bitte um nützliche Information wurde nicht an mich herangetragen.

«Ja, ich habe da bei einem Tanztee eine sehr faszinierende Suffragette getroffen –»

«O Gott!»

«– und die kannte die Frau, die sich neulich in Epsom unter das Pferd des Königs geworfen hat –»

«Wenn du mich fragst, hat der Leitartikel in der *Times* die ganze Sache sehr nüchtern auf den Punkt gebracht, als er feststellte, die Frau habe einen absoluten Mangel an Rücksicht gegenüber dem Jockey bewiesen.»

«– und, Robert, wußtest du, daß die Frau bei der Prüfung in Oxford die beste Note bekommen hatte?»

«Dann ist der Selbstmord dieser Frau das beste Argument gegen höhere Bildung für Frauen, das ich bis jetzt kenne. Alle Frauen sollten zu Hause von einer Gouvernante erzogen werden – wie Ginette damals.»

Der Name war heraus. Ich, der ich mich so unbedingter Selbstbeherrschung rühmte, hatte es offenbar dahin gebracht, bei jeder sich bietenden Gelegenheit den Namen der geliebten Frau zu erwähnen, als wäre ich ein unbedarfter Schuljunge, der sich zum ersten Mal verliebt hat.

6

Es ging schon auf den Abend zu, als der Zug sich an jenem Junitag des Jahres 1913 Swansea näherte und John sich eines Ausspruchs von William Blake bediente.

«Hier kommen die dunklen satanischen Fabriken.»

Mein Blick erfaßte wieder einmal die vertraute, bizarre Landschaft.

Als die ganze Krümmung der Bucht von Swansea in Sicht kam, konnten wir durch den Rauchschleier verschwommen die blaue Fläche des Meeres und die Masten der vielen Schiffe ausmachen, die sich auf diesem schimmernden, verseuchten Wasser drängten. John zog rasch das Fenster hoch, damit der Gestank draußen blieb, während wir durch die Zone der Kupferschmelzen fuhren, und wir wandten beide automatisch den Blick ab von den Narben durch den Kohleabbau, die das Industrieödland auf der zerstörten Ostseite der Stadt kennzeichneten.

Doch nach den östlichen Vororten kam jenes Swansea, das uns die ersten Erfahrungen mit urbanem Leben vermittelt hatte, eine geschäftige, zerzauste Stadt an den Steilhängen, welche die Bucht beherrschten, ein Neapel des Nordens. Die Hauptstraßen hatten englische Namen, doch Swansea erschien mir immer so walisisch wie seine Männerchöre. Walisische Dynamik pulsierte ständig in den betriebsamen Straßen und auf dem großen, von Leben erfüllten Markt; die walisische Liebe zur Musik schwebte ständig in irgendeiner Form in der walisischen Luft, in der sich der Atemhauch des Meeres unablässig dem Geruch des Rauchs zugesellte. Swansea mochte durch die industrielle Revolution vergewaltigt worden sein, aber es hatte den Prozeß wenn nicht mit seiner Schönheit, so doch mit seiner Vitalität überlebt.

«Ich komme mir in England manchmal so fremd vor», sagte mein Bruder John, während er durch das Abteilfenster auf unser Heimatland hinausblickte. «So zerrissen zwischen zwei Kulturen.»

«Nun, dann flick dich zusammen, denn wir müssen gleich aussteigen.» Ich hatte immer den Eindruck, daß John die Problematik der Zugehörigkeit zu zwei Ländern übertrieb. Wales war unsere Heimat, aber England war das Zentrum der Welt, und wenn man im Leben vorankommen wollte, bewegte man sich ohne großes Aufhebens zwischen beiden hin und her.

Zu unserer Überraschung und Freude hatte mein Vater auf die Dienste des Chauffeurs verzichtet und war selbst nach Swansea gefahren, um uns abzuholen.

«Du kommst jetzt nicht mehr oft nach Hause, Robert», sagte er, als wir uns die Hand schüttelten, «deshalb dachte ich, dies ist ein besonderer Anlaß.» Untadelig fair gegenüber John fügte er sodann hinzu: «Und du hast auch einen herzlichen Willkomm verdient nach drei so erfolgreichen Jahren in Oxford!» Ich mochte meinem Vater der liebste sein, aber er achtete stets sehr gewissenhaft darauf, daß er seine anderen Kinder nicht vernachlässigte.

Wir begaben uns zu dem Automobil meines Vaters, das, obwohl es neu war, schon älter aussah, weil es mit dem weißen Staub von Gowers Fahrwegen bedeckt war. Mein Vater liebte sein Automobil mit einer Leidenschaft, die John teilte. Die beiden verbrachten einige Zeit mit der Aufzählung der Verdienste dieses seelenlosen Ungetüms, das sich Talbot nannte, während ich gähnend dabeistand und darüber nachdachte, ein wie langweiliges Thema doch die Mechanik sei. Daß sich jemand leidenschaftlich für Pferde interessiert, kann ich verstehen; das Pferd ist ein ästhetisch ansprechendes Tier, seit langem in menschlichen Diensten stehend, aber eine Leidenschaft für ein paar Metallstücke, die man vier Rädern aufmontiert hat, dünkt mich nicht nur irrational, sondern auch kennzeichnend für eine unintellektuelle, möglicherweise sogar der Arbeiterklasse zugehörige Geisteshaltung.

Mit meinem Vater am Steuer schaukelten wir bald darauf durch Swansea. Wir brausten an der Ruine des alten Normannenschlosses vorüber, an Ben Evans, dem größten Kaufhaus, und am Metropole, dem vornehmsten Hotel. Andere Automobile hupten freundlich anerkennend, während die Kutschen und Karren sowie die Fußgänger sich in Sicherheit zu bringen suchten. Indes mein Vater und John laut lachten, amüsierte ich mich damit, mir zu überlegen, wie ich meinen Vater in einem Prozeß wegen Totschlags per automobilem würde verteidigen können, doch dann wurde ich aus solchen Gedanken herausgerissen, als wir den Hang zur Stadt hinaus erklommen und unsere Geschwindigkeit das Tempo eines Leichenzugs annahm. John erbot sich, zu schieben, aber mein Vater sagte, das wäre ein Eingeständnis der Niederlage. Wir tuckerten weiter.

Als wir die Kuppe des Hangs hinter uns hatten, befanden wir uns sogleich in den Außenbezirken der Stadt, und dann kamen wir mit jener Plötzlichkeit, die mir stets den Atem raubte, in eine ganz andere Welt. Eine ungezähmte Moorwildnis erstreckte sich vor uns. Geheimnisvolle Hügel schimmerten in der Ferne. Wir hatten die Schwelle zu Gower überquert.

«Swanseas Geheimnis – die Halbinsel Gower», sagte mein Vater auf walisisch, wobei er lächelte, und John, der seine Zweisprachigkeit zur Schau stellen wollte, gab eine rasche Antwort, die ich nicht verstand.

Wir fuhren weiter hinein in ein England jenseits von Wales, hinein in ein verborgenes Land, pastoral und idyllisch in der Sonne ausgebreitet. Nach dem Moorgebiet, das die Außenbezirke von Swansea umschloß, kamen schläfrige Felder zwischen englischen Heckenreihen, und schmale Feldwege schlängelten sich durch die Landschaft zu

Dörfern hin, die aussahen, als hätte man sie von weit jenseits der walisischen Grenzen herübergeholt. Wir hätten jetzt tausend Meilen von dem geschäftigen Swansea und tausend Jahre von dem industriellen Ödland der Bucht entfernt sein können.

«Wie friedlich das aussieht!» sagte John zu mir, doch kaum hatte er diese Worte ausgesprochen, mußte ich an Gowers gesetzlose Vergangenheit denken. Dies war ein Land, in dem das Gesetz des Königs so oft nichts gegolten hatte, ein Land, in dem Schmuggel, Strandräuberei und Piratentum, Mord und Vergewaltigung an der Tagesordnung gewesen waren. Mir schien es immer wie eine Ironie, daß wir bei unserer heutigen Zivilisiertheit solche Orte wie Gower als «romantisch» und «malerisch» betrachten können. Ich persönlich kann mir nichts Schrecklicheres vorstellen als in einem Land zu leben, in dem Gesetz und Ordnung keine Geltung haben und Gewalttätigkeit gang und gäbe ist.

Immer weiter fuhren wir durch das südliche Gower, einst Stützpunkt der Normannen, und jetzt erhob sich zu unserer Rechten Cefn Bryn, das Rückgrat von Gower, ein langer baumloser Landrücken unter dem blauen Himmel. Zu unserer Linken blitzte in der Ferne bei der Bucht von Oxwich das Meer auf, bisweilen verborgen, bisweilen freigegeben durch die Tore in den Hecken. Und voraus endlich, vielversprechend aufschimmernd und uns gleichsam in ein mythisches Reich hineinwinkend, kennzeichnete der Rücken der Rhossili Downs das Ende der Halbinsel und einen Ausblick, wie sich seiner meines Erachtens kein anderes Land in Europa rühmen konnte.

Vor den Downs bogen wir ab. Das Automobil fuhr schneller, als wir in die Gemeinde Penhale knatterten. Moorflächen, gesprenkelt mit wilden Ponies, erstreckten sich wieder vor uns, doch jetzt konnten wir schon die Bäume von Oxmoon sehen, und dann begrenzte die hohe Grundstücksmauer den Fahrweg zu unserer Rechten.

«Hurra!» rief John, als wir am Tor waren.

Oxmoon lag vor uns, das burleske kleine Oxmoon, eine Parodie des achtzehnten Jahrhunderts auf die klassische Architektur, wie sie Robert Adam berühmt gemacht hatte. Wir waren angelangt. Mein Vater stellte mit einem triumphierenden Ruck den Motor ab, und als der Lärm der Maschine erstarb, fühlte ich mich sogleich in besserer Stimmung. Wir waren mit geschlossenem Dach und bei geschlossenen Fenstern gefahren, um den Staub draußen zu halten, so daß uns die Luft wie eine köstliche Erfrischung umfing, als wir die Türen öffneten. Ich stieg aus, streckte meine langen Beine, die nicht für eine

Fünfzehnmeilenfahrt in Automobilen geschaffen waren, und atmete tief durch. Die Luft duftete nach frisch gemähtem Gras und Lavendel. Ich hörte die Lerchen singen, und plötzlich, einen kostbaren Augenblick lang, war ich wieder in meiner Kindheit zusammen mit Ginette, so daß ich, als ich mich umwandte, nicht das provinzielle kleine Landhaus vor mir sah, das es in Wirklichkeit war, sondern den Märchenpalast meiner Träume.

Meine Mutter öffnete die Eingangstür.

Sogleich war die Vergangenheit wie fortgeblasen, und ich fand mich mit all meinen höchst ambivalenten Gefühlen in einer höchst ungewissen Gegenwart. Eine undurchdringliche Maske Eltern gebührenden Respekts aufsetzend, rief ich voller Herzlichkeit aus: «Meine liebe Mama, wie herrlich, dich wiederzusehen!», und eilte die Stufen empor, um sie zu umarmen.

«Robert», sagte meine Mutter und sah mich ruhig an mit diesen blassen Augen, die zu weit und viel zuviel sahen, «willkommen zu Hause.»

7

Ich war in Oxmoon und wartete auf Ginette. Es war sieben Uhr am Abend meiner Ankunft, und ich kleidete mich zum Abendessen um. Noch fünfzehn Stunden.

Als ich fertig war, nahm ich mir die Zeit, meine ältesten Besitztümer zu betrachten, die, um mich herum auf Regalen angeordnet, eine stark nostalgische Atmosphäre ausstrahlten. Da waren die Silberpokale, die ich auf der Schule für gute Leistungen und sportliche Erfolge erhalten hatte. Da waren die Lieblingsbücher meiner Kindheit, die eselsohrige Ausgabe der Werke Robert Louis Stevensons, der zerfledderte *Eric*, der mitgenommene *Gefangene von Zenda*. Da waren die Photos aus der Schulzeit, die in gleichmäßigen Abständen über meinem Bett hingen, um mich an die Entwicklung vom steinern dreinblickenden kleinen Jungen zum arroganten jungen Mann zu erinnern. Warum hatte ich diese erstaunliche Sammlung von Belanglosigkeiten aufbewahrt? Ich konnte nur vermuten, daß ich trotz meiner wohlgeordneten Geisteshaltung einer der lästigsten Traditionen von Oxmoon zum Opfer gefallen war: alles wurde aufgehoben, nichts wurde weggeworfen.

Diskret hinter ein Kissen auf dem Fenstersessel gesteckt, fand ich sogar den Spielzeughund wieder, den ich als kleines Kind bekommen hatte, das weiße Wollfell jetzt stark abgewetzt und die Ohren altersschlaff. Zu meinem Erstaunen sah ich, daß man seinen Schwanz jüngst repariert hatte – entweder hatten wir zur Zeit ein übergeschnapptes Hausmädchen, oder meine Mutter hatte kürzlich unter einer solchen inneren Spannung gelebt, daß sie die Schlafzimmer nach Flickbarem durchstöbert hatte. Ich hob gerade den Hund behutsam an den Vorderpfoten hoch und erinnerte mich daran, wie ich geschrien hatte, weil Ginette ihn sich einmal aneignen wollte, als plötzlich die Tür aufflog und ein kleiner Eindringling im Nachthemd auf der Schwelle stand.

«Du wirst verlangt», sagte mein jüngster Bruder Thomas, und als er das Spielzeug in meinen Händen sah, setzte er hinzu: «Ich will diesen Hund haben. Ich hab' ihn letzte Woche genommen, aber Paps hat gesagt, ich müßte dich fragen, ob du nichts dagegen hast. Wir hatten sogar eine Rauferei deswegen, und dabei ist sein Schwanz abgegangen. Der von dem Hund, meine ich, nicht der von Papa. Na ja, Papa hat ja keinen Schwanz. Jedenfalls war's nicht schlimm, weil Mama ihn wieder angenäht hat. Kann ich ihn haben?»

«Nein. Wer verlangt nach mir?»

«Mama. Sie ist in ihrem Zimmer. Warum kann ich Dodo nicht haben?»

«Weil du nicht bitte gesagt und nicht angeklopft hast, bevor du hereingekommen bist. Jetzt lauf und lern, dich zu benehmen.»

«Ha!» sagte der Kleine, streckte mir die Zunge heraus und stürmte wütend in Richtung Kinderzimmer davon.

Es ist nicht ungewöhnlich, daß man in einer großen Familie einen Nachkömmling findet, den man auch «nachträglichen Einfall» nennt. Ein solcher nachträglicher Einfall wird, statt daß man ihn ignoriert, wie es dem jüngsten und unwichtigsten Mitglied einer Sippe zukommt, oft auf törichte Weise verwöhnt, bis er ganz falsche Vorstellungen von sich bekommt. Thomas war sechs, und die Vorstellung, die er von sich hatte, war so übertrieben, daß sie wahrscheinlich zum Überleben ebensoviel Sauerstoff brauchte wie die Besatzung des jüngsten rekordbrechenden Ballons

Wie er es fertiggebracht hatte, auf die Welt zu kommen, war mir ein Rätsel, und nicht einmal ein erfreuliches. Ich war sogar höchst beunruhigt gewesen, als ich – ich war damals Mitte Zwanzig – erfuhr, daß meine Mutter noch einmal ein Kind erwartete. Nicht daß ich es für unschicklich gehalten hätte, daß meine Mutter sich in vorgeschrittenem Alter noch einmal aufs Gebären verlegte – sie war damals erst zweiundvierzig, ein zwar ungewöhnliches, aber keinesfalls ausgefallenes Alter für eine Schwangerschaft. Nein, was mich beunruhigte, war der Umstand, daß mein Vater mir nicht ganz die Wahrheit gesagt zu haben schien, was sein Privatleben betraf.

Ich war einundzwanzig, als ich herausfand, daß er meiner Mutter untreu war. Es gab keine dramatische Szene. Mir war aufgefallen, daß er es sich zur Gewohnheit gemacht hatte, einmal im Monat nach London zu fahren und drei, vier Tage in seinem Club zu bleiben. Meine Mutter sagte, dies sei eine gute Idee, weil er dazu neige, zu Hause zuviel zu arbeiten, und jetzt, da er älter war, hielt sie es für wichtig, daß er gelegentlich fortging und einmal ausspannte. Ich dachte nicht weiter über diese vernünftig klingende Erklärung für seine Abwesenheit nach, doch eines Tages während der großen Ferien, als er und ich zusammen auf einem Ausritt unterwegs waren, fragte ich beiläufig: «Papa, was machst du eigentlich, wenn du in London bist?» Darauf antwortete er mit Bedauern, aber ohne Zögern. «Ich wußte, daß du mich das früher oder später fragen würdest, und ich habe mir vorgenommen, bei dieser Gelegenheit aufrichtig zu dir zu sein.»

Er sagte mir, er habe in Maida Vale eine Mätresse.

«Du hältst mich jetzt gewiß für einen Heuchler nach allem, was ich dir zu diesem Thema gesagt habe – daß man Freuden dieser Art der Ehe vorbehalten soll», fügte er hinzu. «Aber in dieser Beziehung haben sich meine Ansichten nicht geändert. Ich tue nicht gern, was ich da tue, und ich verlange von dir nicht, daß du mein Verhalten billigst. Ich bitte dich nur darum, daß du versuchst, mich zu verstehen und nicht vorschnell zu verurteilen.»

Er sagte, meine Mutter sei der intimen Seite der Ehe überdrüssig geworden, und dies könne nach so vielen Schwangerschaften kaum überraschen.

« . . . und ich mache ihr ganz gewiß keinen Vorwurf, wie könnte ich, sie ist die wundervollste Ehefrau der Welt, und ich bin der glücklichste Mann auf Erden und liebe sie von ganzem Herzen, wie du weißt. Aber . . . na ja, aus religiösen Gründen kommt für deine Mutter eine Empfängnisverhütung nicht in Frage, und Keuschheit ist eine Gabe, die ich nicht besitze, nicht im Alter von vierzig Jahren nach zwanzig Jahren harmonischen Ehelebens.»

Er fügte hinzu, meine Mutter selbst habe vorgeschlagen, er solle sich eine Mätresse nehmen.

«Sie sagte, es würde ihr nichts ausmachen, solange es eine rein geschäftliche Vereinbarung sei, die weit von zu Hause abgewickelt werde – sie sagte, es sei ihr sogar eine Erleichterung, weil sie mich auf keinen Fall unglücklich machen wolle. Ja . . . da dachten wir, London ist das beste. Nach Swansea wollte ich nicht gehen. Das konnte ich auch nicht. Mein Vater ist immer nach Swansea gegangen und ...» Er hielt inne. Wie gewöhnlich brachte er es nicht fertig, über seinen Vater zu sprechen, doch diesmal sah ich zu meinem Entsetzen, daß er einem Zusammenbruch nahe war. Tränen standen ihm in den Augen. Schnell versicherte ich ihm, daß ich seine Notlage völlig verstünde und an der Lösung, die er dafür gefunden habe, nichts auszusetzen hätte.

Das Gespräch war damit beendet, und ich sprach über das Thema erst wieder, als er mir sagte, es sei abermals ein Kind unterwegs.

«Aber Papa, du hattest mir doch gesagt, diese Seite eurer Ehe gebe es nicht mehr!»

Er lachte und sagte rasch: «Es war am Abend unserer Silberhochzeit – ein Ausnahmefall.»

«Aber du sagtest doch, Mutter –»

«Nun, sie hat sich jetzt vom Kinderkriegen erholt und will noch eine letzte Schwangerschaft haben.»

Ich war damals schon fertiger, aber noch unerfahrener Anwalt; erst später sagte mir mein professioneller Instinkt, daß mein Vater etwas zu verbergen hatte. Diese Tatsache allein war jedoch weder bemerkenswert noch ein Anlaß zur Beunruhigung, denn es gab keinen Grund, weshalb mein Vater mich über jede wichtige Einzelheit seines Privatlebens hätte unterrichten sollen, zumal jede Ehe eine sehr private Angelegenheit ist. Ich ahnte jedoch, daß mein Vater eine Art «Gewaltakt» vollbracht hatte, den ich nur als unheilvoll betrachten konnte: Ich argwöhnte, daß er Wahrheit und Erfindung mit dem Geschick eines ungewöhnlich begabten Lügners vermischt hatte.

Sobald ich mir dieses Urteil gebildet hatte, verwarf ich es wieder als lächerlich, aber Thomas erinnerte mich stets daran, und ich wußte, ich behandelte das Kind gröber, als ich es hätte tun dürfen. Indem ich mir vornahm, ihm den Spielzeughund mit allen guten Wünschen zu schenken, erinnerte ich mich der Botschaft, die er überbracht hatte. Es war wieder Kampfzeit in Oxmoon. Ich sah, mir über das Haar streichend, in den Spiegel, um mich eines makellosen Aussehens zu vergewissern, und brach zum Gefecht mit meiner Mutter auf.

8

«Hallo, Robert», sagte meine Mutter, kaum aufblickend, als ich das Zimmer betrat. Sie saß am Frisiertisch und suchte in einem ihrer Schmuckkästchen nach einem passenden Zierat für ihr unmodernes

Abendkleid. Als ich die Tür schloß, hatte sie sich gerade für ein mit Jett versehenes Stück entschieden, das sie an ihren üppigen Busen zu stecken begann. «Setz dich», fügte sie wie beiläufig hinzu und deutete mit dem Kopf auf den Armesünderstuhl.

Ich rückte den Stuhl an die Wand, so daß er wohl ihr zugekehrt, aber außer Reichweite des dreiteiligen Spiegels war. Dann legte ich Nonchalance an den Tag, indem ich mich setzte und die Beine übereinander schlug, doch sofort richtete sie den Spiegel so, daß aller Wahrscheinlichkeit zum Trotz mein Bild darin eingefangen war. Aufmerksam die Zimmerdecke betrachtend, wappnete ich mich mit Geduld und wünschte mich gleichzeitig weit weg.

Ich fragte mich nicht zum ersten Mal, ob sie meinem Vater wirklich gesagt hatte, er solle sich eine Mätresse nehmen, oder ob mein Vater diese großzügige Geste nur erfunden hatte, um das ehefrauliche Versagen zu beschönigen, das ihn anderswohin getrieben hatte. Zorn durchbohrte mich plötzlich. Ich spürte, daß sie meinen Vater unglücklich gemacht hatte, und wenn sie ihn zurückgewiesen hatte, dann konnte ich ihre Haltung nur widerwärtig finden.

Auch ging mir, während ich sie weiter beobachtete, durch den Sinn, daß ihre Zurückweisung einen Mangel nicht nur an Mitgefühl, sondern auch an Dankbarkeit offenbarte. Eine unscheinbare Frau in mittleren Jahren, die einen gutaussehenden, ihr ergebenen und im Leben erfolgreichen Gatten hatte, sollte sich doch gewiß bemüßigt fühlen, ihm in allem zu willfahren. Ich mußte daran denken, daß mein Vater nie ein Wort der Klage über ihre neureiche Herkunft und ihre gräßliche Verwandtschaft in Staffordshire geäußert hatte. Er hatte damals unter seinem Stand geheiratet, und obwohl sie ihren Midlandsakzent längst abgelegt hatte und ihre anstößigeren gesellschaftlichen Attribute durch ein erstaunliches Air von Eleganz glattgebügelt worden waren, konnte sie doch nie gesellschaftlich ebenbürtig sein. Die Ehe war in die Wege geleitet worden, um Oxmoon vor dem Bankrott zu retten. Wäre mein Vater älter gewesen und hätten seine Mutter und Owain Bryn-Davies nicht unbedingt sofort Geld gebraucht, hätte sich mein Vater gewiß anderenorts nach einer Gattin umgesehen.

Die Ehe hatte sich jedoch auf ihre Weise recht gut entwickelt, und meine Mutter besaß zweifellos viele Tugenden. Indem ich mich daran erinnerte, wie gern ich sie hatte, bemühte ich mich erneut, nachsichtig zu sein.

«Worüber wolltest du mit mir sprechen, Mama?» fragte ich, wobei ich wohl wußte, daß sie meinen Herzenszustand mit unfehlbarer Genauigkeit diagnostiziert und beschlossen hatte, mir von einer Heirat mit Ginette abzuraten.

«Nun, Robert», sagte meine Mutter, wieder in ihrem Schmuckkästchen wühlend, «ich dachte mir, wir sollten uns kurz unterhalten, ehe morgen Ginette eintrifft. Dein Vater hat mir von dem Gespräch erzählt, das ihr neulich in London hattet.»

«Ach ja», sagte ich, «ich dachte mir schon, du würdest vielleicht eine Klarstellung seines Berichts wünschen.»

Wir tauschten ein Lächeln.

«O nein, Robert», sagte meine Mutter. «Du hast, glaube ich, deinem Vater gesagt, daß du durchaus die Absicht hast, dich wie ein reifer, intelligenter Mensch zu benehmen. Du hättest deine Haltung nicht klarer ausdrücken können. Ich wollte dir nur versichern, daß ich gleich deinem Vater nur dein Glück wünsche, Robert. Ich wollte dich dessen nur versichern für den Fall, daß du irgendeinen Verdacht hegst, ich könnte vielleicht die Absicht haben, dich unglücklich zu machen.»

«Es sei fern von mir, Mama, zu argwöhnen, du könntest ein so niedriges Ziel verfolgen.»

Wir lachten beide höflich. Eine Pause. Ich wartete.

«Ich verabscheue so sehr», fuhr meine Mutter fort, während sie ein Paar Jett-Ohrringe aus dem Schmuckkästchen herausfischte, «verabscheue so sehr Mütter, die sich in das Leben ihrer erwachsenen Kinder einmischen, deshalb brauchst du keine Angst zu haben, daß ich das tue. Warum sollte ich auch? Du bist ein Mann von Welt. Du brauchst keine Mutter, die dich daran erinnert, was geschehen kann, wenn du eine Witwe von dreiunddreißig Jahren mit zwei heranwachsenden Söhnen und einer etwas ungewöhnlichen Vergangenheit heiratest. Auch braucht dir deine Mutter nicht zu sagen, was für dich viel besser wäre. Noch brauche ich dich darauf hinzuweisen, wie gefährlich es ist, von Illusionen auszugehen, die keinerlei Bezug zur Wirklichkeit haben – natürlich bist du dir bewußt, wie gefährlich es ist, eine Jünglingsschwärmerei ins erwachsene Leben hinüberzuschleppen. So habe ich also beschlossen, der Tatsache eingedenk, daß du ein äußerst vernunftbegabter Mensch bist, lieber Robert, und gründlich erfahren in den Dingen der Welt, überhaupt nichts zu dem Thema zu sagen und mich völlig zurückzuhalten im festen Vertrauen auf den letztlichen Triumph deines gesunden Menschenverstands.»

Wieder trat eine Pause ein. Als ich sicher war, mich beherrschen zu können, sagte ich: «Mama, es fällt mir schwer zu glauben, daß du nie Cicero gelesen hast. Einer seiner beliebtesten rednerischen Tricks bestand darin, daß er erklärte, ‹Ich werde von alledem nichts sagen›, um dann doch alles bis ins kleinste Detail anzuführen.» Ich stand auf und begab mich außer Reichweite des dreiteiligen Spiegels, dann setzte ich hinzu: «Du scheinst mich für einen völligen Narren zu halten.»

«Es ist eine traurige Wahrheit, Robert, daß selbst Männer von brillantem intellektuellen Format Fehler machen, wenn es um Herzensangelegenheiten geht. Nach meiner Erfahrung machen gerade solche Leute diesen Fehler.»

«Mich interessiert nicht, wie du über irgendeinen idiotischen Geisteszustand denkst, der, was mich betrifft, nur in billiger Literatur anzutreffen ist.»

«Oh, mein lieber Robert –»

«Entschuldige, Mama, aber dieses Geplänkel erschöpft meine Geduld!»

«Dann laß mich ganz offen reden.» Sie erhob sich vom Frisiertisch, trat ganz rasch zu mir, packte meine Schultern und drehte mich zu sich um. «Ganz frei heraus. Dein Vater glaubt dir, wenn du sagst, du hast Ginevra hinter dir – aber das hast du doch nicht, Robert, oder? Ich glaube, du mußt Ginevras Notlage zwangsläufig als eine Gelegenheit sehen, die Vergangenheit neu zu schreiben und jede Erinnerung an jene Zeit auszulöschen, als du gedemütigt wurdest. Du bist ein so kluger Mann, aber sehr kluge Männer sind bisweilen zu solch katastrophaler emotionaler Naivität fähig!»

«Warum bist du so sehr gegen Ginette?»

«Als sie vor fünf Jahren in Oxmoon war, hatte ich Gelegenheit, mir ein Bild von ihr zu machen, und da sah ich genau, was für eine Frau aus ihr geworden war.»

«Einer schönen Frau fällt es immer schwer, die Billigung einer Geschlechtsgenossin zu finden –»

«Oh, mißversteh mich nicht! Ich verurteile sie nicht deswegen, weil sie die Art von Frau ist, die ihrem Mann bei jeder Gelegenheit untreu werden könnte – solche Frauen bringen oft recht gut funktionierende Ehen zuwege. Nein, ich möchte sie nicht als Gattin für dich haben, weil ich sie für eine Frau mit allen möglichen Komplexen halte, mit denen du nie fertig werden würdest.»

«Mama –»

«Weißt du, ich kenne dich, Robert. Ich kenne dich besser, als du dich selbst kennst. Du bist wie ich. Im Grunde deines Herzens sind deine gefühlsmäßigen Vorstellungen recht einfach.»

«Vielen Dank, Mama, aber über die gefühlsmäßigen Vorstellungen im Grunde meines Herzens kann ich wohl selbst am besten urteilen. Und wenn du glaubst, ich sei wie du, dann kann ich nur sagen, ich sehe da keinerlei Ähnlichkeit.»

Ein Schweigen. Einen Augenblick lang standen wir da, dicht beieinander, und sahen uns an. Dann hielt sie sich die Hände vors Gesicht und wandte sich ab.

«Mama –» Ich wurde mir sofort meiner grausamen Worte bewußt. «Bitte, verzeih, ich –»

«Es war mein Fehler», sagte sie ganz ruhig, ließ die Hände sinken und begab sich wieder zum Frisiertisch. «Ich hätte mich nicht einmischen sollen.»

«Ich habe die größte Achtung vor dir, Mama –»

«O ja», sagte sie trocken. «Die größte Achtung. Wie nett.» Sie fand einen Granatring, schob ihn sich über einen Finger und klappte das Schmuckkästchen zu.

«Ich habe immer die größte Zuneigung zu dir empfunden –»

«Gewiß.» Sie reagierte nicht, als ich mich hinunterbeugte, um ihre Wange mit meinen Lippen zu berühren. Ich hatte den flüchtigen Eindruck von Eau-de-Cologne und Zorn. Ihre rundliche Wange war kalt. Als sie unvermittelt sagte: «Sollten wir nicht lieber hinuntergehen?» bemühte ich mich nicht, sie zurückzuhalten, und nachdem ich ihr mit förmlicher Höflichkeitsgeste die Tür aufgehalten hatte, folgte ich ihr schweigend aus dem Zimmer.

9

Ich fand in dieser Nacht keinen Schlaf und erinnerte mich dessen, was meine Mutter über Ginettes mangelnde Fähigkeit zu ehelicher Treue gesagt hatte.

In der guten alten Jugendzeit war Ginette für ihre Treue bekannt gewesen. Ich erinnerte mich, wie sie im Kinderzimmer zu mir gehalten hatte, wie sie mir, als ich auf der Schule war, jede Woche geschrieben hatte und sogar nach ihrer Eheschließung mit mir in Verbindung geblieben war, als ein weniger treuer Freund die Beziehung schon längst aufgegeben haben würde.

Stellte ich auch ihre Fähigkeit zu treuer Freundschaft nicht in Frage, so wußte ich doch wohl, daß sexuelle Treue ein Spiel mit anderen Regeln war. Freundschaft konnte fürs Leben sein, aber Liebe war oft vergänglich, und eine Ehe war gegen das Auf und Ab des Verlangens keineswegs immun. Würde ich Ginette vorwerfen, daß sie Kinsella untreu gewesen war? Nein, natürlich nicht. Ein Mann wie Kinsella hatte eine untreue Frau verdient. Aber ich war nicht Conor Kinsella, und meine Ehe würde nach anderen Spielregeln ablaufen.

Nicht nur würde ich Ginette keinen Grund zur Untreue geben, ich würde ihr auch von vornherein klarmachen, daß sie sich so zu benehmen hatte, wie man das von einer Ehefrau erwartete. Frauen muß man, wie Dienstboten, sagen, was sie zu tun haben; sie lieben die feste, führende Hand, und deshalb bin ich auch weiterhin gegen das Stimmrecht für Frauen. In Wirklichkeit würde es den Frauen nicht die Unabhängigkeit geben. Es würde bedeuten, daß alle erfahrenen Ehegatten, Geliebten, Väter und Brüder zwei Stimmen statt einer hätten. Die Talente der Frau sind auf das Führen eines Haushalts und die Erziehung von Kindern beschränkt. Man kann von einer Frau genausowenig erwarten, daß sie geistige Unabhängigkeit durch eine kluge Stimmabgabe zeigt, wie damit zu rechnen ist, daß sie im Unterhaus bei einer wichtigen Frage mit unbarmherzigem rednerischen Geschick einen Standpunkt vertritt.

Ich dachte daran, daß meine Mutter mich an Cicero, den größten Redner aller Zeiten, erinnert hatte.

Doch das untermauerte nur meinen Standpunkt. Meine Mutter hatte nie etwas anderes im Sinn gehabt als einen Haushalt zu führen und Kinder zu erziehen. Meine Mutter war eine kluge Frau, möglicherweise die klügste Frau, der ich begegnet war, und sie hatte keinerlei Interesse am Frauenstimmrecht.

Als ich schließlich doch einschlief, war es lange nach Mitternacht, aber um sechs Uhr war ich schon wach und stellte mir Ginette vor, wie sie in ihrer Kabine auf dem Dampfer schlief, der sie während der Nacht von Dublin nach Swansea herüberbrachte. War sie aufgeregt? Sie war aufgeregt gewesen bei ihrem Besuch vor fünf Jahren, wenn sie dies auch hinter einer Maske der Überschwenglichkeit zu verbergen versucht hatte.

«Robert, Darling, wie himmlisch, dich wiederzusehen – gib mir einen göttlichen platonischen Kuß zur Feier unserer ewigen Freundschaft!»

Ich erschauerte bei der Erinnerung und fragte mich, wie ich die unvermeidliche sexuelle Frustration überleben sollte, die mir bevorstand. Sie selbst würde geschützt sein durch ihre Rolle als trauernde Witwe, aber was sollte aus mir werden, wenn sie sich die Augen mit einem schwarzen Spitzentaschentuch betupfte und es fertigbrachte, dabei verführerisch verhärmt auszusehen?

Ich stöhnte, knirschte mit den Zähnen und begann mir eine lässige Willkommensrede auszudenken.

10

Vier Stunden später wartete ich auf Ginettes unmittelbar bevorstehende Ankunft. Ich hatte mich unter einem Vorwand von dem Menschengewimmel in der Halle entfernt und stand regungslos im Treppenhaus am Fenster über der Auffahrt. Während ich mir nervös eine Zigarette anzündete, fragte ich mich, was ich mit der Asche machen sollte, aber zum Schluß war ich in einem solchen Zustand, daß ich sie einfach fallen ließ.

Verschiedene alberne Bemerkungen drangen von unten herauf.

«Stellen wir uns alle für eine Photographie auf!» rief Celia atemlos.

«Celia, gib mir deine Kamera!» Das war der Kleine, vorlaut wie üblich.

«Nein, Thomas – NEIN, THOMAS – o Mama, sag doch, er soll –»

«Edmund», sagte John, der die Intelligenz besaß, inmitten dieser Hysterie die Ruhe zu bewahren, «wie wär's mit einer kleinen Partie Billard? Wahrscheinlich hat der Dampfer Verspätung gehabt.»

«Aber wenn er doch pünktlich war?» Edmund, obwohl jetzt schon neunzehn, litt an einer konstitutionellen Entscheidungsschwäche.

«Ich glaube, sie kommt jetzt jede Minute», sagte Lion, «und wenn ihr ins Billardzimmer geht, seid ihr nicht da. Gott, ist das aufregend! Ich stelle mir dieses herrliche Wesen vor, ganz in Schwarz und ungeheuer elegant –»

«Psst! Da kommt Mama.»

«Jungens, habt ihr Robert irgendwo gesehen?»

«Nein, er hat sich zurückgezogen, um irgendwo anders wundervoll zu sein, Gott sei Dank», sagte Lion, damit offenbarend, daß er weniger respektvoll über mich sprach, wenn er glaubte, ich sei nicht anwesend.

«Sei still, Lionel. Nein, Thomas, du kannst Celias Kamera *nicht* haben. Edmund –»

«Da ist der Wagen!»

«SIE KOMMT!»

«Schnell, schnell, schnell –»

«Papa – komm, Papa, der Wagen ist da!»

«Alles vor die Tür –»

«Komm, Celia –»

«Komm, Edmund –»

«KOMMEN, ALLE MITEINANDER!»

Lautes Fußgetrampel unter mir. Ich hatte inzwischen die Zigarette fallen lassen, und nachdem ich sie unverzeihlicherweise mit dem

Absatz ausgedrückt hatte, versteckte ich mich hinter dem Vorhang, während der Talbot meines Vaters die trauernde Witwe in angemessenem Leichenzugtempo zu den Stufen der Auffahrt beförderte.

«Hurra!»

«Willkommen, Ginevra!»

«Ruhig, Jungen, etwas weniger Lärm und etwas mehr schickliches Benehmen – ihr wißt doch, sie ist in Trauer.»

Meine Brüder verstummten gehorsam, doch als das Automobil anhielt, stürzten sie los, um einen Blick auf den Fahrgast zu erhaschen. Für mich war es unmöglich und für die anderen wahrscheinlich schwierig, sie einigermaßen deutlich zu erkennen. Der weiße Staub der Fahrwege von Gower hatte wieder einmal einen bleichen Schleier über die Fenster gezogen.

«Ginevra!» rief Lion, übers ganze Gesicht strahlend, während er die Wagentür weit aufriß, doch im nächsten Augenblick blieb ihm vor Verblüffung der Mund offen stehen. Alle schienen die Luft anzuhalten. Mein Vater war plötzlich erstarrt. Meine Mutter stand wie im Boden verwurzelt da.

Offensichtlich erweckte unsere Besucherin einen lähmenden Eindruck, doch da ich nur das Dach des Automobils sehen konnte, wußte ich nicht, was sich unten tat. Ich riß das Fenster auf, so weit es ging, damit ich mich über den Sims lehnen konnte, und genau in diesem Augenblick begann sie dem Automobil zu entsteigen. Da begriff ich. Sowie ich sie sah, hielt auch ich die Luft an, denn sie trug keine Trauerkleidung. Das Bild von der Witwe in Schwarz war im Nu in Stücke zersprungen.

«Darlings!» rief Ginette, in ein herrliches türkisfarbenes Reisekostüm gekleidet, mit einer Orchidee am Revers. «Wie wunderbar schön, euch alle wiederzusehen!» Und da alle sie weiterhin entgeistert anstarrten, blickte sie beiläufig nach oben und sah mich vom Fenster des Treppenhauses eingerahmt stehen.

Eine große Ruhe senkte sich auf ihr Gesicht herab, doch schon im nächsten Augenblick warf sie mir lächelnd eine Kußhand hinauf. «O Gott, Darling!» rief sie volltönend. «Genau wie Romeo und Julia, nur umgekehrt – alles, was du brauchst, ist ein Balkon! Was machst du da oben?»

«Ich war auf dem Weg in den Garten, um dir ein paar Erdbeeren zu pflücken!» sagte ich lachend, und sogleich sah ich die Vergangenheit in ihren leuchtenden dunklen Augen eingefangen.

Drittes Kapitel

I

Wir tranken Champagner im Wohnzimmer, einem großen Raum, den Robert Godwin der Erneuerer einen Salon genannt und mit Möbeln aus dem achtzehnten Jahrhundert angefüllt hatte. Leider befand sich diese elegante Kollektion jetzt unter Schutzüberzügen auf dem Dachboden, denn meine Eltern, deren ästhetischen Geschmack man, sehr freundlich formuliert, als eklektisch bezeichnen konnte, hatten sich schon sehr früh dafür entschieden, die Empfangsräume von Oxmoon mit wuchtigen Sesseln, behäbigen Sofas und einem erstaunlichen Dschungel von Krimskrams vollzustellen.

Oxmoon war bekannt dafür, daß es dort bei passender Gelegenheit Champagner gab. Champagner war das einzige alkoholische Getränk, das mein Vater sich selbst gestattete; er trank zwei Gläser, gelegentlich, sehr selten, noch ein drittes. Nun, da er älter war, bewunderte ich seine Enthaltsamkeit um so mehr, als seine Freunde unter dem Gowerschen Landadel allesamt eifrig dem Alkohol zusprachen und ich aus Erfahrung wußte, wie schwer es einem fällt, in solcher Gesellschaft nicht entsprechend mitzuhalten.

Bei dieser besonderen Familienfeier gestattete sich mein Vater das dritte Glas Champagner. Meine Mutter, einer Gewohnheit treu, von der sie nie abwich, trank zwei Gläser mit Genuß, lehnte aber jeden weiteren Schluck ab. Lion nutzte die Gelegenheit, um zusammen mit meinem Vater ein drittes Glas zu trinken. John folgte dem Beispiel meiner Mutter, um zu zeigen, wie gut er darin war, Grenzen zu ziehen, und Edmund konnte sich wie gewöhnlich nicht entscheiden und wußte nicht, ob er weitertrinken oder aufhören sollte. Celia, der Alkohol leicht zu Kopf stieg, nippte noch immer vorsichtig an ihrem ersten Glas, während ich, der ich normalerweise soviel vertrug wie jeder andere, mit ihr Schritt hielt. Es gehört zu den Idiosynkrasien meiner Konstitution, daß unter großer innerer Anspannung meine Gefühle durch den Genuß von Alkohol nicht gedämpft, sondern verschärft werden.

Inzwischen trank Ginette inmitten dieser überlegten Mäßigung den Champagner wie Limonade. Indes die Feier fortschritt, warfen wir alle meiner Mutter verstohlene Blicke zu, um zu sehen, wie sie auf dieses weitere, einer trauernden Witwe gar nicht anstehende Verhalten wohl reagierte, und obwohl meine Mutter weiterhin abgeklärt lächelte, nahm die Spannung doch ständig zu. Ich fragte mich gerade, wie ich eine sich anbahnende Katastrophe abwenden könnte, als Ginette plötzlich den Rest ihres vierten Glases Champagner hinuntergoß und rasch zu meiner Mutter sagte:

«Margaret, du mußt entsetzt sein, bitte, verzeih mir, aber ich mußte einfach etwas Rebellisches tun, so wie ich in Irland behandelt wurde – jeder tat so, als sei mein Leben zu Ende, und da habe ich es plötzlich nicht mehr ausgehalten, und sowie ich auf dem Dampfer war, hätte ich am liebsten meine ganze Trauerkleidung ins Meer geworfen –» Sie hielt inne. Offensichtlich war sie einem Zusammenbruch nahe.

«Auch deine Hüte?» warf ich sofort ein.

«O Robert, du weißt doch, wie ich mit Hüten bin!» sagte sie und lachte unter Tränen. «Selbst die schwarzen sind viel zu aufregend, um sie über Bord zu werfen!»

«An dir würde jeder Hut aufregend aussehen!» sagte Lion schalkhaft.

«Ach, Lion, wie süß von dir!»

«Wo hast du diese unglaublich vulgären Orchideen her?» fragte ich, um diesem Austausch von Komplimenten ein Ende zu machen.

«Der arme Williams mußte meinetwegen die Hauptstraßen von Swansea hinauf und hinunter fahren, bis wir endlich diesen großen Blumenladen beim Metropole fanden. Kein Wunder, daß ich mich dann verspätet habe!» Sie hatte sich wieder gefaßt, und ihre Hand griff automatisch nach dem Glas.

«Orchideen und Champagner!» sagte mein Vater, dessen Haltung sich unter dem Einfluß des Alkohols ein wenig lockerte. «Gute Freunde – frohe Gesellschaft – Lachen – Glück! Ja, das verschreibe ich jedem, der sich von schlimmen Zeiten erholen muß – und wir wissen alle, was das ist, sich von schlimmen Zeiten zu erholen, nicht wahr, Margaret?»

«Ja, Robert», sagte meine Mutter.

«Ginevra», sagte mein Vater, «ich bestehe darauf, daß du mir gestattest, dir ein Rezept zu verschreiben – ich schlage eine kleine Dinnerparty für vierundzwanzig Personen so bald wie möglich vor!»

Im allgemeinen Beifall begehrte Celia auf. «Aber Papa, ich glaube nicht, daß Ginevra im Augenblick schon mit anderen Leuten zusammenkommen möchte!» Sie warf meiner Mutter einen beunruhigten Blick zu.

«Und was würden die Nachbarn denken?» meinte John, so sehr

bemüht, das zu tun, «was sich gehört», daß es ihm nicht gelang, eine beklagenswert bürgerliche Einstellung zu unterdrücken.

«Ach, die verdammten Nachbarn!» rief Ginette aus, und in der vollkommenen Stille, die daraufhin eintrat, nahm ich überdeutlich wahr, daß meine Mutter den Granatring an ihrem Finger zurechtrückte.

Ginette errötete, und in dem entsetzten Blick, den sie mir zuwarf, las ich einen verzweifelten Hilferuf, aber ich war schon zu ihr getreten und sagte ganz beiläufig: «Ich nehme an, in New York sagen Frauen bei jeder Gelegenheit ‹verdammt›, nicht wahr? ‹Autre pays, autres mœurs.›»

«Deine französische Aussprache könnte besser sein, Robert», sagte John, der mir damit geistesgegenwärtig half, das Gespräch in ruhigeres Fahrwasser zu steuern, aber Ginette wollte uns einfach nicht erlauben, die Klippe zu umschiffen.

«Margaret, es tut mir so leid – bitte, entschuldige – das war schrecklich vulgär und geschmacklos –» Sie war verzweifelt.

Meine Mutter ging nicht auf diese Worte ein, sondern sagte ganz ruhig zu meinem Vater: «Ich glaube, eine kleine Dinnerparty wäre ganz angebracht, vorausgesetzt, wir laden nur unsere ältesten Freunde ein. Und es muß eine ruhige Party sein. Kein Champagner; ich glaube, Champagner würde in Anbetracht der Umstände zu exzentrisch wirken.»

«Völlig richtig», sagte mein Vater folgsam. «Ein guter Rotwein – vielleicht noch ein Schluck Weißwein zwischendrin – aber kein Champagner.»

«Und natürlich», sagte meine Mutter zu Celia, «müssen du und ich Schwarz tragen in Anbetracht der Tatsache, daß es in der Familie einen Trauerfall gegeben hat.»

«Ja, Mama», sagte Celia.

«Teuerste Ginevra», sagte meine Mutter, mit einem Lächeln kaschierend, wie unerbittlich sie ihre Macht ausübte, «du mußt uns für schrecklich provinziell und altmodisch halten, aber wir sind hier so weit von einer modernen Stadt wie New York entfernt! Ich hoffe, du verstehst.»

«Ja, Margaret», sagte Ginevra. «Gewiß.» Sie umklammerte ihr Glas so fest, daß ich glaubte, der Stiel müsse brechen.

«Natürlich», fuhr meine Mutter fort, «denke ich keineswegs daran, dir Kleidervorschriften zu machen. Ich habe volles Vertrauen, daß du sowohl würdig wie reizend aussehen wirst, wenn Gäste anwesend sind.»

«Ja, Margaret.» Ihre Hand zitterte, als sie das Glas absetzte. Sie erhob sich etwas unbeholfen. «Ich muß jetzt nach oben gehen und auspacken – alle meine schwarzen Kleider werden gebügelt werden müssen – vielleicht könnte das Hausmädchen –»

«Ich schicke es dir sofort hinauf», sagte meine Mutter, ihren Sieg mit einem einzigen knappen Satz besiegelnd.

«Ich komme mit und helfe dir, Ginevra», sagte Celia, und alle standen auf. Lion, John und Edmund versuchten in einem Überschwang von Ritterlichkeit die Tür aufzuhalten, und es gab großes Gelächter, als sie zusammenstießen. Die Frauen gingen hinaus. Mein Vater sagte. «Wer meldet sich freiwillig zum Übermitteln der Einladungen zum Dinner? Die Zeit ist knapp, da Robert schon am Montag wieder nach London zurückfährt. Die Party muß also morgen abend stattfinden.»

Man sprach darüber, wie schnell die Einladungen zugestellt werden konnten, aber ich hörte nicht mehr zu, sondern öffnete die Tür zum Garten und schlüpfte hinaus auf die Terrasse, und im nächsten Augenblick war ich über den Rasen entflohen.

2

Ich schritt an den frisch gestrichenen Krockettoren vorüber, um den Tennisrasen herum und hielt am Waldrand bei dem Gartenhäuschen inne, einem aus zwei Räumen bestehenden kleinen Bauwerk, das mein Großvater Robert Godwin der Trinker aus einer Laune heraus hatte errichten lassen in den Tagen, ehe seine unglückliche Leidenschaft seine Frau dazu getrieben hatte, bei ihrem Schafzüchter, Owain Bryn-Davies, Trost zu suchen. In der offenen Tür drehte ich mich um und warf einen Blick zurück auf das Erbe, das sein Sohn gewissermaßen aus dem Grabe hatte wiederauferstehen lassen.

Oxmoon hatte ursprünglich Oxton-de-Mohun geheißen, was in freier Übersetzung der drei daran beteiligten Erobererspachen soviel hieß wie «die Niederlassung am Wasser, die Humphrey de Mohun gehört». Von den drei fremden Völkern, welche die Halbinsel heimsuchten, hatten die Wikinger, die mit ihren Langschiffen die Küsten unsicher machten, wahrscheinlich die geringsten Spuren hinterlassen, die Sachsen, die von Nord-Devon aus Handel trieben, hatten einen ständigen Einfluß auf die einheimischen Kelten ausgeübt, und die Normannen hatten sich dann mit ihrer üblichen brutalen Tüchtigkeit an die Macht gebracht.

Humphrey de Mohun, ein normannischer Heerführer des zwölften

Jahrhunderts, hatte die Verwaltung seines Besitzes in Gower einem sächsischen Söldner namens Godwin of Hartland übertragen. Hartland ist die zu Devon gehörende Halbinsel, die südlich von Gower jenseits des Bristolkanals liegt, und im englischsprachigen Süd-Gower – genannt «Englishry» zur Unterscheidung von der «Welshery», dem walisischsprachigen Nordosten – ist Devon reflektiert wie ein Spiegelbild, ein wenig verzerrt, aber deutlich erkennbar, das Ergebnis einer jahrhundertelangen Verbindung zwischen Wales und England über die stark befahrenen Wasser des Kanals hinweg.

Godwin setzte den Schlußpunkt unter eine erfolgreiche Laufbahn, als er de Mohuns jüngere Tochter heiratete. Bei de Mohuns Tod erbte die ältere Tochter die großen Ländereien ihres Vaters in den walisischen Marschen, während die jüngere Tochter den Besitz in Gower erhielt, zu dem auch der befestigte Turm in den Wäldern unterhalb von Penhale Down gehörte. Finanziell und gesellschaftlich war Godwin ein gemachter Mann – er gab seinem Sohn den normannischen Namen Robert und wurde normannischer als die Normannen.

Der Normannenturm blieb Heimstatt der Godwins bis ins fünfzehnte Jahrhundert, als der damalige Robert Godwin versuchte, die Schlacht von Bosworth dadurch zu feiern, daß er ein von einem Wassergraben umgebenes Manor baute, doch nachdem dieses Bauwerk von Leuten der Gegenpartei aus Llangennith dem Erdboden gleichgemacht worden war, zog er sich in das Normannenschloß seiner Ahnen zurück. Im siebzehnten Jahrhundert machte der Herr von Oxmoon den Versuch, an der Stelle des Manor aus der Tudorzeit einen Landsitz im Stil der Zeit Jacobs I. zu errichten, gab das Unterfangen aber auf, als ersichtlich wurde, daß es eine Katastrophe werden würde. Der Gründer des modernen Oxmoon jedoch, Robert Godwin der Erneuerer, glaubte diese unvollendete Monstrosität ausbauen und ihr ein neues Gesicht geben zu können. Er war auf einer für das achtzehnte Jahrhundert typischen Europareise in Italien Robert Adam begegnet und wurde später mit den Architekten aus der Familie Wyatt bekannt. Die Inspiration ließ nicht auf sich warten, und in der Bibliothek ist einer seiner Briefe aufbewahrt, in dem er die Absicht verkündet, Oxmoon zum großartigsten Haus von Wales zu machen.

Eine höchst idiosynkratische Vision von klassischer Architektur wurde so geboren, die rustikale Ausführung eines prachtvollen Traums. Der Portikus geriet zu groß, die Fenster waren eine Spur zu schmal, Giebel und Schornsteine zeigten sich an unerwarteten Stellen.

War es auch nicht das großartigste Haus von Wales, so muß es doch eines der ungewöhnlichsten gewesen sein; besonders in Süd-Wales sind solche Häuser dünn gesät.

Damit war der Wiederaufbau von Oxmoon beendet, wenn später auch noch einige Anbauten und Nebengebäude folgten. Robert Godwin der Wüstling fügte während der Regentschaftszeit nach einem Besuch in Bath den Ballsaal an und experimentierte mit einer Orangerie, die einstürzte. Mein Großvater Robert Godwin der Trinker restaurierte sie später, ehe er sich an dem Gartenhaus versuchte.

Das Ergebnis dieses Jahrhunderte umspannenden idealistischen Strebens, Kultur in das einst so entlegene und gesetzlose Stück Land zu bringen, lag nun vor meinen Blicken. Trotz der kleinen, aus der Ferne weniger ins Auge fallenden Schönheitsfehler war das Haus zumindest einigermaßen gut proportioniert. Es hatte keinen Keller, aber zwei Stockwerke und ein Dachgeschoß. Wilder Wein, der sich an Wänden hochrankte, die hätten frei bleiben sollen, verlieh ihm eine unorthodoxe, behagliche Note, und dieses Unorthodoxe wurde noch durch den Ballsaal betont, einen verblüffenden Auswuchs aus der georgianischen Symmetrie heraus, der aussah, als hätte der Architekt während eines schicksalhaften Besuches des Pavillons in Brighton zu viele Schauerromane der Mrs. Radcliffe gelesen. Für einen gewissen konventionellen Ausgleich sorgte die andere Seite des Hauses, wo der Küchenflügel Hofräume bildete, in deren Bereich die Dienstbotenunterkünfte, die Stallungen, der Wirtschaftshof, der Holzhof, der Gemüsegarten und die Orangerie gelegen waren, in der nichts wachsen wollte außer kümmerlichen Trauben. Provinziell und behaglich sah das Oxmoon des zwanzigsten Jahrhunderts seinen zukünftigen Herrn über den gepflegten Rasen des achtzehnten Jahrhunderts hinweg an und leuchtete verlockend im heißen Licht des Mittags.

Ich fühlte Frieden in mir.

Aber gerade dieser Frieden, der mir so unvertraut war, erinnerte mich an meine schwierigen Probleme. Um sie aus meinen Gedanken zu verscheuchen, suchte ich den besänftigenden Schatten des Waldes auf, doch bei dem verfallenen Normannenturm machte ich halt. Ein Pfad führte mich aus den Bäumen heraus zur anderen Seite des Tennisrasens, und als ich den Lavendelweg entlangschlenderte, wurde ich mir bewußt, daß ich auf das ummauerte Rechteck des Gemüsegartens zuhielt.

Das meiste Obst wuchs am hinteren Ende, wo ein alter Obstgarten war, aber hier in meiner Nähe waren die Erdbeerbeete mit ihrem vertrauten verführerischen Duft. Ich blieb stehen. Meine Sinne schärften sich. Ich hatte das Gefühl, daß nichts sich verändert hatte – trotz der Tatsache, daß alles sich verändert hatte. Ich hatte das Gefühl, die Zeit war stillgestanden – und wußte doch, daß sie unerbittlich weitergegangen war. Ich bückte mich impulsiv und pflückte eine Erdbeere unter den Blättern heraus, und dann, als die Vergangenheit sich wiederholte, indem sie sich vor die Gegenwart schob, wußte ich sofort, ohne aufzublicken, daß Ginette sich mir abermals auf dem Pfad näherte.

3

«Robert.»

Sie trug jetzt einen einfachen schwarzen Rock und eine kunstvoll gearbeitete schwarze Bluse, die am Hals eine Perlenkette freigab. Sie hatte in Türkis und mit Orchideen schon bezaubernd ausgesehen, aber in schlichtem Schwarz und dezentem Schmuck war sie unbeschreiblich hinreißend. Ich mußte lächeln, als ich bemerkte, wie mühelos – und zweifellos unbewußt – sie meine Mutter mit ihrer verschleierten Forderung nach Schicklichkeit überlistet hatte.

«Du hättest dir von meiner Mutter in Sachen Kleidung nichts vorschreiben lassen sollen», sagte ich und hielt ihr die Erdbeere in meiner Hand hin.

«Weißt du, jedesmal wenn Margaret den Mund auftut und ‹teuerste Ginevra› sagt, bin ich nur noch eine verstörte, vor Schrecken zitternde Masse! Gott, diese Erdbeere ist ja köstlich. Erinnerst du dich –»

«Lebhaft.»

«– wie wir damals so viele aßen, bis uns schlecht wurde, und Margaret uns zur Strafe auf Wasser und Brot setzte –»

«Sind eigentlich alle Kinder so gedankenlos mit Essen beschäftigt?»

«Natürlich! Essen ist die erste der großen sinnlichen Freuden des Lebens, wenn natürlich Kinder auch glauben, Helden und Heldinnen dürften überhaupt nicht sinnlich sein. Weißt du noch, daß du einmal gesagt hast, du wolltest ein Held werden?»

«Ich erinnere mich, ich äußerte beträchtliche Zweifel daran, daß aus dir je eine Heldin würde.»

«Ich nehme an, das hängt alles davon ab, wie man Helden und Heldinnen definiert, oder? Ich bin zu dem Schluß gekommen, daß sie unheldische Leute sind, die umherstolzieren und in schreckliche Sachen hinein- und wieder herausgeraten und irgendwie überleben, ohne verrückt zu werden. Oh, ich bin eine Heldin geworden, Robert! Aber die Frage ist, was ist aus dir geworden? Wer bist du jetzt? Bist du noch da?»

Ich wußte sofort, was sie meinte. «Ja», sagte ich. «Ich bin noch hier.»

«Gott sei Dank. Du hast mich erschreckt, als ich ankam. Ich habe nur einen achtunggebietenden Fremden gesehen, umgeben von sehr viel Glanz.» Sie bückte sich und pflückte noch eine Erdbeere. «Darling, führ mich um Gottes willen von hier fort, sonst kriege ich noch überall Flecken.»

Wir lächelten uns an. Unsere Hände verschränkten sich. Wir sagten kein Wort mehr, sondern schritten langsam weiter, und um uns her glitten Vergangenheit und Gegenwart immer wieder ineinander und wechselten sich ab wie in einem Kaleidoskop, das man ständig schüttelt. Bienen summten träge am Lavendelweg, und als wir uns dem Tennisrasen näherten, wurde der Lavendelgeruch wieder vom Duft frisch gemähten Grases abgelöst, der uns in der klaren Sommerluft entgegenwehte.

«Ich höre die Lerchen singen», sagte Ginette unvermittelt.

«Oxmoon redux.»

«Was heißt das?»

«Die wiedereingefangene Vergangenheit.»

Wir gelangten an das Gartenhäuschen und drehten uns zusammen um und blickten über den Rasen zurück.

«Oxmoon!» sagte Ginette, und während ihr Tränen in die Augen traten, setzte sie mit schwankender Stimme hinzu: «Ich hab's geschafft. Ich bin heimgekommen.»

Ich gab ihr mein Taschentuch und rückte ihr einen der Korbstühle hin. Als ich mich zu ihr setzte, flüsterte sie: «Ich habe ihn wirklich geliebt.»

«Ja.» Ich betrachtete die sanfte Kurve ihres Nackens unter dem kastanienbraunen Haar. «Das habe ich gesehen, als du achtzehn warst, und vor fünf Jahren habe ich es gesehen, als du achtundzwanzig warst. Warum sollte ich jetzt an deiner Liebe zweifeln?»

«Weil ich mich benehme, als wäre ich außer mir vor Erleichterung. Aber ich bin auch außer mir vor Kummer und Schmerz – es ist schwer zu erklären, ich bin in einem solchen Durcheinander, Robert, Robert, warum muß ich immer in ein solches Chaos geraten?»

«Du brauchst jemanden, der dir zeigt, wie du dich zurechtfinden kannst. Gestatte, daß ich dir meine Dienste anbiete, indem ich versuche, dieses Mysterium zu beseitigen, das dich umgibt wie ein Nebel – niemand kann sich zurechtfinden, solange er in Mysterien schwelgt. Wie ist er gestorben?»

«Er wurde erschossen.»

«Was? Und wie?»

«Mit einer Pistole.»

«Oh, stell dich nicht so dumm, Ginette! Ich meinte, wie ist das passiert?»

«Oh, so etwas passiert recht häufig in New York. Ich habe diese Stadt zum Schluß gehaßt, aber anfangs habe ich sie geliebt. Es war die Stadt meiner Jugend, der Ort, wo alle meine Träume wahr wurden –»

«Sehen wir mal von Sentimentalitäten ab. Halten wir uns an eine ordentliche Schilderung der Ereignisse. Wie kam es, daß er erschossen wurde?»

«O Gott, das weiß ich nicht, wie sollte ich das wissen, ich nehme an, er hat wegen seiner Spielschulden mit den Sizilianern Ärger bekommen, einige seiner irischen Freunde meinten, es sei besser, wenn ich sofort das Land verlasse –»

«Aber das ist ja barbarisch. Soll das heißen –»

«O ja, es war barbarisch, es war die Hölle, es war unfaßbar gräßlich, ich frage mich, warum ich nicht vor Schock und Entsetzen tot bin –»

«Erzähl mir genau, was passiert ist.»

«Er wurde auf dem Bürgersteig vor unserem Wohnblock erschossen. Wir kamen aus dem Theater. Er starb in meinen Armen.» Sie saß ganz auf der Kante ihres Stuhles, mein Taschentuch in den Händen. «Das hört sich romantisch an, nicht wahr, aber das war es gar nicht. Es war überhaupt nicht romantisch.» Tränen rannen ihr wieder übers Gesicht. «Er hat vor Schmerz geschrien und an seinem Blut gewürgt», sagte sie mit bebender Stimme, «und sein letztes Wort war eine Obszönität. ‹Scheiße› hat er gesagt. Sonst nichts. ‹Scheiße.› Dann kam noch mehr Blut aus seinem Mund, und er war tot.» Sie hielt sich beide Hände vors Gesicht, und obwohl mir inzwischen der Instinkt sagte, daß ihr Eheglück nicht ohne Makel gewesen war, schluchzte sie voll solchen Kummers, daß ich dieses Gefühl als echt anerkennen mußte.

Ich ergriff wieder ihre Hand. Weitere Worte waren nicht vonnöten. Sie wußte, daß ich mit ihr fühlte, sie wußte, daß ich das Grauen verstand, das sie durchgemacht hatte, sie wußte, ich war da, um ihr über alles hinwegzuhelfen, und allmählich versiegten ihre Tränen. Sie wandte sich gerade dankbar zu mir um, als wir unterbrochen wurden. Jenseits des Rasens flog die Tür zum Garten auf, und Lion, John und Edmund betraten die Terrasse.

«O Gott», sagte ich. «Ich gehe lieber hin und schicke sie fort.»

«Nein – nein, laß nur, mir geht's schon wieder gut . . . Oh, sieh sie nur an, wie lieb sie sind, so frisch und neu und unverdorben.»

«Erspar mir die Sentimentalität. Sie sind laut und ermüdend und dumm, und im Augenblick nützen sie dir gar nichts. Nun hör mal zu, Ginette. Du machst folgendes –»

«Robert, ich muß dich einmal allein sprechen, ehe du nach London zurückfährst, das muß ich unbedingt.»

«Unterbrich mich nicht. Hör mir einen Augenblick zu, ehe die Jungen hier sind. Hörst du mir zu? Gut – reiß dich erst einmal zusammen, damit du das Mittagessen überstehst. Dann geh auf dein Zimmer und ruh dich für den Rest des Tages *richtig* aus – du bist offensichtlich erschöpft. Aber wir treffen uns morgen. Ich muß mir morgen früh zusammen mit Papa das Gut ansehen, aber am Nachmittag leihe ich mir seinen Wagen, und dann reißen wir aus.»

«Aber Robert, was wird Margaret denken?»

«Meine liebe Ginette, mir ist gleich, was sie denkt, und dir sollte es auch gleich sein! Warum diese sklavische Angst wegen meiner Mutter?»

«Weil sie die einzige Mutter ist, an die ich mich erinnern kann, und Töchter, die so gar nicht tun, was sich gehört, und sich gar nicht an die Regeln halten, sind unweigerlich von Schuldgefühlen gelähmt, wenn sie eine Mutter wie Margaret nur von fern sehen.»

«Aber das ist doch irrational, so eingeschüchtert zu sein! Wer ist sie schließlich? Nur eine gewöhnliche kleine Frau mit provinziellem Verstand und konservativen Vorstellungen! Hör doch um Gottes willen nicht auf sie, wenn sie meint, du müßtest dich benehmen wie Queen Victoria nach dem Tod von Prince Albert!»

An diesem Punkt endete unser Gespräch, weil meine Brüder den Rasen schon zur Hälfte überquert hatten.

«Ei-ei!» rief Lion dämlich. «Was macht ihr beiden denn da? Sagt ihr euch eure alten Kinderreime vor?»

«Der liebe Lion!» flüsterte Ginette, unverbesserlich sentimental. «Wer hätte gedacht, daß aus diesem Monstrum von einem Baby ein so netter junger Mann wird? Ich bin begeistert von seiner Lebensfreude!»

Ich konnte mir lohnendere Anlässe für ihre Begeisterung vorstellen, schwieg aber und begnügte mich damit, wieder ihre Hand zu ergreifen.

Alles in allem hatte ich das Gefühl, daß meine Aussichten recht günstig waren.

4

«Ermordet!» rief mein Vater aus. Er zügelte sein Pferd und starrte mich an.

«Sie selbst will nicht darüber sprechen, aber sie hat mich gestern gebeten, es der übrigen Familie zu erzählen, und da dachte ich, du solltest es als erster erfahren.»

Wir ritten einen der schmalen Feldwege entlang, die kreuz und quer über den Gutsbesitz von Oxmoon in der Mitte von Gower führten. Penhale Down erhob sich zu unserer Rechten, voraus schimmerte Harding's Down auf, und wegen der Gegebenheiten des Landes hinter dem Wald von Oxmoon konnten wir den langen hohen Rücken von Rhossili Downs nicht sehen, der die ebene Fläche des Binnenlands vor dem Meer schützte. Wir waren unterwegs nach Martinscombe, dem einzigen der vier größeren Höfe meines Vaters, der sich auf die Haltung von Hochlandschafen spezialisiert hatte. Ich konnte die Schafe jetzt sehen, über Penhale Down verstreut, aber wir waren noch eine halbe Meile von dem Hof entfernt.

Mir war sehr heiß. Ich ritt zwar recht oft in London, der körperlichen Betätigung halber, so daß es mir keine ungewohnte Anstrengung bedeutete, aber wir hatten sehr warmes Wetter, und ich war innerlich in einem für mich ungewöhnlichen, überhitzten Zustand. Als sich das Gespräch nun um Ginette drehte, fühlte ich, wie mir im Nacken erneut der Schweiß ausbrach.

«Aber wie entsetzlich für Ginette!» sagte mein Vater. «Ihr Mann stirbt vor ihren Augen!»

«Entsetzlich, ja.» Seinem Beispiel folgend, zügelte auch ich mein Pferd, und wir sahen uns mitten auf dem Weg an.

«Wie ist denn das passiert?»

Ich erzählte es ihm und setzte hinzu: «Offenbar geht es in New York höchst barbarisch und sittenlos zu.»

«Wie früher in Gower.» Mein Vater überblickte die stille, bäuerliche Landschaft, die uns umgab. «Barbarei gibt es überall, das steht fest. Jeder ist zu allem fähig!»

«Mein lieber Papa, ich wußte nicht, daß du ein solcher Zyniker bist!»

«Das ist kein Zynismus, das ist Aufrichtigkeit – du mußt es doch wissen, du hast ständig mit Verbrechern zu tun und siehst, wozu der Mensch fähig ist.»

«Mein Beruf hat mir nur noch deutlicher gezeigt, wie wichtig gesittetes Verhalten ist – viele Verbrechen könnten dadurch verhindert werden . . . Aber du denkst an Bryn-Davies, nicht wahr? Ich gebe zu, manche Leute sind tatsächlich zu allem fähig.» Bei diesen Worten wurde ich mir plötzlich bewußt, daß ich seit über einem Vierteljahrhundert an dem Geheimnis seiner Vergangenheit herumrätselte und jetzt der Augenblick war, es zu lösen, zu bewerten und ein für allemal zu den Akten zu legen. «Was hat Bryn-Davies eigentlich genau gemacht, Papa?» fragte ich in dem Ton freundlichen Interesses, den ich nervösen Zeugen gegenüber anschlug. «Ich weiß, er hat deine Mutter verführt und deinen Besitz ausgebeutet, aber war das alles?»

Mein Vater schwieg.

«Ist mein Großvater wirklich an den Folgen der Trunksucht gestorben?» fragte ich und begann zu zählen. Ein schlechter Lügner läßt mehrere Sekunden verstreichen, um inzwischen in Gedanken eine Antwort zu formulieren. Ein guter Lügner spielt einfach auf Zeit. «Dein Großvater ist an irgendeinem Leberleiden gestorben», sagte mein Vater, ohne zu zögern. «Der Arzt hat es mir aufgeschrieben, doch das Wort hat so komisch ausgesehen, daß ich es nie aussprechen konnte, aber gewiß kennst du das Wort, das ich meine, ich glaube, die Krankheit ist unter Trinkern sehr verbreitet.» Er hielt inne. Er hatte jetzt das hervorgebracht, was er für die richtige Antwort hielt. Mit einem Lächeln setzte er hinzu: «Du darfst nicht bei jedem Todesfall einen Mord wittern, Robert! Wahrscheinlich hättest du mir diese Frage nie gestellt, wenn du nicht in einer Welt arbeiten würdest, in der Mord an der Tagesordnung ist.»

Das war eine verdiente Kritik, und ich nahm sie meinerseits mit einem anerkennenden Lächeln zur Kenntnis. Wir ließen das Thema auf sich beruhen. Während wir weiterritten, begann mein Vater von den Schafen von Martinscombe zu sprechen, und es dauerte nicht lange, da erinnerte er sich an Bryn-Davies' berühmten Ausspruch, daß Penhale Down vielleicht von Gott dazu erschaffen worden sei, kräftige Mutterschafe und Zwillingslämmer hervorzubringen.

Mein Vater überwachte selbst sämtliche vier größeren Gutshöfe des Besitzes, und seine vier Bauern waren ihm direkt und nicht einem Verwalter verantwortlich. Er sagte immer, ein Verwalter sitze den Landarbeitern zu sehr im Nacken und treffe die falschen Entscheidungen, aber zweifellos war er da von den Erinnerungen an seinen Vater beeinflußt, der die schlimme Angewohnheit gehabt hatte, die verkehrten Leute einzustellen.

Mein Vater war auch unter den Gutsbesitzern der Region in einer besonderen Lage: Er kannte die praktische Seite der Landwirtschaft aus seinen jungen Jahren, als er kaum Geld gehabt hatte. Die Leute, die für ihn arbeiteten, wußten, daß er kein müßiggehender Grundbesitzer war, der sich die Hände sauber hielt und von oben herab redete. Sie wußten, daß *er* wußte, was es hieß, Mist zu gabeln, vor Tagesanbruch aufzustehen, um die Kühe zu melken, fast bis zur Besinnungslosigkeit auf dem Feld zu hacken oder was sonst immer an landwirtschaftlichen Arbeiten zu verrichten war.

«. . . und dann hatte ich diese Chance, mich in eine fertige Herde einzukaufen . . .»

Wir hatten, nachdem wir von dem Bauern und seiner Frau zu einer Tasse Tee eingeladen worden waren, Martinscombe verlassen, und während wir über das Tal hinüber auf Daxworth zuhielten, begann mein Vater von den Kühen zu sprechen, die uns dort erwarteten. Von den drei anderen größeren Höfen außer Martinscombe befaßten sich Daxworth und Cherryvale mit der Viehzucht, während der zum Landsitz selbst gehörige Hof die Aufgabe hatte, das Haus mit einer Vielfalt von Lebensmitteln zu versorgen.

«. . . wenn man das also vom finanziellen Standpunkt aus sieht, Robert, läßt sich das so darstellen, daß . . .»

Ich versuchte nicht zu gähnen, und es gelang mir auch, aber ich hatte im Grunde einfach kein Interesse an der Landwirtschaft. Ich liebte Oxmoon; ich genoß jede Stunde, die ich dort umherschlendernd verbrachte, ich schätzte den Frieden und die Sicherheit eines Zuhauses, einer Heimstatt, in der meine Familie seit Generationen wohnte, doch jedesmal, wenn mein Vater ein Loblied auf die Viehzucht anstimmte, machte mein Gehirn einfach nicht mehr mit.

«. . . und die Kosten für die Fütterung einer Kuh den Winter über belaufen sich auf . . .»

Während meine Gedanken davonwanderten, erinnerte ich mich der Rhapsodien Ciceros über die Herrlichkeit der Landwirtschaft. Aber Mittelpunkt seines Lebens war natürlich Rom gewesen. Hätte er das ganze Jahr über auf dem Land gelebt, wäre er vielleicht zu weniger romantischen Ansichten gelangt.

Mittelpunkt meines Lebens war London und würde dies bleiben, aber ich erblickte darin für die Zukunft keinen Konflikt; nichts konnte mich daran hindern, einer erfolgreichen Karriere im Parlament nachzugehen, während ich gleichzeitig Oxmoon als meinen Landsitz beibehielt. Natürlich würde ich einen Verwalter einstellen müssen, doch da ich mir meinem Vater zu Gefallen die nötigen landwirtschaftlichen Theorien angeeignet hatte, war ich wohl in der Lage, die angemessene Überwachung auszuüben, und ich sah keinen Grund, weshalb eine solche Regelung der Dinge nicht funktionieren sollte. Auf jeden Fall hielt ich mich für mehr als nur genügend darauf vorbereitet, jenes Mindestmaß an Interesse wahrzunehmen, das erforderlich war, um einen florierenden Landbesitz an die nächste Generation weiterzugeben.

Doch der Gedanke an meine Laufbahn als Parlamentarier, die bis jetzt nur in meiner Vorstellung existierte, führte mich wieder zu meinen Problemen zurück, und mir wurde jäh deutlich, daß ich nicht wußte, was ich eigentlich vom Leben haben wollte. Einen Augenblick lang sehnte ich mich nach den Bergen, doch ich sagte mir, daß ich nur nach dem Krebs verlangte, der mich töten würde.

«. . . und Emrys Llewellyn wollte mir diesen Bullen verkaufen, so ein Tier hast du noch nie gesehen, man hätte gemeint, er rennt eine Meile beim bloßen Anblick einer Kuh . . .»

Meine unglückliche Großmutter war eine Llewellyn gewesen. Die Llewellyns waren eine der wenigen walisischsprachigen Familien in der «Englishry» des südlichen und mittleren Gower, und es war ungewöhnlich, daß sie innerhalb der Gemeinde Penhale eigenes Land besaßen. Mein Vater hatte den Kontakt mit seinen walisischen Cousins abgebrochen. Er hatte ihnen nie verziehen, daß sie sich geweigert hatten, seine Mutter bei sich aufzunehmen, als sie ihren trunksüchtigen Mann verlassen wollte.

«Ist Großmama für Emrys noch immer ‹Tante Gwyneth die Dirne›?» erkundigte ich mich müßig. Mein Interesse für Kühe und Bullen begann zu erlahmen.

«Wir sprechen heute nicht mehr von ihr. Ich vertrage mich nicht mehr mit Emrys. Was ich tue, paßt ihm nicht. Das ist natürlich nur der Neid. Er wäre gern ein Squire mit zweitausend Morgen und einer Erwähnung in Burkes *Almanach des Landadels* und kein Landwirt mit zweihundert Morgen und einem Stammbaum, der auf Hywel Da zurückgeht – wobei jeder weiß, daß das ein Märchen ist. Ich bin gern bereit, ihn als meinesgleichen zu behandeln, ich bin kein Snob, aber bin ich freundlich zu ihm, macht das die Sache nur noch schlimmer, er hätte es viel lieber, ich würde Feuer speien und Ärger machen.»

«Es wird wohl lange dauern, bis die Llewellyns und die Godwins sich wieder einmal verschwägern.»

«Ja, Gott sei Dank hast du nicht vor, deine Cousine Dilys zu heiraten.»

Ein Schweigen trat ein, als wir beide an die andere Cousine dachten, die sich als mögliche Ehefrau nun geradezu anbot.

Mein Vater zügelte sein Pferd erneut. «Wie findest du Ginevra?» fragte er unvermittelt.

«In einem Zustand des Schocks und des Kummers.»

«Nein, ich meinte ...» Er zögerte und kramte in seinem englischen Wortschatz, fand aber nur einen veralteten Ausdruck, der die Frage so ausdrückte, wie sie ihm auf walisisch durch den Kopf ging. «Wirst du ihr den Hof machen?»

«Wie altmodisch das klingt! Papa, ich will ihr das sein, was sie jetzt am dringendsten braucht: ein guter Freund.»

«Ist das möglich? Ich habe den Ausdruck in deinen Augen gesehen, als du ihr gestern Champagner nachgeschenkt hast.»

«Was für einen Ausdruck?»

«Oh, deine Mutter hat es auch bemerkt. Robert, bitte, versprich mir eines. Wenn du dich um Ginevra bemühst, dann bitte nicht in Oxmoon. Deine Mutter hat ihr den Skandal von damals nie verziehen – sich mit dem einen zu verloben und dann mit dem anderen davonzulaufen –, und du kannst jetzt kaum erwarten, daß Margaret über irgendwelche Anzeichen erfreut ist, die darauf hindeuten, daß du sie noch immer zur Frau haben willst.»

«Ich erwarte von meiner Mutter nur», sagte ich, «daß sie sich um ihre eigenen Angelegenheiten kümmert.»

«Und ich erwarte von dir nur», sagte mein Vater, «daß du eine höfliche Sprache führst und tust, was dir gesagt wird, in einem Haus, das dir noch nicht gehört.»

Ein Schweigen trat ein. Unsere Pferde tänzelten unruhig, aber wir selbst saßen ganz still. Ich hörte eine Kuh muhen weit fort beim Fluß, eine Möwe flog über uns hinweg, und eine leichte Brise bewegte die Mohnblumen am Wegrand, aber am deutlichsten nahm ich ein Gefühl des Schocks wahr. Seit vielen Jahren hatte mein Vater nicht mehr in diesem Ton zu mir gesprochen. Zu spät wurde ich mir bewußt, wie tief getroffen er war.

«Entschuldige bitte», sagte ich schließlich. «Ja, selbstverständlich werde ich mich so benehmen, wie du wünschst – es tut mir leid, wenn ich dir zu Kummer Anlaß gegeben habe.»

Wir ritten weiter, aber es war, als hätte sich eine Wolke vor die Sonne geschoben, und erst später, als wir schon hinter Daxworth auf dem Weg nach Cherryvale waren, faßte ich Mut und sagte: «Papa, deine Verfügung bezüglich Ginette bringt mich in eine dumme Lage.» Und ich sagte ihm, daß ich ihr für den Nachmittag eine Fahrt im Automobil versprochen hatte. «Ich versichere dir, mein Verhalten wird rein brüderlicher Natur sein –»

«Natürlich. Ja, macht ruhig den Ausflug – es wird ihr sicher gut tun», sagte mein Vater, offensichtlich bemüht, einen Streit zu vermeiden, und wir wechselten ein erleichtertes Lächeln und ritten nach Cherryvale weiter.

5

«Das Meer! Das Meer!» rief Ginette mit einem freudigen Seufzer aus, als ich den Wagen oben auf der Klippe anhielt.

«Das», sagte ich, «ist die berühmteste Zeile aus Xenophons ‹Anabasis›.»

«Natürlich», sagte sie neckend. «Was sonst?» Und wir lachten.

Wir befanden uns am äußersten westlichen Ende der Halbinsel Gower, und vor uns lag die unvergleichliche Krümmung der Rhossili Bay. Zu unserer Rechten erhoben sich die Rhossili Downs aus den weiten, leeren Sandflächen, deren Gold nur von den schwärzlichen Holztrümmern gestrandeter Schiffe unterbrochen wurde. Hinter dem kleinen Dorf, das neben uns auf der Klippe im Mittagsschlaf lag, war keine menschliche Behausung mehr zu erblicken außer einem Gebäude oberhalb des Strands am Fuß der Downs.

Ginette trug noch immer Schwarz, aber sie hatte ihre leichten Schuhe mit festen Stiefeln vertauscht und einen großen Hut mit einem der Situation angemessenen Automobilistenschleier aufgesetzt. Nun da der Wagen hielt, schob sie den Schleier zur Seite und rückte den Hut zurecht.

«Gott sei Dank, daß dieses Ungetüm von einer Maschine sich gut benommen hat», sagte ich, mich vergewissernd, daß die Bremse in der richtigen Stellung war. Nur einem Dummkopf konnte es an dem Geschick im Umgang mit einem Automobil mangeln, aber mir war bei Maschinen immer unbehaglich zumute, vor allem deshalb, weil ich im Falle eines Motorversagens hilflos gewesen wäre.

«Statten wir Worm's Head einen Besuch ab!» sagte Ginette.

Worm's Head ist Gowers erstaunlichste Attraktion. Es ist eine Verlängerung des südlichen Arms der Bucht; die Klippen hinter dem Dorf Rhossili fallen steil bis zum Wasser ab, und dort, jenseits des Shipway genannten, aus Felsen gebildeten Flutdamms, zieht sich eine schmale Landzunge im Bogen weit ins Meer hinaus. Sie besitzt den Reiz eines Stück Lands, das fast Insel ist, und steht im Glanze eines Mythos. «Worm» ist ein altes Wort für «Drache», und mit ein wenig Phantasie kann man sich diese ungewöhnliche Landformation als ein Ungetüm vorstellen, das in den Bristolkanal hineintappen will.

Die Mansel Talbots of Penrice, denen das Land gehörte, hielten auf Worm's Head Schafe, und als Owain Bryn-Davies nach dieser Herde sehen wollte, fand er den Tod – die Flut hatte ihn auf dem Shipway überrascht. Bryn-Davies, geboren und aufgewachsen im walisischen Nordosten von Gower, hatte die Gefahren unterschätzt, die im Südwesten der Halbinsel auf den Ortsunkundigen lauern.

«Ich glaube, du denkst, was auch ich denke», sagte Ginette plötzlich. «Robert, hat Bobby dir jemals –»

«Die ganze Geschichte erzählt? Nein, natürlich nicht, aber ich verstehe einfach nicht, weshalb meine Mutter darüber kein Wort sagt. Sie scheint zu meinen, sie dürfe mir nichts darüber sagen, sondern nur mein Vater.»

Wir schwiegen. Wir standen jetzt auf der Landspitze und blickten über die silberblaue See zur Küste von Devon hinüber, die unter einem Schleier von Hitzedunst verborgen war. Das starke Sonnenlicht spielte seine Tricks mit der Landschaft und sorgte für optische Täuschungen. Der Shipway bot sich als schmaler Streifen von Felsgestein dar und nicht als eine mehrere Meter breite gekrümmte Landverbindung. Der Inner Head, der erste der drei Buckel von Worm's Head, erschien greifbar nah und nicht eine schwierige halbe Kletterstunde entfernt. Zu unserer Rechten schimmerten die Sandflächen so fern wie eine schöne Fata Morgana, und zu unserer Linken zogen sich die Klippen in einem weiteren Dunstschleier nach Porteynon hinüber. In diesem Augenblick wurde ich mir bewußt, daß die Realität wechselnde Erscheinungsformen annehmen, die Wahrheit sich dem Zugriff entziehen kann, und als ich gerade wieder an die Tragödien in der Vergangenheit meines Vaters dachte, hörte ich Ginette sagen:

«Warum könnte Margaret meinen, sie dürfe nichts davon erzählen?»

«Ich glaube», sagte ich, «daß mein Vater damals einen Mord gedeckt hat, und daß sie es deshalb für ihre Pflicht hält, nichts darüber zu sagen.»

«Du lieber Gott! Willst du damit sagen –»

«Ja, ich glaube, der Liebhaber hat den Ehemann vergiftet, und die Ehefrau wußte davon, hat aber ausgesagt, er sei an Leberzirrhose gestorben. Ich glaube, Papa hat das geahnt, aber er war damals noch ein Kind, erst vierzehn, und da hat er aus Angst nichts unternommen, sondern geschwiegen.»

«Du liebe Güte!» Sie sah mich aus weit aufgerissenen Augen an. Ich hatte sie zumindest fürs erste von ihrer eigenen Tragödie abgelenkt. «Aber wie kommst du darauf?»

«Nun, zunächst einmal glaube ich nicht, daß die Zerrüttung einer Ehe allein eine ausreichende Erklärung dafür ist, daß mein Vater über seine Eltern und Bryn-Davies so gut wie gar nichts sagen will. Ich habe schon seit langem vermutet, daß an der Sache mehr dran ist, und heute morgen habe ich Papa sozusagen ins Kreuzverhör genommen.»

«Armer Bobby!»

«Keineswegs. Er hat sich recht gut gehalten, aber er hat den Fehler begangen, daß er annahm – ohne daß ich dies hätte durchblicken lassen –, daß von Mord die Rede sei. Natürlich hat er gelogen, aber die wirklich interessante Frage ist: Warum hat er sich diese Mühe gemacht? Ich hatte ihm von mir aus alle Gelegenheit gegeben, sich endlich einmal frei auszusprechen, zu sagen, was er mir, dessen bin ich sicher, schon seit langem sagen wollte. Warum ist er dann nicht darauf eingegangen?»

«Vielleicht hat er einfach geglaubt, es sei nicht der rechte Zeitpunkt für ein Geständnis.»

«Gut, aber wann wäre dann der rechte Zeitpunkt dafür? Das alles ist höchst merkwürdig.»

Wir sprachen über meine Theorie noch auf dem Weg zum Shipway hinunter, aber dann berührten wir doch wieder nostalgische Themen.

«Erinnerst du dich noch an dieses Picknick am Strand von Rhossili, als du einen Seestern gefunden hast und ich dir geholfen habe, ihn nach Hause zu schmuggeln?»

«Ach, diese Picknicks am Strand von Rhossili!»

«Und bei Worm's Head. Weißt du noch, wie ich Bobby fragte, warum Margaret nie dorthin wollte? Das war, als wir erfuhren, daß Bryn-Davies auf dem Shipway ertrunken war.»

Wir waren wieder bei Bryn-Davies angelangt, und auch Ginette war sich dessen bewußt, denn gleich darauf sagte sie: «Wie eigenartig, daß dieses glückliche Zuhause, das Bobby und Margaret uns geboten haben, immer von dieser alten Tragödie durchdrungen war . . . Diese gräßlichen Weihnachtsfeiern, wenn deine Großmutter aus ihrer Anstalt zu uns kam! Wie haben wir damals nur lachen und uns über die arme alte Tante Gwyneth lustig machen können? Im Rückblick erscheint mir das unsagbar düster und tragisch.»

«Tragödie und Komödie gehen oft Hand in Hand. Denk an Shakespeare.»

«O Darling, muß ich das? Sehen wir uns doch die Felstümpel an.»

Wir waren am Fuß der Klippen angelangt und standen auf der grasbewachsenen Böschung am Rand des Shipway. Die nun folgende Kletterpartie über Felsgestein erlaubte keine weitere Unterhaltung, doch als wir am Rand eines klaren Tümpels angelangt waren, seufzte Ginette vor Freude auf und flüsterte: «O Robert!»

«Ja?» sagte ich in völlig neutralem Ton, wobei ich mich fragte, wie lange ich mich noch würde davor zurückhalten können, sie in die Arme zu nehmen.

«Ich dachte gerade daran, wie schön es doch ist, sich mit einem anderen zusammen an Gemeinsames zu erinnern – und wieviel schöner noch, wenn man einen Mann bei sich hat, der einen einfach als Freund ansieht! Ehrlich gesagt, Darling –» wieder ein Seufzer, wieder ein verschleierter Blick in den Felstümpel «– ich habe mein Maß an großer Leidenschaft wirklich erschöpft.»

«Ach», sagte ich. «Nun, ich war schon immer der Ansicht, daß große Leidenschaften maßlos überschätzt werden. Wollen wir weitergehen?»

Wir bewegten uns im Schneckentempo weiter bis zum nächsten Tümpel, aber Ginette blieb bald wieder stehen und blickte aufs Meer hinaus. Die ganze Seelandschaft war, wie ich mir jetzt bewußt wurde, hoffnungslos romantisch. Wären wir in einer Hintergasse von Swansea gewesen, hätte ich meine Gefühle wahrscheinlich unter Kontrolle gehabt, doch nun hatte ich das Gefühl, auf einem Seil zu balancieren, das zwischen zwei stetig absinkenden Pfosten gespannt war.

«Ich möchte mit dir über die Gegenwart sprechen», sagte Ginette. «Ich möchte alles über deinen Beruf und dein Leben in London wissen. Aber im Augenblick kann ich nur über die Vergangenheit sprechen. Wie kann ich dem entrinnen? Manchmal glaube ich, es gibt keine Gegenwart und keine Zukunft, sondern nur die Vergangenheit, die immer weitergeht.»

Da sah ich meine Chance. Die Pfosten, die mein emotionales Drahtseil stützten, brachen sogleich zusammen, indes alle Vernunft und jeder gesunde Menschenverstand sich verflüchtigten, und ich setzte meine Zukunft aufs Spiel, um zu gewinnen.

«Nein, Ginette», sagte ich. «Die Vergangenheit ist vergangen. Ein für allemal. Du bist vielleicht jetzt nicht in der Verfassung, das zuzugeben, aber später, wenn du über den Tod deines Mannes hinweg bist, werde ich dir zeigen, daß für dich eine ganz andere Zukunft möglich ist.»

Sie sah mich an. Dann wandte sie sich ab und blickte wieder über die Felsen hinweg auf den verlockenden Frieden des Meeres hinaus.

Ich wartete, äußerlich ruhig, doch innerlich wütend auf mich selbst, weil ich in einem so frühen Stadium unserer Wiederbegegnung meine wahren Gefühle offenbart hatte. Doch andererseits wußte ich nicht, was ich hätte tun sollen, denn ich befand mich in einer Zwickmühle. Ginette und ich hatten mühelos zu unserer alten Freundschaft zurückgefunden, und ich war darüber so erleichtert, daß ich mir zuerst nicht bewußt gewesen war, ich könnte mein Bemühen vielleicht zum Scheitern verurteilen, indem ich gewissermaßen die Vergangenheit einlud, sich zu wiederholen, doch nun sah ich eine Zukunft voraus, in der ich Ginette half, ihr seelisches Gleichgewicht zurückzuerlangen, um dann zu erleben, daß sie sich an einen anderen wandte, wenn ihr eine platonische Freundschaft nicht mehr genügte.

Diese Vision erschreckte mich. Ich wußte, ich mußte unsere Beziehung sofort auf eine neue Ebene stellen, um eine solche Katastrophe zu vermeiden, aber da sie gerade zu erkennen gegeben hatte, daß sie von mir nichts als Freundschaft erwartete, lief ich Gefahr, sie durch ein solches Bemühen zurückzustoßen. Ich befand mich in der wenig beneidenswerten Lage, daß ich so oder so der Verlierer war. Ich war der Verlierer jetzt, da ich spürte, wie sie sich innerlich von mir zurückzog. Ich wäre letztlich genauso der Verlierer gewesen, wenn ich weiterhin meine Zukunftshoffnungen für mich behalten hätte. Verzweifelt suchte ich nach Worten, um alles wieder zurechtzurücken, doch diese Worte – wenn es sie überhaupt gab – wollten mir nicht einfallen. Ich brachte nur heraus: «Entschuldige – ich hatte nicht die Absicht, meine wahren Gefühle zu offenbaren.»

Sie wandte mir überrascht das Gesicht zu. «Deine wahren Gefühle zu offenbaren? Aber mein lieber Robert, über die war ich mir doch schon immer im klaren!»

Ich war verblüfft. «Aber – das ist doch gar nicht möglich.»

«Oh, ich gebe zu, du hast dich hervorragend benommen! Aber eine Frau weiß immer, wann ein Mann in sie verliebt ist.» Sie ging ohne anzuhalten zum ersten Tümpel zurück, und erst als sie dort am Wasserrand stand, setzte sie hinzu: «Hat es eine andere gegeben?»

«Nun . . .»

«Oh, natürlich, du hast Mätressen gehabt, das verstehe ich alles, aber –»

«Du bist die einzige Frau, die ich je geliebt habe, und du bist die einzige Frau, die ich je begehren werde. Aber ich verstehe vollkommen, daß dieses sentimentale Gefasel das letzte ist, was du in diesem Augenblick hören willst, also –»

«Ich liebe sentimentales Gefasel!» Sie lächelte mich an. Dann sagte sie plötzlich: «Was für ein herrlich schlichter Mann du bist. O Gott, das hört sich beleidigend an, ich meinte –»

«Ich weiß, was du meintest. Ja, ich glaube, Zielstrebigkeit ist eine Form von Schlichtheit.»

«Sie ist sehr anziehend.» Während sie weiterging, hörte ich, wie sie sagte: «Ich habe Komplexität so satt und Durcheinander und Unglücklichsein.»

«Du warst unglücklich?»

«Ja, aber wenn ich das so sage, will das nichts heißen, es ist zu einfach, es sagt hier nichts.» Sie wandte sich unvermittelt zu mir um. «Ich habe Conor geliebt», sagte sie, «und er hat mich geliebt, aber es war keine Liebe zum Ausruhen. Ganz im Gegenteil.»

Ich schwieg. Ich wußte, daß man jemanden, der sich offenbaren will, nicht unterbrechen darf, aber als sie dann weitersprach, spürte ich, daß sie sich schon auf Allgemeinheiten zurückzog. «Wir waren zu ähnlich, das war das Dumme», sagte sie. «Wenn es in einer Ehe Schwierigkeiten gibt, glaubt man immer, es liegt daran, daß sich das Paar auseinanderlebt. Niemand erzählt je davon, wie schwierig es ist, wenn die zwei sich zu ähnlich werden. Mit seinen eigenen Fehlern zu leben, ist schwer genug. Mit den eigenen Fehlern bei einem anderen zu leben, das ist, als blickte man in einen Spiegel und sähe sich immer häßlicher werden . . . Aber manchmal übt selbst Häßlichkeit ihre eigene unwiderstehliche Faszination aus.» Sie lachte auf, und ich hörte sie murmeln: «Aber wir hätten uns nicht trennen können. Wir fühlten uns körperlich zu sehr zueinander hingezogen. Das hat uns am Anfang zusammengebracht, und das hat uns am Schluß zusammengehalten . . . Komisch, nicht?» Die unerwartete Frage war mit spröder Stimme gesprochen. «Die meisten Affären dieser Art gehen nach einem halben Jahr auseinander. Oh, was war das alles für ein fieberhaftes Durcheinander! Und dann plötzlich eine Kugel . . . ein Schwall Blut . . . und nach fünfzehn Jahren ständigen Lärms – Stille. Ich habe mich noch immer nicht daran gewöhnt. Ich wache mitten in der Nacht auf, und die Stille geht weiter und weiter.»

«Du wirst lange Zeit brauchen, bis du dich davon erholt hast. Das ist ganz natürlich.»

«Du machst immer wieder diese herrlich einfachen Bemerkungen, die mit der Wirklichkeit nichts zu tun haben. Du sagst ‹erholen›. Wie soll ich mich erholen? Werde ich vielleicht plötzlich entdecken, daß ich Talent dazu habe ein ordentliches Leben zu führen? Das hatte ich noch nie – ich weiß kaum, was Frieden und Ordnung bedeuten! Und doch sehne ich mich danach . . . Ja, ich sehne mich nach Geborgenheit . . . bei einem Menschen, dem ich vertrauen kann, der zu mir hält und mich nicht im Stich läßt . . . O Gott, was soll nur aus mir werden, wenn ich nach London komme? Ich habe solche Angst, Robert . . . vor all den raubgierigen Männern und davor, daß ich wieder in ein solches Chaos gerate. Manchmal glaube ich, ich werde London nicht aushalten, aber wohin sonst soll ich gehen, ich kann doch nicht ewig in Oxmoon bleiben – schon der Gedanke an die Zukunft lähmt mich richtig, ich weiß nicht, wie ich weiterleben soll –»

«Ich gebe dir mein Ehrenwort, daß ich auf meinem weißen Pferd herbeigeritten komme und jeden Londoner Drachen erschlage, der Feuer nach dir speit!»

«O Robert! Lieber, *lieber* Robert! Wie romantisch!»

Wir mußten beide lachen, und genau dies hatte ich beabsichtigt. Ich war inzwischen näher auf sie zugetreten, und im nächsten Augenblick war ich mir nur noch des dumpfen Brausens der Brandung auf der anderen Seite des Shipway und des pulsierenden Blutes unter meiner Haut bewußt. Ihre Augen bekamen einen anderen Ausdruck. Ich konnte mich nicht mehr zurückhalten und streckte die Arme aus.

«Ginette –»

Aber sie unterbrach mich. «Komm heute abend auf mein Zimmer», sagte sie mit leiser Stimme. «Nach der Dinnerparty. Ich warte auf dich.»

Die Szene erstarrte. Es war, als hätten die Geigen abermals aufgehört, die «Schöne blaue Donau» zu spielen.

Ich war entsetzt.

Viertes Kapitel

I

Mein Gesicht muß meine Gefühle deutlich ausgedrückt haben, denn sie erbleichte so sehr, daß ich von der melodramatischen Vorstellung erfaßt wurde, sie könnte ohnmächtig werden, doch der Moment der Krise ging vorüber, und anstatt das Bewußtsein zu verlieren, gelang es ihr, ganz beiläufig zu sagen: «Entschuldige! War falsch von mir. Ich habe dir den Auftritt gestohlen, nicht wahr? Großer Fauxpas!»

Ich holte Atem, um etwas zu erwidern, aber sie kam mir zuvor.

«Wenn ein Mann zu einer Frau sagt, ‹Kann ich heute abend auf dein Zimmer kommen›, dann glauben beide, er ist ein toller Bursche», sagte sie mit zittriger Stimme, «aber wenn eine Frau eine solche Einladung ausspricht – selbst einem Mann gegenüber, den sie liebt –, dann stuft der Mann sie automatisch als Dirne ein.»

«Ich wäre nie auf den Gedanken –»

«Du hast es gedacht. Ich habe dein Gesicht gesehen. Nun, vielleicht hast du recht. Vielleicht *bin* ich nach deinem Anstandsbuch eine Dirne. Aber wer hat diese Anstandsregeln aufgestellt? Männer! VERDAMMTE MÄNNER! Sie stellen die Regeln auf und machen sich einen Spaß daraus, sie zu brechen, während wir Frauen in unseren Zwangsjacken eingesperrt bleiben!»

«Also, ich bestreite unbedingt –»

«Oh, gib dir keine Mühe!»

«Aber –»

«Ich habe wie eine Dirne geredet, und jetzt benehme ich mich wie eine gräßliche Suffragette und weiß genau, du fragst dich, wie du mich je hast lieben können, und, o Gott, ich habe es wieder einmal geschafft, ich habe wieder einmal alles falsch gemacht, und ich bin mir selbst so zuwider, daß ich nicht weiß, wie ich es ertragen soll!»

Sie brach in Tränen aus. Für eine Weile war ich wie gelähmt angesichts dieser quälenden Zurschaustellung weiblicher Gefühle, doch schließlich kam ich zu mir und verfolgte die einzige vernünftige Handlungsweise, die mir noch übrig blieb.

Sie weinte noch immer. «O Robert, verzeih mir – bitte, verzeih mir –»

«Meine liebste Ginette», sagte ich und nahm sie in die Arme.

2

Es folgte ein nicht ganz unvorhersehbares Zwischenspiel, währenddessen ich die Fähigkeit zu vernünftigem Denken einbüßte und eine Anzahl von Erklärungen machte, die sich anhörten, als wären sie vom allerbilligsten Poeten des neunzehnten Jahrhunderts erfunden. Doch die meiste Zeit über besaß ich noch soviel Verstand, den Mund zu halten oder zumindest – um es genauer zu sagen – mein Geraspel im Stil des neunzehnten Jahrhunderts für mich zu behalten; mein Mund war mit dem Beweis der Maxime beschäftigt, daß Taten eine deutlichere Sprache sprechen als Worte.

Diese außergewöhnliche Szene wurde nur zu bald unterbrochen durch eine Gruppe von Ausflüglern. Die abgeschiedenen Schönheiten der Halbinsel Gower blieben nie mehr ganz unberührt, seit der Baedeker sie zu rühmen wußte, doch in diesem Augenblick hatte ich das Gefühl, mich mit jedem Einfall abfinden zu können, selbst mit dem von vier lautstarken Eindringlingen mit Lancashire-Akzent, die «Rule Britannia» sangen, während sie den Pfad von der Klippe herunterkamen.

«Vielleicht ertrinken sie auf dem Shipway!» murmelte Ginette.

«Da besteht keine Hoffnung – die Flut ist kaum oberhalb von Niedrigwasser.»

Wir lächelten einander in die Augen.

«O Robert . . .»

«Ach, Ginette, Ginette . . .»

Und so weiter und so weiter. Ich war nicht überrascht, als die Fremdlinge bei unserem höflich entbotenen «Guten Tag» ein wenig zusammenfuhren und die Augen aufrissen. Sie hielten die Landschaft wahrscheinlich für romantisch genug auch ohne ein geistig halb abwesendes Liebespaar, das sich auf ihrem Weg nach Worm's Head umschlungen hielt.

«Darling, wie spät ist es?»

«Die Zeit ist stehengeblieben», sagte ich, «es gibt nur noch die Ewigkeit.» Natürlich war ich noch immer nicht ganz bei mir.

«Darling, das ist einfach herrlich, und ich möchte in alle Ewigkeit hier bei dir bleiben, aber leider habe ich Margaret versprochen, daß wir zum Tee zurück sein würden.»

Die Ewigkeit war beendet. «Warum hast du das getan?» fragte ich unwillig.

«Weil Margaret vor unserer Abfahrt zu mir gesagt hat: ‹Teuerste Ginevra, amüsiert euch gut und vergeßt nicht, daß wir euch zu einer Teegesellschaft erwarten – ihr seid doch zum Tee zurück, ja?›, und ich habe gesagt: ‹Teuerste Margaret, ja, natürlich.›»

«Ich verzweifle an euch beiden.»

«O Robert, sie traut uns keinen Fingerbreit über den Weg!»

«Ja, wir werden sie beruhigen müssen mit dem Schauspiel ungetrübter Geschwisterlichkeit bei Teetassen und Gurkenbrötchen.»

Wir lachten. Dann sagte ich noch einmal: «Meine liebste Ginette!» Und wir nahmen uns die Zeit zu einem letzten langen herrlichen Kuß, ehe wir den Klippenweg nach Rhossili hinaufkletterten.

3

Wir brauchten eine halbe Stunde, und diese Zeitspanne erwies sich als heilsam. Als ich Ginette beim Einsteigen half, hatte ich die Fähigkeit zu rationalem Denken wiedererlangt, und obwohl ich mich noch immer im Glücksfieber befand, hatte ich doch wenigstens mein Delirium überwunden. Deshalb versuchte ich es nicht gleich noch einmal, als der Motor nicht ansprang, sondern blieb regungslos sitzen, mit den Händen das Lenkrad umklammernd, die weißen Linien der Brecher beobachtend, die unten gegen den Strand rollten.

«Ginette.»

Sie wandte sich zu mir um. Ihre dunklen Augen leuchteten unter den langen schwarzen gewölbten Wimpern. Ihre makellose Haut war von der Anstrengung des Aufstiegs gerötet. Ihr großer, voller Mund war unwiderstehlich, und wiederum leistete auch ich keinen Widerstand. Ich küßte ihn.

«Was ist?» fragte sie, als ich sie losließ.

«Ich kann heute abend nicht auf dein Zimmer kommen.» Nach einer kurzen Pause setzte ich hinzu: «Es gibt Gründe dafür – gute Gründe!»

Sie sagte nur: «Sprich weiter.»

Ich versuchte mit aller Konzentration Verwirrung in Klarheit zu übersetzen. «Meiner Ansicht nach solltest du im Augenblick mit niemandem ins Bett gehen», sagte ich ganz offen. «Schließlich ist dein Mann noch keinen Monat tot, du bist in einer völlig labilen Verfassung, und wenn ich das jetzt ausnützte, würdest du mir das vielleicht später übelnehmen – ich wäre dann vielleicht auch nur einer dieser ‹verdammten Männer›, die sich auf Kosten einer Frau nehmen, was sie kriegen können, wie du angedeutet hast. Und ich möchte nicht, daß du je so von mir denkst, Ginette. Ich möchte, daß du in mir einen Mann siehst, dem du so sehr am Herzen liegst, daß er auf das Erlangen dessen, was er am meisten begehrt, eine Zeitlang warten kann.»

Noch immer sah sie mich fest an. Und wieder sagte sie: «Sprich weiter.»

«Ich muß auch an meine Eltern denken. Ich habe meinem Vater heute morgen versprochen, daß ich mit dir nur brüderlich verkehre, solange ich in Oxmoon bin, und wir wissen beide, warum er mir dieses Versprechen abverlangt hat; wir wissen beide, daß meine Mutter nicht nur gegen jedwelche Intimität zwischen uns ist, sondern auch gegen jedes ungebührliche Verhalten unter ihrem Dach. Und so sehr ich mich auch zur Zeit über meine Mutter ärgere, so habe ich doch die Pflicht, mich in dieser Beziehung nicht gegen sie zu stellen.»

«Ja, ich verstehe. Sprich weiter.»

«Nun», sagte ich, etwas verwirrt durch diese ständige Aufforderung zum Weitersprechen, «das ist alles. Insgesamt bin ich wirklich der Ansicht –»

«Bist du sicher, daß es keinen anderen Grund gibt? Daß kein Zorn dabei mitspielt?»

«Zorn?» Ich war verblüfft. «Warum sollte ich zornig sein?»

«Weil *ich* den Vorschlag gemacht habe, daß wir uns heute abend treffen.»

«Was für eine Idee! Nein, natürlich bin ich deswegen nicht auf dich zornig!»

«Bist du dann Conors wegen besorgt?»

«Besorgt wegen ... meine liebe Ginette, wovon redest du da, um Gottes willen?»

«Nicht wichtig. Entschuldige.» Sie beugte sich vor, um mich zu küssen.

«Sollten wir nicht lieber losfahren?»

Doch nach diesem Kuß war ich mir nur meiner körperlichen Erregung bewußt. Ich sagte unvermittelt: «Wann kannst du nach London kommen?»

«Ich weiß es nicht. Ich muß zuerst sehen, was ich mit den Jungen mache.»

«Nun, darüber können wir später noch sprechen.» Der Gedanke an ihre beiden Söhne wirkte nicht gerade stimulierend.

Sie zog ihre Handschuhe an, und während ich beobachtete, wie Kinsellas Ringe verschwanden, wurde ich mir zum ersten Mal komplexer Empfindungen bewußt, die ich noch keineswegs zu analysieren vermochte. Ich tat sie beiseite. Sodann, nachdem ich meine Verwirrung fürs erste aus dem Bewußtsein verbannt hatte, stieg ich aus und begann zu kurbeln.

Zwanzig Minuten später brausten wir die Auffahrt von Oxmoon hinauf in der innigen Hoffnung, zum Tee noch nicht zu spät zu kommen.

4

Die «Teegesellschaft», die meine Mutter Ginette versprochen hatte, erwies sich als eine üppige kleine Mahlzeit auf dem Rasen vor der Terrasse. Es gab drei verschiedene Arten von Sandwiches, vier Kuchen, reichlich Teegebäck und Rosinenbrötchen, verschiedene Biscuits und, um dem Luxus die Krone aufzusetzen, Erdbeeren mit Schlagsahne. Als Ginette und ich aus dem Haus kamen, sahen wir, daß sich die anderen schon gütlich taten. Lion, John, Edmund und mein Vater hatten zuvor Tennis gespielt; sie waren weiß gekleidet, und mein Vater sah so rank und schlank aus wie nur irgendeiner seiner Söhne. Celia hatte gezeichnet; ihr Block und die Zeichenstifte lagen unter ihrem Liegestuhl, und sie blickte so erhitzt, als hätte sie gerade erfolgreich Thomas' Versuche abgewehrt, sich ihrer Utensilien zu bemächtigen. Thomas, ein mürrisch dreinschauender Cherub in seinem weißen Matrosenanzug, war damit beschäftigt, dem Hund meines Vaters ein Glas Milch übers Fell zu gießen. Inzwischen gingen Bayliss und Ifor mit den großen Tabletts mit Sandwiches herum, und unter einem gestreiften Sonnenschirm über dem schmiedeeisernen Tisch wachte meine Mutter über die silberne Teekanne. Ich war mir überdeutlich bewußt, daß sie uns beobachtete, wie wir die Steinstufen zum Rasen hinunterstiegen.

«Nein, nein, Thomas», sagte mein Vater in sanftem Ton zu dem Kind. «Glendower möchte nicht mit Milch getauft werden. Vielleicht mit kaltem Wasser, es ist ein so heißer Tag heute.»

«Da kommt das alte Liebespaar!» singsangte dieser Idiot von Lion.

«Wo wart ihr denn?» rief John fröhlich herüber.

«Rhossili!» brachte Ginette atemlos hervor. «Und Worm's Head! Einfach göttlich! Wir sind bis zum Shipway hinuntergestiegen – stellt euch vor! Ich bin noch ganz erschöpft!»

«Hier, nimm meinen Stuhl, Ginevra –»

«Nein, nimm meinen –»

«Meiner ist bequemer –»

«Darlings», sagte Ginette, während sie sich anmutig im nächstbesten ihr angebotenen Liegestuhl zurückfallen ließ, «wie himmlisch ihr alle seid!»

«Tut mir leid, daß wir uns etwas verspätet haben, Mama», sagte ich und nahm neben meinem Vater Platz.

«Schon gut, Robert. Ich hoffe, es war ein schöner Ausflug.» Sie wandte sich an den Diener. «Ifor, wir brauchen noch mehr heißes Wasser.»

«Entschuldige, daß wir zu spät kommen, Margaret!» sagte Ginette, während sie sich von dem Butler ein Gurkensandwich reichen ließ. «Es ist meine Schuld – Robert wußte nicht, daß ich dir versprochen hatte, zum Tee zurück zu sein.»

«Ist schon gut, Ginevra. Milch oder Zitrone?»

«Oh, Zitrone wäre köstlich, wo es so heiß ist. Weißt du, in Amerika, da gibt es eisgekühlten Tee – hört sich gräßlich an, aber bei so richtig heißem Wetter . . .»

Um ihr an Schauspielkunst nicht nachzustehen, begann ich mit meinem Vater über die Vorzüge des Automobils zu sprechen.

5

Die nächste auf uns wartende Feuerprobe war die «kleine Dinnerparty für vierundzwanzig», die sich, da nicht alle verständigten Gäste die so kurzfristig ausgesprochene Einladung annehmen konnten, als eine «kleine Dinnerparty für achtzehn» herausgestellt hatte. Die Mowbrays waren in London, und die Bryn-Davies hatten schon eine Verabredung in Swansea, aber die de Bracys, die Stourhams und die Applebys zeigten sich allesamt eifrig bereit, Ginevra in der Heimat zu begrüßen.

Ich bedauerte es, daß die Bryn-Davies nicht anwesend waren. Mein Vater hatte sich schon vor langer Zeit mit Owain Bryn-Davies dem Jüngeren angefreundet und mit bewundernswerter Hartnäckigkeit seine Ansicht demonstriert, daß die Sünden des Liebhabers meiner Großmutter nicht der nächsten Generation zum Vorwurf gemacht werden sollten. Auch Owain der Jüngere hatte unter den katastrophalen Ereignissen in den achtziger Jahren gelitten; sein Vater hatte seine Ehefrau mit ihren fünf Kindern im Stich gelassen, als er zu seiner Geliebten nach Oxmoon gezogen war. Später jedoch, mit einer guten Schulbildung von dem Geld, das sein Vater aus Oxmoon herausgezogen hatte, heiratete Owain der Jüngere die Tochter eines Kohlengrubenbesitzers in Swansea, und jetzt lebte er in makelloser Mittelschicht-Respektabilität in einem Vorort von Swansea. Sein einziger Sohn Alun, ein Mitschüler von mir in Harrow, war so erhaben, daß er kaum das eine Ende eines Schafs vom anderen unterscheiden konnte.

«Übrigens», sagte Lion nach dem Tee, als sich das Gespräch um die bevorstehende Dinnerparty drehte, «da ist noch eine Frage.» Er sah sich um, sich vergewissernd, daß Ginette und die Dienstboten schon ins Haus gegangen waren. «Sagen wir, daß Kinsella ermordet wurde?»

«Auf keinen Fall!» sagte meine Mutter, wieder einmal mühelos eine Grenze ziehend. «Wir sagen, er hatte einen Unfall mit einer Pistole, und natürlich werden alle viel zu gut erzogen sein, um weitere Fragen zu stellen.»

«O Mama, ich muß doch nicht Schwarz tragen, oder?» bat Celia quengelnd. «In Schwarz sehe ich so gräßlich aus.»

«Nun, ich glaube, Marineblau *könnte* für dich unter den Umständen möglich sein. Schließlich war Mr. Kinsella kein Blutsverwandter, und wir haben ihn wirklich kaum gekannt. Ich trage natürlich Schwarz, aber ich sehe keinen Grund, weshalb du dir nicht etwas mehr Freiheit erlauben solltest, solange die Farbe deines Kleids diskret bleibt.»

«Meine liebe Celia», sagte ich später, als wir zufällig gemeinsam nach oben gingen, um uns umzukleiden, «du bist doch neunundzwanzig! Kannst du nicht selbst entscheiden, wie du dich für eine Dinnerparty anziehst?»

«Oh, laß mich in Ruhe, Robert – du bist immer so gemein zu mir! Glaubst du, ich lasse mich gern daran erinnern, daß ich schon fast dreißig und noch immer zu Hause bin?»

Aus irgendeinem mir unerfindlichen Grund sanken Gespräche mit meiner Schwester immer auf dieses streitsüchtige Niveau. Celia schien zu glauben, ich verachtete sie, aber ich hatte eine gute Meinung von ihr trotz ihres schlichten Aussehens und Mangels an Intelligenz. Sie verrichtete viel wohltätige Arbeit und war bekannt für ihre Bände mit gepreßten Feldblumen.

Während ich auf meinem Zimmer auf heißes Wasser wartete, das mir gebracht werden sollte, dachte ich daran, wie anders das Leben gewesen sein mußte, das Ginette so weit fort in dem unbekannten barbarischen New York gelebt hatte, und im nächsten Augenblick, ehe ich mich noch zurückhalten konnte, sah ich Kinsellas Ringe an ihren Fingern und hörte sie von ehelicher Intimität sprechen. «Das hat uns am Anfang zusammengebracht, und das hat uns zum Schluß zusammengehalten . . .» Das beunruhigte mich. Ich begann auf und ab zu gehen. Schließlich überlief mich sogar ein Schauer, und als das heiße Wasser endlich kam, hatte ich Mühe, mich beim Rasieren nicht zu schneiden. Ich wußte aus meiner Erfahrung als Strafverteidiger, daß Frauen, sogar anständige Frauen, von fleischlichen Freuden genauso abhängig werden können wie viele Männer, und mir schien, Ginette wollte nicht eigentlich mich, sondern ein Opiat, das ihre Angst vor der Zukunft ausschaltete.

Ich sagte mir mit Nachdruck, daß ich am Nachmittag oben auf den Klippen von Rhossili zur richtigen Entscheidung gelangt war. Ich wollte nicht als Beruhigungsmedizin gebraucht werden, enthalten in einer Flasche mit der Aufschrift REGELMÄSSIG VOR DEM SCHLAFENGEHEN ZU NEHMEN. Noch – und das war eine noch entsetzlichere Aussicht – wollte ich als Kinsella-Ersatz gebraucht werden. Ich wollte begehrt werden, weil ich ich selbst war, weil ich für sie der beste Mann auf der Welt war, und eingedenk alles dessen blieb mir nichts anderes übrig als zu warten, bis sie mir die Antwort geben konnte, die ich verdiente. Jede andere Lösung war völlig inakzeptabel.

Ich fühlte mich wohler, und indem ich mir dazu gratulierte, daß meine Gedanken zu diesem höchst komplizierten Thema jetzt wohlgeordnet waren, begab ich mich rasch hinunter ins Wohnzimmer.

6

Sie betrat das Zimmer, und meine wohlgeordneten Gedanken gerieten sofort in die größte Verwirrung. Sie trug ein prachtvolles Kleid aus schwarzem Satin, tief ausgeschnitten und meterlang mit erotischer schwarzer Spitze besetzt. Ein Diamantanhänger, der auf ihrer cremefarbenen Haut funkelte, deutete wie ein Pfeil hinunter, als wollte er ihre Brüste noch betonen, und ihr dichtes kastanienbraunes Haar war hochgesteckt und wurde von einer mit Diamanten besetzten Spange gehalten.

«Wie entzückend du aussiehst, Ginevra», sagte meine Mutter in bewußt neutralem Ton.

«Ich muß dafür sorgen, daß Oswald nicht in deine Nähe kommt, sonst ist er so überwältigt, daß er den Suppenlöffel verschluckt», sagte mein Vater leichthin.

Oswald Stourham, ein guter Freund meines Vaters, wohnte in Llangennith in einem häßlichen modernen Haus mit seiner Frau, seiner ledigen Schwester und seiner Tochter. Die Tochter war zu jung für die Dinnerparty, aber seine Frau und die Schwester begleiteten ihn an diesem Abend nach Oxmoon, und als sie alle eingetroffen waren, ließ Stourham, der wie ein *Punch*-Cartoon des englischen Gentleman aussah und die Sprache eines altmodischen Weiberhelden führte, tatsächlich sein Monokel fallen, als er Ginette erblickte. Er war ein gutmütiger, hirnloser Bursche, er hatte es sehr wohl verdient, das Vermögen seines Vaters zu erben, eines Fabrikanten aus Birmingham, der sich eine interessante Form von Sitzbadewanne hatte patentieren lassen.

Seine unverheiratete Schwester Angela, eine Frau von ungefähr fünfunddreißig Jahren, die die gleiche Gouvernante wie Ginevra gehabt hatte, hieß gerade ihre alte Freundin herzlich willkommen, als Bayliss die Ankunft der de Bracys samt Tochter und zwei Söhnen meldete. Der Abend kam in Gang. Indem ich mich bemühte, nicht zu Ginette hinzusehen, betätigte ich mich wieder als großer Schauspieler.

Sir Gervase de Bracy, ein von der Gicht geplagter alter Lebemann, der bessere Tage gesehen hatte, steuerte schon mit vor Erregung zitternden Backen auf mich zu. «Robert, mein Junge – schön, Sie zu sehen – herzlichen Glückwunsch zu allen Ihren jüngsten Erfolgen.»

Die kleine Mrs. Stourham stürzte auf mich los. «Robert, wie gut Sie aussehen – sieht Robert nicht distinguiert aus, Sir Gervase! Diese Photographien in den Zeitungen werden ihm nicht gerecht! Haben Sie die Photographien von Robert in den Zeitungen gesehen, Lady de Bracy?»

«Ich lese nur die ‹Times›, Mrs. Stourham.»

Inzwischen war Oswald Stourham auf mich zugetreten. «Also wirklich, Robert. Sehr geschickt gemacht, dieser letzte Freispruch, wissen Sie – mir hätte das gar nicht gefallen, daß ein so hübsches kleines Ding am Galgen endet –»

«Aber eines möchte ich wissen», unterbrach uns de Bracys Tochter Gwen, «wie ist sie an das Arsen gekommen? Das habe ich nie ganz mitgekriegt –»

«Gwen, Liebes, Mord ist so vulgär. Muß das sein?»

Ginette und ich sahen uns über den ganzen Raum hinweg an. Als ich rasch in die entgegengesetzte Richtung blickte, sah ich genau meine Mutter an, die, wie ich entsetzt feststellte, ihrerseits genau mich ansah.

«. . . ja, ja, ich *weiß*, sie wurde freigesprochen, aber das war doch nur wegen Roberts brillantem Plädoyer . . .»

Inzwischen hatte sich Oswald Stourham abgewandt und unterhielt sich mit seinem alten Freund. « . . . und wie ist denn nun Ginevras Mann eigentlich ums Leben gekommen, Bobby?»

«Oh», hörte ich meinen Vater ganz lässig sagen, «das war einfach ein kleiner Unfall mit einer Pistole.»

«Margaret –» Mrs. Stourham wandte den Kopf zwischen mir und meiner Mutter hin und her « – ich hätte nie gedacht, daß Ginevra so *blühend* aussieht!»

«Die teuerste Ginevra», sagte meine Mutter, «sie kommt immer sehr schnell wieder zu Kräften.»

In diesem Augenblick meldete Bayliss die Ankunft von Sir William und Lady Appleby, und aus dem Augenwinkel heraus sah ich, wie sich Ginette für neue Torturen wappnete.

«Liebe Ginevra, du mußt völlig darnieder gewesen sein . . .»

Die Applebys, die schon seit langem Gott dafür dankten, daß Kinsella ihren Sohn vor einem katastrophalen Schicksal bewahrt hatte, waren jetzt nur zu bereit, Ginette mit wohlwollenden Platitüden zu überschwemmen, um darunter ihre große Geringschätzung zu verbergen.

«Liebe Tante Maud», sagte Ginette und küßte Lady Appleby auf beide Wangen, «wie lieb ihr alle seid! Ja, es wird Jahre dauern, bis ich mich davon erholt habe –»

«Ist dir nicht ganz wohl, Robert?» fragte John, der neben mir stand.

«Nein – ich glaube, ich habe einen kleinen Sonnenstich bekommen.»

«O Gott, wie dumm! Sag's Mama.»

«Nein, ich kämpfe mich schon durch.»

Ich kämpfte. Galant führte ich Lady Appleby zu Tisch. Tapfer bewältigte ich die Kerbelsuppe, kämpfte ich mit meinem Hummer, täuschte ich einen Angriff auf meine gebratene Ente vor. Verbissen wand ich mich durch die Schlingen einer absolut nichtssagenden Konversation. Und während der ganzen Zeit glitzerte mir gegenüber Ginette in Satin und Diamanten und machte sich über meine gespielte Gleichgültigkeit lustig.

«Robert, Sie rutschen auf Ihrem Stuhl herum, als wäre es ein Nagelbrett!» protestierte Gwen de Bracy zu meiner Linken.

«Ich bitte um Entschuldigung, ich glaubte, angesichts eines Unwohlseins ein Beispiel für unvergleichlichen Stoizismus zu geben.»

Und unbehaglich war mir in der Tat, aber das Unbehagen war von einer für eine unverheiratete Frau unvorstellbaren Art.

«Erzählen Sie uns mehr von London, Robert!» bedrängte mich Mrs. Stourham von der anderen Seite des Tisches. «Ich glaube, Sie kommen praktisch überall hin – wie ist es denn so in Downing Street Number Ten?»

Ich breitete pflichtschuldigst meine Margot-Asquith-Geschichten aus, und ehe man mich fragen konnte, wieviel ihr Mann trank, lenkte ich das Gespräch auf seinen ältesten Sohn Raymond, den ich in Oxford kennengelernt hatte; er war gleich mir im Balliol College gewesen.

Irgendwie überlebte ich den Pudding, den Käse und das Dessert und hielt die Illusion aufrecht, daß ich noch immer aß. Mein Glas mit Rotwein blieb unberührt, eindrucksvolles Denkmal meiner Nüchternheit, doch im Gegensatz zu mir waren alle anderen Gäste in recht fröhliche Stimmung geraten, und ich mußte beträchtliche Energie darauf verwenden, so zu tun, als sei ich in ähnlich sorgloser Laune.

Endlich zogen sich zu meiner unsäglichen Erleichterung die Damen zurück, und der Tisch wurde abgedeckt. Ich ließ mich in meinen Stuhl zurücksinken in der Hoffnung, meine körperliche Verfassung werde sich bessern, da Ginette nun nicht mehr vor meinen Augen aufleuchtete, doch mir war keine Erholung gegönnt. Oswald Stourham begann mit einer langen Geschichte von einem Freund, der einen kannte, der wiederum einen kannte, der mit Lillie Langtry geschlafen hatte, und schon die Vorstellung von einem Mann, der das Glück gehabt hatte, mit irgendeiner Frau zu schlafen, selbst mit einer nicht mehr ganz jungen Lillie Langtry, war zuviel für mich – ich rutschte wieder auf meinem Stuhl herum.

Mein Vater hatte inzwischen bemerkt, daß mit mir etwas nicht stimmte. «Robert, ist dir nicht gut?»

«Ich glaube, ich muß mich für einen Augenblick auf die Toilette begeben.»

Ich wusch mir gerade einige Minuten später die Hände, als mein Vater an der Tür klopfte und meinen Namen rief.

Ich entriegelte die Tür und ließ ihn ein. «Mir ist gerade schlecht geworden», sagte ich, alle meine Kräfte zu einer überzeugenden Lüge sammelnd. «Ich muß bei Worm's Head einen kleinen Sonnenstich bekommen haben. Glaubst du, Mama ist böse, wenn ich nach oben gehe und mich ausruhe?»

Fünf Minuten später saß ich auf der Kante meines Bettes und fragte mich inmitten des Chaos in meinem sonst so wohlgeordneten Denken, was zum Teufel ich tun sollte.

7

Obwohl ich sexuell keineswegs unerfahren war, hatte mir doch körperliches Verlangen noch nie zuvor den Verstand geraubt. In Abständen hatte mich das Verlangen zum Geschlechtsverkehr überkommen, und in Abständen hatte ich ihm genügt. Ich hatte stets auf Anstand geachtet; ich hatte mich nicht mit Prostituierten abgegeben, hatte nie Ärger mit Ehemännern bekommen und zur gleichen Zeit nie mehr als eine Mätresse gehabt; ich hatte stets die jeweilige Affäre so schmerzlos wie möglich beendet, wenn sie mir lästig wurde; ich hatte mein Bestes getan, um höflich, aufrichtig und freundlich zu sein. Aber noch nie war mir der Gedanke gekommen, dieses ausnehmend zivilisierte Verhalten könnte nur möglich gewesen sein, weil meine innersten Empfindungen dabei nicht berührt wurden.

Dieses unkomplizierte Privatleben war mir gut zustatten gekommen, vielleicht besser, als ich mir damals bewußt gewesen war. Ich habe im Grunde recht einfache Gefühle. (Jemand hatte darüber kürzlich etwas gesagt, aber ich wußte nicht genau, wer.) Wenn ich mich auf eine Liaison einlasse, geht es mir in erster Linie darum, daß es keinen Ärger oder sonstige Probleme gibt. Natürlich erwarte ich, daß ich im Bett tun kann, was ich will, aber auch da ist mein Geschmack eher konventionell, und keine Frau hat das noch je ermüdend empfunden. Sexuelle Turnübungen erfordern natürlich einiges Geschick.

Ich möchte hiermit nicht andeuten, daß mir seinerzeit in Oxford die englische Übersetzung des *Kamasutra* entgangen wäre, aber meiner Ansicht nach läßt sich die Fertigkeit schnell erwerben, und obschon ich das Spiel durchaus genieße, gibt es doch andere körperliche Betätigungen, die ich genauso oder noch mehr schätze. Ich würde diese Betätigung unterhalb des Bergsteigens einstufen, etwa auf der gleichen Ebene mit Rugby und etwas oberhalb von Kricket, müßte ich eine Rangliste von Sportarten aufstellen, in denen ein Gentleman sich auszeichnen sollte.

Doch als ich an jenem Abend auf meiner Bettkante saß, hatte ich den Eindruck, daß Bergsteigen eine ferne Erinnerung war, während mir Rugby und Kricket so irrelevant schienen wie Stammesriten aus der Steinzeit. Ich hatte sogar das Gefühl, daß mein ganzes früheres Leben nicht nur sehr fern, sondern im Bereich des Phantastischen lag, ein blutloser Tanz, den eine Maschine nach den Takten einer Drehorgel ausführte, die nur eine Weise auf der Walze hatte. Ich nehme an, ich war sehr verliebt. Diese Tatsache, das wußte ich, war der Euphorie wert, und mir war in der Tat euphorisch zumute, wenngleich ich auch sehr beunruhigt war. Das Unbekannte ist oft beunruhigend, und zutiefst verliebt zu sein war für mich etwas Neues, Unbekanntes. Bis zu diesem Tag war meine Liebe zu Ginette kaum mehr als ein romantischer Mythos gewesen, aber jetzt wurde sie Realität, und ich war verwirrt, nervös, ekstatisch, bestürzt, irrational – kurz, mir war gefährlich zumute. Ich wußte, ich sollte besser auf meinem Zimmer bleiben, doch schon im nächsten Augenblick tappte ich auf den Treppenabsatz hinaus, um zu sehen, ob die Gäste sich zum Aufbruch rüsteten.

Sie taten dies. Unten in der Halle ging es recht laut zu, freundliche Abschiedsgrüße, nichtssagende Bemerkungen. Ich ging wieder auf mein Zimmer und dachte nach. Eine Erleichterung bedeutete mir die Feststellung, daß ich überhaupt noch zum Denken fähig war, doch unglücklicherweise dachte ich an nächtliche Ausflüge; ich war mir bewußt, daß ich unmöglich im Nachtgewand in Oxmoon umherschleichen konnte. Ich mußte zu jedem, der mir unerwartet über den Weg lief, in überzeugendem Ton sagen können: «Oh, mir geht es schon wieder viel besser, ich dachte, ich schnappe noch ein bißchen Luft, ehe ich mich schlafen lege.» Mir war zumute wie einem Mörder, der sein Verbrechen plant. Ich entledigte mich meines Abendanzugs, zog weiße Flanellhosen an, die Bennett fürsorglich eingepackt hatte für den Fall einer Tennispartie, und ich fand auch das passende Hemd dazu. Weiße Socken und weiße Tennisschuhe vervollständigten das Bild eines sportlich gerüsteten Gentleman, und nach einem kurzen Blick auf mein verwandeltes Spiegelbild öffnete ich abermals die Tür, um die Ratsamkeit einer weiteren Erkundung zu überprüfen.

Die Gäste waren gegangen. Alles begab sich nach oben ins Bett. Ich beschloß, an meinem Ort zu verweilen.

Eine scheinbar lange Zeit verstrich – wahrscheinlich war es nicht mehr als eine halbe Stunde. Schließlich, keine Kerze mitnehmend, riskierte ich einen weiteren Erkundungsgang, doch unten in der Halle waren die Lichter aus, und alle schienen sich schlafen gelegt zu haben.

In mein Zimmer zurückgekehrt, wartete ich darauf, daß der Schlaf auch das aktivste Hirn überwand, und eine weitere Ewigkeit verging. Ich rauchte die letzte Zigarette in meinem Etui, doch glücklicherweise hatte der perfekte Bennett mir ein weiteres Päckchen in das Gepäck getan. Ich nahm mir vor, ihm *noch* eine Lohnerhöhung zu gewähren.

Als die Uhr auf meinem Nachttisch ein Uhr anzeigte, sagte ich mir, daß eine Verlängerung der Anspannung mehr sei, als mein strapaziertes Fleisch und Blut aushalten könnten. Ich löschte die Kerze. Dunkelheit senkte sich herab, so üppig und sinnlich wie der schwarze Satin von Ginettes Abendkleid. Ich empfand eine starke sinnliche Erregung, und darüber hinaus schlug die alte hypnotische Vision des Gewinnen-Müssens ihren vertrauten Takt, um mich zur Verwirklichung meiner Träume zu locken.

Ich verließ mein Zimmer, bewegte mich rasch und lautlos den Flur entlang, schlich auf Zehenspitzen über den Treppenabsatz vor dem Zimmer meiner Eltern und schlüpfte in den Gang zum anderen Flügel hinüber.

Die Zeit schlug einen großen Bogen um mich in der Dunkelheit und kam dann wieder zurück, ehe sie erneut geradeaus lief. Ich war wieder das Kind Robert, mitten in der Nacht mit einer Tüte voller Bonbons unterwegs, unterwegs zu dem Kind Ginette, das, Lakritze unter dem Federbett versteckt, auf mich wartete. Da fiel mir ein, daß Ginette nicht mehr ihr früheres Zimmer hatte. Meine Mutter hatte sie im Fingerhutzimmer untergebracht, dem besten Gästezimmer, als müsse auch darin zur Vergangenheit eine Grenze gezogen werden.

Als ich die Region der Gästezimmer erreichte, war es immer noch dunkel. Das Fingerhutzimmer, so genannt nach einer früheren Tapete, war jetzt nur zwei Meter entfernt, aber unter der Tür schien kein Licht hervor.

Ich klopfte leise an die Türfüllung, und sogleich hörte ich, wie ein

Streichholz angerieben wurde. Das Bett knarrte, als sie aufstand, und Sekunden später öffnete sie die Tür.

Wir sahen uns einen herrlichen Augenblick lang im Kerzenschein an, und danach bedurfte es keiner weiteren Erklärungen. Ich sagte nur noch: «Ich hab's mir anders überlegt.»

8

Ich trat an ihr vorbei, und sie schloß die Tür und fiel in meine Arme. Wir küßten uns. Ich zog sie fest an mich, um mir eine Genugtuung zu verschaffen und um ihr zu beweisen, in wie unverkennbarer Not ich war, und sie lachte leise und schenkte mir wieder ihren bereiten Mund.

«Komm ins Bett.»

Ich lächelte, ihr Verlangen wahrnehmend, und ließ die Hände von ihr, um mich zu entkleiden.

Meine Finger streiften ihre Ringe.

Meine Finger streiften die Ringe, die Kinsella ihr geschenkt hatte.

Meine Finger – ihre Hand – Kinsellas Ringe – und auf einmal war ich in einem Alptraum, dem gräßlichsten Alptraum meines Lebens, halb angezogen, gänzlich gelähmt und absolut und ganz unfraglich impotent.

Ich war wieder auf dem Shipway, und Ginette sagte gerade: «Das hat uns am Anfang zusammengebracht, und das hat uns zum Schluß zusammengehalten.» Ich war im Speisesaal bei Brooks', und Kinsella sagte: «Der Preis, den Sie immer haben wollten, ist der Preis, den Sie nie erringen können.» Damals mußte ich mich einem Iren geschlagen geben, und jetzt blieb ich wieder hinter einem Iren zurück – die Aussicht auf eine Niederlage tanzte vor meinen Augen wie ein Dämon. Ich vermochte einfach nichts mehr, konnte nur noch vor mich auf den Boden starren, der Schweiß rann mir das nackte Rückgrat hinunter, ich war unfähig, mir rein vernunftsmäßig zu sagen, daß ich besser war als Kinsella, unfähig, die Willenskraft aufzubringen, die mich davon überzeugt hätte, daß ich ihm überlegen sein konnte im wichtigsten Wettbewerb meines Lebens. Die Panik schlug mir ins Hirn wie ein irrer Hammer. Ich tat einen höllischen Blick in eine unsagbar komplexe Welt, die sich restlos meinem Verständnis und meiner Kontrolle entzog.

«Robert.» Sie schlang die Arme um meinen Hals und streichelte mein Haar. «Es ist alles gut, ich verstehe – ich habe es heute nachmittag schon begriffen – ich hätte dir nicht so viel von meiner Ehe erzählen sollen, aber ich wollte Conor ein für allemal hinter uns bringen –»

«Ein für allemal?» sagte ich, den einen Begriff hörend, den ich verstehen und den ich packen konnte.

«Oh, Darling, ich will ihn doch nur loswerden – war das nicht offenkundig, als ich dich hierher einlud?»

«Aber du hast durchblicken lassen, daß körperlich, trotz all eurer Probleme –»

«Ja, aber die Ehe war so entsetzlich, ein solcher Alptraum, und jetzt will ich einen ganz anderen Mann haben – ich will dich haben, Robert, dich, dich, dich –»

«Ja, aber –»

«Du trittst mit niemandem in Wettbewerb. Er ist tot, und du bist anders, und du wirst gewinnen, Robert. Du wirst gewinnen, weil es jetzt niemanden gibt, *niemanden,* der dir im Weg stehen könnte.»

Sie nahm ihre Ringe ab. Sie riß sie sich mit einer einzigen impulsiven Geste von den Fingern und warf sie gleich darauf in den hintersten Winkel des Zimmers. Die Vergangenheit verschmolz wieder mit der Gegenwart. In der Erinnerung sah ich sie Timothy Applebys Ring wegwerfen, als sie sich Kinsellas Armen näherte, und nun, da sie Kinsellas Ringe wegwarf, sah ich sie in meine Arme kommen.

Ich hielt sie fest. «Ich komme jetzt immer zuerst bei dir, ja?» sagte ich. «Ganz gleich, was als nächstes geschieht.»

«Immer.» Ihre Augen leuchteten vor Liebe.

«Und du liebst mich wirklich?»

«Ja. Jetzt und immer.»

«Ehrenwort?»

«Ehrenwort, und wenn's nicht stimmt, dann will ich sterben!» sagte sie lachend, unseren alten Kinderreim gebrauchend.

Sie lebte.

Wir gingen ins Bett.

9

Ich war kaum ein paar Sekunden im Bett, da wurde mir bewußt, daß die Freuden, die mich dort erwarteten, meine kühnsten Hoffnungen übertrafen, aber ich war inzwischen in einem solchen Zustand, daß das Wort Freuden wenig mit dem zu tun zu haben schien, was vorging. Trotz allem, was sie gesagt hatte, verzehrte ich mich vor Sorge. Das war eine weitere neue Erfahrung für mich. Bis jetzt hatte ich immer angenommen, daß der Organismus – wenn man körperlich in

Form war, das nötige Verlangen und ein Mindestmaß an Kenntnis besaß – schon das übrige tun würde, doch nun stellte ich fest, daß ich, obwohl ich in Form und vor Verlangen außer mir war und ganz begierig darauf, meine Kenntnis in die Praxis umzusetzen, von der Angst besessen war, mein Körper könnte mich im Stich lassen. Glücklicherweise war Impotenz jetzt die geringste meiner Sorgen, doch andere katastrophale Eventualitäten machten sich in meiner fieberhaften Phantasie den Rang streitig. Eingefangen zwischen dem Bemühen, mich an das *Kamasutra* zu erinnern, und der Furcht vor einer frühen Ejakulation benahm ich mich wie ein jungfräulicher Schuljunge.

Da brachte sie alles in Ordnung. Sie flüsterte: «Darling, du willst sicher nicht, daß ich jetzt spreche, aber ich muß es einfach, ich muß dir sagen, wie himmlisch das ist», und sogleich vergaß ich meine Ängste und begann statt dessen an den Himmel zu denken. Das war eine viel nützlichere Übung, und da merkte ich auch schon, daß keine weiteren Qualen mich mehr von der Wonne trennten, die alle meine Träume übertraf.

Danach war ich eine Zeitlang zu glücklich, um etwas zu sagen, doch als auch sie stumm blieb, wurde ich mir bewußt, daß ich ihre Stimme hören mußte. Ich nahm sie noch fester in die Arme und fragte sie, ob alles gut sei.

«Darling!» Sie schenkte mir ein strahlendes Lächeln. «Was für eine Frage!»

«Nächstes Mal bin ich besser», fühlte ich mich bemüßigt zu sagen. «Ich bin einfach aus der Übung. Ich war zu lange allein.»

«Robert, ich verzweifle an dir! Kaum habe ich dich davon überzeugt, daß du keinen Konkurrenten hast, da machst du dir noch immer selbst Konkurrenz!»

Wir lachten und küßten uns. Mir war so viel wohler, daß ich sogar daran dachte, wie angenehm es wäre, eine Zigarette zu rauchen.

«Ich wollte, ich hätte meine Zigaretten mitgebracht.»

«Willst du eine haben?» Sie öffnete ihre Nachttischschublade und holte ein Päckchen heraus. «Ich rauche auch eine.»

«Ich sage nie mehr etwas gegen Frauen, die rauchen.»

Wir rauchten eine Weile in entspannter Umarmung. Ich wollte ihr gerade sagen, daß ich noch nie in meinem Leben so glücklich war, als sie ganz nebenbei fragte: «Warum ist das so lange her seit dem letzten Mal?»

«Oh ...» Ich durfte sie nicht mit einer Erklärung langweilen, bei der ich die verschlungenen Aspekte meiner Persönlichkeit hätte offenbaren müssen. «Ich habe zuviel gearbeitet. Für das Vergnügen blieb keine Zeit.»

«Was für ein Fehler!»

Ich lächelte. «Aber jetzt, da ich dich habe, wird alles anders», sagte ich, und mir ging der Gedanke durch den Kopf, daß ich nicht einmal meine Bergsteigerei vermissen würde. Wir küßten uns. Ich drückte unsere Zigaretten aus, und in diesem Augenblick, als ich sie gerade wieder liebkosen wollte, hörten wir beide die leisen Schritte auf dem Flur.

10

Wir starrten uns entgeistert an. Dann setzten wir uns auf, den Atem anhaltend.

Die Schritte hielten vor der Tür inne. Eine lange Pause, gefolgt von einem vorsichtigen Klopfen.

Zu spät fiel mir ein, daß wir vergessen hatten, die Tür abzuschließen.

«Wer ist da?» rief Ginette mit schwankender Stimme.

«Ich bin's – Bobby. Ginevra, entschuldige bitte, aber ich mache mir Roberts wegen Sorgen, und als ich gerade eben draußen war, um ein bißchen frische Luft zu schnappen, da sah ich noch Licht in deinem Zimmer –» während wir, beide vom Schrecken gelähmt, noch hinstarrten, begann die Tür aufzugehen – «und da dachte ich, ich könnte vielleicht kurz mit dir sprechen – nur einen Augenblick, natürlich, denn du mußt ja sehr müde sein nach der Dinnerparty –»

Seine Stimme brach ab. Eine kurze, schreckliche Stille. Dann begann er sich zurückzuziehen. «Tut mir so leid . . . unverzeihliches Eindringen . . . hätte auf Erlaubnis zum Eintreten warten müssen . . . nicht daran gedacht . . . war nur so besorgt . . . entschuldige, ich hatte keine Ahnung . . . entschuldige.»

Er ging. Die Tür fiel hinter ihm ins Schloß, doch noch ehe seine Schritte in der Ferne entschwunden waren, war Ginette aus dem Bett gesprungen und warf sich, während sie zur Tür rannte, in ihren Morgenrock.

«Bobby –» Sie öffnete die Tür und eilte auf den Flur hinaus. «Bobby, bitte – komm zurück.»

Ich zog meine weiße Flanellhose an und fingerte noch vergeblich an Knöpfen und Knopflöchern herum, als mein Vater zögernd in das Zimmer zurückkam.

«Bobby», sagte Ginevra mit zittriger Stimme, «du darfst uns bei Margaret nicht verraten. *Bitte,* Bobby, versprich mir das.»

«Natürlich wird er das nicht tun!» sagte ich unvermittelt. Ich zog sie zur Seite, so daß ich ihm ins Gesicht sah. «Es tut mir leid, Sir – Sie können mit Recht sehr zornig sein. Es tut mir auch leid, daß Sie sich meinetwegen solche Sorgen gemacht haben, aber ich versichere Ihnen, daß ich jetzt einen Hausstand gründen werde – ich werde endlich glücklich sein und in Zukunft ein ganz anderes Leben führen.»

Mein Vater schwieg. Er sah mich an, er sah sie an, er sah wieder mich an, aber er brachte kein Wort heraus. Das Schweigen schien eine lange Zeit zu dauern. Dann sagte er nur: «Bitte, entschuldigt mich!» und verließ abermals das Zimmer.

11

Wir sanken auf das Bett. Ginette zitterte so sehr, daß ich den Arm um sie legte und sie festhielt, bis sie sich ein wenig beruhigt hatte. Dann sagte ich: «Mach dir keine Sorgen wegen meiner Mutter. Oder wegen meines Vaters. Mach dir gar keine Sorgen. Ich habe mich für die Übertretung ihrer Regeln entschuldigt, und für mich ist die Sache damit erledigt.» Dann setzte ich in entschiedenem Ton hinzu: «Natürlich wirst du mich heiraten.»

«Darling, Robert!» sagte sie und brach in Tränen aus.

Es folgte ein emotionales Zwischenspiel – sie klammerte sich an mich und schwor mir unter Tränen, daß sie nichts inniger wünsche, als mich zu heiraten, daß sie aber solche Angst, solche Angst habe, die Ehe könnte nicht zustande kommen und sie könnte mich verlieren und wieder einmal ihr Leben verpfuschen.

«Meine liebste Ginette! Wie kannst du mich verlieren? Freundschaft für immer! Weißt du nicht mehr, daß wir uns das immer geschworen haben?»

Die Erinnerung beruhigte sie. Sie sagte unter Tränen: «Nichts kann je diese gemeinsame Vergangenheit zerstören, oder?» und ich antwortete: «Nichts.»

Nachdem wir uns umarmt hatten, flüsterte sie: «Geh nicht auf dein Zimmer zurück, schlaf hier, ich will nicht allein sein.»

Ich schloß die Tür ab, ging zum Bett zurück und fiel, inzwischen gründlich erschöpft, sofort in Schlaf, nachdem ich sie in meine Arme gezogen hatte.

12

Mein letzter bewußter Gedanke war, daß ich nicht später als fünf Uhr aufwachen durfte; meine Mutter stand immer früh auf, um den Beginn eines neuen Tages in ihrem Haushalt zu überwachen, und ich wollte ihr nicht begegnen, wenn ich mich auf mein Zimmer zurückschlich.

Als ich wieder die Augen aufschlug und zu der Uhr auf dem Kaminsims blickte, sah ich, daß es noch zehn Minuten vor fünf war, und so blieb ich noch liegen, mein Glück genießend und gleichzeitig mit meinen Schuldgefühlen ringend. Bei dem Gedanken an das nächtliche Eindringen meines Vaters überlief es mich kalt, und ich verdrängte diese Vorstellung sofort, ehe sie mein Glück trüben konnte, und zog Ginette näher an mich und fragte mich, ob es auf Erden eine Wonne gab, die sich vergleichen konnte mit der Wonne des erstmaligen Aufwachens neben der Frau, die man über fünfzehn Jahre lang begehrt hatte.

Sie erwachte, klammerte sich an mich, zog meinen Mund zu dem ihren hinunter. Doch ich wußte, daß weitere Intimitäten zu dieser Zeit und an diesem Ort unmöglich waren. Meine Schuld – daß ich das meinem Vater gegebene Wort gebrochen hatte – lag auf mir wie ein Bleigewicht, und in Gedanken hörte ich meine Mutter wieder einmal sagen: «Das sind meine Regeln, und hier ziehe ich die Grenze.»

Nach einem letzten Kuß verließ ich das Bett und zog mich an.

«Es ist noch viel zu früh, um unsere Pläne zu verkünden», sagte ich, während ich mir das Haar glattstrich. «Wenn wir das täten, wäre das für alle ein Schock, und wir würden gerade die vor den Kopf stoßen, die wir am meisten lieben. Wir werden das Versteckspiel noch eine Zeitlang weiterspielen müssen.»

«O Gott, Robert, ich habe solche Angst –»

«Das brauchst du nicht. Ich mache das schon – ich bin mit meinem Vater noch immer zurechtgekommen. Gleich nach dem Frühstück spreche ich unter vier Augen mit ihm und schildere ihm ganz offen die Situation, damit er mir hilft, meine Mutter im Zaum zu halten – er wird mich nicht im Stich lassen, wenn er sich erst bewußt geworden ist, daß mein Glück auf dem Spiel steht. Das wird er bestimmt nicht.» Ich gab ihr einen Kuß. «Nur Mut!» sagte ich lächelnd. «Sei tapfer!» Ich küßte sie noch einmal und schlüpfte hinaus.

Ich begegnete niemandem. Vom Treppenabsatz aus hörte ich, wie unten die Hausmädchen mit der Arbeit begannen, aber die Tür zum

Zimmer meiner Eltern war noch geschlossen, und es drang kein Laut heraus. Ich schlich vorbei, lautlos wie ein Gespenst, doch als ich in meinem Zimmer in Sicherheit war, atmete ich schwer, und zwar nicht, wie ich mir voller Selbstverachtung bewußt wurde, vor Anstrengung, sondern vor Unruhe wegen meiner Mutter. Nachdem ich das Bettzeug zerknüllt hatte, als hätte ich darin geschlafen, zog ich den Vorhang zurück und ließ die Helle eines weiteren herrlichen Hochsommertages herein. Gerade als ich mich vom Fenster abwenden wollte, ging mein Blick über den Garten, und ich sah, daß sich jenseits des Rasens eine Gestalt bewegte.

Es war mein Vater. Er trug noch immer die Kleidung, die er zu seinem nächtlichen Ausflug angezogen hatte, und als ich die alte Tweedjacke erkannte, kam mir der Gedanke, daß er, der an Schlaflosigkeit litt, vielleicht die ganze Nacht im Garten umhergewandert war. Ich starrte zu ihm hinaus. Seine Schritte hatten etwas Zielloses, was auf eine große Verstörtheit hindeutete. Er ging im Halbkreis um den Tennisplatz herum, ging wieder zurück, hielt auf das Gartenhäuschen zu, blieb kurz davor stehen und kam wieder zurück. Meine Verblüffung nahm zu. Auf dem Stuhl vor dem Fenster kniend, lehnte ich mich über den Sims.

Er hatte seinen Hund bei sich, den letzten einer Reihe von hellbraunen Neufundländern, die alle Glendower hießen, aber gerade als ich mich fragte, was der Hund wohl von dem unschlüssigen Hin und Her seines Herrn hielt, setzte sich mein Vater auf die Bank beim Tennisplatz und zog den Hund wie trostsuchend an sich. Diese fremdartige, kindliche Geste beunruhigte mich noch mehr. Ich verließ das Zimmer und ging schnell hinunter in den Garten.

Als er mich über den Rasen kommen sah, erhob er sich. Der Hund blickte auf, mit dem Schwanz wedelnd, aber mein Vater ignorierte ihn. Mein Vater sah nur noch mich.

«Robert.»

«Papa?» Ich war mir nicht sicher, weshalb ich das in fragendem Ton aussprach. Vielleicht schien er mir nicht er selbst zu sein; vielleicht wollte ich wissen, was nicht stimmte; vielleicht spürte ich auch, daß endlich der Fremde vor mir stand, der sich immer vor mir verborgen gehalten hatte.

Wir schwiegen beide. Wir waren sechs Schritte voneinander entfernt. Über uns war der Himmel sehr bleich, sehr klar, und die Sonne strahlte schon heiß. Im Gras funkelte der Tau.

«Papa?» hörte ich mich endlich wiederholen.

«O Robert», sagte er, die Worte stürzten ihm förmlich aus dem

Mund, «der Augenblick ist gekommen – ich kann es nicht länger aufschieben. Ich muß es dir sagen, Robert. Ich muß dir von meinen Eltern und Owain Bryn-Davies erzählen.»

Fünftes Kapitel

I

Meine Erfahrung mit Klienten hatte mich gelehrt, daß Menschen in Not oft etwas gestehen, was zunächst irrelevant erscheint, aber doch Beziehung zu einer Wahrheit hat, an die nicht leicht heranzukommen ist. Als mein Vater von seinen Eltern und Owain Bryn-Davies sprach, sagte ich deshalb nicht: «Was um Gottes willen hat denn das mit der Sache von heute nacht zu tun, die dich offensichtlich so sehr erschüttert hat?», sondern schlug statt dessen vor: «Gehen wir ins Gartenhäuschen und setzen wir uns.»

«Nein», sagte mein Vater. «Nicht ins Gartenhäuschen. Dort hat sich meine Mutter immer mit Bryn-Davies getroffen, ehe mein Vater starb. Ich habe sie einmal gesehen, und Bryn-Davies hat mich gepackt und gesagt, er bringt mich um, wenn ich es jemandem sage. Ich war so erschrocken, daß ich kein Wort herausbrachte. Ich glaubte zwar nicht, daß meine Mutter es zulassen würde, daß er mich tötete, aber ich war mir nicht sicher. Sie ließ ihn tun, was er wollte. Er war ein starker, gewalttätiger Mann.

Doch nach dem Tod meines Vaters – ich wußte natürlich, daß sie ihn ermordet hatten – war er freundlich zu mir, kümmerte sich um mich. Ich wußte, das tat er meiner Mutter zuliebe, aber ich war ihm dankbar dafür, es hat das Leben leichter gemacht. Aber ich hatte trotzdem immer Angst vor ihm, ich hatte immer Angst vor ihr, und ich dachte, sie könnten mich eines Tages töten, weil ich von dem Mord wußte und sie wußten, daß ich davon wußte – meine Mutter hatte es mir gestanden. Als mein Vater tot war, sagte ich zu ihr: ‹Es war das Arsen, nicht wahr, das Arsen, das du für die Ratten besorgt hast›, und da brach sie zusammen und sagte, man würde sie hängen, wenn es herauskomme, sie sagte, wenn ich Ärger machte, würde Bryn-Davies mich umbringen, und sie würde ihn nicht daran hindern können. Sie hat geweint, sie war entsetzt, und ich war entsetzt, meine Mutter in einem solchen Zustand zu sehen – ich war noch ein Kind, erst vierzehn, und ich hatte solche Angst. Ich hatte solche Angst, daß ich nachts nicht schlafen konnte, ich habe mich meistens oben auf dem Stallboden versteckt und mit Stroh zugedeckt, ehe ich einschlafen konnte, ohne Angst zu haben, daß man mich umbrachte.

Ich habe nicht gefragt, warum sie meinen Vater getötet hatte, ich wußte, wie unglücklich er sie gemacht hatte, aber Bryn-Davies fürchtete, ich könnte die Partei meines Vaters ergreifen und meine Mutter hassen, und so hat er mir nichts erspart, er hat mir alles erzählt, o Gott, ich kann dir das nicht schildern, ich war so entsetzt, so verschreckt, ich war noch ein Kind, erst vierzehn, allmächtiger Gott, ich dachte oft, ich müßte vor Schrecken sterben.

Und so habe ich mich auf die Seite meiner Mutter geschlagen und gesagt, ich verzeihe ihr wegen des Mords, meine arme Mutter, sie hatte so viel gelitten, mein Vater war so grausam zu ihr. Ich habe mich immer gefragt, warum sie eigentlich geheiratet hatten. Es war eine ausgefallene Ehe, er kam aus dem Landadel, sie war die Tochter eines walisischen Bauern, aber wie du weißt, sind die Llewellyns eine so alte Familie, und als Heinrich VII. ihnen nach der Schlacht von Bosworth ihr Land zu eigen gab, hob sie das aus den anderen Pächtern in Gower heraus ... Trotzdem, einen Godwin zu heiraten, das war für meine Mutter ein gesellschaftlicher Triumph, ja, ich kann verstehen, weshalb sie ihn geheiratet hat. Und er hatte sie wahrscheinlich geheiratet, weil sie ein so schönes Mädchen war und er für alles Schöne etwas übrig hatte, ich nehme an, er glaubte, wenn er schon heiratete, dann ein schönes Mädchen, und er mußte heiraten Oxmoons wegen, er liebte Oxmoon, er mußte einen Sohn haben ... Aber er hätte nicht heiraten sollen. Er hätte überhaupt nicht heiraten sollen.

Am Anfang trank er, glaube ich, um sein Laster zu unterdrücken, und am Ende, glaube ich, trank er, weil er ihm nachgegeben hatte. Du glaubst einfach nicht, wie er trank. Ich liebte ihn, aber er hat mir angst gemacht. Und er hat auch ihr angst gemacht. Er fing schon nach dem Frühstück mit Brandy an, und mittags war er völlig betrunken. Dann wurde er bösartig und begann sie anzuschreien. Oft hat er sie geschlagen ... und noch Schlimmeres. Ich bin dann hinausgerannt und habe mich im Wald versteckt, weil ich ihre Schreie nicht hören konnte ... Zum Schluß hat sie ihn verlassen, das war, als er anfing Jungen aus Swansea mitzubringen, da lief sie zurück zu ihrem Vater und nahm mich mit, aber ihr Vater war ein religiöser Mensch und sagte, er dulde keine Frau in seinem Haus, die ihren Ehemann verlassen habe. Da mußte sie wieder zurückgehen, und dabei begleitete sie Bryn-Davies. Er war damals gerade auf dem Hof der Llewellyns, um ihrem

Vater ein Mutterschaf zu verkaufen, und bei dieser Gelegenheit, als sie von der Familie zurückgewiesen wurde, die ihr hätte beistehen sollen, lernte sie ihn richtig kennen. Sie kannten sich schon vom Sehen, denn obwohl er in der Welshery geboren war, lag sein Hof näher, und er ließ seine Schafe immer auf Llanmadoc Hill weiden. Meine arme Mutter, wie sehr hat sie sich in ihn verliebt . . . aber alles war die Schuld meines Vaters. Es war seine Bösartigkeit, die sie zum Mord trieb, und weil seine Bösartigkeit sie so weit getrieben hatte, wurde ich dazu getrieben –»

Er hielt inne.

Sein Gesicht war weiß, von Schweißperlen bedeckt, aber seine Stimme war während dieses ganzen erschütternden Monologs ruhig geblieben. Er blickte über den Rasen zum Haus hinüber, und während ich ihn noch beobachtete, ballte er die zitternden Hände zu Fäusten und schob sie in einem ergreifenden Ringen um Selbstbeherrschung tief in die Taschen.

«Setz dich, Papa. Setz dich wieder hier auf die Bank.»

Wir setzten uns beide auf die Bank beim Tennisplatz, und Glendower legte die lange Schnauze auf das Knie seines Herrn und blickte ergeben zu ihm auf. Mein Vater streichelte sein hellbraunes Fell, den Pelz mit kräftigen Bewegungen der Finger knetend.

«Aber das verstehst du doch, Robert, nicht wahr?» sagte er. «Am Anfang von allem Übel war das Laster, die Perversion. Das konnte ich nicht vergessen. Ich kann es nicht vergessen. Dieses Wissen hat dann mein ganzes Leben beherrscht, und du mußt das verstehen, damit du mich verstehst – o Gott, ich hatte solche Angst, Robert, hatte immer solche Angst davor, ich hätte das Laster geerbt und würde so werden wie mein Vater.

Ich sah meinem Vater eigentlich nicht ähnlich, aber ich hatte seine Statur, ich wurde größer und größer, und ich dachte, wenn ich seine Statur hatte, dann hieß das . . . o Gott, wie hat mich das entsetzt, ich dachte, ich müßte verrückt werden vor Grauen, aber inzwischen geschahen andere gräßliche Dinge – Bryn-Davies riß Oxmoon an sich – meine Mutter lebte ganz offen mit ihm zusammen – der gesamte Gutsbesitz verlotterte – die Ratten fielen über das Haus her . . . Eine Zeitlang ging ich einfach meiner eigenen Wege und versuchte die Augen zu verschließen, aber zum Schluß konnte ich nicht untätig bleiben, zum Schluß mußte ich handeln. Es konnte doch so nicht weitergehen. Er betrog mich um mein Erbe, beraubte mich, brachte meine Mutter in Schande, ruinierte uns alle . . . O ja, ich wußte, so konnte es nicht weitergehen.

Aber ich hatte Angst, daß meine Mutter am Galgen enden könnte. Ich hatte Angst, wenn ich erst der Polizei etwas sagte, dann wäre nicht abzusehen, wohin das vielleicht führte. Und vor allem hatte ich Angst vor Bryn-Davies. Aber natürlich konnte die Situation so nicht weitergehen, und nachdem du geboren warst, da habe ich klargesehen, und da sah ich die Welt, in die ich dich hineingebracht hatte, und ich wußte, ich konnte sie nicht länger hinnehmen. Ich mußte sie um deinetwillen ändern. Ich mußte sie saubermachen und wieder ins Lot bringen. Ich habe es für dich getan, Robert, ich habe es für dich und für Margaret getan. Du hast mir den Mut zum Handeln gegeben.

Ich habe mit Margaret darüber gesprochen und dann ein Treffen mit Bryn-Davies auf Worm's Head verabredet. Auf Worm's Head war ich immer gern, ich habe deine Mutter oft dorthin mitgenommen, damit sie einmal von Oxmoon wegkam; auch als du schon geboren warst, sind wir oft mit der Ponykutsche nach Rhossili gefahren und dann zu Fuß weitergegangen, und du warst dann in einem kleinen Rucksack auf meinem Rücken. Ich kannte Worm's Head wie meine Hosentasche. Aber Bryn-Davies kannte sich dort nicht aus. Er war noch nie dort gewesen, aber er redete davon, sich da mal umzusehen, weil man die Schafe dort so hoch rühmte und er welche für seine Herde kaufen wollte.

Doch an dem Tag, als er starb, ist er nicht da hinausgegangen, um sich die Schafe anzusehen. Das haben wir nur später erzählt. Er kam dahin, um mit mir zu sprechen. Ich hatte ihm einen Brief geschrieben und darin vorgeschlagen, wir sollten uns dort treffen, um über den Mord an meinem Vater und die Zukunft von Oxmoon zu sprechen, und dann bin ich sofort nach Rhossili gefahren, mit dir und deiner Mutter natürlich. Ich wagte es nicht, einen von euch beiden aus dem Auge zu lassen.

Nun ... wir kamen nach Rhossili ... und da merkte ich, daß mir bei den Gezeiten ein kleiner Irrtum unterlaufen war ... dumm von mir. Als ich zum Shipway hinunterblickte, sah ich sofort, daß er in einer halben Stunde unter Wasser stehen würde.

Nun ... ich brachte dich und Margaret an einer versteckten Stelle ein Stück weiter die Klippen entlang in Sicherheit und ging dann zurück ... aber er war schon vorausgegangen. Der Shipway ist so trügerisch, er sieht noch sicher aus, wenn er schon längst angefangen hat, gefährlich zu werden. Er wurde in der Mitte eingefangen. Und er hatte keine Chance.

Du weißt, was als nächstes geschah. Meine Mutter kam hinzu. Sie hatte meinen Brief gefunden und sich gesagt ... nun ja, zweifellos dachte sie daran, was passieren könnte, und machte sich Sorgen. Sie kam, und ich war da, und wir konnten nichts tun, sondern mußten zusehen, wie er ertrank.

Da verlor sie den Verstand. Es war nicht nur, weil er vor ihren Augen gestorben war, es war vor allem, weil sie glaubte, ich hätte ihn umgebracht. Ich habe ihr immer wieder gesagt, daß es ... na ja, nur ein kleiner Irrtum mit den Gezeiten gewesen war, aber sie wollte mir nicht glauben. Und sie wurde verrückt. Aber ich war froh darüber, denn es gab mir die Gelegenheit, sie einsperren zu lassen. Sie mußte eingesperrt werden, weißt du, weil sie eine Mörderin war, sie hatte meinen Vater vergiftet – und außerdem wollte ich in Oxmoon Ruhe haben, ich konnte sie dort nicht brauchen, sie hätte das Haus mit ihren Erinnerungen an Ehebruch und Mord verseucht ... Nein, sie mußte eingesperrt werden. Wie Margaret immer sagte: Was hätte ich unter den Umständen sonst tun können?

Und damit kommen wir zu Margaret. Wir kommen zu deiner Mutter. Du hältst sie für so durchschnittlich, ich weiß, daß du das tust, aber mein Gott, du hast keine Ahnung, Robert. Du hast überhaupt keine Ahnung.

Sie hat mich durch all das hindurch gebracht. Ohne sie hätte ich es nicht geschafft. Und damit meine ich nicht nur, daß sie vor und nach Bryn-Davies' Tod zu mir stand. Sie hat in mir den Willen geweckt, Oxmoon aus dem Grab wiederauferstehen zu lassen. Ich stand zusammen mit ihr in der heruntergekommenen Diele und sagte: «Ich schaffe das nicht, ich weiß nicht, wo ich anfangen soll.» Ich kam mir so hilflos vor, weil ich von der Gutsverwaltung keine Ahnung hatte, aber sie sagte: ‹Ich *weiß,* daß du es schaffen kannst› und meinte, wir sollten in der Bibliothek nach Papieren suchen, die uns helfen konnten. Wir fanden nichts, aber später sagte sie: ‹Sehen wir noch ein letztes Mal nach›, und da gingen wir noch einmal in die Bibliothek, und da saß dort eine dicke, fette Ratte auf dem Tisch und kaute an einer Kerze. Es war ein ekelhafter Anblick. Das schöne Oxmoon, von Ungeziefer verseucht, heruntergewirtschaftet, heruntergekommen ... Margaret schrie auf, und ich packte das erstbeste Buch und schleuderte es nach der Ratte und tötete sie. Und dann, als ich das Buch wieder an seinen Platz stellen wollte, sah ich, daß dahinter Papiere steckten – die Aufzeichnungen meines Großvaters, aus denen genau hervorging, wie er das Gut geführt hatte ... Margaret sagte nur: ‹Wo ein Wille ist, da ist auch ein Weg!›

Aber es war ihr Wille. Und ihr Weg. Sie hat gemacht, daß alles richtig wurde, schon gleich nach unserer Hochzeit. Ich hatte solche

Angst, daß ich so sein könnte wie mein Vater, aber Margaret hat mir bewiesen, daß ich das nicht war. Und du hast es auch bewiesen. Deshalb wollte ich so viele Kinder haben – jedes Kind bewies, wie anders ich war als mein Vater, der in seiner Ehe nur zweimal normal mit meiner Mutter verkehrte, wie Bryn-Davies mir sagte. So daß ich jedesmal, wenn ich mit meiner Frau schlief... also normal war... verstehst du, was ich damit sagen will? Es war wie ein Auslöschen, wie ein Sieg über die Erinnerung, bis schließlich das Bett nicht nur ein Mittel war, meinen Vater zu vergessen, sondern ein Mittel, alles zu vergessen, was ich in der Erinnerung einfach nicht ertragen konnte. Und allmählich... mit der Zeit... stellte ich fest –»

Er hielt wieder inne. Ich wartete, aber als er offensichtlich nicht fortfahren konnte, sagte ich in dem neutralen Ton, den ich Klienten gegenüber gebrauchte, wenn ich bei der Geburt einer schrecklichen Wahrheit die Hebamme spielte: «Mit der Zeit stelltest du fest, daß Margaret allein dir beim Vergessen nicht helfen konnte.» Ich gebrauchte bewußt den Vornamen meiner Mutter, um die Illusion zu fördern, daß ich nur ein Anwalt war, der zu seinem Klienten oder einer Person, die dieser kannte, keinerlei Beziehungen hatte.

«Ja», sagte mein Vater. Er hatte aufgehört, den Hund zu streicheln, und jetzt schloß er die Augen, als wäre die Wahrheit eine körperliche Gegenwart, die anzusehen er nicht ertragen konnte. «Aber ich fürchte, ich bin nicht sehr aufrichtig zu dir gewesen, Robert. Ich habe dich über die Vergangenheit belogen. Weißt du –» er schlug die Augen wieder auf, konnte mir aber nicht ins Gesicht sehen – «ich wollte, daß du weiter in mir den Helden siehst. Ich vermochte den Gedanken nicht zu ertragen, du könntest darin enttäuscht werden.»

«Ich verstehe. Aber jetzt –»

«Ja, jetzt muß ich es dir sagen – ich *muß* es –, muß dir sagen, daß es nicht deine Mutter war, die mich zum Ehebruch trieb. Ich habe gelogen, als ich das andeutete. Ich weiß, deine Mutter hält sehr auf Konvention, aber in Fragen des ehelichen Verkehrs denkt sie sehr praktisch, ich habe Gott immer dafür gedankt, daß ich nicht eine wohlerzogene Lady geheiratet habe, der das verhaßt war. Deine Mutter und ich sind in dieser Beziehung immer gut miteinander ausgekommen, und sie wollte Kinder genausosehr wie ich, so daß es da keinen Konflikt gab. Ich mochte es sogar, wenn sie schwanger war, und sie mochte es auch, das hat uns also nie Schwierigkeiten gemacht, eher im Gegenteil. Aber dann... ich konnte einfach nichts dagegen machen ... dann bin ich auch noch anderswohin gegangen –»

«Hast du mit Margaret wirklich über das Problem gesprochen? Oder hast du mir das damals nur so gesagt?»

«O Gott, natürlich habe ich mit ihr darüber gesprochen, wie hätte ich das umgehen können? Ich war außer mir vor Entsetzen, ich konnte nicht ertragen, was ich getan hatte, sie hat mir da hindurchgeholfen, sie hat unsere Ehe gerettet –»

«Du meinst, als alles anfing?»

«Ja», sagte mein Vater, «als alles anfing.» Er hielt inne und fuhr dann fort: «Meine Untreue hatte begonnen, lange bevor du etwas davon geahnt hattest.» Nach einer weiteren Pause sagte er: «Du warst vierzehn und in Harrow, als alles anfing.»

«Aha», sagte der Anwalt, ein Muster an Neutralität und Unparteilichkeit. «Ich war vierzehn, du warst vierunddreißig, Margaret war einunddreißig –»

«– und Ginevra war sechzehn», sagte mein Vater und hielt sich die Hände vors Gesicht.

«Natürlich», setzte er sogleich hinzu und ließ die Hände wieder sinken, während er sich zu mir herumdrehte, «habe ich sie nicht verführt, du darfst nie, nie glauben, ich könnte zu einer solchen Schlechtigkeit fähig sein, aber ... ich war töricht. Und die direkte Folge davon war, daß ich nach London fuhr und dort zum ersten Mal Ehebruch beging mit einer Frau, die ich dort traf.»

Es verstrichen mehrere Sekunden. Als ich schließlich glaubte, meine Stimme in der Gewalt zu haben, sagte ich: «Dieser ... dieser Zwischenfall mit –»

«Zwischenfall, ja, mehr war es nicht – absolut entsetzlich, absolut verkehrt, aber nur ein kleiner Zwischenfall im Musikzimmer –»

«Wie kam es dazu?»

Mein Vater schien sich zu entkrampfen. Ich hatte erlebt, wie über Verbrecher diese Erleichterung kam, wenn sie glaubten, den quälendsten Teil ihrer Geschichte erzählt zu haben. Er begann wieder Glendowers Fell zu kneten.

«Ich bin eines Tages mit Oswald Stourham ausgeritten», sagte er in einem Ton, als wären wir in einer ganz normalen Unterhaltung begriffen, «und wir sprachen gerade wie so oft über Frauen, als Oswald plötzlich zu mir sagte: ‹Weiß Gott, Bobby, deine kleine Cousine da, die entwickelt sich zu einem richtig süßen Käfer›, und ich sagte: ‹Ach ja? Das ist mir noch gar nicht aufgefallen› – was der Wahrheit entsprach, weil ich Ginevra noch immer als Kind betrachtete – und als

Tochter. Nun, Oswald lachte, daß er bald vom Sattel fiel. ‹Weiß Gott, Bobby!› sagt er noch einmal mit seiner dröhnenden Stimme. ‹Da muß ein Mann doch schon ein zweiter Oscar Wilde sein, wenn er die Reize deiner kleinen Cousine Ginevra nicht zu schätzen weiß!›

Ich erwiderte nichts darauf, aber ich konnte die Anspielung auf Wilde nicht vergessen. Dann geschah etwas sehr Dummes: Margaret mußte nach Cheshire fahren, und kaum war sie fort, da dachte ich ständig an Ginevra ... Ich glaube, ich entwickelte so etwas wie eine Zwangsvorstellung. Jedenfalls, um es kurz zu machen – ich gab Ginevra, als sie eines Nachmittags im Musikzimmer am Klavier saß, einen Kuß. Sie war sehr erschrocken und hatte richtige Angst bekommen, das sah ich sofort. Ich versuchte sie zu beruhigen, ich schwor ihr, so etwas werde nie mehr vorkommen, aber ich glaube, sie hatte das Gefühl, daß sie mir nicht mehr trauen konnte, und daß sie deshalb kurz darauf nach Porteynon ritt und mit Kinsella auf und davon zu gehen versuchte – sie wollte von Oxmoon fort ... und von mir ... Aber mit ihrem Schritt hatte sie mich völlig überrascht. Ich wußte nicht, daß sie sich nach Margarets Abreise schon mehrmals heimlich mit ihm getroffen hatte.

Nun, es war eine schreckliche Situation, aber als ich Margaret die Sache gebeichtet hatte, schaffte sie Ordnung. Sie schickte mich nach London, damit ich für eine Zeitlang aus dem Weg war, und benutzte dann Kinsella als Vorwand dafür, daß sie Ginevra zu den Applebys gab – o Gott, Robert, wenn du wüßtest, wie elend und beschämt ich mich fühlte –»

«Du bist also nach London gefahren.»

«Ja, für zwei Wochen.»

«Und dort hast du zum ersten Mal Ehebruch begangen, wie du sagtest.»

«Ja. Ich war in einer verzweifelten Verfassung. Ich mußte ständig an alles denken, woran ich nicht mehr denken wollte – an meinen Vater, an Bryn-Davies, an den kleinen Irrtum mit den Gezeiten, an das verrückte Toben meiner Mutter, an Oswald, der Oscar Wilde erwähnt hatte – alles das kam zusammen, ich konnte nicht mehr schlafen, konnte nicht mehr essen, ich versuchte es mit Trinken, aber ich hatte solche Angst, ich könnte betrunken werden, ich dachte auch, das würde bedeuten, daß ich einmal so ende wie mein Vater –»

«Und da hast du eine Frau gefunden und vergessen können. Wann hat Margaret das herausbekommen?»

«Oh, ich habe es ihr natürlich gleich nach meiner Rückkehr gesagt.»

Mir wurde plötzlich bewußt, daß ich aufgestanden war.

Er blickte auf. Aus seinen tiefblauen Augen sprach Angst. Er erhob sich mit Mühe.

«O Gott, Robert, verzeih mir – o mein Gott, mein Gott, was ist das für eine Strafe –»

«Du hast es meiner Mutter gesagt – und was hat sie gesagt?»

«Sie sagte, sie könne das verstehen, aber wahrscheinlich sonst niemand, und deshalb müsse es geheim bleiben. Sie sagte, ich könne tun, was ich offenbar nicht lassen könne, aber es dürfe nur in London geschehen.»

«Sie hat also den Ehebruch sanktioniert. Und dich dann schließlich wieder zu sich genommen.»

«Oh, wir waren nie – getrennt. Wir haben immer in einem Bett geschlafen.»

«Du meinst ... entschuldige, vielleicht habe ich da etwas mißverstanden. Du willst mir doch nicht sagen –»

«Doch. Sie hat mich nie abgewiesen. Sie wußte, ich wäre völlig zusammengebrochen, wenn sie das getan hätte.»

Ich mußte das erst in mich aufnehmen, dann sagte ich: «Ich verstehe. Dann scheinen also alle glücklich und zufrieden weitergelebt zu haben, bis – ja, bis Ginette plötzlich heimkommt und Mama sich bewußt wird, daß ich noch immer auf eine Heirat aus bin, an die du nur mit Grausen denken kannst. Kein Wunder, daß du heute nacht zu Ginette wolltest, als du gesehen hast, daß in ihrem Zimmer noch das Licht brannte! Du wolltest unbedingt herausfinden, wie weit ich bei ihr gekommen war!»

«Nein, das siehst du falsch. Deine Gefühle waren inzwischen für mich kein Geheimnis mehr, aber ich *mußte* herausfinden, was Ginevra empfand. Wenn sie nur deine Mätresse sein will, dann würde Margaret wohl, glaube ich, nicht eingreifen, aber wenn sie deine Frau werden will –» Er schlug sich wieder die Hände vors Gesicht.

«Allerdings.» Ich blickte über den funkelnden, taubenetzten Rasen zum Haus hinüber, das im Morgenlicht leuchtete. Die Hausmädchen hatten jetzt im Erdgeschoß alle Vorhänge zurückgezogen.

«Aber zumindest habe ich mit dir gesprochen», sagte mein Vater. «Zumindest kann ich Margaret jetzt sagen, daß du alles weißt und daß sie es dir nicht mehr zu sagen braucht. Und vielleicht – wenn du über alles nachgedacht hast, was ich dir von meinen Eltern und Bryn-Davies erzählt habe – vielleicht kannst du dann verstehen – und mir vielleicht eines Tages verzeihen – o Robert, wenn du nur wüßtest, wie sehr ich dieses törichte Verhalten gegenüber Ginevra bedaure –»

«Allerdings», sagte ich noch einmal.

Er weinte. Meine Klienten, ob Mann oder Frau, weinten gewöhnlich am Ende. Die Geburt einer Wahrheit kann so schmerzhaft sein. Ich war oft Zeuge solcher Qualen gewesen und an den Anblick der emotionalen Nachwehen so sehr gewöhnt, daß mich dergleichen nicht mehr zu rühren vermochte.

«Ich muß dir für deine Offenheit danken», sagte ich. «Glaube bitte nicht, ich sei mir der Qualen nicht bewußt, die diese Geständnisse dir auferlegt haben. Und jetzt habe ich nur noch eine Frage: Hast du meiner Mutter gesagt, daß du mich heute nacht zusammen mit Ginette im Bett angetroffen hast?»

Er sah mich nur an. Die Tränen liefen ihm noch immer übers Gesicht. Ich zuckte die Achseln, wandte mich um und ging.

2

Päderastie, Ehebruch und Mord, Räuberei, Irresein und Wollust. Die alten Griechen hätten dies alles zweifellos für normale Kost auf dem Tisch des Lebens erachtet. Ich dachte an die *Orestie* – versuchte es zumindest. Ich hatte das Gefühl, daß sich, wenn ich der Geschichte meines Vaters den fernen Status der griechischen Tragödie zu geben vermochte, diese Geschichte irgendwie in eine Saga verwandeln würde, die ich dann mit Gleichmut betrachten konnte – oder wenn nicht mit Gleichmut, dann wenigstens mit einem wohlgeordneten Verstand, dem Verstand, den ich in Harrow gebraucht hatte, um Aeschylos zu übersetzen. Doch der Mut fehlte mir, als ich an die schrecklich abschwächenden Formulierungen meines Vaters dachte.

Nur ein kleiner Irrtum mit den Gezeiten. Nur ein kleiner Zwischenfall im Musikzimmer. Die Phrasen holperten über mein Bewußtsein, und als ich mich der Stimme erinnerte, die das Unaussprechliche aussprach, wußte ich, daß ich den Schrecken, die er offenbart hatte, wehrlos ausgeliefert war.

Ich war im Wald bei Humphrey de Mohuns altem verfallenen Turm. Ich war im Wald und dachte über Päderastie, Ehebruch, Mord, Räuberei, Irresein und Wollust nach, wagte aber nicht an Vormunde zu denken, die eine Vertrauensposition mißbrauchten. Ich dachte nur an das Böse, das im Bereich der griechischen Literatur existierte – obwohl solches Übel alltäglicher war, als zivilisierte Menschen annahmen; ich wußte das sehr wohl. Hatte ich nicht immer die Halbinsel Gower keineswegs als den hübschen Spielplatz gesehen, den die Reiseführer rühmten, sondern als das gesetzlose, blutgetränkte Land, in dem die Verfügung des Königs so oft nichts galt? Ungewöhnlich waren der Frieden und die Ordnung des Oxmoon meiner Eltern; der Alptraum der achtziger Jahre hatte Gower nur in seiner wahren Gestalt vorgeführt.

Erst jetzt verstand ich richtig das zwanghafte Bestreben meiner Eltern, Maßstäbe zu setzen und moralische Grenzen zu ziehen. Nachdem sie die Hölle durchgemacht hatten, ging es ihnen jetzt darum, die Hölle in Schach zu halten, und sie glaubten, die Beachtung der Konventionen sei das beste Mittel, ihrem Vordringen Einhalt zu gebieten. Innerhalb der Festung ihrer selbstverfügten Moral konnten sie das Gefühl der Sicherheit haben, doch nach ihren Erfahrungen konnte keiner von ihnen daran zweifeln, daß es jenseits der Festungswälle Gewalttat und Irresein gab, die nur darauf lauerten, alle die zu vernichten, die nicht die Grenze zu ziehen vermochten.

Ich dachte an meine Eltern, wie sie aus ihrer moralischen Festung heraus kämpften, aber nicht, wie ich immer angenommen hatte, den Kampf gegen die Kräfte gewannen, die sie belagerten. Ich sah jetzt, daß sie langsam, aber unerbittlich an Boden verloren, indes mein Vater, mein verzweifelter, angeschlagener Vater, immer tiefer im Morast seiner Schuld und seiner Scham versank.

Schließlich versuchte ich die verhängnisvolle Schwäche meines Vaters rational zu bedenken und sagte mir, daß er als Opfer angesehen werden mußte und daß jeder gebildete Mensch ihm nur mit Mitgefühl begegnen konnte.

Ich wartete darauf, daß sich das Mitgefühl einstellte, aber es stellte sich nicht ein. Dann spürte ich, wie in die Leere, die das Mitleid hätte ausfüllen sollen, die dunkleren Emotionen einströmten, Emotionen, die ich hätte verjagen sollen. Aber ich konnte sie nicht verjagen. Ich war zu aufgewühlt. Ich war verstört, sehr verstört, verstörter als je in meinem Leben, und meine Gedanken nahmen eine Spiralfahrt hinab ins Chaos.

«Nur ein kleiner Zwischenfall im Musikzimmer ...»

Ich zitterte. Ich griff nach dem Efeu an den Mauern des verfallenen Turms, und über mir schlugen die Dohlen mit ihren düsteren Flügeln und krächzten, als verspotteten sie mich in meinem Zusammenbruch.

Endlich dachte ich an Ginette. Ich versuchte, nicht an sie zu denken, aber es half nichts. Ich wußte, sie hätte es mir sagen müssen, aber ich wußte auch, daß ihr das unmöglich gewesen wäre. Ich sagte mir, daß ich ihr keinen Vorwurf machen konnte. Ich konnte nur einem Menschen einen Vorwurf machen, und das war mein Vater.

Ich klammerte mich weiter an den Efeu, indes zuerst Zorn und dann Haß mich überwältigten. Dieser Kuß im Musikzimmer hatte Ginette Conor Kinsella in die Arme getrieben, hatte meine Jünglingsträume zunichte gemacht und mein späteres Leben zerstört. Und ich hatte all diese Jahre hindurch in meinem Vater weiter einen Helden erblickt! Wie ich jetzt mit blendender Deutlichkeit sehen konnte, war er kein Held; er war ein Lüstling, ein Betrüger und ein Narr.

Ich mußte mich übergeben. Danach war mir zwar noch immer übel, aber ich fühlte mich geistig ruhiger, als hätte mein Verstand gegen die Heftigkeit meiner Gefühle rebelliert und meinen Körper gezwungen, eine Geste der Ausstoßung auszuführen. Als rational denkender Mensch wußte ich, daß ich meinem Vater verzeihen mußte, diesem Opfer einer vergangenen Tragödie, und ich glaubte in der Tat, daß ich ihm letztlich verzeihen würde – aber noch nicht sofort. Vielleicht erst nach geraumer Zeit.

Ich spülte mir im nahen Bach das Gesicht ab und versuchte mich zu sammeln, indem ich mich auf die unmittelbare Zukunft konzentrierte, und da sah ich sogleich, wie sehr es darauf ankam, daß niemand erfuhr, wie erschüttert ich war. Mit anderen Worten: Mein Vater war jetzt nicht mein wichtigstes Problem, mit ihm konnte ich mich später auseinandersetzen. Wichtig war im Augenblick, daß ich ins Haus zurückging, mich umkleidete, zum Frühstück erschien und später mit der Familie zum Gottesdienst ging, als ob nichts geschehen wäre.

Ich mußte mich noch einmal übergeben. Sodann, angewidert von solcher Schwächeanwandlung und mangelnder Gefühlsbeherrschung, zwang ich mich dazu, den Wald zu verlassen, ins Haus zurückzukehren und der ganzen Qual meiner neuen Verstellung ins Auge zu sehen.

3

Frühstück gab es sonntags immer erst um neun, also hatte ich noch genügend Zeit, um mich innerlich zu wappnen. Ich fragte mich, ob mein Vater wohl meine Mutter bitten würde, die üblichen Gebete vor der Mahlzeit zu sprechen, kam aber zu dem Schluß, daß dies unwahrscheinlich war. Auch er würde wohl seine Not verbergen wollen, indem er den Schein wahrte; auch er würde, wie gerade ich, zu dem Schluß gekommen sein, daß ihm keine andere Handlungsweise offenstand.

Ich dachte an uns beide, wie wir einander sagten: Keiner darf es je erfahren, keiner darf es auch nur ahnen.

Ich vermochte im Augenblick nicht an Ginette zu denken. Ich wußte, daß ich früher oder später wegen meines Vaters mit ihr sprechen mußte, aber wann, das entzog sich im Augenblick noch meiner Vorstellung. Als ich mich auf meinem Zimmer wusch und umkleidete, sagte ich mir, daß ich nur mit jeweils einer Problemsituation fertig werden konnte, und meine erste Problemsituation war zweifellos, daß ich das Familienfrühstück im Speisezimmer gut überstand.

Ich ging hinunter in die Halle. Am Fuß der Treppe angelangt, stellte ich zu meinem Leidwesen fest, daß meine Uhr gegenüber der Standuhr, die traditionell die genaue Oxmoon-Zeit anzeigte, fünf Minuten nachging. Ich kam also zu spät. Das hieß auch, daß ich es mit meinen Verstellungskünsten schwer haben würde. Ich sah noch ungläubig auf die Standuhr, als ich hörte, wie die Speisezimmertür aufging.

Gleich darauf kam meine Mutter in die Halle gerauscht.

«Ach, da bist du ja!» sagte sie erleichtert. «Komm, wir warten alle schon – du darfst die Gebete nicht versäumen!»

Aber ich war wie gelähmt. Ich sah sie an und fand keine Worte, denn plötzlich sah ich sie nicht als die Frau, die mir so vertraut war, sondern als das unbekannte Mädchen von sechzehn Jahren, aufgewachsen als fröhliches Kind in einer wohlhabenden Familie und dann plötzlich in den moralischen und finanziellen Bankrott einer fremden Familie katapultiert. Ich dachte daran, daß sie zu meinem Vater gestanden hatte in einer Situation, in der eine Frau geringeren Formats schluchzend zu ihren Eltern zurückgerannt wäre; ich dachte daran, daß sie durch dick und dünn zu ihm gehalten hatte, ich dachte daran, daß sie Krisen gemeistert hatte, welche die meisten Frauen nicht nur für unlösbar, sondern für unvorstellbar gehalten hätten. Und ich dachte daran, wie falsch ich sie eingeschätzt hatte – daß ich sie als engstirnig abgetan hatte, wo in Wirklichkeit die Engstirnigkeit ganz allein auf mein Konto kam. Ich sah sie, wie sie mir in jenem entscheidenden Augenblick meiner Pubertät half, als sie sich bewußt geworden war, daß mein Vater versagt hatte; ich sah sie, wie sie mich anzusprechen versuchte, obwohl ich stets zum Zuhören zu stolz gewesen war. Ich sah sie, wie sie mich für meine eingebildete Vorstellung viel zu gut verstand, verstand, wie mein Vater mich nie verstanden hatte und nie verstehen würde. In der Erinnerung hörte ich sie sagen: «Du bist wie ich – du hast im Grunde recht einfache Gefühle», und zum ersten Mal wurde ich mir bewußt, wie sehr sie an der Seite dieses komplexen

Mannes gelitten haben mußte, den sie geheiratet und den sie offensichtlich geliebt hatte, so zielstrebig, wie ich Ginette geliebt hatte, seit ich sechzehn war.

«Komm!» wiederholte sie in lebhaftem Ton. «Du darfst deinen Vater nicht warten lassen!» Doch kaum hatte sie dies gesagt, da trat ich auf sie zu und nahm sie in die Arme.

Einen Augenblick lang blieb sie stumm. Dann klopfte sie mir auf den Rücken und sagte freundlich: «Schon gut, schon gut. Wir regeln das später. Jetzt komm – tun wir, was wir tun müssen.»

Ich folgte ihr schweigend ins Speisezimmer.

4

Mir fiel sofort auf, daß Ginette nicht anwesend war. Das beunruhigte mich. Inzwischen war ich so sehr von dem Verlangen besessen, so zu tun, als wäre alles so, wie es sein sollte, daß die kleinste Abweichung mir einen Schock versetzte.

«Fühlst du dich besser, Robert?» erkundigte sich John, als die Gebete gesprochen waren.

«Besser?» erwiderte ich verständnislos.

«Dein Sonnenstich, Robert», sagte meine Mutter. «Ich hätte dir fast das Frühstück aufs Zimmer geschickt, aber dein Vater sagte, du hättest dich wieder erholt. Das freut mich so sehr.»

«Mama hat beschlossen, statt dessen Ginevra zu verwöhnen!» informierte mich Lion. «Übrigens, Mama, wie müde muß *ich* sein, bis ich das Familiengebet versäumen und das Frühstück ans Bett gebracht bekommen darf?»

Nach dem allgemeinen Gelächter ließ ich mir Kaffee, gebackene Eier, Speck, Würstchen und Toast reichen und spielte dann mit Messer und Gabel. Mein Vater nahm nur Speck, und es gelang ihm, ihn Scheibe für Scheibe Glendower zuzuschieben. Meine Mutter am Kopfende des Tisches hatte klugerweise ein gekochtes Ei bestellt, und da niemand durch die Schale sehen konnte, wußte auch niemand, wieviel sie davon aß. Sie trank zwei Tassen Tee und wirkte ganz ruhig.

Inzwischen war eine lebhafte Diskussion über die Dinnerparty des Vorabends in Gang gekommen. Ich hatte vergessen, welchen Gesprächslärm große Familien verursachen können, doch obwohl ich gelegentlich zusammenzuckte, war ich froh für die Gelegenheit, mich still verhalten zu können.

«Ja», sagte mein Vater, demonstrativ seine Uhr hervorziehend, «ich habe vor dem Gottesdienst noch ein, zwei Dinge zu erledigen, wenn ihr mich also bitte entschuldigen wollt –»

Die Tür ging auf, und herein kam Ginette.

5

«Ginevra!» riefen meine Brüder entzückt im Chor.

«Darlings!» gab sie strahlend zurück. «Ich konnte einfach nicht oben bleiben, da hätte ich mich so schuldig gefühlt!» Sie blickte zu meiner Mutter hinüber. «Margaret, so lieb von dir, daß du mir ein Tablett hinaufgeschickt hast, aber ich wollte wirklich zum Frühstück bei der Familie sein. Tut mir leid, daß ich das Gebet versäumt habe.»

Sie trug ein einfaches schwarzes Kleid ohne jeden Schmuck. Sie hatte Kinsellas Ringe nicht wieder übergestreift, und in meinem fieberhaften Zustand hielt ich das für einen schlimmen Fehler, doch als ich den Blick in die Runde warf, sah ich, daß niemand eine so geringfügige Äußerlichkeit ihrer Erscheinung bemerkte. Ich zwang mich zur Ruhe.

«Guten Morgen, Robert!» sagte sie, als Ifor ihr den Stuhl neben dem meinen hinrückte. «Was macht der Sonnenstich?»

«Robert hat beschlossen, weiterzuleben!» sagte Lion prompt. «Wir sind alle beschämt!»

«Nun, ich darf mich nicht länger aufhalten», sagte mein Vater, als es ihm endlich gelang, sich zu entfernen.

Ich wäre auch gern gegangen, aber ich wußte, ich mußte bleiben. Ich konnte Ginette nicht im Stich lassen, wo sie sich, jede Vorsicht in den Wind schlagend, in die Höhle des Löwen begeben hatte, und als ich ihr angespannt lächelndes Gesicht sah, erkannte ich ein Verhaltensmuster wieder, das mir nicht unbekannt war: der Häftling wird durch das Warten in der Zelle so zermürbt, daß er nichts dringlicher ersehnt, als vor seinen Richter zu kommen und das Urteil zu erfahren.

«Papa sieht gar nicht gut aus, Mama», sagte John besorgt. «Fehlt ihm etwas?»

«Nein, John, er hat nur nicht gut geschlafen nach der Feier gestern abend.»

«Mama», sagte Celia, im Aufbruch begriffen, «wie fahren wir in die Kirche? Ist Platz für mich im Automobil oder fahren Robert und Ginevra mit dir und Papa?»

«Oh, für dich ist schon noch Platz», sagte meine Mutter. «Robert und Ginevra fahren nicht zum Gottesdienst.»

Alle blickten sie erstaunt an.

«Aber das verstößt gegen die Regel!» meldete sich Thomas leicht empört.

«Sie gehen gewiß zur Abendandacht, Thomas, aber heute morgen haben sie etwas Wichtiges zu besprechen.»

«Was denn?» fragte Lion automatisch.

«Teuerster Lion», sagte meine Mutter, «das ist eine persönliche und private Angelegenheit, die mit Ginevras Trauerfall zu tun hat, und es wäre sehr unhöflich, wenn du da weiter fragtest. Eine Witwe –» meine Mutter trank einen Schluck Tee – «hat natürlich viele gesetzliche und finanzielle Probleme, die die Aufmerksamkeit eines in diesen Dingen erfahrenen Mannes erfordern.»

«Oh, ich verstehe.» Lion fiel in verwirrtes Schweigen.

«Soll ich diese dritte Scheibe Speck noch essen oder nicht?» sann Edmund laut vor sich hin, der noch immer über seinem Frühstück saß.

«Laß sie liegen», sagte John und stand so unvermittelt auf, daß ich wußte, daß er die Spannung im Zimmer gespürt hatte. «Kommt, Leute, Zeit für die Kirche.»

«Darf ich auch raus, bitte?» fragte Thomas mechanisch. Er war schon, mit noch vollem Mund, auf dem Weg zur Tür.

«Ja, Thomas. Edmund, du mußt dir vor der Kirche noch eine andere Krawatte umbinden. Auf deiner ist ein Eierfleck.»

«O Gott, wahrhaftig. Danke für den Hinweis, Mama.»

«Schon gut, Bayliss», sagte meine Mutter zu dem Butler. «Ich läute später, wenn Sie abräumen können.»

«Sehr wohl, Madam.» Bayliss ging, gefolgt von Ifor. Thomas und John waren schon in der Halle, während Lion und Edmund ihnen nachfolgten.

«Ich weiß nicht, welchen Hut ich aufsetzen soll», sagte Celia. «Ich glaube, ich nehme den mit den Rosenknospen.»

Sie ging hinaus. Die Tür ging endlich zu. Meine Mutter blieb am einen Ende des langen Tisches sitzen, und Ginette und ich saßen ein Stück entfernt zu ihrer Rechten. In der Stille, die eingetreten war, fühlte ich, wie Ginettes Hand unruhig nach der meinen tastete.

«Es tut mir leid, daß du es für richtig gehalten hast, herunterzukommen, Ginevra», sagte meine Mutter schließlich in freundlichem Ton und stellte ihre Tasse auf die Untertasse. «Was ich dir zu sagen habe, wollte ich dir unter vier Augen auf deinem Zimmer sagen. Ich wollte dich nicht in Roberts Gegenwart in Verlegenheit bringen.» Sie hielt einen Moment inne und fuhr dann fort: «Vielleicht ist es dir lieber, wenn Robert jetzt geht.» Ihre Stimme klang besorgt, als hätte sie nur unser Bestes im Sinn.

Ich zog Ginettes Hand auf den Tisch, damit meine Mutter sehen konnte, daß unsere Finger verschränkt waren. «Ich bleibe», sagte ich.

«Oh, ich glaube nicht, daß du bleiben möchtest, Robert», sagte meine Mutter. «Ich glaube, es wäre für dich viel besser, wenn du mich mit Ginevra allein sprechen ließest.»

Ich legte den Arm um Ginettes Schultern. Sie zitterte. Ich hielt sie ganz fest und wiederholte: «Ich bleibe.»

«Nun gut.» Meine Mutter hielt inne, um sich zu sammeln. Schließlich sagte sie: «Ginevra – Bobby hatte heute morgen ein langes Gespräch mit Robert, und Robert weiß jetzt, daß du zu ihm nicht aufrichtig gewesen bist.»

Ich hörte und spürte Ginettes entsetztes Atemholen, sagte aber mit blitzartiger Geschwindigkeit, als wäre sie meine Klientin: «Sag kein Wort.»

Ginette war starr vor Angst. Ich war mir schmerzhaft bewußt, daß alle Farbe aus ihrem Gesicht wich, hielt aber noch immer den Arm um sie, und wir verhielten uns stumm.

«Nun, Ginevra», fuhr meine Mutter in plötzlich sehr nüchterngeschäftsmäßigem Ton fort, «ich glaube, wenn du Robert heiraten willst, solltest du wirklich aufrichtig zu ihm sein. Du magst damit zufrieden sein, wenn du ihn täuschst, aber meiner Ansicht nach wäre eine solche Täuschung etwas sehr Unrechtes, und ich könnte sie unmöglich dulden. Aber vielleicht irre ich mich, und du hast nicht die Absicht, ihn zu heiraten? Wenn du nur weiterhin seine Mätresse sein willst, dann muß Robert dich natürlich so nehmen, wie du bist, und ich sage kein Wort mehr.»

Ich sagte: «Wir werden heiraten.»

«Aha», sagte meine Mutter, «dann bleibt mir leider keine Wahl.» Sie erhob sich, und wir taten es ihr nach. Ginette lehnte sich an mich, sie atmete nur schwach, und ihre Finger umkrampften die meinen.

«Ich gehe jetzt zur Kirche», sagte meine Mutter. «Inzwischen erzählst du, Ginevra, Robert genau, was in Oxmoon vorgefallen ist, als du sechzehn warst, und wenn ich zurückkomme, werde ich weiter über die Situation mit ihm sprechen. Wenn ich feststelle, daß du ihm nicht die Wahrheit gesagt hast, dann werde ich das ganz bestimmt tun.»

Ich unterbrach sie. «Ginette kann mir nichts sagen, was ich nicht schon weiß.»

Sie blickte mich fest an. Ihre blassen Augen wirkten dunkler als gewöhnlich, weil sie den dunklen Farbton ihres Kleides widerspiegelten. Sie hatte ein breites Gesicht mit einem Mund, der sich binnen einer Sekunde verhärten und unerbittliche Entschlossenheit ausdrükken konnte. Jetzt verhärtete er sich. Während ich instinktiv vor ihr zurückwich, hörte ich mich – zu meinem Entsetzen mit nicht ganz sicherer Stimme – sagen: «Ich weiß, was du mir sagen willst, aber ich glaube es nicht. Ich werde und kann es nicht glauben. Du sprichst jetzt nur aus Zorn und Rache.»

Sie wandte sich unvermittelt an Ginette. «Wir müssen ihn sofort aufklären. Willst du es ihm sagen, oder soll ich es tun?»

«O Margaret, nein, *nein* –»

«Du kannst ihm nicht ewig etwas vormachen. Dazu ist er viel zu klug, und er hat es Tag für Tag mit Verbrechern und Lügnern zu tun – sieh ihn nur an, er weiß es schon, wenn er es auch noch nicht glauben will –»

«Ich kann's ihm nicht sagen!» kreischte Ginette. «Ich kann's nicht, ich kann's nicht, ich kann's nicht!»

«Na schön», sagte meine Mutter. «Vielleicht habe ich zuviel von dir erwartet. Vielleicht hätte ich die Tatsache mehr in Rechnung stellen sollen, daß du einiges durchgemacht hast.» Dann wandte sie sich an mich und sagte freundlich, ohne eine Gefühlsregung, auf die sie Anspruch gehabt hätte: «Es tut mir leid, Robert, aber dein Vater hat dir nicht die ganze Geschichte erzählt. Es ist nicht seine Schuld, er ist einfach emotional unfähig dazu. Die Wahrheit ist ganz einfach die: er hat sie verführt. Sie hat mit ihm geschlafen. Und das hätte beinahe unser aller Verderben bedeutet.»

Zweiter Teil
Ginevra
1913 - 1919

«Du meinst, das Glück habe sich dir gegenüber gewandelt: du irrst! Dies sind immer seine Sitten, dies ist seine Natur. Es hat vielmehr gerade in seiner Veränderlichkeit dir gegenüber seine ihm eigentümliche Beständigkeit bewahrt. So war es, als es schmeichelte, als es vor dir mit den Lockungen falscher Glückseligkeit gaukelte. Du hast das zweideutige Antlitz der blinden Gottheit nun entdeckt; während sie sich andern noch verhüllt, ist sie dir völlig bekannt geworden.»

BOETHIUS, Trost der Philosophie

Und das hätte beinahe unser aller Verderben bedeutet», sagte Margaret.

Ich wurde ohnmächtig.

*

Nein, das stimmt nicht. Das ist Phantasie, und in diesem Journal muß ich mich an die Wirklichkeit halten. Ich bin wie eine dieser armseligen Frauen, die etwas an der Gebärmutter haben, ihren Arzt aber belügen, weil sie sich vor der Untersuchung ihrer Schamteile fürchten. Wenn man seinem Arzt nicht die Wahrheit sagt, wie kann man da hoffen, gesund zu werden? Und wenn ich meinem Journal nicht die Wahrheit sage, wie kann ich da hoffen, aus dem Lügendurcheinander meines gräßlichen Lebens herauszukommen?

Also keine Lügen mehr, hier nicht. Nicht mehr schreiben: «Ich wurde ohnmächtig», als wäre ich die jungfräuliche Heldin eines romantischen Romans. (Oh, wie göttlich es wäre, eine jungfräuliche Heldin zu sein! Es würde mir sogar nichts ausmachen, alle diese schrecklichen Feldblumen zu pressen.) Was ich tun muß, ist dies: nach bester Erinnerung berichten, was zu geschehen schien, und dann sagen, was wirklich vorging – und noch vorgeht. Dann kann ich vielleicht die Wirklichkeit meistern und den Schrecken einer auf Illusion aufgebauten Zukunft vermeiden.

Ich muß also tapfer, entschlossen und unbedingt aufrichtig sein (alles Dinge, die ich nicht bin), und das «Ich wurde ohnmächtig» streichen. Und noch einmal anfangen.

*

«Die Wahrheit ist einfach die», sagte Margaret in einem Ton, als bespräche sie mit der Köchin ein etwas kompliziertes Menü für eine Dinnerparty, «er hat sie verführt. Sie hat mit ihm geschlafen. Und das hätte beinahe unser aller Verderben bedeutet.»

Ich dachte: na ja, jetzt ist's soweit. Alles aus. Und ich sank auf den nächsten Stuhl. Ich war mir keines anderen Gefühls als des der Erleichterung darüber bewußt, daß die lang vorhergesehene Katastrophe endlich eingetreten war. Ich dachte an die Heldin meiner Kindheit, Maria Stuart, die endlich den Kopf auf den Richtblock legen mußte. Welche Wonne! Welche Erleichterung! Man hatte nichts mehr zu tun, nur noch auf das Beil zu warten.

So saß ich benommen am Speisezimmertisch mit dem noch nicht abgeräumten Frühstücksgeschirr, während vor mir ein sehr großer Mann einer sehr kleinen Frau gegenüberstand, die mit teilnahmsloser Stimme sagte: «Ich gehe jetzt in die Kirche. Aber sollte einer von euch dieses Gespräch später fortsetzen wollen, bin ich nur zu gern bereit, euch in jeder mir möglichen Weise zu helfen.»

Zierliche kleine Schritte trippelten an mir vorbei, und nachdem die Speisezimmertür sich geschlossen hatte, trippelten zierliche kleine Schritte zur Halle davon. Ich wartete weiter auf das Beil, doch als nichts geschah, nahm ich allen Mut zusammen und sah meinen Scharfrichter an. Sein Blick war auf den Tisch mit den beschmutzten Tellern, den zerknüllten Servietten, auf das ganze Durcheinander gerichtet. Dann sagte er in abruptem Ton: «Geh und warte auf mich im Musikzimmer.» Er hätte einen lästigen Rechtsbeistand aus seiner Kanzlei gewiesen haben können; ich erwartete fast, daß er seinen Sekretär anwies, einen weiteren Termin zu vereinbaren.

Er hielt mir die Tür auf, als ich hinausging, aber ich wagte nicht ihn anzusehen, und ich vermute, auch er traute sich nicht, mich anzusehen. Den Flur entlangstolpernd hoffte ich inständig, ich würde niemandem begegnen, und begegnete auch niemandem. (Warum erhört Gott so oft triviale Bitten und nicht solche, die wirklich wichtig wären?) Das kleine Musikzimmer, in dem ich so viele Stunden mit dem Herunterklimpern langweiliger Tonleitern verbracht hatte, lag an dem Gang, der zum Ballsaal führte, und dort beim Fenster stand noch derselbe Tisch, an dem ich vor langer Zeit Miss Sale, meine unfähige Gouvernante, damit geärgert hatte, daß ich sehr sinnliche Violinschlüssel zeichnete.

Ich schritt zum Klavier.

«Wie gut du spielst!» sagte Bobby in meiner Erinnerung, der Bobby, an den mich zu erinnern mir zu Gebote stand, der Mann, der so gut und freundlich zu Kindern war. Es hatte noch einen anderen Bobby gegeben, aber ihm konnte ich in meiner Erinnerung keinen Platz gewähren. Manchmal versuchte er sich einzuschleichen – er versuchte es gerade eben wieder –, aber die Angst machte mich stark, und ich sperrte ihn aus. Der Weg zum Erinnern wurde bewacht von einer schrecklichen Kälte, und sowie ich erschauerte, dachte ich: daran will ich nicht denken. Aber ich hatte immer Angst, ich könnte doch daran denken. Davor hatte ich auch jetzt Angst. Ich wußte, ich würde mich des anderen Bobby erinnern müssen, aber ich wußte nicht, wie ich von ihm sprechen sollte, ohne dabei das Bewußtsein zu verlieren. Ich dachte, ich müßte vor Scham sterben.

Um mich abzulenken, begann ich die «Schöne blaue Donau» zu spielen, aber ich war so verwirrt, daß lauter falsche Töne herauskamen, und ich hatte gerade verzweifelt aufgehört, als das Unvermeidliche geschah: Schritte auf dem Flur, Robert kam herein.

Ich erhob mich mit Mühe. Sein Gesicht war ausdruckslos, sprach nur von nüchterner Sachlichkeit. Mir wurde noch banger.

«Setz dich, bitte», sagte er und deutete zum Tisch.

Wir nahmen einander gegenüber beim Fenster Platz. Zwischen uns lag ein Notenstapel, und als ich auf die Violinschlüssel starrte, verloren sie ihre Bedeutung, waren nur noch wiederkehrende Symbole zwischen wiederkehrenden parallelen Linien.

«Nun», sagte Robert in lebhaftem Ton, «wir machen jetzt folgendes. Du erzählst mir die Wahrheit, die ganze Wahrheit und nichts als die Wahrheit. Wenn dann die Wahrheit einwandfrei feststeht, fasse ich sie so zusammen, daß wir unser Dilemma vernünftig beurteilen können. Ehe ich jedoch anfange ... hörst du mir zu?»

Ich flüsterte ein Ja.

«Dann sieh mich an.»

Ich hob die Augen irgendwie bis zur Höhe seiner Uhrkette.

«Schon besser. Jetzt, ehe wir anfangen, möchte ich zweierlei klarstellen. Erstens: Lüg mich nicht an, denn ich bin jetzt auf der Hut, und werde eine Lüge erkennen, wenn sie noch kaum ausgesprochen ist. Ich kann aus Berufserfahrung Lügen erkennen, und obwohl ich die Augen davor verschlossen hatte, wußte ich schon vorher, daß mein Vater mir nicht die Wahrheit gesagt hatte; er hat sich sehr plausibel angehört, aber mir fiel auf, wie erleichtert er war, als er glaubte, seine ganze große Lüge angebracht zu haben ... Du siehst also, du mußt mir immer die Wahrheit sagen, denn andernfalls merke ich es sofort, und das wäre das Ende.»

«Ja.» Ich hörte das Wort «Ende» und wurde mir verschwommen bewußt, daß er von diesem Ende nicht so sprach, als könnte es in der Gegenwart sein, sondern als läge es in der Zukunft, und nicht einfach in der Zukunft, sondern in einer Zukunft, die nicht zwangsläufig unvermeidbar war. Offenbar wurde mir ein schrecklicher Hinrichtungsaufschub gewährt ... Ich dachte an die Folterbank und an langsames Entdärmen und begann die Vorteile einer sauberen, raschen Enthauptung zu erkennen. Vielleicht war Maria Stuart glücklicher dran gewesen, als ich je vermutet hatte.

«Nun gut, das war mein erster Punkt», sagte Robert, «und der zweite ist der: Wie immer auch die Wahrheit aussieht, scheue dich nicht, sie zu gestehen, denn mich kann nichts schockieren – ich habe alles schon einmal gehört. Vielleicht darf ich dich daran erinnern, daß ich nicht nur Mörder im Old Bailey verteidige, sondern auch draußen herumkomme und beim Schwurgericht Leute verteidige, die des Raubs, des Überfalls, der Vergewaltigung, der Perversität, des Inzests und aller möglicher anderer Vergehen angeklagt werden. Du verstehst, was ich damit sagen will, ja? Du siehst, welch großer Vorteil mein Beruf in unserer Lage bedeutet?»

Ich brachte ein Kopfnicken zustande, vermochte mir aber noch immer nicht vorzustellen, wie ich je von dem Unaussprechlichen sprechen sollte. Aber Robert sah, in welcher Not ich war, und versuchte es noch einmal.

«Wenn du mir hilfst, indem du tust, worum ich dich bitte», sagte er, «dann kann ich auch dir helfen. Betrachte es als eine Art Scharade: Ich stelle mir vor, du seist meine Klientin, jemand, der in großer Bedrängnis ist, die mein ganzes berufliches Geschick erfordert, und du betrachtest mich als deinen Anwalt, als die einzige Person auf Erden, die dir aus diesem Durcheinander heraushelfen kann.»

Ich begriff plötzlich nicht nur seinen Vorschlag, sondern auch die Logik, die ihm zugrunde lag. Er versuchte uns beide von dem Grauen loszulösen, indem er es unpersönlich machte. Wir waren kein Liebespaar mehr, wir waren Anwalt und Klientin. Ich war in schrecklicher Not, aber er konnte helfen, er hatte das alles schon erlebt, er war ruhig, er war professionell, er wurde damit fertig. Um zu überleben, brauchte ich ihm nur zu vertrauen.

«Ein Fall dieser Art ist gar nicht ungewöhnlich», sagte Robert, mein Vertrauen weiter stärkend. «Es überrascht dich vielleicht, das zu hören, aber bisweilen gibt es sogar seitens eines Kindes einen Grad von Einwilligung, der bis zur Ermutigung gehen kann. Ich sage das nicht, weil ich annehme, daß dies in deinem Fall zutrifft, sondern nur, um dir zu versichern, daß ich mit solchen Vorfällen vollkommen vertraut bin. Und jetzt . . . können wir anfangen?»

Ich nickte, geriet aber sofort wieder in Panik. Ich konnte einfach keinen Anfang finden.

«Ginevra.» Das riß mich aus meiner Panik heraus wie ein Schlag ins Gesicht, denn er hatte mich nie wie alle anderen Ginevra genannt.

«Du mußt mir vertrauen», sagte er, und als ich ihm in die Augen sah, konnte ich nicht mehr fortblicken. «Du mußt.»

«Ja ... das will ich ... aber ich weiß nicht, wo ich anfangen soll.»

Er lächelte. Wie so viele Angeklagte vor Schwurgerichten hatte ich mein Denken dem seinen überantwortet, und die erste Hürde war genommen. Ich war so erleichtert, als ich ihn lächeln sah, daß mir die Tränen in die Augen traten, und als er mir eine Zigarette anbot (noble Geste eines Mannes, der dagegen war, daß Frauen rauchten), weinte ich fast vor Dankbarkeit.

Als unsere Zigaretten brannten, fuhr er fort: «Das erste, was ich klären möchte, ist die Chronologie. Diese Sache steht in Zusammenhang mit deiner ersten Begegnung mit Kinsella, nicht wahr? Ich möchte klären, ob die beiden Vorfälle miteinander in Verbindung standen oder nur nebeneinander herliefen. Fangen wir mit Kinsella an. Du hast ihn bei den Mowbrays kennengelernt, nicht wahr, im Mai 1896, kurz nach deinem sechzehnten Geburtstag?»

«Ja.» Das war leicht. Ich dachte an Conor und wie göttlich blendend er ausgesehen hatte mit vierundzwanzig, gewissermaßen ein Rohdiamant in einer Fassung aus Perlen und Sprödigkeit. «Es war eine Dinnerparty für Erwachsene», sagte ich. «Ich war natürlich noch nicht ‹groß›, aber es machte nichts, denn es kamen nur alte Freunde und Bekannte. Die Kinsellas von Porteynon hatten Conor mitgebracht, und die Bryn-Davies waren auch da. Ich weiß noch, daß ich zu Conor sagte: ‹Mr. Bryn-Davies' Vater und die Mutter meines Cousins Bobby hatten früher einmal eine ganz tolle Liebesaffäre!›, und Conor fand das sehr lustig, aber Margaret hatte es mitangehört und war nachher wütend auf mich.»

«Wie war Bobbys Einstellung zu dir damals?»

«Normal.» Ich war ihm dankbar dafür, daß er «Bobby» sagte und nicht ein Wort gebrauchte, das seine Verwandtschaft mit ihm unterstrichen hätte.

«Sehr schön. Was geschah nach dieser Party, bei der du auf Kinsella einen so großen Eindruck gemacht hast?»

«Nichts. Und ich habe keinen großen Eindruck auf ihn gemacht. Ich war ja noch so jung, ich trug noch Zöpfe – ich hatte keinerlei Chance, die Aufmerksamkeit eines weltgewandten Mannes von vierundzwanzig Jahren zu erwecken. Außerdem war er hinter dem Geld seiner Cousins her – dem Geld, das später an dieses dumme Hundeasyl ging –, und so mußte er sich tadellos benehmen. Er durfte sich keinen leichtsinnigen Flirt erlauben.»

«Aber du hast ihm gefallen.»

«O ja, ich glaube, er fand mich ganz nett, aber mir war bald klar, daß nichts daraus werden würde. Margaret war gar nicht von ihm angetan, und so wußte ich, daß er nie nach Oxmoon eingeladen werden würde.»

«Sehr entmutigend für dich. Was geschah dann?»

«Ich habe zu Hause herumgeschmollt und ein paar Verzweiflungstränen vergossen und mir gesagt, mein Leben sei mit sechzehn zu Ende.»

«Ein durchaus normales Verhalten für ein Mädchen, das seine erste Schwärmerei durchmacht.»

«O ja, alles war absolut normal. Aber dann –»

«Gehen wir streng chronologisch vor. Du hast also, sagst du, Tränen vergossen wie eine liebeskranke Heldin.»

«– im Gartenhäuschen, ja, ich weinte gerade, mit meinem Band Browning in der Hand, als – als Bobby vorbeikam mit Glendower – oder zumindest dem Glendower von vor siebzehn Jahren. Er fragte, was ich hätte, und als ich ihm mein Herz ausschüttete, war er so freundlich und verständnisvoll.» Dies war der Bobby, an den ich mich gefahrlos erinnern konnte. Ich bekam die Worte mühelos heraus.

«Legte er in diesem Stadium ein unnormales Interesse an den Tag?»

«Nein, aber danach wurde er immer netter zu mir, und ich traf immer wieder in komischen Augenblicken mit ihm zufällig zusammen – aber natürlich war das nicht zufällig –»

«Entschuldige, ich muß der Zeit auf der Spur bleiben. Ist das noch immer Mai oder sind wir schon im Juni?»

«Es muß noch immer Mai gewesen sein. Ich lernte Conor zu Anfang des Monats kennen, und ich glaube nicht, daß dieses ungewöhnliche Interesse von Bobby länger als vierzehn Tage gedauert hat – höchstens drei Wochen.»

«Aber ein unschickliches Verhalten deutete sich noch nicht an?»

«Nein, ich wußte, daß sein Interesse etwas Neues war, aber ich dachte, er wollte mich nur aufmuntern.»

«Er hat dich nicht beispielsweise hier im Musikzimmer geküßt, wenn sonst niemand zugegen war?»

«Nein, nie. Aber es ist komisch, daß du das Musikzimmer erwähnst, denn er ist tatsächlich mehr als einmal hereingekommen, wenn ich auf dem Klavier übte.» Ich versuchte mich an die Vorfälle zu erinnern. Ich hatte so viele Jahre damit verbracht, alles zu vergessen, daß manches in meiner Erinnerung verschwamm, doch nun wollte ich, schon um Robert mit meinem Mut zu beeindrucken, mir selbst Klarheit verschaffen. «Warte einen Augenblick», sagte ich, «ich muß da nachdenken.»

Ich dachte nach. Ich empfand jetzt keinen Schmerz mehr, keine Angst, nur noch das brennende Verlangen, alles so genau wie möglich zu gestehen, und als ich so stumm dasaß, erschien mir die Vergangenheit nicht mehr als ein emotionaler Alptraum, sondern als ein intellektuelles Puzzlespiel, das zusammenzusetzen ich mich moralisch verpflichtet fühlte.

Endlich sagte ich langsam: «Ich glaube, die Wahrheit ist wahrscheinlich die: Es kann schon sein, daß Bobby mich damals küssen wollte – oder meine Hand halten – oder sonstwas, inzwischen, und ich glaube, wenn ich älter gewesen wäre, hätte ich gemerkt, daß er sexuelle Gedanken verfolgte, aber ich habe es nicht gemerkt, und er hat auch nichts getan.»

«Gut, das akzeptiere ich.»

«Denn als es dann geschah, da kam es für mich ohne jede Warnung –» Meine Stimme schwankte, und ich mußte innehalten.

«Ja, das verstehe ich, aber eile nicht voraus – alles der Reihe nach. Margaret war zu dieser Zeit verreist, glaube ich?»

«Ja, sie war nach Staffordshire zu Tante May gefahren, deren Baby gestorben war. Die arme Tante May, sie war so nett – ausgerechnet die gräßliche alte Tante Ethel ist die Schwester, die noch lebt –»

«Eine Tragödie, gewiß, aber lassen wir uns nicht durch Tante Ethels unbestreitbare Gräßlichkeit ablenken; konzentrieren wir uns auf den Mai 1896. Also: Margaret war in Staffordshire, und Kinsella war wohl noch in Porteynon. Wie ist es dir gelungen, ihn zu treffen, nachdem Margaret abgereist war?»

«Ich habe ihn nicht getroffen. Ich habe ihn überhaupt nicht gesehen. Diese Geschichte von geheimen Rendezvous hat Margaret später erfunden, um zu vertuschen, was geschehen war.»

«Aha. Schön. Du warst also in Oxmoon, aber du warst gewiß nicht mit Bobby allein. Du hattest deine Gouvernante, und Celia war um dich herum, wenn dir die Kleinen aus dem Kinderzimmer nicht auf die Nerven gegangen sind, also muß sich Bobby den Augenblick der Verführung sehr genau ausgesucht haben.»

«Ja, das hat er.»

«An Bobbys Stelle wäre ich nachts auf dein Zimmer gekommen.»

«Ja», sagte ich noch einmal, «das ist er auch.» Als ich meine Zigarette ausdrückte, hörte ich mich rasch sagen: «Das war das Schreckliche an der vergangenen Nacht, Robert, als Bobby plötzlich hereinkam. Ich wußte natürlich genau, daß er nur herausfinden wollte, ob damit zu rechnen war, daß ich dich heirate – ich wußte, er hatte nichts Böses im Sinn –, aber als er hereinkam, da war das wie eine Wiederholung der Vergangenheit – o Gott, ich kann dir gar nicht sagen, was das für ein Alptraum war vergangene Nacht –»

«Es war ein Alptraum für uns alle drei. Aber kehren wir zum Alptraum von 1896 zurück.»

«Deshalb hat Margaret mir diesmal nicht mein altes Zimmer gegeben. Sie wußte – sie ahnte –»

«Lassen wir 1913. Wir sind im Jahre 1896, und Bobby ist auf dein Zimmer gekommen, um zu zeigen, daß er dich nicht mehr als Tochter ansehen kann.»

«Ja, er ... er hat mich geküßt und ... es tut mir leid, ich kann gleich wieder weitermachen – aber du mußt mir noch eine Frage stellen, ich weiß nicht, was ich als nächstes –»

«Hat er dich sofort verführt oder hat er für eine spätere Verführung Vorarbeit geleistet?»

«O Gott, ja und nein. Tut mir leid, ich weiß, das klingt lächerlich, aber –»

«Keineswegs. Er scheint einem bekannten Verhaltensmuster gefolgt zu sein. Du willst sagen, daß er dich verführt hat und doch nicht verführt hat – er hat dich körperlich als Jungfrau zurückgelassen, aber nicht geistig und gefühlsmäßig.»

«Ja, es war alles so ... so unbeschreiblich gräßlich, *gräßlich,* weil ... weil ... du hast doch gerade gesagt, daß in solchen Fällen das Kind manchmal einwilligt, bis es nach Ermunterung aussieht ... und ich habe eingewilligt, es war, weil er mich so erschreckt hat. Ich wußte, es war verkehrt, aber das schlimme war, ich sah, daß auch *er* wußte, daß es verkehrt war, aber er konnte nichts dagegen machen – und als ich ihn so sah, so anders, ein ganz fremder Mann – o Gott, ich hatte solche Angst, ich wollte nur alles in Ordnung bringen ... Er sagte, er sei unglücklich, weißt du, und da dachte ich, wenn ich ihn nur glücklich machen kann, würde er wieder der Bobby, den ich kannte –»

«Hat er gesagt, weshalb er unglücklich war?»

«Er hat gesagt, wo Margaret jetzt fort sei, hätte er Angst, allein zu schlafen, weil er dann Alpträume bekäme, und er fragte, ob er eine Weile bei mir schlafen könne, damit die Alpträume nicht kämen. Und Robert, das schreckliche war –»

«Er sagte die Wahrheit. Er war wirklich verzweifelt, und natürlich wolltest du ihm helfen – o ja, die wirklich ausgemachten Lügner dieser Welt greifen immer, so weit es nur geht, zur Wahrheit! Schön, also die Wahrheit lieferte ihm den Vorwand, den er brauchte, um mit dir ins Bett zu gehen, und du warst viel zu verängstigt durch diese Enthüllung der unausgeglichenen Seite seiner Persönlichkeit, um etwas anderes zu tun, als dich zu fügen. Das ist mir alles klar. Jetzt –»

«Er sagte, er würde nichts tun, was ich nicht wollte, aber das dumme war ... nun, ich wußte nicht wirklich, was er meinte, ich hatte nie über Geschlechtliches mit jemandem gesprochen – ‹Sex›, wie Mr. H. G. Wells es nennt –, man hielt das einfach für kitschig, nicht, und Margaret hatte nur gesagt, sie müßte später mal mit mir ein kleines Gespräch führen, ehe ich zu meinem ersten Tanz ginge – natürlich hatte ich eine Ahnung, was da vorging, wegen all der Tiere, aber ich war noch so unwissend –»

«Ich verstehe. Jetzt – wie hat Bobby nachher reagiert? Hat er sofort gefragt, ob er in der nächsten Nacht wiederkommen könnte?»

«O nein – nein, ganz im Gegenteil! Robert, er war bestürzt, völlig entsetzt – und da bekam ich natürlich noch mehr Angst, weil er in diesem Moment unwiederbringlich in einen bösen Menschen verwandelt schien, der schreckliche Dinge tat. Er saß auf der Bettkante und sagte: ‹Ich habe etwas Schreckliches getan, und niemand darf je davon erfahren› – o Gott, wie war ich erschrocken! Dann hat er sich aufgeregt wegen des Bettuchs, weil ... nun, ich sagte, ich würde es mit dem Schwamm abtupfen, aber er hat mir nicht vertraut und gesagt, er macht es selbst. Er war richtig in Panik. Er sagte: ‹Du brauchst dir keine Sorgen zu machen, du bist noch Jungfrau, ich habe dir nichts angetan›, aber als er dann meinen Gesichtsausdruck sah, wußte er, was er mir angetan hatte, und er sagte: ‹O Gott, verzeih mir›, und ich dachte, er bricht gleich zusammen, aber er hat nur wiederholt, er werde so etwas nie wieder tun, und dann ist er gegangen.»

«Aber er kam wieder –»

«Ja, in der Nacht darauf.»

«– und hat die Verführung vollendet.»

«Ja. Ich konnte es nicht ertragen, daß er so verzweifelt aussah, und als er sein Wort brach, war ich fast erleichtert. Ich dachte: jetzt werde ich alles wieder in Ordnung bringen können. Aber –»

«Wie viele Male hat richtiger Geschlechtsverkehr stattgefunden?»

«Es kam noch zweimal dazu, aber mir hat das nichts ausgemacht, ich war einfach so froh, weil danach der fremde Bobby verschwand und er wieder er selber war.»

«Und nach dem letzten Mal –»

«Da kam Margaret zurück, und die schlimme Zeit begann.» Ich schloß einen Moment die Augen, und als ich sie wieder aufschlug, blickte ich geradewegs auf die Noten auf dem Tisch. «Er hat es ihr sofort gesagt», fuhr ich fort. «Ich glaube, das hat mich mehr schokkiert als alles, was vorhergegangen war. Ich wußte inzwischen, daß man sich auf sein Wort nicht verlassen konnte, aber er hatte geschworen, es ihr nie zu sagen, und er hatte auch mich das schwören lassen ... alles für nichts und wieder nichts. Als er das tat, war er für mich erledigt. Ich haßte ihn. Ich fühlte mich verraten. Das war gemein. Ich fühlte mich so beschmutzt, so unsauber, so absolut *befleckt* –»

«Was hat Margaret getan?»

«Sie war sehr wütend und sehr rücksichtslos. ‹Ich lasse es nicht zu, daß mein Haus und meine Familie durch so etwas zerstört werden›, sagte sie zu uns. ‹Dazu habe ich in der Vergangenheit zuviel durchgemacht, das soll nicht alles umsonst gewesen sein.› Dann sagte sie: ‹Ich muß über alles nachdenken, morgen früh sprechen wir uns wieder.› Es war inzwischen späte Nacht. Ich ging zu Bett, aber mir war so elend, ich war so übermannt von Scham und Schuld und Kummer, daß ich wußte, ich konnte nicht länger in diesem Haus bleiben. Es war Margaret, weißt du ... ich wußte, ich hatte ihre Liebe für immer verloren ... die einzige Mutter, an die ich mich erinnern konnte ... ich wußte nicht, wie ich es ertragen sollte.»

«Ja.» Er ließ eine lange Pause eintreten. «Was geschah dann?»

«Ich bin fortgelaufen. Ich dachte, das ist das mindeste, was ich für sie tun kann, um etwas wiedergutzumachen, fortlaufen, damit sie mich nie mehr zu sehen braucht. Und natürlich hatte ich noch immer Angst vor Bobby – daß er trotz allem noch einmal auf mein Zimmer kommen könnte. Ich wußte, ich konnte nie mehr in Oxmoon leben – alles war für mich zerstört, das Oxmoon, das ich liebte, das Oxmoon unserer Kindheit – das Märchen war an sein schreckliches Ende gelangt, und ich mußte irgendwie in die Welt der Wirklichkeit entfliehen.»

«Und da bist du zu Kinsella gegangen.»

«Mir fiel nichts anderes ein. Ich war so verzweifelt – natürlich hätte ich es unter normalen Umständen nie gewagt, mich an ihn zu wenden, aber ich dachte, er könnte mir vielleicht zu einem neuen Anfang in Dublin verhelfen – ich dachte, er ist der Mann, der sich über Konventionen hinwegsetzt und vielleicht den Mut hat, mir zu helfen. Nun ... du weißt, was dann passierte. Ich bin nach Porteynon geritten, habe dort aus Versehen das ganze Haus aufgeweckt und alles nur noch mehr durcheinandergebracht. Noch mehr Durcheinander. Skandal. Alles gräßlich. Der einzige Lichtblick in der tintenschwarzen Landschaft war, daß es mir endlich gelang, Conors Phantasie zu erregen – da wurde er sich bewußt, daß ich genau die Frau war, die er brauchte . . . Aber ich habe ihm nicht die Wahrheit gesagt. Ich habe nur gesagt, ich sei zu Hause unglücklich. Ich habe ihm nie die Wahrheit gesagt, niemals, er wollte sie zwei Jahre später aus mir herausbringen, als er feststellte, daß ich keine Jungfrau mehr war, aber ich sagte, das sei bei einem Reitunfall passiert, und bei dieser Geschichte bin ich bis zuletzt geblieben. Weißt du, ich konnte einfach nicht darüber sprechen, selbst mit ihm nicht. Das alles gehörte zu dem schrecklichen Märchen, das ich hinter mir gelassen hatte; ich hatte das Gefühl, wenn ich erst einem davon erzähle, dann wird es Teil der wirklichen Welt, und dann halte ich das vielleicht nicht mehr aus . . . O Gott, ich hatte solche Angst, er könnte es herausbekommen, aber wenn er mir die Sache mit dem Unfall beim Reiten auch nie ganz geglaubt hat, dachte er glücklicherweise immer, mein Liebhaber seist du gewesen – an Bobby hat er nie gedacht.»

Es trat eine Pause ein. Dann, als ich mich wieder gefaßt hatte, sagte ich: «Weiter ist nicht mehr viel zu erzählen. Bald glaubten alle, ich hätte Conors wegen mit Bobby und Margaret einen Streit gehabt und würde zu meinem Paten geschickt, weil ich mich so unschön benommen hätte. Mir war es gleich, was die Leute dachten. Ich war froh, daß ich bei den Applebys unterkam.»

«Und Kinsella? Wie bist du mit ihm verblieben?»

«Bei all dem Aufruhr hatten wir kaum eine halbe Minute für uns allein, aber er sagte mir, ich sei ganz toll und solle auf ihn warten, während er nach Amerika gehe, um dort Geld zu verdienen. Er schwor mir, er werde mich nie vergessen, und wenn er zurückkomme, würden wir heiraten.»

«Und du hast es geglaubt.»

«O ja, ich war viel zu jung und romantisch veranlagt. Aber selbst ein Zyniker hätte zugeben müssen, daß seine Haltung sehr glaubwürdig war. Ich besaß schließlich dreißigtausend Pfund. Ich war, wie Margaret sagen würde, ‹verlockend›. Conor war stolz, viel zu stolz, um mich zu heiraten, wo er keinen Penny besaß, aber wenn er erst zu ein wenig Geld gekommen war, konnte es nicht überraschen, daß er es für die Mühe wert hielt, nach Europa zurückzukehren, um mich mitzunehmen.»

«Stimmt. Aber du hast dann das Vertrauen zu ihm verloren, nicht wahr? Denn sonst hättest du dich nicht mit Timothy verlobt.»

«Ich habe nie ganz das Vertrauen zu ihm verloren, aber Robert, mit der Zeit sah ich eine andere gräßliche Aussicht auf mich zukommen, und ich wußte, ich mußte einfach heiraten, um dem zu entrinnen. Ich konnte einfach nicht länger auf Conor warten.»

«Oxmoon?»

«Genau. Ich fürchtete, am Ende müßte ich dorthin zurück. Weißt du, als Margaret erst wußte, daß sie Bobby unter Kontrolle hatte, wurde sie sich als kluge Frau, die sie ist, bewußt, daß es merkwürdig aussehen würde, wenn ich nicht wieder zu ihnen zurückkam; sie konnten mich nicht für alle Zeit verstoßen wegen meiner verrückten Sache mit Conor.»

«Margaret hat das alles mit dir besprochen, nehme ich an.»

«Ja, sie war immer sehr freundlich zu mir. Sie hat sich für Bobbys anständiges Benehmen verbürgt, und sie sagte, ich dürfe nicht glauben, sie werde mich in Oxmoon nicht willkommen heißen, wann immer ich zurückzukommen wünschte. O Robert, ich habe geweint, als sie das sagte. Ich war inzwischen alt genug, ich war mir bewußt, was sie getan hatte, um alles und uns alle wieder ins Lot zu bringen ... aber ich wußte natürlich auch, daß ich nicht mehr zurückkehren konnte. Ich konnte Bobby nicht mehr trauen, weißt du, was sie auch sagte. Ich wußte, ich konnte ihm nie wieder trauen.»

«Nein, das konntest du natürlich nicht. Und so hast du dich dann verlobt, entlobt und – zum Schluß hast du geheiratet.»

«Ja – vom Regen in die Traufe, wie üblich. Aber das ist eine andere Geschichte», sagte ich, und als ich es fertigbrachte, den Blick auf ihn zu richten, sah ich, daß er mich anlächelte.

«O Robert ...» Ich mußte weinen. Ich schnüffelte und schnaubte, und dicke Tränen liefen mir über die Wangen, und ich bin sicher, ich habe gräßlich ausgesehen. Ich hatte nie etwas für diese romantischen Heldinnen übrig, die anmutig in zierliche Spitzentücher schluchzen, während der starke, stumme Held sich sagt: «Dieser Frau wurde Schlimmes angetan.»

«Wie zum Teufel kommt das», sagte Robert gereizt, «daß du nie ein Taschentuch bei dir hast? Hier, nimm meines.»

«O Robert, du glaubst mir doch, oder? Ich habe dir die ganze Wahrheit gesagt, ich schwöre es –»

«Ja, das ist mir klar. Rauch noch eine Zigarette.»

Ich fing wieder zu weinen an, weil er so nett zu mir war. Ich war in einem viel zu aufgewühlten Zustand, um mich zu fragen, wie echt seine Stimmung war und was das alles bedeutete. Ich lebte nur von Minute zu Minute, von Sekunde zu Sekunde, und wunderte mich nur, daß ich nach all dieser Qual überhaupt noch bei Bewußtsein war. Ich hielt die Qual jetzt für beendet. Ich war im Augenblick viel zu erleichtert, um weiter zu denken. Ich sagte mir, nun könne es nur noch besser werden. Robert wußte Bescheid, jetzt war es an ihm, alles zu sortieren, einzuordnen und abzulegen und mir dann zu sagen, wie wir glücklich bis an unser seliges Ende weiterleben konnten.

Im Rückblick wird mir deutlich, daß ich vor Erleichterung richtig außer Fassung war. Ich war sogar am Rande der Halluzination; als Robert mir für die zweite Zigarette Feuer gab, sah ich in ihm mühelos den Helden, der mir alles verzeihen und schwören würde, nie mehr von meiner Vergangenheit zu sprechen.

«Sehr schön», sagte er, nicht nur das Streichholz, sondern auch meine Illusionen auslöschend, «soviel zu 1896. Kommen wir jetzt zu deiner Ehe. Wie oft warst du Kinsella untreu?»

Das riß mich sehr schnell aus den Tränen heraus. Es konfrontierte mich auch mit der Realität. Meine Qual war noch nicht vorüber. Im Gegenteil, sie hatte gerade erst begonnen, denn obwohl Robert wie gewöhnlich bekommen hatte, was er wollte – die Wahrheit –, wurde er nicht damit fertig. Da er den Gedanken an mich und seinen Vater nicht ertrug, stürzte er sich jetzt in Notwehr auf die trüben Wasser meiner späteren sexuellen Erfahrungen.

Ich wußte wohl, daß er Conor verabscheut hatte. Ich war sogar versucht zu gestehen, daß Conor unfähig gewesen war, mich an sich zu binden, aber glücklicherweise besaß ich trotz meiner Panik noch Verstand genug, um mir zu sagen, daß jede Freude, die Robert diese Mitteilung bereiten mochte, mehr als ausgeglichen werden würde durch seinen Schrecken darüber, daß ich mich anderen Männern hingegeben hatte. Robert war sehr eifersüchtig und auf den Besitz eines Menschen bedacht. (Dies war jetzt Teil der Anziehung, die er auf mich ausübte; in seiner Eifersucht und seinem Besitzenwollen erblickte ich den Schild, der mich vor fremdem Zugriff schützen würde.) Aber war ich auch bereit, diese Seite seiner Persönlichkeit gern hinzunehmen, so sah ich doch deutlich, daß schon eine kleine Eifersucht sehr weit führen konnte.

Ganz offensichtlich war Verschwiegenheit angebracht.

«Wie kommst du darauf, ich könnte untreu gewesen sein?» sagte ich, auf Zeit spielend, während ich weiter nachdachte.

«Nun komm, Ginette, du kannst mir doch auch von deiner Ehe erzählen – warum nicht? Was kann daran so schlimm sein nach allem, was du mir schon erzählt hast?»

Er hatte mich wieder Ginette genannt. Meine Stimmung besserte sich jäh. Was jetzt auch geschah, ich durfte keinesfalls an der letzten Hürde scheitern.

«Aber ich war Conor nie untreu», sagte ich. «Ich liebte ihn zu sehr, um mich für einen anderen zu interessieren.»

Robert warf mir einen langen, verächtlichen Blick zu. Dann erhob er sich und ging hinaus.

«O mein Gott.» Ich war an der letzten Hürde gestürzt. Ich rannte ihm nach und holte ihn in der Halle ein. «Robert, warte – Robert, *bitte* –»

«Ich kann nicht mehr mit dir reden.» Er begann die Treppe hinaufzueilen. «Ich kann mir keine Lügen anhören.»

«Gut, ich werde dir die Wahrheit sagen, ich schwör's dir, ich tue alles, was du willst –»

Er achtete nicht darauf. Er sah sich nicht einmal um.

Ich hob meine Röcke an und versuchte, ihm nachzurennen, aber ich wäre beinahe aufs Gesicht gefallen. Manchmal glaube ich, die Frauenmode sollte durch Gesetz abgeschafft werden. Ich trug nicht nur einen engen Rock, sondern auch ein lästiges Korsett, weil es gerade in Mode war, das fast bis zu den Knien reichte, damit der Rock richtig fiel.

Ich trippelte noch immer die Treppe hinauf, als ich hörte, wie in der Ferne die Tür seines Zimmers zuschlug, aber ich hielt nicht inne und rauschte Sekunden später über seine Schwelle. «Robert», keuchte ich, «Robert, *hör zu* –»

Ich hatte seinen Arm gepackt, aber er riß sich los. «Keine Hysterie. Ich kann Hysterie nicht ausstehen und dulde das nicht.»

«Schön, ich werde ganz ruhig sein, sieh, wie ruhig ich bin, ich bin so ruhig, daß ich schon fast tot bin. Robert, ich gebe zu, ich war Conor nicht treu, aber ich habe dich nur belogen, weil ich dich nicht noch mehr beunruhigen wollte –»

«*Beunruhigen!* Dieses Wort ist so erschütternd in seiner Banalität, daß ich kaum weiß, wie ich darauf reagieren soll!» Es war jetzt offenkundig, daß ihm die Situation entglitten war. Er konnte sich nicht länger als mein Anwalt fühlen, unsere neue sexuelle Intimität verbot ihm die vertraute Rolle des platonischen Freundes, und meine Enthüllungen hatten seine Rolle als Liebhaber zum Alptraum werden lassen. Er war außer sich. Er wußte nicht ein noch aus. Er konnte sich nur in den Zorn flüchten.

«Du hast mich ständig belogen.» Er konnte kaum sprechen. «Du hast mich beschwindelt, du hast mich getäuscht, du hast –»

«Alles, was ich über Bobby gesagt habe, war die Wahrheit!»

«O ja! Jetzt! Als du wußtest, du hast keine andere Wahl! Aber vergangene Nacht – als ich in dein Zimmer kam –»

Inmitten aller Panik wußte ich doch, daß ich unser beider Zukunft nur retten konnte, wenn ich ihn zwang, sich der Realität zu stellen.

«Oh, um Gottes willen, Robert!» brach es aus mir heraus. «Wie hätte ich denn vergangene Nacht mit der Wahrheit anfangen sollen? Das ist ja lachhaft! Eine Frau sagt doch nicht zu einem Mann, der offenkundig nichts anderes als Sex im Sinn hat: ‹O Darling, es tut mir so schrecklich leid, aber ich habe mit deinem Vater geschlafen, als ich sechzehn war, und ich war später meinem Mann ein kleines bißchen untreu!› Lieber Gott! Wach auf! Das ist hier kein Traum, das ist –»

«Die Realität. Allerdings. Genau deshalb will ich wissen, mit wie vielen Männern du geschlafen hast.»

«Na schön. Ich werd's dir sagen», sagte ich. «Ich werde dir genau sagen, mit wie vielen Männern ich geschlafen habe, sobald du mir genau gesagt hast, mit wie vielen Frauen du geschlafen hast.»

Er starrte mich an. In dem verblüfften Schweigen, das nun eintrat, bekam ich eine Ahnung von jener seltsamen Naivität, die jenseits seines Intellekts im verborgenen Kern seiner Persönlichkeit angesiedelt war.

«Aber ich verstehe nicht», sagte er, zu erstaunt, um seinen Zorn aufrechterhalten zu können. «Was haben meine Mätressen mit dir zu tun?»

«Absolut nichts, Robert. Und meine Liebhaber und mein Mann haben auch absolut nichts mit dir zu tun.»

Er war ratlos. Und das haßte er. Er ertrug es nie, daß ihn jemand überwand, und indes der verletzte Stolz ihm zu Hilfe kam, sah ich ihn abermals vor Zorn weiß werden.

Aber ich hielt ihm stand. Ich war jetzt überzeugt, daß ich nichts mehr zu verlieren hatte, und in meiner schieren Seelennot fürchtete ich seinen Zorn nicht, und es war mir gleich, wie sehr ich ihn schockierte, als ich zu meiner Verteidigung die Wahrheit gebrauchte. Ich hörte ihn brüllen: «Ein Mann hat das Recht, alles über die Vergangenheit einer Frau zu erfahren, die er heiraten will –», aber ich unterbrach ihn.

«Sei still!» schrie ich. «Sprich nicht so, als wäre meine Vergangenheit für dich ein Buch mit sieben Siegeln, wo du mich gerade gezwungen hast, mich unter Höllenqualen an jede verdammte Minute davon zu erinnern! Meine Liebhaber haben mir nicht mehr bedeutet als dir deine Mätressen, was sollen sie jetzt noch für eine Rolle spielen? Die Vergangenheit ist vorbei, beendet, abgeschlossen!»

«Aber ich war Junggeselle – du warst verheiratet! Du hattest Verpflichtungen –»

«Wir sprechen nicht von Ehe und ihren Verpflichtungen, wir sprechen von Sex!»

«Nein, das tun wir nicht, wir sprechen von Ehe – von *deiner* Ehe –, und ich will wissen –»

«Na schön, jetzt hör mir mal zu! Du sagst, du bist Strafverteidiger, du sagst, du hast alles schon mal gehört, gut, dann hör mir jetzt zu und sag mir, ob du etwas daraus machen kannst, denn ich glaube, du hast keineswegs alles gehört! Zu versuchen, dir eine vernünftige, rationale Erklärung meiner Ehe zu liefern, ist zwecklos, weil es keine gibt. Conor und ich waren die Opfer einer sogenannten großen Leidenschaft, nur daß große Leidenschaften nicht das sind, was die Romane aus ihnen machen. Im wirklichen Leben sind sie ganz anders, man saust hin und her zwischen Himmel und Hölle, bis man einen Mord begehen möchte – oder zumindest einen dramatischen Selbstmord –, mein Gott, kein Wunder, daß alle berühmten Liebenden in der Geschichte sich umgebracht haben, es überrascht mich nicht, diese Art von Leidenschaft bringt jeden um den Verstand!»

«Du meinst –»

«Ich meine, Conor und ich haben gestritten und geschrien und gebrüllt und gelacht und geliebt und waren leidenschaftlich glücklich und gotterbärmlich elend, und er war mir nicht treu, und ich war ihm nicht treu, und er war ein Schuft, und ich war ein Biest; und wir haben beide den Partner bekommen, den wir verdienten, und wir waren verrückt miteinander, und es war alles gräßlich und wunderbar und chaotisch und entsetzlich – und Gott sei Dank ist es vorbei, denn ich hätte es nicht länger ertragen können, und wenn du dieses Durcheinander besser verstehst als ich, dann bist du *wirklich* brillant und nicht nur ein Mann mit einem erstklassigen Hirn, das du abgerichtet hast, durch die Reifen von Gesetzen zu springen!»

«Aber –»

«Robert, das Dumme mit dir ist, daß du vom Leben nichts weißt. Oh, du weißt alles in der Theorie – ja, alle diese Kriminalfälle! Erzähl mir mal bei Gelegenheit von der Bestialität! –, aber du stehst immer an der Außenlinie und siehst dir andere Leute an, du hast keine Ahnung, wie es ist, wenn man so verdammt in die Sachen verwickelt ist, daß man die Außenlinie vor lauter Staub nicht erkennt. Richte also nicht über mich – du bist hier nicht auf dem Gericht, und du bist nicht mein Richter. Wenn du deinen Heiratsantrag zurücknehmen willst, dann tu's – du hast weiß Gott das Recht dazu nach allem, was du heute morgen gehört hast, und ich werde dir ganz gewiß keinen Vorwurf daraus machen. Aber geh nicht auf mich los, nur weil ich nicht die Märchenprinzessin deiner Träume bin – such lieber bei dir die Schuld, weil du so romantisch und töricht warst, mir einen Antrag zu machen nach ein paar Stunden Wiedersehen und einer passablen Vorstellung im Bett!»

Ich verstummte. Er war aschgrau im Gesicht. Nichts geschah, aber ich wußte, ich hatte jetzt die Oberhand und mußte meinen Vorteil nutzen. Es kam auf einen eindrucksvollen Abgang an, und so rauschte ich aus dem Zimmer, ohne mich umzublicken. Ich rauschte den Flur entlang, ich rauschte die halbe Treppe hinunter – ich schwebte auf einer Flutwelle der Gefühlserregung, aber Flutwellen rollen irgendwann aus, und auf dem Treppenabsatz geriet ich in eine unerträgliche Untiefe. Ich blieb stehen. Ich wußte, ich mußte aus der Untiefe herauskommen, aber ich wußte auch, daß ich nicht weiter hinuntergehen konnte.

Ich schlich wieder hinauf, während ich mir die Tränen abwischte, und lauschte an der Tür.

Kein Laut.

Ich lauschte weiter, und da konnte ich auf einmal seinen stummen Kummer nicht mehr ertragen. Unerträglich war mir nicht, daß ich meinen Liebhaber gekränkt hatte; in Liebe und Krieg ist alles erlaubt, und Liebe kann genauso brutal sein wie der Krieg. Unerträglich war mir, daß ich meinen Freund unglücklich gemacht hatte. Niemand hätte sich einen treueren und ergebeneren Freund wünschen können als Robert. Ich erinnerte mich, wie sehr er sich immer gefreut hatte, wenn er mich in den Schulferien wiedersah, ich erinnerte mich an seine zuerst mit unverständlichem Latein, dann mit unverständlichem Griechisch durchsetzten frühreifen Briefe, ich erinnerte mich daran, daß er sein Taschengeld für Geschenke für mich ausgegeben hatte, wenn ich krank war, ich erinnerte mich der mitternächtlichen Süßigkeitsorgien, der heimlichen Picknicks und der verbotenen Einfälle in die Erdbeerbeete . . . Und dann sah ich den Weg nach Oxmoon vor mir, zu dem verlorenen Oxmoon unserer Kindheit – und ich wußte, nur Robert konnte mich dorthin und zu dem Frieden zurückführen, nach dem ich mich so sehr sehnte.

Ich dachte: Nun, ich mag eine schlechte Mätresse gewesen sein, und natürlich werde ich jetzt nie mehr seine Frau werden, aber zumindest kann ich ihm noch ein guter Freund sein und ihn trösten, wo er so unglücklich ist.

Ich klopfte leise an die Tür und spähte hinein. Er saß auf dem Bett, den Kopf in den Händen.

«Darling, Robert», sagte ich, als er die Hände nicht vom Gesicht nahm. «Ich war unfreundlich zu dir, es tut mir leid. Ist diese Krise nicht ein Alptraum? Ich wollte so sehr, wir könnten losziehen und die Erdbeerbeete plündern und alles vergessen.»

Er gab ein kurzes verlegenes Lachen von sich und ließ die Hände sinken. Natürlich waren seine Augen tränenlos. «Wenn du dich bei mir entschuldigen kannst», sagte er mit seiner besten rationalen Stimme, «dann kann ich mich bei dir entschuldigen. Auch ich war unfreundlich.» Dann hielt er sich, so rührend, wieder die Hände vors Gesicht und flüsterte voller Verzweiflung: «Ich fühle mich so verwirrt.»

«O Darling...» Ich legte die Arme um ihn, und als er mich nicht von sich wies, sah ich, daß er nicht mehr ein noch aus wußte. Ich sah auch deutlicher denn je zuvor, daß die Rettungsaktion zur zweiseitigen Qual wurde. Er hatte mich gerettet, indem er die Rolle des distanzierten Anwalts spielte und alle Verstellung zwischen uns beseitigte, und jetzt mußte ich ihn retten, indem ich nicht nur darauf bestand, daß er sich der Realität stellte, sondern indem ich auch die komplexen emotionalen Nachwehen entwirrte, die er nicht in den Griff bekam, was er aber in seinem Stolz nicht zugeben wollte.

«Hör zu», sagte ich behutsam und ergriff seine Hand, «ich weiß, die Situation könnte nicht verwirrender sein, aber denk an all das, was sich nicht geändert hat. Ich bin noch immer dein Freund, und ob wir nun heiraten oder nicht, ich brauche in jedem Fall einen Menschen, der in der Zukunft treu zu mir steht.»

«Ja, aber –»

«Nein, denk jetzt einmal nicht an eine Ehe. Die Ehe ist ein kompliziertes Ding. Halten wir die Situation so einfach, wie es geht. Wir werden Freunde sein. Wir sind doch sehr gut im Freunde-Sein, ich glaube, wir haben eine einzigartige Begabung dafür – vielleicht kommt das daher, daß wir wie Bruder und Schwester sind, ohne die oft lästigen Zwänge einer nahen Blutsverwandtschaft.»

«Richtig, aber –»

«Nein, denk jetzt nicht an das Bett. Auch das ist im Augenblick unwichtig. Wenn du später das Gefühl hast, du möchtest ab und zu mit mir schlafen, dann wäre das himmlisch, denn ich glaube, wir sind in dieser Beziehung sehr gut miteinander ausgekommen, aber inzwischen hast du wahrscheinlich den Eindruck, mich zur Mätresse zu haben sei zu kompliziert für dich, und mach dir deswegen keine Sorgen, ich verstehe das vollkommen, wir warten einfach ab, bis wir klarer sehen.»

«Wieso glaubst du, wir könnten einmal klarer sehen?»

«Nun, das ist gewöhnlich so, weißt du. Man tappt in einem Nebel umher, aber dann sieht man in der Ferne ein Licht aufblinken –»

«Ich tappe nie in einem Nebel umher.»

«Das ist es ja gerade, Darling – deshalb mußt du mir jetzt vertrauen, ich habe im Umhertappen im Nebel so viel mehr Erfahrung als du.»

Wir lächelten uns an. Er drückte meine Hand. Nach einem langen Schweigen sagte er mit schwankender Stimme: «Ich liebe dich» und begann mich zu küssen. Als er zum Atemholen innegehalten hatte, setzte er, mehr im Selbstgespräch, hinzu: «Ich muß dich haben, ich habe mir geschworen, daß ich dich bekommen werde, ich muß gewinnen.»

«Nun, das will auch ich, ganz bestimmt, Darling, aber –»

«Heirate mich.»

«Natürlich will ich dich heiraten, aber meinst du nicht, es wäre besser, wenn ... o Gott, wie schwierig das alles auszudrücken ist! Hör zu, Robert, ich will nicht, daß du mir später vorwirfst, ich hätte dich zu etwas gebracht, während du zu verwirrt warst, um die richtige Entscheidung zu treffen. Du hast heute morgen einige Schocks erlebt – und ich glaube, du solltest mich erst heiraten, wenn du dich davon erholt hast.»

«Schön, wir werden ein halbes Jahr warten. Aber keinen Tag länger. Weihnachten heiraten wir.»

«Das wäre natürlich wunderbar, Darling – wunderbar ... aber nur, wenn du dir absolut sicher bist –»

«Ich weiß, was ich will, und ich werde es bekommen.» Er stand auf, schloß die Tür ab und begann seine Hose aufzuknöpfen.

«O Gott, haben wir denn noch Zeit?» entfuhr es mir beunruhigt. «Sie müssen gleich aus der Kirche zurückkommen.»

«Das ist mir ganz egal.»

«Nun ja, wenn du meinst», sagte ich, da ich mir bewußt wurde, daß Begeisterung am Platze war, um sein Selbstvertrauen abzustützen, «mir auch.»

Die nächsten Minuten waren nicht angenehm, aber ich war nicht so naiv, restlose Hingerissenheit von einem Mann zu erwarten, der in seinen Gefühlen schwer getroffen und viel zorniger war, als er es sich selbst oder einem anderen hätte zugeben mögen. Während ich mich zwang, ihn nicht abzuwehren, dachte ich: alles geht vorüber, auch das hier, und es ging tatsächlich vorüber, und danach hatten sich seine heftigen Gefühle so weit beruhigt, daß er mir eine Bitte um Verzeihung zuflüstern konnte, als er schuldbewußt das Gesicht in meinem Haar verbarg.

Ich beruhigte ihn ganz automatisch, aber noch während ich sprach, dachte ich an anderes. Ich war mir gerade bewußt geworden, daß er auf emotionaler Ebene farbenblind war. Ich sah die menschlichen Beziehungen als ein großartiges, herrliches, buntes Gemälde, auf dem alle Farben des Spektrums in endlos sich wandelnden Mustern vertreten waren. Robert sah menschliche Beziehungen als geometrisches Schwarzweiß-Muster, das, einmal festgelegt, stets geordnet und rationaler Auslegung unterworfen war. Dies bedeutete, daß er jedesmal ratlos war, wenn er einem Teil begegnete, das weder schwarz noch weiß war. Er konnte dieses Teil in seinem Muster nicht unterbringen; er vermochte kein neues Muster zu schaffen, das einen Sinn ergab.

«Du liebst mich doch, Ginette, nicht wahr?»

«Darling, das weißt du doch. Ich liebe dich sehr, sehr.»

«Dann zählt nichts anderes mehr», sagte Robert, entschlossen alle störenden grellen Farben aus seiner Zeichnung fortwischend und meisterlich seine Schwarzweiß-Welt zur Ordnung rufend. «Ich spreche mit Mama, sowie sie aus der Kirche zurück ist.»

*

Schön, das war die Realität, wie ich sie in Erinnerung habe. Doch jetzt zur Erläuterung der Realität, jetzt muß ich davon schreiben, was wirklich vorging – und vorgeht –, jetzt muß ich versuchen, die mir im Kopf herumgehenden chaotischen Gedanken festzuhalten.

Was halte ich wirklich von Robert, wie sehe ich ihn? O ja, wir alle wissen, er mißt einsneunzig und sieht sehr gut aus, aber was ist wirklich meine Vorstellung von ihm? Wie attraktiv finde ich ihn tatsächlich? Robert sagte einmal bekümmert zu mir, man werde ihn nie klassisch schön finden können, und da hatte er recht, aber er sieht dennoch wirklich *gut* aus und viel besser als zu seiner rank-schlankpickligen Jünglingszeit. Ich mag seinen strengen Mund. Wie bringt er es nur fertig, ihn zu einem so charmanten Lächeln zu entspannen? Ein Geheimnis. Ja, ich bin verrückt darauf, und was seine Augen betrifft . . . Wer hätte geglaubt, daß Augen von solcher Spülwasserfarbe so verlockend blicken können? Erstaunlich. O ja, er ist sehr attraktiv, aber nicht auf den ersten Blick, und ich schätze das, ich komme in ein Alter, da man die subtileren Formen der männlichen Attraktivität zu würdigen vermag. Robert strahlt vielleicht nicht den sexuellen Reiz aus, über den Conor verfügte, aber will ich wirklich einen Mann haben, der die Sexualität in Person ist? Nein. Jetzt nicht. Ein brillanter, gutaussehender Mann wie Robert ist genau das richtige, und es wird mir eine Wonne sein, in London zu leben und mich im Widerschein seiner unvermeidlich blendenden politischen Karriere zu sonnen. (Kann es gar nicht abwarten, die Asquiths kennenzulernen!)

Trotzdem . . . sehen wir von dem göttlichen Glanz ab . . . oh, seien wir ehrlich, ich zweifle nicht daran, daß er sehr schwierig sein kann. Es wird bestimmt Zeiten geben, da ich ihn herrisch, selbstsüchtig und sehr stur finden werde, aber was soll's? Ich werde es immer nur mit dieser außergewöhnlichen emotionalen Simplizität zu tun haben – ich werde nur ein wenig List gebrauchen müssen, wenn er schwierig wird, aber das ist kein Problem, weil ich auf diesem Gebiet Erfahrung habe. Diese Simplizität hat etwas eigenartig Gewinnendes. Sie zieht mich an. Gott, wie anders er ist als Conor! Conors Gefühle waren so flüchtig wie die meinen, und das will wirklich etwas heißen. Wie friedlich wird das Leben sein an der Seite eines so einfachen und geradlinigen Menschen! Ich bin ganz hingerissen von dieser Aussicht.

Bin ich irrsinnig in Robert verliebt? Nein. Aber das ist ganz gut so. Von irrsinniger Liebe habe ich genug, und außerdem ist das, was ich für Robert empfinde, viel dauerhafter als Liebe. Da ist unsere gemeinsame Vergangenheit, diese uralte Freundschaft, die nichts zerstören kann, und das muß eine gute Grundlage für eine Ehe sein, eine viel bessere als diese tödliche sexuelle Affinität, die ich mit Conor teilte.

Ja, das ist die Wahrheit. Das ist die Realität. O ja, ich muß ihn heiraten, unbedingt! Das ist die klügste Entscheidung, die ich je treffen könnte . . .

*

«Alles in Ordnung», sagte Robert, als er eine halbe Stunde später auf sein Zimmer zurückkam. Er umarmte mich lächelnd. «Sie hat sich in das Unvermeidliche gefügt und wird uns ihren Segen geben.»

Kluge, schlaue Margaret. Ich versuchte mir vorzustellen, wie tief getroffen und wie empört sie war, aber meine Phantasie ließ mich im Stich. Ich fühlte mich schwach. In der überwältigenden Erleichterung darüber, daß Robert mich noch immer heiraten wollte, hatte ich das

Problem, wie wir seinen Eltern gegenübertreten würden, einfach umgangen. Wann immer in meinem Privatleben ein ernstes Problem auftaucht (das heißt, fast immer), sage ich mir stets: «Das erledige ich später» und schiebe das Problem beiseite. So hatte ich, als Robert und ich zuvor unser langes entscheidendes Gespräch führten, einmal, sogar zum Schluß noch, gedacht, mein Gott, was machen wir mit Bobby und Margaret? Ich war mir des Problems deutlich bewußt geblieben, so wie man sich einer großen Garderobe in einem noch unvollständig möblierten Zimmer bewußt ist, aber ich hatte es als ein später zu erledigendes Problem eingestuft. Und nun hieß dieses «Später» zu meinem Schrecken zweifellos «Jetzt».

«Ich schildere dir gleich, wie es abgelaufen ist», sagte Robert, der so naiv zufrieden über seine Leistung aussah. Der liebe, emotional so simple Robert sah natürlich das Problem nicht so, wie ich es sah. Er glaubte wahrscheinlich, die Situation durch ein Zehn-Minuten-Gespräch mit seiner Mutter gemeistert zu haben. «Aber vorher möchte Mama dich noch kurz sprechen. Sie erwartet dich in ihrem Zimmer.»

«O *Gott.*» Jetzt wurde mir so schwach, daß ich selbst in seinen Armen schwankte, aber Robert lachte nur und tätschelte mich freundlich wie einen Schoßhund und meinte, ich solle nicht so melodramatisch sein. Ich hätte ihm gern eine Ohrfeige gegeben, aber ich war zu schwach vor Angst. Ich schaute statt dessen in den Spiegel, strich meinen Rock glatt und vergewisserte mich, daß meine Frisur in Ordnung war, ehe ich mich langsam abgemessenen Schrittes zu meiner zukünftigen Schwiegermutter begab.

Das Schlafzimmer, das der Tradition gemäß der Hausherr und seine Frau bewohnten, war ein großer, sonniger Raum, den Bobby und Margaret, nachdem er zuvor Gwyneth Godwin und Owain Bryn-Davies gedient hatte, mit ihrem üblichen Plunder ausgestattet hatten. Die Möbelstücke waren zwar neu in einem angesehenen Geschäft in Swansea gekauft, wirkten aber trotzdem wie aus dem Trödlerladen, weil sie von einem so gräßlich mittelvictorianischen Geschmack waren. Margaret hatte möglicherweise auf Grund ihrer neureichen Herkunft aus dem Töpfereibezirk von Staffordshire einen Hang zur vulgären Großtuerei mitbekommen, aber auch Bobby hatte eine Schwäche für überspannten Komfort, und beiden zusammen war es gelungen, eine Kollektion von überwältigend abscheulichen Sachen anzuhäufen, noch dazu vor dem Hintergrund einer kitschigen Flocktapete. Wenn ich einmal Hausherrin von Oxmoon wäre . . . aber das lag noch in ferner Zukunft, und inzwischen gab es dieses schreckliche Problem, das erledigt werden mußte. Ich klopfte an die

Tür, Margaret forderte mich in ruhigem Ton auf hereinzukommen, und irgendwie fand ich die Kraft, mich ihr zu nähern.

Margaret und mich trennten nur fünfzehn Jahre, aber sie sah älter aus, zum Teil wegen ihrer Kleidung – sie war immer zehn Jahre hinter der Mode zurück –, zum Teil wegen ihrer ewig gleichen Frisur, die man schon seit mindestens zehn Jahren vor ihrer Geburt nicht mehr trug; ihr stumpfes, glattes braunes Haar war in der Mitte gescheitelt und, zurückgekämmt, im Nacken zu einem Knoten geschlungen. Obwohl sie sich nichts aus der Mode machte, war sie eine feminine Erscheinung. Sie war klein und untersetzt, mit vielen Rundungen, die aber nicht verführerisch, sondern mütterlich wirkten. Natürlich lieben viele Männer dieses dickliche, mütterlich-gemütliche Aussehen; obwohl Margaret keineswegs hübsch war, sah ich, daß sie sehr wohl ihre Reize hatte. Sie hatte einen makellosen, samtigen Teint und einen sanften, gütigen Gesichtsausdruck, der sie zweifellos das Wesen schicklicher Weiblichkeit dünkte, aber leider störte diese Sanftheit ein straffer, schmaler Mund, den ich an Robert so anziehend fand. Er sah bei einer Frau wirklich sehr eigenartig aus – besonders bei Margaret, die in jeder anderen Beziehung so freundlich und konventionell aussah.

Als ich das Zimmer betrat, saß sie an ihrem Frisiertisch und gab sich einer ihrer Lieblingsbeschäftigungen hin, nämlich dem Herumsuchen in einem ihrer großen Schmuckkästen, die alle mit billigem Tand angefüllt waren. Sie verabscheute teure Steine. Ich glaube, sie hatte einmal irgendwo gelesen, neureiche Frauen hätten die vulgäre Angewohnheit, sich mit zuviel glitzernden Edelsteinen zu behängen. Als ich vorsichtig näher trat, sah ich, daß sie ihre Trauerbroschen (eklige kleine Vierecke mit gräßlichen kleinen Büscheln verblichener Haare) nebeneinander aufreihte und ihre Jettbroschen zu einer Pyramide aufstapelte.

«Oh, setz dich doch, Ginevra», sagte sie beiläufig, mit dem Kopf auf den zunächst stehenden Stuhl deutend. «Schön, daß du so schnell gekommen bist. Vielen Dank.»

Während ich mich sprachlos hinsetzte, wurde ich mir des schrecklichen Verlangens bewußt, in Tränen auszubrechen.

«Wir wollen das ganz ruhig besprechen, nicht wahr», sagte Margaret, müßig vier Trauerbroschen zu einem Viereck anordnend. «In dieser Situation sind dumme hysterische Anfälle fehl am Platz.»

«Ja, Margaret.» Mir war sofort klar, daß sie mich sehr geschickt behandelte. Ich bedarf einer festen Hand, wenn ich vor Schuldgefühl und Angst außer mir bin.

«Also», sagte Margaret, ihr Viereck von Broschen begutachtend, ehe sie mich im Spiegel ansah, um sich zu vergewissern, daß ich mich in der Gewalt hatte, «Robert will dich noch immer heiraten. Wenn ihr zwei jetzt beschließt, zu heiraten trotz allem, was ihr heute morgen durchgemacht habt, dann kann ich nur sagen, ihr habt euch gewiß das Recht dazu verdient. Trotzdem –»

Ich war mir bis zu diesem Augenblick nicht bewußt gewesen, daß «trotzdem» ein so düsteres Wort sein kann.

«Trotzdem», wiederholte Margaret, während sie plötzlich das Viereck sein ließ und sich umwandte, um mich direkt anzublicken, «glaube ich, daß diese Ehe, wenn sie je geschlossen wird, ein großer Fehler wäre. Robert heiratet dich aus den verkehrten Gründen. Er heiratet aus Stolz, weil er so viel emotionale Energie in dich investiert hat, daß er glaubt, er kann seine Meinung nicht ändern, ohne wie ein Narr dazustehen und einen gefährlichen Verlust an Selbstachtung zu erleiden. Und was dich betrifft –» sie wandte sich zur Seite, griff nach einer weiteren Brosche und machte aus dem Viereck ein Fünfeck – «nun, ich will dich nicht in Verlegenheit bringen, indem ich sage, was, wie ich glaube, in deinem Kopf vorgeht, ich sage nur soviel: Du solltest überhaupt nicht heiraten, bevor dein Mann ein Jahr tot ist – und ich denke nicht nur an das Schickliche, wenn ich das sage; ich denke an die Gefahren einer neuen Ehe aus dem Gefühl des ‹Nun gerade› heraus.»

Sie hielt inne. Dann überrumpelte sie mich. Als ich mich gerade für ihren nächsten Vorstoß wappnete, streckte sie die Hände zu den meinen aus, die ich im Schoß verkrampft hielt, und während sie dann weitersprach, erinnerte mich ihre sanfte Stimme an längst vergangene Tage, da sie sich um mich mit so viel Liebe gekümmert und gesorgt hatte, als wäre ich ihr eigenes Kind. «Ginevra . . . Liebes, glaube nicht, ich verstünde dich nicht. Gerade ich weiß, warum du solche Angst hast, allein und schutzlos zu sein – gerade ich werde nie vergessen, was dir einmal widerfahren ist, als du wehrlos und allein zurückgelassen wurdest. Glaubst du, ich könnte mir verzeihen, daß ich nicht bemerkte, was in Bobby vorging, damals in diesem schrecklichen Sommer? Ich werde mich dafür dir gegenüber immer schuldig fühlen, und noch schuldiger werde ich mich fühlen, wenn du jetzt die falsche Entscheidung triffst als Folge dieser Tragödie damals.»

Ich fing an zu weinen. Ich suchte nach Roberts Taschentuch, aber ich hatte es verloren. Ich versuchte die Tränen zurückzuhalten, hatte aber kein Glück.

«Du bist eine sehr schöne Frau», sagte Margaret mit ihrer nüchternsten Stimme, während sie mir aus der obersten Schublade ihres

Frisiertisches ein nach Lavendel duftendes Taschentuch reichte, «und kannst als solche, wie du wohl weißt, die Beute gewissenloser Männer werden. Freilich verspürst du das Verlangen nach einem starken Mann wie Robert, der dich beschützt und dir Sicherheit bietet – das ist ganz natürlich, und ich verstehe das vollkommen. Aber Kind, du mußt Robert doch nicht *heiraten,* um dich der Liebe und Sicherheit zu versichern, die du brauchst. Er kümmert sich um dich, ob ihr verheiratet seid oder nicht, warum also bleibst du nicht weiter seine Mätresse? Ich bin überzeugt, das wäre für euch beide viel besser und würde auch viel besser zu eurer alten Freundschaft passen.»

Danach trat eine Pause von ein paar Minuten ein, weil ich zusammenbrach und nur noch weinen konnte. Margaret war sehr freundlich und sehr geduldig und reichte mir sogar noch ein zweites lavendelduftendes Taschentuch. Ich wußte kaum, wie ich es ertragen sollte.

Schließlich faßte ich mich ein wenig und flüsterte: «Aber Margaret... warum sollte denn nicht auch eine Ehe zu unserer alten Freundschaft passen?»

«Oh, Freunden fällt das Zusammenleben sehr schwer», sagte Margaret. «Ist dir das noch nicht aufgefallen? Ich habe sogar immer den Eindruck, die schnellste Art, eine Freundschaft zu beenden, besteht darin, daß die Beteiligten versuchen, in Harmonie unter einem Dach zu leben. Wenn du aber Roberts Mätresse bist, werdet ihr beide eigene Wohnungen haben, und dann stellen sich die Gefahren einer zu großen Nähe nicht ein.»

«Aber Margaret –»

«Denk erst einmal darüber nach», sagte sie. «Du hast jetzt zumindest ein halbes Jahr Zeit, dir alles zu überlegen, ehe du vor den Altar trittst – ich wünschte, Robert würde etwas länger warten, aber sei's drum, Geschwätz über eine vorschnell eingegangene Ehe ist das geringste unserer Probleme. Ginevra –» sie war jetzt wieder spröde und sehr geschäftsmäßig, ich sah, wie sie alle Trauerbroschen bis auf eine in das Kästchen zurücklegte und den Deckel zuschnappen ließ – «dies mag dich überraschen, aber ich glaube, die wirkliche Schwierigkeit in dieser Situation liegt nicht zwischen dir und mir. Ich glaube, wir würden beide alles tun, um einigermaßen gut miteinander auszukommen. Nein, das wirkliche Problem besteht zwischen Robert und Bobby – und das, ich gestehe es offen, ängstigt mich fast zu Tode. Willst du mir helfen?»

«O Margaret, du weißt, ich würde *alles* tun –»

«Dann sorge dafür, daß Robert sich nicht von Oxmoon loslöst. Es würde Bobby das Herz brechen, wenn Robert sich ganz nach London zurückzöge.»

«Ja, natürlich, ich versichere dir, ich würde Robert nie überreden, so etwas zu tun, aber ganz gewiß würde Robert schon selbst niemals –»

«Robert wird versuchen, dir das Leben zu ermöglichen, das du dir wünschst, und du liebst doch den Glanz und das Berühmtsein, Ginevra, nicht wahr? Du möchtest ein elegantes Londoner Leben an der Seite eines sehr erfolgreichen Gatten führen, und Robert wird dafür sorgen, daß du es bekommst.»

«Aber das will doch gewiß auch Robert selbst!»

«Ich glaube nicht, daß Robert weiß, was er will», sagte Margaret, «aber er wird dich benutzen, um in seinem Denken Klarheit zu schaffen.» Sie begann sich die ausgewählte Trauerbrosche anzustecken. «Du kennst Robert nicht sehr gut, oder?» fügte sie beiläufig hinzu. «Aber wie solltest du auch? Ihr wart ja so lange voneinander getrennt. In fünfzehn Jahren kann vieles geschehen – und dabei fällt mir gerade ein: Habt ihr über deine beiden Jungen gesprochen?»

«Nun, eigentlich . . . nein. Nein, dazu war keine Zeit.»

«Hat er sich nach ihnen erkundigt?»

«Nein, eigentlich nicht. Das heißt, nein. Aber weißt du, da war so vieles –»

«Allerdings. Nun, lassen wir das, ich brauche dich nicht daran zu erinnern, wie sehr Robert schon immer Kinder verabscheut hat. Das weißt du sicher selbst noch zu gut.» Sie erhob sich, um anzudeuten, daß das Gespräch beendet war. «Ihr werdet noch viele Probleme zu bedenken haben», sagte sie, «und ich kann euch nur alles Gute wünschen. Aber denk daran, was ich dir gesagt habe. Eine Ehe ist etwas ganz anderes als eine Liebesaffäre und etwas ganz, ganz anderes als eine romantische geschwisterliche Freundschaft, wie stark diese Freundschaft auch sein mag.»

«Ja, Margaret.»

«Oh, noch etwas, Ginevra –»

«Ja?»

«Ich wäre euch sehr dankbar, wenn ihr die Gebote der Schicklichkeit beachten würdet, solange ihr unter diesem Dach wohnt. Was ihr anderswo tut, geht mich natürlich überhaupt nichts an, aber hier habe ich meine Normen – und hier ziehe ich die Grenze.»

«Ja, Margaret. Natürlich. Es tut mir leid, bitte, verzeih uns», stammelte ich und brachte es irgendwie fertig, in einer qualvollen Mischung von Schuldgefühl und Scham ihrer Gegenwart zu entrinnen.

*

Jetzt habe ich mich etwas beruhigt, und was halte ich da von Margarets Ratschlag? Nicht viel. Ich muß verheiratet sein. Sonst werde ich mich nie sicher fühlen. Außerdem – wie könnte ich es allein mit den Jungen schaffen? (Das war ein böser Seitenhieb von Margaret, das mit Robert und meinen Jungen, und zu gegebener Zeit werde ich darauf zurückkommen, aber nicht jetzt; dieses Problem erledige ich später . . .)

Nein, ich muß verheiratet sein – und das muß auch Robert. Er ist jetzt so alt, daß er wirklich eine Frau haben muß, zumal er in die Politik gehen will. Wäre ich unverheiratet, würde ich mit anderen Männern flirten, das weiß ich, und dann würde ich gewiß in einem gräßlichen Desaster enden, wogegen ich, wenn Robert mein Ehemann wäre, der über mich wacht und alle Raubvögel verscheucht, gewiß nie in die Lage käme, mich zu etwas Schlimmem verlocken zu lassen. Das dumme ist, daß ich vor Männern zwar einerseits schreckliche Angst habe, sie aber andererseits herrlich finde; Männer sind meine große Schwäche, aber zumindest habe ich genug Angst vor ihnen, um gegen sie anzukämpfen, indem ich schwöre, meinem Darling Robert treu zu sein.

Mein Gott, was für ein Gefühlswirrwarr. Wird Robert damit fertig werden? Ja. Robert wird mir den Trauring über den Finger streifen, meine Probleme ausbügeln und dann alles Erforderliche tun, damit wir ein glückliches Leben führen können.

Ich werde ihn heiraten.

*

Ich bin in London, und es erscheint mir so grau und öde, so anders als das strahlende Manhattan mit seiner flimmernden Szenerie, seinen fröhlichen Menschen und seiner rauschenden Lebenslust. Ich habe New York einmal geliebt, und nun, da ich von ihm fort bin, habe ich den schrecklichen Verdacht, daß ich es noch immer liebe. Aber ich darf jetzt nicht anfangen, an New York zu denken, denn dann denke ich an Conor, und dann fühle ich mich so unglücklich, und es gibt weiß Gott im Augenblick Durcheinander genug, ohne daß ich mich bemüßigt fühlen müßte, die Rolle der trauernden Witwe zu spielen.

Aber ich vermisse New York und alle meine Freunde dort. Sie haben zwar alle getreulich versprochen, mir zu schreiben, aber sie werden es nicht tun. Ein- oder zweimal vielleicht, aber dann nicht mehr.

Macht es mir etwas aus? Nein, eigentlich nicht. Ich brauche einen neuen Anfang. Ich will nicht an mein Leben mit Conor erinnert werden.

Ich finde London auf einschüchternde Art großartig. Hier gibt es Leben im Rohzustand, genau wie in New York, aber die Briten haben wie üblich ihre Grenze gezogen, und das Rohe ist fügsam jenseits der Grenze untergetaucht. Da gibt es das East End, und da gibt es das West End, «und nie die beiden sich treffen». War je eine Stadt so absolut aufgeteilt zwischen dem Akzeptablen und dem Unaussprechlichen? Natürlich hat auch das West End seine unaussprechliche Seite, aber sie wird diskret verschleiert von den Zwillingsgöttern Tradition und Schicklichkeit, die unablässig befriedigt werden müssen, damit die wirkliche Welt, die chaotische Welt, unter Kontrolle gehalten werden kann. Von allen Völkern weiß ein Eroberervolk am besten, wie anarchisch die reale Welt sein kann, und von allen Völkern wissen die Briten am besten, wie man mit der Realität fertig wird, indem man sie unterwirft, indem man diese eiskalten Normen aufstellt und diese brutalen Grenzen zieht.

Doch schließlich – ist das nicht genau das, was ich will? In der Konvention liegt Bequemlichkeit, es bedeutet Sicherheit, nach Normen und Regeln zu leben. Denk nicht an das herrliche, so leichtlebige vitale New York, das dir ein so herausforderndes Gefühl des Freiseins gegeben hat. Befreiung, Freiheit müssen bezahlt werden wie jede andere gesellschaftliche Annehmlichkeit, und der Preis, den ich dafür zahlte, war das Chaos, das Chaos, wie es sich in Conors gewaltsamem, schrecklichem Ende darstellte. Nein. Kein New York mehr, keine Gewalttätigkeit, kein Chaos mehr. Also, willkommen London, willkommen Roberts wohlgeordnete Welt!

Robert hat ein möbliertes Apartment in Kensington gemietet, sehr geräumig und komfortabel; unten herrscht ein Portier in Phantasieuniform über ein riesiges, mit rotem Teppich ausgelegtes Foyer. Mein Apartment ist im ersten Obergeschoß und blickt nach Süden auf einen ländlichen Platz hinaus. Ich liebe es, und wenn ich morgens aufwache, stürze ich zum Fenster und schnicke die Vorhänge zurück und fühle mich in lyrischer Stimmung. Roberts Kanzlei in der Nähe von Temple Bar ist ein ganzes Stück entfernt, aber glücklicherweise ist die Untergrundbahn in London sehr angenehm, und er braucht nicht lange, bis er bei mir ist. Ich habe es hier nur zwei Minuten (zu Fuß) nach Kensington Gardens und fünf Minuten (mit der Droschke) zu dem göttlichen Harrods, das es mit jedem Warenhaus in New York aufnehmen kann und wo ich bestimmt ständig zuviel Geld ausgeben werde.

Ich gehe recht leichtsinnig mit Geld um, das weiß ich, aber ich werde mich bessern. Conor gab zwar alles Geld aus, das mir mit meiner Eheschließung zufiel (und er war wirklich *sehr* leichtsinnig im Geldausgeben und hat sich *nie* gebessert), aber zum Glück waren zehntausend Pfund für mich auf Lebenszeit unter Treuhandschaft festgelegt mit der Nachanwartschaft für meine Kinder, und dies bedeutete, daß er an das Kapital nicht herankam. Gott, was hatten wir für Auseinandersetzungen wegen des Einkommens – wegen Geld ganz allgemein –, aber etwas so Entsetzliches steht mir bei Robert gewiß nicht bevor. Robert hat seine finanziellen Angelegenheiten bestimmt unter eiserner Kontrolle, und außerdem muß er Tausende verdienen, deshalb ist es wohl nicht schlimm, wenn ich ab und zu mit Geld ein wenig leichtsinnig umgehe.

Robert zahlt für dieses herrliche Apartment, aber über Geld haben wir eigentlich noch nicht gesprochen. Ich hatte zuviel mit dem Umzug nach London zu tun und mußte mich dann erst einmal von der Qual meines Besuchs in Oxmoon erholen. Es war schrecklich, daß ich dort nicht länger als eine Woche nach Roberts Abreise bleiben konnte. Ich weiß, es muß merkwürdig ausgesehen haben, nach so vielen Jahren heimzukommen und dann zehn Tage später nach London zu fahren. Ich wollte noch länger bleiben, aber es ging nicht mehr. Ich versuche noch immer herauszufinden, warum es nicht ging. Bobby und Margaret war nichts vorzuwerfen, und die Jungen waren lieb, aber ... es war einfach gräßlich. Ich nehme an, mein Schuldgefühl war für das Fiasko verantwortlich. Oder Bobbys Schuldgefühl. Oder – o Gott – vielleicht sogar Margarets Schuldgefühl. Wie *schrecklich* ich mir vorkomme, wenn ich daran denke, daß Margaret sich schuldig fühlen könnte, aber ich muß das gleich aus meinen Gedanken streichen und statt dessen daran denken, wie aufregend es war, von Oxmoon in dieses wunderbare Londoner Apartment zu ziehen.

Es hat ein großes Wohnzimmer, ein Speisezimmer, ein Badezimmer, eine sehr elegante Toilette, eine Küche mit einer Abwaschküche, vier Schlafzimmer und eine Anrichtekammer hinter der Küche, in der ein mit nicht gerade vielen geistigen Gütern gesegnetes Zimmermädchen schläft; tagsüber kommt eine halbwegs vernünftige Haushälterin, die auch als Köchin fungiert. In dem einen großen Schlafzimmer sind meine Sachen abgestellt, in dem anderen schlafe ich, und die beiden anderen, die kleiner, aber sehr schön sind, werden dem kleinen Declan und dem kleinen Rory gehören, wenn sie aus Irland herunterkommen. Ich glaube, sie kommen dort gut zurecht, ohne sich viel zu streiten. Dabei fällt mir ein, ich muß Dervla und Seamus schreiben und ihnen mitteilen, daß die Jungen jetzt nachkommen können. Aber ehe ich das tue, muß ich darüber einfach noch mit Robert sprechen und mich vergewissern, daß er versteht, daß ich nicht länger von ihnen getrennt leben kann.

Vielleicht sollte ich ihm die Briefe zeigen, die heute morgen gekommen sind . . .

*

«Liebe Ma», schrieb Declan. «Vielen Dank für Deinen Brief. Wir freuen uns zu hören, daß es Dir wieder besser geht, aber ich denke daran, wie schlecht es Dir ging auf dem ganzen Weg über den Atlantik und daß Du beinahe ohnmächtig ins Grab gefallen wärst bei der Beerdigung, und da meine ich, Du solltest nicht länger allein bleiben. Das ist nicht gut für Dich. Du könntest Dich in einem Anfall von Leidenschaft umbringen und es nachher bedauern. Du weißt, wie Du bist. Also, alles in allem glaube ich, es wäre das beste, wenn wir hinunterkommen und Dich abholen und hierher zurückbringen, wo wir auf Dich aufpassen können. Ich weiß, Du hast das Apartment in London, aber ich fürchte, ich kann nicht in England leben, es wäre ganz gegen Pas Wunsch, deshalb erkundige ich mich über Onkel Seamus, ob es in Dublin eine Wohnung zu mieten gibt. Je früher Du hierher kommst, desto besser, meiner Meinung nach, denn ich mache mir große Sorgen, was Dir passieren könnte. Mit herzlichen Grüßen Dein Dich liebender und besorgter Sohn DECLAN KINSELLA.»

Dieser Brief rührte mich, stimmte mich aber auch sehr unruhig. Rorys Brief war einfach lieb. Der kleine Schatz schrieb: «Liebe Ma, ich vermisse Dich, ich kann nachts nicht schlafen vor lauter Weinen um Pa und weil ich wollte, Du wärst hier. Bitte komm und hol uns, denn sonst sterben wir vor Kummer ganz und gar, und Du hast dann nichts mehr zu tun, als an unserem Grab zu weinen. Grüße, RORY.»

Meine lieben Jungen! Ich fühlte mich den ganzen Morgen so sentimental, daß ich vergaß, über die Probleme nachzudenken, die sie darstellten, doch lange bevor Robert am Abend mit seiner üblichen Flasche Champagner kam, fragte ich mich verzweifelt, wie ich meinen kleinen Darlings beibringen sollte, daß ich bereits daran dachte, wieder zu heiraten.

*

«Darling», sagte ich zu Robert, «ich mache mir Sorgen wegen meiner Jungen. Könnten wir einen Augenblick über Declan und Rory sprechen?»

Wir lagen noch halb umschlungen im Bett, und am anderen Ende der Wohnung hatte sich das einfältige Hausmädchen wie gewöhnlich recht früh in die Anrichtekammer zurückgezogen. Es war halb elf. Wir hatten wie üblich auswärts gegessen und uns wie üblich nicht lange im Restaurant aufgehalten, weil wir möglichst lange allein zusammensein wollten. Robert blieb nie die ganze Nacht, nicht nur weil er nicht wollte, daß der Morgenportier große Augen machte, sondern auch weil er zu Zeiten arbeitete, wenn weniger erfolgreiche Männer schliefen. Manchmal fragte ich mich, ob er nicht etwas zuviel arbeitete, aber ich führte dies auf sein Junggesellenleben zurück. Junggesellen haben oft nicht viel für regelmäßige Zeiten übrig, aber ich war sicher, seine Gewohnheiten würden sich ändern, wenn er erst verheiratet war.

«Siehst du Darling, es ist so . . .» Ich holte tief Atem, gab von mir, was ich als ruhige, sachliche Darstellung des Problems geplant hatte, und schob ihm schließlich, als ich nicht mehr weiter wußte, die Briefe hin.

«Hm», sagte Robert, und seine blassen, kühlen Augen schienen noch blasser und kühler zu werden, während er die Seiten überflog. «Sehr unenglisch.» Er gab mir die Briefe zurück.

«Nun, Darling», sagte ich, «sie sind ja auch keine Engländer. Sie sind zwei amerikanische Jungen, die dazu angehalten worden sind, sich durch und durch als Iren zu betrachten.»

«Ich gebe zu, das ist dumm, aber mach dir keine Sorgen, es muß nicht unbedingt fatal sein.» Er lächelte mich an. «Ich nehme an, du willst mir sagen, du möchtest Irland einen Besuch abstatten.»

«Ich –»

«Ich bin froh, daß das Thema zur Sprache gekommen ist», sagte Robert, und ich wußte sofort, ich wurde um eine unbequeme Wahrheit herum manipuliert, als wäre ich eine besonders störrische Zeugin, «denn obwohl ich vermutete, daß dir die Situation so klar geworden ist wie mir, habe ich natürlich gezögert, selbst davon zu sprechen. Ich dachte, es ist besser, der Vorschlag kommt von dir.»

«Was für ein Vorschlag?»

«Der, den du gerade gemacht hast – daß du nach Irland fährst, um sie zu besuchen.»

«Diesen Vorschlag habe ich nicht gemacht, Robert.»

«Doch, das hast du – du hast gesagt, du willst sie so bald wie möglich wiedersehen, und es muß dir doch genauso klar sein wie mir, daß es besser wäre, wenn sie erst nach London kommen, nachdem wir verheiratet sind.»

«Aber Robert –»

«Ich hatte diese Regelung ohnehin von Anfang an für besser gehalten. Du hast hier genug zu tun, du mußt dich hier richtig einrichten, nach einem Haus umsehen und alle Vorbereitungen für die Hochzeit treffen – wenn da auch noch die Jungen kämen, wärst du bald mit den Nerven am Ende. Außerdem – wie wäre es um unsere voreheliche Privatsphäre bestellt, wenn du ständig zwei Jungen auf der Schwelle zum Jünglingsalter um dich hast?»

Das war in der Tat die Frage, die ich nie hatte beantworten können.

«Aber was soll ich tun?» fragte ich verzweifelt. «Ich muß sie unbedingt bald bei mir haben – denk doch an Rorys Brief! Der kleine Schatz weint Nacht für Nacht, weil er mich so sehr vermißt!»

«Ja, es ist ein Jammer, daß ein Junge seines Alters sich nicht besser beherrschen kann. Ein Junge von zwölf Jahren, der nach seiner Mutter weint! Solchen Unsinn habe ich noch nie gehört, und außerdem glaube ich kein Wort davon. Er schreibt das nur, um auf deine Tränendrüsen zu drücken.»

Daran hatte ich auch schon gedacht. Der liebe Rory übertrieb gern.

«Fahr für zwei Wochen nach Irland», sagte Robert. «Ich verstehe vollkommen, daß ein solcher Besuch nötig ist, und ich werde dir da nicht im Wege stehen.»

«Aber Robert, ich kann sie doch dann nicht fünf Monate in Irland zurücklassen!»

«Warum nicht? Du erklärst ihnen ganz behutsam, daß dies eine vorübergehende Situation ist, die sich daraus ergeben hat, daß du jetzt nach einem neuen Zuhause für sie suchen mußt – ich bin überzeugt, das verstehen sie. Natürlich werden sie dich vermissen, aber ich wette, die Verwandten ihres Vaters sind in diesem Augenblick dabei, ihnen alle Fürsorge angedeihen zu lassen und ihnen die Zeit so angenehm wie nur möglich zu machen.»

Ich war verzweifelt – gerade weil er recht hatte. Was er sagte, war logisch, vernünftig und entsprach den Tatsachen. Das dumme war nur, daß diese wunderbar rationale Behandlung des Problems nicht auf meinen Gefühlswirrwarr einging.

«Darling . . .» Ich holte noch einmal tief Atem, raffte mich noch einmal auf. «Da sind zwei Schwierigkeiten. Die eine ist die, daß ich den Gedanken nicht ertrage, regelmäßig zu Besuchen nach Irland zu fahren. Conors Familie . . . sie erinnern mich eben immer an Conor, und ich will im Augenblick nicht an Conor erinnert werden –»

Robert begann sich unruhig in den Kissen zu räkeln.

«– und die zweite Schwierigkeit ist die», fuhr ich krampfhaft bemüht fort, «daß ich meine Jungen so sehr liebe und möchte, daß sie das wissen. Sie haben gerade erst ihren Vater verloren, und wenn ich ihnen sage, ich will sie jetzt nicht in England haben, dann werden sie schrecklich verletzt und verstört sein.»

«Das hört sich an, als würdest du diese Kinder furchtbar verwöhnen. Du lieber Gott, Jungen in ihrem Alter sollten doch nicht erwarten, daß sich ihre Mutter ständig um sie kümmert und sie täglich betätschelt! Na schön, laß sie für den Sommer herunterkommen, wenn du es für nötig hältst, aber ich glaube, es ist ein großer Fehler und du wirst es bestimmt bald bedauern. Wenn du meine Meinung hören willst –»

«Nein, das will ich nicht!» rief ich. «Du verstehst nichts – gar nichts!» Und ich brach in Tränen aus.

Robert seufzte. Ich spürte förmlich, wie er um Geduld rang. «Schon gut, schon gut», sagte er freundlich und nahm mich in die Arme. «Es ist ja nicht das Weltende.»

«Es kommt mir aber so vor.» Ich war schrecklich aufgeregt, nicht nur, weil er unfähig zu sein schien, meinen Standpunkt zu begreifen, sondern auch weil ich offenbar unfähig war, ihm diesen begreiflich zu machen. Und da dachte ich auf einmal: Conor hätte das verstanden. Aber ich schlug mir diesen Gedanken schnell wieder aus dem Sinn.

«Es ist einfach ein Problem, das nach einer Lösung verlangt», sagte Robert in jenem erhaben selbstsicheren Ton, dem so schwer zu widerstehen war, «und natürlich werden wir die Lösung finden und die Schwierigkeit überwinden.»

«Wirklich?»

«Aber selbstverständlich! Wie kannst du zweifeln? Schwierige Probleme lösen setzt die rechte Geisteshaltung voraus. Jetzt hör mir mal zu, Ginette. Du darfst nicht glauben, ich sei gegen diese Jungen feindselig eingestellt. Sie sind deine Kinder, und ich bin mehr als bereit, sie so zu behandeln, als wären sie auch die meinen. Aber du mußt dir doch sagen, daß ich diese Situation klarer sehen kann, als du das im Augenblick vermagst, da du wie üblich wieder einmal in einem deiner emotionalen Nebel umhertappst. Also – willst du, daß ich Ordnung in dein Leben bringe oder nicht?»

«Natürlich will ich das.»

«Und willst du einen Menschen haben, der sich um dich kümmert und dich vor einem neuen Durcheinander bewahrt?»

«Ja, natürlich will ich das.»

«Dann sei so gut und nimm meinen Rat an und verzichte auf weibliche Gefühlsausbrüche.»

«Entschuldige, aber ich bin in einer solchen Verfassung, daß ich vergessen habe, was du mir geraten hast.»

«Laß die Jungen in Irland, bis wir verheiratet sind, und begnüge dich mit regelmäßigen Besuchen. Beiß in Gegenwart der Familie deines Mannes einfach die Zähne zusammen. Überleg dir – auf lange Sicht ist es besser, die Zähne zusammenzubeißen, als in eine Situation hineinzugeraten, die dich in einen Erschöpfungszustand versetzt.»

«Gewiß.» Ich war noch immer verzweifelt, aber inzwischen von der Stärke seiner Persönlichkeit so hypnotisiert, daß ich keine Widerstandskraft mehr besaß. «Es tut mir leid, Darling. Ich weiß, ich bin wie immer wieder einmal hoffnungslos emotional.»

«Mach dir keine Sorgen, nach einunddreißig Jahren bin ich an deine Launen gewöhnt. Aber jetzt wollen wir all diese Gefühlsenergie einem besseren Zweck zuführen», sagte Robert als der vernünftige Mensch, der er war, und Sekunden später war alles gut, doch einen Moment lang konnte ich nicht umhin, diese verstandesmäßige Aufforderung mit Conors phantasiereichen und ungehörigen Verführungskünsten in ähnlichen Situationen zu vergleichen.

«Ginette . . . woran denkst du?»

Natürlich konnte ich ihm das nicht sagen. «Ich habe mich gerade gefragt, wie ich Declan und Rory beibringen soll, daß ich wieder heiraten will.»

«Mein Gott, fang doch nicht wieder mit den Jungen an! Laß das Thema mal ruhen, ja – das ganze Problem sieht morgen früh schon viel einfacher aus . . .»

*

Robert hatte unrecht. Es quält mich mehr denn je. Ich bin in einem schrecklichen Zustand. Zwar weiß ich, daß Robert rein vernunftmäßig recht hat, aber ich weiß auch, daß ich meine lieben Jungen nicht in Irland lassen kann. Wenn sie so weit von mir fort sind, werden sie unglücklich sein, und wenn sie unglücklich sind, habe ich als Mutter versagt, und wenn ich als Mutter versagt habe, werde ich nicht mit meiner Schuld leben können. Ich weiß, das ist eine emotionale Dummheit, ja, aber ich kann nichts dagegen machen. Das geht einem so, wenn man Kinder hat, und Robert hat keine Kinder und kann das deshalb nicht verstehen.

Ich bin in einem solchen Zustand, daß ich mir heute keine Häuser ansehen kann. Ich fahre statt dessen zu Harrods und kaufe mir drei riesige Hüte, die alle zweieinhalb Pfund kosten, alle von Blumen und Federn strotzen und alle genau das darstellen, was sie sind – der letzte Schrei an törichter Extravaganz. Aber ich fühle mich immer wohler, wenn ich etwas kaufe.

Diese sündhafte Einkaufstour hat mir über den Morgen hinweggeholfen, aber jetzt ist es Nachmittag, und ich bin noch immer so unruhig, deshalb werde ich wohl noch einmal ausgehen und mir ein paar Cremetörtchen zum Tee kaufen – schrecklich leichtsinnig, ich höre schon im voraus mein Korsett stöhnen, aber ich finde einfach keine Ruhe, bis ich in eine göttliche Blätterteigcremeschnitte gebissen habe . . . oder vielleicht in ein Eclair . . . oder – o Gott – in ein einfach himmlisches Sahnebaiser . . .

⋆

«Da wartet ein Herr auf Sie, Ma'am», sagte Edna, das einfältige Hausmädchen, als ich mit dem sündhaftesten Sortiment von Cremegebäck heimkam, das ich hatte auftreiben können. Meine Köchin und Haushälterin hatte ihren freien Nachmittag und Edna, allein in der Wohnung, war mir sofort entgegengeeilt, als ich die Tür öffnete.

Zuerst glaubte ich, sie nicht richtig verstanden zu haben. Ihre Hasenscharte machte selbst die einfachsten Wörter fast unverständlich.

«Ist es Mr. Godwin?» Ich war überrascht, ich hatte mit Robert nicht vor halb sieben gerechnet.

«Ja, Ma'am, aber –» Es folgten unverständliche Laute.

«Schön, machen Sie bitte Tee, Edna, und tun Sie diese Törtchen auf eine Platte.»

Ich ging ins Wohnzimmer, und dort fand ich nicht Robert vor, sondern Bobby. Er wirkte sehr förmlich und verlegen, und sowie ich ihn erblickte, verspürte ich jene vertraute Kälte, die mich immer überfiel bei den seltenen Gelegenheiten, wenn wir beide allein waren.

«Bobby, was für eine angenehme Überraschung!» sagte ich.

«Guten Tag, Ginevra», sagte er, auf seinem Platz auf der anderen Seite des Zimmers stehenbleibend. «Ich habe heute morgen mit Robert telephoniert, und er meinte, wir könnten uns hier treffen, aber ich fürchte, ich bin etwas zu früh gekommen. Vielleicht mache ich noch einen kleinen Spaziergang. Ich möchte dich nicht ablenken, du mußt noch so vieles zu erledigen haben.»

Natürlich wollte ich ihn aus der Wohnung haben, und natürlich wußte ich, daß das nicht ging. Er würde bald mein Schwiegervater sein, und wir waren beide moralisch verpflichtet, so zu tun, als hätte es die Vergangenheit nie gegeben.

«Unsinn, Bobby», sagte ich. «Setz dich und trink eine Tasse Tee mit. Entschuldige mich nur einen Augenblick, ich muß mich vergewissern, daß das Mädchen zwei Tassen bringt – sie ist etwas beschränkt.»

Ich eilte hinaus. Als ich mich gefaßt hatte, erinnerte ich Edna an die Tasse, wappnete mich gegen den unvermeidlichen Widerwillen und ging in das Wohnzimmer zurück.

«Ich bin nur zwei Tage hier», sagte er, als ich hereinkam. «Ich wollte nicht einmal Robert stören, aber Margaret sagte, es wäre nicht recht, wenn ich nicht wenigstens telephonierte, und da habe ich mit ihm gesprochen, und er war äußerst liebenswürdig, er sagte, sein Fall sei verschoben worden, und er wolle sich hier zum Tee mit mir treffen – natürlich bleibe ich nicht lang –»

Ich ertrug seine schreckliche Demut nicht länger. «Wie geht es allen in Oxmoon?» unterbrach ich ihn und nahm ein Stück entfernt von ihm Platz, im stillen hoffend, Robert werde bald kommen.

«Oh, es geht allen gut, danke, alle sind in bester Form. Aber wie geht es dir, Ginevra? Du siehst etwas müde aus. Ich hoffe, es fehlt dir nichts.»

Und plötzlich sah ich nicht den traurigen, kläglichen Fremden, der mich erzürnte, sondern meinen Cousin Bobby, der so freundlich, so behutsam, so verständnisvoll war.

«O Bobby!» rief ich verzweifelt aus, und im nächsten Augenblick erzählte ich ihm von meinen Nöten. Ich redete und redete, und Edna brachte den Tee, und Bobby sagte: «Donnerwetter, schau dir diese Baisers an!», und ich antwortete, unter Tränen lachend: «Sind sie nicht wunderbar?», und endlich wurde mir wohler.

«Aber Ginevra», sagte Bobby, als ich ihm die Gelegenheit gab, auf mein Dilemma einzugehen, «die Lösung ist doch ganz einfach: die Jungen kommen zu uns nach Oxmoon, dann kannst du sie so oft besuchen, wie du willst. Heutzutage ist die Reise nach Swansea ganz einfach, viel einfacher als die ermüdende Reise nach Dublin.»

Ich war so dankbar, daß ich kaum sprechen konnte. «Oh, an Oxmoon hätte ich nie gedacht – all die Umstände –»

«Mach dir darum keine Sorgen, da habe ich doch wenigstens Gelegenheit, dir und Robert zu helfen. Dessen darfst du mich nicht berauben – und mach dir auch keine Sorgen wegen der Jungen. Ich sorge dafür, daß sie sich pudelwohl fühlen.»

Ich wußte, daß er das tun würde. Bobby hatte vier Jungen großgezogen und versuchte sich zur Zeit noch an einem fünften. Er verstand Jungen und konnte gut mit Kindern umgehen.

«Bobby, ich kann dir nicht sagen, wie dankbar ich dir bin –»

«Soll ich nach Irland fahren und sie holen? Das würde mir Spaß machen.»

Ich hörte vor Erleichterung auf zu weinen und biß in ein Eclair. «Nein», sagte ich. «Ich wünschte, das ginge, aber das muß ich wirklich selbst tun. Ich muß ihnen sagen, daß ich wieder heiraten will.»

«Das kannst du doch in Oxmoon hinter dich bringen. Du willst doch sicher nicht ausgerechnet im Schoße der Familie deines verstorbenen Mannes über deine Zukunft sprechen.»

Das war ein Ratschlag, der so gar nichts mit Roberts zwar rationalen, aber nutzlosen Schlußfolgerungen zu tun hatte. Hier sprach der gesunde, absolut realistische Menschenverstand.

«Mein Gott, das ist wahr!» sagte ich. «Aber . . . o Bobby, wie soll ich es den Jungen nur beibringen?»

«Nun, sag ihnen doch einfach die Wahrheit. Declan ist schließlich schon vierzehn. Sag ihnen, du hast ihren Vater zwar sehr geliebt, kannst aber nicht allein in der Welt weiterleben ohne einen starken Mann, und Robert ist der stärkste Mann, den du dir vorstellen kannst. Ich glaube, du wirst feststellen, daß Declan doch schon in einem Alter ist, in dem er deine Probleme verstehen kann. Du brauchst natürlich das Romantische nicht zu betonen. Sag nur, du hast keine andere Wahl, du mußt praktisch denken, für die Zukunft – zu ihrem wie zu deinem Besten.»

Ich kam mir vor wie neu geboren. Ich konnte sogar mein Eclair liegen lassen.

«Außerdem», setzte Bobby hinzu, «wenn dir das Erklären schwer fällt, kann ich einspringen. Also auch, falls Robert dich nicht begleitet, wenn du die Jungen besuchst, brauchst du es nicht allein durchzumachen.»

«Robert . . . ja, Bobby, ich bin ein wenig besorgt –» Aber ich hielt inne. In meiner großen Erleichterung war ich zu weit gegangen. Eines war mir unmöglich: über Robert mit seinem Vater zu sprechen.

«Ein kolossaler Bursche, Robert», sagte Bobby, als er spürte, was in mir vorging. «Es gibt kein Problem, das er nicht löst, wenn er sich wirklich dafür interessiert, und deshalb darfst du sicher sein, er wird auch mit diesen Jungen zurechtkommen, wenn es soweit ist. Denk nur daran, wie gut er das mit John gemacht hat.»

«Ja, das hat er!» sagte ich, wieder sehr aufgemuntert. Ich erinnerte mich an den lieben kleinen John, wie er auf walisisch und englisch daherplapperte, so fröhlich und so herrlich ungezogen. Schade, daß er ein so langweiliger, spröder junger Mann geworden war. «Aber welches Interesse sollte Robert denn bei Johnny gehabt haben?»

«Er wollte zwei Fliegen mit einer Klappe schlagen – er wollte Margaret eine Freude und Lion eifersüchtig machen.»

Wir lachten – aber da erstarrten unsere Gesichter auch schon, denn wir hörten, wie Robert die Diele betrat.

*

Ich fühle mich Bobby gegenüber jetzt viel gelöster, und das nicht nur deshalb, weil wir so etwas wie ein normales Gespräch miteinander führen konnten. Ich fühle mich gelöster, weil ich merke, wie sehr er bemüht ist, unsere Beziehung auf eine annehmbare Ebene zu rücken, so daß wir nicht jedesmal Höllenqualen durchmachen, wenn wir uns treffen. Ihm ist klargeworden – und mir auch –, daß meine Jungen uns sozusagen eine gemeinsame Basis verschaffen, auf der wir einander begegnen können wie zwei normale Menschen, ohne ständig von Schuldgefühlen geplagt zu sein. Ich weiß, mir wird nie in seiner Gegenwart ganz wohl sein, und ich weiß, ihm wird nie in meiner Gegenwart ganz wohl sein, aber zumindest kann aus unserer zwanghaften Verstellung jetzt eher ein automatischer Reflex werden – kein quälendes Bemühen mehr –, und das muß gewiß als Fortschritt registriert werden.

Ich gelange zu der Auffassung, daß Margaret recht hatte, als sie sagte, das zukünftige Problem sei das Verhältnis zwischen Bobby und Robert. Man nehme nur den heutigen Tag. Robert kam herein, schüttelte seinem Vater die Hand und benahm sich untadelig höflich, während Bobby da war, doch obwohl keiner an seinem Verhalten etwas hätte aussetzen können, war die Atmosphäre dennoch auf eine subtile Art kalt, irgendwie nicht richtig.

Irgendwann einmal – wenn wir verheiratet sind und in Ruhe über alle unsere Probleme nachdenken können –, werde ich mit Robert über Bobby sprechen müssen, weil ich mir bewußt geworden bin, daß es viel besser ist, über Probleme offen zu reden, anstatt sie im Untergrund weiterschwären zu lassen. Das einzige Thema, über das ich nie sprechen konnte – die Verführungsaffäre mit Bobby –, lastete in der Vergangenheit sehr schwer auf mir, und daß ich das jetzt so deutlich erkenne, liegt daran, daß ich die Last durch mein Geständnis von mir genommen fühle. Ich werde mich nie, niemals dieses Vorfalls mit Gleichgültigkeit erinnern können, aber zumindest brauche ich mir jetzt nicht mehr ständig zu sagen: Ich kann darüber nicht sprechen, sonst werde ich verrückt. Ich kann statt dessen sagen: Ich habe mit Robert darüber gesprochen und bin nicht verrückt geworden.

Robert müßte mit jemandem über diesen Morgen im letzten Monat sprechen, als er in allen Einzelheiten erfuhr, wie sein Vater sich benommen hat, aber das dumme ist, wenn ich ihm das vorschlage, sagt er nur: «Wozu?» Ich vermute, Robert hat das in die tiefste Verwirrung gestürzt, aber das ist nicht das Hauptproblem. Das Hauptproblem ist, daß er das nicht weiß und, selbst wenn er es weiß, nicht als solches anerkennt. Emotional farbenblind hat sich Robert alles so ausgedacht: Solange er gewisse Attitüden bewahren kann (Höflichkeit seinem Vater, Leidenschaft mir gegenüber), läßt sich die Vergangenheit mit einem rosa Band umwickeln, wie ein Schriftsatz, und dann für alle Zeiten im Gewölbe seines Denkens verschließen. Ich bin nicht farbenblind wie Robert, und ich glaube nicht, daß sich seine Schwierigkeit so leicht beseitigen läßt. Ich glaube sogar, daß das überhaupt keine Lösung ist.

*

«Ginette, was zum Teufel sollen denn diese neuen Hüte auf deinem Bett?»

«O Darling, ja – ja, weißt du –»

«Ich habe dir letzte Woche fünfzig Pfund für notwendige Ausgaben gegeben, aber nicht dafür, daß du wie Attila über Harrods herfällst!»

«Oh, ich weiß, Darling, aber das ist schon in Ordnung – ich habe deine fünfzig Pfund noch nicht ganz ausgegeben! Ich habe da mit einem reizenden Herrn in der Kreditabteilung von Harrods gesprochen –»

«Willst du damit sagen, du hast die Hüte auf Kredit gekauft?»

«Ja, ist das nicht wunderbar? Ich hatte den Brief von meinem Bankdirektor dabei, in dem stand, daß mein Treuhandgeld aus New York überwiesen wurde, und –»

«Aber du hast mir doch gesagt, du hättest dein Einkommen für den Rest des Vierteljahrs schon verbraucht!»

«Gewiß, ja, aber ich dachte, das macht nichts aus, wo du doch so großzügig bist –»

«Setz dich, Ginette», sagte Robert, «und hör mir gut zu. Ich halte es für an der Zeit, daß wir einmal ernsthaft miteinander reden.

*

Wir hatten einen schlimmen Streit um Geld – um Geld habe ich auch mit Conor gestritten, aber das war ganz anders. Bei Conor bin ich mir zum Schluß wenigstens nie dumm vorgekommen, und anschließend sind wir immer ins Bett gegangen. Bei Robert mußte ich mich zum Schluß für einfältig halten, und dann ist er gegangen und nicht mehr zurückgekommen.

Nun, vielleicht habe ich seinen Zorn verdient. Vielleicht *war* es dumm von mir, daß ich die Beherrschung verlor und ihn einen eiskalten Schuft nannte, aber wie soll man denn sonst einen Mann nennen, der einem gerade gesagt hat, er sei jetzt mehr denn je der Ansicht, daß das Gesetz recht hat, wenn es verheiratete Frauen zusammen mit Irren und Kindern auf eine Stufe stellt? Wie kann er es wagen, sich aufzuführen, als wäre ich zu erwachsenem Verhalten unfähig, wie kann er das nur sagen!

Nun ja, ich gehe tatsächlich leichtfertig mit Geld um. Aber ich bin nicht dumm. Wenn ich mit Geld klug umgehen muß, kann ich hervorragend sein (ich denke an damals, als ich die Kleider für die Jungen von meinem Haushaltsgeld bezahlen mußte, weil Conor beim Poker verloren hatte). Deshalb ertrage ich es nicht, wenn man mich wie eine Irre behandelt, die für ihr Handeln nicht verantwortlich ist. Es ist nicht meine Schuld, wenn ich keine richtige Erziehung mitbekommen habe. Ich bedaure es zwar, aber Margaret sagte immer, eine zukünftige Ehefrau und Mutter bedürfe ganz gewiß keiner Ausbildung in akademischen Dingen, und so ließ man meine geistigen Fähigkeiten in Oxmoon unter der Obhut einer stupiden Gouvernante verkümmern.

Das Problem bei Margaret ist, daß sie schon mit sechzehn Jahren heiratete und dann so viel mit dem heruntergekommenen Oxmoon, dem Aufziehen einer großen Familie und einem unzuverlässigen Ehemann zu tun hatte – das hat alle ihre Energien erschöpft, während sie älter wurde. Deshalb konnte sie sich nie vorstellen, daß eine intelligente Frau sich vielleicht eine gewisse Bildung aneignen möchte, ehe sie zu Gatte und Kindern kommt; Margaret betrachtet Bildung als irrelevant – wie sie es in ihrem Fall ja auch war. Nun, ich wollte ganz gewiß nie ein Blaustrumpf werden, aber wenn Robert mir ein griechisches Zitat an den Kopf wirft und es dann mit Tennysons Ausspruch «Die Frau ist der geringere Mann» übersetzt, dann möchte ich ihm gern ein lateinisches Zitat des Sinnes um die Ohren schlagen können, daß Übung den Meister macht und daß Gott, nachdem er Adam erschaffen hatte, bei Eva schon über mehr Erfahrung verfügte.

Ist Robert eines von jenen Monstern, die sich etwas darauf zugute halten, daß sie das Objekt ihrer maskulinen Überlegenheit gänzlich von oben herab behandeln? Das ist ein erschreckender Gedanke, aber nein, der brillante, rationale Robert könnte sich gewiß nie solch stupider, irrationaler Ansichten schuldig machen. Er wollte mir nur zeigen, wie sehr ihn mein Verhalten geärgert hatte.

Ja, Robert nimmt das, was er so gern meine «weibliche Narrheit» nennt, sehr, sehr ernst, aber das ist nicht schlimm, nun da ich weiß, wie er über Geld denkt, werde ich ganz vorsichtig sein, und ich bin überzeugt, wenn wir erst verheiratet sind, fällt darüber kein böses Wort mehr.

*

Wir haben gerade die himmlischste Versöhnung gefeiert. Am Morgen nach unserer Auseinandersetzung trafen reumütige Telegramme ein, und der Botenjunge vom Blumenhändler brach auf der Treppe fast zusammen unter seinem Riesenstrauß. Fortnum's schickte nach dem Lunch Champagner. Um acht Uhr schließlich führte mich Robert zum Dinner aus, und ein sehr schöner Abend fand später seinen Höhepunkt in einer sehr schönen Nacht im Schlafzimmer. Es ist wirklich erstaunlich, was man mit Orchideen, Champagner und einem köstlichen Dinner im Ritz alles bewirken kann.

Und jetzt ... ist jetzt der Augenblick, endgültig einen Vergleich zwischen Robert und Conor zu ziehen und das Thema Vergleiche ein für allemal zu den Akten zu legen? Ja, ich glaube doch, weil ich endlich das Gefühl habe, daß diese spezielle Schwierigkeit gelöst ist. Was für ein Segen! Zumindest *ein* Problem habe ich schon vor der Heirat erledigt.

In jener kurzen, aber nervenaufreibenden Krise, kurz bevor wir jenes erste Mal ins Bett gingen, hatte ich leichtfertig zu Robert gesagt, es könne keinen Vergleich zwischen ihm und Conor im Schlafzimmer geben, aber ich hatte das gesagt, a) weil sein Selbstvertrauen offensichtlich eine Stärkung benötigte, und b) weil ich wußte, daß unsere Affäre beendet gewesen wäre, ehe sie noch begonnen hatte, wenn er als Krönung seiner romantischen Träume impotent geworden wäre.

Aber so schrecklich das klingen mag, Robert *trat* nun einmal in einem alpdruckhaften sexuellen Wettbewerb als Teilnehmer auf, und obwohl Roberts Denken damals von einem für ihn uncharakteristischen Nebel umfangen gewesen sein mochte, hatte ich (ausnahmsweise) meine Gedanken einmal beisammen, weil ich einfach wußte, daß ich ihn mit Conor vergleichen würde. Wie hätte ich das vermeiden können? Die Situation hätte, kurz gesagt, in einer Katastrophe enden können, doch zu meiner Erleichterung zeigten sich die Götter uns gnädig, denn Robert war wirklich ganz anders im Bett als Conor, und obwohl ich ein, zwei Vergleiche anstellte, wurde ich mir bald bewußt, daß Vergleiche unter diesen Umständen bedeutungsloser waren, als ich zu hoffen gewagt hatte. Conor mit Robert zu vergleichen, wäre auf einen Vergleich zwischen der «Schönen blauen Donau» und dem letzten Pariser Tango hinausgelaufen; beide Komponisten rangieren als musikalische Unterhaltung, aber sie sprechen die Zuhörer auf ganz verschiedene Weise an.

Robert ist trotz seiner walisischen Abstammung von Erziehung und Temperament her Engländer, und im Bett ist er sogar sehr Engländer (das muß, wie Ausländer geringschätzig auch glauben mögen, nicht zwangsläufig eine Katastrophe sein). Für Robert ist Sex ein Sport wie Kricket oder Rugby, und da er nun einmal Robert ist, sorgt er dafür, daß er auch auf diesem Gebiet Erstklassiges leisten kann. Und verliehe Oxford eine Auszeichnung für sexuelle Tüchtigkeit, wie es das für Kricket- oder Rugbyspiel tut, dann hätte Robert sie bestimmt erhalten. Und weil Sex ein Sport für ihn ist und weil er Engländer ist, hält er sich an die Regeln und würde nicht im Traum daran denken, gegen sie zu verstoßen. Gegen die Regeln verstoßen wäre nicht fair; nur die verdammten Ausländer und Flegel verstoßen gegen die Regeln, das weiß jeder Engländer.

Conor war ein verdammter Ausländer und ein Flegel. Er stellte sich seine Regeln selbst auf und amüsierte sich dann köstlich damit, sie alle nacheinander in der aufreizendsten Weise zu brechen, die ihm in seiner grenzenlosen Phantasie einfiel. Robert würde solch wilde, ungeregelte Possen abstoßend finden, aber interessanterweise scheidet Robert dadurch für mich nicht aus. Ich glaube, es ist für mich so schön mit ihm, weil er zum einen wirklich sehr kompetent ist und weil zum anderen diese rationale wohlgeordnete Sportlichkeit etwas Neues für mich bedeutet, das ich erotisch anziehend finde.

Damit komme ich unweigerlich zu mir selbst. Was halte ich wirklich von körperlicher Liebe? Ich bin aufrichtig gewesen, was meine beiden Männer betrifft, und jetzt muß ich mich neben sie stellen, damit ein ehrliches Bild meines Intimlebens entsteht.

Ich glaube, ich sollte hier ein für allemal festhalten, daß ich Sex genieße, nicht weil ich mit sechzehn verführt wurde, sondern trotzdem. Männer haben so eigenartige Vorstellungen von einer frühen Verführung und scheinen anzunehmen, eine solche Episode mache eine Frau automatisch zu einem sexuellen Hochofen, aber mir hat das am Anfang gar keine Freude bereitet. Für mich kamen dabei zu viele schreckliche Erinnerungen auf, vor allem die an meine Angst. Ich werde nie vergessen, wie Bobby mich erschreckte, als er sich in einen Fremden verwandelte. Mir schien immer, daß die Geschichte von Dr. Jekyll und Mr. Hyde die böseste Geschichte ist, die je erfunden wurde.

Ich glaube, ich übertreibe meine Situation nicht, wenn ich schreibe, daß Conor mich gerettet hat. Ich hatte große Angst, als ich das erste Mal mit ihm ins Bett ging, weil ich fürchtete, auch er könnte sich in einen bösen Fremden verwandeln, aber dem war nicht so; er wurde nur noch großartiger als zuvor. Damit war das erste Hindernis überwunden, und schließlich hatte der Heilungsprozeß Erfolg (und das war kein über Nacht eintretendes Wunder), weil Conor in seiner Zuneigung zu mir viel Geduld aufbrachte und weil ich in meiner Zuneigung zu ihm auf diese Geduld einging. Ich hatte solches Glück, nicht nur weil ich (wie ich jetzt spüre) mit einer beträchtlichen Fähigkeit, im Bett Lust zu empfinden, geboren war, sondern auch, weil mir das Schicksal in diesem entscheidenden Augenblick meines Lebens einen Mann schickte, der diese Fähigkeit von ihrer Angstlast zu befreien vermochte.

Ich bin mit dem erotischen Verlangen in der Vergangenheit leichtfertig umgegangen. Ich kann das nicht abstreiten, ich kann zu meiner Verteidigung nur sagen, daß ich von Natur aus nicht zu Promiskuität neige. Wenn ich Conor untreu war, so aus einer Vielzahl von Gründen, aber nie, weil es mir um einen aufregenden Beischlaf zu tun gewesen wäre. Ich war ihm untreu, weil er mir untreu war und ich es ihm heimzahlen wollte, oder weil ich damit Problemen zu entrinnen hoffte, mit denen ich nicht fertig wurde, oder weil ich so niedergedrückt war, daß ein Einwilligen leichter zu sein schien als ein Ablehnen. Aber ich glaube nicht, daß ich Conor untreu gewesen wäre, wenn es in dem Zusammenleben mit ihm nicht so viele schreckliche Krisen gegeben hätte. Conor befriedigte mich sexuell durchaus. Das tut auch Robert. Ich will Robert treu sein, ich will es wirklich, täte nichts lieber. Die Wahrheit ist einfach die, daß ich Untreue nicht ausstehen kann. Solches Durcheinander, solches Chaos, solche Hölle.

Bei Hölle muß ich wieder an Bobby denken. Soll ich nun niederschreiben, wie Bobby im Bett war? Oder ist dieser Aspekt des Themas noch immer absolut tabu, obwohl ich Robert alles gesagt habe? Ich dachte immer, das würde für den Rest meines Lebens tabu bleiben oder doch zumindest, bis ich achtzig wäre und jenseits aller sexuellen Leidenschaft (oder hört die nie auf? Schrecklicher Gedanke!), aber vielleicht ist es mir eine Hilfe, davon zu schreiben, so wie es mir eine Hilfe war, mit Robert darüber zu sprechen. Aber vielleicht brauche ich dazu nur zu sagen, daß ich nach dem ersten Mal mit Robert dachte: Gott sei Dank, er wird mich nie an seinen Vater erinnern. Ja, das war gewiß der Augenblick für einen Seufzer der Erleichterung. Der disziplinierte, kompetente Robert ... Vielleicht bin ich dabei zum ersten Mal bewußt zu dem Urteil gelangt, daß Bobby im Bett gar nicht so gut war, obwohl ich natürlich stets wußte, fühlte, daß die Erfahrung mit ihm zu den Dingen gehörte, die ich nicht zu wiederholen wünschte. Trotzdem – vielleicht war Bobby bei anderen Frauen anders; vielleicht war er bei mir zu aufgeregt, um sich richtig zu produzieren, aber eines weiß ich ganz bestimmt: Sex war für ihn kein Sport. Was es genau war, weiß Gott allein, aber ein Spiel war es jedenfalls nicht.

Genug. Nichts mehr über Bobby, nichts mehr über Conor. Ich habe gerade eine wundervolle Nacht mit dem Mann hinter mir, den ich heiraten werde, und hier brauche ich nur zu sagen: Gott sei Dank, daß wir über Sex wahrscheinlich nie einen Streit bekommen werden.

*

Wir hatten gerade einen sehr häßlichen Streit über Sex. Darum ging es zumindest nach Roberts Ansicht. Genauer gesagt ging es dabei, obwohl er das nicht zugeben wollte, um meine früheren sexuellen Erfahrungen. Das dumme ist, daß es Robert gar nicht gefallen würde, wenn ich noch die verängstigte junge Frau wäre, die Conor damals bekam, als er mich heiratete; Robert kann alles Inkompetente und Zweitklassige nicht ausstehen, und er genießt meine Körperlichkeit so, wie sie ist. Was ihm keine Freude macht – womit er sich überhaupt nicht abfinden kann –, ist der Gedanke daran, wie ich meine Kompetenz erworben habe.

Als ich mir bewußt wurde, wo das Problem lag, versuchte ich ihm die Angst zu nehmen, mein früheres ehebrecherisches Verhalten könne bedeuten, daß ich eine hoffnungslose Nymphomanin sei, aber er ließ mich nicht ausreden. Er ertrug es nicht, daß ich von anderen Männern sprach, ertrug es nicht, daß ich von Conor sprach, ertrug es nicht, daran erinnert zu werden, daß ich vor ihm einen anderen geliebt hatte.

Das konnte er sich natürlich nicht eingestehen. Deshalb löste den ganzen Streit ein anderes Thema aus – mein Verhalten im Bett. Er hatte die Stirn, zu behaupten, eine Frau, die im Bett eine eigenständige Rolle übernehme, sei nicht sehr fraulich. Also wirklich, wenn ich nicht so erregt gewesen wäre, hätte ich gelacht. Danach hätte jeder annehmen können, ich sei eine verbiesterte Suffragette, die lauthals Kommandos hinausschrie. In Wirklichkeit bin ich sehr sensibel und rücksichtsvoll im Bett, und verliere ich auch nie mein eigenes Vergnügen aus dem Sinn, so tue ich doch mein Bestes, um dem Mann zu geben, was er will. Und das letzte, was Robert will, ist eine Frau, die nicht mehr tut, als sich mit gespreizten Beinen auf den Rücken zu legen – das wäre ihm zuwider.

Diesmal verlor ich nicht die Beherrschung und gab mich nicht dem hin, was er einen «weiblichen Anfall» genannt haben würde. Ich sagte in höflichem, aber entschiedenem Ton, daß er über mein Verhalten im Bett denken könne, wie er wolle, daß ich aber jedenfalls nicht viel von dem seinen hielte, wenn er eine intelligente, hingebungsvolle Partnerin behandele, als sollte sie sich als bloßes unbeteiligtes Gefäß zur Aufnahme männlichen Samens verstehen – worauf *er* einen Anfall bekam und rief: «Verdammte Frauen, verdammter Sex, verdammte Hölle!» und sich voller Zorn auf die Toilette zurückzog. Ich weiß, Männer und Frauen sind grundverschieden, aber manchmal fragt man sich bei den kleinen Verhaltensähnlichkeiten, ob die Unterschiede wirklich so groß sind, wie man sagt.

Wir hatten uns bald wieder versöhnt, aber danach war kaum die rechte Zeit, um ihn zu zwingen, sich mit der Realität meiner Ehe mit Conor auseinanderzusetzen, und jetzt quält mich die Frage, ob der rechte Augenblick je kommen wird. Conor stellt offensichtlich ein ernstes Problem für uns dar, aber offensichtlich ist auch, daß Robert das Problem dadurch lösen möchte, daß er es verdrängt und nicht darüber spricht. Ist das aber eine Lösung? Nein, es ist nur ein weiterer Beweis für Roberts eigenartige emotionale Naivität; er sieht einfach nicht, daß wir mit der Schwierigkeit erst fertig werden, wenn wir offen darüber gesprochen haben.

Das Problem dabei ist, daß ich mich selbst im Augenblick nicht mit der Erinnerung an Conor beschäftigen möchte. Ich fürchte einfach, daß mich, wenn ich anfange an ihn zu denken, die Trauer um ihn wieder überwältigt, wie bei der Beerdigung in Irland, und ich dann einen Nervenzusammenbruch bekomme, den Robert sehr widerwärtig finden würde. Ich kann im Augenblick mein Leben nur dadurch meistern, daß ich ständig auf mein Ziel zugehe – die Heirat mit Robert – und nicht zurückblicke. Wenn ich die Nerven verliere, kommt es bestimmt zur Katastrophe, und dann würde ich wieder im Chaos versinken.

Vielleicht sollte ich optimistisch sein. Schließlich ist es nun einmal so, daß sich in einer zweiten Ehe jeder irgendwie mit dem Gedanken abfinden muß, daß es frühere Partner gegeben hat, und in den meisten Fällen gelingt das auch. Die Zeit wird uns beide immer weiter von Conor entfernen, und so muß er zweifellos immer mehr an Bedeutung verlieren.

Ja, ich bin sicher, nach unserer Hochzeit stellen wir fest, daß Conor einfach im Hintergrund verschwindet . . .

*

«Heiraten!» rief Declan und sah mich an, als wäre ich die Urschlange aus dem Garten Eden.

«Wo Pa in seinem Grab noch nicht richtig kalt ist!» rief der liebe Rory hinterdrein in seinem Hang zum Theatralischen und Emotionalen.

«O Darlings, *bitte,* regt euch nicht auf –»

Es war eine Woche später, und wir waren in Oxmoon. Nach einer stürmischen Begrüßung hatte ich sie auf mein Zimmer gelockt, um ihnen (auf Kredit im herrlichen Warenhaus Harrods gekauft) zwei neue Uhren zu schenken, und als ich sicher war, daß beide sich darüber freuten, rückte ich mit meiner Neuigkeit heraus. Ich hatte mir stundenlang überlegt, was ich ihnen sagen sollte, doch als es dann soweit war, blieb von meiner wohlgesetzten Rede nicht mehr viel übrig.

«Tut mir leid, Ma», unterbrach mich Declan, «aber das kann ich nicht zulassen.»

Declan war größer als ich und schon ein Experte in der Kunst der Einschüchterung; er schritt auf mich zu und blickte mich funkelnd an. So unbehaglich ich mich fühlte, ging mir doch der Gedanke durch den Kopf, daß er einmal ein sehr attraktiver junger Mann sein würde. Er hatte viel von Conor, vor allem um die Augen und um den Mund herum.

«Darling, hör mir erst mal zu!» Ich wich zurück, bis ich mich auf die Bettkante setzen konnte. «Ich tue das für uns alle!»

«Dann ist es besser, du streikst und tust gar nichts mehr!»

«Sie muß verrückt sein, Declan – sieh sie nur an, von Kummer verzehrt, genau wie Tante Dervla gesagt hat –»

«Jetzt ist's genug!» schrie ich. «Seid still, alle beide!»

«Aber Ma, du brauchst nicht gleich hysterisch zu werden –»

«Nein, wirklich nicht», sagte Rory, während er sich zu mir aufs Bett setzte und tröstend nach meiner Hand griff.

Ich legte den Arm um ihn und drückte ihm einen Kuß auf das rote Haar. Ich fühlte mich schuldig und von dem Zwang erfaßt, sie mit Zuneigung zu überhäufen zum Ausgleich für mein Verhalten, und ich war außer mir vor Angst, wenn ich an die Zukunft dachte. Kurzum, ich war in meinem üblichen Chaos.

«Hör zu, Ma», sagte Declan, «ich weiß, du brauchst einen, der sich um dich kümmert, das hat Pa immer gesagt, *aber dazu brauchst du keinen zu heiraten*. Ich mache das. Ich mache mir das zur Lebensaufgabe.»

«O Darling, das ist so lieb von dir, aber –»

«Ich bin jetzt vierzehn und brauche nicht mehr in die Schule zu gehen. Ich weiß alles, was es zu wissen gibt, und außerdem – ich kann mit einer Pistole umgehen und Poker spielen, und da fällt es mir gar nicht schwer, Pas Stelle einzunehmen.»

«Aber Declan –»

«Nein, du brauchst dir da gar keine Sorgen zu machen, Ma, ich kümmere mich jetzt um alles. Wir nehmen uns in Dublin eine schicke Wohnung, und du kannst mir jeden Monat deinen Scheck aushändigen, und ich gebe dir dann das Haushaltsgeld, genauso wie Pa das gemacht hat, und werde so weichherzig sein, daß ich dich sogar im Wohnzimmer rauchen lasse. Und wenn ich einmal heirate, kannst du zu uns ziehen, und ich werde mir ein Mädchen aussuchen, mit dem du gut zurechtkommst –»

«O Declan – Darling –»

«Aber Ma, du kannst nicht wieder heiraten, nie mehr, das wäre so unehrerbietig gegenüber Pa, so treulos – wie konntest du überhaupt an eine solche Treulosigkeit gegenüber dem Mann nur denken, von dem du immer gesagt hast, er sei die große Liebe deines Lebens? Nein, nein, du mußt dich der Keuschheit widmen und für alle Zeit Schwarz tragen – und vielleicht findest du jetzt endlich zur wahren Kirche, wie das jede anständige Witwe sollte, du weißt, es war die Tragödie von Pas Leben, daß du Protestantin geblieben bist –»

«Darling, bitte», sagte ich, «keine Religion. Jetzt nicht. Meine Nerven halten das nicht aus.»

«Aber Ma –»

«Nein, mein Schatz, du warst allerliebst, und ich bin tief bewegt, aber jetzt mußt du mir zuhören, ja? Ich habe Pa wirklich geliebt. Das weißt du. Und er war zweifellos die große Leidenschaft meines Lebens, wie ich dir immer gesagt habe. Aber es gibt verschiedene Arten von Liebe, und den Mann, den ich jetzt liebe, liebe ich auf eine ganz andere Weise. Robert ist mein Freund. Er ist für mich wie ein Bruder. Ich habe schreckliches Glück, daß er sich um mich kümmern will, denn er ist ein feiner Mann, äußerst begabt und in seinem Beruf sehr erfolgreich, und er will sein Bestes für uns alle tun, nicht nur für mich, sondern auch für euch.»

«Ich will nicht in England leben», sagte Declan, «und ich will nicht bei einem Engländer leben. Das wäre gegen meine Prinzipien als irischer Patriot und eine Beleidigung für Pas Andenken.»

«Robert ist Waliser, Declan – und ehe du noch weitere gräßliche antibritische Bemerkungen machst, erinnere dich bitte daran, daß ich in Warwickshire geboren wurde, bevor ich nach Oxmoon kam, und das macht mich zur Engländerin. Ich weiß, der liebe Pa hat das immer vertuschen wollen, aber –»

«Na schön, wenn du unbedingt hier leben willst, werde ich wohl auch hier leben müssen, damit ich mich um dich kümmern kann, aber ich will nicht englisch erzogen werden. Rory, du willst doch auch nicht auf eine englische Schule gehen, oder?»

«Ich hätte nichts dagegen, wenn ich Ma jeden Tag sehen kann», sagte Rory, «wenn ich es natürlich auch nicht gern täte.»

«Darling Rory!» Ich drückte ihn wieder heftig an mich. «Declan, es gibt einige sehr, sehr gute katholische Schulen in England, die sogar Pa gern besucht haben würde. Robert zieht Erkundigungen in Downside ein, das ist eine sehr berühmte katholische Privatschule –»

«Ich lasse Robert nicht über mich verfügen», sagte Declan, «und Herrgott, Ma, ich lasse ihn auch nicht über dich verfügen. Vielleicht weiß Robert nicht, daß ich dir ein Luxusleben bieten könnte, wenn ich Poker spiele und für den irischen Republikanismus arbeite – vielleicht will er dich sogar nur aus Freundlichkeit heiraten, weil er glaubt, es gibt sonst für dich nichts Besseres, aber mach dir keine Sorgen, ich rede mit Robert, ich schildere ihm die Lage, laß mich nur machen.»

*

Es gibt wohl auf Erden kaum zwei Menschen, die dazu verdammt sind, so schlimm zusammenzustoßen wie Robert und Declan. Und ich sehe den Zusammenstoß kommen – habe ihn kommen sehen von Anfang an, obwohl ich einfach nicht daran denken wollte –, und jetzt zittere ich fast vor Angst.

Ich habe vier Tage Zeit, um mir einen Plan auszudenken, der das Unlösbare lösen soll, vier Tage, ehe Robert am Wochenende hier eintrifft und Declan unsere Zukunft zu sabotieren versucht. Kann ich mich Bobby anvertrauen, der wie ein Fels in der Brandung ist und die Zuneigung und Achtung der Jungen gewinnt und ihnen genau die heitere, freundliche, verständnisvolle Aufmerksamkeit entgegenbringt, die sie brauchen? Nein, ich kann wirklich nicht anfangen, zusammen mit Bobby Pläne zu schmieden. Robert könnte glauben, wir verschwörten uns gegen ihn, und das würde zu einer neuen Katastrophe führen. Und das schreckliche ist, ich brauche mich weder Bobby noch Margaret anzuvertrauen, weil ihnen genauso klar sein muß wie mir, daß Robert nicht in der Lage sein wird, mit Declan fertig zu werden.

Nein, das ist nicht wahr. Robert wird mit Declan fertig werden. Robert kann mit jedem fertig werden. Aber *ich* werde nicht mit der Art fertig werden können, wie er mit Declan fertig wird, und damit wird Declan auch nicht fertig werden.

Grauenhaft.

Ich kann nur eins machen – Robert schreiben, daß diese Situation sein ganzes professionelles Geschick erfordern wird. Damit spreche ich ihn auf seine Eitelkeit an, und er ist gewarnt. Und wenn ich schon dabei bin, kann ich mir auch angewöhnen, nicht mehr «Darling Declan» zu sagen, sondern «schwieriger Declan».

O Gott, wie sollen wir das nur überleben . . .»

*

«. . . und deshalb», schrieb ich, im Damenzimmer am Tisch sitzend und fieberhaft darauflos kritzelnd, «ist es, obwohl ich Conor lieber nicht erwähnen würde, glaube ich, besser, wenn du noch etwas mehr über meine Ehe erfährst. Conor war eigentlich kein Restaurantbesitzer. Er war ein professioneller Spieler und war finanziell an einem ‹Cabaret› beteiligt, wie er es nannte, das heißt, an einer Art Schankstube, in der unten billige und oben noch billigere Unterhaltung geboten wird – so etwas wie ein Bordell-Pub. Natürlich hielt er seine Familie von alldem fern, ich habe das Cabaret sogar nie gesehen (nun, genauer gesagt waren es sogar mehrere) und die Jungen auch nicht, aber sie wuchsen auf in dem Glauben, es sei der Gipfel des Mannestums, Poker zu spielen, woraus du ersiehst, daß sie eigentlich nicht sehr englisch sind in dieser Beziehung...»

Ich hielt inne. Konnte ich das Thema irischer Patriotismus vermeiden? Nein, wenn ich nicht von der Bruderschaft sprach, würde es Declan ganz bestimmt tun.

Ich holte Luft und beugte mich wieder über das Papier.

«... und ich fürchte, sie sind auch nicht sehr englisch, Darling, wenn es um Irland geht, aber das ist wohl nicht wichtig, weil ich weiß, daß du in Sachen Autonomie immer die liberalsten Ansichten vertreten hast. Trotzdem glaube ich, solltest du wissen, daß Conor mit einigen recht radikalen Patrioten in Verbindung stand, und ich fürchte, Jungen in Declans Alter halten so etwas für sehr aufregend. Ich war darüber nie glücklich, aber was konnte ich tun? Ich hatte das Gefühl, es stand mir nicht zu, Conor zu kritisieren, wenn wir diese Leute bei uns hatten – obwohl ich immer sehr nervös war, wenn sie von den brutalen Engländern zu reden anfingen, aber Conor sagte ihnen nur, ich sei Waliserin, und sie pflegten dann zu sagen: ‹Ah ja, auch ein Volk, das unter dem angelsächsischen Stiefel zerquetscht wird!› Und ganz ehrlich, Darling, irgendwie schien es dann viel sicherer, einfach zu erwidern: ‹O ja, diese brutalen Angelsachsen – widerwärtig.› Aber wie dem auch sei, ich bin überzeugt, die Jungen merken bald, daß eine radikale antibritische Einstellung einfach nichts ist, was sich gehört...»

Ich holte abermals tief Luft. Jetzt mußte ich mich der Erziehung der Jungen zuwenden, aber die Formulierung des nächsten Satzes fiel mir schwer. Die Jungen gehörten auf eine Internatsschule. Ich akzeptierte das nicht nur, weil Jungen der britischen Oberschicht immer eine Internatsschule besuchten, sondern auch, weil ich wußte, daß Robert sich auf nichts anderes einlassen würde. Doch es war nicht so, daß ich mich hier nur Robert gefügt und geduldet hätte, daß mir die Kinder für zwei Drittel des Jahres entzogen wurden. Ich hatte meine beiden Jungen sehr lieb, aber ich sah ein, daß sie der Disziplin bedurften, und, nach all den Aufregungen, der festen Hand einer guten Schule, die ihnen eine vertraute katholische Atmosphäre bieten konnte. Ich war auch überzeugt, daß ihnen die Gesellschaft vieler britischer Jungen gleichen Alters die Anpassung an eine andere Kultur und Lebensweise erleichtern würde. Robert wollte sie zwar gleich zu Beginn des Trimesters im September nach Downside schicken, aber ich war jetzt zu der Ansicht gelangt, daß sie noch mehr Zeit brauchten, ehe sie auf die Schule gingen. Conors Tod war doch ein schwerer Schock für sie gewesen.

«. . . und da wir gerade davon sprechen, was sich gehört, Darling – ich muß an unseren Entschluß denken, die Jungen im September nach Downside zu schicken. Wenn du bedenkst, wie unenglisch sie sind, hältst du es dann nicht auch für besser, wenn wir mit der Schule bis zum nächsten Jahr warten? Ich meine damit nicht, daß sie zu mir nach London kommen sollten – die Lösung mit Oxmoon ist wirklich ideal, aber wenn Bobby und Margaret einverstanden sind, könnten wir vielleicht einen Hauslehrer einstellen, der den Herbst über hier bei den Jungen bleibt . . .»

Ich fragte mich, was Robert wohl von diesem Vorschlag halten würde. Mir schien er recht vernünftig, doch als ich das Geschriebene durchlas, dachte ich: Er wird es nicht mögen, daß ich während der nächsten fünf Monate regelmäßig nach Oxmoon fahre. Er wird das gar nicht mögen.

*

«Der Gedanke, daß du während der nächsten Monate wiederholt nach Oxmoon fährst, gefällt mir nicht», sagte Robert vier Tage später. «Für die Jungen mag das angenehm sein, aber ich glaube, es geht über deine Kräfte. Sieh dich doch nur jetzt schon an – du bist total erschöpft! Nein, ich fürchte, das geht nicht. Du bist wieder einmal in einem Chaos, und ich muß dich da herausholen.»

Mir war, als rutschte mir das Herz in die Schuhe, aber ich war mir zu meinem eigenen Erstaunen bewußt, daß ich ihm nicht zürnte. Robert hatte recht. Ich *war* erschöpft, und wiederholte Besuche in Oxmoon würden tatsächlich an meinen Nerven zerren.

«Die Jungen haben jetzt sechs Wochen Zeit, um sich in einer höchst angenehmen Umgebung von dem Trauerfall zu erholen», fuhr Robert fort, «aber im September sind sie soweit, um die Schule zu besuchen, und auf die Schule müssen sie. Wenn sie weiter hier herumstreunen, stellen sie nur Unheil an – und ich bin überzeugt, einen Hauslehrer würden sie im Nu fertigmachen.»

Ich wußte, daß er recht hatte. Das war, wie ich zu entdecken begann, die große Schwierigkeit im Umgang mit Robert. Rational hatte er immer recht. Aber nicht alle Situationen lassen sich durch die Vernunft allein meistern.

Ich sagte beklommen: «Declan wird mit dir streiten.»

«Gut», sagte Robert, «laß ihn nur.»

Ich merkte plötzlich, daß ich mich setzen mußte.

Es war nach dem Dinner in Oxmoon, am Abend nach Roberts Ankunft, und auf Bobbys Anweisung hatten Lion und John die Jungen mit hinüber ins Billardzimmer genommen, damit Robert und ich eine Zeitlang ungestört miteinander sprechen konnten. Wir waren zum Gartenhäuschen hinübergeschlendert, und nun, als die Dämmerung über dem Wald hereindunkelte, ließ ich mich in einen der Korbsessel sinken und mußte wieder einmal gegen die Tränen ankämpfen.

«Sei nicht zu streng mit Declan, Robert. Er ist keineswegs so erwachsen, wie er sich gibt.»

«Ich habe keineswegs die Absicht, mit Declan streng zu sein. Aber ich dulde auch keine Sentimentalitäten. Ich beabsichtige, ein Stiefvater zu sein, vor dem er Achtung haben kann.»

«O Gott, ich bin da in einem solchen Durcheinander –»

«Offensichtlich, aber sei nur ganz ruhig. Die Situation ist im Grunde sehr einfach: Wir sprechen darüber, was für eine Art von Stiefvater du für die Jungen haben willst – oder mit anderen Worten, ob ich mich aktiv oder passiv verhalten soll. Verhalte ich mich aktiv, so behandle ich die Jungen, als wären sie die meinen, und das heißt, daß sie anerkennen müssen, daß ich der Boss bin, wie die Buren sagen. Bin ich passiv, so sehe ich nur zu und lasse sie tun, was sie wollen, während du mit dieser unangebrachten Nachsicht jede Disziplin untergräbst – nein, lege das nicht als Kritik aus! Du bist aber einfach überemotional, und außerdem steht fest, daß keine Frau fähig ist, allein mit zwei Jungen fertig zu werden, die auf das Jünglingsalter zugehen.»

«Ja, Darling, aber –»

«Ginette, wenn ich hier die passive Rolle übernehme, dann werden diese Jungen, fürchte ich, ganz schnell unsere Verlobung zunichte gemacht haben. Schließlich ist das doch Declans Bestreben, oder? Du mußt also jetzt entscheiden, was *du* willst. Willst du, daß unsere Verlobung zunichte gemacht wird oder nicht?»

«Das will ich nicht. Das könnte ich nicht ertragen.»

«Sehr schön, das heißt, du ermächtigst mich, als aktiver Stiefvater aufzutreten. Danke. Ich werde jetzt alle Maßnahmen ergreifen, die ich zur Wahrung unserer Zukunft für notwendig erachte – mit anderen Worten, ich werde für Ordnung, Disziplin und Respekt sorgen, und das sofort, von Anfang an. Nach meiner Ansicht sind Kinder wie Ehefrauen und Dienstboten: man muß bei ihnen schon so anfangen, wie man später weitermachen will.»

*

Kinder sind *überhaupt nicht* wie Ehefrauen und Dienstboten. Und außerdem sind Frauen nicht wie Dienstboten – zumindest sollten sie es nicht sein. Das kann ich Robert natürlich nicht sagen. Ich habe zu große Angst vor einem weiteren häßlichen Streit. Die Auseinandersetzungen um Geld und Sex waren schon schlimm genug, aber wenn wir uns auch noch wegen der Jungen streiten, bekomme ich einen Nervenzusammenbruch, und dann sagt sich Robert, es ist doch besser, wenn er mich nicht heiratet, und, o Gott, was sollte ich dann tun, wie sollte ich zurechtkommen, ich muß einen Nervenzusammenbruch unbedingt vermeiden, und ich kann damit anfangen, daß wir auf jeden Fall einem Streit wegen der Jungen aus dem Weg gehen, was auch geschieht.

Vielleicht ist es mir auch eine Hilfe, wenn ich anerkenne, daß Robert wieder einmal recht hat – theoretisch. Er muß ein aktiver Stiefvater sein, um die Achtung der Jungen zu gewinnen, aber das Fatale ist, daß Roberts Vorstellung von einem aktiven Stiefvater gewiß ein Verhalten einschließt, das ich kaum werde ertragen können.

Und doch ... Ich will ehrlich sein: Es ist mir insgeheim eine schreckliche Erleichterung, daß Robert dieses Problem aus der Welt schaffen will. Ich kann diese Jungen nicht bändigen, konnte es noch nie. Conor war gut zu ihnen, aber er war die meiste Zeit nicht zu Hause, und ich war diejenige, die versuchen mußte, sie im Zaum zu halten, während die Kindermädchen kündigten und die Köchin Anfälle bekam und die Wohnung auszusehen begann wie ein Irrenhaus.

Doch jetzt wird Robert mit seinem üblichen Geschick aus Chaos Ordnung machen, und natürlich wird es ihm gelingen; er muß gewinnen. Aber was ist mit mir? Ich glaube, ich werde verlieren. Ich werde zum Schluß gezwungen sein, für Robert und gegen die Jungen Partei zu ergreifen, und das wird Declan mir nie verzeihen. Er wird glauben, ich verrate ihn, so wie ich seinen Vater verraten habe. Rory ist noch so jung und eingeschüchtert und verloren, daß er mir alles verzeiht, aber Declan hat eine starke fanatische Ader, wie Conor, und er wird sich heftig jedem widersetzen, der ihn seiner Meinung nach ungerecht behandelt hat.

Ich sehe große Schrecken heraufziehen. Aber was kann ich tun? Nichts. Wenn ich Robert nicht gewinnen lasse, werde ich ihn verlieren, und wenn ich Robert verliere, breche ich zusammen, werde ich von raubgierigen Männern zum Wahnsinn getrieben, bin ich im Nu erledigt. Nein, ich schaffe es nicht allein, wie könnte ich das, ich bin zu verletzlich, *zu verängstigt* – und das heißt, ich muß Robert heiraten, ich muß mich schützen, ich muß, muß, muß, und außerdem...

Wenn wir nur diese schrecklichen Probleme vor der Hochzeit hinter uns bekommen können, dann werden wir eine sehr glückliche Ehe führen, dessen bin ich sicher.

*

«Wenn du glaubst, ich lasse mich zwei Drittel des Jahres in ein englisches Gefängnis einsperren, dann hast du dich geirrt!»

«Declan, Downside ist kein Gefängnis – es ist eine sehr gute Schule, geführt von Mönchen –»

«Scheiße! Ich will nicht in einem Kloster leben!»

«Declan, wie kannst du es wagen, so mit mir zu sprechen!»

«Warum nicht? Pa hat das doch auch getan! Aber daran willst du dich wohl nicht mehr erinnern – und hast nur diesen englischen Scheißkerl von Robert im Kopf!»

«Declan, *ich dulde nicht, daß du dich so benimmst* –»

«Wer will mich daran hindern?»

«Auf diese Frage habe ich nur gewartet», sagte Robert ganz ruhig von der Schwelle her.

Auf seine Bitte ließ ich sie in meinem Zimmer allein. Es gelang mir, gefaßt den Flur entlangzugehen, doch beim Treppenabsatz übermannten mich die Tränen, und ich rannte die Stufen zum Dachboden hinauf. Die Dachkammern von Oxmoon waren nicht den Dienstboten vorbehalten, die wohnten im Küchenflügel am Stallhof, sondern mit Krimskrams und verschmähten Erbstücken angefüllt. In Oxmoon wurde nie etwas weggeworfen, und während ich unter den Erinnerungsstücken umhertappte, stieß ich auf das vertraute Porträt meiner Tante Gwyneth, der Großmutter von Robert, die verrückt geworden war als Folge ihrer Liebesaffäre mit dem Schafzüchter Owain Bryn-Davies.

Mit dem Gefühl, selbst am Rande des Wahnsinns zu stehen, setzte ich mich neben ihrem Bild hin und fragte mich, ob auch sie sich auf unerträgliche Weise zerrissen vorgekommen war zwischen ihrem Liebhaber und ihrem Sohn. Arme Tante Gwyneth, ich konnte mich an ihre leuchtend blauen Augen so deutlich erinnern, die Augen, die Bobby geerbt hatte. Auch Johnny hatte diese Augen geerbt, und als ich das Porträt von Tante Gwyneth in ihren besten Jahren näher betrachtete, fiel mir auf, daß Johnny ihr viel ähnlicher war als Bobby. Johnny war der einzige in der Familie, der ihr dunkles Haar hatte.

Ich versuchte weiter an Johnny zu denken, um nicht an Declan denken zu müssen. Warum hatte sich Johnny, der einmal ein so lieber kleiner Junge war, aufgeweckt und ein frecher Lausbub, zu einem so spröden, öden jungen Mann von einundzwanzig Jahren entwickelt? Das war ein Rätsel, das mich eine Weile hätte beschäftigen können, aber jetzt konnte ich mich einfach nicht darauf konzentrieren, und im nächsten Augenblick konnte ich nur noch an Declan denken.

Ich schlug die Hände vors Gesicht und gab mich abermals der Verzweiflung hin.

*

Margaret und Bobby sind wie üblich untadelig, wenn es gilt, den Schein zu wahren; sie benehmen sich, als wäre nichts geschehen, aber Roberts Brüder sind weniger erfahren im Verbergen ihrer Gefühle. Johnny schafft es recht gut, aber Lion wirft uns immer wieder faszinierte Blicke zu, während Edmund zu verlegen ist, um uns überhaupt anzusehen. Celia gibt sich freundlich (glaubt sie) und hat sich erboten, mir ihre gepreßten Feldblumen zu zeigen, aber ich habe mich unter einem Vorwand entschuldigt und früh auf mein Zimmer zurückgezogen. Ich möchte Robert bei mir haben, aber ich weiß, er wird nicht zu mir kommen. Wir müssen in Oxmoon auf Schicklichkeit achten, es geht nicht anders, und so bin ich allein und weine; ich sollte nicht weinen, ich weiß, aber ich kann nichts dagegen machen.

Ich habe Declan nicht mehr gesehen, seit die schreckliche Szene begann. Robert hat ihn in seinem Zimmer eingesperrt und mir verboten, in seine Nähe zu kommen, und natürlich wage ich es nicht, mich ihm zu widersetzen. Nicht deshalb, weil ich vor Robert Angst hätte (die habe ich, zur Genüge) – nein, ich habe einfach das Gefühl, wenn ich Robert schon unterstütze, dann darf ich das nicht nur halbherzig tun, denn dann ist das Schlimme vielleicht eher vorüber. Wenn Declan erst einmal glaubt, er könnte mich zu sich herumkriegen, dann macht er so weiter und weiter in der Hoffnung, daß ich zum Schluß nachgebe.

Aber das werde ich nicht. Alles steht auf dem Spiel, Robert, meine neue Heirat, meine Zukunft, mein ganzes Leben, und ich habe jetzt das Stadium erreicht, wo ich nicht mehr zurück kann. Bis hierher habe ich es gebracht, die Rettung ist in Sicht, und was auch geschieht, ich muß weitermachen.

*

«Wenn du mich nicht mehr willst, gehe ich nach Irland zurück zu Onkel Seamus und Tante Dervla.»

«O Declan, du *weißt* doch, daß ich dich will, das weißt du doch.»

Es war am nächsten Morgen, einem Sonntag, und Robert hatte mir erlaubt, zu Declan zu gehen, damit ich zusammen mit ihm und Rory die Messe in der katholischen Kirche in Swansea besuchen konnte. Declan war bleich und hatte dunkle Schatten unter den Augen, und er bemühte sich so sehr, tapfer zu sein, doch als ich die Arme um ihn legte, begann er zu weinen. Wie ich Robert gesagt hatte, war Declan noch so jung, obwohl er so gern groß sein wollte, und Conors Tod hatte ihn schwer getroffen.

«Ich will Pa ... warum mußte er auf diese Weise umkommen ... ich glaube nicht mehr an Gott, ich will nicht zur Messe gehen ... Ich will Pa, ich will nicht diesen Scheißkerl Robert –»

«Declan, kein Wort mehr gegen Robert, ja?»

«Aber er hat mir weh getan, er hat mir *weh getan* –»

«Er wird dir nicht weh tun, wenn du dich anständig benimmst, Declan.»

«Aber Pa hat mir nie weh getan, er hat mich nie angefaßt!»

«Pa ist tot. Das ist schrecklich, das ist tragisch, aber es ist wahr, und du mußt dich damit abfinden, Darling, und du mußt dich auch damit abfinden, daß mir nichts anderes übrig bleibt, als Robert zu erlauben, dich und Rory so zu behandeln, als wärt ihr seine Söhne.»

«Aber in New York –»

«Wir sind nicht mehr in New York, Declan. Hier setzt Robert die Maßstäbe, und hier zieht er die Grenze.»

*

«Mach dir wegen der Jungen keine Sorgen – ich beschäftige mich schon mit ihnen», flüsterte Bobby mir zu, als ich mich verabschiedete, weil ich zusammen mit Robert nach London zurückfahren mußte, aber Margaret bemerkte nur ganz kühl: «Ihnen geht's schon gut, wenn keiner hier ist, der sie aufregt.»

Ich hatte noch bei den Jungen in Oxmoon bleiben wollen, aber das war unmöglich – zum einen hätte Robert das nicht gewollt, und zum anderen warteten gesellschaftliche Verpflichtungen auf uns. Rory war weinerlich zumute, als ich ging, aber Declan vergoß keine einzige Träne und ging gleich wieder ins Haus zurück, ohne uns nachzuwinken.

Als wir einige Stunden später in London eintrafen, brachte mich Robert zu meiner Wohnung, schickte die Haushälterin vorzeitig nach Hause und das Hausmädchen zu einer Besorgung in die Kensington High Street und schleppte mich dann sehr zu meinem Widerwillen ins Schlafzimmer, um die Nächte wieder gutzumachen, die wir, Margarets Maßstäben gehorchend, in Oxmoon versäumt hatten. Inzwischen fühlte ich mich so elend, daß ich am liebsten allein geblieben wäre, aber das konnte ich ihm natürlich nicht eingestehen. Ich heuchelte statt dessen Begeisterung, aber als wir zusammen im Bett waren, stellte ich fest, daß seine kompetente sportliche Betätigung nicht mehr so erotisch wirkte, und sogleich ging die Anstrengung des Schauspielerns fast über meine Kräfte.

Robert ließ mich los. Zuerst glaubte ich erleichtert, sein Verlangen sei befriedigt, doch da hatte ich mich geirrt. Er hielt nur inne, um das Durcheinander aufzuklären.

«Bist du mir böse?»

«Nein. Du hast völlig recht, wenn du ein aktiver Stiefvater sein willst, ich wäre schlecht beraten, wenn ich dich daran hinderte. Aber –» ich raffte all meinen Mut zusammen – «ich glaube, ich bin wirklich beunruhigt. Bitte, achte einfach nicht darauf. Ich bin einfach eine Mutter, und ich kann den Gedanken nicht ertragen, daß meine Kinder unglücklich sind.»

Er bedachte dies mit aller Sorgfalt. Er widmete dem Problem die ganze Kraft seines erstaunlichen Intellekts. Schließlich traf er die rührend schlichte Feststellung: «Ich dachte, du würdest dich dann wohler fühlen.»

Eine durchaus logische Annahme. Das dumme war nur – sie war falsch.

Wir lagen weiter im Bett, nebeneinander – Robert hatte sich auf den Ellenbogen gestützt, ich lag auf dem Rücken, doch als ich sah, wie seine Besorgnis zunahm, konnte ich es nicht länger ertragen. Er war so bemüht und er liebte mich so sehr. Ein heftiges Gefühl der Zuneigung überkam mich. Ich hörte mich sagen: «Wieder Zeit zum Erdbeerenpflücken!», und dann zog ich ihn abermals in meine Arme.

*

Ich muß immer wieder an die Jungen denken. Sie werden das Internat nicht ausstehen können. Downside mag die beste Schule auf Erden sein, aber sie werden sich dort nicht wohl fühlen. Ich bin eine Mutter, die den Gedanken nicht erträgt, daß ihre Kinder unglücklich sind, und ich weiß, sie werden dort unglücklich sein. Aber was kann ich tun? Nichts. Robert muß mich zwei Drittel des Jahres für sich haben, und er möchte gern auch noch das letzte Drittel beanspruchen.

Robert mag mich nicht mit anderen teilen. Das hat er noch nie gemocht. Ich weiß noch, wie wütend er war, wenn ich einmal mit Lion spielte – der liebe Lion, was für ein großes entzückendes Baby er war! Aber zum Schluß mußte ich Lion ein Ungeheuer nennen und sagen, daß ich ihn haßte; ich mußte so tun, als haßte ich alle Babies, sonst wäre Robert wild geworden.

Wie wird er reagieren, wenn wir einmal ein eigenes Kind haben?

Nein, ich muß aufhören. Es ist sinnlos, sich im Augenblick über die ferne Zukunft Gedanken zu machen, und außerdem bin ich überzeugt, wenn wir erst verheiratet sind und glücklich bis ans Ende unserer Tage leben, dann stellt sich heraus, daß dieses Problem längst der Vergangenheit angehört . . .

*

«Wir sind nach The Wharf eingeladen!»

«Robert, wie aufregend!»

Die Gerichtsferien standen kurz bevor, und die Einladung ins Landhaus der Asquith an der Themse war nur eine von einer ganzen Anzahl wichtiger Einladungen, die Robert von verschiedenen ihm wohlgesinnten Leuten aus der Gesellschaft erhalten hatte. Wegen meines Trauerfalls hatten wir unsere Verlobung nicht offiziell angekündigt, aber es hatte sich bald herumgesprochen, daß wir zu heiraten gedachten, so daß ich bei den Einladungen mit eingeschlossen war.

Das war sehr angenehm, und ich konnte mir jetzt eine erste Vorstellung von der vielgestaltigen politischen Welt machen, die jenseits des Altars auf mich wartete. Indes ich vor Wonne aufblühte, stellte ich fest, daß der zweifelhafte Glanz meines New Yorker Lebens in immer weitere Ferne rückte, und diese Veränderung in meinem Schicksal beschwingte mich so sehr, daß ich viel zu viele schicke Kleider gekauft habe. Aber ich habe mir gesagt, es ist um Roberts willen wichtig, daß ich einen guten Eindruck mache.

Wir kamen nicht allzusehr mit der Aristokratie in Berührung, denn die Liberalen hatten diesen Teil der Gesellschaft während der Verfassungskrise von 1911 vor den Kopf gestoßen, doch es gab noch immer eine ganze Anzahl von Lords und Ladies, die über die Jahrhundertwende hinweg der liberalen Partei treu geblieben waren, während die Asquith, der Bürgerschicht entstammend, ein eigenes stürmisches und etwas exzentrisches gesellschaftliches Leben entfalteten. Seltsamerweise hatte ich zunächst vor den Asquith mehr Hemmungen als vor den Aristokraten, doch glücklicherweise warf Margot Asquith ein freundliches Auge auf mich und zeigte mir ihr Wohlwollen, indem sie mich mit einer ihrer berühmt-berüchtigten Bemerkungen bedachte. («Endlich hat Mr. Godwin eine Frau gefunden, die nicht erst ihren Mann zu vergiften brauchte, um seine Aufmerksamkeit zu erregen, Mrs. Kinsella – oder haben Sie Ihren Mann etwa doch vergiftet?»)

Wo wir auch in diesem Sommer hingingen, mein Schlafzimmer lag immer neben dem von Robert, und diese Abweichung von den in Oxmoon gesetzten Maßstäben trug zu meiner Freude bei. Ich war sogar richtig in Ekstase – das sagte ich mir wenigstens. Wahrscheinlich versuchte ich eher fieberhaft, nicht an das zu denken, was kommen würde. Irgendwann im Verlauf dieser üppigen Zeit hatte ich zwei Garnituren der Schuluniform bestellt, und Anfang September kehrte ich in die Wohnung zurück, um die Namensbändchen einzunähen. Bobby kam mit den Jungen am Tag darauf nach London, aber war Rory auch bereit, sich die Stadt zeigen zu lassen, so schloß sich Declan in seinem Zimmer ein. Ich fürchtete schon, er würde sich auch weigern, in die Schule zu gehen, als es soweit war, doch Bobby hatte ihn dazu überredet, es mit Downside wenigstens einmal zu versuchen, und ich glaube, nach einer Woche der Anspannung wäre Declan überallhin gegangen, wenn er nur Robert entrinnen konnte.

Robert besuchte uns täglich und bemühte sich, zu beiden Jungen nett zu sein, aber Declan konnte es kaum ertragen, zusammen mit ihm im selben Zimmer zu sein. Dennoch benahm sich Robert untadelig. Er brachte die Jungen persönlich nach Downside, vergewisserte sich, daß man ein wachsames Auge auf sie hatte, und tat alles, um die Mühen des Übertritts in ein neues Leben zu mindern. Deshalb war er so zornig und ich so verzweifelt, als Declan drei Wochen später durchbrannte. Robert konnte durchaus das Gefühl haben, daß er alles Menschenmögliche getan hatte, um eine solche Katastrophe zu vermeiden.

Das schlimme war, daß Declan nicht in Oxmoon Zuflucht suchte, wo er eines zwar nicht wohlwollenden, aber doch verständnisvollen

Empfangs sicher gewesen wäre, sondern bei mir, weil er Geld haben wollte, um nach Irland zu fahren, und so traf er spät abends mich und Robert an.

Es folgte eine gräßliche Szene.

Nachdem er Declan in seinem Zimmer eingesperrt hatte, blieb Robert die ganze Nacht in der Wohnung, damit ich keiner verbotenen Schwäche erlag, und brachte Declan gleich am anderen Morgen in die Schule zurück. Ich fürchtete schon, Declan werde nicht mitgehen, aber er ging dann doch mit. Er wußte, Robert hätte ihn sonst abermals geschlagen. Ich versuchte ihm einen Abschiedskuß zu geben, aber er spie mich an, und obwohl ich sofort rief: «Nein, Robert –», rief Robert nur zurück: «Du glaubst doch nicht, daß ich ihm das durchgehen lasse, oder?» Und es gab eine weitere schlimme Szene.

Kurz nach sechs Uhr aus Somerset zurückgekehrt, berichtete Robert, die Schulleiter seien sehr verständnisvoll gewesen und hätten ihm versichert, er habe genau das Richtige getan. Dies überraschte mich nicht. Robert tat immer das Richtige. Immerhin rechnete er diesmal damit, daß ich aufgeregt war, und so brauchte ich nicht vorzugeben, alles sei in bester Ordnung, wenn wir zwei nur wieder allein waren. Er wollte auch nichts von Bett wissen, sondern setzte sich zu mir aufs Sofa und legte den Arm um mich, während er meine Hand ergriff.

«Du bist mir eine solche Stütze, Robert», brachte ich schließlich heraus, als ich nicht mehr weinen mußte.

«Na, sonst wäre ich ja auch ein trauriger Freund!» sagte er überrascht, und als ich an all die Male dachte, da er in der Vergangenheit zu mir gestanden hatte, sah ich ganz in der Ferne einen Hoffnungsschimmer aufscheinen.

«O Robert!» rief ich Bestätigung heischend aus. «Wir werden es doch schaffen, ja?»

«Wie sollten wir das nicht?»

Damit war das erledigt. Robert hatte gesagt, daß mit unserer Ehe alles gutgehen werde. Erschöpft und erleichtert überantwortete ich alle meine Ängste und beklommenen Empfindungen seinem unwiderstehlichen Selbstvertrauen und sagte mir, daß sich am Ende alles zum besten wenden müsse.

*

Ich scheine seit drei Monaten nichts mehr in dieses Journal eingetragen zu haben. Wie kommt das? Ich glaube, weil ich mir endlich sagte, daß alles in Ordnung sei, hatte ich nicht mehr das Bedürfnis, meine wirren Gedanken festzuhalten, um zu begreifen, was wirklich vorging. Ich hatte auch wenig Zeit, denn nach der Episode mit Declan mußte ich intensiv auf Haussuche gehen und Vorbereitungen für unser zukünftiges gemeinsames Leben treffen (wobei ich wieder zuviel Geld ausgegeben habe, aber daran will ich jetzt noch nicht denken). Doch jetzt ist die Zeit, wieder zur Feder zu greifen, denn ich bin hier in Gower, wir schreiben den 19. Dezember 1913, und morgen um fünf Uhr nachmittags werde ich in der Kirche von Penhale meinem gebieterischen zweiten Gatten angetraut werden.

Ich bin in einem solchen Durcheinander wegen dieser Hochzeit, daß es jeder Beschreibung spottet. (Oh, welche Erleichterung, das schwarz auf weiß niederschreiben zu können!) Ich wollte Robert eigentlich in aller Stille und ohne großes Trara in London heiraten und dann gleich darauf nach einem so fernen Ort wie Timbuktu reisen, um die Vergangenheit weit hinter mir zu lassen. Aber das war unmöglich. Margaret gab uns das deutlich zu verstehen, noch ehe wir mit den Hochzeitsvorbereitungen begonnen hatten, und ich wußte, ich konnte mich ihr unmöglich widersetzen.

Roberts Einstellung seiner Mutter gegenüber hat sich geändert – war er früher der etwas gönnerhafte Sohn, so behandelt er sie jetzt mit äußerster Hochachtung. Wir haben nie darüber gesprochen, aber ich weiß, es hängt mit dem zusammen, was er über seinen Vater erfahren hat (deshalb sprechen wir nicht darüber). Schön, ich habe nichts dagegen, daß er ihr Achtung entgegenbringt. Sie hat sie weiß Gott verdient und die meine dazu. Aber wenn der Robert mit dem eisernen Willen, der sich normalerweise von niemandem, schon gar nicht von einer Frau, etwas dreinreden läßt, gehorsam hinhört, während seine Mutter ihm sagt, wie er heiraten sollte, könnte ich laut schreien.

Margaret erklärte – in einem langen, sehr victorianischen Brief, in dem es immer wieder «teuerste Ginevra» und «liebster Robert» hieß –, wir hätten uns in Penhale trauen und anschließend in Oxmoon einen Empfang über uns ergehen zu lassen, weil dies, um den Schein zu wahren, das Richtige sei – das einzig Richtige, sagte Margaret. Ganz Gower erwarte, daß die Hochzeit des Erben von Oxmoon festlich begangen werde, und man könne nicht ganz Gower enttäuschen. Sonst könnte es heißen, irgendwer habe etwas gegen die Ehe, und das wäre dann höchst «lästig». Die Zeremonie in der Kirche müsse zwangsläufig sehr dezent vor sich gehen, da ich erst wenige Monate Witwe sei, aber dieser «kleine Schönheitsfehler» lasse sich mit Hilfe eines glänzenden Empfangs in Oxmoon wieder ausgleichen. Ein Ball und ein Souper wären «genau das Passende», und sie wolle mit uns so bald wie möglich noch Näheres besprechen.

Robert sagte, ihm sei alles andere gleich, wenn er nur mit mir zur «Schönen blauen Donau» tanzen könne, und da entdeckte ich zu meinem großen Schrecken, daß er diesen Walzer zu unserer speziellen Weise zu erheben gedachte.

«Für mich symbolisiert er den Augenblick, als mein Leben wirklich begann», sagte Robert, «den Augenblick bei deinem Ball, 1898, als ich dich unter den Kronleuchtern von Oxmoon in den Armen hielt und wußte, ich würde erst zufrieden sein, wenn ich dich geheiratet hatte – und deshalb will ich, wenn wir nun heiraten, wieder die ‹Schöne blaue Donau› mit dir tanzen, und dann wird die Vergangenheit neu geschrieben werden, all mein Kummer wird ausgelöscht sein, und diese Melodie wird zum Symbol des größten Triumphs meines Lebens werden.»

«O Darling, wie romantisch!» sagte ich, innerlich verzweifelt, weil sich für mich die «Schöne blaue Donau» natürlich mit Conor verband. Sie symbolisierte den Augenblick, als er im Ballsaal erschienen war, um mich zu retten; sie symbolisierte das Ende der Schrecken von Oxmoon und den Beginn eines neuen Lebens. Wie sollte ich eine zweite Ehe bewältigen, die von den Klängen der «Schönen blauen Donau» heimgesucht wurde? Ich wußte es nicht, und ich weiß es auch jetzt noch nicht.

Was für Aussichten! Ist sich Robert wirklich nicht bewußt, wie schrecklich diese Hochzeit in Oxmoon für mich sein wird? Nein. Der emotional farbenblinde Robert hat einfach alle Aspekte der Situation ausgeschaltet, welche die Feier seines großen Sieges trüben könnten, aber inzwischen sehe ich, halb geblendet von den grellen Farben meines emotionalen Spektrums, überall nur Entsetzen und Grauen.

Nun, ich bin jetzt hier in Penhale Manor bei den de Bracys, um dem traditionellen Erfordernis Genüge zu tun, daß Braut und Bräutigam einander in der Nacht vor der Hochzeit nicht begegnen. Es ist sehr lieb von Sir Gervase und Lady de Bracy, daß sie mir Gastfreundschaft gewähren, weil sie es wahrscheinlich für schlimm von mir halten, daß ich schon wieder heirate, wo mein erster Mann noch kein Jahr tot ist, aber Gwen ist eine so alte Freundin von mir, und gewiß hat sie sich stark für mich eingesetzt. Heute abend hat mich die ganze Familie fast verrückt gemacht – ich mußte immer wieder hören, wie romantisch es doch sei, daß ich jetzt meine Jugendliebe heirate. Als Gwen fröhlich sagte: «Jetzt braucht ihr nur noch glücklich bis ans Ende eurer Tage zu leben!», hätte ich am liebsten erwidert: «Glücklich bis ans Ende unserer Tage, sehr schön – ich wünschte mir, ich hätte die nächsten vierundzwanzig Stunden schon überlebt!»

Ich hoffe, meinen Jungen geht es gut. Bobby hat gesagt, er kümmert sich ganz besonders um sie. Und er *ist* nett. Eigenartig die Vorstellung, daß jemand, der so anständig ist wie Bobby, mir das damals antun konnte. Wie abgründig das Leben ist, wie erschrekkend. Robert sagte mir einmal, die Mörder, mit denen er zu tun hatte, seien manchmal ganz reizende Menschen gewesen. Uff! Ein schlimmer Gedanke. Nun, zumindest ist der arme Bobby kein Mörder.

Ich frage mich, ob Declan wirklich zur Trauung mitkommt. Er hat es Bobby versprochen, doch ich weiß nicht, wie Bobby ihn zu diesem Versprechen gebracht hat. Aber Bobby kann mit Kindern so gut umgehen. Er braucht sie nicht zu schlagen, um seinen Willen durchzusetzen. Ich glaube, wenn Declan kommt, dann nur Bobby zuliebe. Er will sicher nicht, daß Bobby von ihm enttäuscht ist.

Ich muß mich jetzt aufheitern und stelle mir vor, wie aufregend ich aussehen werde in meinem grünsamtenen Hochzeitskleid mit diesem üppigen dunkelgrünen Besatz und dem prächtigen dazu passenden flachen Hut mit dem hauchdünnen Schleier (im göttlichen Kaufhaus Harrods für fünfundzwanzig Pfund erstanden). Ich hoffe nur, der ungezogene kleine Thomas macht nicht im falschen Augenblick eine Szene. Ich wollte keinen Pagen haben, aber Margaret sagte, Thomas würde das Freude machen, und so läßt sich nichts daran ändern. Zumindest hatte ich noch soviel Verstand, die kleine Eleanor als Brautjungfer zu engagieren, so daß Thomas eine elfjährige Partnerin hat, die ihn vielleicht im Zaum hält. Vielleicht kriegen sie Streit. O Gott, ich wünschte, der ganze Alptraum wäre schon vorüber . . .

Aber ich muß aufhören zu stöhnen und einen Augenblick lang rational sein, wie Robert sagen würde. Wie stehen Robert und ich da, wenn wir nun zum größten Unternehmen unseres Lebens aufbrechen? Ich glaube, wir stehen nicht schlecht da, aber ich kann jetzt zurückblicken und ermessen, wie sehr ich mich getäuscht hatte, als ich hoffte, wir könnten alle Probleme bis zur Hochzeit lösen. Wir haben sie zwar «im Griff», aber gelöst ist noch gar nichts. Wir sprechen weder über Bobby noch über Conor, noch darüber, was mit den Jungen werden soll – und diese drei Gebiete des Schweigens stellen drei riesige Probleme dar, die gelöst werden müssen. Aber sonst haben wir doch keine Probleme, oder? Und ich bin sicher, zum Schluß wird alles gut ausgehen.

Bin ich also bereit zu geloben, daß ich Robert lieben und achten und ihm gehorchen werde, bis daß der Tod uns scheide? Ja. Unbedingt. Aber wie streng diese Trauzeremonie ist, wie beklemmend. Bis daß der Tod uns scheide . . .

Ich hasse den Tod. Ich hasse jeden Gedanken an Tod. Ich möchte leben und lieben und alles genießen . . . und genau das werde ich tun.

Darling Robert, was für ein lieber kleiner Junge er war, mir seine Bonbons anzubieten und zu sagen, er wolle ein Held werden, wenn er erst groß sei . . . Ja, Gwen hat doch recht. Es *ist* romantisch, wenn Robert und ich endlich heiraten, es ist wie das glückliche Ende eines Märchens, es ist ein wahr gewordener Traum, und ich finde das wunderbar. Ich muß Conor vergessen. Die Streitereien vergessen und die Lügen und das Betrügen und die Tränen und den Zorn und das Elend und die einfach das Innerste zerreißende Schrecklichkeit desillusionierter Liebe. Nieder mit der Realität, hoch lebe das Romantische! Ich heirate endlich den Mann, den ich *wirklich* liebe, und nichts kann mir jetzt mehr im Weg stehen.

*

«Ich, Ginevra, nehme dich, Robert, zu . . .»

Wir waren getraut.

Es war ungeheuer romantisch, die Zeremonie fand an diesem dunklen Winternachmittag in der alten, von Kerzenschein erhellten Kirche in Penhale statt, die schon für das Weihnachtsfest mit Stechpalmenzweigen und Tannengrün geschmückt war. Doch während der ganzen gottesdienstlichen Handlung dachte ich immer wieder daran, daß ich abermals in Oxmoon die Ballschönheit sein und Bobby darauf warten würde, mir unter dem Mistelzweig einen Kuß zu geben.

O Schreck, o Grausen . . .

«Teuerste Ginevra – willkommen zu Hause!» Ich war wieder da. Ich war in Oxmoon. Und Margaret streckte die Arme aus, mich zu umfangen.

Gespenstisch. Gott steh mir bei. Jetzt nur nicht zusammenbrechen.

«Dies ist der schönste Tag meines Lebens!» verkündete Robert den Gästen.

Denk nicht an die Vergangenheit. Denk nicht daran, *denk nicht* . . .

«Bist du glücklich, Ginette?»

«Darling, wie kannst du fragen! Das ist auch der schönste Tag *meines* Lebens!»

«Wirklich?»

«Wirklich – und wenn's nicht stimmt, dann will ich sterben!»

Und möge der Herr meiner Seele gnädig sein.

Aber ich *mußte* lügen. Ich mußte überleben. Würde ich überleben? Konnte ich es? Ja, natürlich, aber ...

«Ginette, Ginette!»

... aber ich befand mich im Ballsaal von Oxmoon, und die Vergangenheit war im Begriff, sich zu wiederholen.

Der Ballsaal erstrahlte, ein glitzernder Traum, erleuchtet von Winterblumen, und alle Spiegel warfen das Bild eines herrlichen Festes voller Leben zurück, indes die Herren vom Orchester ihre Geigenbogen erhoben.

«Der Walzer, Ginette! Der erste Walzer diesmal!»

Ich blickte mich um zur Tür des Ballsaals, doch dort stand niemand, wo damals Conor gestanden hatte. Er war nicht da. Er würde nie mehr da sein, und als ich mir dessen bewußt wurde, erkannte ich auch, daß ich allein war inmitten der festlichen Menge in Oxmoon, allein und nach dem Mann verlangend, den ich noch immer liebte.

Die Musik setzte ein.

«Ist das nicht romantisch, Ginette?»

«Darling», sagte ich, «es ist der reine, einwandfreie Himmel!»

Und dann tanzten wir wieder unter den Kronleuchtern von Oxmoon, während das Orchester die «Schöne blaue Donau» spielte.

Es war die Hölle.

*

Ich kann es noch gar nicht fassen, daß mich ein solches Gefühl des Alleinseins überkam in einem Augenblick, da ich nur an Robert hätte denken sollen, aber ich glaube, das liegt daran, daß ich mich während der letzten Monate geweigert hatte, an Conor zu denken, da ich doch auf den sicheren Hafen meiner neuen Ehe zusteuerte; ich hatte meinen Kummer unterdrückt, und das war wohl unklug, aber was ich für ihn empfand, noch empfinde, reicht so tief, daß ich mich nicht damit beschäftigen wollte, weil es mich von meinem angestrebten Ziel hätte abbringen können. Doch nun, da ich bei Robert bin, wird alles gut werden. Ich werde den Mut aufbringen, ab und zu insgeheim zu trauern, und dann wird der Kummer bald nachlassen, bis ich Conor endgültig in der Vergangenheit untergebracht habe, wo er jetzt hingehört.

Inzwischen sollte ich vielleicht die Tatsache genießen, daß ich die

Hochzeit – Gott weiß, wie – überstanden habe und jetzt zusammen mit Robert die Champs-Elysées entlangschlendere, so wie wir ein Vierteljahrhundert zuvor den Weg zu dem Dorfladen in Penhale entlangstapften, Hand in Hand. Wir amüsieren uns kolossal, brechen zu aufregenden Ausflügen auf wie damals, als wir noch Kinder waren, nur daß, wie Robert belustigt bemerkt, diesmal niemand schimpft, wenn wir zum Tee zu spät kommen. Ja, ich glaube, ich erhole mich von dieser schrecklichen Hochzeit – und bestimmt sind herrliche Flitterwochen ein nützlicher Anfang für den strengen Alltag des Ehelebens . . .

*

Welch herrliche Flitterwochen! Darling Robert hat Geld wie Heu ausgegeben, und das zeigt, daß er großzügig sein kann, wenn es ihm paßt. Er hat sich einmal abfällig über meinen leichtsinnigen Umgang mit Geld geäußert, aber ich habe so getan, als hörte ich nicht hin, und außerdem bin ich fest entschlossen, mich zu bessern. (Ja, das bin ich wirklich. Ich *muß*.)

Wir sind jetzt wieder in London in unserem himmlischen kleinen Haus in der Ebury Street, und im Garten könnte es nicht herrlicher aussehen – nur treffen morgen Declan und Rory von Oxmoon ein, und da stehen neue Schrecken bevor.

*

Die Jungen sind nach vier anstrengenden Tagen in die Schule zurückgekehrt, und Robert hat mir ganz offen gesagt, wie froh er ist, mich wieder für sich allein zu haben. Um Robert nicht als kaltherzigen Stiefvater erscheinen zu lassen, muß ich hier hinzufügen, daß ich, wenn die Jungen da sind, in einem ständigen Spannungszustand lebe und deshalb verkrampft bin. Ich werde mich zusammennehmen müssen, aber es ist schon schwer, ruhig zu bleiben, wenn Declan mich eine Dirne nennt und Rory aufstachelt, so ungehorsam wie möglich zu sein. Wenn Robert wüßte, was ich mitmache, gäbe es nur noch mehr Schläge, und das könnte ich nicht ertragen.

Doch jetzt sind sie fort, und da kann ich elf Wochen lang freier atmen – wenn ich sie auch schon nächsten Monat in der Schule besuchen werde. Aber daran brauche ich jetzt noch nicht zu denken. Ich habe jetzt nur noch an mein interessantes gesellschaftliches Leben als Mrs. Robert Godwin zu denken. Ein, zwei Tage lang schwebte ich in der schrecklichen Angst, ich könnte schwanger sein, aber Gott sei Dank war das ein falscher Alarm. Wie ich Robert zu Anfang unserer Affäre sagte, als er nach der ersten Leidenschaft fähig war, an mögliche Folgen zu denken, habe ich nie eine ungewollte Schwangerschaft gehabt, wenn ich auch gewiß bisweilen in tausend Ängsten lebte.

Ich will natürlich noch ein Baby haben – genauer gesagt zwei, einen Jungen und ein Mädchen –, aber noch nicht sofort. Robert wäre außer sich, wenn er mich nicht ganz für sich haben könnte, nachdem die Jungen erst einmal aus dem Wege sind, also muß ich vorsichtig sein – und indem ich vorsichtig bin, bin ich auch realistisch. Manche Ehen verkraften die Umstände einer frühen Schwangerschaft mühelos, andere nicht. Unsere vermöchte es nicht, und es ist besser, sich darauf einzustellen. In ein, zwei Jahren sieht vielleicht alles anders aus – schließlich hat Robert mir gesagt, er möchte einen Sohn haben, und ich glaube ihm –, doch in diesem Augenblick wäre ein kleiner ungeborener Robert Godwin höchst unwillkommen.

Ich gebe es nicht gern zu, aber ich bin unruhig. Nachdem ich mir gerade eingestanden habe, daß unsere Ehe für ein weiteres Kind noch nicht festgefügt genug ist, muß ich mir jetzt eingestehen, daß unsere ungelösten Probleme düstere Formen annehmen. Ich kann mir nicht ständig sagen, oh, alles wird schon gut, wenn wir erst verheiratet sind. Das mag stimmen – mein Gott, es *muß* stimmen! –, aber jetzt *sind* wir verheiratet und schlagen uns noch immer mit diesen Problemen herum. Genauer gesagt, sie kommen auf *mich* zu, da Robert nicht zugibt, daß irgendwelche Probleme existieren.

Gott, wie quälend das alles ist! Ich darf gar nicht an Harrods denken und die Lawine von Rechnungen, die da noch kommen muß . . .

*

«Ginette, kann ich einmal kurz mit dir sprechen?»

«Ja, Darling, natürlich. Worüber?»

«Über Geld.»

Mir wurde angst und bange, aber es gelang mir, ihm ein strahlendes Lächeln zuzuwerfen.

Wir blätterten gerade die Sonntagszeitungen durch an einem schneeverhangenen Tag Ende Januar. Draußen in unserem kleinen Garten lag bleich das Morgenlicht, aber im Wohnzimmer brannte das Feuer im Kamin, und alles war warm und behaglich.

Ich war sehr zufrieden mit unserem Haus in der Ebury Street. Ich hätte mir zwar etwas Größeres gewünscht, etwas Vornehmeres, aber ich sah ein, es hatte keinen Zweck, so hoch zu greifen ohne ein beträchtliches eigenes Einkommen, und so hatte ich mich für ein kleineres, aber hübsches Haus entschieden und versucht, es so wohnlich wie möglich einzurichten. Es war mir gelungen, aber leider ging das nicht ohne größere Ausgaben ab.

Robert war mit der Renovierung der wichtigsten Empfangsräume einverstanden gewesen, hatte aber, was die Ausstattung der übrigen Teile des Hauses betraf, auf Sparsamkeit bestanden, so daß ich entschlossen gewesen war, für alles andere möglichst wenig Geld auszugeben. Aber natürlich mußten auch die Diele und die Treppe gut aussehen, und natürlich mußte in der Küche, die absolut mittelalterlich war, einiges umgebaut werden, und natürlich konnte ich bei den Zimmern der Jungen nicht knausern, weil ich so sehr wollte, daß Declan und Rory sich in diesem Hause wohl fühlten. Ich war sicher, Robert würde verstehen, daß diese zusätzlichen Ausgaben nötig waren, deshalb hatte ich ihn vorher nicht gefragt, und außerdem wollte ich die Ausstattung der Jungenzimmer von meinem eigenen Geld bezahlen – aber etwas schien mit meiner vierteljährlichen Rentenzahlung passiert zu sein (konnte ich wirklich alles Geld schon im voraus ausgegeben haben?), und dann bekam ich noch einige Rechnungen von Harrods, die habe ich erst gar nicht angesehen und die Umschläge ungeöffnet tief in meine Schreibtischschublade geschoben und mir dabei gesagt: An das alles denke ich später.

Aber ich mußte ständig an diese Rechnungen denken, und so ging ich, um mich von dieser kleinen Unannehmlichkeit abzulenken, die Brompton Road entlang, und ich kam gerade bei Harrods vorbei – natürlich hatte ich nicht die Absicht, etwas zu kaufen –, als ich im Schaufenster diese herrliche Frisierkommode sah, die genau das richtige für unser Schlafzimmer war, an dem ich so geknausert hatte, daß es fast wie eine Mönchszelle wirkte. Und ich habe wirklich nichts für Mönchszellen übrig. Jedenfalls – ich kaufte die Kommode und stellte dann fest, daß ich noch ein, zwei Sachen dazu haben mußte. Na ja, genauer gesagt drei oder vier. Oder fünf oder sechs. Was tut das auch schon, jetzt sah unser Schlafzimmer auf einmal wunderbar aus, und ich fand es entzückend. Ich wußte, ich war leichtsinnig gewesen, aber ich hatte den Eindruck, das Ergebnis rechtfertigte meine Freigebigkeit (ein so viel schöneres Wort als Extravaganz).

«Sei unbesorgt, Darling», sagte ich rasch in der Hoffnung, seinen Klagen zuvorkommen zu können. «Ich werde mich bessern.»

Robert warf seine Zeitung beiseite, stand auf und trat ans Fenster, vor dem der Schnee herunterfiel. Er sah sehr groß aus, sehr gebieterisch, sehr drohend. Dann drehte er sich zu mir um und sagte: «Ich habe gestern einen Brief von Harrods erhalten und bin zu dem Schluß gekommen, daß es für unsere Ehe besser wäre, wenn ich die völlige Kontrolle über unsere finanziellen Angelegenheiten übernehme. Sonst werden wir ständig Streit über Geld haben.»

«Du meinst –»

«Ich möchte, daß du dein Kreditkonto auflöst und daß das Einkommen aus dem Treuhandfonds direkt an mich überwiesen wird.»

Schweigen.

«Ich darf dir versichern», sagte Robert weiter, freundlich, aber unerbittlich, «daß ich den Betrag, den ich dir zur Deckung der Haushaltskosten und deiner allgemeinen Ausgaben gebe, sehr großzügig bemessen werde.»

Erneutes Schweigen.

«Du wirst also keinen Grund zur Klage haben», fuhr Robert mit noch immer freundlicher Stimme fort, «und du wirst sogar feststellen, daß dieses Arrangement dir das Leben bedeutend erleichtern wird. Es ist einfach so, daß man von einer Frau keinen vernünftigen Umgang mit dem Scheckbuch erwarten kann. Der weibliche Verstand ist selbst für die niederen Formen des Umgangs mit Geld nicht geschaffen.»

Ich mußte an Conor denken, wie er mir Komplimente dafür machte, daß ich in der Lage war, mit meinem Haushaltsgeld noch seinen Verlust beim Pokerspiel abzudecken.

«Du warst schon immer hoffnungslos im Umgang mit Geld», sagte Robert in meine Erinnerungen hinein. «Von Anfang an hast du mich immer um Pennies für zusätzliche Pfefferminzbonbons angepumpt und dann vergessen, das Geld zurückzuzahlen.»

«Lakritze. Ich habe mir nie etwas aus Pfefferminzbonbons gemacht. Und ich habe dir immer alles zurückgezahlt!»

«Nein, das hast du nicht! Oh, du hast mir gelegentlich mal ein anderes Bonbon gegeben, aber –»

«Ich habe mir bei Celia Geld geliehen, um dir das Geliehene zurückzahlen zu können!»

«Eben. Du hast bei Peter geliehen, um Paul zu bezahlen, wie es in dem Sprichwort heißt, und du tust jetzt genau das gleiche mit schlimmen Folgen. Es tut mir leid, Ginette, aber mein Entschluß steht fest. Ich bin dein Mann und darf nicht zulassen, daß diese Situation fortdauert.»

«Aber Robert –»

«Du willst doch Ordnung in deinem Leben haben, ja?»

«Ja, aber –»

«Nun, das ist sie. Das ist Ordnung, das ist Befreiung vom Chaos. Jetzt sei schön lieb und lauf und bring mir deine Rechnungen, damit ich die genaueren Ausmaße deines letzten Durcheinanders ermessen kann.»

«Wie kannst du wagen, so mit mir zu reden!»

«Wie meinst du das? Ich bin dein Mann, oder?»

«Das gibt dir nicht das Recht, mit mir zu reden wie mit einem geistig zurückgebliebenen Schulmädchen!»

«Und daß du meine Frau bist, gibt dir nicht das Recht, dich wie eines aufzuführen! Nun nimm dich zusammen und sieh den Dingen ins Auge. Wir sind jetzt verheiratet, die Spielregeln sind andere, und es ist meine absolute moralische Pflicht –»

«O mein Gott.»

«– mich um dich zu kümmern auf möglichst freundliche, rücksichtsvolle und großzügige Weise, und deine absolute moralische Pflicht ist es, treu und ergeben zu sein und in allem, was das Wohl unserer Ehe betrifft, zu tun, was ich sage. Ich weiß, daß du eine Neigung zur Eigenwilligkeit und Unabhängigkeit hast, aber ich werde in dieser Ehe der Boss sein, und ich glaube, die Zeit ist gekommen –»

«Wenn du vom Ziehen von Grenzen sprichst, schreie ich.»

«– ganz klar auszudrücken, was ich nicht dulden werde. Ich weiß, das ist schwierig für dich. Hier kommt uns unsere alte Freundschaft ins Gehege, weil du mich manchmal noch immer als den kleinen, zwei Jahre jüngeren Knaben siehst, den du herumkommandiert hast, aber –»

«Was! Ich habe dich nie herumkommandiert! Du hast *mich* herumkommandiert, sobald du sprechen konntest! ‹Ginette, mach dies, Ginette, mach das› – ständig, den ganzen Tag, ich frage mich, wie ich das ausgehalten habe –»

«Tut mir leid, ich weiß, Frauen weichen gern vom Thema ab, aber ich muß dich daran erinnern, daß wir jetzt von *dir* sprechen. Als dein Ehemann –»

«Oh, sei still! Du benimmst dich nicht wie ein Ehemann, du benimmst dich wie ein Gefängniswärter! Oh, wie kannst du es nur wagen, mich so zu behandeln, wie kannst du –»

«Das will ich dir genau sagen. Weil du nicht mit Geld umgehen kannst. Weil ich letztlich für deine Schulden aufkommen muß. Weil du mich gebeten hast, dich vor einem neuen Chaos zu retten. Weil mir unsere Ehe am Herzen liegt und wir Auseinandersetzungen wie diese in Zukunft um jeden Preis vermeiden müssen.»

«Wenn dir unsere Ehe am Herzen liegt, dann behandle mich so, wie man eine erwachsene Frau behandeln sollte!»

«Das tue ich», sagte Robert.

Ich stürmte hinaus und schlug die Tür zu.

*

Ich bin mit einem männlichen Ungeheuer verheiratet. Ist das ein fataler Fehler? Nicht zwangsläufig. Männliche Ungeheuer können einfach süß sein. Ich habe früher mit einer ganzen Reihe entzückender Männer geflirtet und das Gefühl genossen, der einzige Riß in ihrer antiweiblichen Rüstung zu sein, aber ich habe dabei immer gedacht, was für Ekel sie als Ehemänner wären, und mein Gott, jetzt weiß ich, daß ich recht hatte.

Ich bin aber keine Feministin. Ich bin viel zu gern eine erstklassige Frau, um ein zweitklassiger Mann sein zu wollen, und mich stört auch nicht, wie die Welt geregelt ist. Mir ist es gleich, ob ich das Stimmrecht habe oder nicht. Ganz gewiß käme es mir nie in den Sinn, mich am Torgitter von Downing Street Number Ten anzuketten; ich bin viel zu sehr mit der Frage beschäftigt, wann ich dorthin zum Dinner eingeladen werde. Doch bei aller Gleichgültigkeit gegenüber dem Feminismus steht für mich eines fest, und das lasse ich mir auch nicht ausreden: Frauen sind nicht von Natur aus Männern unterlegen. Sie sind anders, aber nicht unterlegen. Und es wurmt mich, wurmt mich zutiefst, behandelt zu werden, als wäre ich ein Mensch zweiter Güte.

Warum habe ich nie gemerkt, daß Robert so sein kann? Weil er das Spiel gemäß den Regeln spielte und nicht versuchte, ein männliches Ungeheuer zu werden, ehe er mein Mann war und (wie er glaubt) damit das Recht erwarb, eines zu sein. Aber Anzeichen davon hat er zu erkennen gegeben; ich erinnere mich, daß er sagte, das Gesetz stelle völlig zu Recht verheiratete Frauen mit Irren und Kindern auf eine Stufe, aber ich hielt das einfach für männliche Arroganz, für etwas, das man nicht so genau nehmen durfte. Den Verlust meines Einkommens kann ich aber nicht so einfach schlucken. Ich werde eine große Verdauungspille brauchen, um mich mit einer solchen Unverschämtheit abzufinden, doch angesichts fehlender Alternative schlukke ich am besten gleich eine.

Muß ich mich fügen oder bleibt mir noch etwas anderes übrig? Ich muß versuchen, ganz sachlich zu bleiben. Ich muß mich fragen, wie die Situation ist, und die ist nun einmal so, daß Robert mein

Ehemann ist. Er kann mein Kreditkonto sperren, und wenn ich mich weigere, ihm das Einkommen aus meinem Treuhandfonds zu überschreiben, würde mein Leben bald nicht mehr lebenswert sein.

Ich muß jetzt versuchen, dieses unangenehme Verdikt zu verdauen. Nun, als erstes steht fest, daß rational gesehen Robert recht hat – wie gewöhnlich. Ich war sehr leichtsinnig und sehr extravagant. Das köstliche Wort «Freigebigkeit» kann ich jetzt streichen; ich muß mich meinem Problem stellen. Ich bin nicht unfähig, mit Geld umzugehen, aber ich kann Robert keinen Vorwurf daraus machen, daß er nach meinem Verhalten doch darauf schließt. Ich sollte mir auch eingestehen, daß Robert hier nicht ungewöhnlich handelt; viele Ehemänner verbieten es ihren Frauen, Waren auf Kredit zu kaufen, und viele Ehemänner lassen ihre Frauen nicht mit einem Scheckbuch umgehen, und das mag für ihre Ehen sogar ganz gut sein, vor allem dann, wenn ihre Ehefrauen nur ein Spatzenhirn haben.

Es bleibt jedoch die Tatsache, daß Robert zwar rational gesehen recht, emotional gesehen aber unrecht hat. Dieses Treuhandgeld gehört mir. Es wurde mir hinterlassen – von meinem Vater. Ich mag in den Augen der Welt nur Mrs. Robert Godwin sein, aber für meinen Bankdirektor bin ich noch immer ein Individuum, nicht nur ein Anhängsel meines Ehemannes – ich bin der Empfänger dieser Gelder, ein menschliches Wesen, das es verdient, mit Achtung behandelt zu werden, und keine einfältige Ehefrau, die nichts Besseres erwarten kann als Bemerkungen wie: «Der weibliche Verstand ist selbst für die niederen Formen des Umgangs mit Geld nicht geschaffen.» Ich habe das gräßliche Gefühl, daß ich mit der Überschreibung des Einkommens aus meinem Treuhandfonds meine Person aufgebe und auf eine Weise sozusagen verändert werde, die man jemandem wie Robert unmöglich beschreiben kann.

Ich fühle mich da ganz elend, und dies nicht nur, weil ich wütend auf mich selbst bin, daß ich Roberts harte Reaktion nicht vorausgesehen habe. Ich fühle mich elend, weil ich weiß, daß unsere Ehe jetzt noch ein Problem mehr hat. Ich kann es schaffen, ich kann mit einem männlichen Ungeheuer fertig werden, wenn ich muß, aber Robert und ich haben unterschiedliche Vorstellungen von der Ehe, und das wird das Leben kaum erleichtern. Nach meiner Ansicht sollte die Ehe eine Partnerschaft sein, auf der Grundlage gegenseitiger Achtung und unterstützt durch ein vernünftiges Maß von «Nimm und Gib». Robert betrachtet sie offenbar als eine Spielart der Beziehung zwischen Herr und Diener oder Eltern und Kind. Warum ist mir das nur nicht früher aufgefallen? Wie kann man sechs Monate lang mit einem Mann ins Bett gehen, ohne eine derart fundamentale Meinungsverschiedenheit zu erkennen?

Ich gebe der alten Freundschaft die Schuld. Ich nahm an, wir würden, einmal verheiratet, mehr oder weniger so weitermachen wie früher. Wie eine kalte Dusche war es da, als Robert sagte, die Spielregeln seien jetzt andere! Typisch für ihn, das so auszudrücken!

Ja, ich bin entsetzt, aber sei's drum, man weiß, daß das erste Ehejahr mit unwillkommenen Offenbarungen aufwartet, und den meisten Partnern gelingt es, am Ende mit den unangenehmen Tatsachen auszukommen. Inzwischen ist es gewiß zwecklos, den Streit fortzusetzen. Robert ist kein Conor, der mich jedesmal verführte, wenn er an mein Geld heran wollte. Wenn Robert nicht kriegt, was er will, zieht er sich einfach innerlich von mir zurück, und das könnte ich nicht ertragen; ich brauche einen liebenden Robert an meiner Seite, kein Ungeheuer mit dem Etikett GATTE; ich will MEINEN FREUND haben, meinen Gefährten beim heimlichen Überfall auf die Erdbeerbeete und den treuen Verbündeten, der mir die Pennies lieh, damit ich mir diese herrliche Lakritze kaufen konnte, damals vor langer Zeit in Penhale . . .

Ich hätte ihm wirklich dafür mehr Bonbons geben sollen. Ich hätte mir denken können, daß ich diesen kleinen Fehler am Ende bereuen würde.

*

«Es tut mir leid, daß ich die Beherrschung verloren habe, Robert.»

«Es tut mir leid, wenn ich dich aufgeregt habe.»

«Nun, ich bin mir bewußt, ich war leichtsinnig, und du hast durchaus das Recht, mein Kreditkonto aufzulösen. Aber mein Treuhandfonds . . . Robert, dieser Fonds ist für mich etwas Besonderes, er kommt von meinem Vater, und, es tut mir leid, aber ich glaube, eine Ehefrau sollte geldlich nicht völlig von ihrem Ehemann abhängig sein.»

«Und ich glaube, sie sollte das.»

Ein weiterer fundamentaler Meinungsunterschied. Ich versuchte mich zu beherrschen. «Ich wüßte nicht, weshalb», sagte ich ruhig, «wir haben über all das vor unserer Hochzeit nicht gesprochen.»

«Doch, das haben wir. Ich hatte dich nicht im Zweifel darüber gelassen, was ich von deiner Extravaganz halte.»

«Du hast nie gesagt, du seist der Ansicht, ich sollte finanziell völlig von dir abhängig sein!»

«Ich mußte dir natürlich die Chance geben, deine Angelegenheiten zu regeln. Ich wollte wirklich fair sein.»

«Wenn du mir nur noch eine Chance geben könntest –»

«Nein. Das würde nur zu einer weiteren Szene dieser Art führen, und das dulde ich nicht. Wir wollen doch nicht den Streit wieder von vorn anfangen, Ginette, oder?»

Ich schüttelte den Kopf, ging an meinen Tisch und holte die dort versteckten Rechnungen von Harrods hervor. Dann schrieb ich nach seinem Diktat einen Brief an meinen Bankdirektor, in dem ich die Anordnung traf, die künftigen vierteljährlichen Zahlungen aus meinem Treuhandfonds direkt auf das Konto meines Ehemanns zu überweisen.

«Danke», sagte Robert. «Jetzt brauchen wir uns nie mehr um Geldfragen zu streiten.»

Ich blickte stumm auf den Löscher. Ich konnte mich nicht dazu bringen, ihn zu fragen, wieviel Geld er mir wöchentlich zuzuteilen gedachte. Ich hoffte nur inständig, es werde genügend sein, so daß ich nicht ständig um mehr bitten müßte.

Robert sah auf seine Uhr. «Es wird ein, zwei Tage dauern, bis ich einen Überblick über unsere Ausgaben habe und dir sagen kann, wieviel du brauchst – also werden wir diese Diskussion erst später beenden. Und jetzt willst du mich bitte entschuldigen, ich muß in meine Kanzlei. Ich habe viel zu tun.» Und mit meinem Scheckbuch in seiner Tasche ließ er mich zurück in meinem schönen, aber extravaganten Wohnzimmer.

*

Robert arbeitet viel zuviel. Ich hatte keine Ahnung, daß er von seiner Arbeit so besessen ist. Wie konnte ich nur sechs Monate lang mit einem Mann ins Bett gehen, ohne mir bewußt zu werden . . . Aber das darf ich nicht noch einmal sagen. Die brutale Wahrheit ist die, daß eine Liebesaffäre die Partner zu ihrem besten Verhalten zwingt. Erst in der Ehe kommen alle unangenehmen Dinge aus den Kulissen des glücklichen Heims hervorgeschlichen.

Robert eilt jetzt zu seinem Büro im Temple um sechs Uhr morgens, damit er noch in Ruhe arbeiten kann, ehe all die anderen Anwälte und Gerichtsangestellten eintreffen und ihn ablenken. Zuerst ging er sogar ohne Frühstück fort, doch dem habe ich mit Bennetts Hilfe ein Ende gemacht.

Bennett war vor unserer Ehe Roberts Hausdiener, und jetzt ist er unser Butler und herrscht sehr geschickt über Köchin, Küchenmädchen und Hausmädchen. Ich habe keine Zofe; sie sind einem gewöhnlich lästig, und in New York habe ich sowieso gelernt, ohne Zofe auszukommen. Der Trick ist der, daß man nicht bei der Wäscherin spart und eine ehemalige Zofe ausfindig macht, die bereit ist, dann und wann zu kommen und sich der schwierigeren Aspekte beim Frisieren anzunehmen. Ich kann ganz gut nähen, dank Margaret, also sind Flicksachen für mich kein Problem. Wenn Robert einmal ein ganz großer Mann ist, lege ich mir vielleicht auch eine Zofe zu, doch inzwischen komme ich sehr gut ohne sie aus.

Bennett und ich verstehen uns recht gut, was ein Glück ist, denn Hausdiener reagieren oft eifersüchtig, wenn zu ihrem Herrn eine Ehefrau hinzukommt, und als ich ihm sagte, welche Sorgen ich mir wegen Roberts exzentrischer Arbeitsstunden machte, war er sehr verständnisvoll. Schließlich vereinbarten wir, daß er ein frühes Frühstück bereitete, und ich sorgte dafür, daß Robert es auch aß, aber das dumme ist, daß Robert, seit ich das mit Bennett besprochen habe, jegliches Interesse am Essen verloren hat und das frühe Frühstück nur noch einnimmt, um mir einen Gefallen zu tun.

Essen ist nicht das einzige Thema, das ihn nicht mehr interessiert. Wenn wir unseren gesellschaftlichen Verpflichtungen nachgekommen sind, zieht er sich auf sein Zimmer zurück, um bis in die frühen Morgenstunden zu arbeiten, und wenn er dann ins Schlafzimmer kommt, sinkt er sofort in einen tiefen Schlaf, und ich liege dann wach und frage mich, was aus diesem Liebhaber geworden ist, der damals eine Auszeichnung in Sachen Sex verdient gehabt hätte.

Vergangene Nacht sagte ich: «Darling, wie lange wird dieses seltsame Verhalten andauern?»

Das brachte Robert in Verlegenheit, aber es war sicher richtig, ihm anzudeuten, daß er es meiner Meinung nach mit seinen Berufspflichten zu weit trieb. Das Hauptproblem ist dieser verflixte Mordfall, den er, wie er mir belustigt sagte, übernommen hatte, um die Kosten für unsere Flitterwochen abzudecken. Sein Klient ist des Mordes an seiner Ehefrau angeklagt – er soll die Leiche zerstückelt und auf Säcke verteilt haben, die er dann in ganz London bei Gepäckaufbewahrungsstellen deponierte. Robert will mit mir nicht über den Fall sprechen, so daß ich nicht weiß, ob er seinen Klienten für unschuldig hält oder nicht, aber ich finde die ganze Sache so widerwärtig und kann mir nicht vorstellen, weshalb Robert sie so vorrangig findet – nicht, daß er seine ganze Zeit nur diesem Fall widmete, das tut er nicht. Er hat viel zu tun, um auch mit seinen anderen Fällen Schritt zu halten, aber ich bekomme allmählich das Gefühl, daß gerade dieser Mordfall für seine düster-fanatische Stimmung verantwortlich ist. Es ist der erste Mordfall, den er übernommen hat, seit ich aus Amerika zurückgekommen und wieder in sein Leben getreten bin, und er scheint zu einem ganz anderen Menschen zu werden.

Nichts könnte mich mehr erschrecken.

*

«Nein, nein – bleib fort von mir, BLEIB FORT!» rief Robert, und ich weckte ihn aus seinem Alptraum auf.

«Darling, es ist nur ein Traum –»

«Er war wieder da, er kam über den Schnee auf mich zu –»

«Wer?»

«Der Tod.» Er ließ sich erschöpft in die Kissen zurücksinken.

Ich dachte: Was für ein schlimmer Alptraum. Aber ich hielt es für besser, zu schweigen, und so schob ich nur beruhigend meine Hand in die seine, nachdem ich das Licht angeknipst hatte.

Er umklammerte meine Finger ganz fest und schien sowohl für das Licht wie für mein Schweigen dankbar zu sein, aber schließlich sagte er: «Ich scheine wieder in einem Durcheinander zu sein, aber ich begreife nicht, wieso. Ich dachte, ich wäre geheilt, nachdem ich dich erst bekommen hatte.»

Ich sagte erstaunt: «Geheilt wovon, Robert?»

«Ich habe diese verdammte schreckliche Zwangsvorstellung, das ist wie ein Krebs der Persönlichkeit.»

«Krebs!»

«Unsinn, ich meine das metaphorisch – o Gott, ich habe vergessen, welche Angst du vor Krankheiten hast –»

«Aber was um Gottes willen ist denn das für eine Zwangsvorstellung?»

«Der Tod.»

Es trat eine Pause ein. Wir lagen da, die Hände verschränkt, und lauschten auf die Stille. Ich versuchte zu sprechen, konnte aber nicht. Ich war zu erschüttert.

«Es hängt alles mit dieser anderen Zwangsvorstellung zusammen –»

«Welcher anderen Zwangsvorstellung?»

«Mit dem Gewinnen. Ich muß in Wettbewerb treten, ich muß gewinnen, ich kann nichts dagegen machen. Jetzt dachte ich, dies sei alles die Folge meiner dritten Zwangsvorstellung –»

«Deiner *dritten Zwangsvorstellung?*»

«Ja. Die bist du. Es war schrecklich, als ich dich verlor, Ginette. Es war, als wäre mein ganzes Leben aus den Fugen geraten – ich versuchte das zu verdrängen, indem ich alles gewann, was es zu gewinnen gab. So habe ich gewonnen und gewonnen, bis mich meine mühelosen Siege nicht mehr befriedigten, und dann fand ich endlich die Herausforderung, die ich brauchte, ich fand den Konkurrenten, der mir das aufregendste Spiel aufnötigen würde –»

«Und wer war das?»

«Der Tod.»

Meine Hand erschlaffte in der seinen, aber er nahm es nicht wahr. Es ging ihm zu sehr darum, mir alles zu erklären.

«Ich dachte», fuhr er fort, «wenn ich dich erst wieder hätte, würde ich nicht mehr das Bedürfnis verspüren, mit irgendwem in Wettbewerb zu treten. Ich dachte, dann könnte ich nach Oxmoon zurückkehren –»

«Was?»

«Oh, nicht buchstäblich! Ich dachte an das verlorene Oxmoon unserer Kindheit – ich sah Oxmoon als einen Geisteszustand, als ein Symbol des Glücklichseins.»

«Oh, ich verstehe. Einen Augenblick lang glaubte ich, du meintest – nun, macht nichts, sprich weiter.»

«Aber ich suche noch immer nach dem Weg zurück nach Oxmoon, ich bin noch immer in eine Lebensweise eingeschlossen, die mir im Grunde nichts bedeutet –»

«O komm, Robert, jetzt übertreibst du! Du liebst doch den Glanz und den Ruhm deiner Tätigkeit als Anwalt!»

«Nein, das hasse ich inzwischen alles. Glanz und Ruhm sind mir zu Symbolen meines Eingesperrtseins geworden. Ich würde die Arbeit als Anwalt aufgeben, aber –»

«Aufgeben?»

«– aber das kann ich jetzt nicht, wo ich für eine Frau und eine Familie aufkommen muß, und außerdem – wenn ich in die Politik gehe, brauche ich eine lukrative Karriere. Aber will ich wirklich in die Politik gehen? Wird Westminster nicht letztlich nur ein weiteres Gefängnis sein so wie jetzt das Old Bailey? O Gott, wie wenig klar ich manchmal sehe, wie verwirrt ich bin –»

«Aber lieber Robert, du zweifelst doch gewiß nicht daran, daß du für eine erfolgreiche politische Laufbahn geschaffen bist?»

«Aber was heißt das schon?» sagte Robert. «Weshalb eine Laufbahn verfolgen, die nichts mit dem zu tun hat, was einem das Leben wirklich bedeuten sollte?»

«Aber was sollte dir dein Leben denn wirklich bedeuten?»

«Das ist ja gerade das Rätsel. Ich weiß es nicht. Ich weiß nur, daß ich innerlich nicht in Frieden lebe. Ich müßte es eigentlich; ich habe dich gewonnen, ich habe meinen Verlust wettgemacht, und jetzt kann ich glücklich sein – nur daß ich's nicht bin. Es ist fast so, als hätte ich dich überhaupt nicht gewonnen – o Gott, was für ein Mysterium das ist, wie verwirrt ich mich fühle, wie verzweifelt, wie gequält durch die Irrationalität von allem –»

«Darling!» Ich hatte mich endlich gefaßt. «Als erstes mußt du aufhören, dir vorzustellen, du hättest mich ‹gewonnen›, als wäre ich einer von diesen gräßlichen Silberpokalen in deinem Zimmer in Oxmoon. Man gewinnt Menschen nicht – sie sind keine leblosen Gegenstände. Du hast mich geheiratet, und das hat mehr mit Existieren und Überleben zu tun als mit Gewinnen oder Verlieren, aber das ist nicht schlimm, das ist kein Unglück, das ist gut, weil ich natürlich alles tun werde, um dir zu helfen, wie das ein guter Freund tun muß, und ich bin sicher, gemeinsam werden wir mit diesen schrecklichen Problemen fertig werden. Aber um ganz ehrlich zu sein, Darling – ich glaube, du leidest an nervöser Erschöpfung infolge Überarbeitung.»

«Du hast überhaupt nichts verstanden.» Er erhob sich und griff nach seinem Morgenrock.

«Ich verstehe nur, daß du dich einmal gründlich ausruhen mußt!»

«Aber ich kann mich nicht ausruhen. Das ist es ja gerade.»

«Ja, aber wenn du diesen Mordprozeß hinter dir hast –»

Er ging hinaus. Ich starrte ihm nach. Dann sprang ich aus dem Bett und warf mir den Kimono über. Als ich ins Speisezimmer kam, stand er bei der Anrichte und trank Brandy.

«Robert, ich will dir wirklich helfen – du bist nicht fair zu mir –»

«Entschuldige. Du hast recht. Ich habe dir nicht die ganze Geschichte erzählt, das ist das Problem. Aber vielleicht sollte ich das.» Er sah in sein Glas. Dann sagte er langsam: «Das erinnert mich an den Morgen, als mein Vater über dich sprach. Er fing natürlich nicht damit an, daß er sagte, er wolle über dich sprechen. Er sagte: ‹Ich will dir von meinen Eltern und Owain Bryn-Davies erzählen.› Er wußte, nur wenn er mir von seiner Jugendzeit erzählte, konnte er mir erklären, warum er dir das damals angetan hat, und ich habe jetzt das Gefühl, daß ich dir von meiner Bergsteigerei erzählen muß, wenn ich dir vor Augen führen will, weshalb ich den Eindruck habe, daß mein gegenwärtiges Leben wenig mit dem Menschen zu tun hat, der ich wirklich bin. Oder sollte ich lieber den Mund halten?

Du siehst mich so entsetzt an. Entschuldige, ich habe meinen Vater erwähnt, ich wollte dich damit nicht aufregen.»

Ich gab ihm die einzig mögliche Antwort: «Gib auch mir bitte einen Brandy, und dann setzen wir uns am besten an den Tisch.»

Robert schenkte mir ein Glas ein. Wir setzten uns. Und dann begann das Grauen erst richtig.

*

«Mein Leben lang», sagte Robert, «wurde mir zu verstehen gegeben, ich sei ungewöhnlich begabt. Das sagte mein Vater, so weit ich zurückdenken kann. Das sagten meine Lehrer. Und schließlich versicherten mir die Tutoren vom Balliol College in Oxford, ich hätte das Zeug zu einer ungewöhnlichen Karriere in Jurisprudenz und Politik, der Weg zu den höchsten Ämtern im Land stehe mir offen – und natürlich hatte ich an dieser Vision nichts auszusetzen. Sie erschien so attraktiv, daß ich sie ohne Zögern akzeptierte. Aber ich habe nicht nachgedacht, Ginette. Bis ich die Berge sah, habe ich nie meinen sogenannten außergewöhnlichen Intellekt auf die ebenso simple wie wichtige Frage verwandt: Was will ich eigentlich mit meinem Leben anfangen? Und dann sah ich die Berge, und da wußte ich es. Ich wollte einfach klettern. Alles andere war unwichtig.

Nachher – als alles vorbei war – sagte ich mir, ich hätte eine Art von Geistesverwirrung durchgemacht, die einem Krebsgeschwür meiner Persönlichkeit vergleichbar wäre. Ich schnitt den Krebs heraus, gab das Bergsteigen auf. Aber jetzt fühle ich mich tot. Und in der letzten Zeit habe ich mich gefragt: Was war der wirkliche Krebs? Das Universitätsleben mit anschließendem Glanz und Gloria in der Justiz? Oder das Bergsteigerleben, von dem ich abließ? Und ich habe den schrecklichen Verdacht, daß es mein jetziges Leben ist, das mich umbringt, meine Persönlichkeit erwürgt und meine Seele zerstört.

Warum habe ich eigentlich das Bergsteigen aufgegeben? Ich hatte natürlich einen Schock erlebt. Ich war benommen, nicht nur vor Kummer, sondern auch vor Zorn auf den Tod – jenem Zorn, der mich schließlich als Anwalt vor die Schranken von Old Bailey führte; ich glaubte, gegen den Tod kämpfen zu müssen, um mit dem Verlust meiner Freunde fertig zu werden, aber ich sah auch, daß ich gegen den Tod nicht mehr in den Bergen kämpfen konnte, ich mußte mir dafür eine andere Arena suchen.

Aber ich weiß jetzt, daß ich das Bergsteigen nicht einfach deshalb aufgab, weil ich einen Schock erlitt. Ich gab es auf, weil ich ein

Feigling war – ja, ich gab es auf, weil ich Angst hatte, ja das war es, Angst vor dem Tod. Und ich habe noch immer Angst. Sterben ist Verlieren. Sterben ist Scheitern – und zwar gänzliches Scheitern, denn wenn man erst tot ist, gibt es keine zweite Chance mehr, man kann nie wieder gewinnen.

Und so wandte ich mich wieder dem akademischen Leben zu, wo keine Todesgefahr bestand. Ich war nahe daran gewesen, meine Universitätskarriere zunichte zu machen, doch an diesem Punkt wurde mir bewußt, daß ich sie doch noch retten konnte, ich konnte noch immer als Gewinner daraus hervorgehen und diese brillante Zukunft meistern, die man mir vorausgesagt hatte. Und so habe ich es dann getan – als der Feigling, der ich war, habe ich es getan: Ich habe den bequemen Rückzug angetreten, bin zurück nach Oxford gegangen, um mich anzupassen und mich selbst zu kreuzigen und um zu gewinnen.

Aber ich sehe diese Berge noch so deutlich vor mir. O Gott, wie habe ich diese Berge geliebt . . . Wenn man klettert, lebt man in einer sehr simplen Welt, in der alle Trivialitäten und Unwichtigkeiten ausgemerzt sind. Das ist alles so schön, so erregend – und das schönste ist die einmalige Kameradschaft unter den Bergsteigern und die Befriedigung, ein Mann unter Männern zu sein –»

Ich konnte nicht länger still zuhören. «Und was für ein Trost war es dir dann, als deine drei Freunde umkamen?»

«Du verstehst das nicht. Na ja, du bist eine Frau, wahrscheinlich kannst du es nicht. Es spielt keine Rolle.»

«Natürlich spielt es eine Rolle, und vielleicht – vielleicht – wäre es doch möglich, daß ich in der Lage bin, diese Besonderheit besser zu verstehen als du selbst. Du scheinst eine Art Zwang zur Flucht aus der Wirklichkeit des Lebens zu beschreiben. Ich glaube, das gibt es oft bei heranwachsenden jungen Leuten – sie fürchten sich vor dem Leben als Erwachsene und ziehen sich in eine selbstgeschaffene Märchenwelt zurück –»

«Was für ein Unsinn! Das Bergsteigen *war* die Wirklichkeit meines Lebens!»

«Dann erzähl mir mehr davon, damit ich dich verstehe. Erzähl mir, was bei dieser letzten Bergtour passiert ist.»

«Du wirst es nie verstehen.»

«Warum nicht? Denke, ich sei ein begriffsstutziger Geschworener, den du auf deine Seite bringen willst!»

Dieser Herausforderung konnte er nicht widerstehen. Er schenkte sich noch einen Brandy ein und fuhr fort: «Schön, dann versuch dir einen Januartag in Schottland vorzustellen – weißt du, wir waren inzwischen so weit, daß wir das Bergsteigen im Winter aufregender fanden. Es hatte geschneit, aber der Schnee war trocken, und die Wetterbedingungen waren gut. Wir brachen von Fort William auf, meine Freunde und ich, und ich war so glücklich, ich erinnere mich noch, wie glücklich ich war – ich glaube, letztlich ziehe ich die Gesellschaft von Männern vor, und wenn es nicht wegen des Sex wäre, würde ich mich mit Frauen überhaupt nicht befassen – abgesehen von dir. Meine liebste Ginette! Wenn ich das Schlafzimmer einmal für einen Augenblick vergesse, kann ich aufrichtig sagen, daß du die einzige mir bekannte Frau bist, die ein so guter Gesellschafter sein kann wie ein Mann.

Nun, wir hielten also auf den Ben Nevis zu, Frauen und Schlafzimmer waren weit weg, Gott sei Dank, und so konnten wir uns ganz konzentrieren auf unsere ... ist ‹Berufung› ein zu starkes Wort? Der Begriff ‹Zwangsvorstellung› sagt hier nichts. Er schließt das Spirituelle nicht ein. An diesem Morgen fühlte ich mich eins mit Gott – an den ich nicht glaubte – und eins mit dem Universum; mir war, als spielte ich eine mir zugeteilte Rolle in der Weltordnung, ich war durch und durch glücklich und völlig erfüllt – und *das* war für mich das wirkliche Leben. Alles andere war nur Schein, nur Notbehelf.»

«Ja, aber ... nein, entschuldige, sprich weiter.»

«Wir entschieden uns für eine leichte Kletterroute den Tower Ridge hinauf. Die Hauptschwierigkeiten bieten die ersten hundert Meter, aber die überwanden wir mühelos, und dann beschlossen wir zum Spaß, den letzten Abschnitt diagonal zu bewältigen, das schien uns eine größere Herausforderung.» Er hielt inne, als erwartete er, ich würde eine abwertende Bemerkung machen, aber als ich schwieg, fuhr er fort: «Es wehte ein recht kräftiger Wind, und das hatte zwei entscheidende Umstände zur Folge. Zum einen hatte sich viel Neuschnee angesammelt, und zum anderen nahmen wir nicht wahr, daß die Temperatur plötzlich zu steigen begann. Wir waren alle zusammen angeseilt. Ich war der letzte Mann. Wir gingen einem überhängenden Felsen aus dem Weg, während wir uns um eine Bergkante herum bewegten. Die anderen drei hatten die Strecke gut hinter sich gebracht und waren nicht mehr zu sehen, als mein Seil sich verfing und ich anhalten mußte. Ich mußte das Seil von meiner Hüfte lösen, um mich auszuhaken, und ich bekam das Seil gerade frei, als das Ende kam.

Ein ungeheures Getöse. Es war wie das Ende der Welt. Ich warf mich unter den Überhang, und das lose Seil wurde mir aus den

Fingern gerissen. Dann trat endlich Stille ein. Ich kann dir nicht beschreiben, was ich empfand. Als ich schließlich um die Ecke gelangt war, sah ich, daß sich die ganze Bergwand bewegt hatte – ein riesiges Schneebrett war abgebrochen und tausend Fuß tief ins Tal gerutscht. Von meinen Freunden war nichts zu sehen.

Ich versuchte umzukehren, aber das war ohne Seil unmöglich, und *da* bekam ich Angst, denn ich wußte, wenn ich die Nacht auf dem Berg verbringen mußte, dann konnte ich an Unterkühlung sterben. Also habe ich mich vom Willen her warm gehalten. Die ganze Nacht habe ich ums Überleben gekämpft, aber ich wußte, der Tod wollte mich haben, ich spürte, daß er da war, und als der Morgen graute, sah ich ihn über den Schnee daherkommen, um mich zu holen.

Er trug Rot – ja, Rot, nicht Schwarz – und er hatte ein weißes Gesicht ohne Gesichtszüge.

Natürlich war das eine Halluzination. Das Morgenlicht spielte Tricks mit dem Schnee. Aber für mich war er in diesem Augenblick äußerst real. ‹Bleib weg von mir!› schrie ich, und ich war so erschrokken, weil ich glaubte, er werde gewinnen. Aber es gelang ihm nicht. Er wich zurück und verschwand, als die Sonne richtig herauskam. Bald danach war der Bergungstrupp bei mir. Der Arzt in Fort William war erstaunt – nicht nur, weil ich noch am Leben war, sondern weil ich keine Frostbeulen hatte. ‹Sie werden es ohne äußere Schäden überstehen!› sagte er. Ja, aber es gibt innere Schäden, die kein Arzt erkennt.

Ich war gezeichnet von dem Schuldbewußtsein, daß ich noch lebte, während meine drei Freunde tot waren. Ich war gezeichnet von dem Bedürfnis, meine Schuld abzutragen, indem ich am Tod Rache nahm und ihn bekämpfte. Und ich war vor allem gezeichnet von meiner Angst vor dem Tod, weil ich jetzt so deutlich gesehen hatte, daß Sterben soviel hieß wie ein für allemal Scheitern.

Wie ich schon sagte, konnte ich mich mit diesem Wissen nicht abfinden. Ich stellte fest, ich konnte nicht in die Berge zurückkehren, weil ich zu große Angst hatte, bei meiner nächsten Begegnung mit dem Tod zu verlieren – und doch . . . ich hatte unrecht, nicht wahr? Der Tod ist einfach überall. Man kann sich nicht vor ihm verstecken, er holt einen, wann er will, ganz gleich, wo man ist. Dann hat es also, wenn man ihn in der beschränkten zur Verfügung stehenden Zeit überlisten will, keinen Zweck, sich in eine Lebensweise zurückzuziehen, die einem fremd ist; wenn man ihn überlisten will, muß man das Leben leben, das einem auf dieser Erde bestimmt ist. Es ist verkehrt,

Zeit mit einer Arbeit zu verschwenden, die einem nichts bedeutet. Damit verschwendet man nicht nur seine Begabung, damit prostituiert man seine Seele.

Mir kam der Gedanke, daß ich mein Leben verschwende, aber das ist ein so unerträglicher Gedanke, daß ich ihn verdrängt habe, und wenn ich arbeite wie besessen, brauche ich an nichts anderes zu denken als an den gerade anstehenden Fall. Aber ich will in die Berge zurück, und wenn ich ein entsprechendes Vermögen erbte, würde ich mein Londoner Leben ohne das geringste Bedauern aufgeben und ... Entschuldige, du denkst offensichtlich, ich rede wie ein Irrer, deshalb höre ich auf. Vielleicht war es dumm von mir, daß ich überhaupt so viel gesagt habe.»

«Red doch keinen Unsinn! Es ist ungeheuer wichtig, daß du ganz offen zu mir bist – wie soll ich sonst dein Dilemma begreifen? Aber Darling, ich glaube trotzdem, dieser niederdrückende Pessimismus ist zum großen Teil darauf zurückzuführen, daß du erschöpft bist. Komm wieder ins Bett, wir reden später weiter.»

«Ich habe dich erschreckt, nicht wahr?»

«Nein, das hast du nicht, Darling, wie kannst du so etwas glauben? Ich bin nur sehr um deine Gesundheit besorgt.»

«Mein Gott, wenn du das Gefühl bekämst, du hättest mich nie heiraten sollen –»

«Jetzt redest du wirklich wie ein Irrer!» sagte ich lachend, und endlich brachte ich ihn dazu, sich wieder ins Bett zu legen.

*

Er hat recht. Ich *bin* erschreckt. Wer hätte gedacht, daß Robert ein so schwieriger und verwirrter Mensch ist? *Ich* bin doch sonst die, die ständig in ein Chaos gerät. Ich habe ihn nicht zuletzt deshalb geheiratet, weil ich glaubte; er könne meine Probleme lösen, aber nun sehe ich, daß ich die seinen lösen muß. Ist Robert im Begriff, den Verstand zu verlieren als Folge dieses letzten Falles? Aber es scheint, er ist insgeheim schon seit Jahren so. *Warum habe ich nichts davon gemerkt? Warum habe ich nichts davon erfahren?* Diese ganze Episode hat mich so erschüttert, daß ich kaum die Kraft aufbringe, mich mit ihr zu beschäftigen, aber ich muß es wohl versuchen.

Robert liebt das Bergsteigen. Nun, wir haben alle unsere kleinen Besonderheiten, aber warum sieht er nicht ein, daß diese seine «Berufung» (also wirklich, welch romantische Übertreibung!) nichts weiter als ein Studentenhobby war, das katastrophal schiefging? Und warum muß er reden wie ein geistesverwirrter Jünger einer christlichen Wandervogelsekte – all dieser Unsinn von wegen Mann unter Männern sein (und da sagen die Männer noch, die Frauen hätten die Sentimentalität gepachtet!) und all dieses dumme Gerede, daß Frauen und Sex verblaßten im Vergleich zu platonischer Männerkameradschaft. Sieht man von jedem sexuellen Vorurteil ab, bleibt als Lebenstatsache bestehen, daß Frauen und Sex die Sicherung des Fortbestands der Menschheit bedeuten und daß platonische Männerkameradschaft eine Sackgasse ist, wie die Amerikaner sagen. Also ich meine, Sex *ist* das Leben – oder nicht? Wie kann Robert da nur annehmen, seine Bergsteigerleidenschaft sei dem irgendwie überlegen? Und seien wir ehrlich: Robert liebt Sex genau wie jeder andere, darin ist er absolut normal, Gott sei Dank, und er wäre der erste, der protestierte, würde man ihn zu ewiger Keuschheit auf einen Berggipfel verdammen, zusammen mit einer Gruppe von Bergkameraden. Ja, er hat vorläufig das Interesse an Sex verloren, aber daran ist nur dieser anstehende entsetzliche Prozeß vor Gericht schuld.

Und wenn er sagt, er würde gleich morgen den Anwaltsberuf und London an den Nagel hängen, wenn er die Mittel dazu hätte, dann ist das einfach lachhaft. Robert wäre *verloren* ohne seinen Glanz und seinen Ruhm, und er würde vor Langeweile sterben, wäre er dieses Lebens hier nur einen Monat lang beraubt! Er ist ein brillanter Mann und genießt weltlichen Erfolg. Das ist natürlich. Unnatürlich wäre es, würde er diesem Leben den Rücken zukehren, und das würde er bald sehr bereuen.

Ja, ich verstehe ihn besser, als er sich selbst versteht. Der arme Robert, in welcher Verfassung er war, er tat mir richtig leid . . . Aber wie unkompliziert erscheint Conor da im Rückblick! Er wußte genau, was er vom Leben haben wollte, da hatte er keine Skrupel. «Ich will mich ganz kolossal amüsieren!» höre ich ihn jetzt noch sagen – ich höre ihn sogar noch dabei lachen. Todesahnungen? Zwangsvorstellungen dieser Art haben ihn nie beschäftigt. Ihm ging es nur um das Leben – und sonst gar nichts.

Oh, ich hoffe nur, der Kummer läßt nach, aber er tut es nicht, er ist noch immer da, und ich vermisse Conor, vermisse ihn sehr, und ich wünschte, er käme zurück . . .

*

Ich war nahe daran, den obigen rührseligen Absatz durchzustreichen, weil ich mich seiner so sehr schäme, aber ich lasse ihn stehen als

Ausdruck des Schocks, den ich damals empfand. So sehr vermisse ich Conor gar nicht; ich glaube das nur immer, wenn ich mich niedergeschlagen fühle. Ich bin so glücklich mit Robert, und außerdem geht es ihm jetzt besser, wo der Prozeß vorüber ist.

Er hat ihn verloren. Mir war beklommen zumute, als ich davon hörte, aber Robert nahm die Sache gelassener hin, als ich zu hoffen gewagt hatte, obwohl er sehr wortkarg war, als er fortging, um seinen Klienten zum letzten Mal zu besuchen. Aber das ist schließlich verständlich. Was soll man zu jemandem sagen, dessen nächste Verabredung die mit dem Galgen ist? Wahrscheinlich hat Robert da inzwischen eine Routine entwickelt, aber es muß ein schwerer Gang sein. Dennoch brach er danach zu einem Ritt durch den Park auf und sagte, als er heimkam: «Mens sana in corpore sano», so daß er jetzt wahrscheinlich selbst glaubt, daß er auf dem Weg der Besserung ist. Sogar *ich* weiß, was dieser lateinische Ausspruch bedeutet. Er bedeutet, daß Robert nicht mehr wie ein Toter schläft, während ich frustriert im Dunkeln wach liege. Er bedeutet, daß ich nicht mehr von dem Drang befallen werde, Harrods heimzusuchen, um meine Sorgen zu betäuben. Er bedeutet, daß Robert heute abend zusammen mit seinem Freund Raymond Asquith speist, dem Sohn des Premierministers, um mit jemandem, der ihm einen Rat geben kann, über seine Zukunft zu sprechen.

Robert zollt Raymond besondere Achtung, weil Raymond so ziemlich der einzige Mensch in London ist, der klüger ist als er; Raymond verweist mit seinen zahlreichen Preisen von Oxford und akademischen Ehrungen sogar Robert mit seinem «Honours»-Grad in zwei verschiedenen Fächern auf den zweiten Rang. Altersmäßig trennt sie eine Kluft von vier Jahren, aber durch den gemeinsamen Aufenthalt im Balliol College haben sie vieles gemeinsam, so daß ich mir sehr gut vorstellen kann, wie sehr sie bei einem Dinner das intellektuell gleichwertige Gespräch genießen. Robert sagte mir einmal, für einen brillanten Geist gebe es nichts Schlimmeres als langweilige Gesprächspartner. Nun, das zumindest wird nie eines meiner Probleme sein. Ich finde Menschen immer faszinierend, und ich mag Raymond, der, nicht zufrieden damit, ein intellektuelles Phänomen zu sein, auch noch gut aussieht und charmant ist, genau wie Robert, und auch normal genug, um eine Frau und zwei Kinder zu haben und erfolgreich als Anwalt tätig zu sein. Wenn Raymond sein Leben so gut meistern kann, dann muß das auch Robert können.

Doch neulich sagte mir jemand, Raymonds Problem sei, daß er keinerlei Ehrgeiz besitze. Vielleicht ist auch Raymond unter der

Oberfläche seines glücklichen Lebens zu kompliziert und verwirrt. Wie wenig wissen wir selbst von denen, die uns am nächsten stehen. Wie können wir da hoffen, diejenigen zu begreifen, die wir kaum kennen?

Ich muß aufhören, ich werde wieder pessimistisch. Aber ich kann mir nicht helfen, ich bin noch immer sehr besorgt . . .

*

Alles ist gut. Gott sei Dank. Robert hat beschlossen, das Strafrecht aufzugeben, da es zweifellos seine Todes-Zwangsvorstellung fördert, und sich statt dessen auf Kanzleigerichtsfälle, Schwerpunkt Treuhandsachen, zu verlegen. Doch diese Umstellung wird einige Zeit erfordern, und bis dahin hat er Zeit, richtig in die Politik zu gehen. Er speist heute abend wieder mit Raymond, und mit am Tisch sitzen zwei erfolgreiche Liberale ihres Alters, «Bluey» Baker und Edwin Montagu. Robert hat zumindest erstklassige politische Beziehungen, und ich bin überzeugt, bald wird er als liberaler Kandidat für einen sicheren Wahlkreis nominiert werden.

Ich könnte gar nicht zufriedener sein über diesen Beweis, daß Robert sein Gleichgewicht wiedergefunden hat. Wirklich, ich weiß nicht, weshalb ich mich so aufgeregt hatte! Ich hätte doch wissen können, daß der brillante rationale Robert in der Lage sein würde, seine Probleme am Ende befriedigend zu lösen . . .

*

Robert hat mir gerade gesagt, er will alles aufgeben – seinen Beruf, London, irgendwelche Hoffnungen auf eine politische Karriere – und bescheiden auf dem Land leben, damit er es sich leisten kann, zum Bergsteigen zurückzukehren.

Mir ist klar, daß dies eine Form von verspätetem Nervenzusammenbruch ist, deshalb gerate ich nicht in Hysterie. Ich bin ganz ruhig und frage ihn, was wir in Sachen Geld tun wollen, da sich selbst der kleinste Landsitz nicht mit praktisch nichts aufbauen läßt.

Er sagt, es gebe nur eine Lösung. Wir müßten nach Oxmoon ziehen – nicht ins Hauptgebäude, beeilt er sich hinzuzufügen (sicher habe ich ein Gesicht gemacht, als würde ich gleich in Ohnmacht fallen), aber doch auf dem Gutsgelände. Er kann seinen Vater um einen Vorschuß auf sein Erbteil bitten, und wenn Bobby ihm einen der größeren Höfe überläßt, dann kann das Wohngebäude ausgebaut und zu einem angemessenen Landsitz erweitert werden; Bobby würde wahrscheinlich die Kosten für den Umbau übernehmen, weil er so froh wäre, Robert wieder in Gower zu haben. Dann würden wir das Haus in der Ebury Street vermieten, und dieses Geld könnten wir bestimmt gebrauchen, obwohl Robert auch glaubt, er könne hier und da etwas mit Artikeln über seine Prozesse und später über seine Bergsteigerei verdienen. Aber er hat immerhin ein wenig Kapital, ich habe das Einkommen aus meinem Treuhandfonds, und wir beide zusammen hätten die kleine Rendite unseres zukünftigen Hofes, so daß wir, wie Robert meint, jedenfalls nicht verhungern müßten; er würde in die Berge zurückkehren können, und jedesmal, wenn er zurückkäme, würde ich in Oxmoon auf ihn warten, genau wie in alten Zeiten, und das Oxmoon unserer Kindheit würde schließlich wieder eingefangen sein, und wir würden in einer strahlenden Aura romantischer Nostalgie bis ans Ende unserer Tage glücklich miteinander leben.

Ich bat um Bedenkzeit angesichts dieser lächerlichen Phantasterei – ich kann es wirklich nicht einen «Plan» nennen, und Robert sagte, natürlich müsse ich Zeit haben und natürlich sei er sich bewußt, welchen Schock er mir damit versetzt habe, und es tue ihm sehr, sehr leid, aber er könne nicht länger ein für ihn bedeutungsloses Leben führen.

Allerdings.

Eigenartig – jetzt, wo ich aufgehört habe, den Kopf in den Sand zu stecken und mir einzureden, daß alles in Ordnung ist, fühle ich mich viel wohler. Das kommt daher, daß ich mich nicht mehr um das kümmere, was passieren könnte; ich mache mir nur noch Sorgen um das, was passiert *ist*, und kann mich darauf konzentrieren, ein spezielles Problem zu lösen. Denn ich kann natürlich nicht zulassen, daß er diesen fatalen Fehler macht. Ich muß ihn zurückhalten, und ich muß ihn dabei – das ist meine einzige Hoffnung – mit den harten Tatsachen konfrontieren, denen er sich offenbar nicht zu stellen vermag.

Wir sind heute acht Wochen verheiratet. Was für ein Durcheinander. Nicht schlimm. Wenn wir erst diese Krise überstanden haben, kann alles nur besser werden. Schlimmer werden kann es weiß Gott kaum noch.

*

«Robert, ehe ich anfange, will ich mich für das entschuldigen, was ich sagen werde. Ich würde nicht so grob heraus reden, aber ich sehe keine andere Möglichkeit.»

«Sprich weiter.»

«Ich kann nicht vor der Haustür deiner Eltern leben. Aber das ist nicht mein Haupteinwand gegen deinen Plan. Mein Haupteinwand ist, daß ich glaube, auch du könntest das nicht.»

Schweigen. Wir hatten unsere Verabredung für den Abend abgesagt und waren nach dem Essen allein im Wohnzimmer. Robert stand beim Kamin und blickte in die flackernden Flammen, doch als sich das Schweigen in die Länge zog, wandte er sich um und sah mich an, die eine Hand noch auf dem Kaminsims, als bedürfe er einer Stütze. Ich saß auf der Sofakante. Uns trennten etwa acht Schritte.

«Es hat keinen Zweck, so zu tun, als könnten wir je eine normale Beziehung zu deinen Eltern entwickeln», sagte ich, «weil wir das eben nicht können. Es ist unmöglich.»

Er sagte ruhig: «Ich habe meinem Vater verziehen. Er ist ein zutiefst verwundeter Mensch.»

«Ich bin auch ein verwundeter Mensch. Und er ist daran schuld.»

«Das gehört doch alles längst der Vergangenheit an.»

«Genau da irrst du dich, Robert. Wir mögen alle so tun, als sei alles vergeben und vergessen, aber damit machen wir uns nur etwas vor. Die Wirklichkeit ist viel erschreckender, als du dir je eingestehen wolltest, aber wenn wir nach Oxmoon zögen, würdest du jeden Tag mit ihr konfrontiert werden, und, ganz offen gesagt, ich glaube, das könntest du nicht ertragen.»

«Ich –»

«Jedesmal, wenn ich Bobby und Margaret begegne, erinnere ich mich daran – erinnern wir alle uns daran. Die schlimme Vergangenheit lebt wieder in uns auf. Du hast davon zwar erst vor kurzem erfahren, aber was du auch sagst, du könntest mich nicht davon überzeugen, daß es dich gleichgültig läßt. Ich glaube, du übertünchst das Problem nur, weil wir zweihundert Meilen von Oxmoon entfernt sind und deine Eltern keinen Anteil an unserem hiesigen Leben haben. Du verzeihst deinem Vater, sagst du. Das ist bewundernswert. Aber ist es auch wahr? Du bist ein eifersüchtiger Mensch, der einen anderen gern ganz besitzen will, und ich glaube nicht, daß du auf längere Zeit die Gesellschaft eines Mannes ertragen könntest, von dem du weißt, daß er mit mir geschlafen hat. Du glaubst wahrscheinlich, bei genügender Willenskraft sei alles möglich, ich fürchte aber, Robert, dies wäre eine Situation, die deinen Willen entzweibrechen könnte – wir würden alle die Hölle durchmachen, und unsere Ehe würde draufgehen.»

Er bemühte sich nicht, dies abzustreiten. Nach einer langen Pause sagte er mit geradezu schmerzlicher Unbeholfenheit: «Du glaubst also nicht, wenn wir beide wieder in Oxmoon wären, könnten wir den Zauber des verlorenen Oxmoon wieder einfangen, wo wir so glücklich waren?»

«Nein», sagte ich. «Das ist eine romantische und sentimentale Vorstellung, die nichts mit der Wirklichkeit zu tun hat. Ich kann dich nicht in dieses zauberische Oxmoon zurückbringen, Robert, weil der Zauber zerstört wurde und sich nicht mehr einfangen läßt. Es tut mir leid, aber dieses spezielle Wunder kann ich nicht für dich wirken.»

«Aber manchmal», sagte er, «sehe ich in deiner Gesellschaft diese Tage wieder auferstehen.»

«Nun, das würdest du gewiß nicht, wenn wir jetzt nach Oxmoon zögen. Du würdest im Geist nur deinen Vater sehen, wie er zu mir ins Bett kriecht und sein Nachthemd hochzieht.»

Er zuckte zurück und wandte sich ab. Ich sprang auf und eilte zu ihm. «Darling, verzeih mir, ich bin so grausam, ich weiß, aber ich mußte dir doch vor Augen führen –»

«Würdest du nie nach Oxmoon zurückkehren wollen?»

«Doch», sagte ich. «Wenn Bobby tot und Margaret irgendwo anders untergebracht ist und du Premierminister bist, werde ich gern einen Teil des Jahres dort verbringen. Wir können es zu einem Wochenendtreffpunkt für die jeweils berühmtesten Leute machen!»

Er warf mir ein gequältes Lächeln zu, sagte aber nichts.

«Darling . . .» Ich legte die Arme um ihn. «Glaub nicht, ich hätte kein Verständnis für deine Bergsteigerei – ich verstehe, was es dir bedeutet, aber betrachte es doch als Hobby. Sich ein ganzes Leben damit zu beschäftigen, hieße doch, einer Zwangsvorstellung nachgeben – das würde dir schaden. Warum versuchst du es nicht wenigstens einmal mit der Politik. Ich begreife nicht, weshalb du so gar nichts mehr davon wissen willst.»

«Raymond hat neulich davon gesprochen, wie nichtig das alles ist.»

«Aber er ist zum Kandidaten für Derby vorgeschlagen worden!» Ich begann Raymond Asquith inzwischen anders einzuschätzen. Ich fragte mich, was *seine* Frau wohl jedesmal durchmachte, wenn er einen Anfall von Nihilismus bekam.

«Raymonds Einstellung ist sehr komplex», sagte Robert. «Aber als Sohn des Premierministers scheint man es nicht leicht zu haben.»

«Nun, zumindest dieses Problem ist dir erspart! Vielleicht solltest du weniger mit Raymond als mit Leuten wie Edwin Montagu verkehren, der so brillant und so ehrgeizig ist und glaubt, die Politik sei das einzige, was für einen Mann in Frage kommt.»

Robert schwieg.

«Darling . . .» Ich küßte ihn. «Bitte – um meinetwillen –, tu nichts Unüberlegtes. Nichts, was du vielleicht später bereust.»

Er nickte, noch immer stumm. Ich küßte ihn noch einmal und schlug vor, wir sollten ins Bett gehen, aber er wollte noch eine Weile nachdenken, und so ging ich allein hinauf. Aber natürlich war ich zu erregt, um Schlaf zu finden. Ich lag wach, und als er endlich nach Mitternacht heraufkam, legte er sich zu mir.

«Liebst du mich?» sagte er, als wir im Dunkeln nebeneinander lagen.

«Darling, du weißt, daß ich dich liebe.»

«Dann ist es gut», sagte Robert. «Ich würde für dich alles aufgeben, selbst das Bergsteigen.»

«Aber ich verlange doch gar nicht, daß du das Bergsteigen aufgibst!»

«Ich könnte es nicht als Hobby auffassen. Entweder widme ich ihm mein Leben oder ich lasse es sein, aber solange du mich liebst, ist mir alles andere ziemlich gleich. Jedenfalls – wenn wir nicht nach Oxmoon zurückgehen, kann ich mir einen Umzug aufs Land nicht leisten, und wenn wir nicht bescheiden auf dem Land leben können, kann ich nicht zur Bergsteigerei zurückkehren. Problem gelöst.»

Er begann sein übliches sportliches Liebesspiel, aber es wollte nicht klappen, und nachher mußte ich ihn fest in die Arme nehmen, um ihm zu zeigen, daß ich mir nichts daraus machte. Conor hätte «Scheiße!» gesagt und mich seinerseits umarmt, ehe wir einschliefen, aber Robert blieb stumm und verkrampft in meinen Armen liegen, und ich wußte, er wurde vom Gefühl des Scheiterns zermartert.

«Darling, du brauchst dir *wirklich* keine Sorgen zu machen – ich weiß, zehn Sekunden sind nicht soviel Freude wie zehn Minuten – oder länger –, aber niemand vollbringt im Bett ständig Höchstleistungen!»

«Und Kinsella?»

Einen Augenblick lang war ich sehr erschrocken, aber dann hatte ich mich gefaßt: «Du lieber Himmel, Robert, du weißt doch, daß starke Trinker im Bett nicht immer in Bestform sind!»

Das beruhigte ihn. Er schlief ein, aber ich blieb noch wach, und obwohl er erneut versichert hatte, in die Politik zu gehen, wußte ich, daß unsere Ehe noch immer in großer Gefahr war.

*

Ich hoffe nur, das war die Talsohle. Gewiß kann jetzt alles nur besser werden. Wenn Robert nur nicht zu lange darauf warten muß, ins Parlament zu kommen! Ich bin sicher, wenn er erst in Westminster sitzt, ist er vollkommen glücklich, und dann sind unsere schlimmsten Probleme gelöst – oder doch fast.

Inzwischen macht er sich Sorgen wegen seiner Anwaltskarriere. Er ist zu dem Schluß gekommen, daß es töricht wäre, die Strafverteidigung völlig aufzugeben, weil damit ein beträchtlicher Einkommensverlust verbunden wäre, bis er sich ein neues Renommee als Kanzleigerichtsanwalt erworben hat, und außerdem glaubt er, Treuhand- und Steuersachen und dergleichen würden ihn zu Tode langweilen. Er meint, es ist besser, wenn er zwar weiter Strafverteidiger bleibt, sich aber auf Fälle ohne Gewalt wie etwa Betrug spezialisiert, aber ich wünschte so sehr, er würde von den Verbrechensfällen überhaupt wegkommen. Doch in ein paar Jahren wird das keine Rolle mehr spielen, denn dann wird er Minister sein und ein schönes Gehalt beziehen, und dann kann er den Anwaltsberuf ganz aufgeben.

Aber zuerst muß er ins Parlament kommen. Da der Premierminister ein so wohlwollendes Interesse an ihm zeigt, wird er wohl nicht lange warten müssen, aber alles Warten ist lästig, vor allem unter diesen nervenanspannenden Umständen, und so habe ich mir vorgenommen, alles zu tun, um Robert das Leben zu Hause so angenehm wie möglich zu machen.

Ich rechne bei dem großzügig bemessenen Haushaltsgeld, das er mir gibt, nicht nur mit dem Penny und dem Halfpenny, sondern sogar mit dem Farthing und mache genaue Aufstellungen, damit er sieht, wie gut ich mit Geld umgehen kann, wenn ich will. Ich mache auch einen großen Bogen um Harrods. Ich bin so weit, daß ich eigentlich nur noch Politur für meinen Heiligenschein brauche, aber es ist so anstrengend, sparsam zu sein, daß ich kaum die Kraft hatte, mich mit dem Problem der Jungen zu befassen.

Dennoch habe ich es geschafft, Declan Osterferien in Irland zu versprechen, wenn er es bis dahin auf der Schule aushält, und so ist er jetzt in Dublin. Es war die einzige Möglichkeit, da meine Ehe eine weitere Attacke von Declan zur Zeit nicht ausgehalten hätte. Aber Rory habe ich nach London geholt, und jetzt ist er hier und ganz lieb ohne Declan und freut sich, wenn er mit mir die Kunstgalerien und Filmtheater besuchen kann. Ich muß sagen, ich finde es recht flott, ins Filmtheater zu gehen – so herrlich déclassé! Robert hat es nicht gern, wenn ich mich in einen verdunkelten Raum begebe, der von den unteren Schichten frequentiert wird, aber er weiß, daß Darling Rory jedem Mann einen Boxhieb versetzen würde, der mir zu nahe käme, wenn einmal der Film reißt.

Rory macht mir wirklich Freude, und ich glaube, er wird dieses chaotische Jahr ohne Schaden überleben. Er stöhnt zwar über die Schule, aber dadurch lasse ich mich nicht anfechten, a) weil ich es mir nicht leisten kann, und b) weil Rory ein geselliger Junge ist und die Schule ihm noch Spaß machen wird, wenn er sich erst richtig eingewöhnt hat. Er ist nicht so klug wie Declan, aber gut, wenn es um Spiele geht, und auf einer englischen Public School ist das ein großes Plus; der liebe kleine Kerl sagte, sie hätten aufgehört, ihn einen dämlichen Yankee zu nennen, als sie merkten, daß er gut Rugby spielt.

Ich erklärte mich bereit, die Ostertage in Oxmoon zu verbringen, aber Robert sagte nur: «Nein, das ist nicht nötig», deshalb nehme ich an, daß er sich zu Herzen genommen hat, was ich über die noch ständig gegenwärtigen Schrecken der Vergangenheit gesagt habe. Zu Weihnachten werden wir natürlich hinfahren müssen – darum komme ich nicht herum, aber ich habe Robert gesagt, ich akzeptierte das, und er brauche sich meinetwegen keine Sorgen zu machen, wenn der Dezember kommt. Welche Erleichterung, daß diese Situation geklärt ist! Einmal im Jahr kann ich Oxmoon ertragen. So gerade eben.

Bobby kommt regelmäßig nach London. Robert trifft sich gewissenhaft mit ihm, aber ich nicht. Ich muß sagen, ich bewundere Robert, daß er äußerlich normale Beziehungen zu seinem Vater aufrecht erhält. Ich wüßte gern, was er in den wöchentlichen Briefen an seine Mutter schreibt, denn Margarets genau überlegten Antworten ist dazu nichts zu entnehmen. Nachdem sie die Methode, nichtssagende Briefe zu schreiben, zu einer hohen Kunst erhoben hat, bestellt sie mir nur viele Grüße und wirft mir kein einziges Mal vor, daß wir Oxmoon nicht besuchen. Dadurch fühle ich mich so schuldig, daß ich versuche, nicht an sie zu denken, doch selbst dieser feige Ausweg ist mir im Augenblick versperrt, da sie im letzten Brief angefragt hat, ob wir Lion bei uns aufnehmen könnten. Er hat eine neue Anstellung in einer Bank in der City gefunden und braucht ein Dach über dem Kopf, bis er sich irgendwo ein Zimmer gesucht hat.

Lion galt immer schon als Margarets Liebling, und deshalb wendet sie sich natürlich mit dieser Bitte an mich und nicht an Robert. Sie weiß, daß Robert einen Vorwand finden würde, um Lion fernzuhalten, geradeso wie sie weiß, daß ich ihr die Bitte unmöglich abschlagen kann, aber Lions Aufenthalt wird trotzdem zu einer unangenehmen Situation führen, weil Robert zur Zeit ständig sicher sein will, daß ich nur für ihn da bin; es ist, als bedürfe er unablässig der Versicherung meiner Liebe, und das heißt, daß ich ihm meine ungeteilte Aufmerksamkeit schenken muß, wann immer er nach Hause kommt. Er wird es nicht gern sehen, wenn ich durch einen Besucher abgelenkt würde, schon gar nicht, wenn es sich um Lion handelt. Ich persönlich mag Lion und kann gut verstehen, daß Margaret nach dem Ringen mit komplizierter veranlagten Mitgliedern der Familie bei ihm ihre Zuflucht sucht, denn Lion ist eine so schlichte und offene Natur. Er ist immer fröhlich, immer guter Laune, immer genau so, wie man ihn einschätzt – aufrichtig, schelmisch und unter seinem etwas pompösen Gebaren so sanftmütig und freundlich wie Edmund. Ja, der liebe Lion ist herrlich offen und ehrlich, und er muß unbedingt zu uns kommen, aber um den Hausfrieden zu wahren, werde ich mein ganzes diplomatisches Geschick brauchen.

Hat es je ein solches erstes Ehejahr wie dieses gegeben? Wirklich, ich glaube, wenn ich unseren ersten Hochzeitstag erlebe, habe ich eine Goldmedaille verdient – oder vielleicht einen von diesen gräßlichen silbernen Bechern und Pokalen, die Robert während seiner morbiden Karriere als Gewinner eingeheimst hat.

★

Der liebe Lion hat sich mir anvertraut. Er ist *wirklich* lieb. Er sagt, er hält sich nicht dafür geschaffen, seinen Lebensunterhalt selbst zu verdienen, und deshalb hatte er eine brillante Idee: Er wird eine reiche Erbin heiraten. Er sagt das, als ob vor ihm noch nie ein mittelloser junger Mann diesen Einfall gehabt hätte, und fügt sogleich hinzu, er stelle nur eine Bedingung: Er müsse in die Frau leidenschaftlich verliebt sein.

«Aber», fährt das sonnige Gemüt Lions übers ganze Gesicht strahlend fort, «das ist nicht weiter schwierig, weil ich mich dauernd verliebe; es ist ganz einfach, kinderleicht. Ich bin sicher, ich kann mich ganz leicht in ein reiches Mädchen verlieben, wenn ich mich nur ein bißchen anstrenge.»

Robert sagt zu mir, Lion benehme sich lächerlich, weil kein reiches Mädchen mit ein wenig Verstand auch nur im Traum daran denken würde, ihn zu heiraten.

Aber da bin ich nicht so sicher. Lion mag kein Beau und nicht sehr intelligent sein, aber er kann außer seiner gewinnenden Persönlichkeit eine blendende Figur von einszweiundneunzig vorweisen, und ich könnte mir schon vorstellen, daß es eine Erbin gibt, die ihn unwiderstehlich findet.

Ich habe jedenfalls versprochen, ihm zu helfen. Das lenkt mich von meinen Eheproblemen ab, und außerdem – der liebe dumme mittellose Lion braucht wirklich alle Hilfe, die er kriegen kann.

*

Das Leben hat sich gewandelt – Rettung ist in Sicht! In Süd-Wales ist ein Labour-Abgeordneter gestorben, und die Liberalen haben Robert als ihren Kandidaten bei der Nachwahl aufgestellt! Das dumme ist nur, Wales ist zwar eine Hochburg der Liberalen, aber gerade in diesem Wahlkreis Pwlldu sind die Leute so arm, daß die gefürchtete Labour Party die Wähler gut im Griff hat. Die Gegend dort ist so zerstört durch den Kohleabbau, daß sie aussieht wie eine schmutzige Wüste, die langen, öden Straßen säumen Slumhäuser, die Kinder gehen barfuß, die Frauen sind mit dreißig Jahren schon alt und die Männer hager und von der Staublunge gezeichnet.

Was kann Robert, der Mann von Harrow und Balliol, Englands geheiligter Elite angehörend, solchen Leuten sagen? Der neue Labour-Kandidat ist ein Mann der Arbeiterklasse, ein walisisch sprechender Demagoge, der Leute wie Robert am liebsten ausgerottet und das Vermögen der Nation neu verteilt sehen möchte. Mich überläuft es, aber für Robert ist es ein starker Anreiz. Was für eine Herausforderung! Er kann ihr nicht widerstehen. Bald hatte er alle seine Probleme vergessen. Er frischt mit Hilfe eines Tutors sein verrostetes Walisisch auf, plant seine Strategie und hat nicht einmal Zeit, respektvoll Mr. Lloyd George aufzusuchen und ihn um taktische Ratschläge zu bitten.

Mr. Lloyd George war Robert stets wohlgesinnt, wenn auch auf eine etwas distanzierte Weise, weil Robert ein Protegé von Mr. Asquith ist, doch jetzt beginnt er wie ein Baby, «sich aufzusetzen und Notiz zu nehmen». Von *mir* nimmt Mr. Lloyd George, der Schwerenöter, ganz gewiß Notiz, aber glücklicherweise finde ich ihn absolut widerstehlich: zu alt, zu verschlagen, zu voll von hohlem Charme.

Für die bevorstehende Wahl habe ich mir einige neue Kleider bestellt, ganz einfache Sachen, alles schwarz und marineblau, ohne Besatz, und ich kultiviere ein ernstes strenges Air, damit niemand den Wunsch verspürt, mich umzubringen, nur weil ich eine Frau aus der

Gesellschaft mit einer Neigung zu Überfällen auf das Kaufhaus Harrods bin. Ich übe auch «Sie stimmen doch für meinen Gatten, nicht wahr?» auf walisisch vor dem Spiegel. Ich habe nicht viel von dem Walisisch behalten, das wir alle mehr oder weniger zufällig im Umgang mit den walisisch sprechenden Kindermädchen aufschnappten, die Margaret einstellte, aber ich kann zumindest ein paar ausgewählte Redewendungen aufpolieren, und Mr. Lloyd George sagt, mein Akzent sei hervorragend.

Robert lacht bewundernd, wenn ich meine walisischen Sprüche hersage, und wenn er lacht, lache auch ich, so daß wir unvermittelt und wie durch ein Wunder wieder glücklich sind, nicht mehr ein schwieriges Ehepaar, sondern *Freunde*, die Hand in Hand einem neuen aufregenden Abenteuer entgegenstreben.

«Meine liebste Ginette!» sagt Robert mit strahlenden Augen, und wenn er mich küßt, weiß ich, daß er nicht mehr an seinen absurden Plan denkt, sich aus London zurückzuziehen, weiß ich auch, daß er mir dankbar ist für meinen Beistand in der Stunde der Not – daß ich ihn, wie es einem Freund zukommt, von einem schrecklichen Fehler abgehalten habe.

«Ich liebe dich», sage ich, und damit sage ich die Wahrheit. Ich bin zutiefst mit ihm verbunden durch irgendeine einzigartige Emotion, die nichts mit der konventionellen Vorstellung von körperlicher Leidenschaft zu tun hat – und auf einmal, während ich mir dessen bewußt werde, weiß ich, daß wir in Gedanken wieder in Oxmoon sind, dem verlorenen Oxmoon unserer Kindheit, und ich sehe wieder die Erdbeeren reifen unter der strahlenden Sommersonne.

*

Das Leben ist einfach überwältigend – oh, ich freue mich so sehr! Robert hat gerade seine letzte Rede vor der Wahl gehalten, ganz auf walisisch, und seine Zuhörer haben ihm donnernden Beifall gespendet. Wie hat er das geschafft? Er hat seinen Zuhörern gesagt, er sei Waliser, aber auf Grund seiner englischen Erziehung wisse er, wie diese Engländer in Westminster dächten, und deshalb sei er im Gegensatz zu seinem Mitbewerber in der Lage, die Engländer bei ihrem eigenen Spiel zu schlagen, was sich auf die Dauer für Pwlldu günstig auswirken werde. Das ist natürlich alles Unsinn, aber indem er auf den Nationalismus der Wähler setzt, vermeidet er das Problem des Klassenunterschieds, mit dem sein Gegner ihn zu schlagen gehofft hatte. Und dann, o Freude, o Triumph, erscheint Mr. Lloyd

George, der größte walisische Staatsmann seit Owen Glendower, auf der Rednertribüne, leistet Robert Wahlhilfe, und das Publikum ist begeistert.

Der Wahlausgang ist noch unentschieden, aber wenn Robert morgen gewinnt, wird es ein ungeheurer Sieg nicht nur für ihn, sondern auch für die Liberalen sein, die seit den zweiten allgemeinen Wahlen von 1910 bei Nachwahlen zu viele Sitze an die Unionisten verloren haben. Die Unionisten haben jetzt im Unterhaus sogar mehr Sitze als die Liberalen; zwar unterstützt die Labour Party Mr. Asquith zur Zeit, doch diese Unterstützung könnte sich unter anderen Umständen als zweifelhaft erweisen, und natürlich sähen es die Liberalen lieber, wenn ihr Mann Pwlldu repräsentierte und nicht ein Labour-Bundesgenosse, der später vielleicht von ihnen abfällt.

Ich war bescheiden und zurückhaltend, treu und bewundernd, kühn und mutig, sanftmütig und geduldig, je nach den Erfordernissen der einzelnen Veranstaltungen. Ich wurde regelmäßig gefragt, wie ich über die Suffragetten denke, aber ich sagte nur: «Ich liebe meinen Mann, und ich glaube, der Platz der Frau ist in der Familie.» Trotzdem denke ich manchmal, ich würde lieber im Parlament sitzen. All dieser Glanz, diese Erregung, diese Intrige, diese Macht – köstlich! Ich kann mich schon in Hosen sehen, eine Zigarre rauchend, wie George Sand, und geschäftstüchtig das Kabinett zur Ordnung rufend.

Genug! Keine müßigen Phantasien mehr. Ich werde nie das Stimmrecht bekommen und nie einen Sitz im Unterhaus, und ganz gewiß werde ich nicht Premierministerin werden. Aber ich glaube wirklich, Robert hat eine große politische Karriere vor sich, und das, alles in allem, wird mir völlig genügen.

*

Er hat es geschafft. Er hat gewonnen. Er hatte eine Mehrheit von über tausend Stimmen, und als das Ergebnis bekanntgegeben wurde, stimmte die wartende Menge «Land of Our Fathers» an. Ich weinte. Die Wahlorganisatoren der Partei weinten. Robert wollte auch weinen, aber seine steife englische Oberlippe hat nicht mitgemacht, und da ist es ihm nicht gelungen. Aber er war sehr bewegt und erregt, und später, als wir endlich allein waren, dankte er mir dafür, daß ich ihn in die Politik getrieben hätte, und ich hätte völlig recht und er völlig unrecht gehabt, was unseren möglichen Rückzug aus London betrifft.

An Robert ist nichts Niedriges. Er ist warmherzig und aufrichtig und großzügig zu seinen Freunden. Wir werden jetzt in Freundschaft leben, dessen bin ich sicher, und alle diese schrecklichen Ehestreitigkeiten werden der Vergangenheit angehören, indes ich nun an seiner neuen Karriere teilhabe. Bin ich wirklich zu optimistisch, wenn ich hier das Gefühl ausdrücke, daß unser lang hinausgezögertes Eheglück endlich beginnen wird?

*

Ich war nicht zu optimistisch. Unser lang hinausgezögertes Eheglück hat begonnen, und Gott gebe, daß es ewig währt. Wir sind wie im Triumphzug nach London zurückgereist, und jetzt will jeder, wirklich *jeder*, uns kennenlernen, und wir sind von einem wahren Wirbelwind des Gesellschaftslebens erfaßt.

Ich begeistere mich jetzt für London. Alle Bäume sind üppig und grün, alle Blumen blühen in den Parks, eine herrliche Sonne scheint von einem wolkenlosen Himmel herunter. Hoher Mittag in der Hauptstadt der Welt, Hochsommer in diesem hinreißenden, herrlichen 1914, und der Glanz und die Pracht finden kein Ende – es ist wie das Finale einer überwältigenden Symphonie, nur daß dieses Finale dazu angelegt ist, unendlich fortzudauern. Welches Glück, daß ich einigermaßen jung, einigermaßen wohlhabend und sehr, sehr begünstigt und zufrieden bin an einem solchen Ort und zu solcher Zeit. Ich habe das Gefühl, jetzt müssen alle meine Träume wahr werden.

Robert sagt, wir sitzen auf dem sich drehenden Glücksrad, dem Rad des Schicksals; am Anfang waren wir unten, und jetzt werden wir zu atemberaubender Höhe hinaufgetragen. Was für ein verlokkendes Bild! Robert sagt, die Metapher stamme nicht von ihm, sondern von einem alten Dichter namens Boethius, der vor langer Zeit lebte. Der liebe Robert, immer so intellektuell! Aber ich muß gestehen, daß ich im Augenblick an prosaischere Dinge denke, zum Beispiel daran, wie ich zu den Abendkleidern komme, die ich brauche, ohne Robert in den Bankrott zu treiben.

Doch Robert ist untadelig, wenn ich ihm gestehe, daß ich mir wegen meiner Garderobe Sorgen mache, und er versteht vollkommen, wie wichtig es für mich ist, daß ich gut gekleidet bin. Wir verkehren in den berühmtesten Häusern – wir essen, wir trinken, wir tanzen, wir gehen ins Theater, in die Oper, besuchen Ascot und Henley – das Leben ist eine einzige prächtige Party, aber wie alle Parties Schwerarbeit. Man braucht viel Durchhaltevermögen. Aber ich bin so voller *joie de vivre*, daß ich kaum eine Müdigkeit verspüre, und Robert, der noch immer viel am Gericht zu tun hat, bringt es irgendwie fertig, nach nur vier, fünf Stunden Schlaf wieder blendend auszusehen. Er will diesen Sommer soviel Geld wie möglich verdienen, damit er sich nach den kommenden Gerichtsferien ganz der Politik widmen kann.

Ich fand Downing Street Number Ten ganz reizend, als wir dort zum Essen eingeladen waren. Ich weiß, es heißt, Mr. Asquith trinke zuviel (wann? wo? ich habe keine Anzeichen davon erkennen können), aber er ist ein solcher Schatz, und ich glaube, er ist auf Frauen genauso scharf wie Mr. Lloyd George, obwohl er zweifellos von der fürchterlichen Margot in Schach gehalten wird. Oder nicht? Ich habe jemanden sagen hören ... aber nein, ich will diese Aufzeichnungen nicht zu vulgärem Klatsch herunterkommen lassen, so gern ich auch herausfinde, was wirklich hinter den Kulissen vorgeht! Mir tun immer die Männer leid, die so tun müssen, als wären sie über Klatsch erhaben. Wie langweilig für sie, die Ärmsten.

Ich stecke jedenfalls in einem solchen Trubel, daß ich in meinem Terminkalender kaum die Anproben beim Schneider unterbringen kann, aber ich habe Lion nicht vergessen, der sich sehr eifrig nach einer reichen Erbin umsieht, und er kann zu uns kommen, wann er will. Ich dachte, er werde mit Johnny zusammenziehen, der jetzt auch in London arbeitet, aber offenbar haben sie es vorgezogen, getrennt zu wohnen. Um fair zu sein, habe ich aber auch Johnny gesagt, er sei jederzeit bei uns willkommen, so daß ich jetzt zwei heiratsfähige junge Männer auf dem Hals habe und mir vorkomme wie Mrs. Bennet in *Stolz und Vorurteil*, die an kaum etwas anderes denken konnte als an eine Ehestiftung für ihre lieben jungen Leute. Johnny ist eigentlich noch zu jung für die Ehe; er ist erst zweiundzwanzig, während Lion schon vierundzwanzig ist, aber Johnny sieht sich nach einer Frau um, das spüre ich, genauso wie ich spüre, daß auch er auf eine reiche Heirat aus ist. Aber er vertraut sich mir nicht an. Ich dachte immer, er stünde enger mit Robert in Verbindung, dem er so eine Art Heldenverehrung entgegenbringt, aber jetzt sehe ich, daß sie nur über intellektuelle Dinge reden.

Rätselhafter Johnny, Bobbys und Margarets männliche Reproduktion von Bobbys schöner, leidenschaftlicher, vom Schicksal geschlagener Mutter – aber leider ist diese romantische Ähnlichkeit nur oberflächlicher Art. Johnny mag auf seine männliche Art schön sein, aber er wird nie vom Schicksal getroffen werden; dazu ist er zu klug und zu ehrgeizig, und in seinem spröden puritanischen Geist wohnt auch nicht die Spur von Leidenschaft.

Aber es ist gemein von mir, diesen Mustermann zu kritisieren, denn er ist sehr umgänglich, und er kann auch etwas. Nach einer Eins in neueren Sprachen in Oxford ist er Dritter von hundert Bewerbern bei den Prüfungen für das Außenministerium geworden und bereitet sich nun auf eine Karriere als Diplomat vor. Offenbar versucht er, Roberts brillanten Fußstapfen zu folgen, wenn ich das so ausdrücken kann, aber das muß entmutigend sein, weil Robert ein so außergewöhnlicher Mensch ist, daß Johnny bei all seinen beträchtlichen Leistungen immer nur als Zweiter durchs Ziel gehen kann. Johnny war in Oxford der Beste in einem Fach, aber nie in zwei Fächern, und hat sich auch im Kricketspiel und beim Rugby nicht ausgezeichnet, obwohl er bei Spielen eigentlich gut ist – also zieht er nicht mit besonderem Glanz und Gloria in seine würdevolle, aber möglicherweise langweilige Position im Foreign Office ein. Ich an Johnnys Stelle würde Robert hassen, aber das tut er nicht. Johnny haßt niemanden, denn das wäre nicht das, was sich gehört, und zu tun, was sich gehört, ist Johnnys höchstes Entzücken. Er ist ein so zielstrebiger Pedant, daß ich mich sogar frage, ob er noch «Jungfrau» ist, aber nein, das kann er nicht sein, dazu sieht er viel zu gut aus, obwohl er als Persönlichkeit so keimfrei ist, daß ich ihn sexuell nicht attraktiv finde. Ganz gut so, denn sexuell attraktiv zu sein, wäre in seinem Fall zweifellos nicht das, was sich gehört.

«Ginevra», sagte er neulich zu mir, «würdest du mich bitte nicht mehr Johnny nennen? Ich bin jetzt nicht mehr im Kinderzimmer, und ich finde den Namen etwas unwürdig.»

Ich halte ihn für das einzig verfügbare Gegenmittel zu seiner Trübseligkeit. Armer Johnny. So langweilig.

Immerhin kann Johnny sich um sich selbst kümmern. Was Lion nicht kann. Wir sitzen weiter zusammen und planen die Eroberung irgendeiner am Horizont auftauchenden reichen Erbin, und immer, wenn er es verzweifelt aufgeben will, setze ich ihm zu, bis er wieder Mut faßt. Zum Schluß kichern wir dann gemeinsam. Robert kann das nicht ausstehen, also müssen wir das Kichern in seiner Gegenwart unterdrücken. Lion fühlt sich durch Robert sehr eingeschüchtert, doch obwohl ihm seine Kälte zuwider ist, wäre er insgeheim gern gut Freund mit ihm – so daß er sich dann nicht mehr eingeschüchtert fühlen würde. Er bewundert, was Robert vollbracht hat, und spricht ehrfürchtig von Roberts Geistesgaben. Ich finde das rührend und erzähle Robert davon.

«Ich finde es lästig, daß Lion ständig mein Wohnzimmer mit Beschlag belegt», ist alles, was Robert dazu zu sagen hat. «Kannst du ihm nicht zu verstehen geben, daß ich es lieber sähe, wenn er nicht so oft käme?»

Schon sind wir wieder in Kinderzimmerzeiten. Robert ist natürlich nicht sexuell auf Lion eifersüchtig, aber er kann es nicht ertragen, wenn er nicht der Mittelpunkt meiner Aufmerksamkeit ist. Das erinnert mich an die schrecklichen Szenen, die er nach Lions Geburt machte, als er sich bewußt wurde, daß da noch ein anderer kleiner Junge war, der einen Anspruch auf Margarets Fürsorge hatte.

Ich kaschiere meinen Ärger, so gut es geht, aber ich werde Lion nicht im Stich lassen. Ohne meine ständige Ermunterung würde es ihn gebrochenen Herzens nach Oxmoon zurücktreiben, aber meiner Ansicht nach hat er eine reiche Ehefrau verdient. Schließlich müssen alle diese reichen Mädchen einmal heiraten, und was für gräßliche Männer suchen sie sich immer wieder aus! Lion ist nicht gräßlich. Er ist liebevoll und liebenswert, und wenn er erlöst wäre von der langweiligen Pflicht, seinen eigenen Lebensunterhalt zu verdienen, würde er seine Retterin anbeten. Ich glaube, sie wäre ein sehr glückliches Mädchen . . . wenn wir sie finden.

*

Glücklicherweise lenkt die Politik Robert von dem Problem Lion ab, weil er sich jetzt mit seiner Jungfernrede vor dem Unterhaus beschäftigen muß. Ich wurde als Frau dazu erzogen, mich nicht für Politik zu interessieren. Margaret sagte, ich brauchte nur zu wissen, daß die Liberalen für Veränderung und Freiheit seien, während die Tories (so nannte man sie damals, als ich klein war) in ihrer Bosheit alles beim alten belassen wollten, selbst die Armut und das Elend. Die Godwins waren im achtzehnten Jahrhundert schon auf der Seite der Whigs, der damaligen Liberalen, und im neunzehnten Jahrhundert ließen sie sich von der liberalen Welle weitertreiben. Bobby ist eigentlich recht radikal eingestellt, trotz seiner Position in dieser etablierten Ordnung, welche die Unionisten unverändert fortbestehen lassen wollen. Bobby sagte einmal zu mir, wer einmal die Armut erlebt habe, könne unmöglich für die Unionisten stimmen.

Als Robert in die Politik ging, fragte ich mich, ob ich mich mit so großen politischen Fragen wie Freihandel und Selbstverwaltung für Irland befassen sollte, aber Robert meinte, er wünsche sich keine Ehefrau, die in Politik mitreden könne, und so habe ich es gelassen. Aber inzwischen beginne ich mich doch für die wichtigsten Tagesprobleme zu interessieren, und ich wollte, Robert würde über Irland sprechen. Declan wäre bestimmt von seinen fortschrittlichen Ansichten beeindruckt, aber Robert scheut vor diesem Friedhof politischer Karrieren zurück und will statt dessen über die Außenpolitik reden. So ein Jammer, denn was könnte zur Zeit langweiliger sein als die Außenpolitik? Auf dem Balkan rumort es wieder einmal, aber wen kümmert das schon? Auf dem Balkan ist immer etwas los, das ist schon ein so alter Hut wie die ewig von den Hiobsboten vorgebrachte Warnung, wir stünden vor dem Abgrund eines Kriegs. Ich höre das schon seit Jahren und glaube es erst, wenn es soweit ist. Sollen doch die Balkanesen selber mit ihrem Kram fertig werden, meinen Segen haben sie. Ich muß mich um wichtigere Dinge kümmern.

Was ziehe ich zu Roberts Jungfernrede an?

*

Was hatten wir beide gestern für einen kolossalen Erfolg! Ich trug Königsblau, und der Kostümrock war so eng, daß ich kaum trippeln konnte, und der Stoff fiel mir in herrlichen Schwüngen über Hüften und Beine. Ein neues Korsett und drei Tage strenge Diät hatten für eine schlanke Taille gesorgt, und alles überflüssige Fleisch wurde dann nach oben gedrückt, so daß mein Busen, diskret verhüllt unter blaßblauem Besatz, dem männlichen Blick nicht entgehen konnte. Ich trug außerdem einen pompösen Hut mit Reiherfedern (dreißig Pfund bei dem göttlichen Harrods), und als ich die Galerie betrat, ließen sogar die männlichen Ungeheuer unten auf den Bänken die Zwicker fallen und sperrten Mund und Nase auf. Manchmal glaube ich, die Suffragetten verhalten sich sehr töricht. Sie sollten nicht alles kaputt machen, was ihnen in den Weg kommt. Um das Stimmrecht zu erringen, brauchen sie nur teure Hüte aufzusetzen und hinreißend auszusehen.

Darling Robert hielt eine wunderbare Rede über den langweiligen alten Balkan und wurde dazu herzlich beglückwünscht. Später wurde ich das auch – wir mußten mit allen möglichen Leuten anstoßen, und der Abend endete in einer Flut von Champagner. Wie herrlich! Ich habe jede Minute genossen, und inmitten solcher Euphorie habe ich Lion vergessen, doch siehe da, heute ist er wieder aufgetaucht, restlos verliebt, und er sagt, die ist es jetzt, und ich solle ihm doch bitte helfen, und er sei so verzweifelt, weil er wisse, daß seine ganze Zukunft auf dem Spiel steht.

Sie ist genau das richtige für ihn. Sie heißt Daphne Wynter-Hamilton, und ihr Vater, Sir Cuthbert, hat ein Haus in Belgravia und

Tausende von Morgen Land in Schottland inklusive Schloß und Moorhuhnjagd. Daphne ist das einzige Kind. Ihr Vater tut alles für sie – und die scheußliche Mutter will natürlich, daß sie einen Mann mit Adelstitel und zehntausend Pfund Jahreseinkommen heiratet.

Aber sie ist ein nettes vernünftiges Mädchen, nicht hübsch, aber eine Frohnatur, und es macht ihr nichts aus, daß Lion kein Geld hat. Sie ist verrückt nach ihm, und er ist verrückt nach ihr, und wenn sie nicht gerade zusammen kichern, seufzen sie einander in die Augen. Ja, die beiden müssen unbedingt heiraten, aber wie sollen wir nur die sture Mutter herumkriegen, die glaubt, der mittellose jüngere Sohn eines nichtadligen walisischen Grundbesitzers sei gerade die letzte Stufe vor dem Absinken in die Mittelschicht?

Ich werde Robert fragen, ob er nicht Sir Cuthbert bearbeiten kann.

*

«Du lieber Gott, unmöglich!» sagte Robert. «Lion soll seine Schlachten selbst auskämpfen! Und, Ginette, tu mir bitte den Gefallen und beende dein zeitraubendes Interesse an Lions Angelegenheiten. Ich kann das nicht länger dulden, und um des Wohls unserer Ehe willen muß ich hier die Grenze ziehen.»

*

Ich bin wieder bei meinem Gatten. Der Freund ist verschwunden. Ich bin wieder bei diesem gräßlichen männlichen Ungeheuer, das sagt, um unserer Ehe willen müsse ich ihm bedingungslos gehorchen – selbst wenn er unvernünftig ist und unrecht hat.

Natürlich hatten wir gerade den entsetzlichsten Krach. Ich war so empört über Robert nach unserer Auseinandersetzung heute nachmittag, daß ich heute abend bei einem Empfang am Grosvenor Square mit einem charmanten Amerikaner geflirtet habe. Ich wußte, es war dumm von mir, aber Robert sollte merken, daß ich wütend auf ihn war.

Ich werde es aber nie wieder tun, denn gerade eben, als wir uns im Schlafzimmer anbrüllten, war ich wirklich erschrocken. Gewalttätigkeit erschreckt mich immer, und Robert ist potentiell ein gewalttätiger Mensch. Es ist seltsam, Conor war gewiß in mancher Hinsicht gewalttätig, aber nie mir gegenüber; wenn er mir weh tun wollte, schlief er mit einer anderen oder holte vielleicht Geld aus mir heraus, das er dann beim Pokern verlieren konnte. Aber das ist nicht Roberts

Art. Roberts Art ist es, mir so fest ins Gesicht zu schlagen, daß ich rückwärts aufs Bett falle, und sich dann in der offenkundigsten Art als Mann zu erweisen. Es ist nicht eigentlich eine Vergewaltigung, weil ich so vernünftig bin, keinen Widerstand zu leisten, aber was es auch ist, es ist unschön. Im Badezimmer danach hatte ich nur einen Gedanken: Conor hätte so etwas nie getan, nie, niemals. Und zu meinem Schrecken stellte ich fest, daß ich Conor von neuem nachzutrauern begann.

Robert hat sich anschließend entschuldigt, aber alles wieder verdorben, indem er hinzufügte: «Aber immerhin bin ich dein Ehemann und als solcher ermächtigt, dir meine ehelichen Rechte deutlich zu demonstrieren, wenn du einer Erinnerung an deine ehelichen Pflichten bedarfst.» Man könnte glauben, ich hätte mich der gröbsten Untreue schuldig gemacht, dabei habe ich diesem freundlichen Diplomaten nur über das Champagnerglas zugezwinkert.

Unter Aufbietung großer Selbstbeherrschung sagte ich jedoch nichts zu Roberts monströsen Worten, und jetzt, im Bett und im Dunkeln, hat er seine Hand in die meine geschoben, um mir zu zeigen, daß wir wieder Freunde sein sollten. Was soll ich letztlich dazu sagen? Ich glaube, wir können in ein, zwei Tagen wieder Freunde werden. Versuchen, Freund zu sein, kann Robert von mir aus jederzeit. Nur wenn er versucht, sich als Ehemann zur Geltung zu bringen, ist er so verdammt unmöglich.

*

Ich habe jetzt alle Hände voll damit zu tun, Lion loszuwerden, und komme kaum dazu, über das Problem der Schulferien nachzudenken. Declan will unbedingt wieder nach Irland fahren, und Rory will mit, doch obwohl mir das nicht recht ist, habe ich das Gefühl, ich komme mit ihnen hier nicht zurecht, solange Robert in besonders besitzergreifender Stimmung ist. Ich werde ihnen mit einigem Zögern sagen, sie könnten den ersten Ferienmonat bei Dervla und Seamus verbringen, aber dann müßten sie zu mir kommen – und doch bin ich jetzt schon sicher, wenn ich nur den Mut aufbringe, es mir einzugestehen, daß Declan diesmal nach Irland reisen wird in der Absicht, nie mehr zurückzukommen.

*

Wie hat mich der Krieg so unerwartet überfallen können? Eben dachte ich noch, Lion ist auf dem Weg nach Schottland, und machte mir

Declans wegen Sorgen, und schon war das Ultimatum abgelaufen, und die Deutschen waren auf dem Vormarsch. Ich weiß, sehr viele Leute fühlten sich überrascht, aber ich dachte, ich hätte mir der Entwicklung der Dinge besser bewußt sein müssen.

«Warum hast du mir nicht gesagt, wie kritisch alles geworden ist, Robert?»

«Ich dachte, dir geht es nur darum, Lion zu verheiraten.»

Robert ist noch immer völlig unmöglich. Ich weiß, ich sollte die Sache wieder in Ordnung bringen, indem ich besonders herzlich und liebevoll zu ihm bin, aber, offen gesagt, das kann ich jetzt nicht. Ich brauche jemanden, der herzlich und liebevoll zu *mir* ist. Ich bin Declans wegen sehr in Unruhe, und ich werde nie die schreckliche Szene vor zwei Wochen am Vorabend seiner Abreise nach Irland vergessen . . .

*

«Declan, du kommst nicht mehr zurück, oder?»

«Nein, tut mir leid, Ma, aber es ist unmöglich. Ich habe Cousin Bobby versprochen, ich würde ein Jahr aushalten, um zu sehen, ob es besser wird, aber das ist es nicht geworden. Ich hasse diese Schule. Ich hasse England. Ich hasse Robert!»

«Haßt du auch mich?»

«Ja, manchmal. Aber im allgemeinen habe ich nur das Gefühl, daß ich dich nicht brauche und allein besser auskäme. Wirst du ein großes Geschrei machen, wenn ich nicht mehr zurückkomme?»

«Es hätte wohl wenig Zweck, oder?»

Wir sagten eine Zeitlang gar nichts. Wir waren in seinem Zimmer, das ich vor kurzem erst mit soviel Liebe für ihn eingerichtet hatte. Es sah noch neu und unbenutzt aus, ein Symbol seines Hasses auf das Haus und alle seine Bewohner. Declan war so groß, er sah älter als fünfzehn aus. Sein dunkles Haar wuchs genauso wie das Conors und lockte sich sogar an den gleichen Stellen. Seine dunklen Augen, die er auch von Conor hatte, sahen mich ernst an. Ich hatte auf einmal einen Kloß im Hals. Ich mußte mich abwenden.

«Wirst du dich daran erinnern, daß diese Trennung nicht von mir ausgeht?» sagte ich. «Wirst du dich, was auch immer geschieht, daran erinnern, daß ich dich liebe und immer den Wunsch haben werde, daß du zurückkommst?»

«Ich könnte nicht zurückkommen, solange du mit Robert verheiratet bist, Ma. Es hat also keinen Zweck, das Unmögliche zu wünschen.»

«Aber du wirst mir schreiben?»

«Nein. Ich will keine schriftliche Verbindung. Ich will ganz neu anfangen, ohne deine Briefe lesen zu müssen, in denen du mir schreibst, wie unglücklich ich dich gemacht habe.»

«Ich würde dir keine Vorwürfe machen, das schwöre ich dir –»

«Die Briefe selbst wären schon ein Vorwurf. Ich werde regelmäßig an Tante Dervla schreiben, und wenn du wissen willst, was es Neues gibt, kannst du ihr schreiben.»

«O Declan –»

«Weinen hat keinen Zweck, Ma. Du hast das alles selbst herbeigeführt, indem du dich wie eine Dirne benommen und Pas Andenken verraten und mein ganzes Vertrauen in dich zerstört hast durch die Heirat mit diesem Scheißkerl Robert –»

Ich verließ sein Zimmer, und am Tag darauf verließ er mich. Auf dem Bahnhof konnte ich mich noch beherrschen, aber zu Hause schloß ich mich gleich in mein verdunkeltes Zimmer ein und weinte, wie ich seit Conors Tod vor vierzehn Monaten nicht mehr geweint hatte.

*

«Es tut mir leid», sagte Robert. «Sehr leid. Ich weiß, wie dir zumute sein muß. Aber vielleicht ist es besser so.»

Da gingen die Nerven mit mir durch. Ich stürzte mich auf ihn, schlug ihn, schrie ihn an, sagte, ich wünschte, wir hätten nie geheiratet. Dann brach ich abermals in Tränen aus und warf mich aufs Bett.

Ich nahm wahr, wie er sich zu mir setzte, aber er sagte nichts, und als ich endlich nicht anders konnte, blickte ich ihn an, und da sah ich, daß sein Gesicht von tiefem Kummer gezeichnet war. Sein Schmerz war so offenkundig, daß ich es nicht ertrug. Man kann dazu getrieben werden, zu einem Ehemann grausam zu sein, doch wie schlimm auch die Umstände seien, man sollte nie grausam zu einem Freund sein.

Ich stützte mich auf, strich mir das wirre Haar aus dem Gesicht und legte die Arme um ihn. Nachdem ich mich bei ihm entschuldigt hatte, sagte ich: «Du hast getan, was du konntest, du hast alles versucht, es ist nicht deine Schuld. Manche Probleme sind wirklich unlösbar, und Declan ist eines davon. Wir können nichts tun, wir müssen ihn gehen lassen.»

Er schien nicht gehört zu haben. Er flüsterte: «Wünschst du wirklich, du hättest mich nicht geheiratet?»

«Darling, natürlich nicht, und ich hasse dich auch nicht, aber versuch doch zu verstehen. Ich habe gerade meinen Sohn verloren. Ich bin außer mir vor Kummer –»

«Natürlich. Ja. Verzeih mir – o Gott, was bin ich manchmal für ein Narr», sagte mein armer Freund, hilflos anerkennend, wie verwirrend eine solche Situation für seine emotional simple Natur war. Er umarmte mich, und wir hielten uns beide fest. Schließlich sagte er leise: «Ich gelange zu der Einsicht, daß ich bis jetzt ein sehr gefühlloser und nutzloser Ehemann war. Ich will versuchen, das zu ändern. Du bedeutest mir alles, Ginette, alles auf der Welt, deshalb . . . was kann ich tun? Sag mir, wie ich dir über diese Tragödie hinweghelfen kann.»

Ich küßte ihn, um ihm zu zeigen, wie teuer er mir war. Dann, als ich mich beruhigt hatte und wieder sprechen konnte, sagte ich: «Ich will ein Baby haben.»

*

Roberts Reaktion ist untadelig. Er sagt, das ist die bestmögliche Idee, und es tut ihm leid, daß er nicht selbst darauf gekommen ist, da er sich genauso sehr ein Kind wünscht wie ich.

Keine Spülungen mit Essig mehr. Keine ekligen Schwammstückchen mehr, an fleischfarbenen Faden geknüpft. Die düstere Seite der körperlichen Liebe wird für herrliche neun Monate abgeschafft sein, und danach wird ein weiteres kleines Bündel in einem Tuch liegen, ein neuer kleiner Robert für Oxmoon – oder vielleicht eine kleine Ginevra für mich. Ich habe mir immer eine Tochter gewünscht. Welch ein Jammer, daß meine erste Ehe so anstrengend war, daß ich nie die Kraft zu einer dritten Schwangerschaft aufbringen konnte, aber das kann ich jetzt wenigstens nachholen. Conor wollte eine Tochter haben. Ich werde nie die Streitereien vergessen, nachdem Rory geboren war und ich, ermutigt durch eine erfahrene Freundin, gegen eine Schwangerschaft zu konspirieren begann mit Hilfe von Essig und Schwämmen. Ich erinnere mich noch so deutlich, wie Conor schrie, das verstoße gegen seine religiösen Prinzipien, und er wolle, daß ich jedes Jahr ein Baby bekomme.

«Und wer soll sich um sie kümmern?» schrie ich, völlig fertig vor Mutterschaft, da ich zwei kleine Jungen mit der Hilfe unfähiger Kindermädchen durchs Leben bringen mußte. «Und wer soll das bezahlen?»

Schmollen. Dann ein Lächeln. Dann ein Lachen. Und schließlich

Zustimmung versetzt mit dem Charme, dem ich nie widerstehen konnte. «Wie du willst, Schatz, aber sag nichts mehr. Dann kann ich im Beichtstuhl leichter lügen.»

Ein Schuft war er, aber was haben wir gelacht! Und wir genossen richtig meine Schwangerschaften, im Bett war es herrlicher denn je – und natürlich nur deshalb wollte er mich ständig schwanger haben, der Gauner, es hatte überhaupt nichts mit seiner Religion zu tun.

Ich verstand ihn, und er verstand mich, aber jetzt versteht mich endlich auch Robert, also ist alles gut. Oh, ich kann die Empfängnis gar nicht abwarten . . .

*

Dieser Krieg ist wirklich recht beunruhigend. Als ich bei Harrods die Mitteilung las, das Geschäft gehe weiter wie üblich, dachte ich, dieses Gezänk sei eine schnell vorübergehende Angelegenheit, doch in Belgien ist Gräßliches geschehen, und jetzt hat mich jemand zu einem Wohltätigkeits-Bridgenachmittag eingeladen, bei dem Geld für die Flüchtlinge aufgebracht werden soll. Ich spiele nicht Bridge, aber ich werde es lernen. Die Asquith sind leidenschaftliche Bridgespieler. Aber im Augenblick kann ich es noch nicht lernen, weil ich keine Zeit habe. Darling Lion, endlich glücklich verlobt, versichert mir gerade immer wieder, ich sei die beste Schwägerin, die ein Mann je hatte, und ich stimme von ganzem Herzen darin mit ihm überein, als wir erfahren, daß unser gemeinsamer Sieg durch seinen jüngeren Bruder in den Schatten gestellt wurde. Johnny hat seine Verlobung mit der Schönheit der Saison, Blanche Lankester, angezeigt. Typisch! Lion keucht und schnaubt, ich seufze und stöhne, wir kapern gemeinsam schließlich völlig erschöpft ein nettes schlichtes Mädchen, dem, von seinem Geld abgesehen, nichts Außergewöhnliches anhaftet, und da schnappt sich Johnny offenbar ohne jede Mühe die Beute, auf die reichere und blaublütigere Männer seit Beginn der Saison Jagd gemacht haben.

«Wie hast du das bloß fertiggebracht?» Der arme Lion ist vor Bewunderung fast atemlos. «Du bist doch genauso mittellos wie ich!»

«Stimmt», sagte Johnny, den ich als einen ganz schlauen Burschen einzuschätzen beginne, «aber meine Aussichten im Foreign Office sind hervorragend, und Mr. Lankester ist überzeugt, daß mir eine blendende diplomatische Karriere bevorsteht.»

Der wohlwollende Mr. Lankester besitzt ein großes Gut in Herefordshire, ein Haus am Connaught Square und ein Privatvermögen, das Margaret als «nützlich» bezeichnen würde. Gleich Daphne ist Blanche das einzige Kind. Ich würde liebend gern schreiben, sie sei ein verwöhntes Biest, das seinen schmeichlerischen Verführer todsicher unglücklich macht, aber die Aufrichtigkeit gebietet mir, zuzugeben, daß sie einfach vollkommen ist. Sie ist achtzehn, charmant, reizend, bescheiden und gebildet. Sie ist so das Mädchen, bei dem sich eine verheiratete Frau wie ich wie ein altes Streitroß vorkommt. Ich bin wahrscheinlich auf ihre Jugend eifersüchtig. Drum bekämpfe ich meine Eifersucht, indem ich feststelle, was für ein Glückspilz Johnny ist. Ich habe das Gefühl, ihr beträchtliches musikalisches Talent ist bei ihm nicht gut aufgehoben, denn er gehört zu denen, die «God Save The King» nur erkennen, weil die Leute dabei aufstehen.

Ich sage noch immer, er ist zu jung zum Heiraten, aber wenn Mr. Lankester ihm seine Tochter geben will – schön. Ich glaube, Bobby und Margaret sind aber etwas beunruhigt, denn Bobby wurde nach London geschickt, um die Situation zu klären, doch Bobby ist von Blanche sehr angetan und gesteht, daß er gegen die Eheschließung keine Einwände erheben kann.

Lion spricht törichterweise davon, sich freiwillig zu melden. Ich sage ihm, das ist sinnlos, da der Krieg bis Weihnachten vorüber sein wird, aber er glaubt, Soldat zu sein sei etwas ganz Aufregendes. Edmund in Oxmoon glaubt das offenbar auch. Die Männer sind wirklich komisch. Alle möglichen lästigen Unbequemlichkeiten wie eintöniges Essen und primitive Toiletten auf sich zu nehmen, das hat doch nur einen Sinn, wenn der Krieg länger dauert, aber Sir John French wird mit den Deutschen bald fertig werden, und dann sind alle schon wieder auf dem Weg nach Hause, ehe Lion irgend so ein ödes Ausbildungslager hinter sich hat. Gott sei Dank bin ich eine Frau und kann zu Hause sitzen und Ohrwärmer stricken. Kein Mensch mit gesundem Verstand könnte etwas anderes tun wollen.

Törichter Lion.

*

Ich kann nicht empfangen. Ich bin zwar sicher, daß ich es kann, aber es hat noch nicht geklappt. Ich sage mir, das liegt daran, daß ich Declans wegen so durcheinander bin, und ich *bin* durcheinander. Aber Rory war so lieb, als er aus Irland zurückkam, und ich bin sicher, er macht jetzt weniger Schwierigkeiten, wo Declan fort ist. Was er wohl denkt, wenn ich das Baby bekomme? Declan würde es hassen, aber ich glaube, Rory wird großmütiger reagieren. Er ist versöhnlicher und nimmt alles nicht so schwer.

Oh, ich hoffe, ich werde bald schwanger! Vielleicht treffe ich nächstes Jahr um diese Zeit schon die Vorbereitungen für die Taufe . . .

*

Die Begeisterung für den Krieg schlägt hohe Wellen, und alles, was wir noch brauchen, sagt Robert bitter, ist eine Lobeshymne aus der Feder von Kipling. Aber Robert sieht sehr schwarz, was gar nicht zu dem allgemein herrschenden Hurrapatriotismus paßt. Er sagt, er kennt den Tod zu gut, als daß er sich täuschen ließe; er sagt, der Tod tritt oft herrlich gekleidet in das Theater des Lebens ein, doch wenn diese hypnotische Gestalt sich dann über die Bühne bewegt, verflüchtigen sich die prächtigen Gewänder und darunter erscheint das Grauen. Was für ein gräßliches Bild. Ich dachte, Robert hätte die morbide Todes-Zwangsvorstellung endgültig überwunden, aber es bedarf wohl eines morbiden Sinnes, sich vorzustellen, der Tod könne je glanzvoll erscheinen. Glanzvoll ist der Krieg, nicht der Tod. Der Tod ist es, der den Krieg böse macht. Ich weiß, der Krieg ist böse, natürlich weiß ich das, aber trotzdem sehe ich im Gegensatz zu Robert das Glanzvolle dieser großen europäischen Erschütterung. Sie hat alle aus der Bahn geworfen, einen Stoß der Erregung durch alle Reihen der Gesellschaft geschickt und unser von Problemen geschütteltes Land in elektrisierender Kameradschaft gegen den gemeinsamen Feind vereint.

Aber wie üblich habe ich Lion, der mich ablenkt, denn jetzt sieht es so aus, als würde er im neuen Jahr nach Frankreich geschickt, und er will vorher noch heiraten. (Ich dachte, der Krieg würde bis Weihnachten vorüber sein, aber anscheinend haben sich alle in Frankreich festgerannt. So etwas Dummes.) Ich sagte Lion, er solle auf einem frühen Hochzeitstermin bestehen, und zu meiner Überraschung haben die Wynter-Hamiltons jetzt nachgegeben. Aber gewiß sind sie der Ansicht, daß man unsere Kämpfer bei guter Laune halten muß, wo es nur geht, und zweifellos eilt jetzt alles zum Altar. Sogar Johnny nützt die derzeitige Heiratswut aus, obwohl er keine Veranlassung hat, sich in die Uniform zu stürzen; seine Stellung im Foreign Office würde ihn des Militärdienstes entheben, selbst wenn es Pflicht wäre, was es nicht ist. Aber Johnny ist wegen seiner Stellung in einiger Verwirrung: Er will zwar wie üblich das tun, «was sich gehört», weiß aber nicht genau, was das in diesem Fall ist. Sollte er seine Stellung aufgeben und sich freiwillig melden? Oder sollte er lieber bleiben, wo er ist? Robert sagt ihm ganz eindeutig, jeder könne sich freiwillig melden, aber nicht jeder könne Johnnys Arbeit im Foreign Office tun, und da die Heimatfront bald genauso wichtig sein werde wie die Front draußen, sei Johnny unbedingt moralisch verpflichtet, zu bleiben, wo er ist. Damit ist die Sache geregelt. Er bleibt.

Robert gibt Johnny Gott sei Dank ein gutes Beispiel, er hat gleich zu Anfang beschlossen, in Westminster auszuharren, und er sagt, er bleibt bei dieser Entscheidung, ganz gleich, wie lange wir in Frankreich stehenbleiben. Natürlich ist das Amt eines Parlamentsabgeordneten wichtiger als das eines Angestellten im Außenministerium, aber Robert sagt, das Prinzip sei das gleiche: er kann der Nation zu Hause mehr nützen als anderswo. Und das wurde jetzt gerade durch Mr. Asquith bestätigt, der andeutete, Robert habe bei nächster Gelegenheit Aussicht auf eine Stelle als Staatssekretär. Robert kann schwerlich den Plänen zuwiderhandeln, die der Premierminister mit ihm vorhat, so daß er einfach in London bleiben muß – im Gegensatz zu seinem Freund Raymond, der noch nicht im Parlament ist und wahrscheinlich einrücken wird. Aber vielleicht möchte Raymond, wie auch Lion und Edmund, ganz gern Soldat sein. Zumindest kann er dann eine Zeitlang die Welt der Justiz und der Politik hinter sich lassen, für die er offenbar so wenig Begeisterung aufbringt.

«Du hast nicht insgeheim das Verlangen, die Uniform anzuziehen, Robert, oder?» sage ich beklommen, nur um mich zu vergewissern.

«Um Gottes willen, nein», sagt Robert. «Ich möchte mich mit dem Tod nicht messen, wenn die Chancen für mich ungünstig stehen.»

Ich bin betroffen. Auch er ist betroffen – aber aus einem anderen Grund als ich, nämlich weil er fürchtet, ich könnte ihn für einen Feigling halten, aber das tue ich nicht. Ich halte ihn einfach für erschreckend rational; nach allem, was ich von dieser schlimmen Bergtour gehört habe, könnte ich nie an Roberts Mut zweifeln. Nein, ich bin betroffen, weil er damit angedeutet hat, wie ernst die Kriegslage ist, und weil er wahrscheinlich geheime Informationen über die Situation in Frankreich hat.

«Asquith hat uns in den Krieg hineingebracht», sagt Robert, «und jetzt glaubt er, er kann alles weitere den Generälen überlassen. Aber ich teile Asquith' rührendes Vertrauen in die Generäle nicht. Gott weiß, wie das alles enden wird.»

Ich sage: «Sprechen wir nicht mehr darüber.» Wirklich, ich kann solchen Pessimismus nicht ertragen, und als Robert sieht, daß er mich beunruhigt hat, verstummt er.

Lions wegen mache ich mir keine Sorgen. Er wird alle Gefahren mit seiner üblichen Sorglosigkeit überstehen und uns später mit amüsanten Geschichten von seinen Heldentaten erfreuen. Aber wie wird es Edmund ergehen, dem sanftmütigen Edmund mit seinen zwanzig Jahren, der die Arbeit im Garten liebt und dessen größtes Problem von jeher darin besteht, nicht zu wissen, wie viele Scheiben Speck er zum Frühstück essen soll. Kann man sich einen für das Militärleben ungeeigneteren Menschen vorstellen? Aber er sagt, er will mit dazu beitragen, daß die Deutschen nicht nach Oxmoon kommen. Edmund liebt Oxmoon. Seit seinem Schulabgang werkelt er dort herum – offiziell hilft er Bobby bei der Verwaltung des Gutes, aber ich glaube, die meiste Zeit züchtet er Rosen. Bobby und Margaret, beide so sehr darauf bedacht, daß Lion eine Stellung in London findet, sind Edmund gegenüber viel nachsichtiger, weil sie sich darüber klar sind, daß der so weltfremde Edmund sich in einer Großstadt kaum seinen Lebensunterhalt verdienen könnte. Wie wird er diesen Alptraum überleben, der in Frankreich auf ihn wartet.

Ich kann dieses Thema nicht mehr ertragen, deshalb denke ich an etwas anderes. Ich denke an Celia. Die arme Celia war ein paar Tage bei uns, und ich habe für sie in Frage kommende Männer zusammengetrommelt, aber ach, ich weiß, sie wird keinem gefallen. Sie ist jetzt dreißig und sehnt sich nach einem Mann, doch noch nie hat sich einer in sie verliebt. Wie fühlt man sich wohl als Jungfrau mit dreißig Jahren, übergroß für eine Frau, mausfarbenes Haar, vorstehende Augen, platter Busen? Ich glaube, ich würde mir die Kehle durchschneiden und um eine Reinkarnation in passablerer Gestalt bitten. Wie unfair, daß Frauen ihr Leben lang auf ihre äußere Erscheinung angewiesen sind! Celia tut mir wirklich leid, und deshalb versuche ich auch, immer nett zu ihr zu sein, obwohl sie mich mit ihrer langweiligen Konversation manchmal zum Wahnsinn treibt.

Robert behandelt sie natürlich wie eine geistig Minderbemittelte, aber das war bei Robert zu erwarten. Es sind solche Männer wie Robert, die Frauen wie Celia das Leben zur Hölle machen.

Trotzdem, Celia strengt mich schon an, und jetzt kommt zu allem noch ein schreckliches Dienstbotenproblem hinzu, weil der perfekte Bennett, Butler und Hausdiener par excellence, zu dem Entschluß gekommen ist, daß es seine patriotische Pflicht sei, dem Land mit der Waffe in der Hand zu dienen. Es ist wirklich kein Wunder, daß ich noch nicht schwanger bin. Ich habe zuviel anderes im Kopf.

Lion sieht blendend aus in seiner Uniform. Er sagt, es gefällt ihm in seinem Ausbildungslager und er kann es gar nicht erwarten, nach Frankreich zu kommen. Die arme Daphne blickt aus feuchten Augen zu ihm auf. Ist es möglich, daß sie schon seit zwei Wochen verheiratet sind? Mir kommt es wie gestern vor. Johnny und Blanche werden morgen in der St. James-Kirche am Piccadilly getraut, und Robert, der als sein Trauzeuge fungieren wird, hat ihn heute zu einem letzten Abend als Junggeselle ausgeführt. Nicht daß Johnny sich gern einen antrinken möchte – er wird frühzeitig nach Hause gehen und um Mitternacht schon unter seiner Bettdecke liegen.

Aber Robert wird heimkommen, und ich werde ihn verführen. Oh, wie sehr wünsche ich, dieses Baby könnte auf den Weg gebracht werden . . .

*

Weihnachten in Oxmoon. Bobby und Margaret verlieren kein Wort darüber, daß wir sie seit unserer Hochzeit vor einem Jahr nicht mehr besucht haben, aber ich rede aus einem Schuldgefühl heraus zuviel davon, wie hektisch es bei uns zuging. Margaret fragt mich unter vier Augen, ob alles gut gehe, und ich sage ja, einfach himmlisch, und daß ich versuche, ein Baby zu bekommen. Ich hätte das Baby nicht erwähnen sollen, bevor es empfangen ist – das ist nicht «das, was sich gehört», aber ich mußte sie einfach davon überzeugen, daß Robert und ich im siebenten Himmel der ehelichen Wonnen schweben.

Margaret sagt: «Das ist schön, Liebes, ich freue mich so sehr» und ordnet ihre Trauerbroschen zu einem Achteck an.

Robert scheint seiner Mutter näherzustehen denn je zuvor, und jetzt bemerke ich, daß seine Gefühle über die bloße Kind-Eltern-Beziehung hinausgehen. Sie lassen sich beide keinerlei Gefühle anmerken, dazu sind sie viel zu englisch, aber in einer Menge sucht er sie sich heraus, als wäre sie der einzige würdige Gesprächspartner, und in seiner Gesellschaft scheint sie sich zu entspannen, ihre eiserne Contenance ein wenig zu lockern und aus sich herauszugehen. Nicht daß sie in ihren Staffordshire-Akzent zurückverfiele, an den ich mich noch dunkel erinnere, aber ich kann sie doch jetzt ansehen und die noch nicht zwanzigjährige entschlossene junge Frau in ihr erblicken, die sich vor langer Zeit in meinen ersten Jahren um mich kümmerte.

Zu meinem Schrecken stelle ich fest, daß ich auf ihre enge Beziehung zu Robert eifersüchtig bin. Er behandelt sie wie seinesgleichen. Als wäre sie fähig, mit einem Scheckbuch umzugehen. Als wäre sie sein Freund.

Ich werde nicht mehr als Freund behandelt. Jene aufregende Kampagne in Pwlldu war nur ein romantisches Zwischenspiel. Ich bin jetzt auf Dauer verwandelt in ein Objekt mit dem Etikett GATTIN, und das hasse ich, ich hasse es, behandelt zu werden, als wäre ich unfähig, ein Thema wie Politik zu verstehen. Ich weiß jetzt viel mehr über Politik, und ich würde ganz bestimmt vernünftig wählen, wenn ich die Chance dazu bekäme ... O Gott, ich höre mich an wie eine Suffragette! Ich muß gleich aufhören, bevor ich den Drang verspüre, mich an das nächstbeste Gitter anzuketten.

Es ist einfach so, daß es keinen Zweck hat, wenn ich mich über Robert ärgere. Er hat seine lästige Seite – wie wir alle –, und ich muß mich damit abfinden, bis wir unser gemeinsames Unternehmen beginnen können: Elternschaft. Wenn ich erst schwanger bin, muß alles besser werden, denn das Baby wird uns sicherlich einander näher bringen.

Oder doch nicht?

*

Ja, natürlich wird das Baby uns einander näherbringen. Mir war so absolut pessimistisch zumute, als ich diesen letzten Satz niederschrieb, weil in Frankreich so Gräßliches passiert war. Aber daran will ich nicht denken. Robert ist zu der Überzeugung gelangt, daß England in Kriegszeiten nicht mit einer Einparteienregierung weitermachen kann, und spricht im privaten Kreis von Koalition und Reorganisation. Ich höre jetzt aufmerksam zu, wenn Robert von Westminster erzählt, nicht nur, weil ich mich zunehmend für Politik interessiere, sondern auch weil ich dann nicht an das denken muß, was vielleicht in Frankreich passiert.

Lion ist jetzt ausgerückt, und Edmund wird ihm bald folgen. Sie sind in verschiedenen Regimentern, was ganz gut ist, denn man hört schreckliche Geschichten von Brüdern, die zusammen bei einer einzigen Offensive gefallen sind.

London wimmelt jetzt von Männern in Uniform, und die ganze Atmosphäre der Stadt hat sich verändert. Es heißt, die strengen neuen Alkoholbestimmungen seien an der neuen Nüchternheit schuld, aber so einfach ist das nicht. Alle, die ich kenne, trinken eher noch mehr als vorher, und das Gesellschaftsleben geht in hektischem Tempo weiter, als suchte man einen Ausgleich für die unnormalen Zeiten, in denen wir leben, aber London ist dunkler, geistig dunkler; geistig ist London jetzt geschützmetallgrau, und ein neues Gesetz gibt der Regierung Vollmacht in allen möglichen Dingen. Jetzt spricht niemand mehr von «Das Geschäft geht wie üblich weiter». Alle reden von diesem neuen Gesetz und von der Dienstbotenkrise und daß die Soundso vielleicht keine Schweizerin ist, sondern eine Deutsche, die man einsperren müßte.

Aber vielleicht dünkt mich London so trostlos, weil ich heute ein höchst deprimierendes Gespräch mit einem Gynäkologen hatte, der meinte, ich könnte mir einen Schaden zugefügt haben, als ich das praktizierte, was Mrs. Sanger so treffend «Geburtenkontrolle» genannt hat. Anders kann er sich meine Empfängnisunfähigkeit nicht erklären. Ich hätte den Mann umbringen können. Wahrscheinlich, weil er mir eine so düstere Mitteilung machte, aber vielleicht hatte meine starke Antipathie noch einen anderen Grund. Ich kam mir ihm gegenüber wie ein Dummchen vor. Er war Robert in Verkleidung.

Verdammt noch mal, warum soll eine Frau keine Geburtenkontrolle praktizieren, wenn sie das will? Es ist doch ihr Körper, und kein Mann hat das Recht, ihr vorzuschreiben, was sie mit ihm macht.

Oh, ich bin manchmal so zornig, so *zornig* . . .

*

«Ginevra!»

«Julie? Ja – ist denn das möglich!»

Es war in der Tat Julie Harrington, die zusammen mit meiner alten Freundin Gwen de Bracy auf die Internatsschule gegangen war. Gwen und ich hatten zusammen mit Angela Stourham einige Jahre lang die gleiche Gouvernante gehabt, aber mit vierzehn Jahren war Gwen auf die Schule nach Eastbourne geschickt worden, und später hatte Julie, ihre neue Freundin, mehr als einmal die Ferien in Penhale Manor verbracht.

«Ginevra! Nach so langer Zeit! Wie geht es dir?»

«Ich kann es noch nicht fassen, daß wir uns so mitten auf dem Piccadilly in die Arme laufen – trinken wir im Ritz eine Tasse Kaffee?»

*

Julie ist vierunddreißig, ein paar Monate jünger als ich, aber im Gegensatz zu mir ist sie unverheiratet und hat einen Job. Warum, frage ich sie (ich weiß, sie hätte es nicht nötig, zu arbeiten). Sie sagt, sie arbeitet, weil es ihr Spaß macht. Sie hat eine gute Stellung. Sie ist nicht nur eine Bürokraft, die für ein Almosen arbeitet. Sie ist Redakteurin bei dieser langweiligen Zeitschrift *A Woman's Place,* die ihren Leserinnen sagt, wie man Tischtücher bestickt, aber Julie bemüht sich, den Themenkreis der Zeitschrift um Artikel über modernes Leben zu erweitern. Das hört sich interessant an. Und sie selbst ist interessant. Daß sie nicht geheiratet hat, läßt mir keine Ruhe (sie muß die Chance dazu gehabt haben), so daß ich sie schließlich offen darauf anspreche. Sie sagt, sie hat sich nichts daraus gemacht. Wie seltsam. Sollte sie eine Lesbierin sein? Wie aufregend! Ich bin noch nie einer Lesbierin begegnet und wollte schon immer wissen, was sie wirklich *machen*.

Julie lebt *für sich allein* in einer kleinen Wohnung in Bloomsbury, und *sie hat ein Scheckbuch*. Ich habe es gesehen, als sie ihre schicke lederne Handtasche öffnete. (Wie sind wir nur alle noch vor ein paar Jahren ohne Handtasche ausgekommen?) Natürlich vermute ich, daß sie eine Suffragette ist, aber irgendwie kann ich sie mir nicht bei dem Versuch vorstellen, Mr. Asquith auf einem Golfplatz nackt auszuziehen. Dazu genießt sie ihr unabhängiges Leben viel zu sehr.

Ich möchte natürlich ein solches Leben nicht führen, aber ich bewundere sie dafür, daß sie den Mut dazu hat, und wir verstehen uns gut – so gut, daß ich ihr schließlich von dem Gynäkologen erzähle und von der schrecklichen Art, die Ärzte manchmal Frauen gegenüber haben.

«Warum gehst du nicht zu einer Ärztin?» sagt Julie wie nebenbei. «Ich gehe zu einer.»

Eine Ärztin! O Gott, wie gewagt. Aber mir gefällt der Gedanke, und als ich Julie das sage, machen wir eine Verabredung aus. Ich werde Robert natürlich nichts davon erzählen. Er würde nur sagen, Frauen seien von ihrem Temperament her ungeeignet für die höheren Regionen der Medizin, und außerdem . . . Ich glaube nicht, daß er sich etwas aus Julie Harrington machen würde.

*

«Guten Tag, Mrs. Godwin. Ich bin Dr. Drysdale – nehmen Sie Platz.»

Die Ärztin war rustikal und vierschrötig, aber so freundlich, und sie zeigte volles Verständnis dafür, daß ich so viel Zeit damit verbracht hatte, Schwämme in kleine Stückchen zu zerschneiden und Essig in mich hineinzugießen. Sie versicherte mir auch, es sei höchst unwahrscheinlich, daß ich mir damit einen Schaden zugefügt hatte, da sie keine Anzeichen von Narben oder von einer Infektion erkennen könne.

«Andererseits», fuhr sie aufrichtig fort, «sehe ich Ihre Lage so: Wenn es Ihnen dreizehn Jahre lang gelungen ist, eine Schwangerschaft nur mit Spülungen und Schwämmen zu vermeiden, sind Sie vielleicht weniger fruchtbar als die Durchschnittsfrau.» Doch um mir Mut zu machen, fügte sie hinzu: «Aber auch dann sehe ich keinen medizinischen Grund, weshalb Sie nicht eines Tages ein Baby bekommen sollten.»

Dann fragte sie mich nach Robert. «Er will doch dieses Baby auch haben, ja?»

«O ja! Er ist da sehr verständnisvoll!»

«Sehr schön», sagte Dr. Drysdale befriedigt. «Ich frage nur, weil manchmal, wenn zwischen Mann und Frau nicht alles zum besten steht, die Frau sich so verkrampft, daß sie nicht empfangen kann.»

«Oh, das trifft auf mich bestimmt nicht zu», sagte ich eilfertig, doch kaum hatte ich das ausgesprochen, begann ich mich zu fragen, ob das stimmte.

*

«Robert, du erinnerst dich gewiß noch an Julie?»

«Ja, natürlich – guten Tag, Miss Harrington –, aber ich glaube, wir hatten nicht viel miteinander zu tun in der guten alten Zeit. Ihr beiden Mädchen seid mit Gwen losgezogen, während ich mich an Gwens Brüder gehalten habe, und die zwei Gruppen sind sich selten begegnet...»

Julie hatte mich angerufen und um ein Gespräch im Zusammenhang mit einem Artikel über das Dienstbotenproblem gebeten, an dem sie gerade schrieb, und da hatte ich sie zum Tee eingeladen, und schon kurz nach ihrem Eintreffen hatte sie mich gefragt, ob ich nicht Lust hätte, etwas zu schreiben. Zum Beispiel tausend Wörter über das Leben in New York.

«Wieviel sind tausend Wörter?»

«Ein längerer Brief an deine beste Freundin.»

Dieser Gedanke gefiel mir, denn ich wußte, ein solches Projekt würde mich von dem Thema Schwangerschaft ablenken. Ich hatte Julie gesagt, ich wolle es einmal versuchen, und da kam, als unsere kleine Teeparty gerade zu Ende ging, Robert aus seiner Kanzlei im Temple, und mir blieb nichts anderes übrig, als ihn ihr noch einmal vorzustellen.

Eine Zeitlang ging alles recht gut. Sie sprachen von den alten Zeiten in Penhale Manor und über die de Bracys. Ich glaubte schon voller Erleichterung, mich getäuscht zu haben mit der Befürchtung, sie würden sich nicht vertragen können, als das Gespräch auf eine Katastrophe zusteuerte.

«Aber Sie sind doch gewiß auch der Ansicht», sagte Robert zu Julie, die gerade eine Bemerkung über arbeitende Frauen gemacht hatte, «daß die meisten Frauen ihre Erfüllung im Haus und in der Familie finden.»

«Ja», sagte Julie, «der Ansicht bin ich auch. Ein in einem Käfig eingesperrter Kanarienvogel findet seine Erfüllung im Singen. Sonst würde er vor Melancholie eingehen.»

«Darling», sagte ich rasch zu Robert, «soll ich dem Mädchen klingeln, daß es noch mehr Tee bringt, oder hast du es eilig, ins Unterhaus zu kommen?»

«Nein – keinen Tee, danke. Dann sind Sie also nicht der Ansicht, Miss Harrington», sagte Robert, sich anschickend, sie mit seiner forensischen Rednererfahrung zu vernichten, «daß Frauen ihr höchstes Glück darin erblicken, Gattinnen und Mütter zu sein?»

«Da ich weder Gattin noch Mutter bin, kann ich das nicht beurteilen.»

«Ganz recht. Mit anderen Worten –»

«Ich weiß nur», sagte Julie, «daß ich mich in meiner Situation sehr wohl fühle.»

«Aber Sie wollen doch nicht behaupten, für die Mehrheit zu sprechen.»

«Nein, ich spreche nur für mich selbst. Ich spreche keineswegs für alle Frauen – wie könnte ich das? Alle Frauen sind verschieden.»

«Aber von den kleineren Unterschieden abgesehen geben Sie doch gewiß zu, daß alle Frauen im Grunde Gattinnen und Mütter sein möchten.»

«Nein. Das möchten sie nicht. *Ich* zumindest nicht. Allein damit, daß ich mich sehr glücklich fühle, bin ich der Gegenbeweis dafür.»

«Robert», warf ich rasch ein, «wir dürfen dich nicht aufhalten, wenn du auf dem Weg ins Unterhaus bist.»

«Aber Miss Harrington, fühlen Sie sich bei Ihrem Einsiedlerleben nicht recht einsam?»

«Wie kommen Sie darauf, daß ich ein Einsiedlerleben führe?»

«Sie haben zweifellos einen großen Freundeskreis, aber wenn Sie zu Hause sind, vermissen Sie da nicht die Gegenwart eines Ehemannes?»

«Du liebe Güte – nein!» sagte Julie belustigt. «Ich treffe mich mit meinem Freund zwei-, dreimal in der Woche, und das reicht mir vollkommen!»

Ich war wie betäubt. Ich wurde mir bewußt, daß ich gerade erlebt hatte, wie Robert in einer Debatte glatt ausmanövriert worden war – er war *besiegt* worden – und noch dazu von einer Frau! Während ich noch entsetzt die Katastrophe bedachte, in der die Begegnung geendet hatte, flüsterte in meinem Hinterkopf eine Stimme: Gut – es war auch Zeit.

«Meine Lieben!» sagte ich, zu meinem Erstaunen die Sprache wiederfindend. «Das ist ja ein fesselndes Gespräch, aber jetzt muß ich dich bitten, Robert zu entschuldigen, Julie, er muß gleich ins Unterhaus –»

«– und außerdem», sagte Robert, verlorenen Boden durch professionelle Glattzüngigkeit wettmachend, «wie fesselnd das Gespräch auch war, ich fühle mich zu sehr durch meine Erziehung als Gentleman gehandikapt, als daß ich die Streitfrage zu einem rationalen Abschluß bringen könnte. Die Ritterlichkeit erfordert, daß ich Ihnen das letzte Wort lasse, Miss Harrington.»

«Wie reizend von Ihnen», sagte Julie und lächelte ihn an, «aber befinden wir uns nicht im zwanzigsten Jahrhundert? Wir leben nicht mehr im Mittelalter, wissen Sie!»

Irgendwie gelang es Robert, die Tür im Hinausgehen nicht zuzuschlagen.

*

«Darling, wie schön – du kommst früh zurück!»

Er kam kurz nach acht Uhr heim, aber ich hatte mir inzwischen eine Verteidigungsposition zurechtgelegt.

Ich wollte sagen: «Gott, diese Feministinnen – sie gehen einem auf die Nerven!», doch als Robert sogleich verkündete: «Ich gehe davon aus, daß du diese Frau nicht mehr hierher einlädst – ich will nicht, daß du mit jemandem verkehrst, der wie Rebecca West in *The Clarion* daherredet», stellte ich plötzlich fest, daß meine Geduld erschöpft war.

«Es ist lieb, daß du dir solche Sorgen um mich machst, Darling», sagte ich, «aber ich darf mir meine Freundinnen doch wohl noch selbst aussuchen.»

«Eine Frau, die ein Bohemeleben führt und die höchstwahrscheinlich eine Stimmrechtlerin, wenn nicht gar eine irre militante Suffragette ist, ist kein Umgang für meine Frau!»

«Na, also was für ein –» Ich hielt inne, weil ich nicht wußte, ob ich ein New Yorker oder ein englisches Schimpfwort gebrauchen sollte, aber (zweifellos war das gut so) er ließ mich nicht aussprechen.

«Es tut mir leid, Ginette, aber ich muß dir den Verkehr mit einer Frau verbieten, die die Ehe geringschätzt – sie würde dich mit den verkehrten Leuten in Verbindung bringen, sie würde dich dazu ermutigen, dir einen Liebhaber zu nehmen –»

«Du glaubst doch nicht im Ernst, ich würde mir einen Liebhaber nehmen, oder?»

«Nun, warum nicht?» sagte er. «Das hast du ja schon früher getan.»

Das war, als hätte man mich körperlich angegriffen, das war nicht nur ein Schlag ins Gesicht, das war ein Stoß in die Magengrube. Ich kehrte ihm den Rücken zu, tastete mich zum Sekretär und ließ mich daneben auf den Stuhl fallen. Ich wollte ihm vor Augen halten, daß ich gerade versuchte, sein Kind zu bekommen, und daß andere Männer mir ferner standen denn je, aber ich fand keine Worte.

«Entschuldige», sagte Robert schließlich. Ich glaubte, er setze zu einer versöhnlichen Rede an, aber als er nur ein gequältes «Entschuldige» wiederholen konnte, sah ich, daß er sich selbst nicht weniger schockiert hatte als mich. Schließlich setzte er hinzu: «Ich bin wahrscheinlich besorgt, weil ich weiß, daß du unruhig und unzufrieden bist.»

«Nur weil ich noch nicht schwanger bin! Und du machst mir das Leben nicht gerade leichter, wenn du meinen Freundeskreis beschneidest und mir jede Verfügung über mein Geld vorenthältst –»

«O Gott, nicht schon wieder diesen alten Streit!»

«Dir mag es nichts bedeuten!» schrie ich. «Aber mir bedeutet es sehr viel! Es ist mir ein Greuel, daß ich nichts Eigenes habe – o Gott, kein Wunder, daß ich ein Baby haben will, was hätte ich sonst, das wenigstens zum Teil mein ist! Alles ist dein – dein, dein, dein! Es ist *dein* Haus, *dein* Geld, *deine* Karriere, und es sind *deine* Freunde, mit deren Frauen ich umgehen muß – und die meisten sind unsäglich dumm! Und dann muß ich noch feststellen, daß ich keine Individualität mehr besitze, ich bin nichts als *deine* Ehefrau, ein Wesen, das man völlig geringschätzig behandeln kann!»

«Du lieber Himmel, wie kannst du so etwas sagen!» Er war bleich vor Zorn. «Ich habe alle möglichen Opfer gebracht, um dir zu geben, was du wünschst! Ich liebe dich mehr als alles auf der Welt, und trotzdem bist du ständig unzufrieden und kritisierst mich, weil ich endlich in *dein* Leben die Ordnung gebracht habe, die *du* wolltest, und dir eine Welt geboten habe, die mit *deiner* Vorstellung vom Glück vereinbar ist! Herrgott, was willst du denn eigentlich noch von mir – und vom Leben? Ich glaube allmählich, du bist nur eine verwöhnte Frau der Gesellschaft, die an nichts denkt als an sich selbst!»

Ich antwortete nicht sofort. Ich konnte nur auf die abfallende Fläche des Sekretärs blicken, aber schließlich sagte ich verzweifelt: «Vielleicht stimmt das. Ich weiß es nicht. Ich weiß nur, daß ich mich im Augenblick nervös fühle, weil ich noch immer nicht schwanger bin. Ich hatte keine Ahnung, wie schrecklich es ist, ein Baby haben zu wollen und keines bekommen zu können.»

«Nun, ich will ein Baby genausosehr wie du», sagte Robert, «aber wenn sich das bei dir so auswirkt, dann wäre es vielleicht besser, wir bleiben ein kinderloses Paar.»

«Ach ja», sagte ich – ich war zu erschöpft und konnte mich nur noch auf einen passiven Widerstand zurückziehen –, «ich war wohl in der letzten Zeit etwas schwierig. Aber weißt du –» ich versuchte mit letzter Kraft, ihm meine Gefühle zu verdeutlichen – « gerade deshalb habe ich mich so sehr über das Wiedersehen mit Julie gefreut. Sie hat mich von dem Problem der Schwangerschaft abgelenkt – sie hat mir vorgeschlagen, einen Artikel für ihre Zeitschrift zu schreiben.»

«Das könnte ich keineswegs zulassen», sagte Robert.

«Aber ich möchte es so sehr!»

«Tut mir leid, ich wiederhole mich nicht gern, aber ich dulde nicht, daß du mit dieser Frau verkehrst.»

«Robert.» Ich stand auf, wischte die Tränen fort, die sich in meinen Augen angesammelt hatten, und trat auf ihn zu. «Robert, du mußt aufhören, mich so zu behandeln. Das geht einfach nicht. Du benimmst dich, als wärst du meiner Liebe so wenig sicher, daß du zur Tyrannei greifen mußt!»

«Was für ein Unsinn! Ich versuche nur, ein guter Ehegatte zu sein!»

«Dann solltest du vielleicht versuchen, kein so guter Ehegatte zu sein. Du hast dich ganz anders benommen, als wir nur Freunde waren.»

«Natürlich – vor unserer Heirat waren wir zwei unabhängige Menschen! Aber in der Ehe geht es nicht um Unabhängigkeit, Ginette, sondern um Abhängigkeit. Sie ist eine für beide Seiten nützliche Vereinbarung, geregelt durch ein ganzes Netz von Rechten und Pflichten, mit Einschluß der biologischen Tatsache, daß Frauen schwach sind, während die Männer stark sind und bestrebt, sie zu beschützen.»

«Ja, natürlich, aber –»

«Möchtest du etwa ledig und unabhängig sein?»

«Nein – um Gottes willen, nein, ich möchte kein Leben wie Julie führen, wie könnte ich das, all diese gräßlichen Männer auf mich loslassen, da wäre ich bald halb von Sinnen, ich brauche jemanden, der sich um mich kümmert, unbedingt –»

«Dann sehe ich nicht, wieso du mich als Ehemann kritisieren kannst.»

Ich gab es auf. Ich war verwirrt und völlig verzweifelt. Wie üblich wußte ich, daß er rational gesehen recht hatte – und wie üblich ahnte ich auch, daß er auf irgendeine Weise, die ich nicht definieren konnte, völlig unrecht hatte.

*

Das Gespräch hat Robert genauso mitgenommen wie mich, aber er will nicht nachgeben, und um das Leben erträglicher zu machen, lasse ich ihn bei dem Glauben, daß er eine Versöhnung bewerkstelligt hat. Wie beklemmend diese Kompetenz im Bett jetzt ist. Ich liege im Dunkeln noch wach und denke voll solcher Sehnsucht an Conor, daß ich, wenn ich schließlich einschlafe, von ihm träume und von all den Freuden, die Robert mir nicht gegeben hat. Ich wache voller Freude auf, doch dann erinnere ich mich: Conor ist tot. Der Mann neben mir im Dunkeln ist Robert. Wir schreiben das Jahr 1915, und Conor ist schon seit fast zwei Jahren tot.

Ich glaube nicht mehr, daß ich jetzt noch das Baby bekommen werde. Ich werde zur Empfängnis stets zu verkrampft sein. Vielleicht ist es nicht weiter wichtig, aber doch, es ist sogar sehr wichtig. Daphne und Blanche haben mir anvertraut, daß ihre Ehemänner in den Flitterwochen nicht müßig waren, und obwohl ich versuche, mich für die zwei Mädchen zu freuen, empfinde ich doch ein wenig Eifersucht. Ich muß sie schlagen, ehe ich mich Roberts Ansicht anschließe, daß ich nur eine verwöhnte, eigensüchtige Frau der Gesellschaft bin. Bin ich wirklich so verwöhnt und eigensüchtig? Ich will es nicht sein, wirklich nicht, ich versuche, das Baby nicht zu wollen, aber es hat keinen Zweck, ich spüre ein solches Verlangen in mir, die Lücke zu füllen, die Declan in meinem Leben hinterlassen hat, und ich sehne mich nach dem Baby mehr denn je.

Ich werde mich ablenken, indem ich an den Artikel über New York denke. Denn den werde ich natürlich schreiben. Und natürlich treffe ich mich auch wieder mit Julie.

*

Oh, es hat mir solchen Spaß gemacht! Ich habe einen so gewagten Artikel geschrieben, und Julie fand ihn einfach toll. Gestrichen hat sie nur das mit dem Prediger und seinen drei Frauen – was ich über die Cabarets geschrieben habe und über die Straßendirnen, das hat sie alles stehenlassen! (Aber sie sagt, der Chefredakteur könnte diesen Absatz vielleicht streichen.) Ich bin sehr stolz und sehr glücklich, und viele Stunden lang habe ich überhaupt nicht mehr an das Baby gedacht.

Ich werde zehn Pfund für den Artikel bekommen. Ich wage es nicht, mir die Summe bar auszahlen zu lassen; das könnte so aussehen, als arbeitete ich hinter dem Rücken meines Mannes. Aber was soll ich mit dem Scheck anfangen? Würde die Bank mir das Geld auszahlen, ohne Robert etwas davon zu sagen? Robert darf keinesfalls etwas davon erfahren. Ich glaube, ich kann den Scheck nur an das Rote Kreuz weiterleiten und meine kleine Schriftstellerei als Beitrag zur Kriegsanstrengung betrachten. Das vermindert vielleicht mein Schuldgefühl, und ich fühle mich jetzt nicht nur schuldig, weil ich Robert hintergehe; ich fühle mich schuldig, weil ich keine Socken gestrickt und keine verstümmelten Verwundeten besucht und keinen Bridgenachmittag zum Sammeln von Geld für Kriegswaisen organisiert habe. Man *möchte* ja gern etwas tun, aber ich hasse Krankenhäuser und Lazarette und habe einen Horror vor geschäftigen, kommandierenden Frauen, wie sie in Wohltätigkeitsorganisationen gedeihen.

Ich habe den Versuch aufgegeben, nicht an den Krieg zu denken. Man muß einfach an ihn denken. Kaum zu glauben, daß man vor einem Jahr noch in Lords Kricket spielte und in Ascot Rennen stattfanden und alle davon sprachen, was sie zur Segelregatta in Cowes anziehen würden. Jetzt finden keine offiziellen Sportwettbewerbe mehr statt, und alles spricht vom Zeppelin, wenn man sich nicht gerade etwas vom Bericht der königlichen Kommission über Geschlechtskrankheiten zuflüstert. Man hat sogar das schreckliche alte Stück *Damaged Goods* wieder aufgewärmt – Robert sagt, er hat keine Zeit, es sich anzusehen, aber ich würde mir auch ein Stück über Geschlechtskrankheiten ansehen – ich würde mir alles ansehen, was mich von den schlimmen Ereignissen auf der Halbinsel Gallipoli ablenkt, die auf die Katastrophe bei den Dardanellen folgten. Ich danke Gott Tag für Tag, daß Lion und Edmund in dem Stellungskrieg in Frankreich stecken, obwohl weiß Gott die eine Hölle nicht besser ist als die andere.

Es ist eine so große Erleichterung, daß ich dem Schrecken auf dem Kontinent den Rücken kehren kann, wenn Robert mir von der

Heimatfront berichtet. Robert sagt, eine Koalition sei jetzt sicher, aber er glaube, Asquith habe die Macht, an die Spitze zu kommen. Churchill wird man allerdings fallenlassen müssen nach dem Debakel bei den Dardanellen, und wie viele andere Liberale werden noch über die Klinge springen müssen, um für die führenden Unionisten Platz zu machen? Zu meinem Erstaunen stelle ich fest, daß mich die Politik fesselt, aber immer noch besser, von dem gefesselt zu sein, was sich in Westminster ereignet, als daran zu denken, was vielleicht in Frankreich passiert.

Lion schreibt, er habe endlich das Leben gefunden, das ihm zusagt: Essen, Schlafen und Plaudern in einem netten Quartier hinter den Linien. Er liegt irgendwo in der Nähe von Neuve Chapelle, wo die Engländer vor kurzem einen Durchbruch geschafft haben, aber Edmund liegt näher an der Front als Lion. Edmund liegt bei Ypern. Ich verspüre Angst, wenn ich an Edmund denke, aber vor kurzem hat er mir noch einen ganz friedlichen Brief geschrieben und darin nur erwähnt, wie lästig es sei, ständig eine Gasmaske mit sich herumschleppen zu müssen.

Bei dieser zweiten Schlacht um Ypern hat es Gasopfer gegeben. Man sagt, die Folgen eines solchen Gasangriffs seien – nein, ich darf nicht daran denken, *ich darf es einfach nicht*.

Ich denke statt dessen an Mrs. Pankhurst, die sagt, die Stimmrechtlerinnen wollten das Land in diesem Krieg unterstützen. Sogar Robert zeigt sich beeindruckt davon, daß die Stimmrechtlerinnen in dieser Situation dem Patriotismus den Vorrang vor ihrer Sache geben, und gestern fragte er mich nebenbei, ob Julie etwas dazu geäußert habe. Ich sagte, ich hätte keine Ahnung, da ich sie nicht mehr gesehen hätte.

Ich treffe mich mit Julie regelmäßig im «Gondolier», einem netten kleinen Restaurant, das Damen, die in der Kensington High Street einkaufen, zu einem leichten Mittagessen oder zur üppigen Teemahlzeit aufsuchen. Es ist derart Mittelstand, daß ich mich dort sicher weiß; hierher verirrt sich keiner von Roberts Bekannten. Da auch Julie ein solch konservatives Hinterstübchen normalerweise nicht betreten würde, mußte ich mich ihr anvertrauen und ihr erklären, weshalb es ein so idealer Treffpunkt war, aber sie war sehr verständnisvoll und übte keinerlei Kritik an Robert – sie meinte nur, er sei eben so ein Mann, der seine Frau dazu treibe, sich in einem solchen Mittelstandslokal wie dem «Gondolier» zu verstecken.

Julie möchte, daß ich einen weiteren Artikel schreibe, und zwar über das Reisen über den Atlantik. Offenbar haben die Leserinnen von *A Woman's Place* das Thema Krieg und Nebenumstände satt und möchten an schönere friedenszeitliche Aspekte erinnert werden. Ich sage, ich will mein Bestes tun, aber soll ich schreiben oder nicht schreiben, was in den Rettungsbooten vorgeht, wenn alle vom Champagner berauscht sind?

«Oh, das muß mit hinein!» sagt Julie. «Sex ist jetzt die große Mode, wo alles entweder zum Altar eilt oder wegen einer außerehelichen Hinterlassenschaft unserer tapfer kämpfenden Truppe jammert oder herumläuft und so tut, als wären die Geschlechtskrankheiten gerade erst erfunden worden.»

Wir lachen. Voller Ideen für meinen neuen Artikel eile ich nach Hause, und dort wartet eine frohe Überraschung auf mich: ein Brief von Daphne – sie schreibt, Lion kommt bald auf Urlaub.

*

«Ich fühle mich ungeheuer geschmeichelt!» sagt Lion übermütig. «Ich hatte keine Ahnung, daß die Deutschen mich für so wichtig halten – ich verlasse die Front, um ein bißchen Ruhe und Frieden zu genießen, und was passiert? Ich werde in London von Zeppelinen verfolgt!»

Typisch Lion, Witze über die Zeppeline zu machen. Ich lachte und fühlte mich zugleich tief bewegt. Ich konnte es noch nicht fassen, daß er in meinem Wohnzimmer war, schmaler und blasser zwar, aber noch immer der alte Lion voller Lebendigkeit. Daphne, auf dem Sofa sitzend, strahlte, ihr kleines, wenig reizvolles Gesicht war vor Glück wie verwandelt. Sie wohnten während seiner wenigen Urlaubstage im Stadthaus der Wynter-Hamiltons, und sowohl Bobby als auch Margaret waren nach London gekommen, um sie dort zu besuchen.

«Lion, wie schön, dich wieder hier zu haben – und du siehst gut aus! Man hört so schreckliche Gerüchte –»

«Oh, Gerüchten soll man nicht glauben», sagte Lion obenhin. «Die Wahrheit ist immer viel unterhaltsamer. Ich genieße diesen Krieg ungemein – hab' mich noch nie so gut amüsiert! Es ist natürlich ein bißchen schlammig in den Schützengräben, aber man trifft so faszinierende Leute . . .» Und sogleich gab er eine Reihe lustiger Erinnerungen zum besten, bis sein kleines Töchterchen aufwachte und zu schreien begann. Daphne, die das Baby auf dem Schoß hatte, wurde unruhig und bat Lion, das Kindermädchen zu rufen, aber ich sagte, meine Eifersucht durch eine hilfreiche Tat zurückdrängend: «Nein, laß sie mich einen Augenblick halten!», und ich nahm die kleine

Elizabeth in die Arme. Sie war unansehnlich und kahlköpfig wie die meisten Babies, aber als sie glücklicherweise aufhörte zu schreien, sagte ich, sie sehe reizend aus, und Daphne errötete vor Freude.

«Ich bin froh, daß es ein Mädchen ist», sagte Lion später. «Ich will kein Baby haben, das eines Tages in einem Schützengraben landet, mag es dort noch so lustig zugehen. Was John und Blanche wohl produzieren? Ein Cherub mit Heiligenschein ist doch gewiß das mindeste, was sie sich erhoffen!»

Wir kicherten alle. Johnny und Blanche, die sich als das perfekte Ehepaar niedergelassen hatten, waren zweifellos dazu bestimmt, die perfekten Eltern eines unerträglich perfekten Kindes zu werden.

Ich spürte, wie mich wieder die Eifersucht überkommen wollte, deshalb sagte ich in entschiedenem Ton: «Lion, du bist sehr ungezogen!» Aber Lion lachte nur schallend und erwiderte: «Das macht das Leben ja so lustig!»

*

Die Listen mit den Namen der Gefallenen und Verwundeten sind so erschütternd, daß ich wie betäubt bin, wann immer ich sehe, daß jemand, den ich kannte, darauf steht. Ich sage dann «Wie schrecklich!» und weiß dabei, *daß* es schrecklich ist, aber das ganze Maß des Schrecklichen kann man nicht mehr erfassen. Mir war furchtbar beklommen zumute, als Lion wieder fort mußte, aber jetzt habe ich mich davon erholt, und ich glaube noch immer, er kommt irgendwie durch. Um Edmund brauche ich mir vorläufig keine Sorgen zu machen. Er hat die Ruhr bekommen und liegt jetzt in einem Genesungsheim in Surrey.

Ich werde meine Abneigung vor Krankenhäusern überwinden müssen und ihn besuchen, sobald ich kann.

*

«Ginevra!»

Edmund sah so krank aus, so wächsern und abgehärmt, daß ich kaum glaubte, er werde es überleben, aber die Stationsschwester sagte, es gehe ihm schon viel besser und er werde bald wieder gesund sein.

«Edmund!» sagte ich und zwang mich, ihn zu küssen trotz meinem irrationalen Verlangen, niemanden zu berühren, der so krank gewesen war. «Was hast du alles durchgemacht!»

Er machte ein unbeteiligtes Gesicht. Seine sanften Augen blickten ganz klar. Er sagte nur: «Ist nicht weiter wichtig.»

«Aber natürlich ist es wichtig!»

«Nein, nichts ist wichtig. Ein Bursche, den ich kannte, hat ein Gedicht darüber geschrieben. Hat mir gut gefallen. Ich wollte, ich könnte auch dichten.»

«Schreibt er viele Gedichte?»

«Nein, jetzt nicht mehr, er ist gefallen.»

«Das tut mir leid, ich –»

«Es ist nicht wichtig, man gewöhnt sich daran, daß alle in Stücke gerissen werden. Zum Schluß sind es die kleinen Dinge, an die man am meisten denkt – die Ratten und die Läuse.»

«Oh, mein Gott –»

«Entschuldige, war nicht recht von mir, hätte sagen sollen, alles sei ein kolossaler Spaß ... Arme Ginevra, reg dich nicht auf – ich hatte solches Glück! Ich bin nicht tot, ich bin nicht blind, ich bin nicht verstümmelt, ich bin bald wieder mopsfidel! Jetzt erzähl mal von London.»

Was sollte ich erzählen? Die Kluft zwischen der Heimatfront und der richtigen Front dünkte mich plötzlich nicht nur bodenlos, sondern obszön. Ich umklammerte meine Handtasche ganz fest und begann, um uns beide davon zu überzeugen, daß London nicht ganz von den Schrecken unberührt geblieben war, die er überlebt hat, mit gezwungen ruhiger Stimme von den Zeppelinen zu sprechen.

*

Weihnachten in Oxmoon, und alle sind froh, weil Edmund so weit wiederhergestellt ist, daß er die letzte Zeit seiner Genesung zu Hause verbringen kann. Wahrscheinlich ist Edmund jetzt zum ersten Mal Mittelpunkt der Familie, aber er scheint es nicht zu bemerken; er ist abwesend und still, und ich finde, seine einsilbigen Antworten gehen einem bald auf die Nerven.

Lion ist in Frankreich, und Daphne ist mit der kleinen Elizabeth bei ihren Eltern in Schottland, aber Johnny und Blanche sind für drei Tage in Oxmoon, ehe sie zu Blanches Eltern nach Herefordshire fahren. Sie haben ihr kürzlich geborenes Töchterchen Marian bei sich, und alle bewundern das tatsächlich perfekte Baby. Aber Blanche ist wirklich ein liebes Mädchen, und ich hasse mich selbst dafür, daß ich so eklig bin zu glauben, sie sei zu schön, um wahr zu sein. Aber Johnny ist so spröde wie eh und je und sieht mich an, als wäre ich eine Type aus Soho, nur weil ich ein neues, etwas zu weit ausgeschnittenes Abendkleid trage. Nun, zumindest bin ich nicht mit Johnny verheiratet – man muß auch für kleine Wohltaten dankbar sein.

Robert und ich kommen einigermaßen miteinander aus, und ich will mich nicht beklagen – das wäre nicht gerechtfertigt, es könnte schlimmer sein. Wir sind freundlich und liebevoll zueinander, und da ich nichts von meinem Verlangen nach einem Baby sage, fällt auf beiden Seiten kein böses Wort. Margaret beäugt meine Figur, sagt aber nichts. Ich verspüre sofort den Drang, ihr zu versichern, wie glücklich Robert und ich sind. Margaret sagt, das freue sie so sehr. Robert widmet ihr wie üblich seine besondere Aufmerksamkeit, und ich ertappe sie immer irgendwo beim Tuscheln. Ich hasse das alles, ich will nicht hier sein, ich hasse Oxmoon. Oh, ich kann gar nicht schnell genug nach London zurückkommen . . .

*

Ich bin so niedergeschlagen, so absolut von Robert abgeschnitten durch unser gemeinsam gespieltes Schauspiel einer makellosen Ehe, daß ich mir einen Liebhaber suchen möchte. Aber das werde ich nicht – und nicht nur, weil ich Angst davor habe, was geschehen könnte, wenn Robert es herausbekäme. (Irgendwer wäre sicherlich nur zu gern bereit, es ihm zu sagen.) Ich will keine Affäre haben, weil ich mir selbst während meiner ersten Ehe schlüssig genug bewiesen habe, daß ein Ehebruch zu nichts führt, wenn er aus Verzweiflung geschieht. Er mag einem zeitweilig über etwas hinweghelfen, aber die eigentlichen Probleme bleiben nicht nur ungelöst, sondern werden durch Schuldgefühle nur noch verschlimmert.

Es kann schon einiges für einen Ehebruch sprechen, aber nur, wenn das Unglück der Partner große Ausmaße erreicht: wenn der Ehemann impotent ist, zum Beispiel, oder wenn der Geschlechtsakt die Frau hoffnungslos anwidert – oder wenn Geschlechtskrankheit, notorische Trunksucht, Perversion oder dergleichen die eheliche Landschaft verdüstern. Aber meine Ehe ist weit von einer solchen Hölle entfernt, und ich habe kein Recht, mich so zu benehmen, als wäre sie es nicht.

Es ist einfach so, daß ich einen Ehemann habe, der mich liebt. Wie er diese Liebe ausdrückt, mag ich nicht besonders akzeptabel finden, aber ich muß zumindest versuchen, ihn getreulich wiederzulieben. Ich möchte behaupten, mit unserer Ehe wird es schließlich ganz gut so weitergehen. Jedenfalls kann ich sie besser ertragen, seit ich angefangen habe, Zeitschriftenartikel zu schreiben, und Julie zum Mittagessen im «Gondolier» treffe.

Julie meint, ich sollte doch im nächsten Jahr die Leserbriefe beantworten. Welche Ironie, wenn ich zum Schluß Frauen einen Rat in Eheangelegenheiten gebe! Andererseits, niemand kann sagen, ich hätte da keine Erfahrung . . .

*

Edmund ist wieder in Frankreich. Ich muß wirklich aufhören zu weinen und mir zu sagen, daß ich ihn nie mehr wiedersehen werde.

Ich denke immer, der Krieg kann nicht schlimmer werden, aber er wird es. Robert sagt, bald wird ein Handbuch herausgegeben, in dem steht, wie man sich im Falle einer Besetzung verhalten soll. Jeder glaubt, zu einer Besetzung könne es nie kommen, aber ist dieser Glaube gerechtfertigt? Das Unvorstellbare hat dieser Tage die unangenehme Angewohnheit, wahr zu werden. Jedermann hat gesagt, die goldenen Zwanzig-Shilling-Stücke würden weiter zirkulieren, aber sie tun es nicht mehr. Jedermann hat gesagt, es werde keine Verdunkelung geben, aber sie kommt. Selbst die öffentlichen Uhren werden bald aufhören zu schlagen. Wir sind nicht mehr geistig geschützmetallgrau; wir sind schiefergrau zum Schwarz hin, aber keiner will sich diesem Gedanken stellen, und so rennt alles in die Theater und tanzt und trinkt und betäubt sich in den Nachtclubs von Soho in ein Stadium der Benommenheit hinein.

Ja, ich habe kürzlich unschöne Geschichten von Mädchen gehört, die einen Hang zu Rauschmitteln entwickelt haben, aber da liefert mir Julie einige ganz andere, obwohl in ihrer Weise nicht weniger haarsträubende Geschichten. Ich weiß, wie es unter den Reichen zugeht, aber jetzt werde ich herausfinden, wie die übrigen fünfundneunzig Prozent der Bevölkerung leben.

«Liebe Schwester . . .» Die Zeitschrift gibt vor, die Briefkastenseite werde von einer Krankenschwester bearbeitet, weil man hofft, die Schreiberinnen würden dann mehr aus sich herausgehen. «. . . ich bin fünfundzwanzig Jahre alt und bin mir nicht sicher, was es heißt, wenn Herren sich ‹Freiheiten herausnehmen›, aber ich habe letzte Woche einen Soldaten auf Urlaub kennengelernt, der sagte, es sei meine patriotische Pflicht . . .»

«Liebe Schwester, ich habe drei Kinder unter vier Jahren und erwarte nächsten Monat Zwillinge, und mein Mann ist in Frankreich, und ich weiß nicht, wie ich weitermachen soll . . .»

«Liebe Schwester, ich habe einem Matrosen erlaubt, mich auf den Mund zu küssen. Wann werde ich das Baby bekommen?»

«Liebe Schwester, mein Mann ist gerade mit einem Mädchen vom Land auf und davon, und ich habe kein Geld und keinen, an den ich mich wenden kann . . .»

«Liebe Schwester, mein Mann ist verwundet worden ...»
«Liebe Schwester, mein Mann ist erblindet ...»
«Liebe Schwester, mein Mann ist kastriert worden ...»
«Liebe Schwester, ich bin eine Kriegerwitwe und habe das Gefühl, daß das Leben nicht mehr lebenswert ist ...»

Ich höre auf. Der Strom unverdünnten Elends ist so entsetzlich, daß ich das Gefühl habe, Gott habe seinen Arm ausgestreckt, mich am Hals gepackt und heftig durchgeschüttelt. Da sind Hunderte von Frauen, denen es allen viel, viel schlimmer geht als mir. Ja, nimm dich zusammen, Ginevra Godwin. Robert hatte recht – wie üblich –, und es ist Zeit, daß du aufhörst, dich wie ein reiches verwöhntes Biest zu benehmen. Jetzt hast du die Chance, endlich etwas Nützliches zu tun und die Leiden an der Heimatfront zu lindern. Kremple die Ärmel hoch, hör auf, an dich selbst zu denken, und tu etwas, um denen zu helfen, denen es viel schlechter geht als dir.

*

Ich mag die neue Sommerzeit. Die Abende sind so hell, daß ich nach dem Essen an meinem Sekretär sitzen und meine Antworten auf die Leserbriefe entwerfen kann, während die Sonne noch am Sommerhimmel steht. Robert ist im Augenblick so viel im Unterhaus, und ich benutze immer die Gelegenheit zum Schreiben, wenn ich allein bin.

Heute abend war ich froh, allein zu sein, denn ich habe einen schrecklichen Brief zu beantworten – keinen Leserbrief an *A Woman's Place,* sondern einen Brief aus Frankreich. Von Lion. Ich schrecke davor zurück, ihn noch einmal zu lesen, aber ich kann die Antwort nicht hinauszögern, und so muß ich irgendwie meinen ganzen Mut aufbringen und mich ein zweites Mal mit dieser bedrückenden Nachricht auseinandersetzen ...

*

«Meine liebste Ginevra», hatte Lion geschrieben, «hier ist zur Abwechslung einmal viel los, obwohl ich Daphne davon nichts geschrieben habe, weil ich nicht will, daß sie sich um mich Sorgen macht. Ginevra, wenn etwas geschieht, bleib bitte immer in Verbindung mit ihr, ja? Sie hat ein wenig Angst vor Mama, und sie findet Celia langweilig und Blanche so schrecklich brav, aber Dich mag sie. Du warst so nett zu uns, als ich nach Elizabeth' Geburt auf Urlaub war.

Was für eine wunderbare Schwester Du mir immer gewesen bist, eigenartig, daß Du eigentlich eine Cousine bist. Gott segne Dich. Liebe Grüße, LION.»

Ich las den Brief ein drittes Mal, und mir fiel keine Antwort dazu ein. Ich saß nur da, die Feder über dem blanken Papier, als die Sonne endlich unterging und die Dunkelheit hereinbrach.

Später versuchte ich an Edmund zu denken, der so deutlich vom Tode gezeichnet gewesen war, stellte aber fest, daß ich mich um Edmund nicht mehr sorgen konnte. Ich wußte, Edmund war hinter den Linien in Sicherheit, während Lion . . . nun, Lion war offensichtlich an vorderster Front.

Robert kam um zehn Uhr heim, und nachdem er mich geküßt hatte, fragte er besorgt, ob ich mich wohl fühlte, was ich bejahte. Dann hörte ich mich mit belegter Stimme sagen: «Es braut sich etwas Größeres zusammen, Robert, nicht wahr?» Nach nur ganz kurzem Zögern antwortete er: «Ja. Die britische Armee ist entlang der Somme aufmarschiert.»

*

Niemand weiß, was vor sich geht. Es ist der 1. Juli 1916, und niemand weiß etwas Genaues. Robert sagt, es werde sich um die bisher größte Offensive unter Beteiligung einer riesigen britischen Armee handeln. Robert ist optimistisch. Lloyd George glaubt, daß Haig im Begriff ist, den Krieg zu gewinnen, und Robert ist jetzt im Grunde Anhänger von Lloyd George, obwohl sie beide noch immer hinter Asquith stehen. Aber der Krieg geht über Asquith' Kräfte. Er geht über unser aller Kräfte.

Ich denke die ganze Zeit an Lion, ich bete immer wieder zu meinem netten, freundlichen anglikanischen Gott, dem Gott, den ich vor langer Zeit kennenlernte während meiner zauberhaften Kindheit mit Robert und den ich gleich Robert nie habe aufgeben können. Während meiner Ehe mit Conor wäre ich dreimal beinahe katholisch geworden, aber immer bin ich im letzten Augenblick davor zurückgeschreckt; der römisch-katholische Gott war mir zu anspruchsvoll, und wir würden ewig Streit haben, was ich nicht hätte ertragen können. Mein anglikanischer Gott, der Gott der Kirche von England, ist nicht böse, wenn ich nur an Ostern und Weihnachten zur Kirche gehe; er sitzt ganz still oben im Himmel, doch wenn ich ihn brauche, ist er immer da und hört mir zu, wenn er sich auch nur selten zu einer Antwort bequemt. Aber vielleicht wird er jetzt aus schierem Erschrecken eingreifen und sich meinetwegen um Lion kümmern. Doch während ich bete, frage ich mich, ob Gott wirklich gütig ist. Vielleicht ist er böse. Oder völlig unbeteiligt. Oder gar nicht da.

«Gibt es etwas Neues?» frage ich immer wieder, aber man hört nichts. Die Somme. Was für ein häßlicher Name. Er erinnert mich in seiner Dumpfheit an «Grab». Aber das ist ein unaussprechlicher Gedanke, den ich sofort wieder auslöschen muß. Ich muß mir den Namen vorstellen als eine glatt geschliffene, glänzende Silbe, scharf wie die Schneide eines unbesiegbaren Schwerts; ich muß mir das Wort so vorstellen, wie es in zukünftigen Geschichtsbüchern auftreten wird. «Der Große Krieg, der 1914 begann, wurde glorreich abgeschlossen im Juli 1916 durch den überwältigenden Sieg der britischen Armee an der Somme...» Ja, ich sehe das alles vor mir, die Schlacht wird in die Geschichte eingehen als die Entscheidungsschlacht des Krieges, als der größte britische Sieg seit Waterloo, als die letzte große Schlacht des zwanzigsten Jahrhunderts...

DIE SCHLACHT AN DER SOMME.

*

Man spricht von neunzehntausend Toten. Man spricht von fast sechzigtausend Verwundeten und neunzehntausend Toten – an einem einzigen Tag. Und keiner ist Sieger. Die Schlacht geht einfach weiter.

Wie übersteht ein Volk einen solchen Blutverlust?

Ich komme mir vor wie ein beschädigter Nerv in einem schwerkranken Körper.

Neunzehntausend Tote. Und das ist erst der Anfang. Ich kann nichts essen. Ich kann nicht schlafen. Ich kann nicht arbeiten. Ich kann überhaupt nichts tun. Ich sitze nur da und warte darauf, daß aus Oxmoon das Telegramm eintrifft. Die offizielle Benachrichtigung wird nach Schottland gehen, wo sich Daphne zur Zeit bei ihren Eltern aufhält, aber die Wynter-Hamiltons werden Bobby verständigen, und dann wird Margaret uns telegraphieren.

Neunzehntausend Tote, und im ganzen Land treffen jetzt die Telegramme ein, im ganzen Land gibt es Leute wie ich, die da sitzen, die warten, die auf die Türklingel lauschen – doch nein, bei mir klingelt niemand an der Tür, nur Robert kommt um elf Uhr morgens heim. Ich sehe zum Fenster hinaus, sehe, wie er den Taxifahrer entlohnt – und sowie ich sein Gesicht sehe, weiß ich alles, was es zu wissen gibt.

*

«Ich muß dir ...»

«Ja.» Ich wandte mich ab und ging hinauf in unser Schlafzimmer. Ich versuchte mich zu erinnern, wie viele saubere Hemden Robert hatte. Bennett war im Krieg, und da verlor man so leicht den Überblick über Roberts Wäsche. Im Schlafzimmer angelangt, ging ich zur Kommode und begann die Hemden zu zählen. Wahrscheinlich würden wir mindestens drei Tage in Oxmoon bleiben. Ich legte die Hemden auf den Tisch und stand da und starrte sie an. Ich weiß noch, daß die Sonne schien. Sie schien auf diese Hemden. Sie leuchteten schmerzhaft weiß.

«Robert –»

Aber er war da, und als er mich in die Arme nahm, wußte ich, daß ich meinen treuen Freund wieder hatte. Es schien wie ein Wunder. Ich hatte gefürchtet, mein Kummer könne ihn ärgern, doch nun, da mir mein treuer Freund zurückgegeben war, wußte ich, daß ich meine Gefühle nicht zu unterdrücken brauchte. Denn auch er litt Kummer, Kummer um das Leben, das ausgelöscht war, und unter dem Kummer lauerte sein alter Zorn auf den Tod, der jetzt unsere Gefühle in Brand setzte mit der Gewalt einer Fackel, die man in ein Pulverfaß wirft.

Wir umarmten uns, aber ohne fleischliche Leidenschaft. Wir waren nur zwei Freunde, zum gegenseitigen Trost verschränkt, doch als ich fühlte, wie dieser Zorn in Roberts Denken aufbrach, spürten wir beide die Sexualität in uns schwingen, und im nächsten Augenblick wurden wir überwältigt von einer Kraft, der keiner von uns zu widerstehen versuchte. Robert schloß die Tür ab. Ich zog die Vorhänge zu. Wir warfen unsere Kleidung ab, fielen aufs Bett und paarten uns. Das hatte nichts mit irgendeiner konventionellen Vorstellung von Sexualität zu tun. Ich erinnere mich in erster Linie daran, daß es der einzig natürliche zu vollbringende Akt zu sein schien, und dieser Akt war eigenartig funktional, als hätte der Kummer jede Sinnlichkeit abgetötet. Es war unser energischer Protest gegen den Krieg, unsere wilde Litanei für die Männer, die an der Somme gestorben waren, unser unerbittlicher Entschluß, dem Tod zu trotzen, indem wir das Leben feierten. Lion war tot. Sein fröhliches Leben war brutal beendet worden, aber wir waren noch am Leben, um gegen sein Ende zu rebellieren.

Später, eine ganze Weile später, als ich mich wieder daran machte, die Kleider für unseren Besuch in Wales herauszulegen, begann ich zu weinen, aber Robert war noch immer da, mein geliebter Robert, der beste Freund, den sich ein Mensch wünschen konnte. Robert nahm mich in die Arme, und als er «Meine liebste Ginette» sagte, da war es, als wären wir durch ein Wunder wieder in das alte, verlorene Oxmoon unserer Kindheit entrückt, und in unseren gemeinsamen Erinnerungen sahen wir es wiederauferstehen.

*

In Oxmoon geht es drunter und drüber, weil Margaret sich auf ihr Zimmer zurückgezogen hat, Celia versucht verstört, einen Haushalt in den Griff zu bekommen, in dem die Dienstboten so kopflos sind wie verirrte Schafe. Mich erschüttert dieser neue Beweis dafür, daß Oxmoon ohne Margaret auseinanderfällt; wider Willen werde ich an die Zeit erinnert, als sie ihre Schwester in Staffordshire besuchte und meine Kindheit ein so gräßliches Ende fand.

Aber ich versuche, nicht daran zu denken. Ich bemühe mich, stark und tüchtig zu sein, doch das ist nicht so leicht, denn der beunruhigendste Aspekt dieser beunruhigenden Situation ist die Tatsache, daß Bobby sozusagen ausfällt. Mit einem Glas Champagner in der Hand schlendert er umher und redet von der Landwirtschaft in Kriegszeiten und wie wunderbar die Mädchen auf dem Land seien, und in regelmäßigen Abständen hält er inne und verkündet, alles werde wieder gut werden, wenn Margaret sich erst erholt habe – als könnte Margaret auf wundersame Weise die Tragödie ausbügeln und Lion ins Leben zurückrufen.

Robert kann das Gebaren seines Vaters fast nicht mehr ertragen und sagt, er solle doch still sein, aber Johnny ist bei uns, Gott sei Dank, und – ja, ich muß meine Antipathie überwinden und es zugeben – Johnny ist ein Fels in der Brandung, er beschwichtigt nicht nur den armen Bobby, er wird auch mit dem kleinen Thomas fertig, der durch Margarets Abwesenheit offensichtlich so verwirrt ist, daß er jede Gelegenheit benutzt, um irgend etwas anzustellen.

Ich weiß zunächst nicht, ob ich mit Margaret sprechen soll, aber dann schicke ich ihr doch ein paar Zeilen hinauf mit dem Hinweis, daß sie mich nicht zu empfangen braucht, wenn sie es nicht wünscht. Aber sie beschließt, mich zu sehen, und so haben wir ein kurzes Gespräch, und sie dankt mir dafür, daß ich in dieser traurigen Situation nach Oxmoon gekommen bin. Sie liegt nicht im Bett. Sie sitzt am Fenster in einem abgewetzten alten Morgenrock und sieht viel älter aus, als sie ist – sie muß jetzt, glaube ich, einundfünfzig sein. In ihren Augen stehen keine Tränen, aber sie zieht die Stirn in Falten, als sie sagt, was ihr Lion bedeutete, ein kleines Kind so voller Leben nach den drei Babies, die gestorben waren.

«Ja, er war lieb, Margaret. Ich erinnere mich noch so deutlich an ihn im Kinderzimmer.»

Und das stimmt. Ich möchte weinen, aber Margaret hält mich davor zurück, als sie wieder mit ihrer leisen, leidenschaftslosen Stimme zu sprechen anfängt.

«Ich weiß nicht, auf wen Lion herauskam, aber ich liebte ihn nur um so mehr, weil er mich an niemanden erinnerte. Es ist so schwierig, wenn ein Kind, ein kleines unschuldiges Wesen, an jemanden erinnert, den man verabscheut, aber dieses Problem hatte ich mit Lion nie. Ich verstehe, weshalb alle glaubten, er sei mein Liebling. Wenn man sich seine Lieblinge aussuchen könnte, hätte ich mich gewiß auch für ihn entschieden, aber diese Auswahl ist einem nicht gestattet, oder? Es gibt immer ein Kind, an dem man so sehr hängt, daß seine Existenz fast zu einer Qual wird, aber diese Art von Beziehung hat nichts mit Auswahl zu tun; sie besteht, ob man es will oder nicht. Ich habe das Robert gestern zu erklären versucht, und ich glaube, er hat mich verstanden. Nun da Lion tot ist, kann man endlich mit Robert ein vernünftiges Gespräch über ihn führen.»

Ich nicke, um ihr zu zeigen, daß ich verstehe, doch ich denke die ganze Zeit weder an Lion noch an Robert, sondern an das Kind, das sie an jemanden erinnerte, den sie verabscheute. Sie denkt an Johnny, der sie an ihre Schwiegermutter erinnert, das weiß ich, aber sie und Johnny kommen so gut miteinander aus, und Johnny ist der ergebenste Sohn, den man sich vorstellen kann. Wenn nur Robert auch so gut mit Declan ausgekommen wäre, der ihn ständig an Conor erinnert haben muß, aber Declan war kaum sein eigenes Fleisch und Blut, nur ein kleiner irisch-amerikanischer Cousin zweiten Grades, aus einer Welt kommend, die Robert nicht verstehen konnte.

Gott sei Dank hat Declan den Osteraufstand in Dublin überlebt. Ich hoffe, er kann nach Amerika entkommen – aber wenn nun sein Schiff durch ein U-Boot versenkt wird! Ich mache mir noch immer Declans wegen Sorgen, so daß ich weiß, was Margaret meint, wenn sie sagt, man kann so sehr an einem Kind hängen, daß seine Existenz einem zur Qual wird. Ich liebe Rory, weil er so fröhlich und unkompliziert ist – wie Lion –, aber Declan ist für mich, was Robert für Margaret ist, und ich weiß, er wird immer der Sohn sein, der meinem Herzen am nächsten steht.

*

Ich scheine meine Periode übersprungen zu haben, aber ich bin sicher, es ist keine Schwangerschaft, sondern die physische Reaktion auf den durch Lions Tod ausgelösten Schock. Ich bin im Begriff, nach Schottland zu fahren, um Daphne zu besuchen, aber Robert will nicht mitkommen, obwohl es August ist und auch viele unserer Freunde in Schottland sein werden. Aber das Schloß der Wynter-Hamiltons ist nicht weit von Fort William entfernt, und von fast jedem Fenster aus sieht man den Ben Nevis, und gewiß deshalb scheut Robert vor einem Besuch zurück; er will nicht an seine Bergsteigerzeit und den schrecklichen Unfall erinnert werden, der seine Spuren in ihm hinterlassen hat.

Aber ich muß Daphne besuchen, und so habe ich mich entschlossen, ohne ihn zu fahren, und zumindest habe ich Rory bei mir, der sich während der langen Bahnfahrt um mich kümmert. Gleich nach meiner Abreise begibt sich Robert nach Pwlldu, um einige Wahlkreisprobleme zu regeln, und dann fährt er weiter nach Gower, um sich zu vergewissern, daß Bobby wieder auf dem Damm ist.

Ein Glück, daß ich diesmal einen guten Grund habe, ihn nicht nach Oxmoon zu begleiten.

★

Ich scheine wieder eine Periode ausgelassen zu haben, aber ich kann unmöglich schwanger sein, es ist die Folge der Nervenanspannung jetzt während des Besuchs bei Daphne. Es strengt mich sehr an. Ich hätte es wohl leichter ertragen, wenn sie aufgelöst gewesen wäre, aber sie war so tapfer, daß ich das Gefühl hatte, *ich* sei diejenige, die am Rand eines Nervenzusammenbruchs steht. Aber ich weiß, daß sie sich über meinen Besuch gefreut hat, und so habe ich recht daran getan, als ich mich zwang, nach Schottland zu fahren. Die kleine Elizabeth ist jetzt fast ein Jahr alt. Sie ist pummelig und fröhlich und hat Lions freche blaue Augen, und während ich sie in den Armen halte, sehne ich mich zwangsläufig nach dem Baby, von dem ich weiß, daß ich es nie bekommen werde.

★

«Raymond ist gefallen.»

«O Robert, nein – doch nicht Raymond –»

«Er ist gefallen. Die Armee stirbt. Sie ist der größte Friedhof, den die Welt je gesehen hat.»

Nun war es an mir, ihn zu trösten, aber was konnte ich sagen? Ich hatte geglaubt, gegen den Schrecken der Verlustlisten immun geworden zu sein, doch nun, da jemand wie Raymond darauf stand, fiel mich das ganze Grauen von neuem an. Jemand wie Raymond... Aber es gab niemanden, der ganz so war wie Raymond Asquith. Ein so brillanter, charmanter, geistreicher Mann – und das alles ausgelöscht an einem Septembertag durch eine deutsche Kugel in einer französischen Hölle. Obwohl Raymond für mich immer nur ein angenehmer Bekannter gewesen war, wußte ich doch, daß er Robert, der sich auf geistiger Ebene so mühelos mit ihm vergleichen konnte, viel mehr bedeutet hatte, und da ich ahnte, daß Robert dachte: nur durch Gottes Fügung bin ich nicht an seiner Stelle, wußte ich, was kommen würde.

«Was für ein verdammter Feigling ich bin», flüsterte Robert und schlug sich die Hände vors Gesicht.

«Unsinn», erwiderte ich sofort. «Man braucht viel Mut, um an der Heimatfront auszuharren, wo sowohl das neue Gesetz wie die öffentliche Meinung die Männer drängen, zu den Fahnen zu eilen.»

«Ich verdiene es, für einen Feigling gehalten zu werden. Ich *bin* ein Feigling. Ich habe solche verdammte Angst, zu sterben – zu verlieren –»

«Jeder Mensch bei Verstand sollte Angst vor dem Sterben haben. Das heißt nicht, daß man ein Feigling ist.»

«Ich müßte mich freiwillig melden, ich weiß, ich müßte es –»

«Wie kannst du das? Du bist von dem Volk, das diesen Krieg führt, beauftragt, dort zu bleiben, wo du bist.»

«Auch Raymond hat man gesagt, er soll bei seinem Stabsposten bleiben. Aber er hatte den Mut, zu seinen Leuten zurückzugehen –»

«Du bist nicht Raymond, Robert. Deine Position als Staatssekretär ist nicht nur eine ganz andere, ich vermute auch, ihr habt euch in der Persönlichkeit mehr unterschieden, als du dir je bewußt warst. Wir wissen eigentlich nicht viel über Raymond, aber das kann ich jedenfalls sagen: Wenn er so sehr darauf aus war, an die Front zu gehen und sich unter sehr ungünstigen Umständen auf ein Spiel mit dem Tod einzulassen, dann war er wahrscheinlich ein viel komplizierterer Mensch als du. Du bist ein einfacher Mensch mit komplexen Problemen. Raymond scheint ein komplexer Mensch mit komplexen Problemen gewesen zu sein. Das ist ein Unterschied.»

«Aber –»

«Um es ganz simpel auszudrücken, Robert: Wenn du jetzt zur Armee gingst, würdest du keinen Mut beweisen, sondern selbstmörderische Absichten. Laß dich nicht von Schuldgefühlen leiten! Laß dich von der Vernunft leiten – und das wird unter diesen Umständen genausoviel Mut erfordern, wie ihn die meisten Männer in Uniform beweisen.»

Darauf erwiderte er nichts mehr. Es verging eine Weile, während ich ihn fest in den Armen hielt, aber schließlich sagte er mit leiser Stimme: «Das wird Asquith den letzten Stoß versetzen. Jetzt wird Lloyd George ihn auseinandernehmen.» Und dann begann er von Raymonds intellektueller Brillanz zu sprechen, von seinen großen Tagen in Oxford und von einer entschwundenen Welt, die unwiderruflich vernichtet worden war.

*

Heute bin ich einkaufen gegangen, teils um mich abzulenken, teils um mich von der Qual meines Briefes an Raymonds Frau zu erholen und teils weil ich in der Burlington Arcade nach hübschen, aber nicht teuren Manschettenknöpfen für Rory Ausschau halten wollte. Ich bringe ihm immer ein kleines Geschenk mit, wenn ich ihn in der Schule besuche. Aber ich konnte zum richtigen Preis nichts Passendes finden, und so verließ ich die Arcade, und ich schlenderte gerade müßig durch Fortnum's, wie man das so oft tut, wenn man am Piccadilly ist und weit weg von dem göttlichen Harrods, als mein Blick auf ganz herrliche Brombeeren fiel. Gutes Obst ist hoffnungslos teuer heutzutage, aber ich wurde von dem Drang gepackt, mich vollzustopfen, und so verlor ich alle Hemmungen. Ich kaufte sechs Orangen, sechs Pfirsiche und zwei Pfund Brombeeren, und mit dem Geld, das ich dafür bezahlte, hätte man fast die deutschen Blockadeschiffe bestechen können.

Ich muß jetzt daran denken, wie eigenartig dieser Impuls war, geradeso wie ich mich zwangsläufig an meine Lust auf Obst erinnere, als ich mit Declan und mit Rory schwanger war. Diese Gier überfiel mich damals in den ersten Monaten und dann noch einmal in den letzten Wochen. Conor pflegte zu sagen, wir lebten wie in einem Orangenhain in Florida, und wir hatten solchen Spaß, wenn wir die Schalen entfernten und auf dem Bettuch die Kerne umherschnickten.

Ich wage nicht zuviel zu hoffen aus Angst, ich könnte enttäuscht werden, aber ein Besuch bei meiner freundlichen Ärztin Dr. Drysdale würde mir gewiß im Nu Klarheit verschaffen . . .

*

«Bist du sicher?» sagte Robert.

«Darling, *ja*! Ist das nicht herrlich?»

«Herrlich, ja, aber wie merkwürdig! Ich frage mich, wann –»

«Bei Lions Tod. Es ist das einzige Datum, das einen Sinn ergibt.»

«Das ist dann noch merkwürdiger! Das war so bizarr, daß mir dabei nie der Gedanke an Fortpflanzung gekommen wäre!»

«Ja, das war auch das letzte, woran ich dachte, aber Robert, ist es nicht aufregend? Ich bin richtig in Ekstase – komm, wir trinken einen Champagner!»

Wir tranken Champagner.

«Wie schön zu sehen, daß du wieder glücklich bist!» sagte Robert und lächelte mich an.

«O Darling, es tut mir leid, ich war so schwierig die letzten anderthalb Jahre, aber unser Eheleben wird jetzt ganz anders werden, das verspreche ich dir!»

«Wunderbar!»

Ich wartete darauf, daß er sagte, was Conor gesagt haben würde: «Gehen wir ins Bett, das muß gefeiert werden!», obwohl ich nicht zu sagen vermochte, weshalb Robert sich gerade diesen Augenblick hätte aussuchen sollen, um eine verspätete Ähnlichkeit mit Conor zu entwickeln.

«Ja, ich muß gehen», sagte Robert dann und sah auf seine Uhr. «Warte nicht auf mich, die Debatte heute abend wird sich in die Länge ziehen.»

Dann küßte er mich. Er kehrte mir den Rücken zu. Und er ließ mich allein.

*

Ich glaube, ich weiß, was passieren wird, aber ich kann mich dem Problem jetzt nicht stellen, und so schiebe ich es auf. Das dumme ist nur, daß Robert und ich mit aufgeschobenen Problemen gar kein Glück haben. Ein solches Warten auf eine spätere Lösung ist für mich zum Synonym für eheliche Hölle geworden.

Um mich von der Krise abzulenken, die ich herannahen sehe, fange ich wieder an, die politischen Nachrichten in der *Times* zu lesen, und da wird mir bald klar, daß Robert einen echten Grund hat, mir aus dem Weg zu gehen und sich in die Angelegenheiten des Unterhauses zu stürzen.

Sie sind Asquith endlich losgeworden. Lloyd George hat seinen Machtanspruch angemeldet, und das bringt Robert in ein Dilemma. Er möchte sich Asquith, seinem ursprünglichen Gönner, gegenüber loyal verhalten, und da er Raymond noch immer nicht vergessen hat, ist es sein natürliches Bestreben, Raymonds Vater zu unterstützen, aber für solche Gefühle ist in der Politik kein Platz, und jetzt winkt Lloyd George; der walisische Hexenmeister spinnt seine Fäden. Lloyd George hat Robert seit langem im Auge, und jetzt stellt er ihm eine wichtige Rolle in einer glänzenden Zukunft in Aussicht. Robert kann der Verführung nicht widerstehen. Er wird das Lager von Asquith verlassen und sich hinter den neuen Führer stellen, der aus dem dramatischen Staatsstreich hervorgegangen ist.

Nichts kann Roberts Karriere jetzt noch aufhalten, nichts – außer möglicherweise eine gescheiterte Ehe und eine Verhandlung vor dem Scheidungsrichter.

Aber das ist eine Zukunft, die ich einfach nicht akzeptiere. Wie konnte ich an eine solche Katastrophe überhaupt nur denken! Die Schwangerschaft scheint mich aus der Balance zu bringen, deshalb muß ich sofort mein Gleichgewicht wiedererlangen. Vielleicht sollte ich ganz schnell zu Fortnum's gehen und noch mehr Obst kaufen . . .

*

«Robert, bist du wach?»

«So gerade eben. Was ist?»

«Robert, ich weiß, du wirst jetzt vielleicht zornig, weil du immer gern die Initiative in solchen Dingen ergreifst, aber *bitte,* sei nicht böse –»

«Im Augenblick bin ich nur etwas verärgert. Komm doch bitte zur Sache.»

«Ja, ich . . . Robert, läßt du mich in der Nacht allein, weil du glaubst, du könntest dem Baby schaden? Wenn ja, brauchst du dir keine Sorgen zu machen – jetzt, wo der Beginn der Schwangerschaft vorüber ist, kann gar nichts passieren bis zum siebten Monat.»

«Ja, das weiß ich.»

«So, ja, warum –»

«Oh, um Gottes willen, Ginette! Schlaf jetzt und hör auf, mich zu quälen! Warum bist du nie zufrieden? Ich habe dich geschwängert – ist das nicht fürs erste genug?»

Eine lange Zeit verging, während ich auf der Seite lag und mich schlafend stellte. Ich machte kein Geräusch, aber mein Kissen war bald ganz naß. Obwohl die Zurückweisung nicht ganz unerwartet kam, konnte ich sie doch kaum ertragen.

Dann beging er einen schlimmen Fehler. Auch er hatte sich schlafend gestellt, aber als ich ein Schluchzen nicht unterdrücken konnte, rief er aus einem angestauten Schuldgefühl heraus: «Kinsella wollte es wohl während jeder deiner Schwangerschaften haben!» Und ich schrie zurück: «Ja, das wollte er – er war kein verwöhntes erwachsenes Kind, das Babies haßt!»

Unsere Zeit der Freundschaft war nur ein Zwischenspiel gewesen, das jäh zu Ende ging, und abermals begannen die ehelichen Schrecken.

Ich taumelte aus dem Bett, taumelte über den Flur, taumelte in Declans Zimmer. Es war eine verzweifelte Flucht durch das Dunkel, und als ich auf das Bett sank, vergrub ich mich unter der Federdecke, als wäre mir jeder Gedanke an Licht ein Greuel.

«Ginette.» Ich hörte das Klicken des Schalters neben der Tür und fühlte, wie er sich aufs Bett setzte, doch als er versuchte, die Federdecke fortzuziehen, klammerte ich mich so fest daran, daß er es aufgab. Als sich das Schweigen in die Länge zog, wußte ich, daß er verzweifelt nach der emotionalen Subtilität suchte, welche die Szene in den Rahmen der Ordnung zurückgebracht haben würde.

Aber Robert war nur der emotionalen Simplizität fähig. Er sagte, was zwar rührend, aber zwecklos war: «Das ist unser Kind, deines und meines, und ich will es haben, und es hat, was mich betrifft, nichts mit jenen Babies zu tun, die ich in Oxmoon vor langer Zeit so lästig fand.»

Ich dachte: ja. Das ist die Situation, wie sie sein sollte. Das ist die Situation, wie du, emotional farbenblinder Robert, sie siehst. Aber das ist nicht die Situation, wie sie wirklich ist.

Mir war so kalt, daß ich noch tiefer unter die Federdecke kroch, um dem Frosthauch dieser schrecklichen Wahrheit auszuweichen.

«Aber das dumme ist», fuhr Robert hartnäckig fort, keinen Augenblick lang die Möglichkeit in Betracht ziehend, daß es Probleme gab, die sich einer rationalen Lösung entzogen, «daß ich schwangere Frauen nicht begehrenswert finde. Manche Männer tun es, andere nicht. Ich tue es nicht. Ich weiß nicht, warum.»

Ich sagte nichts. Schwangerschaft hieß für Robert, daß er nicht Mittelpunkt der Aufmerksamkeit war. Nicht Mittelpunkt der Aufmerksamkeit zu sein hieß, nicht gewinnen zu können. Nicht gewinnen zu können hieß für Robert soviel wie ein Scheitern, das er nicht ertragen konnte.

Ich kannte ihn so gut, daß ich gewissermaßen jede verklemmte Falte in diesem so leistungsstarken Gehirn vor mir sah, die seine Vernunft nicht glattzubügeln vermochte. Auch ich konnte nichts tun.

Ich sah Wahrheiten, die zu erkennen er emotional zu simpel veranlagt war. Ich sah ein düsteres Schema, das in seiner rationalen Schwarzweiß-Welt keinen Platz hatte.

«Die Sache ist also die», sagte Robert, mit unvergleichlicher, aber ohnmächtiger Logik von einer Feststellung zur anderen übergehend, «daß ich dich liebe und das Kind wünsche, aber zur Zeit diese Gefühle im Bett nicht ausdrücken kann. Natürlich», setzte er mit Bedacht hinzu, «wird alles wieder in Ordnung sein, wenn das Kind geboren ist.»

Ich hatte nicht mehr die Kraft, mich an die Federdecke zu klammern, und er konnte sie langsam fortziehen.

«Es tut mir leid», sagte er rasch, als er mein Gesicht sah, «aber ich hatte vorher keine Ahnung, daß dies geschehen würde.»

Ich wartete nur darauf, daß er ging, doch er zögerte noch und spielte mit der Schnur seines Hausrocks, die er unablässig zwischen den Fingern drehte. Schließlich sagte er bittend: «Willst du nicht ins Bett zurückkommen? Trotz allem möchte ich nicht allein schlafen.»

«Nein?» sagte ich. «Aber ich. Ich fürchte, ich muß es sogar. Ich kann nicht weiter so Nacht für Nacht keusch neben dir schlafen, das macht mich verrückt.»

Er war so erschüttert, daß er keine Worte fand.

«Ich muß akzeptieren, daß ich dich nicht ändern kann», sagte ich, «und daß alles wieder gut wird, wenn das Baby da ist, aber bis dahin mußt du mir erlauben, daß ich selbst sehe, wie ich mit dieser Krise am besten fertig werde.»

«Aber du hast nicht das Recht, mich so zurückzuweisen!» brachte er stammelnd hervor.

«Warum nicht? Du hast mich ja auch zurückgewiesen!»

Er schlich sich stumm hinaus.

*

Robert kommt bei Morgengrauen in einer schrecklichen Verfassung zurück und sagt, er habe nicht schlafen können, weil ihm klar geworden sei, daß er ein schlechter Ehemann ist und bei seiner ehelichen Pflicht, mich glücklich zu machen, versagt hat. Er sagt, es tut ihm leid, furchtbar leid, er weiß, er hat meinen ganzen Zorn verdient, aber ich soll ihm doch bitte, bitte verzeihen, weil er so sehr gern alles wieder gutmachen will.

Ich stelle aber nur fest, daß er sich auf den absolut hoffnungslosen

Wettbewerb mit einem Toten eingelassen hat und daß er keine Ruhe findet, solange er das Gefühl hat, nur als Zweiter zu rangieren.

Ich bitte ihn, die Sache für ein, zwei Nächte ruhen zu lassen. Ich sage ihm, daß ich ihn wirklich liebe, aber daß wir jetzt beide zu müde und erregt seien und es besser wäre, unsere Wiedervereinigung zu verschieben.

Aber er kann nicht auf mich hören. Er muß sich vor sich selbst beweisen, er muß gewinnen, also legt er sich zu mir in das Einzelbett, und es geschieht unvermeidlicherweise das Schlimmste, wahrscheinlich das einzig Schlimme, das einem Mann wie Robert je passieren könnte, und wir befinden uns in einem noch schlimmeren Durcheinander als zuvor.

*

«Ich verstehe das nicht – ich verstehe das einfach nicht –»

«Darling, hör mir doch nur mal *einen* Augenblick zu. Mit einem solchen Alpdruck kann man nur eines machen: man muß mit ihm fertig werden. Wir müssen einfach akzeptieren, daß unsere Ehe aus den Fugen geraten ist und daß dies bis zum nächsten Frühjahr dauern wird. Das ist schlimm, ja, aber es ist nicht für ewig, und es ist nicht fatal, es ist vorübergehend und heilbar, also müssen wir uns beide bemühen, die Gegenwart zu überstehen in dem Bewußtsein, daß es wieder eine bessere Zukunft geben wird.»

«Aber warum passiert mir das? Das begreife ich einfach nicht –»

«Aber das ist doch kein großes Geheimnis, Robert! Du hast doch ganz offen gesagt, daß du mich nicht begehrenswert findest.»

«Ja, aber ich *will* es! Ich zwinge mich dazu! Warum gelingt es mir nicht?»

«Robert», sagte ich, «es gibt im Leben Situationen, die nicht deiner Willenskraft unterliegen, und leider scheint dies eine solche Situation zu sein. Laß es gut sein, ich bitte dich, laß es gut sein.»

«War Conor einmal so?»

Ich stellte mit Schrecken fest, daß Robert nicht mehr «Kinsella» sagte, sondern meinen ersten Mann beim Vornamen nannte. Conor war nicht mehr jemand aus der Vergangenheit, den man bequemerweise vergessen konnte. Er war zum Rivalen aufgerückt. Er war gegenwärtig. Und im Begriff, zu gewinnen.

«O Robert, *bitte* –»

«Es tut mir leid, ich *muß* es wissen. Hat Conor jemals bei dir so völlig versagt wie ich eben?»

«O Gott, mehr als einmal!»

«Du lügst, ich glaube dir nicht –»

«Robert, er hat getrunken! Er hat vielzuviel und viel zu oft getrunken! Er war oft gar nicht perfekt im Bett – aber das habe ich dir doch schon gesagt, ich erinnere mich noch genau –»

«Aber war er je so –»

«Ja, natürlich, er war gelegentlich impotent! Er war schließlich keine Maschine, er war ein Mensch!»

«Aber was hat er gemacht, wenn er impotent war?»

«Gewöhnlich hat er ‹Verdammte Scheiße› gesagt und ist eingeschlafen.»

«Und bei anderen Malen? Was hat er da gemacht?»

«Du würdest es wahrscheinlich einen Verstoß gegen die Regeln nennen.»

«Du meinst –»

«Nein, Robert, ich sage jetzt gar nichts mehr –»

«Mir macht es nichts aus, gegen die Regeln zu verstoßen. Ich würde meiner Frau normalerweise so etwas nie vorschlagen, aber wenn du nichts dagegen hast, dann macht es mir nichts aus.»

«Ich *habe* aber etwas dagegen – ich will nicht mit dir machen, was ich mit Conor gemacht habe!»

«Warum nicht?»

«Weil . . . weil Conor so eine Art hatte, verbotene Sachen ganz richtig erscheinen zu lassen, aber es waren keine Sachen, die ich normalerweise –»

«Du meinst, er war im Bett besser als ich.»

«Nein! O Gott, nein, nein, nein –»

«Du hast ihn so sehr geliebt, daß es dir egal war, was er gemacht hat, aber du liebst mich nicht so sehr, also ist es dir nicht egal!»

«*Nein!* NEIN, NEIN, NEIN!»

«Du liebst ihn – du liebst ihn noch immer – du hast ihn immer geliebt – und du liebst ihn mehr, als du mich je lieben wirst.»

Ich schrie und schrie, um das abzustreiten, aber er war schon wie verkrüppelt aus dem Zimmer gestolpert.

*

Schrecklich. Robert ist fertig, ich bin fertig, die Ehe ist fertig, und die ganze Zeit wächst das kleine Baby Millimeter um Millimeter und bewegt sich ab und zu, um mich daran zu erinnern, wie froh ich mich fühlen müßte.

Natürlich wahren wir den Schein, aber ich bin jetzt in einer solchen

Verfassung, daß ich unmöglich meine Leserbriefe mit ihren Problemen beantworten kann, und ich rufe Julie an und sage ihr, meine Ärztin habe mir geraten, bis zum Frühjahr eine langsamere Gangart einzuschlagen. Julie sagt, macht nichts, ich kann später jederzeit wieder anfangen, und wie schön, daß es ausnahmsweise jemanden gibt, der eine Schwangerschaft wirklich *will*.

Ich fange sofort an zu weinen, und Julie sagt: «Wir treffen uns um eins im ‹Gondolier›», und sowie ich meine Tränen getrocknet habe, eile ich los zur Kensington High Street.

*

«Was soll ich machen, Julie? Was soll ich um Gottes willen nur machen?»

«Erst mal tief Atem holen und dich beruhigen. Die Situation ist zwar bös, aber du kommst da schon heraus.»

Ich hatte mein ganzes Steak-mit-Nierenpastete-und-zwei-Gemüsen hindurch geweint, doch als Julie mir diese Zukunftshoffnung eingab, konnte ich die Tränen zurückdrängen. Ich wußte in diesem Augenblick, daß sie die beste Freundin war, auf die ich je hoffen konnte. Jede Frau braucht eine «beste Freundin», mit der sie über alles sprechen kann, von der Menstruation bis zu männlichen Ungeheuern, und zu dieser besten Freundin war Julie mir geworden. Es tat nichts zur Sache, daß sie ledig war. Sie war eine Frau von Welt, und sie besaß ein intuitives Mitgefühl, das im Erfassen einer Situation an Telepathie grenzte. Ich brauchte ihr gar nicht alles im einzelnen zu erzählen; ich schilderte ihr die Situation nur in Umrissen, und sie dachte sich den Rest.

«Als erstes», sagte sie, «frag dich nicht nach der Wahrheit – was immer das auch ist. Es kommt gar nicht darauf an, welchen von den beiden Männern du mehr liebst. Wichtig ist nur, daß Robert glaubt, er ist es.»

«Aber wie soll ich ihn davon überzeugen?»

«Du mußt sozusagen eine Propagandakampagne für ihn inszenieren. Vergiß fürs erste das Bett – da ist offensichtlich im Augenblick nichts zu machen –, aber behandele ihn, als wäre er Gott persönlich, und zeig dich hingebungsvoll.»

«Aber wird er da nicht etwas merken und argwöhnisch werden?»

«Ach woher – er wird viel zu erleichtert und nur zu bereit sein, dir jedes Wort zu glauben!»

«Aber wenn er das Thema Conor noch einmal aufbringt?»

«Ja, Conors Geist muß ausgetrieben werden. Aber das wird Robert nicht machen – dazu hat er zuviel Angst. Du bist diejenige, die den Exorzisten spielen muß.»

«O Gott, Julie –»

«Nur keine Angst. Du brauchst ihn nur davon zu überzeugen, daß er es nicht als Beleidigung, sondern als Kompliment aufzufassen hat, wenn du mit ihm nicht tun willst, was du mit Conor getan hast. Sag ihm, du hättest nie gemocht, was Conor getan hat, wenn er betrunken war, obwohl du aus reiner Gattentreue hättest glauben wollen, daß alles, was er tat, richtig war. Dann sagst du einfach, du könntest es nicht ertragen, daß Robert, der griechische Gott, sich bemüßigt fühlt, auf Conors niedere heidnisch-irische Ebenen herabzusteigen. Das ist doch eine rationale und ihn befriedigende Erklärung – oder?»

Hoffnung folgte großer Verzweiflung und wollte mich überwältigen. Abermals begann ich in mein Steak-mit-Nierenpastete hineinzuweinen, doch danach fühlte ich mich durch das Gespräch so ermutigt, daß ich den Mut hatte, zu Harrods zu gehen und ein Geschenk für Johnnys und Blanches zweites Baby zu kaufen. Es mußte jetzt jeden Tag ankommen, und ich sagte mir, daß es sich einfach nicht schickte, sich so sehr mit den eigenen Sorgen zu beschäftigen, daß kein Geschenk parat lag, wenn das Baby auf die Welt kam.

*

Die Schrecken hören nicht auf. Blanche brachte einen kleinen Jungen zur Welt, aber er lebte nur ein paar Stunden. Der Pfarrer kam sofort, als der Tod abzusehen war, und das Baby wurde auf den Namen John getauft, ehe es in Blanches Armen starb. Ich bin sehr, sehr erschüttert und mache mir Vorwürfe, weil ich in Gedanken so gehässig zu Johnny und Blanche war und sie als ein Paar bezeichnete, das zu schön sei, um wahr zu sein. Ich war einfach eifersüchtig, weil sie eine so glückliche Ehe führen – und sie spielen auch der Welt nichts vor; sie sind beide viel zu jung und naiv, um einer zynischen alten Schachtel wie mir etwas vormachen zu können.

Die Tragödie hat mich bei dem Gedanken an mein eigenes Baby nervös gemacht, aber Dr. Drysdale versichert mir, alles verlaufe normal. Jedenfalls macht das Baby einen recht gesunden Eindruck. Ich bin immer so aufgeregt, wenn das Baby aktiv wird, und trotz meiner Sorgen bin ich auch diesmal aufgeregt. Ich kann mir das Baby vorstellen, wie es seine kleinen zahnlosen Kiefer zusammenpreßt und mit den kleinen Beinchen strampelt und sich fragt, wo es wohl ist. Warum stellen wir uns den Mutterschoß so behaglich vor? Ich stelle ihn mir eher erschreckend vor, eine dunkle, gepolsterte Zelle. Armes kleines Baby. Aber nicht schlimm, bald wird es frei sein, und wenn es erst frei ist, können Robert und ich allmählich aus diesem Alptraum auftauchen, der uns verschlungen hat.

Es ist gar nicht so einfach, Robert zu behandeln, als wäre er Gott, ständig liebevolle Sorge an den Tag zu legen und das ganze Schauspiel möglichst ohne jede Andeutung von Sex darzubieten, aber ich kämpfe tapfer weiter. Julie hatte recht, als sie sagte, Robert werde erleichtert sein. Er ist es. Gewiß glaubte er, er werde es für den Rest der Schwangerschaft mit einem frustrierten, mürrischen Häufchen Elend zu tun haben, doch so schickt er mir voller Dankbarkeit jeden Tag Blumen und gibt mir zusätzliches Geld zum Einkaufen bei Harrods, um sich meines freundlichen Lächelns zu versichern.

Natürlich fühlt er sich schuldig, weil er mich unglücklich gemacht hat, und natürlich fühle ich mich schuldig, weil . . . Nun, ich habe ihn auch unglücklich gemacht, nicht wahr, aber ich hatte es nicht beabsichtigt, es war ein Versehen, mir ist einfach in der Erregung eine falsche Bemerkung herausgerutscht. Darling Robert, was für ein lieber kleiner Junge er war, ich sehe uns noch Erdbeeren pflücken im Gemüsegarten, höre ihn noch sagen: «Ich werde bei dir immer der Erste sein, nicht wahr?» – O ja, ich liebe Robert so sehr, daß er wirklich der Erste ist, und Conor ist nur noch ein Skelett im Wandschrank, das in gewissen Abständen zu laut mit seinen Knochen rasselt.

Das ist die Wahrheit. Das ist die Realität . . . oder etwa nicht? Doch, natürlich ist sie es, und ich werde es jetzt beweisen, indem ich das Gespräch führe, das Conors Geist ein für allemal austreibt . . .

*

«. . . und ich kann nicht glauben, daß eine anständige Frau ein solches Verhalten gutheißen würde, aber er war nun einmal mein Mann . . . und da war es als seine Ehefrau meine Pflicht, ihm zu gehorchen, nicht, und er hatte das Recht, im Bett zu tun, was er wollte . . .»

Würde Conor unsere Ehe nach dieser Beschreibung wiedererkannt haben? Nein. Er wäre in ein ungläubiges Lachen ausgebrochen, aber daran durfte ich jetzt nicht denken. Ich wagte es einfach nicht.

Ich kämpfte weiter.

«. . . und deshalb war ich so entsetzt, als du Andeutungen machtest, ich sollte . . . nun, du verstehst doch gewiß, Darling, ja? Ich wollte nicht, daß unsere Ehe auf dieses Niveau herabsinkt, und ich wollte vor allem nicht, daß *du* auf dieses Niveau herabsinkst, weil ich dich so viel höher schätze als Conor, du bist so viel gebildeter, so viel... nun, ganz offen gesagt, du bist so viel mehr als er der Mann, mit dem ich verheiratet sein möchte.»

Ich hielt inne. Ich sagte mir, daß es Zeit sei, ihn geradeheraus anzusehen, und so nahm ich all meinen Mut zusammen und sah ihn an. Wir saßen nebeneinander auf dem Sofa im Wohnzimmer. Es war vor dem Dinner, denn ich mußte das Gespräch vorher hinter mich bringen, weil ich sonst keinen Bissen hinuntergebracht hätte.

Robert blickte mich ruhig an. «Ich verstehe», sagte er. «Ja. Danke.»

Ich sank vor Erleichterung fast in mich zusammen. Der schwierige Teil der Geschichte war geschafft. Jetzt mußte ich nur noch die ausschmückenden Tupfen hinzufügen.

«Ich liebe dich mehr, als ich Conor je geliebt habe», sagte ich und setzte rasch hinzu: «O Darling, du glaubst mir doch, ja?»

«Ja», sagte Robert. «Natürlich.» Und sowie er das gesagt hatte, wußte ich, wie sehr ich gelogen hatte. Eine schreckliche Sekunde lang waren wir wieder im Musikzimmer in Oxmoon im Jahre 1913. Ich hörte ihn noch, wie er so brutal sagte: «Du mußt mir immer die Wahrheit sagen, denn anderenfalls merke ich es sofort, und das wäre das Ende.»

Zu meinem Schrecken fing ich an zu weinen. «Ich habe dir die Wahrheit gesagt», flüsterte ich. «Du mußt mir glauben, daß es die Wahrheit ist, du mußt –»

Aber er rettete mich vor weiteren selbstverräterischen Worten, indem er schützend drei Sekunden lang seinen Mund auf den meinen legte, und als er seine Lippen von mir nahm, fand ich zuerst nicht zur Sprache zurück. Ich konnte nur zuhören, wie er ganz ruhig sagte: «Wir gehen beide davon aus, daß du die Wahrheit gesagt hast, ja? Und ich glaube, wir sollten uns auch, obwohl wir einige Mühe hatten, jetzt sagen, daß wir dieses Problem befriedigend gelöst haben und daß das nun endgültig hinter uns liegt.»

Ich konnte, noch immer weinend, nur stumm nicken. Er reichte mir ein Taschentuch.

«O Robert...» Meine Tränen wollten schneller fließen denn je.

«Liebstes, denk an das Baby, beruhige dich und sei vernünftig. Ich liebe dich so sehr, wie ich dich nur je geliebt habe, und ich bin sicher, zum Schluß wird alles gut werden.»

*

Das ist eine Lüge. Das ganze Gespräch war eine Lüge. Er weiß es, ich weiß es, aber weil wir uns lieben, haben wir dieses Schauspiel erfunden, damit wir weitermachen können, ich weiß nicht, wie lange. Ich darf mich das nicht fragen, denn ich will die Antwort nicht wissen. Ich kann mich nicht einmal Julie anvertrauen, ich werde ihr einfach sagen, alles sei gut gegangen, und das stimmt ja irgendwie auch. Robert ist voller Zuneigung und Rücksichtnahme; ich bin liebevoll und heiter, aber das ist alles gespielt, ist durch und durch falsch, und ich spüre, wie unter der Falschheit unsere Ehe in die Brüche geht.

⋆

Es muß bei mir bald soweit sein, denn ich habe mich dem Hausmädchen beim Frühjahrsputz angeschlossen. Ich kann nicht still sitzen, ich räume meine Kleider heraus und hinein, ich muß ständig etwas zu tun haben. Conor sagte, ich sei wie ein Vogel, der im letzten Augenblick bemerkt, daß er vergessen hat, sein Nest mit Federn auszupolstern. Also gehe ich jetzt auspolstern.

Ich wünschte, das Baby wäre ein Mädchen, aber Robert würde für eine Tochter keine Liebe übrig haben, niemals, eine Tochter wäre für ihn ein Scheitern, der Beweis, daß er keinen Sohn haben konnte, also muß es ein Junge sein, und ich muß mich mit der Tatsache abfinden, daß ich dazu bestimmt bin, eine Mutter von Söhnen zu sein.

Aufhören. Ich spüre die erste Wehe. O Gott, wie aufregend das ist und wie traurig, wie unsagbar traurig, daß Robert meine Freude nicht teilen kann.

⋆

«Ist es ein Junge?» keuchte ich, und als man es mir bestätigte, wurde ich ohnmächtig – nicht wegen der Beschwerden der Geburt, sondern vor Erleichterung. Doch kaum war ich wieder bei Bewußtsein, erfaßte mich wieder die Panik. «Ist er normal? Oder ist es ein Krüppel? Ein Kretin?»

Meine freundliche Dr. Drysdale beeilte sich, diesen qualvollen Fragen ein Ende zu machen, und während sie noch sprach, legte mir die Hebamme das frisch gewaschene, friedlich schlummernde Baby in die Arme.

«Oh!» Ich war sprachlos.

«Ist er nicht lieb?» sagte die Hebamme entzückt. «Nicht alle sehen heutzutage so aus, das kann ich Ihnen versichern!»

Ich war nach der Gasnarkose noch etwas verwirrt, und ich verspürte das schreckliche Verlangen, das Baby vor Robert zu verstekken, als er ein paar Minuten später hereinkam, aber ich ließ es sofort erschrocken sein. Nachdem er mich geküßt hatte, blickte er auf unseren rosig-weißen Sprößling hinunter, der so ganz anders war als die unsauberen rotgesichtigen Babies, die das Kinderzimmer in Oxmoon bevölkert hatten, und zu meiner Wonne sah ich, daß er vor Freude benommen war.

«Was für eine Glanzleistung!» brachte er in völlig aufrichtigem Ton hervor, und als ich vor Seligkeit weinte, dachte ich: Wenn wir dies überleben können, können wir alles überleben. Doch bei all meiner Euphorie wußte ich, daß über das Schicksal unserer Ehe noch keineswegs das letzte Wort gesprochen war.

*

Ich mache mir unendliche Mühe. Ich habe (sehr zögernd) beschlossen, das Baby nicht selbst zu stillen, da ich das Gefühl habe, Robert findet das abstoßend. Ich habe mir einen neuen Büstenhalter gekauft – wie sind wir nur früher mit diesen gräßlichen Untertaillen zurechtgekommen? –, und ich schnüre mich jeden Tag in ein teuflisches Korsett ein, damit ich so bald wie möglich meine frühere Figur wiederbekomme. Ich habe mir ein tolles Nachthemd gekauft, ganz unanständig ausgeschnitten, für die nächste Verführung. Ich lese die Parlamentsberichte von Anfang bis Ende, um ein aufmerksamer und anregender Gesprächspartner zu sein. Ich lege ein nicht erlahmendes Interesse für alles an den Tag, was Robert tut, ich lese ihm die Worte vom Munde ab, ich verwöhne ihn, verhätschele ihn und erschöpfe mich völlig in dem Bestreben, die perfekte Ehefrau zu sein.

Es ist mir eine solche Erleichterung, daß ich das Baby bei mir habe, denn da brauche ich nicht perfekt zu sein, ich kann einfach ich selbst sein. Der liebe Kleine, er ist wirklich süß, und wir haben beschlossen, ihn Robin zu nennen. Getauft wird er werden auf die Namen Robert und Charles nach seinem Vater und seinem Großvater, aber ihn als Robert anzusprechen, das wäre zu verwirrend, und «Bobby» kommt natürlich gar nicht in Frage. Robert meinte zwar, «Robin Godwin» höre sich komisch an und das Baby könne im späteren Leben etwas dagegen haben, aber ich sagte, dieses Problem würden wir später lösen.

Warum sich um die Zukunft Sorgen machen? Die Gegenwart beschäftigt uns zur Genüge. Edmund ist zwar wieder in einem Lazarett in Sicherheit, diesmal mit einem Anfall von Typhus, aber Declan ist noch immer in Irland auf der Flucht, und inzwischen wird es mit dem Krieg immer schlimmer. Die Lebensmittel werden jetzt ernstlich knapp. Ich besteche sowohl den Metzger wie den Gemüsehändler, so daß ich Robert bitten muß, mein Haushaltsgeld zu erhöhen, doch dies war ohnehin unvermeidlich, da die Preise ins Unermeßliche steigen. Irgendein irrer Beamter des Ernährungsministeriums im Grosvenor House hat die Wandgemälde von Rubens zuhängen lassen, um die jungfräulichen Stenotypistinnen vor der Verderbnis zu schützen, und gibt eine Flut von Anordnungen heraus, die den Verzehr von warmen Pfannkuchen verbieten. Das Leben bekommt eine neue und verrückte Dimension, wenn man vor den Luftangriffen in den U-Bahnstationen Schutz sucht, die Verlustlisten überfliegt und mechanisch die entsprechenden Beileidsbriefe schreibt. Gemäß den neuen Bestimmungen kann der «Gondolier» jetzt nur noch ein aus zwei Gängen bestehendes Essen am Mittag anbieten, aber mir macht das nichts aus, da ich abnehmen will.

Amerika wird bald in den Krieg eintreten nach seinen drei schönen Jahren als bloßer Zaungast. Seine Soldaten werden über den Atlantik kommen, um uns zu retten, und wie überrascht werden sie sein, wenn wir sie mit Zorn und Groll empfangen! Ihnen wird nicht klar werden, daß sie zu lange gewartet haben und daß wir jetzt über ihre naive Vorstellung von Rettung hinaus sind; wir haben zu viel Blut vergossen, und die Wunden sind zu tief. Vielleicht überleben wir, aber es wird dann ein ganz anderes Leben sein als das Leben, das wir früher kannten.

Inzwischen haben wir noch immer nicht gewonnen, und der Krieg geht so schlimm weiter wie vorher, und ich weiß, ich werde mir um Edmund Sorgen machen, sobald er nach Frankreich zurückkehrt . . .

*

Gute Nachricht! Dervla schreibt, man hat die Anklage gegen Declan fallenlassen: Man geht davon aus, daß er doch nicht auf die britischen Soldaten geschossen hat. Gott sei Dank. Wie Dervla weiter schreibt, ist Declan jetzt aus seinem Versteck herausgekommen und hat vor, sich Michael Collins, dem bekannten irischen Führer anzuschließen, so daß dies nur eine kurze Atempause für mich ist. Aber zumindest weiß ich, daß Declan keine unmittelbare Gefahr mehr droht.

Ich habe ihm ein paar Zeilen geschrieben, um ihm Robins Geburt mitzuteilen, aber ich weiß, ich werde darauf keine Antwort bekommen. Aber eines Tages kommt vielleicht doch ein Brief. Ich werde nie die Hoffnung auf eine Versöhnung aufgeben, nie, doch inzwischen kann ich mich nur damit trösten, daß ich meine alten Photographien von Conor betrachte und mich daran erinnere, wie glücklich wir damals alle in New York waren.

*

Ich habe gerade die Taufe in Oxmoon überstanden. Alle haben das Baby bewundert und gesagt, wie schön es sei, daß Robert und ich ein so glückliches Leben führten. Margaret war so erleichtert, daß sie mir gestand, sie sei besorgt gewesen, Robert könnte gegen das Baby sofort eine Abneigung entwickeln, doch glücklicherweise brauchte ich nichts zu sagen, sondern nur zu lächeln, weil Robert sich ganz hervorragend benimmt. Es ist eine große Hilfe, daß das Baby so sehr bewundert wird; Robert kann sein Unternehmen Vaterschaft als vollen Erfolg verbuchen und sich wieder einmal als Gewinner fühlen.

Das war der richtige Augenblick für eine Verführung, und so legte ich es auch darauf an. Wir waren schrecklich aus der Übung, aber ich mache mir keine Sorgen; wir haben vollbracht, was wir vollbringen wollten, und so müßte es der Logik und der Vernunft nach nur eine Frage der Zeit sein, bis unser Intimleben wieder zu seinem normalen Rhythmus zurückfindet.

Und doch . . .

Da ist etwas im Gange, aber ich weiß noch nicht, was. Robert scheint so sehr an Sex interessiert wie früher, aber . . . Nein, ich weiß wirklich nicht, was ich hier zu sagen versuche.

Ich werde nicht daran denken.

*

Wieder eine gute Nachricht – Edmund ist bei Ypern verwundet worden! Und es war nur ein Beinschuß, aber er macht ihn für den weiteren Kriegsdienst untauglich! Das ist so wunderbar, daß ich weinen könnte, wenn ich daran denke. Edmund kommt heim. Er hat gewonnen, er ist in Sicherheit, er wird leben . . .

*

Ein Glück, daß Edmund entlassen wurde, denn wäre er dort draußen geblieben, wäre er jetzt tot. Die Vergangenheit scheint sich auf bizarre Weise zu wiederholen, als beschriebe der Krieg einen makabren Kreis. Die alten Namen tauchen immer wieder auf; wir sind an der Somme, wir sind bei Ypern, wir sind an der Aisne, und jetzt schließlich, im Juni 1918, sind wir wieder einmal an der Marne. Die gleichen paar Kilometer Schlammboden, das gleiche schreckliche Leiden – nur die Namen der Toten sind andere.

Mich packt auf einmal das heftige Verlangen, allem den Rücken zu kehren und den August in Schottland zu verbringen. Daphne hat mich eingeladen. Es wäre auch gut für Robert, er arbeitet viel zuviel, und sein Arzt hat ihm empfohlen, Ferien zu machen, aber ich weiß, ich würde allein fahren müssen ...

*

«Ich begleite dich», sagte Robert.

Ich war verblüfft und erfreut. «Darling!» Ich gab ihm einen herzlichen Kuß. «Das ist so schön, und es wird dir bestimmt guttun, aber ... glaub bitte nicht, ich würde es nicht verstehen, wenn du nicht mitkommst. Ich weiß, warum du noch immer nicht gern daran denkst, das Land um den Ben Nevis aufzusuchen.»

«Es wird schon gutgehen.» Er sagte nichts weiter darüber, aber natürlich konnte ich nicht ahnen, welches die wahre Ursache seiner Abneigung gegen den Anblick des Ben Nevis war. Ich dachte nur, er wolle nicht an eine vergangene Tragödie erinnert werden, aber in Wirklichkeit befand ich mich in der Rolle einer Ehefrau, die ihrem trunksüchtigen Mann nach längerer Abstinenz eine Flasche Brandy angeboten hatte – und, was noch schlimmer war: ihm gerade davon das größte Glas eingeschenkt hatte, das sie finden konnte.

*

«Aber du hast dir doch geschworen, du wirst nie mehr bergsteigen!»

«Nur noch ein einziges Mal.»

Er kehrte zum Bergsteigen zurück. Zuerst hatte er sich mit langen Ausflügen in Begleitung eines der Jagdhüter der Wynter-Hamiltons begnügt, doch dann war er nach Fort William gefahren, um sich eine Kletterausrüstung zu kaufen und seine Bekanntschaft mit den Bergführern aufzufrischen.

«Nur einmal», sagte er. «Nur einmal.» Aber eine einzige Bergtour konnte ihn so wenig befriedigen wie einen Trunksüchtigen ein einziges Glas Brandy. Er brach jeden Tag auf. Er nahm keine Rücksicht auf die gesellschaftlichen Verpflichtungen, die die Wynter-Hamiltons eingegangen waren, und ignorierte sogar den Beginn der Moorhuhnjagd. Ich schämte mich für ihn unseren Gastgebern gegenüber, doch das war, wie ich mir schließlich bewußt wurde, noch das geringste meiner Probleme. Nach solcher Anstrengung während des Tages schlief er nachts ein, sowie er den Kopf auf das Kissen gelegt hatte –, und das war, wie mir allmählich klar wurde, genau das, was er wollte.

«Heute bin ich die Strecke hinaufgestiegen, auf der meine Freunde ums Leben kamen», sagte er später. «Sie sieht im Sommer ganz anders aus.»

«Hast du den Gipfel erreicht?» Mir fiel als Erwiderung nichts anderes ein.

«O ja», sagte Robert, und ich wußte, er dachte: Ich habe gewonnen.

Da begriff ich die besondere Art seiner Zwangsvorstellung. In der Schwarzweiß-Welt des Bergsteigens war man entweder Gewinner oder Verlierer; entweder man erreichte den Gipfel oder man kehrte aus irgendeinem Grund um und wartete, bis man es erneut versuchte. Es gab da keine Grautöne, keine Schatten, wo man Erfolg zu haben schien und dann doch scheiterte, keinen gräßlichen Wettbewerb mit einem Toten, dem es irgendwie gelang, noch immer weiterzuleben. Bergsteigen war der Sport, in dem Robert stets der Erste sein konnte, während er zu der Ansicht gelangt war, Sex sei der Sport, in dem er immer nur auf dem zweiten Platz landen würde.

Ich begriff, wie tief er gedemütigt gewesen war, als er während meiner Schwangerschaft den ehelichen Akt nicht vollziehen konnte, und ich wußte, daß er, auch wenn er jetzt nicht mehr impotent war, die Erinnerung daran, daß er Conor Kinsellas Maßstäbe verfehlt hatte, nicht vergessen konnte. Zweifellos hatte er vergessen wollen. Zweifellos hatte er sich bemüht, die Erinnerung zu verkraften, aber letztlich war ihm das unmöglich gewesen, so unmöglich, daß ihm in seiner kopflosen Verzweiflung das Bergsteigen als der einzige Ausweg aus emotionalen Problemen erschienen war, die er, wie er wohl wußte, nie lösen konnte.

Als sich unser Ferienaufenthalt dem Ende näherte, sagte er mir, er wolle noch die Inneren Hebriden aufsuchen und dann von dort aus gleich nach London fahren.

«Ich möchte nach Mallaig fahren», sagte er in dem Ton, in dem ein frommer Muslim sagt, er will nach Mekka pilgern. «Ich möchte mit dem Schiff zu den Inseln hinüberfahren. Ich möchte noch einmal diesen zauberhaften Augenblick hinter der Insel Eigg erleben, wenn man über die flimmernde See zu diesen mystischen Coolins von Rum hinübersieht.»

Ich blickte ihn an. Er war wie entrückt. Da sah ich, was für ein hoffnungsloser Romantiker er war, der von der flimmernden See und mystischen Bergen daherredete, wobei er eine Phantasiewelt wie Walhalla heraufbeschwor, in der das Glück ohne Ende und das Gewinnen garantiert war und alle für ewige Zeiten in einem Rausch von Glorie und Männerkameradschaft lebten. Ich war eine Realistin, die das Romantische liebte. Robert war ein Romantiker, der das Realistische liebte. Wir hätten Menschen von zwei verschiedenen Planeten sein können.

«Was ist mit deiner Arbeit?» Ich wollte ihn nicht brutal, sondern möglichst behutsam in die Wirklichkeit zurückrufen. «Was ist mit Mr. Lloyd George?»

«Er kann warten.»

Da wurde ich mir bewußt, daß wir dicht am Rand einer Katastrophe standen.

Wir befanden uns in unserem Gästezimmer im Schloß, und eines der Hausmädchen der Wynter-Hamiltons half beim Packen. Draußen vor dem hohen Fenster rauschte quer über den Loch Regen herunter, und die Berge waren im Dunstschleier halb verborgen. Ich kehrte der Aussicht den Rücken, sagte dem Mädchen, es könne gehen, wartete, bis es hinausgegangen war, und sagte dann in entschiedenstem Ton: «Robert, dein Persönlichkeitskrebs wächst wieder, und du mußt ihn sofort herausschneiden.»

«Nein», sagte er. «Das ist nicht der Krebs. Der Krebs ist London. Das jetzt ist meine Persönlichkeit, wie sie sein sollte. Das ist der Mensch, der ich wirklich bin.»

Mir fehlten im Augenblick die Worte. Das Schweigen zog sich in die Länge. Dann sagte er: «Ich bin ein so verdammter Feigling, daß ich Jahre gebraucht habe, um das zu erkennen, aber jetzt werde ich den Mut haben, mein Leben so zu leben, wie es gelebt werden sollte.»

«Aber Robert –»

«Das Leben ist kurz. Das Leben ist kostbar. Ich kann nicht weiter meine Zeit so in London verschwenden; das ist nicht nur falsch, das ist obszön. Während des Krieges habe ich gelebt, während andere – Männer wie Raymond, bessere Männer als ich – gestorben sind. Das ist eine schreckliche Tatsache, mit der ich werde leben müssen, und ich kann mit ihr nur leben, wenn ich das Leben führe, das mir von Geburt an bestimmt war. Dann werde ich das Gefühl haben, daß mein Überleben, so unverdient es ist, irgendeinen Sinn hat.»

Also benutzte er sein Schuldgefühl bezüglich des Krieges, nicht das Scheitern unserer Ehe, um sein Verhalten zu erklären, und da wußte ich, er würde sich nie bewußt werden, daß er nur vor Problemen davonlief, die er nicht lösen konnte. Er war zu simpel veranlagt, sein emotionales Verständnis zu begrenzt.

Wir starrten einander an, und zwischen uns gähnte die Leere unserer Entfremdung.

Schließlich sagte er: «Solange der Krieg dauert, muß ich in Westminster bleiben. Das ist meine Pflicht. Aber sobald er beendet ist, gebe ich London und die Politik auf.»

Da ich ihn nicht mehr ansehen konnte, wandte ich mich zu den halb gepackten Koffern um. Die Uhr zeigte auf vier. Ich erinnerte mich, daß ich Nanny versprochen hatte, zum Tee im Kinderzimmer hereinzuschauen.

«Es tut mir leid», sagte Robert nicht unfreundlich, «aber vielleicht kann ich uns beiden emotionale Szenen ersparen, wenn ich dir sage, daß mein Entschluß unabänderlich ist. Ich habe dir in dieser Sache einmal nachgegeben, und ich habe es bereut. Ein zweites Mal gebe ich dir nicht nach.»

Damit war das erledigt. Vorbei. Fertig. Aus.

«Wir ziehen wieder nach Gower», sagte Robert, «wie ich das ursprünglich vorhatte.»

Ich flüsterte: «Was ist mit Bobby und Margaret?»

«Oh, darüber rege ich mich jetzt nicht mehr auf – und außerdem ist das dein Problem, nicht meines, denn ich werde die meiste Zeit in den Bergen sein. Die Zeit drängt. Ich bin sechsunddreißig, und das ist schon alt für einen Bergsteiger. Ich muß in den Alpen trainieren, wenn ich je den Himalaja in Angriff nehmen will, und ich muß das so bald wie möglich tun, wenn ich in die Reihen der führenden Bergsteiger gelangen will, ehe ich vierzig bin.»

Ich setzte mich auf das Bett. «Wenn du mich noch immer liebtest, würdest du mich nicht nach Gower verdammen.»

«Ich liebe dich nach wie vor, aber ich kann nicht länger aus Gefühlsduselei auf einen Vorfall Rücksicht nehmen, der sich vor über zwanzig Jahren ereignete.»

«Aber deshalb könnten wir doch in London bleiben – ich hätte nichts gegen eine kleinere Wohnung –»

«Ich kann mir London nicht leisten.»

«Dann könnte ich vielleicht etwas verdienen – ich könnte mir eine Stellung suchen –»

«*Eine Stellung suchen?* Du lieber Gott, nein, ich will nicht, daß meine Frau sich ihren Lebensunterhalt verdient! Ich will, daß sie sich um mein Haus und mein Kind kümmert, wo immer ich auch gerade wohne, und ich gedenke nicht in London zu wohnen, ich gedenke in der Gemeinde Penhale zu wohnen – und dies auch nicht nur aus finanziellen Gründen. Ich will, daß Robin wie wir in Gower aufwächst.»

«Aber –»

«Entschuldige, keine Diskussion mehr darüber. Ich habe dir verdammte fünf Jahre lang gegeben, was du wolltest, und jetzt will ich haben, was ich will – und dazu habe ich nichts mehr zu sagen, Ginette.»

*

Ich habe nur einen Gedanken: Ich darf keinen Streit mit ihm anfangen. Sollten wir uns trennen, werde ich mir bestimmt früher oder später einen Liebhaber nehmen, und dann schleppt mich der unversöhnliche Robert unerbittlich zum Scheidungsrichter und erwirkt die Vormundschaft über Robin. Aber dazu werde ich es nicht kommen lassen. Niemals.

Ich muß mich irgendwie durchwursteln. Im Augenblick kann ich nur immer einen Tag nach dem anderen in Angriff nehmen. Am besten denke ich vorläufig gar nicht an Bobby und Margaret. Das erledige ich später.

Einen Tag nach dem anderen. Ein wenig Sex wäre schon eine Hilfe. Ich begehre Robert nicht, aber ohne Sex esse und trinke ich zuviel, und mir ist schon elend genug, ich brauche mich nicht noch elend zu fühlen, weil ich zu dick werde.

Aber angenommen, er will in puncto Sex gar nichts mehr von mir? O Gott, was mache ich nur, was mache ich nur . . .

*

Er hat mich wieder körperlich geliebt, obwohl ich feststellte, daß ich zu verbittert war, um den Akt richtig zu genießen. Ich hätte wissen können, daß er sich an die Regeln halten und seine ehelichen Pflichten so erfüllen würde, wie er jetzt seine patriotische Pflicht erfüllt, indem er den Unterhaussitzungen beiwohnt.

Doch der Krieg geht dem Ende entgegen. Ich glaube sogar, er ist so gut wie beendet, und jetzt sehe ich das Problem, mein Leben neu zu ordnen, auf mich zukommen, ein Problem, das die allerletzte Krise in einer Ehe darstellt, die nicht mehr zu retten ist.

★

Heute ist der Krieg zu Ende gegangen. Ich weiß, ich sollte mich freuen, deshalb trinke ich, nachdem ich mir die Zeit genommen habe, um Lion zu trauern, lächelnd Champagner. Aber die Freude ist nur geschauspielert. Ich habe das Gefühl, das Wort «Freude» kann nie wieder das gleiche bedeuten, und da sehe ich plötzlich den goldenen Sommer des Jahres 1913 vor mir, den Sommer, als ich nach Oxmoon zurückkehrte; ich sehe uns alle noch lachen und auf dem Rasen sitzen, während Thomas Glendower mit Milch übergießt und Margaret über den Teekessel wacht und Robert und ich in einer Ekstase romantischer Erregung sind. Alles jetzt dahin. Eine Welt, die endgültig entschwunden ist. Ich lebe jetzt in einem düsteren Nachkriegs-London und erdulde eine düstere eheliche Realität, der ich weder eine Besserung noch eine Heilung voraussagen kann.

Es heißt, man will das Parlament auflösen und sofort Neuwahlen ausschreiben, also gehen die Tage meines Aufschubs zu Ende. Robert wird, was seine Karriere betrifft, seine Meinung nicht ändern, also werde ich bald unseren Bekannten sagen müssen, daß wir spurlos in Wales untertauchen werden. Ich habe beschlossen, so zu tun, als wäre ich hell begeistert – nur so kann ich verbergen, wie schrecklich mir in Wahrheit dabei zumute ist, aber was werden nur unsere Bekannten denken! Die meisten werden uns sofort fallenlassen. Bei solchen Gelegenheiten lernt man seine wahren Freunde kennen.

Julie wird weiterhin meine Freundin bleiben. Ich glaube, ich wäre ohne den täglichen Lunch zusammen mit Julie im «Gondolier» inzwischen längst verrückt geworden. Ich besuche sie sogar manchmal in ihrer Wohnung, wenn Robert im Unterhaus ist, und sie hat mich mit einem ganz köstlichen Drink bekannt gemacht, zu dem man Gin verwendet. Natürlich wäre es schrecklich gewöhnlich gewesen vor dem Krieg, daß eine Frau Gin trinkt, aber jetzt, nach dem Krieg, da ist alles anders, und man ist viel zu sehr damit beschäftigt, nicht den Verstand zu verlieren, als daß sich einer darum kümmerte, was gewöhnlich ist und was nicht. «Ha, von wegen gewöhnlich!» sagt Julie, die als Sozialistin nicht nur glaubt, daß wir eines Tages alle gewöhnlich werden, sondern daß wir das auch noch genießen.

Ich liebe Gin wirklich, also wird mein nächstes Problem chronische Trunkenheit sein. So etwas Dummes, aber o Gott, was soll ich nur tun, wie kann ich Robert nur davon abhalten, nach Gower zu ziehen, das Bergsteigen ist nicht weiter schlimm, soll er auf jeden Berg kraxeln, der ihm Spaß macht, aber ich muß verhindern, daß wir vor der Haustür von Oxmoon landen.

Ich habe Julie nichts von Bobby erzählt. Das Thema ist tabu, aber ihr ist natürlich klar, daß mir die Vorstellung, so nah bei meinen Schwiegereltern zu leben, nicht behagt, und daß dies zu einem Alpdruck für mich geworden ist.

«Ginevra, warum spannst du nicht seine Mutter für deine Zwecke ein? Eine Mutter, die Verstand hat, kann doch nicht darüber froh sein, daß ihr brillanter Sohn sich seine Karriere ruiniert, um einem Studentenhobby nachzugehen, und wenn er seine Karriere weiterverfolgt, muß er doch in London bleiben, oder?»

Ich halte das für einen sehr klugen Rat. Wenn überhaupt jemand Robert vom Bergsteigen zurückhalten kann, dann Margaret.

Ich werde nach dem Grundsatz handeln: Wer nicht wagt, der nicht gewinnt.

Wir fahren zu Weihnachten wie üblich nach Oxmoon, und Robert spricht davon, unser Abreisedatum vorzuverlegen, weil er mit seinem Vater über seine Zukunft sprechen will. Das heißt, ich werde Margaret schon bald sehen, aber ich halte es doch für angebracht, ihr vorher ein paar Zeilen zu schreiben, in denen ich andeute, daß im Garten der Ehe nicht alles so wächst und gedeiht, wie es den Anschein hat . . .

*

«Da, Robin, mein Schatz, iß noch ein Stück von der herrlichen Lakritze von deiner Mami.»

Nanny sagte in entschiedenem Ton: «Das wird mit Tränen enden, Mrs. Godwin, wenn Sie mir die Bemerkung erlauben. Kleine Kinder sind vom Allmächtigen nicht dazu geschaffen, in der Eisenbahn Lakritze zu essen, das hält ihr Magen nicht aus.»

«Will aber haben!» sagte der liebe kleine Robin, womit er mich an Robert erinnerte, und riß mir die Lakritze aus der Hand.

«Sag danke, mein Schatz», sagte ich in kindlichem Singsang, aber Robin war viel zu sehr damit beschäftigt, die Lakritze hinunterzuschlingen.

Es war Anfang Dezember und Rory war noch auf der Schule, als wir alle nach Gower fuhren. Wir hatten ein Erster-Klasse-Abteil für uns allein, doch Robin, der zwanzig Monate alt und sehr lebhaft war, hielt Nanny auf Trab, indem er mit Höchstgeschwindigkeit den Gang hinauf und hinunter rannte. Nanny hatte recht in puncto Lakritze. Meine fatale Nachsicht endete mit Tränen, aber der kleine Robin war so süß, daß ich ihn einfach verwöhnen mußte. Blond, blaue Augen, rosige Wangen, ein sonniges Gemüt und göttlich intelligent, war er der einzige Sonnenstrahl im Dunkel meines Lebens, und verachtete ich auch Mütter, die ihre Sprößlinge maßlos verwöhnen, so konnte ich mich doch nicht davon zurückhalten, mich solcherart verachtenswert zu benehmen. Da Robert mit seiner *Times* in einer Abteilecke saß und so tat, als hätte er nichts mit den zwei geistesverwirrten Frauen und dem Kind zu tun, das sich schreiend über Magenschmerzen beklagte, ignorierte ich ihn und wandte statt dessen meine ganze Aufmerksamkeit dem armen kleinen Robin zu, dem schlecht wurde.

Der arme kleine Robin wurde schließlich von Nanny zur Toilette gebracht, wo er sich übergab. Ich stieß gerade einen Seufzer schuldbewußter Erleichterung aus, als Robert plötzlich die *Times* sinken ließ und sich die eine Hand vor die Augen hielt.

«Das ist wirklich ganz merkwürdig.» Er ließ die Hand sinken, preßte die Augen fest zu, schüttelte heftig den Kopf und schlug die Augen wieder auf. «Ich sehe doppelt. Erinnert mich an damals, als mich ein Kricketball am Kopf traf.»

Ich war bestürzt. «O Gott, Robert, du glaubst doch nicht, die alte Verletzung meldet sich wieder? Man hört so viel von Kopfverletzungen.»

«Wahrscheinlich ist es gleich wieder in Ordnung.»

Doch bis Swansea hatte es sich noch nicht gebessert. Als wir ausstiegen, sagte er zu mir: «Erwähne nichts davon in Oxmoon. Ich suche morgen einen Arzt auf, wenn sich nichts geändert hat.»

Ich war besorgt, doch ihn schien es kaum zu bekümmern, und so versuchte ich, nicht an beschädigte Netzhäute zu denken, und konzentrierte mich auf die Pflicht, Bobby zu begrüßen, der nach Swansea gefahren war, um uns abzuholen.

Die große Qual des Weihnachtsfestes 1918 sollte nun beginnen.

*

Wir sind offenbar nicht die einzigen, die ihre Sorgen haben – wie schön, daß auch andere von Problemen geplagt sind! Die arme Celia, die jetzt, da sie Mitte Dreißig ist, altjüngferlicher wirkt denn je, hat sich unsterblich in einen deutschen Kriegsgefangenen verliebt, den sie während ihrer Tätigkeit als Krankenschwester im Cottage Hospital kennenlernte. Der Mann kam aus dem Lager heraus wegen einer Blinddarmoperation, und Celia hat ihn gesund gepflegt. Sie sagt, er sei ein Chemiker aus Heidelberg, und sie zeigt mir eine Photographie von einem engelhaften Jüngling, der gewiß zehn Jahre jünger ist als sie.

«Celia – ein jüngerer Mann – wie machst du das?» sagte ich, um sie aufzuheitern, denn natürlich sind Bobby und Margaret außer sich, und Bobby sagt, selbst wo der Krieg jetzt vorüber sei, wolle er «diesen verdammten Hunnen» nicht im Haus haben. Nun, der Gedanke, daß sie einen Deutschen heiraten könnte, beschwingt mich nicht gerade, aber der Junge sieht wirklich gut aus, und wenn ich fast fünfunddreißig wäre und noch nie mit einem Mann geschlafen hätte, dann könnte ich mir vorstellen, daß ich jeden heiraten würde, auch einen «verdammten Hunnen».

Ironischerweise ist es Edmund – er, der am meisten unter den Deutschen gelitten hat –, der sagt: «Die Hunnen sind genau solche Menschen wie wir. Sie bluten und sie sterben genauso wie wir.»

Edmund sieht etwas besser aus, aber es geht ihm noch nicht sehr gut. Offenbar leidet er noch unter einer Schützengrabenneurose nach seiner Verletzung am Bein, und er ist manchmal komisch, bringt tagelang kein Wort heraus, aber im Augenblick wirkt er ganz normal, obwohl er wegen seiner Verwundung noch hinkt. Er sieht mindestens zehn Jahre älter aus als vierundzwanzig.

Aber ich habe gar keine Zeit, um weiter über Edmund nachzudenken, weil Celia meine ganze Aufmerksamkeit in Anspruch nimmt. Sie weiß nicht, was sie machen soll, weil Dieter bald in die Heimat entlassen wird und dies ihre einzige große Chance ist, und wenn sie sie verpaßt, wird sie ihr Leben lang Feldblumen pressen, und den Gedanken kann sie nicht ertragen, das kann sie einfach nicht, und sie hat versucht, das der liebsten Mama und dem liebsten Papa zu erklären, aber sie wollen nicht auf sie hören.

Ich kann ihr nur eine Antwort geben, und ich gebe sie ihr von Frau zu Frau.

«Celia, deine liebste Mama und dein liebster Papa haben geheiratet, als sie beide noch nicht zwanzig waren. Ganz offensichtlich können sie es sich nicht vorstellen, was es heißt, eine ledige Frau zu sein, die auf die Fünfunddreißig zugeht. Ich bin mit dir einer Meinung; dies ist eine große Chance; ergreif sie und pfeif auf alle anderen.»

Mit diesem Ratschlag werde ich mich bei meiner Schwiegermutter kaum beliebt machen, dem einzigen Menschen, dessen Hilfe ich so dringend brauche, aber im Augenblick bin ich in Sicherheit, da Celia nicht mit ihrem engelsgesichtigen «Hunnen» davonlaufen kann, solange er noch im Gefangenenlager ist.

Ich muß mein Gespräch mit Margaret genau planen. Wenn ich noch religiös wäre, würde ich jetzt beten.

*

«Ja, komm herein, Ginevra», sagte Margaret. «Ich dachte, es ist vielleicht besser, wir unterhalten uns noch vor dem Abendessen. Setz dich doch.»

Wie üblich befanden wir uns in ihrem Zimmer, und wie üblich saß sie vor ihrem Frisiertisch, und wie üblich lagen die Schmuckkästen offen vor ihr, doch als ich langsam näher trat, tat sie die herumliegenden Schmuckstücke in die Kästen und klappte die Dekkel mit energischen Fingern zu. Mir war zumute, als beobachtete ich einen Boxer, der seine Handschuhe an den Nagel hängt und sich auf einen Kampf mit bloßen Fäusten vorbereitet.

«Du hast in deinem Brief von einer kleinen ehelichen Schwierigkeit gesprochen», sagte meine Schwiegermutter. «Ich bin sehr froh, daß du dich mir anvertrauen willst. Bitte, erzähl mir mehr davon.» Und sie verzog den ohnehin schmalen Mund zu einer noch schmaleren und unerbittlichen Linie.

Ich stammelte darauflos, wiederholte mich, geriet in Widersprüche, verpatzte die so gut vorbereitete Rede völlig. Als ich schließlich erschöpft innehielt, sagte sie nur: «Du glaubst doch nicht im Ernst, daß ich gegen meinen Sohn für dich Partei ergreife, oder?»

Mit einem einzigen geringschätzigen Satz hatte sie mich vernichtet. In meinem Kopf war ein Chaos von Emotionen, doch am meisten erschütterte mich die Erkenntnis, wie wenig ich galt. Ich hätte weinen mögen, aber ich war zu entgeistert und suchte noch immer nach Worten, als sie hinzusetzte: «Und du hast dein mir gegebenes Versprechen nicht gehalten. Du hast gesagt, du würdest Robert nicht von Oxmoon fernhalten, aber das hast du getan. Und du hast ihn unglücklich gemacht, nicht wahr? Nun, das überrascht mich nicht, ich hatte nie etwas anderes erwartet, aber Gott sei Dank wird dieser ganze Londoner Unsinn jetzt aufhören, und wenn du einen Funken Verstand in deinem leichtfertigen, selbstsüchtigen Kopf hast, nimmst du dich ganz schnell zusammen, verdammt noch mal, und bist ihm um Robins willen eine gute Ehefrau.»

Das Wort «verdammt» aus Margarets Mund war für mich ein größerer Schock als das gemeinste Schimpfwort. Ich stotterte: «Ich – ich dachte nur, das Bergsteigen . . . nicht so ganz nach deiner Vorstellung –»

«Ich möchte, daß Robert glücklich ist. Wenn das Bergsteigen und das Wohnen hier in Gower ihn glücklich machen, dann soll er das tun – und das solltest auch du wollen, wenn du überhaupt eine Vorstellung davon hast, was eine anständige Ehe bedeutet. Natürlich kann man sich kaum eine Frau denken, die für das Leben auf dem Land weniger geeignet wäre als du, aber da Robert sich nun einmal entschieden hat, hast du die absolute moralische Pflicht, das Beste daraus zu machen. Das Leben kann nicht ein einziger Tanz zur Melodie der ‹Schönen blauen Donau› sein, Ginevra. Es kommt ein Augenblick, da hört die Musik auf, und das Leben – das richtige Leben – beginnt.»

Es folgte ein sehr langes Schweigen. Ich hätte ihr noch so vieles sagen können, aber ich wußte, was ich auch sagte – sie würde es nie verstehen. Sie sah die Welt in Schwarz und Weiß. Gleich Robert war sie emotional farbenblind, und zum ersten Mal in meinem Leben bekam ich einen kurzen Einblick in ihre Ehe von Bobbys Standpunkt aus.

Bei ihren nächsten Worten wurde mir sofort klar, daß sie sich wieder ihre altvertraute sanfte Maske überstreifte. Ihr Mund entspannte sich, ihr Gesicht nahm sanftere Züge an, und ich konnte sehr gut beobachten, wie sie wieder die mir so vertraute Margaret wurde, die abgeklärte kleine Frau aus der Provinz, die victorianische Selfmade-Lady, die mißbilligend den Mund verzog, wenn in ihrer Gegenwart das Wort «verdammt» fiel.

«Teuerste Ginevra», hörte ich sie sagen, während sie müßig ihren Lieblingsschmuckkasten wieder aufklappte, «glaube nicht, ich hätte gar kein Mitgefühl. Eine Ehe kann sehr schwierig sein, nicht? Aber schließlich können nur Narren glauben, man lebe in einer Ehe wie auf Rosen gebettet.» Sie streckte ihre pummelige kleine Hand aus, um ihre Ringe zu mustern. «Aber wie dem auch sei», fuhr sie fort, «ich glaube, selbst eine schwierige Ehe hat ihre Vorteile, und ich bin sicher, wenn du an deine Söhne denkst, wirst du mir recht geben – es gibt eigentlich, soweit ich das beurteilen kann, keinen Grund, weshalb nicht auch die anstrengendsten Ehen sich letztlich als glücklich und erfolgreich erweisen sollten.» Margaret sah mich fest an. «Und glückliche und erfolgreiche Ehen lassen sich allein durch die richtige

Geisteshaltung, die richtige innere Einstellung führen. Man braucht dazu Willenskraft, Mut und die unbedingte Entschlossenheit, den Schein zu wahren.»

Ich sagte nichts mehr. Margaret schien, nachdem sie vor jedem ehelichen Scheitern ihre Grenze gezogen hatte, zu glauben, meine Probleme seien gelöst – oder zumindest auf handhabbare Größen reduziert. Aber praktisch hatte sie mir überhaupt keine Lösung angeboten; sie hatte mir nur mein Dilemma erneut vor Augen geführt, und dieses Dilemma war jetzt noch schwieriger geworden, da sie mir jede Hilfe verweigerte.

Mir war klar, weshalb sie mir nicht helfen wollte. Es war ihr ein Greuel gewesen, daß Robert von London gefangen war, geradeso wie es mir ein Greuel gewesen war, daß Declan von Irland gefangen war. Sie war zwar auf seine Erfolge stolz gewesen, aber sie hatte sie gleichzeitig bedauert, weil sie dazu beitrugen, Robert seiner Familie zu entfremden. Margaret würde keine einzige Träne weinen, wenn Robert seine Chancen in der Welt der Politik aufgab. Ihr ging es nur darum, ihn wieder in der Welt von Oxmoon zu haben, wo er mehr mit seiner Familie zusammenkommen und Bobby glücklich machen würde.

Soviel zu Margaret. Soviel zu meiner Hoffnung auf eine Bundesgenossin.

Ich schlich mich, einige Worte der Entschuldigung murmelnd, hinaus, und draußen kamen mir gleich die Tränen.

*

Roberts Doppelsichtigkeit ist über Nacht verschwunden, aber ich habe ihn trotzdem zu Dr. Warburton geschickt. Ich mag Gavin Warburton. Er ist Mitte Dreißig, etwa so alt wie wir, und ich habe ihn während unseres Besuches in Oxmoon vor zwei Jahren kennengelernt, als ich schwanger war und die Weihnachtsgans mir Schwierigkeiten machte. Als er vorbeikam, wußte ich gleich, er dachte nicht, das ist eine dumme Frau, die sich vollgefressen hat und es nicht besser verdient. Nein, er war sehr freundlich und mitfühlend und verschrieb mir eine Medizin, nach der ich mich viel wohler fühlte.

Ja, er ist ein vertrauenswürdiger Mann, jemand, bei dem man sich daran erinnert, daß nicht alle Mediziner männlichen Geschlechts gräßlich sind. Ich frage mich, was er Robert sagen wird.

Ich weiß, ich sollte wieder über die Zukunft nachdenken, aber im Augenblick schaffe ich es nicht. Margaret hat mich zu sehr verstört, und wenn ich an das Gespräch denke, weine ich nur, und das wäre schlimm, denn jemand könnte meine geröteten Augen bemerken.

Ich muß den Schein wahren.

Keiner darf etwas davon erfahren.

*

Warburton sagt, die Doppelsichtigkeit könnte zwar die Folge einer alten Verletzung sein, aber er glaubt es eigentlich nicht. Er führt es eher auf eine Überanstrengung der Augen zurück und empfiehlt Robert, gleich nach seiner Rückkehr in London einen Augenarzt aufzusuchen. Welche Erleichterung! Zumindest brauche ich mich jetzt nicht auch noch um Roberts Gesundheit zu sorgen.

Bobby ist begeistert von der Vorstellung, daß Robert sich auf dem Gut Oxmoon niederlassen will, und sie sind heute morgen fortgegangen, um den Hof Martinscombe zu inspizieren, der in einer Meile Entfernung unterhalb von Penhale Down gelegen ist. Ich nehme an, es ist ihm – wie offenkundig auch Margaret – nicht so ganz recht, daß ich wieder ihren Lebenskreis betrete, aber sie sind beide über Roberts Heimkehr so froh, daß ich den Status eines in Kauf zu nehmenden Übels erlangt habe. Sie werden sich schließlich mit meiner Gegenwart abfinden. Margaret wird sagen: «Die teuerste Ginevra zu tolerieren ist einfach eine Geisteshaltung», und damit ist die Sache erledigt. Schließlich – wer mit Problemen fertig wird, wie sie Tante Gwyneth und Owain Bryn-Davies aufwarfen, für den bin ich dagegen ein Kinderspiel.

Wie brutal sie zu Tante Gwyneth waren – sie das ganze Jahr eingesperrt zu halten und nur einmal im Jahr zu Weihnachten nach Hause kommen zu lassen! Arme Tante Gwyneth, jetzt, wo ich älter bin, glaube ich gar nicht mehr, daß sie verrückt war, nur schrecklich unglücklich – so wie ich mich fühlen werde, wenn ich in Martinscombe gestrandet bin und von morgens bis abends meinen Gin schlürfe und jeden Schäfer zu verführen versuche, dessen ich habhaft werden kann.

Genug. Kein selbstmörderischer Pessimismus mehr. Ich muß das Problem richtig anpacken und sehen, was ich daraus machen kann.

Nach langem und schmerzhaftem Nachdenken scheine ich mich mit einer höchst unangenehmen Tatsache abfinden zu müssen. Wenn ich meine Ehe retten will (und wenn ich Robin behalten will, muß ich das), bleibt mir nichts anderes übrig, als für ein attraktives Zuhause zu sorgen, das Robert mehr oder weniger regelmäßig von seinen Bergen herunterlockt, und ihn im Alter zu trösten, wenn er nicht mehr an Kletterpartien denken kann. Die Aussicht auf ein dauerndes Landleben vor der Haustür meiner Schwiegereltern ist mir zuwider, aber es scheint, ich muß mich mit der Vorstellung anfreunden. Die Frage ist nur: Bringe ich es wirklich fertig?

Ich könnte einfach «nein» sagen, aber ich muß versuchen, positiv zu denken. Ich glaube, die Antwort könnte «ja» lauten – aber nur im Falle einer Ehe, die sich von dem jetzigen Alpdruck sehr unterscheidet. Wenn ich wüßte, ich kann regelmäßig nach London fahren, wenn ich einem Interesse wie meiner journalistischen Tätigkeit weiter nachgehen könnte, wenn ich mit meinen treuen Freunden wie Julie in Verbindung bleiben und wenn ich mir ab und zu einen Liebhaber nehmen könnte zum Ausgleich für die Tatsache, daß Robert sich im Bett eigentlich nichts mehr aus mir macht – *dann* könnte ich sagen: Ja, sehr schön, ich liebe die Halbinsel Gower, dort kann Robin heranwachsen, und ich bin mit meinem Los zufrieden. Es wäre nicht das ideale Leben, ich würde einige Opfer bringen müssen, aber das Leben kann, wie Margaret sagte, kein endloser Tanz zur Melodie der «Schönen blauen Donau» sein. Die Hauptschwierigkeit, die sich einer unkonventionellen Ehe entgegenstellt, ist jedoch der Umstand, daß Robert keinesfalls eine unkonventionelle Ehefrau würde haben wollen.

Er wird sich aber zwangsläufig schuldig fühlen, wenn er monatelang irgendwo herumklettert. Er könnte später Zugeständnisse machen – und außerdem besteht immer noch die Möglichkeit, daß ihn das Bergsteigen früher oder später langweilt und er beschließt, nach London zurückzukehren.

Nein, ich darf nicht verzweifeln. Ich darf die Hoffnung nicht verlieren, ich muß alle Kraft zusammennehmen – und einfach irgendwie weitermachen.

*

Morgen ist Weihnachten, und Johnny und Blanche, das perfekte Ehepaar, haben sich zu uns gesellt samt ihrer perfekten kleinen Marian, die jetzt drei Jahre alt und sehr hübsch und sehr gut erzogen ist. Blanche erwartet wieder ein Baby und strahlt vor Glück, genauso wie Johnny. Im Jahr 1917 gab es einmal einen Augenblick, als wir alle glaubten, er werde nach Frankreich gehen müssen; man hatte das Außenministerium «durchkämmt», um die weniger wichtigen Angehörigen dieser erhabenen Bruderschaft zur Armee einzuziehen, aber der perfekte John wurde auf seinem Posten für wesentlich erachtet und sogar noch befördert. Andererseits weiß ich aus meiner Erfahrung mit Robert, daß alle, die an der Heimatfront gedient haben, sich kaum vor Schuldgefühlen retten können, deshalb nehme ich an, auch hinter Johnnys so makelloser Fassade gehen einige komplexe Gedanken hin und her.

Doch wir sprechen jetzt nicht vom Krieg und schon gar nicht von Politik und von den Parlamentswahlen. Es herrscht unerbittlich fröhliches Weihnachten, und Robert ist so fröhlich wie nur irgendeiner und lacht und scherzt und benimmt sich, als hätte er überhaupt keine Sorgen. Ohne mich vorher zu fragen, hat er ausgemacht, daß wir in Oxmoon bleiben, bis der Gutshof Martinscombe für uns umgebaut ist. Das Haus ist im Grunde gut gebaut und keineswegs eine Bruchbude, aber es muß noch erweitert und neu eingerichtet werden, ehe es als Herrenhaus gelten kann. Bobby kennt einen Architekten in Swansea, einen reizenden Menschen, der uns gern dabei helfen würde, und ich sage, wie schön, treffen wir uns bald mit ihm.

Ich trinke mehr Champagner als gewöhnlich, und Robert regt Margaret auf, weil er noch ein Glas ihres besten Services zerbricht. Das ist das zweite Champagnerglas, das er in der letzten Zeit hat fallen lassen, und die Scherben erscheinen mir auf schreckliche Art symbolisch für unsere Ehe.

Aber wenigstens hat sich seine Doppelsichtigkeit nicht wieder eingestellt.

Was für ein Weihnachten.

*

Wir haben mit dem Architekten gesprochen, und ich habe grenzenlose Begeisterung für seine Pläne an den Tag gelegt. War eigentlich zwecklos. Robert sagt, er will den Rest des Monats Januar in Schottland verbringen und ich soll inzwischen versuchen, einen Interessenten für das Haus in der Ebury Street zu finden. Wir könnten das Anwesen zwar verpachten, aber Robert meint, es wäre klüger, das Haus ein für allemal loszuwerden, als sich vielleicht mit Pächtern herumärgern zu müssen.

Er hätte beinahe vergessen, noch einmal zu mir zu kommen, ehe er zu seinen geliebten Bergen enteilte, doch glücklicherweise setzte sich gute Erziehung durch, und er fand sich damit ab, das eheliche Spiel wenigstens zehn Minuten lang zu vollziehen. Wenn man eine Ehefrau hatte, mußte man zumindest ab und zu mit ihr verkehren.

Das war das, «was sich gehört», ein Ritual, dem gehuldigt werden mußte, um den Schein zu wahren.

Welche Farce.

*

Robert ist schon nach drei Tagen wieder aus Schottland nach London zurückgekehrt. Ich war darüber sehr überrascht, aber offensichtlich macht er sich Sorgen über seine Hand, da er in letzter Zeit mehrere Gläser hat fallen lassen; seine Finger scheinen manchmal plötzlichen Muskelspasmen zu unterliegen, und da ihn dies beim Bergsteigen zu einer Gefahr macht – für sich selbst und für seine Begleiter –, will er heute morgen unseren Hausarzt konsultieren.

Wie unangenehm für ihn.

*

Zur Abwechslung gute Nachrichten. Zum einen ist Celia mit ihrem geliebten «verdammten Hunnen» auf und davon nach Heidelberg, und zum anderen hat Blanche hier in London ihr Baby bekommen; es ist wieder ein Junge, doch im Gegensatz zu dem armen Kerlchen, das schon so früh starb, erweist sich dieses als recht kräftig und lautstark, so daß man keine Befürchtungen für es haben muß.

Zu einem beunruhigenden Vorfall kam es, als wir bei Johnny gerade mit Champagner auf die Ankunft des kleinen Harry anstießen. Robert ließ wieder sein Glas fallen wegen eines neuerlichen Krampfs in seiner Hand. Wir hatten beide geglaubt, sein Zustand hätte sich gebessert. Auf Rat seines Arztes hatte er den Arm in einer Binde getragen, und nach ein paar Tagen hatte Robert geglaubt, diese Ruhigstellung hätte die Beschwerden beseitigt.

Er ist so verstört, daß ich einfach Mitleid mit ihm haben muß.

*

«Heute abend speisen wir im Ritz.»

«Robert! Ganz herrlich – aber können wir uns das leisten?»

«Nein, aber wir gehen trotzdem hin.»

Mir war nicht klar, ob er das Ritz vorgeschlagen hatte, um einmal nicht an sein körperliches Handikap denken zu müssen, oder ob er einiges wiedergutmachen wollte, weil er mich vernachlässigt hatte, doch was auch immer – ich war begeistert. Ich faßte den Abend als eine Geste der Freundschaft auf, und als wir erst im Ritz saßen, schlüpften wir ganz mühelos in die Rolle der alten Freunde, plauderten drauflos über lustige Trivialitäten, bis wir beide das Gefühl hatten, daß wir uns so gut verstanden wie seit Monaten nicht mehr.

«Darling Robert!» sagte ich später, als wir uns auf der Taxifahrt nach Hause an den Händen hielten. «Ich weiß, du glaubst, ich verabscheue alles, was du zur Zeit tust und bis zu einem gewissen Grad tue ich das auch, aber ich freue mich wirklich, wenn ich sehe, wieviel glücklicher du jetzt bist.»

«Es tut mir wirklich leid, wenn ich dich so unglücklich mache», sagte er, und ich wußte, es war einer der zwischen uns selten gewordenen Augenblicke der Kameradschaft, und er war genauso aufrichtig wie ich.

Unsere Sorge füreinander hatte überlebt, und während ich unsere alte Freundschaft so vor mir sah, etwas angeschlagen zwar, aber offenbar unverwüstlich, noch immer aufglänzend inmitten der Trümmer unserer Ehe, hörte ich mich wohlgemut sagen: «Freunde müssen zusammenhalten. Von mir aus ist alles in Ordnung.»

«Freundschaft für immer?» sagte Robert und lächelte mich an.

«Offenbar!»

Wir lachten, küßten uns und waren glücklich, doch als wir zu Hause waren, sagte er mit einem Gähnen: «Ich fürchte, ich bin recht müde – zuviel Rotwein, nehme ich an», und ich wußte, ich war abermals zurückgewiesen worden. Es war, als wäre plötzlich ein Vorhang vor unserer Freundschaft heruntergegangen, und ich war wiederum allein in unserer unglücklichen Ehe.

Er ahnte meine Gefühle, und sofort begann die eheliche Spannung zwischen uns zu knistern.

«Na ja, denken wir nicht an den Rotwein», sagte er. «Vielleicht wache ich doch noch auf.»

Als er das sagte, hätte ich am liebsten erwidert: «O bitte, mach dir nicht die Mühe – es kommt mir nicht darauf an.» Er war so offenkundig bemüht, seine Pflicht als Ehemann zu erfüllen, und ich kam mir eher gedemütigt vor. Aber ich wußte, es wäre ein Fehler gewesen, ihn zurückzuweisen. Wenn ich das tat, kam er vielleicht gar nicht mehr zu mir, und außerdem schmollte ich so oft und so lange wegen seines Mangels an Verlangen nach mir, daß ich mich ihm kaum verweigern konnte, wenn er sich tatsächlich einmal verpflichtet fühlte, etwas wiedergutzumachen.

Wir zogen uns im Schlafzimmer aus. Ich ging lustlos ins Badezimmer, vollzog lustlos die rituelle Handhabung mittels Essig und

Schwamm und kehrte lustlos zum Bett zurück. Er vollzog seinerseits lustlos weitere Riten, um sich zu vergewissern, daß sein Körper das tat, was er wollte, und da kein ernstliches Hindernis wie etwa eine Schwangerschaft vorlag, das seinen Körper daran gehindert hätte, seinen Anweisungen zu gehorchen, folgte eine lustlose Kopulation von genau sechzehn Sekunden. Ich zählte, weil ich nichts Besseres zu tun wußte, bis es vorüber war.

«Tut mir leid», sagte Robert, sich als der perfekte Gentleman erweisend, «ich fürchte, der Rotwein hat sich doch bemerkbar gemacht.»

«Nicht schlimm», sagte ich, und in der Tat machte es keinem von uns beiden etwas aus. Ich ging wieder ins Badezimmer, um lustlos eine weitere Tätigkeit zu verrichten, doch da wurde ich auf einmal hellwach, als ich feststellte, daß der dünne fleischfarbene Faden sich von dem Schwamm gelöst und der Schwamm selbst sich so weit in mich hineingeschoben hatte, daß ich ihn selbst mit dem längsten Finger nicht zu fassen bekam.

Ich seufzte, flehte den Himmel um die Fähigkeiten eines Schlangenmenschen an und versuchte es noch einmal, bis ich es schließlich aufgab. Sollte ich noch einmal den Spülapparat benutzen, wie ich das sonst immer tat? Nein, ich war zu nervös. Angenommen, der Schwamm war so tief hineingerutscht, daß eine Operation erforderlich war, um ihn zu entfernen? Mich überlief es. Ich wußte nicht genau, was in den inneren Tiefen der weiblichen Anatomie vorging, aber ich stellte mir irgend etwas Unaussprechliches vor, das sich da zwischen den Eierstöcken abspielte. Völlig erledigt gab ich jeden Gedanken an eine Spülung auf und schleppte mich erschöpft ins Bett.

Die Männer haben keine Ahnung, was die Frauen bisweilen mitmachen, überhaupt keine Ahnung.

*

Der verlorene Schwamm ist wieder aufgetaucht, Gott sei Dank. Wirklich, ein solcher Zwischenfall könnte einem fürs ganze Leben die Freude am Sex verderben.

Robert hat sich seine Hand röntgen lassen, obwohl ich nicht weiß, wozu das gut sein soll. Robert sagt mir jetzt, daß er drei Tage lang den Mittelfinger seiner rechten Hand nicht bewegen konnte, und da werde ich mir schockartig bewußt, wie ernst die ganze Sache ist. Ist es möglich, daß er eine Reihe kleinerer Schlaganfälle erlitten hat? Das scheint eigentlich nicht so, aber diese wiederkehrende Schwäche – wir sprechen nicht von Lähmung – deutet doch darauf hin, daß etwas in dem Teil des Gehirns, das die Muskelbewegungen steuert, nicht in Ordnung ist. Oder? Ich weiß es nicht. Robert weiß es nicht. Der Arzt weiß es nicht.

Das ist alles sehr beunruhigend.

★

Wir haben einen Interessenten für das Haus gefunden, aber ich kann mich im Augenblick nicht darum kümmern. Ich bin Roberts wegen zu sehr in Sorge. Er kann die Hand zwar wieder richtig gebrauchen, aber der Spezialist sagt, er muß sich noch eingehender untersuchen lassen, und da mir jede Krankheit ein Greuel ist, bin ich jetzt in entsprechender Verfassung.

Kein Wunder, daß ich meine Periode übersprungen habe. Angenommen, Robert hat einen Gehirntumor? Angenommen, er hat nur noch drei Monate zu leben? Ohne einen Ehemann könnte ich auskommen, aber was tue ich ohne meinen Freund? Selbst wenn wir uns letztlich trennen, wenn Robin erst groß ist, brauche ich Robert in meinem Leben. Wer sonst würde mit mir durch dick und dünn gehen? Wer sonst wäre immer da, wenn ich ihn brauchte?

Ich gerate in Panik. Ich bin vor Angst von Sinnen. Ich bin in einem solch hysterischen Zustand, daß ich sogar in die Kapelle in Brompton gehe, die ich mit den Jungen zusammen zur Messe aufgesucht habe, und fieberhaft zu beten versuche.

★

Robert ist gesund. O Gott, diese Erleichterung! Bei der eingehenden Untersuchung wurde nichts festgestellt – kein Gehirntumor, kein Schlaganfall, keine teuflische Krankheit. Sehr komisch das mit seiner Hand, aber wahrscheinlich war das nur eine dieser unerklärlichen physischen Launen wie die Doppelsichtigkeit.

Merkwürdig, wie diese Beschwerden kommen und gehen . . .

★

«O mein Gott!»

«Robert – was ist?»

«Ich sehe wieder doppelt. Verdammt, *verdammt* – ich hatte gedacht, ich wäre diese Mediziner los . . .»

★

Er geht zu einem anderen Spezialisten. Eigenartig, daß ich mir diesmal weniger Sorgen mache. Schließlich kann das Doppeltsehen kaum etwas mit seiner Hand zu tun haben.

Oder doch?

Ich habe auf einmal solche Angst, daß ich nicht einmal zum Beten in die Kapelle gehen kann.

*

Ich bin später doch noch in die Kapelle gegangen, aber ich habe nicht gespürt, daß Gott mir zuhörte, und so bin ich weiter zu Harrods gegangen. An der Ecke Brompton Road war ein Obststand, und da habe ich ganz automatisch zwei Pfund Orangen gekauft. Dann bin ich nach Hause gegangen.

Vor fünf Minuten habe ich meine dritte Orange gegessen, und jetzt habe ich schon Lust auf die vierte.

Ich weiß, was das bedeutet. Es bedeutet, daß ich doch die Spülung hätte vornehmen müssen nach jenem Abendessen im Ritz. Es bedeutet, daß sechzehn Sekunden ungewollten Geschlechtsverkehrs sehr ungewollte Folgen hatten. Es bedeutet . . . aber nein, ich kann mir einfach nicht ausmalen, was das alles bedeutet.

Ich denke später darüber nach.

*

«Ginette, ich war leider nicht ganz aufrichtig zu dir, als ich vorhin aus der Harley Street nach Hause kam.»

Wir saßen im Wohnzimmer beim Tee, und ich aß gerade eine Scheibe Pfefferkuchen. Meine Hand hielt auf halbem Weg zum Mund inne. «Wie meinst du das?»

«Der Facharzt hat mir wenig Ermutigendes gesagt.»

Ich legte den Pfefferkuchen wieder auf den Teller. Zu meiner Rechten brannte das Feuer, das die Kühle eines feuchten Apriltags verscheuchen sollte, doch die Flammen schienen plötzlich keine Wärme mehr auszustrahlen.

«Was hat er gesagt?»

«Er glaubt, ich habe irgendeine obskure Krankheit, aber es gibt keine Methode zum Beweis der Diagnose. Vorerst können wir nur einem Wahlspruch von Asquith folgen: Abwarten.»

«Aha.»

Robert trank weiter seinen Tee. Seine Augen hatten schon wieder normal gesehen, bevor er den zweiten Spezialisten aufgesucht hatte, und seine Hand arbeitete wieder einwandfrei. Er sah kräftig und durchaus gesund aus.

«Aber warum glaubt dieser Facharzt nicht wie die anderen, daß die Beschwerden auf eine Überbeanspruchung des Gehirns zurückzuführen sind?» brachte ich schließlich verwirrt hervor.

«Er hat diese Möglichkeit nicht ausgeschlossen. Er hat nur gesagt, diese eigenartige Verbindung von Beschwerden in den Augen und in der Hand deuteten darauf hin, daß eine ganz spezifische Krankheit vorliegt.»

Ich trank meinen Tee aus. «Welche Krankheit?» fragte ich, während ich die Tasse hinstellte.

«Er hat sich nicht ausführlich darüber ausgelassen. Er sagte, eine Lähmung gehöre dazu, aber zeitweilige gesunde Phasen seien an der Tagesordnung, und man könne an dieser Krankheit leiden, ohne daß sie sich durch viele Symptome bemerkbar macht.»

«Das hört sich ganz hoffnungsvoll an», sagte ich erleichtert. «Wie lange dauert es, bis man wieder gesund ist?»

«Oh», sagte Robert, «diese Krankheit wird man nie wieder los. Aber man muß auch nicht vorzeitig daran sterben. Er sagte, Patienten hätten in leichteren Fällen eine durchaus normale Lebenserwartung.»

Ich blickte auf meine leere Teetasse. Ich blickte auf die Frühlingsblumen auf dem Fenstersims. Ich blickte hinaus in das bleiche Nachmittagslicht draußen im Garten. Und ich spürte, wie der Tod ganz behutsam, ganz sacht seine Finger um uns legte, von ganz, ganz weit her.

«Es gibt jetzt drei Möglichkeiten», sagte Robert, die Situation mit unerschütterlicher Logik zusammenfassend. «Die erste: Die Diagnose ist falsch, und meine körperlichen Beschwerden rühren von einer Überanstrengung her und legen sich, wenn wir nach Gower ziehen. Die zweite: Die Diagnose ist zutreffend, aber ich erlebe immer wieder Stadien der Besserung wie jetzt in diesem Augenblick. Die dritte: Die Diagnose ist zutreffend, aber die Besserung ist von kurzer Dauer. Diese Ungewißheit ist zweifellos höchst ärgerlich, aber eines ist zumindest klar: Wenn ich diese Krankheit habe, kann ich nie wieder in die Berge gehen. Selbst bei einer zeitweiligen Besserung wäre es zu gefährlich, denn ich könnte jederzeit von einer Lähmung befallen werden.»

In meinem Kopf herrschte ein solches Chaos, daß mir keine rechte Antwort einfiel. Schließlich stammelte ich nur: «Das tut mir leid. Ich weiß, wieviel dir das Bergsteigen bedeutet –»

«Ja, nun – machen wir doch nicht soviel davon her. Vielleicht habe ich diese Krankheit ja gar nicht. Vielleicht erhole ich mich wieder vollkommen, und inzwischen können wir wohl nur weiter den Umzug nach Gower betreiben.»

Ich bemühte mich, seiner knappen Sachlichkeit gleichzukommen. «Du denkst nach wie vor nicht daran, in London zu bleiben?»

«Das wäre, wenn ich wirklich krank bin, finanziell genausowenig möglich wie meine Bergsteigerei.»

«Ja, das stimmt. Entschuldige, ich wollte dir nicht wieder mit London auf die Nerven gehen –»

«Außerdem will ich nach Hause. Wenn ich schon keine Berge besteigen kann, dann kann ich noch immer nach Oxmoon gehen und meinem Sohn das Leben bieten, das ich hatte, als ich jung war.»

«Ich verstehe.» Er sehnte sich noch immer nach jenem verlorenen Oxmoon, und mich drückte es in der Kehle. Ich wußte, ein bloßer Umzug nach Gower konnte den alten Zauber nicht wieder einfangen, nichts konnte ihn wieder einfangen, er war ein für allemal verloren.

Robert trank seinen Tee aus. «Im Augenblick sind zwei Dinge wichtig», fuhr er rasch fort, als vermutete er, ich könnte meine Gefühle kaum zurückhalten. «Erstens: Ich will nicht, daß irgend jemand davon erfährt, sonst würden mich alle anstarren wie ein Tier im Zoo. Zweitens: Wir müssen die Bauarbeiten in Martinscombe stoppen. Wir brauchen neue Pläne, die allen Eventualitäten Rechnung tragen.»

«Was für neue Pläne?» Ich war so sehr bemüht, mich zu beherrschen, daß ich die Worte kaum hervorbrachte.

«Ich glaube, es wäre besser, auf das Gutshaus selbst zu verzichten und daneben einen Bungalow zu errichten. Ein eingeschossiges Gebäude wäre für einen Rollstuhl geeigneter.»

Im Kamin schien das Feuer jetzt zu toben. Mir war plötzlich so heiß, daß ich glaubte, mir müsse schlecht werden.

«Ich mache ein Fenster auf», sagte Robert, als ich mir an die Stirn faßte.

Er riß das Fenster weit auf, und während er noch daneben stand, brachte ich die Frage heraus: «Und du glaubst, daß du diese Krankheit hast, ja? Wie heißt sie?»

«Oh, sie hat einen langen, hoffnungslos komplizierten medizinischen Namen, den ich mir beim besten Willen nicht merken kann.»

Ich wußte, was das hieß. Es hieß, er wollte nicht, daß ich den

Namen im Gesundheitslexikon nachschlug. Es bedeutete, er selbst hatte dort nachgeschlagen und war entsetzt gewesen.

Panik schlug über mir zusammen.

«Darling ...» Ich wußte kaum, was ich sagte. «Entschuldige, wir müssen wohl noch darüber sprechen, aber ich fürchte, im Augenblick muß ich mich erst einmal ausruhen, ich bin völlig erschöpft.»

Er sagte, es tue ihm leid, und natürlich müsse ich mich ausruhen, und er hoffe, es gehe mir bald wieder besser.

Ich stürzte hinaus.

*

Ich habe viel zuviel Angst, um an die Zukunft zu denken, ich scheue davor zurück und sinne statt dessen darüber nach, ob Gott für mich einen tieferen Sinn hinter der Tatsache verborgen hat, daß ich schwanger bin, während mein Mann unheilbar krank ist.

Denn ich weiß natürlich, daß Robert krank ist, genauso wie ich weiß, daß ich schwanger bin. Ich weiß es, fühle es, brauche auf keine Diagnose zu warten.

Nach langem Nachdenken bin ich zu dem Schluß gelangt, daß dieser Situation keine tiefere Bedeutung innewohnt und so gut wie gewiß kein Gott. Ich habe ohnehin seit der Somme-Schlacht nicht mehr wirklich an Gott geglaubt, doch wenn es Gott gibt und wenn er mit diesem Baby irgend etwas im Sinn hat, dann hätte ich es gern gewußt. So wie ich das sehe, ist diese Schwangerschaft das Sinnloseste, was mir je widerfahren konnte; ich muß den Umzug nach Gower und Roberts Krankheit erdulden und bin einfach nicht für noch mehr Qualen geschaffen, ich halte es nicht aus. Aber ich muß es aushalten, nicht? Ich kann an eine Abtreibung nicht denken, bin zu empfindlich dafür, kann's einfach nicht. Andere Frauen können machen, was sie wollen, das ist mir egal, sollen sie ruhig, jede Frau sollte mit ihrem Körper machen können, was sie will, aber ich weiß, was ich mit dem meinen machen kann, ohne vor Schuldgefühlen verrückt zu werden.

Ich könnte dafür sorgen, daß dieser Embryo körperlich ausgelöscht wird, aber ich könnte ihn nie geistig auslöschen. Ich würde mich jedes Jahr an dem Tag daran erinnern, an dem das Kind nicht geboren wurde – oder vielleicht an den Jahrestag des Abendessens im Ritz –, und ich würde es mir vorstellen, so lieb wie Robin, wie es die Ärmchen nach mir ausstreckt und darum bittet, geliebt zu werden. Ja, dieser Gedanke ist furchtbar emotional, aber er ist auch furchtbar wahr. Das würde geschehen. Ich kenne mich, ich weiß, was ich für eine Frau bin, und ich weiß, ich kann dieses Kind nicht loswerden, ich muß es ertragen.

Kann ich Robert ertragen, wenn er Jahre und Jahre braucht, um an dieser unbenennbaren Lähmungskrankheit zu sterben? Diese Frage erinnert mich an damals, als ich mich fragte, ob ich das Landleben vor der Haustür seiner Eltern ertragen könnte. Die offenkundige Antwort ist «nein», aber man muß versuchen, konstruktiv zu denken.

Vielleicht könnte ich an der Seite eines hoffnungslosen Kranken überleben, aber mein Gemütszustand müßte dann so radikal anders sein, als er es zur Zeit ist, daß ich mir das nicht vorstellen kann. Wie hält es eine Frau, die jede Krankheit verabscheut, bei einem kranken, ihr entfremdeten Ehemann aus, der darauf besteht, daß sie weiterhin eine konventionelle Ehefrau ist? Eine tapfere Frau würde es schaffen... Eine religiöse Frau würde es schaffen. Eine starke Frau wie Margaret würde es schaffen. Aber ich bin weder tapfer noch religiös, noch stark. Ich bin feige, ungläubig und schwach. Ich bin nicht zur Heldin geschaffen. Ich bin nur ein schwankendes Rohr im Wind und in meinem Innern herrscht Chaos.

«Ich werde eine Heldin, wenn ich groß bin!»

«Ich will ein Held sein!»

Der liebe kleine Robert, was hatten wir für einen Spaß...

«Freundschaft ist für immer!»

Wie traurig, wenn man daran denkt, daß wir das gesagt haben. Denn natürlich ist Freundschaft nicht für immer. Freundschaft kann zerstört werden durch widrige Umstände, so wie Roberts Körper durch diese Krankheit zerstört werden kann. Nichts ist für ewig, nichts – außer der Erinnerung an Oxmoon, an jenes verlorene Oxmoon unserer Kindheit, dieser Erinnerung, die keine widrigen Umstände je zerstören konnten.

Ich glaube, ich bin dabei, mir das Unvorstellbare vorzustellen, aber ich warte noch: Ich muß jede Sentimentalität vermeiden; ich darf mich nur mit dem befassen, was wirklich und wahr ist.

Robert fragte mich einmal, ob wir den Zauber von Oxmoon wieder einfangen könnten, und ich erwiderte brutal: «Ich kann dieses spezielle Wunder nicht für dich wirken.»

Aber genau das habe ich jetzt zu tun. Ich muß uns irgendwie in diese Welt zurückführen, die wir als Kinder kannten, denn das ist die einzige Welt, die keine Tragödie je wird zerstören können.

Wie fange ich das an? Wir werden nach Gower zurückkehren, doch der Umzug allein bedeutet nichts, darüber bin ich mir bereits klargeworden. Ich muß etwas Ungreifbares wiedererschaffen, eine Welt, die nur in unseren Köpfen existiert, aber gleichzeitig eine Welt, die für einen Bergsteiger so real ist wie der Mount Everest.

Alles ist letztlich eine Frage der Freundschaft, nicht? Die Ehe kann uns nicht helfen. Die ist tot, und unsere gegenwärtige Freundschaft ist ein so beschädigtes Ding, daß es nicht wunder nimmt, wenn ich versucht war, sie nicht einzubeziehen. Aber wir haben der Freundschaft eine einzigartige Bedeutung verliehen in Oxmoon, jenem verlorenen Oxmoon unserer Kindheit, und wenn diese alten Bande neu geknüpft sind, werden wir endlich heimkehren.

*

«Schläfst du?»

«Nein, komm herein, Darling, ich will gerade aufstehen. Ich muß mit der Köchin wegen des Abendessens sprechen.» Als er das Zimmer betrat, stand ich auf und zog die Vorhänge zurück. Es war ein schöner Abend geworden und unten im Garten blühten die Narzissen in der Blumenschale.

«Geht es dir besser?»

«Ja. Entschuldige, daß ich zusammengeklappt bin wie eine schwächliche victorianische Heroine.»

«Im Gegensatz zu einer schwächlichen victorianischen Heroine hattest du guten Grund dazu. Ginette, können wir noch einmal aufrichtig miteinander reden, ehe wir weitermachen?»

«Warum nicht? Das Leben ist im Augenblick so gräßlich, daß mir bei dem Gedanken an ein aufrichtiges Gespräch nicht einmal mehr ein Schauer über den Rücken läuft.» Ich strich das Bett glatt, und wir setzten uns darauf. «Wo fangen wir an?»

«Wo wir aufgehört haben. Bei der Krankheit. Ginette, ich glaube jetzt, daß ich diese Krankheit habe. Außerdem vermute ich, daß die Sache schlimmer wird, als wir es uns im Augenblick vorstellen können, deshalb sollten wir jetzt versuchen, einen Weg zu finden, wie wir damit fertig werden.»

Ich sagte nur: «Sprich weiter.»

«Dir ist jede Krankheit zuwider; sie stößt dich ab. Du genießt die körperliche Liebe; die Aussicht, an einen Krüppel gebunden zu sein, wäre absurd. Du liebst London; der Gedanke an ein Leben auf dem Land entsetzt dich. Kurzum, ich kann nicht glauben, daß du diese Ehe fortzusetzen wünschst, und deshalb halte ich es nur für recht und billig, daß ich dir das Angebot einer Eheauflösung mache.»

«Robert –»

«Warte. Ich bin noch nicht fertig. Du mußt mich zu Ende anhören. Unsere Ehe war ein Fehlschlag. Das weißt du – das weiß ich. Wir waren beide sehr unglücklich, aber zumindest liebe ich dich noch immer so sehr, daß ich alles in meiner Macht Stehende tun werde, um für Ordnung zu sorgen. Ich darf dich nicht durch alles mitschleppen, was vielleicht vor mir liegt – nun, um ganz aufrichtig zu sein, ich glaube nicht, daß du es ertragen könntest, also wenn wir schon auseinandergehen, ist es viel besser, daß wir das jetzt tun. Martinscombe können wir vergessen. Ich werde bei meinen Eltern wohnen, und das bedeutet, ich verfüge über die Mittel, um dir in London ein anständiges Leben zu ermöglichen – leider in einer Wohnung, ein Haus könnte ich mir nicht leisten. Und Robin muß natürlich, solange er noch klein ist, bei dir bleiben, wenn ich auch hoffe, du bringst ihn ab und zu einmal zu mir. Mir käme nicht einmal in den Sinn, dich zu bitten, daß du oft kommst, weil ich weiß, wie ungern du mit meinen Eltern zusammentriffst, aber ein gelegentlicher Besuch würde mir sehr viel bedeuten, und –»

«Darling –»

«Nein, laß mich bitte zu Ende reden, ich muß dir das jetzt sagen. Ein solcher gelegentlicher Besuch würde mir sehr viel bedeuten, und ich könnte die Scheidung leichter ertragen, wenn ich wüßte, daß ich nicht ganz von euch beiden abgeschnitten bin. Ja, mit der Scheidung wird das nicht so ganz einfach sein, weil keiner von uns einen Scheidungsgrund hat, und selbst wenn ich irgendeine eheliche Untreue vortäusche, kannst du dich nicht allein wegen Ehebruchs von mir scheiden lassen, aber wenn wir zwei Jahre lang getrennt gelebt haben, könntest du sowohl Ehebruch wie böswilliges Verlassen bei einer Klage anführen, und dann hättest du das Recht –»

«Nein», sagte ich.

Er starrte mich an. «Nein was?»

«Keine Scheidung.»

«Aber du –»

«Keine Scheidung, Robert.»

«Na ja, es wäre einfacher, wenn wir nur eine Trennung vereinbarten, aber –»

«Nein. Auch keine Trennung.»

Er war verwirrt. «Auch keine Trennung? Oh, aber ich glaube, du solltest sie um deinetwillen doch in Betracht ziehen. Es ist immer besser, wenn so etwas festgelegt ist – du solltest einen Anwalt zu Rate ziehen, der dir die Situation genau erklären kann.»

«Das ist nicht nötig. Ich will weiter mit dir verheiratet sein.»

«Um Robins willen, meinst du? Aber ... wie könnten wir eine konventionelle Ehe führen?»

Ich schwieg. Wir saßen noch immer auf dem Bett, er sah mich an, ich blickte auf meinen Trauring.

«Ich könnte dir kein konventioneller Ehemann mehr sein», sagte Robert. Er hielt inne, um die logischen Folgerungen zu bedenken, die sich aus dieser Tatsache ergaben. Dann sagte er auf seine typisch simple Art: «Deshalb könnte ich nicht erwarten, daß du eine konventionelle Ehefrau wärst. Das wäre einfach nicht fair. Das würde gegen die Spielregeln verstoßen.» Als er abermals innehielt und stirnrunzelnd die komplexe Beziehung zu bedenken versuchte, die weit außerhalb der Grenze der Spielregeln für eine Ehe lag, so wie er es sah, legte ich beruhigend meine Hand auf die seine.

«Es gibt alle möglichen Arten von Ehen, Robert. Unsere wird einfach von der anderer Ehen etwas verschieden sein, weiter nichts.»

«Ja, aber ... nun, es wäre eigentlich gar keine Ehe, denn mir käme es vor allem darauf an, daß du ein Leben führen kannst, wie du es dir wünschst –»

«Es wäre trotzdem eine Ehe, Robert.»

«... denn weißt du, es wäre mir ein Greuel, wenn du zu der Ansicht kämst, ich hätte dir dein Leben zerstört –»

«Ich verstehe.»

« – und deshalb wird es mir nichts ausmachen, wenn du mich nicht sehr oft besuchst – ich könnte es nicht ertragen, wenn du nur noch Abscheu für mich empfändest – oder Widerwillen – oder gar Mitleid – dann würde ich dich lieber völlig freigeben ganz gleich, wie sehr ich dich vermissen werde –»

«Na schön. Dann gib mich frei. Aber gib mich frei innerhalb der Grenzen unserer Ehe.»

Er begriff noch immer nicht. Er sah mich voller Vertrauen an, auf eine Erklärung wartend, und als ich dieses Vertrauen sah, wußte ich, daß die Zeit endlich ihren Kreis schließen wollte und wir uns dorthin zurückbewegten, wo alles angefangen hatte.

Ich dachte: fast schon dort, fast schon zu Hause. Und als ich seine Hand umfaßte, sah ich in der Ferne die Erdbeerbeete und die Gartenmauern und das helle Sonnenlicht, wie es über alles hereinströmte damals vor langer Zeit.

«Aber bist du dir auch sicher», sagte Robert, als ich schwieg, «daß du weiter mit mir verheiratet sein willst, wenn du in London lebst?»

«Ich werde nicht in London bleiben», sagte ich. «Ich komme mit dir nach Gower.»

Ich sah, wie das Vertrauen in seinen Augen der schwärzesten Verzweiflung wich. Er sagte mit bebender Stimme: «Das ist reine Sentimentalität! Du bist töricht, emotional und siehst die Realität nicht! Du läßt dich auf ein Schauspiel ein, das du niemals durchhalten kannst!»

Aber ich konnte die Erdbeeren sehen, groß und saftig zwischen ihren dicken Blättern. Ich konnte die Sonne auf uns herunterscheinen fühlen, und in diesem Augenblick war der Kreis endgültig vollendet, die Zeit war ausgeschaltet, und *wir waren da,* nebeneinander im Garten von Oxmoon, und die zauberische Vergangenheit war wieder eingefangen und die Erdbeeren lagen in unseren Händen.

«Nein, Robert», sagte ich. «Das ist kein Schauspiel und keine Illusion und keine Lüge. Dieser Situation wohnt eine absolute Wahrheit inne, und diese Wahrheit werde ich dir beweisen bis ans Ende deiner Tage.»

«Aber um Gottes willen, welche Wahrheit sollte das sein?»

Mit einer Stimme sprechend, die in keinem Augenblick schwankte, vollendete ich die Reformation unserer Ehe, die er so mutig begonnen hatte. «Robert», sagte ich ganz ruhig, «einem Ehemann könnte ich jederzeit davonlaufen – aber nie einem Freund.»

Dritter Teil
John
1921-1928

«Was also, ihr Sterblichen, sucht ihr draußen das Glück, das in euch liegt? Irrtum und Unwissenheit verwirren euch. Ich will dir kurz den Angelpunkt der höchsten Glückseligkeit zeigen. Ist dir irgend etwas kostbarer als du selbst? Nichts, wirst du sagen. Wenn du also deiner selbst mächtig wirst, wirst du auch besitzen, was du weder jemals verlieren willst noch das Glück dir rauben kann.»

BOETHIUS, Trost der Philosophie

Erstes Kapitel

I

Sie sagte: ‹Einem Ehemann könnte ich jederzeit davonlaufen – aber nie einem Freund.›»

«Was für eine ungewöhnliche Bemerkung.»

«Sie ist eine ungewöhnliche Frau.»

«Richtig.»

Ich ging ruhelos zum Fenster. Die Frühlingssonne schien auf Ginevras chaotischen Garten, hob die verunkrauteten Wege hervor, eingeengt von einer Vielfalt nicht zueinander passender Büsche, von denen die meisten den Winter nicht überstanden hatten. Eine Gruppe geschmackloser Steinputten, Teile eines abgebrochenen Brunnens, die bei einer Versteigerung erworben worden waren, war hinter der Schaukel aufgestellt, wo Robin spielte, und sein Kindermädchen musterte sie, als ob sie wünschte, sie hätte einen Vorrat Feigenblätter zur Hand. Ein Wimmern von einer in der Nähe liegenden Decke deutete darauf hin, daß das Baby wie üblich seiner besonderen Art von Unbehagen Stimme verlieh.

Es war keiner von Roberts besonders guten Tagen. Er saß in seinem Lieblingssessel bei dem gräßlichen modernen Kamin und fingerte an seinen Krücken, als ob er größte Lust verspürte, sie zu zerbrechen. Ginevra war für eine Woche nach London gefahren, doch als ich zu erwähnen wagte, daß die wiederholte Abwesenheit einer Ehefrau von zu Hause kaum im wahren Interesse ihres Mannes liegen könnte, war er wütend geworden. Vergeblich hatte ich zu erklären versucht, daß ich lediglich mein Mitgefühl mit ihm in seiner Depression ausdrücken wollte, aber das hatte ihn noch wütender gemacht. Er hatte gesagt, daß er Mitgefühl verabscheue. Wieder hatte ich mich zu entschuldigen versucht, und wieder war ich niedergeschrien worden. Widerwillig hatte er eingeräumt, daß meine Absicht gut gewesen sei, aber auch gesagt, daß er keine andere Wahl habe, als mir zu zeigen, daß mein Mitgefühl unangebracht wäre. Dann hatte er im nächsten Augenblick zu meiner peinlichen Verlegenheit damit begonnen, mir seine Beziehung zu seiner Frau auseinanderzusetzen.

Immer hatte ich angenommen, daß Robert und Ginevra trotz des

Unglücks, das sie getroffen hatte, die glücklichste und vollkommenste Ehe führten, deshalb traf es mich mit einem erheblichen Schock, als ich erfuhr, daß ihre Ehe seit über zwei Jahren in hohem Maß ungewöhnlich war.

Für das Ungewöhnliche hatte ich nichts übrig. Als Robert mir sagte, er hätte seit dem Ausbruch seiner Krankheit von seinen ehelichen Rechten keinen Gebrauch mehr gemacht, war mir das unbehaglich genug, so unbehaglich, daß ich aufstand. Als er hinzufügte, Ginevra gehöre zu den Frauen, die Intimitäten mit einem kranken Mann abstoßend fänden, wußte ich kaum noch, wo ich hinblicken sollte, und als er mir erklärte, ohnehin mache sich keiner von ihnen beiden etwas daraus, dieser Aspekt habe in ihrer Ehe ein Ende gefunden, überraschte ich mich dabei, daß ich ziellos im Zimmer hin- und herging, um meinen Abscheu über diese Art Gespräch zu tarnen. Robert vervollständigte dieses Bild einer unbürgerlichen Ehe mit der Erklärung, daß er keine Ahnung habe, was sie in London treibe, daß er aber hoffe, sie würde reichlich Champagner trinken, jeden Tag zu Harrods gehen und wenigstens drei Liebhaber haben.

«. . . denn, wenn das der Preis ist, den ich dafür bezahlen muß, daß ich einen guten Freund an meiner Seite habe, bin ich bei Gott mehr als bereit, ihn zu bezahlen», schloß er herausfordernd.

Meine diplomatische Schulung ermöglichte mir zu antworten: «Ganz richtig. Ich verstehe vollkommen», aber ich war entsetzt. Ich machte Robert keinen Vorwurf. Offensichtlich hatte er der Kinder wegen keine andere Wahl, als ein verständiger Ehemann zu sein, ich war aber der Ansicht, daß Ginevra, die mir nie durch ihren Sinn für das Schickliche oder ihren Geschmack aufgefallen war, sogar noch tiefer gesunken war, als ich je für möglich gehalten hatte.

«Ich muß auf die Toilette», sagte Robert. «Klingelst du, bitte.»

Ich bot ihm nicht meine Hilfe für den Weg zur Toilette an. Sein Kammerdiener Bennett war Lazarettpfleger im Krieg gewesen und war befähigter als ich, Robert die notwendige Hilfe zu geben, wenn er mit seinen Krücken nicht zurechtkam. Als Bennett ins Zimmer kam, sagte ich: «Ich will nur eben den Kindern guten Tag sagen», und floh dann durch die hohe Fenstertür in den ungepflegten Garten des Bungalows.

Robin kam mir entgegengelaufen, als ich über den Rasen ging. Er hatte erst kürzlich seinen vierten Geburtstag gefeiert und war groß für sein Alter. Da weder Robert noch Ginevra das geringste Talent besaßen, ihre Aufgabe als Eltern zu erfüllen, war er schrecklich verzogen, aber er war ein hübscher, aufgeweckter kleiner Bursche, der mit etwas Glück seine Erziehung überleben würde. Inzwischen war er lediglich frühreif und tyrannisch.

«Hallo, Onkel John. Mami hat mir eine Karte aus London geschickt.» Damit wühlte er eine zerknitterte Ansichtskarte des Buckingham Palace aus seiner Tasche und las mir den Text vor, um seine beträchtlichen Lesekenntnisse zu demonstrieren.

Ich weiß, die Leute hielten mich und Blanche für altmodisch, dennoch gaben wir dem würdigen «Mama» und «Papa» vor dem mediokren «Mami» und «Papi» den Vorzug. Wie üblich hatte Ginevra auch in diesen Fragen keinen Geschmack. Ihre Kinsella-Söhne nannten sie tatsächlich «Ma», wenn man ihnen auch wegen ihrer New Yorker Herkunft Zugeständnisse machen mußte.

Ich betrachtete das Bild, bewunderte den flüssigen Stil des Textes und unterbrach mich, um dem Kinderfräulein guten Tag zu sagen, ehe ich mich dem Baby zuwandte, das mißgelaunt auf seiner Decke saß. Der Junge war achtzehn Monate alt, aber zurückgeblieben, und zeigte keine Neigung, gehen oder sprechen zu lernen. Seine blaßblauen Augen blickten ängstlich zu mir auf, seine große Nase zitterte; er war sehr häßlich.

«Der dumme Kester», sagte Robin und versuchte, mich fortzuziehen.

Das Kind war nach dem Schutzheiligen der Reisenden Christopher getauft worden, weil Robert und Ginevra der Meinung waren, daß eine sehr schwierige Reise vor ihnen liege, doch der Name, der mir gefiel, wurde nie verwendet. Ginevra hatte diese schlichte, rustikale Kurzform gebildet, weil sie «romantisch» sei, wie sie behauptete, und Robert war das Kind zu gleichgültig, um Einwendungen zu erheben.

Um Robin abzulenken, gab ich ihm meine Uhr und fragte ihn, ob er mir sagen könne, wie spät es sei. Dann kniete ich mich auf die Decke und versuchte den Kleinen zu ermutigen, ein paar Schritte zu machen. Es gelangen ihm drei, dann fiel er hin. Geschrei folgte. «Ungebärdiger Nachwuchs», sagte Robin, um mit dem Wortschatz zu prunken, den Robert ihm zum Spaß beigebracht hatte. Dann reichte er mir meine Uhr zurück. «Es ist Viertel nach vier. Bleibst du zum Tee?»

Aber ich hatte beabsichtigt, zum Tee zu Hause zu sein. Um mich einer Situation zu entziehen, die immer lautstärker zu werden drohte, strich ich beiden Kindern über den Kopf und zog mich ins Wohnzimmer zurück. Ich war mir sehr wohl bewußt, daß ich Robert noch nicht den Hauptzweck meines Besuchs im Bungalow an diesem Nachmittag offenbart hatte.

Bennett half Robert gerade wieder in seinen Sessel, als ich die Fenstertür hinter mir schloß.

«Werden Sie zum Tee bleiben, Mr. John?» fragte Bennett, ehe er das Zimmer wieder verließ.

Ich sah Robert an, aber er sagte nichts. Ich wußte, daß er zu stolz war zu fragen, aus Furcht, ich könnte denken, er bitte um Gesellschaft.

«Ja, das möchte ich», antwortete ich knapp, «aber würden Sie bitte meine Frau anrufen, Bennett, und ihr sagen, daß ich länger bleibe.»

Sobald Bennett den Raum verlassen hatte, sagte Robert: «John, ich hoffe, daß du nicht eine vielversprechende Karriere im Außenministerium aufgegeben hast, weil du glaubtest, du hättest die lästige moralische Pflicht, mir unbezahlt Gesellschaft zu leisten.»

«Sei nicht albern. Ich haßte das Außenministerium und war nur zu froh, aus Gründen, die nichts mit meiner moralischen Pflicht zu tun haben, in Gower ein neues Leben zu beginnen.»

«Ich finde deinen Entschluß immer noch überraschend – und in einem gewissen Ausmaß schwer erklärlich. Warum bist du wirklich hierher zurückgekommen? Du bist schwer zu durchschauen, John. Manchmal frage ich mich, ob du selber weißt, was in deinem Kopf wirklich vorgeht.»

«Du lieber Himmel! Was für ein düsteres Bild malst du von mir! Ich versichere dir, ich bin nichts anderes als nur ein gewöhnlicher, schlichter Mensch.»

«Was für eine rührende Darstellung – aber ich habe den Verdacht, daß sie kaum zutreffend ist. Doch lassen wir das. Persönlich bin ich nur zu froh darüber, daß jemand in Gower sein wird, der fähig ist, den Godwin-Hühnerstall zu beherrschen, wenn Papa senil sein wird und ich nur noch dahinvegetiere – und nun wirst du in diplomatischem Entsetzen die Hände über dem Kopf zusammenschlagen! Mein Gott, ist es wirklich unmöglich, offen mit dir zu reden?»

«Verdammt noch mal, ich *bin* offen! Du weißt genau, daß ich hierher zurückgekommen bin, weil ich in London unzufrieden war. Selbstverständlich wurde ich in meinem Entschluß durch die Tatsache beeinflußt, daß Papa nicht jünger wird und dein Gesundheitszustand auch nicht so ist, wie er sein sollte, aber –»

«Ein wahrhaft prachtvoller Euphemismus. Sprich weiter. Ich kann es kaum erwarten, womit du als nächstes herauskommst.»

«– aber abgesehen von meiner moralischen Verpflichtung, meinem Vater und meinem Bruder jede Unterstützung zu geben, die in Zukunft notwendig sein mag, beschäftigte mich in erster Linie das

Glück und das Wohlergehen meiner Familie, und ich glaube, daß dem besser gedient sein wird, wenn ich in Gower das Leben eines Landjunkers führe, als wenn ich eine ehrgeizige Karriere anstrebe, die mir nichts bedeutet.»

«Das alles klingt sehr wenig überzeugend», entgegnete Robert mild und zündete sich eine Zigarette an, «aber da ich so tiefgreifend davon profitiere, warum sollte ich anfangen, mir Sorgen darüber zu machen, daß du den Verstand verloren hast? Also gut, ich akzeptiere, was du sagst. Du bist ein Heiliger, der sich nach dem einfachen Leben sehnt. Sehr hübsch. Ich gratuliere dir.»

Ich schwieg. Offensichtlich hatte Robert heute wirklich einen seiner schwierigen Tage, nicht nur physisch, sondern auch emotionell, und ich hatte nicht den Wunsch, ein Gespräch fortzusetzen, das so leicht erbittert werden konnte. Ich zündete mir auch eine Zigarette an, um einen Vorwand für mein anhaltendes Schweigen zu haben, aber ich fragte mich weiterhin, wie ich dem Gespräch eine Wendung zu dem Thema geben könnte, über das ich sprechen wollte, als Robert sagte: «Entschuldige, ich weiß, daß du ehrlich an das glaubst, was du sagst, und das bedeutet, daß ich nicht das Recht habe, dich als Poseur hinzustellen. Wahrscheinlich reagiere ich auf deine Entscheidung zynisch, weil ich weiß, daß du den Glanz und die Pracht Londons weit mehr genossen hast, als ich es je getan habe, aber ich muß auch sagen, daß du nie zu erkennen gegeben hast, daß du dein altes Leben vermißt hast – und das wiederum wirft für mich die Frage auf, die ich Papa neulich gestellt habe: Wie gut habe ich dich überhaupt jemals gekannt?»

Ich sah meine Chance. «Da wir schon von Papa reden, Robert», warf ich schnell ein, «ich habe einen Punkt erreicht, an dem ich die herrschende beschämende Situation nicht länger hinnehmen kann – offen gesagt, ich fühle mich durch ihn in eine so peinliche Lage versetzt, daß ich kaum noch Lust habe, mit meiner Familie jeden Sonntag nach Oxmoon zu kommen. Es muß etwas geschehen. Sein Verhalten überschreitet absolut jedes erträgliche Maß.»

«Ich stimme dir zu, daß es beklagenswert ist. Allerdings –»

«Beklagenswert? Welch ungeheure Untertreibung! Wenn Papa sich in London eine Geliebte hält, dann ist das eine Sache, sich aber hier in Gower eine Geliebte zu halten, ist etwas ganz anderes – und daß er ein früheres Stubenmädchen von Oxmoon in einem Gasthaus in Penhale aushält, überschreitet einfach die Grenzen alles Erträglichen.»

«Ich sehe durchaus ein, daß es für dich und Blanche peinlich sein muß. Doch wenn Mama sich damit abfinden kann, solltest du es meiner Meinung nach auch tun.»

«Ich finde dein altes Argument immer weniger überzeugend. Offensichtlich kann Mama sich nicht länger damit abfinden. Sie braucht aktive Hilfe, nicht taktvolles Schweigen.»

«Wenn Mama Hilfe wünscht, wird sie es sagen.»

«Wahrscheinlich ist sie dazu zu stolz, Robert. Meiner Meinung nach ist es deine moralische Pflicht als ältester Sohn, mit Papa zu sprechen.»

«Jeder Vorwurf meinerseits wäre vergeblich, weil bedauerlicherweise einem Menschen, der sich in einer so prekären Lage wie Papa befindet, mit Vorhaltungen nicht beizukommen ist.»

«Aber wie kann er es wagen, in dieser Weise gegen alle Regeln zu verstoßen?»

«Ich gebe zu, daß die Situation tragisch ist. Aber versuche, die mildernden Umstände zu berücksichtigen.»

«Welche mildernden Umstände?»

«Die Belastungen in seiner Jugend.»

«Wie sollten sie mildernde Umstände darstellen? Sie sollten ihn gelehrt haben, daß der Sünde Lohn der Tod ist.»

Robert seufzte, als ob er um Geduld bitten wollte.

«Sieh dir doch an, was Owain Bryn-Davies passiert ist!» schrie ich ihn, über seine Sturheit wütend, an.

«Ach ja», sagte Robert milde. «Mr. Owain Bryn-Davies und sein Mißgeschick mit den Gezeitentafeln.»

Ich wandte mich ab, aber nicht schnell genug, so daß Robert den Ausdruck meiner Augen wahrgenommen hatte. Ich hörte, daß er rasch atmete. Dann sagte er: «Du weißt also Bescheid. Wie, zum Teufel, bist du dahintergekommen?»

«Ich habe nicht die geringste Ahnung, wovon du sprichst.»

«Mein lieber John.»

«Ich weiß nichts, absolut nichts.»

«Warum verlangst du dann nicht eine Erklärung von mir? Für jemand, der behauptet, von der Vergangenheit nichts zu wissen, legst du einen überraschenden Mangel an Neugier an den Tag.»

Darauf folgte Schweigen. Ich versuchte zu sprechen, brachte aber nichts heraus, und schließlich sagte Robert sanft überredend, als ob ich ein besonders widerspenstiger Zeuge wäre: «Du weißt es schon seit einiger Zeit, oder nicht? Wer hat es dir gesagt? Und warum hast du dich mir nie anvertraut? Es ist für einen Menschen, wie ich gut weiß, ein teuflischer Schock, wenn er erfährt, daß sein Vater –»

Dieses Mal fand ich rechtzeitig meine Sprache wieder. Noch ehe er das Unaussprechliche aussprechen konnte, sagte ich mit allem Nachdruck, den ich aufbringen konnte: «Tut mir leid, Robert, aber dies ist ein Thema, über das zu sprechen ich sowohl jetzt als auch zu jedem späteren Zeitpunkt ablehne. Ich weigere mich auch, mich von dem Problem von Papas jetzigem Verhalten ablenken zu lassen. Laß mich also noch einmal die entscheidende Frage stellen: Beabsichtigst du, ihm zu sagen, daß er sich zusammennehmen und sein Verhalten ändern muß, oder wirst du das nicht tun?»

«Das werde ich ganz gewiß nicht tun. Das würde die Lage nur noch verschlimmern, die ohnehin schon schwer erträglich genug ist.»

«Also gut denn.» Ich stand auf. «Wenn du nicht mit ihm sprechen willst, dann werde ich es tun.»

«Um Himmels willen, John, sei kein so verdammter Narr.»

«Ich widerspreche dir nur ungern, Robert, aber ich bin absolut kein Narr, weder ein verdammter noch sonst einer. Ich bin ein Mensch, der intelligent genug ist, hohe Ansprüche zu stellen, und hier ziehe ich die Grenze.»

2

«Was bist du für ein merkwürdiger Junge», sagte mein Vater. «Und auch noch impertinent.»

«Ich bin kein Junge, Sir. Ich bin ein Mann von neunundzwanzig Jahren.»

«Dann benimm dich entsprechend.»

Wir befanden uns im Billardzimmer in Oxmoon, kurz nach sechs Uhr am gleichen Tag. Ich hatte meinen Vater mit Edmund bei einer Partie angetroffen, und als ich ihn um ein Wort unter vier Augen bat, hatte Edmund sich zurückgezogen, noch ehe mein Vater vorschlagen konnte, wir sollten uns in die Bibliothek zurückziehen, wo er im allgemeinen vertrauliche Gespräche führte.

Zwischen uns bestand eine oberflächliche körperliche Ähnlichkeit, sie wurde aber durch Unterschiede im Verhalten verwischt. Mein Vater, unberührt vom Prägestempel einer englischen Erziehung, verbarg seine walisische Schläue unter einem zwanglosen, fast lässigen Charme. Dieser Charme war so ansprechend, daß man dazu neigte, seine beträchtliche Kraft zu unterschätzen. Er war kein schwacher Mann. Er hatte starke Gefühle, starke Ansichten und eine starke Neigung, gegenüber jeder Opposition halsstarrig zu sein. Obwohl er gegenüber seinen Kindern freundlich und liebevoll auftrat, war er zu Gewalttätigkeiten fähig, wenn er in Zorn geriet, und in dem Augenblick, als ich ausgeredet hatte, wußte ich, daß ich ihn gereizt hatte.

Ich war ohnehin schon nervös, aber jetzt wurde ich nervöser denn je. Ich liebte meinen Vater, aber diese Liebe war in eine Zwangsjacke der Furcht gezwängt, denn jedesmal, wenn ich ihn ansah, kam mir in Erinnerung, daß ich einem Mann gegenüberstand, der einen Mord begangen hatte und nicht zur Rechenschaft gezogen worden war. Ich wußte, daß der Mord gerechtfertigt gewesen war. Ich wußte, daß er ein guter Mensch war. Aber immer war mir bewußt, daß er zu allem fähig sein mochte, und das war der Grund, weshalb es mir so wichtig erschien, daß er sich in seinem Privatleben strikt an die Regeln einer zivilisierten Gesellschaft halten sollte.

«Sir, glauben Sie mir bitte, daß ich mit größtem Respekt und nur aus höchster Sorge spreche.»

«Ich weiß nicht, was zum Teufel dich zum Sprechen veranlaßt, aber bezweifle, daß Respekt und Sorge viel damit zu tun haben.» Er wandte sich von mir ab, stieß die Tür auf und rief: «Margaret!»

Ich war entsetzt. «Papa, um Gottes willen – du kannst Mama doch nicht in dieses Gespräch hineinziehen.»

Mein Vater verlor die Beherrschung. Ich wich vor ihm zurück, brachte instinktiv den Billardtisch zwischen uns, während er mich anschrie: «Wie kannst du wagen, mir sagen zu wollen, was ich tun kann und was nicht? Wie kannst du die Unverschämtheit besitzen, mir in dieser verlogenen Weise eine Predigt zu halten?»

«Ich bin kein Heuchler. Ich tue nur das, was ich aufrichtig für das richtige halte.»

«Du ärgerst dich doch nur, weil du dir selbst gern eine Geliebte in Penhale halten würdest, weißt aber, daß deine Frau weniger Verständnis dafür hätte als meine.»

Ich wurde so wütend, daß ich meine Furcht vor seiner Gewalttätigkeit vergaß und auf ihn zuging. «Das ist eine verdammte Lüge», schrie ich. «Du hast nicht mehr Moral als deine verdammte Mutter, aber wenigstens ich habe den verdammten Anstand, nicht in deine Fußstapfen zu treten.»

Eine rundliche kleine Hand schloß sich um meinen Arm. Meine Mutter sagte mit einer Stimme, die kalt vor Zorn war: «Das ist eine unerhörte Schamlosigkeit, was du da zu deinem Vater gesagt hast. Entschuldige dich auf der Stelle.» Und ihr Verhalten traf mich so tief, daß ich sofort zur Besinnung kam.

Ich sagte: «Es tut mir leid. Es tut mir sehr leid, ich –», doch ehe ich zu Ende sprechen konnte, wandte mein Vater sich an meine Mutter.

«Margaret, ich werde mit diesem Jungen nicht fertig. Ich kann nicht mit ihm reden. Er macht mich zu wütend.»

«Ach, mach dir keine Sorgen, mein Lieber», sagte meine Mutter. «Ich werde diese kleine Schwierigkeit für dich in Ordnung bringen.»

Er küßte sie und verließ den Raum. Die Hand meiner Mutter hielt noch meinen Arm gepackt, doch als seine Schritte verklangen, gab sie mich frei, trat einen Schritt von mir zurück, damit sie mir leichter in die Augen sehen konnte, und sagte dann mit einer Grobheit, die mich im Innersten traf: «Du verdammter Narr, warum konntest du in Gottes Namen nicht zu mir kommen, wenn du dich wegen Mrs. Straker beklagen wolltest? Für einen intelligenten Menschen scheinst du dich unverzeihlich dumm verhalten zu haben.»

3

Ich hatte weder den Zorn meiner Mutter erwartet noch ihre Einstellung zum Verhalten meines Vaters, und im Augenblick war ich zu verstört, um mich zu verteidigen. Ich liebte meine Mutter sehr. Lion hatte immer als ihr Liebling gegolten, aber mir hatte geschienen, daß sie auch mich begünstigte, weil ich spürte, daß sie sich bemühte, mir ihre Liebe zu zeigen. In meiner frühen Kindheit hatte ich ihre Herzlichkeit als selbstverständlich hingenommen, doch später, als mir nur zu gut bewußt wurde, daß meine Ähnlichkeit mit meiner Großmutter mich in den Augen meiner Eltern abstoßend machen könnte, håtte ich die betonte Zuneigung meiner Mutter als Anzeichen dafür gedeutet, daß ich nicht zu einem niedrigen Platz in ihrer Achtung verdammt worden war.

Doch ihre klare Entschlossenheit, gerecht zu sein, war typisch für ihr Verhalten. Was ich an meiner Mutter am meisten bewunderte, war die unbeirrbare Entschiedenheit, mit der sie Ungerechtigkeiten zurückwies, und jedesmal, wenn sie sagte: «Ich ziehe die Grenze», empfand ich eine überwältigende Erleichterung und Dankbarkeit. Meine Mutter war ein Bollwerk gegen Irrsinn, Chaos und Katastrophen. In einer Welt, in der ich von Kindheit an gelernt hatte, daß absolut jeder zu absolut allem fähig ist, hatte meine Mutter ein unfehlbares Rezept für Normen, man zog die Grenze gegenüber dem, was unrecht war – und man überlebte mit unversehrter Vernunft. Meine Furcht vor meinem Vater war durch die Gewißheit gemildert worden, daß meine Mutter ihm entgegentreten würde, falls er begann, zu grob gegen seine eigenen Regeln zu verstoßen.

Ich glaubte, sie würde ihn auch jetzt aufhalten.

«Mama, bitte vergib mir, aber ich bin heute abend mit den allerbesten Absichten hergekommen –»

«Dein Vater darf nicht in dieser Weise aus der Fassung gebracht werden. Er braucht Mitgefühl und Verständnis, nicht bornierte Intoleranz.»

«Also, ich kann nur sagen, daß es meiner Meinung nach an der Zeit ist, daß *er* etwas Mitgefühl und Verständnis zeigt. Was ist mit uns? Was ist mit seiner Familie? Ich kann es nicht ertragen, daß Blanche einem derartigen Skandal ausgesetzt wird –»

«Hast du sie informiert?»

«Worüber?»

«Die Vergangenheit.»

«Welche Vergangenheit?»

«Ach du lieber Gott! John! Manchmal glaube ich, daß diese walisische Ausweicherei mich noch zum Wahnsinn treibt.»

«Ich bin kein Waliser, überhaupt nicht. Ich bin meiner Erziehung, meinen Neigungen und meinem Temperament nach Engländer.»

«Gut. Dann wirst du jetzt vielleicht auch die angelsächsische Tugend üben, das Kind beim Namen zu nennen. Hast du Blanche erzählt, daß dein Vater dazu getrieben wurde, den Liebhaber seiner Mutter zu töten und seine Mutter für den Rest ihres Lebens in einer Anstalt unterzubringen?»

«Großer Gott, nein! Selbstverständlich habe ich das Blanche nie erzählt.»

«Darf ich dir dann nahelegen, daß du das tun solltest. Ganz abgesehen von der Tatsache, daß sie deine dir ergebene Ehefrau ist und dein Vertrauen verdient, ist sie auch ein mitfühlender und intelligenter Mensch, und ich glaube, wenn sie die Tragödie der Vergangenheit deines Vaters in ihrem vollen Umfang kennt, wird sie auch bereit sein, ihm zu vergeben, daß er euch beide jetzt in eine solch schwierige Lage bringt.»

«Tut mir leid», sagte ich und gab mir die größte Mühe, ruhig zu bleiben, «offensichtlich sprechen wir zwar miteinander, aber ich fange an zu glauben, daß keine Verständigung damit verbunden ist. Versuchst du mir zu erklären, daß du dich weigerst, es ablehnst, bezüglich Papas Unmoral die Grenze zu ziehen, trotz der Tatsache, daß dies ein Fall ist, in dem die strengstmögliche Grenze gezogen werden sollte?»

«Ich ziehe die Grenze», entgegnete meine Mutter. «Ich ziehe die Grenze gegen dein unchristliches, unbarmherziges und unverzeihlich selbstgefälliges Verhalten. Ich finde es abstoßend.»

«Aber es ist sein Verhalten, das abstoßend ist. Wie kannst du dulden, daß er Mrs. Straker in Penhale hält – das Stubenmädchen Straker, das du von Oxmoon fortschicken mußtest, weil er seine Finger nicht von ihr lassen konnte? Ich finde, diese ganze Episode ist beschämend, und wie kannst du dich hinstellen und mich kritisieren, wenn alles, was ich versuche, darin besteht, Unschuldige davor zu bewahren, als Folge dieses verächtlichen Verhaltens zu leiden –»

Sie schlug mich mitten auf den Mund. Als ich erschrocken nach Luft schnappte, sah ich, daß in ihren Augen nicht nur Zorn, sondern auch Feindseligkeit flammte.

Die Welt versank in Dunkelheit. Die Vergangenheit begann zu schwären. Das Chaos brach wieder aus.

«Ich kann nicht so tun, als ob ich dich verstände», sagte meine Mutter. «Ich habe es nie getan. Ich habe mich immer besonders bemüht, vorurteilsfrei zu sein, aber es ist wirklich sehr schwer, keine Vorurteile zu hegen, wenn ich Bobby in dieser Weise aus der Fassung gebracht sehe. Ich weiß genau, was in ihm vorgeht – er hat seiner Mutter immer wieder ihre Unmoral vorgehalten, und jetzt muß er das Gefühl haben, daß ihr Geist aus dem Grab heraufgekrochen ist, um ihm zur Vergeltung Vorwürfe zu machen.»

«Aber ich hatte keine Ahnung, daß ich ihn erinnern würde –»

«Ach, sei still! Siehst du nicht, wie du Bobby quälst, indem du ihn so behandelst, als ob er in Gefähr wäre, so wie seine Mutter zu enden?»

«Ich will nur, daß er seinen eigenen Normen entsprechend lebt.»

«Das täte er, wenn er könnte, aber er kann nicht. Das ist die ganze Wahrheit. Dein Vater wird von der Vergangenheit verfolgt. Er glaubt, er wird in den Wahnsinn getrieben, wenn er nicht jedes Mittel nutzt, das zu verhindern, und ich meine, daß er damit recht hat. Es wird ihn wahnsinnig machen, wenn er nicht mit der Erinnerung an das, was geschehen ist, leben kann. Frauen helfen ihm dabei. Ich weiß nicht, warum. Er weiß nicht, warum. Es spielt keine Rolle, warum. Was eine Rolle spielt, ist, daß Frauen ihm helfen, bei Sinnen zu bleiben. Mir sind seine Geliebten gleichgültig. Das war einmal anders, ist es aber nicht mehr. Es ist mir jetzt verdammt egal. Ich bin diejenige, die er liebt, und das ist alles, was zählt. Und soviel zu Milly Straker. Ich sage dir offen, sie ist für Bobby das Beste, was ihm seit sehr langer Zeit widerfahren ist. Ich gebe zu, es ist mißlich, daß er sie in Penhale halten muß, aber jetzt, wo er älter wird, hat es keinen Sinn, von ihm zu verlangen, nach London zu fahren oder auch nur nach Swansea, um das zu bekommen, was er braucht. Ich habe mich damit abgefunden, daß sie in Penhale lebt. Was soll es? Das ist ein Zugeständnis, zu dem ich bereit bin, denn Mrs. Straker wird, vorausgesetzt, daß sie gut bezahlt wird, keinen Ärger machen, ganz im Gegenteil. Sie ist gescheit und diskret, und wenn er schon eine Hure braucht, habe ich wenigstens die Gewißheit, daß es eine Hure ist, die einen hohen Standard hat und sich an ihn hält. So jemand kann ich respektieren, gleichgültig wie ordinär und vulgär die Betreffende ist, und außerdem bin ich praktisch genug, einzusehen, daß es für einen ältlichen Wüstling Schlimmeres gibt als Mrs. Straker. Gervase de Bracy starb an Syphilis, Oswald Stourham verfiel dem Alkohol. Im Gegensatz dazu ist Bobby gesund und einigermaßen glücklich – solange du ihn nicht unglücklich machst, indem du ihn an seine Mutter erinnerst. Geh jetzt nach Hause, besprich die ganze Angelegenheit in vernünftiger Weise mit deiner Frau und laß mich nie, niemals wieder erleben, daß du noch einmal eine solche Szene hier machst.»

Sie verließ das Zimmer. Eine lange Zeit stand ich vor dem Billardtisch und zeichnete mit dem Zeigefinger sinnlose Ornamente auf das grüne Tuch, aber schließlich schlich ich mich verstohlen aus dem Haus und fuhr in elender Verfassung zu meiner Familie.

4

«Hallo, Lieber. Siehst du, Marian, habe ich dir nicht gesagt, daß Papa rechtzeitig zurück sein würde, um gute Nacht zu sagen? Laß mich nachsehen, ob Harry mit seinem Bad fertig ist . . . John, fehlt dir etwas?»

«Nein, nein, alles ist in Ordnung», antwortete ich. «Könnte nicht besser sein.»

«Papa, ich habe mir eine Gute-Nacht-Geschichte ausgesucht», sagte Marian, die im Herbst sechs Jahre alt werden würde.

Ich las ihr die Geschichte von einem schönen Prinzen vor, der sich in ein entzückendes Bauernmädchen verliebte. Nach unendlichen Wechselfällen gelang es ihnen, zu heiraten und danach für alle Zeiten glücklich zu leben.

«Das ist genau wie bei dir und Mama, nicht wahr, Papa?»

«Nun ja, Mama war nicht gerade ein Bauernmädchen, Marian, aber ja, wir haben geheiratet und danach immer glücklich gelebt.»

Blanche kam mit Harry auf dem Arm ins Kinderschlafzimmer.

Er war zwei Jahre alt. Nach dem Bad sah er sehr sauber und in seinem frischgewaschenen kleinen Nachthemd sehr appetitlich aus. Der schwache Geruch nach Talkumpuder wehte mir entgegen. Sein dunkles Haar, viel dunkler als meins, war ordentlich gebürstet und gescheitelt.

«Gib Harry einen Kuß, Liebling», sagte Blanche zu Marian, während das Kinderfräulein mit dem üblichen billigenden Gesichtsausdruck im Hintergrund alles überwachte, «und dann wird Papa dir beim Gebet zuhören.»

Harry gähnte noch einmal. Sein kleiner Kopf sank an meine Brust, um zu verraten, wie müde er nach einem weiteren aufregenden Tag war. Dann wurde ihm bewußt, daß ich auf ihn hinablächelte, und er blickte mit einem strahlenden Lächeln zu mir auf.

Ich dachte an den verzogenen kleinen Robin und den anstrengenden kleinen Kester und erlebte plötzlich unvermutet starkes Mitleid mit Robert, doch einen Augenblick später hatte ich die Zweideutigkeit dieser Empfindung durchschaut und unterdrückte sie gewaltsam. Es war nicht in Ordnung, sich über Roberts Unglück zu freuen, und es war ganz gewiß nicht in Ordnung, den Gedanken zu genießen, daß sich mein Leben befriedigender als seines erweisen würde. Das waren zweifellos verächtliche Vorstellungen, die auf eine verborgene Eifersucht hinwiesen, die nicht geduldet werden durfte.

Immer lauerte das Chaos. Und wie immer zog ich die Grenze.

«Liebling», sagte Blanche einige Stunden später bedrückt, als wir im Bett waren. «Ich weiß, daß irgend etwas nicht stimmt, und ich wünschte, du würdest mir sagen, was es ist. Ich muß dir eine schlechte Frau sein, wenn du glaubst, daß du dich mir nicht anvertrauen kannst.»

«Sag nicht etwas so Absurdes. Du bist eine vollkommene Frau, und das weißt du auch.»

«In diesem Fall –»

«Ich mache mir Sorgen wegen meines Vaters, aber ich möchte nicht über ihn sprechen.»

«Ach.» Ich hörte sie im Dunkeln seufzen. «Ich wünschte, ich könnte etwas tun, wenn du bedrückt bist», sagte sie und legte sanft ihre Wange gegen meine Schulter. «Mich bedrückt das Gefühl, daß ich unfähig bin, dir zu helfen.»

Ich wußte sofort, wie sie mir helfen konnte, aber ein großer Teil meines Ehelebens bestand in dem Bemühen, nicht ihre Liebe auszunutzen, indem ich mich zu selbstsüchtigem, rücksichtslosem Verhalten hinreißen ließ, und jetzt scheute ich davor zurück, ihre Bereitwilligkeit auszunutzen. Erst in der vergangenen Nacht hatte sie sich mir gegenüber ungewöhnlich großzügig erwiesen.

«Wie kannst du so etwas nur denken –»

«Es ist nicht so wichtig.»

Es folgte eine Stille, während ich zu ergründen versuchte, was das Richtige sein mochte. Kein anständiger Ehemann drängt sich seiner Frau in zwei aufeinanderfolgenden Nächten auf. Wenn andererseits die Frau Bereitschaft ausdrückte, konnte ihn das entlasten, obwohl, wenn sie ihre Bereitschaft lediglich zu verstehen gab, um als eine gute Frau zu gelten, mochte ihre Zustimmung nicht ehrlich gemeint sein, und es war Zurückhaltung angebracht.

«Darling ...» Sie schmiegte sich enger an mich. Zu meiner Beschämung unterlag ich der Verlockung, und obwohl ich mich verachtete, folgte ich dem erfreulichsten Weg, den ich entdeckt hatte, um zu vergessen, woran ich mich nicht erinnern wollte. Die Köstlichkeit dieses Vergnügens entsetzte mich jedesmal, und in dieser Nacht, nachdem Blanche eingeschlafen war, fand ich mich wieder gegen Erinnerungen ankämpfend, die selbst die köstlichsten Freuden nicht auslöschen konnten. Ich wußte nur zu gut, was aus jenen wurde, die nach den Freuden des Fleisches süchtig wurden – und im nächsten Augenblick war ich wieder in der Vergangenheit, wo meine Großmutter um Erbarmen schrie, meine Mutter sie schlug, um ihre Hysterie zu unterdrücken, und mein Vater mir auf walisisch mit voller Lautstärke zuschrie, daß Wahnsinn und Untergang auf alle lauerten, die versäumten, die Grenze zu ziehen.

5

Ich fand keine Erholung, nachdem ich eingeschlafen war, denn in dieser Nacht drang sie wieder in meine Träume ein, wie immer, wenn ich ernstlich erschüttert war. Meine Großmutter war 1910 gestorben, aber für mich lebte sie 1921 noch. Die gerade Linie der Zeit krümmte sich, so daß 1903 unaufhörlich in meinen Gedanken auftauchte, Weihnachten 1903, als ich elf Jahre alt war.

Meine Großmutter war zweiundsechzig. Sie war nicht vorteilhaft gealtert. Sie war dünn und hager. Sie hatte knochige Hände, die sie ständig ineinander verschränkte. Ihr Blick schoß rastlos zwischen ihren Enkeln hin und her, als ob sie versuchte, uns alle in ihrem Bewußtsein festzunageln, damit sie sich an uns allen während der einsamen Monate in der Anstalt, wo wir sie nie besuchten, freuen konnte. Wir alle hielten sie sowohl für beklagenswert als auch für unerträglich langweilig: ein ständiger Makel auf unserem sonst makellosen Familienweihnachten, ein Kreuz, das wir im Namen christlicher Barmherzigkeit auf uns nehmen mußten. Großmama war verrückt und normalerweise kein erwünschtes Gesprächsthema, aber einmal im Jahr mußten wir für einige Stunden ihre Anwesenheit ertragen. Wir seufzten und stöhnten und gähnten, doch an jedem Weihnachtsfest unterwarfen wir uns der Last des Unvermeidlichen.

Das Weihnachtsfest im Jahr 1903 begann in der üblichen Weise. Heiligabend holte mein Vater meine Großmutter aus dem Heim Mariä Himmelfahrt ab. Am Weihnachtsmorgen tobten wir alle in unserer üblichen lärmenden Weise herum, zogen alle Geschenke aus unseren Strümpfen, setzten uns zu einem üppigen Frühstück und machten uns auf den Weg zur Kirche. Die Geschenke unter dem Baum wurden immer erst ausgepackt, wenn das Dinner vorüber war, das zu Weihnachten aus Rücksicht auf die Dienerschaft bereits in der Tagesmitte serviert wurde. Wenn wir alle aus der Kirche zurückkamen, ging meine Mutter in die Küche, um zu sehen, wie die Vorbereitungen für das Dinner gediehen, und mein Vater blieb im Wohnzimmer, um ein Auge auf meine Großmutter zu haben. Erst kürzlich war mir klargeworden, daß meine Eltern die Großmutter nie mit den Kindern allein ließen.

Robert, abweisend wie immer, hatte sich auf der Suche nach Alleinsein irgendwohin zurückgezogen, Ginevra war in Amerika, Celia und Lion spielten erbittert eine Partie Cribbage, bei der Edmund zusah. Ich las ein Buch, *Verschleppt* von Stevenson war es, ich erinnere mich genau, ebenso wie ich mich genau erinnere, daß ich von meinem Buch aufblickte und sah, wie meine Großmutter mich von ihrem Platz beim Kamin aus beobachtete.

Mein Vater unterhielt sich mit ihr beiläufig über seinen Plan, den Küchengarten neu anzulegen. Er sagte gerade: «Und ich bin sehr geneigt, das Spargelbeet zu verdoppeln», als der Diener Ifor Hals über Kopf ins Zimmer gelaufen kam und keuchend berichtete, das Erste Hausmädchen hätte im Speisezimmer etwas, das er als «pepperleptischen» Anfall bezeichnete.

«Guter Gott!» rief mein Vater und eilte hinaus.

«Lieber Himmel», krähte Celia und rannte hinter ihm her.

«Das muß ich sehen!» rief Lion sensationslüstern und lief davon mit Edmund, seinem ständigen Schatten, auf den Fersen.

Ich legte gerade mein Buch beiseite in der naheliegenden Absicht, ihnen zu folgen, als meine Großmutter mich plötzlich ansprach. «Johnny.»

In jener Zeit wurde ich Johnny genannt. Ich hatte den Namen John immer für sehr fade gehalten. Er hatte den Geruch nach John Bull und englischer Beschränktheit an sich, und seit langem beneidete ich Lion um seinen rassigen, bezugsreichen Vornamen.

«Ja, Großmama», antwortete ich höflich auf walisisch.

Sie winkte mir. Ich versuchte, meine Ungeduld zu verbergen, näherte mich ihr und dachte: verrücktes armes altes Weib.

«Ich möchte dir ein kleines Geschenk machen», sagte sie. «Ein besonderes Geschenk. Jedes Jahr habe ich es nach Oxmoon mitgebracht, um es dir zu geben, und in keinem Jahr hatte ich je eine Gelegenheit, mit dir allein zu sein.» Sie sah nervös zur halboffenen Tür hinüber. Ihre Augen funkelten ängstlich. «Bring mich irgendwohin, wo man uns nicht findet, Johnny.»

Ich hielt das möglicherweise für ein neues Anzeichen ihres Wahnsinns, aber mich reizte der Gedanke eines besonderen Geschenks, und sie schien durchaus harmlos zu sein.

«Gewiß», antwortete ich höflich und half ihr aus dem Sessel auf. «Gehen wir ins Musikzimmer. Dort sind wir völlig ungestört.»

Wir gingen; sie hielt meinen Arm in unbeherrschbarer Nervosität umklammert. Ich empfand es als schmeichelhaft, daß sie mich mit ihrer besonderen Aufmerksamkeit bedachte. Bayliss, der Butler, ging durch die Halle, als wir aus dem Wohnzimmer kamen, war aber zu beschäftigt, um uns mehr als einen flüchtigen Blick zu gönnen, und wenige Augenblicke später waren wir an unserem Zufluchtsort. Ich sagte gerade: «Hier sind wir. Du bist jetzt völlig ungestört!», als meine Großmutter mich zu meinem Entsetzen unter einer Tränenflut umarmte.

«Verzeih mir», sagte sie. Sie sah, wie erschrocken ich war, und gab mich sofort frei, aber die Tränen strömten ihr weiter über die Wangen. «Ich konnte mir nicht helfen», flüsterte sie. «Ich liebe dich seit langem so sehr, den lieben Jungen, der du bist, der beste in der Familie, und so besonders einmalig für mich, aber selbstverständlich habe ich nie gewagt, das vor Margaret zu sagen, weil sie darüber wütend werden würde, und dann könnte sie mich nicht mehr nach Hause kommen lassen, und wenn das geschieht, würde ich dich nie sehen, und das würde mir das Herz brechen, denn ich liebe dich so sehr, mit aller Liebe, die ich habe, und niemand, dem ich sie geben kann, keinen mehr, aber zu Weihnachten kann ich dich kurze Zeit ansehen und dich lieben, ohne daß Margaret was davon weiß – oh, wie große Angst ich vor Margaret habe, die meinen Sohn gegen mich aufgehetzt hat, mich von meinen Enkeln fernhält, so hart ist deine

Mutter, Johnny, so grausam und unversöhnlich, aber denken wir jetzt nicht daran, wichtig ist allein, daß ich dich endlich für mich habe, und ich darf keine Zeit verlieren.»

Sie zog ein sorgfältig zusammengelegtes Taschentuch hervor und streckte es mir hin.

«Hier, nimm das, nimm es. Es ist etwas, dich an mich zu erinnern, etwas, das dich immer daran erinnern soll, daß ich dich mehr als jeder andere geliebt habe, mehr als deine Eltern, bei der großen Familie, die sie haben, so viele Forderungen an ihre Zuneigung, aber mach dir nichts daraus, du kommst bei mir immer zuerst, aber du darfst Margaret nichts davon sagen, sonst wird sie mich dich nicht mehr sehen lassen. Ja, falte das Taschentuch auseinander, ich habe mein bestes Taschentuch extra für dich herausgesucht, ja, es ist ein Ring, ein Siegelring, jetzt wird er für dich zu groß sein, aber du kannst ihn später zur Erinnerung an mich tragen. Er gehörte dem Mann, den ich liebte. Sie haben ihn seiner Leiche abgenommen, nachdem er ertrunken war. Ich bat Bobby um den Ring, und er sorgte dafür, daß ich ihn bekam, aber ich weiß nicht, ob er es je Margaret gesagt hat. Margaret hätte nicht gewollt, daß ich ihn bekomme. Oh, ich habe so große Angst vor Margaret, und darum mußt du den Ring vor ihr verstekken, Johnny, verstecke ihn, bis du erwachsen bist, denn wenn Margaret je erfährt, daß du den Ring hast, der ihm gehörte –»

Sie brach ab. Ihre Augen glänzten vor Schrecken. Als ich mich rasch umdrehte, erkannte ich, daß meine Mutter die Tür lautlos geöffnet hatte.

«Da seid ihr also», sagte meine Mutter sehr gefaßt. «Bayliss sagte, ihr seid zusammen in dem Gang zum Musikzimmer verschwunden.» Sie trat in den Gang zurück und rief: «Alles in Ordnung, Bobby, ich habe sie gefunden.»

Meine Großmutter begann zu zittern. Sie war bis zur Wand zurückgewichen. Ich beobachtete sie, gelähmt von den Schuldgefühlen und der Angst, die sie ausstrahlte, und bemerkte, daß ihr wieder die Tränen über die Wangen strömten.

Meine Mutter kam ins Zimmer zurück. «Liebste Großmama», sagte sie freundlich. «Wie großmütig von dir, Johnny eins deiner kleinen Erinnerungsstücke zu geben. Mr. Bryn-Davies' Ring, nicht wahr. Ja, ich glaube, ich habe ihn erkannt. Ich fürchte aber, daß Johnny ein solches Geschenk unmöglich annehmen kann. Es wäre nicht angebracht.»

Sie sprach wie immer Englisch. Ich hatte meine Mutter nie ein Wort Walisisch sprechen hören, vermutete aber dennoch, daß sie mehr verstand, als sie zugeben wollte. Ich hatte keine Ahnung, wieviel von den Worten meiner Großmutter sie mit angehört hatte, aber ich konnte sehen, daß meine Großmutter das Schlimmste befürchtete und daß sie wie versteinert war.

«Johnny, Liebling, gib Großmama den Ring zurück, bitte.»

«Mama, bitte, sei nicht böse mit der armen Großmama.»

«Gib ihr den Ring zurück.»

«Welchen Ring?» fragte mein Vater von der Tür her.

Meine Großmutter bedeckte ihr Gesicht mit den Händen und begann zu schluchzen.

«Unsere liebste Großmama, Bobby», begann ihre Schwiegertochter, «hat beschlossen, Johnny durch ihre besondere Aufmerksamkeit auszuzeichnen, und hat ihm den Ring gegeben, der einmal Mr. Bryn-Davies gehörte.»

«Mein Gott», sagte mein Vater zu seiner Mutter, «du verdammte Hure.»

«Bobby, nein – Margaret, bitte – Margaret, laß ihn nicht –»

Er schlug die Tür hinter sich zu und packte mich am Nacken. Ich war vor Angst gelähmt. Als mein umgänglicher, vergnügter, vertrauter Vater sich in einen harten, brutalen, gewalttätigen Fremden verwandelte, schien es mir, als wäre ich Zeuge, wie eine strahlende Oberfläche aufgerissen wurde und darunterliegende unaussprechliche Scheußlichkeiten enthüllt wurden. Gewißheit, Sicherheit, Schutz, Frieden, alle teuer gehegten Werte einer glücklichen Kindheit – alle wurden binnen Sekunden aus meinem Leben gerissen. Ich war in ein chaotisches Dunkel geschleudert worden. Instinktiv erkannte ich, daß jeder von uns in der Hölle war.

Er entriß mir den Ring, stieß mich zur Seite, packte seine Mutter bei den Schultern und schüttelte sie. «Du dreckiges, scheußliches altes Weib, wie kannst du es wagen, einem meiner Söhne zuzumuten, einen Ring zu tragen, der diesem Dieb, diesem Schurken, diesem verdammten Schuft Bryn-Davies gehörte, der dich ruiniert, mich ausgeraubt und uns alle ins Verderben gestürzt hat –»

«Ich bringe das Kind hinaus, Bobby», sagte meine Mutter schroff. «Das ist nicht gut für ihn.»

«O nein», schrie mein Vater. «Er bleibt, wo er ist. Er soll alles über dieses böse alte Weib erfahren, das ihm seine besondere Beachtung schenkt.» Er begann auf walisisch mit allen Details zu schildern, wie sie ihren Mann vergiftet hatte, um mit ihrem Liebhaber ein ausschweifendes Leben zu führen.

Meine Großmutter sank auf die Knie und flehte ihn an, aufzuhören. Er schlug sie und sprach weiter. Sie rutschte auf den Knien zu meiner Mutter.

«Schick Johnny fort, Margaret – verschone ihn – bitte –»

«Nein, es soll so sein, wie mein Mann es wünscht», entgegnete meine Mutter ausdruckslos und stand ungerührt dabei, während mein Vater wieder auf meine Großmutter einschlug, bis sie schluchzend zu seinen Füßen lag.

«. . . und es war ihre Niedertracht, die mich zum Bösen trieb . . .» Er hörte nicht auf zu sprechen, selbst während er auf sie einschlug. «. . . bis ich Bryn-Davies ermordete, ja, ich habe ihn ermordet – ich habe ihm aufgelauert und ihn am Shipway ertränkt, damit Oxmoon erlöst und wir alle gerettet werden würden –»

Meine Großmutter sah mein Gesicht und konnte die Qual nicht länger ertragen. Sie begann schreiend um Barmherzigkeit zu flehen.

Meine Mutter trat vor. «Sie hat einen hysterischen Anfall, Bobby. Du mußt sie noch einmal schlagen.»

«Das wage ich nicht. Es könnte sie umbringen.»

Die Tür ging auf. Celia erschien auf der Schwelle.

«Mama, was um alles –»

«Celia, geh sofort wieder und halte uns die Kleinen fern. Also gut, Bobby, ich werde es übernehmen.»

Meine Mutter ging zu meiner Großmutter und schlug sie fest ins Gesicht, zweimal, einmal auf jede Wange. Das machte dem hysterischen Anfall ein Ende, aber nicht der Szene. Mein Vater, dem der Schweiß über das Gesicht strömte, nutzte die Pause, um mich zu schütteln, als ob ich ein Bündel Lumpen wäre, und schrie: «Sieh sie an! Los schon, sieh sie dir an! Sie hat dich ausgesucht, weil sie glaubt, daß du so bist wie sie, aber wenn du je versucht sein solltest, etwas Verworfenes zu tun, dann erinnere dich an dieses schmutzige alte Weib, dieses völlig verkommene, gehaßt von denen, die sie liebt, verdammt in alle Ewigkeit – ja, denke an sie und vergiß nie – *vergiß niemals für einen Augenblick* – daß Wahnsinn und Untergang auf alle warten, die versäumen, die Grenze zu ziehen!»

Er ließ mich los. Meine Mutter sagte zu ihm: «Schließe sie in einer der Bodenkammern ein. In diesem Zustand kann man sie nicht an den Eßtisch lassen. Und sie muß noch heute nachmittag in die Anstalt zurück.»

Meine Großmutter winselte, war aber zu verstört, um klar zu sprechen.

«Wenn du dich jetzt benimmst», sagte meine Mutter zu ihr, «lassen wir dich nächstes Jahr vielleicht wiederkommen. Ich muß es mir überlegen. Aber falls du wiederkommst, darfst du nie, niemals ein Wort an eines meiner Kinder richten. Du hast zu schweigen und nur zu antworten, wenn du angesprochen wirst. Nun gut, Bobby, schaff sie fort.»

Mein Vater beseitigte das Objekt. Ich konnte an sie nicht mehr als an ein menschliches Wesen denken. Sie war zu einem Übel geworden, einer bedrohlichen Macht, die ständig in Schach gehalten werden mußte. Von Angst überwältigt, verbarg ich mein Gesicht vor ihr und warf mich blindlings in die Arme meiner Mutter.

«Nun, nun, nun», sagte meine Mutter besänftigend, während ich vergebens zu weinen versuchte. «Du bist völlig sicher. Mama ist da, und ich werde dir sagen, was du tun mußt, damit du dich besser fühlst. Vor allem wirst du diese Szene niemals gegenüber irgend jemand erwähnen – wir wollen deutlich einen Strich darunter ziehen – und dann wird sie der Vergangenheit angehören und uns nicht mehr beunruhigen. Und du wirst in Zukunft ein besonders guter Junge sein, damit dein armer Papa niemals an die Bosheit seiner Mutter erinnert wird.»

Endlich gelang es mir zu weinen.

«Nun, nun», sagte meine Mutter wieder. «Papa ist ein guter tapferer, durch und durch anständiger Mann, und du darfst nie etwas anderes von ihm denken. Er wurde zu einer schlechten Tat getrieben durch diese böse Frau, aber das ist jetzt alles vorüber, und ich habe alles in der Hand, und es gibt nichts Böses mehr in Oxmoon, jetzt nicht mehr – weil ich *hier meine Normen habe*», sagte meine Mutter und sprach dann die magische Formel, die alles Böse bannte, «*und hier ziehe ich die Grenze.*»

Meine Großmutter war vor ihrem Tod noch sechsmal zu Besuch in Oxmoon, aber sie sprach nie wieder mit einem ihrer Enkel. Sie war zu verängstigt, und jedesmal, wenn ich sie sah, fürchtete ich mich auch. Erschreckt von der Möglichkeit einer drohenden erblichen Belastung, hatte ich mich so sehr, wie mir irgend möglich war, geändert, wies alles Walisische in mir zurück, nannte mich John und bemühte mich um ein strenges, enthaltsames Leben. Aber es blieb die körperliche Ähnlichkeit, die nicht geändert werden konnte, und sooft ich mich im Spiegel sah, fürchtete ich, daß dort noch andere ererbte Züge sein mochten, die jetzt schliefen, die aber eines Tages außer Kontrolle geraten konnten.

Das Unkontrollierbare machte mir angst. Ich fürchtete mich vor mir selbst. Als ich aus der Kindheit in das Leben eines Erwachsenen hineinwuchs, erkannte ich, daß ich um meines Seelenfriedens willen mein Leben vollkommen in Ordnung halten mußte. Nichts, sagte ich mir, dürfte die Vollkommenheit beeinträchtigen und jedes Abschweifen ins Chaos mußte auf der Stelle aufgehalten werden. Ich wußte, daß ich auf Robert eifersüchtig war, sah aber, wie ich dem Herr werden konnte: durch eine glanzvolle Karriere auf dem einen Gebiet, auf dem ich ihn übertreffen konnte – moderne Sprachen. Ich wußte, daß ich mich über die Tatsache grämte, daß es unwahrscheinlich war, als jüngerer Sohn je den Familienbesitz erben zu können, aber ich war entschlossen, es im Leben so weit zu bringen, daß ich schließlich ein schöneres Heim besaß als Oxmoon – das letzten Endes lediglich ein behagliches walisisches Landhaus ohne besondere architektonische Qualitäten war. Ich wußte, daß ich Vorkehrungen treffen mußte, um die potentiellen Gefahren meiner Sexualität zu neutralisieren, darum heiratete ich frühzeitig. Ich wußte, daß ich, um meinen Ehrgeiz zu verwirklichen, mein Handikap, keinen Pfennig zu besitzen, überwinden mußte, darum heiratete ich Geld. Ich hatte Problem um Problem überwunden, Gefahr um Gefahr entschärft, und jetzt war ich soweit: neunundzwanzig Jahre alt, mit einer vollkommenen Frau, mit einem vollkommenen Heim, mit zwei vollkommenen Kindern und einem vollkommenen Leben als herrschaftlicher Gutsherr.

Das Außenministerium aufzugeben, war mir schwergefallen, obwohl ich es gehaßt hatte, dort zu arbeiten. Wie sollte ich es Robert weiter gleichtun, hatte ich mich verzweifelt gefragt, wenn ich jeden Gedanken an den diplomatischen Dienst aufgab? Doch dann hatte Robert glücklicherweise seine eigene Karriere aufgegeben, und bald danach hatte seine Erkrankung jeden Konkurrenzkampf für immer beendet. Ich brauchte auf Robert nicht mehr eifersüchtig zu sein. Ich war frei geworden, ihn zu lieben, wie ich sollte, und mit dieser Befreiung hatte ich erleichtert festgestellt, daß auch ich frei war, mit meinem Leben zu machen, was ich wollte.

Ich wußte, was mein wahrer Ehrgeiz war. Ich wollte in der denkbar taktvollsten, mitfühlendsten Weise – und selbstverständlich aus den besten Motiven – Roberts Stelle einnehmen. Ich wußte, daß mein Vater durch Roberts Erkrankung zutiefst betroffen war. Er hatte freudig der Aussicht entgegengesehen, daß er in Gower in seine Fußstapfen treten würde, aber jetzt folgte Robert in niemandes Fußstapfen. Auch Lion nicht. Edmund stand unter einem Schützengrabenschock und war unfähig. Thomas war schwierig und schien unintelligent zu sein. Damit blieb ich, und ich . . .

Ich würde der Sohn sein, den mein Vater sich immer gewünscht hatte. Ich kam nicht mehr an zweiter Stelle, jetzt nicht mehr. Endlich sollte ich für meinen Vater an erster Stelle kommen. Ich würde für meine unglückliche Ähnlichkeit mit seiner Mutter entschädigt werden, und wir alle würden von da an glücklich sein für alle Zeit. Ich würde die Stütze meines Vaters in seinem Alter und eine Säule der Stärke für Robert sein, und da ich unersetzlich sein würde, würde ich die schuldbeladene Erinnerung auslöschen, wie sehr auch ich es meinem Vater verübelt hatte, Robert zu vergöttern, und wie eifersüchtig ich auch auf Robert gewesen war, weil er vergöttert wurde. Mein Leben würde endlich vollkommen in Ordnung kommen, und ich konnte mich in der Gewißheit entspannen, daß ich vor einer moralischen Katastrophe endgültig in Sicherheit war. Das war die verlokkendste und beglückendste Aussicht.

Am Ende erbte ich sogar vielleicht Oxmoon. Wenn mein Vater Robert überlebte, würde er sich gewiß an Robin halten, aber angenommen, Robin würde sich als Versager erweisen, wie es bei verwöhnten Kindern oft eintritt? Niemand beachtete Kester, und ich konnte ihn beiseite lassen. Als der nächste Sohn in der Reihenfolge hielt ich meine Aussichten für vielversprechend, aber ich legte meiner Phantasie straffe Zügel an, weil es sicherer war zu glauben, daß ich Oxmoon nie bekommen würde, als sich eine möglicherweise chaotische Zukunft vorzustellen, in der mir der Besitz in den Schoß fiel.

Oxmoon war der Joker im Kartenspiel der Familie Godwin, und der Joker lief um, während wir alle unsere Karten spielten. Bisher war er in meiner Hand noch nicht aufgetaucht, aber er kam mir näher, wie ich spürte, und inzwischen hielt ich meine Karten fester beisammen, um eine Lücke zu sichern, in die der Joker eingefügt werden konnte.

Selbstverständlich konnte ich mir meine Hoffnungen auf Oxmoon nicht eingestehen. Das wäre ein Verstoß gegen den guten Geschmack gewesen, solange Robert lebte, und so etwas gehörte sich nicht. Auch konnte ich meinen Ehrgeiz, der Herr des Besitzes zu werden, nicht aktiv verfolgen. Auch das wäre kaum das gewesen, was sich gehört. Aber ich sah keinen Grund, warum ich nicht ein guter Sohn und ein guter Bruder sein und insgeheim ein wenig hoffen sollte. Das schien mir durchaus innerhalb der Schranken eines zivilisierten Verhaltens zu liegen, und es war selbstverständlich undenkbar, daß ich diese Schranken je durchbrechen würde. Dort lag das Chaos.

Ich zog die Grenze.

Zweites Kapitel

I

Es dauerte einige Zeit, bis ich nach der ungeheuerlichen Szene mit meinen Eltern im Billardzimmer in Oxmoon mein Gleichgewicht wiederfand, aber gegenüber Blanche verbarg ich meine Qual. Mir war wohler, nachdem ich meinen Eltern Briefe geschrieben hatte, um mich zu entschuldigen. Meinem Vater gegenüber bedauerte ich mein Verhalten, in dem er mit Recht einen Mangel an kindlichem Respekt gesehen habe, und meiner Mutter schrieb ich, daß ich die Lebensführung meines Vaters zwar nicht gutheißen könne, aber bereit sei, den Anschein guter verwandtschaftlicher Beziehungen zu wahren, indem ich weiterhin mit meiner Familie sonntags zum Tee nach Oxmoon kommen werde.

Mein Vater schrieb mir postwendend zurück: «Mein lieber John, je weniger Gerede, desto schnellere Heilung. Ich bleibe immer Dein Dir wohlgesonnener Vater. R. G.»

Meine Mutter antwortete nicht.

Das verstörte mich. Ich mußte an die Abneigung in ihrem Blick denken. Es erinnerte mich daran, was meine Großmutter gesagt hatte, wie hart meine Mutter war und wie unbarmherzig. Ich hatte unter vielen Alpträumen von meiner Großmutter gelitten, aber der eine, der mich immer wieder mit Entsetzen erfüllte, war der, in dem die überlieferten Rollen ausgetauscht waren. Angenommen, meine Großmutter wäre die tragische Heldin des Dramas und meine Eltern wären die Übeltäter in dem Stück? Das war wirklich ein schrecklicher Gedanke. Ich konnte es nicht ertragen, daß meine Großmutter mich geliebt haben sollte, ich sie aber als ein gemeines und verächtliches Subjekt verworfen hätte, um meinen Eltern zu gefallen. Auch konnte ich den Gedanken nicht ertragen, daß meine Eltern die Übeltäter waren, daß ihre Grausamkeit gegenüber einer bemitleidenswerten alten Frau ungerechtfertigt war, denn sollte das die Wahrheit sein, dann wären ihre hohen Normen ein Hohn, und das Chaos bliebe unbesiegt. Diese Widersprüche folterten mich, und nach dem Streit mit meiner Mutter wurde die Qual schlimmer. Ich meinte, meine Mutter müsse mir zustimmen, um Ordnung in die Situation zu bringen, und die Mutter sein, die ich brauchte. Wenn sie mich weiterhin verabscheute, konnte ich dazu gebracht werden, Trost in der Erinnerung an meine Großmutter zu suchen, die mich so sehr geliebt hatte, und wenn ich erst einmal begonnen hatte, mich diesem Symbol des Bösen zuzuwenden, mochte Gott wissen, was geschehen würde.

Als ich meine Mutter das nächste Mal am folgenden Sonntag nach der Kirche sah, sagte ich zu ihr: «Ich hoffe aufrichtig, die Nichtbeantwortung meines Briefes bedeutet nicht, daß wir uns entfremdet haben», aber sie antwortete nur: «Wenn eine Entfremdung besteht, John, wurde sie allein von dir geschaffen», und dann trat mein Vater zu uns, so daß zu einem privaten Gespräch keine Gelegenheit mehr bestand.

Ich verbrachte einige Zeit damit, über die Antwort meiner Mutter nachzudenken, konnte mir aber nicht darüber klarwerden, was ich davon halten sollte, und war schließlich in einer derartigen Ratlosigkeit, daß ich mich an Robert um Hilfe wandte. Ich fand ihn wenig verständnisvoll für meine unveränderte moralische Ablehnung von Mrs. Straker, aber er war durchaus bereit, mir bei meiner Mutter zu helfen, und bald darauf erhielt ich einen Brief von ihr.

«Liebster John, Robert sagte mir, daß unsere kleine Meinungsverschiedenheit dich sehr quält. Das tut mir leid. Das Beste, was wir tun können, wird wohl sein, die Angelegenheit als endgültig erledigt anzusehen, aber es stimmt mich traurig zu erfahren, daß es dir immer noch an Menschlichkeit hinsichtlich der mißlichen Situation Deines Vaters mangelt. Zweifle nie daran, daß ich immer Deine Dir sehr geneigte Mutter bin. MARGARET GODWIN.»

Mir mißfiel dieser Brief so sehr, daß ich ihn auf der Stelle verbrannte. Dann wurde ich wütend; eine nicht zu akzeptierende Reaktion eines ergebenen Sohnes gegenüber einer geneigten Mutter. Schließlich beherrschte ich mich soweit, daß ich fähig war, mich in ihrer Gegenwart so zu verhalten, als ob alles in Ordnung sei, aber ich hatte das Gefühl, daß ich eine tiefgreifende Kränkung erfahren hätte. Ich sehnte mich nach jemand, dem ich mich anvertrauen konnte, aber Robert, der mit monotoner Regelmäßigkeit die Einstellung meiner Mutter widergab, war eindeutig ungeeignet, und selbstverständlich hätte ich Blanche niemals mit meinen komplexen Problemen belasten können. In meinem Elend wurde es für mich wichtiger denn je, daß kein Hauch eines Problems die Vollkommenheit meines Heims trübte, denn wenigstens wenn ich bei meiner Familie war, konnte ich dem Drehbuch meines Lebens, das ich als Jugendlicher so mühsam ausgearbeitet hatte, folgen und meine vertraute, tröstlich unbelastete Rolle als der vollkommene Ehemann und Vater weiterspielen.

Glücklicherweise kamen zu dieser Zeit mehrere Umstände zusammen, die meine Aufmerksamkeit von meiner Mutter ablenkten. Der offenkundigste war die Lage der Nation, die trostlos war. Wir hatten den Bergarbeiterstreik und den drohenden Generalstreik überstanden, aber soweit ich sehen konnte, war die Revolution nur einen Steinwurf weit entfernt, und der Klassenkampf stand kurz vor dem Ausbruch. Politisch neigte ich immer zu den Konservativen. Zwar wünschte ich, die Leiden der arbeitenden Klassen zu lindern, glaubte aber, die einzige Art und Weise, Britannien gut geordnet zu halten, sei, daß alles so bliebe, wie es war. Nur Gott wußte, was geschehen würde, wenn die Labour Party an die Macht kam, aber ich zweifelte nicht daran, daß sofort das Chaos ausbrechen würde.

Die Atmosphäre der politischen Krise war ablenkend genug, aber noch mehr wurde ich durch die Probleme meines neuen Besitzes abgelenkt, den ich vor einem Jahr erworben hatte, bald nachdem Robert und Ginevra sich ihr eigenes Heim in Gower eingerichtet hatten.

Jetzt war Mai 1921, zwei Jahre waren vergangen, seit Roberts Krankheit diagnostiziert worden war, und siebzehn Monate seit dem Weihnachten 1919, als er in Oxmoon aufwachte und feststellte, daß sein rechtes Bein gelähmt war. Vorher war seine Krankheit ein Geheimnis gewesen, das er nur mit seiner Frau teilte; jetzt war es unmöglich geworden, sie zu verheimlichen.

Schon seit einiger Zeit hatten sie ihre Pläne gemacht. Mein Vater hatte Robert bereits Martinscombe, die Schafzucht unterhalb von Penhale Down, gegeben, aber das Gutshaus war inzwischen wieder einem Vorarbeiter überlassen worden, und eine Viertelmeile entfernt war ein Bungalow gebaut worden, bei dem der künftige Rollstuhl bereits eingeplant worden war. Dank Ginevras zweifelhaftem Geschmack bestand dieses höchst ausgefallene neue Heim aus einem einstöckigen Flachbau, der von zwei Türmen eingezwängt wurde, und bekam von den verblüfften Dorfbewohnern den Spitznamen «Little Oxmoon». Wenn Robert mich nach meiner Meinung über die ästhetischen Qualitäten dieses Bauwerks befragte, hielt ich mich immer an den unverbindlichen diplomatischen Takt und gab mir alle Mühe, ihn nicht erkennen zu lassen, wie leid er mir tat, daß er dort wohnen mußte.

Ich hatte mehr Glück. Mein Schwiegervater starb 1919 während der Grippeepidemie, und wenn er mir auch seinen Landsitz, einen häßlichen Bau im Stil der Zeit Jacobs I., der an einen Erben in Kanada fiel, nicht hinterließ, bekam ich seine dreitausend Morgen Ackerland in Herefordshire und sein Haus am Connaught Square. Um genau zu sein, sollte ich vermerken, daß er beides Blanche hinterließ, aber Blanche wollte ihr Erbe selbstverständlich mit mir teilen, und nachdem ich mich entschlossen hatte, das Außenministerium zu verlassen, hoffte sie, glaube ich, daß wir uns in Herefordshire niederlassen würden. Als ich ihr jedoch erklärte, daß es meine moralische Pflicht sei, nach Gower zurückzukehren, um meinem Vater und Robert zu helfen, zeigte sie größtes Verständnis. Nachdem ich einen Verwalter für das Gut in Herefordshire eingestellt hatte, verkaufte ich das Haus am Connaught Square und begann mich in Gower nach einem angemessenen Objekt umzusehen.

Mit bewundernswerter Gefälligkeit schaltete sich das Schicksal ein. Anfang 1920 starb Sir Gervase de Bracy. Seine Witwe und die unverheiratete Tochter zogen aus Gesundheitsrücksichten nach Bournemouth, und Penhale Manor samt dem dazugehörenden Grundbesitz fanden den Weg zum Auktionator. Beide de-Bracy-Söhne waren im Krieg gefallen.

Ich war der höchste Bieter. Ich habe nie aufgehört, Gott dafür zu danken, daß ich von meinem Hochzeitstag an vor finanziellen Sorgen bewahrt geblieben bin, und mir tat Robert leid, der oft gezwungen gewesen sein muß, mit Geldschwierigkeiten zu kämpfen. Er hatte zwei Bücher geschrieben, eines eine Abhandlung über Lloyd George und das andere eine Schilderung seiner berühmten Prozesse, und beide Bücher waren gut aufgenommen worden, aber wie jeder weiß, ist mit Schreiben kein Geld zu verdienen. Er hatte etwas Geld gespart, aber Ginevra war eine kostspielige Frau, und ich vermutete, daß ihre Extravaganzen nur schwer in Schranken zu halten waren. Ich war entsetzt, als ich sah, wieviel sie ausgegeben haben mußte, um den Bungalow ihrem vulgären Geschmack entsprechend einzurichten. Auch Penhale Manor mußte neu möbliert werden, Blanche jedoch hat einen ausgezeichneten Geschmack und kauft nie etwas ohne meine Zustimmung, und es gelang uns, Schönheit ohne verschwenderische Ausgaben und Eleganz ohne Vulgarität zu erreichen.

Meine einzige Extravaganz war ein neuer Flügel, den ich kaufte, um ihr für ihre Loyalität zu danken, als ich sowohl das Außenministerium als auch unser elegantes Leben in London aufgab. Blanches große Leidenschaft ist Musik, und sie spielt wundervoll Klavier. Ich selbst bin nicht musikalisch. Mein Sprachtalent bringt mit sich, daß ich ein sehr scharfes Ohr habe, aber das einzige Instrument, auf das sich mein Gehör versteht, ist die menschliche Stimme, wenn sie artikulierte Laute von sich gibt. Aber gerade wegen meiner musikalischen Unzulänglichkeit bewunderte ich Blanches Talent, und Robert tat mir oft leid, dessen Frau einzig das Talent besaß, sich in einer Weise anzuziehen, die an die Mode zur Zeit Edwards als Prince of Wales erinnerte. Ich hätte meiner Frau nie erlaubt, sich so anzuziehen wie

Ginevra, und wunderte mich stets, daß Robert ihr diesen Spielraum einräumte. Kritik stand mir aber nicht zu, und deshalb achtete ich sorgfältig darauf, nie eine unangemessene Bemerkung zu machen.

Blanche sah immer unvergleichlich schön aus. Sie war dunkel und schlank und hatte eine helle, zarte Haut. Selbstverständlich zog sie sich mit vollkommenem Geschmack an. Ich mußte mich nie sorgen, daß Blanche ordinär oder emporgekommen aussehen könnte. Ich hatte sehr, sehr großes Glück, solch eine makellose Frau zu haben, und als wir in Penhale Manor einzogen, war ich sehr, sehr glücklich zu wissen, daß ich ein von Grund auf ideales Heim hatte. Sobald ich mich eingelebt hatte, konzentrierte ich mich gewissenhaft auf das Gut, um die noch vorhandenen Mängel auszubügeln.

Überlegte Ausgaben mochten ausreichend gewesen sein, um dem Haus seinen Charme zu verleihen, der Grundbesitz aber forderte Verstand und harte Arbeit, und ich verbrachte viele Stunden damit, über die Probleme nachzudenken, die sich stellten. Es war kein großes Gut; dreihundert Morgen Land gehörten zum Gutshof, der eine Meile weit vom Haus entfernt lag, aber das Land war durch eine Folge unzulänglicher Verwalter nachlässig bewirtschaftet worden mit dem Ergebnis, daß der Hof, als ich ihn übernahm, kaum anders als heruntergekommen bezeichnet werden konnte. Erhebliche Kapitalanlagen waren erforderlich, aber das bot keine Schwierigkeiten. Ich brauchte nur einen Teil meines Landes in Herefordshire zu verkaufen, um meine Pläne zu finanzieren. Inzwischen hatte ich mich entschlossen, das Land mit Hilfe eines Vorarbeiters selbst zu bewirtschaften, den ich im Gutshaus unterbringen wollte. Mein Vater, der sich über meinen Entschluß sehr freute, erbot sich, das Land mit mir zu besichtigen, um zu entscheiden, was getan werden mußte.

Da ich auf einem gut gedeihenden Besitz aufgewachsen war, besaß ich eine solide Vorstellung von dem, was zur Bewirtschaftung eines Hofes gehörte, aber ich hatte keinerlei praktische Erfahrung und wußte deshalb, wie entscheidend es sein würde, daß ich den richtigen Vorarbeiter fand. Glücklich darüber, daß mein Vater sich für meine Pläne interessierte, fürchtete ich, seine Begeisterung könnte nachlassen, wenn ich ständig Hilfe suchend zu ihm gelaufen kam, falls etwas schiefging. Ich stand vor der schwierigen Aufgabe, einen Weisen der Landwirtschaft zu finden, wie ich ihn brauchte, als mein Vater, der wegen meiner mangelnden Erfahrung die gleichen Befürchtungen hegen mußte wie ich, mir den Dienst eines seiner Vorarbeiter aus Daxworth anbot. Offenbar war der Mann ehrgeizig genug, daß ihn der Gedanke reizte, mit der Übernahme eines halb heruntergewirtschafteten Hofes sein Können auf die höchste Bewährungsprobe zu stellen, und ganz gewiß war ich willens, es mit ihm zu versuchen. Er war Waliser aus Carmarthen, hieß Meredith und war zwei Jahre älter als ich. Wir trafen zusammen, mochten uns, schüttelten uns die Hände – und mit dieser knappen, alltäglichen Geste besiegelte ich sein Schicksal und, obwohl das keiner von uns ahnte, besiegelte er meins.

Als wir uns das erste Mal begegneten, lagen uns allerdings so melodramatische Ausdrücke wie Schicksal und dergleichen fern, denn wir waren viel zu sehr mit meiner Entscheidung beschäftigt, auf die neue Möglichkeit des motorisierten Transports zu setzen.

Vor dem Krieg hatte Gowers abgelegene Lage bedeutet, daß Viehzucht die bevorzugte landwirtschaftliche Betriebsform war und der Ackerbau hauptsächlich zur Produktion von Winterfutter betrieben wurde. Dank der verbesserten Verkehrswege konnten jetzt aber auch andere Arten der Landwirtschaft erprobt werden.

Ich beschloß, die Viehzucht weiter zu betreiben, erweiterte aber auch den Anbau von Feldfrüchten, so daß das Gut einen Überschuß erzielte, der mit Lastwagen zum Verkauf nach Swansea gebracht werden konnte. Daraus ergaben sich endlose Überlegungen, womit die Felder bestellt werden sollten, nicht nur für den Verkauf, sondern auch, um das Vieh den Winter über zu füttern. Soll ich Mangold anbauen oder nicht? Wie ertragreich waren Steckrüben? Was sprach für und was gegen Kartoffeln? Wieviel Klee sollte produziert werden? Von diesen lebenswichtigen Fragen wurde ich so sehr in Anspruch genommen, daß ich mich kaum davon losreißen konnte, um mit meinem Vater zusammen den großen Motor des neuen Lastwagens zu bewundern, und wir interessierten uns bald leidenschaftlich für diese technische Neuentwicklung. Mein Vater genoß das ungeheuer. Mehr als einmal versicherte er mir, wie glücklich es ihn machte, daß ich zurückgekommen war. Nach jeder Begegnung trennten wir uns in einer freudigen Hochstimmung.

Blanche lebte sich inzwischen gut ein und nahm am Leben der Dorfgemeinschaft aktiv teil. Sie bestätigte immer wieder, wie freundlich meine Mutter zu ihr sei und wie glücklich sie sei, daß sie eine so hilfsbereite, liebevolle Schwiegermutter habe. Ich war zutiefst zufrieden. Ich wußte, daß Blanche immer die Billigung meiner Mutter gefunden hatte, aber es war eine erfreuliche Bestätigung zu hören, daß sie sich auch von ihr angezogen fühlte. Für Ginevra hatte meine Mutter nie etwas übrig gehabt, und ich wußte, daß meine Eltern über Roberts Heirat sehr enttäuscht gewesen waren.

«Ich glaube, wir kommen gut voran», sagte mein Vorarbeiter Huw Meredith im Frühjahr 1921 zu mir, und ich antwortete: «Ja, das kann man wohl sagen», wobei ich nicht nur an das Gut, sondern auch an meine Stellung in der Zuneigung meiner Eltern dachte.

Das war vor dem Streit gewesen, und unmittelbar danach wurde ich von einer Reihe von Problemen bedrängt, als ob das Schicksal beschlossen hätte, meiner verzeihlichen Selbstzufriedenheit einen Dämpfer aufzusetzen. Als erstes gab es ein Problem mit einem Stallknecht, der zuviel trank und entlassen werden mußte. Dann hatte ich einen Zusammenstoß mit meinem Vetter Emrys Llewellyn, dessen Schafe mit verheerenden Folgen für die Ernte über eines meiner Felder getrampelt waren. Er hatte behauptet, de Bracy hätte ihm in den neunziger Jahren ein Wegerecht über das Feld eingeräumt, aber als ich juristisch einwandfreie Nachweise dafür forderte, wurde ich informiert, daß es keine gebe. Mein Vetter erklärte mir, er habe lediglich das Wort eines Gentleman erhalten, obwohl, wie er mürrisch hinzufügte, während er mich von oben bis unten musterte, alle herrschaftlichen Gutsherren und insbesondere englische Gutsherren abgeschafft und ihre Ländereien umverteilt werden sollten.

Bis zu diesem Punkt war das Gespräch auf englisch geführt worden, der einzigen Sprache, deren Gebrauch ich mir, von gelegentlichen Bemerkungen auf walisisch gegenüber meinem Vater abgesehen, zu dieser Zeit erlaubte. Aber Llewellyns Ausfall ließ mich vergessen, daß jeder Hinweis auf meine walisische Herkunft ein Eingeständnis meiner Verwandtschaft mit meiner Großmutter bedeutete. Ich sagte ihm also in seiner eigenen Sprache, daß ich genauso walisisch sei wie er und daß aus ihm nur Neid spräche, weil er im geheimen wünschte, er wäre in Oxmoon aufgewachsen statt in seiner ordinären Bauernkate. Über meine Beherrschung des Walisischen blieb ihm der Mund offenstehen, aber er faßte sich bald, und eine Zeitlang schrien wir uns in einer durch und durch unenglischen Weise gegenseitig an, bis er meinen Großvater als einen betrunkenen Bastard beschimpfte und ich seinen Großvater einen verdammten Bauernlümmel nannte, und wir hätten fast aufeinander eingedroschen. Glücklicherweise fing er dann an, auf «Tante Gwyneth die Hure» zu schimpfen, und diese Erinnerung an meine Großmutter brachte mich wieder zur Vernunft. Ich sagte ihm auf englisch, er solle seine Schafe von meinem Land fernhalten, und kündigte ihm an, daß ich ihn verklagen würde, falls er das nicht befolge. Dann zog ich mich, immer noch in höchster Wut, zum Gutshof zurück, um mich mit Huw Meredith zu beraten.

Die Stunde war gekommen. Es war elf Uhr am Vormittag des 18. Juli 1921, und mein vollkommenes Leben mit meiner vollkommenen Familie in meiner vollkommenen Welt stand unmittelbar davor zu zerfallen.

2

Das Gutshaus war etwa zweihundert Jahre alt, ein eckiger kleiner Bau aus verblichenen Ziegeln mit einem Schieferdach. Es gab keinen Garten in der englischen Manier, lediglich ein Gemüsefeld auf der einen Seite und einen von einer Eiche beschatteten Rasenfleck vor dem Haus. Der Gutshof lag dahinter, und als ich meinen Sunbeam abrupt anhielt, entdeckte ich zwei Kinder, die mich vom Heuboden über dem Stall beobachteten. Das überraschte mich. Meredith war verheiratet, aber kinderlos. Ich erinnerte mich, daß der neue Stallknecht Nachkommen hatte, aber ich konnte mir nicht vorstellen, warum sie auf dem Heuboden spielen sollten.

Wie üblich betrat ich das Haus durch die Hintertür. In der Küche schimpfte Mrs. Meredith mit einer Magd aus dem Dorf, aber als ich hereinkam, brach sie mit einem Lächeln ab und sagte, daß ihr Mann gerade zum Standing-Stone-Feld hinübergehe, wo Llewellyns Schafe ihr Unwesen trieben. Ich sagte, ich würde ihm nachfahren und ihn einholen. Als ich mich wieder der Tür zuwandte, fügte ich hinzu: «Wen haben Sie denn zu Besuch?»

«Meine Schwester aus Cardiff ist mit ihren Kindern hier. Ach, da ist sie ja. Bronwen, das ist Mr. Godwin. Mr. Godwin, dies ist meine Schwester, Mrs. Morgan.»

Ich sah mich über die Schulter nach der Frau um, die in die Küche gekommen war, und mußte auf der Stelle eine kritische, schwierige Entscheidung treffen: entweder war sie häßlich, oder sie war schön! Ich entschloß mich, sie für häßlich zu halten. Sie war blaß und dünn mit grellrotem Haar, das sie aus dem Gesicht zurückgekämmt zu einem Knoten geschlungen trug.

«Guten Tag, Mrs. Morgan.»

Sie murmelte etwas, das mit einem «Sir» endete, und deutete einen knappen linkischen Knicks an, der darauf hinwies, daß sie im Haushalt gedient hatte. Ihre Sprache hatte den gleichen starken Akzent wie die ihrer Schwester, klang aber irgendwie schroffer. Ich fand sie sehr wenig anziehend und mochte nicht recht glauben, daß die dunkle, rundliche, redselige Mrs. Meredith, deren Lebhaftigkeit sie hübsch machte, eine so farblose, wenig einnehmende Schwester haben sollte.

Ich entschuldigte mich und verließ das Haus. Die Kinder waren auf dem Heuboden nicht mehr zu sehen, ich konnte sie aber in einiger Entfernung lachen hören, und als ich aus keinem anderen Grund stehenblieb, außer daß ich mich nicht mehr erinnern konnte, weshalb ich Meredith so dringend hatte sprechen wollen, klang Mrs. Meredith' Stimme aus dem nahe gelegenen Küchenfenster zu mir herüber.

Sie stammte aus einem Gebiet in Süd-Wales, in dem Walisisch gesprochen wurde, und jetzt bediente sie sich ihrer heimatlichen Sprache.

«Ja, wir haben einen sehr ansehnlichen Gutsherrn, findest du nicht? Und er hat diese schöne Frau, eine bezaubernde Dame, so freundlich und nett und aufrichtig . . .»

Ich ging weiter

Drei Minuten später hatte ich Meredith auf der Willow Lane eingeholt und machte mir das Vergnügen, vor einem voll und ganz zustimmenden Zuhörer über Emrys Llewellyn herzuziehen. Meredith war ein Waliser von der besten Art, flink, fleißig und mit geistigen Interessen, die einen Engländer vergleichbarer Herkunft beschämt hätten. Um die Wahrheit zu gestehen, sie hätten selbst mich beschämt, obwohl ich für meine Person keineswegs an intellektuellen Themen uninteressiert war. Ich litt noch unter der Reaktion auf die anstrengende Arbeit in Oxford, und gegenwärtig nahm ich nur selten ein Buch zur Hand, das höhere Ansprüche stellte als ein Thriller von Edgar Wallace. Selbstverständlich bekannte ich mich gegenüber Meredith nicht zu diesem spießbürgerlichen Niveau. Er glaubte, eine in Oxford erworbene Bildung sei ein Passierschein für alle Ewigkeit zu einem geistigen Elysium, und ich hatte nicht die Absicht, ihm seine Illusionen zu nehmen.

«Emrys Llewellyn erinnert mich an Pips Schwester in ‹Große Erwartungen›», war sein unbeschwerter Kommentar. «Immer vornweg.»

Ich zermarterte mir den Kopf, um seinen Hinweis zu verstehen, und es gelang mir zu bemerken: «Na, er irrt sich gründlich, wenn er glaubt, daß ich so geduldig bin wie Joe Gargery», und versuchte, ihn schnell von der Literatur abzubringen. «Aber, da wir von Schwestern sprechen, wird Mrs. Morgan lange bei Ihnen bleiben?»

«Bis ihr Mann von der See zurückkommt. Er hat ihr nicht genügend Geld zurückgelassen, und die Ärmste ist aus ihrer Wohnung rausgesetzt worden.»

«Wie unerfreulich für sie.»

Ich verbannte Mrs. Morgan aus meinen Gedanken, aber drei Tage später sah ich sie in Penhale. Ich kam von Llangennith zurück, wo

Oswald Stourham, ein alter Kumpel meines Vaters, vergeblich versucht hatte, mir ein Pferd zu verkaufen, und als ich durch Penhale kam, sah ich Mrs. Morgan mit ihren Kindern gerade aus dem Dorfladen kommen. Sie trug zwei volle Einkaufskörbe, und ich fand, sie sah blasser aus denn je. Ich war ein Gentleman. Obwohl ich wenig geneigt war, mich mit der Gesellschaft einer ungebildeten Frau aus der Arbeiterklasse abzugeben, hielt ich den Wagen an und erbot mich, sie mitzunehmen.

Sie errötete vor Verlegenheit. Tatsächlich war sie so völlig verwirrt, daß sie nicht einmal die Tür aufmachen konnte, so daß ich einen ungeduldigen Seufzer unterdrückte und ausstieg, um ihr zu helfen. Der kleine Junge sprang aufgeregt auf den Rücksitz, aber das kleine Mädchen zögerte scheu bei seiner Mutter.

«Wie heißt du?» fragte ich das Kind, als sie alle auf dem Rücksitz untergebracht waren.

«Rhiannon.»

«Rhiannon!» Ich erinnerte mich an Märchen, die eine lange Reihe von Waliser Kindermädchen erzählt hatte. «Nach der Heldin in ‹Mabinogion›?»

«Nein, nach meiner Großmutter in Cardiff.»

Ich lachte. Auch Mrs. Morgan lächelte. Ich bemerkte, daß sie zwar den echten keltischen Teint hatte, so weiß, daß er beinahe durchscheinend war, aber zahlreiche Sommersprossen ihren Nasenrücken bedeckten. Ich dachte daran, daß ich Sommersprossen immer wenig anziehend gefunden hatte, und kehrte zu meinem Fahrersitz zurück.

«Und wie heißt du?» fragte ich den kleinen Jungen, erhielt aber keine Antwort.

«Dafydd kann nicht viel Englisch», erklärte Mrs. Morgan. «Er ist erst vier und geht noch nicht zur Schule.»

«Ach so. Ich verstehe. Gefallen dir Autos, Dafydd?» fragte ich auf walisisch, und im Rückspiegel sah ich, wie die Frau überrascht aufblickte, als sie entdeckte, daß ich ihre Sprache beherrschte.

Der kleine Junge sagte, ja, er liebe Autos, aber er sei noch nie in einem gefahren. Er sei in Cardiff nur mit einem Autobus gefahren und mit der Eisenbahn nach Swansea und mit einem Kutschwagen nach Penhale. Ich fragte ihn, ob die Eisenbahnfahrt ihm Spaß gemacht hätte, doch ehe er mir antworten konnte, sagte das kleine Mädchen zu mir: «Sie sprechen Englisch wie ein Engländer, und dennoch sprechen Sie Walisisch genauso wie wir.»

«Ich bin so etwas wie ein Papagei. Wenn ich fremde Laute höre, fällt es mir leicht, sie nachzuahmen.»

«Sie sehen aber nicht wie ein Papagei aus», sagte der kleine Junge.

Wir lachten alle. Ich bemerkte, daß Mrs. Morgan sehr weiße, sehr ebenmäßige Zähne hatte. Ich fragte mich, ob sie falsch wären. Der Zustand der Zähne bei der Arbeiterklasse war berüchtigt.

Wir fuhren am Tor des Herrenhauses Penhale Manor vorbei und noch hundert Meter weiter, bis wir nach links in den Feldweg abbogen, der zum Gutshof führte.

«Und wie alt bist du, Rhiannon?»

«Sechs.»

«Sage ‹Sir›», flüsterte ihre Mutter ihr zu. «Er ist ein Gentleman.»

«Meine Tochter ist beinahe sechs», sagte ich. «Vielleicht kommst du einmal zu ihr zum Tee und lernst sie kennen.»

Mrs. Morgan sagte hastig: «Das ist sehr freundlich von Ihnen, Mr. Godwin, aber selbstverständlich können wir nicht erwarten –»

«Unsinn. Marian beklagt sich immer, daß sie keine kleinen Mädchen kennt, die mit ihr spielen.» Ihre Demut irritierte mich, gleichzeitig erkannte ich aber, daß ich noch irritierter gewesen wäre, wenn sie sich nicht demütig gezeigt hätte.

Wir erreichten den Gutshof. Sobald ich die hintere Tür geöffnet hatte, kletterten die Kinder heraus, und das kleine Mädchen bedankte sich in sehr artiger Weise für die Fahrt, und ich konnte mich in den Wagen hineinbeugen, um die schweren Einkaufskörbe herauszuheben. Dann trat Mrs. Morgan auf das Trittbrett. Ich stellte die Körbe ab und drehte mich um und bot ihr meine Hilfe an.

«Vielen Dank, Sir.» Sie ergriff meine Hand. Ihre Handfläche war feucht. Es war ein heißer Tag, und mir wurde die Wärme bewußt, als wir dort in der Sonne standen. Mrs. Morgan trug einen Strohhut, der ihr gräßliches rotes Haar verdeckte und das blasse Gesicht beschattete, während sie auf die Körbe hinuntersah. «Vielen Dank», murmelte sie noch einmal, und als sie aufblickte, sah ich, daß ihr die Sonne in die Augen fiel.

Sie waren in dem strahlenden Licht leuchtend grün und erinnerten mich an die Farbe der See an einem Hochsommertag bei den Klippen von Rhossili. Es war eine ungewöhnliche Farbe, beinahe unnatürlich.

Ich stellte fest, daß ich immer noch ihre Hand hielt.

Ich ließ sie los.

«Guten Tag, Mrs. Morgan.»

«Guten Tag, Mr. Godwin.» Als sie sich abwandte, versank ihr Gesicht sofort wieder im Schatten, und mir wurde noch einmal bewußt, wie schwer sie zu beschreiben war. Ich stieg gleich wieder in meinen Wagen. Sie ging bereits mit den Körben fort. Als ich abfuhr, sah ich im Rückspiegel, daß sie stehengeblieben war, um mir nachzublicken. Für eine Sekunde verharrte ihre schlanke einsame Gestalt als Silhouette, nicht vor den Gebäuden des Gutshofs, sondern geheimnisvollerweise vor einer unentdeckten Landschaft in meinem Bewußtsein, doch die Sekunde verstrich, und im nächsten Augenblick redete ich mir ein, ich hätte sie schon vergessen. Ich trat fest aufs Gaspedal, und mit halsbrecherischer Geschwindigkeit raste ich den Feldweg entlang und bog in die Fahrstraße ein, hinauf zu der trostspendenden Vertrautheit meines Heims.

3

«Wir hatten heute einen so hübschen Tee im Kinderzimmer», sagte Blanche eine Woche später, als sie ihre Brillantohrringe anlegte. Sie trug ein Gewand aus weißem Satin, und ihr dunkles Haar war auf dem Kopf zu einem kunstvollen Knoten verschlungen. An diesem Abend waren wir zur Feier von Edmunds siebenundzwanzigstem Geburtstag zum Essen in Oxmoon eingeladen.

«Tee im Kinderzimmer?» fragte ich abwesend, als ich aus meinem Ankleidezimmer herüberkam.

«Mrs. Morgan war mit ihren Kindern da – das war ein sehr guter Einfall von dir. Marian hat sich sehr darüber gefreut, und das Kinderfräulein lobte nachher, wie manierlich sich Rhiannon für ein kleines Mädchen ihrer Klasse benommen habe – und du weißt ja, wie kritisch unsere Nanny ist. Aber mich überraschte es nicht, daß die Kinder sich so sehr gut benahmen, denn Mrs. Morgan ist eine sehr überlegene Frau, wie meine liebe Mama immer sagte, so ruhig und würdig und höflich.»

«Ich freue mich, daß der Besuch so erfreulich verlaufen ist. Ich muß zugeben, daß mir Bedenken gekommen waren, nachdem ich die Einladung ausgesprochen hatte.»

«Ach, ich glaube nicht, daß soziale Unterschiede viel bedeuten, wenn Kinder noch klein sind, mein Lieber . . . So! Ich bin fertig, und wir müssen gehen. Hast du das Geschenk für Edmund?»

Ich holte das Buch über Rosenzucht, das von Blanche liebevoll in zitronengelbes Papier eingehüllt worden war, und fünf Minuten später befanden wir uns auf dem Weg nach Oxmoon. Es war ein trüber Sommerabend, düster und kühl, und Oxmoon wirkte bedrückend, als ich den Wagen in die Auffahrt lenkte. Zwar war es den klassischen, im achtzehnten Jahrhundert gültigen architektonischen Konventionen entsprechend gebaut worden, doch irgendwie hatte es auch einen wilden, unorthodoxen Einschlag, der hinter der strengen, klar gegliederten Fassade lauerte, und als ich den Bau jetzt betrachtete, überkam mich wieder der Gedanke, der mich schon so oft beschäftigt hatte: Oxmoon, das Rätsel, der Joker im Spiel. In einem bizarren Augenblick der Selbsterkenntnis wurde mir plötzlich klar, daß ich nicht ein Haus vor mir sah, sondern mein eigenes Bild in Stein und Glas. *Ich* war das Rätsel, der Joker im Blatt der Godwins, und hinter meinem konventionellen englischen Äußeren stand der walisische Fremde, den zu erkennen ich mich zu sehr fürchtete.

Edmund kam aus dem Haus, um uns zu begrüßen. Er sah etwas munterer aus als sonst, wirkte aber unverändert kaum mehr als nur halb lebendig, und wieder einmal wurde mir deutlich bewußt, daß der Krieg mich von ihm getrennt hatte, genauso wie er mich von Lion für immer abgeschnitten hatte. Ich hatte ihn ruhig an der Heimatfront verbracht, während Edmund der Brutalität der Front ausgeliefert gewesen war, und jetzt lag ein ängstlich getarnter Abgrund chaotischer Gefühle zwischen uns. Unsere Gespräche stellten Tiefpunkte gesellschaftlicher Banalitäten dar.

«Hallo, alter Knabe. Herzlichen Glückwunsch und all diesen Quatsch.»

«Danke. Sieh mal, was für ein hübsches Päckchen! Fast zu schade, um es aufzumachen.»

Edmund hatte ein kantiges Gesicht mit blaßblauen, leicht vorquellenden Augen und blaßbraunes, schütter werdendes Haar. Seit er 1918 als Invalide nach Hause gekommen war, hatte er zugenommen, und obwohl sein Hinken jetzt kaum mehr wahrnehmbar war und seine Gesundheit sich allgemein gebessert hatte, bemühte er sich nicht, von zu Hause fortzukommen. Milde, vage und chronisch unentschlossen ließ er sich von einem Anfall der Melancholie zum nächsten treiben, darum war ich besonders erleichtert, daß ich ihn an diesem Abend in anscheinend guter Laune antraf. Jedesmal, wenn ich sah, wie schwer Edmund getroffen worden war, wußte ich kaum, wie ich mein Schuldgefühl, nicht als Soldat gekämpft zu haben, ertragen sollte. Angestachelt von Robert, der nicht einen Tag lang in seinem Entschluß, an der Heimatfront zu bleiben, unsicher geworden war, hatte ich mich überreden lassen, daß es meine Pflicht sei, in meiner begünstigten Position im Außenministerium zu bleiben, hatte den Krieg aber in einem derartig elenden Wirrwarr verbracht, daß ich mir mehrmals gewünscht hatte, ich wäre mit Lion an der Somme gefallen. Mein Schuldgefühl war einer der Gründe, weshalb mir das Außenministerium unerträglich geworden war. Ich hatte mich durch den Abscheu vor mir selbst so erniedrigt gefühlt, daß ich mir nur wünschte, in einer Welt, in der mich keiner schief ansah, einen neuen Anfang zu machen.

«Daphne schrieb mir, um mir viele glückliche Jahre zu wünschen», sagte Edmund und erwähnte mit unheimlicher Treffsicherheit unsere Schwägerin, als ob er wüßte, damit würde er mich daran erinnern, daß Lion an der Somme gefallen war. «Sie kommt nächsten Monat mit Elizabeth zu Besuch her.»

«Wie schön!» rief Blanche erfreut. «Marian wird begeistert sein. Ist das nicht eine gute Nachricht, John?»

Ich stimmte zu, obwohl ich mir aus Daphne nichts machte, eine dieser unersättlichen, überschwenglichen jungen Frauen der Gesellschaft, die ihr inhaltsloses Leben genossen. Von Freunden in London hatte ich erfahren, daß sie recht frei geworden sei, achtete aber sorgsam darauf, das gegenüber Blanche nicht zu erwähnen.

«Mich überrascht nur, daß die alte Daffy noch nicht wieder verheiratet ist», sagte Edmund, während er uns die Stufen zum Haus hinaufführte. «Ich weiß, daß sie häßlich ist, aber sie ist ungeheuer unterhaltend. Ich mag solche Frauen. Teufel, wenn ich einen Groschen hätte, würde ich selbst sie heiraten. Oder ist es verboten, die Witwe eines Bruders zu heiraten? Ich wette, ja. Alle wirklich amüsanten Dinge im Leben sind verboten, stimmt's? Aber, großer Gott, ich bin nicht herausgekommen, um mit dir über amüsante Dinge zu plaudern, ganz im Gegenteil, ich bin gekommen, um etwas Schreckliches zu sagen: Robert geht es schlechter. Er sitzt im Rollstuhl. Mama hat mich geschickt, um euch zu warnen, damit ihr darauf vorbereitet seid.»

Mein jüngster Bruder Thomas wählte diesen Augenblick, um die Treppe herunterzulatschen. Vierzehn ist ein prekäres Alter, und Thomas, der sich genußvoll schwierig gab, nutzte seine neue Errungenschaft, ungebärdig zu sein, in der denkbar besten Weise. Von vernarrten Eltern verzogen, die es hätten besser wissen müssen, schien er permanent darüber aufgebracht zu sein, daß seine so viel älteren Geschwister und darüber hinaus die Welt ganz allgemein ihn nur so spärlich beachteten. Gegenüber meinen Eltern benahm er sich jedoch gut, und mir war der Verdacht gekommen, daß seine Pose des «enfant terrible» aufgesetzt war, um der Möglichkeit entgegenzuwirken, daß er als letztes und jüngstes Mitglied einer großen Familie übersehen werden könnte.

Er hatte ein kantiges, Edmund nicht unähnliches Gesicht mit einem breiten, vollippigen Mund, dessen Winkel er stets angemessen herabzog. Sein goldenes Haar und seine graublauen Augen erweckten den irreführenden Eindruck einer engelhaften Natur.

«Hallo», begrüßte ich ihn und fügte in dem Versuch, ein freundliches Interesse zu demonstrieren, hinzu: «Wann bist du von der Schule zurückgekommen?»

«Warum willst du das wissen?»

Seufzend gab ich es auf und folgte den anderen in den Salon, wo meine Eltern, die den gesellschaftlichen Gepflogenheiten der Nachkriegszeit nachgegeben hatten, erlaubten, daß vor dem Essen sowohl Cocktails als auch Wein serviert wurde. Das war für sie typisch. Meine Mutter mißbilligte harte Getränke, und mein Vater trank selten etwas anderes als Champagner, doch wenn Gäste bewirtet wurden, waren sie in ihrer Gastlichkeit sehr freigebig, und niemand konnte sie beschuldigen, schäbig oder gar altmodisch zu sein.

Ich sah den Rollstuhl, sobald ich den Salon betrat, und diesmal war ich meiner Mutter dankbar, daß sie daran gedacht hatte, Edmund vorzuschicken, um uns zu warnen. Die Räder mit ihren langen Speichen schienen Symbole für eine mittelalterliche Folter zu sein. Mir wurde kalt vor Mitleid mit Robert, dann übel vor Erleichterung, weil ich mich gesund fühlte, und schließlich erstarrte ich schuldbewußt, weil mein Leben so vollkommen und seins von Leiden überschwemmt war.

«Johnny, Darling!» schrie Ginevra, die bereits deutlich ihr erstes Glas Champagner hinter sich hatte. «Komm her und bewundere die Karre. Robert rattert jetzt mit bewundernswerter Geschwindigkeit herum!»

Ich sagte das erste beste, das mir in den Sinn kam. «Ginevra, ich wünschte, du würdest aufhören, mich Johnny zu nennen, als ob ich ein Lebemann aus der Zeit Edwards wäre, der sich damit amüsiert, Tanzmädchen mit Rosen zu bewerfen.»

«Aber Darling –» Ginevra hatte in Amerika die vulgäre Angewohnheit erworben, jeden viel zu oft Darling zu nennen – «denk doch nur, wie vollkommen aufregend es wäre, wenn du ein Lebemann aus der Zeit Edwards wärst, der Tanzmädchen mit Rosen bewirft.»

«Ach, halt den Mund», sagte Robert, der sich seiner Frau gegenüber oft so benahm, als ob sie beide aus ihrer Kinderstube noch nicht herausgekommen wären. «Nun, John, was hältst du von dieser neuesten Erwerbung?»

Ich dankte Gott für meine diplomatische Schulung. «Mein lieber Robert, ich bin überzeugt, das ist die Krone aller Rollstühle – Entschuldige meine Unaufmerksamkeit und daß ich versäumte, sofort darauf einzugehen, aber ich war nicht darauf gefaßt, heute abend einer Krönung der Technik zu begegnen. Läßt er sich leicht manövrieren?»

Er war zufrieden. Jedes Mitleid und jede Sentimentalität waren umgangen, und er konnte sich entspannen.

Roberts Krankheit war unberechenbar, schlug hart und willkürlich zu, um sich dann entweder völlig oder partiell zurückzuziehen. Die zeitweiligen Besserungen verleiteten dazu, die Aufmerksamkeit vom ständigen Fortschreiten der Lähmung abzulenken. Sein rechtes Bein war bewegungsunfähig, sein linkes jetzt schwach. Ich bemerkte, daß er leichte Schwierigkeiten hatte, den Kopf zu bewegen, wenn seine Gesichtsmuskulatur auch unberührt geblieben war und er seit zwei Jahren keine Sehstörungen mehr gehabt hatte. Er sah eher wie fünfzig als wie vierzig aus. Seine Muskeln hatten Fett angesetzt, aber seine geistigen Kräfte, eher geschärft als vermindert durch seine körperliche Schwäche, wurden durch seine nicht endende Lektüre unermüdlich gesteigert. Er sprach sogar davon, einen Gesellschafter engagieren zu wollen, einen seiner alten Freunde aus Oxford, mit dem er über die Klassiker diskutieren konnte. Er wußte nur zu gut, daß ich nach meiner Plackerei in Oxford meine Beschäftigung mit intellektuellen Problemen eingeschränkt hatte.

Mein Vater bot mir ein Glas Champagner an, und ich nahm es erleichtert entgegen. Aus Gründen, die offensichtlich mit dem Erscheinen des Rollstuhls in Verbindung standen, fühlte ich mich in einer nervösen, unberechenbaren Verfassung, aber ich spürte auch, daß sie noch aus anderen Quellen stammte, die sich einer Analyse entzogen. Ich war mir drohender Veränderungen bewußt, einer fixierten Welt, die unmerklich außer Kontrolle geriet.

«Also ich lese gerade ‹Die geheimnisvolle Affäre in Styles›», sagte Edmund und bot mir eine willkommene Ablenkung. «Du hast es doch kürzlich auch gelesen, John. Sag mir doch – wer ist der Mörder? Ich komme einfach nicht dahinter.»

«Frag nicht, wer der Mörder ist, Edmund! Lies das Buch zu Ende, dann erfährst du es.»

«Ich meine, es könnte diese attraktive rothaarige Frau sein.»

Aber ich wollte nicht an attraktive rothaarige Frauen denken. Ich wich ihm aus und ging zu meinem Vater, wurde jedoch von meiner Mutter aufgehalten.

«Robert sieht etwas besser aus, findest du nicht?» fragte sie. «Ich glaube, die unerwartete Beweglichkeit im Rollstuhl hat ihn in eine bessere Stimmung versetzt.»

Wir hatten beide zu Robert hinübergesehen, und aus dem Augenwinkel bemerkte ich, daß mein Vater sein Champagnerglas leerte und automatisch hinter sich griff, um sich nachzuschenken. Auch er beobachtete Robert, und plötzlich wußte ich, daß wir alle drei durch einen Kummer vereint wurden, der sich einer Beschreibung entzog. Ich hatte eine absurde Sehnsucht, zu ihnen zu sagen: «Ich bin hier – ich werde es für euch gutmachen», aber selbstverständlich konnten diese Worte nicht ausgesprochen werden, und meine Eltern nahmen wie immer, wenn Robert dominierte, von meiner Anwesenheit keine Kenntnis. Meine alte Eifersucht, die lange tot gewesen war, stieg aus ihrem Grab, um mein Mitgefühl für meinen Bruder, den ich so sehr bewunderte, zu vergiften, und mich erfaßte Entsetzen. Das Chaos näherte sich. Sofort zog ich die Grenze – und wie immer fühlte ich mich hinter ihr sicher und geschützt. Ich verbannte meine verächtliche Eifersucht wieder in ihr Grab, leerte gleichfalls mein Glas und wandte mich der Champagnerflasche zu, um frische Kraft zu schöpfen.

Die Flasche war leer. Mein Vater hatte sich zweifellos schon seit einiger Zeit aus ihr bedient.

«Mach eine neue Flasche auf, John», sagte er gelassen, als er meine Verlegenheit bemerkte, doch meine Mutter wehrte mit stählerner Stimme ab: «Ich denke, nein!» und drehte ihm den Rücken zu.

Mein Vater, der sich in seiner üblichen gelassenen Weise an den Kamin lehnte, richtete sich kerzengerade wie ein Ladestock auf und wurde weiß. Sofort sagte ich: «Schon gut. Ich glaube, ich mag eigentlich gar nichts mehr.»

«Nimm mein Glas», sagte mein Vater und hielt mir seines hin, dann folgte er meiner Mutter. «Margaret –»

Meine Mutter läutete, um dem Personal anzuzeigen, daß wir zum Essen bereit waren.

«– wollte nur gastfreundlich sein – besonderer Anlaß – Edmunds Geburtstag –»

«Ganz richtig.»

«. . . und du meine Güte!» rief Ginevra aus, die sich mit Edmund unterhielt. «Aus London höre ich, daß alle Frauen jetzt wie Knaben aussehen und so tun, als ob sie keinen Busen und keine Hüften hätten. Was um alles in der Welt soll ich denn machen?»

Während Edmund in ein schallendes Gelächter ausbrach, bemerkte ich, daß Robert mit seinem Rollstuhl quer durch den Salon auf uns zukam.

Robert sagte: «Mama, fehlt dir etwas?»

«Aber nein, mein Lieber, ich mache mir nur etwas Sorgen wegen des Soufflés nach der Katastrophe mit den Stourhams vergangene Woche.»

Robert machte ein skeptisches Gesicht, mein Vater ein schmerzlich besorgtes. In der Meinung, es sei höchste Zeit, die Situation zu retten, bemühte ich meine diplomatischen Talente und warf die Frage auf, ob Oswald Stourham sich inzwischen von seiner katastrophalen zweiten Ehe mit seiner fahrenden Platinblonden erholt hätte.

4

Trotz der unter der Oberfläche vorhandenen Spannungen verlief das Essen besser, als ich zu hoffen gewagt hatte, erstens weil ein mißlungenes Festessen in Oxmoon etwas Unbekanntes war, zweitens weil meine Eltern es vorzüglich verstanden, den Schein zu wahren, und drittens weil wir alle fleißig meines Vaters Schätzen an Vorkriegsweinen zusprachen – alle außer Thomas, der für Wein zu jung war, und meinem Vater, der vor dem Essen weit mehr Champagner getrunken hatte als üblich und sich jetzt wie ein Mann verhielt, der ein Gelübde der Abstinenz abgelegt hatte. Ich trank, ich weiß es, viel zuviel, und das war höchst ungewöhnlich für mich. Richtig ist, daß mein Vater, dessen Trinkgepflogenheiten normalerweise mäßig waren, seinen Söhnen immer klargemacht hatte, daß Trinken kein wesentlicher Beweis für Männlichkeit sei, und ganz gewiß hatte ich mich immer vor den gefährlichen Konsequenzen von zuviel Wein gescheut – das fatal gesteigerte Wohlgefühl, die riskante Lockerung der Zunge und die finstere Schwächung des Willens, sich so zu benehmen, wie man sollte. Ich hatte mich auch vor den späteren Folgen alkoholischer Exzesse gescheut, der Depression, der Rastlosigkeit und vor allem der unerklärlichen Frustration, in der ich mich immer wie ein endlos lange in einem dunklen Hinterhof angeketteter Hund gefühlt hatte und endlos lange von dem Wunsch besessen war, frei zu sein.

An diesem Abend trank ich jedoch unter dem bedrückenden Gefühl, daß eine klar umrissene Welt unaufhaltsam aus meinem Blickfeld entschwand, um mir die Illusion zu erhalten, daß sich nichts geändert hatte, und stellte bald fest, daß ich Ginevras Dekolleté ansehen konnte, ohne peinlich berührt zu sein, und meinen Vater, ohne an Mrs. Straker denken zu müssen, und meine Mutter, ohne gekränkt zu sein, daß es ihr schwerzufallen schien, mich so zu lieben, wie sie mich lieben sollte. Ich konnte sogar Robert ansehen, ohne Scham darüber zu empfinden, daß es mir jetzt, da er krank und hilflos war, leichter fiel, Zuneigung für ihn zu empfinden. Ich konnte Robert jetzt sogar ansehen und ihn bemitleiden, weil er wahrscheinlich sterben würde, ehe er Oxmoon erben konnte.

«. . . und ohne Zweifel kann nicht bestritten werden, daß wir Landwirte gut über den Krieg gekommen sind», sagte mein Vater gerade, als die Frauen sich zurückgezogen hatten und der Vorhang zugezogen war, «aber die Zeiten ändern sich jetzt so schnell, und manchmal mache ich mir Sorgen um die Zukunft dieses Guts.»

«Ach, Oxmoon ist in Ordnung», sagte ich und trank meinen Portwein aus. «Ein großer Besitz kann immer überleben, und bei einer guten Bewirtschaftung ist Oxmoon in Ordnung. Ich könnte Oxmoon verdammt gut bewirtschaften, ob sich die Zeiten ändern oder nicht, aber selbstverständlich will ich Oxmoon nicht, möchte es nicht mit der Feuerzange anfassen. Es geht ganz an Robert, das weiß jeder. Wenn ich aber doch jemals auf Oxmoon landen sollte –»

«Das wirst du nie», sagte mein Vater, «damit hat es sich. Du wirst mich doch überleben, Robert, oder etwa nicht?»

Robert, der eine Zigarre rauchte, sagte sardonisch: «John hat da offensichtlich seine Zweifel.»

«Ach, um Gottes willen!» rief ich aus und stieß beinahe mein Glas um. «Nur weil du in so einem verdammten Rollstuhl sitzt, brauchst du nicht so zu tun, als ob du in einem verdammten Sarg liegen würdest.»

«Immer mit der Ruhe, alter Knabe», sagte Edmund.

«Du wirst doch noch nicht so bald sterben, Robert?» fragte Thomas, der irgendwie das Alter von vierzehn Jahren erreicht hatte, ohne so etwas wie Taktgefühl zu erwerben. Er hatte sich heimlich aus der Karaffe ein Glas Portwein eingeschenkt und hinuntergestürzt, während mein Vater damit beschäftigt war, sich eine Zigarre anzustecken.

«Unglücklicherweise nicht», sagte Robert trocken. «Tut mir leid, wenn ich dich enttäuschen müßte.»

Ich fuhr zu Thomas herum. «Was zum Teufel fällt dir ein, dir heimlich Portwein einzugießen und dann noch verdammt dumme Fragen zu stellen?»

«Mein Gott, bist du aber schlechtgelaunt», erwiderte Thomas verärgert, weil ich ihn erwischt hatte. «Und glaub nicht, daß wir nicht alle wissen, warum! Dir stinkt's, weil du dich mit dem miesen, alten Penhale Manor zufriedengeben mußt, wo du glaubst, du seist so verdammt vollkommen und so verdammt großartig, daß du der Platzhirsch in Oxmoon sein solltest!»

Ich sprang so unbeherrscht auf, daß mein Stuhl hinter mir umstürzte, aber mein Vater rief jetzt: «Schluß damit!», und meine Wut war damit gebremst. Als ich regungslos stehen blieb, sagte er mit ungerührter Stimme zu Thomas: «Habe ich dir erlaubt, Portwein zu trinken?»

«Nein. Aber ich dachte, du hättest nichts dagegen – heute haben wir einen besonderen Anlaß –»

«Keiner in diesem Haus trinkt Port, ehe er achtzehn ist, ob ein besonderer Anlaß vorliegt oder nicht. Nun gut, der Abend ist für dich zu Ende. Geh zu den Damen in den Salon und melde dich bei ihnen ab und geh ins Bett.» Er wartete, bis Thomas wütend hinausgeschlurft war, ehe er hinzufügte: «Robert, würdest du mir den Gefallen tun, mit Edmund zu den Damen zu gehen. Ich hätte gern mit John ein Wort unter vier Augen.»

«Ich fürchte, ich habe John provoziert, Sir», sagte Robert. «Ich möchte Sie bitten, ihn für dieses Debakel nicht verantwortlich zu machen.»

Mein Vater sagte nichts. Robert entschuldigte sich dann bei mir, aber ich schüttelte den Kopf, um anzudeuten, daß er sich nicht zu entschuldigen brauche. Ich hob meinen Stuhl auf, blieb aber steif daneben stehen, während Robert und Edmund den Raum verließen.

«Du hast zuviel getrunken», sagte mein Vater, als sich die Tür geschlossen hatte.

«Ich weiß. Unverzeihlich. Es tut mir sehr leid.»

«Warum hast du es getan? Was ist mit dir los?»

«Nichts. Alles ist in Ordnung. Könnte nicht besser sein.»

«Das sollte man gewiß meinen. Du hast weit über zweitausend Morgen in Herefordshire, nicht wahr?»

«Ja, Sir.»

«Und du hast annähernd dreihundert Morgen hier und dazu eines der schönsten alten Herrenhäuser in Gower.»

«Ja, Sir.»

«Und zu all dem hast du noch Geld, oder nicht? Und bist gesund und siehst gut aus und hast eine liebevolle Frau und zwei schöne Kinder?»

«Ja, Sir.»

«Du hast doch eigentlich alles, was ein Mann sich wünschen könnte?»

«Ja, Sir.»

«Dann wollen wir diesen ganzen Unsinn mit Oxmoon vergessen. Der Besitz geht an Robert, und wenn Robert stirbt, geht er an Robin, und das ist mein letztes Wort in dieser Angelegenheit.»

«Das akzeptiere ich absolut, Sir, und, wichtiger noch, ich habe es immer akzeptiert. Ich kann mir nicht vorstellen, warum Sie die idiotische Bemerkung von Thomas so ernstnehmen sollten.»

«Die Gefühle eines Mannes sind nicht mehr so privat, wenn er zu trinken anfängt, und weiß Gott, ich kann Habsucht erkennen, wenn ich sie sehe. Ich erinnere mich daran, wie Owain Bryn-Davies nach Oxmoon trachtete, als mein Vater noch lebte.»

«Ich bin nicht Owain Bryn-Davies! Und wie kannst du wagen, mich mit diesem Schurken zu vergleichen! Warum bist du immer so verdammt unfair zu mir? Es ist ungerecht, und ich lasse es mir nicht gefallen. *Ich lasse es mir nicht gefallen.* Es ist nicht meine Schuld, daß ich aussehe wie –»

«Schweig still! Das genügt! Geh jetzt sofort nach Hause und zeige dich hier nicht, ehe du nicht wieder nüchtern bist.»

«Ich bin nicht betrunken!»

Die Tür öffnete sich, und dadurch wurde ich unterbrochen. Ich drehte mich um und sah, daß meine Mutter zurückgekommen war.

«Bitte», sagte sie, nicht zu mir, sondern zu meinem Vater, «könntest du in den Salon kommen und dir Thomas vornehmen? Er benimmt sich ungehörig, und ich werde nicht mit ihm fertig. Ich fürchte, heute abend wird mir alles etwas zuviel.»

«Selbstverständlich», sagte mein Vater sehr bestürzt über dieses noch nie dagewesene Bekenntnis einer Niederlage und verließ den Raum.

Meine Mutter ließ sich auf den nächsten Stuhl sinken.

«Mama . . .» Der Schock ernüchterte mich. Als ich mich besorgt über sie beugte, bemerkte ich, daß sie weinte. «Mama!» Ich war entsetzt. Ich hatte meine Mutter nie weinen sehen, selbst nach Lions Tod nicht. Ich zog einen anderen Stuhl heran und setzte mich neben sie. «Mama, was ist denn?»

Aber sie beherrschte sich schon wieder. «Nichts, aber ich lebe unter einem solchen Druck, und manchmal weiß ich kaum noch, wie ich es ertragen soll.»

Ich war höchst beunruhigt. «Was kann ich tun? Es tut mir leid. Ich hatte keine Ahnung. Wie kann ich dir helfen?»

«Ach, du kannst mir nicht helfen», antwortete sie tonlos. «Du hast zu viele eigene Probleme.»

«Was für Probleme?»

«Mein Gott», sagte sie, «wie soll dieses arme Kind Blanche je damit fertig werden?»

«Mama, ich glaube, du bist überanstrengt.»

«Überanstrengt? O ja, das kann man wohl sagen. Lion tot, Robert sterbend, Edmund unter den Kriegsfolgen leidend, Celia von uns getrennt in Heidelberg, du von uns abgeschnitten in einer gefährlichen Welt der Selbsttäuschung –»

«Meine liebe Mama –»

«– und Bobby», sagte meine Mutter weinend, «nicht mehr stark genug, so zu leben, wie er leben möchte ... ein anständiges Leben ... frei von Skandalen ... es ist zu schrecklich zu sehen, wie ein guter Mann, jemand, den man liebt, tiefer und tiefer in eine Entwürdigung abrutscht.»

«Es muß eine Möglichkeit geben, diese Entwicklung aufzuhalten. Das muß es einfach.»

«Nein. Da gibt es nichts.» Sie wischte sich unbeholfen mit dem Handrücken über die Augen, ehe sie hinzufügte: «Das ist die Vergeltung. Die Menschen bezahlen für das Unrecht, das sie begehen, und dann kommt die Hölle, nicht im Jenseits, sondern hier, jetzt, genau hier auf der Erde ... und hier sind wir, im Jahre 1921, neununddreißig Jahre nach diesem schrecklichen Sommer, und ich bin in der Hölle, Bobby ist in der Hölle, und dieser Mann ertrinkt immer noch im Shipway, und diese Frau lebt immer noch zerstört in ihrer Anstalt.» Sie wischte sich wieder über die Augen, und es gelang ihr, mit gefaßterer Stimme zu sagen: «Manchmal bitte ich Gott, daran zu denken, wie jung wir waren. Junge Menschen sind zu solchen Brutalitäten fähig, aber das ist so, weil sie nichts vom Leben wissen. Alles, was sie verstehen, ist ihr instinktiver Drang zu überleben, aber manchmal ist der Preis, den sie für ihr Überleben bezahlen müssen, sehr schrecklich.»

Es folgte eine Stille. Ich wußte nicht, was ich sagen sollte. Mich beherrschte der dringende Wunsch, diesen morbiden Strom quasireligiöser Gedanken aufzuhalten, den ich sowohl geschmacklos als auch peinlich fand, doch gleichzeitig rührte mich der Kummer meiner Mutter, und ich wünschte verzweifelt, ihr zu helfen. Ich zermarterte mir den Kopf nach einer tröstenden, diplomatischen Antwort, doch als ich sie nicht finden konnte, erkannte ich, daß es keine gab. Es gab keine angemessenen Worte, und sie konnte nicht getröstet werden. In meiner Ratlosigkeit, und da ich nicht wußte, was ich sonst tun konnte, legte ich meinen Arm um sie und küßte sie sanft auf die Wange.

Das war offensichtlich das Richtige. Ihre Finger umschlossen meine. Sie sah mich voller Dankbarkeit an. «Lieber John», sagte sie, «wie gut und freundlich bist du doch in Wirklichkeit.» Dann sagte sie mit mehr als nur einer Spur ihres alten Selbst: «Du mußt öfter einmal zuviel trinken!» und lächelte, als sie meinen Kuß erwiderte.

«Verzeih mir – ich fürchte, ich hatte gerade einen entsetzlichen Auftritt mit Papa –»

«Das macht nichts. Ich werde es in Ordnung bringen. Heute abend ist so vieles falsch gelaufen, daß es mir fast nichts mehr ausmacht. Es ist einfach zu traurig mit Robert», sagte sie dann und begann wieder zu weinen. «Ich konnte es nicht ertragen, ihn in diesem Rollstuhl zu sehen.»

Wenn ich nüchtern gewesen wäre, hätte ich irgendeine Banalität gemurmelt. Statt dessen sagte ich gequält: «Ich konnte es auch nicht ertragen, aber du solltest dich nicht hinter Religion verschanzen, Mama, um dem Leiden einen Sinn zu geben, du solltest nicht anfangen, dich selbst zu geißeln mit Gedanken an Vergeltung. Du bist die Heldin in dieser Geschichte, nicht der Übeltäter.» Und als sie ihr Gesicht mit den Händen bedeckte, legte ich wieder meinen Arm um sie und sagte: «Es ist mir gleich, was du in der Vergangenheit getan hast. Du bist eine wundervolle Frau – eine prachtvolle Frau –, und wir alle lieben und respektieren dich sehr. Wenn du jetzt leidest, dann ist das unverdient, das weiß ich – es kann nicht das geringste mit all dem zu tun haben, was in dem bösen Sommer in den achtziger Jahren geschehen ist.»

Meine Mutter ließ die Hände sinken. Sie starrte mich an. Ihre Augen glänzten von Tränen. «Gott, vergib mir», flüsterte sie, «zu denken, daß *du* derjenige sein solltest, der mich innig genug liebt, um mir das zu sagen.»

Die Tür ging auf, und mein Vater trat in den Raum. «Margaret –»

«Es ist jetzt alles in Ordnung», sagte meine Mutter. «Mir geht es wieder besser. Und John auch. Er ist sicher bereit, eine Menge schwarzen Kaffee zu trinken, und darum besteht kein Grund, daß er jetzt schon geht.» Sie stand auf, sie reckte ihre Schultern, sie gab ihrem Mund die vertraute entschlossene Linie. «Wir müssen alle im Salon den Anschein wahren. Was auch geschieht, es ist immer das Richtige – genau genommen das einzig Richtige –, was man tun kann.»

5

«Stimmt etwas nicht, Lieber?» fragte Blanche später in unserem Schlafzimmer. «Als Thomas in den Salon kam, sagte er etwas von einem Streit.»

«Ach, das war nichts Besonderes. Nur eine kleine Meinungsverschiedenheit.»

Ich brannte darauf, diesen Fragen ein Ende zu machen, und war so besessen von dem Wunsch, alles zu vergessen, für ein paar kostbare Minuten den höllischen Abend zu vergessen, den ich gerade überstanden hatte, daß es mich verlangte, meine ehelichen Rechte wahrzunehmen, während die Kerze noch brannte. Blanche beklagte sich nie über etwas, das ich tat, aber dieses Mal flüsterte sie: «Darling, die Kerze», und ich war taktvoll genug zu murmeln: «Mein Gott, ja. Entschuldige», ehe ich die Flamme unbeholfen ausblies.

In Oxford hatte ich einmal gehört, daß ein Übermaß an Alkohol die Fähigkeiten eines Mannes im Bett beeinträchtige, aber ich kann nur sagen, daß ich jetzt genau das Gegenteil erlebte. Im Schutz der Dunkelheit streifte ich meinen Pyjama ab und hätte Blanche beinahe aufgefordert, ihr Nachthemd auszuziehen, hatte zum Glück aber nicht umsonst vier Tassen schwarzen Kaffee getrunken, und irgendwie gelang es mir, mich zu beherrschen. Doch dann hatte ich den unüberwindlichen Drang, die Episode über fünf Minuten hinauszudehnen. Im allgemeinen versuchte ich, mich auf drei oder vier Minuten zu beschränken. Ich hatte auch noch andere Begierden, die aber besser nicht festgehalten werden. Ich war über mich selbst entsetzt, gab mich aber gleichzeitig ungehemmt meinem Vergnügen hin. Blanche duldete alles wie eine Heilige. Gott allein weiß, wie. Ich liebte sie für ihre Nachsicht so sehr, daß es mir schließlich nach einer Pause von, wie ich fürchte, mindestens zehn Minuten gelang, die Episode abzuschließen und ihr weitere Peinlichkeiten zu ersparen. Das Vergnügen fand sein Ende. Selbsthaß und Schuldgefühl setzten bei mir ein. Ich bat sie, mir zu verzeihen, aber sie sagte, sie liebe mich so sehr, daß nichts Bedeutung habe. An diesem Punkt rächte sich dann mein alkoholischer Exzeß, und ich versank in barmherzige Bewußtlosigkeit.

Ich träumte, ich wäre ein in einem Hinterhof angeketteter Hund, aber irgend jemand rief aus weiter Entfernung nach mir, und plötzlich sehnte ich mich danach, frei zu sein. Ich streifte das Halsband ab, sprang über die Hofmauer, und vor mir lag eine sehr weite Ebene, von der Edmunds Stimme erklang. «Ich glaube, es ist diese attraktive Frau mit den roten Haaren.»

Dann umschlang mich ein Seil und begann mich zu meinem Zwinger zurückzuzerren. Eine besorgte leise Stimme sagte immer wieder: «John, John.» Aber ich beachtete sie nicht, weil John nicht mehr mein Name war. Ich war wieder Johnny, der walisisch sprechende Johnny, der mit Lion übers Kreuz geriet und in Oxmoon ein abenteuerliches

Leben führte. Ich konnte Oxmoon jetzt deutlich vor mir sehen, und alles war walisisch daran, jeder Ziegel unter den Kletterpflanzen, jede Schieferplatte auf dem Dach.

«John, wach auf, Darling! Es ist drei Uhr morgens und das Telephon klingelt unaufhörlich.»

Ich kroch wieder zurück über die Mauer, schleppte mich zu meinem Zwinger, stülpte mir das Halsband meines Englischseins über den Kopf und wachte auf. Sofort schoß mir heftiger Schmerz durch den Schädel und ließ mich keuchen. Mein Mund war ausgedörrt wie eine Wüste. Fern unten in der Halle schrillte das Telephon wie ein Dämon.

«Ach, du lieber Gott, wer zum Teufel soll denn das sein?» Ich wurde weiter wach und entschuldigte mich für meine rüden Worte und kroch aus dem Bett. Zu meinem Schreck stellte ich fest, daß ich völlig nackt war. Ich tastete ungestüm nach meinem Pyjama, während Blanche eine Kerze anzündete.

«Ich werde gehen», sagte Blanche, die sah, daß ich hoffnungslos durcheinander war, und glitt aus dem Bett.

«Mein Gott, es tut mir leid.» Ich kämpfte mich in meine beiseite geworfene Pyjamahose und floh ins Ankleidezimmer zu meinem Hausmantel. Dann zögerte ich, weil ich glaubte, ich müßte mich übergeben. Eine Flut bedrückender Erinnerungen überschwemmte mich, aber ich verdrängte sie, und als Erbrechen sich als unmöglich erwies, rannte ich zum Treppenabsatz und erreichte ihn gerade in dem Augenblick, als das dämonische Klingeln unten in der Halle aufhörte.

«Penhale drei», flüsterte Blanche verängstigt. «Wer ist da, bitte?»

Ich eilte die Treppe hinunter. Während der Pause, die folgte, sah ich sie vor Schreck erstarren. «O Edmund», hörte ich sie flüstern, «Edmund ...»

Ich stand neben ihr. Der Hörer war kalt, als ich ihn ihr aus der Hand nahm.

«... und es besteht überhaupt kein Zweifel», stammelte Edmund mit verstörter Stimme am anderen Ende der Leitung. «Sie ist tot, Blanche, Mama ist tot – o Allmächtiger, was soll in Gottes Namen jetzt aus uns allen werden?»

Drittes Kapitel

I

Oxmoon lag im Dunkel. Meine Scheinwerfer zerrissen die Finsternis der Nacht und beleuchteten die schwarzen Fenster. Als ich aus dem Wagen stieg, schien mich die Dunkelheit fast zu erstikken. Es schien kein Mond, und die fernen Wälder bildeten eine drohende Masse unter dem Himmel.

Die Vordertür wurde geöffnet. Edmund stolperte die Stufen herunter.

«Johnny –» Der alte Name aus der Kinderzeit bebte auf seinen Lippen, und ich brauchte sein Gesicht nicht zu sehen, um zu wissen, daß der Anschein von Normalität, den er während des Abendessens gezeigt hatte, zerstört worden war.

«Wo ist Papa?»

«Oben – bei ihr.» Er begann zu schluchzen.

«Sag mir genau, was passiert ist.» Ich nahm ihm die Lampe aus der Hand und ging vor ins Haus.

«Papa weckte mich. Er war gerade von Mrs. Straker zurückgekommen. Er forderte mich auf, Warburton anzurufen, weil er glaubte, daß Mama krank sei. Er war so merkwürdig, daß ich mit ihm in ihr Zimmer hinaufging, und selbstverständlich wußte ich, sobald ich sie sah –»

«Ja, schon gut. Ruf Warburton an. Und Robert. Wecke Bayliss. Zieh dich an.» Ich eilte zur Treppe.

«Ich kann nicht», flüsterte Edmund. «Ich kann nicht.» Er weinte wieder. «O Johnny, ich hab' mir so gewünscht, es an ihr gutzumachen, aber jetzt werde ich nie –»

«Was an ihr gutmachen?»

«Die Tatsache, daß ich überlebt habe und nicht Lion.»

Ich fuhr von ihm zurück. Dann sagte ich wild: «Rede keinen solchen Quatsch. Ich bin überzeugt, daß sie nur zu glücklich war, daß ihr nicht beide gefallen seid», und eilte die Treppe hinauf, um ihm zu entkommen. Vom Absatz blickte ich zurück und sah, daß er unten an den Stufen zusammengesunken war und hilflos weinte, eine bejammernswerte Gestalt in seinem verblichenen Morgenmantel. Schuld nagte an mir. Ich wollte ihn trösten, wußte aber, daß mein Vater zuerst kommen mußte.

Ich erreichte das Zimmer meiner Eltern und griff nach der Klinke, aber die Tür war verschlossen, und obwohl ich gegen die Füllung pochte, kam keine Antwort. Visionen von Selbstmord überfielen mich. Ich entzündete eine der Kerzen auf dem Tisch neben der Treppe und stolperte dann durch den Gang zum Ankleidezimmer meines Vaters. Die Tür war offen. Blitzschnell lief ich zur Schlafzimmertür.

«Papa!» Der kindliche Name, den keiner von uns selbst als Erwachsener geneigt gewesen war aufzugeben, klang plötzlich lächerlich. Ich dachte an meine Studiengefährten, die ihre Väter mit Antipathie als «der Gouverneur» bezeichneten, aber mein Vater war nie lediglich eine Galionsfigur am Kopfende der Familientafel gewesen. Ich sah ihn so, wie er mir in den frühen Jahren meiner Kindheit erschienen war, groß und gelassen, freundlich, aber autoritätsbewußt, ein goldenes Doppelbildnis aus Vater und Held.

«Vater!» rief ich. «Hier ist John! Laß mich rein.»

Der Schlüssel klickte im Schloß. Die Tür ging weit auf. Die alte Erinnerung zerfiel, als ich in das fremde Gesicht sah.

Er war vollständig angekleidet und zeigte keine Spur der Trauer. Seine Augen waren von einem strahlenden, leeren Blau.

«Nicht so laut», flüsterte er mißbilligend. «Deine Mutter schläft.»

Ich suchte nach meinem diplomatischen Geschick. «Ich hörte, Mama ginge es nicht gut», sagte ich mit gehorsam gedämpfter Stimme. «Kann ich sie vielleicht für einen Augenblick sehen?»

«Hat Edmund Warburton angerufen?»

Eine versichernde Bestätigung schien notwendig. «Ja», sagte ich und drängte mich ins Zimmer. Alle Kerzen waren angezündet, und ich konnte deutlich meine Mutter in ihrem Bett sehen, den Kopf zur Seite gedreht, ihr Haar hob sich grau vom Kissen ab.

«So habe ich sie gefunden, als ich nach Hause kam», sagte mein Vater. «Nachdem alle Gäste fort waren, ging ich noch nach Penhale und besuchte Milly. Hast du Mrs. Straker schon kennengelernt, John? Ich kann mich nicht erinnern.»

«Nein. Während der kurzen Zeit, die sie in Oxmoon gearbeitet hat, war ich in London.» Das Gesicht meiner Mutter ruhte auf der Seite. Ich wußte, daß sie tot war, doch um mich zu vergewissern, griff ich behutsam nach ihrem Handgelenk. Es war kein Puls fühlbar.

«Millys Mann ist in der Skagerrak-Schlacht gefallen», sagte mein Vater. «Er stammte aus der hiesigen Gegend und lernte Milly in London kennen – eine Kriegsromanze –, sie hatten nicht viel Zeit füreinander. Nachdem er gefallen war, hatte sie kein Geld, darum kam sie nach Swansea, um bei seiner Schwester zu wohnen, und arbeitete in einer Munitionsfabrik. Das muß schrecklich für sie gewesen sein. Ich weiß nicht, wie diese modernen Frauen es schaffen.

Nach dem Krieg suchte sie wieder eine Stellung im Haushalt. Sie war ein ausgezeichnetes Stubenmädchen – Margaret sagt, sie war die beste, die sie je hatte. ‹Straker hat genug Verstand, Haushälterin zu sein›, sagte sie. Ich kann mich genau erinnern, daß sie das gesagt hat. Margaret tat es leid, daß wir sie schon nach drei Monaten wieder entlassen mußten, aber was will man machen? Man muß sich an die Regeln halten. Schreckliche Dinge passieren Menschen, die sich nicht strikt an die Regeln halten.»

Auf dem Toilettentisch lag die Jettbrosche, die meine Mutter an diesem Abend getragen hatte. Ich öffnete den Schmuckkasten und legte die Brosche hinein.

«Ich habe ihr die Augen zugemacht», sagte mein Vater. «Ich hielt es nicht für richtig, daß sie mit offenen Augen schlafen sollte wie ein Schlafwandler.»

Ich atmete tief ein. «Papa ...» begann ich, aber es nützte nichts. Sprechen war zu schwer. Ich wartete und versuchte es wieder. «Papa, ich fürchte, daß Warburton nichts mehr tun kann.»

«Unsinn. Er ist ein sehr tüchtiger Arzt und ist so gut für Robert. Denk unbedingt daran, ihm zu sagen, wie kalt sie ist. Ich habe sie in die Arme genommen, um sie zu wärmen, aber es war vergeblich. Darum wird sie eine Injektion brauchen.»

Ich wartete wieder, ehe ich sagte: «Komm mit mir nach unten, dann werde ich dir einen Cognac einschenken.»

«Ach, ich trinke doch nie Cognac», antwortete mein Vater fest, ließ sich aber von mir aus dem Zimmer führen. «Niemals. Mein Vater hat gewöhnlich schon beim Frühstück mit Cognac angefangen, und mittags war er stockbetrunken. Aber wenn er nüchtern war, war er der denkbar charmanteste Mensch. Ich wünschte, Margaret hätte ihn kennengelernt, aber er starb selbstverständlich, ehe ich sie kannte. Sie lernte Bryn-Davies kennen. Er war nett zu ihr, viel netter als meine Mutter. Meine Mutter war nicht freundlich zu Margaret, ein großer Fehler, Margaret vergaß das nie. Ich mochte meine Mutter aber sehr gern, war ihr ergeben, und Bryn-Davies war auf seine Weise ein sehr bemerkenswerter Mensch. Schade um Bryn-Davies, aber ich habe es ausgeglichen dadurch, daß ich mich mit seinem Sohn anfreundete und ihm half, diese Erbin zu heiraten, obwohl der jüngere Owain glücklicherweise nicht im mindesten seinem Vater ähnelt, und überhaupt, er war ein Opfer, genau wie ich, und es war leicht, mit ihm befreundet zu sein. Selbstverständlich hat er die Wahrheit nie erfahren. Ich habe ihm nur gesagt, es hätte da ein kleines Versehen mit den Gezeitentafeln gegeben.»

Wir waren auf dem Treppenabsatz. Unten in der Halle erhob sich Edmund mühsam und sah zu uns herauf. Sein Gesicht war vom Weinen verquollen.

«Ja», sagte mein Vater nachdenklich, «Margaret war die einzige, die an die Gezeitentafeln dachte, doch sobald sie sie erwähnte, wußte ich, daß das das Richtige war – das einzige, was man tun konnte. Margaret wußte immer, was das Richtige war. Deshalb könnte ich unmöglich ohne sie leben. Du siehst das doch ein, nicht wahr, John? Ich könnte ohne Margaret nicht leben. Unmöglich. Du mußt das Warburton erklären, aber Ärzte sind heutzutage so gescheit, und Warburton ist ein so bezaubernder Bursche, und ich bin überzeugt, er weiß genau, was getan werden muß.»

«Edmund», sagte ich, «bring Papa in die Bibliothek und bleib bei ihm, während ich telephoniere. Ich werde Bayliss wecken und ihn bitten, Tee zu machen.»

«Ach, ich will keinen Tee», sagte mein Vater. «Ich will Champagner. Sag Bayliss, er soll mir eine Flasche aus dem Keller heraufholen.»

Ich sah, daß Edmund einem hysterischen Anfall nahe war, und sagte deshalb schroff: «Also kommt» und führte beide zur Bibliothek. Mein Vater begann sofort Edmund die reichlich abgenutzte Familienlegende zu erzählen, wie er das Mittel, Oxmoon zu retten, bei einer Begegnung mit einer Ratte gefunden hatte, die auf dem Tisch in der Bibliothek an einer Kerze nagte.

«. . . und warf Buch um Buch auf die verdammte Ratte, bis es mir gelang, sie zu töten, und als ich dann in die Lücke im Regal sah, wo die Bücher gestanden hatten, fand ich die Aufzeichnungen meines Großvaters, wie er den Besitz verwaltet hatte . . .»

Als ich in die Halle zurückkam, nahm ich den Telephonhörer ab und begann mit der langwierigen Aufgabe, die Posthalterin des Dorfes an den Klappenschrank zurückzurufen.

2

In Little Oxmoon meldete sich Ginevra am Telephon. Ich wollte ihr sagen, daß mein Vater geistesgestört war, da ich aber wußte, daß die Posthalterin mit fast atemloser Spannung zuhörte, beschränkte ich mich auf die Nachricht vom Tod meiner Mutter. Ich hatte erwartet, daß Ginevra einen hysterischen Anfall bekommen würde. Sie war zwar sehr betroffen, blieb aber zu meiner Überraschung gefaßt und sagte, sie und Robert würden in einer halben Stunde in Oxmoon sein.

Erleichtert benachrichtigte ich dann Warburton, doch fühlte ich mich danach zu erschöpft, um Bayliss zu wecken. Ich nahm mir den Kellerschlüssel von seinem Haken in der Pantry des Butlers, holte eine Flasche Champagner und ging dann zum Speisezimmer, wo in einer Kredenz die Gläser aufbewahrt wurden. Die Gelegenheit nutzte ich, einen doppelten Cognac aus der Karaffe zu mir zu nehmen. Ich erinnerte mich, daß ich in Oxford gelernt hatte, die beste Kur gegen einen Kater sei ein kräftiger Schluck, doch es war das erste Mal, daß ich mich veranlaßt sah, diese abstoßende Volksweisheit auf die Probe zu stellen.

In der Bibliothek war mein Vater dabei, Edmund ausführlich zu schildern, wie er um meine Mutter geworben hatte.

«... und ihr Vater war ein großartiger alter Tyrann, ohne jede Manieren und ohne Bildung, aber eine beachtliche Persönlichkeit, jemand, der die Dinge beim Namen nannte und keine Halbheiten duldete. Er hat diese Töpferei aus dem Nichts aufgebaut, und er war in Swansea, um die Möglichkeiten zu erforschen, Porzellanerde aus Cornwall über den Bristolkanal zu transportieren. In alten Zeiten war das ganze Kupfererz zur Verhüttung auf diesem Weg herangeschafft worden. Jedenfalls war er dort, um irgendwo etwas zu trinken, und hatte die Nase voll von den Walisern, als er mit Bryn-Davies zusammentraf, der auf dem Markt für einen guten Preis einige Schafe verkauft hatte und das in seiner üblichen Art feierte. Sie fingen Feuer füreinander, und Bryn-Davies lud ihn nach Oxmoon ein – Bryn-Davies spielte zu dieser Zeit den Gutsherrn –, und sobald Mr. Stubbs Oxmoon sah, erkannte er, daß hier eine Möglichkeit bestand, eine seiner Töchter an einen Großgrundbesitzer zu verheiraten.»

«Willst du ein Glas Champagner, Edmund?»

Edmund lehnte ab. «Nein, lieber Whisky.» Er machte sich auf die Suche danach.

«– und selbstverständlich dachte er an Ethel als die richtige. Sie war die älteste, aber ich machte mir nichts aus ihr. Sie war eingebildet, anmaßend, ich wußte, daß sie unerträglich sein würde. Das jüngste Mädchen, May, war erst vierzehn und kam deshalb nicht in Frage. Danach blieb nur deine Mutter, das war gut so, denn sie war realistisch und vernünftig, und ich mochte ihre Art zu lachen. Später, nachdem Bryn-Davies ertrunken und meine Mutter in der Anstalt war, standen Margaret und ich in der verwahrlosten Halle in Oxmoon, und ich sagte: ‹Ich möchte dich lachen hören.› Sie antwortete: ‹Mein Gott, wie kannst du so etwas zu so einer Zeit sagen?› Und verlaß dich drauf, wir lachten beide. Und später sagte ich: ‹In Zukunft wirst du immer lachen. Ich werde dich glücklich machen, und wenn es das letzte ist, was ich tue.› Und Jahre später, als wir unseren ersten Ball in Oxmoon gaben, schenkte ich ihr eine rote Rose, und wir tranken Champagner, genauso, wie wir es uns vorgenommen hatten, und dann eröffneten wir den ersten Tanz unter all den glitzernden Lüstern, als das Orchester ‹An der schönen blauen Donau› spielte.»

«Hier ist dein Champagner, Papa.»

«Danke dir, John. Köstlich. Ja . . . ich erinnere mich daran, wie Ginevra Jahre später zu dieser Melodie tanzte, aber Margaret sagt, wir sollten darüber nicht mehr sprechen. Meine Güte, John, du siehst gar nicht gut aus. Hier . . . nimm das Glas, das du für Edmund gebracht hast, und trinke einen Schluck Champagner – ja, ich bestehe darauf. Es wird dir gut tun. Na, siehst du. Ja, wo war ich noch? Ach ja, Ginevra. Ja, es war schrecklich, als Robert sie heiratete, schrecklich, wie er sich damit von uns abschnitt, aber ich akzeptierte es, es war Vergeltung. Margaret konnte sich allerdings nicht damit abfinden, Margaret war strikt dagegen, verurteilte Ginevra, aber die arme Ginevra, ich habe ihr keine Vorwürfe gemacht, Margaret ist manchmal so hart, aber lassen wir das. Robert ist immer ungewöhnlich höflich zu mir, er gibt sich solche Mühe, daß ich denke, daß er vielleicht doch noch etwas für mich übrig hat, letzten Endes . . . entschuldige, hattest du etwas gesagt?»

«Ich sagte, das sei doch alles unsinnig.»

«Bringe ich dich aus der Fassung? Also, wir wollen nicht weiter darüber reden. Wir dürfen nie über Dinge reden, die uns aus der Fassung bringen – das habe ich Oswald Stourham gesagt, nachdem dieses Flittchen, seine zweite Frau, ihm mit diesem amerikanischen Seemann durchgebrannt war. Alles, was er tun konnte, war ‹Belinda› in sein Cognacglas zu schluchzen, aber ich sagte ihm, er sollte aufhören, an sie zu denken, sie endgültig aus seinem Gedächtnis streichen, und dann würde alles wieder in Ordnung sein. Er hätte so bald nach dem Tod seiner ersten Frau nicht wieder heiraten sollen, und selbstverständlich nicht ein so junges Mädchen, das seine Tochter hätte sein können, der dumme alte Knabe, eine Platinblonde. Ich wußte immer, daß das nicht gutgehen konnte. Margaret wollte sie nicht einmal empfangen, aber ich sagte, Oswald wäre einer meiner ältesten Freunde, und ich müßte zu ihm halten . . . wo gehst du hin?»

«Ich will nur nachsehen, wo Edmund geblieben ist», antwortete ich und floh.

Edmund hatte im Speisezimmer die Whiskykaraffe geleert und saß schluchzend am Tisch.

«Edmund, du mußt dich zusammenreißen –»

«Scheiß drauf! Warum kannst du mich nicht, verdammte Scheiße, in Ruhe lassen?» brüllte Edmund in einer Sprache, die er aus dem Schützengraben mitgebracht hatte, und versuchte mich zu schlagen.

Ich wich vor ihm zurück, schritt in der Halle auf und ab, sah bei meinem Vater hinein und hörte mir weitere Teile seines zusammenhanglosen Monologs an, floh wieder und stand dann einige Zeit auf den Stufen vor der Haustür und spähte in die Dunkelheit hinaus. Schließlich hörte ich Motorengeräusche. Robert oder Warburton? Ich wartete, strengte meine Augen an, um die Finsternis zu durchdringen, und erkannte schließlich den alten Talbot, den mein Vater Ginevra überlassen hatte, als er sich seinen neuen Bentley kaufte. Ich ließ die Haustür offenstehen und kehrte in die Bibliothek zurück.

«Papa, Robert ist da.»

«Robert? Was für eine herrliche Überraschung!» Er sprang von seinem Platz auf. «Hole aus dem Speisezimmer ein Glas für ihn.»

«Papa, du solltest nicht – du kannst nicht weiter so tun, als ob nichts passiert wäre –»

«Widersprich mir nicht – Robert ist den ganzen weiten Weg von London hergekommen und muß selbstverständlich ein Glas Champagner angeboten bekommen.»

Meine Nerven gingen mit mir durch. Ich drängte mich an ihm vorbei in die Halle hinaus, gerade als Ginevra, weiß und müde, in einem schwarzen Mantel durch die Haustür kam.

«Johnny – kannst du Bennett nicht helfen, den Rollstuhl... Bobby – Darling – es tut mir ja so leid –»

Ich lief hinaus. Bennett hatte Robert in den Rollstuhl geholfen und stand an der untersten Stufe neben ihm.

«Robert, Gott sei Dank, daß du gekommen bist – Papa ist geistesgestört – die Situation geht weit über meine Kräfte –»

«Das sehe ich», sagte Robert. «Na schön, hilf Bennett mit diesem verdammten Ding über die Stufen hinauf. Wo ist Warburton?»

«Noch nicht da. Ich sagte ihm, sie hätte meiner Meinung nach einen Schlaganfall gehabt. Mein Gott, Robert, ich kann dir gar nicht sagen –»

«Dann laß es.»

Wir erreichten die oberste Stufe. Ich trat gerade zur Seite, um

Bennett zu ermöglichen, den Rollstuhl über die Schwelle zu schieben, als Ginevra zu uns herausgelaufen kam. Sie sah so mitgenommen aus, als würde sie jeden Augenblick ohnmächtig.

«Robert, er darf dich nicht in dem Rollstuhl sehen, er hat deine Krankheit vergessen, ihn wird ein solcher Schock treffen – ach, Johnny, hilf mir doch, laß Bobby nicht sehen –»

Es war bereits zu spät.

«Wo ist Robert?» fragte mein Vater fordernd, öffnete die Vordertür weit und stand im nächsten Augenblick dem Invaliden in seinem Rollstuhl gegenüber.

Er hielt inne. Dann sagte er verwirrt: «Ich will Robert», und fügte hinzu: «Ich will Margaret.» Er blickte sich von einer Panik ergriffen um. Eine Sekunde lang waren wir alle wie gebannt, doch als Ginevra und ich instinktiv vorsprangen, um ihn zu stützen, schrie er mit einer schrecklichen Stimme: «Margaret! Margaret!», ehe er vorwärts sank und bewußtlos zusammenbrach.

3

«Er wird sich erholen», sagte Warburton und schloß seine schwarze Arzttasche. «Er wird den Rest der Nacht über durchschlafen und gegen Mittag aufwachen.»

Wir waren in dem Zimmer, das Lion bewohnt hatte und das nach seinem Tod von meiner Mutter ungerührt neu möbliert worden war, um als Gästezimmer zu dienen. Mein Vater lag schlafend auf dem Bett und zeigte keine Anzeichen, zu erwachen.

«Und jetzt», sagte Warburton, «kommen wir zu Ihnen.»

«Ach, mit mir ist alles in Ordnung, absolut. Überhaupt kein Grund zur Sorge um mich.»

«Unsinn. Sie haben einen schweren Schock erlitten.»

«Jetzt, wo Robert hier ist, ist alles in Ordnung.»

«Er wird nicht mehr lange hierbleiben. Es ist wichtig, daß er nach Hause und zur Ruhe kommt.»

Aber Robert hatte anderes im Sinn. Warburton und ich versuchten, ihn zu überreden, aber er weigerte sich einfach, uns anzuhören. «Ich muß hier sein, wenn mein Vater aufwacht», erklärte er Warburton, «und dabei bleibt es. Ginette, sag Bayliss, er soll mir auf dem Sofa im Frühstückszimmer ein Bett zurechtmachen.»

Ich erklärte ihm, daß das Sofa schon besetzt sei.

«Lächerlich», entgegnete Robert. «Schmeiß Edmund da raus und sage ihm, er solle, verdammt noch mal, sich zusammenreißen. In diesem Haus bricht nicht noch jemand zusammen, solange ich da bin. Ich werde es nicht dulden.»

Warburton und ich sahen uns nur verzweifelt an, als wir unterbrochen wurden. Die Tür ging auf, und Thomas kam mit vom Schlaf verquollenen Augen herein.

«Was ist denn los?» wollte er wissen. «Warum toben denn alle hier um vier Uhr morgens wie verrückt herum?»

«John», sagte Robert, «du kannst mit Kindern gut umgehen – bring den Jungen fort und nimm dich seiner an. Ginette, sorge dafür, daß Edmund verschwindet. Warburton, Sie können jetzt gehen. Vielen Dank für Ihre Hilfe. Wir rufen bei Ihnen an, wenn wir weitere Unterstützung brauchen. Also steht nicht weiter herum und starrt mich an. *Tut um Gottes willen, was ich euch sage!*»

Wir alle fügten uns, kapitulierten erschöpft vor der Stärke seiner Persönlichkeit. Ich führte Thomas in eine Ecke des Raumes und versuchte ihm so behutsam wie möglich beizubringen, was geschehen war.

Er reagierte heftig, ganz so, als ob seine Mutter ihm eine unverzeihliche Kränkung angetan hätte. Dann wurde sein Mund weicher und seine Augen wurden heller. Er wandte sich ab.

«Ich will zu Papa.»

«Er steht unter einem Betäubungsmittel», sagte Robert, der begonnen hatte, ein Telegramm an Celia aufzusetzen. «Er wird erst gegen Mittag erwachen. John, wie klingt das: SEI GEFASST BEDAURE MAMA TOT DU UNVERZICHTBAR DIETER VERBETEN ERIKA NACH BELIEBEN. Meinst du, daß das für eine Frau mit Celias beschränktem Verstand klar genug ist, daß sie zwar das Kind mitbringen kann, daß sie aber unter keinen Umständen diesen verdammten Hunnen mitbringen soll?»

Als ich Thomas beobachtete, sah ich, wie ihm eine Träne in die Teetasse tropfte, die ich ihm gerade gegeben hatte, und sofort bildete sich in meiner Kehle ein harter Kloß. Kummer ist sehr ansteckend.

«Tut mir leid, Robert, ich kann nicht – so ganz –»

«Konjugiere lateinische Verben – das war schon immer ein unfehlbares Rezept, sich selbst im Griff zu behalten. Jetzt hör mir bitte zu, wenn ich dir das Telegramm noch einmal vorlese: SEI GEFASST –»

«Ihm ist es gleichgültig», sagte Thomas mit zitternder Stimme zu mir. «Ich hasse ihn.»

«Verdammt noch mal», schrie Robert voller Wut und schleuderte mit seinem gesünderen Arm Papier und Bleistift an die Wand.

Nachdem ich beides wieder aufgehoben und versprochen hatte,

das Telegramm abzuschicken, sagte er nur: «Ich brauche Ruhe.» Ich wußte, daß er am Ende seiner Kraft war. «Verdammte Hölle», fluchte er auf seine Krankheit, die ihn lähmte, aber er war so schwach, daß er kaum lauter als mit einem Flüstern sprechen konnte. Ich fuhr ihn ins Frühstückszimmer hinüber. Edmund war ausquartiert worden. Auf dem Sofa war ein Bett gemacht. Ginevra und Bennett waren beide da. «John, versprich mir fest, mich rechtzeitig zu wecken, damit ich mich mit Papa befassen kann.»

Ich gab ihm mein Wort und eilte zurück, um nach Thomas zu sehen.

4

«Was für ein hübsches Blau hat Margaret für die Wände ausgesucht», sagte mein Vater, als er zu sich kam und feststellte, daß er sich in Lions altem, neu eingerichtetem Zimmer befand, und seine Augen füllten sich mit Tränen.

Wir warteten, ich beim Fenster, Robert in seinem Rollstuhl neben dem Bett, und schließlich wischte mein Vater sich über die Augen und flüsterte: «Ich möchte sie sehen.»

«Jetzt oder später?» fragte Robert mit einer Unverblümtheit, zu der ich niemals fähig gewesen wäre.

«Jetzt. Ich bin immer der Meinung gewesen, daß man die Toten ansehen soll. Sonst könnte man sich doch fragen, ob die betreffende Person wirklich tot ist. Es ist besser, sich zu vergewissern.»

«Ganz richtig», sagte Robert, während ich innerlich schauderte. «Sehr vernünftig.»

«Es war eine solche Erleichterung», murmelte mein Vater, während ich ihm in seinen Morgenmantel half, «als Bryn-Davies angeschwemmt wurde. Ich hatte Alpträume, daß er irgendwie überlebt haben könnte und an Land geschwommen wäre.» Im Augenblick sagte er nichts weiter, doch als wir alle zusammen das Schlafzimmer meiner Eltern erreichten, ging er ohne zu zögern zum Bett und blickte auf die leblose Gestalt hinunter. «Ja», sagte er. «Da ist jetzt nichts mehr. Nur die Hülle.» Er bedeckte das Gesicht wieder mit dem Laken, zog sich zum Fenster zurück und blieb dort stehen. Schließlich sagte er: «Ich werde nach dem Begräbnis darüber nachdenken. Jetzt will ich an das Begräbnis selbst denken, und es muß selbstverständlich ein vorbildliches Begräbnis werden, alles muß richtig sein, nichts darf übersehen, gegen keine Regel verstoßen werden. Ich bin völlig in Ordnung, versteht ihr, absolut völlig in Ordnung, solange ich mich an die Regeln halte.»

Wir versprachen ihm zu helfen, ein vorbildliches Begräbnis zu organisieren.

«Und keinen Atheismus», sagte mein Vater streng. «Ich halte nichts davon. Atheismus gehört sich überhaupt nicht.»

Wir versicherten ihm, wir würden uns so korrekt verhalten wie die frömmsten Kirchenmitglieder. Damit war er zufrieden. Methodisch wandten seine Gedanken sich etwas anderem zu. «Und jetzt muß ich für die Kinder sorgen», sagte er. «Laßt mich überlegen. Ihr beide seid hier, Lion ist tot, Thomas . . . wo ist Thomas? Wer kümmert sich um ihn? Suche ihn, John, ich möchte ihn sofort sehen. Und wo ist Edmund? Auch um ihn muß man sich kümmern. Und was geschieht mit Celia?»

«John hat ihr ein Telegramm geschickt. Ich bin überzeugt, daß sie sofort kommt.»

«Ich will den verdammten Hunnen nicht im Haus haben!»

«Keine Sorge. Das habe ich sehr deutlich gemacht.»

Wir kehrten in Lions Zimmer zurück, und zu meiner Erleichterung brauchten wir meinen Vater nicht zu überreden, sich wieder hinzulegen, da das Medikament, das Warburton ihm verabreicht hatte, noch wirkte, und eine weitere Stunde lang war er noch zu benommen, um sich anziehen zu wollen. Später sagte Warburton zu mir: «Er ist in besserer Verfassung, als ich erwartet hatte, aber es macht mir Sorge, wie gut er den bevorstehenden Stress überstehen wird. Ich nehme an, daß keine Aussicht auf ein stilles Begräbnis besteht.»

«Nicht die geringste», antwortete ich ruhig, und wieder einmal sahen wir uns rat- und hilflos an.

5

Mein Vater überraschte uns dann alle mit einer Galavorstellung des durch nichts zu erschütternden Familienvaters. Er entband mich der Verantwortung, für Thomas zu sorgen, er nahm sich Edmund mit so großem Erfolg vor, daß Edmund wieder fähig war, ein vernünftiges Gespräch zu führen, er hielt vor dem weinenden Personal eine so meisterliche Ansprache, daß die Leute sich zusammennahmen, er empfing ruhig und gefaßt den Vikar und den Leichenbestatter, er suchte die Choräle und die Blumen aus, formulierte sogar Roberts Todesanzeigen für die *Times* und die *Morning Post* neu. Schließlich wurde Robert nach Hause geschickt, um sich auszuruhen, Ginevras gefühlsbetontes, aber deutlich zögernd vorgebrachtes Angebot zu bleiben, um die Leitung des Haushalts zu übernehmen, abgelehnt und ich selbst zu meiner großen Erleichterung nach Penhale Manor entlassen. Jetzt, dachte ich, würde ich endlich frei sein, um in Frieden zu trauern.

Doch als ich zu Hause ankam, spürte ich, daß der Mechanismus zu trauern in meinem Bewußtsein gestört war. Ich hielt mir vor, wie sehr ich an meiner Mutter gehangen hatte und wie sehr ich sie vermissen würde, aber die Worte hallten leer in meinem Kopf, bis ich voller Entsetzen erkannte, daß ich unfähig war, sie mit einer echten Empfindung zu verbinden. Echte Empfindungen lagen woanders, und plötzlich wurde ich von einem Zorn ergriffen, der sich in verbotenen Gedanken offenbarte wie: sie hätte mich mehr lieben sollen, sie hat mich nicht verstanden, ich bezweifle, daß ich sie sehr vermissen werde, wenn der Schock erst abgeklungen ist.

Diese Reaktion, die so weit entfernt von jeder konventionellen Vorstellung der Trauer lag, schockierte mich in einem Maß, daß ich kaum wußte, was ich von mir halten sollte.

Blanche war freundlich, eine so nachsichtige Ehefrau, wie man sie sich als ein von allen guten Geistern verlassener Mann nur wünschen konnte, aber ihre Haltung machte es mir noch unmöglicher, mich ihr anzuvertrauen. Inmitten der beklagenswerten Verwirrung meiner Gefühle war ihre schier vollkommene Reaktion beinahe mehr, als ich ertragen konnte.

Blanche sagte den Kindern, daß ihre Großmutter tot sei. Wir waren beide anwesend, aber sie war diejenige, die sprach. Marian vergoß eine Träne, wurde aber von dem Gedanken getröstet, daß Granny sich glücklich bei den Engeln im Himmel befand. Harry war uninteressiert und verstand offensichtlich nichts, aber Blanche hielt es für besser, den Tod nicht weiter durch zusätzliche Erklärungen zu betonen, und ich bezweifelte nicht, daß sie damit recht hatte.

Das Begräbnis war vorbildlich. Es war alles so, wie mein Vater es gewünscht hatte. Aus ganz Gower und Süd-Wales kamen Leute, um daran teilzunehmen. Alle Dorfbewohner aus Penhale drängten sich auf dem dicht besetzten Kirchhof. Mein Vater hatte die altmodische Vorstellung, daß Autos für den Transport von Särgen unpassend seien, und deshalb wurde der traditionelle, von schwarzen Pferden gezogene schwarze Leichenwagen benutzt. Edmund, Thomas und ich trugen mit den Männern des Leichenbestatters den Sarg. Tante Ethel, die überlebende Schwester meiner Mutter, versuchte Thomas einzureden, er sei dazu zu jung, doch da er ebenso groß und beträchtlich kräftiger als Edmund war, unterstützten wir ihn alle in seinem Wunsch, sich zu beteiligen. Tante Ethel, eine gewichtige Erscheinung in schwarzen Schleiern, erwies sich für uns alle als eine schwere

Heimsuchung, doch mein Vater war so charmant zu ihr, daß ihre natürliche Neigung, sich unbeliebt zu machen, vorübergehend gedämpft wurde. In der Tat verhielt mein Vater sich vorbildlich, war vorbildlich gekleidet, vergoß vorbildlich keine Träne, demonstrierte vorbildlich, wie echte Trauer voller Würde und mit gutem Geschmack gezeigt werden sollte. Nie habe ich ihn mehr bewundert.

Bedauerlicherweise konnte aber nicht jeder seinem Beispiel folgen. Meine Schwester Celia, eine törichte, aber gutherzige Frau, die ich in gewisser Weise gern hatte, saß neben Edmund, ihrem Lieblingsbruder, und schniefte und schnüffelte, bis ich glaubte, daß ich die Geduld völlig verlieren würde. Edmund selbst weinte unaufhörlich, aber Edmund mußten, wie ich mir selbst vorhielt, Zugeständnisse gemacht werden. Ginevra schluchzte in der denkbar ordinärsten Weise, aber was konnte man sonst von ihr erwarten? Ginevra hatte man noch nie einen Mangel an Gefühlsüberschwang oder Geschmack nachsagen können. Robert, der sie ignorierte, sah gelangweilt aus, als ob ihn das alles nichts anginge, und blickte sogar einmal auf seine Uhr. Das entsetzte mich. Auch ich konnte es kaum erwarten, daß diese ganze quälende Zeremonie vorüberging, wußte aber, daß ich niemals offen Ungeduld hätte zeigen können.

Der Lunch, der an zwei zu einem T zusammengestellten Tischen serviert wurde, erwies sich als ein Festessen aus fünf Gängen für dreiunddreißig Personen; die Speisen schlicht, aber exzellent zubereitet und nur von einem leichten Rheinwein begleitet, gerade so, wie meine Mutter es für angemessen gehalten hätte. Anwesend waren mein Vater, meine Schwester, meine Brüder, Ginevra, Blanche und ich selbst; Tante Ethel mit ihren drei unverheirateten Töchtern Dora, Rosa und Clara, ihrem Sohn Montague, der die Töpferei der Familie betrieb, und dessen Frau; Evadne, die Tochter der toten May, und ihr Mann; Lions Witwe Daphne mit ihren Eltern, Sir Cuthbert und Lady Wynter-Hamilton; Ginevras Sohn Rory Kinsella; Oswald Stourham mit seiner Schwester Angela und seiner Tochter Eleanor; Owain Bryn-Davies der Jüngere mit seiner Frau und seinem Sohn Alun; Sir William und Lady Appleby; Lady de Bracy und ihre Tochter Gwen; der Vikar, seine Frau und Gavin Warburton. Die Gespräche waren schlichtweg trivial und abgeschmackt. Ich saß eingeklemmt zwischen meinen Cousinen Dora und Clara, beides leidenschaftliche Feministinnen. Ich kam zu dem Ergebnis, daß Familienessen nach Begräbnissen gesetzlich verboten werden müßten.

«Meine Lieben!» rief Ginevra aus, die uns gegenübersaß. «Wie spaßig ihr Mädchen doch seid! Johnny, warum haben wir die Bande aus Staffordshire früher eigentlich immer als unnötigen Ballast abgeschrieben?» Es war offenkundig, daß sie zuviel Rheinwein getrunken hatte.

«Unnötiger Ballast?» fuhr Tante Ethel auf, die ein Gehör besaß, das ihr erlaubte, Leute auf zwanzig Meter Entfernung zu belauschen. Sie wandte sich an meinen Vater: «Bobby, hast du das gehört?»

«Also, aufrichtig gesagt», antwortete mein Vater mit großer Höflichkeit, «ich habe es nicht gehört.» Er sah plötzlich sehr erschöpft aus, schob sein Glas von sich und wandte sich an den Butler. «Bayliss, bringen Sie mir ein Glas Champagner.»

«Champagner!» rief Tante Ethel. Im Gegensatz zu meiner Mutter war es ihr nie gelungen, ihren Staffordshire-Dialekt abzulegen. «Bobby, ich kann nicht verstehen, wie du auf den Gedanken kommen kannst, Champagner zu trinken, wenn meine arme liebe Schwester gerade erst vor einer Stunde zur Ruhe gebettet worden ist, aber ich kann nur sagen –»

«John», sagte Robert sofort, aber ich war schon aufgesprungen. Wir hatten schon lange vorher einen Aktionsplan ausgearbeitet für den Fall, daß Tante Ethels Unerträglichkeit jedes Maß überschreiten sollte.

«Papa», sagte ich und ging schnell zu ihm, «komm, laß dich für eine ruhige Zigarette von mir in die Bibliothek begleiten.»

«Aber ich kann doch meine Gäste nicht verlassen», sagte mein Vater. «Das würde sich absolut nicht gehören.»

«Ach, nimm keine Rücksicht auf mich», sagte Tante Ethel. «Ich weiß, ich werde hier doch nur geduldet, um den Anschein zu wahren! Ich habe schon lange erkannt, daß ich für Oxmoon als nicht gut genug angesehen werde.»

Ich sah Vetter Montague hilfesuchend an. Er war in irgendeinem kleineren Internat erzogen worden, und ich glaubte, er könnte den Anstand besitzen, die Vulgarität seiner Mutter in Schach zu halten, aber augenscheinlich teilte er ihre Abneigung gegen meine Familie, denn er spielte nur mit seinem Obstmesser und sagte nichts. Inzwischen hatte sich schlagartig Schweigen über die Tafel gelegt, und in diese Stille machte Robert plötzlich seiner Wut Luft.

«Du dummes Weib!» schrie er Tante Ethel an. «Wie kannst du die Unverschämtheit besitzen, von deiner ‹armen lieben Schwester› zu sprechen, da wir alle wissen, daß du so eifersüchtig auf sie warst, daß du es kaum ertragen konntest, je dieses Haus zu betreten! Ich habe genug von deiner in niedrigster Weise geheuchelten Trauer. Und laß du meinen Vater in seinem Kummer in Ruhe!»

«Also so was», kreischte Tante Ethel puterrot vor Wut. «Also noch nie im Leben bin ich derartig –»

«Papa», sagte ich und beugte mich über ihn, «du kannst deine Gäste jetzt verlassen – die Mahlzeit ist beendet. Edmund – Celia –»

«Armer, liebster Papa», sagte Celia, «du warst so tapfer, achte nicht weiter auf diese schreckliche Frau –»

«Montague», sagte Tante Ethel, «läßt du deine Mutter weiter in dieser Weise beleidigen?»

Vetter Montague sagte: «Ich muß schon sagen, ich finde dieses Verhalten höchst ungewöhnlich und auf jeden Fall ganz ungehörig.»

«Selbstverständlich beziehst du dich damit auf das Verhalten deiner Mutter», sagte Robert. «Und darin bin ich völlig deiner Meinung.»

«Wie kannst du das wagen!» schrie Tante Ethel.

«Und wie kannst du es wagen», schrie Robert, «die Gastfreundschaft meines Vaters in dieser Weise zu mißbrauchen.» Er wandte sich an Ginevra. «Bring mich von hier fort. Bring mich hier raus!»

«– nie in meinem Leben bin ich so beleidigt worden –»

«Bitte!» Mein Vater war aufgestanden. Seine Kinder traten einen Schritt von ihm zurück, als ob sie ihm Platz machen wollten zu sprechen. Er war aschgrau. «Ich muß mich entschuldigen», sagte er zu seinen Gästen, «für diese unverzeihliche Szene. Ethel, ich entschuldige mich besonders bei dir, weil ich weiß, daß die Beleidigungen durch meine Kinder das letzte gewesen wäre, was Margaret dir gewünscht hätte. Nun muß ich euch alle bitten, mich zu entschuldigen.» Mit einmaliger Höflichkeit verließ er den Raum und beschämte uns durch seine wahrhaft vorbildlichen Manieren.

Edmund, Celia, Thomas und ich, wir blickten einander an, drehten uns um und verließen gemeinsam den Raum.

Er wartete auf uns in der Halle. «Margaret wird sehr ärgerlich sein, wenn sie von dieser Geschichte erfährt», sagte er streng. «Wirklich sehr ärgerlich.»

Während wir ihn betroffen anblickten, rollte Ginevra Robert in die Halle hinaus, und in plötzlicher Panik drehte ich mich zu ihnen um. «Robert, Papa geht es wieder nicht gut.»

«Das überrascht mich nicht», sagte Robert immer noch vor Wut bebend. «Es wundert mich nur, daß wir nach diesem unsagbaren verdammten Schauspiel nicht alle wie die Wahnsinnigen toben!»

Wir schnappten nach Luft. Mein Vater war plötzlich sehr weiß, sehr still, und im nächsten Augenblick fuhr Robert mit erschreckender Brutalität auf ihn los.

«Warum konntest du sie nicht in aller Stille beerdigen lassen?»

schrie er. «Sie war Engländerin und sie hätte ein englisches Begräbnis verdient! Warum mußtest du diesen walisischen Zirkus für sie veranstalten? Du redest so viel von dem, was sich gehört, und daß man sich an seine Regeln zu halten hat, aber alles, wozu du fähig bist, sind gemeine Possenspiele und verdammte Heucheleien.» Er bedeckte sein Gesicht mit den Händen und wurde von unhörbarem Schluchzen geschüttelt.

Wir alle starrten ihn entsetzt an, aber keiner war tiefer getroffen als mein Vater. Schließlich murmelte er demütig: «Es tut mir sehr leid, daß ich dich gekränkt habe, Robert, bitte vergib mir», und schwankte auf die Bibliothek zu. Thomas lief ihm nach, aber mein Vater sagte: «Es tut mir leid, aber ich muß allein sein. John wird sich um dich kümmern, bis es mir wieder besser geht.»

Die Tür zur Bibliothek schloß sich. Robert ließ die Hände sinken.

Sein kühnes, starkes, ausdrucksvolles Gesicht war gramzerfurcht. Ich sah, wie er nach der Hand seiner Frau griff, und sah auch, wie sie darauf gewartet hatte.

«Robert hat recht», sagte Ginevra. «Ich verstehe wirklich nicht, daß wir nicht alle wie Irre toben.» Sie drehte den Rollstuhl um und begann, ihn von uns fortzuschieben. Über die Schulter fügte sie noch hinzu: «Wir gehen raus in den Gemüsegarten und plündern die Erdbeerbeete.»

«Die Saison ist vorbei!» rief Edmund, der Gärtner, ihr automatisch nach, aber Ginevra blieb nicht stehen, und im nächsten Augenblick nahm er seine Chance zu entkommen wahr und lief hinter ihr her, um ihr zu helfen, den Rollstuhl in den Garten hinauszumanövrieren.

Celia und ich sahen uns an.

«Ich kümmere mich um die anderen Gäste», sagte sie, «wenn du dich Tante Ethels annimmst.»

Ich sah Thomas an. «Was ist mit dir?» fragte ich. «Celia und ich müssen wieder hinein. Uns bleibt keine Wahl, aber du kannst hier draußen bleiben, wenn du willst.»

«Dann bleibe ich draußen.»

Ich konnte ihm daraus kaum einen Vorwurf machen. Celia sagte bewundernswert ergeben: «Ich fürchte, jetzt heißt es ‹Vorwärts, christliche Soldaten!›, John», und Sekunden später kehrten wir in das Speisezimmer zurück.

6

Ich hatte bereits eine Andeutung dafür erhalten, daß zwischen Robert und meinem Vater ein tiefes Zerwürfnis bestand. In seinem Wahnzustand nach dem Tod meiner Mutter hatte mein Vater dunkel darauf hingewiesen, doch in meinem Kummer hatte ich seine Worte als das bedeutungslose Schwafeln eines Kranken nicht weiter beachtet. Doch nachdem ich jetzt Zeuge von Roberts beispielloser Feindseligkeit ihm gegenüber gewesen war, begann ich mich von neuem zu fragen und versuchte mich zu erinnern, was gesagt worden war. Mein Vater hatte von Roberts Heirat gesprochen. Daran konnte ich mich genau erinnern. Aber hatte er tatsächlich irgend etwas enthüllt, was ich nicht schon gewußt hatte?

Uns allen war bekannt, daß meine Eltern sich Roberts Heirat mit Ginevra widersetzt hatten, wenn sie sich auch am Ende mit Anstand darein fügten. Wie Celia in einem ihrer lichteren Augenblicke gesagt hatte: «Wer, der bei Sinnen ist, könnte wünschen, daß ihr Sohn eine Frau heiratet, die sich wie eine Kurtisane benimmt und mit einem irisch-amerikanischen Banditen verheiratet war?» Indessen war Ginevra ganz gewiß doch eine Dame, ungeachtet ihrer ordinären Manieren. Ein gebrochenes Verlöbnis und eine Flucht aus dem Elternhaus kann man als beklagenswerte Vorfälle ansehen, aber sie machen eine Frau kaum schon zu einer Kurtisane. Aber was für eine Sorte Dame war sie? Sie hatte etwas Ausländisches an sich, zweifellos in Amerika erworben, wo alle Frauen, wie ich gehört hatte, herrisch und unabhängig auftraten, unberührt waren von den Tugenden englischer Tradition, und wenn ich auch keine Beweise dafür hatte, daß sie einem ihrer Ehemänner untreu geworden war, hielt ich sie nicht für vertrauenswürdig. Sie hatte etwas Anrüchiges an sich, das alle möglichen privaten Exzentritäten vermuten ließ, und obwohl Robert an ihr hing, hatte es mich keineswegs überrascht, daß meine Eltern die Verbindung nicht billigten.

Was mich jetzt überraschte, war, daß ihre Ablehnung anscheinend zugenommen hatte. Ich hatte geglaubt, sie hätten sich mit dieser Ehe abgefunden. Mir war selbstverständlich nicht entgangen, daß Robert und Ginevra nur zu Weihnachten nach Oxmoon kamen – wie konnte mir das verborgen bleiben, da ich weit öfter meine Eltern gewissenhaft besuchte? –, hatte mir aber nie vorgestellt, daß das zu einer Verbitterung führen würde. Ich war im Außenministerium gut vorangekommen, wenn ich auch nicht mehr als ein einfacher Mitarbeiter, später zum Persönlichen Referenten befördert, gewesen war. Robert hingegen hatte eine glänzende, erfolgreiche Karriere eingeschlagen, und ich hatte volles Verständnis dafür, daß er, anders als ich, unmöglich die Zeit gefunden hatte, Oxmoon zu besuchen. Meinen Eltern war es jedoch offenbar schwergefallen, dieses Verständnis aufzubringen. Was hatte meine Mutter Ginevra vorzuwerfen, die sich immer zu überschlagen schien, um ihr zu gefallen? Und was hatte mein Vater gemeint, als er die Trennung von Robert als Vergeltung bezeichnet hatte?

Ich war zu sehr damit beschäftigt, die Trümmer der Tischgesellschaft zu bereinigen, um mit meinen Überlegungen über diesen Punkt hinauszugelangen, aber zu meiner Erleichterung machten unsere Gäste Anstalten aufzubrechen. Gerade verabschiedeten sich die de Bracys, die in All-Hallows Court wohnten, mit den Applebys; die Bryn-Davies gingen zusammen mit Warburton; die Stourhams nahmen auf ihrem Weg nach Llangennith den Vikar und dessen Frau bis Penhale mit; Daphne und ihre Eltern rauschten mit ihrem chauffeurgesteuerten Rolls-Royce zum Hotel Metropole in Swansea ab, während Rory Kinsella, jetzt mit zwanzig ein lebhafter Student im ersten Semester, sich zu Fuß auf den Weg zum Bungalow seiner Mutter in Martinscombe machte.

Zurück blieb die Bande aus Staffordshire. Sie wohnten alle in Oxmoon, aber nicht einen Tag länger, wie Tante Ethel mir versicherte, als notwendig wäre. Sie sagte, es verstoße gegen ihre Prinzipien, in einem Haus zu bleiben, in dem sie so schwer beleidigt worden sei, und wenn es nicht eine Tatsache wäre, daß sie unter einer Migräne zusammenzubrechen drohte, die sie vor Trauer über ihre arme liebe Schwester befallen habe, würde sie auf der Stelle aufbrechen. Ihre Töchter überredeten sie irgendwie, sich ins Bett zu legen, und brachen dann mit Montague und dessen Frau zu einem sehr langen Spaziergang auf. Tante Mays Tochter erklärte, sie sei völlig erschöpft, und sie hoffe, wir hätten nichts dagegen, wenn sie und ihr Mann sich zurückzögen, um auszuruhen. Irgendwie konnten wir uns enthalten, zu bekennen, daß wir entzückt seien. Nachdem sie nach oben verschwunden waren, dankten Celia und ich, die wir unsere Rollen als Gastgeber und Gastgeberin hinter uns gebracht hatten, Bayliss und dem Personal, daß sie dem Lunch zum Erfolg verholfen hatten, und dann zogen wir uns in die Halle zurück, um zu beschließen, was als nächstes geschehen sollte.

Mein Vater war aus der Bibliothek noch nicht wieder aufgetaucht, aber Blanche, die im Musikzimmer ruhig Klavier gespielt hatte, erschien, um zu fragen, ob sie irgendwie helfen könnte. Sie bot freiwillig an, in Oxmoon zu bleiben, aber ich wollte mir ihretwegen nicht noch länger Sorgen machen. Ich war der Meinung, sie sei genügend Strapazen ausgesetzt gewesen, und bat deshalb den Chauffeur meines Vaters, sie nach Hause nach Penhale Manor zu bringen. Sobald das Auto abgefahren war, sagte ich zu Celia: «Ich meine, wir sollten einen Familienrat abhalten und planen, wie wir den Rest des Tages überleben wollen.»

Celia stimmte zu. Wir holten Thomas aus der Halle und zogen uns in den Salon zurück, wo ein Blick aus dem Fenster offenbarte, daß Robert und Ginevra auf der anderen Seite des Rasens vor dem Gartenhäuschen saßen. Nachdem ich Edmund in einem der Gewächshäuser von seinem Whisky getrennt und die Karaffe unter einem großen Blumentopf versteckt hatte, trieb ich meine Herde aus dem Gemüsegarten hinaus.

Robert und Ginevra sahen uns über den von Lavendel gesäumten Weg kommen, und plötzlich überkam mich Sehnsucht nach Lion. Ich konnte ihn beinahe sagen hören: «Laß uns drum losen, wer Tante Ethel umbringt!» Und ich dachte daran, wie er aus seiner tiefen Trauer um meine Mutter aufwachen und mit seiner Lebhaftigkeit unsere Stimmung aufmuntern würde. Auch der Anblick von Robert und Ginevra steigerte meine Sehnsucht nach einer Vergangenheit, die verloren war. Zu meinen frühesten Erinnerungen gehören die beiden in dem Gartenhäuschen, Robert in seiner ersten langen Hose und ungeheuer großartig aussehend, Ginevra eine ferne Göttin mit dicken Zöpfen, einem weißen Rock und Löchern in beiden Strümpfen. «Hier kommen die Babies», hatte ich sie oft sagen hören, wenn Lion, Edmund und ich kamen und sie beide in ihrem Alleinsein störten, so hörte ich sie jetzt wie ein gespenstisches Echo aus der Vergangenheit die gleichen Worte sagen.

«Hier kommen die Babies», sagte sie zu Robert, als wir den Tennisplatz auf dem Weg zu seinem Rollstuhl überquerten.

«Ihr kommt im richtigen Augenblick», empfing Robert uns. «Mir ist es hier draußen zu warm – hebt den Rollstuhl bitte ins Gartenhaus hinein.»

Er schien sich wieder gefaßt zu haben. Im Gartenhäuschen sagte ich: «Robert, wenn du jetzt nach Hause willst, würde ich dir das in keiner Weise verübeln», aber er erwiderte sofort: «Mach dich nicht lächerlich – wie könnte ich fort, ohne mich bei Papa für diese ungeheuerliche Szene zu entschuldigen, die ich mit Tante Ethel ausgelöst habe?» Und es folgten verschiedene kritische Kommentare über Tante Ethels Unerträglichkeit, ehe ich die Versammlung zur Ordnung rufen konnte. Dann erklärte ich, wir sollten für den Rest des Tages einen Plan wie für eine militärische Operation entwickeln, um weitere Unerfreulichkeiten zu vermeiden.

«Ein Einfall, der brillant ist, auch wenn er naheliegt», sagte Robert. «Sprich weiter.»

Auf diese Weise ermutigt, machte ich mich an eine Voraussage der nächsten Stadien dieses Alptraumes. «Wenn wir etwas Glück haben», begann ich, «wird Tante Ethel heute nicht mehr aus ihrem Zimmer auftauchen, aber falls doch, dann überlaßt sie mir. Ich denke, es wird mir gelingen, sie zu überleben.»

«John hätte seine diplomatische Laufbahn nicht aufgeben dürfen», sagte Celia zu den anderen. «Er war ganz wundervoll.»

«Nun, auch du warst wundervoll, Celia.»

«Genug dieser gegenseitigen Komplimente, oder ich werde daran erinnern, wie ich zugelassen habe, daß Tante Ethel mich auf ihr abstoßendes Niveau der Vulgarität hinuntergezogen hat. Sprich weiter, John.»

«Ich schlage vor, daß wir die ganze Sippschaft unter uns aufteilen und jede Sektion mit Charme und guten Manieren überschwemmen.»

«Was für abscheuliche Aussichten», sagte Edmund.

«Ich finde alles geradezu himmlisch», sagte Ginevra. «Soll ich Dora, Rosa und Clara übernehmen? Ich genieße es geradezu, wie sie über Emmeline und Christabel sprechen.»

Robert stöhnte. Weitere Kommentare über unsere schrecklichen Verwandten folgten, aber schließlich hatte ich sie so ausgeglichen wie möglich auf Edmund, Thomas, Celia und Ginevra verteilt.

«Und was machen du und ich, John?» fragte Robert. «Während unsere Geschwister mit diesen abstoßenden Pflichten kämpfen, die du ihnen aufgebürdet hast?»

«Wir kümmern uns um Papa.»

Wir sahen uns alle der Reihe nach an.

Unerwartet sagte Edmund: «Ich glaube, daß er jetzt zusammenbricht. Ich habe es im Schützengraben erlebt. Wenn die Tapferen zusammenbrechen, brechen sie vollkommen zusammen. Man kann diese Art Vorstellung nicht ewig durchhalten.»

Robert sagte zu mir: «Er hat recht. Das ist der Punkt, an dem unsere Schwierigkeiten erst richtig anfangen», und ich dachte wieder an den Augenblick in der Halle, als mein Vater begonnen hatte, von meiner Mutter in der Gegenwartsform zu sprechen.

«Ich verstehe das nicht», sagte Thomas wild und versuchte die

Panik in seiner Stimme zu unterdrücken. «Was soll das heißen, wenn ihr sagt, er wird zusammenbrechen?»

«Umfallen und weinen», sagte Celia besänftigend, ehe einer das Wort Verrücktwerden anbringen konnte.

«Er hat seine Trauer hinausgeschoben, indem er diesen gräßlichen Lunch arrangierte», sagte Robert beißend. «Was für ein Fehler! Wir hätten ihn von Anfang an zwingen müssen, der Realität gegenüberzutreten.»

«Tut mir leid, Robert», sagte ich, «aber mit allem schuldigen Respekt muß ich dir nachdrücklich widersprechen. Das ist Papas Art und Weise, der Realität entgegenzutreten. Es ist vielleicht nicht deine Art, aber das bedeutet noch nicht, daß sie nicht ebenso gerechtfertigt ist. Er mußte durch dieses Affentheater hindurch. Es war für ihn wesentlich, aus ihrem Tod ein Ritual zu machen, damit er daran glauben konnte.»

«Verstehst du ein Wort von dem, Edmund?» fragte Celia.

«Nicht ein einziges, altes Mädchen, nein.»

«Ich schon», warf Ginevra überraschend ein, «aber ich bin mir nicht sicher, wer recht hat.»

«Ich», sagte ich. «Ich denke, daß er bisher das Richtige getan hat, wenn ich auch zugebe, daß ein weiterer Zusammenbruch jetzt die wirkliche Gefahr ist. Er ist damit fertig, der vorbildlich Trauernde auf einem vorbildlichen Begräbnis zu sein, und was wir jetzt tun müssen, ist, daß wir ihm helfen, über das Zwischenspiel hinwegzukommen, das unvermeidlich folgt, bevor er mit der nächsten Rolle, den vorbildlichen Witwer im vorbildlichen Oxmoon zu spielen, beginnen kann.»

Alle starrten mich an, als ob ich in irgendeinem esoterischen walisischen Dialekt gesprochen hätte.

«Aber ist denn das nicht genau das, worum es im Leben geht?» fragte ich aufgebracht. «Man schreibt ein Drehbuch, man sucht sich seine Rolle aus und spielt dann diese Rolle mit allem, was sie hergibt. Papa steht im Augenblick zwischen zwei Rollen, das ist alles.»

«Wovon redet er nur?» fragte Thomas die anderen.

«Er scheint sagen zu wollen», meinte Robert, «daß man niemals und unter keinen Umständen der Realität gegenübertreten darf – weder der Realität des persönlichen, wahren Ich noch der Realität der wahren Umstände! Nie in meinem Leben habe ich ein vergleichbares Rezept für Unglücklichsein gehört.»

«Aber was ist denn Realität?» fragte Edmund mürrisch, noch ehe ich zu einem hitzigen Protest ausholen konnte. «Wer weiß das schon?»

«Nun gut, ich stimme zu», sagte Robert und fühlte sich in seinem

Element, «daß Kant gesagt hat, es sei praktisch unmöglich zu wissen, was Realität ist. Indessen –»

«Ach, Darling, bestimmt weiß doch jeder, was Realität ist», protestierte Ginevra. «Warum müssen Intellektuelle sich immer in so absurden Knoten verheddern? Realität ist –»

«Realität ist –» stimmten Celia und ich gleichzeitig an.

«Realität ist», sagte Thomas, «daß in diesem Augenblick Papa über den Rasen auf uns zukommt. Was, um alles in der Welt, tun wir jetzt?»

7

Mein Vater hatte sich umgezogen und trug jetzt einen schwarzen Straßenanzug. In Begleitung seines Golden Labrador Glendower kam er jetzt in aller Ruhe über den Rasen geschlendert. Eine leichte Brise verwehte sein Haar und betonte die lässige Anmut seiner Bewegungen. Hinter ihm schimmerte Oxmoon in der Julisonne, verstärkte den Eindruck von Trugbildern und Illusion. Mir drohten die Nerven zu versagen, und ein schneller Blick auf die anderen zeigte mir, daß sie nicht weniger angespannt waren als ich. Jetzt hätte der Augenblick kommen sollen, war unsere einhellige Meinung gewesen, in dem mein Vater wieder zusammenbrechen würde. Er schien jedoch niemals gefaßter gewesen zu sein.

«Er lebt immer noch im Reich seiner Phantasterei», murmelte Robert.

«Nein», entgegnete ich unwillkürlich, «er ist in Ordnung – er spielt sein altes Selbst. Das ist die Zwischenrolle.»

Robert zeigte sich empört, doch da er darauf verzichtete, mir zu widersprechen, nahm ich das als Anzeichen dafür, daß er sich widerstrebend bereit fand, meine Ansicht zu akzeptieren. Inzwischen hatte mein Vater grüßend den Arm gehoben, und wir alle winkten viel zu enthusiastisch zurück.

«Sollten wir nicht miteinander reden?» sagte Ginevra flüsternd und fügte mit normaler Stimme hinzu: «Das ist ein neuer Glendower, Celia – hast du es erkannt? Der alte Glendower starb letzte Weihnachten – Herzversagen, das liebe arme Tier. Wir waren alle sehr betroffen.»

«Es war sicher für alle sehr schrecklich», antwortete Celia widerwärtig heiter. «Hallo, Papa, wie schön, dich wiederzusehen.»

Robert ignorierte das seichte Geschwätz und sagte knapp: «Ich muß mich für mein Verhalten von vorhin entschuldigen, Sir. Ich fürchte, ich habe den falschen Augenblick gewählt, um meinem

Kummer Luft zu machen. Und selbstverständlich entschuldige ich mich auch für meine Bemerkungen über das Begräbnis. Ich bin überzeugt, daß alles so gewesen ist, wie Mama es gewünscht hätte.»

Mein Vater hatte inzwischen die Schwelle des Gartenhäuschens erreicht. «Schon recht, Robert», antwortete er mit einem leichten Lächeln. «Je weniger man darüber redet, desto schneller heilt es.» Sein Lächeln wurde breiter, als er uns andere ansah. Dann sagte er mit seinem gewinnendsten Charme: «Ich wette, daß ihr alle inzwischen Gott auf den Knien gedankt habt, daß ich vor vierzig Jahren nicht Tante Ethel geheiratet habe.»

Wir lachten schallend. In der tödlich verlegenen Pause, die darauf folgte, neigte mein Vater sich zu dem Hund hinab. «Sitz, Glendower, sitz ... so ist's richtig. Guter Hund.» Er tätschelte den Kopf des Tieres und fügte, ohne uns anzusehen, hinzu: «Ich habe über alles nachgedacht und meine, ich sollte euch ein paar Worte sagen.» Immer noch den Hund streichelnd, blickte er zu Robert auf, als ob er eine Ermutigung erwarte.

«Selbstverständlich», sagte Robert in dem milden neutralen Ton, in dem ich ihn vor Gericht ängstliche Zeugen besänftigen gehört hatte, und zeigte sich sofort sehr anteilnehmend.

«Nun gut», sagte mein Vater angemessen ermutigt und richtete sich gerade auf, wobei er uns alle ansah, «ich meinte, daß ich mich als erstes bei allen bedanken sollte, die in den vergangenen Tagen so gut zu mir gewesen sind. Ich habe eine wunderbare Familie. Ich weiß nicht, wie ich ohne euch durchgehalten hätte. Bin der glücklichste Mensch auf der Welt. Besonders freut es mich, dich wiederzusehen, Celia», setzte er plötzlich hinzu. «Begraben wir das Kriegsbeil und all das andere. Ich habe dich vermißt, seit du fort bist.»

«Liebster Papa!» rief Celia gerührt.

Ich fragte mich, wohin das alles führen sollte. Unter meinem Kragen begann sich Schweiß anzusammeln.

«Und ich möchte euch allen versichern», fuhr mein Vater fort, und kaschierte mit seiner sanften, beiläufigen Art und Weise eine unbekannte, aber eindeutig unerschütterliche Absicht, «daß ich jetzt wieder voll auf dem Damm bin. Ich habe in der Bibliothek einige kleine Überlegungen angestellt und für alles eine Lösung gefunden.» Er trat einen Schritt vor und legte Thomas einen Arm um die Schultern. «Tut mir leid, daß ich dir die Tür vor der Nase zugemacht habe, mein Junge», sagte er, «aber ich wußte, daß es sehr wichtig für mich war, meine kleinen Überlegungen anzustellen.»

«Und was hast du als Ergebnis deiner kleinen Überlegungen beschlossen, Papa?» fragte Robert mit äußerstem Takt.

Mein Vater gab Thomas frei und zog sich auf die andere Seite des Raumes zurück, ehe er sich wieder zu uns umdrehte. «Nun, ich kann euch eines mit Sicherheit sagen», erwiderte er. «Ich werde nicht wieder heiraten. Ich werde Margaret bis zum letzten Tag meines Lebens loyal ergeben bleiben! Niemand soll jemals ihren Platz als meine Frau einnehmen.» Er stand gerade aufgerichtet da und sah stolz und würdig aus. «Ihr werdet von mir nicht erleben, daß ich Oswald Stourhams Fußstapfen folge und ein platinblondes Mädchen heirate, das jung genug wäre, meine Tochter zu sein», sagte er. «Ich würde nicht im Traum daran denken, meine Kinder in Verlegenheit zu bringen und mich vor Freunden in dieser Weise zu erniedrigen. Ich werde den Anschein wahren und genau so leben, wie ein Witwer leben sollte. Wenn ich auch selbstverständlich –» mein Vater unterbrach sich und beugte sich zu Glendower hinab, um ihn zu tätscheln – «eine Haushälterin haben werde. Aber das ist nicht das gleiche.»

«Selbstverständlich nicht, Papa», schrie Celia, von ihrer Sentimentalität geblendet.

Ich war versteinert. Ich sah, daß Robert mir einen warnenden Blick zuwarf, aber ignorierte ihn. Mit rauher Stimme fragte ich: «Was willst du genau damit sagen?»

«Halt den Mund, John», sagte Robert. «Überlasse das mir.»

«Celia, meine Liebe», sagte mein Vater mit der denkbar größten Liebenswürdigkeit, «Ginevra, würdet ihr bitte so gut sein, uns zu entschuldigen? Ich möchte mit meinen Söhnen gern einen Augenblick allein sprechen.»

«Selbstverständlich, Bobby», sagte Ginevra. «Komm, Celia, laß uns gehen und den Tee vorbereiten. Thomas, willst du nicht mit uns kommen?»

«Warum sollte ich?» entgegnete Thomas unfreundlich und trat näher an seinen Vater heran.

Ginevra blickte Robert fragend an, der höflich fragte: «Willst du wirklich, daß auch Thomas bei diesem Gespräch anwesend ist, Papa?»

«Aber gewiß», sagte mein Vater. «Du kannst einen Vierzehnjährigen nicht so behandeln, als ob er noch in den Kindergarten gehört. Das wäre völlig ungerechtfertigt.»

Thomas, der trotz seiner vorgeschrittenen körperlichen Entwicklung noch sehr kindlich war, verzog selbstgefällig sein Gesicht.

«Nichtsdestoweniger –» begann ich.

«Nein», erklärte mein Vater und offenbarte plötzlich die harte Seite seiner Persönlichkeit. «Kein ‹Nichtsdestoweniger›. Das ist meine Entscheidung, und ich wäre verbunden, wenn sie akzeptiert würde.»

Robert warf mir einen weiteren warnenden Blick zu. Ich hielt also den Mund. Die beiden Frauen verließen uns und gingen über den Rasen zum Haus.

Als sie außer Hörweite waren, sagte mein Vater mit leiser, aber fester Stimme: «Ich muß offen mit euch reden. Ich glaube nicht, meine Jungen, daß ihr –» er suchte nach dem richtigen Ausdruck – «die *Realität* vom Tod eurer Mutter bereits voll erkannt habt. Der Tod eurer Mutter ist selbstverständlich eine Tragödie – eine Tragödie», wiederholte er, als ob es ihn sehr erleichterte, daß es ihm gelungen war, das Geschehen irgendwo unter einem verständlichen Stichwort, das keiner weiteren Erklärung bedurfte, abzulegen. «Ich weiß alles über Tragödien. Ich bin sehr gut darin – Entschuldigung, das klingt absurd, ist falsch formuliert. Ich meine, ich bin gut darin, sie zu überstehen. Hab's früher schon getan. Tue es wieder. Ist ganz einfach – man muß nur einigen wenigen Grundregeln gehorchen. Regel eins: halte dich nicht an der Tragödie fest, denke nicht an sie; Regel zwei: nimm Bestand von dem auf, was übriggeblieben ist, und stelle fest, was du brauchst, um weiterzumachen; Regel drei: beschaffe dir, was du brauchst; Regel vier: mache weiter. Nun, ich habe den Nachmittag damit verbracht, Bestand aufzunehmen, und ich weiß, was ich brauche. Ich brauche die denkbar beste Frau für diese Stellung.» Er zögerte, um den Mut zu finden, seine Rede abzuschließen, aber die Pause war minimal. «Heute abend», sagte er, «werde ich nach Penhale gehen und Mrs. Straker die Stelle der Haushälterin anbieten. Dann – wenn ich mein Haus erst bestellt habe –, dann werde ich wissen, daß ich die Kraft habe weiterzumachen.»

Er schwieg schließlich. Edmund, Thomas und ich wandten uns automatisch dem Rollstuhl zu.

«Vielen Dank, Papa», sagte Robert mit einer Höflichkeit, die selbst meinem Vater nicht besser gelungen wäre. «Ich bin sicher, daß wir alle dir sehr dankbar sind, daß du uns deine Position erläutert und über deine Pläne unterrichtet hast, ehe du mit Mrs. Straker gesprochen hast. Selbstverständlich brauche ich dich nicht darauf aufmerksam zu machen, wie ergeben wir alle dir sind und wie sehr wir in dieser kritischen und entscheidenden Situation um dein Wohlergehen besorgt sind. Darf ich hoffen, daß dir unsere Besorgnis bewußt ist, wenn ich mir ein oder zwei Anmerkungen erlaube, um die ich in Anbetracht der gegebenen Lage einfach nicht umhin komme.»

Nach einem Augenblick antwortete mein Vater: «Ja, gewiß.»

«Ich glaube, wir alle sind etwas beunruhigt über die Wirkung», fuhr Robert fort, «die dein sofortiger Besuch bei Mrs. Straker auslösen mag. Wir verstehen zwar vollkommen, daß es dein Wunsch ist, sie aufzusuchen, aber wir können nicht anders, als uns fragen, was die Leute denken werden, wenn sie erfahren, was unvermeidlich sein wird, daß du am Tag der Beerdigung deiner Frau deine Geliebte besucht hast. Wäre es dir nicht möglich, diesen Besuch um einen oder zwei Tage zu verschieben?»

Mein Vater dachte sorgfältig darüber nach und antwortete: «Nein.»

«Mein Gott!»

«John, *du mußt das mir überlassen*. Also, Papa, ist es dir möglich, uns zu erklären, warum du Mrs. Straker heute abend sehen mußt?»

Mein Vater dachte über diese Frage nach und sagte schließlich: «Ich fürchte, daß ich verrückt werde, wenn ich eine weitere Nacht völlig allein verbringen muß. Wenn ich Milly heute abend sehe, dann kann sie vielleicht morgen in Oxmoon einziehen.»

«Um Gottes und des Heilands willen», stöhnte Edmund und ließ sich auf dem nächsten Stuhl niedersinken.

«Er ist nicht bei Sinnen», sagte ich rasch zu Robert, «das ist es – er hat den Verstand verloren.»

«Einen Augenblick.» Robert war immer noch ruhig. «Papa, höre nicht auf sie, höre nur auf mich. Ich verstehe jedes Wort, das du sagst, aber jetzt mußt du versuchen, auch mich zu verstehen, denn ich habe dir eine sehr einfache, aber sehr wichtige Wahrheit zu sagen: Du kannst innerhalb einer Woche nach dem Tod deiner Frau deine Geliebte, gleichgültig in welcher Eigenschaft, nicht in dieses Haus bringen. Damit würdest du dich nicht an die Regeln halten, verstehst du, und wie du weißt, geschehen Leuten, die sich nicht an die Regeln halten, schreckliche Dinge.»

«Ich habe neue Regeln aufgestellt», sagte mein Vater. «Ich habe den ganzen Nachmittag damit verbracht, sie aufzustellen. Ich werde sie nicht heiraten. Sie wird auch nicht nur nominell Haushälterin sein. Sie wird eine echte Position im Haushalt einnehmen, mit ihrem eigenen Zimmer im Personalflügel, und sie wird mich mit Mister Godwin anreden, und ich werde sie Mrs. Straker nennen, wenn wir nicht allein sind.»

«Aber, mein lieber Papa –»

Plötzlich schrie mein Vater mit voller Lautstärke: «Margaret hätte mich verstanden!»

Das brachte Robert zum Schweigen.

Ich mußte sprechen. Das ging über das Maß dessen hinaus, was ich ertragen konnte, und ich durfte nicht länger schweigen. «Wie kannst du es wagen, so etwas auszusprechen», schrie ich wutentbrannt. «Wie kannst du dir nur einbilden, sie würde eine solche Beleidigung hinnehmen? Was du da zu tun vorhast, ist absolut unverzeihlich!»

«Das meine ich auch», erklärte Edmund hochrot im Gesicht, wobei er sich von seinem Platz erhob. Bis zu diesem Augenblick hätte ich ihn für unfähig gehalten, meinem Vater zu widersprechen, und sein Wutausbruch verstörte uns alle. «Ich schere mich einen Dreck darum, mit wem du schläfst, Papa. Ich glaube an nichts mehr, weder an Gott noch an Religion, und ich kann Menschen nicht ertragen, die Moral predigen, aber diesmal hat John recht. Das ist übel, das ist die denkbar schlimmste Beleidigung meiner Mutter – und das auch noch am Tag ihrer Beerdigung –» Seine Stimme versagte. Er wandte sich ab.

«Ihr verdammten Narren, ihr beide!» sagte Robert wütend. «Es hat keinen Sinn, hier emotionell zu reagieren – das ist das Falscheste jetzt, was man tun kann!»

«Robert», sagte mein Vater, «erkläre ihnen doch, daß ich einfach nicht allein sein kann. Wenn ich allein bin, muß ich trinken, damit ich mich nicht an die Vergangenheit erinnern muß, und wenn ich trinke, ende ich wie mein Vater – ja, sage ihnen, welche Angst ich habe, Robert, immer die Angst, daß ich zu einem Trunkenbold werde und anfange, kleine Jungen zu verführen wie mein Vater –»

«O mein Gott!»

«Allmächtiger Himmel!»

«Schafft das Kind hier raus –»

«Thomas, du gehst jetzt sofort –»

«Ruhe!» schrie Robert. «Mein Gott, zwei erwachsene Männer brauchen doch noch keinen hysterischen Anfall zu bekommen, nur weil sie erfahren, daß ihr Großvater das Hobby hatte, kleine Jungen zu verführen. Reißt euch zusammen! Und nun, Papa, laß uns einen Augenblick lang versuchen, vernünftig zu sein. Dein Vater mag ja ein versoffener Päderast gewesen sein, der sein Leben versaut hat, aber er ist seit über vierzig Jahren tot, und inzwischen hast du *über jeden Zweifel hinaus* bewiesen, daß du ein sehr erfolgreicher Mann bist, der eine sehr erfolgreiche Ehe geführt und sich als sehr erfolgreicher Vater von sechs Kindern bewährt hat. Du rührst Alkohol nicht an, außer bei gesellschaftlichen Anlässen, wobei du dich den ganzen Abend über mit einer halben Flasche Champagner begnügst, und wenn ich mir das alles vor Augen halte, kann ich nur sagen, falls du zwischen dir und deinem Vater die geringste Ähnlichkeit siehst, würde ich sehr gern Näheres darüber erfahren.»

«Ich will nicht über ihn sprechen», flüsterte mein Vater. «Ich kann nicht an die Vergangenheit denken, ich wage es nicht, und das ist der Grund, weshalb ich Milly so bald wie möglich hier haben muß.»

«Aber das ist doch irrational, siehst du das nicht ein!» schrie Robert verzweifelt. «Es ist völlig irrational!»

«Selbstverständlich ist es irrational», sagte ich heftig. «Er ist verrückt.» Ich wandte mich schroff meinem Vater zu. «Sir, wenn Sie diese Frau in dieses Haus bringen, ob jetzt oder zu einem anderen Zeitpunkt, werden weder ich noch meine Familie jemals wieder über Ihre Schwelle kommen. Und wenn Sie so tief gesunken sein sollten, daß Sie in der Nacht nach dem Begräbnis Ihrer Frau bei Ihrer Geliebten schlafen, kann ich nur sagen, daß ich Ihnen das nie verzeihen werde. Ich fühle mich durch Ihr Verhalten durch und durch abgestoßen und verurteile es von ganzem Herzen.»

«Das tue ich auch», sagte Edmund.

Ich wandte mich ihm zu. «Du kannst selbstverständlich zu mir in mein Haus kommen und dort bleiben.»

«Danke. Ja, ich kann unmöglich diese Verunglimpfung des Andenkens an Mama hinnehmen, indem ich hierbleibe.»

«Thomas», sagte ich, «auch du mußt bei mir wohnen. Papa ist nicht mehr fähig, für dich zu sorgen.»

Thomas starrte mich an. Sein bleiches Gesicht hatte einen gequälten Ausdruck. Er sah sehr jung und sehr verletzlich aus.

«Ruhig, ruhig, Thomas», sagte mein Vater und legte wieder seinen Arm um ihn. «Höre nicht darauf. Sie können dich mir nicht fortnehmen. Laß dich von ihnen nicht aus der Fassung bringen.»

«Es fällt mir schwer zu glauben, Sir», sagte Robert, «daß Sie – ein Mann, der bei der Erziehung seiner Söhne so viel Sorgfalt aufgewendet hat –, gegenüber der Wirkung Ihres Verhaltens auf Thomas blind sein können.»

«Rede keinen so verdammten Quatsch», erwiderte mein Vater. «Was verstehst du schon von Kindererziehung? Was du aus deinen Stiefsöhnen gemacht hast, ist doch eine richtige Schweinerei.»

«Und es ist eine Schweinerei, was du mit Thomas machst!» schrie ich.

«Schweig still!» herrschte mein Vater mich an. «Thomas hat gerade seine Mutter verloren, und er wird nicht auch noch seinen Vater verlieren! Kinder brauchen Liebe, keine verdammten Predigten! Und jetzt verschwindet ihr gemeines Pack, und laßt mich und Thomas in Ruhe.»

«Das ist der erste vernünftige Vorschlag, den du seit einiger Zeit gemacht hast», sagte Robert, «und es soll mir gewiß ein Vergnügen sein, ihn zu befolgen, doch ehe ich gehe, möchte ich noch folgendes klarstellen: Ich werde mich nicht völlig von dir trennen, weil ich, offen gestanden, nicht glaube, daß du fähig sein wirst, allein mit der Unterstützung von Thomas und Mrs. Straker durchzuhalten, aber du sollst wissen, daß es mir sehr schwerfällt, mich mit deinem Verhalten abzufinden, und daß ich die Art und Weise, in der du unseren Verlust noch verschärfst, indem du eine schändliche Situation schaffst, die geradezu unerträglich ist, aufs tiefste beklage. John – Edmund –»

Wir hoben den Rollstuhl auf und trugen ihn aus dem Gartenhäuschen über die Stufen zum Rasen hinunter. Edmund schob ihn sofort weiter, aber ich meinte, ich müßte einen letzten Versuch machen, mit Thomas zu sprechen.

«Falls du es dir noch einmal überlegst», sagte ich zu ihm, «dann denke daran, daß in meinem Haus immer ein Bett für dich bereit ist.»

«Geh endlich!» schrie Thomas mich mit tränenüberströmtem Gesicht an. «Ich bleibe bei meinem Vater!»

Glendower bellte, als ob er die Erklärung bekräftigen wollte, und als mein Vater mich anschrie: «Verdammt noch mal, laß den Jungen in Ruhe!» hakte irgend etwas in mir aus.

«Dein Vater ist ein schmutziger, abscheulicher alter Mann», schrie ich Thomas an, «und je früher du dir dessen bewußt wirst, desto besser.»

Meine Wut hielt, während ich meinen Brüdern über den Rasen folgte, unvermindert an, doch als ich dann das Haus erreichte, fiel mein nächstes, alles überschattende Problem über mich her: Wie sollte ich, um alles in der Welt, diese Entwicklung Blanche offenbaren?

Viertes Kapitel

I

Ich sprach mit Blanche, sobald ich nach Penhale Manor zurückgekommen war. Wir hielten uns im Salon auf, der mit dem angrenzenden Speisezimmer früher einmal die mittelalterliche Halle gebildet hatte. Er ging nach Süden mit Blick auf den ehemaligen Burggraben, der jetzt zu einem Rosengarten geworden war. Alle Fenstertüren standen offen, und als mir Blanche neben ihrem Flügel gegenüberstand, spürte ich die Wärme der späten Nachmittagssonne und hörte das Summen der Bienen in den Sträuchern, die vor den alten Steinmauern des Hauses wuchsen. Blanche hatte einen Strauß weißer Rosen in einer der französischen Kristallvasen arrangiert, die wir zu unserer Hochzeit geschenkt bekommen hatten. Zu welcher Jahreszeit auch immer, nie schienen im Salon Blumen zu fehlen.

«Ich weiß kaum, wie ich dir alles sagen soll», begann ich. «Wenn die Möglichkeit bestünde, es vor dir zu verheimlichen, täte ich es, aber bedauerlicherweise wird der Skandal bald allgemein bekannt sein.»

«Skandal?» fragte Blanche und hielt mit einer weißen Rose in den Händen inne. Ihre dunklen Augen, die schräg über ihren hohen Bakkenknochen standen, waren beunruhigt, aber vertrauensvoll, während sie darauf wartete, daß ich weitersprach. Selbstverständlich wußte sie, daß ich unmöglich in irgendeinen bevorstehenden Skandal verwickelt sein konnte.

Fast gelähmt vor Verlegenheit, berichtete ich ihr, daß mein Vater beabsichtige, Mrs. Straker in Oxmoon aufzunehmen. Ich konnte ihr nicht sagen, daß er auch die Nacht nach dem Begräbnis seiner Frau bei seiner Geliebten verbringen wollte. Ich schämte mich zu sehr, war zu wütend. Es fiel mir ohnehin sehr schwer, meine Stimme zu beherrschen.

«– und folglich werden wir Oxmoon nicht mehr aufsuchen, wenn diese Frau erst dort ist. Ich lehne es ab, mich mit diesem Mangel an Moral abzufinden.»

«Selbstverständlich», stimmte Blanche zu. Sie verfiel in Schweigen, dachte mit ernstem Gesicht über die Situation nach. Sie hielt immer noch die weiße Rose in der Hand. «Wie tieftraurig ist das», sagte sie schließlich und fügte dann, mehr für sich als an mich gerichtet, hinzu: «Dein armer Vater.»

Ich war schockiert. «Sympathie finde ich hier wirklich nicht angebracht, Blanche.»

«Aber offensichtlich hat der Tod deiner Mutter ihn aus dem Gleichgewicht gebracht.»

«Das ist keine Entschuldigung! Er hat die absolute moralische Verpflichtung gegenüber seiner Familie, sich nicht in dieser Weise zu erniedrigen!»

«Oh, ich stimme dir zu, daß dieser Mangel an Moral furchtbar ist», sagte Blanche schnell, als ob sie fürchtete, mich gekränkt zu haben. «Du darfst nicht glauben, daß ich dir widersprechen will, Darling. Aber meine liebe Mama sagte immer, es wäre leicht, Sünden zu verdammen, aber schwer, mitfühlend – christlich zu sein. Ich würde gern von mir glauben, daß ich immer versuche, Mitgefühl zu haben, selbst wenn das Vergehen nur sehr schwer verständlich ist.»

«Also in diesem Fall ist keinerlei Verständnis möglich», sagte ich. Aber ich küßte sie, um ihr zu zeigen, wie sehr ich ihre Güte bewunderte, und sie ließ die weiße Rose in ihrer Hand auf den Flügel fallen und legte tröstend ihre Arme um mich.

«Du siehst so erschöpft aus, John. Ich wünschte, du würdest dich ausruhen.»

«Nein, ich bin zu erregt. Ich mache einen Spaziergang.»

«Wenn ich irgend etwas für dich tun kann –»

«Nein, ich brauche nichts», antwortete ich. «Wirklich nicht.» Und noch ehe ich schwach werden konnte und sie mit jeder Einzelheit des makabren Auftritts im Gartenhäuschen belastete, verließ ich sie, eine schlanke, seltsam verloren wirkende Gestalt neben ihrer Vase mit vollkommenen Rosen.

2

«Ich habe heute morgen Mrs. Morgan getroffen», sagte Blanche eine Woche später.

«Ja, wirklich?» antwortete ich. Ich hatte gerade einen Streit mit Edmund hinter mir und war nicht bei der Sache. «Welche Mrs. Morgan?» Morgan ist ein in Wales sehr weit verbreiteter Name.

«Die Schwester von Mrs. Meredith. Ich habe sie gefragt, ob Rhiannon gern wieder einmal zum Spielen herkäme, aber bedauerlicherweise kehren sie alle nach Cardiff zurück. Anscheinend ist Mr. Morgan von seiner Seereise zurück und hat für die Familie eine neue Unterkunft beschafft.»

«Ja, wirklich?» sagte ich noch einmal. «Also, ich möchte annehmen, daß das für alle das Beste ist – wir wollen doch wirklich nicht, daß Marian sich zu eng mit einem Kind aus der Arbeiterklasse anfreundet, nicht wahr? Hör zu, Darling, ich hatte gerade eine höchst unerfreuliche Auseinandersetzung mit Edmund –»

In der Woche, die seit dem Begräbnis meiner Mutter vergangen war, unmittelbar nach der Abreise von Tante Ethel und ihrer Sippe, war Mrs. Straker in Oxmoon als Haushälterin eingesetzt worden. Im gesamten Kirchspiel von Penhale brodelte eine wahrhaft begeisterte Klatschsucht, die nur dürftig als Entsetzen über den Skandal maskiert war, und ich war mir der mitleidigen Blicke der mich beobachtenden Dorfbewohner bewußt, ganz als ob ich von einem ungeheuerlichen Leiden befallen wäre. Von Llangennith und Llanmadoc im Norden bis Porteynon und Penrice im Süden, von Rhossili im Westen bis Swansea im Osten wogte der Klatsch durch Gower hin und her, und ich sagte mir selbst gerade, daß es kaum schlimmer kommen könne, als Edmund, der inzwischen bei uns in Penhale Manor gewohnt hatte, seine Absicht verkündete, nach Oxmoon zurückzukehren, um sich zu meinem Vater und seiner Lebensweise zu bekennen.

Edmunds Argumente – die gleichen wie die von Robert, nur war Edmund unfähig, einen so eng verzahnten Gedankengang selbst zu entwickeln –, lauteten, wenn wir uns alle so verhielten, als ob alles in bester Ordnung wäre, würden die Klatschmäuler zumindest gedämpft, wenn nicht gar zum Schweigen gebracht werden.

«Das mag sein», sagte ich, «aber ich lehne es ab, gegen meine moralischen Prinzipien zu verstoßen, indem ich Papas Lebensweise billige.»

«Ach, sei doch nicht so verdammt dickschädelig, John! Warum bist du nicht so vernünftig und findest dich im Interesse aller Betroffenen damit ab?»

«Ich hätte mir denken können, daß du dich an die Linie des geringsten Widerstands hältst.»

«Verzeihung», entgegnete Edmund, «aber ich war nicht derjenige, der den ganzen Krieg über sicher in London geblieben ist.»

Vor seiner Rückkehr nach Oxmoon sprachen wir nicht mehr miteinander, aber als ich das nächste Mal Robert aufsuchte, war er sehr ungehalten und machte mir den Vorwurf, ich hätte Edmund sehr unglücklich gemacht.

«Und was zum Teufel glaubt er, daß er mit mir gemacht hat?»

Darauf folgten weitere, anhaltende Auseinandersetzungen über die Situation in Oxmoon. «Verstandesmäßig hast du ja recht, Robert, aber moralisch befindest du dich in einem tödlichen Irrtum, und ich stehe zu meinen Prinzipien. Ich ziehe die Grenze.»

«Ach was, auch ich bin durchaus dafür, Grenzen zu ziehen», antwortete Robert, «denn weiß Gott, nichts wäre langweiliger als eine Welt voller ungezügelter Exzesse, in der sich niemand die Mühe machte, überhaupt noch Grenzen zu ziehen – die Sünde würde völlig ihre Kraft einbüßen, eine Verlockung zu sein. Aber bist du jemals auf den Gedanken gekommen, daß du deine Grenzen an den falschen Stellen ziehen könntest?»

«Sei doch nicht lächerlich!»

«Du bist derjenige, der lächerlich ist, indem du diese brutale Grenze zwischen dir und Edmund ziehst, der tatsächlich in einer sehr schwierigen Situation großen Mut beweist.»

Ich fühlte mich auch schuldbewußt, wenn ich mich an den Krieg erinnerte, und wollte mich nicht lange einer Versöhnung mit Edmund widersetzen, deswegen brachte ich ihm am folgenden Sonntag nach der Kirche einen Friedenszweig entgegen. Mein Vater war seit dem Begräbnis meiner Mutter nicht mehr in die Kirche gekommen, hatte Edmund aber gebeten, Thomas zum Sonntagsgottesdienst zu begleiten.

Edmund war in rührender Weise glücklich über meinen Vorschlag, die bestehende Mißstimmung zu beenden. «Wenn du wüßtest, wie sehr ich diese verdammte Bemerkung bedaure –»

«Schon recht», antwortete ich, «aber laß uns das vergessen. Je weniger man darüber redet, desto schneller heilt es und all der Quatsch.»

Am nächsten Abend kam er zum Abendessen nach Penhale Manor, und nachdem Blanche uns mit unserem Port allein gelassen hatte, fragte ich ihn, wie er in Oxmoon zurechtkäme.

«Gut», antwortete Edmund, der es begrüßte, sich mit jemand aussprechen zu können, und senkte vertraulich die Stimme. «Es ist nicht so schlimm, wie ich befürchtet hatte. Das Beste war, daß Papa sich so freute, als ich zurückkam – ehrlich gesagt, ich weiß nicht, wie es uns gelungen ist, Haltung zu bewahren.»

«Erspare mir den sentimentalen Schmus, wie du und er euch schluchzend in die Arme gesunken seid. Was ist mit der Straker?»

«Mein Gott, John, die Frau ist verblüffend! Das gesamte Personal kündigte und wartete dann darauf, daß sie käme und darum bettele, daß sie bleiben sollten, aber nichts dergleichen. ‹Also gut, dann geht ihr eben›, sagte sie und holte sich einen kichernden Schwarm junger Gänse aus Swansea, die alle Angst vor ihr haben. Sie herrscht mit eiserner Rute über sie, und der Haushalt funktioniert wie ein Uhrwerk. Unglaublich.»

«Aber sicher ist doch nicht das gesamte Personal gegangen?»

«Nein, Papa ließ in einigen Fällen Barmherzigkeit walten. Bayliss ist noch da, weiß wie ein Bettlaken und völlig eingeschüchtert –»

«Schon gut. Lassen wir die Dienstboten. Was macht Thomas?»

«Oh, ihm geht's gut. Tatsache ist, er und Milly kommen gut miteinander aus.»

«Mein Gott, Edmund, du nennst sie doch nicht etwa Milly?»

«Nicht in Anwesenheit des Personals – nein, selbstverständlich nicht», antwortete Edmund errötend.

Ich war entsetzt.

Nachdem er gegangen war, sagte ich zu Blanche: «Wenn ich an Edmunds Stelle wäre, würde ich Oxmoon verlassen und mir eine Stellung in London suchen, aber selbstverständlich kann er das nicht. Es ist ein Jammer. Ich fürchte, sein Mangel an Ehrgeiz vedammt ihn dazu, sehr unglücklich zu sein.»

«Vielleicht», meinte Blanche, «aber meine liebe Mama sagte immer, daß Menschen ohne Ehrgeiz oft die größere Fähigkeit haben, glücklich zu sein, als Leute, die materiellen Erfolgen nachjagen.»

Ich war es fast schon ein wenig leid, mir auf mich abzielende Zitate von Blanches lieber Mama anzuhören, erwiderte aber nichts, da unser Urlaub kurz bevorstand und ich unseren Seelenfrieden nicht durch schroffe Worte gefährden wollte.

Ich fuhr mit meiner Familie jedes Jahr im August auf die Isle of Wight, nicht nur, weil sie ein herrlicher Aufenthaltsort für die Kinder war, sondern auch, weil der Segelsport in Cowes uns die Gelegenheit bot, Kontakt zu unseren Londoner Bekannten zu halten. Ich hatte die Absicht, eines Tages in der Stadt eine Wohnung zu mieten, aber gegenwärtig fuhren wir nur selten nach London. Blanches Tante besaß ein Haus in der Nähe von Knightsbridge, und gelegentlich hielten wir uns bei ihr auf, aber ich machte mir nicht viel aus Tante Charlotte, die meinte, ihre Nichte hätte für sich etwas Besseres erreichen können als die Heirat mit dem jüngeren Sohn eines walisischen Gutsbesitzers. Indessen hing Blanche an ihrer Tante, der einzigen Schwester ihrer lieben Mama, und folglich mußte ich viel diplomatischen Takt aufwenden, um Mißhelligkeiten in dieser Beziehung zu vermeiden.

Die Ehe ist voll von solchen lästigen kleinen Fallgruben. Tatsächlich hat es mich nicht überrascht, daß manche Paare regelmäßig in Streitigkeiten hineingetrieben wurden. Blanche und ich stritten uns nie, doch dann und wann hatte ich das Gefühl, daß wir einer Meinungsverschiedenheit gefährlich nahe kamen. Jedoch bemühte ich mich ständig, jedes schroffe Wort zu vermeiden, und mein Lohn für unser ungetrübtes eheliches Glück bestand in unserem jährlichen Urlaub, in dem ich tagsüber mit meinen Kindern spielen konnte, abends in eleganter Gesellschaft gut essen und nachts weit häufiger meine Frau lieben konnte, als Selbstlosigkeit im allgemeinen zuließ.

Wir waren noch keine Woche in Cowes, als ich erkannte, daß Blanche hoffte, wieder schwanger zu werden. Kein Wort wurde zwischen uns darüber gesprochen, aber es gab dazu ja auch nichts zu sagen. Ganz gewiß hatte ich nichts dagegen einzuwenden, weil meine Frau in subtiler Weise sanfter und liebevoller als üblich wurde, aber manchmal, wenn wir gemeinsam am Strand entlangwanderten, fand ich unser Schweigen bedrückend, als ob wir durch eine Kluft voneinander getrennt würden, die ich nicht verstand, und dann dachte ich, daß ich kein weiteres Kind haben wollte, weil es uns noch weiter trennen mochte. Aber das ergab keinen Sinn. Wie sollte es auch einen Sinn ergeben, da ich mir doch eine große Familie wünschte und meine Ehe für idyllisch hielt? Ich bezeichnete meine Gedanken in dieser Richtung als morbid und verbannte sie fest aus meinem Bewußtsein.

Wie immer waren wir einen Monat lang fort und kehrten Ende August nach Hause zurück. Noch war zwischen uns über das Thema Schwangerschaft kein Wort gefallen, aber die Tatsache, daß Blanche das monatliche Unwohlsein erspart geblieben war, war mir nicht entgangen. Normalerweise beanspruchte ich meine ehelichen Rechte einmal oder höchstens zweimal in der Woche, daher war es ihr möglich, daß sie ihr Unwohlsein erlitt, ohne daß ich es gewahr wurde, aber in Cowes hatte ich mich meinen Wünschen hingegeben, und ich wußte, daß ihre Gesundheit nicht beeinträchtigt gewesen war.

Ich fragte mich, wann die Symptome einsetzen würden. Blanche hatte früher einen großen Teil ihrer Schwangerschaften im Bett oder auf dem Sofa liegend verbracht, um ihrem Gefühl allgemeinen Unbehagens zu entgehen, und es hatte mich belastet, daß ich diese gesundheitliche Beeinträchtigung ärgerlich fand. Die Schwangerschaft selbst hatte ich nicht als abstoßend empfunden, wohl aber die Freudlosigkeit und die Mattigkeit, die ihren Zustand begleiteten. Ich wollte nicht abgewiesen werden. Ich war sehr verstört darüber, daß es Blanche nicht gutgehen sollte, zumal sie sich nie beklagte, aber dennoch fand ich ihre Schwangerschaften bedrückend, und ich wußte, daß sie noch bedrückender wurden, weil ich mich gewissenhaft in ein anderes Schlafzimmer zurückzog. Selbstverständlich hätte ich mich ihr in einer solchen Zeit nicht aufdrängen können. Nur ein Barbar wäre zu dieser Rücksichtslosigkeit fähig gewesen.

«Wie schön ist es, wieder zu Hause zu sein», sagte Blanche, als wir

Penhale Manor erreichten. «Sieh doch, Darling, die Rosen blühen herrlicher denn je. Sind sie nicht schön?»

«Sehr schön», stimmte ich mechanisch zu, und tatsächlich erschien mir der Anblick meines Heims überwältigend. Der Garten leuchtete vor Blüten, das alte Haus umfing uns mit seinem milden Charme, und außerhalb der Mauern war auch Gower überwältigend, die Downs leuchteten im Sommerlicht, die Erde meines Bodens terracotta-rot, und die Rinder grasten friedlich auf den Feuchtwiesen.

Doch kaum war ich zurückgekehrt, mußte ich feststellen, daß alles schiefging. Es war seit Menschengedenken einer der trockensten Sommer, zu trocken für das Wohlbefinden des Viehs, und eine tückische Kälteperiode im Juni hatte ihre tödliche Hand nicht nur auf meine neubestellten Felder gelegt, sondern auch auf unseren Gemüsegarten. Und dann, als ich mich gerade fragte, wie, in Gottes Namen, ich mein Vieh tränken sollte, wenn der Fluß austrocknete, hörte ich, daß der verdammte Llewellyn wieder seine Schafe über mein Land getrieben hatte. Ich war so wütend, daß ich sofort nach Swansea zu meinem Rechtsanwalt fuhr, doch dieser bedachte mich lediglich mit juristischem Kauderwelsch, bis ich die Geduld verlor. Nachdem ich ihm erklärt hatte, ich erwarte von ihm, daß er mir eine gerichtliche Verfügung beschaffe, selbst wenn er für diesen Versuch aus der Anwaltskammer ausgeschlossen werden sollte, kehrte ich erschöpft nach Penhale zurück.

Die erste Person, die mir begegnete, als ich die Halle betrat, war die kleine Rhiannon Morgan. Sie stand am Fuß der Treppe und bog sich vor Lachen, während Marian auf dem Treppengeländer herunterrutschte.

Ich erstarrte auf der Stelle.

«Marian!» rief Blanche, die auf das schallende Gelächter hin aus dem Salon auftauchte. Von dem Kinderfräulein war keine Spur zu entdecken. «Geh von dem Geländer herunter, auf der Stelle.» Sie drehte sich nach mir um, um mich zu begrüßen. «Hallo, Darling. Wie ist es in Swansea gegangen?»

Verdutzt fragte ich: «Ist das Rhiannon Morgan?»

«Ja, ist das nicht nett? Ich traf Mrs. Morgan heute morgen im Dorf und bat sie, Rhiannon zum Spielen herzubringen.

«Aber sie ist doch wieder nach Cardiff gezogen.»

«Oh, sie kamen gestern abend für einen weiteren kurzen Urlaub auf den Gutshof zurück. Ich nehme aber an, daß sie ihre Schwester damit überrascht hat, denn als ich sie gestern sah, erwähnten sie nichts davon – ah, da ist sie ja. Sie bleiben doch mit zum Tee im

Kinderzimmer, Mrs. Morgan?» rief sie. «Das Kinderfräulein rechnet fest damit.»

Mrs. Morgan war aus der Küche aufgetaucht. Sie trug ein blaßgrünes Baumwollkleid, das nach dem Bügeleisen verlangte, und billige weiße Sandalen. Ihr leuchtendrotes Haar war wie immer streng aus ihrem Gesicht zurückgebürstet und hing in einem Knoten über ihrem langen Hals. Sie sah müde aus.

«Vielen Dank, Mrs. Godwin», sagte sie schüchtern und fügte in noch größerer Verlegenheit zu mir gewandt hinzu: «Guten Tag, Sir.»

«Guten Tag, Mrs. Morgan», antwortete ich und ging weiter in den Salon.

«Papa», krähte Marian und kam hinter mir hergelaufen. «Komm doch zum Tee mit uns.»

«Das täte ich gern, Marian, aber ich fürchte, heute habe ich zuviel zu tun.» Auf der Suche nach einer mich voll beanspruchenden Beschäftigung blickte ich mich im Salon um, aber glücklicherweise gab Marian sich mit meinem Nein als Antwort zufrieden und hüpfte wieder in die Halle zurück.

«Dafydd spielt mit einem Freund im Dorf», erklärte Blanche, die mir in den Salon gefolgt war. «Er ist noch zu klein für die Mädchen, und schon zu groß für Harry, ach ja, und da wir gerade von Harry reden, muß ich dir erzählen, was er heute gemacht hat! Er ist hier hineingelaufen und hat ‹God Save The King› auf dem Klavier gespielt – mit beiden Händen, und nicht ein Ton war falsch . . .»

Auf dem Flügel stand ein frischer Strauß weißer Rosen. Während sie sprach, beugte ich mich darüber, um an ihnen zu riechen, stellte aber fest, daß sie nicht dufteten. Sie waren vollkommen geformt, vollkommen arrangiert, aber sie hatten keinen Duft. Ich starrte auf sie hinab, und je länger ich sie anblickte, um so weniger wirklich erschienen sie mir, bis es mir schließlich vorkam, als ob sie aus Wachs gemacht wären, jede Farbe ausgebleicht, bar jeden Lebens.

«Darling, ich glaube, du hast nicht ein einziges Wort von dem gehört, was ich gesagt habe.»

«Tut mir leid. Ich dachte an diesen elenden Llewellyn und seine Schafe.»

Nach dem Tee zog ich mich in mein Arbeitszimmer zurück, um ein paar geschäftliche Briefe zu schreiben, war aber unfähig, mich zu konzentrieren. Ich dachte ständig an diese weißen Rosen. Dann begann ich an Farben zu denken – an das leuchtende Seegrün bei Worm's Head und die flammenden Sonnenuntergänge über der

Rhossili Bay. Ich erinnerte mich an die weißen Rosen auf dem Grab meiner Mutter, ein Symbol des Todes, doch für den Bruchteil einer Sekunde entdeckte ich dahinter das Feuer des Lebens, rotglühend, alles verzehrend, erschreckend.

Ich wies mich damit zurecht, daß mein walisisches Blut meine Phantasie durchgehen ließ. Ich mischte mir einen Whiskysoda, gab meine Versuche, Briefe zu schreiben, auf, machte es mir in meinem Lieblingssessel bequem und entfloh in die sehr englische Welt des John Buchan, dessen berühmten Schocker *Die neununddreißig Stufen* ich gerade noch einmal las.

3

Ich erinnere mich noch deutlich an jedes Detail dieses Abends. Blanche trug ein Abendkleid in einer höchst ätherischen gelben Schattierung, blasser noch als Himmelschlüssel, kaum kräftiger als cremefarben, und zu dem Kleid einen Amethystanhänger, den ich ihr zum achtzehnten Geburtstag nach Bekanntgabe unserer Verlobung geschenkt hatte. Beim Essen sprachen wir über den Plan, Daphne und die kleine Elizabeth im Herbst zu uns einzuladen, da nicht in Frage kam, daß sie nach Oxmoon kommen konnten, und bald danach begann ich mich an Lion zu erinnern. Ich versuchte ihr zu erklären, wie schrecklich und wie wunderbar er gewesen war und daß ich erwartet hatte, ihn mit der Zeit weniger zu vermissen, und nun feststellte, daß er mir mehr und mehr fehlte.

«Er hatte viel mehr Mumm als Edmund», sagte ich, «und war so viel herzlicher als Robert, und er war nie mürrisch wie Thomas – er war immer so fröhlich und zu Späßen aufgelegt. Mein Gott, wie haben wir miteinander gelacht, als wir jung waren. Ja, wir hatten eine glückliche Zeit . . . aber später trieben wir auseinander, und am Ende unserer Jugendjahre nannte er mich einen Pedant, und ich nannte ihn einen Wüstling, und dabei blieb es dann. Aber ich habe ihn weiterhin immer gern gehabt. Er war –» ich zögerte auf der Suche nach dem richtigen Wort – «er war ein sehr *wirklichkeitsnaher* Mensch. Da gab es keine Illusionen – er spielte nie irgendeine Rolle, und er besaß eine solche Vitalität – er war so *lebendig.*» Ich hielt inne, um darüber nachzudenken, was ich gerade gesagt hatte, ehe ich verwundert hinzufügte: «Wie merkwürdig ist es, daß ich das alles jetzt sage, fünf Jahre nach seinem Tod! Ich dachte, ich hätte lange aufgehört, um ihn zu trauern.» Und als ich bemerkte, daß Blanche gerührt war, entweder von meinen Erinnerungen oder von der Tatsache, daß Lion tot war, sagte ich abrupt: «Nun ja, wir wollen nicht weiter über ihn reden. Es tut mir leid – ich wollte dich nicht beunruhigen. Willst du mir nicht etwas vorspielen?»

Wir zogen uns in den Salon zurück, und sie setzte sich an den Flügel. Ihr blaßgelbes Gewand schimmerte im Licht der Kerzen, neben ihr die frischen weißen Rosen, vollkommen wie immer, in der gleichen Kristallvase.

Sie begann zu spielen. Musik bedeutete mir nichts, aber es freute mich, ihr zuzusehen und daran zu denken, wie schön und begabt sie war. Dann begann ich mir Gedanken über Harry zu machen, der fehlerlos «God Save The King» spielte, noch ehe er drei Jahre alt war. Eine Neigung zur Musik war nichts für einen Jungen.

Ich überlegte gerade, ob ich nicht irgendwo einen Miniatur-Krikketschläger als Weihnachtsgeschenk für ihn auftreiben konnte, als Blanche ihr Spiel plötzlich abbrach.

«Fehlt dir etwas?» fragte ich und sprang aus meinem Sessel auf, als sie sich mit der Hand an die Stirn griff.

«Nein – es tut mir leid, Darling, aber ich bekam gerade die gräßlichsten Kopfschmerzen. Sie fingen ganz plötzlich an. Entschuldigst du mich bitte, wenn ich hinauf ins Bett gehe?»

«Selbstverständlich», sagte ich mitfühlend und dachte verzagend: Schwangerschaft. Um diese unverzeihliche Anwandlung zu verbergen, fragte ich schnell: «Soll ich den Doktor anrufen?»

«Nein, sorg dich nicht, Darling – es ist nur eine Migräne.»

«Ich werde im Ankleidezimmer schlafen, damit ich dich nicht störe.»

«Nein.» Sie sah mich bedrückt an. «Ich weiß, wie sehr du das haßt.»

«Das ist doch absurd! Wenn du dich nicht wohl fühlst, macht es mir nicht das geringste aus.»

«Doch, es macht dir etwas aus», sagte sie, und zu meinem Entsetzen begann sie zu weinen.

«Also, darüber wollen wir jetzt nicht reden», sagte ich hastig, aber sie weinte nur noch stärker und flüsterte: «Wir sprechen nie miteinander, niemals, und es gibt so vieles, was ich sagen möchte.»

«Aber meine liebe Blanche – was meinst du nur? Wir sprechen doch ständig miteinander. Wir verstehen uns doch gut.»

«Ich fühle mich so einsam.»

«Einsam?»

«Ich habe Angst davor, daß du mich nicht liebst.»

«Aber ich bete dich an. Wie kannst du das nur sagen?»

«Ich habe Angst, daß ich nicht die Frau sein kann, die du dir «wünschst. Ich habe Angst, daß ich nicht mehr lange fähig bin, mit unserer Ehe fertig zu werden. Ich habe Angst, daß du mir nicht vertraust. Ich habe Angst, weil ich nicht weiß, was dein Schweigen bedeutet –»

«Mein Liebling, du mußt mit diesem Unsinn aufhören – ja, ich bestehe darauf, daß du damit aufhörst! Du bist einfach müde und überanstrengt. Ich liebe dich, und du bist die beste Frau auf der Welt und –»

«Warum sprichst du dann nie mit mir?»

«Aber das tue ich doch und werde es immer – aber nicht jetzt, wenn du starke Kopfschmerzen hast. Komm, ich bringe dich hinauf.»

«Nein», entgegnete sie trostlos. «Ich werde dir hier gute Nacht sagen.» Sie trocknete sich die Augen, gab mir einen zaghaften kleinen Kuß, den ich pflichtschuldig erwiderte, und verschwand nach oben in die Dunkelheit.

Ich war sehr, sehr beunruhigt. Ich schloß den Flügel und sah, wie die Rosen auf ihren langen Stielen bebten. Dann schloß ich alle Fenster. Ich hatte das Gefühl, als ob ich mit einem Beil zuschlagen würde – aber auf was? Ich hatte keine Ahnung. Ich zog mich in mein Arbeitszimmer zurück und mischte mir wieder einen Whiskysoda und bereitete mich darauf vor, wieder in die Welt des John Buchan zu entkommen, doch im Buch war jetzt auch Richard Hannay auf der Flucht vor Kräften, die ihn erschreckten, und in seiner Flucht sah ich ein Spiegelbild meiner eigenen.

Ich trat in den vom Mond erhellten Garten hinaus und wanderte den Weg zum Gewächshausschuppen hinüber. Über mir schrie eine Eule, und als ich mich an ähnliche nächtliche Ausflüge mit Lion vor langer Zeit in Oxmoon erinnerte, wurde mir plötzlich bewußt, daß ich wieder Johnny sein wollte, sicher in einer unkomplizierten Vergangenheit.

Aber ich befand mich in einer komplizierten Gegenwart, und meine Frau war unglücklich – wenn ich auch genau wußte, daß das unmöglich war, weil sie keinen Grund hatte, etwas anderes als zufrieden zu sein. Was war geschehen? Was war falschgelaufen? Ich hatte keine Ahnung.

Ich dachte an Blanches Weinen: «Ich habe Angst, daß ich nicht mehr lange fähig bin, mit unserer Ehe fertig zu werden», und sofort hörte ich meine Mutter völlig hoffnungslos sagen: «Wie soll das arme Kind Blanche je damit fertig werden?» Das war der Augenblick, in dem ich erkannte, daß es alles meine Schuld war. Ich hatte keine

Ahnung, was dieses «Es» war, aber ich würde es herausfinden. Als ich zu dem dunklen Fenster unseres Schlafzimmers hinaufsah, überlegte ich, ob Blanche noch wach sein mochte, und zögerte im Widerstreit zwischen meinen Hemmungen, sie zu stören, und meinem dringenden Wunsch, das Problem zu klären. Selbstverständlich zweifelte ich keinen Augenblick, daß das Problem – «Es» – zu lösen war.

«Es» setzte sich durch. Ich eilte ins Haus, entzündete eine Kerze und stieg die Treppe hinauf. Vor der Schlafzimmertür blieb ich stehen, um zu lauschen, aber alles war still. Ich klopfte leicht an die Tür.

«Blanche?»

Es erfolgte keine Antwort. Ich öffnete die Tür und blickte ins Zimmer.

«Darling, ich störe dich nur sehr ungern –»

Aber sie war wach. Sie lag zwar im Bett, aber ihre Augen waren weit offen. «– oh, du bist ja wach. Wie gut. Blanche, ich muß wirklich weiter mit dir über das alles sprechen –»

Ich brach ab.

Sie hatte sich nicht gerührt. Ihre Augen sahen mich nicht. Sie blickten auf einen Punkt hinter meiner linken Schulter.

«Blanche», sagte ich scharf, aber es erfolgte keine Antwort. Es war beinahe so, als ob sie tot wäre, aber ich wußte, daß das unmöglich sein konnte. Gesunde junge Frauen von fünfundzwanzig Jahren starben nicht ohne jede Vorwarnung in ihrem Bett. Ich stellte die Kerze ab und berührte ihre Wange mit der Hand.

Sie war kalt.

Es fiel mir außerordentlich schwer zu entscheiden, was ich als nächstes tun sollte, doch da es so schien, daß ein mysteriöses Absinken ihrer Temperatur ihre Bewußtlosigkeit verursacht hatte, streifte ich meine Schuhe ab und legte mich neben sie ins Bett, um sie zu wärmen. Während ich wartete, versuchte ich mir vorzustellen, was «Es» wohl sein konnte. Was hatte ich getan? Ich liebte sie, sie liebte mich, und wir waren glücklich. Abgesehen davon, daß wir es nicht waren. Wenigstens war ich es. War ich es wirklich?

«Blanche?»

Sie trug ein weißes Nachthemd, weiß wie die weißen Rosen. Bösartige weiße Rosen. Geruchlos, kraftlos. Tot.

Ich stieg aus dem Bett, zog meine Schuhe wieder an, griff nach der Kerze und ging zum Telephon hinunter.

«Dr. Warburton, bitte», sagte ich zu der Posthalterin, als sie sich am Telephon meldete.

Ich war nicht länger ratlos, ich war ungläubig. Tatsächlich war ich außer mir. Wie *konnte* sie unglücklich gewesen sein? Ich hatte alles Menschenmögliche getan, um eine glückliche Ehe zu gewährleisten. Ich hatte ihr eine Lüge nach der anderen Lüge erzählt, um sie ja vor meinen schwierigen Problemen zu bewahren. Ich hatte meine niedrigeren physischen Begierden endlos unterdrückt, um sie nicht zu beleidigen. Ich hatte mich Jahr um Jahr damit abgeplagt, mich ihr gegenüber untadelig zu benehmen – und während ich das dachte, konnte ich wieder die Stimme meiner Mutter hören. Sie hielt mich in der fernen Vergangenheit mit ihren Armen umfangen und sagte mir, wie ich mich sicher fühlen und glücklich sein konnte. «Du wirst ein ganz besonders guter Junge werden, damit dein armer Papa niemals an die Bosheit seiner Mutter erinnert wird ...»

Mein Bewußtsein versank plötzlich in einem Chaos, als Vergangenheit und Gegenwart aufeinanderprallten. Instinktiv preßte ich in dem vergeblichen Versuch, das Weihnachtsfest aus dem Jahr 1903 auszulöschen, fest meine Augen zu.

«Hallo, hier Warburton.»

«Warburton, hier spricht John Godwin.» Mir war so unabweislich bewußt, daß die Zeit aus den Fugen geraten war, daß ich keinen Kontakt zur Gegenwart fand. Ich sagte: «Das hängt alles mit meiner Großmutter zusammen, meiner Großmutter und Owain Bryn-Davies.» Damit hängte ich den Hörer ein, damit ich mich voll darauf konzentrieren konnte, bei Verstand zu bleiben. Irgend etwas schien in mir vorzugehen. Ich hatte das Gefühl, als ob meine Fähigkeit, rational und zusammenhängend zu denken, rücksichtslos zerfetzt werden würde.

Das Telephon klingelte. Ich meldete mich. Man meldete sich immer am Telephon, wenn es klingelte. Das war normal.

«Godwin, Sie brauchen Hilfe, nicht wahr?»

Das war Gavin Warburton, der zurückrief, mich wieder im September 1921 festnagelte. Die Vergangenheit versank. Ich war zurück, angeschlagen, aber bei Verstand, zurück in einer grauenvollen Gegenwart.

«Meine Frau ist tot», sagte ich, «obwohl sie das gar nicht sein kann, weil sie erst fünfundzwanzig ist und ihr nichts gefehlt hat.»

Warburton versicherte mir, er sei schon unterwegs.

4

«Es tut mir leid», sagte Warburton, «aber ich fürchte, daß eine Obduktion unvermeidlich ist. Selbstverständlich scheidet die Frage nach einer unnatürlichen Todesursache völlig aus, doch wenn ein junger Mensch plötzlich stirbt, muß die Todesursache eindeutig festgestellt werden.»

«Sie sagen, daß sie tot ist.»

«Ich sage, sie ist tot. Es tut mir sehr, sehr leid. Es kann ein Herzanfall gewesen sein», sagte Warburton, der unentwegt weitersprach, um die Wahrheit zu betonen, die ich nach wie vor zurückzuweisen versuchte. «Es kann aber auch eine Gehirnblutung gewesen sein. Hat sie über Kopfschmerzen geklagt?»

Ich starrte ihn an.

Warburton begann wieder zu sprechen, doch diesmal konnte ich nicht alles hören, was er sagte. Seine Stimme schien mir in diesem Augenblick nahe zu sein, doch im nächsten weit entfernt. «Möglicherweise eine angeborene Schwäche in einem der Blutgefäße im Gehirn ... hätte jederzeit eintreten können ... oder vielleicht ein Blutgerinnsel ... manchmal bei jungen Frauen, die schwanger sind ... sehr tragisch ... so sehr bewundert ... tiefste Anteilnahme ... mein lieber Godwin, vielleicht ist es besser, wenn Sie mir sagen, wo Sie Ihren Cognac stehen haben.»

Das nächste, woran ich mich erinnere, war, daß ich in meinem Arbeitszimmer Cognac trank, während Warburton nach einem Krankenwagen telephonierte. Als er zu mir ins Zimmer kam, sagte ich: «Ich verstehe es nicht. Das durfte nicht geschehen. Es ist so, als ob mein Textbuch zerrissen worden wäre, es ist so, als ob jemand im falschen Augenblick den Vorhang herabgelassen hat, und jetzt habe ich keinen Text, keine Rolle, nichts. Ich weiß nicht, was ich als nächstes tun soll, ich weiß nicht einmal mehr, wer ich überhaupt bin.»

Warburton wartete einen Augenblick ab. Dann fragte er: «Soll ich Ihren Vater anrufen und ihn bitten, herzukommen? Ich glaube, er wird verstehen, was Sie durchmachen.»

«Um Gottes willen, nein!» entgegnete ich, endlich aus meiner schmählichen Lähmung aufgeschreckt. Ich riß mich zusammen. «Aber ich will mit Robert sprechen. Er wird wissen, was getan werden muß. Ich rufe ihn sofort an.»

Warburton setzte zu sprechen an, hielt sich dann aber zurück. Ich sah ihn kalt an. «Sie brauchen sich keine Sorgen zu machen», sagte ich, «ich habe nicht vergessen, daß er ein Invalide ist. Ich werde mich nicht so verhalten wie mein Vater, einen hysterischen Anfall bekommen und Vergangenheit und Gegenwart durcheinanderbringen.» Ich wollte noch mehr sagen, aber diese letzten vier Worte lähmten mich. Ich war zu verängstigt, um weiterzusprechen. Ich lief zum Telephon, entdeckte aber, daß ich nicht wußte, was ich damit tun sollte. Ich sagte: «Wir haben September 1921, Robert ist in einem Rollstuhl. Meine Mutter ist seit zwei Monaten tot. Ich bin neunundzwanzig Jahre alt. Meine Großmutter ist seit 1910 tot, seit elf Jahren ist sie tot, und jetzt haben wir 1921.»

«Ich werde mit Ihrem Bruder sprechen», sagte Warburton. «Kommen Sie, setzen Sie sich wieder, während ich das Gespräch führe.»

Er schenkte mir wieder einen Cognac ein. Ich trank ihn. Und nach und nach begann ich ruhiger zu werden.

5

«Vorweg muß ich klarstellen», sagte ich zu Robert und Ginevra, «daß ich nach meinem ersten Schock völlig klar bei Sinnen bin. Keine weiteren Bewußtseinsstörungen. Wir haben in unserer Familie genügend solcher Störungen gehabt, vielen Dank für weitere. Wenn ihr also fürchtet, daß ich wie Papa aus der Fassung gerate, solltet ihr euch das erst noch mal verdammt gut überlegen. Entschuldige, Ginevra, sieh mir meine Entgleisung nach. Ich fürchte, ich bin doch noch etwas angeschlagen.»

«Das ist schon recht, Darling», sagte Ginevra.

«Selbstverständlich ist man versucht, außer sich zu geraten, weil das beweisen würde, wie sehr ich Blanche geliebt habe, und ich habe sie geliebt, daran besteht kein Zweifel, wenn es auch keine große Leidenschaft war, denn ich halte nichts von großen Leidenschaften. Sie sind zu gefährlich, denkt nur an Großmama und Bryn-Davies – Chaos, Anarchie, Wahnsinn und Tod. Schrecklich. Sich an den Text des Drehbuchs halten, das ist die Lösung, und nicht davon abweichen. ‹Durchhalten! Nicht aufgeben! Weiterkämpfen!›, wie John Buchan hätte sagen können, obwohl ich glaube, daß er es tatsächlich nicht so gesagt hat.»

«Ja, Darling», sagte Ginevra.

«Nimm eine Schlaftablette, John», riet Robert, «und lege dich ins Bett.»

«Nein, ich werde bei Blanche sitzen bleiben und um sie trauern.»

«Sie haben sie schon fortgebracht, John, das weißt du doch. Du hast selbst gesehen, wie sie abgeholt wurde.»

«Vorsicht, Robert», warnte Warburton.

«Ich weiß, daß ich es gesehen habe», sagte ich, «aber ich hatte es im Augenblick vergessen, das ist alles, ein kleiner Ausrutscher des Gedächtnisses. Man braucht mich nicht so zu behandeln, als ob ich ein verdammter Wahnsinniger wäre. Tut mir leid, Ginevra, entschuldige meine Ausdrucksweise, ich bin noch nicht ganz bei mir.»

«Das macht nichts, Darling», sagte Ginevra.

Plötzlich durchschaute ich, daß sie versuchte, mich bei Laune zu halten. «Ich bin nicht verrückt», schrie ich sie an. «Das bin ich nicht. Ich weigere mich absolut, verrückt zu sein. Ich ziehe die Grenze!»

«Ist ja schon gut», sagte Warburton und packte mich. «Keine Panik, das ist nur der Schock. Das ist ganz normal, Sie brauchen sich keine Sorgen zu machen. Aber setzen Sie sich jetzt wieder hin und ziehen Sie die Jacke aus ... Ginevra, können Sie ihm den Ärmel aufrollen?»

«Meine arme Großmutter», sagte ich. «Es war Vergeltung. Aber dann machte das Rad eine volle Umdrehung, und Papa und Mama lernten Vergeltung selbst kennen. Das Rad ... Robert, du hast oft über das Rad gesprochen –»

«Schon gut, Godwin – jetzt machen Sie mal eine Faust und zählen Sie bis fünf –»

«Und wenn man bedenkt, daß sie es gewesen ist, die an die Gezeitentafel gedacht hat – er hat es getan, aber sie hat daran gedacht – oh, wie entsetzlich, ich kann es nicht ertragen, ich halte es nicht aus, löscht es aus, löscht es aus, löscht es –»

Die Nadel fand die Vene. Ich fing auf walisisch an zu zählen, und innerhalb von Sekunden versank ich bodenlos tief in Bewußtlosigkeit.

6

Ich erwachte um sechs. Offensichtlich hatte Warburton die Dosis verringert im Vergleich mit der, die er meinem Vater gegeben hatte – oder vielleicht wirkte die Droge auf mich weniger stark, weil ich jünger und kräftiger war –, denn ich verspürte keine Neigung, bis Mittag zu schlafen. Ich fühlte mich benommen, aber nicht krank. Einen Augenblick lang war ich verwirrt, als ich mich selbst halb angezogen unter einer Decke auf dem Sofa im Salon wiederfand, aber mein Gehirn funktionierte wieder normal, und obwohl ich vor der Erinnerung zurückscheute, daß Blanche tot war, konnte ich mir die Tatsache ohne Aufwallungen ins Gedächtnis rufen. Hauptsächlich beschäftigte ich mich mit Robert und Ginevra. Ich schauderte unwillkürlich bei dem Gedanken an die Szene, die ich in ihrer Gegenwart aufgeführt hatte, als ich barmherzigerweise vom Anblick eines Zettels auf dem nahen Tisch abgelenkt wurde.

«Darling», las ich, «rufe mich an, sobald Du wach bist, dann komme ich sofort hinüber, um die Stellung zu halten. Ich habe mit dem Kinderfräulein gesprochen, und sie wird es den Kindern sagen. Das gesamte Personal weiß Bescheid. Gavin will um neun Uhr kommen, um nach Dir zu sehen. Liebe Grüße, Ginevra.»

Mein Verstand blieb an dem Wort «Kinder» hängen. Ich wußte, daß ich selbst es ihnen sagen mußte. Das gehörte sich so. Die Schemen eines neuen Drehbuchs wurden sichtbar. Ich mußte der vorbildliche Witwer sein, und der erste Akt brachte das Arrangement eines Begräbnisses, das Zurückhaltung und guten Geschmack bewies. Ich hatte keine Ahnung, was im zweiten Akt kommen sollte, aber über die Zeit nach dem Begräbnis konnte ich später nachdenken. Inzwischen mußte ich mich um meine Kinder kümmern und mich angemessen benehmen.

Ich trat aus der Kulisse und ging auf das Zentrum der neuen Bühne zu.

7

«Mama ist in den Himmel gegangen?» wiederholte Marian verzweifelt und brach in Tränen aus.

«Und wann kommt sie wieder?» fragte Harry ratlos. Ich sah, daß dieser zweite Todesfall in der Familie, der so schnell nach dem seiner Großmutter erfolgte, in ihm das Gefühl geweckt haben mußte, der Tod sei ein Gegenstand, den er verstehen wollte.

«Sie ist tot, du dummes Baby, sie ist tot», schluchzte Marian, ehe ich nach den richtigen Worten für ihn suchen konnte. «Und tote Menschen kommen nie zurück, niemals.»

«Scht . . . Marian.» Während ich sie fest an mich drückte, sah ich, wie Harrys dunkle Augen sich mit Tränen füllten.

«Aber das ist nicht fair», sagte er.

Darauf gab es keine Antwort. Ich beugte mich vor, den einen Arm immer noch um Marian gelegt, und zog ihn an mich, als er zu weinen begann.

8

«Die Tante meiner Frau wird selbstverständlich zum Begräbnis kommen, Nanny, aber sie hat vorgeschlagen, daß Sie die Kinder für ein paar Tage zu ihr nach London bringen», sagte ich zu dem Kinderfräulein. Ginevra hatte angeboten, die Kinder bei sich aufzunehmen, aber Robin hatte sich gegenüber jedem, der versuchte, seinen Bereich mit ihm zu teilen, immer sehr aggressiv verhalten, und ich meinte, Harry und Marian wären unter dem Dach von Tante Charlotte besser aufgehoben.

«Ach, das wäre sehr gut, Sir – viel besser für die armen kleinen Lämmchen –, wenn sie weit weg sind, solange das Begräbnis nicht vorüber ist ... ach, Sir, ich kann es kaum glauben ... sie war eine so feine Lady, immer so rücksichtsvoll gegenüber anderen, immer so mitfühlend und verständnisvoll ...»

Aber ich kam nicht dazu, an Blanche zu denken. Mir blieb dazu keine Zeit. Mein neues Drehbuch verlangte ein Gespräch mit dem Vikar, und schon bald folgte ich dem Stichwort und befand mich auf dem Weg nach Penhale.

9

«Ich wünsche die denkbar kürzeste Feierlichkeit», sagte ich zu Anstey, der aus Swansea stammte und etwa fünf Jahre älter war als ich. Er hatte nicht die ländlichen Verbindungen wie Warburton, aber mein Vater, der sich dessen wohl bewußt war, daß seine eigene Bildung nur sehr unzureichend war, mochte ihn gerade deshalb, weil er keine der angesehenen Public Schools besucht hatte. Anstey hielt eine knappe Predigt von zwanzig Minuten, vermied alle römisch-katholischen Tendenzen, und man konnte sich darauf verlassen, daß er intelligent über das Wetter sprechen konnte. Meiner Meinung nach konnte keine Gemeinde von ihrem Pfarrer mehr verlangen.

«Aber Sie wollen doch bestimmt Musik», sagte er eindringlich zu mir. «Jeder wird sich an die musikalische Begabung Ihrer Frau erinnern – obwohl sie immer so bescheiden und wenig anspruchsvoll gewesen ist – wirklich, sie war ein so ungewöhnlicher Mensch, nicht wahr, so besorgt um das Wohlergehen anderer, eine wirklich sehr christliche Dame –»

«Aber sie ist tot», sagte ich, «und Begräbnisse müssen die Lebenden über sich ergehen lassen. Ich will keine Musik, keine Choräle, nichts. Es soll ein kurzes, einfaches, privates, englisches Begräbnis sein, und ich will keinen walisischen Zirkus dabei haben.»

10

Mein Butler hielt eine gefühlvolle Ansprache, in der er sagte, daß mein gesamtes Personal mir seine tiefste Anteilnahme ausspreche.

«... die beste Lady, für die wir je gearbeitet haben ... immer so hilfsbereit ... nie machte ihr etwas zuviel Mühe oder war unter ihrer Würde ...»

Ich dankte allen Angestellten für ihre Anteilnahme und ihre loyale Unterstützung. Dann zog ich mich in mein Arbeitszimmer zurück, um die Todesanzeige für die Zeitungen aufzusetzen.

Fünftes Kapitel

1

Sie kam langsam auf mich zu. Die Abendsonne fiel ihr schräg ins Gesicht, ließ ihre Augen in einem tiefen Seegrün aufleuchten. Mit einer flinken Handbewegung schob sie ihr langes, feurig rotes Haar zurück, aber es fiel wieder vor und umrahmte ihr Gesicht, und als der Kirchturm seinen Schatten auf ihre durchscheinende Haut warf, erkannte ich, was ich tatsächlich schon immer gewußt hatte, daß sie überwältigend schön war. Die Glocke hämmerte ihre ungewöhnliche Schönheit tief in mein Bewußtsein ein, schlug wieder und wieder und wieder zu.

Der letzte Ton verklang. Es war acht Uhr abends am Tag des Begräbnisses meiner Frau, und ich befand mich allein mit Bronwen Morgan auf dem Kirchhof von Penhale.

«Mr. Godwin», begann ihre tiefe Stimme mit dem starken Akzent schnell, «verzeihen Sie mir, wenn ich Sie störe. Sie wollen mit Ihrem Kummer sicher allein sein, und ich werde Sie sofort wieder verlassen.»

Ich unterbrach sie, indem ich die Hand hob. «Warum sind Sie hier?» fragte ich. Mein Ton war ratlos und verwirrt.

«Ich konnte heute vormittag mit den übrigen aus dem Dorf nicht auf den Friedhof kommen, weil Dafydd krank ist, aber ich wollte unbedingt meine Anteilnahme zeigen. Mrs. Godwin war eine sehr liebenswürdige Dame und so freundlich zu mir.»

Ich erlebte eine kurze schmerzliche Vision von Blanche, der freundlichen Blanche, doch in diesem Bild offenbarte sich mir sowohl die mir vertraute Blanche, aber auch die Blanche, die ich nie gekannt hatte. Das Entsetzen über die Fremdheit meiner Frau überwältigte mich von neuem, und ich lehnte mich stumm an die Wand des Kirchturms.

«Mr. Godwin, Ihnen geht es nicht gut. Kommen Sie, setzen Sie sich für einen Augenblick, Sir. Sie sollten sich wirklich hinsetzen.»

Ich war von meinem Elend zu überwältigt, um zu protestieren. «Ich habe etwas sehr Dummes gemacht», sagte ich, als wir die eiserne Bank bei den Eiben erreichten. «Ich habe mein gesamtes Personal entlassen, weil ich allein sein wollte, um zu trauern, aber die Einsamkeit hat sich als ... unerträglich erwiesen, und ich weiß nicht, was ich als nächstes tun soll. Ich kann überhaupt nicht klar denken.»

«Haben Sie irgend etwas zu essen gehabt?»

Das bißchen Käse zählte nicht, und mich schauderte bei der Erinnerung an den Champagner. «Nein.»

«Dann werde ich Ihnen, wenn Sie wollen, Sir», sagte sie, «Tee und ein belegtes Brot machen. Sie sollten nicht zuviel essen, aber etwas sollten Sie zu sich nehmen, und Tee ist so klar, so belebend, daß Sie sicher freier denken können, sobald Sie eine Tasse getrunken haben.»

Ich konnte mir den Tee auf der Stelle vorstellen, duftend und dampfend, in einer der weißen Coalport-Tassen. «Das ist sehr freundlich von Ihnen, Mrs. Morgan», sagte ich. «Vielen Dank.»

Wir verließen den Kirchhof, überquerten den Dorfanger und schlugen den Weg nach Penhale Manor ein. Niemand war in der Nähe. Ich vermutete, daß alle zu Hause oder im Gasthaus oder bei der Andacht waren, die in der Kirche stattfand. In der Hecke entlang der Straße leuchteten die Wildblumen, und die Sommerluft duftete. Keiner von uns sagte etwas. Als wir das Haus erreichten, ging ich voraus in die Halle.

«Ich weiß, wo die Küche ist, Sir», sagte sie. «Gehen Sie in den Salon – das Zimmer mit dem Klavier – und ruhen Sie aus. Es wird nicht lange dauern.»

«Ich fürchte, das Feuer im Herd ist ausgegangen –»

«Dann werde ich es wieder anmachen», sagte sie gelassen und verschwand durch die grün bespannte Tür.

Ich kehrte in den Salon zurück, setzte mich und wartete.

Im Zimmer wurde es dunkler, und ich stand gerade auf, um eine Lampe anzuzünden, als ich ihre Schritte draußen in der Halle hörte.

Sie brachte ein Tablett. Darauf stand eine Teekanne mit Milchtopf und Zuckerschale, ein Teller mit einem Käsebrot und einem Apfel. Es war nur eine Tasse mit Untertasse darauf.

«Ich hoffe, daß das Brot nicht zu altbacken ist, Sir.»

«Das spielt keine Rolle, Mrs. Morgan. Sie haben aber nur eine Tasse mitgebracht. Wollen Sie keinen Tee?»

«Draußen in der Küche habe ich eine Tasse für mich.»

«Dann holen Sie sie bitte herein. Ich bin heute schon zu lange allein in diesem Zimmer gewesen.»

Sie holte sich ihren Tee, und als sie zurückkam, brachte sie nicht nur heißes Wasser, sondern auch ein zweites Käsebrot mit. Der Tee schmeckte köstlich. Ich aß und trank völlig konzentriert und fühlte mich schließlich gekräftigt genug, daß ich über die Schulter zu dem Flügel zurückblicken konnte, doch obwohl das Bild von Blanche vor mir auftauchte, war ich nicht fähig, ihr Gesicht zu sehen.

Unvermittelt sagte ich: «Ich kann nicht trauern. Ich würde es gern, aber ich kann nicht. Ich habe mir diese Stunden dafür vorgenommen, aber jetzt will die Trauer nicht kommen, und ich weiß nicht, wie ich sie beschwören soll.»

«Für Trauer gibt es keinen Fahrplan», sagte Bronwen Morgan. «Trauer ist kein Zug, in den man wie auf einem Bahnhof einsteigen kann. Trauer hat ihr eigene Zeit, und die Zeit der Trauer liegt außerhalb der Zeit, und die Zeit selbst ... sie ist nicht sehr wichtig. Die Engländer denken, Zeit ist eine gerade Linie, die eingeteilt und beschriftet und zerstückelt werden kann in einer ordentlichen Weise, aber Zeit ist nicht so. Zeit ist ein Kreis, Zeit geht rund und rund wie ein Rad, und darum hören wir ständig Echos aus der Vergangenheit – weil die Vergangenheit gegenwärtig ist. Man braucht nicht auf der geraden Linie zurückzublicken, man muß einfach durch den Kreis sehen, und da sind die Echos der Vergangenheit und die Visionen der Zukunft, und sie sind alle gegenwärtig, alle jetzt, alle ewig.»

Ich sah sie an und sah weit hinter ihr in die abgelegene tröstliche Mystik keltischer Legenden. Sie beugte sich vor, stützte die Ellbogen auf die Knie und legte das Kinn in die Hände, und als ihr das Haar über die Schultern fiel, um ihr Gesicht einzurahmen, spürte ich wieder den Zauber jener anderen Kultur, die mich von der bodenständigen Brutalität angelsächsischer Tradition fortlockte, in der ich aufgezogen worden war. Und dann schien es mir, daß die Kultur, die mir auf der Schule eingehämmert worden war, nicht nur minderwertig im Vergleich mit ihrer war, sondern auch weniger Verbindung zu den wahren Werten des Seins hatte, und ich spürte, daß die mir vertraute Welt ihren Platz auf der Achse verschob, als ob sie von einer Schwerkraft angezogen würde, die weit außerhalb meiner Kontrolle lag.

«Erzählen Sie mir mehr von den Echos der Vergangenheit», sagte ich. «Erklären Sie mir, wie ich durch den Kreis sehen und das Echo meiner Frau in der Zeit hören kann.»

Sie antwortete: «Das kann schon morgen sein, vielleicht erst in einem Jahr, aber sie werden es hören. Vielleicht schlagen die Kinder den ersten Ton an, den ersten Akkord in der Zeit. Vielleicht wird

Master Harry eines Tages ans Klavier gehen, und wenn er spielt, werden Sie sie dort sehen und werden denken: Ja, es ist traurig, daß ich sie nie wieder spielen hören werde, und Sie werden trauern. Oder vielleicht werden Sie denken: Ja, es ist traurig, aber da war Glück vor der Traurigkeit, und obwohl Sie dann noch trauern werden, werden Sie dankbar für die Erinnerung sein, und die Erinnerung wird in der Zeit widerhallen als Echo. Und später werden Sie vielleicht eine ihrer Lieblingsmelodien hören, die ein anderer spielt, und werden sich wieder erinnern, vielleicht weniger schmerzlich, vielleicht sogar voll Freude, daß die Erinnerung sie Ihnen wieder nahebringt, und das Echo mag schwächer sein, aber immer noch sehr klar, so klar, daß Sie Ihren Kindern davon erzählen, und dann wird es auch Teil ihrer Erinnerungen sein, und so wird es weitergehen, widerhallen in der Zeit, wieder und wieder, und diese Zeit ist jenseits der Zeit, Zeit außerhalb der Vernunft.»

Sie schwieg. Sie blickte weiter auf den nicht angezündeten Kamin, und das weiche Licht der Lampe hinter ihr ließ ihr Haar vor ihrer geheimnisvollen Haut aufflammen.

«Als ich zwei war», sagte sie, «starb mein Vater im Burenkrieg. Ich habe keine Erinnerungen an ihn. Später dachte ich: Wie traurig, daß ich mich nicht an ihn erinnern kann, nicht so um ihn trauern, wie ich sollte – denn für mich war er selbstverständlich kein Held. Er war einfach jemand, der fortgegangen war und uns verlassen hatte, und ich machte es ihm lange zum Vorwurf, daß er getötet worden war, und dann fühlte ich mich schuldig, daß ich ihm diesen Vorwurf machte, und bei all diesen Vorwürfen und der Schuld glaubte ich nie, daß die Trauer kommen würde. Ich glaubte, ich würde nie das Echo in der Zeit von ihm hören, und tatsächlich vergaß ich alles über das Trauern, aber nach und nach, als ich größer wurde, sprachen andere Leute mit mir über ihn, und ich dachte, warum tun sie das, was veranlaßt sie jetzt, nach so vielen Jahren, über ihn zu sprechen, und dann erkannte ich plötzlich, es war meinetwegen, weil ich für diese Leute *das Echo war*, und für sie war die Vergangenheit ganz und gar nicht in weiter Ferne an der geraden Linie entlang verloren, sondern sie kam zurück, in einem Bogen auf sie zu. Es war, als ob er noch lebte, denn wenn sie mich ansahen, sahen sie ihn, und als ich das verstand, war er in mir gegenwärtig. Da kannte ich ihn, da wurde er für mich wirklich, da starben die Vorwürfe, und die Schuld fiel ab, und endlich, Jahre nach seinem Tod, war ich fähig, um ihn zu trauern.» Sie stand auf und stellte ihre und meine Tasse auf dem Tablett zusammen. «Ich bringe das Geschirr in die Küche und wasche es ab. Entschuldigen Sie bitte, Sir, daß ich so viel geredet habe.»

Nach einem Augenblick folgte ich ihr. Sie blickte erschreckt auf, als ich in die Spülküche kam.

«Ich danke Ihnen sehr», sagte ich. «Ich fühle mich jetzt viel besser.» Ich überlegte, wie ich ihr meine Dankbarkeit am besten ausdrücken könnte. Geld konnte ich ihr unmöglich anbieten, meinte aber, daß zweifellos ein greifbares Zeichen des Dankes erfolgen sollte, und nach sorgfältiger Überlegung sagte ich: «Ich muß bald den Nachlaß meiner Frau durchsehen. Vielleicht hätten Sie gern etwas zur Erinnerung an sie?»

«Oh, aber das kann ich nicht annehmen –»

«Unsinn. Sie hatte Sie gern, hat immer freundlich von Ihnen gesprochen.»

Sie war sprachlos. Sie stellte die ausgespülte, gerade getrocknete Teekanne ab, als ob sie befürchtete, sie würde ihr unter den Händen zerbrechen.

«Vielleicht möchten Sie etwas von ihren Kleidern», schlug ich unvermittelt vor. «Ihrer Zofe nützen sie nichts, sie passen ihr doch nicht.»

«Aber das könnte ich unmöglich annehmen –»

«Ich sehe nicht ein, warum nicht. Werfen Sie doch wenigstens einen Blick darauf, und sagen dann, was Sie dazu meinen.»

«Also, ich . . . das ist sehr, sehr freundlich von Ihnen . . . Wann?»

«Warum nicht jetzt?»

«Oh! Oh ja –ja wirklich – wenn Sie wollen.» Hastig trocknete sie den letzten Teller ab und hängte das Küchentuch auf.

Die Dämmerung war inzwischen weit fortgeschritten, doch wenn die Halle auch düster war, lag sie noch nicht im Dunkeln. Eher aus Höflichkeit als aus Notwendigkeit trug ich eine Kerze, als ich die Treppe hinauf vorausging. Wir schwiegen beide. Ich hatte meine Gedanken auf Blanches Garderobe gerichtet und überlegte, ob ich sie dem Roten Kreuz oder der Heilsarmee spenden sollte, wenn Mrs. Morgan ihre Auswahl getroffen hatte.

Im Schlafzimmer ging ich zum Kleiderschrank und öffnete ihn.

«Dies sind die Kleider, die sie im allgemeinen getragen hat», sagte ich über die Schulter, während ich die Kerze hochhielt, um sie zu beleuchten. «Aber in dem Zimmer gegenüber steht noch ein Schrank, in dem sie die Kleider aufbewahrte, die sie weniger häufig trug.»

Mrs. Morgan warf einen Blick auf den Inhalt des Schranks und sagte: «Ich fürchte, ich kann unmöglich etwas davon nehmen. Sie sind alle viel zu gut für mich.»

In der Pause, die darauf folgte, wurde mir genau bewußt, daß meine Hand die Kerze abstellte, und noch ehe ich mich zurückhalten konnte, sagte ich: «Sie sind zu bescheiden, Mrs. Morgan, viel, viel zu bescheiden.»

Alles änderte sich plötzlich. Nie hatte ich zuvor erkannt, daß schon eine geringe Veränderung des Tonfalls für immer eine Welt zerstören könnte, doch noch während ich sprach, erkannte ich, daß die angelsächsische Welt, in der ich insgeheim immer ein solcher Fremdling gewesen war, kenterte und lautlos, endlos ins Leere zu fallen begann.

Die andere Welt kam näher. Ich sah die offenen Räume, das zeitlose Licht, eine Freiheit über jede Vorstellung hinaus, und plötzlich, in einem Augenblick absoluter Gewißheit wußte ich, dies war der Weg, die Wahrheit, das Leben, das zu führen ich mich sehnte.

Der angekettete Hund war endlich seinem Halsband entkommen. Ich stürzte vor, sie taumelte mir entgegen, und eine Sekunde später lagen wir einander in den Armen.

2

Ich küßte sie genau so, wie ich sie küssen wollte. Die Frage der Sorge für den Fall, daß ich gegen delikate Sensibilitäten verstieß, stellte sich gar nicht, denn auch sie zeigte keinerlei Zurückhaltung. Ihre Arme waren so kräftig, daß sie mir fast als ebenso stark wie meine erschienen, und auch ihr Mund war stark, sehr frei und geschmeidig, und ihre Finger waren kräftig, aber anschmiegsam, als sie meinen Nacken streichelten. Unsere Zungen begegneten sich schweigend. Ich erlebte einen Augenblick ungeheurer Intimität, auf den ein solches Aufwallen der Begierde folgte, daß ich ins Schwanken gekommen wäre, wenn sie mich nicht so fest umschlungen gehalten hätte, und in ihrer Kraft fand ich ein Spiegelbild meiner eigenen.

Ich nahm Blanches Bett hinter ihr wahr, und hinter dieser Wahrnehmung lag das Wissen, daß das, was auch immer als nächstes geschehen sollte, niemals dort geschehen durfte. Ich zögerte, und in diese, durch mein Zögern geschaffene Lücke strömten Schulung und jahrzehntelange Selbstdisziplin, quälten mich nicht länger als Abbild der Gefangenschaft, sondern boten mir die einzig mögliche Flucht vor der Schreckensherrschaft meiner neuen Freiheit.

Von Panik gepackt, gab ich sie frei. Ich wich von ihr zurück, bedeckte mein Gesicht mit den Händen, und meine Stimme, die Stimme eines englischen Gentleman, sagte mit absoluter Korrektheit:

«Ich bedauere es sehr. Ich bitte um Entschuldigung. Anscheinend macht mich mein Kummer haltlos.»

Darauf folgten hastige Bewegungen. Schlanke, kräftige Finger packten meine Handgelenke und rissen mir die Hände vom Gesicht. Große grüne Augen, glühend vor verzweifelter Leidenschaft, funkelten mich an.

«Lüg mich nicht an!» schrie sie auf walisisch. «Lüg mich niemals an. *Mit Lügen habe ich nichts zu tun!*» Und in Tränen ausbrechend floh sie aus dem Zimmer.

Ich rannte ihr nach, und plötzlich war ich von der nackten Wirklichkeit meiner Gefühle überwältigt. Sie übersäte mich mit Blasen und knüppelte mich zusammen, meine alte Haltung war zerschlagen, meine Vergangenheit zerfetzt und alle meine Schutzwehren durch weißglühende Hitze verkohlt. Es war, als wäre jede Maske, die ich je getragen, jede Lüge, die ich je ausgesprochen hatte, mir von der Oberfläche meiner Persönlichkeit gerissen worden, bis schließlich auf dem tiefsten Grund meines Bewußtseins mein wahres Selbst sich wieder in seiner lange vergessenen, lange preisgegebenen Gruft zu regen begann.

Ich erreichte sie am Treppenabsatz und zog sie von den Stufen zurück. Wir waren jetzt von dem Schlafzimmer, das ich mit Blanche geteilt hatte, weit entfernt, und nahe bei uns befand sich eine Tür, die in eines der überzähligen Zimmer führte, das nie benutzt worden war.

Ich erinnere mich daran, wie ich die Tür wahrnahm. Ich stieß sie auf. Der Raum enthielt nichts als eine schmale Bettstelle mit einer durchgelegenen Matratze, aber das spielte keine Rolle. Nichts spielte eine Rolle außer der Tür. Es war die Tür, an die ich mich später immer so deutlich erinnerte, die Tür, die von einer Welt in eine andere führte, die Tür, die Vergangenheit und Gegenwart verband und die sich in die Zukunft öffnete. Ich erinnere mich, daß ich sie weit aufstieß, ich erinnere mich, daß ich sie zuschlug, ich erinnere mich an das Zuschlagen der Tür hinter uns mit äußerster Endgültigkeit – ja, es ist die Tür, an die ich mich immer erinnere, die Tür, die Tür, die Tür.

3

Das Wunder war, daß der Schmerz absolut aufhörte. Im einen Augenblick war ich so von Schmerz gequält, daß ich unfähig war, mir ein Leben ohne ihn vorzustellen, und im nächsten Augenblick war kein Schmerz mehr da, nur ein tiefes allmächtiges Vergessen – nicht ein Friede, denn Friede bedingt Stille, nicht ein Versinken, denn Versinken bedingt Bewußtlosigkeit –, sondern eine Freiheit, mich zeitweilig vorübergehend von den Quellen meiner Qualen zu trennen.

Wir blieben sehr lange zusammen. Dann war die Episode abgeschlossen, doch innerhalb von Minuten erneuerten sich geheimnisvoll unsere Kräfte. Ich benutze das Wort «unsere» bewußt, denn sie war ebenso erschöpft wie ich. Ich hatte weibliche Erschöpfung dieser Art nie erlebt, wenn ich auch wußte, daß es sie geben sollte. Ich hatte Geschichten über solche Phänomene gehört, aber geglaubt, nur Prostituierte könnten sich so unbeschwert hingeben. Ich maßte mir jedoch kein Urteil an, bekundete weder Erstaunen noch Unglauben. Über banale Emotionen dieser Art war ich hinaus. Ich war weit ins Vergessen vorgedrungen, nur dankbar, daß sie mich ohne jede Gezwungenheit wiederhaben wollte, und so machten wir weiter, und die neuen Kräfte brachten zunehmende Unbefangenheit mit sich, doch wieder verzeichnete ich weder Erstaunen noch bewundernden Unglauben. Ich war völlig in das Mirakel meiner Schmerzlosigkeit versunken und wünschte nur, daß es für immer anhalten möge.

Doch die verfliegende Zeit und die unvermeidbaren Schranken der Natur, von denen man wünschen möchte, daß sie unendlich weit wären, siegten schließlich über uns. Erschöpfung trat wieder ein, und wenn wir später auch eine weitere Erneuerung erlebten, war sie nur von kurzer Dauer. An solche Exzesse nicht gewöhnt, tat mir der ganze Körper weh, und ich spürte, daß es ihr aus dem gleichen Grund genauso ging. Ihre Finger preßten sich in meinen Rücken; ich spürte, wie der gemeinsam erreichte Höhepunkt uns für einige weitere kostbare Sekunden vereinte, und ich versuchte zwar meine Spannung weiter zu erhalten, aber vergebens. Die Kräfte waren erschöpft, und Augenblicke später waren wir eng umschlungen eingeschlafen.

4

Es war irgendwann mitten in der Nacht, als ich erwachte, aber der Mond war inzwischen aufgegangen und in dem Zimmer war es heller. Als erstes nahm ich nur den Körper wahr, der sich an mich schmiegte, doch dann bemerkte ich, daß am Fenster keine Vorhänge waren, die Matratze Klumpen aufwies und die Luft auf unserer nackten Haut merklich kühl war. Ich schauderte unwillkürlich, und sie erwachte.

«Bronwen.» Ich seufzte und küßte sie und seufzte wieder. Ich habe mich nie einer nackten Frau gegenübergesehen. Meine Kenntnisse der weiblichen Anatomie stammten zunächst von klassischen Statuen und später von behutsamen Tastversuchen an Blanches Körper im Schutz der Dunkelheit.

Nach einiger Zeit sagte ich: «Darf ich dich etwas Ungeheuerliches fragen?» Ich existierte noch völlig in meiner Gegenwart. Es gab keine Vergangenheit und keine Zukunft. Ich war durch ein Wunder der Zeit entrückt.

«Etwas Ungeheuerliches?» Sie lachte bei der Vorstellung. «Aber frag lieber auf walisisch, weil ich es sonst vielleicht nicht verstehe.»

Ich lachte auch. Dann berührte ich sie unter ihrer schlanken Taille und unter der Kurve ihrer Hüften. «Hat dein Haar dort», fragte ich, «die gleiche Farbe wie dein Haar hier?» Und damit küßte ich die schimmernde Strähne, die im Mondlicht dunkel über ihre Wange auf ihre Brust hinabfiel.

«Selbstverständlich!» Sie begann wieder zu lachen, und ich stimmte ein. «Warum sollte mein Haar an einer Stelle rot sein, an einer anderen aber nicht?»

«Meine Brüder, die alle viel heller sind als ich, haben am Körper sehr viel dunklere Haare als auf dem Kopf», sagte ich und dachte, was für ein ungewöhnliches Gespräch! Ich begann wieder zu lachen. Es verwirrte mich, daß mir mit einer Frau in dieser intimen Situation zum Lachen zumute war.

«Ich weiß nichts über blondhaarige Männer», sagte sie einfach. «Mein Mann ist dunkel, und es hat keinen anderen gegeben.»

«Ich kannte auch keine andere als meine Frau. Aber das war nicht, weil ich tugendhaft war, was du unzweifelhaft bist. Das war nur, weil ich der Überzeugung war, ich müßte mich vorbildlich verhalten.»

«Aber niemand ist vorbildlich außer im Märchen.»

Nach einer Pause sagte ich: «Blanche war es.»

«Nein, sie war es nicht. Das ist der Grund, weshalb sie eine so bezaubernde Lady war – sie war nicht kalt und makellos wie ein Friedhofsengel aus Stein. Sie war herzlich und wirklich.»

«Aber wenn ich daran denke, wie sie sich geplagt und geschunden hat, die vorbildliche Ehefrau zu sein, wie ich sie mir so selbstsüchtig immer gewünscht hatte –»

«Ach, das erinnert mich an mich selbst. Ich habe geschuftet und geschuftet, um Gareth eine vorbildliche Frau zu sein, aber das war nicht, weil ich eine Heilige war, das tat ich, weil ich fürchtete, er würde mich sonst nicht mehr lieben und mich wegen einer anderen verlassen. Ich war schwach und schüchtern und unehrlich. Ich war überhaupt keine Heldin.»

«Und hat er dich verlassen?»

«Ja – wegen der See und wegen der Flasche. Wir teilen noch das Bett, wenn er nach Hause kommt, aber ich mache mir nicht mehr die Mühe, so zu tun, als ob ich eine Heilige wäre, und jetzt bin ich viel glücklicher. Es ist besser, in der Wahrheit zu leben, wie schrecklich sie auch sein mag, als sein wahres Ich durch ein Leben in der Lüge zu ermorden.»

Ich blickte sie nur erschrocken an. Dann versuchte ich, mir Blanche als schwach und schüchtern, ja vielleicht sogar ein bißchen unehrlich vorzustellen, nicht als Heilige, sondern als eine Frau aus Fleisch und Blut, die mich nicht vollkommen geliebt hatte, aber aufrichtig genug, um sich die Bürde aufzuladen, zu versuchen, die Frau zu sein, die ich mir wünschte. Schließlich sagte ich: «Ich habe sie nie richtig gekannt. Und auch sie kannte mich nie. Sie kannte nur meine englische Seite, sie kannte mich nur als John. Aber in früherer Zeit war ich Johnny und Waliser.»

«Was ist aus Johnny geworden?»

«Ich habe ihn ermordet. Ich ermordete mein wahres Ich, um in einer Lüge zu leben.» Ich zog sie fest an mich und vergrub mein Gesicht in ihrem langen Haar.

«Aber er ist wiedergekommen, nicht wahr?» sagte sie. «Siehst du nicht den Bogen der Zeit? Du hast ihn gar nicht ermordet. Er lebt noch.»

5

Kurz nach vier sagte sie auf englisch: «Ich muß gehen. Myfanwy steht vor Sonnenaufgang auf, um das Brot zu backen.»

Alarmiert fragte ich, ob ihre Schwester auf sie gewartet haben könnte, aber sie schüttelte den Kopf. «Nein, ich gehe immer später schlafen als meine Schwester Myfanwy oder Huw. Ich muß nicht so früh aufstehen.» Sie glitt aus dem Bett. «Ich muß mich waschen», sagte sie unvermittelt. «Ich gehe in die Spülküche hinunter.»

«Was hast du gegen das Badezimmer?»

«Ich weiß nicht recht, was ich dort machen muß.»

«Was meinst du damit bloß?»

Wir gingen ins Bad, das sie anscheinend in der Nacht aufgesucht hatte, nachdem sie nebenan auf der Toilette gewesen war.

«Da sind zwei Hähne, und ich wußte nicht, welchen ich benutzen sollte. Das zweite Becken in der Spülküche hat nur einen Hahn, und daher weiß ich, daß ich mir da keine Gedanken zu machen brauche.»

«Ach, deshalb.» Ich sah auf die Badewanne und das Becken, zwei belanglose Objekte, die ich als selbstverständlich hingenommen hatte, solange ich denken konnte, und versuchte mir jemand vorzustellen, für den sie eine schwierige Aufgabe sein mochten. «Ja», sagte ich und nahm mich zusammen. «Also, im Augenblick kannst du beide Hähne benutzen – es spielt keine Rolle, weil der Boiler nicht in Betrieb ist und es deshalb kein warmes Wasser gibt.»

«Ach, so ist das. Ja, ich habe mich gefragt, ob das W auf dem einen Hahn WARM bedeuten soll, war mir aber nicht sicher. Man fragt besser, wenn man sich nicht sicher ist, oder nicht?»

«Das ist sehr viel besser.»

«Ich fürchtete, es könnte für besonderes Trinkwasser sein, das zum Waschen nicht benutzt werden soll. In dem Haus, in dem ich im Dienst war, gab es kein Bad – aus der Pumpe im Hof kam Flußwasser, und Trinkwasser kam aus der Quelle, und wenn die Herrschaft warmes Wasser wollte, wurde es in Kupferbecken erhitzt und in Krügen in ihr Schlafzimmer hinaufgetragen.»

«So war es auch in Oxmoon, als meine Eltern heirateten. Ich vermute, daß in vielen Landhäusern in abgelegenen Gegenden erst spät moderne Installationen und Badezimmer eingerichtet wurden.»

«Ich habe bisher noch nie ein Badezimmer gesehen», sagte Bronwen einfach. Dann lächelte sie und sagte mit einer Spur ihrer alten Schüchternheit: «Jetzt finde ich mich hier zurecht.»

Ich küßte sie und ging in mein Ankleidezimmer, um etwas Unauffälliges anzuziehen. Nachdem ich wieder in dem unbenutzten Zimmer war, fragte ich: «Wann wird dein Mann wieder nach Hause kommen?»

«Ich weiß nicht. Es hängt davon ab, ob er die Route über Lissabon oder über Neapel fährt.»

«Hast du ihn nicht gefragt, welche er fahren würde?»

«Nein, ich war zu wütend auf ihn, weil er mir kaum etwas Geld zurückließ und ich wußte, daß wir wieder hierher zurück mußten und auf Huws Barmherzigkeit angewiesen waren.»

«Warum hat er dir nicht mehr gegeben?»

«Weil er es vertrunken hatte.»

Schweigend gingen wir hinunter. Ich versuchte, mir ihr Leben in einer billigen Mietwohnung in Cardiff vorzustellen, aber damit war ich überfordert, und statt dessen dachte ich an Disraeli, der vor einem dreiviertel Jahrhundert über die zwei britischen Nationen gedonnert hatte: die Reichen und die Armen. Unwillkürlich scheute ich vor dieser Vorstellung zurück. Ich streckte die Hand aus, als ob ich das Unüberbrückbare überbrücken könnte, aber als ich über den gähnenden Abgrund blickte, der ihre Nation von meiner trennte, sah ich die blinkenden Bajonette des Klassensystems, die darauf warteten, all jene zu durchbohren, die in diesen Abgrund stürzten.

«An was denkst du?» fragte sie plötzlich, als ich die Haustür öffnete.

«Nichts Besonderes.»

Sie blieb stehen. Ich sah ihr Gesicht und sagte: «An Klassen. Ich werde nie wieder etwas als selbstverständlich hinnehmen.»

«Was kann man sonst tun, als es hinnehmen? Die Welt ist eben einmal so.» Auf der Schwelle blieb sie stehen. «Ich möchte mich hier verabschieden.»

«Soll ich dich nicht noch ein Stück begleiten?»

«Ich möchte mich lieber hier von dir trennen, wo du hingehörst.»

«Aber wir sehen uns doch wieder?»

«Wo?» entgegnete sie. «Und wie sollte das möglich sein?»

«Aber –»

«Es spielt keine Rolle», sagte sie schnell. «Du brauchst nicht so zu tun, als ob zwischen uns mehr sein könnte, du brauchst nicht zu versuchen, meine Gefühle zu schonen. Ich finde mich damit ab, daß es keine Zukunft gibt, aber es macht mir nichts aus, denn ich habe diese eine vollkommene Nacht gehabt, die Nacht, von der ich glaubte, daß ich sie nie erleben würde, doch jetzt, wenn die dunklen Tage kommen und das Leben sehr hart zu sein scheint, werde ich in der Lage sein, durch den Kreis zurückzublicken und deine Stimme im Echo der Zeit zu hören.»

Ich konnte nur sagen: «Ich muß dich wiedersehen.»

«Wie könnte das möglich sein?» wiederholte sie und fügte hinzu: «Schwarz ist schwarz und Weiß ist weiß und Grau ist nicht erlaubt.»

«Außer im Schlafzimmer.»

«O ja! Wenn die Frau eine Hure ist.» Sie wandte sich zum Gehen.

«Um Gottes willen! Ich wollte nicht sagen –»

«Nein, das weiß ich. Aber es ist die Wahrheit, oder nicht? Und darum kann ich dich nicht wiedersehen.»

Wir standen einander bewegungslos gegenüber. Der Himmel im Osten wurde hell und hinter dem von Tau benetzten Rasen hatten in den dunklen Wäldern die Vögel angefangen zu singen. Ich nahm sie fest in die Arme. Nach einer langen Pause sagte ich eigensinnig: «Ich weiß, daß wir uns wiederbegegnen. Ich weiß es.» Aber sie schüttelte den Kopf, sagte: «Lebwohl, Johnny», und ging über die Auffahrt auf das Tor zu.

6

Der Wagen reagierte beim ersten Versuch, den Motor anzulassen. Der Regen hatte aufgehört. Es war auch ein kühler Morgen, aber mir war nicht nur kalt, als ich über die Straße fuhr, sondern ich fühlte mich auch in merkwürdiger Weise älter, als ob ich über Nacht erwachsen geworden wäre, statt in der überlieferten Frist von Jahren von der Jugend zur Reife zu altern.

Als ich nach Süden fuhr, erreichte ich offenes Land, wo Steinmauern abwechselnd mit Hecken die Felder im Tal säumten. Die Straße war kurvenreich, das Moor kam näher, und über der langen Linie des Höhenzugs, der den Gipfelkamm der Rhossili Downs bildete, konnte ich von der See her riesige weiße Wolken aufziehen sehen.

Links von mir war schon die hohe Mauer um den Herrensitz. Einen Augenblick später bog ich in das Tor ein, und dort lag Oxmoon wie eine rätselhafte Aufgabe vor mir, trieb mich an bis zum Ende meiner jetzt unausweichlichen Mission.

Seit dem Begräbnis meiner Mutter waren sieben Wochen vergangen, aber ich hatte das Gefühl, als seien es sieben Jahre her oder noch länger. Als ich den Wagen abstellte, fragte ich mich, ob meine Nerven mich im Stich lassen würden, aber ich war mir nur der fanatischen Entschlossenheit bewußt, zu tun, was getan werden mußte.

Ich drückte auf die Klingel.

Ein neues Stubenmädchen, jung und frisch, in einer makellosen Uniform öffnete die Tür und sagte: «Guten Morgen, Sir» mit einem kleinen respektvollen Knicks, aber als sie kein Anzeichen des Erkennens zeigte, wurde mir bewußt, daß sie in unserer Gegend fremd und eins der unausgebildeten Mädchen war, die aus Swansea hergeholt worden waren.

«Guten Morgen», sagte ich. «Ich bin John Godwin und bin gekommen, um meinen Vater zu sprechen.»

Das Stubenmädchen verriet seinen Mangel an Erfahrung durch ihre unangebrachte Verwirrung. Um es ihr zu erleichtern, schritt ich über die Schwelle, ohne auf ihre Aufforderung zu warten, und als ich in der Halle stehenblieb, erschien am hinteren Ende im Gang eine Frau. Ich nahm meinen Hut ab. Sie kam mit einem Lächeln näher, und im nächsten Augenblick stand ich schließlich doch der Geliebten meines Vaters gegenüber: Milly Straker.

Sechstes Kapitel

I

In Penhale hatte ich sie ein- oder zweimal gesehen, aber niemals aus der Nähe, deshalb erkannte ich sie zwar, aber im einzelnen war mir ihr Aussehen unbekannt geblieben. Ich beherrschte meine sofort aufwallende Antipathie, indem ich mir sagte, daß gerade ich von allen Menschen das geringste Recht zu einem vorschnellen Urteil hatte.

«Sie sind Mr. John, nicht wahr?» sagte sie höflich mit einer klaren Stimme. Es war die Stimme einer Londonerin, aber nicht die einer Cockney, die im Bereich der Töne der Bow Bells geboren worden war. Ich hörte den Tonfall der Londoner Vororte – Wandsworth vielleicht oder Clapham –, wo schäbige kleine Villen «respektable» Straßen säumen, mit weißen Gardinen an den Fenstern, wuchtigen Möbeln in den Wohnräumen, und plötzlich hatte ich das Gefühl, um fünfzig Jahre in eine victorianische Erotik zurückversetzt zu sein, wo in verstohlenen Zimmern mit ständig dicht zugezogenen Vorhängen verbotene Riten zelebriert wurden. Mrs. Straker trug ein einfaches schwarzes Kleid mit einer Kameenbrosche auf ihrem flachen Busen. Unter dem streng gescheitelten schwarzen Haar sah ich ein fahles Gesicht, scharfe Augen mit einem fuchsartigen Blick. Sie machte den Eindruck, daß sie vieles gesehen, mehr noch getan, und was sie weder gesehen noch getan hatte, mit Hilfe einer abgrundtiefen Phantasie sehr genau beschreiben konnte.

«Dies *ist* eine Überraschung, Sir», sagte sie wieder mit wohlmodulierter Stimme. «Darf ich mir die Freiheit erlauben, mich selbst vorzustellen? Ich bin Mrs. Straker.» Sie entließ das faszinierte Stubenmädchen und fügte ruhig hinzu: «Mr. Godwin frühstückt in seinem Zimmer, doch ich bin sicher, daß er sich besonders freuen wird, Sie zu sehen. Wenn Sie mir bitte folgen wollen, Sir, werde ich selbst Sie zu ihm hinaufgeleiten.»

Ich wollte ihr sagen, ich könne den Weg die Treppe hinauf allein finden, wußte aber, daß ich meinen Vater nicht unangemeldet überraschen konnte. Tatsächlich wäre ich kaum überrascht gewesen, wenn Mrs. Straker mich gebeten hätte, im Frühstückszimmer zu warten, während sie feststellte, ob mein Vater mich empfangen wollte oder nicht. Ich fand, ich hatte keinen Grund, die Begleitung abzulehnen.

«Vielen Dank, Mrs. Straker», sagte ich.

Sie ging voraus die Treppe hinauf. Sie war dünn, mit schmalen, unweiblichen Hüften, aber ihre Knöchel waren gut geformt. Sie bewegte sich auch gut, weder geziert noch lasziv, sondern mit einem glatten, gelassenen Selbstbewußtsein. Ihr Alter zu schätzen, war unmöglich, aber ich bezweifelte, daß sie jünger als dreißig war.

«Ein unerwarteter Besucher für Sie, Mr. Godwin!» rief sie honigsüß, als sie an die Tür zum Schlafzimmer meiner Eltern klopfte.

«Herein!» war die vergnügte Antwort meines Vaters.

Sie öffnete die Tür, und ich hörte sie sagen: «Es ist Mr. John», und im nächsten Augenblick ging ich an ihr vorbei in das Zimmer. Dann verließ sie uns, und als die Tür sich hinter ihr schloß, fand ich mich wieder einmal mit meinem Vater allein.

Er saß an dem Tisch vorm Fenster, die Reste seines Frühstücks vor sich und ein Heft von *Country Life* in den Händen. Er trug die Brille, die er zum Lesen brauchte, doch als er mich sah, nahm er sie ab, als befürchte er, sie könne ihn täuschen.

«John!» Er erhob sich umständlich. Seine Tasse klirrte auf der Untertasse, als er sie versehentlich anstieß. Die Zeitschrift fiel zu Boden.

«Guten Morgen, Sir», grüßte ich förmlich, war jedoch von meinen Empfindungen wie gelähmt, so daß ich unfähig war, meine vorbereitete Rede vorzutragen.

«Aber das ist ja eine wunderbare Überraschung», sagte mein Vater mit einer Gefühlsaufwallung. «Bitte – setz dich doch.» Er deutete auf den ihm gegenüber stehenden Stuhl und stieß dabei beinahe wieder seine Tasse um.

Es gelang mir, seiner Aufforderung zu folgen, doch noch ehe ich einen weiteren Versuch machen konnte zu sprechen, fragte mein Vater besorgt: «Wie geht es dir? Ich habe mir große Sorgen gemacht, die vergangene Nacht kaum geschlafen. Hast du schon gefrühstückt? Nein, ich nehme an, nicht, dir wird nicht nach Essen zumute sein, aber du mußt essen, es ist wichtig.» Er hob den Deckel von einer silbernen Schüssel, die vor ihm stand, und blickte hinein. «Ja, es ist noch reichlich da, und es ist noch warm. Ich werde nach einem Teller und einem Besteck und einer Kanne frischen Tee klingeln.»

Irgendwie konnte ich Essen und Trinken ablehnen. Noch immer konnte ich mich nicht an meine wohlvorbereitete Rede erinnern, aber jetzt war es mir gleichgültig. «Papa», sagte ich, «ich bin gekommen, um mich zu entschuldigen. Ich war nach Mamas Tod sehr grausam zu dir. Ich erwarte nicht, daß du mir sofort verzeihst, aber vielleicht im Lauf der Zeit ...» Ich konnte nicht weiterreden, aber es spielte keine Rolle, denn sobald ich schwieg, begann er auf walisisch mit mir zu sprechen.

«Mein lieber John», sagte er, «wenn ich nur halb soviel Mut gehabt hätte, wie du ihn heute morgen aufbringst.» Er bückte sich, hob die Zeitschrift vom Boden auf und begann den Umschlag mit den Fingern zu glätten. «Ich war ebenso grausam zu meiner Mutter», sagte er, «aber ich besaß nie den Mut – oder die Menschlichkeit –, später zu sagen, daß es mir leid täte. Und nachdem sie tot war, bedauerte ich das.»

Ich sagte: «Du spendest mir ein Lob, das ich nicht verdiene. Ich will keinen edlen Charakter beweisen, sondern nur mein beschämend spätes Verständnis für das zeigen, was du gelitten haben mußt.»

«Verständnis ist eine Sache. Den Mut zu haben, es zu zeigen, ist etwas ganz anderes.»

«Aber du erkennst nicht – du weißt nicht, was ich in der vergangenen Nacht getan habe.»

«Oh, ich glaube schon», sagte mein Vater, und als ich ihn ansah, wußte ich, daß nichts weiter gesagt zu werden brauchte.

Nach einer Weile sagte er: «Deine Frau war ein liebes kleines Mädchen, aber vielleicht doch nicht ganz das richtige für dich. Ich möchte behaupten, daß du dich jetzt schuldig fühlst, weil du nicht fähig warst, sie so zu lieben, wie sie es verdiente. Schuld ist eine sehr schreckliche Sache», sagte mein Vater und blickte in den Regen hinaus, der wieder auf den stillen Garten fiel. «Glaub mir, ich weiß alles über Schuld und wie sie einen quälen kann, wenn man allein ist.»

Meine Finger lagen ineinander verschlungen vor mir auf dem Tisch. Er streckte seine Hand aus und bedeckte sie.

«Es ist merkwürdig», sagte mein Vater schließlich, zog seine Hand zurück und schenkte sich noch einmal Tee ein, «wie Margarets Abwesenheit mich befähigt hat, meine Kinder klarer zu sehen. Ich vermute, das ist deshalb, weil ich in euch allen ständig nach ihr suche. Robert ist der, der ihr am ähnlichsten ist, selbstverständlich, aber weißt du, ich bezweifle, daß ich das jemals ehrlich zugegeben hätte, ehe Margaret tot war. Ich hatte immer einen starken Drang, Robert zu idealisieren – ihn wie mich selbst zu sehen, das Selbst, das ich gern gewesen wäre. Das hängt alles damit zusammen, daß seine Geburt mir den Mut gab, es mit Bryn-Davies aufzunehmen und in Oxmoon eine bessere Welt aufzubauen. Robert war meine Rechtfertigung, verstehst du, und je brillanter und großartiger er war, desto mehr fühlte ich mich gerechtfertigt für das, was ich getan hatte – tatsächlich glaube ich, selbst wenn er nicht brillant und großartig gewesen wäre, hätte ich es mir eingeredet. Das war für mich notwendig. Ganz verkehrt allerdings», fügte er ernst hinzu und schlürfte von seinem Tee.

«Es hat Robert nichts genützt, daß ich ihn verwöhnte, und es war hart gegenüber euch anderen – und besonders hart gegen dich. Aber, verstehst du, ich wollte dich nicht ansehen und an mich selbst erinnert werden. Ich wollte nur Robert sehen und an den Mann erinnert werden, der zu sein ich mir einbildete. Sehr dumm», sagte mein Vater und blickte wieder in den Regen hinaus. «Aber so ist es nun einmal. Keine Eltern sind vollkommen. Wir alle machen Fehler. Der große Trick besteht darin, sie zu erkennen und auszugleichen. Selbstverständlich nicht immer möglich, aber man kann es versuchen.»

Er schwieg und trank einen Schluck Tee.

«Ja», sagte er schließlich, als ob er seine Überlegungen über ein besonders verwickeltes Problem zufriedenstellend abgeschlossen hätte, «ich fürchte, das war die Schwierigkeit – ich fürchtete, du könntest so sein wie ich – und wie meine Mutter –, aber jetzt kann ich sehen, wie töricht meine Befürchtungen waren. Mir ist es gleichgültig, was dich heute morgen hierhergebracht hat – ich weiß nur, daß ich mich vor langer Zeit nicht dazu überwinden konnte, das zu tun, was du heute getan hast. Die Wahrheit ist also doch, daß die Ähnlichkeit gar nicht wichtig ist. Wirklich wichtig ist doch, daß zwei Menschen, selbst wenn sie die gleichen Karten zugeteilt bekommen, diese Karten immer anders ausspielen.» Er lächelte mir zu. «Du wirst deine Karten besser spielen, als ich es je konnte», sagte er. «Ich weiß, daß du das tun wirst. Ich weiß es.»

Ich konnte nicht sprechen, aber wir hatten Frieden geschlossen. Ich dachte sogar, es sei das erste Mal in meinem Leben, seit ich erwachsen war, daß ich Frieden gefunden hatte. Doch dann, noch ehe ich anfangen konnte, die volle Bedeutung dieser Freiheit zu erfassen, öffnete sich die Tür und Mrs. Straker kam herein.

«Nun, meine Lieben», sagte sie, sobald sie die Tür hinter sich geschlossen hatte, «habt ihr einen netten kleinen Plausch gehabt? Ich habe hier noch etwas zu essen gebracht für den Fall, daß es John flau werden sollte und er etwas zu sich nehmen will – weiß Gott, eine Versöhnung beim Frühstück sollte ausreichen, um jeden in die Knie zu zwingen, aber man sehe sich euch beide nur an! Trockene Augen und Pokergesichter. Ich verstehe nicht, wie ihr Männer das macht. Hier, nehmen Sie Ihre Hände fort, John, damit ich Ihnen Ihr Besteck auflegen kann.»

Ich ließ meine Hände dort auf dem Tisch, wo sie lagen, und antwortete: «Vielen Dank, Mrs. Straker, aber ich möchte nicht frühstücken.»

«Nennen Sie mich Milly, mein Lieber, alle Ihre Brüder tun das außer Robert. Aber selbstverständlich bekomme ich ihn nicht oft zu sehen, den armen Mann. Was für schreckliche Dinge Menschen auf dieser Welt passieren! Das erinnert mich, mein Lieber, lassen Sie mich Ihnen mein Beileid aussprechen – Sie werden keinen Wert darauf legen, aber ich spreche es Ihnen trotzdem aus. Aber kein Thema kann so lähmend auf ein Gespräch wirken wie der Tod, nicht wahr, darum wollen wir lieber von etwas anderem reden. Bobby, ist das alles, was du gegessen hast? Was ist noch in der silbernen Schüssel? Oh, sieh dir das an! Du hast es kaum angerührt. Du bist unartig. Jetzt iß das sofort auf, ehe ich ärgerlich werde.»

«Also, ehrlich gesagt», sagte mein Vater und lächelte sie an, «ich bin jetzt hungriger als vorher.»

Ich stand abrupt auf. «Ich muß weiter.»

«Aber du kannst doch nicht in das leere Haus zurück!» rief mein Vater besorgt aus. «Bleibe doch hier!»

«Das ist sehr freundlich von dir, Papa, aber ich muß unbedingt zu den Kindern nach London.»

Das war eine Entscheidung, die er akzeptieren konnte. «Also gut, aber wenn du wieder hier bist –»

«Selbstverständlich werde ich dich anrufen», sagte ich. «Nein, Mrs. Straker, Sie brauchen mich nicht hinauszubegleiten. Guten Tag.»

«Einen guten Tag, John», sagte sie schnippisch und warf mir aus ihren verdorbenen schwarzen Augen einen scharfen, wissenden Blick zu.

Irgendwie gelang es mir, mit ausdruckslosem Gesicht aus dem Zimmer und aus dem Haus zu kommen, und zutiefst betroffen stieg ich in meinen Wagen.

2

Ich war zu aufgewühlt, um sofort nach Hause zu fahren. Statt dessen fuhr ich nach Rhossili, hielt den Wagen oben am Rand der Klippen an und starrte durch den Regen auf den vom Wind überfegten Strand weit unten hinab. In langen Reihen lief die Brandung pausenlos gegen die schwarzen Stümpfe gestrandeter Schiffe an. Dunst verhüllte sowohl Worm's Head links von mir als auch den Höhenzug der Downs auf der rechten Seite, und auf der Wiese der Pfarrei oberhalb des Drei-Meilen-Strands schienen die Schafe vom Sturm auf dem Gras festgenagelt zu werden.

Während ich einige Zigaretten rauchte, war ich bemüht, mich zu erholen – nicht nur von meiner Wut, die erheblich war, sondern ich versuchte auch, den Schock zu überwinden, den die Szene in Oxmoon in mir ausgelöst hatte. In gewisser Weise war sie befriedigender verlaufen, als ich zu hoffen gewagt hatte, aber andererseits hatte sie sich zu einem Alptraum ausgewachsen, von dem ich nicht wußte, wie ich ihn überwinden sollte. Wie ging man mit jemand wie Milly Straker um? Soviel ich wußte, gab es kein Buch darüber, wie man als gebildeter Mensch mit der Geliebten seines Vaters freundschaftlich auskommen könnte, aber ich bezweifelte auch, ob durch ein Buch vermittelte Regeln hätten helfen können, das Dilemma zu lösen, in dem ich mich befand. Mir sah es so aus, als ob ich gerade in dem Augenblick von meinem Vater abgeschnitten worden war, als wir es schließlich erreicht hatten, einander zu verstehen.

Ich wußte sehr gut, daß mein Schock meiner Naivität entsprang. Ich hatte irgendeiner sentimentalen Vorstellung gehuldigt, daß ich in dem Augenblick, in dem ich meinem Vater verzieh, automatisch entdecken würde, Mrs. Straker sei eine höchst charmante und bezaubernde Frau, die nur zu bereitwillig uns allen helfen würde, für alle Zeit glücklich zu leben. Deshalb war ich nach Oxmoon gegangen, völlig bereit, mich zu überschlagen, um höflich zu ihr zu sein. Ich hatte mich sogar nahezu verpflichtet gefühlt, sie zu mögen. Doch als sie sich von ihrer wahren Seite zeigte, war ich noch viel entsetzter gewesen, als wenn ich in der Erwartung nach Oxmoon gekommen wäre, einem Ungeheuer zu begegnen.

Noch einmal dachte ich über diese wahre Seite nach. Selbstverständlich war sie gewöhnlich, aber darauf war ich vorbereitet gewesen. Selbstverständlich war sie vulgär, doch selbst ihre unerträgliche Vertraulichkeit, abstoßend, wie sie war, hätte ich im Interesse meines Vaters übersehen können. Was ich aber nicht unbeachtet lassen konnte, waren die unverkennbaren Anzeichen, daß Mrs. Straker machtsüchtig war. Meine Jahre im Außenministerium hatten mich eine Menge über Macht und die Manipulation, die sie unausweichlich begleitet, gelehrt, und ich erkannte in Mrs. Straker eine kluge, ehrgeizige, durch und durch skrupellose Person. Ihre Vulgarität entsprang nicht dem einfältigen Geschwätz einer Frau, die es nicht besser verstand; sie war sorgfältig einstudiert, und jedes Wort, das sie in diesem Schlafzimmer gesprochen hatte, war überlegt gewesen, um ihren Einfluß auf meinen Vater zu betonen. Weil ich vor allem einen neuen Streit mit ihm hatte vermeiden wollen, hatte ich geschwiegen, aber nichtsdestoweniger war ich entsetzt.

Ich konnte genau erkennen, wie sie die Lage sah. Mein Vater war in fataler Weise von ihrer Gesellschaft abhängig. Robert war ein

Krüppel, Celia lebte in Heidelberg, Lion war tot, Edmund war unfähig und Thomas war ein Kind. Von da her war sie vor jeder Opposition sicher. Danach blieb ich übrig, und ich war der einzige potentielle Feind. Sie mußte schon lange erkannt haben, daß es «Mr. John» sein würde, wenn jemand ihre Herrschaft in Oxmoon bedrohte, und das war der Grund gewesen, weshalb sie ihren Bereich so nachdrücklich in dem Augenblick abgesteckt hatte, in dem ich die Schwelle zu meinem Vater überschritt.

Oxmoon waren Usurpatoren nicht fremd. Es hatte Owain Bryn-Davies überstanden, und ich vermutete, es würde auch Mrs. Straker überleben, nichtsdestoweniger war die Aussicht, daß eine besitzgierige Frau dort ohne jeden Widerstand ihre Macht ausüben konnte, wirklich ernüchternd. Die einzige Schlußfolgerung, zu der ich kam, war: Was auch immer geschehen mochte, ich mußte vermeiden, mich wieder mit meinem Vater zu streiten.

Das schien mir eine entmutigende Aufgabe zu sein, und nachdem ich der Verzweiflung nahe meine Zigarette ausgedrückt hatte, fuhr ich nach Little Oxmoon, um mich mit Robert zu beraten.

3

«Das ist eine dieser nervenzerfetzenden Situationen», sagte Robert, «in der man sich nach der Gabe der Hellsichtigkeit sehnt. Unser Hauptproblem ist hier, daß wir ungenügende Informationen haben.»

«Das verstehe ich nicht.»

«Also, du hast eine trübe Zukunftsperspektive, weil Mrs. Straker eine kluge, gerissene Person ist, doch andererseits ist es durchaus möglich, daß er Weihnachten schon genug von ihr hat. Wie lange haben Papas Geliebte Bestand, frage ich mich? Wenn er so wie andere Männer ist, werden seine Affären einen voraussehbaren Verlauf über einen voraussehbaren Zeitraum nehmen.»

«Sie macht einen erschreckend beständigen Eindruck.»

Wir waren im Eßzimmer, wo ich gerade ein ausgezeichnetes Frühstück beendet hatte. Ginevra war mit Robin und seiner Nanny nach Swansea gefahren, um Tante Charlotte an den Zug nach London zu bringen. Kester quengelte wie üblich irgendwo in Gesellschaft seines Kindermädchens. Draußen regnete es immer noch.

«Ich kann einfach nicht verstehen, was er an ihr findet, Robert. Sie sieht weder gut aus, noch ist sie besonders jung. Es ist mir ein völliges Geheimnis.»

«Mein lieber John, es ist das verbreitetste aller Fehlurteile, daß Sex nur in einer Atmosphäre der Jugend und Schönheit gedeihen kann. Ich hatte einmal den höchst ungewöhnlichen Fall, an dem ein Mann von vierzig, eine Frau von fünfundsechzig und ein achtzehnjähriger junger Bursche mit einer Hasenscharte beteiligt waren...»

Robert erzählte weiter, aber ich hörte ihm kaum zu. Ich hatte begonnen, mich an einen anderen außergewöhnlichen Fall sexueller Absonderlichkeit zu erinnern, bei dem es um einen neunundzwanzigjährigen Herrn ging, der sich mit einer sechs Jahre jüngeren Frau aus der Arbeiterklasse über Nacht auf eine leidenschaftliche Affäre eingelassen hatte. Ich dachte über ihre beiden getrennten Welten nach, die gleichzeitig existierten, zwischen denen es aber keine andere Verbindung als das Bett gab.

«Robert», sagte ich, seine Saga von dem mörderischen jungen Burschen mit der Hasenscharte unterbrechend, «hast du je mit einer Frau aus der Arbeiterklasse geschlafen?»

Selbstverständlich nahm er an, ich versuchte immer noch, die Affäre meines Vaters mit Mrs. Straker zu verstehen. «Ja, gewiß. Warum?»

«Hast du dieses Erlebnis als etwas Besonderes empfunden? Ich meine... hast du festgestellt, daß du dich mit diesen Frauen unbefangener unterhalten konntest?»

«Unterhalten? Worüber denn? Wie sollte man denn versuchen, mit so einer Frau ein ernsthaftes Gespräch zu führen? Da gibt es doch keine gemeinsame Basis. Jedenfalls geht man doch kaum mit einem Mädchen aus der Arbeiterklasse ins Bett, um mit ihr unter der Bettdecke ‹Konversation› zu machen.»

«Nein», gab ich zu. «Vermutlich nicht... Robert, hast du je einen Mann kennengelernt, der tatsächlich ein Mädchen aus der Arbeiterklasse geheiratet hat?»

«Natürlich hört man immer wieder einmal von einem Holzkopf wie Oswald Stourham, der sich von einem platinblonden Ballettmädchen um den Verstand bringen läßt, aber zum Glück sind solche Fälle ziemlich selten. Aber keine Sorge, John. Ich glaube Papa, wenn er schwört, daß er diese Frau niemals heiraten wird. Er ist ja nicht völlig wahnsinnig.»

Ich schwieg.

«Das letzte, was er will, wäre ein gesellschaftlicher Selbstmord», sagte Robert begütigend. «Selbst wenn er sich damit abfände, von seinen Freunden geschnitten zu werden, wie sollte er es ertragen, vor seinen Kindern gedemütigt zu werden? Nein, vor dem Altar wird er sich hüten, keine Sorge – da wird er die Grenze ziehen.»

«Die Grenze ziehen», sagte ich, «ja.» Ich stand auf, um zu gehen.

«Nun, John», sagte Robert, wie um sich zu verabschieden, «es tut mir leid, daß du dich in der vergangenen Nacht allein mit deiner Einsamkeit herumschlagen mußtest, aber wenn das dazu geführt hat, daß du mehr Verständnis für Papa aufbringst, hast du wenigstens nicht vergeblich gelitten. Versprich mir aber, daß du heute abend zu uns herüberkommst, statt dich selbst wieder in dieses verdammte Haus einzusperren. Ich versichere dir, es ist nichts Heroisches dabei, Leiden der Bequemlichkeit vorzuziehen.»

Aber ich brauchte mehr Zeit, um meine Pläne zu überdenken, und nachdem ich ihm versprochen hatte, ihn später anzurufen, kehrte ich nach Penhale Manor zurück.

4

Als ich zu Hause war, begann ich einzusehen, daß meine Situation aus mindestens drei Gründen unerträglich geworden war und daß mein Leben wieder einmal eine radikale Veränderung verlangte.

Der erste Grund betraf meinen Vater. Wenn ich in Gower blieb, schien es mir zweifelhaft, ob es mir gelingen konnte, einen Zusammenstoß über das Thema Mrs. Straker mit ihm zu vermeiden – und ein Zusammenstoß wäre genau das, was meine Feindin sich wünschte. Tatsächlich würde sie wahrscheinlich alles tun, um ihn herbeizuführen und dadurch einen Keil zwischen mich und meinen Vater zu treiben und mich von Oxmoon fernzuhalten. Die beste Aussicht für mich, sie zu überlisten, bestand zweifellos darin, ein pflichtbewußter, liebevoller, aber in der Ferne weilender Sohn zu sein, bis er wieder zur Vernunft kam.

Die zweite harte Wahrheit, die ich zu akzeptieren hatte, war, daß trotz Bronwens verständnisvollen Worten die Erinnerung an Blanche für mich unerträglich schmerzlich war und für einige Zeit bleiben würde. Verstandesmäßig sah ich ein, daß meine Gefühle für Blanche im Lauf der Zeit ruhiger werden würden, und ich hielt es für wahrscheinlich, daß ich eines Tages unter veränderten Verhältnissen wünschen mochte, in dem Haus zu leben, das so angenehm nahe bei Oxmoon lag, aber gegenwärtig konnte ich nichts anderes sehen als den Flügel und die weißen Rosen und wußte, daß ich meine Frau nicht so, wie ich sollte, geliebt hatte.

Der dritte Grund, der meine Abreise zwingend machte, betraf die Frau, die ich liebte. Wenn ich in Penhale blieb, würde ich Bronwen unvermeidlich wieder begegnen, und dann würden wir, das wußte ich, in eine Affäre hineingezogen, die sie nicht wünschte, wie sie deutlich klargemacht hatte. Es war für mich nutzlos, töricht und romantisch, davon zu träumen, sie in einem ordentlichen kleinen Reihenhaus in Swansea unterzubringen. Selbst wenn sie dazu bereit wäre, kam ein derartiger Plan nicht in Betracht, weil der verlassene Ehemann bestimmt Schwierigkeiten machen würde, und unter dem sich daraus entwickelnden Skandal würden alle Kinder, ihre sowohl wie meine, ganz gewiß leiden.

Ich hatte eine Vision des Chaos und scheute davor zurück. Ich dachte an meine Mutter und wie entsetzt sie über den Skandal gewesen wäre. Ich dachte an meinen Vater, der der Meinung sein würde, daß ich meine Karten letzten Endes doch katastrophal schlecht gespielt hätte, und als dann schließlich niemand mehr da war, an den noch zu denken gewesen wäre, dachte ich an meine Großmutter und Owain Bryn-Davies.

Sofort kam ich zu der Entscheidung, daß ich Bronwen nie wiedersehen durfte.

Wahnsinn drohte.

Vernichtung stand bevor.

Ich zog die Grenze.

5

Ich lernte Harley Armstrong drei Wochen später bei einem Empfang kennen, den mein ehemaliger Chef im Außenministerium gab, und neunzehn Monate später machte Armstrong mich mit seiner Tochter Constance bekannt. Ich wußte schon seit einiger Zeit, daß er wünschte, ich solle sie heiraten.

Diesen Teil meines Lebens habe ich oft mit penibler Sorgfalt überprüft, bin aber zu der Schlußfolgerung gekommen, daß ich auf die schlimmste denkbare Weise für Constance bestimmt war. Ich erzählte Robert später, daß es so war, als ob ein Deus ex machina mitwirkte, und Robert hob sofort mit einem Exkurs über das griechische Konzept des Schicksals an, das auch den sogenannten «Wahnsinn des Untergangs» umfaßte, die Hölle, wo jeder der Vernichtung ausgeliefert war, weil alle von Kräften getrieben wurden, die außerhalb ihrer Kontrolle lagen. Zu dieser Zeit glaubte ich allerdings, ich sei geistig völlig gesund, und Robert meinte, ich sei lobenswert vernünftig. Nie haben sich zwei intelligente Leute gründlicher getäuscht.

Um Constance auszuweichen, wäre ich genötigt gewesen, London auszuweichen, denn 1921 wäre es mir zwar irgendwie gelungen, Armstrong aus dem Weg zu gehen, doch ich hätte Constance und ihre Schwester ganz gewiß 1923 kennengelernt, als sie in der Gesellschaft ihr Debüt gaben. Aber ich bin London nicht aus dem Weg gegangen. Ich umarmte es als die Lösung für meine Probleme in Gower. Ich hätte mich auf meine Ländereien in Herefordshire zurückziehen können, doch ich erkannte, daß ich eine Interimsperiode meines Lebens durchlief, und mir schien, daß ich diese Zwischenzeit am gewinnbringendsten in der Hauptstadt verbringen konnte. Dort gelang es mir am ehesten, in ein gesellschaftliches Leben zu entkommen, das mir helfen mochte, mich von meinen Verlusten zu erholen. Meine Kinder würden von einer anregenden Umgebung profitieren, und ich würde, wenn ich Glück hatte, eine Beschäftigung finden, die mir angemessener war als die frühere langweilige Routine im Außenministerium.

Ich war mir nicht sicher, wie lange mein selbstauferlegtes Exil von Gower dauern sollte, vermutete aber, nach fünf Jahren würde sich das Ende meiner Probleme zeigen. Nach dieser Zeit würde mein Vater sicher Mrs. Strakers müde geworden sein, Blanche wäre nur mehr eine schmerzliche Erinnerung, und Bronwen wäre zu einem walisischen Mythos verblaßt. Dann würde ich in Sicherheit sein.

Nachdem ich mit meinem neuen Drehbuch für mein Leben so weit gekommen war, sah ich mich nach jemandem um, der mich in die Mitte der Bühne führen konnte, und fiel sofort Harley Armstrong in die Hände.

Armstrong war ein Amerikaner ungewisser Herkunft, der vor dem Krieg an der New Yorker Börse zweimal ein Vermögen gemacht und wieder verloren hatte, seine Verluste durch gewinnbringende Geschäfte mit Lebensmittelkonserven und überschüssigen Heeresbeständen aber wieder wettmachte und sich jetzt in Europa befand, um, wie er es gern nannte, seine ertragreiche Tätigkeit in den neuen Wirtschaftszweigen fortzusetzen, die sich nach dem Krieg schnell entwikkelten. Er hatte Anteile bei Erdöl, Kunststoffen und Schallplatten erworben, doch seine ständigen Einnahmen stammten aus einem Konservenkonzern, der seinen Stammsitz im Staat New York hatte. Aber Lebensmittel langweilten Armstrong, und obwohl er ein europäisches Tochterunternehmen mit einer Fabrik in Birmingham gegründet hatte und gelegentlich mit dem Gedanken spielte, eine Kette von Lebensmittelgeschäften aufzubauen, hing sein Herz an Kunststoffen. Ich fragte mich, warum er Amerika verlassen hatte, doch später erzählte er mir, er hielte New York für eine Stadt, die ihm Unglück bringe, der Schauplatz, wo er zweimal sein Vermögen eingebüßt hatte, und er war einer der Amerikaner, die glauben, wenn man nicht in New York leben könne, so müsse man eben in Ermangelung von etwas Besserem Europa erobern.

Während der Zeit, in der er sein erstes Vermögen ansammelte, war es ihm gelungen, eine Dame zu heiraten, von der mir unabhängige Quellen versicherten, daß sie viel respektabler war als er, aber sie hatte ihn nicht nach London begleitet, und später erfuhr ich, daß sie sich in gegenseitigem Einverständnis getrennt hatten. Mrs. Armstrong lebte mit ihren beiden Töchtern in ihrer Vaterstadt Boston. Als ich Armstrong einmal fragte, wie Boston sei, antwortete er: «Noch schlimmer als Philadelphia» und schauderte. Jedoch hing er sehr an seinen beiden Töchtern und diktierte jede Woche lange, sentimentale Briefe an sie. Mrs. Armstrong war anscheinend an der Idee interessiert, daß die Mädchen eine Saison in London genießen sollten, und sobald diese Möglichkeit am Horizont auftauchte, entwickelte Armstrong Pläne, sich seinen Weg in die Londoner Gesellschaft zu brechen.

«Ich muß in einer Position sein, meine kleinen Mädchen in angemessener Form zu präsentieren», erklärte er mir, und sofort wußte ich, daß in seinem Hinterkopf die köstliche Vorstellung lauerte, seine «kleinen Mädchen» könnten Engländer heiraten und sich für immer im Umkreis einer Meile vor seiner Haustür niederlassen.

Ich dachte zunächst, er wolle es Vanderbilt gleichtun, dessen Tochter Consuela den Herzog von Marlborough geheiratet hatte, doch tatsächlich besaß Armstrong die Art von Vitalität, die ihn geradezu zwang, die höheren Schichten der britischen Aristokratie abstoßend steril zu finden. Als Selfmademan besaß er auch das, was man, wie Constance mir später erklärte, einen Minderwertigkeitskomplex nannte. Klug genug, um zu wissen, daß er vulgär war, und ehrgeizig genug, um seiner Töchter willen dagegen etwas zu unternehmen, erkannte Armstrong gegen Ende 1921, das, was er brauche, sei ein gut erzogener, gebildeter englischer Privatsekretär – niemand zu Großes und ganz gewiß kein Aristrokrat mit einem Titel, aber jemand, der diplomatisch und einfallsreich war und ihm beibringen konnte, wie man sich in der Öffentlichkeit bewegte.

Am Morgen, nachdem wir uns kennengelernt hatten, bot er mir diese Stellung an.

Automatisch neigte ich dazu, abzulehnen, aber dann dachte ich: warum eigentlich nicht? Jahre hatte ich damit verbracht, die verdummende englische Formalität des Lebens im Außenministerium zu verabscheuen, und jetzt bot sich hier die außerordentliche Möglichkeit, für einen unkonventionellen, bombastischen Ausländer zu arbeiten. Was in dieser Stellung auch geschehen mochte, es war unwahrscheinlich, daß ich mich langweilen würde, und ich mochte mich sogar großartig amüsieren. Ganz bestimmt würde es mich von meiner jüngsten Vergangenheit ablenken. Deshalb entschloß ich mich, sein Angebot anzunehmen. Der Würfel war gefallen, und sofort wurde ich in den Mahlstrom von Armstrongs Privatleben hineingezogen.

Innerhalb von sechs Monaten hatte ich ihn aus seiner üppigen Wohnung mit neun Schlafzimmern im falschen Teil von Westminster herausgeholt und ihn in einem Haus mit einem erstklassigen Ballsaal am Eaton Walk beim Eaton Place installiert. Ich erteilte Harrods Vollmacht für die Inneneinrichtung und den Erwerb der notwendigen Antiquitäten. Es schien mir sicherer, mich dem führenden Londoner Kaufhaus anzuvertrauen, als mich auf einen modischen Innenarchitekten zu verlassen, zumal in der Welt der Inneneinrichtung zu dieser Zeit sehr seltsame Dinge geschahen.

Sobald das Haus eingerichtet war, engagierte ich das Hauspersonal und stellte sicher, daß die Haushälterin und der Butler unmittelbar mir unterstanden. Ich zahlte die Gehälter aus, ich arrangierte regelmäßig und erfolgreich «kleine Abendgesellschaften für vierundzwanzig Personen», um zu beweisen, daß ich ein echter Sohn gastfreundlicher Eltern war. Ich überprüfte Armstrongs Garderobe und erklärte ihm sehr nachdrücklich, welche Krawatten er niemals tragen durfte. Irgendwie konnte ich bewirken, daß er als Mitglied bei Brooks's and Boodles aufgenommen wurde. Ich kaufte für ihn einen angemessenen Landsitz in Kent für Wochenendempfänge und in St. John's Wood eine ebenso passende Villa für seine Geliebte, eine junge französische Nutte, die sich als Gouvernante angepriesen hatte. Sie neigte zur Raffsucht, aber mir machte es Spaß, mit ihr auf französisch über ihre Bezüge zu feilschen.

Genaugenommen, genoß ich jeden Aspekt meines neuen Lebens, und das triumphierende Finale des ersten Monats im Dienst von Armstrong kam, als ich ihm einen Rolls-Royce kaufte. Ich konnte mich nicht erinnern, was mir je vorher so viel Freude gemacht hätte. John Godwin müßte dieses Leben verhaßt gewesen sein, mein altes Selbst aber, mein wahres Selbst, amüsierten diese Ringkämpfe mit ungezügelter Vulgarität. Ständig erinnerte ich mich, wie Lion «Was für ein Jux!» ausgerufen hätte und in Gelächter ausgebrochen wäre. Auch ich lachte, häufig und spontan, und dachte daran, wie viele erheiternde Erinnerungen ich haben würde, wenn ich mich schließlich nach Gower zurückziehen konnte.

Das waren die Tage der Unschuld. Sie lagen vor jenem Abend im Jahr 1922, als er mich zur Feier des ersten Jahrestages unserer Verbindung zum Abendessen einlud. Es war ein Essen in großem Stil. Bei Cognac und Zigarren offenbarte er mir dann, ich sei der Sohn, den er sich immer gewünscht habe, und er wollte, daß ich an seinem Wirtschaftsimperium beteiligt sein sollte.

Ich war überwältigt. Für sein Wirtschaftsimperium hatte ich mich nie im geringsten interessiert, mein Herz hing weder an Kunststoffen noch an Petroleum, noch an Konserven. Ich war aber auch entsetzt, wie es nur ein in den Traditionen eines englischen Internats aufgewachsener Mann über diese nackte Preisgabe der Gefühle sein konnte. Doch vor allem anderen war ich auch gerührt. Armstrong mochte fünfzig sein, Ausländer, großspurig und gräßlich, er mochte mich in regelmäßigen Abständen durch seine schlechte Laune und seine Dickköpfigkeit rasend machen, aber seine Dankbarkeit mir gegenüber dafür, daß ich ihn vor der Einsamkeit im Land seiner Wahl gerettet hatte, enthielt ein zugleich rührendes und liebenswertes Element.

Allerdings wußte ich, daß ich sehr vorsichtig sein mußte, und nachdem ich ihm in aller Aufrichtigkeit gesagt hatte, daß ich bewegt und geschmeichelt sei, bat ich um Zeit, um sein Angebot zu überdenken, und zog mich in mein kleines Haus in Kensington zurück, um mein neues Drehbuch zu analysieren.

Um es unverblümt zu sagen, in die denkbar kleinste Nußschale verpackt, mir war die Chance geboten worden, Millionär zu werden. Gleichzeitig war mir aber auch die Möglichkeit geboten worden, Roberts Erfolg zu übertreffen, weil es mit diesem Geld im Hintergrund nichts gab, was ich nicht erreichen konnte. Oxmoon würde endlich keine Rolle mehr spielen. Ich wäre in der Lage, für mich ein sehr viel größeres und besseres Heim zu schaffen als diesen ulkigen georgianischen Scherzartikel, den man mitten an eine Straße nach nirgendwo hingesetzt hatte, und alle meine alten Eifersüchteleien wären ein für allemal aus der Welt geschafft.

Doch wenn ich Armstrongs Angebot annahm, würde ich unweigerlich von meiner Familie abgeschnitten werden, denn ich würde zu beschäftigt sein, um regelmäßig nach Gower zu fahren. Wo blieben die moralischen Verpflichtungen, von denen John Godwin einmal so lautstark geredet hatte, insbesondere von der Verpflichtung, für seinen Vater und seinen Bruder in den Jahren ihres Verfalls eine Säule der Stärke zu sein? Ich schauderte über das Ausmaß meiner Heuchelei, das jetzt vor mir enthüllt wurde. Ich sah, daß ich zwar ehrlich gewünscht hatte, meinem Vater und Robert zu helfen, doch in erster Linie und vor allem aber an mich selbst gedacht hatte. Ich hatte gewünscht, Roberts Krankheit auszunutzen, indem ich mich meinem Vater unentbehrlich machte und zum Lieblingssohn wurde – ein Triumph, der meinen endgültigen Sieg über Robert bedeutet hätte und der wiederum durch meine Übernahme von Oxmoon symbolisiert worden wäre.

Für einen langen, klarsichtigen Augenblick dachte ich an Oxmoon, diesen verlockenden Brennpunkt all meiner früheren Unzufriedenheit. Mir war bewußt, daß ich es unverändert begehrte. Wahrscheinlich würde ich es immer haben wollen. Aber jetzt war ich wenigstens nicht mehr gezwungen, in ihm das einzige Heilmittel für mein privates Unglück zu sehen. Außerdem war die Wahrheit – jene Wahrheit, die zu akzeptieren ich immer zu verwirrt und unglücklich gewesen war –, daß ich den Besitz niemals erben würde. Wenn Robert meinen Vater überlebte, konnte nichts verhindern, daß Robin der Erbe sein würde. Falls Robert meinen Vater nicht überleben sollte, würde Robin dennoch der Erbe sein – der bevorzugte Enkel. Mein Vater hatte das vollkommen klargestellt, und gleichgültig, wie stark seine neue Zuneigung zu mir sein mochte, ich konnte mir nicht vorstellen, daß er den älteren Sohn seines ältesten Sohnes enterben würde, zumal Robin ein außerordentlich vielversprechendes Kind war. Ich war bereits gut versorgt. Meinem Vater konnte kein Vorwurf daraus gemacht werden, wenn er seine moralischen Verpflichtungen woanders sah.

Die einzig vernünftige Schlußfolgerung, die ich aus all diesen klarsichtigen Überlegungen ziehen konnte, war, daß mir ein Leben in Gower nicht bestimmt war. Ich hätte wirklich ein Narr sein müssen, wie ich jetzt klar erkennen konnte, wenn ich mir nicht vergegenwärtigt hätte, daß meine Zukunft woanders lag, und sogar ein noch viel schlimmerer Narr, wenn ich dem berauschenden neuen Drehbuch, das Armstrong mir anbot, den Rücken gekehrt hätte. Aber gegenüber berauschenden Drehbüchern war ich mißtrauisch.

Am Ende erklärte ich Armstrong, daß mir seine Idee gefalle, ich aber der Meinung sei, daß ich ein weiteres Jahr brauchte, um uns beiden zu beweisen, daß ich die notwendigen Gaben besaß, um die Welt zu beherrschen, die er mir anbot. Und Armstrong, beeindruckt von der Tatsache, daß ich nicht auf der Stelle versuchte, nach jedem Penny zu grabschen, der sich zeigte, schlug vor, daß ich die Leitung seiner beiden neugeschaffenen Wohltätigkeitseinrichtungen übernehmen sollte, um festzustellen, wie ich damit fertig werden würde, von einem Schreibtisch aus Macht auszuüben.

Ich genoß es. Ich bewährte mich darin auch ausgezeichnet. Das Armstrong-Heim für Schwererziehbare Jungen war in Battersea und das Armstrong-Heim für Bedürftige Adlige in Putney, und innerhalb von sechs Monaten hatte ich beide zu beachtenswerten Wohlfahrtsinstitutionen ausgebaut. Während meiner Bemühungen war ich ständig darauf bedacht, sicherzustellen, daß Armstrongs Name als Philantrop so oft wie möglich in der Presse erwähnt wurde, denn inzwischen schrieben wir 1923, und es war an der Zeit, dem amerikanischen Gentleman, den ich aus dem New Yorker Gangster geschaffen hatte, die letzten Feinheiten beizubringen. Im fernen Boston bereitete Mrs. Armstrong ihre Töchter auf die Fahrt über den Atlantik und auf ihre Londoner Saison vor, und ihr gesellschaftlicher Erfolg hing weitgehend von meiner Geschicklichkeit ab, ihren Vater als einen ehrenwerten, großmütigen Wohltäter bekanntzumachen, der selbst auf den höchsten Ebenen der Gesellschaft willkommen geheißen wurde.

«Meine Tochter Constance wird Ihnen gefallen», sagte Armstrong zu mir, als der Tag der Ankunft seiner Mädchen näher kam. «Sie ist intelligent und sehr gebildet, genau wie Sie.»

Ich verstand einen Befehl, wenn ich einen hörte. Meine Rolle im Drehbuch wurde so erweitert, daß ich auch den Märchenprinzen sowie den vermutlichen Thronfolger spielen konnte, doch wenn ich auch diplomatisch Begeisterung an den Tag legte, hatte ich es immer noch nicht eilig, wieder zu heiraten. Inzwischen war mir deutlich klar, daß mein Entschluß, damals im absurd jungen Alter von zweiundzwanzig zu heiraten, zum Teil durch den Glauben gefördert worden war, daß sexuelle Befriedigung sicher nur im Rahmen einer Ehe erreicht werden konnte. Aber jetzt wußte ich, daß auch andere Möglichkeiten zur Verfügung standen. Selbstverständlich war die Vorstellung, Umgang mit Prostituierten zu suchen, für mich abstoßend gewesen, und selbstverständlich scheute ich vor der Lebensweise der lockeren Damen der Gesellschaft zurück, die ich in wachsender Zahl kennenlernte, aber schließlich begegnete ich einer sanften, unaufdringlichen jungen Witwe, die als Näherin arbeitete. Sie kam regelmäßig in mein Haus, um Marians Garderobe zu betreuen, und eines Nachmittags, als ich unterwegs zu dem Heim für Jungen in Battersea war, nahm ich sie in meinem Wagen mit zu ihrem Zimmer in Pimlico. Später bezahlte ich ihr die Miete für eine Wohnung in der Nähe der Fulham Road, und als mir bewußt wurde, welches Glück ich hatte, ein so freundliches und selbst für die kleinste Aufmerksamkeit dankbares Wesen gefunden zu haben, das ängstlich bedacht war, niemals eine Forderung zu stellen, gewährte ich ihr ein bescheidenes Einkommen. Es braucht nicht gesagt zu werden, daß ich mich oft darüber sorgte, dieses Arrangement könne den Beginn eines zwangläufigen Abstiegs in Lasterhaftigkeit bedeuten, doch als die Monate vergingen, wagte ich schließlich, mir einzugestehen, daß ich nicht ein zweites Mal aus rein sexuellen Bedürfnissen überhastet eine Ehe eingehen würde.

Ein weiterer Grund, weshalb ich nicht übereilt heiraten wollte, war, daß ich erkannt hatte, wie wichtig es für mich sein würde, die für mich richtige Frau zu finden. Ich wußte, daß mein Vater recht hatte, als er sagte, Blanche hätte nicht völlig zu mir gepaßt. Nach wie vor wünschte ich mir jemand, der freundlich und sanft war, aber paradoxerweise meinte ich jetzt auch, daß das, was ich am meisten von einer Partnerin brauchte, Stärke sei. Ich hatte so viel Zeit meines Lebens in einem emotionellen Wirrwarr verbracht, daß ich mich nach jemandem sehnte, von dem zuverlässig zu erwarten war, daß er das Leben klar sah, wenn ich mich in irgendwelchen Verworrenheiten verlor, und zum ersten Mal wurde ich gewahr, wie anziehend die Persönlichkeit meiner Mutter für meinen Vater gewesen sein mußte. Ich wünschte mir nicht, jemand zu heiraten, der genauso wie meine Mutter war, aber ihre unerschütterliche Fähigkeit, die Wahrheit einer gegebenen Situation zu durchschauen und wirksam mit ihr umzugehen, gleichgültig wie schrecklich diese Wahrheit sein mochte, erschien mir jetzt als ein unbezahlbarer Vorzug.

Das Bild meiner zukünftigen Frau begann sich immer klarer in meinem Kopf abzuzeichnen. Ich wollte jemand, der stark war, wenn diese Stärke auch völlig feminin sein mußte. Ich wollte jemand, der intelligent war wie Blanche, aber weniger musikalisch und mit weiter gestreuten Interessen. Ich wollte eine Frau, die nicht unbedingt schön sein mußte, aber gewiß eine, die ich sexuell anziehend fand. Ich kam zu dem Ergebnis, daß ich zwar bestimmt nie eine geschiedene Frau in Betracht ziehen könnte, daß eine Witwe aber wohl in Frage käme. Jungfräulichkeit erschien mir überbewertet. Ich fand, daß ich in meiner sexuellen Entwicklung für mein Leben ausreichend Schüchternheit durchgemacht hatte, und meinte, es sei an der Zeit, meine emotionellen Zwänge zu überwinden, die, wie ich später von Constance erfuhr, Hemmungen genannt wurden.

Als Constance dann im April 1923 aus Amerika eintraf, hatte sich das Bild meiner künftigen Frau in meiner Vorstellung klar herauskristallisiert. Ich suchte jetzt nach einer Frau, die schick, gebildet, gutaussehend, intelligent, tüchtig, sensibel, sexuell befriedigend, beliebt bei ihren Zeitgenossen, bewundert von der Welt im allgemeinen, liebevoll gegenüber Harry und Marian, mir ergeben und durch und durch ein Musterbild der Weiblichkeit war. Doch als sich diese außergewöhnliche Kombination – nicht überraschend – als nur schwer greifbar erwies, dämmerte es mir langsam, daß ich meine unmöglich hohen Forderungen senken mußte. Ich beschloß, daß ich letzten Endes vielleicht doch eine Jungfrau heiraten würde, falls sie unmißverständliche Anzeichen für Sinnlichkeit zeigte. Ich entschied außerdem, daß ich eine Ausländerin heiraten würde, vorausgesetzt, sie würde sich ohne Schwierigkeiten meiner Welt einfügen können. Armstrongs begeisterte Schilderungen hatten mich mißtrauisch gemacht, doch als ich Constance begegnete, stellte ich fest, daß er ihre Attraktivität in keiner Weise nur erfunden hatte.

Wir wurden am Tag ihrer Ankunft in London in seinem Haus im Eaton Walk einander vorgestellt. Mrs. Armstrong verreiste nie, aus Rücksicht auf das, was als ihre «Nerven» bezeichnet wurde, deshalb waren ihre Töchter auf der Fahrt über den Atlantik von Freunden der Familie behütet worden, die zu einer großen Europatour aufgebrochen waren.

Constance war neunzehn. Sie trug ein mit Perlen verziertes schwarzes Kleid und dazu ein Brillanthalsband mit passenden Ohrringen und erschien selbstsicherer als gleichaltrige Engländerinnen. Nicht eine Strähne ihres modisch frisierten Haars war verschoben. Ihr unaufdringlicher amerikanischer Akzent gab ihrer Sprechweise einen formellen Ton, doch hinter ihrer sicheren Haltung spürte ich ihre Nervosität für den Fall, daß sie nicht angemessen überlegen erschien. Mit Hilfe meiner gewandtesten Manieren gab ich mir große Mühe, ihre Selbstsicherheit zu fördern.

«John!» Armstrong kam mit seiner jüngeren Tochter an seiner Seite auf mich zu. «Dies ist Theodora! Teddy, mein Liebes – Mr. John Godwin.» Er warf einen bewundernden Blick auf sie, ein vollkommenes Beispiel eines normal empfindenden Mannes im Banne väterlicher Zuneigung. Doch ich erkannte gleich, Teddy war nicht nach meinem Geschmack. Sobald ich ihre blauen Kulleraugen sah, ihren vorgewölbten kleinen Mund, ihre aufgesetzte «Nichtsnutzigkeit», durchschaute ich, daß sie ein Alptraum für jede Anstandsdame sein mußte und völlig untauglich für mich war. Ich warf jedoch einen zweiten Blick auf Constance und kam zu der Ansicht, daß sie Möglichkeiten bot.

Unter Einsatz meines ganzen diplomatisch geschulten Charmes glitt ich unauffällig und mit katastrophalen Folgen in die Rolle des Märchenprinzen.

6

In diesem Augenblick hätte ich jemanden gebraucht, der mich angeschrien hätte: «Lüg mich doch nicht an!» und mich durchgeschüttelt hätte, daß mir die Zähne klapperten. Aber unglücklicherweise übernahm niemand diese nützliche Aufgabe, und ich glaubte weiterhin, daß ich mich vernünftig verhielt. Nachdem ich zu der Überzeugung gekommen war, daß es ein wunderbarer Glücksfall sein würde, wenn sich erwiese, daß Constance die Art Frau war, die ich heiraten wollte, sah ich jetzt überzeugend klar, welch wunderbare Lösung es wäre, wenn ich mich entschlösse, sie zu heiraten. Es würde mich davor bewahren, Armstrong zu enttäuschen, der mir diese aussichtsreiche Zukunft anbot, die so erfreulich alle meine Probleme löste, und jedesmal, wenn ich mich an diese Probleme erinnerte, wurde ich zunehmend überzeugter, daß mir der Gedanke, Armstrong zu enttäuschen, nicht behagte. Ich meinte, Armstrongs Mißfallen zu erregen sei etwas, auf das ich mich besser nicht einließ. Allerdings vergaß ich auch nicht meine früheren Erfahrungen mit Blanche. Mit anderen Worten, der Märchenprinz war eine Rolle gewesen, die sich im äußersten Maß als fragwürdig erwiesen hatte, und mit dieser Kenntnis gerüstet, hielt ich die Zeit für gekommen, meine Gefühle für Constance skrupelhaft ehrlich zu analysieren.

Sie besaß anscheinend alles, was für sie sprechen konnte. Ich fand sie sexuell anziehend. Mit ihrer schlanken Figur, ihrem dunklen Haar und ihren dunklen Augen gehörte sie dem Typ an, den ich immer bewundert hatte, doch trotz dieser äußerlichen Ähnlichkeit war sie von Blanche sehr verschieden. Der auffälligste Unterschied bestand darin, daß sie gebildet genug war, um mit mir über französische Literatur zu diskutieren, eine Fähigkeit, die ich zunächst mit Mißbilligung betrachtete, später aber mit widerstrebender Bewunderung. Zu dieser Zeit war es zehn Jahre her, daß ich Oxford verlassen hatte, und ich war reif, mich von der anti-intellektuellen Reaktion zu erholen, unter der ich nach langen, erschöpfenden akademischen Mühsalen gelitten hatte. Ich entschloß mich, wieder damit anzufangen, französische Romane zu lesen, nahm Constance mit in die Buchhandlung Hatchard, wo sie sich die gleichen Romane kaufte wie ich, so daß wir uns gleichzeitig auf unsere literarischen Forschungsreisen begaben. Dieses gemeinsame Abenteuer führte zu einigen anregenden Diskussionen, und ich mußte mir eingestehen, daß die Aussicht auf eine hochgebildete Frau Perspektiven auf bisher unbekannte intellektuelle Freuden sichtbar machte.

Noch besser war, daß Constance nicht lediglich ein Blaustrumpf, sondern eine gut informierte, ausdrucksfähige junge Frau war, die sogar die Berichte über die politischen Debatten in der *Times* las. Politisch war die Lage der Nation seit einiger Zeit höchst beunruhigend. Die Konservativen schwankten zwischen Hüh und Hott, die Liberalen hackten sich unentwegt gegenseitig in Stücke, und die Labour Party lauerte atemlos hinter den Kulissen auf den Zerfall der Koalition. Ich fand das alles faszinierend, besonders seit mir Zweifel daran gekommen waren, daß das Land zerfallen würde, wenn eine Labour-Regierung an die Macht käme. Constance und ich debattierten viele Stunden über die Möglichkeiten von Klassenkämpfen, eine von den Bolschewisten angeheizte Revolution und die Beseitigung all dessen, was in der britischen Gesellschaft im höchsten Maß unausgewogen war. Bei Wahlen stimmte ich aus Loyalität zu meiner Klasse für die Konservativen, aber in den Zeitungen verfolgten Constance und ich mit gespannter Aufmerksamkeit Ramsay MacDonald, der Schritt für Schritt der Macht näher kam. Constance sagte, sie finde es so rührend, daß er unehelich geboren sei, und ich lächelte zwar darüber, verstand aber, was sie meinte. Er bewies, daß selbst die, die gesellschaftlich nicht anerkannt waren, an die Spitze gelangen konnten. Er repräsentierte jene, die wegen Bedingungen, denen sie nicht ausweichen konnten, diskriminiert wurden; er stand für die Opfer gesellschaftlicher Vorurteile, für alle jene in dieser unbekannten Welt, wo man nicht wußte, was ein W auf einem Wasserhahn bedeutete, und die aus ihren Wohnungen gewiesen wurden, weil ihre Ehemänner das Geld für die Miete vertranken.

«Trotzdem», sagte Constance, «bin ich froh, daß die Konservativen gewählt worden sind. Was würde an der Börse passieren, wenn Labour an die Macht käme. Die *Times* schreibt heute . . .»

Zu meiner Überraschung begann sie aus dem Wirtschaftsteil zu zitieren. Wie üblich hatte sie die ganze Zeitung gelesen und wußte alles. Ich fragte mich verwundert, wie sie die Zeit dazu fand.

Sie spielte auch Klavier, aber es war eine rein technische Leistung, und sie hörte lieber ihre Schallplatten oder Radio. Ganz so wie ich. Ich kaufte ihr viele Platten – Klassik, Volksweisen, Tanzmusik – und stellte fest, daß sie über alle vernünftig reden konnte. Dann richteten wir unser Interesse auf die Malerei, ein Gebiet, über das ich nichts wußte, und Constance erklärte mir die moderne Kunst. Ich hielt sie immer noch für Schund, aber ich fand es großartig, wie sie darüber sprach.

Außer diesen erschöpfenden intellektuellen Beschäftigungen fanden wir auch noch Zeit und Kraft für weniger Anspruchsvolles. Ich tanzte mit ihr auf zahlreichen Bällen, dinierte mit ihr auf ungezählten Gesellschaften, begleitete sie nach Ascot und Henley und Wimbledon, trug meinen Namen bei den wichtigsten Tänzen auf ihrer Tanzkarte ein, als Armstrong den Debütantenball für seine Töchter am Eaton Walk gab. Armstrong erwartete jetzt zuversichtlich, daß ich am Ende der Saison um ihre Hand anhalten würde. Das erwarteten auch Constance und Teddy. Das tat die Londoner Gesellschaft. Das tat ich. Die einzige Schwierigkeit war, es fiel mir schwer, mir vorzustellen, daß ich es je tun würde.

Etwas stimmte nicht, und weil ich Constance sehr bewunderte und mich so sehr nach einem glücklichen Ausgang sehnte, zu dem ich mich nach so viel Trauer und Wirrwarr berechtigt fühlte, machte ich einen neuen Versuch, meine Situation zu analysieren, damit ich das Problem definieren und lösen konnte.

Ich wußte, daß sie etwas zu ernsthaft war, aber das gefiel mir. Das moderne Mädchen, das ständig in Fröhlichkeit ausbrach wie ein zu stark geschüttelter Cocktail, fand ich laut, ermüdend und unsympathisch. Ich fragte mich, ob Constances Ernst ihr Verhalten im Bett beeinflussen würde, kam aber zu der Schlußfolgerung, daß das unwahrscheinlich sei, erstens weil sie mir als eine starke Persönlichkeit erschien, die zu den leidenschaftlichsten Gefühlen fähig war, und zweitens weil sie in allem, was sie unternahm, so kompetent erschien, daß ich mir nicht vorstellen konnte, sie würde bei der grundlegenden Freude an Sex versagen.

Ich hatte auch keine Zweifel, daß sie eine mustergültige Stiefmutter sein würde. «Die Aufgabe der Kindererziehung ist einfach so faszinierend», vertraute sie mir eines Tages an. «Ich habe die neuesten Bücher über Kinderpsychologie gelesen.»

Ich hatte von dem Thema Kinderpsychologie niemals etwas gehört. Ich sah sie mit unverhüllter Bewunderung an und dachte wieder, was für eine bewundernswerte Frau sie war, und wollte mir gerade selbst sagen, daß ich ein kompletter Narr sei, weil ich nicht auf der Stelle in die Bond Street raste, um einen Ring zu kaufen, als mein Bruder Edmund eintraf, um bei mir zu wohnen und, wie er mir verkündete, sich nach einer Frau umzusehen.

7

«Unter uns Pfarrerstöchtern, alter Knabe», begann Edmund, als wir am Abend seiner Ankunft nach dem Essen unsere Zigarre rauchten, «ich werde allmählich zu alt, um in einer Winternacht den ganzen Weg nach Llangennith zu fahren, nur weil ich wieder mal einen guten ... also du weißt schon, was ich meine, haben möchte, und da ich jetzt bald neunundzwanzig werde, sehe ich ein, daß eine Ehe eine Menge bieten kann.»

«Ich verstehe dich genau», sagte ich und dachte an lästige Nachtfahrten im Winter zur Fulham Road.

Seit der Versöhnung mit meinem Vater vor zwei Jahren war ich Edmund wieder nähergekommen. Bei jedem meiner Besuche in Gower hatten wir reichlich Gelegenheit zu langen Gesprächen, weil ich ihn in Penhale Manor eingesetzt hatte, um sich für mich um das Haus und das Gut zu kümmern. Zunächst schien das nur eine bequeme Lösung für ein lästiges Problem zu sein, aber zu meiner Überraschung und Befriedigung erwies es sich als das beste Angebot, das ich Edmund hatte machen können. Die Möglichkeit, ein unabhängiges Leben zu führen und eine bezahlte Aufgabe zu erfüllen, hatte ihn nicht nur von seiner chronischen Melancholie abgelenkt, unter der er seit dem Krieg litt, sondern ihm auch das Selbstvertrauen gegeben, das ihm immer gefehlt hatte. Alle Kinder meines Vaters wußten, was es heißt, im Schatten von Robert zu leben, aber nur Edmund kannte den Horror, von allen anderen überschattet zu werden.

Verspätet erst hatte ich erkannt, daß er in der Überzeugung aufgewachsen war, nutzlos zu sein, eine Ansicht, die meine Eltern unwissentlich gefördert hatten, als sie ihm erlaubten, zu Hause zu leben, ohne seinen Lebensunterhalt verdienen zu müssen, und erst als ich ihm Arbeit anbot, hatte er begriffen, daß er nicht gezwungen war, das Leben eines Versagers zu führen, der auf die Barmherzigkeit seiner Eltern angewiesen ist.

Seine Stellung war nicht anstrengend, da Huw Meredith ein erstklassiger Verwalter war, aber Edmund nahm seine Verantwortung ernst und widmete sich begeistert dem Gut. Indessen galt sein Hauptinteresse weiter dem Gartenbau, und auf meine Bitte hatte er sich der Aufgabe unterzogen, die duftlosen weißen Rosen aus Blanches Garten zu entfernen.

«Mein einziges unüberwindliches Problem», sagte Edmund, nachdem er seinen Entschluß verkündet hatte, eine Heirat in Betracht zu ziehen, «ist Geld. Ich weiß, daß dir und Lion die unvergleichliche Tat gelungen ist, eine Erbin zu heiraten, aber du selbst warst auch offensichtlich dazu geschaffen, riesigen Erfolg im Leben zu haben, und der alte Lion war dazu berufen, riesigen Erfolg als Blender zu erringen, während ich dazu bestimmt bin, keinerlei große Leistungen vorweisen zu können.»

Ich durchschaute seinen Wunsch nach Zuspruch. «Rede keinen solchen Quatsch – du verdienst dir deinen Lebensunterhalt, du bist auf die richtige Schule gegangen, du bist durch und durch ehrenwert und du bist ein wirklich netter Bursche. Was kann irgendein Mädchen mehr verlangen?»

«Geld für Brillantbroschen.»

«Edmund, Mädchen gehen nicht mit Brillantbroschen ins Bett. Sie gehen mit Männern ins Bett.»

Das brachte uns auf festeren Grund. Edmund hatte die Überzeugung überwunden, daß keine Frau ihn möglicherweise zweimal ansehen würde. Wenigstens waren seine Erfahrungen im Krieg in Frankreich nicht alle höllische Enttäuschungen gewesen, und als er nach Hause gekommen war, hatte er eine lange Affäre mit einem Mädchen vom Lande namens Joan angefangen, die in Stourham Hall arbeitete. Bedauerlicherweise hatte Joan, nachdem sie erkannt hatte, daß von Edmunds Seite mit einem Ehering niemals zu rechnen war, ihre Absicht bekanntgegeben, einen Bankangestellten in Swansea zu heiraten, und diese Katastrophe, nicht die fortschreitenden Jahre, hatten Edmund zu der Überlegung veranlaßt, daß eine Heirat vielleicht mehr bieten könne als eine Liebesaffäre.

«Ich war so betroffen», vertraute er mir an, «daß ich verdammt nahe daran war, Joan selbst einen Antrag zu machen, aber Papa redete es mir aus, und ich weiß, daß er recht hatte. Es ist einfach nicht gut, unter seiner Klasse zu heiraten, oder? Selbstverständlich haben er und Mama das getan, aber er war déclassé, und sie war eine Ausnahme, und die Umstände waren so besonders, daß es keine Rolle spielte. Aber du weißt ja, wie das normalerweise geht: Die Ehe endet gesellschaftlich in einer Katastrophe, und das ist für die Kinder immer die Hölle.»

«Richtig. Ich habe einmal versucht, Armstrong zu erklären, daß außerhalb seiner Klasse zu heiraten hier soviel bedeutet wie jemand mit einer anderen Hautfarbe zu heiraten. Das ist der einzige Vergleich, den ein Amerikaner versteht.»

«Du hältst mich doch nicht etwa für einen verdammten Snob?»

«Nein, nur für verdammt vernünftig.»

Edmund blühte sichtlich auf, als ich seine Vernunft lobte, war aber immer noch so besorgt, daß er sagte: «Wie dem auch sei, meine Position ist schwierig. Kennst du nicht zufällig eine überwältigende junge Erbin, der einfach die Zunge nach einem Mann aus dem Hals hängt, dessen einziges Talent darin besteht, daß er ein wirklich netter Bursche ist?»

«Es könnte sein – aber nach was für einem Mädchen suchst du denn? Vermutlich möchtest du eine von diesem süßen, scheuen Typ der englischen Rosen, deren Lieblingsbeschäftigung Gärtnern ist.»

«Mein Gott, nein!» schrie Edmund entsetzt. «Was würde mir die nützen? Genügt es denn nicht, daß *ich* der süße, scheue englische Typ mit der Leidenschaft fürs Gärtnern bin? Nein, vielen Dank. Ich wünsche mir etwas ganz anderes. Ich will eines dieser wunderbaren modernen Mädchen, die unmögliche Sachen sagen und dauernd lachen, eine, die wie ein Kamin qualmt und wie ein Fisch säuft und Sex für eine sehr erfreuliche Sache hält.»

«Sprich nicht weiter, Edmund. Ich werde dich mit Teddy Armstrong bekannt machen.»

8

Ich hatte mit der Unbesonnenheit gesprochen, die sich oft nach einem guten Essen und einer halben Flasche Bordeaux einstellt, und als ich am nächsten Morgen aufwachte, war mir bei meiner Rolle als Ehestifter sofort unbehaglich zumute. Ich sagte mir jedoch, daß es höchst unwahrscheinlich wäre, daß Edmund und Teddy eine gegenseitige Leidenschaft füreinander entdeckten, die sie Hals über Kopf zum Altar treiben könnte.

Nie habe ich mich gründlicher geirrt. Edmund verfiel schnell zu einem blankäugigen Knaben, der weder essen noch schlafen konnte, und Teddy sah sich bald zu dem Geständnis veranlaßt, er sei «der Wirklichkeit gewordene Traum jedes vernünftigen Mädchens». Mir fiel das Wort «vernünftig» auf, als ich ihre Entschlossenheit zur Kenntnis nahm, von ihm berauscht zu sein, und ich durchschaute, daß Teddy vor ihrem bisherigen Leichtsinn Angst bekommen hatte. Nachdem sie unter einem bemerkenswerten Feuerwerk der Gefühle von einer Verliebtheit in die andere getaumelt war, hatte sie ihr Herz an einen ehemaligen Hauptmann verloren, von dem sich herausstellte, daß er nicht nur ein professioneller Spieler, sondern auch verheiratet war. Die angestellte Gouvernante zog ihre Hände von Teddy ab und wusch sie in Unschuld. Selbst der in seine Tochter vernarrte Vater war so schockiert, daß er davon sprach, sie nach Amerika zurückzuschicken, aber ich konnte ihn davon überzeugen, das beste, um einen Skandal zu vermeiden, sei, sie an seiner Seite festzuhalten.

«Selbstverständlich ist nichts passiert», vertraute Edmund mir an. «Sie hat mir alles erzählt.»

Ich fand, das vernünftigste sei, diplomatisches Schweigen zu wahren. Es war natürlich durchaus möglich, daß Teddys Unberührtheit intakt geblieben war, andererseits geben angestellte Gouvernanten nur selten ihr Gehalt zurück, solange sie nicht durch die Erkenntnis angeschlagen sind, völlig versagt zu haben.

«Die arme kleine Teddy ist vollkommen falsch beurteilt worden», sagte Edmund. «Sie sagt, alles, was sie wirklich wolle, wäre zu heiraten und dann für alle Zeiten in der Nähe ihres Vaters glücklich zu leben. Sie kommt mit ihrer Mutter in Boston nicht besonders gut aus.»

Damit war Edmunds Schicksal besiegelt, und dieses Schicksal machte es mir nahezu unmöglich, mit Armstrong zu brechen, selbst wenn ich es gewünscht hätte. Wenn ich mich jetzt weigerte, Constance zu heiraten, würde er aus Rachsucht verhindern, daß seine andere Tochter meinen Bruder heiratete. Ich fragte mich, ob er gegen die Verbindung Einwände haben würde, erkannte aber bald die überraschende Wahrheit, daß Edmund Armstrongs Ideal von einem Schwiegersohn noch mehr entsprach als ich. Armstrong wollte das Leben seiner Töchter kontrollieren. Das bedeutete, er brauchte fügsame Schwiegersöhne, und in dieser Hinsicht stellte Edmund für ihn keine Bedrohung dar. Er hatte wohl gehofft, daß Teddy für sich selbst besser sorgen könnte als Constance, doch nach dem Skandal war er bereit zuzugeben, daß sie noch Schlimmeres anstellen könnte, und wie immer war ihm eindeutig klar, daß sie im Herbst zu ihrer Mutter zurückkehren mußte, wenn sie nicht heiratete.

Nachdem Armstrong sich also entschlossen hatte, Edmund anzuerkennen, fragte er mich, wann ich Constance meinen Antrag machen wollte.

«An ihrem Geburtstag», antwortete ich, ohne einen Augenblick zu zögern. Bis zu diesem Tag waren es noch zwei Wochen.

«Nein, wir wollen Nägel mit Köpfen machen», entgegnete Armstrong, der sich nicht enthalten konnte zu drängen, um einen Handel zum Abschluß zu bringen, durch den er seine beiden Töchter von seiner Frau fernhalten konnte. «Constance ißt und schläft nicht mehr richtig, und ich will sie aus ihrer Ungewißheit erlösen. Nehmen Sie morgen frei, kaufen Sie einen Ring und bestimmen Sie den Termin.»

Ich fügte mich. Trotz meines Ärgers darüber, daß ich das Opfer einer Machtdemonstration geworden war, empfand ich es als Erleichterung, daß mir die Entscheidung aus den Händen genommen worden war. Constance war nicht die einzige, die unter der Qual der Ungewißheit litt, und ich ging in der Überzeugung nach Hause, daß mein Antrag an sie das Richtige war – tatsächlich das einzig Richtige, was ich tun konnte.

Ich war gerade nach Hause gekommen, als mein Vater anrief. Mein Neffe Robin, sechs Jahre alt und das ein und alles seiner Eltern, war aus einem der Turmfenster in Little Oxmoon zu Tode gestürzt, und Robert verlangte, daß ich sofort nach Gower käme, um das Begräbnis zu organisieren.

9

«Ach, du bist das», sagte Robert. «Ich habe gehört, daß du sofort aus London hergekommen bist, aber offen gesagt, ich möchte dich nicht sehen. Ich will lieber allein sein.»

«Tut mir leid, aber in diesem Fall ...»

«Nun ja, aber wenn du schon da bist, kannst du dich auch setzen und etwas trinken und die Kraft sammeln, um mit dieser ganzen Schweinerei fertig zu werden. Ginette ist verständlicherweise völlig zusammengebrochen, ist hoffnungslos hysterisch und zu nichts zu gebrauchen. Ich habe sie so satt. Sieh mich um Gottes willen nicht so an! Wenn ich, verdammt noch mal, nur ein bißchen Kraft hätte, würde ich dich verprügeln. Gib mir einen Whisky. Ich soll im Augenblick zwar keinen trinken, aber Gott weiß, es kann mir kaum noch schlechter gehen als jetzt. Nein, das stimmt nicht. Es könnte mir unendlich viel schlechter gehen. Ich könnte blind sein, das Wasser nicht mehr halten können und nur noch imstande zu keuchen. Das kommt selbstverständlich alles noch. Was für ein verdammter Mist. Warum bringe ich mich nicht selber um? Viel zu feige. Ich mache mir vor Angst in die Hosen, wenn ich an den Tod denke. Mein Gott, wie ich mich selbst verabscheue! Ich denke mir wunderbare Ausreden aus, warum ich weiterleben sollte, aber meine beste war immer, daß ich erleben wollte, was aus Robin werden würde, wenn er erwachsen ist. Doch das gilt jetzt nicht mehr, und ich muß mir etwas Neues ausdenken, aber welche Ausrede kann ich dafür finden, daß ich Ginette dieser Hölle aussetze? Schiere, brutale Selbstsucht, reichlich gewürzt mit Sadismus ist jetzt die einzige Erklärung, die ich bieten kann – es sei denn, ich gestehe meine Feigheit ein, aber man darf Feigheit nicht eingestehen, das gehört sich doch, verdammt noch mal, nicht, oder?»

«In ein oder zwei Wochen wird es dir bestimmt wieder bessergehen, Robert. Doktor Warburton sagt, es wäre ein vorübergehender Rückfall.»

«O ja, besser! Wieder in dem verdammten Stuhl. Scheißbesser. Ich gebe aber zu, daß es immer noch angenehmer ist, als so ans Bett gefesselt zu sein. Himmel, ich habe immer geglaubt, nur hyperempfindliche Weiber würden ‹vom Kummer überwältigt›, aber sieh mich an, ich bin buchstäblich überwältigt. Ah, der Whisky. Danke. Du mußt mir einen Strohhalm geben und mich stützen . . . so ist es gut. Nun laß mich ein bißchen zurück. Gut so . . . Das ist aber ein starkes Zeug, was du mir da gibst. Nimm es zurück und gib mehr Wasser rein. Nein, laß es lieber. Was spielt es schon für eine Rolle? Nichts spielt eine Rolle. Wir sprechen besser über das Begräbnis. Als erstes mußt du verstehen, daß weder ich noch Ginette dabeisein werden. Und sag Papa, er soll um Gottes willen auch nicht hingehen. Das letzte, was wir wollen, ist, daß er wieder außer sich gerät, das wäre wirklich das letzte. Ich will kein Aufsehen. Legt das Kind in eine Kiste und begrabt es mit einem Minimum an Dramatik. Er ist tot, und damit hat es sich. Mein Gott, der Whisky schmeckt gut! Gib mir noch einen.»

Als ich sein Glas nachfüllte, fragte ich: «Empfängt Ginevra im Augenblick Besucher?»

«Das weiß nur Gott, ich nicht. Wir bekamen Streit und schrien uns gegenseitig an, seither habe ich sie nicht mehr gesehen. Wahrscheinlich ist sie betrunken. Hör zu, John, wenn du hier wirklich helfen willst, dann kriege Warburton zu fassen. Setze ihm eine Pistole auf die Brust und sage ihm, daß dieses Weib irgendwie für ein paar Tage fortgeschafft werden muß. Sie hat die idiotische Vorstellung, daß sie mich nicht allein lassen kann, aber ich kann den Gedanken nicht ertragen, daß sie sich zu einer Märtyrerin macht. Das reicht mir, um meine Scheißangst vor dem Tod zu vergessen und mir, verdammt noch mal, die Kehle durchzuschneiden. Ich habe ihr geradeheraus gesagt, daß sie eine selbstsüchtige Hure ist und mich zum Selbstmord treibt, aber es nützte nichts. Sie stürzte sich nur wieder in Hysterie und rannte fort, um sich zu betrinken, und sie trinkt sowieso schon seit einiger Zeit viel zuviel. Ich weiß das, mein Spion Bennett hat ein Auge auf die Gin-Flasche, und die Ergebnisse kann ich ohnehin selbst sehen. Sie ist zu fett geworden und sieht aufgedunsen wie eine Nutte aus, und, verdammt noch mal, sie ist in einem scheußlichen Zustand. Das ist alles, was man dazu sagen kann, in einem verdammt scheußlichen

Zustand, und *da muß ihr herausgeholfen werden!* Robin ist tot. Keiner kann jetzt noch etwas für ihn tun, aber Ginette lebt, und *jemand muß etwas für sie tun!* Ich bin außer mir, ich kann an nichts anderes denken, ich weiß nicht mehr aus noch ein. Sie ist jetzt das einzige, was mir das Leben erträglich macht, und sie *muß gerettet werden* –»

«Keine Sorge, Robert, ich verstehe schon. Ich werde sofort zu ihr gehen und mit ihr sprechen.»

10

«Ich kann es durchaus verstehen, wenn du nicht mit mir sprechen willst, Ginevra, aber Robert macht sich große Sorgen um dich und . . .»

«Sprich mir nicht von dem verdammten Robert! Nur weil er keine Trauer zeigen kann, hält er es für schlechten Geschmack, wenn irgendein anderer es tut! Mein Gott, wie ich ihn manchmal hasse. Ich hasse ihn. Ich wünschte, er würde sich, verdammt noch mal, beeilen und sterben –»

«Ginevra –»

«Ach, halt du doch den Mund! Was verstehst du von all dem? Du hast doch keine Ahnung, überhaupt keine Ahnung! Du stehst so verdammt vollkommen da und so verdammt glücklich – du bist doch nie in einer Situation gewesen, in der alles, was du tun kannst, ist vor Schmerz zu schreien –»

«Ich weiß zumindest, wie es ist, wenn man ein totes Kind in den Armen hält, Ginevra. Ich werde jetzt Warburton anrufen. Versprichst du mir, daß du tun wirst, was er sagt?»

«Mach, was du willst, mir ist egal, was jetzt aus mir wird. Mir ist es egal, egal, egal –»

«Also, mir ist das überhaupt nicht egal», sagte ich mit einem Nachdruck, von dem ich hoffte, er würde dem Gespräch ein Ende machen, und schon im nächsten Augenblick brach sie schluchzend in meinen Armen zusammen.

11

«Es ist in Ordnung, Robert. Sie ist bereit zu gehen. Warburton hat einen Krankenwagen kommen lassen und hat ein Bett im Heim Mariä Himmelfahrt belegt. Anscheinend ist es heutzutage eher ein Sanatorium als eine Irrenanstalt.»

«Gott sei Dank. Jetzt fühle ich mich schon besser. Fährst du jetzt wegen dem Begräbnis zum Vikar?»

«Nein, ich glaube, erst muß ich mich um Kester kümmern. Wo ist er?»

«Keine Ahnung. Ginette hat nach der Katastrophe auf der Stelle sowohl das Kinderfräulein wie das Kindermädchen fortgejagt, und sie haben sofort ihre Sachen gepackt und sind gegangen.»

«Und wer kümmert sich um das Kind?»

«Frag mich nicht. Die Köchin wahrscheinlich. Er kennt den Weg zur Küche. Mein Gott, stell dir vor, mit dem kleinen Monstrum allein zu sein! Aber vielleicht erweist er sich am Ende doch als erträglich. Ich glaube nicht, daß er geistig defekt ist. Was ich so verdammt gräßlich finde, ist, daß er wie ein Mädchen aussieht.»

«Ich gebe zu, sein Aussehen ist . . . ungewöhnlich . . . aber vielleicht wird das später anders.»

«Quatsch! Er könnte nur anders werden, wenn er ein Transvestit wird. Himmel, manchmal habe ich das Gefühl, ich müßte nachsehen, ob er einen Penis hat. Das ist alles Ginettes Schuld, die eine Tochter haben wollte. Mein Gott, wenn du nur wüßtest, was für Kämpfe ich mit ihr gehabt habe, damit er wenigstens das Haar geschnitten und keine Little-Lord-Fauntleroy-Blusen mit Spitzenkrägelchen angezogen bekommt.

«Ich kann mir nicht vorstellen, daß Ginevra absichtlich –»

«Der arme kleine Teufel. Was für ein elendes Leben er gehabt hat, und ich habe durch meine Gleichgültigkeit noch dazu beigetragen. Ich weiß das, aber lassen wir es. Ich werde es an ihm gutmachen, und dadurch bekommt Robins Tod eine Bedeutung. Der Tod bekommt einen Sinn, wenn ich als eine Strafe an ihn denke und zeige, daß ich meine Lektion gelernt habe –»

«Mein lieber Robert, ich glaube kaum –»

«Halt den Mund. Mir ist gleichgültig, was du denkst. Ich weiß, daß du nicht an Gott glaubst. Ich tue es auch nicht. Aber es ist eine Strafe, wie du es auch ansiehst, und wenn es nach mir geht, wird etwas Gutes aus dieser Katastrophe hervorgehen, was diesem elenden Kind zugute kommt.»

«In diesem Fall besteht um so mehr Grund, daß ich jetzt –»

«Ja, stell fest wo zum Teufel der kleine Kerl steckt, und sag mir dann, was zum Teufel ich deiner Meinung nach mit ihm anfangen sollte.»

12

«Hallo, Kester», sagte ich. «Ich habe mir schon Gedanken gemacht, wo du bist. Geht es dir gut?»

«Hab keine Angst», sagte die Köchin freundlich zu ihm. «Das ist dein Onkel John.» Sie wandte sich an mich und flüsterte: «Der arme Kleine, er weiß nicht, was vorgeht, aber machen Sie sich keine Sorgen, Mr. John, Betty und ich, wir kümmern uns schon um ihn.»

Betty war Watson, das Stubenmädchen. Beide Frauen stammten aus dem Dorf und waren schon immer auf Oxmoon beschäftigt gewesen, und ich kannte sie als zuverlässig. Im Bewußtsein, daß es hätte schlimmer sein können, näherte ich mich Kester. Er saß am Küchentisch vor einem Teller mit Würstchen und Kartoffelbrei, doch als er zu mir aufblickte, zitterte der Löffel in seiner Hand, und er hörte auf zu essen. Seine hellen Augen füllten sich mit Tränen. Ich streckte ihm die Hand entgegen, um ihm Sicherheit zu geben, und stellte angewidert fest, daß ihm sein dichtes rötlichbraunes Haar in Locken bis auf die Schultern fiel.

«Ich nehme an, du vermißt deine Nanny und das Kindermädchen, Kester», sagte ich. «Weißt du, warum sie fortgehen mußten?»

Er schüttelte den Kopf. Zwei riesige Tränen rannen ihm über die Wangen. Niemand hatte sich also die Mühe gemacht, ihm den Grund zu erklären.

«Wir haben ihm gesagt, Master Robin wäre zu einem Besuch zu den Engeln gegangen», sagte die Köchin, die eine wohlmeinende Seele war, «aber wir wußten nicht, ob Madam wünschte, daß wir ihm mehr sagen sollten. Das arme kleine Kerlchen, er ist doch noch keine vier, nicht wahr? Er würde doch nicht verstehen, was T-O-D bedeutet.»

Ich hob Kester auf, setzte ihn mir auf die Knie und bemühte mich um die notwendigen Erklärungen.

13

«Er ist in Ordnung, Robert, aber ich finde nicht, daß er hier allein von der Köchin und dem Zimmermädchen versorgt bleiben sollte. Ich habe gerade mit Angela Stourham telephoniert, und sie war sehr hilfsbereit und sagte, er könne zu ihr kommen, bis es Ginevra wieder bessergeht. Eleanor kommt sofort her, um ihn abzuholen.»

Soweit ich mich erinnern konnte, war Stourham Hall, wo die unverheiratete Angela Stourham ihrem Bruder Oswald den Haushalt führte, der einzige Ort in der Umgebung, in dem im Kinderzimmer noch eine aktive Nanny im Dienst war. Eleanor, Stourhams Tochter aus erster Ehe, war jetzt eine junge Frau von einundzwanzig, aber die Frucht seiner katastrophalen zweiten Ehe mit der Platinblonden war ein erst dreijähriges Kind.

«Das ist sehr gütig von Angela», sagte Robert. «Würdest du Eleanor bitte meinen Dank übermitteln, wenn sie kommt? Ich möchte niemand sehen.»

«Ich finde, du solltest Kester sehen, ehe er geht.»

«Weshalb?»

«Weil du sein Vater bist, Robert, und das ist etwas, was ein Vater tun sollte.»

«Also gut. Und was soll ich ihm sagen?»

«Sage ihm, es tut dir leid, daß alles so ein Durcheinander ist, aber daß du hoffst, sein kurzer Urlaub bei Belinda würde ihm gefallen. Ich habe ihm alles erklärt, was vorgefallen ist, so daß du also keine weiteren Erklärungen abzugeben brauchst.»

Kester wurde zu ihm gebracht. Da das Kind offensichtlich nervös war, hielt ich ihn fest an der Hand, nachdem ich ihn zum Bett gezogen hatte.

«Nun, Kester», begann Robert abrupt, «ich – mein Gott, John, sieh dir dieses lange Haar an! Schnell, hole eine Schere und schneide es ab, ehe Eleanor ankommt.»

Kester begann auf der Stelle zu weinen. Ich beugte mich erschrokken über ihn. «Was ist denn, Kester. Fehlt dir etwas?»

«Ach, kümmere dich doch nicht darum», sagte Robert ungeduldig. «Er hat einfach nur Angst vor der Schere.»

«Aber dann ist es idiotisch von dir, einen Haarschnitt zu verlangen.»

«Ich lasse nicht zu, daß das Kind das Haus verläßt, solange es wie ein Mädchen aussieht!»

Kester heulte, Robert fluchte. Ich wünschte mich tausend Meilen weit weg.

14

Schließlich wurde wieder Ordnung geschaffen. Ginevra wurde unter einem starken Beruhigungsmittel von Warburton in einem Krankenwagen ins Heim Mariä Himmelfahrt, den gotischen Bau im Randbezirk von Swansea, wo meine Großmutter ihre letzten Jahre verbracht hatte, geschafft. Roberts Pfleger Bennett gelang es, Kester das Haar zu schneiden, während ich das Kind auf dem Arm hielt und ihm ständig versicherte, daß ihm nichts passieren würde. Später, nachdem er von Eleanor Stourham abgeholt worden war, sprach ich mit den Dienstboten, um mich zu vergewissern, daß sie wußten, was sie zu tun hatten, und dann, nachdem Robert sich zur Ruhe gelegt hatte, zog ich mich in das Kinderschlafzimmer zurück, wo Robins mitleiderregender, zerschlagener kleiner Leichnam unter einem Laken lag.

Ich wollte ein Gebet sprechen, aber es gelang mir nicht. Die Worte wollten nicht kommen, und der Glaube, nach dem ich mich sehnte, blieb fern. Das Chaos war in eine geordnete Welt eingebrochen, doch diesmal konnte keine gezogene Grenze es aufhalten, und obwohl ich wieder versuchte, den Sinn dieser Tragödie zu entdecken, war ihr Ablauf zu ungeheuerlich, um ihn zu erfassen. Ich konnte nur denken, daß wieder blinder Zufall um sich schlug, der gleiche blinde Zufall, der Lion getötet und Edmund am Leben gelassen hatte, doch dann fragte ich mich, ob die Blindheit wirklich beim Zufall liege und nicht bei den Menschen, die ihn betrachteten. Ich konnte mich erinnern, wie Robert bei unserer Diskussion über Milly Straker gesagt hatte: «Man sehnt sich nach der Gabe des Hellsehens ... wir haben nur ungenügend Informationen.» Vielleicht war Zufall lediglich ein anderer Name für eine vorausbestimmte Zukunft, die in einem so weitgespannten Maß festgelegt war, das über das menschliche Verständnis hinausging – aber nein, ich fand dies einen abstoßenden Gedanken. Ich zuckte vor der Idee einer vorausbestimmten Zukunft zurück. Ich mußte glauben, daß menschliche Wesen die Wahl hatten, wie sie ihre Karten spielten; ich mußte glauben, daß sie vor Leiden bewahrt blieben, indem sie jene Grenzen zogen, die das Übel in Schach hielten. Die Alternative – eine hoffnungslose Unterwerfung unter eine unkontrollierbare, unverständliche Gewalt – schien mir eine Vision der Hölle zu sein, eine Straße, die geradewegs in die Verdammnis führte.

Ich hielt inne. Üblicherweise fand ich keine Zeit für metaphysische Spekulationen, die mir immer als der Feind eines wohlgeordneten Verstandes erschienen waren, und ich fand meine chaotischen Gedanken entnervend. Der Zwang, dem Bungalow zu entfliehen, überwältigte mich. Ich verließ das Kinderzimmer im Westturm, rannte die Treppe hinunter, und Sekunden später machte ich mich mit schnellen Schritten über die Auffahrt davon.

Ein langer Spaziergang würde mir nach den qualvollen Szenen, die ich durchgemacht hatte, Entspannung bringen, glaubte ich, aber ich schlug nicht den Weg nach Penhale Down ein, wo jetzt zwischen den aufragenden Megalithen Roberts Schafe grasten. Ich wanderte geradewegs den Saumpfad an Martinscombe vorbei zum Dorf Penhale, und als zwischen den Bäumen der Kirchturm auftauchte, bog ich auf den alten Weg nach Harding's Down ab.

Die beiden Anhöhen Penhale Down und Harding's Down lagen von der See landeinwärts, standen aber parallel zu dem langen Höhenzug der Rhosilli Downs, der sich steil über dem Strand von Rhosilli erhob. In dem Tal zwischen diesem langen Höhenzug und den beiden Zwillingshöhen lag das Kirchspiel Penhale, und von den Gipfeln all dieser Anhöhen war es möglich, nicht nur Penhale, sondern auch den größten Teil der Halbinsel Gower zu überblicken, von Llanmadoc und Llangennith im Norden bis zur Oxwich Bay im Süden und von der See im Westen bis nach Cefn Bryn, dem Rückgrat von Gower, das sich ostwärts nach Swansea erstreckte. Harding's Down war einer meiner Lieblingsplätze. Ich erinnerte mich an die heimlichen Lager, die ich dort mit Lion aufgeschlagen hatte, unterhalb der Brustwehr, die den Gipfel krönte. Diese vor Hunderten von Jahren von Einheimischen angelegte Bergfeste war jetzt nicht mehr als ein weiter Ring, der eine abfallende Wildnis von wucherndem Farn einschloß, aber immer noch einen imposanten Anblick bot, und als ich jetzt den grasbestandenen Graben durchquerte und den Abhang zu der Brustwehr hinaufstieg, ergriff mich wieder die freudige Erregung, die ich schon als Kind erlebt hatte.

Inzwischen war es früher Abend. Der Dunst des warmen Julitages hatte mit dem sinkenden Licht nachgelassen, und die Aussicht erstreckte sich mit gespenstischer Klarheit vor meinen Augen, als ich an der Südseite des Kreises stand. Ich sah über Llangennith hinaus auf den Nordarm der Rhosilli Bay, ich sah am Llanmadoc Hill vorbei auf die leuchtende Mündung des Loughor, ich blickte über die welligen Felder des Dorfes Reynoldston hinweg auf das Rückgrat des Cefn Bryn. Das ungewöhnliche Licht war so täuschend, daß Penhale nur einen Steinwurf weit entfernt im Tal unten zu liegen schien. Und als mir der Wind von See her in den Ohren summte, hörte ich die Töne der Kirchturmuhr, wie ich einst die Stundenschläge gehört hatte.

Ich drehte mich um. Ich stand auf dem höchsten Punkt des Walls, so daß ich den ganzen Rücken der Downs vor mir hatte, und als ich mich umsah, entdeckte ich auf der anderen Seite der Feste weit unten eine schlanke Gestalt in einem blaßgrünen Kleid, die auf die Brustwehr hinaufkletterte. Der Wind summte wieder über die alte einsame Landschaft, und die Abendsonne ließ dieses unverkennbar flammende Haar aufleuchten.

Sie sah mich nicht gleich, aber ich machte keinen Versuch zu entkommen. Ich blieb einfach bewegungslos stehen, überwältigt von meinen Erinnerungen, die zu vergessen ich in so vernünftiger Weise versucht hatte, und dann, als sie schließlich durch den Kreis herüberblickte, wußte ich, daß wir beide das gleiche Echo der Zeit hörten.

Siebtes Kapitel

1

Sie hatte ihr Haar hochgebunden, aber der Wind hatte es zerwühlt und ihr leuchtende Strähnen über das Gesicht und ihren langen schönen Hals geweht. Sommersprossen sprenkelten nach wie vor ihren Nasenrücken, ehe sie auf ihrer sehr hellen, sehr klaren Haut verblaßten. Sie trug zu ihrem alten ausgeblichenen grünen Kleid weiße Sandalen und keine Strümpfe. Ihre Augen leuchteten vor Freude.

Ich nahm sie in die Arme, küßte sie erst auf die Wange wie einen verehrten Freund, der mir geholfen hatte, eine vorangegangene Krise zu überstehen, und dann, ehe ich mich zurückhalten konnte, wie ein Liebender auf den Mund.

«Wie merkwürdig», sagte ich schließlich, «daß uns immer der Tod zusammenführt.»

«Aber nein», widersprach sie mir lächelnd. «Es ist das Leben, das uns zusammenbringt. Der Tod ist doch nur ein Teil des Lebens, oder nicht?»

«Gott weiß, was er ist. Ich verstehe nichts davon. Alles, was ich verstehe, ist nur, daß das Leben so kostbar ist und man so viel Zeit mit Dingen vergeudet, die man gar nicht tun will.»

Wir sahen uns beide an und wußten genau, was wir tun wollten. Der Druck unserer Hände verstärkte sich. Wir stiegen von der Brustwehr hinunter in den Schutz der Anhöhe und sanken uns wieder in die Arme.

«Hat dein Mann dich wieder ohne einen Pfennig Geld zurückgelassen?»

«Ja – aber zum letzten Mal. Er ist vorigen Monat bei einer Schlägerei im Hafen von Marseille ums Leben gekommen.»

Wir lagen in einer kleinen grasigen Mulde, eingerahmt von Ginsterbüschen, die uns vor dem Wind von der See her schützten. Das Farnkraut stand hüfthoch um uns, und wir sahen es wie ein Weizenfeld in der Brise wogen. Es war sehr still. Als über uns eine Lerche in Gezwitscher ausbrach, zuckten wir beide unwillkürlich zusammen, doch als wir zu ihr aufblickten, war sie bereits verschwunden, und nur zwei Möwen schwebten am Himmel.

«Myfanwy und Huw sagen, ich könnte bei ihnen auf dem Hof bleiben, aber ich kann ihnen nicht immer auf der Tasche liegen, deshalb werde ich nach Cardiff zurückgehen, mir ein Zimmer bei meinen Verwandten mieten und Arbeit suchen.»

«Was für eine Arbeit?»

«Im Haushalt. Das habe ich schon letztes Jahr gemacht, damit wir nicht wieder aus unserem Zimmer gewiesen wurden.»

«Das muß sehr bedrückend sein.»

«Nein, wenn man eine nette Herrin findet, geht es ganz gut. Ich poliere gern schöne Möbel, wenn ich tagträume.»

«Wovon träumst du dann?»

«Ich träume, ich hätte ein Haus mit sechs Schlafzimmern wie meine letzte Herrin, mit einem schönen Bad, ganz in Blau gekachelt, und eine große Küche mit einem Kühlschrank darin und einen Garten voller Blumen. Und ich träume, daß ich verschiedene Teekannen habe, es gibt so hübsch geformte, und ich träume, daß ich einmal in der Woche ein Buch habe – eine Zeitschrift nennen die Damen das –, mit einer hübschen Liebesgeschichte darin, in der die schöne Heldin den gutaussehenden Helden heiratet und sie danach immer glücklich leben.» Sie zeigte lachend ihre prächtigen Zähne. «Im Leben ist es nicht oft so, oder?» fragte sie. «Aber darum ist es ja so wichtig, ein wenig zu träumen.»

«Ich träume auch gern», sagte ich, «aber ich träume immer die falschen Träume.» Und ich erzählte ihr von Constance.

Als ich fertig war, fragte sie: «Und was wirst du tun?»

«Ich habe keine Ahnung. Ich weiß nur, daß ich in einer schrecklichen Situation bin – wie üblich – und ich lieber nicht darüber nachdenke. Willst du eine Zeitlang mit mir fortfahren?»

Sie dachte sorgfältig darüber nach. «Würde es die Dinge für dich besser machen, wenn ich es täte?» fragte sie schließlich. «Oder würde es für dich schlimmer werden?»

«Ich weiß es nicht, und es ist mir auch gleichgültig. Um offen zu sein, es wäre mir gleichgültig, wenn alles Leben auf der Erde ein Ende nähme, wenn ich vorher nur zwei Wochen mit dir allein sein könnte.»

Sie lächelte. Dann fragte sie: «Und wo wollen wir hin?»

Nachdem wir uns noch einmal geliebt hatten, lag ich auf dem Rücken und dachte über ihre Frage nach. Schließlich sagte ich: «Bist du je in Cornwall gewesen?»

«Ich bin nie aus Wales herausgekommen.»

«Auch ich bin noch nie in Cornwall gewesen, aber man sagt, es wäre Wales zum Verwechseln ähnlich. Ich glaube, wir würden uns dort zu Hause fühlen.»

Während wir uns anzogen, machten wir unsere Pläne. Ich sagte ihr, ich könnte gleich nach Robins Begräbnis fort. Sie erklärte, sie könnte jederzeit abreisen. Sie wußte, daß ihre Schwester für die Kinder sorgen würde. «Aber ich muß ehrlich zu ihr sein», fügte sie hinzu. «Ich muß ihr die Wahrheit sagen.»

Ich hielt inne, während ich mir die Weste zuknöpfte. «Mußt du?»

«Du brauchst keine Bedenken zu haben. Sie wird schweigen.»

«Aber wird sie nicht sehr schockiert sein?»

«Ja, aber ich glaube, sie wird mir verzeihen. Sie weiß, wie schrecklich die Zeit mit Gareth für mich war.»

«Sie würde sich aber bestimmt sehr über mich ärgern.»

«Warum sollte sie? Jeder weiß doch, daß bessere Herren so etwas machen. Sie wird wahrscheinlich annehmen, daß du so etwas ständig machst.» Dabei sah sie mich lächelnd an. «Vielleicht machst du es auch.»

«Nein.» Aber ich erzählte ihr von meiner Geliebten in der Fulham Road.

«Liebt sie dich?»

«Ich glaube, daß sie mich gern mag. Ich mag sie auch gern. Aber diese Zuneigung beruht lediglich auf gegenseitiger Duldung.» Ich legte meine Arme um sie. «Du bist die Frau, die ich liebe.»

Sie sagte nichts.

«Glaubst du mir nicht?»

«Ich weiß nicht.» Sie sah mich fest an. «Und ich glaube, du weißt es auch nicht», sagte sie. «Nicht genau.»

«Bronwen –»

«Aber ich liebe dich», schnitt sie mir das Wort ab, «und alles, was ich will, ist ein paar kostbare Tage mit dir allein zu sein. Ist das nicht alles, worauf es im Augenblick ankommt?»

Zwei Tage später waren wir auf dem Weg nach Cornwall.

2

Robert und meinem Vater sagte ich, daß ich nach London zurückfahren müßte, aber Armstrong telegraphierte ich, ich müßte noch weitere zwei Wochen in Wales bleiben. Was Edmund betraf, der sofort nach dem Begräbnis nach London zurückfuhr, so war er viel zu sehr von seinen Gedanken an Teddy in Anspruch genommen, um meine Behauptung in Frage zu stellen, daß Robert mich brauche, bis Ginevra aus dem Sanatorium zurück war.

Am Morgen nach der Beerdigung brachte mich der Chauffeur meines Vaters nach Swansea, angeblich zum Zug in die Hauptstadt, doch damit begann mein Untertauchen. Als erstes vertraute ich meinen Lederkoffer der Gepäckaufbewahrung an. Dann kaufte ich mir einen billigen Koffer aus Pappe, füllte ihn mit billigen Kleidungsstükken von der Stange und kehrte schließlich auf der Flucht aus meiner Identität als Mitglied der Oberschicht in die Herrentoilette im Bahnhof zurück, um mich umzuziehen. In meinem neuen blauen Anzug sah ich wirklich nach Mittelklasse aus, aber ich war mir auch bewußt, daß ich ausländisch wirkte, unenglisch, wie ein Mann, der nicht zur englischen Klassengesellschaft gehörte. Ich wußte, daß mein Akzent, diese unerbittliche Fessel, mich verriet, sobald ich den Mund aufmachte, doch das würde enden, sobald ich mit Bronwen zusammen war, denn wir sprachen immer nur Walisisch miteinander.

Ich fühlte mich befreit, verließ den Bahnhof und kam mir vor wie neugeboren.

Bronwen sollte um zehn Uhr mit dem Bus aus Penhale kommen, und als ich zur Haltestelle ging, um sie abzuholen, verglich ich noch einmal methodisch die Liste meiner Neuerwerbungen, um mich zu vergewissern, daß ich nichts vergessen hatte. Vor einer Drogerie blieb ich stehen. Ich wußte schon, was ich dort kaufen wollte, zögerte aber bei dem Gedanken, wie lächerlich es doch war, daß ich, einunddreißig Jahre alt, nicht mehr als nur eine vage Vorstellung von einem Gegenstand hatte, der in der Praxis lebenswichtig war. Ein Achtzehnjähriger, an den als Soldat an der Front vorschriftsmäßig Pariser ausgegeben worden waren, hätte mehr davon verstanden als ich. Nach mehreren Fehlgeburten in ihrer Ehe hatte meine Geliebte in der Fulham Road sich einer Operation unterwerfen müssen, die erwarten ließ, daß sie nie wieder schwanger wurde. Damit war für sie die Frage nach Verhütungsmitteln nie aufgetaucht. Ich hatte noch nie in meinem Leben Verhütungsmittel gekauft. Was verlangte man da? Armstrong zumindest hatte sich gerade noch enthalten, mich aufzufordern, für ihn Pariser zu besorgen. Außerdem hatte er sich nie darum gekümmert, außer er ging in ein Bordell und wollte sich vor Ansteckung schützen. Mich schauderte. «Frauen, die mir gefallen, sollen für sich selbst sorgen», hatte er gesagt und sich dabei auf seine respektierlicheren Eroberungen bezogen. Ich fragte mich, ob Bronwen selbst für sich sorgen konnte. Dafydd war inzwischen sechs. Ich erinnerte mich, daß sie zugegeben hatte, das Bett mit ihrem Mann zu teilen, wenn er von der See nach Hause gekommen war, doch obwohl er sich vermutlich bemüht hatte, das in der Zwischenzeit Versäumte nachzuholen, war sie nicht wieder schwanger geworden. Ich kam zu der Ansicht, daß sie über Verhütung unterrichtet war. Oder vielleicht doch nicht? Ich ging vor der Drogerie auf und ab.

Schließlich verachtete ich mich wegen meiner Entschlußlosigkeit und betrat das Geschäft, aber da dort nur Frauen anwesend waren, verließ ich es gleich wieder. Die Lösung wäre gewesen, das wußte ich, wenn ich einen Markennamen gekannt hätte, aber ich kannte keinen, weil in meinen Gesprächen mit Armstrong über dieses Thema nie einer erwähnt worden war und ich mich immer gescheut hatte, mit anderen über das Thema zu sprechen. Wie konnte ich zugelassen haben, in solcher Unwissenheit zu bleiben? In Gedanken verfluchte ich John Godwin, weil er bis zum Alter von neunundzwanzig über seine präpubertäre Prüderie nicht hinausgewachsen war.

Am Ende beschloß ich, die Lösung des Problems zu vertagen. Bronwen war eine praktische Frau, wenn sie nicht gerade von blau gekachelten Badezimmern träumte, und wenn sie sich darüber Gedanken machte, dann hielt ich sie für vernünftig genug, es zu sagen. Wenn sie das tat, würde ich sofort etwas unternehmen, doch inzwischen war es zweifellos angenehmer, sie ohne irgendwelche unerfreulichen Handhabungen zu lieben. Wieder dachte ich an Armstrongs Schutzmittel gegen Ansteckung und wieder schauderte ich vor Abscheu.

Hastig kehrte ich der Drogerie den Rücken und eilte die Straße entlang zur Bushaltestelle.

3

Im Zug streifte ich ihr den Ehering von Morgan ab und schob ihr an seiner Stelle den glatten Goldreif auf den Finger, den ich für sie gekauft hatte, ehe ich mir meine billige Garderobe besorgt hatte. Stunden später, als ich in Penzance «Mr. und Mrs. John Godwin» ins Gästebuch des Hotels eintrug, hatte ich das Gefühl, daß ich seit Jahren mit ihr verheiratet wäre und nur die Erinnerung an die Hochzeit irgendwie verloren hätte. Das Hotel war klein und still, und von unserem Zimmer im Dachgeschoß konnten wir, als wir am nächsten Morgen erwachten, über die Dächer hinweg die schimmernde See jenseits der Promenade sehen.

Nach dem Frühstück gingen wir aus. Wir suchten uns den Weg bergab am Hafen vorbei, und als wir die Esplanade erreichten, blieben wir stehen, um das Märchenschloß St. Michael's Mount auf der anderen Seite der Bucht zu bewundern.

«Es scheint kaum wirklich zu sein», sagte ich, aber es war wirklich. Wir kauften uns einen Reiseführer, und am nächsten Tag wanderten wir hinüber zum Mount, und alles war wirklich, war greifbar. Das Märchen war Wirklichkeit geworden, und die Wirklichkeit übertraf all unsere Träume.

Später führte uns der Reiseführer nach Mousehole und Lamorna und Logan's Rock und zu den Buchten von Lizard und Kynance. Das Wetter wurde schlechter, aber wir bemerkten es kaum. Wir waren zu sehr damit beschäftigt, in ländlichen Bussen zu sitzen, und verpaßten viele romantische Aussichten, weil wir uns im falschen Augenblick küßten.

Zunächst kamen wir mit den Mahlzeiten durcheinander, weil Bronwen nicht daran gewöhnt war, um acht Uhr zu dinieren, aber auch ich verspürte keinen Wunsch nach solchen Förmlichkeiten, so daß wir, abgesehen von unserem Frühstück im Hotel, in Cafés oder in kleinen anspruchslosen Hafenkneipen aßen, wo wir frische Meeresfrüchte bekamen. Bronwen hatte noch nie Hummer gegessen und ich noch nie gebackene Bohnen auf Toast. Wir lachten und lachten, als wir gegenseitig unser Gesicht beim ersten Bissen sahen. In dem Café, wo ich Tomatensauce auf Pommes frites probierte, lachten wir beide so sehr, daß der Besitzer uns für Ausländer hielt, uns eine Kanne Tee spendierte und uns fragte, wo wir her seien.

«Wir kommen aus Wales», antwortete ich auf englisch, und als ich sein erstauntes Gesicht sah, als er meinen Akzent hörte, begann ich wieder von neuem zu lachen.

Wir unterhielten uns endlos. Sie erzählte mir von dem kleinen Dorf über dem Rhondda Valley, in dem sie geboren worden war und wo ihre Eltern als Köchin und Gärtner bei dem Ortspfarrer gearbeitet hatten. Nach dem Tod ihres Vaters war ihre Mutter im Pfarrhaus geblieben, doch als auch sie starb, war Bronwen nach Süden zu ihrer Schwester Myfanwy gezogen, die in einem Pfarrhaus in Cardiff arbeitete.

«. . . und dann war glücklicherweise eine Stelle als Küchenmädchen im Herrenhaus frei, und ich ging dorthin arbeiten, aber es war schrecklich. Ich haßte es, die Haushälterin war grausam, die anderen Mädchen lachten über mich, weil mein Englisch nicht gut war, und der Diener versuchte mich zu schikanieren, und dann wurde Gott sei Dank Gareth einer der Gärtnergehilfen und fing an mich zu beachten, und ich dachte, wenn ich ihn heiraten würde, wäre ich sicher und für immer glücklich. Ich war erst sechzehn, und Myfanwy war nicht mehr in der Gegend, weil sie Huw geheiratet hatte, deshalb war niemand da, mit dem ich reden konnte – ach, ich war so schwach und dumm, aber manchmal glaube ich, daß man ein bißchen leiden muß, um stark zu werden.»

Ich erzählte ihr von Oxmoon. Ich sprach darüber, wie schrecklich es für mich gewesen war, diesen großen Gott Robert zu haben, dem wir alle nacheifern mußten, und wie wundervoll es gewesen war, als der große Gott mich mit seiner besonderen Beachtung auszeichnete. Ich sprach von Lion. Ich sprach von der Schule und wieviel Spaß sie mir gemacht hatte, nachdem ich erst einmal von meinem Heimweh geheilt war.

«Armer kleiner Junge», sagte Bronwen. «Wie grausam ist die Oberschicht, befreien sich von ihren Kindern, indem sie sie für zwei Drittel des Jahres in Anstalten einsperren!»

«Aber ich habe es geliebt! Auf der Schule hat mich niemand mit Robert verglichen – die Lehrer erinnerten sich selbstverständlich an ihn, aber trotzdem war es dort leichter, ihm zu entkommen.»

«Armer kleiner Junge», sagte Bronwen noch einmal.

«Nein, nein. Ich hatte eine wunderbare Kindheit – ich war glücklich! Und dann . . . als ich elf war . . .»

«Ja?»

«Dann geschah etwas, aber das erzähle ich dir ein andermal.»

Später sagte sie: «In Penhale sprechen sie immer noch von deiner Großmutter und Mr. Owain Bryn-Davies. Wie war deine Großmutter? Erinnerst du dich gut an sie?»

Und dann erzählte ich ihr alles.

4

Einige Tage später fuhren wir weiter in den Norden Cornwalls. Die Moore dort erinnerten mich an die Gower Downs. Auch das Bergwerksgebiet um St. Just kam mir wie ein Spiegelbild der industriellen Wüste im Osten von Swansea vor, und als wir die verfallenen Maschinenhallen betrachteten, die sich vor der See abhoben, sagte Bronwen, die Küste hier müsse fast schon so sein wie die zwischen Rhossili und Porteynon. Doch wir stimmten darin überein, daß Gower unvergleichlich war. Unser Bus kroch über die Küstenstraße durch die Weiler Morvah und Zennor, bis wir schließlich den Kamm eines Höhenzuges erreichten, und dort lag ein brillantes Panorama von Himmel und See, die weitgeschwungene Bucht mit dem berühmten Fischereihafen von St. Ives, vor uns.

Die Stadt funkelte im heißen, hellen, fremdartigen Licht, und die See hinter dem Strand war von einem reichen, leuchtenden Mittelmeerblau. Wir fanden im Herzen der Stadt ein Gasthaus in einer Nebengasse mit Kopfsteinpflaster, und nachdem wir unser Gepäck abgestellt hatten, wanderten wir durch die engen, gewundenen Straßen zum Hafen.

«Ich glaube, das Wetter wird jetzt schön bleiben», sagte ich vorlaut, und trotz dieser Herausforderung des Schicksals schien weiter die Sonne. Wir wurden träge, gingen jeden Morgen zum Strand und kehrten jeden Nachmittag in die Abgeschlossenheit unseres Zimmers zurück. Vom Fenster aus konnten wir die Möwen beobachten, die über den schiefen Kaminaufsätzen kreisten, wenn die Fischerboote in den Hafen zurückkehrten, und am Abend, wenn die Stadt in goldenem südlichen Licht gebadet wurde, wanderten wir zum Gipfel des Berges hinter der Stadt hinauf und sahen die Sonne im Meer versinken.

«Wir sind wie Pilger in einer Legende», sagte ich einmal zu ihr, und wir sprachen über walisische Erzählungen und lasen über cornwallsche Sagen in unserem abgegriffenen Reiseführer. Ich erzählte ihr auch von französischen Legenden und schilderte ihr meine Vorkriegsbesuche in Frankreich, als ich in Oxford noch moderne Sprachen studierte. Sie fragte mich über Oxford aus, konnte es sich aber nicht richtig vorstellen. Ich erzählte ihr auch von Paris. Sie konnte sich kein Bild von einer derartigen Stadt machen, war aber sehr fasziniert. London erwähnten wir nie.

«Eines Tages würde ich gern reisen», sagte sie. «Ich hatte mich immer damit abgefunden, daß ich aus Wales nie herauskommen würde, aber nachdem es jetzt doch dazu gekommen ist . . . oh, ich muß Reisebeschreibungen lesen, wirkliche, richtige Bücher mit festen Einbänden. Ich werde mit der Dame in der Bibliothek sprechen und sie um ihren Rat bitten. Und dann werde ich lesen und lesen und lesen, damit ich in Zukunft mit dir darüber sprechen kann –»

Wir sahen einander an. Sie errötete schmerzlich berührt, aber ich zog sie an mich. Ich wollte nicht, daß sie sich ernstlich Vorwürfe machte, weil sie eine Zukunft beschworen hatte, an die keiner von uns zu denken wagte.

Nachdem ich sie geküßt hatte, sagte ich: «Selbstverständlich kann ich Constance jetzt niemals heiraten.»

Sie versuchte gar nicht, ihre Erleichterung zu verbergen, und an ihrer Ehrlichkeit erkannte ich, wie verletzlich sie war. Dennoch besaß sie den Mut zu sagen: «Du mußt tun, was du tun mußt. Ich will nicht, daß du mir später Vorwürfe machst und sagst, ich hätte dein Leben ruiniert, indem ich deine großen Aussichten in London zerstört hätte.»

«Ich interessiere mich nicht mehr für London. Ich gehe nach Gower zurück.» Wir betrachteten wieder den Sonnenuntergang. Die Sonne war leuchtend rot, der blaue Himmel goldgestreift und die See eine Masse aus glühendem Licht. Es war der berauschendste Anblick, der selbst einen phantasielosen Menschen zu paradiesischen Visionen verleiten konnte, und ich war in keiner Weise phantasielos.

«Nachdem das arme Kind jetzt tot ist, wird Oxmoon mir doch zufallen», sagte ich schließlich. «Mein Vater mag Robert aus Freundlichkeit versprechen, daß Kester der Erbe sein wird, aber dieses Versprechen wird mit Robert sterben. Mein Vater zieht Harry Kester vor, und außerdem – ich weiß sehr gut, daß mein Vater mir jetzt nähersteht als seinen anderen Söhnen.»

Nach einer Pause sagte Bronwen: «Aber glaubst du, daß du für ein Landleben auf Oxmoon geschaffen bist?»

Ich war überrascht. «Warum meinst du, daß ich es nicht bin?»

«Ich erinnere mich, daß Huw einmal gesagt hat, nachdem deine Frau gestorben war, daß ihn deine Entscheidung, nach London zu gehen, nicht überrascht hat. Er sagte, er glaubt, daß das Leben eines Gutsbesitzers auf Penhale Manor dich langweilen wird.»

«Gutsbesitzer auf Penhale Manor zu sein, ist eine Sache – Gutsherr von Oxmoon zu sein, ist aber ganz etwas anderes. Das würde mich bestimmt vor die Aufgabe stellen, die ich brauche, um mich vor Langeweile zu bewahren.» Ich versuchte, nicht ungehalten zu klingen. «Das ist eine Voreingenommenheit von deinem Schwager.»

«Oh, das darfst du nicht von ihm glauben», widersprach sie schnell. «Er bewundert dich sehr, aber du bist ihm ein Rätsel, und das geht den meisten Leuten so, falls du es wirklich wissen willst. ‹Mr. John ist ein dunkles Pferd›, sagen sie. ‹Scheint nicht zu wissen, was er will. Auf nach London, zurück nach Gower, wieder nach London, tobt hin und her wie ein Schatzsucher in einem Irrgarten›, wie sie in ihrem komischen Gower-Englisch sagen.»

«Ich gebe zu, daß ich in der Vergangenheit meiner Sache nicht immer ganz sicher war, aber wenn ich wüßte, daß Oxmoon auf mich zukommt, nähme alle Ungewißheit ein Ende.»

«Warum? Es ist doch nur ein Haus. Wie können Steine und Schiefer Ungewißheit und Unzufriedenheit überwinden?»

Ich gab mir große Mühe, meine komplexen Empfindungen einfach darzustellen, damit sie mich verstehen konnte. «Ich habe das Gefühl, daß ich eine Belohnung verdiene», sagte ich. «Ich will eine Vergütung für all die Jahre, in denen ich nach Robert an zweiter Stelle gekommen bin. Ich will eine Vergütung für all die Jahre, in denen ich mein wahres Ich bei dem vergeblichen Versuch ermordet habe, meinen Eltern ebensogut zu gefallen, wie Robert ihnen gefiel. Ich finde, es ist nur gerecht, daß ich Oxmoon bekommen werde. Ich finde, es steht mir zu.»

«Was dir zusteht», entgegnete Bronwen, «ist Liebe. Die bekommst du aber nicht von Oxmoon. Auch Oxmoon kann die Vergangenheit nicht ändern. Deinen Eltern vergeben, nicht Oxmoon erben, ist der einzige Weg, der dich vor den Verfolgungen durch die Vergangenheit befreien kann.»

Ich starrte sie gebannt an, und sie hielt meinem harten Blick stand. Nicht zum ersten Mal wurde mir die äußerste Klarheit ihres Denkens bewußt. Es war, als ob sie das Spektrum der Wirklichkeit sähe, das völlig außerhalb meines Blickfeldes lag.

«Aber selbstverständlich vergebe ich meinen Eltern», hörte ich mich selbst versichern. «Ich bin ein guter Sohn, bin es immer gewesen, wie sollte ich ihnen also nicht vergeben können? Wenn ich ihnen etwas nachtragen würde, dann würde das bedeuten, daß ich sie nicht liebte oder sie haßte. Ich müßte mich selbst verachten, solche Gefühle wären völlig unvereinbar damit, ein guter Sohn zu sein.»

Bronwen sagte nichts.

«Meine Eltern waren unschuldige Opfer», sagte ich nachdrücklich. «Meine Großmutter trägt die Schuld. Sie ist diejenige, die ich als die Quelle meines ganzen Unglücks verabscheue und hasse.»

Bronwen küßte mich und sagte: «Vergib ihr.»

«Wie kann ich das? Wenn ich ihr nicht die Schuld an dem gebe, was falsch gewesen ist, muß ich meine Eltern beschuldigen, und das kann ich nicht – aber ich muß einem die Schuld geben, ich muß einfach. Ich habe gelitten, ich bin durch die Hölle gegangen, es hat mein ganzes Leben zersetzt.»

«Ja», sagte Bronwen, «es war furchtbar. Aber du mußt dich frei machen, du darfst nicht dulden, daß es dein Leben weiter zerstört, und der Weg in die Freiheit ist nicht der Weg nach Oxmoon. Du wirst nicht glücklich in einer Welt, in der du Vergeltung brauchst, denn Vergeltung wird dich nur an die Vergangenheit ketten.»

Danach schwiegen wir. Die Sonne sank weiter ins Meer, und wir sahen ihr zu, aber schließlich wandte ich mich zur Seite und sagte: «Mein Vater kann gut noch zwanzig Jahre in Oxmoon leben. Oxmoon ist jetzt also nicht wichtig. Wichtig ist, daß ich nach Gower zurückkomme, damit wir dort zusammen leben können.»

Ich sah ihre Angst ebenso klar, wie ich ihre Freude sah.

«Selbstverständlich», sagte ich, «werden wir heiraten.»

Sie sah mich verängstigter an denn je. «Aber wie sollte ich das schaffen?»

Ich küßte sie. «Wir beide werden es sehr gut schaffen.» Ich küßte sie wieder und begann in meinen Taschen nach Münzen zu wühlen. «Laß uns ein Telephon suchen, damit ich feststellen kann, was vorgeht. Ich glaube, ich habe jetzt den Mut, in die Welt zurückzukehren, die wir zurückgelassen haben.«

Als wir durch die mit Kopfsteinen gepflasterten Straßen gingen, hörte ich in weiter Ferne beim Hafen eine Glocke schlagen, und als sich Bronwens Hand fester um meine schloß, wußte ich, daß sie wußte, was ich dachte. Angelsächsische Zeit wartete auf uns, und in dieser Welt der Wochen, Tage und Stunden wartete eine Krise von katastrophalen Ausmaßen. Als ich meine letzte Sendung Ansichtskarten an meine Kinder abschickte, hatte ich erkannt, daß wir viel länger fortgeblieben waren, als ich beabsichtigt hatte.

5

«Was zum Teufel hast du nur getrieben?» schrie Robert. «Wo bist du? Was geht vor? Dieser verdammte Amerikaner hat mich ständig wegen Nachricht über dich belästigt und gesagt, du hättest in London zu sein und seiner Tochter einen Heiratsantrag zu machen.»

«Ich habe nicht die Absicht, seiner Tochter einen Antrag zu machen. Ich bin in Cornwall mit der Frau, die ich liebe.»

«Was bist du?» Seine Stimme wurde fast unhörbar. Offenbar hatte er sich zur Seite gewandt, um mit seiner Frau zu sprechen. «John ist völlig übergeschnappt.» Er wandte sich wieder dem Telephon zu.

«Um Gottes willen, wer ist diese Frau?»

«Sie heißt Bronwen Morgan und ist die Schwägerin von Huw Meredith. Geht es dir besser, Robert? Und wie geht es Ginevra? Vergib mir bitte, daß ich nicht früher angerufen habe.»

«Oh, mach dir keine Sorgen um uns», sagte Robert. «Wir sind sicher das geringste deiner Probleme. Sag mal, besteht irgendeine Chance, dich in unmittelbarer Zukunft zu sehen, oder hast du die Absicht, dich für unbegrenzte Zeit in einem romantischen Nebel in Cornwall herumzutreiben?»

«Ich komme morgen nach Gower. Ich muß Bronwen nach Penhale zurückbringen, ehe ich nach London fahre.»

«Gut. Ich halte eine Zwangsjacke für dich bereit», sagte Robert und hängte ein.

6

«Du mußt dir selbstverständlich darüber klar sein», sagte Robert freundlich, «daß du völlig wahnsinnig bist, aber glücklicherweise besteht kein Grund zur Sorge. Diese Form des Wahnsinns ist sehr verbreitet, und es steht ohne jeden Zweifel fest, daß du davon genesen wirst – wahrscheinlich eher früher als später. Jetzt ist es das wichtigste, daß du langsam wieder anfängst, auf den Boden der Tatsachen zurückzukommen. Geh mit deinen Kindern in den Zoo oder tue sonst was. Gib diesen gräßlichen Konfektionsanzug der nächsten Sammelstelle der Heilsarmee. Lies eine Zeitung, geh zum Friseur. Tue alle diese kleinen langweiligen Alltäglichkeiten, die einen ständig daran erinnern, wie trist das Leben wirklich ist. Und vor allem, mein lieber John, gib diese romantische Pose einer keltischen Zwielichtvision auf – schiebe diesen Übelkeit erregenden keltischen Mystizismus beiseite und versuche die Lage nicht mit angelsächsischer Klarheit (ich will nichts Unmögliches verlangen), aber wenigstens mit walisischer Nüchternheit und Vernunft zu sehen. Nur die Engländer glauben, daß Waliser ihre ganze Zeit damit zubringen, herumzuwandern und ein endloses Eisteddfod zu singen. Wenn du dich also schon als Waliser ansehen mußt, dann verhalte dich wenigstens wie ein intelligenter und ruiniere nicht dein Leben, solange du für deine Handlungen nicht verantwortlich bist.»

Es war früher Abend, und wir befanden uns allein im Salon von Little Oxmoon. Ginevra hatte uns taktvoll allein gelassen, nachdem sie mich mit einem flüchtigen Kuß begrüßt hatte. Ich war erleichtert, als ich gesehen hatte, daß es ihr besserging. Das galt auch für Robert. Er war nicht länger bettlägerig, sondern saß wieder in seinem Rollstuhl.

«Robert, du verstehst einfach nicht. Dies ist der Weg, die Wahrheit, das Leben, wonach ich mich sehne.»

«Welcher Weg, welche Wahrheit? Und, um Gottes willen, was für ein Leben? John, hast du wirklich keine Ahnung, wie absurd du klingst? Hör zu, ich will dieser Sache auf den Grund gehen. Im Gegensatz zu den romantischen Dichtern glaube ich nicht, daß Verliebtsein ein dem Zufall zuzuschreibendes Phänomen ist – meiner Meinung nach ist es immer eine personenbedingte Bewußtseinsstörung.»

«Wenn du so denkst», entgegnete ich, «dann bist du offensichtlich nie verliebt gewesen.»

«Gerade weil ich verliebt gewesen bin, weiß ich, wovon ich rede. Sex sollte ein Sport sein, nicht eine destruktive Besessenheit.»

«Du wirst doch nicht im Ernst im Sex lediglich einen Sport sehen?»

Robert blickte mich fragend an. «Nun, und als was betrachtest du Sex?»

«Sex ist Leben – das wirkliche Leben. Sport ist doch nur ein Mittel, um das wirkliche Leben in Schach zu halten – ein kümmerlicher Ersatz für das, worum es im Leben wirklich geht.»

«Eine ungewöhnliche Bemerkung. Es fällt mir schwer zu glauben, daß du in Harrow zur Schule gegangen bist. Bist du etwa unter den Einfluß dieses schwülstigen Schriftstellers D. H. Lawrence geraten?»

«Meine Kenntnisse moderner englischer Literatur enden bei John Buchan. Warum sprechen wir eigentlich über Sex? Ich spreche von Liebe.»

«Aber ja, ja, ja, selbstverständlich tust du das. – Leute, die an nichts anderes als an Sex denken können, veredeln ihre Gefühle immer dadurch, daß sie es Liebe nennen, aber keine Sorge, ich lehne es ab, vor diesem Problem zu kapitulieren. Du bist mein Lieblingsbruder, und ich mag dich sehr gern, und ich werde dich vor dir selbst retten, selbst wenn es das letzte sein sollte, was ich tue.»

Robert zeigte sich in eindrucksvollster Form. Er war sehr sorgfältig angezogen, trug einen schwarzen Anzug mit seiner Harrow-Krawatte, und obwohl seine rechte Seite zu geschwächt war, um ihm zu erlauben, völlig gerade in seinem Stuhl zu sitzen, machte er trotzdem den Eindruck, sich kerzengerade zu halten. Sein dünn gewordenes Haar, sauber geschnitten und ordentlich gescheitelt, hatte die Farbe von Eisen. Seine tiefliegenden, etwas hypnotischen Augen waren stahlblau. Selbst seine nutzlose rechte Hand, wie eine Klaue etwas zusammengekrümmt, schien Aggression auszudrücken, und ich mußte mich erheblich anstrengen, um von der geballten Kraft seiner voll entfalteten Persönlichkeit nicht geistig zermalmt zu werden.

«Offensichtlich besteht in deinem Leben eine Lücke, und die Suche nach einem Ausgleich hat dich zu deiner Flucht in diese schwachsinnige keltische Gefühlsduselei getrieben. Laß mich mal sehen. Was fehlt dir eigentlich? Du bist reich, bist gesund, siehst gut aus. Du hast Freude an deiner Arbeit. Du hast zwei wohlgeratene Kinder, an denen du hängst. Du hast ergebenes Personal und einen großen Kreis bewundernder Freunde. Du hast in der Fulham Road versteckt eine mustergültige Geliebte, die dir anscheinend niemals für einen Augenblick Anlaß zur Besorgnis gibt – und zu all dem auch noch das außergewöhnlich große Glück, einen von seinem Väterlichkeitswahn besessenen amerikanischen Millionär zu haben, einen Glücksritter im mittleren Alter, der in dir eine Gottesgabe sieht, und du hast ein attraktives, kultiviertes Mädchen, das es nicht erwarten kann, dir eine unvergleichliche, vorbildliche Frau zu werden. Dennoch willst du dich mit einem selbstgeschaffenen Elysium begnügen; nein, du willst es nicht. Du fliehst mit einer Putzfrau aus Cardiff nach Cornwall, versenkst dich in die Betrachtung goldener Sonnenuntergänge und schwatzt Unsinn über Wege und Wahrheiten und das Leben, nach dem du dich sehnst. Also gut, ich gebe auf, aber sage du mir: Was stimmt an deinem Londoner Leben nicht? Was fehlt?»

«Bronwen.»

«Das ist keine Antwort. Das stellt wieder nur das gleiche Rätsel. Himmel, gib mir noch so einen Whisky! Es ist eine anstrengende Aufgabe, für ein solch völlig irrationales Verhalten eine vernünftige Erklärung zu finden.»

Darauf folgte eine Pause, in der ich unsere Gläser zur Karaffe brachte und nachschenkte. Erst als ich das Wasser hinzufügte, sagte Robert nachdenklich: «Aber vielleicht liege ich völlig falsch. Vielleicht besteht in deinem Leben gar kein Mangel – sondern ganz im Gegenteil. Vielleicht ist da ein Überfluß. Vielleicht bist du einfach zu der Erkenntnis gekommen, daß du London nicht mehr brauchst, und vielleicht ist diese wilde Liebesaffäre mit einer walisischen Bäuerin nur deine besondere Art und Weise, deine Befreiung zu feiern ... Aber warum solltest du glauben, daß du London nicht brauchst?»

«Das einzige, was mich interessiert, ist mit Bronwen in Gower zu leben.»

«Du kannst doch unmöglich ein so kompletter Narr sein wollen.»

«Robert –»

«Du kannst doch nicht alles aus Liebe aufgeben – du bist doch viel zu ehrgeizig. Du verzichtest auf dein gegenwärtiges Elysium doch nur, weil du glaubst, ein anderes, verlockenderes am Horizont auftauchen zu sehen – und so stellt sich doch die Frage, was ist für dich attraktiver als eine Million Pfund und aller weltliche Erfolg, den du dir je gewünscht hast?»

«Ach, um Gottes willen! Hör doch, Robert –»

«Nein, tut mir leid, John, aber jetzt mußt du mich einmal anhören, weil ich jetzt völlig außer mir vor Entsetzen bin. Ich erkenne, daß dein gesamtes Verhalten das Ergebnis einer höchst katastrophalen Fehlberechnung ist.»

«Was zum Teufel meinst du?»

«Du wirst Oxmoon nicht bekommen, John. Jetzt nicht. Niemals. Trinke diesen Whisky aus. Schenk dir einen Cognac ein. Ich will es dir erklären.»

7

Er sagte, daß er sicherstellen wolle, daß Kester der Erbe sein würde.

«Aber selbstverständlich wirst du das», sagte ich, ohne eine Sekunde zu zögern. «Ich würde das gleiche für meinen Sohn tun, wenn ich an deiner Stelle wäre.» Ich trank, was ich für einen kleinen Schluck Whisky hielt, und stellte fest, daß ich mein Glas geleert hatte.

«Du erinnerst dich an das, was ich dir gesagt habe, nachdem Robin tot war: Kester wird davon profitieren. Das gibt Robins Tod einen Sinn.»

«Aber ja, sorg dich nicht, Robert. Ich verstehe das absolut.» Ich drehte das leere Glas in meinen Händen, um den Eindruck zu wekken, es wäre noch halbvoll.

«Nein, ich fürchte, du verstehst nicht, noch nicht. Aber ich fürchte ebenso, daß ich sicherstellen muß, daß du es verstehst. Es kann dazu führen, daß wir uns für immer völlig entfremden, aber das kann ich nicht ändern. Ich muß dich davor bewahren, daß du durch deine Fehleinschätzung der Zukunft von Oxmoon dein ganzes Leben versaust!»

«Was du auch sagen willst, es kann nicht dazu führen, daß wir uns für immer völlig entfremden.»

«Das frage ich mich. Also gut, hör zu. Du glaubst immer noch, alles wird sich für dich richtig fügen, weil ich nicht an einem milden Fall dieser Krankheit leide und bei etwas Glück in zehn Jahren tot sein werde.»

«Mein lieber Robert –»

«Sei still. Du glaubst, Papa ist es gegeben, mich zu überleben, und daß er, wenn ich einmal aus dem Weg bin, nicht zögern wird, dich zu seinem Erben zu machen. Aber siehst du, John, das ist der Punkt, an dem du deinen großen Fehler begehst. Ich werde Papa sagen, daß er Kester als seinen Erben einsetzen muß, und Papa wird das tun, was ich ihm sage. Da gibt es überhaupt keine Frage. Ich habe ihn an der Gurgel.»

Ich stand auf, nahm mir ein frisches Glas vom Tablett und schenkte mir Cognac ein. «Wie?»

«Er hat einmal etwas getan, was so verdammt schrecklich war, daß es eine tiefgreifende, zerstörende Wirkung auf mein Leben hatte. Seitdem wird er ständig von Schuldgefühlen verfolgt, und er wird in meiner Erpressung eine Chance sehen, seine Schuld zu tilgen und endlich Frieden mit sich selbst zu schließen.»

«Ich verstehe.» Ich trank einen Schluck Cognac. «Ich wußte, daß zwischen euch etwas vorgefallen ist», sagte ich, «aber es war mir nicht bekannt, daß es so katastrophal war. Was ist es gewesen?»

«Es ist nicht notwendig, daß du das erfährst. Notwendig ist nur, daß du mir glaubst, Oxmoon wird dir nie gehören.»

Ich schwieg.

«Tut mir leid», sagte Robert, «doch alles, was ich zu meiner eigenen Verteidigung sagen kann, ist, daß ich nicht glaube, der Verlust von Oxmoon wird letzten Endes für dich etwas bedeuten. Meiner Meinung nach bist du für das Leben eines Gutsbesitzers auf dem Lande nicht geeignet. Du bist wie Ginette. Du wirst vom Licht der Hauptstadt und dem Glanz des Erfolges in der Welt angezogen. Du genießt Geld und Macht und schicke Frauen und elegante Autos. Deine jüngste Vergangenheit mit Armstrong beweist das in vollem Maß. Hast du das Leben je mehr genossen als während der vergangenen achtzehn Monate in seinen Diensten?»

Ich trank noch einen Schluck Cognac und sagte: «Meine jüngste Vergangenheit zeigte mich von meiner schlimmsten Seite. Aber ich habe noch eine bessere.»

«In einer eleganten Londoner Umgebung zu gedeihen, ist nichts Schlechtes, John. Du bist in Gesellschaft zahlreicher charmanter und begabter Menschen. Das ist nichts, dessen man sich zu schämen hätte.»

«Du stellst mich hin, als ob ich verächtlich wäre.»

«Ganz und gar nicht. Das sagst du nur, weil du dein wahres Selbst verleugnen willst, aber laß mich dich deinem wahren Selbst wieder vorstellen John, deinem wahren Selbst, das ich seit zwei Jahren aus diesem Rollstuhl gespannt beobachte. Warum bist du nach Blanches Tod wirklich nach London gegangen? ‹Um fern von meinen tragischen Erinnerungen ein neues Leben aufzubauen›, sagtest du. Aber ich sage dir, du bist gegangen, weil du wußtest, es wäre ein Fehler, wenn du versuchtest, das Leben eines ländlichen Grundbesitzers zu führen, und nachdem das Neue abgenützt war, hast du angefangen, dich zu langweilen, wurdest ruhelos und warst frustriert. Ich glaube, tatsächlich bist du vor Erleichterung keuchend nach London gerannt, und was ist passiert, als du dort hinkamst? ‹Ich werde irgendeine zivilisierte Arbeit finden›, sagtest du mit charmanter Bescheidenheit, aber innerhalb von einem Monat hast du dich fest auf Harley Armstrong eingelassen. ‹Ich kann Amerikaner nicht ausstehen›, hast du immer gesagt, als du im Außenministerium warst. Tatsache ist aber, daß Amerikaner in einem hohen, strahlenden, verlockenden Maß unübertrefflich erfolgreich sind, und selbstverständlich hast du dann erlaubt, dich verleiten zu lassen. Bist du über deine neue Anstellung entsetzt? Nein, du bist begeistert und angeregt. Du siehst gesund aus, klingst vergnügt, und jeder bemerkte, wie ausgezeichnet du dich von deinem schweren Verlust erholt hast. ‹Ich könnte nicht in Erwägung ziehen, in den nächsten fünf Jahren wieder zu heiraten!› sagst du allen Ernstes in regelmäßigen Abständen, aber wenn Armstrong den Ehestifter spielt, lachst du ihn dann aus und sagst ihm, er solle zum Teufel gehen? Nein, das tust du ganz gewiß nicht. Du – entschuldige, wolltest du etwas sagen?»

«Nein. Sprich weiter.» Ich stellte mein leeres Glas fort.

«Du beginnst, dich häufig mit dem Mädchen zu treffen und entschließt dich sogar, sie zu heiraten – und warum? Weil sie ein Symbol aus Fleisch und Blut ist – für deinen Weg, für deine Wahrheit und für das Leben, das du dich nicht nur zu führen sehnst, sondern von dem ich, ganz offen gesagt, glaube, daß du ohne es nicht existieren kannst. Vergiß Oxmoon, John. Du wirst nur feststellen, daß es eine unnötige und lähmende Belastung für deine zunehmend wertvolle Zeit ist. Und vergiß auch Mrs. Morgan – oder wenn du sie im Augenblick nicht vergessen kannst, dann triff vernünftige Vorsorge für sie, bis du ihre Möglichkeiten erschöpft hast. Aber was du unter keinen Umständen vergessen darfst, ist das Leben, das du verdienst, das Leben, das dir zusteht, und das Leben, das wie kein anderes dich zufriedenstellen kann. Und jetzt fahre nach London, schließe Frieden mit Armstrong und stecke seiner Tochter diesen Ring an den Finger, weil – glaube mir – jede andere Lösung für deine gegenwärtige Krise dich nur ins Elend führen kann.»

Es folgte eine lange Stille. Ich ging zum Fenster und sah in den Garten hinaus. Dann begann ich im Zimmer umherzugehen, bis ich vor der Cognac-Karaffe stehenblieb. Ich zog den Stöpsel ab und schenkte mir wieder ein.

«Alles, was du sagst, ist absolut richtig», sagte ich, «und alles, was du sagst, ist absolut falsch.»

«Aber du wirst doch bestimmt einräumen, daß ich vernünftige Argumente vorbringe!»

«Es gibt mehr im Leben, als vernünftig zu sein.»

«Nicht sehr viel.»

«Ich widerspreche. Alle tiefsten Geheimnisse des Lebens sind in vernünftigen Worten nicht auszudrücken.»

«Mein lieber John, ich hoffe, daß du nicht von keltischem Mystizismus in vollblütigen Neoplatonismus versinken wirst!»

«Gott weiß, was ich tun werde.» Ich trank meinen Cognac aus und ging zur Tür. «Ich rufe dich aus London an.»

«Trennen wir uns als Freunde?»

Ich hatte die Tür schon geöffnet, aber ich ließ sie los und kehrte zu seinem Rollstuhl zurück. «Ja. Freunde. Für immer», sagte ich, nahm seine Hände in meine und sah seinen unverkennbar dankbaren Blick, ehe er seine Gefühle hinter einem Lächeln verbarg.

Äußerst ratlos, zutiefst elend und nahezu außer mir vor Eifersucht und Wut verließ ich ihn und fuhr nach Oxmoon.

8

«Es ist Mr. John, Sir», meldete mich Bayliss, der mich in die Bibliothek geführt hatte, wo mein Vater Briefe schrieb. Zu meiner Erleichterung war von Mrs. Straker nichts zu sehen.

Mein Vater sah überrascht auf. Dann erhob er sich, um mich zu begrüßen, und wir schüttelten uns die Hände, während Bayliss sich zurückzog.

«Möchtest du einen Drink?» fragte mein Vater gastfreundlich wie immer, schien aber erleichtert zu sein, als ich ablehnte. Zweifellos roch ich nach Cognac.

Ich gab mir die größte Mühe, stocknüchtern zu erscheinen, und sagte in sachlichem Ton: «Ich bin in einer gewissen Verlegenheit, Papa, und komme zu dir, um Hilfe zu finden.»

«Ein herrliches Land, dieses Cornwall, glaube ich», sagte mein Vater und schloß die Schreibmappe mit seinem unbeendeten Brief. «Wünschte, ich wäre mehr gereist, als ich jünger war, aber Margaret machte sich nichts daraus, und wir waren zu Hause immer so beschäftigt.»

«Robert hat dich also auf dem laufenden gehalten?»

«Nein», antwortete mein Vater. «Mr. Armstrong hat angerufen, um sich über deinen Aufenthalt zu unterrichten, und anschließend habe ich bei dir zu Hause angerufen und sprach mit den Kindern, um mich zu vergewissern, daß es ihnen gutgeht. Marian sagte, sie hätten sich so über deine Ansichtskarten gefreut.»

Unsicher, was ich als nächstes sagen sollte, setzte ich mich ihm gegenüber, und wir sahen uns über den Schreibtisch an. Mein Vater verhielt sich wie ein vorbildliches Elternteil und versuchte nicht, mich auszufragen oder zu kritisieren, sondern wartete lediglich ab, bis ich mich offenbarte.

«Man erwartet von mir, daß ich Armstrongs Tochter einen Heiratsantrag mache», sagte ich, «aber nach drei Wochen in Cornwall mit einer anderen Frau, sehe ich nicht, wie ich das tun kann.»

«Wenn du Zweifel hast, dann lasse es», sagte mein Vater mit dem, was Robert als walisische Dickköpfigkeit und gesunden Menschenverstand bezeichnet hätte.

«Ja, richtig.» Ich schwieg.

«Es ist anzunehmen, es wird dich in Schwierigkeiten mit Armstrong bringen», sagte mein Vater, um mir weiterzuhelfen.

«Nicht nur mich. Auch Edmund.»

«Edmund ist alt genug, um für sich selbst zu sorgen. Und was Armstrong angeht –»

«Er bietet mir so ungewöhnliche Aussichten.»

«Nun ja, ich bezweifle nicht, daß du mit diesen Aussichten leben kannst, John, aber kannst du auch mit dieser Frau leben?»

«Oh, sie wäre eine vorbildliche Ehefrau. Dessen bin ich sicher.»

«Aber wenn das stimmt, was hat dich dann mit einer anderen nach Cornwall getrieben?»

Ich war unfähig zu antworten. Mein Vater beugte sich plötzlich über den Schreibtisch. «Wozu sollen außerordentliche Aussichten gut sein, wenn du sie nur haben kannst, indem du dich unglücklich machst?»

«Ich fürchte, daß ich ohne sie noch unglücklicher sein werde.»

Ohne daß er es sah, ballte ich unter der Schreibtischplatte die Fäuste. Ich starrte auf sie hinab und sagte: «Ich würde meine Aussichten in London morgen aufgeben, wenn ich wüßte, daß ich hier Aussichten habe. Aber Robert sagte mir, ich hätte keine.» Ich hob meinen Blick zu ihm auf. «Ich bin gekommen, um festzustellen, ob das wahr ist. Ich muß es herausfinden. Ich muß es wissen.»

«Ich verstehe nicht.»

«Robert sagte, er würde euren alten Streit benutzen, um was es dabei auch gehen mag, um darauf zu bestehen, daß du Oxmoon Kester hinterläßt. Ist das wahr? Oder ist das nur eine Geschichte, die Robert sich ausgedacht hat, weil er der Meinung ist, er müsse mich nach London zurücktreiben?»

Das Gesicht meines Vaters hatte sofort einen schmerzlich gequälten Ausdruck angenommen. Einige Sekunden vergingen, ehe er fähig war zu antworten. «Robert hat zu mir nichts gesagt.»

«Und würdest du Kester zu deinem Erben machen?»

«Ich sollte es. Tradition. Vom ältesten Sohn zum ältesten Sohn.» Er war jetzt so blaß, daß sein Gesicht einen gräulichen Schimmer bekam.

«Aber das ist Blödsinn. Dazu besteht keine Verpflichtung. Es gibt nicht einmal eine strikte Tradition der Primogenitur. Was war im achtzehnten Jahrhundert als Robert Godwin der Erneuerer Oxmoon von seinem Vetter übernahm, der sich als schwachsinnig erwiesen hatte? Du stehst unter keinerlei Verpflichtung, Oxmoon Kester zu hinterlassen.»

«Aber wenn Robert das wünscht», entgegnete mein Vater, «dann muß Robert das auch haben. Das ist nur fair.»

«Nicht mir gegenüber!» schrie ich und sprang auf. Irgendwie gelang es mir, mich wieder in die Gewalt zu bekommen. Auf meinen Stuhl sinkend, sagte ich mit gefaßter Stimme: «Es tut mir leid. Entschuldige bitte, aber der Hauptgrund für mich, warum ich so verzweifelt bin, liegt darin, daß es mir einfach unmöglich ist, das zu verstehen. Wenn du mir nur sagen könntest, was zwischen dir und Robert vorgefallen ist.»

«Das kann ich nicht», flüsterte mein Vater. «Ich wünschte, ich könnte es, aber außer mir und Robert sind noch andere betroffen, die ich unmöglich verraten kann.»

Ich wartete, bis ich meiner selbst wieder sicher war. Dann sagte ich: «Also gut. Ich will nichts weiter sagen.» Ich verließ ihn abrupt und kehrte verzweifelt noch einmal nach Little Oxmoon zurück.

9

«Verstehst du, Robert?»

«Ja.»

«Wirst du es mir sagen?»

Schweigen.

«Wenn ich es weiß», sagte ich, «dann ist alles in Ordnung.» Wieder Schweigen. «Du mußt es mir sagen, Robert, du mußt einfach. Du bist es mir schuldig. Bitte. Ich bitte dich darum.»

«Ja. Also gut. Setz dich.»

Ich gehorchte. Ich war starr vor Spannung, und das war auch er, aber sein Gesicht war ausdruckslos und seine Stimme verriet keinerlei Erregung. Als ich saß, sagte er: «Es betrifft Ginevra», und der Name, den er nie benutzte, ließ seine Erklärung nüchtern und unpersönlich klingen. «Er hat sie verführt, als sie sechzehn war.»

Einige Sekunden vergingen. Ich begann mich zu fragen, ob ich in meinem verstörten Zustand unter Halluzinationen litt. «Entschuldige Robert, aber offenkundig kannst du nicht meinen, was du zu meinen scheinst. Vielleicht könntest du etwas präziser –»

«Er hat sie gevögelt.»

Das war zweifellos präzise. Einige weitere Sekunden verstrichen. Schließlich sagte ich: «Ich kann das nicht glauben.»

«Ich erfuhr es 1913, als ich sie heiraten wollte. Selbstverständlich hat Mama dafür gesorgt, daß ich die Wahrheit erfuhr.»

«Mein Gott. O mein Gott, mein Gott!»

«Er ruinierte Ginettes Jugend. Und damit, daß er ihre ruinierte, ruinierte er auch meine. Selbstverständlich war sie nach der Verführung zu allem bereit, um von zu Hause fortzukommen, und so verlor ich sie seinetwegen – und selbst später noch, als ich sie zurückholte, hat die Vergangenheit alles vergiftet. Ich wollte vergeben und vergessen, konnte es aber nie. Immer, wenn ich ihn ansah, spürte ich Haß. Manchmal geht es mir heute noch so. Ich bin nach Gower zurückgekommen, weil es mir finanziell zusagte, weil ich wollte, daß Robin auf dem Besitz aufwuchs, weil, wenn man lange Zeit damit verbringt zu sterben, man es auch an dem Ort tun kann, den man am meisten liebt. Aber dieser unser Vater war ein ständiger Makel in der Landschaft. Zum Glück kommt er nicht allzuoft hierher. Er weiß, daß ich es lieber habe, wenn er fortbleibt.»

«Aber Robert . . .» Ich suchte nach Worten, um meinen Abscheu auszudrücken, und da ich sie nicht fand, konnte ich nur verzweifelt sagen: «Wie konnte er das getan haben?»

«Oh, er ist so verflucht durcheinander, daß er zu allem fähig ist! Himmel, was muß Mama gelitten haben!»

«Nicht!» Ich bedeckte mein Gesicht mit den Händen. Dann sagte ich: «Richtig. Das klärt es. Selbstverständlich kann über dieses Thema kein weiteres Wort gesagt werden. Oxmoon geht an Kester, um gutzumachen, was Papa Ginevra und dir angetan hat.» Ich stand auf, um zu gehen.

«Versprich mir», sagte Robert, «versprich mir eins –»

«Selbstverständlich werde ich nie einer Seele ein Wort sagen. Das versteht sich von selbst.»

«– versprich mir, daß du deswegen von Ginette nicht schlecht denkst.»

«Wie könnte ich? Zum ersten Mal habe ich das Gefühl, ihr mit meinem Verständnis auf tausend Meilen nahegekommen zu sein.» Ich neigte mich über ihn, um seine Hände mit meinen zu bedecken, und sagte: «Ich bin dir sehr dankbar, Robert, daß du es mir anvertraut hast. Verzeihe mir, daß ich dir so verdammt lästig gefallen bin und dich durch diese Hölle getrieben habe.»

Alles, was Robert antwortete, war: «Revanchiere dich, indem du Constance deinen Antrag machst, sobald du in London ankommst.»

Aber darauf konnte ich nicht antworten.

10

Es war in der Bibliothek in Armstrongs Haus am Eaton Walk. Armstrong schrie auf mich ein. Er war ein schwerer Mann mittlerer Größe, mit silbernem Haar, das ihm eine gewisse Würde verlieh, und einem Mund wie eine stählerne Falle. Die Szene war ein solcher Alptraum, daß ich nicht mehr fassungslos sein konnte und ihn mit einem Abstand betrachtete, als ob er ein Fremder wäre, der entschlossen war, mich durch eine unerfreuliche Zurschaustellung seiner schlechten Manieren in Verlegenheit zu bringen.

«. . . und klar, daß ich immer gewußt habe, Sie sind so ein Typ, der sich nebenbei noch irgendwo so ein Weib hält, aber, Heiland, was für eine Art sich zu benehmen, Constance so an der Nase herumzuführen, mich an der Nase herumzuführen und dann spurlos drei Wochen zu verschwinden, um eine verbrauchte Geliebte abzuwimmeln –»

Ich ließ ihn noch eine Weile weitertoben. Als er schließlich eine Pause machen mußte, um Atem zu schöpfen, sagte ich: «Hören Sie, Sir. Ich bewundere Constance unverändert sehr, aber ich bin in einer großen Ratlosigkeit, und ich spreche aus wirklich wahrem Interesse für ihr bestes Wohl, wenn ich sage, daß ich Zeit brauche, um zu überlegen, ob ich sie heiraten soll oder nicht.»

«Ihre Zeit ist vorbei, Söhnchen. Heiraten oder verschwinden! Wofür halten Sie mich eigentlich? Ich lasse keinen auf der Welt so mit mir umgehen, ohne daß der das zu spüren bekommt.»

«Aber –»

«Sie wollen mehr Zeit? Okay, ich lasse Ihnen mehr Zeit. Ich gebe Ihnen zehn Minuten – genau zehn Minuten, damit Sie sich vor Augen halten können, was für eine Schweinerei Sie aus Ihrem Leben machen, wenn Sie nicht auf der Stelle zur Vernunft kommen. Ich habe jetzt Freunde hier in dieser Stadt. Ich verbreite, daß man Ihnen nicht trauen kann, und dann kriegen Sie nie wieder einen anderen Job, der Sie nicht in einer Sackgasse landen läßt. Und was Edmund angeht, den können Sie vergessen. Die kleine Romanze haue ich zusammen, wenn ich es drauf anlege, und Teddy wird sich schnell davon erholen und sich in einen anderen verlieben. Constance aber nicht. Constance ist eigenwillig, ein ernsthaftes Mädchen, das sich hundertprozentig an Sie gehängt hat, und das ist der Grund, wenn Sie sie jetzt hängenlassen, daß ich dafür sorge, daß Sie von der Bildfläche verschwinden – und bilden Sie sich nicht ein, daß ich schwach oder sentimental werde, nur weil ich Sie mir mal als Sohn vorgestellt habe. An Sie kann ich nur noch als Sohn denken, wenn Sie meine Tochter heiraten. Entschließen Sie sich also: Wollen Sie ein Erfolg sein in der einzig denkbaren Weise, auf die es ankommt, verdammt noch mal, auf dieser Welt, oder wollen Sie weggespült und untergebuttert werden, noch ehe das Jahr vorbei ist? Okay, ich lasse Sie jetzt allein, damit Sie darüber nachdenken können.» Er zog seine Uhr heraus, verglich sie mit der Uhr auf dem Kaminsims und sagte: «Sie haben genau zehn Minuten von jetzt an.»

II

«Hier habe ich meine Normen», sagte meine Mutter, «und hier ziehe ich die Grenze.»

Ich dachte: Alles kommt in Ordnung, wenn ich die Grenze ziehe.

Aber ich war mir nicht sicher, welche Grenze ich ziehen sollte und wo ich die Grenze ziehen sollte. Mein Kopf dröhnte. Es fiel mir schwer, zusammenhängend zu denken. Ich hatte das Gefühl, als stände ich am Rande des Wahnsinns – aber selbstverständlich würde ich nicht wahnsinnig werden, konnte es nicht, weil ich die Grenze ziehen und bei Vernunft bleiben würde.

«Du wirst deine Karten besser ausspielen, als ich es getan habe», sagte mein Vater. «Ich weiß, daß du das tun wirst. Ich weiß es.»

Ich schauderte bei dem Gedanken, wie mein Vater seine Karten gespielt hatte. Dort waren keine Grenzen gezogen worden. Ich dachte daran, daß er Ginevra verführt hatte. Ich dachte an vergiftete Leben, an gute Menschen, die litten – und plötzlich hörte ich meine Großmutter schreien und meinen Vater über den Lohn der Sünde toben. Die Vergangenheit erzwang sich wieder ihren Weg in die Gegenwart, riß meine Vernunft auseinander, tat mir Blick für Blick die Hölle auf.

Chaos, Anarchie, Wahnsinn und Tod – als ich in meine Karten blickte, fragte ich mich, wie konnte ich sie nur spielen und überleben.

Oxmoon war verloren, das sah ich sofort. Oxmoon, Wales, ein Leben auf dem Land – alle diese Karten waren aus dem Spiel ausgemerzt worden, und als ich die Karten ansah, die mir blieben, sah ich auf allen LONDON stehen. Dann versuchte ich mir Bronwen in London vorzustellen, aber diese Möglichkeit war unvorstellbar. Es würde ihr gehen wie einer Lerche im Käfig. Ich sah sie von ihrem Land abgeschnitten, losgelöst von ihrer Kultur, mir die Schuld für ihr Elend geben, sich wünschen, daß wir uns nie begegnet wären. Und konnte ich ernsthaft erwägen, ihr vorzuschlagen, sie hier in London als meine Geliebte zu halten, während ich Constance heiratete, um meine Zukunft zu sichern? Die Idee war nicht nur lächerlich – Bronwen würde sich nie in dieser Weise erniedrigen –, aber sie war auch undurchführbar. Wenn ich Bronwen in meinem Leben hätte, würde kein Platz mehr für Constance sein. Diese Ehe würde ein Betrug werden, den ich niemals aufrechterhalten könnte.

Bronwen und Constance waren beide in den Karten vorhanden, die mir zugeteilt worden waren, und eine von ihnen mußte ich abwerfen. Das war unverkennbar, aber genauso erkannte ich, daß ich eher bereit war, auf Constance zu verzichten. Doch wenn ich Constance abwarf, warf ich London ab, und das war ein Zug, der mir nicht mehr offenstand. London mußte ich in der Hand behalten. Wie sonst sollte ich mich für das entschädigen, was geschehen war? Robert hatte gesagt, das Leben, das mir Armstrong anbot, sei das Leben, das mir zustand, und jetzt selbstverständlich, nachdem ich Oxmoon für immer verloren hatte, konnte ich sehr deutlich sehen, daß er recht hatte.

Es war an der Zeit, mir selbst gegenüber ehrlich zu sein. Unter seiner Klasse zu heiraten, war einer der sichersten Wege, eine Ehe zum Scheitern zu bringen. Konnte ich versuchen, Bronwen diskret als meine Geliebte zu halten? Was für ein Leben würde das für sie sein? Die Wahrheit war, daß ich sie kreuzigen würde, wenn ich sie heiratete, aber auch kreuzigen, indem ich es nicht tat – und ob wir verheiratet wären oder nicht, ich würde mich selbst kreuzigen, wenn ich meinen Aussichten in London ein Ende machte. Bronwen war eine sehr außergewöhnliche Frau, und ich liebte sie, doch wie sollte ich mich zu einem Kurs für die Zukunft entscheiden, der uns beide ruinieren mußte? Sich einer großen Leidenschaft weihen, ohne Rücksicht auf die Konsequenzen, war der Weg in die Selbstvernichtung und in die Katastrophe. Das war die nackte Wahrheit – und das war die Wahrheit, gegenüber der meine Großmutter nicht hatte standhalten können.

Aber ich stand ihr gegenüber. Ich war am Pranger angeschlossen, aber ich stand ihr gegenüber. Ich hatte das Gefühl, als ob ich geprügelt und mißhandelt werden würde, aber ich stand ihr gegenüber.

Ich zog die Grenze.

12

In der Nacht schrieb ich an Bronwen. Mein letzter Entwurf war bei Tagesanbruch fertig.

Lange versuchte ich, mich zu entscheiden, wie ich diesen Brief beginnen sollte. Jede Liebesbeteuerung, ob walisisch oder englisch, erschien mir zu grausam in Anbetracht dessen, was ich sagen mußte, und so begann ich am Ende einfach mit dem ersten Satz, ohne jede Anrede. Ich schrieb englisch. «Ich weiß einfach nicht, wie ich anfangen soll, ohne dir zu sagen, daß ich dich liebe, aber das wird nur wie Hohn erscheinen, wenn ich dir gleichzeitig sage, was ich leider tun muß, daß ich dich nicht wiedersehen kann. Ich weiß, daß dich das unglücklich machen wird, aber ich kann nur sagen, wenn ich dich weiterhin sehen würde, würde ich dich damit sehr viel unglücklicher machen. Es tut mir unendlich leid, und ich wünschte, ich könnte all dieses Unglück ungeschehen machen. Ich sehe jetzt ein, daß es falsch war, mit dir nach Cornwall zu fahren, falsch war, dich so selbstsüchtig zu behandeln, falsch war, so zu tun, als ob wir in irgendeiner Form eine gemeinsame Zukunft haben könnten. Ich liebte dich so sehr, daß ich einfach nicht anders handeln konnte. Aber es war unrecht von mir.

Ich tue jetzt das, was ich für das Richtige halte und füge mich in mein Leben in London. Du wirst wissen, was das bedeutet, so daß ich es nicht weiter zu erklären brauche. Ich bitte dich nicht, mich zu verstehen, und ich erwarte ganz gewiß nicht von dir, daß du mir verzeihst. Damit besteht für dich auch keine Notwendigkeit, auf diesen Brief zu antworten, aber ich mußte dir meine Entscheidung mitteilen, ehe du sie von irgend jemand anderem erfährst. Ich sollte nicht damit enden, daß ich dir sage, daß ich dich liebe, aber tatsächlich ist es das einzige, was ich zu sagen habe.»

Ich unterschrieb mit JOHN, um sowohl dem englischen Text auf dem Papier als auch meiner Entscheidung zu entsprechen, Engländer zu sein, und gab den Brief sofort zur Post, ehe ich es mir noch einmal überlegen konnte.

Ich fragte mich, ob sie mir antworten würde, trotz der Tatsache, daß ich versichert hatte, eine Antwort sei nicht erforderlich. Aber sie antwortete nie. Als ich später erfuhr, daß sie nach Cardiff zurückgekehrt war, schickte ich einen Scheck in das Gutshaus, damit er nachgesandt werden würde, aber der Scheck fand seinen Weg zurück – zerrissen und ohne begleitende Worte.

Mein Vater schrieb mir, sobald die Verlobung bekanntgegeben wurde. Im allgemeinen schrieb er kurze, unverbindliche Briefe, die nichts von Bedeutung enthielten, aber diesmal hatte er sich mehr Mühe gemacht. Wenn ich mir vorstellte, wie er sich mit mehreren Entwürfen geplagt hatte, was zweifellos der Fall war, und im Lexikon die Schreibweise jedes ausgefallenen Wortes nachschlug, war ich gerührt – oder wäre unter anderen Umständen wenigstens gerührt gewesen. Nach Roberts Enthüllung war ich jedoch so aufgebracht, daß ich mich kaum dazu bringen konnte, den Umschlag zu öffnen.

«Mein lieber John», hatte mein Vater geschrieben, «erlaube mir, Dir zu Deiner Verlobung zu gratulieren. Ich bin entzückt, daß Du an der Schwelle zu einer weiteren Verbindung stehst, die nach weltlichen Normen zweifellos als glänzend beurteilt werden muß. Über Miss Armstrong habe ich nichts als Gutes gehört, und ich hoffe, es wird nicht lange dauern, bis ich in die Stadt kommen kann und die Ehre haben werde, sie kennenzulernen.

Jedoch in Anbetracht Deines mir kürzlich entgegengebrachten Vertrauens bezüglich Deiner Zukunft, habe ich das Bedürfnis hinzuzufügen, daß ich mir Deinetwegen große Sorgen gemacht habe und daß meine Sorgen durch Deine gute Nachricht noch keineswegs behoben sind. Ich hoffe zuversichtlich, daß Du völlig sicher bist, dieses junge Mädchen heiraten zu wollen, denn wenn bei Dir noch Zweifel bestehen sollten, müßte ich Dir von dieser Heirat dringend abraten. Es ist der denkbar größte Fehler, allein weltlicher Vorteile wegen zu heiraten – wie Deine Großmutter es getan hat. Vielleicht wirst Du den Gedanken tröstlich finden, daß auch ich aus weltlichen Überlegungen geheiratet habe – und ich habe tatsächlich des Geldes wegen geheiratet –, aber ich mochte Deine Mutter schon sehr gern, noch ehe ich sie zu lieben begann. Sie war so fröhlich und vernünftig, und ich mochte die Art und Weise, wie sie mich zum Lachen brachte. Hast Du Miss Armstrong gern? Liebe kann später kommen, aber Gernhaben nicht. Und bringt sie Dich zum Lachen? Die Ehe ist oft so schwierig, daß man hin und wieder lachen muß.

Nimm bitte an diesem Brief keinen Anstoß. Mir ist wohlbewußt, daß Du ein erwachsener Mann von einunddreißig Jahren bist, und wenn Du keine Zweifel mehr an Deiner Entscheidung hast, habe ich absolutes Vertrauen, daß sie die richtige ist. Ich bin und bleibe immer Dein Dir ergebener und wohlgesonnener und liebevoller Vater, R. G.»

Ich dachte daran, wie er meine Mutter durch die Verführung von Ginevra durch eine Hölle getrieben und eine Kette von Ereignissen ausgelöst hatte, die mich Oxmoon kosteten. Meiner Meinung nach war er völlig unberufen, jemand über die nötigen Voraussetzungen für eine gute Ehe zu belehren, und ich zerriß den Brief, ohne ihn noch einmal zu lesen.

Unmittelbar vor der Hochzeit fragte mich Robert: «Hast du noch Verbindung zu Mrs. Morgan?»

«Lieber Gott, nein!» antwortete ich. «Das ist völlig vorüber, und ich habe mich vollkommen erholt.»

Als ich diese Worte aussprach, wußte ich, daß sie die größte Lüge meines Lebens waren, wußte aber auch, daß es mir völlig unmöglich war, das zuzugeben. Meine Zukunft, die Zukunft, die ich brauchte, um Frieden mit mir selbst zu schließen, hing von meiner Fähigkeit ab, Bronwen zu vergessen, darum kämpfte ich gegen ihre Erinnerung mit jedem Gramm Willenskraft, das ich besaß, und jeden Tag, an dem ich erfolgreich gegen die Wahrheit focht, versank ich tiefer und tiefer in meine katastrophale Lüge.

13

Armstrong gab seinen Töchtern eine verschwenderische Doppelhochzeit an einem milden, sonnigen Dezembertag in St. George's am Hanover Square. Es war eine der größten Hochzeiten des Jahres in der Gesellschaft, und der Empfang nach der kirchlichen Trauung für fünfhundert Personen im Claridge drückte der Perfektion dieses Tages sein Siegel auf. Ein Gast nach dem anderen beteuerte die Romantik des Ereignisses zweier idealer Eheschließungen zwischen zwei idealen jungen Paaren, bei denen alle Beteiligten durch Liebe gesegnet waren.

«Das ist das Wunderbarste, was mir je widerfahren ist», vertraute mir Edmund mit schwimmenden Augen beim Champagner an, und er hatte recht, das war es. Und ich drückte ihm die Hand und versicherte ihm, wie glücklich ich für ihn sei. Im Schatten seiner Brüder, geschunden vom Krieg, lange Jahre von seiner Melancholie heimgesucht, war Edmund im Alter von neunundzwanzig Jahren im Licht eines berauschenden Glücks aufgetaucht. Daß er sich verliebte, hatte ihn lebendig gemacht. Er glänzte. Er machte in der Art Lions «kecke» Bemerkungen. Aufrecht, mit strahlenden Augen, vor Gesundheit strotzend und vor Glück glühend versicherte er mir, ich sei der beste Bruder, den ein Mensch je gehabt hätte, und er würde niemals all das vergessen, was ich für ihn getan hätte.

«. . . und ich werde dir bis zum Tag meines Todes dankbar sein, und ich hoffe nur, du wirst mit Constance ebenso glücklich werden wie ich mit meiner wundervollen, meiner göttlichen, meiner himmlischen . . .»

«Ist er nicht überwältigend», sagte Teddy herausfordernd, die aus dem Nichts auftauchte und anbetend zu ihm aufblickte.

Ich sah mich nach Constance um, aber sie befand sich auf der anderen Seite des Saales. Ich fühlte mich müde. Theaterspielen ist eine anstrengende Tätigkeit, und an diesem Tag war eine Galavorstellung gefordert worden. In diesem Augenblick wurde mir bewußt, wie müde ich in Zukunft sein würde. Ich hatte mir gesagt, daß nach der Hochzeit alles gut werden würde. Ich hatte argumentiert, wenn die Tat einmal vollbracht wäre und weiter kein möglicher Fluchtweg mehr existierte, würde ich in der Lage sein, mich zu entspannen, mich mit meiner Situation abzufinden und meine Ehe zu genießen, denn ich hatte gelernt, Constance gern zu haben, gern genug, um mich zu überzeugen, daß ich sie lieben könnte, sobald an die Stelle der Erwartungen der Verlobung die Erfüllung der Ehe getreten war. Doch jetzt auf dem Empfang kam mir der Verdacht, daß die Ehe mir nicht die Erleichterung bringen werde. Die schweren Prüfungen würden anhalten, doch mit dem Unterschied, daß eine Flucht nicht mehr möglich war. Eine Tür war verschlossen worden, und ich war unwiderruflich hinter ihr gefangen.

«Ist alles in Ordnung, Darling?» fragte Constance, als wir unsere Hochzeitsreise nach Paris und an die Riviera antraten.

«Alles ist wundervoll», antwortete ich und küßte sie herzlich.

Das war leichter. Das war eine vertraute Rolle. Auf dieser Route war ich schon einmal gereist. Tatsächlich war der Eindruck so stark, die Vergangenheit wiederholte sich, daß ich jedesmal einen Schock empfand, wenn Constance mich daran erinnerte, wie sehr sie sich von Blanche unterschied. Diese Erinnerungen wurden zunehmend häufiger.

«Also, John, ich will keine langweilige victorianische Jungfrau sein – ich will modern und aufgeklärt sein, denn ich halte Sex für gesund und richtig und will es genießen und dich glücklich machen.»

Das merkwürdige war, daß ich im Verlauf unserer verschwenderischen, prunkvollen Hochzeitsreise immer öfter an Blanche in unseren bescheidenen, stillen Kriegsflitterwochen in Suffolk dachte. Constance und ich stiegen in den luxuriösesten französischen Hotels ab, aber in meinen Erinnerungen war ich in dem kleinen Gasthaus im mittelalterlichen Lavenham, und Blanche war wieder an meiner Seite.

An unserem ersten Morgen in Monte Carlo frühstückten wir in unserer Suite, und anschließend, nachdem die zwei Dutzend obligatorischer Rosen auf meine Bestellung hin eingetroffen waren, verbrachte Constance einige Zeit damit, sie mit ihrem üblichen, vorbildlich großen Können zu ordnen. Constance steckte voller Theorien, wie Blumen auszusehen hätten, und während ich sie beobachtete, dachte ich daran, wie Blanche Blumen arrangiert hatte, nicht mit mathematischer Präzision, sondern voller Spontaneität und mit einem nie versagenden Blick für Schönheit.

«Darling, das ist so romantisch!» sagte Constance, wenn mittags der Champagner kam, doch in meinen Erinnerungen nahmen Blanche und ich unseren Lunch in unserem Landgasthaus ein, und Blanche sagte, daß sie gern ein Glas Ingwerbier trinke.

«Oh, sie spielen schon wieder ‹An der schönen blauen Donau›», sagte Constance gelangweilt, als wir am späten Nachmittag unseren Tee tranken. «Wie eintönig – ich finde Strauß so abgedroschen!» Und auf der Stelle erinnerte ich mich, wie Blanche Robert und Ginevra «An der schönen blauen Donau» vorspielte. Es war ihre Lieblingsmelodie.

«Darling, stimmt irgend etwas nicht? Du scheinst mir so still?»

«Ich genieße nur den Glanz und die Romantik», antwortete ich lächelnd, und sehnte mich plötzlich nach jemand sanftem, der mir nie mit Fragen auf die Nerven ging, jemand, der wußte, wann er zu schweigen hatte, jemand, der empfindsam und anspruchslos war.

«Du liebst mich doch, John, nicht wahr?»

«Du weißt, daß ich dich liebe», versicherte ich eilfertig und dachte: Ich hätte Blanche jetzt ehrlicher geliebt. Dann überkam mich ein

Augenblick so tiefer Traurigkeit, daß ich fürchtete, Constance würde es bemerken, und um sie abzulenken, schlug ich vor, am nächsten Tag einkaufen zu gehen. Constance machte begeistert Einkäufe. Am folgenden Morgen kaufte ich ihr ein goldenes Armband, und nach dem Einkauf war uns beiden besser. Sie hörte auf, mich zu fragen, ob ich sie liebte, und ich gab mir Mühe, ihr zu gefallen, und hörte auf, an Blanche zu denken.

Später, als wir wieder in England waren, überraschte es mich, wie Blanche mich verfolgt hatte, aber ich wußte, warum ich in meiner ersten Ehe Zuflucht suchte. Es war weniger schmerzhaft, an Blanche in Lavenham zu denken als an Bronwen in Cornwall. Ich fürchtete mich zu sehr davor, wohin meine Gedanken führen konnten.

Als wir Ende Januar nach Hause kamen, überreichte uns mein Schwiegervater die Besitzurkunden über unseren neuen Landsitz in Surrey, und wir fuhren alsbald nach Dorking, um ihn zu besichtigen. Im achtzehnten Jahrhundert gebaut, war es eine architektonisch überlegene, angelsächsische Version von Oxmoon, und Constance erklärte enthusiastisch, daß es nach der notwendigen Renovierung durch den richtigen Innenarchitekten für Hausparties ideal sein würde. Ich ging durch die leeren Räume, die bar jeder Erinnerung waren, die mir Oxmoon so kostbar machten, und sagte, daß es ein wundervolles Hochzeitsgeschenk sei und was für ein Glück wir hätten.

Constance war der Überzeugung, daß mein Haus in Kensington nicht elegant genug war für das Heim, das sie sich vorstellte, und so begannen wir unser Leben als Ehepaar in einem viel größeren Haus am Chester Square, nicht weit vom Eaton Walk entfernt. Das gefiel meinem Schwiegervater, weil es bedeutete, daß er uns jederzeit besuchen könnte, und Constance, die ihren Vater liebte und vielleicht um so mehr liebte, weil sie seine Lieblingstochter war, sonnte sich in seiner ständigen väterlichen Aufmerksamkeit. Ich behielt meine Gedanken über dieses Thema für mich, fand aber Armstrongs aufdringliche Persönlichkeit, die ich einmal für erfrischend gehalten hatte, unerfreulich, als er mein Privatleben zu überschwemmen begann. Glücklicherweise kam uns immer wieder eine Erholungspause zugute, wenn er Edmund und Teddy in ihrer Wohnung in den Chester Mews besuchte, aber Edmund und Teddy waren oft außerhalb der Stadt. In treffender Beurteilung von Edmunds Fähigkeiten hatte Armstrong ihn zum Leiter seiner Güter in Kent eingesetzt. Da dort aber ein fähiger Manager tätig war, wurde Edmund nicht allzu sehr in Anspruch genommen. Armstrong selbst benutzte an Wochenenden sein Queen-Anne-Mansion, während Edmund und Teddy in dem

Regency Dower House untergebracht waren, das einen schönen Ausblick auf die grüne Hügellandschaft des Weald bot, und Edmund fühlte sich wie im Paradies. Ich bekam es satt, von ihm zu hören, welche Glückseligkeit ihm widerfuhr, und noch mehr war ich es satt, daß Constances anstrengende Überschwenglichkeit ungemindert andauerte.

«John, wir müssen unsere Reise in die Vereinigten Staaten planen – Mutter verspricht, sie werde dafür sorgen, daß wir eine herrliche Zeit erleben . . .»

Mrs. Armstrong, die irgendwie über ihre nervösen Störungen gesiegt hatte, war zur Hochzeit ihrer Töchter über den Atlantik gekommen und hatte viel Zeit für hysterische Anwandlungen aufgewendet, weil Constance und Teddy sich dreitausend Meilen weit von ihr entfernt niederließen. Ich hatte sie anstrengend gefunden und suchte jetzt nach Vorwänden, unseren Amerika-Besuch hinauszuschieben, aber wie sich herausstellte, brauchte ich mir dabei kaum große Mühe zu geben.

«Darling, ich muß dir unbedingt etwas sagen . . . Ach, Liebling, ich glaube . . . Also, eigentlich bin ich ganz sicher . . .»

Sie war schwanger. Das war Teddy auch. Edmund war nahezu verrückt vor Entzücken. Mir gelang es, die angemessenen Worte zu finden, um meiner Freude und meinem Stolz Ausdruck zu geben, aber ich selbst nahm kaum wahr, daß ich sie aussprach. Ich wurde zu sehr davon in Anspruch genommen, die Stahltür zuschlagen zu hören, als ich mich in meiner neuen fensterlosen Zelle eingekerkert fand.

«John, du freust dich doch, oder nicht?»

Wieder mußte ich diese Nachforschungen auf der Suche nach Bestätigung über mich ergehen lassen.

«John, du liebst mich doch, oder nicht?»

Diese sinnlosen Fragen gingen weiter und weiter.

«John, ich habe den Arzt gefragt, und er hat mir gesagt, daß wir Sex vorläufig weiterhin haben können . . .»

Constance mochte Sex gern, und genau wie ich erwartet hatte, verstand sie sich gut darauf. Tatsächlich hatte sich meine erste Einschätzung ihrer Person in jeder Weise bestätigt. Sie war eine ausgezeichnete Ehefrau. Obwohl sie noch jung war, hatte sie genau den richtigen Grad Autorität gegenüber dem Personal. Sie war eine erstklassige Gastgeberin, eine vorzügliche Organisatorin unseres gesellschaftlichen Terminkalenders und eine überlegene Herrin unseres Haushalts. Sie trug gewissenhaft und fürsorglich zur Erziehung meiner Kinder bei und würde ohne jeden Zweifel eine gewissenhafte und liebevolle Mutter sein. Sie studierte bereits, wie Babies zu vorbildlichen Kleinkindern heranwuchsen, wie man sie, nach ihrer amerikanischen Ausdrucksweise, «aufzog».

«. . . und der Ehemann darf nicht vernachlässigt werden – in allen Büchern steht, wie wichtig das ist, Darling. Du darfst also nicht denken, daß ich dich je vernachlässigen werde.»

«Meine Liebe, nach deiner unaufhörlichen Aufmerksamkeit in den vergangenen Monaten bin ich sicher, daß ich ein wenig wohltuende Vernachlässigung überleben kann.»

«Was meinst du damit?» Sie war sofort tief verletzt.

«Nichts Besonderes. Es war ein Witz, Constance, nur ein Witz.»

«Ich verstehe ihn nicht.»

«Nein.» Ich hatte ein Mädchen geheiratet, das keinen Sinn für Humor hatte. Ich konnte mir nicht mehr vorstellen, daß ich ihren Mangel an Humor einmal als bezaubernden Ernst angesehen hatte, und in einem schrecklichen Augenblick der Wahrheit sah ich, daß ich sie wegen ihrer vielen vorzüglichen Qualitäten zwar respektierte, daß ich sie aber nie lieben könnte und sie oft unausstehlich finden würde. Das war, als ich mich das erste Mal nicht fragte, wie schwer es mir fallen würde, meine Ehe aufrechtzuerhalten, sondern wieviel länger ich sie noch ertragen könnte. Zuerst hatte ich erwartet, daß der Zerfall des Ehelebens im Schlafzimmer beginnen würde. Ironischerweise war gerade das aber der eine Ort, an dem unsere Ehe weiter gedieh, der eine Ort, an dem Constance garantiert den Mund hielt und ich garantiert genau das tun konnte, was ich mochte. Am Ende bot mir das Schlafzimmer den einzigen Ausgleich für den katastrophalen Fehler, den ich begangen hatte, doch selbst dort ging, als die Monate verstrichen, meine Zeit zu Ende. Constances Schwangerschaft begann sichtbar zu werden. Sie war bei guter Gesundheit, doch selbstverständlich mußte ich vorsichtig sein, und dieser schwache Versuch zur Zurückhaltung erwies sich für mich fast als unerträglich. Ich fand auch, daß die sichtbaren Anzeichen ihrer Schwangerschaft bei mir Schuldgefühle auslösten. Ich fühlte mich schuldig, weil ich ein Kind gezeugt hatte, das ich nicht haben wollte, schuldig, daß ich Constance nicht die Liebe entgegenbringen konnte, die eine schwangere Frau braucht und verdient, und schuldig vor allem, daß ich ihr unrecht getan, indem ich sie geheiratet, sie mit mir auf die Bühne hinausgezerrt hatte, auf der ich meine Lügen aufführte.

Meine Ehe endete im Mai 1924, fünf Monate nach unserem Hochzeitstag. Ich frühstückte mit Constance vor dem Fenster unseres

Schlafzimmers, und draußen schien die Frühlingssonne auf das junge Laub der Bäume auf dem Platz. Mein Chauffeur sollte erst in zehn Minuten mit meinem Rolls-Royce vor der Haustür stehen, und ich studierte gerade die *Times*, ehe ich ins Kinderzimmer ging, um ein paar Worte mit den Kindern zu wechseln. Ich erinnere mich, daß ich den Kricketbericht gerade gelesen hatte und mutig begann, mir die Spalten mit den Parlamentsberichten anzusehen. Die neue Labour-Regierung hatte das Land ständig in Entsetzen und in Begeisterung versetzt, seit sie sich geweigert hatte, im Buckingham Palace in Hofgala zu erscheinen.

Der Butler kam ins Zimmer und händigte Constance die Morgenpost aus.

Sie trug ein smaragdgrünes Néglígé, das ihr vorzüglich zu ihrem dunklen Haar stand, und sie hatte in der jüngsten Ausgabe des *Tatler* gelesen. Auf dem Tisch zwischen uns, inmitten des Royal Worcester Frühstücksgeschirrs, welkten schlaff in einer kostbaren Silbervase zwei Orchideen.

«Hier ist ein Brief aus Oxmoon», sagte Constance, die wie üblich aufmerksam die Post durchsah, damit ich nicht durch Korrespondenz belästigt würde, die meine Zeit nur unnötig in Anspruch nahm. Sie reichte mir den Umschlag, der die Handschrift meines Vaters trug. «Wir sollten bald wieder einmal hinfahren, John – soll ich veranlassen, daß Penhale Manor für das Ende des Monats für uns hergerichtet wird? Ich finde, wir könnten vor dem Derby ein Wochenende dort einschalten.»

Doch ich hatte inzwischen ein Stadium erreicht, in dem ich mich scheute, jene zu sehen, die mir am nächsten standen, aus Furcht, ich könnte die Fassung verlieren und ihnen die Wahrheit gestehen. Ich legte meine Zeitung fort und stand auf, um zu fliehen, und murmelte: «Aber ich muß am Ende des Monats doch nach Birmingham.» Seit meiner Heirat war ich tief in die Trostlosigkeit der Armstrong Canning Corporation hineingestoßen worden.

«Du mußt da doch bestimmt nicht an einem Wochenende hin, Darling. Aber laß mich sehen, ob hier noch etwas ist, was du dir ansehen müßtest, ehe du gehst? Rechnungen, Bestätigungen, Einladungen ... Oh, aber was ist das? Der Poststempel aus Swansea, billiges Papier, wahrscheinlich ein Bettelbrief ... Meine Güte. Es ist in Walisisch! Hier, Darling, damit komme ich nicht zurecht – das mußt du selbst ansehen.»

Ich war schon halbwegs an der Tür. Ich blickte zurück. Immer werde ich mich daran erinnern: Als ich mich umblickte, sah ich die sterbenden Orchideen in ihrer silbernen Vase, während die Frühlingssonne hinter ihnen auf das leuchtendgrüne Laub des Platzes schien.

Ich kehrte zum Tisch zurück und nahm den Brief wortlos entgegen.

«Lieber Mr. Godwin», hatte Myfanwy Meredith mit sauberer Handschrift auf das linierte Papier geschrieben, «ich finde, Sie sollten etwas für meine Schwester tun. Sie wird niemals um Hilfe bitten, darum muß ich es tun. Ich schreibe nicht, um Ihnen Schwierigkeiten zu machen, sondern weil ich glaube, daß Sie nicht wollen, daß sie leidet. Kann ich Sie bitte sprechen, um es Ihnen zu erklären?»

Eine Stunde später befand ich mich im Zug nach Swansea.

Achtes Kapitel

I

Ich sah den Kinderwagen sofort. Er war im Schatten des Baumes abgestellt, der vor dem Gutshaus stand. Den kurzen Weg von Penhale Manor war ich zu Fuß gegangen, doch jetzt verfiel ich in Laufschritt. Die Sonne schien sporadisch von einem mit kleinen weißen Wolken bedeckten Himmel, und auf den vorderen Wiesen hinter der Wagenspur leuchteten fröhlich Butterblumen und Klee.

Der Kinderwagen war kaum mehr als ein hölzener Kasten auf Rädern, aber er war in einem eleganten Marineblau gestrichen und innen mit weißem Baumwollstoff geschickt verkleidet. Unter einer mit gelben Enten bestickten Decke lag das Baby und schlief fest. Es hatte einen hellen Flaum auf dem Kopf und sehr kleine, sehr neue Gesichtszüge. Als ich die Decke anhob, bemerkte ich, daß die Windel feucht war. Als ich den Stoff beiseite schob, stellte ich fest, daß ich einen Sohn hatte.

Eine leichte Brise strich über die empfindliche Haut, die ich entblößt hatte, und er erwachte. Ich barg ihn wieder unter der Decke, aber er war aufgestört, und kaum wissend, was ich tat, hob ich ihn auf. Er wimmerte an meiner Brust. Zwanzig Schritte von mir entfernt schlug die Vordertür des Hauses. Als ich völlig hilflos aufblickte, blieb Bronwen stehen, starr vor Ärger, und einen langen Augenblick voller verzehrender Verzweiflung blickten wir uns benommen an.

Das Baby begann wieder zu weinen.

«Still, Evan.» Sie kam auf mich zugelaufen, riß ihn mir aus den Armen und drückte ihn fest an sich. «Wer hat es dir gesagt?» fuhr sie mich an, ohne mich anzusehen. Ihre Stimme zitterte, als sie sich von mir abwandte. «War es Huw? War es Myfanwy? War es irgendeine alte Schwatztante aus dem Dorf? Ich hatte gedacht, niemand würde daran gezweifelt haben, daß er von Gareth ist. Ich habe nicht geglaubt, daß jemand sich genau erinnern würde, wann Gareth starb –» Sie brach ab, als das Baby ihre Verzweiflung zu spüren schien und lauter zu schreien begann. «Scht – sei ein lieber Junge . . . scht.» Ihr Haar war lose, und als sie den Kopf über ihn neigte, kitzelte eine lange Strähne sein Gesicht. Er hörte auf zu weinen und sah sie an. Er war noch zu klein, um zu lächeln, aber ich bemerkte, daß er seinen Blick auf sie richtete, als er aufsah. Sie drückte ihn wieder an sich und wiegte ihn sanft in ihren Armen.

«Deine Schwester hat mir geschrieben.»

«Wie konnte sie das wagen? Ich werde es ihr nie verzeihen, niemals.»

«Aber warum wolltest du, daß man mich nicht informiert?»

«Weil ich wußte», sagte sie, und die Tränen strömten ihr über das Gesicht, «daß wir uns nie wieder begegnen durften.»

Wir standen nebeneinander. Schließlich wischte sie sich mit dem Handrücken über die Augen und sagte mit tonloser Stimme: «Er ist sehr naß, ich muß mit ihm hinein und die Windel wechseln.»

Automatisch folgte ich ihr, aber sie drehte sich wütend nach mir um. «Geh! Ich will dein Mitleid oder deine barmherzige Hilfe nicht. Geh zu deiner Frau zurück.»

«Niemals.»

Das brachte sie zum Schweigen. Auch mich. Als ihre Augen sich wieder mit Tränen füllten, nahm ich sie fest in die Arme.

Nach einiger Zeit flüsterte sie: «Du darfst mich nicht wieder anlügen. Es ist grausam. Als du mir geschrieben hast, Cornwall wäre falsch gewesen, und ein Mädchen zu heiraten, das du nicht liebst, wäre richtig –»

«Ich lasse mich scheiden.»

«Ach, verdammt! Was soll das nützen!» schrie sie. «Du würdest mich später doch nur verlassen, wenn du eine Frau deiner eigenen Klasse gefunden hast, die besser zu dir paßt, als ich es je könnte.»

«Ich verlasse dich nie wieder.»

Das klärte alles. Meine Arme schlossen sich fester um sie. Sie hob ihr von Tränen überströmtes Gesicht zu meinem, und das arme Baby mußte es ertragen, zwischen uns so fest gedrückt zu werden, daß es zornig schrie. Erschrocken fuhren wir auseinander, und als dann die Sonne auf uns herabschien, löste sich unser ganzes Elend auf, und wieder einmal sahen wir uns lächelnd in die Augen.

2

Es war später Nachmittag. Die Kinder waren aus der Dorfschule zurück, spielten aber irgendwo draußen in den Feldern. Aus der Küche klang Myfanwys Stimme herüber, die mit einer sie besuchenden Nachbarin sprach, aber nachdem wir das Haus durch die Vordertür betreten hatten, wichen wir ihnen aus und gingen sofort zu dem Zimmer hinauf, das Bronwen zusammen mit dem Baby bewohnte.

«Ich kann noch nicht mit dir zusammensein», sagte Bronwen einfach. «Es ist noch zu früh nach der Geburt.»

«Ich verstehe. Wann ist er geboren worden?»

Wir fingen an, miteinander zu sprechen. Ich saß auf dem Bett, während sie die Windel wechselte, und dann lag sie in meinen Armen auf dem Bett, während sie das Baby stillte. Sie erzählte mir, daß sie Arbeit in einem Haushalt gefunden hatte, als sie nach Cardiff zurückkam, aber wieder entlassen worden war, als ihre Schwangerschaft deutlich sichtbar wurde, und obwohl sie versucht hatte weiterzuarbeiten, begann sie unter Anämie zu leiden und für die Gesundheit des Kindes zu fürchten. Als sie schließlich nicht mehr in der Lage war, ihren Schwiegereltern etwas für Unterkunft und Verpflegung zu geben, war sie gezwungen gewesen, zu den Meredith zurückzukommen. Beide waren über ihren Zustand entsetzt gewesen, hatten sie jedoch ohne zu zögern bei sich aufgenommen.

«Aber ich wußte, daß ich nicht ewig auf ihre Kosten leben konnte», sagte Bronwen, «und außerdem befürchtete ich, du könntest es erfahren, darum sagte ich Myfanwy, ich wolle nach Vancouver auswandern, wo ich Cousinen habe, die mir das Fahrgeld geliehen hätten. Vermutlich hat das sie veranlaßt, dir zu schreiben. Sie wollte, daß du bezahlen solltest, damit ich in Wales bleiben kann.»

Ich versprach ihr, daß wir in fernen Zeiten einmal, wenn wir beide so lange miteinander verheiratet wären, daß wir nichts Besseres zu tun hatten, zusammen zu ihren kanadischen Cousinen fahren würden, und wir lachten beide darüber. Inzwischen hatte das Baby seine Mahlzeit beendet, war aufgehoben und beklopft und ermutigt worden, das Ritual der Verdauung zu verrichten. Als ich über den Flaum auf seinem Kopf strich, sagte ich unvermittelt: «Du hättest mir in Cornwall sagen sollen, daß das geschehen könnte. Ich nahm an, du würdest keine Kinder mehr bekommen.»

«Warum?»

Ich erklärte es ihr.

«Ach so», sagte sie. «Aber Gareth war meistens viel zu betrunken, um für mich ein Mann zu sein.» Sie wischte dem Baby behutsam den Mund ab und lächelte zu ihm hinab, wie um unerfreuliche Erinnerungen auszulöschen. «Bist du wütend wegen des Babys?»

«Selbstverständlich bin ich wütend – aber nicht wegen ihm oder über dich. Ich bin wütend auf mich selbst, weil ich in Cornwall meine eigene Verantwortung ignoriert und es dir allein überlassen habe, den Preis zu bezahlen.»

«Das ist doch Unsinn», erwiderte sie. «Es gehören zwei dazu, um ein Baby zu machen. Wenn ich es nicht gewollt hätte, dann hätte ich etwas gesagt.»

Mir war es interessant festzustellen, daß ich letzten Endes ihre praktische Seite doch nicht unterschätzt hatte. Wir sprachen beiläufig über Empfängnisverhütung. Bei der Arbeiterklasse, erfuhr ich, beschränkte sich Geburtenkontrolle auf Coitus interruptus, Analverkehr und Altweibergeschichten, wenn auch seit dem Krieg Präservative eine willkommene Vorbeugung jenen boten, die sie sich leisten konnten. Bronwen bezeichnete Analverkehr als «das, was sie in der Bibel tun», und als ich über diese Methode der Verhütung lachte, die alle Bibelgläubigen mit Entsetzen erfüllt hätte, lachte sie mit mir. Ich versuchte mich zu erinnern, wann ich zum letzten Mal so glücklich gewesen war, und das brachte mir ins Bewußtsein, wie elend mir seit unserem Urlaub in Cornwall zumute gewesen war.

«Aber von jetzt an werden wir beide wieder glücklich sein», versprach ich. «Wir werden sehr still und ruhig in Penhale Manor leben – ich werde eine Haushälterin engagieren, damit du dich nicht mit den Dienstboten abzugeben brauchst, und wir brauchen keine Gäste einzuladen, damit du nicht mit einer Menge Leute zusammentreffen mußt, die dich verlegen machen würden.»

«Aber ich will dich nicht von etwas abschneiden –»

«Ich will abgeschnitten werden. Mein Leben verlangt Operationen in großem Maßstab.»

«Aber was ist mit deinem Vater? Angenommen, er wird ärgerlich und entschließt sich, Oxmoon nicht dir zu überlassen?»

«Ach das!» entgegnete ich. «Es hat sich herausgestellt, daß ich doch nicht für Oxmoon bestimmt bin. Aber das ist mir gleichgültig. Ich will es nicht mehr.»

«Meinst du –»

«Du hattest recht. Liebe ist der Ausgleich, den ich immer gebraucht habe, und solange ich dich habe, weiß ich, daß ich der Vergangenheit entkommen und frei sein kann.»

3

«Aber er ist nicht frei!» sagte Myfanwy zu ihrer Schwester. Sie war von unserer Neuigkeit so betroffen, daß sie Walisisch sprach und vergaß, daß ich es verstehe.

«Er wird sich scheiden lassen.»

«Aber du kannst ihn unmöglich heiraten!» Sie war empört. Ihr rundes, freundliches Gesicht war blaß und feindselig.

«Wie willst du das schaffen? Er kann das nicht ernst meinen. Er gibt dir nur ein weiteres falsches Versprechen.»

«Nein, das tue ich nicht», widersprach ich ihr.

Mit der klassischen Geste des Erschreckens hob sie die Hände vor den Mund. «Verzeihen Sie mir, Sir. Ich hatte ganz vergessen, daß Sie verstehen, was ich sage.»

«Ich verspreche Ihnen, daß ich von jetzt an für Bronwen sorgen werde.»

«Aber Ihre Frau . . .» Sie wandte ihr Gesicht wieder ihrer Schwester zu. «Du kannst nicht vergessen haben, was sie im Dorf überall erzählen. Diese beiden amerikanischen Damen bekommen Babies im Herbst, alle beide. Wie kannst du daran denken, einer schwangeren Frau den Mann wegzunehmen? Wie kannst du daran denken, dein Glück auf dem Unglück einer anderen aufzubauen?»

«Und was ist mit meinem Unglück?» schrie Bronwen, die ihre Selbstbeherrschung verlor. «Und was ist mit meinem Baby?»

«Du bist nicht seine Frau, oder? Du bist einfach das Mädchen, das dumm genug war, ihm zu Willen zu sein, als er es wollte.»

«Ich bin das Mädchen, das ihn liebt, und ich bin das Mädchen, das er liebt, und alles andere ist Falschheit und verkehrt – für ihn, für mich und für die Amerikanerin auch. Sie kann mir nicht leid tun, weil sie einen Mann geheiratet hat, der sie verläßt, wirklich nicht, nein, nicht ein bißchen, er tut ihr einen Gefallen, wenn er sich von ihr scheiden läßt – oh, ich weiß alles über die Qualen, mit einem Partner verheiratet zu sein, dem man gleichgültig ist. Wie kannst du also verlangen, er sollte ihretwegen an eine lieblose Ehe gekettet bleiben? Wie kannst du das wagen?»

In der Pause, die darauf folgte, strich Myfanwy sich mit dem

Handrücken über die Stirn und lehnte sich wie Halt suchend gegen den Küchentisch, aber schließlich sagte sie stockend: «Ich bitte um Entschuldigung, Mr. Godwin. Ich wollte nicht respektlos sein, aber ich mache mir so große Sorgen um meine Schwester.»

«Das verstehe ich. Aber ich schwöre, daß ich alles in Ordnung bringen werde.»

«Wie können Sie das?» antwortete sie verzweifelt. «Sie paßt nicht in Ihre Welt – wie können Sie ihr etwas anderes bieten als Not und Elend?» Sie ließ sich auf den nächsten Stuhl sinken, bedeckte das Gesicht mit den Händen und fing an zu weinen.

4

«Also, John», begann Robert, «was soll ich sagen? Ich habe noch nie an Sprachlosigkeit gelitten, aber diesmal muß ich gestehen, daß das bisher Unvorstellbare eingetreten ist und mir die Worte fehlen. Laß mich versuchen, meine völlig durcheinandergebrachten Gedanken zu sammeln. Was sollte ein Bruder einem anderen Bruder in einer solch wahrhaft katastrophalen Situation sagen?»

«‹Viel Glück› könnte ein brauchbarer Beginn sein.»

«*Viel Glück?* Mein lieber John, du wirst weit mehr als das brauchen, um dein Überleben zu sichern! Du wirst den Heldenmut eines Heiligen Georg, die Haut eines Elefanten und die Konstitution eines Ochsen brauchen – oh, und wie wäre es mit einer Patin aus dem Reich der Feen samt ihren Zauberkräften? Nun, da wir uns im Reich des Phantastischen bewegen, darf ich wohl ein wenig magische Unterstützung einbeziehen, damit du dich deinen Träumen fröhlich weiter hingeben kannst, aber darf ich auch die unerträglich banale Frage aufwerfen, wie du deine Neuigkeit Papa beibringen willst? Das scheint mir doch das am unmittelbarsten bevorstehende Problem für dich zu sein.»

«Ich hoffe dabei auf deine Hilfe.»

«Du bestätigst meine schlimmsten Befürchtungen. Aber weiter.»

«Ich bin seit einiger Zeit wegen Papa in einem ziemlichen Durcheinander, und ich fürchte, wenn ich ihm diese Nachricht überbringe, lösen wir damit Gefühlsausbrüche aus, die den Wirrwarr nur noch vergrößern. Aber du bist so kühl und nüchtern, Robert, und –»

«Du verlangst von mir, daß ich dafür sorge, daß Papa Ruhe bewahrt, John? Du mußt dir doch bewußt sein, daß du das Unmögliche verlangst. Eine wilde Liebesaffäre mit einer walisischen Bäuerin ist kein Thema, bei dem du erwarten darfst, daß unser Vater vernünftig bleibt.»

«Aber wenn du betonst, daß ich sie heiraten werde –»

«Dann wird er genauso entsetzt sein wie jeder andere auch. Die einzige Möglichkeit, wie er Mrs. Morgans Rolle in deinem Leben akzeptieren könnte, wäre, wenn du sie irgendwo in Swansea diskret versteckst.»

«Aber wenn du ihm erklärtest, daß Bronwen gut, anständig und ehrlich und völlig anders ist als dieser verdammte Schurke Bryn-Davies –»

«Bist du je auf den Gedanken gekommen», fragte Robert, «daß wir nur eine im höchsten Maß voreingenommene Version dieser Geschichte gehört haben? Es ist durchaus möglich, daß auch Großmama in ihrem Liebhaber jemand sah, der gut, anständig und ehrlich war.»

«Oh, verdammte Hölle, laß uns das alles vergessen. Ich will von all diesen schrecklichen Dingen nichts mehr hören. Ich bin der Vergangenheit entkommen.»

«Wir entkommen der Vergangenheit niemals», sagte Robert. «Sie ist das größte Gefängnis aller Zeiten. Also gut, ich werde Papa unterrichten. Obwohl du dich wie ein Wahnsinniger verhältst, gehörst du deswegen noch nicht automatisch in das Heim Mariä Himmelfahrt. Was könnte ich sonst noch sagen? Ah, da ist Ginevra. Komm herein, meine Liebe, und mixe dir einen großen Pink Gin. Was glaubst du, ist geschehen? Nein, versuche nicht erst zu raten – ich werde es dir sagen. John will Constance verlassen und in Penhale Manor mit Mrs. Morgan und ihrem neuen illegitimen Baby leben. Aufregend, nicht wahr? Vielleicht ist das Landleben letzten Endes doch nicht so fad. Ach, und übrigens, fast hätte ich vergessen, es dir zu sagen – er wird sie heiraten, sobald er erst einmal geschieden ist.»

Ginevra, die ein röhrenförmiges marineblaues Kleid mit sehr kurzem Rock trug, blieb wie angenagelt stehen und starrte mich an. Ihre füllige weibliche Figur war für den knabenhaften Stil ihrer Kleidung so ungeeignet, daß sie darin nicht nur ordinär, sondern geradezu grotesk aussah. Ich erinnerte mich der Alpträume ihrer Jugend und versuchte, ihr Zugeständnisse zu machen, doch ich war inzwischen weit in die Defensive gedrängt, und meine ganze alte Antipathie gegen sie kam mir ins Bewußtsein. Ich wußte, daß sie mich nie gemocht hatte. Ich wußte, daß sie mich im stillen unverändert für einen Stiesel hielt, und ich dachte daran, wie amüsant sie es finden würde, zuzusehen, wie ich in Ungnade fiel. Ich sah sie vor mir, wie sie hinter meinem Rücken meine mißliche Lage genießen und mit ihrer smarten Londoner Bekanntschaft genüßlich darüber klatschen würde.

«Robert, du machst wohl Witze? Ich glaube dir kein Wort.»

«Keine Sorge», sagte ich schroff, ehe Robert antworten konnte. «Ich bin völlig darauf gefaßt, daß du seine Ansicht teilst, es wäre ein Desaster erster Ordnung.»

«Desaster?» entgegnete Ginevra. Dann lachte sie schallend und schrie: «Quatsch! Ich finde das absolut großartig und das im höchsten Maß Romantischste, was ich je gehört habe!»

Sie streckte mir beide Hände entgegen – die Ginevra, der ich immer mißtraut hatte, die Ginevra, die ich nie leiden konnte –, und als sie mich auf beide Wangen küßte, rief sie mit einer Aufrichtigkeit, die ich ihr nie vergaß: «Johnny, ich hätte nie geahnt, daß du dazu fähig bist! Herzlichen Glückwunsch – gut gemacht – ich stehe ganz auf deiner Seite!»

5

«Du bist wahnsinnig», sagte Constance mit trockenen Augen und preßte den Mund zu einer unnachgiebigen Linie zusammen.

«Tut mir leid. Ich weiß, es muß ein schrecklicher Schock für dich sein, aber ich kann mit dieser Lüge nicht länger leben.»

«Aber du liebst mich – du magst mich im Bett. Das weiß ich doch.»

«Constance –»

«Was macht sie, das ich nicht tue? Was es auch ist, ich kann es lernen.»

«Constance, das hat nichts mit Sex zu tun.»

«Was? *Nichts mit Sex zu tun?* Wen, glaubst du, daß du täuschen könntest?»

«Höre doch, ich weiß, daß das schrecklich für dich ist. Das weiß ich genau. Und glaube nicht, daß es nicht auch für mich schrecklich ist. Ich fühle mich von Schuld zerfetzt, wie ich hier stehe und mit dir rede – schuldig, weil ich dich geheiratet habe, schuldig, daß du schwanger wurdest, schuldig, schuldig, schuldig, aber ich kann es nicht ändern, Constance. Ich muß dich verlassen, und ich glaube, wenn du dich von deinem Schock erholt haben wirst, wirst du froh sein – du wirst erkennen, wenn ich erst fort bin, daß ich dich nie hätte glücklich machen können.»

«Du kannst es! Du hast es getan!»

«Aber ich habe Theater gespielt, kannst du das nicht sehen? Die ganze Zeit habe ich Theater gespielt – du hast mich nie so kennengelernt, wie ich wirklich bin! Du liebst jemand, der nicht existiert.»

«Selbstverständlich existierst du. Du bist groß, dunkel und siehst gut aus und bist wunderbar im Bett.»

«Was zum Teufel hat das mit dem zu tun, wovon ich spreche? Die Seele eines Mannes sitzt nicht in seinen Genitalien.»

«Also, soweit es um dich geht, ist sie offensichtlich nicht weiter als einen Zoll davon entfernt! Überhaupt sagt Freud –»

«Nein, laß uns nicht mit Freud anfangen. Freud ist das größte Exemplar von einem intellektuellen Schwätzer, mit dem du mich je gelangweilt hast, und das will, bei Gott, etwas bedeuten.»

«Okay, bleiben wir beim entscheidenden Punkt. Ich liebe dich. Ich will, daß du bei mir bleibst.»

«Gut, vermutlich ist es nur natürlich, daß du das jetzt sagst, wo du sehr schockiert bist, aber später wird dir die Situation anders erscheinen. Du wirst jemand anderes kennenlernen. Du bist klug und anziehend, und ich bin völlig sicher, daß du im Handumdrehen mindestens ein halbes Dutzend Verehrer haben wirst.»

«Ich bin an keinem interessiert außer an dir.»

«Also gut. Du bist nicht interessiert. Jetzt nicht. Aber später, wenn die Scheidung erfolgt ist –»

«Welche Scheidung?» erwiderte Constance und vernichtete mich.

6

«Fasse dich, meine Süße», sagte Armstrong später zu Constance, als sie schließlich zusammenbrach und an seiner Brust weinte. «Du bist mein tapferes kleines Mädchen – keine Scheidung, kein Nachgeben. Ich bin sehr, sehr stolz auf dich. Okay, nun überlasse das ruhig mir. Geh du auf dein Zimmer und trockne dir die Augen, und ich komme bald zu dir.»

Constance, die tatsächlich sehr tapfer gewesen war, bewies jetzt ihren Mut von neuem, als sie ihre Tränen unterdrückte und mit hoch erhobenem Kopf aus dem Zimmer ging. Inzwischen fühlte ich mich krank.

«Du gottverdammter Schuft», brüllte Armstrong, sobald die Tür hinter ihr geschlossen war. «Ich sorge dafür, verdammte Pest, daß du ruiniert wirst, wenn du dich nicht verdammt schnell zusammenreißt!»

«Nur zu. Mir ist das verdammt egal.»

Darauf folgten viel lautes Geschrei und viele Beschimpfungen. Ich versuchte zu entkommen, aber er packte mich am Arm und schrie: «Okay, sag mir nur eins, wie du – verdammte Scheiße – das mit deinem Gewissen vereinbaren willst?»

«Und wie, verdammte Scheiße, wollen Sie mit Ihrem leben? Sie haben mich in diese Schweinerei hineingetrieben! Ich gebe zu, ich habe die Hauptrolle in dieser Katastrophe gespielt, aber tun Sie doch nicht so, als hätten Sie nicht die ganze übrige Besetzung kommandiert.»

Er versuchte mich zu schlagen, aber ich wich ihm aus. Er war nur ein fetter, dummer Mann, der über die mittleren Jahre weit hinaus war. Ich verließ das Zimmer, aber er polterte hinter mir her, und als ich aus dem Haus ging, hörte ich ihn mit voller Lautstärke schreien, daß ich ein Betrüger, ein Hochstapler und ein gottverdammter Hurensohn sei.

7

«Daphne?» sagte ich hastig zu Lions Witwe in der Telephonzelle meines nächstgelegenen Clubs. «Gott sei Dank. Ich war mir nicht sicher, ob du in der Stadt bist. Hat Ginevra sich mit dir in Verbindung gesetzt?»

«Und ob!» antwortete Daphne, die keineswegs so einfallsreich war, wie ihre zuversichtliche Art vermuten ließ. «Mein Lieber, ich rotiere einfach. Wie kann ich helfen? Ginevra sagt, du bist ratlos, weil du dich wegen der Kinder sorgst.»

Ich erklärte ihr, daß das Haus in Penhale nur mit dem allernötigsten Personal besetzt sei, seit Edmund nach Kent übergesiedelt war, und das bedeutete, daß ich nicht auf der Stelle mit zwei Kindern, einer Nanny und einer Gouvernante dorthin umziehen könne.

«– und da habe ich mich gefragt –»

«Kein Wort weiter. Schicke sie alle zusammen hierher zum Cadogan Place – Elizabeth wird begeistert sein! Wie bald können sie kommen?»

Vor Erleichterung wäre ich beinahe zusammengebrochen. «Morgen vormittag?»

«Bringe sie noch heute abend, wenn du willst.»

«Nein, aber das ist sehr gütig von dir, Daphne, und ich kann dir gar nicht genug danken, aber . . . also ich muß die Kinder darauf vorbereiten, und ich brauche etwas Zeit, um ihnen alles zu erklären.»

«Aber Papa», sagte Marian, «wie kannst du eine heiraten, die keine Dame ist? Ist denn so etwas überhaupt erlaubt? Ich glaube mich zu erinnern, daß Nanny gesagt hat, dagegen gibt es ein Gesetz.»

«Nein, dagegen gibt es kein Gesetz, Marian. Mrs. Morgan ist die Frau, die ich liebe, und Liebe ist wichtiger als Klasse.»

«Da ist Nanny aber ganz anderer Meinung», widersprach Marian. «Nanny meint, nichts ist so wichtig wie Klasse, und ich sage dir eines, Papa, Nanny wird *sehr empört sein,* wenn wir London verlassen müssen, weil, wie soll ich je mit Mädchen meiner Klasse zusammenkommen in einer abgelegenen Provinz wie Wales? Nanny», sagte Marian und sah mich mit bösen blauen Augen an, «wird sagen, das gehört sich nicht.»

Nanny würde gehen müssen. Eine lange Kette häuslicher Mißlichkeiten dehnte sich vor mir aus, aber ich behielt ein ausdrucksloses Gesicht. «Ich werde mit Nanny reden, Marian», antwortete ich.

«Ja, ich meine, das solltest du. Aber ich warne dich, Papa. Sie wird schrecklich schockiert sein, daß du und Mrs. Morgan ein Baby habt, ohne daß ihr verheiratet seid, denn Nanny meint, Babies kommen nicht, wenn nicht erst eine Hochzeit war. Wird das Baby übrigens so gewöhnlich sein wie Mrs. Morgan oder wird es ein Gentleman sein wie du?»

Noch ehe ich auf diese Frage antworten konnte, die nur ein Soziologe begrüßt haben könnte, sah Harry von der Demontage seiner kostbarsten Eisenbahn auf und erklärte schroff: «Ich glaube nicht, daß ich einen Bruder haben will. Vielen Dank.»

«Aber Brüder sind etwas Schönes, Harry! Und denke doch daran, wieviel Freude wir alle haben werden, wenn wir wieder in Penhale Manor wohnen!»

Ich sah seine dunklen Augen, die denen seiner Mutter so sehr ähnelten, mit einer Lebhaftigkeit aufleuchten, die ihren Augen immer gefehlt hatte. Er vergaß die Lokomotive in seinen Händen und blickte gebannt zu mir auf. «Ist da immer noch ein Klavier im Salon?»

«Dummer Kerl», sagte Marian, «warum hätte er es verkaufen sollen, seit wir zum letzten Mal auf Besuch waren? Papa, eins macht mir immer noch Sorgen. Ich sehe ein, daß du und Constance auseinandergehen müßt, und das macht mir nicht viel aus, aber ich wünschte sehr, daß du nicht Mrs. Morgan zu heiraten brauchst. Besteht da nicht die Gefahr, daß ich gewöhnlich aufwachsen werde? Denn wenn das so sein sollte –»

«Das Gewöhnlichste, was du tun kannst, Marian», sagte ich streng, «ist, weiter in dieser vulgären Weise zu reden. Klasse ist etwas, worüber richtige Damen niemals reden.»

Marian brach in Tränen aus, und im nächsten Augenblick platzte Nanny zu ihrer Rettung ins Zimmer.

«Aber, aber, mein Schatz, mein Engel –»

Marian warf sich ihr schluchzend in die Arme. «Oh, Nanny, Papa verläßt Constance und heiratet Mrs. Morgan, und sie haben schon ein neues Baby, obwohl sie nicht verheiratet sind, und ich habe solche Angst, gewöhnlich aufzuwachsen, und Papa versteht nicht, und er ist einfach schrecklich zu mir –»

Noch schrecklichere Aussichten eröffneten sich für die Zukunft. Während Nanny mit überraschender Schnelligkeit scharlachrot im Gesicht wurde, sammelte ich die Reste meiner Kräfte zusammen und bereitete mich auf die nächste Schlacht vor.

9

«Was über mein Verständnis geht», sagte Edmund an diesem Abend im Brooks's, «ist, wie kannst du das deinen Kindern antun? Und ich denke nicht nur an Harry und Marian, wenn auch nur Gott weiß, was aus ihnen werden wird, wenn du offen mit einer Geliebten aus der Arbeiterklasse zusammenlebst. Was ist mit Constances Kind? Wie willst du ihm in der Zukunft gegenübertreten, wenn du es schon im Stich läßt, noch ehe es geboren ist? Nein, tut mir leid, aber ich finde deine Entscheidung absolut abstoßend und dein Verhalten macht mich krank.»

«Edmund –»

«Wie kannst du ein solcher Narr sein? Ich bin ja sicher sehr großzügig, und weiß Gott, wenn ich so aussähe wie du, ich würde mit allem, was mir vor die Augen kommt, ins Heu gehen, aber wenigstens habe sogar ich genug Verstand, diese Sorte Frauen im Heu zu lassen, wo sie hingehören. Warum zum Teufel kannst du sie nicht irgendwo heimlich verstecken und dann und wann mal besuchen wie jeder andere anständige, zivilisierte Mensch?»

«Edmund, ich will mich nicht streiten. Ich weiß, daß unter den bestehenden Umständen für dich nichts peinlicher sein könnte, aber versuche dich damit abzufinden, daß ich nicht anders handeln kann.»

«Nein, verdammt noch mal, ich kann mich nicht damit abfinden. Kannst du denn nicht wenigstens bei der armen Constance bleiben, bis das Kind geboren ist?»

«Das wäre sinnlos. Welche Atmosphäre würde herrschen, wenn ich jetzt bliebe? Es wäre für uns beide unerträglich. Das mußt du doch einsehen!»

«Also, rechne nicht damit, daß ich weiter mit dir reden werde. Ich habe an meine eigene Frau zu denken, und ich will sie nicht noch mehr belasten, als sie das ohnehin schon ist.»

«Ich verstehe, aber ich hoffe, daß du später deine Meinung ändern wirst.»

«Mein Gott, du glaubst doch nicht etwa, daß Teddy und ich mit dieser Frau verkehren werden?»

«Das hoffe ich zuversichtlich, wenn sie mit mir verheiratet sein wird.»

«Sie wird niemals deine Frau werden, John. Ich verstehe nicht, warum du so tust, als ob Constance nicht wirklich meint, was sie zu einer Scheidung sagt!»

«Sie meint das im Augenblick, aber später wird sie ihre Meinung bestimmt ändern.»

«Glaube doch das nicht! Der Zorn der Hölle kennt kein . . . und all dieses Zeug. Sie wird durchhalten. Und inzwischen steckst du in der denkbar größten Klemme. Himmel, wie willst du diesen beiden Kindern verständlich machen, daß du beabsichtigst, in Sünde mit einer Frau zu leben, die kaum geeignet ist, ihr Kindermädchen zu sein?»

«Das braucht dich nicht zu kümmern», sagte ich und verließ ihn ohne ein weiteres Wort.

10

«Ich habe Papa informiert», sagte Robert, als ich ihn später anrief.

«Wie hat er reagiert?»

«Unverhülltes Entsetzen. Es wäre besser, wenn du morgen als allererstes herkämst, John.»

«Kann ich nicht. Die Kinder sind sicher bei Daphne untergebracht, aber ich habe Verabredungen mit Buchhaltern, Rechtsanwälten und Bankmanagern.»

«Die können warten, Papa nicht. Das ist mein Ernst, John. Ich kann am Telephon nicht mehr sagen, aber nimm morgen früh den Zug, denn ich muß unverzüglich mit dir sprechen.»

11

«Willst du etwas trinken?» fragte Robert. «Oder etwas essen? Im Eßzimmer steht ein kaltes Buffet bereit.»

«Ich glaube, ich kann nichts essen, und ich bin ganz sicher, daß ich nichts trinken will. Berichte mir das Schlimmste.»

«Ich bin gestern morgen bei ihm gewesen und habe meinen Spruch vorgetragen, aber er konnte ihn nicht aufnehmen, oder, um genauer zu sein, er konnte nicht damit fertig werden. Er verlor wieder den Kontakt mit der Wirklichkeit.»

«Mein Gott, Robert. Ich glaube, ich möchte doch einen Drink.»

«Ein weiser Entschluß. Bediene dich. Das Schlimmste hast du allerdings noch nicht gehört. Als offensichtlich wurde, daß ich kein vernünftiges Wort aus ihm herausbekommen würde, fügte ich mich in das Unausweichliche und ließ Straker kommen. Sie zeigte sich so kompetent, daß das meinen Argwohn erregte. Ich sagte mir selbst: Hallo, sie kennt das schon. Und als sie ihn fortbrachte, damit er sich ausruhte, ließ ich mir Bayliss kommen und nahm ihn in die Mangel, bis der arme alte Mann weich wurde und gestand, der einzige Grund, weshalb er Strakers Tyrannei weiter erduldete, sei, weil er sich so große Sorgen um ‹den Herrn› mache, daß er es nicht über sich bringe, ihn im Stich zu lassen. Er hatte nicht beabsichtigt, sich mir anzuvertrauen, weil ich krank bin, aber er hatte beabsichtigt, dir zu schreiben, wenn es schlimmer werden sollte – was nunmehr eingetreten ist. Mit anderen Worten, John –»

«Papa verfällt seit einiger Zeit, aber Straker vertuscht es.»

«Genau das. Und ich sehe auch, warum. Wenn Papa psychisch völlig zusammenbräche, hätten wir eine legitime Handhabe, uns in seine Angelegenheiten einzuschalten, und selbstverständlich ist das letzte, was Straker haben will, eine Einmischung, die ihre Macht beschränkt.»

Ich trank einen Schluck Whisky und fragte: «Was können wir tun?»

«Als erstes müssen wir ihm aus seiner gegenwärtigen Krise helfen. Du mußt ihm die Sicherheit geben, die er offensichtlich braucht, und bei etwas Glück wird er dadurch sein Gleichgewicht wiedergewinnen.»

«Aber was zum Teufel geht denn vor, Robert? Warum ist er so? Was liegt diesem Mangel an Stabilität zugrunde?»

«Das führt mich zu dem, was ich als nächstes zu sagen habe. Sobald er sich vernünftig verhält, müssen wir ihn überreden, mit Gavin Warburton zu sprechen. Wir können ihn nicht so ohne medizinische Betreuung weitertreiben lassen.»

«Aber glaubst du –»

«Nein, das glaube ich nicht. Du brauchst kein Gesicht zu machen, als ob du mitten in einem deiner wiederkehrenden Alpträume wärst. Ich bin überzeugt, daß wir es hier nicht mit erblicher Geisteskrankheit zu tun haben.»

«Was macht dich so sicher?»

«Ich bin sicher, weil ich nicht der Meinung bin, daß Großmama wahnsinnig gewesen ist – jedenfalls nicht in irgendeiner Hinsicht, die heute als relevant gelten würde. Ginette hat mich auf diesen Gedanken gebracht. Sie war total übergeschnappt, als Robin starb, aber das war nur ein vorübergehender nervöser Zusammenbruch, und jetzt ist sie wieder ihr altes Selbst.»

Ich trank wieder einen Schluck Whisky. Nach einer Weile hörte ich mich selbst sagen: «Ich kann in dieser Krise nicht helfen, Robert. Ich werde damit nicht fertig. Es ist zuviel für mich.»

«Genau das ist der Grund, warum ich versuche, dir einzubleuen, daß Papas Störungen, so wie sie sind, nicht das geringste mit Großmama zu tun haben. Ich bin vollkommen im Bild über die Zwangsvorstellungen, die du dir über Großmama, Geisteskrankheiten und das Heim Mariä Himmelfahrt machst.»

«Darüber kann ich nicht sprechen.» Ich stand auf und begann im Zimmer umherzugehen. «Ich habe nichts dazu zu sagen.»

«Du vielleicht nicht», erwiderte Robert, «aber ich. Mir scheint, nachdem ich viel über diese Eigenart von dir nachgedacht habe, daß du die Vergangenheit zu einem mittelalterlichen Schauerroman umgedichtet hast, der wenig mit der Wirklichkeit zu tun hat.» Er ließ eine Pause eintreten, um seine Worte wirken zu lassen, ehe er in seinen sanftesten Tönen hinzusetzte: «Was ist denn schließlich wirklich geschehen? Mama hatte ein ungewöhnlich schwieriges Problem mit ihrer Schwiegermutter. Mit Papas Zustimmung nützte sie einen nervösen Zusammenbruch von Großmama aus, um sie im Heim Mariä Himmelfahrt unterzubringen, eine angesehene Anstalt, in der Großmama anscheinend gut behandelt wurde. Dann fand Großmama sich mit der Entscheidung unserer Eltern, daß sie dort bleiben sollte, ab, vielleicht weil sie irgendwie den Wunsch hatte, bestraft zu werden. Die Situation war tragisch, das gebe ich zu, rechtfertigt aber kaum eine Schauerballade im Stil von Edgar Allan Poe.»

«Was kann schauerlicher sein, als eine geistig gesunde Frau in ein

Irrenhaus einzusperren? Nein, ich weigere mich zu glauben, daß unsere Eltern etwas so Teuflisches tun konnten.»

«Diese unsere Eltern waren zu allem fähig.»

«Nein», schrie ich. «Großmama war wahnsinnig, und sie waren die unschuldigen Opfer ihrer Bosheit.»

«Da hast du es wieder. Du transponierst einen milden Anfall von Melancholie zu einer tragischen großen Oper. Mein lieber John, du kannst diese unglücklichen Menschen nicht einfach in Helden und Schurken aufteilen – es ist einfach keine so simple Geschichte!»

«Doch, das ist sie wohl», widersprach ich. «Sie muß das sein. Ich muß vollkommen eindeutig wissen, wen ich hassen und wen ich lieben soll, oder die Zweideutigkeit wird mich zerreißen und ich werde wahnsinnig. Tatsächlich fürchte ich, auf der Stelle wahnsinnig zu werden, wenn ich nur darüber rede. Ich kann es nicht ertragen, ich werde nicht damit fertig. Ich kann Papa nicht sehen, kann nicht an die Vergangenheit erinnert werden –»

«Du mußt ihn aber besuchen. Sonst ist niemand da. Nun hör einmal zu, John. Du bist ein intelligenter Mensch. Es ist unvorstellbar, daß du dich in dieser Angelegenheit völlig irrational verhältst –»

«Ach, sei doch still. Du verstehst einfach nicht –»

Aber das war genau die Antwort, die Robert gewünscht hatte. «Also gut, dann erkläre mir deine Gefühle.»

Ich gab mir große Mühe. Schließlich gelang es mir zu sagen: «Alles, was ich weiß, ist, daß ich die Vergangenheit nicht so leicht beiseiteschieben kann wie du. Ich habe zu sehr darunter gelitten. Ich kann nicht vergeben und vergessen, und ich muß jemand die Schuld für das geben, was ich ertragen habe, und ich kann meine Eltern nicht anschuldigen, weil es für mich immer so wichtig war, daß sie mich liebten, und jedenfalls habe ich sie immer geliebt – obwohl, weiß Gott, als du mir das von Papa und Ginevra erzähltest – Himmel, das war schrecklich, so schrecklich, ich war so schockiert – ich war danach so wütend auf ihn, weil er sich nicht so benommen hat, wie es meinem Bild von ihm entsprach. Es erinnerte mich daran, wie ich mich immer als Kind gefühlt habe – ich war immer so wütend auf ihn ... und auf Mama ... weil sie gegen mich voreingenommen waren, nur weil ... aber natürlich konnte ich nicht wütend auf sie sein, nicht wirklich wütend, also, ich meine, wie konnte ich das, wenn ich sie liebte und wußte, daß sie mich liebten, ich wußte das, natürlich liebten sie mich, aber mein Gott, wie verstört war ich, als du mir von Papa und Ginevra erzähltest ... aber da stand ich, war wieder scheinheilig und selbstgefällig. Jetzt behandle ich Bronwen und Constance genauso schlecht, wie er immer meine Mutter behandelt hat, und ich habe kein Recht mehr, auf ihn wütend zu sein. Ich bin genauso schlecht wie er, ich bin ganz so wie er, und wenn er jetzt verrückt wird – so wie Großmama verrückt geworden ist – zwei Menschen, die einen Mord begangen haben – all das Böse – erblicher Wahnsinn – ich habe solche Angst, *so wahnsinnige Angst,* du weißt nicht, was für Angst ich jedesmal bekomme, wenn ich daran denke, was in Zukunft aus mir werden soll –» Ich mußte aufhören. Ich konnte nicht mehr weiter. Ich wischte mir heimlich mit dem Handrücken über die Augen und versuchte noch einen Schluck Scotch zu trinken.

Robert wartete einen Augenblick, ehe er mit seiner ruhigen Stimme sagte: «Ich habe das Wort ‹böse› nie verwendet, wenn ich sogenannte böse Menschen verteidigt habe. Im allgemeinen erschien es mir zutreffender, sie als mitleiderregend oder unglücklich oder dumm zu bezeichnen. Sie waren keine Teufel in Menschengestalt. Sie zeigten eine Tendenz, unerträglich gewöhnlich zu sein.»

«Was willst du damit sagen?»

«Ich will dich anregen, an unsere Eltern – und auch an Großmama und Bryn-Davies – als gewöhnliche Menschen zu denken, die in Situationen gerieten, in denen sie weder aus noch ein wußten. Ich glaube, daß das der Wahrheit sehr viel näher kommt als dein mittelalterliches Schauerdrama.»

Ich war unfähig zu antworten.

«Und versuche nicht, Großmama als eine Teufelin zu sehen», fuhr Robert eindringlich fort, «die für ihre Sünden mit erblichem Wahnsinn bestraft worden ist, sondern als eine lebensfrohe Frau, die in eine verzweifelte Situation geriet und anschließend einen sehr verständlichen Nervenzusammenbruch erlitten hat.»

Ich versuchte, darüber nachzudenken. Ein verkrampfter Knoten schien sich in meinem Magen zu bilden. «Aber wenn ich Großmama ansehe als – als –»

«– der Verzeihung würdig», sagte Robert.

«– wie soll ich dann meine Eltern ansehen?»

«Als zwei Jugendliche, als Kinder, die unter katastrophalen Folgen rasch erwachsen werden mußten. Auch sie sollten der Verzeihung würdig sein, John.»

«Aber wenn ich allen verzeihe, wem gebe ich dann die Schuld?»

«‹Diesem Ungeheuer Schicksal›, um Boethius zu zitieren. Wir sind alle an das Rad des Schicksals gekettet, John, und manchen von uns wird dabei schlimmer mitgespielt als anderen.»

Ich dachte darüber nach. Dann fragte ich: «Willst du damit sagen, daß wir keine Kontrolle über unser Geschick haben?»

«Nein. Ich glaube, das Schicksal läßt uns eine Wahl und wir haben uns zu entscheiden. Aber denke darüber nach, wie schwer das ist, John, wenn man vor der Wahl steht, die richtigen Grenzen an den richtigen Stellen zu ziehen.»

Darauf gab ich keine Antwort. Ich dachte an die falsche Grenze, die ich gezogen hatte, als ich Bronwen zurückwies, und dann sah ich für einen kurzen, mächtigen Augenblick meine Großmutter als eine beklagenswerte alte Frau, abgeschnitten von allen, die sie liebte, durch die falsche Entscheidung, die ihr den Untergang gebracht hatte.

Ich sagte: «Wenn ich nur glauben könnte, daß keine erbliche Geisteskrankheit dabei mitspielt. Aber wenn Papa jetzt wieder unter einer schweren psychischen Störung leidet –»

«Das braucht nur darauf hinzuweisen, daß auch er nur eine Form eines vorübergehenden psychischen Zusammenbruchs hat, doch soviel ich weiß, sind nervöse Zusammenbrüche nicht vererbbar. Tut mir leid, John, daß ich dich um dein Melodrama bringen muß, aber die Wahrheit ist nun einmal, daß es im wirklichen Leben nicht wie in einer dramatischen Oper zugeht, sondern eher wie in einer Operette.»

Ich sah ihn an, einen Mann, der von tragischen Ereignissen geschlagen war, und sofort packte mich die Verachtung für meine Feigheit. «Durchhalten!» sagte ich laut zu mir selbst. «Nicht aufgeben, weiterkämpfen!» Und diese Worte, die die schlichte Welt des John Buchan beschworen, in der die Helden nie Schwierigkeiten hatten, so tapfer wie Löwen zu sein, boten mir Trost, als ich mit meinen widerstreitenden Gefühlen kämpfte. «Wie schwach war ich», sagte ich beschämt zu Robert, «und wie wenig heldenhaft.»

«Weißt du», sagte Robert, «die wahren Helden in dieser Welt sind nicht die Männer, die sich damit brüsten, wie gut sie ihre moralische Pflicht erfüllen. Die wirklichen Helden sind die, denen es irgendwie gelingt, sich angesichts einer Krise zusammenzunehmen, obwohl sie sich vor Angst lieber in die Hosen machen würden, wenn sie daran denken, wo das alles enden wird.»

Ich holte tief Luft. Dann sagte ich: «Jetzt werde ich es wohl schaffen», und machte mich auf den Weg nach Oxmoon, der ersten Etappe auf meiner Reise in die Hölle.

12

«Guten Abend, Mr. John», begrüßte mich meine Feindin, die mit flinken Schritten in die Halle kam, als ich Bayliss meinen Hut reichte. «Würden Sie bitte in den Salon kommen, Sir?»

Ich dankte ihr ebenso höflich und erlaubte, mich durch die Halle führen zu lassen. Mrs. Straker war untadelig in Taubengrau, nicht ein Haar auf ihrem glatten Kopf in Unordnung. Ihre schwarzen Augen waren undurchdringlich.

Wir betraten den Salon. Die Tür schloß sich. Wir legten unsere Masken ab.

«Ich habe gehört, meinem Vater geht es nicht gut?»

«Nun, genau das ist es, Bester, und ich fürchte, es geht ihm gegenwärtig nicht gut genug, irgend jemand zu sehen.»

«Er wird mich empfangen. Gehen Sie bitte hinauf und sagen Sie ihm, daß ich da bin.»

«Im Augenblick, Bester, ist er gar nicht oben. Ich habe ihn überredet, in den Gemüsegarten zu gehen und nachzusehen, ob die Erdbeeren schon reif sind. Sie sind natürlich noch nicht soweit, aber wenigstens kommt er dadurch an die frische Luft. Er hatte sich in sein Zimmer eingeschlossen und sprach von, also, Sie wissen ja, von wem, bis ich hätte schreien können . . . Sie sehen übrigens selbst etwas angegriffen aus, Bester, wirklich – Möchten Sie einen Whisky?»

«Nein, aber eine Erklärung für das, was Sie meinen mit ‹Sie wissen ja, von wem›.»

«Seine Mutter, Bester, und ihren elenden Liebhaber. Warum die beiden ihre Affäre nicht besser im Griff hatten, ist mir unbegreiflich. Reine Selbstsucht, wenn Sie mich fragen. Sie muß wirklich eine sehr dumme Frau gewesen sein, daß sie sich ihren Liebhaber so aus der Hand gleiten ließ – und warum den alten armen Homo von Ehemann gleich umbringen? Die meisten Homos sind so reizend, wenn man sie näher kennt, und wahrscheinlich hat er nur getrunken, weil sie ihn wie Dreck behandelt hat. Aber achten Sie nicht auf mich, ich bin voreingenommen – ich habe nie Geduld mit Frauen gehabt, die von Anfang bis Ende alles falsch machen. Aber was machen wir nun mit Ihnen? Offen gesagt, ich glaube, wenn Sie mit ihm sprechen, wird es ihm nachher nur noch schlechter gehen.»

«Trotzdem – –»

«Sie haben die Katze auf die Tauben losgelassen, nicht wahr, Bester? Nicht, daß ich Ihnen einen Vorwurf mache. Diese Frau hat wirklich etwas – ich bewundere Ihren Geschmack, ich an Ihrer Stelle hätte auch nicht nein zu ihr gesagt! Ich bin überzeugt, sie machen eine sehr melodische Musik miteinander, und wie ich höre, ist da so ein allerliebstes Baby!»

«Mrs. Straker –»

«Schon gut, wahrscheinlich besteht keine Aussicht, daß Sie jetzt gehen. Aber sagen Sie mir nachher nicht, daß ich Sie nicht gewarnt habe. Himmel, da ist er ja! Also, was tut er denn bei dem Gartenhäuschen? Er sollte doch im Gemüsegarten sein. Nun, Bester, knobeln wir drum? Wer geht ihn retten, Sie oder ich?»

Ich gab keine Antwort, sondern öffnete die Tür und trat auf die Terrasse hinaus. «Ist Dr. Warburton zugezogen worden?» fragte ich über die Schulter zurück.

«Reden Sie keinen Unsinn. Bobby ist zäh wie Sohlenleder, wenn es darum geht, sich den Doktor vom Hals zu halten – er fürchtet sich zu sehr davor, in eine Klapsmühle gekarrt zu werden.»

Ich machte ihr die Tür vor der Nase zu und lief die Stufen von der Terrasse zum Rasen hinunter. Mein Vater, in einer grauen Flanellhose und einem Tweedjackett, stand regungslos vor dem Gartenhäuschen; er drehte mir den Rücken zu. Ich ging weiter auf ihn zu. Schließlich bemerkte Glendower mich und bellte kurz, um meinen Vater auf mich aufmerksam zu machen, aber mein Vater, anscheinend tief in Gedanken versunken, beachtete den Hund nicht. Mir brach Schweiß aus. Mich packte eine alptraumartige Furcht, ich könnte sein Gesicht bis zur Unkenntlichkeit entstellt finden, wenn ich es zu sehen bekäme, und in dem automatischen Versuch, meine Nerven zu stählen, rief ich einen Gruß und fiel für die letzten Meter, die mich von ihm trennten, in Laufschritt.

Mein Vater sah sich über die Schulter gelassen nach mir um. Zu meiner großen Erleichterung schien er normal zu sein.

«Hallo, John», sagte er. «Ich überlege gerade, ob das Gartenhäuschen nicht frisch gestrichen werden sollte. Es sieht reichlich ramponiert aus.»

Er streckte mir die Hand entgegen. Ich versuchte meinen rasch gehenden Atem zu kontrollieren, ergriff seine Hand und schüttelte sie. Wir lächelten uns gegenseitig an, und in diesem Augenblick erkannte ich, daß sein Verhalten nicht normal war. Er hätte zurückhaltend und ärgerlich sein müssen. Seine gelassene Freundlichkeit wies darauf hin, daß er bewußt alles Unangenehme von sich abschob.

Der Schweiß begann mir über den Rücken zu rinnen. «Wie geht es dir, Papa?»

«Wunderbar», antwortete mein Vater. «Ich gebe zu, Robert hat mich gestern etwas aus der Fassung gebracht, aber davon habe ich mich inzwischen völlig erholt.»

«Es tut mir leid, daß du durch Robert Ungelegenheiten gehabt hast. Genaugenommen hatte ich ihn darum gebeten, dich aufzusuchen.»

«Robert ist manchmal sehr grausam», sagte mein Vater. «Genau wie Margaret. Sie meinen es gut – wenn sie sich einmischen, nennen sie das, ‹die Dinge klären› oder ‹die Dinge in Ordnung bringen› –, aber sie verstehen nicht, was für ein Durcheinander das Leben ist, wie verwirrend.»

«Ich bin überzeugt, daß Robert nicht grausam sein wollte, Papa. Er wollte sicher nur erklären –»

«Keine Sorge, ich habe kein Wort von dem geglaubt, was er gesagt hat. Ich weiß, daß es nicht wahr sein kann. Du würdest nie tun, was er von dir behauptet hat. Du bist ein guter, anständiger Junge. Du ziehst die Grenze.»

«Nun, ich sehe, daß er dir einen falschen Eindruck vermittelt hat.» Ich wischte mir den Schweiß von der Stirn und schob mir mit einer schnellen Handbewegung das Haar zurück. «Warum gehen wir nicht in das Gartenhäuschen? Ich möchte gern mit dir reden und dir alles erklären.»

«Ach nein», antwortete mein Vater. «Nicht in das Gartenhäuschen. Nein, ganz bestimmt nicht in das Gartenhäuschen. Sie treffen sich immer dort im Hinterzimmer.»

«Treffen? Sie sind tot.»

«Ja, ich weiß. Aber alles schließt sich im Kreis, und jetzt passiert alles wieder.»

«Nein, Papa, die Vergangenheit wiederholt sich nie. Die Menschen spielen ihre Karten verschieden. Erinnerst du dich nicht?»

Mein Vater wandte sich ab und wanderte auf die Bank beim Tennisplatz zu. «Meine Mutter und Owain Bryn-Davies trafen sich im Hinterzimmer des Gartenhäuschens, aber das ist jetzt sehr lange her. Jetzt bewahren wir dort im Winter das Tennisnetz auf.»

«Ja, das stimmt.»

«Thomas wird das Tennisnetz aufspannen, wenn er im Juli aus der Schule kommt», sagte mein Vater. «Thomas spielt mit den Jungen von Bryn-Davies Tennis.» Er machte eine Pause, um den Rasen des Tennisplatzes prüfend zu betrachten. «Die Jungen von Bryn-Davies heißen Owen und Peter. Owen in der englischen Schreibweise, was ich bedauerlich finde, aber ihre Mutter ist Engländerin, was kann man also erwarten. Ihr Vater ist Alun, der mit Robert zusammen in Harrow war, und Aluns Vater ist mein Freund Owain der Jüngere, und sein Vater war der Liebhaber meiner Mutter, der auf dem Shipway bei Worm's Head ertrunken ist. Ein kleines Versehen mit den Gezeitentafeln. Bist du mit Harry und Marian schon einmal zu einem Picknick beim Worm gewesen, John? Das ist ein wunderschöner Platz. Auch Blanche würde es da gefallen.»

Wir setzten uns auf die Bank, und mein Vater schlug ein Bein über das andere und pfiff nach Glendower.

«Papa», sagte ich. «Blanche ist tot. Ich bin jetzt mit Constance verheiratet, aber das war ein ganz schrecklicher Mißgriff, und ich habe mich entschlossen –»

«Habe ich Blanche gesagt? Wie dumm von mir! Das Alter. Schrecklich. Ich bin jetzt zweiundsechzig, nein, einen Moment – bin ich das? Ja. Wir haben neunzehnhundertvierundzwanzig, nicht wahr?»

«Ja. Ich bin jetzt seit fünf Monaten mit Constance verheiratet, habe inzwischen aber erkannt –»

«Eine wunderbare Hochzeit war das, nie habe ich ein Fest mehr genossen. Auch wunderbarer Champagner – Veuve Clicquot war es doch? Für Veuve Clicquot war ich immer sehr eingenommen.»

«Papa, ich liebe diese Waliserin Bronwen Morgan und beabsichtige, sie zu heiraten, sobald ich von Constance geschieden bin. Es ist völlig unmöglich, daß wir für alle Zeiten in Sünde leben. Bronwen ist eine ehrliche, respektable Frau, und ich beabsichtige, daß sie das auch bleibt.»

«Ehrliche, respektable Frauen bekommen keine unehelichen Kinder.» Er stand wieder auf und ging ruhelos zum Gartenhäuschen zurück. «Meine Mutter hatte zwei Fehlgeburten, als sie mit Bryn-Davies zusammenlebte», sagte er. «Es war abscheulich. Sie war völlig schamlos. Ich empfand es als solche Schande. Sie verstieß gegen alle Regeln – und schreckliche Dinge geschehen, wie ich genau weiß», sagte mein Vater und Tränen strömten ihm plötzlich über das Gesicht, «den Menschen, die sich nicht an die Regeln halten.»

In der Ferne war Mrs. Straker aus dem Haus aufgetaucht und kam die Stufen von der Terrasse herunter. Ihr Anblick schien meinem Vater Erleichterung zu bringen. Er versuchte, sich mit dem Jackenärmel über die Augen zu wischen. «Ah, da ist Milly – vermutlich will sie wissen, ob du heute abend zum Essen bleiben wirst. Wundervolle Frau, Milly, sehr bemerkenswert, wüßte nicht, was ich ohne sie machen sollte. Selbstverständlich will sie, daß wir heiraten, aber ich will nicht, weil es sich für einen Mann in meiner Position nicht gehört, jemand wie sie zu heiraten. Muß sich an die Regeln halten, verstehst du – dann kann nichts Schreckliches geschehen.»

Aber es war geschehen. Er sah mein Gesicht, wußte, was ich dachte: daß den Platz meiner Mutter eine Hure einnahm, und schrie mich an: «Du hast kein Recht, über mich zu urteilen.»

«Und du hast kein Recht, über mich zu urteilen!» schrie ich zurück, ehe ich mich beherrschen konnte.

«Werde deine Mutter bitten müssen, mit dir zu sprechen», sagte mein Vater völlig ratlos. «Margaret muß das in Ordnung bringen.» Er drehte mir den Rücken zu, nur um mit der Gestalt von Mrs. Straker konfrontiert zu werden, die die unerträgliche Gegenwart repräsentierte. Er wandte sich dem Gartenhäuschen zu, um wieder der unerträglichen Vergangenheit gegenüberzustehen. Er wischte sich über die Augen und sah sich verwirrt um. «Tut mir leid», murmelte er. «Geht mir nicht sehr gut.»

Mitleid mischte sich mit Schuldgefühl und veranlaßte mich zu einem letzten Versuch zur Verständigung.

«Papa, du bist überfordert und überanstrengt. Ich finde, du solltest Warburton kommen lassen. Es gibt moderne Medikamente –»

«Nein», entgegnete mein Vater heftig. «Ich will keinen Arzt sehen!»

«Aber du hast gerade selbst gesagt, daß es dir nicht gut geht.»

«Das Alter. Nicht mehr so jung, wie ich einmal war.»

«Aber –»

«Niemand wird mich jemals irgendwo einsperren!»

«Ist schon gut, Bobby», beruhigte ihn Mrs. Straker, die die letzten Schritte über den Rasen blitzschnell zurückgelegt hatte. «Ist doch alles klar, mein Schatz. Niemand wird eingesperrt, weil er hin und wieder mal ein bißchen aus der Fassung gebracht wird. Schon der Gedanke! Wenn das wahr wäre, würden wir doch alle eingesperrt, nicht wahr, John?»

Ich ignorierte sie und ergriff die Hand meines Vaters. «Papa, ich gebe dir mein Wort, daß ich niemals zulassen werde, daß irgend jemand dich in das Heim Mariä Himmelfahrt oder eine ähnlich geartete Anstalt bringt.»

Seine Augen füllten sich wieder mit Tränen. Er flüsterte: «Du bist ein so guter, freundlicher Junge, John – und gerade deswegen kann ich es nicht ertragen, wenn ich sehe, daß du dein eigenes Leben ruinierst –»

«Ach, das kannst du vergessen, Bobby», sagte Mrs. Straker sofort. «Der wird sein Leben so schnell nicht ruinieren – sieh ihn dir doch genau an! Geleckt, glatt und gescheit, wie er ist. Merk dir, was ich sage. So einer wie er kann sich in einer Kirche einen verdammten Harem halten, wenn er es darauf anlegt! Nein, mach dir keine Sorgen, mein Guter. Geh jetzt und sieh dir die Erdbeerbeete an, wie ich dir gesagt habe und wie du es tun wolltest, und John und ich werden uns ausdenken, wie er in Zukunft glücklich und zufrieden in Penhale Manor leben kann. Er ist ja nicht dumm und bestimmt nicht daran interessiert, sich selbst zu ruinieren, und ich bin sicher, wir werden das alles im Handumdrehen klären. Oh, und paß im Gemüsegarten auf den Hund auf. Ich habe gehört, daß er überall an den falschen Stellen Löcher gräbt und Schaden anrichtet.»

Diese Demonstration ordinärer Gassenvernunft war offenbar gerade das, was mein Vater brauchte. Er wischte sich die Tränen ab, küßte sie flüchtig und schlenderte mit Glendower auf den Fersen über den Rasen davon. Ich blickte ihm eine Weile nach, ehe ich mich überwinden konnte, Mrs. Straker anzusehen, von der ich wußte, daß sie bereit war, den Todesstoß zu führen.

«Nun, *Mr.* John», sagte sie mit scharfer Ironie, «meinen Sie nicht, daß Sie von Ihrem hohen Roß herunterkommen sollten, ehe Sie noch auf die Schnauze fallen? Gehen wir doch in dieses verdammte Liebesnest da hinein. Ich finde, es ist an der Zeit, daß wir uns einmal in aller Ruhe unterhalten.»

Neuntes Kapitel

I

Dann versprach sie, mir Oxmoon zu garantieren, wenn ich ihr ein festes Einkommen garantiere», sagte ich zu Robert.

«Wie verlockend. Und was hast du geantwortet?»

«Ich sagte, ich lehnte es ab, dich zu hintergehen.»

«Oh, das wird sie dir nie glauben», sagte Robert. «Du hättest sie darauf hinweisen sollen, daß unzulässige Beeinflussung und Geistesverwirrung ein Testament ungültig machen können.»

«Das hätte ich zweifellos machen sollen, aber ich fürchte, daß ich in diesem Stadium nicht allzu klar dachte.»

«In diesem Stadium wäre ich von einem Schlaganfall tödlich getroffen worden ... Ist das da draußen ein Wagen?»

Es war Ginevra, die von einer ihrer smarten Bridgepartien bei Esther Mowbray zurückkam und in einem glänzenden Cocktailkleid, einem absurden Hut, der wie ein halbkaputter Kopfschützer aussah, und einer viel zu langen Perlenkette schrecklich aufgedonnert wirkte.

«Wirst du es ihr sagen, Robert?»

«Selbstverständlich. Ich sage ihr immer alles.»

Das überraschte mich, denn Robert und Ginevra machten nie den Eindruck eines eng verbundenen Ehepaares, und ich war seit langem der Meinung, ihre unabhängige Lebensführung beruhe zwar auf einer dauerhaften echten, aber nicht gerade engen Verbindung. Als Robert jedoch in der denkbar offensten Weise mit ihr zu sprechen begann, versuchte ich unwillkürlich, ihre Ehe neu einzuschätzen, aber sie ließ sich nicht so leicht bewerten. Die fehlende sexuelle Beziehung ergab seltsame Akzente. Er machte sich nicht die Mühe, sich charmant oder rücksichtsvoll zu geben, sondern war herrisch und schulmeisterhaft, als ob sie ein Mitschüler wäre, der eine feste Hand brauchte, während sie ihrerseits gar nicht erst versuchte, ihre beträchtlichen weiblichen Schliche auszuspielen, sondern mit einem wechselnden Maß an Ruppigkeit genau das sagte, was ihr paßte. Das bedeutete, daß sie sich häufig und hitzig stritten, aber ich hatte mir angewöhnt, nicht darauf zu achten. Ich hatte erkannt, daß ihre beiden Persönlichkeiten, seine so nüchtern und ihre so emotionell, in einer Harmonie der Gegensätze miteinander verzahnt waren, aus der keiner von beiden ausbrechen wollte.

Als Robert geendet hatte, sagte sie zu mir: «Wie absolut scheußlich für dich, Johnny», und plötzlich erkannte ich, daß sie ehrlich entsetzt war, und sah hinter ihren Affektionen die sensible Frau, die ich kaum je bemerkt hatte.

Sie wandte sich wieder an Robert. «Was machen wir?»

«Das beginne ich mich zu fragen. Ich fürchte, das ist alles viel haarsträubender, als ich gedacht hatte. Wie weit hast du Straker geglaubt, John?»

«Ich gebe es nur ungern zu, aber ich glaubte ihr jedes Wort.»

Keiner der beiden versuchte diesem Urteil zu widersprechen. Ginevra sagte: «Wir können also nicht wagen, Straker loszubekommen. Und er will keinen Arzt sehen. Kann er legal entmündigt werden, Robert?»

«Aussichtslos. Wir haben keine Beweise, daß er den Besitz nicht angemessen verwaltet. Selbst Straker räumt ein, daß er sich meistens völlig normal verhält.»

«Aber er verfällt zusehends», sagte ich. «Er wird wahnsinnig, Robert. Das ist nicht nur ein nervöser Zusammenbruch, das ist erblicher Wahnsinn, das weiß ich. Ich weiß es –»

«Hör damit auf, und nimm dich zusammen. Himmel, genügt es nicht, daß Papa in diesem unaussprechlich elenden Zustand verfällt? Wenn du jetzt auch noch überschnappst, werde ich dir das, verdammt noch mal, nie verzeihen.»

Aber Ginevra schob ihre Hand in meine, und es war Ginevras Stimme, die freundlich sagte: «Achte nicht auf ihn. Er ist bloß so unausstehlich, weil er so empört ist.»

«Du dumme Gans, hör auf, ihn auch noch zu hätscheln!» schrie Robert. «Wenn er weiter an dieser lächerlichen Wahnvorstellung hängt, braucht er keine Freundlichkeit – dann muß er geschüttelt werden, bis ihm seine verdammten Zähne klappern.»

Ginevra wurde wütend. «Mein Gott, was bist du manchmal für ein Ekel.»

«Ach, hör auf, an mir rumzunörgeln wie eine dumme Ziege.»

«Halt du doch den Mund», schrie sie ihn an. «Nur weil du selbst keine verdammten Emotionen ertragen kannst –»

«Was ich nicht ertragen kann, ist, wenn alle völlig aus der Fassung geraten.»

«Tut mir leid», sagte ich hastig, durch diesen heftigen ehelichen Zusammenstoß aus meinen Ängsten aufgestört. «Ihr habt recht, wenn ihr mich anschreit. Ich weiß, daß ich nutzlos bin.»

«Darling», sagte Ginevra, «nach dieser Szene in Oxmoon ist es ein Wunder, daß du noch bei Verstand bist.» Sie drehte sich wieder zu Robert um. «Da du so verdammt gescheit bist, du Mistkerl», sagte sie, «beantworte mir doch nur eins: Wenn Bobby nicht völlig verrückt ist – und da stimme ich Johnny zu, ich halte ihn dafür –, was zum Teufel denkst du, geht da vor?»

«Ich meine, diese ganze Geschichte ist emotional. Ich habe den Verdacht, er ist außer sich vor Scham, weil er unfähig ist, zu verhindern, daß er tiefer und tiefer in seinem abscheulichen Privatleben versinkt.»

«Mein Gott, das klingt plausibel», sagte ich gegen meine Absicht. «Daran hatte ich nicht gedacht.»

«Aber was zwingt ihn überhaupt zu diesem abscheulichen Privatleben?» wollte Ginevra wissen. «Ist das nicht an sich schon ein Beweis für eine Bewußtseinsstörung?»

«Möglich, aber nicht wahrscheinlich. Mir hat er einmal gestanden, er betrachte Sex als eine Flucht vor den Tatsachen, mit denen er nicht fertig werden kann. Jetzt bestätigt Straker das, wenn sie sagt, daß er sich in Sexualität flüchtet, wenn er aus der Fassung gebracht wird. Dieses Übelkeit erregende Privatleben kann ein Beweis dafür sein, daß eine Störung vorliegt, aber es ist kein, ich wiederhole: kein Beweis für eine erbliche Geisteskrankheit!»

«Ich meine doch», sagte ich.

«Ich auch», sagte Ginevra.

«Wenn ich diesen Quatsch über erblichen Wahnsinn nicht bald aus der Welt schaffen kann», sagte Robert, «dann, ich schwöre es, werde ich selbst verdammt schnell noch wahnsinnig. Himmel noch mal, lassen wir uns Gavin Warburton kommen und bitten wir ihn um ein vernünftiges, unabhängiges, medizinisch qualifiziertes Gutachten zu dem Thema. Ich finde es ist wirklich an der Zeit, daß wir Großmamas Geist ein für allemal begraben.»

2

«Ohne den Patienten zu untersuchen», sagte Warburton, «ist es mir unmöglich, eine Meinung abzugeben.»

«Gut, Gavin», sagte Robert. «Wir akzeptieren das als Ihre offizielle Erklärung. Aber lassen Sie uns jetzt inoffiziell reden. Könnten diese mentalen Störungen Folgen eines physischen Verfalls sein?»

«Ja, aber ich würde das für unwahrscheinlich halten. Es ist drei Jahre her, seit ich ihn nach dem Tod Ihrer Mutter behandelt habe, aber damals erschien mir sein Gesundheitszustand für einen Mann seines Alters als erstklassig. Er ißt, trinkt und raucht nicht übermäßig. Er hat kein Übergewicht. Er bewegt sich gut, und seine Gesichtsmuskulatur weist keinerlei Schwächen auf, deshalb kann man meiner Meinung nach vorzeitigen Beginn von Senilität ausschalten.»

«Was ist mit Syphilis?» fragte Robert, und mich schauderte.

«Höchst unwahrscheinlich. Dann würden andere Symptome vorliegen, und außerdem verläuft der Beginn von syphilitischem Wahnsinn etwas anders. Im allgemeinen ist da eine Art –»

«Ginette, gib John einen Cognac.»

«Mir fehlt nichts», versicherte ich. «Ich bin in Ordnung.»

«Sind Sie überzeugt?» fragte Warburton besorgt.

«Beachten Sie ihn nicht», sagte Robert. «Er ist lediglich unbelehrbar zimperlich, wenn es um Geisteskrankheiten geht. Also, um wieder auf meinen Vater zu kommen – könnte er möglicherweise an Schizophrenie leiden?»

«Das läßt sich sehr schwer sagen», antwortete Warburton ausweichend.

«Ist sie erblich?» fragte ich sofort.

«Das weiß niemand.»

«Johns Theorie ist», sagte Robert zu Warburton, «daß meine Großmutter an einer Form erblicher Geisteskrankheit litt mit dem Ergebnis, daß alle ihre Nachkommen dazu verdammt sind, einer wie der andere eingesperrt zu werden.

«Ach, ich verstehe», sagte Warburton und wirkte augenblicklich sehr viel entspannter. «Also, das läßt sich sehr viel leichter überprüfen. Das Heim Mariä Himmelfahrt wird selbstverständlich die Krankengeschichte ihrer Großmutter aufbewahrt haben. Ich werde mit de Vestris sprechen – er ist dort leitender Arzt, John – und mit ihm vereinbaren, daß wir ihre Akte einsehen können. Wie hieß Ihre Großmutter mit Vornamen, wann kam sie dorthin und wann ist sie gestorben?»

Ich war unfähig, ein Wort zu sagen. Robert antwortete: «Gwyneth, achtzehnhundertzweiundachtzig bis neunzehnhundertzehn.»

Warburton schrieb sich diese Informationen auf seinen Rezeptblock, und das Gespräch ging weiter, aber ich hörte nicht mehr zu. Ich hielt immer noch mein Cognacglas in der Hand, trank aber nichts. Bewegungslos hockte ich auf der Kante meines Stuhls.

«Johnny», sagte Ginevra plötzlich.

«Alles in Ordnung», wiederholte ich. «Mir fehlt nichts.»

«John würde gern mit diesem Arzt sprechen, Gavin», sagte Robert. «Können Sie einen Termin vereinbaren?»

«Ja, selbstverständlich. Wann?»

«Sobald er Zeit hat.»

«Das können wir gleich feststellen», sagte Warburton und ging zum Telephon in der Halle.

3

Ich hörte Warburton bei seinem Telephongespräch zu. Ich glaube, ich war von einer teuflischen Angst besessen, daß er sich mit Dr. de Vestris verschwören könnte, mir die Wahrheit vorzuenthalten, aber Warburton sagte lediglich, es ginge um eine äußerst dringliche Angelegenheit, und fragte, ob wir ihn in einer Stunde aufsuchen könnten. De Vestris stimmte zu. Damit beendete Warburton das Gespräch, sagte zu mir: «Wollen wir gehen?» und fuhr mich in flottem Tempo die vierzehn Meilen zum Heim Mariä Himmelfahrt.

Ich war nie innerhalb des Tores gewesen. Nur mein Vater hatte meine Großmutter dort jemals besucht, und als Ginevra ihren nervösen Zusammenbruch gehabt hatte, war ich mit Bronwen in Cornwall gewesen. Ich hatte mir ungeheuerliche Szenen vorgestellt, die sich dort täglich hinter der düsteren victorianischen Fassade abspielten, aber als wir von einer fröhlichen Nonne eingelassen wurden, fand ich die Atmosphäre friedlich. Ich war kaum in der Verfassung, meine Umgebung klar wahrzunehmen, aber es herrschte ein nicht unangenehmer Geruch nach Möbelpolitur, der vom schimmernden Treppengeländer ausging, und eine schildpattfarbene Katze saß in einer abgelegenen Ecke der Halle und putzte sich in sich versunken die Pfoten.

«Da bin ich wieder mal, Schwester!» begrüßte Warburton sie. «Kein Friede für die Bösen.»

«Oh, Dr. Warburton, was Sie immer so sagen.»

Dieser außerordentlich normale Wortwechsel wurde in gutgelauntem Ton geführt und sogar mit einem Gelächter abgeschlossen. Ich konnte kaum glauben, richtig zu hören, und als die Nonne uns durch den Gang zu Dr. de Vestris' Sprechzimmer führte, konnte ich auch nicht glauben, dort zu sein, wo ich war.

Ich fand einen kleinen alten Mann mit weißem Haar in einem angenehm zivilisierten Zimmer, von dem man auf einen Blumengarten hoch über der Bucht von Swansea sah. Der Arzt hatte mehrere Blätter Papier in der Hand, und er blickte hin und wieder auf das Deckblatt mit einer sauber in Kupfer gestochenen Aufschrift, als Warburton kurz über eine Familienkrise sprach, die die genaue Kenntnis vom Zustand meiner Großmutter unerläßlich notwendig mache.

«Gewiß, gewiß», sagte Dr. de Vestris besänftigend. Er hatte das Aussehen eines wohlwollenden Schulmeisters. «Setzen Sie sich doch, Sie beide. Ja, ich habe unsere Aufzeichnungen durchgesehen, gleich nachdem Sie angerufen haben, Warburton, obwohl ich mich selbstverständlich an den Fall erinnere. Sie war eine so reizende alte Dame und hing immer so sehr an ihrer Familie.»

«Was war die ursprüngliche Diagnose?» fragte Warburton.

«Eine Initialstörung, ausgelöst durch eine akute nervöse Krise, gefolgt von periodischen Anfällen von Melancholie.»

Warburton wandte sich mir zu. «Heutzutage nennen wir das einen Nervenzusammenbruch, gefolgt von wiederholten Depressionen.» Zu de Vestris gewandt fügte er hinzu: «Hatten Sie Anlaß, diese Diagnose zu ergänzen, Sir?»

«Ja. Ich war der Ansicht, es bestehe für sie keine Notwendigkeit, hierzubleiben. Sie war einer unserer mildesten Fälle, immer etwas zur Melancholie neigend, aber an ihren guten Tagen eine ganz normale alte Dame.»

«Godwin fürchtet, ihre Störungen könnten erblich sein.»

«Du lieber Himmel, nein!» sagte de Vestris nachdrücklich. Der Gedanke schien ihn zu empören. «Das ist niemals in Frage gezogen worden.»

Warburton stand auf und sagte zu mir: «Ich lasse Sie jetzt mit Dr. de Vestris allein, weil ich weiß, daß Sie gern ein paar Worte ungestört mit ihm wechseln wollen. Ich warte draußen im Wagen auf Sie.»

Ich nickte und versuchte ihm zu danken, aber es gelang mir nicht. Die Tür schloß sich. Ich war allein mit meiner Brücke zur Vergangenheit in diesem stillen Zimmer hoch über der Bucht.

«Das ist einmalig», sagte de Vestris nachdenklich und stopfte sich seine Pfeife. «Die Verwandten ziehen es im allgemeinen vor, zu vergessen – welch erfreuliche Abwechslung, mal jemand zu finden, der sich erinnern will. Sie sollten ermutigt werden. Also, lassen Sie mich sehen. Ich weiß, Sie sind einer der Enkel, aber welcher? Ich kann mich jetzt nicht an ihre Namen erinnern, weiß aber, daß es eine ganze Menge gab, und Mrs. Godwin zeigte mir gern ihre Photographien. Sie hatte einen Liebling – ein sehr nett aussehender kleiner Bursche – verflixt, wie hieß er denn noch? – ein recht verbreiteter Name – ach ja, es war Johnny, das war es. Er war der einzige, der fließend Walisisch sprechen lernte. Ich erinnere mich, daß sie sagte, keiner der anderen hätte ein Ohr dafür gehabt. Ja, der kleine Johnny war eine ihrer großen Freuden, aber sie beschwor mich zur Geheimhaltung, wollte nicht, daß ihre Schwiegertochter etwas darüber erfuhr. Das war eine ihrer Eigenheiten, verstehen Sie. Sie hatte eine anomale Angst vor ihrer Schwiegertochter. Man findet solche irrationalen Erscheinungen oft bei Patienten, die man sonst als völlig geheilt ansehen könnte.

Als ich neunzehnhunderteins hier anfing, habe ich darauf hingewiesen, daß es Mrs. Godwin unbedingt gut genug gehe, sie mit einer Pflegerin nach Hause zu entlassen, aber Mrs. Godwin reagierte darauf so verstört, daß ich einsah, daß es wohl nicht ratsam wäre, und bedauerlicherweise gab es keine anderen Verwandten, die bereit waren, sie aufzunehmen. Ich hatte eine Besprechung mit ihrem Sohn und ihrer Schwiegertochter, und beide stimmten darin überein, daß es für Mrs. Godwin viel besser wäre, wenn sie bliebe, wo sie war. Sie waren ein sehr reizendes Paar, wie ich mich erinnere, und die junge

Mrs. Godwin war eine so angenehme, mütterliche kleine Frau und sprach so freundlich von ihrer Schwiegermutter, daß ich gleich erkannte, wie völlig irrational die Einstellung der älteren Mrs. Godwin ihr gegenüber war. Und der Sohn war ein bezaubernder Mann – und sehr großzügig bei seinen Spenden für den Orden, der das Heim betrieb – ja, er war ein liebevoller Sohn, besuchte seine Mutter regelmäßig, und jedes Jahr kam er an Heiligabend, um sie nach Oxmoon zu holen.

Aber etwas an ihrer Beziehung war doch merkwürdig. Ich versuchte Mrs. Godwin zu überreden, mit mir über ihren Sohn zu sprechen, weil seine Besuche sie zweifellos beunruhigten – doch da sie sich immer danach sehnte, ihn zu sehen, und da er immer freundlich zu ihr war, wenn sie zusammenkamen, war ich dann der Ansicht, daß es nicht eigentlich seine Besuche waren, die sie beunruhigten, sondern die Tatsache, daß sie dadurch an die Vergangenheit erinnert wurde.

Wenn ihre Melancholie sie überkam, zog sie sich immer in die Vergangenheit zurück. Sie erzählte mir, wie glücklich sie mit – lieber Gott, ich habe seinen Namen vergessen – ah ja, Bryn-Davies war, und manchmal schien sie zu vergessen, daß er tot war – sie sprach von ihm, als ob er noch lebte –, aber ich glaube nicht, daß sie es wirklich vergaß. Es war eben ein Teil ihrer bewußten Bemühungen, die schmerzerfüllte Gegenwart zu vergessen, indem sie eine Vergangenheit heraufbeschwor, die erträglicher war. Gleichgültig, wie schwierig die Vergangenheit gewesen sein mochte, sie war jedenfalls klar umrissen und auf eine besondere Weise sicher. Dort wußte sie, wo sie war. Sie konnte sich nicht verirren. Doch im Gegensatz dazu überwältigte die Gegenwart sie mit ihrem Potential für Leiden. Eine weitere ihrer kleinen Eigenheiten war, verstehen Sie, daß sie fürchtete, ihre Schwiegertochter könnte sie von ihren Enkeln völlig abschneiden und den Besuchen ihres Sohnes ein Ende machen. Sie fürchtete sich so sehr, die arme Frau, fürchtete sich immer vor ihrer Schwiegertochter.

Ich habe mir große Mühe gegeben, ihren Problemen auf den Grund zu kommen, aber ich fürchte, es ist mir nicht gelungen. Was ich jedoch herausfand, war, daß in ihrem Bewußtsein ständig ein großes Schuldbewußtsein vorhanden war. – Doch diese Schuld hatte ihr Zentrum merkwürdigerweise nicht bei Bryn-Davies. In ihrer Mitte stand ihr Mann. Ja, es war Schuld, die sie über den Rand der Vernunft hinausgetrieben hatte, dessen bin ich sicher, obwohl sie mir die genaue Natur dieser Schuld nie enthüllt hat. Sie nahm ihre Geheimnisse mit ins Grab, und alles, was ich Ihnen sagen kann, ist, daß sie zu glauben schien, für den Tod ihres Mannes verantwortlich zu sein. Sie sagte, ihr Ehebruch hätte ihn zum Trinken getrieben und seine Gesundheit ruiniert, aber das kann nicht die ganze Geschichte gewesen sein, denn als ich mit ihrem Sohn darüber sprach, sagte er, sein Vater sei ein Trinker gewesen, lange ehe Bryn-Davies erschienen war. ‹Ich war eine schlechte Ehefrau›, sagte sie immer wieder, und weinte und weinte, die arme Frau. Ich sehe sie noch jetzt – ‹Ich war schlecht›, sagte sie, ‹ich habe dem Bösen nachgegeben, ich hätte damit aufhören können, aber ich ging weiter, und jetzt bezahle ich für immer und ewig.› Sie war sehr walisisch, wissen Sie, sehr gefühlsbetont . . . aber jetzt habe ich völlig vergessen, daß Sie sie ja gekannt haben. Sie sind ja einer ihrer Enkel.

Am Ende kam ich zu der Ansicht, das Beste, um ihr dieses Schuldgefühl über ihren Ehebruch zu nehmen, wäre, die Hilfe ihres Sohnes einzuschalten – er war ein so bezaubernder Mensch! –, und ich trug ihm vor, daß es ihr vielleicht helfen könnte, wenn er ihr klar sagte, daß er ihr ihr früheres Fehlverhalten vergab. ‹Ja, selbstverständlich›, sagte er charmant wie immer, aber wissen Sie, er hat es nie getan. Daran habe ich erkannt, welch seltsame Beziehung zwischen ihnen bestand. Zweifellos war auf beiden Seiten Liebe für den anderen gegeben, aber sie wurde durch eine gegenseitige Abneigung beeinträchtigt. Ich habe den Verdacht, daß er sich am Ende gegen Bryn-Davies gewandt hat, und selbstverständlich sind immer die Kinder die Leidtragenden, wenn die Eltern aus dem Gleis geraten, oder nicht?

Also, ich muß endlich aufhören zu schwatzen, aber der Fall interessierte mich und ist mir im Gedächtnis haften geblieben. Schließlich war sie eine Mrs. Godwin von Oxmoon, nicht wahr, und wenn der Skandal auch zwanzig Jahre her war, als ich ihr begegnete, redeten die Leute in Gower immer noch darüber – also sehen Sie nur uns an, wir reden heute noch darüber. Die Vergangenheit stirbt manchmal nicht so leicht, oder ? Und ich sehe Ihre Großmutter noch vor mir, als ob es gestern gewesen wäre, eine so nette, bescheidene alte Dame. Ich sehe sie, die Bilder ihrer Enkel in ihr Album einkleben und Seite um Seite umwenden . . . Ja, sie liebte ihre Enkel, aber ich vergesse immer wieder, daß Sie einer von ihnen sind. Aber welcher werden Sie wohl sein? Und was kann ich Ihnen nun genau sagen, um Ihnen zu helfen?»

4

Es war beinahe schon zehn, als ich nach Little Oxmoon zurückkam, doch Robert schlief noch nicht, obwohl er schon in seinem Bett lag. Ginevra saß bei ihm, während sie auf meine Rückkehr warteten.

«Alles in Ordnung», sagte ich, als ich ins Zimmer kam.

«Gott sei Dank», sagte Robert. «Was habe ich dir gesagt? Ich habe es immer für Unsinn gehalten, anzunehmen, daß sie an demselben Leiden litten.»

«Du hast dich geirrt. Es ist dasselbe Leiden.»

Beide sahen mich erschreckt an. Ich zog mir einen Stuhl heran und ließ mich darauf sinken. Ich fühlte mich erschöpft.

«Aber um Gottes willen!» sagte Robert verstört über die Möglichkeit, daß er die falschen Schlüsse aus den Tatsachen gezogen haben könnte. «Was ist das für ein Leiden?»

«Schuldgefühl.»

Wieder sahen sie mich ratlos an. «Was meinst du damit, zum Teufel?» fragte Robert rauh, aber ich erkannte, daß Ginevra verstanden hatte. Inzwischen war mir aufgegangen, daß Roberts umfangreiche Kenntnisse der menschlichen Natur dem Wesen nach akademisch waren, wogegen Ginevras intuitives Einfühlungsvermögen ihr die Gabe verlieh, komplexe emotionelle Tatbestände zu erfassen, die sich dem Bereich rationaler Analyse entzogen. Robert war fähig, intellektuell zu begreifen, daß mein inneres Gleichgewicht durch das Geschick meiner Großmutter stark beeinträchtigt wurde und daß ich von meinen melodramatischen Visionen befreit werden mußte, um kuriert zu werden. Aber es war Ginevra, die die Intuition besaß, die genauen Dimensionen meiner Heilung wahrzunehmen, als sie eintrat.

«Schuldgefühl», sagte sie. «Selbstverständlich, beide haben einen Mord begangen.»

Robert war immer noch fassungslos über diese Lösung, die er als irrational ansah. «Aber keiner der Mörder, die ich gekannt habe, ist Jahre nach der Tat übergeschnappt.»

«Darling», sagte Ginevra, «die Mörder, die du gekannt hast, wurden entweder gehenkt oder eingesperrt oder durften irgendwo verschwinden. Du hast absolut keine Erfahrungen, was mit Leuten geschieht, die jahrelang die Last ihrer Schuld mit sich herumschleppen.»

«Offensichtlich reagieren nicht alle Mörder in dieser Weise, Robert», sagte ich, um ihn zu besänftigen. «Der entscheidende Punkt ist aber, daß diese Mutter und dieser Sohn, die sich emotionell zweifellos ähnlich waren, anscheinend in der gleichen Weise zusammenbrachen, als sie unter Druck gerieten.»

«Genau das», stimmte mir Ginevra zu. «Nicht der Mord selbst ist hier wichtig, Robert – jede ernsthafte Missetat würde die gleiche Wirkung haben. Es ist die Schuld, die sie nicht ertragen können.»

«Die These lautet also, daß das Leiden Schuldgefühl ist und daß Papa die emotionelle Instabilität geerbt hat und diese Schuld nicht ertragen kann – und jetzt nehme ich an, wirst du wieder behaupten, daß Wahnsinn erblich ist», sagte Robert, aufgebrachter denn je.

«Gewiß, das könnte ich sagen», antwortete ich, «der entscheidende Punkt ist aber, daß diese Form des Wahnsinns nicht erblich sein muß, Robert. Was ich zu tun habe, um meine geistige Gesundheit zu sichern, ist, daß ich falsche Entscheidungen vermeiden muß, die mich später aus Schuldgefühl um den Verstand bringen – und das bedeutet, daß die Entscheidung zwischen geistiger Gesundheit und Wahnsinn immer bei mir liegt, es bedeutet, daß ich nicht der Gnade eines unkontrollierbaren Erbteils ausgeliefert bin. Ich bin nicht ohne jede Aussicht auf Entkommen an das Rad des Schicksals gekettet.»

«Darf ich diesen emotionalen Monolog mit der Frage unterbrechen», sagte Robert, «ob unsere Eltern und unsere Großmutter jetzt als der Verzeihung würdig angesehen werden können?»

Ich betrachtete meine Szene aus der großen Oper, stellte aber fest, daß die Bühne im Dunkeln lag.

«Keine Teufel mehr?» fragte Robert. «Keine Schurken mehr, die voll damit beschäftigt sind, Böses zu schaffen?»

«Nein.» Ich fand mich einer völlig anderen Bühne gegenüber. «Es ist keine Geschichte dieser Art. Darin hast du endlich recht, Robert.» Voll Liebe und Mitleid dachte ich an meine traurige, einsame Großmutter, die die Seiten ihres Photoalbums umblätterte. Ich dachte mit Liebe und Mitleid an meine jungen Eltern, die darum kämpften, eine Tragödie zu überleben, die sie verfolgte. Und ich wußte, daß nicht mehr die Notwendigkeit bestand, jemandem für mein vergangenes Unglücklichsein die Schuld zu geben. Man konnte schlechten Menschen für schlechte Taten die Schuld geben, aber nicht gequälten Menschen für tragische Entscheidungen. Gequälte Menschen verdienten nur Mitgefühl, und das lange unterdrückte Mitgefühl erfüllte jetzt mein Bewußtsein. Der Druck des alten Entsetzens war von mir genommen, die Last meines Zorns war verflogen, und in dem Augenblick, als ich endlich über die Vergangenheit triumphierte, die so oft und so vernichtend über mich triumphiert hatte, war ich fähig, das schlichte Urteil auszusprechen: «Sie waren nur drei alltägliche Menschen, die versäumt hatten, die Grenze zu ziehen.»

5

Später, nachdem Robert eingeschlafen war, sagte ich: «Ginevra, ich möchte dich etwas fragen. Straker hat mir heute einen Rat gegeben, und ich habe das schreckliche Gefühl, daß er vernünftig sein könnte. Sie sagte, solange ich auf meine Scheidung warte, sollte ich vorgeben, daß Bronwen bei mir angestellt ist – in Bronwens Interesse selbstverständlich, nicht in meinem. Da hat sie doch recht, oder?»

«Diese gräßliche Straker!» sagte Ginevra. «Ich fürchte, ja. Wie peinlich.»

«Ich werde die Nanny entlassen müssen. Angenommen, ich würde sagen, daß Bronwen ihre Stelle übernimmt?»

«Oh, Darling, das ist eine gute Idee! Das ist die perfekte Lösung.»

«Bronwen wird sie nicht gefallen.»

«Warum nicht?»

«Weil es eine Lüge ist. Und wir wollen in der Wahrheit leben.»

«Aber Darling, das ist doch keine Lüge! Sie wird in Penhale Manor sein und für deine Kinder sorgen, genau wie es eine Nanny sollte.»

«Ja», stimmte ich zu. «Und Straker ist in Oxmoon und leitet den Haushalt, genau wie es eine Haushälterin sollte.»

«Aber das ist doch eine völlig andere Situation.»

«Ja, selbstverständlich», sagte ich. «Aber es ist die gleiche Lüge oder etwa nicht?» Ich verließ die Halle und wanderte in die Nacht hinaus.

6

«Ich würde lieber ohne irgendwelche Vorspiegelungen mit dir leben», sagte Bronwen.

«Ja, das ist auch das, was ich will. Aber es gibt einen triftigen Grund dagegen.»

«Die Kinder?»

«Gewiß, die Kinder. Doch meine Hauptsorge gilt dir. Ich weiß nicht, wie lange es dauern wird, bis die Scheidung durchkommt. Offensichtlich kann nichts getan werden, ehe das Kind geboren ist, doch selbst dann – Constance kann sich uneinsichtig zeigen.»

Sie blickte zur Seite.

Es war nach Mitternacht, und wir saßen in dem kleinen Wohnzimmer an der Vorderseite des Gutshauses auf einem schmalen, unbequemen Sofa. Bronwen hatte ihr Haar gelöst. Als ich sie streichelte, leuchtete es im Kerzenschein strahlend auf.

«Und dann ist da mein Vater», sagte ich. «Er ist buchstäblich krank vor Sorge. Wenn er wüßte, daß ich den äußeren Schein aufrechterhielte und mich seinen Regeln entsprechend verhielte, würde er sich wohler fühlen. Ich will unbedingt in Wahrheit leben, das mußt du mir glauben, aber ich möchte niemand verletzen.»

Sie faßte einen Entschluß. «Nein, das will ich auch nicht. Menschen zu verletzen kann niemals richtig sein.» Sie schob ihr Haar zurück und wandte sich mir voll zu. «Aber wir müssen zueinander immer wahrhaftig sein», sagte sie. «Du darfst mich nie wieder anlügen.»

Ich versprach es ihr. Sie gab sich damit zufrieden, und ich blies die Kerze aus und nahm sie in die Arme.

7

«Heute geht es ihm wirklich erbärmlich, mein Bester», sagte Mrs. Straker. «Er sucht auf dem Dachboden herum, obwohl nur Gott allein weiß, wonach er eigentlich sucht. Was hatte Robert zu meinem Gehalt zu sagen – oder haben Sie es sich überlegt und sich entschlossen, mein Angebot mit dem Testament anzunehmen?»

«Ich habe es ihm gesagt. Wir werden Sie bezahlen. Aber darüber will ich erst später reden», antwortete ich angewidert und ging zur Treppe zum Dachgeschoß, um meinen Vater zu suchen.

Das oberste Stockwerk von Oxmoon bestand aus einer Reihe von Räumen, vollgestopft mit Besitztümern der Godwins, die von Familienschätzen bis zu Trödel reichten. Frühere Armut hatte meine Eltern ermutigt, alles von Wert zu horten, doch die Tradition des Sammelns hatte schon vor der Herrschaft meines Vaters bestanden, und so waren sogar noch Blechkoffer mit der Aufschrift R. CLIFFORD vorhanden, wie der Name von Robert Godwin dem Erneuerer gelautet hatte, ehe es ihm gelang, sich in die Erbfolge seines schwachsinnigen Vetters einzudrängen. Aber mein Vater wanderte nicht zwischen den Relikten des achtzehnten Jahrhunderts herum, ich fand ihn neben einem Stapel alter Bücher sitzen, in dem Raum, in dem das Porträt meiner Großmutter unter einem Staubschutz aufbewahrt wurde. Als er mich sah, rieb er sich die Augen, als ob er versuchte, sich zu konzentrieren.

«Suchst du nach etwas Bestimmtem, Papa? Kann ich dir dabei helfen?»

Er schüttelte den Kopf. Ich erkannte, daß er sich zu sprechen fürchtete, weil er Vergangenheit und Gegenwart durcheinanderbringen könnte, und ich fand es viel schrecklicher, daß ihm dieser Zustand bewußt war, als wenn er von ihm unbemerkt geblieben wäre. Meine letzten Vorbehalte gegen die angebliche Anstellung Bronwens schwanden. Um ihn aus seiner Qual zu erlösen, gelobte ich mir, mich an seine Regeln zu halten.

Nachdem er ein oder zwei Tränen der Erleichterung vergossen hatte, sagte er: «Gott sei Dank, daß du zur Vernunft kommst. Ich glaubte wirklich schon, du könntest sie heiraten, und das wäre selbstverständlich unmöglich gewesen.»

Ich schwieg. Das letzte, was ich wollte, war, ihn wieder aus der Fassung zu bringen. Ich sagte mir, sich dieser Krise zu stellen, sei noch Zeit genug, wenn die Scheidung erfolgt wäre. Mein Vater begann die Bücher neben sich sauber aufzustapeln, und während er damit beschäftigt war, bemerkte ich, daß es eigentlich keine Bücher, sondern Photoalben waren. Ich dachte an meine Großmutter, und plötzlich, ehe ich mich zurückhalten konnte, zog ich die Staubhülle von ihrem Porträt.

«Ich nehme an, daß sie Bryn-Davies als Gutsverwalter vorstellte, als er nach Oxmoon kam», sagte ich.

«Nein, die Mühe hat sie sich nie gemacht. Schrecklich. Ich habe mich so geschämt.»

Ich dachte an Dr. de Vestris, der gesagt hatte: «Es sind immer die Kinder die Leidtragenden, wenn die Eltern aus dem Gleis geraten.»

Eine Kälte überkam mich. Ich verdeckte das Porträt wieder, wandte mich von meiner Großmutter ab und zog in Gedanken die Grenze, die mich von ihr trennen würde.

Aber die Grenze schien sehr zerbrechlich.

«Hoffentlich wird dir das Leben in Penhale Manor nicht zu langweilig», sagte mein Vater unerwartet und bot mir eine mehr als willkommene Ablenkung. Als ich ihn anblickte, sah ich, daß er zwar noch krank vor Erschöpfung aussah, die Furchen in seinem Gesicht schienen aber weniger stark ausgeprägt. Seine Stimme klang normal. Anscheinend hatte die Vernunft wieder gesiegt.

«Ich werde schon zurechtkommen.»

«Es gibt dort nicht viel für dich zu tun.» Mein Vater hatte seit Edmunds Heirat ein Auge auf das Gut gehabt. «Für Edmund war es selbstverständlich eine ihn ausfüllende Aufgabe, aber nicht für jemand wie dich.»

«Ich bin nicht ehrgeizig. Jetzt nicht mehr.»

Mein Vater lachte kurz auf und sagte: «Weil im Augenblick alles, woran du denken kannst, diese Frau ist. Aber das wird sich später ändern.»

«Vielleicht. Aber ich habe noch mein Land in Herefordshire. Ich bin überzeugt, daß ich genug zu tun finde.»

«Über Oxmoon kann ich meine Meinung nicht ändern, John.»

«Ich weiß. Aber ich interessiere mich nicht mehr für Oxmoon. Ich will nur ruhig mit Bronwen in Penhale Manor leben.»

«Der Teich ist zu klein, John. Du bist ein großer Fisch.»

«Dann werde ich schließlich einen größeren Teich finden müssen, nicht wahr?»

«Das ist das, was ich fürchte», sagte mein Vater.

Sofort wandte ich mich ihm zu. «Du brauchst in mir nicht einen Fanatiker zu sehen, der vor nichts zurückscheut.»

«Nein? Du verhältst dich aber so – läßt deine schwangere Frau im Stich, zerstörst dein Heim, scheust vor nichts zurück, nur um diese Frau zu bekommen . . .»

«Das ist etwas anderes.»

«Wirklich? Ich sehe da keinen großen Unterschied. Wenn du vor nichts haltmachst, um diese Frau zu haben, warum solltest du dann vor etwas haltmachen, wenn du einen Besitz haben willst?»

«Weil du auch vor nichts haltgemacht hast, um zu einem Besitz zu kommen, Papa, und ich habe gesehen, was das dir angetan hat. Nein, vielen Dank. Ich werde meine Karten nicht so spielen, wie du deine gespielt hast!»

Er verlor wieder die Fassung. Es kam zu einem langen und bedrückenden Zwischenspiel, in dem er sich an meine Hand klammerte und mir versicherte, wie froh er sei, daß ich in seiner Nähe leben würde, aber wie sehr er sich fürchte, daß er alt und schwach werden und sich von mir überreden lassen könnte, Robert zu hintergehen.

«. . . und dann werde ich endgültig verdammt sein», sagte er wieder weinend. «Das ist meine einzige Gelegenheit zur Sühne, meine einzige Chance, ein schreckliches Unrecht wiedergutzumachen.»

«Ich verstehe dich, Papa – ich würde mich nie in deine Angelegenheiten einmischen – ich würde die Grenze ziehen.»

Würde ich das wirklich?

Ja, selbstverständlich würde ich das. Ich würde die Grenze ziehen, um zu verhindern, daß ich so endete wie meine Großmutter. Aber angenommen . . . ich zog die Grenze, aber die Grenze würde ... zersetzt werden durch Umstände außerhalb meiner Kontrolle? Oder angenommen, ich zog die Grenze, aber es würde meine moralische Pflicht werden, sie zu überschreiten?

Der Alptraum blähte sich auf.

Das Chaos vervielfältigte sich.

Voller Entsetzen verdrängte ich den gesamten Komplex aus meinen Gedanken.

8

Inzwischen überschwemmte Chaos mein Leben infolge der Grenze, die ich falsch gezogen hatte, als ich Constance heiratete.

In dem Augenblick, als ich nach London zurückkam, um mich den Qualen der Aufgabe meiner dortigen Existenz zu widmen, kündigte Marians Gouvernante, und ich machte zwar keinen Versuch, sie umzustimmen, war aber Marians wegen sehr besorgt, die jetzt in rascher Folge ihre Stiefmutter, ihre Nanny und ihre Gouvernante verlor. Auch Nanny hatte aus Protest gekündigt, jedoch erwartet, daß ich sie bitten würde zu bleiben, aber meine sofortige Annahme der Kündigung und meine Bereitschaft, ihr ein begeistertes Empfehlungsschreiben mitzugeben, hatte sie im Innersten getroffen.

«Wie schrecklich unangenehm», sagte Daphne, ohne Überraschung über den Entschluß der Gouvernante zu zeigen, «einfach zu albern, um ein Wort darüber zu verlieren, mein Lieber.» Dann sagte sie mir, wenn Bronwen die neue Nanny werden sollte, fände ich niemals eine Gouvernante, die bleiben würde. «Gouvernanten können es nicht ertragen, Nannies untergeordnet zu sein, John. Das ist nun einmal eins der unausweichlichen Fakten im Reich der Kindererziehung ...»

Als ich schwieg und mich zwang, mich mit dieser unverdaulichen Wahrheit abzufinden, sagte Daphne impulsiv: «John, laß Marian doch bei Elizabeth. Harry ist versorgt. Er kann mit Kester den Hauslehrer teilen, und solange er dich hat, wird er eine Mutter nicht so vermissen wie Marian ... Darling, nun werde nicht auf mich wütend, du weißt, daß ich auf deiner Seite stehe, aber wie soll das mit Marian und deiner Geliebten aus der Arbeiterklasse in Penhale Manor gehen? Marian ist jetzt annähernd neun und braucht ...»

«Was Marian braucht, ist ihr Vater», sagte ich, «Geliebte aus der Arbeiterklasse oder nicht, und ich werde sie nicht im Stich lassen und dir aufhalsen. Sie kommt mit nach Penhale Manor, und das ist mein letztes Wort zu diesem Thema.»

«Ich bezweifle, daß es auch Marians letztes Wort sein wird», sagte

Daphne trocken, und damit hatte sie recht. Marian, die sich mit Elizabeth sehr angefreundet hatte und auch die Nanny und die Gouvernante ihrer Cousine sehr mochte, war für einen neuerlichen Umsturz in ihrer kleinen Welt nicht zu gewinnen, und es folgten unvermeidlich stürmische Szenen. Sie wurden noch dadurch verschärft, daß Daphne, die Nanny und die Gouvernante insgeheim mit Marian sympathisierten und meinten, daß ich mich unverantwortlich verhalte. An diesem Punkt erkannte ich, daß Marian so schnell wie möglich fort mußte, und sobald Ginevra Hauspersonal engagiert hatte, machte ich einen Besuch in Penhale Manor, um Bronwen und ihre Kinder dort einzuführen, und kehrte dann nach London zurück, um mich der alptraumartigen Aufgabe zu widmen, meine Kinder aus einem Heim herauszuholen, das keines von beiden verlassen wollte.

Marian wurde hysterisch. Elizabeth wurde hysterisch. Daphne war überhaupt keine Hilfe. Plötzlich entdeckte ich, daß ich Daphne unausstehlich fand und daß es mir unverständlich war, wie Lion sie heiraten konnte. In meiner Bedrängnis brauchte ich jemand, dem ich für diese unerträgliche Periode die Schuld geben konnte, und Daphne erfüllte die Rolle des Sündenbocks perfekt.

Ich hatte immer – eine ignorante Anmaßung, wie ich heute weiß – geglaubt, ein guter Vater zu sein, aber an diesem Punkt stellte ich fest, daß zum Vatersein mehr gehört, als Gute-Nacht-Geschichten vorzulesen, über kleine Köpfe zu streicheln und am Samstagmorgen Taschengeld zu verteilen. Ich saß mit den Kindern allein im Zug nach Swansea. Weder eine Nanny noch eine Gouvernante waren dabei, um mich vor den Realitäten der Kindererziehung abzuschirmen. Marian schluchzte und schrie und schmollte. Harry verbrachte die Zeit damit, entweder Zänkereien mit seiner Schwester anzufangen oder sich auf andere Weise schlecht zu benehmen, um meine Aufmerksamkeit zu gewinnen. Zweimal gelang es mir, den Drang zu unterdrücken, ihm einen Klaps zu versetzen, aber beim dritten Mal versagte ich, und nachher war mir ebenso elend zumute wie ihm. Ich hatte das Gefühl, als Vater ein vollkommener Versager zu sein.

Mein Hausverwalter Willis, jetzt wieder in seiner früheren Position als Obergärtner, holte uns mit dem Wagen in Swansea ab, aber sofort brach zwischen den Kindern ein neuer Streit aus; diesmal ging es um die Ehre, welches von beiden auf meinen Knien sitzen durfte. Das löste weiteres Geschrei und noch mehr Tränen aus. Willis war schockiert. Ich war erschöpft. Ich begann schon zu fürchten, die

Fahrt würde nie enden, aber schließlich erreichten wir Penhale Manor, und Bronwen kam auf die Auffahrt hinaus, um uns zu empfangen.

Bis zum heutigen Tag weiß ich nicht, was sie damals sagte. Aber ich weiß noch, wie die Kinder sie ansahen und sich an andere Zeiten erinnerten, als ihre Mutter noch lebte. Ihre tränenverschmierten Gesichter wurden glatt und still. Rhiannon und Dafydd waren in der Halle, aber ich wartete nicht auf das Wiedersehen. Ich meinte, Bronwen würde ohne mich besser mit ihnen zurechtkommen, und zog mich in mein Arbeitszimmer zurück, wo ich mir einen sehr dunklen Whiskysoda mixte.

Eine Woche später, gerade als ich erleichtert zu glauben anfing, alles wäre nun stabil genug, um mir wenigstens den Versuch zu gestatten, eine neue Gouvernante zu finden, kehrte ich von einer Fahrt nach Swansea zurück und erfuhr, daß das gesamte Personal kündigen wollte.

9

Ich versuchte gar nicht erst, sie zu halten. Arbeitgeber tun sich keinen Gefallen, wenn sie sich vor ihrer Dienerschaft drehen und winden, und ich wußte, die einzige Lösung war, von neuem anzufangen. Das schlimmste aber war nicht, daß das Leben im Haus aus den Fugen geriet, sondern Bronwens Verzweiflung.

Ich hatte gewußt, daß es notwendig gewesen wäre, um den Anschein voll zu wahren, Bronwen ihr eigenes Zimmer einzuräumen, aber die Aussicht, ihre Position im Haus als perfektes Spiegelbild von Milly Strakers Stellung in Oxmoon erscheinen zu lassen, war mir so zuwider gewesen, daß ich diese höchste Heuchelei unerträglich gefunden hatte. Jetzt erkannte ich, daß es dumm von mir gewesen war, ich war jedoch nicht fähig, mehr als einen kleinen Kompromiß einzugehen.

«Wir werden ein Zimmer für dich einrichten», sagte ich, «aber ich will verdammt sein, wenn du es je benutzen solltest. Wir werden zusammen in meinem Zimmer schlafen und zusammen in meinem Zimmer aufwachen, als wenn wir verheiratet wären, und ich werde nichts anderes zulassen.»

«Aber kein Personal wird bei uns bleiben – wie sollen wir nur fertig werden?» Sie weinte und sagte, wie sehr sie sich fürchte, daß ich meine Entscheidung, mit ihr zusammenzuleben, schon bedauern könne.

Ich stillte ihre Tränen. Nachdem ich mich vergewissert hatte, daß sie überzeugt war, ich würde nichts bedauern, bat ich sie, sich keine Sorgen zu machen, schluckte jedes Gramm meines nicht unerheblichen Stolzes hinunter und ging zu Milly Straker betteln.

10

Sie verhielt sich großartig. Es wäre für sie ein leichtes gewesen, hochmütig zu sein, meine Demütigung zu genießen, aber sie blieb nüchtern und sachlich.

«Ja, ich habe mir schon gedacht, daß Mrs. Robert einen Fehler machte, als sie hochqualifiziertes Personal einstellte», sagte sie trokken. «Es hat mich überrascht, daß die überhaupt eine ganze Woche geblieben sind. Aber macht nichts, Bester, ich spreche mit der Agentur in Swansea, mit der ich arbeite, und besorge Ihnen eine Köchin und ein paar Hausmädchen – aber was sie wirklich brauchen, ist eine richtige Haushälterin, die hart durchgreift und sich nicht um die Anordnung Ihrer Schlafzimmer kümmert. Ich werde mit meinen Freunden in London telephonieren und feststellen, wie es bei den Heimat- und Stellungslosen aussieht. Wen sie mir auch vorschlagen, diejenige wird keine Zeugnisse haben, aber ich werde dafür sorgen, daß sie in Geldsachen absolut korrekt ist.»

«Ich . . .» Es fiel mir schwer, die richtigen Worte zu finden. «Es muß eine anständige Frau sein. Ich kann unmöglich jemand einstellen, der das nicht ist.»

«Keine Sorge, Bester, die Opfer dieser Welt sind im allgemeinen sehr viel anständiger als jene, die ihre Karten richtig spielen. Ich werde sehen, daß ich eine anständige Frau finde, deren Arbeitgeber von ihr verlangt hat, sein Bettwärmer zu sein, und mit kalten Füßen hängenblieb. Nach einer Entlassung ohne Zeugnis und einem Besuch beim nächsten Hinterhofkurpfuscher wird eine solche Frau Penhale Manor als das Paradies ansehen und Sie als den Erzengel Gabriel.»

Ich war weiter sehr beunruhigt, doch als Mrs. Wells zu ihrer Vorstellung eintraf, stellte ich fest, daß meine Sorgen ein Ende gefunden hatten. Gutaussehend und makellos gewandt in ihrem Auftreten, hatte sie in den vergangenen fünf Jahren in einem Haus gearbeitet, in dem die Frau Invalidin war, und Mrs. Wells hatte infolgedessen ein hohes Maß an Selbständigkeit besessen. Sie war mehr als fähig, die Leitung des Haushalts allein zu übernehmen. Sie war genau das, was ich brauchte. Ich engagierte sie.

«Was hat sie gemacht?» fragte ich später Mrs. Straker. Ich schämte mich meiner Neugier, fand aber, daß ich es wissen sollte. «War es ihr Arbeitgeber?»

«Nein, Bester, sein siebzehnjähriger Sohn, aber halten Sie Mabel ungestüme junge Männer vom Hals, dann werden Sie keinen Ärger bekommen. Ganz im Gegenteil, ich bin sicher, sie wird sich sehr gut einfügen.»

Während der nächsten zwei Wochen besuchte Mrs. Straker täglich Penhale Manor, um sich zu vergewissern, daß das neue Personal sich angemessen benahm. Bronwen sagte, die Dienerschaft bekäme das Zittern, wenn sie kam, aber ich stellte fest, daß meine häusliche Behaglichkeit sich steigerte. Mrs. Wells, von Mrs. Straker mit voller Autorität eingesetzt, erwies sich sowohl als fähig wie als angenehm. Sie verhielt sich Bronwen und mir gegenüber geradeso, als ob wir verheiratet wären. Mrs. Straker hatte verfügt, daß jeder Dienstbote, der gegenüber Bronwen unverschämt auftrat, auf der Stelle entlassen würde. Bronwen fand sie wunderbar.

«Sie war sehr freundlich zu mir, John.»

«Irrtümlicherweise denkt sie, du brauchtest ihr Mitgefühl.»

Ich stellte fest, ich verabscheute Mrs. Straker jetzt um so mehr, seit ich so unbedingt in ihrer Schuld stand, und ich wollte mich in meinem Abscheu nicht durch Beweise beeinträchtigen lassen, daß sie freundlich sein konnte.

Unsere ungewöhnliche Allianz hatte indessen Bestand und wurde sogar noch verstärkt, als Thomas zu den Sommerferien nach Hause kam und erklärte, er beabsichtige nicht, im Herbst nach Harrow zurückzugehen. Das führte zu Auseinandersetzungen in Oxmoon, aber mein Vater, der immer stolz auf seine Fähigkeit gewesen war, mit Kindern umzugehen, fand sich nicht in der Lage, mich um Hilfe zu bitten. Es war Mrs. Straker, die mich eines Tages bei einem Besuch in eine Ecke zog und mir offenbarte, was vorging.

«Bobby gerät wieder aus der Fassung», gestand sie. «Es hat keinen Sinn, von ihm zu erwarten, daß er mit einem siebzehnjährigen Jungen fertig wird. Er ist zu alt und besitzt nicht mehr die Kraft, das Problem zu lösen – und Thomas ist ein Problem, täuschen Sie sich darin nicht. Er mag vielleicht ein nettes Wesen haben, aber wer kann das wissen. Er benimmt sich die ganze Zeit über fürchterlich. Ich habe es satt mit ihm.»

Das letzte, was ich in diesem Augenblick in meinem Leben brauchen konnte, war ein Jugendlicher, der sich fürchterlich benahm, aber ich versprach, alles zu tun, was ich könnte. Thomas war bei dieser Gelegenheit nicht im Haus, darum hinterließ ich eine Nachricht für ihn und bat ihn, mich zu besuchen. Zu meiner Überraschung kam er noch am gleichen Abend nach Penhale Manor herüber und stampfte zu diesem Gespräch trotzig in mein Arbeitszimmer.

II

«Selbstverständlich weiß ich genau, warum du mit mir sprechen willst», sagte Thomas, flezte sich in meinen besten Sessel und legte in unverschämter Weise seine Füße auf meinen Schreibtisch. «Du hast gehört, daß ich mich weigere, für das letzte Jahr in diese verdammte Schule zurückzugehen, und du willst mir einen verdammten Vortrag über die Erhabenheit der Bildung halten.»

«So? Dann laß dich von mir beruhigen. Ich halte keine Vorträge, weder verdammte noch andere. Aber würde es dir viel ausmachen, wenn ich dich auffordere, deine Füße von meinem Schreibtisch zu nehmen. Versuche es mal mit dem Kamingitter, das ist in der Höhe viel bequemer.»

«Ich habe genug von der Schule. Ich finde, Bildung ist ein Haufen Quatsch.»

«Ich bin überzeugt, daß dir darin viele zustimmen werden. Sehr bedauerlich, daß Papa nicht zu diesen Leuten gehört. Zigarette?»

Er grabschte mit solcher Gier nach der Zigarette, daß er mir beinahe das Etui aus der Hand riß. Voller Mitgefühl erkannte ich, wie nervös er war, und weil ich jetzt wußte, daß er verletzlich war, betrachtete ich ihn genauer. Er war jetzt so groß wie ich, hatte aber einen anderen Körperbau. Er war breiter, schwerer, mehr nach der mütterlichen Seite unserer Familie geraten als nach der meines Vaters, und er hatte ein eckiges, störrisches Kinn, das mich plötzlich an unsere gräßliche Tante Ethel in Staffordshire erinnerte.

«Nun», sagte ich, als unsere Zigaretten brannten, «und was planst du jetzt zu tun?»

«Die Hölle loslassen, mich besaufen, jedes Weib ficken, das ich zu sehen kriege.»

«Ach ja? Also, zugegeben, das füllt die Nächte aus. Aber was machst du tagsüber?»

Thomas zeigte sofort seine kriegerischste Miene. «Warum willst du das wissen?»

«Reine gedankenlose Neugier.»

«Worauf bist du aus?»

«Warum sollte ich auf etwas ‹aus sein›?»

«Das sind die meisten», antwortete Thomas, und ich hörte aus diesem kläglichen Versuch, weltgewandt zu erscheinen, das Echo von Milly Strakers Zynismus heraus.

«Ich bin nicht die meisten, sondern dein Bruder, und es tut mir leid, daß du und Papa nicht miteinander auskommen. Kann ich da in irgendeiner Weise helfen?»

«Wie wär's, wenn du dich um deine eigenen Angelegenheiten kümmerst?»

«Gewiß – wenn du das wirklich willst.»

Wir rauchten eine Weile schweigend und sahen einander an. Dann wurde Thomas plötzlich verlegen und drückte seine Zigarette aus. «Also, wenn das alles ist, was du mir sagen wolltest, mache ich mich wieder auf den Weg. Falls du nicht beabsichtigst, mir einen Drink anzubieten.»

«Nein. Nur Hilfe.»

«Aber was hast du davon, wenn du mir hilfst?»

«Beschimpfungen und unfreundliche Reden offenbar.» Ich stand auf und öffnete die Tür. «Auf Wiedersehen, Thomas.»

Er zögerte. Er sah sehr jung aus, und plötzlich erinnerte ich mich an die Szene im Gartenhäuschen nach dem Tod meiner Mutter, als ihm, einem verängstigten Vierzehnjährigen, über Nacht seine Welt zusammengebrochen war.

Ich schloß die Tür wieder. «Wie geht es in Wirklichkeit in Oxmoon?» fragte ich abrupt. «Mit Papa und Milly Straker? Und wie willst du dort das ganze Jahr über in ihrer Gesellschaft leben?»

«Kümmere dich um deinen eigenen verdammten Kram», sagte er und drängte sich an mir vorbei in die Halle hinaus.

«Wenn du soweit bist, daß du reden magst», rief ich ihm nach, «dann denke daran, daß ich immer bereit bin, dir zuzuhören.»

Aber die Eingangstür wurde mir vor der Nase zugeschlagen.

12

Zehn Wochen später, im Oktober, erhielt ich einen Brief von Constance, und als ich am Frühstückstisch den Umschlag aufriß, betete ich, neben der Nachricht, die ich erwartete, eine Zustimmung zu unserer Scheidung zu finden.

«Mein Darling John», schrieb Constance, «unsere Tochter wurde gestern um sechs Uhr morgens geboren und wiegt genau sieben Pfund. Wie wir früher vereinbart haben, wird sie Francesca Constance heißen, falls ich nichts Gegenteiliges von Dir höre.

Selbstverständlich kannst Du sie jederzeit sehen, wenn Du willst, und wenn Du das Baby siehst, wirst Du vielleicht einsehen, daß Scheidung keine Lösung für uns ist, weder jetzt noch zu irgendeiner anderen Zeit.

Immer Deine Dich liebende und Dir ergebene Frau CONSTANCE.»

Ich blickte auf. Vom anderen Ende des Tisches beobachtete mich Bronwen. Um uns herum schwatzten die Kinder, Marian und Rhiannon auf der einen Seite, Harry und Dafydd auf der anderen, und das Baby in seiner tragbaren Wiege beim Fenster. Es war Samstagmorgen, und die Kinder hatten schulfrei und waren guter Laune.

«. . . und Schildkröten werden dreihundert Jahre alt . . .»

« . . . und sie heißen Sechsschüsser, weil . . .»

« . . . aber ich sagte zu meiner Gouvernante, woher weiß man, daß Schildkröten dreihundert Jahre alt werden, wenn niemand lange genug lebt, um das zu beobachten . . . Ist irgend etwas, Papa?»

Dafydd und Harry unterbrachen ihr Gespräch über Waffen. Aller Augen wandten sich mir zu.

«Nichts», sagte ich und verließ das Zimmer. Eine Sekunde später erkannte ich, daß es falsch war, aber ich konnte mich nicht überwinden, zurückzugehen. Ich zögerte noch, als Bronwen aus dem Zimmer zu mir hinauskam.

«Geht es dem Baby gut?» fragte sie rasch.

«Ja.» Ich reichte ihr den Brief. Als sie ihn las, wich alle Farbe aus ihrem Gesicht, bis sich nur noch die Sommersprossen auf ihrem Nasenrücken dunkel abhoben. Sie gab mir den Brief zurück und fragte: «Möchtest du, daß ich es den Kindern sage?»

«Nein, das muß ich selbst.»

Wir gingen in das Zimmer zurück. Bronwen hob das Baby auf und sagte munter: «Rhiannon – Dafydd – ich möchte mit euch sprechen», und führte die beiden in die Halle hinaus.

Ihre Kinder folgten ihr artig, und als Marian sich anschließen wollte, streckte ich die Hand nach ihr aus.

«Warte, Marian, ich will euch von dem Baby erzählen.»

«Welchem Baby? Ach, dieses . . . Ist es da?»

«Ja, es ist ein Mädchen. Es wird Francesca heißen.»

«Was für ein einfach scheußlicher Name», sagte Marian. «Aber das macht nichts. Ich werde sie nicht sehen, also spielt es keine Rolle.»

Sie schüttelte meine Hand ab und wandte sich zur Tür.

«Marian –»

Die Tür schlug zu, und ich wurde an Thomas erinnert. Ich dachte wieder an Dr. de Vestris, der gesagt hatte, was geschehe, wenn Eltern aus dem Gleis gerieten, und für einen Augenblick gerann mir eiskalt das Blut in den Adern.

«Das Baby spielt doch keine Rolle?» fragte Harry argwöhnisch. «Ich will nicht wieder nach London und da bei Constance wohnen. Ich will hier bei Bronwen und dem Klavier bleiben.» Der Gedanke an das Klavier ermunterte ihn. Er rutschte von seinem Stuhl herunter und lief zur Tür. «Ich gehe jetzt üben», sagte er über die Schulter und verschwand. Ich lächelte, dankbar von meinen Erinnerungen an Dr. de Vestris abgelenkt, doch dann seufzte ich bei dem Gedanken an die Musik. Von Bronwen gedrängt, hatte ich Harry jetzt erlaubt, Klavier zu spielen, es aber auf eine halbe Stunde täglich beschränkt. Ich wollte ihn nicht um sein Vergnügen bringen, aber ohne eine zeitliche Einschränkung hätte er den ganzen Tag vor den Tasten vergeudet.

Ich dachte kurz an die Klavier spielende Blanche, aber Blanche schien so weit zurückzuliegen, daß ich sie mit meinem gegenwärtigen Leben nicht in Verbindung bringen konnte. Ich dachte an Constance, und ich schauderte, wenn ich auch kaum wußte, ob aus Wut, Schuldgefühl, Kummer oder Scham. Ich verließ den Tisch und ging in Marians Zimmer hinauf. Bronwen blickte zu mir auf, als ich eintrat.

«Ich habe ihr gerade versprochen, daß du sie zu dem Besuch bei Constance und dem Baby mitnehmen wirst», sagte sie, «aber sie antwortete mir, daß sie nicht mitfahren will.»

«Ich will das alles einfach nur vergessen», sagte Marian weinend, als ich mich zu ihr aufs Bett setzte und meinen Arm um sie legte. «Wenn ich mich erinnere, wird mir nur elend zumute, und ich kann es nicht mehr ertragen, mich elend zu fühlen –» Das Schluchzen überwältigte sie, und als ich sie fester an mich drückte, klammerte sie sich an mich. Bronwen begann auf Fußspitzen zur Tür zu gehen, aber ich winkte ihr zu bleiben. «Ich will Mama», flüsterte Marian. «Jede Nacht bitte ich Gott, er soll sie ins Leben zurückkommen lassen wie Lazarus, aber er hört nicht darauf, und ich bete und bete und nichts geschieht.»

«Marian . . .» Ich versuchte es, aber es mißlang mir, Worte zu finden, doch Bronwen sagte in ihrem Englisch mit dem starken Akzent, das so besänftigend klang: «Ich habe mich schon oft gefragt, ob du häufig an sie denkst, weil du jetzt wieder in dem Haus bist, in dem sie gewesen war. Ich denke auch oft an sie. Sie selbst mag jetzt nicht mehr hier sein, aber die Erinnerung an sie ist doch noch hier, und die Erinnerungen sind so kostbar, sind ein solcher Trost, weil niemand sie einem fortnehmen kann, und auch wenn sie tot ist, lebt sie in gewisser Weise doch noch, lebt in deinem Bewußtsein, und so kann

Gott sie dir zurückbringen. Und wenn das auch nicht so gut ist, wie sie lebendig und gesund hier zu haben, hilft es dir, in die Vergangenheit zurückzusehen und zu wissen, daß sie in deiner Erinnerung immer dasein und dich trösten wird, wenn du dich erinnern willst.»

Marian rieb sich die Augen und keuchte ein paarmal ein wenig, als ob das Schluchzen sie außer Atem gebracht hätte. Ich suchte mein Taschentuch für sie, und schließlich fragte sie Bronwen flüsternd: «Denkst du wirklich an sie?»

«Aber ja. Sie war eine so bezaubernde Dame und so freundlich zu mir. Als sie noch lebte, habe ich mir immer gewünscht, ich könnte etwas tun, um ihre Freundlichkeit zu vergelten, und deshalb habe ich mich so gefreut, als dein Papa vorschlug, ich sollte für dich und Harry sorgen. Das war etwas, das ich für sie tun konnte, eine Begleichung meiner Schulden, und das machte mich glücklich.»

Marian dachte darüber nach.

«Wir müssen miteinander über sie sprechen», sagte Bronwen. «Es ist eine so große Verschwendung, kostbare Erinnerungen in sich zu verschließen und nie darüber zu reden. Wir wollen über sie sprechen, und dabei werden wir sie dir zurückbringen, und dann wirst du dich besser fühlen.»

Marian schniefte noch einmal kurz und schneuzte sich, ehe sie sich mir zuwandte. «Bleibt Bronwen für immer hier? Oder wirst du dich wieder in eine andere verlieben und sie verlassen, wie du Constance verlassen hast?»

«Nein, ich könnte Bronwen nie verlassen. Das ist unmöglich. Kommt nicht in Frage.»

Ich spürte, daß sie sich in meinen Armen entspannte. «Ich will nicht, daß wieder irgendeiner weggeht», flüsterte sie.

Ich küßte sie und sagte: «Es kommt alles in Ordnung.» Doch als ich es sagte, dachte ich an Constance, die allein mit ihrem eigensinnigen Stolz in London saß, und ich wußte, daß das glückliche Ende, das ich versprach, noch weit außerhalb meiner Reichweite lag.

13

Drei Tage später reiste ich nach London und kaufte bei Selfridge ein Stoffkaninchen. Im Carlton Club nahm ich einen Whiskysoda zu mir, ehe ich Constance anrief.

«Es ist sehr aufmerksam von dir, anzurufen», sagte sie, «aber es ist nicht nötig, daß du dich anmeldest, wenn du herkommst. Dieses Haus ist dein Heim, und du kannst kommen und gehen, ganz wie es dir gefällt.»

Ich nahm einen zweiten Whisky zu mir, diesmal ohne Soda, und fuhr mit einem Taxi zum Chester Square.

Constance hätte zweifellos noch im Bett liegen sollen, trug aber das smaragdgrüne Négligé, von dem sie wußte, daß ich es mochte, und hatte es sich nicht unattraktiv auf dem Sofa im Salon bequem gemacht. Mich machte dieser klägliche Versuch, sich von ihrer besten Seite zu zeigen, wütend. Ich war zu ungehalten, um meinen Ärger zu analysieren, aber ich ärgerte mich auch über meine Reaktion. Das schiere Unbehagen überwältigte mich. Ich hatte das Gefühl, daß mein Selbstbewußtsein mit einem Beil in Stücke gehackt würde.

Ich überreichte ihr die Nelken, die zu kaufen ich mich gezwungen hatte, und fragte förmlich nach ihrem Befinden.

«Jetzt geht es mir schon besser», sagte sie, «aber es war schlimm. Ich hoffe, daß Teddy es leichter haben wird.»

«Wie geht es ihr?»

«Gut, aber sie sehnt sich danach, daß es vorbei ist.» Sie roch an den Nelken. «Willst du bitte klingeln. Sie sollten sofort ins Wasser gestellt werden.»

Ich tat, worum sie bat, ehe ich ins Kinderzimmer hinüberging.

Es schien mir ein langer Weg zu sein, aber das war nur, weil ich an der Treppe anhalten und warten mußte, bis ich mich ruhiger fühlte. Als ich ins Kinderzimmer kam, empfing mich die neue Nanny mit einem feindseligen Blick, und ich schickte sie hinaus, ehe ich an die Wiege trat.

Das Baby war so jung, daß es noch ein rotes Gesicht hatte. Von einer Wolke aus weißem Leinen und Spitzen umhüllt, schlief es fest, unempfänglich für den Luxus, der es in seinem kostspieligen kleinen Bett umgab. Mit dem Zeigefinger berührte ich den kleinen kahlen Kopf und erinnerte mich an Evan, wie ich ihn zum ersten Mal in seiner Holzkiste auf Rädern gesehen hatte, und dachte an meine neue Tochter, die aufwachsen würde, um ihn zu beneiden. Kein Geld konnte Gefühlsarmut lindern, kein materieller Wohlstand konnte Ersatz für einen fehlenden Vater bieten.

Ich packte das Spielzeugkaninchen aus seiner fröhlichen Umhüllung, steckte es in die Wiege und wandte mich ab, war aber so von Kummer und Scham gepackt, daß ich mich nicht erinnern konnte, wo ich war. Doch als ich mich noch einmal nach der Wiege umsah, kehrte meine Erinnerung zurück. Ich war auf der anderen Seite der

Grenze, die ich falsch gezogen hatte, als ich aus Habsucht und Ehrgeiz Constance heiratete. Ich hatte Bronwen unrecht getan, ich hatte Constance unrecht getan, und jetzt tat ich meinem Kind unrecht, aber es gab keinen Weg zurück. Die Grenze konnte nicht zurück überschritten werden, selbst bei einer Scheidung nicht. Constance und das Kind würden weiterexistieren, und nichts konnte sie voll für das entschädigen, was ich getan hatte.

Nach einer langen Zeit kehrte ich in den Salon zurück, wo ich Constance immer noch mit den Nelken beschäftigt antraf. Das Arrangement strömte die Eiseskälte eines Gletschers aus.

«Ist sie nicht bezaubernd?»

Ich nickte. Constance bot mir etwas zu trinken an, aber ich lehnte ab. «Ich muß weiter, fürchte ich.»

«Aber du kommst doch bald wieder? Und bringe Harry und Marian mit – ich würde sie zu gerne sehen!»

«Ich werde dir deswegen schreiben.»

«Denk daran», sagte sie, «daß hier alles immer auf dich wartet. Du kannst jederzeit wiederkommen.»

«Das wird niemals geschehen, Constance.»

«‹Niemals› ist eine lange Zeit, meinst du nicht? Ich werde weiter hoffen.»

Weiter gab es nichts zu sagen.

Ich ging fort.

14

«War es schrecklich?» fragte Bronwen.

«Ja, es war verdammt schrecklich. Ich möchte nur noch ins Bett gehen und es vergessen.»

Wir gingen ins Bett, und für eine Weile vergaß ich, doch selbst als ich physisch erschöpft war, konnte ich nicht schlafen. Schließlich zündete Bronwen eine Kerze an und sagte: «Sprich mit mir darüber.»

«Ich kann nicht.»

«Du mußt. Du weißt, was geschieht, wenn du nicht sprichst. Du gerätst völlig durcheinander und belügst dich selbst und endest damit, daß du etwas tust, was dich und alle anderen elend macht.»

Das war eine so zutreffende Beschreibung für meine Gabe, aus meinem Leben ein Chaos zu machen, daß ich nur stöhnen und mein Gesicht in den Kissen vergraben konnte, aber schließlich konnte ich herausbringen: «Ich verabscheue mich selbst. Wie habe ich diese Frau heiraten können, wie konnte ich mich von dir abwenden, wie konnte ich dieses Kind zeugen? Ich komme mir vor, als ob ich in zwei Teile gespalten wäre, der eine Teil will ein gutes, anständiges Leben führen, aber die andere Hälfte tut diese schrecklichen Dinge, und was soll werden, wenn diese andere Hälfte sich durchsetzt? Das ist nicht unmöglich. Ich habe von Kindheit an, immer seit ich die Wahrheit über meine Großmutter und meine Eltern erfuhr, gewußt, daß absolut jeder zu absolut allem fähig ist –»

«Ja», bestätigte Bronwen, «absolut jeder ist zu absolut allem fähig. *Aber nicht jeder muß es auch tun.*»

«Ich weiß. Ich weiß, man zieht die Grenze. Aber angenommen, ich ziehe die falsche Grenze, angenommen, ich bin mir überhaupt nicht mehr klar darüber, was das Richtige ist – ich bin so schwach, so verachtungswürdig, ich habe so schreckliche Dinge getan, wie kann ich mir selbst trauen? Ich traue mir nicht, ich kann es nicht –»

«Ich traue dir. Ich gebe zu, daß du entsetzliche Dinge getan hast, aber jetzt versuchst du, das zu tun, was richtig ist. Du bist ehrlich und wahrhaftig und tapfer, und solange du ehrlich und wahrhaftig bist, kannst du nicht durcheinander geraten, indem du eine Lüge lebst, und solange du tapfer bist, kannst du dich nicht wegen Feigheit verachten, und solange du alles das bist, wirst du stark genug sein, diese Grenze zu ziehen, wie die Engländer es so merkwürdig ausdrücken, wenn sie nichts anderes meinen, als die richtigen Kreise zu wählen, in denen sie leben wollen, und wenn die Grenzen gezogen sind, wirst du der Mann werden, der du sein willst, und der Mann, von dem ich weiß, daß du es bist, und dann bist du sicher.»

Ich wollte sie noch einmal lieben, aber ich war zu erschöpft und sank in ihren Armen in mich zusammen. Nach langer Zeit hörte ich mich selbst sagen: «Mein Vater glaubt, daß ich immer noch Oxmoon haben will. Wahrscheinlich glaubt auch Robert, daß ich immer noch Oxmoon will. Manchmal glaube sogar ich, daß ich noch Oxmoon will – mein Gott, ich stecke noch in einem solchen Wirrwarr. Ich will Oxmoon nicht mehr, ehrlich nicht. Ich bin völlig damit zufrieden, hier mit dir zu leben, aber manchmal kann ich nicht verhindern, daß ich denke –»

«Selbstverständlich begehrst du es dann und wann. Das ist nur menschlich. Du begehrst es, wie ich die beste Teekanne meiner Herrin damals in Cardiff begehrte. Aber ich hätte sie nie gestohlen. Das wäre unrecht gewesen.»

«Aber angenommen, Robert denkt –»

«Du lügst ihn doch nicht an, oder?»

«Nein, ich habe ihm erzählt, wie Straker versucht hat, mich zu bestechen.»

«Dann bist du sicher. *Fange nicht an, Robert anzulügen.* Solange du ehrlich zu ihm bist, solange bist du sicher.»

«Wie kannst du davon überzeugt sein?»

«Mißtrauen erwächst aus Lügen. Unrecht tun erwächst aus Mißtrauen. Tragödien erwachsen aus begangenem Unrecht. Aber aus Ehrlichkeit erwächst Liebe, und Liebe ist so mächtig, daß sie wie eine Rüstung ist, die Robert schützt, die dich schützt.»

«Das sollte die Wahrheit sein, aber ist es die Wahrheit? Das klingt alles so verschwommen religiös, aber ich kann nicht an Gott glauben, seit dem Krieg nicht mehr.»

«Ich habe nie an Gott geglaubt, solange ich an IHN als eine Person dachte», sagte Bronwen. «Für mich war ER wie mein Vater, der fortging und mir nicht helfen konnte. Doch als ich aufhörte, ‹ER› zu sagen, und statt dessen ‹ES› sagte, schien plötzlich alles ganz einfach zu sein. Gott ist Magie, das ist alles. Das sind alles Dinge, die wir nicht sehen oder erklären können. Es ist der Rhythmus des Lebens, es ist der Kreis der Zeit.»

«Das erinnert mich an Robert, der über Boethius und das Rad des Schicksals sprach», sagte ich und begann, ihr von der alten Theorie des Lebens zu erzählen, die im Mittelalter so verbreitet gewesen war. «Ich habe Boethius nie studiert», sagte ich, «aber als ich in Oxford Französisch und Deutsch studierte, stieß ich auf die Werke von Peter von Kastl und Jean de Meung, die beide von ihm beeinflußt waren . . .» Und während ich weiter über das Rad des Schicksals sprach, das seine endlosen Kreise drehte, begann ich ruhiger zu werden.

«Aber das klingt, als ob die Menschen keine Macht besäßen, sich von dem Rad zu lösen», sagte Bronwen, «und ich glaube, daß sie es können. Ich glaube, daß es viele Räder gibt, und wenn man den Willen dazu hat, kann man von einem zu einem anderen wechseln.»

«Das müßte ich auch glauben können. Aber angenommen, daß der freie Wille eine Illusion ist? Nimm Roberts Ansicht zum Beispiel: Er sagt, daß wir zwar alle an das Rad des Schicksals gefesselt sind, das Schicksal selbst uns aber vor die Wahl stellt, unser Geschick zu entscheiden. Also, das klingt zwar gut, aber angenommen, daß die Wahlmöglichkeiten selbst vorausbestimmt sind durch Kräfte, die außerhalb unserer Kontrolle liegen?»

«Das ist ein gräßlicher Gedanke!»

«Ja, gräßlich. – Ich habe das Konzept der Vorausbestimmung immer verabscheut und gefürchtet. Allerdings habe ich das Gefühl, daß Boethius das Problem gelöst hat, wenn ich mich auch nicht daran erinnern kann, wie.»

Diesmal gelang es mir, sie noch einmal zu lieben. Nachdem ich an unserem eigenen Rad des Schicksals bewiesen hatte, daß Erneuerung auf Erschöpfung folgen konnte, konnte ich mich von meiner Verzweiflung lösen und weiterkämpfen.

15

Mir wurde keine Ruhepause gegönnt. Das Chaos hielt an, doch ich hatte inzwischen erkannt, daß in einem Teil meines Lebens das Chaos unbegrenzt herrschen würde, darum war ich in Gedanken bereit, mich mit einem harten Kern des Duldens abzufinden. Mein Vater rief an mit der Neuigkeit, daß Edmund einen Sohn hatte. Von Constance begannen Briefe über die Möglichkeit einer Doppeltaufe einzutreffen. Das lange Nachspiel meiner katastrophalen Heirat schien mich wieder zu überwältigen, doch ehe ich dazu kam, der Verzweiflung ein zweites Mal den Weg freizugeben, wurde ich durch eine Krise in Oxmoon abgelenkt.

Inzwischen hatten wir Anfang November, und als die Nachricht von der Krise mich erreichte, war ich gerade aus Swansea zurückgekommen, wo ich Marian von ihrer Privatschule abgeholt hatte. Nachdem Daphnes Ansicht, daß keine respektable Gouvernante lange in Penhale Manor ausharren würde, sich als richtig erwiesen hatte, war es mir nicht schwergefallen, mich davon zu überzeugen, daß es für Marian gut wäre, eine Schule zu besuchen. Rhiannon und Dafydd gingen weiter auf die Dorfschule, da Bronwen mein Angebot, auch ihre Kinder privat unterrichten zu lassen, abgelehnt hatte. Es war nicht unnatürlich, daß auch Marian auf die Dorfschule wollte, und als ich das ablehnte, wurde ich unweigerlich in abstoßende Erklärungen verwickelt. Streit gab es nicht, da Marian schnell die Tatsache akzeptierte, daß Damen niemals Dorfschulen besuchten, aber ich sah voraus, daß das Klassensystem seine langen, grausamen Bajonette tief in mein Heim stoßen und mit der Zeit uns alle durchbohren würde.

«Wir müssen allen Kindern die gleiche Erziehung geben», sagte ich hartnäckig zu Bronwen, aber sie war genauso unnachgiebig in ihrer entgegengesetzten Meinung.

«Ich will nicht, daß meine Kinder Meinungen und Ansichten annehmen, die sie dazu bringen werden, auf ihre eigene Klasse herabzusehen», sagte sie. «Es würde nicht zu ihrem Glück beitragen. Dafydd will Automechaniker werden und nicht ein Gentleman, und wenn Rhiannon die Erziehung einer Dame erhält, wird sie nachher für die Jungen ihrer eigenen Klasse zu gut, für die besseren Jungen aber nicht gut genug sein.»

In dieser Bemerkung lag zweifellos viel Wahrheit, aber ich sah voraus, daß die Situation sich verschärfen würde, wenn den Kindern ihre Unterschiede bewußt werden würden. Marian waren sie schon nur zu gut bekannt. Noch an diesem Nachmittag war ich im Wagen genötigt gewesen, sie wegen einer anmaßenden Bemerkung über Rhiannon zu tadeln.

Bei unserer Ankunft zu Hause stürmte Marian ins Speisezimmer, wo alle beim Tee versammelt waren, und ich ging in die Garderobe, um Mantel und Hut abzulegen. Ich war gerade wieder in die Halle zurückgekehrt, als mich ein dröhnendes Klopfen an der Eingangstür erschreckte.

Es war Thomas mit dem denkbar blassesten Gesicht. Ich erkannte sofort, daß er völlig verstört war.

«Hallo», begrüßte ich ihn überrascht. «Wo fehlt's denn?»

«Es ist der alte Knacker.»

Ich führte ihn in mein Arbeitszimmer, doch gerade als ich den Mund aufmachte, um ihn für die respektlose Bezeichnung unseres Vaters zu tadeln, brach er in dem nächsten Sessel zusammen, als ob er eine Zuflucht gefunden hätte, und ich erkannte, daß Vorwürfe jetzt nicht angebracht waren. Seine Lippen zitterten. Es gelang ihm, die Mundwinkel in der üblichen Weise herunterzuziehen, doch als er sprach, war seine Stimme stockend.

«Hast 'n Stäbchen?»

Ich gab ihm eine Zigarette. «Was ist passiert?»

Thomas zog tief den Rauch ein, und es gelang ihm mit beiläufiger Stimme zu sagen: «Der alte Knacker ist übergeschnappt. Na ja, klar, gaga ist er immer wieder mal, schon lange, das wissen wir ja alle, aber diesmal ist es schlimmer, diesmal war es das letzte, diesmal ist es absolut verflucht –» Die Stimme versagte ihm.

«Was ist denn geschehen?»

«Wir bekamen Streit wegen dem Besitz. Der alte Knacker will mich einfach an nichts ranlassen. Also, ich hatte ja nichts dagegen, eine Zeitlang rumzugammeln, um mich von der verdammten Schule zu erholen, aber dann langweilte ich mich und wollte was zu tun haben und fragte ihn vor einem Monat, ob er mir nicht beibringen wollte, wie man so einen Besitz verwaltet, aber er sagte nein, dazu wäre ich noch zu jung und ich sollte auf der Schule sein. Wir bekamen also Streit miteinander, und darum ging ich nach Daxworth und lernte da was über Kühe, aber das langweilte mich bald, weil ich nicht glaube, daß Kühe die Tiere sind, die mich interessieren, und darum meinte ich, ich sollte mich wieder für Gutsverwaltung interessieren, und heute nachmittag, als er fort war, schlich ich mich in die Bibliothek und warf einen Blick in die Bücher ...»

«– und dabei hat er dich erwischt.»

«Ja. Meine Güte, war der verdammt wütend!»

«Also, ich finde schon, daß er ein Recht hatte, wütend zu sein, da du in seinen Privatpapieren herumgeschnüffelt hast, aber andererseits überrascht es mich, daß er sich nicht über deinen Eifer, etwas zu lernen, freute.» Ich versuchte meine Verwunderung zu unterdrücken, warum mein Vater so ungewöhnlich empfindlich reagierte, nur weil jemand seine Abrechnungen sehen könnte. «Was geschah dann?»

Thomas antwortete nicht sofort. Seine blauen Augen spiegelten komplexe Empfindungen wider, Zorn und Haß mischten sich mit einer tiefen Verzweiflung, und während ich ihn beobachtete, erkannte ich, daß die Verzweiflung in ihm Oberhand gewann.

«Heraus mit der Sprache, Thomas. Du wirst dich besser fühlen, wenn du dich mir anvertraut hast.»

Aber er schwieg weiter und kämpfte gegen seine Gefühle an. Schließlich murmelte er: «Ich will nicht illoyal sein.»

Das rührte mich, weil es zeigte, wie sehr er seinen Vater liebte, aber es beunruhigte mich auch, und bedrückend wurde mir bewußt, daß ich mich mitten in einem Gespräch befand, das sehr viel entscheidender war, als ich gewünscht hatte.

«Das ist keine Frage der Loyalität, Thomas», entgegnete ich rasch. «Er ist ebensosehr mein Vater wie deiner, und ich weiß sehr genau, daß er psychischen Störungen ausgesetzt ist. Was hat er getan? Hat er dich geschlagen?»

«Nein. Mein Gott, ich wünschte, er hätte es getan. Das hätte mir nichts ausgemacht. Aber er tat es nicht. Er schrie mich an, und dann – ganz plötzlich – verlor er völlig die Fassung und rief: ‹Ich kann nicht mehr mit dir fertig werden!›, und dann lief er in die Halle hinaus und rief nach Mama.»

Danach schwiegen wir. Thomas biß sich auf die Lippe, schmollte, aber schließlich zog er wieder seine Mundwinkel herunter. «Der dumme alte Knacker», murmelte er wild. «Ich hab' mich so für ihn geschämt.»

«Ich wäre auch schockiert und entsetzt gewesen», sagte ich sofort und unterstellte damit, daß Schock und Entsetzen unter den gegebenen Umständen zulässige Empfindungen waren. «Was hast du dann getan?»

«Nichts. Ich war zu ... also, ich blieb einfach da, wo ich war. Dann kam Milly, aber er sagte, er wolle seine Frau und nicht das Stubenmädchen.»

«Himmel. Wie hat Milly darauf reagiert?»

«Sie sagte: ‹Sehr gut, Mr. Godwin, aber wollen Sie sich nicht einen Augenblick hinsetzen, während ich Ihnen ein kleines Glas Champagner hole?› Dann folgte eine schreckliche Stille, und ich dachte schon, mir würde schlecht werden, als Papa sagte: ‹Milly›, und in Tränen ausbrach. Mein Gott, John, es war so absolut verflucht ...»

«Verflucht, ja. Ist es dir dann gelungen zu entkommen?»

«Nein, Milly sagte, ich sollte ihr helfen, ihn nach oben zu bringen. Er zitterte und weinte und konnte kaum stehen, aber es gelang uns irgendwie, ihn in sein Zimmer hinaufzubringen, ohne daß jemand vom Personal es sah. Dann sagte Milly zu mir: ‹Geh aus dem Haus für eine Stunde – gehe sofort aus.› Sie war dabei so heftig und ungeduldig, als sie das sagte, daß ich sofort hinunterging, aber als ich in der Garderobe war, wurde mir schlecht, und ich übergab mich und beschmutzte mein Hemd, darum ging ich noch einmal hinauf, um mich umzuziehen, und dann hörte ich Geräusche aus dem Schlafzimmer, grauenhafte Geräusche, und ich konnte es nicht ertragen, und mir wurde wieder schlecht –»

«Ja, schon gut, Thomas, du brauchst nicht mehr darüber zu sagen.»

«Es waren diese Geräusche – er schrie irgendwie –»

«Setz dich wieder. Ich hole dir einen Cognac.»

Mit der Karaffe und zwei Gläsern kam ich aus dem Eßzimmer zurück und schenkte jedem von uns einen kräftigen Schluck ein. Thomas trank seinen zu schnell und würgte daran. Dann flüsterte er: «Ich will jetzt nicht dahin zurück.»

«Nein, selbstverständlich nicht. Ich käme nicht im Traum auf diesen Gedanken. Du kannst hierbleiben, solange du magst. Ich fahre jetzt rüber nach Oxmoon und nehme mir Milly vor und sorge für Ordnung.»

Thomas war zu überwältigt, um sprechen zu können, aber nicht so sehr, daß er nicht nach der Karaffe griff, um sich noch einmal einzuschenken. Als er den Cognac hinuntergestürzt hatte, sagte er: «Du bist der einzige meiner verdammten Brüder, der jemals mehr als einen Kübel Schweinescheiße für mich gegeben hat. Tut mir leid, daß ich in der Vergangenheit immer so biestig zu dir gewesen bin. Wahrscheinlich war ich eifersüchtig. Mir paßte es nicht, wenn der alte Knacker dir immer so schmeichelte, aber ich bezweifle, daß du das je verstehen wirst –»

Ich begann ihm zu erzählen, wie eifersüchtig ich in seinem Alter auf Robert gewesen war, aber er war zu aufgewühlt, um mir zuzuhören.

«Ich hasse Robert», unterbrach er mich. «Ich hasse alles und jeden außer dir – die Welt, das Wetter, Frauen, Politik, Ramsay MacDonald, Stanley Baldwin, die Bolschewisten, den Prince of Wales, Harrow, die Engländer, die Deutschen, Pfarrer, Gott, den Teufel und den verdammten Sex. Ich hasse das alles, und ich mag nur Tiere und dich – Tiere sind besser als Menschen, weil sie einen nicht im Stich lassen, und du bist so gut wie ein Tier. Du bist das einzige anständige menschliche Wesen, das ich kenne, und mir ist es egal, mit wem du schläfst.»

Unauffällig schob ich die Cognac-Karaffe fort, als seine Hand sich in ihre Richtung bewegte, aber meine Empfindungen waren alles andere als unbeteiligt. Ich dachte an Thomas, der aus einer sicheren, liebevollen, unschuldigen Welt, die meine Mutter für ihn geschaffen hatte, in die Welt der Milly Straker hinausgeschleudert worden war, und hatte eine lange eisige Vision des moralischen Debakels meines Vaters. Dann verglich ich plötzlich die von Schluchzen geschüttelte Marian mit dem glücklichen kleinen Mädchen, das in seinem Kinderzimmer vor Blanche seine Nachtgebete aufgesagt hatte, und wieder tauchte vor meinen Augen ein Rad auf, das mich mit Schrecken erfüllte.

Ich verschloß meine Gedanken davor. Mühsam erhob ich mich von meinem Platz und sagte abrupt zu Thomas: «Ich werde Mrs. Wells bitten, ein Zimmer für dich herzurichten, und Bronwen Bescheid sagen, daß du bei uns bleiben wirst.»

Eine Stunde später, als Thomas im Haus sicher installiert war, fand ich mich wieder einmal auf dem Weg nach Oxmoon, dem Beginn einer weiteren Reise durch die Hölle.

16

«Sehr viel besser für Thomas, wenn er bei Ihnen ist, Bester», sagte Milly. «Ich werde sofort ein paar Koffer mit seinen Sachen packen. Was Ihren Vater angeht, so habe ich ihn in der Bibliothek untergebracht, weil er immer glücklich ist, wenn er da in seinen Papieren kramen kann, aber seien Sie nicht überrascht, wenn Sie ihn nicht ganz bei sich finden.»

Mein Vater sah besser aus, als ich erwartet hatte, aber er war keineswegs erfreut mich zu sehen. Er saß vor den Geschäftsbüchern des Besitzes am Bibliothekstisch, und sobald ich den Raum betrat, blickte er über seine Brille argwöhnisch zu mir auf.

Ich bat um seine Zustimmung, mich eine Weile um Thomas kümmern zu dürfen. «Ich glaube, er kann mir auf dem Gut ganz nützlich sein», sagte ich, «und ich würde mich freuen, ihn bei mir zu haben.»

«Ja, sehr gut. Sorge du für ihn. Ich werde nicht mehr mit ihm fertig. Er ist zu schwierig geworden.»

Ich dachte an den starken, fähigen Vater meiner frühen Erinnerungen. Als ich wieder sprechen konnte, sagte ich: «Papa, da ist eine Frage, die ich gern mit dir erörtern möchte, aber wenn sie dich zu sehr erregen sollte, erwarte ich natürlich nicht, daß du mir darauf antwortest. Willst du Thomas aus dem Haus haben, weil er dir zu schwierig ist oder weil du dich vor seinem Interesse an den Geschäftsbüchern des Besitzes fürchtest?»

«Ich weiß nicht, was du damit meinst», entgegnete er sofort, aber er hatte sehr wohl verstanden. Er sah mich wütend an.

Wieder einmal mußte ich eine Pause einschalten, ehe ich mich aufraffen konnte, fortzufahren. «Ich habe mich gefragt, ob der Besitz jetzt nicht zuviel für dich wird, nachdem du – wie du selbst eingeräumt hast – nicht mehr ganz so jung bist, wie du einmal warst. Wenn ich in irgendeiner Weise helfen kann –»

«Absolut nicht», sagte mein Vater, «du hast dich da rauszuhalten.»

Wieder folgte ein Schweigen. Ich erinnere mich, daß ich in der unbeteiligten Weise, die manchmal bei bedrückenden Umständen auftritt, dachte, einem außenstehenden Beobachter müsse unser Gespräch befremdlich zusammenhanglos erscheinen.

«Willst du mit Robert sprechen?» fragte ich schließlich. «Vielleicht könnte er dir zu deiner Hilfe einen erstklassigen Agenten vermitteln.»

«Ich werde allein fertig. Geh jetzt und höre mit deinen Versuchen auf, dich in meine Angelegenheiten zu mischen.»

Aber ich hielt ihm stand, während ich herauszufinden suchte, wie ich ausdrücken könnte, was ich als nächstes zu sagen hatte, und erwiderte schließlich: «Ich verstehe völlig, warum du mich an der Verwaltung des Besitzes nicht beteiligt sehen willst, und selbstverständlich akzeptiere ich deine Entscheidung vorbehaltlos. Aber kann ich dir vielleicht bei deinem Privatvermögen behilflich sein? Ich könnte mich etwa um die Korrespondenz mit deinem Börsenmakler, deinen Buchhaltern, der Steuerbehörde kümmern –»

«Ich beschäftige keine Buchhalter. Geldverschwendung. Ich bin gut im Umgang mit Geld, war es immer. Habe einen Kopf für Zahlen.»

«Das weiß ich. Aber ich dachte, vielleicht könnte ich dir in den Zeiten helfen, in denen es dir nicht gutgeht.»

«Nicht nötig. Ich habe Milly. Auch sie hat einen guten Kopf für Zahlen. Wunderbar klug ist sie, denkt genau wie ein Mann.»

Das Gespräch versickerte wieder in Schweigen. In der folgenden Zwischenzeit formulierte ich im Kopf meinen nächsten Satz mehrmals, ehe ich die Version fand, die mich befriedigte.

«Wie erfreulich», sagte ich. «Ich wußte nicht, daß du ihr Vollmacht erteilt hast.»

Sofort packte meinen Vater die Wut. «Welche Vollmacht? Ich werde niemand eine Vollmacht erteilen. Wie kannst du wagen zu unterstellen, daß ich unfähig bin, meinen Namen zu schreiben?»

«Ach, ich verstehe. Milly stellt lediglich die Schecks aus.»

«Ich weigere mich, noch länger diesem Kreuzverhör unterworfen zu werden. Geh jetzt und laß mich in Frieden.»

Ich verließ ihn. Oben in Thomas' Zimmer fand ich Milly, die mit dem Einpacken von seinen Kleidungsstücken gerade fertig war.

«Ich möchte Sie warnen», sagte ich, «daß ich weiß, daß Sie sich in die finanziellen Angelegenheiten meines Vaters eingeschaltet haben, und daß ich vor Gericht gehen werde, wenn ich Hinweise finden sollte – auch nur den geringsten Hinweis –, daß Sie Ihre Position hier mißbrauchen.»

«Meine Position mißbrauchen, Bester? Aber ich tue nichts ohne seine schriftliche Anweisung! Für wie dumm halten Sie mich eigentlich?»

«Schriftliche Anweisungen sind bedeutungslos, wenn jemand nicht zurechnungsfähig ist und sich mit seinen Angelegenheiten nicht selbst befassen kann.»

«Also wirklich, Bester, was haben Sie doch für eine häßliche Phantasie! Ich bin sehr schockiert. Aber hören Sie zu, mein Freund. Wenn Sie meinen, daß Ihr Vater nicht fähig ist, sich um seine Angelegenheiten zu kümmern, dann gehen Sie doch zum Gericht und beantragen Sie eine gerichtliche Verfügung, aber jaulen Sie mir nicht die Ohren voll über unzulässige Beeinflussung, solange er nicht entmündigt ist, nicht geschäftsunfähig gesprochen wird und das Recht behält, seine Angelegenheiten so zu regeln, wie es ihm gefällt.»

«Ich wollte nur sicherstellen, daß Sie wissen, daß ich nicht beabsichtige, Diebstahl zu dulden.»

«Der Tag, an dem ich wegen Diebstahl ins Gefängnis komme,

John Godwin, ist der Tag, an dem Sie in ein Kloster gehen und Mönch werden. Ach, stellen Sie sich doch nicht so dumm, Bester. Wirklich. Ich bin völlig ratlos. Ich hatte gedacht, wir wären inzwischen Freunde?»

Ohne ein weiteres Wort ergriff ich die beiden Koffer und ging.

17

Bei meiner Ankunft in Little Oxmoon fand ein Ehestreit mit ohrenbetäubenden Ausmaßen statt, und obwohl ich inzwischen gelernt hatte, auf diese glühenden Wortgefechte nicht weiter zu achten, fiel es mir diesmal schwer, nicht hinzuhören.

«Nur wieder einmal eine kleine Meinungsverschiedenheit, Sir», sagte Bennett beruhigend, als er mich in die Halle einließ. Bei dem Geräusch von zersplitterndem Glas war ich zusammengezuckt. Im nächsten Augenblick kreischte Ginevra: « Also gut, dann stirb doch – je früher, desto besser!» Wieder folgte ein Krachen, ehe sie schluchzend in die Halle gestürmt kam. Sie sah mich und schrie: «Verprügele ihn, bring ihn um. Mir ist es egal!» und stolperte schwankend durch den Gang zu ihrem Schlafzimmer. Als Bennett und ich uns dem Salon näherten, wurden wir beinahe vom Gin-Dunst überwältigt, und beim Überqueren der Schwelle stellte ich fest, daß sie sowohl die Flasche als auch ihr Glas an die Wand geschleudert hatte.

«Oh, hallo John», grüßte Robert ungerührt. «Was bedeutet das? Zwei Besuche an einem Tag? Fange nicht an, dich im Namen der moralischen Pflicht wieder selbst zu kasteien. Meine Nerven würden das nicht aushalten. Bennett, schaffen Sie mich hier raus, ehe ich an Alkoholdünsten ersticke.»

Wir zogen uns in Roberts Schlafzimmer zurück. Sobald Bennett aus dem Zimmer war, sagte ich in einem Ton, von dem ich hoffte, daß er sachlich war: «Hat sie wieder zuviel getrunken?»

«Ja, aber das ist kein Grund, sich aufzuregen. Nur wieder eine ihrer Anwandlungen. Sie kommen und gehen wie das Lächeln der Mona Lisa.»

«Was hat sie denn aus der Fassung gebracht?»

«Mir ging es verdammt schlecht heute morgen. Mein Gleichgewichtssinn spielte verrückt, mein Sehvermögen war gestört. Gavin meinte, Ruhe könne helfen, und gab mir ein Beruhigungsmittel, und tatsächlich, als ich aufwachte, ging es mir besser.»

«Gott sei Dank.»

«Nein, vergeude deine Zeit nicht. Ich bin jetzt zu dem Entschluß gekommen, daß ich sobald wie möglich sterben muß.»

«Aber du wirst einen solchen Anfall vielleicht jahrelang nicht wiederbekommen –»

«Ich kann eine simple Unpäßlichkeit wie eine drückende Blase ertragen, aber der Gedanke, blind zu sein, und womöglich taub und stumm –»

«Aber ganz bestimmt –»

«Ach, halt doch den Mund! Ich will sterben, und ich werde mich zwingen, es zu tun. Menschen zwingen sich zu leben, oder etwa nicht? Ich weiß, daß ich es getan habe, bei Ben Nevis nach dem Unfall. Und jetzt werde ich mich also zwingen zu sterben. Der Tod will, daß ich noch zwanzig Jahre als Pflanze dahinvegetiere, aber ich werde ihn überlisten. Ich werde gewinnen.»

Da es mir unmöglich war, zu sprechen, beschäftigte ich mich damit, mir einen Stuhl heranzuziehen.

«Denk doch mal daran, in welchem Zustand ich war, John. Du wirst doch nicht wollen, daß ich nur noch wie eine Pflanze lebe?»

Ich schüttelte den Kopf. Aber ich flüsterte: «Ich werde so einsam sein.»

«Wir sind alle einsam» entgegnete Robert. «Wir werden allein geboren, wir leben allein und wir sterben allein. Jede Gemeinschaft ist vorübergehend und zum größten Teil bedeutungslos. Der Zustand des Menschen ist seinem Wesen nach tragisch. Frage jeden, der über achtzig ist und alle seine Freunde gehen gesehen hat, einen nach dem anderen.»

Da ich ihn durch Widerspruch nicht reizen wollte, sagte ich nichts dazu, und schließlich fragte er, warum ich schon wieder gekommen sei.

«Schlechte Nachrichten», sagte ich, «aber die können warten.»

«Stell dich nicht so dumm an. Kannst du nicht sehen, daß schlechte Nachrichten für mich wie ein tröstendes Licht erscheinen, nach allem, was ich durchgemacht habe? Gehe sofort zu Ginette und bringe sie her.»

Ich hatte größte Bedenken, Ginevra zu stören, aber als er darauf bestand, ging ich sie holen. Sie war ruhig, sah aber erschöpft und vernachlässigt aus und trug einen schmuddeligen Hausmantel.

«Robert meinte, du würdest gern dabei sein – in Oxmoon ist es zu einer neuen Krise gekommen und –»

«Oh, gut», sagte Ginevra. «Einfach himmlisch. Ich kann's nicht erwarten, die göttlichen Einzelheiten zu hören.»

Wir gingen zu Robert hinüber.

«Süß von dir, Darling, das rettet meinen Tag, und weiß Gott, der brauchte eine Rettung.» Sie setzte sich neben Robert und bedeckte seine Hand mit der ihren.

Voller Bewunderung für die Geduld der beiden begann ich von meinem Vater zu berichten.

18

«Was können wir tun, Robert?»

«Ich fürchte, die Antwort ist unverändert: alle verfluchen.»

«Aber es muß doch etwas geben!» rief Ginevra aus.

«Solange er von sich behauptet, daß es ihm gutgeht, wird es uns schwerfallen, vor Gericht zu beweisen, daß das nicht stimmt. Kannst du dir nicht einen Richter vorstellen, der wahrscheinlich selbst über siebzig ist und sagt: ‹Aber, aber, Mr. Godwin, ich selbst habe hin und wieder Schwierigkeiten, mich an etwas zu erinnern. Das geht uns allen doch so!› Nein, Papa müßte erst einen vollständigen Zusammenbruch haben, ehe wir erfolgreich behaupten können, daß er unfähig ist, seine Angelegenheiten wahrzunehmen.»

«Aber ich bin fest überzeugt, daß seine finanzielle Lage in ein heilloses Durcheinander geraten ist», sagte ich.

«Das mag durchaus so sein», sagte Robert, «aber es ist nach englischem Recht kein Verbrechen, wenn ein Mann seine finanziellen Angelegenheiten durcheinandergeraten läßt, und es ist kein Beweis für Geisteskrankheit, wenn er freiwillig Schecks unterschreibt, die seine Geliebte ausgestellt hat.»

«Wir warten also einfach ab», sagte Ginevra, «während Oxmoon zum Teufel geht, oder?»

«Gewiß, vorläufig müssen wir abwarten, aber falls Oxmoon wirklich ernstlich zum Teufel gehen sollte, müßten wir die ersten sein, die es erfahren. Setzen wir uns mit den Anwälten zusammen.»

Wir kamen überein, daß ich ein Gespräch mit Freddy Fairfax, dem Anwalt meines Vaters, suchen sollte, dann erbot ich mich, die wichtigsten Güter zu besuchen und mich beiläufig mit den Verwaltern zu unterhalten, um herauszufinden, ob die Gefahr einer Katastrophe unmittelbar bevorstand.

«Zwar vermute ich», sagte Robert, «daß der Besitz sich noch ganz gut einige Zeit durchwursteln kann, wahrscheinlich hat er aber mehr und mehr Verantwortung den Verwaltern überlassen, und das wäre ganz gut. Von der Verwaltung des gesamten Besitzes versteht Straker jedenfalls nicht genug, um da viel verderben zu können.»

«Und sein Privatvermögen?»

«Das ist hoffnungslos. Da wird sie mit ihren Pfoten drankommen – und auch noch legal. Er wird es einfach verschenken.»

«Wenn er wenigstens jetzt schon einen Zusammenbruch bekäme –»

«Keine Chance. So ordentlich geht es auf der Welt nicht zu.»

Wir schwiegen alle drei und dachten über die Unordnung in der Welt nach.

«Ich sehe nicht ganz bis auf den Grund seines Schicksalsrades», sagte Robert, «aber nach und nach kommt mir der Verdacht, daß er sehr tief unten ist.»

«Das erinnert mich, Robert, wie hat Boethius die Schrecken der Prädestination umgangen?»

«Darling», sagte Ginevra, «was für eine gräßliche Frage. Wie kannst du nur?» Sie stand auf, sah sich selbst im Spiegel und zuckte zurück. «Mein Gott, ich sehe aus wie achtzig. Johnny, komm mit mir und trinke eine Tasse Kaffee. Robert, du solltest wieder ins Bett.»

«Der Schrecken einer vorausbestimmten Zukunft», sagte Robert, der die Ablenkung erleichtert begrüßte, «wird durch die Aussage umgangen, daß es keine Zukunft gäbe. Gott ist außerhalb der Zeit, und deshalb bestehen, soweit es Gott und seine vorausbestimmten Pläne betrifft, Vergangenheit, Gegenwart und Zukunft gleichzeitig. Das läßt den Einsatz eines individuellen Willens zu und erlaubt Gott, dennoch allmächtig zu bleiben.»

«Herrgott im Himmel!»

«Zugegeben, das ist schwach», sagte Robert sich entschuldigend, «aber der nachklassische Geist hat oft viel zu wünschen übriggelassen.»

«Ich finde das alles sehr himmlisch», sagte Ginevra gelangweilt. Sie läutete nach Bennett und zog sich in den Salon zurück.

Als ich ihr später folgte, trank sie schwarzen Kaffee und studierte das Etikett einer Aspirinpackung in ihrer Hand. Ich schenkte mir selbst Kaffee ein und setzte mich zu ihr.

«Nur Abwehr des unvermeidlichen Katers», sagte sie und legte die Packung fort. «Tut mir leid, daß wir uns so schrecklich aufgeführt haben, als du kamst, aber dieser Vormittag war ein schlimmer Schock.»

«Meinte er ernst, was er übers Sterben sagte?»

«Teils ja und teils nein. Er hält durch, solange er in seinem Rollstuhl sitzen und mit Menschen reden kann. Damit kann er sich abfinden. Aber über diesen Punkt hinaus . . . ja, da wäre er besser tot, und das weiß er. Ich weiß es auch, aber ich könnte ihn nicht töten. Das habe ich ganz klargemacht. Ich glaube, Gavin könnte es, wenn die Entwicklung jedes erträgliche Maß überschreitet. Aber Ärzte müssen selbstverständlich ungeheuer vorsichtig sein. Gavin besonders.» Sie hatte ihre Zigarette betrachtet, während sie sprach, doch jetzt sah sie mich voll an. «Hat es irgendwelche Gerüchte gegeben», fragte sie, «wegen Gavin und mir?»

«Keine.»

«Gut. Robert machte sich Sorgen, Gavin könnte in Schwierigkeiten kommen und es könnte dazu führen, daß ihm die Approbation entzogen würde, aber Gavin wird mit einer gefährlichen Situation fertig, ohne daß er gleich den Kopf verliert. Gavin ist zäh – und ich bin vorsichtig.» Sie rauchte nachdenklich ein paar Züge. «Gavin versteht, was ich für Robert empfinde», sagte sie. «Von den anderen konnte das keiner. Gavin versteht auch Robert und Robert mag ihn – Robert ist froh, daß ich jemand habe, dem er vertrauen und den er billigen kann, verstehst du, wir sind also alle sehr eng bei ... aber welche Worte können das schon wiedergeben? Es ist tröstlich – ja, das ist es: tröstlich – und nicht nur für mich, sondern für uns alle. Wir alle profitieren.»

«Ich bin froh.» Ich wartete, während sie mir Kaffee nachschenkte. Dann fügte ich hinzu: «Ich hatte keine Ahnung. Wahrscheinlich bin ich von meinen eigenen Angelegenheiten zu sehr in Anspruch genommen.»

«Nun ja, davon kannst du auch, weiß Gott, voll in Anspruch genommen sein. Aber trotzdem. Obwohl du gegenwärtig nicht sehr viel Zeit hast, wünschte ich, der arme Bobby würde sich von dir mit Oxmoon helfen lassen. Warum will er das nicht? Was meinst du?»

Ich dachte an Bronwen, die mich gedrängt hatte, wahrhaftig zu sein. «Er traut mir nicht, meint, ich könnte doch noch den Schurken spielen und Robert hintergehen.»

«Rede kein dummes Zeug, Darling. Du meinst, er traut sich selbst nicht, dir nicht doch noch Oxmoon zu geben und sofort unter Gewissensbissen zu sterben.» Sie lächelte, aber ihre Augen waren wachsam. «Und das wäre für dich keine so große Tragödie, oder?»

«Möglicherweise nicht.» Ich dachte ständig an Bronwen. «Manchmal bin ich auf Oxmoon begierig», gab ich zu, «selbstverständlich bin ich das. Aber ich könnte es nicht durch Betrug oder Nötigung an mich bringen. Ich könnte es nur annehmen, wenn ich überzeugt wäre, daß Papa und Robert das wollten.» Ich lächelte ihr plötzlich zu und sagte: «Ich muß das tun, was richtig ist, wenn ich dem Heim Mariä Himmelfahrt aus dem Weg gehen will.»

«Johnny, Darling!» rief Ginevra aus und küßte mich. «Wie begeistert würde deine arme alte Großmutter sein, wenn sie wüßte, welchen stärkenden Einfluß sie jetzt ausübt.»

Mir wurde geglaubt. Während ich ihre Hände hielt, wurde mir ihr Vertrauen bewußt. Es ließ mich wünschen, mir auch zu glauben.

Sie begleitete mich zu meinem Wagen hinaus, und als wir die Haustür öffneten, stellten wir fest, daß zwar der Mond nicht zu sehen war, aber die Sterne leuchteten. Es war kalt.

«Danke, daß du mir das mit Gavin anvertraut hast», sagte ich.

«Ich dachte, du könntest dir Sorgen machen, falls jemand betroffen werden sollte.»

Wir umarmten uns noch einmal.

«Mein Gott», sagte Ginevra, «was für ein Leben!»

«Was für ein Leben. Macht nichts. Durchhalten! Nicht aufgeben! Weiterkämpfen!»

«Darling, wie himmlisch – gerade wie ein Gedicht von Kipling! Das gibt mir den Mut zu sagen, weg mit dem alten Schwätzer Boethius und seinem Rad des Schicksals.»

Wir lachten und schöpften Kraft voneinander. Dann verließ ich sie, stieg in meinen Wagen und fuhr wieder in die Dunkelheit hinaus.

Zehntes Kapitel

I

Es dauerte noch vier Jahre bis zum völligen Verfall meines Vaters, und während dieser ganzen Zeit versanken Bronwen und ich ständig tiefer in dem sich zusammenballenden Chaos. Ein Teil unserer ursprünglichen Schwierigkeiten war gelöst: der häusliche Ärger fand mit dem Eintreffen von Mrs. Wells ein Ende; Marian erholte sich von ihrem anfänglichen Elend; die Kinder gewöhnten sich in erträglicher Weise aneinander. Das wichtigste von allem, Bronwen und ich gewannen eine tiefe persönliche Zufriedenheit, die im Haus eine glückliche Atmosphäre schuf, und gegen Ende des Jahres 1927 schien es, als hätten wir einen Lebensrhythmus entwickelt, der die Unterschiede zwischen uns überbrückte.

Das waren die Flitterwochen. Danach wurde das Leben zunehmend weniger leicht.

Zunächst war für Bronwen das Dasein in Penhale Manor so einschüchternd, daß sie sich oft für lange Stunden in die Kinderzimmer zurückzog und dem Personal aus dem Weg ging, doch nach und nach paßte sie sich dem Leben in einem Haus an, das für ihre Begriffe groß war, und wurde selbstbewußter. Um ihr zu helfen, änderte ich meine täglichen Gewohnheiten. Wir dinierten nicht um acht Uhr für uns allein, wie ich es mit Constance oder Blanche gewohnt war, sondern nahmen statt dessen mit allen Kindern um sieben Uhr eine ungezwungene Mahlzeit ein. Das war lange nach Harrys üblicher Bettgehzeit, aber Bronwens Kinder schienen ohne irgendwelche nachteiligen Folgen länger aufzubleiben, und meine Kinder waren über diese Verlängerung ihres Tages begeistert. Wenn sie dann alle im Bett lagen, war der Abend schon weit vorgeschritten, aber Bronwen und ich hatten wenig Neigung, viel Zeit allein in Blanches Salon zu verbringen, und zogen uns in unser Schlafzimmer zurück, dessen Einrichtung bald durch Sessel und einen Tisch ergänzt worden war. Hier war es Bronwen, die sich vor der einschüchternden Eleganz der Gesellschaftsräume unten scheute, möglich, sich zu entspannen, und bald fühlte auch ich mich von der gemütlichen Formlosigkeit des Zimmers angezogen. Unnötig zu sagen, daß es nicht das Schlafzimmer war, das ich mit Blanche geteilt hatte. Es gab ein weiteres, ebenso großes Zimmer auf der anderen Seite des Hauses, und Blanches Zimmer wurde für Gäste bereitgestellt, die nie kamen.

Aber ich lebte in Frieden mit Blanche. Auch Bronwen fürchtete die Erinnerungen an Blanche nicht, wie sie gegenüber Marian bewiesen hatte, und durch ihre mystische Anerkennung von Blanches früherer Gegenwart im Haus fühlte ich mich von vergangener Schuld erlöst. Einmal fragte ich Bronwen: «Bist du sicher, daß sie dich nicht bedrückt?»

Zu meiner Überraschung antwortete sie lediglich: «Warum sollte sie? Sie war ein guter Mensch. Alle Erinnerungen sind freundlich.» Und mit dieser schlichten Aussage brachte sie Harmonie in eine Situation, die sich leicht als zu komplex hätte erweisen können, um gelassen ertragen zu werden.

Bedauerlicherweise erstreckte die harmonische Atmosphäre im Haus sich nicht über die Mauern hinaus. Niemand schnitt mich vollkommen, aber mir entging auch nicht, daß sich niemand beeilte, mich zum Essen einzuladen, und bald wurde es klar, daß ich als Klassenverräter betrachtet wurde. An sich störte mich das nicht, da ich mehr als bereit war, mich zu einem Verrat dieser Art zu bekennen, aber aus Stolz war ich entschlossen, kein gesellschaftlicher Paria zu bleiben, und nach sorgfältiger Überlegung trat ich einem Golfclub in Swansea bei.

Dann erkannte ich, daß alle Welt nur sehnsüchtig auf ein Signal gewartet hatte, um mich wieder wie einen normalen Menschen behandeln zu können, und als ich mit bescheidenem Können Golf spielte und danach an der Bar Drinks zu mir nahm, waren die Leute bald bereit, meinem Privatleben gegenüber ein Auge zuzudrükken. Ich erkannte jetzt, wie klug es gewesen war, nicht offen mit Bronwen zusammenzuleben. Wahrscheinlich wäre mir unter diesen Umständen die Mitgliedschaft in dem Club verweigert worden. Aber als ein Mann, der zwar von seiner Frau getrennt lebte, aber den Anschein aufrechterhielt und mit seinen Kindern ruhig in Penhale Manor wohnte, war ich bei einigem guten Willen und etwas Phantasie annehmbar.

Einladungen zum Abendessen trafen für mich ein. Später gab ich sogar selbst eine Abendgesellschaft in Penhale Manor und bat Ginevra, als Gastgeberin zu fungieren. Bronwen, die meine Entschlossenheit, kein gesellschaftlicher Paria zu werden, aus vollem Herzen billigte, blieb dankenswerterweise oben. Im Grunde war ich mit meinem Erfolg bei der Überwindung der Mißbilligung meiner Klasse so zufrieden, daß es einige Zeit dauerte, bis ich begriff, wie tief Bronwen von der Mißbilligung ihrer eigenen Klasse getroffen war.

Doch wie üblich, wenn es um Bronwens Wohlergehen ging, war ihre Schwester nur zu bereit, mich aufzuklären, sobald sie der Meinung war, es sei an der Zeit, etwas zu unternehmen. Ich wurde informiert, Bronwen fürchte sich jetzt so sehr vor unangenehmen Begegnungen, wenn sie das Haus verließ, daß Myfanwy sie zu Besuchen im Gutshaus abholte. Auch waren anonyme Briefe angekommen, die bemängelten, daß Evan erst elf Monate nach dem Tod von Gareth Morgan zur Welt gekommen war. Der Pfarrer in der Kapelle donnerte regelmäßig über der Sünde Lohn, und selbst der Vikar Anstey hatte seine launigen Kommentare über das Wetter eingestellt und beschränkte sich auf Einsilbigkeiten.

«Warum zum Teufel hast du mir nichts davon gesagt?» stellte ich Bronwen ärgerlich zur Rede. «Ich denke, es ist dein besonderer Stolz, ehrlich zu sein?»

«Ich glaubte, ich brauchte dir nichts davon zu sagen. Ich dachte, du wüßtest, wie es ist», sagte sie matt und fügte trotzig hinzu: «Mich kümmert's nicht.»

Es bekümmerte sie aber, als für Rhiannon und Dafydd das Leben in der Dorfschule schwer wurde, und bald gerieten wir wieder in schmerzliche Streitereien über die Erziehung der Kinder.

«Ich lasse sie nicht über ihrem Stand erziehen.»

«Aber siehst du nicht ein, daß durch diesen Standpunkt das Klassensystem verewigt wird? Wenn alle Kinder in der gleichen Weise erzogen würden –»

«Also gut, dann schicke deine Kinder in die Dorfschule! Warum müssen es meine Kinder sein, für die alles anders werden soll?»

«Weil privater Unterricht besser ist.»

«Für sie nicht! Jedenfalls kannst du Klassenunterschiede nicht dadurch ausbügeln, daß du alle gleich behandelst, weil nicht alle gleich sind und nie sein werden, und etwas anderes zu behaupten, ist einfach gefährlicher sozialistischer Quatsch, der Erwartungen weckt, die keinerlei Hoffnung auf Erfüllung haben. Ich bin durchaus dafür, das Los der Menschen zu verbessern, wie Mr. Lloyd George es mit seinen Wohlfahrtseinrichtungen getan hat, aber ich werde das Leben meiner Kinder nicht dadurch ruinieren, daß ich sie entwurzele.»

«Und wie verhalten wir uns bei Evan? Was meinst du in –»

«Oh, ich weiß, daß ich bei Evan keine Aussicht habe, das zu tun, was ich will. Ich weiß, daß er mit acht Jahren auf ein Internat geschickt wird, obwohl ich das für gemein und grausam halte –»

«Du lieber Himmel!»

Der Streit wurde heftiger. Die Kontroverse hielt an. Wir standen auf den beiden Seiten des trennenden Abgrunds zwischen den Klassen und schrien uns gegenseitig an, bis ich schließlich sagte: «Klassenunterschiede sind schlecht, schlecht und noch mal schlecht – ich hoffe auf eine verdammte Revolution, die alle Klassen beseitigen wird.» Dann ging ich Golf spielen. Ich hatte Arbeit mit der Verwaltung vorliegen, aber ich empfand einen Rückzug in meine eigene Klasse als notwendig, und als ich zurückkam, stellte ich fest, daß Bronwen zu ihrer Schwester gegangen war, als ob auch sie einen derartigen Rückzug gebraucht hätte.

Wir schlichteten unseren Streit, aber das Problem erreichte seinen Höhepunkt, als Rhiannon bei der Vorstellung, in die Dorfschule gehen zu müssen, einen hysterischen Anfall bekam und Dafydd auf dem Spielplatz mit Steinen beworfen wurde. An diesem Punkt arrangierte ich, daß die Kinder auf eine Grundschule im nächstgelegenen Vorort von Swansea überwiesen wurden. Für den Schulweg bestanden keine Schwierigkeiten, weil entweder Willis oder ich Marian jeden Tag in ihre Privatschule in Swansea bringen mußten.

Bronwen weinte vor Erleichterung. Die Kinder, die ihre Arbeiterklassenerziehung fortsetzten, lebten sich ein, aber ich wußte, daß ihr

Dilemma lediglich gemildert worden war. Zu Hause führten sie ein einsames Leben, konnten nicht mit den feindseligen Kindern des Ortes zusammenkommen und wurden nicht in die Häuser eingeladen, die Harry und Marian regelmäßig zum Spielen oder zum Tee besuchten.

«Meine Güte, es ist alles so schwierig für sie», vertraute Marian mir an. «Fast so schwierig wie für mich, denn ich kann auch keine meiner Schulfreundinnen zu uns einladen.»

«Ich sehe deine Schwierigkeiten nicht, Marian. Sag doch einfach, Bronwen ist die Nanny und Rhiannon und Dafydd sind ihre Kinder.»

«Aber wie soll ich erklären, daß sie mit uns zusammen essen? Sie sind beide so gewöhnlich, und alles wirkt so merkwürdig –»

«Es tut mir leid, daß du das für so wichtig hältst.»

«Natürlich ist das wichtig!» tobte Marian. Sie verlor ihre frühreife Blasiertheit und wurde zu einem tränenreichen, zehnjährigen kleinen Mädchen. «Es ist absolut biestig, und ich wünschte, ich könnte bei Tante Daphne leben.»

Später sagte ich zu Bronwen: «Diese verdammte Daphne hat einen schlechten Einfluß auf Marian. Ich weiß, sie hält es für ungeheuerlich, daß Marian unter diesen Umständen aufwachsen soll.»

«Nun ja, aber du kannst Marians Besuche bei ihr nicht verhindern. Das wäre katastrophal.»

«Alles, was ich mit Marian mache, ist katastrophal», sagte ich. «Alles.»

«Es wird sich alles regeln, wenn wir erst verheiratet sind.»

«Ja, selbstverständlich», sagte ich, wußte aber, daß Marians Probleme weiterbestehen würden, da Daphne unsere Heirat als eine hoffnungslose Mesalliance ansehen würde.

Inmitten dieser Schwierigkeiten bot es mir eine willkommene Erleichterung, Thomas so viel wie möglich über die Verwaltung eines Gutes beizubringen. Tatsächlich stand ich vor gewissen Problemen mit dem Gut, und wenn meine anderen Ärgernisse nicht so zahlreich gewesen wären, hätten mich die eingetretenen Rückschläge durchaus deprimieren können. Mein ursprünglicher Plan, zusätzlich Getreide für den Verkauf anzubauen und mit Hilfe des Lastautos zu verkaufen, war im Grunde sinnvoll, aber eine Reihe nasser Sommer zu Beginn der zwanziger Jahre hatten meine abenteuerlichen Absichten völlig über den Haufen geworfen, und überdies war der Nachkriegspreis für Weizen im Jahre 1924 um etwa ein Drittel gefallen, außerdem erwies sich 1924 als eines der nassesten Jahre, die je verzeichnet worden waren. Ich erwog, völlig zur Rinderhaltung zurückzukehren und Getreide nur als Winterfutter anzubauen, aber am Ende entschloß ich mich abzuwarten, denn sowohl das Wetter wie auch die Weizenpreise konnten nur besser werden.

Inzwischen dachte ich auch daran, Schweine zu züchten. Thomas war begeistert von Schweinen, und mir kam der Gedanke, das beste Mittel, ihn vor Unheil zu bewahren, wäre ein Interesse zu fördern, das ihm die Möglichkeit bot, sich zu bewähren. Dementsprechend stimmte ich zum Entsetzen der beiden Meredith dem Plan eines Schweinestalls zu und besänftigte das Ehepaar mit dem Versprechen, beim Bau die vorherrschende Windrichtung zu berücksichtigen. Thomas war sehr aufgeregt, und während ich ihm zuhörte, wie er sich über die beste Methode ausließ, junge Eber zu kastrieren, erkannte ich, daß er weit besser zum Landwirt geeignet war, als ich es je sein konnte. Landwirtschaft um der Landwirtschaft willen interessierte mich nicht, sondern allenfalls Landwirtschaft als Geschäftszweig, und obwohl ich von der Sache genug verstand, um zu wissen, daß sie nicht wie ein Fabrikationsunternehmen betrieben werden konnte, neigte ich immer noch dazu, meinen Besitz ausschließlich aus dem Blickwinkel des Buchhalters zu sehen. Wenn mein Gewinn sank, aus Gründen, die zu kontrollieren außerhalb meiner Macht lagen, wurde ich ungeduldig und rastlos, obwohl ich wußte, daß ein echter Landwirt zwar ebenso enttäuscht, aber auch in der Lage sein würde, sich mit der Tatsache zu trösten, daß er immer noch ein Leben führte, das ihm Befriedigung bot. Ein solcher Trost stand mir nicht zur Verfügung. Ich wußte, daß ich wieder einmal mit meiner Karriere als kleiner Landbesitzer unzufrieden war, und begann mich zu fragen, ob ich nicht in Swansea, das als große industrielle Hafenstadt zweifellos viele verlockende Konferenzsäle für Direktoriumssitzungen aufwies, geschäftliche Möglichkeiten für mich finden könnte. Ich beschloß, die Beziehungen zu den Magnaten unter meinen Bekannten aus dem Golfclub zu pflegen.

Doch wenn ich auch im stillen mit meiner Situation unzufrieden war, Thomas war glücklich bei seinen Schweinen und brannte vor Begeisterung, und sogar ich begann sein Interesse für die Tiere zu teilen. Sie brachten einen schnellen Umschlag, vermehrten sich häufig und zahlreich. Soviel ich sehen konnte, boten sie Aussichten auf einen stetigen Gewinn. Das reizte mich.

Mit Erleichterung beobachtete ich auch, daß Thomas sein Leben in Penhale Manor gefiel. Ich ließ ihm eine gewisse Freiheit, so viel wie jeder junge Mensch in seinem Alter mit Recht erwarten durfte, aber ich stellte eine Reihe Regeln auf, deren Einhaltung ich verlangte. Er hatte höflich zu Bronwen zu sein, keine Schimpfwörter in Gegenwart der Kinder zu gebrauchen, pünktlich zu den Mahlzeiten zu erscheinen, konnte Wein und Bier trinken, unter keinen Umständen aber harte Getränke, und er hatte sich jeden Morgen um neun Uhr in meinem Arbeitszimmer zur Arbeit zu melden. Als Gegenleistung für die Beachtung dieses grundlegenden Kodex für zivilisiertes Verhalten empfing er die Belehrungen, die er wünschte, ein Dach über dem Kopf und Sicherheit. Das verwandelte ihn nicht augenblicklich in einen Engel, aber er besserte sich.

Mit Interesse entdeckte ich, daß er trotz seiner Abneigung gegen die Schule keineswegs dumm war, und obwohl seine stark voreingenommene, humorlose Persönlichkeit nicht nach jedermanns Geschmack war, besaß er eine kindliche Ader, die ich rührend fand. Seine Ergebenheit mir gegenüber, nachdem er sich einmal entschlossen hatte, sie mir entgegenzubringen, war so ausgeprägt, daß ich in seiner Gegenwart manchmal das Gefühl hatte, ich würde von einem großen Hund begleitet, hinter dessen gebleckten Zähnen ein Herz aus Gold schlug. Bronwen, die zunächst etwas beunruhigt über ihn gewesen war, fiel es bald leicht, freundlich zu sein.

«Du hast wahrscheinlich schon mit schönen Mädchen geschlafen, als du noch jünger warst als ich», sagte Thomas düster, und da ich diese Bemerkung als eine Bitte um Anleitung erkannte, sagte ich: «Eigentlich nicht», und erzählte ihm von meiner lange erhalten gebliebenen Unschuld, die dann zu meinem Sturmlauf zum Altar geführt hatte, als ich emotionell noch völlig unreif war. Thomas, den das Thema Frauen offensichtlich beunruhigte, war von diesem Bericht über meine jugendliche Enthaltsamkeit so angetan, daß ich die Gelegenheit wahrnahm, ihm ein paar nützliche Informationen über Sex zukommen zu lassen. Er war sehr interessiert und dankbar.

«Ich finde, du solltest heiliggesprochen und zum Schutzpatron der Jungen meines Alters erhoben werden», sagte er und schien überrascht zu sein, als ich trocken bemerkte, daß die meisten mich für völlig ungeeignet halten dürften, einen heranwachsenden Jugendlichen aufzuziehen.

«Die meisten? Ich hasse die meisten», murrte Thomas und schloß das Gespräch in seiner üblichen kriegerischen Weise ab. Doch wenn er auch gewohnheitsmäßig gehässige Reden führte, machte ich mir nie Sorgen, daß er je infolge von Gewalttätigkeiten in Schwierigkeiten geraten könnte. Für mein Privatleben mochte ich akute Besorgnisse gehabt haben, aber sie richteten sich nie auf Thomas.

Meine Besorgnisse wuchsen, als die Zeit verging und Constance sich weigerte, ihre Haltung gegenüber einer Scheidung zu ändern.

Am Ende gab ich es auf, sie zu besuchen, um über die Situation zu sprechen. Sie machte mich zu wütend, und Francesca verursachte mir zu große Schuldgefühle. Photos von Francesca kamen regelmäßig, aber ich konnte nicht ertragen, sie anzusehen, folglich schloß ich sie fort, sobald sie eintrafen. Bronwen schlug vor, es könnte vielleicht helfen, wenn wir sie gemeinsam ansähen, aber ich konnte ihr unmöglich zustimmen. Als sie schließlich erkannte, daß sie nichts beitragen konnte, um zu helfen, ruhte das Thema wie ein Bleigewicht zwischen uns.

Edmund schickte mir gelegentlich Photos von seinen Kindern. Auf seinen ersten Sohn folgte ein zweiter, und er war restlos glücklich. Da er seinen Entschluß, nicht mehr mit mir zu sprechen, bald bedauert hatte, trafen wir uns bei meinen seltenen Besuchen in der Hauptstadt zu einem Drink, aber er brachte immer Ausflüchte vor, um Gower nicht besuchen zu müssen. Zweifellos fand Teddy das häusliche Arrangement meines Vaters ebenso verdammenswürdig wie meines und hatte entschieden, daß sowohl Oxmoon als auch Penhale Manor außerhalb des Annehmbaren lägen.

Zunächst hatte ich erwartet, daß mein Vater über Edmunds Fahnenflucht gekränkt sein würde, doch später erkannte ich, daß er froh war, ihn nicht als Gast aufnehmen zu müssen. Er war mehr und mehr zu einem Einsiedler geworden. Ich hegte den Verdacht, der Grund dafür wäre, daß er angefangen hatte, seiner Fähigkeit, ein normales Gespräch zu führen, zu mißtrauen, denn Oswald Stourham, einer der wenigen seiner alten Freunde, die ihn noch regelmäßig aufsuchten, berichtete mir, «der arme alte Bobby ist nicht mehr der Mann, der er einmal war», und ich erkannte, daß er über neuerliche Anzeichen für den Verfall meines Vaters schockiert war. Wenn ich meinen Vater in Oxmoon besuchte, schien er sich zu freuen, mich zu sehen, aber nach Penhale Manor wollte er nicht kommen. Er schien sich tiefer und tiefer in sein Heim zurückzuziehen, und auch das Haus selbst schien sich zu verschließen, in sich zu versinken; die Farbe von den Fensterrahmen blätterte ab, die Mauern bedeckt mit abgestorbenen Ranken, auf dem Dach fehlte manche Schieferplatte. Ich hatte einmal mit meinem Vater über die Notwendigkeit von Reparaturen gesprochen, aber er war nur wütend geworden, und dadurch lernte ich, meine Gespräche mit ihm belanglos zu halten. Bei den Besuchen mit meiner Familie war er gegenüber Bronwen immer höflich, aber sprach mit mir niemals über sie, behandelte sie wie die Nanny und sprach sie mit Mrs. Morgan an. Mit einer Grausamkeit, die mich sowohl in Rage versetzte, als auch erschütterte, beachtete er Evan überhaupt nicht.

«Wahrscheinlich ist es für ihn leichter, so zu tun, als wäre Evan nicht von dir», meinte Bronwen, aber ich wußte, daß sie verletzt war. Inzwischen hatte Evan blondes Haar, grüne Augen und ein frisches, intelligentes kleines Gesicht. Ich dachte, jeder müßte stolz darauf sein, einen solchen Enkel zu haben, und ich war erbittert.

Als Evan zwei wurde, erwähnte Bronwen zum ersten Mal, daß es sie beunruhigte, weil er niemand hatte, mit dem er spielen konnte.

«Wenn er älter wird, kommt er in den Kindergarten», tröstete ich.

«Ja – und jeder wird wissen, daß er dein Bastard ist», schrie sie und brach in Tränen aus.

Die Tage waren lange vorüber, als wir noch zueinander sagen konnten: «Alles kommt in Ordnung, wenn wir erst verheiratet sind.» Ich sagte zwar, ich würde noch einmal mit Constance sprechen, aber wieder schrie Bronwen: «Du weißt verdammt gut, daß das nutzlos ist!» und rannte hinauf in unser Zimmer.

Eine sehr schwierige Auseinandersetzung folgte, in deren Verlauf Bronwen eingestand, wie unglücklich sie war, und sagte, sie glaube, daß auch ich unglücklich sei. Ich antwortete, ich sei nur unglücklich, wenn ich wüßte, daß sie unglücklich wäre, und bot ihr an, Gower zu verlassen und uns woanders niederzulassen.

«Nein, das wäre katastrophal.» Sie antwortete so spontan, daß mir klar wurde, sie hatte sich mit diesem Gedanken schon einige Zeit beschäftigt. «Wenn wir von hier fortgehen, bedeutet das, daß ich dich vollständig von deiner Familie und deinen Freunden abgeschnitten habe.»

Ich versicherte ihr nicht mehr, daß ich mir nichts anderes wünschte, als abgeschnitten zu sein. Ich sagte lediglich wahrheitsgemäß: «Ich bezweifle, daß wir dieses Problem lösen können, indem wir fortziehen, denn wohin wir auch gingen, die Leute würden schließlich erfahren, daß wir nicht verheiratet sind, und damit würden alle Schwierigkeiten wieder von neuem beginnen.»

Dazu sagte sie nichts. Das Schweigen vertiefte sich, und plötzlich überkam mich eine solche Angst, daß ich es nicht länger ertragen konnte. Ich packte sie so heftig, daß sie erschreckt aufschrie. «Du darfst nicht fortgehen», schrie ich sie an. «Du darfst mich nicht verlassen. Ich lasse dich nicht weg. Ich lasse es nicht zu.»

Wieder brach sie in Tränen aus und versicherte, das könne sie gar nicht. Eine Weile umarmten wir uns stumm, wußten aber beide, daß noch nichts gelöst war.

Schließlich sagte ich: «Sag mir, was ich tun kann, um dir das Leben erträglicher zu machen. Ich will alles tun, alles, was du willst.»

«Meinst du das wirklich?»

«Das weißt du doch. Ich schwöre es.»

Flüsternd sagte sie: «Ich möchte noch ein Baby.»

Wieder brach das Gespräch ab. Als ich sie freigab und mich abwandte, wurde die Stille nur durch das Trommeln des Regens an den Fensterscheiben und das Knistern des Feuers im Kamin unterbrochen.

«Ich fürchte mich nicht vor all den Schwierigkeiten, die kämen», sagte Bronwen endlich. «Ich hätte jemand für Evan, mit dem er spielen kann, jemand, der später da sein wird, wenn . . . wenn Evan auf die Schule kommt. Rhiannon und Dafydd werden fortgehen, sobald sie können, das weiß ich jetzt. Sie hassen es hier. Ich mache mir so große Sorgen um Dafydd, ich habe sogar schon daran gedacht, die Familie von Gareth zu fragen, ob sie ihn aufnehmen würden und er die Schule in Cardiff abschließen könnte. Es wäre besser für ihn. Er lehnt dich ab wegen dem Leben, das wir hier führen müssen . . . es ist alles so abstoßend . . .» Sie brach ab, aber es gelang ihr, die Tränen zu unterdrücken. Schließlich fügte sie hinzu: «Myfanwy hat mir angeboten, Rhiannon bei sich auf dem Hof aufzunehmen, und auch das könnte besser sein. Es wäre schrecklich für mich, aber ich könnte sie dort immer noch jeden Tag sehen, und Rhiannon wäre glücklicher . . . Das liegt an Marian, verstehst du? Marian ist nicht immer sehr freundlich.»

«Oh, Marian ist völlig unmöglich», sagte ich. «Das ist mir wohlbewußt.» Ich fing an, im Zimmer umherzugehen.

«Du willst selbstverständlich nicht noch ein Kind», sagte sie und erriet meine Gedanken. «Warum solltest du? Du brauchst keins mehr. Du hast deine Arbeit, deine Freunde, deine Wochenenden im Golfclub. Du bist nicht einsam, du bist nicht isoliert, du bist nicht gezwungen zuzusehen, wie deine Kinder dir entwachsen.»

«Nein», sagte ich. «Das stimmt. Aber wenn wir wieder ein Kind bekommen, dann bedeutet das, daß wir offen zusammenleben, und wenn du meinst, daß wir jetzt schon Schwierigkeiten haben, kann ich nur sagen, daß sie nichts im Vergleich mit den Schwierigkeiten sein werden, die wir dann bekommen.»

«Das ist mir egal. Wenn ich wieder ein Baby habe, mache ich mir aus nichts etwas, und überhaupt, es kann nicht schlimmer werden, als es jetzt schon ist.»

Aber ich dachte an Harry und Marian, die sich nicht länger hinter dem Vorwand schützen könnten, daß Bronwen die Nanny wäre. «Ich bin anderer Meinung», sagte ich.

Bronwen verlor die Selbstbeherrschung. In dem folgenden

schrecklichen Zwischenspiel enthüllte sich schließlich das ganze Ausmaß ihres Elends und ihrer Verzweiflung. Sie sagte sogar, daß sie unfähig wäre, sich vorzustellen, ohne mich zu leben, sei aber wieder versucht, zu ihren Cousinen nach Kanada auszuwandern.

«Schweig davon», schrie ich sie von Panik überwältigt an, als sich meine schlimmsten Befürchtungen bestätigten. «Drohe mir nicht damit.»

«Dann laß mich mein Baby haben.»

«Ach, hör doch auf, so verdammt selbstsüchtig zu sein.»

Wir waren jetzt sehr weit von den goldenen Sonnenuntergängen von St. Ives entfernt.

«Du bist derjenige, der verdammt selbstsüchtig ist – alles, woran du denken kannst, ist, was die Leute sagen werden, wenn wir offen zusammenleben – du bist schließlich auch nur ein verdammter Oberklassensnob.»

«Komme mir nicht mit Klasse und nenne mich einen Snob! Habe ich mich je darüber beschwert, daß ich nicht zu einer angemessenen Zeit zu Abend essen kann? Habe ich mich je darüber beklagt, daß du unsere Wohnräume nicht benutzen willst und wir unsere ganze Zeit in diesem verdammten Schlafzimmer zubringen müssen, das jetzt genauso wie ein verdammtes Arbeiterwohnzimmer aussieht?»

Sie schlug mich. Dann schrie sie, daß sie mich haßte.

Ich sank auf das Bett. Ich war blind vor Schmerz, aber schließlich bemerkte ich, daß sie mich schluchzend umschlungen hielt und mich bat, ihr zu verzeihen.

«Was soll ich dir verzeihen? Ich habe die Schuld an unserem Elend. Es ist alles meine Schuld.» Ich zog die Schublade von unserem Nachttisch auf, nahm die Verhütungsmittel heraus und ging zur Tür.

«Wo willst du hin?» fragte sie angsterfüllt.

«Das in der Toilette herunterspülen.»

Weniger als einen Monat später wurde unser zweiter Sohn gezeugt.

2

Am schwersten waren die Reaktionen meiner Familie zu ertragen.

«Großer Gott!» stöhnte Robert angewidert. «Ist es für Abbruch schon zu spät?»

«Ich nehme an, daß du keine Glückwünsche willst», kritzelte Edmund als Antwort auf meinen Brief, «darum spreche ich auch keine aus.»

«Edmund berichtete mir eine wirklich unerhörte Neuigkeit», schrieb Celia aus Heidelberg. «Es tut mir sehr leid – lieber Himmel, denk doch nur, was unsere teuerste Mama gesagt hätte ...»

«Also, wir wollen nicht darüber reden», sagte mein Vater, «je weniger gesagt wird, desto besser. Selbstverständlich wirst du jetzt völlig ruiniert sein, aber wir wollen so tun, als wüßte ich nichts davon. Ich möchte Mrs. Morgan und ihre Kinder nicht mehr sehen. Besuche mich sonntags wie üblich, aber bringe nur Marian und Harry mit.»

«Himmel, John», sagte Thomas. «Was ist passiert? Sich vorzustellen, daß es einen alten Kenner erwischt hat. Ist der Pariser geplatzt?»

Es gab nur eine Antwort, die ich auf all diese Äußerungen geben konnte, und ich gab sie. Ich sagte: «Wir wollten das Kind. Es ist nicht unsere Schuld, daß wir nicht verheiratet sein können, und jetzt haben wir uns entschlossen, ohne jeden Vorwand nach außen zusammenzuleben.»

Danach gelang es meiner Familie irgendwie, taktvolles Schweigen zu wahren, aber Milly sagte zu mir: «Sie kreuzigen das Mädchen, Bester. Sie überraschen mich. Ich hatte Ihnen mehr Vernunft zugetraut.»

Dieser Kommentar deprimierte mich so sehr, daß ich sogar Little Oxmoon aus dem Weg ging, weil ich mich nicht fähig fühlte, eine weitere negative Reaktion auf Bronwens Schwangerschaft über mich ergehen zu lassen, obwohl Ginevra gerade erst von einem Besuch in London zurückgekommen war. Doch am nächsten Morgen kam Ginevra mit den Armen voller Blumen zu uns, und Ginevra, die tapfere Ginevra, die mit dem Tod unter einem Dach lebte, rief strahlend: «Darling – so aufregend – ein neues Leben kommt auf die Welt, ich bewundere euch!» Nachdem sie uns beide geküßt hatte, blickte sie mir fest in die Augen und sagte: «Laß mich, sobald ich kann, wieder nach London fahren und mit Constance sprechen. Laß mich sehen, ob ich etwas erreichen kann.»

3

Inzwischen war es Frühjahr 1927, und London begann für mich so fern zu liegen wie der Mond. Ich gab mich nicht länger mit den Parlamentsberichten in der *Times* ab. Nach dem Generalstreik im Mai vergangenen Jahres hatte ich jedes Interesse verloren. Nachdem er versickert war, wußte ich, solange ich lebte, würde sich in Großbritannien nichts ändern. Es würde keine Revolution geben, die Klassengesellschaft würde verewigt – und das war ganz offensichtlich das, was die Briten sich wünschten. Völker bekommen die Regierungen, die sie verdienen, und jetzt waren die Konservativen wieder fest an der Macht.

Ich war wieder ein gespaltener Mensch, «gespalten in zween», besuchte meine Ländereien in Herefordshire, spielte den besseren Gutsherrn in Penhale, schrieb an meine Börsenmakler über meine Wertpapieranlagen und lebte wie ein radikaler Freidenker, trotzte der Gesellschaft, in der ich lebte, und haßte ihre grausamen Konventionen. Von dem heimlichen, aber versengenden Druck meines geteilten Lebens getrieben, begann ich zu lesen, wie ich nicht mehr gelesen hatte, seit ich von Oxford abgegangen war: gierig und wie unter Zwang. Um der rätselhaften, unlösbaren Natur meiner Probleme zu entkommen, begab ich mich auf einen Treck durch die Historie, stümperte in Philosophie und probierte es sogar unergiebig mit Religion und wußte doch immer, daß es dort keine Lösungen gab, und auch als Ginevra nach London fuhr, um Constance aufzusuchen, wußte ich, daß für sie keine Hoffnung bestand, eine Vereinigung für die beiden Hälften meines beladenen Lebens zu bewirken.

«Was für eine unmögliche Frau, Darling, wirklich schrecklich», sagte Ginevra, als sie zurückkam. «So bedrückend, ohne jeden Humor, und jetzt ist sie auch noch religiös geworden, sagte, Gott werde dich dafür strafen, daß du deine heiligen Eide gebrochen hast. Dann hatte sie noch den Nerv zu sagen: ‹Du bist eine so loyale und treuergebene Ehefrau – bestimmt mußt du auf meiner Seite stehen.› Wie ich meine Hysterie beherrschen konnte, weiß ich nicht mehr, aber es gelang mir, nüchtern darauf hinzuweisen, daß Loyalität und treue Ergebenheit nicht gedeihen können, wenn die Ehe ein Gefängnis ist, überhaupt keine Ehe ist. Aber selbstverständlich bewirkte das gar nichts, und sie sagte nur, es wäre ihre moralische Pflicht, dir bis zum Tod treu zu bleiben. Julie meint, Constance suhlt sich in Religion, um ihren Sexualtrieb zu sublimieren – ist das nicht komisch! Darling Freud, wie konnten wir in den alten Zeiten nur ohne ihn leben?»

Ich dankte ihr für ihren Versuch zu helfen und erkannte dann, daß sie noch weitere Neuigkeiten mitbrachte, obwohl sie unsicher war, wie sie sie vorbringen sollte. «Ich habe Francesca gesehen – so ein Püppchen, wenn sie auch noch keinem von euch beiden sehr ähnelt», begann sie schließlich tastend. «Aber du solltest Edmunds Richard sehen! Er sieht genau so aus wie Lion, wirklich ganz ungewöhnlich . . . Oh, und da ich von Lion rede, Darling, das erinnert mich, ich habe auch Daphne in London gesehen.»

«Ja?» sagte ich und versuchte nicht zu feindselig zu klingen. Ich wußte, daß Ginevra Daphne gern hatte, und sah sie sofort vor mir, wie sie zusammen im Ritz beim Tee saßen, über meine Lage diskutierten und herauszufinden versuchten, was um alles in der Welt geschehen könnte, um Marian zu retten.

«Ich erzählte ihr», begann Ginevra vorsichtig, «daß Harry seine gemeinsamen Stunden mit Kester beenden würde und im Herbst auf ein Internat soll, da er jetzt acht ist, und Daphne sagte, sie wolle Elizabeth in diesem Herbst auch fortgeben – nach St. Astrith in Surrey. Anscheinend ist das eine sehr gute Schule, und die Mädchen verleben dort eine so fröhliche Zeit, und Daphne ist überzeugt, daß Elizabeth es herrlich finden wird – genau wie ich hat Daphne es gehaßt, zu Hause von einer Gouvernante erzogen zu werden, und sie hat genau so eine gute Meinung wie ich von Internaten für Mädchen und . . . Also plötzlich, Darling, hatten wir genau den gleichen aufregenden Einfall: Warum sollte Marian nicht zusammen mit Elizabeth nach St. Astrith? Du weißt, wie eng sie befreundet sind, und es wäre für beide so schön . . . und seien wir ehrlich, Johnny, wäre es nicht auch von deinem Standpunkt aus gut, ebenso sehr wie von Marians? Ich erinnere mich, wie mir wegen Declan und Rory zumute war, als ich Robert geheiratet hatte. Ich betete sie an, aber jedesmal wenn sie auf der Bildfläche erschienen, waren Robert und ich völlig geschafft. Ich weiß, daß die Schule für Declan eine Katastrophe war, aber Rory liebte sie am Ende, und es war wirklich die beste Lösung – für alle.»

«Ja», stimmte ich zu. Ich stellte fest, daß ich weiter nichts zu sagen wußte.

«Bist du also dafür?»

«Ja.»

«Soll ich für dich mit Marian sprechen?»

Aber ich wußte, daß ich selbst mit Marian reden mußte. Ich glaubte, sie würde ein Spektakel aufführen, aber nachdem sie sich eine große Szene erlaubt hatte, in der sie mich beschuldigte, ich wolle sie loshaben, um die Erinnerung an ihre Mutter auszulöschen, war sie bereit zu glauben, daß ich ihr Wohlergehen im Sinn hatte.

«Wie schön wird es sein, daß ich endlich mit Mädchen meiner Art verkehren kann!» sagte sie zufrieden. «All die Mädchen, die ich gegenwärtig von der Schule kenne, sind wirklich sehr Mittelklasse, mußt du wissen, Papa, aber ich bin sicher, das wird in einem richtigen Internat ganz anders sein. Ich bin neugierig, wie viele Mädchen in meiner Klasse sein werden, die adelig sind.»

«Vermutlich keines. Die werden alle bei ihren Gouvernanten zu Hause sein.»

«Himmlisch für sie», sagte Marian und machte bei Ginevras sprachlichen Eigenheiten ebenso mühelos eine Anleihe, wie sie es bei Daphne gekonnt hatte. «Aber ich nehme doch an, daß sie nicht aus Häusern kommen, in denen die Nanny mit dem Herrn des Hauses im gleichen Zimmer schläft und sie Babies bekommen, ohne daß sie verheiratet sind.»

Sie stand vor mir, noch keine zwölf Jahre alt, blond, blauäugig und äußerlich ein Bild der Unschuld. Mein einziger Gedanke war, als ich den Wunsch unterdrückte, sie zu schlagen, wie entsetzt Blanche gewesen wäre, wenn sie uns gesehen hätte.

«Es tut mir leid, aber ich kann dir nicht erlauben, derartige Bemerkungen zu machen, Marian», sagte ich schließlich höflich, «und ich bin nur überrascht, daß du es für angebracht hältst, sie zu machen. Ich hätte erwartet, daß du zu derartigen Vulgaritäten nicht fähig bist.»

«Tante Daphne meint, es wäre ein Wunder, daß ich nicht noch vulgärer bin in Anbetracht der Beispiele, die mir geboten werden.»

Ich konnte nicht ernstlich glauben, daß Daphne eine solche Äußerung in Marians Gegenwart gemacht hatte, aber ich bezweifelte nicht, daß ich eine treffende Wiedergabe ihrer Gefühle zu hören bekam.

«Marian, ist es wirklich deine Absicht, mich sehr ärgerlich zu machen?» fragte ich, wußte aber, daß gerade das ihre Absicht war. Marian war selbst wütend und wünschte sich eine Chance, zu schreien und mich zu beschimpfen. Jedoch passierte es erst, als das Baby geboren war, daß sie mich dazu brachte, meine Selbstbeherrschung zu verlieren.

Das Baby war gesund und sah für ein Neugeborenes gut aus, rosa und weiß mit dunklem Haar und sanft geröteten Wangen. Wir wollten beide einen walisischen Namen, und Bronwen entschied sich für Geraint. Marian sagte, der Name wäre einfach scheußlich und sehr gewöhnlich (das war der Augenblick, in dem ich meine Selbstbeherrschung verlor), und Harry sagte, er verabscheue ihn und er würde das Baby statt dessen Gerry nennen. Wir versuchten, ihn zu überreden, das harte walisische G zu erhalten, aber er weigerte sich, und wir entdeckten bald, daß unsere englisch sprechenden Bekannten seinem Beispiel folgten.

«Nun ja, wenigstens wird er nicht Gerry getauft werden», sagte Bronwen. Das war, noch ehe ihr bewußt wurde, daß es keine Taufe geben würde. Anstey, der Vikar, hatte Evan ohne zu murren getauft, weil er geglaubt hatte, daß er der Sohn von Gareth Morgan wäre, aber ich wußte, daß er meine Vereinigung mit Bronwen nicht durch die Taufe eines offenkundig illegitimen Nachkommens sanktionieren konnte. Ich sprach mit ihm, doch Anstey hatte eine eigensinnige Ader unter seinem nachgiebigen Auftreten und er wies darauf hin, daß die gesamte Bevölkerung von Penhale empört reagieren würde, wenn er die Zeremonie vollzöge.

«Also, wenn das die Einstellung von Mr. Anstey ist», fuhr Bronwen auf, «dann will ich überhaupt nicht, daß das Baby getauft wird!»

«Und ich auch nicht!» erklärte ich nachdrücklich, aber ich wußte, daß sie tief getroffen war, und wußte ebensogut, daß noch viel Schlimmeres unweigerlich folgen mußte.

Auf eine Flut anonymer Schmähbriefe folgte ein Akt des Vandalismus. Jemand schmierte mit roter Farbe auf die Mauer neben dem Tor BORDELL – NUR HUREN UND BASTARDE ZUGELASSEN. Aus Rücksicht auf mein Privatleben hatte ich mich nicht freiwillig als Friedensrichter gemeldet, aber ich stellte sicher, daß das Gericht ein hartes Urteil fällen würde, nachdem es dem Konstabler des Dorfes und mir gelungen war, die Vandalen zu entlarven, die diese empörende Untat begangen hatten.

Zwei der Hausmädchen mußten wegen Unverschämtheiten hinausgeworfen werden, aber Mrs. Wells stand uns bei und verhinderte, daß der Haushalt zusammenbrach. Das Dorf beruhigte sich schließlich wieder, doch der Skandal verbreitete sich diesmal bis in die fernsten Gegenden von Gower, und als ich das nächste Mal in den Golfclub kam, verstummte abrupt jede Unterhaltung.

Ich war wieder zum Paria geworden. Das erbitterte mich ganz besonders, weil ich kurz davor stand, daß mir ein Aufsichtsratsposten bei einem Transportunternehmen angeboten wurde, und jetzt wußte ich, daß das Angebot niemals erfolgen würde. Auch ließ es mich erkennen, wie sehr ich darauf gewartet hatte, in die Geschäftswelt zurückzukehren. Auch 1927 erwies sich als ein wiederum katastrophal nasses Jahr, und um alles noch zu verschlimmern, waren die Frühjahrsmonate außergewöhnlich kalt gewesen. Wieder sah ich den Ruin der Getreideernte voraus und war von der Landwirtschaft gründlich enttäuscht. Im Bemühen, mich von der Erkenntnis abzulenken, daß ich in Lebensumständen gefangen war, die mich nicht befriedigen konnten, machte ich mich auf eine rastlose Suche nach einer Beschäftigung, die meine freien Stunden ausfüllen könnte. Ich veranlaßte, daß elektrischer Strom im Haus installiert wurde. Dann beschäftigte ich mich gründlich mit dem Thema Elektrizität, damit ich wußte, was zu tun war, wenn der Strom einmal ausfiel. Ich las gieriger denn je. Doch trotz dieser Zerstreuungen waren die Stunden, die mir am meisten bedeuteten, die Zeit, die ich bei Robert verbrachte. Ich hatte ihn schon immer täglich besucht, doch jetzt stellte ich fest, daß ich länger blieb, weil er allein die Einsamkeit mildern konnte, die ich Bronwens wegen verborgen zu halten trachtete.

«Ich verachte mich selbst, weil es mich berührt, was andere Leute von mir halten», sagte ich, als ich ihm berichtete, daß ich wieder zum Paria geworden war. «Doch was mich bedrückt, ist nicht so sehr, daß ich aus der Gesellschaft von meinesgleichen ausgeschlossen bin, sondern von der Hoffnung, eine interessante Arbeit ausüben zu können.»

«Ich werde mal mit Alun reden», sagte Robert. Alun Bryn-Davies war sein Mitschüler in Harrow gewesen. «Er sitzt im Aufsichtsrat der Suez Petro-Chemicals, aber auch der Madog Collieries. Vielleicht kann er dir helfen.»

Ich traf mich also zum Lunch mit Bryn-Davies im neuen Hotel Claremont, und nachdem es mir gelungen war, die Begegnung zu einem Erfolg zu machen, lud er mich ein, mit ihm Golf zu spielen. Nach der Partie gingen wir zusammen in die Bar, und diesmal schnitt mich keiner. Tatsächlich erkannten sie, als Bryn-Davies mich zu einem Drink einlud, daß es noch möglich war, mich wie einen normalen Menschen zu behandeln, und später, als mir ein Aufsichtsratsposten bei der Aswan Products, einem Tochterunternehmen der Suez Petro-Chemicals, angeboten wurde, erkannten sie sogar an, daß ich würdig war, angestellt zu werden. Doch der Posten war bescheiden, erforderte nur einmal in der Woche nachmittags meine Anwesenheit in der Zentrale des Unternehmens in Swansea, und nach wie vor mußte ich noch zu oft gegen Langeweile und Enttäuschung ankämpfen.

«Wie naiv war ich doch», sagte ich eines Tages zu Robert, als ich ihm mit einem Löffel sein Essen gab, «mir einzubilden, daß Bronwen alle meine Probleme lösen könnte. Mir wird langsam klar, daß mein Hauptproblem darin liegt, nie mein wahres Metier gefunden zu haben.»

«Dein Metier», sagte Robert, «ist Organisation und das Treffen von Entscheidungen. Wahrscheinlich spielt es keine Rolle, in welchem Wirtschaftszweig du endest, solange die Aufgabe groß und herausfordernd genug ist.»

Die Treffsicherheit dieser Beobachtung machte mich betroffen, und ich sagte bedrückt: «Nun, du hast immer gesagt, ich sei für ländliche Seitengewässer ungeeignet. Wie recht du damit hattest.»

«Zweifellos bist du völlig ungeeignet, dich auf ländliche Seitengewässer zu beschränken, aber das ist nicht unbedingt das gleiche, wie zu behaupten, daß du dich nicht für das Landleben eignest. Im Idealfall, vermute ich, solltest du fähig sein, deine ländliche Herkunft mit deiner Gabe für Verwaltungsaufgaben zu verschmelzen – vielleicht ist dein wahres Metier wirklich, Gutsverwalter zu sein, aber im großen Maßstab des zwanzigsten Jahrhunderts.»

«Du meinst, ich sollte etwa zehn kleine Güter haben und herumfahren, um sie alle zu überwachen?»

«Zehn kleine», antwortete Robert, «oder ein großes.»

Wir verfielen in Schweigen, als das Bild von Oxmoon zwischen uns auftauchte. Speise tropfte ihm aus dem Mund, aber ich wischte sie schnell mit der Serviette ab. Als ich fertig war, fragte er: «Kannst du die Verwaltung von Penhale nicht mit einer aktiveren Überwachung deiner Güter in Herefordshire verbinden?»

«Nicht, ohne Bronwen häufig sich selbst zu überlassen, und wie die Dinge stehen, ist das gegenwärtig ganz unmöglich», sagte ich, «aber kehren wir in die Vergangenheit zurück.» Denn wir verbrachten jetzt viele Stunden damit, von früheren Zeiten zu sprechen; nicht der nahe liegenden Vergangenheit des Krieges, sondern der weit zurückliegenden, der goldenen Vergangenheit, der zauberhaften Vergangenheit, der märchenhaften Vergangenheit des edwardianischen Oxmoon. Wir sprachen von den Tanzfesten im Ballsaal, den Tennispartien auf dem Rasen und den Expeditionen in die Downs und an die See, dem Dorfladen in Penhale, und wenn die zehn Jahre Altersunterschied uns damals auch getrennt hatten, stellten wir jetzt fest, daß die Zeit den Kreis um uns geschlossen hatte und seine Erlebnisse sich mit meinen verschmelzen konnten.

«In meinem Anfang liegt mein Ende», sagte Robert.

«Wer hat das gesagt?»

«Das war der Wahlspruch von Maria Stuart. Mein Motto wäre eine Umkehrung dieser Worte und hieße: ‹In meinem Ende liegt mein Anfang.› Ich spüre so stark, daß die Gegenwart verblaßt, wenn keine Zukunft mehr da ist und nur die Vergangenheit wirklich ist.»

Wir schwiegen, dachten wieder beide an Oxmoon, und plötzlich wußte ich, daß er sich des schrecklichen Zwiespalts in meinem Wesen genauso bewußt war wie ich selbst. Ich wandte mich ihm zu. Es war nicht nur mein Bruder, dem ich mich zuwandte, sondern er war mein Führer, mein Mentor, und vor allem war er mein Freund. Ich wandte mich ihm zu und öffnete den Mund und versuchte zu sagen: «Hilf mir.» Aber die Worte weigerten sich, ausgesprochen zu werden. Mein Zwiespalt war für mich so mächtig, daß ich fürchtete, ihn nie überwinden zu können, wenn ich ihn einmal in aller Form durch ausgesprochene Worte anerkannt hatte.

Darum sagte ich nichts. Aber er wußte Bescheid. Er konnte seine Hände nicht mehr ausstrecken, um meine Hand zu ergreifen, aber ich spürte, wie sein Bewußtsein kraftvoll in meines strömte.

Nach einem Augenblick sagte er: «Im Anfang – meinem Anfang – war Oxmoon, und es war ein magisches Haus. Ich habe neulich versucht, das Kester zu erklären. ‹Du wirst dieses magische Haus bekommen›, habe ich gesagt, ‹und du mußt den Zauber in das Haus zurückbringen.› Mein ganzes Leben lang habe ich das gewollt, John, und jetzt werde ich es nicht mehr schaffen, aber ich kann mit diesem Bewußtsein leben – mit diesem Bewußtsein sterben –, wenn ich glaube, daß Kester es an meiner Stelle tun wird.»

«Ich verstehe.»

«Ich glaube nicht, daß menschliche Wesen zur Auferstehung fähig sind. Doch wenn Kester den Zauber wieder in mein magisches Haus bringt, dann wird Oxmoon wieder auf dem Rad des Schicksals auferstehen, und das wird meine Auferstehung sein. Und auch meine Erlösung von der Schuld, denn Kester wird mir so dankbar sein, daß ich dieses Erbe für ihn gesichert habe; und daß ich ihn in der Vergangenheit vernachlässigt habe, wird getilgt werden – und das bedeutet jetzt alles für mich, John, alles. Ich erpresse Oxmoon von Papa nicht mehr als Rache für die Vergangenheit, ich erpresse es jetzt, um an Kester die Zukunft weiterzugeben, die mir versagt geblieben ist, und um meinem Tod einen Sinn zu geben.»

Robert war normalerweise weder ein emotioneller noch ein phantasievoller Mensch. Er hatte auch nicht die Gewohnheit, seine Seele zu entblößen. Plötzlich erkannte ich, daß er bei dem Versuch, meinen Zwiespalt zu vernichten, mir die ganze Last seines Vertrauens aufgeladen hatte, und ich blieb stumm. Ich konnte nur nach seinen verkrüppelten Händen tasten, um ihm zu zeigen, daß ich das wünschte, was er wünschte, und für einen langen Augenblick vereinte uns seine Vision von Oxmoon, einem strahlenden, neugeschaffenen Oxmoon, das über die Verheerungen der Zeit triumphierte.

«Nun, soviel dazu», sagte Robert lebhaft mit einem so unvermittelten Stimmungsumschwung, daß ich erschrak. «Der Mensch kann nicht ausschließlich von romantischen Anwandlungen leben – Gott sei Dank –, und nachdem ich mich jetzt ausgeschleimt habe, halte ich es für angebracht, daß wir zum Geschäftlichen kommen. Mein lieber John, wie stark fühlst du dich? Die Wahrheit ist, daß ich in einer schönen Misere stecke, und ich fürchte, daß ich dich bitten muß, mich daraus zu retten.»

4

Als ich mein Gleichgewicht wiedergefunden hatte, fragte ich aufs höchste alarmiert: «Wovon, um Gottes willen, sprichst du? Was für eine Misere?»

«Eine juristische Misere, selbstverständlich. Es ist allgemein bekannt, daß Anwälte ihre juristischen Angelegenheiten völlig verpfuschen.»

«Was, um alles in der Welt, hast du gemacht?»

«Es geht nicht um das, was ich gemacht, sondern um das, was ich versäumt habe.» Robert machte eine Pause. Das Sprechen fiel ihm jetzt nicht mehr leicht, und die Behinderung, durch die seine Worte einen abgerissenen, verzerrten Klang bekamen, wirkte sich mehr und mehr aus. Ich beugte mich unwillkürlich auf meinem Stuhl vor, um mich zu vergewissern, daß ich richtig verstand. «John, als Papa mir 1919 Martinscombe überließ, war keine Schenkungsurkunde damit verbunden. Dafür gab es damals zwei Gründe. Erstens erschien es überflüssig; ich war zwar krank, hatte aber die feste Absicht, Papa zu überleben und Martinscombe mit dem übrigen Oxmoon zu erben, wenn Papa starb. Und zweitens befand Papa sich damals steuerlich in einer besonderen Situation und brauchte Martinscombe noch für ein oder zwei Jahre, um seine Lage zu klären. Unsere Vereinbarung erfolgte also formlos, und das ist immer ein fataler Fehler.»

«Wirklich fatal. Aber hast du später nicht versucht, die Angelegenheit zu regeln?»

«Doch, aber kannst du dir nicht vorstellen, was geschah? Er konnte sich nicht mit der im wachsenden Maß offensichtlichen Tatsache abfinden, daß ich vor ihm sterben würde, und begann davon zu reden, daß er mit Margaret über die Situation sprechen müsse. Da ich einen verständlichen Horror davor hatte, seine geistige Verwirrung auszulösen, hielt ich mich zurück. Darüber verging die Zeit. Im vergangenen Monat jedoch raffte ich mich, von Ginette völlig zu Recht gedrängt, so weit auf, daß ich über diese Frage einen Brief an ihn diktierte. Zurück kam eine höfliche Antwort mit dem Bescheid, daß er es vorziehe, den Besitz beieinander zu halten, und da Kester ohnehin der Erbe sein würde, warum nicht die Dinge so lassen, wie sie lägen. Aber du siehst, wo das Problem liegt, oder etwa nicht?»

«Nur zu deutlich. Wenn du stirbst, haben Ginevra und Kester legal keinen Anspruch darauf, hierzubleiben, und Papa mag durchaus unberechenbarer denn je sein.»

«Genau das ist es. Ich entdeckte Strakers Hand hinter diesem höflichen, aber zutiefst unbefriedigenden Brief von Papa. Sie mag den Bungalow vielleicht nicht gerade als Alterssitz für sich haben wollen, aber ich kann mir gut vorstellen, daß sie daran denkt, ihn zu vermieten, um die Einnahmen daraus einzustecken.»

«Das kann ich mir auch vorstellen. Aber wie dem auch sei, was können wir tun?»

«Das Gesetz über Grundbucheintragungen gibt es seit zwei Jahren. Ich möchte Martinscombe auf meinen Namen eintragen lassen und erteile dir Vollmacht, daß du mit der Behörde in meinem Namen verhandeln kannst. Eine Vollmacht für Ginette wäre hier nicht sinnvoll. Die Behörde könnte sich zu gründlich mit der Sache befassen, wenn sie es mit einer Frau zu tun hat.»

«Also, ich will selbstverständlich alles tun, um dir zu helfen, Robert, aber wie kannst du eine Grundbucheintragung durchsetzen, auf die du rechtlich keinen Anspruch hast?»

«Da liegt die Schwierigkeit», räumte Robert ein, und ungeachtet seiner sprachlichen Behinderung hörte ich bei ihm den Anwalt heraus, der mit perfektem Können über eine hinderliche Tatsache hinweggeht. «Wir haben hier zwei Möglichkeiten. Entweder wir ziehen Papa hinzu, oder wir unterlassen es. Wenn wir ihn beteiligen, müßte er mindestens einen Brief unterschreiben, der unser Vorgehen autorisiert – das wäre das allermindeste. Das Grundbuchamt könnte aber dennoch darauf bestehen, eine formelle Schenkungsurkunde zu sehen. Da Papa jedoch mit dir über den Besitz nicht verhandeln will und sich mir gegenüber sehr ausweichend gezeigt hat, scheint das kein aussichtsreicher Weg zu sein.»

«Und welche Alternative gibt es?»

«Wir nehmen die Angelegenheit in die eigenen Hände.»

«Ich bin nicht sicher, ob mir das so richtig gefällt, Robert.»

«Mein lieber John, um einen von Mamas Lieblingsaussprüchen zu zitieren, es ist das Richtige – tatsächlich das einzig Richtige –, was zu tun ist. Wie soll ich sonst meine Frau und meinen Sohn vor einer Betrügerin wie Straker schützen?»

«Also gut, sprich weiter.»

«Ich halte eine Lösung auf Grund der Tatsache für denkbar, daß Papa und ich denselben Namen haben. Wir wenden uns an das Grundbuchamt und beantragen, daß der Hof Martinscombe auf den

Namen Robert Charles Godwin eingetragen wird. Darin ist der Bungalow eingeschlossen, der auf dem Boden von Martinscombe steht.»

«Ja, aber –»

«Ich werde eine Londoner Anwaltsfirma engagieren, mit der ich bisher noch nicht gearbeitet habe, und sie beauftragen, sich um die Formalitäten der Eintragungen zu kümmern, die Dokumente, Gebühren und so weiter. Wenn die Behörde dann eine Bescheinigung ausstellt, kann ich sie in Lincoln's Inn bei meinen regulären Anwälten deponieren. Wenn das geschehen ist, habe ich wenigstens ein Dokument, das ich testamentarisch vermachen kann, und wenn ich mich so verhalte, als ob ich der legale Besitzer von Martinscombe wäre und mein Testament ergänze, um es darin aufzunehmen, wird in London niemand das Eigentumsrecht in Frage stellen, wenn ich sterbe. Meinem neuen Testament wird Gültigkeit zuerkannt, das Dokument wird eingetragen, und es besteht kein Grund, warum Papa oder Fairfax in Swansea je dahinterkommen sollten – es sei denn, Papa wird völlig wahnsinnig, Straker versucht Ginette zu enterben, und die Schenkungsurkunde muß vorgelegt werden, um Kesters Anspruch zu belegen. Doch zu all dem braucht es niemals zu kommen. Das ist eine reine Schutzmaßnahme, kein Akt der Bereicherung.»

«Wenn Papa völlig unzurechnungsfähig wird, hat Ginevra doch sicher legale Möglichkeiten, oder nicht?»

«Seine Zurechnungsfähigkeit wäre nach wie vor eine Streitfrage. Nein, ich gehe kein Risiko ein – wenn auch nur die geringste Aussicht besteht, daß Ginette ihren Fall vor Gericht verliert. Ich will verhindern, daß sie überhaupt in eine juristische Auseinandersetzung verwickelt wird.»

«Durchaus berechtigt. Aber ich verstehe immer noch nicht, wie du das umgehen willst, ohne Papa zuzuziehen. Das Grundbuchamt wird doch gewiß Beweise für den Anspruch verlangen.»

«Das ist kein Problem. Ich werde mir von Fairfax, der als der Anwalt für Oxmoon die Oxmoon-Dokumente aufbewahrt, die auf Martinscombe bezüglichen Unterlagen ausleihen – alles, was die Grundbuchbehörde benötigt. Ich werde Fairfax sagen, es gehe um einen Punkt, der das Erbe meines Sohnes betrifft, und er wird sie mir nicht verweigern. Tatsächlich könnte ich sogar in diesem Punkt meine Darstellung erhärten, um die Dokumente in meinem Besitz zu behalten. Ich bin sicher, daß mir das gelingen wird.»

Ich überging diesen bedrückenden Hinweis auf die Tricks, die einem juristisch geschulten Verstand möglich sind. «Und inzwischen», sagte ich und ergänzte den Plan in Gedanken, «besagen die Dokumente, daß Martinscombe Robert Charles Godwin gehört–»

«– und das Grundbuchamt wird in aller Unschuld annehmen, das wäre ich und nicht Papa. Keine Sorge, John, das ist nichts Ernstes, nur eine kleine Namensverwechslung.»

In dieser Weise mochte meine Mutter die fatale Vertauschung der Gezeitentafeln vorgeschlagen haben.

«Mein lieber Robert, du erschreckst mich.»

«Ich erschrecke selbst über mich. Aber beantworte mir eines: Was zum Teufel könnte ich sonst tun?»

Ich hatte keine Ahnung. Ich schwieg und versuchte, die Moral der Situation klar zu erkennen. Schließlich sagte ich: «Meiner Meinung nach ist es unbestreitbar, daß du ein moralisches Recht auf den Besitz hast. Papa entschied 1919, daß Martinscombe dir gehören sollte.»

«Genau das. Um dein Gewissen zu besänftigen, kannst du das als eine Legalisierung der Wünsche von Papa ansehen.»

«Und da der Besitz ohnehin einmal Kester zufällt», ergänzte ich und spann den Gedanken verbissen weiter, «spielt es keine Rolle, ob er Martinscombe von dir bald oder von Papa später erbt. Niemand wird geschädigt.»

Robert zögerte. Ich musterte ihn scharf, kam aber zu der Ansicht, daß es Sprechschwierigkeiten waren. Seine Gesichtsmuskulatur war gelähmt, deshalb zeigte er keinen Gesichtsausdruck, in dem ich lesen konnte. Am Ende sagte er nur: «Die Menschen bekommen, was sie verdienen. Gerechtigkeit wird geübt. Das Recht wird gewahrt.»

«‹Fiat justitia›», zitierte ich und lächelte ihm zu, aber er war zu erschöpft, um zu reagieren. Ich läutete nach Bennett, während ich zu ihm sagte: «Keine Sorge. Ich werde alles arrangieren.» Ich hörte ihn flüsternd antworten: «Du bist der beste Bruder, den ein Mensch je hatte.»

Ich konnte nur hoffen, dieser hohen Meinung von mir genügen zu können. Ich hatte keinen Zweifel, daß ich das Richtige tat, wenn ich Robert half, Ginevra und Kester zu schützen, doch wenn ich einmal begann, legale Eigentumsrechte zu manipulieren, fürchtete ich, würde ich mich auf wirklich gefährliches Gelände begeben.

5

«Dieses dumme, weichliche Baby Kester hat mir heute so einen Blödsinn erzählt», sagte Harry, als er zu mir geschlendert kam, während ich mich mit dem Motor meines Autos beschäftigte, um mich von meinen Sorgen abzulenken. «Er sagte, er würde Oxmoon erben! Stell dir das vor!» Er lachte verächtlich und biß ein großes Stück von dem Apfel ab, den er in der Hand hielt.

Ich richtete mich auf, um ihn anzusehen. Es war wenige Tage vor seinem neunten Geburtstag, und obwohl er dem Aussehen nach seiner Mutter nachgeriet, war er ein kühner, unternehmungsfreudiger Bursche, der mich an mich selbst erinnerte, an jenen Johnny, der ich vor langer Zeit einmal gewesen war und der mit Lion in Oxmoon ein abenteuerliches Leben geführt hatte. Auf Grund meiner eigenen Erfahrungen als Kind mißbilligte ich in hohem Maß Eltern, die Lieblinge hatten, aber im stillen fand ich in unbewachten Augenblicken, daß Harry vorbildlich geraten war. Er sah sehr gut aus, war sehr klug, war sehr athletisch, hatte sehr gute Manieren und war sehr einnehmend, und es stimmte mich oft traurig, daß Blanche nicht mehr lebte, um meine Freude an ihm zu teilen.

«Ich habe Kester ganz offen erklärt», sagte er an seinem Apfel kauend, «daß er keine Aussicht auf die Erbschaft hat. ‹Großes Pech, alter Knabe –› ich wollte nicht zu brutal zu ihm sein –, ‹aber das ist ein Brocken, den du nicht verdauen kannst.› Und weißt du, was er gemacht hat, Papa? Er hat gelacht! Er hat gesagt: ‹Ich weiß etwas, was du nicht weißt!› Und dann streckte er mir die Zunge heraus. Klar, da er nie auf einer Schule war, ist er nur verwöhnt und verweichlicht und kann sich nicht anders als ein Idiot benehmen, das ist mir schon klar. Aber trotzdem . . . ich fand das ein ziemlich komisches Benehmen. Jeder weiß doch, daß Onkel Robert stirbt, und jeder weiß, wenn Onkel Robert tot ist, bist du Großvaters ältester Sohn. Das bedeutet doch, daß du schließlich Oxmoon bekommst, oder nicht? Und dann bekomme ich es nach dir.»

Ich starrte auf die komplizierte Maschine meines Autos hinab, sah auf die feuchten Pflastersteine des Remisenhofs, auf das frischgestrichene Wasserbecken, auf die Ölflecken an meinen Händen. Ich sah überall hin, nur Harry sah ich nicht an, den strahlenden, vorbildlichen Harry, der alles verdiente, was ein liebevoller Vater ihm bieten konnte. Einige Sekunden vergingen. Dann ergriff ich einen bereitliegenden Lappen, wischte mir die Hände ab und sagte: «Oxmoon geht vom ältesten Sohn an den ältesten Sohn, Harry, folglich wird Kester es von Onkel Robert erben, auch wenn Onkel Robert vor Großvater sterben sollte.»

Stille.

«Du meinst, daß es sich so gehört?» fragte Harry schließlich.

«Ja», bestätigte ich, «es gehört sich so.» Er stand da und blickte auf den Apfel in seiner Hand. Dann warf er das Gehäuse fort und sagte gleichgültig: «Na gut. Macht nichts. Mir gefällt Penhale Manor sowieso viel besser als Oxmoon» und schlenderte über das Kopfsteinpflaster davon.

Ich erinnerte mich, daß ich mit enormer Erleichterung dachte, daß ich wenigstens ein Kind hätte, das mir nie für einen Augenblick Anlaß zur Besorgnis gab.

6

Weihnachten war für meinen Vater zu einer unerfreulichen Zeit im Jahr geworden, und das Weihnachtsfest 1927 bildete keine Ausnahme. Als ich am Weihnachtstag mit Thomas, Harry und Marian zu unserem traditionellen Nachmittagsbesuch kam, lag er im Bett und wollte niemanden sehen.

Gegen Millys Rat ging ich zu ihm in sein Zimmer hinauf.

«Ich empfange dich nicht, solange du weiter offen mit dieser Frau zusammenlebst und Bastarde zeugst», sagte er, als er mich sah. «Ich erwarte nicht, daß meine Mißbilligung dich zur Vernunft bringen wird, aber ich habe mich trotzdem zu dem Versuch entschlossen, dich zu retten. Ich kann nicht tatenlos zusehen, wie du dich ruinierst.»

Ironischerweise spiegelte diese Ansicht genau meine Gefühle ihm gegenüber wider, da aber keine Möglichkeit bestand, das Gespräch weiterzuführen, war ich genötigt zu gehen.

Im neuen Jahr sagte Warburton: «John, ich meine, Sie sollten wissen, daß mir Gerüchte zu Ohren gekommen sind, Ihr Vater wäre geistesgestört. Anscheinend herrscht auf dem Gut große Unzufriedenheit.»

Ähnliche Berichte hatte ich bereits von Thomas gehört, der mehr Berührung mit der lokalen Bevölkerung hatte als ich, aber Warburtons Worten maß ich mehr Gewicht bei. «Ich werde mit Robert sprechen», sagte ich automatisch. «Ich werde ihn fragen, was ich seiner Meinung nach tun soll.»

«Nein», widersprach Warburton. «Er darf durch die Situation Ihres Vaters nicht weiter belastet werden. Er ist zu krank. Tut mir leid, John, aber jetzt ist schließlich der Augenblick gekommen, in dem Sie auf sich selbst gestellt sind.»

Das Rad war zum Streckbett geworden, das Schicksal zog die Schrauben an, und mitten in all meinen Sorgen war ich mir der überwältigenden Angst bewußt, daß mein Mut nicht ausreichen könnte, die Folter zu überstehen, die ich jetzt deutlich vor mir liegen sah.

Aber ich mußte meine Angst überwinden. Ich konnte mir nicht erlauben, mich geschlagen zu geben, da so viele Menschen von mir abhingen.

Ich kämpfte weiter.

7

Wieder suchte ich Freddy Fairfax auf, den Seniorpartner der Anwaltskanzlei in Swansea, der den zu Oxmoon gehörenden Besitz betreute. Als ich ihn das letzte Mal gesprochen hatte, versicherte er mir, mich zu unterrichten, falls er glauben sollte, mein Vater zeige Anzeichen dafür, juristisch nicht mehr zurechnungsfähig zu sein, doch seitdem hatte ich nichts von ihm gehört.

Fairfax war ein glatter, gewandter, fähiger, nicht unangenehmer Mann gegen Ende Vierzig, mit dem ich an Wochenenden gelegentlich Golf spielte. Sein Ruf war gut, jedenfalls hatte ich nie etwas gehört, was seine Ehrlichkeit oder seine Fähigkeiten in Frage stellte, und wenn er mich auch gemieden haben mochte, als ich als Paria angesehen wurde, so war das noch kein Grund, seinem fachlichen Urteil zu mißtrauen.

«Mein Vater macht mir wieder Sorge», begann ich, nachdem wir die üblichen Formalitäten der Begrüßung in seinem Büro ausgetauscht hatten. «Haben Sie kürzlich mit ihm gesprochen?»

«Ich war neulich bei ihm in Oxmoon, alter Junge. Ein paar neue Abmachungen mit den Pächtern waren fällig. Er schien mir nicht so sehr in Form zu sein, nicht mehr ganz der Mann, der er immer gewesen ist, aber das Alter, selbstverständlich, am Ende trifft's uns alle mal, wie?»

«Haben Sie Gerüchte über Schwierigkeiten auf den Gütern gehört?»

«Gerüchte, alter Junge?»

«Nun, Sie sind der Rechtsberater des Besitzes, Fairfax. Ich möchte annehmen, daß Sie Ihr Ohr am Boden haben.»

«Alter Junge, ich sage das ungern, da ich weiß, daß Sie in bester Absicht handeln, aber ich glaube wirklich nicht, daß es richtig ist, mit Ihnen über die Angelegenheiten meines Klienten zu sprechen.»

Ich blieb hartnäckig, erreichte aber nichts und verließ ihn schließlich zutiefst skeptisch und fuhr nach Oxmoon.

8

«Ich will dich nicht sehen», sagte mein Vater. «Geh bitte sofort wieder.»

«Ich will nur helfen.»

«Ich will deine Hilfe nicht. Dir kann man nicht trauen – du hast mir gegenüber dein Wort gebrochen. Du hast geschworen, du würdest nicht offen mit ihr leben.»

«Ungeachtet meines Privatlebens kannst du doch sicher anerkennen, daß meine Zuneigung für dich echt ist.»

«Und was bedeutet das? Die Zuneigung meiner Mutter für mich war auch echt, aber mein Gott, durch welche Hölle hat sie mich getrieben! Ihr Geist hält dich besessen, das kann ich jetzt deutlich erkennen. Du gehörst ihr, du kommst her, um mich zu quälen, du mußt ferngehalten werden –»

«Papa –»

«Bleibe fern von mir!»

Ich ging.

9

«Was kann ich tun, Ginevra? Fairfax schwört, daß er normal ist. Warburton will er nicht sehen, mit mir will er nicht sprechen. Offenkundig ist er geistig gestört, krank, aber wie zum Teufel kann ich ihn entmündigen lassen?»

«Mein Lieber, wie furchtbar das alles ist, aber ich kann's nicht ertragen. Ich habe selbst ungeheuer viel Schreckliches durchzumachen.»

«Mein Gott, vergib mir, es tut mir sehr leid.»

«Er kann es nicht ertragen, blind zu werden. Er erträgt es einfach nicht.»

Sie brach zusammen. Ich nahm sie in die Arme, und die Dunkelheit schien sich um uns zu senken, als ob wir in einer Gruft eingemauert wären.

10

Fünf Tage später, an Mariä Verkündigung, marschierte eine Gruppe Pächter von den Gütern Oxmoons bei Robert auf, um gegen neue beträchtliche Mieterhöhungen zu protestieren. Sie betrachteten meinen Vater als unzurechnungsfähig und wandten sich an seinen Erben, um Gerechtigkeit zu finden, doch selbst als sie erfuhren, daß Robert zu krank war, um irgend jemand zu empfangen, weigerten sie sich,

sich zu zerstreuen. Der Anruf von Ginevra kam gerade, als ich vom Gutshof zurückkehrte, und ich fuhr sofort nach Little Oxmoon und nahm Thomas mit.

Wir fanden etwa dreißig Männer, die vor dem Bungalow herumlungerten. Auf den ersten Blick erschienen sie durchaus friedlich, doch als ich den Wagen anhielt, drängten sie heran und umringten ihn, und ich bemerkte, daß sie in gereizter Stimmung waren.

«Halte du deinen Mund», befahl ich Thomas, «und überlasse das völlig mir.»

Ich erkannte, daß die Mehrheit Landarbeiter waren, die in den Häusern meines Vaters in Penhale wohnten, doch als ich auch Vorarbeiter meines Vaters unter ihnen entdeckte, wußte ich, daß die Mieterhöhungen der Strohhalm gewesen waren, der dem Kamel das Rückgrat gebrochen hatte. Zweifellos war nach Jahren zunehmender Mißwirtschaft der Höhepunkt erreicht.

Ich stieg aus dem Wagen. Die Feindseligkeit schien sich zu verstärken. Ich überstand einen Augenblick akuter Unsicherheit, sagte mir aber, daß ihre Feindseligkeit sich nicht gegen mich persönlich richten könnte.

Doch schon im nächsten Augenblick wurde ich eines Besseren belehrt.

«Da kommt der Ehebrecher!» rief einer, und darauf folgte der Kommentar: «Endlich haben wir ihn mal aus dem Bett geholt!» Das löste verächtliches Gelächter aus. Jemand spuckte nach mir. Ich wich aus und drängte mich durch sie hindurch zur Haustür, erreichte die oberste Stufe und drehte mich um, um mit ihnen zu sprechen. Kalter Schweiß stand mir auf dem Rücken.

«Guten Tag», sagte ich laut mit erhobener Stimme, um das feindselige Murmeln zu übertönen. Durch den Schock alarmiert, schossen meine Gedanken gleichzeitig in ein Dutzend verschiedene Richtungen. Ich erinnerte mich an die Schlägertypen in der Schule und an die Notwendigkeit, keine Furcht zu zeigen, weil das ihr Vergnügen noch vergrößern würde, aber ich fühlte mich angeschlagen und verletzlich und im höchsten Maße zwiespältig, war wütend, weil ich mir dieses Betragen von Männern bieten lassen mußte, die vor mir respektvoll ihre Mützen ziehen sollten. Eine Sekunde später erkannte ich jedoch, daß das Klassensystem sich zu meinen Gunsten auswirkte und daß in diesem Fall alle Bajonette auf meiner Seite waren.

«Wenn Sie die Gerechtigkeit haben wollen, die Sie verdienen», sagte ich, «dann erweisen Sie mir den Respekt, auf den ich Anspruch habe. Ich habe die besten Absichten, aber ich weigere mich, mit Pöbel zu verhandeln.»

Sie starrten mich an. Ich sah ihre Gesichter, junge und alte, unverändert feindlich, aber eine altüberlieferte Autorität anerkennend, die das zwanzigste Jahrhundert bisher noch nicht zu zerstören vemocht hatte. In Gedanken gratulierte ich mir zu meiner erfolgreichen Demonstration meiner Kraft, dachte dabei aber erbittert: Das ist der Geist, der das Imperium geschaffen hat! Und ich badete mich noch in meinem wiederhergestellten Selbstvertrauen, als einer einen Lehmklumpen nach mir warf, der mich an der Brust traf.

Das war zweifellos der Geist, der zum Generalstreik geführt hatte. Ich entdeckte, daß die altüberlieferte Autorität sich doch abgenutzt hatte. «Also gut», sagte ich, wobei mir das Herz wie ein Vorschlaghammer klopfte. «Da Sie entschlossen sind, sich wie Pöbel aufzuführen, kann ich Ihnen nicht helfen. Guten Tag.» Ich trat von der Eingangsstufe herunter und versuchte zu gehen, aber Thornton, der Vorarbeiter in Cherryvale, mischte sich ein.

«Warten Sie, Mr. John.» Er wandte sich den anderen zu. «Wir müssen mit ihm verhandeln. Sonst ist niemand da.» Und er drückte mir eine Liste mit Beschwerden in die Hand.

Sofort brach ein dumpfes Stimmengewirr aus, bei dem ich Worte wie «Erpressung», «nackter Raub» und «diese Hexe Milly Straker» heraushörte.

«Wir wollen nicht respektlos gegenüber Ihrem Vater sein, Mr. John», sagte Thornton hastig, «aber von dem alten Herrn ist allgemein bekannt, daß er der Barmherzigkeit anderer, und insbesondere einer anderen, ausgeliefert ist.»

Ich kehrte auf die Eingangsstufe zurück, und als alle schwiegen, sagte ich: «Mein Bruder liegt im Sterben. Ich muß Sie auffordern, ihn in Ruhe zu lassen. Aber wenn Sie drei Männer aus Ihrer Mitte wählen wollen, die bei Sonnenuntergang zu mir nach Oxmoon kommen, dann will ich diese Beschwerden eine wie die andere prüfen und feststellen, was ich tun kann.»

Das stellte sie zufrieden. Thornton, dem Anschein nach ein geborener Diplomat, zog seine Mütze und dankte mit einer Demut, die mich gleichzeitig befriedigte sowie mir Übelkeit erregte. Aus der Menge rief einer: «Was macht denn die Frau in London?» Aber ein Dutzend anderer Stimmen zischten wütend, und ich tat so, als ob ich nichts gehört hätte. Sekunden später fuhr ich mit Thomas wieder fort.

«Mein Gott, du warst großartig, John!» sagte Thomas, der den Auftritt sehr genossen hatte. «So gut wie der Heiland selbst.»

Ich sagte nichts. Ich litt unter einer nervösen Reaktion und mußte das Lenkrad fest umklammern, um zu verhindern, daß meine Hände zitterten. Übelkeit würgte krampfartig in meiner Magengrube.

Sobald wir Oxmoon erreichten, erkannte ich, daß etwas nicht stimmte, und als ich die Wundmale der Gewalttätigkeit sah, war ich wieder in kaltem Schweiß gebadet. Offenkundig waren die rebellischen Söhne der aufgebrachten Pächter nicht untätig geblieben. Die Fenster der Bibliothek waren zertrümmert, und ein Spruchband war neben der Tür angebracht worden.

«‹ARBEITER ALLER LÄNDER VEREINIGT EUCH›», meinte Thomas nachdenklich. «Das habe ich schon mal gehört.»

Ich sagte mir, daß ich den Klassenkampf doch gewünscht hatte, den ich jetzt bekam. In einem Unbeteiligtsein, das dem Schock entsprang, erkannte ich, daß mein überwiegendes Gefühl wieder Wut war. Der Wunsch packte mich, jeden Sozialisten zu erschießen, der in Sicht kam. Soviel zu meinem intellektuellen Radikalismus. In einer Krise gelten Vernunft und Humanität anscheinend nichts, und der Instinkt lenkt den Menschen zu der Horde zurück, der er entsprungen ist. Ich erkannte dabei, daß ich mich im Kern niemals ändern würde. Ich war das, was meine Klasse aus mir gemacht hatte. Ich war ein Opfer meiner Erziehung, ein Gefangener meines privilegierten Lebens. Alles andere war Illusion und Selbsttäuschung.

«Mein Gott!» schrie Thomas, der gerade die eingeschlagenen Fenster entdeckt hatte. «Sieh dir das an! Wartet nur, bis ich euch in die Finger kriege, wer es auch gewesen ist. Ich schlage euch Schufte zu Brei.»

Ich dachte, wie angenehm eine so schlichte Perspektive sein müßte, ungetrübt von allen intellektuellen Skrupeln oder emotionellen Komplexen.

«Beruhige dich, Thomas. Wir haben schon genug Elefanten in unserem speziellen Porzellanladen, auch ohne daß du versuchst, dich ihnen anzuschließen.» Ich fragte mich, ob der Pöbel noch im Haus wäre und dort alles zerschlüge, was er zu sehen bekam, doch als wir aus dem Wagen sprangen, wurde uns die Vordertür durch den Konstabler des Dorfes geöffnet.

«Oh, Mr. John. Gott sei Dank, daß Sie gekommen sind.»

«Wo ist mein Vater?»

«Ich weiß es nicht, Sir. Er scheint verschwunden zu sein. Mr. Bayliss hat mich vor einer halben Stunde hergerufen, als die Fenster eingeschlagen wurden.»

«Wo ist Bayliss?»

«Es hat ihn sehr mitgenommen, Sir, und er mußte sich hinlegen. Die gesamte andere Dienerschaft hat sich in der Küche eingeschlossen und will nicht herauskommen.»

«Und Mrs. Straker?»

«Sie sagen, daß sie fort ist – beim ersten Hellwerden fortgeschlichen. Vielleicht hat sie gewußt, daß es Schwierigkeiten geben würde, Sir. Heute ist Quartalstag, und die Leute sind so empört über die neuen Mieten, die heute fällig sind.»

«Gut. Gehen Sie mit meinem Bruder das Gelände absuchen. Stellen Sie sicher, daß die Vandalen alle verschwunden sind.»

Ich ging ins Haus. Die Dienerschaft, die sich in der Spülküche zusammendrängte und dort Schutz gesucht hatte, öffnete die Tür, als sie meine Stimme hörte. Ich fragte, ob irgend jemand meinen Vater gesehen hätte. Niemand wußte etwas.

«Also gut.» Ich wandte mich an die Köchin. «Machen Sie Tee.» Dann drehte ich mich zum Hausdiener um. «Sehen Sie nach, wie es Bayliss geht und telephonieren Sie mit Dr. Warburton, wenn es notwendig ist.» Ich sah das Stubenmädchen an. «Benachrichtigen Sie den Glaser. Ich will, daß die Fenster sofort repariert werden.» Mein Blick fiel auf das Tagesmädchen. «Machen Sie sofort in der Bibliothek sauber.» An der Tür blieb ich stehen und blickte zurück. «Ich genehmige für jeden einen Fingerbreit Cognac», sagte ich, «und sobald Sie den bekommen und Tee getrunken haben, erwarte ich von jedem, daß er wie üblich an seine Arbeit geht.»

Ich ließ sie dienernd und knicksend zurück und ging wieder in die Halle und nach oben. Alle Schlafzimmer waren leer, doch als ich an die hintere Treppe kam, wußte ich plötzlich, wo er war.

Das Dachgeschoß war muffig und still. Ich rief: «Papa!» und wartete, aber es kam keine Antwort. Ich ging durch den Korridor, meine Schritte hallten auf den Dielen, und ich fand ihn dort, wo ich ihn früher schon einmal gefunden hatte. Er saß vor dem zugedeckten Porträt seiner Mutter, und diesmal hielt er ein Photoalbum offen in den Händen.

Er weinte still vor sich hin. Er blickte kaum auf, als ich den Raum betrat.

«Papa», sagte ich und beugte mich zu ihm nieder, um ihm einen Arm um die Schulter zu legen. «Es ist alles gut. Ich bin hier.»

Aber mein Vater blätterte nur die Seiten des Albums um, und in dem flackernden Kaleidoskop aus Schwarz und Weiß sah ich die Vergangenheit festgehalten, die glücklich lachenden Kinder lange vergangener Zeiten, die Frau, die er geliebt, und das magische Haus, das er aus dem Grab geholt hatte.

«Papa . . .» Als ich meine Hand über seine schob, hörte er auf, in dem Album zu blättern, und sah endlich zu mir auf. Seine wäßrigen Augen blieben verständnislos, und alles, was er sagen konnte, war: «Wer sind Sie?»

Elftes Kapitel

I

Ich rufe im Heim Mariä Himmelfahrt an», sagte Warburton. «Nein. Auf keinen Fall.»

«Aber mein lieber John, es ist das beste Haus im ganzen Distrikt für psychiatrische Fälle –»

«Er wird dort niemals einen Fuß über die Schwelle setzen.»

«Aber was wollen Sie denn mit ihm machen?»

Die Krankenschwester des Bezirks traf ein. Ich ließ sie mit Warburton bei meinem Vater im Dachgeschoß und lief nach unten, um Bronwen anzurufen. Inzwischen war Thomas von seiner Durchsuchung des Geländes zurückgekehrt, und ich konnte ihn mit meinem Wagen fortschicken, um Bronwen zu holen.

Als ich in das Dachgeschoß zurückkam, fand ich die Bezirksschwester mit vor Erregung rotem Gesicht vor, und Warburton war besorgter denn je.

«Er reagiert einfach nicht, John, und ich fürchte, er wird sich heftig wehren, wenn ich versuche, ihm eine Spritze zu geben.»

«Warten Sie.» Ich beugte mich über meinen Vater, um ihn zu überreden aufzustehen, aber er verhielt sich so, als ob er stocktaub wäre. Ich versuchte, ihm das Album fortzunehmen, aber er stieß mich brutal zurück und preßte es fest an seine Brust.

«John, ich weiß, daß das sehr schrecklich für Sie ist, aber –»

«Seien Sie still.»

Ich bemühte mich weiter vergeblich, mich meinem Vater verständlich zu machen, und versuchte es immer noch, als Bronwen schließlich kam. Ich bemerkte, daß die Bezirksschwester sofort mißbilligend den

Mund verzog, aber Warburton sagte: «Mrs. Morgan, könnten Sie versuchen, John zu überzeugen, daß sein Vater an einen Ort gebracht werden muß, wo ihm eine angemessene medizinische Betreuung zuteil wird?»

Bronwen antwortete auf englisch: «Wir bringen ihn zu uns nach Hause und versorgen ihn dort.» Dann sagte sie auf walisisch zu meinem Vater: «Sie können nicht verstehen, was die Leute hier sagen, nicht wahr?»

Er blickte zu ihr auf. Sie kniete sich neben ihn und deutete auf das Album. «Darf ich mir, bitte, Ihre Bilder auch ansehen?» fragte sie. «Wollen Sie nicht mit mir kommen, damit wir sie uns zusammen ansehen können?»

Er sah sie verwundert weiter an, aber schob dann sehr langsam seine zitternde alte, runzlige Hand in ihre. Ich half ihm aufzustehen, und während Warburton und die Schwester ungläubig zusahen, führten wir ihn hinunter und brachten ihn zu uns nach Hause.

2

«Diese Erzschlampe Straker», schimpfte Thomas, «wie konnte sie ihn nur so sitzenlassen?»

Wir waren eine Stunde später wieder in Oxmoon. Mein Vater, jetzt in Blanches altem Zimmer in Penhale Manor einquartiert, wo er immer noch vertrauensvoll Bronwens Hand hielt, hatte zugelassen, daß Warburton ihm eine Beruhigungsspritze gab. Eine Tagesschwester und eine Nachtschwester waren von der Agentur in Swansea angefordert worden, die auch das Pflegepersonal für Robert vermittelte. Mrs. Wells hatte sich mit der bei ihr üblichen Selbstsicherheit der Krise gewachsen gezeigt, und sogar der Vikar hatte ebenso pflichtschuldig wie ungebeten seine Aufwartung gemacht. Mir war bewußt, daß Penhale vor Aufregung fieberte, als der Klatsch und die Gerüchte einen Höhepunkt erreichten.

In Oxmoon berichtete der Konstabler, daß er von der Dienerschaft die Namen der Vandalen erfahren hatte, und als er davonradelte, um seine Festnahmen vorzunehmen, erkannte ich mit sinkendem Mut, daß es nun keinen Vorwand mehr gab, meine Untersuchung der Herrschaft von Milly Straker länger hinauszuzögern.

«Verdammte Hure», fluchte Thomas und bohrte seine Absätze in den Teppich, um sich abzureagieren. «Ich hasse alle Weiber.»

«Nun, zum Glück für uns Männer sind nicht alle Frauen so wie Milly Straker.»

«Sagst du. Ich persönlich würde lieber Schafe ficken.»

Diese Bemerkung, für Thomas sehr typisch, wenn er völlig verstört war, fiel nicht in der Erwartung, ernstgenommen zu werden, darum sagte ich lediglich in sanftem Ton: «Wirklich? Ich glaube nicht, daß ich mir aus all der Wolle etwas machen würde» und ging auf die grünbespannte Tür zu.

«Wo gehen wir hin?»

«Wir gehen an eine vorläufige Bestandsaufnahme dessen, was ich, wie ich sehr befürchten muß, für eine Katastrophe halte. Ich erwarte nicht einen Augenblick lang, daß diese Frau irgendwelches belastende Material für eine Unterschlagung zurückgelassen hat, aber wir müssen uns vergewissern.»

Das Zimmer der Haushälterin, Millys Büro im Erdgeschoß des Personalflügels, enthielt nichts Bemerkenswertes außer Stapeln unbezahlter Rechnungen unter drei Briefbeschwerern. Wir gingen nach oben in ihr offizielles Schlafzimmer, in dem die Luft stickig war und das einen unbenutzten Eindruck machte. Da mir das völlige Fehlen jeglichen persönlichen Besitzes auffiel, vermutete ich, daß sie ihre Flucht schon seit Wochen geplant hatte. Sie hatte die Stunde der Katastrophe sehr genau eingeschätzt, und als der Zug den Rand des Abgrunds erreichte, war sie im richtigen Augenblick abgesprungen. Wut überkam mich wieder, aber ich beherrschte mich. Wut war ein Luxus, den ich mir nicht erlauben konnte. «Thomas, ich muß Vaters Zimmer durchsuchen, ehe das Personal Zeit hat, herumzuschnüffeln und Gott weiß was zu entdecken. Willst du mit mir kommen oder willst du lieber unten warten?»

«Ich komme mit», sagte mein Wachhund, und unter der rauhen äußeren Schale bemerkte ich den schockierten und verängstigten Jungen, der noch keine einundzwanzig war.

Wir verließen den Personalflügel durch eine Tür, die zur Hintertreppe führte, und gingen schweigend durch den langen Gang zum anderen Ende des Hauses.

«Hier sieht es schlimm aus, findest du nicht?» sagte Thomas plötzlich und wies auf die abblätternden Tapeten. «Vielleicht sind sogar Ratten in der Bibliothek genau wie damals, als Oxmoon zu Bryn-Davies' Zeiten verfiel.»

«Ich glaube nicht, daß wir diesmal so tief gesunken sind», sagte ich, aber bei der Durchsuchung des Schlafzimmers änderte ich meine Meinung schnell. Ich erkannte, daß es abstoßendere Symbole als Ratten für Niedergang und Verfall gab.

«Lieber Gott im Himmel, was ist denn das?» sagte mein unschuldiger kleiner Bruder, als er munter einen Schrank öffnete. Gerade so wie ich es befürchtet hatte, standen wir vor einer unbeschreiblichen Sammlung erotischer Stimulanzien.

Ich war inzwischen annähernd sechsunddreißig, und die Zeiten, in denen ich meine sexuellen Neigungen zugunsten aufgesetzter selbstgefälliger Posen verleugnet hatte, waren lange vergangen, doch selbst ich war fassungslos. Einen Augenblick lang wünschte ich, ich wäre so unwissend wie Thomas, aber sowohl vor als auch nach meiner zweiten Heirat hatte ich vieles über Sexualität gelesen, weil ich mich darum bemühte, mir meine persönliche Sexualität verständlich zu machen, mit dem Ergebnis, daß ich zuviel wußte, um das zu mißdeuten, was ich jetzt sah. Meine sexuellen Beziehungen zu Bronwen waren das natürliche Ergebnis der ungewöhnlichen Harmonie unserer Persönlichkeiten und waren immer so befriedigend gewesen, daß ich niemals die Notwendigkeit empfunden hatte, aus Büchern zu lernen, wie ich die Erlebnisse steigern könnte, doch bei meinen Versuchen, mich für meine zweite Ehe zu entschädigen, hatte ich mich dazu getrieben gefühlt, viele unerforschte Wege einzuschlagen, und Constance, die sexuell selbst stark interessiert und durchaus unsensibel genug war, Sex zu einem geeigneten Studienobjekt zu reduzieren, hatte mich noch angestachelt. Jedoch hatte ich selbst mit Constance gewisse Grenzen gezogen. Mein Vater in seinen verzweifelten Bemühungen, sich von unerträglichen Wahrheiten abzulenken, hatte offensichtlich überhaupt keine Grenzen mehr gekannt.

In einem Augenblick der Offenbarung erkannte ich endlich, warum er unfähig gewesen war, meiner Mutter treu zu bleiben. Er hätte sie unmöglich bitten können, an derartigen Perversionen teilzunehmen. Er hatte sie zu sehr geliebt und mußte sich vor allem gewünscht haben, sie vor derartigem Schmutz zu beschützen, doch ich glaube, daß meine Mutter beizeiten die Wahrheit erraten haben mußte. Ihr Wissen mochte ihre bemerkenswerte und mutige Resignation erklären, die nur aus einem tiefen Verständnis für die Not meines Vaters entstanden sein konnte.

Dann erlebte ich einen zweiten Augenblick der Offenbarung, als ich endlich den Konflikt wahrnahm, der ihn unausweichlich in den Zusammenbruch getrieben hatte. Mein Vater, ein im Grunde guter und anständiger Mensch, wäre nie in der Lage gewesen, sich den geheimen Zwang zu verzeihen, der ihn nicht nur dazu getrieben hatte, meiner Mutter, der Frau, die er liebte, untreu zu sein, sondern Milly Straker in Oxmoon einzuquartieren – ein Schritt, der zum Zerfall seiner Familie geführt hatte, aber auch zur Vernichtung von allem, was ihm kostbar gewesen war.

Thomas forderte immer noch Erklärungen, ich wies ihn aber lediglich an, Feuer zu machen.

«Wir können dieses ganze Zeug doch nicht verbrennen, John. Der Gummi würde einen schrecklichen Gestank verbreiten!»

«Was wir nicht verbrennen können, werden wir vergraben.»

Thomas entzündete das von einem Stubenmädchen vorbereitete Feuer aus Zweigen und Kohle auf dem Rost und versuchte dann, sich pornographische Bilder anzusehen, doch als ich sein Gesicht bemerkte, befahl ich ihm scharf, damit aufzuhören. «Spielverderber», murrte er, aber ich wußte, im Grunde war er mir dankbar, daß er seine Studien abbrechen konnte, ohne das Gesicht zu verlieren. Mehr Zeit verging. Wir plagten uns weiter ab. «Beschaffe Kissenbezüge. Wir nehmen sie, um das Zeug wegzuschleppen, das wir nicht verbrennen können.» Ich schürte weiter das Feuer.

«John, du mußt mir sagen, was das alles bedeutet. Du mußt es mir sagen, oder ich fange an, mir Sachen einzubilden, und Einbildungen sind schlimmer als Bescheid wissen.»

Ich wußte, daß er recht hatte, und gab mir große Mühe, sachlich zu bleiben, aber es fiel mir schwer, die richtigen Worte zu finden, und noch schwerer, den angemessen nüchternen Ton zu treffen. Als ich die letzten Bilder in die Flammen schob, richtete ich mich auf und sagte: «Das steht alles mit Buße in Verbindung. Er scheint physische Erniedrigungen begrüßt zu haben.»

«Mein Gott. Warum?»

«Aus Schuldgefühl.»

«Schuldgefühl? Ach, du meinst diese Schweinerei, Großmama in die Klapsmühle einzusperren. Er hat immer gesagt, wie schuldig er sich deswegen fühlt. Aber wie merkwürdig. Meinst du, diese Hure hat ihn dauernd mit den Peitschen und all dem anderen gräßlichen Zeug bestraft? Hat Sex denn dabei keine Rolle gespielt?»

«Je härter die Züchtigung, desto größer die sexuelle Befriedigung.»

«Himmel! Aber wenn er so befriedigt wurde, wozu brauchte er dann die falschen Schwänze da?»

«Vielleicht war er es gar nicht, der sie brauchte.»

«Himmel!»

«Hör auf, dauernd Himmel zu sagen. Hilf mir hier mit den Kopfkissen.»

Wir begannen, unsere unbeschreibliche Beute einzusacken.

«Hoffentlich ist der Stoff fest genug, John. Die Ketten sind verdammt schwer.»

Aber die Kissenbezüge hielten die Belastung aus. Als sie voll waren, stocherte ich im Feuer, um mich zu vergewissern, daß alle Pornographie vernichtet war, und dann verließen wir das Zimmer, um den nächsten Schritt unseres Unternehmens zu vollziehen.

Wir vergruben unsere Last im Schatten der Ruine des Turmes von Humphrey de Mohun, bedeckten die Grube mit totem Laub und kehrten ins Haus zurück, um Cognac zu trinken. Das Stubenmädchen berichtete mir, Bayliss sei ins Krankenhaus gebracht worden und der Glaser arbeite an den Bibliotheksfenstern. Im Haus schien langsam wieder Ordnung einzukehren. Die Sonne sank bereits über der Februarlandschaft, und als ich meinen Cognac trank, sah ich die drei Vertreter der Pächter auf der Suche nach Gerechtigkeit mürrisch über die Auffahrt gestampft kommen.

Wie üblich gab es also keine Ruhepause. Ich leerte mein Glas, wies das Stubenmädchen an, die Besucher ins Frühstückszimmer zu führen, und bereitete mich darauf vor, weiteren Beweisen für den katastrophalen Verfall meines Vaters gegenüberzutreten.

3

Nachdem ich zugesagt hatte, alle Mieten zu überprüfen, genehmigte ich einen Zahlungsaufschub, bis ich meine Überprüfung abgeschlossen hatte, und versprach eine umfassende Untersuchung für den gesamten Besitz, damit ich das infolge der Mißwirtschaft entstandene Durcheinander bereinigen konnte. Nachdem die Männer ihre Dankbarkeit ausgesprochen hatten, erklärte ich mich bereit, mit jedem Mieter sprechen und mir ihre Beschwerden anhören zu wollen, und fragte dann, ob sie wüßten, wer besonders hart betroffen sei und sofortiger Hilfe bedürfe.

Ich erfuhr von drei alten Frauen, die kein Heizmaterial hatten, und einer Witwe mit drei Kindern, die nur von Brot und Bratfett lebten. Ich notierte mir die Namen und versicherte, daß ihre Not sofort behoben werden würde.

«Werden Sie jetzt der Herr auf Oxmoon sein, Mr. John?» fragte Thornton von Cherryvale.

«Mein Vater ist Herr auf Oxmoon, solange er lebt», antwortete ich, «aber ich werde jetzt in seinem Namen den Besitz verwalten.»

Sie sagten alle, darüber wären sie froh, und daran erkannte ich, daß sie nicht anders waren als die Leute im Golfclub. Sobald sie festgestellt hatten, daß ich nach wie vor wie ein normaler Mensch behandelt werden konnte, glaubten sie nicht länger, sie müßten in mir unbedingt einen bösartigen Ehebrecher sehen, und ihre moralische Pflicht zur Feindschaft verflog. Höflich verabschiedeten sie sich und kehrten zufriedengestellt nach Penhale zurück.

Ich stand noch in der Halle und dachte über die ungeheuerliche, furchteinflößende, aber aufregende Aufgabe nach, einen großen, heruntergewirtschafteten Besitz zu verwalten, versuchte angestrengt, mir ein Bild von der verschlungenen Maschinerie meines Rades des Schicksals zu machen, als Thomas aus der Bibliothek auftauchte und mir erklärte, es sei ihm nicht möglich, sich in den Geschäftsbüchern des Besitzes zurechtzufinden.

«Schon gut, laß sie liegen und nimm den Wagen. Fahre nach Penhale Manor und sage Mrs. Wells, ich möchte, daß sie vorübergehend das Regiment hier übernimmt, und bringe sie mit ihrem Gepäck her. Ja, und bringe für dich selbst einen Koffer mit. Du wirst der hier residierende Godwin sein, bis wir das Durcheinander aufgeklärt haben. Große Häuser funktionieren besser, wenn ein Mitglied der Familie anwesend ist, um das Personal anzuhalten, sich anständig aufzuführen.»

«Aber willst du nicht selbst hier einziehen?»

«Das würde Papa nicht gefallen.»

«Verdammt, du hast den alten Knacker vor der Klapsmühle gerettet, oder nicht? Welches Recht hat er noch, sich zu beklagen?»

«Das beste Recht in der Welt – das Recht des Eigentümers. Und sei jetzt ein guter Junge. Verschwinde hier und höre damit auf, idiotische Vorschläge zu machen.»

Damit bekam ich ihn los.

Dann ging ich in die Bibliothek, wo ein Feuer angezündet worden war, und setzte mich, um lange nachzudenken. Nach einiger Zeit erinnerte ich mich, daß Robert davon gesprochen hatte, den Zauber nach Oxmoon zurückzubringen, und eine sehr sensible, sehr rationale, sehr eindringliche Stimme in meinem Kopf sagte: Aber ich bin der einzige, der das schaffen kann.

«... und Oxmoon wird auf dem Rad des Schicksals wiederauferstehen ...»

Ich konnte Roberts Stimme deutlich hören. Aber ich konnte ihn auch ebenso deutlich sagen hören: «Du bist der beste Bruder, den ein Mensch je hatte.»

Ich verbannte die Zukunft aus meinen Gedanken und setzte mich an den Tisch der Bibliothek, schlug die Geschäftsbücher des Besitzes auf und begann mit den Problemen der Gegenwart zu ringen.

4

Ich war zu erschöpft, um mehr als eine flüchtige Durchsicht der Papiere meines Vaters zu schaffen, fand aber in der Tischschublade sein Scheckbuch und stellte sofort fest, daß jeder Kontrollabschnitt eine Zahlung an Milly belegte. Ich stieß auf Briefe von Fairfax, die auf finanzielle Vorsicht drängten, aber meine Dankbarkeit für ihn verflog sofort, als ich die Höhe seiner Rechnungen sah. Ich konnte auch dem hilfsbereiten Leiter der Bank meines Vaters, Lloyd-Thomas, nicht mehr dankbar sein, als ich die gewinnträchtige Höhe der Überziehungszinsen und die Existenz einer Hypothek entdeckte.

«Wir werden morgen anfangen, uns ernsthaft mit dieser Schweinerei zu befassen, Thomas», sagte ich, als er mit Mrs. Wells wieder eintraf. «Jetzt bin ich zu müde, um mehr zu tun.»

«Hat Milly irgend etwas Illegales getan?»

«Das bezweifle ich. Brauchte sie nicht. Er gab ihr einfach so viel Geld, wie sie wollte, aber, bei Gott, ich werde Fairfax feuern und das Konto für Oxmoon der Bank von Lloyd-Thomas wegnehmen. Sie hätten mich beide schon längst warnen müssen.»

«Waren sie nachlässig?»

«Im juristischen Sinn nicht, soviel ich sehen kann. Einfach dumm. Aber vermutlich werden sie zu ihrer Verteidigung vorbringen, daß Papas Ruf als ein vorzüglicher Verwalter mit einem gutgeschulten Verstand für Finanzen sie in Ermangelung jedes eindeutigen Hinweises auf das Gegenteil zu der Annahme berechtigte, daß er zurechnungsfähig war – und vergiß nicht, daß Papa sich immer sehr nachdrücklich gegen jegliche Einmischung in seine Angelegenheiten verwahrt hat. Ja, ich kann mir vorstellen, daß Fairfax und Lloyd-Thomas von ihm eingeschüchtert wurden, aber das ist nichtsdestoweniger keine Entschuldigung dafür, daß sie versäumt haben, sich mir anzuvertrauen.»

«Ich würde am liebsten jeden auspeitschen und hängen, der mir vor die Augen kommt», schimpfte Thomas wie erwartet.

Ich klopfte ihm besänftigend auf die Schultern und fuhr nach Penhale Manor.

5

Qualvolle Tage kamen. Ich beschaffte mir die notwendigen Vollmachten, entließ Fairfax, engagierte einen anderen Rechtsanwalt sowie einen Buchprüfer, handelte mit einer anderen Bank die Hypothek neu aus und wanderte unverdrossen durch den Sumpf der Buchführung meines Vaters. Zwar hatte mein Vater seine Buchhaltung oft sehr geschickt frisiert, um ein falsches Bild von der Finanzlage des Besitzes vorzutäuschen, doch zeichnete sich bald ein nüchternes Bild von verschwundenen Beträgen, Kapitalschwund und Ausgaben ab, für die es keine Belege gab.

«Ist er bankrott?» fragte Ginevra, als ich genug wußte, um ihr über den vollen Umfang des Desasters zu berichten.

«Nein – Gott sei Dank erfolgte sein Zusammenbruch noch rechtzeitig. Und Gott sei Dank hatte er auch noch sein Privatvermögen, auf das er zusätzlich zurückgreifen konnte. Aber dessen ungeachtet wird Oxmoon Jahre brauchen, um sich zu erholen.»

«Wenn man bedenkt, wie stolz er immer darauf war, daß er so gut mit Geld umgehen konnte.»

«Zweifellos fürchtete er zunehmend, daß sie ihn verlassen könnte, und er war zu allem bereit, um sie zu halten.»

«Aber wie konnte er ihr nur so weit verfallen? Diese schreckliche, diebische Hure –»

«Ich fürchte, diese ganze Katastrophe beweist nur über jeden Zweifel hinaus, wie recht Robert hatte, daß Liebe nicht immer von Jugend und Schönheit und einem großen Orchester begleitet wird, das ‹An der schönen blauen Donau› spielt.»

«‹An der schönen blauen Donau› – mein Gott, das erinnert mich an etwas. Trinken wir noch einen Schluck, Johnny. Ich muß dir etwas von Robert sagen.»

Wir saßen im Salon von Little Oxmoon. Ich hatte Robert meinen täglichen Besuch abgestattet, war aber nicht länger als fünf Minuten geblieben und hatte das Desaster in Oxmoon nicht erwähnt. Zu diesem Zeitpunkt hätte es ihn auch nicht interessiert. Er hatte sich von meinem Vater vor langer Zeit verabschiedet, und jetzt hatte die Außenwelt keine Bedeutung mehr für ihn. Sie war zu weit entfernt. Er lag wie leblos in seinem stillen, abgedunkelten Zimmer und hatte mir nur zuhören wollen, wenn ich von der Vergangenheit sprach.

«Er erschien mir heute etwas frischer», sagte ich zu Ginevra.

«Das war, weil er beschlossen hat, wann er sterben will.»

Nach einem Augenblick fragte ich: «Willst du damit sagen –»

«Nein, ich spreche nicht von Euthanasie. Gavin sagte, wenn Menschen sehr, sehr krank sind, scheinen sie manchmal fähig zu sein, zu wählen, wann es soweit ist. Das erzählte er auch Robert und sagte, daß die Macht zu wählen in Beziehung zur Willenskraft steht. Robert fand das ungeheuer aufregend und fing sofort an, Pläne zu machen.»

Ich trank die Hälfte meines Pink Gin und fragte: «Und welchen Tag hat er bestimmt?»

«Meinen Geburtstag, den dreiundzwanzigsten April.»

«Aber, was in aller Welt –»

«Er hat immer gesagt, das sei der Tag gewesen, an dem er zu leben begann. Denn an meinem achtzehnten Geburtstag verliebte sich Robert in mich. Wir tanzten zusammen unter den Kronleuchtern in Oxmoon, während das Orchester ‹An der schönen blauen Donau› spielte.»

Ich war unfähig, das Schweigen zu brechen, das darauf folgte. Ich saß regungslos da und starrte ins Feuer, doch nach einer Weile schienen die Flammen zu hell zu werden. Ich wandte den Blick ab.

«Er will am Anfang enden», sagte Ginevra. Sie weinte nicht, und als ich sie ansah, erkannte ich, daß sie gerade so wie ich weit zurück in der fernen Vergangenheit weilte und den Violinen lauschte, die den Walzer spielten, der sich weigerte zu sterben.

Ich sagte: «Ich war dabei.»

Sie war überrascht. «Wirklich? Aber wie ungewöhnlich. Du kannst nicht älter als sechs gewesen sein.»

«Der besondere Anlaß. Lion und ich durften länger aufbleiben.»

«Hast du uns tanzen gesehen?»

«Ja», antwortete ich. «Ich erinnere mich genau daran.»

«Oh, Johnny, das mußt du ihm sagen. Wenn das Ende kommt –»

«Ja, selbstverständlich. Ich werde da sein.»

Wir schwiegen wieder. Erst als ich mein Glas ausgetrunken hatte, konnte ich sagen: «Ich hoffe, daß Robert nicht enttäuscht werden wird.»

«Keine Sorge. Gavin und ich sind entschlossen, daß er es nicht sein wird.»

«Gott sei Dank.»

Die Flammen auf dem Rost flackerten. Der Schein des Feuers war freundlich zu Ginevra, glättete die Falten in ihrem Gesicht und hob ihre eleganten Beine hervor, die wie üblich in echte Seidenstrümpfe gehüllt waren. Die einzige Lampe im Raum stand hinter ihr, und plötzlich sah ich wieder das strahlende junge Mädchen, das vor langer Zeit im Ballsaal von Oxmoon tanzte, als Roberts Leben als Erwachsener begonnen hatte.

«Nun ja», sagte sie unvermittelt, «es hat keinen Sinn, herumzusitzen, Pink Gin zu schlucken und über den Tod zu plaudern. Ich muß zu Kester hinauf und du mußt nach Hause zu Bronwen . . . In Bobbys Zustand noch keine Änderung, nehme ich an?»

«Keine», bestätigte ich, doch als ich nach Hause kam, erlebte ich eine Überraschung. Nach drei sprachlosen Wochen, in denen mein Vater niemand erkannt hatte, war eine Besserung eingetreten. Bronwen kam die Treppe heruntergelaufen, sobald ich die Halle betreten hatte.

«Johnny, eine wunderbare Neuigkeit. Er hat nach dir gefragt.»

Mit echter Begeisterung stimmte ich zu, daß das eine wunderbare Neuigkeit sei, war mir aber dessen ungeachtet der Zweideutigkeit bewußt. Während der vergangenen Wochen hatte ich oft die geistlose Hülle betrachtet, die meinen Vater beherbergte, und gedacht, daß der Tod eine barmherzige Erlösung sein würde – und nicht nur allein für ihn. Wenn er einmal tot war, würde Oxmoon auf Kester übergehen und ich wäre endgültig der Qual der Versuchung enthoben.

Bronwen sprach schnell, als sie die Treppe hinauf voranging. Sie berichtete mir, daß sie vor einer halben Stunde bei meinem Vater hineingesehen hatte, um die Nachtpflegerin abzulösen, die hinunter gegangen war, um sich Tee zu machen, und sobald die Pflegerin aus dem Zimmer gegangen war, hatte er begonnen, auf walisisch zu sprechen.

«. . . und er sagte: ‹Ich kenne dich, aber ich habe deinen Namen vergessen. Du bist das hübsche Mädchen mit dem Baby›, und als ich sagte, ja, ich wäre Bronwen, sagte er: ‹Du gehörst zu John›, und dann fragte er, wo du bist, und als ich sagte, du wärst in Oxmoon, erkannte er plötzlich, daß er nicht zu Hause war, und fragte: ‹Bin ich im Heim Mariä Himmelfahrt?›, und als ich antwortete, nein, du hättest nicht zugelassen, daß sie ihn dorthin brächten, dachte ich, er würde anfangen zu weinen, aber das tat er nicht, und dann brachte die Pflegerin den Tee, und während er eine Tasse trank, fragte er immer wieder nach dir . . .»

Ich trat in Blanches Zimmer. Mein Vater saß von Kissen aufgestützt. Sein silbernes Haar mit dem schwachen Goldschimmer war sorgfältig gebürstet und gescheitelt. Seine Augen füllten sich mit Tränen, als er mich erkannte.

«Nun, da ist er endlich!» sagte die Pflegerin begütigend. «Ist das nicht schön?»

Ich schickte sie fort. Bronwen hatte sich bereits zurückgezogen. Ich schob mir einen Stuhl neben das Bett und setzte mich.

«Mein lieber Papa», sagte ich. «Wie freut es mich zu sehen, daß es dir bessergeht.» Mit Erleichterung war mir bewußt, daß diese Erklärung ungeachtet meiner früheren zwiespältigen Überlegungen der Wahrheit entsprach. Es war so leicht gewesen, ihn tot zu wünschen, als es ihm nicht besser als irgendeinem Kraut ging, aber es war unmöglich, ihm nicht eine völlige Genesung zu wünschen, als er wieder Lebenszeichen zeigte.

«Man hat mir gesagt, daß ich in Penhale Manor bin», flüsterte er.

«Das ist richtig. Thomas und ich kümmern uns um Oxmoon, bis es dir wieder gut genug geht, daß du zurück kannst.»

Mein Vater sah mich mitleiderregend verängstigt an. «Du darfst nicht an die Bücher gehen.»

«Das ist schon in Ordnung. Ich habe alles geregelt. Es ist alles klar.»

Zitternde Finger schlossen sich dankbar um meine Hand, und als ich sah, wie er den Mut zu finden versuchte, die unausweichliche Frage zu stellen, sagte ich so freundlich, wie ich konnte: «Ich fürchte, ich kann dir nicht sagen, wo Milly ist. Sie ist fortgegangen, ohne eine Adresse zu hinterlassen.»

«Aber Mrs. Wells müßte wissen, wohin man einen Brief schicken kann . . . Sie haben gemeinsame Bekannte . . .» Seine Stimme verklang.

Ohne Erregung sagte ich: «Ich fürchte, Milly hat für dich sehr viele Schwierigkeiten hinterlassen, Papa. Ich fürchte, am Ende war sie dir doch keine sehr gute Freundin.»

Mein Vater nickte, als ob er dieses Urteil in vollem Umfang annähme. Dann rann ihm eine Träne über die Wange.

«Papa, glaube mir, ich verstehe sehr gut, wieviel sie dir bedeutet, aber –»

«Ich weiß, daß du sie nie leiden konntest, aber sie war so freundlich zu mir und so fröhlich und wußte immer, wie sie mich zum Lachen bringen konnte. Ich nehme an, du denkst, daß sie es nur auf mein Geld abgesehen hatte, aber ich verstand sie. Ich weiß, welche Angst sie davor hatte, alt zu werden und allein zu sein und im Arbeitshaus zu enden wie ihre Mutter. Sie hatte auch eine schreckliche Kindheit, genauso schrecklich wie meine, oh, ich verstehe das alles. Sie sagte immer, ich wäre der einzige Mann, der sie je verstanden hätte, und der einzige Mann, den sie jemals wirklich gern gehabt hätte. Geld werde ich ihr keins mehr geben, und du kannst weiter meine Geschäfte für mich führen, aber bitte, bitte schreib an Milly und bitte sie darum, daß sie zurückkommt.»

«Papa –»

«Du warst so gut und so freundlich, du hast mich vor diesem Haus gerettet. Es tut mir leid, daß ich so kalt und so unnachsichtig zu dir gewesen bin, aber ich werde das jetzt wiedergutmachen. Ich schwöre dir, daß ich das will. Ich werde alles tun, was du willst – mein Testament ändern – dir mein ganzes Geld hinterlassen – ja, ich werde dir sogar –»

Ich stand schnell auf. Ich hörte mich selbst entschieden sagen: «Du kannst kein Testament machen, solange es dir nicht gutgeht, Papa. Mache dir darüber jetzt keine Gedanken. Deine erste Aufgabe ist jetzt, daß du dich ganz erholst.»

«Aber wenn du Milly zurückholen könntest . . .»

«Wenn ich es tue, dann nur, weil ich weiß, wie schrecklich es ist, von dem Menschen getrennt zu sein, den man liebt. Ich täte es nicht, um dafür belohnt zu werden.»

«Aber du wirst es tun? Du holst sie zurück?»

«Ich werde es versuchen.»

6

«Das kannst du nicht tun!»

«Du bist wahnsinnig! Sie wird niemals kommen.»

Die Reaktionen von Thomas und Ginevra waren vorauszusehen, aber sie irrten sich. Sie kam. Ich holte sie zwei Wochen später am Bahnhof ab. Sie trug einen eleganten schwarzen Mantel mit einem Fuchspelz und einen kleinen Hut mit einem affektierten Schleier. Begleitet wurde sie von einem Berg sehr teurer Lederkoffer.

«Nun, Bester», begrüßte sie mich, «das Leben ist voller Überraschungen, oder nicht? Ich bin überzeugt, wir beide hätten nie gedacht, daß wir uns noch einmal wiedersehen. Macht nichts, ich habe einen hübschen Urlaub gehabt und etwas Geld für meine alten Tage angelegt, und jetzt bin ich zu allem bereit. Ich habe einen Mann kennengelernt, der mir ein kleines Haus in Putney anbot, aber weder er noch das Haus sagten mir zu – Oxmoon hat mich verdorben, das ist meine Schwierigkeit, Oxmoon und Bobby. Nichts als das Beste ist mir jetzt noch gut genug, alles andere, vielen Dank. Ich wünschte, ich hätte nicht so viel zusammengerafft, ehe ich ging, ich weiß, das war nicht fein, aber wenn man eine Frau ist, steht immer das Alter vor einem, lauert hinter der nächsten Ecke, und wenn man kein Geld hat, kann man sich gleich selbst den Hals abschneiden, und damit hat es sich. Mein Gott, es ist eine verdammte Hölle für eine Frau, immer auf die Gnade von Männern angewiesen, die einen wie Pferdescheiße behandeln – verzeihen Sie mir mein Französisch –, aber das war ja das Besondere an Bobby, immer so charmant, immer ein Gentleman – er hat mich nie wie Pferdemist behandelt –, nein, nichts war zu gut für mich, wenn es auf Bobby ankam, rein gar nichts.

Tut mir leid, daß es ihm so schlechtging. Mabel schrieb mir über Lilly in Wandsworth, um mir zu berichten, was vorging, und ich dachte ständig an ihn. Selbstverständlich dachten Sie alle wahrscheinlich, ich wäre in Monte Carlo und würde Champagner trinken und mich einen Dreck darum kümmern, aber Sie haben sich getäuscht. Ich habe an ihn gedacht. Der arme alte Bobby. Ja, ich habe ihn vermißt, und, mein Gott, ich habe auch dieses schrecklich unbequeme alte Haus vermißt – oh, wie habe ich es genossen, dort die Macht zu haben – mein Gott, ich könnte auf Essen, Trinken und Sex verzichten und nur von Macht allein leben, das könnte ich wirklich. Also, wenn ich je wiedergeboren werden sollte, werde ich Gott bitten, als Herr von Oxmoon zurückzukommen – nicht als Herrin, wohlgemerkt, sondern als Herr. Selbstverständlich kann sich niemand, der bei Verstand ist, wünschen, als Frau wiedergeboren zu werden.»

Wir fuhren aus Swansea hinaus und über die schmalen Straßen in das Herz von Gower. Ein Regenschauer überschüttete den Wagen, aber es war nur ein Frühjahrsregen, und im nächsten Augenblick schien die Sonne auf die Mauern von Penrice, als wir an der Abzweigung zum Meer vorbeifuhren.

«Was macht Ihr reizendes Mädchen? Hoffentlich nicht schon wieder schwanger? Die Leute haben so komische Ideen vom Kinderkriegen. Ich habe nie verstanden, was an Babies so anziehend sein soll. Doch da wir von Babies sprechen, was macht der kleine Thomas? Hat er es geschafft, mit Mabel Wells zusammenzukommen, seit die zwei so ganz für sich in Oxmoon sind? Mabel hat in ihrem Brief so scheu über ihn geschrieben, daß ich direkt für sie zu hoffen wagte – es wäre so nett für sie, finden Sie nicht, und für ihn das denkbar Beste. Irgend etwas ist da nicht ganz in der Reihe, aber nichts, womit Mabel nicht fertig werden könnte. Komisch, daß Mabel sich so viel aus jungen Männern macht. Ich habe das nie so richtig verstehen können, all dieses laute Getue und Gehabe und sich nachher so anstellen, als ob sie ein Wunder vollbracht hätten. Mir ist ein älterer Mann jederzeit lieber. Sie mögen genau so selbstsüchtig sein – welcher Mann ist das nicht? –, aber wenigstens hat man doch die Chance, ein bißchen etwas Erfahreneres zu entdecken ...»

Wir erreichten den Weiler Middleton und bogen auf die Straße nach Penhale ab. Ein weiterer Regenguß traf den Wagen, als wir uns Oxmoon näherten, und links von uns in den Downs drängten sich die wilden Ponies zum Schutz vor dem Wind zusammen, der von der nicht sichtbaren See her über die Heide fegte.

«Ah, da ist ja Oxmoon, gräßliches großes Biest von einem Haus – oh, wie ich es liebe! Nein, ich hätte in der billigen kleinen Villa in Putney wirklich nicht glücklich werden können ...»

Wir erreichten Penhale Manor, und ich war so erleichtert, daß die Fahrt zu Ende ging, daß ich nichts anderes tat, als sie sofort in das Zimmer meines Vaters hinaufzubringen.

«Milly!» rief mein Vater aus, als wir ins Zimmer kamen, und für einen kurzen Augenblick war er wieder jung, leuchtete vor Vitalität, strahlte sein Gesicht vor Glück. Das war der Augenblick, in dem ich wußte, daß er sich genügend erholen würde, um fähig zu sein, ein neues gültiges Testament zu meinen Gunsten aufzusetzen. «Oh, Milly, wie wundervoll, dich zu sehen, Milly. Ich möchte nach Hause, aber der Doktor sagt, ich muß hier noch eine Weile ruhig leben, und hier ist eine Pflegerin, die mich wie ein Baby behandelt, und ich kann mir noch nicht recht vorstellen, wie ich dem je entkommen kann –»

«Da mach dir weiter keine Sorgen, mein Püppchen», sagte Milly und küßte ihn zärtlich. «Überlasse das ruhig mir.»

7

Mein Dilemma überwältigte mich schließlich.

Ich zog mich in mein Zimmer zurück und fragte mich, wie ich, ein schwacher, gespaltener und völlig unheroischer Mensch, der sich den größten Teil seiner Zeit im Zustand moralischer Verwirrung befand, auch nur versuchen konnte, die Rolle des Helden zu spielen, die ihm aufzudrängen sein Geschick so offensichtlich bemüht war. Wie sollte ich es ablehnen, Oxmoon anzunehmen? Selbstverständlich war mein Vater geistig noch nicht wieder gesund und mochte weniger großmütig sein, wenn er sich völlig erholt hatte, doch war sein Schuldgefühl wegen einer Verführung, die über dreißig Jahre zurücklag, faktisch nicht weniger irrational? Und hatte ich meinen aufs höchste gehegten Ehrgeiz nicht etwa aus logischen, sondern aus emotionellen Gründen preisgegeben, die im Lauf der Zeit zunehmend irrelevanter geworden waren? Ich war schockiert und abgestoßen, als ich vom Verhalten meines Vaters gegenüber Ginevra gehört hatte. Es war eine natürliche Reaktion gewesen, als ich darauf bestand, daß mein Vater seine Schuld sühnte, indem er Robert das gab, was Robert wünschte. Aber hatte mein Vater für seine Missetat in der Vergangenheit jetzt nicht genug gelitten? Und war es richtig, daß das gegenwärtige und zukünftige Wohl von Oxmoon wegen eines Vorfalls in der Vergangenheit, der am besten vergessen wurde, geopfert werden sollte?

Oxmoon war die Herausforderung, die ich brauchte. Oxmoon würde meinen Ehrgeiz befriedigen. Ich war für Oxmoon maßgeschneidert, und jetzt wartete Oxmoon sicherlich auf mich, wartete auf den Mann in der Familie, der allein den Verstand und die Fähigkeit besaß, sein bedrohtes Geschick zu wenden.

Robert würde meinen Verrat selbstverständlich nie erfahren. Er würde glücklich sterben in der Überzeugung, daß ich zu seinem idealistischen, rührenden, aber grundlegend undurchführbaren letzten Wunsch stehe, er könne sein magisches Haus und das Leben, das ihm nicht vergönnt war, an seinen Sohn weitergeben. Ginevra würde zunächst wütend sein, aber ich hielt es für unwahrscheinlich, daß sie sich am Ende viel daraus machen würde. Bestimmt kehrte sie nach London zurück, wenn Robert erst tot war, warum sollte sie sich also mit Oxmoon belasten wollen? Und Kester ... nun, Kester würde in London bei seiner Mutter zweifellos viel glücklicher sein. Selbstverständlich mußte für sie ein finanzieller Ausgleich geschaffen werden – und es brauchte nicht gesagt zu werden, daß ich mich überschlagen würde, um großzügig zu sein –, aber ich sah keinen Grund, warum Kester Oxmoon vermissen sollte. Wie konnte er? Er hatte nie dort gelebt. Oxmoon war nicht in seiner Seele verwurzelt, wie es in meiner verwurzelt war.

Ich dachte an den weichen, mädchenhaften kleinen Kester. Zweifellos wäre er eine Katastrophe für Oxmoon. Ich dachte an meinen kühnen, unternehmungslustigen Harry, der mir mühelos in meine Fußstapfen folgen konnte.

Die Wahrheit war, daß ich um Harrys willen – und auch um Oxmoons willen – meines Vaters Wunsch akzeptieren mußte, wenn er entschied – falls er entschied –, sein Testament zu ändern. Das war meine moralische Pflicht. Mein Vater würde das natürlich verstehen, wenn – falls – ich es ihm erklärte. Ja, er würde ebenso deutlich sehen, wie ich es jetzt sah, daß er mich zu seinem Erben machen mußte. Wie meine Mutter gesagt hätte, es war das, was sich gehört – tatsächlich das einzige, was sich gehörte.

8

«Es wäre unrecht», sagte Bronwen.

«Ich weiß.» Ich bedeckte mein Gesicht mit den Händen. «Es würde bedeuten, daß ich Robert betrüge, Ginevra betrüge, Kester betrüge, aber mein Gott, wie ziehe ich die Grenze und stehe dazu? Ich habe so große Angst, daß ich nicht stark genug sein werde –»

«Ich glaube, du wirst es sein.»

«Aber ich bin so schwach. Du weißt, wie schwach ich bin.»

«Ich glaube, am Ende wirst du stark sein.»

«Aber Bronwen –»

«Verzweifle nicht. Liebe Robert weiter und sei wahrhaftig zu ihm. Wenn er dann stirbt, wird sich das Gefüge aus Liebe und Wahrheit ändern und sich automatisch in einem magischen Akt neu formen, und du wirst sicher sein.»

«Ich – kann mir – einfach – nicht – vorstellen –»

«Ich kann es. Und du mußt. Habe Glauben. Sei wahrhaftig. Und liebe ihn aufrichtig bis zum Ende.»

9

Wenige Tage später, am 23. April 1928, mein Vater lebte noch und ließ es sich in Oxmoon wohlergehen, erreichte Robert schließlich das Ende der schrecklichen Straße, auf der er seit dem Ende des Krieges gewandert war.

Nach dem Frühstück ging ich nach Little Oxmoon und traf Ginevra auf mich wartend an. Sie trug Grün, eine Farbe, die ihr gut stand, und hatte sich unendliche Mühe mit ihrem Aussehen gemacht. Da ich an ihre Vorliebe für ungeeignete Kleider gewöhnt war, überraschte mich ihr einfaches, schmuckloses Gewand. Sie wirkte müde, war aber gefaßt.

«Wie geht es ihm?»

«Ich glaube, erträglich. Gavin kommt um zehn.»

Wir gingen in Roberts Zimmer. Am Fenster stand eine Vase mit Osterglocken, aber der einzige Geruch, der die Krankenzimmeratmosphäre überdeckte, kam von den Lavendelbeuteln. Draußen schien die Sonne.

«Robert», sagte Ginevra, «John ist da.» Sie wandte sich mir zu. «Er kann noch flüstern, aber du mußt sehr nahe an ihn herangehen.»

«Versuche nicht zu sprechen, wenn du nicht willst, Robert», sagte ich. «Ich wollte nur, daß du weißt, daß ich hier bin.»

Er blinzelte zum Zeichen, daß er verstanden hatte. Er sah so alt, so hager, so wächsern, so ganz anders als in meinen Erinnerungen an ihn aus. Es fiel mir schwer zu glauben, daß in diesem verbrauchten, nicht wiederzuerkennenden Körper der Held meiner Kindheit, einer seit langer Zeit verlorenen Welt, steckte.

«Soll ich über –» wandte ich mich flüsternd an Ginevra, aber sie wehrte ab. «Nein, noch nicht. Warte, bis er sprechen will. Dann wird es soweit sein.» So saßen wir eine Zeitlang schweigend bei ihm. Später kam Warburton, und bald nachdem er sich in den Salon zurückgezogen hatte, um zu warten, versuchte Robert zu sprechen.

«Ja, ich bin hier, Darling», sagte Ginevra, «und John ist auch da, genau wie an meinem achtzehnten Geburtstag. Erinnerst du dich daran, daß er dabei war? Ich nicht. Das war doch ungewöhnlich, nicht wahr? Aber man könnte wirklich glauben, daß wir wieder am Anfang angekommen wären . . . Johnny, erzähle Robert doch, woran du dich erinnerst – erzähle uns alles, was du an diesem Abend gesehen hast.»

«Ich habe wirklich alles gesehen», sagte ich. «Es war ein ganz besonderer Anlaß und alles so aufregend. Lion war acht und ich war noch nicht ganz sechs. Edmund war vier und noch zu klein, um aufzubleiben, aber Mama sagte, Lion und ich, wir könnten unsere maßgeschneiderten Anzüge tragen und zusehen. Ich erinnere mich so deutlich, Robert – ja, ich war da – ich war mit im Ballsaal, als das Orchester ‹An der schönen blauen Donau› spielte, ich war dabei, als du mit Ginevra getanzt hast. Wenn ich die Augen zumache, kann ich euch sehen, als ob es gestern gewesen wäre. – Ich kann durch den Kreis sehen, wie Bronwen sagen würde, und das Echo in der Zeit hören . . . Es ist ein Echo, das ich mein Leben lang hören werde, Robert, und mein ganzes Leben lang werde ich, wenn ich diese Musik höre, mich erinnern und an dich denken.»

«Dreißig Jahre, Darling», sagte Ginevra zu ihm. «Es scheint kaum möglich zu sein, nicht wahr? Als ich jung war, habe ich immer gedacht, dreißig Jahre sind eine Ewigkeit, aber jetzt scheint das überhaupt keine lange Zeit zu sein, und sogar die Zeit selbst sieht anders aus . . . Ja, was ist, Darling? John? Ja, selbstverständlich.»

Ich beugte mich über das Bett. «Hier bin ich, Robert.»

Zunächst glaubte ich, er wäre unfähig zu sprechen, doch dann vernahm ich das Wort, das er aussprechen wollte. Es war der Name seines Sohnes.

«Ja, das ist doch klar», sagte ich. «Ich habe verstanden.» Und in diesem Augenblick war die Vergangenheit vergessen und die Zukunft irrelevant. In diesem einzigartigen Augenblick war alles, was ich wünschte, daß er bekommen sollte, wonach er sich am meisten sehnte. Ich wußte, er würde nicht sterben wollen, wenn er keinen Frieden gefunden hatte, und ich wußte, jetzt war ich der einzige, der ihm das Geschenk seines selbstgewählten Todes geben konnte.

«Ich verspreche dir», sagte ich, «daß ich für ihn sorgen werde, als ob er mein eigener Sohn wäre», sagte ich mit meiner klarsten Stimme, «daß ich, solange ich lebe, dafür sorgen werde, daß er Herr auf Oxmoon bleibt.» Nach wie vor hatte ich keine Ahnung, wie ich die Kraft finden sollte, mich an mein Versprechen zu halten, doch im Augenblick war das unwichtig. Worauf es jetzt ankam, war, daß ich ihn genügend liebte, das auszusprechen, was in diesem Augenblick die Wahrheit war.

Er flüsterte etwas, und mich packte kurz eine Panik, weil ich ihn nicht verstehen konnte, und ich fürchtete, er würde sagen, daß er mir nicht glaubte.

«Ginevra, ich kann nicht verstehen, was er sagt –»

«Er sagte, du bist der beste Bruder, den ein Mann je hatte.»

Ich konnte nicht sprechen, aber endlich erkannte ich, daß er ihren Namen flüsterte, und ich wußte, daß es für mich nichts mehr zu tun gab, außer mich zu verabschieden. Ich küßte ihn flüchtig, berührte zum letzten Mal seine Hand und verließ dann das Zimmer, damit Ginevra, die zu Beginn seines Lebens mit ihm allein gewesen war, auch am Ende mit ihm allein sein konnte.

10

Warburton verließ den Salon, als ich eintrat. Ich mixte mir einen Drink, stellte jedoch dann fest, daß ich ihn unmöglich trinken konnte, ging zum Fenster und boebachtete die Osterglocken, die im Frühlingswind nickten.

Warburton kam nicht wieder, aber eine Stunde später kam Ginevra, die nach mir suchte. Sie war ruhig, und als ich aufstand, lächelte sie.

«Es ging alles gut.»

«Hat Gavin –»

«Nein. Er hatte die Spritze aufgezogen, aber dann änderte sich Roberts Atmung, und er verlor das Bewußtsein. Darum sagte Gavin, er wolle lieber warten, und ich stimmte zu, und wir warteten, und dann veränderte sich die Atmung abermals und wieder verging einige Zeit, doch schließlich hörte alles auf, und es war vorüber.» Sie setzte sich plötzlich auf einen Stuhl. «Gavin ist gerade fort», fügte sie hinzu. «Einer seiner anderen Patienten liegt im Sterben – mein Gott, was Ärzte für ein Leben führen! –, aber er will sobald wie möglich wiederkommen.»

«Gut. Soll ich dir einen Cognac geben?»

«Ach nein, Darling. Cognac trinke ich immer nur als Medizin. Könntest du mir einen sehr kräftigen Pink Gin mixen?»

Als ich ihr das Glas reichte, lächelte sie mich wieder strahlend an. «Danke – ach, Johnny, vergib mir, daß ich nicht in Tränen ausbreche, aber die Wahrheit ist, daß ich verrückt vor Erleichterung und vor Freude bin.»

«Ich verstehe.»

«Es ist ungewöhnlich, was sich für den Überlebenden ereignet, wenn der Partner lange Zeit braucht, um zu sterben – am Ende, wenn man jedes vorstellbare Gefühl verbraucht hat, ist man einfach von einer grausigen Ungeduld abgenutzt, weil das Sterben so lange dauert. Wie verrückt das klingt, findest du auch? Aber vielleicht wird man nach Jahren eines zermürbenden Kampfes, bei Verstand zu bleiben, am Ende ein bißchen wahnsinnig.»

«Ich kann mir einfach nicht vorstellen, wie du das ausgehalten hast.»

«Er war mein Freund», sagte sie. Sie sprach, als wäre das nicht nur die endgültige Umschreibung ihrer Beziehung zu Robert, sondern die einzige Erklärung für ihre Ausdauer. Dann rief sie lachend aus: «Oh, ich bin so glücklich, daß ich feiern möchte, indem ich mich betrinke und einen herrlichen Nervenzusammenbruch bekomme!»

«Tut mir leid», sagte ich. «Mit Nervenzusammenbrüchen bin ich derzeit bedient.»

Sie lachte wieder und küßte mich. Als sie den Inhalt ihres Glases hinuntergestürzt hatte, sagte sie nüchtern: «Es ist schon merkwürdig, wie sich manches im Leben entwickelt – von allen Kindern Bobbys und Margarets warst du derjenige, den ich am wenigsten mochte, und trotzdem habe ich mich in den vergangenen Jahren oft gefragt, was ich ohne dich hätte anfangen sollen. Ich habe mich nie bei dir bedankt, daß du ein solcher Turm der Stärke gewesen bist, oder? Was bin ich doch für ein schreckliches altes Weibsstück.»

«Ich bin nicht ganz sicher», sagte ich, «ob ich mich selbst als Turm der Stärke bezeichnen würde.»

Aber sie hörte mir nicht zu. Sie sann wieder über die Seltsamkeit des Lebens nach. «Ich bin nicht mehr religiös», sagte sie, «aber am Anfang, als ich in hysterischen Anwandlungen ein paarmal um Kraft betete, nahm ich immer an, die Kraft würde – wenn überhaupt – von meinen Freunden in London kommen. Doch am Ende kam sie aus einer Richtung, aus der ich sie am wenigsten erwartete, und von einem Mann, den ich nie leiden konnte. Religiöse Menschen werden vermutlich sagen, daß die Wege Gottes geheimnisvoll sind.»

Sie ging zum Grammophon. «Auch das mit dem Walzer ‹An der schönen blauen Donau› ist merkwürdig», sagte sie, während sie die Kurbel drehte. «Mir wurde es so verhaßt, daß – verstehst du? Ich habe mich nicht in Robert verliebt, als er sich in mich verliebte. Ich habe mich in Conor verliebt, und später, als Robert den Walzer zu unserer speziellen Melodie machte, empfand ich sie immer als einen solchen Hohn, daß ich jedesmal hätte schreien können, wenn ich sie hörte. Aber jetzt hast du alles zurechtgerückt. Es wird mir in Zukunft nichts ausmachen, ‹An der schönen blauen Donau› zu hören. Ich werde mich jedesmal daran erinnern, daß du den Mut hattest, dieses Versprechen abzugeben, an dem Robert absolut keinen Zweifel hatte, daß du es halten würdest. – Ich werde mich daran erinnern, daß du die Menschlichkeit besessen hast, die es ihm ermöglicht hat, in Frieden zu sterben. Und jedesmal, wenn ich sie höre, werde ich an Robert denken, wie er flüsterte, du wärst der beste Bruder, den ein Mensch je hatte.» Sie legte die Platte auf den Teller und setzte die Nadel in die Rille. «Auch du wirst dich daran erinnern, nicht wahr?» sagte sie und blickte sich nach mir um, und als die Musik einsetzte, lächelte sie mir mit einem Vertrauen zu, das ich nie würde enttäuschen können.

Am Ende war es also Ginevra, die mir die Kraft gab, die mich später nie wieder im Stich ließ, und «An der schönen blauen Donau» war es, was mich ein für allemal von der Versuchung erlöste, die mich so lange gequält hatte. Ich bemühte mich, mir vorzustellen, was ich beim Hören dieser Musik empfinden würde, wenn ich meinen Bruder, der mir vertraut hatte, betrogen und Ginevra, die bereits so viel gelitten hatte, erbittert hätte. Aber selbstverständlich konnte ich mir das nicht vorstellen. Es war unvorstellbar. Ich konnte darin nur den Weg zur Hölle erkennen und das Tor dorthin für immer zuschlagen. Ich konnte nur zu mir selbst sagen: «So weit und nicht weiter», und die endgültige unauslöschliche Grenze ziehen.

Der Klang der Violinen erfüllte den Salon, und die Osterglocken draußen tanzten in der Frühlingsbrise.

Als die Platte abgelaufen war, sagte Ginevra einfach: «Ja, ich hasse es jetzt nicht mehr.» Sie klappte den Deckel des Grammophons zu. Dann rief sie plötzlich aus: «Mein Gott, ich habe Kester vergessen! Darling, würdest du mit mir kommen, um ihm die Nachricht zu bringen? Ich habe den Unterricht für heute abgesagt, und er hat wahrscheinlich seine Nase in ‹Der Gefangene von Zenda› vergraben. Er hat einen recht frühreifen literarischen Geschmack entwickelt, und im Augenblick ist er einfach verrückt auf Ruritania.»

Gehorsam stellte ich mein Glas fort und ging mit ihr, um zum ersten Mal einen langen scharfen, resignierten Blick auf das Kind zu werfen, das mich um mein Erbe brachte.

II

Kesters Zimmer war einer der Türme, die sich an den Bungalow anschlossen, und sein bemerkenswertestes Merkmal waren die Gitter, die nach Robins Unfall an den Fenstern angebracht worden waren. Das Zimmer war nicht ordentlicher als das von Harry in Penhale Manor, aber es hatte eine andere Atmosphäre. Harrys Zimmer war angefüllt mit seinen Eisenbahnen, Bausteinen, Baukästen, seinen sogenannten wissenschaftlichen Experimenten, seiner Sammlung Fossilien, seinem Kricketschläger und allem anderen Zubehör, das für das Leben eines normalen neunjährigen Jungen wesentlich ist. Kester, noch sieben Monate von seinem neunten Geburtstag entfernt, schien sich nur für weiche Spieltiere, für Wasserfarben und Bücher zu interessieren. Als wir in das Zimmer kamen, fanden wir ihn auf seinem Bett inmitten einer Sammlung von Teddybären liegen und gierig in einer hübschen Ausgabe von Anthony Hopes klassischem Roman lesen. Ich verdrängte die Erinnerung an Harry nachdrücklich und richtete meinen ganzen Willen darauf, freundlich zu dem Kind zu sein, das wie einen Sohn zu behandeln ich versprochen hatte.

Als wir in das Zimmer kamen, legte er das Buch widerstrebend beiseite und stand auf. Für seine acht Jahre war er groß und ziemlich geschmeidig. Wie üblich verlangte sein kastanienbraunes dichtes, lockiges Haar danach, geschnitten zu werden, und ich dachte, wie schon so oft, wieder einmal daran, wie fremdartig Roberts blasse Augen unter der reichen Fülle dieses von Ginevra geerbten Haares wirkten und wie fremd der breite Mund mit den vollen Lippen über der asketischen, feingezeichneten Linie von Roberts Kinn wirkte. Seine große Nase, die er anscheinend von keinem der beiden geerbt hatte, verlieh ihm ein gnomenhaftes Aussehen. Er machte den Eindruck, daß er jeden Augenblick grüne Trikots überstreifen und unter dem nächsten Fliegenpilz verschwinden könnte.

«Hallo, Ma», sagte er. «Ist er tot?»

«Ja, Darling.»

«Na also. Das ist doch gut, oder?»

«Ja, wunderbar!» In diesem ungewöhnlichen Dialog trat eine Pause ein, in der sie ihn innig an sich drückte.

«Du riechst schrecklich nach Gin, Ma. Bist du betrunken?»

«Nein, Schatz. Nur gut eingeheizt. Sag deinem heroischen Onkel John guten Tag. Ich weiß nicht, was ich ohne ihn anfangen sollte – er ist absolute Spitzenklasse.»

«Hallo, heroischer Onkel John», grüßte Kester sehr vorlaut.

«Ich muß jetzt einfach auf die Toilette, oder ich platze noch», sagte Ginevra. «Entschuldige mich für einen Augenblick, Johnny. Kester, Schatz, erzähle Onkel John, wie weit du mit dem ‹Gefangenen von Zenda› gekommen bist.»

«Also», begann Kester zu einer für ihn erfreulichen Szene völlig bereit, «weißt du, eigentlich ist es die Geschichte von zwei Vettern. Der eine ist König von Ruritania, aber er taugt nichts. Er hat aber einen Vetter, der einfach ein gewöhnlicher Engländer ist, aber der ist ein Held und absolut erstklassig, und der entschließt sich, den Platz seines Vetters auf dem Thron zu übernehmen – aus den denkbar besten Gründen, selbstverständlich –»

«Ja, ich erinnere mich an die Geschichte. Ist Rudolph schon gekrönt worden?»

«Ja, vor vielen Seiten schon. Mir gefiel das, als Black Michael so fuchsteufelswild wurde!» Unfähig der Verlockung der Geschichte länger zu widerstehen, steckte er seine lange Nase wieder zwischen die Seiten.

Nach einem Augenblick setzte ich mich neben ihn und sagte tastend: «Kester, das tut mir sehr leid mit deinem Vater, aber ich meine, du würdest vielleicht gern wissen, daß er am Ende –»

«Nein, danke», sagte Kester. «Ich will überhaupt nichts wissen. Ich habe es satt, daß überall die Leute sterben.»

Es ist selten vorgekommen, daß ich einem Kind gegenüber vollkommen ratlos gewesen bin, doch jetzt hatte ich wirklich keine Ahnung, was ich als nächstes tun sollte. Ich war der Meinung, er sollte über mein Versprechen an Robert Bescheid wissen, aber gegenüber Kesters völligem Desinteresse schien ich keine Möglichkeit zu haben, väterliche Anteilnahme zu bekunden. Jedoch grundsätzlich überzeugt, daß etwas gesagt werden mußte, aber zu einer angemessenen Rede nicht fähig, murmelte ich lediglich: «Ich habe deinem Vater versprochen, mich an seiner Stelle um dich zu kümmern.»

«Ach, spar dir die Mühe», sagte Kester und blätterte eine Seite in seinem Buch um, «genaugenommen meine ich, daß Väter abgeschafft werden sollten.» Seine blassen Augen wanderten über die gedruckten Zeilen. «Also, ich finde», sagte er aufgeregt, «die Schurken in dem Buch gefallen mir am besten. Der Held ist doch ein ziemlicher Stiesel, immer mit einem vornehmen Getue und das tun, was sich gehört, aber mich begeistern einfach Black Michael und Rupert von Hentzau!»

Ich stand abrupt auf und trat an das vergitterte Fenster. Ich erinnerte mich an Ginevras Bemerkung: «Religiöse Menschen werden vermutlich sagen, daß die Wege Gottes geheimnisvoll sind.» Und als ich mich wieder dem wenig anziehenden Kind zuwandte, für das ich jetzt verantwortlich war, kam ich zu der Ansicht, daß Gott offensichtlich neue Tiefen verwickelter Ränke auslotete. Doch soviel ich sehen konnte, bestand keine Aussicht, mir die Bürde zu erleichtern. Alles, was ich tun konnte, war, mein unzulängliches Bestes zu geben als der fehlbesetzte Held, der ich nun einmal war. Alles, was ich tun konnte, war wieder einmal: Durchhalten! Nicht aufgeben! Weiterkämpfen!

Vierter Teil
Kester
1928–1939

«Uns aber soll an eine Beständigkeit, die unserem Wesen fremd ist, die unersättliche Begier der Menschen binden? Dies ist unsere Macht, dies ununterbrochene Spiel spielen wir, wir drehen das Rad in kreisendem Schwung, wir freuen uns, das Tiefste mit dem Höchsten, das Höchste mit dem Tiefsten zu tauschen. Steige aufwärts, wenn es dir gefällt, aber unter der Bedingung, daß du es nicht für ein Unrecht hältst, herabzusteigen, wenn es die Regel meines Spiels fordert.»

BOETHIUS, Trost der Philosophie

Erstes Kapitel

I

Ich bin ganz verrückt auf die beiden Bösewichter Rupert von Hentzau und Black Michael», witzelte ich, denn ich konnte der Versuchung nicht widerstehen, den spießigen Onkel John bis ins Mark seiner Knochen zu schockieren, und Onkel John schaute mich an, als sei ich reif, in ein Heim für schwererziehbare Kinder geschickt zu werden. Ihn ärgerte es am meisten, daß ich nicht tat, «was sich gehörte». Ein achtjähriger Junge, der seinen Papa auf tragische Weise verloren hatte, sollte wie ein braver kleiner Kerl gegen seine Tränen ankämpfen und dem barmherzigen Onkel, der gerade eben alle möglichen voreiligen Totenbettversprechungen gemacht hat, in Demut zuflüstern: «Oh, Sir, werden Sie jetzt mein Vater sein? Oh, bitte, Sir, bitte!» Es gehört sich jedoch *nicht*, wenn er sagt: «Juchei! Daddy ist tot!» und dann ein Loblied auf zwei Bösewichter anstimmt. Onkel John hielt es ganz entschieden für sehr schlechtes Benehmen, und ich sah, daß er sich den Kopf zerbrach und sich fragte, wie zum Teufel er aus mir einen anständigen Godwin machen sollte.

Der Himmel bewahre mich vor meiner Familie!

Im Alter von acht Jahren wußte ich bereits, daß ich das schwarze Schaf war. Längst bevor mein Vater im Frühjahr 1928 starb, hatte ich festgestellt, daß meine Familie mich mit verwirrtem Unglauben betrachtete, und als ich älter wurde, wußte ich auch, was sie so sehr bestürzte. Ich war der Godwin, den man am liebsten aus dem Familienstammbaum gestrichen hätte, aber dank einer Laune des Schicksals war ich auch der Godwin, der das Vorrecht genoß, als Herr von Oxmoon eine ständig sichtbare Rolle zu spielen. Ach, meine arme Familie! Mein Onkel Thomas pflegte mich anzuschauen, als habe er sich die Zähne bis auf den Knochen abgewetzt und knirsche jetzt nur noch mit den Stumpen. Mein Großvater konnte sich nie erinnern, wer zum Teufel ich war. Onkel Edmund bemerkte gelegentlich versonnen: «Komisch, wenn man bedenkt, daß er Roberts Sohn ist, nicht wahr?» – was angesichts der Tatsache, daß mein Vater allgemein als ein Held galt, besonders gemein von Onkel Edmund war. An Gemeinheit wurde er eigentlich nur noch von meinem viehischen

Halbbruder Rory Kinsella übertroffen, der, achtzehn Jahre älter als ich, zu sagen pflegte: «Robert muß halb geschlafen haben, als der kleine Kessie gezeugt wurde!»

Nur der langweilige Onkel John – mein «heldenhafter» Onkel John, wie meine Mutter ihn nannte – besaß den Edelmut, seine Meinung von mir für sich zu behalten, aber das tat er nur aus Rücksicht auf meinen Vater. Mein Vater allerdings dachte nicht weniger schlecht von mir.

«Dieses erbärmliche Kind sieht wie ein welkes Veilchen aus – schneide ihm auf der Stelle das Haar, Ginette, und *hör auf, ihn wie ein Mädchen zu behandeln!*»

«Halt den Mund, du verdammter Tyrann, *halt den Mund!*»

Die Ehe meiner Eltern – falls man die verzweifelte Schinderei ihres Zusammenlebens so nennen kann – war so weit von dem romantischen Ideal einer Ehe entfernt, daß ich schon früh in meinem Leben begriff, welcher Abgrund Phantasie und Wirklichkeit voneinander trennen konnte – und Phantasie, so schloß ich bald, war der Wirklichkeit bei weitem vorzuziehen. Ich liebte Märchen, besonders jene, in denen der Prinz und die Prinzessin, in glücklicher Liebe vereint, zum Schluß bis in alle Ewigkeit im Palast ihrer Träume lebten, und in meinem Wunsch, der grotesken Gemeinschaft meiner Eltern zu entfliehen, lernte ich das Lesen, sobald es mir möglich war. Und wenn dann das tägliche Leben in Little Oxmoon zu unerträglich wurde, verkroch ich mich in mein Bett und vertiefte mich dankbar in die fesselndste Geschichte, die mir gerade zur Verfügung stand.

Ich war nicht allein in dieser Flucht aus der Wirklichkeit. Allmählich verstand ich, daß nicht nur der ganze Haushalt, sondern auch alle Freunde und Verwandte meiner Eltern sich gemeinsam verschworen hatten, ein Netz von Phantasien um die Lage in Little Oxmoon zu weben. Die harte Wirklichkeit war nämlich, daß mein Vater langsam dahinstarb, und daß meine Mutter neun Jahre damit verbringen mußte, ihn sterben zu sehen, und diese Wirklichkeit war so schrecklich, daß jene, die sie kannten, gezwungen waren, ihre ganze Phantasie aufzubringen, um meine Eltern zu erträglichen Menschen zu machen, die man besuchen und über die man auf normale Art reden konnte. So wurde mein Vater zum sterbenden Helden der Legende, der sein Unheil mit grenzenlosem Mut hinnahm und sich nicht unterkriegen ließ, während meine Mutter bald die Rolle Florence Nightingales, bald die einer durch Leiden geläuterten gefallenen Frau einnahm.

«Was für eine wunderbare Ehe! Diese Hingabe! Dieser Heldenmut!» flüsterte die Welt in schrankenloser Ehrfurcht, und alle schlossen sich in diesen Mythos ein, um sich ihre sonnenbeschienenen Existenzen nicht von den schrecklichen Qualen, in denen meine Eltern lebten, verderben zu lassen, aber ich wußte es besser. Ich war da, und mit der besonderen Empfindsamkeit eines Kindes nahm ich den Alptraum in all seinen Einzelheiten in mir auf, die ständigen Streitereien, die Wutanfälle meines verzweifelten und frustrierten Vaters, die Trunksucht und Hysterie meiner Mutter, die schrecklichen Krankenschwestern mit ihrem Geschlurf und Getrappel und ihrem Klatschgeflüster, den Rollstuhl, die Kommode, den Gestank von Verwesung – all das gräßliche Beiwerk dieser noch gräßlicheren Krankheit. Die Leute hatten nicht nur keine Ahnung, wie sehr meine Eltern litten, sie wollten es auch nicht wissen. Auch ich hätte es lieber nicht gewußt, aber mir blieb keine Wahl. Mein Vater war kurz nach meiner Zeugung krank geworden, und so wurde ich bei meiner Geburt in diese Atmosphäre unaufhaltbaren Verfalls hineingezogen.

Doch jetzt, wenn ich zurückblicke, sehe ich, daß der Ursprung dieser von den Leuten für glaubwürdig befundenen und akzeptierten Legende im Herzen dieser traurigen Wirklichkeit lag. In Wahrheit waren meine Eltern nämlich wirklich tapfer, aber ihr Mut entsprach keiner engelhaften Schicksalsergebenheit (wie man es so gerne glauben mochte), sondern einfach der Notwendigkeit, Tag für Tag weiterzukämpfen und den Verstand zu bewahren. Ihre gegenseitige Aufopferung, die man wohlgemut als selbstverständlich betrachtete und von der ich als Kind annahm, daß sie nicht existierte, war in Wirklichkeit, wie ich es jetzt sehe, sehr echt. Sie war nur, wie auch ihr Mut, nicht klar erkennbar. Sie benahmen sich nicht wie ein Paar, das die herkömmlichen ehelichen Tugenden ausstrahlt, sondern eher wie ein Bruder und eine Schwester, die gezwungen sind, ein Kinderzimmer unter ungewöhnlich mißliebigen Umständen zu teilen, und später stellte ich fest, daß sie ihre Kraft angesichts der Tragödie, die auf sie zukam, nicht aus ihrer Ehe schöpften, welche sie verhältnismäßig spät geschlossen hatten, sondern aus der Erinnerung an ihre als Vetter und Cousine gemeinsam verbrachte Kindheit in Oxmoon.

Zu diesem endgültigen Urteil gelangte ich allerdings erst nach vielen Jahren, und am Tage, da mein Vater starb, war ich noch ein Kind und wußte nur, daß meine Eltern sich verzweifelt mit ihrem Unglück abquälten, und ich betete Nacht für Nacht für seinen Tod, der mir als die einzige Befreiung erschien. Um diese Zeit fühlte ich so gut wie nichts für meinen Vater. Ich hatte mich zwar pflichtgemäß bemüht, ihn als einen Helden zu verehren, aber eine solche Ergebenheit läßt sich schwer ohne Hilfe aufrechterhalten, und mein Vater half mir nicht. Am Ende seines Lebens hielt er offenbar etwas mehr von mir, doch auch dann widmete er mir nur gleichgültiges Interesse, als ob ich eine unerwartet nützliche Figur auf seinem Schachbrett wäre. Im Grunde interessierte er sich überhaupt nicht für mich, bemühte sich nie wirklich herauszufinden, was für eine Art von Mensch ich war, aber wenn ich mir auch eine Zeitlang sehr elend vorkam und ihn für seine Gleichgültigkeit mir gegenüber haßte, so fand ich Trost bei meiner Mutter. Wenn ich jetzt an meine Kindheit zurückdenke, wird es mir klar, wieviel gräßlicher sie ohne diese urwüchsige, willensstarke Freibeuterin gewesen wäre, die meine Mutter war.

«Mein Gott, Schatz», sagte sie munter, wenn ich ihr vorweinte, wie sehr ich meinen Vater haßte. «Stell den Wasserhahn ab und reiß dich zusammen. Daddy liebt dich, aber leider kann er es dir nicht zeigen, weil er hoffnungslos ungeschickt mit Kindern ist. Es ist wie beim Kricketspiel – wenn du ungeschickt bist und dich vergeblich bemühst, den Ball zu treffen, ärgerst du dich und verlierst das Interesse. Man muß halt den richtigen Dreh haben, nicht wahr? Daddy hat ihn nun einmal nicht mit dir, aber er kann nichts dafür. Ihm ist es halt nicht gegeben, und du mußt es ihm nicht zu sehr übelnehmen.»

Meine Mutter hatte den Dreh.

Sie war sehr dick, mit einem enormen Busen, und sie hatte funkelnde braune Augen, eine warme schnurrende Stimme und einen einladenden Blick. Später fand ich, daß sie wie der Vamp in den herrlichen Wildwestfilmen aus Hollywood aussah, wie jene Dame, die, sich in den Hüften wiegend und mit dem Popo wackelnd, durch den Saloon schreitet und den Cowboys an der Bar das Wasser im Munde zusammenlaufen läßt. Ich konnte sie mir mit einem Glas in der einen und einer Zigarette in der anderen Hand vorstellen, während sie Mae Wests unsterbliche Worte wiederholte: «Was ich liebe, sind nicht die Männer in meinem Leben – sondern das Leben in meinen Männern!»

Sie liebte mich nicht halb so sehr, wie ich sie, aber ich sah doch, daß es eine Art von Liebe war, und das tröstete mich sehr. Wenn sie schlechter Laune war, haßte ich sie ebensosehr wie meinen Vater, aber wenn sie sich je so weit vergaß, mich wissen zu lassen, daß sie in ihrem unerwünschten vierten Sohn eine ständige Quelle des Ärgernisses sah, so versäumte sie es nach Robins Tod nie, später zu versuchen, es wiedergutzumachen.

«Kester, was für ein *schönes* Bild du da gezeichnet hast. Schatz, du bist wirklich ein *kluger* kleiner Junge, und ich habe ein solches *Glück*, dich zu haben ...» Vielleicht war das alles recht übertrieben, aber ich ließ mich leicht besänftigen und liebte es, geliebt zu werden – und Gott weiß, wie wenig Liebe mir in meiner frühen Kindheit entgegengebracht wurde. Soweit ich mich erinnern kann, liefen die Wasser der Zuneigung aus dem elterlichen Reservoir immer nur in die Kanäle der Anbetung, die meinen Bruder Robin umgaben.

Ich habe mich im nachhinein oft gefragt, was für ein Mensch Robin wirklich gewesen ist, aber ich nehme an, daß es nur eine Antwort darauf gibt; er starb zu jung, um in seinen Charaktereigenschaften richtig beurteilt werden zu können. Für mich war er ein grausamer und gemeiner Bösewicht, aber ich hatte meine Vorurteile. Er pflegte mich bei jeder Gelegenheit zu verprügeln, während unsere Nanny wegguckte, und ich habe keine Ahnung, wie ich meine früheste Kindheit überlebte, aber wahrscheinlich half mir meine Kinderfrau Daisy, unter deren Bett ich mich verstecken durfte. Ohne Zweifel geschah das alles aus einem sehr prosaischen Grunde. Robin, den man anbetete und um den man sich ganz närrisch gebärdete, war eifersüchtig und völlig unfähig, sich meiner Ankunft in der Kinderstube anzupassen. Vieles wies darauf hin, daß er ein Wunderkind war. Im Alter von drei Jahren konnte er fließend lesen (diese widerliche Leistung wurde mir ständig eingetrommelt, während ich mich als Vierjähriger mit DIE KATZE HOB DIE TATZE abmühte), und wenn er noch lebte, hätte er sich wahrscheinlich sowohl in sportlichen als in akademischen Leistungen ausgezeichnet. Ich erinnere mich an die Geschicklichkeit, mit der er einen Kricketschläger hielt, wie der vollkommene kleine Godwin, der er war, aber als er sein sechstes Lebensjahr erreicht hatte, und ich dreieinhalb war, fiel er aus einem Fenster und – wie die Köchin sagte – «flog geradewegs in den Himmel, um als Engel zur Rechten Gottes zu sitzen».

Der arme liebe Gott, sagte ich mir mit echter Teilnahme, aber ich war froh, das Kinderzimmer endlich für mich allein zu haben, und erwartete, von nun an der Gegenstand jener närrischen Anbetung zu sein, mit der man bisher Robin überschüttet hatte. Nie wurde ich schwerer enttäuscht. Niemand wollte etwas von mir wissen, außer der Köchin, die eine gute Seele war, und meinem Onkel John, der sich wie immer bemühte, zu tun, «was sich gehört», und mich aus der Küche rettete, in die ich mich nach der Entlassung Nannys und Daisys zurückgezogen hatte. Nanny weinte ich keine Träne nach, aber es schmerzte mich, Daisy zu verlieren, und die Köchin war die einzige, die mir geblieben war, aber meine Eltern hatten schweren Kummer, und Onkel John hielt es für das beste, mich nach Stourham Hall in Llangennith zu schicken. Dort lebte ein abscheuliches Kind namens Belinda, aber sie hatte eine prächtige Nanny, die mich jeden Abend vor dem Schlafengehen küßte. Dieser Zärtlichkeitsbeweis beeindruckte mich so sehr, daß es mir zum Schluß fast widerstrebte, Stourham Hall zu verlassen.

Meine Heimkehr war noch schlimmer, als ich erwartet hatte, denn meine Eltern benahmen sich, als ob sie meinen bloßen Anblick kaum ertragen konnten. Bei meinem Vater erstaunte es mich nicht besonders, aber die unverhohlene Abneigung meiner Mutter entsetzte und verletzte mich so sehr, daß ich mich in die Küche flüchtete, der Köchin auf den Schoß kletterte und mich ausgiebig an ihrem Busen ausweinte.

«Der arme, kleine Kerl», sagte sie und nickte Watson, dem Zimmermädchen, bedeutungsvoll zu. «Ich glaube, Madam hätte es lieber gehabt, wenn er in den Himmel gekommen wäre und nicht unser junger Herr Robin.»

Ich verdrängte diese schreckliche Offenbarung in die hinterste Ekke meines Bewußtseins, aber nicht lange danach überkam mich einer meiner kindischen Wutanfälle, und ich schrie meine Mutter an: «Du haßt mich, weil ich nicht tot bin – du wünschst dir, ich sei im Himmel und nicht Robin!»

Meine Mutter wurde bleich. Dann sank sie in den nächsten Sessel und brach in Tränen aus.

Natürlich heulte auch ich los, steigerte mich in Hysterie vor Kummer und Verzweiflung. «Ich werde auch aus dem Fenster springen!» schluchzte ich und rannte zum Sims. «Und wenn ich in den Himmel komme, sage ich dem lieben Gott, er soll mich anstelle von Robin nehmen, und dann kannst du Robin zurückhaben und brauchst mich nie wiederzusehen!»

Meine Mutter stöhnte, schrie, packte mich, riß mich in ihre Arme und drückte mich so fest an sich, daß ich wimmerte. «Du dummer kleiner Narr!» brüllte sie mich an. «Selbstmord ist eine böse Sünde – dann endest du in der Hölle und wirst nie in den Himmel kommen!»

«Aber wenigstens bin ich dann tot! Ach, wenn ich nur tot wäre!» schrie ich, aber dann heulte ich aufs neue los, als ich mir vorstellte, wie der Teufel mich röstete, während Robin weiterhin bei den Engeln saß. Ich hörte sie schluchzen. «O Gott, was für eine schreckliche Mutter ich gewesen bin, o Gott, verzeihe mir, Gott helfe mir . . .» Doch während sie mit ihrer verzweifelten Litanei fortfuhr, kuschelte ich mich in ihre Arme und fühlte mich viel glücklicher, weil ich sah, daß sie mich doch mochte, wenn ich auch weit entfernt war, an die Vollkommenheit des heiligen kleinen Robin heranzureichen.

Danach hielt sich meine Mutter so oft bei mir im Kinderzimmer auf, daß mir von ihrem Anblick fast schlecht wurde. Das Hauptergebnis dieses Vorfalls waren jedoch nicht ihre neuen theatralischen Zärtlichkeitsbezeugungen, sondern ein gewisses Verständnis, das sich zwischen uns entwickelte und das später zu einer Reihe von wichtigen Gesprächen führte. Meine Mutter erklärte mir nicht nur die Kälte meines Vaters in einer Weise, die meine Neigung zu selbstzerstörerischem Haß neutralisierte, sie versicherte mir auch, daß es mehr im Leben gab, als Kricket zu spielen und ein vollkommener Godwin zu sein, daß es nichts Schlechtes bedeutete, wenn ich gern Märchen las, Bilder malte oder gar mit meiner geheimen Puppensammlung spielte, die ich in einer Schachtel unter meinem Bett versteckt hielt, wo weder mein Vater noch der stets wachsame neugierige Onkel John sie sehen konnte. So verdankte ich es meiner Mutter, einer Frau, die sich über Herkömmlichkeiten hinwegzusetzen verstand, mich nicht notwendigerweise zum Verhängnis verdammt zu fühlen, weil ich das schwarze Schaf der Familie war.

«Immerhin, Kester», sagte sie, kurz bevor mein Vater starb, «du bist jetzt wirklich ein bißchen zu alt, um mit Puppen zu spielen. Ich werde sie nicht gleich jetzt zum Trödelmarkt bringen, damit du Zeit hast, dich auf würdige Art von jeder von ihnen zu verabschieden. Das wäre schrecklich tapfer von dir, und ich würde dich sehr bewundern.»

«Ach, Mama!» sagte ich, sehr gerührt über ihre Geduld und ihr Taktgefühl. «Ich weiß, daß ich nie so gut wie Robin sein werde, aber ich verspreche dir, es eines Tages an dir wiedergutzumachen!»

Meine Mutter reagierte sehr gereizt. «Herrgott, Kester, höre bitte endlich auf, dich ständig zu dramatisieren und diese dummen Bemerkungen zu machen, für die ich dich am liebsten ohrfeigen möchte. Du bist genauso gut, wie Robin es war, nur bist du anders, das ist alles – und das ist auch gut so, und es freut mich. Ich will keinen zweitklassigen Robin, ich will einen erstklassigen Kester, und dieses eine Mal in meinem Leben habe ich, was ich will!»

«Ach, Mama, das ist so lieb von dir, so nett, aber...»

«Mein Gott, was ist denn nun schon wieder?»

«Bin ich... bin ich ein Wechselbalg?»

«Ein *was*?»

«Ein Wechselbalg. Wie in den Märchen und Geschichten. Du weißt doch... die Königin kriegt ein Kind, und es stirbt, und sie traut sich nicht, es dem König zu sagen, und eine ihrer Hofdamen schmuggelt ein fremdes Kind mit einer Wärmflasche ins Schloß...»

«Du liest zuviel», sagte meine Mutter. «Das ist der Ärger mit dir. Und deine Phantasie ist noch ausschweifender als die meine – was schon etwas heißen will! Nein, Liebling, sei nicht so idiotisch! Natürlich bist du kein Wechselbalg! Du bist aus meinem Bauch gekommen, und die Hebamme hat dich gewaschen, in eine Decke gewikkelt und mir gegeben, und ich sagte: ‹Wirklich sehr hübsch! Blaue Augen wie sein Vater und ein bißchen rotbraunes Haar wie das meine! Danke, Schwester›, fügte ich stolz hinzu. ‹Mit dem bin ich sehr zufrieden.› Und dann kam dein Vater herein und sagte: ‹Oh, fein! Ein Junge, mit dem Robin spielen kann – Gott sei Dank ist es kein Mädchen› . . .»

So phantasierte sie noch eine Weile weiter. Gott weiß, wie es in Wirklichkeit gewesen war, aber das machte mir nichts mehr aus. Meine Mutter liebte mich genug, um mich mit diesen Flausen zu trösten, und mehr wollte ich gar nicht wissen.

«Aber, Mama», sagte ich, als sie endlich innehielt und ihrer lebhaften Einbildungsgabe etwas Ruhe gönnte, «wenn ich kein Wechselbalg bin, warum bin ich dann kein richtiger Godwin? Warum bin ich dann so zweitklassig?»

Ihr Busen wogte, ihre dunklen Augen funkelten, und ihre Wut war schrecklich anzusehen. *«Wer sagt, daß du zweitklassig bist?»*

Ermutigt durch diesen herrlichen Beweis mütterlicher Treue, schossen meine Gedanken am schrecklichen Onkel Thomas vorbei, am gemeinen Onkel Edmund und meinem viehischen Bruder Rory, umkreisten kurz den spießigen Onkel John und hefteten sich schließlich auf jenen Vetter, der auf meiner Haßliste Robins ersten Platz eingenommen hatte.

«Harry», sagte ich – nicht ganz wahrheitsgemäß, denn Harry hatte das Wort «zweitklassig» nie benutzt, aber unter den Umständen erschien mir diese kleine Ungenauigkeit entschuldbar. Immerhin hatte er mich während unseres letzten Streits einen idiotischen Untermenschen genannt, den man in Seifenlauge stecken, einschrumpfen lassen und in einer Streichholzschachtel aufbewahren sollte.

«So?» rief meine Mutter erzürnt aus. «Dann sage deinem Vetter Harry, daß du ein Godwin bist, wie er nie einer sein wird, weil deine beiden Eltern Godwins sind – mehr Godwin als du kann man gar nicht sein, und das schließt automatisch jede Möglichkeit der Zweitklassigkeit aus! Stehe deinen Mann, und laß dich von diesem Jungen bloß nicht einschüchtern, der sich einbildet, er habe das Recht, anmaßend und lümmelhaft zu sein, nur weil er auf die Schule geht! Natürlich ist es nicht seine Schuld, daß er so ein kleiner Flegel ist», fügte sie hastig hinzu, als ob sie fürchtete, in ihrer für mich so ergötzlichen Kritik zu weit gegangen zu sein. «Er hat wirklich eine unmögliche Erziehung genossen, doch . . . lassen wir das. Ich habe Bronwen sehr gern und will kein Wort gegen Johnny hören, und diese Kinder werden sich wahrscheinlich am Ende doch noch zu anständigen Menschen entwickeln, wenn auch inzwischen vieles besser gemacht werden könnte. Nicht für hundert Harrys würde ich dich eintauschen! Zweitklassig, daß ich nicht lache! Unglaublich!»

«Oh, Mama, du bist so wunderbar!» rief ich mit Tränen in den Augen aus.

«Oh, mein Gott, fängst du schon wieder an!» sagte meine Mutter ärgerlich. «Kester, du mußt jetzt wirklich aufhören, so erregbar zu sein!»

«Aber du bist doch auch erregbar, Mama! Daddy sagt immer, du seist so erregbar!»

«Ja, Liebling, aber ich bin eine Frau – und Frauen gelten nun einmal als erregbar. Männer dagegen sollten . . . nun, wie dein Vater sein. Zumindest . . . ach, wenn du nur Daddy gekannt hättest, als er noch nicht krank war! Das ist natürlich ein Nachteil für dich. Nun denn, Männer sollten wie dein Onkel John sein – ja, nimm dir an Onkel John ein Beispiel, Liebling. Onkel John ist ein herrlicher Mensch, so stark und hart, und doch wieder so menschlich und verständnisvoll, und er weint nie bei Beerdigungen und tut immer, was sich gehört – wenigstens fast immer –»

«Aber Mama», sagte ich, ungeduldig bemüht, dieses Loblied zu unterbrechen, «der Ärger mit Onkel John ist nur, daß er findet, ich sollte wie Harry sein.»

«Ach, kümmere dich nicht um Harry», sagte meine Mutter. «Kester, ich weiß nicht, ich muß gestehen, daß es nicht so einfach ist, aber ich bin sicher, daß es irgendeinen Weg gibt, ein richtiger Mann zu sein, ohne dir Harry zum Vorbild zu nehmen.»

«Harry zum Vorbild! Pfui Teufel!» Jetzt war ich nicht mehr fähig, die mir gebotene Zurückhaltung zu bewahren. «Ach Mama, wenn du wüßtest, wie ich ihn hasse – diese Ratte – diese Schlange – diesen Schuft Harry Godwin.»

2

Selbst wenn Robin noch lebte, wäre es ihm schwergefallen, den schleicherischen, schmierigen, schlüpfrigen Vetter Harry an aalglattem Glanz und Vollkommenheit zu übertreffen, dieses Musterbeispiel eines Godwin. Er sah zwar nicht wie ein Godwin aus, denn er war dunkel, hatte rabenschwarzes, glattes geschniegeltes Haar, schmale, böse samtbraune Augen, aber niemand, und ich am allerwenigsten, konnte auch nur den geringsten Zweifel hegen, daß er zu einem großen, stattlichen und so selbstsicheren Godwin heranwachsen würde, wie es von einem Godwin zu erwarten war. Ich war weder dunkel noch blond, nur eine unscheinbare Mischung von beidem, geplagt mit einem widerspenstigen rotbraunen Haarschopf, dem weder mit Kamm noch mit Bürste beizukommen war, und dazu hatte ich eine blasse weiße Haut, die mir das Aussehen einer schwindsüchtigen victorianischen Romanheldin verlieh. Meine ganze Erscheinung glich der einer überzüchteten Chrysantheme. Meine riesige Nase (wo in aller Welt hatte ich die her?) empfand ich als eine Mißgestaltung. Ich hatte nur noch eine Hoffnung: Groß zu sein, wenn ich erwachsen wäre – nicht größer als Vetter Harry, zu solcher Hoffnung verstieg ich mich nicht –, und als ich in meinem achten Lebensjahr feststellte, daß ich vielleicht doch nicht zu einem Zwergendasein verdammt war, erschien mir der Gedanke tröstlich.

Der vollkommene Vetter Harry mit seiner athletischen Figur zeichnete sich in allen Sportarten aus. Fußball, Kricket, Pingpong, Krocket, alles fiel ihm leicht. Er glänzte und glitzerte, funkelte und leuchtete, und alle seine Schlachten endeten siegreich. Um es noch schlimmer zu machen, hatte Onkel John ihn stets angehalten, sich fair und sportlich zu betragen, was er auch tat, so daß ich ihm nicht einmal Arroganz vorwerfen konnte. Wenn er beim Pingpong gewann, unterließ er es nie, etwas Nettes zu sagen, wie: «Vielen Dank, alter Knabe. Ein gutes Spiel. Pech, daß du verloren hast», aber seine samtbraunen Augen härteten sich verächtlich, bevor er seine dicken schwarzen Wimpern wie einen Vorhang darüber fallen ließ, um seine wahren Gefühle zu verbergen. Harry stritt und zankte sich oft mit mir, aber nie wegen eines Spiels. «Denn das wäre doch unsportlich, nicht wahr, alter Knabe?» pflegte er zu sagen. «So etwas gehört sich einfach nicht.»

Der selbstbewußte Vetter Harry, der wie kein zweiter die Kunst des Sich-nicht-unterkriegen-Lassens beherrschte, der als Achtjähriger ohne eine Träne, ohne einen Blick zurück ins Internat ging und am Ende des ersten Schulhalbjahres im Triumph heimkehrte, mit noch blasierterer Miene und voller Verachtung für jene, die noch zu Hause lernten und nicht auf eine richtige Schule gingen. Natürlich brachte er glänzende Zeugnisse mit. Onkel John, der im Ruf stand, sich gut mit Kindern zu verstehen (Gott weiß, wie diese

Legende entstanden war), vergaß sich dieses eine Mal und las sie laut meinen Eltern vor, bis er schließlich seiner Taktlosigkeit gewahr wurde.

Der erstaunliche Vetter Harry, das mathematische Genie mit der Fähigkeit, komplizierte arithmetische Aufgaben im Kopf zu lösen, während ich mich vergeblich abmühte, ein paar Zahlen auf dem Papier zu addieren, glänzte in allen Fächern, zeigte jedoch ein besonderes naturwissenschaftliches Interesse, das mich völlig kaltließ. Er hielt sich Kaulquappen und weiße Mäuse und studierte ihre Gewohnheiten, untersuchte Würmer unter seinem Spielzeugmikroskop, schnitt sie in Stücke und untersuchte sie wieder, steckte die unmöglichsten Dinge in seine Retorten und Reagenzgläser, lungerte in der Küche herum und machte anatomische Schemazeichnungen, wenn die Köchin einem Kaninchen das Fell abzog oder ein Huhn rupfte. «Wenn es schicklich wäre», pflegte er zu sagen, «würde ich einmal Zoologe werden, aber da Zoologe ein Beruf für kleine Leute ist, werde ich lieber ein großes Gut haben und eine Menge Tiere züchten. Herr eines großen Landbesitzes wie Oxmoon zu sein», sagte er, «das wäre gerade das Richtige für jemanden wie mich.»

«Ich dachte, du wolltest Konzertpianist werden?»

«Ach, du lieber Gott, nein – das schickt sich doch überhaupt nicht. Klavierspielen ist weiberhaft. Das überlasse ich den Mädchen, die nichts Besseres zu tun haben.»

Der musikalische Vetter Harry, der sich eine ganze Stunde lang ein Bach-Konzert im Radio anhören konnte, ohne zu gähnen, spielte alles aus dem Gehör. Wenn ich mich in Penhale Manor an den Flügel setzte, brachte ich es höchstens fertig, die Melodie von ‹God Save The King› mit einem Finger zu klimpern, aber Harry konnte jedes beliebige Lied gleich zweihändig spielen. Das war eine Begabung, um die ich ihn sehr beneidete.

«Johnnys Junge ist wirklich sehr musikalisch», sagte meine Mutter einmal zu meinem Vater.

«Was nützt ihm das? John hat ganz recht, ihn darin nicht zu ermutigen», sagte mein Vater, dessen Geschmack rein literarisch war, und ich fand es wieder einmal typisch für Vetter Harry, daß es ihm so mühelos gelang, alle nicht Godwinschen Anlagen im Keim zu erstikken, um der ihm vorgezeichneten (und zweifellos) goldenen Lebensbahn zu folgen.

Im krassen Gegensatz zu dieser blendenden Leuchte wurde ich auf Little Oxmoon beschämt im verborgenen gehalten – vielleicht nicht gerade versteckt, aber möglichst dort gelassen, wo man mich nicht sah oder hörte. Ich hatte einen netten und klugen Hauslehrer, dem ich sehr zugetan war, aber außer Simon Maxwell – so hieß er – schien niemand mir große Chancen zuzutrauen. Simon, ein Studienkamerad meines Vaters in Oxford, hatte sich im Krieg schwere Verletzungen zugezogen, und da ihm das Gehen sehr schwerfiel, fand er das für den Rollstuhl meines Vaters angelegte Little Oxmoon sehr bequem. Wenn es ihm auch Spaß machte, mich zu unterrichten, so war sein Hauptvergnügen das Zusammensein mit meinem Vater, wenn sie gemeinsam griechische Verse schrieben. Es muß den armen Simon betrübt haben, als er sah, daß er nie einen klassischen Gelehrten aus mir machen könnte, aber dafür imponierte ihm mein frühreifes Interesse für die englische Literatur so sehr, daß er versprach, meinem Vater nicht zu verraten, wie erbärmlich schlecht meine Leistungen in Latein waren. Doch mein Vater, seit langem in der Kunst des Kreuzverhörs erfahren, fand es bald selbst heraus und wütete über meine Dummheit.

«Dein Vetter Harry konnte das Verb ‹amare› in allen Zeitformen konjugieren, als er in deinem Alter war!»

Das Wunderkind Vetter Harry wurde zum vollkommenen Scheusal, als er sich auch noch als der geborene klassische Philologe entpuppte. Das war zuviel für mich. Mein Zorn erreichte den Siedepunkt. Was hatte ich nur getan, um mein ganzes Leben lang mit diesen gräßlichen Musterknaben verglichen zu werden? Erst Robin, und jetzt Harry. Das war mehr, als Fleisch und Blut zu ertragen vermochten.

«Bald werde ich völlig zerplatzen», sagte ich zu meiner Mutter. «Oh, Mama, nimmt es denn nie ein Ende? Wird Harry mich immer und in allem übertreffen und ausstechen?»

«Oh, nein, ganz im Gegenteil, Liebling», tröstete sie mich. «Zum Schluß wirst du Harry ausstechen.»

«Aber wie? Wie? *Wie?* WIE?»

«Ganz einfach», sagte meine Mutter. «Eines Tages wirst du der Herr von Oxmoon sein.»

3

So sollte die Phantasie eines Tages doch noch triumphieren, und alle meine Märchen würden in Erfüllung gehen. Das häßliche kleine Entlein, bisher von allen verachtet, würde sich in einen herrlichen Prinzen verwandeln, bis in alle Ewigkeit in einem prächtigen Schloß leben, mit der hinreißend schönen Prinzessin, die zu einem solchen Glück gehört.

«Mama, bist du auch ganz sicher?»

«Völlig sicher, Liebling. Daddy hat es mit Großvater abgemacht.

Ich weiß, daß du Daddy schwierig findest, Kester, aber vergiß nie, daß er erbittert gekämpft hat, um das Beste für dich zu erreichen.»

Das war sehr zufriedenstellend. «Er liebt mich also doch wirklich?» sagte ich und war bereit, in victorianischer Rührseligkeit zu schwelgen. (Ich las damals gerade einen Roman von Charlotte M. Yonge.)

«Liebling, du bist sein ein und alles, das habe ich dir schon immer gesagt!»

Ich war mir zwar immer noch gar nicht sicher, ob ich das glaubte, sah jedoch ein, daß mein Vater, wenn er wirklich gekämpft hatte, um Oxmoon für mich zu gewinnen, durchaus nicht der Totalversager war, für den ich ihn immer gehalten hatte.

Kurz darauf sprach er mit mir, und es war das erste und letzte Mal, daß er etwas Bedeutungsvolles zu mir sagte. Seinen Worten konnte ich nicht leicht folgen, weil er in seiner Aussprache behindert war, aber meine Mutter dolmetschte, wo es sich als nötig erwies.

«Als ich ein Kind war», sagte mein Vater, «hatte Oxmoon einen gewissen Zauber. Ich wuchs dort mit deiner Mutter auf, und wir lebten wie ein Prinz und eine Prinzessin im Märchen. Dann trennten wir uns, und jeder ging seine eigenen Wege, aber in all den Jahren träumte ich immer davon, heimzukehren und den Zauber von Oxmoon wiederaufleben zu lassen, damit mein Märchen in Erfüllung ginge. Das kann ich jetzt nicht mehr tun, aber du wirst an meiner Stelle dafür sorgen. Du wirst Oxmoon seinen Zauber wiedergeben und so leben, wie ich gelebt haben sollte.»

Ich war so entzückt, daß ich dieses eine Mal ganz vergaß, Angst vor ihm zu haben. «Ich werde es zum besten Zauberhaus der Welt machen», sagte ich, «und werde darin wie ein Held aufwachsen, genau wie du, und eine Heldin heiraten wie Mama und für immer glücklich sein, wie du es gewollt hättest, wenn du nicht krank geworden wärst, und dann wirst du vom Himmel herunterschauen und deinen Traum in Erfüllung gehen sehen und mit mir sehr zufrieden sein.»

Mein Vater konnte nicht lächeln, weil seine Gesichtsmuskeln gelähmt waren, aber er lachte kurz auf, und meine Mutter sagte «Liebling!» und drückte mich an ihren Busen.

Später fragte ich sie: «War es wirklich wie ein Märchen, als ihr hier eure Kindheit verbrachtet? Wann hat Daddy zuerst gemerkt, daß er dich liebte?»

«Ach, Liebling, das war der Höhepunkt des ganzen Märchens. An meinem achtzehnten Geburtstag fand ein großer Ball in Oxmoon statt, und Daddy und ich tanzten zu den Klängen der ‹Schönen blauen Donau›, und damals verliebte er sich in mich. Das war zwei Monate vor seinem sechzehnten Geburtstag.»

In meiner Phantasie sah ich sofort alles, die funkelnden Kronleuchter, die Blumenpracht, die glanzvollen Gäste, die Geiger im Frack, meine leidenschaftlich ineinander verliebten Eltern, das Drama, der romantische Märchenglanz des zauberhaften Paradieses, in dem sie einst so glücklich waren. Und jetzt konnte mir die häßliche Wirklichkeit der Krankheit meines Vaters nichts mehr anhaben, weil ich dahinter das zu sehen vermochte, was ich mit voller Gewißheit als den Inbegriff des Schönen und Wahren erkannte. Schönheit und Wahrheit (die ich im Geiste immer in Großbuchstaben schrieb) wogen alles auf, was das Leben sonst so unerträglich schrecklich machte. In diesem Sinne war die Wahrheit nicht gleichbedeutend mit Wirklichkeit, ganz im Gegenteil. Sie stand für das, wie es sein sollte, und nicht wie es wirklich war. Mein Vater mochte dahinsterben und meine Mutter zuviel trinken, und sie mochten sich ständig streiten und zanken, aber die Wahrheit lag nicht in dieser Wirklichkeit, sondern jenseits von ihr. Die Wahrheit, die alle Schrecken der Gegenwart wiedergutmachte, war einzig und allein, daß sie sich im Ballsaal von Oxmoon leidenschaftlich ineinander verliebt hatten, während das Orchester «An der schönen blauen Donau» spielte, und daß sie auf diese romantische Art weitergelebt hätten, wenn die häßliche Wirklichkeit nicht auf so unheilvolle Art dazwischengekommen wäre.

Doch ein unangenehmer Gedanke warf einen vorübergehenden Schatten auf diese goldene Vision. «Aber Mama», sagte ich, «warum bist du danach davongelaufen und hast einen anderen geheiratet?»

«Ach, das», sagte meine Mutter. «Nun, Liebling, ich war damals in großer Verwirrung. Zu dieser Zeit mußte sich ein Mädchen so früh wie möglich verloben, aber Daddy war zwei Jahre jünger als ich und natürlich noch nicht alt genug, um meine Hand anzuhalten. Aber dann machte mir Timothy Appleby einen Heiratsantrag, und er war so süß und lieb, daß ich ja sagte, aber später bereute ich es und bekam Angst, und da schien es mir besser, mit Conor Kinsella davonzulaufen.»

«Aber du hast Daddy immer geliebt?»

«Robert hat mir immer etwas Besonderes bedeutet», sagte sie, «und ich ihm auch.»

«Und dann ist doch alles für dich zu einem glücklichen Ende gekommen», sagte ich zufrieden, «als du ihn schließlich geheiratet hast.»

Meine Mutter lächelte schwach, brachte jedoch kein Wort hervor. Offenbar war sie zu gerührt von der Erinnerung an ihre Märchenliebe, so wie ich jetzt beim Gedanken an meine märchenhafte Erbschaft gerührt war.

Daß ich Oxmoon erben sollte, bewegte mich um so mehr, als ich es nie für möglich gehalten hätte. Es gehörte zur Familienlegende, daß Oxmoon seit der Invasion der Normannen immer vom ältesten Sohn auf den ältesten Sohn (er mußte Robert heißen) übergegangen war, aber ein Blick auf den Familienstammbaum bewies fast das Gegenteil. Oft waren die ältesten Söhne gestorben, und die jüngeren (Geoffrey, Raymond, Piers, Alfred, Arthur, Edward) hatten das Erbe angetreten, manchmal sogar ein Vetter der angeheirateten Linie, der dann, um dem Wunsch seines kinderlosen Wohltäters Genüge zu tun, durch Namensänderung ein Godwin geworden war. Ein oder zwei älteste Söhne wurden enterbt, ein oder zwei hatten sich als geisteskrank und erbuntauglich erwiesen, andere waren spurlos in den Kolonien verschwunden. Das Ältestenrecht galt zwar in der Familie Godwin als führend, aber nicht als unbedingtes Gesetz, und mein Großvater war nicht verpflichtet, mir Oxmoon zu hinterlassen. In der Dienerschaft herrschte allgemein die Meinung vor, es würde an Onkel John übergehen, und als Harry mir sagte, er könnte eines Tages Herr von Oxmoon sein, wußte ich, daß er allen Grund zur Annahme hatte, Oxmoon würde ihm zu gegebener Zeit fein säuberlich in den Schoß fallen. Abgesehen davon, daß er der Sohn des wahrscheinlichsten Erben war, galt er als der Liebling meines vertrottelten alten Großvaters, der ihn mir bei weitem vorzog. Wenn Harry uns in Oxmoon besuchte, steckte der Alte ihm immer von Zeit zu Zeit ein Fünf-Shilling-Stück zu, während ich nie mehr als eine halbe Krone (zweieinhalb Shilling) bekam.

«Bist du ganz sicher», fragte ich besorgt meine Mutter, nachdem sie mit dieser Mitteilung so große Erwartungen in mir geweckt hatte, «daß Großvater nicht doch noch Onkel John und Harry zu seinen Erben ernennt?»

«Völlig sicher, Liebling. Denn, siehst du, Daddy ist der Erbe, und er muß entscheiden können, an wen die Erbschaft geht, wenn er einmal tot ist. Das ist nur gerecht, und Großvater weiß es.»

«Juch-he!» Endlich erlaubte ich mir, an mein gutes Glück zu glauben. «Einfach toll!» Ich blickte aus dem Fenster und sah eine wunderbar veränderte Welt. «Nicht zu glauben!» rief ich aus, von Ehrfurcht überwältigt über die Herrlichkeit meines Schicksals. Aber dann kam mir noch ein letzter Zweifel. «Mama», fragte ich, «und was hält Onkel John davon?»

«Dein heldenhafter Onkel John», erwiderte meine Mutter, «wünscht nur, daß dein Vater seinen Willen hat. Er findet, es gehöre sich nun einmal so.»

«Das ist ja einfach umwerfend!» sagte ich mit Begeisterung, und dann überließ ich mich ganz den schwelgerischsten Tagträumen. Ich sah mich als Erwachsenen, sehr groß (vielleicht noch größer als Vetter Harry?) und wie durch ein Wunder von blendendem Aussehen. Bei Großvaters Beerdigung reiße ich mich zusammen wie ein wahrer Godwin, und nach der Trauerfeier schreite ich im Speisesaal von Oxmoon vor den versammelten Gästen langsam und majestätisch zum großen geschnitzten Stuhl am Ende der Tafel. Dann spricht Onkel John im Namen der Familie und bittet mich um Verzeihung für das mir in der Vergangenheit entgegengebrachte Betragen, und nachdem ich seine Bitte erhört habe, helfe ich Onkel Thomas wieder auf die Beine (er kniet natürlich demütig zu meinen Füßen) und verkünde allgemein meine Gnade, bevor ich auf dem Stuhl meines Großvaters Platz nehme.

Diese Zukunftsvision war so ergötzlich, daß ich nach Vaters Tod meine Mutter fragte, ob sie nicht glaube, Großvater würde nun auch bald sterben.

«Liebling, ich weiß nicht», antwortete sie. «Er ist zwar ein bißchen trottelig, aber körperlich kerngesund, und er könnte ewig leben. Zähle deine Hühner nicht, bevor sie ausgebrütet sind.»

Meine Hühner zählen! Vom Augenblick an, da sie es mir gesagt hatte, zählte ich ständig die Zimmer, die Möbel, die Gemälde und Kunstgegenstände und sogar alle Silberbestecke, an die ich mich erinnern konnte. Im Geiste hatte ich bereits meine Bücher in der Bibliothek untergebracht. Ich war nicht mehr fähig, meinen Zukunftsschwelgereien Einhalt zu gebieten, und als mein Vater starb und Oxmoon in immer greifbarere Nähe rückte, schwelgte ich leidenschaftlicher als je zuvor.

Mein Vater wurde in Swansea eingeäschert, und auf seinen ausdrücklichen Wunsch fand keine religiöse Trauerfeier statt, sondern nur eine Lesung aus den Werken seiner Lieblingsautoren. Simon zeigte mir später die Texte. Es waren eine ziemlich düstere Passage aus dem philosophischen Werk eines Spätlateiners namens Boethius, ein heiteres Zitat Ciceros über den Tod (er hatte es offenbar bei blühender Gesundheit geschrieben), ein Auszug aus Platos *Phaidon,* dem ich entnahm, daß mein Vater vielleicht doch nicht der Atheist gewesen war, als der er gelten wollte, ein Gruß an Shakespeare («O Gott! Wem es vergönnt, das Buch des Schicksals aufzuschlagen . . .»), das «Carpe diem» des Horaz (um eine heitere Note hinzuzufügen), und zuletzt ein Gedicht von Emily Brontë, dessen Wahl mir erstaunlich schien, erstaunlich, weil es für meinen Vater, soweit ich es wußte, nur eine von Männern geschriebene englische Literatur gab, erstaunlich auch, weil der stark mystisch anmutende Ton nicht dem Wesen meines Vaters entsprach, und vor allem erstaunlich, weil das Gedicht selbst so erstaunlich war. Als Achtjähriger hatte ich zwar schon verhältnismäßig viel gelesen, war aber noch zu jung, um mich mit dem Werk der Geschwister Brontë beschäftigt zu haben, doch hier fand ich ein Gedicht, das mich in seiner klaren und mutigen Sprache so rührte, wie es meinen Vater gerührt haben mußte. Ich las: «Die feige Seele hab' ich nicht, die sich im Sturm des Weltenlaufs zitternd auf Krücken stützt: Ich seh' des Himmels Ruhm, strahlendes Licht. Mir leuchtet fester Glaube, der mich vor allen Todesängsten schützt.»

«Das war Emily Brontës letztes Gedicht», erklärte mir Simon. «Robert konnte ihren Glauben nicht ganz teilen, aber er bewunderte ihren Mut im Angesicht des Todes.»

Simon war vom Tode meines Vaters sehr mitgenommen, aber meine Mutter kam nach der Beerdigung in bester Stimmung nach Hause und beschwipste sich mit Pink Gin. Onkel John, der mit ihr trank, beschwipste sich nie, doch nach einigen Pink Gin wurde er menschlich. Dr. Warburton mußte wegen einer dringlichen Visite noch einmal fort, kam aber später wieder und blieb ein paar Stunden, nachdem Onkel John sich verabschiedet hatte. Außer Onkel John war Dr. Warburton der einzige, der meinen Eltern während ihrer schweren Prüfungszeit nahegestanden hatte. Ein energischer, hagerer Mann von Mitte Vierzig, mit hellen Augen und einem Hundegesicht. In meiner lebhaften Phantasie konnte ich ihn mir leicht auf allen vieren vorstellen, schwanzwedelnd oder einem Fuchs nachjagend. Er führte ein Junggesellenleben, wohnte in einem eleganten neuen Haus auf dem Grundstück von All-Hallows Court, und alle fragten sich, warum er nicht wieder geheiratet habe, aber seine Haushälterin erzählte den Dorfbewohnern mit unverhohlenem Stolz, er trauere immer noch seiner jungen Frau nach, die kurz vor Kriegsende gestorben war.

«Gavin, Darling», sagte meine Mutter, während sie ihn herzlich küßte und endlich an der Tür verabschiedete (sie nannte immer alle Leute Darling und küßte sie herzlich), «lassen Sie mich wissen, wie es Bobby geht, und sagen Sie mir, ob ich ihn besuchen soll.»

Nach dem Tode meines Vaters war Großvater krank geworden, wie er es immer tat, wenn ihn etwas aufregte, und er lag seit einigen Tagen im Bett, nur von Dr. Warburton und Mrs. Straker betreut. Mrs. Straker, die im Volksmund als Hexe galt, kurierte ihn angeblich mit selbstgebrauten Kräutergetränken und allerlei Zaubereien.

«Champagner und Beischlaf klingt mir verdammt wahrscheinlicher», sagte mein widerlicher Onkel Thomas, aber Onkel John, der mich still und an meinen Ohren zupfend in einer Ecke sitzen sah, hieß ihn unmißverständlich, seinen Ton zu mäßigen und seine Zunge im Zaum zu halten. Um diese Zeit wohnte ich vorübergehend in Penhale Manor. Onkel John hatte darauf bestanden, daß meine Mutter nach der schweren Zeit vor dem Tode meines Vaters ein paar Monate Ferien machte, und sie war mit Rory nach Irland gefahren, da ihr lange verlorener ältester Sohn, der mir unbekannte Bruder Declan, sie kurz nach dem Erscheinen der Todesanzeige in der *Times* zu sich eingeladen hatte.

«Darling Declan!» sagte sie mit tränenfeuchten Augen, und es war mir schleierhaft, warum sie mit solcher Zärtlichkeit von ihm sprach, nachdem er sich ihr gegenüber so schandbar benommen hatte. In seiner Wut über ihre Heirat mit meinem Vater war er ihr lange vor meiner Geburt einfach davongelaufen und hatte sich seitdem immer strikt geweigert, ihre ihm an die Adresse seiner Tante in Dublin geschickten Briefe zu beantworten. Ich wußte wenig über ihn – sie hatte ihren Kummer für sich behalten und nie mehr seinen Namen erwähnt –, und was ich erfuhr, war nur das, was ich beim Lauschen aufgeschnappt hatte, wenn Rory hie und da zu anderen Familienmitgliedern von ihm sprach.

Jetzt allerdings sah es ganz so aus, als sollte ich bis zum Übelwerden von ihm hören. Ich erfuhr, daß er neunundzwanzig Jahre alt war, für die IRA gekämpft hatte und nun als angesehener Parlamentsabgeordneter in Dublin lebte. Er war verheiratet, und seine Frau hatte einen unmöglich auszusprechenden irischen Namen. Sogar ein Baby war vorhanden, wenn auch erst sechs Wochen alt. Meine Mutter eilte mit Rührungstränen ins Ben Evans, das berühmte Warenhaus in Swansea, und kaufte Klappern und Babykleider. Rory kam aus der Stadt mit einer Flasche Champagner, um ihr baldiges Wiedersehen mit Declan und die Ankunft ihres ersten Enkelkindes zu feiern, aber obgleich meine Mutter mir anbot, an ihrem Glas zu nippen, zog ich mich in meine Schmollecke zurück und fühlte mich ausgestoßen. Seit Robins Tod war ich so daran gewöhnt, das einzige Kind zu sein, daß ich mir unwillkürlich einbildete, Halbbrüder seien von keinerlei Bedeutung, da sie aus einer Ehe stammten, die meine Mutter geschlossen hatte, als sie noch zu jung war, um es besser zu wissen. Sie hatte mir auch nie etwas davon erzählt, außer daß sie ausgerissen war, als sie sich in großer Verwirrung befand. In der Familie herrschte die Meinung vor, daß Conor Kinsella ein irischer Prolet und die Ehe eine hoffnungslose Mißheirat gewesen war. Ich hatte mir nie darüber Gedanken gemacht, aber jetzt sah ich, was für ein Fehler es war, der Sache nicht mehr Wichtigkeit beigemessen zu haben. Kaum war mein Vater tot, da schien Conor Kinsella zu neuem Leben zu erwachen. Rory, der einen schrecklichen Ruf genoß und den meine Mutter froh war, im fernen London zu wissen, fing an, sich ihr gegenüber besitzergreifend aufzuführen, und – was es noch schlimmer machte – ihr schien es zu gefallen. Immer wieder erklärte sie, wie herrlich es sei, mit ihm nach Irland zu fahren, und als ich sie diesen rothaarigen Fremden umarmen und küssen sah, wurde mir plötzlich bewußt, daß dieser Kerl nicht nur ein Flegel war, den man über Weihnachten im Hause dulden mußte, sondern auch *mein Bruder*. Ich hatte das Gefühl, daß meine kleine Welt, in der ich immer der Mittelpunkt des zärtlichen Interesses meiner Mutter gewesen war, bedenklich aus den Fugen zu geraten begann, aber trotz meines Murrens, meiner Ängste, meiner Verwirrtheit und Wut schien sie meinen Kummer überhaupt nicht wahrzunehmen und sonnte sich in ihrem Glück.

«Stell dir vor, Liebling, Declan ist ein M. P.», rief sie, zu Rory gewandt, aus, «nur ist er, wie er sagt, ein T. D., weil es in Irland keine M. P.s gibt, und ich muß mir auch merken, daß das irische Parlament Doyle und nicht Dayle ausgesprochen wird, obgleich man es D-A-I-L schreibt. Er ist Conor so ähnlich, so stolz, ein Ire zu sein – ach, Rory, schauen wir uns doch einmal die alten Photos von deinem Vater an.»

Rory fand die Idee großartig. Ich trottete entsetzt und fassungslos hinter ihnen her und stand schweigend dabei, als die ausgegrabenen Bilder herumgereicht wurden und mir einen schäbig aussehenden Kerl mit hinterlistigen Augen und einem schiefen Grinsen zeigten. Die unvermeidlichen Lobeshymnen meiner Mutter fand ich den Gipfel der Ungehörigkeit.

«Na, was ist denn mit dir, Klein Kessilein?» fragte Rory, der meinen Gesichtsausdruck sah und herzlich darüber lachte. «Du siehst ganz so aus, als wolltest du sagen: ‹Schäme dich, du schlechte Frau – wo mein Vater noch nicht kalt in seinem Grabe ist!›»

Diese Bemerkung brachte meine Mutter zur Besinnung und bewies mir wieder einmal, wie dumm und taktlos mein Halbbruder war. Angeblich hatte er Charme, aber mir war das nie aufgefallen.

Meiner Meinung nach hatte diese möhrenschöpfige und bierbäuchige Null soviel Charme wie eine Speckschwarte.

«Rory, das genügt jetzt», sagte meine Mutter. Sie legte das Album beiseite und nahm mich in die Arme. Ich stellte mich störrisch, doch insgeheim überkam mich ein wohliges Gefühl, und als mein Stolz mir erlaubte, mich fester an ihren Busen zu drücken, standen mir die Tränen in den Augen. «Kester», hörte ich sie sanft zu mir sagen, «du mußt mir nicht böse sein, Liebling. Nur weil ich ein anderes Leben hatte, bevor ich Daddy heiratete, bedeutet das noch lange nicht, daß ich dich und Daddy weniger liebe. Aber das baldige Wiedersehen mit Declan hat unwillkürlich die Erinnerung an dieses andere, längst vergessen geglaubte Leben in mir erweckt – und es ist, als wenn die Vergangenheit wiederauflebte, um mich gerade jetzt zu trösten, wo ich es am meisten brauche, und du darfst mir diese kleine Freude nicht verübeln, Liebling, nachdem ich eine so schreckliche Zeit durchgemacht habe.»

Ich sagte nichts, schämte mich zu sehr, an ihrer Liebe gezweifelt zu haben, und doch empfand ich ihr Schwelgen in einer mir unbekannten Vergangenheit im Lichte dieser Liebesbeteuerung als noch anstößiger. Wenn sie mich liebte – so sagte mir mein Gefühl –, sollten Declan und Rory überflüssig sein, und wenn sie meinen Vater geliebt hatte, hatte sie keinen Grund, die Erinnerungen an einen Mann aufzufrischen, der seit fünfzehn Jahren in seinem Grabe ruhte. Für mich bedeutete Conor Kinsella das gleiche wie die Krankheit meines Vaters – ein häßlicher Klecks, der die goldene Landschaft des romantischen Märchens meiner Eltern verunzierte. Aber ich war ein Kind und unfähig, so komplexe Gefühle auszudrücken, und ich sagte nur: «Ich will dich, und du gehörst mir allein», während ich mich mit beiden Armen an ihren Hals klammerte, als könnte ich auf diese Weise meinen Alleinanspruch auf sie behaupten und meine Kinsella-Rivalen – die toten und die lebenden – aus dem Feld schlagen.

«Armer kleiner Liebling!» Meine Mutter wußte sehr gut, was in mir vorging, war sich jedoch nicht sicher, wie sie mich am besten besänftigen könnte. «Möchtest du mit uns nach Irland kommen?» fragte sie schließlich, mich noch fester an sich drückend. «Ich dachte, du würdest es vorziehen, mit Bronwen und den Kindern in Penhale Manor zu sein, aber vielleicht irrte ich mich – ja, ich sehe es –, ich irrte mich, und jetzt fühlst du dich ausgestoßen. Nun gut, wir werden alle nach Irland reisen. Denke dir nur, wie aufregend es für dich sein wird, einen neuen Bruder kennenzulernen, und eine Schwägerin – und einen Neffen! Stell dir das einmal vor – du hast einen Neffen und bist erst acht Jahre alt! Wird da Harry nicht eifersüchtig sein, wenn er das hört?»

Sie begönnerte mich. Ich riß den letzten Rest meiner Würde zusammen und stellte mich vor ihr auf. «Mit einem verruchten Schuft, der in diesem abscheulichen Irland gegen unsere tapferen Soldaten gekämpft hat, will ich nichts zu tun haben», erklärte ich. «Für mich kann ein solcher Kerl nie und nimmer ein Bruder sein.»

«O Gott, nimm ihn nicht nach Irland mit, Ma!» flehte Rory sie an. «Declan wird ihn umbringen, und dann ist die ganze Familienfeier verdorben!»

«Rory, halt den Mund», fuhr meine Mutter ihn an. Dann wandte sie sich an mich und sagte mit ihrer ruhigsten Stimme: «Gut, Kester. Wie du willst. Du hast das Recht auf deine eigene Meinung. Aber laß mich wissen, falls du es dir doch noch anders überlegst.»

Am nächsten Tage fuhr ich nach Penhale Manor, aber obgleich ich mich sehr bemühte, tapfer zu sein, vergoß ich doch eine Träne, als der Wagen meiner Mutter hinter dem Tor verschwand. Zum Glück war Harry für das Sommersemester in sein Internat zurückgekehrt, und es gab niemanden, der mir «Muttersöhnchen» ins Ohr zischte, aber Onkel John seufzte, schien sich zu fragen, wie er je einen perfekten Godwin aus mir machen sollte, und als er mich tröstend bei der Hand nahm, konnte er sich nicht enthalten, mich auf die absolute Notwendigkeit hinzuweisen, «sich auch angesichts der widrigsten Umstände gehörig zusammenzureißen».

«Ach, Johnny, sei doch nicht so englisch», schalt ihn seine wunderbare Waliser Mätresse, und plötzlich lachte Onkel John, gab ihr einen Kuß und wurde menschlich. Ich war noch zu jung und wußte nichts von Dr. Jekyll und Mr. Hyde, aber es fiel mir auf, daß Onkel John zwei völlig verschiedene Individualitäten besaß. Ohne Bronwen war er muffig, steif und von spießig victorianischer Würde, doch in ihrer Gegenwart strahlte er Charme ohne Heuchelei aus, Teilnahme ohne Herablassung, Mut ohne Prahlerei und Anständigkeit ohne Prüderie. In diesen Augenblicken wurde er wirklich mein heldenhafter Onkel John, jemand, dem ich nacheifern und den ich bewundern konnte, der einen viel stärkeren Einfluß auf mich ausübte als mein furchteinflößender Vater, dieser ewig kranke Mann, der mir so unnahbar erschienen war und der kein Verständnis für Kinder hatte.

«Wir haben uns sehr gefreut, daß du eine Weile bei uns bleiben wirst, Kester», sagte Onkel John mit seinem gewinnendsten Lächeln, während er mir fester die Hand drückte und den anderen Arm um Bronwens Taille schloß. «Ich bin wirklich froh, daß du dich entschlossen hast, zu uns zu kommen.» Und als ich sah, daß er *wirklich froh* war, fühlte ich mich sehr gerührt. Insgeheim hatte ich immer Angst, er verachtete mich und fand es schrecklich schwer, mich zu ertragen, und deshalb war mir jede von ihm kommende spontane Geste der Zuneigung doppelt kostbar.

Obgleich mir Penhale Manor, seit ich mich erinnern kann, von regelmäßigen Besuchen bekannt war, hatte ich noch nie dort gewohnt und keine Gelegenheit gehabt, Onkel John zu beobachten, wenn er nicht mit seiner alten Harrow-Krawatte herumlief und die Tugenden der Schicklichkeit und der Selbstbeherrschung pries. Ich bemerkte, daß er oft walisisch sprach, viel lachte und exzentrischen Gewohnheiten nachging, wenn er zum Beispiel seinen blauen Overall anzog und am Motor seines Automobils bastelte. Jeden Tag ging er aus, um in seinem landwirtschaftlichen Betrieb nach dem Rechten zu sehen, und wenn er nach Hause kam, verbrachte er viel Zeit mit Reparaturen an allem, was nicht richtig funktionierte. Im Gegensatz zu Oxmoon war Penhale Manor jetzt mit elektrischem Strom versorgt, einer Einrichtung, der Onkel John seine ganze Freizeit gewidmet hatte, und wenn der Strom ausfiel – was oft geschah – erschien er mit seinem Werkzeugkasten und besserte den Schaden wieder aus. Diese Nebenbeschäftigungen, die eigentlich gar nicht zu einem Gentleman paßten, schienen ihm viel Spaß zu machen, fast so viel wie das konventionellere Hobby des Bücherlesens. Da ich selbst ein eifriger Leser war, erregte seine Lektüre natürlich meine Neugier. Ich fand sie höchst seltsam. Er pflegte stets ein halbes Dutzend Bücher auf einmal zu lesen – Detektivgeschichten, Romane, moralistische Werke über Philosophie und Religion, historische Schriften, Biographien, Bücher über Politik und Wirtschaft, Traktate über den Waliser Nationalismus – aber obgleich er sich an allem versuchte, schienen die Detektivgeschichten die einzigen zu sein, die er garantiert bis zum Ende las. Wahrscheinlich fand er in keinem der intellektuelleren Werke, was er wirklich suchte, aber er gab die Hoffnung nicht auf, vielleicht doch eines Tages zu entdecken, was er wissen wollte.

Bronwen las auch, aber wie meine Mutter hatte sie nur Freude an Liebesgeschichten.

«Alle Bücher, die ich lese, enden glücklich», sagte sie. «Das gefällt mir.»

«Du meinst, der Held heiratet die Heldin, lebt glücklich mit ihr, und wenn sie nicht gestorben sind, leben sie heute noch?»

«Ja.»

Natürlich wußte ich, daß sie und Onkel John nicht verheiratet waren. Man hatte mir erzählt, sie lebten «in Sünde», aber obgleich es mir nicht klar war, was «in Sünde leben» bedeutete, fand ich jedesmal, wenn ich Penhale Manor besuchte, daß es etwas sehr Schönes und Gutes sein mußte. An meine Tante Blanche, Onkel Johns erste Frau, die vor meinem zweiten Geburtstag gestorben war, konnte ich mich überhaupt nicht, und an seine zweite Frau, meine Tante Constance, nur sehr schwach erinnern (ich war bei der Hochzeit krank), so daß sich meine Kenntnisse von Onkel Johns Familienleben nur auf Bronwen bezogen. Als sie zu meinem Onkel zog, war ich vier Jahre alt, und bald widmete ich ihr einen wahren Heldenkult, weil sie den Kindern verbot, mich zu quälen, wenn ich zu ihnen zum Tee kam. Außer Harry, dem es ebenso viel Spaß wie einst Robin machte, mich zu verprügeln, und meiner Cousine Marian, die um keinen Deut besser war, fand ich nun noch zwei äußerst unliebsame Gestalten vor – sie sprachen mit Waliser Akzent und hießen Rhiannon und Dafydd –, die mit sichtlichem Vergnügen dem Beispiel meines Vetters und meiner Cousine folgten und mich bei jeder Gelegenheit piesackten. Als ich eines Tages erfuhr, daß diese beiden Bronwens Kinder waren, konnte ich es kaum glauben, denn keiner von ihnen erinnerte mich auch nur im geringsten an sie.

Bronwen hatte Sommersprossen und herrlich schöne weiße Zähne (das beeindruckte mich noch mehr, als ich hörte, daß sie noch nie bei einem Zahnarzt gewesen war), sie redete nüchtern und vernünftig und sprach mit einer fremdartig rauhen Stimme (erst Jahre später wurde ich gewahr, wie «sexy» diese Stimme klang). Fremdartig nicht nur, weil der Akzent von Gower mehr an Devon als an Wales erinnerte, sondern vor allem, weil sie als Kind nur Walisisch gesprochen hatte und nicht in einer zweisprachigen Gegend wie Swansea aufgewachsen war, wo das Englische vorherrschte. Ich sprach kein Walisisch, obgleich ich natürlich wußte, daß ich ein Waliser war, wenn auch in England geboren, wo ich auch meine früheste inzwischen längst vergessene Kindheit verbracht hatte, und außerdem waren alle Godwins Waliser. Wenn ich jedoch jemandem wie Bronwen begegnete, wurde mir klar, wie unwalisisch ich im Grunde war. Als Kind fand ich die Nationalitätenfrage höchst verwirrend, und ich redete oft mit Bronwen darüber, die in dieser Beziehung viel mehr Verständnis als meine Mutter zeigte. Wenn ich meine Mutter fragte: «Falls England und Wales gegeneinander Krieg führten, auf welcher Seite würdest du dann sein?», antwortete sie mir: «Sei doch nicht lächerlich, Liebling, England und Wales haben all diesen Unsinn seit Jahrhunderten überwunden, und jetzt sind wir alle Briten.» Aber Bronwen sagte: «Du gehörst dem Land an, in dem du dich am wohlsten und am heimischsten fühlst, und das muß nicht unbedingt das Land sein, in dem du geboren oder aufgewachsen bist. Es ist der Ort, an den dich ein magisches Band knüpft, und dieses magische Band wird dich immer zurückzuhalten versuchen, wenn du dich zu weit fort begibst.»

Das genügte mir. Ich war durch ein magisches Band mit Gower verknüpft, und meine Geburt in London spielte keine Rolle.

Es gehörte zu den schönsten Eigenschaften Bronwens, daß sie einem immer so interessiert zuhörte, selbst wenn man nur ein Kind war. Die meisten Erwachsenen haben die unangenehme Angewohnheit, Kinder wie geistig Zurückgebliebene zu behandeln, und sogar mein Hauslehrer Simon Maxwell, den ich mochte, verhielt sich manchmal so, besonders wenn ich meine lateinischen Verben falsch konjugierte. Ich war fünf, als Simon in Oxmoon ankam, und bald darauf begann Harry zu meinem Entsetzen uns täglich zu besuchen, um an meinem Unterricht teilzunehmen; aber Simon meisterte klug die Situation, beschränkte allen Wetteifer auf ein Mindestmaß, um offenen Feindseligkeiten möglichst vorzubeugen. Schließlich verliefen dann auch die Stunden im Schulzimmer recht friedlich, aber es wurmte mich, daß ich danach fast jeden Tag zum Tee nach Penhale Manor geschickt wurde. Um Harrys Gesellschaft zu entgehen, machte ich es mir zur Gewohnheit, in der Nähe Bronwens und des Babys Evan zu bleiben, das, wie ich bald feststellte, Harry nicht ausstehen konnte.

«Ich finde den kleinen Evan sehr nett», sagte ich zu Bronwen, als wir mit ihm im Garten spielten. «Es muß doch aufregend sein, wenn man ein Mädchen ist und sich ein Baby bestellen kann, wann immer man will ... Bronwen, ich mache mir große Sorgen um meine Zukunft. Denn siehst du, wenn ich einmal erwachsen bin, möchte ich zwei Jungen und zwei Mädchen haben, aber ich weiß, daß Jungen keine Babies haben können, und ich fürchte so, daß ich vielleicht kein Mädchen finden werde, das mich genug liebt, um für mich Kinder zu kriegen. Glaubst du, ich könnte mir ein Baby in einem Reagenzglas züchten? Du weißt doch, all die Reagenzgläser, die Harry hat ... ich fragte mich ... hoffte ...»

«Du komischer kleiner Junge», sagte meine Heldin lachend. «Eine wunderbare Idee, Kester, aber ich glaube nicht, daß das Baby sich in einem Reagenzglas wohl fühlen würde. Dort wäre es ihm nicht warm und dunkel genug.»

«Wachsen die Babies wirklich im Bauch, Bronwen? Mami sagte es, aber Nanny behauptet, der Storch bringe sie.»

«Nein, Babies wachsen in der Gebärmutter, also nicht wirklich im Bauch . . . und die ist wie ein kleiner Luftballon, den das Baby immer größer aufbläst, um für sich Platz zu machen.»

«Toll!» sagte ich und stellte mir vor, wie die kleinen Lippen sich anstrengten, die Gebärmutter aufzublasen. «Wie gescheit!»

«Nicht wahr?» Bronwen lächelte zufrieden, und dann klopfte sie sich auf den Leib. «So ist es gerade jetzt mit mir – ach, ich bin so glücklich!»

«Du kriegst noch ein Baby?»

«Ja, ja, ja!» Sie umarmte mich. «Ist es nicht wunderbar?»

«Wunderbar!» wiederholte ich sehr beeindruckt. «Wie gescheit von dir!» fügte ich bewundernd hinzu. Und als ich an jenem Abend nach Oxmoon zurückkehrte, teilte ich Nanny sofort die gute Nachricht mit.

Nanny wurde puterrot und sagte mit würgender Stimme: «Darüber spricht man nicht, Kleiner.»

«Warum nicht?»

«Da mußt du deine Mutter fragen. Mir steht es nicht zu, es dir zu erklären.»

So ging ich geradewegs zu meiner Mutter und fragte sie, warum Nanny ein Gesicht gemacht hatte, als ob sie zerplatzen würde, weil ich ihr erzählte, daß Bronwens nächstes Baby dabei sei, die Gebärmutter aufzublasen.

«Die *was* aufzublasen?» sagte meine Mutter, und dann fügte sie bestürzt hinzu: «Und welches Baby, um Himmels willen?»

«Bronwen kriegt ein neues Baby – das hat sie gesagt!»

«Ach du lieber Gott!» rief meine Mutter aus und eilte ins Zimmer meines Vaters (es war anderthalb Jahre vor seinem Tod).

Schamlos an der Tür lauschend, hörte ich sie. «Großer Gott, Robert, dieses Mädchen ist schon wieder schwanger!»

«Ausgeschlossen. John kann doch nicht ein solcher Narr sein.»

John? Ich drückte mein Ohr fester an die Tür, fragte mich, ob ich richtig gehört hatte. Soweit ich es beurteilen konnte, war Onkel John völlig unbeteiligt.

«Kester sagt, Bronwen habe es ihm eben erzählt. Um Himmels willen, Robert, was werden sie nur tun? Ein weiteres Kind macht alle Bemühungen zunichte, den Konventionen wenigstens einen Lippendienst zu erweisen.»

Lippendienst? Konventionen? Die mir unverständlichen Worte schlugen mir entgegen, prallten wieder ab. Ich hielt den Atem an, um besser zu hören.

«Sie wird abtreiben lassen müssen.»

«Rede keinen Unsinn, Robert, das wird sie nie tun – sie ist ganz vernarrt in John und will wahrscheinlich so viele Kinder wie möglich von ihm haben.»

Von ihm? Das Wort «abtreiben» vergaß ich, wie «Lippendienst» und «Konventionen». Ich war zu sehr damit beschäftigt, mir auszumalen, wie Onkel John das Baby bestellt (aber wo?) und es irgendwie fertiggebracht hatte (aber wie?), es in die richtige Lage zu bringen, wo es die Gebärmutter aufblasen konnte.

«Ginette, selbst wenn dieses Mädchen den Ehrgeiz hat, ein keltisches Fruchtbarkeitssymbol zu werden, so kann ich mir nicht denken, daß John den Wahnsinn besitzt, als Vater einer Horde von Bastarden in die Familiengeschichte einzugehen. Ich werde ihn ganz offen fragen, ob er Schwierigkeiten hatte, sich einen genügenden Vorrat an Präservativen anzulegen.»

Jetzt waren wir offenbar auf dem Gebiet des Importhandels angelangt, aber soweit es mich betraf, hätten sie ebensogut chinesisch sprechen können. Ich kroch aus meiner Ecke und versuchte mir aus dem Gespräch einen Reim zu machen, aber es überstieg mein Verständnisvermögen. Nanny konnte ich mich nicht anvertrauen, denn sie würde nur wieder puterrot werden und sprechen, als ob man sie erwürgte. Aber ich mußte unbedingt jemanden finden. All diese empörte Ablehnung, die so sehr mit Bronwens Freude kontrastierte, hatte mich völlig verwirrt. Schließlich ging ich zu meiner Mutter, brach in Tränen aus und flehte sie an, Bronwen, die immer so lieb zu mir gewesen war, nicht böse zu sein.

«... und warum sollte sie das Baby nicht doch haben?» schluchzte ich.

«Ach du lieber Gott», sagte meine Mutter. Wie immer war ihr mein Geheul unerträglich. «So hör doch endlich zu flennen auf ... es geht mir wirklich auf die Nerven! Gut, so ist es besser ... Nun, siehst du, Kester, Onkel John und Bronwen sind nicht verheiratet, wie du weißt, und Leute, die nicht verheiratet sind, sollten nicht einfach herumlaufen und Kinder in die Welt setzen. Später, wenn du älter bist ...»

«Du meinst, es gehört sich nicht?»

«Eigentlich nicht. Nein, es gehört sich nicht.»

«Du meinst also, Onkel John tut etwas, das sich nicht gehört?»

«In der Sünde leben gehört sich ja schließlich auch nicht, Liebling.»

«Aber ich dachte, es müsse sich gehören, wenn Onkel John es tut.»

«Ach du lieber Gott», rief meine Mutter abermals aus. «Was sage ich da . . . laß mich mal nachdenken . . .» Sie schloß die Augen, wartete auf eine Eingebung, öffnete sie wieder, nahm einen tiefen Atemzug. «Nein», sagte sie bestimmt. «In der Sünde leben, gehört sich nicht, und Kinder in die Welt setzen, wenn man nicht verheiratet ist, gehört sich auch nicht, aber wir müssen lieb und barmherzig sein und dürfen die Menschen nicht verurteilen, nur weil sie in Schwierigkeiten geraten sind.»

«Aber warum ist Onkel John in Schwierigkeiten?»

«Weil er diese schrecklich langweilige Amerikanerin heiratete, was ein furchtbarer Fehler war, denn er hätte lieber Bronwen heiraten sollen, und jetzt möchte er Bronwen heiraten, kann es aber nicht, da Constance nicht in die Scheidung einwilligt und seine Frau bleiben will. So geriet Onkel John in diese garstige Lage, was wieder einmal beweist, daß auch die besten Menschen in garstige Lagen geraten können, sogar Helden wie John, und daß wir andere Leute nie zu hart beurteilen dürfen, denn wenn sie auch schlimme Fehler gemacht haben, können sie immer noch sehr liebe und nette Menschen sein. Siehst du, man ist nicht unbedingt schlecht, weil man einen Fehler gemacht hat, denn irren ist menschlich. Wir alle machen Fehler; das gehört zur menschlichen Natur.»

«Ja, das sehe ich ein, Mama, aber ich verstehe noch immer nicht, wie es mit diesem Baby ist. Wie hat Onkel John es bestellt, und wie ist es in die Gebärmutter gekommen?»

«Ach du lieber Gott», sagte meine Mutter und fügte in einem rhetorischen Aparte hinzu: «Bleibt mir denn nichts erspart? Ich nehme an, ich muß es ihm erklären.» Sie nahm einen weiteren tiefen Atemzug. «Also gut, Kester, wenn zwei Menschen wahnsinnig ineinander verliebt sind, schlafen sie in einem Doppelbett und tun etwas, das man den Akt der Zeugung nennt. Das wirst du später einmal verstehen, wenn du älter bist, und ich habe gewiß nicht die Absicht, mich jetzt auf all die herrlichen und wonnigen Einzelheiten einzulassen – ich kann dir nur sagen, daß Umarmungen und Küsse dazugehören, und noch vieles andere, und daß es absolut himmlisch ist, und daß die meisten Menschen ganz wild darauf sind. Manchmal spürt die Frau nach diesem Akt, daß sie ein Kind bekommt, und das Kind gehört dem Mann ebenso wie ihr, weil er es mit ihr gemacht hat. Und jetzt sei ein Liebling und laufe ins Kinderzimmer, wo Nanny bestimmt schon mit deinem Butterbrot und deinem Glas Milch auf dich wartet.»

Nachdem ich lange über diese Information nachgedacht hatte, versuchte ich vergebens, das Wort «Zeugungsakt» im Lexikon zu finden.

(Ich buchstabierte es irrtümlicherweise SÄUGUNGSAKT). Weitere Überlegungen stellte ich über Onkel Johns Lage an, und dann beschloß ich, das Thema mit Vetter Harry während einer unserer Vormittagspausen anzuschneiden.

«Ein bißchen knifflig mit diesem Baby, das Bronwen kriegt, nicht wahr?» sagte ich, als wir an unseren Marmeladebrötchen kauten. «Ich meine, jeder weiß, daß es sich eigentlich nicht gehört, ein Kind zu kriegen, wenn man nicht verheiratet ist – es verstößt doch gegen alle Spielregeln.»

Harry legte sein Brötchen nieder und stand auf. «Papa und Bronwen lieben sich», erwiderte er heftig. «Wenn man sich liebt, kriegt man halt Kinder – und das gehört sich so, ob verheiratet oder nicht.»

«Aber meine Mutter sagt ...»

«Halt den Mund!» fuhr Harry mich an. «Wenn mein Vater findet, es sei recht, dann ist es recht, und wenn du sagst, es sei nicht recht, dann haue ich dich, bis dir die Zähne wackeln!»

«Ach, mach doch nicht so ein Gewese», sagte ich, ein Gähnen vortäuschend, während ich mich hurtig auf die andere Seite des Tischs schlich. «Warum regst du dich so auf? Hast du Angst, Onkel John könnte das neue Baby lieber haben als dich?»

«Du heimtückisches, weibisches, ekelerregendes Muttersöhnchen ...» Als er mit geballten Fäusten auf mich zukam, schrie ich um Hilfe, und im gleichen Augenblick war Simon da, sorgte dafür, daß der Streit nicht ausartete, gab jedem von uns die Aufgaben, die wir am meisten haßten, und wir waren für eine Weile voll damit beschäftigt. Aber während ich mich mit meinen Multiplikationen abquälte, sah ich eine Träne, die den Satz verschmierte, den Harry gerade in sein englisches Grammatikheft geschrieben hatte. Das überraschte mich. Es überraschte mich so sehr, daß ich nicht gleich hörte, daß Simon mich bat, ihm ein Glas Wasser zu holen.

Das war nun wirklich der fadenscheinigste Vorwand, mich aus dem Zimmer zu schicken, und natürlich lauschte ich draußen an der Tür.

«Was ist los, Harry?»

«Nichts.»

«Kann ich dir irgendwie helfen? Möchtest du mir nicht etwas sagen?»

«Nein, danke, alles ist in bester Ordnung.»

Der so vollkommene Vetter Harry riß sich wieder einmal zusammen, nachdem er sich auf so ungewöhnliche Art hatte gehenlassen.

Enttäuscht machte ich mich davon, um das völlig überflüssige Glas Wasser zu holen.

Ich hätte den Vorfall vergessen, wenn Harry nicht zu meinem Erstaunen am nächsten Tag darauf zurückgekommen wäre.

«Tut mir leid, daß ich gestern so eklig zu dir gewesen bin, alter Knabe», sagte er, als wir wieder Pause machten und an unserem Brötchen knabberten, «aber ich kann es nun einmal nicht ertragen, wenn man schlecht von meinem Vater spricht. Da ich sein Lieblingskind bin, halte ich es für meine moralische Pflicht, ihn jederzeit zu verteidigen.»

«Ach so.» Ich wollte keinen neuen Streit anfangen, biß gemächlich in mein Brötchen und verhielt mich still.

«Natürlich werde ich immer Papas Lieblingskind sein», fuhr er fort. «Nicht nur, weil ich der Beste bin, sondern auch, weil er und meine Mutter verheiratet waren.»

«Ach so», sagte ich abermals, um taktvoll zu sein.

«Es ist einfach nicht gut, wenn die Eltern nicht verheiratet sind, alter Knabe. Rhiannon hat es Marian erzählt. Sie hörte es in der Schule. Wenn deine Eltern nicht verheiratet sind, nennt man dich einen Bastard und das zu sein ist ziemlich gräßlich, schlimmer noch als der Arbeiterklasse anzugehören.»

«Wie schrecklich!» sagte ich entsetzt. «Der arme Evan!»

«Ja, der arme Evan», meinte Harry gütig. «Manchmal tut er mir richtig leid.»

Ich fragte mich, ob er auch so gütig auf den Neuankömmling reagieren würde, aber er benahm sich recht anständig, nachdem Gerry geboren war, und Bronwen hatte ihre Freude.

«Ist er nicht süß?» rief meine Mutter aus, als Bronwen ihr den kleinen Gerry zeigte, aber später sagte sie zu meinem Vater: «Ja, er ist ein liebes kleines Ding, aber mein Gott, du solltest einmal hören, wie man im Dorf darüber spricht. Jetzt sind die Leute ebenso über John entrüstet wie über Bronwen . . . und ist es nicht interessant, daß niemand etwas dagegen hat, wenn der Gutsherr sich diskret eine Mätresse hält, aber wenn er einmal anfängt, ganz offen mit einer Frau aus der Arbeiterklasse zu leben und sie wie seine Ehefrau behandelt, dann empfindet jeder – sogar auch die Arbeiter – sein Betragen wie eine persönliche Beleidigung.»

«Ganz besonders die Leute aus der Arbeiterklasse, würde ich sagen. Wozu gibt es eine Oberschicht, wenn sie sich nicht einmal die Mühe macht, wenigstens nach außen hin ihre privilegierte Lage zu rechtfertigen, indem sie ein Beispiel setzt, das der Pöbel respektieren kann? Dann schon lieber auf die Guillotine mit ihnen, und ein für allemal Schluß damit.»

«Jedenfalls sollte Johnny sich vor den Mistkarren in acht nehmen, das möchte ich ihm geraten haben ... Was ist das wieder für ein Scharren an der Tür? Bist du es, Kester? Du ungezogener Junge, wie oft habe ich dir gesagt, du sollst nicht an der Tür lauschen!»

Ich weiß zwar, daß es eine verabscheuungswürdige Gewohnheit ist, und gebe es gern zu, aber für ein Kind, das in Abgeschlossenheit aufwächst, erschien sie mir lebenswichtig, und sie nahm noch an Bedeutung zu, als ich mir einbildete, alles tun zu müssen, um meinem weltklugen Vetter Harry ebenbürtig zu sein, wenn er für die Ferien aus seinem Internat heimkehrte.

«Zeugungsakt, alter Knabe? Mein Gott, das ist doch allgemein bekannt. Nein, es hat keinen Zweck, daß ich es dir jetzt erkläre, weil du noch viel zu kindisch bist, um es zu verstehen, aber glaube mir, wenn man auf die Internatsschule geht, lernt man alles, was sich zu wissen lohnt.»

Trotz dieser glühenden Empfehlung fühlte ich mich doch sehr erleichtert, als meine Mutter nach Vaters Tod beschloß, mich nicht auf eine Internatsschule zu schicken. Ich hatte keinerlei Interesse, auf meine Privatbeschäftigungen zu verzichten und mich bei jedem Wetter auf den Spiel- und Sportplätzen quälen zu lassen, aber sowie Onkel John hörte, daß ich im Herbst 1928 nicht auf der Internatsschule angemeldet werden sollte, kam er, kochend vor Wut, nach Little Oxmoon und machte uns eine erstklassige Szene.

Es war Juli, als meine Mutter diese Bombe platzen ließ, drei Monate nach dem Tod meines Vaters. Meine Mutter hatte ihren scheußlichen Darling Declan in Dublin besucht und war mit unzähligen Photos eines schieläugigen Babys zurückgekehrt, das, wie sie mir sagte, mein Neffe sei. Zuerst zeigte sie mir Aufnahmen von einem sehr hübschen irischen Mädchen, das sich als meine Schwägerin erwies und einen unaussprechlichen Namen trug (meine Mutter sprach ihn Schwohn aus), und dann von einem großen dunkelhaarigen Kerl, der wie Rory zur Fettleibigkeit neigte, jedoch mit einem scharfen, wachsamen Blick und einem verschmitzt boshaften Lächeln. «Er sieht wie ein richtiger Schuft aus», sagte ich sofort und erinnerte mich, daß ich die Schufte in meinen Büchern immer gemocht hatte.

«Hat er euch viele Fragen über mich gestellt?» erkundigte ich mich später bei Rory, als meine Mutter nicht im Zimmer war.

«Warum sollte er nach dir fragen? Er interessiert sich nicht für einen Sohn von Robert», antwortete Rory brutal, und ich schrie zurück: «Gut! Und ich interessiere mich nicht für einen Sohn von...», aber ich konnte mich nicht entschließen, wie ich Conor Kinsella nennen sollte. «Mr. Kinsella» schien mir zu respektvoll und «Conor» zu freundlich. Verwirrt rannte ich aus dem Zimmer und knallte die Tür hinter mir zu, während Rorys böses Gelächter mir in den Ohren dröhnte.

Kaum hatte ich mich von dieser Auseinandersetzung mit der Kinsella-Vergangenheit meiner Mutter erholt, da machte Onkel John seine große Szene. Harry wurde für die Ferien zurückerwartet, und da seine Ankunft unmittelbar bevorstand, war es wohl nur natürlich, daß Onkel John sich an mich erinnerte und sich bei meiner Mutter erkundigte, ob meine Anmeldung für das Herbstsemester im Briarwood bestätigt sei.

«Ach, Darling», flötete meine Mutter ins Telephon, während sie sich auf dem Sofa ausstreckte und der Schachtel in ihrem Schoß ein Praliné entnahm, «ich habe beschlossen, Kester nicht auf die Schule zu schicken.»

Empörtes Aufschreien im Hörer ließ sie auffahren und ich eilte zum Sofa, gerade noch rechtzeitig, um die Pralinenschachtel zu retten, bevor sie zu Boden fiel.

«Aber Johnny – danke, Kester, Liebling – Johnny, so höre doch.»

Ein plötzliches Klicken in der Leitung unterbrach das Gespräch.

«Ach du lieber Gott!» sagte meine Mutter und hängte auf. «Jetzt können wir uns auf etwas gefaßt machen. Hier, Liebling, nimm dir ein Praliné und suche mir ein schönes klebriges mit weicher Füllung aus, das wird mich trösten. Dein heldenhafter Onkel John schickt sich an, alle Mühe aufzuwenden, um dich vor den Verzärtelungen deiner unartigen alten Mutter zu retten. Ich bin schon ganz schwach vor Angst!»

«Mein Gott, Mami, was wirst du tun?»

«Ach, auch ich werde heldenhaft sein – dieses Spiel kann man zu zweit spielen. Liebling, nimm die Pralinen fort, bevor ich sie alle aufesse, und wo du sie auch immer hinbringst, bleibe dort. Ich muß mich mit einem winzigen kleinen Pink Gin stärken.»

Ich trottete mit der Schachtel hinaus und suchte mir ein bequemes Plätzchen hinter den Lavendelbüschen unter dem offenen Wohnzimmerfenster. Dann aß ich eines mit Orangencreme, eins mit türkischem Honig, ein Karamel, während ich wartete, daß Onkel John mit seinem Kreuzzug begann.

Er kam zehn Minuten später.

«Johnny, wie göttlich, dich zu sehen! Nimm einen Pink Gin!»

«Nein, danke, nicht vor sechs.» Onkel John, wie immer, wenn Bronwen nicht dabei war, war steifer, spießiger, englischer denn je. Ich konnte ihn mir genau in seinem maßgeschneiderten Anzug aus Savile Row vorstellen, zu dem er bestimmt seine alte Harrow-Krawatte trug. «Ginevra, ich will gleich zur Sache kommen. Habe ich richtig verstanden, daß du nicht beabsichtigst, den Jungen auf die Schule zu schicken?»

«Richtig, Darling. Kein Internat.»

«Aber ...»

«Ich habe nichts gegen Internate», fuhr meine Mutter fort. «Robin hätte ich mit Freuden auf eine solche Schule geschickt, und er wäre dort glücklich gewesen, wie es Harry ist, aber Kester ist kein Robin und kein Harry, und er würde es hassen. Er ist ein empfindsames und einzelgängerisches Kind.»

«Viel zu empfindsam und viel zu einzelgängerisch», bemerkte Onkel John boshaft, «und gerade deshalb sollte er auf die Internatsschule geschickt werden. Ihm tut Abhärtung not, das Zusammensein mit anderen Jungen, und er braucht sportliche Betätigung, damit er lernt, was Führung und Kameradschaftsgeist ...»

«Johnny, das alles ist natürlich großartig und entspricht auch ganz dem Geist, der das Empire geschaffen hat, aber für Kester kommt es nicht in Frage. Kester würde an diesen rauhen Methoden kaputtgehen, und ich werde nicht zulassen, daß man mein Kind quält!»

«Meine liebe Ginevra, ich habe mein Lebtag noch nie eine so melodramatische Übertreibung gehört! Aber du bist schließlich eine Frau und hast keine Ahnung, wie es auf Knabenschulen zugeht ... du hast ein paar Schreckensgeschichten gehört und glaubst, es seien Brutstätten des Sadismus ...»

«Sind sie das etwa nicht?» sagte meine Mutter.

«Keinesfalls! Briarwood ist eine ausgezeichnete Schule ... Ich werde mit dem Direktor reden und mich versichern, daß der Junge die Pflege erhält, die er braucht, und dann kannst du dich darauf verlassen, daß er vom ersten bis zum letzten Schultag in guten Händen ist – mehr noch, er wird es dir zu danken wissen, daß er auf eine solche Schule gehen darf! Du kannst ihn einfach nicht zu Hause behalten, Ginevra! Ein vaterloser Junge braucht ...»

«Laß mich beurteilen, was mein Sohn braucht», unterbrach ihn meine Mutter.

«Und was würde Robert dazu sagen? Ich kann mir nicht denken, daß es ihm recht gewesen wäre, den Jungen ständig an den Rockschößen seiner Mutter hängen zu sehen.»

«Was hast du an meinen Rockschößen auszusetzen?» erwiderte sie mit kehligem Lachen. Wahrscheinlich kippte sie gerade wieder einen ihrer Pink Gins, und richtig, kaum eine Sekunde später hörte ich das Gurgeln der Flasche, als sie sich wieder einen Drink mixte. «Willst du nicht doch einen, Johnny?»

«Nein. Na schön, ja – danke, Ginevra. Aber ich bin sicher, Robert hätte sich gewünscht, daß Kester sich abhärtet und in einer männlichen Atmosphäre aufwächst. Ich meine ... du lieber Gott, willst du aus deinem Sohn einen Mann machen oder nicht?»

«Ja, das will ich», sagte meine Mutter. «Aber ich finde, daß mehr zu einem Mann gehört, als eine alte Schulkrawatte zu tragen, das richtige vom falschen Ende eines Kricketschlägers unterscheiden zu können und bei diesen homosexuellen Balgereien mitzumachen, die man Rugby nennt.»

Das Wort «homosexuell» prallte ziellos an meinen Ohren ab, aber alles andere merkte ich mir. Ich wurde vor Begeisterung fast ohnmächtig, klammerte mich an den Lavendelstrauch, um nicht umzufallen, fragte mich, ob ich es nicht wagen sollte, einen Blick über den Fenstersims zu werfen, hatte jedoch nicht die Nerven dazu, und dann hörte ich Onkel John irgendwo ganz in der Nähe. «Ich gebe es auf.»

«Gott sei Dank», sagte meine Mutter. «Schau – hier ist dein Pink Gin – trinken wir und bleiben wir Freunde. Du weißt, wie sehr ich mich auf dich verlasse, und wie wunderbar ich dich finde.»

Onkel John stieß einen so heftigen Verzweiflungsseufzer aus, daß ich geradezu fühlen konnte, wie die Luft durch das offene Fenster über mich hin entwich. Schließlich sagte er: «Ich suche gewiß keinen Streit. Aber ich kann dir nicht sagen, wie sehr du meiner Meinung nach im Unrecht bist – ich glaube sogar, daß dein Entschluß dich noch eines Tages in große Schwierigkeiten mit Kester bringen wird.»

«Ach, wirklich?» schnurrte meine Mutter mit ihrer wohlklingendsten und gefährlichsten Stimme. «Wie interessant. Ich glaube eher, daß du mit Harry Schwierigkeiten haben wirst. Denn siehst du, meine häusliche Lage ist so durchschaubar anständig und langweilig, daß Kester darüber nur gähnen kann und sich völlig sicher fühlt. Wogegen deine Lage – so romantisch und aufregend sie auch sein mag – viel weniger beruhigend wirkt als die meine, nicht wahr? Manchmal habe ich direkt das Gefühl, eine Zeitbombe ticken zu hören, aber wenn einmal eine Bombe auf der Halbinsel von Gower platzt, wird es nicht in Little Oxmoon sein, sondern in Penhale Manor.»

Nach längerem Schweigen sagte Onkel John sehr ruhig: «Vielleicht wird dein häusliches Leben nicht mehr so eintönig sein, nachdem Robert jetzt tot ist. Ich könnte mir denken, daß Kester vielleicht doch noch die Hoffnung bleibt, wenigstens einen vernünftigen Stiefvater zu bekommen.»

«Oh, mein Lieber, nein – ganz entschieden nein! Für eine neue Ehe bedanke ich mich; die bisherigen genügen mir vollauf!»

«Ich dachte, vielleicht . . .»

«Ja, das dachtest du, aber eine dritte Heirat wird es nicht geben. Zwei haben mir gereicht.»

«Aber . . .» Onkel John schien das verblüffend zu finden. Ich sah nicht ein, warum. Mir schien es nur vernünftig, und ich freute mich sehr. Ein Stiefvater war wirklich das letzte, das ich mir wünschte; einen despotischen Onkel zu ertragen, fiel mir schwer genug. «Du willst also einfach weiter wie bisher leben?» fragte er schließlich verwirrt.

«Warum nicht? Die jetzige Situation paßt mir sehr gut – obgleich ich gestehen muß, daß ich mich manchmal frage, wie es nach Roberts Tod weitergehen soll. Es ist, als wenn eine Reise vorüber ist und man einige seiner Reisegefährten, wenn nicht alle, unvermeidlicherweise aus den Augen verliert.»

«Würdest du, falls die Dinge sich ändern, nach London zurückkehren?»

«Vielleicht, aber ich werde nichts übereilen. Ich bin zu oft in meinem Leben vom Regen in die Traufe gekommen, und jetzt beabsichtige ich, hier zu bleiben, bis Robert ein Jahr tot ist.»

«Und deine Freiheit genießen?»

«Genau wie du, Darling. Der Unterschied zwischen uns ist nur, daß ich meinen unorthodoxen Neigungen nachgehen kann, ohne es Kester oder sonst irgend jemanden merken zu lassen.»

Bald darauf verabschiedete sich Onkel John, und sowie sein neuer Rover den Kiesweg heruntergedonnert war, eilte ich ins Wohnzimmer zurück.

«Mami, du warst wunderbar!» sagte ich und umarmte sie. «So gut wie Boadicea!»

«Du kleiner Tunichtgut, hoffentlich hast du die Pralinenschachtel nicht im Lavendelgebüsch liegengelassen – o ja, du hast es getan! Lauf und hol sie mir schnell, bevor ich dir den Hintern verhaue. Wie oft habe ich dir gesagt, du sollst nicht lauschen?» Aber sie lächelte mir wohlwollend zu, und nachdem ich ihr die Pralinenschachtel gebracht hatte, rannte ich ins Schulzimmer und suchte das Wort «unordodocks» im Lexikon.

«Unorthodox, alter Knabe», erklärte mir Vetter Harry ein paar Tage später, «das bedeutet soviel wie tun, was sich nicht gehört. Du bist unorthodox, weil du nicht auf die Schule gehst. Ehrlich gesagt, finde ich das erbärmlich. Kein Wunder, daß dein Vater tot ist – ich wette, er starb, weil er die Schande nicht überleben konnte!»

Dieses Mal war ich derjenige, der mit der Schlägerei anfing, aber bevor ich Zeit hatte, meine Wut auszutoben, kam Bronwen ins Kinderzimmer, den kleinen, blauäugigen und pummeligen Gerry auf dem Arm. Harry und ich ließen sofort voneinander ab, und sie sagte nur: «Streiten ist unrecht.» Es klang nicht wie ein Vorwurf oder eine Belehrung, eher wie eine Feststellung. Dann rief sie über die Schulter: «Evan! Kester ist zum Tee gekommen – Harry, würdest du bitte den Babystuhl für mich halten . . . ich brauche im Augenblick beide Hände, um den Kleinen zu tragen, und ich darf mich nicht anstrengen.»

Jetzt bemerkte ich, daß sie um den Leib wieder dicker wurde. Ich hatte sie seit einiger Zeit nicht gesehen, weil ich mit meiner Mutter auf Besuch bei meiner Tante Daphne in Schottland gewesen war.

«Kriegst du wieder ein Kind, Bronwen?» fragte ich neugierig, um ganz sicher zu sein.

«Ja.» Sie lächelte kurz und beschäftigte sich mit Gerry, den sie in den hohen Stuhl setzte.

Alles verlief erwartungsgemäß bis sechs Uhr, als meine Mutter mich abholen kam. Onkel John war auf einer Aufsichtsratssitzung in Swansea. Dafydd, der jetzt die meiste Zeit bei seinen Vettern in Cardiff verbrachte, ließ sich nicht sehen, aber Rhiannon kam vom Gutshof, wo sie bei ihrer Tante wohnte, und blieb zum Tee. Meine scheußliche Cousine Marian erklärte mürrisch und übelgelaunt, wie sehr sie sich langweile und wie himmlisch sie sich freue, nächste Woche wieder auf die Schule zu gehen. Harry zog sich in sein Zimmer zurück, um mit seinen Kaulquappen zu experimentieren, und ich spielte mit Gerry – eine ermüdende Beschäftigung, weil er in dem Alter war, wo er alles kaputtmachen wollte, was ihm in die Finger kam –, aber bald darauf gab ich mich der friedlicheren Aufgabe hin, Evan beim Bildermalen zu helfen. Nach dem Tee zeichneten wir eine Landschaft mit einer herrlich roten untergehenden Sonne, während Marian, Harry und Rhiannon in der anderen Ecke des Zimmers Monopoly spielten und sich in Bemerkungen ergingen wie: «Du mogelst!» – «Ich mogle nicht!» – «Du Schwein!» – «Das gehört mir!» – «O nein, es gehört dir nicht!» Und: «Doch, es gehört mir!» Ich habe

Monopoly immer gehaßt und finde es eins der blödesten Spiele, die je erfunden worden sind.

Als die Kuckucksuhr im Kinderzimmer sechs Uhr rief, rauschte meine Mutter herein. «Hallo, Liebling», rief sie mir zu. «Guten Abend, ihr alle. Evan, was für ein entzückendes Bild! Ist das nicht gescheit von Evan? Bronwen ... wie fühlst du dich?»

Bronwen antwortete ihr mit gedämpfter Stimme, sie fühle sich wohl.

«Komm, setz dich – nein, nicht hier – mein Gott, diese Kinder machen einen solchen Lärm! Gehen wir einen Augenblick ins Kinderschlafzimmer.»

«Jetzt malst du noch eine Blume hierhin, Evan», schlug ich beiläufig vor und zeigte auf eine leere Stelle auf unserem Meisterwerk, und dann ging ich zum Laufstall, um einen Bauklotz aufzulesen, den Gerry durch das Gitter geworfen hatte. Während ich mich bückte, sah ich, daß die Tür des Schlafzimmers halb offenstand und in guter Hörweite war.

«Wann erwartest du es?»

«Im Februar.»

«Ist es ... ist es vielleicht nicht ganz das, was du dir wünschst?»

«Johnny hat es sich nicht gewünscht.» Ein unterdrückter Seufzer. «Es war ein Unfall.»

Gerry verlangte brüllend seinen Bauklotz, aber ich ignorierte ihn. Die halboffene Tür war zu verlockend.

«Und du?» fragte meine Mutter.

«Ich weiß nicht. Ich weiß überhaupt nichts mehr. Wenn Constance nur sehen könnte, was sie uns antut ...»

«Wenn es eine Detektivgeschichte wäre», sagte meine Mutter, «würde jemand diese Frau umbringen.»

Aber niemand mordete Tante Constance, und niemand konnte sie bewegen, in eine Scheidung einzuwilligen. Bronwen gebar ihren dritten illegitimen Sohn Anfang Februar, doch um diese Zeit war ich zu sehr mit anderen Dingen beschäftigt, denn bevor die Klatschzungen sich in ihren Kommentaren erschöpft hatten, geschah das große Wunder: Großvater fiel tot um, und ich wurde im Alter von neun Jahren Herr auf Oxmoon.

Zweites Kapitel

1

Daß Großvater tot umfiel, ist vielleicht leicht übertrieben, denn er lebte noch einige Stunden nach seinem Schlaganfall, aber diese Stunden verbrachte er im Koma.

«Welch gnadenvolle Erleichterung!» sagte meine Mutter zu Onkel John, als er ihr die Nachricht überbrachte, und dann fügte sie hinzu: «Zu schade, daß es nicht unmittelbar nach Margarets Tod geschah.»

Dank ihrer Erfahrungen nahm sie dem Tod gegenüber kein Blatt vor den Mund. «Der Tod an sich ist nicht schlimm», erklärte sie meinem Onkel mit erschütternder Offenheit. «Nur das Sterben ist ein Alptraum. Wenn ich einmal abkratze, hoffe ich zu Gott, daß es schnell passiert. Umfallen – peng – fertig. So wünsche ich es mir. Kein Getue, kein Aufhebens, und große Mengen Pink Gin für alle nach der Beerdigung. Du wirst daran denken, nicht wahr, Johnny Darling! Da ich zwölf Jahre älter bin als du, werde ich wahrscheinlich als erste abkratzen.»

Mein Onkel schaute allerdings drein, als ob er diese Bemerkung für geschmacklos hielt, und sagte steif, sie solle ihre Wünsche bezüglich ihrer Beerdigung schriftlich festlegen und das Dokument ihrem Testament beifügen, damit unter ihren Erben keine Mißverständnisse aufkommen könnten.

Den Gerüchten nach hatte Mrs. Straker sogar den Ring meines Großvaters gestohlen, als er im Sterben lag, aber sie war bei allen so verhaßt, daß man bereitwillig jeder Geschichte geglaubt hätte, selbst der, es seien ihr plötzlich Hörner gewachsen und sie habe sich platzend in eine Rauchwolke aufgelöst. Es stimmte zwar, daß der Siegelring der Familie Godwin verschwunden war, aber es wäre durchaus möglich, daß der arme alte vertrottelte Großvater ihn in einem Anfall von Geistesabwesenheit einfach fortgeworfen hatte. Der Schlaganfall überraschte ihn, als er im Bett lag, was nach Meinung meiner Mutter und Onkel Johns auf die Anwesenheit von Mrs. Straker hinwies, aber während meine Mutter überzeugt war, daß Mrs. Straker den Ring gestohlen hatte, glaubte Onkel John an ihre Unschuld.

«Diese Frau könnte jeden Mann um ihren kleinen Finger wickeln», sagte meine Mutter, und diese Bemerkung zauberte dem geistigen Auge des Neunjährigen, der ich war, die seltsamsten Bilder vor, aber Onkel John erwiderte: «Wenigstens hat sie ihn sauber und würdig zurückgelassen und alle entehrenden Spuren beseitigt.»

«Du meinst, sie hat es hinausgezögert, Gavin anzurufen, und ist mit gepackten Koffern beim ersten Tageslicht verschwunden! Ich finde es einfach widerlich! Hätte sie nicht noch ein bißchen warten können?»

Während sie sich weiter über Mrs. Straker stritten, schlich ich mich immer näher an meine Mutter heran, bis ich sie schließlich am Ärmel zupfen konnte.

«. . . also bleibt dir keine andere Wahl, als eine prunkvolle Beerdigung für ihn zu veranstalten . . . Ja, was willst du, Kester?»

«Bin ich jetzt . . . da Großvater tot ist . . .»

«Natürlich, Liebling, wir werden von nun an wieder in Oxmoon leben. Johnny, es ist absolut nicht notwendig, daß wir uns danach zu einem schrecklichen offiziellen Mittagessen zusammensetzen. Mach den Ballsaal auf für einen Champagnerempfang, und dann wird sich sogar Tante Ethel im Gedränge verlieren.»

Beim Gedanken an Tante Ethel, die zu einer Familienlegende geworden und gleichbedeutend mit dem Gipfel an Schrecklichkeit war, stöhnte Onkel John auf. Diese Schwester meiner Großmutter hatte ich mir lange als eine schlangenköpfige Medusa vorgestellt, die in einem Kalkofen irgendwo in Staffordshire wohnte. Sie liebte besonders meinen Onkel Thomas – bei weitem das ekelhafteste Mitglied der Godwin-Familie – und schickte ihm jede Weihnachten ein Paar handgestrickte Socken.

«. . . und jedenfalls», fuhr meine Mutter fort, «wird die Verwandtschaft aus Staffordshire, wenn wir ein bißchen Glück haben, die Einladung ablehnen. Ja, was willst du denn schon wieder, Kester? Zerre mich nicht so am Ärmel.»

«Bin ich jetzt sehr reich?»

«Nein. Du bekommst weiterhin deinen Sixpence als Taschengeld, und dabei bleibt es. Wie steht es mit der Hypothek, Johnny?»

«Nicht schlecht. Bis Kester achtzehn ist, sollte der Besitz schuldenfrei sein.»

«Was geschieht, wenn ich achtzehn bin?» fragte ich.

«Dann wirst du dein Erbe antreten», antwortete Onkel John. «Dein Großvater wurde offiziell für Oxmoon verantwortlich, als er achtzehn war, aber die volle Verfügung bekam er erst mit zwanzig. Für ihn war, was uns betraf, immer achtzehn und nicht einundzwanzig das Mündigkeitsalter.»

«Soll das etwa heißen, daß Oxmoon mir erst in neun Jahren wirklich gehört?»

«Natürlich gehört es dir, du kleiner Dummkopf», sagte meine

Mutter gereizt, «aber bis du erwachsen bist, müssen sich andere Leute darum kümmern. Was hast du dir eigentlich vorgestellt? Sahst du dich vielleicht auf einem Thron sitzen und den Dienern Befehle erteilen?»

Genau das hatte ich mir ausgemalt. Ich bemühte mich, meine Enttäuschung nicht zu zeigen. Wie gewöhnlich blieb die Wirklichkeit erbärmlich weit hinter meiner Phantasie zurück.

«Wir beide sind die Treuhänder, nicht wahr, Johnny? Gott sei Dank hat Bobby nicht auch Thomas ernannt – das hätten meine Nerven nicht ertragen . . . Nein, Kester, ich werde dir keine weiteren Fragen beantworten. Verschwinde jetzt und bitte Nanny, mit dir spazierenzugehen.»

Ich zog mich schwer gedemütigt zurück. Der Herr auf Oxmoon sollte seine Nanny bitten, mit ihm spazierenzugehen! Und nicht einmal eine Erhöhung des Taschengeldes! Während ich allein spazierenging, mich traurig im nieselnden Märzregen dahinschleppte, sah ich all meine herrlichen Träume zerrinnen. Dahin meine führende Rolle unter den Trauernden beim Begräbnis, dahin der im Speisesaal zu meinen Füßen kauernde Onkel Thomas, und da es kein offzielles Mittagessen geben sollte, waren auch alle Chancen dahin, in Großvaters großem geschnitzten Stuhl an der Spitze der Tafel zu sitzen. Statt dessen stand mir bevor, beim Empfang im Ballsall völlig übersehen zu werden, niedergetrampelt und erstickt vom Gestank des Pink Gin. Tränen traten mir in die Augen, und ich heulte.

Als meine Mutter mich mit rotgeweinten Augen von meinem Spaziergang zurückkommen sah, wurde sie richtig böse. «Mein Gott, was ist denn jetzt schon wieder los! Und ich dachte, Großvater hätte dir nicht mehr bedeutet als gelegentliche zweieinhalb Shilling!»

«Ich bin traurig über *mich.*»

«Über dich! Großer Gott, du hast doch eben Oxmoon geerbt – du bist der glücklichste kleine Junge in ganz England und Wales! Wie unterstehst du dich da, traurig zu sein! Dein heldenhafter Onkel John bewahrt Haltung, läßt sich nicht unterkriegen und ist einfach wunderbar wie immer, und ich schlage mich mit allen möglichen traurigen Erinnerungen an Bobby herum, während ich versuche, Ruhe und Vernunft zu bewahren, und *du hast die Nerven, hier herumzustehen und traurig zu sein!* Oh, ich könnte dich ohrfeigen!»

Es gehörte zur angelsächsischen Tradition in unserer Familie, daß Kinder unter dem pubertären Alter an Beerdigungen nicht teilnahmen, aber da ich der Erbe meines Großvaters war, machte ich natürlich eine Ausnahme, und sobald Vetter Harry hörte, daß ich da sein würde, wollte er nicht ausgelassen werden und wünschte, ebenfalls anwesend zu sein.

«Du willst ja nur deinen Vater beeindrucken», sagte ich wütend am Tag vor der Beerdigung.

«Nicht im geringsten, alter Knabe», erwiderte der höfliche Vetter Harry. «Ich gehe, weil es sich so gehört. Schließlich bin ich sein ältester Enkel, nicht wahr? *Und*» fügte er boshaft hinzu, «ich war auch sein Lieblingsenkel.»

«Das hat dir weiß Gott viel eingebracht!» gab ich schlagfertig zurück. «Ich bin derjenige, der Oxmoon geerbt hat!» Damit ließ ich ihn stehen und fühlte mich in Hochstimmung. Meine Tränen waren schnell vergessen, weil ich inzwischen gehört hatte, daß Onkel John nun doch entschlossen war, ein offizielles Mittagessen zu geben. Zu diesem Entschluß hatte vor allem die Nachricht beigetragen, daß die verhaßte Tante Ethel und ihre Kohorte nicht zur Beerdigung kommen würden, und sobald ich erfuhr, daß der Empfang im Ballsaal abgesagt war, sah ich wieder meinen Traum, in Großvaters geschnitztem Stuhl zu sitzen, in greifbare Nähe gerückt.

Die Familie begann sich in Oxmoon zu versammeln, wo Mrs. Wells, Onkel Johns Haushälterin, die böse Mrs. Straker fürs erste vertrat. Die ersten Gäste waren Onkel Edmund und Tante Teddy mit ihren kleinen Buben Richard und Geoffrey. Onkel Edmund gab sich sehr gebrochen, faselte ständig, wie schuldig er sich fühle, daß er seinen Vater nicht öfter besucht hatte, aber Tante Teddy tat ihr Bestes, um ihn aufzumuntern. Tante Teddy war eine Frohnatur, prall wie ein Gummiball, und sah aus, als schicke sie sich gerade an, den Charleston zu tanzen. Ich bemerkte jedoch, daß sie Onkel John gegenüber sehr kühl war, es möglichst vermied, mit ihm zu sprechen, und ich erinnerte mich, daß sie und Tante Constance, die es so nötig hatte, ermordet zu werden, Schwestern waren.

Mein Bruder Rory, wie gewöhnlich wieder einmal arbeitslos, kam in seinem roten Zweisitzer an und überraschte mich, als er mit viel Gefühl erzählte, was für ein wunderbarer Mensch mein Großvater gewesen sei. «Bobby war sehr gut zu Rory und Declan während ihrer Kindheit», rief meine Mutter aus, als sie mein erstauntes Gesicht sah, und dann fügte sie seufzend an Rory gewandt hinzu: «Ist es nicht traurig, daß Kester den wahren Bobby nicht kannte?» Diese Bemerkung erschien mir recht interessant, aber bevor ich weiter darüber nachdenken konnte, traf meine Tante Celia aus Heidelberg mit ihrer Tochter Erika ein, und ich fand mich mit der mühsamen Aufgabe betraut, nett zu einer mir völlig unbekannten Cousine zu sein, die kein

Wort Englisch sprach. Erika war acht Jahre alt, blond, blauäugig und sehr, sehr dick. Wir starrten uns in gegenseitigem Entsetzen an; und dann floh ich in mein Zimmer, um meinen neuen schwarzen Anzug anzuprobieren.

Ich hatte fast erwartet, daß Declan aus Irland kommen würde, aber er schickte nur einen Beileidsbrief an Onkel John und bat meine Mutter, in seinem Namen einen Kranz zu besorgen. Den Brief las ich allerdings. Onkel John hatte ihn meiner Mutter gezeigt und dann unvorsichtigerweise auf dem Tisch des Vestibüls liegengelassen, als er mit ihr einen Pink Gin trinken ging, und so fiel es mir leicht, einen raschen Blick hineinzuwerfen. «Lieber Mr. Godwin», las ich. «Gestatten Sie mir bitte, Ihnen mein herzlichstes Beileid auszusprechen. Ihr Vater war ein vortrefflicher Mensch, und er hat meinen Bruder und mich mit einer Größe und Großzügigkeit behandelt, die wir vielleicht während der glücklichen, vor so langer Zeit auf Oxmoon verbrachten Tage als zu selbstverständlich betrachteten. Meine Frau und ich senden Ihnen und Ihrer Familie unsere besten Wünsche. Mit freundlichen Grüßen, Ihr Declan Kinsella.»

Was mich an diesem Brief überraschte, war sein englischer Ton. Ich mußte mein Bild von Declan als einem ungebildeten irischen Barbaren einer gründlichen Revision unterziehen.

Der Tag der Beerdigung brach in großer Aufregung an. Ich kleidete mich in meinen neuen Anzug. «Ich finde, Schwarz steht mir gut», sagte ich zu Nanny, «aber ich hätte lieber lange Hosen gehabt.»

«Nicht bevor du zwölf bist», sagte Nanny. «Nur Jungen aus dem gemeinen Volk tragen lange Hosen, bevor sie zwölf sind.»

Ich fragte mich, wer dieses Gesetz erfunden hatte. Wer hatte überhaupt all diese Gesetze erfunden, die den Unterschied zwischen dem, was sich gehört, und dem schlechten Benehmen eines Wilden festlegten? Es war höchst rätselhaft, aber während ich mich auf die Beerdigung vorbereitete, wurde es mir klar, daß mir eine Aufgabe bevorstand, die ein absolut untadeliges, schickliches Benehmen erforderte. Angemessenes Betragen bei einer Beerdigung konnte entscheidend dafür sein, ob man in den Augen der LEUTE AUF DIE ES ANKOMMT (Onkel John) allgemeine Zustimmung oder ewige Verdammnis fand. Indem ich zu meinem Gebetbuch griff, dachte ich mir, wie günstig es war, daß Großvater mir so wenig bedeutet hatte; dank der Gleichgültigkeit meiner Gefühle würde es mir bestimmt gelingen, ein perfekter Godwin zu sein, der sich während der Trauerfeier zusammenzunehmen weiß.

Aber dann fiel mir in der Kirche die Bemerkung meiner Mutter ein: «Ist es nicht traurig, daß Kester den wahren Bobby nicht kannte?», und ich erinnerte mich auch, wie sie zu mir gesagt hatte: «Wenn du nur Daddy gekannt hättest, bevor er krank wurde», und plötzlich fühlte ich mich nicht nur wie ein trauernder Hinterbliebener, sondern wie ein armes verlassenes Waisenkind, grausam der beiden Männer beraubt, die mir im Leben so wichtig gewesen wären. Tränen standen mir in den Augen; ich biß mir auf die Lippe, aber sie zitterte unerbittlich. Panik ergriff mich. Ich schniefte, würgte, schluchzte und flennte auf meinem Stuhl.

Meine Mutter gab mir einen Stoß und zischte: «Hör auf!» Aber das machte es nur noch schlimmer. Zum Glück saßen wir ganz vorn, niemand konnte sich umdrehen und die Schande sehen, und auch den Leuten hinter mir blieb mein tränenüberströmtes Gesicht verborgen, aber ich erbebte bei dem Gedanken an Onkel John, der neben mir stand. Als meine Mutter mir wütend ihr schwarzes Spitzentaschentuch in die Hand drückte, betete ich, daß er von seinem Gesangbuch nicht aufblicken würde, und beim Beten vergaß ich, wie arm und verlassen ich war, wie grausam vom Schicksal betrogen. Die Tränen versiegten, aber dann – o Schrecken aller Schrecken – begaben wir uns alle auf den Friedhof, und als ich das offene Grab erblickte, die schweigende Menge, den Pfarrer, der wie der Tod persönlich aussah, wurde ich mir der Unabänderlichkeit des Hinscheidens meines Großvaters bewußt. Mir war, als seien aller Augen auf mich gerichtet. In meiner Angst, zusammenzubrechen, versuchte ich, mich hinter dem breiten schwarzen Mantel meiner Mutter zu verstecken.

«Kester! Sei doch kein kleiner Jammerlappen!» Meine Mutter war wieder wütend. «Stell dich sofort gerade hin!»

Die Erde war schwarz und feucht, der Himmel grau, es wehte ein kalter Wind, und ich dachte mit Schrecken an das entsetzliche Schicksal, das uns alle einmal erwartet. Und bei diesem Gedanken rannen mir dicke Tränen über die Wangen.

«Mein Gott, schaut euch diesen kleinen Schwulen an!» murmelte mein hundsgemeiner Onkel Thomas.

«Halt den Mund, du Rohling!» fuhr ihn meine Mutter an.

«Ginevra, Thomas, ich bitte euch . . .» Das war Onkel John. Er beugte sich über mich, aber anstatt zornig zu sein, wie ich es erwartet hatte, sprach er sehr ruhig und lieb zu mir. «Kester, denke nicht an deinen Großvater. Denke an Oxmoon und zeige diesen Leuten hier, daß du ein junger Mann bist, der sich einmal bewähren wird.»

Ich schluckte, hielt seine Hand fest, verdrängte meine schandbaren Tränen, dachte an Oxmoon und meinen neuen hohen Rang. Aber dann . . .

«Asche zu Asche . . . Staub zu Staub . . .»

Wieder heulte ich los. Es schien mir so schrecklich, daß wir alle, selbst mein vertrottelter alter Großvater, zu Staub und Asche werden sollten, und plötzlich sagte ich mir: Du armer Großvater, wie gemein bin ich zu dir gewesen! Tiefe Scham ergriff mich. Schließlich hatte mir Großvater Oxmoon hinterlassen, eine großzügige Geste, die doch immerhin bewies, daß ich ihm, auf welche Art auch immer, etwas bedeutet haben mußte. Aber was hatte ich je zu seinen Lebzeiten getan, um ihm meine Dankbarkeit zu zeigen? Gemurrt, weil er mir nur gelegentlich eine halbe Krone zusteckte! Gemeckert und gejammert, wenn ich ihn einmal besuchen mußte! Wie schandbar gemein von mir! Ich haßte mich und weinte verzweifelte Reuetränen.

Da gab mir meine Mutter den Gnadenstoß. Über mich gebeugt, flüsterte sie wütend: «Schau dir Harry an! Und reiße dich sofort zusammen!»

Vetter Harry, vollkommen wie immer, stand trockenen Auges neben seinem Vater. Er warf mir einen mitleidsvollen Blick zu, schlug dann mit einem Ausdruck tiefster Geringschätzung die samtbraunen Augen nieder.

Jetzt haßte ich mich nicht mehr, haßte nur noch ihn. Meine Kummertränen wurden zu Tränen der Wut. Ich konnte es kaum erwarten, ihn zu verprügeln, und sobald wir in Oxmoon waren, bot sich auch Gelegenheit dazu.

Die ganze Familie versammelte sich im Wohnzimmer bei Champagner, zu Ehren meines Großvaters, aber auch in der Hoffnung, sich nach der strapaziösen Trauerfeier in der Kirche von Penhale möglichst rasch zu erholen. Lowell, der Butler, der die Nachfolge des ehrenwerten Bayliss angetreten hatte (nach einer langen Leidenszeit unter der Fuchtel von Mrs. Straker war er den Märtyrertod gestorben), und ein kräftiges, schweigsames Stubenmädchen namens Caradoc (wegen ihrer Fähigkeit, den Mund zu halten, von Mrs. Straker gefördert) reichten Sandwiches herum. Harry und ich, die einzigen anwesenden Kinder, bekamen Extrateller mit Wurstbrötchen und Limonade.

«Du warst ein bißchen weinerlich, alter Knabe, nicht wahr?» sagte er und griff sich das größte Wurstbrötchen vor meiner Nase weg. «Das kommt davon, weil deine Mutter dich im Hause behält und weich werden läßt.»

«Wenn du eine Mutter wie die meine hättest», fuhr ich ihn wutschnaubend und gedemütigt an, «und ein Heim wie Oxmoon, dann würdest du auch verdammt gern zu Hause bleiben wollen. Aber du hast nur einen baufälligen alten Schuppen, wo nie jemand auf Besuch kommt, und einen Vater, der IN SÜNDE LEBT!»

Er schlug mich. Ich schlug zurück. Wir balgten uns auf dem Boden in einem Hagel von Wurstbrötchen.

«Kester! Harry! Hört sofort auf! Mein Gott, wo ist John? Thomas, so trenne sie doch um Himmels willen!»

«Warum denn? Laß sie doch! Das wird dem kleinen Schwulen gut tun!»

«Thomas, wenn du meinen Sohn noch einmal einen Schwulen nennst, dann werde ich ...»

«Jetzt höre mal gut zu, Thomas Godwin!» brüllte Rory, der seit dem Frühstück ständig getrunken hatte. «Wenn du meine Mutter noch einmal beleidigst und ihren kleinen Jammerlappen einen Schwulen nennst, schlag ich dir die Fresse ein!»

«Ach, schau dir doch dieses Gerangel an! Edmund, Süßer, deine Neffen werden sich noch umbringen!»

«Kinder, hört doch endlich auf», sagte Onkel Edmund. Er stand über uns, fuchtelte mit der Hand, versuchte vergeblich, Harry am Kragen zu packen.

Ich machte mir Harrys vorübergehende Unaufmerksamkeit zunutze und landete meine Rechte auf seinem Kinn.

Harry kreischte auf, kämpfte sich los und wirbelte wütend zu Onkel Edmund herum. «Laß mich in Ruhe, du alter Trottel, und geh mir aus dem Weg!»

Alle waren sprachlos, und dann sah ich plötzlich, daß Onkel John ins Zimmer zurückkehrte. Mir wurde sofort schlecht. Harry und ich rappelten uns auf die Beine und standen zitternd vor ihm.

Zuerst wandte er sich seinem Sohn zu. «Wie unterstehst du dich, wie wagst du es, dich so zu benehmen und mir Schande zu machen!»

Plötzlich war der sonst immer so überlegene Vetter Harry ein stammelnder kleiner Junge. «Ich bitte um Verzeihung, Papa.»

«Entschuldige dich sofort bei deinem Onkel Edmund.»

«Ich bitte um Verzeihung, Onkel Edmund.»

«Ist schon gut, alter Knabe», sagte Onkel Edmund verlegen. «All die Aufregung, das Begräbnis ...»

«Geh in den Garten», sagte Onkel John zu Harry, «und warte dort, bis ich dich rufen lasse.»

«Jawohl, Sir», sagte Harry und schlich sich davon.

«Kester», fuhr Onkel John fort und setzte meiner Freude über Harrys Demütigung ein rasches Ende, «du kommst mit mir in die Bibliothek.»

Ich blickte mich unwillkürlich nach meiner Mutter um, hoffte Schutz bei ihr zu finden, aber sie stand mit ihrem Champagnerglas in der Hand, schaute völlig unbeteiligt drein und machte keine Anstalten, uns zu begleiten.

«Nun komm schon, Kester», sagte Onkel John, der mein Zögern bemerkt und auch Verständnis dafür hatte.

Ich schaute meine Mutter vorwurfsvoll an und trottete wie ein Häufchen Unglück aus dem Zimmer.

«Jetzt kriegt der neue Herr von Oxmoon seinen Teil ab», hörte ich den widerlichen Onkel Thomas, als die Tür sich schloß.

Als ich in die Bibliothek trat, kochte ich immer noch vor Wut und Scham. «Es tut mir leid, Onkel John», platzte ich heraus, «aber Harry war gemein zu mir und . . .»

«Nein», sagte Onkel John. «Bitte keine Petzereien. Kein Klatschen. Wenn deine Mutter endlich Vernunft annehmen und dich auf die Schule schicken würde, hättest du bald entdeckt, daß es Dinge gibt, die man einfach nicht tut.»

«Aber Harry . . .»

«Laß Harry aus dem Spiel. Harry hatte wenigstens eine Entschuldigung, daß er sich wie ein eifersüchtiges Kind benahm, aber du hattest keine – und Harry hat sich wenigstens während der Beerdigung anständig aufgeführt! Und du? Du hast dir nicht einmal die Mühe gemacht, dich ein bißchen zusammenzureißen. Du hast deiner Mutter Schande gemacht und dich entsetzlich benommen. All diese Tränen waren völlig unnötig. Du hast nur Theater gemacht, dich gehenlassen, und deine Gefühle auf unverzeihliche Art zur Schau gestellt.»

Ich wußte, daß er die Wahrheit sprach, und während die Scham mich überwältigte, stellte ich mit Entsetzen fest, daß ich schon wieder weinen wollte.

«Frauen ist es erlaubt», fuhr Onkel John fort, «bis zu einem gewissen Grad ihren Kummer zur Schau zu stellen. Sie sind das schwache Geschlecht, und wir müssen ihnen einiges nachsehen, aber von einem Mann erwartet man, daß er sich wie ein Mann benimmt, und das bedeutet Selbstbeherrschung und ein Betragen, das für andere kein Anlaß zu peinlicher Verlegenheit ist. Frauen verlangen von ihren Männern, daß sie sich stark zeigen, und Männer verlangen von ihren Führern, daß sie ihnen ein gutes Beispiel geben, dem sie folgen können. Wenn du einmal erwachsen bist, wirst du der erste Mann in der Gemeinde von Penhale sein, und man wird Führerschaft von dir erwarten. Um das bieten zu können, wirst du von heute an lernen, dich dieser Aufgabe würdig zu erweisen. Also bitte keine Tränen mehr. Du gehst jetzt mit mir in den Garten und bittest Harry um Frieden.»

Wieder überwältigte die Wut in mir den Wunsch zu weinen. «Ich finde, Harry sollte *mich* um Frieden bitten, Sir!» entgegnete ich bockig, doch immerhin bemüht, höflich zu sein und nur Gerechtigkeit zu verlangen. «Er hat mich zuerst beleidigt», erklärte ich und setzte mich rücksichtslos über alle kindliche Konvention des Nicht-petzen-Dürfens hinweg, «und er hat mich zuerst gehauen; das steht ein für allemal fest, und das lasse ich mir von niemandem bestreiten.»

Ich glaube, Onkel John war baß erstaunt über diese Kraftbezeugung. Wahrscheinlich hatte er erwartet, ich würde nach seiner strengen Maßregelung wie ein elendes Häufchen zusammensinken, und als ich ihm trotzig die Stirn bot, verfiel er in Schweigen. Plötzlich bekam ich es mit der Angst zu tun. Wenn er mich nun schlagen würde? Ich wußte, daß er Harry nie schlug, aber Harry war ja so vollkommen. Ich dagegen ließ es noch sehr an Vollkommenheit mangeln, und Onkel John könnte sehr gut mir gegenüber körperliche Züchtigung für richtig halten.

Ich stammelte eine Entschuldigung, aber er unterbrach mich.

«Kester», sagte er, «du kannst es dir heute leisten, großzügig zu sein. Tu, was ich dir sage, mach deinen Frieden mit Harry und diskutiere nicht weiter.»

Etwas in seinem Ton schnitt mir tief ins Bewußtsein. Er klang so kalt und unfreundlich, und plötzlich wurde ich mir wieder meiner geheimen Angst gewahr, der Angst, daß er mich verachtete und als eine schwer zu ertragende Bürde empfand.

«Du wünschst dir ja nur, daß Harry Oxmoon geerbt hätte», sagte eine schwache hohe und zitternde Stimme, die ich als die meine erkannte. «Du haßt mich und bedauerst, daß ich nicht tot bin wie Robin.»

«Oh, mein Gott!» Onkel John stieß einen seiner schwersten Seufzer aus. Doch dann lachte er ganz unerwarteterweise. «Ich bin bisher noch nie einem Kind begegnet, das jede Szene seines Lebens spielt, als sei es der letzte Akt eines victorianischen Melodramas! Mein lieber Kester, wenn du mir wirklich die Rolle des Bösewichts zuschieben willst, kann ich dich nicht daran hindern, aber ich versichere dir, daß die Vorstellung nur die Frucht deiner Phantasie ist.»

Er ließ sich in einen der großen Ledersessel am Kamin sinken und zog mich zu sich. Dann lächelte er. Instinktiv lehnte ich mich trostsuchend an ihn, sehnte mich nach einer Geste, die mich von meinem alptraumhaften Verdacht befreien und mir zeigen würde, daß er mich nicht verachtete. Als ob er genau wüßte, was ich brauchte, legte er mir den Arm um die Schulter.

«Wenn ich Oxmoon für Harry gewollt hätte», sagte er sanft und freundlich, «hätte ich es leicht haben können. Ich war schließlich der Lieblingssohn meines Vaters, und er hätte mir jeden Wunsch erfüllt. Aber das wäre nicht fair gewesen, Kester, denn damit hätte ich deinen Vater betrogen, der mein Lieblingsbruder war. Ich hätte deine Mutter unglücklich gemacht und dich um etwas beraubt, das dir traditionsgemäß zukam. Wie konnte ich mir wünschen, ein solches Unrecht zu begehen? Man kann einfach nicht durchs Leben gehen und nach allem greifen, ohne Rücksicht auf die Folgen – das weißt du. Es ist die Straße zur Hölle, und die Leute, die zur Hölle fahren, sind die, die nicht wissen, wann man ‹Halt!› sagen und die Grenze ziehen muß.»

Ich war wie berauscht. Ein Bild blitzte vor mir auf: ein breiter goldener Strich zwischen einer schwarzen Grube mit der Aufschrift HÖLLE auf der einen und einer lieblichen Landschaft mit der Aufschrift HIMMEL auf der anderen Seite. «O je!» rief ich aus. Meiner Vorliebe für das Melodrama war Genüge getan, ich lehnte mich ein bißchen näher an ihn und genoß sehr meinen ersten Unterricht in Metaphysik. Onkel John fuhr fort: «Schrecklich ergeht es den Menschen, die nicht rechtzeitig die Grenze zu ziehen wissen.»

«Müssen wir uns deshalb immer an die Spielregeln halten und tun, was sich gehört?»

Ich erwies mich als ein gelehriger Schüler. Er lächelte wieder, streichelte mir den Kopf, und dann stand er auf. «Ja. Und jetzt gehen wir in den Garten zu Harry.»

Ich faßte seine Hand und beschloß, ihn mit meiner Großzügigkeit gegenüber Harry zu beeindrucken, den er bei Beginn unseres Gesprächs so ergötzlich als ein eifersüchtiges Kind beschrieben hatte. Offenbar gehörte es sich, großzügig zu sein. Ich fühlte mich schon viel besser.

«Du magst mich doch trotz allem ein bißchen, nicht wahr, Onkel John?»

«Mein lieber Kester, was für eine idiotische Frage!» Onkel John klang so verärgert, wie es meine Mutter unter diesen Umständen gewesen wäre. «Du weißt genau, daß ich dich jetzt, da dein Vater tot ist, wie meinen eigenen Sohn betrachte.»

Die letzte Spur meiner Unsicherheit verflog. Ich blickte verschwimmend zu ihm auf und fand ihn wunderbar.

Im Garten sahen wir Harry auf einer Bank am Tennisplatz hocken, aber als wir erschienen, erhob er sich und schlenderte uns langsam entgegen. Er hatte die Hände in die Hosentaschen vergraben, und ich bemerkte, daß er mehr als einmal stehenblieb und wütend mit dem Hacken auf den Boden stampfte. Sein schwarzes Haar hing ihm über die Stirn und beschattete sein Gesicht, und erst als er in der Nähe war, sah ich die roten Ränder um die Augen.

Onkel John, der meine Rechte in seiner Linken hielt, streckte die Rechte nach seinem Sohn aus, und Harry ergriff sie dankbar, unwiderstehlich angezogen wie eine kleine Nadel, die sich einem machtvollen Magneten entgegenwirft. Onkel John lächelte, und als ich sah, wie Harry sich an ihn lehnte, wußte ich, daß auch er sich nach einem alptraumhaften Augenblick der Unsicherheit wieder befreit fühlte.

«Also, Jungens», sagte Onkel John, während wir am Tennisplatz standen und auf das Haus zurückblickten, «ihr habt euch beide schlecht benommen, aber da ihr jetzt wißt, was ich von einem solchen Betragen halte, wollen wir den Fall als erledigt betrachten. Doch eins bitte ich mir aus: keine Schlägereien mehr. Das ist ungebührlich, und ich werde es nicht länger dulden. Da ziehe ich die Grenze.»

Wir schauten feierlich zu ihm auf, aber er sah uns nicht. Er blickte auf die ramponierte Fassade seines einstigen Heims.

«Wir alle wissen, wie es einem Haus ergeht, in dem Uneinigkeit herrscht», sagte er beiläufig, fast zu sich selbst, als ob Harry und ich gar nicht da wären. Es hätte irgendeine prosaische Bemerkung sein können wie: «Ach du lieber Himmel, ich muß mir unbedingt einen Kostenvoranschlag für die Dachreparaturen machen lassen.» Dann erinnerte er sich an uns, drückte uns fester die Hände. «Oxmoon gehört uns allen», sagte er, «aber Kester ist derjenige, dem die Verantwortung obliegt, es instandzuhalten und es der nächsten Generation zu übergeben. Das ist eine sehr schwere Verantwortung, und wir werden alles tun, um Kester zu helfen, nicht wahr, Harry? Ich bin sicher, du verstehst, daß wir zusammenhalten und gute Freunde bleiben müssen.»

«Ja, Papa», sagte Harry.

«Und du verstehst es auch, nicht wahr, Kester?»

«O ja, Onkel John», sagte ich und fügte (schlauerweise, fand ich) hinzu: «Es gehört sich so.»

«Sehr gut. Jetzt gebt euch die Hand und seid wieder gute Freunde.»

Wir schüttelten uns die Hände – zwei kleine Jungen, ganz unter dem Bann dieser überragenden und komplexen Persönlichkeit, die mich auch im späteren Leben oft vor die Frage stellte, ob ich sie je richtig verstanden hatte.

«Es tut mir leid, daß ich dich eben gehauen habe, Harry.»

«Macht nichts, alter Knabe. Mir tut es leid, dich geneckt zu haben, weil du nicht zur Schule gehst.»

«Natürlich kannst du immer nach Oxmoon zum Spielen kommen, wann du willst.»

«Sehr anständig von dir. Vielen Dank.»

Eine Weile schwiegen wir verlegen. Und während Harry und ich uns anblickten, wurde es uns beiden klar, daß wir alle, sooft auch Onkel John uns vor den Gefahren eines uneinigen Hauses warnen mochte, auf eine sehr komplizierte Bruchrechnung hinsteuerten.

2

Als wir ins Haus zurückkehrten, schlug der Gong zum Mittagessen, und die Familie, deren nervöse Spannung sich durch die Einwirkung des Champagners gelockert hatte, versammelte sich lärmend und lachend im Vestibül unter lautstarken Erklärungen, wie herrlich doch schließlich diese Beerdigung gewesen sei.

«Daß der arme Bobby das verpaßt hat!» rief meine beschwipste Mutter Onkel John zu. «Welche Freude wäre das für ihn gewesen!»

Onkel John, der stocknüchtern war, runzelte nur die Stirn und bemühte sich, Onkel Thomas zum Schweigen zu bringen, der jetzt statt Champagner Whisky trank und dem begeistert zuhörenden Rory eine Geschichte erzählte, in welcher es um Kopfkissen und Ketten ging. (Die Erwachsenen redeten über die idiotischsten Dinge!) Während ich der schwatzenden Menge ins Speisezimmer folgte, fragte ich mich mißmutig, wie lange die neue Freundschaft mit Harry dauern würde.

Der Speisesaal lag in einer Ecke des Hauptgebäudes neben dem Flur, der hinter der grün bespannten Tür zum Dienstbotenquartier führte. Riesige, schlecht gemalte Jagdszenen hingen überall an den Wänden, und die hellroten Röcke der Jäger bildeten einen schreienden Kontrast zu den dunkelroten Tapeten. Der prächtige lange Eßtisch aus Rosenholz, eine Kostbarkeit aus dem achtzehnten Jahrhundert, der irgendwie inmitten all des von meinen Großeltern so geliebten victorianischen Kitsches überlebt hatte, stand wie ein Traum von Eleganz auf dem abgetretenen indischen Teppich, geschmückt mit dem prunkvollen silbernen Tafelaufsatz und dem Silber mit dem Monogramm der Godwins (großzügig von der diebischen Mrs. Straker hinterlassen). Das Tafelgeschirr von Doulton war leicht angeschlagen und rissig, wie das ganze Oxmoon, aber es wirkte deshalb durchaus noch nicht wie ein gespenstischer Zeuge glanzvoller Vergangenheit. Lowell stand mit einigen seiner Lieblingshelfer vor der Anrichte, und hinter der Dienerschaft sah ich die in Reihen aufgestellten Champagnerflaschen. Ich fragte mich, ob man mir auch ein kleines Gläschen einschenken und auf mein Wohl trinken würde, doch ich hielt es für ziemlich unwahrscheinlich.

Meine Mutter zankte sich wieder einmal mit Onkel Thomas. «John muß an der Spitze der Tafel sitzen», sagte sie und machte meinen schönsten Traum zunichte, «und ich werde ihm an Margarets Platz gegenübersitzen – nein, du auf keinen Fall! Setze dich neben John – vielleicht kann er dich ein bißchen im Zaume halten!»

«Mein Gott, Ginevra, manchmal bist du ein richtiges Miststück, du blöde Kuh!»

«Thomas!» ermahnte ihn der rot gewordene Onkel Edmund.

«Auf geht's!» rief Tante Teddy. «Haltet euch auf euren Sätteln fest, jetzt geht es im donnernden Galopp los!»

«Ihr alle – ich *bitte euch*!» heischte Tante Celia, eine große, hagere, altjüngferliche Dame, die ständig entsetzt aussah. «Bringen wir doch dem Andenken des lieben Papa ein wenig Respekt entgegen!»

«Ganz meine Meinung», sagte Onkel Edmund. «Harry, komm, setz dich zu mir und erzähle mir von deiner Schule.»

«Sagt mal, das ist aber komisch», sagte Tante Teddy. «Es ist nicht für alle gedeckt – oder habe ich mich verzählt?»

«Schön, ich setze mich jedenfalls hierher, zu Johns Rechter», sagte Onkel Thomas und ließ sich auf den Stuhl sinken, «und wenn jetzt einer stehen muß, bin ich es nicht.»

«Ich kann mir nicht denken, warum Mrs. Wells sich geirrt haben soll», sagte meine Mutter. «Ich habe ihr die richtige Zahl angegeben, gleich nachdem Daphne anrief und absagte. Lowell, warum haben wir keine Tischkarten?»

«Madame, ich wartete auf Ihre Anweisungen.»

«Hätten Sie mir nicht sagen können, daß Sie auf meine Anweisungen warten?»

«Was gibt's zu essen?» erkundigte sich Rory, der neben meiner Mutter Platz nahm. «Ein bißchen Kaviar könnte mir gefallen.»

«Donnerwetter!» brüllte Onkel Thomas. «Schaut euch doch bloß mal all den Champagner an!»

«Nein, wirklich, Thomas!» schalt ihn Tante Celia. «Wie kannst du nur so respektlos sein! Halte endlich deinen Mund und benimm dich anständig!»

«Ach, da kommt Mrs. Wells. Mrs. Wells, wir sind neun Personen, und es ist nur für acht gedeckt . . .»

«Ich bitte um Verzeihung, Madam, es tut mir wirklich leid», sagte Mrs. Wells. «Ich wußte nicht, daß der junge Herr Harry kommen würde – ich dachte, der junge Herr Kester sei der einzige Enkel, der an der Beerdigung teilnehmen sollte. Ich werde sofort ein neuntes Gedeck auflegen.» Alle setzten sich außer mir und Onkel John. Onkel John stand neben Großvaters geschnitztem Stuhl, der in meinen Größenwahnsträumen eine so wichtige Rolle gespielt hatte. Gleich würde er sich auf diesen Stuhl setzen und mich verlegen und gedemütigt stehen lassen, mich, den Herrn von Oxmoon, den kleinen Jungen, an den niemand dachte, der nur noch eine Witzfigur war.

«Nun komm schon, John», sagte Onkel Thomas. «Setz dich – du machst mich ganz nervös – steh nicht herum wie ein Ölgötze!»

«Kester!» Meine Mutter hatte endlich bemerkt, daß es keinen Platz für mich gab. «Komm, setz dich zu mir – Rory, rück ein wenig weiter und mach ihm Platz.»

Tief betrübt schlurfte ich auf sie zu.

«Kester», rief mich Onkel John.

Ich drehte mich um. Gerade war ich bei meiner Mutter am anderen Ende der Tafel angelangt, und er stand immer noch am gleichen Platz. Zuerst dachte ich, ich hätte etwas falsch gemacht, denn seine Stimme klang streng, aber dann sah ich, daß er mir zulächelte.

Er zeigte auf den geschnitzten Stuhl.

Ich erstarrte.

Ein plötzliches Schweigen trat ein, und alle schienen ebenso überrascht zu sein wie ich.

«Komm hierher», sagte Onkel John. «Das ist jetzt dein Platz.»

Nur nicht weinen, sagte ich mir. Ich darf jetzt nicht weinen!

Es war so still, daß ich meine neuen Schuhe quietschen hörte. Ohne einen Blick nach rechts oder links zu wagen, ging ich auf ihn zu. Zwölf Schritte zum Ruhm, zwölf Schritte zur Ekstase, zwölf Schritte zum Beginn des Märchens, in dem sich alle meine Träume erfüllten.

Als ich am Stuhl angekommen war, ergriff ich die Armlehne und warf einen Blick auf meine Familie. Ich hatte Zorn oder amüsiertes

Gelächter erwartet, aber niemand lachte, und niemand blickte zornig drein. Im Gegenteil, sie waren völlig ausdruckslos und starrten ins Leere, als habe man sie plötzlich mit einer Wirklichkeit konfrontiert, die sie nicht minder verblüffend als ich fanden.

Das Märchen hatte sich plötzlich wie durch einen Zauber verwirklicht, ich war tatsächlich der Herr von Oxmoon und nahm auf dem altehrwürdigen Stuhl an der Spitze der Tafel Platz.

«So ist's richtig», sagte Onkel John. «Das ist ein guter Junge. Thomas, du stehst jetzt auf und läßt mich zu Kesters Rechten sitzen. Ach, Mrs. Wells, legen Sie bitte das zusätzliche Gedeck neben Mrs. Edmund auf – Rory, du rückst ein bißchen näher zu Ginevra, ja?»

Thomas erhob sich ohne ein Wort, geschlagen und seines Ehrenplatzes beraubt. Ich hätte am liebsten laut «Hurra!» geschrien, aber natürlich sagte ich nichts und machte ein ausdrucksloses Gesicht. Onkel John hatte seinen Zauberstab geschwungen, und ich war zu einem perfekten Godwin geworden, der mühelos immer tat, was sich gehörte.

«Lowell», rief Onkel John. «Bitte je ein halbes Glas Champagner für die jungen Herrn Kester und Harry.»

Die Stubenmädchen servierten den geräucherten Lachs.

«Ach, Kester, du siehst einfach süß auf diesem schönen alten Stuhl aus», sagte die nette, dralle Tante Teddy.

«Papa war ganz vernarrt in diesen Stuhl», bemerkte die trübselige Tante Celia. «Mama hatte ihn ihm auf dem Trödelmarkt für seinen einundzwanzigsten Geburtstag gekauft, und er hat sie dreizehneinhalb Shilling gekostet. Sie waren damals sehr arm und besaßen kaum einen Farthing. Erinnerst du dich noch, Ginevra ...» Und sie schwatzte eintönig weiter, während die Mädchen den letzten Lachs verteilten und Lowell die beiden halben Gläser Champagner brachte.

Onkel John erhob sich, und Tante Celias Erinnerungen brachen ab, als wenn jemand endlich einen tropfenden Wasserhahn zugedreht hätte.

«Nun», begann Onkel John mit meisterhafter Gelassenheit. «Ich finde, wir haben heute vormittag in der Kirche genug Gebete gehört, und ich erspare euch das Tischgebet. Und ich glaube auch, daß jeder von uns meinem Vater auf seine eigene Art ein trauerndes Andenken zu bewahren wünscht, und sehe daher keinen Grund, eine lange Lobrede zu halten. Es genüge uns zu wissen, daß er ein vortrefflicher Mensch war, mit einer tragischen Vergangenheit, die ihn vorzeitig zu einem alten Mann machte. Lassen wir es dabei bewenden. Und jetzt schlage ich vor, uns dankbar der Gegenwart zuzuwenden und hoffnungsvoll in die Zukunft zu blicken. Kester ist ein intelligenter Junge, von dem noch viel erwartet werden kann, und vor allem ist er Roberts Sohn. Denken wir an Robert, der ohne jeden Zweifel der blendendste Godwin seiner Generation war, und wünschen wir Kester Glück und Erfolg.»

Er hob sein Glas ins volle Licht. Es wird mir unvergeßlich bleiben, wie er da stand, aufrecht, in vollkommener Pose, beispielgebend für die ganze Familie.

«Auf Kester!» sagte mein heldenhafter Onkel John, und als ich mit feuchten Augen zu ihm aufblickte, dachte ich mir: Wenn man so ist, weil man tut, was sich gehört, dann bin ich ganz dafür, daß man tut, was sich gehört.

Aber als ich kurz darauf Harry am anderen Ende des Tischs erblickte, den bleichen, sich mit Mühe beherrschenden Vetter Harry, wußte ich, daß er sich nicht halb so sehr wie ich am Anblick Onkel Johns erfreute, der tat, was sich gehörte – und daß er sich dieses Mal vielleicht sogar darüber ärgerte.

3

Es sagt viel über die Art, wie Onkel John sein Privatleben führte, daß ich mich nicht einmal über Bronwens Abwesenheit bei Großvaters Beerdigung und dem Familienmittagessen wunderte. Offiziell war sie mit der Pflege und Aufsicht seiner Kinder betraut; sie nahm keinen Anteil an seinem gesellschaftlichen Leben, und wenn Onkel John bei uns zu Mittag oder zu Abend aß, kam er stets allein. Nur wenn er uns mit den Kindern zum Tee besuchte, brachte er Bronwen mit. (Ich stellte bald fest, daß der Tee die einzige Mahlzeit war, zu der man auch sozial tiefer gestellte Personen einladen konnte.) Onkel John hatte selten Freunde bei sich in Penhale Manor zu Gast, und wenn es einmal geschah, war stets meine Mutter als Gastgeberin anwesend, und Bronwen ließ sich nicht sehen. Man erklärte mir immer wieder, es mache ihr gar nichts aus, sich von seinem gesellschaftlichen Leben fernzuhalten, und sie sei sogar froh, von dieser Verpflichtung befreit zu sein.

«Gott weiß, was geschieht, wenn sie einmal heiraten sollten und er sie seinen Freunden vorstellen muß», sagte meine Mutter eines Tages. «Ich glaube nicht, daß die liebe Bronwen dem gewachsen wäre.»

Diese Bemerkung war nicht boshaft und snobistisch gemeint; sie entsprang vielmehr ihrer realistischen Einschätzung der Klassenunterschiede, so realistisch wie ihre Einstellung dem Tod gegenüber, die von erschütternder Direktheit war. So ließ ich mich von ihr leiten, und es wäre mir nie eingefallen, auf Bronwen hinabzublicken. Ich liebte sie trotzdem, wußte jedoch, daß sie anders war, wahrscheinlich oft leiden mußte, weil sie anders war, und ich hatte großes Mitleid mit ihr, besonders wenn sie so wichtige Ereignisse wie Großvaters Beerdigung verpaßte. Ich wünschte, sie hätte mich sehen können, als ich auf dem geschnitzten Stuhl saß.

Zu der Zeit, da ich Oxmoon erbte, waren mir viele Mutmaßungen über das Verhältnis Onkel Johns und Bronwens zu Ohren gekommen, und ich stellte fest, daß zwar jeder behauptete, es zu verstehen, aber niemand recht begreifen konnte, warum es mit einer solchen Beharrlichkeit andauerte. (Die Leute redeten darüber, als sei es ein ungewöhnlich schwerer Fall von Masern.) Kurz gesagt verstand es niemand. Meine Mutter tat es glatt als große Leidenschaft ab, was meinen Vater stets in Wut gebracht hatte, denn für ihn war eine Liebesleidenschaft so unnütz wie der Glaube an Gott, nur noch viel dümmer.

«Ich leugne ja nicht, daß es große Leidenschaften gibt», hatte ich ihn einst sagen gehört, «aber meiner unromantischen Ansicht nach ist sie nur dazu da, um eine Leere in einem unbefriedigten Leben auszufüllen – sie ist das Produkt gestörter Geister, die sich nach einer Flucht aus ihren unlösbaren Problemen sehnen.»

«Quatsch!» sagte meine Mutter. «Du läßt völlig außer acht, daß es noch Faktoren gibt wie die unwiderstehliche Chemie der sexuellen Anziehung und den atemberaubenden Schauer der Begegnung zweier Seelen!»

«Eine solche Bemerkung bestätigt wieder einmal meinen Glauben», sagte mein Vater, «daß das weibliche Geschlecht entschieden das dümmere ist», und danach war das Gespräch wie üblich in einen wütenden Krach ausgeartet.

Ich fand es interessant, daß gerade dieser von meiner Mutter benutzte Ausdruck der «sexuellen Anziehung» (für den es zu meinem Kummer keine Erklärung im Lexikon gab) sehr oft in den Diskussionen über Bronwen und Onkel John auftauchte, aber mit der Zeit wurden sich die Leute einig, daß diese geheimnisvolle Kraft keine zufriedenstellende Antwort auf die große Frage zu bieten vermochte.

«Es ist nichts weiter als der verdammte Sex», behauptete der schmutzig gemeine Onkel Thomas. «Glaubt ihr vielleicht, die beiden hätten sich auch nur einmal angeschaut, wenn sie häßlich wie die Sünde gewesen wären?»

«Eigentlich doch», sagte meine Mutter. «Nach all der Zeit muß mehr daran sein als bloße sexuelle Anziehung.»

Am Abend vor Großvaters Beerdigung vertraute sich Tante Celia meiner Mutter an. «Ich bin furchtbar enttäuscht, John immer noch in der gleichen Situation zu sehen. Ich hätte wirklich gedacht, er sei jetzt endlich darüber hinweg.»

Ich war es gewohnt, von Onkel John reden zu hören, als sei er mit irgendeiner Krankheit behaftet, aber Tante Celia klang geradeso, als ob er im Sterben läge. Ich vergaß, wie kalt es mir in meinem Pyjama war (ich hatte mein Bett verlassen, um meiner Mutter zu sagen, daß ich zu aufgeregt sei und nicht schlafen könne), und schlich mich leise etwas näher an die Tür des Salons.

«Das Verhältnis ist viel komplizierter, als du glaubst, Celia. John ist ein sehr komplizierter Mensch.»

«Aber was kann er bloß an einem einfachen, ungebildeten Waliser Mädchen aus der Arbeiterklasse finden?»

«Eben das: Einfachheit. Allerdings halte ich Bronwen durchaus nicht für so einfach – meiner Meinung nach ist sie ein höchst außergewöhnliches und intelligentes Mädchen, aber was sie auch immer sein mag, Celia, sie hat zweifellos John etwas höchst Lebenswichtiges zu bieten, das wir einfach nicht zu erkennen vermögen.»

«Natürlich ist sie sehr hübsch ...»

«Es ist nicht nur Sex.»

«Aber meine Liebe, Sex muß eine große Rolle spielen ... denke doch nur an die drei unehelichen Kinder! *Drei!*»

«Ich weiß.» Meine Mutter war ungewöhnlich zurückhaltend.

«Ich finde es die Höhe der Unverantwortlichkeit, wirklich die Höhe – und was für ein Beispiel für Marian und Harry! Wie schade, daß Daphne nicht zur Beerdigung kommen konnte – sie schrieb mir noch letzte Weihnachten, wie sehr sie sich um Marian Sorgen macht ...»

«Ich weiß», sagte meine Mutter wieder, aber sie weigerte sich immer noch, auch nur mit einem Wort Kritik an Onkel John zu äußern.

«Wie soll denn dieses letzte Kind heißen? Es war mir zu peinlich, John danach zu fragen, als ich ihn heute sah.»

«Lance. Ein Kurzname für Lancelot.»

«Höchst unpassend!» sagte Tante Celia kalt. «Aber wahrscheinlich halten sie sich für romantisch.»

«O ja, das kann man sagen.» Meine Mutter konnte plötzlich nicht länger an sich halten. «Die nächsten werden sie bestimmt Arthur und Guinevere nennen, und dann fehlt uns nur noch, daß Tennyson von den Toten aufersteht und noch einmal die ‹Königsidyllen› schreibt.»

«Aber meine Liebe, sie werden doch nicht etwa noch mehr Kinder bekommen!»

«Mich kann jedenfalls nichts mehr überraschen», sagte meine Mutter gereizt.

Und tatsächlich, als Lance achtzehn Monate alt war, teilte uns Onkel John mit, daß Bronwen wieder ein Kind erwartete.

«Ach, wie nett», sagte meine Mutter, als ob ihr jemand einen Strauß verwelkter Blumen gereicht hätte, und dann trat eine kurze spannungsvolle Pause ein.

«Bronwen war so deprimiert», erklärte mein Onkel schließlich, während er ein Staubkorn von seiner Manschette entfernte, «und das Kinderkriegen ist das einzige, was sie wirklich aufheitert.»

«Natürlich», sagte meine Mutter und begann, über Grundstücksangelegenheiten zu sprechen.

Um diese Zeit lebten wir in Oxmoon, und die Märchenjahre hatten begonnen.

Nach Großvaters Begräbnis blieben wir vier Monate in Little Oxmoon, während deren meine Mutter gewisse Veränderungen an meinem neuen Heim durchführen ließ. Für eine gründliche Renovierung fehlte damals das Geld, aber das Dach wurde repariert, eine elektrische Leitung angeschlossen, und das Schlafzimmer meines Großvaters ganz neu eingerichtet. «Eigentlich wäre eher eine Geisterbeschwörung nötig gewesen», bemerkte meine Mutter finster, «um die Atmosphäre von dieser schrecklichen Frau zu säubern.»

Doch Mrs. Strakers Geist war rasch gebannt und völlig vertrieben, als meine Mutter in einem Augenblick zügelloser Weiblichkeit befahl, das Zimmer ganz in Weiß und Rosa auszustatten. (Mrs. Straker war entschieden keine rosa-weiße Person gewesen.) Gewöhnlich neigte der Geschmack meiner Mutter kühnen exotischen Farben zu, aber sie sagte, dieses sei das Schlafzimmer ihres Lebens, in dem nichts Anzügliches geschehen würde, und daher müsse die Atmosphäre jungfräulich sein. Ein klobiges Einzelbett mit weißen Rüschen und Volants, ein moderner weißer Toilettentisch, ein ebenfalls moderner weißer Kleiderschrank, weiße Nachttische und weiße Kommode vervollständigten den späten Triumph über eine trübe Vergangenheit, aber was den Raum schließlich doch noch vor schneekalter Strenge rettete, war der sinnlich schöne, weiche und große blaßrosa Teppich. Meine Mutter fand das alles «einfach himmlisch», beschloß jedoch, dem Ensemble durch ein oder zwei Kostbarkeiten von Christie's den letzten Schliff zu geben, und so fuhren wir nach London, um Auktionen zu besuchen. Dank einer übermenschlichen Bemühung ihrer Willenskraft gelang es meiner Mutter irgendwie, nicht allzu verschwenderisch zu sein und nur zwei billige Aktbilder im präraffaelitischen Stil und eine kleine edwardianische Bronzestatue eines nackten Mannes zu kaufen, aus deren Sockel sie von einem ortsansässigen Handwerker einen Aschbecher machen ließ, und die sie auf ihren Nachttisch stellte – «als Kontrast zur jungfräulichen Atmosphäre», wie sie fröhlich Tante Julie erklärte. Meine Mutter war zu jener Zeit in wahrer Hochstimmung und fand das Leben überaus lustig.

Ich stimmte ihr zu. Ich hatte zwar verschiedene Male in London Zwischenstation gemacht, wenn wir Tante Daphne in Schottland besuchten, war aber noch nie für längere Zeit in dieser Stadt gewesen und fühlte mich jetzt wie jemand, der sie zum ersten Mal wirklich sah. Ich war begeistert. Gewiß, ich liebte Swansea, aber Swanseas Zauber war anders. Swansea ist ein großer, häßlicher Industriehafen in einer so herrlichen landschaftlichen Lage, daß die Häßlichkeit sich in Glanz verwandelt. Swansea glich, wie meine Mutter einmal sagte, einer unschönen Frau, die jedoch «das gewisse Etwas» besitzt. London dagegen war wie ein schöner Held. Es erinnerte mich an Ruritania mit all den Soldaten in Galauniform, den prunkvollen Palästen, herrlichen Parks und den stattlichen Häusern, vornehmen Geschäften und den großen und edlen Denkmälern, die an «Tapferkeit, Heldentum und unsere glorreichen Gefallenen» gemahnten, was uns (den Briten) wieder einmal bewies, daß Großbritannien den Gipfel menschlicher Errungenschaft darstellte. Welches Glück, stellte ich erleichtert fest, daß Edward I. Wales erobert hatte! Sonst wäre ich vielleicht aufgewachsen, ohne zu diesem «Land der Hoffnung und des Ruhms» zu gehören.

Natürlich wollte ich alles sehen und überall dabeisein, aber meine Mutter meinte, wir sollten uns auf eine Auswahl beschränken, um Überanstrengung zu vermeiden. So gingen wir ins göttliche Harrods, das über eine ausgezeichnete Kinderabteilung verfügte, und nachdem meine Mutter mich mit eleganter Kleidung versorgt hatte, gingen wir in eine Buchhandlung namens Hatchards, die ich noch göttlicher als Harrods fand. Dort kaufte mir meine Mutter drei Bücher von Jeffrey Farnol, und dann machten wir eine herrliche Taxifahrt über den Piccadilly Circus und den Trafalgar Square zum Savoy, wo wir mit Tante Julie, der besten Freundin meiner Mutter, ein wahres Festmahl genossen.

«Ich glaube, das wäre das richtige Leben für mich», bemerkte ich, als meine Mutter mir einen Löffel Kaviar gab und Tante Julie mir lachend einen Schluck von ihrem Champagner anbot.

Es sollte noch schöner werden. Wir gingen zweimal ins Theater, einmal in die Royal Academy und dreimal in die National Gallery. Ich verliebte mich in Tizian, Leonardo da Vinci, Bellini, Constable, Turner, Renoir und eine Menge anderer künstlerischer Genies. Dann kam die Auktion bei Christie's, die ich einfach zum Sterben berauschend fand. Hier verliebte ich mich in Benvenuto Cellini und drei Fayence-Katzen, und ich bettelte meine Mutter an, eine von Grinling Gibbons geschnitzte Fruchtgirlande zu kaufen.

Von nun an nahm die Kunst in meinem Geist einen der Schönheit und der Wahrheit ebenbürtigen Platz ein.

«Wirst du dir jetzt eine Wohnung in der Stadt nehmen, Ginevra?» fragte Tante Julie während des Mittagessens im Savoy, und ich rief sofort aus: «Das ist eine fabelhafte Idee!» Aber meine Mutter blieb fest. «Nein, ich möchte, daß der Besitz schuldenfrei ist, wenn Kester achtzehn wird und ihn erbt, und du weißt, wie unsolide ich mit Geld sein kann, Julie – wenn ich eine Wohnung in der Stadt hätte, wäre ich von morgens bis abends unsolide.»

«Wie lustig!» sagte Tante Julie, und sie kicherten wie zwei Schulmädchen.

«Ach, übrigens», fügte Tante Julie in jener seltsamen Art hinzu, mit der Erwachsene ohne sichtlichen Zusammenhang von einem Thema aufs andere übergehen, «wie geht es Gavin?»

«Stell dir vor, Liebste, er heiratet!»

«Nicht möglich! Hältst du das für gut?»

«Es ist immerhin verständlich, daß er sich ein steteres Leben wünscht. Er ist schließlich fast fünfzig.»

«Und wie ist sie?»

«Würdig und gut ausgepolstert. Sie ist die Witwe eines Kriedis.»

«Was ist denn das?» fragte ich, plötzlich interessiert. Seit langem hatte mich die zärtliche Anteilnahme ganz Penhales an den Heiratsplänen Dr. Warburtons zu Tränen gelangweilt, aber das war etwas mir völlig Neues.

«Ein Kriegsdienstverweigerer, Liebling – das ist jemand, der im Krieg nicht kämpfen wollte. Allerdings», fügte sie an Tante Julie gewandt hinzu, «glaube ich, daß er für das Rote Kreuz einen Sanitätswagen fuhr und einen Heldentod starb.»

«Für mich sind alle Kriegsdienstverweigerer Helden», sagte Tante Julie.

«Darüber mußt du mir mehr erzählen», ging meine Mutter nachsichtig auf sie ein, und nun begannen sie über Männer zu schwatzen, während ich mein Roastbeef aß und verträumt aus dem Fenster auf den Fluß starrte.

Plötzlich hörte ich Tante Julie sagen: «Du lieber Himmel, ich sollte das wohl nicht alles vor Kester erzählen?» Im Nu war ich wieder hellwach, aber meine Mutter sagte: «Laß nur, das geht ihm zum einen Ohr hinein und zum anderen wieder hinaus, und im übrigen halte ich es für falsch, Kinder wie Treibhauspflanzen zu behandeln. Kleine Treibhausgewächse haben die schlechte Angewohnheit, beim ersten Frost einzugehen, und ich will mein Kind dazu erziehen, hart und dauerhaft zu sein.»

«Sehr vernünftig, Darling», meinte Tante Julie. «Möchtest du nicht für die Mutterschaftsseite in ‹A Woman's Place› schreiben?»

Sie erstickten fast vor Lachen. Kein Wunder, denn sie hatten bereits eine Menge Champagner heruntergespült.

«Nein. Jetzt, da ich Herrin von Oxmoon bin, habe ich mein literarisches Steckenpferd an den Nagel gehängt», prustete meine Mutter, als sie wieder sprechen konnte. «Keine unveröffentlichten Meisterwerke im Stil von Elinor Glyn mehr!»

«Dein Fehler war, daß du nicht im Stil Ginevra Godwins schriebst! Das habe ich dir immer wieder gesagt!»

«Aber Liebste, das wäre ja Pornographie gewesen!»

«Was ist das?» fragte ich.

«Unanständige Geschichten oder Bilder, die alle mit Sex zu tun haben.»

«Ach so.» Ich stopfte mir den Mund voll mit dem köstlichen Yorkshire Pudding.

«Ich finde, du solltest wieder schreiben», sagte Tante Julie.

«Aber ich habe keine Zeit dazu! Ich spiele die Kleopatra im Ägypten Oxmoons und das ist einfach berauschend. Ich kann dir nicht sagen, wie glücklich ich bin! Ich kümmere mich um den Haushalt, schiele John über die Schultern, wenn er sich mit den Grundstücksangelegenheiten befaßt, empfange Rechtsanwälte, Buchhalter und Bankdirektoren, treffe dutzendweise wichtige Entscheidungen, und – höre und staune, Julie – ich habe sogar *zwei verschiedene Scheckbücher!*»

Dieses Mal brachen sie in ein so lautes Gelächter aus, daß die Leute an den Nebentischen sich umdrehten. Als Tante Julie sich danach eine Träne wegwischte, sagte sie nur ein aus tiefem Herzen kommendes: «Der arme Robert!», was wieder einmal meine Theorie bestätigte, daß die Erwachsenen ihre Konversation mit den absurdesten Fehlschlüssen durchsetzen.

«Ich bin neunundvierzig Jahre alt», rief meine Mutter in einem Ausbruch von *joie de vivre* aus, «und ein herrliches neues Leben beginnt für mich!»

«Gott weiß, daß du es dir verdient hast», sagte Tante Julie. «Also keine panische Angst mehr, in Schwierigkeiten zu geraten, wenn ein starker Mann dich nicht schützt?»

«Ach, Liebste, wenn du einmal diese Hölle durchgemacht hast, können ein paar Schwierigkeiten dir nichts mehr anhaben.»

«Ginevra, du bist ein Schatz», sagte Tante Julie, die meine Mutter sehr mochte. «Ich freue mich für dich – aber bevor du London verläßt und dein neues Leben beginnst, mußt du unbedingt diesen einfach göttlichen Freund meines Lieblingskriegsdienstverweigerers kennenlernen ...»

Das tat sie dann auch. Wir gingen zum Cocktail in Tante Julies Wohnung, die ich sehr schick, elegant und modern fand, und Tante Julie trug Hosen, rauchte Zigaretten in einer sehr langen Zigarettenspitze und sah auch sonst sehr schick, elegant und modern aus, wie die böse Verführerin in einem Roman von John Buchan oder vielleicht wie eine ältere Version der Irma in *Bulldog Drummond*. Die männlichen Gäste trugen seltsam bunte Krawatten, die weiblichen hatten sehr hell geschminkte Lippen, und man plauderte über D. H. Lawrence und Fünfjahrespläne und Was-in-England-nicht-stimmte und internationalen Pazifismus und Psychoanalyse und wie die BBC den Mythos des Kleinbürgertums verewigte. Ich trank literweise Limonade, aß sündhaft viel Schokoladenkuchen und hörte zu. Meine Mutter, die in ihrem enganliegenden geblümten Kleid, das alle falschen Stellen frei ließ, sehr kurvenreich wirkte, rauchte wie ein Schlot, spülte massenhaft Pink Gin herunter und amüsierte sich köstlich. Ihre unbeschreiblich langen Wimpern flatterten ständig.

Der göttliche Freund von Tante Julies Lieblingskriedis war so beeindruckt von ihr, daß er sie für den folgenden Abend in ein Nachtlokal einlud. Mich packte zuerst Entsetzen, aber als Tante Julie sofort sagte: «Wie himmlisch! Dann kann Kester mit mir ausgehen!», freute ich mich so, daß ich zu schmollen vergaß. Tante Julie lud mich sogar ein, die Nacht in ihrer Wohnung zu verbringen, und das war besonders aufregend, weil ich noch nie außer Haus geschlafen hatte, ohne unter der Aufsicht meiner Mutter oder eines Kindermädchens zu sein. Zur verabredeten Stunde holte mich Tante Julie in unserem Hotel in der Nähe der Kensington Gardens ab, und nach einer prächtigen Mahlzeit gingen wir in einen Kinopalast, wo ein Film namens *Goldrausch* gespielt wurde. Ich lachte, bis mir die Seiten schmerzten, aber der Höhepunkt des Abends kam erst, als Tante Julie den Taxichauffeur anwies, uns über den Piccadilly Circus zu ihrer Wohnung in Bloomsbury zurückzufahren, damit ich die Lichter sehen konnte. Jetzt fühlte ich mich von meiner weltmännischen Erhabenheit so benommen, daß ich es kaum zu erwarten vermochte, nach Gower heimzukehren, um mit meinen Erlebnissen vor meinem neuen Freund Harry zu prahlen, dem Vetter aus der Provinz.

Dieser glanzvolle Aufenthalt in London war jedoch nur das Vorspiel zu meinen Märchenjahren. Im Juli 1929 zogen wir endlich nach Oxmoon, und kurz darauf nahm Onkel John mich auf alle Bauernhöfe und in alle Landarbeiterhäuser in Penhale mit, um mich offiziell allen Männern, Frauen und Kindern vorzustellen, die auf Grund ihrer Tätigkeit zu meiner Erbschaft gehörten. Zuerst war ich schüchtern, aber bald gefiel mir das Aufhebens, das man von mir machte, und ich traute kaum meinen Ohren, als meine Pächter sich zu Bemerkungen verstiegen wie: «Ein so vornehmer junger Herr!» Oder: «Wie hätte sich sein armer Herr Vater gefreut!» Ich blühte rasch auf. Bis wir die ausgedienten Landarbeiter in den Armenhäusern besuchten, war ich es gewöhnt, Tee zu trinken und weise dreinzuschauen, während Onkel John über das erstaunlich gute Wetter und die vortreffliche Ernte plauderte.

Aber irgendwie fühlte ich mich doch fremd in Oxmoon. Im Gegensatz zu meinem Vater und Großvater hatte ich dort meine Kindheit nicht verbracht, und obgleich Little Oxmoon zum einstigen Besitz von Oxmoon gehörte, war mir der eigentliche Betrieb von Oxmoon nicht sehr vertraut. Dazu kam, daß Onkel John sich zwar so gut wie kaum einer in der Landwirtschaft auskannte, jedoch, wie ich später feststellte, eher ein Planer war, der sich für technische Dinge interessierte und nicht für die Schönheiten und die Romantik des ländlichen Lebens; mit anderen Worten: Onkel John hatte nicht die Einstellung zur Landwirtschaft, die ich leicht zu meiner eigenen machen konnte. Wenn ich mir die niedlichen kleinen Ferkel in Onkel Thomas' Schweinestall anschaute, bewunderte ich vor allem ihre schönen Ringelschwänzchen. Onkel John dagegen sah in ihnen nur Gewinn- und Verlustzahlen auf einer Buchhaltungsliste. Er gab sich zwar alle Mühe, mich für den Betrieb zu interessieren, und ich gab mir alle Mühe, das gewünschte Interesse zu zeigen, aber irgendwie begegneten sich unsere Geister nie, so daß der Mechanismus von Oxmoon, die Anatomie, die sich hinter der glanzvollen Fassade verbarg, mir ein Rätsel blieb, das ich recht froh war, nicht lösen zu müssen.

Die glanzvolle Fassade jedoch liebte ich.

Oxmoon war wie ein Königreich. In alten Zeiten hatte es sich selbst genügt, und sogar jetzt noch bewahrte es trotz der Landwirtschaftskrise und den technischen Umwälzungen des zwanzigsten Jahrhunderts eine gewisse Unabhängigkeit. Der Gutsbetrieb lieferte fast alle Nahrung, und auf dem Hof, der neben dem Haus hinter den Stallungen lag, sah ich all meine landwirtschaftlichen Angestellten ihrer täglichen Arbeit nachgehen. Man benutzte zwar weniger Pferde, und die Kutschenremise diente jetzt als Garage, aber die Ställe waren immer noch eindrucksvoll. Sie lagen in einem Anbau des Hauptgebäudes, den Küchen angeschlossen, zu denen auch das Hinterhaus, die Vorratsräume, die Waschküche, die Wäschetrocknerei, verschiedene Anrichtezimmer und Speisekammern gehörten. Oft kamen Tagelöhnerinnen aus dem Dorf, um der ansässigen Dienerschaft bei den Arbeiten in diesem haushälterischen Irrgarten zu helfen.

Unterhalb des Gutshofes und den Stallungen gab es noch ein Schlachthaus, eine Sägemühle, eine stillgelegte Schmiede (der Schmied von Penhale arbeitete jetzt für uns in seiner eigenen Werkstatt), die ehemaligen Hundezwinger (geschlossen seit der Auflösung des Jagdvereins von West-Gower), der Schuppen für die Langholzwagen und das Gartenhaus, von dem aus man den hinter hohen Mauern liegenden schönen Gemüsegarten überblickte. Daneben befand sich eine entzükkende Orangerie, ein dem großen Gotte Citrus geweihter Tempel, in dem allerlei Arten seltener Büsche und wilder Weinranken wuchsen. Gelegentlich zeigten sich ein paar erbsengroße Trauben, die jedoch gleich verdorrten. Niemand hatte dort je eine Orange erblickt. Im hinteren Teil baute ich mir ein kleines Lager, pflanzte den Union Jack auf und gab vor, den Dschungel zu kolonisieren.

Hinter der Orangerie erstreckte sich der im achtzehnten Jahrhundert angelegte Lustgarten, der zur Herrschaftszeit meines Großvaters zum Teil in einen Tennisplatz und eine Krocketwiese umgebaut worden war. Am Rande dieser großen Rasenfläche, dort, wo der Lustgarten in den Wald überging, lag ein bezaubernder kleiner Pavillon, der aus der Zeit meines Urgroßvaters Robert des Trinkers stammte. Es war eine meiner ersten Taten als Herr von Oxmoon, ihn zu meinem besonderen Haus zu machen. Dort saß ich in einem Korbsessel, stopfte mich mit Obst aus dem Gemüsegarten voll und blickte über den Rasen auf meine Erbschaft.

OXMOON!

Immer wieder starrte ich, seufzte auf, starrte wieder. Hier war ich, ein Märchenprinz, und vor mir lag das Schloß, das alle meine Träume wahrmachen sollte.

In den Augen des Neunjährigen war es ein riesiger Palast, breit ausladend, kühn und prunkvoll. Der abgebröckelte Anstrich, das geflickte Dach, die ramponierte Fassade, alles das sah ich nicht. Das war ja nur die Wirklichkeit, und wie gewöhnlich blickte ich über die langweilige graue Wirklichkeit hinweg, sah Schönheit, Wahrheit und Kunst – zu denen sich nun noch der Friede gesellt hatte. Friede, so entdeckte ich, war reine Zufriedenheit, klare Erkenntnis der Vollkommenheit, eins sein mit der Natur, Wahrnehmung Gottes.

Ich betrachtete Oxmoon und sagte mir: Schönheit! Wahrheit! Kunst! Friede! Und Oxmoon schien mich wiederum mit seinen dunklen und verführerischen Fenstern anzublicken und zu sagen: Endlich! Der Herr, auf den ich gewartet hatte! Und dann streckte ich meine Arme aus, als wollte ich es mir ans Herz drücken.

«Nun, Kester», sagte Onkel John, als er eine Stunde später zu mir kam. «Was hast du inzwischen getan?»

«Ach ...»

«Höchste Zeit, daß du noch einmal versuchst, das Reiten zu lernen.»

«Muß das sein?»

Scheinbar mußte es sein. Allen Herren von Oxmoon oblag die Pflicht, ein Pferd reiten zu können. Das gehörte sich nun einmal so. (Aber warum sollte man sich im Zeitalter des Autos diese Mühe machen? Ich wußte es nicht und traute mich nicht zu fragen.) Zu meines Vaters Kummer und Ekel hatte ich das Reiten seit meinem ersten Versuch, auf ein Pferd zu steigen, gehaßt, aber jetzt war es Onkel John gelungen, ein Pony für mich zu finden, wahrscheinlich das zahmste Pony, das je auf der Halbinsel von Gower gelebt hatte, und als er persönlich mir Unterricht erteilte, hatte ich solche Angst, nicht zu tun, was sich gehörte, daß ich mir aus bloßem Schrecken die grundlegenden Kenntnisse aneignete. Ich fiel nicht vom Sattel. Allmählich gewann ich mein Pony fast lieb und photographierte es mit meinem neuen Kastenapparat. Onkel John freute sich nicht nur über meine Fortschritte im Reiten, sondern auch über meine Begabung, die Waliser Sprache zu erlernen (als Herr von Oxmoon mußte man – auch das gehörte sich – diese Sprache verstehen), und ich lebte nur noch in ständiger Angst, er könnte versuchen, mich zu einem besseren Kricketspieler zu machen, aber zum Glück brauchte ein Herr von Oxmoon das nicht zu sein, und so blieben mir die Qualen des Umgangs mit Schläger und Ball erspart.

Den Waliser Sprachunterricht erteilte Onkel John mir nicht selbst, sondern ließ zweimal in der Woche einen Lehrer aus Swansea kommen. In Gower spricht man natürlich nur Englisch, mit Ausnahme einiger Familien wie den Llewellyns, die aus ihrem Walisertum einen Fetisch machten, und so war es eigentlich ganz unnötig, diese Sprache zu erlernen, aber ich hatte viel mehr Spaß daran als an einer toten Sprache wie Latein, und es interessierte mich auch, etwas über die Geschichte von Wales zu erfahren. Für Simon, den Engländer, schien die Geschichte von Wales überhaupt nicht zu existieren. Ich genoß den Gedanken, etwas zu lernen, von dem Simon nichts wußte.

Während ich in meinem neuen Heim schwelgte und mich in der Gunst Onkel Johns sonnte, indem ich so selbstsicher tat, was sich gehörte, wurde ich mir zu meiner großen Freude bewußt, daß mein Status in den Augen der Welt starken Widerhall fand. Alle, von der Dienerschaft bis zum Adel, umschmeichelten mich. Nach dem Tode Lady Applebys gab es keine Applebys mehr in All-Hallows Court (Sir Timothy, ein Schmetterlingsforscher in Rhodesien, hatte es an Dr. Warburton verkauft), aber die Stourhams, die Bryn-Davies, die Mowbrays und all die anderen angesehenen Familien aus Gower, die nach Oxmoon zum Abendessen kamen, überhäuften meine Mutter mit Komplimenten über meinen stattlichen Wuchs, meine guten Manieren und alle anderen Tugenden, die sie an mir vermuteten oder einfach erfanden. Zum Glück hatten sie keine Kinder in meinem Alter, die sie mir als Spielgefährten aufzwingen konnten, so daß ich mich in meiner *splendid isolation* mit keinen Altersgenossen herumzuquälen brauchte. Oswald Stourhams Tochter Belinda war zwar nur ein Jahr jünger als ich, aber dafür so zurückgeblieben, daß sie als Spielgefährtin für mich kaum in Betracht kommen konnte. Onkel John versuchte, mich für Dr. Warburtons neue Stiefsöhne in All-Hallows zu interessieren, aber ich sagte ihm frei heraus, daß ich diese Kinder entsetzlich langweilig fände. Wer will schon Cowboys und Indianer spielen, wenn man Bücher über Richard Hannay und Bulldog Drummond lesen kann? Meiner Meinung nach verschwendeten die meisten Kinder ihre besten Jahre mit Albernheiten.

Doch obgleich ich meine Altersgenossen weiterhin mit Verachtung strafte, wurde ihre Haltung mir gegenüber zusehends freundlicher. Marian, die immer hundsgemein zu mir gewesen war, erklärte unserer Cousine Elizabeth, als diese mit Tante Daphne nach Oxmoon kam: «Ja, er hat sich sehr gebessert – gute Herkunft läßt sich nun einmal nicht verleugnen, nehme ich an», und kurz nach diesem schmeichelhaften Urteil zeigte Harry Interesse an meiner Briefmarkensammlung und lud mich nach Penhale Manor ein, um mit mir sein Album anzuschauen.

«Marian hatte ausnahmsweise einmal recht», sagte er schließlich, nachdem wir uns über ein paar kleine Tauschgeschäfte einig geworden waren. «Du hast dich gebessert. Vermutlich hat Papa dich gelehrt, ein richtiger Junge zu sein.»

«Ich *bin* ein Junge», erwiderte ich kalt. «Onkel John bringt mir nur bei, was man als Herr von Oxmoon zu tun hat.»

Meine Besserung, wie mein Vetter und meine Cousine es so großtuerisch nannten, war zweifellos echt und entsprang einer starken Zunahme an Selbstvertrauen. Jetzt, da man mich mit Respekt behandelte, begann auch ich, mich zu respektieren, und da Onkel John endlich zu glauben schien, daß mich nichts mehr hindern konnte, ein wahrer Godwin zu werden, fand ich den Gedanken, zu einem erfolgreichen Leben bestimmt zu sein, gar nicht mehr so abwegig. Simons Berichte über meine Bildungsfortschritte wurden glänzend, Onkel John fing an, mir gelegentlich fünf Shilling zuzustecken, und meine Mutter begann sogar, Rory gegenüber mit mir zu prahlen. Darüber waren Rory und ich gleichermaßen erstaunt, und Rory hörte auf, mich einen Einfaltspinsel zu nennen.

Ich fragte mich nur noch, ob auch Declan mir endlich seine Gunst bezeugen würde, aber aus Irland hörte ich nichts.

«Immerhin», sagte ich zu Bronwen, «habe ich dich von all meinen Verwandten – außer Mami – am liebsten, weil du mich mochtest, *bevor* ich reich und berühmt war.»

«Du komischer kleiner Liebling!» sagte Bronwen und umarmte mich, und als Evan ihrem Beispiel folgen und mich auch umarmen wollte, sagte ich zu ihm: «Und du hast mich damals auch gemocht, nicht wahr? Du bist mein Lieblingsvetter!»

Evan strahlte mich an, aber als ich mich Bronwen zuwandte, sah ich Tränen in ihren Augen.

«Bronwen ...»

«Laß nur, Kester. Es ist nur, weil Evan so einsam ist und niemanden zum Spielen hat, und da bedeutet es ihm viel, wenn jemand nett zu ihm ist.»

«Aber ich spiele doch gern mit ihm!» rief ich aus, und kurz nach diesem Gespräch hatte ich Gelegenheit, mein Versprechen in die Tat umzusetzen, denn Evan kam täglich nach Oxmoon, um bei meinem Hauslehrer Unterricht zu nehmen.

Zu dieser Zeit war Evan sechs Jahre alt und sehr schüchtern, aber ich kannte mich bestens in Schüchternheit aus und nahm keine Notiz davon. Ich las ihm vor, wir spielten Domino oder gingen im Wald bei der Turmruine auf Entdeckungen aus. Bald sah ich, daß er mich wie einen Helden verehrte, und das rührte mich. Ich war noch nie wie ein Held verehrt worden und empfand es als sehr wohltuend.

Während ich mich so in meinem Ruhm sonnte, von allen rückhaltlos geliebt und verehrt, und mein Märchenschloß betrachtete, folgerte ich: Kester plus Oxmoon ergibt Glückseligkeit, aber Kester minus Oxmoon ergibt Elend, und diese Gleichung werde ich nie vergessen, denn sie zeigt mir, daß Oxmoon und ich für das Leben miteinander verbunden sind, wie von Gott getraut – «und was Gott zusammengefügt hat, das soll der Mensch nicht scheiden», sagte ich mir mehr als einmal, in höchst erbaulich romantischem Fanatismus schwelgend.

4

«Ist Thomas immer so?» fragte Tante Julie, als sie uns später besuchte. «Wie kannst du das ertragen?»

«Ich lebe in der Hoffnung», sagte meine Mutter, «eines Tages sein goldenes Herz zu entdecken. John schwört mir, er hätte eins.»

«Wie tief mußt du dich in den Minenschacht sinken lassen, bis du es findest?»

«Ich sinke immer noch. Aber um ihm Gerechtigkeit widerfahren zu lassen – was ich furchtbar ungern tue –, muß ich zugeben, daß Thomas auch seine guten Seiten hat. Er kennt sich in der Landwirtschaft aus, besonders in der Tierhaltung, ist geschäftsbegabt, tüchtig, und John ist überzeugt, daß er einen erstklassigen Gutsverwalter abgeben wird. John schult ihn nämlich, Oxmoon zu verwalten, solange Kester unmündig ist.»

«Kann John das nicht selbst tun? Ich hätte gemeint, es läge eher in seinem Fach.»

«Ach, John möchte sich nicht zu sehr mit Oxmoon befassen», sagte meine Mutter und zündete sich eine Zigarette an. «Er ist vollauf damit beschäftigt, sich in Swansea alle möglichen Geschäftsämter einzuheimsen. Soweit ich es sehe, braucht er nur noch eine Runde Golf zu spielen, und dann fällt ihm ein neuer Direktorenposten in den Schoß.»

«Wahrscheinlich wirkt er am Konferenztisch ebenso verführerisch wie im Schlafzimmer», sagte Tante Julie, und sie begannen wieder wie üblich bei ihrem Pink Gin zu glucksen und zu kichern.

Ich nippte an meiner Brauselimonade (die ich jetzt immer aus einem Champagnerglas trank) und dachte betrübt an den neuen Schmutzfleck auf meinem sonnenbeschienenen Horizont, an die neue häßliche Wirklichkeit, die die Wahrheit und Schönheit meines Märchendaseins verunzierte: Thomas, der Tyrann, das Ungeheuer *par excellence*.

Thomas war mir viel zu unsympathisch, und ich hätte nie Mitleid für ihn empfunden, aber als ich älter wurde, sah ich ein, daß er mit dem Tode meines Großvaters in eine recht mißliche Lage geraten war. Als damals Zweiundzwanzigjähriger hatte er allen Grund, böse zu sein, weil er außer dem Gehalt, das Onkel John ihm für seine Arbeit auf dem Gutshof von Penhale bezahlte, kein Geld besaß und auf die ihm immer offenstehende Gastfreundschaft im Manor angewiesen war. Nach Großvaters Tod hatte er geglaubt, wieder in Oxmoon wohnen zu können, weil er annahm, meine Mutter würde mit mir nach London ziehen, und er war sehr empört gewesen, als meine Mutter beschloß, bis zu meiner Mündigkeit die Rolle der Gutsherrin von Oxmoon zu übernehmen. Er hatte tatsächlich derart gewütet, getobt und geschmollt, daß Onkel John sich zu einer edlen Geste gezwungen sah, um ihn einigermaßen zu beschwichtigen. So schlug er ihm nicht nur vor, sich zum Gutsverwalter von Oxmoon schulen zu lassen, sondern bot ihm auch Little Oxmoon als Wohnsitz an und versprach ihm die Erträge aus der Schäferei von Martinscombe, die an einen Pächter vermietet wurde. Das war Onkel John nur möglich, weil eine überraschende Klausel im Testament meines Vaters ihn dazu bevollmächtigte. Statt Martinscombe und Little Oxmoon meiner Mutter zu hinterlassen, wie allgemein erwartet wurde, hatte er sie Onkel John vermacht, unter der Bedingung, daß meine Mutter in Little Oxmoon bleiben durfte, bis mein Großvater sterben und ich Oxmoon erben würde. Mein Vater erklärte in seinem Testament, er wünsche Onkel John seinen Besitz zu hinterlassen, «als kleines Zeichen meiner Hochachtung, Bewunderung und tiefen Dankbarkeit», und meine Mutter, die über ihr eigenes Einkommen und einige Ersparnisse meines Vaters verfügte, sagte, niemand verdiene eine solche Huldigung mehr als er.

Onkel John, kompliziert wie immer, erklärte zuerst, er könne unmöglich ein solches Geschenk annehmen. Dann meinte er, es sei vielleicht der leichteste Ausweg, es doch anzunehmen. Schließlich sagte er, die ganze Sache sei ein heilloser Wirrwarr, und Anwälte, die ihre eigenen Angelegenheiten derart durcheinanderbrachten, seien wirklich das letzte, und er sei Robert zwar sehr dankbar, finde es aber höchst ungewöhnlich und äußerst peinlich und wisse überhaupt nicht mehr, was sich zu tun schickte. In dieser Art redete er noch eine ganze Weile weiter, während meine Mutter und ich ihm verständnislos zuhörten, bis Bronwen ihn schließlich mit dem ihr eigenen gesunden Menschenverstand zurechtwies. «Johnny», sagte sie, «das Schicksal hat dir Martinscombe und Little Oxmoon in die Hände gelegt. Mach dir keine Gedanken darüber, wie sie dort hingelangt sind. Was geschehen ist, ist geschehen. Blick dich um und schau, was du Gutes damit tun kannst.» Bronwen besaß die Gabe, den Wald *und* die Bäume zu sehen, während Onkel John sich hoffnungslos in einem undurchdringlichen Dickicht verlor. Nachdem sie ihm ihren vernünftigen Rat erteilt hatte, rief er plötzlich wie vom Donner gerührt: «Thomas! Ich gebe ihm einen namentlichen Mietvertrag, sowie das Haus frei ist», und damit war das Wohungsproblem seines Bruders gelöst.

Es wurde berichtet, daß Thomas und seine Genossen zur Feier des Einzugs ein großes Trinkgelage veranstaltet hatten, und man munkeltelte sogar, einige Mädchen aus Swansea hätten nackt auf dem Eßzimmertisch getanzt, aber da Thomas nie mit irgendwelchen Mädchen gesehen worden war, mochte dieser harmlose Versuch einer Orgie sehr wohl das Trugbild einer betrunkenen Phantasie gewesen sein. Das Trinken jedoch entsprach bestimmt der Wahrheit. Thomas hatte etwas sehr Altmodisches an sich, denn sein einziger Ehrgeiz bestand darin, den Fußstapfen seiner Vorväter zu folgen und in Gower auf dem Lande zu leben. Oft stellte ich ihn mir als einen rauhbeinigen Landjunker vor, zu der Zeit, als diese sich alle aus bloßer Langeweile bewußtlos tranken, und falls jemand einmal die Geschichte der Godwins schreiben sollte, bin ich sicher, daß irgendwo im achtzehnten Jahrhundert ein paar Ahnen auftauchen werden, die ihm aufs Haar ähneln.

Mir gegenüber war er immer feindselig gewesen, aber seitdem ich die ruhmreiche Rolle des Herrn von Oxmoon übernommen hatte, während meine Mutter und Onkel John mich wie zwei Wachhunde hüteten, konnte nicht einmal Thomas es sich mehr leisten, mich mit seinen Grobheiten zu belästigen. So rief er mir jedesmal, wenn ich das Pech hatte, ihm zu begegnen, ein fröhliches «Hallo!» zu oder er machte irgendeine blöde Bemerkung, die er für witzig hielt. An meinem dreizehnten Geburtstag erklärte er mir sogar, ich brauchte ihn nicht mehr «Onkel», sondern nur noch bei seinem Vornamen zu nennen, und dieses Entgegenkommen erstaunte mich sehr. Aber Thomas hatte sich zu dieser Zeit in Eleanor Stourham verliebt, und zweifellos war er in der Hoffnung, ein so reiches Mädchen zu heiraten, ein bißchen weich geworden. (Eleanor war übrigens die viel ältere Halbschwester der mir fast gleichaltrigen Belinda, die von der Familie in Stourham Hall wie ein Baby verzärtelt wurde.)

Bronwen hatte inzwischen auch ein kleines Mädchen bekommen. Es wurde Ende 1931 geboren und hieß Sian, was auf Walisisch dem Namen Jane entsprach. Mit dem zweijährigen Lance, dem vierjährigen Gerry und meinem siebenjährigen Bewunderer und Gefolgsmann Evan hatte Bronwen alle Hände voll zu tun, und ich fragte mich oft, ob es nicht zu ermüdend für sie war, denn sie sah sehr blaß und abgespannt aus, und ich hörte Onkel John sagen, er mache sich Sorgen um sie. Seit Sians Geburt waren wieder eine Reihe anonymer Briefe ins Haus gekommen, und man hatte gehässige Inschriften an die Wände geschmiert. Bronwen hatte Angst, allein auszugehen, und Onkel John brachte sie oft mit den Kindern nach Oxmoon, wo sie das Baby unbelästigt spazierenfahren konnte.

«Mach dir nichts draus», sagte ich zu Evan, um ihn zu beruhigen. «Bald wird der Ärger sich legen, und dann ist wieder alles wie früher.»

Aber Evan blickte mich traurig mit seinen grünen Augen an und sagte nichts. Seine Zukunftserwartungen waren entschieden weniger zuversichtlich als die meinen.

Später tröstete er sich bei dem Gedanken, bald auf die Schule zu gehen. Harry hatte ihm begeistert von Briarwood erzählt, und selbst Bronwen, die meiner Mutter gestand, in bezug auf Internatsschulen sehr gemischte Gefühle zu haben, sagte nun, sie freue sich, daß er gleichaltrige Buben kennenlernen werde.

«Kester», fragte Evan mich einmal, «warum gehst du nicht zur Schule wie Harry?»

«Ach, ich muß erst einmal lernen, der Herr von Oxmoon zu sein, und das beschäftigt mich so, daß ich einfach keine Zeit habe», antwortete ich leichthin, aber Onkel John hatte immer noch nicht die Hoffnung aufgegeben, mich in eine Schule zu stecken, und als ich im November 1931 zwölf wurde, begann er wieder auf meine Mutter einzureden und riet ihr, mich für den Herbst 1932 in Harrow anzumelden. Es war eine große Unachtsamkeit von mir, die für mich so lebenswichtige Unterredung nicht belauscht zu haben (zweifellos kannte mich Onkel John inzwischen gut genug und hatte dieses Gespräch erst geführt, als ich aus dem Hause war), aber er kam in jenen Tagen so oft nach Oxmoon, daß es mir ganz unmöglich war, seine wichtigen Besuche von den weniger wichtigen zu unterscheiden.

Onkel John benutzte jetzt nämlich Oxmoon als eine Art von offiziellem Wohnsitz, um den Schwierigkeiten der Lage in Penhale Manor aus dem Wege zu gehen. Nach Lances Geburt war es ihm klar geworden, daß niemand mehr eine Einladung nach Penhale Manor annehmen würde, aber da meine Mutter es liebte, die Gastgeberin zu spielen, vermochte sie ihm zu helfen. Eine Einladung nach Oxmoon schlug niemand aus. Meine Mutter veranstaltete Abendessen, Cocktailparties, Gartenempfänge – sogar einen Tanzabend im Ballsaal –, und stets empfing Onkel John mit ihr die Gäste, makellos und mit auserlesener Eleganz gekleidet, und seinem Aussehen nach wirklich, wie Tante Julie einst meiner Mutter gegenüber bemerkte, der letzte Mann, von dem man vermuten würde, daß er in seinem Hause eine nicht gesellschaftsfähige Mätresse und zahllose uneheliche Kinder beherbergt.

«Onkel John war heute nachmittag hier, Liebling», sagte meine Mutter kurz nach meinem zwölften Geburtstag.

Da mir ein solches Ereignis höchst unwichtig erschien, brummte ich nur und blätterte in meinem Buch weiter.

«Es war wieder einmal die Rede davon, dich auf die Schule zu schicken, damit du dich abhärtest.»

Bei dieser entsetzlichen Nachricht verblaßten sogar die Abenteuer Ivanhoes zu bloßen Druckbuchstaben auf der Buchseite. «O nein!» rief ich bestürzt. «Ich dachte, er sei längst darüber hinweg!»

«Liebes Kind, es ist zwar lästig, aber wir können ihm nicht sagen, er solle sich um seine eigenen Angelegenheiten kümmern, erstens, weil es ihn verletzen würde, und das könnte ich nicht ertragen, und zweitens, weil es wirklich seine Angelegenheit ist und er seit Daddys Tod so wunderbar zu dir war, daß wir zumindest seinen Standpunkt in Betracht ziehen müssen.»

«Mama! Du schwankst!»

«Nun, nicht ganz – ich würde dich nie gegen deinen Willen dazu zwingen, aber ist die Schule wirklich noch so schrecklich, da du älter bist? Nicht jeder dort ist wie Harry – du könntest dir ein paar Freunde machen, und das wäre doch gar nicht so dumm. Du bist wirklich ein bißchen einzelgängerisch, Liebling.»

«Nur weil die anderen Kinder so langweilig sind! Dagegen liebe ich Erwachsene!»

«Ja, aber ich verstehe, warum Johnny sich über dich Sorgen macht . . . Hör mal, Liebling, ich würde dich nicht nach Harrow schicken, wenn du auf eine Schule gehen mußt, sondern auf eine moderne, fortschrittliche Schule, wo man all deine künstlerischen Interessen fördert . . .»

«Würde man mir erlauben, mindestens drei Stunden am Tag zu schreiben?»

«Nun . . .»

«Ich schneide mir die Kehle durch, wenn ich nicht drei Stunden am Tag schreiben kann.»

«Aber Liebling, ich kann doch Johnny nicht erzählen, daß ich dich im Hause behalte, damit du in deinem Zimmer kritzeln kannst! Das gehört sich nun einmal nicht!»

«Und Shakespeare, Jane Austen und Emily Brontë?»

«Die waren keine Herren von Oxmoon.»

Wir stritten uns eine Weile weiter, und schließlich wurde ich so böse, daß ich ihr vorwarf, mein idyllisches Leben zerstören zu wollen, ein Leben, das ich mir nach all den schrecklichen Jahren meiner frühen Kindheit, als niemand sich kümmerte, ob ich lebte oder tot war, mit gutem Recht verdient hatte.

«Darüber wollen wir jetzt nicht reden», sagte meine Mutter, schuldbewußt auf ihrem Stuhl rückend. «Das ist vorbei.»

«Für dich vielleicht, aber nicht für mich. Ich fühlte mich damals elend und vernachlässigt, und so wird es auch jetzt wieder sein, wenn du mich zur Schule verdammst! Amüsiere dich nur auf deinen prächtigen Abendempfängen, aber wie wird dir zumute sein, wenn du an deinen armen kleinen Sohn denkst, der dann Nacht für Nacht in sein Kissen weint, mutterseelenallein, schändlich und roh behandelt, gequält und gefoltert . . .»

«Oh, mein Gott!» sagte meine Mutter.

Ich roch den Sieg. «Ich könnte sogar sterben», fügte ich sehr gerührt über diesen Gedanken hinzu. «Eine der Brontë-Schwestern starb in der Schule. Und wenn ich dann tot bin und du an meinem Grabe stehst . . .»

«Ach, nun hör schon auf, Liebling. Es reicht mir vollauf. Aber trotzdem . . . du brauchst wirklich den Umgang mit Männern . . .»

«Den habe ich ja ständig! Onkel John lebt praktisch hier und Simon lebt hier . . .»

«Das ist wahr», sagte meine Mutter und paffte nervös an ihrer Zigarette. «Ich habe eigentlich schon immer gefunden, daß du nicht zur Schule zu gehen brauchst, um zu einem Mann heranzuwachsen.»

«Ich mag mädchenhaft aussehen», sagte ich herausfordernd. «Das muß wohl der Fall sein, da die meisten Leute, die ich hasse, es sagen, aber meinem inneren Wesen nach bin ich sehr männlich, das weiß ich, und wenn ich einmal erwachsen bin, werde ich die Frau meiner Träume heiraten und vier Kinder haben, und ich werde der beste Gutsherr sein, den Oxmoon je gehabt hat.»

«Liebling», sagte meine Mutter und schloß mich in ihre Arme. «Ich finde, daß du überhaupt nicht wie ein Mädchen aussiehst – und ich kann natürlich nicht dein Glück zerstören, indem ich dich auf die Schule schicke. Du bist ein so guter und lieber Junge, und du sollst nie mehr elend sein. Ich behalte dich zu Hause.»

Onkel John war bleich vor Wut. Es kam zu heftigen Streitereien hinter der verschlossenen Tür der Bibliothek, und ich lauschte tapfer, konnte aber fast nichts hören. Dann ließ sich Onkel John für eine Weile nicht mehr in Oxmoon sehen, aber schließlich bat er wieder um Frieden. Am Weihnachtstag küßte er meine Mutter unter dem Mistelzweig, und aller Ärger war vergessen – zumindest meiner.

Denn für Onkel John fing der Ärger erst an.

5

Sechs Monate später, im Sommer 1932, teilte der Direktor von Briarwood Onkel John mit, daß Evan dort nicht als Schüler aufgenommen werden konnte. Ich hörte es von Evan, der wie gewöhnlich zum Unterricht nach Oxmoon kam und es uns weinend erzählte.

Simon und ich waren entsetzt.

«Aber das ist ja ungeheuerlich!» sagte Simon, der es sogleich begriffen hatte. «Der Direktor muß etwas gegen John haben!»

Daß Rohlinge mit Steinen schmeißen, war mir nicht neu, aber daß der Direktor einer Privatschule auch seinen Stein werfen kann, weil ein Kind unehelicher Geburt ist, wurde mir nicht sofort klar.

«Aber warum, Evan?» fragte ich verblüfft.

«Er nimmt keine Kinder auf, deren Eltern nicht verheiratet sind. Dad hat es ihm nicht erzählt, aber jemand anders tat es. Dad meint, er war nur böse, weil man es ihm nicht vorher gesagt hat. Jedenfalls erklärte er mir, den verheirateten Eltern wäre es nicht recht, wenn ich aufgenommen werden würde.» Er schluchzte. «Und ich hatte mich so gefreut!»

«Evan», sagte Simon, «wenn das die Einstellung des Direktors ist, hast du dort nichts verloren. Dann muß es eine erbärmliche Schule sein.»

«Aber was soll aus mir werden?» sagte Evan und versuchte sich seine Tränen wegzuwischen. «Ich habe Mami gefragt: ‹Wird es immer so sein?›, und sie sagte: ‹Nein, nicht solange ich etwas dagegen tun kann›, und dann sagte Dad, er würde eine andere Schule für mich finden, aber Mami sagte: ‹Und soll er während der Ferien hier im Hause sitzen, wo er nicht ausgehen kann? Oder willst du ihn wie

Dafydd auswärts unterbringen?› Und dann weinte ich, weil ich nicht auswärts untergebracht werden will wie Dafydd, aber Dad sagte nein, er würde mich nicht auswärts unterbringen, und dann sagte Mami: ‹Und was für ein Leben wird er hier haben?› Und dann weinte sie auch, und ich weinte noch mehr, weil sie weinte . . .»

«Kester», sagte Simon, «lauf zur Köchin und bitte sie, etwas Kakao zu machen und ihn mit ein paar Keksen ins Schulzimmer zu bringen. Mit dem Unterricht fangen wir später an.»

Als ich aus der Küche kam, begegnete ich meiner Mutter und erzählte ihr sofort, was geschehen war. Sie folgte mir ins Schulzimmer.

«Evan – mein armer kleiner Liebling, welch grausame Enttäuschung für dich . . .» Ich sah die Blicke, die sie mit Simon wechselte, und plötzlich wurde es mir kalt.

«Dad sagt, er würde eine andere Schule für mich finden, wo der Direktor nichts weiß, aber wenn er es dann doch erfährt, was dann? Wird er mich rausschmeißen? Werden die anderen Jungen mit Steinen nach mir werfen?» Er brach wieder zusammen, schluchzte am üppigen und wohligen Busen meiner Mutter, an dem ich früher so oft geschluchzt hatte, aber dieses Mal schienen ihr gar keine Worte des Trosts einzufallen. Schließlich sagte sie: «Evan, ich werde Bronwen anrufen und deinen Vater bitten, dich abzuholen und nach Hause zu bringen. Zum Lernen bist du heute viel zu durcheinander.»

«Dad ist nicht da.» Er blickte in Tränen zu ihr auf. «Er hat mich hierher gebracht und ist nach Swansea gefahren. Mami hat ihm gesagt, er solle fortgehen und sie in Ruhe lassen.»

Peinliches Schweigen.

«Ich verstehe», sagte meine Mutter. «Aber es macht nichts, ich bringe dich nach Hause und werde mit deiner Mutter reden. Vielleicht kann ich irgendwie helfen.»

Ich hatte eben meinen Vormittagsunterricht beendet, als sie nach Oxmoon zurückkam. Sie zog sich gerade in der Halle die Handschuhe aus, und ich rannte die Treppe herunter.

«Mami, was hat Bronwen gesagt? Hat Evan sich beruhigt?»

Sie zögerte, bevor sie antwortete. «Es ging ihm ein bißchen besser, als ich fortging.» Sie legte die Handschuhe auf den Tisch und bewegte sich dem Wohnzimmer zu.

«Mami . . .» Ich folgte ihr auf den Fersen. «Mami, was denkst du? Sage es mir . . . *sage es mir* . . .»

«Nun hör schon auf, mich zu drängeln! Mein Gott, wie du mir manchmal auf die Nerven gehst!» sagte meine Mutter gereizt und begann sich einen großen Pink Gin zu mixen. Aber als sie mein Gesicht sah, fügte sie rasch hinzu: «Verzeihung, Liebling, ich weiß, was für Sorgen du dir machst, aber glaube mir, ich mache mir auch Sorgen. Bronwen ist sehr unglücklich.»

«Wird Onkel John vielleicht mit ihnen wegziehen und irgendwo anders wohnen?»

«Ach, Liebling, das wäre keine Lösung, denn es läßt sich nun einmal nicht vermeiden, daß die Wahrheit früher oder später herauskommt. Johnnys Lage ist überall bekannt, und ein Leben in völliger Abgeschlossenheit kommt ohnehin für ihn nicht in Frage. Er würde einem anderen Golfclub beitreten, sich ein halbes Dutzend neue Direktorenposten anbieten lassen – bis er jemandem begegnet, der von seiner Vergangenheit weiß, und dann fängt der Ärger wieder von vorne an.»

Ich stellte erleichtert fest, daß zumindest in naher Zukunft keine Abreise geplant war, aber kurz nach dieser Krise begannen sich ernstliche Veränderungen in Penhale Manor abzuzeichnen. Zuerst verließ Rhiannon am Tage nach ihrem siebzehnten Geburtstag Gower und ging mit Dafydd nach London, wo sie eine Bürostelle in einer Bank fand, während Dafydd in einer Garage arbeitete. Nach Rhiannons Abreise wurde Bronwen für eine Weile krank und mußte in einem dunklen Zimmer liegen. Ich brachte ihr Blumen, aber sie empfing keine Besucher. Meine Mutter erklärte mir, daß sie an Migräne litt.

Dann bemerkte ich, daß Onkel John immer magerer wurde und ganz abgehärmt aussah. Er kam auch nicht mehr zu den Parties in Oxmoon. Meine Mutter bot ihm an, die Kinder zu sich zu nehmen, damit er und Bronwen Ferien machen und nach Cornwall fahren könnten. Onkel John war von der Idee sehr angetan, aber es wurde nichts daraus, denn Bronwen weigerte sich.

«Ich würde mir doch nur ständig Sorgen um die Kinder machen», sagte sie zu meiner Mutter.

«Aber Liebste, in Oxmoon kann ihnen doch nichts passieren!»

«Deine Dienstboten würden sie schief ansehen . . . verletzende Bemerkungen machen . . . und ich könnte es nicht ertragen, wenn Evan noch mehr leiden müßte . . .»

«Kester, laß uns jetzt bitte allein», befahl mir meine Mutter, und ihr Ton gab deutlich zu verstehen, daß es mir dieses Mal strikt verboten war, an der Tür zu lauschen. Als ich aus dem Zimmer ging, hörte ich Bronwen weinen. «Es machte mir nichts aus, solange es nur mich betraf. Aber ich kann die Kinder nicht leiden sehen; das bringt mich um.»

Im neuen Jahr fiel mir auf, daß Bronwen jedes Mal, wenn ich nach Penhale Manor kam, Sachen aussortierte. Die Spielzeugschränke wurden ausgeräumt, Haufen von Kleidungsstücken beiseite gelegt und von Mrs. Wells zum Trödelmarkt gebracht. Im Kinderzimmer herrschte eine fast gespenstische Ordnung.

«Bronwen fängt aber früh mit ihrem Frühjahrsreinemachen an», sagte ich zu meiner Mutter.

Einmal sah ich einen Brief auf dem Tisch in der Halle. Er war an Bronwen gerichtet und mit einer kanadischen Marke frankiert.

«Wen kennt ihr in Kanada?» fragte ich Evan.

«Mami hat Vettern in Vancouver. Wir fahren sie im Frühjahr besuchen.»

«Das ist ja toll!» sagte ich. «Schade, daß ich nicht mitkommen kann.» Und als ich nach Hause kam, erzählte ich es meiner Mutter. «Onkel John fährt im Frühling mit der ganzen Familie in die Ferien nach Kanada.»

«Nein», sagte meine Mutter. «Onkel John wird nicht mitfahren.»

«Ach so. Nun, wahrscheinlich hat er zuviel zu tun, um so lange abwesend zu sein», meinte ich und zog mich rasch zurück, um Vancouver in meinem Atlas zu suchen.

Gegen Ostern schien die Reise nach Kanada in greifbare Nähe zu rücken, denn sechs neue Schrankkoffer wurden im Manor abgeliefert und sollten verpackt und vorausgeschickt werden.

«Himmel!» sagte ich zu Bronwen. «Wie lange wollt ihr denn bleiben?»

«Ich will nicht, daß die Kinder Heimweh bekommen», sagte sie, «und deshalb nehme ich möglichst viel mit, all ihre Lieblingssachen und ihr Spielzeug.»

Die Abfahrt war auf den sechzehnten Mai festgesetzt, und am Sonntag davor lud meine Mutter die Kinder zum Tee nach Oxmoon ein. Bronwen kam nicht, sie hatte wieder Migräne, und wir sahen sie auch nicht, als wir die Kinder im Manor abholten.

Es machte mir Spaß, mit den Kleinen zu spielen. Sian war jetzt zwei und sehr hübsch. Ich verbrachte die meiste Zeit mit ihr und Lance, dessen sanftes und ausgeglichenes Wesen mir gefiel. Gerry dagegen fand ich viel zu wild und laut, aber als er mir zu sehr auf die Nerven ging, ging meine Mutter mit ihm im Wald spazieren, und ich hatte eine Weile Ruhe. Später spielte er mit Evan und mir Krocket, fand es jedoch bald langweilig und verlangte einen Kricketschläger.

«Aus dem wird auch noch mal ein perfekter Godwin!» stöhnte

ich meiner Mutter zu, aber sie lächelte nicht, sagte nur: «Es ist sehr traurig.»

Zwei Tage später reisten sie alle ab. Onkel John fuhr sie nach Southampton, und gegen Abend – ich hatte gerade meine Schularbeiten gemacht und ging auf mein Zimmer, um vor dem Abendessen noch etwas zu lesen –, als ich aus dem Treppenfenster blickte, sah ich Onkel Johns Rover die Auffahrt hinanrasen.

Ich blieb stehen. Der Wagen fuhr viel zu schnell. Noch bevor er hielt, wußte ich, daß etwas nicht stimmte. Als Onkel John ausstieg, sah ich die graue Blässe auf seinem Gesicht. Er strich sich sein wirres Haar zurück, fuhr sich mit dem Handrücken über die Stirn und stolperte die Treppe zur Eingangstür empor.

Ich rannte durch den Flur in mein Zimmer, fand, daß das Stubenmädchen, Gott sei Dank, das Fenster weit offengelassen hatte. Unter mir, auf der Terrasse, nippte meine Mutter an ihrem ersten Pink Gin des Abends und blätterte in ihrem neuesten Romanheft. Als Onkel John auf die Terrasse stürmte, kniete ich mich auf die Fensterbank.

«Johnny – Darling ... hast du ... war es ... o Gott, ich habe so sehr an dich gedacht ...»

Ohne zu zögern, sprang ich auf, um die Szene unter mir zu beobachten. Sie umarmten sich. Meine Mutter streichelte ihm sogar das Haar, und als er von ihr zurücktrat, sah ich mit fassungslosem Entsetzen, daß er ein durchnäßtes Taschentuch aus dem Ärmel zog und von Kummer und Verzweiflung überwältigt weinte wie ein Kind.

Drittes Kapitel

I

Es war mir, als ginge die Welt unter – oder zumindest die Zivilisation, wie ich sie kannte. Onkel John, meinen heldenhaften Onkel John in Tränen aufgelöst zu sehen, fand ich erschütternd genug, aber als mir klar wurde, daß seine Tränen ein noch nie dagewesenes Unheil verkünden mußten, geriet ich in Panik. Während ich auf der Fensterbank kniete, zitterte ich am ganzen Körper.

«Der Gedanke, sie nie wiederzusehen, ist mir unerträglich», sagte mein Onkel und bemühte sich vergeblich, die über sein Gesicht rinnenden Tränen wegzuwischen. «Und daß meine Kinder jetzt ohne mich aufwachsen ... und daß ich jetzt in dieses Haus zurückkehren soll ... es ist noch schlimmer als nach Blanches Tod ... ich werde in diesem Haus nie mehr leben können ...»

«Nein, natürlich kannst du das nicht. Bleib eine Weile hier. Ich dachte mir, daß du dich so fühlen würdest, und habe dir dein altes Schlafzimmer herrichten lassen. Setz dich, Liebster, und trinke zuerst einmal einen Cognac. Ich hol ihn dir.»

Sie führte ihn zu dem Eisenstuhl neben dem ihren und verschwand im Wohnzimmer. Als Onkel John sich setzte und das Gesicht in den Händen vergrub, bemerkte ich zum ersten Mal das graue Haar an seinen Schläfen. Er war einundvierzig.

«Ich weiß nicht, was ich ohne sie tun soll», sagte er, als meine Mutter mit dem Cognac zurückkam. «Ich weiß einfach nicht, was ich tun soll.»

Er war nicht der einzige. Jetzt wurde es mir klar, daß Bronwen ihn verlassen hatte, und ich fühlte Übelkeit. Wie konnte ich es ertragen, Bronwen und Evan zu verlieren, meine liebsten Anverwandten nach meiner Mutter? Evan, mein Gefolgsmann, mein Bewunderer, der mich wie einen Bruder liebte und wie einen Helden verehrte? Ich fühlte mich beraubt, als wenn sie gestorben wären.

«Ich habe mein Leben so verpatzt», sagte Onkel John zwischen zwei Schlückchen Cognac. «Ich bin ein solcher Versager ...»

«Aber mein lieber Johnny ...»

«Nenn mich nie wieder so! So hat *sie* mich genannt. Wenn du mich weiterhin Johnny nennst, erinnerst du mich nur ...»

«Ach ja, natürlich, es tut mir leid. Aber John, du bist kein Versager, du hast nur furchtbares Pech gehabt ... diese schreckliche Frau in London ...»

«Alles, was mir im Leben etwas bedeutete, habe ich verloren. Das ist Versagen.»

«Quatsch», sagte meine Mutter, und plötzlich sah ich sie als jemanden, dem alles vertraut ist, was zu einer Tragödie gehört, als jemanden – vielleicht die einzige Person –, der meinem Onkel über die schwerste Zeit seines Lebens hinweghelfen konnte. «Du mußt an die Kinder denken, die dir noch bleiben», sagte sie. «Denk an Harry und Marian. Und Bronwens Kinder sind wenigstens nicht tot – wie Robin. Sie werden nur für ein paar Jahre fort sein – wie Declan es war. Und eines Tages kommen sie zu dir zurück, wie Declan zu mir zurückgekommen ist.»

«Ja ... ich glaube, du hast recht ... es tut mir leid, ich weiß, es ist unverzeihlich, daß ich mich so gehenlasse ...»

«Unsinn, es ist gesund! Gott weiß, wenn du deinen Kummer und Ärger in dich hineinstopfst, wie Bobby es getan hat, wärst du bald reif für die Klapsmühle!»

«Ich bin schon jetzt verrückt, wie wahnsinnig ... o Gott, vielleicht sollte ich ihnen nachreisen, alles aufgeben ...»

«John, nun höre mal. Ich weiß, wir haben schon dutzende Male darüber gesprochen, aber ich werde es dir noch einmal sagen, damit du die Wahrheit vor Augen siehst. Es war ungeheuer tapfer von Bronwen, daß sie nach Kanada ausgewandert ist, um ihren Kindern die Chance zu geben, ein normales Leben zu führen. Wenn du dich ihnen jetzt wieder aufdrängst, machst du alles kaputt, und dann war Bronwens Mut umsonst und ihr Leben ist aufs neue zerstört.»

«Ich weiß, aber ...»

«Vergiß nicht, was sie dir gesagt hat. ‹Wenn du uns liebst, laß uns gehen.› Du hast mir doch selbst erzählt, daß sie das gesagt hat, nicht wahr? Und du hast mir selbst gesagt, daß sie recht hatte ...»

«Wenn sie nur nicht gesagt hätte: ‹Keine Briefe, Geld durch Banküberweisung, aber keine Briefe›, dann wäre es leichter zu ertragen gewesen, dann hätte ich mich wenigstens auf ihre Briefe freuen können ...»

«Aber, mein lieber John, hast du nicht selbst gesagt, es müsse ein klarer Bruch sein, weil alles andere zu schmerzlich und zu schwer zu ertragen wäre?»

«Vielleicht kommen sie zurück. Vielleicht war es nicht das Richtige, und wenn ich ihnen später nachreise, könnte ich ...»

«John, *du mußt diese Kinder in Frieden aufwachsen lassen!* Bedenke doch nur, wie der arme kleine Evan gelitten hat!»

«O mein Gott! Mein Gott!»

«Ich hole dir noch einen Cognac.» Sie verschwand mit seinem Glas. Onkel John schneuzte sich in sein nasses Taschentuch, wischte sich die Augen mit dem Ärmel und strich wieder sein wirres Haar zurück. Als sie wiederkam, sagte er verzweifelt: «Ich weiß nicht, wie ich es Harry und Marian sagen soll.»

«Wenn du meine Meinung hören willst, so hättest du es ihnen während der letzten Ferien sagen sollen, und nicht nur ihnen – den vier Kleinen auch.»

«Aber wir konnten es einfach nicht ... wie hätten wir es ihnen erklären können ... bei all dem Leid ... dem Elend ... dem Schmerz ...»

«Ich weiß, ich weiß, und ich habe auch alles Verständnis dafür, aber ich finde nun einmal, daß es besser ist, mit Kindern ganz offen zu sein, John, ganz gleich, wie schwer es im Augenblick zu sein scheint . . . Ich nehme an, du wirst nach Harrow fahren, um es Harry zu sagen?»

«Aber ich kann ihm das jetzt nicht antun! Er steht kurz vor den Examen . . . und ein paar sehr wichtigen Kricketspielen . . .»

«Mein lieber John, es gibt im Leben wirklich wichtigere Dinge als Kricket, und das ist eins davon. Harry kann sich kaum an Blanche erinnern, und Constance zählt nicht. Bronwen ist die einzige Mutter, die er gekannt hat. Du mußt sobald wie möglich mit ihm reden und es ihm erklären.»

«Ich kann es nicht!» heulte mein Onkel, offenbar noch zu verwirrt und außer sich vor Kummer, um klar denken zu können. «Er wird mir an allem schuld geben, mich für die Katastrophe verantwortlich machen . . . er wird das Gefühl haben, ich hätte ihn im Stich gelassen . . . und so enttäuscht sein . . .»

«Er ist jetzt vierzehn Jahre alt, also alt genug, um zu verstehen, daß Eltern Menschen aus Fleisch und Blut sind und keine Engel mit Heiligenscheinen.»

«Aber was soll ich sagen? Wie kann ich es ihm erklären?»

«Indem du ihm einfach die Wahrheit sagst, zum Donnerwetter! Sag ihm, ihr habt es um der Kinder willen getan. Verdammt noch mal, mach ein für allemal reinen Tisch und sage ihm, Bronwen habe so genug gehabt, daß sie mit dir nicht mehr ins Bett gehen wollte!»

«Das kann ich unmöglich sagen.»

«Warum nicht?»

«Weil wir über solche Dinge nicht reden.»

«Aber du mußt ihn doch inzwischen sexuell aufgeklärt haben?»

«Nein, er hat mich nie danach gefragt. Wahrscheinlich sprechen sich solche Dinge auf der Schule herum. Ich meine . . . sonst hätte er mich doch gefragt . . .?»

«Vielleicht wartet er nur, daß du ihm etwas sagst. Vielleicht war es ihm peinlich, weil er wußte, daß du nicht mit Bronwen verheiratet warst. Oder vielleicht . . . ach John, fahr nach Harrow und rede mit ihm.»

«Na schön, wie du meinst», sagte mein Onkel und schien noch tiefer in Verzweiflung zu versinken. «Aber wenn ich es Harry sage, muß ich dann auch nach London und mit Marian sprechen, und Marian wird wissen wollen . . .»

« . . . ob du zu Constance zurückkehren wirst, nicht wahr? Natürlich wird sie das fragen . . . besonders jetzt, da ihr gesellschaftlicher

Ehrgeiz erwacht ist, kann ihr eine Stiefmutter wie Constance sehr gelegen sein. Du mußt ihr klipp und klar deine Absichten kundgeben, damit sie sich keine falschen Hoffnungen macht. Es sei denn ... du lieber Himmel, John, du willst doch nicht etwa zu Constance zurückkehren?»

«Ginevra», sagte mein Onkel, und alle Verzweiflung war seiner Wut und Entrüstung gewichen, «ich schwöre dir, daß ich nie, *nie*, NIE im Leben zu dieser Frau zurückkehren werde!»

Sechs Monate später kehrte er zu ihr zurück.

2

«Nein!» rief ich entsetzt aus, als meine Mutter es mir erzählte.

«Doch, Liebster, so ist es!» Auch meine Mutter war erschüttert.

«Aber das ist doch unmöglich!»

«Natürlich ist es unmöglich. Aber er hat es getan.» Sie rückte ihre Brille zurecht und las Onkel Johns Brief noch einmal, als ob sie fürchtete, an Wahnvorstellungen zu leiden.

Ich war in ihrem Schlafzimmer, wo wir unseren frühmorgendlichen Tee tranken, hatte also gesehen, wie das Stubenmädchen die Post heraufbrachte. Es war November; draußen fiel ein kalter Nieselregen, und ich genoß die Behaglichkeit des Zimmers mit dem dicken Teppich, den sinnlichen Gemälden an den Wänden und dem knisternden kleinen Feuer im Kamin. Meine Mutter, auf Berge schneeweißer Kissen gestützt, das dichte Haar locker über die Schultern wallend, die Lesebrille auf der Nasenspitze, sah wie eine römische Kaiserin aus, der ein besonders widerspenstiger Christ soeben mitgeteilt hat, er wolle unbedingt den Löwen zum Fraß vorgeworfen werden.

«Aber warum hat er es getan?» fragte ich.

«Nun, Liebling, er schreibt ...» Sie schaute wieder auf den Brief. «‹Ich habe mich dazu entschlossen, damit Harry und Marian endlich ein normales Heim haben, und natürlich auch, um an Francesca all die Jahre wiedergutzumachen, in denen ich fort war.›» Nachdem sie die Worte mit hölzerner Stimme gelesen hatte, faltete sie den Brief zusammen, nahm ihre Brille ab und griff ohne weiteren Kommentar zu ihrer Teetasse.

«Aber das glaubst du doch nicht etwa, Mama?» sagte ich und suchte in ihrem Gesicht nach Hinweisen.

«O doch», sagte sie. «Ich glaube es. Aber es steckt bestimmt noch mehr dahinter. Meiner Meinung nach konnte höchstens ein Erdbeben

John wieder zu dieser Frau zurückbringen, und ich glaube nicht, daß dieser Entschluß sich allein durch seinen überwältigenden Wunsch erklären läßt, zu tun, was sich gehört.»

«Und was ist deiner Ansicht nach geschehen?»

«Ich weiß es nicht», sagte meine Mutter, «aber wenn er sich mir nicht anvertrauen will, werde ich ihn nicht dazu drängen.» Dann machte sie eine Bemerkung, an die ich mich später, allerdings unter sehr anderen Umständen, noch erinnern sollte. «Wir wissen so wenig», sagte sie, «selbst über die, die uns am nächsten sind. Von dem, was sich im Leben der anderen abspielt, wissen wir so gut wie gar nichts.»

Seit Bronwens Abreise im letzten Mai hatte Onkel John zurückgezogen in Oxmoon gelebt und sich nur noch mit den Renovierungsarbeiten im Haus beschäftigt. Thomas blieb der festangestellte Verwalter, aber während Onkel John sich ausschließlich Oxmoon widmete, leitete Thomas zeitweilig den Gutsbetrieb von Penhale Manor, und im Oktober führte Onkel John ihn im Manor als stellvertretenden Gutsherrn ein. Zuerst hatte Onkel John das Haus verkaufen wollen, konnte sich dann aber doch nicht dazu entschließen. Dann wollte er es vermieten, brachte aber auch das nicht über sich. So war es ihm eine Erleichterung, als Thomas sich erbot, in sein Haus zu ziehen, was zur Folge hatte, daß Little Oxmoon und nicht Penhale Manor im Jahre 1933 frei wurde. Martinscombe war bereits verpachtet, und jetzt beschloß Onkel John, auch Little Oxmoon zu vermieten, zumal es unter Thomas' vierjähriger Verwaltung wieder recht schmuck und ordentlich aussah.

Während diese Veränderungen stattfanden, stand mir die unangenehme Aussicht bevor, acht Wochen der Schulsommerferien mit Vetter Harry zu verbringen, der im Juli zu seinem Vater nach Oxmoon kam. Zum Glück war Marian, die ihr gesellschaftliches Debüt bei ihrer Großtante Charlotte in London gemacht hatte, jetzt nach Schottland zu Tante Daphne und Elizabeth gefahren, so daß mir wenigstens ihre spatzenhirnige Gegenwart erspart blieb, aber Harry drohte mir den ganzen Sommer zu verderben. In meiner Verzweiflung fragte ich mich sogar, ob er und ich dazu verdammt seien, ewig unter dem gleichen Dach zu leben. Meine Mutter meinte zwar, Onkel John würde sich ein eigenes Heim suchen, sobald er beschlossen habe, etwas Neues mit sich anzufangen, aber ich gewann immer mehr den Eindruck, daß er sich in Oxmoon ziemlich wohl fühlte.

Doch wenn man das Schlimmste erwartet, stellt man dann oft angenehm überrascht fest, daß alles doch besser verläuft, als man es sich zu hoffen getraut hat. Harry verbrachte den größten Teil seiner Ferien damit, mir aus dem Wege zu gehen. Jeden Tag verschwand er auf einsamen Wanderungen in den Hügeln, und am Abend schloß er sich mit seinem Radioapparat in seinem Zimmer ein und hörte Musik. Ich war froh, denn das paßte mir ausgezeichnet. Auf das Drängen meiner Mutter hin gab ich mir gelegentlich einen Stoß und knüpfte ein Gespräch mit ihm an, aber da er keinerlei Interesse an meiner Gesellschaft zeigte, ließ ich es bald bleiben. Einmal fragte ich ihn, ob es ihm etwas ausmache, daß Bronwen und die Kleinen nun für immer fort seien, aber er reagierte sehr leichtfertig und machte den Eindruck, als sei es ihm völlig egal.

«Ach, es war doch das einzig Richtige, alter Knabe», sagte er. «Natürlich mußte Bronwen an die Kinder denken, und daß sie mit ihnen nach Kanada ausgewandert ist, war im Grunde nur das, was sich in einem solchen Fall gehört.»

Der gefühllose Rohling! Mir kamen immer noch die Tränen, wenn ich an Bronwen und an meinen kleinen Gefolgsmann dachte.

Zu Ostern im folgenden Jahr beschloß meine Mutter, eine große Familienzusammenkunft in Oxmoon zu veranstalten, vielleicht nicht gerade, um Onkel Johns Rückkehr zu Tante Constance zu feiern, so doch aber wenigstens, um dem Ende des Schismas, das die Familie während Onkel Johns wilder Ehe mit Bronwen in zwei Lager gespalten hatte, ein offizielles Gepräge zu geben. Der Ballsaal wurde in Voraussicht der Tanzabende zu Grammophonmusik gründlich saubergemacht, alle verfügbaren Schlafzimmer hergerichtet, Hilfspersonal aus dem Dorf engagiert, und am Mittwoch vor Ostern begannen die Gäste einzutreffen.

Ich hatte Onkel John seit dem vergangenen November nicht mehr gesehen. Nach seiner Versöhnung mit Tante Constance war er nur einmal kurz nach Oxmoon gekommen, um seine Sachen zu packen und Thomas als Gutsverwalter einzusetzen, und gleich darauf wieder verschwunden. Harry und Marian hatten Weihnachten mit ihm und Tante Constance in London verbracht, aber obgleich Marian an meine Mutter schrieb, alles sei «einfach gottvoll», wohnte sie zu Neujahr wieder bei Tante Daphne, und nachdem Harry nach Harrow zurückgekehrt war, fuhr Onkel John mit Tante Constance und Francesca für den Rest des Winters an die Riviera, wo sie bis zum März blieben. Als das Osterfest in greifbare Nähe rückte, fragte ich mich gespannt, ob ich ihn sehr verändert vorfinden würde. Ich stellte ihn mir weißhaarig vor, gramgebeugt unter der schweren Bürde, ständig tun zu müssen, was sich gehört, schlurfend und auf einen Stock gestützt. Ich war inzwischen vierzehn, aber meine Phantasie hatte mit den Jahren nichts von ihrem Reichtum eingebüßt, war sogar in schwelgerischer Lüsternheit zu neuer Blüte gelangt.

«Mama, werden sie beide in einem Bett schlafen?»

«Da jeder Hinweis auf Gegenteiliges fehlt», erwiderte sie trocken, «kann ich nur annehmen, daß es ihrem Wunsch entspricht.»

Von Betten war zur Zeit überhaupt viel die Rede, denn Rory hatte vor kurzem angerufen und gefragt, ob er ein Zimmer mit Doppelbett für sich und seine Freundin haben könnte. Meine Mutter wurde bleich vor Entrüstung und sagte, auf keinen Fall. Falls er seine Freundin mitbrächte, müßten sie in getrennten Zimmern schlafen, wie es sich gehört, aber da die Freundin nicht eingeladen sei, erübrige sich die Frage.

«Was du in London treibst, ist deine Sache», erklärte sie ihm, als er in seinem Sportwagen ankam. «Aber hier bestimme ich und ziehe meine Grenzen.»

«War ja nicht so gemeint, Ma», sagte Rory lachend. «Ich wollte es nur mal versuchen, um zu sehen, ob du in deinem hohen Alter weich geworden bist.»

«In meinem hohen Alter!» rief meine Mutter entrüstet aus. «Was soll das heißen?» Und als Rory zu lachen aufgehört hatte, sagte sie: «Darling, benimm dich bitte anständig während des Wochenendes – die Lage ist heikel genug, ohne daß du auch noch bei den Stubenmädchen den Casanova spielst. Ach, wenn du doch nur seßhaft werden könntest, und solide wie der liebe Declan!»

«Aber Ma, ich bin erst dreiunddreißig!»

«Ja», fuhr sie ihn barsch an, «und auf dem besten Wege, vorzeitig ein würdeloser alter Schürzenjäger zu werden!»

Rory lachte wieder, als ob ihm die Meinung seiner lieben alten Mutter völlig egal sei, aber ich hatte eher den Eindruck, daß er sich unbehaglich fühlte. Er verehrte meine Mutter – wie ich festzustellen begann – mit jener kindlichen Einfalt, die dummen Männern zu eigen ist, und ihre gute Meinung war ihm äußerst wichtig. Seit Declan wieder seinen Platz in ihrem Leben eingenommen hatte, gab Rory sich alle erdenkliche Mühe, ihr zu gefallen, blieb über ein Jahr in der gleichen Anstellung, kam (gelegentlich) mit seinem Einkommen aus und hielt einer Freundin die Treue, der wirklich niemand nachsagen konnte, daß sie nuttenhaft aussah. Ich glaube, es wurmte Rory, ständig zu seinem Nachteil mit Declan verglichen zu werden. Er war zwar Declan ebenso treu ergeben wie meiner Mutter, aber ich bin sicher, daß ihm ihre ewigen Lobgesänge auf Darling Declan nicht weniger auf die Nerven gingen als mir.

Natürlich fragte ich mich, ob Declan auch zum großen Familienfest kommen würde. Daß meine Mutter ihn eingeladen hatte, wußte ich, aber dann teilte er ihr wie gewöhnlich unter irgendeinem Vorwand mit, daß er nicht kommen könne.

«Ich glaube, er will mich nicht kennenlernen», sagte ich, «aber das ist mir egal, denn ich will ihn auch nicht kennenlernen.»

Meine Mutter lächelte, sagte jedoch nichts. Vielleicht tröstete sie sich über Declans Absage beim Gedanken an die Gäste, die ihre Einladung angenommen hatten. Inzwischen waren Onkel Edmund und Tante Teddy mit ihren Sprößlingen Richard und Geoffrey eingetroffen (beide perfekte Godwins, mit einem Kricketschläger in der Hand geboren), dann kam Tante Daphne mit Elizabeth, und dann – die große Sensation – wurde Tante Celia mit meiner Cousine Erika aus Deutschland erwartet, nachdem Tante Celias Mann mit einer ungarischen Balletteuse durchgebrannt war und jetzt angeblich in Wien weilte.

Nachdem dieses Drama in Oxmoon gebührenden Niederschlag gefunden hatte (Tante Celia weinte ganze Eimer voll, meine Mutter bot ihr voreilig unbeschränkte Gastfreundschaft an, Erika zeigte mir ihre Hitlerbilder), wirkte die Ankunft Onkel Johns und Tante Constances fast wie eine Antiklimax. Ich jedoch war so bestrebt, meiner Cousine Erika und ihren geradebrechten Beschreibungen der Schönheiten Heidelbergs zu entfliehen, daß ich sofort hinauseilte, um sie zu begrüßen.

Sie fuhren in zwei Rolls-Royce-Limousinen mit Chauffeur vor, gefolgt von einem Taxi aus Swansea mit Onkel Johns Kammerdiener und Tante Constances Zofe, die mit der Bahn aus London gekommen waren. Onkel John, Tante Constance und Marian saßen im ersten Rolls-Royce, Harry, Francesca und Francescas Nanny im zweiten, und beide Kofferräume waren bis zum Rand voll Gepäck. Onkel John trug einen dunkelgrauen Anzug und seine alte Harrow-Krawatte und sah so vornehm aus, als sei er ein stets willkommener Gast im Buckingham Palast. Tante Constance war nicht minder elegant gekleidet: ein enganliegendes, senffarbenes Kostüm, eine Nerzstola und diskreten Diamantschmuck. Man hätte meinen können, sie machten auf den Kunstdruckseiten der Zeitschrift *Country Life* Reklame für irgendein Luxusprodukt (Rolls-Royce?).

Meine Mutter rauschte an mir vorbei. «Meine liebe Constance», sagte sie gesalbt, «sei uns wieder herzlich in Oxmoon willkommen.»

«Ich danke dir, Ginevra», erwiderte Tante Constance, die sich mühelos dieser Freundschaftskomödie anpaßte, es sich jedoch nicht nehmen ließ, ein kleines triumphierendes Lächeln aufzusetzen, als sie ihre magnolienfarbene Wange zum Kuß bot. Ich sah den scharfen, abschätzenden Blick ihrer auf das Empfangskomitee gerichteten schwarzen Augen, das sich in der offenen Eingangstür versammelt hatte und sie mit lauten Worten begrüßte.

Nachdem meine Mutter die peinliche Zeremonie des Friedenskusses hinter sich gebracht hatte, wandte sie sich sichtlich erleichtert Onkel John zu. Es fiel mir auf, daß sie während ihrer kurzen Umarmung kein einziges Wort miteinander wechselten.

Ein allerliebstes kleines Geschöpf mit dunklem Haar und blauen Augen lief auf sie zu und blickte strahlend meine Mutter an. Liebende kleine Finger griffen nach der Hand meines Onkels und hielten sie fest. Zierliche Füßchen in niedlichen Schuhen hüpften aufgeregt hin und her.

«Francesca?» sagte meine Mutter. «Wie hübsch du bist! Kester, komm und lerne deine neue Cousine kennen!»

Ich sah die Ähnlichkeit mit Gerry und Sian und brachte kaum ein Wort hervor. Meinen Onkel wagte ich nicht anzublicken, weil ich fürchtete, weinen zu müssen.

«Ach, Kester», sagte Tante Constance, «was für ein großer Junge du geworden bist! Du bist bestimmt so groß wie Harry!» Und zu meinem Entsetzen streckte sie mir sanft, jedoch gnadenlos ihre makellose magnolienfarbene Wange entgegen.

Ich küßte sie. Sie fühlte sich weich und samtig an wie ein frisch gereinigter Vorhang, aber anstatt nach Benzol zu riechen, verbreitete sie einen undefinierbaren und zweifellos sehr teuren Parfumduft. Die Erinnerung an Bronwen verschlug mir die Sprache. Es schien mir so ungeheuerlich, dieses abstoßende Weibsbild küssen zu müssen, daß ich stumm und tölpelhaft dastand, wie eine Karikatur der Halbwüchsigkeit, als Vetter Harry, wie immer fesch und wohlerzogen und nie um ein Wort verlegen, auf mich zuschlenderte und mir die Hand entgegenstreckte.

«Tag, alter Knabe. Nett, wieder mal im alten Bau zu sein.» Ohne auf meine Antwort zu warten, und nachdem er mir lahm die Hand geschüttelt hatte, wandte er sich mit blendendem Lächeln meiner Mutter zu. «Tag, Tante Ginevra – wie nett, dich nach so langer Zeit wiederzusehen.»

«Guten Tag, Darling, wie geht es dir?» Meine Mutter küßte ihn mit ungewohnter Wärme und Zärtlichkeit, wie ich zu meinem Kummer feststellte, aber Harry versicherte ihr gelassen, daß er sich absolut erstklassig fühle.

«Tante Ginevra, wie himmlisch, dich zu sehen!» Das war Marian, schrecklich geziert und mit einem Haufen scheußlicher kleiner Fuchsfelle überladen. Mit ihren achtzehn Jahren war sie genau die Art von Mädchen, die ich am meisten haßte: affektiert, boshaft, durch und durch nutzlos und mannstoll. Ich fragte mich oft, wie ihre Busenfreundin, unsere Cousine Elizabeth, sie ertragen konnte. Elizabeth war zwar auch nutzlos und mannstoll, aber dafür hatte sie wenigstens einen großartigen Sinn für Humor. Angeblich ähnelte sie ihrem Vater, meinem verstorbenen Onkel Lion, aber ich fand, daß sie eher Tante Daphne glich. Beide waren pummelig, rotbackig und hatten ein Doppelkinn. In meinem späteren Leben gelangte ich zu dem Schluß, daß Marian in Elizabeth' unscheinbarem Aussehen den Gegensatz sah, den sie brauchte, um ihre eigene eiskalte Schönheit noch mehr hervorzuheben.

«Die holde Maid Marian könnte mir gefallen», sagte Rory, der keine Debütantenbälle mehr besuchte und Marian seit langem nicht gesehen hatte. «Ein verlockender Preis für jemanden, der sich im Robin Hood-Spiel versuchen will!»

«Wir sind hier nicht im Walde von Sherwood», sagte meine Mutter gereizt, «und demnach wird es keine heimlichen Küssereien hinter den Büschen geben, wenn ich bitten darf.»

«Nur ein kleines Küßchen hinter einem kleinen Büschchen», neckte sie Rory und fügte dann beiläufig hinzu, als sei er eben erst auf den Gedanken gekommen: «Wieviel Geld wird sie eigentlich haben, wenn sie einundzwanzig ist?»

«Frage John», sagte meine Mutter. Sie wußte, daß er es nicht wagen würde, behielt jedoch Marian wachsam im Auge, deren Bereitwilligkeit, im Mittelpunkt männlichen Interesses zu stehen, sie genügend kannte.

«Alles ist jetzt viel besser», hörte ich sie meiner Mutter offen anvertrauen. «Liebste Tante Ginevra, ich kann dir nicht sagen, welche Erleichterung es ist, endlich eine *Dame* den Haushalt führen zu sehen! Natürlich war Bronwen süß, und ich mochte sie auch gern, aber wirklich . . . nun, jedenfalls ist jetzt alles gut. Rhiannon? Ach du lieber Himmel, wir haben uns ganz aus den Augen verloren! Sie lebt mit Dafydd in irgendeinem schrecklichen Stadtviertel wie Hammersmith, wo man nicht begraben sein möchte . . . Ich meine, ich bin wirklich die letzte, die man einen Snob nennen kann, und ich hatte sie beide furchtbar gern, aber . . . schließlich und endlich, wenn man zu so verschiedenen Gesellschaftsschichten gehört, hat man sich einfach nichts mehr zu sagen . . .»

«Mama», sagte ich später, als wir auf dieses Gespräch zurückkamen, «wie kommt Onkel John nur zu einer so scheußlichen Tochter?»

Meine Mutter machte sich nicht die Mühe, Marians Scheußlichkeit abzuleugnen oder sie zu erklären. Sie sagte nur: «Es ist mir unbegreiflich, wie Daphne sie erträgt, aber Daphne ist in letzter Zeit auch ziemlich scheußlich geworden – diese Affäre mit Lord Dingsda oder wie er sonst heißen mag, ist ihr zu Kopf gestiegen. Der arme Lion muß sich im Grabe herumdrehen, wenn er sieht, wie snobistisch und protzig sie geworden ist.»

«Es scheint überhaupt ein snobistisches und protziges Wochenende zu werden, Mama. Hast du Tante Constance gehört, wie sie zu Tante Teddy sagte, sie verstehe einfach nicht, warum Onkel Edmund nur einen Bentley fährt und keinen Rolls-Royce?»

«Diese Frau wird noch einmal ermordet werden! Aber wie reizend die kleine Francesca ist ... sie muß dem armen John ein großer Trost sein ...»

Francesca war noch nicht zehn, durfte also nicht zum Abendessen aufbleiben, aber bevor ich mich umziehen ging, machte ich einen kurzen Halt im Kinderzimmer, um ihr gute Nacht zu sagen.

«Nanny ist Mami und Daddy holen gegangen», erzählte sie mir und setzte sich erwartungsvoll in ihrem Bettchen auf. «Sie kommen immer zusammen zum Gutenachtsagen.»

Irgendwie fand ich es rührend, wie sie ihre Eltern für so wichtige Besucher zu halten schien.

«Du freust dich sicher, daß dein Vater wieder bei euch wohnt», sagte ich, um nett zu sein.

«O ja», antwortete die liebe Kleine. «Es war wie ein Wunder! Solange ich mich erinnern kann, hatte ich jeden Abend gebetet: ‹Lieber Gott, laß bitte Daddy wieder nach Hause kommen›, und als ich eines Morgens aufwachte und in Mamis Zimmer ging, saß er da und frühstückte mit ihr am Fenster! Ich war so glücklich, daß ich weinte.»

Ich dachte an Evan, und wie er in Oxmoon geschluchzt hatte, aber da traten Onkel John und Tante Constance ins Zimmer.

«Ein bißchen kalt hier», bemerkte Tante Constance. «Ich habe es nie verstanden, warum die Engländer ihre Häuser nicht anständig heizen können. Alles, was man dazu braucht, ist ein guter Klempner.» Als sie mich erblickte, fügte sie diplomatisch lächelnd hinzu: «Vielleicht wirst du eines Tages hier ein erstklassiges Heizungssystem einrichten lassen, Kester, und deinen Landsleuten mit gutem Beispiel vorangehen.»

Ich schaute Onkel John an, aber sein Blick war unerforschlich.

Diesen unerforschlichen Blick sollte ich in den folgenden Jahren noch gut kennenlernen. Mich und seine Frau völlig ignorierend, beugte er sich über seine Tochter.

«Daddy, Daddy, Daddy ...» Sie umarmte ihn heftig.

«Das genügt jetzt aber», sagte Tante Constance. «John, rege sie nicht zu sehr auf. Und jetzt, Francesca, laß uns bitte dein Nachtgebet hören.»

Sie hatte wirklich großes Talent, einem jede kleine Freude zu verderben. Ich schlich mich aus dem Zimmer, und Onkel John schlich mir nach. Im anderen Kinderschlafzimmer auf der gegenüberliegenden Seite des Korridors wünschten Onkel Edmund und Tante Teddy ihren ungestümen Söhnen lautstark eine gute Nacht.

«Francesca ist reizend, Onkel John», sagte ich spontan und hoffte, ihn mit diesem kleinen Kompliment ein wenig heiterer zu stimmen, aber er sagte nur: «Danke, Kester», und lächelte höflich.

Thomas und seine Braut kamen zum Essen. Er hatte sich mit Eleanor Stourham verlobt, kurz nachdem er von Little Oxmoon nach Penhale Manor gezogen war, und sie planten, im Juli zu heiraten.

«Stell dir einmal vor, mit Thomas verheiratet zu sein!» hatte mein neuer Freund Ricky Mowbray nach der Bekanntgabe der Verlobung gesagt. «Das muß wahrhaftig ein schlimmeres Los als der Tod sein!»

Aber ich konnte mir nicht vorstellen, mit Thomas verheiratet zu sein. Ich konnte mir nicht einmal vorstellen, mit Eleanor verheiratet zu sein. Sie war zweiunddreißig, also fünf Jahre älter als ihr Verlobter, hatte ein wettergegerbtes Pferdegesicht, kurzgeschnittenes Haar und eine muskulöse Figur, die noch ganz gut zu ihrer alltäglichen Kleidung paßte – Hemd und Hose –, jedoch ein wenig seltsam im einfachen schwarzen Abendkleid wirkte, das sie heute mit einer so herausfordernden Miene trug, als verbitte sie sich von vorneherein jede Bemerkung darüber. Niemand machte eine Bemerkung. Wie Thomas stand sie im Ruf, kein Blatt vor den Mund zu nehmen, aber an diesem Abend war sie all den Godwins gegenüber ungewöhnlich zurückhaltend, und ich fragte mich, ob sich hinter der kühnen und männlichen Erscheinung nicht eine geheime weibliche Neigung zur Schüchternheit verbarg. Es wurde zwar allgemein beteuert, sie sei wie ihr Vater Oswald Stourham «ein guter Kerl», aber niemand schien sie wirklich gern zu haben, außer Thomas, der sie wie einen seiner liebsten Trinkkumpane behandelte, den er gerade zufällig in der Dorfkneipe angetroffen hatte. Sie wiederum betrachtete ihn mit wohlwollendem Optimismus, wie man ihn einem niedlichen und tolpatschigen Welpen entgegenbringt, der Anlagen zeigt, einmal ein prächtiger Hund zu werden. Meine Mutter behauptete zwar, sie schwelgten im großen Liebesglück, aber woraus sie das schließen konnte, war mir schleierhaft. Allerdings sah ich später im Ballsaal, daß sie recht gehabt hatte, denn sie zogen sich in eine stille Ecke zurück und begannen, einander die Gesichter abzuschlecken.

Ich wandte mich angewidert von ihnen ab.

Inzwischen beklagte sich Tante Constance, fröstelnd in ihre Nerzstola gehüllt, schon wieder über die Heizung, dieses Mal bei Tante Celia, die ihr erzählte, wie gut die Deutschen ihre Häuser heizten. Ich überlegte schon, ob ich dieses langweilige Geplapper noch lange ertragen würde, als Cousine Erika mich mit der Frage überraschte, ob ich Beethoven möge. Ich sah sie mit neuen Augen. Könnte es sein, daß sich hinter diesen glattgeflochtenen blonden Zöpfen eine empfindsame Künstlerseele verbarg? Für wahrscheinlich hielt ich es nicht, aber ein bißchen Hoffnung konnte nicht schaden. So gab ich zu, ein leidenschaftlicher Bewunderer des Genies Beethoven zu sein.

«Ich kann die Mondscheinsonate auf dem Klavier spielen», verkündete Cousine Erika, auf einmal die englische Satzlehre meisternd.

«Gut für dich», sagte ich mit Takt und fragte mich, warum Ausländer nicht wußten, daß es sich nicht gehört, mit seinem Können zu protzen, und um sie zurechtzuweisen, fügte ich hinzu: «Das kann Harry auch. Harry spielt alles; es gibt kein Stück, das er nicht spielen könnte.»

Wie um es zu beweisen, trennte sich Vetter Harry von der Gruppe, die sich nicht einig wurde, welche Platte man zum Tanzen auflegen sollte, setzte sich an den Flügel und begann «An der schönen blauen Donau» zu spielen.

«Mit dem elektrischen Licht sehen die Leuchter weniger romantisch aus», bemerkte Onkel Edmund, der ein paar Schritte rechts von mir stand. «John, erinnerst du dich noch, wie Ifor all die Kerzen mit einem Fidibus anzünden mußte?»

Onkel John hörte ihm nicht zu, sah nur Harry, der den Donauwalzer spielte.

«Bayliss hatte natürlich die Aufsicht», fuhr Onkel Edmund fort, der auch ohne Ermunterung fröhlich weiterschwatzen konnte. «Es war eine enorme Aufgabe. Ginevra, wie hieß doch noch dieses Stubenmädchen, mit dem Ifor schließlich durchbrannte?»

Aber auch meine Mutter hörte ihn nicht. Sie stand neben Onkel John und lauschte versonnen den Klängen des Donauwalzers, den Harry spielte.

Onkel Edmund hätte gern noch weiter ganz allein in seinen Erinnerungen gekramt, aber in diesem Augenblick rauschte Tante Teddy auf ihn zu, rief: «Tanz mit mir, Darling», und wirbelte ihn auf dem Parkett herum.

«O Gott, so hört doch endlich mit diesem altmodischen Mist auf!» brüllte Thomas und kam aus seiner Ecke. «Legt einen ‹Black Bottom› aufs Grammophon, damit ein bißchen Leben in die Bude kommt!»

Das Grammophon plärrte: *«Yes Sir, that's my baby»*.

«Ein Charleston – wie gottvoll!» kreischte Marian und griff kühn nach Rorys Hand.

«Jippie!» schrie Rory, dem man es nicht zweimal sagen mußte, und begann mit den Hacken um sich zu schlagen.

«Kester», raunte meine Mutter mir zu, «tanze mit Erika.»

«Muß das sein?»

«Nein, laß nur, Harry hat sie eben aufgefordert.»

Mit saurer Miene sah ich, wie Harry wieder einmal tat, was sich gehörte. Natürlich tanzte er meisterhaft. Ich haßte die modernen Tänze, fand sie blöde und gemein und voller unanständiger Anspielungen.

Nach dem Charleston legte Rory einen langsamen Foxtrott auf, was Onkel Edmund und Tante Teddy Gelegenheit gab, sich schmachtend in die Arme zu sinken.

«Mir wird ganz heiß», sagte meine Mutter und blies Rauchringe an die Leuchter.

Thomas und Eleanor waren wieder dabei, einander die Gesichter abzuschlecken.

«Ich hätte auch gern ein bißchen davon», sagte meine Mutter leicht angetrunken. «Aber natürlich nicht mit Thomas.»

Da ich diese Küsserei langweilig und abstoßend fand, zog ich mich in die stille Ecke zurück, wo Thomas und Eleanor ihr voreheliches Liebesglück zur Schau gestellt hatten, und starrte verdrießlich aus dem Fenster. Doch dann sah ich den wie in ein geheimnisvolles Licht getauchten Garten, sah mich dort eines Abends in ferner Zukunft keusch mit der Prinzessin meiner Träume lustwandeln, während ein Symphonieorchester – alle Musiker im Frack – Rachmaninows zweites Klavierkonzert unter den funkelnden Leuchtern des Ballsaals spielte.

«Na, alter Knabe?» Vetter Harry stand plötzlich hinter mir, und sofort war meine romantische Vision zerstört. «Kein toller Abend, was? So verzweifelt, daß ich Erika küssen würde, bin ich zwar noch nicht, aber ich hätte fast Lust, mir auf der nächsten Knabentoilette einen abzuwichsen. Und du? Was stehst du da herum wie eine halbgebackene Dichterseele? Bist du schon in jemanden verliebt?»

«Ganz bestimmt nicht!» sagte ich empört. «Sei nicht so widerlich!» Das Wort «abwichsen» hatte ich noch nie gehört, aber ich war alt genug, um seine Bedeutung zu erraten.

«Verliebtsein ist doch nichts Schlimmes», sagte Harry und blickte mich so mitleidig an, als hätte ich ihm meinen Wunsch kundgetan, eine vestalische Jungfrau zu werden. «Oder bist du vielleicht in den schwulen Warwick Mowbray verliebt? Mein Gott, der ist so naß, daß du ihn sechsmal durch die Mangel drehen kannst und immer noch genug Wasser hast, um eine Regentonne zu füllen!»

«Wie ekelhaft schweinisch und gemein!» schrie ich. «Wie kannst du so etwas über Ricky Mowbray sagen!»

«Ach, Verzeihung, alter Knabe, ich hatte keine Ahnung, daß du dich so leidenschaftlich für ihn interessierst.»

«Ich interessiere mich überhaupt nicht leidenschaftlich ...»

«... für Sex? Das glaube ich dir gern. Sage mal, wirst du dir künstliche Eier anprobieren lassen für das, was dir bei deiner Geburt fehlte?»

Ich holte zu einem Faustschlag auf seine Kinnlade aus, aber er war vorbereitet, wich zur Seite, und als ich es noch einmal versuchen wollte – standen wir plötzlich meiner Mutter gegenüber, die sich, Böses ahnend, unbemerkt an uns herangeschlichen und alles gehört hatte.

Wenn meine Mutter sich über etwas ärgerte, reagierte sie oft ungestüm und theatralisch, aber wenn sie vor Wut außer sich geriet, wurde sie eisig. Und jetzt war sie eisig; ihre Stimme klang so kalt wie der Frost in der Tundra.

«Du scheinst zu vergessen, wo du bist, Harry», sagte sie. «Wir sind hier nicht auf der Toilette in deiner Schule. Wenn ich dich noch einmal so in diesem Hause reden höre, gehe ich geradewegs zu deinem Vater und bitte ihn, dich solange nicht mehr hierherzubringen, bis du gelernt hast, dich wie ein anständiger und zivilisierter junger Mann zu benehmen.»

Harry wurde rot. «Ich bitte um Verzeihung, Tante Ginevra.» Er schluckte, und dann fügte er mit leiser, demütig dringlicher Stimme hinzu: «Sag es bitte nicht meinem Vater.»

«Nein, denn ich habe nicht die Absicht, John den Abend zu verderben. Aber vergiß nicht, was ich dir gesagt habe. Und jetzt los, ihr beiden, denkt an eure guten Manieren und ladet die Mädchen zum

Tanzen ein. Harry, du kannst mit deiner Schwester tanzen. Ich finde, sie hat mehr als genug mit Rory getanzt. Und Kester, du mußt jetzt leider wirklich einmal Erika auffordern. Die arme Tante Celia ist in einem solchen Zustand, daß du ihr wenigstens den Gefallen tun kannst, ein bißchen nett zu ihrer Tochter zu sein.»

So schlurften wir wieder auf das Parkett des Ballsaals und taten, was sich gehört, aber selbst während ich mich bemühte, Cousine Erika nicht auf die Füße zu treten, fragte ich mich immer noch mit Scham und Angst, warum mir all die seltsamen Dinge, die man Sex oder Beischlaf oder Zeugungsakt nennt, so verhaßt waren.

3

Eine erschöpfende Auskunft über alle diese Dinge war mir noch nie erteilt worden, obgleich meine Mutter mir einmal versprochen hatte, Onkel John würde es mir «irgendwann später» erklären. Der bloße Gedanke daran hatte mir einen solchen Schrecken versetzt, daß mir seitdem aller Mut vergangen war, ihr weitere Fragen zu stellen, aus Angst, sie würde mich an ihn verweisen, und ich lebte in ständiger Furcht, daß dieses «irgendwann später» schließlich auf mich zukommen könnte. Es machte mir nicht das geringste aus, wenn meine Mutter in ihrer offenen und beiläufigen Art von Doppelbetten und Mätressen sprach, aber es grauste mir vor dem Gedanken, von Onkel John hören zu müssen, was genau er mit seiner Mätresse in seinem Doppelbett tat. Onkel John war ein Held, und Helden – das wußte ich aus meiner Lektüre – redeten nie über Sex und benahmen sich, als ob ihre Geschlechtsteile nie etwas Ungehöriges täten.

Als ich dann allerdings in die Pubertät kam, war ich wenigstens zu glauben bereit, daß ein Held sich möglicherweise moralisch verpflichtet fühlen könnte, einen Knaben, für den er die Verantwortung trug, sexuell aufzuklären, aber ich blieb trotzdem fest in meiner Überzeugung, von Onkel John nichts über Beischlaf hören zu wollen. Das verwirrte mich zwar, denn ich wußte, daß Onkel John auf diesem Gebiet als ein Fachmann gelten konnte, aber im Rückblick erkenne ich jetzt, was damals noch mein Begriffsvermögen überstieg: Onkel Johns Privatleben war einer solchen Mißbilligung der Öffentlichkeit ausgesetzt gewesen, daß auch die harmloseste Frage über Sex ihn – dessen war ich sicher – in eine peinliche Lage bringen mußte. Als ich ihn nach Bronwens Abreise auf der Terrasse belauscht und zu meiner Mutter sagen gehört hatte, Harry habe nie «danach gefragt», war mir der Grund sofort klargeworden.

Aber Harry, der auf der Schule war, hatte es leichter als ich, sich in diesen lebenswichtigen Dingen Kenntnisse anzueignen, und als wir zwölf waren, gelang es mir durch List, ihm einige grausige Einzelheiten zu entlocken. (In der Methode, mehr Wissen vorzutäuschen, als ich tatsächlich besaß, um etwas herauszufinden oder meine Bildung zu vervollständigen, war ich, wie im Lauschen hinter der Tür, seit langem ein Meister geworden.) Leicht angeekelt beobachtete ich die Tiere auf meinem Gutsbesitz beim Zeugungsakt, fügte mit Intelligenz die meinem Vetter abgeluchsten Informationsfetzen hinzu, bemühte ein wenig meine schier unerschöpfliche Phantasie, und dann brauchte ich nur noch zwei und zwei zusammenzuzählen, um zu einer sehr gräßlichen Vier zu gelangen. Das Resultat erschien mir wie die Schrulle eines Wahnsinnigen. Wie kann ein Mensch, der dieses Namens würdig ist, sich so grotesk aufführen, fragte ich mich. Ich dachte an Rupert von Hentzau, den verführerischen Bösewicht im *Gefangenen von Zenda,* der seiner Mutter das Herz bricht, weil er zu viele Freundinnen hat; sollte das heißen, daß er tatsächlich mit diesen vornehmen und wohlerzogenen Damen den Zeugungsakt zu vollziehen pflegte? Sicher hatte er sie doch nur bei einem Glas Champagner geküßt und war dann säbelrasselnd weiter durch Ruritania gezogen. Der bloße Gedanke, meine romantische Vision angesichts einer so schmutzigen Wirklichkeit in Stücke gehen zu sehen, war mir so unerträglich, daß ich überhaupt nichts mehr davon wissen wollte, aber jetzt hatten Harrys gemeine Bemerkungen über Ricky Mowbray neue, noch schrecklichere Perspektiven eröffnet. Konnten Männer es mit Männern tun? Daß sich das nicht gehörte, wurde mir sofort klar. Übelkeit stieg in mir auf. Ich wälzte mich ruhelos in meinem Bett, schlief völlig erschöpft in den frühen Morgenstunden ein, erwachte jedoch schon um sechs. Was sollte ich tun? Simon fragen? Nein, ausgeschlossen. Seine Braut hatte ihn während des Krieges sitzenlassen, und es widerstrebte ihm sogar, über ganz normale sexuelle Betätigungen zu sprechen wie über das Heiraten.

Ich geriet in Verzweiflung, aber sobald ich mir dessen bewußt wurde, fühlte ich mich besser. In der Verzweiflung hatte ich jemanden, an den ich mich wenden konnte. Sie war zwar kein Mann, und ich wußte, daß es sich für einen Jungen nicht gehört, mit seiner Mutter über Sex zu reden, aber es ging nun einmal nicht anders. Meine Verzweiflung war zu groß.

Ich fand sie wie üblich im Bett bei ihrem frühmorgendlichen Tee, und sie las einen Roman namens *Leidenschaftsblüte der Liebe* von einer gewissen Cynthia Digby-Rawlinson.

«Guten Morgen, Liebling», sagte sie. «Einen Augenblick – ich muß herausfinden, ob es ihr gelingt, sich von ihm küssen zu lassen.» Sie las weiter, klappte dann das Buch mit einem Knall zu. «Hoffnungslos! Das arme Mädchen hat keine Ahnung. Und was wolltest du von mir? Möchtest du eine Tasse Tee?»

«Nein, danke.» Ich setzte mich auf den Bettrand und seufzte tief. «Mama, ich mache mir große Sorgen wegen all diesen Sexdingen.»

«Ganz recht, Liebling», sagte sie, ohne mit der Wimper zu zukken. Sie nahm noch ein Stück Zucker in ihren Tee. «Ich bin froh, daß du es ernst nimmst und nicht darüber kicherst wie Harry.»

«Ja, da wir von Harry reden . . . Mama, er machte da eine Andeutung, daß Männer es mit Männern treiben können, aber, du lieber Himmel, das kann doch nicht wahr sein! Oder doch?»

«O ja, es kann vorkommen. Frauen können es auch mit Frauen treiben. Schließlich hat Gott uns alle verschiedenartig erschaffen, und warum sollte da jeder in sexueller Hinsicht gleich sein? Aber, offen gesagt, Liebling, habe ich nie begriffen, daß man so etwas wollen kann – es mit jemandem vom gleichen Geschlecht zu machen. Denke nur, wie langweilig es sein muß, wenn der andere genauso aussieht wie du! Da gibt es doch keine Überraschungen mehr, nicht wahr? Doch man muß leben und leben lassen. *Chacun à son goût.*»

«Also, ich finde es absolut viehisch, es mit jemandem vom gleichen Geschlecht machen zu wollen, noch viehischer als mit jemandem vom anderen Geschlecht! Oh, Mama, wie kann man die Schönheit der wahren Liebe mit all diesen Scheußlichkeiten vereinen, mit diesem Herumgestoße im Doppelbett und dem widerlichen Gesichtabschlecken?»

«Es gehört nun einmal zu Sex, und es macht ihn gerade besonders interessant», erklärte meine Mutter gelassen, «daß es zwar scheußlich sein kann, aber auch ganz herrlich. Denn schließlich, wenn es immer so scheußlich wäre, würde sich niemand damit abgeben wollen, aber die meisten Leute tun es und können nie genug davon haben.»

«Aber ich kann mir einfach nicht vorstellen . . .»

«Liebling», sagte sie. «Du kannst dich auf mich verlassen. Versuche es zuerst mit einem hübschen Mädchen, das du wunderbar findest. Laß es zu Rosen und Champagner kommen und zu allem, was bester romantischer Tradition entspricht. Und dann wird das Herumgestoße im Doppelbett so natürlich folgen wie die Nacht dem

Tage, *und* – jetzt höre bitte gut zu – das Herumgestoße wird genau so romantisch sein wie die Rosen und der Champagner. Göttliche Romantik und erregende Wirklichkeit werden sich unentwirrbar zu einem großartigen und überwältigenden Ganzen vereinen.»

«Toll!» sagte ich.

«Noch irgendwelche Fragen?» Sie nippte gelassen an ihrem Tee.

«Nein ... Doch, Mama. Glaubst du, ich werde normal sein? Ich meine ... ich bin doch ein bißchen sonderbar, nicht wahr? Angenommen ...»

«Du bist schon richtig.»

«Wirklich? Sagst du das nicht nur, weil ich ...»

«Mein lieber Junge, ich bin schließlich vierundfünfzig Jahre alt und habe mein Leben nicht im Kloster verbracht. *Ich weiß es*», sagte meine Mutter, und als ich erleichtert in mich zusammensank, fügte sie munter hinzu: «Mach dir keine Sorgen, wenn du dich im Augenblick mehr von Männern angezogen fühlst. Natürlich ziehst du es vor, mit Ricky über Shakespeare zu diskutieren, als Küchenmädchen zu verführen. Mein Gott, Liebling, du bist doch erst vierzehn! Wenn du schon jetzt mit Mädchen herumliefst und mit ihnen ins Bett gingst, würde ich Zustände kriegen. Sex ist ein Zeitvertreib für Erwachsene», fuhr sie plötzlich sehr ernsthaft fort, «und unter achtzehn sollte niemand damit anfangen. Kinder können sich sehr weh tun, wenn sie sich vor ihrer Zeit auf Erwachsenenspiele einlassen.»

Mir war, als hätte sich eine schwere Bürde von meinen Schultern gewälzt. Bis zu meinem achtzehnten Geburtstag lagen noch dreieinhalb Jahre glückseliger Keuschheit vor mir.

«Da bin ich aber beruhigt!» sagte ich. «Es ist bestimmt sehr schön und aufregend, sich zu verlieben, aber ich glaube wirklich nicht, daß ich es schon jetzt tun möchte.»

Ein Jahr später hatte ich mich leidenschaftlich in Anna verliebt.

4

Ich saß im Blue Rabbit, einem Tearoom in Swansea, nach einem Besuch beim Zahnarzt. Es war Mitte Dezember, ich hatte mit meiner Mutter am Vormittag Einkäufe gemacht und dann mit ihr im Claremont zu Mittag gegessen. Um drei Uhr war sie zum Friseur gegangen und ich zur Foltersitzung auf dem Schreckensstuhl. Wir wollten uns um fünf wieder im Claremont treffen.

«Eine Brauselimonade, bitte», sagte ich zur Kellnerin.

Der in einem Gäßchen nahe dem Marktplatz gelegene Tearoom

war warm und behaglich und voller schwatzender alter Klatschtanten. Aber ich genoß meine Ruhe. Jedes Mal, wenn ich bei meinen Besuchen in Swansea Zeit totzuschlagen hatte, ging ich hin, weil ich wußte, daß ich dort in Ruhe nachdenken konnte. An Orten wie dem Claremont wimmelte es immer von Leuten, die meine Mutter oder Onkel John kannten.

Ich dachte an meinen neuen Roman. Vielleicht habe ich bereits angedeutet, daß das Schreiben immer im Mittelpunkt meiner Beschäftigungen stand, und ich erkläre hiermit noch einmal ausdrücklich, daß ich es als die einzige Rechtfertigung meiner Existenz betrachte und als den einzigen Grund, der Gott dazu bewogen haben kann, Robin abzuberufen und mich mit einem beträchtlichen Privateinkommen, das ich nicht verdiente, leben zu lassen. Ich wußte zwar, daß ich höchstwahrscheinlich vor meinem dreißigsten Lebensjahr kein Meisterwerk schreiben würde, aber das spielte keine Rolle. Ich schrieb, weil es mir Spaß machte. Es war ganz einfach der Zeitvertreib, der mich am meisten befriedigte. Meine Mutter nahm Anteil an dieser ausgefallenen Neigung, weil auch sie gern schrieb, und ich wünschte mir oft, ich hätte ihre Romane lesen können, jene im Stil Elinor Glyns verfaßten Werke, aber zu meinem Entsetzen hatte sie alle verbrannt. Ich dagegen war entschlossen, nichts zu zerstören, und jedes kleine Opus wurde im Hinblick auf spätere Vervollständigung in einer verschlossenen Truhe in der Bodenkammer aufbewahrt.

Natürlich belästigte ich nie einen Verleger mit meinem handgeschriebenen Kram. Ich war intelligent genug, zu wissen, daß meine Geschichten bei den Erwachsenen nur auf Verachtung stoßen würden. Und außerdem: Angenommen, ein Verleger wäre bereit, eine meiner Arbeiten zu publizieren (ich erkühnte mich manchmal, es mir vorzustellen), wie sollte ich da in aller Welt meiner Familie eine solche Abartigkeit erklären? Ein perfekter Godwin schreibt keine Bücher – oder, wenn er es tut, gibt er vor, es sei nur eine amüsante kleine Schrulle, ein gelegentlicher Kitzel der Laune, wie das Krocketspiel an einem Sonntagnachmittag.

Jedenfalls saß ich da, nahm mit dem Strohhalm einen Schluck Limonade und überlegte, wie der unehelich geborene Rodrigo sich legitimieren könnte, um die bezaubernde Lucasta, die Prinzessin seiner Träume, zu heiraten, als jemand eintrat und sich an den Nebentisch setzte. Ich bemerkte nur vage, daß es eine weibliche Person war, aber die Einzelheiten ihrer Erscheinung entgingen mir völlig, weil ich fasziniert auf das Buch in ihren Händen starrte.

Es war *Der Gefangene von Zenda*.

«Das Fräulein wünschen?» fragte die Kellnerin.

«Brauselimonade, bitte», sagte das Mädchen, «und ein Brötchen mit Johannisbeermarmelade.» Sie hatte eine wohltönende warme Altstimme, sprach mit einem tragischen ausländischen Akzent und klang wie Greta Garbo.

Fast hätte ich meinen Strohhalm durchgebissen.

Das Mädchen war jung, wie ich jetzt sah, vielleicht ein wenig jünger als ich. Sie hatte dunkles Haar, ziemlich lang, einen bleichen Teint und eine ziemlich große Nase, wie die meine, dunkle auseinanderliegende Augen in einem herzförmigen Gesicht. Zufrieden aufseufzend schlug sie ihr Buch auf und begann zu lesen.

Ich wußte genau, wo sie war, denn ich erkannte die Stelle an den aufgeschlagenen Seiten und vermochte einige auf dem Kopf stehende Zeilen zu lesen. Der Held Rudolph Rassendyll hatte sich gerade dem Bösewicht Rupert von Hentzau zum endgültigen, jedoch unentschiedenen Kampf gestellt, und Rupert war ins Blaue davongeritten. «Und so verschwand er», sagte die Stimme in meiner Erinnerung, «tollkühn und wachsam, gnädig und gnadenlos, stattlich, heiter und unbezähmt.»

«Oh», rief das Mädchen unwillkürlich aus, fassungslos beim Gedanken, Rupert nie mehr wiederzusehen. Tränen traten ihr in die Augen, genau wie einst mir. Ich wußte, daß sie begeistert war.

«Seien Sie unbesorgt», sagte ich, ohne mich länger zurückhalten zu können. «Es gibt noch eine Folge.»

«Wirklich?» Ich hatte ihr den Tag gerettet.

«Ja, das Buch heißt ‹Rupert von Hentzau›.»

Sie wurde fast ohnmächtig vor Freude.

«Ich habe beide Bücher gelesen, als ich acht war», fuhr ich fort, «aber ich war noch zu jung und verstand kaum ein Wort, obgleich es mich schon damals faszinierte. Aber mit zwölf las ich sie noch einmal und seitdem immer wieder. Ruritania ist das Land meiner Träume.»

«Auch der meinen», sagte das Mädchen.

Das war so vielversprechend, daß ich der Versuchung nicht widerstand, zu sagen: «Sie klingen, als kämen Sie selbst aus Ruritania. Leben Sie in Strelsau?»

«Nein . . . in Zenda!»

Wir brachen in lautes Lachen aus. Plötzlich war das Leben schön, fröhlich und aufregend.

«Eigentlich bin ich aus Berlin», sagte das Mädchen. «Wir kamen im letzten Jahr hierher, nach Hitlers Machtergreifung. Mein Vater ist Arzt, und ich heiße Anna Steinberg.» Sie blickte wie eingeschüchtert in ihre Limonade. «Und ich bin Jüdin.»

«Wie interessant!» rief ich aus. «Jemanden, der Jude ist, habe ich noch nie kennengelernt. Mein Name ist Kester Godwin. Kester ist der Kurzname für Christopher und wird KESTER geschrieben. Ich bin fünfzehn Jahre und einen Monat alt und lebe in Gower bei Penhale. Ich lese gern, und mein Lieblingsstück von Shakespeare ist *Antonius und Kleopatra,* und ich bewundere Tennyson, Wordsworth und Elizabeth Barrett Browning – aber natürlich nicht bis zum Exzeß. Auf Kunstgeschichte bin ich ganz versessen, und ich mag auch Musik – meine Lieblingskomponisten sind Beethoven, Schubert, Tschaikowsky und Johann Strauß der Jüngere – ach, und natürlich Rachmaninow, von dessen zweitem Klavierkonzert ich schon zwei Plattenalben bis zum Zerkratzen abgespielt habe und zu Weihnachten ein drittes zu bekommen hoffe. Ich interessiere mich auch für Gott und Philosophie und dergleichen, und ich gebe mich gern Naturbetrachtungen hin, wie Wordsworth – ich liebe es, wenn das Meer bei Worm's Head an die Felsen bricht und bei Flut über den Sand der Rhossili Bay wirbelt. Um es kurz zu sagen, glaube ich an Schönheit, Wahrheit, Kunst und Frieden, und falls es noch einmal zu einem Krieg kommen sollte, wovor Gott uns bewahre, werde ich ein Kriegsdienstverweigerer sein, weil es meiner Meinung nach keinen Krieg gibt, der sich rechtfertigen läßt. Ich glaube, das ist alles. Ach ja, ich schreibe ein bißchen, das muß ich Ihnen gestehen, aber seien Sie unbesorgt, denn ich werde nie darüber reden. Darf ich Sie morgen bei mir zum Tee einladen?»

Sie starrte mich an. Dann klappte sie den *Gefangenen von Zenda* mit einem Knall zu, nahm einen tiefen Atemzug und sagte: «Wie komme ich dorthin?»

5

«Mama», rief ich triumphierend, als ich zehn Minuten später in die Halle des Claremont stürmte. «Eben habe ich die Prinzessin meiner Träume kennengelernt!»

«Darling», sagte meine Mutter, «ich bin mir nie darüber im Zweifel gewesen.» Ihr Busen wogte in mütterlichem Stolz. «Setz dich, Liebling, und erzähle mir alles.»

Sie schaute ein wenig besorgt drein, als ich erwähnte, daß Anna jüdisch sei, sagte dann aber rasch, sie habe viele sehr nette Juden gekannt, als sie in New York war. Während ich weiter drauflosredete, konnte ich fast hören, wie sie vor Vergnügen schnurrte.

«Warte, bis ich das John erzähle!» bemerkte sie schließlich. «Jetzt hat er den Beweis, daß ein Junge zu Haus aufwachsen und trotzdem normal sein kann!»

«Aber Mama, es hat überhaupt nichts mit Sex zu tun», beteuerte ich sogleich. «Ich habe sie so gern, daß ich sie auch mögen würde, wenn sie ein Junge wäre. Es ist die Begegnung zweier Geister – das Körperliche spielt gar keine Rolle dabei.»

«Auch das ist in deinem Alter ganz normal», sagte meine Mutter. «Ich bin von ganzem Herzen einverstanden.»

Das waren auch Dr. und Mrs. Steinberg, die die Stirnen gerunzelt haben mußten, als sie von ihrer Tochter hörten, sie sei in einem Tearoom von dem Herrn Oxmoons angesprochen worden. Nachdem Mrs. Steinberg sich zur Vorsicht meine Einladung telephonisch hatte bestätigen lassen, kamen alle drei Steinbergs mit ihrem Armstrong-Siddeley in Oxmoon an. Zweifellos wollten Dr. und Mrs. Steinberg sich überzeugen, daß Anna nicht Gefahr lief, von Mädchenhändlern verschleppt zu werden. Sie blieben zum Tee, weil meine Mutter darauf bestand, und dann folgte der obligate Rundgang durch das Haus und den Garten, aber es gelang mir wenigstens, eine Viertelstunde mit Anna im Musikzimmer allein zu sein, wo ich ihr möglichst viele Plattenseiten des zweiten Klavierkonzerts von Rachmaninow vorspielte. Jedesmal, wenn ich die Platte wendete, sprachen wir in der kurzen Pause über die Tragik des Lebens. Ich war glückselig.

Die Glückseligkeit nahm ein Ende, als Anna mich verließ, erreichte aber eine Woche später wieder neue Höhepunkte, als ich die Steinbergs in ihrem bescheidenen, jedoch behaglichen neuen Haus auf einem der Hügel über der Stadt zum Tee besuchte. («Eine der hübscheren neuen Kleinbürgersiedlungen», sagte meine Mutter zur total versnobten Tante Celia.) Anna erzählte, man genieße vom oberen Stockwerk aus eine schöne Aussicht auf die Bucht von Swansea, aber da ich nie hinaufging, sah ich sie nicht. Ich hörte nur, diese verbotene Etage bestünde aus drei Schlafzimmern, einem Mädchenzimmer, einem Abstellraum und einem Badezimmer. Wir hielten uns unten im sogenannten «großen Salon» auf, einem langen Raum, der sich von der Vorderfront bis zur hinteren Hausmauer erstreckte und auf der einen Seite als Wohnzimmer, auf der anderen als Eßzimmer eingerichtet war. Eine Schiebetür trennte die beiden Teile, falls es für nötig befunden wurde. (Mrs. Steinberg achtete immer darauf, daß die Tür ein paar Zentimeter offenstand, wenn ich mich mit Anna zu einem Privatgespräch zurückzog.) Im übrigen gab es unten noch eine Küche, eine Garderobe unter der Treppe und Dr. Steinbergs Arbeitszimmer. Die Praxis lag direkt neben dem Haus und konnte von der Garage aus betreten werden. Sie hatten auch einen kleinen, von Mrs. Steinberg sehr hübsch angelegten Garten. Ich fand Annas kleines Heim jedenfalls sehr schön und war im Gegensatz zu dem, was meine Familie immer erzählte, überzeugt, daß es Spaß machen müßte, dem Mittelstand anzugehören.

«Ach, wie ich Oxmoon liebe!» sagte Anna. «Ich finde es prächtiger als jedes Schloß in Zenda.»

«Nun ja, Mama und ich haben es ein bißchen verbessert», sagte ich, «aber wenn ich mündig bin, werde ich es zu einem Denkmal der Schönheit, Wahrheit, Kunst und des Friedens machen.»

Wir hatten seit langem beschlossen, daß Schönheit, Wahrheit, Kunst und Frieden die einzig wichtigen Dinge auf dieser Welt waren. Eigentlich stimmten wir in allem überein, und seit ich die vollkommene Freundin gefunden hatte, schwamm ich in einer solchen Ekstase, daß ich sogar das gräßliche Godwinsche Weihnachtsfamilienfest überlebte, ohne mich seelisch am Boden zerstört zu fühlen. Am Neujahrstag kam Anna nach Oxmoon zum Mittagessen, und auf einem Spaziergang über die Heide von Harding führten wir ein fesselndes Gespräch über Gott. Bis zu unserer Rückkehr waren wir uns einig geworden, daß Gott ohne jeden Zweifel existierte, was sich allein schon durch die erlesenen Ausdrucksformen der Kunst beweisen ließ, in denen das Streben des Menschen zu Höherem, zu unsterblicher Vollkommenheit dargestellt ist.

«In anderen Worten», sagte Anna, «es ist möglich, Gott durch Schönheit, Wahrheit, Kunst und Frieden zu erkennen.»

«Nun ... schimmerhaft wahrzunehmen vielleicht. Selbst die christlichen Mystiker waren sich nicht einig, ob es möglich ist, Gott zu erkennen.»

«Wer waren die christlichen Mystiker?»

«Ach, da gab es eine wunderbare, mütterliche und besonnene Frau namens Juliana von Norwich, und dann gab es den Verfasser des Buches ‹Die Wolke des Unwissens›, was ich für einen absolut genialen Titel halte ...»

Wir begannen uns über geniale Titel zu unterhalten. Natürlich kam es nicht in Frage, diese ernsthaften und intellektuellen Gespräche zu unterbrechen, um Händchen zu halten.

In der folgenden Woche aß ich bei ihr zu Mittag, aber dann mußten wir für ganze elf Wochen voneinander Abschied nehmen, denn Anna ging auf die Internatsschule in Eastbourne, und das Frühjahrsquartal begann.

Ich schrieb ihr zweimal, oft dreimal in der Woche lange Briefe, und sie mir auch. Irgendwie überlebten wir bis Ende März, und dann war plötzlich der Frühling da. Anna kam mit dem Bus aus Swansea, und wir schlenderten die Straße nach Oxmoon hinunter, unter einem großen roten Regenschirm, der uns vor dem romantisch dunstigen Nieselregen schützte. Nach einigen weiteren gegenseitigen Besuchen nahm ich all meinen Mut zusammen und bat Mrs. Steinberg, Anna ins Kino einladen zu dürfen.

«Aber natürlich nur zur Nachmittagsvorstellung», sagte Mrs. Steinberg.

«Selbstverständlich», beteuerte ich und war entsetzt, möglicherweise der unanständigen Absicht verdächtigt zu werden, sie in eine Abendvorstellung verschleppen zu wollen.

Die Erlaubnis wurde erteilt. Mit einer Schachtel Konfekt ausgerüstet gingen wir ins Plaza, setzten uns in die erste Reihe im ersten Rang und sahen uns *Clive von Indien* an.

Während der spannungsvollen Schlacht von Plassey flüsterte Anna mir zu: «Ist es nicht aufregend?»

«Phantastisch!»

Sie seufzte, und überwältigt vom bloßen Gedanken an unseren gemeinsamen Genuß griff ich nach ihrer Hand. Es war der atemberaubendste Augenblick all meiner fünfzehneinhalb Jahre. Ihre Finger klammerten sich scheu an die meinen – das mag widersprüchlich klingen, aber ihrer anfänglich warmen Reaktion folgte sofort ein Nachlassen des Drucks, als fürchtete sie, zu weit gegangen zu sein – und während eines kurzen Augenblicks, da die unglaublichsten Empfindungen meinen Körper durchfluteten, gewann ich Einblick in eine Zukunft, die mir viel mehr versprach als Nachmittagsvorstellungen im Kino und theologische Grübeleien in der Heide von Harding. Ich ließ ihre Hand wie eine heiße Kartoffel los, aber jetzt wußte ich, daß ich heiße Kartoffeln liebte. Gott weiß, wie der Film weiterging. Ich war zu verzückt, um noch daran zu denken.

Bald darauf begann das abscheuliche Sommerquartal mit seinen zwölf Wochen, von denen mir jede wie ein Jahrzehnt erschien. Eines Tages, als ich in Swansea nach einem Besuch in der Stadtbibliothek auf dem Wege zum Blue Rabbit in der Wind Street an einem Juwelierladen vorbeikam, sah ich im Schaufenster ein kleines Medaillon. Es war zwar victorianisch, aber mir gefiel es trotzdem, weil ich die eingravierten Rosen romantisch und ganz meinen Gefühlen entsprechend fand. Ich zählte mein Taschengeld – eine überflüssige Maßnahme, da ich wußte, daß ich mir den Kauf leisten konnte, aber um Onkel Johns ständigen Vorhaltungen über die Gefahren der Verschwendungssucht zu begegnen, hatte ich es mir zur Gewohnheit gemacht, vor jeder übereilten Ausgabe mein Geld zu zählen, damit ich mir wenigstens die Illusion bewahren konnte, vorsichtig und sparsam zu sein.

Überhaupt ging mir Onkel John mit seinen ewigen Ermahnungen in Geldsachen allmählich auf die Nerven. Jemand, der sich in einem Rolls-Royce herumchauffieren läßt, sollte seine Ansichten über Geldverschwendung für sich behalten, und außerdem war ich verärgert, weil ich fand, daß er mir viel zu wenig Taschengeld gab. Bei seiner Weigerung, es zu erhöhen, hatte Onkel John erklärt, ich müsse zuerst einmal lernen, mit Geld umzugehen und mit meinem Einkommen vernünftig zu wirtschaften, aber meiner Meinung nach war das knauserig von ihm, und ich sehnte mich nach der herrlichen finanziellen Unabhängigkeit an meinem achtzehnten Geburtstag.

So schenkte ich Anna das Medaillon, und sie trug es stets. Alle fanden es sehr rührend, besonders meine Mutter, die sich Anna gegenüber sehr anständig benahm, wenn sie auch etwas zu oft in Familiengesprächen der Versuchung nicht widerstand, von ihr als «Kesters Freundin» zu reden.

«Meine liebe Ginevra», sagte Tante Celia, «ich sehe nicht ein, wie du so selbstgefällig über diese höchst unpassende Freundschaft hinweggehen kannst. Mir würde es gar nicht gefallen, wenn Erika sich mit einem Juden anfreunden würde.»

«Sei unbesorgt, Darling Celia», erwiderte meine Mutter. «Ich bin sicher, daß ein Jude es sich zweimal überlegen würde, bevor er daran denkt, sich mit Erika anzufreunden.»

Meine Mutter hatte inzwischen die Nase voll von Tante Celia. Es war ihr zwar gelungen, sie endlich von Oxmoon nach Little Oxmoon abzuschieben (seit Thomas in Penhale Manor wohnte, stand das Haus leer), aber Tante Celia, die für ihre ewigen Klatschgeschichten ein Publikum brauchte, tauchte ständig «zu einem kleinen Plausch» in Oxmoon auf. Das irritierte meine Mutter sehr, denn sie hatte Besseres zu tun, aber irgendein Funke des Mitleids für die arme Celia gab ihr die Kraft, eine fast übermenschliche Geduld zu üben und sich nichts anmerken zu lassen.

Erika machte unterdessen Fortschritte. Ihr Englisch wurde besser, ihre Figur weniger abstoßend fett, und wir kamen zum Schluß noch ganz gut miteinander aus. Sie erschien mir erträglicher, nachdem

Anna mich für ihre «Seid nett zu Erika»-Kampagne gewonnen hatte. Anna meinte, es müsse schrecklich für Erika gewesen sein, ihr Heim in Deutschland zu verlieren, und noch schrecklicher, einen Vater zu haben, der mit einer Ungarin durchgebrannt ist.

«Und mit einer Mutter wie Tante Celia gestraft zu sein», fügte ich hinzu, denn ich konnte es ihr immer noch nicht verzeihen, meine Freundschaft mit Anna so gehässig als «unpassend» bezeichnet zu haben.

Erika war vierzehn, hatte also noch zwei Jahre Zeit bis zur Abschlußklasse, aber Tante Celia konnte sich über ihre Erziehung nicht schlüssig werden, engagierte eine Gouvernante, entließ sie wieder, schickte Erika auf eine Privatschule in Swansea und nahm sie wieder fort, weil es Erika dort nicht gefiel. Schließlich bat sie Simon, Erika in englischer Literatur und Geschichte zu unterrichten, und Simon, den meine Mutter unter Druck setzte, hatte keine andere Wahl, als sich dazu bereitzufinden. Es widerstrebte ihm, weil er ohnehin zu sehr beschäftigt war, denn er mußte mich auf die Schulabschlußprüfung vorbereiten und Ricky auf das Eintrittsexamen in Oxford.

«Warwick Mowbray ist ein heiratsfähiger junger Mann», sagte Tante Celia, zu deren Hauptbeschäftigungen es gehörte, nach jungen Männern auszuschauen, die für eine Ehe mit Erika in Frage kämen, und sie hatte bestimmt auch schon an mich gedacht, bevor ich mich mit meiner jüdischen Freundin bei ihr in Verruf brachte.

«Himmeldonnerwetter!» sagte Thomas, der Antisemit und Faschist, einmal während der Sommerferien. «Verkehrt Kester immer noch mit diesem deutschen Judenmädchen?»

Zuerst glaubte ich, Thomas und Tante Celia seien die einzigen, die an meiner Freundschaft mit Anna Anstoß nahmen, aber im Laufe des Sommers bemerkte ich, daß auch andere Leute mich schief anzusehen begannen.

«Schreib mir nach Oxford», sagte Ricky, «aber bitte sei so gut und erwähne Anna nicht mehr als zehnmal in einem Brief. Es tut mir leid, aber jedesmal wenn ich diesen geheiligten Namen höre, fühle ich mich vor Langeweile wie ausgepeitscht.»

«Du darfst dich von Anna nicht von deiner Arbeit abhalten lassen», ermahnte mich Simon, als wir im September den Unterricht wiederaufnahmen. «Könntest du nicht ein bißchen weniger Briefe nach Eastbourne schreiben und dafür etwas mehr Zeit dem Studium widmen?»

Und im Dezember, kurz vor Annas Heimkehr, sagte Onkel John zu mir: «Kester, du bist noch zu jung, um dich ausschließlich mit einem einzigen Mädchen abzugeben. Vielleicht solltest du es auch einmal mit anderen versuchen.»

«Ach, laß ihn nur, John», sagte meine Mutter gutmütig. «Sie tun ja nichts Schlimmes. Es ist eine unschuldige, romantische Freundschaft, und ich finde es einfach herrlich!»

Onkel John schaute sie an, als sei es ihm unbegreiflich, daß sie so närrisch sein konnte. Der spießige Onkel John, der nach seiner Versöhnung mit Tante Constance wie ein bösartiger Schmetterling aus einer verdorbenen Larve gekrochen war, ging mir jetzt empfindlich auf die Nerven. Zum Glück kam er nur noch selten nach Oxmoon, aber wenn er es tat, mußte ich immer mit ihm ausreiten, um meine Pächter zu besuchen, mir seine langweiligen Vorhaltungen anhören wie zum Beispiel, daß es meine moralische Pflicht sei, mich für ihr Wohlergehen zu interessieren. Das ärgerte mich um so mehr, als ich gern bereit war, Interesse zu zeigen, aber nicht, wenn er mir alle Freude daran verdarb und mich an «moralische Pflichten» erinnerte. Als die Pächter in diesem November vereint gegen die Mieterhöhungen protestierten, ritt ich zu einem Treffen mit ihnen aus, versprach, auf all ihre Forderungen einzugehen, und machte meine Sache so gut, daß meine Mutter stolz erklärte, ich hätte mich als ein Godwin von echtem Schrot und Korn erwiesen, aber Onkel John sagte, es stände mir nicht zu, auf eigene Faust voreilige Versprechungen abzugeben, und den Forderungen der Pächter könne nur auf langem Verhandlungswege begegnet werden. So zerstörte er mit einem Schlag meine liberale und humane Initiative, indem er auf höchst reaktionäre und autokratische Weise das mit mir geschlossene Abkommen revidierte.

Ich war jetzt sechzehn, alt genug, um die Untergrabung meiner Autorität als beleidigend zu empfinden, jedoch nicht kühn genug, um es ihm offen ins Gesicht zu sagen, denn Onkel John, der humorlose und einschüchternde Onkel John, war nicht mehr der Mann, der einst mit Bronwen gelacht und gescherzt hatte. Stolz, würdevoll und von makelloser Korrektheit vermochte er durch ein einziges Zucken der Braue mein ganzes Selbstvertrauen zu vernichten; in seiner Gegenwart kam ich mir wieder wie ein kleiner Junge vor, und das haßte ich. Immerhin war ich jetzt einsachtzig groß und noch nicht voll ausgewachsen. Mit dem Rasierapparat pflegte ich zwar nicht regelmäßigen, jedoch aufregenden Umgang. Den Stimmwechsel hatte ich vollzogen und sprach infolge einer seltsamen Laune der Vererbung mit dem gleichen Baß wie Onkel John. (Harry war ein Tenor.) Kurz, ich fühlte mich fast erwachsen, und jedesmal, wenn Onkel John in seinem Rolls-Royce nach Oxmoon kam und mich wie ein Kind behandelte, wurde ich bleich vor Wut.

Besonders wütend wurde ich, als er mir den Rat erteilte, Anna gegenüber etwas mehr Distanz zu wahren, weil ich zu dieser Zeit gerade mit Eifer und Bangen meinen ersten Kuß plante. Anna sollte am Tag vor Weihnachten zum Mittagessen kommen, und ich stand vor dem schweren Problem, den richtigen Platz für den lebenswichtigen Mistelzweig zu finden. Ich hängte ihn an einem halben Dutzend verschiedener Stellen auf, bis ich mich für den Türrahmen zum Musikzimmer entschloß, wo das Grammophon stand, und dann rasierte ich mich, zog mir meinen besten Anzug an und gab mir alle Mühe, nicht an den Fingernägeln zu knabbern, während ich wartete. Eine Ewigkeit verging. Endlich kamen die Steinbergs an. Ich nahm Anna beiseite und führte sie den Korridor hinunter zum Musikzimmer.

«Ach, der schöne Mistelzweig!» rief Anna aus und machte damit meine sorgsam vorbereitete Bemerkung über die verblüffende Beständigkeit altheidnischer Bräuche im modernen Leben überflüssig.

Ich murmelte irgendeinen Blödsinn wie: «Wir müssen uns küssen – es bleibt uns keine Wahl», dann berührten meine Lippen während einer unendlich kostbaren Sekunde ihre Wange, bevor ich davonsprang und zum Grammophon rannte. Meine Glückseligkeit war so überwältigend, daß die «Hymne an die Freude» aus Beethovens Neunter mir beinahe aus der Hand glitt.

«Meine Mutter meint, ich sollte dich nicht so oft sehen», sagte Anna am Ende der Osterferien.

«Hat sie mit Onkel John gesprochen?»

«Himmel, nein, das würde sie nie wagen! Sie ist überzeugt, daß er mit uns nichts zu tun haben will.»

«Mag sein, aber selbst wenn Onkel John antisemitisch wäre, würde er es nie zeigen. Denn das gehört sich nicht.»

«Ich erwähnte es nicht nur, weil wir jüdisch sind. Ich meinte, er mag uns schon deshalb nicht, weil wir Ausländer sind, dem Mittelstand angehören, nur eine feste Hausangestellte haben und nicht genug Rasen für einen Tennisplatz.»

«Aber das ist doch lächerlich! Wer wählt sich seine Freunde nach der Größe ihres Rasens aus?»

«Mutti meint, *du* wirst es einmal tun. Sie sagt, alles werde in Tränen enden, und du wirst dich in ein vornehmes englisches Mädchen verlieben, das bei Hof vorgestellt worden ist...»

«Wie Cousine Marian? Mein Gott, welch schreckliches Los!»

«. . . und außerdem findet sie, ich sollte ein bißchen netter zu Lester Feinstein sein.»

«Lester was? Ach, du meinst diesen Waschlappen, den ich vor ein paar Tagen bei dir zu Haus kennengelernt habe?»

«Ja, aber er ist Jude, und deshalb sollte ich ihn mögen. Es gehört sich, wie du zu sagen pflegst.»

«Das ist genau die Art von Erwachsenenquatsch, bei der man sich fragt, ob es sich lohnt, älter zu werden. Was mich anbetrifft, so sind alle Menschen gleich – ob Christen oder Juden, Gutsbesitzer oder Mittelständler, Aristokraten oder Arbeiter –, und wenn sie nicht gleich sind, sollten sie es sein!»

«Ja, ich weiß es und bin ganz deiner Meinung, aber was soll ich inzwischen meiner Mutter wegen Lester Feinstein sagen?»

Wir beschlossen, alle diese wahnsinnig gewordenen Erwachsenen durch ein noch makelloseres Benehmen zu beschwichtigen, und wir plagten uns einige Zeit damit ab, absolut untadelig zu sein. Ich machte mir die Mühe, Mrs. Steinberg Blumen zu ihrem Geburtstag zu schenken (das war das Ende ihrer Vorliebe für Lester Feinstein), ich lud die Steinbergs mit einigen der vernünftigeren Mitglieder meiner Familie nach Oxmoon zum Abendessen ein (Onkel Edmund, der auch mit Freuden in der Gesellschaft von Kannibalen getafelt hätte, solange der Bordeaux gut war, und Tante Teddy, die stets erhabene amerikanische Toleranz ausstrahlte). Außer ihren Eltern hatte Anna keine Verwandten in Wales, aber ich lernte einige Freunde der Steinbergs kennen und befleißigte mich, einen guten Eindruck zu machen.

Dieses Betragen war sehr bewundernswert, und unsere Kritiker wurden gebührend zum Schweigen gebracht, aber Tadellosigkeit ist eine furchtbar langweilige Beschäftigung, und um uns darüber hinwegzutrösten, nahmen wir heimliche Gewohnheiten an, von denen niemand etwas wissen durfte. In diesem Sommer schrieb ich ihr täglich und nicht zur zweimal in der Woche, wie ich allen erzählte. Ich schickte ihr Sonette, Bücher, Süßigkeiten, Ausschnitte aus dem *New Statesman*. Sie schickte mir inspirierende Zitate aus dem *Oxford Dictionary of Quotations* und gepreßte Wildblumen, die sie auf Spaziergängen am Beachy Head gepflückt hatte. Als dann die Ferien kamen, gaben wir uns geheime Stelldicheins, und niemand wußte, daß wir uns fast täglich trafen. Wir tranken ganze Fässer Brauselimonade in unzähligen Teestuben, lustwandelten auf dem Marktplatz, schmachteten im Schatten der Schloßmauern, pilgerten durch die Wind Street, wanderten über den Kilvey Hill, trafen uns in der Bibliothek, in der Royal Institution, vor dem Grand Theatre, im Gewächshaus des

Victoria Parks. Wenn wir mehr Zeit hatten, fuhren wir mit der Bahn rund um die Bucht von Swansea oder mit dem Bus nach Rhossili, wo wir Hand in Hand über den einsamen Strand schlendern konnten. Einmal kletterten wir sogar über den Shipway zum Worm's Head hinauf, und während wir verträumt auf die wunderschönen Fluttümpel in den Felsen blickten, erzählte ich ihr, wie Owain Bryn-Davies, der Geliebte meiner Urgroßmutter, dort sein tragisches Ende gefunden hatte, als Worm's Head noch so gut wie unbekannt und die Halbinsel Gower eine wilde Einöde jenseits von Swansea gewesen war.

«Eine große Leidenschaft!» sagte Anna. «Wie aufregend!»

Der Augenblick schien mir günstig für einen Kuß, und ich nahm die Gelegenheit wahr. Ich küßte sie allerdings nur selten, weil ich sie durch eine grobe physische Reaktion nicht erschrecken und die Vollkommenheit unserer Freundschaft nicht besudeln wollte.

Bevor sie auf die Schule zurückkehrte, brachte ich ihr eine rote Rose und gestand ihr meine Liebe. Wir waren im Gartenhaus in Oxmoon, und als Anna errötete, fand ich, daß dieser Ort die romantischste Zufluchtsstätte war, wie geschaffen für zwei Menschen, die ihre Liebe vor einer feindlichen und verständnislosen Welt verbergen müssen.

Zwei Monate später wurde ich siebzehn, und kurz danach, als Anna für die Weihnachtsferien wiederkam, begann ich beiläufig vom Heiraten zu sprechen.

Zuerst waren es Bemerkungen wie: «Später, wenn wir verheiratet sind, können wir jeden Monat nach London fahren», und als sie mir keinen Hinweis gab, daß eine Ehe ihr undenkbar schien, wurde ich kühner und stellte Überlegungen an, ob wir uns nicht zweimal trauen lassen sollten, einmal in der Kirche und einmal in der Synagoge. Das war natürlich ein bißchen übereilt, aber in meinem Bedürfnis, die Verwirklichung unseres Traums voranzutreiben, lieh ich mir etwas Geld von meiner Mutter, um Anna einen antiken Granatring zu Weihnachten zu schenken. Sie versprach mir, ihn nur heimlich zu tragen, bis wir unsere Verlobung öffentlich bekanntgeben könnten, und wir begannen uns zu fragen, zu welchem Zeitpunkt es am besten wäre. Wir wußten, daß jeder sagen würde, wir seien noch zu jung, und obgleich ich es ihr verschwieg, zitterte ich beim Gedanken an Onkel John.

«Ich glaube, es wäre am besten», sagte ich schließlich, «noch zehn Monate zu warten, bis ich achtzehn bin. Dann erbe ich Oxmoon, und wenn ich dazu alt genug bin, dann bin ich bei Gott auch alt genug, um mich zu verloben! Wer weiß», fügte ich hinzu, geblendet von der glanzvollen Vision meiner Unabhängigkeit. «Wenn unsere Eltern in die Verlobung einwilligen, könnten wir vielleicht sogar gleich heiraten! Ich weiß, daß Mama zu uns halten wird – sie liebt das Romantische, und ich habe das Gefühl, sie kann es kaum erwarten, uns verheiratet und auf ewig glücklich vereint zu sehen!»

Noch nie in meinem Leben hatte ich mich so katastrophal geirrt.

6

«. . . und so gedenke ich, mich mit Anna im kommenden November zu verloben», verkündete ich, «und dann können wir sobald wie möglich heiraten!»

Ich hatte Anna gerade zum Bus nach Swansea begleitet und meine Mutter im Wohnzimmer vorgefunden, wo sie sich ihren ersten Pink Gin des Abends mixte. Der Raum war noch weihnachtlich mit Stechpalmenzweigen und Papiergirlanden geschmückt und strahlte behagliche Wärme aus, aber die Temperatur schien plötzlich zu sinken, als meine Mutter mir einen langen kalten Blick zuwarf. Dann leerte sie ihr Glas auf einen Zug, stand auf und mixte sich einen zweiten.

«Setze dich bitte, Kester.»

«Warum? Was ist los?»

«Setze dich!»

Ich setzte mich.

«Und jetzt höre mir gut zu», sagte meine Mutter. «Ich habe Anna riesig gern und finde es reizend, daß sie dir zwei Jahre lang eine so nette Freundin war. Aber natürlich kann von einer Verlobung nicht die Rede sein, und von einer Heirat – Gott behüte! – schon gar nicht. Mit achtzehn ist das völlig ausgeschlossen!»

«Aber Mama!» Ich war erschüttert. «Du hast doch selbst gesagt, mit achtzehn könne man heiraten.»

«Ich sprach von Sex», erwiderte sie. «Oder, um genau zu sein, sagte ich, man solle nicht mit Sex anfangen, bevor man achtzehn ist – womit ich meinte, man könne unter gewissen Umständen verstehen, daß jemand nach seinem achtzehnten Geburtstag damit anfängt.» Sie goß sich eine große Portion Gin ein. «Aber ich habe nie», fuhr sie fort, «nie und nimmer gesagt oder auch nur angedeutet, daß man in diesem Alter heiraten darf. Du solltest warten, bis du fünfundzwanzig bist.»

«FÜNFUNDZWANZIG?» rief ich entsetzt aus.

«Fünfundzwanzig», sagte meine Mutter erbarmungslos und gab dem Gin einen Schuß Angostura hinzu.

«Aber nun hör mal!» rief ich entrüstet. «Du kannst doch nicht Sex gutheißen und Heirat verbieten! Das ist doch völlig verdreht! Wie kannst du von mir erwarten, mit Anna ins Bett zu gehen, ohne sie zu heiraten? Mein Gott, hältst du mich für einen Schuft?»

«Natürlich halte ich dich nicht für einen Schuft, Liebling! Nur bist du ein netter junger Mann, der ein so abgeschiedenes Leben geführt hat, daß er überhaupt nicht ahnt, was in der Welt vorgeht.»

«Ach ja, beleidige mich nur! Aber ich sage dir, Mama, Anna ist die große Liebe meines Lebens. Das wußte ich, als ich sie zum ersten Mal im Blue Rabbit sah ...»

«Kester, wir leben in der Wirklichkeit. Du bist jetzt nicht in Ruritania!»

«Ich *weiß*, daß wir in der Wirklichkeit leben. Aber diese Dinge spielen sich nicht nur in Ruritania ab. Wie war das mit meinem Vater?»

Schweigen. Keine Antwort. Meine Mutter war plötzlich sehr still.

«Hat er sich nicht in dich verliebt, als er in meinem Alter war?» Ich fuhr triumphierend fort: «Und liebte er dich nicht bis zu seiner Sterbestunde? Und hast du mir nicht immer erzählt, es sei eine große Leidenschaft gewesen, wie im Märchen? Du gabst mir jedenfalls immer zu verstehen, ihr hättet ewig in Glückseligkeit leben können, wenn seine Krankheit euch nicht zur Hölle geworden wäre!»

Sie versuchte etwas zu sagen, verhedderte sich, hielt inne, trank einen Schluck Pink Gin, fummelte in ihrem Zigarettenetui. Sie konnte mich nicht anschauen.

«Verzeihung», sagte ich rasch. «Ich weiß, wie schmerzlich es für dich sein muß, an die Tragödie zu denken, die deine romantische Liebe zerstörte, und du weißt, daß ich dich nie daran erinnert hätte, wenn ich nicht verzweifelt wäre, aber ...»

«Kester», sagte meine Mutter mit schwankender Stimme, «dein Vater hat nicht mit achtzehn geheiratet. Und er verbrachte auch nicht seine jungen Jahre in keuscher Sehnsucht nach mir. Er hatte Liebesaffären mit anderen Frauen – und das ist ganz normal. Alle Männer brauchen ein paar Liebesaffären, bis sie reif genug sind, sich den Prüfungen der Ehe zu stellen, und glaube mir, Liebling, wenn dein Vater noch lebte, wäre er der erste, dir das zu bestätigen.»

«Na schön, zugegeben, er war einunddreißig, als er dich heiratete. Aber offenbar hatte er mit einunddreißig genau die gleichen Gefühle wie mit siebzehn, und so wird es auch bei mir sein, weil meine Liebe kein Jünglingstraum ist. Mama, es ist die große Leidenschaft, und wenn du dich weigerst, das anzuerkennen, verstehst zu überhaupt nichts.»

«O ja, ich verstehe», sagte meine Mutter, rasch wieder ihre Fassung gewinnend. «Ich verstehe es nur zu gut! Wir fahren morgen nach London, Liebling. Es ist höchste Zeit, daß du dich einmal ausführlich und vernünftig mit deinem Onkel John unterhältst.»

Viertes Kapitel

I

Onkel John hatte in den dreieinhalb Jahren seit Bronwens Abreise eine schwere Zeit mit seiner Familie durchgemacht, und meine Leidenschaft für Anna muß ihm wie der Tropfen erschienen sein, der das Faß zum Überlaufen bringt. Zur ersten Familienkrise war es kaum ein Jahr nach der Versöhnung mit Tante Constance gekommen, als Marian und Rory zu heiraten beschlossen hatten. (Es war das direkte Ergebnis des großen Familienosterfests in Oxmoon, an dem sie sich beim Charleston so nahegekommen waren und Rory, eingedenk der Mahnung meiner Mutter, seßhaft zu werden wie Darling Declan, sich ganz nebenbei über das Vermögen Marians erkundigt hatte.) Theoretisch fand meine Mutter nichts an dieser Verbindung auszusetzen – im Gegenteil, denn daß Rory eine so gute Partie machen würde, hätte sie nie zu erwarten gewagt –, aber in der Praxis stand sie tausend Ängste aus, besonders beim Gedanken an Onkel John, der natürlich über den Wunsch seiner Tochter, einen mittellosen Wüstling wie Rory zu heiraten, entsetzt war.

«Darling, muß es denn ausgerechnet Johns Tochter sein?» In ihrer Verzweiflung fügte sie unbesonnen hinzu: «Du kannst sie doch nicht lieben!»

«Und ob ich sie liebe!» erwiderte Rory empört, und ich glaube, daß er tatsächlich ziemlich scharf auf sie war. Nur ein Idiot wie Rory konnte eine Marian attraktiv finden.

Aber meine Mutter, deren Angst vor Onkel John stärker war als der Wunsch, Rory seßhaft zu sehen, ließ nicht locker.

«Und deine Religion, Darling?» (Jetzt kratzte sie wirklich den Boden des Fasses der Vorwände aus.) «Ich weiß, daß du nie zur Messe gehst, aber wer einmal ein Katholik ist, der bleibt es auch, und . . .»

«Marian wird sich bekehren», verkündete Rory stolz, «und sie hat sich einverstanden erklärt . . .»

«Mein Gott, was wird John sagen, wenn er das hört!»

«Marian hat sich einverstanden erklärt», wiederholte Rory laut und ihren Aufschrei übertönend, «das Kind im katholischen Glauben zu erziehen, und damit wäre diese kleine Schwierigkeit behoben.»

«Welches Kind?» fragte meine Mutter.

Die Bombe platzte. Marian war schwanger. Meine Mutter traf fast der Schlag.

«Du hirnverbrannter Narr!» schrie sie Rory an.

«Immer mit der Ruhe, Ma. Kein Grund, hysterisch zu werden. Ich heirate sie ja, und alles ist in bester Ordnung.»

«Halt den Mund! Wie konntest du nur ...» Jetzt hatte ihre Wut den Punkt erreicht, wo sie, wie üblich, eisig wurde. «Wie konntest du nur so blöde sein, Johns Tochter zu verführen?»

«Eigentlich hat eher sie mich verführt», sagte Rory, «und außerdem war sie auch keine Jungfrau mehr, also wozu die Aufregung?»

«Kester, laß uns bitte allein.» Meine Mutter bemerkte zu spät, daß ich noch im Zimmer war. (Ich hatte mich diskret in eine dunkle Ecke zurückgezogen.) Draußen hielt ich das Ohr an die Tür und hörte noch, wie sie ihn im Bühnenflüsterton anzischte. «Du Idiot! Bist du überhaupt sicher, der Vater des Kindes zu sein?»

«O ja, Ma! Ich meine ... du lieber Himmel, Marian würde doch so etwas nicht tun ...»

«Und warum sollte sich ein so versnobtes Mädchen wie Marian ausgerechnet mit einem Habenichts wie dir abfinden, wenn sie es viel besser treffen könnte?»

«Au, Ma, mußt du mir diesen Tiefschlag versetzen?»

«Antworte mir!»

«Nun ja, mein Gott, Marian liebt mich eben, das weiß ich, und ich weiß auch ganz bestimmt, daß es mein Kind ist und daß Marian es gar nicht erwarten kann, diesem seelentötenden Haus in Belgravia zu entfliehen!»

Langes Schweigen. Dann sagte meine Mutter ausdruckslos «die arme Marian» und begann eine Reihe praktischer Fragen über die Hochzeit an ihn zu richten.

Die Trauung fand drei Wochen später mit besonderer Genehmigung in der römisch-katholischen Kirche in der Farm Street statt, und Onkel John, makellos in schwarzem Rock mit gestreifter Hose, benahm sich, als habe er in Rory den besten Schwiegersohn gefunden, den er sich nur wünschen könne, als sei es ihm eine große Freude, daß Marian zum Katholizismus übergetreten war, und als stünde ihm die Aussicht, Großvater zu werden, nicht vor einem Jahr bevor. Tante Constance verfaßte die Heiratsanzeige für die Zeitung, verpfuschte jedoch alles mit dem Zusatz «in aller Stille» – einer schrecklichen Andeutung, wie meine Mutter fand, die nur auf nicht normale Umstände schließen lassen konnte. Es kam noch schlimmer, denn als Marian eine Tochter gebar, fügte Tante Constance der Geburtsanzeige das Wort «verfrüht» hinzu.

«Weiß denn das blöde Weibsstück nicht, daß man dieses Wort nur benutzt, wenn man Gerüchten über vorehelichen Beischlaf begegnen will?» schrie meine Mutter, aber Tante Constance war so humorlos, so unfähig, über zynisches Schmunzeln Schadenfreude zu empfinden, daß man ruhig annehmen darf, sie habe nur getan, was sich ihrer Meinung nach gehörte.

Onkel John gab dem Paar ein Haus in Kensington als Hochzeitsgeschenk und zeigte sich entzückt, als sein erstes Enkelkind das Licht der Welt erblickte, aber niemand wußte, wie ihm angesichts dieser Katastrophe wirklich zumute war.

«John ist dieser Tage sehr still», bemerkte Tante Daphne auf einem ihrer Besuche mit Elizabeth in Oxmoon. «Was meinst du, Ginevra, könnten es Nachrichten aus du weißt schon wo sein? Spricht er manchmal darüber?»

«Nein», sagte meine Mutter. «Es ist uns strikt verboten, ihren Namen zu erwähnen.»

«Aber glaubst du, er ist glücklich mit Constance?»

«Keine Ahnung», erwiderte meine Mutter kurzangebunden. Auf keinen Fall hätte sie sich auf einen Klatsch über Onkel John eingelassen.

Dieser Besuch Tante Daphnes in Oxmoon war das Vorspiel zu einer neuen Familienkrise, die Onkel Johns Geduld noch einmal schwer auf die Probe stellte. Meine Cousine Elizabeth hatte beschlossen – wahrscheinlich aus Neid auf Marians Sieg im Wettlauf zum Traualtar – sich unsterblich in den ersten besten Mann zu verlieben, der Interesse für sie zeigte, und der Zufall wollte es, daß sie auf einem Besuch in Gower Owen Bryn-Davies begegnete, der neun Jahre älter als sie und Direktor der Suez Petro-Chemicals in Swansea war. Er hatte einige Zeit für seine Firma im Mittleren Osten gearbeitet und schien ganz offenbar geneigt, sich ein nettes und hübsches Mädchen aus erstklassigem Hause und mit nützlichen Beziehungen in Gower zur Frau zu nehmen. An Geld mangelte es den Bryn-Davies nicht, denn Owens Vater Alun war Aufsichtsratsvorsitzender der Madog Kohlenbergwerke, von denen keines während der Wirtschaftskrise geschlossen zu werden brauchte, aber Tante Daphne, die es sich seit langem in den Kopf gesetzt hatte, ihre Tochter nur an einen Mann aus dem Adelsstand zu vergeben, war todunglücklich über Elizabeth' Pläne und rief Onkel John zu Hilfe.

«Was hat sie denn an Owen Bryn-Davies auszusetzen?» fragte ich verwundert meine Mutter. Der gutaussehende, in Harrow erzogene, wohlhabende und erfolgreiche Owen schien mir eine gute Partie zu sein.

«Nichts», sagte meine Mutter, «außer daß er, wie Daphne es ausdrückt, nicht aus der obersten Schublade kommt. Ständig liegt sie mir in den Ohren und jammert, Elizabeth könnte es viel besser haben – aber wo und mit wem? Nein, ich finde das sehr dumm von Daphne und stehe ganz auf Elizabeth' und Owens Seite.»

Onkel John stimmte ihr zu, als er nach Oxmoon kam. «Daphne», sagte er, «einem Mädchen kann Schlimmeres passieren als einen nichtadligen Mann mit Waliser Familiennamen zu heiraten.»

«Das ist uns jetzt ja allen zur Genüge bekannt», platzte Tante Daphne taktloserweise heraus. Marian hatte gerade offiziell ihre Schwangerschaft bekanntgegeben.

Onkel John schwieg, ließ sich nichts anmerken, aber meine Mutter kam ihm sofort zu Hilfe. «Darling, sei einmal ehrlich», sagte sie zu Tante Daphne. «Du hast doch auch einen nichtadligen Waliser geheiratet, oder vielleicht nicht? Also wozu das ganze Aufhebens?»

«Lion war wenigstens ein Godwin von Oxmoon», erwiderte Tante Daphne mit Heftigkeit. «Und die Godwins stehen wenigstens in ‹Burke's Almanach des Landadels›! Ich verlange ja nicht den Mond für Elizabeth und wünsche mir nur, daß sie sich an mir ein Beispiel nimmt!»

«Wenn Elizabeth das täte», bemerkte meine Mutter, die vor Wut nicht mehr an sich halten konnte, «würde sie mit einem ehemaligen Liebhaber aus dem Adelsstand enden und überhaupt keinen Mann haben!»

Ein Familienkrach folgte – sehr zu meinem Entzücken. Tante Daphne versuchte, empört das Haus zu verlassen, aber Elizabeth weigerte sich, sie zu begleiten, und Owen Bryn-Davies, der telephonisch herbestellt worden war, sah sich gezwungen, an der Schlacht teilzunehmen. Onkel Lions Name wurde wiederholt und vergeblich beschworen, und schließlich bekam Tante Daphne einen hysterischen Anfall, den ich so interessant fand, daß ich beschloß, ihn in meinem nächsten Roman zu verwenden. Dann begann Onkel John die ganze Macht seiner starken Persönlichkeit einzusetzen, bis es ihm gelang, Tante Daphne zur Einwilligung in die Heirat umzustimmen. Sie weinte in seinen Armen und gestand schluchzend, sie habe Onkel Lions Tod nie verschmerzen können, sei gar nicht so dumm und versnobt, wie alle dächten, würde so gern wieder heiraten, aber es gebe nun einmal keinen Mann, der an Lion heranreiche, und der Gedanke an Elizabeth' Heirat schiene ihr nur deshalb so unerträglich, weil sie, wenn Elizabeth in Wales leben würde, so schrecklich einsam wäre und das Gefühl hätte, mit ihren neununddreißig Jahren am Ende des Lebens zu sein.

Während der nun folgenden bombastischen Familienversöhnung hätte ich so gern Notizen gemacht, daß es mir in den Fingern juckte. Meine Mutter küßte Tante Daphne auf beide Wangen und bot ihr an, solange sie es wünsche, in Oxmoon zu bleiben. (Unter Druck ließ sie sich immer wieder zu so voreiligen Einladungen hinreißen, die sie dann später bitter bereute.) Elizabeth erklärte weinend, ihre Mami sei herzlich willkommen, nach der Hochzeit bei ihr zu wohnen. (Owen machte ein entsetztes Gesicht.) Tante Celia, der es irgendwie gelungen war, sich einzumischen, sagte, das Nicht-verheiratet-Sein habe auch eine Menge Vorteile, und Daphne solle doch einmal daran denken, regelmäßig die Kirche zu besuchen. Schließlich rettete Owen die Situation, küßte seine zukünftige Schwiegermutter und schlug ihr vor, mit Elizabeth und ihm in Swansea im Claremont zu Abend zu essen. Tante Daphne sagte: «Wie furchtbar nett, besonders nach dieser scheußlichen Szene, die ich gemacht habe», blickte dankbar zu ihm auf, und ich wußte, daß sie ihm verziehen hatte, nicht aus der obersten Schublade gekommen zu sein.

Nach der offiziellen Verlobung sprach man von nichts anderem mehr als von Owens Urgroßvater und Elizabeth' Urgroßmutter, deren Anstoß erregende Liebesaffäre ein so rätselhaftes Ende genommen hatte, und alles wandte sich an die ältere Generation, um Näheres zu erfahren. Aber es kam wenig dabei heraus. «Ach ja», sagte Onkel Edmund, «es war ein Riesenskandal», aber mehr schien er nicht zu wissen. Thomas sagte: «Mein Vater schwatzte darüber, als er völlig gaga war. Milly und ich fanden das entsetzlich langweilig.» Onkel John machte sein undurchdringliches Gesicht, und als er bemerkte, seiner Ansicht nach sei eine Tragödie der Vergangenheit kein Thema für Klatschgeschichten, sagte Alun Bryn-Davies, Owens Vater, sofort: «Ganz meine Meinung!» (Es fiel mir auf, daß die modernen und ehrbaren Bryn-Davies äußerst bestrebt waren, über ihren schafzüchtenden Ahnen, der sich das viele Geld, das ihm nicht gehörte, erschlafen hatte, den Schleier des Vergessens zu breiten.) So blieb es schließlich meiner Mutter überlassen, dem Familienmythos für die künftigen Generationen einen Schrein zu errichten. Nach dem dritten Glas Champagner auf der Verlobungsfeier sagte sie genüßlich: «Kinder, es war in Wirklichkeit eine gottvoll romantische Liebesgeschichte mit einem himmlisch tragischen Ende. Das arme Mädchen hatte diesen Alkoholiker zum Mann, mit dem das Leben ein bißchen schwierig war, und als sie eines Tages auf dem Moor spazierenging – ich meine natürlich die Heide, aber in den Büchern ist es immer das Moor, nicht wahr? –, da begegnete sie diesem stattlichen, männlichen, leidenschaftlichen Schafzüchter, der sich auf den ersten Blick wahnsinnig in sie verliebte, und dann, meine Lieben, entfesselten sich die Leidenschaften, ganz wie in den ‹Sturmhöhen› von Emily Brontë, aber ach ...! Später ertrank er bei einem gräßlichen Unfall, der arme Darling, und sie wurde wahnsinnig vor Kummer und Schmerz, aber Bobby und Margaret waren einfach süß zu ihr und behandelten sie wie eine Königin, wenn sie zu Weihnachten auf Besuch kam. Sie bewahrten ihr Porträt in der Bodenkammer auf und brachten es jedes Jahr herunter, um es im Speisezimmer aufzuhängen, und es war alles so rührend, und die liebe alte Tante Gwyneth war so ergriffen von all dem Aufhebens, daß sie kaum ein Wort zu sagen vermochte, aber natürlich hatten wir sie alle furchtbar gern, und sie uns auch ...»

Hier wurde meine Mutter unterbrochen, denn alles drängte sich zur Treppe, eilte zur Bodenkammer hinauf, um mit trunkener Faszination das Porträt meiner Urgroßmutter zu betrachten.

«Kein Wunder, daß er sich in sie verliebte», sagte Owen Bryn-Davies schließlich, und als er die gleiche Bewunderung ausdrückte, die sein Urgroßvater zweifellos empfunden hatte, herrschte feierliches Schweigen. Es war, als klänge der Widerhall der Vergangenheit in unseren Ohren, nicht der Vergangenheit, wie sie meine Mutter in ihrer blühenden Phantasie darzustellen versuchte, sondern einer Vergangenheit, in welcher wahnsinnige Leidenschaft und Tod über die finsteren Gefilde einer öden und wilden Landschaft wandelten.

«Eine phantastische Geschichte!» sagte ich, der Schriftsteller, und fügte, instinktiv nach den verlorenen Dimensionen dieser Geschichte tastend, hinzu: «Und ich wette, wir wissen nur die Hälfte davon.» Es schien mir wie eine Herausforderung, und ich fragte mich, ob ich diese Geschichte schreiben und die Lücken ausfüllen könnte, aber während ich noch über diese verlockende Aussicht nachdachte, deckte Onkel John das Porträt seiner Großmutter wieder mit dem Staubüberhang zu und verkündete kühl: «Ich kann mir nicht helfen, aber ich finde all dieses lüsterne Interesse äußerst geschmacklos.»

Wie dieser nüchterne alte Mucker einem doch alle Freude verderben konnte! Ich hatte mich jedoch inzwischen an Onkel Johns bedauerliche Muffigkeit gewöhnt, und sein Zustand ließ auch in den folgenden Monaten keinerlei Besserung erkennen. Zur Zeit als ich siebzehn war und mich anschickte, Onkel John mit meinen Heiratsplänen in seine dritte Familienkrise zu stürzen, fand ich ihn einen entsetzlichen Langweiler, dem man möglichst aus dem Wege gehen sollte, und als meine Mutter im Januar 1937 darauf bestand, mit mir zu ihm nach London zu fahren, war ich wirklich sehr verärgert.

«Warum kannst *du* nicht vernünftig mit mir darüber reden, Mami?» wandte ich ein. «Du hast es so gut gekonnt, als ich vierzehn war!»

«Ich hoffe», sagte meine Mutter, «daß es mir gelang, als du ein verstörtes Kind von vierzehn warst, dir zu deiner Beruhigung zu erklären, was wahre Liebe ist. Alles, was ich dir damals gesagt habe, gilt auch jetzt noch. Aber du mußt lernen, auf dich aufzupassen, bis du wirklich fähig bist, die Vollkommenheit wahrer Liebe zu erleben, und die Kenntnisse, die du dazu brauchst, kannst du dir besser erwerben, wenn du mit einem Mann sprichst.»

Ich gab es auf und fügte mich in mein Schicksal.

2

Tante Constances Vater, der amerikanische Millionär, war drei Jahre vor der Versöhnung seiner Tochter mit ihrem Mann gestorben, und so stand Onkel John nichts im Wege, wieder im Armstrong-Imperium zu hoher Stellung, Ansehen und Ehren zu gelangen. Wie Tante Celia einmal meiner Mutter gegenüber bemerkte, schien Onkel John in finanzieller Hinsicht immer auf die Füße zu fallen. Tante Constance sorgte dafür, daß er mit der Verwaltung des Treuhandfonds für Wohlfahrt und öffentliche Stiftungen betraut wurde und einen Platz im Aufsichtsrat der Armstrong Investments bekam, und zur Zeit lancierte Onkel John gerade einen neuen Stiftungsfonds für Erziehung, der zum Ziel hatte, den Kindern der Arbeiterklasse bessere Bildungsmöglichkeiten zu verschaffen. Nachdem er von seinen Direktorenposten in Swansea zurückgetreten war, wurden ihm bald neue in London angeboten, und man nahm allgemein an, daß er zusätzlich zu seinem Privateinkommen aus den Gütern in Herefordshire eine Menge Geld verdiente. Tante Constance war, wie jeder wußte, dank des Armstrong-Vermögens selbst steinreich, und in materieller Hinsicht herrschte in Onkel Johns neuem Leben gewiß kein Mangel. Er hatte – so mußte es jedenfalls jedem Außenstehenden erscheinen – alles, was ein Mann sich nur wünschen konnte.

Im Gegensatz zu Onkel Edmund und Tante Teddy, die aufs Geratewohl ständig zwischen ihrem Haus in London und ihrem Landsitz in Kent hin und her pendelten, hielten sich Onkel John und Tante Constance an einen peinlich genauen Zeitplan. Jeden Mai reiste Tante Constance mit Francesca und der Gouvernante nach Boston, um dort ihre Freunde und Verwandten zu besuchen.

Onkel John weigerte sich, sie nach Übersee zu begleiten, als ob er befürchtete, im Augenblick, da er amerikanischen Boden betreten würde, nach Vancouver fortgerissen zu werden, aber er verbrachte jeden Winter zwei Wochen mit Constance allein an der Riviera, wie um auszugleichen, was er im Frühjahr an ehelichen Pflichten vernachlässigte. Die Familienferien mit Francesca fanden im August statt, wenn sie Tante Daphne zur Saison der Schneehuhnjagd in Schottland besuchten. Die übrige Zeit des Jahres verbrachten sie, wie es sich gehört, in London, auf Dinners mit den richtigen Leuten, auf Wochenendbesuchen in den richtigen Landhäusern. Tante Constance war in dieser Hinsicht eine Meisterin. Ihr Leben konnte als ein Musterbeispiel für das der reichen, verheirateten Frau in London gelten. Alles, was sie tat, war richtig. Sie gehörte den richtigen Wohltätigkeitsvereinen an, förderte die richtige Kunst, lud die richtigen Gäste ein und ging sogar jeden Sonntag mit Francesca in die richtige Kirche. Onkel John, der sonst mit dem gleichen religiösen Eifer wie sie immer tat, was sich gehörte, machte hier eine Ausnahme.

Das «Armstrong-Haus», vom Vater auf Tante Constance vererbt, war ein cremefarbenes Monstrum, in dem zu Victorias Zeiten ein obskures Kabinettsmitglied Disraelis gewohnt hatte. Hinter der üppigen Fassade war das Haus ein wahres Monument der Trübseligkeit. Nichts Vulgäres, denn Tante Constance hatte all die neureichen Exzesse ihres Vaters ausgemerzt, aber ihre von peinlichem Fleiß zeugende Neueinrichtung, an der technisch nichts auszusetzen war, wirkte irgendwie gespenstisch und katastrophal. Onkel John störte es nicht, und selbst wenn es ihn gestört hätte, so fehlte ihm das nötige ästhetische Empfinden, um zu verhindern, daß das Haus sich aus einem Museum der Vulgaritäten in ein seelenloses Musterheim verwandelte. Konservative, sorgsam zur Schau gestellte Blumenarrangements, akribisch beleuchtete Gemälde, gewissenhaft nach Alter und Herkunftsland geordnete Kunstgegenstände, moderne Spannteppiche in blassem Beige, auf denen sich in geradezu schreiendem Mißverhältnis überladene Gruppen antiker Kunstwerke abhoben. Einige Gemälde waren recht gut, zum Beispiel ein ausgezeichnetes Porträt von Sargent, das Tante Constance und Tante Teddy als Kinder zeigte, aber es gab zu viele englische Landschaftsbilder mit Kühen, die verdrießlich über Hecken blickten. Meine Mutter fand das Ganze so heiter wie ein Leichenschauhaus und fragte sich, wie Onkel John es fertigbrachte zu überleben, ohne sich die Kehle durchzuschneiden.

Onkel Johns Kehle schien jedoch keinen Schaden erlitten zu haben, als er und Tante Constance uns an jenem Januarabend im Salon empfingen, und zum Glück war auch die liebe kleine Francesca da, die mir sogleich entgegenhüpfte, mich umarmte und erklärte, ich müsse unbedingt ihr neues Kätzchen kennenlernen. Meine Mutter hatte eine Zeitlang damit gerechnet, daß Tante Constance zur Feier ihres Triumphs, Onkel John zurückerobert zu haben, ein zweites Kind produzieren würde, aber keins war gekommen. Es wurde gemunkelt, daß Tante Constance darüber enttäuscht gewesen sei, aber was sich Onkel John dabei dachte, wußte natürlich niemand.

Zuerst verging die Zeit recht angenehm, während ich mit Francesca über ihr persisches Kätzchen plauderte, aber dann erschien die Gouvernante mit ihren strikten Anweisungen, Francesca ins Bett zu bringen, und meine Gnadenfrist war abgelaufen. Ein Butler verkündete mit Leichenbittermiene, das Essen sei aufgetragen, und wir begaben uns ins Speisezimmer (eine Tafel von elephantösen Ausmaßen, eine überladen dekorierte gotische Anrichte, Kühe an allen Wänden und ein entsetzter Chippendale-Spiegel, der das alles reflektieren mußte). Wir kämpften uns tapfer durch Mulligatawny-Suppe, pochierte Forelle und Entenbraten, während Tante Constance über die finanziellen Aspekte der Kunstliebhaberei diskutierte und meine Mutter (vergeblich) von Schönheitssinn redete. Da sie hier keinen gemeinsamen Boden fanden und sich auch nicht mehr über die Krise auslassen konnten, die im vorigen Monat auf so traurige Weise gelöst worden war, weil Edward VIII. zugunsten einer Heirat mit der geschiedenen Mrs. Simpson abgedankt hatte, suchten sie Zuflucht im einzigen Thema, das sie beide leidenschaftlich zu fesseln vermochte: Harrods. Onkel John hörte höflich mit halbem Ohr zu, unterdrückte ein Gähnen und begann, mich in ein Gespräch über die verwaltungstechnischen Angelegenheiten von Oxmoon zu verwickeln.

Als wir unseren Nachtisch verspeist hatten, wurde es offenbar, daß ich betrüblicherweise nichts von diesen Dingen verstand, und Onkel John bemühte sich, mit kritischen Bemerkungen zurückzuhalten, um uns den Rest des Abends nicht zu verderben. Schließlich sagte er nur: «Kester, du solltest wirklich mehr Interesse zeigen. Ich weiß nicht, was du in deinen Mußestunden treibst. Es ist mir zwar bekannt, daß du ein gewissenhafter Schüler bist, aber es bleibt dir doch sicher eine Menge freier Zeit?»

«Nun . . .» Jetzt waren wir auf gefährlichem Boden.

«Du hast bestimmt Zeit, dir ein paar Kenntnisse über den Gutsbetrieb anzueignen . . . Du malst doch nicht etwa noch?»

«O nein, Onkel John!» sagte ich erleichtert. «Das habe ich vor Jahren aufgegeben.»

«Gut . . . und soll das heißen, daß du auch keine Geschichten mehr schreibst?»

«Ach . . . mehr oder weniger . . . Gelegentlich greife ich zur Feder, um ein paar Zeilen zu Papier zu bringen . . .»

«Kester, du bist jetzt siebzehn und solltest endlich mit diesen kindlichen Beschäftigungen aufhören. Du kannst deine Freizeit für nützlichere Dinge verwenden. Ich werde mal mit Thomas ein Wort reden. Es ist höchste Zeit, daß du lernst, wie man einen Gutsbetrieb verwaltet.»

«Onkel John», warf ich errötend ein, wie ich es immer tat, wenn ich ihm widersprechen mußte. «Es tut mir leid, aber Thomas in größeren Mengen zu genießen, und dazu noch regelmäßig, ist mehr, als ich ertragen kann.»

Onkel John nahm meinen Einwand durchaus ernst. Jetzt, da ich älter war, wurde ich mir vage bewußt, daß seine Macht über mich wuchs, wenn er nett zu mir war. Wäre er immer muffig und böse gewesen, so hätte ich ihn ohne Schuldgefühl hassen können, aber zu meinem Pech wußte ich, trotz allem Stöhnen und Murren und obgleich ich ihn im geheimen einen spießigen alten Langweiler nannte, daß ich mich undankbar zeigte, und dann schämte ich mich. Je netter und verständnisvoller er war, desto mehr haßte ich mich. Mit einem Lächeln und einem guten Wort konnte er mich zu Brei machen. Und jetzt machte er mich zu Brei.

«Ich weiß», sagte er, «wie schwierig es oft ist, mit Thomas auszukommen. Vielleicht fällt mir etwas Besseres ein.»

Ich fand mich wieder einmal hundsgemein und widerlich, wo ich doch einen so wunderbaren Onkel hatte, der mir nur helfen wollte. Und dann haßte ich ihn, weil ich mich seinetwegen haßte. Kurz, ich befand mich bereits in einem chaotischen Gefühlszustand, bevor die wahre Prüfung auf mich zukam.

Inzwischen beschlossen die beiden Damen, den Nachtisch und den Käse stehenzulassen. Tante Constance sagte: «Ginevra, die Männer können ihren Port auch ohne uns trinken. Ich muß dir unbedingt das neue Perlenhalsband zeigen, das John mir zu Weihnachten geschenkt hat . . .», und im nächsten Augenblick waren sie in einem Rauschen von Seide und Satin verschwunden.

Onkel John reichte mir die Karaffe mit Portwein, und die Diener zogen sich zurück. «Mein Vater erlaubte seinen Söhnen nicht, vor ihrem achtzehnten Lebensjahr Portwein zu trinken», sagte er, «aber da wir etwas unter Männern zu besprechen haben, sollte ich dich vielleicht auch wie einen Mann behandeln. Hast du schon einmal Port getrunken?»

«Nein, Sir.» Ich nahm einen Schluck und fand ihn scheußlich.

Er zündete sich eine Zigarre an und teilte mir lang und breit alles mit, was man über Portwein wissen mußte. Ich wurde so nervös, daß ich noch einen Schluck nahm, und jetzt stellte ich fest, daß er doch gar nicht so schlecht schmeckte. Während ich die mir gebotene Zigarre ablehnte, umfaßte ich den Stiel meines Glases und verkniff mir mit Mühe den dringenden Wunsch, in den oberen Salon zu eilen, um Tante Constances Erklärungen über die finanziellen Aspekte der Perlenliebhaberei zu lauschen.

Onkel John begann sehr nett und mit echtem Interesse von Anna zu sprechen. Wir waren uns einig, daß Hitlers Judenpolitik durchaus falsch war, daß Juden oft sehr charmant und kultiviert sind, daß England seiner kleinen jüdischen Bevölkerung viel zu verdanken hat. Wir waren uns einig, daß Anna ein äußerst liebenswertes Mädchen war, aus dem einmal eine vortreffliche Frau und Mutter werden würde. Meine Nerven setzten mir derart zu, daß ich meinen Port austrank und mir ein zweites Glas einschenkte.

«Ich hörte von deiner Mutter, du habest es dir in den Kopf gesetzt, Anna zu heiraten, wenn du achtzehn bist», sagte Onkel John endlich, während er lässig die Asche von seiner Zigarre abstreifte. «Hast du über die Schwierigkeiten nachgedacht, die eine solche Ehe mit sich bringt? Der Religionsunterschied, der kulturelle Unterschied und – was mir am wichtigsten erscheint – der Klassenunterschied?»

«Anna und ich setzen uns über solche Vorurteile hinweg, Sir», erwiderte ich kühn. «Sie scheinen uns unwichtig.»

«Dann laß dir sagen, daß sie sogar sehr wichtig sind! Die Ehe ist an sich schon schwierig genug, Kester, und die Unterschiede, die ich eben erwähnte, können diese Schwierigkeiten nur noch verschlimmern. Wenn du mit achtzehn heiratest, würden sie dir zu einer unerträglichen Bürde werden – und Anna auch. Und das willst du doch nicht, Kester? Wenn du sie wirklich liebst, mußt du auch an ihr Wohlergehen denken und nicht nur an das deine, nicht wahr?»

Ich nahm noch einen Schluck und gab mir alle Mühe, das Zittern meiner Hand zu beherrschen, als ich das Glas zurückstellte.

«Du mußt nicht glauben, daß ich kein Mitgefühl habe», sagte Onkel John, und jedes liebe Wort war ein Nagel im Sarge meines Selbstvertrauens. «Du darfst nicht vergessen, daß ich mich in heftigen Gemütsbewegungen bestens auskenne – und du kannst mir glauben, ich verstehe sehr gut, was du durchmachst. Du bist verliebt, und wenn man verliebt ist, verliert man jedes Zeitgefühl. Alles scheint ewig, und doch ist alles Gegenwart, auf das Jetzt beschränkt. Es ist die gefährlichste Illusion der Leidenschaft, daß sie zum Glauben verführt, nichts würde sich ändern. Die Zukunft ist zwar unvorstellbar, aber sie existiert trotzdem, und während die Zeit vergeht und Veränderungen mit sich bringt, klammert man sich an den Glauben, daß alles beim alten bleibt.»

Er hielt inne, und ich sah verstohlen, wie er sich wieder die Asche seiner Zigarre abklopfte. Dann fuhr er fort: «Keine Beziehung ist unveränderlich. Du bist siebzehn und verliebt, und die Zeit bedeutet dir nichts. Aber du wirst älter werden, mehr von der Welt sehen, und die Zeit wird Veränderungen bringen, ohne daß du dessen gewahr wirst, und wenn du dreißig bist, siehst du wahrscheinlich die Dinge ganz anders und nicht mehr mit den Augen des jungen Mannes, der jetzt vor mir sitzt. Wird deine Liebe für Anna all diese unvermeidlichen Veränderungen überleben? Ich glaube es nicht.»

«Meine Liebe für Anna», erwiderte ich, «wird alle Zeiten überdauern.» Der Portwein war warm und feurig und gab mir den Mut, den ich so bitter brauchte. Ich nahm noch einen Schluck.

«Ich habe einmal ähnliches gesagt», bemerkte Onkel John, «als ich meine erste Frau heiratete. Aber dann stellte sich heraus, daß ich nicht einmal wußte, wovon ich sprach. Gewiß, meine Liebe für Blanche war echt und noch heute ist sie mir in zärtlicher und respektvoller Erinnerung, aber mir fehlte damals die Gefühlsreife und die Charakterfestigkeit, die man für eine Ehe braucht.»

«Aber Anna ist die Bronwen meines Lebens und nicht die Blanche!» platzte ich heraus und wurde mir zu spät bewußt, daß ich den verbotenen Namen in seiner Gegenwart ausgesprochen hatte. Errötend vor Schrecken goß ich mir ein drittes Glas Portwein ein und trank es zur Hälfte aus. «Verzeihung», stammelte ich, «ich wollte nicht . . .»

«Wenn Anna die Bronwen deines Lebens ist», sagte Onkel John sehr ruhig, «kannst du mir nur leid tun. Du hast ja selbst gesehen, daß meine Beziehung zu Bronwen den Verheerungen der Zeit nicht standzuhalten vermochte.»

«Aber das war doch nur, weil Tante Constance nicht . . .»

«Wir reden jetzt nicht über mein Privatleben. Wir reden von deiner Zukunft. Und es sollte dir inzwischen klargeworden sein, in welche Katastrophe du dich begibst, wenn du jemanden aus einem völlig anderen Milieu heiratest – ganz abgesehen davon, daß du überhaupt keine sexuelle Erfahrung hast. Oder bist du schon mal mit jemandem im Bett gewesen?»

Ich schüttelte den Kopf.

«Aber du bist offenbar versucht, mit Anna ins Bett zu gehen, denn sonst würdest du nicht vom Heiraten sprechen. Komm einen Augenblick in die Bibliothek. Ich glaube, du hast genug Portwein getrunken.»

Ich leerte mein Glas und folgte ihm schwankend in den Flur.

3

Die Bibliothek war der angenehmste Raum im Hause, denn hier hatte Onkel John alle Spuren der Armstrongschen Trübseligkeit entfernt und sich mit seinen Lieblingsgegenständen aus Penhale Manor eingerichtet. Auf den Bücherregalen, die wie der große eichene Schreibtisch aus dem achtzehnten Jahrhundert stammten, standen nicht die in Leder gebundenen Ausgaben, die Harley Armstrong in großen Mengen eingekauft hatte (sie dienten jetzt als Wanddekoration in einem abgelegenen Frühstückszimmer), sondern Onkel Johns eigene Bücher, ein Sammelsurium, das vom Angelsport bis zu Froissart, von *Beowulf* bis zu John Buchan reichte. Dieser wuchernde eklektische und auf nichts konzentrierte literarische Geschmack war mir seit einiger Zeit aufgefallen. Er zeugte von der geistigen und intellektuellen Ruhelosigkeit, der unaufhaltsamen Suche eines in seinem Inneren gestörten Menschen nach Fluchtwegen aus einer unentrinnbaren Wirklichkeit, und vielleicht wurde ich mir hier zum ersten Mal seiner außergewöhnlichen Komplexität bewußt. Ich sah ihn vor meinem geistigen Auge als einen Mann, der ein Leben lebt und sich nach einem anderen sehnt, der das eine sagt und das andere tut, der nach außen hin die Ordnung anbetet und innerlich im Chaos steckt. Doch im nächsten Augenblick war der Eindruck verschwunden. Ich war noch zu jung, um ihn wirklich zu verstehen, und im übrigen hatte ich genug eigene komplexe Probleme.

Um Ruhe zu bewahren, blickte ich mich fieberhaft um. Auf dem Kaminsims türmte sich victorianischer Kitsch neben Golftrophäen und alten Familienphotos von meinen Großeltern, meinem Vater und Onkel Lion, und als ich auf dem Schreibtisch eine Porträtaufnahme von Harry sah, der wieder einmal unmöglich fesch wirkte, tröstete ich mich bei dem Gedanken, daß mir an diesem Abend wenigstens seine Anwesenheit erspart blieb. Er war auf Besuch bei einem Freund in Norfolk und wurde erst in der letzten Ferienwoche zurückerwartet.

So drehte ich dem Photo Vetter Harrys den Rücken zu, dem Bild des musterhaften Vetters Harry, der zweifellos in unübertrefflicher Weise sein Privatleben meisterte, während ich mich für das meine mit allen möglichen feindseligen Verwandten herumschlagen mußte, und sammelte meine Kräfte, um die große Unabhängigkeitsschlacht wieder aufzunehmen.

«Ich bitte um Entschuldigung, Onkel John», sagte ich, «aber ich glaube, hier liegt ein Mißverständnis vor. Ich will Anna nicht heiraten, nur weil ich plötzlich das Gefühl habe, mit ihr ins Bett gehen zu wollen. Eigentlich bin ich nicht einmal besonders scharf darauf, mit ihr ins Bett zu gehen. Ich will sie heiraten, weil wir seelisch übereinstimmen und an Schönheit, Wahrheit, Kunst und Frieden glauben.» Ich war natürlich völlig betrunken, als ich das sagte.

«Wenn du nicht mit ihr ins Bett gehen willst», und jetzt hatte Onkel John mich in der Zwickmühle, denn ob ich es wollte oder nicht wollte, wurde mir gleichermaßen zum Verhängnis, «so wäre es die Höhe der Grausamkeit, sie zu heiraten. Ich glaube, ich sollte lieber einmal nach Swansea kommen und mit ihren Eltern reden. Ihr seid ganz offenbar zwei Kinder, die man voreinander schützen muß.»

«Ich meinte ja nicht . . . natürlich würde ich gern mit ihr ins Bett gehen . . . aber das wäre das Ergebnis der Heirat und nicht ihr Grund . . .»

«Setze dich, Kester.»

Ich ließ mich in einen Sessel am Kamin sinken, aber Onkel John, der schlaue Onkel John, beherrschte die Kunst, Macht spüren zu lassen, und zog es vor, zu stehen.

«Jetzt», begann er, und ich wurde mir bewußt, wie er über mir aufragte, die Hand leicht auf den Kaminsims gestützt, «jetzt wollen wir einmal sehen, was deine romantische und gefühlsselige Mutter dir über die Tatsachen des Lebens erzählt hat. Bevor wir einen Schritt weitergehen, müssen wir sicher sein, daß du wirklich begreifst, was es heißt, mit einer Frau ins Bett zu gehen.»

Nun folgte ein abscheuliches Gespräch, in dem mir die technischen Einzelheiten des Zeugungsakts in nicht zu überbietender Deutlichkeit dargelegt wurden. Noch scheußlicher sollte es werden, als Onkel John sich anschickte, die weibliche Hälfte der Menschheit in Kategorien einzuteilen. Das weibliche Geschlecht bestand, so erklärte er mir, aus netten Mädchen, schnellen Mädchen, verheirateten Frauen, ausgehaltenen Frauen, Kokotten, Nutten und dem Abschaum. Die drei letzteren Kategorien dienten nur dem zweifelhaften Vergnügen degenerierter Männer und Angehöriger der Arbeiterklasse, die so verzweifelt nach Ablenkung von Elend und Langeweile suchten, daß Geschmack und Wahl keine Rolle mehr spielten. Für einen jungen Gentleman jedoch waren die netten Mädchen zum Heiraten da, die schnellen zum Flirten, und die verheirateten Frauen zum Verführen (die ausgehaltenen Frauen blieben älteren Männern mit viel Geld und unangenehmen Ehehälften vorbehalten).

Er ermahnte mich zu besonderer Vorsicht mit schnellen Mädchen – und zu dieser Kategorie gehörten viele, von der unmoralischen Tochter aus gutem Hause bis zum dummdreisten Dienstmädchen –, weil sie zur katastrophalen Gewohnheit neigten, schwanger zu werden. (So kam es zu einem peinlichen Moment, als wir beide vorgaben, nicht im entferntesten an Marian zu denken.) Er riet mir auch, vor verheirateten Frauen mit schlechtem Ruf auf der Hut zu sein, da Geschlechtskrankheiten sich leider nicht nur auf die Arbeiterklasse beschränkten und sogar bei den tugendhaftesten Ehefrauen vorkommen konnten, wenn ihr Mann ein Schürzenjäger war. Demnach sei es äußerst wichtig für einen jungen Mann, stets auf sich achtzugeben, aber zum Glück gab es käuflich erwerbliche Schutzmittel, die nicht nur vor Krankheit, sondern auch vor Vaterschaft bewahrten.

«Ein Musterbeispiel dafür, wie man zwei Fliegen mit einer Klappe schlagen kann», bemerkte Onkel John mit einem Humor, der mich während eines kurzen und schmerzlichen Augenblicks an den verlorenen Helden erinnerte, der einst mit Bronwen gelacht hatte. «Ich nehme an, du hast schon von Geschlechtskrankheiten gehört?» fragte er, um ganz sicher zu sein.

«O ja», log ich, um meine Würde zu wahren, aber es wurde mir klar, daß dies zu den wenigen Dingen gehörte, die mir beim Lauschen an der Tür entgangen waren. Ich bereute, das dritte Glas Portwein getrunken zu haben.

«Sind dir die Symptome bekannt?»

«Ach, eigentlich . . . nicht. Nicht ganz.»

Onkel John begann, mir die Syphilis und die Gonorrhöe zu beschreiben. Es dauerte genau dreißig Sekunden. Dann stand ich auf, wankte zum Kamin und erbrach mich über das Gitter. Daß ich dabei die Flammen nicht löschte, verstehe ich bis heute nicht.

Onkel John machte es noch viel schlimmer, denn er war nett zu mir. Hätte ihn die Wut gepackt, hätte er mich angebrüllt, mich einen zimperlichen Schlappschwanz genannt, so wäre es mir irgendwie möglich gewesen, mich in Würde aufzuraffen, aber zu meinem Schrecken benahm er sich wie die Liebenswürdigkeit in Person.

«Mein lieber Kester, bitte verzeih mir . . . du mußt mir glauben, ich habe es nur gutgemeint und wollte dir helfen . . .»

Ich wich vor ihm zurück. Es war mir, als läge ich mit der Nase im Dreck. Ich wollte meine Würde, meine Unabhängigkeit, ich wollte mich wie ein Mann aufführen, und da stand ich, weinte vor ihm wie ein Kind, fühlte mich zutiefst gedemütigt, krank und angeekelt von allem, was gesagt worden war. Ich wollte an Anna denken, um wieder Fassung zu gewinnen, aber ich hatte zu große Angst, unsere vollkommene Liebe mit all dem scheußlichen Schmutz zu besudeln, mit den schrecklichen neuen Kenntnissen, dem Einblick in die Abscheulichkeit der Erwachsenenwelt.

«O mein Gott!» stöhnte Onkel John, als mein Schluchzen immer lauter wurde, und ich haßte mich, weil ich ihn in Verzweiflung brachte, kam mir mörderisch, selbstmörderisch, wahnsinnig vor. Überwältigende Gefühle quollen schwarz und giftig aus meinem Unterbewußtsein, vernichteten alles Denkvermögen – ich war in der Hölle.

«Ich rufe deine Mutter», sagte Onkel John.

Vielleicht erwartete er, daß meine Mutter mich an ihren Busen drücken und mit beschwichtigenden Zärtlichkeiten überhäufen würde, aber falls er das tat, hatte er sich schwer getäuscht. Die volle Wucht ihres Zorns traf mich, als sie ins Zimmer trat. Sie kam direkt auf mich zu, schlug mir auf den Mund und fuhr mich an: «Wie unterstehst du dich, mir solche Schande zu machen!»

Doch dieser Art von Angriff war ich gewachsen. Der mir so offen entgegengeschleuderte Zorn stach wie ein Messer durch das Gewirr meiner Gefühle und ließ mir keine Chance mehr, mich selbst ob meiner Unzulänglichkeit zu hassen. Das Hassen besorgte sie für mich, und ich konnte all meine Energie darauf verwenden, mich zusammenzureißen.

Allerdings wurde es mir sofort klar, daß diese Reaktion Onkel Johns Verständnisvermögen überstieg, denn auch er schlug sich mit Gefühlen der Unzulänglichkeit herum und haßte sich für das, was er edelmütig als sein Versagen betrachtete. Ich hörte ihn sagen – und jedes Wort traf mich wie ein Dolchstoß, weil er wieder einmal so heldenhaft war und die ganze Schuld auf sich nahm –, «es tut mir leid, Ginevra, aber ich habe offensichtlich alles verpatzt. Ich sehe jetzt, daß er noch zu jung ist, um das, was ich ihm zu erklären versuchte, zu verkraften.»

«Quatsch!» donnerte meine Mutter nun auch ihn wütend an. «Wenn er alt genug ist, um über das Heiraten zu reden, muß er auch alt genug sein, um sich anzuhören, was du ihm zu sagen hast! Es ist höchste Zeit, daß er anfängt, den Tatsachen ins Gesicht zu sehen, anstatt in einer Wolke von jünglingshaftem Unsinn herumzuschweben, der in keinem Verhältnis zur Wirklichkeit steht! Also gut, Kester, wir gehen ins Hotel zurück. Dein kindisches Benehmen ekelt mich an. Ich hätte nicht gedacht, daß ein Sohn von mir derartig schlappschwänzisch sein kann.»

Das gab den Ausschlag. Ich richtete mich in meiner ganzen Höhe auf, blickte ihr direkt in die Augen. «Ich sehe keine Notwendigkeit, so früh fortzugehen», sagte ich mit fester und würdiger Stimme. «Mir wurde schlecht, weil ich zuviel Portwein getrunken habe, und ich weinte nur, weil ich nicht fähig war, im Trinken meinen Mann zu stehen. Es hatte überhaupt nichts mit unserem Gespräch zu tun, das ich, wenn du mich bitte entschuldigen willst, mit Onkel John fortsetzen möchte.»

Sie schwieg eine Weile, sagte dann kurz: «Das gefällt mir schon besser», und rauschte hinaus. Die Tür knallte hinter ihr zu. Wir lauschten ihren Schritten, die im Flur verhallten.

«Kester... falls du es vorziehst, nichts mehr zu hören...»

Am liebsten hätte ich geschrien, mich zu Boden geworfen und mit den Füßen um mich geschlagen, aber ich beherrschte mich und sagte kühl: «Meine Mutter hat recht. Wenn ich alt genug bin ans Heiraten zu denken, bin ich auch alt genug, zu hören, was du zu sagen hast. Bitte, fahre fort.»

Aber der arme Onkel John war so demoralisiert, daß er es kaum über sich brachte, mir ein Präservativ zu zeigen und mir einige Ratschläge über die Verwendung zu erteilen. Mir machte es nichts aus, denn ich war entschlossen, mir kein einziges Wort anzuhören, nur ein aufmerksames Gesicht zu machen und von Zeit zu Zeit zu nicken.

«... und so glaube ich, dir im großen und ganzen alles gesagt zu haben», schloß er schwach und erleichtert. «Möchtest du noch irgendwelche Fragen stellen?»

«Nein, vielen Dank, Sir», sagte ich. «Ich bin froh, jetzt alles zu wissen, und bin Ihnen dankbar für Ihre Mühe. Es tut mir wirklich leid, diese Schweinerei in Ihrem Kamin angerichtet zu haben.»

Endlich benahm ich mich wie ein echter Godwin. Während wir beide erleichtert aufatmeten, warf ich noch einen Blick zum Photo auf dem Schreibtisch und dachte an den weltgewandten Vetter Harry, der seine Lektion bestimmt meisterte und mit vollendetem Geschick die Klippen der illegitimen Vaterschaft und der Geschlechtskrankheiten zu umschiffen verstand. Für Vetter Harry gab es kein Kotzen in den Kamin, keine peinliche Verlegenheit, keine Höllenqualen der Demütigung und Scham. Er begibt sich mit einem Lächeln auf den Lippen in die Verderbtheit und Fäulnis der Erwachsenenwelt und nimmt darin ohne einen Blick zurück seinen Platz ein.

Aber ich war nicht wie Vetter Harry, und ich hatte nicht die Absicht, in seiner Welt zu leben. Keine Verhütungsmittel, keine Krankheiten, keine verheirateten Frauen, keine schnellen Mädchen, keinen Schmutz, keine Obszönitäten, keine Erniedrigung – nicht für mich, nie für mich, nie, *nie*, NIE. Ich würde die Prinzessin meiner Träume heiraten und mit ihr in ewiger Glückseligkeit in Oxmoon leben.

Ein Traum? Ja, natürlich war es ein Traum, aber warum nicht? Wenn niemand von Vollkommenheit träumte, wäre die Wirklichkeit immer nur unverminderte Scheußlichkeit, aber manchmal kann ein Mensch seinen Traum verwirklichen – und manchmal, wenn auch sehr selten, ist die Wirklichkeit nicht mehr schmutzig, sondern voller Glanz, eine Vision des Schönsten, das der menschlichen Natur innewohnt, ein Einblick in die absolute Wahrheit, ein Ahnen Gottes.

Ein Idealist? Ja, natürlich war ich ein Idealist, und sogar noch stolz darauf. Der Idealismus unterscheidet uns von den Schweinen. Jeder sollte versuchen, ein Idealist zu sein. Dann hätten wir eine bessere Welt als den Sumpf, in dem wir alle stecken.

Am nächsten Tag rief ich Anna an und erklärte ihr, daß ich sie gleich nach meinem achtzehnten Geburtstag entführen wollte.

4

«Bitte zweimal Brauselimonade und zwei Cremeschnitten», bestellte ich bei der Kellnerin im Blue Rabbit. Um elf Uhr vormittags waren wir und drei ältere Damen, die ihre Krankheitsgeschichten austauschten, die einzigen Gäste.

«Du siehst also», sagte ich zu Anna, nachdem die Kellnerin plattfüßig davongewatschelt war, «da Onkel John ein solches Aufhebens vom Sex gemacht hat, möchte ich wissen, wie du dazu stehst. Ich habe noch nie mit einem Mädchen geschlafen, kann dir also leider nicht einmal annähernd sagen, wie oft mir danach sein wird, aber ich muß dir ehrlich gestehen, daß ich es gelegentlich wirklich gern tun würde, und nicht nur, weil ich Kinder will. Ich habe irgendwie das Gefühl . . . nun, daß es Spaß machen könnte . . .»

«Viel weiß ich nicht darüber», sagte Anna besorgt, «aber auf der Schule habe ich einige sehr erstaunliche Gerüchte gehört.»

«Mag sein, aber du hast nichts zu befürchten. Mama sagt, Sex könne absolut phantastisch sein.»

Wir verstummten plötzlich, als die drei alten Tanten ihr Gespräch über Gallensteine unterbrachen und sich nach uns umdrehten.

«Zweimal Brauselimonade und zwei Cremeschnitten», verkündete die Kellnerin und knallte Teller und Gläser vor uns hin.

Wir bissen tief in unsere Schnitten, um unsere Verlegenheit zu verbergen.

«Du lieber Himmel, Kester», flüsterte Anna, als die drei alten Klatschbasen sich von uns abwandten und wieder von ihren Gallensteinen zu reden begannen, «du sprichst tatsächlich mit deiner Mutter über Sex?»

«Natürlich. Du nicht?»

«Nie! Ich dachte immer, es gehört sich nicht.»

«Meist nicht. Aber es gehört sich immer, verrückt danach zu sein.»

«Mein Gott, wie verwirrend!» Anna ließ ihre Cremeschnitte liegen.

«Keine Bange», beruhigte ich sie. «Ich habe festgestellt, daß das, was sich gehört, sehr wenig mit dem zu tun hat, was man wirklich denkt. Natürlich ist nicht jeder verrückt auf Sex, aber jeder behauptet es zu sein, weil jeder es schrecklich finden würde, als andersartig zu gelten.»

«Es ist auch schrecklich, als andersartig zu gelten», sagte Anna. «Es ist viel leichter, sich anzupassen.»

«Das wäre aber falsch – absolut falsch! Man muß seinen Mann stehen, wie Onkel John zu sagen pflegt, an seinen Prinzipien festhalten und nie Kompromisse nur deshalb schließen, weil es sich gehört!»

«Das finde ich auch», sagte Anna, «aber ältere Leute würden uns nur auslachen, nicht wahr? Ältere Leute würden es nicht verstehen.»

«Ältere Leute sind zu beschäftigt, in Verlogenheit zu leben und es ihre moralische Pflicht zu nennen.» Und ich dachte an Onkel John, der sich scheinbar freiwillig in dem seelentötenden Haus am Eaton Walk einkerkern ließ.

5

Onkel John machte seine Drohung wahr und verschwor sich mit den Steinbergs, unser Glück zu zerstören, um uns «voreinander zu schützen», aber da sie schlau genug waren, um einzusehen, daß es der größte Fehler wäre, uns jeden Verkehr zu verbieten, griffen sie zu raffinierteren Methoden. Zuerst mußte Anna den Steinbergs versprechen, auf keinen Fall vor ihrem achtzehnten Geburtstag zu heiraten, und der stand erst in über einem Jahr bevor. Das gab ihnen die nötige Zeit, sich im Bündnis mit Onkel John auf einen Zermürbungskrieg vorzubereiten. Prinzipiell hatten die Steinbergs nichts gegen mich einzuwenden; mit der Tatsache, daß ich nicht jüdisch war, hatten sie sich seit langem abgefunden, und in gesellschaftlicher Hinsicht war ich zweifellos ein guter Fang für Anna, aber wie Onkel John ließen sie sich nicht von dem Glauben abbringen, daß wir in unserem Alter noch nicht heiraten sollten.

«Laß nur, wir werden einfach etwas später durchbrennen, als ursprünglich geplant», erklärte ich Anna, aber es ärgerte mich insgeheim, daß es den Steinbergs gelungen war, so wirksam an Annas töchterliche Gefühle zu appellieren, und ich hatte alle Mühe, meinen Ärger auf die ältere Generation zu beherrschen, als wir uns anschickten, den Zermürbungskrieg zu überstehen.

Bald darauf kehrte Anna zur Schule zurück. Ich sah sie einmal während der Osterferien, aber dann entführte meine Mutter mich für einen Monat auf den Kontinent, «um meinen Horizont zu erweitern» (ein abscheulicher Euphemismus, mit dem sie mir meine Trennung von Anna schmackhaft zu machen versuchte). Ich begab mich auf meine Europareise, schmollte noch unter dem Eiffelturm, doch dann bezauberte mich Versailles, und ich stellte widerstrebend fest, daß es mir zu gefallen begann. Es ging weiter, über die herrliche Schweiz ins atemberaubende Italien. Natürlich schrieb ich Anna jeden Tag eine Postkarte, aber als ich in Florenz ankam, genügte das meinem Schreibdrang nicht mehr. Ich machte mir Notizen für einen neuen Roman, und obgleich ich Anna schrecklich vermißte, fühlte ich mich immer glücklicher und zufriedener, wenn ich zur Feder greifen und meine Phantasie spielen lassen konnte. Inzwischen versprach mir meine Mutter einen Besuch in Venedig und behandelte mich wie einen Erwachsenen, mit dem man auf gleichem Fuße steht. Sie ließ mich die Mahlzeiten in den Restaurants bestellen, den Taxifahrern Anweisungen geben und die nötigen Trinkgelder verteilen. Ich begann mich wie ein Dreißigjähriger zu fühlen, und es gefiel mir. Es gefiel mir jedenfalls besser als das, was ich stets in Gegenwart Onkel Johns empfand, wo ich mir wie ein störrisches Kind vorkam, das zu ewiger Unreife verdammt ist.

«Siehst du, du brauchst gar nicht zu heiraten, um unabhängig zu sein, Liebling», sagte meine Mutter, als wir nach England zurückkehrten.

Ich blickte sie verblüfft an, hielt jedoch den Mund. Bildete sie sich wirklich ein, ich wollte nur heiraten, um mir meine Unabhängigkeit zu beweisen? Das hatte ich nicht nötig. Im kommenden Jahr, wenn mir meine Erbschaft zustand, würden die Tatsachen für sich selbst sprechen wie auch später meine Heirat, mit der ich meinen Status als Herr von Oxmoon zu weihen und nicht unter Beweis zu stellen gedachte.

Bis zu meinem achtzehnten Geburtstag mußte ich allerdings noch einige Monate warten, und als ich heimkehrte, stürzte ich mich in die letzten Vorbereitungsarbeiten für die höhere Reifeprüfung. Simon machte sich Sorgen, weil ich während des Krachs wegen Anna mein Studium vernachlässigt hatte, aber ich war überzeugt, mit ein bißchen harter Büffelei durchzukommen, und außerdem wollte ich Onkel John nicht wissen lassen, daß ich mit meiner Arbeit in Rückstand geraten war.

Büffelei bedeutete, daß ich keine Zeit hatte, täglich mehr als ein paar Worte an Anna zu schreiben, aber auch sie schuftete schwer, und so schmolz unsere einst so umfangreiche Korrespondenz zu einigen heimlichen Briefchen zusammen. Meine Mutter war sehr froh darüber, wie ich verärgert feststellte, und schon deshalb beschloß ich, nach den Examen wieder lange Ergüsse zu schreiben.

Die Sommerferien kamen, aber wir fanden nur Zeit zu einem kurzen Stelldichein im Blue Rabbit, bevor meine Mutter mich wieder ins Schlepptau nahm. Wir besuchten Onkel Edmund auf seinem Gut in Kent, und dann ging es weiter nach Schottland zu Tante Daphne, bei der eine große Hausgesellschaft im Gange war. Vetter Harry, der ebenfalls seine Reifeprüfung gemacht hatte, war dort mit Onkel John, Tante Constance und Francesca, und nach einem Gespräch mit ihm wurde mir klar, daß ich meine schriftliche Lateinarbeit total verpatzt hatte. Vetter Harry plante, im Herbst nach Oxford zu gehen. Ich war zu jung für Oxford und hätte noch ein Jahr warten müssen, aber Onkel John sagte, es gebe eine Menge Dinge, die ich in der Zwischenzeit unbedingt zu tun hätte.

Mir schauderte bei dem Gedanken, aber Tante Daphnes Hausgesellschaft war so entsetzlich, daß ich über diese Drohung nicht lange nachgrübeln konnte, und im übrigen dachte ich nur noch ans Schreiben. Wie gern hätte ich die in Florenz rasch hingeworfenen Notizen ausgearbeitet, aber in diesem August bei Tante Daphne gab es kaum Zeit und Gelegenheit, allein zu sein. Ich wurde immer ungeduldiger. Schließlich schloß ich mich in meinem Zimmer ein, fern von den spatzenhirnigen Mädchen, die mich langweilten, und den netten verheirateten Frauen, die ich jetzt – dank Onkel John – einfach abscheulich fand. Ich schrieb und schrieb und ging ganz in meiner Arbeit auf, bis Onkel John mir vorwarf, unhöflich zu sein. Dann bemühte ich mich, an all dem blöden Gesellschaftsrummel teilzunehmen, doch um mir Ausgleich zu schaffen, stand ich um vier Uhr morgens auf und schrieb fünf Stunden bis zum Frühstück. Es machte mir nichts aus, aber gegen Abend welkte ich hin, und einmal döste ich sogar beim Abendessen ein.

«Aber wirklich, Liebling», sagte meine Mutter, die genau wußte, was vorging, «kann das Meisterstück nicht warten, bis du in Oxmoon bist?»

«Nein», erwiderte ich. Wenn ich besessen bin, gibt es für mich kein Halten, und als ich den seltsamen Blick sah, den sie mir zuwarf, wurde mir bewußt, daß sie jene geheime Seite meines Wesens erkannte, die sich mit den Jahren immer mehr entwickelt hatte. «Liebling», sagte sie besorgt, «du solltest dich in deiner Besessenheit nicht zu weit gehen lassen. Die Schriftstellerei ist ein reizender Zeitvertreib, aber du darfst sie nicht zu deinem Lebensinhalt machen. Das wäre eine Flucht vor der Wirklichkeit . . . ein gefährliches Davonlaufen.»

«Quatsch!» sagte ich ohne zu zögern. «Diese idiotische Hausgesellschaft ist eine Flucht vor der Wirklichkeit! Und das, was du meine Besessenheit zu nennen beliebst, ist das einzige Wahre hier!»

Meine Mutter wurde bleich. Ich dachte, sie sei wütend, stammelte eine Entschuldigung für meine Offenheit, die, wie ich jetzt erkannte, wirklich sehr grob geklungen haben muß, aber ich verstummte, als ich sah, daß sie nicht zuhörte. Sie war ans Fenster getreten. Hinter ihr erblickte ich, über den See hinweg, die steilen Hänge des Ben Nevis im Licht der Sommersonne.

«Ich habe das schon einmal erlebt», sagte meine Mutter und preßte sich die Hände an die Wangen wie in großer Verstörtheit.

Plötzlich wurde mir bewußt, daß dieses Gespräch keinem anderen glich, das ich je mit ihr geführt hatte. Ich war gewohnt, mit ihr übereinzustimmen, und setzte eine gewisse Harmonie als selbstverständlich voraus, aber jetzt tönte mir nur Mißklang entgegen. Während eines kurzen, bösen Augenblicks fühlte ich mich völlig von ihr abgeschnitten, als wenn eine Tür sich zwischen uns geschlossen hätte.

«Mama . . .»

«Kester, höre endlich auf, so versessen zu sein.» Sie ließ die Hände sinken und blickte mich an. Die ungewöhnlich leise und rasche Art, mit der sie sprach, wirkte peinlich und beängstigend auf mich. «Ich kann diese Besessenheit nicht ertragen.»

«Was soll das heißen?» Ich war verblüfft.

«Ach, deine Besessenheit mit diesem Mädchen, deine Besessenheit mit der Schriftstellerei, deine Besessenheit mit Oxmoon . . . es ist mir . . . so fremd . . . ich habe dich nicht erzogen, so zu sein . . . wie kannst du nur so sein, wo du so sehr wie ich bist, jawohl, du bist genau wie ich, das sagt jeder. Jeder.» Sie faßte sich, und es schien auch höchste Zeit. Zu meinem Schrecken sah ich, daß sie den Tränen nahe war. «Es tut mir leid», flüsterte sie. «Verzeih mir. Ich bin gleich wieder in Ordnung.»

Nach einer Weile sagte ich: «Ich verstehe einfach nicht, warum du dich so aufregst.»

«Nein, das kannst du auch nicht, Kester, dein Vater hatte auch seine Besessenheiten, und sie haben ihn nicht sehr glücklich gemacht.»

Sie starrte aus dem Fenster, die Augen tränenfeucht, und sagte: «Eines Tages werde ich dir erklären müssen, wie das mit ihm war.»

«Das wäre wirklich das letzte, das ich mir wünsche», erwiderte ich sofort. «Daß du dir Kummer machst, weil du dir einbildest, die schmerzliche Vergangenheit zwinge dir eine lästige mütterliche Pflicht auf. Ich weiß, was du mit Daddy ausgestanden hast, als ich aufwuchs, ich weiß, wie ekelhaft und gemein er sein konnte – aber das spielt jetzt keine Rolle mehr, weil ich alt genug bin, um über die gräßliche Krankheit hinweg die Wahrheit zu erkennen, die Wahrheit, die herrliche romantische Wahrheit, die immer über die böse Wirklichkeit triumphiert, und die ist, daß mein Vater überhaupt nicht ekelhaft und gemein war, sondern ein Held, der sich tapfer schlug, um Oxmoon für mich zu gewinnen, und der mit dir die wunderschönste Liebesgeschichte erlebte, und das ist Wahrheit und Schönheit, und das macht all das Schreckliche, das später kam, ungeschehen.»

Meine Mutter weinte still in sich hinein. Das glich so wenig ihren gewöhnlich leidenschaftlichen Gefühlsausbrüchen, daß ich erschrak.

«Und was waren denn das für Besessenheiten, die ihn so unglücklich machten?» fragte ich ziemlich grob und herausfordernd, weil ich so erschrocken war.

Meine Mutter weinte und antwortete nicht.

«Ich glaube, daß sie ihn überhaupt nicht unglücklich gemacht haben», fuhr ich fort. «Ich glaube, er war nur unglücklich, weil die anderen Leute es Besessenheit nannten und fanden, es gehöre sich nicht.»

Jetzt brach meine Mutter völlig zusammen.

Ich konnte es nicht ertragen, sie in diesem Zustand zu sehen. Es schien mir einfacher so zu tun, als benähme sie sich äußerst dumm und verdiente, alleingelassen zu werden.

Ich ging aus dem Zimmer.

6

«Mama, es tut mir leid, davongelaufen zu sein, aber du warst so gar nicht wie sonst, daß es mich völlig aus der Fassung brachte. Möchtest du mir jetzt von Daddy erzählen? Vielleicht fühlst du dich dann besser.»

«O nein», sagte meine Mutter. «Nicht jetzt. Ich kann es nicht.»

«Aber warum nicht? Du sagst mir doch sonst alles! Du bist immer offen und ehrlich zu mir gewesen!»

Wieder traten ihr die Tränen in die Augen.

«Ach, Mama, um Himmels willen!»

«Ja, ich werde es dir erzählen», sagte sie rasch, «eines Tages werde ich dir alles erzählen, aber wann, das mußt du mir überlassen. Ich habe Declan alles erzählt, als wir uns versöhnten, und er verstand, fand sich mit allem ab und verzieh mir – es war schrecklich für Declan, schrecklich, als ich Robert heiratete . . .»

«Declan interessiert mich nicht.» Ich wandte mich ab.

«Kester, erst wenn du bereit bist, dich für Declan zu interessieren, wirst du alt genug sein, um meine beiden Ehen zu verstehen und dir anzuhören, was ich darüber zu sagen habe.»

«Deine erste Ehe interessiert mich überhaupt nicht. Das hat nichts mit mir zu tun. *Ich will es einfach nicht wissen.*»

Sie neigte schweigend den Kopf.

«Ich frage dich zum letzten Mal, Mama, was waren diese Besessenheiten meines Vaters?»

Schweigen.

Ich ging hinaus.

7

«Soll ich wirklich ganz ehrlich zu dir sein?» sagte Tante Julie eine Woche später.

«Du mußt. Mama kann es nicht. Sie kann den Gedanken nicht ertragen, daß die große Liebe ihres Lebens in einer Tragödie endete, und jedesmal, wenn sie von meinem Vater zu sprechen versucht, wird sie von traurigen Erinnerungen überwältigt.»

Es war September. Endlich hatten meine Mutter und ich Schottland verlassen, und wir machten Zwischenstation in London, damit sie bei Harrods einkaufen und die Auktionen besuchen konnte, aber bevor ihr das möglich war, liefen wir einem alten amerikanischen Freund von ihr in die Arme, der sie sofort in ein Nachtlokal einlud. Das war an sich nicht ungewöhnlich; meine Mutter begegnete oft alten Freunden, die sie in Nachtlokale einluden, aber dieser Mann war viel jünger als sie und sah wie eine vulgäre Imitation Clark Gables aus, und ich fand es höchst unschicklich, daß sie mit ihm ausging.

«Du solltest an deinen Ruf denken, Mama», bemerkte ich streng, als wir ins Hotel zurückkehrten. «Ich weiß zwar, daß du nichts Schlechtes tun würdest, aber andere Leute könnten denken ...»

Ich unterbrach mich. Zum ersten Mal fiel mir ein, daß die anderen Leute recht haben könnten, daß meine Mutter zu Onkel Johns Kategorie der verheirateten Frauen (Unterabteilung lustige Witwen) gehörte, und daß sie – wenn man ihre selbsteingestandene Begeisterung für den Beischlaf bedachte – durchaus fähig wäre, sich sündhaften Absichten hinzugeben.

Das Elend packte mich. Plötzlich schien die Welt mir unerträglich. «Ich möchte nach Oxmoon zurück», sagte ich.

«Ach Schatz, reiß dich zusammen und sei kein Spielverderber! Ich weiß ... ich rufe Julie an. Sie kann dich zum Abendessen einladen, und dann hast du Unterhaltung.»

Ich entgegnete mit Würde, ich sei durchaus fähig, den Abend allein zu verbringen, aber insgeheim freute ich mich, denn Tante Julie war eine echte Persönlichkeit, figurierte nicht in irgendeiner der abscheulichen Kategorien Onkel Johns, und von ihr hatte ich keine finsteren Absichten zu befürchten. Außerdem verstand auch sie die Bedeutung von Wahrheit, Schönheit, Kunst und Frieden, obgleich das jetzt kaum von Wichtigkeit war, denn heute interessierte mich Tante Julie nur, weil sie meinen Vater vor seiner Krankheit gekannt hatte.

«Sei ganz offen zu mir, Tante Julie.»

«Gut. Aber dann muß ich dir zuerst gestehen, daß ich ihn nicht mochte.»

«Warum nicht?»

«Weil er Frauen haßte. Versteh mich recht, sexuell war er ganz normal, sonst hätte deine Mutter ihn nie geheiratet. Aber mir schien es immer, als liebte er sie, nicht *weil,* sondern *obgleich* sie eine Frau war.»

In meiner Bestürzung stellte ich die erste Frage, die mir in den Kopf kam. «Aber er liebte sie doch, nicht wahr?»

«Ja», sagte Tante Julie, «das tat er. Und ihre Beziehung war höchst außergewöhnlich und bemerkenswert.»

Ich entspannte mich. Sie hatte genau das gesagt, was ich hören wollte. «Gut, jetzt erzähle mir von seinen sogenannten Besessenheiten.»

«Nun, Kester, ich kannte ihn nicht gut genug, um dir eine vollständige Liste aufstellen zu können, aber es fiel mir auf, daß er seiner Persönlichkeit nach zur Besessenheit neigte. Für ihn schien das Leben nur eine endlose Reihe von Wettkämpfen zu sein, aus denen er stets als überlegener Sieger hervorgehen mußte. Wie du weißt, war er ein sehr erfolgreicher Mann, aber ich glaube nicht, daß ihm der Erfolg viel bedeutete. Er befriedigte nur seine Eigenliebe.»

«Wie interessant!» Ich fand es höchst verwirrend. «Du meinst also . . .»

«Ich meine, daß alle seine Besessenheiten dem Wunsch entsprachen, immer der Erste zu sein. Als er in Oxford studierte, mußte er es zur doppelten Auszeichnung bringen; als er in die Politik einstieg, wollte er Premierminister werden; als er Berge bestieg, mußte es unbedingt der Mount Everest sein. Und natürlich konnte er sich nicht in deine Mutter verlieben, ohne daraus eine große Leidenschaft *und* eine Märchenidylle zu machen.»

«Aber das ist doch wunderbar!» rief ich aus und sah plötzlich das Leben meines Vaters von einem neuen, glanzvollen Blickwinkel aus, der mir begreiflich schien. «Er träumte von Vollkommenheit und machte seine Träume wahr! Er war ein Idealist – ein Romantiker!»

Tante Julie starrte mich an. «Wie gut du es erfaßt hast», sagte sie schließlich. «Man hielt ihn für kalt und zynisch – aber natürlich kann niemand so kalt und zynisch sein wie ein romantischer Idealist, der seine schönen Träume zerrinnen sieht.»

«Ja, jetzt verstehe ich, wie schrecklich die Krankheit für ihn gewesen sein muß. Es macht die Tragödie noch viel schlimmer.»

Tante Julie zögerte. Ich bemerkte es, und im gleichen Augenblick witterte mein sechster Sinn Gefahr im Anzug. Aber bevor ich mich auf den Rückzug begeben konnte, sagte Tante Julie gelassen: «Die Krankheit war gewiß eine Tragödie, Kester, aber es ist nicht ausgeschlossen, daß sie deinem Vater gelegen kam, um die Probleme zu lösen, mit denen er nicht fertig wurde.»

«Aber vor seiner Krankheit hatte er doch bestimmt keine Probleme», warf ich ein. «Alle seine Träume gingen in Erfüllung.»

«Nicht alle», sagte Tante Julie.

Eine Weile schwiegen wir. Dann fragte ich: «Welche?»

«Ach, das sollte deine Mutter besser wissen als ich.» Tante Julie überlegte. «Jedenfalls sah ich, wie verstört und unruhig er war, und ich nehme an, daß er sich deshalb ganz und gar in die Bergsteigerei zurückgezogen hat.»

«Ganz und gar? Moment, ich weiß, daß er gern kletterte, aber ich dachte, es sei nur ein Hobby?»

«Kaum. Er wollte seine Karriere und seine Existenz in London aufgeben, um sich nur noch der Bergsteigerei zu widmen.»

«Du großer Gott!» Ich starrte sie an. Jetzt war ich sehr interessiert. «Aber . . . das gehört sich doch nicht!»

«Es hätte ihm nichts ausgemacht. Er war wie von einer mystischen Vision ergriffen.»

«Wie herrlich!» Jetzt hatte ich der Gefahr den Rücken zugekehrt und befand mich wieder auf vertrautem und sicherem Boden. Ich trank den Rest meines Weins aus und sagte: «Er war wirklich ein Held!» Und dann kam mir ein Gedanke, nur ein kleiner Gedanke, nichts, worüber man sich Sorgen zu machen brauchte, nur eine Kleinigkeit, die vielleicht einmal in ferner Zukunft eines weiteren Nachdenkens wert sein könnte, und ich sagte fast unwillkürlich: «Aber Mama hat es bestimmt nicht gefallen.»

«Nein. Ganz und gar nicht.»

«Aber das macht nichts», fügte ich rasch hinzu. «Trotzdem hatten sie diese außergewöhnliche Beziehung, die all das Unglück wiedergutmachte, und, o Gott, ist es nicht wunderbar, wie Schönheit und Wahrheit die Scheußlichkeiten des Lebens zu verklären vermögen und uns Gott näherbringen, dem Göttlichen, dem Himmel . . . Du meine Güte, ich muß wirklich betrunken sein! Es tut mir furchtbar leid. Ich habe kürzlich entdeckt, daß ich mich zu leicht beschwipse.»

Tante Julie streichelte mir die Hand, rief den Kellner und bat um die Rechnung. «Ich bringe dich ins Hotel zurück.»

Als wir in Tante Julies kleinem Austin auf halbem Wege zu den Kensington Gardens waren, fragte ich plötzlich: «Hat Mama Liebesaffären mit diesen gräßlichen Männern, die sie ständig in Nachtlokale einladen?»

«Warum fragst du sie nicht?» antwortete Tante Julie. «Sie wird dir bestimmt die Wahrheit sagen.»

«Das befürchte ich ja gerade.»

Wir hielten vor dem Hotel, aber bevor ich Tante Julie für ihre Freundlichkeit und den netten Abend danken konnte, sagte sie ganz unvermittelt: «Kester, deine Mutter hat in mancher Beziehung viel Schweres durchgemacht. Ihr erster Mann wurde vor ihren Augen erschossen, ihr zweiter brauchte neun Jahre zum Sterben, sie war lange Jahre von Declan getrennt, dann starb Robin bei diesem schrecklichen Unfall – denke daran und frage dich, ob ein gelegentlicher Bummel in einem Nachtlokal wirklich so wichtig ist.»

Sie hatte recht. Ich wußte es, fand jedoch keine Worte, es ihr zu sagen.

Tante Julie streichelte noch einmal meine Hand und fügte hinzu: «Hüte dich vor Eifersucht – das war einer der größten Fehler deines Vaters. Hüte dich vor all diesen heftigen und gewaltsamen Gefühlen, unter denen er gelitten hat, und habe Geduld mit deiner Mutter. Am Ende wird sie froh sein, daß du ihm ebenso gleichst wie ihr – sie wird es sogar romantisch finden, und dann wird vielleicht die schmerzliche Vergangenheit weniger schwer auf ihr lasten und es ihr leichter machen, dir von ihm zu erzählen.»

Ich küßte sie, schwor ihr, geduldig zu sein, und trottete ins Hotel, um mich in tiefem Schlaf von den üblen Nachwirkungen zu vieler Gläser Nuits St. George zu erholen.

8

«Ich sehe ein, daß ich mich sehr unschicklich und dumm benommen habe», sagte meine Mutter am nächsten Morgen beim Frühstück, «und ich werde dir alles über deinen Vater erzählen.»

«Nein, danke», sagte ich. «Das ist nicht nötig.»

Sie starrte mich an. «Nicht nötig?»

«Nein. Ich weiß alles, was ich wissen möchte, also vielen Dank, und betrachten wir den Fall als erledigt.»

Langes Schweigen. Sie zündete sich eine Zigarette an, ich goß mir noch eine Tasse Tee ein, und wir saßen stumm beisammen und blickten auf den Regen über den Kensington Gardens.

Schließlich sagte meine Mutter: «Gestern abend vor dem Nachtlokal spielte ein alter Bettelmusikant einen Walzer von Strauß, und während ich ihm zuhörte, fiel mir auf, wie seltsam es ist, daß die meisten Leute die Wiener Musik so fröhlich finden. Für mich drückt die Musik von Strauß Traurigkeit aus, und wenn du genau hinhörst, klingt dir hinter der romantischen Fassade Schwermut entgegen.»

«Ich höre es nicht», sagte ich, «und ich will es auch nicht hören. Für mich ist allein die Romantik wichtig und nicht die Schwermut.»

Plötzlich lächelte sie, und ihre Augen glänzten in einem Empfinden, das ich nicht zu lesen verstand. «Das würde ich auch gern glauben», sagte sie, «und vielleicht tue ich es sogar immer noch, trotz all dem Schrecklichen, das ich erlebt habe. Wäre das nicht ein Triumph? Welch ein schöner Sieg über Enttäuschungen und Verzweiflung!»

«Von so häßlichen Dingen wie Enttäuschungen und Verzweiflung will ich nichts hören.»

«Schon gut, Schatz, ich verstehe. Wir schicken es nur auf eine andere Brücke, die wir später überqueren müssen, und dann sind wir die Sorge wenigstens für eine Weile los.»

9

Kurz nach unserer Rückkehr aus London begann mir meine Lage unerträglich zu werden. Wie es sich herausstellte, hatte ich meine höhere Reifeprüfung total verpatzt. Ich war durchgefallen. In englischer Literatur hatte ich mich gut bewährt, in Geschichte mit knapper Not ein «Genügend» erreicht, doch in Latein völlig versagt. Onkel John meinte, ich hätte Harrys Beispiel folgen und mit den Examen warten sollen, bis ich achtzehn wäre – und Harry hatte natürlich in allen drei Fächern glänzend abgeschnitten und ein offenes Stipendium für Oxford erzielt.

Ich haßte ihn.

«Also, Kester», sagte Onkel John, «du wirst dich im nächsten Jahr auf dein Studium konzentrieren müssen und den Unterricht in Gutsverwaltung vorläufig aufschieben. Aber das macht nichts, denn es war ohnehin nicht zu erwarten, daß du gleich von deinem achtzehnten Lebensjahr an Oxmoon eigenhändig leiten würdest.»

Ich haßte auch ihn. Er hatte meinem Geburtstag allen Zauber genommen, ihn zu einem gewöhnlichen Schultag gemacht.

«Aber ich kann doch wenigstens ein Scheckbuch haben, wenn ich achtzehn bin?» fragte ich.

Onkel John musterte mich kühl und sagte muffig: «Wir werden uns schon etwas Passendes einfallen lassen, das gleichzeitig deiner Mündigkeit Rechnung trägt und deiner Unfähigkeit, mit deinem Taschengeld auszukommen. Wie ich höre, schuldest du deiner Mutter dreiundzwanzig Pfund, sieben Shilling und sechs Pence.»

Das war Verrat. Ich setzte meine Mutter auf die Liste der Gehaßten.

«Verdammt noch mal, Onkel John, warum soll ich meiner Mutter nicht ein paar Pfund schulden? Sie hat sie mir doch freiwillig geliehen! Schließlich *bin* ich der Herr von Oxmoon!»

«Ein Grund mehr, dich nicht in Schulden zu stürzen.»

Am liebsten wäre ich auf der Stelle fortgegangen und hätte Tausende verpraßt.

Mein achtzehnter Geburtstag wurde dann schließlich im entsetzlichen Godwinschen Stil gefeiert, mit einem Abendessen für die Verwandten und alten Freunde der Familie. Mein einziger Trost war die

Abwesenheit Vetter Harrys, der in Oxford wieder einmal derartige Glanzleistungen vollbrachte, daß er sich unmöglich davon losreißen konnte.

Ich begann schwere Bedenken gegen ein Studium in Oxford zu hegen. Onkel John würde es sich nicht nehmen lassen, mich unter dem Vorwand, daß ich ein Student sei, für weitere drei Jahre an der Leine zu halten, und außerdem war die Aussicht, ständig von Vetter Harry übertrumpft zu werden, wirklich das letzte, das ich mir wünschte. Könnte ich statt dessen nach Cambridge gehen? Nein, weil Onkel John mich fragen würde, warum ich nicht nach Oxford wolle, und mich vielleicht sogar demütigen könnte, indem er die Wahrheit erriet. So beschloß ich, auf ein Universitätsstudium zu verzichten, obgleich es sicher viel Spaß gemacht hätte, mit Anna unter den «träumenden Türmen» zu leben. Was war schon eine Universität? Nichts weiter als eine Fortsetzung der Schule, und Ricky Mowbray hatte mir erzählt, daß es in Oxford von Schulflegeln wimmelte, um die die Menschheit nicht ärmer geworden wäre, wenn man sie auf den Sportplätzen von Eton erschlagen hätte.

«Wie ich höre, wurde der schwule Ricky Mowbray aus Oxford verwiesen», bemerkte Thomas in Gegenwart meiner Mutter. «Was hat er angestellt? Unzucht im Schulgebäude?»

«Du solltest deine Zunge im Zaum halten, Thomas», ermahnte ihn meine Mutter kühl. «Du könntest dir eine Klage wegen böswilliger Verleumdung einhandeln. Ricky hat Oxford aus freien Stücken verlassen, und nichts weist darauf hin, daß er sich je in der von dir beschriebenen Weise benahm.»

Aber ich kannte Ricky besser als sie. Ich war sechzehn, als er aus Oxford kam und sich mir anvertraute.

«Die Wahrheit ist, daß ich es ohne dich einfach nicht mehr aushielt, Kes . . . ich war so elend . . . vermißte dich so sehr . . . ich kann mir nicht helfen, aber ich bin wahnsinnig in dich verliebt.»

Ein Alptraum. Von Panik ergriffen flüchtete ich mich in die Grobheit. «Mein Gott, Ricky, falls ich mich in einen Mann verlieben müßte, wärst du es natürlich, aber wenn ich physisch erregt bin, denke ich nur an Anna.»

Peinliche Verlegenheit auf beiden Seiten. Gequältheit. Scham.

«Verrate mich nicht, Kes. Kannst du mir das versprechen? Ich werde dich nie mehr belästigen. Ehrenwort!»

«Ach, sei doch nicht so blöd, Ricky! Einen Freund verrate ich nicht!»

«Kann ich noch dein Freund sein?»

«Warum denn nicht?» Er tat mir furchtbar leid, aber ich fühlte mich erleichtert, als er für ein Jahr nach Frankreich ging, um an der Universität von Grenoble zu studieren, und noch mehr, als er, scheinbar von seiner entwürdigenden Abartigkeit geheilt, zurückkehrte.

«Kes, du *mußt* mir verzeihen, daß ich ein solcher Hornochse gewesen bin – aber, ehrlich gesagt, hatte ich in Oxford völlig durchgedreht. Doch jetzt ist es Gott sei Dank vorbei damit, und ich habe eine Neigung für blauäugige Blondinen entwickelt. Wie geht es deiner Cousine Erika?»

Erika, die in London einen Kochkurs gemacht hatte, war nach Gower zurückgekehrt und starb fast vor Langeweile. Ich wünschte Ricky Glück, war jedoch äußerst zurückhaltend, als er sich nach Anna erkundigte. Ich hatte beschlossen, niemanden, auch nicht meinen besten Freund, in meinen festen Plan, gleich nach ihrem achtzehnten Geburtstag mit Anna zu fliehen, einzuweihen.

Sie war jetzt siebzehneinhalb. Es blieben noch sechs Monate.

Der Juni kam. Ich stellte mich noch einmal der Reifeprüfung, fand jedoch jetzt die Aufgaben viel leichter und glaubte felsenfest, gut abgeschnitten zu haben. Onkel John begann wieder von Oxford zu reden, und ich hörte ihm höflich zu. Er durfte auf keinen Fall wissen, daß ich drauf und dran war, mich in einer großartigen romantischen Geste von meinen Fesseln zu befreien und meine langerwartete Unabhängigkeit auf die ruhmreichste Art zu feiern.

Im Juli kehrte Anna von ihrem letzten Schulquartal zurück, und wir trafen uns am nächsten Tag im Blue Rabbit, um die letzten Einzelheiten unseres Plans festzulegen.

Sie verbrachte ihren Geburtstag bei den Eltern. Wir fanden, daß sie ihnen das schuldete, aber schon am Morgen des 25. Juli nahmen wir den Zug nach London und begaben uns von dort in den Norden, nach Gretna Green.

Fünftes Kapitel

I

Bevor ich Oxmoon verließ, schrieb ich einen Brief an meine Mutter: «Liebe Mama, ich bin für eine Weile fort und werde Anna heiraten. Werde nicht zu bleich. Ich bin ein Mann, der nur einmal liebt, und ich habe meine große Liebe gefunden. Es tut mir leid, aber ich kann nicht warten, bis ich fünfundzwanzig bin. Ich glaube, mein Vater hätte Dich auch geheiratet, als er achtzehn war, wenn Du nicht mit Mr. Kinsella durchgebrannt wärst, um der Verlobung mit Sir Timothy Appleby zu entgehen. Ich bezweifle sehr, daß er wirklich so scharf auf irgendeine jener Mätressen war, die Du erwähntest. Ich wäre es jedenfalls nicht gewesen. Also denke an ihn und verzeihe mir. In sechs Wochen bin ich wieder da. Gruß und Kuß, Dein Kester.»

Trotz seines romantischen Rufs als Zentrum heimlicher Eheschließungen war Gretna Green ein ödes Kaff, aber ich hatte eine Menge Geld (dank des Entgegenkommens meines Bankdirektors, Mr. Lloyd-Thomas – eine erfreuliche Abwechslung von Onkel John), so daß wir während unseres Aufenthalts in Schottland wenigstens in einem gewissen Stil leben konnten. Ich mietete einen Wagen, und jeden Tag machten wir Ausflüge in die schöne Landschaft, tafelten ausgiebig am Abend, bevor wir uns für die Nacht in unsere Gemächer zurückzogen. (Natürlich hatten wir getrennte Schlafzimmer.)

Wir unterhielten uns gerade darüber, ob die Ehe nach einem so vollkommenen Liebesglück nicht ein bißchen ernüchternd sein würde, während wir von unserem Nachmittagspicknick ins Hotel zurückkehrten, und da sah ich einen mir wohlbekannten M.G. auf dem Parkplatz stehen.

«O Gott!» rief ich entsetzt aus, als Rory mit triumphierendem Gesicht aus dem Hoteleingang trat.

«Was sollen wir tun?» fragte Anna in Panik.

«Durchhalten und nicht aufgeben», antwortete ich, einen kriegerischen Lieblingsausdruck Onkel Johns benutzend, jedoch mit sinkendem Mut bei dem Gedanken, daß meine Familie sich verschworen hatte, mich vor mir selbst zu retten. Ich hielt den Wagen an und stieg aus. Rory funkelte mich an. «Du blöder kleiner Ausreißer», rief er, «ich bin gekommen, um dich nach Hause zu bringen. Du hast deiner Mutter das Herz gebrochen!»

«Ach du meine Güte», sagte ich, «wie Rupert von Hentzau!» Und als ich Anna lachen hörte, kehrte mein Mut zurück.

«Mach keine Geschichten, Kleiner . . .»

«Ach, halt den Mund Rory – halt dich an deine reiche Frau und laß mich in Ruhe!»

Rory starrte mich an, als wären mir Hörner und ein Schwanz gewachsen. Ich geriet in wahre Ekstase, und die Zukunft erschien mir plötzlich in einem neuen Licht: Ich war endlich in der Lage, der Familie, die mich immer so geärgert hatte, klar und deutlich meine Meinung zu sagen.

«Willst du uns bitte entschuldigen?» sagte Rory zu Anna. «Ich muß mit meinem Bruder unter vier Augen sprechen.»

«Was mich anbetrifft, so bist du nicht mein Bruder», sagte ich. «Wenn Mama nicht den Kopf verloren und einen irischen Gangster geheiratet hätte, wärst du nicht einmal auf die Welt gekommen!»

«Verdammt noch mal», sagte Rory rot vor Wut. «Mein Vater war Robert zehnmal überlegen . . .»

«Ach geh und spinne deine Märchen anderswo!»

«Du bist derjenige, der Märchen spinnt, wenn du dir einbildest, daß dein Vater unsere Mutter glücklich gemacht hat!»

Ich schlug ihn nieder.

Anna riß Mund und Augen auf.

Rory brachte vor Verblüffung kein Wort hervor. Er setzte sich am Boden auf und schüttelte den Kopf, wie um zur Besinnung zu kommen. Ich sah den Hotelportier über den Hof ins Haus eilen, um zu berichten, daß eine Schlägerei im Gange war.

«Scher dich zum Teufel», sagte ich zu Rory, «und laß uns in Ruhe.»

Rory stieß ein wütendes Knurren aus, das seine Demütigung verbergen sollte, und dann schrie er: «Du blöder kleiner Rotzjunge, ich werde dich nach Hause bringen, ob du willst oder nicht!» Er rappelte sich auf die Beine, um seine Drohung auszuführen. Er war zwar kleiner als ich, aber dafür breiter und schwerer. Das viele Trinken hatte ihn jedoch schlaff gemacht, und ich war jünger und wendiger. Wir kämpften wild miteinander. Anna sprang aus dem Wagen und flehte uns an, aufzuhören, aber wir nahmen keine Notiz von ihr, und schließlich vermochten nur die gemeinsamen Bemühungen des Hoteldirektors, der beiden Portiers und des Schuhputzers uns zu trennen.

Die Polizei erschien.

Wir wurden verhaftet, ins Verhör genommen, wegen Unruhestiftung auf der Polizeiwache in getrennte Zellen gesteckt. Rory erhielt die Erlaubnis, zu telephonieren, und am nächsten Morgen kam Onkel John mit Rolls-Royce und Chauffeur in Gretna Green an, kurz vor einer Horde von Zeitungsreportern, die inzwischen vernommen hatten, daß ein Mitglied einer in *Burke's Almanach des Landadels* erwähnten Familie in großem Stil, jedoch vergeblich, mit einem jungen Mädchen durchgebrannt war.

Mühsame Stunden vergingen. Onkel Johns Leute fertigten die Presse ab. Onkel Johns Anwalt verhandelte mit der Polizei. Schließlich wurde die Anklage fallengelassen, und als wir ins Hotel zurückkehrten, schickte Onkel John sich an, alles übrige ins reine zu bringen.

«Rory, du wirst mir den Gefallen tun und sofort nach London zurückkehren», sagte er mit einer Stimme, die seinen Schwiegersohn zur Schnecke machte. «Du hast mit deiner Anwesenheit hier schon genug Unheil angerichtet.»

Rory schlich sich betreten davon. Wäre ich nicht mit meinen eigenen Problemen so beschäftigt gewesen, so hätte er mir vielleicht sogar leid getan.

Jetzt war der Augenblick gekommen. Es wurde ohne Zweifel der kritischste Augenblick meines bisherigen Lebens. Sollte ich meine Unabhängigkeit behaupten oder mich noch einmal von Onkel John einschüchtern und wie ein störrisches Kind behandeln lassen? Ich zitterte vor Angst, als wir uns gegenüberstanden, aber trotz meines Schreckens wurde ich mir meiner eisernen Entschlossenheit, nicht nachzugeben, bewußt.

«Nun, Kester», sagte Onkel John und blickte sich so abschätzig in meinem kleinen Schlafzimmer um, daß es mir ebenso schäbig und schmutzig erschien wie der Schimpf meiner mißglückten Entführung, «du hast dich in eine sehr unglückliche Lage gebracht.»

«Alles war in bester Ordnung», sagte ich, «bis alle sich einzumischen versuchten.» Zu meinem Entsetzen bebte mir die Stimme.

«Das tut mir leid – ich hatte jedoch eher den Eindruck, daß meine Einmischung notwendig war. Schließlich habe ich dich aus dem Gefängnis geholt und dir eine Menge Ärger erspart. Aber das spielt jetzt keine Rolle. Falls ich mir mit deiner Rettung nur Undank und Ablehnung einhandle, so bleibt mir keine andere Wahl, als diesen Preis zu zahlen. Und jetzt...» er hielt inne, um die Reste seiner Geduld aufzusammeln, «muß ich dir sagen, daß deine Mutter die Heirat zu verhindern wünscht und dich, da du auf Rory nicht hören wolltest, unter Vormundschaft des Gerichts stellen will, aber ich würde dir sehr raten, mit mir nach Hause zu kommen, damit es nicht zu einer solchen Maßnahme kommt.»

«Ich gehe erst nach Hause, nachdem ich verheiratet bin.»

«Ich glaube, du verstehst mich nicht. Einmal unter gerichtlicher Vormundschaft kannst du verhaftet werden, wenn du trotz des gerichtlichen Verbots heiratest.»

«Dann gehe ich eben ins Gefängnis. Aber ich werde heiraten, und niemand wird mich daran hindern.»

«Wenn du ruhig nach Hause kommst, bin ich sicher, daß deine Mutter in eine offizielle Verlobung einwilligen wird...»

«Nein. Ich habe lange genug gewartet. Ich warte nicht mehr länger.»

«Aber...»

«Das ist mein Entschluß, und ich bleibe dabei.»

«... wenn ich dich nur überzeugen könnte, daß...»

«Nein.»

«... daß du deine Pläne für eine Weile aufschiebst...»

«NIE!»

Ich blickte ihn an. Er war nicht größer als ich. Ich starrte ihm direkt in die Augen, und schließlich sagte er: «Ich wünschte, dein Vater lebte noch und könnte mit dir reden. Als Robert seine Jugendliebe heiratete, fand er die Wirklichkeit sehr verschieden von seinen romantischen Jünglingsträumen, glaube ich.»

«Hier geht es nicht um einen bloßen Jünglingstraum», sagte ich. «Ich heirate aus Freundschaft, und das ist meiner Meinung nach sehr vernünftig und realistisch. Jedenfalls halte ich es für viel weniger dumm und unüberlegt, als wenn man wegen Sex und gesellschaftlicher Stellung heiratet, wie so viele es zu tun scheinen.»

Onkel John sagte nichts.

«Und wenn du meine persönliche Ansicht hören willst», fuhr ich fort, ihn von oben bis unten anblickend, «so ist das widerlichste, wegen Geld zu heiraten. Wäre Anna eine Erbin und würde ich vorgeben, sie zu lieben, um meinen Ehrgeiz zu befriedigen, dann hättest du alles Recht, dich einzumischen.»

Onkel John schwieg immer noch. Aber er war bleich.

«Freundschaft ist beständiger als Sex», fügte ich hinzu. «Das weiß jeder. Und Freundschaft, wahre Freundschaft, ist mehr wert als Geld und gesellschaftliche Stellung. Jedenfalls liebe ich Anna – ohne Illusionen, Heuchelei oder Betrug –, und wie viele Männer können das am Abend vor ihrer Trauung sagen? Hast du es gekonnt, als du mit Tante Blanche oder Tante Constance vor den Altar tratst?»

Absolutes Schweigen.

«Und versuche nicht, mich mit dem Beispiel der Ehe meiner Eltern abzuschrecken», sagte ich schließlich, «weil du meiner Meinung nach überhaupt nichts davon weißt. Vielleicht weiß ich auch nicht viel, aber eins weiß ich, und das kannst selbst du nicht leugnen: Sie waren alte Freunde, die sich liebten, und sie hat bis zum Ende bei ihm ausgeharrt. Also erzähle mir nicht, Freundschaft sei kein ausreichender Grund zum Heiraten. Und erzähle mir nicht, mein Vater hätte sich mir in den Weg gestellt!»

Onkel John wandte sich ab. Er hatte lange Zeit geschwiegen. Ich sah ihn im Profil, aber natürlich war sein Gesichtsausdruck wie immer in solchen Augenblicken der Gefühlsverwirrtheit unerforschlich. Während ich ihn beobachtete, fühlte ich mein Herz pochen, und dann wurde ich langsam gewahr, daß ich gewonnen hatte.

Endlich sprach er, ohne mich anzusehen. «Sehr gut. Ich werde deine Mutter bitten, dich nicht unter Vormundschaft stellen zu lassen.» Dann ging er zur Tür.

Ich wollte ihm danken, aber er schnitt mir das Wort ab. «Ich wünsche dir alles Gute», sagte er und warf mir doch noch einen Blick zu. «Hoffentlich wirst du glücklich sein. Mehr habe ich dir nicht zu sagen.»

Die Tür öffnete sich. Dann schloß sie sich hinter ihm. Ich saß auf meinem Bett, vergrub das Gesicht in den Händen und weinte. So mag Wilhelm der Eroberer nach der Schlacht von Hastings geweint haben. Plötzlich fühlte ich mich, als sei ich zwei Meter groß und stark genug, um den Rest der Welt zu erobern; ich wischte mir die Tränen fort, stand auf, ließ mich von der Flutwelle des Hochgefühls tragen, holte Anna und bestellte Champagner.

2

Nach den vorgeschriebenen drei Wochen Aufenthalt heirateten wir, ich im schwarzen Anzug, sie im weißen Kleid, und als ich ihr den Ring an den Finger steckte, sagte ich mir: Ich habe gesiegt! Berauscht von Glückseligkeit sprangen wir gleich nach vollbrachter Tat in unseren Mietwagen und fuhren weiter nach Norden. Anna wollte die Road to the Isles nehmen, weil es so romantisch klang, und nach einer atemberaubenden Reise über die Berge an der Westküste kamen wir in Mallaig an, wo ich für die Nacht ein Zimmer in dem kleinen Hotel mit Blick auf den Hafen und den Dampfersteg nach Skye reserviert hatte.

Ich schrieb uns als Mr. und Mrs. Christopher Godwin im Hotelregister ein und blickte eine Weile sprachlos auf die Worte vor mir. Anna seufzte und drehte an ihrem Ring, wie um sicher zu sein, daß er noch da war. Inzwischen entschloß sich die Empfangsdame, die uns zuerst für unverheiratet gehalten, dann jedoch ihren Irrtum eingesehen und uns als typisches jungvermähltes Paar erkannt hatte, eine weniger saure Miene zu machen. «Abendessen um acht», teilte sie uns höflich mit und wünschte uns einen glücklichen Aufenthalt. Da uns das Gegenteil unvorstellbar schien, strahlten wir sie wortlos an. Der Hausdiener zeigte uns unser Zimmer, und nachdem er gegangen war, standen wir Hand in Hand am Fenster und blickten auf die im Glanz der Abendsonne schimmernde See hinaus, an deren Horizont sich die purpurfarbenen Schatten der Küste von Skye abhoben.

Später versuchten wir zu essen, verloren jedoch das Interesse nach dem ersten Gang. Dann versuchten wir es mit einem kleinen Hafenbummel, aber auch hier verging uns bald alles Interesse. In unser Zimmer zurückgekehrt, setzten wir uns auf das Bett und starrten uns an.

«Sollen wir es tun oder nicht?» fragte ich angstvoll. Der Gedanke, vielleicht ihr Glück zu zerstören, erfüllte mich mit Schrecken.

Anna überlegte sich die Frage, und dann sagte sie vernünftig wie immer: «Versuchen wir es einmal. Denn sonst . . .»

«. . . wird es wie ein Damoklesschwert über unseren Köpfen hängen. Also gut, wir tun es», sagte ich resigniert. «Schwierig kann es ja kaum sein. Denke nur an all die Idioten, die eine Lebensbeschäftigung daraus machen.»

Wir zogen uns einer nach dem anderen aus und gingen ins Badezimmer, und als ich nach einer flüchtigen Begegnung mit der Zahnbürste zurückkehrte, lag Anna im Bett. Sie trug ein einfaches, ärmelloses blaues Nachthemd mit hohem Kragen und sah wie eine Zwölfjährige aus. Ich blickte in den Spiegel und sah einen verlegenen, höchst unattraktiven jungen Mann, der so verängstigt dreinschaute, als müsse er gerade zum Zahnarzt gehen.

«Mein Gott, ich bin ja ganz bleich vor Angst», sagte ich bestürzt.

«Ich auch.»

Wir entdeckten gleichzeitig die Komik der Situation und brachen in schallendes Gelächter aus.

«Du lieber Himmel, Anna», japste ich schließlich, «ich muß unbedingt ein ernstes Gesicht machen, sonst bringe ich es nie fertig, die nötige Leidenschaft zusammenzutrommeln!»

«Ach, mußt du wirklich dazu eine Trommel schlagen?»

Überwältigt vor Lachen stellten wir uns ein in meiner Pyjamahose verstecktes altes Tamtam vor, aber zum Schluß wurde ich doch wieder ernst und sagte: «O Anna, ich liebe dich so!»

«Und ich liebe dich», rief sie aus und umarmte mich, «und, ehrlich gesagt, spielt es keine Rolle, ob du die Trommel schlägst oder nicht, denn es ist so wunderbar, mit dir zu lachen und glücklich zu sein.»

Jetzt war es soweit. Die Trommel begann mir plötzlich in den Ohren zu dröhnen, und als das Lachen verklungen war, wußte ich endlich mit absoluter Gewißheit, daß alles gutgehen würde.

3

«Im Rückblick», sagte ich, als wir am nächsten Morgen verträumt im Bett lagen, «war es gar nicht so schlimm. Wie fandest du es?»

«Höchst seltsam», sagte Anna, «aber ich sehe große Möglichkeiten. Zuerst hatte ich das Gefühl, sterben zu müssen, aber als das vorbei war, fand ich es herrlich, dir so nahe zu sein.»

Ich seufzte. Wie gewöhnlich stimmten wir völlig überein. «Ich fand es ganz toll», sagte ich. «Mama hatte wieder einmal recht.» Gähnend setzte ich mich auf und streckte mich. «Das wär's also ... ich bin froh, daß wir es hinter uns gebracht haben. Jetzt können wir uns entspannen und das Leben genießen.»

Ein Postdampfer verkehrte zwischen Mallaig und den Inneren Hebriden, und eines Tages machten wir die zehnstündige Fahrt, die uns über Skye hinaus zu den wunderschönsten Inseln führte, die ich je gesehen habe. Das Wetter war äußerst wechselhaft, bald prasselten Regenstürme auf uns herunter, kurz darauf strahlte die Sonne am klaren nördlichen Himmel. Im Hafen von Kyleakin goß es in Strömen, aber als wir die Insel Skye verließen, klärte sich der Himmel auf, und kurz bevor wir die Insel Eigg anliefen, war ich in Hemdsärmeln auf dem Deck. Wir ankerten vor Kildonan, wo Post und Vorräte auf ein kleines Boot verladen wurden, und dann ging es weiter der Küste entlang, über das bewegte dunkle und herrliche Meer.

«Ist es nicht wunderbar?» rief ich Anna gegen den Wind zu, als wir am großen Sgurr von Eigg vorbeifuhren, der vom Strand bis in die Wolken ragte.

«Wunderbar!»

Wir genossen die Aussicht eine Weile, dann sagte Anna: «Ich gehe mal sehen, was es auf der anderen Seite gibt», und überquerte das Deck. Sie war begeistert und rief mir zu: «O Kester, schau, SCHAU!»

Ich lief zu ihr hinüber und erblickte eine Seelandschaft, wie ich sie noch nie gesehen hatte. Riesige Berge erhoben sich aus dem schäumenden Weiß der Fluten, die Gipfel von sprühenden Wolken umspielt, die Hänge im Licht der Sonne glitzernd, und während ich gebannt auf das herrliche Bild starrte, ging eine Bö auf das Wasser vor uns nieder, und ein doppelter Regenbogen wölbte sich ungebrochen vom Sgurr von Eigg bis zu den geheimnisvollen Höhen der uns gegenüberliegenden Berge.

Ich wandte mich an den nächsten Matrosen, fragte ihn nach den Namen der Berge, und er antwortete mir mit seinem weichen Hochländerakzent: «Ach, das sind die Coolins von Rhum.»

Was sich hier meinen Augen bot, war Vollkommenheit, und im Nu wurden aller Schmerz und alle Schrecken der Welt bedeutungslos. Körperlich stand ich immer noch auf dem Deck des Postschiffs, aber im Geiste begegnete ich jener ewigen Wahrheit, die alle irdischen Besorgnisse nebensächlich erscheinen ließ.

«Das möchte ich einmal fühlen, wenn ich auf Oxmoon blicke», sagte ich zu Anna. «Ich will es zu einem Ort von solcher Schönheit und Vollkommenheit machen, daß die Menschen noch lange nach meinem Tod darin den Abglanz der Ewigkeit erkennen.»

Anna griff nach meiner Hand. Das Schiff steuerte auf das Ende des Regenbogens zu, wo Schloß Kinloch stolz und erhaben über der geschützten Bucht von Rhum aufragte.

«Endlich – Zenda!» rief Anna lachend aus, und da wußte ich, daß ich mit meiner Prinzessin in Ruritania war, wie ich es mir immer ersehnt hatte, und daß ich jetzt die Macht besaß, alle meine Träume zu verwirklichen.

Ich erinnere mich noch des Gedankens: Die Verwirklichung von Wunschträumen ist eigentlich nichts weiter als eine Geisteshaltung.

4

Wir verbrachten zwei herrliche Wochen auf den Inneren und Äußeren Hebriden, aber schließlich mußten wir umkehren, gaben unseren Mietwagen zurück und nahmen den Zug nach London. Da wir bescheiden gelebt hatten, glaubte ich, mir jetzt ein bißchen Aufwand leisten zu können, und beschloß, bei meinem zuvorkommenden Bankdirektor, Lloyd-Thomas, telegraphisch mehr Geld anzufordern und eine Suite im Savoy zu beziehen. Es war eine willkommene Abwechslung, in einem großzügig mit Rosen geschmückten Salon Champagner zu trinken und Kaviar zu essen.

«Wie romantisch!» seufzte Anna, als wir händchenhaltend den

Sonnenuntergang über der Themse betrachteten, und ich stimmte ihr zu. Ich fragte mich sogar, ob es nicht ernüchternd wirken würde, wenn ich die Möglichkeit von Sex erwähnte, aber angesichts des prächtigen Riesenbetts schien mir ein solcher Vorschlag durchaus der romantischen Atmosphäre angemessen, und wie es sich ergab, sollte ich nicht enttäuscht werden.

«Wunderbar!» hauchte mir Anna entgegen, und sofort stellte ich in meinem Geist eine neue Gleichung auf, um die Grundrechnung meines Lebens (Kester + Oxmoon = Glückseligkeit; Kester – Oxmoon = Elend) zu vervollständigen. Dieses Mal war es: Kaviar + Champagner + rote Rosen + Savoy = Anna bewundert mich = ich fühle mich heldenhafter als irgendein Godwin, der je gelebt hat. Ich versuchte, es zu vereinfachen, was ergab: Verschwenderische Ausgaben = Anna in Glückseligkeit = ich in Ekstase, aber das klang mir zu käuflich, und ich ersetzte es durch: Ich als Herr von Oxmoon (was mir schließlich erlaubte, verschwenderisch zu sein) + Anna (ohne die weder Sex noch romantische Liebe möglich wären) = ERFOLG (ganz gleich, ob je ein Roman von mir veröffentlicht würde). Nach all den Jahren in der Gesellschaft von Leuten, die mich für eine zum Versagen verdammte Mißgeburt hielten, stellte ich jetzt fest, daß mein Ehrgeiz, es im Leben zu großem Erfolg zu bringen, endlich erwacht war.

«Anna, was meinst du . . . sollen wir es noch einmal machen?»

«O ja! Aber . . . wird es denn gehen?»

«Scheinbar.»

«Mein Gott, du mußt ja ein Übermensch sein!»

Ich leugnete bescheiden, übermenschliche Kräfte zu besitzen, aber insgeheim war ich stolz. Leider hatte ich Onkel John zu fragen vergessen, wie oft es möglich ist, es in einer Nacht zu tun. Mir war ganz danach zumute, Rekorde zu brechen.

«Kein Wunder, daß diese Erwachsenen sich soviel Sorge um uns gemacht haben, Kester. Hätten wir gewußt, daß Sex so sein kann . . .»

«Genau. Wir müssen ihnen verzeihen, daß sie so schrecklich gewesen sind», gab ich zu, und am nächsten Tag setzten wir unsere Einsicht in die Tat um, schickten unseren Eltern Telegramme und meldeten ihnen unsere unmittelbar bevorstehende Rückkehr nach Wales an.

Dr. und Mrs. Steinberg holten uns am Bahnhof in Swansea ab. Mrs. Steinberg war so von Rührung überwältigt, daß sie all ihr Englisch vergaß und mich mit einem deutschen Redeschwall umarmte und küßte. Anna weinte glücklich. Mrs. Steinberg weinte glücklich.

Dr. Steinberg sagte: *«Jolly good!»,* was der einzige englische Ausdruck zu ein schien, an den er sich noch erinnerte, und dann weinte auch er vor Glück.

Ich dachte an Onkel Johns Erläuterungen über die Tugenden der Selbstbeherrschung (Würde bewahren, sich nicht gehenlassen) und dankte Gott, in eine jüdische Familie geheiratet zu haben.

«Wie sind die Nachrichten aus Oxmoon?» fragte ich, als wir uns einigermaßen erholt hatten und wieder normal reden konnten.

«Wir fahren jetzt gleich hin», sagte mein Schwiegervater. «Deine Mutter ist sehr charmant und freundlich zu uns gewesen. Wir sind alle zu einem Trunk eingeladen, um eure Heimkehr zu feiern.»

Das klang recht tröstlich. Ich war froh, daß meine Mutter sich von ihrer maßlosen Wut erholt und ihre Drohung, mich unter Vormundschaft zu stellen, vergessen zu haben schien.

Als wir Swansea hinter uns ließen, sah ich Gower – vielleicht wegen meiner langen Abwesenheit – wie mit neuen Augen. Was mir nach den grandiosen Weiten des schottischen Ödlands am meisten auffiel, war die Vielfältigkeit des hübschen kleinen Gower; zwanzig Kilometer ständig wechselnde und doch immer gleiche Küstenlandschaft. In Gower fand man alles, Klippen, Sandstrand, Flutdämme, Flußmündungen, Moorland, kleine Berge, Wälder, Felder, Gutshöfe, Dörfer, Kirchen, Hünengräber, normannische Burgen, Lustschlösser aus dem achtzehnten Jahrhundert, mittelalterliche Festungshäuser, Denkmäler einer romantischen Vergangenheit, und natürlich das glorreiche Swansea, die unscheinbare Frau mit dem gewissen Etwas, hingestreckt auf ihrer hügeligen Chaiselongue über dem neapolitanischen Halbkreis der Bucht von Swansea. Als die Höhen von Rhossili in der Ferne sichtbar wurden, drückte ich Annas Hand und flüsterte stolz und freudig: «Wir sind fast daheim.»

«Daheim», sagte Anna. «Daheim!» Sie klang, als könne sie ihr Glück nicht fassen, und sehr gerührt darüber neigte ich mich ihr zu und gab ihr einen Kuß. Mrs. Steinberg sah uns vom Vordersitz und wischte sich eine Träne fort.

Dr. Steinberg hupte dreimal, als wir durch das Tor von Oxmoon fuhren. «Befehl deiner Mutter», rief er mir zu und lächelte in den Rückspiegel. Ich blickte zum Haus und sah, wie sich die ganze Dienerschaft vor der Tür versammelte. Während Lowell sie in Reih und Glied antreten ließ, erschien meine Mutter in der Tür, ganz in Purpur gekleidet wie eine Kaiserin der späten Römerzeit, stattlich und wuchtig, gebieterisch und erhaben.

«Was ist los?» flüsterte Anna verwundert.

«Du lieber Gott, Mama spielt ihren großen Trumpf aus! Es ist der königliche Empfang, Liebling. Mama hat uns als den Herrn und die Herrin von Oxmoon anerkannt!»

Dr. Steinberg hatte Mühe, den Wagen zum Stehen zu bringen, war so aufgeregt, daß er den Gang herauszunehmen vergaß, und so schnellten wir noch ein Stück vorwärts, sehr zum Erstaunen Lowells, der gerade den hinteren Schlag öffnen wollte.

«Guten Tag, Sir», sagte er, als ich endlich aussteigen konnte. «Guten Tag, Madame. Darf ich Sie im Namen der Dienerschaft herzlich in Oxmoon willkommen heißen und unserer Hoffnung Ausdruck geben, daß Sie hier lange und glücklich leben werden? Sir, wir gratulieren und wünschen alles Gute.»

«Vielen Dank, Lowell», sagte ich. «Das ist sehr nett von Ihnen.» Ich führte Anna an der langen Reihe der sich verbeugenden oder knicksenden Dienerschaft vorbei. Anna war sehr nervös, aber als die kleine Tochter der Köchin ihr einen Blumenstrauß überreichte, lächelte sie mit echter Freude, und ich wußte, daß alles gutgehen würde.

Auf der Freitreppe stellte ich mich in Positur.

«Wir danken euch allen für den prächtigen Empfang», sagte ich auf walisisch, bemüht, die richtige Aussprache zu treffen, und dann fügte ich auf englisch hinzu: «Meine Frau freut sich, hier zu sein, und wir haben vor, Oxmoon zum schönsten Haus in Wales zu machen.»

Das schien alle zu begeistern. Mit strahlendem Lächeln nahm ich Anna bei der Hand und führte sie die restlichen Stufen bis zu meiner Mutter empor.

«Mama», sagte ich, «der verlorene Sohn ist zurückgekehrt!»

«Schatz», erwiderte sie großmütig, «wie du dir denken kannst, habe ich das gemästete Kalb schlachten lassen!»

Wir umarmten und küßten uns. Der Duft ihres Parfums schlug mir entgegen, und mit dem Kitzeln ihrer langen Wimpern an meiner Wange fühlte ich fast greifbar ihre Freude über mein Glück.

«Ich kann es kaum erwarten, von dem gemästeten Kalb zu kosten», sagte ich. «Hoffentlich servierst du es in einer Champagnerflasche!»

Wir lachten. Dann wandte sie sich an meine Frau.

«Anna ... meine liebe Anna ...» Rührungsvolle Umarmung. «Mein liebes Kind!» Sie löste sich von ihr. «Wenigstens kann ich mich nicht beklagen, eine Schwiegertochter zu haben, die mir fremd ist!»

Ich gab ihr noch einen Kuß, um ihr zu danken, daß sie uns nichts nachtrug, und zu meiner Überraschung wankte sie plötzlich, verlor fast das Gleichgewicht.

«Mama, ist dir nicht wohl?»

«Doch ... Verzeihung, Schatz. Nein, mach dir keine Sorge, ich bin nicht beschwipst! Mir wurde schon einige Male schwindlig in dieser Woche ... das ist wohl das Alter und die späte Rache all der Pink Gins», antwortete sie lachend und begrüßte die Steinbergs, bevor wir ins Haus traten.

Im Wohnzimmer sah ich Rory ziemlich belämmert am Kamin stehen.

«So, und jetzt», sagte meine Mutter, und sie klang wie Mae West in der Rolle einer Bordellbesitzerin im Wilden Westen, die zwei rauflustige Cowboys zur Ruhe bringt, «werdet ihr beide euch die Hand geben und gute Freunde sein ... keine Schlägereien mehr! Es spielt keine Rolle, wer eure Väter waren ... wichtig allein ist, daß ich eure Mutter bin! Vergeßt mir das nie!»

«Sie hat recht», sagte Rory, als wir uns die Hände schüttelten.

«Natürlich. Sie hat immer recht.»

Wir betrachteten sie so stolz, als hätten wir sie eigenhändig erschaffen.

«Lowell, öffnen Sie die Magnumflasche!» rief meine Mutter.

Der Champagnerpfropfen knallte, wie es sich gebührte, und bald perlte die blaßgoldene Flüssigkeit in sechs der besten Godwinschen Gläser. Während Lowell sich zurückzog, stellten wir uns im Kreis auf und warteten auf den Trinkspruch meiner Mutter.

«Auf Kester und Anna – mögen sie für immer glücklich sein», begann sie ziemlich konventionell, aber dann rief sie mit lauter Stimme wie eine heidnische Priesterin, die herausfordernd die Götter beschwört: «Es lebe die romantische Liebe!» und leerte ihr Glas bis auf den letzten Tropfen.

Es war ein herrlicher Augenblick. Noch jetzt sehe ich sie vor mir, wie sie mit diesem unbezwinglichen Trinkspruch über alle Tragödien ihres Lebens triumphierte. Welch ein Finale! Welch ein Sieg! Und welch ein Abschied.

«Die romantische Liebe!» riefen wir alle bewundernd, aber bevor wir die Gläser an unsere Lippen brachten, stöhnte sie auf, taumelte, stürzte bewußtlos zu Boden.

Gott mag meiner Mutter mehr als einmal in ihrem Leben übel mitgespielt haben, aber am Ende wenigstens war Er gütig zu ihr.

5

Sie war achtundfünfzig, glanzvoll und bezaubernd bis zum letzten Auftritt in ihrem purpurfarbenen Kleid, aber ich wollte nicht an das Ende ihres Lebens denken, an ihr glorreiches Finale als Herrin von Oxmoon, sondern an andere Tage, die mir aus früheren Zeiten in Erinnerung geblieben sind. Ich sah sie vor mir in der Bibliothek, wenn sie, die Zigarette im Mundwinkel, mit Onkel John die Buchhaltung durchging; oder in ihrem Sessel auf der Terrasse, das Glas Pink Gin in der einen, eine Romanzeitschrift in der anderen Hand; ich sah sie, wie sie die Gäste begrüßte, der Dienerschaft Anweisungen gab, mit den Pächtern verhandelte, sich mit Thomas zankte, Bankdirektoren umschmeichelte, sich mit Anwälten und Buchhaltern beriet. In einem Alter, das den meisten Frauen gestattet, sich zur Ruhe zu setzen und nur noch mit ihren Erinnerungen zu leben, war sie zu neuem Eifer erwacht, um mit Mut und Dynamik und in harter Arbeit um ihre Unabhängigkeit zu kämpfen. Tante Julie hatte recht gehabt. Die Besuche in den Nachtlokalen waren bedeutungslos. Letztendlich hatte meine Mutter – wessen Mätresse sie auch gewesen sein mochte – nur sich selbst gehört.

Ich nahm ihren Tod hin, konnte jedoch nicht glauben, daß ich nie mehr mit ihr reden würde, und die Tränen, die mir sonst immer so beschämend leicht gekommen waren, ließen mich dieses Mal im Stich.

«Die beste Mutter, die man sich nur wünschen konnte . . .» Das war Rory, und er schien ebenso überwältigt wie ich, nur vermochte ich nicht, meine Gefühle so offen zu zeigen. Als er weinte, wurde ich mir zum ersten Mal ohne Widerstreben bewußt, daß wir die gleiche Mutter gehabt hatten.

«Kester, Darling, es ist einfach zu tragisch . . . es tut mir so leid . . .» Das war Marian, der es überhaupt nichts ausmachte, und die es nur als peinlich empfand, daß ihr Mann nicht mehr Würde bewahren konnte. Selbst Thomas war aufrichtiger als sie. «Ginevra war ein bißchen eine Nervensäge», sagte er betrübt, «aber ich mochte sie auf meine Art.»

Eine Menge Leute trafen aus London ein. Wieder einmal war die Auffahrt gedrängt voll von Bentleys und Rolls-Royce.

«Oxmoon wird nie mehr das gleiche sein», flüsterte Onkel Edmund, und Tante Teddy fügte mit rührender Spontaneität hinzu: «Sie war so ein Prachtstück! Ich kann es nicht fassen, daß sie nicht mehr da ist.»

«Wir alle möchten dir unsere herzlichste Anteilnahme ausdrükken», begann Tante Constance salbungsvoll, aber das war alles, was ich von ihrer auswendig gelernten Rede hörte, denn im nächsten Augenblick stand ich Onkel John gegenüber.

Hier war wenigstens jemand, der wirkliche Trauer empfand, der, während er mich anschaute, in eine ferne Vergangenheit zurückblickte, in eine Zeit, da ich noch nicht geboren war. Er sagte nur ein Wort – meinen Namen –, und das genügte. Kein Wort hätte den Schmerz auszudrücken vermocht, der sich in seinem Gesicht widerspiegelte, und sein Händedruck gab mir klar zu verstehen, wie sehr uns dieser Verlust verband.

Als ich mit Annas Hilfe die Anordnungen für das Begräbnis traf, machte meine würdige Haltung allgemein großen Eindruck. Natürlich war ich mir sofort klar, daß meine Mutter neben ihrer Jugendliebe, meinem Vater, beigesetzt werden mußte, damit die Liebe endlich über all die von ihr erlittenen Ärgernisse der Wirklichkeit triumphieren konnte, und schon deshalb erschien mir die Beerdigung besonders wichtig. Mein Vater war zwar in Swansea eingeäschert worden, aber dann hatte man die Urne mit seiner Asche auf dem Friedhof von Penhale beigesetzt, und ich wollte, daß meine Mutter unter seinem Grabstein ruhte.

Das Telephon klingelte.

Daran erinnere ich mich noch genau. Es war wie die Glocke, die den letzten Akt eines mir wohlbekannten Dramas ankündigen sollte. Nur sah ich, als der Vorhang aufging, daß jemand den Schluß des Stückes umgeschrieben hatte.

Lowell hatte den Anruf in der Halle schon entgegengenommen, als ich aus der Bibliothek trat. Rory eilte bereits die Treppe herunter, und ich wußte, was das bedeutete. Er erwartete einen Anruf von Declan.

Declan war aus Irland abgereist und sollte heute in Swansea ankommen. Wahrscheinlich rief er jetzt vom Hotel Claremont aus an, wo ein Zimmer für ihn bestellt war, um seine planmäßige Ankunft zu bestätigen. Er hatte mir weder geschrieben noch mit mir gesprochen, und ich ebenfalls. Ich war froh gewesen, Rory diese lästige Aufgabe zu überlassen. Ich wußte, daß Declan zur Beerdigung kommen würde, konnte es jedoch kaum erwarten, ihn nach Irland zurückkehren und endlich für immer aus meinem Leben scheiden zu sehen.

«Sei doch vernünftig», hörte ich Rory besorgt ins Telephon sagen. «Ich soll ihm diese Nachricht mitteilen und dir den Weg bahnen?

Verdammt noch mal, das kann ich einfach nicht!» Er blickte sich ängstlich um, sah mich, schaute schuldbewußt drein.

«Was ist denn los?» fragte ich. Ich hatte ein Gefühl im Magen, als sei ich gerade über eine Klippe gestolpert. «Was geht hier vor?»

Rory reichte mir den Hörer. «Rede du mit ihm. Er hat dir etwas zu sagen.»

Ich gab ihn zurück. «Ich will nicht mit ihm sprechen! Was soll das heißen?»

Rory wurde bleich und sagte ins Telephon: «Er ist da, will aber nicht mit dir sprechen. Was soll ich tun? Was soll ich nur . . .» Er hielt inne. Die Verbindung war unterbrochen. «Verflucht noch mal!» Er hängte auf und wandte sich mir zu. «Er ist unterwegs. Er sagt, er müsse sofort mit dir reden.»

«Worüber?»

«Worüber? Nun . . . du lieber Himmel . . . ich will verdammt sein, wenn ich wüßte, wie ich es sagen soll . . . aber . . .»

Ich packte ihn bei den Schultern und schüttelte ihn. «Worüber will er mit mir reden?»

«Die Beerdigung. Sie muß abgesagt werden. Ma wollte in Irland begraben sein . . . bei meinem Vater . . .»

6

So kam es, daß nicht ich nach der Wahrheit suchte, sondern die Wahrheit nach mir. Natürlich wußte ich inzwischen, daß es irgendeine bedeutsame Wahrheit gab, die ich nicht ganz erfaßt hatte, aber es war mir bisher immer viel bequemer erschienen, sie einfach zu ignorieren. Jetzt jedoch packte sie mich am Kragen, und ich erkannte sie mit Entsetzen. Ich hatte das Gefühl, als seien all die schönen Legenden, mit denen ich aufgewachsen war, plötzlich zerstört, und in meinem Schrecken geriet ich in Panik. Ich stürzte in den Salon, wo die Familie sich versammelt hatte und schrie: «Declan will, daß meine Mutter in Irland bei Conor Kinsella begraben wird, aber ich sage euch hiermit in aller Klarheit, daß ich es auf keinen Fall zulassen werde und bereit bin, vor Gericht zu gehen, um es zu verhindern!»

Alle starrten mich in betroffenem Schweigen an. Dann rannte ich auf mein Zimmer, schloß mich ein und brach zusammen. Schluchzend und heulend hockte ich auf meinem Bett, rief immer wieder mit lauter Stimme «Mein armer Vater!», als ob ich die Bürde seiner vergangenen Leiden auf mich genommen hätte.

«Meine Mutter hat mich belogen», erklärte ich Anna, die klopfend in meine Tür getreten war, um mich zu trösten. «Sie hat ihn nie geliebt. Es war nur eine romantische Legende.»

«Aber Kester ...»

«Wenn sie ihn geliebt hätte», fuhr ich wütend fort, «wäre sie nie auf den Wunsch gekommen, bei Kinsella begraben zu sein. Das beweist, daß sie Kinsella meinem Vater vorzog. Und es beweist ... ach, es war alles Lüge, alles, die große Liebe zu meinem Vater, die große Leidenschaft ... es war nur eine elende unglückliche Ehe, für die es keine Rettung gab, und es ist der Sieg der häßlichen Wirklichkeit, und die häßliche Wirklichkeit hat sogar ihre letzten Worte zu einem abscheulichen Spott gemacht, die häßliche Wirklichkeit hat meinen schönen Traum zerstört, und ich ertrage es nicht, fühle mich völlig vernichtet, beschmutzt und geschändet ...»

«Liebling ...»

«All dieser Quatsch, wie sie sich angeblich verliebte, als sie unter den Kronleuchtern von Oxmoon zu den Klängen der ‹Schönen Blauen Donau› tanzte ... alles Lügen, alles falsch ... ‹Es war der romantischste Augenblick meines Lebens›, hat sie gesagt, aber sie log, sie mußte gelogen haben, denn sie liebte ihn nie, sie liebte nur diesen abscheulichen, gräßlichen ordinären Abenteurer, der nach Meinung aller ein absoluter Schweinehund war.»

«Kester, das kann nicht wahr sein. So ist deine Mutter nicht gewesen.»

«Es ist mir, als ob ich sie nie gekannt hätte», sagte ich, und plötzlich hörte ich ihre Stimme – damals vor Jahren, als Onkel John sich auf so unerklärliche Weise mit Tante Constance versöhnt hatte –: «Wir wissen so wenig über die, die uns am nächsten sind. Und von dem, was im Leben der anderen vorgeht, wissen wir so gut wie nichts.»

In der Ferne rief Rory nach mir.

«O mein Gott!» sagte ich. «Declan ist hier.» Ich warf einen Blick in den Spiegel. Meine Augen waren rot. «Ich kann ihn nicht sehen, ich kann ihm nicht gegenübertreten, ich kann nicht, ich kann nicht ...»

«Ich werde ihm sagen, du fühlst dich nicht wohl.» Anna schritt tapfer auf die Tür zu.

Als ich noch einmal in den Spiegel blickte, sah ich einen erbärmlichen Feigling, der sich hinter dem Rücken seiner Frau versteckt, weil er nicht Manns genug ist, den Tatsachen, an denen er nichts ändern kann, die Stirn zu bieten. Die Zeile eines meiner Lieblingsgedichte fiel mir ein, ich dachte an Emily Brontës Worte: «Die feige Seele hab' ich nicht...», und ich dachte an meinen Vater, der dieses Gedicht für seine Totenandacht ausgewählt hatte.

«Warte», rief ich Anna zu, ging zum Waschtisch, spülte mir kaltes Wasser über das Gesicht, kämmte mich, rückte meine Krawatte zurecht. «Es muß nun einmal sein», sagte ich, «und ich werde es tun. Wenn er für seinen Vater sprechen kann, werde ich ihm im Namen des meinen antworten. Das bin ich ihm schuldig.»

Wir traten aus dem Zimmer und überquerten den Treppenflur. Alle schienen in der Diele herumzustehen, aber ich wollte noch nicht hinunterschauen. Auf dem letzten Treppenabsatz blieb ich stehen, und jetzt sah ich die Szene vor mir.

«... und ich bedaure nur, dich unter diesen Umständen wiederzusehen», sagte Onkel John höflich wie immer.

Der Fremde neben ihm blickte auf und sah mich. Alle schwiegen.

Ich sah einen kräftig gebauten Mann von Ende Dreißig. Er trug einen gutgeschnittenen schwarzen Anzug und strahlte diskretes Selbstvertrauen aus. Sein dunkles Haar glänzte, die Züge waren etwas derb, aber ebenmäßig. Ich suchte nach einer Ähnlichkeit mit meiner Mutter, fand jedoch keine.

Während ich die letzten Stufen hinabstieg, wurde mir klar, daß auch er nach einer Ähnlichkeit suchte, obgleich sein Gesicht nichts davon verriet. Die dunklen Augen wirkten fast finster in ihrer Ausdruckslosigkeit.

«Ach, da ist Kester», sagte Onkel John, der es wieder einmal für das Beste hielt, so zu tun, als sei alles normal.

Ich nahm die letzte Stufe, stand in der Diele. Dann richtete ich mich in meiner ganzen Höhe auf, blickte dem Fremden in die Augen, schöpfte tief Atem und sprach. «Meine Mutter wird morgen auf dem Friedhof von Penhale beerdigt, und ich weigere mich, auf die durch nichts bewiesene Unterstellung hin, sie wolle anderswo begraben werden, irgend etwas an den getroffenen Anordnungen zu ändern.»

Declan erwiderte nichts. Aber dann ließ er seine Hand sehr langsam in die innere Jackentasche gleiten und zog sehr langsam einen Briefumschlag hervor. Er reichte ihn mir. Zu meinem Schrecken erkannte ich das Monogramm meiner Mutter auf der Rückseite.

Anna stand plötzlich zwischen uns. «Guten Tag», sagte sie und gab Declan die Hand. «Ich bin Anna. Es tut mir leid, daß alles so schwierig ist. Darf ich bitten, Kester für einen Augenblick zu entschuldigen? Er hat es immer vorgezogen, seine Briefe allein und in Ruhe zu lesen. Onkel John...»

«Ach ja.» Onkel John kam ihr sofort zu Hilfe. «Komm in den Salon, Declan. Wie war die Reise?»

Dann weiß ich nur noch, daß ich allein in der Bibliothek stand und den Umschlag zu öffnen versuchte. Meine Finger waren schwer wie Blei. Als ich in meiner Ungeschicklichkeit den Briefbogen einriß, hatte ich nicht übel Lust, ihn völlig zu vernichten, aber natürlich konnte ich das nicht tun. Ich mußte den Brief lesen, und sei es nur, um zu sehen, wie meine Mutter versucht hatte, ihren Wunsch zu rechtfertigen.

Dem Datum nach konnte Declan den Brief erst kurz vor Rorys Anruf mit der Todesnachricht erhalten haben. Es handelte sich also nicht um eine alte Augenblickslaune, der sie inzwischen vielleicht entwachsen war. Es war ihr Letzter Wille.

«Mein Liebling Kester.» Die Brust war mir wie zugeschnürt, und ich brauchte eine Weile, bevor ich weiterlesen konnte. «Hoffentlich werden noch Ewigkeiten vergehen, bis Du diesen Brief liest, aber seit Deiner Heirat habe ich mich mit allen möglichen Zukunftsplänen befaßt, und da fiel mir ein, daß ich unbedingt klarstellen muß, was ich mir nach meinem Tode wünsche. John ermahnte mich einmal, genaue Anweisungen zu erteilen, um keine Mißverständnisse unter meinen Erben aufkommen zu lassen, und deshalb habe ich beschlossen, Declan diesen Brief für Dich in Verwahrung zu geben. Er wird in der Lage sein, das Richtige zu tun, falls ich infolge eines bösen Zufalls in einer Wolke von Pink Gin zum Himmel schweben sollte, bevor ich Gelegenheit hatte, Dir alles zu erklären. Der arme liebe Rory wäre dazu nicht fähig.

Kester, wenn ich sterbe, möchte ich nicht, daß alle, die ich liebe, Würde bewahren, sich zusammenreißen, weil es sich so gehört, oder sich sonstwie in guter alter englischer Tradition Zwang antun. Ich will ein prächtiges irisches Begräbnis, wo die Tränen ungehindert fließen und kein einziger selbstbeherrschter Brite zu sehen ist. Ich habe die Iren schon immer geliebt und mich auf meinen Besuchen bei Declan, Siobhan und den Kindern dort wie zu Hause gefühlt. Ich weiß, es bringt mich jenem anderen Leben näher, das ich lange vor Deiner Geburt hatte, und jenem Mann, den Du nie gekannt hast, den ich aber nie vergessen konnte.

Es ist mein Wunsch, bei Conor begraben zu werden. Wenn ich auf mein Leben zurückblicke, sehe ich klar und deutlich, daß ich nur einen wirklichen Ehemann hatte. Meine Beziehung zu Robert war etwas sehr Außergewöhnliches, aber mit einer Ehe hatte sie nichts zu tun, und, um es ganz offen zu sagen, als Ehe war sie eine Katastrophe.

Robert ist mein Freund gewesen, nicht mein Mann. Aber Conor war meine erste und letzte Liebe, und bei Conor muß ich also auch zum Schluß sein.

Liebling, ich werde mich nicht bei Dir entschuldigen, denn ich glaube, wenn Du erst einmal den Schock überwunden hast, wirst Du einsehen, daß eine Entschuldigung nicht nötig ist. Denn Du siehst es: Hier hat die Liebe über die abscheuliche graue Wirklichkeit gesiegt, und das ist die Bestätigung alles dessen, woran wir beide uns immer zu glauben gesehnt haben. Sprich mit Declan. Er weiß alles, und er wird es Dir erklären. Ich hätte es Dir gern selbst erklärt, aber Du gabst mir so deutlich zu verstehen, daß Du nicht dazu bereit warst, und so blieb mir nichts anderes übrig, als einen günstigeren Zeitpunkt abzuwarten.

Du hast all meine Liebe, Schatz, und vergiß nie, wie kostbar Du mir warst, nicht nur als lebende Erinnerung an Robert, den besten Freund, den man sich nur wünschen kann, sondern auch an jenes verlorene Paradies, das wir einst gemeinsam in Oxmoon fanden, in Deinem Oxmoon, in diesem Zauberschloß, das Dir immer als Andenken von uns bleiben wird.»

Eine lange Zeit verging. Dann, als ich sicher war, mich wieder völlig gefaßt zu haben, zog ich die Klingel und ließ Declan rufen.

7

«Sie war eine wunderbare Frau», sagte Declan und zündete sich eine Zigarette an, «aber schrecklich ungehörig. Es überrascht mich nicht, daß der Schock dich umgehauen hat, denn mir erging es ebenso, als ich entdeckte, wie schrecklich ungehörig sie war – o ja, ich habe das gleiche wie du erlebt und kann es dir nachfühlen! Sie zog mich in dem Glauben auf, mein Vater sei ihre einzige Liebe gewesen, und dann – er war noch nicht kalt in seinem Grabe – schlief sie bereits mit Robert. Wie, glaubst du, ist mir zumute gewesen, als ich das herausfand? Nein, du brauchst nicht zu antworten, du weißt, wie mir zumute war. Genauso wie dir jetzt – elend, bitter, enttäuscht. Wie du jetzt fühlte ich mich damals – verbittert, hundeelend, verraten. Mordlustig sogar. Ich frage mich nur, warum man mich nicht für verrückt erklärte. Es dauerte Jahre, bis ich darüber hinwegkam.»

Declan sprach mit einem künstlichen Public School-Akzent und irischer Beredsamkeit. Später erfuhr ich, daß er seine Sprechweise je nach der Umgebung wechselte und sowohl den New Yorker Slang wie auch den typischen Tonfall der irischen Komödianten beherrschte.

Seine seidenweiche Baritonstimme wirkte gewinnend, und er strahlte einen überwältigenden Charme aus, der von messerscharfer Intelligenz zeugte. Ganz offensichtlich glich er keinem Godwin, dem ich je begegnet wäre, und ich war fasziniert.

«Daß sie sich ungehörig benahm, ist also nicht zu leugnen», fuhr er lässig fort, während er mit seiner Zigarette über dem Aschbecher wedelte, «aber ach, welch eine herrliche Frau war sie, und mit welcher Leidenschaft und Melodramatik sie sich zu geben verstand! Als ich mit ihr in New York lebte, kam ich mir wie auf der Bühne der Großen Oper vor! Immer schrie jemand vor Wut oder zerbarst vor Lachen oder drohte mit Selbstmord! Und mein Vater war ebenso schlimm wie sie – du kannst dir nicht vorstellen, wie es die beiden trieben, der eine so schrecklich wie der andere und beide so wunderbar! Rory und ich hatten ein aufregendes Leben, manchmal ein bißchen zu aufregend, aber wenn Ma unsere bestürzten Gesichter sah, sagte sie: ‹Kinder, das ist die große Leidenschaft! Ist es nicht toll?›, und dann wußten wir, daß sie glücklich wie ein Schneekönig war, selbst wenn sie meinen Vater anbrüllte, sie würde ihn kastrieren, falls er nicht aufhöre, anderen Weibern nachzulaufen und ihr ganzes Geld zu verspielen. Ja, das war die Große Oper! Covent Garden ist nichts dagegen.»

Mit einem leichten Zucken des Handgelenks ließ er die Asche in den Becher fallen, und dann sagte er: «Als schließlich der Vorhang über der Opernbühne herunterging, wurde sie wahnsinnig und konnte die Stille nicht ertragen. So geriet sie in Panik. Dann erinnerte sie sich an Robert und dachte sich: Er ist meine Rettung. Große Worte, aber damals hielt sie es für eine Glanzidee, denn sie bildete sich ein, sie könnte ihre große Oper mit anderer Besetzung weiterspielen. ‹Die Liebe siegt über alles!› singt Ma und glaubt sich wieder im Geschäft – aber da hatte sie einen katastrophalen Fehler gemacht. Dein Vater liebte die Oper nicht. Sie war, um einen englischen Ausdruck zu benutzen, nicht seine Teesorte.

Ich weiß schon, was du jetzt denkst – nein, sage kein Wort! Es ist nicht nötig. Du denkst, die Moral der Geschichte sei, zum Teufel mit der verdammten romantischen Liebe. Das habe ich damals auch gedacht. Ma gestand mir, sie selbst sei manchmal zu diesem Schluß gekommen, habe aber immer dagegen angekämpft, weil sie sich weigerte, eine Niederlage einzustecken. Sie kämpfte wie ein ganzes Panzerkorps, mein Gott, welch einen Mut und was für Nerven sie hatte! Sie war unbeschreiblich! Man mußte sie einfach bewundern, und ich bewunderte sie am meisten, als sie mich das letzte Mal in Dublin besuchen kam und mir anvertraute, daß sie ihrer großen Lieblingsoper ein neues Finale zu geben gedachte. ‹Mit ihm will ich begraben sein!› sagte sie mit leuchtenden Augen, rosa Wangen und vor Glück strahlend. ‹Das wird meine letzte große romantische Geste sein!› Oh, du hättest sie sehen sollen! Wir waren auf dem Friedhof, standen vor dem Grabstein meines Vaters, in jenem unwirklichen Licht der untergehenden Sonne, das es nur in Irland gibt, und die ganze Szene wirkte wie eine Opernkulisse. Ich mußte lachen. Und dann fügte sie hinzu: ‹Im Tode will ich das Leben feiern und meiner großen Liebe gedenken!›, und dann fing sie an, von meinem Vater zu erzählen.

Du weißt ja, wie es ist, wenn alte Leute in ihren Erinnerungen kramen. Es sind immer wieder die gleichen Geschichten, und man muß so tun, als hätte man sie noch nie gehört, aber dieses Mal fiel es mir nicht schwer, ihr das Vergnügen zu machen. Ich bewunderte sie für ihren Mut – sie war eine solche Überlebenskünstlerin – und *das* war romantisch, jawohl, ich muß es gestehen, obgleich ich selbst nicht viel für Romantik übrig habe, nicht nachdem ich all den Quatsch mitansehen mußte, den meine Eltern verzapften. So unterbrach ich sie nicht und ließ sie reden. Und dann sagte sie: ‹Es war der romantischste Augenblick meines Lebens. Ich tanzte unter den Kronleuchtern in Oxmoon, das Orchester spielte ‹An der schönen blauen Donau›, und da sah ich Conor in der Tür stehen – er war zurückgekehrt, um mich zu heiraten, und in diesem Augenblick wußte ich, daß all meine Träume in Erfüllung gehen würden.› Und als ich das hörte, vergaß ich all die entsetzlichen Szenen in New York, als sie und mein Vater sich angebrüllt, geprügelt und beinahe gegenseitig umgebracht hatten. All das Schreckliche, das später kam, war vergessen, ausgelöscht, als ob es nie existiert hätte. Ich hörte nur noch ‹Die schöne blaue Donau›.

Deshalb konnte ich ihr die Bitte, dafür zu sorgen, daß sie in Irland begraben werden würde, nicht ausschlagen, denn ich wäre mir wie der schwärzeste Schuft vorgekommen, wenn ich es ihr nicht versprochen und mich an das Versprechen nicht gehalten hätte. Erfüllen wir ihr den Wunsch, verhelfen wir ihr zum letzten Triumph über die Tragödie ihres Lebens. Und haben wir einmal ihre letzte große romantische Geste ausgeführt, dann werden wir nicht mehr die Traurigkeit in diesem verdammten Walzer hören, sondern nur noch die Freude, mit der wir ihren Mut feiern und ihr für ihr Leben danken.»

Ich versuchte etwas zu sagen, aber natürlich brachte ich kein Wort hervor. Er hatte seine Zigarette ausgedrückt, und als wir uns beide erhoben, streckte er mir seine Hände entgegen. Sein Druck war fest, und trotz meines Kummers fühlte ich Erleichterung.

«Mach dir keine Sorgen», sagte er. «Es geht jetzt nur noch darum, ihr das Happy-End zu verschaffen, nach dem sie sich immer gesehnt hat – wenn auch das wirkliche Happy-End, wie du inzwischen erraten haben magst, nichts mit romantischen Begräbnissen zu tun hat, sondern einzig und allein mit dir und mir. Schließlich ist ein Grab nur ein Grab, nicht wahr? Aber ein Bruder sollte mehr als ein Fremder sein, und Blut dicker als Wasser – und da fällt mir gerade ein, daß ich nicht übel Lust hätte, mit dir ein Gläschen Whisky in deinem wundervollen Haus zu trinken. Wie wär's? Ich glaube, ich muß mir einen diskreten kleinen Rausch antrinken, bevor ich all deinen schrecklichen Verwandten gegenübertreten kann.»

«Eine großartige Idee!» rief ich aus, und während ich mir die letzten Tränen aus den Augen wischte, setzten wir uns wieder, entschlossen, die Whiskykaraffe bis auf den letzten Tropfen zu leeren.

8

«Wie kommst du mit all diesen Godwins zurecht, Christopher?»

«Nicht sehr gut, Declan, um dir die Wahrheit zu sagen.»

«Aha. Wußte ich doch, daß du ein junger Mann von Geschmack und Urteilsvermögen bist. Ein schreckliches Pack! Der einzige, den ich mochte, war der alte Bobby, aber der hatte nicht viel Englisches an sich, sondern war ein echter Waliser, der vom englischen Einfluß verschont blieb. Ich wette, er hat dich ausgesucht, weil er sah, daß du nicht wie die anderen bist.»

«Um ehrlich zu sein, Declan, war er am Ende seines Lebens zu senil dazu.»

«Aber er hat dich doch zu seinem Erben gemacht?»

«Das habe ich meinem Vater zu verdanken, der schwer darum gekämpft hat.»

«Verlaß dich auf Robert, wenn es ums Kämpfen geht. Jedenfalls hast du unheimliches Schwein gehabt. Es kommt nicht oft vor, daß der jüngste von vier Söhnen den großen Hauptgewinn einkassiert. Bei Gott, die anderen Godwins müssen blaß vor Neid gewesen sein!»

«Nun, gefreut haben sie sich gerade nicht, aber Onkel John hat sich einfach heldenhaft benommen . . .»

«Der? Das ist ein eiskalter Bursche, wenn du meine Meinung hören willst. Was der für eine Waliser Bauernschlauheit hinter der aalglatten englischen Fassade verbirgt! Herrgott, ich werde es mir nie verzeihen, daß ich nicht hier gewesen bin, um dich vor diesem Pack zu beschützen, aber der bloße Gedanke an dich war mir unerträglich, weil ich glaubte, du könntest wie Robert sein. Wie war Robin eigentlich?»

«Unausstehlich.»

«Da hast du's (Gott bewahre seine arme kleine Seele). Ich tat doch gut daran, fortzubleiben, denn sonst hätte ich euch beide vielleicht in einem Wutanfall umgebracht. Trinkst du noch einen?»

«Gern, danke. Ach, Declan, ich kann dir nicht sagen, wie schwer ich gekämpft habe, um ein echter Godwin zu werden...»

«Gott sei Dank ist es dir nicht gelungen. Aber laß nur, du bist jetzt dein eigener Herr und kannst tun, was dir beliebt.»

«So einfach ist es nun wieder nicht, Declan. Denn siehst du, Onkel John...»

«Scheiß auf Onkel John!» sagte Declan, und da fiel mir ein, daß er genau seiner eigenen Beschreibung von unserer Mutter entsprach: wunderbar und ungezogen. Ich starrte ihn in Verehrung an und erkannte in ihm den Bruder, den ich mir immer gewünscht, der genauso zu mir sprach, wie ich es mir immer ersehnt hatte. «Behaupte dich ein für allemal, Christopher», ermahnte er mich. «Knall mit der Peitsche und schick sie Ziegelsteine scheißen!»

Der Gedanke, jemanden – und vor allem Onkel John – zum Ziegelsteinscheißen aufzufordern, ließ mich erschaudern. Ich lachte.

«Nicht wahr, ich bin ein Bösewicht?» sagte Declan und lachte mit mir. Er hatte das gewinnendste Lachen.

«Ja, es ist herrlich – du bist sogar noch besser als Rupert von Hentzau!» erklärte ich gerührt, während er zum vierten Mal mit mir anstieß. «Ach, Declan, ich wünschte, ich wäre dir schon vor Jahren begegnet!»

«Es ist gewiß ein Jammer, daß du es nicht getan hast, aber wir werden das Versäumte bald nachholen, keine Bange, und jetzt, da wir uns endlich begegnet sind, kannst du sicher sein, daß ich dir bis zum Grabe und darüber hinaus beistehen werde.»

«Meinst du das wirklich, Declan, oder sagst du es nur, weil du dich moralisch dazu verpflichtet glaubst?»

«Ich habe kein moralisches Pflichtgefühl.»

«Du magst mich also wirklich?»

«Ach, du armer kleiner Kerl!» Er blickte mich erstaunt und mitleidig an. «Hat dich denn niemand zuvor besonders gemocht? Diese verdammten Godwins! Am liebsten würde ich die ganze Bande mit einem Maschinengewehr niederknallen! Jetzt höre mal gut zu, mein kleiner Christopher. Falls du in Zukunft je Hilfe brauchen solltest, gehst du mir auf keinen Fall auch nur in die Nähe dieses scheinheiligen John Godwin, oder wie ein Hai in trübem Wasser lauert und so harmlos tut, als sei er ein Goldfisch. Dann kommst du direkt zu mir, und ich werde mich deiner annehmen, wie man sich schon längst deiner hätte annehmen sollen, denn die Wahrheit ist – und ich sehe es ganz klar –, daß du ein Rebell nach meinem Herzen bist und daß nichts mich je dazu bringen kann, dich im Stich zu lassen, es sei denn, du gerietest völlig aus der Bahn und würdest ein echter Gowin.»

Wir umarmten uns, schworen uns ewige Freundschaft und vergossen sogar einige Rührungstränen über der leeren Whiskykaraffe.

Onkel John wäre zutiefst entsetzt gewesen.

Aber ich war glückselig.

9

Am nächsten Tag fand anstelle der Beerdigung nur eine Andachtsfeier in der Kirche von Penhale statt, und am gleichen Nachmittag brachen Anna und ich mit Rory und Declan nach Irland auf. Onkel John hatte sich erboten, uns zu begleiten, aber ich wußte, daß er nur wieder einmal tun wollte, was sich gehört, und sagte ihm, es sei nicht nötig; denn meiner Meinung nach befreite ihn seine Teilnahme am Gedenkgottesdienst von aller moralischen Pflicht, die Irische See zu überqueren.

Meine Mutter hatte mir oft die Schönheiten Irlands gepriesen, aber ich war damals zu störrisch gewesen, um ihr zuzuhören – wie ich ihr auch nie zuhören wollte, wenn sie mir etwas über Declan zu erzählen versuchte –, und so blickte ich überrascht auf, als ich zum ersten Mal die Wicklow Mountains über der großen Bucht von Dublin sah. Es erinnerte mich an die Coolins von Rhum, und mit jenem besonderen Gefühl des Friedens, das mich immer angesichts erhabener Schönheit überkommt, kehrte auch meine innere Ruhe zurück. Der Friedhof schien zuerst sehr befremdend, aber als ich Conor Kinsellas blumengeschmücktes Grab sah, war es mir, als verspürte ich einen Hauch jener zügellosen Melodramatik, die eine Saite im Herzen meiner Mutter zum Schwingen gebracht hatte.

«Aber Mama war nicht katholisch», sagte ich besorgt zu Declan. «Ist sie zu einem katholischen Begräbnis berechtigt?»

«Sie hätte sich bestimmt noch zum Schluß zum Katholizismus bekehrt, um mit Pa begraben zu werden», erklärte mir Declan beruhigend, «und damit wäre sie meiner Meinung nach in einem natürlichen Zustand der Gnade, und außerdem konnte ich dem Pfarrer mit reinem Gewissen sagen, daß sie die Letzte Ölung bekommen hat. Gott wird es sicher verstehen.»

Alle Verwandten Declans und viele seiner Freunde kamen zur Beerdigung. Ich hatte keine Ahnung, daß meine Mutter so viele Leute in Irland kannte. Sie war zwar häufig in Dublin gewesen, aber ich hatte ihr nie irgendwelche Fragen gestellt oder von ihr etwas darüber zu hören bekommen, und jetzt erfuhr ich, sie habe sich aus Oxmoon zurückziehen und ein kleines Haus am Meer in der Nähe von Dublin kaufen wollen.

«Sie sagte, da du jetzt verheiratet wärst, wolle sie nicht wie eine despotische Königinmutter in Oxmoon herumsitzen», erklärte mir Declan. «‹Es ist Zeit, der Vergangenheit den Rücken zu kehren›, sagte sie, ‹und ein wunderbares neues Leben zu beginnen!›»

Ich war bestürzt. Hatte ich sie so schlecht gekannt? Während ich später unter dem warmen irischen Regen vor ihrem Grab stand, fielen mir so viele Dinge ein, nach denen ich sie gern gefragt hätte. Warum, zum Beispiel, war sie nie katholisch geworden? Gefühlsmäßig hätte es zu ihr gepaßt, aber vielleicht hing sie zu sehr an ihrer protestantischen Kindheit und der Erinnerung an das, was sie ihr verlorenes Paradies von Oxmoon zu nennen pflegte. Und wie konnte sie daran gedacht haben, sich von Oxmoon zu trennen, das während so vieler Jahre, als sie die Kleopatra spielte, ihr Ägypten gewesen war? Hatte sie Oxmoon vielleicht gar nicht in so glücklicher Erinnerung? Hatte meine Heirat ihr vielleicht endlich die Möglichkeit geboten, einen Frieden zu finden, den sie in Oxmoon nicht finden konnte? Hatte sie sich vielleicht sogar erleichtert gefühlt, zu wissen, daß sie der Godwin-Vergangenheit endlich und für immer den Rücken zuzukehren vermochte, um wieder, wie sie es einst getan, in die Welt Conor Kinsellas einzugehen?

Ich wünschte mir, ich hätte mit ihr über ihn sprechen können – und natürlich wünschte ich mir vor allem, daß es doch einmal zu einem offenen und vernünftigen Gespräch über meinen Vater gekommen wäre. Ich wünschte, sie hätte mir mit ihren eigenen Worten diese rätselhafte Beziehung erklärt, die doch irgendwie stark genug gewesen sein mußte, um sie bis zum Schluß bei ihm ausharren zu lassen.

«Ich hätte nie geglaubt, daß sie es durchstehen würde», hatte Declan gesagt.

«Und warum hat sie es deiner Meinung nach getan?»

«Das weiß Gott allein. Ich bin dieser Beziehung zu Robert nie richtig auf den Grund gekommen.»

«Hat sie je versucht, es dir zu erklären?»

«Ja, aber sie konnte es nicht. Sie verzapfte nur irgendwelchen Quatsch über verlorene Paradiese.»

«Aber Declan, du hast doch sicher eine Theorie . . .»

Er sah, wie verzweifelt ich mich nach einer Erklärung sehnte. «Ach, irgendwann in früher Kindheit bildete sich eine starke gefühlsmäßige Bindung, darüber gibt es keinen Zweifel, und ich glaube, es war Robert, der das bewirkte, denn mit seiner einspurigen Veranlagung brachte er es fertig, aus einem Gefühl eine abgesägte Flinte zu machen. Das eigentliche Rätsel ist nur, warum er all seine Gefühle auf sie fixierte, als er noch ein kleiner Junge war, aber er mochte seine Schwester Celia nicht, und wie es scheint, kam er auch nicht gut mit der alten Streitaxt aus, die er seine Mutter nannte, und so blieb Ma das einzige ihm zugetane weibliche Wesen, woraus sich ergab, daß er ihr all die Hingabe schenkte, die er anderswo nicht abladen konnte.»

«Aber wie erklärst du dir Mamas Hingabe für ihn?»

«Nun, vielleicht war sie einfach nur fasziniert von seiner starken Persönlichkeit, aber ich glaube, man muß schon tiefer gehen, um die Erklärung dafür zu finden, und ich nehme an, sie liegt in all dem Quatsch über verlorene Paradiese, von denen sie ständig redete. Wann erscheint einem die Vergangenheit immer in goldenem Licht?»

«Wenn einem in der Gegenwart etwas Schreckliches passiert ist.»

«Richtig. Ich habe mich oft gefragt, ob Ma etwas Schreckliches passiert ist, als sie jung war, irgend etwas, das ihr die ferne Vergangenheit besonders verlockend erscheinen ließ – und Robert symbolisierte diese ferne Vergangenheit für sie.»

«Aber was in aller Welt könnte ihr denn passiert sein?»

«Die Standardkatastrophe für ein junges Mädchen ist im allgemeinen Verführung oder Schändung, nicht wahr? Nur ist der Ärger bei dieser Theorie, daß es niemanden gab, der dem Bild des bösen Unholds entspricht. Mein Vater war es nicht, denn sie fiel ihm in die Arme, sowie sie ihn erblickte, und deiner war es auch nicht, weil er Eden vor dem Fall symbolisierte, und der alte Bobby konnte es bestimmt nicht gewesen sein, denn er war einer der nettesten Kerle, die ich je gekannt habe. Ich hätte Ma fragen sollen, als sie mir ihre Lebensgeschichte erzählte, aber ich tat es nicht, und jetzt werden wir es nie wissen. Ach, die Menschen sind wirklich ein Rätsel, nicht wahr? Und vielleicht sind die eigenen Eltern das allergrößte . . .»

Ich dachte an das, was meine Mutter in ihrem letzten Brief über meinen Vater geschrieben hatte: «Er war mein Freund», und über Conor Kinsella: «Er war meine erste und letzte Liebe.» Was spielten die Hintergrundgeheimnisse für eine Rolle im Lichte einer so evidenten Wahrheit? Ich fand mich ein für allemal mit der Tatsache ab, daß ich nie die ganze Geschichte aus dem Munde meiner Mutter hören würde, und mit dieser Erkenntnis kam die Gewißheit, daß die Vergangenheit mir nicht mehr weh tun konnte. Ich sah sie neben ihrem ersten Mann begraben und sagte mir, wie Declan es sich vor mir gesagt hatte, daß es eine romantische Lösung war. Zwar nicht so, wie ich es mir vorgestellt hatte, aber trotzdem romantisch, und es gestattete mir, meinen Idealismus zu bewahren und mich so an meine Mutter zu erinnern, wie ich mich an sie erinnern wollte; und während ich im warmen irischen Regen so fern von daheim auf einem fremden Friedhof stand, sah ich im schimmernden Gras vor mir die kristallenen Kronleuchter von Oxmoon und hörte das Orchester «An der schönen blauen Donau» spielen.

Sechstes Kapitel

I

Nach diesem sentimentalen irischen Zwischenspiel fand ich mich bei meiner Heimkehr den harten Fakten angelsächsischen Lebens ausgesetzt. Mit dem Tode meiner Mutter stand ich plötzlich einem Problem gegenüber, das zu meistern ich mich nie bemüht hatte – der Verwaltung von Oxmoon. In der Bibliothek schlug ich eins der Gutsbücher auf, aber es hätte ebensogut auf etruskisch geschrieben sein können, und ich klappte es gerade mit einem Knall zu, als die Tür aufging und der widerliche Thomas eintrat.

«Ach, du bist da», sagte er. «Was schnüffelst du denn hier in den Gutsbüchern herum?»

Meine Bibliothek, und er fragt mich, was ich hier zu suchen habe. Mein Besitz, und dieser abscheuliche Kerl verwaltet ihn.

Ich schaute ihn nur geringschätzig an und sagte nichts.

«Wie war's im beschissenen Irland?» erkundigte er sich beiläufig, während er in irgendeiner Korrespondenz blätterte. «Gott, was für ein Saustall dieses Land ist!»

Ich wußte, daß er nie dort gewesen war, blickte ihn weiterhin geringschätzig an und sagte nichts.

«Ach, übrigens», fuhr er unbeirrt fort (Thomas war viel zu stur, um mein Schweigen verdächtig zu finden, und hielt es wahrscheinlich sogar für ein Zeichen von Respekt), «John hat gestern angerufen. Er kommt morgen und will mit dir über deine Zukunft reden. Er sagte, er würde drei Tage bleiben.»

Mein Haus, und meine ungeladenen Gäste teilen mir kühl mit, wie lange sie zu bleiben gedenken.

«Na und?» sagte ich ausdruckslos und ging hinaus.

Am liebsten hätte ich Declan angerufen und ihn gebeten, mit einem Maschinengewehr zu kommen.

2

Auf meiner Hochzeitsreise hatte ich Onkel John einen langen Brief geschrieben. Natürlich quälte ich mich mit Schuldgefühlen, schämte mich, ihm nicht gebührlich für seine Intervention in Schottland gedankt zu haben, dank der ich aus dem Gefängnis entlassen wurde. Wie konnte ich nur so feindselig und grob zu ihm gewesen sein, wo er einen solchen Heldenmut bewiesen hatte? Also schrieb ich zähneknirschend den erforderlichen Dankesbrief. Dann fiel mir ein, daß es eigentlich nichts ausmachen würde, da er ja bereits über mein so wenig Godwinsches Betragen entsetzt war, wenn ich ihn mit einer neuen Ketzerei noch ein bißchen mehr entsetzte, und so teilte ich ihm meinen Entschluß mit, nicht nach Oxford zu gehen. Durch den Tod meiner Mutter waren wir einstweilen der Möglichkeit einer Diskussion darüber enthoben, aber vor meiner Abreise nach Irland hatte er den Wunsch geäußert, sich mit mir zu treffen, sobald ich zurückgekehrt sei.

Der Gedanke an eine neue Schlacht mit Onkel John verursachte mir Übelkeit. Der Gedanke an Thomas unten in der Bibliothek verursachte mir Übelkeit. Ich zog mich in die Stille meines Zimmers zurück, warf mich auf das Bett und stöhnte vor Wut und Übelkeit.

«Onkel John wird dich nicht zwingen, gegen deinen Willen nach Oxford zu gehen», tröstete mich meine wunderbare Anna, die mir in den schweren Prüfungen der letzten Tage eine so starke Stütze gewesen war. «Und wer weiß? Vielleicht wird er froh sein, daß du die Verwaltung selbst übernehmen willst.»

Das war gewiß möglich, aber sie hatte den Kern meines Dilemmas übersehen. «Onkel John wird mir nie erlauben, Thomas zu entlassen. Er wird sagen, ich sei der Aufgabe nicht gewachsen, und das Schreckliche ist, daß er recht hat.»

«Unsinn», sagte Anna rundweg. «Ich weiß genau, daß du es sehr rasch lernen kannst. Du bist doppelt so intelligent wie Thomas!»

«Nur doppelt?» Ich fühlte mich besser. Ihr Vertrauen gab mir wirklichen Auftrieb, aber in dieser Nacht lag ich lange wach und quälte mich mit dem Gedanken, Onkel John wieder einmal in seinem ehrfurchtgebietenden und widerwärtigen Rolls Royce zu meiner Rettung eilen zu sehen.

3

Am nächsten Morgen konnte ich der Versuchung nicht widerstehen, die Schublade des Schreibtischs in meinem damaligen Schlafzimmer aufzuschließen und einen Blick in das seit der Woche vor meiner Flucht mit Anna nicht mehr angerührte Manuskript zu werfen. Sofort wurde ich ruhig. Seit langem ein Bewunderer der Arbeiten von Agatha Christie und Dorothy Sayers, hatte ich mich auf Detektivromane spezialisiert, die in Landhäusern spielen, mit komplizierter Handlung, Leichen in jeder Menge, dutzendweisen Alibis und einer endlosen Schlußszene in der Bibliothek, wo der Detektiv den Fall löst und den Schuldigen bezeichnet. Mein Detektiv, Lord Peter Winsey nachempfunden, war leidenschaftlich in eine Abenteuerin verliebt, deren Sex Appeal sich im Laufe der Handlung zu rasch entwickelte.

Ich wünschte, ich hätte die beiden ins Bett gehen lassen können, wußte jedoch, daß so etwas sich in einem Detektivroman nicht gehört, selbst wenn die Heldin eine Abenteuerin ist. Gewiß, Lord Peter war mit Harriet ins Bett gegangen, aber erst nachdem sie den Bund der Ehe geschlossen hatten. Könnte ich nicht einfach meinen Ehrenwerten Jonathan heiraten lassen? Aber dann wäre das Spannungselement seines Privatlebens zerstört, denn er müßte von da an für immer in ehelichem Segen leben. Detektivromane gestatteten ihren Helden kein anderes Los.

Ich überlegte: Wäre es nicht viel interessanter, wenn sie es doch täten, allein schon um die Geschichte lebenswahrer zu machen? Aber dann war ich gezwungen, diesen ketzerischen Gedanken einstweilen aufzugeben, weil mir einfiel, daß Lady Sybils Alibi wertlos war. Da sie keine Möglichkeit hatte, an das Arsen zu gelangen, brauchte sie ja kein Alibi. Ich mußte ihr also diese Möglichkeit verschaffen, aber da Professor Metz es in einer verschlossenen Aktentasche aufbewahrte . . . andererseits war er ihr Exgemahl, könnte also . . . ich spielte mit der Idee einer Verführungsszene im Gewächshaus.

Die Zeit verstrich in einem goldenen Dunst. Ich griff zur Feder, schrieb das ganze achte Kapitel noch einmal, lockte den Professor in den Rosengarten, aber da merkte ich plötzlich, daß Lady Sybil immer noch nicht an das tödliche Gift gelangen konnte, da Professor Metz wohl kaum seine Aktentasche in den Rosengarten mitgenommen hätte.

«Verdammt!» sagte ich, zerriß das eben Geschriebene, verließ mein Zimmer und ging, auf eine Eingebung hoffend, in den Garten hinaus. Ich hatte keine Ahnung, wie spät es war, wurde mir nur verschwommen bewußt, daß die Sonne bereits ziemlich hoch am Himmel stand. Grübelnd schlenderte ich um die Orangerie herum, dann kreuz und quer durch den Küchengarten. Während ich gerade verdrießlich eine Brombeere zerkaute, sah ich auf einmal, wie Lady Sybil auch ohne den Professor des tödlichen Gifts habhaft werden könnte (der Professor würde dann natürlich ein blendendes Ablenkungsmanöver ergeben).

Wie der Teufel stürmte ich aus dem Küchengarten, rannte über die Krocketwiese der Terrasse zu. Ein blauer Schimmer hinter der Fenstertür verriet mir, daß Anna im großen Salon war.

Ich stürzte herein. «Das Arsen war in der Sprühkanne», rief ich, «und die Sprühkanne stand im Rosengarten!»

Annas Blick sagte mir genau das, was ich nicht wissen wollte. Wir waren nicht allein. Wie niedergeschmettert drehte ich mich nach meinen erstaunten Gästen um. Flammende Hitze stieg mir ins Gesicht.

«Guten Morgen, Kester», sagte Onkel John.

«Grüß dich, alter Knabe», sagte Vetter Harry.

«Verdammt noch mal, Kester», sagte Thomas, der dritte im unseligen Bunde. «Bist du völlig übergeschnappt? In Oxmoon gibt es keinen Rosengarten. Das weiß doch jeder!»

4

Ich hatte mich vor ihnen wie ein armer Irrer benommen. Das war schon schlimm genug, doch viel schlimmer erschien mir der Gedanke, daß Onkel John, der meine so wenig Godwinschen Eigenschaften so gut kannte, als wären sie ihm ins Herz eingeritzt, mich sozusagen in flagranti bei meiner Schriftstellerei ertappt hatte. Als ich versuchte, ihn ganz normal zu begrüßen, brachte ich nur ein Stammeln hervor.

Ich fühlte mich wie ein Vierzehnjähriger und wurde mit jeder Sekunde jünger.

Anna sagte gefaßt: «Onkel John und Harry sind gerade erst angekommen, Kester. Vielleicht sollte ich ihnen zuerst ihre Zimmer zeigen.»

«Moment mal», sagte ich. Die Demütigung war vergessen, verdrängt von der Ungeheuerlichkeit der Gegenwart Vetter Harrys. «Was zum Teufel hast du hier zu suchen?» fragte ich wütend.

«Vielleicht kann er mir bei der Arbeit in Oxmoon behilflich sein», sagte Thomas, «während du herumläufst und von Rosengärten faselst, du Spinner.»

«Thomas, das genügt», wies Onkel John ihn zurecht. Dann wandte er sich an meine Frau. «Anna, würdest du uns ein bißchen Kaffee bringen, bevor wir auf unsere Zimmer gehen? Wir haben die ganze Fahrt ohne Zwischenhalt gemacht, was immer ein großer Fehler ist.»

«Aber gewiß, Onkel John.»

«Moment mal», sagte ich wieder. *«Moment mal.»*

Alle starrten mich an.

«Ich bin mir gar nicht so sicher, ob ich es für wünschenswert halte, daß ihr in meinem Salon herumsitzt und Kaffee schlürft», sagte ich. «Wäre es nicht taktvoller, Onkel John – mehr das, was sich gehört –, wenn du mich zuerst fragen würdest, bevor du deinen Sohn in dieses Haus bringst und meine Frau wie ein Dienstmädchen herumkommandierst?»

Peinliches Schweigen. Thomas sperrte den Mund auf, Vetter Harry machte große Augen, Onkel John war zu bestürzt, um ein Wort hervorzubringen.

Anna sagte rasch: «Ich denke, ich hole trotzdem etwas Kaffee ... entschuldigt mich», und machte sich auf die Flucht.

Als die Tür sich hinter ihr schloß, sagte Onkel John mit ausgesuchter Höflichkeit: «Du hast völlig recht, Kester, und ich bitte um Verzeihung. Glaube mir, ich bin mir sehr bewußt, daß du jetzt der Herr im Hause bist.»

«Aber du hast eine komische Art, es zu zeigen.»

«Was? Du unverschämter, verdammter kleiner Scheißer ...»

«Thomas, halte den Mund!» befahl Onkel John, ohne die Stimme zu erheben. «Laß mich dich noch einmal um Verzeihung bitten, Kester, falls ich dich beleidigt habe, aber daß ich mit Harry kam, geschah aus einem guten Grund. Schau, ich füge mich deinem Entschluß, nicht nach Oxford zu gehen; ich finde es schade, aber du bist jetzt dein eigener Herr und mußt tun, was du für richtig hältst. Nur bringt dieser dein Entschluß die Notwendigkeit mit sich, daß du von nun an Unterricht in der

Gutsverwaltung nimmst, und da dachte ich mir, es wäre dir vielleicht ... weniger unangenehm, bei diesem Unterricht nicht mit Thomas allein zu sein. Deshalb ist Harry hier. Er möchte auch etwas über Gutsverwaltung lernen.»

«Er möchte *was?*»

«Tatsache ist, alter Knabe», sagte Vetter Harry äußerst freundlich, «daß ich beschlossen habe, Oxford einstweilen an den Nagel zu hängen und als Landwirt in Großvaters Fußstapfen zu treten. Vater wird mir Penhale Manor verpachten, und da ich von Gutsverwaltung auch nicht mehr als du verstehe, dachten wir uns, es könnte ganz lustig sein, wenn der schreckliche alte Thomas die Fachkenntnisse der Landwirtschaft zwei Schülern statt nur einem eintrichtert. Ich glaube, wir beide zusammen sollten in der Lage sein, ihn im Zaum zu halten.»

Thomas brüllte vor Lachen, entzückt über den Gedanken, als unausstehlicher Tyrann zu gelten, aber ich hörte ihn kaum. Es schwindelte mir vor Entsetzen. Ich hatte Oxford abgelehnt, um Vetter Harry los zu sein, und jetzt sollte ich durch einen tückischen Schicksalsschlag mit ihm in Penhale eingesperrt sein. Daß er das Gut von Penhale Manor einmal blendend verwalten würde, war mir sofort klar. Wut und Verzweiflung stiegen in mir auf, nahmen mir alle Selbstbeherrschung.

«Wie unterstehst du dich!» schrie ich Onkel John an. «Wie unterstehst du dich, mir deinen Willen aufzwingen zu wollen!»

«Mein lieber Kester, ich ...»

«Er wird uns noch alle mit seiner Rosensprühkanne ermorden», sagte Thomas.

«Halte dein Maul!» Onkel John fuhr ihn so barsch an, daß er zusammenzuckte. «Es ist weiß Gott kein Anlaß zum Witzemachen ...»

«Es ist kein Witz, und ich habe die Nase voll!» schrie ich.

«Und ich auch!» brüllte Vetter Harry mit jener blitzartigen Wendung zur Gewalt, die er bei den seltenen Gelegenheiten offenbarte, wenn er die Beherrschung verlor und die Maske des wohlerzogenen Musterschülers fallenließ. «Verdammt noch mal, Kester, ich sehe nicht ein, warum du dich wie ein Wahnsinniger gebärdest, wo mein armer Vater es sich zu einem Lebensziel gemacht hat, dich anständiger zu behandeln, als du es verdienst ...»

«Das ist die Untertreibung des Jahrhunderts», sagte Thomas.

«Ruhe!» donnerte Onkel John. Sofort wurde alles still. Er blickte uns der Reihe nach an, und dann sagte er: «Schluß! Hier ziehe ich die Grenze.»

Niemand sprach. Was sollte man sagen? Wenn Onkel John die Grenze zog, hatte es sich. Dann konnte man nur noch in schweigender Wut schmoren und die verletzten Gefühle eitern lassen.

Harry, Thomas und ich schmorten in schweigender Wut und ließen unsere Gefühle eitern, aber wir hielten den Mund und machten ausdruckslose Gesichter. Das gehörte sich nun einmal so, und da uns Onkel John dazu erzogen hatte, wußten wir alle, daß es unsere lebenswichtigste Aufgabe war, uns immer an die Spielregeln zu halten.

«Harry – Thomas – laßt uns bitte allein», sagte Onkel John. «Ich muß, wie ich sehe, mit Kester einmal unter vier Augen sprechen.»

«O nein, das wirst du nicht tun», sagte ich. «Nie mehr!»

Sie starrten mich an. Ich sah, wie sie sich ihrer Machtlosigkeit bewußt wurden und meine Macht zu spüren bekamen. Es war der erregendste Augenblick meines Lebens, und plötzlich spielte ich das Spiel nicht mehr mit, ignorierte, was sich gehört, ließ, allen Spielregeln zum Trotz, meinen wahren Gefühlen freien Lauf.

«Ich habe mehr als genug von euch allen!» schrie ich und schwelgte im Rausch meiner nackten Wut. «Es kotzt mich an, von euch allen als ein hoffnungsloser Spinner angesehen zu werden, den man im Namen der Familientreue zu tolerieren hat! Ihr kotzt mich an mit eurem höhnischen Grinsen und euren hämischen Bemerkungen und eurer herablassenden Gönnerhaftigkeit! Es kotzt mich an, daß ihr euch in meinem Hause aufführt, als sei es das eure, ihr kotzt mich an mit eurer seichten Konversation, und es kotzt mich an, so zu tun, als hätten wir uns alle furchtbar gern. All diese verdammte Heuchelei kotzt mich an. Ich habe es geduldet, als meine Mutter lebte, aber jetzt ist sie tot, und falls ihr euch einbildet, ich würde einfach dort weitermachen, wo sie aufgehört hat, kann ich euch nur raten, es euch noch einmal zu überlegen! In Zukunft werdet ihr alle warten, bis ihr eingeladen seid, bevor ihr wieder nach Oxmoon kommt – und in Zukunft werdet ihr die Hände von meinem Besitz lassen! Und jetzt», fügte ich im Triumph meines Zorns hinzu, «verschwindet, bleibt mir vom Halse und laßt mich, verdammt noch mal, tun und lassen, was mir beliebt!»

Niemand versuchte etwas zu erwidern, und ich gab ihnen auch keine Gelegenheit dazu, denn im nächsten Augenblick hatte ich das Zimmer verlassen und die Tür mit einer Gewalt zugeschlagen, die Oxmoon bis in seine Grundfesten erschüttert haben muß.

So begann die neue Herrschaft.

5

Auf der Treppe nahm ich zwei Stufen auf einmal, rannte über den Flur zum Fenster, das auf die Auffahrt hinausging. Thomas' Wagen stand draußen, aber als die drei aus dem Haus traten, blieben sie neben dem Rolls-Royce stehen, warteten wahrscheinlich auf den Chauffeur, der noch in der Küche beim Tee saß. Thomas redete, und Onkel John ließ ihn reden. Onkel John sah müde und blaß aus, im Gegensatz zu Thomas, der in Hochform zu sein schien. Thomas blühte erst richtig auf, wenn er in Wut war, und ich konnte mir lebhaft all die Obszönitäten vorstellen – Gott sei Dank ohne sie hören zu müssen –, die ihm von den schwulstigen Lippen flossen.

Da der Anblick Onkel Johns Schuldgefühle und der seines Bruders Thomas Ekel in mir erweckte, wandte ich meine Aufmerksamkeit dem dritten im Bunde zu. Vetter Harry, offenbar gelangweilt von Thomas und seinen Schweinereien, hatte sich ein paar Schritte entfernt und stand jetzt mitten auf dem Kiesweg vor der Veranda, und als ich ihn von meinem Versteck hinter dem Vorhang aus erblickte, zündete er sich gerade eine Zigarette an. Dann schaute er auf das Haus. Schaute, schaute und schaute, bis ich mich fragte, ob er das Haus überhaupt sah und nicht eher in eine tiefe Träumerei versunken war oder sogar in Gedanken, von denen ich nichts wußte. Daß ein Teil seines Wesens mir bisher verborgen geblieben war, fand ich neuartig und interessant. Was ging hinter dieser glatten Fassade vor? Ich hatte in Harry immer die Verkörperung des Erfolgsmythos gesehen, aber da mir in den letzten Wochen einige Mythen von langem Bestand vor den Augen zerronnen waren, gab es für mich keinen mehr, den ich nicht in Frage stellte.

Was, so fragte ich mich, geschah wirklich in Vetter Harrys Leben? Was waren seine geheimen Ängste, Nöte, Besessenheiten, Haßgefühle? Ich hatte keine Ahnung, fand es jedoch höchst seltsam, daß er nach nur einem Jahr aus Oxford zurückgekehrt war. Das paßte gar nicht in das Bild des tadellosen Musterknaben Harry und entsprach ganz entschieden nicht dem, was sich gehört. Könnte er möglicherweise verwiesen worden sein? Nein, ausgeschlossen. Mit einem offenen Stipendium hatte er keinen Tadel wegen akademischen Versagens zu befürchten, und natürlich war er viel zu schlau, um sich in Schwierigkeiten anderer Art zu begeben. Nein, ich mußte annehmen, daß er Oxford aus freien Stücken verlassen hatte, doch immerhin . . . welche Enttäuschung für Onkel John! Aber Onkel John war, sich selbst getreu, stillschweigend über den Vorfall hinweggegangen, hatte Würde und Haltung bewahrt und genauso zu Harry gehalten, wie früher zu Marian. Oder bildete ich mir das nur ein? Vielleicht war Onkel John heilfroh über Harrys Entschluß, das nutzlose Studium der Altphilologie an den Nagel zu hängen und das Leben eines Landedelmanns zu führen. Hatte Harry nicht selbst erklärt, er folge damit der Tradition seines Großvaters? Je mehr ich über seinen Entschluß nachdachte, desto klarer wurde es mir, daß er eigentlich doch tat, was sich gehörte.

Ich hätte es wissen sollen: Harry würde nie ins Fettnäpfchen treten. Immerhin war und blieb er mir ein Rätsel. Und jetzt wollte dieser Musterknabe, dieser Ausbund von Tugend, dieser wahrhaft unerträgliche Held sich hier mit der ganzen Pracht seines Könnens breitmachen und mir einen Spiegel vorhalten, in dem ich mich immer als der Unterlegene sehen würde!

Bei diesem bösen und unheilvollen Gedanken erschauderte ich, aber dann versuchte ich mich zusammenzureißen. Schließlich wäre ich immer noch der erste Mann in der Gemeinde. An Größe und Bedeutung konnte Penhale Manor es nicht mit Oxmoon aufnehmen. Alles, was ich zu tun hätte, war, Oxmoon meisterhaft zu leiten, und dann wäre Vetter Harry leicht übertrumpft – und wenn ich erst einmal anfing, Oxmoon zu einem Schrein der Schönheit, Wahrheit, der Kunst und des Friedens zu machen, würde ich bald, um einen gewagten Vergleich anzustellen, der leuchtendste Stern am Firmament sein. Also gut, sagte ich mir, soll er ruhig nach Gower kommen! Er wird sich vor Neid krümmen und sich zum Schluß, wenn er den Anblick des von mir zu so herrlicher Pracht und Blüte gebrachten Oxmoon nicht länger ertragen kann, zähneknirschend davonschleichen, um sein Glück anderswo zu versuchen – in Northumberland zum Beispiel, oder in East Anglia. Daß er auswandern würde, wäre wohl zuviel erhofft.

Ich lachte, und als ich mich vom Fenster abwandte, sah ich meine Frau mir auf der Treppe entgegeneilen.

«Kester, was in aller Welt geht hier vor?»

«Oh, Anna – ich habe gesiegt, gesiegt!» Ich wirbelte sie in einem Derwischtanz über den Treppenflur ins große Gästezimmer, das wir bis zur Neueinrichtung des Zimmers meiner Mutter benutzten, und sank mit ihr unter schallendem fröhlichen Gelächter auf das Bett.

«Erzähle mir alles», japste sie.

«Später!» Ich war so erregt, daß ich meine Hosenknöpfe nicht aus den Löchern bekam, und so riß ich mir in meiner Ungeduld den ganzen Hosenschlitz auf. «Hurra!»

«Himmel, was wird der Schneider denken, wenn er das flicken muß?» sagte Anna, und während wir uns schier totlachten, nahm sie mich in ihre Arme, um meinen großen Sieg zu feiern.

6

Nachdem ich auf so triumphale Weise mein Gängelband zerschnitten hatte, erhielt ich zwei Briefe. Der erste, eine überraschend sauber verfaßte Mitteilung in kühner und steiler Handschrift, lautete wie folgt: «Kester, Du bist ein hirnverbrannter Idiot, und was Oxmoon verbrochen hat, um mit Dir gestraft zu sein, bleibt mir ein Rätsel, aber wenn Du in eine Patsche gerätst (und das wirst Du bestimmt tun – bis über die Ohren), dann sage es mir lieber, damit ich Dich herausholen kann. Es wird mir zwar nicht gerade ein Vergnügen sein, aber John meint, Du solltest wissen, daß immer jemand in der Nähe ist, der im Notfall helfen kann, und da John, soweit es mich betrifft, der Chef dieser Familie ist und bleiben wird, bis er abkratzt (und Gott helfe uns allen, wenn das geschieht), fühle ich mich verpflichtet, seinen Befehlen zu gehorchen. Thomas.»

Ich hielt diesen kindischen Erguß für keiner Antwort würdig, aber der zweite Brief war weniger leicht abzutun. Onkel John schrieb mit ausgesuchter Höflichkeit, meine Erbitterung gegen die Familie habe ihm großen Kummer gemacht, und er fühle sich persönlich sehr von meiner Haltung betroffen, da er stets bemüht gewesen sei, das Beste für mich zu tun; er bat mich, nicht zu vergessen, in welch aufopfernd brüderlichem Verhältnis er zu meinem Vater gestanden habe, und fügte hinzu, ich würde, was auch immer geschehen möge, stets einen besonderen Platz in seinem Herzen einnehmen.

Ich kam mir wie ein Schuft vor. Wütend auf ihn, der Schuldgefühle in mir wachrief, und wütend auf mich, der ich es zuließ, schrieb ich ihm, um mein Gewissen zu erleichtern. «Mein lieber Onkel John, ich danke Dir für Deinen Brief, der viel fairer ist, als ich es verdiene. Es tut mir leid wegen des Krachs, aber ich muß jetzt mein eigenes Leben führen, und ich fand es unmöglich, Dich davon zu überzeugen, ohne einige harte Worte zu gebrauchen – was mich, wie ich jetzt einsehe, dazu verleitete, Dich mit einer Unfreundlichkeit zu behandeln, die Dir wirklich nicht gebührt. Natürlich weiß ich, was ich Dir schuldig bin, und ich möchte nicht undankbar scheinen, aber wenn wir uns in Zukunft sehen (was ich selbstverständlich hoffe), muß es unter meinen Bedingungen geschehen. Ich bin und bleibe Dein Dir in Zärtlichkeit verbundener Neffe Kester.»

Die kriecherische Art, in der ich ihn beschwichtigte, um mein Gewissen zu beruhigen, war mir so widerlich, daß ich es kaum über mich brachte, den Brief noch einmal durchzulesen, aber dann fühlte ich mich besser und Onkel John offenbar auch, denn er antwortete postwendend. «Mein lieber Kester, ich habe mich sehr über Deinen Brief gefreut, verstehe und verzeihe Dir natürlich Deinen ganz normalen Wunsch, die Unabhängigkeit zu erlangen, auf die Du ein volles Recht hast. Ich wünsche Dir Glück und hoffe, Du wirst nicht vergessen, falls Du in Zukunft Hilfe oder Rat brauchen solltest, daß Du Dich immer direkt an mich wenden kannst. Dein ergebener Onkel J. G.»

Mit anderen Worten, und um es mit einer brutalen Offenheit zu sagen, die Onkel John tunlichst vermieden hätte, auch er nahm an, daß ich mit meiner Unabhängigkeit in ein böses Schlamassel geraten würde, war jedoch bereit, weil ihm keine bessere Wahl blieb, mich einstweilen in meinem eigenen Saft schmoren zu lassen. Soviel über Onkel John – und soviel über den ekelhaften Thomas. Ich war entschlossen, mich zu bewähren, aber inzwischen mußte ich erst einmal sehen, wie in aller Welt ich ohne sie auskommen konnte.

7

Meine erste Sorge galt Anna. Sie mußte eine Haushälterin haben. Meine Mutter hatte in ihrer unorthodoxen Art für alles selbst gesorgt, mit Hilfe sukzessiver Vertrauenspersonen, die sie «mein ergebenes Faktotum» zu nennen pflegte. Aber als wir Little Oxmoon verlassen hatten, um nach Oxmoon zu ziehen, war ihr damaliges «ergebenes Faktotum» (das Stubenmädchen Watson) in Little Oxmoon geblieben, um für Thomas den Haushalt zu führen. Allerdings hatte sich meine Mutter Bennett, den Krankenpfleger meines Vaters, immer in Reserve gehalten und ihn nach dem Tode meines Vaters als Butler vorgesehen, was er schon in London gewesen war, bevor mein Vater krank wurde. Als sie nach Oxmoon zog, nahm sie also Bennett als das neue ergebene Faktotum mit und führte mit ihm gemeinsam den Haushalt, den vorher Mrs. Straker betreut hatte.

Nun war es aber kurz nach meinem Durchbrennen zwischen dem Butler Lowell und Bennett zu «Worten» gekommen, und Bennett, ein Cockney, hatte beschlossen, sich einen langgehegten Wunsch zu erfüllen und in seine heimatliche Londoner City zurückzukehren. Meine Mutter, die ihm gern Lowell geopfert hätte, versuchte es mit Bestechung, Schmeicheleien und Gezeter, aber vergebens. Bennett ging. Wahrscheinlich war er nur geblieben, weil er gehofft hatte, eines Tages persönlicher Kammerdiener des neuen Herrn von Oxmoon zu werden, aber da ich in bescheideneren Verhältnissen als mein Vater aufgewachsen war und der Nachkriegsgeneration angehörte, betrachtete ich einen Kammerdiener als eine unzumutbare Einmischung in meine Intimsphäre.

Meine Mutter hatte vor meiner Rückkehr von der Hochzeitsreise verschiedene Kandidaten für die Rolle des ergebenen Faktotums kommen lassen, jedoch zum Glück niemanden, der ihr paßte, gefunden. Ich wußte, daß ein ergebenes Faktotum nach dem Geschmack meiner Mutter – also jemand, der den Ehrgeiz hatte, sich im Glanz einer imposanten Persönlichkeit zu sonnen – nichts für Anna wäre. Sie brauchte eine damenhafte, konventionelle Haushälterin wie Mrs. Wells, die Onkel John vor Bronwens Fortgehen in Penhale Manor gedient hatte, und ich wäre gern bereit gewesen, ihr die Stelle anzubieten, aber sie hatte die Gegend längst verlassen und war in ihre ferne heimatliche Provinz gezogen. Wie sollte ich eine ähnliche Perle finden? Ich schrieb das Wort «Haushälterin» auf meinen Notizblock und starrte es, eine Eingebung erwartend, an.

Dann fiel mir ein, daß ich vielleicht meine Cousine Elizabeth fragen könnte, die ja jetzt auch eine Haushälterin hatte und sich bestimmt in solchen Dingen bestens auskannte. Seit sie in Swansea wohnte und wir Nachbarn waren, hatte ich die nette, fröhliche und vernünftige Cousine Elizabeth recht liebgewonnen, und Owen, der mir zwar mit seinem ewigen Geschwafel über die *Financial Times* und Rugby ziemlich auf die Nerven ging, war immer höflich und freundlich zu mir. Wenn ich schon Verwandte in meiner Nähe haben müßte, hätte ich mir eigentlich keine besseren als die Bryn-Davies wünschen können, denn sie behandelten mich mit entgegenkommendem Respekt, tauchten nie uneingeladen in Oxmoon auf, und riefen höflicherweise alle drei Monate an, um zu hören, ob ich noch am Leben sei. Wären mehr Verwandte wie sie, so gäbe es bestimmt weniger unglückliche Familien auf der Welt.

Nachdem ich über das Problem der Haushälterin nachgedacht hatte, wandte ich mich der heikleren Aufgabe zu, einen erstklassigen Gutsverwalter zu finden, der Thomas ersetzen könnte. Trotz meiner Zuversicht, bald genug gelernt zu haben, um die Verwaltung meines Besitzes selbst in die Hand zu nehmen, fühlte ich mich im Augenblick noch nicht fähig dazu, und außerdem wollte ich schreiben und hätte einfach nicht die Zeit, ständig mit meinen Vorarbeitern die Märkte zu besuchen oder die Menge des Lagergetreides fürs nächste Jahr zu errechnen (ich wußte nicht einmal genau, was das Wort Lagergetreide bedeutete). Wie konnte ich den idealen Gutsverwalter ausfindig machen, der mir all diesen zeitraubenden Kram abnehmen würde?

So beschloß ich, mir bei meinem Anwalt Mr. Fairfax, dem Seniorpartner der Firma Fairfax, Walters and Wyn-Williams, Rat einzuholen. Onkel John hatte Mr. Fairfax und meinen liebenswürdigen Bankdirektor Mr. Lloyd-Thomas gefeuert, als mein Großvater in einen Zustand völliger Inkompetenz verfallen war, aber mein Großvater hatte sie später wiedereingesetzt, und Onkel John, dem es mit seiner Vollmacht durchaus möglich gewesen wäre, diesen rein gefühlsbedingten Entschluß rückgängig zu machen, hatte keinen Einspruch erhoben. Er war seinem armen alten Vater gegenüber immer besonders nachgiebig gewesen, und es hatte ihm genügt, Fairfax und Lloyd-Thomas mit dem vorübergehenden Entzug des Oxmoon-Geschäfts einen gehörigen Schrecken eingejagt zu haben. Nach ihrer Wiedereinstellung ließen sich die beiden dann auch keine Gelegenheit entgehen, Onkel John in den Arsch zu kriechen.

Als ich an Mr. Fairfax dachte, erinnerte ich mich, daß er mir einmal (natürlich in kriecherischem Ton) die Notwendigkeit erklärt hatte, ein Testament zu verfassen, und obgleich mir dieses makabre Ansinnen immer noch widerstrebte, wußte ich, da ich jetzt verheiratet und im Alleinbesitz eines großen Vermögens war, daß ich, wie Onkel John sagen würde, die absolute moralische Pflicht hatte, meine Verantwortungen zu tragen. Ich schrieb «Gutsverwalter – Fairfax fragen» auf meinen Notizblock, aber während ich es schrieb, dachte ich an mein Testament. Wer von all meinen gräßlichen Verwandten wäre würdig, Oxmoon zu erben? Natürlich käme als allererster Christopher Godwin junior in Frage, aber er war noch nicht geboren, und bis dahin mußte ich mich anderswo umschauen. Ich dachte zuerst an Declan, aber ich konnte Oxmoon wirklich nicht einem englischfeindlichen irischen Patrioten hinterlassen. Irgendwo mußte man schließlich die Grenze ziehen.

Ich ging die Liste der jungen Generation durch, das heißt der kleinen Kinder meiner Verwandten. Thomas' kleiner Sohn Bobby schied von vornherein aus, denn er war automatisch durch seine Herkunft verdammt. Auch Declans Kinder müßte ich ausschließen, obgleich ich sie durchaus reizend fand, aber sie würden bestimmt zu England feindlichen irischen Patrioten wie ihr Vater aufwachsen, und Rorys Töchter, die beide bereits Anlagen zeigten, zu Ebenbildern meiner Cousine Marian zu werden, kamen auch nicht in Frage. Im übrigen erbten bei den Godwins die Mädchen nicht, weil es sich nicht gehörte. (Warum eigentlich nicht? Ich bin persönlich sehr dafür, daß Mädchen alles erben; man denke nur an jene so blendend erfolgreichen Verwaltungsgenies wie die Königinnen Kleopatra und Victoria.) Da aber keine Tochter meiner Cousine Marian es je mit diesen glanzvollen

Vertreterinnen des weiblichen Geschlechts aufnehmen können würde, blieb mir nur noch ein Baby von Godwinschem Blut, Elizabeth' kleiner Sohn Owen, der jetzt ein Jahr alt war. Aber sollte ich wirklich Oxmoon jemandem hinterlassen, der ausgerechnet Owen Bryn-Davies hieß? Das wäre ein Spaß! Onkel John würde der Schlag treffen. Dem konnte ich nicht widerstehen, und außerdem wäre es ja nur eine vorübergehende Maßnahme, bis ich meinen eigenen Sohn hätte. Aber diese vorübergehende Maßnahme mußte getroffen werden, denn auf keinen Fall – und man weiß ja nie, was passieren kann – durfte ich ohne Erben sterben und Oxmoon einfach preisgeben.

Ich schrieb «Klein Owen – Fairfax fragen» auf meinen Notizblock, und während ich kritzelte, überlegte ich in aller Muße, was wohl mit Oxmoon geschehen würde, falls ich ohne Erben sterben sollte. Ich war mir nicht sicher, nahm es jedoch als wahrscheinlich an, daß Onkel John sich moralisch verpflichtet fühlen würde, es zu kaufen, und nachdem Onkel John gestorben wäre . . .

Vetter Harry.

NIEMALS.

Ich erschauderte, zog einen höchst symbolischen Strich über meinen Notizblock und ging hinunter, um Mr. Fairfax anzurufen.

«Liebling, könntest du nicht vielleicht doch schon schwanger sein?» fragte ich Anna in dieser Nacht. «Wir sind jetzt seit einigen Wochen verheiratet und haben es weiß Gott nicht an Sex fehlen lassen. In Romanen braucht ein nettes Mädchen nur entjungfert zu werden, und schon ist es auf dem Weg zur Mutterschaft.»

«Im wirklichen Leben ist es wohl ein bißchen anders», sagte sie seufzend.

Und sie hatte recht. Wäre es mir möglich gewesen, mein Leben zu schreiben anstatt mich der Wirklichkeit fügen zu müssen, so hätte ich in einer Woche die Gutsverwaltung gemeistert, mich eigenhändig mit allem befaßt, in meiner Freizeit Bestseller geschrieben und veröffentlicht, und mich auf die unmittelbar bevorstehende Vaterschaft vorbereitet. Aber im wirklichen Leben war die Vaterschaft noch ein Traum, mein letzter Roman wurde mir wieder einmal mit einem Ablehnungsbrief zurückgeschickt, und Mr. Fairfax hatte mir am Telephon gesagt, der einzige erstklassige Gutsverwalter, den er kenne, sei Thomas. Das empfand ich als eine Kritik, und ich hätte ihn am liebsten gefeuert, sah jedoch ein, daß das Leben bereits kompliziert genug war und mit der Entlassung von Mr. Fairfax nur noch schlimmer werden konnte.

Inzwischen hatte ich noch einen Blick in die Bücher der Gutsverwaltung geworfen. Ach, wie ich es jetzt bereute, während Onkel Johns Erklärungen über dieses Thema so unaufmerksam gewesen zu sein! Laut stöhnend strengte ich mich von neuem an, das Unverständliche zu verstehen.

In jedem Buch waren die Seiten, wie ich bereits wußte, in zwölf Spalten aufgeteilt. Die Überschriften lauteten: Pfarrbezirke, Mietshäuser, Pächter, Beträge, Pachtfristen, Mietrückstände, Mieten, Saldo, Gehälter, Quittungen, geschuldete Rückstände, Bemerkungen. Die erste Spalte erklärte sich aus der Tatsache, daß Oxmoon sich nicht nur über den Pfarrbezirk von Penhale erstreckte, und das übrige, weil es außer den größeren Landwirtschaftsbetrieben des Grundbesitzes noch zahlreiche Gehöfte und kleine Pachthäuser gab, über die abgerechnet werden mußte. So weit, so gut. Doch dann wurde es schwierig, weil Thomas seine Eintragungen zwar sehr säuberlich geschrieben, sie jedoch dadurch nicht verständlicher gemacht hatte. Es war nicht zu ersehen, ob die Zahlen Gutes, Schlechtes oder Belangloses bedeuteten, und als ich auf die Spalte «Bemerkungen» blickte, stand ich wieder vor einer Reihe von Rätseln, denn Thomas benutzte geheimnisvolle Abkürzungen wie: «Keine Kuh. ¹Monat bewilligt», oder: «240 Aare Hafer N. G.» Ich schaute auf die Spalte «Beträge», die in zwei Kolumnen unterteilt war. Vor der ersten stand £ s. d., also kein Problem, denn selbst ich verstand, daß es Pfund, Shilling und Pence bedeutete. Aber was war das A. R. P. vor der zweiten? Bestimmt hatte Onkel John es mir einmal erklärt, und es war bestimmt ganz einfach, aber jetzt sagte es mir überhaupt nichts mehr.

Verärgert die Bücher beiseite schiebend, wandte ich mich der Korrespondenz zu, aber auch hier geriet ich bald ins Schwimmen. Schreiben von verschiedenen Samenhändlern, Rechnungen, Quittungen, eine besondere Mitteilung einer großen Molkerei in Swansea und ein gewunden abgefaßtes staatliches Memorandum über Tuberkulintests bei Kühen. Zu all diesen Papieren, die mir nichts sagten, kam noch eine Unzahl von Briefen unserer Pächter hinzu, von denen einer jammerte, ich schulde ihm Geld für ein Zugpferd. (Wer benutzt denn noch Pferde in unserer mechanisierten Zeit? Der Mann mußte betrunken oder ein Spinner sein.) Während ich weiterkramte, mit jenem sinkenden Gefühl, das ich untrüglich als Langeweile erkannte, klingelte ständig das Telephon und ich erfuhr, daß alle möglichen Quängler und Stänker mich zu sehen wünschten. Was sollte ich tun? Diese Art von Arbeit würde nicht nur meine ganze Zeit in Anspruch nehmen, sondern mich dazu noch innerhalb von vierundzwanzig Stunden zu einem Nervenbündel machen. Nur jemand wie Thomas, der eine Elephantenhaut hat und einen Hang zum Trivialen, kann Spaß daran finden.

Ich geriet in Panik.

«Ich muß schreiben», sagte ich zu Anna, «oder ich werde wahnsinnig, aber wie kann ich Oxmoon aufgeben, bevor ich es nicht in sicheren Händen weiß?» Und als Ricky später zu einem Drink kam, fügte ich verzweifelt hinzu: «Ich brauche nicht nur einen Gutsverwalter, ich brauche ein ‹ergebenes Faktotum› – und es kann nicht jemand wie Simon sein, der allerhöchstens in der Lage ist, ein paar Bettelbriefe zu beantworten und mit dem Pastor zu reden. Ich brauche einen klugen Mann mit Persönlichkeit, der tüchtig ist, über diplomatisches Geschick verfügt, mit Simon und mit Anna gut auskommt, den ich gern habe, und dem ich vertrauen kann ...» Ich unterbrach mich und starrte ihn an. «O Gott, Ricky ...»

«Sage es ... worauf wartest du?»

«Würdest du ... könntest du ... willst du ...»

«Natürlich! Mein lieber Kes, ich dachte schon, du würdest mich nie fragen ...»

8

So kam ich zu Warwick Mowbray.

Ich erwähnte bereits, daß er eine homosexuelle Phase durchgemacht hatte, als ich in einem Alter war, da ein solches Betragen äußerst peinlich auf mich wirkte, aber ich sehe, daß ich ihn etwas näher erklären muß. Unsere Freundschaft war von so festem Bestand, daß sie sogar seine schreckliche Liebeserklärung und später seine lange Abwesenheit auf der Universität von Grenoble überlebt hatte. Das war zweifellos sein Verdienst, denn er hatte sich solche Mühe gegeben, seine Entgleisung wieder wettzumachen, daß ich, als ich Anna heiratete, wieder ganz ungezwungen mit ihm verkehren konnte, und so erschien er mir in meinen jetzigen Schwierigkeiten als Helfer wie gerufen.

Die Mowbrays waren eine alte Familie aus Gower, und sie wohnten in einem hübschen Queen Anne-Haus über der Oxney Bucht bei Porteynon. Sie besaßen zwar nicht mehr als zwei Hektar Land, hatten jedoch im neunzehnten Jahrhundert ein paar nützliche Ehen geschlossen und seitdem recht anständig gelebt. «Ein trauriger Gegensatz zur bösen alten Zeit», pflegte Ricky zu sagen, und in der Tat schien der lange Abstieg der Mowbrays in die Respektabilität etwas betrüblich in Anbetracht ihrer typisch Gowerschen Vergangenheit, als sie in allen möglichen Berufen versagt und sich nur im Schmuggel wirklich bewährt hatten. Ricky erklärte, er habe die Nase voll von seinen unmittelbaren Vorfahren, deren geistige Interessen sich nur auf Pferde beschränkten, und er gelobe sich, etwas Glanz in den Familienstammbaum zu bringen.

Ich erkannte einen mir verwandten Geist.

Ricky und ich hatten vieles gemein – und doch wieder nicht. Sein Vater war im Krieg gefallen, und so hatte auch sein Leben unter keinem nennenswerten väterlichen Einfluß gestanden. Seine Mutter allerdings, die oberflächliche und alberne kleine Esther Mowbray, ließ sich mit meiner Mutter nicht vergleichen und Rickys Onkel Adam, dessen Rolle zumindest theoretisch der meines Onkels John entsprach, hatte nicht gerade viel zu seiner Erziehung beigetragen. Adam Mowbray, Rechtsanwalt in Swansea, strafte die Legende Lügen, wonach der juristische Beruf den Geist verdörrt. Fesch, gutaussehend, zweimal geschieden und ein Stammgast auf allen Rennplätzen, machte er eine äußerst gute Figur in seinem schneeweißen Lagonda. Es wurde gemunkelt, daß der Mowbraysche Kennerblick für Pferde ihm zu genug Geld verholfen habe, um seine Alimente zu bezahlen.

«O Gott, Kes, plagen wir uns doch nicht mehr mit diesem furchtbaren alten Langweiler Freddy Fairfax ab», sagte Ricky, sowie er mein ergebenes Faktotum war. «Er läßt es an allem Glanz mangeln. Spannen wir lieber Adam als juristischen Berater ein.»

Ich konnte es Fairfax nicht vergessen, daß er auf meine Bitte hin, mir einen tüchtigen Gutsverwalter zu empfehlen, ablehnend und mit kaum verhohlener Kritik geantwortet hatte, und beschloß, zum zweiten Mal das Fallbeil über die Firma Fairfax, Walters and Wyn-Williams niedergehen zu lassen.

«Mein lieber Kester», sagte Adam, nachdem er mir sehr charmant für die Ernennung zum Anwalt von Oxmoon gedankt hatte, «ich muß gestehen, daß ich es für einen weisen Entschluß halte, den alten Fairfax gehenzulassen – er ist dieser Tage leider nicht mehr ganz auf der Höhe, der arme Kerl ... Wie bitte? Einen Gutsverwalter? Kein Problem. Ich habe genau den richtigen Mann für dich.»

Das alles war höchst erfreulich, und die schwere Last auf meinen Schultern begann leichter zu werden. Ich schätzte mich wirklich glücklich, einen Freund wie Ricky zu haben, der mir zeigte, wie ich meine Probleme lösen konnte.

Wie ich war Ricky nie auf eine Schule gegangen. Esther hatte den bloßen Gedanken, seiner Gesellschaft beraubt zu sein, nicht zu ertragen vermocht. Aber im Gegensatz zu mir war er, bis Simon ihn auf das Eintrittsexamen in Oxford vorbereitete, sehr schlecht von einer Reihe unfähiger Hauslehrer unterrichtet worden, und er nahm es seiner Mutter übel, daß sie nicht besser für seine Bildung gesorgt hatte. Er nannte es Mangel an angemessener Erziehung und schien sie allein dafür verantwortlich zu machen. Wenn er auch beteuerte, er liebe sie abgöttisch, erzählte er mir oft, wie sehr sie ihm auf die Nerven gehe, und verstieg sich sogar zu der Behauptung, alle Frauen seien im Grunde geistig minderwertig. Da meine Mutter in Oxmoon ein ausgezeichnetes Organisationstalent bewiesen hatte, konnte ich ihm natürlich nicht zustimmen, aber ich sah ein, daß Esther Mowbrays Begabungen sehr beschränkt waren und höchstens für ein mittelmäßiges Bridgespiel ausreichten. Ricky hatte für solche Beschäftigungen nur Verachtung übrig, denen es, wie er sagte, völlig an Glanz und Geist fehlte, und er wünschte sich, um die Jahrhundertwende aufgewachsen zu sein. Einmal vertraute er mir an, er verbrenne gelegentlich Weihrauchstäbchen in seinem Zimmer, wenn er im *Yellow Book* lese.

Mir, dem fünf Jahre Jüngeren, schien dieses Betragen viel interessanter, als Kricket zu spielen und zu tun, was sich gehört, und als wir klein waren, hatte ich ihn leidenschaftlich verehrt. Und er ließ sich gern bewundern. Heute sehe ich, daß er einsam war und sich freute, in mir einen Gefolgsmann zu haben, ganz wie ich, als ich damals den kleinen Evan zum Bewunderer hatte. Jedenfalls zeigte er sich mir gegenüber von seiner besten Seite; hinter seiner spröden und boshaften Art, die ich furchtbar geistreich und raffiniert fand, verbarg sich eine liebevolle und empfindsame Natur. Er schrieb Gedichte. Ich bewunderte seine Verse, und selbst Simon, dieser strenge Kritiker, fand sie vielversprechend. Als ich jedoch älter wurde, faszinierte mich seine ernsthafte Seite weniger als sein leicht beschwingter, respektloser Humor. In Rickys Gegenwart machte das Leben immer Spaß, wurde zu einem wahren Feuerwerk.

Gower mag eine stille und öde Landgegend sein, aber nicht wenn Ricky Mowbray seinen Gin mit Limone auf der Terrasse in Oxmoon trank und Aphorismen von Oscar Wilde zitierte. «‹Wir sind alle in der Gosse›, sagt Wilde, ‹aber einige von uns schauen zu den Sternen empor.› Du und ich, mein lieber Kes, haben unseren Blick fest und unverwandt auf den göttlichen Glanz der Milchstraße gerichtet. Dein Vetter Harry dagegen und dein ungeschlachter und viehischer Onkel Thomas liegen mit dem Gesicht im Schmutz und gucken durch das Gully in die Kloake.»

Aber Ricky konnte auch seine boshafte Zunge im Zaum halten. Er war charmant zu meiner Mutter, und sie hatte ihn gern. Er umschmeichelte Tante Celia, und sie hatte einen Narren an ihm gefressen. Er umwarb meine Cousine Erika wie ein Märchenprinz, und sie hatte Anna gestanden, daß sie ihn liebte. Seit seiner Rückkehr aus Grenoble im Sommer 1937 spielte er mit dem Gedanken, sie zu heiraten.

Zuerst hielt ich es für eine glänzende Idee. Es freute mich nicht nur, daß Ricky – sehr zu meiner Erleichterung – damit ein normales sexuelles Verhalten bewies, sondern auch, daß Erika, die in ihrer trägen Art viele gute Eigenschaften besaß, einen Mann gefunden hatte, der ihrer würdig war. Dann wurde ich allmählich gewahr – sehr allmählich, denn der Gedanke war lange Zeit nur eine vage Intuition –, daß wir uns unter den gegebenen Umständen besser zu viert als zu dritt verstanden. Ich konnte es zwar nicht klar formulieren, aber seitdem ich verheiratet war, fühlte ich mich wohler in der Gesellschaft von Ricky, Anna und Erika als nur mit Ricky und Anna. Ich empfand es, wie gesagt, so vage, daß ich mit Anna nie darüber sprach, nicht etwa, weil ich ihr etwas verheimlichen wollte, sondern nur weil ich es für unwichtig hielt, und ich begann mir erst Sorgen zu machen, als Ricky sich nach einigen Gin mit Limone eine Bemerkung erlaubte, die ich nicht hinnehmen konnte.

Es war an einem warmen Oktoberabend, kurz nach der dramatischen Szene, in der ich mich vom Gängelband befreite, und wir hatten Ricky und Erika zum Abendessen eingeladen, um seine Ernennung zu meinem «ergebenen Faktotum» zu feiern. Anna war noch oben und zog sich um, Erika hatte sich aus irgendeinem Grunde verspätet, und ich saß allein mit Ricky auf der Terrasse.

Wir diskutierten über die internationale Lage, die zu dieser Zeit im rosigen Dunst einer letzten Friedenshoffnung schimmerte, und ich hatte gerade bemerkt, Mr. Chamberlains Kraftakt in München sei zwar sehr mutig gewesen, könne jedoch wahrscheinlich die auf uns zukommende Katastrophe nicht mehr lange abhalten.

«Ganz meine Meinung», sagte Ricky. «Deshalb halte ich es für nützlich, eine Deutsche zur Frau zu haben. Es wäre die einzige Hoffnung, sich unter einer Besatzungsarmee eine glanzvolle Existenz zu sichern.»

Dieses Bekenntnis war so unglaublich, daß ich ihn zuerst nur anstarrte, doch dann sagte ich schließlich: «Ricky, ich bin Pazifist, aber mich mit einer Besatzungsarmee zu verbrüdern, wäre wirklich das letzte, das ich tun würde. Besonders wenn sie mein Haus requirieren und meine Frau in ein Konzentrationslager schicken.»

«Aber mein lieber Kes, man muß doch überleben!»

«Ohne Anna und ohne Oxmoon wäre ich lieber tot. Ricky, du willst doch Erika nicht etwa nur heiraten, weil sie einen deutschen Paß hat?»

«Unsinn. Ich will sie heiraten, weil sie so göttliches blondes Haar hat, und einen so göttlich sturen teutonischen Verstand!»

Ich starrte wieder. «Ricky, du solltest wirklich nicht so boshaft über ein Mädchen reden, mit dem du so gut wie verlobt bist. Bist du wirklich überzeugt, daß du sie heiraten willst?»

«Natürlich bin ich das! Ich werde sie noch heute abend um ihre Hand bitten, wenn ich sie nach Hause bringe. Irgendwo halte ich den Wagen an, wir blicken verträumt zum sternübersäten Waliser Nachthimmel empor und...»

«Ricky, sei doch einmal ernst.» Ich war sehr beunruhigt. «Warum zum Teufel heiratest du Erika, wenn du sie nicht liebst?»

Ricky wurde rot. Das war ungewöhnlich. Er rühmte sich, stets gelassen zu sein. «Um Himmels willen, Kes, ich liebe sie ja! Was ist denn mit dir los?»

Ich sah, daß er es ehrlich meinte, und das verwirrte mich noch mehr, denn es war mir jetzt völlig klar, daß er sie nicht im geringsten liebte, so sehr er es sich auch einzureden versuchte. Ich war zwar immer noch achtzehn Jahre alt, aber plötzlich kam es mir vor, als sei er achtzehn und ich dreiundzwanzig. Meine kürzlichen Erfahrungen hatten mir geholfen, erwachsener zu werden, und mein schriftstellerischer Ehrgeiz, Menschen lebensnah darzustellen, hatte meine Beobachtungsgabe verschärft. Ich schaute Ricky an und sah einen Mann in großer Verwirrung, der seine Probleme hinter einer pseudoweltmännischen Maske zu verbergen suchte.

Noch am gleichen Abend, sobald die Gäste gegangen waren, sprach ich mit Anna darüber.

«Das finde ich aber höchst sonderbar», sagte sie erstaunt, fügte dann jedoch nachdenklich hinzu: «Ich frage mich, ob er das Gefühl hat, wir würden zu viert besser miteinander auskommen als zu dritt.»

Wir starrten uns an. Dann sagte ich: «Es wird immer seltsamer. Ich habe nämlich auch dieses Gefühl. Aber warum?»

«Ich habe bemerkt», sagte Anna, «daß er, wenn wir nur zu dritt sind, sich irgendwie überflüssig vorkommt, und obgleich er es sich nicht anmerken läßt, könnte er mehr darunter leiden, als wir annehmen. Und wenn Erika hier ist, widme ich ihr natürlich viel Zeit und plaudere mit ihr, und dann hat Ricky dich für sich allein und fühlt sich nicht mehr ausgestoßen.»

«O Gott», sagte ich, während meine blühende Phantasie und meine neue Reife mich vor erschreckende Einsichten stellten, «Anna, die Sache ist viel komplizierter, als du denkst, weil ich nämlich überzeugt bin, daß Ricky sich der wahren Gründe seines Verhaltens gar nicht bewußt ist.» Aber bevor ich ihr das näher erklären konnte, mußte ich ihr von seiner homosexuellen Liebeserklärung erzählen, als ich sechzehn war. Ich hätte es längst getan, aber irgendwie tat er mir so leid, und der Vorfall war mir so peinlich gewesen, daß ich bisher darüber geschwiegen hatte. Wer brüstet sich schon gern mit solchen Dingen? «. . . und so glaubt er jetzt, seine homosexuellen Neigungen überwunden zu haben», endete ich rasch, um die gegenwärtige Lage zusammenzufassen, «aber vielleicht ist er gar nicht dazu fähig, redet es sich nur ein, woraus sich ergeben würde, daß seine Absicht, Erika zu heiraten, mit Gefühlen für mich verwickelt ist.»

«Himmel!» rief Anna aus. Sie hatte kaum je etwas über Homosexualität gehört, und ihre bestürzte Reaktion auf das immerhin recht komplizierte Beispiel, das ich ihr bot, war durchaus verständlich. «Aber Liebling, bist du sicher? Du weißt, wie oft du dich von deiner wunderbaren Phantasie hinreißen läßt.»

«Ich weiß genau, was ich sage.» Und jetzt sah ich Ricky nicht mit den Augen eines Freundes, sondern mit denen eines analytisch denkenden Schriftstellers, der es gewohnt ist, den Charakter eines Menschen bis in die tiefsten Tiefen zu durchleuchten, um in die geheimste Sphäre seines Wesens einzudringen.

«Also, wenn das der Fall ist», sagte Anna, die trotz ihres Hangs zur Romantik viel praktischen Verstand besaß, worin sie mich oft an meine Mutter erinnerte, «sollten wir aufhören, uns um Ricky Sorgen zu machen, und anfangen, an die arme Erika zu denken.»

Ich wußte, daß sie recht hatte, aber das machte mein Dilemma nur noch schlimmer.

«Ich kann ihn nicht verraten», sagte ich, «und du auch nicht, denn was ich dir eben sagte, muß unter uns bleiben. Ich gebe zu, daß Erika es erfahren sollte, aber sie muß es irgendwie von selbst herausfinden.»

«Aber Liebling, wie könnte sie das? Weiß sie denn überhaupt, was Homosexualität ist? Wenn man nicht gerade in Künstlerkreisen verkehrt, hört man doch nichts von solchen Dingen, über die man normalerweise nicht spricht.»

«Gewiß, aber es ist unmöglich, für lange Rickys Freund zu sein, ohne alles über Oscar Wilde gehört zu haben.»

Wir beschlossen, eine Andeutung zu machen, und als wir Erika das nächste Mal allein sahen (sie war inzwischen verlobt – Ricky hatte sich die sternübersäte Waliser Nacht zunutze gemacht), sprachen wir über *Bunbury oder Ernst sein ist alles*, und Anna sagte beherzt: «Der arme Mr. Wilde muß sehr unglücklich verheiratet gewesen sein – mit seiner homosexuellen Veranlagung.»

«Das kann man wohl sagen!» fiel ich sofort ein. «Und wie muß sich erst seine Frau in dieser peinlichen Lage gefühlt haben!» Wir starrten Cousine Erika an, warteten auf eine Reaktion.

Es kam keine. Gleichmütig, pausbäckig, das blonde Haar fein säuberlich in Schnecken über beide Ohren geflochten, wartete sie höflich auf die Fortsetzung der Konversation.

«Stärker können wir nicht mit dem Zaunpfahl winken, ohne Ricky zu verraten», sagte ich später zu Anna, «und, ehrlich gestanden, kann sie sich glücklich schätzen, ihn zu haben. Ich hätte sie nicht genommen.»

«Die arme Erika», sagte Anna. «Wenn sie nur nicht so ...» Sie zögerte.

«... so stinklangweilig wäre.»

«Genau!» Es kam nicht oft vor, daß Anna nach einem Wort suchte. Im Gegensatz zu Erika, die eine fehlerlose Aussprache hatte und trotzdem immer gestelzt klang, sprach Anna mit einem starken Akzent, beherrschte jedoch meisterhaft die englische Umgangssprache.

«Mehr können wir wirklich nicht tun.» Und um mein Gewissen zu erleichtern, fügte ich hinzu: «Vielleicht haben wir uns umsonst Sorgen gemacht. Wenn Ricky sich wirklich ehrlich bemüht, sexuell normal zu sein, sollten wir ihn doch eigentlich nur ermutigen, nicht wahr?»

«Aber ist die sexuelle Einstellung nicht eine naturbedingte Geisteshaltung?»

Ich wußte es nicht und mir wurde bewußt, daß Sex eine viel kompliziertere Angelegenheit ist, als die meisten Leute es sich vorstellen.

«Anna, sei ganz ehrlich – hast du etwas gegen meine Freundschaft mit Ricky?»

«Nein, ich mag ihn. Er ist amüsant. Es würde mich nur stören, wenn ich annehmen müßte, daß du ihn mehr als mich liebst. Aber das ist doch nicht der Fall, oder?»

«O nein, das wäre eine geistige, physische und gefühlsmäßige Unmöglichkeit.»

«Dann sehe ich nicht, warum du und ich uns irgendwelche Sorgen zu machen brauchen. Vielleicht wird es Schwierigkeiten zwischen Ricky und Erika geben, aber das kann unserem Glück nichts anhaben.»

Sie irrte sich. Die Schwierigkeiten begannen gleich nach der Hochzeit, als Ricky mich fragte, ob er und Erika in Oxmoon wohnen könnten.

Siebtes Kapitel

I

Ich wußte sofort, daß ich hart mit ihm verfahren mußte, genauso hart, wie ich mit Onkel John wegen meiner Heirat verfahren war. Ricky kannte mich von dieser Seite nicht – wie übrigens die meisten Leute –, und es traf ihn wie ein Schlag.

«Also deshalb hast du in die Familie Godwin eingeheiratet», sagte ich. «Du sahst, daß ich dich nie eingeladen hätte, dich hier niederzulassen, solange du ein Faktotum mit eigener Wohnung warst, aber du nahmst an, ich würde dich nicht abweisen, wenn du einmal der Mann meiner Cousine bist und es zweckdienlich findest, kein eigenes Heim zu haben.»

Ricky wurde puterrot. «Wie kannst du mir so etwas sagen!»

«Was soll ich denn sonst denken? Du kommst hierher, erzählst mir lang und breit, daß deine Mutter sich mit Erika nicht versteht und daß du deine Mutter nicht rausschmeißen kannst, weil das Testament deines Vaters ihr auf Lebenszeit das Nutzungsrecht auf das Haus einräumt, aber das alles muß dir vor deiner Hochzeit bekannt gewesen sein, denn du bist schließlich kein Idiot. Schau, Ricky, ich betrachte dich als meinen besten Freund. Du bist mir als Faktotum von unschätzbarem Wert, und ich bin dir zutiefst dankbar dafür, aber ich kann dich hier nicht wohnen lassen. Es paßt mir nicht. Ich bedaure.»

«Aber Kes . . .» Er hatte alle Fassung verloren, seine Pose brach zusammen, seine weltmännische Maske fiel vor meinen Augen in Stücke, aber ich mußte hart bleiben, denn die Lage war zu gefährlich. «. . . warum paßt es dir nicht? Warum? Wir vier verstehen uns doch so gut!»

«Zu zweit ist es gemütlich, zu dritt oder zu viert steht man sich im Wege. Ricky, unsere Freundschaft bedeutet mir viel, und ich wünsche mir nichts weniger, als sie vor die Hunde gehen zu lassen, und sie wird sehr geschwind vor die Hunde gehen, wenn du dich meinem Entschluß nicht fügen kannst. Ich will dich nicht in Oxmoon haben, und damit basta.» Ich konnte es mir nicht verkneifen, zum Schluß noch ein «Hier ziehe ich die Grenze» hinzuzufügen. Nicht umsonst war ich unter der Fuchtel Onkel Johns aufgewachsen.

Ricky hielt sich die Hände vor das Gesicht, und plötzlich wirkte er so erbärmlich in seiner hoffnungslosen Verliebtheit, daß ich die Beherrschung zu verlieren begann. Er tat mir entsetzlich leid, und gleichzeitig fühlte ich mich schuldig, die Ursache seines so echt empfundenen Kummers zu sein.

«Was soll ich nur tun?» flüsterte er verzweifelt. «Ich bin in einer furchtbaren Patsche, Kes. Es ist mir völlig unmöglich, das Geld für ein Haus aufzubringen, wie es Erika gebührt. Ich stecke bis über den Hals in Schulden, und jetzt, wo meine Mutter solche Schwierigkeiten macht, kann ich sie natürlich nicht anpumpen. Und siehst du, Kes, ich hatte so auf unsere Freundschaft gezählt ...»

«Klar. Warum nicht? Nur weil du nicht in Oxmoon wohnen kannst, brauchst du nicht zu denken, daß ich dir finanziell nicht helfen werde, wann immer es nötig ist», sagte ich teilnahmsvoll und nahm die Chance wahr, einen Teil meiner Schuldgefühle loszuwerden. Und das war ein weiterer fataler Schritt auf dem Wege zur großen Katastrophe.

2

Welcher war der fatalste Schritt? Als ich Thomas feuerte? Als ich Fairfax feuerte? Als ich Ricky einstellte? Als ich Adam einstellte? Nein, all dieser umstürzende Personalwechsel diente nur dem Szenenaufbau für meinen großen Auftritt, dem Stapellauf meines großen Traums. Der fatalste Schritt war der Beginn dessen, was ich die Verherrlichung von Oxmoon nenne.

Eigentlich hätte es nicht zu einer solchen Katastrophe kommen müssen. Meine Mutter und Onkel John, zu einer Zeit um die Wiederherstellung des Familienvermögens bemüht, da so viele Angehörige des anglo-walisischen Adels in den Wehen der Nachkriegswirtschaftskrise bettelarm geworden waren, hatten mich zur Sparsamkeit erzogen und oft genug vor den Übeln der Verschwendungssucht gewarnt, und ich wußte genau, daß es mir nicht anstand, mich wie der Herzog von Westminster zu benehmen, der halb London besaß. Was trieb mich also über die Klippe und stieß mich in den Abgrund?

Zurückblickend sehe ich eine Anzahl Unheil verheißender Umstände, die sich wie ein Haufen Totenschädel hinter der Festkulisse meines Handelns verbargen. Ich war sehr jung; im September 1938, als ich mein Gängelband durchschnitt, hatte ich noch nicht einmal mein neunzehntes Lebensjahr erreicht. Zehn Jahre lang stand ich unter der Hut meiner Zwillingswachhunde, meiner Mutter und Onkel Johns, und plötzlich waren sie beide nicht mehr da, und ich fand mich sowohl den natürlichen Versuchungen wie der der Geldverschwendung ausgesetzt als auch den subtileren psychologischen Druckmitteln, die ich damals aus Mangel an Erfahrung nicht als solche erkannte.

Meine Mutter hatte zwar in ihrer herrlich unorthodoxen Art über meine Exzentrizitäten hinweggesehen, mir jedoch unmißverständlich klargemacht, daß ich mir ein Beispiel an Onkel John nehmen müsse, und Onkel John hatte mir wiederum unmißverständlich klargemacht, daß derjenige, welcher kein perfekter Godwin sein konnte, das heißt stets Würde bewahrte, tat, was sich gehörte, und in jeder Situation die Grenze zu ziehen wußte, zu einem unabwendbaren schrecklichen Schicksal verdammt war. «Furchtbare Dinge geschehen», donnerte Onkel John, und das kindliche Blut gefror mir in den Adern, «wenn man sich nicht an die Regeln hält!»

Gewiß. Aber das Ergebnis dieses puritanischen victorianischen Eifers war, daß ich in ständiger Angst lebte, den heroischen Anforderungen Onkel Johns nicht zu genügen und automatisch in alle Ewigkeit verdammt zu sein, weil ich nicht nur unfähig war, mich an die Regeln zu halten, sondern auch, ihnen zu entsprechen. Während meine Mutter lebte, hatte sie meinem Selbstvertrauen geholfen, indem sie mich glauben ließ, ich sei für ein erfolgreiches Leben bestimmt, doch nach ihrem Tode fand ich mein ohnehin nie starkes Selbstvertrauen bis zum äußersten erschüttert. Folglich war mir jede Handlungsweise recht, die mein Selbstvertrauen festigte und mir den Eindruck geben konnte, ein Erfolgsmensch zu sein.

Oxmoon festigte mein Selbstvertrauen. Anna festigte mein Selbstvertrauen. Und auf der Hochzeitsreise hatte ich entdeckt, daß auch das Geldausgeben mein Selbstvertrauen festigte. So kam es, daß ich mich instinktiv Oxmoon zuwandte oder Anna oder meinem Bankkonto, wenn ich mich unzulänglich fühlte oder glaubte, eine Situation nicht meistern zu können, denn dadurch gewann ich wieder Sicherheit.

Ricky verschlimmerte mein Unzulänglichkeitsgefühl. Nach unserer Auseinandersetzung im Januar 1939 stellte er mich nicht nur vor ein unlösbares Problem, sondern dazu noch vor eins, das ich insgeheim fürchtete, nicht mehr lange unter Kontrolle halten zu können. Eine normale Freundschaft läßt sich schwer aufrechterhalten, wenn sie nur einseitig normal ist, und obgleich Ricky sich stets tadellos benahm, spürte ich immer mehr die gefühlsmäßigen Spannungen und Querströmungen, und Anna spürte sie auch. Ich begann mich zu fragen, wo das alles enden sollte, war jedoch zu nervös, um mir genauere Vorstellungen zu machen. Vielleicht fürchtete ich einen katastrophalen Gefühlsausbruch Rickys, der den Bruch unserer Freundschaft, das Ende seiner Ehe und eine Störung meines Verhältnisses zu Anna bedeuten würde. Die nächstliegende Lösung wäre, wie ich Anna wiederholt sagte, ihn loszuwerden, bevor es zu einer Katastrophe käme, aber das konnte ich nicht tun. Ich fühlte mich verantwortlich für ihn, fühlte mich schuldig, fühlte mich verpflichtet, alles zu tun, um wiedergutzumachen, was ich ihm mit meiner sexuellen Indifferenz angetan hatte, die so verletzend für ihn gewesen war.

«Kester, was redest du da für dummes Zeug», wies mich Anna streng zurecht. «Du zahlst Ricky ein gutes Gehalt, gibst ihm interessante Arbeit, bestreitest sogar noch die Hypothek für sein neues Haus – und er sieht dich jeden Tag! Warum solltest du dich ihm gegenüber schuldig fühlen? Ich finde, daß er großes Glück hat, und mir tut er nicht im geringsten leid!»

Das zeigte mir, daß ich der Situation mit Ricky nicht mehr gewachsen war, und aus Angst, sie könnte mich für schwach halten, sagte ich rasch: «Ich weiß, es ist völlig idiotisch von mir. Fahren wir doch über das Wochenende nach London ins Savoy, und prassen wir mit Kaviar und Champagner!»

Gesagt getan, und als ich einmal angefangen hatte, Geld auszugeben, fühlte ich mich so viel besser, daß ich nicht mehr aufhören wollte. Wir fielen wie die Heuschrecken bei Christie's und Sotheby's ein, und während ich mir ein bezauberndes Paar chinesischer Jadepferde ersteigerte, die der liebe Gott ganz gewiß für die Halle von Oxmoon bestimmt hatte, wurde mir plötzlich klar, daß die Stunde für die große Verherrlichung, die ich mir seit meiner Kindheit versprochen, endlich geschlagen hatte.

Es mochte mir nie gelingen, je ein vollkommener Godwin zu sein, aber wenigstens konnte ich Oxmoon zum vollkommensten Haus in Wales machen.

«Für Oxmoon will ich nur das Beste», sagte ich zu meinem neuen Freund Toby James. «Nur das Allerbeste.»

«Mein lieber Junge», sagte Toby, der sehr rasch in mir einen jungen Mann von nicht zu überbietendem Verstand erkannt hatte, «das werden Sie haben.»

Ich kannte Toby durch Tante Julie, die ihm auf irgendeiner Party in Chelsea begegnet war. Er war ein bekannter Innenarchitekt, und nachdem er Oxmoon gesehen hatte, wußte ich sofort, daß ich ihn anstellen würde.

«Aber das ist ja einfach herrlich!» rief er aus, als er in der Halle stand und seinen scharfen klugen Blick über die Wölbung der Treppe schweifen ließ. «Ein wahres Kleinod der Zivilisation in einer zauberhaft ländlichen Einöde! Stellen Sie sich einmal vor, wie phantastisch es im achtzehnten Jahrhundert gewesen sein muß – wenn man sich von Swansea aus durch Meilen von Schmutz und an verwundert glotzenden Schafen vorbei kämpfte, und dann plötzlich – Schönheit! Raffinesse! Luxus! Anmut! Mein lieber Junge, das muß den Leuten geradezu wie ein Traumbild des Himmels erschienen sein!»

«Genau!» sagte ich erregt. «Und dieses Traumbild des Himmels will ich wieder erstehen lassen. Ich will es wieder zum Leben erwecken!»

«Wie berauschend heroisch!» Toby schien begeistert. «Sie sind ein prächtiger junger Mann!»

Das waren genau die Worte, die ich hören wollte. Ich stellte ihn an. Jetzt fügten sich alle Elemente der kommenden Katastrophe wie von selbst zusammen, und mir zur Seite stand Ricky, der Katalysator, der mich, ohne es zu wissen, immer wieder dazu verführte, mit jedem Scheck, den ich unterschrieb, meine Männlichkeit unter Beweis zu stellen.

3

Es war inzwischen Februar 1939 und Ricky und Erika waren seit zwei Monaten verheiratet, und sie blieben nicht die einzigen in meiner Nachbarschaft, die noch vor Weihnachten den Schritt in die Ehe gewagt hatten. Vier Wochen vor ihrer Hochzeit erhielten wir die überraschende Nachricht, daß Vetter Harry mit Belinda Stourham verlobt war und sie sofort nach Ablauf der Aufgebotsfrist vor den Traualtar zu führen gedachte.

«Ausgeschlossen!» war meine erste Reaktion.

Vetter Harry blühte und gedieh seit September in Penhale Manor, und obgleich wir uns nach meiner Befreiung vom Gängelband nicht mehr begegnet waren, hatte ich gehört, daß Thomas ihm bei der Gutsverwaltung half, und vor kurzer Zeit war mir auch zu Ohren gekommen, daß Harry in den Kreisen der hiesigen Landwirte als äußerst tüchtig und arbeitsfreudig galt, als ein «geborener Gutsherr, ganz wie sein Großvater». Schlechte Nachrichten verbreiten sich schnell.

Ich hatte auch vernommen, daß er sich seit seiner Rückkehr nach Gower für Belinda interessierte, war aber stirnrunzelnd darüber hinweggegangen und hatte nur bemerkt: «Manche Männer geben sich mit wenig zufrieden.» Die garstige kleine Belinda Stourham, kaum achtzehn Jahre alt, war «Gestapo»-Thomas' Schwägerin, und jetzt, da der alte Oswald das Zeitliche gesegnet hatte, wunderte es mich nicht, daß Thomas und Eleanor sie gerne an den Mann bringen wollten, um Stourham Hall für sich allein zu haben. (Die unverheiratete Tante Angela Stourham war auch vor kurzem gestorben, wahrscheinlich aus Erschöpfung von der jahrelangen Pflege ihres invaliden Bruders, für dessen abscheuliche Nachkommenschaft sie auch noch hatte sorgen müssen.) Der größte Teil der zu Stourham Hall gehörenden Ländereien war vor Jahren an die Llewellyns verkauft worden, aber Thomas und Eleanor hatten nach seinem Rausschmiß aus Oxmoon beschlossen, ihre dortige Schweinezucht auszubauen.

«Warum ist dir Harrys Verlobung so unbegreiflich?» fragte Ricky, den die Nachricht sehr zu amüsieren schien. «Im allgemeinen gibt es nur einen Grund für einen eiligen Gang zum Traualtar.»

«Jawohl», stimmte ihm Erika recht gestelzt zu, trotz ihrer Freude über die Aussicht auf einen Familienskandal. «Sie ist bestimmt schwanger.»

«Daß Harry etwas tut, das sich nicht gehört, kann ich mir einfach nicht vorstellen!» Anna war ebenso verblüfft wie ich.

«Das ist es ja gerade», sagte ich. «Es ist nicht möglich. Ich habe zwar keine Ahnung, warum sie heiraten, aber ich weiß, daß Belinda nicht schwanger sein kann.»

Ricky lachte. «Selbst einem Harry kann einmal ein Unfall passieren!»

«Nein, das beweist, daß du nicht im Bilde bist. Es kann keinen Unfall gegeben haben, denn er hat bestimmt nicht mit ihr geschlafen. Harry würde nie ein sogenanntes ‹nettes Mädchen› verführen. Das verstößt gegen die Spielregeln.»

«Ich wette fünf Pfund mit dir, daß er in sieben Monaten Vater ist», sagte Ricky, der mich immer noch nicht ernst nahm und erstaunt war, als ich «einverstanden» antwortete.

«Aber Kester», sagte Anna, «wenn sie nicht schwanger ist, warum heiratet Harry sie dann so jung? Das wäre doch ganz gegen Onkel Johns Prinzipien.»

Darauf war ich vorbereitet. Mit meiner fruchtbaren Phantasie brauchte ich nur Sekunden, um mir eine plausible Erklärung auszumalen.

«Belinda muß zu Geld gekommen sein, als der alte Oswald starb», sagte ich. «Ich weiß zwar, daß ihre Mutter eine platinblonde Nutte war, aber Belinda ist eine Stourham, und ihr Vater gehörte zu den besten Freunden meines Großvaters. Also wäre diese Heirat vom finanziellen und vom gesellschaftlichen Standpunkt aus für Onkel John durchaus annehmbar – er mag sich Besseres für Harry erhofft haben, wird sich aber nicht widersetzen, wenn Harry es sich, wie es offenbar der Fall ist, in den Kopf gesetzt hat. Natürlich ist es klar, daß Onkel John achtzehn Jahre für zu jung hält, aber Harry ist fast zwanzig und hat zweifellos bereits ganze Bataillone verheirateter Frauen verführt, so daß Onkel John sich über seine Unerfahrenheit keine Sorgen zu machen braucht, und wahrscheinlich traut er Harry genug Vernunft zu, eine wohlüberlegte Entscheidung getroffen zu haben. Bei näherem Nachdenken finde ich sogar, daß es eine glänzende Verbindung ist», sagte ich und fühlte mich zu meinem Schrecken einmal wieder von Vetter Harry übertrumpft. Eine Stourham aus Llangennith war in den Augen Onkel Johns bestimmt eine bessere Partie als eine Steinberg aus Berlin.

«Aber Kes», warf Ricky ein, «wie kann sich ein Mann in ein Mädchen verlieben, das wie Donald Duck aussieht?»

«Meiner Meinung nach sieht sie überhaupt nicht wie Donald Duck aus», erwiderte ich. «Dann schon eher wie Mae West in der Rolle des Schneewittchens.» Ich hatte Belinda zwar nie schön gefunden, doch da Harry kein Mädchen, das nicht mindestens als eine Liebesgöttin galt, eines zweiten Blicks gewürdigt hätte, mußte ich mein bisheriges Urteil rasch revidieren.

Die Hochzeit in Llangennith war keine große Angelegenheit, aber die gesamte Familie fand sich ein, und mir schienen es Tausende. Während des Empfangs trat Onkel John sehr freundlich auf mich zu und erkundigte sich nach meinem Wohlbefinden. Ich beteuerte ihm, alles ginge wunderbar, und lächelte strahlend. Onkel John sagte, nichts könne ihn mehr erfreuen. Kurz darauf stellte ich fest, daß ich zuviel Champagner getrunken hatte, wankte in die Toilette und erbrach mich. Wir fuhren früh nach Hause.

Eine Woche später, als ich mich beglückwünschte, diese Heimsuchung überstanden zu haben, kehrten Harry und Belinda von ihrer kurzen Hochzeitsreise nach Wye Valley zurück und schickten uns eine Weihnachtskarte.

«O Gott», sagte ich, «wir müssen ihnen auch eine schicken.»

«Sollten wir sie nicht irgendwann über Weihnachten zu einem Drink einladen?»

«Ja. Aber wir werden es nicht tun.»

Das Telephon klingelte. Es war Vetter Harry, und er lud uns sehr liebenswürdig zu einem Drink in Penhale Manor ein. Ich hätte wissen sollen, daß er mich wie gewöhnlich beschämen würde, indem er auch unter den widrigsten Umständen tat, was sich gehörte.

«Danke, Harry», sagte ich und wünschte, Weihnachten könnte abgeschafft werden. «Es wird uns ein Vergnügen sein.»

Wir kamen um halb sieben an und blieben genau eine Stunde. Der Salon war schäbig und unordentlich, sah aber sonst noch genauso aus wie zu der Zeit, als Bronwen mit Onkel John in Penhale Manor gelebt hatte. Die einzige Neuerwerbung war ein teures Rundfunkgerät, das sofort Neid in mir erweckte. Der radiosüchtige Harry schien das Leben ohne ständige Musikbegleitung aus dem Äther nicht ertragen zu können.

Trotz der späten Stunde hatte sich keiner der beiden die Mühe gemacht, Abendkleidung anzulegen. Harry, in ausgebeulter grauer Hose und leicht zerknülltem weißen Hemd, sah wie ein Landedelmann aus, der Geldknappheit vortäuscht, während Belinda in einem weißen Rock, der aus einem Tischtuch geschneidert zu sein schien, und einem zu engen Pullover, der ihren Mae West-Busen hervorhob, wie eine Schlampe wirkte. Anna und ich, mit unserer diskret eleganten Kleidung von Harrods und Savile Row, kamen uns übertrieben aufgeputzt vor, was gewiß nicht zur Entspannung der Atmosphäre beitrug.

«Ein Noilly-Gin und ein Cinzano-Gin!» sagte Harry, Anna strahlend anlächelnd, als er uns unsere Gläser reichte. «Und Bella, was möchtest du trinken?»

Während ich mir noch Gedanken über diesen höchst unvictorianischen Kosenamen machte, warf Belinda ihm einen so glühend erotischen Blick zu, daß ich fast eine Erektion bekam. Vielleicht hatte Harry eine, aber da er mir den Rücken zuwandte, war ich nicht sicher.

«Ach, Liebling, gib mir ein bißchen von dem üblichen Dschungelsaft», sagte meine neue Cousine und bestätigte meinen Verdacht, daß sie der letzte Schrei in zügellosem Sex war. (Warum hatte ich es bisher nie bemerkt? Wahrscheinlich weil ich in ihr immer nur die dumme Gans gesehen hatte.)

«Nun?» sagte ich zu Anna, als wir Punkt halb acht das Haus verließen. «Was *die beiden* in ihrer Freizeit treiben, dürfte nicht schwer zu erraten sein! Was ging deiner Meinung nach wohl unter diesem Tischtuch vor, das sie als Rock trug?»

«Nichts», sagte Anna. «Du wirst deine Wette gegen Ricky gewinnen.»

«Wie kannst du dir dessen so sicher sein?»

«Schwangere Mädchen trinken Milch und sehen aus, als ob sie nur an die Neueinrichtung des Kinderzimmers dächten. Sie trinken keinen Dschungelsaft und sehen nicht aus, als seien sie nur von Kopf bis Fuß auf Liebe eingestellt.»

Sie hatte recht. Ich gewann die Wette. Sieben Monate später war Belinda zwar schwanger, jedoch offensichtlich noch weit davon entfernt, ein Kind zu gebären. Das Kind kam dann auch ganz fristgerecht zehn Monate nach der Hochzeit auf die Welt.

Inzwischen war immer noch kein Zeichen vom kleinen Christopher am Horizont erschienen. Sein Ausbleiben gab uns jeden Monat mehr Grund zu Enttäuschung, und obgleich Anna mich bat, mir keine Sorgen zu machen, fühlte ich mich wieder von meinen Dämonen verfolgt, dem Dämon der Unzulänglichkeit, dem Dämon der Probleme, die ich nicht lösen zu können glaubte, und während die Zeit verstrich, stürzte ich mich besessener denn je auf die Verherrlichung von Oxmoon – bis ich in seiner wachsenden Schönheit meine Macht wiederhergestellt sah.

4

OXMOON!

Mein Mythos, mein Traum, mein Zauberschloß – und ich bin der Magier mit dem Zauberstab, ich bin der Krösus, der endlos Schecks unterschreibt, und mit jeder Unterschrift erfülle ich mir einen anderen Traum.

Ich bin Robert Godwin nahe, dem Robert Godwin des achtzehnten Jahrhunderts, dem Träumer, der Robert Adam begegnete und eine Vision aus Waliser Stein und Schiefer hatte. Seine architektonischen Pläne liegen noch in der Bibliothek, sowie seine eigenen Zeichnungen und Briefe, die Kostenvoranschläge und Rechnungen. Ich sah seinen Traum so klar, wie er in seinen Schriften steht. Es ist, als ginge er wieder in dem von ihm erschaffenen Haus umher, und jetzt begegne ich ihm im Palast unserer Träume. Er ist seit hundertvierzig Jahren tot, aber wir haben der Zeit ein Schnippchen geschlagen, und er lebt in meinem Geiste fort.

Hörst du mich, Robert Godwin, siehst du mich, wie ich dich sehe? Dann ruhe in Frieden, denn dein Traum ist wiedergeboren, deine Vision war nicht umsonst.

Das von Ratten heimgesuchte victorianische Herrenhaus, der vernachlässigte edwardianische Landsitz, die schäbigen, gespenstischen Nachkriegsüberreste vergangener Pracht – sie alle verschwinden und lösen sich auf unter der Macht meines Zauberstabes. Und ihr Ende ist dein Beginn, und dein Beginn ist meine Erleuchtung, und meine Erleuchtung ist die Auferstehung des in seinem Glanz unvergleichlichen Hauses.

5

Mein erstes Streben war die Rückkehr ins achtzehnte Jahrhundert gewesen, die Wiederherstellung des Hauses in seiner ursprünglich geplanten Form, aber bald sah ich, daß meine eigenen Geschmacksneigungen zu zwingend und gebieterisch wurden, mir nicht mehr gestatteten, das Oxmoon Roberts des Erneuerers treu und exakt nachzubilden. Es gelang mir jedoch mit Tobys Hilfe, eine starke, dem achtzehnten Jahrhundert nachempfundene Atmosphäre zu schaffen, die einen herrlichen Rahmen für all die schönen Dinge, die ich liebte, ergab. Meißen, Worcester, Chelsea, Derby, Chien Lung, K'ang Hsi – Kunstgegenstände von berauschender Pracht, gestern noch im Auktionssaal, heute kraft meines Zauberstabs in Oxmoon, im hinreißend strahlenden Oxmoon, um teilzunehmen an der großen Auferstehung des Jahres 1939.

Die Gemälde kamen ebenfalls, nicht nur die Gainsboroughs, die Robert Godwin vielleicht gekannt hatte, sondern auch die romantischen Landschaften von Sawrey Gilpin, die Gebirgsszenen aus Wales von John Varley, die Porträts schöner Frauen von Lawrence und Millais. Ich spielte mit dem Gedanken, noch mehr moderne Gemälde zu erwerben, ließ es dann aber sein. Die moderne Malerei interessierte mich, sprach mich jedoch nur selten an, und die einzige Neuheit dieses Stils, die ich mir anschaffte, war ein blauer Wirrwarr mit dem Titel *Die Frau mit der Kornblume* von einem gewissen Picasso, einem Spanier. Es war nur ärgerlich, daß es gar nicht in den Rahmen des achtzehnten Jahrhunderts passen wollte, und so hing ich es schließlich in die Toilette, wo es wunderbar erheiternd wirkte und selbst die niedrigste menschliche Verrichtung zu einem künstlerischen Erlebnis machte.

Inzwischen hatten Toby und ich unsere Aufmerksamkeit dem Mobiliar zugewandt. Raus mit all dem gräßlichen victorianischen Kitsch und den überladenen Armsesseln! Herein mit den bisher in die Bodenkammern verbannten Stühlen und Tischen Roberts des Erneuerers aus Walnußholz, die ursprünglich mit Caffoy gepolstert waren (Schurwollsamt – bezaubernd und rar). Leider hatte das Caffoy der Zeit nicht standgehalten, aber Toby fand neue Stoffe mit fast den gleichen Mustern, und bald war der Salon umgewandelt. Vergoldete Gipsarmleuchter und Seitentische vervollständigten das Bild, fügten ihm die letzten Farbtupfen hinzu. Der Gainsborough, mein Stolz und meine Freude, hing über dem neu angeschafften Adam-Kamin. Es war das rührend wirkende Porträt eines jungen Mädchens – Anna nicht unähnlich – mit empfindsamem Mund und verträumten dunklen Augen.

Toby setzte unsere Politik, die man etwa als Chippendale und Zivilisation bezeichnen könnte, fort, aber allmählich erlahmte unser Interesse für Chippendale, und es blieb nur noch die Zivilisation als Parole auf unseren Fahnen.

«Mein lieber Junge, ich habe diesen himmlischen Axminster-Teppich für den Salon entdeckt...»

Ich genehmigte den himmlischen Axminster-Teppich.

«... und vielleicht italienischer Marmor für die Halle.»

Ich genehmigte den italienischen Marmor.

«... und, mein lieber Junge, ich fand diese beiden einfach göttlichen Fruchtgirlanden, die ganz im Stil von Grinling Gibbons geschnitzt sind – leider nicht vom Meister selbst, doch immerhin eine erstklassige Arbeit aus dem achtzehnten Jahrhundert – ich dachte mir, sie würden wunderbar ins Speisezimmer passen, nachdem wir uns für die Rokoko-Wandtäfelung aus Eichenholz entschieden haben...»

Ich genehmigte die beiden göttlichen Fruchtgirlanden.

«... und ich war vor ein paar Tagen auf dieser Auktion, mein lieber Junge, wo ich flüstern hörte, daß ein einfach feenhafter Kronleuchter in der nächsten Woche versteigert werden soll. – Der würde die Halle zu einem absoluten Meisterwerk machen, das weiß ich...»

Ich genehmigte den feenhaften Kronleuchter.

«... nicht zu viele Veränderungen im Ballsaal, mein lieber Junge, dort ist alles so duftumhaucht, wie der liebe Noël Coward sagen würde... Einige Spiegel müßten neu gesilbert werden, und den Parkettfußboden sollten wir neu auslegen, aber im übrigen empfehle ich nur eine Dekoration ganz in Weiß und Gold – und ach, mein lieber Junge, eben hatte ich noch eine göttliche Eingebung – wie wäre es mit einem dazu passenden Konzertflügel in Weiß und Gold?»

Ich genehmigte den weiß-goldenen Konzertflügel. Ich genehmigte alles. Ich war im Himmel.

Jedoch der Himmel kann leider sehr unbehaglich sein, wenn er von einer Armee von Handwerkern und Dekorateuren überfallen wird, und so entschloß ich mich, mit Anna für ein paar Wochen nach London zu fahren. Warum auch nicht? Der liebe alte Simon erledigte meine laufende Korrespondenz, wenn er nicht gerade mit dem Katalogisieren der Bibliothek beschäftigt war (Simons Gesundheit ließ sehr zu wünschen übrig, aber er freute sich immer noch, wenn er sich als nützlich erweisen konnte), und Ricky, mein ergebenes Faktotum, sorgte für das Haus und die Geschäfte. Adam Mowbray stand mir stets zur Verfügung, wenn irgendwelchen langweiligen juristischen oder finanziellen Problemen abgeholfen werden mußte wie zum Beispiel den Schwierigkeiten, die mein Bankdirektor Lloyd-Thomas in letzter Zeit machte; aber das nahm ich gelassen hin, weil ich wußte, daß Adam leicht mit ihm fertig werden würde. Adam gab auch direkt dem Gutsverwalter Stanley Bland die nötigen Anweisungen. (Ricky hatte Bland den Namen Champagner-Sascha gegeben, nach einer besonders amüsanten Party zu seiner Begrüßung in Oxmoon.) Sascha war vierundzwanzig und erst vor kurzem in den Beruf eingestiegen, aber er schien sich vortrefflich in allem auszukennen. Jedenfalls hielt Adam sehr viel von ihm, und außerdem war er der Neffe der Schwester von Adams erster Frau (oder so ähnlich). Inzwischen hatte Adam seinen weißen Lagonda gegen einen prächtigen schwarzen Daimler eingetauscht, und alle sagten, er müsse auf der Pferderennbahn großes Glück gehabt haben.

Nun war ich also mit Anna in London, natürlich im Savoy, und dann hatte ich die wunderbare Idee, eine Wohnung am Hyde Park zu mieten. Anna fand sie herrlich, und als sie von den Anproben ihrer neuen Garderobe zurückkehrte, fühlte sie sich so aschenbrödelig, daß sie sich beinahe ein Paar Glaspantoffeln gekauft hätte. Das machte mich sehr glücklich. Ich bestellte jeden Tag zwei Dutzend rote Rosen für sie, wir tranken jeden Abend Champagner, sahen die besten Theaterstücke und Filme, und das Leben war berauschend, beschwingt und aufregend. Wir kauften auch neue Schätze für Oxmoon, einige sehr seltene Chelsea-Schokoladentassen und eine Ming-Vase, die im Mondlicht beseelt aussah. Dann hatte ich eine Eingebung und erinnerte mich der Bibliothek in Oxmoon, die mit victorianischen Predigten vollgestopft war und geradezu danach schrie, mit Dutzenden in Leder gebundenen Ausgaben unserer Lieblingsbücher ausgestattet zu werden.

«Wir bestellen das Gesamtwerk von Anthony Hope!» rief ich aus, mit Rührung unserer ersten Begegnung unter dem Zeichen des *Gefangenen von Zenda* gedenkend, und dann stellten wir eine lange Liste von Büchern zusammen, die uns absolut lebenswichtig erschienen.

Als die Bücher bestellt waren, schien es uns an der Zeit, uns wieder einmal in Oxmoon umzuschauen, und so fuhren wir in meinem neuen Daimler (Adam Mowbrays neuester Errungenschaft nachempfunden) nach Wales zurück. Das Haus befand sich noch in einem chaotischen Zustand, aber das machte mir nichts aus, denn das war ja nur die häßliche alte Wirklichkeit, hinter der ich Schönheit, Wahrheit, Kunst und Frieden ständig wachsen sah.

Allerdings begann die häßliche alte Wirklichkeit allmählich einige trübe Schatten auf meine goldene Vision zu werfen.

«Kes, alle möglichen Stänker lechzen danach, mit dir zu sprechen.»

«Ach, fertige du sie ab – ich will schreiben.» Mein Detektivroman *Lady Sybils Alibi* war gerade wieder von einem kurzsichtigen Verleger abgelehnt worden, und ich wußte, daß ich mein nagendes Gefühl des Versagens nur überwinden konnte, wenn ich sofort einen neuen Roman schrieb.

«Aber wer soll die Schecks unterschreiben? Willst du mir eine Vollmacht geben?»

«Eine Vollmacht?» Wenn ich ihm Mangel an Vertrauen zeigte, würde ich ihn verletzen, und das wollte ich nicht, aber andererseits wäre es unklug, einen Mann, der ständig in Geldschwierigkeiten zu stecken schien, über mein Bankkonto verfügen zu lassen. Ich glaubte – bereits in Panik –, der Situation nicht gewachsen zu sein, als mir eine geniale Lösung einfiel, ein durchaus plausibler Grund, den er akzeptieren würde. «Ricky, nimm es mir nicht übel», sagte ich schlau und packte den Stier bei den Hörnern, «aber ich halte es wirklich für besser, Simon die Vollmacht zu erteilen. Du weißt, wieviel es dem lieben alten Simon bedeutet, wenn er sich nützlich machen kann, und wie er den bloßen Gedanken haßt, auf meine Wohltätigkeit angewiesen zu sein.»

Ricky wußte, wie ich zu Simon stand, und glaubte mir. Die Krise war abgewendet, und ich konnte mich in völlige Abgeschiedenheit zurückziehen, um ein neues Werk zu schreiben. Hauptpersonen waren der Ehrenwerte Jonathan Courtney-Sherringham und die Frau, die er liebte, die Abenteurerin Penelope Michaelis. Dieses Mal beschloß ich, sie ins Bett gehen zu lassen ohne verheiratet zu sein, und zum Teufel mit den Konventionen des Detektivromans.

Eine halbe Stunde später waren sogar Robert Godwins Vision und das achtzehnte Jahrhundert vergessen.

«Verzeihung, Kes . . .»

«Mein Gott, Ricky, was ist denn nun schon wieder?»

«Adam und ich hatten heute früh in Swansea eine ziemlich unangenehme Auseinandersetzung mit Lloyd-Thomas, und Adam meint, du solltest deine Geldausgaben lieber ein bißchen bremsen. Die gräßlichsten Leute tauchen in letzter Zeit hier auf und wollen Geld sehen.»

«Wie schrecklich», sagte ich, ohne ihm wirklich zuzuhören. Die schöne Penelope, die in ein purpurfarbenes Teekleid geschlüpft war, sprühte gerade ein erotisches Parfum über den Ausschnitt ihres Mae West-Busens.

6

SCHREIBEN!

Ich war neunzehn Jahre alt und schrieb Mist. Die meisten Leute tun das in diesem Alter. Wie kann ich also erklären, welche Faszination mein Mist auf mich ausübte, wenn er meinem Gehirn entströmte und kleine schwarze Linien und Kurven auf meinem weißen Blatt Papier bildete? Ein gereifter Schriftsteller kann nicht anders, als von der Erschaffung eines Meisterwerks begeistert sein; das versteht jeder Laie. Aber was der Laie oft nicht zu begreifen vermag, ist die Tatsache, daß der *Schöpfungsakt an sich* diese machtvolle Erregung hervorruft. Und deshalb ist der Schriftsteller, der Mist verzapft, der Ekstase ebenso empfänglich wie der Verfasser eines Meisterwerks. Beide wissen, daß sie die köstlichste Freude erleben, deren die Seele des Menschen fähig ist.

Die Mehrzahl der Leute glaubt natürlich, daß Sex die köstlichste aller Freuden ist. Die Armen! Wie ich sie manchmal bedaure! Zweifellos kann Sex großen Spaß machen, aber schließlich und endlich ist es doch nur ein Sport, nicht wahr? An Sport ist gewiß nichts auszusetzen; es ist eine angenehme Art, Zeit totzuschlagen, wenn man nichts Besseres zu tun hat, und viele nette und intelligente Menschen sind sehr scharf darauf, aber . . . nun ja, wenn man Schriftsteller ist, braucht man sich um überflüssige Zeit nicht zu sorgen. Wenn man sich schriftstellerisch betätigt, *gibt* es keine Zeit, nur Ewigkeit, weil das Schreiben für ewig ist. Selbst wenn du alles, was du tust, zerreißt, wird jedes Wort, das du geschrieben hast, dich zu einem besseren Schriftsteller machen, und je besser du wirst, desto mächtiger ist der Zauber, über den du verfügst und der über die Zeit triumphiert.

Ich bin wieder ein Zauberer, schwinge meinen Zauberstab, bin überall, bin, wer ich sein will. Die üblichen Gesetze der Zeit und des Raums gelten nicht mehr. Die Tinte läuft aus meiner Feder, die Tasten klappern auf meiner Schreibmaschine, und kleine Hieroglyphen spiegeln eine Vision wider, die ich allein zu sehen vermag, aber an der vielleicht eines Tages zahllose Menschen teilhaben werden.

Robert Godwin der Erneuerer träumte in Stein und Glas. Ich träume in Worten. Träume sind das einzig Wichtige im Leben. Träumen heißt unsterblich sein, träumen heißt die Ewigkeit sehen, träumen heißt . . .

«Kester?»

«Ach, Liebling, verzeihe mir, dir im Augenblick so fern zu sein – ich werde es später wiedergutmachen . . .»

Hatte Anna sich je vorgestellt, daß ich so sein könnte? Nein, natürlich nicht. Wahrscheinlich fragte sie sich, warum ihr mein seltsames Betragen nicht schon früher aufgefallen war.

Ich wußte, daß ich sie jetzt lieben sollte, denn immer noch war kein kleiner Christopher am Horizont erschienen, aber ich fühlte mich zu erschöpft. Ich konnte nicht mehr tun, als ihr einen Gutenachtkuß geben, und ich sagte mir: Wenn ich morgen früh aufwache, werde ich die Energie haben. Und ich hatte recht. Die Energie war da – aber ich eilte sofort zur Schreibmaschine.

Dann schrieb ich eines Morgens das Wort BESESSENHEIT und sah im Geiste meinen Vater vor mir. Hatte er sich schuldig gefühlt, als er in seine Berge zurückgekehrt war? Ja. Wie schrecklich muß es für ihn gewesen sein, meine Mutter zu verlassen, sie aus seinen Gedanken, Gefühlen und – wie ich jetzt wußte – auch in sexueller Hinsicht auszuschließen, aber natürlich hätte er nicht anders handeln können. Er hatte einen Traum, und neben diesem Traum war alles andere unwichtig und bedeutungslos geworden.

Hörst du mich, Robert Godwin, siehst du mich, wie ich dich sehe? Du bist seit mehr als zehn Jahren tot, aber ich kenne dich jetzt besser, viel besser, als ich dich zu deinen Lebzeiten kannte. Ich kenne dich besser, als du es je für möglich gehalten hättest, und als du mich vor dir sahst, hättest du nie gedacht, daß ich dich einmal durch und durch kennen würde. O ja, ich sehe alles, sehe, wie elend du mit deiner glanzvollen Karriere in London gewesen sein mußtest – was bedeutet schon eine glanzvolle Karriere, wenn dir der Lebensatem abgeschnitten ist? Und ich sehe zum ersten Mal, wie einsam du dich mit meiner Mutter gefühlt haben mußt, mit meiner prächtigen, stürmischen, gefühlsaufreibenden Mutter, die immer so viel von Leidenschaft redete und keine andere Leidenschaft als Sex kannte. Ich sehe, wie du deinen Verzicht nicht länger zu ertragen vermagst, wie du auf deine geliebten Berge blickst und wieder zum Leben erwachst, während deine weinende Frau von Besessenheiten schwatzt, weil sie nicht anders kann.

Du hättest dir den Tod nicht auf diese Weise herbeiwünschen sollen. Du könntest noch am Leben sein, und denke nur, wie glücklich ich dich hätte machen können, denke nur, was für interessante Gespräche wir geführt hätten, wie froh du gewesen wärst, endlich jemanden gefunden zu haben, der dich richtig versteht ...

Aber du starbst.

Starbst du wirklich? Ja, aber ich lasse dich wiederauferstehen, und jetzt ist das Wunder abermals geschehen, weil ich die Zeit besiegt habe, und mit ihr den Tod, und weil du in meinem Geiste wieder lebst ...

7

«Es tut mir leid, dich schon wieder zu stören, Kes ...»

«Herrgott noch mal!»

«... aber Lloyd-Thomas ist unten. Er sieht genauso aus, wie Pontius Pilatus ausgesehen haben muß, nachdem er beschlossen hatte, Jesus schließlich doch kreuzigen zu lassen.»

«Dann sag ihm, er soll sich die Hände waschen und verschwinden.»

Ich befand mich mitten unter meinen Romanfiguren, die ich sah, deren Stimmen ich hörte und die mir viel wirklicher erschienen als irgendwelche verschwommenen mythischen Gestalten wie der Bankdirektor Lloyd-Thomas. Ihr Leben spulte sich wie Filmstreifen in Technicolor vor meinem geistigen Auge ab.

«Kester ...»

Ich öffnete den Mund und wollte schreien: *«Zum Donnerwetter, unterbrecht mich nicht, wenn ich schreibe!»*, aber dann sah ich, daß Simon vor mir stand, der liebe getreue Simon, der mir so gerne helfen wollte, obgleich er so verkrüppelt und so vorzeitig gealtert war. Jemanden, der sich mir gegenüber – und meinem Vater – als ein so guter Freund erwiesen hatte, konnte ich nicht anschreien. Ich war meinem Vater jetzt so nahe, daß ich das Gefühl hatte, ihn stets an meiner Seite zu sehen. Hörst du mich, Robert Godwin, siehst du mich, wie ich dich sehe ...?

«Kester, ich unterschreibe da die erstaunlichsten Schecks. Ich glaube, du solltest sie dir einmal anschauen, bevor sie ausgeschickt werden.»

Ich blätterte die Schecks durch, ohne sie anzusehen. Mein Vater war bei mir; er zog sich gerade seine Bergstiefel an. Mein Ahne aus dem achtzehnten Jahrhundert war bei mir; er schüttelte gerade Robert Adam die Hand. Ich war in meinem alten Schlafzimmer in Oxmoon und inmitten der fesselndsten Szene, die ich je geschrieben hatte.

«Ja, Simon, die sind in Ordnung», sagte ich. «Mach dir keine Sorgen, ich habe alles unter bester Kontrolle.»

8

«Adam hat Lloyd-Thomas gehörig den Mund gestopft, Kes. Jetzt brauchst du nur noch diesen Wisch hier zu unterschreiben.»

«Was ist es?»

«Ein Vertrag mit irgendwelchen Geldverleihern. Adam sagt, sie seien wirklich grundanständige Leute.»

«Na schön.» Ich seufzte.

«Und Kes ...»

«Keine weiteren Fragen mehr, Ricky, jetzt nicht.» Das Doppelbett wartete auf meinen Helden und die Heldin, und ich hörte bereits die Zeilen des brillanten Dialogs im Stil Noël Cowards. (Ich liebe es, meine Leidenschaft mit Geist zu verbrämen.) Was konnte mir da ungelegener kommen als Ricky mit seinem Geschwafel über ausstehende Rechnungen?

«Aber Vaughan spuckt Feuer vor Wut ...»

Vaughan war der Pächter des Daxworth-Hofes.

«... es gab irgendwelchen Ärger mit Sascha ...»

«Schicke ihn zu Adam.»

«Adam ist beim Pferderennen.»

«Dann schicke ihn zum Pferderennen.»

Der ursprüngliche Plan meines Romans hatte sich irgendwie im vierten Kapitel im Sande verlaufen. Es war mir nicht mehr wichtig, wer den Grafen im verschlossenen Waffenzimmer mit einem mit Curare vergifteten afrikanischen Speer ermordet hatte. Mich interessierten nur noch die beiden Liebenden, die, wie es sich ergab, einem verhängnisvollen Schicksal zustrebten. Penelope beging Selbstmord, und mein Held schiffte sich nach Argentinien ein. Ich war so hingerissen von seinem Kummer, daß mir die Hand zitterte, als ich nach der letzten Zeile das Wort «Ende» tippte.

Später, ich weiß nicht mehr wann, wanderte ich versonnen durch das Haus und sah, daß die Arbeiten im Ballsaal beendet waren. Ein Paradies! Herrliche Spiegel, ein wahrer Traum in Weiß und Gold. Die Tränen traten mir in die Augen, weil es so schön war. Und dann, da ich wußte, daß Robert Godwin der Erneuerer neben mir stand, sagte ich zu ihm: «Du sahst den Ballsaal nie, nicht wahr? Denn er wurde von deinem Enkel Robert Godwin dem Wüstling erbaut, aber schau dir an, wie schön er jetzt ist, wie herrlich, wie vollkommen...»

Eine Hand berührte meinen Arm. Ich hatte nicht laut gesprochen, war aber so in mein Gespräch mit Robert vertieft gewesen, daß ich den leichtfüßig herbeigeeilten Toby nicht bemerkt hatte. Als er mich berührte, zuckte ich zusammen. Dann wurde ich sehr verwirrt, da ich mich plötzlich gleichzeitig in zwei Jahrhunderten befand. Ich blickte aus dem Fenster, sah, daß es Sommer war – aber welcher Sommer? Ich hatte mich so gewöhnt, in anderen Dimensionen zu schweben, daß es mir schwerfiel, mich auf einen genauen Punkt in Raum und Zeit zu fixieren.

«Mein lieber Junge, wie allerliebst, Sie einmal wiederzusehen! Jemand erzählte mir, Sie seien dabei, ein neues Meisterwerk der englischen Literatur zu erschaffen, und Gott weiß, daß sie es dringend nötig hat, aber könnten wir nicht trotzdem ein kleines Wörtchen miteinander reden? Wie steht es mit einer kleinen Anzahlung?»

«Was?» rief ich aus.

Ricky trat ein und kam auf mich zu. «Kes, schlechte Nachrichten. Lloyd-Thomas ist auf dem Wege hierher. Ich versuchte, ihn am Telephon abzuwimmeln, aber er hängte auf.»

Wir waren im Sommer 1939. Hitler stand auf der Höhe seiner Macht und Europa kurz vor dem Zusammenbruch, aber natürlich wußte ich nichts davon, denn ich hatte seit Wochen in keine Zeitung geschaut. Die Ereignisse im fernen Nazideutschland waren mir völlig unbedeutend gewesen, und nur die verhängnisvolle Liebesaffäre Jonathans und Penelopes hatte wirklichen Bestand.

«Verzeihung, Sir», sagte Lowell, «aber eine Abordnung der Pächter unter Führung Mr. Emlyn Vaughans hat sich in der Auffahrt versammelt und wünscht von Ihnen empfangen zu werden.»

«Kester», sagte Simon, «Adam Mowbray ist am Telephon.»

Wäre ich Robert Godwin der Erneuerer gewesen, so hätte dieser Mowbray, der mich sprechen wollte, nur ein Schmuggler sein können, und wahrscheinlich ein Pirat noch dazu.

Ich ging zum Telephon des zwanzigsten Jahrhunderts.

«Kester», sagte der Pirat, «es ist leider nicht mehr möglich, dem Zahlungsbegehren der Londoner Immobilienfirma wegen rückständiger Miete deiner Wohnung in der Park Lane noch länger auszuweichen. Zufällig aber habe ich eine andere Firma von Geldverleihern ausfindig gemacht, bei der du einen Kredit aufnehmen kannst.»

Erschießt man Piraten? Oder hängt man sie?

«Kester? Kester ... bist du noch da?»

Irgendwie kehrte ich in den Sommer 1939 zurück. «Adam, Lloyd-Thomas wird gleich hier sein, und sämtliche Pächter haben sich in kriegerischer Absicht vor dem Haus versammelt. Bitte – bitte laß alles stehen und liegen und komm mir zu Hilfe!»

Der Pirat hielt nicht einmal den Atem an. Er war nahe am Wind gesegelt, und jetzt ergriff er die Flucht vor dem Sturm. «Tut mir furchtbar leid, lieber Freund, aber ich habe eine wichtige Verabredung mit einem Klienten aus dem Hochadel, die ich unmöglich aufschieben kann.»

Eine halbe Stunde später erklärte mir Mr. Lloyd-Thomas in nicht mißzuverstehenden Worten, daß es nur einen Mann auf der Welt gäbe, der mich vor dem Ruin retten könne, und daß dieser Mann mein Onkel John sei.

Achtes Kapitel

I

Ich erwachte. Zuerst hatte ich keine Ahnung, wo ich war und was um mich geschah. Dann sah ich die Bewegung der Wagenscheinwerfer hinter dem unverhängten Fenster der Bibliothek und entsann mich, nach meinem dritten Cognac das Licht ausgeschaltet zu haben, weil mir die Augen zu sehr schmerzten. Ich stand auf, trat ans Fenster und sah im Mondlicht den schwarzen Schatten des vor dem Haus haltenden Rolls-Royce. Jetzt kam die Erinnerung zurück – die ganze Erinnerung. Robert Godwin der Erneuerer war tot. Mein Vater war tot. Jonathan und Penelope waren nur obskure Schemen, die ich aus den Lettern meiner Schreibmaschine erschaffen hatte. Ich war pleite, gedemütigt und beschämt, ein labiler neunzehnjähriger Jüngling, der aus der Bahn geraten ist, und nur Oxmoon, das zauberhafte Oxmoon blieb als Zeuge meines kurzen Ruhmesaugenblicks zurück, da ich die Zeit besiegt und die Ewigkeit erblickt hatte.

Ich trat in die Halle hinaus. Anna hatte ich zu Bett geschickt, weil ich wußte, daß Dinge zur Sprache kommen würden, die zu hören ich ihr ersparen wollte, und nach einem kurzen, jedoch liebevollen Kuß war sie in den Schatten der oberen Etage verschwunden – mein kleines Aschenputtel, nun wieder im zerlumpten Kleid, im grauen Alltag, der der legendären Ballnacht folgt.

Als ich die Eingangstür öffnete, fiel mir auf, wie ruhig es geworden war, seit all die Welten in meinem Kopf stillstanden – und wie flach das wirkliche Leben war, wenn ihm die zusätzlichen Dimensionen der Phantasie fehlten, wie eng, wie zutiefst reizlos. Auch glaubte ich in der Zwangsjacke einer einzigen Persönlichkeit zu ersticken, denn wenn man lange Zeit eine vielfache Persönlichkeit gewesen ist, und besonders, wenn man zwang- und mühelos Jahrhunderte durchwandert hat, empfindet man die Qual des in Zeit und Raum und in die eigene Persönlichkeit Fixiert-Seins wie eine Einkerkerung in eine enge Zelle.

Und was für eine Zelle! Ich, Kester Godwin am 12. Juli 1939, schickte mich an, einem Mann gegenüberzutreten, der im Gegensatz zu meinem Vater völlig außerstande war, mich zu verstehen. Dieser Mann glich meiner Mutter. Er kannte keine andere Leidenschaft als den Sex.

Jetzt stieg er aus dem Wagen und sprach mit seinem Chauffeur. «Lassen Sie ihn für diese Nacht hier stehen, Bridges. Bringen Sie nur meinen Koffer herein, stellen Sie ihn in die Halle, und dann gehen Sie ins Gesindequartier.» Er wandte sich mir zu und sagte schroff, ohne Begrüßung: «Ich nehme an, du hast die nötigen Anweisungen für meinen Fahrer getroffen?»

Ich hatte vergessen, Lowell daran zu erinnern. Das war schlimm. Gar nicht, was sich gehört. Man darf doch die Dienerschaft nicht vergessen! Ich schluckte und sagte: «Lowell hat bestimmt daran gedacht.»

Onkel John sagte zum Chauffeur: «Falls niemand für Sie vorgesorgt hat, kommen Sie zu mir zurück. Ich werde im Salon sein.»

«Jawohl, Sir. Vielen Dank, Sir», sagte der Chauffeur.

Onkel John ging mir wortlos voran, stieg die Treppe empor, trat über die Schwelle in die Halle. Jetzt, sagte ich mir, *jetzt* wird die Vision sich ihm offenbaren, die meine Torheit rechtfertigt. Der Marmorfußboden schimmerte prächtig vor meinen Augen, die chinesischen Jadepferde bäumten sich bezaubernd auf einem hauchzarten

Sheraton-Seitentisch. Romantische Gemälde, meist schöne Frauen darstellend, schmückten die Wände, und auf dem unteren Treppenabsatz, strahlend im Lichte des feenhaften Kronleuchters Tobys, glänzte das Porträt der schönsten aller Frauen, einer Frau aus Wales, die romantische Liebe in Person, meine dem Fluch geweihte Urgroßmutter Gwyneth Llewellyn, endlich wieder an ruhmvoller Stelle thronend in dem Hause, dessen Herrin sie einst gewesen war.

Onkel John sagte nichts, schien jedoch etwas bleicher zu werden. Er durchquerte die Halle, trat in den Salon, blieb stehen, sah sich die Umwandlung an. Ich sah ihn einen Blick auf den Gainsborough werfen, aber er bedeutete ihm nichts. Er betrachtete die auserlesenen Stühle und Polsterbänke aus Walnußholz, aber auch sie bedeuteten ihm nichts; wahrscheinlich fand er sie nur unbequem. Immer noch wortlos ging er zum Marmortisch am Fenster, entstopselte die Waterford-Karaffe und goß etwas Whisky in eins der schweren Kristallgläser. Indem er sich ohne meine Erlaubnis einen Drink einschenkte, ergriff er sozusagen im Handumdrehen die Zügel der Macht.

Ich sagte mir: Wenn er versucht, mir Oxmoon wegzunehmen, bringe ich ihn um.

Aber das war ein Wahnsinnsgedanke, der mir nur bewies, wie tief ich im Elend steckte. Anna würde gesagt haben, es sei unrecht. Wunderbare Anna, die mich mit ihrer Liebe vor dem Wahnsinn bewahrte, die mir mit ihrer Liebe einen Spiegel vorhielt, in dem ich mich als den Mann sah, der zu sein ich mich sehnte, als den größten Herrn, den Oxmoon je gehabt hat. Anna und Oxmoon waren die beiden Pfeiler, die mir Halt gaben, und solange ich sie hatte, fühlte ich mich stark genug, die grausamste Demütigung zu überleben und mich diesem Mann zu stellen, der mich und mein Tun nie verstehen würde.

Er drehte sich um und blickte mich an. Seine blauen Augen schienen leerer denn je, und in ihrer Leere sah ich zum ersten Mal die dunkle Seite seines Wesens, die er bisher immer vor mir verborgen hatte, und erkannte einen harten, machtvollen Mann, zornig, bitter, vom Leben enttäuscht. In dieser Sekunde brach der Mythos des «heldenhaften Onkel John» zusammen, und genauso wie der letzte Wunsch meiner Mutter für mich den Mythos ihrer zweiten Ehe zerstört hatte, schien dieser Einblick in eine bisher nie geahnte Wirklichkeit alle festen Beziehungspunkte auszulöschen, die in meinem Leben Beständigkeit bedeuteten. Jetzt sah ich nur noch Anarchie und Chaos. Es gab keine Regeln, keine Moral, nichts. Ich blickte in einen bodenlosen Abgrund. Es war eine Vision der Hölle.

Aber dann sah ich ihn die Grenze ziehen, und es ging vorüber. Er wandte sich ab, als ob er wüßte, daß seine Augen ihn verraten hatten, und im Augenblick, da er die Fensterläden seiner dunklen Wesensseite schloß, sah ich erst richtig, wie stark er war, wie er es vermochte, heftige Gefühlsausbrüche zu disziplinieren, unannehmbare Gedanken im Keim zu ersticken, seiner Macht, die einen anderen als ihn zu Zügellosigkeit verleitet hätte, Zügel anzulegen. Nun erkannte ich, daß er *doch* heldenhaft war, und zwar nicht, weil es in seiner Natur lag, sondern ganz im Gegenteil; seine Heldenhaftigkeit bestand darin, daß er durchaus menschliche Reaktionen hatte und mich hassen konnte, jedoch stets eisern entschlossen war, so zu handeln, wie es seinem Sinn für Gerechtigkeit und Schicklichkeit entsprach. So überlebte der Mythos. Aber was für ein Mythos! Ich hatte das Gefühl, von ihm völlig zermalmt zu werden. Wie konnte ich diesen Haß überleben und nicht zusammenbrechen?

Doch dann, als ich ihn vor mir stehen sah, hochgewachsen, mit grauem Haar, in ungezwungener Vornehmheit, erinnerte ich mich an die Güte, die er mir erwiesen hatte, an all die entgegenkommenden Gesten, an all die Beweise seiner liebenden Sorge für mich, und ich erkannte, daß er mich ebenso liebte, wie er mich haßte – erkannte, daß er das gleiche für mich empfand wie ich für ihn, erkannte, daß Liebe und Abscheu, Ergebenheit und Groll, Zuneigung und Abneigung unentwirrbar miteinander verbunden sind. Warum gibt niemand zu, daß Haß und Liebe nebeneinander bestehen können, das eine Gefühl so echt wie das andere, auch wenn wir immer nur das eine als wahr anzuerkennen bereit sind? Onkel John und ich waren wie in einer Gummizelle eingesperrt; wir haßten uns, ohne voneinander loskommen zu können, weil Liebe uns aneinander fesselte. Mir stand nur noch ein Rückzug offen, und der führte in Elend, Schuld und Verzweiflung.

«Onkel John . . .»

Er schnitt mir das Wort mit einer Geste ab. «Erspare mir die feigen Entschuldigungen», sagte er brutal. «Beginne mit dem Anfang und gehe bis zum Ende. Und keine Lügen, keine Auslassungen! Ich will die Wahrheit, die ganze Wahrheit und nichts als die Wahrheit, und bei Gott, die wirst du mir sagen!»

Krank vor Demütigung, die Kehle wie zugeschnürt vor Kummer, den ganzen Körper wie zerschlagen vor Schande, gelang es mir irgendwie, den Tränen Einhalt zu gebieten und mit ruhiger, gleichmäßiger und würdiger Stimme zu sprechen.

«*Geschrieben* hast du? Zahlungsbefehle wurden dir zugestellt, deinen Dienern und Angestellten keine Gehälter mehr ausbezahlt, deine Pächter den übelsten Erpressungsmethoden ausgesetzt – und du hast *geschrieben*?»

«Wenn ich schreibe, scheint alles andere keine Rolle mehr zu spielen . . .»

«Dann würde ich dir raten, entweder das Schreiben aufzugeben oder Oxmoon! Oxmoon kann sich keinen Herrn leisten, der in einer Welt von Hirngespinsten lebt!»

«Ich werde Oxmoon nie aufgeben!» schrie ich. «Nie!»

Schweigen. Dann drehte Onkel John mir den Rücken zu und goß sich etwas mehr Whisky ein.

In meiner Wut platzte ich heraus: «Wenn du nur verstehen könntest, was ich getan habe!»

«Was du getan hast, sehe ich genau! Du hast dich innerhalb eines Jahres fast ruiniert, verdammt noch mal! Du hast dich geradezu verbrecherisch verantwortungslos benommen! Wie konntest du das tun? Erkläre es mir in einem einfachen Satz!»

Ich konnte ihm doch nicht von meinen Vollkommenheitsvisionen und Ewigkeitseinblicken erzählen – oder von den geheimen Ängsten, die ich durch das Unterschreiben von Schecks bannte. Ich suchte nach einer Art von Erklärung, die er verstehen würde. «Ich wollte Oxmoon gegenüber eine Schuld begleichen. Oxmoon hat mich zu etwas gemacht. Bevor ich Oxmoon hatte, war ich ein Nichts – die Leute verachteten mich, hielten mich für verschroben und erbärmlich . . .»

«Weiß Gott, was sie jetzt von dir denken werden», sagte Onkel John.

Tränen traten mir in die Augen. Ich konnte nichts dagegen tun, hielt mir die Hände vor das Gesicht.

«Zum Donnerwetter, hör doch endlich damit auf! Nimm dich zusammen! Bist du denn ganz und gar außerstande, dich wie ein Mann zu benehmen?»

Heftige Gefühle wallten gewaltsam in mir auf, nahmen mir alle Selbstbeherrschung. «Verdammt noch mal, ich *bin* ein Mann!» schrie ich. «Ich habe eine wunderbare Frau, die mich liebt, und ich erschuf diese herrliche – diese phantastische – diese *überwältigende Vision* eines Hauses, und ich habe Mut und Selbstvertrauen, mehr Mut und Selbstvertrauen, als du dir vorstellen kannst! Du glaubst, ich sei ein Schwächling, weil ich ein Schriftsteller bin, aber weißt du denn überhaupt, in Teufels Namen, wie man sich fühlt, wenn man ein Manuskript vom Verleger zurückgeschickt bekommt? Dann möchte ich mich am liebsten umbringen oder jemanden ermorden, und ich fühle mich völlig niedergeschlagen und vernichtet – aber gebe ich deshalb auf? Nein, verdammt noch mal, ich gebe es nicht auf! Immer wieder werden meine Arbeiten abgelehnt, aber ich mache weiter, schicke meine Manuskripte aus, versuche es immer wieder. Ich lebe in ständiger Angst, ein Versager zu sein, aber ich gebe mich nicht geschlagen, ich bin ein Fanatiker, ich habe einen eisernen Willen, und falls du jetzt immer noch glaubst, ich sei ein Schwächling, dann kann ich dir nur sagen, daß du dich ganz gewaltig irrst, denn du kannst und wirst nie wissen, wie stark ich in Wirklichkeit bin!»

«Quatsch! Du gibst dich einer Selbsttäuschung hin. Du bist einfach zu schwach gewesen, um den Tatsachen ins Auge zu sehen – du hast deine Märchen gekritzelt, während Oxmoon vor die Hunde ging, und das ist nicht das Betragen eines Mannes! Es ist das Betragen eines unreifen Kindes!» Ich versuchte ihn zu unterbrechen, aber er überschrie mich. «Ruhe! Die Tragödie ist mir um so unerträglicher, als ich vor Ginevras Tod wirklich glaubte, du würdest dich zu einem vielversprechenden jungen Mann entwickeln. Aber schau dich jetzt an! Du verkehrst mit Schwulen, verwandelst Oxmoon in eine vulgäre Hollywoodkulisse, überläßt deine Verantwortungen diesem unverschämten jungen Teufel Ricky Mowbray und mutest deinen Pächtern einen völlig unerfahrenen Verwalter zu, der oft so betrunken war, daß er sich kaum auf seinem Pferd halten konnte . . .»

«Sascha ist qualifiziert . . . Adam Mowbray hat ihn empfohlen.»

«Adam Mowbray! Dieser Spieler! Dieser Betrüger! Mein Gott, ich werde dafür sorgen, daß er von der Liste der zugelassenen Anwälte gestrichen wird, nach dem, was er mit dir angestellt hat!»

«Aber Onkel John, ich bin sicher, daß er nichts Unrechtes getan hat . . .»

«Hat er dir etwa nicht diese Geldverleiher aufgeredet? Und natürlich hat er sich mit ihnen arrangiert und sich bestimmt eine Scheibe von dem Kuchen abgeschnitten! Und was hat er dir sonst noch alles berechnet, während du mit deinen Schreibereien zu sehr beschäftigt warst, um deinen Pflichten nachzukommen?»

«Ich . . .»

«Wenn Lloyd-Thomas die Zinsen auf die Bankdarlehen nicht so beharrlich eingetrieben hätte, wäre es wahrscheinlich noch lange so weitergegangen, aber zum Glück beschloß Lloyd-Thomas, dir keine

Freiheit zu lassen – o ja, er hatte schon einmal Schwierigkeiten mit einem unfähigen Gutsherrn von Oxmoon und war dieses Mal klug genug, kein Auge zuzudrücken, wie er es bei meinem Vater getan hatte. Gott sei Dank ist ihm mein energisches Durchgreifen damals 1928 eine Lehre gewesen – was sich jetzt als deine Rettung erwiesen hat –, aber, verdammt noch mal, ich wünschte, ich hätte nicht die große Dummheit begangen, dir nachzugeben, als du mir erklärtest, ich solle mich nicht in deine Angelegenheiten einmischen. Doch daran ist jetzt nichts mehr zu ändern. Und nun höre mir gut zu. Ich werde dir helfen. Ich werde deine Schulden bezahlen. Ich habe meinem Bruder geschworen, solange ich lebe dafür zu sorgen, daß du der Herr von Oxmoon bleibst, aber wenn du dich von mir retten lassen willst und Herr von Oxmoon bleiben willst, wirst du dich wohl oder übel mit den Bedingungen abfinden müssen, die ich für angemessen halte.»

Das war es also. Nicht Tod, sondern Entmannung. Ich ließ den Kopf hängen, ballte die Fäuste hinter meinem Rücken, bemühte mich, nicht vor Schmerz zu zittern.

«Du wirst die Verwaltung des Besitzes an Treuhänder abgeben. Du kannst weiterhin im Hause wohnen, verfügst aber über kein Bankkonto. Ich werde meine Buchhalter und Anwälte kommen lassen, um die Schweinerei ins reine zu bringen, nachdem ich selbst die Lage einigermaßen überprüft habe, und ich werde die Wiederinstandsetzung beaufsichtigen, aber leider kann ich nur ein Mindestmaß an Zeit dazu verwenden. Ich bin sehr beschäftigt. Ich könnte Oxmoon nur übernehmen», sagte Onkel John und goß sich noch einen Whisky ein, «wenn du bereit wärst, es ganz und gar aufzugeben, aber da du das nicht willst, müssen wir eine andere Lösung finden. Als erstes beabsichtige ich, Fairfax wieder einzustellen. Er kann mit mir die Treuhandschaft übernehmen – und vielleicht sollten wir Edmund noch dazunehmen, denn je mehr Familienmitglieder dabei sind, desto besser. Offensichtlich brauchst du die Hilfe und Stütze, die nur eine treu ergebene Familie dir bieten kann.»

«Onkel John . . .»

«Und das bringt mich auf Thomas. Er wird natürlich wieder Gutsverwalter sein.«

«Nein», flüsterte ich. «Nicht Thomas, bitte nicht.»

«Ich bedaure, aber ich bestehe darauf. Er ist nicht nur ein Godwin, der dir aus Familientreue behilflich sein wird, sondern auch der beste Gutsverwalter, den ich kenne.»

«Aber er haßt mich! Er wird mir das Leben unerträglich machen!»

«Unsinn! Da du dich ohnehin um deine Angelegenheiten nicht kümmerst, wirst du ihn kaum sehen. Er wird Fairfax direkt Bericht erstatten. Und falls er sich aus irgendeinem Grunde ungehörig benehmen sollte, brauchst du mich nur anzurufen und es mir zu sagen.» Er stellte das Whiskyglas auf den Tisch und ging zur Tür. «Ich bin sehr müde – ich brauche etwas Schlaf. Welches Zimmer hast du mir bereitgestellt?»

«Das blaue . . . nur ist es nicht mehr blau.»

«Lions Zimmer. Gut. Das paßt mir.» Er trat in die Pracht der Halle hinaus.

«Onkel John . . .» Ich wankte ihm nach.

«Nichts mehr für heute, Kester. Meine Kräfte und meine Geduld sind erschöpft. Gute Nacht.» Er nahm den Koffer, den sein Chauffeur neben die Eingangstür gestellt hatte, und stieg die Treppe empor, ohne sich noch einmal umzublicken.

Ich wartete, bis ich sicher sein konnte, daß er in seinem Zimmer war, und dann schlich auch ich mich in die obere Etage.

Anna lag im Dunkeln wach, und später versuchte ich, sie zu lieben, um uns beide zu trösten.

Aber ich war impotent.

3

Die Barbaren standen vor den Toren, bereit, die Stadt zu plündern und alles, was sie berührten, zu besudeln.

«Herrgott!» sagte Thomas. «Habe ich dir nicht gleich gesagt, du würdest bald ganz beschissen in der Patsche stecken? Natürlich überrascht es mich nicht im geringsten.» Er trat prahlerisch über die Schwelle, glotzte in die Halle. «Du lieber Himmel, schau dir das an! Schau dir das einmal an!»

Vetter Harry, fesch im dunklen Anzug, folgte ihm.

«Tut mir wirklich leid, daß du all den Ärger hast, alter Knabe», sagte er charmant und mit geringschätzigem Blick, «aber natürlich ließ ich alles stehen und liegen, als Vater meinte, ich könnte in diesem Dringlichkeitsfall vielleicht vorübergehend behilflich sein. Wir müssen doch schließlich zusammenhalten, nicht wahr? Schon aus Familiensolidarität und so weiter . . .»

«Harry, was sagst du dazu? Schau dir mal diese Scheiße an! Diese schrecklichen Veränderungen überall!»

Vetter Harry schaute in die Halle und blieb wie angewurzelt stehen.

«Hast du je so etwas gesehen?» brüllte Thomas. «Wie ein beschissenes Nachtlokal hat er das Haus aufgeputzt!»

Aber Vetter Harry hörte ihn nicht. Vetter Harry starrte auf den italienischen Marmor. Vetter Harry starrte auf Tobys feenhaften Kronleuchter. Und Vetter Harry, mein Spiegelbild, war mein Widerschein, mein anderes Ich.

Unsere Blicke trafen sich, und im Bruchteil einer Sekunde standen wir in unbegreiflichem Entsetzen einem Rätsel gegenüber, das keinen Namen hatte.

Harry sprach, und der Schrecken verflog im Nu, aber ich werde nie diesen unheilvollen Augenblick vergessen, da Harry und ich in der Halle von Oxmoon zu einer einzigen Person wurden und er meine Vision als die seine sah.

«Recht amüsant, alter Knabe», sagte mein Doppelgänger und schlüpfte wieder hinter seine Maske, die ihn zu meinem Gegner machte. «Ich finde es nett, daß die alte Bude eine Verjüngungskur durchgemacht hat. Endlich mal was anderes.»

Er ging lässig an mir vorbei. Ich sah, wie er auf dem Marmorfußboden zögerte, zum Leuchter aufblickte. Offensichtlich verfiel er wieder dem Zauber, aber im nächsten Augenblick kam Onkel John die Treppe herunter, und der Zauber war gebrochen. Er rief uns ein «Guten Morgen» zu, Harry schreckte auf, ich näherte mich den Stufen, und da trat Thomas aus dem Salon.

«Mein Gott, John, du siehst ja schrecklich aus. Was hat er da oben angerichtet? Nein, sage es mir nicht, ich will es nicht wissen. Hast du je in deinem Leben einen solchen Haufen schwulen Mist gesehen?»

«Thomas, wir sind hier, um über geschäftliche Dinge zu reden. Deine Ansichten über Ästhetik behalte gefälligst für dich, wenn ich bitten darf», sagte Onkel John, mühelos seine Macht ausübend, und als er über die Halle in die Bibliothek ging, folgte Harry ihm automatisch, und Thomas, der alternde junge Hund, trottete brav seinem Herrchen nach.

Ich gesellte mich als letzter zu ihnen und schloß die Tür hinter mir. Es war neun Uhr früh, und Onkel John hatte eine Vorbesprechung angeordnet. Fairfax und Lloyd-Thomas wurden erst um zehn erwartet.

Wir setzten uns. Onkel John nahm keine Notiz von den Veränderungen in diesem Raum. Thomas sah sie nicht einmal, aber Vetter Harry fuhr zärtlich mit seinen langen Musikerfingern über den neuen Lederbelag auf dem Schreibtisch, Vetter Harry warf einen verstohlenen Blick auf die Reihen der in Kalbsleder gebundenen Bücher, Vetter Harry hatte die verträumte Waliser Landschaft über dem Kamin bemerkt und den Perserteppich, der dem Fußboden Glanz und Würde verlieh.

Onkel John sprach. «Die allgemeine Diskussion über die Katastrophe kann warten, bis Fairfax und Lloyd-Thomas hier sind, aber einige dringliche Probleme, die keinen Aufschub dulden, müssen jetzt besprochen werden. Erstens: die unbezahlte Dienerschaft. Die Gehälter müssen sofort in bar bezahlt werden. Lloyd-Thomas wird natürlich meinen Scheck einlösen, aber es bleibt zu überlegen, wie das Geld noch heute von der Bank abgeholt werden kann. Zweitens: die Pächter. Wir müssen ihnen sofort versichern, daß das vergangene Unrecht wiedergutgemacht wird und daß ein neues Regime beginnt. Jemand wird nach Daxworth reiten müssen, um mit diesem fanatischen Sozialisten Emlyn Vaughan zu reden, bevor er zur Massenvernichtung des Landadels aufruft. Drittens: Kesters Partner. Wir müssen beschließen, wer von ihnen – falls überhaupt einer – bleiben soll.»

«Schmeiß das ganze Pack raus», sagte Thomas. «Nimm dir Adam Mowbray vor, John, und dann haben wir wenigstens die Genugtuung zu wissen, daß er sich vor Angst in die Hosen scheißt, selbst wenn er zum Schluß dann doch noch mit heiler Haut davonkommt. Es ist wirklich eine Schande, aber niemand versteht es besser, sich der Gerechtigkeit zu entziehen, als ein Winkeladvokat, der die Gesetze kennt. Dafür werde ich aber seinen beschissenen Neffen zu Hackfleisch machen – Herrgott noch mal, warum Celia ihre Erika diesen Arschficker heiraten ließ, werde ich nie begreifen, aber wahrscheinlich glaubt Celia, Sodom sei nur irgendein Ort in Palästina. Diese verdammten Schwulen! Am liebsten würde ich sie allesamt kastrieren! Wenn es nach mir ginge ...»

«Ja, ja, Thomas, wir wissen alle, was du von Homosexualität hältst. Bleibe beim Thema.»

«Das tue ich ja gerade, John! Kester hat sich mit dieser schwulen Sau eingelassen! Kester bezahlt ihm sogar seine Hypothek!»

«Das wird natürlich sofort aufhören.»

«Die ganze Freundschaft muß aufhören! Ich finde, Kester sollte uns ein bindendes Versprechen abgeben, daß er Ricky nie mehr wiedersehen wird!»

«Das könnte heikel werden. Wegen Erika.»

«Ach, das ist kein Problem», sagte Thomas verächtlich. «Diese Ehe wird bestimmt nicht von langer Dauer sein. Es sollte mich nicht wundern, wenn er sie nicht einmal gefickt hat! Verdammt noch mal, so einer schwulen Sau ist alles zuzutrauen, und es ist mir unbegreiflich, wie Anna ihn ertragen hat, wo er ständig hinter ihrem Mann her war. Wenn ich Anna gewesen wäre . . .»

«. . . hättest du ihn kastriert. Na schön. Aber es reicht jetzt, Thomas, nimm dich ein bißchen zusammen. Ich bin wie du dafür, daß der junge Mowbray geschaßt werden soll, und ich bin durchaus dafür, daß Kester uns verspricht, ihm keinerlei finanzielle Hilfe mehr zu gewähren, aber ich finde, wir sollten die Freundschaft sich von selbst auflösen lassen – was meiner Meinung nach jetzt bestimmt nicht ausbleiben wird . . .»

«Und meiner Meinung nach solltest du die Freundschaft verbieten. Ehrlich gesagt, John, ich finde, du bist in dieser Beziehung zu weich. Schließlich hat dieser beschissene Schwule Kester aufgehetzt, ihn völlig aus der Bahn gebracht, ihm den größten Blödsinn aufgeschwatzt . . .»

Plötzlich glaubte ich mich wieder in London, in jenem seelenlosen Haus am Eaton Walk, als Onkel John von Geschlechtskrankheiten redete und mich zum ersten Mal ungehindert die ganze Fäulnis und Verderbtheit der Welt erkennen ließ. Jetzt war es mir, als müßte ich in dieser Fäulnis ersticken. Ich versuchte zu sprechen, meinen armen erbarmungswürdigen Freund zu verteidigen, der sich solche Mühe gegeben hatte, seine Liebe für mich in akzeptablen Grenzen zu halten, aber die Worte fehlten mir. Keiner der Anwesenden war fähig, meine Freundschaft für Ricky zu verstehen, und der geringste Versuch, ihn zu verteidigen, hätte mich in ihren Augen nur noch mehr verdammt.

«. . . also gut, John, lassen wir Ricky und wenden wir uns Sascha Bland zu. Den werde ich ohne Schwierigkeiten aus dem Wege schaufeln und dann für die Beerdigung all der Champagnerflaschen sorgen, die, wie ich höre, im Hinterhof seiner Privatkneipe herumliegen – und wer hat ihm *die* bezahlt? Das möchte ich wissen! Ich wette, der kleine Scheißer ist nicht einmal qualifiziert – ich wette, Adam hat ihn aus irgendeiner Mistgrube aufgelesen, abgestaubt und eingepudert und dann Kester etwas von Qualifikationen vorgefaselt, an die höchstens ein Wickelkind glauben würde. Ich glaube, Adam hoffte, durch Sascha noch mehr Geld abzusahnen, und zwar auf eine Weise, daß er Sascha die Schuld zuschieben konnte, wenn die Sache schieflaufen sollte. Verdammt noch mal, das Gefängnis ist noch viel zu gut für diesen Erzscheißer Adam Mowbray! Wenn es nach mir ginge, würde er . . .»

«. . . gehängt, gerädert und gevierteilt werden. Jawohl, ich muß gestehen, daß ich ganz deiner Meinung bin. Wäre da sonst noch jemand, der entlassen werden sollte?»

«Ja», sagte Thomas sofort. «Vergiß nicht den schwulen alten Krüppel, der hier wie eine Reklame für Euthanasie durch die Gegend humpelt – der gleiche, der sich in Oxford in Robert verliebte und dem sie im Schützengraben die Eier abgeschossen haben...»

Ich würgte an dem Schmutz, der mich erstickte, ich zitterte am ganzen Körper, aber ich stand auf, um Einspruch zu erheben.

«Nicht Simon», sagte ich. «Adam, Ricky, Sascha – ja, ich weiß, daß sie gehen müssen. Aber nicht Simon, mein alter Hauslehrer, der seit meinem fünften Lebensjahr immer bei mir gewesen ist. Er ist krank und auf mich angewiesen, und ich will, daß er bis zu seinem Tode in Oxmoon bleiben kann.»

«Quatsch! Lächerliche Gefühlsduselei!» erwiderte Thomas wütend. «Wer hat all diese Schecks für dich unterschrieben? Wer hat über Gelder verfügt, die dir nicht gehörten? Wer schaute seelenruhig zu und tat nichts zu deiner Rettung, als du immer tiefer in deinen Dreck geschlittert bist, bis du schließlich in deiner beschissenen Patsche gesessen bist?»

Ich übersah Thomas, blickte zu dem Mann am anderen Ende des Tisches. «Onkel John», sagte ich. «Bitte – ich verspreche dir, Ricky nie mehr wiederzusehen, ich verspreche dir, was du willst, aber laß mir Simon. Bitte, bitte, laß ihn bleiben.»

Onkel John schaute mich ausdruckslos an, und als ich wieder die Leere in diesen blauen Augen sah, wußte ich, daß er ein Mittel gefunden hatte, mich für all die Fehler zu bestrafen, die er mir nicht verzeihen konnte.

«Das muß Thomas entscheiden», sagte er kalt. «Er wird den Treuhändern gegenüber für alles, was den Besitz angeht, verantwortlich sein.»

«Mein Entschluß ist ein für allemal gefaßt», sagte Thomas. «Der alte Knabe verschwindet, und damit basta.»

Ich schwankte, taumelte, stieß meinen Stuhl um, klinkte die Tür auf. «Anna!» schrie ich, und die Schwingungen meiner Stimme mit dem Luftzug der sich öffnenden Tür ließen die Kristallgehänge des großen Leuchters erklirren. «Anna!» Ich stolperte, richtete mich auf, stolperte wieder, strauchelte auf der Treppe, sah nichts mehr, aber dann fanden meine Hände das Geländer, und ich zog mich empor.

Sie rannte mir entgegen, zierliche, adrette Gestalt in Dunkelblau, und ich sank ihr in die ausgestreckten Arme.

«Anna, ich kann es nicht mehr ertragen, sie wollen Simon rauswerfen – ich ertrage es nicht, sie sind so roh, so gemein, so grausam – meine schöne Bibliothek erstickt in ihrem Schmutz – mein herrliches

Haus ist besudelt von ihrem Spott . . . sie haben mir allen Stolz, alle Würde genommen, und jetzt nehmen sie mir noch die einzigen Menschen, die ich liebe . . .»

«Liebling, ich bin noch da. Ich werde immer bei dir sein . . . und Simon auch.» Sie lief an mir vorbei, eilte über die Diele.

«Aber sie sagen, er muß gehen. Sie sind unerbittlich . . .»

«Ich werde mit ihnen reden.»

«Nein, Anna, nein. Sie werden dich nur demütigen . . .»

«Aber ich werde es nicht zulassen», sagte Anna. «Ich kann es nicht zulassen, daß sie dir das antun.» Und sie trat an die Tür der Bibliothek.

«Anna, warte!» rief ich ihr nach, aber sie war bereits auf der Schwelle, aufrecht, erhobenen Kopfes, und das kleine Silbermedaillon, das ich ihr vor langer Zeit geschenkt hatte, schimmerte im Licht an ihrem Halsausschnitt.

Die drei Männer standen automatisch auf.

«Guten Morgen», hörte ich sie gefaßt mit ihrer tiefen, süßen Stimme sagen. «Ich bitte um Verzeihung, daß ich störe, aber wer ist derjenige, der Simon unbedingt entlassen will?»

Sie alle – das sah ich ganz deutlich – wurden gewahr, daß die Szene, die bis jetzt so glatt für sie verlaufen war, plötzlich außer Kontrolle geriet. Onkel John wurde ein wenig bleicher, Harry stand still und wie versteinert da, sogar Thomas trat verlegen von einem Fuß auf den anderen, und während sie alle in peinlichem Schweigen verharrten, rief ich in unbeherrschter Wut von der Tür her: «Es ist Thomas. Er ist derjenige. Und er hat das letzte Wort.»

Anna ging auf Thomas zu, stellte sich vor ihn hin. «Bitte», sagte sie. «Entlasse Simon nicht. Es wäre grausam. Du willst vielleicht nicht auf Kester hören, aber ich bitte dich, höre mich an. Laß Simon bleiben . . . bitte.»

Onkel John fuhr sich kurz mit der Hand über das Gesicht, sagte jedoch nichts. Er war der einzige, der das Schreckliche noch verhindern konnte, aber er stand einfach da und schaute in die andere Richtung.

Harry dagegen beobachtete alles mit großer Aufmerksamkeit. Die Verzweiflung muß sehr deutlich auf meinem Gesicht zu lesen gewesen sein, und als unsere Blicke sich trafen, erkannte ich mit schrecklicher Gewißheit, daß er sich über die Wendung zu dieser neuen Phase meiner Demütigung freute.

Trotzdem war ich jetzt wieder hoffnungsvoll, so hoffnungsvoll, daß ich Harry und Onkel John überhaupt nicht mehr beachtete. Ich war hoffnungsvoll, weil ich jetzt nicht mehr sah, wie Thomas ihr ihre Bitte verweigern könnte. Muß das Recht nicht siegen, muß das Gute nicht zum Schluß triumphieren? Meinen Stolz und mein Glück hatten sie mir genommen, aber würden sie mir nicht wenigstens meinen Idealismus lassen?

«Ach, in Gottes Namen!» brüllte Thomas, die Beherrschung verlierend, um seine Verlegenheit zu verbergen. «Wo glaubst du dich eigentlich? Im heiligen jüdischen Krieg? Und warum müßt ihr verdammten Juden immer auftauchen, wo ihr nicht erwünscht seid, und euch mausig machen mit euren Stänkereien? Hau mir bloß ab, verschwinde, und stecke deine Nase in deine eigenen verdammten Angelegenheiten!»

Entsetzen erfüllte den Raum, drang in jede Ritze und Ecke, machte die Luft so schwer, daß jede Bewegung erstarrte.

Ich wollte ihn töten. Ich hätte ihn getötet, aber das Entsetzen war so dick wie Zement, lähmte mich, schloß mich wie in ein Grab ein. Gewaltsame Gefühle überwältigten mein zerschlagenes Denkvermögen, und als sie durch die offenen Wunden drangen und in der Tiefe meiner Seele Wurzeln schlugen, wußte ich, daß Thomas mich für immer verdorben, sie brutal verletzt und jeden von uns, die wir Zeugen seines Barbarentums waren, für alle Ewigkeit verdammt hatte. Seine Tat war ungeheuerlich, meine Welt war in Trümmer gegangen. Ich stand da, und während ich ihn anstarrte, sah ich die Zukunft wie eine Spirale in dunkle Tiefe sinken.

Daß ich ihm nie verzeihen würde, wußte ich, aber ich wußte auch, daß er nur das Sprachrohr eines Hasses war, den sie alle teilten. Einen kurzen Augenblick lang stand ich ihnen über den Trümmern ihrer Heuchelei gegenüber, und als ich auf das Ödland der Wahrheit blickte, sah ich dahinter Szenen, die ich mir noch nicht auszumalen vermochte. Doch eins wußte ich mit Sicherheit: Eines Tages, wenn die Katastrophe nur noch ein schwaches Echo in ihrer Erinnerung ist, wird sie mir immer noch in jeder ihrer unverzeihlichen Einzelheiten gegenwärtig sein. Und eines Tages, wenn ich ein kluger und vollendeter Schriftsteller bin, was so gut wie sicher ist, werde ich das Ende noch einmal schreiben und meine Rache nehmen.

Fünfter Teil
Harry
1939 - 1952

«Schließlich mußt du mit Gleichmut ertragen, was innerhalb des Bereiches des Glückes geschieht, wenn du einmal deinen Nacken seinem Joche unterworfen hast. Wenn du ihm das Gesetz des Bleibens und Gehens vorschreiben willst, ihm, das du dir freiwillig als Herrn erlesen hast, bist du dann nicht im Unrecht und verbitterst dir durch Ungeduld ein Los, das du nicht ändern kannst? . . . Wenn du den Fluren Samen anvertrautest, so müßtest du ertragreiche und unfruchtbare Jahre gegeneinander abwägen. Du hast dich dem Regiment der Fortuna anvertraut. Nun mußt du den Sitten der Herrin gehorchen. Du versuchst den Schwung des rollenden Rades aufzuhalten? Aber, törichtster aller Sterblichen, wenn sie anfängt zu beharren, hört sie auf, Zufall zu sein.»

BOETHIUS, Trost der Philosophie

Erstes Kapitel

I

Armer Kester, armes Schwein! So ein Schlamassel! Sehr traurig! Mir hat Kester immer leid getan – armer Kester, armes Schwein! – denn ich bin längst dahintergekommen, daß man auf jemand, der einem leid tut, nicht neidisch sein kann; und daß ich das auf Kester nicht sein konnte, wußte ich. Ich konnte überhaupt auf niemand neidisch sein. Mein Vater, der beste Mensch auf der ganzen Welt, hat nie den geringsten Zweifel daran gelassen, daß Neidischsein etwas ist, was sich einfach nicht gehört.

So war die Lage für uns an diesem 13. Juli 1939: Europa war am Rande des Abgrunds, Oxmoon ins Schlingern geraten und Kester – armer Kester, armes Schwein! – ganz offensichtlich übergeschnappt, ohne Beziehung zur Wirklichkeit, wahrhaftig ein klassisches Beispiel dafür, was die verdammte Constance einen neurotischen Außenseiter nennen würde – und was geschieht? Dieser Schuft von Thomas führt sich auf wie Hitler persönlich, behandelt die reizende kleine Anna, als ob sie reif wäre, ausgemerzt zu werden, und Kester, das arme Schwein, kriegt einen hysterischen Anfall.

Mein Gott, als ob mein Vater nicht schon Probleme genug hätte!

Freilich, diesmal mußte Vater die Schuld für das Unglück ganz allein bei sich selbst suchen, denn es war kristallklar, daß er Thomas mit Absicht hat um sich schlagen lassen. Darüber war ich mir im klaren, und gleich darauf dämmerte mir, daß auch Kester es wußte, schloß er doch meinen Vater in seine große melodramatische Drohung mit ein. Daß sie auch auf mich zielte, war nur selbstverständlich, schließlich hatte das arme Schwein von jeher vor Abscheu gebibbert, wenn ich nur in seine Nähe kam; nur muß dies das erste Mal gewesen sein, daß mein langmütiger Vater mit Thomas und mir in einer Schußlinie stand und diesen ewigen Haß zu spüren bekam.

Kester, der Ärmste, liebte nichts mehr als melodramatische Auftritte. Er hätte als Frau zur Welt kommen sollen, so wie Tante Ginevra, dieses Luder. Dann hätte er jedenfalls eine Entschuldigung gehabt, daß er sich aufführte wie ein hysterisches Frauenzimmer. Doch was will man schon erwarten von einem Mann, der von seiner Mutter so verhätschelt worden ist, daß er nicht mal ins Internat geschickt wurde? Armer alter Kester, es war schon eine Schande! Er hat mir aufrichtig leid getan, wirklich. Sehr traurig.

«Vergeßt dieses Datum nicht!» kreischte er, nachdem Anna das Zimmer verlassen hatte, und das klang, als ob er von uns erwartete, daß wir alle unseren Taschenkalender zückten und eine entsprechende Notiz machten. «Denkt an den dreizehnten Juli neununddreißig! Später werdet ihr alle einmal zurückdenken an diese Szene und wünschen, ihr wäret nie geboren worden!»

Wahrhaftig! Armes Schwein – mir war das so peinlich, daß ich kaum wußte, wo ich hinsehen sollte. Er tat mir dermaßen leid, daß ich mich bemüßigt fühlte, zumindest ein ernstes Gesicht zu machen – bloß, wie zum Teufel sollte man ihn ernst nehmen? Wenn jemand meine Frau behandelt hätte, wie Thomas gerade eben mit Anna umgesprungen ist, ich hätte nicht lange gefackelt und ihn zu Brei geschlagen. Aber Kester war Künstler, das war ja das Schlimme, und kein Mann des Handelns, so wie ich. Er konnte gar nicht anders, als einen hysterischen Anfall zu bekommen und Blödsinn zu reden.

Gott sei Dank hörte das mit der Hysterie schließlich auf. Er brach in Tränen aus, lief schluchzend hinaus und knallte die Tür hinter sich zu. Rührend! Doch ehe ich richtig dazu kam, zu betrauern, daß er den Verstand verloren hatte, wurde mir ein ebenso seltenes wie haarsträubendes Schauspiel zuteil: Mein Vater verlor die Beherrschung. Die Beherrschung zu verlieren gehörte sich natürlich nicht. Aber es hätte sich auch nicht gehört zuzulassen, daß Thomas ungeschoren damit durchkam, sich aufzuführen wie zwei Hitler auf einmal. In der Regel befleißigte sich mein Vater nie einer ungehörigen Sprache und fluchte auch nicht – selbst dann nicht, wenn keine Damen dabei waren; in der Beziehung war seine Generation viel pingeliger als meine, und außerdem hatte mein Vater – anders als Onkel Edmund, der ja im Schützengraben gekämpft hatte – nie eine Lebensweise erlebt, in der Fluchen und unflätige Redeweise die gängige Form der Verständigung bildeten. Gleichwohl war mein Vater der geborene Linguist, und so beschloß er jetzt, Thomas in der einzigen Sprache die Leviten zu lesen, die dieser Hundsfott je verstanden hat.

Thomas war eingeschnappt. Als sich schließlich für ihn die Gelegenheit bot, den Mund aufzumachen, war er puterrot und sagte nichts weiter als: «Hast du einen Scheißnerv, so vor deinem Sohn zu mir zu sprechen!»

«Mein Sohn soll sehen, daß ich sehr wohl weiß, wo ich die Grenze ziehe, wenn es um dein Scheißbenehmen geht. Verdammt noch mal, willst du jetzt das Scheißgut verwalten oder willst du es nicht?»

«Na schön!» schrie Thomas. «Himmelhergott, ich hab' gesagt, daß ich mich bei ihr entschuldige, oder? Meine Herren, man könnte ja denken, ich hätte sie vergewaltigt oder so!»

All dies auf nüchternen Magen! War das ein Leben! Ich überlegte, ob ich wohl den Mund aufmachen könnte, ohne daß es zu einem neuen Rundumschlag käme. Mir war aber schon seit geraumer Zeit danach, etwas zu sagen.

«Vater . . . soll das heißen, der alte Simon darf bleiben?»

«Gütiger Himmel, nein, ich kann Thomas' Autorität schließlich nicht untergraben. Täte ich das, käme Kester in Zukunft jedesmal zu mir gelaufen, wenn mal ein Wille gegen den anderen steht. Dann würde Thomas' Position bald unhaltbar.»

Thomas schien etwas besänftigt. «Vielen Dank, John. Ich muß schon sagen . . .»

«Halt den Mund! Du hast mich in eine unmögliche Lage gebracht.»

«Vater, was Simon betrifft . . .»

«Ach, keine Angst, ich werde mich schon um ihn kümmern, ihn in einem Altersheim unterbringen und dafür bezahlen, tun, was nötig ist. Du brauchst dir keine Sorgen zu machen.»

Mir fiel ein Stein vom Herzen. Simon war früher ebenso mein Tutor gewesen wie Kesters. Er hätte mich mit der linken Hand behandeln und seine ganze Aufmerksamkeit dem Sohn seines Arbeitgebers zuwenden können, war aber immer überaus fair gewesen. Er war ein guter Mann. Nicht jemand, der es verdiente, einfach vor die Tür gesetzt zu werden, bloß weil ein ehemaliger Schüler von ihm Amok lief. Mein Gott, was dieser verdammte Kester nicht alles auf dem Gewissen hatte!

«Jetzt hört mir mal zu, ihr beide!» sagte mein Vater plötzlich. «Ehe Fairfax und Lloyd-Thomas kommen, um die Familienkonferenz auffliegen zu lassen, laßt mich klipp und klar sagen, was wir in dieser überaus gefährlichen Situation tun können und was nicht. Was wir nicht tun können, ist, uns Kester unwiderruflich zum Feind machen. Wir müssen und sollten ihm unsere uneingeschränkte Hilfe zuteil werden lassen, über diese Krise hinwegzukommen; denn wenn wir das nicht tun, werden wir immer und immer wieder in so einen Schlamassel kommen.»

«Jemand wie er ändert sich nie, John», sagte Thomas. «Kester wird immer wieder in so was hineingeraten.»

«Wenn wir das als unabänderlich ansehen, können wir uns alle gleich begraben lassen, denn dann gehen wir davon aus, daß Oxmoon ohnehin eher früher als später unter den Hammer kommt. Aber damit werde ich mich nie abfinden, und ich meine, ihr beide solltet das auch nicht tun. Der Junge hat schließlich Grips. Und besitzt Entschlossenheit. Ja, auf seine besondere Weise hat er sogar Mut. Wahr ist, daß er sehr wohl zu einem Mann werden kann, mit dem zu rechnen ist – nur daß ihm im Augenblick seine Unreife noch einen Strich durch die Rechnung macht – wir bezahlen eben jetzt den Preis dafür, daß Ginevra sich dazu hat verleiten lassen, ihn nicht ins Internat zu schicken – und dadurch verhindert hat, daß er jenes Selbstvertrauen entwickeln konnte, das er jetzt so bitter nötig braucht. Wenn ein Junge – auch ein stinknormaler – von seiner Mutter auf dem Lande großgezogen wird und nur so einen sonderbaren Burschen zum Freund hat wie den jungen Mowbray, muß er ja von heimlichen Ängsten gepeinigt werden und sich jedem Durchschnittsjungen unterlegen fühlen, der ihm so erschreckend anders vorkommen muß, als er selbst es ist.»

Ich sah Thomas an. «Armer Kester!» sagte ich und gab ihm damit zu verstehen, daß ich nicht die Absicht hätte, mich zu streiten. «Armes Schwein! Sehr traurig.» Die Wörter «Grips», «Entschlossenheit» und «Mut» bohrten sich immer noch in mein Bewußtsein.

«Nun ja, John», sagte Thomas. «Wenn du meinst, wir müssen Kester unsere uneingeschränkte Hilfe zuteil werden lassen, beuge ich mich selbstverständlich deinen Anordnungen. Bloß – wo er doch jetzt am Boden zerstört ist und nicht mehr weiterkann – könntest du da nicht darauf dringen, daß er uns jetzt das arme Oxmoon überschreibt? Das ist für meine Begriffe die einzige echte Lösung, die es für dieses Problem gibt?»

«Eine Lösung wäre das gewiß», sagte mein Vater, «bloß steht sie uns nicht offen. Freiwillig rückt Kester nie mit Oxmoon heraus.»

«Richtig, John, aber schließlich bezahlst du seine Schulden. Du könntest ihn zwingen . . .»

«Nein, das könnte ich nicht – und zwar nicht nur, weil ich damit Robert gegenüber wortbrüchig würde. Es ist mir auch deshalb unmöglich, weil es das Hirnverbrannteste wäre, was ich überhaupt tun könnte. Das einzige bißchen Selbstbewußtsein, das Kester besitzt, beruht auf der Tatsache, daß er Herr von Oxmoon ist. Nehmen wir ihm das, weiß der liebe Himmel, was aus ihm wird; aber was immer geschehen ist – ich möchte nicht das Gefühl haben, daß es auf meine Kappe geht. Mein Gott, haben wir nicht genug Schwierigkeiten am Hals? Nein, Kester bleibt Herr von Oxmoon. Wir müssen alles in unserer Macht Stehende tun, um sein Selbstvertrauen zu festigen, bis er reif genug ist, allein mit seinen Problemen fertig zu werden. Das ist das einzig Richtige, was getan werden muß.»

Abermals begegneten sich Thomas' und meine Blicke. Ich fand es schon sehr sonderbar, gefühlsmäßig so tief mit diesem Halunken verbunden zu sein, den ich eigentlich nicht ausstehen konnte. Aber wir waren wirklich miteinander verbunden. Es gab niemand auf Gottes weiter Welt, dem wir größere Achtung entgegengebracht hätten als meinem Vater, und beide wußten wir, daß es zwecklos war zu streiten, nachdem er erst einmal angefangen hatte, Grenzen zu ziehen und zu tun, was sich gehörte.

Das schlimme war nur, daß das, was sich gehörte, sich – soweit ich sehen konnte – unweigerlich als eine Katastrophe erwies.

2

Den Rest des Tages verbrachte ich damit, mich auf diese und jene Art nützlich zu machen. Nach Lloyd-Thomas' Eintreffen wurde ich mit dem Auftrag zu seiner Bank in Swansea geschickt, den Scheck meines Vaters für die Löhne der Oxmooner Dienerschaft einzulösen; nachdem das getan war und ich das Geld hinter der mit grünem Filz bespannten Tür ausgezahlt hatte, war es fast ein Uhr geworden. Ich kehrte in die Halle zurück. Niemand war zu sehen. Hinter der Bibliothekstür berieten sich mein Vater und Thomas sowie Lloyd-Thomas und Fairfax immer noch, was nach der neuen Lage der Dinge zu geschehen habe. Lange blickte ich hinauf zu dem Leuchter mit den weit ausgreifenden Armen, der die gewöhnliche Eingangshalle in das Foyer eines Palastes verwandelt hatte. Dann schlenderte ich am Musikzimmer vorbei den Korridor hinunter und schob die Türen zum Ballsaal auf, um rasch einen Blick hineinzuwerfen.

Mein Gott!

Erst blieb ich wie angewurzelt stehen. Dann marschierte ich hinein, mit offenem Mund und mechanisch die Beine bewegend wie zwei miteinander in Verbindung stehende Pendel. Die Spiegel waren gereinigt worden, und als ich stehenblieb, sah ich mich mit verwirrender Klarheit gespiegelt: groß, dunkel, gesetzt und Verstand, Charme und in Muskelkraft umgesetzten Christenglauben ausstrahlend – ich brauchte bloß an eine bestimmte Tugend zu denken, und schon wirkte ich wie von ihr durchdrungen. Doch dann trat ich näher heran, trat bis unmittelbar vor den nächstgelegenen Spiegel, und ein Jüngling von zwanzig Jahren marschierte auf mich zu, ein weißgesichtiger, in den Grundfesten erschütterter junger Mann mit tränenblinkenden schwarzen Augen.

Immer mit der Ruhe, Harry. Nimm's nicht so schwer, altes Haus. Kester, das arme Schwein, ist der einzige in der Familie, der in künstlerischer Trance herumfuhrwerkt und sich aufführt wie ein unter Volldampf stehender präraffaelitischer Dichter. Doch der Raum war wunderschön. Wie wir alle wissen, ist Oxmoon nur ein schlichtes, etwas versponnenes charaktervolles kleines Haus, der etwas verquere Versuch eines Walisers, den Klassizismus des achtzehnten Jahrhunderts Auferstehung feiern zu lassen. Doch unversehens war Oxmoon etwas Einzigartiges, etwas Hinreißendes, etwas . . .

Mein Gott, sieh dir diesen Flügel an!

Ein Steinway – weiß und gold, jene Art von Flügel, an der ich im Geiste immer meine Mutter hatte spielen sehen, als ich noch sehr jung gewesen war und geglaubt hatte, sie sei einfach in den Himmel gekommen. Selbstverständlich erkannte ich klar, daß das Ganze sehr dumm, leicht angeschwult und völlig hirnverbrannt war, und natürlich wußte ich, daß ich ums Verrecken nicht gesehen werden wollte, wie ich darauf spielte, und doch . . .

Ich klappte den Deckel auf. Die Tasten schienen danach zu verlangen, ihre Jungfräulichkeit zu verlieren. Sie verloren sie. Ich spielte eine Polonaise von Chopin, aber es war zu schön, unerträglich schön, und nach einem Augenblick ruhten meine Hände.

Ich suchte nach meinem inneren Gleichgewicht und sagte mir, was für eine Tragödie Kesters schwachsinnige Extravaganz war. Armer Kester, armes Schwein – da war er in einem halb-ausgegorenen Traum herumgestolpert und hatte sein Geld in ein kleines Waliser Herrenhaus in der hintersten Provinz hineingesteckt. Was konnte rührender sein?

Aber was für ein Haus! Und was für ein Traum!

Es war sehr still. Ich saß da und lauschte in die Stille hinein, und während ich lauschte, hörte ich die Wahrheit, die zu hören ich mir nicht leisten konnte. Neun Monate hindurch hatte Kester es riskiert, sich lächerlich zu machen und sich zu ruinieren, hatte er jeder Konvention getrotzt und das Leben gelebt, das er leben wollte. Kester – der arme, schwache und anfällige Kester, den ich stets mit großem Bedacht bemitleidet und verachtet hatte –, dieser Kester hatte irgendwie den Mumm aufgebracht, den ich nie hatte aufbringen können. Abermals trat ich vor den nächstgelegenen Spiegel hin, doch diesmal vermochte ich den jugendlichen Helden, der sämtliche herkömmlichen Tugenden ausstrahlte, nicht mehr zu sehen. Was ich sah, war ein Feigling, ein Versager und ein Narr.

Blindlings stolperte ich aus dem Ballsaal hinaus.

In der Halle sagte mir ein Dienstmädchen, auf das ich zufällig stieß, «die anderen Herren» hätten sich zum Mittagessen ins Speisezimmer begeben, doch der Gedanke an Essen war mir unerträglich, und so zog ich mich in die Garderobe zurück, bis ich mich wieder zusammengerissen hatte. Es kostete mich kaum zwei Minuten, bis ich wieder armer Kester, armes Schwein, denken konnte, doch als ich hinausging, konnte ich es immer noch nicht über mich bringen, das Speisezimmer zu betreten, und so warf ich nochmals einen Blick in die Bibliothek. Bei den meisten neuen Büchern, so entdeckte ich, handelte es sich um Romane. Ich lese keine Romane. Ich lese zwar, doch nur, um mich über irgend etwas zu informieren. Will ich dem Gefühl entfliehen, wie scheußlich das Leben in Wirklichkeit ist, schlage ich kein Buch auf, sondern setze mich ans Klavier.

Ich ließ den Blick über die Bücherregale schweifen. Jane Austen, Dickens, Thackeray, die Brontës. Nichts als Anerkanntes und Grundsolides. Hatten diese Schriftsteller denn früher nicht in der Bibliothek gestanden? Vielleicht nicht. Robert Godwin der Erneuerer hatte die Borde mit dem üblichen griechischen und lateinischen Wust vollgestopft ebenso wie mit zahllosen Bänden philosophischer Werke; sein vor ihm gestorbener Sohn hatte der Büchersammlung keinerlei Stempel aufgedrückt – jedenfalls nicht, daß dieser irgend jemand aufgefallen wäre; Robert Godwin der Wüstling hatte die Bibliothek, nachdem er fromm geworden war, um eine stattliche Reihe gebundener Predigtsammlungen bereichert; Robert Godwin der Trinker hatte offenbar nur Ruskin gelesen, und Robert Godwin der Überlebende, gemeinhin bekannt als Großvater Bobby, hatte überhaupt nicht gelesen: Infolgedessen war es Kester vorbehalten geblieben, Romane in großem Umfang herzuschaffen. Ich sah unzählige Bände von Trollope, meterweise Waverley-Romane, ein ganzes Ödland Meredith und einen Sumpf George Eliot. Dann kamen die Dichter – Tennyson, beide Brownings und jede Menge präraffaelitischer Poeten. Typisch! Die Regale quollen über von seichten Liebesromanen. Aber was war das? *Der Gefangene von Zenda* in Kalbsleder gebunden! Jetzt hatte ich alles gesehen. Dabei hatte ich für den alten *Gefangenen von Zenda* durchaus etwas übrig. Schließlich gehörte er zu den wenigen Romanen, die ich gelesen hatte, ohne daß ein Lehrer mich dazu gezwungen hätte. Als Tante Ginevra sah, daß ich nach Bronwens Fortgehen auf Oxmoon ziemlich herumhing, hatte sie Kester gesagt, er solle mir doch ein paar von seinen Anthony Hope-Romanen leihen, um mich aufzuheitern, und so hatte ich sowohl *Der Gefangene von Zenda* als auch die Fortsetzung, *Rupert von Hentzau,* gelesen.

Ich nahm das Buch heraus und blätterte darin herum.

Ah ja. Ruritania. Ein Königreich der Phantasie, doch irgendwie sehr real. Jetzt fiel mir die Geschichte wieder ein, erinnerte ich mich an alle Einzelheiten: Da war der englische Held, Rudolph Rassendyll, hübsch und charmant, der sämtliche traditionellen Tugenden ausstrahlte, und nahm den Platz des Königs von Ruritania ein – aus den lautersten Gründen, versteht sich. Er und der König waren austauschbare Doppelgänger. Der König jedoch war schwach und Rudolph so unendlich viel besser geeignet, Ruritania zu regieren, daß er fast der Versuchung nachgegeben und aus der vorübergehenden Verkörperung eine dauerhafte gemacht hätte. Aber er tat es nicht. Er wußte, wo er die Grenze zu ziehen hatte, tat, was sich gehörte, ritt davon und zog sich aus dem öffentlichen Leben zurück – was der Autor freilich nicht ertragen konnte, so daß er ihn in der Fortsetzung zu neuem Leben erweckte. Das Ganze endete tragisch, wie genau, wußte ich nicht mehr. Man gewann den Eindruck, Anthony Hope habe die Konventionen zwar geachtet, sei aber zu sehr Realist gewesen, um zu glauben, ein Held könne sich in allem und jedem an sie halten; allerdings laufen Helden – Helden in Büchern – nicht einfach herum und reißen Königreiche an sich, die ihnen nicht gehören, und so hatte der arme alte Rudolph gehen müssen.

Nun ja, da haben wir's! Wir alle haben zu tun, was sich gehört, selbst Rudolph Rassendyll, sonst geht's im Geschwindschritt ab mit uns in die Hölle. Und was das «ab in die Hölle» betrifft, so kannte ich das zur Genüge, also schob ich das Buch zurück ins Regal und machte mich auf ins Speisezimmer, um den Lunch zu mir zu nehmen und damit zu tun, was sich gehörte.

Das Speisezimmer war prachtvoll. Die üppige Täfelung fiel sofort ins Auge. Links und rechts vom neuen Kamin ergossen sich riesige geschnitzte Girlanden aus Früchten und Blumen über die Wände wie das Traumbild eines Renaissance-Menschen vom Garten Eden. Es kostete mich mehr Mühe als sonst, mich wie ein moderner Philister zu benehmen und der ganzen Pracht nicht mehr als einen flüchtigen Blick zu schenken, doch irgendwie gelang mir das. Immerhin hatte ich zwanzig Jahre harter Übung hinter mir, und wo ein Wille ist, ist auch ein Weg.

Der arme Kester fehlte. Wahrscheinlich saß er immer noch heulend in seinem Zimmer. Auch Anna fehlte, doch meine vier Mit-Retter

Oxmoons plauderten bei Lammkoteletts angeregt über Ackerbau und Viehzucht. Die internationale Lage war damals gerade so bedrückend, daß es als Verstoß gegen den guten Geschmack galt, mehr als eine beiläufige Bemerkung darüber zu machen.

Ich versteckte mein Kotelett unter einem Kohlblatt und wünschte, ich könnte um einen doppelten Whisky bitten. Lloyd-Thomas und Fairfax tranken roten Bordeaux, doch mein Vater rührte vor sechs Uhr nie Alkohol an, und so fühlten Thomas und ich uns moralisch verpflichtet, uns gleich ihm aus dem Krug mit Wasser zu bedienen. Thomas, für gewöhnlich ein starker Trinker, ließ sich nie eine Gelegenheit entgehen vorzuführen, wie gut er seine Trinkerei im Griff hatte.

Nach dem Lunch fuhren Lloyd-Thomas und Fairfax nach Swansea zurück, und es war an der Zeit, Emlyn Vaughan zu beschwichtigen, den Anführer der Oxmoonschen Pächter, die durch die Mowbray-Kabale so über Gebühr belastet worden waren. Mein Vater nahm Rücksicht auf Vaughans sozialistische Gefühle, ließ seinen Rolls-Royce in Oxmoon zurück und ritt zu Pferde nach Daxworth, schaffte es aber trotzdem immer noch, auszusehen wie ein Aristokrat, der irgendeiner proletarischen Guillotine entronnen ist.

Als wir allein waren, zogen Thomas und ich uns in die Bibliothek zurück, wo Thomas sich daran machte, die chaotische Gutsbuchhaltung zu durchdringen und eine Liste von Kesters persönlichen Ausgaben im vergangenen Jahr aufzustellen. Wir mühten uns eine Zeitlang ab; Thomas fluchte leise vor sich hin, während er in seiner überraschend schönen Handschrift Notizen machte, und ich bemühte mich, angesichts so vieler astronomisch hoher Rechnungen nicht ungläubig Mund und Nase aufzusperren. Jedesmal, wenn ich auf eine neue Ungeheuerlichkeit stieß, war mir, als bekäme ich einen Hammerschlag auf den Kopf.

Um halb vier sagte Thomas: «Himmel, hier würde selbst ein Heiliger zum Trinker» und klingelte nach der Whisky-Karaffe. Als sie kam, neigte er sich großmütig in meine Richtung. «Auch einen, Harry?»

«Nein, vielen Dank.» Ich gierte zwar danach, aber ich hatte Angst, er würde es meinem Vater erzählen. Um halb vier am Nachmittag Whisky zu trinken – das gehörte sich nun wirklich nicht.

«Selbstverständlich trinke ich für gewöhnlich nachmittags nicht», sagte Thomas und leerte das Glas, «aber mein Gott, war das ein Tag! Wie kommst du voran?»

«Nun, wenn man vor Fassungslosigkeit sterben könnte, läge ich jetzt schon unter der Erde. Sag mal, Thomas, wie hoch ist Kesters Jahreseinkommen eigentlich?»

«Die Frage kann dir nur John beantworten, mein Lieber. Nur John kennt den Umfang des Privateinkommens – neben dem, was das Gut abwirft.»

«Aber du mußt doch eine ungefähre Vorstellung haben.»

«Nun, ich würde sagen, so um die zehntausend.»

«Zehntausend pro Jahr?»

«Soviel sollte es schon sein, mein Lieber. Mindestens. Es wäre sogar noch mehr, wenn Kester alle Farmen selbst verwaltete, wie mein Vater es getan hat, und nicht das Geld für Kommissionäre und Pächter hinauswürfe. Ja, wenn Oxmoon mir gehörte . . .»

«Aber ich hatte gedacht, Großvater hätte den größten Teil seines Privatvermögens an Milly Straker vergeudet!»

«Das hat er weiß Gott versucht, doch ist er glücklicherweise verrückt geworden, ehe er es ganz geschafft hatte. Und danach hat sich John über zehn Jahre abgeschuftet, um die Verluste wieder hereinzubekommen. Du brauchst John bloß zwei Aktien zu geben und schon fangen die an, sich zu begatten und sich zu vermehren.»

«Trotzdem . . . dann muß Großvater doch wesentlich mehr Vermögen gehabt haben, als ich angenommen hatte.»

«Nun, das Geld stammt nicht ausschließlich aus Börsenspekulationen. Einiges kam auch aus dem Anteil meiner Mutter an der Scheiß-Porzellanfabrik in Staffordshire. Die Fabrik geerbt hatte Tante Ethel, doch nach dem Testament ihres Vaters mußte sie meine Mutter auszahlen. Die gute alte Ethel – war das eine Type! Zu Weihnachten hat sie mir immer handgestrickte Socken geschickt – und eine Pfundnote in jeden Fußling gesteckt.»

Ich war jedoch nicht an Ethel dem Familienschreck interessiert. Dafür interessierte ich mich viel zu sehr für Kester. «Dann ist das arme Schwein wahrscheinlich noch längst nicht pleite – obwohl er das Geld mit vollen Händen ausgegeben hat, oder?»

«Nein, das nicht, nur hat er den Punkt erreicht, wo er hätte anfangen müssen, Land zu verkaufen, um seine Rechnungen zu bezahlen, und das wäre der Anfang vom Ende gewesen. Wer erst anfängt, von einer Klitsche wie Oxmoon Land zu verkaufen, rutscht unweigerlich die Spirale abnehmender Einnahmen runter.»

«Armer Kester, armes Schwein!» sagte ich. «Was für ein furchtbarer Schlamassel! Sehr traurig.» Und während ich das sagte, dachte ich: zehn Scheißtausender im Jahr! *Mindestens!* Ich wagte nicht, an meinen eigenen Kontostand zu denken; dann hätte ich ja auch daran denken müssen, daß ich längst ins Minus abgerutscht war.

«Was hältst du eigentlich von alledem, Harry? Selbstverständlich tut John genau das Richtige, das wissen wir beide. Aber hältst du es denn für möglich, daß aus dieser kleinen Schwuchtel noch mal was wird?»

«Keine Ahnung, altes Haus. Da ist alles möglich.»

«Was, meinst du, hat er eigentlich mit Ricky vorgehabt?»

«Was weiß ich? Dazu war er doch viel zu verrückt nach Anna.»

«Versteh ich einfach nicht. Du?»

Ich dachte an die mutige und treue kleine Anna, wie sie so überaus natürlich und intelligent über Rachmaninows zweites Klavierkonzert redete. «Keine Ahnung, altes Haus. Nicht die geringste.»

«Ich persönlich kann mir kaum vorstellen, daß Kester mit ihr mal richtig was angefangen hat im Bett. Mir ist die ganze Sache schleierhaft. Vielleicht schwenkt er bloß seinen Schwanz rum und tut so als ob, und das Mädchen ist zu unschuldig und merkt gar nicht, daß nicht richtig was passiert.»

«Wer weiß. Ich persönlich bin viel zu sehr damit beschäftigt, meinen eigenen Schwanz rumzuschwenken, als daß es mich interessierte.»

Thomas konnte sich kaum halten vor Lachen und erklärte, ich sei ein Mann ganz nach seinem Herzen und er sähe, daß wir einander verstünden. Ich dachte gerade darüber nach, wieviel länger ich seine Gesellschaft noch ertragen könnte, als er hinzusetzte: «Übrigens, was hältst du davon, wie Oxmoon rausgeputzt worden ist? Wenn du meine Meinung wissen willst...»

«Ja, es ist schrecklich – regelrecht vergewaltigt. Soviel Schwulengeschmack auf einem Haufen habe ich noch nie gesehen – im Ballsaal steht sogar ein weiß-goldener Flügel rum.»

Thomas meinte, das sei ja wohl der Gipfel an weibischer Geschmacklosigkeit. Ich sagte ihm, ich müsse aufs Klo, überließ ihn seinem Whisky und ging ins Freie, um frische Luft zu schnappen, ich hatte das unbedingt nötig.

3

Um sechs kehrte mein Vater nach den Gesprächen mit den führenden Pächtern zurück und fragte, ob wir vorhätten, noch weiterzuarbeiten. Da uns beiden daran gelegen war, Eindruck auf ihn zu machen, erklärten Thomas und ich, daran sei uns schon gelegen, und so tranken wir nur gemeinsam rasch ein Glas und zogen uns dann wieder in die

Bibliothek zurück, wo mein Vater unseren Fortschritt beobachten konnte. Ich war inzwischen bei den Kostenvoranschlägen für die Renovierungsarbeiten angekommen.

«Sind alle diese Arbeiten vergeben worden, Harry?»

«Sieht so aus, ja.»

«Verdammt, das bedeutet endlose Verhandlungen mit dem Dekorateur, wenn wir versuchen, aus den Sachen rauszukommen, mit denen noch nicht angefangen worden ist.»

Wir drei aßen allein zu Abend, und zwar in einer Atmosphäre, die Thomas zu fragen veranlaßte, ob Kester und Anna vielleicht Selbstmord begangen hätten, doch wurde diesem Wunschdenken durch meinen Vater ein Ende gesetzt, der vor dem Essen oben gewesen war und sie gesehen hatte.

«Nun», sagte Vater unvermittelt, «ich glaube, mehr können wir heute nicht tun. Thomas –» er lächelte seinen Bruder mit Bedacht an, um die Tatsache zu verhehlen, daß er ihn loswerden wollte – «ich kann dir gar nicht genug für all die schwere Arbeit und die loyale Unterstützung danken. Ich weiß nicht, was ich ohne dich getan hätte. Du bist morgen um neun wieder hier?»

«Auf die Minute», erklärte Thomas, hocherfreut über diese obligatorischen Worte des Lobes, drehte sich um und sah mich strahlend an. «Kann ich dich irgendwohin mitnehmen, Harry?»

Ich lehnte dankend ab und sagte, ich würde ganz gern etwas laufen, nachdem wir den ganzen Tag gesessen hätten, woraufhin er ging. Nachdem die Vordertür sich geschlossen hatte, sahen Vater und ich uns erschöpft an.

«Mein Gott, Vater», sagte ich, als ich endlich die Kraft aufbrachte zu reden, «weißt du auch ganz genau, was du tust, wenn du diesem Halunken in Oxmoon freie Hand läßt?»

«Komm in den Salon, Harry», sagte mein Vater. «Ich möchte mit dir reden.»

4

«Was ich nicht verstehe», sagte mein Vater nachdenklich, als wir uns Zigaretten ansteckten, «ist, wieso ihr beide – Kester und du – in Thomas so etwas wie einen modernen Frankenstein zu sehen scheint. Selbstverständlich bin ich mir darüber im klaren, daß Thomas schwierig sein kann und daß seine bombastische Art nicht nach jedermanns Geschmack ist. Aber wenn man mal über seine Eigenarten wegsieht, muß man doch erkennen, daß er ein durch und durch guter Kerl ist.»

«Ich räume ein, daß er was von seinem Beruf versteht.»

«Nicht nur das. Er ist ehrlich, vertrauenswürdig, loyal – und führt alles in allem ein recht anständiges Leben. Gewiß, ich weiß, er trinkt ein bißchen, aber das hat er im Griff, und ich erwarte weiß Gott nicht von jedem, daß er vollkommen ist. Er ist glücklich verheiratet – Eleanor hält sehr, sehr viel von ihm –, und für den kleinen Bobby ist er ein hingebungsvoller Vater.»

«Für dich zeigt er sich immer nur von der besten Seite, Vater. Mein Gott, tun wir das nicht alle?»

«Na ja, schon, aber wenn er sich mir von der besten Seite zeigt, beweist das doch zumindest, daß er eine hat. Ich kann nicht verstehen, was es da für ein Problem geben soll. Abneigung – ja. Ich könnte verstehen, wenn du und Kester nur eine Abneigung gegen Thomas hättet und ihn ungehobelt fändet. Aber dieser blanke, irrationale Haß ...»

«Ich hasse Thomas nicht, Vater. Er ist nur jemand, bei dem ich nicht den geringsten Wert darauf lege, ihn wiederzusehen.»

Mein Vater, der trotz seiner Jahre mit Constance nie ganz den Humor verloren hatte, lachte gereizt auf und begab sich auf der Suche nach einem Aschenbecher ans andere Ende des Raums. Ich wartete darauf, daß er sich setzte, doch das tat er nicht. Er schien unruhig und bedrückt. Er hatte weiß Gott genug, was ihn bedrückte, doch verriet mir mein durch frühere Erlebnisse geschärfter Instinkt, daß nicht Kester es war, der ihn beunruhigte, sondern ich.

«Worüber wolltest du mit mir reden, Vater?» sagte ich derart nervös, daß ich den Stier bei den Hörnern packte. Wie immer, wenn ich eine Auseinandersetzung mit ihm witterte, schlug sich mir das sogleich auf den Magen.

Diesmal nahm sich mein Vater mit der Antwort Zeit. Schließlich jedoch blickte er mir gerade in die Augen und sagte mit Nachdruck: «Was mich beunruhigt, ist, daß du offenbar etwas dagegen hast, wenn Thomas hier auf Oxmoon freie Hand bekommt. Du willst damit hoffentlich nicht sagen, deiner Meinung nach solltest du die Verwaltung übertragen bekommen?»

«Ich! *Ich?* Mein lieber Vater ...»

«Bemühe dich nur nicht, mich zu erinnern, daß es dir viel zu sehr an Erfahrung mangelt, als daß du die Verwaltung von Oxmoon übernehmen könntest. Ein ehrgeiziger junger Mann wie du, der noch dazu nicht gerade auf den Kopf gefallen ist, würde das im Handumdrehen lernen.»

«Ich ... Vater, ich glaube, ich höre nicht recht. Glaubst du im Ernst, ich träumte von irgendeinem aberwitzigen *coup d'etat*?»

«Mag der liebe Himmel wissen, wovon du träumst, Harry. Nur eines laß mich ein für allemal klarstellen: Ich wünsche nicht, daß du dich in irgendeiner Weise mit den Angelegenheiten von Oxmoon befaßt. Ich bin dir dankbar, daß du mir heute geholfen hast, aber ich möchte nicht, daß das zu einem Präzedenzfall wird.»

«Aber Vater, ich versichere dir, daß ich nicht die geringste Absicht habe ...»

«Eines mach dir ganz, ganz klar, Harry: Kester wird Oxmoon nie aufgeben. Und wenn du Penhale Manor weiterhin als Sprungbrett für Oxmoon betrachtest, begehst du einen sehr großen Fehler.»

«Ich betrachte Penhale Manor als mein Zuhause», sagte ich. *«Mein Zuhause!»* Nur nicht die Nerven verlieren, Harry! Die Stimme nicht zittern lassen! Oberlippe gerade wie ein Strich. Kester ist in dieser Familie der einzige, der es sich erlauben kann, mit zitternder Stimme zu schreien. «Tut mir leid, Vater, aber da bist du völlig falsch gewikkelt ...»

«Ich bin zu dem Schluß gekommen, daß mir wohler in meiner Haut wäre, wenn du jetzt aus Gower fortgingst, Harry, und nicht erst abwartetest, bis der Pachtvertrag für Penhale Manor ausläuft. Du hast jetzt die Grundbegriffe der Gutsverwaltung kennengelernt, und so möchte ich jetzt, daß du dich der Ländereien deiner Mutter in Herefordshire annimmst – das wäre nicht nur für dich, sondern auch für Kester das Beste. Du sorgst nur dafür, daß der Junge das bekommt, was Constance gern einen Minderwertigkeitskomplex nennen würde. Was meinst du wohl, wie ihm zumute ist, wenn du gewissermaßen direkt vor seiner Haustür weiterhin erfolgreich wirtschaftest – und daß du das tun wirst, davon bin ich überzeugt. Kannst du denn nicht begreifen, daß das nur zu seiner ständigen Demütigung beiträgt?»

«Aber verflixt noch mal, Vater, warum soll ich weggejagt werden, bloß weil dieser Scheiß-Kester es nicht ertragen kann, wenn ich vor seiner Nase Erfolg habe? Das ist verdammt noch mal einfach nicht fair.»

«Glaub mir, ich denke nur an dein Wohlergehen ...»

«Schön, dann wirf mich raus, ja, mach nur weiter und wirf mich raus. Ich weiß verdammt gut, daß ich auf deine Barmherzigkeit angewiesen bin, um dort leben zu können! Mach nur, nimm mir nochmals mein Zuhause und zerschlag mir mein Glück ein zweites Mal.»

Dem folgte ein tiefes, schmerzliches Schweigen. Ich war erschrokken, und zwar nicht nur über das, was ich gesagt hatte: Was mich in den Grundfesten erschütterte, war sein Gesichtsausdruck. Da standen wir einen Augenblick in diesem wunderschönen Raum, als wär's für uns beide die Hölle.

«Vater... O Gott, verzeih mir, ich habe das nicht so gemeint...»

«Harry, wenn du wüßtest, was ich alles durchgemacht habe, bloß um dein Glück zu sichern...»

«Das weiß ich doch, das weiß ich doch... o Gott...»

«Glaub mir, ich will nichts weiter, als dich glücklich machen...»

«Dann laß mich in Penhale Manor bleiben. Bitte, Vater, bitte, laß mich weiterhin dort leben...»

«Ich habe doch nur die allergrößte Angst, daß das zu einer katastrophalen Situation führt...»

«Ich will nichts weiter, als friedlich dort leben und keinem Menschen Scherereien machen. Ich habe keine unheimlichen Motive, das schwöre ich dir. Soll Kester doch sein verdammtes Oxmoon behalten! Mir ist das egal!»

Wieder Schweigen. Mein Vater drückte seine Zigarette aus. Sein Gesicht lag im Schatten.

Als ich die Stille nicht länger ertragen konnte, platzte ich damit heraus: «Du bist wütend, weil ich dich herausfordere – nicht tue, was sich gehört...»

«Wütend, doch nicht überrascht», sagte mein Vater. «Schließlich bin ich dein Versagen in der Beziehung gewohnt, oder nicht? Nun wohl – dann bleib in Penhale Manor. Aber sollte mir jemals zu Ohren kommen, daß du dich nicht in jeder Hinsicht bemühst, mit Kester gut auszukommen, löse ich den Pachtvertrag. Schreib dir das hinter die Ohren!» Mit einem knappen «Gute Nacht!» verließ er den Raum; ich blieb zurück, nahezu erdrückt von der Last meiner Schuld und meiner Scham.

Zweites Kapitel

1

Zu Fuß kehrte ich in der ländlichen Nacht nach Penhale Manor zurück. Zuerst war der Weg von Mauern aus aufgeschichteten Steinen gesäumt, später wurden daraus die Hecken, Weißdorn und Buche, und dazwischen Brombeerranken, Holunder und Geißblatt. Auf den Feldern blühten zwischen dem Löwenzahn wilde gelbe

Schwertlilien. Ab und zu tauchte ein vom vorherrschenden Seewind gleich den Hecken geduckter Baum auf; nur war heute nacht kein Wind, einzig eine Stille, die in Abständen vom Schrei einer Eule unterbrochen wurde. Am Himmel glühte eine Fülle von Sternen. Ich liebte das Land. Was mich betraf, konnten einzig die Konzerte in der Queen's Hall mit London versöhnen. Ich hatte keine richtige musikalische Ausbildung genossen, liebte die Musik jedoch mehr als alles andere auf der Welt.

Gott oder das, was man so nannte, hatte mich wie ein unberechenbarer Tennisspieler in diese unglaubliche Familie hineingeschmettert, in der allgemein angenommen wurde, bei so berühmten Titeln wie der «Eroica» und der «Pastorale» werde auf Reisen durch die bayerischen Alpen angespielt. Wie hatte meine Mutter das nur ausgehalten? Ein Blick auf ihre Notensammlung hatte mir verraten, daß sie ein Talent besessen haben mußte, das ihr selbst die allerschwierigsten Stücke zu spielen erlaubte. Daß sie besonders schwer waren, wußte ich, da ich versucht hatte, diejenigen Stücke nachzuspielen, die ich aus dem Radio kannte; dabei hatte ich ständig improvisieren und diejenigen Noten hinzudenken müssen, die ich im Geiste nicht ganz klar hören konnte.

Wie mochte es für meine Mutter gewesen sein, mit einem Mann verheiratet zu sein, dessen bedeutendste musikalische Leistung darin bestand, «An der schönen blauen Donau» zu erkennen? Nun, ich wußte, wie das war. Das Äußerste, was Bella von Musik verstand, war Jack Buchanan. Offensichtlich konnte man immer noch glücklich verheiratet sein, auch wenn das Ehegespons nicht das wichtigste Interessengebiet mit einem teilte; trotzdem fragte ich mich, worüber meine Eltern wohl geredet haben mochten. Vielleicht hatten sie glücklich miteinander geplaudert, ohne überhaupt irgend etwas zu sagen. Derlei kannte ich ja durchaus von den Unterhaltungen mit meinem Vater, in denen pflichtschuldigst und herzlich Worte hin und her gingen, aber nicht das geringste an Kommunikation stattfand.

«Natürlich will ich keinen Klavierunterricht haben, Papa. Ich bin doch kein Mädchen!»

«Freut mich, daß du so vernünftig bist, mein Junge.»

«Aber . . . wenn ich in der Schule Unterricht hätte, könnte ich dort ans Klavier ran? Selbstverständlich würde ich lieber Kricket spielen, aber . . .»

«Ja, ich bin entzückt über deine Fortschritte beim Kricket. Nichts könnte mir mehr Freude bereiten.»

Und so weiter und so fort. Mein Vater lauschte mir wohl, er konnte nur nicht hören, was ich sagte. Ob meine Mutter mich wohl gehört hätte? Vielleicht, vielleicht aber auch nicht. Wir neigen dazu, die Toten zu idealisieren. Zumindest hätte meine Mutter jedoch verstanden, wie sehr ich mich danach sehnte, Klavier zu spielen.

Ich konnte mich nicht recht an sie erinnern. Was ich vor mir sah, war eine anmutige dunkle Gestalt, die im Salon am Klavier saß, aber ihr Gesicht konnte ich nicht sehen; ich konnte nur die Chopin-Polonaise hören, die sie spielte. Nur brachte ich sie so absolut mit der Musik in Verbindung, daß ich – als mein Vater mir nach drei Jahren London eröffnete, wir kehrten zurück nach Penhale Manor – als erstes fragte: «Steht dort immer noch das Klavier im Salon?» Selbstverständlich hatte ich gewußt, daß es noch da war; schließlich wohnten wir jedesmal im Manor, wenn wir nach Gower fuhren, um meinen Großvater zu besuchen, doch wonach ich eigentlich fragen wollte, war: «Ist Mama dort? Ist sie zurückgekehrt?» Ich war zwei gewesen, als sie starb, und wiewohl meine Schwester erklärt hatte, niemand, der einmal gestorben sei, kehre jemals wieder zurück, hatte ich ihr das nie ganz geglaubt. Selbst mit fünf hatte sich dieser Unglaube noch gehalten, und so war ich mit der festen Überzeugung nach Penhale Manor zurückgekehrt, meine Mutter dort wiederzufinden.

In gewisser Weise war das auch so gewesen.

Wie klar mir meine Rückkehr vor Augen steht! Mein Vater, der gerade Constance verlassen hatte, sah völlig zerstört aus. Meine Schwester Marian, die Augen vom vielen Weinen geschwollen, nachdem sie von Tante Daphne, Elizabeth, Nanny und der Gouvernante getrennt worden war, hätte nicht garstiger sein können. Ich hatte keine Ahnung, was geschah, doch was es auch war, ich wollte, daß es aufhörte – ich weiß noch, wie ich aus lauter Aufbegehren mich selbst schlecht benahm, bis mein Vater mir gegenüber aus der Haut fuhr. Danach weinte ich, das Erniedrigendste, was ich überhaupt tun konnte, und nuckelte am Daumen, etwas, das nicht einmal mehr erniedrigend genannt werden konnte. Mein Vater machte ein so kreuzunglückliches Gesicht, daß ich es mit der Angst bekam. Marian heulte und heulte. Was für eine Fahrt! Mein Vater muß gedacht haben, sie nimmt nie ein Ende.

Aber sie tat es. Der Wagen fuhr vor Penhale Manor vor, die Tür ging auf, und heraus trat eine Märchenfee.

Ich wußte augenblicklich, daß sie aus dem Märchen stammte. Sie war gertenschlank und blaß und besaß schulterlanges feuerrotes Haar sowie grüne Augen, die Gedanken lasen, ehe sie ausgesprochen werden konnten. Sie sagte: «Harry, wie schön, dich wiederzusehen!», und als ich das Wort «wieder» hörte, wußte ich, daß ich sie immer gekannt hatte; ich wußte, sie war meine Mutter, die zwar anders aussah als auf den Photos, aber doch meine Mutter, und so hatte ich fortan nichts mehr dagegen, Nanny zu verlieren und Tante Daphne zurückzulassen. Zuletzt war sogar Marian beschwichtigt. Marian hatte einen morbiden Mutterkult entwickelt, doch wurden nach und nach sämtliche Photos weggestellt bis auf eines, und Marian sagte: «Mama mochte Bronwen. Das weiß ich noch ganz genau.»

Penhale Manor fing an, im Glück gleichsam zu schwimmen. Bronwen schwenkte, wie Kester es einmal ausdrückte, ihren Zauberstab, und plötzlich konnte mein Vater, der immer so ernst gewesen war, lachen und Späße machen und war wie ausgewechselt. Nachdem ich mit Nanny und Constance ein wohlgeordnetes Leben geführt hatte, fühlte ich mich plötzlich hineingeworfen in ein fröhliches Familienleben. Bronwen hatte drei eigene Kinder. Marian kicherte mit Rhiannon. Dafydd und ich unternahmen gemeinsame Erkundungszüge. Nur das Baby blieb von alledem ausgeschlossen, doch nachdem es zu einem kleinen Jungen herangewachsen war, ernannte ich ihn zu meinem Leibeigenen. Er reichte mir das Werkzeug, wenn ich mein Fahrrad reparierte. Er war mir bei den Reagenzglasexperimenten behilflich, die ich im Vorraum des Gewächshauses machte. Er durchstöberte im Herbst das Laub nach den besten Kastanien für mich und setzte sich sogar über die Feindseligkeit hinweg, die ihm aus dem Dorfladen entgegenschlug, um von seinem Taschengeld ein Geburtstagsgeschenk für mich zu kaufen. Ich erinnere mich, ihm gelegentlich über den Kopf gestrichen und ihm zu verstehen gegeben zu haben, was für ein netter kleiner Leibeigener er sei. Es war ein herrliches Leben.

Wann fing der Märchenglanz an zu verblassen? Wahrscheinlich nach Gerrys Geburt, 1927. Ich war damals acht und der Liebling meines Vaters; die dumme Pute Marian konnte mir kaum gefährlich werden; zwar hatte ich gehört, daß Evan meines Vaters Sohn sei, doch glaubte ich es nicht. Evan war im Manor gewesen, schon ehe wir dorthin gekommen waren, und so war er in meinen Augen nur jemand, den mein Vater zusammen mit Rhiannon und Dafydd übernommen hatte. Mein Vater sagte deutlich und klar: «Dies ist dein Bruder», doch nahm ich sofort an, er sei mein Stiefbruder. Marian erzählte mir später, ich sei bei einer Mordsszene dabeigewesen, als sie Nanny erzählt hatte, mein Vater und Bronwen hätten ein Baby gezeugt, ohne verheiratet zu sein, doch an dieses Drama erinnere ich mich nicht mehr; mit meinen fünf Jahren interessierte ich mich mehr für meine Spielzeugeisenbahn und war wohl auch eher bereit, Nannys Erklärung – von der mir berichtet worden war – Glauben zu schenken, Babies stellten sich erst ein, wenn zuvor geheiratet worden sei.

Dann wurde Gerry geboren. Von einem Tag auf den anderen wurde mir klar, daß Nanny geschwindelt hatte. Gerry war meines Vaters Sohn. Und Evan desgleichen. Dann ging mir auf, daß mein Vater viel zu entzückt war über das neue Baby und daß er Evan viel zu gern hatte. Mit anderen Worten ging mir auf, daß ich zwei Rivalen hatte. Glücklicherweise setzte Marian mir auseinander, daß die beiden uneheliche Kinder seien, Bastarde also, und niemals so gut sein konnten wie wir – armer Evan und armer Gerry, arme kleine Schweine –, doch ich erlebte einige unangenehme Augenblicke, ehe ich erleichtert und doch angekränkelt zu dem Schluß kam, daß meine Stellung unangefochten war. Alles in allem war ich geradezu wild darauf, ins Internat zu gehen, um mich wieder zu erholen.

Dabei gefiel es mir aber nicht, von meiner Märchenfee und meinem glücklichen Zuhause fortgeschickt zu werden. Und die Schule gefiel mir auch nicht. Was ich freilich nicht laut sagen konnte. Das gehörte sich nicht. Und ich hatte das zu tun, was sich gehörte, sonst wäre mein Vater von mir enttäuscht gewesen, und hätte ich ihn enttäuscht, hätte er anfangen können, über die Tatsache hinwegzusehen, daß Evan und Gerry Bastarde waren, und sie statt meiner zu seinen Lieblingen zu machen. Ich kam zu dem Schluß, in allem vollkommen sein zu müssen, damit ihr Glanz nie heller erstrahlte als der meine.

Dabei war es so, daß es mir eigentlich Spaß machte, mich um Vollkommenheit zu bemühen, und nachdem ich mich an das Internat gewöhnt hatte, wurde mir bald klar, daß man überall am schmerzlosesten durchkam, wenn man in allem der Beste war. Ich hatte das Glück, mit einer sportlichen Figur und einem fabelhaften Gedächtnis geboren zu sein. Mit diesen beiden Eigenschaften kann man es ganz schön weit bringen, und weiß Gott, das tat ich auch. Mein Vater war fasziniert von den Fortschritten, die ich machte. Als Lance und Sian geboren wurden, war ich mir meiner Stellung als Augapfel meines Vaters so sicher, daß ich mich sogar herabließ, gelegentlich die Kinderrassel für sie zu schütteln.

Als Sian auf die Welt kam, war ich zwölf. Noch zwei Märchenjahre, doch verblaßte der Zauber zunehmend, glitt uns durch die Finger, und Dunkel legte sich um uns. Ich wußte von den Schwierigkeiten, das taten wir alle, doch meinte ich, mich könnten sie nie berühren.

Ich war ehelich geboren und ein Gentleman. Möglich, daß Dafydd irgendwo in Cardiff untergebracht werden mußte, möglich auch, daß Rhiannon sich entschließen würde, bei ihrer Tante auf dem Gutshof zu leben; Evan mochte Schwierigkeiten haben, ein Internat zu finden, das ihn aufnahm, doch mir würde nie jemand mit Feindseligkeiten begegnen, bloß weil mein Vater offen mit einer Geliebten lebte. Mein Vater sagte, was er tue, sei recht, weil er und Bronwen einander liebten, doch das hätte er gar nicht erst zu sagen brauchen. Ich wußte, daß es recht war. Das konnte ich sehen, ja fühlen. Es war nicht meines Vaters Schuld, daß er Bronwen nicht heiraten und damit tun konnte, was sich gehörte. Das war allein die Schuld von Constance, dieser bösen Hexe, an die ich mich kaum noch erinnerte. Ich meinte, meiner Märchenfee müßte es immer gelingen, den bösen Hexenzauber abzuwenden; nur war das Ganze eben kein Märchen, und so sah ich, wie sie sich vor Gram verzehrte, magerer und immer magerer wurde, blaß und unglücklich. Ich wußte, daß das Ende nahe war, als Rhiannon und Dafydd fortgingen nach London, weil sie erklärten, sie könnten es nicht mehr aushalten, unter Menschen zu leben, die ihre Mutter als Hure betrachteten. Aber ich versuchte, die Augen davor zu verschließen, daß das Ende kam. Ich konnte es nicht ertragen, es näherkommen zu sehen. Ich sah einfach weg.

Ich besuchte Harrow, als Evan vom Schulleiter von Briarwood zurückgewiesen wurde und Bronwen ihren Entschluß faßte, fortzugehen. Ich haßte Harrow. Was ich selbstverständlich nicht sagen konnte. Das gehörte sich nicht. Jeder in meiner Familie ging nach Harrow, alle mochten es, und damit hatte es sich. Einmal unternahm ich den Versuch, meinem Vater zu erklären, das einzige, was mir dort gefiel, sei, in einem Laboratorium herumzupütschern, doch er verstand mich nicht. Er sagte nur, ja, Naturwissenschaft brächte Spaß; aber wie froh er sei, daß ich offensichtlich der geborene Altsprachler sei wie Onkel Robert.

Ich wollte mich Bronwen anvertrauen, doch schien sie damals entweder ständig Migräne zu haben oder das Kinderzimmer auszuräumen. Fast hätte ich mich meinen Freunden im Internat anvertraut, doch hatte ich begriffen, daß Naturwissenschaft nicht ganz das war, was sich gehörte, und so hatte ich Angst, wenn ich gestünde, wie sehr ich sie mochte, würden die Leute denken, ich wäre anders. Schreckliches widerfuhr Leuten, die anders waren, nicht nur dem kleinen Evan, der in Tränen aufgelöst vom Dorfladen nach Hause gestürmt kam, sondern auch den Außenseitern in Harrow, die das «große englische Public School-Spiel» nicht mitspielen konnten oder wollten. Ich war jemand, der alles überlebte, und ich wußte, daß ich überleben mußte. Gut fürs Überleben waren Kricket und Rugby, Griechisch und Latein, die Ohren steifhalten und tun, was sich gehörte. Folglich hielt ich den Mund, machte, was meine Gefühle betraf, die Schotten dicht und überlebte.

«Und wie läuft es so, Harry?» fragte mein Vater mich, als ich vierzehn war. «Keine Probleme?»

«O nein, Sir, nicht im geringsten.»

Ob ich mir darüber im klaren war, daß ich log? In Wahrheit ist es doch so, daß wir alle ganz im Bann unserer Erziehung stehen, und obwohl ich wußte, daß das Leben, das ich lebte, nicht das geringste mit meinen innersten Neigungen zu tun hatte, fand ich mich vollkommen damit ab, daß es nichts gab, was ich daran hätte ändern können. Rebellion wäre unvorstellbar gewesen, und zur Selbstanalyse war ich noch viel zu jung. Das ergeht allen Kindern so; dafür stehen sie viel zu sehr im Bann der Vorbilder, die ihnen aufgezwungen werden. Die Erwachsenen sind es, die sehen sollten, wenn etwas schiefläuft, doch die Erwachsenen in meiner Welt waren viel zu sehr mit ihren eigenen Problemen beschäftigt, als daß sie ein Auge für die meinen gehabt hätten.

Bronwen begann, davon zu reden, Verwandte in Vancouver zu besuchen.

«Ist mit Bronwen alles in Ordnung, Vater?»

«O ja, es geht ihr gut.»

Wie konnte er das nur sagen, wo das doch ganz offensichtlich nicht der Fall war.

«Vater, wie lange wird Bronwen in Kanada bleiben?»

«Ach, nicht lange.»

Es verlangte mich danach zu sagen: «Sie kommen doch zurück, nicht wahr?» Aber ich konnte es nicht. Ich wollte sagen: «Bitte, erkläre mir, was vorgeht.» Auch das konnte ich nicht. Ich wollte sagen: «Liegt es daran, daß sie dich nicht mehr liebt?» Auch das konnte ich nicht. Ich konnte nicht mit ihm reden, und er nicht mit mir.

«Alles Gute, Harry!» sagte mein Vater, als ich 1933 wieder von daheim fortfuhr, um nach Harrow zurückzukehren. «Ich hoffe, daß das mit dem Kricket klappt.»

Bronwen schloß mich nur in die Arme, sagte aber nichts.

Auch ich schwieg. Oder vielmehr sagte ich irgend etwas, doch das hatte keine Bedeutung. Ich sagte: «Ich wünsche euch wunderschöne Ferien in Kanada.»

Bronwen nickte und beugte sich über Sian, die sich an ihren Rock klammerte. Da wußte ich, daß sie nicht zurückkommen würde, doch wappnete ich mich innerlich gegen dieses Wissen. Ich meinte, wenn ich nicht daran dächte, würde es auch nicht geschehen.

Drei Wochen später besuchte Vater mich in Harrow und führte mich zum Essen aus. Wir fuhren zu einem Gasthaus auf dem Lande nördlich der Grenze von Middlesex. Ich weiß noch, daß wir unablässig über Kricket redeten, sowohl über meine Bemühungen in der zweiten Elf, als auch über die Testspiele letzten Winter gegen Australien. Als wir am Tisch Platz nahmen, unterhielten wir uns immer noch über Larwoods überaus elegante Wurftechnik. Mein Vater bestellte für jeden von uns ein kleines Bier und zwei Portionen Hasenpfeffer.

Ich habe nie wieder Hasenpfeffer angerührt.

Selbstverständlich wußte ich, warum er gekommen war, mich zu besuchen, doch als mir aufging, daß es ihm unmöglich war, über das zu sprechen, was passiert war – der Hasenpfeffer stand inzwischen vor uns –, sagte ich: «Sie kommen nicht zurück, nicht wahr?»

Er schüttelte den Kopf. Ich meinte, er sei immer noch unfähig zu reden, doch zuletzt sagte er – ohne mich dabei anzusehen: «Sie hat das Richtige getan – das einzig Richtige; und es ist recht getan.»

Wir unterhielten uns weiterhin, sprachen darüber, daß um der Kinder willen ein neues Leben angefangen werden müsse, doch ich hörte kaum noch zu. Was mich betraf, so war alles gesagt worden. Die Grenze war gezogen worden, jeder hatte getan, was sich gehörte, und war spurlos dahinter verschwunden.

«Sie hat einen Brief für dich hinterlassen.»

Er hielt mir einen Umschlag hin.

«Danke», sagte ich und stopfte ihn mir in die Jackentasche, so daß wir ihn nicht mehr sahen.

«Wenn du ihn lesen möchtest . . .»

«Nicht jetzt, vielen Dank, Vater.» Es war mir plötzlich unerträglich: ihn so durcheinander zu sehen, *war mir unerträglich.* Angst packte mich, daß wir beide zusammenbrechen könnten. Fast hätte ich ihn dafür gehaßt, daß er uns beide einer so schrecklichen Gefahr aussetzte. So schob ich den Hasenpfeffer immer und immer wieder auf meinem Teller herum und fing an, wieder von Kricket zu reden.

Später als ich in Harrow zurück war, fand ich ein stilles Plätzchen in einem abgelegenen Gang neben einem Wäscheschrank und machte Bronwens Brief auf.

«Mein liebster Harry, es bricht mir das Herz, daß ich fortgehe, aber ich kann nicht mehr zusehen, wie die Kleinen leiden. Dein Vater wird es Dir erklären. Mach Du ihm keine Vorwürfe, er ist ein guter, lieber, anständiger Mann, es ist nicht seine Schuld. Ich werde ihn immer lieben und Dich auch, als ob Du mein eigen Fleisch und Blut wärest. Eigentlich würde ich Dich gern bitten, mir zu schreiben, aber das würde alles nur noch schlimmer machen und das Leiden in die Länge ziehen, also besser nicht. Steh Deinem Vater bei, er wird Dich sehr brauchen, er ist so stolz auf Dich, und in dem ganzen Elend ist es ein Trost für ihn zu wissen, daß Du in der Schule glücklich bist und Dich so gut machst. Du sollst wissen, daß ich oft zurückblicken werde, während wir uns zeitlich immer mehr voneinander entfernen, aber denk auch daran, daß die Zeit ein Kreis ist, und daß wir eines Tages vielleicht nicht zurückblicken, sondern voraus in die Zukunft und uns darauf freuen, einander wiederzusehen. Stets Deine Dich liebende Freundin, BRONWEN.»

Ich zerriß den Brief in kleine Fetzen, spülte ihn durch die nächste Toilette und ging hinaus zu den Kricket-Toren.

Durfte keinen Menschen merken lassen, daß irgendwas nicht stimmte.

Wegen irgendeiner harmloseren fiebrigen Erkrankung konnte mein Vater nicht zur Schuljahresmitte nach Harrow kommen, um mich wieder auszuführen, doch kamen Marian und die Tante meiner Mutter, Charlotte, mit dem Automobil von London herunter. Tante Charlotte hatte Marian vor kurzem bei Hofe vorgestellt und fungierte seither als ihre Anstandsdame, obwohl Marian den größten Teil ihrer Zeit versuchte, zu Tante Daphne zu entfliehen, die weit modernere Ansichten vertrat als Tante Charlotte.

«Mein Lieber», wandte Marian sich an mich, als wir alle ins West End fuhren, um im Ritz zu lunchen, «ist das mit Bronwen nicht einfach zu tragisch? Aber natürlich –» dies war für Tante Charlotte bestimmt – «ist es so ja nur zum Besten für alle. Die Situation war ja wirklich völlig unmöglich.»

Beim Lunch konnten wir nicht weiter darüber reden, doch hinterher, als Tante Charlotte einmal die Damentoilette aufsuchte, hatten wir die Chance, ein Wort unter vier Augen miteinander zu reden.

«Hat sie dir geschrieben?» fragte ich.

«Ja, und zwar ganz, ganz lieb.» Marians Augen füllten sich mit Tränen, doch setzte sie dann sehr heftig hinzu: «Aber die Situation war wirklich völlig unmöglich. Neulich hab' ich mal jemand bei einer Tanzerei in der Loge der Anstandswauwaus sagen hören: ‹Ach, das ist ja Marian Godwin – ihr Vater führte draußen in Wales eine ganz wahnsinnige *ménage,* meine Teuerste; stellen Sie sich vor, das Mädchen ist von einer Waliser *Bäuerin* großgezogen worden!› Und im

St. Astrith's war's ganz genauso. ‹Ach, Marian Godwin kann niemand zu sich einladen, meine Liebe, Sie wissen doch, wegen ihrer ganz besonderen Situation!› Ich meine, wirklich . . . *wirklich* . . . alles, was recht ist. Dabei habe ich mir solche Mühe gegeben, ganz gewöhnlich zu sein und so zu tun, als ob die einzigen Menschen, mit denen ich zu tun hätte, ganz normale Damen und Herren wären, und hab' mich aufgeführt, als ob die Angehörigen der arbeitenden Klassen weit unter mir stünden – Himmel, ich glaub', manche haben mich sogar für einen Snob gehalten! –, doch genützt hat das alles überhaupt nichts. Die Leute haben es immer gewußt, sind unweigerlich immer dahintergekommen, ach, und wie ich es gehaßt habe, anders zu sein, und alle dachten, ich wäre so sonderbar . . .»

«Dann bist du also froh, daß sie weg ist.»

«Ja, das bin ich!» erklärte Marian, obwohl ihr die Tränen dabei über die Wangen liefen. «Es war ja nicht ihre Schuld», flüsterte sie. «Sie war so süß. Aber es hätte nicht so lange dauern dürfen, hätte längst ein Ende finden sollen . . .»

«Nun, du kannst nicht behaupten, Constance hätte nicht ihr Bestes getan.» Gleich darauf kam mir ein ungeheuerlicher Gedanke. «Mein Gott, Marian, du glaubst doch nicht etwa, daß . . .»

«Nein, keine Angst. Er hat mir geschworen, daß er nie zu ihr zurückkehrt.»

Marian war mir ziemlich gleichgültig, denn sie war beschränkt und unmusikalisch und überhaupt ein ziemlich überflüssiges Exemplar der Gattung Frau. Nur – eine Schwester ist eine Schwester, und nach diesem Gespräch entdeckte ich, daß es doch gewisse Gemeinsamkeiten zwischen uns gab. Es tat wohl zu wissen, daß ich nicht der einzige war, dem Bronwens wegen hundeelend zumute war und der erleichtert aufatmete, daß es die Möglichkeit nicht gab, jemals wieder zu der Hexe in Belgravia zurückkehren zu müssen.

Doch gab es Möglichkeiten, die fast genauso schlimm waren. Als ich für die Sommerferien nach Gower zurückkehrte, stellte ich fest, daß mein Vater in Oxmoon wohnte, weil er Penhale Manor einfach nicht ertragen konnte. Um alles noch schlimmer zu machen, war er gefühlsmäßig völlig am Boden und hatte keine Ahnung, was er eigentlich mit sich anfangen sollte. Penhale Manor war praktisch dichtgemacht. Nur die Tür zum Gewächshaus stand offen. Ich trat ein und erinnerte mich an meinen kleinen Leibeigenen, der mir bei meinen Experimenten geholfen hatte. Hinter den Blumentöpfen fand ich ein zerbrochenes Reagenzglas. Da erst ging mir das ganze Ausmaß der Katastrophe auf; das war der Augenblick, da ich nicht mehr umhin konnte anzuerkennen, was geschehen war. Ich war enterbt. Mein glückliches Zuhause war zerstört worden. Ich hatte meine Zauberfee verloren. Ich weinte den ganzen Weg zurück nach Oxmoon, ein großer Bursche von vierzehn Jahren, der flennte wie ein kleines Kind. Widerlich. Meine Augen waren so rot, daß ich wußte, ich würde zum Lunch nicht erscheinen können. Verachtenswert. Ich haßte mich dafür, so schwach zu sein.

Als ich mich schließlich nicht im Speisezimmer blicken ließ, kam Tante Ginevra, um nachzusehen, ob auch alles in Ordnung sei; doch da hatte ich mir die Augen inzwischen mit kühlem Wasser gewaschen und sah blaß, aber vorzeigbar aus.

«Stimmt was nicht, Harry?»

«O nein, Tante Ginevra. Es ist alles bestens.»

Sie bedachte mich mit einem ihrer wissenden, aber nicht unfreundlichen Blicke und sagte dann trocken: «Du überraschst mich. Mir wäre an deiner Stelle alles andere als wohl in meiner Haut. Warum redest du nicht darüber? Ich habe Bronwen gemocht, das weißt du ja. Ich habe sie sogar sehr gemocht.»

Etwas Schreckliches geschah mit meinem Hals. Verdammtes Weibsbild, raus mit ihr!

«Ach, damit habe ich mich durchaus abgefunden, Tante Ginevra. Ich möchte einfach nicht mehr darüber reden, vielen Dank.»

Sie zauderte, doch dann rief Kester nach ihr, und sie ergriff die Gelegenheit, ihre Hände – was mich betraf – in Unschuld zu waschen.

«Na schön, Harry. Aber du kommst und sagst Bescheid, wenn es zu schlimm ist, ja? Ich weiß, mit John ist im Moment nicht allzu viel anzufangen.»

Ich haßte sie. «Mit meinem Vater ist alles in Ordnung.» Wie ich die Worte herausbekam, weiß ich nicht mehr. Mir war jedenfalls, als hätte ich einen Kloß von der Größe eines Kricketballs im Hals stecken.

«Mami!» ließ sich Kester quengelig vernehmen, armer Kester, armes Schwein; ihm war das völlig unerträgliche Los beschieden, in diesem schloßartigen Landhaus von jedermann zu Tode verwöhnt zu werden. «Ich muß dir was schrecklich Komisches erzählen. Ehrlich, ich hab' gelacht, daß ich fast geplatzt wäre.»

Gleich darauf bogen sie sich draußen auf dem Korridor vor Lachen. Ich lauschte, Tränen rannen mir über die Backen, doch schließlich riß ich mich zusammen und machte mich auf die Suche nach meinem Vater.

Ich fand ihn Whisky trinkend in der Bibliothek; dabei tat er so, als schreibe er einen Brief.

«Vater, ich habe gerade überlegt, ob ich diese Pack-Kartons in meinem Zimmer aufmachen soll, doch dann dachte ich, es hat vielleicht wenig Sinn, falls wir nicht länger hierbleiben.»

«Ah so.» Es folgte eine Pause, in der er etwas Whisky trank.

«Vater ... werden wir noch länger hierbleiben?»

«Ich weiß es nicht.»

Wieder eine Pause. Ich wußte nicht, was ich sagen sollte, stand einfach da und wartete darauf, daß er mir zu Hilfe kam, wiewohl auch ich nicht wußte, wie eigentlich.

«Dir fehlt doch nichts, Harry?»

«Aber nein, Vater, gar nichts.»

Ich erkannte jetzt mit erschreckender Klarheit, daß ich ihn genauso verloren hatte wie Bronwen. Mein freudestrahlender, heiterer Vater war von diesem zerknitterten Fremden ausgelöscht worden, der nichts weiter konnte als Whisky trinken und versuchen, Ansätze zur Parodie einer Unterhaltung zu machen. Nachdem mir das aufgegangen war, wußte ich, daß es keinen Sinn hatte, auf Hilfe zu warten, und so zog ich mich einfach zurück.

Ich stand in der Halle und überlegte, was tun, doch wollte mir partout nichts einfallen. Schließlich ging ich nach draußen. Auf dem Weg zum Wald überquerte ich den Krocket-Rasen, und als ich beim Gartenhäuschen angekommen war, blieb ich stehen und warf einen Blick zurück. Dann fiel mir ein, daß es mir nicht zum ersten Mal im Leben widerfuhr, enterbt zu werden. Ich mußte an meinen Großvater denken, wie er mir übers Haar strich, mir fünf Shilling zusteckte und zu meinem Vater sagte: «Den Teint hat er von Blanche, aber von dir ist auch was da, John», woraufhin ich gewußt hatte, daß er sich freute. «Erzähl mir die Geschichte, wie du Oxmoon gerettet hast, Großvater», bettelte ich immer und immer wieder, woraufhin er mir dann erzählte, wie er in der Bibliothek mit einem Buch nach einer Ratte geworfen hatte und dadurch auf die lebenswichtigen Informationen gestoßen war, die er brauchte.

«Und dann habe ich Oxmoon zu einem bedeutenden Landsitz gemacht», sagte er und hielt mich bei der Hand, während wir durch den Wald zum Turm – eigentlich nur noch eine Ruine – von Humphrey de Mohun hinüberwanderten, «einem bedeutenden Landsitz, und alle kamen sie nach Oxmoon, jeder kam, wir schmückten den Ballsaal mit roten Rosen, tranken Champagner und tanzten nach der ‹Schönen blauen Donau›.»

«Ich kann die ‹Schöne blaue Donau› spielen», sagte ich, und so gingen wir in den Ballsaal, wo ich sie ihm auf dem ungestimmten und schon ziemlich ramponierten alten Flügel vorspielte. Das war schon kurz vor dem Ende meines Großvaters, und mit Oxmoon war es bereits ziemlich bergab gegangen.

«Was für ein tüchtiges kleines Kerlchen du bist!» sagte mein Großvater lächelnd, und als er mir nochmals ein Fünf-Shilling-Stück schenkte, wußte ich, daß ich sein Lieblingsenkel war.

«Auch ich möchte Oxmoon wieder zu einem großen Landsitz machen, Großvater, genauso wie du.»

Er bedachte mich mit einem strahlenden Lächeln. Er hatte leuchtend blaue Augen, genau wie mein Vater. Aber gesagt hat er nichts.

«Ich würde später eines Tages gern auf Oxmoon leben, genauso wie du.»

Mein Großvater wandte den Blick ab. Sein Mund zitterte, und unversehens wirkte er sehr alt und von Sorgen zerfressen. Alles, was er schließlich sagte, war: «Das möchte ich auch, Harry.»

Infolgedessen meinte ich selbstverständlich, ich würde Oxmoon erben. Dann fing Kester damit an großzutun, er werde das Gut erben, weil er der Sohn des ältesten Sohnes sei und die ältesten Söhne immer als erste erbten; das gehöre sich nun mal so.

Damit also war es aus.

Wenn ich später Oxmoon betrachtete, dachte ich immer: Dummes altes Haus, mach' ich mir doch nichts draus.

Und doch tat ich das.

Es lag mir jetzt etwas daran. Ich blickte zurück über den Rasen nach Oxmoon und dachte: Enterbt. Für den Verlust von Oxmoon hatte ich mich dadurch entschädigt, daß ich mein ganzes Herz an Penhale Manor gehängt hatte, doch jetzt war mir auch das entrissen worden, und so wurde ich wieder mit Oxmoon konfrontiert. Ich faßte es genau ins Auge und sah deutlich, wie unendlich viel reizvoller es war als das hübsche, bezaubernde, doch letztlich gewöhnliche Penhale Manor. Kleine Landsitze wie Penhale gab es zwölf aufs Dutzend überall auf den britischen Inseln, aber nur ein Oxmoon, nur ein georgianisches Landhaus, das auf seinem Grund und Boden schlummerte wie ein verlorener Waliser Löwe, der nur darauf wartete, daß sein Herr kam und ihm die zerzauste Mähne strählte.

Das Gefühl, etwas verloren zu haben, wurde plötzlich so übermächtig, daß ich es nicht ertragen konnte, das Haus auch nur einen Moment länger anzublicken. Ich lief fort in den Wald zu der Turmruine, doch selbst dort schienen die Dohlen im verworrenen Efeu mir zuzukreischen: «Beraubt, beraubt!» – was nichts weiter war als eine dumme und höchst unwahrscheinliche Illusion, weil die Laute, die Dohlen von sich geben, in gar keiner Weise so klingen wie «beraubt». Ich lief weiter durch den Wald. Auf der anderen Seite des Grundstücks war eine Pforte in der Mauer, und nachdem ich hinausgegangen war, lief ich den Fußpfad entlang, überquerte die Straße und machte mich auf über das Heideland, das immer weiter anstieg, bis es in der Ferne im Kamm der Rhossili Downs auslief.

Der Himmel war strahlend blau, und der Adlerfarn wucherte mannshoch. Von See her fuhr mir ein warmer Wind ins Gesicht und ließ die Mähnen der wilden Ponies flattern, die neben den prähistorischen Steinen grasten, die man *Sweyn's Houses* nannte. Es war eine antike Grabkammer und galt als Ruhestätte von Sweyn, dem Begründer von Sweyn's Eye, wie Swansea einstens geheißen hatte. Wikinger, Kelten, Normannen und Sachsen – alle waren sie früher nach Gower gekommen und hatten der Landschaft ihren Stempel aufgedrückt.

«Und alle kamen sie nach Oxmoon», hatte mein Großvater gesagt und damit seine Gäste in früherer Zeit gemeint. «Jeder ist nach Oxmoon gekommen.»

Wie sollte ich es ertragen, dort auch nur einen einzigen Tag länger zu leben mit dem Wissen, daß es nie mein sein würde? Niemals. Was für ein schreckliches Wort das war: nie, nie, nie. Oxmoon würde *nie* mir gehören.

Und warum sollte es mir nie gehören? Weil mein Großvater getan hatte, was sich gehörte, und das Erbe seinem ältesten Sohn hinterlassen hatte. Und warum war Bronwen nach Kanada gegangen? Weil das, wie mein Vater gesagt hatte, das Richtige gewesen war, das einzig Richtige. Und warum durfte ich keine Klavierstunden nehmen? Weil es sich für einen Jungen nicht gehörte, seine Zeit mit künstlerischem Firlefanz zu vergeuden. Ich wurde auf dem Altar dessen geopfert, was sich gehörte. Daran war nicht zu rütteln. Mein Gott, wie ich das, was sich gehörte, *haßte*! Was ich freilich nie hätte sagen können. Denn das hätte sich nun überhaupt nicht gehört.

Ich hielt inne, ging mit mir zu Rate, ob ich weitergehen oder umkehren sollte; freilich wußte ich, wenn ich umkehrte, würde mich das heulende Elend überkommen, und so lief ich weiter – ich hätte stehenbleiben können, aber ich lief weiter. Das, so sollte ich später entdecken, war die Geschichte meines Lebens, doch damals war ich erst vierzehn und mein Leben hatte gerade erst angefangen.

Ich erreichte den Kamm der Hügelkette. Der Blick war so überwältigend, daß ich für ein paar Augenblicke aus der Tiefe meiner Niedergeschlagenheit herausgerissen wurde. Unter mir brachen die Downs abrupt ab und wurden zu den drei goldenen Meilen des Rhossili-Strandes; jenseits des Sandes erstreckten sich die langen Linien der sanft schäumenden Brecher am Rand einer schimmernden See. Weit in der Ferne, links von mir, hockte das Dorf Rhossili auf den hohen Klippen, welche einen Arm der Bucht bildeten, während sich rechter Hand die Sandverwehungen von Llangennith dehnten, riesige, teilweise grasbedeckte Dünen, die den kleineren Arm der Bucht säumten und hinter dem Llanmadoc-Hügel an der Loughor-Mündung ausliefen. Als ich den Blick landeinwärts zurückwandte, erkannte ich den blauen Schimmer des Flusses und jenseits von Harding's Down das Dorf Reynoldston, das über der Kammlinie des Cefn Bryn in der Hitze zu wabern schien. Überall ländlicher Frieden; gleich einem Seestück sah ich es wie aus großer Ferne, wie eine Vision des Glücks, für mich unerreichbar. Mir fiel auf, daß Worm's Head, die bei Flut überschwemmte Halbinsel hinter Rhossili, im Begriff war, abgeschnitten zu werden; ich konnte die weiße Gischt sehen, die vom Wasser über den Shipway hinweggeschleudert wurde.

Unter mir auf dem Strand lagerten ein paar Feriengäste; doch da er nicht leicht zugänglich war, gab es hier immer nur wenige Badende. Ganz gewiß ging ich davon aus, daß ich allein hier oben auf den Downs war, so daß ich schreckhaft zusammenzuckte, als ich einen Augenblick später meinen Namen rufen hörte.

«Harry! Heh! Komm mal einen Augenblick her!»

Als ich mich suchend umblickte, sah ich in der Ferne auf einem Felsen ein Mädchen liegen. Wer war sie? Keine Ahnung. Da mir nichts einfallen wollte, wie ich einer so unwillkommenen Begegnung entkommen sollte, fluchte ich halblaut vor mich hin und zockelte den Pfad hinunter auf sie zu. Den Blick hielt ich auf den Boden gerichtet und die Stirn in Falten gelegt, um den Eindruck zu vermitteln, auf keinerlei Gesellschaft Wert zu legen.

«Gott sei Dank, daß du aufkreuzt», sagte das Mädchen, als ich in Hörweite gekommen war. «Ich versuch', den Teufel herbeizurufen und brauch' einen Druiden. Könnte es sein, daß du dich aufs Vögeln verstehst?»

Ich fuhr zusammen, als hätte ich einen Schuß abgekriegt, und sah auf.

Das Mädchen war splitterfasernackt.

Ich erkannte Belinda Stourham.

«Nun steh doch nicht da und glotz mich an wie ein Ochsenfrosch», sagte sie ärgerlich. «Was ist denn? Hast du noch nie ein nacktes Mädchen gesehen?»

«Naja . . . nein. Nein, kann ich nicht behaupten.»

«Hat denn dein Vater keine Bilderbücher mit nackten Damen drin? Meiner wohl. Ach, lassen wir das. Vertun wir doch nicht noch mehr Zeit – kannst du nun vögeln oder kannst du's nicht? Ich dachte, es bedeutet nichts weiter, als einen unanständigen Laut von sich zu geben, aber ich muß die Stalljungen wohl mißverstanden haben, als ich sie darüber reden hörte; denn wenn es auch nichts gibt, was ich noch nicht getan hätte – Annie-May behauptet, bis jetzt wär's mir noch nicht gelungen, den Teufel herbeizurufen. Andererseits hat Annie-May einen Druiden erwähnt. Wenn du also den Druiden spielen könntest . . .»

«Wer ist denn Annie-May?»

«Unser Hausmädchen. Hör zu, laß uns keine Zeit verschwenden. Ich hab' nicht den ganzen Tag lang Zeit. Falls du nicht interessiert bist und mir den Gefallen nicht tun willst . . .»

«Selbstverständlich will ich das. Ich weiß bloß nicht recht . . .»

«Annie-May behauptet, früher hätten die Menschen um einen der umgestürzten Steine herum getanzt – du weißt doch, einen von den aufrecht stehenden Felsen einer Grabkammer –, und dann hätte das schönste Mädchen seine Kleider ausgezogen und sich auf den gestürzten Stein gelegt und gevögelt. Genauso hätte es der Druide getan, und während er dabei war, hätte er dann einen Zauberspruch gesprochen, und in einer Wolke aus Schwefel sei dann der Teufel erschienen. Nun, ich fand, das klingt so, als müßte es Spaß machen, und da hab' ich beschlossen, ich versuch's mal. Im Moment spioniert mir niemand nach, denn meine blöde alte Gouvernante hat ihren Sommerurlaub genommen, und meine dumme alte Tante Angela hütet das Bett, weil sie's an der Leber hat, und da dachte ich, das ist eine gute Gelegenheit, nach einem passenden Felsen zu suchen – und schau, wie wunderbar dieser ist, fast tischeben und mit dem schönsten Ausblick in der Welt. Ich weiß, er stammt nicht von einer Grabkammer, aber der Teufel hat bestimmt nichts dagegen, falls es mir gelingt, ihn hochzubringen . . . Aber nun hör doch endlich auf, ein so komisches Gesicht zu machen! Was hast du denn?»

«Eigentlich nichts, Belinda, aber . . .»

«Ich heiß jetzt Bella. Daddy ist durchgedreht und fängt jedesmal an zu weinen, wenn jemand den Namen meiner Mutter nennt. Ich wollte ja Linda genannt werden, aber weißt du, Tante Angela hat gesagt, das wär ein solcher Allerweltsname, und das gehörte sich einfach nicht. Folglich muß ich mich jetzt Bella nennen lassen.»

«Gehört sich nicht. Verstehe. Ja. Aber wirklich, Bella, du kannst das ja nicht wissen, weil du noch zu jung bist, aber Vögeln gehört sich auch nicht, jedenfalls nicht, wenn man noch nicht erwachsen und nicht verheiratet ist. Deshalb ...»

«Ach, Quatsch, Annie-May vögelt dauernd, und die ist nicht verheiratet; sie ist ja auch erst fünfzehn. Egal, wen kümmert's schon? Ich will gar nicht das tun, was sich gehört, so wie meine gähnend langweilige alte Tante. Ich will verrückt sein und schlecht wie Eleanor, die Hosen trägt und Whisky trinkt und flucht – ja, ich hoff', ich bin mit einunddreißig noch viel verrückter und schlechter als sie; aber jetzt bin ich dreizehn und werde mal einen Anfang damit machen, indem ich den Teufel herbeiruf'. Irgendwann muß man schließlich damit anfangen. Aber jetzt zum letzten Mal – willst du dich jetzt nützlich machen oder nicht? Denn wenn du's nicht tust ...»

Rasch blickte ich mich um, aber so weit ich sehen konnte, ließ sich im Moment kein Mensch auf den Downs blicken. Tief unter uns rollten die Wellen träge über den Strand und ging das Meer in den blauen Horizont über. Es war eine mythische Landschaft, und das Mädchen gehörte zum Mythos dazu, eine nackte Sirene auf einem Felsen, und als ich in den Mythos eintrat, um mich ihr zuzugesellen, stellte ich fest, daß die Wirklichkeit – die unerträgliche Wirklichkeit – plötzlich Millionen Lichtjahre entfernt war.

«Donnerwetter, wie sonderbar Jungs gebaut sind! Wie stopft ihr euch das bloß alles in die Hose? Oder schiebt es sich ineinander und wird klein wie ein Teleskop?»

Die Wellen rollten weiterhin träge über den Strand, doch ich sah sie nicht mehr. Die Sonne knallte mir auf den nackten Rücken. Schweiß geriet mir in die Augen. Der Felsen, auf dem sie lag, war grau-grün mit unwahrscheinlichen rosa Einsprengseln darin. Während mein Herz ging wie ein Schlegel, flossen sämtliche Farben ineinander und wurden zu einem strudelig gewellten, chaotischen Fleck. Mir war, als stürbe ich.

«Sag mal, Harry, machst du das auch zum ersten Mal?»

«Halt den Mund!»

«Tut mir leid. Ich wollt' nur wissen, ob du auch weißt, was du machst.»

«Klar weiß ich, was ich mach'.»

«Mir kommt das wahnsinnig komisch vor.»

Schmerz peinigte uns, und Reden war unmöglich. Ich geriet in Panik und zappelte mich ab, doch dann merkte ich, daß dieser Schmerz überhaupt kein Schmerz war, sondern vielmehr marternde Ekstase. Unzusammenhängend stammelte ich: «Stoß mich nicht zurück! Ich muß weitermachen», weil ich meinte, sie wollte sich unbedingt von mir befreien, doch sie packte mich nur so fest, daß sich ihre Fingernägel in meine Schulterblätter gruben. Dann sagte einer von uns: «O Gott!», eine Möwe über uns schrie, und gleich darauf flossen sämtliche rosa Einsprengsel wieder dorthin in den Felsen zurück, wo sie hingehörten.

«Himmel, tut mir der Rücken weh!» sagte das Mädchen. «Ich hab' nie gewußt, daß ein Felsen so hart sein kann ... Hat Spaß gemacht, findest du nicht auch? Bloß, was für einen Unsinn Annie-May sich da zusammengelogen hat, von wegen, daß der Teufel in einer Schwefelwolke erscheint! Es sei denn ... aber ja, wir haben ja den Zauberspruch vergessen; hab' ich doch gewußt, daß da was war, was wir vergessen haben! Aber macht nichts, ich kann bloß jetzt nicht nochmal von vorn anfangen, denn ich muß unbedingt nach Haus zum Tee. Morgen probieren wir's noch mal.» Sie hielt inne, beugte den Kopf mißtrauisch über ihren Schritt. «O Himmel, so eine Sauerei! Nein, nicht hinsehen, ist schon alles in Ordnung. Es ist bloß was, was Mädchen kriegen. Oder? Nein, kann nicht sein, Himmel, wirklich komisch! Da muß ich Eleanor fragen.»

Fast wäre ich durchgedreht. «Himmelherrgott, nein, das darfst du nicht! Du darfst das niemand erzählen – keinem einzigen Menschen!»

«Ist ja schon gut, ist ja schon gut. Reg dich bloß nicht so auf! Aber sag mal, Harry ... ist das wirklich, *wirklich* was, was sich nicht gehört?»

«Und ob es das ist!»

«Fein, sehr fein! Bloß, wie kann etwas, das so schön ist, was sein, das sich nicht gehört? Wie blödsinnig, diese Regeln von Erwachsenen!»

«Blödsinnig, ja. Und ekelhaft!» Ich zog mir die Hose hoch und stand auf. Weit in der Ferne, am Rhossili-Ende der Bucht war der Shipway unter der Flut verschwunden und der Worm's Head zu einer Insel geworden. Die Wellen rollten nicht mehr verträumt über den Strand; vielmehr leckten weiße Brecher gierig den Sand hoch, und hinter der Brandungslinie war der Horizont messerscharf gezogen und die See ein ruheloses, heftiges Blau.

Alles hatte sich grundlegend verändert.

Als ich mich umdrehte, um das Mädchen anzuschauen, war es, als ob ich sie zum ersten Mal sähe. Ich versuchte mich zu erinnern, bei welcher Gelegenheit wir uns kennengelernt hatten, und meinte, das müsse vor über einem Jahr auf einer Geburtstagsfeier im Pfarrhaus gewesen sein. Die kleine Belinda Stourham hatte ein rosa Kleid mit weißer Schärpe angehabt, in einer Ecke gehockt und geschmollt. Ich hatte sie nicht beachtet.

Jetzt bemerkte ich, daß sie aschfarbenes, ziemlich kurz geschnittenes seidiges Haar sowie grüngefleckte, nicht besonders dunkle braune Augen hatte und dazu eine Himmelfahrtsnase. Auch ihr breiter Mund zog sich beim Lächeln nach oben. Ihre rosig-weiße Haut sah sehr glatt und frisch aus. Pickel hatte sie keine.

Schweigend standen wir beide da; keiner von uns wußte recht, wie das Ritual des Auseinandergehens mit Anstand vollzogen werden sollte, doch schließlich sagte Bella unvermittelt: «Ich mag dich.»

«Ich mag dich auch.»

«Auch wenn wir es morgen nicht schaffen, daß der Teufel erscheint – könnten wir trotzdem Freunde sein?»

«In Ordnung. Ich meine: ja. Selbstverständlich. Ich habe im Augenblick sowieso keine Freunde hier.»

«Ich habe überhaupt nie einen Freund gehabt», sagte Bella und streckte die Hand aus. «Wiedersehn. Bis morgen dann. Gleiche Zeit?»

«Gleiche Zeit.»

Wir schüttelten uns die Hand und gingen dann auseinander.

Vom Kamm hinuntertorkelnd, lief ich die ganze Strecke bis zu den Sweyn's Houses; dort ließ ich mich fallen, um Ordnung in meine Gedanken zu bringen. Die wilden Ponies beäugten mich mißtrauisch, fuhren jedoch fort zu grasen und flohen nicht. Für sie war ich zweifellos nichts weiter als einer von diesen verrückten Menschen, nichts, worüber man sich aufzuregen hätte, einfach noch ein Junge, der völlig den Verstand verloren hatte.

Doch wiewohl ich meinte, Schuldgefühle haben zu müssen – in Wirklichkeit verspürte ich so etwas wie Erleichterung. Der Schmerz hatte aufgehört. Auch meine abgrundtiefe Verzweiflung war verflogen. Ich dachte: Nichts wird mir noch etwas ausmachen. Ich verdränge es einfach und vergesse es.

Als ich trockenen Auges zurückmarschierte nach Oxmoon, begegnete ich sogar dem verdammten Kester mit einem Lächeln.

Ich würde mich nicht unterkriegen lassen.

3

Wir trafen uns auf den Rhossili Downs, und wenn das Wetter schlecht war, fuhren wir mit dem Rad nach Penhale Manor und trafen uns dort im Vorraum des Gewächshauses. Nachdem wir uns geliebt hatten, tranken wir Zitronensprudel, knabberten Kekse und redeten über unsere gräßlichen Familien und darüber, wie beschissen das Leben war. Ich vertraute ihr sogar an, daß ich Harrow haßte.

«... und das einzige, was ich wirklich möchte, ist Klavierspielen.»

«Und das einzige, was ich wirklich möchte, ist vögeln.»

Bellas Gouvernante kehrte zurück, doch der Unterricht fand nur vormittags statt, und nachmittags durfte Bella allein losziehen. Die Erzieherin war offensichtlich nur allzu froh darüber, sie los zu sein, und wäre selbstverständlich nicht im Traum darauf verfallen, daß ein dreizehnjähriges Mädchen in solcher ländlichen Abgeschiedenheit auf die schiefe Bahn geraten könnte. An schönen Tagen trafen wir uns am «Vögel-Felsen», wie Bella ihn nannte, und krochen dann hinunter zum Strand, um die Dünen zu erforschen. War es warm genug, badeten wir, liebten uns im Grashafer, redeten und liebten uns nochmals.

Einmal sagte sie: «Wie kommt es, daß du so dunkel bist, wo doch alle anderen aus deiner Familie blond sind?» Und da erzählte ich ihr von meiner Mutter.

«Ich bin ihr böse, daß sie gestorben ist», sagte ich. «Denn weil sie gestorben ist, ist niemand mehr da, der versteht, wie sehr ich am Klavierspielen hänge.»

«Aber sie konnte doch nichts dafür, daß sie starb! Meine Mutter hat mich mit drei Monaten einfach sitzenlassen und ist mit einem amerikanischen Seemann durchgebrannt – und dafür konnte sie verdammt noch mal sehr wohl was! Was meinst du, was für Gefühle mich da bewegen?»

«Na, du bist natürlich hundertmal mehr wütend, als ich es jemals sein könnte. Wie steht es denn mit deinem Vater? Ist der wenigstens nett?»

«Ach, er hat sie nicht mehr alle, der Ärmste. Kann seit seinem letzten Schlaganfall nicht mehr sprechen. Was ist denn mit deinem Vater? Taugt der was?»

«Großartig. Er ist der beste Vater der Welt.»

«Da kannst du aber von Glück sagen! Ich hab' bloß Eleanor und die gräßliche alte Tante.»

In Oxmoon hatte ich auch wieder Appetit. Ich packte meine Habseligkeiten aus und sortierte sie. Ich stellte sogar fest, daß ich die richtigen Antworten gab, wenn Leute mit mir sprachen.

«Tja, Harry, wir müssen uns jetzt an die schauderhafte Aufgabe machen, deine Koffer fürs Internat zu packen! Du freust dich vermutlich, wieder hinzukommen, nicht wahr?»

«O ja, Tante Ginevra, ich kann es kaum erwarten.»

Dabei hatte ich eine Heidenangst davor.

«Ich werde selbstverständlich schreiben», sagte ich zu Bella bei unserem letzten Treffen. «Aber wird deine Tante nicht versuchen, deine Briefe zu lesen?»

«Keine Bange, Annie-May geht mit dem Postboten. Ich werde irgendeine Abmachung mit ihnen treffen. Wann bist zu zurück?»

«Am sechzehnten Dezember.»

«Dann wird's kalt sein im Gewächshaus! Vielleicht sperre ich meine Erzieherin ins Klo, schütte meiner Tante was in den Tee und schmuggle dich rauf in mein Zimmer.»

Beide lachten wir bei der Vorstellung, daß Miss Stourham beduselt dalag und die eingesperrte Erzieherin um Hilfe schrie.

«Ach, Harry, es ist so schön gewesen. Du wirst mir fehlen. Ich werde dir natürlich auch schreiben, nur bin ich darin nicht besonders gut. Erwarte also nicht zuviel.»

Zwar erwartete ich in der Tat viel zuviel, aber ich wurde auch nicht enttäuscht. Jedes Wort, das sie schrieb, und mochte es auch noch so viele Schreibfehler enthalten, war mir teuer. Ich trug ihre Briefe auf der Innenseite der Weste auf der Haut, keine Kleinigkeit, wenn man bedenkt, wie oft man in einem Internat die Kleider wechseln und in seinen Sportdress steigen muß. Ich behielt jeden Brief, bis der nächste eintraf, nur machte ich mir nicht die Mühe, sie unendlich lange aufzubewahren; dazu hatte ich viel zuviel Angst, irgendein Sadist könnte sie entdecken und in alle Welt hinausposaunen, ich sei «komisch», weil ich mit einem Mädchen korrespondierte. Das hätte mir gerade noch gefehlt!

«Lieber Harry», lautete einer von Bellas Briefen, «wie geht es Dir, mir geht es gut, nur langweile ich mich fast zu Tode. Miss Frensham sagt, meine Leistungen sind schrecklich, und Tante sagt, ich bin unmöglich, aber wen kümmert's. Aber es gibt doch was Neues, Eleanor hat sich in Deinen Onkel Thomas verliebt, sie behauptet zwar, das stimmt nicht, aber sie hat sich eine Dauerwelle machen lassen und trägt auch keine Hosen mehr und sie sagt, vielleicht sind einige Männer doch nicht so schlimm, was sollen wir sonst davon denken. Wie das alles passiert ist, wirst Du fragen, nun, Farmer Llewellyn hatte ein Schwein zu verkaufen, und Eleanor und Thomas wollten es beide haben und boten und überboten einer den andern und wurden dabei wütend, doch gibt Eleanor schließlich nach, woraufhin Thomas sich freut und sie zu einem Glas einlädt, und so stellen sie plötzlich fest, daß sie beide eine ganze Menge gemeinsam haben, und wer weiß, vielleicht heiraten sie noch, denn schließlich sind sie schon ziemlich alt, und warum eigentlich nicht. Thomas sieht mich an, als wär' ich ein Schwein, das auf den Markt gebracht werden müßte, er sagt aber, er weiß, wie furchtbar das ist, als Jüngstes in einer Familie von Erwachsenen aufzuwachsen, folglich ist er vielleicht doch nicht so schlecht. Aber Du bist hundertmal besser. Du fehlst mir, fehlst mir, fehlst mir, alles alles Liebe, BELLA.»

Diese Art Briefe trafen bis Anfang Dezember jede Woche ein. Dann erhielt ich folgende kurze Nachricht: «Lieber Harry, ich hab' die Grippe, kann nicht schreiben, Arzt wird gleich kommen. Alles Liebe, B.»

Das beunruhigte mich. An Grippe konnte man sterben. Folglich nahm ich den Federhalter zur Hand und schrieb: «Liebe Bella, es tut mir leid, daß Du krank bist. Bitte, schreib mir, sobald es Dir bessergeht – oder wenn Du zu schwach bist, trag Annie-May auf, ein ‹Noch am Leben› auf eine Postkarte zu malen und sie mir zu schicken. Ich werde mir Sorgen machen, bis ich wieder von Dir höre.»

Aber ich hörte nichts. Angst nagte an mir, doch ehe ich anfangen konnte, mir ernstlich Sorgen zu machen, ließ der Hausaufseher mich kommen, um mir mitzuteilen, mein Vater komme nach Harrow und wolle mit mir essen. Das war eine Woche vor Ablauf des Schuljahrs.

Ich vergaß Bella augenblicklich. Ich war außer mir vor Hoffnung und Freude. Es konnte nur einen Grund geben, warum mein Vater diese besondere Fahrt nach Harrow machte, wo das Ende des Schuljahrs doch schon vor der Tür stand. Bronwen kam zurück, und er wollte mir die frohe Botschaft persönlich überbringen.

Äußerlich ruhig, doch innerlich vor Erregung brodelnd, lief ich ihm entgegen, als er mit seinem Wagen vorfuhr.

Er machte sich nicht die Mühe auszusteigen, sondern sagte bloß: «Hallo – steig ein!», als wäre dieser völlig ungewöhnliche Besuch die normalste Sache von der Welt; ich stellte mich darauf ein, täuschte Gleichmut vor und rutschte schwungvoll auf den Beifahrersitz. Ich dachte: Er spart sich die Nachricht auf und will mich überraschen. Ich war voll Bewunderung für seine übermenschliche Selbstbeherrschung.

Auf gut Glück ließ ich ein oder zwei Bemerkungen über Rugby fallen, doch als er einsilbig darauf reagierte, erkannte ich, daß er nicht daran interessiert war, eine Unterhaltung aufrechtzuerhalten. Das brachte mich dazu anzunehmen, seine Erregung sei zu groß. Gerade überlegte ich, ob wohl wieder Hasenpfeffer auf der Speisekarte des Gasthauses stand, da bog der Wagen plötzlich in einen Feldweg ein, fuhr durch ein offenes Gatter und blieb ruckartig mitten auf einer Weide stehen. Ich war so verdutzt, daß ich nicht einmal nach Luft schnappte. Ich starrte meinen Vater nur ungläubig an und fragte mich, was um alles auf der Welt hier vorgehe.

Er stellte den Motor ab und wandte mir das Gesicht zu. Seine auffälligen Augen waren bar jeden Ausdrucks; trotzdem überlief es mich eiskalt, als ich sie ansah.

«Harry», sagte mein Vater mit der größten Ruhe, die er aufbringen konnte, «ich bin gekommen, um mit dir über Belinda Stourham zu sprechen.»

4

Wie habe ich das überlebt? Ich weiß es nicht. Wie hat er es überlebt? Auch das weiß ich nicht.

Ich weiß noch, daß hinter einem Drahtzaun, der die Weide teilte, sechs Kühe standen und wiederkäuten. Der Dezemberhimmel war grau; der Knick in der Nähe war eine Masse aus schwarzen Dornen; die Weide wies Schlammstreifen auf. Und es standen sechs Kühe da. Eins, zwei, drei, vier, fünf, sechs. Ich zählte sie immer und immer wieder.

Es war gekommen, wie es hatte kommen müssen. Dr. Warburton war nach Stourham Hall gerufen worden, um Bellas Grippe zu behandeln, und mißtrauisch geworden. Bella hatte nicht erkannt oder nicht erkennen wollen, daß eine Schwangerschaft bestand; vielleicht hatte sie gehofft, sie würde von allein wieder vergehen.

Sechs Kühe auf einer Weide: Ein – zwei – drei – vier –

«Jetzt leugne nicht erst lange, ihr beigewohnt zu haben», sagte mein Vater und setzte meiner mechanischen Zählerei ein Ende. «Ich sehe es deinem Gesicht an, daß du hast.»

Ihr beigewohnt! Dieser sonderbare Ausdruck! Victorianisch! Puritanisch! Merkwürdig! Und dies von einem Mann, der eine Geliebte aus der Arbeiterklasse gehabt und vier illegitime Kinder mit ihr gezeugt hatte! Was mir da geboten wurde, war der jähe Einblick in eine zerrissene Persönlichkeit, auf einen wildfremden Menschen, der hinter der strahlenden Maske des Helden, den ich liebte, ein geheimes

Leben führte. Angst lähmte mich. Ich war außerstande zu sprechen.

«Wie oft ist es geschehen?»

Sechs Kühe auf der Weide. Eins – zwei –

«Harry, antworte mir. Ich muß wissen, wann und wie oft. Verstehst du, vielleicht war da noch jemand anders. Vielleicht hat dies alles mit dir gar nichts zu tun. Wann ist es das erste Mal passiert?»

Irgendwie brachte ich es fertig zu antworten: «Drei Tage, nachdem ich für die Ferien nach Hause zurückkehrte.»

«Und danach?»

«Ach, jeden Tag, bis ich zurückfuhr.»

Schweigen. Ich konnte meinem Vater nicht ins Gesicht sehen, sah jedoch, wie seine Knöchel weiß wurden, als er das Lenkrad packte. Schließlich sagte er: «Und in all dieser Zeit, hat es da keine Anzeichen von Menstruation gegeben?»

«Was ist das?»

«O mein Gott!» sagte mein Vater. Er legte beide Hände aufs Lenkrad und barg das Gesicht auf den Unterarmen.

Da saßen wir nebeneinander auf einer Weide mit sechs Kühen. Mir war hundeelend zumute. Lange Zeit verging, ehe mein Vater es fertigbrachte zu flüstern: «Ist dir denn nicht klar gewesen, daß dies passieren könnte?»

War mir nicht klar, daß dies geschehen konnte? Ich mußte die Frage beantworten. Er schien eine Antwort zu erwarten.

«Nein, Sir.» Ich schluckte, überwand mich. «Ich dachte, Mädchen bekämen keine Babies, bis sie nicht erwachsen wären. Ich weiß eigentlich gar nicht, wie das bei Mädchen funktioniert, Sir. Ja, ich bin mir nicht sicher, ob ich wirklich weiß, wie das bei Jungen funktioniert. Natürlich wußte ich so ungefähr, was ich zu tun hatte – all die Witze in der Schule – aber . . . nun, verstehst du, niemand hat es mir jemals gesagt. Kein Mensch hat es mir je erklärt.»

Unter größten Schwierigkeiten sagte mein Vater: «Du hast nie das Gefühl gehabt . . . es ist dir nie in den Sinn gekommen . . . daß du mich bitten könntest, dir diese Dinge zu erklären?»

«O nein, Sir. Ich dachte, es würde dich in Verwirrung stürzen.»

«Was zum Teufel meinst du, tut dies jetzt?»

Ich konnte keinen Augenblick länger im Auto bleiben. Unsicher auf den Beinen, kletterte ich hinaus und holte ein paarmal tief Luft; die Landluft war rauh und kalt, und ich fing an, wieder die Kühe zu zählen.

«Wie hast du das tun können, *wie hast du nur!*» Die Tür fiel ins Schloß, als auch er aus dem Auto herauskam. «Ich kann es immer noch nicht glauben – kann mich immer noch nicht damit abfinden – kann einfach nicht fassen, wie dies hat passieren können . . . Nenn mir einen guten Grund, warum du dich getrieben fühltest, dich so zu benehmen.»

Darauf gab es nur eine Antwort. «Es schien das Richtige – das einzige, was ich tun konnte», sagte ich, lehnte mich an das Chassis des Wagens, brach zusammen und fing an zu weinen.

5

«Allmächtiger!» sagte mein Vater. «O Gott, was für ein Alptraum, mein Gott, was soll ich bloß tun?»

«Papa.» Es war sechs Jahre her, daß ich ihn das letzte Mal so genannt hatte. Die Jungen in der Schule hatten mich ausgelacht, daß ich ihn so nannte, und infolgedessen hatte ich die Anrede ohne Aufhebens aus meinem Wortschatz getilgt und ihn statt dessen Vater genannt. Aber jetzt war ich wieder ein Kind, der verlorene kleine Junge, der sich im Eisenbahnabteil schlecht benommen hatte; doch diesmal wartete keine Märchenfee, mich am Ende der Fahrt zu retten. «Papa, bitte haß mich nicht, ich könnte es nicht ertragen, du bist doch alles, was ich habe, alles andere ist ausgelöscht worden, wenn jetzt auch du dich gegen mich wendest, werde ich mich umbringen wollen, würde ich sterben wollen . . .»

Abscheulich neurotischer Gefühlsüberschwang entquoll mir wie Blut bei einem tödlichen Blutsturz. Ich weiß nicht, wer von uns beiden schockierter war. Kester war der einzige, dem je erlaubt wurde, sich derartig ekelhaft theatralisch aufzuführen; ein schwarzes Schaf genügt für jede Familie.

«Still jetzt! Hör sofort damit auf! Nimm dich zusammen!»

Ich würgte, rang nach Luft, hatte aber trotzdem immer noch das Gefühl zu ersticken. «Hilf mir», schluchzte ich. «Hilf mir . . .»

Er packte mich bei den Schultern und schüttelte mich durch. «Reiß dich zusammen! Laß dich nicht gehen! Ich kann dir nicht helfen, wenn du dich hysterisch aufführst. Ich bin hier, ich werde dir helfen, aber du mußt ruhig sein!»

Ich versuchte, ruhig zu sein. Ich sah zu den Kühen hinüber, die gelassen kauten und kauten, aber ich konnte sie nicht mehr zählen. Dazu war ich unfähig. Die Zahlen wollten sich einfach nicht einstellen.

Mein Vater sagte, es sei kalt, und hieß mich wieder einsteigen. Als er wieder hinterm Lenkrad saß, wartete er, bis er glaubte, daß ich mich wieder gefaßt hatte, und dann sagte er: «Kein Mensch weiß von dieser Sache bis auf Gavin Warburton, Angela Stourham und ich. Und es wird auch kein Mensch davon erfahren. Ich werde sehen, ob ich eine Abtreibung arrangiere.»

«Was ist das?»

«Dabei wird das Baby operativ entfernt.»

«Lebt es denn hinterher?»

«Nein.» Mein Vater machte eine Pause. «Falls es schon zu spät ist für eine Abtreibung», sagte er, «werde ich dafür aufkommen müssen, daß Angela für ein paar Monate mit dem Mädchen ins Ausland geht. Doch es gibt zwei Gefahren. Erstens die Erzieherin – sie muß entlassen werden, und es ist an Angela, sich einen einleuchtenden Grund auszudenken. Zweitens Eleanor – sie wird sie begleiten wollen. Oder vielleicht auch nicht? Jawohl, es besteht immer noch die Chance, daß sie nicht will. Falls sie in Thomas verliebt ist...» Er ließ den Satz unbeendet und wartete eine Weile, ehe er fortfuhr: «Wir können nur das Beste hoffen. Ist das Baby erst mal zur Welt gekommen, kann es zur Adoption freigegeben werden, und damit hätte es sich dann. Du darfst das Mädchen selbstverständlich nie wiedersehen.»

Ich wagte nicht, ihn anzusehen, wagte nicht zu sprechen. Aber meine Augen füllten sich mit Tränen, als ich um meine verlorene Freundin trauerte.

«Du hast diesem Kind etwas Furchtbares angetan, Harry. Diese Erfahrung wird sie nahezu mit Sicherheit fürs Leben zeichnen. Hoffentlich bist du dir darüber im klaren, was du Furchtbares getan hast?»

Ich nickte. Keinen Sinn, den Versuch zu machen, zu sprechen. Lautlos weinte ich weiter.

«Aber selbstverständlich bist nicht eigentlich du verantwortlich dafür», sagte mein Vater. «Du bist nur ein unwissendes Kind. Die eigentliche Verantwortung für das Unglück muß woanders liegen.»

Wie vor den Kopf geschlagen sah ich ihn an.

«Ich bin es, der Schuld hat», sagte mein Vater und versuchte, sich eine Zigarette anzuzünden. Dann erkannte ich zu meinem Entsetzen, daß er nicht fortfahren konnte.

«Nein», erklärte ich sogleich mit zitternder Stimme, «deine Schuld ist es nicht, deine nicht. Du bist der beste Vater auf der ganzen Welt.»

«Wenn das stimmte, säßen wir jetzt nicht hier, Harry... Ich muß versuchen, genau zu begreifen, was geschehen ist, und du mußt versuchen, mir dabei zu helfen. Bleib also bei der Wahrheit – ich verspreche dir auch, daß ich nicht böse werde. Warum hast du das getan? Selbst wenn du dir über die Konsequenzen nicht im klaren warst – du mußt gewußt haben, daß das, was du tatest, unrecht war.»

«Aber es gab mir das Gefühl, weniger unglücklich zu sein.» Die lange unterdrückten Worte brachen sich Bahn, ehe ich sie zügeln konnte. «Ich bin so unglücklich gewesen, Vater, so kreuzunglücklich und habe einfach nicht gewußt, wie ich solches Elend ertragen sollte. Bella aber hat es mir erträglich gemacht – und jetzt ist mir auch noch Bella genommen worden, ach, wie soll ich es nur ertragen, ich möchte alles wiederhaben, ich möchte... ich möchte ein Zuhause, ein richtiges Zuhause mit einer Mutter darin, ich kann es nicht ertragen, in Oxmoon zu leben, wo jeder mich haßt, kann es nicht ertragen, auch weiterhin kein Zuhause zu haben – ach, Vater, fahr doch nach Kanada, bring Bronwen zurück, bitte, Vater, bitte, bitte, bitte...»

Mein Vater legte den Arm um mich. Er sagte einfach: «Ich möchte, aber ich kann es nicht. Es wäre Bronwen gegenüber zu grausam, ihr das Leben noch ein zweites Mal kaputtzumachen. Aber keine Sorge, Harry, denn ich werde alles wieder einrenken. Ich werde dir das Zuhause verschaffen, das du so bitter nötig hast, das schwöre ich dir, mag der Preis, den ich dafür zu bezahlen habe, noch so hoch sein.»

6

Er kehrte zurück zu seiner Frau, von der er getrennt gelebt hatte.

Zuerst dachte ich, er täte es nur, weil ich gesagt hatte, ich wünschte mir ein Zuhause mit einer Mutter darin, doch später argwöhnte ich, mein Elend habe ihn dermaßen erschüttert, daß die Rückkehr zu Constance für ihn zu einer Art Sühne geworden war. Da er alle Schuld auf sich nahm und niemandem außer sich selbst Vorwürfe machte, handelte er entsprechend – nicht nur, weil er leiden wollte, sondern weil dieser Entschluß die einzige Linderung eines Schuldgefühls bildete, das unerträglich geworden war. Jahre später gestand er mir, daß ihn das Schuldgefühl gegenüber Francesca, meiner kleinen Halbschwester, gemartert habe; wiewohl er eine Abneigung gegen Constance gefaßt hätte, die schon so etwas wie Haß gewesen sei, hatte er sich auch ihretwegen im tiefsten Herzensgrunde schuldig gefühlt wegen der Art und Weise, wie er aus dieser Ehe ausgestiegen sei. Weitere Schuldgefühle hegte er gegenüber Bronwen, seinen vier unehelichen Kindern und zuletzt auch noch mir gegenüber. Die Belastung war einfach zu groß geworden, und vielleicht hatte er sogar gefürchtet, er würde unter all diesen Schuldgefühlen zusammenbrechen, wenn er nicht einen radikalen Schritt tat, um die Bürde zu erleichtern. Er kehrte zurück.

Wie er das machte, weiß ich nicht. Er sprach nie über das, was er durchgemacht haben mußte, doch als das Schuljahr eine Woche später zu Ende war, holte er selbst mich aus Harrow ab und sagte: «Wir kehren nicht nach Oxmoon zurück. Du hast ein schönes großes Zimmer in einem neuen Zuhause, und im Salon steht sogar ein Flügel.» Seine Erwähnung des Flügels rührte mich. Wahrscheinlich hat er gedacht, falls ich noch irgendwelche Bedenken hätte, würde das mich überzeugen, daß das, was er tat, das Richtige war.

Nach seiner Hochzeit mit Constance hatten wir in einem Haus am Chester Square gewohnt, doch war sie nach ihres Vaters Tod in dessen großes Haus am Eaton Walk gezogen. Dort war ich zwar ein paarmal gewesen, doch konnte ich mich nicht im einzelnen daran erinnern, und so war ich jetzt überwältigt von seiner Größe und Pracht.

Wie mein Vater mir versprochen hatte, war mein Zimmer sehr schön. Alle meine Habseligkeiten waren aus Oxmoon herausgeholt, in Null Komma nichts nach London geschafft und auf verschiedene Regale verteilt worden. Das Weihnachtsgeschenk bekam ich von meinem Vater sehr früh; es war ein Grammophon, und Constance, die sich peinlich genau meine Schallplattensammlung durchgesehen und meinem Geschmack auf die Spur zu kommen versucht hatte, schenkte mir eine Reihe von neuen Platten – ausnahmslos Kammermusik von Bach und Vivaldi. Ich stellte fest, daß ich sogar einen neuen kleinen Leibdiener hatte, die neun Jahre alte Francesca, die viel Zeit damit verbrachte, mit leuchtenden Augen zu mir aufzusehen. Constance sagte, sie wolle uns beide zu einer «Messias»-Aufführung in der Albert Hall mitnehmen, und fragte, ob ich gern in den Covent Garden ginge. Argwöhnisch erkundigte ich mich, an welche Oper sie denn denke. Daß ich musikalisch bin bedeutet noch lange nicht, daß ich wahllos alles gut finde. Ganz im Gegenteil.

Was mich am meisten an Constance überraschte, an die ich mich kaum noch erinnerte, war, daß sie noch so jung war. Im Geiste hatte ich mir im Laufe der Jahre das Bild eines niederträchtigen alten Weibsstücks zurechtgelegt, häßlich wie die Sünde, jemand, der nie den Mund aufmachte, es sei denn, dem Scheidungsbegehren meines Vaters ein «Nein!» entgegenzuhalten; es traf mich daher wie ein Schock, als ich feststellte, daß sie noch keine dreißig Jahre alt, sehr klug, gutaussehend, gebildet und ausgeglichen war. Sie war in allem von einer tödlichen Ernsthaftigkeit, gleich, ob es sich um Kunst, ihre Tochter, Innenpolitik, ihre gesellschaftlichen Verpflichtungen oder ihre Ehe, ihre Wohltätigkeit, den Prinzen von Wales oder die Marx Brothers handelte. Wurde sie mit etwas Neuem bekanntgemacht, beschäftigte sie sich gründlich damit, meisterte es und legte es gleichsam in ihrem Geiste ab, um bei Gelegenheit Gebrauch davon zu machen. Ich war so etwas Neues für sie, und so merkte ich bald, daß ich – nicht ohne Mitgefühl, aber mit erschreckend ernstem Interesse – unter die Lupe genommen wurde.

Das erboste mich, doch war ich bemüht, höflich ihr gegenüber zu sein. Schließlich hatte mein Vater dies große Opfer ausdrücklich dargebracht, um mich glücklich zu machen, und so hatte ich jetzt glücklich zu sein. Ich hatte gar keine andere Wahl. Nur mochte ich es nicht, wie ein Versuchskarnickel in einem Laboratorium beobachtet zu werden. Ich mochte auch die lärmenden, schmutzig-grauen Londoner Straßen nicht, und nach einiger Zeit wußte ich, daß ich auch das Haus am Eaton Walk nicht mochte, obwohl es alles enthielt, was ein gesunder Junge sich wünschen konnte. Es war so kalt und förmlich, so still und so leblos. Ich war Getriebe und Durcheinander gewöhnt, Menschen, die miteinander lachten und sich dabei entspannten. Am Eaton Walk lachte niemand viel, außer Francesca, die ihr wohlgeordnetes Kleinmädchenleben mit Kinderfrau und Gouvernante lebte, zumeist jedoch abseits in den Kinderzimmern gehalten wurde. Marian kam und ging und erklärte, wie wunderbar alles sei, wirklich, und Constance, die sich des neuen Gegenstandes Marian mit charakteristischer Gründlichkeit bemächtigte, plauderte freundlich über Männer und Kleider und die gesellschaftlichen Ereignisse der Saison mit ihr. Doch im neuen Jahr, kurz bevor ich nach Harrow zurückkehrte, stattete ich Marians Schlafzimmer einen nächtlichen Besuch ab und verlangte von ihr zu wissen, was sie nun wirklich von unserem neuen Zuhause hielt. Ich war mittlerweile selbst derart durcheinander, weil ich nicht begriff, wieso alles so recht und doch gleichzeitig so falsch sein konnte, daß selbst meine hirnlose Schwester mir als Vertraute wünschenswert erschien.

«Gott sei's gedankt», sagte Marian. «Ich dachte, du wärest glücklich wie sonstwas, und ich fing schon an mich zu fragen, ob ich wohl im Begriff stand durchzudrehen.»

«Aber woran liegt es, Marian? Was ist hier so entsetzlich?»

«Aber mein Lieber, *sie* natürlich. Diese Frau ist dazu geboren, die Schutzheilige der Langeweile zu sein.»

«Und ich habe gedacht, du magst sie.»

«Selbstverständlich mag ich sie – was bleibt mir denn anderes übrig, oder? Welche Wahl bleibt mir, wo doch Papa so selbstlos war und den hinreißenden Edelmut aufgebracht hat, mir ein vornehmes Zuhause und eine gesellschaftlich annehmbare Stiefmutter zu geben?»

«Und was willst du tun?»

«Auf die Knie gehen und Gott danken, sobald sie an die Côte d'Azur fahren. Dann kann ich nämlich zu Tante Daphne.»

«Und was ist, wenn sie zurückkommen?»

«Ich muß einfach sehen, daß man mich unter die Haube bringt, ehe die Männer in den weißen Kitteln kommen und mich in eine Gummizelle stecken.»

Ostern traf sie Rory Kinsella wieder. Tante Ginevra veranstaltete ein riesiges Familientreffen, um die Rückkehr meines Vaters zu seiner rechtmäßig Angetrauten zu feiern, und wir alle tauchten pflichtschuldig in Oxmoon auf, um zu tun, was sich gehörte.

Kester wirbelte herum wie gewöhnlich und spielte sich als Hausherr und Gastgeber für seine gesamte ihn liebende und verehrende Verwandtschaft auf. Es war töricht von mir, aber ich konnte nicht der Versuchung widerstehen, ihn mit einem Witz über Sex zu ärgern, und das dumme Schwein wurde blaß, als ob er eine Heidenangst vor Sex hätte. Tante Ginevra hörte es zufällig und war wütend auf mich. Dämliche alte Ziege! Dabei war ich mittlerweile selbst ziemlich am Boden zerstört, denn wieder in Gower zu sein, erinnerte mich an Bella, und ich wollte sie so gern sehen. Aber Bella war nicht in Stourham Hall. Sie und ihre Tante waren gleich nach Weihnachten nach Genf gefahren und sollten nicht vor Juni zurückkehren. Alle erklärten sie Eleanor, sie hofften, Tante Angela würde endlich Heilung von ihrem Asthma finden, und was für ein großartiges Erlebnis ein paar Monate im Ausland für Belinda wäre.

Ich versuchte, mein Elend damit zu übertünchen, daß ich zur Erinnerung an meinen Großvater im Ballsaal «An der schönen blauen Donau» spielte, aber dieser Scheißer von Thomas verlangte «The Black Bottom», und jemand legte eine Charleston-Platte auf, und so gab ich's auf. Marian tanzte viel mit Rory und vertraute mir später an, wie sehr sie ihn mochte. Typisch! Ein Mädchen muß schon so beschränkt sein wie Marian, um sich ausgerechnet in einen Tagedieb wie Rory Kinsella zu verlieben. Er arbeitete in der City und nannte sich Makler, doch glaube ich nicht, daß er mehr war als ein einfacher Angestellter. Marian sagte, sie finde ihn sexy. Wieder typisch! Rory war ein massig-untersetzter Rotschopf, der sich viel auf seinen fragwürdigen irischen Charme zugute tat.

«Aber er ist so unterhaltsam!» seufzte Marian. «Und das schöne ist, daß er aus der Familie ist, folglich brauche ich ihm nicht *alles* zu erklären – er ist mit Papas eigentümlicher Situation aufgewachsen und nimmt sie für selbstverständlich. Mein Gott, er findet das Ganze sogar recht amüsant!»

Und man muß schon ein Trottel wie Rory sein, um etwas offenkundig Tragisches amüsant zu finden. Doch gemeinsame Gegnerschaft hatte bewirkt, daß ich Marian mochte, und so behielt ich meine Meinung für mich; überhaupt behielt ich damals alles für mich, was ich dachte; es gab niemanden, dem ich mich gern anvertraut hätte.

Im Juni, während der Sommerferien, erzählte mein Vater mir, Bella sei wieder zurück in Stourham Hall. Das Baby – ein Mädchen – habe nur wenige Stunden gelebt, doch Bella habe sich wieder vollkommen erholt.

«Thomas und Eleanor heiraten nächsten Monat», sagte mein Vater, «aber glücklicherweise ist es gerade ein Tag vor Ende des Schuljahres, und so brauchen wir keine Entschuldigung zu erfinden, warum du nicht dabei bist. Und jetzt, Harry, möchte ich, daß du mir in die Hand versprichst, dich nicht mit dem Mädchen in Verbindung zu setzen. Ich bin sicher, sie will nichts lieber, als vergessen, wie sehr sie gelitten hat; deshalb hast du die absolute moralische Verpflichtung, sie in Ruhe zu lassen.»

Damit war das erledigt. Über eine absolute moralische Verpflichtung ließ sich nicht streiten. Ich versprach es ihm und bemühte mich, ihn nicht merken zu lassen, wie kreuzelend mir zumute war.

Inzwischen hatte mein Vater über Sex mit mir geredet – oder zumindest versucht, es zu tun. Vermutlich hat er sich gedacht, besser spät als nie, doch geriet er so quälend in Verwirrung, daß ich schließlich verzweifelt ausrief: «Es macht nichts, ich will es sowieso nicht mehr tun.» Das stimmte sogar; die grauenhaften Folgen meiner sexuellen Erfahrung bewirkten, daß mir selbst der Gedanke daran zuwider war, und diese Angst erwies sich glücklicherweise als Rettung für uns beide, weil sie meinem Vater gestattete, sich zusammenzureißen.

Das Problem, mit dem mein Vater sich herumschlug, war die entsetzliche Vorstellung, daß ich jetzt den Wunsch hätte, jedes Mädchen zu verführen, das sich blicken ließ, und so fühlte er sich verpflichtet, mir einen Vortrag über Moral zu halten. Dabei war er sich selbstverständlich zutiefst und qualvoll bewußt, daß er der letzte war, der das Recht hatte, andere über Sexualmoral zu belehren. Doch nachdem ihm erst mal aufgegangen war, daß ich keineswegs die Absicht hatte, zu einem jugendlichen Don Juan zu werden, konnte er sich von dem Zwang, mir einen moralischen Vortrag zu halten, befreien und sich auf die ferne Zukunft konzentrieren, da ich nichts weiter als ein normaler junger Mann sein würde, der wissen mußte, wie man sein Sexualleben vernünftig regelt.

Damit konnte er fertig werden. Praktisch, wie er war, sagte er: «Du wirst dich nicht für immer abgestoßen fühlen», und dann überwand er seine victorianische Verklemmtheit eine Zeitlang und redete über medizinische Tatsachen und über Empfängnisverhütung. Ich war ihm unendlich dankbar. Auch war ich unendlich erleichtert zu entdecken, daß er durchaus imstande war, handfest über Sex zu reden, wenn er sich nicht gerade für das schlechte Beispiel geißelte, das er mir gegeben hatte. Doch dann kam seine victorianische Verklemmtheit wieder zum Durchbruch, und er versackte abermals in Moral. Wahrscheinlich hat er gemeint, es gehöre sich nicht, ein Gespräch über Sex ohne einen Hinweis auf die Moral abzuschließen, aber es war hoffnungslos. Er redete über Sünde wie ein evangelischer Fanatiker aus der Mitte des neunzehnten Jahrhunderts, bis ich schließlich, aufgeweckt wie ich war, meine eigene Verlegenheit einfach vergaß und ihm fasziniert zuhörte. Mir ging zum ersten Mal auf, daß die Vorstellung der Sünde – nicht nur auf sexuellem Gebiet, sondern Böses tun auf jedem Gebiet – meinen Vater zutiefst schreckte, weit mehr als jeden anderen Erwachsenen, den ich kannte. Ja, mir wollte kein einziger Erwachsener einfallen, den die Sünde überhaupt schreckte. Die meisten Menschen schienen sich damit zu begnügen, die Definition der Sünde den Pfarrern zu überlassen und selbst sich im täglichen Leben an die Gesetze zu halten. Nicht so mein Vater. Er schien wie besessen von der Vorstellung, daß absolut jeder zu absolut jeder Tat fähig war und daß jenseits der berühmten Grenze ständig und unerbittlich der Weg zur Hölle sich auftat.

Ich war mittlerweile fünfzehn, also noch jung genug, um tief beeindruckt zu sein von seiner Aufrichtigkeit, doch auch bereits alt genug, um ihn höchst sonderbar zu finden.

«Aber Vater, warum ereiferst du dich dermaßen darüber? Ich weiß, du bist nicht gerade ein Heiliger, aber du bist ein guter Mensch, und ich weiß sehr wohl, daß du nicht im Traum darauf kommen würdest, etwas wirklich Schlimmes zu tun.»

«Oh, aber die Versuchung lauert überall», sagte mein Vater, «und jeder kann einen Fehler machen und dieser Versuchung erliegen. Ich habe durchaus erlebt, wie ein guter Mensch von einer vergangenen Sünde, die er nicht ertragen konnte, eingeholt und vernichtet wurde, und wie ich sehr wohl weiß, widerfährt Menschen, die das Böse nicht erkennen und von sich weisen, Menschen, die es versäumen, die Grenze zu ziehen, Furchtbares.»

Und wieder erging er sich weitschweifig über die verdammte «Grenze». Höchst sonderbar. Da lauschte ich voller Hochachtung, doch konnte ich mich bemühen, soviel ich wollte, ich konnte nicht begreifen, wieso er derart in Verwirrung geriet. Schließlich konnte jeder, der einigermaßen vernünftig erzogen worden war, das Böse – was für ein gefühlsgeladenes victorianisches Wort! – auf Meilen gegen den Wind erkennen und sich dann entweder dagegen wappnen oder aber sich ihm in die Arme werfen.

Ich dachte sehr viel über diese exzentrische und verstörte Seite der Persönlichkeit meines Vaters nach, doch der einzige Schluß, zu dem ich kam, war, daß er – mochte er auch nicht gläubig sein – von einem tiefen Aberglauben durchdrungen war. Ich begriff damals zum ersten Mal, wie Bronwens mystische Ader ihn angesprochen haben mußte; wenngleich er in vielem der typische rational geprägte Engländer zu sein schien, im tiefsten Herzensgrunde war er ein Waliser Romantiker, und sobald ich das begriff, fragte ich mich, wie um alles auf der Welt er es dann mit Constance aushalten konnte. Doch konnte ich es mir nicht leisten, länger darüber nachzusinnen – jedenfalls zuerst nicht. Außerdem hatte ich genug damit zu tun, über Bella nachzudenken.

Ich stellte nämlich fest, daß – statt im Laufe der Zeit immer mehr aus meinen Gedanken zu verschwinden – ihre schwere Prüfung mich nicht mehr losließ und mehr an mir nagte denn je. Es verlangte mich danach, ihr zu schreiben und zu sagen, tut mir leid, tut mir leid, tut mir leid, das habe ich nicht gewollt, ich hab' dich so lieb gehabt und hätte alles getan, bloß dir nicht weh! Aber selbstverständlich konnte ich ihr nicht schreiben, hatte ich doch die absolute Verpflichtung auf mich genommen, nicht mit ihr in Verbindung zu treten. Infolgedessen fing ich an, mich nach einem ihrer unbeholfenen Briefe zu sehnen, ja, sah geradezu vor mir, wie er lauten würde: «Lieber Harry, wie geht es Dir, mir geht es jetzt gut, was für eine schreckliche Sache, aber keine Bange, ich mache Dir nicht den geringsten Vorwurf...»

Welche Phantasien! Ich wußte, daß mein Vater recht hatte und sie mich bestimmt nie wiedersehen wollte; trotzdem sehnte ich mich wider alle Vernunft auch weiterhin nach einer Absolution, die nur sie erteilen konnte.

Bald setzten die Alpträume ein. Mir träumte, eine Krankenschwester reichte mir einen blutverschmierten Batzen Fleisch und hieß mich ihn begraben. Ich legte ihn in einen alten Schuhkarton und verscharrte ihn im Vorraum des Gewächshauses, doch nachdem die Erde wieder darüber geschoben worden war, hörte ich kleine Fäuste gegen den Deckel hämmern und verlangen, herausgelassen zu werden. Ich scharrte die Erde wieder fort und riß den Deckel auf, doch die

Schachtel war leer. Doch kaum hatte ich sie wieder vergraben, fingen die kleinen Fäuste wieder an zu hämmern.

Verrückt! Ich mußte mich zusammenreißen, ehe Constance dahinterkam, daß irgend etwas nicht stimmte.

«Vater, du hast Constance doch nichts erzählt, nicht wahr?»

«Gütiger Himmel, nein!» sagte mein Vater, und das sprach, ohne daß er es gewollt hätte, Bände über seine Ehe. «Ich erzähle ihr nie etwas.»

Das war das letzte aufrichtige Gespräch mit ihm, ehe ich selbst wieder in Teufels Küche kam. Auf keinen Fall wagte ich jemals, ihn zu fragen, was er wirklich davon hielt, als Marian mit Rory Kinsella in Schwierigkeiten geriet und die beiden überstürzt heiraten mußten.

«Aber warum sollte ich denn nicht mit Rory ins Bett gehen, wo ich ihn doch liebe?» schrie Marian meinen Vater vor uns allen an, als sie gezwungen war, die Nachricht von ihrer bevorstehenden Heirat zu verkünden. «Bronwen hat doch auch mit dir geschlafen!»

Mit ausgesuchter Höflichkeit sagte mein Vater: «Constance – Harry – entschuldigt uns bitte», woraufhin wir sie allein ließen. Doch er war hinterher nie wieder wie früher. Ich beobachtete, wie er sich immer mehr zurückzog, sich abkapselte und immer rätselhafter wurde. Er ging ganz in seiner Arbeit auf, und während sein Ruf als Geschäftsmann immer besser wurde, schien er sich immer mehr hinter der Fassade aus Reichtum und Erfolg zurückzuziehen. Er muß hinter kugelsicherem Glas gelebt haben, und dabei spürte ich die ganze Zeit über, daß er schauspielerte, genauso wie ich, daß er vorgab, glücklich zu sein, weil die Alternative so furchtbar war, daß man nicht einmal daran denken konnte.

Schließlich betete ich darum, er möge Constance wieder verlassen. Ich war zunehmend überzeugt, wir brauchten bloß nach Penhale Manor zurückzukehren und das kugelsichere Glas würde zerbrechen und ich würde den schlichten Helden in blauem Overall wiederentdecken, der zusammen mit Bronwen gelacht und gescherzt hatte; doch wir blieben weiter in London, und mein Vater blieb der stille ernsthafte Fremde, an den heranzukommen und den kennenzulernen ein Ding der Unmöglichkeit war.

Zum Schluß verzweifelte ich dermaßen, daß ich versuchte, seine Ehe zu analysieren. War es möglich, daß sie zerbrach, oder war es das nicht? Was zum Teufel ging da eigentlich vor? Ich war mir zwar nicht sicher, doch nachdem ich einmal angefangen hatte, die beiden genauer zu studieren, kamen mir schon ein paar recht merkwürdige Ideen. Ich sah wohl, daß Constance ihn liebte, doch gleichzeitig vermeinte ich ihren kochenden Zorn zu spüren. Zweifellos fühlte sie genauso wie ich, daß er sich trotz seiner körperlichen Anwesenheit an ihrer Seite irgendeinen unzugänglichen geistigen Zufluchtsort geschaffen hatte. Es schien ihnen schwerzufallen, sich zu unterhalten, und ich glaubte, daß auch das sie ärgerte. Schließlich war sie da, meisterte alle diese interessanten Themen, um ihm eine interessante Unterhaltung bieten zu können, doch mein Vater gab offensichtlich keinen Pfifferling darauf.

Gleichwohl war er ihr gegenüber nicht gleichgültig. Ich merkte zwar, daß sie ihn häufig so sehr langweilte, daß er bissige Bemerkungen in ihre Richtung machte, doch machte er das gleich darauf stets wieder gut, indem er ihr einen Kuß gab, und als ich merkte, wie sehr sie diese Küsse mochte – ja, geradezu auf abwegige Einfälle kam, um ihn zu reizen, so daß er sie hinterher küßte –, erkannte ich zu meinem Entsetzen, daß diese Küsse auch ihm gefielen. Jedenfalls gab er durch nichts zu verstehen, daß er sie ungern gab; er hätte sich ihnen entziehen können, entschied sich jedoch, es nicht zu tun, und nach und nach dämmerte mir, daß sich hinter der freudlosen Oberfläche ihrer Ehe eine beiderseitig befriedigende sexuelle Beziehung verbergen könnte. Ich konnte mir sehr gut vorstellen, daß Constance ganz versessen auf Sex war. Ich konnte mir vorstellen, daß sie das Thema gründlich studiert hatte, es meisterte und mit pokergesichtiger Tüchtigkeit in ihrem neuesten Pariser Négligé damit aufwartete.

Und mein Vater? Es kostete mich einige Zeit, bis ich dahinterkam, was sich bei ihm abspielte, doch eines Tages, in den Ferien, fiel der Groschen schließlich. Ich spielte im Salon eine Beethoven-Sonate, und als ich zum Schluß kam, überlegte ich, was für ein Wunder es doch war, daß – wann immer ich Klavier spielte – ich vollkommen vergessen konnte, woran ich mich nicht erinnern wollte. Dann ging mir mit einem intuitiven Sprung meiner Vorstellungskraft auf, dies könne der einzige Grund dafür sein, daß mein Vater weiterhin sexuelle Beziehungen mit seiner Frau unterhielt. Er benutzte Sex genauso, wie ich das Klavierspielen benutzte: um zu vergessen, um zu entfliehen und um auf die Art zu genießen, die ihm am meisten gefiel. Die Tatsache, daß es sich um Constance handelte, war dabei vermutlich bedeutungslos. Genauso, wie ich auf jedem Klavier spielen konnte, konnte er vermutlich mit jeder Frau Befriedigung finden, wobei es freilich bequem war, daß es sich um seine Ehefrau handelte, die ihm genau jene Art und jenes Maß an Sex bot, die er brauchte. Das entband ihn nur von der lästigen Notwendigkeit, sich anderweitig danach umsehen zu müssen.

Ich hatte mich oft gefragt, ob er wohl eine oder mehrere Geliebte hätte, doch jetzt erkannte ich, daß er außerehelichen Sex als vermutlich nicht der Mühe wert erachtete. Ich bezweifelte, daß mein Vater von Natur aus zu Promiskuität neigte, ja, alles, was ich über ihn wußte, deutete darauf hin, daß er sehr hart gegen die höchst natürliche Neigung ankämpfen würde, mit jeder Frau zu schlafen, die ihm gefiel. Solange er mit seiner Frau eine Beziehung unterhielt, die ihm erlaubte, seine Sexualität ungehindert auszuleben, konnte ich ihn dankbar die Grenze gegen jedes unmoralische Tun ziehen sehen und mit Constance Gott weiß was treiben, sobald die Schlafzimmertür sich hinter ihnen geschlossen hatte.

Welch Bild damit beschworen wurde! Mittlerweile besiegte die reine Lebenskraft jenen Ekel vor dem Sex, welcher der Katastrophe mit Bella gefolgt war, und ich verbrachte viel Zeit damit, über nichts anderes als Geschlechtsverkehr nachzudenken. In einer Aufwallung von Schuldgefühlen hatte ich meinem Vater versprochen, mich nie wieder einer Frau zu nähern, bevor ich nicht mit achtzehn die Schule hinter mir hatte, doch jetzt, wo ich mich mit pornographischen Phantasien und endloser Selbstbefriedigung begnügen mußte, bedauerte ich, wie ein Mönch leben zu müssen. Ich hätte nichts dagegen gehabt, mein Klavierspiel ab und zu durch ein wenig Sex zu ergänzen, um die Freudlosigkeit dieses Gefängnisses in Belgravia etwas aufzuheitern, doch selbstverständlich konnte ich meinem Vater gegenüber nicht wortbrüchig werden. Das hätte sich wirklich nicht gehört.

Die Befreiung kam für mich, als ich achtzehn war und ein Stipendium für Oxford errang. Meinem Vater zu Gefallen hatte ich in Harrow gebüffelt, jeden Gedanken daran, mich in den Naturwissenschaften zu spezialisieren, aufgegeben und mich darauf konzentriert, Griechisch und Latein zu meistern. Und das tat ich auch. Mein Vater war hingerissen und stellte für kurze Zeit die kugelsichere Glasscheibe beiseite, um mir einen flüchtigen Blick auf den Mann im blauen Overall zu gewähren, der mit Bronwen gelacht und gescherzt hatte. Selbstverständlich war ich genauso überwältigt wie er, endlich der Sohn zu sein, den er sich wünschte, und erst als ich meine Studien in Oxford aufnahm, wurde mir klar, was für einen verhängnisvollen Fehler ich gemacht hatte.

Die Wahrheit war, daß ich keine echte Neigung zur Altphilologie hatte, und logisches Denken und geradezu wissenschaftliches Pochen auf Genauigkeit sowie mein alter Freund, mein gutes Gedächtnis, reichten nicht mehr, um mir meinen Erfolg zu garantieren. Meine

Studien begannen mich zu langweilen. Ich bemühte mich, das Interesse neu zu beleben, doch ich stellte fest, daß keines mehr vorhanden war, das man hätte beleben können. Außerstande, mit dieser Schlaffheit und ihren natürlichen Folgen fertig zu werden, und unfähig, mir Wissen auf einem Gebiet anzueignen, das keinen Reiz für mich besaß, schwänzte ich Vorlesungen, trank zuviel und fing an, mich mit Frauen abzugeben. Mein Tutor stellte mich zur Rede. Ich versuchte, mich zusammenzureißen, doch wußte ich, daß ich hoffnungslos schwamm, und im Mai 1938, nachdem ich ins Examen gegangen war, wußte ich, daß ich keine Chance hatte, es zu bestehen. Ich wurde mit einem Mädchen in meinem Zimmer erwischt, und bald darauf erhielt mein Vater den Brief, in dem ihm mitgeteilt wurde, daß man mich nach Hause schickte.

7

Keine sechs Kühe auf der Weide diesmal. Nur der Salon im Haus am Eaton Walk, eine Öde aus beigefarbenem Teppich mit reizlosen Gruppen griechischer Skulpturen. Draußen regnete es, wie es nur in London regnen kann; schmutzfarbenes Wasser tröpfelte traurig von einem trüben Himmel herab. Es regnete, seit ich von Oxford heruntergekommen war. Trotz des überheizten Raums war mir feucht und kalt.

«Ich verstehe das nicht, Harry.»

«Falsches Fach. Tut mir leid. Hätte mich in Harrow auf Naturwissenschaften werfen und dann Ingenieur studieren sollen.»

«Warum hast du mir das denn nicht gesagt?»

«Ich dachte, Ingenieur wär' was, was sich nicht gehört.»

«Aber mein lieber Harry . . .»

«Ich wußte, ich hatte nicht deine Begabung für moderne Sprachen, glaubte jedoch, ich könnte das dadurch wettmachen, daß ich Altphilologe würde wie Onkel Robert.»

«Aber um Himmels willen . . .»

Da stotterten wir herum, suchten täppisch nach der Wahrheit, beide nahezu sprachlos vor Schmerz, bis mein Vater es schließlich fertigbrachte zu sagen: «Am meisten Freude machst du mir damit, daß du der Sohn bist, der du bist, und nicht der Sohn, von dem du meinst, daß ich ihn gern sähe. Wenn du gern Ingenieur werden möchtest . . .»

«Möchte ich aber gar nicht. Jedenfalls nicht wirklich. Ich hab' nie was anderes werden wollen als Pianist.»

«Aber mein lieber Harry, das ist doch eine brotlose Kunst, ohne jede Zukunft.»

«Ja, ich weiß, dumm von mir, macht nichts, jetzt ist es ohnehin zu spät. Konzertpianisten müssen früh anfangen und Jahre und Jahre üben . . . aber wie dem auch sei, ich werde Ingenieur.»

«Hast du mir nicht gerade eben gesagt, du wolltest nicht Ingenieur werden? Harry, was möchtest du nun wirklich?»

«Ich möchte nach Hause.»

«Aber du bist zu Hause!»

Schweigen. Weitere schreckliche Wahrheiten kamen an die Oberfläche. Verlegen strich mein Vater sich das Haar aus der Stirn und blickte beiseite, als könnte er es nicht ertragen, mich weiter anzusehen.

«Ich möchte zurück nach Penhale Manor», sagte ich.

«Um Landwirtschaft zu treiben?» Er rang immer noch um Haltung.

Ich hatte an nichts weiter gedacht als daran, heimzukehren, doch jetzt sah ich nicht nur ein Leben vor mir, das ich ertragen konnte, sondern ein Leben, das mein Vater gewiß annehmbar fand.

«Ja», sagte ich, «um Landwirtschaft zu treiben. Ich möchte in Großvaters Fußstapfen treten und ein Gut verwalten.»

Darüber dachte er eine Weile nach. «Meinst du wirklich, daß es das ist, was du willst?»

«Ja.»

«Nun, ich denke, Penhale Manor würde dir die Möglichkeit geben, dein Handwerk zu erlernen, und später könntest du dich ja dann größeren Aufgaben zuwenden.»

Ich hielt es für klüger, nicht sofort zu sagen, daß, wenn ich erst einmal wieder in Gower wäre, kein Mensch mich dort wieder herausholen würde. Ich bewahrte Schweigen.

«Gutsverwaltung würde dir bestimmt eine interessante Laufbahn eröffnen», sagte mein Vater und fing an, sich für den Gedanken zu erwärmen. «Ich habe früher oft selbst daran gedacht, mich eingehender damit zu beschäftigen, und hätte auch ein tätigeres Interesse an den Ländereien deiner Mutter in Herefordshire entwickelt, hätte ich mich nicht gescheut, Bronwen allein auf Penhale zu lassen.» Er verfiel in Schweigen, doch ob er das tat, weil es ihn erschreckt hatte, Bronwens Namen erwähnt zu haben, oder aber, weil er darüber nachsann, wie sehr er selbst früher mit der Gutsverwaltung geliebäugelt hatte, war unmöglich zu sagen. «Nun gut», erklärte er und erhob sich, «ich werde dir einen nominellen Pachtvertrag für Penhale auf fünf Jahre geben und gehe davon aus, daß du nach Ablauf dieser Zeit, wenn du genug Erfahrungen gesammelt hast, nach Herefordshire gehst, um die

Verwaltung der Güter deiner Mutter zu übernehmen. Ich meine, das wäre eine durchaus annehmbare Lösung für dein Problem.»

Nachdem ich ihm gedankt hatte, legte ich ihm impulsiv die Hand auf den Arm. «Vater ... ich weiß, daß du hier nicht glücklich bist. Komm mit mir zurück nach Penhale.»

Er starrte mich an. Einen Moment verschlug es ihm die Sprache. Dann schüttelte er meine Hand ab und sagte scharf: «Was für ein absonderlicher Vorschlag!» und setzte sich in Bewegung.

Jetzt war es an mir, ihm nachzustarren. «Soll das heißen, du bist entschlossen hierzubleiben?»

«Selbstverständlich.» Er erreichte das Fenster, blieb dort stehen und sah in den Regen hinaus.

«Aber warum? *Warum?*»

«Oh, ich könnte Constance und Francesca unmöglich ein zweites Mal im Stich lassen», sagte mein Vater. «Ich habe die Grenze gezogen.»

Ich brauchte eine Weile, um die Fassung wiederzugewinnen, denn alles in mir lehnte sich gegen einen solchen Entschluß auf. «Aber Vater, jetzt mal abgesehen von Constance und Francesca – was ist denn mit *dir*? Was ist mit *deinem* Leben? Was mit *deinem* Glück?»

«Mein Leben wäre nicht mehr lebenswert, wenn ich sie verließe – das Schuldbewußtsein würde ich nie überleben. Und was mein Glück betrifft – wie sollte ich glücklich sein in der Hölle, die mein Schuldgefühl für mich schaffen würde? Aber wie dem auch sei, ich bin im Moment nicht unglücklich – ich führe nur ein Leben, in dem Glücklichsein keine besondere Rolle spielt. Ein zufriedenstellendes Leben hängt nicht unbedingt vom Glück allein ab, Gott sei's gedankt. Ich verrichte wertvolle Arbeit für die Wohltätigkeitseinrichtungen der Armstrong-Stiftung. Ich kümmere mich um meine Frau und um mein Kind, die beide an mir hängen. Ich führe ein kultiviertes, einigermaßen interessantes und nützliches Leben, und wenn man all das Leiden bedenkt, das ich in der Vergangenheit hervorgerufen habe, meine ich, das ist mehr, als ich rechtens je verlangen könnte.»

Ich erkannte, daß er – eingeschlossen in seine metaphysischen Illusionen des neunzehnten Jahrhunderts – unzugänglich war. Wenn seine besondere Angst vor Sünde und Schuld ihn zum Märtyrer machte – ich war außerstande, etwas dagegen zu tun.

«Ich verstehe», sagte ich höflich.

«Nun, das möchte ich aber auch verdammt noch mal hoffen», sagte mein Vater, «denn das, worüber wir im Grunde reden, ist doch der Unterschied zwischen Recht und Unrecht.»

«Selbstverständlich», beeilte ich mich zu sagen. «Keine Sorge, Vater, ich verstehe schon. Du bleibst hier, weil es das einzig Richtige, ja, überhaupt das einzige ist, was man tun kann.»

Aber es war eine Katastrophe.

8

Penhale Manor selbst stand damals, im Sommer 1938, leer – ein Umstand, der ohne Zweifel meine alte Sehnsucht heimzukehren noch angestachelt hatte. Daß niemand dort wohnte, war die Folge davon, daß Oswald Stourham in jenem Frühjahr gestorben war; er hatte Eleanor, die seit ihrer Heirat 1934 mit Thomas dort gelebt hatte, Stourham Hall hinterlassen, und für Thomas bedeutete diese Erbschaft nach den Jahren, in denen er als jüngerer Sohn in Häusern gelebt hatte, die sein nachsichtiger Bruder ihm zur Verfügung gestellt hatte, die Erhebung in den landbesitzenden Kleinadel. In Wirklichkeit gehörte nur wenig Land zu Stourham Hall, aber Thomas war alles andere als müßig; neben seiner Schweinezucht, die er von Penhale Manor hierher verlegt hatte, war er ja immer noch mit der Verwaltung der Godwinschen Güter in Gower beschäftigt, und selbst wenn ich ihm die Verwaltung der Ländereien meines Vaters nahm, blieb die Wahrscheinlichkeit, daß Thomas bis in alle Ewigkeit mit der Verwaltung von Oxmoon beschäftigt blieb. Selbstverständlich dachte kein Mensch daran, daß Kester, der Ärmste, jemals imstande sein würde, seinen Besitz selbst zu verwalten.

Mein Vater besaß in Gower zwei Höfe, den Gutshof von Penhale Manor, sowie die Schaffarm Martinscombe unterhalb von Penhale Down. Beide Höfe unterstanden Verwaltern, die Thomas direkt verantwortlich waren. Bronwens Schwager Huw Meredith war nach ihrer Abreise nach Norden auf die Halbinsel Lleyn gegangen, und so war der Verwalter von Martinscombe ein Fremder für mich, was mich jedoch nichts weiter anging, da mein Vater erklärte, das eigentliche Gut Penhale reiche aus, um mich zu Anfang meiner neuen Karriere zu beschäftigen. Das einstöckige Landhaus Little Oxmoon, das auf Martinscomber Grund und Boden stand, gehörte gleichfalls meinem Vater, war jedoch 1934 Tante Celia zugewiesen worden, als ihr Mann mit einer Ungarin durchgebrannt war.

Ich bereitete mich auf die Rückkehr nach Penhale vor.

Ob ich bei diesen Vorbereitungen an Bella gedacht habe? Ja. Ich dachte, ich würde zumindest Gelegenheit haben, meine Schuldgefühle zu beschwichtigen, wenn ich ihr sagte, wie leid mir das Geschehene tue. Ob der Gedanke an Bella meinen Entschluß beeinflußte, nach Gower zurückzukehren? Nein. Seit unserer kindischen Liebelei waren fünf Jahre vergangen, und ich hatte mich längst damit abgefunden, daß sie der Vergangenheit angehörte. Ich hatte inzwischen andere Mädchen gehabt, hatte andere sexuelle Erfahrungen, an die ich mich erinnern konnte. Gewiß, keine einzige Erinnerung löste so heftige Erregung in mir aus wie die an jene Sommertage des Jahres 1933, doch darum ging es nicht. Sentimentale Erinnerungen brachten mich nicht weiter. Ich mußte den Blick voraus richten und nicht zurück. Ich mußte weiter.

Ich wollte sofort nach Penhale Manor, doch das wollte mein Vater nicht zulassen. Seiner victorianischen Denkweise entsprechend durfte ein junger Mann nicht erwarten, ungestraft davonzukommen, wenn er von Oxford relegiert worden war, und so enthielt er mir drei Monate hindurch das Taschengeld vor, eine Geste, die auf nichts anderes hinauslief als darauf, mich am Eaton Walk einzukerkern. Doch als er argwöhnte, ich könnte es genießen, stundenlang Klavier zu spielen, wenn er nicht im Haus war, verschaffte er mir eine Stelle als Schreiber in der Hauptverwaltung der Armstrong-Investments, und ich mußte endlose sonnige Tage damit vergeuden, daß ich Umschläge für Rundbriefe adressierte, in denen seitens der Wohltätigkeitseinrichtungen der Armstrong-Stiftung um Spenden gebeten wurde.

Während ich mich, schrecklich in Ungnade gefallen, am Büroschreibtisch abrackerte, schaffte es Kester, das arme Schwein, von dem ich immer angenommen hatte, er wäre nicht einmal eines feuchten Traums fähig, mit einem Mädchen auf eine Art durchzubrennen, wie es zu Herzen gehender von keiner Hollywood-Schnulze dargestellt werden könnte. Ich meinte geradezu das Aufbrausen der Geigen zu hören, als er mit jener netten und intelligenten kleinen Freundin, die so unendlich viel zu gut für ihn war, hineinschritt in den goldenen Sonnenuntergang. Das einzige Versöhnliche an der Situation war, daß jetzt jedenfalls jemand anders als ich die ganze Wucht der Mißbilligung meines Vaters zu spüren bekam, und dieser tröstliche Aspekt befähigte mich, meine Umschläge mit größter Gelassenheit zu beschriften und dabei abzuwarten, wie mein Vater ihn zermalmte.

Doch er wurde nicht zermalmt. Der arme schwächliche Kester hatte meinen schreckengebietenden Vater irgendwie abblitzen lassen und seinen Weg in den goldenen Sonnenuntergang einfach fortgesetzt. Ja, mehr noch: Mein Vater kam ziemlich beeindruckt von seiner Begegnung mit Kester in Gretna Green zurück. Ich konnte es nicht fassen, und als ich mich damit abfinden mußte, gefiel mir die Sache ganz und gar nicht, ja, offen gesagt, haßte ich es.

«Ich habe den Jungen unterschätzt», sagte mein Vater. «Möglich, daß noch ein sehr bemerkenswerter junger Mann aus ihm wird. Wie trefflich er seine Sache verteidigt hat! Er hat mich sogar an Robert erinnert.»

Onkel Robert war das Familienidol. Seine Geschichte von Mythen verklärt und die Erinnerung an ihn in ständig schimmerndem Licht gebadet, war sein Name gleichbedeutend mit ungeheurem Erfolg im Leben und übermenschlichem Mut unter widrigsten Umständen. Zu behaupten, daß Kester die Erinnerung an Robert wachrief, war das höchste Kompliment, das mein Vater seinem Neffen jemals machen konnte. Mir war, als ob mir das Messer im Leib umgedreht würde; irgendwie gelang es mir, gleichmütig zu sagen: «Gut für Kester – hoffentlich lebt er fürderhin herrlich und in Freuden», doch das hätte ich lieber nicht tun sollen. Ich konnte nicht der Versuchung widerstehen, noch hinzuzufügen: «Selbstverständlich werde ich nicht unter fünfundzwanzig vor den Altar treten – höchstens als Leiche.»

Berühmte letzte Worte.

Sechs Wochen später starb Tante Ginevra auf Oxmoon, und wir alle versammelten uns zu ihrer Beerdigung auf Penhale. Die Kirche war gesteckt voll. Zusammen mit dem Rest der Familie saß ich in einer der vordersten Reihen, doch als wir uns alle zum ersten Choral erhoben, blickte ich über die Schulter hinüber auf die andere Seite des Ganges, und im nächsten Augenblick begegnete ich Bellas Blick, die mürrisch und doch anziehend wirkte.

9

Sie vergrub augenblicklich die Nase in ihrem Gesangbuch und sah womöglich noch trauriger aus als zuvor. Da begriff ich, daß das Kind, das ich gekannt und auf meine eigene kindische Art vielleicht geliebt hatte, für immer fort war und nie wiederkommen würde. Alle Frauen, die ich geliebt hatte, waren davongegangen und nie wieder zurückgekehrt: meine Mutter, meine alte Nanny, Bronwen – und jetzt Bella, an deren Stelle ich jetzt diese unbekannte junge Frau von achtzehn Jahren vor mir sah, die offensichtlich nicht gewillt war, mein Vorhandensein zur Kenntnis zu nehmen.

Während der Pfarrer eintönig weiterpredigte, spürte ich, wie der Zorn auf alle Frauen in mir hochkam, ein Ärger, der mich in Oxford dazu gebracht hatte, mit Frauen herumzuspielen, ohne zu bedenken, ob ich ihnen damit weh tat oder nicht. Richtige Liebeleien hatte ich nicht gehabt, nur eine Folge von Zufallsbegegnungen. Sich auf eine richtige Liebelei einzulassen, war unmöglich, weil ich wußte, daß ich eine Frau verlassen mußte, ehe sie mich verließ. Die Alternative bestand darin, einen Schmerz zu riskieren, den zu ertragen ich nicht mehr bereit war.

Infolgedessen wandte ich Bella, die so offensichtlich entschlossen war, mich mir selbst zu überlassen, den Rücken zu und sagte mir, daß ich, selbst wenn sie Anzeichen von Interesse bewiesen haben würde, sie zurückgestoßen hätte. Aber der Rest des Gottesdienstes verschwamm für mich in einem Dunst von Niedergeschlagenheit.

Hinterher sollte auf Oxmoon ein Familienessen stattfinden, ehe Kester mit seinen Brüdern nach Irland abreiste, doch vor der Kirche hörte ich Eleanor zu Anna sagen: «Ich fürchte, Bella fühlt sich nicht gut – würdest du sie entschuldigen – sie muß gleich nach Hause.»

Ich versuchte, unbemerkt vorbeizukommen, doch unmittelbar vor mir war Thomas neben seiner Frau stehengeblieben. Ich wandte mich zur Seite – und stand Bella wieder Auge in Auge gegenüber. Kaum einen Schritt hinter mir stand mein Vater mit Constance.

Ich vermochte kein Wort hervorzubringen. Ich versuchte, hallo zu sagen, doch kein Laut löste sich von meinen Lippen, Bella starrte wütend den nächststehenden Grabstein an. Um uns herum unterhielten sich die Leute gedämpft über Nichtigkeiten.

«Hallo, Bella», grüßte mein Vater höflich.

Sie antwortete nicht, zupfte aber ihren Schwager am Ärmel. «Thomas, bring mich bitte nach Hause.»

«Schön, warum nicht, meine Liebe», sagte Thomas einigermaßen freundlich, und gemeinsam entfernten sie sich durch die Menge.

«Was für ein ungehobeltes und unattraktives Mädchen», sagte Constance mißbilligend. «Thomas und Eleanor tun mir leid, daß sie sie bei sich wohnen lassen müssen.»

Zum Mittagessen gingen wir alle nach Oxmoon. Der verdammte Kester thronte auf dem reichgeschnitzten Sessel meines Großvaters und gab eine Galavorstellung als Herr von Oxmoon – keine Träne, die Ohren steif haltend und all das. Ehrlich gesagt, glänzte er in seiner Rolle als der vollkommene Godwin, einzig überlebender Sohn des vollkommensten Godwin aller Zeiten. Wieso war mir nie aufgefallen, daß Kester aussah wie Onkel Robert? Er hatte die gleichen klugen blassen Augen und jenes fein gemeißelte Kinn, das auf Grund irgendeiner günstigen Knochenstruktur nicht den Eindruck von Zartheit vermittelte, sondern von Kraft. Selbstverständlich sah er mit seiner großen Nase und dem weibischen Haar nichtssagend aus wie sonstwas, und trotzdem . . . nichtssagend aussehende Leute können trotzdem auffallen. Ich selbst kam mir zu dunkel, allzu düster, wie ein Bösewicht auf der Bühne und bodenlos unattraktiv vor. Als wir uns am Ende der Mahlzeit erhoben, wurde mir bewußt, daß er mich an Körpergröße mittlerweile überragte. Ich bin einsneunundsiebzig, und selbstverständlich behaupte ich immer, ich sei einsachtzig. Kester jedoch war wirklich einsachtzig, vielleicht sogar eins*fünf*undachtzig, ja, an diesem Tag fragte ich mich, ob er nicht sogar eins*neunzig* wäre.

Ich konnte es nicht ertragen. Ich lief zum Haus hinaus, quer über den Rasen und hinein in den Wald. Die Dohlen in der Turmruine krächzten immer noch, und ich wußte immer noch, daß sie in Wahrheit sagten: «Enterbt, enterbt.» Ich dachte: Hier bin ich schon mal gewesen – völlig am Boden zerstört, allein und auf der Flucht.

Es trieb mich weiter. Ich hätte stehenbleiben können, aber ich ging weiter. Ich verließ das Grundstück durch die Pforte in der Mauer, überquerte die Straße und lief durch die Heide auf die Sweyn's Houses zu. Diesmal weideten keine wilden Ponies in der Nähe, aber der Himmel war genauso blau wie damals, und der Wind roch immer noch entfernt nach Salz und Meer.

Ich erreichte den Kamm der Hügelkette, und dort oben auf den Rhossili Downs hatte ich denselben flirrenden Ausblick, genau so wie damals vor fünf Jahren rollten die Wellen träge über den goldenen Strand, schimmerte die See hypnotisch blau und war der Shipway im Begriff, in einem großen Schaumgebrodel zu versinken.

Ich ließ den Blick suchend die Hügelkette entlangwandern, doch war kein Mensch zu sehen; die Geschichte wiederholt sich nie. Ich fand den Vögel-Felsen, blieb stehen und starrte ihn an. Ich verzog den Mund zu einem Lächeln, als mir einfiel, daß wir uns nach unserer ersten Begegnung höflich die Hand gegeben hatten, weil wir nicht gewußt hatten, wie wir sonst unsere neue Freundschaft besiegeln sollten; ich fand die Reinheit und Unschuld, die das Ganze gehabt hatte, plötzlich rührend. Ich setzte mich auf den Felsen, als könnte ich unter der Last meiner Erinnerungen plötzlich nicht mehr aufrecht stehen, und unmittelbar danach, als ich noch einmal die Hügelkette entlangblickte, sah ich sie von Llangennith her auf mich zulaufen.

Ich sprang auf. Sie blieb keinen Moment stehen, aber sie winkte.

Ich lief und lief, und auch sie lief und lief, lief die ganze Strecke bis in meine ausgebreiteten Arme.

«Du bist zurückgekommen», sagte sie, und die Tränen liefen ihr übers Gesicht. «Du bist fort gewesen – aber du bist zurückgekommen.»

Ich schloß sie in die Arme und versprach ihr, nie wieder fortzugehen.

10

«Ach, Harry, es war einfach furchtbar. Ich war so unglücklich und hatte eine solche Angst, ich kann dir gar nicht sagen, was für eine, und die Tante war gräßlich, einfach *gräßlich* ...»

«Schschsch. Denk nicht mehr dran! Denk einfach nicht mehr dran!»

«Ich kann es aber nicht vergessen. Ich habe Alpträume ...»

«Ich auch. Wie war das Baby denn?»

«Ich habe es nie zu Gesicht bekommen. Auch das war furchtbar. Ja, das war überhaupt das Schrecklichste von allem. Sie haben mir eine Spritze gegeben, weil ich so schrie, und als ich wieder zu mir kam, war alles vorüber und sie hatten sie fortgebracht. Ich wollte sie sehen, aber sie sagten, unter den gegebenen Umständen wäre es besser, ich sähe sie nicht, und sie war ja ohnehin krank und dann starb sie, und ich wollte sie immer noch sehen, aber sie sagten nein, das würde mich nur noch mehr aufregen. Ich bat und bettelte, ich weinte und schrie, aber sie behaupteten, es könnte mich gefühlsmäßig zu sehr durcheinanderbringen, es wäre besser, es nicht zu tun, und da habe ich jetzt diese Alpträume, in denen ich nach ihr suche und nach ihr suche und Friedhöfe aufgrabe ...»

«Wir werden noch ein Baby bekommen. Wir heiraten, und dann bekommen wir ein neues. Ich werde dafür sorgen, daß alles in Ordnung kommt.»

Mit einer fahrigen Bewegung nahm sie die Zigarette, drückte sie auf dem Boden unter dem kurzen Gras aus und suchte in meinen Armen Zuflucht. Eine erstickte kindliche Stimme sagte: «Das brauchst du nicht. Ich möchte nicht, daß du es tust, bloß damit ich dir wieder gut bin.»

«Ich möchte es aber.»

Wir saßen auf dem Vögel-Felsen. Die Urlauber unter uns, verstreute Punkte auf dem weitläufigen Strand, genossen das seltene Geschenk eines vollkommenen Sommertages. Rechter Hand von uns bewegten sich Reiter auf dem Kamm der Hügel auf uns zu, und hinter ihnen konnten wir Wanderer sehen und ein Kind, das einen

Drachen steigen ließ. Die Seemöwen ließen sich von den Luftströmungen in die Höhe tragen. Die Brandung rauschte leise in unseren Ohren, und hinter den Klippen von Rhossili wurde der Worm's Head wieder einmal von dem weiß-schäumenden Wasser abgeschnitten, während der Shipway darin versank.

«Ich möchte mit dir schlafen», sagte ich.

«Mich vögeln, meinst du?» sagte sie zweifelnd und wurde sofort wieder zu dem dreizehnjährigen Mädchen, für das Vögeln nichts weiter war als ein Wort wie jedes andere, ohne jede schlimme Bedeutung. «Ach, Harry, das könnte ich nicht, nicht, ohne daß wir verheiratet wären. Ich hätte viel zuviel Angst, daß das Ganze noch einmal passierte.»

«Genau deshalb habe ich ja gesagt, ‹Ich möchte› statt: ‹Ich will.›» Schnell überlegte ich. Ich hatte keine Pariser mit nach Gower gebracht; schließlich reist man für gewöhnlich nicht bis zu den Zähnen mit Präservativen bewaffnet zur Beerdigung seiner Tante an. Einen Drogisten gab es zwar seit neuestem in Penhale, aber wenn ich jetzt hinginge und kaufte, was ich brauchte, wüßte das gesamte Dorf binnen einer Stunde, daß Harry Godwin etwas Schlimmes vorhatte. Verzweifelt dachte ich darüber nach, ob mein Vater wohl welche benutzte, hielt das jedoch für unwahrscheinlich. In der Familie ging seit langem das Gerücht, Constance wolle unbedingt noch ein Kind haben.

Verzweifelt stöhnte ich auf. Fragend-besorgt blickte Bella mich an, und ich erklärte ihr das Problem.

«Vielleicht hat Thomas welche!» kam ihre kluge Reaktion. «Bobby ist nahezu zwei, und Eleanor ist noch nicht wieder schwanger geworden.»

Damit war das entschieden. Ich sprang auf. «Komm, wir gehen nach Stourham Hall.»

Hand in Hand liefen wir los, wir lachten, und plötzlich sah die Welt für mich wieder verheißungsvoll aus, und ich wußte, was es hieß, glücklich zu sein. Stourham Hall lag etwa eine Meile von der Stelle entfernt, wo die Downs sich zu den Sanddünen abflachten. Durch eine Seitentür schlichen wir uns ins Haus. Thomas und Eleanor mochten noch fort sein, doch bestand immer die Gefahr, irgendeinem Dienstboten zu begegnen.

«Und was ist, wenn Thomas und Eleanor zurückkommen?»

«Nein, ich würde meinen, uns bleiben mindestens noch zwei Stunden – sie bleiben bestimmt so lange, bis Kester und Anhang nach Irland abreisen. Das habe ich heute morgen Thomas zu meinem Vater sagen hören.»

Wir drangen in das eheliche Schlafzimmer ein, einen schlichten, ganz zweckdienlich eingerichteten Raum, der so groß war, daß etliche riesige victorianische Möbelstücke einfach darin verschwanden. Vom Fenster aus hatte man einen schönen Blick auf das hinter den flachen Dünen gelegene Meer.

«Himmel, hoffentlich hast du mit deiner Vermutung recht!» brummelte ich. «Es wäre wirklich Pech, wenn er statt dessen lieber den ‹Coitus interruptus› praktizierte.»

«Was ist das? Wenn es was Scheußliches ist, bin ich sicher, daß er es macht. Er ist so sonderbar.»

Ich war viel zu sehr damit beschäftigt zu suchen, um so auf diese Bemerkung achtzugeben, wie sie es verdient hätte. Die Nachttischschublade war leer. Ich durchwühlte Eleanors Frisierkommode, und Bella sah unter den Matratzen nach. Dabei kicherten wir die ganze Zeit über.

«Ach, du lieber Himmel, Harry – was machen wir, wenn wir keine finden? Dann platze ich vor Frustration – ich bin ganz wild darauf.»

«Wild? Ich bin wahnsinnig.» Damit riß ich die Tür des Kleiderschranks auf und erblickte einen Morgenmantel. Die Tasche beulte sich aus. *«Heureka!»* rief ich.

«Oh, Gott sei Dank!»

Wir liefen hinüber in ihr Schlafzimmer, verriegelten die Tür und stürzten einander in die Arme.

II

«Ich habe das Baby Melody genannt», sagte Bella, «weil ich wußte, daß du Musik so gern hast. Aber die gräßliche alte Tante sagte, das sei kein christlicher Name, und wies sie an, in die Geburtsurkunde Jane zu schreiben. Die mußten wir haben, weil das Baby ja ein paar Stunden gelebt hat. Und als Vater hat sie dich eintragen lassen. Sie sagte, das täte sie, um ein wenig Dampf abzulassen, aber es spiele keine Rolle, weil kein Mensch, den wir kennen, jemals im Geburtsregister in Genf danach suchen würde. Ach, wie grausam die Tante zu mir war, so grausam und herzlos und kalt...»

«Schschsch!» Ich fing wieder an, sie zu lieben, um all die schrecklichen Erinnerungen auszulöschen. Flüchtig überlegte ich, was Thomas wohl denken mochte, wenn er feststellte, daß nicht einer, sondern zwei von seinen Parisern fehlten; aber vielleicht gehörte er nicht zu den Männern, die genau wußten, wie viele sie in Reserve hatten.

Ich konnte nur wünschen, daß er einen Anfall von Amnesie bekam.

Bella hatte nur entfernt noch die Figur, die sie mit dreizehn gehabt hatte, denn jetzt war mehr an ihr dran, und das zusätzliche Gewicht war so überwältigend gut verteilt, daß ich mich schon Sekunden nach dem Erguß – zumindest kam es mir so vor – wieder in einem Zustand sexueller Erregung befand. Sie hatte lange, geschmeidige Beine, eine schmale Taille und einen Busen, den man gesehen haben mußte, um es zu glauben. Ich sah ihn und glaubte es immer noch nicht. Vollkommen aufrichtig konnte ich ihr sagen, sie sei so sexy wie kein Mädchen, das ich je gesehen hatte.

«Und wie viele hast du gesehen?» fragte sie sogleich eifersüchtig.

Ich sah keinen Grund, ihr etwas vorzumachen. «Nun, selbstverständlich hab' ich in Oxford ein paar Mädchen gehabt. Aber sie haben mir nichts bedeutet. Sie waren nur gut, um schnell mal ins Bett mit ihnen zu hüpfen.»

«Du Glückspilz! Ich hätte auch nichts dagegen gehabt, mal einen auf die schnelle zu machen, aber ich hatte viel zuviel Angst, und außerdem war auch niemand da, mit dem ich's hätte machen können. Tante hat mich bewacht wie ein Zerberus. Ach, war das eine Erleichterung, als Daddy starb! Er hinterließ mir Geld, weißt du, und da dachte ich, ich könnte endlich freikommen, aber das Geld ist fest angelegt, bis ich fünfundzwanzig bin, und so haben Thomas und Eleanor mich immer noch am Hals – und o Gott, er ist so *sonderbar.*»

Diesmal fiel es mir auf. «In welcher Beziehung?»

«Er sieht mich so sonderbar an.»

Ich saß aufrecht im Bett. «Mein Gott, du willst mir doch nicht etwa beibringen . . .»

«O nein, er ist verrückt nach Eleanor, ja, er ist sogar schärfer auf sie als sie auf ihn. Ehe sie heirateten, war es umgekehrt, aber . . .»

«Was willst du mir denn zu verstehen geben?»

«Ich glaube, es reizt ihn, sich alle möglichen Dinge auszudenken, die er mit mir machen möchte – nur, daß er das natürlich nie tun würde, weil er ja so verrückt nach Eleanor ist.»

Erschrocken sank ich zurück ins Kissen. «Wann hat denn das alles angefangen?»

«Ach, etwa einen Monat, nachdem sie im Frühjahr hierher gezogen sind. Ich konnte eines Nachts nicht schlafen, und da bin ich in die Küche, um mir einen Tee zu machen, und als ich an ihrer Schlafzimmertür vorüberkam, hörte ich sie herumschnaufen wie ein paar Schweine, und da blieb ich stehen, um zu lauschen. Ich weiß nicht, warum, vielleicht, weil ich mir nie hatte vorstellen können, daß

Eleanor es mit ihm treibt. Aber egal, plötzlich lief mir eine Maus über die Füße, und ich schrie auf, und gleich darauf kommt Thomas aus der Tür herausgestürmt und schreit, wenn ich jemals wieder an fremden Türen lauschte, würde er mir eine runterhauen – nun, das hat er nur so gesagt, gemeint hat er es nicht so, er wollte wohl nur etwas Dampf ablassen, und dann sah er mich plötzlich an, als ob er dächte: ‹Hallo, das ist doch eine interessante Idee . . .›»

«Ich könnte ihn umbringen.»

«Ach, es war doch nichts weiter. Er lief bloß puterrot an, kehrte ins Schlafzimmer zurück und schlug mir die Tür vor der Nase zu. Und natürlich hat er auch seither nichts getan. Aber immer, wenn er und ich allein zusammen sind, hab' ich das Gefühl, daß er denkt, was es für einen Spaß machen müßte, mich zu schlagen . . .»

«Ich hole dich aus diesem Hause raus! Wir werden sofort heiraten.»

«O ja, laß uns so schnell wie möglich heiraten, aber keine Angst, Harry. Er liebt Eleanor, ich weiß, daß er das tut . . .»

«Schon möglich, aber du hast was, was Eleanor nicht hat. Vielleicht hat er Schwierigkeiten, ihn bei ihr hochzukriegen. Vielleicht hat er jedesmal, wenn er dich sieht, eine Erektion, so hart, daß er eine Stahlplatte damit durchbohren könnte. Vielleicht . . .»

Doch Bella krümmte sich vor Lachen. «Stell dir vor, Thomas durchbohrt eine Stahlplatte mit seinem . . .»

«Ich könnt' weiß Gott eine Panzerplatte mit meinem durchbohren», sagte ich, langte nach ihr und griff nach dem letzten Gummi. Irgendwann würde Thomas in der Tat ohne dastehen. Ich sah ihn geradezu vor mir, wie er nach einem diebischen Hausmädchen mit einer Vorliebe für Präservative Ausschau hielt.

«Mein Gott, das war himmlisch!» seufzte Bella hinterher. «Wie bald, sagtest du, könnten wir heiraten?»

«Ich weiß nicht, aber ich werde mir eine Sondergenehmigung verschaffen», sagte ich, und dann fiel mir ein, daß ich keinen roten Heller besaß. Dieser Gedanke kam mehreren kalten Duschen gleich. Ich kam mir plötzlich blutjung vor und wurde sehr nervös. Bis zu meinem zwanzigsten Geburtstag waren es immerhin noch einige Monate.

«Sobald ich zurück bin, spreche ich mit meinem Vater», sagte ich äußerlich gleichmütig, schwitzte aber vor Angst bei der Aussicht, und zehn Minuten später machte ich mich auf den Weg nach Oxmoon.

«Das verbiete ich dir!» sagte mein Vater, zornweiß im Gesicht.

Keine sechs Kühe auf der Weide diesmal und auch keine griechischen Skulpturen auf beigefarbenem Teppich. Die Privataudienz wurde mir im Damenzimmer von Oxmoon gewährt, einem wenig benutzten Raum im Hause, das noch Zeugnis ablegte von meines Großvaters vierzig Jahre währender Liebesgeschichte mit Trödelläden. Zu Lebzeiten meines Großvaters war jeder Quadratmeter auf dem Kaminsims mit Nippsachen vollgestopft gewesen, doch Tante Ginevra hatte es fertiggebracht, diesen Wust auf einen edwardianischen Krönungsbecher zu reduzieren, flankiert von zwei Kerzenhaltern aus Messing.

Die Augen unbeirrt auf den Krönungsbecher geheftet, sagte ich mit gleichbleibender Stimme: «Kester ist zehn Monate jünger als ich. Wenn er heiraten durfte, warum ich dann nicht?» Mein Herz schlug wie ein wahnsinnig gewordener Hammer. Eiskalter Schweiß ließ mein Hemd an meiner Wirbelsäule kleben.

«Kester kann sich eine Frau leisten!» schrie mein Vater. «Er ist Herr von Oxmoon.»

«Ja», schrie ich zurück. «Er ist Herr von Oxmoon. Und zwar ist er das, weil du verdammt noch mal viel zu sehr damit beschäftigt warst, zu tun, was sich gehört, um einmal darüber nachzudenken, was das für mich bedeutete!» Diesen Gedanken hatte ich bewußt nie zuvor gedacht, und nachdem ich die Worte ausgesprochen hatte, war ich entsetzt. Ich stotterte: «Ich... das hab' ich nicht so gemeint... Ich...» Doch im nächsten Augenblick wurde meinem Versuch, mich zu entschuldigen, brutal dadurch ein Ende bereitet, daß er mir eine harte Ohrfeige versetzte.

Ich fuhr zurück, strauchelte über ein Sofa und schlug auf meinem Weg zu Boden auf ein Nähtischchen auf, das sofort zu Bruch ging. Ich war dermaßen schockiert, daß ich nicht denken konnte. Mein Vater hatte mir zwar gelegentlich widerstrebend ein paar Schläge auf das Hinterteil versetzt, wenn ich mich als Kind besonders ungezogen aufgeführt hatte, aber richtig geschlagen wie jetzt hatte er mich nie.

«Steh auf!»

Ich rappelte mich hoch, schaffte es aber nicht, die Augen bis zu seinem Gesicht zu erheben. Ich konnte nicht einmal mehr den Krönungsbecher ansehen. Ich heftete den Blick vielmehr auf den messingenen Funkenschutz vorm Kamin, sah jedoch nur sechs Kühe auf einer Weide stehen.

«Jetzt hör mir mal gut zu. Es haben Gründe vorgelegen, gute Gründe, warum mein Vater sich genötigt fühlte, Oxmoon Kester zu hinterlassen, und auch Gründe, gute Gründe, warum ich nichts dagegen unternommen habe. Mein Vater hat getan, was er für seine Pflicht hielt. Robert tat, was er für seine Pflicht hielt. Und ich habe getan, was ich für meine Pflicht hielt. Du mußt also begreifen und dich damit abfinden, daß *etwas anderes einfach nicht möglich gewesen ist.* Es ist lächerlich anzudeuten, ich hätte aus irgendeinem heldenhaften Drang heraus so gehandelt oder weil ich glaubte, mich selbst opfern zu müssen, bloß um zu tun, was sich gehört. Ich bin kein Held. Ich habe unter Zwang gehandelt. Ich habe es getan, weil ich meinte, es würde mich vernichten, wenn ich anders handelte. Und jetzt hör auf, dich aufzuführen wie ein übergroßes verwöhntes Kind und laß mich nie hören, daß du noch einmal auf dieses Thema zu sprechen kommst.»

«Es tut mir leid, es tut mir leid, es tut mir leid.»

«Ich weiß, du bist immer eifersüchtig auf Kester gewesen. Aber es wird Zeit, daß du erwachsen wirst, Harry. Du scheinst dir einzubilden, du kämst mit allem durch, bloß weil du immer mein Lieblingssohn gewesen bist. Aber meine Geduld geht zu Ende, und ich schlage vor, daß du einmal gut nachdenkst. Du bist nicht der einzige Kiesel am Strand, weißt du. Ich habe drei Söhne in Kanada.»

Ich wußte nicht, woher die Luft zum Atmen nehmen. Sämtliche Luft schien mir für immer aus den Lungen herausgepreßt. Drei Söhne in Kanada, hatte er gesagt. Ich schaffte es, weiterzuatmen, wie, mag der liebe Himmel wissen. Allerdings stellte ich fest, daß ich nur ganz flach atmen konnte. Drei Söhne in Kanada. Ich leckte mir die Lippen. Es haftete Blut daran von der Ohrfeige, die er mir gegeben hatte. Ich versuchte zu sprechen, doch nichts geschah.

«Du wagst es, zu einem Zeitpunkt zu mir zu kommen», sagte mein Vater, immer noch zornbebend, «wo du ganz genau weißt, daß ich tief betroffen bin von Ginevras Tod, und besitzt die ungeheuerliche Unverschämtheit, von mir zu verlangen, ich solle eine Ehe finanzieren, die kein Vater, der alle seine fünf Sinne beisammen hat, gutheißen kann ...»

«Es tut mir leid, Sir. Selbstverständlich erkenne ich jetzt, daß ich falsch an die ganze Sache herangegangen bin.» War das untertrieben! Was war nur in mich gefahren, daß ich diese katastrophale Bemerkung über Oxmoon gemacht hatte? Ich hatte mich aufgeführt wie ein Schwachsinniger. «Sir, wenn ich nur erklären dürfte, welche Gefühle mich in bezug auf Bella bewegen ...»

«Erklären! Ich habe keine Lust, mir kindische Erklärungen anzuhören, die von einem unreifen Heranwachsenden zusammengeträumt wurden, um eine geradezu absurde Phantasterei zu entschuldigen! Du möchtest sie aus einem Schuldgefühl heraus heiraten! Das liegt doch wohl auf der Hand.»

«Nein, es ist mehr daran als das, Sir – ich liebe sie wirklich, das schwöre ich...»

«*Liebe!* Was weißt du schon von Liebe? Du stehst da, ganze neunzehn Jahre alt, und bildest dir ein, bloß weil du die Gelegenheit, dich in Oxford schlecht zu benehmen, beim Schopfe ergriffen hast, du wüßtest verdammt noch mal alles, was es zu wissen gibt...»

«Nun, jedenfalls bin ich keine Jungfrau mehr, wie Kester es bei seiner Heirat offensichtlich war!» Da ging es schon wieder los. Nachweislich. O Gott, wie sollte ich nur heil aus dieser ganzen Sache herauskommen?

«Du solltest dir lieber eine Scheibe von Kester abschneiden, statt dich die ganze Zeit über ihn lustig zu machen!» sagte mein Vater erbost. «Er kannte Anna schon seit drei Jahren. Ich mißbillige immer noch, daß er so jung geheiratet hat, aber zumindest denke ich, er hat eine größere Chance, glücklich zu werden, als die meisten Menschen, die so irregeführt sind, daß sie schon heiraten, wo sie noch keine zwanzig sind. Du hingegen! Du siehst dieses Mädchen seit fünf Jahren zum ersten Mal und besitzt die Stirn, zu mir zu kommen und von Heirat zu reden...»

«Nun, dieses Wiedersehen war keine Kleinigkeit!» Ich war viel zu sehr von Sinnen, um mich noch darum zu kümmern, was ich sagte.

«Daran zweifle ich nicht!» schrie mein Vater. «Sie hat keinen Grips, keine Manieren, keinen Charme, keine intellektuellen Interessen, nichts, was sie wert sein ließe, die Frau eines jungen Mannes von deinen Möglichkeiten zu werden. Aber eines hat sie, und das ist genau dasjenige, dessen du nach sechs Monaten überdrüssig sein wirst! Mein lieber Harry, wenn du meinst, Schuldgefühl und Sex könnten die Grundlage für eine Ehe abgeben, dann bist du noch törichter, als ich je geglaubt habe.»

«Und wie steht es mit deiner eigenen Ehe?» schrie ich ihn an. «Willst du mir etwas weismachen, sie sei nicht auf Sex und Schuldgefühle gegründet? Du hast kein Recht, mir Predigten zu halten!» Mit diesen Worten sank ich aufs Sofa, ehe er mich ein zweites Mal schlagen konnte, und bedeckte das Gesicht mit den Händen.

Es folgte ein langes Schweigen, doch als ich es wagte, zu ihm aufzublicken, erkannte ich, daß sein Zorn verraucht war. Er lehnte sich gegen den Kaminsims, als wisse er kaum, wie er sich aufrechthalten solle, woraufhin ich mich sofort hochrappelte. Seinen Zorn konnte ich ertragen, aber nicht seine Verzweiflung.

«Vater, es ist nicht so, wie du meinst, ich liebe sie wirklich. Wenn es bloß Sex und Schuldgefühl wäre, würde ich sie nicht heiraten wollen, aber ich möchte sie heiraten, ich muß es, wir möchten noch ein Baby haben, und da müssen wir selbstverständlich heiraten, ich meine, es ist einfach nicht gut, nicht wahr, Babies zu bekommen, ohne verheiratet zu sein . . .»

Er hob die Hand, und ich verfiel in Schweigen. Sehr langsam setzte er sich. Er bewegte sich, als täten ihm alle Gelenke weh. Er war grau vor Erschöpfung. Alles, was er schließlich sagte, war: «Wie froh ich bin, daß ich nicht an ein Leben nach dem Tode glaube. Es wäre mir unerträglich zu glauben, daß Blanche wüßte, wie sehr ich bei der Erziehung ihrer Kinder versagt habe.»

«Ich . . .»

«Halt den Mund. Es gibt nichts, was du zu dieser Aussage zu bemerken hättest. Laß mich einen Augenblick nachdenken.» Er saß weiterhin auf dem Stuhl, die Ellbogen auf den Knien, die Augen auf die zusammengelegten Hände gerichtet, doch schließlich straffte er sich und stand auf. «Wenn ich mich jetzt weigere, meine Einwilligung zu geben», sagte er, «werde ich nur später nachgeben müssen. Du wirst sie wieder schwängern – mit Absicht, diesmal –, weil du weißt, daß ich nie zulassen würde, daß ein Enkelkind von mir unehelich zur Welt kommt. Dann hätten wir wieder den Skandal, daß ein Kind sieben Monate nach der Hochzeit zur Welt kommt, und das könnte ich nicht noch einmal ertragen, nicht nach dem, was ich mit Marian durchgemacht habe.» Er hielt inne, um weiter nachzudenken. Er war jetzt ruhig und wie unbeteiligt. Es war, als betrachtete er die Situation aus großer Entfernung.

«Nun gut», sagte er schließlich, «ich werde einwilligen. Aber du mußt dich auf einen Kompromiß mit mir einlassen. Ich kann unmöglich zulassen, daß du sofort und per Sondergenehmigung heiratest. Ich muß zu deinem eigenen Besten darauf bestehen, daß ihr bis Weihnachten wartet, und außerdem bestehe ich darauf, daß ihr die Verlobung erst in zwei Monaten bekanntgebt. Das bedeutet, falls du es dir doch noch überlegen solltest, daß du es leichter hättest, aus dieser verfahrenen Situation wieder herauszukommen – und so leid es mir tut, ich meine, es ist eine verfahrene Situation. Aber vielleicht machst du es nächstes Mal ja besser. Selbstverständlich wird diese Ehe mit einer Scheidung enden. Ich gebe ihr bestenfalls fünf Jahre, mehr nicht. Ja», sagte mein Vater und geriet plötzlich wieder in

Wut, «ich kann nicht deutlich genug darauf hinweisen, daß ich diesen deinen Entschluß für vollkommen verfehlt halte, von Anfang bis Ende.»

Ich jedoch wußte, ganz im Gegenteil, daß es das Richtige war – überhaupt das einzige, das man tun konnte.

Drittes Kapitel

I

Zehn Monate nach diesem Riesenkrach mit meinem Vater kehrte ich in der Dunkelheit zu Fuß von Oxmoon nach Penhale zurück und dachte darüber nach, was für eine Erleichterung es war, daß Kester, das arme Schwein, sich seine Beziehung zu meinem Vater genauso gründlich vermasselt hatte wie ich. Diese horrenden Rechnungen! Unglaublich. Aber er hatte zumindest immer noch sein Märchenschloß von einem Haus. Und was hatte ich? Verdammt noch mal!

Wie gern hätte ich Penhale Manor in einen vollkommenen Landsitz verwandelt, doch dazu fehlte mir das Geld. Als ich die Verwaltung des Gutes übernahm, hatte mein Vater ausgerechnet, wieviel Geld im Laufe der nächsten zwölf Monate in den Hof hineingesteckt werden mußte; dieser Summe hatte er noch tausend Pfund zugeschlagen, und damit war ich der Selbständigkeit und der Ehe überantwortet worden. Jeder einzelne Penny dieser Summe sollte von den zwanzigtausend Pfund vom Geld meiner Mutter abgezogen werden, die mir mit einundzwanzig zufallen sollten. Meine Mutter hatte kein Testament hinterlassen; ihr ganzes Vermögen war zu ihren Lebzeiten praktisch in den Besitz meines Vaters übergegangen, doch war unter der Ehevereinbarung ein Teil mündelsicher für die Kinder beiseite gelegt worden.

Mein Vater weigerte sich, mir meinen Anteil schon jetzt ganz auszuzahlen. «Es wird dir nicht schaden», sagte er, und damit kam wieder seine victorianische Ader zum Durchbruch, «wenn du ein paar Monate zu kämpfen hast.» Das waren schlechte Nachrichten. Ich war zwar durchaus bereit, mich auf dem Gut abzuschuften, doch war ich nun einmal ein Neuling nicht nur in der Landwirtschaft, die ein hohes Maß an Erfahrung und Fingerspitzengefühl erfordert, sondern auch in puncto Selbständigkeit. Eben noch war ich kaum mehr als ein Schuljunge gewesen, der von der Mildtätigkeit seines Vaters abhängig war, und gleich darauf sollte ich ein ganzes Gut bewirtschaften und verwalten, eine Frau unterhalten, war ein Baby unterwegs und kamen alle möglichen Ausgaben auf mich zu, mit denen ich nicht gerechnet hatte. Ich erlebte Augenblicke der Panik, in denen ich das Gefühl hatte, daß mir mein Leben völlig aus dem Ruder lief, doch blieb mir gar nichts anderes übrig, als das Ruder herumzureißen und weiterzukämpfen.

Irgendwie schluckte ich die notwendigen Anweisungen von Thomas und irgendwie schaffte ich es auch, ihm gegenüber eine demütige Haltung zu bewahren, so daß ich mich stets um Hilfe an ihn wenden konnte, wenn ich verzweifelt war. Und das war ich sehr oft, zumal zu Anfang meines neuen Berufs. Ich kam mit dem Vorarbeiter des Gutshofes nicht zurecht, der mich ganz offensichtlich für ein verwöhntes Jüngelchen hielt, das die Landwirtschaft nur zum Spaß anfaßte. Er hatte Hochachtung vor Thomas, der ihm von Anfang an gezeigt hatte, wer der Herr war, aber ich wußte, daß ich zu jung und zu unerfahren war, um jemals seine Anerkennung zu erringen. Mir wurde klar, daß ich ihn würde entlassen müssen, doch wie sollte ich weiterkommen, wenn er wirklich ging? Außerdem würde Thomas mich wahrscheinlich als eigensinnigen Toren abschreiben, wenn ich sofort meinen Vorarbeiter rauswarf, und ich mußte darauf bedacht sein, mir Thomas' Wohlwollen zu erhalten, denn davon hing mein Überleben ab.

Mein Gott, es war ein Alptraum! Wieviel romantischer Unsinn wird nicht geredet, was für ein wunderbares Leben man als Landwirt führt, daß von der Scholle zu leben die einzig befriedigende Existenzform für den Menschen sei – aber Landwirtschaft betreiben, das ist verdammt harte Arbeit und entbehrt jeglichen Glanzes. Das mochte alles schön und gut sein für jemand wie meinen Vater, der nur herumritt und die großen Entscheidungen traf – die im übrigen, wie mir jetzt aufging, wahrscheinlich durchaus nicht immer so brillant waren –, aber so weit war ich noch lange nicht. Zunächst galt es für mich, mir meinen Lebensunterhalt zu verdienen. Ich mußte mich wesentlich tiefer auf alles einlassen und mich damit beschäftigen, um herauszubekommen, was ich tun konnte und was nicht. Ich konnte es mir nicht leisten, Fehler zu machen und dafür zu bezahlen. Außerdem: Mein Vater mochte ein erfolgreicher Geschäftsmann sein, nur widersetzt die Landwirtschaft sich den üblichen Geschäftsmethoden, weil man es nicht mit anderen Geschäftsleuten zu tun hat, sondern mit Gott, ziemlich durchsichtig verkleidet als Wetter. Gott neigt dazu, sich verheerend auf die Buchhaltung auszuwirken, das hatte mein

Vater oft beklagt, doch für meine Begriffe war mein Vater kein Landwirt wie Thomas oder mein Großvater. Man kann sich nicht ernstlich Landwirt nennen, ehe man nicht seinen Leuten bewiesen hat, daß man Mist aufladen und Unkraut hacken und um vier Uhr morgens aufstehen kann, um die Kühe zu melken.

Doch wie dem auch sei: Da war ich und schwitzte allein, bekam Alpdrücken bei der Vorstellung, hoffnungslos in den roten Zahlen zu landen und zerknirscht zu meinem Vater zu kriechen und ihm zu gestehen, ich hätte versagt. Ich versuchte, so gut und so viel zu lernen wie ich konnte, und bemühte mich um das Wohlwollen Thomas'. Und all das war, *bevor* ich heiratete. Hinterher änderte sich nichts, höchstens, daß alles noch schlimmer wurde, weil ich mir jetzt womöglich noch mehr Sorgen um das Geld machte. Ich überlegte, ob ich nicht im Hinblick auf mein Erbe Geld aufnehmen könne, stellte jedoch fest, daß – wiewohl ich verheiratet war – die Bestimmungen der Vereinbarung das Geldaufnehmen sehr schwierig machten, solange ich noch keine einundzwanzig war. Ich erkundigte mich sogar, ob ich im Hinblick auf Bellas Erbe Geld aufnehmen könnte, aber das erwies sich als noch schwieriger. Ich hatte das Gefühl, überall eingeengt zu sein. Niedergeschlagenheit suchte mich heim. Das malerische Penhale Manor war zwar für das Auge etwas Angenehmes, aber alte Häuser sind teuer in der Unterhaltung. Bella war auch sehr schön anzusehen, aber Frauen sind nun mal nicht billig, und schwangere Frauen erst recht nicht. Gott allein wußte, wieviel das Baby kosten würde. Ich stellte ein paar Schätzungen an: Kinderwagen, Bettchen und Kleidung, doch gab ich das entsetzt rasch auf. An die Gebühren für das Internat in fernerer Zukunft wagte ich nicht einmal zu denken.

Um alles noch schlimmer zu machen, stellte sich bald heraus, daß Bella keine Ahnung hatte, wie man ein Haus führte, und was noch schlimmer war: Es war klar, daß sie es nie lernen würde. Das hätte nicht unbedingt ein Unglück zu sein brauchen; auch Bronwen war mit der Haushaltsführung nie zurechtgekommen – nur hatte mein reicher Vater sich eine erstklassige Haushälterin leisten können. Das Äußerste dessen, was ich mir leisten konnte, war eine Köchin, ein Zimmermädchen und eine Putzfrau aus dem Dorf, die allesamt mit nichts anderem beschäftigt schienen, als endlos Tee zu trinken. Ich versuchte, die Lage zu verbessern, indem ich sie an die Luft setzte, aber mit denjenigen, die ich statt dessen einstellte, kamen wir genausowenig zurecht. Das lag daran, daß Bella für nichts weiter Interesse hatte als für das neue Baby, das unterwegs war. Sie schien das Chaos und den Schmutz und die elenden Kochkünste einfach nicht zu bemerken. Ich hatte durchaus nichts gegen ein wenig Durcheinander in meinem Heim; ein bißchen Durcheinander ist natürlich und zeugt nur von einem blühenden Familienleben, doch diese ständige Desorganisation war schon sehr bedrückend.

Glücklicherweise kann das Menschenhirn nur mit einer bestimmten Anzahl von Sorgen zur Zeit fertig werden, und so kam ich bald dahinter, daß ich es mir einfach nicht leisten konnte, mich über den Haushalt aufzuregen. Meine Hauptsorge galt meinem Vater. Ich mußte ihn beeindrucken. Ich mußte beweisen, daß ich das Richtige getan hatte, als ich mich für den Beruf des Landwirts entschied. Ich mußte mit dem Gut Erfolg haben.

2

Ich habe nicht die Absicht, die heimlichen Machtkämpfe zu beschreiben, die sich zwischen mir und meinem Verwalter entspannen, die endlosen Debatten über Für und Wider des Getreideanbaus in einem Gebiet, in dem vornehmlich Viehzucht betrieben wurde, meine wachsende Entschlossenheit, auf dem Standig-Stone-Field Hafer auszusäen, meinen ständigen Streit mit Jasper Llewellyn über seine verdammten Schafe, den Ärger über den bockigen Motor meines Trekkers, meinen Entschluß, jetzt, da wir aus der Leitung stets gutes Wasser hatten, mehr Milchkühe zu halten, das Entsetzen über Kühe mit kaputtem Euter, die Alpträume wegen der Unfruchtbarkeit der Färsen, den Schweizer, der durchdrehte, die Milchmagd, die streikte, als die Kühe Läuse bekamen, die Katze, die die Kücken fraß, und all die anderen Zwischenfälle, die das Grundgerüst meines turbulenten bukolischen Lebens bildeten. Es soll genügen zu erklären, daß ich mit einem Hof von rund zweihundertachtzig Morgen dasaß, von dem ich meinte, daß er mich zum Wahnsinn trieb.

Zuerst faßte ich den Entschluß, vornehmlich Ackerbau zu treiben; mochten alle anderen auch zur Milchwirtschaft zurückgekehrt sein, das milde Klima, das in Gower herrschte, ermunterte mich, an gute Getreideernten zu glauben. Bald darauf liebäugelte ich dann aber doch mit der Milchwirtschaft, (a) weil diese sehr ertragreich sein kann, sofern alles gut läuft, und (b) weil ich ein paar saftige Wiesen mein eigen nannte, die der liebe Gott als Paradies für milchgebende Pflanzenfresser geschaffen haben könnte. Nur macht die Milchwirtschaft Arbeit, die es in sich hat und die sich einem aufs Gemüt legt. Diese verdammten Kühe brauchen die Aufmerksamkeit des Landwirts von morgens bis abends, und wenn man nicht gerade einen

Heiligen als Schweizer hat, kann man sich gleich einen Strick nehmen. Ich hatte keinen Heiligen. Ich hatte vielmehr einen Trunkenbold als Schweizer. Wenn er einen Katzenjammer hatte, behandelte er die Euter seiner Schutzbefohlenen so grob, daß sie rissig wurden und sich entzündeten. Mein Gott, war das furchtbar! Die Rechnungen des Tierarztes richteten mich fast zugrunde. Thomas verschaffte mir einen neuen Schweizer; trotzdem blieb ein Großteil der Arbeit an mir hängen. Ich kam so weit, daß ich nie wieder ein Euter sehen wollte, doch glücklicherweise achteten mich die Männer, weil ich ihnen bewies, daß ich genauso hart arbeiten konnte wie jeder, den ich einstellte, und selbst mein Verwalter wurde nachgerade weich, und so fuhr ich also fort mich abzurackern und widerstand der Versuchung, alles um mich herum zu vernichten – Menschen, Tiere, alles. Landwirtschaft betreiben soll romantisch sein? Daß ich nicht lache!

Dennoch, auf ihre besondere Weise war sie auch lohnend. Als ich meine Getreidefelder kurz vor der Ernte in der Brise wogen sah, erfüllte mich jenes besondere Gefühl der Genugtuung, das einem nur zuteil wird, wenn eine Arbeit gut gemacht worden ist, und mir ging auf, daß, wenn ich auch eine harte Schule durchmachte, es sich letztlich lohnte, weil ich irgendwann einmal genauso erfolgreich sein würde wie mein Großvater, einem Landwirt, der seinen Beruf von der Pieke auf gelernt hatte, bis er schließlich kluge Betriebsführung mit dem angenehmen Leben eines Gentleman verbinden konnte. Selbstverständlich würde ich nie auf Oxmoon leben, und so konnte ich auch nicht richtig in seine Fußstapfen treten, aber trotzdem . . .

Ich sah mich nach dem Tod meines Vaters (der hoffentlich noch lange leben würde!) mit dem Erbe, das er mir bestimmt hinterließ, auf Penhale Manor ein angenehmes Leben führen. Ich würde dann die Verwaltung der Farmen in Herefordshire übernehmen und den Gutshof von Penhale selbst bewirtschaften; vielleicht konnte ich irgendwo sogar noch etwas Land dazukaufen und meinem Reich zuschlagen . . . Müßig versuchte ich, den augenblicklichen Verkehrswert von Oxmoon zu errechnen, gab das jedoch auf. Es hatte keinen Sinn, sagte ich mir streng, sich in törichten Phantasien zu ergehen, und so trabte ich durch den Schlamm auf dem Hof, um das Mischen des Kuhfutters zu überwachen. Kester saß in diesem Augenblick in seinem eleganten Maßanzug aus der Savile Row auf Oxmoon, trank Champagner und lauschte diesem krankmachenden zweiten Klavierkonzert von Rachmaninow.

Armer Kester, armes Schwein . . .

Uff! Wie ich ihn haßte.

3

Das wirklich Versöhnliche an diesem stark negativen nachhochzeitlichen Bild war, daß Bella und ich sehr glücklich miteinander waren, wenn ich nicht gerade vom Hof, vom Gesinde oder vom chaotischen Zustand des Hauses zum Wahnsinn getrieben wurde. Ich bedauerte meine Eheschließung wahrhaftig nicht. Was mir am meisten leid tat, war die dadurch hervorgerufene Entfremdung von meinem Vater, doch als die Monate vergingen und er sah, welche Mühe ich mir gab, mein neues Leben in den Griff zu bekommen, wurde er freundlicher, und ich glaubte, daß er das Kriegsbeil begraben würde, wenn erst einmal sein neues Enkelkind da wäre. Er behandelte Bella stets mit Behutsamkeit, gleichsam als wäre sie ein geistig zurückgebliebenes Kind, das unseres Mitgefühls bedürfe. Aber sie war nicht geistig zurückgeblieben, sondern nur nicht besonders aufgeweckt, so daß sie sich aus Lernen und Bildung nichts machte, doch das ist schließlich mit den meisten Menschen so, oder? Hochgebildete Leute wie mein Vater halten andere, die nie ein Buch aufschlagen, für schwachsinnig, doch hat die Mehrzahl der Menschen keinerlei Interesse am Lesen; trotzdem kann kein Mensch behaupten, daß dieser gewaltige Anteil der Menschheit gänzlich ohne Intelligenz wäre.

Es stimmt schon, alles, was Bella mochte, war essen, trinken, mit mir ins Bett gehen, reden und billige Illustrierte und Modezeitschriften durchblättern, doch stellte ich fest, daß mir diese wunderbare Unbekümmertheit geistigen Dingen gegenüber ausnehmend gut gefiel. Sie bewirkte, daß mein Beschützerinstinkt ihr gegenüber wachgerufen wurde. Außerdem war sie immer gutherzig, was meine ganze Zärtlichkeit weckte; die anderen Frauen, die in meinem Leben eine Rolle gespielt hatten, waren keineswegs gutherzig gewesen. Darüber hinaus wußte ich, daß sie mich liebte; sie war viel zu arglos, als daß sie falsch hätte sein können, und das gab mir ein wunderbares Gefühl der Sicherheit. Ja, ihre starke kindliche Zuneigung bedeutete mir sogar mehr als ihre Begabung für Sex, obwohl man eine solche Begabung nicht verachten soll. Im Gegenteil. Ich mag Sex, ja, abgesehen vom Klavierspielen wüßte ich nicht, was mir mehr Spaß machte.

Mein Vater war erleichtert, als er sah, daß Bella und ich glücklich waren, und das erweichte sein Herz, so daß seine Einstellung uns gegenüber sich änderte; zu dem Zeitpunkt, im Juli 1939, da Kester durchdrehte, betrachtete ich meinen Vater und mich als völlig miteinander ausgesöhnt. Da sich unsere Beziehung um soviel verbessert hatte, traf es mich besonders hart, als er an diesem Abend in Oxmoon das Gespenst der Güter in Herefordshire an die Wand malte und mich aus Gower zu vertreiben versuchte. Ich wußte, daß er meine Beschäftigung mit Penhale Manor nur als vorübergehende Maßnahme betrachtete, doch dachte ich, mir blieben mindestens noch fünf Jahre – so lange lief der Pachtvertrag –, ehe er den Versuch unternehmen würde, mich ins Exil zu treiben. Kein Wunder also, daß ich entsetzt war, als er vorschlug, ich solle Penhale so bald schon verlassen! Und was den ganzen Unsinn betraf, daß ich im Manor nur darauf lauerte, mich auf Oxmoon stürzen zu können . . . Manchmal war mein Vater wirklich sonderbar. Sehr sonderbar sogar. Selbstverständlich spielte ich gelegentlich mit dem Gedanken, wie herrlich es wäre, wenn Kester tot umfiele und für meinen Vater die Möglichkeit entstünde, die Besitztitel von Oxmoon zu erwerben, aber schließlich haben wir alle unsere kleinen Hirngespinste, und nur ein Irrer geht herum und glaubt, daß alle diese wahr werden können. Ich hatte mich inzwischen längst damit abgefunden, daß Oxmoon niemals mir gehören würde. Ich war ein hartgesottener Realist und Tatmensch – genau das Gegenteil des armen, schwächlichen Kester mit seinen Wunschträumen.

Aber war ich das wirklich?

Ich dachte an jenen unheimlichen Augenblick an jenem Morgen in Oxmoon, da ich die Schwelle überschritten und seinen Glitzertraum zum ersten Mal erblickt hatte.

Ich hatte von den Renovierungsarbeiten gehört, doch niemand hatte sie mir eingehend beschrieben; die einzigen Nachrichten, die mich seit einiger Zeit erreicht hatten, waren wenig mehr als Dorfklatsch gewesen. Infolgedessen hatte ich wirklich keine Ahnung, wie es dort aussehen würde. Vielleicht hatte ich mir so etwas Ähnliches wie Eaton Walk vorgestellt, Gruppen von griechischen Antiken auf beigefarbenen Spannteppichen; wie gründlich ich mich da irrte. Als ich die völlig umgestaltete Halle erblickte, hörte ich im Geiste nicht den «Totenmarsch» aus *Saul*, wie mir das so oft in Eaton Walk passierte, sondern eines der überschäumendsten und gefühlsgeladensten Stücke, die ein britisches Ohr überhaupt hören kann: Elgars Marsch «Pomp and Circumstance Number One». Mir wäre fast das Trommelfell geplatzt. Ich trat genau in dem Augenblick ein, da das Orchester, nachdem es umhergeschossen war wie ein Schwarm verirrter Hummeln, sich schließlich wieder zusammenfindet und sich die Tonleiter zu der überwältigend banalen Strophe «Land of Hope and Glory» emporschwingt. Zum Glück riß ich mich gerade noch rechtzeitig zusammen, um die Vorstellung zu beenden, doch hatte das wahnsinnige

Crescendo offenbar sämtliche Gefühlsschleusen geöffnet, denn im nächsten Augenblick schwamm ich in den Chor der Gefangenen aus Verdis *Nabucco* hinein. Wie hatte ich nur so schwülstig sein können? Doch welch machtvoll-sehnsuchterfülltes, wunderbares Lied hatte Verdi geschrieben, und welch machtvoll-sehnsuchterfülltes, wunderbares Bild bot sich meinen Augen!

Ich stand einfach da, lauschte dem Chor der Juden im babylonischen Exil, und für einen Augenblick erkannte ich die Wirklichkeit, die einzige Art von Wirklichkeit, auf die es wahrhaft ankommt, und diese Wirklichkeit war all die Musik, die ich nie kennengelernt hatte, all die Schönheit, die mir versagt worden war, und die ganze Fülle jenes anderen Lebens, das ich nie hatte leben dürfen.

Dann drehte ich mich um, wandte mich Kester zu, meinem Vetter Kester, und was ich erblickte, war nicht das Gegenteil von mir, sondern mein Double – mein Spiegelbild, mein anderes Ich. Welch ungeheuerlicher Augenblick war das! Was ich nie vergessen werde, ist der Schrecken, der mich durchfuhr – ein Schrecken freilich, der sich jeder Analyse entzog. Er hatte keinen Namen. Ich hatte das Gefühl, etwas gesehen zu haben, das ganz und gar außerhalb des Bereichs normaler menschlicher Erfahrungen lag – doch war das selbstverständlich nur eine neurotische Illusion, denn ich hatte keineswegs meinen Doppelgänger erblickt, sondern nur Kester, gesehen durch die verzerrende Brille meiner Eifersucht.

Ich hatte mich meines Vaters Normen angepaßt, und jetzt kam ich mir verstümmelt vor. Kester hatte ihnen getrotzt und die Befreiung erlebt. Er, der Phantast, hatte in der Wahrheit gelebt. Ich, der Realist, hatte eine Lüge gelebt. Was ich wollte, war seine Phantasie, sein Leben; was ich wollte, war mein eigentliches Ich, und das Symbol all meiner Sehnsüchte war Oxmoon, das glänzend-strahlende Oxmoon, mein Traum, genauso wie der Kesters, mein Märchen, das nie wahr werden konnte.

Nun, dachte ich Stunden später, während ich durch die Nacht zu Fuß nach Penhale zurückkehrte, soviel dazu. Es wurde Zeit, die Welt – die wirkliche Welt – wieder in den Blick zu bekommen. In dieser wirklichen Welt machte ich mein Leben langsam, aber sicher zu einem Erfolg, wohingegen Kester eine Pleite gewaltigen Ausmaßes erlitten hatte. Armer Kester, armes Schwein! Er tat mir diesmal ehrlich leid, wirklich.

Auf der Zufahrt von Penhale Manor blieb ich stehen, um das langgestreckte Haus ausgiebig ins Auge zu fassen. Seine hochragenden elizabethanischen Schornsteine standen schwarz vor dem nächtlichen Himmel. Sehr hübsch. Ich liebte mein Heim. Ich war zufrieden. Schluß damit, sich nach etwas zu verzehren, was nicht sein sollte.

Ich betrat das Haus. Das Wohnzimmer, das neu gestrichen und saubergemacht werden mußte und neue Bezüge für die Sessel gebrauchen konnte, kam mir plötzlich unsäglich schäbig und fade vor; um mich abzulenken, steuerte ich daher instinktiv das Klavier meiner Mutter an und spielte den Chor der Gefangenen aus *Nabucco*.

Tripptrapp, tripptrapp kam Bella hereingeschlurft und sah aus wie eine Zeichnung von Mabel Lucie Attwell: rosig-weißer Teint, schimmerndes Haar und gesunde Pummeligkeit.

«Harry, warum kommst du nicht gleich ins Bett? Wieso sitzt du hier und spielst zu nachtschlafender Zeit auf dem dummen alten Klavier?»

Widerstrebend ließ ich mich nach oben ziehen.

«War es schrecklich langweilig auf Oxmoon?» sagte Bella.

«Ja, schrecklich.»

«Was ist denn passiert?»

«Ach, nichts weiter.»

«Und was hat er mit dem Haus gemacht?»

«Rausgeputzt wie eine Hure hat er es.» Ich hatte den Chor der Gefangenen wieder im Ohr, doch löschte Bella ihn aus, indem sie über ihren letzten Besuch bei Dr. Warburton plapperte.

«Und da hab' ich gesagt, ich wünsch' mir ein Mädchen, das mir Melody ersetzen soll. Ach, wie schön, daß Dr. Warburton *Bescheid weiß* und ich mit ihm über sie reden kann.»

«Hm.»

«Du wünschst dir doch auch ein Mädchen, nicht wahr, Harry?»

«Ich sag dir doch immer wieder Bella, mir ist das egal. Hauptsache, es ist gesund und dir geht es gut.» Mein Gott, als ob ich nicht schon genug Probleme hätte, da sollte ich mir auch noch Gedanken darüber machen, ob das Baby nun ein Junge oder ein Mädchen werden sollte! Ich gab den Versuch auf, der Musik in mir zu lauschen, und zog mich mechanisch aus.

«Ach, Harry, wie sollen wir das bloß machen ohne Sex während der Wochen vor und nach der Geburt?»

«Wie sollen wir das machen, wenn es zum Krieg kommt und ich einrücken muß?» versetzte ich bissig; ich war diese ständige Beschäftigung mit dem Sex gründlich leid.

«Ach, es gibt doch bestimmt keinen Krieg, oder? Ich dachte, Mr. Chamberlain und Hitler haben sich in München so gut verstanden.»

Hoffnungslos! Natürlich las sie nie eine Zeitung. Wir stiegen ins Bett und fingen an, miteinander zu schlafen. Nach einiger Zeit war ich imstande mir zu sagen, daß ihre Ahnungslosigkeit wirklich etwas Rührendes sei. Sie erreichte den Höhepunkt. Gott sei Dank. Ich kam zum Ende, und bald war sie eingeschlafen. Nochmals Gott sei Dank! Im Dunkel auf dem Rücken liegend lauschte ich nochmals Verdi und bemühte mich redlich, nicht an den kommenden Krieg zu denken.

In den Krieg zu ziehen und zu kämpfen war wirklich das letzte, was ich mir wünschte. Woran mir gelegen war, das war zu Hause zu bleiben und ein Pazifist zu sein wie dieser Scheiß-Kester.

Aber das hätte sich selbstverständlich nicht gehört.

4

Wie nicht anders zu erwarten, geriet ich im Krieg in den allergrößten Schlamassel, bloß weil ich tat, was sich gehörte, und zum Helden wurde. Doch diesmal hatte ich mir das ausschließlich selber zuzuschreiben, und mein Vater trug nicht die geringste Schuld daran. Während einer seiner regelmäßigen Besuche in Oxmoon, um die Aufräumarbeiten zu überwachen, tat mein Vater mir seine Ansichten kristallklar kund.

«Du mußt deinem Gewissen folgen, Harry, und nicht tun, wovon du meinst, daß *ich* es für das Richtige halte, sondern was *deiner Meinung nach* das Richtige ist. Ich selber habe mich in eine unmögliche Lage gebracht, als ich im letzten Krieg nicht ins Feld zog; dabei denke ich heute, wenn ich zurückblicke, daß Robert vermutlich recht hatte, als er mich drängte, im Außenministerium zu bleiben. Ein Krieg wird an vielen Fronten ausgetragen. Eigentlich sollte jeder so dazu beitragen, wie er es am besten versteht; wenn du also ehrlich überzeugt bist, du würdest deinem Land besser dadurch dienen, daß du *nicht* die Uniform anziehst, dann denke um Gottes willen nicht, ich würde das mißbilligen.»

Das war sehr fair und sehr gütig und bewirkte, daß ich mich ihm wieder sehr nahe fühlte. Das schlimme war nun, daß diese Ansprache mir in keiner Weise aus meiner Verwirrung heraushalf. Ja, diese Verwirrung war dermaßen groß, daß ich geradezu froh gewesen wäre, wenn er gesagt hätte: «Kämpfe für dein Vaterland, oder laß dich nie mehr bei mir blicken!» Dann hätte ich jedenfalls gewußt, daß ich keine Wahl hatte, und dann wären die quälenden Überlegungen, die ich anstellte, zu Ende gewesen.

Dieses Gespräch fand im Oktober 1939 statt. Einige Monate zuvor war ich in die Territorial-Truppe eingetreten, um mich selbst zu überzeugen, daß ich die feste Absicht hätte, in diesem Krieg als Soldat zu kämpfen, doch wartete ich immer noch darauf, in die Kriegsmaschinerie hineingesogen zu werden, und so blieb mir in der Zwischenzeit nichts anderes übrig, als ständig mit mir selbst zu hadern. Es wäre ja alles soviel leichter gewesen, wenn ich mir hätte sagen können, ich hätte mich ehrlich dem Pazifismus verschrieben, doch das konnte ich nicht. Ich glaubte, es war richtig von uns, den Krieg zu erklären. Ich wollte meinem Vaterland dienen, indem ich dafür kämpfte. Aber die Vorstellung, mein Zuhause zu verlassen, war mir verhaßt, wirklich ver*haßt*. Wieder wurde ich enteignet, diesmal von Hitler. Ich hätte ihn umbringen können.

Immer wieder spielte ich mit dem Gedanken, mich dienstuntauglich schreiben zu lassen, damit ich mich ganz der Aufgabe widmen könnte, meinen Betrieb so umzustellen, daß ein Höchstmaß an Nahrungsmitteln erzeugt wurde, und wäre ich Thomas gewesen, der zweiunddreißig war, wäre ich damit vielleicht auch durchgekommen. Aber ich war zwanzig und galt damit als das ideale Kanonenfutter. Ich glaubte nicht, daß ich damit durchkommen könnte, und ob ich das nun tat oder nicht – auf jeden Fall würden alle mich schief ansehen, und der Gedanke, als Feigling dazustehen, war mir unerträglich. Für überzeugte Pazifisten wie Kester sah das ganz anders aus. Sie konnten sich auf ihre moralischen Grundsätze berufen. Ich hingegen hatte keine andere Entschuldigung als den jugendlichen und selbstsüchtigen Wunsch, daheim zu bleiben. Nein, ich mußte kämpfen, ob ich wollte oder nicht, aber Himmel, war das eine Tortur! Hinzu kam noch, daß Thomas, von dem jeder erwartete, daß er in die Home Guard eintrat und zu Hause blieb, damit liebäugelte, sich freiwillig zur Army zu melden und auf den Kontinent zu gehen. Typisch! Welch eine Ironie!

Abgelenkt von diesen quälenden und morbiden Gedanken wurde ich durch die Ankunft meines Sohnes Ende Oktober. Wie durch ein Wunder war alles rechtzeitig für ihn fertig – Kinderzimmer, Windeln, Nanny, was so dazugehört. Mein Vater, der jetzt geradezu weich wurde, hatte mir das Geld gegeben, um eine richtige Kinderfrau – also eine Nanny – statt eines Kindermädchens einzustellen, weil er sagte, er glaube nicht, daß Bella sich darüber im klaren sei, wie anstrengend neugeborene Babies sein könnten.

Aus ihm sprach die Stimme der Erfahrung. Mein Vater hatte sieben Kinder gezeugt – acht sogar, wenn man meinen Bruder John dazuzählte, der 1917 gleich nach der Geburt gestorben war –, und die Erinnerung daran, wie Bronwen sich im Kinderzimmer von Penhale abrackerte, hatte sich zweifellos für immer in sein Bewußtsein eingegraben. Wenn er sagte, neugeborene Babies könnten selbst eine begeisterte Mutter wie Bella ermüden, hatte er damit ohne Zweifel recht.

Dieses jedenfalls hielt einen ganz schön in Atem. Es war rosig, kahlköpfig, aggressiv und hatte machtvolle Lungen. Bella kam bald über ihre Enttäuschung hinweg, daß das Baby kein Mädchen war, und es waren nur wenige Stunden vergangen, da erzählte sie mir freudig, es sei wirklich viel besser, daß wir mit einem Sohn und Erben anfingen. Ich stimmte ihr zu. Ich hatte diesen sehnlichen Wunsch, einen Ersatz für Melody zu bekommen, immer morbide und peinlich gefunden und war daher froh, ein Baby zu haben, das nicht einfach als «Ersatz» angesehen werden konnte. Ja, ich war dermaßen entzückt von diesem greifbaren Beweis für die erfolgreiche Beziehung zu meiner Frau, daß ich viel Zeit damit verbrachte, Champagner zu trinken und mich den Dienstboten gegenüber großzügig zu zeigen.

Bella sagte, er solle nach mir Henry heißen, und da mir die Vorstellung eines Namensvetters gefiel, erklärte ich mich einverstanden. Dabei verabscheue ich den Namen Henry. Harry gefällt mir zwar auch nicht besonders, aber das klingt immerhin etwas lebendiger. «Henry Godwin», das hört sich nach einem Katzen haltenden Hagestolz und Antiquitätensammler an. Bei «Harry Godwin» kann man sich zumindest einen Mann vorstellen, der imstande ist, das aufregendste Mädchen in Gower zu befriedigen.

«Aber Harry können wir ihn nicht nennen», erklärte Bella. «Das gäbe viel zuviel Verwirrungen. Ich weiß! Laß ihn uns Hal nennen! Er ist ein zähes Bürschchen – Hal ist genau der passende Name für ihn.»

Welch ausgefallene Ideen Frauen haben. Ich blickte herab auf diesen knapp fünfzig Zentimeter langen Winzling und fragte mich, ob ich schon jemals etwas so Schwaches und Hilfloses gesehen hätte, und Bella fand ihn «zäh». Aber die Vorstellung von einem kleinen Hal gefiel mir. Und außerdem gefiel mir die Vorstellung, ein kleines Abbild von mir zurückzulassen, falls ich – aber nein, ich durfte wirklich nicht daran denken, daß ich im Krieg fallen könnte. Das wäre wirklich der Gipfel an neurotischer Feigheit.

Vierzehn Tage später wurde ich in ein Ausbildungslager im Norden von Wales geschickt. Ich nahm Hal in den Arm, hielt für einen

Augenblick seine kleine Hand zwischen Daumen und Zeigefinger und machte mich dann auf den Weg, der zu diesem Scheiß-Heldentum führen sollte.

Welch eine Flucht vor einer Überfülle von Problemen, mit denen ich nicht fertig zu werden wußte.

Welch ein Leben . . . und welch ein Schlamassel!

5

Der gewaltige Umbruch, den der Krieg zur Folge hatte, zog auch eine Umgruppierung der Godwins nach sich. Es war, als ob jemand ein riesiges Kaleidoskop geschüttelt hätte und ein neues Muster entstanden wäre. Zu der ersten Veränderung kam es, als Onkel Edmund, von meinem Vater dazu angestachelt, gemeinsam mit Tante Teddy London verließ, um den Krieg über auf der Halbinsel Gower zu leben. Selbstverständlich hätten sie es vorgezogen, sich auf ihren Besitz in Kent zurückzuziehen, doch wurde dieser seiner vorteilhaften Nähe zu London wegen bald von der Regierung beschlagnahmt, und als meinem Vater klarwurde, daß Teddy entschlossen war, die Hauptstadt zu verlassen, ehe die Bombenangriffe anfingen, schlug er ihnen vor, sie könnten doch in Oxmoon leben. Kester mochte sie; mein Vater meinte, Edmund könnte väterliches Verständnis ausstrahlen und gleichzeitig als Puffer zwischen seinem Neffen und Thomas fungieren, der sich damals nicht sicher war, ob er es schaffte, wirklich in die Armee übernommen zu werden.

Jeder hielt das für einen ausgezeichneten Plan, doch dann ging meinem Vater auf, daß meine Notlage größer war als die Kesters. Ich sollte Penhale in Kürze verlassen; Thomas hatte sich bereit erklärt, sich für mich um das Gut zu kümmern, doch war sein Verbleiben in Gower keineswegs sicher. Bella konnte mit überhaupt nichts fertig werden außer Schwangerschaft und billigen Modezeitschriften. All dies bedeutete, daß Penhale Manor reif war für die Invasion durch einen Mann wie Edmund, der einst ein Gut für meinen Vater verwaltet hatte, und eine Frau wie Teddy, die alles bewältigte, was in ihrer Reichweite lag.

Sie trafen vor meiner Haustür ein. Ich war erleichtert und beunruhigt zugleich. Edmund war jemand, den ich nicht besonders gut kannte. Nachdem er Constances Schwester geheiratet hatte, war ich ihm kaum je begegnet, solange mein Vater mit Bronwen gelebt hatte, und auch später hatte ich kaum Gelegenheit gehabt, mich allein mit ihm zu unterhalten. Er schien eines jener sonnigen schlichten Gemüter zu sein, wie man ihnen so häufig in der britischen Oberschicht begegnet, doch war ich mir bewußt, daß mein Vater meinte, Edmund könne gewissenhaft ein Auge auf meinen Besitz werfen, und so war ich bereit zu glauben, daß er doch mehr auf dem Kasten hatte, als man es seinem Aussehen nach vermuten sollte.

Was Teddy betraf, war ich womöglich noch vorsichtiger. Ich erinnere mich, daß sie meinem Vater gegenüber sehr kalt gewesen war, als er von Constance getrennt gelebt hatte, und ich neigte dazu, ihr gekünsteltes Wesen als das zu nehmen, was es schien. Sie beide – Constance und Teddy – waren wesentlich jünger als mein Vater und Edmund, die beide Mitte Vierzig waren. Teddy war vierunddreißig, gescheit, redselig und unenglisch. Anders als Constance, die sich im Laufe der Jahre mühsam eine englische Aussprache angeeignet hatte, war Teddy mit Bedacht bei ihrem Amerikanisch geblieben, ja, übertrieb dies sogar ein wenig, so daß sie sich häufig amerikanischer anhörte als andere Amerikaner. Ich glaube, sie meinte, daß die Engländer dies «süß» fänden. Aber vielleicht fand sie auch nur, daß es sich als Ausländerin in England leichter lebte; schließlich neigen die Engländer ja dazu, englisch-sprechenden Ausländern großes Wohlwollen entgegenzubringen und ihnen unenglisches Benehmen bereitwillig nachzusehen.

Edmund und Teddy hatten zwei Jungen, die jedoch beide in Harrow waren und damit den größten Teil des Jahres fort von daheim. Richard war fünfzehn und Geoffrey zwei Jahre jünger. Beide waren sie gute Sportler und fanden, Harrow sei wunderbar. Ich hatte den Verdacht, daß Geoffrey ein ziemlich pfiffiger Bursche war, obwohl er nie viel sagte. Dazu hatte er auch nicht viel Gelegenheit. War es nicht Teddy, die munter dahinplapperte, konnte man sicher sein, daß dieser Einfaltspinsel Richard, der soviel Grips hatte wie ein Floh, Unsinn quatschte oder brüllend lachte. Er war so arglos, daß es unmöglich war, eine Abneigung gegen ihn zu hegen, aber ich fand ihn schon sehr ermüdend.

Aber Richard war damals kaum mein Problem, und seine Eltern hatten vollauf damit zu tun, meine Rettung zu sein. Teddy warf einen Blick auf das Haus, einen auf Bella und einen auf das neugeborene Baby und sagte: «*Okay, honey,* das überlaßt mal mir.» Das tat ich auch, aber vorher setzte Teddy noch hinzu: «Harry, *darling,* ich krieg' doch auch weiterhin diese Schecks, mit denen ich jetzt, wo ich nicht mehr in London bin, nicht mehr weiß, was ich mit ihnen anfangen soll – warum machen Bella und ich uns in deiner Abwesenheit nicht ein paar schöne Tage und bringen euer wunderschönes altes Haus wieder ein bißchen in Schuß?»

«Nun, das ist natürlich überaus freundlich von dir, Teddy, aber...»

«Nun komm mir bitte nicht auf die britische Tour», sagte Teddy gekonnt, «Edmund und ich stehen im Begriff, euer Haus mit Beschlag zu belegen, und da ist das mindeste, was wir tun können, etwas Geld hineinzustecken. Warum nicht? Mein Gott, wer weiß, vielleicht sind wir ohnehin alle bald tot, warum also nicht vorher noch ein bißchen Geld ausgeben?»

Mir ging allmählich auf, daß ich es mit einer Frau zu tun hatte, die eine starke, warmherzige und großzügige Persönlichkeit war. Auch dämmerte mir, daß – wenn sie Stärke, Wärme und Großzügigkeit in gigantischem Ausmaß geben wollte – ich ein Narr wäre, das zurückzuweisen.

«Ich bin ein solcher Bösewicht, Teddy, daß ich einfach die Waffen strecke – vielen, vielen Dank.»

Teddy sah mich strahlend an. «Aber es gehört ein richtiger Mann dazu, ein Geschenk so anmutig anzunehmen – *honey*, meine Bewunderung für dich ist grenzenlos!»

Ganz allmählich erwachte bei mir das Verständnis dafür, warum Edmund, der sich praktisch jahrelang von dieser reichen Frau mit einem so starken Willen hatte aushalten lassen, rundum glücklich und normal geblieben war.

«Teddy ist großartig», seufzte Bella kurz vor meiner Abreise. «Sie ist die netteste Frau, der ich jemals begegnet bin.»

Das stellte einen weiteren Sieg für Teddy dar. Bella haßte nämlich neue Bekanntschaften. Ich kannte sie gut genug, um zu erkennen, daß dies nur daran lag, weil sie meinte, die Leute hielten sie für häßlich und beschränkt; es war mir nie gelungen, sie davon zu überzeugen, daß sie eine bessere Meinung von sich haben sollte. Es blieb Teddy vorbehalten, ihr zu einem neuen Selbstbewußtsein zu verhelfen.

«Teddy sagt, ich hätte eine fabelhafte Figur», sagte Bella, als ich auf Urlaub nach Hause kam. «Teddy sagt, wenn ich mich den Deutschen entgegenstellte, würden die einfach vom Donner gerührt stehenbleiben.»

«Hoffen wir, daß du das nie wirst tun müssen», sagte ich, doch hörte sie mich kaum. Sie brannte darauf, mir mehr von ihrem Idol zu erzählen.

«Teddy fragte mich nach meiner Mutter, und als ich ihr sagte, eigentlich wüßte ich nicht mehr von ihr, als daß sie platinblond gewesen sei, sagte Teddy: ‹Platinblond! *Wooow!* Muß das eine tolle Frau gewesen sein!› Und es war so wunderbar, daß sie das sagte, denn alle anderen haben immer so getan, als wäre die Tatsache, daß jemand platinblondes Haar hat, wirklich das allerletzte. Und weißt du, was Teddy dann gesagt hat? Sie sagte, vielleicht hätte meine Mutter überhaupt in meinem ureigensten Interesse gehandelt, als sie mich in Stourham Hall zurückließ. Sie sagte, vielleicht wäre das die große, edle und selbstlose Geste gewesen, um zu gewährleisten, daß ich in einem wohlhabenden Haus aufwüchse, und plötzlich sah ich alles mit ganz anderen Augen, konnte ich mir sogar vorstellen, daß meine Mutter mich vielleicht doch geliebt hat... Teddy sagt, wenn *sie* eine Tochter gehabt hätte, hätte sie alles getan, um zu gewährleisten, daß sie glücklich würde – es ist schon traurig, daß Teddy keine Tochter hat, nicht wahr? Aber sie konnte keine Kinder mehr kriegen, nachdem Geoffrey geboren war. Wie leid sie mir tut.»

Mir jedoch tat Teddy keineswegs leid. Mir war klar, daß sie die Tochter gefunden hatte, die sie sich immer gewünscht hatte.

«Bella, um Gottes willen, erzähl ihr bloß nicht das von Melody!»

«Aber wie käme ich dazu? Wer weiß, vielleicht wäre sie dann gegen mich eingenommen und mag mich nicht mehr... Ach, Harry, Teddy sagt, was für eine großartige Mutter ich bin, weil ich so viel Zeit mit Hal verbringe... Können wir nicht gleich noch ein Baby bekommen?»

«Warum nicht?» Ich war so froh zu sehen, daß sie ihr Leben genoß, und außerdem war ich zu dem Schluß gekommen, daß es bloß vernünftig wäre, dafür zu sorgen, daß sie etwas zu tun hätte, während ich wochenlang fort war. Ich wußte, sie liebte mich, doch wenn ein Mann eine Frau hat, die sehr sexy ist, zahlt es sich aus, sich nichts vorzumachen und realistisch zu sein.

Wir zeugten Charles, der im November 1940 zur Welt kam.

«Teddy sagt, ich bin ein Erfolg!» sagte Bella mit glänzenden Augen, als sie mir sagte, Charles sei unterwegs. «Sie behauptet, ich wäre bezaubernd, hätte einen außerordentlich attraktiven Mann und ein wunderschönes Baby und erwartete vor Ablauf des Jahres noch ein zweites – und all das, wo ich noch keine einundzwanzig bin! Sie sagt, viele Frauen bemühen sich ein Leben lang und erreichen es doch nie.»

Zwar fragte ich mich manchmal, wohin uns das noch führen mochte, kam jedoch zu dem Schluß, daß ich nur Gutes in der Situation sehen könne. Mein mit erlesenem Geschmack renoviertes Haus war blitzsauber, der Haushalt funktionierte wie am Schnürchen, Bella, erregender denn je, sah aus wie eine Hollywood-Schauspielerin kurz vor dem Durchbruch, und im Kinderzimmer sah ein kleiner blondhaariger Junge mit rosiger Haut und schwarzen Augen mich lächelnd an und stieß ein paar Laute aus, von denen Bella mir einredete, sie bedeuteten «Daddy». Ich kam zu dem Schluß, daß Vatersein wirklich etwas höchst Begehrenswertes sei. Nach Jahren persönlichen Versagens sonnte ich mich darin, mich mit Erfolg fortzupflanzen.

Der arme Kester, das arme Schwein, saß mittlerweile oben in Oxmoon und hatte es keineswegs geschafft, irgend etwas zu zeugen. Sehr traurig. Ich brach mir einen ab, um bei den Taufen besonders freundlich zu ihm zu sein.

«Ach, laß uns doch noch ein Kind bekommen, Harry!» sagte Bella, als Charles ein paar Monate alt war. «Nach zwei Jungen wird es beim nächsten Mal bestimmt ein Mädchen.»

Wir zeugten Jack, der im Dezember 1941 geboren wurde.

Drei Söhne in rascher Folge. Nicht schlecht. Mir war, als hörte ich Kester förmlich mit den Zähnen knirschen; dabei gratulierte er mir jedesmal mit einem überaus bezaubernden Brief. Dennoch konnte kein Zweifel herrschen, daß Kester eine höchst frustrierende Zeit durchmachte. Er hatte einen Krankenwagen fürs Rote Kreuz fahren wollen – typisch Kester, dem so sehr daran gelegen war, seinen Pazifismus zu dramatisieren, indem er sich eine der heldenhaftesten Aufgaben aussuchte, die zu vergeben waren –, aber man hatte ihm gesagt, er solle zu Hause bleiben.

Zuerst hieß es, Oxmoon werde beschlagnahmt werden, doch gerade als Kester und Anna sich darauf vorbereiteten, sich nach Little Oxmoon zurückzuziehen, das nach Tante Celias Tod ohnehin leerstand, besann die Regierung sich eines Besseren und fand, es sei wohl doch vernünftiger, Kester nicht zu vertreiben, sondern ihn zu lassen, wo er war, und ihn ununterbrochen schuften zu lassen. Man sagte ihm, es sei seine patriotische Pflicht als anerkannter Pazifist, die Ärmel hochzukrempeln und seinen Betrieb selbst zu bewirtschaften, und zwar mit Hilfe von Beratern von der Regierung, die Produktionspläne für ihn aufstellten, um möglichst viel Nahrungsmittel zu erzeugen. Auch Edmund befand sich in der Hand dieser Landwirtschaftsexperten, was zur Folge hatte, daß er und Kester ihre Produktionsmittel zusammenwarfen und sich praktisch und moralisch gegenseitig unterstützten. Damit war für die Godwinschen Güter in Gower gesorgt. Was Thomas betraf, so gelang es ihm schließlich doch, von einem Tag auf den anderen in die Army zu kommen und zur Ausbildung nach Nordirland geschickt zu werden. Die Schweinezucht von Stourham Hall bewältigte Eleanor in seiner Abwesenheit ganz allein.

«Es entbehrt nicht einer gewissen Ironie, wie sich alles entwickelt», sagte mein Vater später, als er sein wiederhergestelltes Vertrauen in seinen Neffen dadurch zum Ausdruck brachte, daß er die Treuhandpflegschaft auflöste, welche die Verwaltung Oxmoons seit dem Debakel im Jahre 1939 beaufsichtigt hatte. «Jedenfalls glaube ich, daß aus Kester durch den Krieg doch noch was wird. Er brauchte einen mächtigen Ansporn wie diesen, um seine Schreiberei beiseite zu legen und sich der Bewirtschaftung des Gutes zu widmen. Es sollte mich nicht wundern, wenn er sich sehr gut machte – und ich muß sagen, ich bewundere ihn für den Mut, mit dem er für seine pazifistischen Grundsätze eingetreten ist.»

So sollte aus Kester doch noch ein Held werden. Ich selbst hatte in der Zwischenzeit viele Monate nur in verschiedenen militärischen Abstellplätzen herumgesessen und auf eine Invasion gewartet, die dann nie kam. Das war zuviel. Meine Geduld war genauso erschöpft wie die Hitlers, und kurz nach diesem Gespräch mit meinem Vater beschloß ich, mich freiwillig für Kommandounternehmen zu melden.

6

Für mich hatte der Krieg zwei Teile. Der erste Teil, der bis zum September 1942 ging, verlief in quälender Langeweile, dafür aber in völliger Sicherheit. Den zweiten Teil verbrachte ich unter Umständen, in denen «Langeweile» und «Sicherheit» unvorstellbare Geisteszustände einer verlorenen Zivilisation bedeuteten. Selbstverständlich erkannte ich, während ich gähnend die erste Hälfte des Krieges hinter mich brachte, daß ich wirklich von Glück sagen konnte. Ich konnte schließlich nicht in Norwegen, Frankreich, Italien oder Griechenland getötet werden. Außerdem konnte ich meine Frau besuchen und dafür sorgen, daß sie ständig schwanger war. Den größten Teil dieser Zeit war ich an der Südküste Englands stationiert, und wenn ich auch nie in die Nähe von Gower kam, so war ich doch wenigstens immer kaum eine halbe Stunde von London, dem Ausgangspunkt der Hauptstrecke nach Swansea, entfernt.

Das Familienkaleidoskop drehte sich inzwischen weiter. Nachdem Tante Celia 1940 starb, verließ ihre Tochter Erika ihren Mann und verschwand. Lange nach dem Krieg fanden wir heraus, daß sie als britische Spionin rekrutiert worden war, jedoch gleich nach dem Fallschirmabsprung über Frankreich die Seiten gewechselt hatte. Schließlich war Deutschland ihre Heimat und sie war Hitler gegenüber immer positiv eingestellt gewesen. Persönlich hielt ich die Tatsache, daß man sie rekrutiert hatte, für eine typisch britische Fehlleistung, doch zumindest kam Erika dadurch zurück nach Deutschland, wo sie Arbeiterin in einer Munitionsfabrik wurde. Ihr Mann, Ricky Mowbray, war bemüht, sich der Einberufung zu entziehen, doch war sein Pazifismus nur ein Synonym für Feigheit, und so wurde er schließlich als Zahlmeister eingezogen und kam im Mittelmeer ums Leben. Erika heiratete nach dem Krieg einen Deutschen.

Da nun sowohl Tante Celia als auch Erika von der Landkarte von Gower verschwunden waren, wurde Little Oxmoon zu einer Unterkunft für kanadische Soldaten, die ihr möglichstes taten, um alles dort kurz und klein zu schlagen. Diese Barbaren! Jemand hat mir mal weismachen wollen, Soldaten aus den Kolonien litten unter Heimweh und sollten daher nicht allzu streng beurteilt werden. Heimweh! Wie kann man nur solche Schwächen zeigen! Wir Briten halten nichts davon, alles kurz und klein zu schlagen, bloß weil wir Heimweh haben. Ganz im Gegenteil! Wohin wir auch kommen, wir bauen uns ein kleines Britannien; mithin gibt es für uns keine Probleme. Kein Wunder, daß wir die Welt erobert haben. Wir haben das verdient.

Für gewöhnlich bin ich kein fanatischer Patriot, nur war in jenen Zeiten fanatischer Patriotismus eine Form des Überlebens; schließlich war das die Zeit, da Churchill im Radio Brandreden hielt und Hitler Feuer und Schwefel über den Kanal pustete; was Wunder, daß ich bald alle Ausländer außer Teddy haßte. Soweit es mich betraf, war Teddy die Heldin von Penhale und verdiente es, heiliggesprochen zu werden.

Letzthin war es ihr gelungen, Bella und Anna so weit zu bringen, daß sie sich miteinander anfreundeten. Das erstaunte mich höchlichst, denn sie hatten keinerlei gemeinsame Interessen, aber immerhin waren sie einigermaßen gleichaltrig, und ich nehme an, sie genossen es, über Nichtigkeiten zu plaudern, so wie alle Frauen das tun. Bei Bella war ich das gewohnt, aber Anna war belesen und intelligent, und Bella hatte wie gewöhnlich Angst davor, daß man sie für dumm hielt. Doch eines Tages kam ich auf Urlaub und hörte von Bella, Anna sei «nett» und «lieb» und «eigentlich doch sehr amüsant».

«Diese Freundschaft tut beiden Frauen gut», erklärte Teddy. «Aber wo ich schon dabei bin, diese Familie wieder hinzubiegen – warum sollte ich's nicht auch bei dir und Kester versuchen? Da haben wir zwei blitzgescheite und äußerst umgängliche Burschen –

und was geschieht? Wann immer ihr euch begegnet, führt ihr euch auf, als hättet ihr die schlimmste Form von geistiger Folter zu durchleiden! Edmund, *honey*, begreifst du, warum deine beiden Neffen sich so verhalten?»

«Nicht im mindesten, meine Liebe. Sind beide wirklich nette Burschen. Mir schleierhaft.»

Da ich Teddy nichts abschlagen konnte, saß ich dann eines Tages mit Kester in der Bibliothek von Oxmoon, wir beide tranken Whisky und überlegten, über was zum Teufel wir miteinander reden sollten. Beide gaben wir uns wahnsinnig Mühe und diskutierten über Politik und Musik, doch dann begingen wir den Fehler, uns der Religion zuzuwenden. Kester erzählte, Anna besuche Quaker-Veranstaltungen. Ich erklärte, das sei nett. Nur Sekunden später fand uns Teddy, die gerade von einem Spaziergang mit Bella und Anna zurückkam, tief in quälendes Schweigen versunken.

«Ich begreife das einfach nicht!» sagte sie bekümmert. «Ihr beide solltet euch so gut miteinander verstehen.»

Ich sah Kester an und er mich, und jeder von uns sah das Bild vom Doppelgänger und den Schrecken, der keinen Namen hatte. Teddy setzte ihre Bemühungen, uns zusammenzubringen, fort, doch es war sinnlos; beide wußten wir, daß unsere Beziehung weit außerhalb der Reichweite von Teddys harmlosem amerikanischen Optimismus lag.

«Viel Glück, Harry», sagte Kester viel später, als ich nach Übersee verschifft wurde, und während er sprach, sah ich ihn vor mir, wie er sicher daheim in Gower saß, den Krieg an der Heimatfront verbrachte und wieder genau das Leben führte, nach dem ich mich sehnte und das für mich immer unerreichbar schien.

«Danke, altes Haus», sagte ich. «Ich werde alles Glück brauchen, das ich kriegen kann. Mein Gott, ich kann's kaum erwarten loszufahren! Einfach völlig in Sicherheit rumzusitzen und nichts zu tun ist wirklich nicht das, was mir Spaß macht.»

Was für ein Hohn! Wenn das keine Herausforderung des Schicksals war! Ach, kein Zweifel, ich verdiente, was auf mich zukam, und Kester hat bestimmt gleichfalls gedacht, daß ich das verdiente.

7

Doch ehe ich nach Übersee geschickt wurde, mußte ich zu einer Sonderausbildung nach Schottland, und dort lernte ich, unter widrigsten Umständen zu überleben. Sie brachten mir sogar bei, wie man einen Menschen rasch und so lautlos wie möglich erwürgt. Das war der Augenblick, in dem ich wußte, daß die Welt völlig verrückt geworden war und ich den Verstand verloren haben mußte, mich an einem solchen Wahnsinn zu beteiligen. Da ich jedoch nicht wollte, daß mein Vater sich meinetwegen Sorgen machte, schrieb ich, ich hätte mich noch nie so wohl gefühlt.

Einen Vorteil hatte diese knochenschindende Ausbildung: Am Schluß war ich körperlich topfit, als ich meinen zweiundsiebzig Stunden langen Urlaub in Gower antrat, und ich war entschlossen, sämtliche sexuellen Rekorde zu brechen, bloß um nicht an die Zukunft denken zu müssen. Als ich in Swansea aus dem Zug stieg und Bella sah, die mich abholen gekommen war, dachte ich daher nicht daran, in den Krieg zu ziehen, sondern mit ihr ins Bett zu gehen, und das war schon besser.

Swansea war inzwischen zerstört worden. Swansea war ein schreckliches Nest gewesen, eine Siedlung am Meer, die durch die industrielle Revolution verhunzt worden war, doch auf seine zähe, wunderlich-romantische Weise war es von einer Lebenskraft erfüllt, die es allen Widrigkeiten zum Trotz reizvoll machte. Der Schlüssel zu diesem Zauber lag vielleicht in der Tatsache, daß sich hinter dem unerfreulichen Industriehafen die intellektuelle Hauptstadt von Süd-Wales verbarg. Swansea war ein Waliser Kraftwerk, nicht nur eine Stadt des Mammons, sondern auch des Geistes. Einige meiner schönsten frühen Erinnerungen bestehen darin, von Kesters Hauslehrer zu Konzerten dorthin mitgenommen worden zu sein und die Waliser Leidenschaft für die Musik entdeckt zu haben. Möglich, daß ich meine Musikalität von einer Engländerin geerbt habe, aber ich war Waliser, und für mich *war* Swansea Wales mit all seinen Tugenden und Lastern, seinen Schönheiten und Häßlichkeiten, und so kam es, daß, wann immer ich Swansea sah, ich das Gefühl hatte, heimgekommen zu sein.

Aber Swansea war zerstört worden; die Stadt hatte 1941 die volle Wucht des Bombenkrieges zu spüren bekommen, und so existierten viele Wahrzeichen der Stadt nur noch in meiner Erinnerung; es gab keinen Gesang mehr, nur die Schreie der Möwen über den Trümmern. In mir wallte der Wunsch auf, jeden Deutschen umzubringen, der sich blicken ließ; ja, als ich das in Trümmern liegende Swansea sah, verspürte ich kein Bedauern mehr, so wahnsinnig gewesen zu sein, mich für Kommandounternehmen gemeldet zu haben.

Wir schrieben September 1942. Mein Auto war schon seit geraumer Zeit aufgebockt worden, doch erhielten Kester und Edmund

Benzin für die Bewirtschaftung des Gutes, Teddy verfügte über Schwarzmarkt-Kontakte, und so war ich nicht überrascht, daß Bella in Edmunds Bentley gekommen war, um mich abzuholen. Das Wetter war warm. Sie sah in ihrem Leinenkleid mit dem großen Ausschnitt taufrisch aus, nur, daß «taufrisch» nicht die erotisierende Wirkung wiedergibt, die von ihr ausging. Zu meiner großen Erleichterung sagte sie mir, sie habe eine Luftmatratze mitgebracht, und so brauchten wir nur die Stadt hinter uns zu lassen.

«Himmel, fahr wie der Wind», sagte ich, «sonst bringe ich noch alle meine Uniformknöpfe zum Schmelzen.»

Wir fanden einen für unsere Zwecke geeigneten Feldweg. Da ich körperlich in Höchstform war, blies ich die Matratze auf und ging zum Angriff über, ohne auch nur innezuhalten, um Luft zu holen. Zur Abwechslung kam ich mir wirklich einmal vor wie der allesbesiegende Soldat, und während ich drauflosmachte, dachte ich müßig an meinen frühen Anherrn Godwin of Hartland, der während seines Dienstes im Gefolge des normannischen Gangsters Humphrey de Mohun demselben Zeitvertreib gehuldigt hatte. «Laß uns den nächsten Humphrey nennen», sagte ich hinterher zu Bella, als wir unsere Zigaretten angezündet hatten. «Mir gefällt der Name.»

«Aber das nächste Kind wird ein Mädchen», sagte Bella. «Ich will endlich meine kleine Melody wiederhaben.»

Es war schon sonderbar, wie sie immer wieder auf dieses tote Baby zurückkam, das ich längst vergessen hatte.

«Wie geht es denn so auf Penhale?» fragte ich, um sie abzulenken.

«Gut. Dein Vater hat letztes Wochenende Francesca mit nach Oxmoon gebracht, und sie ist entschlossen, ein richtiges Mädchen vom Lande zu werden, aber im Grunde hat sie nur den einen Wunsch, zur Air Force zu gehen ...»

Francesca war fast achtzehn, hatte im Sommer die Schule abgeschlossen, und beiden Elternteilen war daran gelegen, sie in London zu behalten. Ich hatte mich oft gefragt, ob sie nicht auch aufs Land ziehen würden, doch schienen sie entschlossen, den Krieg in der Hauptstadt durchzustehen. Constance hatte alle Hände voll mit dem Roten Kreuz zu tun, wohingegen mein Vater, der seine Dienste zu Kriegsbeginn der Regierung angeboten hatte, eine Art graue Eminenz in der Hochfinanz war. Seiner sprachlichen und finanziellen Fähigkeiten wegen hatte er die Aufgabe zugewiesen bekommen, den Angehörigen der *France Libre* in London zu helfen, ihre

Rechnungen zu bezahlen, ein recht unerquicklicher Aspekt von *la gloire* und noch dazu einer, der höchstes diplomatisches Geschick erforderte. Für wie wichtig diese Aufgabe betrachtet wurde, die der eines Verbindungsoffiziers ähnelte, sah man daran, daß er immer noch seinen Rolls-Royce fuhr. Eine katzbuckelnde Regierung versorgte ihn anscheinend mit einem unerschöpflichen Vorrat an Benzin.

«Und . . . wie sexy Francesca in einer Uniform der Air Force-Helferinnen aussehen würde . . .» sagte Bella gerade.

«Hm.» Francesca entsprach nicht gerade meiner Vorstellung von einem Mädchen mit umwerfendem Sex-Appeal, aber sie war lebhaft und hübsch, und ich kannte viele Männer, die sie bestimmt attraktiv finden würden. Es war eines der Wunder der Genetik, daß ihr Constances hausbackenes Aussehen erspart geblieben war und sie statt dessen ihrer Tante Teddy erstaunlich ähnlich sah.

« . . . und selbstverständlich hab' ich ihr angeboten, sie könnte bei uns wohnen», sagte Bella, «aber natürlich hab' ich gewußt, daß sie Oxmoon vorziehen würde. Sie hat mir gestanden, daß sie Kester einfach hinreißend findet.»

«Was? Seit wann denn das?»

«Schon von klein auf», sagte sie. «Aber wundern tut mich das nicht, denn Kester kann so reizend zu Kindern sein. Ja, Teddy hat gerade vor wenigen Tagen noch gesagt . . .»

«Liebling, hör auf von diesem Scheiß-Kester zu reden. Laß uns lieber noch eine Runde einlegen.»

Wir legten sie ein.

«Du bist toller denn je!» seufzte Bella später. «Der Krieg bekommt dir!»

«Selbstverständlich tut er das. Der Krieg bringt das Beste im Manne zum Tragen, wie schon Machiavelli gesagt hat.»

«Wer?»

«Irgend so ein alter Scheißer, den man lieber in eine Klapsmühle hätte stecken sollen.»

Wir fuhren weiter nach Penhale Manor. Edmund und Teddy warteten, um mich zu begrüßen, und neben ihnen stand Hal, dem zur Feier des Tages erlaubt worden war, noch bis spät aufzubleiben. Hal war inzwischen fast drei. Sein Blondhaar war zu Bellas Aschgrau verschossen. Schwarze Wimpern fächelten rosige Wangen, und er starrte verlegen seine Zehen an.

«Komm schon, Dummerchen!» sagte Bella zu ihm. «Es ist doch Daddy!»

«Nur nicht so schüchtern, *honey*», girrte Teddy.

Hal sah aus, als verginge er vor Verlegenheit.

«Wirklich komisch», sinnierte Edmund. «Sonst ist er doch nicht so schüchtern. Ja, als Kester neulich hier war, hat er geredet wie ein Wasserfall.»

«Was gibt's denn zu essen?» fragte ich unvermittelt und strich Hal einmal über den Kopf, ehe ich mich abwandte. «Ich hab einen Mordshunger.»

Wir aßen Kaninchenragout, das durchaus passabel war, wenn man dazu Vorkriegs-Bordeaux trank, den Edmund in Oxmoon hatte mitgehen lassen; hinterher saßen wir noch beisammen und unterhielten uns eine Weile, doch gingen dann alle früh zu Bett. Ich warf einen Blick auf Hal, Charles und Jack, die schliefen und alle aussahen, als könnten sie nie ein Wässerchen trüben, und sagte mir, ich würde mir jetzt keineswegs von Gedanken an Kester die Laune verderben lassen, bloß weil meine Schwester ihn verehrte und Hal ungehemmt mit ihm redete. Schließlich hatte ich während meines Urlaubs Wichtigeres zu tun.

Nach einer anstrengenden Nacht schlief ich bei Morgengrauen ein und hätte bestimmt bis Mittag geschlafen, wären unsere Sprößlinge nicht um sieben auf die Idee gekommen, unseren Frieden zu stören. Hal hatte seine Schüchternheit überwunden. Charles wußte offensichtlich nicht, was dieses Wort überhaupt bedeutete. Unter großem Geheul kamen sie ins Schlafzimmer gestürmt; Jack folgte ihnen auf allen vieren wie ein Büffel in Miniaturausgabe; und alle sprangen aufs Bett. Draußen auf dem Flur flehte Babs, unser Waliser Kindermädchen, das selbst noch ein solches hätte gebrauchen können, ihre Schutzbefohlenen an, zu ihr zurückzukehren. Die ursprünglich eingestellte Nanny hatte längst aus Verzweiflung gekündigt, und Bella hatte sich stets geweigert, eine ausgebildete Kinderfrau zu engagieren, denn dann hätte sie sich unterlegen gefühlt.

Splitternackt und triefäugig saß ich aufrecht im Bett. «RAUS!» brüllte ich, so daß alle zusammenzuckten. «Ich will schlafen!»

«Gott, wie garstig du morgens bist!» sagte Bella vergrätzt. «Na schön, kommt schon mit, meine Engelchen – Daddy ist böse.»

Charles und Jack kreischten, doch Hal sagte ihnen, sie sollten den Mund halten. Zumindest einer war auf meiner Seite. Ich brummte etwas von wegen «Guter Junge» und verschwand unter der Bettdecke, doch als es im Zimmer endlich wieder still geworden war, tauchte ich wieder darunter hervor. Augen, genauso dunkel wie meine, beobachteten mich mit großem Ernst, als ich über die Bettdecke hinweglinste. Über einen Berg von Kissen hinweg sahen Hal und ich uns an.

«Sind sie morgens immer so?»

«Ja.»

«Guter Gott!» Grämlich starrte ich zur Decke, und mir dämmerte, daß Vater sein mehr war als Champagner trinken und stolze Anzeigen in die *Times* setzen und gelegentlich über einen Kinderkopf streichen. Um besserer Laune zu werden, betrachtete ich Hal, der mich immer noch anstarrte. Reizender kleiner Hal! Bloß – warum redete er bei mir nicht wie ein Wasserfall? Ich bemühte mich, eine Unterhaltung mit ihm in Gang zu bringen, doch wollte mir nichts einfallen, was ich hätte sagen können.

Am Ende stand ich auf und fing an, mich zu rasieren. Kleine Schritte folgten mir tripptrapp. Eine kleine, pyjamabekleidete Gestalt kletterte auf die Fensterbank, um von dort aus das Waschbecken ganz überblicken zu können. Ich kratzte an meiner Backe herum, doch schließlich begann seine hingerissene Aufmerksamkeit mir auf die Nerven zu gehen; ich hielt also inne, um ihn anzusehen, und irgend etwas an seinem ernsten kleinen Gesicht amüsierte mich. Ich lächelte.

Sofort strahlte er, doch gleich darauf lief er puterrot an, woraufhin er sich vor Verlegenheit abwandte und zum Fenster hinaussah.

Reizender kleiner Junge. Daß er in meiner Gegenwart schwieg, verriet, daß er nicht dumm war und Takt besaß. Oder etwa nicht? Nein. Höchstwahrscheinlich war er bloß neugierig und alles Neue reizte ihn. Aber wie dem auch sei, wichtig war doch nur, daß er meinen Seelenfrieden nicht störte. Gutes, intelligentes Kind. Wohlgefällig wandte ich mich wieder dem Rasieren zu.

«Soldat!» sagte Hal plötzlich.

«Hm?» Ich trat neben das Becken, spähte zum Fenster hinaus und sah am Tor, am äußersten Ende der Auffahrt, eine uniformierte Gestalt stehen. Was hatte ein Soldat um sieben Uhr morgens am Tor meines Hauses zu suchen? Ich kam zu dem Schluß, daß er ein Neuankömmling sein müsse, mit irgendeinem Morgenzug in Swansea eingetroffen, jemand, der jetzt nach seiner Unterkunft in Little Oxmoon suchte. Er hatte eine kanadische Uniform an.

«Verdammte Ausländer!» sagte ich automatisch und rasierte mich zu Ende.

«Daddy, schau – er kommt uns besuchen.»

Ich trat wieder ans Fenster. Der junge Soldat mit seinem Seesack trottete verträumt über die Auffahrt. Er machte keinerlei Anstalten, sich zu beeilen, sondern blieb vielmehr alle paar Schritte stehen, um seine Umgebung in sich aufzunehmen.

«Der Trottel denkt, er ist in Little Oxmoon», sagte ich verärgert und lief, Hal auf den Fersen, nach unten, um die Haustür aufzumachen.

«Sie sind hier falsch!» rief ich dem Soldaten mit einer Stimme zu, die, wie ich hoffte, möglichst abweisend klingen sollte. «Falls Sie nach dem Quartier der Kanadier suchen . . .»

Ich blieb stehen. Ich hatte seine grünen Augen gesehen. Auch er blieb stehen. Da stand er, groß und schlank in seiner kanadischen Uniform, und wenn wir auch schwiegen und den Atem anhielten, hörte ich, wie die Zeit einen anderen Gang einlegte und die Vergangenheit rammbockgleich in die Gegenwart hereinrollte. Die Gegenwart zersplitterte, fiel auseinander. Evan sagte: «Harry, wie wunderbar, dich wiederzusehen!» Und während er sprach, durchlebte ich noch einmal meine liebsten Erinnerungen und hörte meine Märchenfee eben diese Worte sagen und mich daheim willkommen heißen.

8

Mein kleiner Leibdiener hatte den Weg nach Hause gefunden. Er hatte nichts mit den Kanadiern auf Little Oxmoon zu tun, sondern war in Surrey stationiert. Er hatte zum ersten Mal achtundvierzig Stunden Urlaub, seit er in England eingetroffen war. Er hatte den Nachtzug aus London genommen, auf einer Bank im Bahnhof ein paar Stunden geschlafen, sich dann zu Fuß zur Halbinsel Gower aufgemacht und sich dort von einem vorüberkommenden Karren bis nach Penhale mitnehmen lassen.

Er wußte von nichts. Ich selbst war mir nie ganz sicher gewesen, ob ich meinem Vater glauben sollte, als er mir erzählte, er habe keinerlei Verbindung mit seiner Familie in Kanada; seine an mich gerichtete Drohung mit seinen drei Söhnen hatte meinen Argwohn geweckt, irgendeine Art von Kontakt müsse doch bestehen, doch stellte ich jetzt fest, daß es sich ausschließlich um eine finanzielle Verbindung handelte – über Banken wurde Geld hinübergeschickt, genauso, wie mein Vater es mir gesagt hatte. Evan hatte gemeint, mein Vater lebe noch in Penhale Manor. Er hatte keine Ahnung, daß mein Vater seine Ehe wieder aufgenommen hatte, und ich erkannte, daß diese Nachricht ein Schock für ihn war. Sein empfindsames ernstes Gesicht erbleichte. Er sagte: «Wenn das so ist, wird er mich nicht sehen wollen, oder?»

«Unsinn!» sagte ich, denn er tat mir leid; ich hatte meinen kleinen Leibdiener wirklich sehr lieb gehabt. Doch als ich das sagte, ging mir auf, daß meinem Vater in der Tat daran gelegen sein könnte, allfälligen dramatischen Entwicklungen aus dem Weg zu gehen, zu denen es gewiß kommen würde, wenn Evan an Constances Tür klopfte und eine glänzende Vorstellung von der Heimkehr des verlorenen Sohnes gab.

«Setz dich und ruh dich erst mal aus, Evan», sagte ich. Wir waren im Wohnzimmer, und ich hatte Hal in die Küche geschickt, damit er Bella hole. Evan befand sich jetzt in einem Zustand des Schocks. Mit erstarrter Miene blickte er sich um, und ich versuchte ihm beizubringen, ich hätte Oswald Stourhams Tochter geheiratet, doch schließlich gelang es ihm zu sagen: «Entschuldigung, da ist das Klavier . . . ich weiß noch, wie du daran saßest und ‹An der schönen blauen Donau› spieltest und Dad damit aufzogst, daß das die einzige Melodie wäre, die er jemals wiedererkennen könne . . . O Gott, tut mir leid, ich bin vollkommen durcheinander. Ich krieg' mich überhaupt nicht in den Griff . . . Wer, hast du gesagt, wohnt jetzt hier?»

«Meine Frau und ich, unsere drei Söhne, Onkel Edmund und Tante Teddy. Richard und Geoffrey sind im Augenblick in Harrow.»

Fast wäre Evan in Ohnmacht gefallen. «Teddy? Das ist ihre Schwester, nicht wahr? Ich muß sofort weg.» Er sprang auf. «Ich werde nach Oxmoon gehen. Ich weiß, Tante Ginevra hat bestimmt nichts dagegen, wenn ich da auftauche.»

Ich packte ihn beim Arm. «Nun mal ruhig, Evan. Sie ist tot.»

«Tot?»

«Ja, auf Oxmoon lebt jetzt Kester mit seiner Frau.»

«Seiner Frau? Kester ist auch verheiratet? Meine Herren, habt ihr beide es eilig gehabt damit! Ist sie nett? Ach, muß sie wohl, wenn Kester sie geheiratet hat! Ach, ich kann's gar nicht erwarten, Kester wiederzusehen. Kester war das Idol meiner Kindheit – er hat mich immer seinen Gefolgsmann genannt . . .»

«*Was?* Moment mal – *ich* war doch das Idol deiner Kindheit! Du hast mir im Vorraum des Gewächshauses bei meinen Experimenten geholfen – hast im Herbst immer Kastanien für mich gesammelt . . .»

«Ja, schon, aber du warst den größten Teil des Jahres doch weg im Internat, und überhaupt hast du mich ja nicht wirklich gern um dich haben wollen, sondern mich nur geduldet. Aber Kester hat stundenlang mit mir gespielt, dabei war ich soviel jünger als er . . .»

Die Tür ging auf, und herein kam Teddy, üppig in einen violetten Kimono gewandet, und neben ihr Bella, Hal, Charles und Jack. Edmund, der notorische Langschläfer, lag bestimmt noch oben im Bett und schnarchte.

«Hi, folks», sagte Teddy. «Was höre ich da von der Heimkehr des

verlorenen Sohnes?» Mein aufgeweckter kleiner Hal hatte meine Nachricht offensichtlich wörtlich überbracht: Sag Mami, mein Bruder Evan aus Kanada ist da . . .

Welch eine Szene! Evan wurde womöglich um noch eine Nuance bleicher und war vor Verlegenheit dermaßen erstarrt, daß er kein Wort hervorbrachte. Bella fielen fast die Augen aus dem Kopf. Mag der liebe Himmel wissen, wie *ich* aussah; jedenfalls hütete ich mich, auch nur einen Ton zu sagen. Teddy hatte, nachdem mein Vater zu Constance zurückgekehrt war, gesagt, sie sei bereit, Vergangenes vergangen sein zu lassen, aber ich meinte, das sei etwas ganz anderes, wenn Vergangenes plötzlich in kanadischer Uniform auftauchte und hoffte, seinen Vater zu sehen.

«Das hier ist mein Bruder Evan, Teddy», sagte ich, weil mir nichts Besseres einfiel. «Evan, das hier ist Mrs. Edmund Godwin.»

«Richtig», sagte Teddy und blühte geradezu auf bei der Gelegenheit, mit einem Problem fertig zu werden, an das man schon mit angeborener amerikanischer Dynamik herangehen mußte, um es zu bewältigen. «Tja, ehe wir nun alle unter fliegender Hitze leiden und links und rechts in Ohnmacht sinken, laßt mich die Sache mal beim rechten Namen nennen, damit wir alle erleichtert aufatmen und zur Tagesordnung übergehen können. *Okay,* junger Mann, du weißt jetzt, wer ich bin, dein Vater hat mich mal sehr wütend gemacht, aber das ist jetzt alles vorbei, er ist zu meiner Schwester zurückgekehrt und immer noch bei ihr, und damit hat sich's. Schluß, aus. Du selbst siehst mir aus, als wärst du ein netter, rechtschaffener junger Mann, der sich zu benehmen weiß, und du bist Harrys Bruder, was man dir immerhin als dickes Plus anrechnen muß, also könnten wir beide, du und ich, ganz gut miteinander auskommen. Warum nicht? Ich komme mit den meisten Menschen gut aus, stimmt's nicht, Bella, *honey*?»

«Ach, Teddy, du bist wunderbar!»

«Siehst du, sie sagt, ich bin wunderbar. *Okay*, ich werde also wunderbar sein. Jetzt werden wir mal Kester und Anna rüberbitten, die sollen den ganzen Champagner mitbringen, den sie noch haben, und dann werden wir uns alle miteinander großartig verstehen und das gemästete Kalb schlachten. Harry, du rufst John an und sagst ihm, er soll machen, daß er sich in seinen gottverdammten Rolls-Royce setzt und so schnell wie möglich hierherkommt.»

Damit hatte sich's. Evan stand da, als hätte sich der Boden unter ihm aufgetan, und ich ging in die Halle ans Telephon und meldete ein Ferngespräch nach London an.

9

«Gütiger Himmel!» sagte mein Vater, war aber keineswegs so überrascht, wie ich angenommen hatte. Und setzte dann noch hinzu: «Ich hab' mich immer gefragt, ob so was nicht eines Tages kommen würde.»

«Teddy ist wunderbar», sagte ich. «Als ob er ihr eigener Sohn wäre!»

«Ah, ja», sagte mein Vater und ließ damit eine Antipathie Teddy gegenüber durchblicken, die er für gewöhnlich verhehlen konnte. Dann fügte er zynisch noch hinzu: «Wieder eine Armstrongsche Machtdemonstration.»

«Sie war es, die vorgeschlagen hat, du solltest sofort herunterkommen!» begehrte ich automatisch dagegen auf und nahm sie gegen jede Andeutung in Schutz, unaufrichtig zu sein.

«Selbstverständlich. Macht bringt keinen Spaß, wenn man die Menschen nicht herumscheuchen kann. Na schön, vielen Dank, Harry. Dann gib mir den Jungen mal. Ich nehme an, er steht neben dir, oder?»

«Nein», sagte ich, stellte dann jedoch fest, daß er es doch tat. Ich reichte ihm also den Hörer und zog mich bis ans äußerste Ende der Halle zurück, brachte es jedoch irgendwie nicht fertig, ganz außer Hörweite zu verschwinden. Evan war also Kesters Gefolgsmann gewesen, dachte ich. *Gefolgsmann!* Allein schon das Wort! So was Emotionsgeladenes! Typisch Kester! Was mir überhaupt nicht gefiel, war die Art, wie er sich an meine Familie heranmachte und mir jedesmal irgendein Familienmitglied wegnahm, kaum daß ich ihnen den Rücken kehrte. Mein kleiner Leibeigener – ein Gefolgsmann! Ich war außer mir wie ein konservativer Historiker, der sieht, daß ein Marxist sein Thema neu geschrieben hat.

«Ja, sie hat gesagt, ich soll dich unbedingt aufsuchen, aber ich war viel zu nervös, um erst anzurufen oder einen Brief zu schreiben – ich dachte, es wäre besser, einfach plötzlich da zu sein ... na ja, ich hatte wohl auch Angst, du würdest mich nicht sehen wollen, aber ich dachte, wenn ich unangemeldet einfach mal vorbeikäme, würde zumindest ich *dich* sehen ...»

Rührend. Armer Evan, armes Schwein ... drei Söhne in Kanada. Vielleicht waren sie alle Kesters Gefolgsmänner. Woher sollte ich das wissen?

«... ja, es geht ihr sehr gut, vielen Dank ... ja, es geht uns allen gut ... ach, das wäre zu schön ... ich will dich ja nicht in

Verlegenheit bringen, aber natürlich würde ich dich wahnsinnig gern sehen . . .»

Armer kleiner Teufel, freute sich wie ein Schneekönig! Ja, das Ganze war alles sehr zu Herzen gehend, wenn man dazu neigte, daß einem so was zu Herzen ging.

«*Okay*. Wiedersehen», sagte Evan und legte auf. Das Gesicht glücklich verklärt, wandte er sich mir zu. «Er kommt», sagte er, als wagte er kaum, es zu glauben. «Er kommt sofort.»

«Das ist ja wirklich großartig, altes Haus», sagte ich warmherzig. «Nichts könnte mir größere Freude machen.» Wenn ich auch wußte, daß meine Gesichtsmuskeln mich nie verrieten, spürte ich, wie das Messer der Eifersucht sich mir in den Eingeweiden herumdrehte.

10

Die große Wiedervereinigung nahm ihren Lauf. Den einzigen Fleck auf der Landkarte der Gefühle stellte Francesca dar, die sich nachdrücklich weigerte, Evan kennenzulernen, und die sagte, sie werde Oxmoon nicht verlassen, bis er nicht aus der Gegend verschwunden wäre.

«Am besten läßt man sie einfach», sagte Teddy beschwichtigend, doch Kester war ganz verstört und sagte, er hoffe, Francesca werde es sich noch anders überlegen.

Kester kam gleich nach dem Frühstück.

«Kester!»

«Mein kleiner Gefolgsmann!»

Verdammt, sie umarmten einander sogar. Ich kann es nicht ausstehen, wenn zwei erwachsene Männer sich wie Weiber umarmen. Widerlich!

«Evan, wie du Bronwen ähnlich siehst, jetzt, wo du erwachsen bist! Das machen die Wangenknochen!» sagte Kester und konnte sich nicht genug tun, den Wiedergefundenen zu bewundern, als wäre er ein Schoßhündchen.

«Ach, Kester, ich habe so oft an die herrlichen Zeiten denken müssen, die ich mit dir auf Oxmoon verlebt habe – ich werde nie vergessen, wie du es immer märchenhaftes Oxmoon genannt und von Schönheit, Wahrheit, Kunst und Frieden geredet hast . . .»

Sie fielen sich nochmals in die Arme. In dieser krankmachenden Weise ging die Unterhaltung eine Weile weiter, bis Kester gefühlsselig wie immer schließlich sagte: «So, Evan, und jetzt mußt du uns erzählen, wie es Bronwen geht und was sie so macht – wahrscheinlich hat Harry dich das alles schon gefragt, aber ich kann es nicht ändern, du wirst eben alles noch einmal erzählen müssen.»

Ich hatte ihn nicht gefragt. Ich hatte es gewollt, aber nicht gekonnt. Es war einfacher, so zu tun, als wäre sie tot. Auf diese Weise ließ sich der Schmerz über ihre Abwesenheit am besten ertragen.

«Ach, wie ich Bronwen geliebt habe . . . Ich habe geweint, als sie fortging . . .»

Das war Kester, der da sprach. Nicht ich. Kester. Und als ich ihn wieder ansah und das Bild meines Doubles erblickte, sah ich plötzlich, wie unser beider Leben nebeneinander in der Zeit verlief. Das ließ mir das Blut in den Adern gerinnen, obwohl – warum, weiß ich eigentlich nicht. Zwei parallel verlaufende Linien haben schließlich nichts Unheimliches – es sei denn, sie widersetzten sich den Gesetzen der Geometrie und berührten einander im Endlichen. Vielleicht war ich dabei, durchzudrehen. Auf jeden Fall war ich gefühlsmäßig völlig durcheinander. Es war, als ob die Welt, die ich kannte, plötzlich im Begriff stünde, vor meinen Augen auseinanderzubrechen.

«Ich hab' ein Photo», sagte Evan und holte das Bild einer adretten Hausfrau heraus, die aussah, als machte sie in einer Illustrierten Reklame für Seifenpulver. Da wußte ich, wie recht ich damit hatte, nichts von Bronwen wissen zu wollen. Meine Märchenfee war gestorben, und ein Roboter auf der anderen Seite des Atlantiks hatte ihre Stelle eingenommen.

«Und was machen Rhiannon und Dafydd, Evan?» sagte ich unvermittelt, um die Unterhaltung in erträglichere Bahnen zu lenken.

«Die sind beide zur Navy gegangen. Rhiannon ist auf Malta, und Dafydd ist beim Fall von Singapur in japanische Kriegsgefangenschaft geraten.»

Ein dunkler Schatten legte sich über uns bei dem Gedanken an die Japaner. Kester sagte rasch: «Erzähl uns von Kanada, Evan – in allen Einzelheiten.»

«Nun ja, wir haben da ein hübsches Haus – fünf Schlafzimmer – in einem netten Vorort von Vancouver, und . . .»

Evans sanfte kanadische Stimme berichtete eintönig von Haus und Garten, von der Einrichtung, dem Auto, dem Hund und der Katze. Ich bemühte mich, nicht hinzuhören. Eine Zeitlang gelang es mir, mich in das dritte Brandenburgische Konzert in meinem Kopf einzuklinken, doch störte Evan immer wieder den Fluß der Töne.

«Aber Bronwen – erzähl uns von Bronwen», bat Kester.

«Nun . . . sie hat wahnsinnig viel zu tun. Als wir alle in der Schule untergebracht waren, belegte sie Kurse in englischer Literatur und

Geschichte und dann einen in Steno, was ihr aber nicht gefiel, und so hat sie es wieder aufgegeben und eine Zeitlang gar nichts getan – na ja, das ist natürlich nicht wörtlich zu nehmen, denn sie hatte ja alle Hände voll zu tun, uns großzuziehen, Mitglied bei der ‹Lady's Guild› zu werden und haufenweise neue Freunde zu gewinnen ...»

Ich dachte an meine traurige und einsame Märchenfee, wie sie in Penhale Manor eingeschlossen war.

«... aber schließlich wurde sie unruhig und besuchte halbtags das College – ja, das macht sie auch jetzt noch, denn sie möchte Bibliothekarin werden, und wir finden das toll, wir sind so stolz auf sie. Wir alle helfen im Haus, damit sie Zeit hat zum Studieren, aber kochen tut natürlich immer noch sie, weil sie das besonders gern tut. Und es muß verdammt viel gekocht werden, weil wir immer unsere Freunde mit nach Haus bringen und sie nie was dagegen hat, sie sagt einfach, je mehr, desto besser und lustiger, und so geht es bei uns zu wie in einem Bienenstock ... Heh, Kester, ist auch alles *okay* mit dir?»

«Entschuldigung, ja. Ich mußte gerade daran denken, wie ... Ach, Harry, ist es nicht großartig, daß sich alles so gut für sie ergeben hat?»

Ich stimmte ihm zu, ja, das sei großartig, aber ich wußte, daß nichts sich geändert hatte. Bronwen war immer noch verloren und würde nie zurückkommen.

Spät am Nachmittag traf mein Vater ein, und als Edmund berichtete, der Rolls-Royce sei auf der Auffahrt gesichtet worden, eilte ich sofort hin, um die Tür zu öffnen. Es ging einfach nicht an, meinen Vater denken zu lassen, ich säße in der Ecke und schmollte.

«Hallo», rief ich fröhlich, als er aus dem Wagen sprang. «Willkommen zum großen Wiedersehen!»

Evan trat neben mir vor. Ich sah weiterhin zu meinem Vater hinüber, und während ich hinsah, wurde ich Zeuge, wie der große englische Gentleman zerfloß und zu dem Mann im blauen Overall wurde, der auf walisisch mit Bronwen gescherzt hatte.

Ich dachte: Also kehren die Toten manchmal doch zurück. Mein Vater war gestorben, doch jetzt lebte er wieder, lächelte freudig und streckte die Arme aus.

Aber nicht nach mir.

Der verlorene Sohn wankte die Treppenstufen hinunter. «Dad ... ach, Dad ...»

«Evan ...»

Ich wandte mich ab.

Sie verbrachten einige Zeit allein in meinem Arbeitszimmer, doch zum Tee gesellten sie sich dann wieder dem Rest der Familie zu. Alle plauderten und lachten und redeten laut durcheinander. Sehnsucht nach dem Vergangenen hing in der Luft. Nachdem ich an einem Gurken-Sandwich herumgeknabbert hatte, lehnte ich eine Scheibe von dem ohne Zucker und ohne Butter gebackenen Kuchen ab, der den neuesten Triumph unserer Köchin über den Krieg darstellte, und konzentrierte mich darauf, gelegentlich eine passende Bemerkung zu machen.

«Harry», sagte Evan schließlich, «würdest du uns nicht was auf dem Klavier vorspielen? Ich hab mir immer ausgemalt, wie das wohl wäre, wenn ich hier mit Dad zusammensäße und du ihm die ‹Schöne blaue Donau› spieltest wie in alten Zeiten.»

Pflichtschuldigst spielte ich also «An der schönen blauen Donau». Man ist versucht, dieses Stück als abgedroschen und kitschig abzutun, aber in Wahrheit ist Johann Strauß der Jüngere ein überaus trefflicher Komponist, und wenn ich auch nicht so weit gehen würde zu behaupten, «Die schöne blaue Donau» gehörte eigentlich in den Konzertsaal, so meine ich, verdiente sie doch, in den schönsten Ballsälen der Welt gespielt zu werden. Mir fiel augenblicklich der weiß-goldene Flügel in Oxmoon ein. Sollte Kester mich irgendwann einmal zu etwas anderem als einem verquälten Whiskysoda einladen, würde ich diesen Walzer samt allen *codas* im Ballsaal von Oxmoon spielen – und dafür sorgen, daß dann nicht dieser verdammte Thomas in der Nähe war und mich mit seinem Geschrei nach «The Black Bottom» unterbrach.

Als ich fertig war, lächelte mein Vater mich an und sagte: «Du erinnerst mich an deine Mutter.»

Das war eine sonderbare Bemerkung, wo wir doch alle gerade an Bronwen dachten, doch ehe ich länger darüber nachdenken konnte, was sich im Gehirn meines Vaters abspielte, rief Kester aus: «Himmel, das erinnert mich an *meine* Mutter! Meint ihr nicht, es wäre an der Zeit, ein paar von den Flaschen Champagner den Hals zu brechen, die ich von Oxmoon mit hergeschleppt habe?»

Ich schickte mich an, mich heimlich vollaufen zu lassen. Alle beteuerten immer wieder, was für ein wunderbarer Abend es doch sei.

12

Evan und ich mußten beide am nächsten Tag nach London, und so nahm mein Vater uns in seinem Rolls-Royce mit. Reden taten wir alle nicht viel. Dazu mußten wir viel zu sehr an den Krieg denken, waren uns nur allzu sehr bewußt, daß wir uns vielleicht nie wiedersehen würden. Das Abschiednehmen in Penhale Manor war quälend gewesen. Bella hatte sich bemüht, tapfer zu sein, sich dann jedoch in Tränen aufgelöst, und Hal hatte auch geweint, wahrscheinlich, weil er es nicht ertragen konnte, sie so durcheinander zu sehen. Er war zu jung, um zu begreifen, daß ich fortgehen und möglicherweise nie wieder zurückkehren könnte, doch ich redete mir ein, ich wäre fest überzeugt, ihn wiederzusehen. Das mußte ich einfach. Ging nicht anders. Einzig mögliche Einstellung. Aber Gott, es war furchtbar!

Evan setzten wir am Waterloo-Bahnhof ab, wo er seinen Zug nach Surrey bekommen sollte, und da mein Vater ausstieg, um ihm die Hand zu schütteln, hörte ich nicht, was am Schluß gesprochen wurde. Hinterher fuhren wir schweigend weiter nach Belgravia. Ich sollte eine Nacht am Eaton Walk verbringen, ehe ich mich dann am nächsten Tag zum Dienst meldete.

«Ich habe Constance nichts von Evan erzählt», sagte mein Vater schließlich, als das Auto vor dem Haus hielt. «Ich habe nur gesagt, Edmund brauche dringend meinen Rat, aber keine Sorge, ich werde dich nicht bitten, für mich zu lügen. Ich bin sicher, daß Francesca bereits dafür gesorgt hat, im Namen der Ehrlichkeit Verheerung zu stiften. Ich war mir gar nicht klar darüber, daß sie dermaßen halsstarrig ist.»

«Das ist doch nur ein freundlicher Ausdruck dafür, daß sie herzlos ist.»

«Geschädigte Kinder brauchen viel Verständnis», sagte mein Vater.

Der Wagen blieb stehen. Wir stiegen aus. Ohne abzuwarten, daß der Butler öffnete, schloß mein Vater mit seinem eigenen Schlüssel auf, und als er die Halle betrat, kam Constance schluchzend die Treppe herunter. Offenbar hatte sie vergessen, daß ich meinen Vater begleiten würde, und außerdem war sie dermaßen außer sich, daß sie mich im Schatten der Vorhalle gar nicht bemerkte. Verlegen zauderte ich, doch mein Vater sagte einfach schicksalsergeben zu mir: «Warte bitte in der Bibliothek, ja, Harry?» Und so zog ich mich dankbar in sein nahe gelegenes Heiligtum zurück. Während ich mir einen Whiskysoda genehmigte, versuchte ich mir ohne Erfolg ihren Dialog auszumalen. Ob er wohl gezwungen war, mit ihr ins Bett zu gehen, um ihr den Mund zu stopfen? Welch eine schwere Prüfung nach einer Fahrt von über dreihundert Kilometern und dem Abschied von dem verlorenen Sohn! Ich überlegte, wie um alles auf der Welt er es wohl fertigbrachte, eine Erektion zustande zu bringen.

Eine halbe Stunde verstrich. Schließlich tauchte er vergrämt und mit Sorgenfalten im Gesicht auf, und ich erkannte, daß der Mann im blauen Overall wieder gestorben war und dem unglücklichen Engländer gestattet hatte, seinen Platz einzunehmen. Er goß sich einen doppelten Whisky ein und trank ihn unverdünnt. Sodann schenkte er sich noch einen Doppelten ein, fügte diesmal jedoch Soda hinzu und ließ sich auf einem Sessel mir gegenüber nieder.

«Tut mir leid», sagte er, «aber gleich wird's mir bessergehen. Arme Constance, so was von Unsicherheit! Ich habe gerade eben versucht, sie davon zu überzeugen, daß ich nicht drauf und dran bin, meine Beziehungen zur Regierung spielen zu lassen, um eine Überfahrt nach Vancouver zu bekommen.»

«Schade, daß Francesca nicht sehen kann, was sie mit ihrem Anruf angerichtet hat.» Ich überlegte, daß die zähe kleine Francesca viel mehr von ihrer Mutter hatte, als mir je klar gewesen war.

«Es hat keinen Sinn, verbittert zu sein», sagte mein Vater. «Verbitterung kann einen Mann zum –» aber er konnte das Wort «Wahnsinn» nicht über die Lippen bringen – «zur Flasche treiben», sagte er und schaute auf das Glas in seiner Hand nieder. Wahnsinn war etwas, das ihm immer Angst einflößte, doch da er sonst nie etwas trank, konnte er unbefangen mit Alkohol umgehen. «Leider ist Constance unfähig, rational über das Thema meiner Vergangenheit mit Bronwen zu reden, und so war es unmöglich, ihr meine wahren Gefühle über Evans Wiederauftauchen zu erklären. Aber vielleicht ist das bei dir möglich. Vielleicht empfindest du insgeheim genauso wie ich. Vielleicht wünschst im Grunde auch du, er wäre fortgeblieben.»

Ich war wie gelähmt, konnte nichts weiter tun, als mein Glas umklammern. Gott allein weiß, warum es nicht in meiner Hand zerbarst.

«Ich möchte nicht daran denken, daß Bronwen in Kanada lebt», flüsterte mein Vater. «Ich kann alles überhaupt nur ertragen, wenn ich sie mir tot vorstelle. Der Junge . . . das Photo . . . ich . . . ich konnte . . . ich konnte es nicht ertragen.» Und dann schlug er verzweifelt die Hände vors Gesicht.

Ich war auf den Knien neben ihm, legte ihm den Arm um die Schultern und die freie Hand auf seinen Unterarm. Selbstverständlich sagte ich nichts. Es gab nichts zu sagen. Worte waren sinnlos in so einer Situation, das weiß jeder Engländer; selbst zwei Waliser, nur durch Erziehung Engländer, wußten das.

«Ich war froh, daß du ‹Die schöne blaue Donau› gespielt hast», sagte mein Vater nach einer Weile. «War das eine Erleichterung, an Blanche zu denken, ein regelrechtes Entkommen.» Mehr Zeit verging. Dann sagte er plötzlich: «Ich war Blanche so zugetan. Sie war ein sehr . . . feinfühliger Mensch. Sie hätte das mit Evan sofort begriffen – wenn sie an Constances Stelle gewesen wäre –, aber sie hätte sich ja auch nie in eine solche Situation gebracht wie Constance. Sie hätte bestimmt in eine Scheidung eingewilligt.»

Er hörte auf zu sprechen. Nichts geschah. Aber eine Stimme in meinem Kopf sagte: moment mal. Das ist meine Mutter, von der du da redest. *Meine Mutter*.

Ein Schwall von widerstreitenden Gefühlen überfiel mich, doch als ich an die alten Photos von der lachenden und reizvollen jungen Frau dachte, an die ich mich kaum noch erinnerte, war ich plötzlich froh, daß sie damals gestorben war. Genau zum richtigen Zeitpunkt.

Schmerz löste mir die Zunge. Ich sagte: «War Bronwen schon deine Geliebte, ehe . . .»

Und er sagte: «Nein», noch bevor ich zu Ende gesprochen hatte. «Wie bald nach Mamas Tod hast du das Verhältnis mit Bronwen angefangen?»

Mein Vater trank aus und starrte dann in sein leeres Glas. «Blanche war tot. Das allein war wichtig.»

Ich dachte: Dann hat er also nicht lange gewartet. Was immer es war, was sich in dieser Situation gehört hätte – er hat es nicht getan. Er hat herumgemacht, zwei Frauen auf einmal den Kopf verdreht und dann seine schwangere Frau sitzenlassen, um in Sünde mit seiner Geliebten zu leben. Schuft! Unglaublich! Warum hat er nicht seine berühmte Grenze gezogen? Weil es ihm nicht paßte, sie zu ziehen! Weil er vorübergehend die Kreide verloren hatte, mit der er sie sonst zog. So ein Heuchler! Und wie typisch victorianisch!

Doch selbstverständlich konnte ich solche Gedanken gar nicht denken, nicht nur, weil sich das nicht gehörte, sondern weil ich meinen Vater liebte, das Idol meiner Kindheit, und ich wollte ihm alles vergeben, selbst die Scheidung von meiner Mutter, die es überhaupt nie gegeben hatte. Trotzdem . . .

«Ich habe Bronwen so sehr geliebt», sagte mein Vater. «Ich bin von einem Schlamassel in den anderen gekommen, aber sie hat immer alles klar durchschaut. Sie war der Weg, die Wahrheit und das Leben, das zu führen es mich verlangte.»

Wahrlich! Hier hatte ich den Waliser Romantiker, der Gefühle hegte, welche die zynische englische Seite seines Wesens ohne Zweifel als Unsinn abgetan hätte. Doch welch ein Schlamassel! Was für eine Tragödie! Und die Moral von der Geschicht'? Große Leidenschaften waren zu meiden wie die Pest.

«Tut mir leid, daß du so unglücklich gewesen bist, Vater», sagte ich und stellte plötzlich fest, daß ich ihm verzeihen konnte, indem ich die große Leidenschaft zum Sündenbock erklärte. Ich kam zu dem Schluß, daß sie ihn nach dem Tod meiner Mutter um den Verstand gebracht hatte, so daß er für sein Handeln nicht verantwortlich zu machen war.

«Ist ja jetzt in Ordnung», sagte er. «Ich behalte das Gleichgewicht, indem ich ein nützliches Leben führe, doch manchmal kann ich den Gedanken an noch mehr Unglück einfach nicht ertragen. Harry . . .»

Ich wußte instinktiv, daß er mir sagen wollte, ich solle aus dem Krieg zurückkommen. Worauf das, was er sagte, hinauslief, war, daß seiner Überzeugung nach Gott irgendwo eine Grenze zu ziehen und ihn nicht endlos für seine Vergehen leiden zu lassen habe. Ganz meine Meinung! Ich betrachtete zwar nicht die ganze Welt durch seine victorianische Brille, war jedoch gleichwohl der Meinung, es sei an der Zeit, daß Vergeltung in seinem Leben jetzt einmal zurückzutreten habe.

«Wenn Kester mit heiler Haut davonkommt», sagte ich, «schaffe ich das auch. Wir pflügen nebeneinander herlaufende Furchen in der Zeit.»

Mein Vater starrte mich an. «Wie kann man nur auf einen solchen Gedanken kommen und ihn dann auch noch in Worte fassen!»

Er hatte recht. Ich hatte zugelassen, jene Art von wilden, verrückten, höchst eigentümlichen Gedanken in Worte zu fassen, die meinem Gehirn nie hätten entspringen dürfen. Ich war dermaßen entsetzt, daß ich vor Verlegenheit sogar rot anlief.

Doch mein Vater schwelgte immer noch in der romantischen Waliser Seite seines Wesens und war daher offensichtlich geneigt, mir in meiner Exzentrizität um nichts nachzustehen. «Du hast Dunne gelesen!» erklärte er lächelnd.

«Wer zum Teufel ist das?»

Mein Vater lächelte weiterhin, sagte jedoch nur: «Ich hoffe, wenn der Krieg vorbei ist, wirst du deine Furche in einem anderen Acker als dem von Kester ziehen wollen.»

«Darauf kannst du dich verlassen!» erklärte ich. Wenn er doch nur in dieser glücklichen Geistesverfassung bliebe! Mein Instinkt freilich sagte mir, daß ich zu meinem Vetter Kester zurückkehren würde, wenn ich wirklich mit heiler Haut aus dem Krieg heimkam. Und dann, so argwöhnte ich, würde ich verdammt schwer damit beschäftigt sein, die parallel nebeneinander herlaufenden Linien unserer spiegelbildlichen Leben mit Gewalt auseinanderzubringen.

13

Wie ich es geschafft habe, heil aus allem herauszukommen, werde ich nie begreifen.

Ich wurde nach Kabrit in Nordafrika geschickt, wo Colonel David Stirling gerade vor kurzem vom Oberkommandierenden des Bereichs Mittlerer Osten, General Alexander, den Befehl bekommen hatte, seine S.A.S.-Abteilung auf Regimentsgröße zu bringen. S.A.S. stand für *Special Air Service,* doch war dieser Name nur erfunden worden, um die Deutschen irrezuführen, denn der S.A.S. hatte mit *air* – Luft – nichts zu tun, auch wenn wir viel Zeit damit zubrachten, Flugzeuge am Boden in die Luft zu sprengen. Aber im Grunde sprengten wir so ziemlich alles in die Luft, was sich in die Luft sprengen ließ, bloß um ein Stachel im Fleisch des Gegners zu sein, und abgesehen von einer Pleite, die wir vor kurzem in Benghasi erlebt hatten, waren wir darin außerordentlich erfolgreich gewesen. Nur war General Montgomery, der Oberbefehlshaber der britischen Achten Armee, Stirling gegenüber recht voreingenommen, und so untersagte er ihm, als er sich bemühte, seinen Haufen auf volle Regimentsstärke zu bringen, irgendwelche von seinen – Montgomerys – Männern zu rekrutieren. Infolgedessen war er gezwungen, seine Netze woanders auszuwerfen, und da ich in London zufällig einmal seinen Bruder Bill kennenlernte, landete ich schließlich bei seiner Truppe. Als ich in Nordafrika eintraf, stellte ich fest, daß Stirling das Kommando über einen bunt zusammengewürfelten Haufen von Fanatikern führte, zu denen auch die Überreste des Middle East Commando gehörten, und mir wurde augenblicklich klar, welch haarsträubende Zeiten mir bevorstanden.

Nun, wir sprengten uns die gesamte nordafrikanische Küste entlang, trieben uns – häufig mit katastrophalen Folgen – hinter den feindlichen Linien herum, und irgendwie gelang es mir, weder getötet zu werden, noch in Gefangenschaft zu geraten, der liebe Himmel mochte wissen, wieso. Hitler hatte Befehl gegeben, daß Saboteure wie wir auf der Stelle zu erschießen wären, worum sich freilich Erwin Rommel, dieser nette Bursche, nicht kümmerte; so kam es, daß Stirling zwar schließlich in die Hände der Italiener fiel, aber mit dem Leben davonkam und die Geschichte hinterher erzählen konnte. Nach seiner Gefangennahme hoffte ich insgeheim, das Leben würde nun vielleicht etwas weniger verrückt verlaufen, doch fuhr der S.A.S. unerschütterlich mit seinen wahnwitzigen Husarenstücken fort. Ich selbst tat nur so, als wäre ich ein Held, doch das machte mir nicht soviel aus; schließlich war ich es gewohnt, so zu tun, als wäre ich etwas, was ich in Wirklichkeit gar nicht war. Ich hatte Harrow überlebt, indem ich so tat, als wäre ich ein Erfolg, und jetzt spielte ich nur eine vielleicht noch etwas wahnsinnigere Version des «großen englischen Public-School-Spiels».

Ich lechzte nach der klaren kühlen Luft und den sanft gewellten Hügeln von Gower, konnte das aber selbstverständlich nicht laut sagen. Ich mußte so tun, als wäre das Ganze ein Riesenabenteuer, doch für meine Begriffe bewies das, was ich tat, nur, wie bestialisch Menschen sein können, wenn sie damit beschäftigt sind, sich gegenseitig umzubringen. Das Beste soll der Krieg im Manne hervorbringen? Daß ich nicht lache, Machiavelli!

Immer wieder träumte ich davon, ich säße im Ballsaal von Oxmoon am Flügel und spielte, und sämtliche Fenster stünden offen, und ich röche den Duft frischgemähten Rasens. Alles war voll von Sonnenschein und Heiterkeit. Das märchenhafte Oxmoon hatte jemand es mal genannt, und so war das Haus jetzt mehr denn je das Symbol eines Lebens, das für mich völlig unerreichbar war. Oxmoon war das Symbol des Friedens – FRIEDEN ganz groß geschrieben –, von Frieden, Schönheit, Kunst und Wahrheit... Nein, ganz so stimmte die Reihenfolge nicht. Schönheit, Wahrheit, Kunst und Frieden – ja, so war es richtig. Irgend jemand hatte vor langer, langer Zeit in einer anderen Welt darüber geschwafelt, und ich hatte gemeint, derlei Abstraktionen bildeten ein ekelerregendes Quartett, doch jetzt wußte ich, daß sie im Gegenteil die Existenzform, die Wahrheit, das Leben bildeten, das zu leben ich mich sehnte... Irgend jemand anders in dieser anderen Welt hatte von Existenzformen und Wahrheiten und ersehnten Lebensweisen gesprochen, doch konnte ich mich nicht mehr erinnern, wer das gewesen war. Diese andere Welt war so weit entfernt, und ich befand mich auf einem anderen Stern, und mein ganzes Sein konzentrierte sich darauf, am Leben zu bleiben. Doch obwohl ich jetzt nur ein machiavellisches Klischee war, wußte ich, daß ich nach dem Krieg heimkehren und daß Oxmoon mich erlösen würde. Es lag dort, am Ende eines höllischen Regenbogens, um mich für die Schrecken des Krieges zu entschädigen.

Ich kam zwar nicht oft zu unserem Stützpunkt zurück, doch wenn ich das tat, erwarteten mich dort jedesmal mehrere Briefe. Es war merkwürdig, von und aus dieser anderen Welt zu hören, genauso merkwürdig, wie den Beweis zu erhalten, daß es den Himmel samt englischen Heerscharen, die Bachs H-moll-Messe sangen, wirklich gab.

«Liebster Harry, hier alles gut, wie geht es Dir, mir geht es gut, habe mich inzwischen auch ganz gut von der Geburt erholt. Ich glaube, Humphrey wird dunkel wie Du. Hal und Charles streiten sich immer noch von morgens bis abends. Mein Gott, ich habe alle Hände voll zu tun, aber ich wünschte, sie wären voll von DIR ...»

«... und so ist hier alles in Ordnung – ich hatte ein bißchen Sorge, daß wir mit dem Hacken nicht durchkämen, weil das so eine scheußliche Arbeit ist, aber diese beiden Mädchen vom Lande arbeiten ja wie die Pferde, und so bin ich sicher, daß wir es schaffen. Teddy läßt ausrichten, sie wird Dir bald schreiben, aber Du weißt ja, wie diese Amerikaner sind – das Telephon hat sie verdorben. Sehr herzlich, Dein Onkel EDMUND.»

«... vor allem, *honey,* nur keine Bange, daß Bella sich mit diesen schrecklichen Kanadiern von Little Oxmoon rumtreiben könnte, denn mit vier Jungen unter vier bleibt ihr sowieso keine Zeit für was anderes als sich auszuruhen, falls sich dafür überhaupt mal Gelegenheit ergibt ...»

«Constance läßt grüßen. Sie hat gerade unseren Luftschutzkeller mit unvergleichlich amerikanischer Tüchtigkeit noch umgebaut und verbessert – und das hat sie davon abgehalten, sich Francescas wegen Sorgen zu machen, die in ihrer WAAF-Uniform viel zu attraktiv aussieht. Von Deiner anderen Schwester kann ich nichts Neues berichten, seit sie und Rory sich getrennt haben – sie ist immer noch in Swansea bei den Bryn-Davies. Muß jetzt Schluß machen, kein Platz mehr. Mag der liebe Gott, so unvorstellbar Er auch sein mag, immer bei Dir sein. Dein Dich liebender Vater, J. G.»

«Mein lieber Harry, fall nicht in Ohnmacht. Der Brief stammt von mir. Ich weiß nicht, ob Du überhaupt Briefe von Pazifisten liest, doch selbst auf die Gefahr hin, daß Du diesen Schrieb augenblicklich in die nächste *oubliette* wirfst, dachte ich, ich schick' Dir als Dein Vetter doch einen Brief, um Dir zu Deinem letzten Orden zu gratulieren. Vermutlich ist der Krieg doch ein Riesenspaß, genauso wie Machiavelli behauptet; dabei muß ich gestehen, daß ich immer noch erbleiche, wenn ich daran denke, daß er seinen Helden nach dem Vorbild von Cesare Borgia gebildet hat. Doch von den Borgias zu den Godwins (ein nachdenklich stimmender Übergang). Habe vorige Woche Onkel J. in London besucht – Du solltest mal Tante C.s Luftschutzkeller sehen! Darin kann man eine zehnjährige Belagerung durchstehen – die sechstorige Stadt des Priamus ist nichts im Vergleich damit. Francesca ist in drei Männer zugleich verliebt und soll in Glückseligkeit schwimmen. Marian hat einen neuen Geliebten. Soll gleichfalls in Glückseligkeit schwimmen. Teddy und Edmund immer noch ein Herz und eine Seele, Anna und ich dito. Bella nebst Jungen blühen und gedeihen, nur, daß Du ihnen fehlst. Jetzt geht mir der Platz aus, Dein KESTER.»

«Lieber Harry: Ich bin in Kairo. Wohl keine Möglichkeit, daß wir uns sehen, oder? EVAN.»

Nein, es gab keine Möglichkeit. Ich wurde zu neuen Schrecken auf einem neuen Kriegsschauplatz nach Italien geschickt. Noch heute brauche ich nur ein Bild von Italien zu sehen, und schon wird mir übel. Diese grausamen südlichen Nächte. Diese öden Berghänge. Die verheerten Weinberge. Die ausgebrannten Kirchen. Die schreienden Frauen. Die pestilenzialisch stinkenden Leichen. Die Hitze, das Entsetzen, die Hölle.

«Sie haben Nerven wie Stahl», sagte mein Kommandeur anerkennend zu mir.

Das bin ich: Nerven-wie-Stahl-Godwin, der durch den Krieg braust, ohne einen Kratzer abzubekommen. Nur – ich habe Narben, die keiner sehen kann. Zuerst habe ich sie nicht einmal selbst erkannt. Es dauerte eine Weile, bis mir aufging, daß meine Seele blutete.

«Ich hab' da so einen Ausschlag, Doktor.»

«In letzter Zeit mit irgendwelchen Frauen zusammen gewesen?»

Doch nein, es war keine Syphilis. Dank der Anti-Geschlechtskrankheiten-Kampagne bei der Army hatte ich eine Heidenangst davor und vergaß nie, ein Präservativ zu benutzen. Mußte einfach Sex haben, ging nicht anders. War für mich die einzige Möglichkeit, die ich kannte, um nicht durchzudrehen.

Der Ausschlag zog sich über meinen ganzen Rücken, war aber kaum zu sehen. Es waren auch keine Flecken da, sondern nur heftig gerötete Hautflächen, die zu weißen Striemen anschwollen, wenn ich darauf kratzte.

«Das sind die Nerven», sagte der Arzt schließlich. «Ich gebe Ihnen ein paar Pillen.»

Diese demütigende Diagnose konnte ich keinem Menschen anvertrauen, und schließlich stellte ich fest, daß ich auch die Pillen nicht mehr nehmen konnte. Ich wagte es einfach nicht. Sie machten mich müde, wo doch mein Leben davon abhing, hellwach zu bleiben. Der Ausschlag breitete sich aus wie ein schwelender Brand. Ich kratzte und kratzte, beschwerte mich über Läuse und Wanzen, Flöhe, alles, bloß nicht über den wahren Grund – daß ich allergisch geworden war gegen den Krieg.

Schließlich fing der Ausschlag an zu nässen, und ich wurde ins Lazarett gesteckt. Diesem Umstand habe ich es zu verdanken, daß ich an der Invasion in Frankreich nicht teilzunehmen brauchte und folglich auch nicht am Strand der Normandie den Heldentod fand. Ich siechte im Lazarett dahin, bis irgendein ungewöhnlich heller Arzt sagte: «Pumpt ihn mit Beruhigungsmitteln voll und laßt ihn eine Woche schlafen.» Danach fühlte ich mich wesentlich besser, und noch besser, als ich hörte, daß der S.A.S. nichts mehr von mir wissen wollte, nachdem man dort von der Diagnose nervliche Erschöpfung gehört hatte. Danach verblieb ich noch ein paar Wochen im bürokratischen Niemandsland, wurde irgendwann jedoch der Achten Armee zugeschlagen, gerade noch rechtzeitig genug, um Zeuge der Einnahme von Florenz zu werden. Ich erzählte jedem, der es hören wollte, ein besonders schwerer Anfall von Dysenterie hätte mich vorübergehend in etwas gemäßigtere militärische Kanäle verschlagen, und so saß ich im August 1944 nach dem Triumph der Alliierten in einem Florentiner Café, trank Chianti und überflog abermals meine Post.

«Liebster Harry, ich laufe noch mal Amok, wenn ich weiterhin leben soll wie eine Nonne, bist Du mir treu, liebst Du mich, o ja, ich weiß, daß Du es tust, aber zwei Jahre sind eine lange Zeit . . .»

«LIEBER DADDY, DIE KATZE HOB DIE TATZE. HERZLICHE GRÜSSE, DEIN HAL.»

«Mein lieber Harry – wieder Dein Cousin, dachte, sollte Dir Tante C.s wegen zumindest kondolieren. Zweifellos hast Du von Onkel J. davon gehört . . .»

Wie bitte? Was war das? Wovon gehört? Kondolieren . . . Was meinte dieser Kester nur?

Als ich den Stapel Briefe durchsah, fand ich einen, den ich mir eigentlich bis zuletzt aufgehoben hatte und der von der Hand meines Vaters an mich adressiert war.

«Lieber Harry, das Haus am Eaton Walk hat gestern einen Volltreffer bekommen und ist vollständig zerstört. Wäre Constance im Luftschutzkeller gewesen, hätte sie vermutlich überlebt, doch deutet alles darauf hin, daß sie sich um den Alarm nicht gekümmert hat. Das kam häufiger vor, wenn sie allein war. Den Schutzraum hat sie hauptsächlich Francescas wegen gebaut, falls sie uns besuchte. Ich war übers Wochenende in Oxmoon gewesen und überraschte bei meiner Rückkehr die Feuerwehrleute bei der Arbeit. Da Deine Zeit zum Briefeschreiben so beschränkt ist, schreib doch bitte Francesca und nicht mir. Ich möchte kein Mitgefühl. Ich wünschte, die Ehe hätte vor dem Scheidungsrichter ein Ende gefunden und nicht auf diese Weise, obwohl ich auf bestimmte Weise ihrer Grundsätze wegen, die sie nicht aufgeben wollte, nachgerade Hochachtung vor ihr habe. Ich habe sie nicht glücklich gemacht, aber sie hat zumindest gewußt, daß ich es versucht habe. Ich verbleibe, wie immer, Dein Dich liebender Vater ...»

Sobald ich Papier zur Hand hatte, setzte ich mich hin und schrieb an Evan: «Meine Stiefmutter ist bei einem Bombenangriff ums Leben gekommen. Sollte Bronwen auf Grund irgendeines schrecklichen Irrtums daran denken, sich wiederzuverheiraten – um Gottes willen, schreib ihr, sie soll's nicht tun. Immer Dein H. G.»

14

In einem Märchen würden mein Vater und Bronwen jetzt heiraten, doch leider sind wir alle tausend Lichtjahre von jedem Märchen entfernt. Über zehntausend Kilometer und elf Jahre voneinander entfernt und durch den Krieg voneinander getrennt, waren die beiden wirklich nicht gerade die idealen Hauptdarsteller der herkömmlichen Liebesgeschichte mit Happy-End. Ich dachte an das Photo von Bronwen und erschauerte. Zwar war ich sicher, daß mein Vater nach Vancouver fahren und sie nach dem Krieg besuchen würde, hielt es jedoch für wahrscheinlich, daß die Flamme der großen Leidenschaft zum mild scheinenden Flämmchen schlaffer Zuneigung heruntergebrannt war. Doch schadete es ja nichts zu hoffen, und so hoffte ich weiter. Wir alle brauchen unsere kleinen Wunschträume, und das nie mehr als dann, wenn wir in einer vom Krieg verwüsteten, höchst unerquicklichen Welt leben.

«Sagten Sie nicht, Ihr Name sei Godwin?»

Ich saß wieder im selben Café beim Wein, und zwei Soldaten hatten an meinem Tisch Platz genommen. Ich bestätigte, ja, ich hieße Godwin.

«Irgendwie verwandt mit Godwin dem Großen – oder *Goddam*-Godwin, wie die Yankees ihn nennen?»

«Nicht, daß ich wüßte.»

«Ach, ihr meint Grunz-Godwin», rief ein Mann von einem Tisch in der Nähe. «Entging einem Spähtrupp, weil er sich im Unterholz versteckte und grunzte wie ein Schwein.»

«Dann sind wir doch miteinander verwandt», sagte ich widerstrebend und erfuhr zu meinem Entsetzen, daß Thomas die Straßen von

Florenz unsicher machte. Wir liefen uns bald danach in die Arme und betranken uns in derselben Kaschemme, die gesteckt voll war mit Soldaten und Huren. Ich erinnere mich noch, daß mir zerrissene Reklameplakate an den Wänden mit Bildern von den oberitalienischen Seen auffielen – eine verschandelte Vision unerreichbarer Schönheit.

«Tolle Sache, so ein Krieg», sagte Thomas. «Klar, das einzig wahre Leben für einen Mann. Zu dir kann ich das ja sagen, Harry, denn ich hab' gehört, du warst ein ganz großer Erfolg, 'n richtiger Held und so. Du wirst schon verstehn, was ich mein'.»

«Und ob», sagte ich.

«Gut, ich brenn' darauf, dir zu erzähln, was ich alles erlebt hab' . . .»

Er berichtete von seinen Kriegserlebnissen. Sie waren nicht sonderlich interessant. Der Zwischenfall, bei dem er dem Feind nur deshalb entgangen war, weil er gegrunzt hatte wie ein Schwein, gehörte offensichtlich in den Bereich der Legende.

«. . . tja, und jetzt sitzen wir hier. Himmel, geht mir richtig ans Herz, dich wiederzusehen, Harry – laß uns noch 'ne Flasche von dem scheußlichen Gesöff trinken – ja, hab' immer gefund'n, daß wir beide, du und ich, 'ne Menge gemeinsam hätten. Gleich erzogen, heiraten Schwestern, leben Klitsche an Klitsche in Gower – eigentlich mehr wie Brüder als wie Onkel und Neffe – hier, schnapp dir das Flittchen da und laß uns noch 'ne Flasche trinken – so ist's richtig – CHIANTI! – mußt diese blöden Ausländer immer anschrein, kapiern sonst überhaupt nichts . . . Wo war ich stehngeblieben? Ach ja, wie Brüder, wir beide, jeder von uns 'n richtiger Mann, und nicht so'n künstlerischer Scheißschwuler wie Kester – falls der überhaupt ein'n hochkriegt, was ich bezweifle. Sieh ihn dir doch an – sechs Jahre verheiratet, und nicht mal 'ne Tochter. Und dann sieh dir dich an – sechs Jahre verheiratet und vier Prachtjungs! Himmel, Eleanor sagt, du brauchst Bella bloß anzusehn, und schon ist sie schwanger! Sexy Frau übrigens», fügte Thomas dann noch nachdenklich hinzu, als eine neue Flasche Wein gebracht wurde. «Hab' manchmal schon gedacht, ob ich nicht die falsche geheiratet hab', aber nein, ist'n verdammt gutes Mädchen, meine Eleanor – wirklich 'ne gute Haut, da gibt's gar nichts, und du findest keine, die besser mit Schweinen umgeht als sie.»

Er meinte das in keiner Weise ironisch. Irgendwie gelang es mir, dabei ernst zu bleiben. Mein Gott, war der Mann beschränkt!

«Hätte selber auch 'n paar Söhne», sagte Thomas, «aber Eleanor ist nicht allzu wild darauf. Am besten wär's, ich hätt' zwei Frauen: eine für die Seele und eine fürs Bett.»

«Hätten da die Nachbarn was zu reden!»

«Nachbarn! Hör auf mit Nachbarn! Erinner mich bloß nicht an diesen Scheiß-Kester! Mein Gott, umbringen könnt' ich ihn!»

«Aber nicht daheim in Wales! Da gehört sich so was nicht! Ich weiß, wir haben hier draußen monatelang gemordet, ohne uns was dabei zu denken, aber irgendwo muß jetzt eine Grenze gezogen werden.»

«Aber ja, klar doch – guter Gott, Harry, ich hab' das ja nicht ernst gemeint! Trotzdem bin ich verbittert wegen Oxmoon. Es hätt' an John gehn müssen, und wenn der's nicht hätt' haben wolln, dann an mich. Ich mein', schließlich bin ich der Sohn meines Vaters, oder nicht? Und ich hab' verdammt noch mal an ihm gehang'n, dem alten Scheißer – Himmel, hab' sogar einen meiner Söhne nach ihm benannt. Armes Schwein, hat der sich in die Nesseln gesetzt! Wenn ich bloß an all die vielen Kopfkissenbezüge denk', die ich hab' vergraben müssen!»

«Was für Kopfkissenbezüge?»

«Voll mit den kleinen Spielzeugen meines alten Herrn, mein Junge. John und ich haben das ganze Zeug vergraben, nachdem Milly ihm davongelaufen war. Prachtkerl, dieser John. Wie'n Vater zu mir. Ja, *war* ja auch praktisch mein Vater, nachdem der Alte seinen Zusammenbruch hatt'.»

«Erzähl mir mehr von diesen Kopfkissenbezügen.»

Wir redeten und redeten und wurden immer betrunkener. Schließlich sagte Thomas: «Da sitzen wir nun. Mein Vater hat sich mit der alten Schlampe Milly Straker zu Tode gevögelt. Scheißsex! Zum Kotzen. Wie mir das zuwider ist. Abschaffen sollt' man ihn!» Damit kippte er vornüber, stieß sein Glas um und bettete das Gesicht auf den Tisch – mitten hinein in eine kleine Weinlache. Ich war gerade dabei, mir zu überlegen, wie ich ihn nach Hause schaffen sollte, da hob er noch einmal den Kopf und sagte: «Darf man vom Sex aber nicht sagen. Gehört sich nicht. Trink noch 'n Glas.»

Irgendwie gelang es mir, ihn zurückzusteuern zum Hotel, in dem er untergebracht war. Glücklicherweise wurde er kurz darauf aus Florenz fortverlegt, und so brauchte ich ihn nicht wiederzusehen.

Die Kapitulation Italiens wirkte sich äußerst positiv auf mein Leben aus, denn für den Rest des Krieges geriet ich in keine Gefahr mehr; meine gesundheitlichen Probleme löste das Nachlassen der Spannung jedoch nicht. Nachdem ich aufgehört hatte, Gott dafür zu danken, daß ich immer noch am Leben war, setzte eine Reaktion ein. Mein Ausschlag fing wieder an zu nässen, und ich kam nochmals ins Lazarett. Diesmal war kein intelligenter Arzt da, der die richtige Diagnose stellte, und von selbst ging ich selbstverständlich nicht hin und sagte, meine Nerven seien in Fetzen. Folglich wurde ich eine Zeitlang unter Beobachtung gehalten, und alle fragten sich, was für eine widerliche Krankheit ich mir da geholt hätte. Dann beging ich den Fehler, den Versuch zu machen, eine Krankenschwester zu verführen, woraufhin der Feldarzt zu dem Schluß kam, ich sei soweit wiederhergestellt, daß ich entlassen werden könnte. Am nächsten Tag war ich unterwegs zu einem Kommandounternehmen, bei dem es um die Befreiung eines Kriegsgefangenenlagers in den italienischen Alpen ging. Nerven-wie-Stahl-Godwin oder das, was von ihm übriggeblieben war, war wieder auf dem Kriegspfad.

Der Frieden kam im Mai. Jetzt brauchte ich nur noch auf den Rücktransport in die Heimat zu warten. Ich wartete und wartete, schlief wahllos herum und betrank mich. Mich quälte die Vorstellung, bei einem Unfall zu sterben, ehe ich wieder zu Hause war, und das ging so weit, daß ich Angst hatte, Straßen zu überqueren. Schließlich hatte ich überhaupt Angst hinauszugehen. Irgendein Arzt erklärte, ich litte an Agoraphobie und sagte mir, ich solle mich zusammennehmen. Mich packte schieres Entsetzen, ich dachte, es handelte sich um irgendeine Geschlechtskrankheit, doch er sagte, es sei bloß Angst vor freien Plätzen.

«Kann ich denn nicht irgendwelche Pillen gegen meinen Ausschlag bekommen?»

«Was für einen Ausschlag?»

Und wieder ging's los. Doch dieser Arzt entpuppte sich als einer von der klugen Sorte.

«Hm, ein Ekzem. Scheußlich. Sie sind offensichtlich ein nervöser, feinfühliger Typ.»

Ich lachte und sagte ihm, ich sei beim S.A.S. gewesen, gab an mit meinen stählernen Nerven. Er setzte ein höfliches Gesicht auf und sagte: «Die beste Medizin für Sie wäre zweifellos die sofortige Entlassung. Ich will sehen, ob ich die Rückkehr in die Heimat für Sie beschleunigen kann.»

Ich dachte, ich müßte noch den Verstand verlieren, ehe ich England wiedersähe, doch schließlich wurde ich nach Westen abtransportiert, auf einem vollbeladenen Zug, der an jedem Bahnhof hielt, über halb Europa verschoben. Zur Abwechslung fing ich an, unter

Klaustrophobie zu leiden. Es juckte überall: an den Armen, den Händen, Füßen. Selbst zwischen den Zehen juckte es.

Weiter fuhr der Zug. Plötzlich sprachen die Leute auf den Bahnhöfen französisch. Schließlich wurden wir in einem Kanal-Hafen ausgespien – es war Dieppe, aber es hätte genauso gut Timbuktu sein können, so egal war mir das – und in einen Truppentransporter gezwängt. Eine neue Hölle. Ich wurde seekrank, erbrach mich in einem stinkenden Klo. Ich hatte Angst, das Schiff würde sinken. Aber es sank nicht, und endlich war ich in Newhaven, stand wieder auf britischem Boden, und die Herbstsonne schien auf die langen grünen Wellen der Sussex Downs.

Aus Angst, daß die Agoraphobie mich wieder befallen könnte, schenkte ich ihnen nur einen flüchtigen Blick. Ich war wieder tief in Panik versunken. Angenommen, auf der Fahrt nach London kam es zu einem Zugunglück? Die ganze Fahrt über glaubte ich, jeden Augenblick zusammenzubrechen, und als wir in die Victoria Station einliefen, geschah das praktisch auch – ich fiel aus dem Zug, stapfte wie benommen umher, sah nicht, wohin ich ging. Auf dem Bahnhof wimmelte es von Menschen in Uniform. Die höhlenhaft widerhallende Bahnhofshalle roch nach Rauch und Dampfschwaden. Die Leute redeten englisch. Ich war noch nicht ganz im Paradies, noch nicht ganz, ganz bestimmt aber auf der ersten Stufe der Leiter, die hinaufführte.

Schüchtern legte sich mir eine Hand auf den Arm.

Eine etwas mollige, verängstigte junge Frau starrte wortlos zu mir herauf. Ich sah hellbraune Augen hinter Tränen schimmern und sorgfältig frisiertes aschfarbenes Haar unter einem kleinen Navyhütchen.

«Bella?»

«Harry . . . o mein Gott!»

Wir fielen uns in die Arme. Wir weinten. Zittern befiel mich.

«Ach, *darling,* wie herrlich, dich wiederzuhaben – und wie stolz ich auf dich bin – all die vielen Orden . . .»

«Ach, das war nichts, alles nur ein Riesenjux. Hab' mich toll amüsiert.»

Ich wußte kaum, was ich sagte. Das einzige, was ich wußte, war, daß ich über den Krieg nicht reden konnte. Ich konnte es nicht einmal ertragen, auch nur daran zu denken!

«Harry! *Darling* – was ist denn das?»

Es war eine halbe Stunde später; wir waren in einem kleinen Hotel.

«Ach, nichts Ansteckendes, bloß eine Allergie! Die wird schon verschwinden, jetzt, wo ich wieder zu Hause bin.»

«Ach, mein armer, armer Liebling . . .»

Was machte ich nur in diesem fremden Bett mit dieser fremden Frau, die mich Liebling nannte?

«Harry, du liebst mich doch noch, oder?»

«Red doch keinen Unsinn – natürlich tue ich das!» Aber tat ich es wirklich? Keine Ahnung. Ich war wie ein Roboter, der auf einen fremden Stern katapultiert worden war. Konnte überhaupt nicht klar denken. Vielleicht war ich jetzt wirklich durchgedreht.

Wir schliefen miteinander. Ohne Präservativ. Und plötzlich machte es «klick» in meinem Kopf, ich sah den Ausblick vom Kamm der Rhossili Downs hinter ihr, sah den gewölbten Rücken des *Worm* aus dem Wasser auftauchen, wenn der Shipway unter Massen brodelnden Schaums versank.

«Weißt du noch – der Vögel-Felsen?»

«Ach, Harry, *ja*! Und die Dünen von Llangennith . . .»

«Und der Vorraum vom Gewächshaus . . .»

«Und mein Schlafzimmer im Haus . . .»

Penhale Manor! Oxmoon. Ich stieg noch eine Sprosse höher und erblickte das Paradies.

Sie an mich drückend, barg ich das Gesicht an ihren Brüsten und flüsterte wild: «Bring mich nach Hause, bring mich nach Hause, bring mich nach Hause . . .»

15

Wir bekamen den Zug am nächsten Morgen, einen schmutzigen, dafür aber alles andere als überfüllten Zug, der vor Bristol nur einmal hielt. Bellas Hand in der meinen, blickte ich sprachlos hinaus auf die öde englische Winterlandschaft, die draußen vor dem Abteilfenster vorüberflog. Meine Agoraphobie war verschwunden. Ich wußte jetzt, daß ich heimfuhr. In Penhale Manor wartete meine Familie auf mich; mein Vater würde mich allein vom Bahnhof in Swansea abholen.

«Wir haben eine Überraschung für dich», fügte Bella noch hinzu, nachdem sie mir diese Dinge beigebracht hatte.

Ich bemühte mich, ein interessiertes Gesicht aufzusetzen, aber die Vorstellung von einer Willkommensparty ließ mich kalt. Ich wollte ins Bett gehen und eine Woche ununterbrochen nur alle meine Platten hören.

Als ich meinen Vater am Bahnhof sah, fand ich, daß er wunderbar wohl aussah, so schlank und elegant und mit strahlenden Augen, daß er für vierzig hätte durchgehen können. Ich war gerührt, wie sehr meine Heimkehr ihn verjüngt hatte, und so umarmten wir uns gefühlvoll, soweit der Anstand es zuließ.

«Harry – willkommen wieder daheim!» Seine strahlenden Augen waren von einem intensiven, leuchtenden Blau. Er wirkte nicht nur verjüngt, sondern geradezu wie neugeboren. Ich selbst war noch nicht wieder neugeboren, aber ich hatte das Gefühl, alles laufe darauf hinaus. Das Gefühl, die ganze Reise sei ein einziger Traum gewesen, fiel von mir ab, und ich konnte glauben, daß ich wieder mit ihm zusammen und in Wales war.

Wir verließen das in Trümmern liegende Swansea und fuhren nach Gower hinein.

Die Felder lagen pastellfarben unter der blassen Sonne. Jede Biegung der Straße bedeutete mir unendlich viel. Linker Hand war durch die Baumstämme hindurch Oxwich Bay zu sehen. Rechter Hand zuckte Cefn Bryn vorüber, und schließlich sah ich in der Ferne die Rhossili Downs.

Auf der Stelle war Italien vergessen. Nordafrika desgleichen. Ich erklomm die letzten Sprossen der Leiter zum Paradies, und im Gegensatz zu Orpheus hatte ich nicht die Absicht, zurückzublicken in die Hölle, die ich hinter mir ließ.

Der Wagen fuhr um Oxmoon herum. Für den Bruchteil einer Sekunde hatte ich das Bild makelloser Vollkommenheit jenseits der Tore vor mir, und ich mußte an den weißen Flügel im Ballsaal denken: Die Musik in meinem Kopf setzte ein. Es handelte sich um Mahlers machtvolle «Symphonie der Tausend». Ich lauschte. Wir fuhren weiter nach Penhale, aus Mahler wurde Elgar. Ich war wieder bei «Pomp and Circumstance», und wie auf ein Stichwort hin hörte ich auf dem Gipfel des Crescendo den Chor der Gefangenen aus *Nabucco*.

Der Wagen fuhr durch das Tor von Penhale Manor.

«Willkommen dahein, Liebling, willkommen daheim . . .» Bella küßte mich ausgiebig, doch ich war außerstande, darauf einzugehen. Ich lauschte immer noch Verdi, und erst als ich ausstieg, hörte auch die Musik auf.

Ein großes Schweigen legte sich auf mich. Betroffen von seiner Intensität, blieb ich stehen, und als ich hörte, wie die Zeit abermals einen anderen Gang einlegte, sah ich die Gegenwart unter dem Anbranden des Rammbocks der Vergangenheit zu Staub zerfallen, und plötzlich, da der Kreis sich schloß, wußte ich, daß die schönste, die gehütetste Erinnerung nicht hinter mir lag, sondern wieder vor mir.

Wartend stand ich auf der Auffahrt. Ich wußte, es würde geschehen, und doch wagte ich noch nicht, daran zu glauben. Und dann, als mein Vater fröhlich rief: «Wo steckt denn das Empfangskomitee?», geschah das Wunder, öffnete sich die Haustür, und heraus trat meine Märchenfee, um mich willkommen zu heißen daheim.

Viertes Kapitel

I

Sie heirateten sechs Wochen später und lebten fürderhin glücklich und zufrieden – mehr oder weniger. Nun ja, gelegentlich kommt so was schon vor. Kester traf den Nagel auf den Kopf, als er sagte, selbst ein Zyniker müsse zugeben, daß wahre Liebe manchmal doch triumphiert; zu behaupten, keiner lebte hinterher glücklich und zufrieden, widerspricht der Wirklichkeit genauso wie die Behauptung, jeder täte es.

Wunderbar! Ich war bereit für ein Märchen. Ich wollte alles – Champagner, goldene Sonnenuntergänge, wahre Liebe, ewig währende Glückseligkeit und die Titelmusik von *Vom Winde verweht* endlos im Hintergrund. All das war das rechte Gegenmittel wider Trinken, Rumhuren, Töten und den Verstand-Verlieren.

«Jedesmal, wenn ich hörte, daß jemand auf dem Klavier Melodien spielte, die du mochtest», sagte Bronwen, «ließ ich den Blick schweifen und hörte dein Echo in der Zeit.»

Ich sag's ja! Bronwen war aber vor allem eine nicht unterzukriegende praktische Frau; kein Mensch zieht in einem fremden Land vier Kinder groß, indem er nichts weiter macht, als der Sphärenmusik zu lauschen. Nur brachte sie das Kunststück fertig, Phantasien wie handfeste Tatsachen zu behandeln und handfeste Tatsachen wie Phantasien. Für sie war es ganz natürlich, eine Märchenfee zu sein; sie hätte ihre Zauberkraft als gesunden Menschenverstand bezeichnet. Das war es zwar nicht, aber für Bronwen war Zauber so etwas Normales wie gesunder Menschenverstand, etwas, das man ohne großes Erstaunen zur Kenntnis zu nehmen, ja, für selbstverständlich zu nehmen hatte.

Eine prosaische Erklärung ihrer Zauberkraft war vielleicht darin zu sehen, daß sie weitblickender war, als die meisten Menschen es sind.

Sie war stets betont darauf bedacht, es von sich zu weisen, daß sie irgendwelche außergewöhnlichen psychischen Kräfte besaß, verband aber ihre ausgeprägte Klarsichtigkeit mit ungewöhnlicher Beobachtungsgabe. Das befähigte sie, Einzelheiten wahrzunehmen, die anderen Menschen verborgen blieben, was zur Folge hatte, daß sie häufig ein breiteres Spektrum der Wirklichkeit sah – und das bedeutete, daß sie konkret über Dinge reden konnte, die andere Menschen nicht sehen konnten und daher als in den Bereich der Mythen gehörig betrachteten.

Außerstande, ein Wort hervorzubringen, schloß ich sie in die Arme, und die ganze Zeit über dachte ich: sie ist fortgegangen – aber sie ist zurückgekehrt. Irgendwann – wieviel später, weiß ich nicht – saß ich dann neben ihr auf dem Sofa im Salon, während andere Leute – durch die Bank Fremde unter zwanzig für mich – einer nach dem anderen in das Zimmer hereinkamen und Bemerkungen machten wie: «*Hi* – willkommen zu Hause!» und «*Hi* – ich wette, du weißt nicht, wer ich bin!» Irgendwie dämmerte mir, daß dies meine verlorenen Geschwister waren. Doch ehe ich diese erstaunliche Tatsache verdauen konnte, kam eine Bande kleiner Jungen hereingestürmt, schwenkte Union Jacks und rief: «Daddy! Daddy!»

Ich hörte Bella sagen: «Eigentlich hatten sie ja an der Auffahrt auf dich warten sollen, aber sie haben sich im Klo eingeschlossen und konnten nicht raus.» Ich starrte sie an. Was war denn aus all den niedlichen Kindern in Strampelhöschen nur geworden? Ich sah mich einer Rasselbande von wilden Gnomen gegenüber, die mit einer Lautstärke durcheinanderschrien und -heulten, daß sie die Mauern von Jericho eher zum Einsturz gebracht hätten als die legendären Trompeten. Ich zuckte bei dem Lärm zusammen.

«Schtschtscht, Jungs – geht sanft mit Daddy um!» bat Bella sie nervös, doch die Knaben verstummten erst, als Bronwen sich vorneigte und den Finger an die Lippen legte. Dann winkte sie den kleinsten Rowdy lächelnd heran und sagte: «Komm schon, Humphrey – dies ist dein großer Augenblick!»

Der Sohn, den ich nie gesehen hatte, bot sich stolz zur Begutachtung an. Er sah aus wie ich auf den alten Photographien aus meinem zweiten Lebensjahr. Ich war viel zu überwältigt, um reden zu können, doch als ich ihm über den Kopf fuhr, um mich zu vergewissern, daß er aus Fleisch und Blut sei, strahlte er.

«Daddy, Daddy!»

Ich verwechselte Charles und Jack miteinander, die beide gleich groß waren, doch während sie sich gegenseitig wegschubsten und

Humphrey nahezu zertrampelten, schlängelte sich Hal an ihnen vorbei und setzte sich neben mich auf das Sofa.

«Hallo, Hal – ja, *dich* zu erkennen, habe ich keine Schwierigkeiten!» sagte ich, war jedoch viel zu erschöpft, um mehr zu sagen. Unbestimmt sah ich mich nach Edmund und Teddy um, bis mir einfiel, daß mein Vater mir gesagt hatte, sie seien in London, um ihr Haus dort wieder bewohnbar zu machen.

«Gerry», sagte Bronwen zu einem der Fremdlinge, «könntest du nicht noch ein Kricket-Match organisieren?»

Etliche Leute verschwanden, und eine gesegnete Ruhe machte sich im Zimmer breit. Endlich allein mit Bronwen und meinem Vater; mein Vater erzählte raschzüngig und höchst angeregt.

«... und so hab' ich ihr geschrieben, sofort nachdem Constance umgekommen war ...»

«Und ich schrieb postwendend zurück», sagte Bronwen. Die Worte waren für mich bestimmt, aber ihn lächelte sie dabei an.

«... und danach korrespondierten wir. Wir verabredeten, uns nach dem Krieg zu treffen, aber selbst als der Krieg zu Ende war, war es schwierig, eine Überfahrt für Zivilisten zu bekommen. Nur hatte ich ja meine Beziehungen zur Regierung ...»

«... als ich also die Kinder zu einem Besuch herüberbrachte ...»

«... es war mir gelungen, die Schiffskarten zu bekommen. Selbstverständlich wollte ich ihr sagen, sie solle alles dort oben verkaufen und dann ...»

«... ich wollte ja auch alles verkaufen, hatte aber Angst ...»

«... beide hatten wir Angst ...»

«... wir würden feststellen, daß wir Fremde füreinander wären, die sich nichts mehr zu sagen hätten!»

Sie lachten entzückt über diese absurde Möglichkeit.

«Wie dem auch sei», sagte mein Vater, «ich sagte, ja, komm besuchsweise rüber. Doch als ich nach Southampton fuhr, um sie vom Schiff abzuholen ...»

«... sobald ich ihn sah ...»

«... sobald ich *sie* sah ...»

Wieder lachten sie, entzückter noch als je zuvor in ihrer geradezu lachhaft romantischen Geschichte.

«Da habe ich sie also schon nach kurzer Zeit gebeten, mich zu heiraten, und sie hat eingewilligt ...»

«Nein, nein, du hast gesagt: ‹Wie bald kannst du mich heiraten?›, und ich sagte: ‹Na ja, morgen habe ich grade nichts vor ...›»

Sie lachten hilflos, völlig von Sinnen vor Glück. Ich jedoch raffte mich schließlich hoch, spielte die Rolle des freundlichen, gut geratenen Kindes und füllte ihre Gläser mit Champagner.

Einige Zeit später, als es mir gelang, auch einmal zu Wort zu kommen, sagte ich zu meinem Vater: «Ich nehme an, Teddy kam zu dem Schluß, daß dies eine Situation wäre, die sie in Ordnung bringen könnte.»

«O Gott, ja, diese Frau ist verrückt nach Macht. Sie konnte der Versuchung nicht widerstehen, die Macht des Verzeihens und des Vergessens auszuüben, aber wenn sie es wirklich ernst meint, dann sollte sie mal mit Francesca reden. Das Kind droht, die große Hochzeit abzusagen, die ich nächsten Monat für sie gerichtet habe – sie sagt, lieber würde sie nur standesamtlich und ohne mich heiraten, wenn ich, wie sie es ausdrückt, fortfahre, das Andenken ihrer Mutter zu besudeln.»

«Arme kleine Francesca», sagte Bronwen.

Ich aber hatte jetzt wirklich die Nase voll davon, daß Francesca sich immer als die Edelmütige hinstellte, der Unrecht getan wurde, und fand, es sei nunmehr an der Zeit, daß jemand sie einmal gründlich durchschüttelte und ihr die Meinung sagte. Widerstrebend mußte ich einräumen, daß mein Vater vermutlich recht hatte, was Teddy betraf; sie griff bestimmt nicht ein, solange Francesca Gefühle äußerte, die Teddy im tiefsten Inneren, unter all den Schichten von Freundlichkeit und Großzügigkeit, insgeheim doch teilte. Wahrscheinlich war Teddy um Edmunds willen jetzt, wo Constance ein Jahr tot war, durchaus bereit, sich meinem Vater und Bronwen gegenüber gutwillig zu zeigen, aber im tiefsten Herzensgrund war sie vermutlich nicht so wohlwollend.

Wie es sich ergab, hatte ich die Gelegenheit, für meinen Vater einzutreten, weil Francesca und ihr Verlobter drei Tage später fürs Wochenende nach Oxmoon kamen. Sie war seit einem halben Jahr mit einem Colonel der US. Air Force namens William Q. Coton verlobt, der einer der wohlhabenden Ostküsten-Familien entstammte. Ursprünglich hatte Francesca ihn bei einem ihrer Amerika-Besuche vor dem Krieg kennengelernt, die sie zusammen mit ihrer Mutter unternommen hatte, und nach einer mit Flirts gepflasterten Karriere als Air Force-Helferin fand sie die Tatsache, daß er ihr vertraut war, ebenso attraktiv wie seinen wohlanständigen Familienhintergrund. Er war zweiunddreißig, mußte sich aber schon als Kind benommen haben wie ein Fünfziger, und als ich ihn kennenlernte, trug er einen besorgten Gesichtsausdruck zur Schau, von dem ich hoffte, er sei darauf zurückzuführen, daß seine Verlobte sich im Hinblick auf die bevorstehende Wiederverheiratung ihres Vaters idiotisch benahm. Gewiß ahnte er, um was es ging, als ich Francesca um ein Gespräch unter vier Augen bat, und so lächelte er mich dankbar an und hatte nichts Eiligeres zu tun, als das Zimmer zu verlassen.

Francesca war einundzwanzig, brünett, schlank und adrett wie Constance, hatte aber die blauen Augen ihres Vaters. Ehe sie auch mir gegenüber in die Rolle der Heroine schlüpfte, der Unrecht getan worden war, hatte sie jahrelang und mit großem Erfolg die temperamentvolle Naive gespielt; ich hatte sie so genommen, wie sie sich gab, und keinen Versuch gemacht, sie besser kennenzulernen. Jetzt jedoch sollte ich Bekanntschaft schließen mit dem Menschen, der meine Schwester wirklich war.

«Wenn du über Daddy und *diese Frau* mit mir sprechen willst . . .»

«Ach, halt den Mund! Himmelherrgott, hör auf, Elektra zu spielen und komm runter von deinem hohen Kothurn!»

Francesca war erschrocken. So hatte noch nie jemand mit ihr gesprochen. Sie war das sonnige Mädchen, Mamis heißgeliebte einzige Tochter, ständig gehätschelt von einer Horde von Verwandten, die sie samt und sonders, je nach Nationalität, entweder *sweet* oder *cute* fanden.

«Harry!»

«Hör mal zu, du sonniges Gemüt, liebst du deinen Vater nun oder liebst du ihn nicht?»

«Aber ich *verehre* ihn . . .»

«Dann beweise das mal dadurch, daß du seine Heirat begrüßt. Und jetzt hör mir mal gut zu, Mädchen! Dieser Mann, dein Vater, hat in den vergangenen zwölf Jahren wahnsinnige Opfer gebracht, um dir ein guter Vater zu sein, und das vergiltst du ihm jetzt dadurch, daß du rumkläffst wie ein wildgewordener Pekinese, bloß weil er zur Abwechslung mal ein bißchen echtes Glück gefunden hat! Nun, ich finde dein Benehmen schändlich, und ich meine, es wird Zeit, daß dir mal jemand sagt, was für eine verdammt herzlose und undankbare Tochter du bist!»

Tränenströme. Unzusammenhängendes Gerede deutete auf dunkle Risse in ihrer äußerlich besonnten und wohlgeordnet verlaufenen Kindheit hin. «Ich weiß, daß Mami unglücklich war . . . und das alles nur *wegen ihr* . . . Nie könnte ich Daddy einen Vorwurf machen, er war so wunderbar, so großartig . . .»

Ich erkannte das Problem. Es hatte auch mich viele Jahre gekostet, zu begreifen, daß mein Vater ein vielschichtiger Mann war und daß nicht alle seine Züge vorbildlich waren.

«Er ist kein Heiliger, Francesca. Er hat deine Mutter, nachdem sie geheiratet hatten, alles andere als gut behandelt, ja, und wenn meine Mutter noch gelebt hätte, er hätte sich ihr gegenüber nicht anders benommen.»

Doch das konnte sie nicht akzeptieren. Sie schluchzte nur, schüttelte den Kopf und sagte immer und immer wieder: «Nein.»

Da schloß ich sie in die Arme und sagte: «Er war ein Opfer. Er liebte meine Mutter und hatte große Achtung vor deiner, aber was nützen Liebe und Hochachtung, wenn irgendwo in den Kulissen die große Leidenschaft brodelt? Und große Leidenschaften sind nicht das, was sie in Romanen sind, Francesca. Wer ihnen ausgeliefert ist, muß manchmal durch die Hölle gehen, auch wenn er ein guter Mensch ist.»

Mit dem Handrücken rieb Francesca sich die Augen und flüsterte dann: «Was Mami durchgemacht hat, war bestimmt die Hölle.»

«Das haben sie alle, alle wie sie da sind, aber jetzt ist es vorbei, aus. Deine Mutter ist tot, so wie meine Mutter tot ist, und nichts kann ihnen mehr weh tun. Aber Vater lebt noch, und jetzt hat er endlich die Chance, ein bißchen glücklich zu sein, und wenn du ihn wirklich liebst, kannst du deshalb nicht böse sein, sondern eine Riesenlast wird dir vom Herzen fallen, daß sein Leiden nun endlich ein Ende hat.»

Einige Minuten vergingen. Schließlich war sie imstande zu sagen: «Ich verstehe. Alle sind sie Opfer. Verstehe. Aber trotzdem ... Ich weiß nicht, wie ich ihr unter die Augen treten soll, nach allem, was ich gesagt habe ... Ich wüßte nicht, wohin vor Verlegenheit ...»

«Du brauchst nichts weiter zu tun als ‹hallo› zu sagen – alles andere besorgt sie schon.»

Ich trocknete ihr die Tränen und brachte sie nach Hause. Meine Märchenfee stand im Garten, doch sobald wir aus dem Haus heraustraten, winkte sie und kam über den Rasen auf uns zu. Federnden Schritts wie eine vielbeschäftigte Hausfrau, die einen unerwarteten Gast zum Kaffeetrinken begrüßt, sah sie aus, als sei ihre größte Sorge, ob der Kuchen auch reichte.

«Francesca wollte kurz mal Vater begrüßen», rief ich, kaum daß Bronwen in Hörweite war.

«Oh, das ist schön, er wird gleich wieder da sein – er ist nur eben mal ins Dorf, um sich Zigaretten zu holen.» Sie lächelte Francesca an. Ihrer rasiermesserscharfen Beobachtungsgabe entging nichts. Dies Lächeln fegte alle Verlegenheit entschieden als belanglos beiseite. Nie wirkten Bronwens Zaubergaben wunderbarer.

Als mein Vater aus dem Dorf zurückkehrte, saßen wir alle im

Salon und tranken Kaffee. Unzählige Bilder von William Q. Coton bedeckten den Tisch, und Francesca – wie durch ein Wunder wieder in der Rolle der temperamentvollen Naiven – erzählte Bronwen die Geschichte ihrer Verlobung. Bronwen – und dafür muß man ihr ewig Dank sagen – sah aus, als sei sie völlig fasziniert.

Soviel zu Francesca. Sie heiratete ihren Verlobten drei Wochen später in St. Margaret's Westminster und schwamm dann in Richtung Amerika hinein in den Sonnenuntergang, um fürderhin glücklich und in Freuden zu leben.

Vielleicht.

Bronwen ging nicht zur Hochzeit. Sie sagte zu Francesca: «Es ist bestimmt das Beste, wenn ich nur im Geiste bei dir weile. Du sollst nur nicht denken, daß die Kinder und ich nicht auf euch anstoßen und dir alles Gute wünschen.» Dann zog sie sich mit meinen kanadischen Geschwistern auf die Halbinsel Lleyn zurück, um eine Woche bei ihrer Schwester Myfanwy zu verbringen, ihrer einzigen Blutsverwandten, die sie in Wales hatte. Dafydd war noch nicht aus Fernost zurückgekehrt, und Rhiannon war bei einem Bombenangriff auf Malta ums Leben gekommen.

Als der Zeitpunkt kam, da Francesca ihren Hochzeitsempfang im Claridges verlassen sollte, sagte sie zu meinem Vater: «Hoffentlich wird deine Hochzeit schön, Daddy. Es tut mir leid, daß ich nur im Geiste dabei sein werde, aber denke nicht, daß ich nicht auf euch anstoße und dir alles Gute wünsche!» Da wußte ich, welch tiefen Eindruck Bronwen auf sie gemacht hatte.

Mein Vater küßte sie, dankte ihr und sagte, ja, er freue sich sehr auf seine Hochzeit. Das muß *die Untertreibung* seines Lebens gewesen sein. Inzwischen konnte die ganze Familie das große romantische Ereignis des Jahres, des Jahrzehnts und möglicherweise des ganzen Jahrhunderts kaum noch erwarten. Wir alle brannten vor Aufregung.

Getraut wurden sie schließlich genauso wie Francesca in St. Margaret's Westminster. Die Kirche von Penhale wäre aus nostalgischen Gründen durchaus passend gewesen, doch die Vorstellung, daß die gesamte Bevölkerung der Halbinsel Gower auftauchte, um sich daran zu weiden, wie John Godwin seine Mätresse zum Altar führte, war allzu schreckenerregend. Ganz offensichtlich konnten sie nur in London eine stille Hochzeit feiern, wie sie sie sich wünschten, und so sagte mein Vater schließlich: «Ach, was soll's, nun kenne ich den Rummel in St. Margaret's schon – warum bringen wir's nicht dort hinter uns?» Und der Pfarrer war so freundlich, sie zwischen zwei große Vermählungen einzuschieben.

Am Morgen des 15. Dezember 1945 versammelte sich die Familie mit angehaltenem Atem in der Westminster Abbey.

Bronwen hatte sich ihr Haar nach ihrer Rückkehr wachsen lassen, und an ihrem Hochzeitstag trug sie es hochgesteckt unter einem flachen Hütchen. Das Haar war ausgebleichter als früher, war aber immer noch von so kräftiger Farbe, daß die freiliegenden Strähnen im dämmerigen Licht aufschimmerten. Sie war auch etwas fülliger geworden, allerdings hatte der ständige Kummer früher an ihr genagt, und so fand ich, daß die etwas üppigere Gestalt ihr ausgesprochen stand. Auf dem Nasenrücken hatte sie immer noch Sommersprossen, und auch ihre Zähne waren nach wie vor strahlend weiß. Sie war siebenundvierzig, mein Vater dreiundfünfzig. Da ihr Glück so unsäglich war, machten sie den Eindruck, als hätten sie das Geheimnis ewiger Jugend entdeckt. Alle flüsterten immer wieder: «Wie *jung* sie aussehen!» Und Teddy, die Bronwen in ihrem kanadischen Silberfuchs sah, fügte mit einer Bewunderung, die, wie ich wußte, nicht gespielt war, hinzu: «Die Frau hat einfach Klasse!»

Welche Ironie! Aber es stimmte. Teddy benutzte das Wort Klasse in seiner amerikanischen Bedeutung, doch mir ging auf, daß diese «Klasse», die Bronwen sich in Kanada erworben hatte, sie für englische Begriffe klassen*los* machte. Das schüchterne, zurückgezogen lebende Kindermädchen war für immer verschwunden und durch eine gutgekleidete, selbstbewußte und kultivierte Frau ersetzt worden, welche die Engländer als akzeptable «Ausländerin» einstufen konnten, als jemand, der ein Recht darauf hatte, außerhalb des englischen Klassensystems zu existieren. Bronwens Waliser Aussprache sowie ihr innerer Kern waren unverändert geblieben, doch eine egalitärere Gesellschaft als die englische hatte sie geprägt, und der kanadische Lack ihrer Persönlichkeit war jetzt ihr Paß für die Freiheit.

Jetzt begriff ich, um wieviel leichter es für meinen Vater sein würde, gemeinsam mit ihr ein neues Leben zu schaffen, das äußerlich keinerlei Ähnlichkeit mit dem alten aufwies. Ich war überwältigt gewesen von den Veränderungen, die schon jetzt mit ihm vorgegangen waren; jetzt sah ich erst, daß sie nicht nur wünschenswert, sondern unvermeidlich waren. Er hatte seinen Rolls-Royce verkauft, seine Geschäftsverbindungen mit London gelöst und sich ein Haus in einem wohlhabenden, gleichwohl jedoch mittelschicht-geprägten Teil von Swansea gekauft. Bei unserem letzten Gespräch über dieses Thema äußerte er sogar begeistert, die Pflege seines Gartens selbst übernehmen zu wollen.

«Wie schmuck dein Vater aussieht», flüsterte Bella, als wir auf den

Beginn der Trauung warteten, doch ich hörte sie kaum. Ich lauschte Bachs «Wachet auf», das mir trotz der Versuche irgendeines Narren, irgendeine Belanglosigkeit von Mendelssohn auf der Orgel zu Gehör zu bringen, machtvoll strömend durch den Kopf ging. Doch schließlich begann der Geistliche mit seinem Geschwafel, und so war ich hinreichend abgelenkt, um einen Blick auf den Rest der Familie zu werfen. Alle Frauen hatten feuchte Augen; die Männer hatten ein törichtes Grinsen aufgesetzt. Ich beeilte mich, meinen eigenen Mund geradezubiegen, da begegnete Gerry meinem Blick und zwinkerte. Dem begegnete ich ausgesprochen kühl. Wenn man mit achtzehn in der wirklich ungewöhnlichen Lage ist, der Eheschließung seiner Eltern beizuwohnen, sollte man es besser wissen und nicht gerade zwinkern, als wäre das Ganze ein Riesenjux. Erleichtert nahm ich zur Kenntnis, daß meine anderen kanadischen Geschwister sich mit dem Ernst von Anthropologen benahmen, die irgendein geheimnisvolles Stammesritual verfolgen. Nachdenklich ließ ich den Blick auf ihnen ruhen. Wahrscheinlich mußte ich mich ernstlich darum bemühen, sie besser kennenzulernen, doch reizvoll war dieser Gedanke für mich nicht.

Mit den Gedanken wieder voll dabei war ich, als mein Vater Bronwen schließlich den Ring überstreifte. Besser spät als nie. Fast ein Vierteljahrhundert nach ihrer ersten Begegnung auf dem Gutshof von Penhale, zweiundzwanzig Jahre nach der Zeugung Evans und zwölf Jahre, nachdem Bronwen nach Kanada gegangen war und drei Monate nach ihrer Rückkehr nach Europa wurde die Tat endlich getan.

Hinterher, vor dem Kirchenportal, fuhrwerkte Teddy, auch darin amerikanischer als die meisten Amerikaner, mit ihrer teuren Kamera in der Gegend herum, doch gingen mein Vater und Bronwen einfach über ihre Anweisungen hinweg, sich zu einer Aufnahme nebeneinanderzustellen. Sie waren viel zu sehr damit beschäftigt, sich leidenschaftlich zu umarmen und festzuhalten.

«Himmel!» sagte Thomas, dem fast die Augen aus dem Kopf fielen. «Vielleicht ist das mit der romantischen Liebe doch nicht so ein alter Hut!»

Mir war, als hörte ich einen Mann, der sich sein Lebtag zum Atheismus bekannt hatte, erklären, er glaube an Gott.

Mein Vater und Bronwen gingen nur widerstrebend auseinander und lächelten dann strahlend in die Kamera.

«Süß, nicht?» sagte Marian und legte Zeugnis ab für ihr Talent, Erhabenes in Banales zu verkehren. «Die bezaubernde Bronwen – wie eine richtige Lady sieht sie aus in diesem Pelz.»

Kester und ich drehten uns gleichzeitig um, fuhren sie mit einem

«Halt den Mund!» an und mußten dann über unsere Reaktion lachen, die bei beiden gleich gewesen war. Der gute alte Kester – wie konnte ich nur jemals so unheimlich häßlich von ihm gedacht haben? Absurd! Ich erkannte jetzt klar, daß er nichts weiter war als ein harmloser Exzentriker, der sich über die Heirat meines Vaters genauso von Herzen freute wie ich.

«Aber wirklich, ihr beiden!» sagte Marian, erschrocken von der Heftigkeit unserer Reaktion. «Was regt ihr euch bloß so auf? Ich bin wahnsinnig begeistert von Bronwen, bin es immer gewesen.»

«Kommt, eine Gruppenaufnahme!» rief Teddy und unterbrach uns.

Gruppen bildeten sich und bildeten sich um. Schließlich fand ich Gelegenheit, Bronwen in die Arme zu nehmen und zu sagen: «Gut gemacht!» Dann schüttelte ich meinem Vater die Hand und sagte: «Gratuliere.» Ich war so glücklich, daß ich mich kaum halten konnte vor Freude. In meinem Kopf dirigierte Toscanini die letzten Takte von Beethovens Siebenter.

«Noch ein letztes Bild, John und Bronwen ganz allein!» rief Teddy schrillstimmig.

Wir traten beiseite, und als mein Vater vor der Kirche den Arm um seine Frau legte, verstummten wir alle. Jenseits des Gitters brauste der Verkehr um den Parliament Square, doch für Sekunden schien selbst der Lärm zu verstummen. Die Westminster Abbey ragte dunkel über uns; das Parlament schlummerte in winterlichem Licht. Dann hörte ich, wie Bronwen leise zu meinem Vater sagte: «Das erinnert mich an die andere Kirche, Johnny, damals, vor so langer Zeit.»

Er lächelte auf sie hinab, sie lächelte zu ihm hinauf, und hinter ihnen, weit hinter ihnen begann Big Ben die Stunde zu schlagen.

2

Nach der Hochzeit, nachdem mein Vater und Bronwen im goldenen Sonnenuntergang ihrer Flitterwochen in Cornwall entschwanden und in meinem Kopf dazu hundert Geigen die Titelmusik von *Vom Winde verweht* spielten, fand ich endlich Zeit aufzuwachen und mir darüber klarzuwerden, daß es um meine eigene Ehe wahrlich nicht zum besten stand. Soviel zur romantischen Liebe. Nackte Tatsache war, daß ich – wieder einmal – im Begriff stand, in einen Schlamassel hineinzugeraten, wie er größer nicht hätte sein können.

Sex und Schuldgefühle hatten mich, wie mein Vater mit erschrekkender Genauigkeit konstatiert hatte, in die Ehe getrieben; nur – das genaue Wesen dieser Schuld, die mich unter das Joch mit Bella gezwungen hatte, hatten weder er noch ich verstanden. Die sexuelle Bindung war schwächer geworden; sie stellte jetzt nur eine angenehme und bequeme Möglichkeit dar, jedoch kein atemberaubendes erotisches Abenteuer mehr. Jedoch die Bindung durch die Schuldgefühle hatte nicht nachgelassen, und je mehr mir aufging, daß ich mit Bella auf keiner Ebene außer eben der einen kommunizieren konnte, desto klarer wurde mir, wie unabänderlich uns das, was im Sommer 1933 geschehen war, zusammenkettete.

Ich kann unsere Beziehung nur mit der sonderbaren Kameradschaft vergleichen, die sich in Kriegszeiten zwischen Männern entwickelt. Wenn zwei Menschen gemeinsam durch die Hölle gehen, kommt es automatisch zu dieser Kameraderie; sie hat kaum oder gar nichts damit zu tun, ob man einander sonst mag oder nicht. Genauso war es mit Bella und mir. Wir waren noch Kinder gewesen, als wir die Hölle durchgemacht hatten, und Melody, unser Geheimnis, das wir für den Rest unseres Lebens miteinander teilen mußten, hatte diese unzerstörbaren Bande entstehen lassen, die auch unabhängig von unserer Ehe vorhanden waren. Unsere Ehe fand ich jetzt seicht, zum Verzweifeln und zutiefst unbefriedigend, doch wie sollte ich sie verlassen? Bella war vollkommen auf mich angewiesen. Sie verließ sich nicht nur auf mich, daß ich sie mit der Vergangenheit aussöhnte – das hatte ich bereits dadurch getan, daß ich sie heiratete und noch vier Kinder mit ihr zeugte –, sondern daß ich fortfuhr, sie damit zu versöhnen, indem ich sie für alle Ewigkeit liebte. Wenn ich sie verließ, das bezweifelte ich keinen Augenblick, würde das für sie die völlige Zerstörung ihres Lebens bedeuten, eine Zerstörung, die ich mit vierzehn begonnen hatte. Konnte ich jemals glücklich werden, wenn ich in dem Bewußtsein leben mußte, sie zerstört zu haben? Nein. Ich mußte bleiben.

Nachdem ich mich damit abgefunden hatte, sah ich es als meine Aufgabe an zu versuchen, unsere Ehe neu zu gestalten, sie in eine befriedigendere Form zu bringen, und wenn Bella erwachsen geworden wäre, wie das bei mir der Fall war, hätte einige Hoffnung bestehen können, dies Ziel auch zu erreichen. Aber Bella hatte sich kaum verändert, war immer noch das Kind, das ich damals geliebt hatte. Nicht nur war es unmöglich, ein schmerzliches, aber konstruktives Gespräch über unsere Ehe mit ihr zu führen. Es war überhaupt unmöglich, irgendein tiefergehendes Gespräch zu führen. Sie begriff nicht, verlor das Interesse daran und fing an, von etwas anderem zu reden.

Ich konnte wohl ihre Erleichterung darüber erkennen, daß ich über meine Kriegserlebnisse nicht reden wollte. Was sie betraf, so war ich heimgekehrt, und damit war alles gut. Es wäre ihr nie in den Sinn gekommen, daß meine Reaktion auf den Krieg so kompliziert war, daß ich mich manchmal fragte, ob ich mich jemals wieder davon erholen würde. Es wäre ihr, als ich mich abmühte, meine Aufmerksamkeit wieder dem Gut zuzuwenden, nie in den Sinn gekommen, daß ich ständig unter der Schreckensvorstellung litt, ich könnte zusammenbrechen und einfach nicht damit fertig werden. Ich machte mir Sorgen über alles, konnte aber mit ihr nicht über diese Sorgen reden. Einmal schnitt ich das Thema Geld an, doch sie sagte nur: «Was soll denn so schlimm daran sein? Dein Vater ist schließlich ein reicher Mann.» Und ich fand nicht die richtigen Worte, um ihr begreiflich zu machen, was für victorianische Wertvorstellungen mein Vater hatte und wie schrecklich mir die Vorstellung war, zu ihm kriechen und neuerliches Versagen beichten zu müssen; dabei war das schlimmste Schreckgespenst die Aussicht, einer von meinen kanadischen Brüdern könnte ein strahlender Erfolg werden und mich immer und immer wieder in den Schatten stellen.

Was Evan betraf, machte ich mir weiter keine Gedanken. Mein ehemaliger Leibeigener redete davon, Geistlicher zu werden, und mein Vater hatte Bronwens Empörung geweckt, als er ausrief: «Aber in der Kirche liegt weder Geld noch Zukunft!» Mein armer Vater! Es war ihm kaum möglich, die Wirkungen des chauffeurgelenkten Rolls-Royce von einem Tag auf den anderen abzustreifen, und wenn er auch seine Bemerkung hastig zurückgenommen hatte, vermutete ich, daß er trotzdem enttäuscht war von Evans Entschluß.

Lance war ein stiller, fleißiger Junge, der Ingenieur werden wollte. Auch er also kein Problem für mich. In den Augen meines Vaters würde der Beruf des Ingenieurs immer ziemlich niedrig auf der Skala der wünschenswerten Berufe rangieren.

Blieb nur noch Gerry, und Gerry, das wurde mir zunehmend und erschreckend klar, war entschlossen, die Rolle des Wunderknaben zu spielen und meinen normalerweise vernunftbestimmten Vater in einen Mann zu verwandeln, der völlig vernarrt war in seinen Sprößling. Gerry war stattlich. Gerry sah gut aus. Er war sportlich und besaß Köpfchen. Am unheimlichsten jedoch war, daß er Ehrgeiz besaß. Er hatte beschlossen, sich in London eines Repetitors zu bedienen, weil er hoffte, ein Stipendium für Oxford zu erlangen und Jura zu studieren. Selbstverständlich freute mein Vater sich wie ein Schneekönig und fing sogar schon an, von Onkel Robert zu reden.

Mir sträubten sich die Nackenhaare.

Ich sah es voller Entsetzen schon auf mich zukommen, mit dem

Wunderknaben verglichen zu werden und dabei stark abzufallen, doch sagte ich Bella davon nichts. Ich redete überhaupt mit niemand darüber, sondern fraß das in mich hinein wie meine anderen ganz persönlichen Ängste und beschloß, sie einfach zu verdrängen; das schlimme war nur, daß ich so viele ganz private Ängste hatte und es schwierig fand, mit einer frisch hinzugekommenen fertig zu werden. Mein Ausschlag begann mich wieder zu quälen. Ich fühlte mich geistig verwirrt. Ich begann, zuviel zu trinken.

«Verdammt zweischneidige Sache, dieser Frieden», sagte Edmund. «In mancher Hinsicht schlimmer als der Krieg.»

Merkwürdig, wie oft immer dann, wenn man besonders schlimm im Dreck sitzt, Hilfe sich von dorther anbietet, wo man sie am wenigsten vermutet. Ich hatte Edmund immer als gutmütigen Trottel abgetan, doch zuletzt, als ich kurz vor dem Zusammenbruch stand, war es nicht mein Vater, sondern mein unterschätzter Onkel, der da war und zwischen mich und den Abgrund trat.

Edmund hatte nicht nur die vier Jahre des Ersten Weltkriegs überlebt, sondern auch die Jahre hinterher, da er unter einer Schützengrabenneurose gelitten hatte. «Laß dich von den Alpträumen nicht beunruhigen», sagte er, als ich ihm eines Tages doch das Herz ausschüttete: über die Menschen, die ich umgebracht, über die Dinge, die ich gesehen hatte und über meine ständige Angst, darüber den Verstand zu verlieren. «Du hast deine Erinnerungen zu einem Paket verschnürt, und die Alpträume bedeuten nichts weiter, als daß du nicht der Versuchung widerstehen kannst, das Paket ab und zu aufzumachen und einen Blick hineinzuwerfen. Doch zuletzt vergeht der Wunsch hineinzugucken, und dann kannst du das Paket behandeln wie etwas, das verlorengegangen ist. Richtig verlieren wirst du es natürlich nie, aber es wird zu einem Bündel, das im Fundbüro zu melden dir die Mühe nicht wert erscheint, und dann spielt es auch keine Rolle mehr.»

«Es wird immer eine Rolle spielen.»

«Nein, nein», sagte Edmund gelassen. «Das ist einfach nicht so. In Wirklichkeit besteht eine der großen Wahrheiten im Leben darin, daß die Dinge, die die meisten Menschen für wichtig halten, gar nicht wirklich wichtig sind. Sieh dir John an. Nach all den vielen, vielen Jahren hat er das jetzt endlich erkannt. Warum einen Rolls-Royce fahren, wo man vielleicht mit einem Fahrrad viel glücklicher ist?»

«Aber Edmund, was den Krieg betrifft ...»

«Das einzig Wichtige am Krieg ist, daß du ihn heil überstanden hast. Versuch nicht, nach einem Sinn in dem Geschehenen zu suchen, denn die Welt ist weit davon entfernt, sinnvoll und menschlich zu sein. Ich finde, man gerät weit weniger in Schwierigkeiten, wenn man sich einfach sagt: ‹Ja, die Welt ist ein Chaos und unfaßlich schrecklich – wie überlebe ich das alles bloß?› Dann wirst du mit größerer Wahrscheinlichkeit aus den falschen Gründen das Richtige tun statt das Falsche aus den richtigen Gründen.»

Wir fingen an, über das Überleben zu reden. Ich vertraute ihm alle Probleme an, mit denen ich mich im Augenblick herumschlug.

Was das Problem Geld betraf, so sagte Edmund: «Nun hör bloß auf, dir Gedanken darüber zu machen, was sich gehört und was nicht. Geh einfach zu John. Er wird dich schon nicht auffressen.»

«Das nicht, wohl aber kann er mich als Lieblingssohn abschreiben.»

«Ja, und was wäre schon dabei, mein Junge? Ich war nie jemandes Liebling, doch sieh mich an: Bin ich etwa nicht glücklich?»

«Schon, aber ...»

«Mein lieber Harry, dich umbringen, bloß um Johns Liebling zu bleiben, geht nicht; da verlierst du bloß den Verstand. Streich es von der Liste deiner Lieblingsbeschäftigungen.»

«Ja, damit hast du sicher recht, aber ... Edmund, ich habe nicht nur Angst, als Lieblingssohn entthront zu werden. Was ich befürchte, wenn ich Vater um Geld bitte, ist, daß er diese momentane Verlegenheit benutzt, um mich aus Penhale zu vertreiben und auf das Gut in Herefordshire zu versetzen.»

«Und was stört dich daran, mein Lieber? Sehr schöne Gegend, Herefordshire. Ich weiß natürlich, wie du gefühlsmäßig an diesem Haus hängst, aber wenn deine finanzielle Lage so drückend ist ...»

«Edmund, ich könnte damit nicht fertig werden. Oder vielmehr, ich könnte es vielleicht noch, aber Bella nicht. Hier in Penhale hat sie Anna als Freundin und kann ab und zu Eleanor besuchen, aber wenn wir nach Herefordshire zögen, würde sie überhaupt niemanden kennen, wäre vollkommen auf mich angewiesen, und – ehrlich – das könnte ich einfach nicht ertragen, da würde ich durchdrehen, würde wahnsinnig werden und sie in einem unbedachten Augenblick umbringen, im Zuchthaus landen und, o Gott, was würde mein Vater *dann* erst sagen ...»

«Ich will dir genau sagen, was er sagen würde», erklärte Edmund, ohne auch nur mit der Wimper zu zucken über den ganzen erschreckenden neurotischen Unsinn, den ich vor ihm ausbreitete. «Er würde sagen: ‹Es ist alles meine Schuld, es liegt nur daran, daß ich den Jungen gezwungen habe, nach Herefordshire zu gehen, wo doch jeder intelligente Vater gesehen hätte, daß er dann überschnappen würde.› Harry, wird es nicht Zeit, daß du deinen Vater siehst, wie er wirklich ist? Er ist nicht irgendein heidnischer Gott, der ständig besänftigt werden müßte. Er ist ein kluger Mann und verfügt über eine große Lebenserfahrung; und außerdem liebt er dich sehr. Er wird bestimmt helfen und nicht Strafe zumessen wollen!»

«Gewiß, aber was soll ich sagen, wie ihm erklären . . .»

«Sag ihm einfach die Wahrheit. Du hast Eheschwierigkeiten, und wenn du nach Herefordshire gehen müßtest, würde das mehr Probleme schaffen als lösen . . . Hast du schon mal daran gedacht, dich scheiden zu lassen?»

«Könnte ich nicht. Es geht einfach nicht.»

«Hoffentlich sagst du das nicht, weil du Angst vor dem hast, was John sagen würde.»

«Nein. Ich könnte sie einfach nicht verlassen. Das ist unmöglich.»

«Na schön.» Edmund hielt einen Augenblick inne. «Ich will jetzt nichts mehr sagen, denn ich weiß, daß Teddy bestimmt mit dir über sie reden möchte. Ich fürchte, Teddy ist jetzt, wo unser Haus wieder geräumt ist, entschlossen, nach London zurückzukehren.»

«Ich bin euch beiden unendlich dankbar, daß ihr so lange hiergeblieben seid.»

«Tja, ich würde ja noch länger bleiben, aber Teddy hat recht, wir müssen euch irgendwann doch euch selbst überlassen, warum also nicht gleich? Teddy ist großartig darin, harte Entschlüsse zu fassen, aber Teddy ist ja überhaupt großartig, in allem. Erstaunliche Frau. Ich wüßte nicht, was ich ohne sie machen sollte.»

Inzwischen fühlte ich mich ihm so nahe, daß ich imstande war zu sagen: «Ist es nicht ein bißchen schwierig, mit einer so starken Persönlichkeit zusammenzuleben?»

«Ganz und gar nicht, mein Lieber. Sie befaßt sich mit den Dingen, die mich zu Tode langweilen, mit Geld, zum Beispiel, und das gibt mir die Freiheit, das zu tun, was ich für wirklich wichtig halte – Rosen züchten, zum Beispiel, oder mit den Jungen fischen gehen. Offen gestanden, Harry, solange ich im Schlafzimmer der Boss bin, ist es mir völlig egal, was draußen vorgeht. Glück ist nur eine Frage der Prioritäten, meinst du nicht auch?»

Ein bemerkenswerter Mann. Einer, der es verstand zu überleben. Und auf seine bescheidene Weise ein Held. Ich rang mich dazu durch, seinem Rat zu folgen – nur noch nicht gleich.

Ich konnte meinem Vater einfach nicht gegenübertreten. Noch nicht ganz. Nicht jetzt jedenfalls. Später.

3

«Nur keine Sorge, Harry», sagte Teddy am nächsten Tag. «Ich denke nicht daran, von hier fortzugehen, ehe wir dieses Problem nicht im Griff haben.»

Zuerst dachte ich: typisch Teddy, daß sie annimmt, das Problem ließe sich in den Griff bekommen, doch dann erkannte ich, daß sie keine Ahnung hatte, wo das Problem überhaupt lag. Kein Außenstehender wird je die ganze Geschichte einer Ehe begreifen.

Teddy machte sich vor allen Dingen Sorgen, wie es mit dem Haushalt weiterging, wenn sie nicht mehr da war. Sie riet mir, eine tüchtige, aber teure Haushälterin zu nehmen und außerdem noch eine ausgebildete Kinderfrau einzustellen – neben den Waliser Kindermädchen, die mit erschreckender Regelmäßigkeit kamen und gingen.

«Ich weiß, Bella möchte die Jungs ganz für sich allein behalten», sagte Teddy, «aber Kinder brauchen nicht nur Affenliebe – das wäre, als wollte man mit Schlagsahnetorte Diät halten. Solange ich hier bin, benehmen die Kinder sich einigermaßen, aber wenn ich einmal fort bin, wird es hier drunter und drüber gehen, und ich meine, das ist dir gegenüber einfach nicht fair.»

«Ja. Im Grunde ist es also eine Frage des Geldes, Teddy . . .»

«Genau, und glaub nicht, ich wäre mir nicht darüber im klaren, daß du aus den Schuhen kippst, wenn ich dir sage, was das Ganze nach meinen Schätzungen in Zukunft kosten wird. Doch so wie ich die Dinge sehe, muß Geld her, damit du und Bella eine Chance habt, glücklich zu werden, und das solltest du John unmißverständlich klarmachen.»

Unsere Blicke trafen sich. Ich erkannte in diesem Augenblick, wie groß ihre Abneigung ihm gegenüber war, doch sagte sie sofort mit sehr viel Wärme und ihrem ganzen Charme: «Kümmere dich nicht um mich, *honey,* ich behaupte nicht, deinen Vater zu verstehen, und habe das nie getan. Aber da er Geld geheiratet hat – von drei Malen zweimal – sehe ich nicht ein, warum zum Teufel er es nicht dorthin schieben kann, wo es gebraucht wird.»

Ich sagte nichts. Sie küßte mich liebevoll. «Keine Bange, mein Lieber, es gibt überall einen Silberstreif am Horizont; wenn Bella auch nichts vom Haushalt versteht, von der Liebe versteht sie sehr viel. Sie ist einfach vernarrt in dich, Harry – du brauchst nie zu befürchten, daß sie nach jemand anders Ausschau hält.»

Das war es ja gerade.

4

«Ich sehne mich danach, noch ein Baby zu bekommen, Harry – ich hatte gehofft, schwanger zu werden, als du nach Hause kamst, aber es hat nicht geklappt, und dann fingst du an, wieder diese schrecklichen Gummis zu benutzen, da ging es nicht, und jetzt sind es drei volle Jahre her, daß Humphrey geboren wurde und ich hab' das Gefühl, ich bin schrecklich aus der Übung.»

«Ich meine, es ist besser, wir warten noch, Bella», sagte ich, wußte aber ganz genau, daß ich nicht noch ein Kind wollte. Es war schon schlimm genug, vier kleine Rangen durchs Haus rennen zu haben, die alles kaputt machten, was nicht niet- und nagelfest war. Nicht einmal vor meinem Klavier hatten sie Halt gemacht. Als das geschah, war ich so fuchsteufelswild geworden, daß ich Bella anschrie, sie verwöhne die Jungen so sehr, daß sie nie zurechtkämen, und mache keinerlei Anstalten, sie zu disziplinieren, doch als sie in Reaktion darauf nur geweint hatte, machte es mich derart hilflos, *sie* so hilflos zu sehen – hilflos und hoffnungslos, unfähig, mit ihren Aufgaben fertig zu werden, wie andere Frauen es taten, daß sie nichts anderes konnte, als mit den Kindern herumzuspielen oder in ihren geistlosen Illustrierten herumzublättern oder mit mir schlafen zu wollen, wenn ihr nichts anderes zu tun einfiel.

«Aber warum sollen wir denn warten, Harry?»

«Ich muß mit meinem Vater über Geld sprechen», sagte ich, unfähig, ihr zu sagen, daß ich ein fünftes Kind einfach nicht verkraften konnte, und in dem Bewußtsein, daß diese Entschuldigung mir die Möglichkeit gab, das Problem zu verschieben. Mein Vater war mit Bronwen und den beiden jüngeren Kindern nach Kanada gefahren, um dort alles aufzulösen. Das neue Haus mit den sechs Schlafzimmern und dem riesigen Garten im Villenviertel von Swansea hatten sie zum Renovieren den Handwerkern überlassen, und Gerry und Evan wohnten derweil in der Londoner Wohnung meines Vaters, bis sie ihre Ausbildung beginnen konnten. Evan hatte sich um einen Platz im King's College beworben, um Theologie zu studieren, und brachte seine Zeit damit zu, in den Wohlfahrtseinrichtungen der Armstrong-Stiftung zu arbeiten, und Gerry, der Wunderknabe, paukte bei den Repetitoren für Oxford.

«Aber dein Vater gibt dir doch bestimmt Geld, warum können wir das Baby denn nicht jetzt kriegen? Das verstehe ich nicht.»

«Nein», sagte ich, «das verstehst du nicht, nicht wahr? Dazu bist du einfach viel zu beschränkt.»

Eine gräßliche Szene brach an, in deren Verlauf sie mir vorwarf, mich verändert zu haben, sie nicht mehr zu lieben, die Kinder zu hassen und überhaupt nicht mehr an die arme kleine Melody zu denken, die jetzt zwölf Jahre alt wäre, wenn sie noch lebte . . .

«Halt den Mund! *Halt den Mund!*» schrie ich. «Ich will diesen verdammten albernen Namen nie wieder hören!»

Das war das Dümmste, was ich sagen konnte. Sie schlug mich und brach in Tränen aus – o Gott, sie tat mir so leid, und, o Gott, wie ich mich dafür haßte, so herzlos gewesen zu sein.

«Ich hab's nicht so gemeint, Bella, es war ein bezaubernder Name . . .»

«Ich will ein kleines Mädchen haben – ich will meine kleine Melody wiederhaben . . .»

Was sollte ich sagen? Ich versprach, mit meinem Vater zu sprechen, sobald er aus Kanada zurück sei.

5

Keine sechs Kühe auf der Weide diesmal, keine griechischen Skulpturen auf beigefarbenem Teppich, kein edwardianischer Krönungsbecher auf dem Kaminsims im Damenzimmer von Oxmoon. Nur das brandneue Haus meines Vaters, in dem die Küche mit schimmernden Geräten ausgestattet war und die Wohnräume modernen kanadischen Komfort ausstrahlten. Mein Vater muß dies Haus als Befreiung empfunden haben nach seinen Jahren in dem seelenlosen Museum am Eaton Walk.

Als ich kam, hatte er ein Paar derber Arbeitshosen an und trug einen Eimer weiße Farbe in der Hand. Sian und Lance waren mit einem Maßband auf dem Rasen beschäftigt.

«Hallo!» rief mein Vater fröhlich. «Du kommst gerade richtig, uns beim Ausmessen des Tennisplatzes zu helfen.»

Er genoß alles so sehr, und es wäre ihm nicht in den Sinn gekommen, daß ich keinen gesellschaftlichen Besuch machen wollte. Glücklicherweise kam Bronwen aus dem Haus, sah mich einmal an und sagte: «Johnny, laß den Rasen jetzt Rasen sein und trink eine Tasse Tee mit Harry.»

Diese Aufforderung brachte uns in sein Arbeitszimmer. Er hatte es fertiggebracht, die bequemen Lehnsessel aus der Bibliothek von Eaton Walk aus dem Schutt zu bergen; auch erkannte ich eine Reihe von Nippsachen, unter anderem ein schreckliches Photo, das in meinem letzten Jahr in Harrow entstanden war. Ich sah darauf aus wie ein erfolgreicher Matador, der in seiner Freizeit Anteilsscheine auf das Himmlische Königreich verkaufte. Im Gegensatz dazu stand neben meinem Photo ein Bild meiner vier kanadischen Geschwister, einer wie der andere adrett, tugendhaft und aseptisch attraktiv. Die Zähne des Wunderknaben Gerry, die er von Bronwen geerbt hatte, waren überwältigend weiß und ebenmäßig.

«Tut mir leid, dich so zu überfallen, Vater, aber ich fürchte, ich sitze mal wieder in der Tinte ...»

Und so weiter und so fort. Mein Vater, der in seiner Arbeitshose und dem karierten Hemd ausgesehen hatte wie ein Künstler, verströmte nach und nach ein Miasma, welches andeutete, daß die Arbeitshose eine Illusion war, die mein angstgeplagtes Wesen mir vorgaukelte, und daß er in Wirklichkeit einen maßgeschneiderten Anzug aus der Savile Row sowie seine alte Harrow-Krawatte trug. Mir war fast, als hörte ich im Hintergrund den Motor des Rolls-Royce schnurren.

«Nun, Harry», sagte er unvermittelt, als ich ihm meine schwierige Lage so würdevoll wie möglich darlegte, «das ist wirklich eine unbefriedigende Situation.»

«Ja, Sir. Das ist wohl leider so.»

«Ein reicher Mann», sagte mein Vater, «hat die moralische Verpflichtung ...»

Mir sank das Herz. Ich mußte mich zusammenreißen, um meinen respektvollen Gesichtsausdruck aufrechtzuerhalten.

«... nicht zuzulassen, daß seine Kinder meinen, sie könnten immer zu ihm gelaufen kommen, sobald sie in Geldnöte geraten. Ich will einfach kein Blankoscheck sein. Ich ziehe die Grenze.»

«Ja, Sir.» Ich war so tief in Verzweiflung versunken, daß ich nicht einmal die Energie aufbrachte, aus der Haut zu fahren.

«Trotzdem», sagte mein Vater und wurde plötzlich wieder menschlich, nachdem er sich dadurch Erleichterung verschafft hatte, daß er sich aufführte wie ein victorianisches Ungeheuer. «Selbstverständlich muß ich dir aus der Klemme heraushelfen. Glaub nicht, ich würde mich nicht krummlegen, um dir zu helfen, doch leider –» er seufzte – «bin ich nicht der Meinung, daß die Antwort darin liegt, dein nicht selbst erwirtschaftetes Einkommen zu erhöhen. Die Steuern, die darauf lasten, können jetzt, wo die Sozialisten ans Ruder gekommen sind, nur steigen.»

Er fing an, im Zimmer auf und ab zu tigern. Ich bewahrte ein unterwürfiges Schweigen und wartete darauf, daß er den Versuch unternahm, mich mit einem Fußtritt nach Herefordshire zu befördern.

«Es wäre besser, Penhale zu vergrößern», sagte mein Vater plötzlich und überraschte mich damit gründlich. «Tun wir das, schlagen wir zwei Fliegen mit einer Klappe. Wenn du mehr Land hast, kannst du wirtschaftlicher arbeiten und schaffst gleichzeitig mehr Abzüge für dich, was letztlich zur Folge hat, daß du nur noch ein Minimum an Steuern bezahlst. Ich werde dir Martinscombe und Little Oxmoon zu einer sehr geringen Pacht überlassen. Der Hof rentiert sich erstaunlich gut, und die Schafe gedeihen gut auf den Penhale Downs. Und was Little Oxmoon betrifft, so kannst du es weiterverpachten – die Pacht müßte dir helfen, die Löhne für die Kinderfrau und die Haushälterin zu bezahlen, die du dir sonst nicht leisten könntest.»

Ich dankte ihm überschwenglich, soweit der Anstand es erlaubte, doch war er noch nicht fertig. Zweifellos hielt er es für seine moralische Pflicht, mich nicht so ungeschoren davonkommen zu lassen.

«Ich kann dieses Gespräch nicht beenden», sagte er kühl, «ohne dir zu sagen, wie sehr ich es mißbillige, daß du deine beträchtlichen Fähigkeiten auf ein so kleines Gut verschwendest, das deiner zunehmend unwürdig wird.»

Ich erklärte, warum ich mich außerstande sah, nach Herefordshire zu gehen.

Mein Vater lauschte, und sein Gesicht verriet keine Regung. Als ich innehielt, sagte er: «Ach so», enthielt sich aber sonst jeden Kommentars.

Das Schweigen zwischen uns zog sich in die Länge. Als ich spürte, daß mir die Hitze zu Kopf stieg, sagte ich rasch: «Ich gebe zu, Bella und ich haben Schwierigkeiten, aber von einer Scheidung kann überhaupt nicht die Rede sein.»

Mein Vater sagte nichts.

«Ich liebe sie, und ich werde treu zu ihr halten», sagte ich. Wie sehr ich mittlerweile auf ein Wort der Anerkennung angewiesen war! «Es ist das Richtige – das einzig Richtige –, was wir tun können.»

«Selbstverständlich», sagte mein Vater höflich, und damit war das Gespräch beendet.

Es gab einfach nichts mehr zu sagen.

6

«Ach, Harry, *bitte* – hab' ich Melody erst mal wieder, werde ich dich nie wieder um was bitten, das schwöre ich dir . . .»

Arme Bella! Ich brachte es einfach nicht übers Herz, ihr zu sagen, daß wir ohne weiteres zu einem fünften Jungen kommen könnten.

Ich sah sie nur an, sah ihre tränenbenetzten rosigen Wangen, den unter einer mit Kaffeeflecken benetzten Bluse schlaff herabhängenden schweren Busen, sah die einst schlanken Hüften aus den Nähten der schäbigen Hose platzen, die ich haßte. Ich wußte, daß ihr vernachlässigtes Äußeres nur ihr inneres Durcheinander spiegelte und daß sie innerlich genauso blutete, wie ich während des Krieges innerlich geblutet hatte.

«Diese Erfahrung wird sie fast mit Sicherheit für ihr Leben zeichnen», hatte mein Vater vor langer Zeit auf der Weide mit den sechs Kühen gesagt. «Hoffentlich bist du dir darüber im klaren, was du ihr angetan hast.»

Jetzt war ich mir darüber im klaren. Und war mir darüber hinaus im klaren, daß dieses Wissen unerträglich geworden war. Ich konnte es nicht mehr ertragen und sah nur einen Ausweg aus dem Schmerz.

Ich sagte: «Ich will Melody auch wiederhaben. Ich möchte, daß das Schuldgefühl ein Ende hat.» Und so hörte ich auf, Verhütungsmittel zu benutzen, und sie wurde sofort schwanger.

Sobald die Schwangerschaft vom Arzt bestätigt wurde, bereute ich es, aber Bella strahlte, aß wieder vernünftig, ging wieder zum Friseur und interessierte sich erneut für Kleider. Sie konnte meine gefühlsmäßige Abwehr, die sich nur allzu oft in schlechter Laune äußerte, nicht begreifen und war wütend, als sie schließlich erkannte, daß ich mich nicht so freute wie sie.

«Was ist los mit dir?» sagte sie. «Warum willst du nicht mehr mit mir vögeln?»

«Ach, hör auf, dich dieser Ausdrucksweise zu bedienen! Ich mag keine Frau, die redet wie eine Nutte!»

«Mein Gott, man könnte fast meinen, du möchtest, daß ich wie eine Scheißjungfrau tue.»

«Ich will, daß du so was wie eine vernünftige Frau bist und kein Fettkloß, der nur rumsitzt und zuläßt, daß die Scheißgören mein Klavier zu Klumpen schlagen.»

Schläge. Noch mehr Schläge. Geschrei. Tränen. Himmel, was für eine Hölle so eine Ehe sein kann!

Ich ließ es an den Kindern aus. Ich sah zwar, daß sie mich nicht mochten, aber ich wollte Frieden und Ordnung, keine Zuneigung. Das war der Grund, warum ich, als Hal trotz meines Verbots auf dem Klavier herumklimperte, die Beherrschung verlor und ihn versohlte.

«Ich hasse dich!» kreischte er, als ich fertig war. «Ich wünschte, du wärest im Krieg gefallen!»

Das erfüllte mich mit Entsetzen. Ich haßte mich selbst, versuchte ihn zu trösten, doch er stieß mich fort. Mein Versagen traf mich mit der Wucht eines Vorschlaghammers, und später bekam ich Risse auf der Rückenhaut, und mein Ausschlag kehrte wieder.

Ich brachte es nicht fertig, vor meinen Vater hinzutreten und zu gestehen, daß noch ein Kind unterwegs sei, und so vertraute ich es Bronwen an. Bronwen zeigte sich sehr verständnisvoll. Mir ging auf, daß sie von Melody wußte, doch überraschte mich das nicht, denn es lag auf der Hand, daß mein Vater keine Geheimnisse vor ihr haben konnte.

«Ich glaube nicht, daß dein Vater kein Verständnis dafür hat», sagte sie rasch, als ich ihr erzählte, welche gemischten Gefühle mich hinsichtlich Bellas Schwangerschaft erfüllten. «Er weiß, was es heißt, aus den falschen Gründen Kinder zu zeugen.» Und als ich stutzte, erklärte sie: «Er wollte, daß ich glücklich wäre – er hatte Angst, ich würde ihn verlassen.»

Das war ja entsetzlich! «Und zuletzt hast du ihn *wegen* der Kinder verlassen!»

«Richtig. Aber», sagte Bronwen und versuchte mich aufzumuntern, «überleg mal, was für Freude die Kinder uns heute machen!»

Ich konnte mir nicht vorstellen, wie meine Kinder mir jemals Freude machen würden, doch mein Vertrauen zu Bronwen war so grenzenlos, daß ich ihr sogar das sagen konnte.

«Ein kleines Mädchen wird etwas ganz anderes sein», sagte Bronwen.

Ich bemühte mich, ihr zu glauben.

Mein Vater gab später einen durchaus annehmbaren Kommentar zu Bellas Schwangerschaft ab, doch ich wußte, er dachte nur: wieder unverantwortliches Verhalten – dieser Harry wird es nie im Leben zu was Vernünftigem bringen. Und meine Verbitterung war größer denn je.

Oben in Oxmoon erholte sich Kester – armer Kester, armes Schwein! – überraschend gut von seinem Vorkriegsdebakel und führte mit seiner charmanten, intelligenten und gebildeten Frau ein üppiggedeihliches Leben in seinem wunderschönen Haus, in dem keine kleinen Unholde Klaviere zertrümmerten, Möbel entzweischlugen und mit schmutzigen Fingern über die Wände strichen. Ich ging nur selten nach Oxmoon, doch Bella ging dort ein und aus und muß Anna zu Tränen gelangweilt haben. Sie berichtete, daß Kester wieder die Antiquitätenhändler abklapperte, diesmal jedoch vorsichtiger sei mit dem Geldausgeben. Seit dem Krieg hatte er einen Verwalter eingesetzt, der das Gut bewirtschaftete, um sich selbst wieder dem

Schreiben zuzuwenden, doch wenn ich erwartete, daß mein Vater enttäuscht wäre, so zeigte sich, daß er nur resigniert war. Kester war in seinen Augen jetzt zu alt, um sich noch ändern zu können. Mein Vater hatte alles getan, damit Kester zu einem vollkommenen Godwin wurde, doch war ihm das nicht gelungen. Armer Vater, armer Kester. Sehr traurig.

Thomas erklärte, der Verwalter mache überhaupt nur Mist, aber was konnte man von Thomas schon anderes erwarten. Es fiel ihm verdammt schwer, sich wieder an das zivile Leben zu gewöhnen, und er hatte meinen Vater mehr als einmal gebeten, doch ein wenig Druck auszuüben, damit die Gutsverwaltung wieder ihm übertragen würde. Mein Vater hatte das auch versucht, doch hatte Kester immer wieder Ausflüchte gesucht. Mein Vater erklärte, Kester sei wahrscheinlich gerade in der Mitte eines Romans angekommen und nicht in der Stimmung, sich mit der realen Welt zu befassen.

Ich selbst schuftete mich in der realen Welt ab und hätte verdammt noch mal was drum gegeben, mich ihr zu entziehen und in der Arbeitszeit Musik hören oder Klavier spielen zu können, doch das Äußerste, was ich schaffte, war, daß ich vielleicht eine halbe Stunde am Tag ganz für mich allein hatte. Die Wirtschaft machte mir Sorge wie immer. Der Kartoffelanbau hatte mich fast zum Wahnsinn getrieben, und so gab ich den auf und konzentrierte mich auf die Rinder. Ich war vollauf mit der Herstellung von Silofutter beschäftigt und entschlossen, damit das Problem der Winterfütterung zu lösen. Keine Scheißrunkelrüben mehr, Schluß mit dem unwirtschaftlichen und zeitaufwendigen Rübenhacken. Aber die Silofutterbereitung kann auch danebengehen; ich hatte in der Beziehung Furchtbares gehört. Folglich war ich nervös. Und als ob die Sorgen mit dem Gutshof noch nicht genügten, mußte ich mir jetzt auch noch die Probleme von Martinscombe aufladen, das keineswegs das Paradies für Schafe war, wie mein Vater gedacht hatte. Diese Schafe brauchten eine Fütterung nach neuen wissenschaftlichen Erkenntnissen sowie hygienische Stallungen, doch solche Ausgaben konnte ich mir nicht leisten. Mir schwindelte bereits der Kopf von den Kostenvoranschlägen für die Herrichtung von Little Oxmoon nach der kanadischen Besetzung. Noch mehr Sorgen. Um allem die Krone aufzusetzen, brach dann auch noch mein Auto zusammen. Warum, wußte ich. Weil Bella den Wagen nicht richtig fuhr. Sie überbeanspruchte die Kupplung, weil sie nicht die Fußbremse benutzte, um das Verhältnis zwischen Kupplung und Beschleuniger auszutarieren. Immer und immer wieder hatte ich ihr gesagt, das dürfe sie nicht, doch sie dachte nie daran, und als der Wagen nicht mehr lief, gerieten wir in Streit – keinen besonders großen, aber wir schrien uns doch an, daß die Wände wakkelten.

Die großen Krachs blieben neuerdings dem Thema Sex vorbehalten. Sie wollte dauernd, ich hingegen mochte es drei- bis viermal die Woche gern – und wenn ich mit ihr schlief, dann richtig, wie es sich gehörte. Ich versuchte ihr zu erklären, daß mehr am Sex sei als Abend für Abend gedankenlos zu rammeln, doch alles, was sie dazu sagte, war, schön, wenn ich Galavorstellungen gedankenloser Rammelei vorzöge, warum dann nicht jeden Abend eine Galavorstellung. Ich versuchte ihr klarzumachen, daß Galavorstellungen ja gerade deshalb Galavorstellungen seien, weil sie *nicht* jeden Tag stattfänden, doch das brachte nichts. Sie war einfach nicht intelligent genug, um in Sachen Sex Phantasie entwickeln zu können; und zu kindisch, um die reichen Möglichkeiten eines Erwachsenenspiels zu erkennen.

Zum Schluß dachte ich, ach, was soll's, tu, was sie will, bloß damit du deine Ruhe hast, und rammelte jede Nacht drauflos; nur langweilte mich das. Wenn man mit einer Frau gefangen ist, die man nicht mag, liegt die einzige Hoffnung, der Langeweile zu entgehen, darin, alle sich bietenden sexuellen Möglichkeiten klug zu nutzen, doch selbst dann erweist es sich zumeist als Sisyphusarbeit. Ich sann darüber nach, wie lange mein Vater wohl gebraucht hatte, um Constances Möglichkeiten zu erschöpfen. Ich war jetzt überzeugt, daß er ihr nicht hatte treu bleiben können, wiewohl ich überzeugt war, daß er Gentleman genug gewesen war, auch weiterhin gleichsam als Gefälligkeit mit ihr zu schlafen.

«Mami war so unglücklich», hatte Francesca unter Tränen erklärt; jetzt wußte ich, daß dies Unglücklichsein sich mit der Rückkehr meines Vaters zu Constance nicht vollends gegeben hatte. Sie bekam, was sie wollte, doch – welch ein Pyrrhus-Sieg es gewesen sein mußte! Aller Sex der Welt kann jemanden nicht dazu bringen, einen zu lieben. Liebe läßt sich nicht maßschneidern. Ich wollte Bella lieben, konnte es jedoch nicht, nicht mehr jedenfalls. Das einzige, was ich tun konnte, war, mit ihr zu schlafen und zu versuchen, nett zu ihr zu sein.

Im August gelang es mir schließlich, Little Oxmoon an anständige Pächter zu übergeben, und das heiterte mich beinahe genauso auf wie Bella ihre neue Gewohnheit, einmal die Woche zusammen mit Anna nach Swansea zu fahren. Nachdem es ein Vermögen gekostet hatte, mein Auto reparieren zu lassen, hatte ich es Bella drei Monate hindurch untersagt, damit zu fahren, woraufhin Anna sich großmütig erboten hatte, sie jeden Donnerstag in Kesters Mercedes nach Swansea zu chauffieren. Für gewöhnlich brachen sie nach dem Frühstück auf, gingen zum Friseur, lunchten im Claremont Hotel und gingen am Nachmittag einkaufen. Damit war ich Bella für den ganzen Tag los und konnte meinen Lunch in Frieden am Klavier verzehren.

Der verhängnisvolle Donnerstag graute Anfang September. Es gab keinerlei Vorahnungen, kein böses Omen. Ich verbrachte den Tag in Martinscombe, wo der Tierarzt mir Ratschläge für die Parasitenbekämpfung gab. Anna fuhr Bella wie jede Woche donnerstags nach Swansea. Als ich zum Lunch heimkam, las ich in Frieden meinen *Daily Telegraph,* sagte mir, wie schrecklich die sozialistische Regierung es treibe, und setzte mich ans Klavier, um zu spielen. Ich betrachtete es als eine große Erholung zu spielen, wenn Bella nicht da war und mich nicht dauernd mit ihrem albernen Gerede störte. Da ich nie richtigen Klavierunterricht genossen hatte, brauchte ich beim Spielen alle meine Konzentrationsfähigkeit, denn ich muß jede Note klar im Kopf hören, ehe ich die richtige Taste anschlagen kann.

Ich genoß das Ganze an diesem Tag so sehr, daß ich bis halb drei spielte, weit länger, als ich eigentlich hätte spielen dürfen. Dann fuhr ich zum Gutshof. Der Rest des Nachmittags verging im Nu, und so war es schon nach sechs, als ich nach Hause zurückkehrte und die Jungen dabei ertappte, wie sie im Wohnzimmer Cowboy und Indianer spielten. Die Kinderfrau, die offenbar kurz vor der Kündigung stand, war mit einer Migräne zu Bett gegangen, und Bella schien verschwunden zu sein.

«Wo ist denn meine Frau?» fragte ich das letzte einer stattlichen Reihe von völlig unbrauchbaren Kindermädchen, nachdem ich die Jungen einigermaßen im Griff und demjenigen, der als erster den Mund aufmachte, mit einer Tracht Prügel gedroht hatte.

«Sie ist noch nicht aus Swansea zurück, Sir.»

Ich schickte die Kinder hinauf in die Kinderzimmer und rief Oxmoon an, doch Kester hatte von Anna nichts gehört. «Wahrscheinlich ist was mit dem Wagen», sagte er besorgt. «Gott sei Dank, daß ich wieder dem Automobilclub beigetreten bin.»

Ich enthielt mich der Bemerkung, wie schön es für ihn sei, sich die Gebühren leisten zu können. Wir legten auf, um weiter zu warten, und da ich meine unerwartete Einsamkeit als Geschenk empfand, beschloß ich, mein Bad später zu nehmen und mich in meinen Arbeitskleidern ans Klavier zu setzen. Ich spielte gerade ein Mozart-Rondo, da klingelte das Telephon.

Ich hatte den Apparat von der Halle ins Wohnzimmer gestellt, so daß das Klingeln mich augenblicklich unterbrach. Ich erhob mich also vom Klavier, griff nach dem Hörer und meldete mich mit: «Hallo?»

«Spreche ich mit Mr. Henry Godwin?»

«Ja.» Ich kannte die Stimme nicht. «Wer . . .»

«Hier ist die Polizei von Swansea, Mr. Godwin. Ich muß zu meinem Bedauern anrufen, um einen tragischen Unfall zu melden . . .»

Ich sah es sofort vor mir – den Sarg, den Pfarrer, die schwarzgekleideten Trauergäste in der Kirche von Penhale – ja, in einem Augenblick unverzeihlichen emotionalen Ausrutschens sah ich sogar meine weinenden Kinder am Grabe stehen.

Der Schock machte mich vollkommen schwach, so daß ich mich auf den nächsten Stuhl setzen mußte. Zu meinem Entsetzen erkannte ich, daß meine Hauptreaktion Erleichterung war.

«Einen Unfall?» wiederholte meine Stimme.

«Jawohl, Sir. Ein Lastwagen kam den Hügel herunter, und seine Bremsen versagten. Er erwischte den Wagen, als er gerade um die Ecke kam. Der Mercedes hatte keine Chance. Es tut mir so leid, Sir, der Krankenwagen war sofort da, aber . . .»

«Sie ist tot.»

«Ja, Sir. Auf der Stelle. Aber die andere junge Dame, die Beifahrerin . . .»

«WAS?»

« . . . sie wird durchkommen. Sie ist im Krankenhaus, und die Ärzte sagen . . .»

Er redete noch weiter, und die Welt drehte sich weiter, diese völlig verdrehte, grausige Welt, in der Menschen starben, die eigentlich nicht sterben sollten, und Taten Gottes diejenigen zerschmetterten, die es am wenigsten verdient hatten. Meine Frau, die ich nicht haben wollte, hatte überlebt. Kesters geliebte Frau war beim Unfall umgekommen. Das eben war die Art von Schrecken, die einen schon verrückt machen konnte.

Kleine Anna. Nicht sexy, nicht mein Typ, aber so aufgeweckt und intelligent, immer bereit zu einem interessanten Gespräch, immer so nett zu Bella, die sie zu Tränen gelangweilt haben muß, und auch immer so nett zu mir, obwohl ich nie anders als konventionell auf ihre Wärme reagiert hatte. Ich dachte an ihren Mut. Ich erinnerte mich daran, wie sie zu Thomas gekommen war, um sich für Simon Maxwell einzusetzen; und wußte noch genau, daß sie keine Spur von Nervosität gezeigt hatte, als sie Kesters Gäste in einer Umgebung begrüßt hatte, die ihr fremd und einschüchternd vorgekommen sein muß. Nie war es fraglich gewesen, ob Anna mit ihrem Eheleben vielleicht nicht fertig wurde, nie auch, daß sie Verständnis für ihren Mann hatte und ihm die Liebe und den Halt gab, den er brauchte. Ich dachte daran, wie die Familie auf sie herabgesehen hatte, bloß weil sie nicht besonders aussah, Jüdin war und auch noch der Mittelschicht angehörte. Ich dachte, wie sie uns alle beschämt hatte.

Ehe ich ins Krankenhaus fuhr, trank ich etwas Cognac, rief Bronwen an, um es ihr zu sagen, damit sie es meinem Vater beibrachte; und meiner Haushälterin sagte ich, ich sei angerufen worden und müsse noch einmal geschäftlich fort. Dann fuhr ich nach Swansea. In der Unfallstation sah ich Bella im Tiefschlaf; sie hatten ihr etwas gegeben. Sie hatte sich einen Arm und das Schambein gebrochen. Irgendwas war gerissen oder durchlöchert worden, was, weiß ich nicht mehr. Das Ungeborene war selbstverständlich sofort abgegangen.

Ich hing herum und störte nur, bis jemand es fertigbrachte, mir zu sagen, das Baby, das Bella verloren hatte, sei ein Mädchen gewesen. Noch eine kleine Melody dahin. Da wußte ich, daß es mir nicht beschieden sein würde, jemals eine Tochter zu haben.

Es hatte keinen Sinn im Krankenhaus zu bleiben; Bella war außer Gefahr, würde aber erst in ein paar Stunden aufwachen, und so fuhr ich nach zwei weiteren doppelten Cognac in einem Pub zum Haus meines Vaters. Der einzige, den ich dort vorfand, war Lance. Gerry war ohnehin nicht daheim, sondern wirkte irgendwo außerhalb seine Wunder, Sian war im Kino und Evan, mein Vater und Bronwen waren nach Oxmoon gefahren, um Kester beizustehen. Zweifellos hielten sie seine Bedürftigkeit für größer als meine.

«Möchtest du einen Tee?» erkundigte sich Lance schüchtern.

«Tee? Um der Liebe Christi willen, bring mir einen Whisky!»

Woraufhin er davonschlurfte, ihn zu holen; ich dachte unwillkürlich an Evan, wie er vor langer Zeit irgendwelche Besorgungen für mich gemacht hatte. «Guter kleiner Leibdiener!» sagte ich, als Lance zurückkehrte. Ich war inzwischen von Schock und Alkohol ziemlich benommen. «Aber willst du denn nicht ein Glas mit mir trinken?»

«Nein, danke, ich habe Ma versprochen, vor achtzehn keinen Schnaps anzurühren.»

Ein ernster, tugendhafter kleiner Leibdiener – und alles andere als klein. Er war mit seinen siebzehn Jahren fast genauso groß wie ich, ein schlaksiger junger Mann mit gutgeschnittenem und hübsch gescheiteltem Haar, die grünen Augen hinter der Brille hochachtungsvoll auf mich gerichtet. Mein Vater und Bronwen hatten sich wegen seiner Ausbildung in den Haaren gelegen, denn mein Vater hatte gewollt, daß er nach Harrow gehe, während Bronwen meinte, als unsportlicher Ausländer wäre er in der Swanseaer Oberschule besser aufgehoben. Das war er auch. Nachdem er dort gut angekommen war, gefiel es ihm mittlerweile so gut, daß mein Vater anerkennen mußte, es sei noch nicht das Ende der Welt, wenn ein Sohn von John Godwin die Oberschule besuchte und nicht das heilige Harrow. Die Streitereien über Sians Werdegang waren immer noch in vollem Gange. Wahrscheinlich weisen selbst die glücklichsten Ehen blinde Flekken auf, wo die Partner die Dinge einfach verschieden sehen.

«Soll ich dir nicht ein Sandwich machen, Harry?»

Mich rührte seine ernste und feinfühlige Sorge um mich, und so saß ich bald vor einem halben Hähnchen zwischen zwei Scheiben Brot, das Ganze verschönert mit Mayonnaise, Salat und Tomaten. Nochmals befiel mich Rührung.

«Danke, Lance. Du bist ein guter Kerl. Der Beste von allen. Auf die anderen bin ich ehrlich gesagt sowieso nicht allzu scharf.» Kaum hatte ich das gesagt, ging mir auf, daß ich mich in einem gefährlichen Fahrwasser befand und Gefahr lief, indiskret zu werden. Ich biß herzhaft in das Sandwich hinein, um mir selbst den Mund zu stopfen.

«Was wohl in Oxmoon los ist», sagte Lance schließlich. Wahrscheinlich meinte er, Konversation machen zu müssen.

«Ja. Armer Kester, armes Schwein. Sehr traurig», sagte ich pflichtschuldigst, doch dann mußte ich wieder an die kleine Anna denken, und plötzlich mußte ich das halb aufgegessene Sandwich einfach liegen lassen. Statt dessen trank ich noch einen Whisky. «So eine Frau hätte mir gefallen», sagte ich und dachte: Nun beherrsch dich mal und paß auf. Gleichwohl, noch während ich «beherrschen» und «aufpassen» dachte, sagte ich: «Er hat das gehabt, was ich immer haben wollte. Es ist doch immer dasselbe. Beschissen.»

Mein neuer Leibdiener bedachte mich mit einem besorgten Blick. Ich erkannte deutlich, daß er das Kind war, das Bronwen am meisten glich. Evans Ähnlichkeit mit ihr war nur äußerlich.

«Entschuldige, Harry, aber meinst du nicht, ein schwarzer Kaffee würde dir gut tun?»

«Nein, Lance. Du bist ein guter Leibdiener, und wer weiß, vielleicht bist du sogar ein Märchenprinz, aber nicht mal ein Leibdiener aus dem Märchen kann zwischen mich und meine moralische Pflicht treten.» Mit diesen Worten raffte ich mich in die Höhe. «Ich muß nach Oxmoon und Kester sagen, wie leid es mir tut, daß sie tot ist.»

Erschrocken sah Lance mich an. «Aber, Harry . . .»

«Nein!» schrie ich. «Geh mir aus dem Weg. Muß tun, was sich gehört. Mein Beileid aussprechen. Führt kein Weg dran vorbei.» Ich goß mir noch einen für unterwegs ein. «Kesters Kummer ist mein Kummer», sagte ich, «denn er und ich – wir sind eine Person – mein Vetter Kester, mein Spiegelbild, mein anderes Ich – und ich bin er und er ist ich, und das ist der Grund, warum mein Kummer genauso groß ist wie seiner.» Ich kippte mir den Rest Whisky hinter die Binde und ging dann in Richtung Diele.

«Moment, Harry», sagte Lance drängend hinter mir. «Laß mich in Oxmoon anrufen und sehen, ob überhaupt jemand da ist. Wer weiß, vielleicht sind sie inzwischen alle unterwegs nach Swansea, zum Beerdigungsunternehmer – müssen nicht Juden überhaupt binnen vierundzwanzig Stunden unter die Erde?»

Ich hatte keine Ahnung, anerkannte jedoch, daß dieser Lance ein vernünftiger, intelligenter Leibdiener war. Welch ein Glück für mich, ihn zu haben. «Na schön, dann geh und ruf an!» Ich hockte mich auf die Treppe und brummte: «Muß dafür sorgen, daß Kester dich nicht zu seinem Gefolgsmann macht.»

«Ich ruf' vom Apparat in Dads Arbeitszimmer an», sagte Lance sanft, doch nachdem er verschwunden war, sagte mir irgendein sechster Sinn, der während meiner Jahre als Nerven-wie-Stahl-Godwin sehr geschärft worden war, daß mein neuer Leibdiener im Begriff war, mir einen Dolchstoß in den Rücken zu versetzen. Ich schlich mich daher an die Tür zum Arbeitszimmer, öffnete diese einen Spalt weit und lauschte.

«... weg? O Gott! Hör zu, Evan, ich hab' Harry hier, sinnlos betrunken. Er faselt davon, nach Oxmoon zu fahren und sich an Kesters Hemdbrust auszuweinen. Wann sind Ma und Dad weg? Wenn's mir irgendwie gelingt, ihn am Reden zu halten, schaff' ich's vielleicht, daß er hierbleibt, bis sie zurück sind...»

Verräter! Sich mit Evan zusammenzutun, auch ein verräterischer Leibdiener, der zu Kester übergelaufen war. Ich war verraten worden. Alle waren sie gegen mich. Kopf ab bei ihnen allen!

Ich schlich mich zurück. Lance kam aus dem Haus herausgelaufen, als ich in meinem Wagen davondonnerte, doch war es schon zu spät.

Ich fuhr nach Oxmoon.

Fünftes Kapitel

I

Oxmoon wartete auf mich unter den Sternen – denselben Sternen, die anscheinend bestimmt hatten, daß es nie mein sein sollte. Nicht nur die Welt – das ganze Universum war gegen mich. Verdammte Scheiße! Ich brachte den Wagen zum Halten, hievte mich hinaus, schwankte und wartete, bis ich wieder fest auf den Beinen stand. Ich wußte, daß ich betrunken war, aber ich wußte auch, daß das keine Rolle spielte, denn ich war ja sanft gestimmt. Ich wollte dem armen Kester zeigen, daß ich ein netter Kerl war, genauso wie er, und nicht bloß Vetter Harry, der sich einen Dreck um alles kümmerte. Kester hatte die – von seinen victorianischen Lieblingsautoren übernommene – affektierte Angewohnheit, die Verwandtschaftsbezeichnungen nie wegzulassen; obwohl er mich mit «Harry» anredete, wußte ich, daß er hinter meinem Rücken sardonisch von «Vetter Harry» redete.

In der Halle brannte Licht. Ich holte tief Atem, um einen klaren Kopf zu haben, und stieg dann die Stufen hinan, doch noch ehe ich klingeln konnte, ging die Tür zwei Handbreit auf, und mein Ex-Leibdiener schaute heraus.

«Harry, es ist zwar sehr lieb, daß du kommst, aber offen gestanden . . .»

«Geh mir aus dem Weg!» Ich war wahrhaftig nicht in der Stimmung, mir Vorschriften machen zu lassen.

«Hör mal, er möchte allein sein. Er wollte nicht mal Ma bei sich haben. Ich bin nur hier, weil Dad dachte, er sollte nicht ganz sich selbst überlassen werden.»

«Hau ab und laß mich rein.»

«Harry . . .»

«Laß mich jetzt rein, oder bei Gott, ich tret' die Tür ein.»

«Himmelherrgott noch mal, du bist nicht mehr bei den Kommandounternehmen! Du kannst dir nicht einfach gewaltsam Zutritt in ein Haus verschaffen, das dir nicht gehört.»

Ich trat die Tür auf und verschaffte mir mit Gewalt Zugang. «Kester!» rief ich, als Evan mit dem Rücken gegen die Wand prallte.

«Harry . . .» Evan kam wieder so weit zu sich, daß er mich am Arm packen konnte. «Das kannst du nicht tun, das kannst du einfach nicht tun . . .»

«Ich hab's schon getan.»

«Aber . . .»

«Ich hab' alles Recht dazu! Ich muß dem armen Schwein doch sagen . . .»

«Raus mit dir!» ließ sich die Stimme eines Irren vom Treppenabsatz vernehmen.

Sowohl Evan als auch ich machten einen Satz und fuhren herum.

Meine erste Reaktion war automatisch: Armer Kester, wieder in Rührseligkeit versunken wie immer, doch als ich ihn dann sah, erkannte ich, daß er diesmal völlig übergeschnappt war, und in dem Augenblick, da ich das begriff, verstand ich auch, daß diese Szene keine Rührszene war, die irgendwelche Schauspieler ihren Rollen entsprechend recht und schlecht herunterspielten, sondern echtes Melodrama, ausgekotzt von echten Menschen, die von derart gewaltsamen Gefühlen gebeutelt wurden, daß diese sich kaum in Worte fassen ließen. Die Wirkung ließ gleichsam noch die Bühnenbeleuchtung erkennen, und doch schien alles dilettantisch und ungeübt. Das Leben ist unweigerlich um so vieles weniger rein und ästhetisch weniger ansprechend als gute Kunst.

«Wie kannst du es nur wagen, hierherzukommen!» stammelte Kester. Er war grau-weiß im Gesicht und schwitzte wie ein Schwein. Aus seinen hellen Augen leuchtete der Wahnsinn. «Wie kannst du es wagen, in mein Haus hereingestürmt zu kommen, als ob es dir gehörte!»

Ich war immer noch betrunken, aber nicht so sehr, daß ich nicht begriff, einen großen Fehler begangen zu haben. Ich versuchte, die Dinge in Ordnung zu bringen. «Tut mir leid, mein Lieber, ich weiß, ich bin besoffen, aber das ist bloß, weil ich völlig durcheinander bin. Ich bin ja hergekommen, um . . .»

«Du bist gekommen, um über mich zu triumphieren, um dich an mir zu weiden, weil meine Frau tot ist und deine immer noch lebt.»

Ich war dermaßen entsetzt, daß es mir die Sprache verschlug. Ich starrte ihn einfach offenen Mundes an, während Evan an mir vorbei die Treppe hinaufschoß und versuchte, die Situation unter Kontrolle zu bekommen.

«Ist schon gut, Kester. Überlaß ihn nur mir . . .»

«Geh mir aus dem Weg!»

«Kester . . .»

«Ich bring' den Kerl um!»

«Mach doch, daß du rauskommst, Harry!» schrie Evan. «Raus!» Er rang bereits mit Kester auf der Treppe.

«Himmelherrgott, Kester», sagte ich noch ganz benommen, «ich habe deine Frau gemocht, ich hab' sie bewundert, hab' dich beneidet . . .»

«Verachtet hast du mich, weil ich keine Scheiß-Nymphomanin geheiratet habe, die heckt wie ein Karnickel, du hast mich verachtet, weil ich im Krieg nicht gekämpft habe, und du hast mich verachtet, weil ich neununddreißig so sehr in der Patsche gesessen habe, aber ich dulde diese Verachtung nicht mehr, ich werde dich auslöschen, umbringen werde ich dich . . .»

Plötzlich ging mir auf, daß er das alles ernst meinte.

Schritt für Schritt wich ich zurück. Dann fing ich an zu laufen. Selbstverständlich hätte ich Kester zusammenschlagen können, wenn ich mich auf einen Kampf mit ihm eingelassen hätte, aber man kann nicht Menschen zusammenschlagen, denen gerade das Liebste genommen worden ist. Das gehört sich nun wirklich nicht.

Ob das Auto wohl gleich beim ersten Versuch ansprang? Es tat es. Ich fuhr davon, gerade als Kester durch die Haustür herauskam, um hinter mir herzustürmen, aber ich entkam nur mit knapper Not. Als ich Penhale Manor erreichte, mußte ich mich im nächsten Busch übergeben. Aber danach war ich sehr, sehr tief betroffen und sehr sehr nüchtern, machte mir einen schwarzen Kaffee und lag immer noch mit dem Oberkörper über dem Küchentisch, als eine Stunde später mein Vater eintraf.

2

«Aber dir muß doch klar gewesen sein, daß du der letzte warst, den er sehen wollte!»

«Ich war aber so sanft gestimmt. Ich war die Sanftheit in Person, bloß konnte er das nicht sehen. Er sah mich und sah rot.»

«Aber mein lieber Harry . . .»

«Vater, er ist verrückt. Er ist komplett verrückt. Er will mich umbringen.»

«Nun, offensichtlich war er völlig fertig und hat nicht ernst gemeint, was er sagte . . .»

«Falsch. Er hat es völlig ernst gemeint. Er ist vollkommen übergeschnappt.»

«Himmel, jetzt nimm dich zusammen!» schrie mein Vater, der nie eine wirklich gute Figur machte, wenn das Thema Irrsinn aufs Tapet kam. «Der Junge hat einen Schock weg und ist vor Kummer außer sich! Selbstverständlich ist er nicht verrückt.»

«Tut mir leid, *ich* habe einen Schock erlitten, ich meine, einen furchtbaren Schock, unvorstellbar . . .»

«Ich weiß, ich weiß, aber du mußt dich zusammennehmen und aufhören, diese unsinnigen Behauptungen aufzustellen!»

«Vater, du hast einfach keine Ahnung, was hier wirklich vorgeht ...»

«Was auch immer vorgeht, ich werde nie zugeben, daß das Wahnsinn ist!» schrie mein Vater, der sich inzwischen selbst anhörte wie ein Irrer. «Das dulde ich nicht! Ich ziehe die Grenze!»

Damit hatte sich's. Kein Irresein. Jeder Möglichkeit eines so gefährlich aus der Reihe tanzenden Verhaltens war ein Riegel vorgeschoben, und wir alle waren offiziell im Zustand des «compos mentis».

«Was hier vorgefallen ist», sagte mein Vater und brachte es irgendwie fertig, mit erschreckend vernünftiger Stimme zu sprechen, «ist folgendes: Es hat sich eine furchtbare Tragödie abgespielt, und ihr beide, du wie Kester, steht noch unter Schockwirkung. Laß mich in Oxmoon anrufen und feststellen, ob Gavin Warburton noch da ist ... das sieht doch jeder, daß Kester nicht der einzige im Kirchspiel Penhale ist, der heute nacht ein Beruhigungsmittel braucht.

«Unsinn, ich hab' Nerven wie Stahl und bin zäh wie altes Stiefelleder. Jetzt hör mal zu, Vater, ich möchte ja nicht ewig darauf herumhacken, aber du solltest vor Kesters Verhalten wirklich nicht die Augen verschließen, bloß weil das Thema Wahnsinn dir unerträglich ist. Die schlichte Wahrheit ist doch, daß ich auf der Halbinsel Gower mit einem Irren zusammengesperrt bin, der mich umbringen will und ...»

«Du hörst jetzt auf zu reden wie ein Irrer!»

«Aber Vater ...»

«Na schön», erklärte mein Vater heftig und bekam sich allmählich wieder in die Gewalt. «Du bist also auf der Halbinsel Gower mit Kester zusammengesperrt – aber das brauchst du nicht, hörst du? Du weißt verdammt gut, daß ich den Schlüssel habe, dich zu befreien – wie steht es denn mit den Ländereien in Herefordshire?»

Mir war, als stürzte ich durch eine Falltür. Sollte ich jetzt – nach allem, was ich durchgemacht hatte – kleinmütig einwilligen, mich vertreiben zu lassen, bloß weil Kester sich von einem eifersüchtigen Neurotiker zu einem um sich schlagenden Irren gewandelt hatte? Nein, das kam nun wirklich nicht in Frage. Ich ließ mir doch nicht mein Leben kaputtmachen von diesem Schwachkopf! Ich nicht!

«Es tut mir leid», sagte ich glatt zu meinem Vater. «Ich bitte um Verzeihung, daß ich so rührselig und emotional gewesen bin ...» Genau wie Kester, Himmel! Muß die Masche fallenlassen, und zwar schnell. Es ist an der Zeit, das große englische Public-School-Spiel zu spielen! Die Ohren steifhalten! Beiläufiges, nonchalantes Verhalten. Ein Hoch auf das, was sich gehört! Jede eiserne Regel nicht nur weiterhin eisern, sondern blankgeputzt, daß sie nur so blitzt und blinkt.

«Selbstverständlich hast du recht», sagte ich mit betont ruhiger begütigender Stimme. «Kester und ich stehen einfach unter Schockeinwirkung, das ist alles, und wahr ist, daß er mir ganz entsetzlich leid tut. Was für eine Tragödie! Wie er sich davon je wieder erholen soll . . .»

Das war ein interessanter Gedanke. Was geschah mit Gütern, deren Eigentümer für immer den Verstand verloren?

Nein, mich vertrieb man nicht und verbannte mich nach Herefordshire! Kam überhaupt nicht in Frage. Ich würde in Gower bleiben, um zu sehen, was als nächstes geschah. Denn falls Kester, das arme Schwein, doch in die Klapsmühle kam, würde die ganze Familie zusammenhalten müssen, um Oxmoon zu retten, und wie konnte ich meinen bescheidenen Anteil dazu beitragen, wenn ich weit weg in Herefordshire festsaß? Ich meine, ich mußte einfach bleiben, oder? Das war geradezu meine moralische Pflicht! Ja, das war es *wirklich*! Das erkannte ich jetzt ganz klar. Es war das Richtige – das einzig Richtige. Und es war recht getan . . .

Typisch, nicht wahr? Die Geschichte meines Lebens.

Ich hätte aufhören können – aber ich machte weiter.

3

Als nächstes spielte ich mit der faszinierenden Vorstellung, daß Kester Selbstmord begehen könnte.

Auf diesen Gedanken kam ich bei der Beerdigung. Trotz ihrer gewissen Hinneigung zum Quakertum wurde sie nach den Riten des jüdischen Glaubens bestattet, und selbstverständlich konnte Kester die Gelegenheit nicht vorübergehen lassen, ohne furchtbare Szenen zu machen. Mir war nie zuvor klar gewesen, was für eine Last Hamlet gewesen sein mußte, als sie versuchten, Ophelia unter die Erde zu bringen. Selbstverständlich nahm ich selbst an der Beerdigung nicht teil, aber mir kamen haarsträubende Berichte zu Ohren, nicht nur von meinem Vater, der ein sehr menschliches Schweigen über die Vorgänge bewahrte, sondern von meiner Cousine Elizabeth Bryn-Davies.

Das Melodrama ging aber nach der Beerdigung noch weiter, als

Kester das Gartenhäuschen von Oxmoon ansteckte und niederbrannte. Später hörte ich – wieder von Elizabeth, die gern klatschte –, daß er noch am Tag vor ihrem Tod im Hinterzimmer des Häuschens mit Anna geschlafen habe und einfach nicht ertragen konnte, daß dieses ihn ständig an dies beglückende Ereignis erinnerte. Ich dachte automatisch: armer Kester, armes Schwein, doch was mich vor allem an der Geschichte interessierte, war die Tatsache, daß er ihn hochkriegen konnte. Zum ersten Mal überlegte ich, ob ihre Ehe vielleicht Annas wegen kinderlos geblieben war.

Die Hauptfolge von Kesters Brandstiftung war, daß er seinem Bruder Declan erlaubte, ihn nach Dublin zu bringen, wo er einen vollständigen Nervenzusammenbruch erlitt und in eine psychiatrische Anstalt eingewiesen wurde. Mein Vater bekam Vollmacht, die Geschäfte zu führen, Thomas bekam seinen Herzenswunsch erfüllt und wurde wieder als Gutsverwalter eingesetzt, und ich bekam – wie gewöhnlich – nichts, und das trotz meines loyalen Angebots, im Namen der Familiensolidarität zu helfen. Da ich es jedoch geschafft hatte, meinen Vater zu überzeugen, daß ich jetzt die wandelnde geistige Gesundheit war, wagte ich nicht, ein einziges Wort der Klage über die Lippen zu bringen. Ich wagte nicht einmal, nach den Zukunftsaussichten zu fragen, aber zum Glück war Thomas bei dieser Gelegenheit diesmal weit weniger von der Persönlichkeit meines Vaters überwältigt als ich.

«Mal angenommen, Kester kommt nie zurück, John», fragte er hoffnungsvoll. «Mal angenommen, er muß für immer in der Klapsmühle bleiben?»

«Das halte ich für höchst unwahrscheinlich», sagte mein Vater, «und ich persönlich bezweifle auch nicht, daß er sich wieder erholt. Er läßt sich genausowenig unterkriegen wie Ginevra; und bedenk doch mal, was für Tragödien er schon überlebt hat! Außerdem wird ihm Oxmoon jetzt, wo Anna tot ist, doppelt soviel bedeuten, und er wird alles daran setzen, hierher zurückzukommen.»

Das wollte mir als eine sehr kluge Überlegung erscheinen. Ich sah förmlich vor mir, wie Kester Oxmoon in eine Gedächtnisstätte für Anna verwandelte.

«Hältst du es nicht für möglich, daß er Selbstmord begeht?» fragte Thomas, der einfach nicht alle Hoffnung aufgeben mochte. Mich beschlich eine heimliche Bewunderung für seine ungeheuerliche Ehrlichkeit.

«Nach Declan», sagte mein Vater, «ist ein Selbstmordversuch so gut wie ausgeschlossen. Declan meint, Kester hat noch zu viele Bücher, die er schreiben möchte, ehe er an den Tod denkt.»

«Himmel, und ich dachte, Schriftsteller schnitten sich dauernd die Kehle durch.»

«Vielleicht muß ihnen vorher erst mal die Inspiration ausgehen.»

Daß Kester das widerfuhr, war unwahrscheinlich. Ich sah Jahre rastlosen schöpferischen Schaffens voraus.

«Und überhaupt», sagte mein Vater, der wohl fand, Thomas nun lange genug Gelegenheit gegeben zu haben, unverschämt zu sein, «ich sehe nicht, warum du so erpicht darauf bist, daß Kester ins Jenseits eingeht, denn die Wahrheit ist doch, daß – wenn er stirbt – keiner von uns das Gut erbt. Er hat ein Testament zugunsten des kleinen Owen Bryn-Davies gemacht, und ich gehöre nicht zu den Treuhändern.»

Thomas hätte fast der Schlag getroffen. Ich machte den Mund nicht auf und versuchte, nicht vor Verbitterung in die Luft zu gehen. Der Sohn meiner Cousine Elizabeth, ein kleiner Dickwanst von neun Jahren, der sich für nichts im Leben zu interessieren schien außer für Speiseeis. Ich dachte an Hal, der groß, schlank, sportlich, aufgeweckt und hübsch war, und durchlebte einen jener seltenen Augenblicke, da ich begriff, was es hieß, Vater zu sein. Ich vergaß, daß er sich schlecht benahm, vorlaut war und einem leicht auf die Nerven ging. Ich konnte nichts weiter denken, als daß Oxmoon gerade eben gut genug für ihn war.

Doch ehe ich mich in die unwahrscheinliche Rolle des hingebungsvoll liebenden Vaters hineinleben konnte, wurde Bella aus dem Krankenhaus entlassen und verfiel in die schlimmste Depression. Man hatte ihr angesichts der Verletzungen, die sie davongetragen hatte, geraten, auf weitere Kinder zu verzichten, und bei einem Gespräch mit mir unter vier Augen hatte der Gynäkologe mir gesagt, das beste wäre, sie würde sich, sobald sie sich wieder erholt habe, sterilisieren lassen.

Doch die Genesung ließ auf sich warten. Melody sollte nicht wiederkommen. Bella verlor jedes Interesse am Sex. Was sollte das schon, erklärte sie schwunglos, wenn sich daraus nichts ergäbe? Die Jungen schlugen über alle Stränge, das Haus war ein Chaos, und die Kinderfrau sowie die Haushälterin kündigten. In meiner Verzweiflung schickte ich ein SOS an Teddy, die sich nichts Schöneres vorstellen konnte als ein Problem, das es in den Griff zu bekommen galt, und so eilte sie herbei, um uns unter die Lupe zu nehmen.

Nach vierundzwanzig Stunden legte sie mir das Ergebnis vor. Wir saßen nach dem Abendessen im Wohnzimmer. Die Jungen waren im Bett. Bella weinte wie üblich irgendwo. Teddy und ich tranken Whisky und rauchten eine Zigarette nach der anderen.

«Vergiß das mit der Sterilisation», erklärte sie unverhohlen. «Sie könnte den Gedanken, nie wieder schwanger zu werden, einfach nicht ertragen und würde durchdrehen – wirklich verrückt werden, meine ich, viel schlimmer, als sie jetzt ist.»

«Ja, und was wäre die Alternative?»

«Macht einfach so weiter wie bisher. Ich habe ihr deutlich gemacht, daß es kein Verhütungsmittel gibt, das hundert Prozent sicher ist. Irgendwann wird sie begreifen, was das bedeutet, dann wird sie wieder Hoffnung schöpfen und wieder Lust auf Sex kriegen.»

«Das erscheint mir undenkbar.»

Teddy sah mich pfiffig an und sagte: «Laß mich mal mit Gavin Warburton reden. Ich werde ihn bitten, ihr vorzuschlagen, einen Psychiater aufzusuchen.»

«Sie würde nie hingehen.»

«Ach, ihr Engländer haltet aber auch gar nichts von Psychiatern. Dabei helfen sie den Menschen wirklich – sieh dir doch Kester an! Er ist jetzt wieder draußen und imstande, ruhig bei Declan zu leben.»

Doch Bella wies jeden Gedanken an einen Psychiater zurück, und zuletzt blieb es Teddy vorbehalten, sie wieder zur Vernunft zu bringen. Ich selber rackerte mich ab und schuftete dermaßen, daß ich überhaupt keine Zeit hatte, darüber nachzudenken, daß ich keinen Sex bekam, und jedesmal, wenn ich nach Swansea fahren wollte, um ein Mädchen aufzugabeln, betrank ich mich, um es nicht zu tun. Der Krieg hatte dafür gesorgt, daß ich eine tiefe Abneigung gegen leichte Mädchen gefaßt hatte. Gegen eine stille Affäre mit irgendeiner Heiligen, die lieber gestorben wäre, als zuzulassen, daß ich mich ängstigte, hätte ich ja gar nichts einzuwenden gehabt, aber dafür blieb mir nicht die Zeit. Ich war entweder draußen auf den Äckern, oder aber ich kümmerte mich um Bella, oder ich schrie die brüllenden kleinen Unholde an, die ich in einem Anfall von geistiger Umnachtung gezeugt hatte. Staub setzte sich auf dem Klavier ab.

Langsam brachte Teddy Bella dazu, sich wieder für ihr Äußeres zu interessieren, und langsam brachte Teddy ihr auch bei, daß man von einem Ehemann nicht erwarten konnte, er würde sich für alle Ewigkeit wie ein glaubensfester Mönch benehmen. Es dauerte seine Zeit, bis Bella begriff, daß sie nicht die einzige war, die es schwer hatte, doch als der Groschen endlich gefallen war, versank sie damit in einem Fieber der Unsicherheit. Ich erlebte plötzlich, daß mir von einer Frau, die sich in ihre elegantesten Kleider zurückhungerte, morgens, mittags und abends Sex angeboten wurde.

«Ich werde irgendein Verhütungsmittel verwenden müssen.»

«Macht nichts. Ich habe mich damit abgefunden. Tut mir leid, daß ich so lange so dumm gewesen bin.»

Teddy entfleuchte wieder nach London. Bella und ich mühten uns weiter ab.

«Ach, Harry, du liebst mich doch, nicht wahr? Harry, willst du mich immer noch? Findest du mich immer noch sexy? Ach, sag mir doch, daß du mich liebst, sag es mir ...»

Ich sagte es. Ich hätte alles gesagt, bloß um Ruhe zu haben vor all diesen verdammten Fragen. Aber ich war auch so froh, nach so langer Zeit endlich wieder regelmäßig Sex zu haben, daß es mir nicht einmal etwas ausmachte, die lästigen Präservative zu benutzen.

«Harry, ich weiß, diese Gummis sind schrecklich für dich, und ich möchte nicht, daß du sie weiterhin überziehst. Sonst wirst du meiner noch überdrüssig, und deshalb habe ich mich entschlossen, mir ein Pessar einsetzen zu lassen. Alle tragen heute Pessare. Ich habe Eleanor gefragt, und sie sagt, man kommt gut damit zurecht. Thomas kann es gar nicht fühlen – er weiß nicht mal, daß sie eins trägt. Also, wenn ich mir ein Pessar einsetzen laß' ... nun, es wäre jedenfalls viel schöner; nicht wahr?»

Dagegen war selbstverständlich nichts einzuwenden, und so ging ich mit ihr zum Gynäkologen, um zu gewährleisten, daß auch alles richtiggemacht wurde. Der Gynäkologe sagte ja, wirklich gute Idee, sich ein Pessar einsetzen zu lassen, warum nicht. Während das Ding eingepaßt wurde, saß ich im Wartezimmer und las in einer älteren Ausgabe von *Country Life*.

Bella sah blaß aus, als sie wieder zum Vorschein kam, schwor jedoch, alle unsere Probleme wären jetzt gelöst. Da stecke so ein hübscher kleiner Zapfen in einem, und das Pessar passe ganz genau darüber und verschließe ihn. Kinderleicht. Ein bißchen unappetitlich und mühsam, aber wenn man das Ding erst mal in sich habe, könne man es vergessen.

Ich sagte zum Gynäkologen: «Sind Sie sicher, daß sie alles verstanden hat?»

Er war sich sicher. Er drückte ihr die gedruckten Anweisungen in die Hand, die er allen Patientinnen mitgab, die sich für diese Methode entschieden hatten, und sagte, wenn sie wirklich etwas vergessen hätte, könne sie es ja jederzeit nachlesen und ihr Gedächtnis auffrischen.

Bella und ich gingen in den nächsten Pub und tranken jeder einen Gin mit Wermut.

«Bella, bist du dir auch ganz, ganz sicher, daß du damit zurechtkommst? Denn wenn du irgendwelche Bedenken hast – egal, was für welche –, dann machen wir eben so weiter wie bisher.»

«O nein, Harry», sagte sie ernst. «Bedenken habe ich überhaupt keine – ich bin glücklich und froh und habe absolutes Vertrauen dazu.»

Sie wurde sofort schwanger.

4

Mittlerweile war es März 1947, und wir hatten einen der schlimmsten Winter seit Menschengedenken hinter uns. Viele von meinen Schafen waren eingegangen. Die Milcherträge waren gesunken. In der Molkerei waren sämtliche Leitungen geplatzt. Während der Brennstoffknappheit war uns die Kohle ausgegangen, das Leben war eine eisgekühlte Hölle, und als Bella mir berichtete, es sei jetzt sicher, daß sie schwanger sei, war das für mich der Tropfen, der das Faß überlaufen ließ.

«Ich hätte wissen müssen, daß du nie damit zurechtkommst.»

«Ich konnte nichts dafür, ich konnte nichts dafür ...»

«Nein? Kannst du mir schwören, daß du das verdammte Ding jedes Mal benutzt hast?»

Sie schwor es, aber ich wußte, daß sie log. Da fuhr ich aus der Haut, und sie brach völlig zusammen.

«Manchmal mochte ich es dir nicht zumuten, solange zu warten, bis ich es drin hatte – ich hatte Angst, du würdest ungeduldig werden – dir eine andere Frau suchen ...»

«Hätte ich das doch bloß getan! Alles wäre besser als das hier.»

Hysterischer Anfall. Heulendes Elend. Wutausbrüche. Verzweiflung.

Der Teufel Empfängnisverhütung. Teufelswerk Fortpflanzung! So gehen Ehen kaputt, werden Menschenleben ruiniert, wird unsägliches Leid über die Menschen gebracht.

Sie weigerte sich, den Gynäkologen noch einmal aufzusuchen, weil sie Angst hatte, er würde sie für eine dumme Pute halten. Immerhin brachte ich sie dazu, daß sie Dr. Warburton aufsuchte. Dr. Warburton war der beste Hausarzt, den man sich vorstellen konnte, wenn er auch schon etwas alt wurde; vor allem aber hatte er den Vorteil, daß er über Melody Bescheid wußte. Und mir war mittlerweile klar geworden, daß kein Mensch, der darin nicht eingeweiht war, hoffen konnte, zu verstehen, was eigentlich los war.

«Bella, ich verstehe ja, ganz bestimmt tue ich das . . .» Warburton war hager und hatte graues Haar wie ein betagtes Windspiel; er hatte eine sanfte eindringliche Stimme und überzeugende dunkle Augen. «. . . aber um Ihrer eigenen Gesundheit willen muß ich Ihnen den Rat geben, diese Schwangerschaft abzubrechen.»

«Ich kann Melody nicht umbringen. Ich kann nicht, ich kann es einfach nicht.»

Ich legte den Arm um sie und bemühte mich, so behutsam und eindringlich zu klingen wie Warburton. «Bella», sagte ich, «dies Baby ist nicht Melody. Melody ist tot. Selbst wenn dies Baby ein Mädchen ist, ist es immer noch nicht Melody. Es hat keinen Sinn, dein Leben aufs Spiel zu setzen, um das Unerreichbare zu erreichen.»

«Mir wird schon nichts passieren. Ich muß sie kriegen.»

In dieser Tonart ging es eine Weile zwischen uns hin und her, bis Warburton schließlich sagte: «Das Risiko ist zu groß, Bella, und es ist nicht fair den Lebenden gegenüber, sich darauf einzulassen. Denken Sie an Harry und an Ihre Jungs. Sie wollen doch nicht, daß sie leiden, oder?»

Bella fing an zu weinen. «Ich gehe nicht noch mal in das Krankenhaus. Ich gehe nicht noch mal zu diesem gräßlichen Gynäkologen.»

Das hörte sich nach einem ersten Schritt an. Warburton und ich sahen uns an.

«Hören Sie zu, Bella –» Warburton wählte seine Worte mit großer Sorgfalt – «ich glaube, da läßt sich was arrangieren mit einem Arzt, den ich kenne und der ein privates Entbindungsheim in Swansea hat. Wahrscheinlich haben Sie schon davon gehört. Früher hieß es *Home of the Assumption*, Heim Mariä Himmelfahrt, doch jetzt heißt es einfach *Assumption House*, Himmelfahrts-Haus, und gehört nicht mehr den Nonnen. Ich kann mir nicht vorstellen, daß es für Sie eine so schwere Prüfung wäre, sich dort für ein paar Tage aufzuhalten, und selbstverständlich braucht kein Mensch zu wissen, warum Sie da sind – Ihren Freundinnen brauchen Sie nur zu sagen, ich hätte Ihnen geraten, sich dort ein paar Tage zu erholen.»

«Tu's mir zuliebe, Bella», sagte ich. «Bitte. Ich möchte nicht als Witwer dastehen wie Kester.»

Kaum hatte ich diese Worte ausgesprochen, wußte ich, daß sie sterben würde. Mir war, als wiche alles Blut mir aus dem Gesicht. «Himmel, Bella – *bitte*! Du kannst nicht sterben, du mußt leben, ich könnte es nicht ertragen, wenn du stürbest . . .»

Wie sollte ich mit diesem Schuldbewußtsein weiterleben? Ich hatte mich in sträflicher Weise unverantwortlich verhalten, als ich annahm, sie könnte mit der Bürde der Verhütung leben, und es war meine Schuld, daß sie jetzt schwanger war. Wenn sie im Kindbett starb, würde ich es sein, der sie getötet hatte, und ich wollte nicht, daß Bella starb – es war unsere Ehe, die ich beendet wissen wollte, nicht ihr Leben. Irgendwie mußte ich sie am Leben erhalten, um mit ihr vor den Scheidungsrichter treten zu können.

«Bella, ich liebe dich – bitte, bitte hör auf Doktor Warburton und tu, was er sagt . . .»

«Liebst du mich wirklich, Harry?» Tränen liefen ihr übers Gesicht.

«Ich liebe dich.»

«Dann tu ich's. Du bedeutest mir mehr als alles andere, Harry, sogar mehr als Melody.»

Ich fragte mich, ob wohl je zuvor ein Mensch an Schuldbewußtsein gestorben war. Mir war, als wäre ich todkrank.

Später sagte ich zu Warburton: «Ihr wird doch nichts zustoßen, oder?»

«Aber nicht doch! Im Grunde handelt es sich um einen ganz simplen Eingriff.»

Nicht jedoch ganz so simpel, wenn die Fortpflanzungsorgane bei einem Autounfall Schaden genommen haben. Warburton schrieb zwar einen warnenden Brief, doch nach einer vorläufigen Untersuchung meinte der Arzt vom *Assumption House*, der alte Knacker mache viel Lärm um nichts. Man hört gelegentlich von solchen jungen Ärzten, die sich für den Herrgott persönlich halten und meinen, mit einer Operation sei alles getan. Derjenige, mit dem wir es hier zu tun hatten, sollte ein besonders schlimmes Erwachen von seinen Illusionen erleben, denn Bellas Fall erwies sich als ein Alptraum für einen Abtreiber. Die Operation begann, doch die Wunden, die sich erst vor kurzem geschlossen hatten, brachen wieder auf, und während Arzt und Schwester kämpften, um sie zu retten, verblutete sie auf dem Operationstisch.

5

Warburton war entsetzt, als er hinterher hörte, daß keine Blutkonserven zur Hand gewesen waren, um eine Transfusion vorzunehmen. Er sagte, er hätte Bella nie geraten, dorthin zu gehen, wenn er das gewußt hätte. Der arme alte Herr war außer sich vor Verzweiflung. Ich hatte richtig Mitleid mit ihm.

«Es war nicht Ihre Schuld», sagte ich. «Es war ihr vom Schicksal bestimmt. Ich wußte, daß sie sterben würde, ganz egal, was wir taten. Ich habe es einfach gewußt.»

Ich war in jene breiige Form von Schock gefallen, die viel Ähnlichkeit mit dem Zustand sinnloser Trunkenheit aufweist. Ich war resigniert, wenig gesprächig und mir meiner Umgebung kaum bewußt. Warburton war mit mir zum *Assumption House* gefahren. Mir war es bis jetzt noch gar nicht in den Sinn gekommen, daß ich ja alle Beteiligten wegen Pflichtvergessenheit bei der Berufsausübung verklagen konnte, und wie die Dinge standen, wandte ich mich auch nachher nicht aus Rache an die Justiz. Mir schien das so sinnlos zu sein. Bella war tot, und nichts konnte sie zurückbringen.

Schließlich wurde ich zu ihr gebracht. Keine rosige Haut mehr; die war vielmehr wächsern. Doch das glänzende aschfarbene Haar war immer noch dasselbe. Ich strich darüber hin. Dann hielt ich für einen Moment ihre Hand, doch mein Gehirn war ganz leer. Irgendwie wurde ich daran erinnert, wie ich während des Krieges empfunden hatte, wenn ein Kamerad gefallen war. Kummer und Wut setzten erst hinterher ein; zunächst war immer die große Leere dagewesen.

Dieser Leere sah ich mich jetzt gegenüber; ich hatte ganz vergessen, wie trübe es war, wenn alle Gefühle fort waren und in meinem Kopf nichts anderes herrschte als das absolute Bewußtsein des Endes.

Als ich die Privatklinik verließ, gab es nur einen Menschen, den ich sehen wollte, Bronwen, und so bat ich Warburton, mich zum Haus meines Vaters zu fahren. Warburton machte sich Sorgen um mich, doch ich sagte, ich sei den Tod gewöhnt, ich würde schon damit fertig, und gewiß würde ich keinen Nervenzusammenbruch bekommen wie dieser Scheiß-Kester. Selbstverständlich sagte ich nicht «Scheiß-Kester», sondern wahrte die Würde und sagte «mein Vetter».

Besorgter dreinschauend denn je fuhr Warburton weiter, und an mir war es, meine Märchenfee aufzusuchen.

Niemand schien zu Hause zu sein. Schließlich hörte ich auf zu klingeln und ging die Liste der möglichen Bewohner durch. Evan war in London und studierte am King's College Theologie, Gerry war oben in Oxford – selbstverständlich hatte er sein Stipendium bekommen –, und Sian war in ihrem neuen Internat Bedales, das den Versuch ihrer Eltern bedeutete, einen Kompromiß zwischen einem gesellschaftlich akzeptierten Mädchenpensionat und einem fortschrittlicheren Institut mit Koedukation zu finden. Blieb nur noch Lance, doch es war früher Nachmittag, und es war fast mit Sicherheit anzunehmen, daß er von der Oberschule noch nicht daheim war.

Mein Vater spielte gewiß Golf oder schmückte seinen neuesten Aufsichtsrat. Also hätte nur Bronwen zu Hause sein können, nur daß sie nicht daheim war. Ich nahm auf den Treppenstufen vor der Haustür Platz, und fünf Minuten später kam sie von der Chemischen Reinigung nach Hause.

Irgendwann später – wieviel, weiß ich nicht – saß ich am Küchentisch vor meiner dritten Tasse Tee und sagte: «Ich möchte Trauer empfinden. Wenn ich um sie trauere, weiß ich, daß ich sie geliebt habe, und dann brauche ich mich nicht schuldig zu fühlen. Ich möchte Trauer empfinden, aber nichts geschieht.»

Und Bronwen sagte: «Trauer richtet sich nach keinem Fahrplan. Trauer ist kein Zug, den man an irgendeinem Bahnhof besteigt ...»

Sie fuhr fort zu reden, und die mit starkem Waliser Akzent ausgesprochenen englischen Worte sanken sanft und tief in mein Bewußtsein wie Federn, die aus großer Höhe herniedergaukeln. Ich begriff zwar nicht, was sie sagte, aber es tat mir wohl, dem Rhythmus ihrer Rede zu lauschen, weil er etwas so Begütigendes und Beschwichtigendes hatte. Dann begriff ich, daß ich mehr verstand, als ich meinte, denn ich erkannte, um was es ging. Ich sah den Kreis der Zeit, in der Mitte dieses Kreises spielte ein Klavier, das Klavier der Erinnerung, welches von einem Rand des Kreises Noten abprallen und zum gegenüberliegenden Punkt schwirren ließ.

«... und du wirst ihr Echo in der Zeit vernehmen.»

Doch das tat ich bereits. Ich sah das Kind, das auf den Rhossili Downs davon gesprochen hatte, den Teufel zu wecken. Ich sah uns den Strand entlanglaufen und in den Dünen lachen und im Vorraum des Gewächshauses Zitronensprudel trinken.

«Ich nehme an, am Schluß wäre ich soweit gewesen, mich von ihr scheiden zu lassen», sagte ich, «aber vielleicht hätte ich das nur fertigbringen können, wenn ich jemanden kennengelernt hätte, den ich hätte heiraten wollen ... nur hab' ich das nie, weißt du, und jetzt, möchte ich meinen, wird das wohl auch nie der Fall sein.»

«Warum sagst du das?»

«Ach, ich verstehe mich nicht besonders auf Frauen, Bronwen, nicht richtig jedenfalls. Ich werde nie begreifen, was ich eigentlich außerhalb des Schlafzimmers mit ihnen anfangen soll; ich kann überhaupt nicht mit ihnen reden.»

«Du redest aber mit mir.»

«Du bist anders. Du bist eine Märchenfee. Wahrscheinlich ist es in Wahrheit so, daß ich jemanden heiraten möchte, der genauso ist wie du; doch wie soll ich jemals eine zweite Märchenfee finden? Ich kann einfach nicht glauben, daß es sie gibt.» Irgendwie war ich mir dumpf bewußt, zu reden wie in einer Freudschen Fallstudie, denn schließlich betrachtete ich Bronwen als meine Mutter; doch glücklicherweise gab Bronwen sich nie mit Leuten wie Freud ab; dazu war sie viel zu sehr damit beschäftigt, vernünftig zu sein.

«Ich bin keine Märchenfee, Harry.»

«O doch, das bist du. Du bist das schon deshalb, weil du weißt, was all dies bedeutet, während ich in einem dichten Nebel herumtappe und nur gelegentlich einen Blick auf etwas Unaussprechliches erhasche.»

«Dein Kreis ist bewölkt», sagte Bronwen mit ihrer sachlichsten Stimme, «aber das ist normal nach einer Tragödie.»

«Vielleicht... Aber, Bronwen, mich verfolgt der Gedanke, daß Bella vom Schicksal gezeichnet war, daß es nichts gab, was man hätte tun können, und das ist ein schrecklicher Gedanke, nicht wahr, denn wenn man ihn weiterdenkt, kommt man darauf, daß man eine vorherbestimmte unausweichliche Zukunft vor sich hat.»

Ohne zu zögern, sagte Bronwen: «Ich gebe dir recht, Bella war vom Schicksal gezeichnet, aber nicht in dem Sinne, wie du fürchtest. In unserem Leben gibt es Entscheidungen, die getroffen werden müssen, und daß wir die Freiheit der Wahl besitzen, bedeutet, daß wir unser Schicksal zumindest ein bißchen selbst in der Hand haben. Bella entschied sich bewußt oder unbewußt dafür, wieder schwanger zu werden; das war *ihre* Entscheidung und nicht die irgendeines grausamen Gottes, der unsere vorherbestimmte Zukunft lenkt.»

«Aber sie hatte nicht wirklich die Freiheit der Entscheidung! Sie traf diese Entscheidung infolge von etwas, was ihr zugestoßen ist, als sie dreizehn Jahre alt war.»

«Schon. Aber begreifst du denn nicht, sie brauchte nicht unbedingt den Rest ihres Lebens im Schatten dessen zu leben, was ihr mit dreizehn widerfuhr. Sie hätte sich entscheiden können, ihr Leben anders zu leben; in Wahrheit ist es doch so, daß sie nicht den Willen zur Veränderung hatte – etwa so wie ich ihn hatte, als ich nach Kanada auswanderte und mich damit einer Situation entzog, an der ich zugrunde zu gehen drohte.»

«Du meinst... was du sagen willst, ist...»

«Ich will sagen, daß der Kreis der Zeit voll ist mit kleinen Kreisen. Und diese kleinen Kreise können ein Gefängnis sein, Menschen können darin eingesperrt sein, ohne den Willen zu haben, sich daraus zu befreien. Genau das ist Bella passiert. Sie war in den Kreis mit dir eingekerkert, genauso wie du mit ihr darin eingekerkert warst. Du wußtest, wenn sie nicht ausbrach, würde sie sterben, doch dein Wille allein genügte nicht, um sie zu retten, und so war es ihr bestimmt, war ihr das Schicksal gegeben, an das Rad des Schicksals gefesselt zu bleiben und sich drehend auf den Tod zuzurollen, dem sie nicht ausweichen konnte.»

Ich war gebannt. Das war es. Das war meine Märchenfee gleichsam in Hochform. Sie sprach mit der frischen vernünftigen Stimme dessen, der eine absolute Wirklichkeit beschreibt; selbst der abgebrühteste Zyniker hätte es nicht fertiggebracht, darüber zu spotten.

Ich holte nochmals tief Atem. «Bronwen, da ist noch was, worüber ich mit dir reden muß. Bella ist nicht der einzige Kreis, den ich mit jemand geteilt habe. Ich teile noch einen, der aber weit, weit unheimlicher ist.»

«Das habe ich bemerkt», sagte Bronwen, «aber einen Kreis mit jemandem zu teilen, muß nicht unheimlich sein und ungewöhnlich auch nicht, im Gegenteil – die Menschen leben ihr Leben, und andere Menschen treten in dieses Leben ein und verschwinden auch wieder daraus und hinterlassen gewisse Muster darin. Das ist normal.»

«Aber das, wovon ich rede, ist nicht normal, wahrhaftig nicht. Ja, manchmal macht es mir eine Heidenangst, und dabei weiß ich nicht mal, warum eigentlich.»

Sie sah mir gerade in die Augen. «Du redest über den Kreis, den du mit Kester teilst.»

«Ja. Und er tritt nicht nur ein und verschwindet wieder. Er ist dauernd da. Immer. Sein Kreis ist mein Kreis. Wir sind . . . wie hast du es doch eben gerade ausgedrückt . . .»

«Ihr seid beide an dasselbe Rad des Schicksals gefesselt.»

«Ja. Es ist, als ob . . .» Aber ich konnte nicht sagen, daß es war, als wären wir ein und dieselbe Person. Das klang denn doch zu krankhaft.

«. . . als ob ihr ein und dieselbe Person wäret», sagte Bronwen, als wäre das eine völlig rationale Feststellung. «Aber nein, das ist fast mit Sicherheit eine Illusion, die darauf zurückzuführen ist, daß du das Gefühl hast, der Kreis sei nicht groß genug für euch beide.»

«Aber was soll ich tun, um ihn zu vergrößern?»

«Ich weiß es nicht, Harry. Ich bin keine Wahrsagerin. Und es käme mir auch nie in den Sinn, dir vorzuschreiben, wie du dein Leben führen sollst. Die Entscheidung und die Wahl liegen bei dir.»

Wir schwiegen für eine Weile.

«Ich könnte jetzt nach Herefordshire gehen», sagte ich schließlich.

«Jetzt, wo Bella tot ist, könnte ich von Gower fortgehen und einen neuen Kreis beginnen.»

Bronwen sagte nichts.

«Das muß ich mir wohl sehr genau überlegen», sagte ich. «Ja, wirklich sehr genau. Und das werde ich tun. Nur nicht gerade jetzt. Später.»

Und wieder verschob ich etwas Wichtiges auf später.

Ich hätte aufhören können, aber ich machte weiter.

6

Bronwen fuhr heim mit mir, um bei den Kindern zu helfen, erklärte jedoch, beibringen müsse ich es ihnen schon selbst. Ich geriet in Panik, sagte, das könne ich nicht, doch sie blieb hart und sagte, das einzige, was ich noch für Bella tun könnte, wäre, mich um ihre Kinder zu kümmern und zu versuchen, ein guter Vater zu sein.

Damit saß ich in der Falle. Ich hatte selbst das Gefühl, wieder in einem Kreis gefangen zu sein, diesmal zusammen mit den vier unseligen kleinen Jungen, und diesmal wußte ich, daß ich nie den Willen haben würde, auszubrechen. Das Schuldbewußtsein ist ein allmächtiger Kerkermeister.

Nun, wir kehrten zurück, und ich sagte es der Nanny, die ein erschrockenes Gesicht machte und sich bemühte, mir ein paar konventionelle Worte des Mitgefühls zu sagen, was ich jedoch nicht ertragen konnte. Ich wimmelte sie daher ab, rief die Jungen im Kinderzimmer zusammen und versuchte zu sagen, was Bronwen mir zu sagen aufgetragen hatte, verhedderte mich jedoch, blieb stecken und sagte schließlich: «Himmelherrgott, es tut mir so leid», was nun wirklich nicht das war, was Bronwen gesagt hatte. Was für ein hoffnungsloser Vater war ich doch! Ja, jetzt wußte ich, daß ich überhaupt nie hätte Vater werden dürfen. Ich war es ja immer wieder nur geworden, damit Bella beschäftigt war – und um gewissen Leuten zu beweisen, wie vorzüglich es bei mir mit der Fortpflanzung klappte.

Vier laute kleine Burschen mit strahlenden Augen und rosigen Wangen wurden plötzlich so still wie kleine weiße Mäuse. Schließlich, nach langer Pause, schluchzte einer tief auf, und gleich darauf heulten sie alle vier mit größter Lautstärke los. Die armen kleinen Teufel! Sie taten mir leid – aber was jetzt tun? In meiner Verzweiflung rief ich nach Bronwen, und nachdem sie mir zu Hilfe geeilt war, zog ich mich schließlich an mein Klavier zurück, damit der Schmerz mich nicht mehr erreichen konnte.

7

Die Beerdigung ging glatt über die Bühne. Ich bin gut auf Beerdigungen. Mein Vater hatte mir einmal erzählt, Onkel Robert habe sie immer dadurch überstanden, daß er insgeheim klassische Verben aufsagte, woraufhin auch ich das für einen ausgezeichneten Trick hielt, um den Schrecken ob des ritualisierten Todes unter Kontrolle zu halten.

Ich machte mich daran, lateinische Verben zu konjugieren.

Es hatte keinen Sinn, darüber nachzudenken, daß Bella als mittelbare Folge unserer Kindheitstragödie in ihren Zwanzigern starb, keinen Sinn, darüber nachzudenken, welchen Anteil ich daran hatte, daß sie jetzt in diesem verdammten, mit stinkenden Blumen überladenen Sarg lag. Da war es schon besser, sich zu sagen, es sei eben ihr Schicksal gewesen, und «amo, amas, amat» aufzusagen – und noch wirksamer, da schwieriger und größere Konzentration erfordernd – sämtliche Zeiten von «fero, tuli, latus». Wenn ich anfangen würde, mir Gedanken zu machen, wie ich mich der Verantwortung für die Geburtenkontrolle entzogen hatte, so könnte ich gleich ins nächste Irrenhaus laufen und um die beste Gummizelle bitten.

Mit Ausnahme von Kester erschien pflichtschuldigst die ganze Familie in der Kirche von Penhale und bewunderte meine Vorstellung als mustergültiger Witwer. Kester, der immer noch still bei Declan in Dublin lebte, schickte ein Telegramm, das folgendermaßen lautete: BRIEF FOLGT BITTE ZERREISS IHN NICHT UNGELESEN AUFRICHTIG ERSCHÜTTERT KESTER.

Ich war viel zu sehr mit dem Sargkauf und dergleichen beschäftigt gewesen, als daß diese Drohung, mit mir in Verbindung treten zu wollen, mir mehr als einen vorübergehenden Schauder hatte über den Rücken gehen lassen, doch nach der Beerdigung traf ein in Irland abgestempelter und von Kester mit schwunghafter Schrift an mich adressierter großer Briefumschlag ein. Ich brachte es nicht fertig, ihn sofort aufzumachen, doch nachdem ich mir ein Rezept von Warburton geholt und zwei von den neuen Beruhigungspillen geschluckt hatte, die der Apotheker mir gab, stählte ich meine ziemlich zerrütteten «Nerven wie Stahl» und riß den Umschlag auf. Er enthielt nur ein einzelnes, recht großes Blatt weißen Schreibmaschinenpapiers. Ich zerbrach mir den Kopf darüber, was das zu bedeuten haben mochte. Deutete es auf Phantasie hin, wie seine Romane es taten, oder nur auf eine eher geschäftsmäßige Art und Weise, sich an mich zu wenden? Ich wußte es nicht, erschauerte aber unsinnigerweise.

«Lieber Harry ...»

Merkwürdig, daß wir uns auf dem Papier alle als «lieb» bezeichnen. Unheimlich!

«... das mit Bella tut mir leid. Bitte, glaube mir, daß ich aufrichtig Mitgefühl mit Dir habe, und vor allem glaube mir, daß ich das Wort ‹aufrichtig› nicht formal gebrauche. Ich weiß besser als jeder andere, was es bedeutet, seine Frau infolge einer furchtbaren Tragödie zu verlieren – und das bewegt mich selbstverständlich, Dich der schrecklichen Dinge wegen, die ich nach Annas Tod zu Dir gesagt habe, um Verzeihung zu bitten. Schock und Kummer hatten mich wahnsinnig gemacht, doch geht es mir jetzt wieder besser, jedenfalls gut genug, um zu hoffen, daß Du mir verzeihen kannst. Wie merkwürdig, daß unser beider Leben derartige Parallelen aufweisen ...»

Ich ließ den Brief fallen und bewegte mich der Karaffe mit Whisky zu. Dann fiel mir ein, daß Warburton mir eingeschärft hatte, nicht zu trinken, wenn ich besagte Pillen genommen hätte. Auf dem Boden herumkrauchend, holte ich den Brief zurück.

«... Parallelen aufweisen: Im selben Jahr geboren, beide mit einem älteren Bruder vor der Nase, der jung starb, beide verheiratet, bevor sie einundzwanzig waren, und beide im Abstand von wenigen Monaten zum Witwer geworden. Ich vermute, daß diese Zufälle keine tiefere Bedeutung haben, kann jedoch nicht umhin zu meinen, daß sie uns eher zueinander bringen als uns trennen sollten. Wenn ich zurückblicke, so fürchte ich, ist der Abgrund zwischen uns weitgehend meine Schuld. Ich bin in der Vergangenheit einer ganzen Reihe von Familienmitgliedern gegenüber sehr ungerecht gewesen, werde aber nie vergessen, wie freundlich alle nach Annas Tod zu mir waren. Selbst Du hast Dich bemüht, das zu sein, das erkenne ich jetzt. Kurz gesagt, ich meine, es wird Zeit, daß ich meiner Paranoia Lebewohl sage, ein neues Blatt aufschlage und der armen Familie eine Ruhepause gönne.

Doch wie dem auch sei, meiner veränderten Einstellung zur Familie wegen wage ich jetzt zu hoffen, daß wir in Zukunft besser miteinander auskommen werden. Zu hoffen, daß wir Busenfreunde werden, wäre gewiß übertrieben (schon die Vorstellung jagt uns beiden zweifellos einen Schauder über den Rücken), aber warum können wir nicht einfach gute Bekannte sein, die sich anlächeln und gegenseitig grüßen, ohne daß sie gleich der Schlag trifft? Vergessen wir die schreckliche, auf Tante Teddy zurückgehende Scharade, in der wir ein Glas zusammen tranken und zum Schluß vor lauter Angst Blut und Wasser schwitzend über Religion redeten. Akzeptieren wir doch jeder das Vorhandensein des anderen in der Gemeinde Penhale, und reden wir darüber, wie scheußlich das Wetter ist, wenn wir das nächste Mal zusammentreffen. Ich meine, auf der Basis könnten wir ganz gut miteinander auskommen; auf jeden Fall würde es unsere eigentümliche Doppelgänger-Situation aller Rührseligkeit entkleiden . . .»

Doppelgänger! Double! Spiegelbild! Kein von einem Meister-Romancier gefesselter Leser hat jemals so schnell umgeblättert wie ich Kesters Brief, um herauszufinden, was auf der anderen Seite geschrieben stand.

«. . . und außerdem hätte ich es gern, wenn wir auf Grußfuß miteinander stünden, damit ich ab und zu Deine Jungen sehen kann. Keine Sorge, ich bin über meine Eifersucht hinweg, daß Du vier Söhne hast und ich keinen einzigen. Kurioserweise ist es Annas Tod gewesen, der mir half, mit diesem Problem zurechtzukommen, denn als ich mir einmal völlig darüber im klaren war, keine Frau zu haben – und selbstverständlich nie wieder zu heiraten –, begriff ich auch, daß die logische Folge davon Kinderlosigkeit war. Nun habe ich aber Kinder sehr gern, und wenn Du Hal gelegentlich mal ein, zwei Stunden entbehren kannst, würde ich mich darüber sehr freuen.

Ich werde rechtzeitig zu Ostern wieder nach Oxmoon zurückkehren. Zwar meine ich, so gefestigt bin ich noch nicht wieder, daß ich ein Familientreffen mit allem Drum und Dran überstehen könnte, aber wenn Du Lust hast, mal mit Hal vorbeizukommen, meine ich, bringe ich es wohl gerade noch fertig, einen Gruß zu erwidern. Du brauchst auch nichts zu trinken, wenn Du nicht willst. Wir brauchen nicht einmal miteinander zu reden. Wir brauchen nur Grüße zu tauschen und können dann jeder seines Weges gehen.

Diesen Brief begleiten meine besten Wünsche für eine glücklichere Zukunft von Deinem sich gebessert (!!!) habenden VETTER KESTER.»

Meine Hauptreaktion war, das Gefühl zu haben, daß mir ein Stein von der Seele fiel. Was ich erwartet hatte, waren hysterische Ergüsse gewesen; statt dessen hatte ich diesen ruhigen, Fingerspitzengefühl verratenden, amüsanten und enorm vernünftigen Brief bekommen. Nicht zu fassen! Die Dubliner Psychiater hatten ihm offenbar ein mentales Klistier verabreicht; vielleicht hatte Teddy also doch recht, und Psychiater waren doch keine Quacksalber. Paranoia. Beeindrukkendes Wort! Offenbar der medizinische Terminus für Verfolgungswahn. Ich nahm mir vor, das gelegentlich im Lexikon nachzuschlagen.

Die Vorstellung, daß er an Hal Interesse nahm, gefiel mir. Nun, warum nicht? Selbstverständlich würde Kester Oxmoon nie einem meiner Söhne hinterlassen, aber ... Oder vielleicht doch? Wenn ich mir unendlich viel Mühe gab ... Die Vorstellung, daß Hal Oxmoon erben könnte, beflügelte mich dermaßen, daß ich ernstlich eine Busenfreundschaft mit meinem «sich gebessert habenden» Vetter Kester in Erwägung zog.

Diese Träumereien und Phantastereien dauerten einige Stunden, und der Ausschlag auf meinem Rücken beruhigte sich so sehr, daß ich keine Pillen mehr nahm und imstande war, mir vor dem Abendessen sogar einen Whisky zu genehmigen. Ich ließ gerade Soda in mein Glas spritzen, als ich Thomas' Hillman die Auffahrt heraufrattern hörte.

Ich war Thomas' sehr, sehr leid geworden. Seit er wieder als Verwalter von Oxmoon eingesetzt worden war, hatte er es sich leider angewöhnt, regelmäßig auf ein Glas in Penhale Manor vorbeizuschauen, mich um Haus und Hof zu trinken und mir dabei entsetzliche Vorträge über Gutsverwaltung im allgemeinen zu halten. Ich war ständig versucht, ihm rundheraus zu sagen, ich könne es mir einfach nicht leisten, seine alkoholischen Exzesse zu finanzieren, aber ich wollte keinen Streit. Das hätte Krach mit meinem Vater bedeutet, und Krach mit meinem Vater war immer eine Katastrophe, der man aus dem Weg zu gehen hatte, koste es, was es wolle.

Der Wasserkrug auf dem Tablett war leer. Ich füllte ihn mit Whisky und stellte ihn hinter den Vorhang. Damit war die Karaffe nur mehr ein Fünftel voll, und ich konnte behaupten, mehr hätte ich nicht da.

«Harry!» Thomas fiel förmlich in die Halle, als ich ihm die Haustür öffnete. «Himmel, alter Junge, was meinst du wohl, ist geschehen?» Er strebte bereits meinem Arbeitszimmer zu, wo ich nicht umhin kommen würde, ihm ein Glas anzubieten. «Das rätst du nie! In tausend Jahren nicht.»

Ich machte mich auf eine Sau gefaßt, die zwei Dutzend Ferkel auf einen Schlag geworfen hatte, zeigte mit einem sauberen Glas auf die Karaffe und griff nach dem Sodasiphon, um meinen Trick zu verbergen.

«Schenk gleich einen Doppelten ein», sagte Thomas, der vielleicht dunkel mitbekommen hatte, daß ich ihn in letzter Zeit ziemlich kurz hielt. «Mein Gott, brauch' ich einen Doppelten nach dem Schock heute morgen.»

«Was ist denn passiert?»

«Ich hab' einen Brief von Kester bekommen.»

Ums Haar hätte ich das Glas fallen lassen. Ich sperrte Mund und Nase auf. Und irgendwo weit in der Ferne ertönte ein Warnsignal, um dem unerschütterlichen Stehaufmännchen Nerven-wie-Stahl-Godwin zu verstehen zu geben, daß hinter dem Horizont irgend etwas Unangenehmes lauerte.

Ich sagte unvermittelt: «Was, um alles in der Welt, hat er dir denn zu schreiben?»

Flugs zog Thomas einen mit Kesters schwungvollen Schriftzügen bedeckten Bogen Schreibmaschinenpapier hervor und sagte: «Lies das», um dann noch wohlwollend hinzuzusetzen: «Armer Kester, vielleicht bin ich in der Vergangenheit ein bißchen zu hart mit dem armen Schwein umgesprungen.»

Das klang etwa so, wie wenn Hitler gesagt hätte, Churchill sei eigentlich ein netter Kerl, man müsse ihn nur genauer kennen. Viel zu sehr vor den Kopf geschlagen, um etwas zu sagen, las ich: «Mein lieber Thomas, jetzt, wo es mir wieder besser geht, meine ich, sollte ich Dir förmlich dafür danken, daß Du Dich in meiner Abwesenheit um das Gut gekümmert hast. Onkel John hat mir geschrieben, Du hättest das wie immer fabelhaft gemacht, und ich möchte Dir ausdrücklich sagen, wie dankbar ich Dir bin.

Meine Erfahrungen seit Annas Tod vorigen Sommer haben mir die Augen darüber geöffnet, wie sehr ich von Glück sagen kann, eine so treu ergebene Familie zu haben; infolgedessen kann ich nicht umhin, einzusehen, daß ich Dir in der Vergangenheit bei weitem nicht gerecht geworden bin. Aber vielleicht können wir in Zukunft auf freundlicherem Fuß stehen; ich sehe heute durchaus ein, daß wir uns in einer Lage befinden, wo wir einander gegenseitig einen Gefallen tun können. Du möchtest weiterhin die Verwaltung des Gutes übernehmen, und ich möchte in Ruhe leben, ohne mir um Oxmoon Sorgen machen zu müssen. Deshalb wäre es hochanständig von Dir, wenn Du das Kriegsbeil begrübest und Dich einverstanden erklärtest, nach meiner Rückkehr zu Ostern für dauernd Verwalter zu bleiben. Ich sehe ganz deutlich, daß meine einzige Hoffnung, in Zukunft ein ungestörtes Leben zu führen, darin liegt, Dir bei der Verwaltung des Gutes ganz und gar *carte blanche* zu geben.

Selbstverständlich hast Du eine Gehaltserhöhung verdient. Wenn Du meinst, auf mein Angebot eingehen zu können, werde ich Onkel John bitten, bei der Aushandlung einer neuen Summe den Vermittler zu spielen. Inzwischen sende ich Dir meine besten Wünsche und freue mich darauf, Dich bald wiederzusehen. Dein Kester.»

Als ich aufblickte, sah ich, daß Thomas mich kindlich-naiv anstrahlte und mehr wie ein vierzehnjähriger Schuljunge wirkte, als wie ein schwer-trinkender und abgebrühter Enddreißiger.

«Ist das nicht unglaublich?» sagte er versonnen, als ich ihm den Brief zurückgab.

«Unglaublich!» Im Gegensatz zu ihm meinte ich das wörtlich. Ich dachte: Man mästet das Schwein, ehe man es zum Metzger schickt. Doch dann gebot ich diesem Gedanken Einhalt, ehe sich so etwas wie eine Wahnidee daraus entwickelte. Was hätte ich schon davon, wenn es *mir* passierte, daß ich unter Verfolgungswahn litt?

Häßliches Wort: Paranoia.

«Natürlich ist er völlig verrückt», sagte Thomas, ohne von meinen neurotischen Gedanken etwas zu merken, «aber was soll's? Solange ich hier das Sagen habe, ist es mir schnuppe, ob er am Schluß genauso plemplem ist wie mein Vater oder nicht – obwohl Kester als heimlicher Schwuler nie und nimmer auf all die Tricks käme, auf die mein Vater verfallen ist. Hab' ich dir jemals erzählt, was wir in seinem Schlafzimmer fanden, nachdem Milly damals auf und davon ist?»

«Ja. Dreimal. Aber für gewöhnlich wartest du ab, bis du besoffen bist, ehe du es breittrittst.»

«Himmel, tu ich das? Das sieht ja so aus, als ob ich selbst schon senil würde! Armer alter Papa – hab' den alten Gauner wirklich gern gehabt . . . he, was ist denn? Ich hab' dich um Whisky pur gebeten und nicht um so 'ne pißwarme Soda-Brühe.»

Es gelang mir, ihn loszuwerden, doch ehe ich weiter über die Situation nachdenken konnte, wurde ich von den Jungen abgelenkt. Es war Zubettgehzeit für sie, und Bronwen hatte vorgeschlagen, ich sollte ihnen jeden Abend etwas vorlesen, um zu beweisen, daß ich immer noch da wäre, wenn Bella das auch nicht mehr war. Das sei etwas, was ich tun könnte. Zwar hätte ich meine Schwierigkeiten mit der Kinderzimmer-Konversation, aber lesen könnte ich immerhin. Ich setzte mich auf ein Bett, Humphrey auf einem Knie, Jack auf dem anderen, Charles an meine Linke geschmiegt und Hal an meine Rechte. Mit Ausnahme von mir selbst waren sie alle am Daumenlutschen, und ich war nahezu versucht, es ihnen nachzutun, einfach so wie früher, einfach um festzustellen, ob es wirklich eine beruhigende Wirkung hat.

Nachdem die Gute-Nacht-Geschichte fertig war, aß ich wie gewöhnlich allein zu Abend und zog mich dann ins Wohnzimmer zurück. Ich legte die Füße hoch, hörte mir eine Strawinsky-Platte an und versuchte dahinterzukommen, was zum Teufel mein «sich gebessert habender» Vetter Kester vorhatte.

Daß der Brief an Thomas von Anfang bis Ende Quatsch war, wußte ich. Kester, der geriebene Kester, hatte den Empfänger des

Briefes genau eingeschätzt und ihm nichts zugemutet, was ihm nicht glatt runterging; aber ich war nicht Thomas, und mir lag das verlogene Machwerk quer im Hals. Überhaupt, schon der Gedanke an Kester in seiner neuen Rolle als Familien-Heiliger machte mir Übelkeit. «. . . wie sehr ich von Glück sagen kann, eine so treu ergebene Familie zu haben», hatte er geschrieben; so etwas Einlullendes, und diese Scheinheiligkeit! Und dann: «. . . kann ich nicht umhin, einzusehen, daß ich Dir in der Vergangenheit bei weitem nicht gerecht geworden bin» und damit vor einem Onkel gekatzbuckelt, von dem ich wußte, daß er ihn immer verachten würde.

Was also war los? Thomas brachte es vielleicht mühelos fertig, Kester als einen verschrobenen Exzentriker abzutun, doch ich fing an, einen sehr gerissenen, in keiner Weise gefestigten Mann in ihm zu sehen – so wenig gefestigt, daß abnorme Gedanken ihm sehr wohl zuzutrauen waren – und die Gerissenheit, sie zu verbergen. Irgendwas führte er im Schilde. Daran zweifelte ich nicht im geringsten. Ungläubig fragte ich mich, wie Thomas den Brief nur für bare Münze genommen haben konnte, als mir plötzlich aufging, daß jedes einzelne der Gefühle, die Kester in dem Brief an unseren Onkel zum Ausdruck gebracht hatte, auch in dem an mich ausgedrückt worden war – nur auf viel subtilere Weise.

Ich eilte hinüber ins Arbeitszimmer und schnappte mir den Brief vom Schreibtisch. Jawohl, da hatten wir's – liebevolles Gedenken der Familie, die demütige Bitte um eine neue freundschaftliche Beziehung – diesmal jedoch garniert mit jener gutmütigen Ehrlichkeit, die meinen Verdacht gar nicht erst hatte aufkommen lassen. Jetzt kam mir der Brief unglaublich gerissen vor. Ich sagte mir: du solltest nie vergessen, daß du es mit einem Schriftsteller zu tun hast. Wie alle anderen in der Familie hatte auch ich Kesters Schreiberei nie ernstgenommen, doch vielleicht hatten wir da alle einen großen Fehler gemacht. Er war siebenundzwanzig, wurde im November achtundzwanzig, und im Schreiben geübt hatte er sich, seit er einen Federhalter halten konnte. Mochten seine Geschichten auch Blödsinn sein, die Wahrscheinlichkeit war groß, daß er sich inzwischen technische Fertigkeiten angeeignet hatte, die ihn befähigten, sich der Sprache zu bedienen, wie ein Ballett-Meister sich der Musik bedient.

Ich erinnerte mich daran, im Sadler's Wells Ballettvorstellungen besucht zu haben. Ich erinnerte mich an die rasanten Sprünge und Sätze, die mir aufgefallen waren; doch zwischen diesen ausgetüfelten choreographischen Figuren, so hatte Constance erklärt, lag eine

Fußarbeit von solchem Raffinement, daß die Zuschauer nur die anmutig fließenden Bewegungen mitbekamen. Und doch war es die raffinierte Fußarbeit, welche die großen Sprünge erst möglich machte.

Ich sah mir Kesters Fußarbeit einmal genau an. Mir fiel die sparsame Verwendung von Beileidsbezeugungen auf, die mühelos in eine Entschuldigung für unseren Streit übergingen. Ich bemerkte, wie die Entschuldigung – makellos formuliert, ohne auch nur einen einzigen falschen Ton, der mich vielleicht hätte stören können, nahtlos in die Bemerkungen über unsere parallel verlaufende Leben überging, die, wie er sehr wohl wußte, geeignet waren, mich einzustimmen auf seine zweite Entschuldigung, was unsere Entfremdung in der Vergangenheit betraf. Flüssig, ja, mit geradezu wollüstiger Mühelosigkeit ging die Entschuldigung dann über in einen amüsanten Absatz, in dem er die Hoffnung zum Ausdruck brachte, daß wir unsere Beziehung neu gestalten könnten. Wie gekonnt! Keine abgeschmackten Worte, keine Gefühlsduselei, von der er wußte, daß sie mich abstoßen würde. Der ganze Absatz war untadelig in seiner emotionalen Disziplin, und dann am Schluß noch die Erwähnung des Doppelgängers, die ganz dazu angetan war, mich voraneilen und bis zu dem geheimnisvollsten Absatz weiterlesen zu lassen – jenen Zeilen, die mich – ohne wirklich etwas auszusagen – glauben ließen, er wolle sich Hals mit einer ganz bestimmten Absicht annehmen. Danach, im vorletzten Absatz, noch ein oder zwei Geistreicheleien, um den gutmütigen Ton des Ganzen wiederherzustellen, von dem er wußte, daß ich ihn unwiderstehlich finden würde, worauf er dann wieder nahtlos gleichsam zum Lebewohl am Schluß überging.

Ein Meisterwerk! Aber was hatte es zu bedeuten? Ja, was konnte es überhaupt bedeuten? Selbst wenn es bedeutete, daß er etwas ganz Verrücktes vorhatte, die Ärzte würden ihn wohl kaum aus der psychiatrischen Anstalt entlassen haben, wenn sie ihn für gefährlich gehalten hätten.

Trotzdem . . .

Ein kluger, aber ungefestigter Mensch. Ein Neurotiker. Mit dem man unter gar keinen Umständen leichtfertig umgehen durfte.

Dann dachte ich: Von wem rede ich überhaupt?

Und als ich in den Spiegel schaute und mein Spiegelbild erblickte, sah ich für den Bruchteil einer Sekunde Kester die Augen auf mich richten.

Völlig verrückt, ich nahm zwei Pillen, trank zwei doppelte Cognac, ging ins Bett und schlief sofort ein.

8

Eine Woche später war Kester wieder daheim. Ich ließ ihm zwei Tage Zeit, sich wieder einzuleben, und fuhr dann nach Oxmoon hinüber, nur um guten Tag zu sagen, genauso, wie er es vorgeschlagen hatte. Selbstverständlich glaubte ich nicht mehr, daß er irgendwelche unheimlichen Ziele verfolgte – darin war ich eben neurotisch –, aber ich mußte ihn unbedingt sehen, um mich zu vergewissern, daß sein Wohlwollen echt war.

Hal nahm ich nicht nur mit, weil Kester gebeten hatte, ihn zu sehen, sondern weil Bronwen gesagt hatte, er bedürfe besonderer Aufmerksamkeit. Er war krank gewesen, hatte sich erbrochen und hohes Fieber gehabt. Warburton hatte erklärt, er leide an einer Darmgrippe, doch Bronwen sagte, nein, das sei der Kummer, und Bronwen war es, der ich glaubte.

Ich fragte mich, wie es überhaupt sei, mit sieben Jahren schon vor Kummer krank zu sein. Es war schon schlimm genug gewesen, mit achtundzwanzig Jahren krank zu sein vor Schuldgefühlen. Mein Ausschlag machte mir trotz der Pillen wieder heftig zu schaffen, und obwohl ich wußte, daß Sex meine Nerven beruhigen würde, scheute ich davor zurück aus Angst, meine Schuldgefühle könnten sich womöglich noch verstärken. Man kann nach der Beerdigung seiner Frau unmöglich gleich hingehen und mit anderen Frauen schlafen. Nur ein hoffnungslos verkommener Typ wäre eines solchen Verhaltens fähig.

Als wir in Oxmoon ankamen, fragte ich Hal, wie er sich fühle, doch er versicherte mir, alles sei in Ordnung. Armes Kerlchen! Vor Kummer krank! Ich warf einen Blick auf das schimmernde aschblonde Haar und die frisch aussehende Haut, die er von Bella geerbt hatte, und ausgerechnet in diesem Augenblick, da die Sorge um ihn mich veranlaßte, mir sein Gesicht genau anzusehen, wurde mir klar, daß er so ganz anders aussah als sie. Bella hatte ein rundes pausbäckiges Gesicht mit eher groben sinnlichen Zügen gehabt. Hal hatte ein schmales feingeschnittenes Gesicht, und wenn er auch meine dunklen Augen hatte, seine Knochenstruktur war ganz anders als meine. Sein Kinn hatte etwas, das mich an irgend jemand erinnerte. An wen, wollte mir nicht einfallen. Merkwürdig, diese alten Ähnlichkeiten, die, immer wieder vorkommenden Gütesiegeln gleich, durch manche Familien laufen. Ich wußte, daß ich meiner Mutter ähnlich sah; Hal hingegen sah mehr wie mein Vater aus, wie ein Godwin.

Seit Lowells Tod im Krieg hatte es auf Oxmoon keinen Butler mehr gegeben; ein arrogantes Zimmermädchen ließ uns eintreten, als ob sie unseren Besuch als ungebührliche Inanspruchnahme ihrer Zeit betrachtete. Wir wurden ins Damenzimmer gewiesen. Ein Schauder überlief mich, als ich sah, daß der edwardianische Krönungsbecher in der überaus köstlichen Vitrine aus dem achtzehnten Jahrhundert Platz gefunden hatte. Vielleicht handelte es sich um Porzellan aus der Manufaktur von Doulton oder Worcester. Kester würde ihn wohl kaum behalten haben, wenn es sich um billigen Kitsch gehandelt hätte.

Es war kalt im Zimmer, und ich fing gerade an, mir besorgt Gedanken über die Möglichkeit zu machen, daß Hal sich eine Lungenentzündung holte, da kam Kester herein. Gut sah er aus. Sein eigentümliches Gesicht mit der männlich-hageren Knochenstruktur und dem weiblich-weichen Mund wirkte entspannt; nicht zum ersten Mal ertappte ich mich bei dem Gedanken, daß er wirklich gut aussehen würde, wenn er nur eine andere Nase hätte. Das von Onkel Robert geerbte Kinn hatte etwas . . .

Das Kinn! Himmelherrgott . . .

«Hallo, Harry, wie geht's?»

Mußte mich zusammenreißen.

«Fabelhaft, mein Lieber. Und dir?»

Ich bekam eine kräftige, gut entwickelte, aber viel zu wohlgepflegte Hand gereicht; ich erkannte die für einen Schriftsteller typische Hornhautbildung am Mittelfinger, das Emblem des Wohllebens, das zu verachten ich erzogen worden war.

«Ich fühle mich wunderbar», sagte Kester, als wir uns die Hand schüttelten. «Könnte gar nicht besser sein.» Dann lachte er und sagte äußerst charmant: «Himmel – Gott sei Dank, daß wir das hinter uns haben – jetzt könnten wir ja anfangen, uns darüber zu unterhalten, wie scheußlich das Leben in Wirklichkeit ist.» Er beugte sich zu meinem Sohn herunter. «Hal, hat mir schrecklich leid getan, das von deiner Ma zu hören – ich kann dir das um so besser nachfühlen, als ich mich erinnere, wie grauenhaft mir zumute war, als meine eigene Ma starb. Ich habe geweint und geweint – stell dir das vor! Dabei war ich schon achtzehn! –, aber ich war froh, daß ich es getan habe, denn hinterher war mir gleich wohler.»

Ich erwartete, daß Hal diese Ansprache genauso übelkeiterregend finden würde wie ich, aber nein, Hal lächelte gequält, und in seinen Augen malte sich Dankbarkeit.

«Mir war auch wohler, nachdem ich geweint hatte», gestand er, «aber dann wurde ich krank, und da ging es mir wieder schlecht.»

«Aber jetzt geht es dir wieder gut genug, daß du schon wieder was

Gutes vertragen kannst, nicht wahr? Mein Bruder Declan hat amerikanische Freunde, die ihm köstliche Schokoladenkekse schicken; ich habe welche mitgebracht.»

«Richtige Schokolade?»

«Richtige Schokolade. Eines Tages, Hal, – vermutlich, wenn du schon ziemlich alt bist – wird das mit den Lebensmittelkarten ein Ende haben, und dann wirst du dir Süßigkeiten kaufen können, soviel du willst, und in den Läden werden so phantastische Dinge wie Ananas und Bananen liegen ...»

«Ja, davon hab' ich gehört. Ist es Milchschokolade oder Zartbitter?»

Wir gingen in den Salon hinüber, wo zu meiner Erleichterung ein Feuer im Kamin brannte. Kester und Hal waren vollauf damit beschäftigt, sich darüber zu unterhalten, ob es schöner sei, die Schokolade erst von den Keksen abzulecken, oder ob es besser wäre, die Kekse so, wie sie waren, zu zerkauen. Ich konnte mir lebhaft vorstellen, wie man mir in der Vergangenheit meinen Leibdiener weggenommen hatte, und ich mußte mich energisch ermahnen, nicht eifersüchtig zu sein, daß der arme Kester, das arme kinderlose Schwein, sich besser mit meinem Sohn unterhalten konnte als ich. Selbstverständlich hatte ich inzwischen erkannt, daß ich mir die Ähnlichkeit bei der Kinnpartie nur eingebildet hatte. Wieder typisch für mich Neurotiker!

«Gin mit Wermut, Harry?»

Ich konnte Kester unmöglich sagen, daß ich im Moment wegen meiner neurotischen Hautreaktion nicht trank. Zwar hatte ich die Pillen aufgegeben, doch hatte Warburton mir gesagt, daß Alkohol, der ja die Haut erhitze, diese nur reizen könne, auch wenn die Wirkung zunächst nur darin bestehe, die Nerven zu beruhigen.

«Na, gegen ein kleines Glas hätte ich nichts einzuwenden, mein Lieber», sagte ich, «Vielen Dank.»

«Nichts zu danken. Tja, und du, Hal? Was möchtest du tun, während ich mich mit deinem Vater unterhalte? Was lesen? Oder schreiben? Malen? Mir ist es egal – was du möchtest.»

Doch Hal seufzte nur beseligt auf. Seine Linke umklammerte das Glas mit Orangensaft, während die Rechte bereits schokoladenverschmiert war. Mit einem Verlangen, das ich nie bei ihm vermutet hätte, sagte er: «Steht der Flügel immer noch im Ballsaal?»

Dann war er also doch wie ich, die Kinnpartie spielte keine Rolle, und auch nicht, daß der verdammte Kester vielleicht nur darauf wartete, ihn zu seinem Gefolgsmann zu machen. Ich faßte auf der Stelle den Entschluß, daß er in der Schule Klavierunterricht bekommen sollte. Wieso hatte ich daran noch nie gedacht? Ich war einfach nie auf den Gedanken gekommen, hatte gedacht, er haute nur einfach so auf dem Klavier herum, um mich dauernd zu ärgern ... Ich sah uns schon endlose Gespräche über Bach führen, sah uns in der Albert Hall, dem Sadler's Wells und dem Covent Garden. Dann sah ich mich als bettlägerigen alten Mann und Hal als den liebevollen Sohn, der endlich die Rechtfertigung für all das darstellte, was ich mit Bella durchgemacht hatte. In meinem Kopf sang ein vom vollen Orchester des Royal Opera House begleiteter gefühlvoller Alt irgendein triefend-sentimentales Unsinnsstück – «Sanft erwachet mein Herz» aus *Samson und Dalila* vielleicht, oder irgendeine Arie aus einem Schmachtfetzen von Puccini.

«Hier dein Gin mit Wermut», sagte Kester und rief mich zurück in die Wirklichkeit, während Hal machte, daß er in den Ballsaal kam.

«Danke.» Immer noch ganz benommen von dem Gedanken, was ein musikalisch begabter Sohn für mich bedeuten könnte, vergaß ich, wo ich war, und schnupperte an dem Glas, genauso wie ich während des Krieges in Italien am Glas geschnuppert hatte. So mancher Wein, den wir damals in Italien getrunken hatten, hätte einem Löcher in den Bauch brennen können.

«Der ist schon gut», sagte Kester amüsiert. «Das Zyankali ist mir gerade ausgegangen; deshalb ist Mord heute nicht auf dem Tagesplan.»

«Ach, sei doch nicht so scheißgeistreich!» fauchte ich, und dann ging mir auf, daß das genauso ungemütlich klang, als ob ich ihn wirklich in Verdacht gehabt hätte, mich zu vergiften. Ich versuchte es mit einem unbekümmerten Lachen, doch klang das eher dämlich.

«Tut mir leid!» sagte Kester lebhaft. «Ich wollte dich nicht zum Fluchen bringen. Wechseln wir das Thema. Nun, ich bin gespannt wie sonst was – wie fandest du meinen Brief?»

«Brillant! Genauso wie der an Thomas.»

Kester sah erschrocken aus. «Ich war mir nicht darüber im klaren, daß Thomas nichts Eiligeres zu tun hätte, als dir seine Korrespondenz zu zeigen.»

«Das kann ich mir denken! Aber macht nichts – du hast es geschafft, daß wir dir beide aus der Hand fressen und denken, der gute alte Kester, vielleicht doch kein so armes Schwein. Aber was passiert jetzt? Oder erwartet man nicht von mir, daß ich frage?»

Kester lachte. «Mit einigem Glück wird überhaupt nichts passieren – ich muß schreiben, und das bedeutet, daß ich absolute Ruhe brauche. Daher die weiße Fahne, die ich an allen Fronten fieberhaft schwenke. Ich kann es mir einfach zeitlich nicht mehr leisten, dauernd durcheinander zu sein und keine Zeile schreiben zu können, bloß weil ich mich über meine Familie aufrege.»

Das war eine ebenso simple wie plausible Erklärung. Ich spürte geradezu, wie die Spannung von mir abfiel.

«Hast du denn nicht in Irland schreiben können?»

«Nein. Ich hab's versucht, aber ich kam mir verstümmelt vor, von meinen Wurzeln abgeschnitten ... und von Oxmoon. Ohne Oxmoon ist mit mir nichts anzufangen. Deshalb der Entschluß zurückzukehren, und als ich mich dazu durchgerungen hatte, ging es mir gleich besser. Weißt du, so ein guter Nervenzusammenbruch kann sehr therapeutisch wirken. Jedenfalls fühle ich mich heute gut wie schon lange nicht mehr.»

«Gut.»

«Du denkst natürlich, ich bin völlig verrückt. Nun, das war ich nach Annas Tod auch – total übergeschnappt. Stell dir vor – das Gartenhäuschen niederzubrennen! Unfaßbar! Ach, und übrigens, es tut mir leid, daß ich gesagt habe, ich könnte dich umbringen, als du an jenem Abend hier in Oxmoon reinplatztest. Bißchen reichlich übertrieben von mir, meinst du nicht auch? Und es wäre auch alles andere als schick gewesen, wenn man mich wegen Mordes aufgeknüpft hätte – oder mich in Broadmoor eingesperrt, ‹solange es Seiner Majestät gefällt›. Interessante Frage, ob das eine oder das andere. Jedenfalls keine Sorge, Harry – selbstverständlich wollte ich dich damals umbringen, aber das ist jetzt vorbei, Gott sei Dank. Und da ich dich ja sowieso nicht umgebracht habe – warum genehmigen wir uns nicht noch einen Gin, verdammt noch mal? Ich muß meinen einfach so runtergestürzt haben.»

Wir tranken also beide noch einen Gin mit Wermut, Kester fing an, darüber zu reden, wie grauenhaft Beerdigungen seien, und landete dann bei dem Thema Bella.

«Mein Gott, war sie sexy», sagte Kester – ich glaube, wir waren inzwischen bei unserem dritten Gin angelangt –, «ich kann sehr gut verstehen, warum du sie geheiratet hast. Wetten, daß Thomas sich oft gesagt hat, er hätte die falsche von den beiden Schwestern geheiratet? Meine Herren, der arme Thomas – kein Wunder, daß er trinkt. Glaubst du, er kriegt ihn überhaupt hoch? Ich wette, dazu ist er meistens viel zu beduselt. Aber wenn er es doch tut – na ja, mich würd's nicht wundern, wenn er Whisky pur ejakulierte! Trink noch 'n Glas.»

«Hm . . . na ja . . .»

«Du bist doch nicht wirklich so dick befreundet mit Thomas, oder, Harry? Ihr seid solche Gegensätze – er das Maul immer weit aufgerissen und nichts dahinter, und du: immer was anpacken und was schaffen und kein Wort drüber verlieren. Armer alter Thomas – rührend, findest du nicht auch? Manchmal tut er mir richtig leid . . .»

Ich versuchte mir vorzustellen, was für einen Tobsuchtsanfall Thomas bekäme, hätte er dies Urteil über sich gehört, doch konnte ich es mir einfach nicht ausmalen. Ich nahm noch einen vierten Gin mit Wermut an und begann, diesen saftig-witzigen, gutgelaunten Fremden, als der mein sich «gebessert habender» Vetter sich entpuppte, höchst unterhaltsam zu finden. Wer hätte auch gedacht, daß der alte Knochen sich genauso geben könnte wie ein normaler Mann? Die Wunder hörten nimmer auf! Mein Gott, hatte dieser Nervenzusammenbruch ihm gutgetan!

«Selbstverständlich bin ich nicht dicke mit Thomas», sagte ich. «Im Grunde kann ich den Scheißkerl nicht ausstehen. Er besucht mich, wann immer es ihm paßt, trinkt meinen Whisky und läßt mich die Wände hochgehen. Aber Himmel, wenn er Whisky pur ejakuliert, dann möcht' ich das genau wissen und bin bereit, ihm mit einer Schale in der Hand zu folgen, denn es ist Zeit, daß ich was von meinem zurückkriege – obwohl er, da hast du wohl recht, gewöhnlich wohl viel zu sehr unter Alkohol steht, als daß er ihn hochkriegen könnte. Ach,. zum Teufel mit ihm! Ich wünschte, er würde tot umfallen.»

«Ganz meine Meinung, altes Haus», sagte Kester durch und durch mitfühlend. «Mir allerdings erspart er zumindest die Mühe, mich nach einem Verwalter umzusehen. Man muß für kleine Gefälligkeiten schon dankbar sein, selbst wenn die Gefälligkeit in Form eines Scheißers mit schnapsschlappem Schwanz daherkommt.»

Wir schütteten uns aus vor Lachen. Es ist schon erstaunlich, was einem nach vier reichlich bemessenen Gins mit reichlich bemessenem trockenen französischen Wermut lustig vorkommt.

Doch später, als ich wieder nüchtern war, dachte ich: War das wirklich Kester, der da geredet hat? Ich konnte es einfach nicht glauben. Irgend etwas Merkwürdiges tat sich, da war ich mir ganz sicher; und es war auch nicht so, daß ich nur den Neurotiker spielte.

Oder doch?

Ich holte das medizinische Wörterbuch hervor, das ich vor kurzem aus dem Bedürfnis erstanden hatte, mehr über meinen Ausschlag zu erfahren, und endlich, nachdem ich viele makabre Seiten durchgeblättert hatte, fand ich den Eintrag: Paranoia. Ich las ihn. Natürlich hatte ich sämtliche angegebenen Symptome, aber die hatte ich ja immer, egal, welchen Eintrag ich las; also hatte das nichts zu bedeuten.

Häufig zeigte sich eine Paranoia darin, daß man sich einbildete, jemand versuche einen umzubringen. Nun, das hatte ich hinter mir, das war längst überwunden. Ich glaubte nicht ernstlich, daß Kester mich umbringen wollte.

Nur, was zum Teufel hatte er vor?

Keine Ahnung.

Sechstes Kapitel

1

Im Laufe der nächsten Monate traten etliche Anhaltspunkte zutage, doch kein einziger davon war ohne weiteres als solcher zu erkennen und wäre wohl auch der Aufmerksamkeit eines jeden entgangen, der nicht nachweislich ein Paranoiker war. Eingelullt wurde mein Argwohn durch die Tatsache, daß Kester, nachdem er diese beiden unheimlichen epistolarischen Meisterstücke losgelassen hatte, offenbar ein Leben führte, an dem wirklich nichts auszusetzen war. Seine Schreiberei machte ihn zu einem Eremiten, und wenn er auch gelegentlich bei irgendwelchen Familientreffen auftauchte, ließen sich in Oxmoon nur zwei von den Vettern mit einiger Regelmäßigkeit sehen. Der eine war mein Ex-Leibdiener Evan, von dessen Idealismus Kester sehr angetan war, und der andere war Edmunds nunmehr dreiundzwanzig Jahre alter Sohn Richard, ein ebenso geistloser wie großmäuliger Bursche, der nominell irgendeinen Posten bei den Armstrong Investments bekleidete. Mir erzählte Kester, Richard bringe ihn zum Lachen. Ich persönlich finde Witzbolde immer ziemlich ermüdend, aber Richard hatte eine unzerstörbar sonnige Lebensanschauung, und so nehme ich an, daß Kester dann, wenn er selbst eher schwermütig war, diesen federnden Optimismus ansprechend fand.

Die einzigen anderen Menschen, die Kester regelmäßig sahen, war eine Gruppe von Kindern, die er während der Ferien zum Tee einlud. Diese Gruppe variierte in Größe und Zusammensetzung, doch Hal war ein Gründungsmitglied, der kleine Owen Bryn-Davies desgleichen. Kester holte auch immer die älteste Llewellyn-Tochter hinzu, wahrscheinlich aus Sentimentalität, denn zufällig hieß sie Gwyneth. Die Geschichte unserer Großmutter Gwyneth Godwin, geborene Llewellyn, hatte es Kester von jeher angetan, und nach seiner Rückkehr nach Oxmoon verkündete er, er habe vor, diese verstaubte alte Familiengeschichte in einem Roman zu verarbeiten. Mein Vater war wütend. Ich war längst dahintergekommen, daß er auf das Thema seiner Großmutter merkwürdig reagierte, und als Kester bei einem der seltenen Familientreffen auf Oxmoon nun versuchte, dieser merkwürdigen Reaktion auf den Grund zu kommen, ertappte ich mich dabei, wie ich mit angehaltenem Atem lauschte.

«Ich habe zu diesem Thema absolut nichts zu sagen», erklärte mein Vater verkniffen.

«Warum denn nicht?» fragte Kester. «Was hast du zu verbergen?» Und stellte damit genau die Frage, die zu stellen ich mich nie getraut hatte.

Mein Vater wurde weiß, erklärte, er habe seine Großmutter geliebt und sei entschlossen, ihr Andenken vor vulgärer Neugier zu schützen, die nichts anderes im Sinn habe, als das Scheitern von Menschen geschmacklos auszubeuten. Kesters Antwort bestand darin, daß er sanft fragte: «Aber warum muß ihre Erinnerung geschützt werden? Was hat sie denn so Schlimmes getan – abgesehen davon, daß sie sich einen Liebhaber nahm und sich dafür schadlos hielt, daß sie einen Homosexuellen und Trunkenbold zum Mann hatte?»

Das erschütterte die gesamte Familie bis in die Grundfesten. Überall im Salon wurde der Atem angehalten, und ich tat das genauso vernehmlich wie alle anderen, denn wiewohl Urgroßvater Robert Godwins Homosexualität uns allen bekannt war, wurde doch traditionellerweise nie darauf angespielt. Er hieß in der Familienlegende Robert Godwin der Trinker, nicht aber Robert Godwin der Schwule!

Als mein Vater wieder imstande war zu sprechen, sagte er: «Mögen sie alle in Frieden ruhen. Es ist nicht gut, daß du versuchst, daraus eine herkömmliche Geschichte zu machen, in der es Helden und Bösewichter gibt. Damit verdrehst du die Wahrheit einfach.»

«Und was ist die Wahrheit?» fragte Kester. Wo es um seine Schriftstellerei ging, das begriff ich plötzlich, walzte er alles nieder wie ein Panzer. Jagte man ihn nicht praktisch in die Luft, ließ er sich in seinem unerbittlichen Vormarsch auf sein Ziel zu nicht aufhalten.

«Die Wahrheit über meine Großmutter und Owain Bryn-Davies», erklärte mein Vater, «ist, daß sie nichts weiter waren als zwei gewöhnliche Menschen, die es versäumt hatten, die Grenze zu ziehen.»

«Faszinierend», sagte Kester und kritzelte etwas in sein Notizbuch.

Mein Vater verlor die Beherrschung. Bronwen und Evan beeilten sich, Öl auf die Wogen zu gießen. Das Familientreffen endete im Chaos.

Als Ergebnis dieser Szene sagte Kester beschwichtigend zu meinem Vater, er habe seinen Roman über Urgroßmutter Gwyneth beiseite gelegt und sich wieder einer anderen Geschichte zugewandt, mit der er seit geraumer Zeit geliebäugelt hätte. Näher beschrieben wurde der Roman nie, und ich persönlich bezweifle, daß es ihn je gegeben hat. Ich dachte, insgeheim sei Kester immer noch mit der Geschichte unserer Urgroßmutter beschäftigt.

Nun, all dies hielt sich durchaus im Rahmen des Normalen, und selbst den Krach konnte man als überhitztes Beispiel von Familienzank abschreiben, und so war ich nach und nach versucht, Kester als harmlosen Exzentriker zu betrachten, der nun mal gern in den weniger erfreulichen Seiten der Familie herumstöberte. Erst später erkannte ich das Verhaltensmuster, das sich dahinter verbarg; den Schrecken gingen unweigerlich Phasen trügerischer Normalität voraus.

Wie gewöhnlich wurde ich durch meine Sorgen über meinen Betrieb von Kester abgelenkt. Dabei hatten wir 1947 einen guten Sommer, und der Gutshof von Penhale machte sich gut. Nur mit den verdammten Schafen von Martinscombe kam und kam ich nicht auf einen grünen Zweig. Ich mußte den Bestand durch Zukäufe wieder auf die Zahl bringen, welche die Herde gehabt hatte, ehe während des schlimmen Winters so viele eingegangen waren. Doch obwohl ich die besten Schafe gekauft hatte, die man bekommen konnte, weil ich mir einfach keine Probleme einhandeln wollte, begünstigte der trockene Sommer die Entwicklung der Schmeißfliegen, und obwohl ich die armen Schafe immer wieder in Desinfektionslösung tauchte, gingen mir etliche an dieser Plage ein. Doch das war nur ein Teil meiner Sorgen. Die Preise stiegen. Desgleichen die Steuern. Und als ich Hal für den Herbst in der Schule anmeldete, erhob das Gespenst des Schulgelds für meine Söhne sein scheußliches Haupt. Zwar fragte ich mich nicht gerade, woher ich den nächsten Penny nehmen sollte, aber ich verbrachte viel Zeit damit, mir den Kopf zu zerbrechen, wie ich mehr Geld aus dem Gut herausholen könnte durch Verringerung von Lohnkosten, die ja in der Landwirtschaft immer den größten Posten der Ausgaben darstellten.

Doch dann lachte mir in diesem Sommer zur Abwechslung einmal das Glück. Dafydd Morgan, Bronwens Sohn aus ihrer ersten Ehe, kam heim. Nachdem er aus dem japanischen Gefangenenlager befreit worden war, hatte er ein paar Monate in einem Krankenhaus in Singapur zubringen müssen, doch schließlich war er zurücktransportiert worden in die Heimat und hatte an Bronwens Tür geklopft. Das war unangenehm, denn Dafydd hatte meinen Vater gehaßt, seit Bronwen in den zwanziger Jahren zur «Schande von Penhale» geworden war, und es wurde bald deutlich, daß die beiden nicht friedlich unter einem Dach zusammen wohnen konnten. In dem Bemühen, Bronwen das Leben zu erleichtern, bot ich Dafydd Kost und Logis in Penhale Manor an, wenn er dafür in Haus und Garten half; er schlug sofort ein, was mich eigentlich wunderte. Vielleicht glaubte er, er hätte meinem Vater das Leben schwer genug gemacht; aber vielleicht liebte er auch seine Mutter zu sehr, um sie weiterhin ständig zu irritieren; doch vielleicht war es auch so, daß Penhale Manor ihm nach den Jahren der Kriegsgefangenschaft trotz aller unglücklichen Erinnerungen überwältigend attraktiv vorkam. Ich wußte es einfach nicht. Aber er stellte praktisch eine billige Hilfskraft dar, und so waren mir seine Motive unwichtig.

Dafydd war zwei Jahre älter als ich, und als kleine Kinder waren wir Freunde gewesen; erst später hatten Klassenzugehörigkeit und Erziehung unüberwindliche Schranken zwischen uns aufgerichtet. Er war zu einem kratzbürstigen Einzelgänger geworden, und nachdem er erst mal bei den Verwandten seines Vaters in Cardiff untergebracht worden war, hatte ich nur noch wenig von ihm zu sehen bekommen. Jetzt jedoch entdeckte ich seinen Hauptvorzug: Er war ausgebildeter Kraftfahrzeugmechaniker und verstand von meinem neuen Trecker weit mehr als ich. Er machte sich bald so unentbehrlich, daß ich mich verpflichtet fühlte, ihm einen Lohn anzubieten, was er jedoch weit von sich wies, weil er dann auf etliche staatliche Entschädigungen und Sozialleistungen verzichten müsse; das sei schon so in Ordnung. Ich wies ihm ein großes Zimmer unterm Dach an, und abends blieb er für sich. Im Laufe der Zeit merkte ich, daß er zu den ganz wenigen Menschen gehörte, die mir nie auf die Nerven gingen, und wenn man bedenkt, in was für einem nervlichen Zustand ich mich seit dem Krieg befunden hatte, war das eine Leistung ersten Ranges.

Doch eben dieser nervliche Zustand besserte sich später im Jahre 1947, als ich zum zweiten Mal Glück hatte und in Swansea einen Club fand, wo ich immer wieder neue aus dem Militärdienst entlassene Frauen kennenlernen konnte, die das Zivilleben samt und sonders langweilte und die Lust auf Abwechslung hatten. Ich verschaffte ihnen diese Abwechslung. Je weniger man über diese Seite meines Lebens sagt, desto besser, vermute ich; immerhin fühlte ich mich zunehmend normal. Ich hatte nicht die Absicht, mich wiederzuverheiraten, ehe ich nicht eine Frau fand, mit der ich mich auch außerhalb des Bettes gut verstehen konnte. Ich selbst jedoch wußte mit Frauen offenbar nichts anderes anzufangen, als mit ihnen zu schlafen, und so erwies sich mein Ideal der Weiblichkeit als ungreifbar wie eh und je.

Ich war immerhin so intelligent zu erkennen, daß die Schuld ausschließlich bei mir lag, doch reichte die Intelligenz nicht so weit zu begreifen, wo ich mich denn zu ändern hätte. Bronwen sagte, ich brauchte nichts weiter als ein bißchen Liebe und Verständnis von irgendeiner Märchenfee, die es nicht gab. Ich nahm soviel Sex mit, wie ich bekommen konnte, und wurde der begrenzten Möglichkeiten, die mir der Rücksitz meines Autos bot, derartig leid, daß ich anfing, mich nach irgendeiner einfachen Bleibe umzusehen. Als Dafydd mir erzählte, eine baufällige Kate in Rhossili stehe zum Verkauf, eiste ich die zweihundert Pfund von meiner Bank los und kaufte sie. Ich hielt das für eine gute Investition, denn Gower wurde bei den Urlaubern immer beliebter, und nachdem ich die Renovierungsarbeiten Dafydd übertragen hatte, fand ich das Ergebnis dermaßen erfolgreich, daß ich nur wünschte, ich hätte etwas Geld, um in ähnlichen Unternehmungen zu investieren. Aber zumindest konnte ich mir meinen Sex jetzt in einem anständigen Bett holen, und so war ich kaum in der Stimmung, darüber zu murren, daß ich zu arm war, um Immobilienmillionär zu werden.

Kester, das arme Schwein, führte dieweil auf Oxmoon sein luxuriöses, allerdings frauenloses Leben, bewirtete seine kleinen Schützlinge und schrieb an seinen unveröffentlichten Meisterwerken, während Thomas, dieser erstklassige Verwalter, die gesamte harte Arbeit für ihn verrichtete. Ich versuchte jedoch, meine Eifersucht auf sein ideales Leben hinunterzuschlucken, weil Hal, mein aufgeweckter Hal, bei dem die Klavierstunden so gut anschlugen, Kester offensichtlich weit sympathischer war als der kleine Owen Bryn-Davies.

Zwar konnte ich immer noch nicht ganz glauben, daß Kester Hal zu seinem Erben machen würde, aber warum sollte ich nicht hoffen.

Ich hoffte.

So trabten wir alle ziemlich glücklich dahin, als Kester mir bei dem traditionellen Weihnachtstreffen der Godwins 1947 eine Angst einjagte, wie ich sie seit dem Krieg nicht mehr erlebt hatte. Er hatte mich aufgefordert, mit in sein Arbeitszimmer zu kommen, um mir Teile aus seiner Plattenaufnahme des *Messias* anzuhören, und nachdem er die Nadel ausgewechselt hatte, fragte er mich, ob Bella eigentlich Musik gemocht habe.

«Nein, ihr Geschmack reichte bloß bis zu Vera Lynn.»

«Ach, aber ich mag Vera selbst gern – was hat es auch für einen Sinn, sich in Sachen Musik als Snob zu geben! Oh, dabei fällt mir übrigens ein, Harry ... wo wir gerade von Bella sprechen ...» Er hielt inne, um eine Platte hochzunehmen. «... da ist was, das mich schon seit geraumer Zeit beschäftigt. Habt ihr eigentlich jemals eine Tochter gehabt?»

Ein paar Sekunden glitten vorüber. Er sah mir jetzt gerade in die Augen, und ich erwiderte den Blick, ohne ihm auszuweichen. Dann schob ich die Augenbrauen in die Höhe und tat so, als begriffe ich nicht. «Was für eine sonderbare Frage, alter Knabe! Eine *Tochter*?»

«Ja. Mir ist natürlich klar, wie verrückt die Frage klingt. Denn wenn ihr eine Tochter gehabt hättet, würdet ihr ja wohl kaum Schweigen darüber bewahrt haben, nicht wahr? Es sei denn, es handelte sich um ganz besondere Umstände.» Wie beiläufig legte er die Platte auf.

«Aber wie um alles auf der Welt kommst du auf die Idee, Bella und ich könnten ...»

«Da war etwas, das Bella am Telephon sagte, an dem Tag, da Anna starb – sie rief früh an, um zu erfahren, ob Anna sie auch zum verabredeten Zeitpunkt abholen würde, und da Anna den Anruf im Bett entgegennahm, wo wir gerade frühstückten, bekam ich beide Seiten der Unterhaltung mit. Bella sagte, nach dem Lunch wolle sie alle ihre Kleiderkarten nehmen, um eine völlig neue Ausrüstung für das kommende Baby zu kaufen, und als Anna vorschlug, sie könne doch zumindest einiges von Humphreys alten Sachen verwenden, sagte Bella: ‹Nein, die sind ja alle blau, und da ich unbedingt wieder ein Mädchen haben will, muß alles rosa sein.›»

Er hielt inne. Schließlich sagte ich: «Ja?»

«Nun, es war das Wort ‹wieder›. Anna ist das genauso aufgefallen wie mir. Sie hat gesagt, sie wolle Bella später fragen, aber ... sie ist dann ja umgekommen. Und ich habe das Ganze vergessen, bis ich neulich Humphrey in diesem blauen Anzug sah, den er immer noch trägt. Da dachte ich: Ja, das war wirklich sonderbar, und seither ist meine schriftstellerische Neugier geweckt. Deshalb nahm ich mir vor, dich bei Gelegenheit danach zu fragen. Ich bin sicher», sagte Kester ganz sanft, «es gibt eine ganz einfache Erklärung dafür.»

«Aber natürlich. Entweder habt ihr – du und Anna – euch verhört, was allerdings ziemlich unwahrscheinlich ist, oder aber Bella hat sich versprochen!» Das konnte man wohl sagen! «Wir haben nie eine Tochter gehabt.» Ich machte ein Gesicht, als verlöre ich das Interesse an dem Thema.

«Ja, eben», pflichtete Kester mir bei, «wie solltet ihr auch. Aber gerade das war es ja, was ich so faszinierend fand. Denn wenn ihr eine Tochter gehabt hättet, hätte sie ja zur Welt kommen müssen, bevor ihr verheiratet wart. Dabei erinnere ich mich, daß Bella einmal deutlich sagte, ehe du achtunddreißig nach Gower zurückgekehrt seist, habe sie dich seit ihrem vierzehnten Lebensjahr nicht gesehen.»

«Das ist richtig, alter Knabe. Das war auf irgendeiner schaurigen Kindergesellschaft im Pfarrhaus. Bella trug ein rosa Kleid mit weißem Schleifengürtel und hat die ganze Zeit über schmollend in einer Ecke gesessen.»

Kester war gerade damit beschäftigt gewesen, den Plattenteller wieder in Bewegung zu setzen, doch jetzt drehte er sich nach mir um und sah mich an. «Ach, daran erinnere ich mich», sagte er. «Aber Bella muß jünger als dreizehn gewesen sein – ich war ja selbst erst zwölf. Wenn sie dreizehn war, hätte es ja dreiunddreißig sein müssen – in jenem schrecklichen Jahr, da Bronwen nach Kanada ging.»

«Schrecklich ist genau das richtige Wort, mein Lieber. Nun, vielleicht bin ich Bella da mal begegnet; erinnern tue ich mich jedenfalls nicht daran. Ich habe die ganze furchtbare Zeit einfach verdrängt ... Nun – was wollen wir zuerst hören? Bitte, erspare mir den ‹Halleluja-Chor›.»

Wir lauschten dem «Tröste dich, mein Volk». Oder zumindest Kester lauschte. Ich tat nur so.

Als die Platte zu Ende war, sagte ich sinnend: «Wenn Bella das wirklich gesagt hat, war das schon sehr sonderbar. Ich sehe die einzige Erklärung darin, daß sie so getan hat, als hätte sie eine Tochter gehabt – das war allerdings ein Spiel, das wir unter uns oft gespielt haben – weißt du, eins von diesen dummen Spielchen, die Ehepaare so oft spielen. Ich nehme an, es half ihr, die immer größer werdende Enttäuschung zu ertragen, als sie einen Jungen nach dem anderen zur

Welt brachte. Sie hatte sogar einen Namen für diese imaginäre Tochter. Sie nannte sie Melody – ob du's glaubst oder nicht! – und zwar deshalb, weil ich die Musik so sehr liebte.»

Es ist großartig, wie ein bißchen Wahrheit auch die unglaubwürdigste Geschichte noch überzeugend klingen läßt. Kesters Ausdruck wies darauf hin, daß er meinte, endgültig hinter das Geheimnis gekommen zu sein. «Ach so», sagte er und drehte die Platte um. «Na ja, da sieht man's – ich war sicher, daß es eine sehr einfache Erklärung für das Ganze gab. War dumm von mir, daß mir das Telephongespräch einfach nicht aus dem Kopf wollte, aber das liegt eben daran, daß es ja um Annas letzte Stunden ging – verzeihst du mir?»

Ich versicherte ihm, daß ihm verziehen sei, doch als ich mich abwandte, um mir eine Zigarette anzustecken, überraschte es mich kaum, als ich bemerkte, wie sehr mir die Hand zitterte.

Das war gerade noch einmal gutgegangen.

2

Der Zwischenfall war ganz gewiß unangenehm, aber es wäre mir nie in den Sinn gekommen, ein Warnsignal darin zu sehen. Doch nach diesem Gespräch stellten sich die unangenehmen Zwischenfälle, die dem Anschein nach nichts miteinander zu tun hatten, immer häufiger ein.

Es war jetzt das Frühjahr 1948. Dank der Ankunft meines neuen und diesmal erwachsenen Leibdieners Dafydd hatte ich zunehmend das Gefühl, mein Leben zumindest einigermaßen im Griff zu haben. Die einzige dunkle Wolke am Horizont war Thomas, der mich wieder einmal allzu häufig besuchte, obwohl ich mir weiß Gott Mühe gab, ihn zu entmutigen.

Es kam endlich zu dem immer wieder hinausgeschobenen Krach darüber, daß er über Gebühr meinen Whisky trank, und für eine kurze glückselige Zwischenzeit verschwand er aus meinem Leben, doch mein Vater, der wie stets mit den katastrophalsten Folgen tat, was sich gehörte, war entschlossen, uns miteinander auszusöhnen. Thomas klingelte mit einer Flasche Whisky unterm Arm und einer Entschuldigung auf den Lippen an meiner Haustür. Ich fühlte mich moralisch verpflichtet, wieder freundschaftlichen Umgang mit ihm zu pflegen; es erübrigt sich wohl zu sagen, daß die Freundschaft nicht von Dauer war. Zu meiner Überraschung warf er mir vor, ich beeinflußte Kester gegen seinen Sohn Bobby, damit mein Sohn Hal immer Ehrengast auf Oxmoon sein könne. Gegen Bobby war nichts zu sagen; er war ein angenehmer, sich durch nichts besonders hervortuender Junge von zwölf Jahren mit einem guten Auge für Kricket, doch hatte Kester für sporttreibende Philister noch nie sonderlich viel übrig gehabt, und ich meinte sehr wohl zu begreifen, warum er meinen Sohn interessanter fand. Ich sagte Thomas, er solle abhauen und woanders spinnen.

Es wurde wieder geschmollt, doch diesmal wurde mir keine Whiskyflasche als Friedensopfer gereicht. Dann hörte ich, er gehe herum und behaupte, meine Milchkuhherde, die ich unter großen Kosten und mit sehr viel Sorgfalt ganz selbständig aufgebaut hatte, sei dem Alptraum des Milchwirtschaft betreibenden Landwirts, dem infektiösen Abort, zum Opfer gefallen. Das entsprach ganz offensichtlich nicht der Wahrheit, denn die Milchmenge hatte nicht abgenommen, doch als ich ein paar Färsen auf den Markt schickte, mußte ich erleben, wie die Bauern einen großen Bogen um sie machten. Ich mußte dermaßen viel Zeit und Geld investieren, um meine gesamte Herde Stück für Stück vom Tierarzt untersuchen zu lassen, wobei festgestellt wurde, daß sie frei waren von jeder Infektion, daß ich Thomas sagte, ich würde ihn verklagen, wenn er die Verleumdung weiter verbreite, doch Thomas war empört und erklärte, er habe nie ein Wort gegen meine Scheißkühe gesagt; er könne Kühe ohnehin nicht ausstehen, habe das immer getan, und seiner Meinung nach seien sie nicht halb so fesselnd wie Ferkel, Eber, Muttersauen, Frischlinge oder Jungsauen. Wütend, wie wir beide waren, legten wir auf, und ich dachte, ich würde nie wieder etwas von ihm hören, doch eine Woche später beschuldigte er mich, das Gerücht zu verbreiten, seine helle Landrasse habe infektiöse Lungenentzündung – eine Gefahr, die bei der Schweinezucht immer im Hintergrund lauert und die genauso schauderhafte Folgen haben kann wie der infektiöse Abort bei einer Milchherde.

«Ach, um Gottes willen», sagte ich entsetzt, «warum soll ich solche Geschichten in Umlauf setzen, die ganz offensichtlich unwahr sind?»

«Du willst dich nur rächen. Du dachtest, ich hätte das Gerücht über deine Kühe in die Welt gesetzt, dabei habe ich das gar nicht ...»

«Ich will wirklich nur meine Ruhe, Thomas», sagte ich und knallte den Hörer auf.

Aber es schien vom Schicksal bestimmt – oder tat so, als wäre es das –, daß wir uns immer wieder in die Wolle kriegten. Einen Monat später kehrte ich von Martinscombe nach Penhale Manor zurück, da lag Thomas auf der Auffahrt auf der Lauer und wartete auf mich. Er schäumte. Er sah aus, als hätte er mindestens drei Whisky intus. Mir sank das Herz.

«Na schön», sagte ich resigniert und stieg aus. «Spuck's aus. Was für ein Gerücht soll ich jetzt wieder losgelassen haben?»

Er versuchte, auf mich loszugehen. Das war dumm von ihm. Ich schlug ihn kampfunfähig. Dann fiel mir mein Vater ein, und ich erkannte widerstrebend, daß ich irgendwelche Anstalten machen müsse, um den Frieden wiederherzustellen. Ich holte daher ein Glas Whisky heraus, brachte ihn damit wieder zu sich, steuerte ihn ins Haus hinein und ließ ihn auf den nächsten Lehnsessel fallen.

«Jetzt hör mal zu, Thomas ...»

«Du Hundsfott, wieso wagst du zu behaupten, ich stünde immer zu sehr unter Alkohol und kriegte ihn nicht mehr hoch!»

Man kann mit jemandem in einem solchen Zustand nicht vernünftig reden, und deshalb sagte ich nur sanft: «Wer behauptet, ich hätte es gesagt?»

«Alle behaupten das! Richard sagt, er hätt's in Penhale gehört.»

«Dann ist dieser Tropf also wieder in Oxmoon und spielt den Hofnarren! Hat er denn in seinem Scheißjob in London eigentlich überhaupt nichts zu tun?»

«Jetzt versuch nicht, vom Thema abzulenken! Richard ging in ein Pub, um sich einen zu genehmigen, und da hörte er, Eleanor wolle sich von mir scheiden lassen, weil ich impotent wäre.»

«Impotenz ist kein Scheidungsgrund. Entweder leistet er sich da ein paar besonders geschmacklose Späße, was ich durchaus für möglich halte, oder aber er verbreitet die Lügen von jemand anders.»

«Aber ...»

«Thomas, es erstaunt dich vielleicht, aber dein Sexualleben interessiert mich nicht im geringsten! Und Klatschereien auch nicht! Ich weiß mit meiner Zeit wirklich was Besseres anzufangen.»

«Du verdammter Lügner», sagte Thomas automatisch, doch fehlte es den Worten an Überzeugungskraft. Um seine Unsicherheit zu verhehlen, verlangte er: «Gib mir noch etwas Whisky.»

Ich schlug es ihm ab, mußte abermals an meinen Vater denken und tastete fieberhaft nach einem passenden Ölzweig, um Frieden mit ihm zu schließen. «Hör mal, mein Lieber», sagte ich, «selbstverständlich halte ich dich nicht für impotent – ja, wenn du morgen abend nichts Besseres vorhast, warum fährst du dann nicht nach Swansea mit mir? Ich führe eine Frau zum Abendessen aus, aber die kennt bestimmt eine andere, das würde ein Quartett ergeben, und nach dem Essen können wir alle in meine Kate in Rhossili fahren und uns ein bißchen amüsieren.»

Thomas fielen förmlich die Augen aus dem Kopf. «Ach, das ist also der Grund, warum du dir diese Kate gekauft hast!» rief er rührend naiv aus, um dann noch besorgt hinzuzusetzen: «Aber was soll ich bloß zu Eleanor sagen?»

«Sag ihr, ich hätte dich nach Swansea zum Dinner eingeladen, um den Beginn einer neuen Freundschaft zwischen uns zu feiern.»

Sein Gesicht hellte sich auf. «Gute Idee. Verdammt anständig von dir, Harry, tausend Dank. Übrigens, weißt du . . . na ja, Eleanor ist letzthin nicht mehr so scharf darauf, und so hänge ich ziemlich in der Luft. Ich hab' selbst schon daran gedacht, mich mal umzusehen, aber . . . ist ja gar nicht so einfach, nicht? Ich bin da sehr eigen, weißt du – kann Nutten oder zweifelhafte Damen nicht ausstehen . . . Mein Gott, Harry, die Frau, von der du erzählst, ist doch nicht etwa eine Nutte?»

«Selbstverständlich nicht. Warum die Kuh kaufen, wenn du Milch durch den Zaun kriegen kannst?»

Thomas war dermaßen überwältigt von meinem Vorschlag, daß ich wiederum über seinen Mangel an Weltklugheit erstaunt war. Ich überlegte nicht nur, ob er Eleanor wohl trotz seines langen Fernseins während des Krieges treu geblieben war, sondern ob er vielleicht auch noch Jungfrau gewesen war, als er geheiratet hatte. Ich schenkte mir selbst noch etwas Whisky ein. Es war harte Arbeit, mit einem Halbwüchsigen von einundvierzig Jahren fertig zu werden.

«Du machst so was wohl alle Tage, was?» sagte Thomas neidisch, doch als er merkte, daß er sich damit verriet, bemühte er sich, mit mir gleichzuziehen. «Selbstverständlich hab' ich das vor meiner Heirat auch getan. Erinnerst du dich noch an Mrs. Wells?»

Ich erinnerte mich ihrer noch sehr gut. Sie war in Penhale Manor die treue Haushälterin gewesen, als mein Vater mit Bronwen dort gelebt hatte.

«Ich habe ab und zu mit ihr geschlafen», sagte Thomas und seufzte elegisch auf.

«*Mit Mrs. Wells?* Die war doch so alt – sie hätte deine Mutter sein können.»

«Ja, aber sie war ein prima Kerl!»

«O ja, ganz meine Meinung, aber . . .»

«Wir waren ein paar Wochen allein in Oxmoon – das war, nachdem mein Vater durchgedreht hatte und Milly abgehaun war. Und später dann, als ich in Little Oxmoon wohnte, hat Mabel – Mrs. Wells – mich an ihrem freien Tag immer besucht.» Wieder seufzte er tief auf. «Möchte mal wissen, was aus ihr geworden ist. Sie ist in den Osten gezogen, nachdem John und Bronwen sich getrennt hatten, weißt du, und hat mir auch ein paarmal geschrieben, aber ich habe nie geantwortet. Die gute Haut! Wenn man sich vorstellt, daß sie inzwischen vermutlich längst tot ist . . .»

«Wahrscheinlich. Thomas, wo wir gerade von Haushälterinnen sprechen . . . was ist eigentlich aus Milly Straker geworden?»

«Das mag der liebe Himmel wissen! Aber bei *der* kannst du sicher sein, daß sie lebt und daß es ihr irgendwo sehr gut geht. Wahrscheinlich genießt sie es, irgendwo in Mayfair die Puffmutter zu spielen und die besten Nutten in der Stadt zu verkuppeln. Hab' ich dir jemals erzählt . . . ach ja, hab' ich ja. All dies perverse Zeug, auf das John und ich stießen. Widerlich!»

Ich bemühte mich, ihn von dem Thema der sexuellen Neigungen meines Großvaters abzubringen, das er aber wohl außerordentlich fesselnd fand, und als es mir schließlich gelang, ihn loszuwerden, gingen wir als Busenfreunde auseinander. Er sagte, er könne es kaum erwarten, morgen abend mal einen draufzumachen, und ich fragte mich nachgerade, worauf ich mich da eingelassen hatte.

Um es kurz zu machen: Wir erlebten einen wilden Abend, obwohl ich inzwischen auf wilde Abende überhaupt keine Lust mehr hatte und ein paar interessante Stunden *à deux* vorgezogen hätte. Die Schwierigkeit, während des Krieges ungestört mit einer Frau zusammensein zu können, hatte einen tiefen Widerwillen gegen jede sexuelle Aktivität bei mir erzeugt, bei der man mit seinem Partner nicht allein sein konnte. Gleichzeitig wollte ich selbstverständlich nicht für andere ein Spielverderber sein, und so fuhr ich uns nach der notwendigen Formalität eines raschen Abendessens in einem billigen indischen Restaurant in meine Kate und überließ Thomas und seiner neuen Freundin das oben gelegene Zimmer mit dem Doppelbett.

Leider war das zweite Schlafzimmer noch nicht eingerichtet, doch nutzten Dorothy und ich die Bequemlichkeit des Sofas im Wohnzimmer und hatten unser Spiel schon bis etwa zur Hälfte gedeihen lassen, da kamen Thomas und seine Freundin, die, glaube ich, Irene hieß, angetrunken die Treppe heruntergepoltert, um zuzusehen. Ich wollte streiken, um für neuerliches Alleinsein zu sorgen, doch die beiden unseligen Frauen – beide splitternackt – sprangen auf mich und erklärten, sie würden einfach nicht zulassen, daß ich ein Spielverderber wäre – was also sollte ich tun? Selbstverständlich waren wir alle voll bis obenhin. Thomas, dieser Halunke, klatschte gelegentlich Beifall, gesellte sich aber nicht zu uns. Ich meinte schon, daß sein ganzes Verhalten wahrhaftig dazu angetan war, die Gerüchte, er sei impotent, zu bestätigen, obwohl ich am nächsten Tag, als ich die Betten abzog, entdeckte, daß er nicht ganz und gar untätig geblieben war; später erzählte er mir sogar, er habe sich fabelhaft amüsiert, folglich muß er wohl zumindest nicht das Gefühl gehabt haben, irgend etwas verpaßt zu haben.

Nun, wie gesagt, ich hatte für derlei Lustbarkeiten wenig übrig, und als Thomas vorschlug, wir sollten die Sache mal wiederholen, schlug ich ihm das ab. Da er jedoch offensichtlich scharf darauf war, Irene weiterhin zu treffen, erklärte ich mich einverstanden, ihm die Kate für einen Abend zur Verfügung zu stellen.

Ehe ich mich's versah, klingelte Richard, Kesters Hofnarr, bei mir an und bat, ob er auch mal das berühmte Doppelbett in Rhossili benutzen dürfe.

«Nein, das darfst du verdammt noch mal nicht!» erklärte ich ziemlich wütend. «Wie hast du überhaupt davon erfahren?»

«Mein lieber Harry, darüber redet ganz Gower! Gestern hat sogar der Prediger von Penhale Chapel in Oxmoon vorgesprochen und Kester gesagt, er sei als Herr von Oxmoon moralisch verpflichtet, dafür zu sorgen, daß die ausschweifenden Vorgänge in seiner Familie aufhörten!»

Was geschehen war, erriet ich. Ich selbst war immer diskret vorgegangen, hatte sämtliche Vorhänge zugezogen und die nötigen Fenster geschlossen; außerdem war ich nie länger als bis Mitternacht geblieben. Doch Thomas, der sich aufführte wie ein hirnloser Halbwüchsiger, hatte es wahrscheinlich in einem hell-erleuchteten Raum getrieben, ohne die Vorhänge vorzuziehen, und dabei einen Lärm gemacht, daß die Toten auf dem nahe gelegenen Friedhof wieder zum Leben erwacht waren.

Nun war ich wahrlich nicht meines Onkels Hüter, doch da ich Thomas die Kate zur Verfügung gestellt hatte, fühlte ich mich bis zu einem gewissen Grade verantwortlich für die Aufregung, die er hervorgerufen hatte; infolgedessen rief ich bei Kester an, um mich zu entschuldigen.

«Mach dir weiter keine Gedanken darüber, mein Lieber», sagte Kester freundlich. «Ich habe mich köstlich über den Pfarrer amüsiert.»

Mir war nur allzusehr daran gelegen, den Zwischenfall so schnell wie möglich vergessen zu können, doch dachte Thomas unseligerweise anders darüber. Drei Tage später lauerte er mir, wieder mit Whiskyfahne, auf meiner Auffahrt auf, als ich von der Arbeit heimkehrte.

«Du ...» Schmähworte und Flüche flossen ungehemmt aus seinem Mund. Ich seufzte und betete um Geduld.

«Thomas, wir haben diese Szene doch schon mal gespielt. Laß mich dir zuvorkommen und erklären, daß ich mit keiner Seele je über dein Sexualleben geredet habe.»

«Und wie soll Eleanor dann dahintergekommen sein?»

«O Gott ...» Wieder seufzte ich auf, und wieder betete ich. «Um Himmels willen, Thomas, ganz Rhossili weiß das. Was zum Teufel du getrieben hast, weiß der Himmel allein, aber ...»

«Du warst wütend, daß ich in der Kate hinterher nicht aufgeräumt habe, und da hast du es Eleanor gesteckt, um es mir heimzuzahlen.»

«Richtig, die Kate war ein Saustall, aber das war meine Schuld. Ich hätte mit dir klare Vereinbarungen treffen sollen, aber wie sollte ich wissen, daß du das Klo kurz und klein schlagen und die Sitzbadewanne umkippen und die ganze Küche unter Wasser setzen würdest?»

«Du hast meine Ehe kaputtgemacht! Und wenn Eleanor sich von mir scheiden läßt, hab' ich kein Zuhause mehr, ist mein ganzes Leben ruiniert!»

«Sie wird sich nicht von dir scheiden lassen – wahrscheinlich ist sie heilfroh, daß du dich endlich aufgerafft und anderswo nach Sex umgesehen hast.»

«Heilfroh! Himmel, du hättest mal hören sollen, was sie mir alles an den Kopf geworfen hat!»

«Klar hat sie erst mal um sich schlagen müssen! Soviel mußt du ihr doch wenigstens zugestehen, oder? Himmelherrgott, bist du blöde!»

«Du verdammtes Schwein!» Er wollte einen Schwinger bei mir landen, verfehlte mich aber. «Eines Tages werde ich mich bei dir rächen, warte nur!» brüllte er, während meine Haushälterin unter der Haustür stand und alles mitanhörte. «Kein Mensch zerstört mir mein Leben und kommt ungeschoren davon!» Mit aufjaulendem Motor ließ er seinen Hillman die Auffahrt hinuntersausen; ein Hauch von Whiskyfahne wehte hinterher.

Mein Vater war traurig über diesen neuen Streit, doch gelang es mir, ihn diesmal davon zu überzeugen, daß ausschließlich Thomas schuld daran war. Gleichwohl merkte ich jedoch, daß mein Vater meine Kate in Rhossili mit scheelen Augen betrachtete.

«Ich bin voll und ganz dafür, daß du solange nicht daran denkst, dich wiederzuverheiraten, bis du die Richtige gefunden hast», sagte er trocken, «aber du wirst doch wohl imstande sein, dein Intimleben mit etwas Diskretion zu gestalten? Du kommst in einen sehr schlechten Ruf.»

Er verglich mich zwar nicht offen mit Kester, der immer noch das Leben eines mustergültigen Witwers führte, doch wußte ich, daß er an Kester dachte. Das fuchste mich, und schließlich fing ich an, einmal darüber nachzudenken, wer eigentlich die Klatschtanten in der Gegend waren, die ständig einen Keil zwischen Thomas und mich trieben und dafür sorgten, daß ich bei meinem Vater schlecht angeschrieben war. Doch selbst da ahnte ich die Wahrheit nicht im mindesten. Was mich davon abhielt, war das Bewußtsein, daß kleine Ortschaften wie Penhale von jeher jeder Art von Klatsch Vorschub geleistet haben. Außerdem war ich mir darüber im klaren, daß es unvorsichtig von mir gewesen war, eine Kate in Rhossili für meine Aktivitäten auszusuchen, wo ich mir doch eine anonymere Basis in Swansea hätte wählen sollen.

Während ich in meiner neurotischen und wenig Erfolg versprechenden Suche nach meiner Märchenfee weitermachte, blieben Thomas und ich – zu meiner nicht gelinden Erleichterung – uns weiterhin fremd, wohingegen seine Ehe – gewiß zu seiner nicht gelinden Erleichterung – intakt geblieben war. Gleichwohl fragte ich mich, ob seine Tage als Verwalter von Oxmoon wohl gezählt wären. Es kam mir vor, als sei Kester nicht recht mit ihm zufrieden. Ich sah ihn nur selten, doch wenn wir einander in Penhale begegneten, unterließ er es nie, über Thomas zu knurren, und ich – verständnisvoller Zuhörer, der ich war – ließ mir immer Zeit, mir das anzuhören. Mir kam sehr wohl der Gedanke, daß Kester möglicherweise Dampf abließ, indem er gegen Thomas wütete, und das war der Grund, warum meine Paranoia wieder Auferstehung feierte, als Kester schließlich seine Deckung verließ.

Kester lud mich zu einem Essen auf Oxmoon ein, an dem nur die männlichen Familienmitglieder teilnehmen sollten; er wollte feiern, daß Evan und Gerry ihre Universitätsstudien abgeschlossen hatten, und als Datum hatte er sich den 13. Juli 1949 ausgesucht.

Wieder ertönte die Warnglocke.

3

Ich sah Kesters Plan ganz deutlich vor mir. Als erstes würde er Thomas ans Kreuz nageln, indem er erklärte, er ziehe jetzt die Grenze und weigere sich, einen Verwalter zu beschäftigen, der an wüsten Orgien teilnehme; dann würde er sich mir zuwenden und der hingerissen lauschenden Familie verkünden: «Aber jetzt paßt mal auf – der wahre Bösewicht sitzt hier! Er ist es, der Thomas zu allem verleitet hat, er ist es, der seit seinem fünfzehnten Lebensjahr jedes Mädchen weit und breit verführt hat!» Offene Mäuler, Sensation. Gierig würde die Familie jedes Wort aufnehmen, das er sagte, und grauenhafte Einzelheiten brauchte er nicht einmal zu erfinden; dazu brauchte er nur die Ergebnisse seiner Nachforschungen aufzutischen. Nachdem er zuerst einmal zu der Überzeugung gelangt wäre, daß es Melody gegeben hatte, müßte er erkannt haben, daß sie nur im Sommer 1933 gezeugt worden sein konnte, damals, als ich den Sommer auf Oxmoon verbrachte, und nachdem er in seinem Gedächtnis nach irgendwelchen Hinweisen gekramt hätte, müßte er darauf gekommen sein, daß Bella während der ersten sechs Monate des Jahres 1934 in der Schweiz gewesen war. Ich erinnerte mich, daß Bella mir gesagt hatte, Miss Stourham habe meinen Namen im Geburtsregister eintragen lassen. Ein offener und zugleich abgeschlossener Fall.

Sobald Kester diese Geburtsurkunde in Händen hatte, konnte er mich hängen, mir das Fell über die Ohren ziehen, mich vierteilen und meinen Vater bodenloser Schande preisgeben. Welche Rache! Das jedenfalls glaubte er. Aber denk noch einmal gut nach, Vetter Kester!

Am Morgen, an dem das Essen auf Oxmoon gegeben werden sollte, rief ich dort an und hinterließ eine Nachricht bei dem herrschsüchtigen Zimmermädchen, mein Preisbulle sei im Begriff einzugehen. Thomas hatte bereits eine Bronchitis vorgeschützt, und ich hielt es für plausibler, wenn ich angäbe, ich hätte eine dringende Verabredung mit dem Tierarzt.

Thomas und ich hatten das Problem Kester jedoch nur auf später verschoben. Bildete ich mir denn tatsächlich ein, daß Kester seine Rachepläne aufgeben würde? Nein, das tat ich nicht. Stinkwütend, daß wir ihm ausgewichen waren, würde er seine Bemühungen nur verdoppeln, und schon der Gedanke daran, daß er noch einmal zu einem Vernichtungsschlag ausholen könnte, genügte, um meine Nerven aus Stahl gleichsam zu Brei werden zu lassen. Als Thomas zu einer Besprechung kam, lautete sein erster Kommentar: «Du siehst ja furchtbar aus.»

Wir tranken eine Weile, zwei Feinde, die beim Versuch zu überleben, zu Verbündeten geworden waren. Ich fühlte mich unbestimmt an den Krieg erinnert.

«Das schlimmste», sagte ich, «ist, daß es nichts gibt, was wir tun könnten. Es bleibt uns nichts anderes übrig als abzuwarten, bis er seinen nächsten Zug macht.»

«Und du glaubst, du hast dich ganz bestimmt nicht geirrt, mein

Lieber? John konnte sich nicht genug darüber tun, wie überaus charmant und bezaubernd Kester war.»

«Vater hat Scheuklappen auf. Für ihn gibt es nur die Hoffnung, daß sich alles zum Besten entwickelt.»

«Nun, dafür habe ich großes Verständnis – es ist weiß Gott angenehmer, als auf das Schlimmste zu warten.» Er trank seinen Whisky aus und setzte noch hinzu: «Sag mir Bescheid, wenn du meinst, daß Kester soweit ist, die Axt zu schwingen», und fuhr mit dem Air von betontem Optimismus in seinem Hillman davon.

Zu seinem Schrecken rief ich ihn eine Woche später an, um ihm zu sagen, daß Kester Verbindung mit mir aufgenommen habe. «Er hat mich auf einen Drink nach Oxmoon eingeladen, Thomas. Ich stehe im Begriff hinüberzufahren.»

«Himmel! Und was meinst du, führt er im Schilde?»

«Genau das gilt es herauszufinden. Ich erstatte dann später Bericht», sagte ich und legte auf. Mir war, als stünde ich im Begriff, mich zu einem Kommandounternehmen aufzumachen, und das Adrenalin in meinen Adern begann zu wirken.

Ich fuhr nach Oxmoon hinüber.

4

«Du hättest wohl nicht gern ein Glas Champagner, oder?» fragte Kester nonchalant, nachdem er mich in der Halle begrüßt hatte. «Ich hab' für das Familienessen zuviel bestellt und bin immer noch dabei aufzutrinken, was übriggeblieben ist.»

«Ich halt' mich lieber an Whisky, wenn du nichts dagegen hast.»

«Auch gut. Mir selbst hängt der Champagner schon zum Hals heraus, nur erwarten die Leute das immer, wenn sie nach Oxmoon kommen, um bewirtet zu werden, was soll ich also tun?»

Von der Halle schlenderten wir in den Salon hinüber. Wir bemühten uns beide dermaßen, unverkrampft zu sein, daß es schon ein Wunder war, daß wir uns überhaupt unterhalten konnten.

Kester reichte mir einen Whiskysoda und mixte sich selbst einen Gin-Wermut.

«Das Familienessen soll ja ein großer Erfolg gewesen sein, alter Knabe», sagte ich. «Tut mir zu leid, daß ich nicht dabei sein konnte.»

«Macht nichts», sagte Kester und bedachte mich mit seinem bezauberndsten Lächeln. «Ich bin sicher, es wird sich in Zukunft noch so manche Gelegenheit für dich ergeben.»

Ich lachte leicht auf, um dankbar Zustimmung zu bekunden. Mein Rücken juckte. Ich war von Kopf bis Fuß in Schweiß gebadet.

«Auf die Zukunft!» sagte Kester und trank mir zu.

«Auf die Zukunft!» tat ich ihm echogleich Bescheid und wartete gespannt darauf, was als nächstes geschehen würde.

Das sollte ich bald merken. Kester löschte den fröhlichen Ausdruck in seinem Gesicht und sagte sehr ernst: «Hör zu, Harry, ich will nicht lange um den heißen Brei herumreden. Ich sitze in einer Klemme und brauche deine Hilfe.»

Das waren wahrhaftig neue Töne, die er da anschlug. «Worum geht's denn?»

«Um den verdammten Thomas. Du hast erraten, was ich vorhatte, nicht wahr, und hast ihm einen Tip gegeben, stimmt's? Nun gut, vielleicht war es besser so, und vielleicht war es überhaupt eine verrückte Idee, aber ich konnte der Vorstellung einer Galahinrichtung vor der gesamten Familie einfach nicht widerstehen, um ihm heimzuzahlen, was er Anna und mir neununddreißig angetan hat. Aber egal –» Kester legte eine Pause ein, um etwas Gin runterzugießen; ich war viel zu sehr wie vom Donner gerührt, um irgend etwas sagen zu können – «mein Plan ist baden gegangen, und damit hat sich's. Deshalb stellt sich jetzt die Frage: Was soll ich als nächstes tun?»

«Ja, was, mein Lieber.»

«Selbstverständlich muß er gehen. Ich habe ihn ja nur behalten, um ihn für die Galahinrichtung aufzupäppeln, aber jetzt, wo das mit der Galahinrichtung nicht geklappt hat . . . nun, offensichtlich ist es am ratsamsten, ihn so schnell und so sauber wie möglich abzuservieren. Das schlimme ist nur, daß ich nicht weiß, wie ich das machen soll, ohne daß es zu einer entsetzlichen Szene kommt. Du weißt ja, wie er ist, wenn er getrunken hat. Ich fürchte ehrlich, wenn ich ihn rauswerfe, kommt er und schlägt mich zusammen.»

Seine Angst schien berechtigt. Ich mußte daran denken, wie Thomas in trunkenem Zustand auch auf mich losgegangen war. «Was möchtest du denn, daß ich tue?»

«Kannst du hier bei mir sein, wenn ich ihn raussetze? Schließlich bist du, der Kriegsheld, praktisch für den Kampf ohne Waffe ausgebildet worden. Ich würde mich wesentlich sicherer fühlen, wenn . . .»

«Tut mir leid, alter Knabe, aber ich möchte da lieber nicht reingezogen werden.» Ich versuchte gerade, mir vorzustellen, welches Ausmaß Thomas' Zorn erreichten würde, wenn er dahinterkam, daß ich mich auf Kesters Seite gestellt hatte. «Bitte doch meinen Vater, er soll den Schiedsrichter spielen.»

«Aber Harry, ich kann doch nicht Onkel John in diese Sache hineinziehen. Du weißt doch, daß er eine Schwäche für Thomas hat. Er würde doch nur versuchen, mich zu bereden, ihn zu behalten, und dann gäb's bestimmt Streit, und ich kann einfach keinen Streit mit Onkel John mehr ertragen, wirklich nicht.»

Das Gefühl kannte ich. «Glaub nicht, ich hätte kein Verständnis dafür, mein Lieber, aber ich bin in dieser Sache neutral und habe auch die Absicht, es weiterhin zu bleiben.»

«Dann muß ich wohl Freddy Fairfax und seine Schergen herzitieren, damit der Friede gewahrt bleibt – eine Schar Anwälte dabeizuhaben, gehört sich wohl eher, als einen Ex-Einzelkämpfer von den Sonderkommandos mit den Fäusten für Ordnung sorgen zu lassen. Trotzdem, ich finde es schade.»

Ich erklärte, das sei bestimmt besser, und so plauderten wir eine Weile über dies und das. Ich trank aus. Und dann konnte ich plötzlich nicht der Versuchung widerstehen: «Thomas sollte doch wohl nicht das einzige Opfer deiner Galahinrichtung sein, oder?»

Kester schob eine Braue in die Höhe und sagte sardonisch: «Nun mal immer mit der Ruhe, Harry. Daß der Bösewicht Zyankali in den Champagner schüttet, kommt nur in Agatha Christie-Romanen vor.»

«Ich hatte irgendwie den Eindruck, daß du mit einem ganzen Haufen Schmutz aufwartetest und Thomas und ich diejenigen waren, die tüchtig mit der Nase hineingestoßen werden sollten.»

«Wenn ich dich nicht besser kennte, würde ich sagen, daß du unter Verfolgungswahn leidest. Trink noch ein Glas.»

«Nein, vielen Dank. Dann war da kein Dreck, der auf mich wartete?»

«Nein, aber was für eine verführerische Vorstellung! Was für ein furchtbares Geheimnis verbirgt sich denn hinter deiner blütenreinen Vergangenheit? Du bist doch gewiß nicht ohne Grund nervös.»

«Ich dachte, du wärest dahintergekommen, daß man mich wegen liederlichen Lebenswandels, Trunkenheit und allgemeinen schulischen Versagens in Oxford rausgeschmissen hat.»

«Nein!» sagte Kester. Das Erstaunen war echt. «Hat man das? Nein, so was!»

Ich setzte mein Glas ab. «Tja, wo wir das jetzt alles klargestellt haben . . .»

«Oh, nicht so eilig! Da ist noch etwas, worum ich dich bitten möchte – allerdings nur um einen ganz kleinen Gefallen diesmal, das wird dich gewiß erleichtern. Du spielst doch Golf, nicht wahr?»

«Seit Oxford nicht mehr. Keine Zeit. Warum?»

«Aber du kennst dich doch bestimmt in den Schlägern aus, nicht wahr? Und das ist mehr, als ich von mir sagen kann.»

Ich räumte ein, daß ich mit Golfschlägern vertraut sei.

«Gut. Ich will dir sagen, worum es geht: Owen Bryn-Davies – der kleine Owen – lernt jetzt Golf spielen, und Elizabeth hat mich gefragt, was eigentlich aus Onkel Lions Schlägern geworden ist. Nun, jedenfalls habe ich sie auf dem Speicher gefunden, nur argwöhne ich, daß einige fehlen, und außerdem habe ich mich gefragt, ob das, was noch da ist, wirklich etwas für einen Jungen von zwölf Jahren ist. Ob du sie dir wohl mal ansehen würdest? Die Schläger liegen im Billard-Zimmer.»

Ein solches Ansinnen kam mir in der Tat erfrischend harmlos vor. Ich willigte ein.

Der Tisch im Billard-Zimmer war mit einem Schonbezug bedeckt, und die Rollos waren heruntergezogen, doch als Kester das Licht anknipste, sah ich die ziemlich mitgenommene Golftasche neben dem Kamin stehen. Als ich hinüberging, behielt ich Kester automatisch im Gesichtsfeld, obwohl es mich ein wenig nervös machte, als ich merkte, was ich da tat. Was für eine krankhaft-neurotische Reaktion! Ich mußte mich zusammenreißen.

«Er braucht fünf Schläger am Anfang», sagte ich munter zu Kester, als dieser sich von mir entfernte, um eines der Rollos hochzuziehen. «Ich schlage vor einen ‹spoon›, ein ‹mid-iron›, ein Eisen Fünf, ein Eisen Sieben und einen ‹putter›. Sehen wir uns mal an, was hier ist... Ah, dieses Eisen Fünf könnte er gebrauchen.» Ich nahm die Schlaghaltung des Golfspielers an, wandte dem Kamin dabei den Rücken zu und ließ das Eisen versuchsweise herunterschwingen. «Das ist aber komisch», sagte ich verwundert und probierte einen anderen Schläger aus. «Aber, warte mal, sind das auch normale Schläger? Sie kommen mir ungewöhnlich lang vor. Onkel Lion war ein großer Mensch, nicht wahr?»

«Riesig. Auf den Familienphotos überragt er sogar meinen Vater, und der war schon beinah einsneunzig.»

«Dann, nehme ich an, sind diese Schläger Sonderanfertigungen. Sag Elizabeth, sie soll mit den Dingern mal zu einem Fachmann von Vaters Golfclub gehen und ihn um Rat bitten. Gut möglich, daß sie für Owen überhaupt zu nichts nutze sind.»

«Schade – na schön, ich werd's ihr sagen. Danke, Harry.»

Wir legten die Golfschläger wieder hin und schlenderten in aller Gemächlichkeit in die Halle zurück. Ich mußte mich zwingen, keine allzu große Eile zu zeigen, fortzukommen.

«Danke für die Drinks, alter Knabe. Und tut mir leid, daß ich dir bei Thomas dem Schrecklichen nicht helfen kann. Viel Glück bei der Sache!»

«Danke – mein Gott, das werde ich brauchen.»

Hatte es nichts zu bedeuten, daß er keinerlei Anstalten machte, mir die Hand zu schütteln? Ich wußte es nicht. Dazu war ich mir viel zu sehr bewußt, daß ich im Begriff stand, ihm den Rücken zuzukehren, um die Treppe hinunterzuspringen und auf mein Auto zuzulaufen.

Ich drehte ihm den Rücken zu und lief los. Nur – was um alles auf der Welt hatte ich erwartet? Ein Messer in den Rücken? Ich war wirklich am Durchdrehen – war völlig übergeschnappt, wie Dafydd so treffend gesagt hätte.

Ich ließ den Motor an, würgte ihn ab, ließ ihn neuerlich an, kuppelte zu schnell. Der Wagen schoß vorwärts, und ums Haar wäre der Motor wieder ausgegangen. Jawohl, kein Zweifel, ich war mit den Nerven völlig am Ende, aber warum? Keine Ahnung.

Ich fuhr zurück nach Penhale und war mir dabei die ganze Fahrt über der Gewalttätigkeit bewußt, die wellenweise in mir hochkam und wieder verebbte. Ich dachte: Irgendwas habe ich dort mitbekommen, irgendwas, das den meisten Menschen entgehen würde. Und ich erschauerte. Dann dachte ich an Dafydd und wie er sagte: «Du hast eine Nase für die Gefahr», und erschauerte und verkrampfte mich konvulsiver denn je. Trotzdem fuhr ich weiter nach Llangennith. Ich dachte, Thomas habe es verdient, davor gewarnt zu werden, daß er gefeuert werden sollte, und ganz gewiß würde ich ihn nicht aufhalten, wenn er auf der Stelle nach Oxmoon rüberrauschte, ehe Kester Gelegenheit gefunden hatte, seine Anwälte herbeizuzitieren.

Ich erreichte Stourham Hall. Ich erzählte es Thomas. Und genau das hatte Kester, wie mir später klar wurde, von mir gewollt und erwartet.

5

«Das Schwein bring' ich um»! sagte Thomas.

«Mach dich doch nicht zum Narren. Eleanor, hilf mir, ihm klarzumachen, daß es sich nicht lohnt, wegen Gewalttätigkeit ins Kittchen zu kommen.»

«Harry hat recht, Tom», sagte Eleanor. «Fahr rüber nach Oxmoon und mach eine Riesenszene, wenn's unbedingt sein muß, aber um Gottes willen, werde nicht tätlich und schlag ihn nicht zu Brei. Stell dir vor, wie er sich die Hände reiben würde, wenn du in den Knast kämst und dein Leben ruiniert wäre.»

«Himmelherrgottnochmal»! wütete Thomas, der die Logik dieser Überlegung einsah.

Das Telephon klingelte.

«Ja, wer da?»

Eine zitternde Stimme flüsterte: «Ich bin's.»

«Kester!» Ich hätte ihn umbringen können. «Um Gottes willen, was ist denn jetzt schon wieder?»

«Harry, es handelt sich um einen Notfall. Es geht um Thomas. Du mußt kommen, du *mußt* einfach kommen ...»

«Oh, mein Gott ...»

«Harry, *bitte* ...»

«Aber ...»

«Bitte!» schrie Kester hysterisch und legte auf.

Ich war wie vom Donner gerührt, stand einfach mit dem Hörer in der Hand, bis schließlich die Posthalterin, die auch als Fräulein vom Amt fungierte, sich meldete. «Warten Sie, weil Sie noch mit mir sprechen wollen, Mr. Godwin?» fragte sie neugierig, und ich sagte ohne nachzudenken: «Nein.» Doch kaum hatte ich das gesagt, überlegte ich es mir anders und sagte: «Ich meine, doch. Bitte, verbinden Sie mich mit Oxmoon, ja, Mrs. Williams?»

Es knisterte und sang in der Leitung. Kester meldete sich inmitten des ersten Klingelns. «Harry?»

«Ja.» Ich lauschte, doch die Posthalterin hielt offensichtlich mit dem Können der geübten Lauscherin den Atem an. «Schön», sagte ich, «sag Thomas, ich komme. Dann wird er sich schon beruhigen.» Ich legte auf und wandte mich an Norah, meine damalige Freundin. «Tut mir leid, aber in Oxmoon spielt sich offenbar Furchtbares ab – Thomas ist betrunken wie immer – und ich muß rüberfahren, sonst bringt er Kester womöglich noch um!»

«Darling», sagte Norah, der ich schon früher ein paar Kostproben vom Verhalten meiner sich befehdenden Verwandten gegeben hatte. «Was für eine Familie!»

Ich ergriff die Gelegenheit, sie loszuwerden, indem ich noch hinzusetzte: «Es ist mir zwar schrecklich, das zu sagen, aber ich halte es für sinnlos, daß du hier auf mich wartest; weiß der liebe Himmel, wie lange das dauert.»

Damit war unserem gemeinsamen Abend erfolgreich ein Ende bereitet. Ich fuhr eilends nach Oxmoon hinüber.

Es war bereits dunkel, als ich wie ein Wahnsinniger die Auffahrt hinaufraste, und als Kester die Haustür öffnete, war das Licht hinter ihm, so daß ich sein Gesicht zuerst nicht deutlich sehen konnte. Als ich es dann jedoch sah, kam es mir vor, als wäre er über sechs Stockwerke in einem kaputten Aufzug in die Tiefe gesaust.

«Was zum Teufel . . .»

«Gott sei Dank», schluchzte er. «Gott sei Dank, daß du gekommen bist.» Tränen strömten ihm übers Gesicht, und seine Augen waren blutunterlaufen.

«Wo ist er?»

«Im Billard-Zimmer – wir haben uns geschlagen – o *Gott* . . .»

Ich lief. Ich lief durch die Halle den Korridor zum Billard-Zimmer hinunter, und Kester tappte greinend und schluchzend und von Selbstmitleid überwältigt hinter mir her – armer Kester, armes Schwein! Ich jedoch bildete mir ein, ich würde schon mit der Situation fertig werden. Es war, als wären wir in unsere ältesten Rollen zurückgefallen: der arme Kester, der wie üblich in irgendeinen Riesenschlamassel hineingeraten war, und jetzt kam Vetter Harry, die ältere Version des Wunderknaben, hereingefegt wie der strahlende Kriegsheld, der er war, und würde schon alles in Ordnung bringen.

Hätte ich innegehalten und überlegt, wäre mir gewiß aufgefallen, daß der Text im Rollenbuch mühelos aus Kesters Feder geflossen war – aber ich hielt nun mal nicht inne. Ich stürzte hinein in das Billard-Zimmer, und da lag Thomas, nicht nur vorübergehend k. o. geschlagen, wie ich angenommen hatte, sondern lang hingestreckt vor dem Kamin, mit zertrümmertem Schädel.

Ich erkannte augenblicklich, daß er mausetot war.

6

«Ich habe es nicht gewollt – es war Notwehr –, ich bin vor ihm weggelaufen, hier herein, und habe versucht, die Tür zu verschließen, aber er war zu schnell, er ist hier reingestürmt und schlug hin – er war ja sternhagelvoll, und dann weiß ich nicht, dann habe ich ihm einen Schlag auf den Kopf gegeben, aber ich wollte ihn nicht umbringen, ich wollte ihn nur außer Gefecht setzen . . .»

«Halt's Maul!»

Schweigen breitete sich aus. Ohne seine quengelnde Stimme im Ohr, kam ich endlich selbst zum Denken. Nur, das schlimme war, ich konnte nicht *klar* denken. Dazu war ich zu sehr in den Grundfesten erschüttert. Ich stellte fest, daß ich automatisch funktionierte und jede Bewegung aufs Überleben gerichtet war. Ich behielt Kester im Gesichtsfeld. Ich kniete neben dem Leichnam nieder. Ich zwang mich dazu, die Kopfwunde zu untersuchen. Ich handelte aus dem Instinkt heraus und meinte, an der Gefahr, die meine Nerven während meines früheren Besuchs auf Oxmoon so erschreckend gestreift hatte, förmlich zu ersticken.

Dann sah ich sie. Hinter dem eingeschlagenen Schädel, in der Feuerstelle des Kamins, lag Kesters Waffe. Es war der Golfschläger, den ich heute morgen in der Hand gehalten hatte.

Begreifen explodierte in meinem Gehirn. Meine Fingerabdrücke befanden sich an diesem blutbeschmierten Eisen Fünf. Egal, was Kester der Polizei erzählte – und es konnte ja sogar sein, daß er den armen Vetter Harry zu schützen versuchen würde, indem er ständig wiederholte, er habe in Notwehr gehandelt –, er selbst würde sicher sein, denn selbstverständlich hatte er Handschuhe getragen, um Thomas umzubringen, und einzig meine Fingerabdrücke würden auf dem Schläger zu sehen sein. Ich erkannte augenblicklich, wie die Situation sich der Polizei darstellen würde. Seit nahezu zwei Jahren hatte es böses Blut zwischen Thomas und mir gegeben; Kester hatte uns in einen Zustand allseits bekannter Feindschaft hineinmanövriert, so daß ganz Penhale beschwören würde, wir seien erbitterte Feinde gewesen, und wenn die Polizei erst mal dahinterkam, daß ich ein ausgebildeter Killer war, konnte es für sie nur eine Folgerung geben.

Aber ich hatte ein Alibi. Selbstverständlich hatte ich ein Alibi. Hatte ich das wirklich? Nein, ich hatte keins. Ich könnte ja Thomas in diesem Augenblick erschlagen haben – das war doch der Grund, warum Kester mich nach Oxmoon gelockt hatte, der Grund auch, warum er am Telephon wohlweislich verschwiegen hatte, daß Thomas tot war. «Sag Thomas, ich komme», hatte ich gesagt und der lauschenden Posthalterin damit den deutlichen Hinweis gegeben, daß er noch lebte. «Thomas ist betrunken wie immer», hatte ich zu Norah gesagt. Zwei Zeuginnen würden bezeugen, daß Thomas noch gelebt hatte, als ich Penhale Manor verließ, und aus der ärztlichen Untersuchung würde sich gewiß, wie immer, nicht ergeben, zu welchem genauen Zeitpunkt Thomas' Tod eingetreten war. Zumindest über eine halbe Stunde würde es Unsicherheiten geben, und damit war ich erledigt. Das und die Fingerabdrücke auf dem blutverschmierten Golfschläger.

«O Gott, Harry», wimmerte Kester und steigerte sich gekonnt

wieder in die Nähe einer Hysterie hinein. «Wir sollten wohl besser die Polizei anrufen, nicht wahr? Bleibt uns ja nichts anderes übrig. Wir müssen die Polizei rufen, tun, was sich gehört ...»

Mein ganzes Leben stand auf dem Spiel. Ich zögerte keinen Augenblick. Ich blickte zu ihm auf und wartete, bis er den Mumm hatte, meinen Blick zu erwidern, und dann sagte ich zwischen zusammengebissenen Zähnen zu ihm:

«Ich scheiße auf das, was sich gehört.»

Siebtes Kapitel

I

Das war der Wendepunkt in unser beider Leben.

Erschrocken und bis ins Herz getroffen starrte er mich an, als ich ihm das feinersonnene Handlungsnetz zerfetzte, und Tränen echten Entsetzens rannen ihm über die Wangen, als ihm der Unterschied zwischen seinen reizvollen aseptischen Phantasien und seiner schauerlich verpfuschten Wirklichkeit aufging. Schließlich konnte er nur noch stammeln: «Aber das kannst du doch nicht tun!», als ob er unter irgendeiner moralischen Verpflichtung stünde, nicht von seinem Text abzuweichen.

«O doch, das kann ich», sagte ich, zog mein Taschentuch hervor und wischte meine Fingerabdrücke von dem Golfschläger ab.

«Aber wir müssen ...» Er schluckte. «Wir müssen der Polizei doch sagen ... Himmel, irgendwo müssen wir doch eine Grenze ziehen ...»

«Aber ja doch, natürlich. Ich bin sehr dafür, Grenzen zu ziehen. Nur ziehe ich sie später als die meisten Menschen», sagte ich und erhob mich, während ich ihm – die Finger immer noch mit dem Taschentuch umwickelt – den Schläger hinreichte. «Hier – nimm!»

Er scheute davor zurück. «Nein.»

«NIMM! Oder bei Gott, ich schlag' dich damit zu Brei!»

Er nahm den Schläger. Es war zwar eine Reflexhandlung, während ihm vor lauter Angst das Denken vergangen war, aber er ergriff den Schläger mit bloßen Händen, während ich instinktiv einen Schritt zurück machte, um aus seiner Reichweite herauszukommen, falls er auf irgendwelche dummen Gedanken kommen sollte. Das jedoch tat er nicht. Er erkannte, daß die Zeit dafür gekommen und vorübergegangen war. Jetzt, wo der Golfschläger nur seine Fingerabdrücke trug, war es für ihn genauso wichtig wie für mich, daß ich reinen Tisch machte.

«So ist's schon besser», sagte ich. «Jetzt hör mir mal gut zu. Ich habe mit der ganzen Sache immer noch nichts zu tun. Kein Mensch hat mich hierherkommen sehen. Ich könnte jetzt abhauen, im Dorf einen Zusammenbruch inszenieren, und niemand könnte beweisen, daß ich heute abend jemals auf Oxmoon gewesen bin. Meine Fingerabdrücke habe ich vom Golfschläger abgewischt. Ich bin für dich unangreifbar geworden.»

Kester wollte etwas sagen, doch schaffte er es nicht.

«Der Golfschläger» sagte ich, «trägt jetzt deine Fingerabdrücke. Selbst wenn du sie abwischst – sowohl Eleanor als auch ich wissen, daß er dich zusammenschlagen wollte, weil du ihn rauswerfen wolltest. Ich nehme an, ein geschickter Kronanwalt könnte es vielleicht fertigbringen, dich vor einer Anklage wegen Mord zu bewahren, aber ich bezweifle, daß er dich von Totschlag freibekommt; eines jedenfalls solltest du dir sonnenklar machen: *mir* kannst du dies Verbrechen nicht anhängen. Du könntest nicht nur nie beweisen, daß ich hier war – du kannst auch nicht beweisen, daß ich ein echtes Motiv hatte. Mein Vater kann bezeugen, daß ich auf einigermaßen vernünftigem Fuß mit Thomas gestanden habe, seit deine Einladung zum Lunch an uns erging.»

Für einen Moment waren Kesters Augen bar jeden Ausdrucks, und da erkannte ich, daß mir etwas entgangen sein mußte. Dann ging mir auf, daß er überzeugt war, mich mit einem erstklassigen Tatmotiv ausgestattet zu haben. Daß wir uns gegenseitig nicht hatten ausstehen können, war nur vordergründig eines. Das echte Motiv mußte anderswo zu finden sein.

«Nun?» sagte ich rasch, weil ich nicht preisgeben wollte, daß ich das Schlimmste erraten hatte. «Was sagst du? Bist du bereit, mir dabei zu helfen, diesen Schlamassel ins reine zu bringen?»

Dieses Ansinnen verwirrte ihn. Ich konnte erkennen, daß er versuchte, meine Kehrtwendung zu begreifen; offensichtlich fragte er sich, was es zu bedeuten hatte, daß ich meine Hände, was dies Verbrechen betraf, in Unschuld wusch, um ihm im nächsten anzubieten, ihm beim Beseitigen der Spuren zu helfen. «Wenn du so zuversichtlich bist, jede Beteiligung bestreiten zu können», stotterte er schließlich, «warum willst du mir dann helfen?»

«Familiensolidarität, alter Knabe», sagte ich. «Was denn sonst?»

Er starrte mich an. Grauenerregende Ausblicke auf die Zukunft taten sich ihm auf. Er starrte auf Thomas' Leiche. Noch eine grauenhafte Aussicht. Er starrte den Golfschläger in seiner Hand an. Überall das gleiche. Ich verlagerte mein Gewicht ganz leicht auf die Fußballen, falls er in Panik geraten und versuchen sollte, mir wider besseres Wissen eins überzuziehen, doch sein Überlebenswille hatte die Oberhand gewonnen, und so brachte er seine Panik schließlich unter Kontrolle.

«Warte», sagte er fiebrig, «ich muß überlegen.»

«Nein, mein Lieber, nicht überlegen, sondern handeln. Na schön, vergiß den Quatsch mit der Familiensolidarität. In Wahrheit ist es so, daß ich dir nicht zutraue, die Sache hier ins reine zu bringen, ohne wieder was Schönes anzurichten und mich von irgendeiner anderen Seite her reinzuziehen. Ich gehe nicht eher von hier fort, als bis wir die Leiche nicht auf eine Art fortgeschafft haben, die es unmöglich macht, seinen Tod einem von uns beiden anzuhängen.»

Es folgte eine Pause.

«Komm, Kester, wach auf und sieh mal der Wirklichkeit ins Auge.»

Er wachte auf und sah ihr ins Auge. «Schön», sagte er und holte tief Atem. «Und was machen wir?»

«Als erstes brauche ich ein paar Handschuhe. Später brauchst du auch welche. Wo finden wir welche?»

Er brachte mich in die Garderobe.

«Schön, laß deine auf dem Tisch in der Halle liegen. Jetzt zur Dienerschaft. Du hast natürlich alles überprüft...»

«Ja, sie sind in ihren Zimmern.»

«Gut. Dann schlage ich einen sofortigen Überfall auf die Waschküche vor.»

Wir suchten zusammen: einen Eimer heißes Wasser, einen Schrubber, zwei Wischtücher und ein Stück Haushaltsseife. Wieder im Billard-Zimmer, schickte ich ihn in die äußerste Ecke und wies ihn an, den Mund zu halten.

«Kann ich denn nicht irgendwie helfen?»

«Nein.» Ich traute ihm nicht zu, daß er ordentlich saubermachte. Er war nie in einem Internat gewesen. Ich hatte einmal Prügel von meinen Mitschülern bezogen, weil ich einen Kamin nicht richtig gesäubert hatte, und das ist eine Lektion, die niemand so bald vergißt.

«Zum Glück», sagte ich und kniete mich wieder neben den zertrümmerten Schädel, «ist kein Blut auf den Teppich gekommen, nur auf den Marmor vom Kamin. Das ist der erste Lichtblick, den wir haben; hoffen wir, daß es nicht der letzte ist.» Verstohlen blickte ich zu Kester hinüber, um sicherzugehen, daß er mich nicht beobachtete, doch er war auf einem Stuhl zusammengesunken und hatte den Kopf in den Händen vergraben. Gewandt arbeitete ich mich durch Thomas' Taschen durch. Melodys Schweizer Geburtsurkunde steckte in der Innenseite seiner Jacke. Sauber gemacht! Nach Kesters Text sollte Thomas mich erpressen – die Grundursache des bösen Blutes zwischen uns. Als ich auf Oxmoon erschienen war, um dem armen, schreckensgelähmten Kester zu helfen, sich gegen seinen betrunkenen bösen Onkel zu verteidigen, hatte ich dann einfach nicht der Versuchung widerstehen können, meinem Erpresser den Garaus zu machen – das jedenfalls hätte Kester der Polizei gegenüber gestanden, nachdem er zuvor den rührenden Versuch unternommen hätte, mich im Namen der Familiensolidarität zu retten. Die Handlung des Stücks wies eine gewisse stilisierte Unbekümmertheit auf, die ich zu einem weniger gefährlichen Zeitpunkt vielleicht bewundert hätte, doch im Moment nahm ich nur auf, daß der Mord sorgfältig geplant war und sich für mich trotz romanhafter Elemente hätte als tödlich erweisen können. Ich stopfte die Geburtsurkunde in die Tasche und griff nach dem Schrubber.

«Kann ich denn wirklich nichts tun, Harry?»

«Du kannst die Whiskykaraffe holen. Schließlich können wir nicht riskieren, daß das Zimmermädchen morgen hereinkommt und sich wundert, warum es hier so stark nach Seife riecht.»

Ich machte mich an die Arbeit. Dabei mußte ich Thomas äußerst behutsam bewegen. Ein falscher Tropfen konnte mir zum Verhängnis werden. Das Blut an meiner Hand wies eine erschreckende Ähnlichkeit mit Erdbeermarmelade auf, und ich mußte flüchtig daran denken, daß das in einem Film oder auf der Bühne noch realistischer ausgesehen hätte. Müßig malte ich mir eine Samstagmorgen-Vorstellung aus, der Zuschauerraum voll von alten Jungfern, die vor lauter Aufregung mit ihren Teetabletts klapperten.

«Hier – die Karaffe, Harry.»

«Schön. Stell sie auf den Tisch. Und jetzt – legen wir uns mal unsere Geschichte zurecht. Ich glaube, ich schaffe das gerade eben.»

«Ja, weißt du, was ich wollte, war . . .»

«Bitte, erspare mir die raffinierten Winkelzüge deines meisterhaften Plans. Berichte nur genau, was heute abend geschehen ist, damit wir sehen, wie weit die Wahrheit für die Polizei mit einbezogen werden kann. Wenn wir uns so weit wie möglich an die Wahrheit halten, laufen wir weniger Gefahr, bei einer Lüge ertappt zu werden.»

«Ja, natürlich. Na schön – wo soll ich anfangen?»

«Wie spät war es, als Thomas hier eintraf?»

«Zwei Minuten nach halb zehn. Ich habe den ganzen Abend über die Uhr nicht aus den Augen gelassen, weil ich wußte, daß er krakeelend hier auftauchen würde, nachdem er erst einmal betrunken genug war, um mir überhaupt gegenüberzutreten. Ich wußte, daß du ihm stecken würdest, er würde rausgeschmissen werden.»

«Wie betrunken war er?»

«So, daß er nicht noch streitsüchtiger hätte werden können. Er war den ganzen Abend im Pub.»

«Gut. Das bedeutet, eine Menge Zeugen werden schwören, daß er Gift und Galle spie; folglich wird dein Anruf bei mir durchaus plausibel klingen. Diesen Anruf müssen wir in unsere Geschichte einbauen, bleibt uns gar nichts anderes übrig. Außerdem hatte ich gerade eine Freundin bei mir, und Mrs. Williams hat am Klappenschrank die Ohren gespitzt wie immer. Folglich müssen wir beide dazu stehen, daß Thomas noch lebte, als du anriefst, und auch noch lebte, als ich hier eintraf.» Ich wrang den Spüllumpen aus und beobachtete, wie das Wasser sich rötete. «Schön», sagte ich. «Zurück zu den Einzelheiten. Thomas kam also um halb zehn an. Du hattest auf der Lauer gelegen, folglich hast du ihm wohl auch aufgemacht. Was geschah dann?»

«Geht es jetzt um die Wahrheit oder um das, was wir der Polizei erzählen?»

«Um die Wahrheit. Es könnte sich auch mit dem decken, was wir der Polizei erzählen, aber erst laß mal hören.»

«Ich machte den Versuch, ihn zu beschwichtigen, indem ich ihn in den Salon führte und ihm einen Whisky anbot, aber später . . .» Er schwieg.

«Schön», sagte ich nochmals. «Kurz und gut lautet deine Antwort auf meine Frage, daß du ihn in den Salon geführt hast, und dort seid ihr für die Polizei auch geblieben. In unserer Geschichte seid ihr überhaupt nie im Billard-Zimmer gewesen. Früher am Tage bist du hierhergekommen, um mir Onkel Lions Schläger zu zeigen, wobei ich ungeschickt Whisky hier vor dem Kamin verschüttet habe, doch das spielt weiter keine Rolle. Folgendes –» ich fing an, den Kamin trokkenzureiben – «geschah: Thomas nimmt den Whisky an, doch der macht ihn womöglich noch streitsüchtiger. Schließlich schlägst du in deiner Verzweiflung vor, mich als Vermittler zu rufen. Ich bin zwar nicht die Idealfigur für dich, wohl aber das am nächsten wohnende Familienmitglied, und ich bin besser als nichts. Thomas erklärt sich einverstanden. Er ist stur wie immer und weigert sich, das Haus zu verlassen, ehe du ihm nicht versprochen hast, daß er seinen Job behalten kann. Beide wartet ihr. Ich komme. Wir streiten uns endlos. Schließlich gebe ich's auf und sage halblaut zu dir, daß du Thomas nie loswirst, es sei denn, du versprichst, ihn nicht rauszuwerfen. Du tust das – es bleibt dir überhaupt nichts anderes übrig. Klar bist du immer noch entschlossen, ihn an die Luft zu setzen, begreifst aber, daß das in Anwesenheit meines Vaters zu geschehen hat, wobei deine Anwälte noch zusätzlich als Leibwache zu dienen haben.» Ich wippte zurück auf meine Fersen. «Klingt das alles so, als ob es wahr sein könnte?»

«Ja. Sehr plausibel. Alle handeln wesensgemäß.»

«Sehr gut. Wir bringen Thomas an die Haustür und sehen ihm nach, wie er betrunken und triumphierend davonfährt. Dann . . . was würden wir als nächstes tun? Noch ein paar Minuten miteinander reden.»

«Uns einen Cognac genehmigen, um uns zu erholen», sagte Kester augenblicklich.

«Ja, richtig, genau das würden wir tun.» Ich hielt inne, um darüber nachzudenken. «Das tun wir dann besser jetzt. Geh in den Salon, gieß uns zwei Doppelte ein, kipp sie ins Waschbecken in der Garderobe und bring die Gläser zurück in den Salon, damit das Personal sie morgen früh findet – o nein, bring mir mein Glas her, damit ich meine Fingerabdrücke darauf hinterlassen kann.»

«Darf ich meinen Cognac trinken?»

«Nein, besser nicht. Ich möchte, daß du im Vollbesitz deiner Geisteskräfte bist, wenn wir den Autounfall inszenieren.»

Kester wurde blaß um die Nase, ging jedoch ohne ein weiteres Wort hinaus, um zu tun, wie ihm geheißen.

Wir machten weiter. Ich meinte, ich brauchte fließendes Wasser, um das geronnene Blut vom Schläger abzuwischen, und so gingen wir nochmals in die Waschküche hinüber. Der Eimer wurde ausgeschwenkt, der Schrubber gespült, der Spüllumpen über das Holzgerüst gehängt, damit er trocknete, und die Karbolseife wieder an ihren Platz gestellt. Schließlich kehrten wir in das Billard-Zimmer zurück.

Ich starrte die Golftasche an. «Ich versuche mich zu erinnern, ob ich noch einen anderen Schläger außer dem Fünfer angefaßt habe; aber nein, habe ich nicht. Stimmt schon, obwohl ich die Tasche angefaßt habe.»

«Dem kann ich nicht folgen.»

«Falls die Polizei sich nach meinem früheren Besuch in Oxmoon erkundigt, werde ich sagen müssen, daß ich in diesen Raum gekommen bin, um Onkel Lions Schläger anzusehen, und es würde komisch aussehen, falls sich an den Schlägern keine Fingerabdrücke finden sollten, die die Glaubwürdigkeit meiner Geschichte bestätigten. Aber macht nichts, ich kann immer sagen, daß ich die Tasche nahm, auf einen Blick erkannte, daß die Schläger Überlänge haben, und ohne groß weiter nachzusehen zu dem Schluß kam, daß sie für Owen nichts seien.»

«Aber unsere Geschichte geht dahin, daß das Billard-Zimmer mit Thomas' Besuch nichts zu tun hat – warum sollten sie dann anfangen, auf den Golfschlägern nach Fingerabdrücken zu suchen?»

«Zugegeben, wenn wir Glück haben, kommen sie nie auf eine solche Idee, aber wenn irgendwas schief läuft und die Polizei uns nicht glaubt, werden sie überall nach Fingerabdrücken suchen. Kester, denk doch mal genau nach! Hat Thomas irgendwas angefaßt, als er hier hereinkam? Wenn die Polizei das ganze Erdgeschoß von Oxmoon unters Mikroskop nimmt, dürfen sie hier auf keinen Fall eine Spur von ihm finden.»

Kester nahm sich Zeit. Dann sagte er: «Er machte die Tür auf, als er das Zimmer betrat.»

Ich sah es förmlich vor mir, Kester, der so tat, als verlöre er die Nerven, Thomas, der hinter ihm herstürmte. Kester brauchte nur mit dem Golfschläger in der Hand hinter der Tür des Billard-Zimmers zu warten. Thomas war bestimmt völlig arglos gewesen, als er wie ein Ochse vorstürmte, um abgeschlachtet zu werden.

Mir die Handschuhe überstreifend, wischte ich die Türklinke mit dem Taschentuch ab. «Und jetzt deine Fingerabdrücke hierher», sagte ich. «Wir können die Klinke unmöglich völlig frei von Abdrücken zurücklassen.»

Er tat, was ich ihm sagte. Wieder hielt ich inne, um zu überlegen. Dann sagte Kester: «Der Seifengeruch . . .» Und ich sagte: «Himmelherrgott, der Scheißwhisky!» und holte das Versäumte nach. Ich goß reichlich Whisky in den Kamin, und der Seifengeruch verschwand sofort.

Wir brachten die Karaffe wieder in den Salon, stellten sie an ihren Platz und begannen uns der nächsten Phase unserer Operation zuzuwenden.

«Wir können in diesem Teil gar nicht vorsichtig genug vorgehen», sagte ich. «Gehen wir rüber zu den Stallungen und vergewissern wir uns, daß in den Schlafkammern der Dienstboten auch überall das Licht aus ist. Dann gehen wir zur Auffahrt rüber, um den Hillman zu präparieren – ach, und vergiß deine Handschuhe nicht. Von dir dürfen keine Fingerabdrücke an Thomas' Wagen gefunden werden.»

Eine Zeitlang tappten wir draußen im Dunkeln umher. Als wir wieder in der Halle waren, sagte ich: «Knips alle Lampen aus. Womit können wir die Haustür offenhalten?»

Kester fand eine Jadestatuette. Ohne Licht war es dunkel. Blaß schimmerte ein Viertelmond über der schwarzen Masse des Waldes.

«Kann die Hand vor Augen nicht sehen», murmelte Kester.

«Das kommt schon. Warten wir, bis unsere Augen sich dran gewöhnt haben.»

Wir warteten und kehrten dann zur Leiche zurück.

«Was jetzt kommt, wird sehr schwierig sein. Ich möchte, daß ihm der Kopf auf die Brust fällt. Du kannst die Beine nehmen, aber wir müssen dicht beieinander bleiben, damit ich den Kopf festhalten kann. Bluten tut er nicht mehr, aber es könnte Tropfen geben.»

«*Himmel!* O Gott, ich glaube mir wird . . .»

«Nein, heb dir das Kotzen für hinterher auf. Das ist ein Luxus, den wir uns jetzt nicht leisten können. Wenn du jemanden ermordest, ist das Wichtigste, dafür zu sorgen, daß dein Magen dir gehorcht.»

«Ich glaube, das ist das Erschreckendste, das du jemals zu mir gesagt hast.»

«Halt den Mund und nimm seine Beine.»

«Wie viele Menschen hast du im Krieg umgebracht?»

«Halt den Mund!»

Er hielt ihn. Wir trugen Thomas fort.

«Langsam! Nichts überstürzen! Nichts Unvorhergesehenes!»

Langsam schoben wir uns voran. Nie zuvor war mir aufgegangen, wie lang der Weg vom Billard-Zimmer zur Haustür war.

«Warte einen Moment. Wir wollen lieber sichergehen, daß nicht irgendein Dieb draußen auf der Auffahrt rumschleicht.»

Die Luft war rein. Langsam schafften wir es die Treppenstufen hinunter. Die Tür am Beifahrersitz des Hillman hatten wir bereits aufgemacht.

«Schieb seine Beine rein . . . so ist's richtig . . . und jetzt setz dich auf den Rücksitz und halt ihn an den Schultern fest. Ich will nicht, daß er rumrutscht und an den falschen Stellen Blutflecken hinterläßt.»

«Wohin willst du?»

«Nur sichergehen, daß wir nirgends Blut verloren haben. Dann mache ich die Haustür zu. Hast du einen Schlüssel?»

«Ja.» Trotzdem suchte er danach, um sich zu vergewissern.

Ich schlüpfte noch einmal ins Haus hinein, knipste mit der behandschuhten Hand das Licht an und suchte nach Blut. Nichts zu sehen. Im unberührt wirkenden Billard-Zimmer hing ein kaum wahrnehmbarer Whiskyduft in der Luft. Nachdem ich das Licht wieder ausgeknipst hatte, verließ ich das Haus, machte leise die Haustür zu und rutschte hinter das Lenkrad des Hillman.

«Alles okay, wie die Yankees sagen. Fahren wir!»

Der Zündschlüssel steckte. Ich ließ den Motor an und fuhr vorsichtig durch das Tor, um dann nach rechts in die Straße nach Penhale abzubiegen. Doch nach einer Viertelmeile hielt ich oben an einem Abhang an. Hundert Schritt voraus hinter einer scharfen Kurve ließ eine locker aus Feldsteinen aufgeschichtete Mauer ein Feld erkennen.

«Thomas jagt stinkbesoffen die Straße entlang», sagte ich. «Die Ecke hätte er bestimmt verpaßt, stimmt's?»

«Stimmt.»

«Richtig. Mach dir noch mal klar, daß Thomas Oxmoon fünf Minuten vorher, nach unserem in die Länge gezogenen Familiengerangel, verlassen hat. Jetzt gilt es, ihn auf den Fahrersitz rüberzubefördern. Halt du weiter den Kopf fest und rutsch mit auf die Seite, während ich ihn rüberziehe. Ach, und bete, daß keine Autos kommen, während wir dabei sind . . .»

Unsere Gebete wurden erhört. Irgendwie schafften wir es, Thomas hinter dem Lenkrad zu verkeilen.

«Das reicht. Jetzt geh um die Biegung rum und stelle fest, daß von Penhale kein Auto die Straße raufkommt. Wenn die Luft rein ist, reiß ein Streichholz an, zähle bis fünf und puste das Streichholz aus. Und dann mach, daß du wegkommst!»

«Ich hab' aber kein Streichholz.»

Ich drückte ihm mein Feuerzeug in die Hand, und er lief los, eine schattenhafte Gestalt, die in mondbeschienenen Flächen auftauchte und wieder daraus verschwand. Ich kurbelte das Fenster am Fahrersitz herunter und vergewisserte mich, daß kein Gang eingelegt war. Dann startete ich wieder. Es klappte nicht. Ich mußte etwas Gas geben. Folglich machte ich die Tür auf, schob meinen Fuß übers Pedal und versuchte es nochmals. Diesmal sprang der Motor an – gerade in dem Augenblick, da in der Ferne mein Feuerzeug anging.

Ich lockerte die Handbremse. Schlug die Tür zu. Sprang aufs Trittbrett. Mit der Rechten packte ich durch das offene Fenster das Lenkrad, und das Auto, immer noch im Leerlauf, nahm Fahrt auf, während ich geradewegs auf die Steinmauer zuhielt.

Im letzten Augenblick sprang ich ab, warf mich mit dem Gesicht zu Boden auf den Randstreifen und schlug die Hände vors Gesicht. Ein furchtbarer Krach zerriß die Nacht, gefolgt von einem unheimlichen Schweigen. Ich wartete. Und dann, just in dem Augenblick, da ich die Tatsache verfluchte, daß offenbar alle Mühe umsonst gewesen war, tat der Treibstofftank mir den Gefallen und explodierte, wobei die Wucht der Explosion mir auf der Backe brannte. Als ich aufblickte, sah ich, wie ein Feuerball sämtliche Spuren von Kesters höchst erfolgreichem Mord auslöschte.

Ich raffte mich auf die Knie. Dann beugte ich mich vor und würgte auf allen vieren. Schließlich gelang es mir, mich über den hübschen Wildblumen zu erbrechen, die auf dem Seitenstreifen neben der Straße wuchsen.

2

Kester war in die entgegengesetzte Richtung gelaufen, auf Penhale zu, und es dauerte etliche Minuten, ehe er über ein nahe gelegenes Feld einen Bogen schlug und zu mir zurück kam. Er wollte sich entschuldigen, doch ich ließ ihn nicht zu Wort kommen. Ich wußte, daß auch er sich erbrochen hatte.

Schweigend marschierten wir zurück nach Oxmoon und blieben an meinem Wagen auf der Auffahrt stehen.

«Vergiß nicht», sagte ich, «daß wir seit Thomas' Fortfahren im Salon jeder einen doppelten Cognac getrunken haben.» Ich zog die Handschuhe von den Fingern und reichte sie ihm, woraufhin er mir das Feuerzeug zurückgab. «So, und jetzt kommt das, was anschließend passiert: Ich fahre nach Penhale, sehe das brennende Auto und rufe, kaum daß ich zu Hause angekommen bin, die Polizei. Und hinterher rufe ich selbstverständlich dich an, um dir mitzuteilen, daß Thomas einen schweren Unfall gehabt hat.» Ich machte eine Pause. Dann sagte ich: «Später treffen wir uns, am besten dann, wenn die ganze Aufregung sich gelegt hat. Jetzt gerate nicht in Panik, wenn die Polizei kommt, sondern halte dich an unsere Geschichte. Und um Gottes willen, versuche nicht, superschlau zu sein und noch besondere Glanzlichter aufzusetzen. Die hebe dir für deine Romane auf. Und wenn du irgendwo Zweifel hast, welche Haltung du korrekterweise anzunehmen hast . . . wie hat der Schriftsteller das doch noch ausgedrückt? Wie hast du gesagt? Ach ja – verhalte dich wesensgemäß.»

«Verstehe. Danke. Und viel Glück!»

Wir gingen auseinander.

Ich schaffte es, nach Penhale Manor zurückzufahren, doch die Reaktion blieb nicht aus, und als ich da war, brauchte es eine Zeitlang, ehe ich mich zwingen konnte auszusteigen. Ich bemerkte Licht in Dafydds Zimmer. Gleich mir litt er an Schlafstörungen.

Schließlich raffte ich mich auf, ging ins Haus hinein und tätigte die nötigen Anrufe: beim Wachtmeister in Penhale und dann bei Kester. Ich wußte, eigentlich sollte ich Eleanor anrufen, doch das brachte ich einfach nicht fertig. Ich war überhaupt zu allem unfähig. Ich sank aufs Sofa und barg das Gesicht in den Händen.

Ich vernahm leise Schritte und blickte auf. Es war Dafydd.

«Habe dich ins Haus reinwanken sehen», sagte er. «Alles in Ordnung?»

«Nein, ich habe einen furchtbaren Schock erlitten.» Das zumindest entsprach der Wahrheit.

Er fragte nicht, was geschehen war, sondern brachte mich in die Küche hinter der grünbespannten Tür, ließ mich am Küchentisch Platz nehmen und brühte mir einen Tee auf. Dann nahm er neben mir Platz, und ich trank. Seine beruhigende Gegenwart, das Beschwichtigende unseres Schweigens und die stärkende Wirkung des Tees – all das zusammen linderte den Schock. Ich ließ eine Generalprobe dessen vor ihm ablaufen, was ich der Polizei erzählen wollte, und war erleichtert, als alles überzeugend klang. Dann berichtete ich ihm von dem brennenden Auto, und es klang wohl mehr als überzeugend. Ich schlug die Hände wieder vors Gesicht.

«Ich brachte mein Auto zum Halten», hörte ich mich sagen, «um mich zu vergewissern, daß ich mich auch nicht täuschte, aber das Nummernschild des Hillman war noch zu lesen, und da traf mich plötzlich der Schock ... Es war ... es war ...»

«... der Geruch.»

Ein großes Gefühl der Dankbarkeit wallte in mir auf, daß er soviel Verständnis zeigte.

Er nahm meine Hand und umschloß sie mit der seinen. Das war jene Art von Gesten, wie Bronwen sie machen würde. Ich fühlte mich besser.

«Er war zwar ein schrecklicher Kerl», sagte ich schließlich, «aber das Ende war entsetzlich.»

«Meinst du, er hat viel davon gespürt?»

Die Antwort lautete nein, aber das einzige, was ich fertigbrachte darauf zu entgegnen, war: «Wahrscheinlich nicht.» Ich mußte bei der Geschichte bleiben.

«Da kenne ich schlimmere Todesfälle», sagte Dafydd.

Ich auch. Schweigend saßen wir eine Weile da, doch erholte ich mich rasch wieder, und als die Polizei kam, um mich zu verhören, war ich bereit für sie.

Ich war entschlossen, durchzukommen.

3

Die Kommission des Leichenbeschauers kam zu dem Urteil Tod durch Unfall und empfahl auf einem Beiblatt, es müsse amtlicherseits etwas unternommen werden, um betrunkene Fahrer von den Straßen fernzuhalten. Ich nahm an der Beerdigung oder vielmehr Feuerbestattung teil, doch Kester blieb ihr, seinem Wesen entsprechend, fern, was niemanden erstaunte. Hinterher rührte es mich, daß Eleanor sich trostsuchend an mich, den angeheirateten Neffen, wandte und nicht an meinen Vater, der traditionellerweise der «Fels von Gibraltar» in der Familie war. Nach dem Gottesdienst bat sie mich, mit ihr in ein Pub zu gehen, wo wir über Mittag saßen und tranken. Mein Vater nahm sich den Nachmittag über Bobbys an.

«Ich weiß, du hast deine Schwierigkeiten mit Tom gehabt», sagte Eleanor, «aber ich meine, das war nicht unbedingt nur deine Schuld. Ich wußte, wie schwierig er manchmal sein konnte.» Die Tränen liefen ihr über die wettergegerbten Wangen. «Es ist dieser verdammte Kester, der für Toms Tod verantwortlich ist!» sagte sie heftig und kam damit der Wahrheit näher, als sie ahnte. «Wäre er nicht so abscheulich undankbar gewesen . . . wo Tom sich doch so loyal für ihn abgerackert hat . . . ach, das werde ich ihm nie verzeihen, nie!»

Ich erklärte, es sei wirklich schrecklich und reichte ihr mein Taschentuch. Das war zwar nur eine konventionelle Geste, doch zu meiner Überraschung erklärte Eleanor mit unsicherer Stimme, wie freundlich ich sei und daß sie mich immer gemocht hätte und ich ein viel besserer Ehemann gewesen wäre, als Bella verdient hätte.

«Meine liebe Eleanor . . .» Wirklich, es ist nicht zu fassen, wie verschiedene Menschen eine bestimmte Situation so grundverschieden beurteilen können.

Nach der Einäscherung wartete Kester vierundzwanzig Stunden; dann lud er mich auf einen Drink nach Oxmoon ein. Ich nahm an. Der Augenblick war gekommen, wo ich mir den Schrecken nicht mehr ersparen konnte, mir die Einzelheiten seiner Intrige anzuhören; mittlerweile war ich jedoch so zynisch geworden, daß ich mich fragte, ob er sie nicht inzwischen längst umgeschrieben hatte.

Völlig verkrampft vor Angst fuhr ich nach Oxmoon.

4

«Harry, ich kann dir einfach nicht genug dafür danken, daß du ...»

«Erspare mir deine Dankbarkeit. Laß mich lieber die Wahrheit hören.»

Auf meinen Vorschlag hin saßen wir auf der Bank am Tennisplatz, einem Ort, der jede Möglichkeit ausschloß, daß man uns belauschte. Das Zimmermädchen hatte das Tablett mit den Getränken hinausgebracht, und wir nippten an Gin-and-Lime aus hohen Gläsern, die, der Hitze des Sommerabends zu Ehren, mit Eisstücken aufgefüllt waren.

«Nun, ich weiß, am liebsten möchtest du mich umbringen, aber ich meinte, ich müßte dir doch sagen, wie dankbar ich dir bin, daß du ...»

«Nein, alter Knabe, ich möchte dich nicht umbringen. Was ich möchte, ist zuhören. Denn im Gegensatz zu dem, was du annimmst, gehört Mord nicht zu meiner Lieblingsbeschäftigung. Und jetzt höre auf mit diesem ganzen idiotischen Gerede und sage mir einfach, was eigentlich wirklich los war.»

«Na schön. Nun, fangen wir an ... Ich wollte ihn nicht umbringen.»

«Quatsch. Es war ein vorsätzliches Verbrechen.»

«Nun, das stimmt und stimmt auch nicht. Ich habe nie gedacht, daß ich es wirklich tun würde.»

Ich starrte ihn an. «Willst du mir weismachen, es hätte sich um eine Art Spiel gehandelt, das dir außer Kontrolle geraten ist?»

«Nicht um ein Spiel. Um eine Therapie.»

«Eine *Therapie*?»

«Ja. Mein Psychiater in Dublin hat mir immer wieder gesagt: ‹Leben Sie Ihren Kummer aus. Sitzen Sie nicht einfach rum und sagen Sie, das Leben sei zu Ende, denn das ist nichts als eine Negativreaktion. Handeln Sie positiv, und es wird Ihnen bessergehen.›»

«Mein Gott, was nicht alles auf das Konto dieser Psychiater geht!»

«Nein, warte – laß mich dir erklären.» Kester hielt inne, doch handelte es sich um das Innehalten dessen, der sich bemüht, die Wahrheit präzise zu formulieren, nicht die Kunstpause des Geschichtenerzählers, der sich überlegt, was für eine Geschichte er als nächstes auftischen kann. «Nach Annas Tod», sagte er schließlich, «ließ mich die Szene von neununddreißig nicht mehr los – sie wurde zur Besessenheit. Ich habe damals geschworen, sie zu rächen, doch dann kam der Krieg, wir gingen alle unserer Wege, und nach dem Krieg wollte ich nichts weiter, als wieder anfangen zu schreiben. Und dann . . . starb Anna. Das Schuldgefühl überwältigte mich. Ich hatte das Gefühl, ihr gegenüber versagt zu haben. Ich kam mir . . . unendlich klein vor, weil ich keinen Versuch unternommen hatte, die schrecklichen Beleidigungen meiner Frau zu vergelten. Das war der Grund, warum meine Trauer um Anna so allesverzehrend war. Mein Schuldgefühl war so übermächtig, daß ich nicht wußte, wie ich allein weiterleben sollte.» Er sah mich direkt an. «Kannst du das verstehen?»

«Nur allzu gut.» Ich dachte an Bella.

Kester schien erleichtert. «Nun», sagte er und fand es offenbar leichter, jetzt flüssig weiterzuerzählen, «der Psychiater half mir, und schließlich sah ich eine Möglichkeit, dieses Schuldgefühl auszutreiben. Mir ging es inzwischen nicht vornehmlich um Rache – schließlich war Rache nicht geeignet, mir Anna wiederzubringen. Es ging mir einzig und allein darum, mich von meinen Schuldgefühlen zu befreien. Ich dachte mir: du schreibst darüber. Ich schreibe über diesen Mann, der sich so umfassend und meisterlich an seinen Onkeln und Vettern rächen will, die ihn seit Jahren quälen.»

«Mein Gott!»

«Ja. Ich weiß, es hört sich verrückt an, aber kaum, daß ich diesen Entschluß gefaßt hatte, ging es mir wesentlich besser. Ich kam hierher zurück, reichte dir und Thomas den Ölzweig, damit ich völlig ungestört arbeiten könnte, und fing an zu schreiben. Und schrieb und schrieb. Die erste Fassung war in drei Monaten geschafft! Was meinst du, in welcher Hochstimmung ich war! Nur dieser Hochstimmung – der Hochstimmung des Schriftstellers – kann man nicht trauen. Folglich legte ich das Manuskript sechs Monate lang weg, um es später mit Abstand wiederzulesen. Ich wollte nicht, daß mir bei der Handlung irgendwelche Fehler unterliefen. Um mir die Zeit zu vertreiben, fing ich mit einem anderen Buch an – dem Roman über unsere Urgroßeltern und Owain Bryn-Davies.»

«Ich glaube nachgerade, der Schlüsselroman sollte per Gesetz verboten werden. Na schön, erzähle weiter. Wie las sich das Manuskript ein halbes Jahr später?»

«Schlecht. Die Charakterisierung war mir überhaupt nicht gelungen; ich wußte auch, woran das lag. Es ist schwer, einem Laien das zu erklären, aber um einen Charakter auf Papier zu gestalten, muß man seine eigene Persönlichkeit abschalten und die desjenigen annehmen, den man gestalten will – es geht darum, sich so völlig in den anderen hineinzuversetzen, daß man der andere wird, und meine Schwierigkeit bestand darin, daß ich das nicht richtig geschafft hatte. Ich war

Kester Godwin geblieben, der seinen Vetter Harry als einen zweidimensionalen Bösewicht sieht. Um dich überzeugend zu gestalten, mußte ich mich in deinen Kopf hineinversetzen und herausfinden, was in deinem Leben vorging – und natürlich, sobald ich das tat, stand ich plötzlich vor der unglaublichen Tatsache, die sich jeder Erklärung entzog – daß du Bella geheiratet hattest.»

«Verstehe», sagte ich und ich verstand wirklich. Kester hatte den Psycho-Detektiv gespielt und sich geweigert, von der Spur abzulassen, ehe er nicht hinter das Geheimnis gekommen war. «Du hast dir eine Theorie zurechtgelegt, die sich auf Bellas Bemerkung ‹noch eine Tochter› gründete; und bewiesen hast du sie dadurch, daß du die Geburtsurkunde ausgrubst, und dann nehme ich an, sahst du eine Möglichkeit, die Tatsachen in deine Geschichte einzubauen.»

«Richtig. Ich setzte mich hin, schrieb die Geschichte noch zweimal neu, verbesserte die Charaktergestaltung und arbeitete den Handlungsablauf um.»

«Wie weit war der denn inzwischen gediehen?»

«Nun, Thomas sollte das Opfer werden, das war von Anfang an klar; mein eigentliches Problem war, daß mir nichts einfiel, was mit dir zu geschehen hätte. Jedenfalls kam ich zu dem Schluß, daß es mir vor allem darum ging, dir eine entsetzliche Angst einzujagen und gleichzeitig den armen alten Onkel John so sehr in Angst und Schrekken zu versetzen, daß er den Verstand verlor. Weiter wollte ich nicht gehen, weil ich erstens Onkel John gern habe und zweitens weil es zu melodramatisch gewesen wäre, dich für ein Verbrechen hängen zu lassen, das du gar nicht begangen hattest. Das einzige, was du neununddreißig getan hattest, war, dich an meinem Versagen zu weiden; das war zwar schlimm, reichte aber als Grund nicht, dir die Schlinge um den Hals zu legen. Deshalb plante ich einen Mord, der so *aussah,* als ob du ihn begangen hättest, den ich jedoch im letzten Kapitel völlig umkrempeln könnte, so daß alle Anklagen gegen dich fallengelassen würden.»

«Aber wie, um alles auf der Welt, hättest du das bewerkstelligen wollen? Du hattest es geschafft, mich als den Hauptverdächtigen hinzustellen. Ich hatte kein Alibi, und die Geburtsurkunde in Thomas' Tasche lieferte ein prächtiges Motiv.»

«Falsch. Das ließ zwar eine Menge erahnen, war aber letztlich kein handfester Beweis für irgendwelche Erpressung, oder?»

«Mein Gott. Ja, verstehe, aber . . . warte. Meine Fingerabdrücke befanden sich auf dem Golfschläger! Wie hättest du mich da rauspauken wollen?»

«Thomas wurde nicht mit dem Schläger erschlagen.»

«WIE BITTE?»

«Ich benutzte einen Schürhaken», sagte Kester heiter, unfähig, seine Freude darüber zu verhehlen, über welche Erfindungsgabe er gebot. «Ich schmierte den Schläger erst hinterher mit Blut ein und legte ihn als falschen Köder aus.»

Das verschlug mir die Sprache.

«Die Polizei arbeitet heute mit raffinierten Methoden», sagte Kester. «Zuerst würden sie natürlich annehmen, daß der Schläger die Tatwaffe sei; später jedoch würden sie Untersuchungen vornehmen und feststellen, daß der Schlägerkopf nicht mit der Wunde übereinstimmte. Dann würde ich sie auf den Schürhaken aufmerksam machen, wobei es, was diesen betrifft, vor allem darum ging darzulegen, daß du ihn unmöglich hast verwenden können. Er stammte nämlich aus meinem Schlafzimmer oben, wie jedes Stubenmädchen bezeugen würde.»

«Aber . . .» Ich konnte kaum sprechen. «Reinwaschen konntest du mich nur dadurch, daß du dich selbst in Verdacht brachtest.»

«Stimmt. Aber von dem hätte ich mich reingewaschen. Ich hätte Totschlag gestanden, aber wer wollte mir nicht glauben, wenn ich schwor, daß ich den total Betrunkenen in Notwehr erschlagen hatte? Und das hätte mir höchstens sechs Monate Gefängnis eingetragen, was nicht mehr gewesen wäre, als ich verdiente, weil ich es nicht geschafft hatte, Anna bei Lebzeiten zu rächen.»

«Aber wie wolltest du erklären, daß du deine Schuld nicht sofort eingestanden hattest?»

«Die Nerven. Reine Panikreaktion. Ich hielt das für ausgesprochen wesensgemäß. Aber sobald ich sah, daß du drauf und dran warst, an den Galgen zu kommen, tat ich, was sich gehörte, und gestand die Tat. Auch das stand im Einklang mit meinem Charakter und Wesen.»

Es folgte eine Pause. Ich trank mein Glas auf einen Zug aus und stand auf, um mir einen neuen Drink zu mixen.

«Allerdings – das war es, wie ich es für den Roman vorgehabt hatte», erklärte Kester. «Im wirklichen Leben hatte ich nie vor, so weit zu gehen, aber letzten Endes . . .»

«Stelltest du fest, daß du deinen Traum Wirklichkeit werden lassen mußtest.»

« . . . stellte ich fest, daß ich der Versuchung nicht widerstehen konnte, festzustellen, ob die Handlung glatt ablaufen würde. Alles kam darauf an, ob die Szene mit dem Hinauswurf von Thomas klappte – ich habe es sehr bedauert, als aus der Lunch-Einladung nichts wurde. Aber später ... es war wirklich verdammt aufregend, als Thomas am Abend die Auffahrt heraufgebraust kam, aber dann ...» Er sprach nicht weiter und erschauerte.

«Da hörte die Phantasie auf, und die Wirklichkeit setzte ein.»

«Ja. Das Ganze war viel stärker, als ich für möglich gehalten hätte. Er schlug nicht nur um sich, er war drauf und dran, alles kurz und klein zu schlagen. Und ich hatte auch nicht nur Angst. Mir schlotterten praktisch die Knie. Ich lief ins Billard-Zimmer, denn dort war ja die Waffe – ich hatte alles vorher durchgespielt, indem ich vorher alles bereit legte –, aber bis zum allerletzten Augenblick hatte ich keinen Moment etwas anderes vor, als ihn bewußtlos zu schlagen. Und dann ... und dann ...»

«Stelltest du fest, daß du nicht aufhören konntest.»

«Ich wollte ja aufhören, wollte es wirklich, aber dann – o Gott, Harry, ich hätte mir nie vorstellen können, daß es so sein würde, stellte plötzlich fest, daß es kein Zurück mehr gab, nachdem ich die Handlung erst mal ins Rollen gebracht hatte. Es war ... es war, als hätte ich eine letzte entscheidende Grenze überschritten, über die ich nicht zurückkonnte. Nie hätte ich es für möglich gehalten, daß ich tatsächlich einen Mord begehen würde, aber nachdem die Würfel einmal gefallen waren, nachdem *ich diese Grenze überschritten hatte,* konnte ich nur noch weitermachen und zur Zerstörung übergehen ...»

«Hör auf! Ich kann dieses melodramatische Geseire einfach nicht ertragen. Heb dir das für dein nächstes Buch auf.»

Er versuchte, seiner Erregung Herr zu werden, und als ich schließlich erkannte, daß er das ernsthaft versuchte, schenkte ich ihm noch etwas Gin in sein Glas.

«Zwei Fragen», sagte ich, als das Glas leer war. «Erstens: Hast du das Manuskript dieses Meisterwerkes vernichtet?»

«Ja.»

«Gott sei Dank. Und zweitens: Wo ist der Schürhaken? Ich möchte sichergehen, daß du mir nicht den größten Bären aller Zeiten aufgebunden hast.»

Er ließ sein Glas stehen und führte mich an einem Stück unebenen Rasens entlang, der die Fläche des ehemaligen Gartenhäuschens bedeckte. Gleich darauf drangen wir in den Wald ein. Kester zählte zehn Bäume, dann blieb er stehen. An dieser Stelle blickten wir beide zurück zu dem Haus, das weit hinten auf der anderen Seite des Rasens stand, doch wir befanden uns im Schatten der Bäume und wußten, daß wir für einen Beobachter drinnen nicht zu sehen gewesen wären.

Kester scharrte in dem Laub vom letzten Herbst herum, wühlte in der Erde und holte einen in Zeitungspapier eingewickelten Schürhaken hervor. Thomas' mittlerweile zu einer Kruste geronnenes Blut klebte immer noch daran.

«Schön. Vergrab ihn wieder. Er ist hier ebenso sicher wie anderswo.»

Er verscharrte ihn wieder. Langsam kehrten wir zu der Bank am Tennisplatz zurück. Das vor uns liegende Oxmoon badete friedlich im Licht der Abendsonne, doch als wir näher kamen, sah ich, daß der Sonnenuntergang sich in den Westfenstern spiegelte. Der Himmel sah aus, als wäre er massakriert worden.

Schweigend tranken wir eine Weile, doch plötzlich sagte ich: «Ich will dir was sagen, alter Knabe. Man hätte dich doch gehängt.» Als ich den Kopf wandte, um ihn anzusehen, erkannte ich, daß er völlig verblüfft schien. «Ja», sagte ich, «du hast einen Fehler gemacht – und zwar ganz im Einklang mit der besten Tradition des Kriminalromans. Muß der Mörder nicht immer einen fatalen Fehler machen?»

«Aber mein Gott – worin liegt der?»

«Im Schürhaken. Du hast gesagt, er stamme aus deinem Schlafzimmer – ‹wie jedes Stubenmädchen bezeugen würde›, hast du gerade vorhin gesagt. Aber wie paßt der Schürhaken zu deiner Geschichte, daß du in Notwehr, also zufällig, getötet hast? Wenn du den Schürhaken aus dem Schlafzimmer hinuntergebracht hast in das Billard-Zimmer, bedeutet das doch, daß das Verbrechen geplant war.»

«Himmel!» Ihm wären vor Entsetzen fast die Sinne geschwunden. Dann versuchte er, eine Erklärung zusammenzuschustern. «Im Billard-Zimmer gibt es kein Kaminbesteck. Ich habe den Schürhaken heruntergeholt, weil ich dort ein paar Papiere verbrennen wollte.»

«Das klingt höchst unglaubwürdig. Warum ausgerechnet im Billard-Zimmer? Warum nicht in einem Raum, wo ein Kaminbesteck vorhanden ist? Warum das Zeugs nicht in deinem Schlafzimmer verbrennen, wo der Schürhaken hingehört?»

Kester fing an zu zittern. Ich schenkte ihm noch einen Gin ein.

«Aber wie habe ich das nur übersehen können, wie *konnte* ich nur! – Ich habe doch alles so sorgfältig ausgetüftelt . . .»

«Selbst ein Genie hat mal einen blinden Fleck, wenn es eine vorgeblich unfehlbare Theorie aufbaut, und ein Genie bist du nicht, Kester. Bleib beim Bücherschreiben. Verleger sind wesentlich freundlicher als die Polizei, wenn ihnen ein Irrtum auffällt, und eine vorgedruckte Absage ist immer noch besser als der Galgen.»

Kester kippte seinen Gin. Schließlich gelang es ihm zu sagen:

«Dann verdanke ich dir also mein Leben.» Er hätte nicht entsetzter klingen können.

Wir saßen da und starrten zum Haus hinüber. Die Sonne hatte sich noch etwas mehr gesenkt, und alle Fenster sahen aus wie der Fußboden eines Schlachthauses.

«Ich nehme an, es würde allzu melodramatisch klingen», sagte Kester schließlich, «wenn ich sage, daß ich nicht weiß, wie ich das je wiedergutmachen soll.»

«Ach, darüber mach dir nur keine Gedanken, mein Lieber», sagte ich. «Daß du mir was zurückzahlst, ist wirklich das letzte, was ich mir von dir erhoffe. Sonst lande ich in deinem nächsten Roman noch als Leiche.»

Schweigen. Beide saßen wir weiterhin Seite an Seite da und ließen den unheimlichen Sonnenuntergang auf uns wirken.

«Allerdings», sagte ich nach einiger Zeit wie beiläufig, «wenn du unbedingt willst – mir würde schon das eine oder andere einfallen, das du für mich tun könntest.»

Wieder Schweigen.

«Nur, um dein Gewissen zu beruhigen», fügte ich mit immer noch gleichbleibend beiläufig klingender Stimme hinzu, «und um dir zu helfen, mit deinem Schuldbewußtsein zu leben.»

Es kostete Kester vierundzwanzig Sekunden, um darauf einzugehen. Ich zählte sie. Wahrscheinlich zählten wir beide. Vierundzwanzig Sekunden sind eine sehr lange Zeit, wenn man mit einem Mörder zusammensitzt, während die Wolken so aussehen, als wären sie oben in irgendeinem blutigen Gemetzel begriffen.

Zuletzt flüsterte er: «Was willst du?»

«Ach, nur einen kleinen Gefallen, mein Lieber. Nichts weiter als die unmißverständliche Erklärung darüber, daß Hal dein Lieblingsneffe ist.»

Kester schluckte. «Du meinst ...»

Ich beendete diesen vorsichtigen und spielerischen Schlagabtausch und schickte mich an, ihm den entscheidenden Schlag zu versetzen. «Schau. Wenn du mit heiler Haut aus dieser Sache rauskommen willst, müssen wir eine Möglichkeit finden, die es uns erlaubt, miteinander auszukommen, ohne daß wir uns gegenseitig an die Gurgel gehen, und diese Möglichkeit ist mit Hal gegeben, Kester. Du brauchst bloß dein Testament zu ändern und Hal als deinen Erben einzusetzen; ich schwöre, daß ich dann nie etwas gegen dich unternehmen werde. Dann kannst du entspannen – und sobald du entspannst, kann auch ich entspannen, und zwischen uns herrscht Frieden.»

«Aber du kannst ja nicht gegen mich vorgehen», sagte Kester. «Das wagst du nicht. Denn du steckst bis zum Hals zusammen mit mir in dieser Sache drin.»

«Richtig. Damit habe ich aber immer noch meinen Kopf *über* Wasser; und du wirst es nie schaffen, restlos davon überzeugt zu sein, daß ich wirklich nichts gegen dich unternehme. Wenn du aber meinen Sohn zu deinem Erben machst . . .»

«Bringst du mich um und ziehst hier mit Hal ein.»

«Mach dich doch nicht lächerlich. Wenn ich das täte, würde ich am Galgen landen, weil die Polizei sofort herausfände, daß ich ein ausgebildeter Killer bin – noch dazu mit einem Motiv, so dick wie ein Elefant. Jetzt nimm dich mal zusammen, Kester, und denke nach! *Nachdenken,* sag' ich. Ich reiche dir den einzigen Ölzweig, den es gibt. Um Himmels willen, greif zu und nimm ihn, ehe die Männer in den weißen Kitteln kommen, um uns beide in die nächste Irrenanstalt zu sperren.»

Kester wählte diesen Augenblick, um zu zerbrechen. Trockenes Schluchzen ließ ihn erbeben, und er flüsterte: «O Gott, o Gott, was habe ich getan!»

«Hör auf!» Ich schüttelte ihn. «Die Zukunft ist es, auf die es ankommt, nicht die Vergangenheit.» Einer der abgedroschenen Schlüsselsätze meines Vaters kam mir flüchtig in den Sinn. «Stehenbleiben!» drängte ich, und einem unheimlichen, auf der gemeinsamen Erziehung beruhenden Impuls folgend, antwortete er automatisch: «Nicht aufgeben! Weiterkämpfen!»

In diesem Wortgeplänkel ging die Hysterie schließlich unter. Er trocknete sich die Tränen und die Stirn und sagte: «Na schön, ich werde tun, was du sagst. Ich mag Hal. Aber wenn ich sterbe, ehe er einundzwanzig ist – gehe nicht davon aus, daß du dann in meinem Testament als Treuhänder bestellt wirst. Ich werde alles tun, um dafür zu sorgen, daß du deine Hände nicht auf mein Oxmoon legen kannst.»

«Das steht dir frei, alter Knabe. Tu, was du für richtig hältst.»

Da saßen wir und haßten einander, zwei Männer, eingeschlossen in eine Zelle, die immer kleiner wurde, und im nächsten Augenblick sahen wir wieder das Bild des Doppelgängers und spürten den Schrecken, der keinen Namen hatte.

«Erika hat mir einmal gesagt», meinte Kester mit zitternder Stimme, «die Deutschen hätten eine ganz besonders abscheuliche Doppelgänger-Geschichte. Bei ihnen heißt es . . .»

«Halt den Mund! Ich will es nicht wissen.» Ich erhob mich. «Wir sind keine Doppelgänger», sagte ich. «Ich weigere mich strikt, mich auf das Niveau deines gefühlsduseligen Melodramas hinabzulassen. In Wahrheit ist es schlicht so, daß wir zwei Vettern sind, die tödlich viel gemeinsam haben.» Ich setzte mich in Bewegung und entfernte mich von ihm. «Schick mir einen Durchschlag von deinem neuen Testament», sagte ich noch über die Schulter hinweg, «und schick ihn bald. Ich bin mit meiner Geduld ziemlich am Ende, das kann ich dir sagen, und ich finde, ich brauche jetzt eine rasche Geste des guten Willens, um meine Nerven zu beruhigen.»

«Ich werde morgen zu Fairfax gehen.»

Mehr sagten wir nicht. Er blieb zusammengesunken auf der Bank sitzen, während ich weiter über den Rasen ging und Sekunden später wie ein Wilder nach Penhale zurückraste.

Ob ich mir wirklich einbildete, daß unser beiderseitiges Interesse an Hal den Frieden zwischen uns garantieren könnte? Nein. Aber zumindest hatte ich mir ein wenig Zeit erkauft, um mir zurechtzulegen, wie ich es schaffte, Kester in die nächste Irrenanstalt zu bringen.

Selbstverständlich war er verrückt.

5

Ich befand mich von nun an in einer wenig beneidenswerten Lage, denn wenn ich auch wußte, daß Kester verrückt war, ich konnte es nicht beweisen, ohne gleichzeitig preiszugeben, welche Rolle ich bei Thomas' Ermordung gespielt hatte.

Gelang es mir, Kester in die geschlossene Abteilung eines Irrenhauses einweisen zu lassen, gehörte Oxmoon mir. Doch zugleich mit dieser Wahrheit war ich wieder auf dem Boden der Tatsachen gelandet. Wie zum Teufel sollte ich ihn in eine geschlossene Abteilung einweisen lassen, ohne selbst darüber zu Fall zu kommen, einen Skandal erster Güte vom Zaun zu brechen und meinen Vater vor Kummer und Schande unter die Erde zu bringen?

Ich konnte es einfach nicht, lautete die schlichte Antwort. Ich konnte nur darauf warten, daß Kester wieder durchdrehte und meiner Familie ein für allemal den Beweis lieferte, daß er wahnsinnig war.

Mit anderen Worten: Ich mußte mich in Geduld fassen. Leider machten mir jedoch meine Nerven – diese Nerven aus Stahl – einen Strich durch die Rechnung; sie machten beim Warten einfach nicht mit, und ich wurde krank. Kester hingegen stellte die Wirksamkeit der von Tante Ginevra geerbten Fähigkeit, rasch wieder auf die Beine zu kommen, eindrucksvoll unter Beweis und bot oben in Oxmoon bald wieder ein Bild der Gesundheit, stellte einen annehmbaren neuen Verwalter ein, gab weiterhin seine exzentrischen Tee-Parties für Kinder und spielte traditionsgemäß zu Ostern und zu Weihnachten den großzügigsten Gastgeber für die gesamte Familie Godwin. Kester ging es wirklich gut, wie Teddy es ausdrückte, und warum auch nicht? Er hatte einen Mord verübt und war ungeschoren damit durchgekommen. Welch ein Triumph! Indem er Anna in der denkbar besten Weise gerächt hatte, hatte er sich von allen Schuldgefühlen befreit und war jetzt offensichtlich entschlossen, die beste Zeit des Lebens damit zu beginnen, den kerngesunden, gesetzestreuen, seiner liebenden und treuen Familie herzlich verbundenen Landedelmann zu spielen.

Im schäbigen Penhale Manor wurde Harry, das arme Schwein, von Schlaflosigkeit und Ausschlag geplagt und mußte einräumen, daß sein Vetter sich prächtig erholt hatte und Oxmoon wieder einmal unerreichbar für ihn geworden war. Ich meinte, das Schicksal habe mir den in meinem Leben bisher schlimmsten Streich gespielt, und mein Ausschlag wurde durch Wut und Frustration nur um so schlimmer. Er wurde so häßlich, daß ich mich genötigt sah, mich beim Geschlechtsverkehr nicht mehr auszuziehen, und das war das Ende; ich fragte Warburton, ob er mich nicht an einen Hautspezialisten überweisen könne.

Der Dermatologe erklärte, der ganze Ausschlag sei nervlich bedingt, was für mich einen langen Bart hatte. Dann schlug er mir zu meiner Bestürzung vor, einen Psychiater aufzusuchen.

«Niemals!» Ich war im höchsten Maße empört.

«Wie Sie wollen.» Er war ungerührt. «Ich werde Ihnen ein paar Pillen geben, aber heilen werden die Sie nicht. Sie werden höchstens die Symptome lindern. Wenn Sie die Sache wirklich loswerden wollen, müssen Sie sich an jemand anders wenden.»

Ich glaubte ihm nicht. Dann stellte ich zu meinem Entsetzen fest, daß die Pillen kaum halfen. Ich holte mir meinen Sex immer noch in vollständig bekleidetem Zustand. Infolgedessen schluckte ich meinen Stolz hinunter, kroch zu ihm zurück und erklärte mich einverstanden, mich an einen Psychiater zu wenden.

Mittlerweile schrieben wir Frühjahr 1951, und ich erholte mich immer noch von der großen Familien-Weihnachtsfeier 1950. Schon der Anblick Kesters, wie er am Kopfende des Tisches im geschnitzten Stuhl meines Großvaters saß und jeden strahlend anlächelte, bewirkte, daß alle meine Rückenwunden wieder aufbrachen. Thomas war mittlerweile siebzehn Monate tot, und Kester war von der Irrenanstalt so weit entfernt wie der König im Buckingham Palast.

Soviel zu meinen Tagträumereien, Oxmoon zu übernehmen. Soviel zu diesen Sehnsüchten, die nie wahr werden sollten. Ich war so wütend, daß ich zwei Nächte hintereinander kein Auge zutat, und als ich bei Dr. Mallinson in Swansea anklopfte, war ich dermaßen niedergeschlagen, daß ich die Tatsache, bei einem Psychiater gelandet zu sein, nicht einmal mehr als demütigend empfand.

Eine Sprechstundenhilfe schrieb meinen Namen auf und wies mich ins Wartezimmer, wo ich wie ein Zombie auf eine Ausgabe des *Punch* starrte, doch nach fünf Minuten sah eine Frau in weißem Kittel zur Tür herein und sagte: «Mr. Godwin? Wollen Sie bitte mitkommen?» Ich folgte ihr in einen hellen, spartanisch mit modernen Möbeln eingerichteten Raum. Unter anderem stand auch eine Couch da, die ich einfach nicht zur Kenntnis zu nehmen beschloß. Ich steuerte daher auf einen Sessel neben dem Schreibtisch zu und blickte mich erwartungsvoll um. «Wo ist Dr. Mallinson?» wandte ich mich an die Frau im weißen Kittel.

Sie sagte: «Das bin ich. Nehmen Sie doch Platz, Mr. Godwin.»

Das brachte das Faß zum Überlaufen. Ich war außer mir. Ich starrte sie an. Sie war sehr dünn und flachbrüstig, hatte streng dauergewellte Haare von undefinierbarer Farbe und mochte zwischen fünfunddreißig und fünfzig Jahre alt sein. Aus Augen, die die Farbe von Gittern vor Gefängnisfenstern hatten, bedachte sie mich mit einem kühlen Blick.

Wütend erklärte ich: «Mit einer Frau rede ich nicht.»

«Wie Sie wollen», sagte sie gelassen, ohne viel Interesse zu zeigen. «Dann werden wir eben schweigen.»

«Hätte ich gewußt, daß Sie eine Frau sind, wäre ich nie hergekommen! Ich brauche sowieso keinen Psychiater. Und einen weiblichen schon gar nicht.»

«Soso.» Sie sprach mit kultiviertem und unmißverständlich englischem Akzent und sah aus, als gehörte sie eigentlich nach Surrey zu den Damen, die Perlenketten und Twinsets tragen. Während ich vor Wut kaum an mich halten konnte, nahm sie hinter ihrem Schreibtisch Platz und begann müßig, einen Bleistift anzuspitzen.

«In meinen Augen sind Frauen nur für eines gut und für sonst nichts!» rief ich, noch erbost durch ihre unerträgliche Ruhe. «Das einzige, wozu sie taugen, ist, sich auf den Rücken zu legen und die Beine breit zu machen.»

«Ich verstehe», sagte Dr. Mallinson und malte säuberlich mit ihrem frisch gespitzten Bleistift eine Hieroglyphe auf den vor ihr liegenden Notizblock.

Dann ging mir plötzlich auf, daß ich mich benahm wie ein Irrer. Mein Gott, angenommen *ich* war es, der im Irrenhaus landete! Mir wurde plötzlich angst und bange.

«Es tut mir leid», sagte ich daher überstürzt. «Bitte, entschuldigen Sie. Ich muß verrückt geworden sein.»

«Nun», sagte Dr. Mallinson mit trockenem Humor, «wenn das so ist, sind Sie hier genau richtig.»

Ich stieß ein nervöses Lachen aus. Sie lächelte heiter. Im nächsten Augenblick ließ ich mich in den Sessel gleiten und schaute sie über den makellos aufgeräumten Schreibtisch hinweg an.

«Wenn ich Ihnen erzählte», sagte ich, «daß jemand mich umbringen will und daß dieses Bewußtsein mich fast verrückt macht – würden Sie mich dann einweisen?»

«Heute nicht», erklärte Dr. Mallinson freundlich.

«Mache ich denn nicht überzeugend den Eindruck eines Verrückten?»

«Sie sehen zweifellos ein bißchen verängstigt aus, aber vor allem völlig übermüdet. Haben Sie Schlafschwierigkeiten gehabt?»

Diese Klarsicht und dieses Gespür fand ich zusätzlich enervierend. «Nun . . .»

«Wann haben Sie zuletzt Urlaub gemacht?»

«Ich mache nie Urlaub. Davon halte ich nichts. Ich bleibe lieber zu Hause.»

«Weil Sie während des Krieges so lange von zu Hause fort waren?»

Diesmal brachte ihr Gespür mich um die letzten Nerven, und ich konnte sie nur sprachlos anstarren.

«Nun, wenn dem so ist», sagte sie und nahm mein Schweigen für Zustimmung, «ist es ganz natürlich, daß Sie zu Hause bleiben möchten. Aber trotzdem: Warum versuchen Sie nicht auszuspannen, indem Sie zumindest für ein paar Tage fortfahren? Vielleicht hilft Ihnen das überhaupt nicht, das ist schon möglich, aber ich sehe nicht, was es schaden könnte, wenn Sie es versuchten.»

Schwach wehrte ich mich: «Ich möchte aber nirgendwo hingehen.»

«Nicht einmal nach London? Dort gibt es immer etwas zu tun, und Sie sehen aus, als hätten Sie was für Kunst übrig – Sie könnten sich Ausstellungen ansehen . . . ins Theater gehen . . . und wenn ich mich nicht irre, sind für die Albert Hall ein paar ganz besonders gute Konzerte angesagt.»

Ich machte den Mund auf und schloß ihn sogleich wieder. Mit großen Augen sah ich sie an. Ich wollte sagen: «Etwas für die Kunst übrig haben? Unsinn, ich bin ein Mann der Tat.» Doch was ich wirklich sagte, war: «Ich liebe Musik.»

«Ah, ja. Ich kann mir gut vorstellen, daß Sie Klavier spielen ... Sie spielen doch Klavier, oder?»

Ich nickte. Mittlerweile war mir völlig klar, daß sie eine Zauberin war – keine keltische Märchenfee wie Bronwen, sondern eine angelsächsische Zauberin der Art, die in Dschungel eindringt, Wilde zähmt, einen Außenposten des Empire errichtet und binnen sechs Monaten unter dem flatternden Union Jack Tee-Parties zu geben imstande ist. Ich sah diese klinisch kühle, tüchtige Frau an, die kein bißchen sexy war und mit Sicherheit etliche Jahre älter als ich, und ich dachte: Das ist es. Ich habe meine Märchenfee gefunden. Ich fühlte, wie mir eine Zentnerlast von der Seele genommen wurde, endlich jemand gefunden zu haben, der mit mir zurechtkam, der es verstand, mich glücklich zu machen, und es hätte nicht viel gefehlt, und ich wäre zusammengebrochen und hätte geweint. Ich nahm mich jedoch zusammen, wie es sich gehörte für jemand, der keinen Psychiater brauchte, und sagte wie beiläufig: «Sind Sie verheiratet?»

«Jawohl, mein Mann ist Neurochirurg.»

Verdammte Scheiße. Wieso hatte ich denn nie, nie Glück? Ich wußte, daß ich keine Chance hatte, mit einem Neurochirurgen zu konkurrieren.

«Kinder?» fragte ich in dem Bemühen, so zu tun, als handelte es sich um nichts weiter denn eine höfliche Unterhaltung.

«Keine.»

«Oh.» Eine Frau, die entweder unfruchtbar war oder bewußt keine Kinder haben wollte. Ich seufzte auf. Dann ging mir auf, daß ich mich abermals wie ein Irrer benahm, und so sagte ich flott beim Aufstehen: «Nun, vielleicht fahre ich wirklich für ein paar Tage nach London. Vielen Dank. Selbstverständlich werde ich Sie jetzt nicht mehr brauchen, aber falls doch, darf ich ...»

«Meine Sekretärin wird mit Freuden einen neuen Termin mit Ihnen vereinbaren», sagte Dr. Mallinson, ohne mit der Wimper zu zucken.

«Hm. Könnte ich den jetzt schon abmachen? Bevor ich abfahre?»

Dr. Mallinson schenkte mir ein kleines Mona-Lisa-haftes Lächeln und setzte ein professionell-zufriedenes Gesicht auf.

Etliche Stunden nach diesem außergewöhnlichen Gespräch hing ich Tagträumen nach, in denen der Neurochirurg eines sehr plötzlichen Todes starb, was zur Folge hatte, daß Dr. Mallinson frei war, mein Leben auszubügeln. Doch dann setzte sich meine geistige Gesundheit doch wieder durch, und mir dämmerte allmählich, daß ich in die wohlbekannte, absurde Situation hineingestolpert war, wo der Patient sich in seinen Psychiater verliebt. Wie verrückt konnte man eigentlich werden? Ich beschloß augenblicklich, allem Irresein zu entsagen und normal zu sein – viel zu normal, als daß ich Dr. Mallinson noch einmal hätte aufsuchen können – und so sagte ich meinen nächsten Termin bei ihr ab; ihren Ratschlag freilich, für eine Woche nach London zu fahren, befolgte ich.

Diese Woche tat mir so gut, daß ich am letzten Tag eine Ansichtspostkarte von der Albert Hall kaufte und draufschrieb: «Ihre Kur hat gewirkt, Sie können mich auf Ihre Erfolgsliste setzen, vielen Dank, Ihr H. C. Godwin.» Doch las sich das dann allzu farblos, so daß ich noch eine Ansichtspostkarte von der Albert Hall kaufte und schrieb: «Ich bin wie neugeboren. Muß Sie unbedingt wiedersehen – aber muß das in dem verdammten Sprechzimmer sein? Harry Godwin.» Allerdings kam ich zu dem Schluß, daß ich diese Karte unmöglich abschicken könne, und so kaufte ich eine dritte und schrieb: «Ich werde Sie nicht wiedersehen, aber nie vergessen, wie sehr Sie mir geholfen haben. Dankbarst Ihr H. Godwin.» Und dann beging ich einen schrecklichen Fehler – oder sollte es eine freudsche Fehlleistung gewesen sein? Jedenfalls schickte ich die falsche Karte ab, was zur Folge hatte, daß ich sie schließlich alle einsteckte, bloß um ihr etwas zum Nachdenken zu geben. Dann nahm ich mir fest vor, sie zu vergessen. Wie Oxmoon schien auch sie nicht für mich in den Sternen zu stehen.

Die verdammten Sterne – wie ich sie alle haßte!

6

Das wichtigste Ergebnis meines Londonbesuches war, daß ich endlich wieder imstande war, meine Probleme richtig zu erkennen. Zweifellos war das genau das, was Dr. Mallinson sich erhofft hatte. Ich war in einer höllischen Lage gewesen, die noch höllischer gemacht worden war dadurch, daß ich mich allzusehr in Penhale vergraben hatte, um sie klar zu erkennen. Doch als ich mich aufgerafft hatte, nach London zu gehen, kehrte meine Fähigkeit, klar zu sehen, zurück.

Nachdem ich meine verrückten Postkarten an Dr. Mallinson eingesteckt hatte, ging ich von der Albert Hall zu den Kensington Gardens hinüber und setzte mich an den Round Pond, wo vor langer Zeit meine Nanny sich den anderen Nannies gegenüber damit gebrüstet hatte, meine Mutter sei 1914 eine der Schönheiten der Saison gewesen. Das Wetter war nicht einladend. Es war ein frostiger Januartag. Ich nahm trotzdem auf einer Bank Platz und schaute über das stille Wasser dahin. Ich wollte gesund sein. Wo lag die Straße zur geistigen Gesundheit? Herefordshire, Timbuktu, der Nordpol? Egal wo, Hauptsache, es war nicht ausgerechnet Kesters Haustür. Wenn ich weiterhin Zwangsjacke und Gummizelle entgehen wollte, mußte ich mich ein für allemal dem Einflußbereich meines Vetters Kester entziehen und hoffen, daß Oxmoon mir eines Tages in den Schoß fiel.

Was war wichtiger – daß ich nicht verrückt wurde, oder Oxmoon? Daß ich nicht verrückt wurde. Nach den zweiunddreißig Jahren, die ich nun auf Erden weilte, mußte ich der Tatsache ins Auge sehen, daß ich Oxmoon nicht bekommen würde, weder jetzt noch später, und daß es völlig sinnlos war, auf einem zweitklassigen Gut herumzuhokken und auf etwas zu hoffen, das doch nie kam. Mein Vater hatte das selbstverständlich immer gewußt. Kein Wunder, daß er sich Sorgen um mich gemacht hatte. Er hatte allen Grund dazu gehabt. Doch gleichwohl – ich war jetzt aufgewacht, hatte mich den bitteren Wahrheiten gestellt und mich dazu durchgerungen, mein Leben nach vernünftigen Gesichtspunkten neu zu ordnen. Ich gestattete mir, ein allerletztes Mal über besagte bittere Wahrheiten zu grübeln, wußte jedoch, daß es mir nicht gegeben war, irgend etwas daran zu ändern. Die Wahrheit war, daß ich hinsichtlich Kesters nichts tun konnte – es sei denn, ich wollte ihn ermorden (ha! ha!); ich mußte ja ein ausgemachter Narr sein, wenn ich auch weiterhin fruchtlos wütete, weil es ihm gelungen war, ungeschoren mit einem Mord durchzukommen, während ich selbst in die Grube gefallen war, die ich ihm gegraben, und es nicht einmal fertiggebracht hatte, ihn in eine geschlossene Abteilung abzuschieben. Wären wir Figuren in einem Roman von Kester gewesen, so würde irgendwo die ausgleichende Gerechtigkeit walten und Kester einfach irgendwo verschwinden lassen. In Romanen kamen Mörder nie ungestraft davon. Hier jedoch handelte es sich um das chaotische echte Leben, in dem es nie so sauber zuging, und soweit ich sah, waltete nirgends so etwas wie eine ausgleichende Gerechtigkeit. Kester würde nicht tot umfallen. Und er würde auch nicht wieder überschnappen, da machte ich mir nichts mehr vor. Als er Thomas umbrachte, war er offensichtlich verrückt gewesen, doch nachdem sein Schuldgefühl in bezug auf Anna von ihm genommen worden war, war er wieder vollkommen gesund geworden, und es bestanden Aussichten, daß er noch die nächsten fünfzig Jahre bei voller geistiger Gesundheit erlebte. Jetzt, wo er Anna gegenüber nicht mehr von Schuldgefühlen belastet war, würde er möglicherweise sogar wieder heiraten und Söhne zeugen.

Nun gut. Soviel zu ihm. Glück gehabt, armer Kester, Glück gehabt, armes Schwein! Doch ehe ich an Eifersucht zugrunde ging, wollte ich machen, daß ich aus seinem Leben verschwand.

Ich kehrte ins Hotel zurück und rief meinen Vater an.

7

«Ich ziehe die Grenze», sagte ich.

Ich war also doch der Sohn meines Vaters, und da waren wir mitten in dieser überaus erbaulichen Szene begriffen, die jedes victorianische Herz erfreut hätte und als Illustration einer Geschichte mit dem Titel «Die Versöhnung» – oder noch victorianischer: «Die Reue» – hätte dienen können. Wären wir nicht gerade Briten gewesen, hätten wir ein paar verzeihliche Tränen vergießen können, doch da wir nun einmal zwei Waliser waren, die von Geburt an durch angelsächsische Kultur stranguliert wurden, konnten wir nichts weiter tun, als uns trockenen Auges angrunzen, uns nicht unterkriegen lassen und uns gegenseitig überbieten, zu tun, was sich gehört.

«Ich ziehe die Grenze, Vater.»

«Endgültig?»

«Endgültig.»

«Gott sei Dank!»

«Ja. Habe mich aufgeführt wie ein Wahnsinniger. Tut mir leid.»

«Brauchst dich nicht zu entschuldigen. Vertrackte Situation.»

«Scheißsituation.»

«Hm.»

Schweigen.

Wie ganz gewöhnliche Arbeiter saßen wir an Bronwens Küchentisch. Ich war einen Tag früher von London nach Hause gefahren, um meinen Vater von meinem großen Entschluß in Kenntnis zu setzen, und übernachtete deshalb bei ihm. Humphrey war bereits dort. Ich hatte der Nanny eine Woche freigegeben – solange, wie ich selbst hatte fortbleiben wollen – und sie war noch nicht zurück. Die drei älteren Jungen waren alle im Internat.

Mein Vater und ich saßen allein in der Küche. Bronwen hatte Humphrey nach dem Essen ins Wohnzimmer gelockt, um Ludo mit ihm zu spielen, und alle meine Halbgeschwister waren außer Haus. Evan arbeitete in einer Slum-Pfarrei in Cardiff; Gerry machte bei einem Anwalt in Swansea eine Lehre, und Lance, der bei einem Ingenieur in Port Talbot arbeitete, war gleichfalls noch nicht da. Sian war in London und besuchte dort eine der berühmten Sekretärinnen-Schulen. Sie wohnte bei Marian, die aus irgendeinem unerfindlichen Grund ihre Ehe mit Rory Kinsella wiederaufgenommen hatte.

Mein Vater und Humphrey hatten mich vom Bahnhof abgeholt. Ich mochte Humphrey sehr gern, denn er sah so aus wie ich, und insgeheim hielt ich ihn für meinen Lieblingssohn. Charles und Jack waren zu sehr Stourhams, wohingegen Hal . . . Aber Hal verstand ich nicht. Ich hatte gedacht, die Musik würde ein Band zwischen uns knüpfen, doch das war nicht geschehen. Wann immer ich versuchte, mit ihm ins Gespräch zu kommen, fehlten mir die richtigen Worte.

«Daddy, Daddy . . .» Humphrey plapperte den ganzen Weg über vom Bahnhof bis zum Haus meines Vaters, und ich fand, was für ein attraktives Bürschchen er doch sei. Nur war Humphrey nicht musikalisch. Er schien so zu sein wie ich, hatte jedoch kein Ohr für Musik, und in weniger glücklichen Augenblicken wußte ich, was das bedeutete – daß er eben doch nicht so war wie ich.

Doch ehe ich dazu kam, in Depressionen zu versinken über den Abgrund, der zwischen mir und meinen Söhnen klaffte, trafen wir im Haus meines Vaters ein, und meine Märchenfee trat mir entgegen. Sie erklärte sofort, wieviel besser ich doch aussähe. Dann wandte sie sich an meinen Vater und fragte ihn, ob mit ihm auch alles in Ordnung sei. Mein Vater sagte ungeduldig: «Jajaja», und bemühte sich, nicht so zu gehen wie ein alter Mann. Offensichtlich hatte er tags zuvor bei Regen sechsunddreißig Löcher Golf gespielt und klagte jetzt über steife Glieder.

In der Küche sprudelte das Wasser im Kessel, mein Lieblingskuchen stand auf dem Tisch, und wir ließen uns nieder, um uns zu entspannen. Ich war so glücklich, daß ich wie ein Scheunendrescher aß. Das gleiche tat Humphrey, und als er nach seinem dritten Stück Kuchen so aussah, als könne er nicht mehr, schlug Bronwen ein Spiel Ludo vor, um ihn abzulenken.

«Ist auch wirklich alles in Ordnung mit dir, Johnny?» sagte sie beim Hinausgehen über die Schulter hinweg. Mein Vater hatte zwar zwei Tassen Tee getrunken, aber nichts gegessen.

«Hör auf, mich zu kujonieren», sagte er verärgert.

Bronwen machte eine schneidende Bemerkung auf walisisch und zog sich zurück.

«Wenn ich sechsunddreißig Löcher im Regen spielen will, dann spiel' ich, verdammt noch mal, eben sechsunddreißig Löcher im Regen!» rief mein Vater lautstark auf englisch hinter ihr her.

Die Tür wurde zugeknallt.

Ich ließ ihm ein paar Minuten Zeit, sich von dieser Bekundung ehelicher Normalität zu erholen, überfiel ihn dann jedoch mit einer Suada, um ihm zu erklären, daß ich die Absicht hätte, mein Leben neu zu gestalten. Ich gestand meine krankhafte Fixiertheit auf Oxmoon ein, beichtete meine wahnsinnig machende Eifersucht auf Kester und räumte ein, am Ende einer ganz besonders zerstörerischen Straße angekommen zu sein. Mein Vater hörte nur zu und sackte erleichtert immer mehr auf dem Stuhl zusammen. Als ich endlich an jenen Punkt gelangt war, wo ich sein berühmtes Wort von der Grenze sagen konnte, die ich zu ziehen gedächte, wußte ich, daß er einen Kloß im Hals hatte. Ich selbst jedenfalls hatte einen Kloß im Hals. Wie wir beide es fertigbrachten, noch ein paar Sekunden länger bruchstückhaft eine Unterhaltung im Gange zu halten, weiß ich nicht.

Nach dem unvermeidlichen Schweigen, während dessen wir beide die nötige Kraft fanden, weiterhin die Ohren steifzuhalten, schaffte ich es zu sagen: «Mit mir kommt jetzt alles in Ordnung.»

«Ja, ich weiß, daß du es schaffen wirst. Aber trotzdem . . .» Mein Vater lehnte sich, die Arme auf dem Tisch und die Hände gefaltet, vor, und sagte dann so heftig, daß es mich überraschte: «Wie es mich fuchst zuzusehen, wie du ins Exil getrieben wirst! Irgendwie –» er hielt inne, um die richtigen Worte zu wählen – «irgendwie habe ich das Gefühl, daß hier irgendwo eine furchtbare Ungerechtigkeit ihren Lauf nimmt. Ich weiß bloß nicht recht, worin sie eigentlich besteht . . .»

Das erschütterte mich. Ich schwieg. Eines hatte ich mir geschworen: ihn nie wissen zu lassen, wie Thomas wirklich zu Tode gekommen war.

«Es war durchaus Rechtens, daß Oxmoon an Kester fiel», sagte mein Vater. «Dein Großvater . . . Doch nein, ich möchte die Erinnerung an ihn nicht stören. Das ist alles vorbei, mein armer Vater, ich habe ihn so sehr geliebt. Aber wenn es auch Rechtens war, daß Oxmoon an Kester fiel, ist mir, als ob hier mit der Gerechtigkeit irgendwie Schindluder getrieben wurde . . . Denn warum solltest du eigentlich so sehr leiden? Irgendwie muß es wohl meine Schuld sein, denn . . .»

Aber ich konnte es nicht ertragen zu sehen, daß er sich irgendwelche Vorwürfe machte, nicht jetzt, wo er allmählich alt wurde und ein Recht auf ein heiteres, glückliches Ende hatte.

«Nein, es ist nicht deine Schuld, Vater. Überhaupt nicht.»

«Aber ich habe zugelassen, daß du mit dem Gefühl aufwuchst, in bezug auf Oxmoon zu kurz gekommen zu sein – ich habe dir nie wirklich erklärt, was meinen Vater bewogen hat, dich zu übergehen. Ich wollte meinen Vater schützen, mich vor all diesen schmerzlichen Erinnerungen schützen . . . Verstehst du, das hat alles mit meiner Großmutter zu tun – meiner Großmutter und Owain Bryn-Davies . . .»

«Vater, was vergangen ist, ist vergangen. Es spielt keine Rolle mehr.»

«Nein, genau da machst du einen großen Fehler. Die Tragödie meiner Großmutter hat meinen Vater zu dem gemacht, der er war – und wenn mein Vater nicht der Mann gewesen wäre, der er war, hätte er sich nicht in die Lage gebracht, wo er sich Robert gegenüber derartig von Schuldgefühlen geplagt fühlte, daß er sich sein Testament praktisch von Robert diktieren ließ . . .»

Damit konnte ich nicht fertig werden. «Vater, tut mir leid, aber wenn ich erst anfange, über Kausalketten nachzudenken, drehe ich vor Wut und Frustration einfach durch. Ich muß mich auf die Zukunft konzentrieren, wenn ich nicht den Verstand verlieren will.»

«Ich habe auch keine Lust, über die Vergangenheit nachzudenken; trotzdem tue ich es. Wo habe ich euch beiden Jungen gegenüber versagt? Was habe ich gemacht? Was die Erziehung von Thomas betrifft, kann ich mir einiges darauf zugute tun – denn bei dem erschreckenden häuslichen Hintergrund als Junge, hätte er durchaus in die Kriminalität abrutschen können. Aber er hat sich gut gemacht, war glücklich verheiratet, hat Hervorragendes in seinem Beruf geleistet . . . bis alles so tragisch endete. Harry, wo wir gerade von Thomas sprechen . . .»

«Vater, wenn du jetzt anfängst, dir Vorwürfe zu machen, weil Thomas sich in seiner Trunkenheit zu Tode gerast hat, dann – das schwöre ich dir – dann bekomme ich einen totalen Nervenzusammenbruch. Um alles in der Welt . . .»

«Ich frage mich manchmal», sagte mein Vater, ohne mich dabei anzusehen, «ob jemals die ganze Wahrheit über Thomas' Tod ans Licht gekommen ist.»

Luken dichtmachen! Die Wahrheit verschließen!

«Vater, ich war in Oxmoon. Ich habe gesehen, wie er betrunken in seinen Hillman gestiegen ist. Warum sollte ich lügen? Welchen Grund könnte ich haben, irgendwelche Fakten zu unterdrücken?»

Mein Vater wußte nicht, was er auf diese Frage antworten sollte; und wieder sackte er sichtlich erleichtert zusammen. «Tut mir leid, ich weiß, es ist unvernünftig von mir, aber manchmal liege ich nachts wach . . .»

«Dann hör auf damit! Nimm dich jetzt zusammen!» Es ist schon aberwitzig im Leben, wie die Eltern-Kind-Beziehung sich langsam umkehrt und das Kind anfängt, die elterliche Rolle zu übernehmen.

Mein Vater lächelte, als wäre er froh, daß ich seine Rolle so gekonnt übernahm, dann drückte er von Schmerz gepeinigt die Hand an die Stirn.

«Vater ...»

«Ich weiß, es ist zu dumm, aber ich muß mich jetzt hinlegen – offenbar habe ich mir eine Erkältung geholt. Wer weiß, vielleicht habe ich sogar Fieber.»

«Ich rufe Bronwen.»

«Nein, warte», sagte er. «Warte!» Nie werde ich den Ton vergessen, mit dem er das sagte. Es war der Ton äußerster Fassungslosigkeit. «Harry, kannst du mal herkommen und mir helfen? Irgend etwas stimmt nicht mit meinen Beinen.»

Sie waren gelähmt.

Er hatte Kinderlähmung.

Vier Tage später starb er.

8

Über das Totenbett hinweg, über alle Schrecken der Vergangenheit und der Zukunft hinweg, sah Kester mich an, und plötzlich war mir mit erschreckender Gewißheit klar, daß ich unserem gemeinsamen Zeitkreis doch nicht würde entkommen können. Wohin auch immer ich ging, wohin ich lief, er würde mir folgen und versuchen, mich umzubringen, weil ich für ihn eine ständige Mahnung an seinen Wahnsinn darstellte, der lebendige Zeuge seines Verbrechens war. Ich stellte für ihn jene Seite seines Wesens dar, mit der zu leben er nicht ertragen konnte; deshalb mußte er mich aus seinem Leben ausschließen, um nicht den Verstand zu verlieren. Ich war seine Nemesis, sein böser Geist; ich war sein Spiegelbild, sein anderes Ich. In der Tragödie waren unsere Gemüter ineinandergeflossen und so austauschbar geworden wie unsere Persönlichkeiten, und jetzt war es, als wären unsere beiden Leiber in einer einzigen, unteilbaren Seele vereinigt worden.

Vor dem Krankenhaus sagte er sogar zu mir: «Das hat uns zusammengeschmiedet, nicht wahr?» Und ich sagte: «Ja, das hat es», doch keiner von den anderen begriff, was er damit meinte. Alle dachten sie, wir anerkennten ein neues freundschaftliches Band zwischen uns, doch Kester und ich verstrickten uns nur um so tiefer in unseren metaphysischen Alptraum. Und das neue Band war der alte Schrekken, der keinen Namen hatte.

Wir sahen einander an und wußten, daß wir endlich allein in unserem Kreis saßen. Mein Vater war tot – und das konnte für Kester und mich nur eines bedeuten: Es bedeutete, daß jetzt niemand mehr da war, der zwischen uns stand. Es bedeutete, daß niemand mehr da war, der die Grenze zog.

Achtes Kapitel

1

Ich spürte zwar, daß Kester sich über mich Gedanken machte, doch ich machte mir keine über ihn. Mein Fehler. Das schlimme war, daß ich auch nach der Beerdigung immer noch alle Hände voll mit den Nachwirkungen zu tun hatte, die der Tod meines Vaters zur Folge hatte.

Das Hauptproblem stellte sein Testament dar.

Dieses war kompliziert, doch das war zu erwarten gewesen, denn schließlich war mein Vater ein vielschichtiger Mann mit einer komplizierten Familiensituation. Was jedoch niemand erwartet hatte, war sein geradezu krankhaftes Mißtrauen allen seinen Erben gegenüber. Ich vermute jedoch, daß Menschen, die eine glückliche Hand mit Geld haben, oft meinen, ihre Erben würden das Erbe verpulvern, wenn der Erblasser nicht strenge Maßnahmen ergriff, um das zu verhindern. Zweifellos hatte mein Vater sich gesagt, er habe die absolute moralische Pflicht, seine Kinder vor selbstverschuldeter Armut zu bewahren. Das Ergebnis war eine Katastrophe.

Mit ganz wenigen Ausnahmen wurde alles Geld treuhänderisch festgelegt. Einzige Ausnahme von dieser Regel bildete ein schändlich großer Brocken des Armstrongschen Vermögens, das in makelloser victorianischer Geste Wohltätigkeitseinrichtungen zufloß. Selbst Francesca, die ja einen reichen Mann hatte, war verärgert, und was Rory Kinsella betraf, der offensichtlich nur deshalb zu Marian zurückgekehrt war, weil er glaubte, sich auf ein sorgloses Alter freuen zu können, so war er so wütend, als er dahinterkam, daß er nicht an ihr Erbteil herankonnte, daß er abermals davonlief und zu seiner letzten Geliebten zurückkehrte. Auch Marian war wütend – nicht weil Rory sie sitzenließ, sondern weil mein Vater sie behandelt hatte wie eine geistig Zurückgebliebene, die mit ihrem eigenen Geld nicht umgehen könne. Ja, mein Vater brachte es fertig, eigentlich alle und jeden in Wut zu versetzen. Der Chor der Klagen verstärkte sich. Alle taten sie mir leid – insbesondere ich mir selbst. Ich erhielt zwar wie versprochen die Liegenschaften Penhale Manor, Martinscombe und Little Oxmoon; mein Pech war, daß ich nicht das erhielt, was ich am meisten brauchte: die lebenswichtigen Ländereien in Herefordshire.

Die Zukunft sah plötzlich sehr düster aus.

Selbstverständlich hätte mein Vater, wäre er länger am Leben geblieben, sein Testament geändert, doch darum ging es nicht. Es ging darum, daß er angeordnet hatte, die Ländereien sollten verkauft und der Erlös mündelsicher für meine vier Söhne und Marians zwei Töchter angelegt werden. Selbstverständlich brauchte all dies mich nicht zu hindern, meinen Besitz in Gower zu verkaufen und anderswohin zu ziehen, doch wenn ich das tat, blieb mir gar nichts anderes übrig, als ein Anwesen von ähnlicher Größe zu kaufen, und offen gesagt erhoffte ich mir mittlerweile ein wenig mehr vom Leben, als nur den vornehmen Landwirt zu spielen. Zwar hatte ich mich damit zufriedengegeben, mich auf einem zweitklassigen Gut abzurackern, solange ich mir vorgegaukelt hatte, Oxmoon würde mir wunderbarerweise eines Tages in den Schoß fallen, doch jetzt, wo dieser Traum geplatzt war, befriedigte es mich nicht mehr, nichts weiter zu sein als ein großer Fisch in einem kleinen Teich.

Je mehr ich über mein Dilemma nachdachte, desto vertrackter wurde es. Ich hatte immer noch vor, anderswohin zu gehen. Gleichzeitig warnte mein gesunder Menschenverstand mich davor. Um Landwirtschaft zu betreiben, braucht man Kapital, und wenn ich in eine unbekannte Gegend zog, kamen ganz bestimmt große Ausgaben auf mich zu. Außerdem konnte ein größerer Fehler mich in die unangenehmsten finanziellen Nöte bringen, aus denen ich mich möglicherweise nur unter Mühen und größten Schwierigkeiten befreien konnte. Ich würde einfach nicht über das Kapital verfügen, um eventuelle Engpässe zu überstehen. Außerdem fällt es auf einem kleinen Anwesen schwerer, sich von finanziellen Verlusten zu erholen, als auf einem größeren. Mich an die Maxime «Besser der Spatz in der Hand als die Taube auf dem Dach» haltend, war ich stark versucht, in Penhale zu bleiben.

Diese Überlegungen genügten bereits, mich davon abzuhalten, über Kester nachzudenken, doch gab es auch noch andere Nachwirkungen, die vom Testament meines Vaters ausgingen und mich ablenkten. Mein Vater hatte drei Vermögen gehabt, die es aufzuteilen galt. Das bereits erwähnte Armstrongsche Vermögen, das zum größten Teil an Wohlfahrtseinrichtungen und zum kleineren (treuhänderisch festgelegt) an Francesca fiel; aus diesem Vermögen wurden erfreulicherweise auch sämtliche Erbschaftssteuern bezahlt. Das aus der Familie Lankester stammende Vermögen ging nicht allein an die Enkelkinder meiner Mutter, sondern (treuhänderisch festgelegt) auch an Marian; die Idee, die dahinterstand, war, ihr Erbteil einigermaßen dem meinen anzupassen. Blieb also noch das persönliche Vermögen meines Vaters. Davon fielen die Liegenschaften in Gower an mich, nicht jedoch das Geld, das mein Vater im Laufe seiner bemerkenswerten Karriere als Mitglied mehrerer Aufsichtsräte und als Spieler an der Börse angesammelt hatte; Nutznießerin dieses (gleichfalls treuhänderisch festgelegten) Geldes war auf Lebenszeit Bronwen, nach ihrem Tod ging das Geld an meine kanadischen Halbgeschwister. Bronwen war dreiundfünfzig und konnte gut und gern noch zwanzig Jahre und länger leben. Solange bekamen diese Kinder nichts, und sie konnte auch nicht an das Kapital heran, um ihnen zu helfen. Ich bedauerte sie sehr, ganz besonders Gerry, der als Lehrling ja überhaupt kein Geld verdiente. Gewiß, irgendwann würde er Anwalt werden und vermutlich ein recht hohes Einkommen haben, doch das erst in einem Alter, da er längst darüber hinaus wäre, sich ohne weiteres mit seiner finanziellen Abhängigkeit von seiner Mutter abzufinden; eine erkleckliche Erbschaft wäre daher unschätzbar für ihn gewesen.

Wie ich Gerry klarmachte, war es besonders schlimm, daß mein Vater zwar gewußt haben mußte, daß sein Testament seine augenblicklichen Verhältnisse widerspiegeln sollte, er jedoch nicht die Möglichkeit seines Ablebens in Betracht gezogen hatte, während die Kinder aus seiner dritten Ehe sich immer noch mit den Anfangsschwierigkeiten ihres Berufes und ihrer Laufbahn herumschlugen. Für einen nüchtern denkenden Geschäftsmann konnte diese Haltung kaum der Weisheit letzter Schluß gewesen sein.

Soviel zu seinem Testament. Kein Wunder, daß ein großer Teil meiner Zeit nach dem Tode meines Vaters mit Diskussionen über dieses testamentarische Desaster mit meinen Mitopfern ausgefüllt wurde; doch als Hypochonder ersten Ranges fand ich sogar noch Zeit, darüber nachzudenken, ob ich nun wohl auch an Kinderlähmung sterben würde. Ich tat es nicht. Die Inkubationszeit verging, und ich stellte fest, daß ich überlebt hatte. Ich meinte, darin einen gewissen Triumph sehen zu müssen, doch nachdem ich erst einmal aufgehört hatte Angst zu haben, an Kinderlähmung zu sterben, fing ich an, mir Gedanken darüber zu machen, ob nicht vielleicht Kester mich umbringen würde. Ich versuchte mir klarzumachen, daß ich ein

Neurotiker sei, was mir jedoch nicht gelang. Ich versuchte auch, mir klarzumachen, daß es nur zu meinem eigenen Besten sei, wenn ich Gower verließ, doch auch das gelang mir nicht. Was sollte ich tun? Ich schwankte, konnte mich zu keinem Entschluß durchringen.

Vielleicht habe ich trotz allem die ganze Zeit über gewußt, daß es Kester sein würde, der letzten Endes die Entschlüsse für mich faßte. Kester hatte keine Ahnung, daß ich meinem Vater gesagt hatte, ich wolle fortziehen. Kester glaubte immer noch, mich für immer vor der Haustür zu haben, und bald nach der Beerdigung verlor er die Nerven; meine schlimmsten Befürchtungen erwiesen sich als berechtigt, und er holte zum Schlag gegen mich aus.

Damit war unser Schicksal besiegelt. Meine Geduld war erschöpft. Von einem Augenblick auf den anderen war ich fanatisch entschlossen, ihn nicht mit noch mehr Frevel davonkommen zu lassen. Ich ließ alle Gedanken, mich zurückzuziehen, fahren und schickte mich an, zum Gegenschlag auszuholen.

2

Er stahl mir mein Land. Nicht Penhale Manor, darauf hatte er keinerlei Rechtsanspruch; was er an sich raffte, waren Martinscombe und Little Oxmoon, und ohne zusätzliches Einkommen aus diesen beiden Besitzen war ich finanziell ruiniert. Wie er sehr wohl wußte, war es mir damit unmöglich gemacht, weiterhin auf Penhale Manor zu bleiben. Ich würde mich in weit bescheideneren Verhältnissen anderswo einrichten müssen.

Ich saß mit Humphrey beim Frühstück, als die Zugehfrau mit der Morgenpost hereinkam. Es war März, doch die anderen Jungen waren zu den Ferien noch nicht nach Hause gekommen. Humphrey redete davon, was er als Raumfahrer alles machen wolle.

«. . . und dann zum Merkur, zum Mars und zur Venus.»

Ich ließ Rechnungen und Reklame beiseite und öffnete einen maschinenschriftlich adressierten Umschlag aus Swansea. Er stammte von den Anwälten meines Vaters.

«Sehr geehrter Mr. Godwin –» Schon die Anrede ließ mich hellwach werden. Der alte Freddy Fairfax hatte mich Harry genannt, seit ich so alt gewesen war wie Humphrey jetzt. Als ich nachsah, wer denn unterschrieben hätte, stellte ich fest, daß der Schreiber des Briefes ein neuer Geschäftspartner war, ein gewisser P. D. St. J. Carmichael.

«Daddy, du hörst mir ja gar nicht zu.»

«Gleich, Humphrey.»

«Ich schreibe Ihnen im Auftrag unseres Klienten Mr. Christopher Godwin», schrieb P. D. St. J. Carmichael. «Es geht um eine Angelegenheit, die mit dem Testament Ihres verstorbenen Vaters, Mr. John Godwin, zu tun hat, von dessen Ableben ich mit großer Betroffenheit Kenntnis genommen habe. Ich darf Ihnen hierzu mein tief empfundenes Beileid ausdrücken.»

Dieser Carmichael mußte ein aalglatter Bursche sein. Mit immer größer werdendem Schrecken las ich weiter.

«Ihr Vetter ist darauf hingewiesen worden, daß Sie laut Testament Erbe des unter dem Namen Martinscombe bekannten Besitzes sein sollen, zu dem auch der Wohnsitz Little Oxmoon gehört. Ich erlaube mir, Sie im Namen unseres Klienten darauf hinzuweisen, daß dieses Legat nicht Rechtens sein kann, da Ihr Vater keinerlei Rechtstitel auf dieses Land hatte. Ihr Vater glaubte zwar, diesen Besitz von seinem Bruder Robert geerbt zu haben, doch unterlag er darin insofern einem Irrtum, als Mr. Robert Godwin selbst keinerlei Rechtsanspruch darauf hatte.

Aus den uns vorliegenden Papieren geht nicht hervor, daß Ihr Großvater, Mr. Robert Godwin senior, seinem ältesten Sohn den Besitz jemals förmlich überschrieben hat. Auch hat Ihr Onkel, Mr. Robert Godwin junior, nicht lange genug gelebt, als daß besagte Liegenschaft verfügungsmäßig an ihn hätte übergehen können. Infolgedessen ist davon auszugehen, daß Ihr Großvater bei seinem Tode im Jahre 1929 immer noch im Besitz der Liegenschaft Martinscombe war und insofern das Land samt Wohnsitz automatisch an seinen Erben, Mr. Christopher Godwin, übergegangen ist.

Unser Klient möchte Sie in Kenntnis setzen, daß er nunmehr Anspruch auf sein Eigentum erhebt...»

Ich hörte auf zu lesen. Der Brief zitterte in meiner Hand.

3

Es war ein kalter Märztag, der mehr vom tiefsten Winter denn vom Frühling hatte; von See her peitschten immer wieder Regenschauer über die Rhossili Downs. Oxmoon machte einen unwirtlichen Eindruck. Die Rollos hinter einigen der Fenster des Erdgeschosses waren heruntergezogen, um anzudeuten, daß das Haus unbewohnt sei und der Besitzer sich anderwärts an einem wärmeren Klima erfreute. Das ganze Anwesen schien geduldig auf etwas zu warten. Oder auf jemanden.

Niemand reagierte, als ich an der Haustür klingelte; dennoch war ich sicher, daß wir beobachtet wurden. Wieder zum Auto zurückgehend, starrte ich zu den Fenstern im Oberstock hinauf, doch war kein Mensch zu sehen.

«Es kann ja nicht die gesamte Dienerschaft gerade ihren freien Tag haben», brummte Dafydd. «Warum kommt denn niemand an die Tür?»

«Er hat offensichtlich Anweisung gegeben, mich nicht einzulassen. Er will, daß ich mir mit Gewalt Zugang verschaffe, wie damals, bei Annas Tod – und dann kann er die Gewalttätigkeit zum Vorwand nehmen, um mich hinauswerfen zu lassen.»

«Und was machen wir?»

«Wir scheuchen ihn raus.» Schwungvoll drehte ich mich um und blickte zurück zum Haus, und diesmal war mir, als sähe ich, wie sich der Vorhang vor dem Fenster auf dem Treppenabsatz oben bewegte. «Kester!» rief ich. «Ich bleibe hier, bis du dich zeigst.»

Wir warteten, doch nichts geschah.

«Er versucht, dich zu reizen, damit du aus der Haut fährst», sagte Dafydd.

«Wenn er sich einbildet, ich gebe ihm Gelegenheit, mich in Notwehr zu töten, sollte er lieber noch mal nachdenken.»

Wir warteten, doch es tat sich nichts. Schließlich hatte ich einen Einfall.

«Dafydd, geh irgendwohin, wo er dich nicht mehr sehen kann; mal sehen, was sich tut, wenn er glaubt, daß ich allein bin. Geh und stell dich an die Wand des Ballsaals dahinten.»

Dafydd begab sich dorthin. Die List wirkte. Kester wollte wissen, was er vorhatte. Der Vorhang über der Eingangshalle bewegte sich, und gleich darauf flog das Fenster auf.

Kester lehnte sich über die Fensterbank hinaus. Nachdem er sich überzeugt hatte, daß Dafydd nichts Böses im Schilde führte, rief er mir unvermittelt zu: «Na schön, was willst du?»

Die Frage war so unglaublich, daß ich einen Moment brauchte, ehe ich antwortete. Er hatte mein Land an sich gebracht und gedroht, mich zu ruinieren, und jetzt fragte er mich, warum ich ihn sprechen wollte! Wie ich die Selbstbeherrschung bewahrte, weiß ich nicht.

Aber ich verlor sie nicht. Ich stand mit geballten Fäusten da und rief zu ihm hinauf: «Ich bin gekommen, um mir zu holen, was mir gehört.»

Mir gehört, mir gehört, mir gehört . . .

So hallte es in meinem Geist wider. Ich war gekommen, um zu

holen, was mir gehörte. Zweiunddreißig Jahre hatte es mich gekostet, aber jetzt hatte ich es endlich geschafft. Ich war gekommen, mir zu holen, was mir gehörte – nicht nur Martinscombe, sondern das Leben, das ich hätte führen können, und das Erbe, das an mich hätte fallen sollen. Ich war gekommen, mein wahres Ich einzufordern, jenes Selbst, das mir versagt worden war. Ich war gekommen, um Oxmoon zu verlangen.

«Du solltest lieber deine Anwälte schicken», rief Kester ungerührt. «Dem Gesetz nach ...»

«Scheiß auf das Gesetz!»

Das brachte ihn in Rage. «Ach, sei doch nicht kindisch, Harry! Du kannst überhaupt nichts tun, und das weißt du auch ganz genau.»

«Falsch!»

«Was meinst du?»

«Ich sehe dich Scheißkerl schon am Galgen – wegen des Mordes, von dem ich weiß, daß du ihn begangen hast.»

Schweigen. Vollkommenes Schweigen. Dann wehte ein kalter Wind von den Downs herüber und stöhnte leise in den Bäumen. Aus den Augenwinkeln heraus sah ich, wie die Buchen erbebten.

«Du bluffst doch nur», sagte Kester. Er lehnte sich vor, um sich zu vergewissern, daß Dafydd auch wirklich außer Hörweite war. «Du weißt selbst, daß du nur bluffst.»

«Dann beweis mir das!» Selbstverständlich konnte er das nicht. Da standen wir, er oben, auf mich herabblickend, und ich unten auf der Auffahrt, von wo aus ich zu ihm hinaufsah, doch spürte ich das Gewicht der Macht zwischen uns sich verlagern, und plötzlich wußte ich, daß ich die Oberhand gewonnen hatte.

«Warte», sagte Kester zögernd, «ich komme runter.»

Er schloß das Fenster und verschwand.

Dafydd gesellte sich zu mir. «Und was soll ich machen?»

«Geh und stell dich wieder hin. Macht nichts, wenn du nicht hörst, was gesprochen wird, ich brauche dich bloß als Zeugen, falls er versuchen sollte, mich umzubringen – nein, sag nicht, daß ich den Verstand verloren habe. Dieser Kerl ist viel gefährlicher, als irgend jemand auch nur ahnt.»

Dafydd machte ein erschrockenes Gesicht, zog sich jedoch ohne ein weiteres Wort wieder zurück, und nach einer langen Pause trat Kester aus dem Haus heraus. Er trug Mantel und Halstuch; die Hände hatte er tief in den Manteltaschen stecken, und er erzitterte, als wieder eine Bö von See her herüberfegte.

Ich hielt den Wagen zwischen uns; über die Kühlerhaube hinweg blickten wir einander an.

«Das Land gehört mir», sagte Kester. «Tut mir leid, alles, was du willst, aber es ist nun mal so. Ich habe ein paar Nachforschungen angestellt . . .»

«Nun, das kann ich mir vorstellen. Schließlich erinnerst du dich, wie peinlich es Vater war, als er feststellte, daß er Martinscombe von Onkel Robert geerbt hatte.»

«Ja, und es war doch auch seltsam, nicht wahr? Und wenn Onkel John wesensgemäß reagierte, dann war da irgend etwas, was sich wirklich nicht gehörte. Deshalb habe ich mir den alten Fairfax gekauft . . .»

«. . . und dann, nehme ich an, habt ihr beiden sämtliche Testamente und Schenkungsurkunden durchforstet, um die Überschreibung von 1919 auszugraben.»

«Ja, der arme Freddy war ganz durcheinander. Denn, weißt du, 1919 hat seine Firma Oxmoon gar nicht vertreten, und er hatte den klassischen Fehler begangen, sich auf das Wort des Gentleman zu verlassen, als mein Vater schwor, es habe eine solche Schenkungsurkunde gegeben. Auf diese Weise hat mein Vater die Besitzurkunden über Martinscombe an sich gebracht, die er brauchte, um sich ins Grundbuch eintragen zu lassen – und der arme alte Freddy ging einfach davon aus, daß die Schenkungsurkunde durch ein Versehen der früheren Anwälte Owens und Wood immer noch unter den Oxmoon-Papieren bei ihnen lag, nachdem die Schenkung rechtskräftig geworden war.»

«Der alte Freddy gehörte erschossen. Warum hat er denn nicht auf der Stelle nachgeprüft, ob die Schenkungsurkunde existierte oder nicht?»

«Weil es ihm nie in den Sinn gekommen wäre, anzunehmen, daß mein Vater sich so schurkisch benehmen könnte. Außerdem gibt es eine Unmenge Dokumente, die mit den Oxmooner Liegenschaften zu tun haben, und eine Gesamtaufstellung gibt es nicht.»

«Okay, Fairfax ist also dem fatalen Irrtum unterlegen, deinem Vater zu vertrauen, und es ist auch keine Schenkungsurkunde aufgetaucht. Aber weshalb bist du so sicher, daß . . .»

«Nun, sobald feststand, daß die Schenkung nicht zu beweisen war, haben wir uns mit den Papieren deines Vaters beschäftigt – das war kurz nach seinem Tode, und der arme alte Freddy hatte sie alle in Verwahrung. Und dort fanden wir die Grundbuchauszüge für Martinscombe – sämtlichst beglaubigt und auf Großvaters Namen ausgestellt, woraufhin Freddy selbstverständlich sofort erkannte, was geschehen war. Er setzte sich daraufhin mit den früheren Anwälten meines Vaters in Verbindung . . .»

«Und der ganze Schlamassel wurde offenbar. Himmel! Wie ist dieser Scheiß-Robert bloß dazu gekommen, sich zu solchen Machenschaften herzugeben?»

«Ich vermute, daß das alles mit Milly Straker zu tun hatte. Sie hatte Großvater ja völlig unterm Daumen, und er wollte, was die Besitzverhältnisse des Gutes betraf, nicht mit seinen Söhnen zusammenarbeiten.»

«Aber daß Robert sich soweit herabgelassen hat, zu betrügen . . .»

«Muß es denn für ihn Betrug gewesen sein? Ich nehme an, die Welt sieht für jemand, der dem Tode nahe ist, ganz anders aus, und wahrscheinlich hat er das, was er tat, nur als notwendigen Schritt betrachtet, um seine Frau und sein Kind vor der Habgier von Milly Straker zu bewahren.»

«Mir ist aber immer noch nicht klar, wie er damit durchgekommen ist. Denn Großvater hat doch bestimmt, als er von Roberts Testament erfuhr . . .»

«Aber begreifst du denn nicht, daß er niemals genau erfahren haben wird, was darin stand? Mein Vater bediente sich anderer Anwälte; mein Großvater gehörte nicht zu den Erben; Onkel John, der dazugehörte, hielt es für das beste, Schweigen zu bewahren, und meine Mutter hat den Mund bestimmt nicht aufgemacht. Offensichtlich haben sie und Onkel John sich darüber verständigt – ja, ich erinnere mich, daß sie darüber diskutiert haben –, aber genauso steht fest, daß sie nie mit jemandem darüber geredet haben, der es Großvater hätte hinterbringen können, zumal er damals ja ohnehin schon völlig zurückgezogen lebte und sowieso nicht auf gutem Fuß mit der Familie stand. Und vergiß nicht, daß das Gut Onkel John unter dem Vorbehalt hinterlassen wurde, daß meine Mutter und ich auf Little Oxmoon bleiben sollten, bis ich mein Erbe antreten konnte; folglich kam es zu Großvaters Lebzeiten nicht zu einer Veränderung des *status quo*, und es gab nichts, was offen auf das, was mein Vater getan hatte, hätte hinweisen können. Dabei handelte es sich ja vor allen Dingen um eine Vorsichtsmaßnahme; herausgekommen wäre das Ganze nur, wenn Großvater zu Lebzeiten verrückt genug geworden wäre, um Milly Straker hinsichtlich des Gutes *carte blanche* zu geben – und in dem Fall hätte die Täuschung meiner Mutter einen wirksamen Schutz gewährt, denn unter den obwaltenden Umständen wäre Großvater bestimmt als unzurechnungsfähig erklärt worden, jedenfalls als außerstande, um vor Gericht Zeugnis darüber abzulegen, was 1919 wirklich geschehen war. Nun, dieser Alptraum wurde nie Wirklichkeit, und so kam Großvater unwissend ins Grab, und der Betrug wurde nie aufgedeckt.»

«Aber warum, um alles auf der Welt, hat mein Vater da nicht die Grenze gezogen?»

«Offenbar hat mein Vater Onkel John sehr gekonnt eingeseift. Onkel John meinte, mich und meine Mutter vor der Habgier von Milly Straker zu beschützen. Und was hätte heldenhafter sein können?»

Ich stöhnte auf. Kester lachte und setzte ein mitleidiges Gesicht auf. Ich hätte ihn zu Brei schlagen mögen.

«Du siehst also, Harry, du hast kein Bein, auf dem du stehen kannst, nicht wahr? Und jetzt hör mal zu – laß uns versuchen, vernünftig darüber zu reden. Findest du nicht auch, daß es um unser beider willen besser wäre, du würdest aus Gower fortgehen? Ich weiß, mein Schachzug bringt dich in arge finanzielle Bedrängnis, aber wenn du dich jetzt einverstanden erklärst fortzuziehen, kann ich dir finanziell unter die Arme greifen, um dir woanders einen Neuanfang zu ermöglichen ...»

«Du willst mir nicht unter die Arme greifen. Du willst mich umbringen. Weil ich zuviel weiß.»

«Nun, das stimmt natürlich, aber schließlich kannst du nichts beweisen, oder? Und deshalb kannst du mir nichts anhaben, und ich bin sicher. Trotzdem, wir befinden uns beide in einer unerträglichen Situation, und deshalb meine ich, wenn du vernünftig bist und anderswohin gehst ...»

«Das kannst du nicht ernst meinen.»

«Aber Harry ...»

«Du reißt mein Land an dich – jawohl, *mein* Land, denn Rechtens, wenn auch nicht dem Gesetz nach, gehört es mir –, du zwingst mich, Haus und Hof zu verlassen, du versetzt mir einen Fußtritt, der mich ins Exil treibt ... und bildest dir ein, ich lächle nur und halte dir die andere Wange hin wie ein Heiliger und verschwinde, bloß damit du fürderhin glücklich und in Frieden dein Leben genießen kannst? Du mußt verrückt sein.»

«Ich bin mir durchaus darüber im klaren, daß es hart für dich ist, aber ...»

«Hart? *Hart?* Es ist der Gipfel der Ungerechtigkeit, und ich lasse das nicht zu. Mir hat es gerade gereicht zuzusehen, wie du mit Mord davonkamst! Ich denke, es ist an der Zeit, daß du anfängst zu bezahlen!»

Kester wurde um eine Nuance bleicher. «Sei doch kein Idiot! Wenn ich bezahle, dann bezahlst auch du – du hast dich mitschuldig gemacht, indem du geholfen hast, die Tat zu vertuschen.»

«Oh, ich denke nicht daran, zur Polizei zu gehen! An die Familie werde ich mich wenden! Ich werde ihnen genau sagen, wie du Thomas ermordet hast, und wenn sie erst mal einsehen, daß du hinter Schloß und Riegel gehörst, werden sie mir beistehen, eine Zwangseinweisung ins Irrenhaus zu erwirken.»

«Sie werden dir nie glauben», erklärte Kester gelassen.

«O doch, das werden sie – denn du wirst ihnen die Geschichte bestätigen.»

«Das werde ich, verdammt noch mal, nicht tun.»

«Gut, dann gehe ich eben zur Polizei, sofern du der Familie gegenüber nicht gestehst. Verdammt noch mal, ich gehe sogar in den Knast, bloß um dich ein für allemal hinter Gitter zu bringen.»

«Daß ich nicht lache! Wie willst du denn die Polizei überzeugen? Du hast nicht den geringsten Beweis in Händen.»

«O doch, das habe ich!»

«Du bluffst . . . ich glaube dir nicht.»

«Ich habe den Schürhaken ausgegraben.»

Grabesstille. Es war sehr kalt. Das Haus machte einen ausgebleichten, erfrorenen Eindruck.

«Den Schürhaken, den nur du hast benutzen können. Den Schürhaken, der dich nach Broadmoor bringen kann.»

Rasch fuhr Kester sich mit der Zunge über die Lippen. Er war kreideweiß.

«Na schön», sagte ich, als von ihm keine Reaktion kam. «Gehen wir mal anders an das Problem heran. Ich gehe nicht zur Polizei und wende mich auch nicht an die Familie – aber nur dann, wenn du genau tust, was ich dir sage. Tust du es nicht, werde ich nicht rasten noch ruhen, bis ich dich hängen oder zu lebenslänglich verurteilt sehe. So einfach ist das. Dabei ist es mir egal, ob ich mich selbst damit ins Unglück stürze; ich bin jedenfalls fest entschlossen, daß du zahlst.»

Wieder ein langes Schweigen. Kester nahm die Hände aus den Taschen und legte sie leicht auf die Kühlerhaube des Autos. Offensichtlich rang er damit, ein neues Komplott zu schmieden, nur geriet sein schöpferischer Genius diesmal in Panik und überwältigte ihn. Als er mich diesmal wieder anblickte, erkannte ich die Furcht in seinen Augen.

«Was willst du?»

«Was meinst du wohl?»

Da gingen die Nerven mit ihm durch. Er wurde hysterisch. «Ich werde es niemals hergeben, niemals, niemals, niemals . . .»

«Gut», sagte ich und machte den Wagenschlag auf, als wollte ich davonfahren. «Dann rufe ich jetzt die Familie zusammen, und wenn die mir nicht glauben, gehe ich zur Polizei.»

«Warte!» schrie er.

Ich wartete, doch Wut und Angst hatten ihm die Sprache verschlagen.

«Geh nach Dublin und lebe bei Declan», sagte ich. «Der Familie erzählen wir, das Gut wäre zuviel für dich gewesen, wie üblich, und deshalb hättest du wieder einen Nervenzusammenbruch bekommen. Das klingt glaubhaft, meinst du nicht auch? Nach deinem Lieblingswort handelst du wesensgemäß.»

Ich dachte, er würde ohnmächtig werden, doch das wurde er nicht. Er lehnte sich, die Hände auf der Kühlerhaube, nur leicht vor und schloß die Augen. Schließlich machte er sie wieder auf und sagte: «Das hättest du nie gewagt, wenn Onkel John noch lebte.»

«Dann hättest du auch niemals gewagt, mir mein Land zu stehlen. Aber er ist tot, oder vielleicht nicht? Er ist tot, die Spielregeln haben sich verändert, und bei Gott, ich werde bekommen, was mir von jeher zugestanden hat. Du hast es verwirkt. Es gehört mir.»

«Niemals!»

«Wie du willst. Viel Vergnügen in Broadmoor.» Wieder tat ich so, als sei ich im Begriff davonzufahren.

Auf diese Weise ging das Gespräch noch etwa fünf Minuten hin und her, doch selbstverständlich gab er zum Schluß nach. Es blieb ihm gar nichts anderes übrig. Er war jetzt völlig überzeugt, daß ich vor nichts zurückschrecken würde, um ihn hinter Gitter zu bringen.

«Gut», flüsterte er schließlich. «Gut.» Er zwang sich, mich wieder anzusehen. Seine Augen waren von einem sehr hellen, klaren Blau. «Vielleicht ...» Es fiel ihm verdammt schwer, die Worte hervorzubringen, doch schließlich gelang es ihm. «Vielleicht kann ich das Desaster zu meinem Vorteil umbiegen. Ganz gewiß hätte ich mehr Zeit zum Schreiben, wenn ich ... wenn ich aufgäbe ...» Aber das Wort Oxmoon brachte er nicht über die Lippen. «... wenn ich fortginge, und wie du weißt – eigentlich bedeutet das Schreiben mir alles. Und solange am Ende Hal alles bekommt ... Ich nehme an, du denkst doch wohl nicht daran ...»

«Nein. Du wirst Oxmoon nicht direkt an Hal überschreiben. Du wirst es an mich überschreiben. Du wirst Fairfax beauftragen, die Schenkungsurkunde aufzusetzen, und zwar sofort.»

Wieder hysterische Anfälle. Wir setzten das Schattenboxen noch eine Weile fort, doch damit wurde das Unvermeidliche nur etwas hinausgeschoben, und schließlich sagte er: «Schön. Ich unterschreibe die Schenkungsurkunde, schütze einen Nervenzusammenbruch vor und ziehe mich nach Dublin zurück. Aber merke dir, was ich sage: Du bist es, der im Irrenhaus enden wird. Denn du bist gewalttätig, gefährlich und durch und durch ungefestigt.»

«Das schreib dir nur selbst hinter die Ohren.»

Wir starrten uns an, sahen uns selbst im anderen, und unversehens hing Entsetzen in der Luft – jenes Entsetzen, das keinen Namen hatte. Kesters Blässe bekam etwas Wächsernes, und die ganze Zeit über, da ich zusah, wie seine Farbe verblaßte, sah ich dunkel mich selbst im Spiegel und spürte, wie mein Denken und mein Sein sich verzerrten.

Ein Schauder durchlief uns. Einen lange währenden Augenblick blieben wir wie gelähmt vor Abscheu, doch schließlich wandte er mir den Rücken zu, schoß ins Haus hinein und knallte die Tür hinter sich zu. Als Dafydd herzugelaufen kam, ließ ich mich gegen den Wagen fallen.

«Alles in Ordnung mit dir?»

«Bestens, bestens.» Ums Haar wären mir die Sinne geschwunden. Weiß der Himmel, wie ich es schaffte, mich zusammenzureißen. «Komm, setz du dich ans Steuer, ja, bitte? Ich bin vollkommen erledigt.»

«Wohin fahren wir?»

«Zurück zur Hauptstraße. Stell den Wagen am Fußweg ab, der weiter hinaufführt nach Penhale Down. Ich möchte durch den Hintereingang aufs Grundstück.»

«Was zum Teufel wollen wir jetzt tun?»

«Einen Schürhaken ausgraben.»

4

Alles, was Dafydd sagte, als ich den Schürhaken endlich in der Hand hielt, war: «Thomas?»

Da standen wir, unter den Bäumen. Das Licht hatte etwas Schwefliges, das Zeichen für extremes Winterwetter. Die Dohlen in Humphrey de Mohuns Turmruine gaben keinen Ton von sich.

«Dann hast du es also erraten», sagte ich.

«Ja, aber falsch.»

«Was meinst du damit?»

«Ich dachte, du wärest es, der ihn erschlagen hat. Und dabei war es dieser Scheiß-Kester, stimmt's?»

Nachdem ich mich von dem Schock erholt hatte, sagte ich ungläubig: «Du hast mich für den Mörder gehalten, und doch hast du zu mir gestanden und nichts gesagt?»

«Selbstverständlich», sagte Dafydd verwundert. «Du bist schließlich mehr Bruder für mich gewesen als einer von den kleinen Scheißern, die meine Mutter deinem Vater geboren hat, und außerdem ... im Krieg, im Gefangenenlager ... da hat man sich daran gewöhnt, daß die normalen Regeln nicht gelten.»

Da standen wir, Brüder und doch keine Brüder, verwandt und doch nicht verwandt, und ich wußte, wir kamen uns beide vor, als hätten dieselben Eltern uns geboren.

«Das werde ich dir nie vergessen, Dafydd.»

«Das solltest du auch nicht – denn ich würde alles für dich tun, Harry, vergiß das nicht. Alles.»

5

«Ihr seht also», erklärte ich der versammelten Familie gegenüber in der Sprache, die mein Vater bei uns berühmt gemacht hatte, «es war das Richtige, ja, das einzig Richtige.» Und als ich am Kopfende des Tisches im Eßzimmer von Oxmoon Platz nahm, packte ich die Armlehnen des großen geschnitzten Stuhls meines Großvaters, um mich zu überzeugen, daß die Gerechtigkeit endlich den Sieg davongetragen hatte.

Ich führte den Vorsitz beim Familienrat. Die Schenkungsurkunde war unterschrieben worden, Kester hatte sich nach Dublin zurückgezogen. Oxmoon gehörte mir, und doch war dies genau der Augenblick, da ich mir kein Feiern erlauben konnte. Ich mußte nüchtern und verhalten bleiben und den schwer arbeitenden Harry Godwin darstellen, der seinem armen kränkelnden Vetter zu Hilfe geeilt und jetzt vollauf damit beschäftigt war zu tun, was sich gehörte. Infolgedessen war ich zu dem Schluß gekommen, daß ich gut daran täte, die Familie zu Ostern in mein zukünftiges Heim einzuladen und ihnen darzulegen, was vorging – oder was sie meiner Meinung nach glauben sollten, daß vorging. Ich mußte sie auf dem laufenden halten. Ich war darauf angewiesen, daß sie mich für einen ehrlichen, aufrichtigen und durch und durch anständigen Kerl hielten. Es war unbedingt nötig, daß alle meinten, mein Handeln sei gerechtfertigt.

Noch hatte ich meine Sachen nicht von Penhale Manor herübergebracht, weil ich meinte, übertriebene Eile würde unter den gegebenen Umständen schlechten Geschmack verraten, und so war Oxmoon genau so, wie es ausgesehen hatte, als Kester abgereist war. Ich hatte sogar darüber nachgedacht, daß es fast so war, als lebte man in einem

Schrein, in dem die Erinnerung an ihn wachgehalten wurde. Aber selbstverständlich würde ich später viele Veränderungen vornehmen, sobald die Familie sich beruhigt hatte und meine Übernahme akzeptiert war.

Die Familie war auf meine Einladung herbeigeeilt; die Anwälte beider Seiten waren einverstanden gewesen, an der Besprechung teilzunehmen und zu bezeugen, daß meine Inbesitznahme Rechtens war. Ja, es war auch alles ganz genau nach Plan verlaufen, bis nach dem Frühstück mein mieser Schwager Rory Kinsella sich neben mich geschoben hatte, um mir zu verkünden, sein Bruder Declan habe die Irische See überquert, um Kesters Interessen zu vertreten; er werde in einer halben Stunde auf Oxmoon eintreffen.

Ich schaffte es, höfliches Entzücken zu bekunden, und nahm Gerry beiseite. «Declan Kinsella, dieser Gauner, wird gleich erscheinen. Wir müssen uns auf eine stürmische Sitzung gefaßt machen.»

«Warum sollten wir?» sagte Gerry sanft. «Kester hat die Schenkung aus freien Stücken unterschrieben, solange er geistig noch klar war. Was also kann Declan machen?»

Selbstverständlich hatte ich meinen Anwälten nicht auf die Nase gebunden, daß ich bei Kesters freiwilligem Entschluß sanft nachgeholfen hatte. Das wußte nur Dafydd. Ich war zu der Überzeugung gelangt, daß Dafydd, wenn er über Mord den Mund halten konnte, auch in bezug auf alles andere schweigen würde, was ich ihm anvertraute.

Ich ließ Gerry stehen und strebte auf das Telephon zu. «Dafydd?» sagte ich, als meine Haushälterin ihn aus dem Garten von Penhale Manor an den Apparat geholt hatte: «Komm rüber. Es braut sich was zusammen.» Und als er zehn Minuten später auf seinem Motorrad eintraf, sagte ich ihm, daß Declan gleich kommen würde. «Der Gangster ist zu allem fähig», sagte ich. «Ich nehme an, er wird versuchen, mich gleich hochgehen zu lassen.»

«Aber wie will er das anstellen? Wer glaubt schon irischem Abschaum wie dem?»

Das stimmte. Mir wurde ein wenig wohler. Aber nicht viel besser. Ich packte ihn am Arm. «Ich möchte, daß du die ganze Besprechung über bei mir bleibst. Zu sagen brauchst du nichts, nur dazusein.»

«Was, ich? Unter all diesen feinen Leuten? Ich habe ja nicht mal einen Schlips um.»

«Scheiß auf den Schlips. Ich möchte alle Verbündeten, die ich kriegen kann.»

In diesem Augenblick trafen gerade Kesters Anwälte ein, der alte

Freddy Fairfax, der aussah, als gehörte er in einen Rollstuhl, und der ehemalige Wykeham-Schüler Carmichael. Beide gaben sich mir gegenüber überschwenglich freundlich; zweifellos bildeten sie sich ein, wenn sie mir nur weit genug in den Arsch kröchen, würde ihre Firma weiterhin Oxmoon vertreten. Wie konnten sie nur!

Ich hatte sie gerade ins Eßzimmer geführt, wo mein eigener Anwalt, Roland Davison, zusammen mit den männlichen Familienmitgliedern wartete, da wurde mir vom Stubenmädchen gemeldet, Declan sei eingetroffen; ich setzte daher mein gewinnendstes Lächeln auf und kehrte in die Halle zurück, um ihn willkommen zu heißen.

Ich war ihm nur zweimal in meinem Leben begegnet, einmal, als Tante Ginevra starb, und einmal bei der Beerdigung meines Vaters, doch hatte ich beide Male den Eindruck gewonnen, dem unheimlichsten Menschen gegenüberzustehen, der mir je begegnet war. Er war jetzt Anfang Fünfzig, ein großer, fetter Mann mit schütter werdendem grauen Haar und sanften dunklen Augen, die aussahen, als könnten sie einer Massenhinrichtung zusehen, ohne mit der Wimper zu zucken. Er sprach mit einem wunderlichen englischen Akzent, wie jemand, der vor langer Zeit eine Fremdsprache erlernt und nicht mitbekommen hatte, wie sehr sie sich seither verändert hatte. Eigentlich hätte diese Eigentümlichkeit ihn lächerlich machen müssen, doch das war nicht der Fall; sie bewirkte nur, daß er womöglich noch unheimlicher klang, als das sonst der Fall gewesen wäre.

«Hallo, Declan – ist das eine Überraschung! Wie geht's Kester?»

Doch Declan verstand sich auf den Politikertrick, Fragen, auf die er nicht antworten wollte, einfach zu ignorieren. Er bedachte mich ansatzweise mit einem Lächeln, murmelte: «Hallo, mein Lieber, scheußliches Wetter, was?» und schob sich wie von ungefähr an meiner ausgestreckten Hand vorbei auf das Stimmengemurmel zu, das aus dem Eßzimmer drang.

Mein Rücken fing an zu jucken. Fünf fruchtlose Sekunden verbrachte ich damit, auf das dumpfe Pochen meines Herzens zu lauschen, dann folgte ich ihm durch die Halle hinein.

Die Mädchen waren beim Kaffee-Ausschenken, als ich wieder eintrat. Etliche Familienmitglieder erkundigten sich nach Kesters Ergehen, und Declan erklärte aufseufzend, der arme Kester sei sehr, sehr niedergeschlagen. Alle machten daraufhin ein trauriges und bekümmertes Gesicht, keiner ein traurigeres und bekümmerteres als ich, doch glücklicherweise kam Gerry mir zu Hilfe, indem er Declan fragte, was er von der politischen Lage in England halte. Declan erklärte, seiner Meinung nach würde Attlee bald zur Strecke gebracht werden, entweder von links, von Bevan, oder von rechts, von Churchill, was aber vielleicht so schlecht gar nicht wäre. Nach dieser Meisterleistung an politischer Unbestimmtheit ließ ich das Zigarettenkästchen herumgehen und schlug vor, daß wir alle Platz nähmen. Declan nahm keinerlei Notiz vom Kästchen und steckte sich eine besonders dicke Zigarre an. Vielleicht bildete er sich ein, dadurch besonders britisch zu wirken, sah aber aus wie ein Spießgeselle von Al Capone.

«Nun, meine Herren . . .» Ich war stehen geblieben, und nachdem alle Platz genommen hatten, zwang ich mich, Declan zu ignorieren und meine sorgsam zurechtgelegte Ansprache zu halten. Nachdem ich erst einmal angefangen hatte, war mir wohler zumute. Und als ich an der Stelle angekommen war, wo ich erklärte, Kester habe die Gelegenheit begrüßt, seine Probleme ein für allemal loszuwerden, indem er Oxmoon in sichere Hände legte, glaubte sogar ich selbst aus vollem Herzen, was ich sagte.

«. . . und so seht ihr», erklärte ich abschließend, «daß es das Richtige war – das einzig Richtige.»

Ich hielt inne. Keiner sagte etwas. Nachdem ich wieder Platz genommen hatte, schaute ich mich unter den am Tisch Sitzenden um. Zu meiner Rechten hatte ich Edmund, hinter ihm kamen seine zwei Söhne, Richard, einst Kesters Hofnarr, und Geoffrey, der in einem Londoner Verlag arbeitete und vermutlich alles wußte, was es über ungefestigte Schriftsteller zu wissen gab. Ich spürte, daß Geoffrey mehr ein Armstrong war als ein Godwin; er schien sich auch immer am Rand des Familienkreises aufzuhalten, gleichsam als versuche er ständig, die Flucht zu ergreifen, folglich kam ich zu dem Schluß, daß er sich bestimmt neutral verhalten würde.

Mein Blick wanderte weiter den Tisch hinunter, rutschte an den Brüdern Kinsella vorüber, übersprang Kesters Anwälte und blieb an Owen Bryn-Davies hängen, den ich mit Rücksicht auf Elizabeth dazugebeten hatte. Ich dachte, Owen müßte bekümmert sein, als er hörte, daß Kester seinen Sohn zugunsten von Hal enterbt hatte. Oder argwöhnte er, daß ich da ein wenig nachgeholfen hatte? Schwer zu sagen. Jedenfalls machte er ein unergründliches Gesicht. Mein Blick glitt an Roland Davison vorüber und blieb an meinen drei Halbbrüdern hängen. Auf Gerry konnte ich zählen. Evan, der mit dem Kragen des Geistlichen unerträglich tugendhaft aussah, würde für Kester sein, aber vermutlich würde er nicht den Mumm haben, Schwierigkeiten zu machen. Lance, der lammfromm wirkte wie immer, sah aus, als wünschte er, er wäre hundert Meilen fort von hier. Da stand nichts Unangenehmes zu erwarten. Neben Lance und unmittelbar zu meiner Linken saß Dafydd und fühlte sich in seiner Arbeitskleidung sichtlich nicht wohl; sämtliche Herren am Tisch waren damit beschäftigt, so zu tun, als wäre er unsichtbar.

«So also sieht es aus», sagte ich. «Ich weiß nicht, ob irgendwer von euch was dazu sagen will; ihr sollt nur wissen, daß ich mehr als bereit bin, diese tragische Veränderung in Kesters Schicksal ehrlich und mit allem Freimut zu diskutieren . . . Edmund – du bist jetzt der Älteste in der Familie. Würdest du so nett sein und uns deine Ansichten wissen lassen?»

Edmund seufzte. «Ja, nun, es ist alles furchtbar traurig. Wir wissen schließlich alle, wieviel Oxmoon Kester bedeutet hat, aber wenn er nun mal nicht damit fertig wird und Harry dazu imstande ist . . . und wo Hal sowieso erben soll . . . ja, was bleibt mir da schon anderes übrig zu sagen, als daß es so wohl am besten ist.»

«Richard», sagte ich, ehe irgend jemand etwas einwenden konnte, «laß hören, was du zu sagen hast.»

«Oh, ich bin einverstanden», sagte Richard düster. «Es ist ein Jammer, das mit dem armen Kester, aber ich habe ihn gesehen, ehe er nach Irland ging, und es kann überhaupt kein Zweifel darüber herrschen, daß der Ärmste völlig am Ende war. So sehr am Boden zerstört habe ich ihn noch nie gesehen.»

«Geoffrey?» sagte ich, bemüht, den Ball rasch rollen zu lassen.

«Ach, mach du nur, Harry, gib Kester ein bißchen Ruhe. Außerdem bin ich der Meinung, daß die Klitsche heutzutage ein weißer Elefant ist. Mich wundert nur, daß Oxmoon die Labour-Regierung überlebt hat.»

«Na, na, es ist immer noch ein hübscher kleiner Besitz! Glaubt mir, gerade das richtige für den Kuckuck, der nach einem Nest sucht.»

Alle drehten sich auf ihrem Stuhl nach ihm um. Ich beschloß augenblicklich, alles auf eine Karte zu setzen und die Brüder Kinsella einfach zu behandeln, als wären sie Luft.

«Gerry!» sagte ich und rief damit meinen nächsten Verbündeten auf. «Du bist an der Reihe.»

«Ich bin ganz auf Harrys Seite», erklärte Gerry den anderen mit fester Stimme. «Da Kester, wie er selbst zugibt, einfach nicht mehr damit fertig wird, ist dies ganz offensichtlich die bestmögliche Lösung.»

«Danke, Gerry», sagte ich. «Nun, ich würde meinen, Evan und Lance werden dem wohl zustimmen. Wozu ich als nächstes kommen möchte, ist ein Bericht über die Lage des Gutes, und dann möchte ich euch meine Zukunftspläne umreißen. Ich bin bis jetzt zwar noch nicht dazu gekommen, regelrecht Inventur zu machen, aber ...» Ich unterbrach mich.

Evan war aufgestanden.

«Ja?» sagte ich jäh. «Wolltest du etwas sagen?»

«Ich möchte meine Meinung zu dem sagen, was du getan hast.»

«Fein», sagte ich, und mir sank das Herz. «Laß hören.»

Evan holte tief Atem, sah sich in der Runde um und sagte: «Es ist unrecht.»

Aus den Augenwinkeln heraus sah ich, wie Declan kaum merklich den Mund verzog und lächelte.

Ich bewahrte die Ruhe. «Weiter. Zweck unseres Zusammenseins ist es ja gerade, daß wir uns freimütig über alles unterhalten.»

«Es ist unrecht», wiederholte Evan, ohne mich dabei anzusehen, «und ich kann es auch nicht verzeihen. Ich ziehe die Grenze.»

Als ob ich nicht schon genug Probleme hätte! Declan Kinsella sitzt in Zigarrenrauch eingehüllt da wie der böse König in einer Pantomime. Owen Bryn-Davies sieht aus, als würde er am liebsten mit einer Axt auf mich losgehen. Rory hat seit dem Frühstück Cognac getrunken und macht den Eindruck, als würde er am liebsten alles kurz und klein schlagen. Und um alldem die Krone aufzusetzen, stellt dieser Schuft von Halbbruder sich hin und fängt an, Grenzen zu ziehen.

«Ich bezweifle nicht, daß Kester Oxmoon freiwillig aufgegeben hat», sagte Evan, faßte sich endlich ein Herz und sah mich an. «Was ich bezweifle, ist, ob es moralisch vertretbar ist, daß du annimmst. Wenn Kester nicht damit fertig wird, meine ich, sollten wir einen Familienrat ernennen, das Gut zu verwalten, damit er weiterhin Herr hier ist. Oxmoon gehört Kester. Du hast kein Recht darauf, solange er lebt, Harry, und wenn du es wirklich so gut meinst, wie du uns alle glauben machen möchtest, gibst du Kester Oxmoon zurück und versuchst mit uns zusammen eine befriedigendere Lösung zu finden.»

«Hört, hört!» ließ Rory sich vernehmen, doch Declan sagte immer noch nichts. Da wußte ich, daß er sich auf einen großen Auftritt vorbereitete. Gekonnt wartete er den richtigen Augenblick ab, um sich zu Wort zu melden und alle anderen an die Wand zu drücken.

«Hör mal, Evan», sagte ich und nahm alle Kraft zusammen, um ruhig und vernünftig zu klingen. «In Wirklichkeit sieht es doch so aus, als ob ich der einzige bin, der imstande ist, dies Gut zu verwalten, und egal, wie wir uns rechtlich einigen – am Schluß werde doch ich es sein, der es zu verwalten hat. Und weil Kester das erkannt hat, hat er ganz aus freien Stücken beschlossen ...»

«Das hättest du nie zulassen dürfen», fiel Evan mir ins Wort.

«Ach, um Gottes willen!» sagte Gerry. «Kann man denn mit seinem Eigentum nicht mehr machen, was man will?»

«Er hat vor Kummer den Verstand verloren!» donnerte Rory.

«Juristisch gesehen nicht», ließ mein Anwalt sich vernehmen.

«Ganz meiner Meinung», sagte der Speichellecker Carmichael, ganz darauf bedacht, mir zu beweisen, wie sehr er bereit war, zum Verräter zu werden.

«Aber er war wirklich sehr durcheinander», sagte Fairfax, dieser alte Idiot, «und ich muß sagen, daß ich mich gefragt habe, ob . . .»

Jetzt gerieten wir in tiefe Wasser. Ich mußte augenblicklich etwas unternehmen, um uns da herauszuholen. «Meine Herren», sagte ich, «lassen Sie mich ein für allemal der Unterstellung ein Ende bereiten, ich könnte mir den Umstand zunutze gemacht haben, daß Kester nicht bei Verstand war. Ich habe in gutem Glauben gehandelt. Ich habe Oxmoon übernommen, weil ich ehrlich und aufrichtig glaubte, daß es genau das war, was Kester wollte. Aber wenn ich mich da irren sollte, gebe ich es ihm selbstverständlich zurück. Er braucht mir das bloß zu sagen.»

Eine Sekunde, nachdem ich aufgehört hatte zu sprechen, erkannte ich, daß ich den größten Fehler begangen hatte, den ich hätte begehen können. Denjenigen, die mich der Erpressung verdächtigten, hatte ich gerade eben bestätigt, so sehr Gewalt über Kester zu haben, daß er es nie wagen würde, Oxmoon von mir zurückzufordern.

Mir brach der kalte Schweiß aus, doch ehe irgend jemand etwas zu alledem sagen konnte, erklärte Geoffrey plötzlich unerwartet: «Was ich nicht begreife, ist, warum wir uns hier streiten – oder warum wir überhaupt hier sind. Es ist recht, daß Harry uns erklärt, was vorgeht, aber warum streiten wir uns darüber, ob Oxmoon ihm gehören soll oder nicht? Denn rein juristisch gesehen stehen wir doch vor einem *fait accompli.*»

«Nicht ganz», sagte Declan Kinsella und stand auf, um mich zu vernichten.

6

«Gentlemen», sagte Declan, und als er sicher war, daß die Aufmerksamkeit aller auf ihn gerichtet war, zeigte er mit dem Finger auf mich. «Dieser Dieb . . . dieser Verräter . . .»

Mußte ihm das Maul stopfen, mußte es einfach. Keine andere Wahl. Ein Alptraum. «Ach, nun hör schon auf, Declan . . . du bist hier nicht im Abgeordnetenhaus!»

«. . . dieser *Wüstling* . . . dieser *Schurke* . . .»

Wie konnte ich ihn dazu bringen, aufzuhören? Um Gottes willen, was zum Teufel machte ich da? «Laß das Pathos und komm zur Sache!» Mußte die Ruhe bewahren. Mußte ganz, ganz vernünftig bleiben. Die wandelnde Vernunft sein. Ohren steif halten, nicht wanken noch weichen – ich holte tief Atem. «Ich nehme an, Kester hat gesagt . . .»

«Kester hat überhaupt nichts zu mir gesagt, nicht ein Wort», erklärte Declan, ließ seinen englischen Akzent fahren und verfiel wie von selbst mit unheimlicher Geschwindigkeit in ein irisch-amerikanisches Gekrächz. «Ja, habe ich denn keine Augen im Kopf, daß ich nicht sehe, wie er vor Kummer verstört ist, unbeschreiblich kaputt, sein Leben gescheitert und seine Welt in Trümmern? Nein, es ist nicht nötig, daß er spricht. Ich kenne meinen Bruder Kester, durch und durch kenne ich ihn, und wenn es etwas gibt, was ich von meinem Bruder Kester weiß, meine Herren –» Declan breitete die Arme aus zu einer Geste, die jeden erschrocken zu ihm aufblicken ließ – «dann dies: daß er Oxmoon nie, nie, nie freiwillig aufgeben würde, meine Herren – niemals, und wenn tausend Jahre vergingen.»

«Ich schwöre . . .»

«Behalt deine Schwüre für dich, Harry Godwin! Du hast heute genug Lügen erzählt.»

Irgendwie gelang es mir, auf die Füße zu kommen. «Ich muß mit allem Nachdruck erklären», sagte ich, «daß Kester Oxmoon aus freien Stücken hergegeben hat.»

«Und ich erkläre mit allem Nachdruck», wandte Declan sich an die Familie, «daß dieser Dieb es ihm weggenommen hat – und ich nenne dich nicht nur einen Dieb, Harry Godwin! Ich nenne dich einen Erpresser! Ich nenne dich einen Lügner, einen Schwindler und Betrüger!»

Ich wandte mich augenblicklich an Davison. «Diese Aussage muß protokolliert werden. Ich klage wegen übler Nachrede und Verleumdung.»

Declan lachte. «Ach, du würdest mich nie verklagen!» sagte er. «Nie. Du hättest viel zuviel Angst, was im Zeugenstand alles ans Licht kommen könnte.»

Sämtliche Anwälte versuchten, sich ins Mittel zu legen. Über dem ganzen Stimmengewirr hörte ich Edmund mit zittriger Stimme sagen: «Das reicht, Declan. Das reicht. Schluß jetzt damit!»

Mir blieb nur eine Rückzugsmöglichkeit, die die Hoffnung auf einen würdigen Abgang verhieß – ich mußte mich auf die Rolle des englischen Gentleman besinnen. «Ich muß dich ersuchen», sagte ich zu Declan, «mein Haus augenblicklich zu verlassen.»

«Es wird nie dein Haus sein!» sagte Declan. «Oxmoon gehört Kester und wird Kester gehören bis an sein Lebensende.»

Rory hinter sich, ging er hinaus. Es war ein prachtvoller Abgang. Mich abwendend, gelang es mir, mir den Schweiß von der Stirn zu wischen, indem ich so tat, als hätte ich etwas ins Auge bekommen.

«Nun, wahrhaftig!» sagte ich und gab mich ganz gelassen. «War das eine Vorstellung!» Ich sank wieder auf meinen Stuhl und trank meinen Kaffee aus. «Lance, würdest du bitte klingeln? Ich glaube, wir haben alle einen Cognac nötig, um uns wieder zu erholen – nichts nimmt so mit wie eine gut gespielte irische Farce.»

Die Anwälte kicherten geflissentlich, doch nur Richard war so hirnlos, echt amüsiert loszulachen. Owen Bryn-Davies sah mehr denn je aus, als wollte er mit der Axt auf mich losgehen. Lance war leichenblaß, Evan aschfarben im Gesicht. Entsetzt an meiner Seite sitzend, brummelte Edmund wieder: «Unmögliches Benehmen ... schreckliche Dinge, die er da gesagt hat, schrecklich, schrecklich ... wenn John noch lebte ...»

«Wenn mein Vater noch lebte», sagte Evan, «wären wir nicht hier.» Er kam auf mich zu. «Ich habe keine Ahnung, ob etwas Wahres dran ist an dem, was Declan gesagt hat. Ich will es nicht einmal wissen. Aber ich finde, du solltest Oxmoon an Kester zurückgeben.»

«Was du nicht sagst. Aber könntest du jetzt entweder den Mund halten oder anderswo den Pastor spielen? Ich finde deinen Heiligenschein nachgerade ein bißchen ermüdend.»

Wieder ein schlimmer Fehler. Ich ließ erkennen, wie sehr mich das alles mitgenommen hatte. Ich war am Boden zerstört. Ich kratzte mir den Nacken, kratzte mich im Gesicht, jeder Quadratzentimeter Haut an mir juckte, und als das Mädchen den Servierwagen mit den Flaschen hereinrollte, schenkte ich mir einen dreistöckigen Cognac ein.

Irgendwie riß ich mich dann soweit zusammen, daß ich in großen Zügen darlegen konnte, was ich für die Zukunft mit dem Gut vorhatte, und irgendwie schaffte jeder es, mir betont höflich zuzuhören. Nur konnte ich mich irgendwie nicht entscheiden, ob ich die Besprechung schließen sollte, ohne in irgendeiner Weise zu Declans Anschuldigungen Stellung zu nehmen, oder ob ich nochmals versuchen sollte, sie lachend und schulterzuckend abzutun. Was würde weniger schuldig wirken? Ich wußte es nicht, konnte mich zu nichts durchringen. Was ich auch tat – ich hatte das Gefühl, die Schuld würde durchschimmern.

Dann dachte ich daran, wie Kester Thomas erschlagen hatte. Das war der Bösewicht. Ich brauchte nichts weiter zu tun, als mich zu verhalten wie der Unschuldige, der ich ja in Wirklichkeit war.

«. . . und so kann ich uns nicht auseinandergehen lassen», hörte ich mich selbst sagen, «ohne nochmals zu beteuern, daß ich von Anfang bis Ende nur bestrebt war, das Richtige zu tun. Ich weise hiermit jede einzelne von Declans hysterischen Beschuldigungen aufs entschiedenste zurück.»

Jeder murmelte irgendwelche beschwichtigenden Gemeinplätze, doch was sie dachten, wußte nur Gott allein. Ich schloß die Sitzung. Die Anwälte fuhren nach Hause. Gerry brachte sie an die Haustür, während Edmund und seine Söhne in den Salon hinübergingen, um sich den Frauen zuzugesellen. Owen fiel plötzlich ein wichtiger Anruf ein, den er unbedingt machen mußte. Binnen Sekunden war ich allein mit Evan, Lance und Dafydd.

«Ich muß gehen», sagte Evan.

«Laß dich nicht aufhalten.» Ich wandte ihm den Rücken zu und sah Lance an. «Du bist sehr erfolgreich damit, den Mund zu halten. Was geht in deinem Kopf eigentlich vor?»

Lance sah mich mit Bronwens grünen Augen an und sagte höflich: «Ich fand das Ganze widerlich. Entschuldige mich bitte», und folgte Evan hinaus in die Diele.

«Ganz schön verbockt», murmelte Dafydd. «Erstaunlich.»

«Den hat Evan völlig unterm Daumen.» Ich vergewisserte mich, daß die Tür geschlossen war, ehe ich fragte: «Und wie lautet dein Urteil über dieses Scheusal Declan Kinsella?»

«Wenn er wüßte, daß Kester Thomas umgebracht hat, würde er nicht eine solche Lippe riskieren. Für dich ist alles in Ordnung, Harry. Er weiß nichts.»

«Ich nehme an, Kester hat durchblicken lassen, daß Oxmoon ihm abgepreßt worden ist, sich jedoch geweigert zu sagen, wie.»

«Und das wird er auch niemals tun. Kester hat bestimmt keine Lust, irgendeinem Menschen, und schon gar nicht seinem Bruder, der so sehr an ihm hängt, zu gestehen, daß er nichts weiter ist als ein verdammter Mörder.»

«Schon. Aber wie stehen die Chancen, daß ein Mann wie Declan sich ein paar Dinge zusammenreimt? Mein Gott, wie er sie eben alle bis in die Grundfesten erschüttert hat!»

«Na und? Bewiesen ist schließlich nichts, oder? Und es kann auch nichts bewiesen werden – niemals. Da steht nur Aussage gegen Aussage, und am Ende werden sie dir glauben wollen, weil es viel bequemer ist, dir zu glauben als ihm. Nur nicht den Kopf verlieren! Du mußt es nur durchstehen. Anhaben kann er dir nichts.»

«Nein, selbstverständlich kann er das nicht», sagte ich.

Aber auf die Folter gespannt hatte er mich.

7

Eine Woche später kam Bronwen mich besuchen. Sie trug Schwarz, und mir fiel auf, wie sehr dies ihrem Gesicht die Farbe entzog und das verblaßte Rot ihres Haars und das Durchscheinende ihrer Haut zur Geltung brachte. Sie wirkte ätherisch, entrückt, wie jemand, der von weit, weit hergekommen war, aus einer anderen Welt, die keiner beschreiben konnte. Als ich sie küßte, sagte ich: «Ich freue mich ja so, dich zu sehen.» Seit dem Tod meines Vaters hatte ich sie kaum zu sehen bekommen. Sie hatte tagaus, tagein in ihrem Zimmer gesessen, und ihre Kinder hatten es für besser gehalten, sie nicht zu stören.

Wir setzten uns. Ich versuchte, einfach zu plaudern, doch ging sie nicht darauf ein, so daß ich zuletzt schwieg und das Schweigen uns einhüllte, bis ich spürte, daß ihr Geist und der meine einander durchdrangen.

Schließlich sagte ich: «Evan hat dich meinetwegen beunruhigt, nicht wahr?»

«Ach, ich sehe weit über Evan hinaus.»

Ich dachte an ihre rasiermesserscharfe Beobachtungsgabe, die Wirklichkeiten erfaßte, welche für andere gar nicht vorhanden waren.

«Mit mir ist alles in Ordnung, Bronwen. Und mit Kester auch.» Ich suchte nach Worten, um ihre unausgesprochenen Fragen zu beantworten. «Das ist nun mal unsere Art, miteinander zu leben», sagte ich am Ende. «Nun komm schon, du bist doch nicht bis nach Oxmoon herausgekommen, um überhaupt nichts zu sagen.»

«Ich bin gekommen, um dich an dein Versprechen zu erinnern, das du Johnny gegeben hast.»

Jetzt war es an mir zu schweigen.

«Du hast gesagt, du würdest fortgehen, woanders einen neuen Anfang machen.»

«Das hätte ich auch getan. Aber statt dessen hat Kester das getan, und so ist alles in Ordnung.»

Sie schüttelte den Kopf. «Ich bin kein Wahrsager», sagte sie, «das habe ich dir immer gesagt. Aber wenn man zwei Menschen sehr gut kennt, spürt man instinktiv, wie sie sich in bestimmten Situationen verhalten, und ich bin sicher . . . ach, ich bin mir ja so sicher . . .»

«Ja?»

«Kester wird kommen, um Oxmoon zurückzufordern, Harry. Die endgültige Auseinandersetzung mit ihm steht dir noch bevor.»

Ich hatte alle Hände voll mit der Bewirtschaftung des Gutes zu tun. Die Leitung von Höfen zu übernehmen, die man nicht kennt, ist ein Abenteuer, das viele Nerven kostet; je tiefer ich mich in das Unbekannte vergrub, desto mehr wuchs mein Unbehagen. Es stand außer Frage, daß die Höfe nicht ausreichend mechanisiert waren. Übertriebene Mechanisierung mag für den modernen Landwirt die ernstere Falle sein, in die er geraten kann, und ich hatte längst selbst die Risiken kennengelernt, die darin liegen, Kapital in eine Maschine zu investieren, die man nur zwei Wochen im Jahr nutzte; aber unzureichende Mechanisierung bedeutete höhere Lohnkosten, und die waren seit dem Krieg in schwindelnde Höhen geklettert. Außerdem hatten die Tagelöhner kommunistische Flausen im Kopf und verlangten WCs in ihren Katen. Ein Kreuzfahrer aus dem neunzehnten Jahrhundert wie Rider Haggard hätte sie zweifellos mitgerissen, aber ich war kein Kreuzfahrer aus dem neunzehnten Jahrhundert, und ich war es schließlich, der die Klempner-Rechnungen bezahlen mußte. Fehlte nur noch, daß sie verlangten, jeder einen Fernseher zur Verfügung gestellt zu bekommen! Kein Wunder, daß das Land vor die Hunde ging.

Nur machte ich mir mehr Sorgen darüber, daß Oxmoon vor die Hunde gehen könnte, als daß Britannien unterging, und so unterdrückte ich den Wunsch, so zu denken wie ein konservativer Reaktionär, und bemühte mich vielmehr, Mittel und Wege zu ersinnen, um das Kapital für die nötige Mechanisierung der Betriebe aufzutreiben. Doch die Antwort lautete kurz und knapp, daß ich das nicht schaffte – jedenfalls nicht, ohne Penhale Manor samt Ländereien zu verkaufen. Meine erste, rein gefühlsmäßige Reaktion darauf lautete: «Niemals!» Doch dann überwand ich diese Einstellung. Meine Hauptsorge mußte jetzt Oxmoon gelten, und nur wenn ich Penhale verkaufte, konnte ich meinen neuen Besitz wirksam vor den Stürmen schützen, die in der Mitte des zwanzigsten Jahrhunderts heranbrandeten.

Ich verkaufte Penhale.

Es war ein tiefsitzender Schmerz, doch nachdem ich es einmal getan hatte, fühlte ich mich besser. Ich bezahlte meine Schulden, brachte meine Einkommensteuer in Ordnung und steckte das Geld in Oxmoon hinein. Zwar tat es mir nach wie vor leid, das Gut von Penhale Manor nicht Oxmoon zuschlagen zu können, aber es war besser, ein kleineres Gut sehr wirtschaftlich betreiben zu können, als ein großes Anwesen zu haben, welches die Profite wegen unzureichender Mechanisierung einfach auffraß.

Nachdem ich meine finanzielle Lage erfolgreich bereinigt hatte, konnte ich Weihnachten 1951 auch ein großes Familienfest genießen, und so bemühte ich mich, die Tradition üppiger Gastfreundschaft auf Oxmoon fortzusetzen. Ich gab sogar mehr für Champagner aus, als ich hätte tun sollen, denn ich wollte bei der Familie nicht den Eindruck aufkommen lassen, ich sei weniger großzügig als Kester, doch glücklicherweise schien überhaupt niemand an Kester zu denken.

Ich dachte dauernd an ihn. Er lebte immer noch in Dublin bei Declan, doch stand ich nicht in Verbindung mit ihm; immerhin erfuhr ich ab und zu Neues über Marian, deren aufreibende Ehe mit Rory nie richtig vor dem Scheidungsrichter endete. Laut Rory versuchte Kester wieder zu schreiben. Das ließ mir einen Schauder über den Rücken laufen, doch das war auch nicht anders zu erwarten; trotzdem nahm ich mir vor, nicht neurotisch zu reagieren. Kester war Schriftsteller, sollte er also schreiben. Nichts, so sagte ich zu Marian, würde mich mehr erfreuen als zu hören, daß er seine neue Freiheit nutzte und genau das tat, was er wollte.

Ich hatte Kester geschrieben und ihn gebeten, nicht mit Hal in Verbindung zu bleiben; und wenn ich auch nie eine Antwort erhalten hatte, wurde mir klar, daß er meiner Bitte nachgekommen war, denn der Schulleiter berichtete, es träfen keine Briefe aus Irland in Briarwood für Hal ein; und in Oxmoon kamen erst recht keine an. Armer kleiner Hal! Aber er hatte sich ja rasch wieder von seinem Kummer erholt, und im Rückblick verstand ich überhaupt nicht mehr, wie ich mich dermaßen hatte aufregen können, als er mir vorgeworfen hatte, ich hätte Kester von Oxmoon vertrieben.

Humphrey kam im September '51 nach Briarwood, doch rackerte ich mich dermaßen ab, um Oxmoon zum Blühen zu bringen, daß ich kaum Gelegenheit hatte, die Tatsache, im Moment kinderlos zu sein, richtig zu genießen. Selbstverständlich lernte ich nie eine Frau kennen, die nicht scharf darauf gewesen wäre, von mir zu einer Besichtigung nach Oxmoon eingeladen zu werden, aber ich konnte es mir nicht leisten, morgens, mittags und abends Frauen herumzuführen. Dazu ließ Oxmoon mir einfach nicht die Zeit. Oxmoon wurde für mich geradezu so etwas wie eine höchst anspruchsvolle Geliebte: schön, kapriziös, befriedigend, beflügelnd – und erschöpfend. Die meiste Zeit über hatte ich das Gefühl, zwar befriedigt, aber doch völlig ausgepumpt zu sein.

Im neuen Jahr stellte es sich heraus, daß ich nicht der einzige mit einer anspruchsvollen Geliebten war, denn Gerry bat mich, ob er sich nicht die berühmt-berüchtigte Kate ausleihen könne. Wiewohl ich sie jetzt den Sommer über immer an Feriengäste vermietete, stand sie im Winter leer, und ich war durchaus bereit, sie Gerry zu überlassen, sooft er wollte. Er tat mir sogar leid, weil er immer noch zu Hause leben mußte, und ich bot sie ihm sogar für ständig an. Wohnungen waren knapp in Swansea, und wenn er auch im Sommer Examen machen sollte, um sich als Anwalt niederlassen zu können, vermutete ich, daß er es selbst dann schwer haben würde, etwas Passendes für sich zu finden, wenn er bereits verdiente.

Doch Gerry lehnte mein Angebot rundheraus ab, sagte, er könne unmöglich im allerletzten Kaff anständige Parties für Leute geben, auf die es ankommt; mich ärgerte die gebieterische Ablehnung meines großzügigen Angebots dermaßen, daß ich, als Marian mich eine Woche später besuchte, zu ihr sagte: «Dieser Gerry hat zu große Rosinen im Kopf und wird überheblich. Ja», schloß ich, nachdem ich ihr erzählt hatte, was geschehen war, «der Junge hat irgendeine billige vulgäre Ader. Der denkt an überhaupt nichts anderes als an gesellschaftlichen Aufstieg.»

«Aber was erwartest du, mein Lieber? Schlechte Herkunft macht sich immer bemerkbar.» Marian, die nach ihrer letzten Versöhnung mit Rory selbst aussah, als käme sie wer weiß woher, kippte ihren Gin mit Wermut und Angostura runter und warf einen Blick auf die Uhr. Sie hatte sich eine Woche freigenommen, um sich von der Anstrengung der Wiederaufnahme ihrer Ehe zu erholen, und wohnte in Swansea bei den Bryn-Davies. «Aber dabei fällt mir ein!» rief sie impulsiv, als sie aufstand. «Wie ist denn diese Kate eigentlich? Vielleicht ziehe ich da ein, wenn ich Rory das nächste Mal verlasse. Gibt es darin ein WC oder nur ein Plumpsklo im Garten?»

Was am Ende bei dieser doch ziemlich banalen Unterhaltung herauskam, war, daß Marian Rory erzählte, ich wüßte nicht, was ich mit der Kate anfangen sollte, und Rory erzählte es Declan, Declan wiederum Kester, und Kester, das arme Schwein im Exil, schrieb mir einen kläglich-charmanten Brief, in dem er mir mitteilte, er komme in Irland einfach nicht zum Schreiben und habe keine größere Sehnsucht, als in Gower eine kleine Kate zu haben, in der er ruhig leben könne, ohne allen möglichen Leuten im Wege zu sein und dauernd ein Schatz sein zu müssen und niemandem auf die Füße zu treten. Ob ich wohl die überaus große Freundlichkeit haben könnte, ihm meine Kate in Rhossili zu überlassen? Selbstverständlich würde er mir Miete zahlen. Er hoffe, ich hätte nichts dagegen, denn ihm würde das so unendlich viel bedeuten, und er sei auch sicher, die gesamte Familie würde Verständnis für seine Bitte haben.

Ich erkannte eine Drohung, wenn sie auf mich zukam.

Neuntes Kapitel

I

Mein lieber Harry», hatte Kester geschrieben, «ich kann Dir gar nicht sagen, wie sehr ich die Kate und den Blick genieße, der so anregend ist für meine fiebrige Phantasie! Doch ach, ich bin zu dem Schluß gekommen, daß es hier im Winter, wenn die Stürme kommen, alles andere als angenehm sein wird. Wenn Du also nichts dagegen hättest – ich hätte Oxmoon gern wieder. Ich hoffe, es ist für Dich nicht allzu unbequem, doch Declan hat mir gesagt, Du hättest der Familie versprochen, wenn ich Oxmoon wiederhaben wollte, brauchte ich es nur zu sagen – wahnsinnig anständig von Dir, alter Knabe! Aber ich habe ja immer gewußt, daß Du trotz unserer kleinen Meinungsverschiedenheiten ein netter Kerl bist. Doch wie dem auch sei – warum besuchst Du mich nicht bald, damit wir die Angelegenheit durchsprechen können? Ich freue mich ausgesprochen auf ein gutes, freundschaftliches und überaus vernünftiges Gespräch. Herzliche Grüße, Dein C. G.»

Ich knüllte den Brief zusammen, stopfte ihn mir in die Tasche und kippte noch einen Cognac. Ich war die Ruhe selbst. Ich hatte gewollt, daß Kester aus der Reserve hervorkam, und jetzt hatte er das getan, Gott sei Dank; damit war die Zeit zermürbender Unsicherheit für mich endlich vorbei. Er wollte Oxmoon wiederhaben. Richtig. Jedenfalls wußte ich jetzt, woran ich war. Und woran war ich? Ich steckte im schlimmsten Schlamassel, den ich je erlebt hatte.

Ich fuhr nach Rhossili. Es war der Spätnachmittag eines strahlenden Maitages, und ich fuhr hinaus nach Rhossili, um mich meinem Doppelgänger zu stellen, meinem anderen Ich.

Mehrmals dachte ich: Ich fahre zurück. Doch jedesmal fuhr ich weiter. Aber das tat ich ja immer, nicht wahr? Das war doch die Geschichte meines Lebens.

Ich hätte aufhören können – aber ich machte weiter.

Sechster Teil
Hal
1966
und später

. . . Heute nicht, o Herr,
o heute nicht, gedenke meines Vaters
Vergehn mir nicht, als er die Kron' ergriff!
Ich habe Richards Leiche neu beerdigt
Und mehr zerknirschte Tränen ihr geweiht,
Als Tropfen Bluts gewaltsam ihr entflossen . . .
WILLIAM SHAKESPEARE, König Heinrich V.

Erstes Kapitel

I

Oxmoon war zerstört, das Oxmoon meiner Kindheit, Kesters Schrein für Anna, sein Denkmal der Schönheit und des Friedens. Die zweite Hälfte des zwanzigsten Jahrhunderts verfährt roh mit Häusern wie Oxmoon. Von Steuerlasten erdrückt, von finanziellen Katastrophen heimgesucht, brach der Besitz zusammen, und das Haus war dem Verfall geweiht.

Ich kehrte im Sommer 1966 zurück. Zwei Jahre, nachdem ich zum letzten Mal dortgewesen war. Ich hatte versucht, vor der Vergangenheit zu fliehen, aber die Flucht hatte sich als unmöglich erwiesen. Ich war mir bewußt geworden, daß ich nur meine Zeit verschwendete, und als ich nach dem Tode meiner Freunde mein Leben einer Neueinschätzung unterzog, stellte ich fest, wie ausgeflippt ich war. Jetzt jedoch hatte ich diese Modephrasen hinter mir gelassen und mir ein für allemal gesagt, daß ich mit Entschuldigungen wie ich sei «ausgeflippt» und Oxmoon sei «belanglos» nicht weiterkam, daß ich nicht länger vor der Wirklichkeit fliehen konnte, indem ich mich in einem psychedelischen Minibus von einer Flutwelle billigen Weins und süßen Rauchs tragen ließ und so tat, als berühre die Vergangenheit mich nicht mehr. Wenn ich eine einigermaßen lohnende Zukunft haben wollte, mußte ich mir von der Gegenwart die nötige Zeit nehmen, um die Gespenster, die mich heimsuchten, zu bannen.

Meinen überlebenden Freunden sagte ich nur: «Ich steige aus.»

Aber zu mir selbst sagte ich: «Ich kehre heim.»

2

Die eisernen Tore waren verrostet und mit Vorhängeschlössern gegen Vandalen versehen. Die Mauer schien vor kurzem mit spitzen Glassplittern bestückt worden zu sein, aber als ich die Straße verließ und dem Fußweg nach Penhale Down folgte, sah ich keine mehr. Die Tür zum Grundstück war verriegelt. Ich kletterte auf den nächsten Baum, schwang mich auf einen Ast und sprang jenseits der Mauer ab, ohne mir ein Bein zu brechen. Dann nahm ich meinen

Segeltuchsack und ging weiter. Dornen rissen an meiner Lederjacke, das feuchte Unterholz durchnäßte meine Jeans, der Pfad war so überwachsen, daß man ihn kaum noch sah, und über meinem Kopf verhüllte das dichte Blattwerk der Bäume das trübe Licht des grauen Sommernachmittags.

Es war sehr still. Als ich an die Turmruine gelangte, sah ich, daß inzwischen ein noch größerer Teil der oberen Mauer eingestürzt war und den schweren Kettenaufzug entzweigerissen hatte. Ich blieb stehen, schaute mir die Trümmer an, und plötzlich wurde ich mir so stark des Todes bewußt, daß ich es kaum fassen konnte, noch am Leben zu sein. Ich ging rasch weiter, aber kurz vor dem Waldrand erstreckte sich eine tote Wildnis vor mir. Der Tennisplatz war nur noch eine Erinnerung, die Netze faulten an den Pfählen, der Rasen war von Unkraut überwachsen und mit verrosteten Krockettoren übersät. Und hinter dem Rasen lag das Haus, auch wie tot; geschlossene Fensterläden, die kein Licht eindringen ließen, brüchige Mauern, die auf den unvermeidlichen Abbruch zu warten schienen.

Als ich zu den Stallungen gelangte, blieb ich verwundert stehen und starrte. In der hintersten Ecke lag, wie Humphrey berichtet hatte, eine neue Oase schmucker Reinlichkeit. Ein Teil der Ställe war in ein schickes kleines Remisenwohnhaus umgebaut worden. In der ursprünglichen weißen Farbe neu gestrichen, zu der die schwarze Eingangstür einen sauberen Kontrast bildete, Blumenkästen mit militärisch genau aufgereihten Geranien vor den Fenstern, Schleiervorhänge, die den Fenstern feindseligen Glanz verliehen, die Messingklinke an der Tür funkelte abweisend, und, um den Eindruck einer auf Belagerungszustand eingestellten Mentalität zu vervollkommnen, stand ein nagelneuer Wagen im Hof, ein aggressiv roter Mini, der seinen Kühler zeigte wie ein Wachhund, der die Zähne fletscht.

Ich war am Ziel meiner Reise. Hier lebte einsam und verlassen, wie in eine Festung zurückgezogen, entzweit mit seiner Familie, gemieden von denen, die ihn einst unterstützt hatten, von Krankheiten heimgesucht, den Selbstquälereien einer zutiefst neurotischen Persönlichkeit ausgesetzt, der gegenwärtige und – soweit ich es sehen konnte – der letzte Herr von Oxmoon.

Tief Atem schöpfend trat ich an die Tür und klingelte.

Meine Stiefmutter ließ mich herein. Stets peinlich genau und beflissen auf ihre Erscheinung bedacht, um sich nicht anmerken zu lassen, daß sie älter als mein Vater war, wirkte sie auch heute makellos gepflegt und sah trotz ihrer fünfzig Jahre eher wie vierzig aus. Ihre schlanke Figur trug zur Illusion der Jugendlichkeit bei, aber wie immer fand ich sie physisch abstoßend. Ihre schiefergrauen Augen sahen zu weit, und man fühlte sich in ihrer Gegenwart ständig durchschaut, in die Enge getrieben und unerbittlich einer Tiefenanalyse ausgesetzt.

«Ach, du bist es», sagte sie. «Ich dachte mir, du würdest gelegentlich einmal auftauchen. Wie hübsch du jetzt aussiehst, mit deinem kurzgeschnittenen Haar.» Sie sprach mit einer so ausdruckslosen Stimme, daß ihr Kompliment wie ein klinischer Befund klang. «Komm herein.»

Ich folgte ihr in den Wohnbereich. Der Architekt hatte nach einem Großraumplan gebaut. Eine Kochkombüse an der hinteren Wand mit einer mit Kiefer getäfelten Eßnische, vier Stühle aus Kiefernholz um einen Tisch aus demselben Holz. Die Küchenschränke waren dem Mobiliar angepaßt. Elektrische Haushaltsgeräte standen säuberlich neben dem Spültisch aufgereiht. Alles makellos, hygienisch, sanitär. An der vorderen Wand ein kleines Sofa und zwei Sessel vor einem großen Fernsehgerät; ein Bücherregal mit gebundenen medizinischen Zeitschriften und Büchern über Psychiatrie.

«Sehr hübsch», sagte ich zu meiner Stiefmutter.

«Laß nur, ich weiß, daß es nicht dein Geschmack ist.»

Musikklänge drangen durch eine offene Tür herein. Ich erkannte Sibelius' erste Symphonie.

«Wie geht es Vater?»

«Nicht zu schlecht. Gestern habe ich ihn aus dem Haus gekriegt. Wir machten einen Spaziergang auf den Penhale Downs.»

«Immerhin eine Leistung.» Mein Vater litt periodisch an Platzangst. «Wird er mich sehen wollen?»

«Warum sollte er dich nicht sehen wollen?» Ihrem Tonfall nach schien sie es für völlig normal zu halten, daß ein Vater und sein Sohn sich nach zweijähriger Entfremdung begrüßen würden, als ob nichts geschehen sei.

Sie verschwand durch die Tür in Richtung der Klänge der ersten Symphonie von Sibelius, und ich setzte mich vor die leere Mattscheibe und erinnerte mich an Humphreys Bericht über die neue Wohnung meines Vaters. Demnach gab es oben zwei Extraschlafzimmer und ein Badezimmer, aber mein Vater und meine Stiefmutter lebten im Erdgeschoß, wo mein Vater im größeren der beiden Schlafzimmer Radio hörte und seiner langjährigen Liebesaffäre mit seinem Plattenspieler nachging. Das kleinere Schlafzimmer wie der Wohnraum entsprach allein dem Geschmack meiner Stiefmutter. Humphrey hatte ihre Lieblingsfarbe als Eisbergblau beschrieben.

Sibelius' erste Symphonie verstummte, meine Stiefmutter kam klickend auf ihren hohen Absätzen zurück.

«Er will dich jetzt sehen», sagte sie im Ton des erfahrenen Arztes, der sich überzeugt hat, daß er seinem Patienten eine Anstrengung zumuten kann.

Ich ging an ihr vorbei und trat in einen kurzen Flur. Zu meiner Linken führte eine offene Treppe aus Kiefernholz in das obere Stockwerk. Zu meiner Rechten bestätigte das eisbergblaue Schlafzimmer die Exaktheit der Beschreibung Humphreys. Ich erschauderte, blickte geradeaus und sah hinter der Treppe die offene Tür eines Badezimmers. Ihr gegenüber stand eine andere Tür halb offen, und ich trat ein, ohne anzuklopfen.

Im krassen Gegensatz zu der übrigen Wohnung war dieses Zimmer in chaotischer Unordnung. Ich nahm an, daß meine Stiefmutter hier einmal in der Woche abstauben, staubsaugen und das Bettzeug wechseln durfte. Das sehr zerwühlte Einzelbett stand an der Wand – stummer Zeuge der chronischen Schlaflosigkeit meines Vaters –, und neben dem Bett häuften sich Pillenschachteln und Salbentöpfe auf dem Nachttisch. Überall an den Wänden standen Schallplatten und Bücher bunt durcheinander. Ich sah ein Transistorgerät, wußte jedoch sofort, daß es nur zum Anhören der Nachrichten dienen konnte. Der große UKW-Radioapparat in der Ecke war immer auf das dritte Programm eingestellt. Daneben sein Plattenspieler, das teuerste im Handel erhältliche Modell, und auf beiden Seiten des Fenstervorhangs hingen die großen Lautsprecher. Kein Klavier. Mein Vater spielte nicht mehr. Seine bemerkenswerte Begabung, nach dem Gehör zu spielen, hatte er verloren, als Kester starb. Jedenfalls behauptete er es. Es war zwar nur Einbildung, aber es kam, wie meine Stiefmutter erklärte, im Grunde aufs gleiche hinaus, als wenn es wahr gewesen wäre. Sie meinte, die Gabe würde sich wieder von selbst einstellen, wenn sein geistiger Gesundheitszustand sich besserte, aber er besserte sich nicht, und so rührte mein Vater nie mehr eine Taste an. Irgendwann nach seinem ersten Nervenzusammenbruch oder dem zweiten – ich erinnere mich nicht mehr genau –, hatte er sich das Notenlesen beigebracht, um seiner Schallplattenmusik gründlicher folgen zu können, und als ich eingetreten war, hatte es mich nicht erstaunt, die Partitur der Symphonie von Sibelius offen auf dem Tisch am Fenster liegen zu sehen.

Mein Vater stand an diesem Tisch. Er trug ein zerknittertes, ausgeblichenes blaues Hemd mit offenem Kragen und eine zerbeulte graue Flanellhose, die ihm locker um die Taille hing. Er wählte absichtlich seine Kleidung immer ein paar Nummern zu groß, weil seine empfindliche Haut keinen Druck vertrug. Da er auf mein Kommen vorbereitet war, hatte er Zeit gehabt, sein Hemd zuzuknöpfen und die Ärmel herunterzulassen, um seine Ekzeme, die ihn plagten, zu verbergen. Vor einigen Jahren, als die tägliche Rasur ihm zu einer zu großen Qual geworden war, hatte er sich einen Bart wachsen lassen, und man konnte nur einen kleinen Ekzemfleck auf dem von Bart und Koteletten überwucherten Gesicht sehen. Das Haar hing ihm lang in den Nacken, wahrscheinlich um andere Geschwüre zu verdecken, und seine struppige Erscheinung verlieh ihm ein seltsam modernes Aussehen. Auf der King's Road im sogenannten Swinging London wäre er niemandem aufgefallen.

Graue Strähnen durchzogen sein schwarzes Haar, die dunklen Augen starrten mich gespannt und argwöhnisch an. Als ich mich ihm näherte, stand er wie versteinert da, die Reizbarkeit in Person, das Musterbeispiel paranoiden Elterntums.

«Guten Abend, Vater. Wie geht's?»

«Was willst du?»

Nach einer Pause, in der es mir gelang, Beherrschung zu wahren, sagte ich: «Können wir uns nicht setzen und ein paar witzige Unverbindlichkeiten austauschen, bevor ich dir sage, warum ich gekommen bin?»

«Wenn du Geld willst . . .»

«Brauche ich nicht. Davon habe ich jede Menge.»

«Mein Gott, das ist wieder einmal typisch für unsere degenerierte Gesellschaft! Ein junger Mann braucht nur eine Gitarre aufzulesen, ein paar Akkorde zu lernen und irgendeinen billigen ordinären Schlager zu singen, und schon hat er soviel Geld, daß er nicht mehr weiß, was er damit anfangen soll! Wie kannst du dir mit deiner musikalischen Begabung deinen Lebensunterhalt in einem solchen Geschäft verdienen? Das ist Prostitution!»

«Ich bin aus dem Musikgeschäft ausgestiegen.» Ich legte die Hand an den nächsten Stuhl. «Kann ich mich setzen?»

«Aus dem Musikgeschäft ausgestiegen? Warum? Weshalb? Bist

du in Schwierigkeiten? Was ist denn nur los?» Mein Vater geriet sofort in eine solche Panik, daß er mir unwillkürlich leid tat.

Ich bemühte mich, ihn zu beruhigen. «Ich bin nicht in Schwierigkeiten, Vater», sagte ich, aber er hörte mir nicht zu.

«Ist es Alkohol ... oder Drogen ... oder Weiber ... oder ...»

«Ich habe das Trinken, die Drogen und den Sex aufgegeben.»

«Aufgegeben? *Aufgegeben?* Aber, mein Gott, warum? Was willst du damit sagen? Was ist mit dir los?»

«Vater, entweder setzen wir uns und führen ein vernünftiges Gespräch, oder ich gehe. Was möchtest du?»

Wir setzten uns einander gegenüber an den Tisch, und mein Vater zündete sich mit zitternden Händen eine Zigarette an.

«Es tut mir leid, Hal. Aber ich mache mir solche Sorgen um dich. Ich sorge mich und sorge mich und sorge mich ...»

«Damit kannst du jetzt aufhören. Ich habe mich entschlossen, ein ganz neues und anderes Leben zu führen. Nein danke, keine Zigarette. Das habe ich auch aufgegeben.»

«Aber Hal, um Himmels willen, was ist denn geschehen?»

«Mein Schlagzeuger ist durch eine versehentliche Überdosis Heroin gestorben, und seine Freundin hat sich das Leben genommen. Meine Freunde sind tot», sagte ich, «aber ich bin noch am Leben. Das brachte mich dazu, Schluß zu machen und mich zu fragen, was ich bisher mit meinem Leben angestellt habe.»

«Soll das heißen ... willst du mir damit sagen, du hättest dich beinahe auch umgebracht?»

«Heroin habe ich nie angerührt, falls du das meinst, aber darum geht es nicht. Es geht darum, daß ich mich in eine selbstzerstörerische Lage eingegraben hatte – und das nicht zum ersten Mal. Vierzehn Jahre lang bin ich jetzt in einer selbstzerstörerischen Lage begraben gewesen.»

«Das verstehe ich nicht. Willst du damit sagen ...»

«Ich will damit sagen, daß ich es müde bin, in einem psychedelischen Minibus die Straße ins Nichts herunterzueiern, daß mir die Groupies und das Gras zum Halse heraushängen und die endlose Kette der billigen Hotels. Eine Woche, bevor meine Freunde starben, landete ich in Brighton in einer Klinik für Geschlechtskrankheiten, weil ich einen Tripper hatte und Penicillinspritzen brauchte. Heutzutage lacht man über Geschlechtskrankheiten, macht sich nichts draus, aber ich habe nicht gelacht. Ich fing an, mich zu fragen, was mein Leben für einen Sinn hatte. Dann kam die Heroinkatastrophe, und ich sah das rote Licht ... kein gewöhnliches rotes Licht, vor dem man kurz haltmacht, nein, es war ein verdammtes Leuchtfeuer, das mich warnte. Und da wurde es mir klar, daß mir nur eine Wahl blieb. Aufhören ... oder weitermachen. So hörte ich auf, stieg aus, wandte mich einem neuen Leben zu. Ich habe ...» Bevor ich jenes Klischee benutzte, von dem ich wußte, daß es auf ihn wirken würde, zögerte ich, und er wußte sofort, was ich sagen wollte. Seine Augen füllten sich mit Tränen, denn wie die meisten Neurotiker weinte er leicht, um auf diese billige Weise Mitleid zu erregen. «... ich habe die Grenze gezogen», sagte ich und stand auf, um ihm den Rücken zuzuwenden. Ich hatte keine Geduld mit seinen theatralischen Gefühlsbezeigungen.

«Aber Hal, dieses andere Leben ... dieses neue Leben ...»

«Es hat keinen Sinn, mich danach zu fragen, weil ich dir noch nichts darüber sagen kann. Ich weiß nicht, was ich schließlich tun werde. Im Augenblick weiß ich nur, daß ich für eine Weile in Oxmoon bleiben muß, um mir über mich klar zu werden, und deshalb möchte ich dich um Erlaubnis bitten, mir in den Küchen des Hauptgebäudes ein Lager aufzuschlagen – nein, keine Angst, ich werde keine Kommune gründen. Ich will allein sein, nachdenken, herausfinden, was schiefgegangen ist.»

«Vielleicht ein Psychiater ...»

«Du lieber Gott, nein! Ich teile deinen rührenden Glauben an die Psychiater nicht, Vater. Meiner Meinung nach ist eine wirksame Selbstanalyse etwas, das man allein tun muß.» Ich sah, daß wir einander auf die Nerven zu gehen begannen und daß es an der Zeit war, das Gespräch zu beenden. «Habe ich deine Erlaubnis, mich im Hauptgebäude einzurichten?»

«Ja, natürlich, aber ...»

«Ich danke dir. Bis später dann.»

«Warte!» schrie mein Vater.

Ich wartete.

«Du kannst hier nicht nach zwei Jahren einfach auftauchen und zwei Minuten später wieder verschwinden, das ist nicht fair, das ist egoistisch und verdammt grausam von dir ...»

Da ich ein Atheist bin, konnte ich nicht um Geduld beten, aber ich nahm alle meine Kraft zusammen, und es gelang mir unter äußerster Anstrengung meines Willens, mich ihm wieder gegenüberzusetzen. «Bitte, versuche zu verstehen, daß ich mit dir nicht streiten will, Vater, und daß alles, was ich tue, selbst wenn es dir egoistisch und grausam erscheinen mag, ganz einfach nur diesem Zweck dient. Ich habe genug von unseren Streitereien. Sie sind ein weiteres Beispiel jenes selbstzerstörerischen Betragens, mit dem ich ein für allemal Schluß machen muß.»

«Willst du damit sagen . . .»

«Jawohl, das will ich damit sagen. Und erzähle mir nicht, daß du, der du ein so fanatischer Anhänger der Psychiatrie bist, keine Ahnung hast, was hier vorgeht. Warum wurde ich aus Harrow rausgeschmissen? Warum bin ich bei all meinen Prüfungen der ersten Stufe durchgefallen? Und als ich dann schließlich das alles mit Pauken und Büffeln wiedergutmachte und mir einen Platz an der Universität eroberte, warum habe ich es nach einem Jahr aufgegeben, um in ganz Europa herumzubummeln, bis ich beinahe wegen Haschischschmuggel in einem türkischen Gefängnis landete?»

«Ich verstehe es nicht», sagte mein Vater, aber er verstand. Ich sah die Panik in seinen Augen.

«Na schön, ich gebe zu, daß ich danach einen neuen Anfang gemacht habe und dir nach besten Kräften mit Oxmoon half, aber warum bin ich vor zwei Jahren abgehauen, um ins Musikgeschäft einzusteigen, das wahrscheinlich neben dem Autorennsport und dem Boxen das gefährlichste und zerstörerischste Geschäft ist? Glaubst du wirklich, ich hätte das zu meinem Vergnügen getan? Okay, es stimmt, ich habe es zu meinem Vergnügen gemacht – zu dem Vergnügen, dich zu ärgern. Und warum wollte ich dich ärgern? Weil . . .»

«Ich will nichts mehr hören», unterbrach mich mein Vater. Er rappelte sich auf die Beine und wankte durch das Zimmer.

«Ich gab dir die Schuld an Kesters Selbstmord», sagte ich. «Ich war bis jetzt nicht fähig, vernünftig über Kester nachzudenken. Aber nun, da ich entschlossen bin, mich mit der Erinnerung auseinanderzusetzen, sehe ich klar, daß ich zuerst seine Leiche begraben muß, die hier herumliegt wie ein unerlöstes Gespenst . . . es ist genauso, als wenn er immer noch lebte . . .»

«Pam!» brüllte mein Vater. «PAM!»

«. . . und so werde ich diese Leiche begraben, Vater, und beweisen, daß er nicht Selbstmord begangen hat. Und wenn das einmal bewiesen ist, brauche ich dir nicht mehr die Schuld zu geben für das, was passiert ist . . .»

Mein Vater rannte aus dem Zimmer. Ich folgte ihm, aber nicht schnell genug. Die Badezimmertür knallte mir ins Gesicht, und der Riegel schnappte gerade zu, als meine Stiefmutter herbeieilte, um Ruhe zu stiften.

Ich hämmerte mit den Fäusten an die Tür. «Vater, so höre doch, zum Donnerwetter! Ich bin ja auf deiner Seite und will dich von aller Verantwortung für Kesters Tod befreien!»

Mein Vater zog an der Klosettkette, um mit dem Rauschen meine Stimme zu übertönen.

«VATER!» brüllte ich, aber es war nutzlos. Ich ließ die Fäuste sinken, gab der Tür einen Tritt und wandte mich ab.

«Komm, trink eine Tasse Kaffee, Hal», sagte Pam, als sei nichts geschehen. «Oder magst du lieber Tee?»

«Leck mich am Arsch!»

Wir zogen uns in die Küche zurück. Auf der Anrichte stand eine Kanne frisch aufgebrühten Kaffees. Ein köstlicher Duft erfüllte den Raum.

«Ich trinke ihn schwarz», sagte ich unwillkürlich und setzte mich.

Pam stellte wortlos Tassen und Untertassen auf den Tisch und goß den Kaffee ein. Dann saßen wir uns eine Weile schweigend gegenüber. Psychiater sind Meister in der Kunst des Schweigens. Pam betrachtete zwanzig Sekunden lang einen ihrer Fingernägel, dann blickte sie versonnen aus dem Fenster. Sie machte den Eindruck, als interessierte sie sich nicht im geringsten für unser Gespräch, als verspürte sie nicht die leiseste Neugier, zu erfahren, über was wir uns so aufgeregt hatten.

«Na schön», sagte ich schließlich, als ich ihr professionelles Schweigen nicht länger ertrug. «Sag du es mir. Was habe ich falsch gemacht? Ein Gespräch, das damit endet, daß der eine Teilnehmer sich auf der Toilette einschließt, kann wohl kaum als ein Muster an Kommunikation gewertet werden!»

«Warum, glaubst du, hat dein Vater sich auf der Toilette eingeschlossen?»

«Ach, natürlich habe ich ihn aufgeregt. Ich wollte es nicht – ganz im Gegenteil –, aber offenbar kann er einfach nicht über Kester reden.»

«Was du sagst, ist interessant», sagte Pam, «aber es stimmt nicht. Dein Vater ist durchaus fähig, über Kester zu reden – nur nicht mit dir. Und warum wohl?»

«Weil . . . hör mal, worauf willst du eigentlich hinaus?»

«Er sieht, daß das Thema dich aus der Fassung bringt, Hal. Nicht dein Vater regt sich auf, wenn er über Kester spricht, sondern du.»

Schweigen. Ich trank etwas Kaffee. Als ich mich wieder genügend unter Kontrolle hatte, sagte ich: «Das ist nicht mehr der Fall. Ich kann jetzt vernünftig und ganz kühl über ihn sprechen, und ich werde beweisen, daß er nicht Selbstmord begangen hat.»

«Das klingt ja interessant. Seit wann zweifelst du an der Selbstmordtheorie?»

«Eigentlich erst seit kurzem, nachdem meine Freunde starben und ich mir Gedanken über mein bisheriges Leben zu machen begann. Als ich mir bewußt wurde, daß ich mit all meinem Tun immer darauf aus war, es Vater heimzuzahlen, fiel mir ein, daß ich ihm vielleicht die Schuld an einem Selbstmord gab, der wahrscheinlich nie geschehen ist. Schließlich war ich noch ein Kind, als Kester starb, und stand unter einem solchen Schock, daß ich die Selbstmordtheorie ohne Widerspruch akzeptierte – und später wollte ich überhaupt nicht mehr daran denken, weil es mich zu sehr schmerzte. Aber wenn ich jetzt die Kraft und die Nerven aufbringen könnte, Sherlock Holmes zu spielen . . .»

«Hm.»

«Was soll das schon wieder heißen?»

«Nichts Besonderes. Vielleicht ist es eine gute Idee, vielleicht auch nicht. Das werden wir ja dann sehen.»

«Ich dachte, Psychiater seien sehr dafür, daß man der Wahrheit ins Auge schaut und seinen Problemen auf den Grund geht?»

«Das kommt auf die Wahrheit an – und auf die Probleme. Sehr wenige Menschen sind wirklich stark genug, einer unangenehmen Wahrheit ins Auge schauen zu können.»

«Warum muß denn deiner Meinung nach diese besondere Wahrheit unangenehm sein?»

«Und warum nicht? Jemand, den du sehr liebtest, starb – und starb keines natürlichen Todes. Das ist eine Situation, die dir Kummer bereitete und der du dich nie richtig gewachsen gefühlt hast. Da ist die Entdeckung der Wahrheit keine Garantie, daß das Problem für dich leichter wird.»

«Das finde ich nicht. Wenn ich beweisen kann, daß der Tod ein Unfall war . . .?»

«Aber angenommen, du bestätigst dir schließlich nur, daß es doch Selbstmord gewesen ist?»

«Ich bin jetzt sicher, daß Kester sich nicht umgebracht hat. Ich war gerade eben im Hauptgebäude und erinnerte mich an seine Reden über Schönheit, Wahrheit, Kunst und Frieden. Er hätte Selbstmord als eine Verneinung seiner Ideale gesehen, als eine Häßlichkeit.»

«Und doch findet dein Vater, der Kester viel besser kannte als du, die Selbstmordtheorie durchaus überzeugend.»

«Kester gut gekannt zu haben, ist keine Garantie für Unfehlbarkeit. Denke nur an Declan Kinsella. Er glaubte fest, Kester sei ermordet worden.»

«Das ist wahr.»

«Natürlich war das reiner Unsinn. Die Untersuchung ergab eindeutig, daß Vater kein Mörder ist, und Declans Behauptungen wurden später im Bryn-Davies-Prozeß mit Gelächter abgewiesen – ich weiß sehr gut, daß es keinen Mord gegeben hat. Aber wenn ich beweisen könnte, daß Kesters Tod ein Unfall war ...»

«Na schön, versuche es», sagte Pam. «Warum nicht? Wenn dir soviel daran liegt, wäre es unrecht, dich davon abhalten zu wollen ... Himmel, schau, wie spät es geworden ist! Ich muß die Kartoffeln aufsetzen. Du wirst doch wenigstens eine Nacht bei uns bleiben?»

«Wenn Vater es erträgt. Sonst gehe ich ins Gasthaus.» Ich war ärgerlich, weil ich das Gefühl hatte, mit Glacéhandschuhen angefaßt zu werden, und ich haßte ihre Art, mich wie einen ihrer Patienten zu behandeln.

«Harry wird es bestimmt ertragen, und es würde ihm großen Kummer machen, wenn du ins Gasthaus gingst. So, und jetzt gib mir die schmutzige Wäsche aus deiner Tasche, damit ich sie durch die Waschmaschine gehen lassen kann, während ich die Kartoffeln schäle.»

Ich übergab ihr die schmutzige Wäsche in schmollendem Schweigen und stellte wieder einmal fest, wie sehr ich herumkommandierende, besserwisserische und übertüchtige Frauen haßte.

«Warum nimmst du dir nicht eins der oberen Schlafzimmer?» sagte sie. «Die Betten sind frisch bezogen, und du hast heißes Wasser, falls du ein Bad nehmen willst.»

«Vielleicht gehe ich doch lieber ins Gasthaus.»

«Ist das dein Ernst?» Sie drehte sich um und blickte mir direkt in die Augen. «Du erstaunst mich. Ich dachte, du hättest dich entschlossen, deinen Problemen nicht mehr davonzulaufen.»

Ich wünschte mir, alle Psychiater könnten auf der Stelle ausgerottet werden, stapfte wütend die Treppe hinauf, trat ins erste beste Schlafzimmer und knallte laut die Tür hinter mir zu.

4

Während ich mich auf das Bett hockte, fragte ich mich, was Pam wohl wirklich von meiner Entscheidung hielt, den Detektiv zu spielen. Wahrscheinlich war sie sehr erschrocken, sah nur keine andere Wahl, als es zu billigen. Pam wollte immer nur meinen Vater beschützen, und er schien ihr in seiner jetzigen geistigen Verfassung sicher zu schwach, um längeren Verhören über eine für ihn schmerzliche Vergangenheit standhalten zu können.

Nachdem Pam meines Vaters Frau geworden war, hatte sie sich große Mühe gegeben, mich und meine Brüder über seine Probleme aufzuklären, mit dem Ergebnis, daß wir uns ihm gegenüber nicht mehr schuldig fühlten, sondern uns nur noch sagten: «Armer alter Vater, armer alter Trottel» und uns damit abfanden, daß er ein Kreuz war, welches wir wohl oder übel mit Geduld zu tragen hatten. Ihrer Meinung nach gab er sich die Schuld an Kesters Selbstmord, und nach einem harten Krieg und Jahren nervenaufreibender Spannungen in den folgenden Friedenszeiten, war das der Tropfen gewesen, der das Faß zum Überlaufen gebracht hatte. Über Kesters seltsames Benehmen am Abend seines Todes beunruhigt, war mein Vater ihm heimlich bis zum Worm's Head gefolgt, hatte dann aber kehrtgemacht, um nicht von der einbrechenden Flut überrascht zu werden. Wäre er Kester weiter gefolgt, so hätte er ihn einholen und retten können, denn Kester würde sich nicht in seiner Gegenwart das Leben genommen haben.

Dann hatte Pam erklärt, mein Vater und Kester seien zwar lange Jahre hindurch Feinde gewesen, hätten jedoch gleichzeitig zueinander in einer sehr engen Gefühlsbeziehung gestanden – wie Zwillingsbrüder –, und nach Kesters Tod sei mein Vater vor Schmerz so überwältigt gewesen, daß er bis heute nie darüber hinweggekommen war. Ich hätte darüber nur gelacht, aber es stimmte genau mit Bronwens Ansicht über den geistigen Verfall meines Vaters überein, und mein Vertrauen in Bronwen war unerschütterlich gewesen. Auch sie hatte fest behauptet, der Tod Kesters sei meinem Vater sehr nahegegangen.

Kester hatte sich mir gegenüber nie über meinen Vater ausgelassen und sich immer sehr loyal verhalten. Als ich einmal eine abfällige Bemerkung machte, hatte er mir sofort erklärt: «Hal, jedesmal wenn du nach Oxmoon kommst, stehe ich an der Stelle deines Vaters, und wenn du ihn beschimpfst, beschimpfst du mich.» Natürlich hatte ich von da an meinen Vater nie mehr in seiner Gegenwart beschimpft.

Ich erinnere mich noch, wie ich nach dem Tode meiner Mutter mit den beiden allein in Oxmoon war. Obgleich sie sich gegenseitig an Charme und Freundschaftsbezeigungen übertrafen, hatte ich in meinem kindlichen Empfinden den zwischen ihnen schwelenden Haß gespürt und mich sobald wie möglich in den Ballsaal zurückgezogen, um Klavier zu spielen. Kester schien meine Verstörtheit bemerkt zu haben, denn er sagte später zu mir: «Du mußt dir keine Sorgen machen – Harry und ich verstehen uns. Deshalb können wir uns dich teilen, ohne daß je ein böses Wort fällt», und dieser unsichere Friede hatte gedauert, bis Kester Oxmoon aufgab. Aber sowie mein Vater die Herrschaft übernahm, war es mit uns allen rapide bergab gegangen bis in die Hölle.

Ich trat ans Fenster und blickte über den Stallungshof auf den Küchenflügel des Hauptgebäudes.

«Ich werde den Zauber von Oxmoon wiederauferstehen lassen», sagte Kesters Stimme in meiner Erinnerung, und plötzlich war ich wieder da, im verlorenen Oxmoon meiner Kindheit, und Gwyneth Llewellyn rannte mit mir über den Pfad im Gemüsegarten, um über die Erdbeerbeete herzufallen.

Was war wohl aus Gwyneth Llewellyn geworden?

Ich ging ins Badezimmer. Es schien mir immer noch ein Luxus, pinkeln zu können, ohne mich zehn Minuten lang damit abquälen zu müssen, mit einem Schluck Scotch, um den Schmerz zu ertragen – und während ich mich erleichterte, fragte ich mich, wann ich wohl wieder das Bedürfnis haben würde, mir eine Freundin anzuschaffen. Es war eins der unerwarteten Ergebnisse eines eintägigen Gastspiels gewesen, als ein im Vorbeigehen aufgegabeltes Groupie mir dieses ungebetene Geschenk angehängt hatte, daß ich die sexuelle Enthaltung als willkommen empfand. Ich kam sogar auf den ketzerischen Gedanken, ich hätte es nur so arg getrieben, um «in» zu sein. Rückhaltlose Genußsucht war das, was sich gehörte, und ich hatte nicht den Mut gehabt, das Richtige zu tun und anders zu sein. Kester wäre entsetzt über mich gewesen. «Durchhalten! Nicht aufgeben!» würde er gesagt haben, wenn er mich wie einen verblödeten Lüstling im Pfuhl der Unmoral herumwaten gesehen hätte. Das einzige, was bei diesen billigen Vergnügen der Wahrheit entsprach, war, daß sie billig waren. Wahrscheinlich wäre ich fähig gewesen, einen edleren Geschmack zu entwickeln, aber der ganze Gefühlsaufwand der sogenannten romantischen Liebe schien mir zu anstrengend. Ich hatte mich nur einmal verliebt, aber das war im Alter von sechzehn Jahren und hatte mit einer Abfuhr von Gwyneth geendet.

«Daß mir keiner deiner Jungen noch einmal meinen Töchtern nachstellt! Verstanden?» hatte Jasper Llewellyn meinen Vater angebrüllt, als ihm mein Flirt mit Gwyneth zu Ohren gekommen war. Jasper hatte meinen Vater nie ausstehen können, im Gegensatz zu Kester, den er bewunderte und von dem er zu sagen pflegte, er sei ein echter Waliser gewesen, ein Freund der Künste und ein hochbegabter Mann. Mein Vater sprach kein Walisisch wie Kester und war ein zu erfolgreicher Landwirt gewesen, zu strebsam und zu ehrgeizig, um Jasper, einen ebenfalls erfolgreichen Landwirt, nicht zu beunruhigen. Ihre Ländereien grenzten aneinander, und es war ständig zu Streitereien über Wegerechte, verirrte Schafe oder erstklassige Arbeitskräfte gekommen, die sie sich durch höhere Gehaltsversprechen gegenseitig abluchsten.

Nachdem Jasper sich über mich beklagt hatte, versammelte mein Vater alle seine Söhne um sich und hielt uns eine lange Rede über die absolute Notwendigkeit sexueller Abstinenz vor Vollendung des achtzehnten Lebensjahrs. Es war eine geradezu fanatische Moralpredigt. «Ihr müßt wissen, wo ihr die Grenzen zu ziehen habt!» donnerte er, und wir tauschten verzweifelte Blicke aus. Kester hatte zwar auch oft gesagt, man müsse die Grenze ziehen, aber im Gegensatz zu meinem Vater war er nie ein Heuchler gewesen, hatte ein gutes und anständiges Leben geführt, treu dem Andenken an die über alles geliebte Frau. Meinem Vater jedoch, diesem einst notorischen Schürzenjäger, stand es meiner Meinung nach schlecht an, uns derartig strikte moralische Vorhaltungen zu machen. Allerdings hatte er seit seinem Kollaps nur noch Bücher über Philosophie und Religion gelesen und war vielleicht deshalb in dieser Beziehung päpstlicher als der Papst geworden. Natürlich hatte er uns im frühen Alter zu wahren Wüstlingen erzogen, und während unserer Jünglingszeit mußten wir uns dann alle Mühe geben, unsere Abenteuer vor ihm geheimzuhalten.

Lügen und Enttäuschungen, Wut und Entfremdung hatten unser Familienleben zu einer Hölle gemacht, bis Pam gekommen war, um Ordnung zu schaffen. Erbarmungslos zog sie uns nacheinander aus dem Sumpf des Elends, den mein Vater in Oxmoon geschaffen hatte, und einmal herausgefischt, gewaschen und geläutert, wurden wir zur Ordnung angehalten. Pam hatte die Ordnung attraktiv gemacht. Wir sahen bald ein, daß wir behaglich und sorgenfrei leben konnten, wenn wir unsere Karten richtig spielten. Solange wir es vermieden, unseren Vater aufzuregen, solange wir dieser Grundregel folgten, sicherte uns Pam ein angenehmes Dasein zu. Gutes Benehmen schien plötzlich der Mühe wert zu sein. Das Familienleben besserte sich, und Pam wurde weit und breit gepriesen, weil sie das Wunder vollbracht hatte, einen hoffnungslosen Neurotiker und vier Strolche zivilisiert zu haben.

Richtig kennengelernt hatte sie meinen Vater, als sie ihn während seines ersten Nervenzusammenbruchs nach Kesters Tod pflegte, aber sie waren sich schon zuvor begegnet, als ihr erster Mann noch lebte. Er war dann allerdings zu einem günstigen Zeitpunkt, einen Monat vor Kester, im Frühjahr 1952 gestorben, und als mein Vater Pam dann wiedersah, wollte er sie gleich heiraten. Pam hatte erklärt, sie würde nur einwilligen, wenn er ihr beweise, daß er mindestens sechs Monate ohne ärztliche Hilfe auskommen könnte, und das war ein kluger Zug, der meinem Vater den nötigen Auftrieb zur Genesung gab, und er schaffte es wirklich, während dieser Frist mehr oder weniger gesund zu sein. Bei seinem zweiten Nervenzusammenbruch nach dem Bryn-Davies-Prozeß war er gezwungen, andere Psychiater aufzusuchen, aber sie halfen ihm nicht weiter, und seine Frau nahm sich schließlich wieder seiner Behandlung an, obgleich es gegen die ärztliche Etikette verstieß. Er konnte dann auch bald die Klinik verlassen, dieses Mal allerdings ohne je wieder vollständig zu genesen. Er lebte dann für einige Zeit still und zurückgezogen in seinem Haus. Pam überredete ihn noch einmal, zu anderen Psychiatern zu gehen, aber als es wieder nicht half, beschlossen sie, das große Haus aufzugeben, die restlichen Ländereien zu verkaufen und sich mit dem kleinen festen Einkommen, das ihm geblieben war, ein Häuschen in einer Ecke der Stallungen einzurichten, wo er wie ein Einsiedler lebte und außer der direkten Familie niemanden sah.

Das wahre Rätsel war nicht, wie ich einmal zu meinen Brüdern sagte, warum er Pam geheiratet hatte, denn natürlich mußte er mit einer Seelenärztin leben, um nicht völlig aus der Bahn zu geraten. Das wahre Rätsel war, daß sie ihn geheiratet hatte. Es war nicht einfach für sie gewesen. Sie hatte ihre Ganztagsarbeit aufgeben müssen und konnte ihren Patienten nur noch wenig Zeit widmen. Sie hatte es auf sich genommen, mit dem Verfall von Oxmoon, mit einem kranken und arbeitsunfähigen Mann und vier Stiefsöhnen auszukommen, die ihr zwar Respekt bezeugten, doch insgeheim feindlich gesinnt waren. Man hatte verschiedene Vermutungen über ihre Beweggründe angestellt wie Wohlstand, gesellschaftliches Ansehen, der notorische Hang meines Vaters, sich mit schönen Frauen zu umgeben, aber Pam war keine gewöhnliche Frau, und ich bezweifelte, daß sie sich aus gewöhnlichen Gründen zu dieser Ehe entschlossen hatte. So gelangte ich schließlich zu der Vermutung, sie habe sich in meinen Vater verliebt, weil er sie vor allem als psychologischer Fall interessierte. Gewiß, sie war ihm ergeben, und er war ihr ergeben. Meine Brüder und ich hatten uns oft genug gewundert, wie ergeben sie einander waren, aber vor allem wurden wir uns immer deutlicher der Tatsache bewußt, daß sie das Beste war, das mein Vater sich überhaupt nur wünschen konnte. Ohne sie hätte er sich wahrscheinlich schon umgebracht. In seinen schlimmsten Depressionen trug er sich immer mit Selbstmordgedanken.

Er war früher einmal ganz anders gewesen, stark, eindrucksvoll, körperlich gesund. Aber damals hatte er noch nicht Oxmoon übernommen.

Oxmoon hatte ihn umgebracht, das stand außer Zweifel. Oxmoon, das Ungeheuer, nicht Kesters zauberhaftes Oxmoon, sondern das verhängnisvolle Oxmoon, das meinen Vater arm und krank gemacht, ihn in die Knie gezwungen hatte. Oxmoon war wie ein Hund, der einst seinem geliebten Herrn treu gedient hatte und nach dem Tod seines Herrn bissig und bösartig geworden war. Oxmoon gehörte Kester, und mein Vater hatte es nie zu meistern vermocht. Und Oxmoon gehörte, wie ich an diesem Nachmittag im Hause feststellte, immer noch Kester.

Ich öffnete das Fenster, und als ich mein Spiegelbild in der abgewinkelten Scheibe sah, mit dem großen Haus dahinter, wurde ich mir plötzlich bewußt, daß Oxmoon der Spiegel war, der mir eben mein eigenes Bild zurückgestrahlt hatte. *Ich* war der bissige Hund, *mich* hatte der Verlust meines geliebten Herrn bösartig gemacht. *Ich* war derjenige, der Kester angehört hatte und den mein Vater nie zu meistern vermochte. Und während ich über die Vergangenheit hinweg den Zauberer meiner Kindheit erblickte, wußte ich, daß ich immer noch Kester gehörte.

Ich lehnte mich über den Sims. Unten spielte mein Vater das *Requiem* von Verdi. Am anderen Ende des Hofes stolzierte eine schwarze Katze elegant über die Pflastersteine, eine Maus im Maul. Unter mir wiegten sich die Geranien sanft in der Sommerbrise.

Zu Kester sagte ich: «Ich werde dich zurückbringen.»

Und zu mir: «Ich werde siegen.»

5

Ich überstand das Abendessen ohne Streit, weil ich darauf achtete, den Mund immer voll zu haben. Das Essen war erstklassig. Pam hatte das Kochen spät in ihrem Leben erlernt, beherrschte jedoch typischerweise auch diese Kunst meisterhaft. Ich verspeiste zwei Portionen Lammschmorbraten mit neuen Kartoffeln und frischen Erbsen, während mein Vater sein Stück Fleisch auf dem Teller herumschob und unaufhörlich über seine Sorgen jammerte. Offenbar beabsichtigte er nicht, auf unser früheres Gespräch zurückzukommen.

Zuerst klagte er über seinen Gesundheitszustand. Das tat er gewöhnlich, aber seltsamerweise sprach er nie über seine Ekzeme, die einzige Beschwerde, die wirklich Teilnahme verdiente; vielleicht weil die Hautkrankheit ihm echte Angst bereitete. Er ließ sich nur lang und breit über Schmerzen in den Beinen aus und über seine Müdigkeit und Schlaflosigkeit. Um ihm zu zeigen, daß ich zuhörte, grunzte ich von Zeit zu Zeit. Pam schaute versonnen drein, aber ob sie an seine Leiden dachte oder an die Einkaufsliste von morgen oder Vaters neue Beruhigungspillen, war nicht zu erkennen.

Nachdem Vater nichts mehr über seine Gesundheit zu sagen hatte, beklagte er sich über den Zustand der Welt, die innenpolitische Lage und die Jugend von heute, die er in ihrer Gesamtheit in Grund und Boden verdammte. Immerhin führte ihn das, wenn auch widerstrebend, zu einigen anerkennenden Worten über meine Brüder Charles und Jack, die weiße Hemden und kurzgeschnittenes Haar trugen und in London fest angestellt waren. Charles arbeitete in der Nachrichtenabteilung der BBC und Jack als Vertreter einer Import-Export-Firma im Flughafen von Heathrow. Humphrey, der einzige Bruder, mit dem ich während der zwei Jahre meiner Tätigkeit als fahrender Sänger in Kontakt geblieben war, schlug sich recht und schlecht als Medizinstudent durch, aber da er der Liebling meines Vaters war, galt er in seinen Augen als «ehrgeizig» und durfte sich einige Exzentrizitäten erlauben. Doch selbst Humphrey mußte vorsichtig sein, sich vor seinen Besuchen in Gower das Haar schneiden und seine gestreiften Hemden in London lassen, aber zweifellos betrachtete er dieses kleine Opfer als der Mühe wert, solange es ihm erlaubte, die Sonderstellung als Vaters Liebling zu behaupten.

Ich liebte meine Brüder nicht, aber widrige Umstände hatten uns zusammengehalten. Als ich sehr jung war, ärgerte ich mich sehr über meine Mutter, die sich weigerte, mich als den Besten von allen anzuerkennen. «Aber Liebling, ich liebe euch alle ohne Unterschied», pflegte sie mir zu beteuern. Später war mir das als unnatürlich aufgefallen. Eltern haben doch immer ihre Lieblinge. Ich war der Klügste und der Beste. Warum zog sie mich den anderen nicht vor? Wie konnte sie so dumm sein und nicht einsehen, daß ich meinen Brüdern haushoch überlegen war? Meinem Vater ging ich auf die Nerven, seit ich ihm sein Klavier kaputt gemacht hatte, und von ihm war folglich keine Bevorzugung zu erwarten, zumal er ganz entschieden eine besondere Schwäche für Humphrey hatte. Humphrey sah ihm am ähnlichsten. Ich sah wie niemand aus, fühlte mich wie ein Findelkind, unverstanden und mißachtet. Und dann hatte mich Kester, mein

Zauberer, bei der Hand genommen, seinen Zauberstab geschwungen, und auf einmal war ich etwas Besonderes geworden, ein Bevorzugter, ein Mensch, der sich endlich gefunden hat.

«Der Erstgeborene ist doch immer der Beste, nicht wahr, Kester?» hatte ich ihn einmal gefragt, völlig vergessend, daß er der jüngste von vier Söhnen war, und Kester hatte mir lächelnd geantwortet: «Manchmal – aber nicht immer.»

«. . . Hal?»

Ich fuhr zusammen. «Verzeihung, Pam, ich habe nicht zugehört.»

«Noch etwas Apfelkuchen?»

«Ja, bitte.»

«Ich muß schon sagen», schloß mein Vater seine etwas widerstrebende Lobrede auf meine drei Brüder, während er sich eine Zigarette anzündete, «es ist immerhin ein Trost für mich, daß drei meiner Söhne gut geraten sind. Nur du hast ständig deine Begabungen verschwendet und deine Chancen verspielt. Aber wenn du jetzt wirklich ein neues Leben anfangen willst, wollen wir nichts mehr darüber sagen.»

Ich biß tief in meinen Apfelkuchen und behielt meine Gedanken für mich.

«Du wirst es da drüben in der Küche nicht gerade bequem haben», sagte er, «aber natürlich weiß ich, daß es zwecklos ist, dich zu bitten, hierzubleiben. Ich nehme an, du willst dir nur nicht anmerken lassen, wie sehr du mich verachtest, weil ich gezwungen bin, den Rest meines Lebens in einer Ecke des Pferdestalls zu fristen.»

«Immerhin eine ganz schöne Ecke», sagte Pam. «Kaffee, Hal?»

Ich traute meiner Stimme nicht und nickte nur.

«Wie dem auch sei», fuhr mein Vater fort. «Es macht mir nichts aus, wenn du unbedingt wie ein Hippie zelten willst . . . ich werde dich nicht davon abhalten . . . meinetwegen . . . es geht mich nichts an. Und es macht mir auch nichts aus, daß du in der Vergangenheit herumkramen willst. Pam meint, jeder müsse mal dann und wann innere Einkehr halten und die Bilanz seines Lebens ziehen. Das ist gesund, sagt sie. Also meinetwegen, wenn du über . . . über Kester reden willst, bitte sehr, geniere dich nicht, frage mich, was dir beliebt, und ich sage dir alles, was du wissen willst. Pam meint, das sei gut, und wir hätten schon längst darüber reden sollen, sagt sie. Natürlich hätte ich es auch längst getan, wenn du mich gefragt hättest, aber du hast mich nicht gefragt, nicht wahr? Du hast bis jetzt nie ein Wort über Kester gesagt, nie seinen Namen erwähnt, und woher sollte ich da wissen, was du denkst?»

«Vergiß nicht dein Vivaldi-Konzert, Liebling», sagte Pam. «Möchtest du, daß ich dir deinen Kaffee ins Zimmer bringe? Ich weiß, wie du es haßt, die ersten Takte zu verpassen.»

Mein Vater ignorierte sie. «Ich will nicht, daß du denkst, ich sei dagegen», sagte er zu mir. «Im Gegenteil, es rührt mich sehr, daß du die Selbstmordtheorie widerlegen und mich von aller Verantwortung freisprechen willst. Als du es vor einer Weile sagtest . . . war es mir irgendwie unerträglich, aber nur, weil mir alles so traurig schien, mir so über die Kräfte ging, und der Gedanke, daß du dich damit quälst wie ich, war einfach zuviel für mich . . .»

«Das ist es ja gerade! Die Quälerei muß endlich einmal aufhören. Ich danke dir, Vater, es ist lieb von dir, daß du mir helfen willst. Wir reden dann später. Ich möchte nicht, daß du dein Konzert versäumst.»

«Es ist nur schade, daß ich dir nicht sagen kann, was du hören willst», sagte mein Vater. «Kester war ein sehr komplizierter Mensch. Unausgeglichen. Und alles ist ihm mißglückt. Ich bin sicher, daß er mit der Absicht nach Gower zurückkehrte, an dem Ort zu sterben, den er über alles liebte. Das hätte ganz seinem Wesen entsprochen.»

«Und ich finde, nichts wäre Kester wesensfremder gewesen als ein Selbstmord.»

«Aber du hast ihn nie wirklich gekannt, nicht wahr?»

Pam hielt den psychologischen Moment für gekommen, ihren Senf dazuzugeben. «Das ist die wesentliche Frage, die du dir beantworten mußt, Hal», sagte sie. «Wie war Kester wirklich?»

«Du mußt bedenken», fuhr mein Vater fort, «daß er große Probleme hatte. Siehst du, ich hätte Oxmoon nie übernommen, wenn ich nicht ehrlich überzeugt gewesen wäre, daß er nicht damit fertig wurde . . . obgleich ich jetzt im nachhinein einsehe, daß es sein Unzulänglichkeitsgefühl verschlimmert und ihn noch mehr zum Selbstmord getrieben haben muß. Ich hätte ihm nie erlauben dürfen, mir Oxmoon zu übergeben . . . Mein Gott, wenn du wüßtest, was für Vorwürfe ich mir jetzt darüber mache . . .»

«Ja.» Ich trank meinen Kaffee. «Laß nur, ich verstehe.»

«Du glaubst mir doch, daß Kester mir Oxmoon freiwillig übergab, nicht wahr? Ich weiß, Declan hat behauptet . . .»

«Die irischen Märchen interessieren mich nicht.» Ich nippte weiter an meinem Kaffee.

Schweigen. Dann seufzte mein Vater, kratzte an seiner Ausschlagwunde über dem Bart, lehnte sich einen Augenblick in seinen Stuhl zurück, erinnerte sich dann wieder an sein Konzert. «Möchtest du es dir auch anhören?» fragte er mich und stand auf.

«Ich komme ein bißchen später.»

Mein Vater zog sich mit seinem Kaffeebecher zurück, und bald darauf hörten wir die leisen Klänge der Kammermusik aus seinem Zimmer. Pam begann die Geschirrspülmaschine einzuräumen. Ich trank meinen Kaffee aus und überwand mit Mühe meine Lust auf eine Zigarette.

«Kann ich dir einen Rat geben?» sagte Pam. «Laß die Diskussionen mit deinem Vater nicht in Streitereien ausarten. Versuche, ihm zuzuhören und dich auf neutrale Kommentare zu beschränken. So wirst du mehr erfahren.»

«Danke für den Tip.»

«Ich meine es sehr ernst.»

«Ich auch. Jeder Tip ist mir willkommen.»

Pam schenkte mir eins ihrer dünnen Lächeln und schloß die Geschirrspülmaschine. Dann sagte sie plötzlich: «Was hältst du wirklich von Declan Kinsellas Aussage im Bryn-Davies-Prozeß?»

«Die Mordbeschuldigung?»

«Nein, die Anklage der Nötigung.»

«Lächerlich.»

«Das ist interessant», sagte Pam und setzte sich mir wieder gegenüber. «Ich kann verstehen, warum du die Anklage des Mordes lächerlich findest – nach dem Befund der gerichtlichen Untersuchung waren alle dieser Meinung. Aber die Nötigung ist entschieden ein anderer Topf, nicht wahr? Ich bin überzeugt, daß viele Leute insgeheim immer noch glauben, dein Vater habe Kester genötigt, ihm Oxmoon zu übergeben, und wenn ich bedenke, wie du zu den beiden stehst, würde es mich nicht im geringsten überraschen, wenn du auch dieser Meinung wärst.»

Ich verstand ihren Einwand. «Trotzdem halte ich Nötigung für ausgeschlossen. Wenn du voraussetzt, Vater habe Oxmoon durch Nötigung an sich gebracht, dann müßte er Kester erpreßt haben, was wiederum voraussetzt, Kester müsse etwas getan haben, wofür er erpreßt werden konnte. Und das ist völlig ausgeschlossen.»

«Aha, ich verstehe.»

«Ist dir dieser Kommentar neutral genug?»

Sie lächelte. «Vielleicht.»

«Ich weiß genau, was du denkst», sagte ich. «Du denkst, ich sei, was Kester betrifft, von Heldenverehrung geblendet.»

«Siehst du ihn nicht als einen Helden?»

«Nein, keinesfalls. Helden gibt es nur in Mythen und Legenden.»

«Und wie würdest du ihn beschreiben?»

Das fiel mir leicht. «Er war ein Zauberer», sagte ich. «Er schwang seinen Zauberstab und Phantasie wurde Wirklichkeit. Oxmoon war ein Märchenschloß. Mein Zuhause war lieblos, lärmend und langweilig; mit all den verdammten Brüdern in der Quere, meinem Vater, der mich ständig anschrie – aber jedesmal wenn ich nach Oxmoon kam, führte Kester mich durch den Spiegel in eine andere Welt. Er ermutigte mich, im Ballsaal Klavier zu spielen, sprach mit mir über Bücher und Kunst und Filme und Theater. Ich brauchte nur nach Oxmoon zu gehen, und plötzlich war das Leben nicht mehr langweilig, war das Leben glanzvoll und aufregend, und im Mittelpunkt alles dessen war mein Zauberer, der von Dingen sprach, die das Leben lebenswert machen. Natürlich war er ein Idealist, aber was ihn so sehr von einem gewöhnlichen Spinner unterschied, war die Kraft und der Mut, mit denen er sich für seine Überzeugungen einsetzte. Er hielt an seinen Prinzipien fest und machte keine Kompromisse, um der Menge zu folgen. Er pflegte eine Zeile Byron zu zitieren: ‹O Freiheit! Mag dein Banner auch zerrissen sein, es fliegt und strömt wie ein Gewittersturm *gegen* den Wind.› Ich erinnere mich oft daran, wenn ich an Kester denke, weil er keine Angst hatte, gegen den Wind zu gehen. Er wußte, was Freiheit ist. Er hielt zu seinem Glauben. Er war ein Held.»

Ich hielt inne. Pam sagte nichts. Schließlich faßte ich mich: «Okay, sehr klug, ich gratuliere, du hast mich überführt. Ich sagte, ich sähe ihn nicht als einen Helden, und jetzt beschreibe ich ihn doch als einen. Aber ich kann nur sagen, daß Kester zu den seltenen Menschen gehörte, die eine solche Beschreibung verdienen, denn jetzt, da ich erwachsen bin, weiß ich, daß es nicht leicht ist, sich in dieser korrupten und zynischen Welt seinen Idealismus zu erhalten, wie er es tat. Man muß sehr stark sein, um gegen den Wind zu gehen. Das weiß ich aus eigener Erfahrung.»

Pam schwieg eine Weile, und dann sagte sie: «Glaube nicht, daß ich das, was du sagst, nicht akzeptieren kann. Offenbar vermochte Kester euch Kindern, die ihr ihn regelmäßig in Oxmoon besuchtet, eine sehr besondere Seite seiner selbst zu zeigen, aber was für eine Art von Zauberer war er, Hal? Welchen Zauber winkte er wirklich mit seinem Stab heran und aus welchen Gründen?»

«Du bist der Psychiater, der alle Antworten kennt. Du wirst es mir sagen.»

«Der Tag, an dem ich zu glauben anfange, alle Antworten zu kennen, ist der Tag, an dem ich in eine Klinik eingewiesen werden muß. Immerhin weist diese Situation meines Erachtens stark darauf hin, daß Kester an euch Kindern seine Minderwertigkeitsgefühle kompensierte, und daß er, je mehr sein Glück dahinschwand, desto stärker das Bedürfnis verspürte, eine Gruppe kleiner Jünger um sich zu haben, die ihm treu ergeben waren und ihn als einen Helden verehrten. Mit anderen Worten, mir scheint sein Verhalten eher ein ziemlich verdächtiger Egotrip gewesen zu sein, dessen Motivationen viel trüber waren, als du es dir eingestehen willst und kannst.»

«Vielleicht, aber . . .»

«Du machst es dir viel zu leicht, Hal, und du neigst viel zu sehr dazu, alles in Schwarz und Weiß zu sehen. Aber dieser Fall ist äußerst kompliziert und schließt das ganze Farbenspektrum in sich ein. Hüte dich vor übereilten Schlußfolgerungen.»

Wir schwiegen eine Weile, und ich wurde mir der aus der Ferne klingenden Musik von Vivaldi gewahr; Reinheit und Präzision, besänftigende und genaue Übertragung von schwarzen Noten auf weißem Papier.

«Du siehst es nicht gern, daß ich mich in diese Sache einlasse, nicht wahr?» sagte ich schließlich.

«Nein, aber ich sehe ein, daß ich dich nicht hindern kann.»

«Und warum siehst du es nicht gern?»

«Weil ich nicht glaube, daß diese Suche dir helfen wird. Offenbar bist du an einem Punkt angelangt, wo du dich mit Kesters Tod irgendwie abfinden mußt, weil du sonst nicht weiterkommst, nur befürchte ich sehr, daß die Lösung, wie du sie dir vorstellst, dir mehr Probleme machen als lösen wird.»

«Meinst du?»

«Du scheinst dir einzubilden», fuhr sie fort, «daß du nur die Wahrheit herauszufinden brauchst – die WAHRHEIT in Großbuchstaben – und schon ist alles automatisch gelöst und in bester Ordnung, aber das wird höchstwahrscheinlich nicht der Fall sein. Zuerst einmal ist es so gut wie sicher, daß die WAHRHEIT, wie sie auch sein möge, sich jetzt nicht mehr über allen Zweifel hinaus ermitteln läßt. In anderen Worten, Hal, du wirst nichts erreichen, und das ist keine Lösung für dein Problem – ganz im Gegenteil. Du wirst dich nur in bezug auf Kester ebenso festfahren, wie dein Vater es getan hat. Die wirkliche Wahrheit – im Gegensatz zu der WAHRHEIT in Großbuchstaben – ist, daß es nur einen Weg gibt, sich mit Kesters Tod abzufinden, und der führt zur Erkenntnis, daß Kester ein für allemal nicht mehr da ist und du daran nichts ändern kannst. Wie er starb, spielt keine Rolle. Wichtig ist nur, daß er dich liebte, jetzt aber tot ist.»

«Aber ich muß beweisen, daß er nicht freiwillig aus dem Leben schied.»

«Du meinst, du mußt beweisen, daß er dich liebte und dich nicht absichtlich im Stich ließ. Du mußt beweisen, daß sein Heldentum kein Betrug war.»

«Wie du willst. Es kommt aufs gleiche heraus.» Ich stand auf und ging unruhig im Zimmer auf und ab. Endlich blieb ich stehen und blickte sie an. «Und was glaubst *du*?» fragte ich. «Erzähle mir bloß nicht, du hättest dir über seinen Tod keine Gedanken gemacht.»

«Die Selbstmordtheorie scheint mir am überzeugendsten . . .»

«Und wenn ich dir nun sagen würde, Gwyneth Llewellyn und ich seien nach seinem Tode fest überzeugt gewesen, daß er uns nie und nimmer auf diese Weise verlassen hätte?»

«Dann müßte ich dir leider antworten, daß ich darin nur die typische Reaktion der trauernden Hinterbliebenen eines Selbstmörders sehe. Die schreckliche Wahrheit ist nämlich, daß ein Selbstmörder durchaus fähig ist, die, die er liebt, zu verlassen. Er glaubt sogar, ihnen einen Gefallen zu tun.»

«Nenne mir einen guten Grund, warum Kester geglaubt haben soll, er täte uns einen Gefallen, indem er sich umbrächte.»

«Ich ziehe es in diesem Stadium vor, es nicht zu tun. Du könntest damit nichts anfangen.»

«Das ist wirklich der Gipfel! Wie kannst du mir so etwas sagen? Versuchst du vielleicht, mich zu beschützen . . .?»

«Ich versuche nur, mir lange Worte zu ersparen. Wenn ich dir sagte, was ich denke, würdest du es nur als lächerlich verwerfen.»

«Wie kannst du das wissen?»

«Weil es nicht zu deinem Bild von Kester passen würde.»

Jetzt stand auch sie auf und trat auf mich zu. «Hal, laß mich dir einen letzten Tip geben. Sei sehr vorsichtig. Wenn du im Bann eines Zauberers gestanden bist, könntest du viel verwundbarer sein, als du glaubst. Du bist wie jemand auf einem Trip. Du könntest dir bei der Landung sehr weh tun, wenn du davon runterkommst.»

Pam arbeitete gelegentlich in *Assumptionsville*, der schicken neuen Klinik für Rauschgiftsüchtige bei Swansea, und dort hatte sie wahrscheinlich ihr Hippievokabular aufgeschnappt.

«Wenn ich auf einem Trip bin», sagte ich, «so hat es nichts mit Kesters Magie zu tun. Ich fixe keine Zauberei, ich fixe Wahrheit.»

«Dann schnall dich gut fest», sagte Pam und zitierte den unsterblichen Satz aus dem berühmten Film mit Bette Davis falsch, «weil die Fahrt sehr holprig sein wird.»

Zweites Kapitel

I

Am nächsten Morgen fuhr ich per Anhalter nach Swansea, mietete mir einen Wagen und fand einen Laden für Campingzubehör. Ich hatte meinem Vater die Wahrheit gesagt, und es fehlte mir wirklich nicht an Geld. Die Erbschaft von meinem Großvater hatte ich natürlich längst verjubelt, aber ich besaß dreitausend Pfund, die auf einer Bank in London lagen, was zwar kein Vermögen war, wie die Beatles es sich verdient hatten, sich jedoch als nützlich erweisen konnte. Es genügte jedenfalls vollauf für ein Einsiedlerleben in Oxmoon und erlaubte mir durchzuhalten, bis ich wieder ganz in Ordnung war.

Ich wählte, was ich brauchte, kaufte noch einige Kleinigkeiten bei Woolworth und besorgte mir den Rest in einem Supermarkt in der Vorstadt. Als ich heimkam, standen die Tore weit offen. Das bedeutete, daß mein Vater Besuch hatte, wahrscheinlich war es der hiesige Arzt, und so mied ich das Remisenhaus und ging direkt in das ehemalige Küchengebäude. Den Schlüssel zur Hintertür hatte ich mir nach dem Frühstück von Pam geben lassen.

Meine Wahl war nicht auf diesen Teil des Hauses gefallen, weil ich ihn besonders schön fand, sondern weil er gewisse praktische Vorteile bot. Ich hatte Wasser zur Verfügung, eine Toilette in der Nähe der Hintertür, und es gab genügend Schränke und Regale, um meine Vorräte zu verstauen. Ich hatte sogar einen alten Holztisch und zwei zerbrochene Stühle, die Pam zu schäbig erschienen waren, um verschenkt zu werden. Nachdem ich alles ausgepackt hatte, reparierte ich die Stühle mit Leim und einem Schraubenzieher, stellte ein paar Mausefallen auf und baute den Primuskocher zusammen, damit ich mir etwas Kaffee brauen konnte. Dann stellte ich fest, daß das Wasser abgestellt war. Es überraschte mich nicht sonderlich, aber zu meinem Ärger fand ich den Haupthahn nicht, und während ich ihn suchte, blickte ich zufällig aus dem Fenster und sah zwei Männer vor der Eingangstür des Remisenhauses stehen. Der eine war mein Vater.

Der andere mußte der Besitzer des in der Nähe geparkten weißen Fords sein, aber es war nicht der Arzt. Ich erkannte Dafydd Morgan, den Stiefbruder meines Vaters.

Ich ging über den Hof auf sie zu, und als ich näher kam, verstummten sie. Sie bildeten ein seltsames Paar, mein Vater struppig und bärtig wie ein alter Hippie, Dafydd steif und verdrießlich wie ein Killer aus einem Gangsterfilm. Mein Vater hatte einmal gesagt, er fände Dafydd beruhigend, aber das wäre wirklich die letzte Bezeichnung gewesen, mit der ich Dafydd Morgan beschrieben hätte. Ich fand ihn entsetzlich. Zum ersten Mal fragte ich mich, was Pam wohl von dieser unwahrscheinlichen, jedoch tiefen Freundschaft hielt. Sie setzten sich über alle Klassenschranken hinweg, die gewöhnlich Männer ihres Alters trennten. Sie hatten allem Anschein nach nichts miteinander gemein. Und doch hielt es mein Vater, dieser Einsiedler und Menschenfeind, nie lange ohne Dafydd aus, und Dafydd, der ihn regelmäßig zu einer Tasse Tee und einer Zigarette besuchte, schien es auch nicht lange ohne ihn auszuhalten.

«Hallo», rief ich, als ich in Hörweite war.

Dafydd brummte eine Antwort. Seine scharfen kleinen Augen musterten mich von oben bis unten. Und dann sagte er: «Dein Vater erzählte mir, du seist zurück.» Er sprach mit einem merkwürdigen Akzent, der nicht direkt walisisch war. Da er einige Jahre auf der Dorfschule in Penhale verbracht hatte, haftete ihm noch jene frühere Gowersche Sprechweise an, die heute altmodisch wirkte. In den alten Zeiten hatten sich die englisch beeinflußten Bewohner von Gower mehr mit Devon als mit Wales verwandt gefühlt.

«Wie geht es den Geschäften?»

«Gut.»

Er besaß eine Baufirma, die sich auf den Umbau von Bauerngehöften in Ferienhäuser spezialisiert hatte, und er hatte auch das Remisenhaus umgebaut. Ich erinnerte mich an seine legendäre Bastlerbegabung und sagte fast automatisch: «Hättest du einen Moment Zeit? Ich brauche deine Hilfe. Ich habe kein Wasser und kann den verdammten Haupthahn nicht finden.»

Trotz seiner verdrießlichen Miene folgte er mir willig, aber mein Vater blieb vor dem Haus. Wahrscheinlich hatte er wieder einen seiner Tage, an dem er sich fürchtete, den Hof zu überqueren. Als ich zum Küchengebäude gelangte, blickte ich mich nach ihm um. Er stand immer noch regungslos da und seine steife Haltung machte deutlich, unter welcher inneren Anspannung er litt.

«Könnte der Haupthahn im Keller sein?» fragte ich Dafydd.

«Nein, er ist in der alten Waschküche.» Er führte mich in die Waschküche und versuchte, den Hahn zu drehen, aber seine Handgelenke waren nicht kräftig genug. Die langen Jahre seiner Kriegsgefangenschaft hatten ihn geschwächt, und der Haupthahn war eingerostet.

«Ich mache das schon.» Ich strengte meine Muskeln an, und bald lief das Wasser ins Spülbecken.

«Soll ich mal sehen, ob die Toilette funktioniert?»

«Danke, das wäre nett.»

Wir zogen uns in die Toilette zurück. Er stellte sich auf den Sitz, warf einen Blick in den Wassertank, sah, daß er sich füllte. Zufrieden brummend stieg er wieder hinunter.

«Wir ziehen die Kette, sowie er voll ist, um zu sehen, ob die Rohre in Ordnung sind», sagte er, und wir warteten.

«Wie ich höre, machst du deinem Vater Ärger, wie gewöhnlich», sagte er plötzlich.

«Nicht im geringsten. Ich versuche, es uns beiden leichter zu machen.»

«Auf eine komische Art, muß ich schon sagen.» Er starrte auf die verschmutzte Klosettschüssel.

«Es freut mich, daß du es amüsant findest.»

Das gefiel ihm gar nicht, aber er warf mir nur einen sauren Blick zu und sagte nichts.

«Ich nehme an, du teilst Vaters Ansicht, daß Kester Selbstmord begangen hat.»

«Es ist mir scheißegal, wie er gestorben ist. Er ist Gott sei Dank tot, und das allein ist wichtig.» Das Wasser lief nicht mehr. Er griff nach der Kette und zog. Ein Wasserfall ergoß sich in die Schüssel.

«Warum hast du Kester gehaßt?»

«Hat er nicht Harry ruiniert? Das war fast Mord. Erinnere dich mal, wie dein Vater früher war, und schau ihn dir jetzt an.» Er stieg wieder auf den Sitz, blickte in den Tank, war zufrieden. Nachdem er heruntergestiegen war, wischte er sich die Hände an den Hosen ab und ging hinaus. «Laß es ruhen, Hal, laß es ruhen. Herrgott, hat dieser Scheißer nicht genug Ärger gemacht?»

«Für mich ist er kein Scheißer.»

«Er sollte aber, verdammt noch mal, einer sein!» Wieder schaute er mich von oben bis unten an. «Er hat dich gestohlen und gegen deinen Vater aufgehetzt. Er wußte, wie Harry an dir hing, und er hat dich gestohlen, um Harry Kummer zu machen.»

«So ein Bockmist! Vater hat nie an mir gehangen. Und außerdem hat Kester mich nicht gegen ihn aufgehetzt.»

«Ach, und wenn er dich nicht gegen Harry aufgehetzt hat, wie kommt es dann, daß du Harry seit Kesters Tod nichts als Ärger beschert hast? Beantworte mir das!»

«Ich war durcheinander.»

«Da hast du verdammt recht – und wer, glaubst du, hat dich durcheinander gebracht?» brüllte Dafydd und stapfte über den Hof ohne sich noch einmal umzusehen.

2

In die Küche zurückgekehrt, braute ich mir etwas Kaffee, aß einen Apfel zu Mittag, setzte mich an den Tisch und schlug meinen Notizblock auf, den ich gerade gekauft hatte. Dann trank ich zwei Becher Kaffee und dachte eine lange Weile nach.

Wie sollte ich meine Untersuchung beginnen? Ich beschloß, zuerst die ganze Geschichte, soweit ich sie kannte, zu Papier zu bringen, um mir Klarheit zu schaffen und die harten Tatsachen von den bloßen Vermutungen zu scheiden. Erst dann, nachdem ich meine Gedanken geordnet hätte, wäre ich in der Lage, mir die nächsten Schritte zu überlegen.

Ich beugte mich über den Block, nahm meinen Kugelschreiber und begann zu schreiben.

3

«Untersuchung über Kesters Tod: Zusammenfassung der Fakten.

Kester starb am 8. Mai 1952. Er war drei Tage zuvor aus Irland nach Gower zurückgekehrt (5. Mai) und hatte sich direkt in die Kate meines Vaters in Rhossili begeben.

Mein Vater und Kester begegneten sich nicht. Richard, der zu dieser Zeit bei den Bryn-Davies wohnte, holte Kester von der Fähre ab und fuhr ihn nach Rhossili. Ich war auf der Schule. Während der drei Tage vor seinem Tode sah Kester außer Richard folgende Personen: (1) Evan, (2) Bronwen, (3) Gwyneth. Richard, Evan und Bronwen wurden alle später von der Polizei verhört, aber nur Richard und Evan wurden in die Untersuchung einbezogen. Gwyneth erzählte nur mir, daß sie Kester gesehen habe, und auf ihre Bitte hin schwieg ich darüber. Wie es scheint, machten sich ihre Eltern Sorgen über die Gerüchte bezüglich seiner geistigen Verfassung und hatten Gwyneth verboten, ihn zu sehen. Diesem Verbot war sie nicht gefolgt, daher ihr Wunsch, den Besuch geheimzuhalten. Sie wollte keinen Ärger haben.

Anmerkung: Ich muß den ausführlichen Untersuchungsbericht noch einmal durchlesen; ich darf mich nicht auf mein Gedächtnis verlassen, da über zehn Jahre vergangen sind, seit ich ihn zuletzt einsah.

Am Nachmittag des 8. Mai erhielt mein Vater eine kurze Mitteilung von Kester, in der dieser ihn einlud, irgendwann auf einen Drink bei ihm vorbeizukommen. Mein Vater beschloß, sofort hinzugehen, traf Kester jedoch nicht an. Es war ein schöner Abend, und mein Vater ging ein Stück spazieren, in der Hoffnung, Kester zu begegnen. Er sah ihn dann auch auf dem Shipway und stellte zu seinem Erstaunen fest, daß Kester auf dem Wege zum Worm war. Es erschien ihm seltsam, weil es mit den Gezeiten nicht übereinstimmte. Es blieb kaum genug Zeit, um über den Shipway und zurück zu gelangen, nicht aber, um sich auf dem Worm's Head aufzuhalten und die Aussicht zu genießen. Mein Vater war darüber so bestürzt, daß er ihm folgte.

Anmerkung: Bis hier konnte die Aussage meines Vaters von Zeugen bestätigt werden. Zwei von Worm's Head zurückkehrende Spaziergänger bezeugten, Kester und meinen Vater im Abstand einer Viertelstunde auf dem Dammweg gesehen zu haben.

Als mein Vater bis zum Inner Head gelangt war, wartete er, nahm an, Kester würde jeden Augenblick wieder auftauchen, um sich auf den Rückweg zu begeben, aber Kester tauchte nicht auf, und nach einigen Minuten hielt es mein Vater nicht länger aus, ging ein Stück weiter, wo der Pfad eine Biegung machte und auf die Südflanke des Inner Head führt. Jetzt wurde ihm klar, daß Kester geplant haben mußte, von der Flut abgeschnitten zu werden, weil er, obgleich noch sichtbar, weit weg und fast am Middle Head war. Mein Vater stand vor einem Dilemma. Ging er weiter, so wäre er gezwungen, die Nacht auf dem Worm zu verbringen. Kehrte er zurück, so müßte er Kester, der sich sehr wohl in einem geistesgestörten Zustand befinden könnte, verlassen. Begreiflicherweise widerstrebte es meinem Vater, die Nacht über von aller Welt abgeschnitten zu sein. So sagte er sich, Kester benehme sich zwar sonderbar, sei aber sicher nicht verrückt, und entschloß sich zur Rückkehr.

Anmerkung: Das ist die Aussage meines Vaters, soweit sie mir aus dem Untersuchungsbericht in Erinnerung ist. Mit mir hat er nie darüber gesprochen. Dieser Teil seiner Aussage ist nicht von Zeugen bestätigt worden, ist aber als Alibi wasserdicht, denn es hat sich erwiesen, daß er wirklich kehrtgemacht hat und über den Shipway zurückgekehrt ist.

Mein Vater erreichte das Festland kurz nach acht an diesem Abend, und der Shipway begann von der Flut überspült zu werden. Kester saß also auf dem Worm fest. Mein Vater kehrte ins Haus zurück, wo er Dafydd antraf, der gerade die defekte Dichtung eines Wasserhahns auswechselte. Sie plauderten eine Weile.

Anmerkung: Dieses Alibi klingt zwar verdächtig, aber da es zu der Zeit von niemandem angezweifelt wurde, muß es zu glaubwürdig gewesen sein, um leicht widerlegt werden zu können.

Nachdem Dafydd fortgegangen war, beschloß mein Vater, im Haus zu warten, bis Kester im Morgengrauen wieder in der Lage wäre, den Shipway zu überqueren. Er machte sich Sorgen und fragte sich, ob er recht getan habe, Kester im Stich zu lassen.

Kester kam nicht zurück. Eine Suchaktion wurde veranstaltet, aber man fand niemanden auf dem Worm. Kesters Leiche wurde eine Woche später an Land geschwemmt.

Der offizielle Befund lautete ‹Tod durch Unfall›, aber es wurde allgemein angenommen, Kester habe in einem Zustand geistiger Umnachtung Selbstmord verübt. (Der Untersuchungsrichter wollte offensichtlich der Familie die Unannehmlichkeit eines Urteils auf Selbstmord ersparen.) Die Möglichkeit eines Mordes wurde ausgeschlossen, als der Untersuchungsrichter auf die Tatsache hinwies, daß mein Vater nicht die Zeit gehabt hätte, Kester einzuholen, ihn zu ermorden und vor der Flut über den Shipway zurückzukehren. Soweit es mir bekannt ist, hat niemand einen Einwand erhoben, und selbst die Brüder Kinsella, die vielleicht anderer Meinung waren, hielten den Mund. Erst zwei Jahre später, anläßlich des Bryn-Davies-Prozesses trat Declan in den Zeugenstand und nannte meinen Vater einen Lügner, Mörder und Erpresser.

Anmerkung: Früher oder später muß ich mich mit der Zeugenaussage dieses verdammten Scheißers Declan Kinsella befassen.

Warnung: Kühlen Kopf bewahren!

Urteil: Weitermarschieren!»

4

Während ich eine Flasche Cola öffnete und wieder einmal meinen Wunsch nach einer Zigarette unterdrückte, las ich mir das Geschriebene durch und stellte zufrieden fest, daß meine Worte mit der offiziellen Version der Wahrheit übereinstimmten. Vielleicht entsprach diese Version wirklich der Wahrheit. Aber ich durfte nicht vergessen, daß die Wahrheit dieser besonderen Wahrheit allein auf der Tatsache beruhte, daß niemand sich der Wahrheit wirklich sicher war. Der offizielle Befund hatte auf Tod durch Unfall geschlossen, die Öffentlichkeit auf Selbstmord, und die Brüder Kinsella auf Mord, aber die wirkliche Wahrheit war allen entgangen, war durch Indizien und Fakten geschlüpft wie eine von einem Zauberer manipulierte Illusion. Doch warum sollte mir dieser Fall so ungewöhnlich erscheinen? Wie konnte ich hoffen, je die ganze Wahrheit zu erfahren? Der menschliche Verstand ist so beschränkt, und in einem depressiven Augenblick erinnerte ich mich, daß es sogar Philosophen gab, die den menschlichen Geist nicht einmal für fähig hielten, die Wirklichkeit zu erkennen, was bedeuten würde, daß meine Wahrheitssuche von vorneherein verdammt war, in einem Meer von Illusionen zu versinken.

Dann nahm ich mich zusammen. Ich war ein vernünftiger Mensch, ein Mensch, der sich an die Wirklichkeit harter Tatsachen hält, und ich war nicht gewillt, mich von philosophischem Unsinn deprimieren zu lassen. Ich sagte mir, es ist nur eine Sache des Willens und der Entschlossenheit, die Wahrheit zu finden, indem ich Wirklichkeit von verzerrendem Beiwerk unterscheide. Dazu brauche ich nichts weiter als die richtige geistige Einstellung.

Wieder griff ich zur Feder und wandte mich der Vergangenheit zu.

5

«Kesters Tod. Mögliche Erklärungen.

Es gibt vier mögliche Erklärungen für Kesters Tod: (1) Natürliche Ursachen, (2) Unfall, (3) Selbstmord, (4) Mord.

Lassen wir die natürlichen Ursachen beiseite. Die Autopsie ergab Tod durch Ertrinken. Ein Herzkollaps oder ein Schlaganfall konnten nicht festgestellt werden.

Nehmen wir zuerst Mord, die unwahrscheinlichste der verbleibenden Möglichkeiten. Wenn ich dem Alibi glaube, könnte mein Vater Kester nur getötet haben, wenn Kester auf dem Inner Head auf ihn gewartet hätte. Das scheint der Untersuchungsrichter jedoch nicht in Betracht gezogen zu haben, denn er gab sich ganz offenbar mit der Aussage meines Vaters zufrieden, nach der Kester ihm eine Viertelstunde vorausgeblieben war. Falls der Untersuchungsrichter irgendeinen Verdacht gehegt haben sollte, hat er ihn später verworfen.

Dazu neige ich auch. Denn warum sollte Kester auf dem Inner Head herumsitzen und auf meinen Vater warten, um ermordet zu werden? Wenn mich ein geschulter Killer verfolgte, der mich haßt, würde ich immer weitergehen und hoffen, daß er schließlich umkehrt. Und warum sollte mein Vater die Absicht gehabt haben, Kester zu ermorden? Kester wollte doch nur in Ruhe in Rhossili schreiben. Und angenommen, mein Vater habe ihn tatsächlich ermorden wollen, warum hätte er es dann getan, nachdem er von zwei Zeugen gesehen wurde, als er Kester zum Worm folgte? Wenn mein Vater Kester ermordet hätte – und er müßte wahnsinnig gewesen sein, das zu tun –, so wäre das große Rätsel nicht mehr, wie Kester starb, sondern warum.

Beurteilung der Mordtheorie: Kein Motiv, kein hinreichender Beweis einer Gelegenheit. Mord höchst unwahrscheinlich, wenn nicht sogar ganz ausgeschlossen.

Es bleiben also Unfall und Selbstmord. Ich muß gestehen, daß Selbstmord die plausibelste Erklärung ist. Er ist geistesgestört gewesen, hatte alles verloren, was ihm im Leben etwas bedeutete, war als Schriftsteller erfolglos geblieben. Um die Selbstmordtheorie zu widerlegen, müßte ich klar und eindeutig beweisen, daß Kester einen einleuchtenden und überzeugenden Grund hatte, am Leben bleiben zu wollen.

Beurteilung der Selbstmordtheorie: Möglich, aber nur eine Möglichkeit, die durchaus noch nicht erwiesen ist.

Und welche Möglichkeit besteht schließlich, daß Kesters Tod ein Unfall war? Dagegen spricht vor allem Kesters Unsportlichkeit; er wäre nie ein körperliches Risiko eingegangen. Es könnte aber sein, daß er von einer Springwelle weggerissen wurde. In einer anderen Umgebung wäre es zu unwahrscheinlich, um in Betracht gezogen zu werden, aber auf einer Flutstrecke wie dem Shipway ist es durchaus möglich. Kester könnte versucht haben, den Shipway zu überqueren, bevor er ganz sicher war – und in diesem Falle wäre die Gefahr einer Springwelle gewiß vorhanden gewesen.

Beurteilung der Unfalltheorie: So und nicht anders muß es gewesen sein, aber ich darf mich nicht darauf festlegen, bis ich nicht die Selbstmordtheorie widerlegt habe. Und zwar deshalb, weil ich nicht beweisen kann, daß Kester durch einen Unfall umkam, solange ich nicht jede andere Möglichkeit überzeugend ausgeschlossen habe.»

6

Ich köpfte eine weitere Cola und las mir durch, was ich geschrieben hatte. So weit, so gut. Das Rätsel war in der offziellen Version dargelegt, die Liste der möglichen Erklärungen aufgestellt. Aber jetzt wurde meine Aufgabe schwieriger, denn ich mußte die Alternativen zur offiziellen Version untersuchen, alles in Betracht ziehen, was nicht mit dieser leicht bröckelnden Realität übereinstimmte, und da erwartete mich, wie ich sehr wohl wußte, das Gespenst Declan Kinsellas an der nächsten Ecke.

Declan war im vorigen Jahr an einem Herzanfall gestorben. In den Fernsehnachrichten wurde er als ein angesehener Patriot und Staatsmann beschrieben. Kesters machtvoller Verteidiger und Starzeuge im Bryn-Davies-Prozeß hatte sich somit für immer meiner Reichweite entzogen.

Sein Bruder Rory ebenfalls. Er war in den fünfziger Jahren an den Folgen seiner Trunksucht gestorben.

Ich konnte jedoch die Brüder Kinsella nicht ignorieren. Ich konnte niemanden ignorieren, der die offizielle Version als einen Haufen von Lügen bezeichnet hatte. Die Brüder Kinsella waren eine Dimension der Wirklichkeit, und ich konnte sie nicht einfach wie einen Mythos übergehen, ganz gleich wie absurd oder unwahrscheinlich ihre Behauptungen mir erschienen. Besonders Declan tauchte in dieser Saga auf und unter, wie ein immer wiederkehrender Alptraum. Die Versuchung, ihn als einen vor Kummer wahnsinnigen Iren abzutun, dem jedes Mittel, den Tod seines Bruders zu rächen, recht ist, verlockte mich, aber war es wirklich möglich, wahrscheinlich oder glaubhaft, daß dieser «angesehene Patriot und Staatsmann» bereit gewesen wäre, im Zeugenstand einen Haufen Lügen zu verzapfen, um einen, wie der Richter es nannte, «besonders schmutzigen Familienstreit» zu verfolgen?

Und das brachte mich auf den schrecklichen Bryn-Davies-Prozeß, die Katastrophe, die meinen Vater in den unaufhaltsamen finanziellen Niedergang und zum zweiten Mal durch einen Nervenzusammenbruch an den Rand des Wahnsinns getrieben hatte. Pam sagte damals zu mir: «Ich nehme an, Declans Aussage hat dich ziemlich erschüttert. Das wäre nur natürlich. Möchtest du darüber sprechen?» Aber ich hatte mich geweigert, darüber zu sprechen. Es war leichter, nicht daran denken zu wollen, viel leichter, mir einfach zu sagen, Declan Kinsella sei nichts weiter als ein beschissener Lügner.

Ich trank meine Cola und erinnerte mich an Pams Worte vom vorigen Abend: «Sehr wenige Menschen sind stark genug, unangenehmen Wahrheiten ins Gesicht zu sehen.»

Aber jetzt würde ich stark genug sein. Der Bryn-Davies-Prozeß war eine unangenehme Wahrheit, der ich mich jedoch stellen mußte, und während ich wieder nach meiner Feder griff, zwang ich mich zu kühlem und analytischem Denken, indem ich die Tatsachen niederschrieb, wie sie mir in Erinnerung waren.

7

«Kesters Tod. Die Folgen. Der Bryn-Davies-Prozeß.

Der Bryn-Davies-Prozeß wurde von Declan Kinsella angestiftet, weil er ihm die Gelegenheit bot, meinen Vater in aller Öffentlichkeit anzugreifen. Sein Schweigen während der Untersuchung über Kesters Tod läßt sich wahrscheinlich durch die Tatsache erklären, daß er nicht in der Lage war, seinen Mordverdacht unter Beweis zu stellen, und sich damit begnügte, den Aussagen zu folgen, um später vollen Nutzen daraus zu ziehen. Könnte er den Prozeß schon damals vorausgesehen haben? Ja, denn viel spricht dafür, daß er Kesters Testament kannte. Kester hatte sein Testament aufgesetzt, kurz nachdem er Oxmoon an meinen Vater verlor, und in diesem Zusammenhang ist es mehr als wahrscheinlich, daß er seinen Letzten Willen mit Declan zur Diskussion brachte, als er mit ihm über Oxmoon sprach.

Das Testament gab Declan die Chance, einen Prozeß anzustreben, und er benutzte Owen Bryn-Davies senior als Werkzeug für seinen Plan. Das Testament stellte einen Versuch Kesters dar, ein Gleichgewicht unter seinen Schützlingen zu schaffen, nachdem durch die Übergabe von Oxmoon gesichert war, daß ich den Besitz von meinem Vater erben würde. Nach dem Verlust von Oxmoon bestand Kesters Vermögen aus in Aktien angelegten Geldern, zu denen aber noch eine kleine Eigentumswohnung in London kam, und das erwies sich als sehr wichtig, denn es bedeutete, daß Kesters Testament sich sowohl auf unbeweglichen als auf beweglichen Besitz bezog, obgleich der Hauptbestand seines unbeweglichen Besitzes auf meinen Vater übergegangen war. Mit Ausnahme einiger kleiner Legate vermachte Kester sein persönliches Vermögen meinem Zeitgenossen Owen Bryn-Davies junior. Mir hinterließ er hundert Pfund, alle Bücher der Bibliothek in Oxmoon und alle seine unveröffentlichten Manuskripte.

Sobald das Testament gerichtlich bestätigt war, trat Declan in Aktion. Er überzeugte Owen Bryn-Davies senior, daß mein Vater sich Oxmoon durch Erpressung angeeignet hatte – und das bedeutete, daß die von Kester unterzeichnete Schenkungsurkunde ungültig war – und daß Oxmoon dadurch automatisch in den Besitz von Owen Bryn-Davies junior, dem Erben von Kesters unbeweglichem Vermögen, überging. Owen senior beschloß, im Namen seines Sohns vor Gericht zu gehen, aber als es zur Verhandlung kam, wurde nicht dem Testament, sondern meinem Vater der Prozeß gemacht.

Declans Geschichte – sie erregte nur Gelächter – lief auf folgendes hinaus: Kester habe Onkel Thomas bei einer Schlägerei durch einen unglücklichen Zufall getötet, sei dann in Panik geraten, habe meinen Vater angerufen, mit seiner Hilfe die Leiche aus dem Haus geschafft und einen Autounfall vorgetäuscht, um das Verbrechen zu vertuschen. Später, so behauptete Declan, habe mein Vater dann seine Mitwisserschaft dazu benutzt, Kester zu erpressen. Auf diese Weise habe er sich Oxmoon angeeignet.

Soweit die Theorie der Erpressung. Dann erklärte Declan seine Mordtheorie. Er sagte, Kester sei so entschlossen gewesen, wieder in den Besitz von Oxmoon zu gelangen, daß er bereit war, sich der Polizei zu stellen und eine lange Gefängnisstrafe zu riskieren, um sich nicht länger von meinem Vater erpressen zu lassen. Declan sagte, Kester sei nach Gower zurückgekehrt, um Oxmoon von meinem Vater zurückzuverlangen, und mein Vater, der sich ruiniert sah, habe ihn getötet, um ihn zum Schweigen zu bringen.

Hier verlor der Richter die Geduld, beklagte das Fehlen von Beweisen und sagte, dieser Prozeß hätte nie vor Gericht kommen dürfen. Er verwies den Fall ohne Urteil und erklärte den Parteien, sie sollten ihre schmutzige Familienfehde anderswo austragen. Die Presse hatte ihren großen Tag. Meinem Vater wurde allgemein Entlastung zugesprochen, aber er war mit einer Menge Dreck beworfen worden, und natürlich blieb ein Teil davon an ihm hängen.

Die Staatsanwaltschaft untersuchte, ob die Ermittlungen über den Tod von Kester und Thomas wiederaufgenommen werden sollten, entschied sich jedoch dagegen, weil keine ausreichenden Beweise vorlagen. Das bedeutete, daß mein Vater zwar technisch unschuldig war, weil niemand ihm eine Schuld nachweisen konnte, aber auch keine Möglichkeit hatte, etwas gegen die sich immer mehr verbreitenden Gerüchte zu unternehmen, und daher beschloß er, sich in die Einsamkeit zurückzuziehen und ein Eremitendasein zu fristen. Überdies war er durch die hohen Anwalts- und Gerichtskosten auf eine abschüssige Bahn geraten, auf den Weg zu finanziellem Ruin. Declan hatte sein Ziel erreicht. Er wollte meinen Vater kreuzigen und hatte ihn gekreuzigt. Nicht nur das, denn mein Vater hängt immer noch an diesem Kreuz, und keinem Psychiater, nicht einmal Pam, ist es gelungen, ihn herunterzuholen.

Das waren die Tatsachen des Bryn-Davies-Prozesses. Aber was mache ich mit Declans Aussage?

Da gibt es drei Möglichkeiten: Entweder ist es wahr, oder es ist erfunden, oder es ist zum Teil wahr und zum Teil erfunden. Welche Möglichkeit auch immer zutreffen mag, die Tatsache besteht, daß Declan, der seinen Bruder sehr gut kannte, meinen Vater für moralisch verantwortlich am Tode Kesters hielt. Declan mag nicht wirklich geglaubt haben, daß Kester ermordet wurde; er mag diese Geschichte aus bloßer Rachsucht erzählt haben, aber wenn er auch nicht an einen Mord glaubte, so muß er bestimmt geglaubt haben, daß mein Vater Kester in den Selbstmord trieb. Hätte er geglaubt, daß Kesters Tod ein Unfall war, so hätte er sich nicht eine solche Mühe gegeben, meinen Vater dafür bezahlen zu lassen.

Folglich müßte ich, um die Unfalltheorie zu begründen, zuerst irgendwie beweisen, daß Declan mit seiner Interpretation der Tragödie völlig auf dem Holzwege war. Immerhin ließe sich sein Irrtum zumindest auf eine Weise erklären; er könnte vor Kummer und Wut so verblendet gewesen sein, daß er nicht mehr logisch zu denken vermochte und deshalb aus den gegebenen Tatsachen eine Reihe von falschen Schlüssen zog. Ich will keinesfalls behaupten, daß er es nicht ehrlich meinte, aber Ehrlichkeit ist keine Garantie für Wahrheit.

Kann ich also die lächerliche Erpressungstheorie einfach als irisches Märchen abtun? Ich wünschte, ich könnte es. Aber ich kann es nicht, weil Declan seine Mordbeschuldigung mit der Theorie begründete, mein Vater habe sich Oxmoon von Kester erpreßt und sei dann gezwungen gewesen, ihn zu töten, um es zu behalten, oder in anderen Worten, mein Vater habe mit der Erpressung ein Tatmotiv gehabt. Hätte es keine Erpressung gegeben, so wäre die Schenkungsurkunde gültig gewesen, und mein Vater hätte nicht zu befürchten brauchen, daß Kester den Besitz je zurückverlangen würde, hätte also keinen Grund gehabt, ihn zu ermorden. So läßt sich die Mordtheorie nur widerlegen, wenn man beweisen kann, daß die Erpressungstheorie nicht stichhaltig ist, und ich sehe nicht, wie es mir möglich wäre, diese Hypothese nicht in meine Ermittlungen einzuschließen.

Hat Kester irgend etwas getan, wofür man ihn erpressen konnte, und falls ja, was? Declans Geschichte scheint mir wenig glaubwürdig. Angenommen, Kester habe Thomas wirklich umgebracht, warum geriet er in Panik? Wäre er nicht viel eher seiner oft zitierten Devise gefolgt – Durchhalten! Nicht aufgeben! Weiterkämpfen! – und hätte die Polizei gerufen? Es wäre nicht angenehm gewesen, aber wahrscheinlich hätte er nicht einmal eine Gefängnisstrafe riskiert. Und wenn er schon in Panik geriet, warum rief er ausgerechnet meinen Vater zu Hilfe, den er nicht ausstehen konnte und dem er nicht traute? Und warum hätte mein Vater ihm helfen sollen, einen Autounfall vorzutäuschen? Die Geschichte ist unglaubwürdig.

Was läßt sich daraus schließen? Entweder hat Declan die ganze Geschichte erfunden, um seine Erpressungstheorie zu bekräftigen, oder er hat aus irgendwelchen Gründen einige Tatsachen verdreht. Vielleicht ist ein Verbrechen geschehen, und vielleicht betraf es Thomas, aber jedenfalls kann es sich nicht so abgespielt haben, wie Declan es erzählte.

Allerdings meint Pam, viele Leute seien insgeheim von der Erpressungstheorie überzeugt. Soll das heißen, daß sie auch insgeheim meinen Vater für einen Mörder halten? Was glaubten denn wirklich all die Zeugen, die bei der Ermittlung aussagten? Im Zeugenstand mögen sie nach bestem Wissen die Wahrheit gesagt haben, aber wie nahe ist diese Wahrheit der wirklichen Wahrheit? Ich werde mir noch einmal jeden von ihnen vornehmen müssen, um mir meine eigene Meinung zu bilden.

Noch eins fällt mir ein. Ich glaube zwar immer noch nicht an die Möglichkeit einer Erpressung, aber falls sie doch stattfand, wäre es ein starkes Argument gegen die Selbstmordtheorie. Wenn Kester durch Erpressung gezwungen war, Oxmoon abzugeben, hätte er nicht geruht, bis er es wieder zurück bekäme. Er hätte bis zum Äußersten darum gekämpft. Für Oxmoon hätte er sich an das Leben geklammert und wäre nie auf den Gedanken gekommen, sich verzweifelt in die See zu stürzen.

Ich muß also die Möglichkeit der Erpressung weiterverfolgen. Mir einzureden, sie sei belanglos für meine Ermittlungen, hat keinen Sinn. Ich komme nicht mehr darum herum.»

8

Es war gegen Mitte des Nachmittags, und ich hatte immer noch zu tun. Die Liste der Zeugen, mit denen ich sprechen wollte, mußte aufgestellt werden, aber ich fühlte mich erschöpft. Unangenehmen Tatsachen ins Auge zu sehen, ist eine ermüdende Beschäftigung, und nachdem ich eine Tafel Schokolade verspeist hatte, braute ich mir noch etwas Kaffee, bevor ich eine neue Seite meines Schreibblocks aufschlug.

Erste Feststellung: Die Brüder Kinsella waren nicht die einzigen wichtigen Zeugen, die ich jetzt nicht mehr verhören konnte. Es gab noch einen anderen Zeugen, der für immer aus meinem Bereich verschwunden war, ein Zeuge, der sowohl Kester als meinen Vater geliebt hatte, der einzige Zeuge, der genug Einfühlungsvermögen besaß, um genau zu erfassen, was geschehen war. Bronwen hatte meinen Großvater nur um vier Jahre überlebt. Sian erklärte mir resigniert, nachdem ihre Mutter gestorben war: «Sie versuchte zu überleben, aber ohne ihn fiel es ihr zu schwer. Sie sagte, das Rad sei zerbrochen und könne nicht mehr repariert werden.»

Ich dachte an Bronwens Erzählungen über Fortunas Rad.

Nach Kesters Tod hatte sie zu mir gesagt: «Es war Schicksal. Er war an Fortunas Rad gebunden und hatte nicht den Willen, herabzusteigen.» Und als ich mich grämte, weil ich ihn nie mehr wiedersehen würde, sagte sie: «Aber du wirst ihn wiedersehen – wieder und wieder. Du brauchst nur durch den Kreis zu schauen, und dann wirst du bald sein Echo in der Zeit vernehmen.»

Aber ich glaubte, das Echo nicht ertragen zu können, wollte nichts hören und erwähnte Kester Bronwen gegenüber nie mehr. Sie war es gewesen, die zum Schluß wieder von ihm sprach. Ich war gerade aus Harrow rausgeflogen und besuchte sie im Krankenhaus, wo sie im Sterben lag. Sie hatte gesagt: «Hal, du machst einen großen Fehler, wenn du versuchst, deinen Vater zu bestrafen. Er leidet ohnehin genug.» Aber ich war fünfzehn Jahre alt und hatte keine Ahnung, was sie meinte. Ich war zu jung, um eine Beziehung zwischen meinem Betragen in Harrow und meiner Wut über Kesters Tod herzustellen.

«Vergib ihm», hatte Bronwen gesagt. «Vergib ihnen beiden. Laß sie dich nicht in ihren gemeinsamen Kreis ziehen, laß sie dich nicht zerstören, wie sie einander zerstört haben.»

«Was für ein Kreis?»

«Der Kreis ihres Lebens, das Rad ihres Glücks . . . das Rad muß umgestaltet werden, der Kreis gelöst . . . eine schwere Bürde ist auf dich übergegangen . . . du mußt sehr stark und tapfer sein.»

«Bronwen, ich verstehe dich nicht. Ich verstehe kein Wort von dem, was du sagst.»

«Halte zu deinem Vater.» Das waren ihre letzten Worte für mich. «Halte zu deinem Vater», hatte sie gesagt, und ich war in mich gegangen, hatte schwer gebüffelt und gepaukt, mir einen Platz an der Universität von Bristol erobert, um klassische Literatur zu studieren, hatte versucht, meinem Vater zu helfen, der nach der Katastrophe des Bryn-Davies-Prozesses immer tiefer in Schulden und Verzweiflung versank.

Aber meinem Vater war nichts recht zu machen. Selbst Gerry, sein Lieblingsbruder, hatte sich schließlich mit ihm zerstritten.

«Harry, du willst dich zerstören. Im Grunde interessiert dich das Überleben gar nicht. Du willst nur die Schleusen öffnen und das Unheil hereinströmen lassen.»

Gerry hatte ihn aufgegeben. Ich hatte ihn aufgegeben, und das hatte zur Folge, daß ich in Europa herumstreunte und beinahe in einem türkischen Gefängnis gelandet wäre. Doch dann kehrte ich mit neuen Plänen und dem festen Vorhaben, mich zu bessern, zurück und erfuhr von meinem Vater, daß er Oxmoon dem National Trust übergeben wollte, um es für die Nachwelt zu erhalten. Er fühlte sich zu krank, um selbst mit den Beamten der Stiftung zu verhandeln, und bat mich, es an seiner Stelle zu tun.

Die Stiftung war interessiert, wies jedoch darauf hin, daß alle ihnen anvertrauten Häuser mit einem gewissen Kapital dotiert sein müßten, mit dem der Unterhalt bestritten werden könne. Sie verlangten vierhunderttausend Pfund für die Wiederinstandsetzung des Hauses und Grundstücks und die Schaffung eines Fonds für den weiteren Unterhalt, aber als mein Vater ihnen anbot, die Kunstsammlung zu verkaufen, um das Geld aufzubringen, war er auf entsetzte Ablehnung gestoßen. Die Leute von der Stiftung sagten, die Kunstsammlung sei der einzige Grund, weshalb sie sich für Oxmoon interessierten, und die Erhaltung des Hauses selbst, das von keinem großen architektonischen Wert sei, ließe sich nur rechtfertigen, wenn man es als Rahmen für Kesters einzigartige Sammlung von Gemälden, Mobiliar und Kunstgegenständen betrachtete.

Obgleich sehr enttäuscht, empfand mein Vater es als Erleichterung, daß er nicht gezwungen war, Kesters Schätze zu veräußern. Eine psychologische Schranke hatte ihn immer daran gehindert, auch nur den geringsten Gegenstand versteigern zu lassen, trotz Gerrys eifrigem Zureden, er solle lieber Antiquitäten als Land verkaufen, um sich aus der finanziellen Patsche zu ziehen. Aber auch das gehörte zu seiner Geistesgestörtheit.

«Wenn ich irgend etwas aus Kesters Habe verkaufe, wird er mir nie verzeihen, und dann habe ich keine Hoffnung mehr, je wieder nach dem Gehör Klavier spielen zu können», pflegte er damals zu sagen, Gerry flüsterte mir zu: «Total durchgedreht!»

Als es Gerry und mir klar wurde, daß alle Mühe, ihm helfen zu wollen, umsonst war, hatte Gerry ihm gesagt, er solle sich einen anderen Anwalt suchen, während ich mich in die Bars von Chelsea flüchtete und schließlich im Musikgeschäft landete. Später hörte ich von Humphrey, daß mein Vater hoffte, ich würde bald reich sein und das nötige Kapital für die Instandsetzung von Oxmoon aufbringen. Wäre es nicht so traurig gewesen, so hätte ich darüber gelacht. Ich verdiente zwar ganz gut, aber nicht in der Größenordnung von vierhunderttausend Pfund. Um im Musikgeschäft an derartiges Geld zu kommen, mußte man sehr großes Glück haben und sehr begabt sein; mein Glück und meine Begabung hielten sich jedoch in bescheidenen Grenzen.

Oxmoon war zum Untergang verdammt, das stand fest – zerfallen und verheert wie mein Vater, und nicht mehr zu retten.

«Das Rad muß umgestaltet werden, der Kreis gelöst . . .» Wieder hörte ich Bronwens Stimme, aber dieses Mal schienen ihre Worte, obgleich sie mir immer noch ein Rätsel waren, in irgendeiner unerklärlichen Weise mit meiner jetzigen Situation in Beziehung zu stehen. «Eine schwere Bürde ist auf dich übergegangen . . . du mußt sehr stark und tapfer sein», hatte sie gesagt, und plötzlich spürte ich die Last dieser Bürde, die sie damals gesehen zu haben glaubte. Ich hätte sie nicht beschreiben können, erkannte nur verschwommen ihre Dimensionen, aber ich wußte mit Bestimmtheit, daß sie da war.

Ich überlegte: Angenommen, Erlösung ist nicht nur ein Wort, nicht nur eine Sache der Semantik, nicht nur ein philosophisches Konzept ohne Bestand in der Wirklichkeit – angenommen, Erlösung ist eine spürbare Bürde, eine schwere psychische Prüfung, eine Umgestaltung der Vergangenheit, die nur in Schmerzen und Leiden vollbracht werden kann . . .

Ich erschauderte, sträubte mich dagegen, und dann wurde mir klar, daß die wirkliche Frage, die bisher unbeantwortete Frage – die Aufgabe hinter der Aufgabe, das Geheimnis hinter dem Geheimnis – nicht darum ging, ob ich das Rätsel um Kesters Tod zu lösen vermochte, sondern ob ich die Kraft haben würde, die mir vererbte Tragödie auf meinen Schultern zu tragen und den Kreis, der zerstört worden war, wieder zu schließen.

Ich erschauderte abermals, aber Kesters Stimme schien mir zuzurufen: «Durchhalten! Nicht aufgeben! Weiterkämpfen!», und dann, als ich endlich durch den Kreis hindurchblickte, betäubte mich fast sein Echo.

9

Plötzlich bemerkte ich, daß die Seite meines Schreibblocks immer noch leer war und riß mich sofort zusammen. Es entsprach gar nicht meiner Art, mich in metaphysischen Mäandern und abergläubischen Spekulationen zu verlieren, und ich konnte es mir nur insofern erklären, als die Erinnerung an Bronwen mich zu Gedankengängen verleitet haben mußte, für die es in meiner vernunftbestimmten Welt, der Welt der harten Tatsachen und kühlen Analyse, keinen Platz gab. Ich schrieb ZEUGEN ZUR VERNEHMUNG oben auf das Blatt, wandte mich von den Toten ab, vergaß die Kinsellas und Bronwen, und begann mich mit den Lebenden zu befassen.

Zuerst notierte ich mir die Namen Evan und Richard, die beide

Kester in den letzten drei Tagen vor seinem Tod gesehen hatten. Evan war Pfarrer in Cardiff, Richard gehörte zum Jet-set. Nach Onkel Edmunds Tod hatte sich Tante Teddy nach Boston zurückgezogen, Richards Bruder Geoffrey war nach New York ausgewandert, und Richard selbst flog ständig in der Gesellschaft der Schickeria über dem Atlantik hin und her. Dieser Teil der Familie hatte nie an Geldmangel gelitten, aber da Tante Teddys Vermögen treuhänderisch verwaltet wurde und fest angelegt war, hatte sie meinem Vater nicht aushelfen können.

Bronwen konnte ich zwar nicht auf die Liste der Leute setzen, die Kester kurz vor seinem Tode gesehen hatten, dafür aber Sian. Sian und ihre Mutter, die einzigen Frauen in einer Männerfamilie, waren sich immer sehr nahe gewesen, und ich hielt es für wahrscheinlich, daß Sian mir sowohl mit dem, was sie von anderen gehört hatte, als auch mit ihren eigenen Eindrücken nützliche Hinweise geben konnte. In der Hoffnung, noch mehr nützliche Meinungen zu hören, fügte ich die Namen ihrer Brüder hinzu. Evan stand bereits auf der Liste, aber ich schrieb mir noch Gerry und Lance auf.

Dann legte ich mein Netz weiter aus, fügte Tante Marian hinzu, die zwar Kester nie sehr nahegestanden hatte, jedoch mit Rory verheiratet gewesen war und mir als Quelle indirekter Informationen dienen könnte. Ich dachte auch an Siobhan, Declans Witwe, aber ich hatte sie nie kennengelernt und beschloß, meine Ermittlungen mit den Leuten zu beginnen, die ich kannte. Da kam noch Tante Eleanor in Frage. Sie war mit Thomas verheiratet gewesen und hatte bestimmt ihre eigene Meinung über Declans Aussage.

Der wichtigste Name fehlte jedoch noch. Ich schrieb VATER und starrte auf das Wort.

Ein Lügner, ein Erpresser, ein Mörder? Oder ein unschuldiges Opfer, ein hilfloser Neurotiker, ein im Grunde guter Mensch, der nur Pech gehabt hat?

Wer war mein Vater? Ich wußte es nicht. Für mich bedeutete er nur eine Quelle ständigen Ärgers mit dem Etikett ELTERN. Ich betrachtete ihn als hoffnungslosen Vater und wußte sehr wohl, daß er, was meine Mutter betraf, ein schlechter Ehemann gewesen war. Ich erinnerte mich, wie er sie ständig angebrüllt und zum Weinen gebracht hatte. Natürlich wäre es unrecht, ihn für ihren Tod verantwortlich zu machen; Bronwen hatte mir gesagt, ich dürfe es nicht tun, und ich glaubte ihr, aber irgend jemandem mußte ich die Schuld an ihrem Tod geben, und außer ihm war niemand da, dem ich diesen Vorwurf machen konnte. Selbst wenn er alles getan hatte, um sie zu retten –

und Bronwen beschwor es –, blieb die Tatsache, daß die Reihe von Ereignissen, die zu ihrem Tod geführt hatten, von ihm ausgelöst worden war. Ohne seine Hilfe wäre sie nicht schwanger geworden, und damit hatte er offenbar eine wahrhaft verbrecherische Verantwortungslosigkeit bewiesen. Das zeugte von Egoismus und Gefühllosigkeit und paßte durchaus zu dem, was ich von meinem Vater wußte. Ich sah ihn als einen gefühllosen Egoisten. Er hatte uns immer spüren lassen, daß er seine Kinder als einen Klotz am Bein empfand. Einem solchen Mann sollte man nicht erlauben, vier Kinder in die Welt zu setzen. Dagegen müßte es ein Gesetz geben.

Ich erinnerte mich, daß Dafydd gesagt hatte, ich sei der Augapfel meines Vaters. Dafydd neigte gewöhnlich nicht zu überschwenglichen Phantasien, und da fiel mir plötzlich das Alibi ein, mit dem er meinen Vater geschützt hatte, das Alibi, das allem Anschein nach stichhaltig genug war, um auch unter Druck nicht zusammenzubrechen. Dafydd war so unmitteilsam, daß ein Gespräch mit ihm sich kaum lohnte, aber ich schrieb auf meine Liste: «Dafydd – seine Aussage mit größter Vorsicht nachprüfen nach nochmaliger Lektüre des offiziellen Ermittlungsberichts.»

Das Wort VATER hielt immer noch meine Aufmerksamkeit in Bann. «Halte zu deinem Vater», hatte Bronwen gesagt. Natürlich. Man muß zu seinem Vater halten. Das gehörte sich und war auch an sich ganz richtig. Aber welcher war hier wirklich mein Vater?

«Manchmal habe ich das Gefühl, zwei Väter zu haben, Kester.»

«Dann mache das Beste daraus!»

Mein Zauberer.

«Das ist die Frage, auf die es ankommt, Hal», hatte Pam zu mir gesagt. «Wie war Kester wirklich?»

Ich versuchte Kester zu sehen, sah aber nur seinen Zauberstab, und dann war ich plötzlich wie durch ein Wunder wieder zurück in Oxmoon, im verlorenen Oxmoon meiner Kindheit, und Gwyneth traf sich wieder einmal mit mir im Märchenschloß unserer Träume.

Der letzte wichtige Zeuge. Ich hatte sie beinahe vergessen, und als ich GWYNETH LLEWELLYN niederschrieb, starrte ich auf den Namen der Cousine, die meine Kindheitsfreundin gewesen war, und eine Stimme sagte zu mir: Bring mich nach Oxmoon zurück, zum Oxmoon unserer Kindheit. Bring mich nach Oxmoon zurück, und erwecke es wieder zum Leben.

Drittes Kapitel

I

Es war halb fünf. In Penhale angekommen, ging ich in die Telephonzelle beim Gemeindesaal und rief meine drei Onkel an. Mit Gerry vereinbarte ich ein Treffen um sechs Uhr abends im Claremont. Ich vergaß, ihn nach Lances Büronummer zu fragen, aber als ich bei Lance zu Hause anrief, gab Jean, seine Frau, sie mir und lud mich zum Nachtessen ein. Sie gab mir auch Evans neue Nummer in Cardiff, aber er war abwesend. Ich sagte seiner Frau, ich würde es später noch einmal versuchen.

Als ich aus der Telephonzelle trat, sah ich den Bus aus Swansea in die Dorfstraße einbiegen und an der Wiese halten. Drei Mädchen stiegen aus. Sie trugen die Uniformen des Lyzeums von Swansea, und da ich wußte, daß Gwyneth dort ihre Abschlußprüfung gemacht hatte, hielt ich es für wahrscheinlich, daß ihre jüngere Schwester ihren Fußstapfen gefolgt war. Ich näherte mich dem nächsten der drei Mädchen und sagte:

«Verzeihung . . . war Caitlin Llewellyn in diesem Bus?»

«Sie geht gerade dort die Straße hinauf», sagte das Mädchen und zeigte über ihre Schulter, und als sie mich überrascht anstarrte, wußte ich, daß ich erkannt worden war. Das Fernsehen ist der Tod der Anonymität.

«Danke.» Ich lief los. «Caitlin!» rief ich und sprintete ihr über die Wiese nach. An der Friedhofsmauer hatte ich sie eingeholt. Als sie mir gegenüberstand, erkannte ich sie sofort wieder, obgleich sie in meiner Erinnerung ein Kind gewesen war. Sie mußte jetzt etwa siebzehn sein, ähnelte Gwyneth überhaupt nicht, war größer, schlanker, hübscher und wahrscheinlich weniger intelligent, und als auch sie mich erkannte, wurde ich dessen gewahr, Hunderte solcher Mädchen auf meinen Tourneen gesehen zu haben. Sie hatten alle glänzendes Haar und kreischten im richtigen Augenblick. Sie unterschied sich in nichts von der Menge.

«Au!» sagte sie. «Hal Godwin!» Sie wurde rot.

«Freut mich, dich zu sehen», sagte ich mit einem Routinelächeln. «Ich möchte Gwyneth erreichen, aber wie du sicher weißt, ist dein Vater mir nicht gerade wohlgesinnt. Kannst du mir sagen, wo sie ist?»

Sie gab sich Mühe, ihre Fassung wiederzugewinnen. «Sie hat eine Wohnung in Swansea und unterrichtet in Abbeybrook. An ihre Telephonnummer kann ich mich im Augenblick nicht erinnern, aber . . .»

«Macht nichts, ich kann sie in der Schule anrufen. Vielen Dank.» Ich wandte mich zum Gehen.

«Aber, Hal ... sie kommt morgen hierher über das Wochenende. Tante Dilys aus Betws-y-Coed besucht uns, und Mama veranstaltet ein Familientreffen.»

«Wunderbar. Sage Gwyneth, ich müsse sie sehen, und es sei sehr dringend. Ich werde morgen abend um acht auf dem Friedhof sein.»

«Gut. Ich sage es ihr.»

Ich schenkte ihr das Lächeln, das ich meinen Autogrammjägern widmete, und beendete das Gespräch mit einem höflichen: «Besten Dank, das ist sehr liebenswürdig von dir.» Sie schaute verwirrt drein, ich fügte hinzu: «Bis bald, mach's gut», und entfernte mich. Es war ein unwirklicher Augenblick. Ich hatte meinen Zauberstab geschwungen, mich in den Popstar zurückverwandelt und eine Reaktion hervorgerufen, die mir nichts mehr bedeutete. Ihre Anbetung galt nicht mir, galt jemandem, der gar nicht existierte, und ich blieb der problembeladene Mensch, der sich hinter dem Glitzern eines Mythenbildes versteckt, weil er der harten Wahrheit nicht ins Gesicht sehen kann.

Ich dachte an Kester, der sich vielleicht auch hinter flimmernden Bildern versteckte, und ich dachte an Pam, die mir einzureden versucht hatte, er habe sein angeschlagenes Ich mit der Bewunderung durch Kinder aufgepäppelt, um seine Minderwertigkeitsgefühle zu kompensieren.

«Wir wissen so wenig von denen, die uns am nächsten sind», hatte Kester einmal zu mir gesagt. «Wir wissen so wenig von dem, was im Leben der anderen vorgeht.» Damals wollte er einen Roman über die Geschichte meiner Urgroßmutter Gwyneth Godwin und ihres Liebhabers Owain Bryn-Davies schreiben und versuchte mir zu erklären, wie schwierig es sei, die ganze Wahrheit einer vergangenen oder gegenwärtigen Situation zu erfassen. Noch jetzt höre ich ihn sagen: «Alles, was wir über diese beiden wissen, ist meiner Ansicht nach kaum mehr als eine die Tatsachen verzerrende Legende. Die Zeit hat ihre Geschichte zu einer rührenden Liebesaffäre mit Anfang, Mitte und Ende gemacht, aber ich neige eher zu dem Glauben, daß es ein Kataklysmus war, unter dessen Auswirkungen wir noch heute stehen.» Und dann hatte er es mir an einem Beispiel erläutert: Wenn man einen Stein ins stille Wasser wirft, zieht er seine Kreise bis an das entfernteste Ufer des Teichs.

So stand ich am entferntesten Ufer des Teichs, blickte in die Richtung meiner Urgroßmutter, sah jedoch nicht, welche Wirkung diese Tragödie noch auf mich ausüben könnte. Aber dann fiel mir ein, daß ich mich ja anschickte, bei ihren Nachkommen Erkundigungen einzuziehen, um das Rätsel der Katastrophe einer anderen Zeit zu lösen. Wer vermag zu sagen, wo der Rhythmus der kausalen Zusammenhänge aufhört? Ich hatte das Gefühl, an den letzten Fasern eines ungeheuer komplizierten Musters zu weben, aber das war natürlich irrationaler Unsinn, und ich durfte mich jetzt keinen Phantastereien hingeben. Ich hatte mir zur Aufgabe gemacht, die Wirklichkeit festzunageln und nicht irgendwelchen Mythen neue Nahrung zu geben.

Viertes Kapitel

I

Untersuchungsrichter: ‹Mr. Morgan, ich nehme an, der Verstorbene hat sich mit Ihnen bezüglich des Küchenwasserhahns, der eine neue Dichtung brauchte, in Verbindung gesetzt.›

Morgan: ‹Nein, Sir. Mr. Richard Godwin meldete es meinem Stiefbruder. Mr. Richard hatte Mr. Kester von der Fähre abgeholt und ihn zum Haus in Rhossili gefahren.›

Untersuchungsrichter: ‹Aber Sie waren für die Instandhaltung des Hauses verantwortlich. Warum haben Sie sich erst drei Tage später um die Reparatur gekümmert?›

Morgan: ‹Ich hatte keine Dichtung in meinem Werkzeugvorrat und mußte mir erst eine in Swansea besorgen. Das beabsichtigte ich gegen Ende der Woche zu tun, da ich meine Mutter besuchen wollte, und Harry meinte, es hätte bis dahin Zeit. Es war ja nicht eilig.›

Untersuchungsrichter: ‹Ich verstehe. Sie haben es also unmittelbar nach dem Besuch bei Ihrer Mutter erledigt. Hatten Sie dem Verstorbenen gemeldet, daß Sie an diesem Abend ins Haus kommen würden?›

Morgan: ‹Nein, Sir. Das Haus hat kein Telephon.›

Untersuchungsrichter: ‹Wäre es dem Verstorbenen nicht angenehmer gewesen, wenn Sie bis zum nächsten Morgen gewartet hätten, anstatt unangemeldet zu erscheinen?›

Morgan: ‹O nein, Sir. Mr. Kester pflegte am Morgen zu schreiben. Der Abend war ihm bestimmt angenehmer.›

Untersuchungsrichter: ‹Gut. Nun sind Sie also, wenn ich recht verstehe, mit jemandem von Swansea nach Rhossili gefahren. Um welche Zeit kamen Sie dort an?›

Morgan: ‹Gegen acht Uhr zwanzig. Vielleicht auch acht Uhr fünfundzwanzig.›

Untersuchungsrichter: ‹Und was taten Sie genau bei Ihrer Ankunft?›

Morgan: ‹Ich holte meinen Werkzeugkasten aus der Garage, ging in die Küche und machte mich an die Arbeit.›

Untersuchungsrichter: ‹Und um welche Zeit erschien Ihr Stiefbruder?›

Morgan: ‹Kurz danach. Etwa fünf Minuten später.›

Untersuchungsrichter: ‹Mr. Morgan, würden Sie uns bitte jetzt sagen, was geschah, als Ihr Stiefbruder erschien?›

Morgan: ‹Er erzählte mir, Mr. Kester habe sich auf dem Worm von der Flut abschneiden lassen. Ich sah ihm an, daß er sich große Sorgen machte. Mr. Kesters Gesundheit ließ zu wünschen übrig, und Harry befürchtete, dieses seltsame Betragen könne bedeuten, daß Mr. Kester wieder einmal seinen Klaps hatte.›

Untersuchungsrichter: ‹Wie hat sich Ihrer Meinung nach die Geschichte abgespielt?›

Morgan: ‹Harry hatte Mr. Kester auf dem Shipway gesehen. Harry wußte aus der Gezeitentafel der Küstenwache, daß die Flut einbrechen würde, und er fand es höchst seltsam, daß Mr. Kester ausgerechnet um diese Zeit einen Spaziergang auf dem Worm machte. So beschloß er, ihm nachzugehen, um sicher zu sein, daß ihm nichts passierte. Aber er holte ihn nicht ein, und schließlich mußte er umkehren, um nicht von der Flut überrascht zu werden.›

Untersuchungsrichter: ‹Und was dachten Sie vom Betragen des Verstorbenen, Mr. Morgan?›

Morgan: ‹Daß er verrückt war, Sir. Er hatte ja vor kurzem schon wieder einen seiner Nervenzusammenbrüche gehabt, und es war wohlbekannt, daß er sich zuweilen höchst sonderbar benahm.›

Untersuchungsrichter: ‹Schön. Und was geschah nun, nachdem Ihr Stiefbruder Ihnen diese Geschichte erzählt hatte?›

Morgan: ‹Ich wechselte die Abdichtung des Wasserhahns aus. Dann plauderte ich noch eine Weile mit Harry im Wohnzimmer. Ich versuchte ihn zu beruhigen, aber er bestand darauf, im Hause zu bleiben, bis Mr. Kester wohlbehalten gegen Tagesanbruch zurückgekehrt wäre. Ich sah ein, daß mir nichts anderes übrig blieb, als ihm seinen Willen zu lassen, und erhob keine weiteren Einwände. Gegen neun packte ich meinen Werkzeugkasten, stellte ihn wieder in die Garage und ging.›

Untersuchungsrichter: ‹Und dann?›

Morgan: ‹Harry kam frühmorgens nach Oxmoon zurück, weckte

mich und sagte, Mr. Kester sei immer noch verschwunden. Ich fuhr mit ihm nach Rhossili, und als wir das Haus leer vorfanden, gingen wir zur Küstenwache.›

Untersuchungsrichter: ‹Ich danke Ihnen, Mr. Morgan.›»

2

«*Notizen über Dafydd:*

Die Geschichte klingt sehr überzeugend, einschließlich der Erklärung, warum er die Arbeit am Abend und nicht am folgenden Morgen verrichtete. Kein Wunder also, daß Declan das Alibi für hieb- und stichfest hielt und beschloß, es in seine Theorie einzubauen.

Wie bringt man ein so wasserdichtes Alibi zum Zerplatzen? Natürlich ist es möglich, daß Dafydds Anwesenheit im Hause meinem Vater gerade zugute kam, aber wie beweist man, daß mein Vater gar nicht da war und daß Dafydd gelogen hat? Indem man einen Zeugen findet, der meinen Vater in den frühen Morgenstunden des folgenden Tages taumelnd vor Erschöpfung heimkehren sah – aber offensichtlich hat die Polizei einen solchen Zeugen nicht gefunden. Was uns in die Sackgasse zurückführt. Oder aber man beweist durch irgendein Indiz, daß mein Vater die Nacht nicht im Hause verbracht haben konnte – doch wie soll man das tun? Wieder die Sackgasse.

Urteil: Dafydds Aussage zwingt mich, Declans Spuren zu folgen. Um das Alibi komme ich nicht herum, da es durch nichts widerlegt werden kann, und ich muß nun sehen, ob Declans Theorie – mein Vater habe Kester umgebracht, die Flut um eine kurze Länge geschlagen, das Haus gerade noch zur rechten Zeit erreicht, um Dafydd anzutreffen – beweisbar ist. Ich muß mich also fragen – wie Declan es getan haben muß –, was in Wirklichkeit geschah, als mein Vater an jenem Abend auf dem Inner Head war.»

3

«*Untersuchungsrichter:* ‹Nun gut, Mr. Godwin, Sie waren also auf dem Inner Head. Was geschah dann?›

Godwin: ‹Ich ruhte mich etwa eine Minute aus – nicht nur um Atem zu schöpfen, denn dieser Dammpfad ist schrecklich ermüdend –, sondern auch, weil ich überzeugt war, daß Kester jeden Augenblick auftauchen würde, um den Heimweg anzutreten. Ich konnte mir einfach nicht vorstellen, daß er sich von der Flut abschneiden lassen wollte. Doch als keine Spur von ihm zu sehen war, ertrug ich die

Spannung nicht mehr, ging um die Biegung des Pfades zur Südflanke des Inner Head. Die Zeit wurde äußerst knapp, aber es blieben mir noch einige Minuten, und ich wollte sehen, was in aller Welt er vorhatte.›

Untersuchungsrichter: ‹Darf ich die Herren Geschworenen bitten, sich die Geländekarten des Worm's Head anzusehen? Ich danke Ihnen. Mr. Godwin, fahren Sie bitte fort.›

Godwin: ‹Ich kam um die Biegung und stand auf der Südflanke. Von hier aus geht es aufwärts, aber von der Höhe des Hanges aus kann man sehr weit sehen. Der Worm ist keine große Fläche, und es gibt natürlich Stellen, die verborgen bleiben, doch ich konnte deutlich die Teufelsbrücke in der Ferne erkennen, und dahinter den Outer Head.›

Untersuchungsrichter: ‹Sahen Sie Ihren Vetter?›

Godwin: ‹Ja, und sowie ich ihn sah, wußte ich, daß ich die Situation falsch eingeschätzt hatte, denn er muß entschlossen gewesen sein, sich von der Flut abschneiden zu lassen. Er war auf dem Middle Head, nicht weit von der Teufelsbrücke. Es war schwierig, in dieser Einöde die Distanzen zu erkennen, aber er schien sich weiter als zuvor von mir entfernt zu haben.›

Untersuchungsrichter: ‹Wie konnte es Ihrer Meinung nach dazu gekommen sein?›

Godwin: ‹Ich war mir auf dem Shipway unschlüssig geworden und mehrere Male stehengeblieben, hatte mich gefragt, ob ich weitergehen sollte oder nicht.›

Untersuchungsrichter: ‹Ich verstehe. Nun gut, er war Ihnen also ein gutes Stück voraus, und es wurde Ihnen klar, daß Sie ihn unmöglich einholen konnten. Wie reagierten Sie, als Sie das feststellten?›

Godwin: ‹Ich wurde mir wieder unschlüssig. Einerseits war ich sehr besorgt um ihn, aber beim Gedanken, die ganze Nacht auf dem Worm zu verbringen, sank mir das Herz. Es war zwar ein milder Abend, aber in einer Frühlingsnacht kann es zu starken Temperaturschwankungen kommen und plötzlich sehr kalt werden, und ich hatte nur einen dünnen Pullover an.›

Untersuchungsrichter: ‹Ich verstehe. Also haben Sie . . .›

Godwin: ‹Also habe ich mich sehr widerwillig zur Heimkehr entschlossen. Später wünschte ich mir natürlich, ich wäre geblieben, aber im Augenblick schien es mir das vernünftigste.›

Untersuchungsrichter: ‹Wir wissen alle, wie einfach es ist, im nachhinein weise zu sein. Und nun, Mr. Godwin, wäre da noch ein Punkt Ihrer Aussage, den ich Sie bitten möchte, mir genauer zu erklären. Sie sagen, Sie seien um den Verstorbenen sehr besorgt gewesen, und Ihr Betragen läßt auch gewiß auf eine schwere Beunruhigung schließen. Aber standen Sie wirklich in gutem Einvernehmen mit Ihrem Vetter? Hier scheint ein kleiner Widerspruch vorzuliegen.›

Godwin: ‹Ich bin froh, daß Sie es erwähnen, Sir, denn ich hoffte, Gelegenheit zu haben, die Sache klarzustellen und genau zu erläutern, was in mir vorging. Mein Vetter und ich kamen nicht gut miteinander aus. Unsere gegenseitige Abneigung war zur Genüge bekannt. Aber gerade deshalb machte ich mir solche Sorgen, als ich sein seltsames Verhalten bemerkte und mich fragen mußte, ob er etwa einen Selbstmord plante. Ich wußte eins: Falls Kester unter verdächtigen Umständen sterben sollte, gab es eine Anzahl von Leuten, die behaupten würden, ich hätte ihn getötet. Ich sah einen Skandal von katastrophalen Ausmaßen voraus. Aus diesem Grunde wollte ich mich unbedingt versichern, daß er wohlbehalten heimkehrte, und deshalb beschloß ich auch, die Nacht in der Kate in Rhossili zu verbringen und auf ihn zu warten.›

Untersuchungsrichter: ‹Aber nachdem Sie im Hause waren, hatten Sie doch die Gewißheit, daß Mr. Morgan Ihr Alibi bestätigen konnte?›

Godwin: ‹O ja, ich wußte auch, daß die Polizei alles richtigstellen würde, aber über die Polizei machte ich mir keine Sorgen – worüber ich mir Sorgen machte, waren meine Feinde, die sich allein an die Tatsache halten würden, daß Kester und ich zusammen zum Worm hinausgegangen waren und daß nur einer von uns zurückkehrte. Gestatten Sie mir, dazu noch zu erklären, daß ich schon immer besonders empfindlich gegen böswillige Nachrede gewesen bin. Als ich ein Kind war, stand mein Vater im Mittelpunkt eines Skandals – eines Skandals ganz anderer Art, zugegeben, aber ich wußte, was es bedeutete, täglich unter böswilliger Nachrede leiden zu müssen, und ich wollte meinen Kindern ersparen, das durchzumachen, was ich am eigenen Leibe erfahren habe.›

Untersuchungsrichter: ‹Ich verstehe. Das erklärt durchaus, wie Ihnen zumute gewesen sein muß. Wir danken Ihnen, Mr. Godwin. Fahren wir fort. Sie kehrten über den Shipway zurück . . .›

Godwin: ‹Ja, und als ich das Festland erreichte, begann die Flut den Shipway zu überspülen. Ich fühlte mich erschöpft, fand jedoch keine Ruhe – ich beschloß, ins Haus zurückzukehren, wo Kester, wie ich wußte, etwas zu trinken hatte. Als ich ankam, traf ich meinen Stiefbruder Dafydd Morgan in der Küche an, wo er die Dichtung eines Wasserhahns auswechselte. Ich erzählte ihm, was geschehen war. Wir setzten uns für eine Weile ins Wohnzimmer, und ich trank etwas Whisky. Er redete mir zu, mit ihm nach Oxmoon zu fahren, aber ich brachte es nicht über mich. Er verließ mich. Ich hatte kein Zeitgefühl mehr, saß Stunde um Stunde im Wohnzimmer, nickte gegen zwei ein, erwachte beim Morgengrauen, wartete. Er kam nicht. Zum Schluß war ich so beunruhigt, daß ich nach Oxmoon zurückkehrte, um mich mit Dafydd zu beraten, und dann gingen wir zusammen zur Küstenwache.›

Untersuchungsrichter: ‹Ja. Sagen Sie, Mr. Godwin, sind Sie während all der Stunden des Wartens auf irgendeinen Hinweis gestoßen, der erklären könnte, warum Ihr Vetter Sie aufgefordert hatte, ihn zu besuchen?›

Godwin: ‹Nein, Sir.›

Untersuchungsrichter: ‹Wie erklären Sie sich dann diese kurze schriftliche Mitteilung, von der Sie sprachen? Ist es nicht sonderbar, daß er Sie einlud, auf einen Drink vorbeizukommen, wenn man bedenkt, daß er Sie nicht mochte?›

Godwin: ‹O nicht im geringsten, Sir, überhaupt nicht. Kester tat nur, was sich gehört, das war mir sofort klar. Wenn wir uns auch nicht gut verstanden, so wußten wir doch, daß wir uns trotzdem wie zivilisierte Menschen zu benehmen hatten. Schließlich gehört sich das unter Gentlemen.›

Untersuchungsrichter: ‹Natürlich, aber immerhin . . .›

Godwin: ‹Ich hatte Kester mein Sommerhaus zur Verfügung gestellt, Sir. Ich hatte ihm einen Gefallen getan, und natürlich fühlte er sich verpflichtet, mich zumindest auf einen Drink einzuladen.›

Untersuchungsrichter: ‹Ja, aber bat er Sie, ihn gerade an diesem Abend zu besuchen?›

Godwin: ‹Nein es war eine offene Einladung, ganz beiläufig, aber ich mußte sie annehmen und beschloß, gleich hinzugehen, um es hinter mich zu bringen.›

Untersuchungsrichter: ‹Es war also eine reine Höflichkeitssache – oder hatte er etwas Besonderes mit Ihnen zu besprechen?›

Godwin: ‹Nichts, soweit mir bekannt ist, Sir. Aber da wir uns nicht mehr sahen, kann ich es nicht mit Bestimmtheit sagen.›

Untersuchungsrichter: ‹Natürlich. Noch eine letzte Frage über diesen Punkt. Warum haben Sie die Mitteilung Ihres Vetters weggeworfen?›

Godwin: ‹Weil es mir nie eingefallen wäre, sie zu behalten. Es war nur eine kurze und flüchtig geschriebene Einladung. Ich las den Zettel, zerknüllte ihn und warf ihn in den Papierkorb, wie ich es mit

Rundschreiben und Reklamebriefen tue. Auf meinem Schreibtisch häuft sich so viel wichtige Korrespondenz, daß ich für solche Kleinigkeiten einfach keinen Platz habe.›

Untersuchungsrichter: ‹Ja, natürlich. Aber wie erklären Sie sich die Tatsache, daß dieses Briefchen unauffindbar war, als die Polizei den Abfall in Oxmoon durchsuchte?›

Godwin: ‹Wahrscheinlich hat einer der Dienstboten den Inhalt des Papierkorbs im Küchenherd verbrannt, anstatt ihn in den Papiersammelkübel zu schütten, und es natürlich nachher nicht eingestehen wollen. Ich habe meine Dienerschaft unzählige Male angehalten, den Abfall zu sortieren, und sie auf ihre patriotische Pflicht hingewiesen, kein Papier zu verschwenden, Sir.›

Untersuchungsrichter: ‹Ja, ich muß gestehen, daß ich mit meiner Dienerschaft ähnliche Probleme hatte . . . Und jetzt, Mr. Godwin, erlauben Sie mir, noch einmal auf Ihre Wanderung vom Festland über den Shipway zum Inner Head zurückzukommen, weil es da noch einen Punkt gibt, der unbedingt klargestellt werden muß. Sind Sie ganz sicher, daß Ihr Vetter sich zu keiner Zeit bewußt war, von Ihnen beobachtet zu werden?›

Godwin: ‹Ich könnte schwören, daß er sich nicht ein einziges Mal umgeschaut hat.›

Untersuchungsrichter: ‹Haben Sie sich zum Beispiel nie gefragt, ob er sich nicht von Ihnen verfolgt fühlte?›

Godwin: ‹Natürlich habe ich daran gedacht. Als ich mir den Kopf über sein unerklärliches Benehmen zerbrach, fragte ich mich, ob er nicht vielleicht einfach davonrannte. Aber ich kann Ihnen versichern, daß er durchaus nicht den Eindruck machte, in Panik zu sein. Zum Beispiel beschleunigte er nie seinen Schritt, und ich weiß, daß er sich nie umblickte.›

Untersuchungsrichter: ‹Was schlossen Sie daraus?›

Godwin: ‹Ich war völlig verdutzt. Das ist auch einer der Gründe, weshalb ich ihm folgte. Er bewegte sich wie ein Schlafwandler. Es war fast gespenstisch.›

Untersuchungsrichter: ‹Aber ist es, allein in Anbetracht der so herrlich eindrucksvollen Landschaft, nicht unglaublich, daß er nie stehenblieb, um sich umzuschauen?›

Godwin: ‹Gewiß, aber ich beobachtete ihn sehr genau, und wenn er auch auf dem Shipway einige Male hinter einem Felsvorsprung verschwand und aus meinem Blickfeld geriet, sah ich ihn nicht ein einziges Mal zurückschauen.›

Untersuchungsrichter: ‹Höchst seltsam, jawohl, wirklich sehr sonderbar. Ich verstehe, wie Ihnen zumute gewesen sein muß. Das wäre es also, Mr. Godwin. Wir danken Ihnen. Sie waren uns eine große Hilfe.›»

4

«Notizen über die Aussage meines Vaters vor dem Untersuchungsrichter:

Ein wahres Akrobatenstück, noch geschickter, als ich es in Erinnerung hatte. Jetzt, da ich älter bin, verstehe ich wohl besser, wie brillant und überzeugend er geklungen haben muß, als er davon sprach, was sich gehörte, und sich mit Märtyrermiene über seine Dienerschaft beklagte. Es war im Jahre 1952, und trotz des Krieges war es immer noch möglich, als klassenbewußter und privilegierter Gentleman die Umwelt zu beeindrucken.

Auf alles hatte er eine Antwort – und was für Antworten! Jede von ihnen fügte sich so glatt in seine Geschichte ein, klang so vernünftig, daß man sich sagen mußte, nur so kann es gewesen sein. Könnte er trotzdem zum Teil gelogen haben? Natürlich, aber wie unterscheidet man Dichtung von Wahrheit, wenn sie so geschickt ineinander verwoben sind? Lance hatte gesagt, ein ausgemachter Lügner bediene sich immer so weit wie möglich der Wahrheit, aber er sprach von Kester, der das Seemannsgarn für Declan spann. Wäre es nicht ungerecht, meinen Vater als einen ausgemachten Lügner zu verdächtigen, nur weil er im Zeugenstand so brillant und überzeugend geantwortet hatte? Aber ich weiß, warum der Gedanke mir durch den Kopf geht – weil ich eine maßlose Angst habe. Jetzt, da ich meinen Vater als den Helden der Geschichte sehe, wäre es wirklich der böseste Alptraum, wenn ich herausfände, daß mein Vater nur Lügen erzählte, während Declan die Wahrheit sagte. Natürlich sind die Tage, da ich Declans Geschichte mit einer Geste der Hand abtun konnte und nicht einmal daran denken wollte, längst vorbei, und ich sehe klarer denn je, daß ich keine Ruhe finden werde, bis ich seine Mordtheorie endgültig widerlegt habe – aber um das zu tun, muß ich zuerst verstehen, wie er zu seinen Schlüssen gelangt ist.

Und hier erweist sich die Aussage meines Vaters wider alle Erwartung als eine große Hilfe. Ich hatte vergessen, wie entschieden er behauptete, Kester habe sich nicht ein einziges Mal umgeschaut, aber im Lichte dieser Aussage wird mir erst verständlich, warum Declan so überzeugt war, daß mein Vater die Möglichkeit hatte, einen raschen Mord zu begehen und vor Einbruch der Flut auf dem Festland zurück zu sein. Wenn Kester nämlich wirklich nicht wußte, daß mein Vater ihm gefolgt war, hätte er sich, einmal auf der Südflanke, aller Wahrscheinlichkeit nach hingesetzt, um die Aussicht zu genießen. Es war ein klarer Abend, und vielleicht konnte man sogar Nord-Devon und die Insel Lundy sehen. Ich kann mir Kester sehr wohl vorstellen, wie er sich nach der Strapaze des Shipway ein bißchen ausruht, die untergehende Sonne betrachtet und den herrlichen Ausblick genießt. Wenn er geglaubt hätte, allein zu sein, wäre es für ihn das natürlichste gewesen.

Ich finde zwar immer noch, daß es meinem Vater verdammt schwergefallen sein dürfte, Kester umzubringen und rechtzeitig über den Shipway zurückzukehren, aber ich muß zugeben, daß es technisch möglich ist. Ich werde selbst zum Worm hinausgehen müssen, um, wie Declan und Rory es getan haben, die ganze Szene zu rekonstruieren. Darum komme ich nicht herum.

Wenn ich von Declans Theorie ausgehe, stellt sich die große Frage, ob Kester sich wirklich nie umgeschaut hat. Evan hielt es für so unwahrscheinlich, daß er mühelos folgerte, mein Vater müsse sich geirrt haben. Und nicht nur Evan, auch der Untersuchungsrichter fand es unbegreiflich, mein Vater fand es unbegreiflich, und ich finde es unbegreiflich. Aber warum sollte mein Vater gerade zu diesem Punkt gelogen haben? Wäre es seiner Geschichte nicht viel dienlicher gewesen, wenn er erzählt hätte, Kester habe sich wiederholt umgeschaut und wie jemand benommen, der auf der Flucht ist? Dann hätte er leicht sagen können, er habe schließlich keine Möglichkeit mehr gesehen, ihn einzuholen, und sei deshalb umgekehrt – wodurch seine Aussage nur noch logischer und glaubhafter gewesen wäre.

Falls mein Vater Dichtung und Wahrheit vermengt hat, muß sich ihm hier eine Gelegenheit geboten haben, die Wahrheit zu sagen, ohne sich zu schaden, weil es seiner Version (Kesters Betragen sei höchst seltsam gewesen) entsprach, weil es sich leicht in die Geschichte einfügen ließ und den Geschworenen Anlaß zum Nachdenken gab.

Hatte er aber tatsächlich die Wahrheit gesagt, was dann? Warum blickte Kester nie zurück? Kann man ein solches Betragen wirklich, wie Evan es tat, mit der Erklärung abtun, Kester müsse schöpferisch *high* gewesen sein?

Urteil: Der Untersuchungsrichter hatte recht. Mein Vater hatte recht. Der ganze Vorfall war höchst seltsam.»

5

Die Klinke der Friedhofspforte knarrte unter meiner Hand. Ich ging den Pfad zur Kirche hinan. Hier war alles alt, bemooster Stein, antikes Glas, verwitterter Schiefer – hier herrschte ein tiefer Friede, der all die kurzlebigen Werte der Gegenwart belanglos erscheinen ließ. Diese Kirche hatte viele modische Strömungen kommen und gehen sehen und sie alle überdauert. Das Glaubenssystem, das sie repräsentierte, war mir ein Buch mit sieben Siegeln, aber ich respektierte seine Beständigkeit.

Als ich zum Turm hinaufblickte, erinnerte ich mich, daß Kester das Geld für die Instandsetzung der Uhr und der Glocken gestiftet hatte. Jetzt klangen sie viel melodiöser und diskreter, und die Dorfbewohner empfanden das als sehr angenehm.

Es war kurz vor acht, und ich warf einen Blick zum Portal hinüber. Ich sah sie nicht, aber als ich um den Turm herumging, erblickte ich sie sofort bei den Godwin-Gräbern. Sie saß vor Kesters Grabstein und rupfte nervös Grashalme aus. Das lange braune und ganz glatte Haar fiel wie ein Vorhang über ihr Gesicht, so daß ich kaum ihr Profil sah, aber als ich mich ihr näherte, schaute sie auf.

Ich sah das Gesicht, an das ich mich erinnerte. Sie sprang auf, ich blieb vor ihr stehen, und über uns im Glockenturm ertönten fast flüsternd die acht Schläge.

6

«Gwyneth.»

«Hal.»

«Geben wir uns die Hand, oder lächeln wir uns nur an?»

«Keins von beiden», sagte eine Stimme, die ich nicht erkannte. Drei Jahre in Oxford hatten ihren Waliser Akzent ausgemerzt. «Ich sehe keinen Grund, besonders höflich zu sein, und nach einem albernen Lächeln ist mir auch nicht zumute. Die Art, wie du mich hierherbestellt hast, fand ich reichlich unverschämt. Du glaubst wohl, du brauchst nur ein Wort zu sagen, und schon kommen die Frauen angerannt.»

«Ich wollte dich sehen und dachte, auch du wolltest mich sehen. Und jetzt bist du da, also hatte ich recht. Warum bist du eigentlich so sauer? Keine Angst, mit dir zu schlafen interessiert mich nicht mehr – das habe ich überwunden, als ich sechzehn war.»

«Prima», sagte sie trocken. «Daran hast du gut getan.»

Wir setzten uns auf die Eisenbank unter der alten Eibe.

«Sind die Blumen von dir?»

Sie schüttelte den Kopf. «Nein, aber in letzter Zeit ist sein Grab oft mit Blumen geschmückt – er scheint zu einer Art von Kultfigur geworden zu sein. Für die älteren Leute ist er ein Symbol der guten alten Zeit, als noch jeder das Haar kurz trug und am Sonntag in die Kirche ging, und die Jüngeren finden, daß er echt cool war und seine eigene Sache machte.»

«Kester hätte sich geschmeichelt gefühlt!»

«Ach ja, das glaube ich auch», sagte sie, und im nächsten Augenblick lachten wir beide.

Dann blickten wir uns lange an. Ich sah eine Frau von sechsundzwanzig Jahren, viel kleiner als ich. Ich war ein Meter fünfundachtzig, sie höchstens einssechzig. Sie hatte eine wohlgerundete, etwas schwere Figur, trug ein strenggeschnittenes blaues Kleid mit weißem gesteiften Kragen. Ihre Unterlippe war voll, doch die schmale Oberlippe gab dem Mund einen resoluten und unnachgiebigen Ausdruck. Dazu ein eckiges, willensstarkes Kinn, eine hohe und intelligente Stirn unter dem in der Mitte gescheitelten Haar. Ihre sehr hellen blauen Augen glichen denen meines Großvaters, und diese unheimliche Ähnlichkeit erinnerte mich an die im neunzehnten Jahrhundert entstandenen verwandtschaftlichen Beziehungen zwischen den Llewellyns und den Godwins. Mein Ururgroßvater war mit ihrer Ururgroßtante verheiratet gewesen. Kester hatte einen sehr komplizierten Familienstammbaum gezeichnet und uns gezeigt, daß wir Vettern vierten Grades waren.

Wir hatten uns lange nicht mehr gesehen.

Nach Kesters Tod waren wir infolge verschiedener Umstände auseinander geraten. Ich verbrachte den größten Teil des Jahres auf der Schule, wir beide machten eine schwierige Entwicklungsphase durch, doch vor allem erinnerten wir uns gegenseitig an Kester, und mit der Zeit wurde uns dieser Gedanke zu einer Last, an die wir nicht mehr erinnert werden wollten.

Dann, als ich fünfzehn war – sie war einige Monate jünger als ich –, begegneten wir uns zufällig in Swansea. Nach meinem Rausschmiß aus Harrow hatte mein Vater in Swansea einen Lehrer gefunden, der mich auf die höhere Reifeprüfung vorzubereiten versuchte. Jeden Nachmittag, wenn Gwyneth aus der Schule kam, trafen wir uns in einer Espressobar.

Als wir entdeckten, wie sehr uns noch die Erinnerung an Kester beschäftigte, beschlossen wir, uns den vollen Ermittlungsbericht über seinen Tod durchzulesen, um uns endlich ein klares Bild machen zu können. Einzeln hatten wir nie den Mut dazu gehabt, aber gemeinsam fühlten wir uns stark genug.

Da der Fall damals in der Lokalpresse Schlagzeilen gemacht hatte, wurde natürlich auch der Ermittlungsbericht ausführlich wiedergegeben, und wir lasen jedes Wort, das uns in die Hände kam. Inzwischen waren drei Jahre seit Kesters Tod vergangen, und das Publikum hatte das taktvolle Urteil der Untersuchungskommission, Tod durch Unfall, fast vergessen, und sowohl in meiner als auch in ihrer Familie herrschte die Meinung vor, daß Kester Selbstmord verübt hatte. Folglich stellten weder Gwyneth noch ich diese Version ernsthaft in Frage. Wir betrachteten die Selbstmordtheorie als unwiderlegbar, und daran konnte nicht einmal Evans Aussage, er sei in einem Zustand der Euphorie gewesen, etwas ändern. Gwyneth nahm an, Kester habe sich nur gefreut, in Gower zurück zu sein, um in dieser schönen und friedlichen Landschaft sein Leben zu beschließen. Ich nahm an, er habe nur geschauspielert, damit Evan sich keine Sorgen um ihn machte. Keiner von uns glaubte, daß Kester im Begriff war, ein neues Buch zu schreiben. «Er hat es mir gegenüber nie erwähnt», sagte Gwyneth, die ihm noch am Morgen seines Todes begegnet war. «Offenbar hat er sich das ausgedacht, um den Eindruck zu erwecken, daß er völlig normal sei.» Wir glaubten beide, daß der Verlust von Oxmoon ihn in den Selbstmord getrieben hatte, und wir waren uns darüber einig, daß für ihn das Leben ohne Oxmoon und ohne Anna jeden Sinn verloren hatte und daß er unter diesen Umständen auch nicht fähig gewesen wäre, ein neues Buch zu schreiben.

Dieses Wiederaufleben unseres gemeinsamen Kummers brachte uns einander noch näher, und ich begann sie auch über das Wochenende zu sehen. Da ich nicht mehr Jungfrau war, wußte ich bald, was ich wollte. Sie jedoch war noch Jungfrau und fühlte sich ihrer Wünsche viel weniger sicher. Schließlich, als wir uns eines Tages auf altherkömmliche Weise in einem Heuhaufen herumbalgten, verlor sie die Beherrschung und schrie mich an: «Laß mich in Ruhe – du wirst Kester nie das Wasser reichen können!» Und damit war es aus. Jasper Llewellyn erschien Sekunden später am Tatort, aber er hatte sich umsonst aufgeregt.

Später schrieb sie mir: «Ich möchte dir eine Freundin sein, aber du machst es mir unmöglich. Warum kannst du nicht etwas mehr wie Kester sein? Er war vernünftig in bezug auf Sex – für ihn war es nur etwas, das verheiratete Leute tun, und ich bin absolut sicher, daß er sich nie und nimmer deswegen eine gute Freundschaft verdorben hätte. Wenn du wie Kester sein kannst, will ich dich wiedersehen. Wenn nicht, halte ich es für besser, dir fernzubleiben.»

Ich schrieb nie zurück. Wir sahen uns nicht mehr.

Sie hatte einen guten Schulabschluß gemacht und sich ein Stipendium erworben, um in Oxford englische Literatur zu studieren. Kester wäre stolz auf sie gewesen. Nachdem sie ihr Diplom hatte, brauchte sie noch ein Jahr, um ihr Lehrerexamen zu machen, und das war das letzte Mal, daß ich von ihr hörte, bis die kleine Caitlin mir von ihrer neuen Stelle als Lehrerin am Lyzeum von Swansea erzählte.

«Wie ich höre, bist du ein großer Erfolg», sagte sie, als wir auf der Bank unter der Eibe saßen. «Ich kann diese Art von Musik zwar nicht ausstehen, aber ich freue mich, daß du es so gut geschafft hast.»

«Ich habe überhaupt nichts geschafft. Und ich bin auch kein Erfolg. Aber das wird sich ändern», sagte ich und begann ihr von meiner Vergangenheit und meiner Gegenwart zu erzählen.

Sie hielt sich in angemessener Distanz auf der Bank, während sie mir zuhörte, die Beine fest übereinandergeschlagen, die Hände keusch im Schoß gefaltet. Ganz und gar die mythische Jungfrau, der Keuschheit ergeben und vom magischen Drachen der Vergangenheit bewacht.

Und wieder fühlte ich das Bedürfnis, St. Georg zu spielen. Um den Drachen zu bekämpfen, schlug auch ich die Beine übereinander und versenkte die Hände im Schoß. Meine Jeans schienen so eng wie eine zweite Haut.

«. . so war es also», hörte ich mich schließlich sagen. «Ich habe die Drogen, den Trunk und den Sex aufgegeben, führe ein Einsiedlerleben in Oxmoon und gehe meiner Karriere als Sherlock Holmes nach.»

«Großartig», sagte sie. «Die Frauen sind ganz verrückt auf reuige Sünder. Du wirst bald belagert sein – und ich nehme an, es gefällt dir.»

«Nun, wenigstens von dir habe ich nichts zu befürchten, oder? Oder treibst du es gleichzeitig mit sechs oder sieben Kerlen im großen Stil?»

«Kümmere dich um deinen eigenen Kram.» Sie stand auf und schlenderte an Kesters Grab.

Das bedeutete nein. Ich folgte ihr. «Gwyneth . . .»

«O Hal», sagte sie, ließ plötzlich alle Schranken fallen und wandte sich mir zu, «ich würde dir so gerne helfen!»

«Wie meinst du das? Und warum sagst du es in diesem Ton?»

Wir standen an Kesters Grab, den wir beide so geliebt hatten, und starrten uns an.

«Glaubst du etwa, ich hätte nicht versucht, mir zu beweisen, daß es ein Unfall war?» sagte sie. «Glaubst du vielleicht, ich sei nicht zu ähnlichen Überlegungen gelangt wie die, die du jetzt anstellst?» Tränen traten ihr in die Augen.

«Du meinst . . .»

«Es war Selbstmord», sagte sie. «Er hat sich wirklich umgebracht. Ich weiß es. Ich weiß es.»

7

«Es fing an», sagte Gwyneth, «als ich nach Oxford ging und diesen Mann kennenlernte, der behauptete, ich hätte ein sexuelles Problem. Ich wußte nicht, ob er recht hatte oder nicht, aber da ich ihn mochte, fühlte ich mich gezwungen, gründlich über Kester nachzudenken, und es war das erste Mal, daß ich mich ernsthaft und wie eine Erwachsene bemühte, mir über meine Gefühle für ihn klarzuwerden. Ich wußte, daß ich ihn sehr liebte, aber da ich damals neunzehn war und nicht dumm, mußte ich mir eingestehen, daß meine Gefühle höchst zweideutig waren. Ich empfand seinen Selbstmord als einen Verrat an mir, und sowie ich mir meines Ärgers darüber bewußt wurde, fragte ich mich, ob ich nicht meine Enttäuschung unbewußt an all den Männern ausließ, die ich seit seinem Tode kennengelernt hatte.

Diese Amateurpsychologie war zwar gut und schön, aber das Herumsitzen und Nachdenken brachte mich nicht weiter, und ich wußte, daß ich etwas Positives tun mußte. So entschloß ich mich, zu beweisen, daß Kester keinen Selbstmord begangen hatte, denn wie du fühlte ich, daß ich ihm nicht mehr böse zu sein brauchte, wenn mir einmal der Beweis gelungen war, daß er durch einen Unfall umgekommen ist.

Als ich also das nächste Mal nach Gower kam, spannte ich meinen Bruder Trevor ein und ging mit ihm auf den Worm. Ich wollte beweisen, daß Kester möglicherweise abgestürzt und ins Meer gefallen sein könnte, aber, Hal, wir verbrachten die ganzen fünf Stunden der Ebbe auf dieser verdammten Halbinsel, krochen überall herum und wurden uns schließlich darüber einig, daß diese Möglichkeit so gut wie ausgeschlossen war. Kester war kein Sportler und wäre kein Risiko eingegangen. Es gibt nur drei Stellen, wo ein solcher Unfall möglich gewesen wäre: erstens die schwierige Passage zwischen dem Inner und dem Middle Head, aber dort hätte er sich bestimmt nicht an den Klippenrand gewagt, der ganz steil ins Meer abfällt; zweitens die Teufelsbrücke und drittens der Felsschlund auf dem Outer Head, aber ich kann mir nicht vorstellen, wie er ausgerechnet an dieser ortsbekannten Gefahrenstelle abgestürzt sein kann, zumal er wahrscheinlich nie bis zum Outer Head gekommen ist, weil er dann die Teufelsbrücke überquert haben müßte.

Du kennst die Brücke. An sich bietet sie keinerlei Gefahr, ist viel breiter, als sie von weitem aussieht – aber für jemanden, dem leicht schwindlig wird, muß sie ein wahrer Alptraum sein, und Kester hatte Höhenangst. Ich weiß, er ist mit uns über die Brücke gegangen, als wir auf dem Worm waren, aber er strengte sich sichtlich an, um uns zu zeigen, daß wir uns nicht zu fürchten brauchten, und ich glaube nicht, daß er sich der Mühe ausgesetzt hat, als er allein war. Und selbst wenn, so kann ihm unmöglich so schwindlig geworden sein, daß er in den Abgrund stürzte. Ich glaube nicht einmal, daß er einen Schwindelanfall hatte. Seine Höhenangst war nur eine psychische Schwäche und keine körperliche Behinderung.»

Sie hielt inne, vor uns schaukelten die Blumen auf Kesters Grab in der Abendbrise. Ich dachte an Evans Theorie, die ich so überzeugend gefunden hatte, sagte aber nur: «Und der Shipway?»

Sie blickte mich überrascht an. «Ach, dort kann er nicht ertrunken sein, das wissen wir genau! Diese Möglichkeit hatten wir doch schon damals ausgeschlossen, als wir den Ermittlungsbericht lasen . . . ich dachte, du wüßtest so gut wie ich, daß der Shipway auf keinen Fall in Frage kommt.»

Ich ballte die Fäuste, fühlte wie mir die Handflächen feucht wurden. «Bist du ganz sicher?»

«Natürlich, Hal. Kester hätte auf dem Damm nie und nimmer einen falschen Schritt getan. Mein Gott, erinnerst du dich denn nicht? Er hat ihn in allen Richtungen überquert, ihn photographiert, skizziert, kartographisch ausgemessen, unzählige Male in der Flut versinken sehen, als er seinen Roman über Gwyneth Godwin und Owain Bryn-Davies schrieb. Kester kannte den Shipway in- und auswendig. Auf den ersten Blick hätte er genau auf die Sekunde erkannt, wann die Flut ihn überspülen würde.»

Wir schwiegen eine Weile. Dann sagte ich: «Na schön. Jeder Detektiv kann sich irgendwo mal irren, und hier habe ich mich ganz entschieden geirrt.» Ich zog meinen Notizblock aus der Tasche, fand eine leere Seite und schrieb KEIN UNFALL. Während ich schrieb, sagte ich: «Aber die Möglichkeit einer Springwelle ist nicht ganz auszuschließen.»

«Gewiß. Aber auch daran glaube ich kaum. Kester wäre nie das Risiko eingegangen, den Shipway zu überqueren, bevor es dort nicht absolut sicher war.»

«Und mir will es nicht in den Kopf, daß er sich umgebracht hat. Bedenke doch, Gwyneth, sowohl Evan als Richard glauben, daß Kester ein neues Buch zu schreiben plante oder sogar bereits damit begonnen hatte. Kannst du dir wirklich vorstellen, daß Kester Selbstmord begeht, wenn er in schöpferischer Hochstimmung ist?»

Sie sagte nichts, und als ich merkte, daß sie mir etwas verschwieg, strafften sich meine Muskeln in einem Gefühl der Beunruhigung. Ihr so ausdrucksvolles Gesicht mit dem sinnlichen Mund war im Schatten. Sie blickte fort. Endlich sprach ich. «Erzähle mir bitte noch einmal genau, was geschah, als du ihn am Morgen vor seinem Tode in Rhossili besuchtest.»

Sie schwieg immer noch. Dann machte sie eine Anstrengung und blickte mir ins Gesicht.

«Ich dachte, ich könnte mit dem Besuch bis zum Wochenende warten, aber ich konnte es nicht. Ich schwänzte die Schule und radelte nach Rhossili. Ich fragte mich, ob ich ihn bei der Arbeit stören würde, aber er arbeitete nicht – er wollte spazierengehen. Er schien erfreut, mich zu sehen, aber irgendwie machte er den Eindruck, besorgt zu sein, und dann wollte er sich gleich von mir verabschieden. Ich schlug ihm vor, ihn zu begleiten, aber er gab mir auf die netteste Weise zu verstehen, daß er eine Menge Dinge im Kopf habe und allein sein wollte, um nachzudenken. Ich regte mich ein bißchen auf . . . sehr dumm von mir . . . aber ich nehme an, es kam daher, weil ich mich so sehr freute, ihn wiederzusehen, und es nicht ertragen konnte, von ihm, wie mir schien, abgewimmelt zu werden . . . Und dann . . . dann war er wieder sehr lieb. Er blieb noch ein bißchen länger, und als ich mich dann besser fühlte, gab er mir eine Tafel Schokolade und sagte, ich solle während des Wochenendes mit Trevor wieder vorbeikommen.

Ich fragte ihn, ob er am Morgen gearbeitet habe, und er sagte:

‹O nein, das kommt jetzt nicht in Frage›, und daraus schloß ich, daß er sich zu dieser Zeit mit keinen literarischen Plänen beschäftigte. Ich erinnere mich auch, daß er nicht einmal die Hülle von seiner Schreibmaschine abgenommen hatte.

Dann fragte ich ihn, ob ich auch ohne Trevor kommen dürfe, aber er sagte: ‹Ist es nicht lustiger, wenn wir zu dritt sind?› Und da mußte ich ihm erzählen, daß unsere Eltern uns verboten hatten, ihn, Kester, weiterhin zu besuchen. Das traf ihn sehr schwer. Es war schrecklich. Er sagte: ‹Aber warum denn? Was soll das bedeuten?› Und dann weinte ich wieder, weil ich ihm doch nicht sagen konnte, daß sie ihn für geistig unzurechnungsfähig hielten. Ich umarmte ihn und küßte ihn und sagte: ‹*Ich* vertraue dir, und *ich* liebe dich›, und ich zeigte ihm Annas Medaillon, das er mir geschenkt hatte, und sagte: ‹Siehst du, das trage ich jeden Tag im Andenken an dich›, und dann ...»

Sie hielt inne.

Nichts geschah. Auf dem Friedhof regte sich nichts, ich rührte mich nicht, sie rührte sich nicht, ich hielt den Atem an, sie hielt den Atem an, die Zeit schien stillzustehen, und dann sprach sie rasch: «Es ist furchtbar. Er stieß mich von sich fort und brach in Tränen aus.»

Ich atmete wieder. Sie auch. Um die in mir aufsteigende Übelkeit zu bekämpfen, konzentrierte ich mich auf meine Stimme, als ich sagte: «Das hast du mir aber noch nie erzählt.»

«Nein. Aber schließlich ist es nicht etwas, das man leicht ausplaudert, nicht wahr? Kester war unser Held. Und Helden brechen nicht in Tränen aus, wenn zwölfjährige Mädchen ihnen ihre unsterbliche Liebe erklären.»

«Du hast recht. Was geschah dann?»

«Er riß sich zusammen, entschuldigte sich, trank einen Scotch, erklärte, er sei in letzter Zeit sehr nervös gewesen, würde sich aber bald erholen, und dann sagte er, er müsse jetzt wirklich seinen Spaziergang machen. So verabschiedeten wir uns. Eigentlich war ich ganz froh, zu verschwinden, denn er hatte mich sehr erschreckt.»

Wir saßen schweigend auf unserer Bank. Ich versuchte, mich an die Notizen zu erinnern, die ich mir machen wollte, aber mein Kopf war leer.

«Er war ein guter, grundanständiger Mensch», sagte Gwyneth schließlich. «Soweit ist alles gut und schön ... nur ...»

«Ja?»

«Nur glaube ich, daß er ein bißchen unausgeglichen war. Jetzt, da ich erwachsen bin, sehe ich es. Er lebte in einer Phantasiewelt ... er schrieb seine Bücher, spielte mit uns Kindern, und wer kann sagen, wo die Phantasie aufhörte und die Wirklichkeit begann? Sagte er, er plante ein neues Buch? Vielleicht wollte er nur die Leute beeindrukken. Benahm er sich, als wenn er in schöpferischer Hochstimmung sei? Vielleicht war das nur eine kühne Pose. Ich bemerkte es jedenfalls nicht und hörte auch nichts von einem neuen Buch. Ich kann mich nur noch an eins erinnern, und das sind seine Tränen.» Sie schluckte, brauchte einen Augenblick, bis sie fortfahren konnte. «Ich glaube, er war am Ende angelangt, und ich habe ihm den letzten Anlaß gegeben. Weißt du noch, wie wir sagten, wir könnten uns keinen Grund denken, warum er uns verlassen würde? Jetzt sehe ich einen Grund, der ihn dazu bewegt haben mag, mich zu verlassen. Ich glaube, er liebte mich und hatte wahnsinnige Angst, etwas falsch zu machen. Ich glaube, er tötete sich, um mich zu schützen. Es war Selbstmord, Hal, ich weiß, daß es Selbstmord war ...» Sie brach zusammen und begann zu weinen.

9

«Das glaube ich nicht», sagte ich, aber ich dachte an Pam, die von einem Selbstmordmotiv gesprochen hatte, das sie mir nicht näher erläutern wollte. Ich legte meinen Arm um Gwyneth' Schulter. Sie versteifte sich, und ich zog ihn zurück. Ich hatte ihr kein Taschentuch anzubieten, und so saß ich hilflos da, während sie sich mit dem Handrücken die Augen wischte.

«Ich glaube es einfach nicht», sagte ich, «und du darfst es auch nicht glauben.»

«Ach, wenn du mich nur überzeugen könntest ...»

«Gut, laß es mich versuchen.» Der Gedanke, daß sie sich im geheimen vorwarf, an Kesters Tod schuld zu sein, entsetzte mich, und ich beschloß, alles zu tun, um sie aus den schmerzhaften Fesseln der Erinnerung zu befreien. «Schau, Gwyneth, Kesters Persönlichkeit hatte Seiten, die wir nie zu sehen bekamen. Deine Theorie stützt sich auf die Voraussetzung, er sei völlig ausgebrannt und ein hoffnungsloser Fall gewesen, aber nachdem ich mit all den Leuten sprach, die ihn kannten, habe ich eher den Eindruck, daß er sehr stark war, viel stärker, als wir vermuteten, und nicht nur sehr beständig, sondern auch sehr entschlossen. Natürlich mag er dich sehr lieb gehabt haben. Lewis Carroll hat auch seine Alice sehr lieb gehabt, aber ich las alles über ihn, und es steht fest, daß es in ihrer Beziehung nie zu einer Entgleisung gekommen ist. Er wollte sie heiraten, wenn sie erwachsen wäre. Vielleicht wollte Kester dich auch heiraten, wenn du erwachsen bist. Schließlich hatte er sich in Anna verliebt, als sie vierzehn war. Offenbar hatte er eine Schwäche für ganz junge Mädchen.»

«Ja, aber . . .»

«Warte. Laß mich ausreden. Wichtig ist, daß Kester die Kraft und Entschlossenheit gehabt hätte, zu warten. Das hat er bewiesen. Er war imstande, über drei Jahre auf Anna zu warten, und ich glaube, auf dich hätte er sogar noch länger gewartet. Sex bedeutete ihm, wie mir scheint, nicht viel – jedenfalls habe ich nie gehört, daß er eine Geliebte hatte, und es ist anzunehmen, daß er sehr gut ohne eine auskam, und wenn du das alles zusammenzählst, kommst du zum Ergebnis, daß er durchaus fähig war, seine vielleicht ungewöhnliche Neigung für dich unter Kontrolle zu halten. Ich weiß, aus der Art, wie er plötzlich in Tränen ausbrach, könnte man schließen, er habe sich nicht mehr ganz zu beherrschen vermocht, aber im Grunde beweisen diese Tränen nur, daß er überreizt war – und das muß nicht unbedingt mit dir zu tun gehabt haben. Er könnte über etwas anderes bedrückt gewesen sein, und über deine rührende Liebeserklärung ist er dann in Tränen ausgebrochen. Vergiß nicht, daß er, wie jeder weiß, schon immer ein sehr gefühlsbetonter Mensch gewesen ist. Diese Szene mag dich peinlich berührt haben, aber sie war bestimmt nicht tragisch, und vor allem war sie kein Vorspiel zu einem Selbstmord, für den du verantwortlich wärst.»

Sie dachte nach. Als ich endlich den Mut aufbrachte, ihre Hand in die meine zu nehmen, flüsterte sie: «Danke. Ich fühle mich besser», und wir schlenderten dem Ausgang zu. «Ich sehe es ein», hörte ich sie mit ruhiger Stimme sagen. «Vielleicht hat er sich nicht meinetwegen umgebracht. Dein Argument ist überzeugend. Vielleicht tat er es, weil er ohne Anna und ohne Oxmoon nicht mehr schreiben konnte und nichts mehr hatte, wofür es sich zu leben lohnte.»

«Ich bin mir hundertprozentig sicher, daß du dich auch darin irrst. Er hatte sich mit dem Verlust Annas abgefunden. Er wollte ein neues Buch schreiben. Und, wie ich entdeckte, ist es sogar möglich, daß er glaubte, Oxmoon zurückgewinnen zu können. Nein, meiner Meinung nach hatte er alles, wofür es sich zu leben lohnte.»

«Ja, aber . . .» Plötzlich blieb sie im Schatten des Turms stehen. «Hal, wenn er nicht durch einen Unfall umkam und sich auch nicht das Leben nahm, was bleibt dann? Aus der Ermittlung ging klar hervor, daß er nicht ermordet wurde.»

«Vielleicht lebt er noch.» Wir schauten auf das Grab zurück. Dann lachte ich und sagte: «Nein, es ist nicht ‹Der dritte Mann›, und Kester ist nicht Harry Lime. Er ist wirklich tot.»

«Nicht für mich», sagte sie. «Für mich nie!»

Ich blickte sie an. Ich war immer noch St. Georg, aber ich wußte, daß ich mich vor dem Drachen auf dem Rückzug befand und daß die Jungfrau immer noch an ihn gefesselt war.

«Du brauchst dir seinetwegen keine Vorwürfe mehr zu machen, Gwyneth, siehst du das nicht ein?» sagte ich, aber ich erwartete nicht, daß sie sofort ihre Gefühlshaltung ändern würde. Meine beschwichtigenden Worte mußten erst in sie einsinken – vielleicht erst nach langer Zeit –, und selbst dann würde sie wahrscheinlich noch jemanden wie Pam brauchen, jemanden, der sie auf den Weg der Freiheit führte. «Komm», sagte ich unvermittelt. «Vergessen wir ihn. Ich fahre dich nach Hause.»

Auf dem halben Weg zum Llewellynschen Gutshaus rief sie: «Mein Gott, du rast ja wie ein Irrer! Fahre gefälligst langsamer.»

«Du hast ihn wirklich geliebt, nicht wahr?» Erst jetzt begann ich zu merken, wie wütend ich war. Was sie mir auf dem Friedhof gestanden hatte, war mir irgendwie furchtbar unter die Haut gegangen, und obgleich ich vernünftigerweise nicht von ihr erwarten konnte, daß sie Kester im Nu aufgeben würde, war ich derartig aus der Fassung geraten, daß die Vernunft keine Macht mehr über mich hatte.

«Natürlich habe ich ihn wirklich geliebt», sagte sie. «Und ich liebe ihn immer noch.»

«Dann hat dir also all deine beschissene Do-it-yourself-Psychologie nicht weitergeholfen! Du bist immer noch eine Jungfrau, nicht wahr?»

«Das geht dich einen Scheißdreck an!»

«Und ob es mich etwas angeht! Ich will dich, ich habe dich schon immer gewollt. Es war mir nie möglich, dich zu vergessen. Ich habe zahllose Mädchen gehabt, aber keins ließ sich mit dir vergleichen, keins brachte mir den Zauber all unserer wunderbaren Tage in Oxmoon zurück...»

«Hast du ein paar Pillen geschluckt, als ich nicht hinschaute? Du klingst ja stoned wie ein völlig Bekloppter! Paß auf, wenn du nicht sofort langsamer fährst, ziehe ich die verdammte Handbremse.»

Ich fuhr langsamer. Die offenen Tore des Gutshauses lagen im Halbdunkel vor uns. Als ich den Wagen in den Hof steuerte, hätte ich beinahe die Mauer gestreift.

«Ich muß dich wiedersehen. Nenne mir die Zeit, den Ort, nenne mir alles, was du willst.»

«Ich dachte, du hast den Sex aufgegeben! Die kleine Schrulle ist dir aber schnell vergangen.»

«Heirate mich.»

«Mach dich nicht lächerlich.»

Ich trat scharf auf die Bremse. Der Wagen quietschte, rutschte über den Rand des Misthaufens, blieb stehen. Gwyneth stieg aus, ich stieg aus, die Türen knallten zu.

«Dieser Scheißkerl Kester ...»

«Halte den Mund! Wie unterstehst du dich, so etwas zu sagen!»

«Er war ein Zauberer! Er hat dich verzaubert! Du bist in eine magische Legende verliebt!»

«Laß mich los! Du tust mir weh!»

Die Hintertür ging auf, und die kleine Caitlin kam auf uns zu, siebzehn Jahre alt, strahlend und unschuldig, mein letztes Plattenalbum im Arm.

«So, jetzt setze dein verführerisches Lächeln auf», sagte Gwyneth und befreite sich aus meinem Griff. «Ich möchte mal sehen, wie der große Star seine getreuen Fans behandelt.»

Caitlin schlenderte über den Hof. Sie trug ein kurzes Baumwollkleid und dünne Sandalen. Ihr Haar sah aus, als sei es frisch gebügelt worden.

«Ach, Hal ... es tut mir leid, wenn ich störe ... ich bitte um Verzeihung ... ich dachte ... könntest du vielleicht ...»

Ich nahm ihr die Platte aus der Hand, kramte nach meinem Kugelschreiber. «Gwyneth ...»

«Es tut mir leid, Hal. Ich wünsche dir alles Gute für deine Ermittlungen, und es war nett, dich wiederzusehen, aber ...»

«Gib mir deine Telephonnummer.»

«Nein.»

«Ach, komm schon!» Ich schrieb auf die Plattenhülle: KISS ME CAIT! MACH'S GUT – HAL GODWIN.

«Wenn du an platonischer Freundschaft nicht interessiert bist, habe ich kein Interesse, dir meine Telephonnummer zu geben.»

«Dann laß es bleiben! Ich habe genug eigene Probleme und möchte mir nicht auch noch deine aufhalsen.»

Sie machte sich achselzuckend davon, und als ich sie im Haus verschwinden sah, wurde ich mir bewußt, daß ich die Platte noch immer in der Hand hielt. Das Kind strahlte nicht mehr. Sie blickte Gwyneth verzagt nach, und während ich mir vorstellte, wie hart es für sie sein mußte, eine so aufregende Schwester zu haben, fiel mir plötzlich ein, wie ich nett zu ihr sein könnte.

«Caitlin?»

Sie zuckte zusammen, als ob ich auf sie geschossen hätte. «Ja?»

«Würdest du mir helfen?»

«O ja!»

«Ich arbeite an einem Plan, und morgen brauche ich eine Hilfe. Könntest du dir irgendeine Entschuldigung für deine Familie ausdenken und den Tag über frei sein?»

«O ja, sehr leicht!»

Die Hintertür knarrte wieder, und Jasper Llewellyn erschien auf der Szene wie ein neovictorianischer Pater familias.

«Caitlin!» brüllte er, und dann schrie er etwas auf walisisch, das ich nicht verstand.

«Ich komme», rief Caitlin auf englisch zurück. Mir flüsterte sie zu: «Wo und wann?»

«Penhale, Friedhof. Halb zehn.»

«Ich werde da sein.»

«Zieh dir Turnschuhe an. Wir gehen auf den Worm.»

«Gut.»

«Sag deinen Eltern nichts.»

«Natürlich nicht.» Es schien sie zu erstaunen, daß ich ihr eine solche Blödheit zutraute. Sie lief zum Haus zurück, meine Platte liebevoll an den Busen gedrückt.

Ich stieg in meinen Wagen und fuhr davon.

10

«Notizen über Gwyneth:

Natürlich glaube ich nicht, daß er sie je wirklich angerührt hat. Natürlich nicht. Aber es kommt aufs gleiche heraus.

VERDAMMTE SCHEISSE.

Bleibe cool. Tippe eine Reihe hübscher Sternchen. Und fang noch einmal an.»

***

«Notizen über Gwyneth:

Gwyneth überzeugte mich, daß die Möglichkeit eines Unfalls gleich Null war. Ich überzeugte sie, daß die Möglichkeit eines Selbstmords gleich Null war. Das wissen wir also. Nur wissen wir überhaupt nichts. Ich kann nicht klar darüber nachdenken. Aber ich muß. Versuchen wir's noch einmal.

Kester war überreizt, als Gwyneth ihn sah, aber wahrscheinlich hatte er gerade die Mitteilung an meinen Vater geschrieben und bereitete sich psychisch auf ein strapaziöses Gespräch vor. Falls Sians Vermutung der Wahrheit entsprach, könnte er sehr wohl beschlossen haben, Oxmoon zurückzufordern. Offensichtlich hatte er seinen neuen Roman nicht begonnen, weil er zu überreizt war. Das alles paßt zusammen. Aber wie komme ich weiter?

Kein Unfall, kein Selbstmord.

Richtig. Tippen wir noch ein paar Sternchen.»

***

«*Urteil:* Natürlich muß es ein Unfall gewesen sein, und morgen auf dem Worm bin ich sicher, die Lösung zu finden, die Gwyneth und Trevor entgangen ist. Vielleicht war es doch eine Springwelle. Springwellen sind schließlich ein wohl dokumentiertes Phänomen. Es gibt sie.

Aber nicht in ruhigem Frühlingswetter, und nicht für den weltbesten Fachmann des Shipway.»

II

Es war zum Schreiben zu dunkel geworden, und die Augen taten mir weh. Ich parkte jetzt auf der Dorfwiese in Penhale, und um mich herum sah ich die erleuchteten Fenster der Häuser und hörte die Klänge der Rock-Musik aus dem Gemeindesaal. Der neue Vikar stand im Ruf, modern zu sein, und der Jugendverein war offenbar in Hochstimmung.

Ich fuhr nach Oxmoon zurück. Es war eine sehr finstere Nacht. Instinktmäßig erkannte ich die Gefahr einer Analyse dessen, was ich zu tun vorhatte, aber ich sagte mir, es würde schon gutgehen, wenn ich mich strikt an die Tatsachen hielt. Ich fühlte mich aufs äußerste gespannt, wie ein Stolperdraht.

Als ich im Stallungshof ankam, stoppte ich den Wagen, knipste die Scheinwerfer aus und beobachtete das hell erleuchtete Fenster des Zimmers meines Vaters. Ein Gedicht von Emily Brontë kam mir in den Sinn. Kester hatte sie sehr bewundert und uns oft ihre Gedichte vorgelesen. Ich versuchte, mich an das zu erinnern mit der für den Wanderer im Fenster brennenden Kerze, aber mir fiel nur eine Zeile ihres letzten und vielleicht ergreifendsten Gedichts ein.

«Die feige Seele hab' ich nicht . . .»

Ich konnte mich nicht entsinnen, wie es weiterging, wußte nur, daß sie vor einer schweren Prüfung stand und sich mit Mut wappnete.

Ich stieg aus und blieb im Dunkeln stehen. Die Gardine im Fenster meines Vaters bewegte sich leicht, hing wieder still. Er wartete auf mich. Und ich war gekommen. Festen Schrittes überquerte ich den Hof, und als ich die Hand hob, um an der Tür zu klingeln, rief mein Vater mich herein.

12

«Ich hörte den Wagen», sagte er. «Komm in mein Zimmer und erzähle mir, wie es bis jetzt gegangen ist.»

«Gut. Ist Pam nicht im Hause?»

«Doch. Sie nimmt ein Bad. Wenn du mich in Abwesenheit meines Wachhundes in die Mangel nehmen willst, hast du jetzt eine günstige Gelegenheit.»

«Von In-die-Mangel-Nehmen kann keine Rede sein. Ich wäre dir nur dankbar, wenn du mich über einige kleine Punkte etwas näher aufklären könntest.»

«Natürlich. Habe ich dir nicht gesagt, daß ich dir helfen will, so gut ich kann?»

Er führte mich in sein Zimmer, in dem wie gewöhnlich eine heillose Unordnung herrschte. Die Luft war schwer von Zigarettenrauch, und sowie er die Tür geschlossen hatte, goß er sich einen Schuß Whisky in ein Zahnputzglas.

«Darfst du trinken, Vater? Paß um Gottes willen auf! Schlafmittel und Alkohol sind eine verheerende Mischung!»

«Ich habe heute keine Pillen genommen. Ich finde, Alkohol macht mehr Spaß.»

«Und deine Haut?»

«Ach, die kann nicht mehr viel schlimmer werden.» Er nahm einen Schluck und wandte sich mir zu. «Nun? Was hast du dem Ermittlungsbericht entnommen?»

«Daß du ein blendender Zeuge warst. Aber du hast Glück mit dem Untersuchungsrichter gehabt, nicht wahr? Er schien von deiner alten Harrow-Krawatte sehr beeindruckt zu sein.»

Mein Vater lachte und zündete sich eine Zigarette an. Seine Hände zitterten kaum. Ich fragte mich, wie lange er schon getrunken hatte. «Der Untersuchungsrichter war kein Problem, das muß ich gestehen.» Er schnappte das Feuerzeug zu und griff nach seinem Zahnputzglas. «Aber vergiß nicht, daß Declan im Gerichtssaal saß. Ich wußte damals nicht, daß er sich seine Munition für den Bryn-Davies-

Prozeß aufsparte, und erwartete jeden Moment, daß er mich mit einer seiner nervtötenden Szenen unterbrechen würde.»

«In dem Fall war deine Leistung noch bemerkenswerter, als ich glaubte. Vater . . .»

«Ja?» Er reagierte so rasch auf mein Zögern, daß ich sicher war, nicht der einzige in diesem Zimmer zu sein, der sich gespannt wie ein Stolperdraht fühlte.

«. . . verzeih mir die Frage, aber hast du gelogen? Nicht was die Tatsachen betrifft, denn da bin ich zu glauben bereit, daß deine Aussage grundsätzlich der Wahrheit entsprach, aber gab es nicht irgendeinen kleinen Punkt, eine Geringfügigkeit, die du verschwiegen oder falsch dargestellt hast . . . sei es auch nur, um den Geschworenen ihre Aufgabe zu erleichtern?»

«O ja», sagte mein Vater, ohne im geringsten zu zögern. «Wir wußten alle, wie wichtig es damals war, kein Papier wegzuwerfen, aber ich habe der Dienerschaft nie Vorhaltungen darüber gemacht. Das sagte ich nur, um guten Eindruck zu machen.»

«Ach ja, das fragte ich mich auch. War es nicht immerhin ein bißchen peinlich, daß dieser Zettel nirgends auftauchte?»

«Sehr», sagte mein Vater. Er hob eine auf dem Tisch liegende Schallplatte auf und warf einen flüchtigen Blick auf die Hülle.

«Vater, ich kann mir nicht helfen, aber dieser Zettel interessiert mich sehr. Kannst du dich an den genauen Wortlaut erinnern?»

«Nein, aber an das Wesentliche. Der Brief war ziemlich spaßig abgefaßt – typisch für Kester. Er schrieb, die kleine Kate gefalle ihm sehr gut, obgleich es im Winter, wenn die Stürme zu toben begännen, wahrscheinlich haarsträubend kalt sein würde. Dann fügte er hinzu, er habe eine gute Flasche Scotch, und ich solle doch mal auf einen Drink vorbeikommen.»

«Aha. Oxmoon hat er nicht erwähnt?»

«Nein. Aber das überraschte mich nicht sonderlich. Oxmoon war ein heikles Thema, und offensichtlich bemühte er sich, den Frieden zu erhalten.»

«Bist du dir dessen sicher? Könnte er nicht nach Gower gekommen sein, um über die Rückgabe des Besitzes zu verhandeln?»

«Nein.»

«Warum nicht? Ich muß dir sagen, daß man mir erzählt hat, gerade das sei sein Vorhaben gewesen.»

«An dieser Theorie stimmt mehreres nicht», sagte mein Vater wie jemand, der eine ihm schon oft gestellte Frage beantwortet. «Erstens hatte er keinen rechtlichen Grund für eine solche Forderung. Zweitens, wenn er ihn gehabt hätte, wäre es ihm vernünftiger erschienen, die Verhandlung über eine dritte Person zu führen. Drittens fehlt in seiner Korrespondenz jeder Hinweis auf ein solches Ansinnen. Und viertens waren sowohl Evan als Richard überzeugt, daß er nur nach Gower zurückkehrte, um schreiben zu können.»

«Ach ja», sagte ich. «Seine Schriftstellerei. Was Richard mir sagte, war in dieser Hinsicht besonders interessant. Er erzählte, Kester sei seit Thomas' Tod noch nie in so schöpferischer Hochstimmung gewesen.»

Ein Schuß ins Schwarze.

Betretenes Schweigen.

Sehr langsam wandte mein Vater sich wieder mir zu. «Das hat Richard gesagt?»

«Nein. Kester hat es gesagt. Richard wiederholte es mir nur wörtlich.»

«Aha.» Mein Vater legte die Schallplatte nieder und starrte sie an.

«Vater, wenn du mir wirklich helfen willst, erzähle mir bitte genau, was geschah, als Thomas starb.»

Wieder Schweigen.

Schließlich sagte mein Vater: «Du mußt Declan nicht glauben.»

«Das tue ich auch nicht. Seine Geschichte ergibt nichts, ist ein Hirngespinst. Aber ich glaube, daß hier irgend etwas Wahres zugrundeliegt. An Thomas' Tod war irgend etwas faul, und ich möchte wissen, was.»

«Du irrst dich», sagte mein Vater.

«Ich weiß, warum du das sagst», erwiderte ich sofort. «Du hast immer Declans Aussage abgestritten, und wenn du jetzt auch nur einen kleinen Teil davon zugeben würdest, befürchtest du, ich könnte vermuten, daß alles wahr ist. Aber schau, Vater, es ist mir egal, ob du dir Oxmoon erpreßt hast oder nicht. Wenn ja, wäre es eine kolossale Dummheit gewesen, und dann hättest du weiß Gott bereits schwer genug dafür bezahlt. Mich interessiert im Augenblick nur, inwiefern Thomas für meine Ermittlung von Bedeutung ist. Ich habe das Gefühl, daß sein Tod mit dieser Sache irgendwie in Beziehung steht.»

«Du machst dir was vor, Hal. Ich bedaure, aber Thomas kam wirklich bei diesem Autounfall um.»

«Gut. Kommen wir auf einen anderen Punkt zurück. Kester fühlte sich also in schöpferischer Hochstimmung . . . was für eine Geschichte schwebte ihm vor?»

«Keine Ahnung. Evan und Richard sagten, er habe sich auf keine Einzelheiten eingelassen.»

«Nun ja. Aber Vater, du warst der Besitzer der Kate – ich weiß, daß du sie später an die Llewellyns verkauft hast, aber nachdem die Polizei sie freigab, warst du derjenige, der dort Ordnung machen mußte. Was geschah mit Kesters letztem Manuskript?»

«Ich fand keins. Offenbar hatte er es noch nicht geschrieben.»

«Und die Notizen?»

«Es gab keine.»

Ich trat auf ihn zu. «Vater, du mußt mir vertrauen. Ich stehe auf deiner Seite. Ich will dich nicht quälen, aber ich muß der Sache auf den Grund kommen. Versuchen wir es noch einmal. Es ist unvorstellbar, daß Kester mit einem neuen Roman schwanger ging und keine Notizen gemacht hat. Ich weiß, wie er arbeitete, und daß er immer Notizen machte. Also, was ist damit geschehen?»

Mein Vater war erschüttert. Unbeholfen goß er sich noch einen Scotch ein. «Ich weiß nicht, wie ich dich überzeugen kann», sagte er, «aber ich schwöre dir, Hal, daß es keine Notizen gab.»

Ich starrte ihn an, war mir fast sicher, daß er die Wahrheit sprach. Er sah aus und klang, als ob er es durchaus ehrlich meinte, und ich konnte mir auch nicht denken, warum er lügen sollte.

«Aber das ist unglaublich», sagte ich und setzte mich auf das Bett. «Die Sache wird immer seltsamer.»

«Es war höchst seltsam», sagte mein Vater. Er zog einen Stuhl heran und setzte sich an das Bett. «Höre, Hal, ich bin mehr und mehr überzeugt, daß Kester wahnsinnig war. Du hast den Bericht gelesen und wirst festgestellt haben, daß der Untersuchungsrichter Kesters Betragen ebenso sonderbar fand wie ich ...»

«Hat sich Kester wirklich nie umgeschaut?»

«Nie. Das schwöre ich. Nie ...»

«Aber das ist ja phantastisch ... einfach nicht zu glauben ... Herrgott, ich verstehe überhaupt nichts mehr.»

Mein Vater traf seine Entscheidung. Ich konnte es ihm ansehen. Seine Miene wurde vertraulich. «Also gut», sagte er plötzlich. «Ich will dir reinen Wein einschenken.» Indem er sich weiter vorbeugte und mir direkt in die Augen schaute, begann er mit ungezwungener Aufrichtigkeit zu sprechen. «Ich wollte es dir nicht erzählen, weil ich weiß, wie sehr du an Kester hängst, aber jetzt bleibt mir keine Wahl. Ich muß dir die Wahrheit sagen. Das schulde ich dir ... und mir ... und es ist das einzig Richtige, das mir zu tun bleibt ...»

13

«Du hattest recht in bezug auf Thomas», begann er. «Kester tötete ihn, aber er tötete ihn auf eine Weise, die allen Verdacht auf mich lenken sollte. Zum Glück durchschaute ich seinen Plan noch rechtzeitig und zwang ihn, mich herauszuhalten, indem ich ihm half, den Autounfall vorzutäuschen. Als Kester einige Zeit davor seinen großen schöpferischen Ausbruch hatte, dachte er sich diese phantastische Mordintrige aus, die er dann wirklich durchführte.»

Er hielt inne, und als er sah, daß ich sprachlos war, fügte er rasch hinzu: «Das war der Grund, warum unsere Beziehung sich so katastrophal verschlechterte. Deshalb wurden wir beide so paranoid. Er dachte, ich wüßte zuviel, und ich dachte, er würde mich umbringen, um sich meines Schweigens zu versichern.»

Endlich löste sich meine Zunge. «Willst du damit sagen ...»

«Es kam zur Nervenzerreißprobe. Er versuchte mir mein Land wegzunehmen, und ich zahlte es ihm zurück, indem ich mir Oxmoon erpreßte.»

«Soll das heißen ...»

«Warte. Laß mich ausreden. Ich werde dir sagen, was es heißen soll. Siehst du, Hal, ich hatte mir zwar Oxmoon erpreßt, *aber Kester konnte es nicht beweisen,* ohne seinen eigenen Hals in die Schlinge zu stecken, *und er hätte es nie gewagt, mich zum Äußersten zu treiben.* Er wußte, daß ich im Zeugenstand eine erstklassige Figur machte – er hatte mich ja bei der Ermittlung über Thomas in Aktion gesehen –, und er wußte, daß er nur verlieren konnte, wenn es darauf ankäme und sein Wort gegen das meine stünde. So fühlte ich mich sicher vor ihm, als er nach Gower zurückkehrte, weil ich überzeugt war, daß er keine Möglichkeit hatte, etwas gegen mich zu unternehmen. Oxmoon konnte er nicht zurückfordern, das war ausgeschlossen und stand nicht einmal zur Diskussion. Demnach hatte ich auch keinen Grund, ihn umzubringen.»

«Aber in diesem Fall ...»

«Warte, und höre mir zu. Kester wußte, daß ihm keine Hoffnung blieb. Oxmoon war endgültig für ihn verloren, und um schreiben zu können, mußte er in Gower sein. Aber glaubst du wirklich, er hätte sich damit begnügt, ein bescheidenes Leben in Rhossili zu fristen, während ich in seinem Heim wie ein König waltete? Natürlich nicht. Er hatte nichts mehr, wofür es sich zu leben lohnte, Hal, aber er war entschlossen, mich mitzunehmen, wenn er in den Tod ging. So dachte er sich in einem neuen schöpferischen Aufschwung den Plan aus,

Selbstmord zu begehen und es so aussehen zu lassen, als ob ich ihn ermordet hätte.»

«Du lieber Gott!»

«Er lud mich ein, noch an jenem Abend bei ihm auf einen Drink vorbeizukommen, aber natürlich verbrannte ich den Zettel und belog den Untersuchungsrichter – denn hätte ich zugegeben, daß Kester mich zu einem bestimmten Zeitpunkt sehen wollte, so wären die Geschworenen leicht auf die Idee gekommen, er habe etwas Besonderes mit mir zu besprechen gehabt, und ich wünschte mir nichts weniger, als ihnen Anlaß zu geben, über die Besitzrechte von Oxmoon Spekulationen anzustellen und ihnen damit noch ein gutes Mordmotiv zu liefern. Aber Kester wollte mich nach Rhossili locken, und schon deshalb mußte er mich zu einer bestimmten Stunde einladen – denn auf eine unbestimmt gehaltene Einladung hätte ich vielleicht gar nicht reagiert. Ich hatte keinen besonderen Grund, hinzugehen. Ich wußte, daß ich nicht riskierte, aus Oxmoon vertrieben zu werden, war also zuversichtlich, und als Kester mir diese Einladung schickte, nahm ich an, er wolle nur mit mir besprechen, wie oft ich dir erlauben würde, ihn zu besuchen.

Jedenfalls kam ich, wie gesagt, in Rhossili an und stellte fest, daß er ausgegangen war. Da wir eine Verabredung hatten, dachte ich mir, er könne nicht weit fort sein, ging deshalb ein Stück des Weges zurück, um ihn abzufangen, und deshalb machte ich mich schließlich auf die Suche nach ihm, als ich ihn nirgends fand und mich zu beunruhigen begann.

Von da an geschah alles, wie ich es bei der Untersuchung erzählte – nur kann ich dir jetzt gestehen, daß ich mich bald fragte, ob er mich nicht absichtlich auf seine Fährte lockte. Das schien mir die einzige sinnvolle Antwort. Es erklärte nicht nur, warum er die Verabredung nicht eingehalten hatte – er wußte, daß ich wütend und nervös sein und ihn suchen würde –, sondern auch sein geheimnisvolles und gespenstisches Verhalten, diesen schlafwandlerischen Gang ohne einen Blick zurück. Denn, siehst du, er mußte so tun, als wisse er nicht, daß ich ihm folgte, weil er mich in dem Glauben lassen wollte, ich könnte ihn einholen. Hätte er sich ständig umgeschaut und sich wie jemand auf der Flucht benommen, so wäre ich ihm nicht über den ganzen Damm gefolgt. Warum auch? Ich hätte es gleich aufgegeben. So aber nahm ich an, er würde irgendwo auf dem Inner Head herumirren, und beschloß, ihm nachzugehen. Mein Verhalten wird dir erklärlicher erscheinen, wenn ich dir gestehe, daß ich mir über deine Beziehung zu Kester große Sorgen machte und es für günstig hielt, ihn an einem einsamen und furchteinflößenden Ort zur Rede zu stellen. Ich dachte mir, wenn ich ihm auf geschickte Weise einen ordentlichen Schrecken einjagte, würde er dich aus purer Angst eine Weile in Ruhe lassen.

Nun gut. Ich nahm also an, daß er mich auf seine Fährte lockte – aber zu welchem Zweck? In meinem Verfolgungswahn verdächtigte ich ihn zuerst, mich ermorden zu wollen, aber das war Unsinn. In jedem Kampf hätte ich ihn leicht besiegt. Dann dachte ich an Selbstmord, und plötzlich ergab alles einen Sinn. Wenn er mich immer weiter lockte, bis wir von der Flut abgeschnitten wären, und er nie zurückkehrte, müßte es mir verdammt schwerfallen, nicht des Mordes verdächtigt zu werden und meine Unschuld zu beweisen. Gewiß, ich hatte kein Tatmotiv, aber das nützte mir auch nicht viel, denn Declan würde bestimmt eins finden. Ich wußte, wozu Declan fähig war, wußte es damals schon ... mein Gott, wenn ich nur an diese Szene in Oxmoon zurückdenke, als er uns die Generalprobe seines Auftritts im Bryn-Davies-Prozeß vorführte! Ja, ich wußte, daß ich in schwerer Bedrängnis war. Zwei unbeteiligte Zeugen hatten mich an diesem Abend Kester nachgehen sehen, und ihre Aussagen konnten mich bei der Polizei in große Schwierigkeiten bringen. Irgendwie mußte ich zum Gegenangriff übergehen, aber wie zum Teufel sollte ich das anstellen?

Jedenfalls blieb mir keine Wahl, nicht wahr? Ich mußte ihm folgen, ihn einholen und uns beide lebendig zurückbringen.

Ich ging also weiter. Und dann ... o Gott, hier wäre ich versucht, dich anzulügen, aber ich werde es nicht tun, weil ich entschlossen bin, dir die volle Wahrheit zu erzählen, bis auf die letzte Einzelheit. Ich gelangte zum Inner Head, und als ich die Wegbiegung hinter mir hatte und den Hang der Südflanke emporgestiegen war – da sah ich ihn, jawohl, er war da, ich log, als ich vor Gericht erzählte, er sei weit fort auf dem Middle Head gewesen, aber ich log nur, um den Geschworenen leichter verständlich zu machen, daß ich ihn unmöglich einholen konnte.»

«Aber wenn er noch auf dem Inner Head war, hättest du doch ...»

«Er wartete dort, aber *er war nicht in der Nähe*. Er saß mindestens hundert Meter jenseits der Stelle, wo der Pfad in die Höhe führt. Von dort erstreckt sich eine Felsklippe bis über das Meer, und da saß er ... er mußte gewartet haben, um sich zu vergewissern, daß ich ihm folgte, aber auch, um sicher zu sein, daß ich ihn nicht packen konnte, wenn ich um die Biegung käme. Er lockte mich also immer weiter, verstehst du, und er verringerte nur ein bißchen seinen Vorsprung, um mich zu ermutigen – denn er wollte mich zwingen, über Nacht mit ihm auf der Halbinsel zu bleiben.

Natürlich wurde mir inzwischen klar, was er vorhatte, und als er sofort in Richtung des Middle Head rannte, rannte ich ihm nicht nach. Ich wußte, daß es mir unmöglich war, ihn einzuholen und dann noch vor Einbruch der Flut das Festland zu erreichen, und als ich das erkannte, wurde mir klar, daß ich geliefert wäre, wenn ich nicht sofort über den Shipway zurückkehrte und mir ein stichfestes Alibi beschaffte. Wenn ich mich mit Kester von der Flut abschneiden ließ, war ich nicht mehr in der Lage, meine Unschuld zu beweisen, aber auf dem Festland blieb mir wenigstens noch eine Chance.

So ging ich zurück, und als ich in der Kate ankam, hatte ich das unglaubliche Glück, Dafydd anzutreffen, der in der Küche die Dichtung auswechselte. Natürlich hätte ich auch so versucht, mit ihm ein Alibi abzusprechen, um mich zu schützen, aber wie es sich ergab, brauchte ich nicht zu schwindeln, und das erwies sich als meine Rettung. Die Polizei verdächtigte mich natürlich, aber mit diesem Alibi war ich völlig aus dem Schneider.

Ich hoffte die ganze Zeit, Kester würde sich doch noch anders besinnen, nachdem er einsehen mußte, daß sein Plan, mich unter Mordverdacht zu stellen, mißlungen war und sein Selbstmord keinen Sinn mehr hatte, aber leider bin ich zu optimistisch gewesen. Er hat sich umgebracht – und sobald ich das wußte, war es mir unerträglich. Ich fühlte mich verantwortlich für ihn, machte mir Vorwürfe, nicht bei ihm geblieben zu sein, ihn nicht gerettet zu haben . . . Siehst du, er war wahnsinnig, darüber gibt es keinen Zweifel, aber *daß er wahnsinnig geworden war – dafür fühlte ich mich verantwortlich,* jawohl, denn ich habe ihn immer überstrahlt, ich war der Erfolgsmensch, der Mann der Tat, der zu sein er sich immer im geheimen gewünscht hatte. Wir standen in einem sonderbaren Verhältnis zueinander; eines Tages werde ich dir mehr darüber erzählen müssen, aber für den Augenblick . . . habe ich dir alles gesagt. Er hat sich umgebracht, und damit mußt du dich abfinden, Hal. Er hat sich umgebracht und versucht, mich wegen Mordes an den Galgen zu bringen.»

14

Wir schwiegen lange. Er goß sich noch etwas Scotch ein und trank. Nach einer Weile sagte er: «Es tut mir so leid. Ich hätte es dir gern erspart.»

Das Schweigen dauerte fort. Dann murmelte er verlegen: «Was soll ich tun? Was willst du sonst noch wissen? Hast du irgendwelche Fragen?»

Ich schüttelte den Kopf, stand auf, ging langsam im Zimmer auf und ab.

Nach einer Weile hielt er es nicht mehr aus. «Möchtest du ein bißchen Musik hören?» Musik war sein Allheilmittel.

«Nein danke.»

Um Gelassenheit vorzutäuschen, zog ich mein Notizbuch aus der Tasche und blätterte darin herum. Als erstes sprang mir der Name Declan in die Augen.

«Was wußte deiner Meinung nach Declan darüber?» fragte ich, und obgleich ich immer noch auf meine Notizen schaute, merkte ich, daß er erleichtert aufatmete wie jemand, der gerade die schwerste Prüfung seines Lebens bestanden hatte.

«Ich glaube nicht, daß Declan so viel wußte, wie ich zuerst angenommen hatte», antwortete er sofort. «Denn ich halte es für unwahrscheinlich, daß Kester den Mut aufbrachte, seinem angebeteten älteren Bruder zu gestehen, er habe Thomas in einem Anfall von Geistesgestörtheit ermordet – und ich halte es für ebenso unwahrscheinlich, daß er ihn in seinen verrückten Selbstmordplan einweihte. Hätte Declan auch nur geahnt, daß Kester geistesgestört war und sich mit Selbstmordgedanken trug, so bin ich sicher, daß er ihn gehindert hätte, Dublin zu verlassen.»

«Ja. Declan hat nie an die Selbstmordtheorie geglaubt, nicht wahr? Er glaubte, du habest Kester auf dem Inner Head umgebracht.»

«Declan mußte sich an diesen Glauben klammern, nachdem er einsah, daß er mein Alibi nicht widerlegen konnte; aber du wirst auf den Worm gehen, Hal, und wenn du diesen Klippengrat siehst, von dem aus Kester fortgerannnt ist, wirst du verstehen, daß ich ihn unmöglich einholen und mit ihm vor der Flut zurückkehren konnte.»

«Und wenn er nicht gerannt ist?»

Mein Vater wurde bleich. «Du glaubst mir nicht?»

«Doch, ich glaube dir schon. Ich kann mir nur nicht vorstellen, wie Kester einfach herumsitzen und warten würde, daß du ihn angreifst – ich bin überzeugt, daß Kester, sowie er dich auf dem Inner Head sah, auf den ersten Impuls hin davongerannt ist, und das hätte er getan, ganz gleich, ob er sich von dir verfolgt wußte oder nicht. Das bedeutet also, daß Declans Geschichte viel weniger glaubwürdig ist als die deine.» Ich blätterte wieder in meinem Notizbuch. Dieses Mal sprangen mir die Worte BRILLANT ÜBERZEUGEND in die Augen.

«Entschuldige mich, Vater. Ich bin gleich wieder zurück.»

Ich ging ins Badezimmer, schloß mich ein, lehnte mich an die Wand. Ich befand mich in jenem unangenehmen Zustand, wo man sich übergeben möchte und es nicht kann. Die Luft im Badezimmer war stickig und heiß, und es roch nach süßlichem Körperpuder. Pam mußte vor ein paar Sekunden noch hier gewesen sein.

Ich bekam das Fenster auf, lehnte mich über den Sims, nahm mehrere tiefe Atemzüge, wurde mir verschwommen und mit Übelkeit bewußt, daß mir nichts anderes übrig blieb, als in das Zimmer meines Vaters zurückzukehren. Und nicht nur das. Ich mußte ein paar Minuten lang mit ihm über belanglose Dinge plaudern, um seine Nerven zu beruhigen. Denn auf keinen Fall durfte ich ihm zeigen, wie sehr meine eigenen Nerven angegriffen waren, und mich sogleich in meine Spülküche zurückziehen.

Ich sagte mir: «‹Die feige Seele hab' ich nicht›», und irgendwie gelang es mir, das Badezimmer zu verlassen.

«Ist dir nicht gut?» fragte mein Vater sofort, als ich ins Zimmer trat.

«Doch. Oder nein, um ehrlich zu sein, mir ist kotzübel, aber mach dir keine Sorgen, ich bin gleich wieder in Ordnung.»

«Ich weiß, meine Geschichte muß ein furchtbarer Schock für dich gewesen sein.»

«Ja, das war sie. Aber glaube nicht, ich hätte mir bisher nie Gedanken über Kesters Geisteszustand gemacht. Vater, ich möchte dir danken, daß du ehrlich zu mir gewesen bist. Ich weiß, es war sehr schwer für dich, aber ich bin dir wirklich sehr dankbar.» Während ich sprach, setzte ich mich auf das Bett und bückte mich, um mein Schuhband zuzuschnüren. Ich überlegte verzweifelt, was ich als nächstes sagen sollte. Mir wollte kein belangloses Gesprächsthema einfallen.

«Freut mich, daß ich dir helfen konnte», sagte mein Vater. «Ja, es war schwer für mich, aber seltsamerweise hat es mir gut getan, darüber zu reden . . . man fühlt sich irgendwie erleichtert, wenn man darüber reden kann . . . Mein Gott, was ich in dieser Nacht durchgemacht habe! Natürlich fand ich keine Minute Schlaf . . . Vor Gericht habe ich erzählt, ich hätte geschlafen, aber das sagte ich nur, um nicht den Eindruck zu erwecken, daß ich mich besonders schuldig fühlte. In Wirklichkeit war ich die ganze Nacht wach. Ich dachte an die Vergangenheit, bis weit zurück, an meinen Vater mit seinen verschiedenen Familien, an Onkel Robert und Tante Ginevra, an meinen Großvater . . . mein Gott, ich dachte sogar an meine Urgroßmutter und Owain Bryn-Davies! Ich dachte an alles, was Kester und mich hervorgebracht und zu den Männern gemacht hatte, die wir waren ...»

Jetzt fiel mir ein belangloses Gesprächsthema ein, und ich ergriff die Gelegenheit. «Hast du nicht wenigstens ein gutes Musikprogramm im Radio gefunden?»

«Was?»

«Ich sagte: Hast du nicht wenigstens ein gutes Musikprogramm im Radio gefunden?» Ich blickte verstohlen auf meine Uhr, fragte mich, wann ich gehen könnte.

«Nein», sagte mein Vater nach einer Weile. «Ich fand keins. Ich hatte den Apparat übrigens gar nicht angestellt.»

«Warum nicht? War er kaputt? Ich kann mir nicht vorstellen, wie du stundenlang in einem Zimmer sitzen kannst, ohne den Radioapparat einzuschalten und dir ein Musikprogramm zu suchen.»

«Das stimmt», sagte er und goß sich noch etwas Scotch ein. «Aber ich war natürlich sehr aufgeregt.»

«Ein Grund mehr für dich, Musik hören zu wollen.»

«Da hast du völlig recht ... Seltsam! Laß mich mal nachdenken. Warum habe ich das Gerät nicht eingeschaltet? Ich muß einen guten Grund gehabt haben, dessen bin ich sicher. Aber ich kann mich beim besten Willen nicht entsinnen ...»

«Laß nur, es spielt ja keine Rolle.» Ich stand auf. «Und jetzt, wenn du mich bitte entschuldigen willst ...»

«Aber das ist doch wirklich höchst sonderbar.» Er war so bestürzt, daß er meinen Versuch, mich zu verabschieden, ignorierte. «Ich kann mich doch nicht so widernatürlich benommen haben! Ich versuche mich an das Zimmer zu erinnern ... ach ja, ich kann mich nicht entsinnen, einen Radioapparat gesehen zu haben ... ich könnte fast schwören, daß keiner da war. Aber er muß doch da gewesen sein, denn Evan hatte ihn am Tag vorher gebracht ... vielleicht wollte Kester ihn im Schlafzimmer haben?»

«Durchaus möglich», sagte ich und ging zur Tür. Ich war in solcher Eile, zu verschwinden, daß ich kaum noch wußte, was ich redete. «Kester wünschte absolute Ruhe bei der Arbeit. Also, Vater ...»

«Hal, bist du ganz sicher, daß du bald wieder in Ordnung sein wirst?»

«Klar, kein Problem. Ich muß jetzt nur schlafen und die ganze verdammte Geschichte vergessen. Aber morgen bin ich ganz bestimmt wieder tipptopp, ohne jede Frage.»

«Kann ich noch irgend etwas für dich tun? Irgend etwas?»

Entsetzlich, wie er sich um mich sorgte. Es war mir, als spürte ich, wie die Last seiner Sorge mir tiefe Löcher in die Seele drückte, aber es gelang mir, mit ruhiger und besänftigender Stimme zu sagen: «Laß nur . . . morgen ist mir wieder gut, das verspreche ich dir.» Und endlich konnte ich verschwinden.

15

«Weitere Notizen über meinen Vater:

Eine blendend dargestellte Geschichte. Ich frage mich nur eins: Ist sie wahr?

Urteil: Urteil vorbehalten, bis ich morgen meine Ermittlungen auf dem Worm durchgeführt habe.»

16

Ich lag im Dunkeln wach.

Um zwei Uhr früh zündete ich eine Kerze an und ging in den Hauptteil des Hauses. Es war ruhig, aber nicht still. Ich hörte das Scharren der Mäuse in der Täfelung.

Der Kronleuchter glänzte unter der Staubschicht, und als ich über den Marmorfußboden in der Halle ging, tönten meine Schritte seltsam gedämpft in der Dunkelheit. Die Tür der Bibliothek knarrte wie in der Parodie einer Spukgeschichte, aber es war keine Spukgeschichte – das stand von Anfang an für mich fest. Hier kam es letzten Endes nicht auf meine Phantasie an, sondern auf mein logisches Denken, meinen Mut und meinen Willen.

Sollte ich weitermachen? Oder sollte ich mir sagen, das Rätsel ist gelöst, und mich abwenden? Dann bräuchte ich morgen nicht auf den Worm zu gehen. Dann könnte ich mich auf das Wort meines Vaters verlassen.

Doch das konnte ich nicht. Nicht ganz. Ich wollte ihm glauben, glaubte ihm, mußte aber hundertprozentig sicher sein, daß dieser blendende Zeuge mir nicht eben gerade das geschickteste Märchen seiner Märchenerzählerkarriere erzählt hatte.

Und doch wurde mir bange beim Gedanken, weiterzumachen. Ich spürte es. Meine Hand zitterte, als ich das mir wohlbekannte Buch fand und die von Kester so oft gelesene Seite aufschlug.

«Die feige Seele hab' ich nicht», hatte Emily Brontë geschrieben, «die sich im Sturm des Weltenlaufs zitternd auf Krücken stützt: Ich seh' des Himmels Ruhm, strahlendes Licht. Mir leuchtet fester Glaube, der mich vor allen Todesängsten schützt.»

Ich las die letzte Zeile noch einmal. Den Glauben an Gott hatte ich nicht, aber den Glauben an meinen Vater hatte ich jetzt. Ich dachte an Eleanors Worte: «Hal, für mich ist dein Vater nie der Bösewicht der Oxmoon Saga gewesen. Für mich war der wirkliche Bösewicht sein Vetter Kester.»

Richtig. Jetzt mußte ich nur noch meine Angst besiegen, mir meinen Verstand bewahren und dem Alptraum ein Ende machen, indem ich bewies, daß Eleanor recht hatte.

In die Küche zurückgekehrt, schrieb ich in Druckbuchstaben auf meinen Notizblock DIE FEIGE SEELE HAB' ICH NICHT. Dann legte ich mich wieder hin und schlief ein.

Ich machte weiter.

Fünftes Kapitel

I

Der Shipway erstreckte sich vor uns in einem zackigen Bogen unter dem heißen, wolkenlosen Himmel. Es war Samstag, und Horden von Spaziergängern schwärmten über die Klippen. Das hatte es vor vierzehn Jahren, als Kester starb, nicht gegeben. Der Parkplatz war gestopft voll. Und doch lag der Sandstrand von Rhossili fast leer, denn nur wenige Ausflügler machten sich die Mühe, den steilen Pfad hinunterzuklettern, und nur die allerkühnsten wagten sich bis auf den Shipway, um zum Worm zu wandern. Vor uns war eine Gruppe auf dem Weg über die Felsen. Hinter uns gröhlte ein Trupp Pfadfinder. Zu unserer Linken machte ein Liebespärchen verträumt Rast. Die Szene unterschied sich sehr von dem, was mein Vater im Mai 1952 gesehen haben mußte, aber wenigstens hatte sich am Shipway nichts geändert; eine lange Strecke nasser Felsen, die die Ebbe freigegeben hatte, zahllose kleine Teiche, in denen gestrandete Fische auf die befreiende Flut warteten, eine Mondlandschaft in der Junisonne.

«Jetzt werde ich dir deine Anweisungen geben», sagte ich zu Caitlin. Sie trug Jeans, eine blaue Bluse und Turnschuhe. Ihr langes Haar, feiner und dunkler als das ihrer Schwester, war straff zurückgekämmt und zu einem Pferdeschwanz zusammengebunden. Als ich sprach, blickten ihre intelligenten Augen gehorsam zu mir auf. Für ihre gestrige Bitte um ein Autogramm hatte sie sich bereits entschuldigt – Gwyneth mußte ihr dieses kindliche Betragen vorgehalten haben – und sie tat mir leid in ihrer jugendlichen Einsamkeit. Ich hoffte, sie würde bald einen festen Freund finden, jung heiraten und zweikommadrei Kinder (oder was sonst das Durchschnittsmädchen von heute produziert) in die Welt setzen, denn sie gehörte nicht zu denen, die sich für ein Stipendium in Oxford interessierten, Do-it-yourself-Psychologie betrieben und Männer wie Dreck behandelten. Ich beschloß, nett zu ihr zu sein.

«Es geht mir darum», erklärte ich ihr, «Kesters letzte Stunden zu rekonstruieren. Warum, spielt im Moment keine Rolle für dich. Ich nehme an, du weißt ungefähr, was geschehen ist, nicht wahr? Er kam hier hinaus, und mein Vater folgte ihm. Also . . . du wirst jetzt Kester sein, und ich bin mein Vater.»

Sie nickte. Die Pfadfinder liefen an uns vorbei und verschwanden lärmend in den Felsen.

«Zwei unbeteiligte Zeugen», fuhr ich fort, «bestätigten die Behauptung meines Vaters, daß Kester ihm auf dem Shipway um eine Viertelstunde voraus war. Also wirst du jetzt losgehen, und ich folge dir in fünfzehn Minuten. Wie gut kennst du dich auf dem Shipway aus? Ich würde dir raten, dich innerhalb der Biegung zu halten, bis du auf den kleinen Kiesstrand kommst, und von dort, so gut du kannst, weiterzugehen.»

Sie nickte wieder. «Das schaffe ich. Soll ich mich beeilen?»

Eine intelligente Frage. «Nein, es ist kein Wettlauf. Mein Vater sagte, Kester habe sich wie ein Schlafwandler bewegt. Schlage einfach ein normales Tempo ein.»

«Gut.»

«Bleibe nicht stehen, wenn du auf den Inner Head gelangst. Folge dem Pfad, bis du aus meiner Sichtweite bist, und gehe weiter, bis du einen Klippengrat siehst, der sich vom Pfad aus bis zum Meer erstreckt. Dort setzt du dich hin und wartest auf mich. Alles klar?»

«Ja.»

«Noch eins: Du darfst dich nicht umdrehen, um zu sehen, wie weit ich hinter dir bin, aber versuche trotzdem, dich von Zeit zu Zeit verstohlen nach mir umzuschauen. Anders gesagt, behalte mich im Auge, ohne es mich wissen zu lassen.»

«Gut.»

«Jetzt wiederhole mir meine Anweisungen.»

Sie tat es. Ich wünschte ihr Glück, und sie ging davon. Ich setzte mich ins Gras am Fuße der Landspitze und schrieb in mein Notizbuch: «10.16 Uhr. Caitlin begibt sich auf den Shipway.»

2

Ich hatte vergessen, wie lang der Weg war und wie unheimlich es auf dem Shipway sein konnte, wenn man erst einmal mittendrin war. Die Spaziergänger vor mir hatten einen anderen Weg viel weiter links eingeschlagen, die Pfadfinder und das Liebespärchen waren längst hinter den Tümpeln verschwunden, andere Leute folgten mir, aber ich hielt ein stetes Tempo ein, ließ sie bald hinter mir, und innerhalb weniger Minuten kletterte ich allein über Felsen, rutschte auf dem glitschigen Seegras aus, riß mir die Hände an den spitzen Muscheln wund, während ich mich mühsam durch die Hindernisse schleuste. Es war wie Bergsteigen auf der Horizontalen.

Nach einer Weile wurde ich mir der besonderen Art der Stille bewußt. Das Wasser der Bucht zu meiner Rechten schien bewegungslos, und die Flut wich immer weiter zurück, während die Brandung des Bristolkanals auf der anderen Seite schwächer und schwächer wurde, bis es nur noch ein fernes, gedämpftes Rauschen war. Ich fühlte mich wie auf einem Friedhof, dessen Grabsteine so dicht standen, daß man kaum zwischen ihnen durchgehen konnte. Und es herrschte auch die gleiche Atmosphäre von Verlorenheit; die gleiche gespenstische Erwartung lag in der Luft, denn der Shipway erwartete die Flut, wie ein Friedhof die Geisterstunde erwartet, wenn das Leben zurückkehrt und der Schrecken beginnt. Ich versuchte mir vorzustellen, wie das Wasser die so hoch über mir ragenden Felsen überspülen würde, aber es schien mir einfach undenkbar. Und doch geschieht es zweimal am Tage. Unglaublich, aber wahr.

Um mich von den unglaublichen, aber wahren Dingen abzulenken, fing ich zu singen an. Ich hatte mir im Musikgeschäft einen Namen gemacht, indem ich mir die Hits der amerikanischen Country-Music herauspickte und sie zu volkstümlichen Songs verarbeitete, wie sie das englische Publikum verdauen konnte. Ich betrachtete es als eine Übersetzungsarbeit, als die Übertragung eines Songs in eine andere Kultur. Die Country-Music mochte ich am liebsten. Ich sang zwar auch Rock, aber eigentlich nur, um das Publikum anzuheizen. War die nötige Spannung geschaffen, so konnte ich mit einem frühen Presley-Song vom Rock zum Country-Rock übergehen, und vom Country-Rock zum Pop-Country mit einem Jim Reeves-Song. Und wenn ich dann meine Zuhörer in der richtigen Stimmung hatte, sang ich einen Song von Hank Williams, dem Meister der Country-Music. Natürlich schrieb ich auch meine eigenen Lieder und machte Plattenaufnahmen davon, was mehr Geld einbrachte als die Wiedergabe bekannter

Hits, aber ich war ein solcher Purist, daß ich meine Arbeiten als nachahmerisch und uninteressant empfand.

Während ich sang, fiel mir ein, zu was für einer kulturellen Schutthalde der Geist des zwanzigsten Jahrhunderts geworden ist, und als ich näher über meine unwahrscheinliche Reise von Emily Brontë zu Hank Williams nachdachte, fragte ich mich unwillkürlich, ob Kester die amerikanische Country-Music gemocht hätte. Da er kein musikalischer Snob und zudem ziemlich romantisch veranlagt war, könnten ihm die endlosen Geschichten von verlorenem Liebesglück gefallen haben.

Kester hatte nie von Sex gesprochen, immer nur von romantischer Liebe. «Meine Eltern erlebten eine Liebesgeschichte – wie im Märchen», hörte ich ihn noch sagen. «Sie verliebten sich leidenschaftlich ineinander, als sie unter den Kronleuchtern von Oxmoon tanzten, während das Orchester ‹An der schönen blauen Donau› spielte.»

Das klang wie eine unglaubliche Geschichte. Ich tat sie gerade als eine der Phantasien Kesters ab, als ich auf den Kiesstrand kam, mein Notizbuch aus der Tasche zog und die genaue Zeit einschrieb. Vor mir hatte Caitlin fast den Inner Head erreicht. Ich sah ihre blaue Bluse und die Jeans zwischen den fernen Felsen auf- und untertauchen, während ihr Pferdeschwanz im Wind wehte.

Sie blickte nie zurück.

Ich folgte ihr.

Caitlin erreichte den Inner Head, kletterte den Hang empor, klopfte sich den Schmutz von den Jeans und ging weiter. Minuten später verschwand sie in der Wegbiegung, und obgleich ich sie sehr aufmerksam beobachtete, sah ich sie nicht ein einziges Mal zurückschauen.

Ich blickte mich um. Überall Himmel und Meer, Sand und Klippen im Hitzedunst. Jeder, der die Natur liebte oder in einen schöpferischen Traum tief versunken war, wäre hier stehengeblieben, um den Anblick dessen, das mich umgab, in sich aufzunehmen. Undenkbar, daß jemand, der sich den Begriff der Schönheit zum Lebensprinzip erhoben hat, diese Landschaft ignorieren würde.

Ich rutschte aus, fiel in einen Felstümpel, fluchte, kletterte heraus, trat auf einen Seestern, zuckte zusammen, dankte Gott, daß ich mir keinen Knöchel gebrochen hatte. Dann versuchte ich, schneller vorwärtszukommen, aber das Gelände war zu beschwerlich. Ich fluchte abermals.

Eine Viertelstunde später, außer Atem, schwitzend und erschöpft, erreichte ich den Inner Head und stieg den weniger steilen Hang hinan, wo das Moos von kleinen rosa Wildblumen überwachsen war. Ich schrieb in mein Notizbuch: «11.03 Uhr. Inner Head.» Die Aussicht war so herrlich, daß selbst ich sie als berauschend bezeichnen konnte. Gern wäre ich länger geblieben, aber ich erlaubte mir nur zehn Sekunden, denn schließlich war ich nicht über den Shipway gekrabbelt, um die schöne Aussicht zu genießen. Ich klappte mein Notizbuch zu und ging weiter.

Kaum hatte ich die Südflanke hinter der Biegung erreicht, da sah ich sie. Sie saß am Ende des Klippengrats, der zum Meer führte, wirkte zwar winzig klein, denn viele Meter trennten uns, aber sie war ganz deutlich zu erkennen, denn ihre Kleidung hob sich wie ein heller Farbfleck vom Braun und Dunkelgrün der baumlosen Landschaft ab.

Ich rief: «Kester, was zum Teufel treibst du da?», aber sie bewegte sich nicht. Erst einige Sekunden später drehte sie den Kopf und sah mich. Ich winkte, und nachdem ich mir wieder die Zeit notiert hatte, ging ich den Pfad hinunter auf sie zu.

«Hallo», sagte sie, als ich in Hörweite war. «Habe ich alles richtig gemacht?»

«Hast du mich eben rufen gehört?»

«Dich rufen gehört? Nein.»

«Und während du ins Meer schautest, sahst du mich nicht. Wenn du mich also nicht erwartet hättest, hättest du mein Kommen nicht bemerkt . . . selbst nicht, als ich rief. Gut. Und jetzt die große Frage: Hast du dich nach mir umgeschaut?»

«O ja, ständig. Ich habe dich die ganze Zeit genau beobachtet.»

3

«Notizen über den Shipway:

Wie ich feststellte, ist eine Viertelstunde eine lange Distanz, aus der man zwar größere Bewegungen erkennen kann, kleine jedoch nicht. Jetzt bin ich sicher; Kester wußte, daß man ihm folgte, und damit ist die Voraussetzung, auf die Declan seine Theorie stützte, widerlegt. Als Declan und Rory nach der Ermittlung hier draußen waren und ihre eigenen Untersuchungen anstellten, hatten sie sich offensichtlich nicht die Mühe gemacht, auf dem Shipway die Distanz von einer Viertelstunde einzuhalten. Das bringt uns zu Evan zurück, der überzeugt ist, Kester wäre immer weiter gegangen, wenn er gewußt hätte, daß mein Vater ihm folgte – aber natürlich setzte Evan voraus, daß Kester nichts gegen meinen Vater plante. Kester wäre bestimmt eine Weile auf dem Inner Head geblieben, wenn er sich einen komplizierten Plan ausgeheckt hätte – und das bringt mich auf die Aussage meines Vaters zurück. Bis jetzt stimmt sie mit allem überein. Ich bin sehr versucht, meinem Vater zu glauben, wenn er sagt, Kester habe auf diesem Felsvorsprung auf ihn gewartet – das war der Moment, als mein Vater sich entscheiden mußte, ob er weitergehen oder umkehren sollte, und Kester hätte sich gewiß die Mühe gemacht, ihn zu verlocken, den Vorsprung ein bißchen einzuholen.

Urteil: So weit, so gut. Aber was in Gottes Namen geschah dann?»

4

«Was machen wir jetzt, Hal?» fragte Caitlin, als ich mein Notizbuch zuklappte.

«Warte hier einen Augenblick.»

Ich ging den Pfad hinunter und blickte auf die See. Hier waren keine Klippen mehr. Das Land stieg sanft vom Ufer bis an die Felsen an. Wieder dachte ich an Declan und versuchte mir vorzustellen, welche Schlüsse er gezogen hatte. Er mußte von der Annahme ausgegangen sein, Kester habe gedankenverloren auf der Klippe gesessen und ins Meer geschaut, ohne zu wissen, daß mein Vater ihm gefolgt war, und – von da an war es nicht mehr schwierig, sich den Rest auszumalen – mein Vater habe ihn gesehen, ihn gerufen und keine Antwort erhalten, sei dann plötzlich, in seinem paranoischen Anfall die Zeugen auf dem Shipway vergessend, der günstigen Gelegenheit gewahr geworden, seinen neurotischen Vetter ein für allemal loszuwerden, habe sich von hinten an Kester angeschlichen, ihm einen Karateschlag versetzt und ihn ins Meer gestoßen.

Bis dahin erschien mir die Geschichte gerade noch glaubhaft – aber nur gerade noch –, jedoch dann mußte ich mich fragen, wie Declan sich das Verschwinden der Leiche erklärt hatte. Jetzt stand das Wasser tief und wich sogar noch weiter zurück, aber an jenem Abend 1952 war die Flut im Kommen gewesen. Ich wußte, daß es um den Worm herum starke Strömungen gibt, aber die Flut am Bristolkanal ist stärker, und eine an der Südflanke ins Meer geworfene Leiche wäre mit Sicherheit fast sofort wieder an Land geschwemmt worden. Wie hätte sich Declan wohl da herausgeredet?

«So», sagte ich zu Caitlin, als ich wieder unten war. «Jetzt spielen wir die ganze Szene noch einmal durch, von dem Augenblick an, da ich in Sicht trete, aber dieses Mal stehst du auf und läufst davon, sowie du mich siehst.»

«Ist es jetzt ein Wettlauf?»

«Ja, aber breche dir um Gottes willen nicht den Hals auf der beschwerlichen Strecke zwischen dem Inner und dem Middle Head. Geh kein Risiko ein! Kester war kein Sportler.»

«Aber Hal, das ist doch nie passiert, oder?»

«Nein. Mein Vater kehrte zurück. Aber ich will sehen, wie Kester sich das Weitere vorgestellt hat, falls mein Vater ihm gefolgt wäre.»

Wieder zeigte sie Intelligenz. «Wie können wir wissen, welches Tempo sie eingeschlagen hätten?»

«Das können wir nicht. Aber ich denke, das Resultat wird ungefähr das gleiche sein. Kester hatte längere Beine als du, aber du bist besser trainiert. Ich bin jünger, als mein Vater damals war, aber wahrscheinlich befand er sich in körperlicher Hochform. Versuchen wir es und sehen, was passiert.»

Ich entfernte mich aus ihrem Blickfeld. Dann notierte ich mir die Zeit, konzentrierte mich auf das Vorhaben und lief noch einmal auf die Klippe zu.

Ich sah Caitlin. Caitlin sah mich, sprang davon, verschwand innerhalb von Sekunden hinter dem Felsvorsprung, rannte den Pfad hinunter, der zum Middle Head führt.

Ich war mein Vater, zählte bis zehn, um ihm Zeit zu geben, sich zu entschließen, holte noch einmal tief Luft und begann zu rennen.

Mit Entsetzen stellte ich fest, daß ich in ganz erbärmlicher Form war. Ich bekam Seitenstiche, bevor ich das Ende der Flanke erreicht hatte, und mußte mich zusammenkrümmen, um wieder Luft zu bekommen. Mein Vater hätte das besser gemacht. Dann sprintete ich wieder, bog um die Ecke und sah Caitlin weit vor mir, wo der Pfad an der Verbindung zwischen dem Inner und dem Middle Head endet, einer kleineren Version des Shipway, die jedoch auch bei Flut nicht ganz überspült wird. Als ich dort ankam, hatte Caitlin bereits die Hälfte hinter sich.

Diese felsige Strecke war schwieriger zu überqueren als der Shipway, obgleich sie leichter aussah. Ich nahm erst den falschen Weg und mußte noch einmal umkehren. Das wäre meinem Vater nicht passiert, denn er war ja dem Fachmann Kester gefolgt, aber Caitlin war kein Fachmann und war sicher auch erst falsch gegangen.

Wir schwitzten weiter, Caitlin gelangte schließlich auf den Middle Head und lief den Pfad entlang. Sie schien in blendender Form zu sein, viel fitter, als Kester es gewesen wäre. Mit großer Willensanstrengung beschleunigte ich mein Tempo, um meinem Vater gleichzukommen, und als ich das andere Ende der Felsen erreichte, rannte ich den Pfad hinunter, um Caitlins Vorsprung zu verringern.

Da sah ich die Teufelsbrücke.

Caitlin war dort, lief über den schmalen Felsbogen, der den Abgrund zwischen dem Middle und dem Outer Head überspannt. Aber sie war Kester voraus. Kester blieb vor meinem geistigen Auge auf der Brücke stehen und blickte mir entgegen. Ich rannte weiter. Auf beiden Seiten des Pfads fiel der Boden ab. Ich war da. Ich war auf der Brücke, blickte hinab, sah den tiefen Abgrund, die steilen Felsen und darunter das tobende, schäumende Meer.

Ich blieb stehen, und während ich regungslos verweilte, wurde die Welt vor mir schwarz. Das Unmögliche war zum Möglichen geworden, das Unvorstellbare zum Vorstellbaren, der helle Tag zur finsteren Nacht.

Ich hielt mir die Hände vor das Gesicht, um den Schrecken des leuchtenden Morgens auszuschließen, und dann sank ich langsam auf die Knie, ließ die Hände fallen, blickte noch einmal in den Abgrund, in die unter mir dampfende Hölle.

5

Sie glaubte, ich hätte einen Schwindelanfall, und eilte zu mir zurück. Ihre kräftige, sonnengebräunte kleine Hand griff meinen Arm. «Ist schon gut, Hal, ist schon gut – *du kannst nicht stürzen* – hier stürzt niemand, wenn man ihm nicht einen tüchtigen Stoß versetzt . . .»

Die feige Seele hab' ich nicht.

«Oh, mein Gott, mein Gott . . .»

«Halte meine Hand, Hal, halte meine Hand.»

Ich hielt sie. Nahm mich zusammen, dachte an Emily Brontë, die mit dreißig dem Tod ins Auge geblickt und ihr tapferes Gedicht geschrieben hatte. Als ich wieder auf den Beinen war, ging ich ein Stück von der Brücke zurück, setzte mich auf den nächsten Felsen, schaute auf die Uhr, notierte mir die genaue Zeit.

Natürlich war mein Vater in jener Nacht nie über den Shipway zurückgekehrt. Niemals. Ausgeschlossen.

«Hal, ist dir nicht gut?»

«Ach, Verzeihung. Wie dumm von mir.» Der Kugelschreiber lag noch in meiner Hand. Ich kritzelte komplizierte Figuren an den Rand meines Notizbuchs. Eine Weile geschah nichts. Wir lauschten dem dröhnenden Wasser unter der Brücke. Die Sonne war heiß, die Aussicht idyllisch. All diese Schönheit erschlug mich. Ich hatte nie gewußt, daß Schönheit so grausam sein kann.

«Ich bin auf einem sehr üblen Trip», sagte ich plötzlich zu Caitlin. «Erzähl mir was.»

«O weh! Aber was soll ich dir denn erzählen?»

«Etwas über dich.»

«Über mich? Aber ich bin doch so durchschnittlich.»

«Genau. Ich will einen durchschnittlichen Menschen hören, der über durchschnittliche Dinge spricht. Erzähle mir die Geschichte deines Lebens. Nun mach schon. Fange an: ‹Ich bin auf dem Gutshof geboren . . .›»

«Aber ich bin in Swansea geboren. Mami mußte ins Krankenhaus, für den Kaiserschnitt. Ich wurde Caitlin getauft, weil der Name Mami gefiel, und Dilys nach Tante Dilys aus Betws-y-Coed, die meine Patin ist, aber ich mag keinen dieser beiden Namen und würde lieber Tracy heißen . . .»

Sie redete immer weiter. Es muß ihr nicht leichtgefallen sein, denn sie war schüchtern, aber sie hatte meine Not gesehen und gab sich alle Mühe, mir zu helfen. Sie erzählte, wie sie auf dem Gutshof aufgewachsen war, als das kleine Anhängsel der Familie, von Gwyneth und Trevor ignoriert, von den Eltern geduldet. Ich hörte von Tante Dilys und Betws-y-Coed, von Tante Olwen in Llandaff, von Onkel Dai in Cardiff, von ihren Vettern, den Waliser Nationalisten in Rhondda Valley, und ihrer Cousine Kelly-Jean in Kalifornien, die jemanden kannte, der jemanden kannte, der mit Elvis Presley bei der Army in Deutschland gewesen war, und während sie redete, blickte ich aufs Meer hinaus, dachte an Emily Brontë und versuchte den Mut aufzubringen, mich mit einer Wahrheit abzufinden, die mir unerträglich erschien.

« . . . und ich gehe nicht auf die Universität. Ich bin nicht so intelligent wie Gwyneth, und ich werde auf die Handelsschule gehen und dann vielleicht noch Gutsverwaltung lernen. Ich möchte später mal mit meinem Mann ein Gut führen und ihm die ganze Büroarbeit abnehmen, wie Mami es für Papa tut. Ich glaube zwar nicht, daß ich einen jungen Mann mit eigenem Gut finde . . . das ist nur ein Traum. Ich habe auch keinen festen Freund, weil ich mit keinem schlafen will . . . vielleicht ist das dumm von mir, aber ich weiß nicht, wenn ich da in Schwierigkeiten käme, und im übrigen will ich es nicht, weil es mir einfach zuviel ist, ich möchte nur jemanden haben, mit dem ich ins Kino gehen kann, oder vielleicht zum Tanzen am Samstagabend, ja, manchmal scheint mir das Leben schwer, denn es ist so schwer zu wissen, was man tun soll, aber der Ansicht bist du sicher nicht, denn wenn man in deinem Alter ist, kennt man alle richtigen Antworten, und du hältst mich wahrscheinlich für sehr komisch, weil ich keinen festen Freund habe und noch nie mit jemandem ins Bett gegangen bin.»

«Quatsch! Mädchen wie du sind zwar vom Aussterben bedroht, aber du kannst mir glauben, daß es noch eine Menge Männer gibt, die sich diese Art zu erhalten wünschen.» Ich stand auf. Das dösige Herumsitzen an der Teufelsbrücke ging mir auf die Nerven. Schon dieser idiotische Name. War das Tradition oder die Erfindung eines blöden Reiseführers? Ich wußte es nicht. «Komm», sagte ich und kehrte dem Outer Head den Rücken zu. «Hier bin ich zum ersten und zum letzten Mal gewesen. Gehen wir.»

Auf dem halben Weg über die Südflanke des Inner Head sagte sie: «Kann ich dir sonst noch irgendwie helfen?»

«Nein. Doch, halte dich an das, was du glaubst, und gehe mit niemandem ins Bett, nur um zu tun, was alle tun. Mein Onkel Kester pflegte zu sagen...»

Schweigen.

«Ja?» fragte Caitlin.

«Er pflegte zu sagen: ‹Durchhalten! Nicht aufgeben! Weiterkämpfen! Tue nicht, was sich gehört, sondern tue, was richtig ist.›»

«Toll», sagte Caitlin. «Das ist cool. Den hätte ich gern gekannt.»

Ich ging ihr voraus, damit sie nicht mein Gesicht sah. Ich erinnerte mich an meinen verlorenen Helden der goldenen Legende, die die Wirklichkeit für immer zerstört hatte, aber obgleich der Kummer mich überwältigte, gab ich mich nicht geschlagen. Ich sagte mir, Selbstbeherrschung sei nur eine Frage der richtigen Geisteshaltung, und die richtige Geisteshaltung war jetzt die Weigerung, Kester weiter nachzutrauern, und die Weigerung, an meinen Vater zu denken.

Damit gelang es mir, dem Übel zu trotzen, bis wir wieder auf dem Festland waren, doch dann begann eine innere Stimme zu mir zu sprechen, und obgleich ich immer noch Angst hatte, an meinen Vater zu denken, hörte ich wieder und wieder: Es ist nicht wahr, nicht wahr, nicht wahr...

Auf dem Hang unter der Klippe sanken wir ins Gras, um zu verschnaufen, und ich zog sogleich mein Notizbuch hervor. «Entschuldige mich einen Augenblick, Caitlin...»

«Aber natürlich.»

Ich nahm meinen Stift und schrieb.

6

«Notizen über meine Tatrekonstruktion auf dem Worm:

Heute vormittag habe ich nichts anderes getan, als Declans Theorie zu widerlegen. Ich habe nicht bewiesen, daß auch nur ein einziges Wort der Aussage meines Vaters falsch war, und die Episode an der Teufelsbrücke zeigt nur, wie gefährlich es ist, der Phantasie ohne alle Vernunft und Intelligenz die Zügel schießen zu lassen. Ich habe zwar bewiesen, daß die Teufelsbrücke der ideale Ort gewesen wäre, Kester durch einen harten Stoß ins Jenseits zu befördern, nicht aber, daß mein Vater ihm einen solchen Stoß versetzt hat – nicht einmal, daß er überhaupt bis zur Teufelsbrücke gekommen ist. Um das zu beweisen, müßte ich zuerst beweisen, daß er nicht vor der Flut nach Rhossili zurückgekehrt ist, und um das wiederum zu beweisen, müßte ich sein unangreifbares Alibi knacken.

Urteil: Ich kann ihn des Mordes nur überführen, wenn ich ihm nachweisen kann, daß er in jener Nacht nicht in der Kate in Rhossili war.»

7

Ich klappte mein Notizbuch zu und fühlte mich viel besser. Das Dunkel war gewichen; das Wasser der Bucht von Rhossili schimmerte friedlich und blau.

«Ich bin wieder in Ordnung», sagte ich zu Caitlin. «Danke für deine Hilfe.»

«Gern geschehen.» Sie lächelte, plötzlich wieder schüchtern, fügte dann spontan hinzu: «An Kester erinnere ich mich nicht, dafür aber an das Haus, das ich kurz nach seinem Tod besuchte, als mein Vater es kaufen wollte. Dafydd Morgan hatte ihm den Schlüssel geliehen, weil er annahm, dein Vater würde es sicher gern loswerden.»

«Ferienhäuser bringen heutzutage viel Geld ein – mein Vater hätte es nicht verkaufen sollen ... Und du hast damals mit deinem Vater Häuser inspiziert?»

«Ich war sehr klein und ging noch nicht zur Schule, und da mußte Mami mich mitnehmen, als sie sich mit Papa das Haus anschaute. Wenn ich jetzt daran zurückdenke, muß es ein bißchen spukhaft gewesen sein. Alles war noch so, wie dein Onkel es verlassen hatte, denn die Polizei hatte das Haus erst am Tag zuvor freigegeben. Ich erinnere mich ...»

«Caitlin . . .»

«Ja?»

«Nichts. Entschuldige, daß ich dich unterbrochen habe. Erzähle weiter.»

«Ich wollte nur sagen, daß ich mich an die Schreibmaschine erinnere, die auf dem Tisch vor dem Fenster stand. Ich hatte noch nie eine gesehen und wollte wissen, was man damit macht.»

«Ach ja, die Schreibmaschine.» Wir blickten aufs Meer hinaus, und die Schönheit war nicht mehr grausam. Alles war so friedlich, so vollkommen, aber ich wußte, daß die Ebbe jetzt ihren Tiefstand überschritten hatte, und die Flut anrollte, mit jeder Welle etwas näher kam, bis zu dem erschreckenden Augenblick, da die ersten Felsen überspült werden und der ganze Shipway in der schäumenden Brandung zu versinken beginnt.

«Sage mal, Caitlin», fragte ich, als wir müßig in der Sonne saßen, «was ist dir sonst noch im Wohnzimmer des Hauses aufgefallen? Beschreibe es mir bitte.»

«Ach, wie soll ich das? Ich war so klein, und es ist so lange her! Eigentlich kann ich mich nur an zwei Dinge erinnern . . . das eine war die Schreibmaschine, und das andere . . .»

«Ja? Das andere?»

« . . . das andere war dieser wirklich phantastische Radioapparat . . . der ist mir sogar noch vor der Schreibmaschine aufgefallen, als ich ins Zimmer rannte . . .»

Jetzt hatte ich meinen Vater bei der entscheidenden Lüge ertappt.

Das Alibi platzte in meinen Händen, das Gerüst brach zusammen, und meine letzte Hoffnung versank wie der Shipway in den donnernden Wassern der Wahrheit.

8

Ich gab nicht auf, wagte es nicht. Kester und mein Vater hatten mich tief in ihren finsteren Tunnel gezogen, und jetzt waren sie hinter mir, versperrten mir den Rückweg, den Ausgang zum Licht. Weitermachen. Das blieb mir als einzige Überlebenschance.

Jetzt, da ich wußte, daß mein Vater Kester getötet hatte, war meine nächste Aufgabe, ihn freizusprechen. Das war mir möglich. Ich brachte Caitlin heim, fuhr dann weiter nach Llangennith, parkte den Wagen vor den Sandgruben und machte einen langen Spaziergang am Strand von Rhossili entlang. Es waren Leute dort, aber trotzdem wirkte der riesige Strand menschenleer. Während ich immer weiterging, kam die Flut herein, überspülte den heißen Sand, trieb mich allmählich bis zum Fuß der Dünen.

Als ich wieder zu den Sandgruben zurückkam, setzte ich mich an einen windgeschützten Ort und schrieb mir die Begründung auf, die meinen Vater vom Mord freisprach. Ich hatte mir inzwischen zurechtgelegt, wie ich ihn freisprechen und ihm verzeihen konnte. Problem gelöst. Prüfung bestanden. Happy-End.

Als ich zum Wagen ging, wurde mir schwindlig, was ich als Folge von Nahrungsmangel diagnostizierte, und so hielt ich in Llangennith, kaufte mir eine Tafel Schokolade und ein paar Flaschen Cola, die ich im Wagen zu mir nahm. Dann fuhr ich los.

Aber auf dem halben Weg nach Penhale stellte ich fest, daß ich nicht den Mut hatte, direkt nach Oxmoon zu gehen. Ich brauchte noch etwas Zeit. Zuerst mußte ich mich wieder völlig unter Kontrolle haben, und so fuhr ich eine Weile in Gower herum, über die kleinen kurvigen Landwege mit den leuchtend strahlenden Wildblumen, und als der Tag zur Neige ging, hielt ich auf dem Cefn Bryn und sah mir die in einem rotgoldenen Himmel untergehende Sonne an. Ich blickte weiter in den Himmel, bis ich die Sterne sah. Dann erst fühlte ich mich kräftig und mutig genug, um nach Oxmoon zurückzukehren.

9

Als ich dort ankam, waren meine Nerven zum Zerreißen gespannt. Ich fuhr in den Hof ein, sah die Tür des Remisenhauses aufgehen und meinen Vater heraustreten. Seine Silhouette hob sich vor mir im Licht des erleuchteten Fensters ab. Mein Mut sank, mein Wille brach, und ich wußte, daß ich ihm nicht gegenübertreten konnte. Ich stieg aus, rief ihm mit gespielter Fröhlichkeit ein «Guten Abend» zu, schloß knallend die Tür und rannte in die Spülküche, bevor er mir antworten konnte. Drinnen war es stockfinster. Ich lehnte mich an die Wand und hörte mein Herz pochen. Grabesstille umfing mich.

Ich zündete ein Streichholz an. Es ging aus. Ich versuchte es noch einmal, und während ich mich mit zitternden Fingern abmühte, die Kerze anzuzünden, wurde ich mir bewußt, daß ich einen schweren psychologischen Fehler gemacht hatte, als ich mich so schnell verzog, ohne wenigstens ein paar belanglose Worte mit ihm zu wechseln. Endlich brannte die Kerze, und ich versuchte aufs neue Fassung zu gewinnen, aber mein Wille wurde schwach, und ich fühlte mich wie ein guter Schwimmer, der zu seinem Schrecken feststellt, daß er die Kraft der Meeresströmung unterschätzt hat.

Es klopfte an die Tür.

Ich machte den Mund auf, wollte «Herein!» sagen, aber nichts geschah. Ich bemühte mich zu denken. Die feige Seele hab' ich nicht. Aber ich war zu Tode erschrocken, stand am Tisch im Kerzenschimmer, starrte auf die Tür – und sie ging auf.

Er schaute herein. Langes Schweigen. Natürlich brauchte er mich nur anzusehen, um zu wissen, daß ich alles wußte.

Schließlich trat er über die Schwelle, schloß die Tür hinter sich und sagte: «Du siehst schlecht aus. Komm ins Haus herüber.»

Aber ich sagte nur: «Du hättest mich nicht anlügen sollen, wegen des Radios.»

Ein paar Sekunden vergingen. Dann kam er zu mir an den Tisch, zog sich einen Stuhl heran und lud mich zum Sitzen ein.

Wir setzten uns.

«Was genau ist geschehen?» fragte er.

«Ich habe dein Verbrechen rekonstruiert.»

Wir saßen uns gegenüber, zwischen uns die brennende Kerze. Wir müssen wie Gestalten auf einem holländischen Gemälde ausgesehen haben, eine ausgewogene Komposition in golden flimmerndem Licht.

«Ich war mit Caitlin Llewellyn zusammen», begann ich. «Sie erinnert sich an die Kate, wie sie kurz nach Kesters Tod war, und sie weiß noch genau, daß der Radioapparat im Wohnzimmer stand. Wenn du in jener Nacht im Hause gewesen wärst, hättest du bestimmt Radio gehört – das hast du selbst zugegeben. Du wußtest sogar, daß es dir so wesensfremd gewesen wäre, stundenlang in einem Zimmer zu sitzen, ohne zu versuchen ein Musikprogramm zu finden, daß du lügen mußtest, indem du mir erzähltest, der Apparat sei nicht vorhanden gewesen, denn du konntest mir nicht vorlügen, du habest irgendein bestimmtes Konzert gehört, weil man das leicht nachprüfen kann. Nein, du warst in jener Nacht nicht im Haus, nicht wahr? Du hast die ganze Nacht auf dem Worm verbracht, und als du in den frühen Morgenstunden erschöpft zurückkehrtest, gab es keine Musiksendungen mehr – die BBC hatte seit Stunden Programmschluß, und außerdem hättest du kaum Zeit für Musik gehabt, nicht wahr? Wahrscheinlich trankst du einen Whisky, wie du sagtest, aber dann gingst du zu deinem Wagen . . .»

«Du solltest jetzt selbst etwas trinken», sagte mein Vater. «Ein Glas Cognac vielleicht . . .»

« . . . und bist nach Oxmoon zurückgefahren. Du warst in Panik. Du wußtest, daß du dir unbedingt ein Alibi beschaffen mußtest, aber dann hattest du dieses unglaubliche Schwein, wie es nur vom Glück begünstigte Verbrecher haben, weil es sich herausstellte, daß Dafydd in der Lage war, dir ein erstklassiges Alibi zu geben. Das war also kein Problem mehr. Das große Problem war, der Polizei eine glaubwürdige Geschichte zu liefern, und das ist dir blendend gelungen, indem du Wahrheit und Lüge so geschickt mischtest, daß es unmöglich war zu erkennen, wo die Wahrheit aufhörte und die Lüge begann. Aber jetzt werde ich dir erzählen, wie es sich meiner Meinung nach abgespielt hat – nein, unterbrich mich nicht. Ich bin den ganzen Nachmittag allen Einzelheiten dieser Geschichte nachgegangen, und ich glaube, ich habe jetzt alles beisammen und sehe endlich, wie es wirklich gewesen ist.»

Ich stand auf, holte mir eine Cola aus dem Schrank, öffnete sie und trank. Dann setzte ich mich wieder und fuhr fort: «Es war ein Zauberkunststück, ein großartiger Illusionsakt, ein Meistertrick, den sich ein Meister der Magie ausgedacht hatte. Das gabst du übrigens gestern zu, als du mir eine weitere glänzende Bearbeitung der Wahrheit vorführtest. Aber Kester hatte keinerlei Absicht, Selbstmord zu begehen, nicht wahr? Kester war kein Selbstmörder, er war ein Mörder, und ich glaube, er wollte dich umbringen, ohne daß man es ihm je nachweisen könnte.»

Ich hielt inne, aber mein Vater sagte nur: «Fahre fort.»

Ich nahm noch einen Schluck, und dann sagte ich: «Der springende Punkt bei diesem Fall ist, daß jeder nur an den Überlebenden dachte. Alles ging darum, ob *du* ein Tatmotiv hattest, und ob *du* ein Verbrechen plantest. Aber das war falsch, nicht wahr? Kester hatte das Motiv, und Kester plante das Verbrechen. Ich brauchte also nur Kester in die Rolle des Bösewichts und des Wahnsinnigen zu versetzen, und schon paßte alles zusammen.

Wärst du in jener Nacht auf dem Worm verschwunden, was hätte man dann Kester schon anhaben können? Nichts. Natürlich hätte er dich nicht als vermißt gemeldet. Er hätte einfach gesagt, er habe dich an jenem Abend überhaupt nicht gesehen, und außerdem wäre es verdammt schwierig gewesen, den genauen Zeitpunkt deines Verschwindens festzustellen – man hätte wahrscheinlich nicht einmal beweisen können, daß du an jenem Abend in Rhossili warst, und selbst wenn die Polizei Zeugen gefunden hätte, die dich dort sahen, hätte niemand sagen können, daß man dich mit Kester gesehen hat – ganz im Gegenteil. Kester war dir um eine Viertelstunde voraus, und die Gezeiten waren ungünstig. Er hatte die Entschuldigung, ein Exzentriker zu sein, und konnte damit erklären, warum er aus eigenem

Entschluß die Nacht auf dem Worm verbringen wollte, aber du hattest keinen Grund, dich dort von der Flut abschneiden lassen zu wollen – also wieder ganz das Gegenteil. Die natürliche Schlußfolgerung wäre gewesen, du seist irgendwie auf dem Shipway ertrunken – falls dich überhaupt jemand in der Gegend gesehen hätte –, aber warum sollte Kester etwas davon gewußt haben? Er wäre um diese Zeit auf dem Outer Head gewesen, in Naturbetrachtungen versunken und in Gedanken mit seinem großartigen neuen Roman beschäftigt, der, wie wir jetzt wissen, nur der Plan für deine Ermordung war. Er hätte also behauptet, völlig unschuldig zu sein, und diese Behauptung zu widerlegen, wäre schwer, wenn nicht sogar unmöglich gewesen.

Meiner Meinung nach hatte Kester nur zwei ernsthafte Probleme mit seinem Meisterplan. Erstens deinen Wagen. Im Idealfall würde niemand wissen, wann du verschwunden wärst, aber wenn du aus Oxmoon mit dem Wagen gekommen bist und ihn in der Garage abgestellt hast, um die Einfahrt freizuhalten, müßte die Polizei Kester früher oder später fragen, warum er sich nicht nach dir umgeschaut hatte. Aber es war ja sein Wagen, nicht wahr? Er könnte also ruhig gesagt haben, er hätte ihn von dir zurückverlangt, genauso wie er den Radioapparat von Evan zurückverlangt hat – er könnte gesagt haben, der Wagen sei ihm zurückgebracht worden, während er einen Spaziergang machte, und er habe angenommen, du hättest nicht auf ihn warten wollen. Das zweite Problem war jedoch schwieriger, und da handelte es sich um die an dich geschriebene Einladung nach Rhossili.

Er hat keinen bestimmten Zeitpunkt festgesetzt, nicht wahr? Das hätte er nicht gewagt. Er konnte nicht damit rechnen, daß du den Brief vernichten würdest, bevor du dich ermorden läßt, also mußte er in Betracht ziehen, daß der Brief eventuell der Polizei in die Hände fallen würde. Demnach durfte er nichts schreiben, was ihn mit deinem Verschwinden irgendwie in Beziehung bringen könnte. Der Text mußte einerseits ganz unverbindlich sein, ihm jedoch andererseits garantieren, daß du sofort alles stehen und liegen läßt, um nach Rhossili zu eilen.

Also hat er Oxmoon erwähnt, nicht wahr? Er wußte, daß dein Verfolgungswahn in diese Richtung ging, aber ich wette, er hat sich so harmlos und spaßig ausgedrückt, daß jeder Außenstehende überzeugt gewesen wäre, er habe dir weitestes Verhandlungsfeld eingeräumt. Auf diese Weise hättest du gewußt, daß er auf dem Kriegspfad war, während die Polizei ihn für den friedlichsten Menschen der Welt gehalten hätte.

Ich nehme an, du glaubtest damals, er habe gute Karten in der

Hand und könne Oxmoon zurückgewinnen, aber das waren keine vernünftigen Überlegungen, sondern nur Einbildungen deiner Schuldgefühle und deines Verfolgungswahns, nicht wahr? Als du mir gestern deine Lügengeschichte erzähltest, sagtest du ja selbst, daß Kester keine Hoffnung hatte, Oxmoon auf legale Weise zurückzubekommen – und genau deshalb mußte er dich ermorden. Erpressen konnte er dich nicht, wenn er Thomas umgebracht hat, das hätte er nicht gewagt. Mehr als Declan anzustiften, dir vor der Familie die Hölle heiß zu machen, konnte er nicht tun.

Aber wenn du einmal tot wärst, hätte sich die Lage sehr geändert. Ich war der Erbe, und ich war sein Sklave, der ihn als Helden verehrte. Dann konnte er getrost wieder nach Oxmoon ziehen, um sich um mich zu kümmern. Wer hätte daran etwas auszusetzen gehabt? Ich sehe geradezu, wie die ganze Familie Beifall klatscht und begeistert ausruft: ‹Ende gut, alles gut!›»

Ich trank meine Cola aus und stellte die Flasche auf den Tisch zurück. «Wie habe ich es bis jetzt geschafft?»

Mein Vater sagte: «So weit, so gut. Aber ich sehe nicht, wie du das alles begründen kannst . . .»

«Warte. Also schön, Kester hat sich sehr umsichtig vorbereitet, und niemand, mit einer Ausnahme, schien zu erraten, worauf er aus war. Fast jeder, der ihn in den letzten drei Tagen gesehen hatte, glaubte ihn in Hochstimmung und zum Bersten erfüllt von schöpferischem Drang – befreit, wie Evan sagte, von der Bürde Oxmoons. Offenbar wollte Kester den Eindruck erwecken, daß er sich mit dem Verlust von Oxmoon abgefunden habe, aber in Wahrheit, wenn man Kesters Charakter und Vergangenheit in Betracht zieht, war das mehr als unwahrscheinlich, und ich glaube, daß Bronwen, die die Gabe besaß, weiter als jeder andere sehen zu können, sofort seine Geschichte als einen Betrug erkannte und ihn geradeheraus fragte, worauf er eigentlich hinauswollte. Ich glaube zwar, daß Kester ihr nicht die Wahrheit sagte, aber ich vermute, er erzählte ihr, um sie abzuspeisen, er hoffe Oxmoon zurückzubekommen und plane, mit dir darüber zu verhandeln. Vielleicht bat er sie, darüber zu schweigen, bis er mit dir gesprochen habe, das weiß ich nicht, aber ich weiß, daß sie das Gespräch nie erwähnte, solange er lebte . . . und nach seinem Tode, nehme ich an, wußte sie, was geschehen war, schwieg aber, um dich zu schützen.»

Mein Vater sagte: «Ich liebte Bronwen», und hielt sich die Hand vor die Augen. Er klang wie ein sehr alter Mann, der von jemandem aus alten, längst vergessenen Zeiten spricht.

«Und jetzt kommen wir zur Katastrophe selbst», sagte ich, stand auf und ging auf und ab. «Kester war dir gegenüber im Vorteil, weil er eine Lage schuf, in die er deine Reaktionen genau einkalkuliert hat. Er wußte, daß du auf seinen Brief hin sofort kommen würdest. Er wußte, daß du nicht im Haus herumgesessen und auf ihn gewartet hättest. Er wußte, daß du derVersuchung, ihm über den Shipway zu folgen, nicht widerstehen konntest – und natürlich wußte er unterwegs stets genau, wo du warst. Caitlin hat mir heute eindeutig bewiesen, daß er dich ständig beobachten konnte, ohne daß du es merktest.

Kester lockte dich also immer weiter fort, wie du sagtest, und zwar so, daß du glaubtest, du könntest ihn irgendwo in dieser Einöde einholen, zur Rede stellen und in bezug auf die Zukunft von Oxmoon einschüchtern.»

«Ich wollte nur mit ihm verhandeln», sagte meinVater. «Nur verhandeln.»

«Ja, das kann ich glauben, denn Kester mußte angenommen haben, daß du nichts anderes vorhattest. Er wußte, daß du nicht so idiotisch sein würdest, ihn umzubringen und dich damit in zusätzliche große Schwierigkeiten zu bringen. Es wäre ihm nicht in den Sinn gekommen, dich auf den Worm zu locken, wenn er ernsthaft an die Möglichkeit geglaubt hätte, du könntest ihn dort umbringen. Er kannte dich ja so gut, nicht wahr? Deine Gedanken waren ein offenes Buch für ihn.»

«Er war mein Doppelbild», sagte mein Vater. «Er war mein anderes Ich, und wir gelangten schließlich an den Punkt, wo unsere Leben sich miteinander verschmolzen und wir identisch wurden. Die Deutschen haben eine schreckliche Legende über Doppelgänger. Sie sagen, wenn man seinen Doppelgänger sieht, stirbt man. Es war, als ob Kester und ich beide in dieser Nacht starben, als wäre keiner von uns lebendig zurückgekehrt.»

«Deine Volkskunde interessiert mich nicht, für mich zählen nur Tatsachen. Meiner Meinung nach ist folgendes geschehen: Du kamst auf die Südflanke, sahst ihn auf diesem Felsvorsprung, wie du es gestern erzählt hast. Es steht für mich außer Zweifel, daß er diese Stelle mit großer Sorgfalt ausgewählt hatte. Er wollte dich zu einem Wettlauf herausfordern, der damit enden würde, daß du ihn auf der Teufelsbrücke einholst, und du konntest dieser Herausforderung nicht widerstehen. Du bist nicht umgekehrt – du ranntest ihm nach, und als er auf der Mitte der Teufelsbrücke stehenblieb, warst du nur wenige Meter hinter ihm.

Dann kommt der Höhepunkt. Dieser Zauberer, dieser vollendete Schauspieler führt seine große Szene vor, macht seinen, wie sich herausstellte, letzten Auftritt. Höhen wirken nicht wirklich lähmend auf ihn, aber ihm war klar, wie er sich diese Schwäche zunutze machen konnte, und plötzlich täuscht er mitten auf der Brücke einen Schwindelanfall vor. Er stöhnt, schreit, ruft dich zur Hilfe, spielt meisterhaft den vor Angst zitternden Feigling. Der arme Kester, das arme Schwein, sagst du dir, hat wieder einmal völlig durchgedreht. Du trittst vor, reichst ihm hilfreich die Hand.

Aber für Kester, der kein trainierter Kämpfer ist, bietet sich an diesem Ort die Gelegenheit, selbst einem Champion gegenüber im Vorteil zu sein. Er braucht dir nur einen heftigen Stoß zu versetzen, wenn du gerade nicht aufpaßt, und Kester ist durchaus dazu fähig. Er packt dich also. Aber du bist ein wenig zu rasch für ihn – er hat deine Reflexe unterschätzt –, du kämpfst um dein Leben, und zum Schluß stürzt er und nicht du über den Brückenrand in die Tiefe.»

Ich hielt inne. Mein Vater sagte nichts. Ich blickte ihm in das tote, bleiche Gesicht, in die toten schwarzen Augen, und die Kerze zwischen uns begann zu flackern. Wir beide atmeten keuchend, und in einem Augenblick plötzlicher Panik stammelte ich: «Es ist schon gut . . . du kannst es mir nicht beweisen, aber du brauchst es nicht zu tun . . . Ich *weiß,* daß es ein Unfall war. Ich *weiß,* es war Notwehr.»

Nichts. Keine Antwort. Nichts.

«Es war kein Mord», sagte ich. «Das werde ich nie glauben. Sei beruhigt . . . ich spreche dich frei.»

Mein Vater lehnte sich über den Tisch, vergrub langsam den Kopf in seinen Armen.

«Vater . . .» Ich taumelte auf ihn zu, zog meinen Stuhl hinter mir her, setzte mich neben ihn. «Du mußt mir verzeihen. Er war ein Zauberer, er hatte mich verhext . . . ich wußte damals nicht, was ich dir antat, aber jetzt verstehe ich alles, jetzt wird mir die ganze Vergangenheit erst richtig klar, ich sehe es: Kester war der Bösewicht, und du warst der Held, und ich in meiner Blödheit hatte alles durcheinandergebracht.»

«Aber Hal», flüsterte mein Vater, «in dieser Geschichte gibt es keine Bösewichter und keine Helden. Nur zwei ganz gewöhnliche Menschen, die nicht die Grenze zu ziehen wußten.»

Er verstummte. Keiner von uns bewegte sich, und während wir uns anstarrten, geschah etwas mit der Stille im Raum. Wir waren nicht mehr allein. Ich fühlte es, es war die Ausstrahlung einer überwältigenden Persönlichkeit, als wenn ein großer Schauspieler auf die

Bühne tritt, um alles mit der ergreifenden letzten Szene in Schrecken zu versetzen. Ich blickte mich um, sah niemanden. Ich blickte meinen Vater an, und plötzlich wußte ich, daß er die Quelle dieses Schreckens war.

«Mein Leben hat sich mit dem Kesters verschmolzen», sagte er, «und wir sind jetzt wie eine Person. Deshalb darfst du ihn nicht einen Bösewicht nennen. Wenn du ihn verurteilst, verurteilst du mich.»

Ich versuchte meinen Stuhl von ihm zurückzuschieben. Ich versuchte zu sprechen, aber die Luft war so schwer, daß ich zu erstikken glaubte. Ich wollte nichts mehr hören, aber mein Vater sprach mit leiser, stockender Stimme: «Es nützt nichts, ich kann nicht mehr schweigen. Gott helfe mir, aber ich muß dir jetzt die Wahrheit sagen, Hal... die Wahrheit, die du nicht hören willst.»

10

Es gab kein Entrinnen. Ich war gelähmt vor Schrecken, mußte ihn anhören.

«Du hast soweit alles richtig erraten», begann er. «Sogar den Schwindelanfall am Schluß. Aber, Hal, ich kannte Kester besser als jeder andere, und ich hatte mit eigenen Augen gesehen, daß er Thomas umgebracht hatte. Glaubst du ernstlich, ich wußte bis zum Schluß nicht, was los war?

Als Kester mitten auf der Brücke hinsank und mir so meisterhaft seine Schwindelanfallszene vorspielte, sagte ich mir nicht: der arme Kester, das arme Schwein. Ich durchschaute ihn sofort, und deshalb blieb ich vor der Brücke stehen und wartete. Endlich merkte er, daß sein Plan fehlgeschlagen war, merkte, daß er sich an einem der gefährlichsten Orte von Gower befand, von aller Welt abgeschnitten, allein mit einem Killer, der ihn tot wünschte. Er verlor die Nerven, brach völlig zusammen.

Zuerst weinte er – die Tränen kamen ihm immer leicht –, und dann wankte er zu mir zurück und bat mich um Verzeihung. Er gestand mir, daß er geplant hatte, mich zu ermorden, aber jetzt, so sagte er, sei es ihm klargeworden, daß er sich einer Selbsttäuschung hingegeben habe und ein solches Vorhaben nie durchführen könne. Ich glaubte ihm nicht, fragte ihn nur, warum er mich töten wollte – ich war immer noch überzeugt, daß er mich nicht umzubringen brauchte, um Oxmoon zurückzubekommen –, und dann fing er an, mir die entsetzlichsten Dinge zu sagen... schreckliche Wahrheiten . . . Ich sah wohl, daß er wahnsinnig war, aber ich wußte, daß auch ich wahnsinnig war, denn ich glaubte ihm. Alles, was er sagte, ergab einen Sinn.

Er sagte, er müßte mich töten, weil ich die gewaltsam verzerrte Seite seiner Persönlichkeit sei, der Tatenmensch, der ewige Feind des Friedensmenschen. Er sagte, er müßte mich töten, bevor er wieder in Oxmoon leben könne, weil man ja auch den Krieg ausrotten müsse, um den Frieden aufzubauen. Dann sagte er – immer noch weinend –, er wisse jetzt, daß er es nie tun würde, nie tun könne, weil seine Theorie eine Täuschung gewesen sei. ‹Du bist nicht wirklich so›, sagte er. ‹Du bist der Mann, der ich hätte sein können, wenn meine schöpferischen Anlagen erstickt worden wären, und ich bin der Mann, der du gewesen wärst, wenn du den Mut gehabt hättest, dein Leben ein wenig anders zu leben.›

Und als er das sagte, wurde er mir unerträglich.

‹Ich kann dich nicht töten›, sagte er, ‹weil ich mich dann selbst töten würde›, aber ich hörte es kaum. Ich hatte nur noch einen einzigen Gedanken: Er war der Mann, der ich nie sein durfte. Ich schaute ihn an, wußte, daß ich mein Leben vertan hatte, und das war mir unerträglich. Ich konnte ihn nicht länger anschauen, ohne wahnsinnig zu werden.

Außerdem glaubte ich nicht, daß er die Absicht, mich zu töten, wirklich aufgegeben hatte. Wie konnte er mich anschauen und nicht wahnsinnig werden? Ich stand zwischen ihm und Oxmoon, dem Symbol all dessen, was in seinem Wesen am schönsten war. Hatte ich ihn nicht seines wahren Selbst beraubt, und mußte er mich nicht töten, um sein wahres Selbst wiederzuerlangen?

Er kam ein paar Schritte auf mich zu, streckte mir die Hand entgegen, wie in Freundschaft. Aber als er die meine ergreifen wollte, versetzte ich ihm einen Kinnhaken. Er war nicht schwer verletzt. Ich nahm an, er würde etwa zwei Minuten bewußtlos bleiben. Ich hatte also zwei Minuten, um mir zu überlegen, wie ich ihn auf die beste Art ermorden konnte.

Beinahe hätte ich ihn gleich seitlich ins Wasser gestoßen, aber da sagte ich mir, nein, das kalte Wasser könnte ihn zu Bewußtsein bringen, und wer weiß, vielleicht wäre er sogar imstande, ans Ufer zu schwimmen und herauszuklettern. Dann wollte ich ihn erwürgen, aber da fiel mir gerade noch rechtzeitig ein, daß man bei einer Autopsie ja Wasser in den Lungen feststellen müßte, also blieb mir nichts anderes übrig, als ihn lebendig in den Abgrund zu stürzen. Ein Blick über das Geländer genügte mir. Er hätte da unten nicht überleben können. Die Flut stieg rasch, die Brandung donnerte durch den Kanal, und ich wußte, daß er sofort an den Felsen zerschmettert werden würde.

Aber ich wollte nicht, daß er etwas davon merkte. Bevor ich ihn hinunterwarf, gab ich ihm noch einen Schlag, um sicher zu sein, daß er nicht wieder zu sich kam. Dann tat ich es. Ich habe ihn kaltblütig ermordet. Und bevor er unten aufschlug, wurde ich mir der Entsetzlichkeit meiner Tat bewußt.

Ich habe genau das getan, was Kester eingesehen hatte, nicht tun zu können. Ich hatte mein anderes Ich getötet – und mein anderes Ich war die bessere Seite meiner Natur, die künstlerische, schöpferische Seite, die sich nach Frieden sehnt. Dann sah ich meine Zukunft, sah alles, wie Oxmoon in meinen Händen zu Staub zerfiel, wie ich jede Schlacht gewann und doch immer verlor – ich sah mich sogar am Flügel im Ballsaal sitzen und nicht mehr spielen können. Später versuchte ich mir das Leben zu nehmen, um dem Alptraum zu entrinnen, aber nicht einmal sterben durfte ich. Ich begegnete wieder Pam und verlor den Mut zum Selbstmord, denn ich liebte sie zu sehr, um den Tod dem Leben vorzuziehen. So war meine Strafe nicht der Tod, sondern das Leben. Das Leben mit der Erinnerung an Kester. Das Leben mit dem Bewußtsein dessen, was ich getan habe.

Ich wollte nie, daß du es erfährst. Pam sagte immer, ich sollte es dich wissen lassen, aber ich konnte es nicht, konnte es einfach nicht... ich dachte sogar, daß ich es auch jetzt nicht über mich bringen würde, aber irgendwie... als du mich freisprachst... ich hätte mit diesem Freispruch nicht leben können, hätte es nicht ertragen, in deinen Augen als unschuldig zu gelten und zu wissen, daß ich dir den Glauben an das, was Kester dir bedeutete, zerstört habe, hätte eine Versöhnung um diesen Preis nicht gewollt... Es wäre ihm gegenüber ungerecht gewesen; er war ein so bemerkenswerter Mensch, Hal, und er hatte so viele Qualitäten – du darfst ihn nicht als einen bösen Zauberer in Erinnerung behalten, sondern als deinen Onkel, der dich liebte...»

«Nein.» Ich schüttelte den Kopf, heftig, immer wieder. Das Zimmer schien sich um mich zu drehen. Ich hörte das Scharren meines Stuhls, als ich aufstand.

«Aber Hal, du kannst nicht mir verzeihen und ihm nicht...»

«Ich muß.» Ich fühlte, wie mein Kopf sich zu spalten begann. «Ich kann dir nur verzeihen, wenn ich ihn als den Bösen sehe.»

«Aber verstehst du denn nicht...»

«Du versuchst, mich zu teilen, aber ich kann mich nicht teilen lassen. Ihr wollt mich beide, aber ihr könnt mich nicht beide haben. *Wenn ich entzweigerissen werde, sterbe ich!*» Irgendwie schaffte ich es bis zum Spültisch, wo ich mich erbrach. Aber ich kotzte nur Cola. Ich erbrach mich wieder und wieder.

Ich wurde gewahr, wie er durch das Zimmer auf mich zukam – oder eher, wie jemand durch das Zimmer auf mich zukam. Ich wußte zwar, daß nur wir beide hier waren, aber ich traute mich nicht, hinter mich zu blicken, um zu sehen, wer von ihnen jetzt gerade Anspruch auf mich erhob. Die Luft war wie Blei, und ich konnte kaum atmen. Mein Verstand drohte immer wieder zu zerspalten, und ich hatte alle Mühe, ihn zusammenzuhalten.

«Ist schon gut, Hal, ich bin ja da.»

Aber ich wußte nicht, wer von ihnen es war. Er stand direkt hinter mir. Ich verlor die Nerven.

«Geh weg!»

«Hal ...» Das war mein Vater. Ich wußte es fast mit Bestimmtheit, wagte jedoch noch immer nicht, mich umzudrehen.

«Laß mich in Ruhe!» schrie ich, und im nächsten Augenblick rief Kesters Stimme mir zu: «Durchhalten! Nicht aufgeben!»

Und da drehte ich durch.

11

Er erschien mir in meinen Träumen, nicht als der glanzvolle Held meiner Kindheit, sondern als ein armseliger Taschenspieler mit zerbrochenem Zauberstab in der Hand. «Hilf mir», flehte er mich an. «Hilf mir!» Aber nur mit Zauberei hätte ich seinen Stab wieder richten können, und ich wußte nicht, wie.

Dann erinnerte ich mich, daß ich St. Georg war und zuerst den Drachen finden und töten mußte. Denn der Drache war, wie ich jetzt klar erkannte, der wirkliche Bösewicht der Geschichte, und mein Vater und Kester waren nur seine unschuldigen Opfer. Mit gezogenem Schwert ritt ich auf meinem weißen Roß über den Shipway, aber Zeit und Raum wurden so verschwommen, daß ich mich, als ich den Inner Head erreichte, vor den Toren von Oxmoon befand.

Dann sah ich es. Ich sah den Drachen. Er war das Haus, war dieses steinerne, grausame Ungeheuer mit den blinden, verbarrikadierten Fenstern. Böses Oxmoon, du hast den Tod verdient, du hast die Menschen vernichtet, die ich liebte.

Ich machte einen Molotow-Cocktail, schleuderte ihn durch die offene Eingangstür, sah das Haus bis auf die Grundfesten niederbrennen. Aber später, als ich durch die verkohlten Trümmer wanderte, sah ich meinen Vater und Kester jammern, und hinter ihnen einen Mann mit Rokokoperücke, der zu mir sagte: «Schau, was du meinem schönen Traum angetan hast.»

Dann sagte Evan: «Laßt uns um Erlösung beten», und als ich auf die Knie sank, war ich wieder ein mittelalterlicher Ritter, und eine Kirchenglocke läutete die Stunde. Zwölf Schläge. Ich blickte auf. Die Sonne strahlte aus klarem Himmel auf mich herab, und als ich mich erhob, funkelte das Schwert in meiner Hand. Ich starrte auf die Klinge und wurde mir plötzlich bewußt, daß es keine Klinge war, sondern Kesters Zauberstab, heil und ganz, wieder wie neu.

Ich drehte mich um, den Trümmern von Oxmoon zu. Die Erde bewegte sich, der Himmel rollte zurück, und als endlich in diesem schlagartigen Augenblick der Erkenntnis meine Kräfte zurückkehrten, hob ich mein Schwert und *schwang seinen Zauberstab*.

12

«Ich hatte einen Traum», sagte ich zu Pam, «aber ich werde ihn dir nicht erzählen, weil ich mir gelobt habe, nie so tief zu sinken, daß ich mir meine Träume von einem Psychiater erklären lasse.»

Pam lachte. «Es freut mich zu sehen, daß du Charakter zeigst! Im Gegensatz zu deinem Vater scheinst du eiserne Nerven zu haben.»

Wir saßen in der Eßnische beim letzten Rest des Frühstücks. Mein Vater war wieder in seinem Zimmer und hörte Kammermusik. Ich hatte drei Tassen Kaffee getrunken und ein Ei gegessen, das ich nicht wollte. Mein unberührter Toast lag auf dem Teller.

«Ich bin wieder ganz in Ordnung», sagte ich. «Es ging vorüber, sobald ich wußte, daß alles sich auf vernünftige Weise erklären ließ. Sie waren einfach zwei Typen, die einen Seelenklempner brauchten, das ist alles, und ich habe es nicht nötig, sie deshalb zu verurteilen. Du verurteilst ja Geisteskranke auch nicht, sagst nur ‹das ist schlimm› und bemitleidest sie. So ist es doch, nicht wahr? Also brauche ich mich nicht entzweiteilen zu lassen, kann mir auch sagen: ‹das ist schlimm›, und sie bemitleiden – alle beide. Damit verzeihe ich ihnen, und ich muß ihnen doch verzeihen, nicht wahr, denn wenn ich mich entscheiden müßte, wer von ihnen schuldig war, würde ich verrückt werden. Also gut und schön, ich verzeihe ihnen. Und jetzt kann ich wieder an mein eigenes Leben und an meine Zukunft denken.»

«Hm, hm», sagte Pam.

Wir schwiegen eine Weile. Sie rauchte langsam ihre Zigarette zu Ende. Ich stocherte an meinem kalten Toast herum, zerkleinerte ihn in winzige Stücke und dann zu Krumen. Plötzlich hörte ich mich sagen: «Wenn sie nur nicht so schreckliche Dinge getan hätten», und im nächsten Augenblick brach ich wieder zusammen.

Dieses Mal machte es mir etwas aus, daß ich weinte. Sehr sogar. Ich taumelte in den Hof hinaus, aber es regnete. Ich wollte Unterschlupf in meiner Spülküche suchen, aber als ich an der Hintertür war, brachte ich es nicht über mich, sie zu öffnen, und rannte zurück. Pam saß immer noch am Tisch.

Ich sagte zu ihr: «Ich muß zu einer Lösung kommen. Es ist, als hätten sie mir die Bürde ihrer Schuld aufgeladen, und ich muß einen Weg finden, diese Bürde aus der Welt zu schaffen. Ich kann in der jetzigen Situation nicht leben, ich muß wiedergutmachen, was falsch gemacht worden ist.» Und dann erzählte ich ihr meinen Traum.

«Ich sehe sie als Gekreuzigte», sagte ich, «und Oxmoon – das heute ruinierte Oxmoon – ist das Mal ihrer Kreuzigung. Und das einzige Mittel, eine Kreuzigung ungeschehen zu machen, ist eine Wiederauferstehung. Das muß ich jetzt tun. Ich muß den Zauberstab schwingen, wiederauferstehen lassen, was zerstört worden ist, denn nur dann, wenn Oxmoon erlöst ist und wieder in seinem alten Glanz strahlt, kann ich in Frieden mit dem leben, was sie getan haben.»

Pam fragte nur: «Wie willst du das anstellen?»

«Das weiß ich nicht.» Ich zerkrümelte noch etwas Toast. Dann fragte ich gereizt: «Willst du meinen Traum nicht analysieren?»

«Das scheinst du selbst bereits ziemlich fachmännisch getan zu haben. Jetzt brauchst du nur noch den Zauberstab zu finden – dein Erlösungsinstrument.»

«Vermutlich ist dir das Wort Erlösung zu gefühlsbeladen und mit religiösen Untertönen durchsetzt.»

«Ach, ich halte nicht viel von Religion», sagte Pam sehr ruhig. «Für mich ist sie nur ein Mittel wie jedes andere, sich einer gegebenen Situation zu stellen. Ich würde sagen, du suchst nach einer Möglichkeit, dich zufriedenstellend einer Reihe von unschmackhaften Tatsachen anzupassen, aber warum die Mühe? Erlösung ist ein gutes Wort. Es bedeutet zurückkaufen, nicht wahr? Du willst die Vergangenheit zurückkaufen, um sie so zu gestalten, daß sie in deine Gegenwart paßt. Das scheint mir alles recht vernünftig.»

«Aber wie finde ich meinen Zauberstab?»

«Ach ja. Nun . . . woher hast du eigentlich diese Idee des Zauberstabs?»

«Von Kester. Von meinem Zauberer.»

«Und was war *sein* Zauberstab?»

«Vermutlich wirst du sagen, es sei ein Phallussymbol.»

«Für Kester mag er durchaus eine gewisse phallische Bedeutung gehabt haben, aber wir beschäftigen uns jetzt nicht mit Symbolik, sondern einzig und allein mit Realitäten. Was war der Zauberstab, den Kester Tag für Tag mit einer so unerschütterlichen Entschlossenheit schwang?»

Ein Licht ging mir auf. «Seine Feder.» Ich schlug mit der Faust auf den Tisch. «Das ist es . . . seine Romane!» Ich sprang auf. «Ich werde seine Romane verkaufen und damit das Geld für die Stiftung aufbringen, die der National Trust braucht, um Oxmoon zu übernehmen!» Ich küßte sie. «Du bist ein Genie! Gott sei gedankt, daß ich einen Psychiater zur Stiefmutter habe!»

«Hm», machte Pam. Natürlich erkannte sie einen manischen Stimmungsumschwung auf den ersten Blick.

«Romane bringen heutzutage Millionen ein! Denke nur an Geoffreys Verlegergeschichten! Ich werde die Romane nach New York bringen, Geoffrey einspannen, ein Vermögen machen und Oxmoon vom Grabe auferstehen lassen!» Ich schrie vor Begeisterung. Nach Stunden entsetzlichen Kummers hatte ich endlich wunderbare Erleichterung gefunden. Ich würde Oxmoon den Zauber zurückbringen, das verlorene Paradies meiner Kindheit zurückgewinnen, die Tragödie und den Ruin ungeschehen machen, meine beiden Väter wieder zum Leben erwecken.

«Hal, setze dich bitte», sagte Pam sehr sanft. «Ich muß dir etwas mitteilen.»

Was konnte sie mir schon erzählen? Ich plante bereits meine Fahrt nach Swansea und den Kauf der unvermeidlichen Flasche Champagner.

«Ich mußte dich durch das alles führen», sagte sie, «weil ich wußte, daß du dir früher oder später selbst die volle Bedeutung deines Traums erklären würdest, und ich hielt es für besser, es dich in meiner Gegenwart tun zu lassen. Hal, es ist eine glänzende Idee und gewiß die treffendste Antwort auf deinen Wunsch nach Erlösung, aber leider, leider läßt sie sich nicht durchführen.»

Ich starrte sie an. «Warum nicht?»

«Rege dich bitte nicht auf – wir finden bestimmt einen anderen Weg, wie du dich zufriedenstellend diesem Problem anpassen kannst.»

«PAM, UM HIMMELS WILLEN, SAGE MIR, WORAUF ZUM TEUFEL DU HINAUSWILLST!»

Pam seufzte. Dann sagte sie mit äußerstem Widerwillen: «Kesters Manuskripte existieren nicht mehr. Dein Vater hat sie alle verbrannt.»

Sechstes Kapitel

I

Das war der Augenblick, da ich aufhörte, ein vernünftig denkender Mensch zu sein. Wenn Vernunft nicht half, Oxmoon wiederauferstehen zu lassen, interessierte es mich nicht mehr, vernünftigen Überlegungen nachzugehen. Die Zeit des Fanatismus war gekommen, die Zeit des Glaubens, aller Hoffnungslosigkeit zum Trotz, die Zeit, den Willen mit Eisen zu wappnen und die Seele mit Granit.

«Damit kann ich mich nicht abfinden», sagte ich zu Pam. «Das wäre, als wenn ich eine Niederlage hinnähme – und ich lasse mich nicht unterkriegen.» Ich fühlte mich wie ein General, der seine Truppen gegen einen zahlenmäßig überlegenen Feind in die Schlacht führt und sie zum Sieg antreibt. «Ich werde siegen», sagte ich. «Ich werde siegen.»

Zum ersten Mal in meinem Leben sah ich Pam erschüttert. Sie blieb ruhig, zweifellos ein Reflex, den sie im Laufe der Jahre ihrer Erfahrung entwickelt hatte, aber ihre gewöhnlich unbekümmerte Miene wich einer harten, ausdruckslosen Starre. Sie sagte nichts.

Ich sagte: «Warum hat mein Vater diese Manuskripte verbrannt?» Aber ich kannte bereits die Antwort. Ich stellte die Frage nur, um sie zum Reden zu zwingen, den Kontakt aufrechtzuerhalten.

«Es war Kesters Leidenschaft für den Schlüsselroman. Dein Vater befürchtete, Kester könne seinen letzten Meisterplan einem früher geschriebenen Roman entnommen haben.»

«Kester hat also diese Manuskripte nie nach Irland gebracht, sondern in Oxmoon gelassen? Willst du das damit sagen?»

«Ja. Natürlich war es deinem Vater eine Erleichterung, daß du annahmst, sie befänden sich in Irland, dich aber scheutest, Declan danach zu fragen.»

«Willst du mir allen Ernstes erzählen, Kester habe seine Manuskripte, die er wie seine eigenen Kinder liebte, in Oxmoon gelassen, damit Vater sie verbrennen konnte?»

«Aber so ist es leider, Hal. Sie waren in zwei Truhen auf dem Dachboden.»

«Dann müssen das Manuskripte gewesen sein, an denen Kester nichts lag. Seine wertvollsten Arbeiten hat er bestimmt nach Irland genommen.»

«Harry sprach mit Siobhan Kinsella, nachdem Kesters Testament gerichtlich beglaubigt wurde. Schließlich kamen Kesters Arbeiten dir zu, und Declan hätte sich bestimmt nicht geweigert, dir Manuskripte auszuhändigen, die etwa noch in seinem Besitz gewesen wären. Aber in Irland war nichts, Hal. Nichts.»

«Aber das ist doch Unsinn. Ich kann einfach nicht glauben ...»

«Du siehst die Sache im nachhinein. Versuche die Situation in ihrem Zusammenhang zu sehen. Als Kester Oxmoon verließ, hatte er keinen Grund zur Annahme, daß seine Manuskripte gefährdet sein könnten. Harry benimmt sich gewöhnlich nicht wie ein bücherverbrennender Faschist, und wie konnte Kester eine Situation voraussehen, in der Harry sich gezwungen glaubt, die Manuskripte zu verbrennen, weil er fürchtet, die Polizei könne sie lesen und auf Hinweise stoßen? Harry war selbst begabt und hatte alle Achtung vor Kesters Begabung. Normalerweise wäre es ihm nicht im Traum eingefallen, Kesters Werk zu vernichten, und wenn Kester dergleichen befürchtet hätte, als er 1951 Oxmoon verließ, wäre er wahnsinnig gewesen.»

«Aber das ist es ja gerade, nicht wahr? Diese beiden Männer waren wahnsinnig in bezug aufeinander. Das dürfte inzwischen zur Genüge bewiesen sein! Nein, Pam, es tut mir leid, aber ich bin überzeugt, daß Kester keine Vorsichtsmaßnahme außer acht gelassen hat, um seine wertvollste Arbeit nicht in die Hände meines Vaters fallen zu lassen, und wenn die Manuskripte nicht in Irland sind, müssen sie irgendwo hier in Oxmoon versteckt sein.»

Eine Pause trat ein, und Pam schien zu überlegen, wie sie am besten mit mir fertig werden würde. Schließlich entschied sie sich für die neutralste Frage, die ihr einfiel: «Also?»

«Also», antwortete ich, «werde ich diese Manuskripte finden. Ich werde sie finden, und wenn es das letzte ist, das ich je tue.»

2

Es dauerte mehrere Tage, bis ich sicher war, überall nachgeschaut zu haben. Die Familiendokumente gingen bis auf das achtzehnte Jahrhundert zurück und enthielten die für die Nachwelt bestimmten Zeichnungen des Architekten, der für Robert Godwin den Erneuerer die Pläne für das zukünftige Oxmoon entworfen hatte. Über viele Regale erstreckten sich die Aufzeichnungen meines Urgroßvaters Bobby Godwin und seiner sechsundvierzigjährigen Herrschaft, aber obgleich diese Papiere viel Platz einnahmen, waren sie genau geordnet, und ihre Durchsicht kostete mich zwar viel Zeit, aber wenig Mühe. Kesters Papiere waren dagegen in heilloser Unordnung. Er hatte sich, wie zu vermuten war, nicht einmal die Mühe gemacht, seine Buchhaltungsunterlagen einigermaßen übersichtlich zu klassifizieren, und zwischen den makellosen Aufzeichnungen aus der Zeit, da Thomas Gutsverwalter gewesen war, lagen bunt durcheinander haufenweise Quittungen, Geschäftskorrespondenz, persönliche Briefe, weder nach Namen noch nach Datum geordnet. Ich geriet in Versuchung, mir alles rasch durchzublättern, bis ich mich vergewissert hatte, daß sich keine versteckten Manuskripte darunter befanden, aber mein Instinkt sagte mir, die Papiere könnten vielleicht irgendeinen Hinweis enthalten, und mein Instinkt hatte recht.

Ich fand eine Rechnung, etwa ein Jahr vor Kesters Tod datiert, von einem Verleger, einem Vertreter der sogenannten *Vanity Press*, die sich darauf spezialisierte, Bücher auf Kosten des Autors zu drucken. Die Rechnung bestätigte, daß drei Romane Kesters gedruckt worden waren, und Kester hatte unten auf das Blatt geschrieben: «Bezahlt am 2. 2. 51. Restliche Exemplare Truhe Dachboden.»

Ich begab mich zu meinem Vater.

«Erinnerst du dich, in einer der Truhen gedruckte Exemplare gesehen zu haben?»

«O Gott, ja, aber sie waren in keiner der Truhen . . . Er hatte sie in Kartons darüber gestellt. Sie waren sehr schwer zu verbrennen und stanken fürchterlich.»

«Ist es dir eingefallen, in der Bibliothek nachzusehen, ob er einige davon in die Regale gestellt hat?»

«Ja. Ich nahm an, er habe seine Bücher drucken lassen, um sie neben seine alten Lieblingswerke wie den ‹Gefangenen von Zenda› stellen zu können.»

«Du hast also die Bibliotheksexemplare gefunden und ebenfalls verbrannt.» Ich hatte mich so mit dem Unvermeidlichen abgefunden, daß es für mich eine bloße Feststellung war und keine Frage.

«Nein», sagte mein Vater, «das ist es ja gerade. Ich habe die ganze Bibliothek durchgestöbert und nichts gefunden.»

«Das ist aber seltsam.» Ich starrte ihn an. «Schien es dir damals nicht seltsam?»

«Ja, aber was ich noch seltsamer fand, war, warum er die Bücher drucken ließ. Er hat nie Exemplare verschenkt – ich fragte Evan und Richard, aber keiner wußte etwas davon.»

«Vielleicht beabsichtigte er, die Exemplare später einmal zu verschenken. Aus dem Datum, an dem er die Rechnung bezahlte, zu schließen, kann er die Bücher erst kurz bevor du ihn rausgeschmissen hast erhalten haben.»

«Trotzdem», sagte mein Vater, «finde ich es merkwürdig, daß er es nicht einmal den Familienangehörigen gegenüber erwähnte, die ihm am nächsten standen. Wenn ein Autor sich die Mühe macht, auch nur wenige Exemplare seiner Werke drucken zu lassen, muß er doch die Absicht haben, sie unter die Leute zu bringen.»

«Vielleicht hat er im letzten Moment kalte Füße bekommen. Kester war sehr zurückhaltend, wenn er von seiner Arbeit sprach, und sehr bescheiden. Jedenfalls ist diese Liebäugelei mit der ‹Vanity Press› schwer zu begreifen.»

«Ich gebe zu, es entspricht nicht seinem Charakter, aber so ist es nun einmal gewesen.»

«Ja ... und ich möchte gern wissen, was mit den Exemplaren geschah, die er nicht als ‹restlich› bezeichnete.»

Ich kehrte in die Bibliothek zurück, unterzog die Abteilung Sachbücher der gleichen gründlichen Prüfung wie zuvor die der Romane, aber da war nichts, was mein Vater nicht gesehen hatte. Immer noch höchst verwundert wandte ich mich wieder den Familienpapieren zu.

Pam bot mir ihre Hilfe an, aber ich durchschaute ihre List, denn sie wollte nur nett zu mir sein, um sich mein Vertrauen zu bewahren. Wahrscheinlich erwartete sie, daß meine Suche zu nichts führen würde, daß ich also auf dem besten Wege zu einem Nervenzusammenbruch von katastrophalen Ausmaßen war, und für diesen Fall wollte sie vorsorgen und mir einen leichten Rückzug in psychiatrische Behandlung offenlassen. Als ich meine Nachforschungen in der Bibliothek fast beendet hatte, ermutigte sie mich, es noch einmal auf dem Dachboden zu versuchen. Es war mir klar, daß sie sich dachte, es würde mich mindestens für eine Woche beschäftigen und ihr Zeit lassen, mir zu helfen, «mich zufriedenstellend meinem Problem anzupassen».

Trotz aller Einwände meines Vaters war ich nach kurzer Unterbrechung wieder zu meinem unabhängigen Leben in der Spülküche zurückgekehrt, aber um ihn zu beschwichtigen und Pam zu beweisen, daß ich ihre irregeleitete Besorgnis um meine geistige Gesundheit zu schätzen wußte, erklärte ich mich bereit, täglich mit ihnen zu Abend zu essen. Außerdem schien es mir vernünftig, wenigstens einmal am

Tag eine warme Mahlzeit einzunehmen, um genügend Energie für die nächsten vierundzwanzig Stunden zu speichern.

Ich verließ die Bibliothek und begann auf dem Dachboden nach den gedruckten Exemplaren der drei Romane zu suchen, die – dessen war ich sicher – immer noch irgendwo herumliegen mußten. Und in mein Tagebuch, dem ich jetzt regelmäßig meine Gedanken anvertraute, um mich ein wenig zu erleichtern, schrieb ich: «Durchhalten! Nicht aufgeben! Weiterkämpfen!»

3

Eine interessante Bekanntschaft machte ich am vierten Tag auf dem Dachboden. Er war elf Jahre vor meiner Geburt gestorben, ich hatte ihn nie zuvor gesehen, und hier lächelte er mir auf einer Porträtaufnahme aus seiner Glanzzeit entgegen, die noch keine Spur seiner späteren Krankheit aufwies.

Ich begegnete meinem Großonkel Robert Godwin, Robert Godwin der Sieger genannt, dem Helden der Familie, den Kester zu einem ruhmreichen Mythos gemacht hatte. Kester pflegte zu sagen: «Mein Vater war ein wunderbarer Mensch von blendender Intelligenz, klassischer Schönheit, überwältigendem Charme, erfolgreich und tapfer wie kein zweiter – ein Mann, der stets nach Vollkommenheit strebte, der den Mut und die Entschlossenheit besaß, all seine Träume zu verwirklichen, ein Romantiker, ein Idealist, ein Held im wahrsten Sinne des Wortes . . .» Kester hatte sein Lob recht dick aufgetragen, aber das war ja für uns Kinder bestimmt, die wir überlebensgroße Helden liebten. Später, als ich kritischer und zynischer wurde, fiel mir ein, daß er seinen Vater kaum gut gekannt haben konnte, denn als Großonkel Robert starb, war Kester acht Jahre alt. Trotzdem hatte er eine Legende hinterlassen und mußte eine starke Persönlichkeit gewesen sein, die Kesters blumige Phrasen immerhin zum Teil rechtfertigte.

Ich war gerade auf eine weitere Truhe Kesters gestoßen und glaubte einmal wieder, eine Goldader entdeckt zu haben, da ich unter Annas Liebesbriefen – in rosa Seidenband geschnürt – zwei Bücher fand, auf deren Rücken der Name Godwin eingraviert stand. Aber nicht Kester hatte sie geschrieben, sondern sein Vater; das eine eine Abhandlung über Lloyd George, das andere ein Bericht über verschiedene Mordprozesse, in denen Robert als Verteidiger aufgetreten war.

Nachdem ich mich von meiner Enttäuschung erholt hatte, fragte ich mich, warum diese Bücher nicht auf den Regalen der Bibliothek standen, aber dann sah ich, daß sie persönliche Widmungen für Großtante Ginevra enthielten und besondere Exemplare waren. Sie mußten Kester, der seinen Vater über alles verehrte, so kostbar gewesen sein, daß er es vorgezogen hatte, sie mit seinen anderen Schätzen der Vergangenheit extra aufzubewahren.

Auf der Widmungsseite des Buchs über Lloyd George stand nur schlicht gedruckt «Für meine Frau», aber darunter hatte Robert geschrieben: «Für meine liebste Ginette in Erinnerung an glücklichere Tage, als wir unter den Kronleuchtern von Oxmoon zu den Orchesterklängen der ‹Schönen blauen Donau› tanzten. In Liebe jetzt und immer, dein ergebener Freund Robert.»

Meine erste Reaktion war: Sie haben es also wirklich getan. Es ist immer ein Schock, wenn eine Geschichte, die man zynischerweise für erfunden gehalten hat, sich plötzlich als wahr erweist, aber in diesem Fall war es eine angenehme Überraschung. Nicht oft findet man ein Märchen dokumentarisch bewiesen. Die Entdeckung munterte mich auf. Da ich selbst an der Verwirklichung eines Märchens arbeitete, tat es gut zu wissen, daß derlei Dinge manchmal geschehen können.

Das Erscheinungsdatum war 1921, also mußte Kester zwei Jahre alt und Robert bereits krank gewesen sein, und als ich die Widmung noch einmal las, fiel mir auf, daß er nicht «dein Mann», sondern «dein Freund» geschrieben hatte. Höchst seltsam. Ich griff zum Mordprozeßbuch, um zu sehen, ob es auch dort stand, und es stand auch dort. Dann schlug ich die Seite mit seinem Photo auf und fand mich Robert Godwin auf der Höhe seiner juristischen Karriere gegenüber.

Es war nicht der Invalide im Rollstuhl, an den ich mich von den alten Photos meines Vaters her erinnerte, und es war auch nicht die verschwommene Gestalt auf den Familiengruppenbildern, die mein Großvater geliebt hatte. Dieses Studioporträt zeigte mir einen Mann, der kaum ein paar Jahre älter war als ich jetzt, keinesfalls von klassischer Schönheit, wie Kester ihn so romantisch beschrieben hatte, aber dafür ein harter Bursche, zäh wie Leder, fast roh, mit einem fanatischen Ausdruck in den sehr hellen Augen und einem brutalen Zug um den kräftig geschnittenen Mund. Braunes, streng gescheiteltes und drakonisch kurz geschnittenes Haar. Kester hatte das gleiche Kinn, die hohen Backenknochen, die blasse Gesichtsfarbe und etwas von diesen hypnotischen, kühnen und fast beängstigenden Augen gehabt.

Ich legte das Buch offen auf den Boden, und während ich die Truhe weiter durchsuchte, warf ich von Zeit zu Zeit einen Blick auf das Bild. Er schaute mich an; nach einer Weile schien er alles über mich zu wissen, und im Laufe der Zeit hatte auch ich das Gefühl, alles über ihn zu wissen.

Ich beendete meine Suche. Dann klappte ich das Buch zu, nahm es unter den Arm und ging ins Remisenhaus zum Abendessen.

4

«Ich sehe keine Ähnlichkeit», sagte mein Vater starrköpfig. Er konnte den Gedanken nicht ertragen, daß ich mehr Kesters Seite der Familie glich als der seinen. Evan hatte einmal eine leichte Ähnlichkeit bemerkt, und auch Großonkel Edmund.

«Schau dir die Knochenstruktur des Gesichts an.»

«Die ist wie die deines Großvaters.»

«Nein. Großvater war gutaussehend und vornehm. Dieser Kerl ist ein harter Bursche mit Sex-Appeal.»

«Das muß ich mir ansehen.» Pam verließ ihre Kochtöpfe. Sie warf einen kurzen Blick auf das Photo und sagte: «Eine besessene Persönlichkeit – betrachtete Frauen fast mit Bestimmtheit nur als Sexobjekte – brauchte möglicherweise psychiatrische Hilfe.»

«Siehst du?» sagte ich zu meinem Vater. «Genau wie ich.»

Jetzt mußte sogar er lachen. Er schaute sich das Bild noch einmal an. «Ich habe Robert nie gut gekannt. In meiner Erinnerung ist er nur ein übellauniges Ekel, aber mit seiner Krankheit konnte er ja kaum eitel Freude und Sonnenschein sein. Aber mein Vater war ihm treu ergeben, absolut treu ergeben, und besuchte ihn jeden Tag.»

«Ich kann dir nicht sagen, wie gern ich John kennengelernt hätte», sagte Pam und kehrte zu ihrem Huhn à la Maryland zurück, «aber alle Psychiater haben ihre Geschichte über den, der davonkam.» Sie rührte im Topf und fügte über die Schulter hinzu: «Für mich, Hal, ist das große Rätsel der ganzen Geschichte, warum dein Urgroßvater Oxmoon an Kester vermachte, wo es doch viel naheliegender und gerechter gewesen wäre, es John, dem Familienheiligen, zu vererben. Falls du bei deinen Nachforschungen auf irgendeine Erklärung stößt, laß es mich wissen.»

Das nagelte mich wie am Boden fest. Ich starrte sie an. «Mein Gott, wie anders wäre alles gewesen, wenn Kester Oxmoon nicht geerbt hätte!»

«Genau. Bobby mußte einen zwingenden Grund gehabt haben, mit der Familientradition des Erstgeborenenrechts zu brechen. Also was ist passiert?»

«Ich verstehe dein Problem nicht», sagte mein Vater. «Bobby bedauerte den armen Robert offenbar so sehr, daß er sich jeden Zwang antat, um ihm seinen letzten Willen zu gewähren.»

«Die Antwort muß in Bobbys Beziehung zu Robert liegen, das gebe ich zu», sagte Pam. «Aber ist Roberts Krankheit wirklich eine ausreichende Erklärung für dieses Rätsel? Das frage ich mich. Leider wissen wir nicht genug über Bobby, um uns vorzustellen, was in ihm vorging. Wir wissen nur, daß er das Kind einer unglücklichen Ehe war, und daß er seine Mutter in eine psychiatrische Klinik einweisen mußte. Und *damit* hast du ein schönes Trauma! Meiner Meinung nach wurde die Geisteskrankheit, an der er in seinem Alter litt, nie richtig diagnostiziert . . .»

«Jetzt siehst du, warum wir geheiratet haben», sagte mein Vater zu mir. «Die ungelösten psychiatrischen Probleme unserer Familie haben es ihr angetan.»

Mit dieser Art von leichtfertiger Konversation überstanden wir unbeschadet das Abendessen. Ich war mir sehr ihres Taktes bewußt, denn sie fragten mich nicht nach dem Stand meiner Ermittlungen.

Nach dem Kaffee sagte ich: «Ich muß wieder zurück», aber Pam fand, daß ich eine therapeutische Ruhepause brauchte, und erwiderte: «Nein. Gehe noch nicht. Wir sind gerade in der richtigen Stimmung, uns die alten Familienalben anzuschauen.» Ich hielt es für weiser, ihr nicht zu widersprechen, und außerdem war ich gern bereit, für eine Weile in die Vergangenheit zu fliehen.

Als ich das erste Photoalbum aufschlug, fühlte ich mich sogleich um fünfzig Jahre und in eine völlig andere Welt zurückversetzt. Ich sah DIE FAMILIE, einen fröhlich und gut aussehenden Familienvater, der eine mollige, untersetzte Frau namens MARGARET überragte. Um dieses schlecht zueinanderpassende Ehepaar gruppiert standen vier junge Männer, ein Mädchen unbestimmten Alters und ein schmollender Knabe namens THOMAS. Ich las die Namen der jungen Leute von links nach rechts: ROBERT, CELIA, LION, JOHN, EDMUND. Das Datum war 1913.

Pam und mein Vater waren in eine Diskussion über Gruppentherapie abgeschweift, aber ich unterbrach sie und fragte: «Wie hieß Lion wirklich?»

«Lionel.»

«Ach so. Ich dachte, Lion, der Löwe, sei ein Spitzname, wie Tiger.» Ich blätterte die Seite um und sah wieder eine Familienaufnahme, nur fehlte dieses Mal Celia, die vermutlich den Apparat bediente, und an ihrem Platz stand ein tolles Mädchen, das Robert schelmisch zuzwinkerte. Sechs Jahre vor Kesters Geburt hatte Großtante Ginevra die Tragödie in Bewegung gesetzt, indem sie den Freund ihrer Kindheit verführte, aber Robert, der starr vor sich hinblickte, ließ sich nichts anmerken.

«... also ich bin absolut gegen Gruppentherapie ... ich halte es für ausgesprochenen Quatsch.»

«Bitte sehr, Liebster, meinetwegen kannst du ruhig hier in stolzer Einsamkeit weiterleben. Ich erwähnte diese neue Gruppe nur für den Fall ...»

Ich schaute mir Hochzeitsphotos an, Robert und Ginevra, Lion und Daphne, John und Blanche. Alle Paare sahen aus, als hegten sie nur edle Gedanken über wahre Liebe. Ich fragte mich, wie es wohl gewesen sein mochte, als man ein Mädchen heiratete, ohne vorher mit ihm geschlafen zu haben.

«... mit einer Bande neurotischer Manager mittleren Alters herumzusitzen, die über ihr Sexualleben jammern, ist wirklich das letzte ...»

«Vater, waren deine Eltern glücklich?»

«Was? Natürlich. Sehr einander ergeben. Also Pam, jetzt höre mal ...»

«Schon gut, Liebster, du bleibst auf deinem Zimmer, hörst dir zwanzig Stunden am Tag Musik an und siehst keine Seele. Wenn dich das glücklich macht, will ich die letzte sein, dir den Spaß zu verderben ...»

Meine Großmutter Blanche war sehr schön. Ich erkannte meine dunklen Augen in diesem mir so unähnlichen Gesicht, und plötzlich wünschte ich mir, sie gekannt zu haben. Aber sie lebte ja auch in der Gegenwart, genau wie Robert, und in gewisser Weise lernte ich sie jetzt kennen.

«Vater, warum hat Großpapa nicht gleich Bronwen geheiratet, nachdem deine Mutter starb?»

«Bronwen war mit Morgan verheiratet. Und außerdem heiratete ein Mann seines Standes damals keine Frau ihres Standes. Das mag dir heute unbegreiflich scheinen, aber in den zwanziger Jahren war dieses Land ein anderer Planet. Nicht standesgemäße Ehen waren praktisch verboten, wie es heute die Ehen zwischen Schwarzen und Weißen in Südafrika sind.»

«Die Klassenunterschiede waren so stark, Hal», erklärte Pam sehr vernünftig, «daß es eigentlich nur einen Ort gab, wo sich Angehörige verschiedener Schichten begegnen konnten: das Schlafzimmer. Deshalb tat John ganz instinktiv, was ihm richtig erschien, und hielt sich Bronwen als seine Geliebte – und das war nicht einmal egoistisch von ihm, sondern nur realistisch. Eine Ehe wäre sehr schwierig, wenn nicht sogar unmöglich gewesen.»

«Eine Ehe ist immer schwierig, wenn nicht sogar unmöglich», sagte mein Vater.

«Ach Harry, vergiß um Gottes willen die Gruppentherapie! Geh auf dein Zimmer und höre dir ein Streichquartett an!»

Ich blätterte weiter, sah Tante Marian mit Zöpfen und neben ihr ein schüchtern aussehendes Mädchen namens RHIANNON. Ich sah Bronwen mit verschiedenen Babies, Dafydd, ein kräftiger Bub von zwölf Jahren mit einem Fisch an der Angel.

«Vater, warum verstehst du dich so gut mit Dafydd?»

«... und im übrigen wäre mir die Fahrt nach Swansea unerträglich. Du weißt genau, daß ich dieses Haus nicht verlassen werde ... Wie bitte, Hal? Ach ja, Dafydd ist wie Bronwen. Er versteht mehr als die meisten Leute ... und er ist auch wie Pam, denn die beiden verlieren nie die Geduld mit mir, wie sehr ich auch schreien und toben mag. Gott weiß, warum. Pam liebt mich wenigstens, aber Dafydd ...»

«Er liebt dich auch», sagte Pam.

«Sei doch nicht lächerlich! Dafydd ist nicht schwul, er hat einfach kein Interesse an sexueller Vereinigung irgendwelcher Art. Ihr Psychiater denkt immer nur an Sex, Sex und noch mal Sex ...»

Großonkel Edmund huschte vorüber mit Großtante Teddy und den kleinen Buben Richard und Geoffrey. Dann sah ich ein schönes Studioporträt von meiner Tante Francesca, die jetzt in Amerika lebte, aber kein Bild ihrer Mutter Constance. Mein Großvater jedoch erschien immer wieder, ständig alternd, bis er so aussah, wie ich ihn kannte, silberhaarig und vornehm, Bronwen lächelnd an seiner Seite.

«... und Thomas sagte, alle Schwulen müßten kastriert werden ...»

«Sehr verdächtig», bemerkte Pam, «aber ich habe Thomas seit langem auf der Liste der Godwins, die ich gern gekannt hätte.»

«Ich weiß, was du denkst, aber dieses Mal irrst du dich. Thomas war nicht schwul. Mein Gott, du hättest mal sehen sollen, wie er die Kate mit seinen heterosexuellen Orgien zugerichtet hat.»

«Natürlich war seine Homosexualität unterdrückt.»

«Bockmist!»

Ich stieß auf ein Photo von Thomas und Eleanor bei der Hochzeit meiner Eltern, aber ich bemerkte ihn kaum. Ich hatte nur Augen für meine Mutter. Es war das erste Mal, daß ich sie seit dem Geständnis meines Vaters wiedersah. Ich schaute auf das pausbäckige Mädchen im weißen Kleid und dachte an das Geheimnis ihres Lebens, dieses Baby, dem sie den lächerlich kindlichen Namen Melody gegeben hatte.

«. . . jedenfalls bin ich überzeugt, daß er auf Bella scharf war, wenn er es auch nie offen zeigte. Aber auf Bella wäre schließlich jeder Mann scharf gewesen, und ich sollte den armen alten Thomas nicht zu streng beurteilen. Nein, Kesters Sexualleben war da entschieden verdächtiger . . . übrigens, Hal, du wirst keine Aufnahmen von Kester in diesem Album finden. Ich wählte die Photos aus, als ich in der Nervenklinik war, und Bilder von Kester waren der Punkt, wo ich die Grenze zog.»

Ich antwortete nicht. Ich hatte ein Photo gefunden, auf dem sich ein dickes blondes Baby mit wütendem Gesicht an einer Bierflasche festhält. Darunter stand: Hal, 1940.

Ich klappte das Album zu. «Wie seltsam», sagte ich, mehr zu mir selbst, «daß ich im gleichen Album bin wie all diese längst verstorbenen Leute – Lion zum Beispiel –, und wie seltsam, daß ich zu all diesen Menschen, die ich nie gekannt habe, in einer so engen Beziehung stehe. Wenn ich Oxmoon rette, werde ich es nicht für Kester und Vater tun, sondern für alle.»

Plötzliches Schweigen. Ich hatte das unerwähnbare Thema berührt, meinen Traum der Erlösung, der einem mehr als ungewissen Ende entgegenging. Als mein Vater sich hilfesuchend nach Pam umblickte, wurde mir bewußt, daß er mit seinen sinnlosen Nörgeleien nur versucht hatte, seine panische Angst zu verbergen.

Das Telephon klingelte. Wir alle zuckten zusammen. Es klingelte viermal, bevor Pam antwortete.

«Ach, guten Abend», sagte sie mit freundlicher Stimme. «Ja, er ist hier.» Sie streckte mir den Hörer hin. «Es ist Gwyneth Llewellyn.»

5

«Ich rufe dich als deine alte Freundin an», sagte Gwyneth unsicher.

«Klar. Als was denn sonst?»

«Sei nicht so gemein.» Es war eine Bitte, kein Vorwurf. «Ich habe viel über unser letztes Gespräch nachgedacht. Bist du mit deinen Ermittlungen weitergekommen?»

«Ich bin jetzt auf einer anderen Fährte und versuche, Kesters letzte Manuskripte aufzustöbern, um sie veröffentlichen zu lassen.»

«Wunderbar! Aber sind die nicht in Irland?»

Ich kehrte Pam und meinem Vater den Rücken zu, und sie stellten sich uninteressiert. «Der größte Teil ist verloren», sagte ich, «aber er hat seine drei Lieblingswerke drucken lassen, und mindestens ein Exemplar von jedem müßte hier irgendwo in Oxmoon sein.» Ich hielt ein paar Sekunden inne. «Komm doch morgen vorbei und schließe dich der Suche an.»

Sie zögerte nicht einmal. «Aber vor dem Abend geht es leider nicht.»

«Macht nichts. Es ist noch nach neun Uhr hell. Ich werde auf dem Dachboden sein. Komm durch die Spülküche», sagte ich und hängte auf. Dann starrte ich angewidert auf das Telephon. Daß ich bei meiner Suche keine Hilfe brauchte, wußte ich sehr gut. Ich brauchte nur eine Ablenkung, um nicht an die Niederlage zu denken, der ich mich aus purer Feigheit nicht stellen wollte.

6

Kurz nach dem Mittagessen des folgenden Tages fand ich das alte Ölgemälde, das Kester über den Treppenabsatz der Halle gehängt und mein Vater wieder auf den Dachboden verbannt hatte, wahrscheinlich, weil es ihn an einen anderen auf dem Shipway Ertrunkenen erinnerte.

Auf dem Gemälde war eine schöne Frau zu sehen, mit jenen blauen Augen, die zu einem Wahrzeichen der Familie geworden waren. Sie trug ein kunstvoll geschnittenes Abendkleid, aber aus ihrem sehr irdischen Aussehen war zu schließen, daß sie ihre Tage nicht auf einer Chaiselongue verbracht hatte, wie es dem victorianischen Vorbild verführerischer Fraulichkeit entsprach. Ich fragte mich, was für Leute die Llewellyns damals gewesen waren. Sie genossen bestimmt nicht das gleiche gesellschaftliche Ansehen wie der anglo-walisische Landadel, dem die Godwins angehörten, mußten jedoch eine gute Stufe über den gewöhnlichen Waliser Familien in Gower gestanden haben.

Ich arbeitete weiter, mühte mich durch all den Abfall der Jahrhundertwende hindurch, und immer folgten mir die blauen Augen, ließen mich nicht los.

«Hal?» Das war die andere Gwyneth, die Gwyneth meiner Generation, die mich in die Gegenwart zurückrief. Als ich ihre Schritte auf der Hintertreppe hörte, blickte ich auf meine Uhr. Es war halb neun.

«Ich bin hier!» rief ich und lauschte ihren Schritten im Flur. Als sie eintrat, erwartete ich fast, sie in einem victorianischen Abendkleid zu sehen, aber sie trug ein marineblaues Leinenkostüm mit gerüschter weißer Bluse und sah aus, als schickte sie sich an, die obere sechste

Klasse in irgendein langweiliges Thema der englischen Literatur einzuführen – wie vielleicht die Essays von Lamb oder Sternes *Tristram Shandy*. Ich sah jetzt sehr deutlich, daß sie der anderen Gwyneth fast gar nicht ähnelte. Nur die blauen Augen waren die gleichen.

«O schau!» rief sie aus, als sie das Bild erblickte. «Die Hure! Ich hatte ganz vergessen, wie hübsch sie in all dem Aufputz wirkte. Das arme Mädchen! Wie hart muß es für sie gewesen sein, in ein so anderes Milieu hineinzuheiraten – und wie schrecklich, wenn man bedenkt, daß sie vor lauter Unglück schließlich wahnsinnig wurde.»

«Ach, in Oxmoon wird jeder zum Schluß wahnsinnig», erwiderte ich. «Das ist ganz normal. Auch ich werde wahnsinnig, wenn ich die drei Romane nicht finde.» Und während ich ihr von meinen bisherigen Bemühungen erzählte, fühlten sich meine Jeans wieder einmal in der Leistengegend wie eine Zwangsjacke an.

«Wie seltsam, daß er diese Privatdrucke machen ließ», sagte sie, «aber ich wette, daß die drei Romane seine Trilogie sind. Die Trilogie war das Werk, das er für wirklich gut hielt.»

Ich dachte nach. «Ja, ich erinnere mich, daß er eine Trilogie erwähnte. Schloß sie nicht den Roman über Gwyneth Godwin und Owain Bryn-Davies ein?»

«Ja, es war eine Familiensaga, wenn ich auch nicht weiß, wie genau er sich an die wahre Geschichte gehalten hat. Aber ich weiß, warum er sie schreiben wollte. Er erzählte mir einmal, daß er Galsworthy nicht mochte und beweisen wollte, daß er etwas Besseres als die ‹Forsyte Saga› schreiben könne.»

«Ich kann mich entsinnen, wie er über Galsworthy hergezogen ist. Er hat ihn mir so unschmackhaft gemacht, daß ich nie einen Roman von Galsworthy gelesen habe.»

«Ich auch nicht. Die elizabethanische Literatur war mein Spezialfach in Oxford.» Sie blätterte in Robert Godwins Memoiren, die ich auf Kesters Andenkenkiste liegen gelassen hatte. «Zu welchem Urteil bist du in bezug auf Kesters Tod gelangt?» fragte sie. «Unfall oder Selbstmord?»

«Ich gelangte zum Schluß, daß es keine Rolle spielt. Eine Rolle spielt allein, daß er tot ist, und der Tod war eine Lösung – ob gewollt oder nicht – für Probleme, die ihm das Leben zur Hölle machten.»

Sie blätterte weiter.

«Natürlich war er um uns besorgt», fuhr ich fort. «Aber wir waren nur ein kleiner Teil seines Lebens. Ich habe nicht mehr das Gefühl, daß er mich im Stich ließ. Und wenn ich es vielleicht doch noch habe, so kann ich ihm verzeihen.»

Sie blätterte immer weiter, das Gesicht im Schatten, ohne mich anzusehen. Ich nahm ihr das Buch aus der Hand.

«Vergiß ihn», sagte ich.

«Das kann ich nicht.»

Ich hatte gehofft, sie sei an diesem Abend nach Oxmoon gekommen, um mir ihre Bereitwilligkeit zu zeigen, die Fesseln abzuschütteln, aber jetzt sah ich, daß es ein Irrtum war. Der unschlagbare Kester, seit vierzehn Jahren tot, war mir immer noch weit voraus in einem Wettlauf, der mir allmählich völlig hoffnungslos schien. Ich wußte, daß der Augenblick gekommen war, sie endlich aufzugeben und ihm zu überlassen, aber ich war nun einmal kein Mann, der die Hoffnung leicht aufgibt. Der bloße Gedanke des Versagens schien mir unerträglich.

«Also gut», sagte ich, «wenn wir Kester nicht vergessen können, wollen wir seiner gedenken.» Ich ging zur Tür. «Machen wir einen Spaziergang durch das Haus und sehen wir, ob wir ein paar Schwingungen von ihm aufnehmen können.»

Sie blickte mich überrascht an. «Glaubst du etwa an außersinnliche Wahrnehmungen?»

«Nein. Aber du redest, als ob du daran glaubst. Falls Kesters Geist für dich lebt, bietet sich hier eine günstige Gelegenheit, eine paranormale Wiedervereinigung zu vollziehen.»

«Du solltest über solche Dinge nicht spaßen.»

«Ich spaße nicht. Ich will nur Kester zurückrufen. Dann kannst du uns beide vergleichen und endlich einsehen, daß ich der bessere Mann bin.»

Sie schwieg. Jetzt wurde mir klar, wie verwirrt sie war. Während ich wieder Hoffnung sammelte, faßte sie sich impulsiv an die Kehle, und da sah ich Annas Medaillon zwischen ihren Fingern glänzen.

«Komm», sagte ich. «Gehen wir hinunter zu ihm.»

«Halt den Mund. Du machst mir angst.»

«Ein modernes Mädchen wie du? Mit deinem hohen Intelligenzquotienten? Daß ich nicht lache!»

«Hast du nie Angst gehabt, wenn dich etwas bedroht, das du dir verstandesgemäß nicht erklären kannst?»

Jetzt war es an mir zu schweigen. Wir stiegen die Treppe hinab.

«Gut», sagte ich, als wir unten angekommen waren. «Denken wir nicht mehr an die paranormale Wiedervereinigung. Denken wir nur an ihn und erinnern wir uns.» Ich führte sie zum Schlafzimmer, das traditionsgemäß immer dem Herrn des Hauses gehörte.

Zuerst glaubte ich, sie würde mir nicht folgen, aber sie tat es. Sie bewegte sich widerwillig, zögernd, wie von einem Zwang getrieben, den sie erkannte, jedoch nicht zu meistern vermochte. Die Möbel waren mit Staubhüllen zugedeckt, die Fensterläden verschlossen, und im Zwielicht schimmerte das angerostete Messing des Bettgestells.

Als ich mich nach ihr umwandte, war sie mitten im Zimmer stehengeblieben, und als ich auf sie zutrat, schien sie mit ihren Gedanken in unerreichbarer Ferne. Ich berührte ihren Arm, aber sie reagierte nicht. Sie war leblos wie Stein.

«Gwyneth . . . das Leben ist zum Leben da und nicht zum Trauern. Er ist tot. Ich lebe. Laß die Vergangenheit, kehre in die Gegenwart zurück.»

Langsam richtete sie die Augen auf mich. «Aber das will ich ja gerade nicht. Ich will wieder in der Vergangenheit leben.» Dann rief sie aus: «Oh, Hal! Nimm mich zurück! Nimm mich zurück, nimm mich zurück!»

Und dann sahen wir die Straße nach Oxmoon, dem Oxmoon unserer Kindheit, und unser Zauberer hob wieder seinen Stab, ließ das Märchenschloß unserer Träume vor uns erstehen.

Meine Lippen fanden ihren Mund.

Dann stieß ich alle romantischen Gedanken beiseite, zog den Reißverschluß meiner Hose auf, drängte sie auf das Bett und gab mich dem irdischen Realismus geteilter Wollust hin.

7

Wir machten uns nicht die Mühe, das Überzugslaken zurückzuschlagen, und lagen nackt auf der dicken Staubschicht. Ich küßte sie und küßte sie. Das verdammte Medaillon kam mir in die Quere, und ich schob es in ihren Nacken, wo es sich in der Masse des dichten Haars verlor. Ich war außer Übung, aber das schien nichts auszumachen. Von allen Sportarten ist Sex die einzige, bei der der Wunsch das Training ersetzen kann. Obgleich ich seit langem beschlossen hatte, im Sex nichts weiter als einen angenehmen Zeitvertreib zu sehen, fand ich immer noch, daß er als Zeitvertreib wirklich einmalig war.

Jetzt wenigstens war er einmalig. Und plötzlich wurde ich mir bewußt, daß es vielleicht doch mehr als ein angenehmer Zeitvertreib sein konnte. Trotz meiner physischen Erfahrung schien ich gefühlsmäßig eine Jungfrau geblieben zu sein, und jetzt verlor ich meine Jungfräulichkeit. Ich fühlte mich von einer rasenden Besitzwut ergriffen und von dem Wunsch, sie für den Rest meines Lebens jede Nacht zu lieben, jeden Mann umzubringen, der es wagen würde, sich mir in den Weg zu stellen. Offenbar war ich wahnsinnig, aber dann fiel mir ein, daß Liebe ja oft als Wahnsinn bezeichnet wird. Ein schrecklicher Gedanke, stellte ich verschwommen fest, aber die physische Seite meines Zustands nahm mich so in Anspruch, daß ich auf jede weitere Analyse verzichtete. Analyse ist der Zeitvertreib der kalten Vernunftmenschen, und ich fühlte mich wie ein Eiswürfel, der ins Feuer geraten war. Es gab kein Zurück zum Eisschrank mehr. Ich konnte nur noch gedankenlos in den Flammen zerschmelzen.

«Herrgott!» Ich war in einem solchen Zustand, daß ich kaum noch wußte, was ich tat. Einerseits schien es mir, als sei ich dabei, die Illustration eines Sexhandbuchs für das Kapitel «vorzeitiger Samenerguß» abzugeben, andererseits befand ich mich in einem solchen geistigen Chaos, daß ich befürchtete, an nervöser Impotenz zu leiden. «Herrgott!» rief ich noch einmal aus.

«Es ist schon gut», sagte sie und dachte, ich sei nur nervös, weil ich sie entjungfern sollte, aber das hatte ich längst vergessen. Jetzt besann ich mich. Irgendwie gelang es mir, nicht zum dritten Mal «Herrgott!» zu sagen. Das wäre zuviel gewesen.

Plötzlich flüsterte sie: «Ich sollte vielleicht lieber den Mund halten, aber ich muß dir sagen . . .»

«Laß nur, ich brauche keine Schmeicheleien.»

«. . . daß ich so glücklich bin», endete sie und lächelte mir unter Tränen zu.

Das wirkte. Ich sah es, sie hatte aus vollem Herzen gesprochen, und im nächsten Augenblick waren sowohl Sexhandbücher als Angst vor Impotenz vergessen. Ich streichelte sie, sie reagierte, wie ich es mir wünschte. Ich nahm mich zusammen, drang in sie ein.

Der Handschuh paßte. Paßte wie kein anderer, den ich je getragen hatte, paßte, als sei er von einem Meister extra für mich zugeschnitten. Nur eins stimmte nicht. Ich spürte sofort, daß er nicht mehr ganz neu war.

Alles erstarb. Potenz, Lust, Liebe, Romantik – alles. Ich setzte mich auf den Rand des Bettes, zitterte von Kopf bis Fuß.

«Hal!» Sie versuchte mich in ihre Arme zu schließen.

«Halt den Mund!»

«Aber was ist denn los?»

«Wir haben doch die paranormale Wiedervereinigung vollzogen! Er hatte dich verführt, nicht wahr? Als du ihn an jenem letzten Morgen im Sommerhaus besuchtest, ist er nicht nur in Tränen ausgebrochen, sondern hat . . .»

«Nein! Mein Gott, bist du wahnsinnig geworden? Natürlich hat er es nicht getan, wie könnte er . . . er hätte es nie getan, es ist undenkbar! Na schön, ich bin eben keine Jungfrau, aber glaubst du im Ernst, ich hätte nicht wenigstens versucht, einen anderen zu lieben? Ich habe dir übrigens von ihm erzählt . . . es war dieser Mann in Oxford, der mir so gut gefiel. Er hieß Paul, hielt Vorlesungen über moderne Sprachen, kam aus Cheshire . . . er liebte klassische Musik, Filme mit Laureen Bacall, hatte Photos von Simone de Beauvoir und Albert Camus in seinem Zimmer hängen, und . . . o Gott, was soll ich dir noch erzählen, wie kann ich dich überzeugen . . .»

«Verzeih mir.» Ich bückte mich, stemmte die Ellbogen auf die Knie, hielt mir die Hände vor das Gesicht. Nach einer langen Weile sagte ich: «Ich glaube dir. Kester hätte es nie getan. Nie.»

«Nein. Er wollte es, das begreife ich jetzt, aber er hat es nie getan, das schwöre ich!»

Ich blickte sie an und sagte: «Ich wünschte, er hätte es getan. Dann hätte ich es wenigstens mit ihm aufnehmen können. Aber so . . .» Ich stand auf und griff nach meinen Kleidern. «Aber so werde ich gegen diesen Mann, der deine Phantasie zu ewiger Liebe verführt hat, immer verlieren. Das ist eine Schlacht, die ich nie gewinnen werde.»

«Aber Hal . . .»

«Ich bedaure, aber ich habe keine Lust, mich mit dem zweiten Platz zu begnügen. Das habe ich nie getan, und das werde ich nie tun.»

«Aber wir können es doch versuchen!»

«Nein, du würdest mich nur zum Wahnsinn treiben. Es wäre für uns beide die Hölle.»

Wir zogen uns schweigend an. Sie brauchte länger als ich, und ich wartete im Treppenflur auf sie, denn ich konnte das Zimmer nicht mehr ertragen. Fühlte mich wie ausgelöscht, war keines Gedankens mehr fähig. Nicht einmal Kummer konnte ich verspüren.

Als sie aus dem Zimmer kam, sagte sie: «Können wir nicht wenigstens gute Freunde bleiben?»

«Gute Freunde? Wie wäre das möglich? Bis ein Mann und eine Frau ehrlich und in Frieden eine platonische Freundschaft eingehen können, müßte alles sexuelle Begehren mausetot sein.»

«Du läufst nur davon, weil du so versessen darauf bist, immer der Erste zu sein.»

«Nein. Ich wende mich ab, weil du versessen auf einen toten Mann bist! Ein wahrhaft katastrophales Zusammentreffen von Besessenheiten! Die beste Fahrkarte für einen bösen Trip, und darauf lasse ich mich nicht ein. Nein danke, mit einem verdammten Gespenst trete ich nicht in Konkurrenz!»

«Ich dachte, du glaubst nicht an Gespenster?»

«Gespenster, verdammte Seelen, psychische Marotten, fixe Ideen – das ist alles das gleiche. Sie existieren im Kopf und machen einem die Hölle heiß, und sie sind nur verschiedene Arten», und hier benutzte ich Pams Worte, «einer gegebenen Situation zu begegnen.»

Sie begann zu weinen. Wie gewöhnlich hatte ich kein Taschentuch bei mir, aber als wir in die Spülküche kamen, riß ich ein Papierhandtuch ab und gab es ihr.

«Ich liebe dich wirklich», sagte sie, als ihre Tränen endlich versiegt waren.

«Nicht genug.»

«Mein Gott, wie gemein du bist!»

«Schweige! Ich liebe dich verdammt viel mehr, als du mich je lieben wirst!»

«Und warum, verdammt noch mal, tust du nicht was, anstatt wegzulaufen und dir Entschuldigungen auszudenken?»

«Weil ich von selbstzerstörerischem Betragen ein für allemal genug habe!»

Sie versuchte mich zu schlagen, und während wir aus Wut und Kummer miteinander balgten, erlosch draußen das letzte Licht am Abendhimmel. Wir landeten auf meinem Feldbett. Das hatte sie gewollt. Aber natürlich war ich impotent. Das hatte ich gewollt. Später wußten wir beide, daß es aus war, und wir verabschiedeten uns wie zivilisierte Menschen.

Ich brachte sie zu ihrem Wagen.

«Diese beschissenen Männer!» sagte Gwyneth mit gezwungenem Lächeln. «Manchmal hasse ich sie alle!»

«Deinem Gott ist ein Fehler unterlaufen. Er hätte nur ein Geschlecht erschaffen sollen, das weibliche, und eine Fortpflanzung durch Klonen.»

Es gelang ihr irgendwie zu lachen. Als sie den Wagenschlag öffnete, sagte sie: «Rufe mich an, falls du die Bücher findest.»

«Wenn», sagte ich. «Nicht falls.»

Sie fuhr davon. Ich ging in die Küche zurück, ließ mich auf das Feldbett sinken, wünschte mir, *stoned* bis über die Ohren zu sein. Ich war so down, daß ich mich nicht einmal mehr an Emily Brontës Gedicht erinnern konnte, lag einsam und verzweifelt im schäbigen dunklen Raum, bis ich endlich – über eine Stunde später – Pams hohe Absätze auf dem gepflasterten Hof klappern hörte und mir bewußt wurde, daß ich mich zusammenreißen und weitermachen mußte.

8

«Entschuldigung, Hal», sagte Pam, als ich ihr die Hintertür öffnete, «ich sehe zwar, daß ich eine wichtige Meditation unterbreche, aber Gwyneth ist schon wieder am Telephon. Sie sagt, es sei dringlich.»

Das erweckte mich sofort aus meiner Starre, und ich folgte ihr über den Hof zum Remisenhaus. Das Wohnzimmer war leer, aber die schwachen Musikklänge aus dem Zimmer meines Vaters ließen keinen Zweifel, daß er noch wach war.

«Hallo», meldete ich mich am Apparat.

«Hal, es tut mir leid, dich schon wieder zu belästigen, aber als ich eben zu Bett gehen wollte und mich auszog, sah ich, daß mir Annas Medaillon abhanden gekommen ist. Ich habe es überall in der Wohnung und auch im Wagen gesucht, aber es ist nirgends zu finden, und ich muß es in Oxmoon verloren haben – wahrscheinlich im Schlafzimmer. Die Kette war sehr dünn, und vielleicht hast du es, als du es mir in den Nacken schobst ...»

«Ich erinnere mich. Mach dir keine Sorgen. Ich gehe gleich nachsehen und rufe dich wieder zurück.»

Sie gab mir ihre Nummer und fügte hinzu: «Hal, ich bin dir sehr dankbar ... ich wollte wirklich nicht aufdringlich sein, aber du weißt, was dieses Medaillon mir bedeutet.»

«Gib mir zehn Minuten», sagte ich und hängte auf. Dann erklärte ich Pam, was geschehen war, und fragte sie, ob sie mir eine Taschenlampe leihen könnte.

Sie hatte eine, und als sie sie mir gab, bemerkte sie: «Ich beneide dich nicht, in dem großen Haus nach einem winzigen Medaillon suchen zu müssen.»

Ich war so verstimmt, daß ich nur erwiderte: «Wir hatten Sex. Sie glaubt, das Medaillon müsse im Bett sein. Es freut dich sicher zu hören, daß ich mich so normal benommen habe.»

«Was ich von deinem Benehmen halte, ist unwichtig», sagte Pam. «Wichtig ist nur, was du dir dabei gedacht hast.»

Mit einem Fluch auf alle Psychiater ließ ich sie stehen und knallte die Tür hinter mir zu.

9

Ich sah das Medaillon sofort. Es glitzerte in einer Falte des Staubüberzugs.

Als ich aus dem Schlafzimmer kam, ging ich über den Treppenflur und tappte die Stufen hinunter. Gerade spitzte ich die Lippen, um einen Hank Williams-Song zu pfeifen, da hörte ich plötzlich ein Geräusch aus der Bibliothek.

Ich blieb stehen. Mein Herz pochte wie ein Rockschlagzeug im Schnellgang. Ich versuchte mir einzureden, ich hätte mir das Geräusch nur eingebildet, aber ich wußte, daß es keine Einbildung war. Dann versuchte ich mir einzureden, es seien Mäuse gewesen, aber es hatte nicht nach leisem Geraschel in der Wandtäfelung geklungen. Vielleicht war ja auch nur eine Kerze auf dem Tisch umgefallen?

Lautlos schlich ich mich die letzten Stufen hinab und stand mit verhaltenem Atem in der Halle. Da war ganz entschieden jemand in der Bibliothek. Sehr, sehr langsam richtete ich den Strahl der Taschenlampe auf die halboffene Tür.

«Kester?» rief ich leise.

Eine riesige Ratte saß auf dem Tisch in der Bibliothek. Sie hatte das leere Tintenfaß beiseite geschoben, eine Kerze umgeworfen, und jetzt nagte sie geschäftig an der ledernen Schreibunterlage. Als die Tür hinter mir zuschlug, blickte sie mich empört an und bleckte die gelben Zähne.

«Oh, mein Gott!»

Ich verlor die Nerven. Die Enttäuschung war unerträglich. Wahnsinnig vor Wut und Schmerz geriet ich in eine wahre Raserei, stürzte zu den Regalen, riß die Bücher heraus und schleuderte sie durch das Zimmer. Die Ratte wich aus, entfloh aber nicht. Ich tötete sie, und als sie schon längst tot war, warf ich immer noch mit Büchern um mich – alles moderne Romane –, entlud meine Verzweiflung in einem Trommelfeuer wilder Gewalt.

Dann sank ich inmitten der bunt zusammengewürfelten Werke von Lawrence, Waugh, Snow, Huxley, Greene, Galsworthy, Graves, Spring und du Maurier auf die Knie und gab mich geschlagen.

Der Deckel eines der Bücher lag offen in meiner Nähe. Nach einer Weile starrte ich ihn an. Er gehörte zu *Der reiche Mann* von Galsworthy. Kester hatte die dreibändige Ausgabe der *Forsyte Saga* besessen, aber ich war nie, wie ich Gwyneth gestanden hatte, in Versuchung gekommen, es zu lesen. Kester schätzte Galsworthy nicht, und selbst nach seinem Tode wäre es mir nie eingefallen, das Urteil meines Zauberers in Zweifel zu ziehen.

Drei Bände Galsworthy.

Der Groschen war gefallen.

Hastig griff ich nach dem Band, den dieser Deckel mir bei meiner bisherigen Suche verborgen hatte. Auf dem Rücken stand zwar *Der reiche Mann* von John Galsworthy, aber auf der Titelseite las ich *Im Kreis der Zeit* von Kester Godwin.

10

Drei Sekunden vergingen, und ich fragte mich, ob ich einer Täuschung unterlag. Dann schwanden mir die Kräfte, und das Buch entglitt meinen Händen. Ein Brief fiel heraus, und als ich auf den Umschlag blickte, sah ich: «Für Hal.»

Er hatte den Brief 1951 am Vorabend seiner Abreise nach Irland geschrieben.

Ich brauchte eine Weile, bis ich ihn zu lesen vermochte. Es flimmerte vor meinen Augen, die Hände zitterten mir, ich hatte alle Mühe, mich zu konzentrieren. Das war der Schock. In letzter Zeit hatte ich so viele Schocks erlitten, und es fiel mir schwer, meine hart geprüften Nerven zu beherrschen.

«Mein lieber Hal . . .»

Die Stimme aus dem Totenreich. Ich konnte es nicht fassen, fühlte mich hilflos, hockte wie versteinert auf dem Fußboden.

Endlich raffte ich mich auf, setzte mich in den nächsten Sessel und versuchte es noch einmal.

Und jetzt gelang es mir.

11

«Mein lieber Hal, ich habe gerade meine letzten drei Romane privat drucken lassen, aber ich kann Dir gleich versichern, daß ich mich nicht im äußersten Stadium der Eitelkeit befinde. Ich war nur sehr wütend, als die Manuskripte mir vom x-ten Verleger in einem entsetzlichen Zustand und voller Eselsohren zurückgeschickt wurden, und beschloß, drakonische Konservierungsmaßnahmen zu ergreifen (und zum Teufel mit allen Verlegern!). Schenke den restlichen Exemplaren auf dem Dachboden keine Beachtung. Ich mußte beim Drucker ein Mindestmaß an Exemplaren bestellen, und diese sind das Ergebnis. Begrabe die Bücher lieber mit mir, wenn ich tot bin, denn falls Du versuchen solltest, sie unter die Leute zu bringen, würde die Familie ohne Zweifel an peinlicher Verlegenheit zugrunde gehen.

Da ich jedoch nicht beabsichtige, schon jetzt ins Grab zu sinken, möchte ich Dir zuerst mein Vorhaben genauer erklären. Ich bringe meine Sachen in Ordnung, weil ich zeitweilig Oxmoon verlassen muß, und es mag noch eine ganze Weile vergehen, bis ich zurückkehre. Unter diesen etwas unheilvollen Umständen gilt meine erste Sorge der Erhaltung meiner Meisterwerke für den Fall, daß ich in Dublin von einem Autobus überfahren werde oder auf sinkender Fähre in der Irischen See den Heldentod sterben sollte. Ich glaube nicht ernsthaft, daß Dein Vater den Nazi spielen und meine Bücher verbrennen wird, aber leider hat unsere gegenseitige Beziehung einen solchen Tiefstand erreicht, daß selbst das ungewöhnlichste Verhalten nicht ganz auszuschließen ist. Ich habe über verschiedene Möglichkeiten nachgedacht (eine Ausgabe an Evan zur Verwahrung, eine nach Irland usw.), aber keine dieser Lösungen hätte mich beruhigt. (Evans Pfarrhaus könnte abbrennen, die irische Fähre könnte versinken usw.), und ich bin *entschlossen*, mein lieber Hal, ein absolut sicheres Mittel zu finden, Dir mein Werk zu hinterlassen.

So freue ich mich, Dir zu berichten, daß die Eingebung mir endlich gekommen ist und daß ich die Lösung gefunden habe. Ich brauche nur eine Ausgabe hier auf den Bücherregalen der Bibliothek zu lassen. Denn erstens liest Dein Vater keine Romane, und zweitens wird er Oxmoon nicht abbrennen lassen. Davon bin ich fest überzeugt.

Ein ränkevoller Zug meiner Natur hat mich zu der zusätzlichen Vorsichtsmaßnahme verführt, meine monumentalen Versager hinter den Buchdeckeln der monumentalen Erfolge Galsworthys zu verbergen (mach Dir übrigens nicht die Mühe, nach den Galsworthy-Romanen zu suchen, denn ich habe sie im ungebundenen Zustand dem Roten Kreuz geschenkt), und diese List bietet mir Gewißheit, daß Dein Vater die Trilogie nie finden wird, Du aber bestimmt. Denn eines Tages wirst Du schließlich doch den Forsytes begegnen wollen, während Dein Vater wahrscheinlich bis zu seiner Todesstunde annehmen wird, Galsworthy sei eine Marktstadt in Hampshire. Ich kann mir seine Worte lebhaft vorstellen, und Du wohl auch. Fünftausend Einwohner, eine schöne Kirche aus dem zwölften Jahrhundert, früher Geschäftsschluß vermutlich am Mittwoch . . .

Aber jetzt muß ich ernst sein. Ich habe alle Absicht, zurückzukehren und Dich wiederzusehen, aber die Möglichkeit, daß ich in diesem Brief Abschied von Dir nehme, ist nicht auszuschließen, und für diesen Fall muß ich Dir meinen Letzten Willen mitteilen.

Ich spreche Dich von jeder Verpflichtung frei, mein Werk veröffentlichen zu lassen, aber könntest Du meine Trilogie hier in der Bibliothek aufbewahren für den Fall, daß ein zukünftiges Familienmitglied sich einmal fragen sollte, wie ich die glücklichsten Stunden meines Lebens verbrachte? Natürlich darfst Du selbst auch die Bücher lesen, aber erst wenn Du erwachsen bist, und nur wenn Du es wirklich wünschst. Immerhin hoffe ich, daß Du es eines Tages versuchen wirst. Ich weiß nicht, ob sie Dir gefallen werden – das wäre vielleicht ein bißchen zuviel gewünscht –, aber sollte Dir auch nur ein einziger Abschnitt gefallen, so habe ich in all den Jahren nicht umsonst geschrieben.

Es gehört zu den Vorteilen der Kinderlosigkeit, daß man sich seine Kinder selbst aussuchen kann und nicht jenem grotesken Glücksspiel ausgesetzt ist, in welchem man seine besten – oder schlechtesten – Gene auf seine arme unschuldige Nachkommenschaft überträgt. Auf Dich kann ich keine guten oder schlechten Gene übertragen, Hal, aber das ist nicht wichtig. Wichtig ist nur, daß ich Dir mein Werk hinterlassen kann, und zum Schluß werde ich trotz des Interregnums Deines Vaters heimkehren und Dir Oxmoon übergeben. Dein Vater hat kein moralisches Recht, dir Dein Erbe auszuhändigen, und mir allein steht es zu, Dir, wenn auch nicht die legalen Papiere, so doch den Zauber meines unvergleichlich glanzvollen Hauses anzuvertrauen.

Im Vergleich dazu ist meine Schriftstellerei bedeutungslos; meine Bücher sind im Grunde nicht viel wichtiger als meine Gene, aber paß mir gut auf Oxmoon auf, Hal! Liebe es, bewahre es in Erinnerung an mich und alle jene vor uns, und wenn die Zeit kommt, gib es weiter, wie ich es Dir geben werde. Trotz all der Bände, die gelehrte Männer über den Sinn des Lebens geschrieben haben, ist es in Wirklichkeit ganz einfach: Alle Dinge sterben, außer dem Leben, und trotz des Todes geht das Leben weiter, überträgt sich vom einen auf den anderen.

Ich kann nicht ‹Dein Dich liebender Vater› unterschreiben, aber wenn Du diesen Brief liest, sollst Du wissen, daß ich Dich als meinen geliebten Sohn betrachte.

Jetzt und für immer

Dein KESTER.»

12

Eine lange Zeit verstrich.

Ich las den Brief unzählige Male mit wechselnden Gefühlsgraden, aber zum Schluß hob sich ein Satz unter allen anderen hervor.

«Ich werde heimkehren und dir Oxmoon übergeben», hatte er geschrieben – und er hatte sein Wort gehalten.

Mit seinen Büchern unter meinem Arm sagte ich zu ihm: «Ruhe in Frieden.» Und dann machte ich mich auf den Weg der Erlösung.

Siebtes Kapitel

1

Sie alle kamen nach Oxmoon, die Beamten des *National Trust,* die Experten vom *Victoria and Albert Museum,* die Vertreter von *Sotheby's.* Zu allererst hatte ich nicht nur eine neue Werteinschätzung der Kunstsammlung einzuholen, sondern auch einen neuen Kostenvoranschlag für den vom National Trust benötigten Unterhaltsfonds zur Übernahme und Betreuung.

«Ach ja», sagten die Leute vom Trust, «das kleine Haus in Wales am Ende der Straße nach Nirgendwo – heute allerdings mitten in stark besuchtem Feriengebiet. Wir müssen natürlich die stets wachsende Inflationsrate in Betracht ziehen, aber eine Summe von fünfhunderttausend Pfund sollte ausreichen. Das ist zwar viel Geld, aber wir wollen mit der Wiederinstandsetzung nicht knauserig sein – für Oxmoon ist nur das Beste gut genug ...»

«... so sehen Sie also, meine Herren», sagte der Mann vom *Victoria and Albert Museum* zu seinen Kollegen, «was den besonderen Wert dieses Hauses ausmacht. Es ist zwar nur ein alter Landsitz wie viele andere, aber er wurde 1939 von Sir Toby James ohne Rücksicht auf die Kosten renoviert, um als Rahmen für diese außergewöhnliche Kunstsammlung zu dienen ...»

«... und Sie sagen, Ihr Onkel sei kein akademisch geschulter Kunsthistoriker gewesen?» fragte der Experte von Sotheby's. «Das macht ihn zu einem um so bemerkenswerteren Mann!» Und sich an seinen Mitarbeiter wendend, fügte er hinzu: «Jetzt holen Sie mal tief Atem. Ich werde Ihnen den Picasso auf der Toilette zeigen.»

Dann kamen die Anwälte, um die Bedingungen festzulegen, wie das Copyright für Kesters Trilogie auf den Trust übertragen werden könne. Zuerst behandelten sie mich ziemlich herablassend, denn sie glaubten kaum, daß drei bisher von allen Verlegern abgelehnte Romane eine auch nur annähernd ausreichende Summe einbringen würden, und natürlich konnte ich ihnen nicht erklären, weshalb ich mir des Erfolgs dieser Bücher, in denen sich Kesters wiederhergestellter Zauberstab verkörperte, so sicher war. Immerhin gelang es mir, ihre Zweifel zu beruhigen. Ich beeindruckte sie mit meinem unmodern kurz geschnittenen Haar, trug bei der Besprechung einen dunklen Anzug mit meiner Harrow-Krawatte, hatte seit langem gelernt, eine Verkäuferpersönlichkeit auszustrahlen, und war ein Meister des Überlebens unter Umständen, in denen die Überlebenschance gering war.

Später sagte einer der Anwälte sehr freundlich zu mir: «Wir wünschen Ihnen alles Glück in New York und hoffen nur, daß Sie nicht enttäuscht sein werden.» Aber ich antwortete: «Ich werde Amerika im Sturm erobern.»

Mein Glaube schwankte nie. Skepsis und Verzweiflung gehörten zur Vergangenheit, und jetzt bewegte sich die Erde wie in meinem Traum, der Himmel rollte zurück, und ich brauchte nur den Zauberstab zu schwenken, um Oxmoon zu retten.

2

Zum Schluß brachten die Romane über zwei Milliarden Dollar ein. Sie verkaufen sich immer noch. Kester schrieb über Menschen, und da die menschliche Natur sich nicht ändert, sind seine Beobachtungen nicht gealtert. Und dann schrieb er lesbare Geschichten. Als ich selbst die Bücher las, war ich überrascht und erleichtert zugleich, denn ich hatte zuerst vermutet, sie seien abgelehnt worden, weil man die Schreibtechnik, das rein Handwerkliche bemängelte, aber Kester hatte zwanzig Jahre lang geschrieben, und seine Schreibtechnik war vollkommen. Später fiel mir ein, er sei vielleicht nur deshalb auf Ablehnung gestoßen, weil seine kompromißlose Lebensanschauung einer Nachkriegsleserschaft mißfallen mußte, die in der Lektüre nur eine Flucht aus der harten Wirklichkeit suchte. Zu meinem Erstaunen hatte sich Kester, obgleich nach außen hin ein unheilbarer Romantiker, als Schriftsteller mit wahrer Besessenheit bemüht, seine Personen ohne Rücksicht auf romantische Konventionen darzustellen. Es war, als hätte er sich in seinem Privatleben romantischen Sehnsüchten hingegeben, die ihm seine berufliche Tätigkeit nicht erlaubte. Je mehr ich in seinen Büchern las, desto stärker gewann ich den Eindruck, daß er in der Vergangenheit an einer tiefen Enttäuschung gelitten hatte, die – ohne dabei seine Leidenschaft für die heile Welt seiner Ideale zu zerstören – es ihm unmöglich machte, die Dinge nicht so zu sehen und zu erforschen, wie sie wirklich waren.

Zum ersten Mal wurde ich mir der inneren Spannung seiner Persönlichkeit bewußt, die ihn über die introvertierten Jahre seiner Pubertät hinaus zum Schreiben getrieben hatte. Es war seine Art, die Welt zu begreifen, ohne den Glauben an sie zu verlieren. Eine Aussage, die auch mich, einen Mann am Ende des zwanzigsten Jahrhunderts berührte: Bewahre den Glauben, ganz gleich wie schmutzig die Welt auch sein mag, denn ohne Glauben wird man so schmutzig wie die Welt, in der man lebt. Glaube an den Wert der Ideale. Ein romantischer Glaube? Nein, ein realistischer. Eine Überlebensausrüstung. Ohne einen solchen Glauben kann man sich nur wünschen, ständig *stoned* zu sein, um den Prüfungen des modernen Lebens zu entfliehen.

Ich fand, daß Kesters Bücher Verkaufserfolg verdienten, und sie hatten ihn dann ja auch, aber ich bezweifle, daß sie so erfolgreich gewesen wären, wenn ich mich nicht mit einem Fanatismus dafür eingesetzt hätte, den er in seiner Bescheidenheit nie und nimmer aufzubringen vermocht hätte. Es half mir natürlich, ein gut verkäufliches Produkt anbieten zu können, aber zum Schluß gebührte der Sieg sowohl mir als Kester. Ich war einer der Pioniere jenes amerikanischen Glaubens, daß man Romane wie Waschmittel verkaufen könne, und ich startete eine der größten Verkaufskampagnen, die die Verlagswelt je gekannt hatte. Ich überfiel die Rundfunksender, erstürmte die Fernsehstationen, brauste wie ein Eroberer durch ganz Amerika, schlug das Land mit seinen eigenen Waffen. Mit der Überzeugungskraft des Starverkäufers machte ich mir jedes Publikum gefügig, magnetisierte, elektrisierte, hypnotisierte die Menschen von Küste zu Küste. Eine kalte, berechnende Leistung? Gewiß, aber Sentimentalität ist nie meine Stärke gewesen. Ich hatte eine Arbeit zu tun, und es war mehr als eine Arbeit – es war eine heilige Aufgabe.

Zum Schluß sagten alle, ich sollte mich ausruhen, aber das kam nicht in Frage. Ich schlug die angebotenen bezahlten Ferien aus, nahm das Flugzeug nach London und begann die Eroberung von England.

Jahre später sagte man: «Die Hauptsache war, die Bücher zu finden; der Erfolg stellte sich dann von selbst ein.» Aber kein Zauber wirkt ohne Zauberer, und ein Zauberer zu sein, kann einen in die Knie zwingen. Nur wenige ahnten, wie schwierig mein Leben geworden war und wie hart ich kämpfen mußte, um es zu ertragen. Die Menschen sehen immer nur den Glanz des Erfolges und nicht die einsame Plackerei, die dahintersteckt. Ich haßte es, ständig unterwegs zu sein, und da ich fürchtete, unter dem immer stärker werdenden Druck zu zerplatzen, mied ich weiterhin Alkohol und Drogen – ein Entschluß, der mir das Leben rettete, mir aber auch das Leben schwerer machte, und später, als ich Amerikas mittleren Westen umwarb und mir besondere Mühe gab, mein schönes und sauberes Image auch nicht durch den geringsten Hauch von Skandal zu trüben, wurde es noch härter. War ich ein Heuchler? Natürlich. Mein sogenanntes «sauberes Leben» entsprach keiner tiefen moralischen Überzeugung, sondern nur dem Wunsch nach Erfolg. Ich war ein Fanatiker geworden, und wie bei allen Fanatikern heiligte der Zweck die Mittel.

Diesen Fanatismus mußte ich schon ganz zu Anfang aufbringen, als mein Onkel Geoffrey, der damals Leiter eines großen Verlags war, mir sagte, Kesters Werk sei ein Mist, mit dem er sich nie und nimmer befassen würde.

Das traf mich wie ein schwerer Schlag, denn Geoffrey war meine Trumpfkarte gewesen. Ein großer Teil meines Optimismus hatte auf der Annahme beruht, daß er mir helfen würde.

«Geoffrey, das kannst du mir nicht antun.»

«Und ob, mein Junge! Ich muß mir meine Brötchen verdienen und kann es mir nicht leisten, aus Familiensentimentalität einen solchen Schinken zu veröffentlichen. Was geht mich Oxmoon an, diese alte Bude?»

«Oxmoon ist ein Symbol. Es hat uns allen etwas zu sagen.»

«Mir nicht! Was habe ich je von Oxmoon gehabt? Nichts als Scheiße! Ich war das Kuckucksei in dieser Familie, fühlte mich wie ein Marsbewohner. Mein amerikanischer Großvater war der einzige Mensch, mit dem ich mich identifizieren konnte.»

«Deine Identitätskrise interessiert mich nicht. Nur dein fachmännisches Urteil. Wie kannst du mir allen Ernstes erzählen, daß diese Bücher nicht lesbar sind?»

«Familiensagas sind mit Galsworthy gestorben. Das liest kein

Mensch mehr. Bringe mir einen guten jüdischen Roman, jederzeit . . .»

«Aber Geoffrey . . .»

«Tut mir leid. Das Thema ist für mich abgeschlossen. Und jetzt entschuldige mich, ich habe noch eine Besprechung.»

Ich stützte mich mit den Händen auf seinen Schreibtisch und sagte: «Mit dir will ich nie mehr etwas zu tun haben.»

«Glaubst du vielleicht, ich werde irgendeinem Godwin als Wegbereiter dienen?»

Er verließ mich. Im Vorzimmer saß seine blonde englische Sekretärin, das Statussymbol jedes New Yorker Managers, und blickte mich vergnügt an. «Hallo!»

Ich blieb stehen.

Sie lächelte mir verschwörerisch zu. «Die Bücher waren fabelhaft. Ich habe jede Zeile verschlungen.»

Ich schätzte ihre Persönlichkeit ein: Charme, Sex-Appeal und ein Hauch von Klasse. Dann kam mir eine Idee. Ich trat an ihren Schreibtisch. «Haben Sie es ihm gesagt?»

«O nein. Er ist allergisch. Kann Familiensagas nicht ausstehen, sagt, es genüge ihm, während seiner ganzen Kindheit in einer gelebt zu haben.»

Mit jenem besonderen Lächeln, das ich mir für lebenswichtige Gelegenheiten aufsparte, fragte ich sie: «Und wohin gehe ich jetzt?»

«In meine Wohnung? Nach der Arbeit?»

Das war noch die Zeit, bevor ich mit meinem sauberen und tugendhaften Image in Amerika hausieren ging.

Am folgenden Tag gab sie mir die Adresse eines der führenden New Yorker literarischen Agenten, und nachdem sie ein glühendes Empfehlungsschreiben auf dem Briefpapier ihres Arbeitgebers getippt hatte, unterschrieb sie es im Namen meines unverzeihlichen Onkels, des Verräters Geoffrey Godwin.

4

«Ich nehme sie», sagte der Agent, «und wir wollen zuerst einmal sehen, wie der erste geht. Familiensagas sind meiner Meinung nach wieder im Kommen. Die Dialoge holpern noch ein bißchen hie und da, aber keine Sorge, ein guter Lektor wird das schon ausbügeln . . .»

Ich sorgte mich nicht, fühlte mich viel zu siegesbewußt. In einer Stadt, wo man schwerlich einen Verleger fand, wenn man keinen Agenten hatte, und noch schwerlicher einen Agenten, wenn man bisher noch kein Buch veröffentlicht hatte, war es mir gelungen, eine weitere Hürde auf der Bahn zum Erfolg zu nehmen.

Ein anderer Verleger, ein Rivale Geoffreys, kaufte alle drei Romane, nachdem er sie über das Wochenende gelesen hatte. Später brachte die Zeitschrift *McCall's* einen Vorabdruck, und der Buchclub *Literary Guild* kündigte das erste Buch als Hauptvorschlagsband an. Bis die Verlagsausgabe erschien, vergingen noch einige Monate, aber der finanzielle Erfolg war so gut wie gesichert, und als ich für die letzte Werbekampagne nach New York zurückkehrte, rief Geoffrey mich als erster im Hotel an, um mich willkommen zu heißen.

«Hal, ich kann dir nicht sagen, wie erfreut ich bin . . .»

«Freue dich nur», sagte ich, «vor allem, wenn es in New York zum Stadtgespräch wird, wie du Kester Godwin abgelehnt hast.» Und ich hängte auf, ohne seine Antwort abzuwarten.

5

Sie kamen alle nach Oxmoon, die Bauleute und die Maurer, die Zimmerer, Klempner und Elektriker, die Textilfachleute, die die Möbelstoffe wieder instand setzten, die Metallhandwerker, die die gußeisernen Tore renovierten. Das Dach wurde neu gedeckt, die Kamine wurden neu eingebaut, die Außenwand des Ballsaals gestützt und untermauert. Nach der Entfernung der Trockenfäule wurden die Balken ersetzt, und nach der der Naßfäule eine neue Isolierschicht eingebaut. Mit all den neuen Leitungen, Wasser- und Heizungsröhren glich Oxmoon einem Krankenhauspatienten, den man aus dem Operationssaal auf die Intensivstation gerollt hatte, um ihn mit behutsamer Pflege zu neuem Leben zu erwecken.

Mein Vater konnte die vielen Leute und den ständigen Lärm der Restaurationsarbeiten nicht ertragen und zog sich in ein gemietetes Haus in der Umgebung von Swansea zurück. Pam freute sich, denn sie glaubte, ihn vielleicht doch noch zur Teilnahme an einer Gruppentherapie überreden zu können, da er jetzt so nahe der Stadt war. Aber er weigerte sich standhaft, verließ nie das Haus, sah niemanden, und sein Gesundheitszustand blieb mehr oder weniger schlecht. Wie viele schwere Neurotiker machte er nach außen hin einen so normalen Eindruck, daß man oft vergaß, wie krank er wirklich war. Mir fiel es nicht leicht, zwischen dem scheinbar vernünftigen Mann zu unterscheiden, mit dem man intelligente Gespräche führen konnte, und dem Kranken, der Angst hatte, aus dem Haus zu gehen, dem die Außenwelt ein solcher Horror war, daß er sich sogar weigerte, die

Tür aufzumachen, wenn es klingelte. Besonders deprimierte es mich, daß er nicht von Oxmoon sprechen wollte. Pam meinte, er wage nicht, an die Auferstehung zu glauben, fürchte immer noch ein Unheil im letzten Augenblick, und je mehr ich mich bemühte, seine Ängste zu beschwichtigen, ihm von dem neuen Alarmsystem und der ständigen Bewachung erzählte, desto überzeugter war er von der Unvermeidlichkeit einer Katastrophe.

Und doch fand ich es unmöglich, über die Fortschritte von Oxmoon zu schweigen.

«Vater, heute kamen all die Gärtner, die Gartenbauexperten, die Landschaftsarchitekten, die Arbeiter – sie kamen alle nach Oxmoon. Sie werden einen Lustgarten anlegen, ganz wie er im achtzehnten Jahrhundert war, und die Orangerie wird neu aufgebaut.»

«Ich will nicht daran denken.»

«Aber, mein Gott, warum denn nicht?»

«Es ist mir zu schmerzlich.»

«Warum schmerzlich?»

«Weil es mir nicht mehr helfen kann. Du bildest dir ein, mit der Erlösung Oxmoons wirst du auch mich erlösen, aber da machst du dir was vor. An solche Märchen glaube ich nicht.»

«Wenn du nicht dran glauben willst, kann ich es nicht ändern», erwiderte ich gereizt. «Aber du hast ganz beschissen gelitten und ganz beschissen bereut, und warum sollte dir da nicht eine beschissene Erlösung zuteil werden?»

«Erlösung ist nur ein Wort, und da ich kein gläubiger Christ bin, bedeutet es mir nichts. Falls der Wiederaufbau von Oxmoon dir hilft, über das hinwegzukommen, was Kester und ich getan haben, dann freue ich mich für dich, aber erwarte nicht, daß es mir hilft.»

«Über den Zyklus der Geburt, des Lebens und des Todes hat man lange vor Christus gesprochen», sagte ich, um die religiöse Seite meiner Argumentation herunterzuspielen, aber natürlich kam ich zum Schluß doch wieder auf das Christentum zurück. Ich schreibe «natürlich», weil es denen, die mich von Erlösung reden hörten, so scheinen muß, aber ich brauchte einige Zeit, bis es mir klar wurde, daß ich eine Erfahrung durchmachte, die sich jeder vernunftmäßigen Analyse entzog. Ich lebte nicht von Vernunft, sondern vom Glauben. Kein vernünftiger Mensch hätte geglaubt, daß ich Oxmoon retten würde. Aber ich habe es getan, und indem ich es tat, war ich durch irgendeine Pforte meines Bewußtseins zu einer, wie Pam sagen würde, anderen Art gelangt, mich einer gegebenen Situation zu stellen.

Reuige Sünder eignen sich ja immer besonders gut für religiöse

Bekehrungen. Evan hatte mir von Donne erzählt, Sian den Dichter Rochester erwähnt, und Humphrey pflegte zu sagen, die Religion sei jetzt ganz groß im Kommen, und man brauche nur an die Beatles in Indien zu denken.

«Hal, nimm dich in acht», sagte Pam, die sich Sorgen machte, mein Mystizismus könne mich in trübe psychische Gewässer führen. «Du hast genau das richtige Temperament, ein religiöser Fanatiker zu werden.»

«Wenn ich mir ein härenes Hemd bestelle, werde ich es dich wissen lassen», antwortete ich, aber ich war eigentlich gar kein Fanatiker der christlichen Religion. Ich fand sie einfach zufriedenstellender als das Okkulte, positiver als den Buddhismus, britischer als den Islam und weniger deprimierend als die Psychiatrie.

«Vielleicht endest du noch einmal in einem Kloster», sagte mein Vater betrübt, aber ich wußte, daß ich nie ein Mönch sein könnte. Meine Gefühle für Caitlin waren unvereinbar mit einem etwaigen Keuschheitsgelübde.

Denn natürlich wandte ich mich zum Schluß Caitlin zu, und ich schreibe wieder «natürlich», weil es jedem, der mich gut kennt, unvermeidlich geschienen haben muß, daß ich zu Caitlin zurückkehren würde, wie ich nach Oxmoon zurückgekehrt war: um Ruhe zu finden, um einige kostbare Stunden mit meinem wahren Ich zu verbringen, bevor ich mich wieder auf meinen Kreuzzug begab und mich hinter den verschiedenen Masken meines Verkaufsimages verbarg. Ich hatte sie lange Zeit nicht gesehen, aber seit dem Erlebnis auf der Teufelsbrücke war sie mir ständig in Erinnerung geblieben, und besonders wenn ich allein in irgendeinem Hotelzimmer hockte, dachte ich an ihre zärtliche Besorgtheit, als sie mich von einem Schwindelanfall ergriffen glaubte, an ihr taktvolles Bemühen, mich nicht mit Schwätzereien zu belästigen, an ihre Intelligenz, die ihr eingab, im richtigen Augenblick die richtigen Fragen zu stellen. Während ich in ganz Amerika herumreiste, wurde mir die Erinnerung an sie immer kostbarer, bis ich sie als das Symbol der Unverdorbenheit in einer heilen Welt zu sehen begann, in die eines Tages zurückzukehren ich mich sehnte.

Sie absolvierte ihren Sekretärinnenkurs und machte das Diplom in Gutsverwaltung. Wir schrieben uns, und schließlich trafen wir uns wieder. Eines Tages versuchte sie auf dem Strand von Rhossili mir Walisisch beizubringen, und als sie in dieser Sprache sprach, verstand ich zuerst nicht, daß sie mir sagte, sie liebe mich.

«Sag das noch einmal auf englisch, Cait.»

«Die Katze hob die Tatze.»

«Und jetzt bring mir bei, das auf walisisch zu sagen.»

Sie tat es, und ich sagte es. Dann errötete sie, und wir küßten uns. Schließlich sagte ich: «Ich könnte dir alle möglichen schönen Reden halten, aber ich bin ein Zyniker, und meine schönen Reden würden nicht echt klingen.»

«Ich will keine schönen Reden.»

«Ich bin in Wirklichkeit ein sehr einfacher Mensch . . .»

«Das klingt wie der Anfang einer schönen Rede.»

«. . . und deshalb frage ich dich nur: willst du?»

«Das ist zu einfach. Heutzutage kann eine solche Frage ungefähr alles bedeuten.»

Nachdem wir uns auf das Datum der Hochzeit geeinigt hatten, fragte sie mich: «Hast du lange gebraucht, um über Gwyneth hinwegzukommen?»

«Ja, aber ich habe jetzt meinen Frieden mit der Vergangenheit gemacht.»

«Sie war ein Symbol der Vergangenheit für dich, nicht wahr?»

«Ja. Die Vergangenheit täuschte mir vor, daß wir zueinander paßten, aber natürlich ist sie viel zu unabhängig für mich. Eine Ehe mit ihr wäre eine Katastrophe geworden.»

«Soll das heißen, daß du von mir erwartest, ein Roboter ohne eigenen Verstand zu sein?»

«Gewiß nicht. In der Ehe geht es nicht um Abhängigkeit oder Unabhängigkeit, sondern um gegenseitiges Verständnis. Ich habe keine Angst vor einer Frau, die ihre eigene Persönlichkeit bewahren will, aber Gwyneth' Persönlichkeit ist nun einmal nicht mein Fall, wie ich festgestellt habe.»

«Gott sei Dank.»

«Jawohl, Gott sei Dank – diese selbstzerstörerische Zukunft habe ich mir wenigstens ersparen können.» Und ich nahm sie wieder in meine Arme.

6

Sie kamen alle nach Oxmoon, dem magischen, legendären Oxmoon, sie alle kamen, um das aus dem Grabe auferstandene Haus zu sehen.

Die BBC schickte ein Team für eine Reportage, und ich wurde auf dem frisch gemähten Rasen des Lustgartens interviewt, während die Maurer auf der Terrasse arbeiteten und die Maler auf dem Gerüst vor dem Haus Pause machten. Reklame hat auch ihre Nachteile. Ständig drängten sich Neugierige an die Tore, und der National Trust hatte alle Mühe, die Scharen der Gratulanten abzuwimmeln. An manchen Sonntagnachmittagen schien sich ganz Gower auf der Straße nach Penhale verabredet zu haben, um einen Blick auf das Wunder zu erhaschen, und während die Welt wartete, verließ Oxmoon die Intensivstation und trat den langen Weg der Genesung von einer Krankheit an, die alle für hoffnungslos gehalten hatten.

Dann kam ich eines Tages heim nach Gower und fand Kesters Märchenschloß so, wie er es sich erträumt haben mußte; die Fassade gewaschen und mit frischer Farbe getüncht, das neue Schieferdach in der Sonne schimmernd. Die Fensterläden waren noch verschlossen, weil die Stoffe nicht viel Licht vertrugen, aber das Innere des Hauses bot einen herrlichen Anblick: Sofa- und Sesselbezüge aufgefrischt und wie neu, die Möbel poliert, die Tapeten gesäubert, jeder Gegenstand der Sammlung gut erhalten und umsorgt, und in der Halle putzte man alle Teile von Kesters «feenhaftem» Kronleuchter. Gepflegte Gärten rings um das Haus, die Orangerie wiederaufgebaut, und in den renovierten Stallungen und Remisen hatte man die alten zusammengebrochenen Kutschen und Equipagen, Zeugen einer längst vergangenen Zeit, zur Erbauung des Publikums repariert und frisch gestrichen.

Selbst die Küchen waren umgebaut. Die Hauptküche hatte ihren ursprünglichen georgianischen Stil beibehalten, aber die Spülküche, der Vorratsraum, der Wäscheraum und die Anrichtezimmer waren in ein Restaurant mit Ladengeschäft umgewandelt. Ein Heer von Putzfrauen war den Bauarbeitern gefolgt, und Schrubber, Besen, Bürsten und Waschlappen ließen keinen Winkel unberührt.

«Der Kammerjäger hat seinen letzten Besuch gemacht», verkündete der Agent des National Trust. «Alle Ratten sind fort.» Und sein Kollege sagte: «Wir haben es fast geschafft.»

Ich fuhr zum Haus meines Vaters in Swansea.

«Vater, du solltest es dir wirklich einmal anschauen – so etwas hast du noch nie gesehen – du kannst dir eine solche Auferstehung nicht vorstellen!»

«Ich könnte die Fahrt nicht vertragen. Ich kann nicht weg von hier . . .»

«Aber du mußt! Bitte! Sei bei mir am Tag der Eröffnung.»

«Ich kann nicht.»

«Habe ein bißchen Geduld, Hal», sagte Pam später, als wir allein waren. «Du regst ihn nur auf, wenn du ihm solche Reden hältst.»

«Aber wie kann er sich weigern, bei der Eröffnung dabei zu sein?

Ich weiß, das Haus gehört jetzt dem Trust, aber er ist immer noch der Herr von Oxmoon!»

«Nein, Hal. Das war er nie wirklich, nicht wahr? Kester hat es dir vermacht, dir allein gebührt der Triumph.»

7

Und so dämmerte der große Tag, und *alle* kamen nach Oxmoon – so schien es jedenfalls –: ganz Wales, ganz England, die ganze Welt pilgerte von Swansea nach Gower, um das «kleine Haus auf der Straße nach Nirgendwo» zu sehen. Die Berühmtheiten kamen aus London mit den Reportern der BBC und der ITV, Journalisten und Photographen folgten mir in Scharen, Touristen, Schaulustige und Gratulanten strömten durch die Tore, unter ihnen die Mitglieder meiner Familie, alle bis auf Geoffrey, dem ich befohlen hatte, der Feier fernzubleiben. Tante Francesca kam aus Boston, meine unbekannte Tante Erika aus Deutschland, Sian brachte ihren Vicomte aus den Ferien in Juan-les-Pins mit, Tante Marian rauschte umher und fand alles einfach göttlich, Richard landete in einem psychedelischen Hubschrauber mit einer Schar der auserlesensten Beautiful People, Gerry traf mit seiner neuen Sexbombe ein, Lance mit seiner Frau und zwei kleinen Töchtern, Evan im Pastorengewand, und meine drei Brüder, sichtlich bemüht, keinen Neid zu zeigen, beglückwünschten mich aufs herzlichste.

Pams Geschichten über Geschwisterneid waren mir noch zu gut in Erinnerung, und deshalb gab auch ich mir alle Mühe, nett und freundlich zu ihnen zu sein. Charles redete Blödsinn über Kesters Kunstsammlung, und ich ließ ihn reden, Jack machte idiotische Bemerkungen über die Presseberichte, und ich lächelte nur milde, Humphrey sagte mit trügerischer Heiterkeit: «Du mußt dich wie der liebe Gott persönlich fühlen, alter Knabe – was soll's denn diesmal sein? Neue Gebote?» Aber ich nahm es ihm nicht übel, denn wahrscheinlich wurmte es ihn, seinen Rang als Lieblingssohn eingebüßt zu haben. Ich schüttelte ihm die Hand, klopfte ihm auf den Rücken und erklärte, wie sehr ich mich freute, ihn wiederzusehen, aber obgleich er mein Lächeln erwiderte, sah ich, daß er mir nicht ganz glaubte. Meine Brüder würden mir in Zukunft das Leben gewiß nicht leichtmachen, aber ich weigerte mich, unsere Beziehung allzu pessimistisch zu beurteilen. Wenn es mir gelungen war, Amerika für mich zu gewinnen, so müßte ich auch mit dem Geschwisterneid fertig werden. Das war schließlich nur eine Frage der richtigen Einstellung.

Im nächsten Augenblick wurde ich von meiner Familie abgelenkt, denn eine königliche Hoheit war nach Oxmoon gekommen, um das Haus für die Publikumsbesichtigung als eröffnet zu erklären. Königliche Hoheit zeigte sich sehr leutselig, sagte stets die passenden Worte, aber ich glaube, Königliche Hoheit war wirklich von Oxmoon beeindruckt, von diesem kleinen Haus auf der Straße nach Nirgendwo, in dem sich so viele Jahrhunderte anglo-walisischer Geschichte in kleinem Rahmen vereinigt fanden.

«. . . und so», sagte Königliche Hoheit endlich, an die Fernsehkameras gewandt, an die Berühmtheiten, die Schickeria, die Schaulustigen, die Touristen, die Eingeborenen von Gower und all die anderen Leute in Hörweite des Mikrophons, «ist es mir eine große Freude . . .»

Oxmoon wurde für eröffnet erklärt.

Königliche Hoheit schüttelte mir die Hand und sagte: «Gut gemacht!»

Meine getreuen Freunde vom National Trust folgten dem Beispiel, und nach ihnen kamen all die anderen, schüttelten mir die Hand, bis die Gelenke schwollen und schmerzten.

«Und was haben Sie als nächstes vor, Hal?» rief ein Reporter der NBC-Fernsehnachrichten mir zu, ein Mikrophon unter meine Nase haltend.

«Heiraten und in Glück und Freude leben.»

Alle jubelten.

«Und danach?»

«Ich werde eine Rock-Oper mit dem Titel ‹Die Rettung von Oxmoon› schreiben», sagte ich, um Ruhe zu haben, aber zum ersten Mal fragte ich mich, ob ich nicht in die Kirche gehen sollte.

8

Oxmoon war an einem Samstag eröffnet worden, und um Caitlin und mir eine kleine Erholungspause zu gewähren, wurde die Hochzeit auf das folgende Wochenende festgesetzt. Am Tag nach der Eröffnung gingen wir in die Kirche und aßen mit den Llewellyns auf ihrem Gut zu Mittag, aber dann, weil wir endlich einmal allein sein wollten und der unaufhörlichen Fragerei über unsere Heiratspläne müde waren, zogen wir uns ins Haus meines Vaters in Swansea zurück.

«Wie fühlst du dich, Hal?» erkundigte sich Pam, die jetzt in ständiger Angst lebte, ich würde vielleicht nach all der Hochstimmung über die Verwirklichung meines Traums in eine seelische Depression verfallen, aber bevor ich sie beruhigen konnte, kam mein Vater aus dem Wohnzimmer, die Sonntagszeitung in der Hand.

«Hast du die Bilder von Oxmoon gesehen?»

«Ach ja.» Ich beschloß, zurückhaltend zu sein, auf dieses heikle Thema in seiner Anwesenheit nur mit äußerster Schonung einzugehen, und enthielt mich deshalb jeden Kommentars.

Aber Caitlin sagte: «Es ist so schön dort . . . und so ruhig und friedlich, wenn die Besucher fort sind.»

«Es sieht gut aus», sagte mein Vater. «Kester würde zufrieden sein.» Dann verschwand er wieder im Wohnzimmer.

Wir blickten uns an. Pam flüsterte mir zu: «Dränge ihn nicht. Gib ihm Zeit, von selbst über sein Problem hinwegzukommen.»

«Meinst du, er würde vielleicht doch . . .»

«Was flüstert ihr da im Vestibül?» rief mein Vater wütend.

«Wir fragten uns nur, inwieweit du bereit bist, über Oxmoon zu sprechen, Liebster», sagte Pam und führte uns ins Wohnzimmer. «Es ist doch nur natürlich, daß Hal es wissen möchte.»

«Ich kann es nicht.»

«Gut.» Pam wandte sich wieder uns zu. «Wollt ihr zum Abendessen bleiben? Ich habe einen großen Kartoffelauflauf mit Lammfleisch, den ich aufwärmen kann.»

Bevor ich antworten konnte, fragte mein Vater: «Wann schließt Oxmoon die Tore für das Publikum?»

«Um sechs.»

Wir blickten alle auf die Uhr über dem Kamin. Es war Viertel vor sieben.

«Ich habe keinen Hunger», sagte mein Vater.

«Macht nichts», sagte Pam. «Der Auflauf kann warten. Wir brauchen nicht jetzt zu essen.»

«Seid ihr hungrig?» fragte mein Vater.

Caitlin und ich verneinten.

Mein Vater wandte sich an Pam. «Ich will mich anziehen. Dieser verdammte Schlafrock kotzt mich an.»

«Gut», sagte Pam. «Ich hole dir ein sauberes Hemd.»

Sie verschwanden. Wir setzten uns und warteten. Er brauchte lange, um sich anzuziehen, aber als er wieder erschien, sah ich, warum. Er trug seinen besten Anzug, der leicht nach Mottenkugeln roch. Eine ehrwürdige, etwas verblichene Seidenkrawatte schmückte sein schneeweißes Hemd. Pam hatte ihm die Schuhe auf Hochglanz poliert, und er hatte sich den Bart gestutzt. Er sah sauber und ordentlich aus – aber er schien nicht ganz bei sich zu sein. Er war in einem solchen Zustand, daß er sichtlich kein Wort hervorzubringen vermochte.

«Ihr fahrt uns voraus», sagte Pam zu mir. «Dein Vater hat ein Medikament genommen, und es dauert noch eine Weile, bis es wirkt.»

Ich fuhr mit Caitlin wieder nach Oxmoon, und während wir warteten, begann ich zu beten.

9

So kehrten wir alle zum Schluß nach Oxmoon zurück, dem wiederauferstandenen Oxmoon, das jetzt nicht mehr Kester oder meinem Vater oder mir gehörte, sondern jedem, dem dieses Symbol, das der Nachwelt durch die Intervention des National Trust erhalten blieb, etwas bedeutete. Die Sonntagsbesucher waren längst fort, als Caitlin und ich im Stallungshof vorfuhren, und nach einem Wort mit dem Portier genossen wir das Vergnügen, das Haus für uns allein zu haben.

Oxmoon badete im Licht der Sommerabendsonne. Das bezaubernde Oxmoon, immer noch ein Märchen und vielleicht im späten zwanzigsten Jahrhundert noch märchenhafter, als Kester es sich in seinen romantischsten Träumen vorgestellt hätte. Caitlin und ich saßen auf der Freitreppe, und nach einer Weile brachte Pams Mini meinen Vater heim. Seine Blässe hatte graue Schatten, aber sowie er ins Haus getreten war, ging es ihm besser. Er setzte sich einen Augenblick, um sich von der ermüdenden Fahrt zu erholen, und während wir ihm alle Zeit ließen, plauderte ich mit Pam über die Anzahl der bisherigen Besucher.

Schließlich sagte er: «Ich bin soweit. Machen wir einen Rundgang.» Und ich führte ihn langsam durch die Haupträume, in einiger Distanz gefolgt von Pam und Caitlin. Pam verstand es, stets eine passende Bemerkung zu machen, wenn das Schweigen etwas zu bedrohlich wurde.

«Sehr hübsch», äußerte sich mein Vater endlich ein wenig verlegen, aber dann fügte er mit normalerer Stimme hinzu: «Nicht, was ich erwartet hatte.»

Ich war überrascht. «Was hattest du erwartet?»

«Kesters Renovierungen von 1939. Aber der Trust ist noch viel weiter gegangen, nicht wahr? Vieles ist neu.»

«Neu und doch alt. Robert Godwin der Erneuerer hätte sein Oxmoon wiedererkannt.»

«Richtig. Robert Godwin aus dem achtzehnten Jahrhundert. Jemand, den wir nie kannten. Ferne Vergangenheit.»

«Und zugleich sehr gegenwärtig.»

«Es ist wie ein Wunder», sagte mein Vater, als wir durch die Halle zum Ballsaal gingen. «Nein, Verzeihung, das war dumm ausgedrückt. Es ist nicht wie ein Wunder, es *ist* ein Wunder.»

Ich öffnete die Doppeltür zum Ballsaal, sah mich in den hohen Spiegeln, eine hagere Gestalt in Jeans, T-Shirt, ein Mann des neuen Zeitalters, ein Anachronismus in diesem für die Vergangenheit so symbolischen Raum – und mein OXMOON LEBT! Mein Vater jedoch in seinem dunklen Anzug sah weniger fehl am Platze aus. Er stand schweigend da, starrte wie gebannt zu den Kronleuchtern empor.

Pam trippelte herein, elegant und konventionell in ihrem blauen Leinenkostüm. Caitlin folgte, weniger sicher in ihren Bewegungen, verträumter. Sie trug Hosen mit Blumenmuster und eine weiße Bluse.

«Sie haben diesen Saal geschickt renoviert», sagte Pam. «Ohne viel zu ändern. Mein Gott, schau dir diese Kronleuchter an! Ich frage mich, wie lange sie daran geputzt haben.»

Mein Vater hatte Tränen in den Augen. Er brachte wieder einmal kein Wort hervor, aber dann sah ich ihn wie einen Schlafwandler zum Flügel am hintersten Ende des Saales gehen.

Pam machte den Mund auf, wollte wieder eine beiläufige Bemerkung machen, aber nichts geschah. Zum ersten Mal sah ich sie sprachlos. Sie schien den Atem anzuhalten, als sie meinen Vater sah, und Caitlin, die neben mir stand, reagierte auf die gleiche Weise. Wir alle hielten den Atem an.

Mein Vater setzte sich an den Flügel, machte den Deckel auf, starrte auf die Tasten. Pam stellte sich sofort abseits, gab vor, in die Betrachtung eines Kissens versunken zu sein, aber Caitlin und ich blieben wie versteinert in der Mitte des Saals stehen.

Plötzlich sagte mein Vater: «Ich kann hören.» Er fuhr sich mit dem Handrücken über die Augen. «Ich kann hören!» rief er verblüfft aus. «Ich kann wieder jeden Ton hören, jeden einzelnen Ton!» Und er hob die zitternden Hände über die Tasten.

Pam brachte kein Wort hervor, aber ich sagte lachend zu Caitlin: «Wollen wir tanzen?» Und Caitlin antwortete strahlend: «Warum nicht?»

Das Klavier begann zu spielen, aber ich hörte die Geigen des neunzehnten Jahrhunderts und sah, wie sich die letzte Lücke im großen Kreis der Zeit schloß. Caitlins Hand berührte meine Schulter, ich legte ihr den Arm um die Taille, und dann tanzten wir endlich unter den Kronleuchtern von Oxmoon, während das Orchester «An der schönen blauen Donau» spielte.

Anmerkung der Autorin (1)

Der Zauber von Oxmoon ist in modernem Rahmen die Neugestaltung einer wahren Geschichte, in welcher folgende Personen die führenden Rollen spielten:

Edward of Woodstock (1330–1376), in der Geschichte als der Schwarze Prinz bekannt.

Seine Frau und Cousine *Joan of Kent,* die er Jeanette nannte.

Sein Bruder *John of Gaunt.*

Sein jüngerer Sohn *Richard of Bordeaux*, der spätere König Richard II.

John von Gaunts legitimer Sohn *Henry of Bolingbroke*, der spätere König Heinrich IV.

Und Henry of Bolingbrokes ältester Sohn, der spätere König Heinrich V., der Englands früheren militärischen Ruhm wiederherstellte und den vollen Kreis des Schicksalsrades der Familie der Plantagenets beschloß.

Anmerkung der Autorin (2)

Dem National Trust gebührt zwar die Ehre, in den siebziger Jahren Erddig, das Heim der Yorkes in Nord-Wales, gerettet zu haben, aber es sei klargestellt, daß Oxmoon nicht Erddig ist oder irgendein anderes Haus auf den britischen Inseln. Die Halbinsel Gower existiert wirklich in Süd-Wales in der Nähe von Swansea, und jeder Besucher kann den *Shipway* zum Worm's Head überqueren, aber es gibt weder ein Penhale noch ein Oxmoon im Tal zwischen Cefn Bryn, Harding's Down und Rhossili Bay.

Susan Howatch

DIE ERBEN VON PENMARRIC
Roman
704 Seiten

DIE HERREN AUF CASHEMARA
Roman
704 Seiten

DIE REICHEN SIND ANDERS
Roman
840 Seiten

DIE SÜNDEN DER VÄTER
880 Seiten

DER ZAUBER VON OXMOON
Roman
1248 Seiten

Knaus K

Albrecht Knaus Verlag *München und Hamburg*